全—本—全—注—全—译

李白 全集

第一册

〔唐〕李白　著
谦德书院　注译

团结出版社

© 团结出版社，2024 年

图书在版编目（CIP）数据

李白全集 /（唐）李白著；谦德书院注译 . — 北京：
团结出版社，2024. 10. — ISBN 978-7-5234-1126-1

Ⅰ . I214.222

中国国家版本馆 CIP 数据核字第 2024EV3021 号

责任编辑：王思柠
封面设计：张　信

出　　版：团结出版社
　　　　　（北京市东城区东皇城根南街 84 号　邮编：100006）
电　　话：（010）65228880　65244790
网　　址：http://www.tjpress.com
E-mail：zb65244790@vip.163.com
经　　销：全国新华书店
印　　装：北京天宇万达印刷有限公司

开　　本：145mm×210mm　32 开
印　　张：73　　　　　　　　　字　　数：1850 千字
版　　次：2024 年 10 月　第 1 版　　印　　次：2024 年 10 月　第 1 次印刷

书　　号：978-7-5234-1126-1
定　　价：256.00 元（全四册）
　　　　　（版权所属，盗版必究）

前　言

在浩瀚的中华文化长河中，有一位诗人可谓空前绝后，他的诗篇宛若天成，粲若星辰，他就是被誉为"诗仙"的李白。他的生平充满传奇色彩，他的诗作内容丰富多彩，风格特点鲜明独特，为后世留下了无尽的瑰宝。

李白的诗歌风格鲜明，独树一帜。他善于运用丰富的想象力和独特的构思，创造出瑰丽奇特的艺术境界。他的诗歌语言生动、形象，富有音韵美，读起来朗朗上口，让人陶醉其中。他的诗歌情感真挚、奔放，既有豪放不羁的阳刚之气，又有不事雕饰的自然之美，充分展现了他独特的艺术个性。

李白在诗歌创作上的成就，不仅体现在他的诗作内容和风格特点上，更体现在他对盛唐文化的独特诠释上。他的诗歌充满了盛唐时期的繁荣、大气和自信，展现了一个时代的风貌和精神。李白才华横溢，但一生坎坷多难，始终未能实现自己"安社稷、济苍生"的理想和抱负。然而，正是这些经历，使得他对社会现实和人生哲理有着更加深刻的体悟,并且在他的诗歌中反映出来,使得他的诗歌能够深入人心,不仅在中国,乃至全世界都有巨大的影响。

一、李白的生平

李白,字太白,号青莲居士,排行十二,出生于武则天长安元年(701)。其出生地一直存在争议,目前普遍认为李白出生于碎叶(今吉尔吉斯斯坦托克马克附近),唐时属安西都护府管辖。五岁时,随父亲迁居至蜀地绵州昌隆县(后避唐玄宗讳,改为昌明县)青莲乡,今属四川江油县。李白自述先祖为汉飞将军李广,是凉武昭王李暠的九世孙,与唐朝皇室同宗。

少年时期(五岁到二十四岁):天赋异禀,初露锋芒

少年时期,李白主要在蜀中读书和游历。李白自幼聪慧过人,五岁即开始学习"六甲",十岁"观百家",十五岁"作赋凌相如",展现出非凡的文学天赋。十八岁时,李白隐居戴天大匡山读书,进一步充实自己。并师从《长短经》的著者赵蕤,学习纵横术。二十岁后,他游历了蜀中的许多地方,包括成都、渝州(今重庆)、峨眉等地,不仅丰富了生活经历,也为日后的诗歌创作提供了丰富的素材。开元九年(721),李白投书当时的益州长史苏颋,苏颋看了李白的诗文,称赞说"此子天才英丽,下笔不休,虽风力未成,且见专车之骨,若广之以学,可以相如比肩。"此外,受当时社会风气的影响,李白少年时就有修仙问道之志,"十五学神仙,游仙未曾歇"(《感兴八首》其五)。到了二十四岁时,李白认为"大丈夫必有四方志",于是离开故乡,踏上了远游的征途。

游历时期(二十四岁到四十二岁):漫游四方,结交名士

离开故乡后,李白开始了他的漫游生涯。他遍访名山大川,结交了许

多名士。在江陵，结识了当时著名的道士司马承祯，写下《大鹏遇希有鸟赋》，后改为《大鹏赋》。在襄阳拜会了孟浩然，彼此志趣相投，结为忘年好友，写下著名的《黄鹤楼送孟浩然之广陵》等诗作。在安陆，李白与高宗时的宰相许圉师的孙女结婚，遂定居于安陆。在长安经人引荐，李白结识了玄宗妹妹玉真公主和贺知章。贺知章看完李白的《蜀道难》，惊呼李白为"谪仙人"。在漫游的同时，李白也在积极寻求显贵公卿的举荐，希望能入仕为官，实现自己"安社稷，济苍生"的平生抱负。但是屡遭碰壁。李白初入长安求仕不遂后，心灰意冷，曾一度与好友元丹丘隐居嵩山。开元后期，许夫人去世，李白带着儿女移家东鲁，与孔巢父等人隐于徂徕山，号为"竹溪六逸"。这个时期，李白的诗歌创作也逐渐走向成熟，作品数量增多，质量上乘，例如《长相思》《行路难》《将进酒》等。

待诏时期（四十二岁到四十四岁）：供奉翰林，失意而归

天宝元年（742），元丹丘奉诏入京，成为大昭成观威仪。经元丹丘与玉真公主推荐，唐玄宗征召李白入长安担任翰林待诏。李白终于实现了自己入仕的夙愿，高兴之余写下《南陵别儿童入京》一诗，"仰天大笑出门去，我辈岂是蓬蒿人"。然而，他很快发现，唐玄宗只是把他当作一般的文学侍从，并没有委以重任的打算。而且官场的生活并不适合李白，他的性格过于豪放不羁，无法忍受官场的束缚和小人的毁谤。不久后，他便辞官离去，重新开始了漫游生活。这个时期，李白的诗歌，很多为应制之作，但也体现了很高的艺术水准，例如著名的《清平调词三首》，就是唐玄宗和杨贵妃赏牡丹时，李白奉诏而作。

去朝时期（四十四岁到五十五岁）：再次游历，诗酒人生

天宝三载（744），李白辞官后来到洛阳，与杜甫相遇，彼此一见如

故，结为好友。并一起游历梁（今河南开封）宋（今河南商丘）一带，诗人高适后来也加入。三人又一起去往东鲁，拜见了北海太守李邕。杜甫对李白极为推崇，李白对杜甫也极为欣赏。此后二人又在次年春天和秋天两次见面，随后分别，从此两人再无缘得见，但彼此都思念不已。李白写下《鲁郡东门送杜二甫》《沙丘城下寄杜甫》等诗作来思念杜甫，而杜甫更是写下二十多首思念李白的诗作。

天宝三载冬，李白到齐州紫极宫，请天师高如贵受道箓，正式成为一名道士。这也标志着李白被赐金还山后，思想发生了重大转变，由求仕入朝，变为了出世求道。

李白在宋城，与武后时期的宰相宗楚客的孙女宗夫人相识，宗夫人非常仰慕李白的才华，并与李白结为夫妻，这也是李白的第四任妻子。此后李白继续游历各地，诗酒为伴，快意人生。但是忧国忧民的情怀却也更加浓烈，甚至还亲自探访幽燕一带，了解安禄山谋反的状况。这个时期，李白的诗歌创作也达到了新的高峰，作品更加豪放不羁，充满了浪漫气息，例如《梦游天姥吟留别》。也有很多反映当时社会动荡和人民疾苦的诗作，例如《丁都户歌》《宿五松山下荀媪家》《关山月》等，以及反映战争残酷的《战城南》《答王十二寒夜独酌有怀》《古风》其十四（胡关饶风沙）等诗作。

安史之乱（五十五岁到五十九岁）：战乱陡起，蒙冤入狱

天宝十四载（755），安史之乱爆发，李白与妻子宗氏一路南奔避难，辗转多地，最终在庐山屏风叠隐居，暂时避开了战乱的纷扰。《奔亡道中五首》组诗就反映了李白在逃亡过程中的艰辛和内心的痛苦。

然而，李白的隐居生活并未持续太久。唐宗室永王李璘被唐玄宗

委任为江陵大都督兼四道节度使，镇守江陵。至德元载（756）十二月，李璘率兵东巡，路过庐山时，派人三次征召李白。李白出于早日平定安史叛乱，造福苍生的目的，答应了永王的邀请，入幕永王。《永王东巡歌十一首》组诗就是李白在永王李璘幕中所作。诗中反映了李白对永王李璘的期望和支持，同时也体现了李白对国家命运的关切。

但是，永王引兵东巡，并未得到唐肃宗的允许，导致被朝廷派兵征剿，最终兵败，永王被杀。李白也因此受牵连，被捕入狱。李白的妻子宗氏为救夫四处奔走，最终李白经御史中丞宋若思和宣慰大使崔涣的营救，才得以出狱，但终究未能摆脱流放的命运。乾元二年（759），唐肃宗大赦天下，李白才在流放途中得到了赦免。然而，此时的李白已经年近六十，经历了战乱的洗礼和人生的起伏，他的心境也发生了深刻的变化。《经乱离后天恩流夜郎忆旧游书怀赠江夏韦太守良宰》诗是李白在经历安史之乱、蒙冤流放夜郎后，遇赦归途中写下的。诗中李白回忆了曾经的豪情壮志和自己游历四方的经历，同时也表达对战乱给百姓带来的疾苦和灾难的深深忧虑，以及自己报国无门的无奈和对天下太平的渴望。

安史之乱时期的李白，不仅遭遇了生活上的困境和政治上的波折，更在心灵上经历了深刻的反思和自省。他的诗作在这一时期也呈现出更加深沉和内敛的风格，更多地反映了社会现实和人生哲理。

诗仙陨落（五十九岁到六十二岁）：晚年潦倒，郁郁而终

获释后的李白充满了喜悦与期待，他立即启程返回故乡。途中经过白帝城，乘舟顺流而下，江上的美景激发了他的诗情，于是写下了著名的《早发白帝城》。这首诗以其轻快的笔调和生动的描绘，展现了李白遇赦后的愉悦心情和对未来的憧憬。

李白遇赦后在江夏、岳阳一带滞留了一段时间，拜会了诸多友人，此时李白仍希望能得举荐而为国出力，但是事与愿违，终无结果。上元元年（760），李白从江夏前往豫章（今江西南昌）与夫人团聚，之后回到宣城。李白晚年主要来往于宣城、金陵一带，生活十分困窘，经常为了生计而奔波。但报效社稷的热情依然未削减。上元二年（761），李白听说太尉李光弼出镇临淮，准备平定叛军余孽，不顾高龄，毅然前去投军，可惜半途因病而回。写下《闻李太尉大举秦兵百万出征东南懦夫请缨冀申一割之用半道病还留别金陵崔侍御十九韵》一诗来抒发自己壮志难酬的抑郁。这一年，李白为了生计不得不投奔在当涂做县令的堂叔李阳冰。

宝应元年（762），李白病重，自知康复无望。在生命的最后时刻，他将诗稿托付给李阳冰，然后作《临终歌》，与世长辞，终年六十二岁。一代诗仙，就此陨落。诗云：

大鹏飞兮振八裔，中天摧兮力不济。

余风激兮万世，游扶桑兮挂左袂。

后人得之传此，仲尼亡兮谁为出涕？

二、李白诗歌的特点和思想性

李白诗歌的最大特点就是想象丰富，夸张大胆。他常借助瑰丽的想象和夸张的手法，将自然景色、人物形象、情感表达都描绘得栩栩如生，令人叹为观止。比如他的《望庐山瀑布》中，"飞流直下三千尺，疑是银河落九天"的描绘，就是运用夸张的手法，将瀑布的壮观景象展现得淋漓尽致。

李白诗歌的语言简练明快，富有音乐美，读起来朗朗上口，让人感受到他那种无拘无束、自由自在的精神状态。李白在诗歌创作中善于运用各种艺术手法，其中最为人称道的是他的象征和隐喻。他常常通过象征性的物象和隐喻性的语言，来表达他的思想和情感。这种手法不仅使他的诗歌更加含蓄深邃，也增加了诗歌的艺术魅力。此外，李白的诗歌还常常融入历史典故和神话传说，使得诗歌内容更加丰富多彩。他巧妙地运用这些典故和传说，不仅增加了诗歌的文化内涵，也使得诗歌更加生动有趣。

在诗歌的体裁上，李白也展现出了他的多才多艺。无论是绝句、律诗、乐府、歌行、古诗、赋、表、记、颂等，他都能得心应手，创作出优秀的作品。

李白在乐府诗上的成就最高。他的乐府诗来源于对汉魏乐府传统的继承与发展。汉乐府最早成立于汉武帝时期，主要负责采集民间歌谣，或者用文人的诗来配乐，供朝廷祭祀或宴会时演奏。魏晋时期，文人开始模仿这种乐府形式进行创作，逐渐形成了乐府诗这一独特的诗歌体裁。李白在创作乐府诗时，不仅继承了汉魏乐府"感于哀乐，缘事而发"的优良传统，还对古题乐府进行了创新，赋予了新的时代内容和个人情感。

在风格上，李白的乐府诗以豪放不羁、个性鲜明为主要特点。他善于运用丰富的想象力和夸张的手法，将情感抒发得淋漓尽致。他的乐府诗语言优美，富有浪漫情怀，既有古朴的韵味，又不失时代的活力，使得每一首诗都独具魅力，无法被他人摹拟。李白乐府诗共一百四十九首，里面名篇极多，如《蜀道难》《远别离》《梁甫吟》《将进酒》《行路难》《关山月》《长相思》《静夜思》《玉壶吟》《战城南》等。胡震亨《唐音癸签》云："拟古乐府，至太白几无憾，以为乐府第一手矣。"王世贞《艺苑卮言》:"太白乐府,窈冥倘恍,纵横变幻,极才人之致。"

歌行体诗源于乐府诗,但形式比较自由,对于音节、格律、字数等要求都不严格。李白的歌行诗更加自由奔放,打破了原有格式,以句式的长短变化和音节的错落来营造起伏跌宕的气势,呈现出豪迈飘逸的风貌,使歌行体诗脱离乐府范畴,成为一种独立的古诗体裁。其中也不乏名篇,如《梦游天姥吟留别》《宣州谢朓楼饯别校书叔云》《鸣皋歌送岑征君》《峨眉山月歌》《白云歌送刘十六归山》等。

李白的绝句被历代公认为冠绝古今,不论是五言还是七言,都达到了极高的水准。李白的绝句能以简练的语言,表达出深刻、悠远的意境。在结构安排上也独具匠心。他善于通过巧妙的转折与过渡,使诗歌在起伏跌宕中展现出丰富的情感变化,产生强烈的对比效果,使读者在阅读过程中产生强烈的情感共鸣。如《望庐山瀑布》《静夜思》《独坐敬亭山》《送友人》《怨情》《玉阶怨》《山中对酌》等。在盛唐诗人中,王维、孟浩然擅长五绝,王昌龄擅长七绝,而同时擅长五绝与七绝的,只有李白一人。胡应麟在《诗薮·内编》中评价:"太白五七言绝,字字神境,篇篇神物。"

李白的古风诗成就也很高,其体裁仿效《古诗十九首》,集汉魏晋以来古体诗之大成,志在删除六朝时期内容空洞的浮靡文风,恢复《风》《雅》正音那种质朴而清雅的文风。李白的古风诗行文更加自由洒脱,气势更加豪迈奔放。内容主要是讽谏时事,咏古吊今以及抒发志向。但是并不局限于感叹个人的遭遇,与一时之感怀,而是放眼天下,纵观今古,振聋发聩。《唐宋诗醇》点评:"白《古风》凡五十九首。远追嗣宗《咏怀》,近比子昂《感遇》,其间指事深切。言情笃挚,缠绵往复。

每多言外之旨，白之流品亦可睹其概焉。夫开元、天宝治乱迥殊，林甫、国忠相继柄政，宵小盈朝，贤人在野，卒致禄山之乱，宗社几墟。白以偶傥之才，遭谗被放，虽放浪江湖，而忠君忧国之心未尝少忘，身世之感一于诗发之，诸篇之中可指数也。岂非《风》《雅》之嗣音，诗人之冠冕乎？朱子尝欲择历代之诗为一编，以继《三百篇》《楚辞》之后，而以白之《古风》为之羽翼与卫，盖有以取之矣。群儿谤伤。何足信哉。"

李白的律诗无论是五言还是七言，都能得心应手。如《访戴天山道士不遇》《夜泊牛渚怀古》《渡荆门送别》《赠孟浩然》《秋登宣城谢朓北楼》等。李白的律诗在格律上往往不太拘泥于平仄和对仗。《夜泊牛渚怀古》便是其中一首著名的作品。这首诗的每一联都没有严格的对仗，如"牛渚西江夜，青天无片云"与"登舟望秋月，空忆谢将军"上下句之间，虽然各自描绘了独特的画面，但并未形成对偶的结构。整首诗流畅自然，并没有因为对仗的缺失而失去其艺术魅力。又如著名的《登金陵凤凰台》，也不完全符合格律要求，存在"失黏"问题，首二句"凤凰台上凤凰游，凤去台空江自流"，重复出现"凤"字，也是以古诗法作律诗，却使得此诗在艺术效果上更加生动、深刻。李白少数七律如《送贺监归四明应制》，则是严格遵循了格律，可见李白并非不会作七律，而是不喜欢做而已。对李白来说，古体诗更能体现他豪放飘逸的诗风。

李白的赋、表、记、颂等文章，也都与他的诗作一样，充满雄奇豪放之气。李白的《明堂赋》《大猎赋》虽为进献之作，主要是为了展现大唐泱泱大国气象，出于歌功颂德的目的。但全作气势豪放，场面宏大，充分展示了李白对赋这种体裁的驾驭能力，以及纯熟的表现手法。《大鹏赋》作为李白的代表作，则继承了庄子那种缥缈玄幻，恣意纵横的风格，展现出诗人不凡的胸襟和气度。李白的《与韩荆州书》《代寿山答孟少府移文书》《为宋中丞自荐表》等文章，文字流畅，层次分明，叙事生动。形式上骈散结合，文采斐然，同样为佳作。

李白是继屈原之后最伟大的浪漫主义诗人。与屈原相比，李白的诗歌少了些沉痛与哀怨，多了些豪放与洒脱。屈原的诗歌中充满了对国家的忧虑和对人民的深情，而李白的诗歌则更多地展现了他个人的豪情壮志和对自然的热爱。

李白的很多诗歌，往往给人以空灵、缥缈的感觉，与庄周的文章很类似。与庄周相比，李白同样善于运用想象和寓言来表达自己的思想。但庄周的寓言更多是哲理性的探讨，而李白的想象则更多是情感的抒发。庄周追求的是道家的无为而治，而李白则追求的是人生的自由和真实。

李白的诗歌受"二谢"影响很深。与谢朓、谢灵运等山水诗人相比，李白在描绘自然景色时，更注重情感的融入和个性的表达。谢朓、谢灵运的山水诗虽然也描绘得细腻入微，但相对来说更注重景物的客观描绘，而李白的山水诗则更多地融入了他个人的情感和想象，使得诗歌更具个性和生命力。

李白诗歌中交织着儒、释、道、侠等多种思想，共同构成了他独特的精神世界。

李白身上有着很明显的儒家入世的思想，表现为对家国天下的关心和对仁义道德的崇尚，以及对建功立业的渴望。李白曾在《代寿山答孟少府移文》中描述自己的人生抱负说："申管晏之谈，谋帝王之术。奋其智能，愿为辅弼，使寰区大定，海县清一。事君之道成，荣亲之义毕，然后与陶朱、留侯，浮五湖，戏沧洲，不足为难矣。"说明李白想成为管仲、晏子那种可以兼济天下的人物，在实现自己平天下的目标之后，又想像范蠡、张良等人一样，及时归隐，不再留恋荣华富贵。又如在《行路难》中写道："长风破浪会有时，直挂云帆济沧海。"这句诗表达了李白对国家命运的关注，以及渴望在风云变幻的时局中，乘风破浪，实现自己的抱负的愿望。这些都与儒家修身齐家治国平天下的主张相符合。

佛教自汉朝传入中土以来，到唐朝时进入了比较兴盛的时期，上自皇帝公卿，下到黎民百姓，敬礼佛法的风气很盛。李白也不例外，在《赠僧崖公》一诗中曾提到"昔在郎陵东，学禅白眉空"，说明李白很早就开始接触佛教。现存李白与佛教相关的诗文有几十篇，内容包括与僧人间的相互酬答，与高僧谈论佛理以及自己习禅的感受等。《僧伽歌》一诗作于天宝初年，全诗引用了较多佛教典故和禅语，如"三车之典"，"波罗夷""轻垢"，说明诗人对佛教教义有着相当的了解，其与僧伽的交流，已是围绕佛法深层体悟的探讨了。随着对佛理认识的深化，李白也曾习禅。《与元丹丘方城寺谈玄作》一诗中李白对自己的习禅体验做了细致的描述："茫茫大梦中，惟我独先觉。腾转风火来，假合作容貌。""朗悟前后际，始知金仙妙。"即谈到了佛家的"地、水、火、风"构成世界的观点，以及佛家的前、今、后三世之说。总的说来，佛教对李白的影响，主要是在个人体悟上。

道家思想在李白身上表现的则非常突出，李白修仙访道的经历可谓贯穿其人生始终。李白这种思想最早形成于少年时期，曾在《感兴八首》中自述自己的学道志向："十五游神仙，仙游未尝歇。"李白年少时就志气恢弘，飘然有超世之心，所以寻仙访道也与他的性情相合。《唐宋诗醇》云："旧史称白少有逸才，志气宏放，飘然有超世之心，殆亦性之所近。"另外，这也与唐朝时尊崇道教的风气有关，而蜀中道风尤盛。李白家乡附近的紫云山，以及成都附近的青城山都是道教胜地。李白刚出蜀时，曾慕名拜访当时的道教宗师司马承祯，司马承祯对李白十分欣赏，称赞其"有仙风道骨，可与神游八极之表"，由此更加坚定了李白的求道之心。李白被"赐金还山"后，去往齐州紫极宫，请求天师高如贵为自己授道箓，正式成为一名道士，了却了毕生的心愿。李白的诗作中往往蕴含着浓厚的仙道思想，一生创作了大量的游仙诗。《古风》五十九首中，其四"凤飞九千仞"，其五"太白何苍苍"，其七"客有鹤上仙"，其十七"金华牧羊儿"，其二十"昔我游齐都"，其四十一"朝弄紫泥海"，乐府诗中，如《天马歌》《日出入行》《来日大难》《飞龙引》等也都是游仙诗。甚至李白的山水诗中，也往往会表达求仙访道的思想，如"傥逢骑羊子，携手凌白日。"（《登峨眉山》），"颇闻列仙人，于此学飞术。一朝向蓬海，千载空石室。"（《望黄鹤山》）。《梦游天姥吟留别》为李白代表作之一。在诗中，李白描绘了一个神秘而美丽的仙境："洞天石扇，訇然中开。青冥浩荡不见底，日月照耀金银台。霓为衣兮风为马，云之君兮纷纷而来下。虎鼓瑟兮鸾回车，仙之人兮列如麻。"诗人追寻已久的仙境突然出现在眼前：仙人洞府，訇然而开。云雾缭绕的天空无边无际，日月高悬照耀着仙宫楼台。仙人穿着霓虹衣裳，骑龙乘凤，纷纷降临。虎鼓琴瑟，鸾鸟驾车。仙人分列而出，林立如麻。这段诗句生动地描绘了一幅磅礴瑰丽，动人心魄的奇幻之景，充分体现了李白对寻仙访道之事的向往，和对仙境的追慕之情。全诗最后则是李白人生观的一个总结，"世间行乐亦如此，古来万事东流水。别君去时何时还？且放白鹿青崖间，须行即骑访名山。安能摧眉折腰事权贵，使我不得开心颜。"表达了李白轻视功名，希望早日超脱尘世，追求永恒自由的想法。

任侠精神也是李白思想中的一个重要部分，是李白无拘无束，自由张扬的个性的体现。李白的任侠思想，一定程度上受了当时社会风气的影响。唐朝是个崇尚武力的朝代，社会中的侠义之风十分盛行。李白曾自述"十五好剑术，遍干诸侯。"（《与韩荆州书》），曾"托身白刃里，杀人红尘中"（《赠从兄襄阳少府皓》），"少任侠，手刃数人"（《魏颢《李翰林集序》）。李白的《侠客行》就是一首典型的任侠诗作，"赵客缦胡缨，吴钩霜雪明。银鞍照白马，飒沓如流星"。诗中描绘了诗人心目中的侠客形象，他们身佩利剑，骑着白马，风驰电掣般在江湖中穿行，英勇无畏，行侠仗义。李白笔下描写很多的扶危济困侠士，诸如剧孟、朱亥、侯嬴、鲁仲连、荆轲等，李白对他们给与了高度评价。例如战国时鲁仲连，曾经帮助赵国退却秦兵，功成后却不肯接受封赏。李白评价其"谁道泰山高，下却鲁连节"（《别鲁颂》）。对于张良，李白欣赏其博浪沙击秦的勇气，"子房未虎啸，破产不为家。沧海得壮士，椎秦博浪沙。报韩虽不成，天地皆振动。"（《经下邳圯桥怀张子房》），同时在《留侯论》中，间接表达了对张良功成身退的佩服。李白的任侠精神还表现在他的轻财好施上，李白在《将进酒》中曾写到"天生我材必有用，千金散尽还复来。"李白一生视金钱如粪土，出蜀在扬州不到一年，就散尽三十万金。李白对待朋友也十分重情重义。李白的好友吴指南不幸逝于洞庭湖畔，李白"禫服恸哭，若丧天伦"又将友人"权殡于湖侧"，几年之后又借钱，将友人重新"营葬于鄂城之东"。

李白的一生充满了传奇色彩。他既是一个才情出众的诗人，又是一个历经坎坷的旅者。他的诗歌创作丰富多样，风格独特，展现了他豪放不羁、乐观豁达的性格。他的一生虽然充满了挫折和困难，但他始终保持着热情奔放的个性和浪漫主义情怀。他的作品对唐代，乃至后世都产生了巨大的影响，并且传播到世界各地，成为了中华文化的代表。

三、李白文集的历代版本

李白诗名满天下，可惜生前一直未能有机会将诗文结集刊行。李白曾将自己的部分诗文托付给魏颢编纂。魏颢负有才气，对李白十分仰慕，曾辗转三千里，来拜会李白。李白对魏颢也颇为欣赏，评价说"尔后必著大名于天下"。魏颢没有辜负李白的期望，后果然登第，并依照李白嘱托，编成了《李翰林集》，并为之作序，可惜已佚失。

宝应元年（762），李白在弥留之际，将毕生诗稿托付李阳冰，李阳冰将此诗稿结集作序，名为《草堂集》，也已佚失。

北宋文学家乐史，在李阳冰《草堂集》十卷的基础上，加上自己搜集到的一些李白的诗词，合编成《李翰林集》二十卷，之后又收录李白的赋、序、表、赞、书、颂等编为《李翰林别集》十卷。北宋藏书家宋敏求在乐史的基础上，又得到了王傅家藏的李白诗集上、中二帙，以及唐魏颢所纂的李白诗集二卷，加上其它搜集来的诗文，并进行整理分类合编为《李太白文集》三十卷。曾巩此后在宋敏求分类的基础上，又对作品的时间先后进行了考订。北宋元丰三年（1080），苏州太守晏知止将宋敏求所辑《李太白文集》授与毛渐校刊于苏州，世称苏本，后翻刻于蜀中。苏本后来失传，所以宋蜀刻本成为现存最早的《李太白文集》版本。宋蜀刻本现存两部，一部藏于国家图书馆，为残本，缺少十五至二十四卷，后以清康熙缪曰芑刻本补全。另一部藏于日本静嘉堂文库。

李白诗集的注本历代主要有宋杨齐贤集注，元萧士赟补注的《分类补注李太白诗》，明末胡震亨的《李诗通》，清朝王琦集历代大成所辑注的《李太白文集》，以及今人瞿蜕园、朱金城《李白集校注》，安旗等《李白全集编年笺注》，詹锳等《李白全集校注汇释集评》，郁贤皓《李太白全集校注》《李白全集注评》等。

我们在前人研究的基础上，以宋蜀刻本《李太白文集》为底本，参照其他版本，对李白的诗文重新进行了编辑整理，并加以考证校订，补遗查漏。而且参考各注本，对李白诗作进行了注释，还增加了题解和译文，并将宋蜀本未收录的诗文编入集外诗文，精心推出这套李白全集，以方便读者更好的理解、领略李白的作品。

总　目

第一册

第二册

第三册

第四册

目　录

卷一　古风

卷三　乐府二

卷五　乐府四

卷五 歌吟上

卷一　古风

古风五十九首

　　《古风五十九首》是唐代诗人李白的组诗作品，经后世多人多次汇总，将李白一生所写的五言古诗结集，因此这些诗并非一时一地而作，在次序上无先后关系。各首诗相对独立，但主题、立意和风格上又表现出相互关联的特征。题为"古风"，意为效仿古风。六朝以来骈文盛行，形成只重形式，而内容空洞的浮靡文风。唐朝陈子昂首开复古之风，提倡质朴而清雅的文风，推崇复兴建安风骨。李白在诗歌上并没有简单追随当时所推崇的建安风格，而是效法《雅》《颂》及汉乐府歌诗的风格，认为《雅》《颂》才是"正音"。李白的古体诗行文更加自由洒脱，气势更加豪迈奔放。内容主要是讽谏时事，咏古吊今以及抒发志向。但是并不局限于感叹个人的遭遇与一时之感怀，而是放眼天下，纵观今古，振聋发聩，为古体诗之集大成者。明代朱谏在《李诗选注》中对《古风五十九首》做了一个比较全面的概括："按白《古风》五十九章，所言者世道之治乱，文辞之纯驳，人物之邪正，与夫游仙之术，宴饮之情，意高而论博，间见而层出，讽刺当乎理，而可以规戒者，得风人之体。三百篇以下，汉魏晋以来，言诗之大家数者，必归于白，出于天授，有非人力所及也。"

其一（大雅久不作）

【题解】此诗年代不详。其一这首诗是整组诗的纲领，也是李白复古诗、文的总旨。这首诗通过对诗、文历史的论述和评价，表明了李白对诗、文创作的观点和主张，即肯定《雅》《颂》，批评梁陈；推崇清真，贬低绮丽。李白感叹以《诗经》为代表的雅正之声衰落，后世朝代更替，浮靡的文风逐渐兴起。接着诗人盛赞唐朝的文化盛世，认为唐代恢复了古代的质朴风气，而且群星璀璨，人才辈出，正是开启一代新文风的时机。最后诗人希望自己能像孔子修订《春秋》那样，能够在诗歌上成就一番事业，彪炳史册。这首诗在风格上也一改诗人通常的豪迈奔放气势，显得雍容和缓。明代唐汝询在《唐诗解》中点评说："此太白以文章自任，而有复古之思也。"《唐宋诗醇》中对《大雅久不作》点评："古风诗多比兴，此篇全用赋体。括《风》《雅》之源流，明著作之意旨。一起一结，有山立波回之势。""观白此篇，……指归大雅，志在删述，上溯风骚，俯观六代，以绮丽为贱，清真为贵，论诗之义，昭然明矣。"

《大雅》久不作①，吾衰竟谁陈②？王风委蔓草③，战国多荆榛。龙虎相啖食,兵戈逮狂秦。正声何微茫④,哀怨起骚人⑤。扬马激颓波⑥,开流荡无垠。废兴虽万变,宪章亦已沦⑦。自从建安来,绮丽不足珍。圣代复元古⑧,垂衣贵清真⑨。群才属休明⑩,乘运共跃鳞⑪。文质相炳焕⑫,众星罗秋旻⑬。我志在删述,垂辉映千春。希圣如有立⑭,绝笔于获麟⑮。

【注释】①《大雅》:《诗经》中有《大雅》和《小雅》。《大雅》多为描写西周王室贵族之诗,主要谈论王政的废兴等。雅有"正声"的意思,此处诗人感叹"正声"的传续已断绝。

②吾衰:《论语·述而》:"子曰:甚矣吾衰也。"此句是诗人感叹孔子即衰,无人再能编著《大雅》这样的诗篇于世。也有说是诗人自言无力陈诗于朝廷。

③王风:《诗经》中《王风》为十五国风之一,此处亦指王者之风,即《诗经》所代表的正声。

④正声:中正雅和之声。

⑤骚人:楚国屈原作《离骚》感怀自伤,所以后世称以屈原为代表的的楚辞作者为骚人。《史记·屈原贾生列传》:"屈平之作离骚,盖自怨生也。"

⑥扬马:指西汉辞赋家扬雄和司马相如。

⑦宪章:诗之法度。

⑧"圣代"句:圣代:指唐代。复元古:恢复古代的淳朴文风。元古:远古。

⑨"垂衣"句:垂衣:语出《周易》:"垂衣裳而天下治。"意谓无为而治。清真:清雅自然。

⑩休明：清明美好，这里指盛世。

⑪跃鳞：鱼跃于渊，指施展才华。

⑫文质：文指诗歌、文章的形式、辞藻等。质指内容和思想。

⑬罗秋旻（mín）：罗列于秋空中。旻，秋天。

⑭希圣：希望达到圣人的境界。

⑮"绝笔"句：用孔子故事。《史记·孔子世家》："及西狩见麟，（孔子）曰：'吾道穷矣！'"麒麟为祥瑞之物，应该在盛世出现，现在出现于乱世，所以孔子哀叹世道沦落，从此搁笔不再撰写《春秋》。

【译文】《大雅》那样的清正之声久已断绝，孔子哀叹"吾衰"后有谁能陈诗以观民风？世道衰落《王风》被抛弃在荒草之中，战国动荡文化荒芜而荆榛丛生。战国七雄如同龙虎相互并吞，兵戈直到暴秦得天下才息止。雅正之声已逐渐微茫，骚人兴起哀怨之楚辞。扬雄和司马相如激扬骚人之颓波，开创了浩荡无涯的文学潮流。后世朝代的废兴千变万化，但诗歌的法度却沉沦不振。自从建安年间以来，文风绮丽更不值得珍惜。直到圣唐才恢复了上古的质朴，天子垂衣而治文风崇尚清真。群英俊才恰逢盛世，遂乘运如鱼龙腾跃。各种佳作都能做到文质并胜，灿烂如秋夜天空的璀璨星辰。我也有志于从事删述之事，希望能功垂百世光耀千秋。如果我效法圣人能有所成就，也会直到"获麟"才肯绝笔。

其二（蟾蜍薄太清）

【题解】这首诗年代不详，背景是唐玄宗宠幸武惠妃而废王皇后为庶人。唐玄宗的原配王皇后非常贤惠，而且曾协助唐玄宗平定韦后，但是多年无子，而唐玄宗日益宠幸武惠妃，私下准备废王皇后而立武惠妃，于是王皇后兄长王守一交接旁门左道，帮助王皇后以霹雳木求子，引发武惠妃诬告，开元十二年（724），唐玄宗下诏，以王皇后无后为由，废为庶人，赐王守一死。李白作此诗以月食为喻对此事进行讽喻，表达了对王皇后不幸遭遇的同情。"蟋蝀入紫微"暗指武惠妃蛊惑唐玄宗，以致乱生。"桂蠹花不实"则指王皇后被废的原因，"萧萧长门宫"则指王皇后的事情与汉武帝陈皇后的事情相类似。古代诗歌用来讽喻时，往往不直接言明，而要用委婉的比拟方式来表达。此诗就是全篇使用暗喻。清吴昌祺在《删订唐诗解》中点评："诗不难于写景而难于指事，此全用比体，有《小雅》之遗风焉。"

蟾蜍薄太清①，蚀此瑶台月。圆光亏中天②，金魄遂沦没③。蟋蝀入紫微④，大明夷朝晖⑤。浮云隔两曜⑥，万象昏阴霏。萧萧长门宫⑦，昔是今已非。桂蠹花不实⑧，天霜下严威⑨。沉叹终永夕⑩，感我涕沾衣。

【注释】①"蟾蜍"句：《淮南子·精神训》："月中有蟾蜍。"高诱注："蟾蜍，虾蟆也。"《淮南子·说林训》："月照天下，蚀于詹诸。"詹诸，即蟾蜍。高诱注："詹诸，月中虾蟆，食月，故曰蚀于詹诸。"薄：侵入，逼迫。太清：天空。

②"圆光"句：圆光：指月亮的光辉。亏：不圆，缺。

③金魄：指满月之影，光芒似金，所以称为金魄。

④"蟋蝀"句：蟋（dì）蝀（dōng）：彩虹的别名。古代认为虹出现

在太阳旁边，象征后妃暗中危害君主。紫微：指紫微宫，古人常用来象征帝王。

⑤"大明"句：大明：指太阳。夷：消失。

⑥两曜：指太阳和月亮。

⑦长门宫：汉宫名，汉武帝的陈皇后，擅宠骄贵，在宫中行巫蛊之事，事发，被汉武帝下诏废除皇后之位，退居长门宫。后以"长门宫"借指失宠女子居住的寂寥凄清的宫院。

⑧"桂蠹"句：意谓桂树被虫蛀，只开花而不结实，以此比喻王皇后无子。蠹：虫蛀。

⑨天霜：严霜。此处比喻天子发怒而降下惩罚。

⑩永夕：长夜，通宵。

【译文】悄然爬上天空的蟾蜍，正在吞吃瑶台的明月。夜空中圆月的光辉渐渐隐去，满月之形也逐渐消失。有长虹侵入紫微星垣，太阳的朝辉也失去光芒。浮云将日月遮蔽，万物都昏暗下来。萧瑟的长门宫，已经今非昔比。桂树遭虫蛀开花不结实，因而天降严霜施以惩罚。对此我只能终夜感叹，任由涕泪沾满了衣襟。

其三（秦皇扫六合）

【题解】此诗年代不详。唐玄宗在开元盛世后期，开始追慕长生不老之术，多次征召道士入朝，此诗是李白借秦始皇求长生不老药的故事来讽喻唐玄宗。需要指出的是，李白本身是一心向道的，但是诗人认为学道贵在清静自然，无为而化，反对这种大肆铺张，劳民伤财的做法。全诗前半部分称颂秦始皇的丰功伟业，简洁概括了秦始皇"扫六合"统一天下的过程，以及"铸金人"和刻石"铭功"的两大壮举。后半部分写秦始皇修陵墓和求长生两件事，特别对求长生进行了细致描述，包括派徐市率童男童女入海求仙药，还有秦始皇亲自射杀巨鱼等事迹，但结果是仙药未找到，而秦始皇也身灭成"寒灰"。全诗史实记述与浪漫想象相结合，欲抑先扬，气势宏大，讽谏有力。此诗虽为咏史，实则借古讽今，有很强的现实意义，是《古风》中的佳作。《唐宋诗醇》评价："极写其盛，正为中间转笔作地。'茫然使心哀'五字，多少包含。借秦以讽，意深旨远。"

秦皇扫六合①，虎视何雄哉②！挥剑决浮云③，诸侯尽西来。明断自天启④，大略驾群才。收兵铸金人，函谷正东开⑤。铭功会稽岭⑥，骋望琅邪台⑦。刑徒七十万，起土骊山隈⑧。尚采不死药⑨，茫然使心哀；连弩射海鱼⑩，长鲸正崔嵬⑪。额鼻象五岳，扬波喷云雷。鬐鬣蔽青天⑫，何由睹蓬莱？徐氏载秦女⑬，楼船几时回？但见三泉下⑭，金棺葬寒灰⑮。

【注释】①六合：指天地四方，泛指天下。《庄子·齐物论》："六合之外，圣人存而不论。"成玄英疏："六合者，谓天地四方也。"

②虎视：谓如虎之雄视，有伺机攫取之意。

③决浮云：截断浮云。语出《庄子·说剑》："天子之剑，直之无前，举之无上，案之无下，运之无旁。上决浮云，下绝地纪。"

④天启：上天启发。

⑤"收兵"句：收兵：收聚兵器。金人：秦始皇将天下兵器收集起来，熔铸成十二个金人。《史记·秦始皇本纪》："秦始皇二十六年，收

天下兵, 聚之咸阳, 销以为钟镶, 金人十二, 重各千石, 置宫廷中。"

⑥"铭功"句: 指秦始皇登会稽山, 刻石铭功一事。《史记·秦始皇本纪》:"始皇三十七年, 上会稽, 祭大禹, 望于南海, 而立石刻颂秦德。"铭: 刻, 写。

⑦"骋望"句: 指秦始皇登琅邪台, 立石刻颂秦德一事。《史记·秦始皇本纪》:"二十八年南登琅邪, 大乐之, 留三月, 乃徙黔首三万户琅邪台下, 复十二岁。作琅邪台, 立石刻颂秦德, 明得意。"骋望: 放眼远望。

⑧"刑徒"二句: 指秦始皇派囚犯修骊山陵墓一事。《史记·秦始皇本纪》:"始皇三十五年, 隐宫徒刑者七十余万人, 分作阿房宫。或作骊山, 发北山石椁。"

⑨"尚采"句: 指秦始皇派韩终、侯公、石生等人求仙人不死之药。《史记·秦始皇本纪》:"三十二年, 因使韩终、侯公、石生求仙人不死之药。"

⑩"连弩"句: 指秦始皇在之罘, 亲自射杀阻碍求仙药的大鱼一事。《史记·秦始皇本纪》:"三十七年。方士徐市 (fú) 等入海求神药, 数岁不得, 费多, 恐谴, 乃诈曰:'蓬莱药可得, 然常为大鲛鱼所苦, 故不得至, 原请善射与俱, 见则以连弩射之。'始皇梦与海神战, 如人状。问占梦, 博士曰:'水神不可见, 以大鱼蛟龙为候。今上祷祠备谨, 而有此恶神, 当除去, 而善神可致。'乃令入海者赍捕巨鱼具, 而自以连弩候大鱼出射之。自琅邪北至荣成山, 弗见。至之罘, 见巨鱼, 射杀一鱼。遂并海西。"

⑪"长鲸"句: 长鲸: 巨鱼。崔嵬: 高大。

⑫鬐 (qí) 鬣 (liè): 鱼的脊鳍和鱼须。

⑬徐氏: 指齐人徐市, 即徐福。曾率童男童女出海为秦始皇求不死

药。《史记·秦始皇本纪》：“二十八年，齐人徐市等上书，言海中有三神山，名曰蓬莱、方丈、瀛洲，仙人居之。请得斋戒，与童男女求之。于是遣徐市发童男女数千人，入海求仙人。”

⑭三泉：三重泉，即地下深处。多指人死后的葬处。这里指秦始皇陵墓挖地极深，穿过地下三重泉水。

⑮“金棺”句：金棺：铜棺。寒灰：指尸骨化为灰土。

【译文】秦始皇横扫六合统一宇内，傲视天下是何等的威武！挥剑斩浮云气吞山河，六国诸侯皆西来朝觐。他的英明果断是上天赋予，身怀绝世韬略而驾驭群雄。他尽收天下兵器铸为十二金人，天下一统函谷关从此向东敞开。他上会稽山立石铭功，登琅邪台刻颂秦德。他还发动刑徒七十万，在骊山大规模造陵墓。他又使人乞求不死药，可惜茫然无果使心哀。始皇亲用连弩射大鱼，大鱼体形巍巍如山岭。额鼻高耸如五岳，激起的波涛，广大如云，声响如雷。大鱼的巨鳍和鱼须遮天蔽日，怎能让人看见海中的蓬莱山？徐福载着童男童女去求仙药，出海的楼船何时才能回来？但见骊山深处三重黄泉下，秦始皇金棺空剩一杯灰土。

其四（凤飞九千仞）

【题解】这是一首游仙诗。游仙诗主要以遨游仙境，倾慕神仙为主题。道教在唐代被尊为国教，道教思想也盛行于世，与道教有关的游仙诗也进入全盛时期。李白一生都喜好道教，从年少时就开始学道，曾在诗中自述自己的学道志向：“十五游神仙，仙游未尝歇。”诗人年少时，曾慕名拜访道教上清派茅山宗第十二代宗师司马承祯，与司马承祯、陈子昂、卢藏用、宋之问、王适、毕构、孟浩然、王维、贺知章等人结为仙宗十友。李白后来在山东请求天师高如贵为自己授箓成为道士，所以李白的崇仙慕道是一种从始至终的人生追求，游仙诗是李白仙道思想的重要体现，在他的作品中也占有相当的比重。这首诗大约写于天宝十四载（755），当时李白已经辞官离开长安十年，由于一直无法实现自己的抱负，因此心情颇为沉郁。全诗的前半段李白以凤凰自喻，抒发自己怀才不遇的境况。后半段抒发自己将采药炼丹，希望能得道仙去的愿望，又担心丹药太迟炼成，以致身老发白，羞于见仙人。最后强调自己无意留恋人间繁华，只想与仙人为伴。萧士赟点评此诗："此篇游仙诗，太白自言其志云。"

凤飞九千仞，五章备彩珍①。衔书且虚归，空入周与秦②。横绝历四海③，所居未得邻。吾营紫河车④，千载落风尘⑤。药物秘海岳⑥，采铅青溪滨⑦。时登大楼山，举首望仙真。羽驾灭去影⑧，飙车绝回轮⑨。尚恐丹液迟⑩，志愿不及申。徒霜镜中发，羞彼鹤上人。桃李何处开，此花非我春。唯应清都境⑪，长与韩众亲⑫。

【注释】①"五章"句：五章：五种色彩。备彩珍：珍贵的色彩齐备。

②"衔书"二句：凤凰衔书本指帝王受命的瑞应。《宋书·符瑞志》记载："有凤凰衔书，游文王之都。"这里指诗人欲将自己的治国谋略策书呈献给君王。周与秦：周朝与秦朝，这里代指长安。

③横绝：直飞，横渡。

④紫河车：道家称修炼而成的仙液，色紫，谓服之可长生。王琦注引萧士赟曰："道家蓬莱修炼法，河车是水，朱雀是火。取水一斗铛中，以火炎之令沸，致圣石九两其中，初成姹女，次谓之玉液，后成紫色，谓之紫河车，白色曰白河车，青色曰青河车，赤色曰赤河车，亦曰黄芽。"

⑤落尘：脱离尘世。落，脱，谢。

⑥秘海岳：五岳四海的灵药隐秘而难寻。

⑦"采铅"句：铅：道教炼丹所用药物，古代炼丹家以铅和汞来炼制丹药。青溪：即清溪河，在今安徽池州市城北。

⑧羽驾：传说以鸾鹤为驭的坐车。亦借指神仙。

⑨飙车：传说中御风而行的神车。

⑩丹液：道教称长生不老之药。

⑪清都：传说中天帝所住的宫阙。

⑫韩众：古代传说中的仙人。《楚辞·远游》："羡韩众之得一。"后因以"韩众"泛指神仙。

【译文】凤凰飞翔在千仞虚空，身披绚烂的五彩羽毛。衔丹书献天子无果而归，入京城无所获空叹而去。遂周游四海之内，孑然无所与邻。我且炼此紫河车之仙药，千秋万载永脱俗世凡尘。灵药深藏五岳四海之中隐秘而难寻，我不如在清溪之滨采铅来炼制丹药。登上大楼山，举首望仙人。可是仙人的羽驾不见了踪影，御风而行的云车也不见回还。我担心丹药难以炼成，求仙的愿望不能实现。看到镜中白发生，使我羞愧对仙人。娇艳的桃李不知开在何处，但此花非我所期待的春色。惟愿飞举清都仙境，与韩众等仙人共处。

其五（太白何苍苍）

【题解】此诗年代不详。这首诗与其四一样都是游仙诗。李白年少时，曾拜访道教宗师司马承祯，司马承祯评价李白"有仙风道骨，神游八极之表。"从此李白更加坚定了求道之心。所以其四与其五两首诗非一时兴起之作，而是李白的纪实之辞。李白年少时就志气恢弘，飘然有超世之心，所以寻仙访道也与他的性情相合。全诗开头四句描写太白山的壮观。接下来四句写偶遇一位外貌特异的世外真人，后十句描写诗人向真人乞求修道之法，获得真人赐予秘诀后，激动不已，决定一心修道，永别凡尘。全诗写法上采用平铺直叙的白描手法，质朴自然，反而能烘托出那种清静无为的意境。《唐宋诗醇》点评此诗："旧史称白少有逸才，志气宏放，飘然有超世之心，殆亦性之所近。或其被放东归。将授道箓时作也。"

太白何苍苍①，星辰上森列②。去天三百里，邈尔与世绝③。中有绿发翁④，披云卧松雪⑤。不笑亦不语，冥栖在岩穴⑥。我来逢真人⑦，长跪问宝诀。粲然忽自哂⑧，授以炼药说。铭骨传其语，竦身已电灭⑨。仰望不可及，苍然五情热⑩。吾将营丹砂⑪，永与世人别。

【注释】①太白：山名，太白山在陕西武功县南，山顶高寒，不生草木，常年积雪不化，望之白茫茫，故名。

②森列：纷然罗列。

③邈尔：高远。

④绿发翁：发老不白，转而为绿，是仙人之发。

⑤披云：以云披身。

⑥冥栖：幽栖。

⑦真人：道家称存养本性或修真得道的人。亦泛称"成仙"之人。《庄子·大宗师》："古之真人，其寝不梦，其觉无忧，其食不甘，其息深深……古之真人，不知说生，不知恶死，其出不䜣，其入不距；儵然而往，儵然而来而已矣。"

⑧"粲然"句：粲然：露齿而笑的样子。哂：微笑。

⑨"竦身"句：竦身：纵身上跳。电灭：像闪电一样消失。

⑩"苍然"句：苍然：茫然。五情：五内之情，指喜、怒、哀、乐、怨。

⑪丹砂：朱砂，炼丹的药物。

【译文】太白山何等的苍翠挺拔，星辰在山顶纷然罗列。直上云天三百里，杳然与世相隔绝。山中有绿发仙翁，松雪下披云独卧。他不笑也不语，在洞府中静坐。我来拜访这位真人，长跪请赐长生之诀。真人微启玉齿粲然一笑，向我传授修道炼丹秘法。我将他的话牢记在心，真人便纵身一跃像闪电般消失。我抬头仰望已不见他的踪迹，更觉得心潮澎湃而不能自已。我将从此一心炼丹，永别世人。

其六（代马不思越）

【题解】此诗年代不详。这是一篇感讽之诗，是诗人有感而发。唐玄宗在位后期，好大喜功，擅起战事，屡次对外用兵，结果损兵折将，损失惨重，奸臣酷吏又借战事趁机盘剥，百姓苦不堪言，造成民生凋敝，国力下降，为安史之乱爆发埋下了隐患。这首诗就是针对当时边塞战事而言，抒发诗人对戍边将士艰苦境遇的同情。全诗首四句以鸟兽恋土，来比喻戍边将士的思乡之情。接着描写戍边环境的艰苦险恶。最后借李广的典故，感叹一代名将立功不赏，忠诚难知。对戍边将士的凄凉结局表示了深切的同情和惋惜。明代陆时雍《唐诗镜》点评此诗："'苦战功不赏，忠诚难可宣'，此是诗柄。起结隐相注，令人不觉。"另外清人陈沆的《诗比兴笺》点评这首诗是感伤中唐名将王忠嗣的功高不赏，忠诚难知，可备一说。王忠嗣历任河西、陇右、朔方、河东四镇节度使，屡破突厥、吐蕃、吐谷浑，战功卓著，功勋彪炳。可惜被奸相李林甫所妒忌，谗言陷害，几致身死，后被贬为汉阳太守而死。

代马不思越^①，越禽不恋燕^②。情性有所习，土风固其然^③。昔别雁门关^④，今戍龙庭前^⑤。惊沙乱海日，飞雪迷胡天。蚊虻生虎鶡^⑥，心魂逐旌旃^⑦。苦战功不赏，忠诚难可宣。谁怜李飞将^⑧，白首没三边^⑨。

【注释】①代马：代地所产之马。代地，今山西北部，内蒙一带，泛指北方。

②"越禽"句：越禽：越地的鸟。越地，指今浙江一带，泛指南方。燕：指古燕国。范围为河北北方、辽宁、内蒙一带。

③土风：当地风土。

④雁门关：在山西省北部。长城重要关口之一。唐于雁门山顶置关。为山西南北交通要冲。王琦注引《山西通志》："雁门山在代州北

三十五里，双关陡绝，雁欲过者必由此径，故名。一名雁门塞，倚山立关，谓之雁门关。"

⑤龙庭：是古代匈奴祭祀祖先、天地、鬼神的地方。

⑥"虮虱"句：虮虱：虱子。虎鹖(hé)：古代武将身穿虎纹单衣，戴鹖羽之冠。

⑦旌旃(zhān)：泛指旗帜。

⑧李飞将：指汉将军李广，以勇闻名，与匈奴交战过程中屡建战功，匈奴畏惧，称之为"飞将军"。

⑨三边：指东、西、北边陲。《后汉书·杨震传》："羌虏钞掠，三边震扰。"胡三省注云："三边，东、西、北也。"后泛指边境，也有说指幽、并、凉三州。

【译文】代地的马儿不思念越地的生活，越地的鸟儿也不眷恋在燕地栖息。这是因为它们的习性各有所好，习惯了各自当地的风土。戍边将士离开往日驻扎的雁门关，又开拔到匈奴龙庭所在的荒芜地。浩瀚沙海里黄沙遮天蔽日，凛冽寒风中飞雪漫舞胡天。将士的盔甲都生满了虮虱，却一心跟随战旗的指引前进。但是苦战的功劳却得不到赏赐，一片忠诚之心又能向谁来表达？可怜这些如李广一样的忠贞将士，头发花白还在苦苦镇守三边。

其七（客有鹤上仙）

【题解】此诗年代不详。这也是一首游仙诗。游仙诗是古代诗歌的一个类型，最早可追溯到《列子》《庄子》，以及《楚辞》等辞赋中对于神人、仙境的描述。李白的游仙诗起源《楚辞》、汉乐府，继承魏晋风格，又受唐代道教风气以及自身崇仙慕道志向的影响，形成了自己独特的风格。明人朱谏论李白游仙诗云："按游仙之作，古有此体，自郭景纯以下，诗家者流皆好言之，而白最多且深，白尝有志于此，故言之亲切而有味也。"这首诗的前八句描写仙人安期生自天而降，仙童随侍，仙乐缭绕的场景。后四句表达诗人渴望服食仙草，早登仙界的期盼。《古风》组诗中的游仙诗占到总篇目的十之三四，这也是李白诗歌的一个特点。

客有鹤上仙①，飞飞凌太清②。扬言碧云里，自道安期名③。两两白玉童，双吹紫鸾笙。去影忽不见，回风送天声④。举首远望之，飘然若流星。愿餐金光草⑤，寿与天齐倾⑥。

【注释】①鹤上仙：乘鹤而来的仙人。

②太清：天空。

③安期：又名安期生，仙人名。秦、汉间齐人，一说琅琊阜乡人。传说他曾从河上丈人习黄帝、老子之说，卖药东海边。秦始皇东游，曾与他相谈三日夜，赐金璧数千万，安期生留书及赤玉鞋一双为报。后秦始皇遣使入海寻找安期生，未至蓬莱山，遇风波而返。

④回风：旋风。《楚辞·九章·悲回风》："悲回风之摇蕙兮。"王逸注："回风谓之飘风。"

⑤金光草：古代传说中的一种仙草，食之可以长寿。

⑥倾：尽，与天齐倾即与天相始终。

【译文】有仙客乘鹤遥遥而来，在太清之上盘旋高飞。碧云里传来他的声音，自我言说就是安期生。他身边有两个白玉童，两人都在吹奏紫鸾笙。仙人的影踪忽然消失不见，天边只有飘风传回的余音。举首远望寻找踪迹，只见仙人飘若流星。我也愿食金光之草，寿与天齐长生不老。

其八（庄周梦蝴蝶）

【题解】此诗年代不详。这首诗收录在唐代殷璠所编选的《河岳英灵集》中，原题为《咏怀》。庄周梦蝶源出《庄子·齐物论》。庄子通过对自己梦中变化为蝴蝶和梦醒后蝴蝶又变化为自己的事情，进行了描述与探讨，提出了主体与客体、真实与虚幻、生与死可以相互转化的观点。故事虽小，却包含着庄子哲学的深刻思想。庄子认为万物存在区别，也存在着对立。但是万物又是统一的，浑然一体的，而且彼此都可以相互不断转化，因而又都是没有区别的，这里面充满了辩证思想。李白在这首诗中，并没有去讨论其中深刻的哲学意义，而是通过庄周梦蝶和邵平种瓜的故事，感叹世事易变，人生无常，富贵不足为羡。庄周化蝶，蝶化庄周，一体之身尚且变化多端，更何况天下万物？青城门的种瓜人，曾为秦东陵侯，秦灭为布衣，由此可知富贵如幻影，看破此中道理，则知人生不必狗苟蝇营，劳心费力，因此这首诗体现了诗人自己对人生的理解和感悟。

庄周梦蝴蝶，蝴蝶为庄周①。一体更变易②，万事良悠悠。乃知蓬莱水，复作清浅流③。青门种瓜人，旧日东陵侯④。富贵固如此，营营何所求⑤？

【注释】①"庄周"二句：用的是庄周化蝶的典故。《庄子·齐物论》中记载庄周有一天梦到自己变成了一只蝴蝶，就觉得自己真是一只翩翩飞舞的蝴蝶了，而忘记自己是庄周了。醒来后，猛然一惊，觉得自己还是庄周，再细想，到底是自己梦中变为蝴蝶呢，还是蝴蝶梦中变为自己。表达了庄子认为万物可以互相转化的"物化"观念。

②一体：指身体。

③"乃知"二句：用的是沧海桑田的典故。葛洪《神仙传》中记载，仙人麻姑对王远说曾经三次见到东海变为桑田，麻姑看到蓬莱水又变浅，自问难道东海又将变为陆地吗？

④"青门"二句：用的是东陵种瓜的典故。《史记·萧相国世家》记载，广陵人邵平为秦东陵侯，秦灭，邵平成为布衣，种瓜青城门外，瓜美，故时人谓之东陵瓜。

⑤菅菅：忙碌奔波的样子。

【译文】庄周梦中化为蝴蝶，还是蝴蝶梦中化为庄周。一体之身尚且互为变易，万物的变化实在多不胜数。于是可知蓬莱之水，也会变成浅浅的清流。青城门旁的种瓜人，曾是昔日秦朝东陵侯。富贵如此变幻，何必苦苦钻求？

其九（齐有倜傥生）

【题解】此篇年代不详。李白在诗中表达了自己对战国名士鲁仲连的敬慕之情。《史记·鲁仲连邹阳列传》记载，鲁仲连"好奇伟倜傥之画策，而不肯仕宦任职，游好持高节"。李白为人既有建功立业，名垂于世的志向，又有淡泊闲适、潇洒放达的情怀，正与鲁仲连乐于排忧解难，功成身退的性格相投，所以鲁仲连是李白最为敬慕的古人之一，故于诗中一再咏及。整首诗用词简练，以"倜傥"与"淡荡"来高度概括鲁仲连的为人，也作为对自己的期许。清人赵翼在《瓯北诗话》点评说："青莲少好学仙，故登真度世之志，十诗而九。盖出于性之所嗜，非矫托也。然又慕功名，所企羡者，鲁仲连、侯嬴、郦食其、张良、韩信、东方朔等。总欲有所建立，垂名于世，然后拂衣还山，学仙以求长生。"

　　齐有倜傥生，鲁连特高妙①。明月出海底②，一朝开光曜。却秦振英声③，后世仰末照④。意轻千金赠，顾向平原笑。吾亦淡荡人⑤，拂衣可同调⑥。

【注释】①鲁连：即鲁仲连，战国时期齐国人。《史记·鲁仲连邹阳列传》记载，长平之战后，秦国军队包围了邯郸，赵国岌岌可危，赵国向魏国求援，魏国却建议赵国尊秦为帝，使秦军退兵，鲁仲连听说后，前往拜见魏国使者辛垣衍，分析利害关系，说服了辛垣衍，秦军听说后，退兵五十里。随后信陵君引军攻秦，秦军败退，邯郸之围遂解。赵国平原君以城邑，重金酬谢鲁仲连，鲁仲连坚辞不受。

　　②明月：夜光珠的名称，因为光芒似月，故曰明月。

　　③却秦：退却秦军。即指鲁仲连退却秦军后，坚辞封赏的事情。

　　④末照：余晖。

　　⑤淡荡：淡泊自在。

　　⑥同调：同声，比喻志趣相合。

【译文】齐国有位豪放不羁的俊杰，他就是特然高妙的鲁仲连。

他就像明月之珠出于海底，一朝面世就发出耀眼光辉。他只言片语就斥退秦兵而名声大振，后世之人对其辉煌的品格十分敬仰。他对于千金之赠十分看轻，含笑推辞了平原君的赏赐。我也是鲁仲连一样的淡泊之人，功成抽身而退是我们共同的志趣。

其十（黄河走东溟）

【题解】此诗年代不详，当作于诗人中晚年。诗人感叹黄河东流，白日西坠。时光如流水，匆匆而去不复还。转眼自己白发已多，每当临镜自照，都仿佛在提醒诗人，时光易逝，人世苦短，人生不比青松，能四时不凋。应当及早修道养神，驻颜延年。全诗表达了诗人对光阴一去不复还的感慨，在诗人看来人生只是瞬间，犹如流水与白日的飞逝。孔子当年在川上感叹时光如流水东逝，不舍昼夜。李白以黄河东流，白日西坠来比喻时光的流逝，进一步将这一过程具体化、生动化，使读者在头脑中勾勒出一幅形象的画面，增强了艺术感染力。

黄河走东溟①，白日落西海。逝川与流光②，飘忽不相待。春容舍我去③，秋发已衰改④。人生非寒松，年貌岂长在！吾当乘云螭⑤，吸景驻光彩⑥。

【注释】①东溟：东海。

②"逝川"句：逝川：流逝的河川。流光：消逝的时光。

③春容：谓少年之容。

④秋发：白发。

⑤云螭：传说中龙的别称。

⑥"吸景"句：吸景：吸日月之光。光彩：容颜。

【译文】黄河奔流入东海，白日坠落于西山。时光如流水，消逝不等待。少年容颜舍我而去，满头白发身已衰颓。人生非耐寒之松柏，寿短貌摧岂可长在？我应当及早乘云龙升仙，吸收日月精华永葆青春。

其十一（松柏本孤直）

【题解】此诗年代不详。此篇咏东汉隐士严光。隐士文化是中国所特有的一种文化，在历史上具有重要影响。早在尧舜时期就有许由这样不肯接受天下的高士，后来周朝时有伯夷叔齐，隐居首阳山，不食周粟而死。《论语》中也曾提到接舆、长沮、桀溺、荷蓧杖人等众多隐士。他们都不是普通人，他们具有深厚的文化修养、高尚的道德情操与人生智慧，他们不愿做官的原因众多，其中之一便是他们向往自由自在的生活，崇尚自然之道。在宁静与静谧的隐居生活中，他们能够释放自己的思想，摆脱心灵的羁绊，最终悟道，达到天人合一的境界。所以在他们看来，世俗间的名利对生命来说只是一种负累。他们代表了一种不攀权贵，不慕荣华，崇尚自然的高贵品格。东汉严光就是一位这样的隐士。全诗李白盛赞了严子陵不慕荣华的高风亮节，借古人抒发自己宁愿如松柏孤直，也不愿如桃李媚人的志向。开始两句诗借松柏和桃李作比喻，表明君子就应当像松柏那样刚直不阿，而不该像小人那样阿谀奉承以取悦于人君。中间六句描述严子陵虽与刘秀为故交，也不肯借势攀附，而是平等相交，不求闻达，最终归隐山林。最后感叹严子陵的慷慨脱俗气度，实在高不可攀，自己也有意以严子陵为榜样，遁迹江湖。全篇抒怀与咏史，交错铺进，文章主旨前后呼应，是咏史中的佳篇。

　　松柏本孤直，难为桃李颜。昭昭严子陵①，垂钓沧波间。身将客星隐②，心与浮云闲。长揖万乘君，还归富春山③。清风洒六合，邈然不可攀④。使我长叹息，冥栖岩石间⑤。

【注释】①"昭昭"句：昭昭：光明显著。严子陵：即严光，字子陵。原姓庄，后人为避汉明帝刘庄讳改其姓，会稽余姚人，年少时就名闻天下，与汉光武帝刘秀是同学。刘秀即位后，严子陵变更姓名，隐居世外。刘秀了解严子陵的贤能，让地方官寻访他。后来在大泽边找到严子陵，刘秀让人备车马前去迎接他，前后三次才把严子陵请来。刘秀去看望严子陵，严子陵高卧不起，刘秀拍着严子陵的肚子说："子陵啊，你不肯帮我吗？"严子陵很久才睁开眼说道："人各有志何必强求呢？"刘秀说："看来我终究不能说服你啊。"后来刘秀与严子陵在宫中畅谈，晚上同床抵足而眠，严子陵把脚放在了刘秀的肚子上，第二天太史上奏，说："客星侵犯帝星甚急。"刘秀笑着说："不用紧张，是我与故人严子陵抵足而眠。"刘秀打算任命严子陵为谏议大夫，但是严子陵不肯接受，归耕于富春山下，后人把严子陵钓鱼的地方称为严陵濑。事见《后汉书·严光传》

　　②客星：没有固定轨道、周期，突然出现的亮星。古代常指新星和彗星。

　　③富春山：位于浙江省桐庐县西三十里，又名严陵山。

④遐然：高远貌。

⑤冥栖：犹隐居。

【译文】松柏本就孤傲耿直，不若桃李浓艳媚人。高风亮节的严子陵，甘愿垂钓于碧波之间。他像客星一样归隐不仕，心如浮云一样淡泊闲逸。他向万乘君主长揖而别，回富春山隐居不求闻达。志士高洁之风吹拂世间，遐然高远不可得而攀也。我敬慕不已而长长叹息，也打算归隐于岩穴之间。

其十二（君平既弃世）

【题解】此诗年代不详。这也是一篇咏史诗，称咏西汉隐士严君平，立意与上一篇咏严光相同。李白满怀一腔济世安民的热诚，却不能实现自己的抱负，因而借严君平的故事来抒发自己郁郁不得志的感慨。"君平既弃世，世亦弃君平"既是描写严君平不为世俗所容，也是诗人不得进用的自我写照。全诗开头写严君平淡泊名利，潜心研究易经数理和老庄之学，以化育众生。他闭门学道，甘于寂寞。诗人以驺虞、鸑鷟为比喻，说明贤人处世终究会有用武之地。最后写严君平虽不为世人所敬，但是却被天汉所知。诗人感叹当今没有海客，纵有严君平那样的才能，又有谁能知道呢？其实诗人也是以严君平自喻，来表达自己怀才不遇的愤懑。

君平既弃世①，世亦弃君平②。观变穷太易③，探玄化群生④。寂寞缀道论⑤，空帘闭幽情⑥。驺虞不虚来⑦，鸑鷟有时鸣⑧。安知天汉上⑨，白日悬高名。海客去已久⑩，谁人测沉冥⑪？

【注释】①"君平"句:君平:指西汉严君平。据《汉书·王贡两龚鲍传》记载,严君平一生淡泊名利,隐居于成都时,虽以卖卜为生,但却能因势利导而教化众人。有人前来问卜,严君平则根据占卜结果,陈说利害,对于子女则劝其孝道,对于兄弟则劝其友爱,对于臣子则劝其忠诚。大多数人都能接受他的劝勉。每天卖卜得到百钱,严君平就闭门放帘,潜心研究《老子》《庄子》,著书立说十余万字。弃世:指严君平有济世之才,却无意施展。

②"世亦"句:指世人也不知道严君平的贤能而不任用他。

③"观变"句:观变:观卦爻之变。太易:指原始混沌的状态,这里指《易经》。

④化群生:教化众人。

⑤缀道论:补述道家著作。指严君平著书立说十余万字。

⑥"空帘"句:指严君平每天卖卜得到百钱,就闭门放帘研究学问。

⑦驺虞:传说中的瑞兽名。白虎黑纹,尾比躯长,生性仁慈,不吃活的动物。

⑧鸑(yuè)鷟(zhuó):凤凰。

⑨天汉:指银河。

⑩海客:出海之人。《博物志》记载,天河与大海相通,有海客乘船,到达一处城郭,里面屋舍俨然。有很多女子在织锦,一男子在饮牛。牵牛人看到他十分惊讶,海客询问这是什么地方,牵牛人告诉他回去询问严君平就知道了。海客回来询问严君平,严君平说某年某月某日,有客星侵犯牵牛星,海客计算时间,正是他到达天河的时候。

⑪沉冥:泯然无迹。

【译文】严君平负旷世之才而不求闻达,世人亦不知其贤能而任由埋没。他观卦爻之变潜心钻研大易，探索天地玄机以教化众生。他甘于寂寞补著道家学说，闭门垂帘而独享幽闲之情。驺虞这样的仁兽不会无故出现，凤凰这样的神鸟也会应时啼鸣。世人哪知道在天河仙界，君平的大名如白日高悬。只是海客早已不在，有谁知道严君平的高深？

其十三（胡关饶风沙）

【题解】开元、天宝年间，唐玄宗承国家富庶，遂贪边功。罢免张九龄，而重用李林甫、杨国忠，频繁对吐蕃、南诏用兵，造成边军大量死伤，百姓疲敝不堪。安禄山攻契丹使六万唐军全军覆没。哥舒翰攻吐蕃石堡城一役，唐军以伤亡数万人的代价，仅俘获吐蕃将士数百人。诗人有感于唐玄宗的穷兵黩武和世无良将，而写此诗以讽谏。全诗开始部分描写边关黄沙漫天，城邑荒芜，白骨露野以及胡人肆虐的萧瑟肃杀景象。中间部分叙述朝廷出征讨伐胡人，百姓子弟被征从军，以致骨肉分离，田地无人耕种。最后诗人感叹没有李牧那样的良将来驱除胡虏。诗中对于战争的惨烈并没有直接描述，而是通过写景来渲染气氛，使读者感同身受，表达了诗人深切的忧国忧民情怀。

胡关饶风沙，萧索竟终古①。木落秋草黄，登高望戎虏。荒城空大漠，边邑无遗堵②。白骨横千霜，嵯峨蔽榛莽③。借问谁陵虐④？天骄毒威武⑤。赫怒我圣皇，劳师事鼙鼓⑥。阳和变杀气⑦，发卒骚中土⑧。三十六万人，哀哀泪如雨。且悲就行役⑨，安得营农圃? 不见征戌儿, 岂知关山苦! 李牧今不在⑩, 边人饲豺虎⑪。

【注释】①终古: 往昔, 自古以来。

②堵: 墙壁。

③"嵯峨"句: 嵯峨: 高耸。榛莽: 丛杂的草木。

④陵虐: 欺压凌辱。

⑤天骄: "天之骄子"的略语。汉武帝时, 匈奴狐鹿单于致书汉朝, 自称为"天之骄子", 意为天所骄宠, 故极强盛。后泛指强盛的北方边地民族。

⑥鼙(pí)鼓: 古代军中使用的战鼓。鼙, 古代军中的一种小鼓。

⑦阳和: 祥和的气氛。

⑧中土: 泛指中国。

⑨行役: 旧指因服兵役、劳役或公务而出外跋涉。

⑩李牧: 《史记·廉颇蔺相如列传》记载, 李牧为战国时期赵国的大将, 长期镇守代地、雁门关, 防备匈奴。李牧佯装胆怯, 不与匈奴接战, 休养生息数年, 聚积精兵良将, 始与匈奴一战, 大破十万匈奴, 使匈奴十余年不敢犯边。

⑪边人: 边境的百姓。

【译文】胡地向来风沙漫天, 自古都是荒芜之地。秋风萧瑟中叶落草黄, 登高远望以防胡人进犯。只见大漠里荒城孤立, 曾经的城邑断壁无存。累累白骨经年暴露于野, 埋没在丛生的荆棘中。是谁如此暴虐荼毒生灵? 原来是胡人残害百姓。圣明天子赫然大怒, 派出大军征讨胡虏。顿时阳和变为杀气, 征发士卒扰动中原。三十六万子弟被征从军, 百姓骨肉分离泪落如雨。青壮劳力都去行军打仗, 还有谁来在家种菜耕地？不亲历戍边将士的处境，岂知守卫关山的艰苦？可惜世间再无李牧般的良将，使边塞军民免受残暴胡兵的蹂躏。

其十四（燕昭延郭隗）

【题解】此诗大概是李白离开长安之后所作。天宝年间，李林甫、杨国忠把持朝政，任人唯私，唐玄宗已经失去早年的进取精神，沉湎于享乐。天宝元年，李白入侍翰林院供奉，准备一展抱负，可惜不被进用，无奈离开长安。所以诗人以燕昭王重金招贤的典故，来针砭当政者不能重视人才。文末引用春秋时田饶不受鲁国重用的故事，表明自己打算效仿田饶，像黄鹤那样远走高飞。全诗语言精炼，运用史实典故，或讽谏，或自比，苦闷中有激昂，洒脱中有留恋，诗人的傲骨与家国情怀，跃然纸上，风格独特。萧士赟《分类补注李太白诗》注："太白少有高尚之志，此诗岂出山之后，不为时相所礼，有轻出之悔欤？不然，何以曰'方知黄鹄举，千里一徘徊？'吁！读其诗者。百世之下，犹有感慨。"

燕昭延郭隗①，遂筑黄金台②。剧辛方赵至③，邹衍复齐来④。奈何青云士⑤，弃我如尘埃！珠玉买歌笑，糟糠养贤才。方知黄鹤举⑥，千里独徘徊。

【注释】①"燕昭"句：燕昭：指燕昭王，战国时期燕国国君。战国时，齐国趁燕国内乱，攻破燕国，燕王哙被杀，赵武灵王派人送燕昭王回国即位。据《史记·燕召公世家》记载，燕昭王即位后，以重金招揽贤士，并向燕国贤臣郭隗求教强国之策。郭隗建议，燕昭王欲招揽人才，请先从厚待郭隗开始,那么比郭隗贤能的人才自然会被吸引而来。于是燕昭王为郭隗修筑宫室,并尊郭隗为师。结果有乐毅自魏国而来,邹衍自齐国而来,剧辛自赵国而来,天下豪杰争相赴燕。后来燕昭王拜乐毅为上将军,联合五国伐齐,夺齐国七十城。

②黄金台:据《上谷郡图经》记载:"黄金台,易水东南十八里,燕昭王置千金于台上,以延天下之士。"

③剧辛:赵国人,原为赵将,听闻燕昭王下诏求贤,入燕国为官,辅佐燕昭王大破齐国,后攻赵兵败被擒杀。

④邹衍:齐国人,战国时阴阳家代表人物,创立"五德终始说"。

⑤青云士:喻指位高名显的人。

⑥黄鹤举:《韩诗外传》记载,田饶侍奉鲁哀公,但得不到重用。田饶对哀公说:"我将要像黄鹤那样飞走了。"哀公问:"为什么啊?"田饶说:"鸡有五德,君主尚且把它杀了吃掉,这是因为鸡离君主太近,伸手可得,所以君主不珍惜。而黄鹤飞越千里,来到君主这里,君主却盛情款待,黄鹤没有鸡的五德,却受到君主的宠爱,这是因为黄鹤来自远方,难于见到的缘故,因此我也要离开你远走高飞。"田饶离开鲁国去往燕国,被燕王任命为相国,治燕三年,天下太平。鲁哀公悔之不及。

【译文】燕昭王礼聘郭隗,高筑起了黄金台。剧辛刚从赵国来投奔,邹衍又从齐国来进见。为何当今掌权者,却弃我如同尘埃。不惜花费珠玉买歌舞,却对贤才养之以糟糠。我如今方才明白黄鹤飞举的原因,得不到礼遇不如千里之外独自徘徊。

其十五(金华牧羊儿)

【题解】这也是一首游仙诗,大概意不在讽谏,是诗人自述对修仙的向往。寻仙访道一直是诗人所热衷的事情，是诗人创作灵感的重要来源，也赋予诗人奔放不羁、想象夸张的诗风。金华山相传为赤松子得道处，诗人欲与赤松子相携游，采琼蕊，炼精魄，求长生，脱凡俗。诗中云："未去发已白。"可知此诗当为诗人晚年作品。

金华牧羊儿①，乃是紫烟客②。我愿从之游，未去发已白。不知繁华子③，扰扰何所迫④? 昆山采琼蕊⑤，可以炼精魄⑥。

【注释】①"金华"句：金华：指金华山，在今浙江金华北。牧羊儿：指黄初平。《神仙传》记载，丹溪人黄初平，年十五，家里让他放羊，有道士见他良善，收他为徒，在山中修道四十年没有回家。他的兄长黄初起入山寻找他，找了好几年也没有找到，后来在集市上见到一位道士，黄初起请他占卜弟弟的下落，道士说："金华山中有一个牧羊人，叫黄初平，难道是你的弟弟吗?"黄初起就跟随道士进山，见到了黄初平，两人相见悲喜交加。后来黄初起问弟弟那些羊在何处，回答说都在山的东面，黄初起去到那里，只见到很多白色石头，回来后告诉黄初平只有白色石头而没有羊，黄初平告诉他羊就在那里，只不过他看不到。于是一起前去找羊，到了那里，黄初平大喝一声："羊起来。"于是白色石头全都变成了羊，有数万只。黄初起十分惊讶，问到："看来弟弟是学到了仙术，我是否也可以学习?"黄初平答应了。于是黄初起也进山随弟弟学道，服食松脂茯苓，修道五百年后，仍然面如童子。后来黄初平改名为赤松子，黄初起改名为鲁班。

②紫烟客：指服食丹药的修炼者。

③繁华子：容饰华丽的少年。

④扰扰：形容纷乱的样子。

⑤琼蕊：传说中昆仑山有琼树，琼树的琼蕊食之可长生。

⑥精魄：人的魂魄。

【译文】金华山的牧羊儿，原来是得道之人。我想随他修仙，但未去发已白。不知世上富贵人，忙忙碌碌为哪般。不如昆仑山上采琼蕊，食之可以长生炼精魄。

其十六（天津三月时）

【题解】此诗大概作于开元二十二年（734），当年正月唐玄宗亲临东都洛阳，李白亲见百官上朝的隆重，因而写下此诗。此诗借言都城景物变迁，讽喻富贵者有盛衰，应当及早功成身退。此诗第一部分描写暮春三月的洛阳天津桥，桃李盈门，花开灼灼，但是花好难持久，朝开暮落，随水东流，流水不绝古今相续，而今人非昔人，年年更替。第二部分写大臣们上朝和退朝的景象。鸡鸣上朝，班列朝庭。朝罢而归，声势浩荡，一时间志满意得，气焰熏天。第三部分写达官贵人归家后，坐于高堂，珍馐美味，列鼎而食，歌舞夜以继日，自以为千年无忧。第四部分劝勉世人不要步李斯、石崇的后尘，不如像范蠡那样功成身退，逍遥江湖。此诗属《古风》中的长篇，比兴迭起，风调高雅，直刺时弊，很有建安风骨。北宋范温在《潜溪诗眼》中评价李白时说："建安诗辩而不华，质而不俚，风调高雅，格力遒壮。得风雅骚人气骨，最为近古，惟李杜有之。"

天津三月时①，千门桃与李。朝为断肠花②，暮逐东流水。前水复后水，古今相续流。新人非旧人，年年桥上游。

鸡鸣海色动③，谒帝罗公侯。月落西上阳④，余辉半城楼。衣冠照云日，朝下散皇州。鞍马如飞龙，黄金络马头。行人皆辟易⑤，志气横嵩丘⑥。

入门上高堂，列鼎错珍羞。香风引赵舞，清管随齐讴。七十紫鸳鸯⑦，双双戏庭幽。行乐争昼夜，自言度千秋。

功成身不退，自古多愆尤⑧。黄犬空叹息⑨，绿珠成衅雠⑩。何如鸱夷子⑪，散发棹扁舟。

【注释】①天津：古浮桥名。故址在今河南洛阳市西南。隋炀帝大业元年建此桥，因洛水贯都，有天汉津梁的气象，故名曰天津桥。《元和郡县志》："天津桥在河南县北四里，隋炀帝大业元年初造此桥，以驾洛水。用大船维舟，皆以铁锁钩连之。南北夹路，对起四楼，其楼为日月表胜之象。然洛水溢，浮桥辄坏。唐贞观十四年，更令石工累方石为脚。因《尔雅》'斗牛之间为天汉之津'，故取名焉。"

②断肠花：引人极为爱怜或哀伤之花。杨齐贤注："言三月之朝，桃李烂漫，春心摇荡，感物伤情，肠为之断。至于日暮，花已零落，随逐东流之水。"

③海色：指将晓时的天色，如海气朦胧然。

④西上阳：指洛阳的上阳宫，在宫城之西南隅。《旧唐书·地理志》："上阳宫，在宫城之西南隅，南临洛水，西拒谷水，东即宫城，北连禁苑。宫内正门正殿皆东向，正门曰提象，正殿曰观风。其内别殿、亭观九所，上阳之西，隔谷水有西上阳宫。虹桥跨谷，行幸往来，皆高宗龙朔后置。"

⑤辟易：退避，多指受惊吓后控制不住而离开原地。

⑥嵩丘：即嵩山，在今河南登封市北。

⑦"七十"句：古乐府《鸡鸣曲》："鸳鸯七十二，罗列自成行。"这里指舞女像鸳鸯一样罗列庭中。

⑧愆尤：罪过。

⑨"黄犬"句：《史记·李斯列传》记载，秦二世二年（前209），李斯被赵高诬陷谋反，腰斩于咸阳集市，李斯与小儿子即将被押上刑场时，回头对小儿子说："我想和你再牵着黄犬，到上蔡东门追逐狡兔，还能有这样的机会吗？"于是父子抱头痛哭，结果被诛三族。

⑩"绿珠"句：《晋书·石崇传》记载，石崇有美妾名为绿珠，美艳动人，擅于吹笛。孙秀派人向石崇索求绿珠，石崇将数十个婢妾都叫出来让使者过目，从中挑选。使者只要绿珠。石崇勃然大怒予以拒绝，最终还是没有答应。孙秀恼怒之下，劝赵王司马伦杀掉石崇，武士来抓捕石崇时，石崇对绿珠说："我是为了你而惹祸。"绿珠哭着说："我应该以死去来报答你。"便自投于楼下而死。石崇的母亲、兄弟、妻妾、儿女不论老少都被杀害。衅（xìn）：事端。雠（chóu）：同"仇"。

⑪鸱（chī）夷子：指越国大夫范蠡。范蠡帮助越王勾践复国成功后，退隐江湖，改名为鸱夷子皮。《史记·货殖列传》："昔者越王句践困于会稽之上，乃用范蠡、计然。修之十年，国富，厚赂战士，士赴矢石，如渴得饮，遂报彊吴。范蠡既雪会稽之耻，乃乘扁舟，浮于江湖，变名易姓，适齐为鸱夷子皮。"鸱夷：本指装酒的革囊，因为是皮革所制，故曰子皮。范蠡自号鸱夷子皮，意思是自己可以像盛酒的革囊一样，既可以容物，不用时又可以卷起来收藏，收放自如。

【译文】暮春三月天津桥边，千户万户桃李盛开。早上还是娇艳到令人感伤的花朵,傍晚时便纷纷凋落水中随水东流。洛水前水连后水,古今相续而流。天津桥上今人非昔人,年年桥上出游。

鸡鸣天刚破晓之时,上朝公侯罗列宫廷。此时月落上阳宫,余辉映半城。群臣衣冠鲜明照耀云日,下朝各归皇都四处府邸。车如流水马如游龙,雕鞍金络光华夺目。路上行人相避让,滔天气势凌山岳。

回府之后坐于高堂,珍馐美味列鼎而食。席间,赵姬舞轻袖引来香风阵阵,齐女歌妙曲伴随管乐声声。七十舞女列队排演于堂上,就如鸳鸯双双戏水在庭前。日夜行乐而不知疲倦,自以为这样的逍遥千载不变。

如果不懂得功成身退的道理,自古以来大多是悲惨的结局。秦相李斯被杀于咸阳,空自叹息不能牵黄犬,逐狡兔。晋朝石崇宠溺绿珠女,骄奢淫逸因而结怨仇,灭身家。明智如范蠡,自称鸱夷子,散发乘轻舟,逍遥江湖上。

其十七(西上莲花山)

【题解】这是一首游仙诗,可能作于天宝十五载(756)左右,当时洛阳已被安禄山攻破,而长安还未沦陷。对这首诗的理解,历代出入很大。有的观点认为这是李白纪实而写,李白登华山与仙人在云台相会,飞升空中俯视大地看到安禄山叛军攻陷洛阳,导致百姓生灵涂炭。也有的认为这是李白借卫叔卿见汉武帝的典故来讽谏唐玄宗,表明自己也像卫叔卿那样飘然而去,才免于兵乱。李白的这首诗作,就如明代陆时雍在《唐诗镜》中所评价的那样"有情可观,无迹可履,此古人落笔佳处。"

西上莲花山①，迢迢见明星②。素手把芙蓉③，虚步蹑太清④。霓裳曳广带⑤，飘拂升天行。邀我登云台⑥，高揖卫叔卿⑦。恍恍与之去，驾鸿凌紫冥⑧。俯视洛阳川，茫茫走胡兵⑨。流血涂野草，豺狼尽冠缨⑩。

【注释】①莲花山：指西岳华山。《华山记》云："山顶有池，生千叶莲花，服之羽化，因曰华山。"

②明星：明星为华山的仙女。《太平广记》："明星玉女者，居华山，服玉浆，白日升天。"

③素手：指女子洁白的手。芙蓉：莲花。

④太清：天空。

⑤霓裳：以霓所制的衣裳。指仙人所穿的服装。

⑥云台：指华山北峰云台峰。因"上冠景云，下通地脉，巍然独秀，有若云台"而得名。

⑦卫叔卿：据《神仙传》记载，卫叔卿是中山人氏，服食云母成仙。汉元封二年（前109），汉武皇帝在宫殿闲坐，忽然有人乘云车，驾白鹿，从天而降，其人面如童子，羽衣星冠。汉武帝吃惊询问为谁，回答说是中山卫叔卿也。汉武帝说若是中山人，那么就是朕的臣民了。卫叔卿来见汉武帝，是因为汉武帝好道，以为其见到仙人必定会很尊敬，哪料到汉武帝以"是朕的臣民"来回应，于是大失所望，消逝而去。汉武帝非常悔恨，即遣使者到中山，寻找卫叔卿，结果没有找到。又遣使者和卫叔卿的儿子度世，一起到华山，求寻其父。在绝岩之下，望见其父与数人博戏于石上，紫云缭绕，白玉为床，有数仙童执幢节立其后。

⑧紫冥：指仙府。

⑨"俯视"二句：谓从华山顶俯视，只见洛阳一带全是胡兵。这里指天宝十四载（755）十二月，安禄山叛军攻陷洛阳一事。

⑩豺狼：指叛军。冠缨：帽带。结于颔下，使帽固定于头上。这里代指官员。

【译文】向西登上华山的莲花峰，远远地看见了仙女明星。她的纤纤素手拿着莲花，凌空亭亭而立。身着霓裳拖曳着长长的衣带，在空中翩然升起。她邀我登上云台峰，拜见了神仙卫叔卿。恍惚中我与他们一起驾着鸿鸟，飞临了仙府。向下俯视洛阳的时候，只见到处都是胡兵肆虐。百姓的鲜血染红了野草，而叛军头目们都头戴官帽身居高位。

其十八（昔我游齐都）

【题解】此诗年代不详。李白辞官离开长安后，来到山东，在齐州（今济南）紫极宫由天师高如贵亲授道箓，正式成为一名道教徒。之后，李白偕同杜甫、高适等人游览济南山水，登临华不注山。李白一生游历过许多名山大川，华不注山或许不能同那些名山相比，李白之所以对它情有独钟，大概是因为有赤松子这样的仙人吧，正所谓"山不在高，有仙则名。"这首诗体现了李白一贯的飘逸、洒脱风格。诗人同仙人赤松子一起，乘鹿驾龙，飞升天宇，一同在空中俯瞰大地的倒影，是何等的自在逍遥。

昔我游齐都①，登华不注峰②。兹山何峻秀，绿翠如芙蓉。萧飒古仙人③，了知是赤松④。借予一白鹿，自挟两青龙。含笑凌倒景⑤, 欣然愿相从。

【注释】①齐都: 指济南, 是唐代齐州的治所, 今山东济南市。

②华不注峰: 华不注山位于济南城北, 与鹊山隔黄河相望, 是济南名景"齐烟九点"中的著名景观。唐时华不注山周围湖沼环绕, 孤峰秀立, 远远望去就像水中的一朵含苞待放的芙蓉花, 周围湖光山色, 景色秀美。

③萧飒: 潇洒, 洒脱。

④赤松: 即赤松子, 是传说中的仙人。据《列仙传》, 赤松子曾是黄帝时的雨师。能入火无碍, 随风雨上下, 常往昆仑山, 居西王母石室中, 炎帝少女追随赤松子学道, 成仙而去。

⑤倒景: 指天的极高之处。景, 同影。处于极高之处, 日月在下, 所以影倒。

【译文】昔日我游历齐州济南时, 登上了华不注峰。山峰是何等的孤傲峻秀, 郁郁葱葱如同含苞的芙蓉。我遇到一位潇洒飘逸的仙人, 询问他的名字原来是赤松子。他借给我一只白鹿为坐骑, 自己则由两条青龙驮负。我欣然随他而去, 谈笑间一同飞上虚空。

其十九(泣与亲友别)

【题解】此诗年代不详。这是一首离别诗, 表达了与亲友告别时的伤感之情。诗人勉励亲友要保持青松一样的坚韧不拔之心, 不惧风雪严寒的侵袭。同时发出世道多变, 人生易老, 今日一别, 不知何日再见的感慨。

泣与亲友别,欲语再三咽。勖君青松心①,努力保霜雪。世路多险艰,白日欺红颜②。分手各千里,去去何时还③。

【注释】①勖:勉励。

②红颜:喻指少年。

③去去:越去越远之意。苏武《留别妻》诗云:"参辰皆已没,去去从此辞。"

【译文】我与亲友相泣而别,欲安慰却哽咽难语。勉励诸君长存青松坚定之心,努力保持霜雪难侵之本色。世道艰险多有不平,时光易逝红颜易老。此地一别相隔千里,越去越远何时再见?

其二十(在世复几时)

【题解】此诗年代不详。这首诗的宗旨还是在于寻仙访道。诗人感叹人生苦短,世事无常,虽然有志于学道,却耽误至白首,仍然一事无成。忽翻然自悟,这一切在于被名利所累,不得安闲,于是决定远游求道。全诗前四句写人生苦短,转瞬即逝,即使有炼丹仙书,恐怕也来不及修习。中间四句自嘲为名利所困,不得逍遥自在。最后四句写决意寻仙访道,但是大海茫茫到哪里去寻找呢?

萧士赟《分类补注李太白诗》和王琦《李太白文集辑注》中将这首诗与《昔我游齐都》和《泣与亲友别》合并为一首诗,但是这样一来整首诗的语意不连贯,因此三首诗当分列。

在世复几时,倏如飘风度①。空闻紫金经②,白首愁相误。抚已忽自笑,沉吟为谁故? 名利徒煎熬,安得闲余步③? 终留赤玉舄④,东上蓬山路。秦帝如我求,苍苍但烟雾。

【注释】①飘风:旋风,暴风。

②紫金经:炼丹之书。

③闲:缓。

④赤玉舄(xì):赤玉的鞋子。相传为神仙所穿。据《列仙传》记载,秦始皇时期,琅琊郡有一位安期生,在海边卖药,据说年纪上千。秦始皇东游时曾与安期生相见,便重赐安期生,但安期生都没有接受,留下一双赤玉舄送给秦始皇,并告诉秦始皇:"后数年,求我于蓬莱山。"秦始皇后来派使臣入海寻找,遇大风浪返回。

【译文】人生在世能有几何? 迅如阵风倏忽而逝。纵有《紫金经》这样的仙书,直到白头也未必能修成。我抚己忽然大笑,细思其中的原因。不过是名利二字的煎熬,使人徒增烦恼不得安闲。安期生留下赤玉舄,就东归蓬莱岛去了。秦始皇想找寻仙人,却只能对着苍茫的大海兴叹而已。

其二十一(郢客吟白雪)

【题解】此诗年代不详。这首诗全篇借用宋玉《对楚王问》的典故,用以抒发自己怀才不遇的苦闷。李白一直怀有济世救民,建功立业的抱负,曾把自己比作张良、管仲、诸葛亮、乐毅一类的人物,可惜始终没有机会实现自己的抱负。天宝元年(742)李白被诏至长安,供奉翰林。正想有所作为之时,可惜唐玄宗只是让他写一些类似《下里》《巴人》的歌功颂德的诗篇,并没有重用李白。诗人感伤自己就像郢客一样,曲高和寡,知音难寻,虽然才识卓然,却无人赏识,因此只能吞声叹息。

郢客吟《白雪》①,遗响飞青天②。徒劳歌此曲,举世谁为传?试为《巴人》唱,和者乃数千。吞声何足道③?叹息空凄然。

【注释】①"郢客"句:用曲高和寡的典故。宋玉《对楚王问》:"客有歌于郢中者,其始曰《下里》《巴人》,国中属而和者数千人;其为《阳阿》《薤露》,国中属而和者数百人;其为《阳春》《白雪》,国中属而和者数十人而已,引商刻角,杂以流徵,国中属而和者不过数人而已。是其曲弥高,其和弥寡。"郢:古城邑名,春秋战国时期曾为楚国都城,在今湖北江陵一带。

②遗响:余音。

③吞声:踯躅不敢言。

【译文】客在郢中吟唱一曲《白雪》,余音高亢不绝响彻天际。但他只是徒劳歌唱而已,国人有谁能跟着传唱呢?他又试唱一首《巴人》,却有数千人随之唱和。曲高和寡,他只能吞声不语,凄然叹息而已。

其二十二(秦水别陇首)

【题解】这是一首怀乡思归之诗,大约是天宝三载(744)诗人离开长安之时所作。天宝元年,李白被唐玄宗召入翰林院,以为可以一展抱负，谁知事与愿违。由于李白不肯献媚权贵，难以在朝中立足，因而只得辞官归去。因此，李白的心情是压抑和郁闷的。全诗前六句感物动心，以秦水别陇，胡马顾雪为比喻，来表达自己的思归之情。中间四句，言说季节变迁，诗人刚来长安时，正是秋蛾飞舞，转眼已是春蚕孵化，桑柳吐绿了，自己羁旅异乡，不知不觉中岁月已过。后四句写时光易逝，急如流水，诗人怀乡心切，犹如旌旗摇动，虽然志愿未酬，也只得挥泪而去，心中悲伤不已。整首诗比兴迭起，借物抒怀，感情真挚，很有《诗经》的韵味。

秦水别陇首①，幽咽多悲声②；胡马顾朔雪③，蹀躞长嘶鸣④。感物动我心，缅然含归情⑤。昔视秋蛾飞，今见春蚕生。袅袅桑结叶，萋萋柳垂荣⑥。急节谢流水⑦，羁心摇悬旌⑧。挥涕且复去，恻怆何时平⑨？

【注释】①陇首：陇山之巅。陇山由陕西陇县延伸至甘肃平凉一带。

②"幽咽"句：《太平御览》引辛氏《三秦记》曰："陇西关，其坂九回，不知高几里，欲上者七日乃越。高处可容百余家，下处数十万户。上有清水奔流四注。俗歌曰：'陇头流水，鸣声幽咽。遥望秦川，心肝断绝。'去长安千里，望秦川如带。又关中人上陇者，还望故乡，悲思而歌，则有绝死者。"此处借咏陇头流水表现望乡悲叹的情怀。后用"陇水呜咽"为咏思乡的典故。

③朔雪：北方的雪。

④蹀（xiè）躞（dié）：小步行走的样子。

⑤缅然：遥远貌。

⑥垂荣：下垂柳条长出的柳絮。

⑦急节：谓急速迁移。谢：去，离去。

⑧悬旌：悬挂空中摇摆的旌旗。比喻心神不定。

⑨恻怆：悲忧，哀伤。

【译文】秦水潺潺告别陇山之巅，凄凄悲声幽咽不绝；胡马频频回首朔方白雪，萧萧嘶鸣徘徊不已。睹物动心，思乡情生。来时秋蛾纷纷飞，如今但见春蚕生。桑树袅袅结出新叶，垂柳依依飘起飞絮。流水急急东逝而去，我心摇摇如风中旗。我欲挥泪告别还乡，悲伤之心何时能平？

其二十三（秋露白如玉）

【题解】此诗年代不详。《月令七十二候集解》中说："白露，八月节。秋属金，金色白，阴气渐重，露凝而白也。"秋夜里，露水在庭前的树叶上凝结，慢慢团成大颗露珠滴落下来，洁白如玉。秋露虽美，但也意味着白露节气将至，诗人想到那时候满院的翠绿，将会逐渐变黄，慢慢凋谢，不由得心生悲哀。同时联想到人生短暂，如飞鸟过目，又何必不知足，一味计较于功名得失，而浪费大好人生，不如放下执念，秉烛而游，一叶一花，皆有可观。这句诗的意境隽永，耐人寻味。人生的波澜不可避免，但人心的波澜却由我做主。明代高棅《唐诗品汇》点评此诗："盖白之言不尽意，意在其中。非圣于诗者，孰能与于此乎。"

秋露白如玉,团团下庭绿①。我行忽见之,寒早悲岁促②。生犹鸟过目,胡乃自结束③? 景公一何愚! 牛山泪相续④。物苦不知足,登陇又望蜀⑤。人心若波澜,世路有屈曲。三万六千日⑥,夜夜当秉烛⑦。

【注释】①庭绿:庭中草木。

②岁促:岁月短促。

③"生犹"二句:鸟过目:飞鸟掠过眼前,比喻急速。胡乃:何乃,为何。

④"牛山"句:牛山在今山东淄博市东。《晏子春秋·内篇谏上》记载,齐景公游牛山,北望齐都而感慨流泪,说道:"我的国土多么辽阔壮丽啊,为何我终会舍弃这些而一死呢?"旁边的大臣艾孔、梁丘据也附和说道:"我们蒙国君赏赐,才能锦衣玉食,出入乘车骑马,我们尚且不想死去,何况国君您呢?"晏子听到哈哈大笑。齐景公责问道:"我今天有感而悲,而且艾孔、梁丘据也感伤不已,为何独独你发笑呢?"晏子回答说:"要是贤德的人可以长生的话,那么,太公、桓公肯定会长生不死;要是勇猛的人可以长生的话,那么,庄公、灵公现在还活在世上。要是这些人都还活着,那么王位还能轮到您吗? 国君之位代代相传,到了您的时候,却只为自己的生死而哭泣,这是不仁啊! 不仁的帝王哭泣在前,阿谀谄媚的臣子紧随其后,所以我才发笑。"齐景公大为惭愧,举酒自罚一杯,并让艾孔、梁丘据也各罚一杯。后用"牛山泪"比喻时光易逝,人生短暂。

⑤"登陇"句:《后汉书·岑彭传》记载,汉光武帝刘秀给岑彭书曰:"人苦不知足,既平陇,复望蜀。"比喻人心不足,贪得无厌。

⑥三万六千日：指一百年。

⑦秉烛：指秉烛夜游。语出《古诗十九首》："昼短苦夜长，何不秉烛游？"

【译文】晶莹的秋露洁白如玉，凝结成团从庭前的绿叶上滴落。我经过时目睹此景，不禁悲叹秋寒将至。岁月匆匆，人生如同飞鸟过目，苦其短暂，何必要拘束自己？齐景公实在愚钝，牛山上涕泪滂沱。人苦于不知足，既得陇复望蜀。人心就像波涛一样起起伏伏，世道就像小路一样曲曲折折。人生百年不过三万六千日，当夜夜秉烛而游逍遥自在。

其二十四（大车扬飞尘）

【题解】此首为讽刺之诗，大约作于开元十九年（731）左右，李白第一次进长安的时候。开元、天宝年间，国家承平日久，唐玄宗沉溺享乐，日益宠信宦官、优人。宦官不但出任监军，出使藩国，甚至干涉朝政。以至于京城附近的豪宅、田园、良田一半以上都被宦官占有。《新唐书·宦者上》："开元、天宝中，宦官黄衣以上三千员，衣朱紫千余人。其称旨者辄拜三品将军，列戟于门。于是甲舍、名园、上腴之田为中人所名者半京畿矣。"此外，据唐代陈鸿《东城老父传》记载，唐玄宗酷爱斗鸡，在宫内设置鸡坊，并从六军中挑选五百人，专门负责驯养鸡群。当时有个叫贾昌的小儿，因为善于饲养斗鸡，因而得到唐玄宗的宠信，赏赐丰厚，贾父过世后，县官居然赠送了葬器，准备了葬车。当时民间流传"生儿不用识文字，斗鸡走马胜读书。"的说法。李白生性豁达，不畏权贵，见到群小得势, 气焰熏天, 因而有感而发。全诗前四句写宦官出行时的飞扬跋扈, 道出了其巨富奢侈, 权势显赫的地位, 生动刻画了宦官作威作福的场面。中间四句描写斗鸡者一朝飞黄腾达之后, 趾高气扬的傲慢气势, 百姓也深感畏惧而纷纷避让。最后诗人感叹世上再也没有像许由那样不慕荣华富贵的高洁之士了, 世人沉醉享乐不辨贤良与不肖。

　　大车扬飞尘, 亭午暗阡陌①。中贵多黄金②, 连云开甲宅③。路逢斗鸡者, 冠盖何辉赫④! 鼻息干虹蜺⑤, 行人皆怵惕⑥。世无洗耳翁⑦, 谁知尧与跖⑧!

【注释】①亭午: 中午。阡陌: 田间小路, 用来区分田界, 东西为阡, 南北为陌。亦有南北为阡, 东西为陌的说法。

　　②中贵: 即中贵人, 在中而贵幸, 指有权势的太监。中, 即禁中, 指皇宫。

　　③甲宅: 犹甲第, 指豪华的宅第。

　　④辉赫: 显赫, 著名。

　　⑤鼻息: 呼吸。干: 犯。虹蜺: 雨后或日出没之际, 天空所出现的彩色弧。颜色鲜艳的是内虹, 即虹; 颜色暗淡的是外虹, 即蜺。

　　⑥怵惕: 恐惧警惕。

　　⑦洗耳翁: 指许由。许由是尧时一位高尚的隐士。相传尧帝想要把天子之位让给他, 他推辞不受, 逃到箕山 (今河南登封) 下。尧又想让他做九州之长, 他依旧不愿意接受, 还跑到颖水边洗耳, 表示不愿听到这些世俗浊言。

⑧跖：指盗跖，相传为古代的大盗，生性暴虐，横行天下。后用以形容残暴的人。

【译文】道路上大车飞驰而过，卷起了漫天的尘土，虽然是正午时分，连大路也被遮蔽而昏暗了。宫中得势的宦官黄金满屋，他们的豪宅高耸入云。在路上又遇到斗鸡小儿，他们的衣冠车乘显赫华丽。他们气焰滔天直冲云霄，行人见到吓得纷纷躲避。当今再没有许由那样的洗耳翁，谁还能分清帝尧与盗跖？

其二十五（世道日交丧）

【题解】此诗应该是李白初入长安时所作。诗人慨叹世风日下，人心不古，民风也失去淳朴善良而流于虚伪狡诈。诗人以桂枝、桃李来比喻贤人、高士，以恶木比喻小人。人心浇薄，世人不敬重贤人，反而甘与小人同流，真个是芝兰与荆棘不分，所以贤人只能像桃李默默吐花那样以德行晓谕世间，而不能言语。但是天道有定数，朝代有兴衰，世人纷纷攘攘空忙一场，不知祸难将至。诗人决意超然世外，不为俗事羁绊，追随广成子，入无穷之门，以成道行。此诗篇针砭时弊，慷慨之词由衷而发。清人陈沆《诗比兴笺》点评此诗："骨气高奇，颇近射洪、阮公，世人读《古风》者，但取游仙飘逸之词，衷怀不系耳。"

世道日交丧①，浇风散淳源②。不采芳桂枝，反栖恶木根。所以桃李树③，吐花竟不言。大运有兴没④，群动争飞奔⑤。归来广成子⑥，去入无穷门⑦。

【注释】①交丧：交相丧乱。《庄子·缮性》："由是观之，世丧道矣，道丧世矣，世与道交相丧也。"萧士赟注曰："世不知有道之可尊，是世丧道矣。有道者见世如此，遂亦无心用世焉，非所谓道丧世者欤？故曰交相丧也。"后以"交丧"比喻衰乱。

②浇风：浮薄的社会风气。淳源：淳朴风俗的源流。

③桃李树：此处比喻君子。取"桃李不言，下自成蹊"的意思。

④大运：天运。

⑤群动：各种动物，也泛指众人。

⑥广成子：相传是上古黄帝时候的道家人物，在崆峒山修行，黄帝曾专程去拜访，并拜广成子为师，询问治国之术。

⑦无穷门：古代道家所称通往至道境界的门径。《庄子·在宥》记载，广成子对黄帝说："得吾道者，上为皇而下为王；失吾道者，上见光而下为土。今夫百昌皆生于土而反于土，故余将去女，入无穷之门，以游无极之野。"

【译文】时世与大道日益交相沦丧，浮薄之气冲散淳朴之风。世人不采撷芬芳的桂枝，却喜欢栖息在恶木根下。所以桃李之树，只能默默吐花。天运有兴衰更替，众生徒劳争斗奔忙。不如追随广成子，一起畅游无穷之门。

其二十六（碧荷生幽泉）

【题解】此诗年代不详，应作于李白应诏入京之前。诗人以荷花自喻，借荷花的高洁秀丽，却无人赏识，任由风霜凋零，来表达自己身负才学，却怀才不遇，白白蹉跎岁月的感慨。幽泉中的荷花纵有绝世的秀色，却因为"结根未得所"，所以无人传颂它的馨香，李白一直非常希望自己能得到展示才华的机会，有所作为。却一直无人推荐而空耗岁月，因此诗人希望能托身华池，即得到公卿的举荐和朝廷的任用，一展抱负。全诗借物喻人，比兴言志，表达了诗人强烈的自伤之意。《唐宋诗醇》："前有'郢客吟白雪'一篇，云'举世谁为传'。此篇云'馨香竟谁传'伤不遇也。末二句情见乎辞。白未尝一日忘事君也，求仙采药，岂其本心哉。严羽云：观白诗要识其安身立命处，此类是也。"

　　碧荷生幽泉①，朝日艳且鲜。秋花冒绿水②，密叶罗青烟。秀色空绝世③，馨香谁为传？坐看飞霜满，凋此红芳年。结根未得所④，愿托华池边⑤。

【注释】①幽泉：幽深隐僻的泉水。

②冒：覆盖。

③绝世：冠绝当时，举世无双。

④结根：植根，扎根。

⑤华池：芳华之池。

【译文】碧荷伫立在隐僻的幽泉之中，在朝阳的照耀下分外娇媚艳丽。清秋时节的荷花开满水面，密密的荷叶上仿佛笼罩着一层青烟。清雅脱俗的花容绝世无双，沁人心脾的幽香谁人能识？徒然看着秋霜渐浓，娇艳花朵日益凋零。只恨扎根不得其所，惟愿托生华池之旁。

其二十七（燕赵有秀色）

【题解】此诗年代不详。这首诗与上一首《碧荷生幽泉》的意境类似。诗的前半部分描写绝代佳人的倾城之貌。接着就抒发佳人忧虑岁月一过，容颜不在的悲哀。佳人以琴抒怀，冀望能早日得佳偶，效仿萧史和弄玉乘鸾高飞。美人迟暮，英雄末路，是最让人感到痛心的事情。诗人以美人求佳偶来比喻自己希望早日得到明君的赏识，实现理想抱负，担心老之将至，无用武之地。萧士赟点评曰："此诗比兴与二十六首同意，谓怀材抱艺之士，惟恐未见用之时，而老之将至。思得君子而附离，与共爵位而用世也。"

燕赵有秀色①，绮楼青云端②。眉目艳皎月，一笑倾城欢③。常恐碧草晚，坐泣秋风寒④。纤手怨玉琴，清晨起长叹。焉得偶君子⑤，共乘双飞鸾⑥？

【注释】①秀色：美女。

②绮楼：华美的楼阁。

③倾城：全城，满城。《汉书·孝武李夫人传》："北方有佳人，绝世而独立，一顾倾人城，再顾倾人国。"后以"倾国"或"倾城"来形容女子极为美丽。

④坐：空，徒然。

⑤偶君子：与君子为佳偶。

⑥"共乘"句：引用萧史弄玉的典故。据《列仙传》记载，萧史是秦

穆公时的仙人，善于吹箫，可以召来孔雀、白鹤。弄玉是秦穆公的女儿，善于吹笙，非常喜欢萧史，秦穆公就把弄玉嫁给萧史。萧史教弄玉学凤鸣，几年后，弄玉可以吹出凤鸣，并引来了凤凰，秦穆公筑凤凰台让他们居住。后来二人吹箫，引来凤凰，乘凤而去。

【译文】燕赵之地有佳人，身处绮楼入云端。她的眉目姣好如明月，她的一笑足以倾人城。常恐美人迟暮如草木凋零，徒然秋风中垂泪暗自悲伤。纤手调琴道不尽心中哀怨，清晨长叹难压抑无限愁绪。如意佳偶哪能轻易找到，像萧史弄玉一样乘鸾高飞！

其二十八（容颜若飞电）

【题解】这首诗是一首慕仙诗，年代不详，应当作于诗人晚年时期。诗人感叹时光易逝，人生易老，即使是圣贤也功业难成，君子小人都逃不出自然的阴阳变化。天道变迁，一切终归尘土，哪如勘破红尘，修习道术，可以超脱生死，遨游天地间，逍遥快活。寻仙访道一直是李白诗歌中一个重要的题材，也是李白人生的一个纠结处：到底是入世成就功业，还是出世寻仙访道。

　　容颜若飞电①，时景如飘风②。草绿霜已白，日西月复东。华鬓不耐秋，飒然成衰蓬③。古来贤圣人，一一谁成功？君子变猿鹤，小人为沙虫④。不及广成子，乘云驾轻鸿⑤。

【注释】①飞电：闪电。
②时景：季节，时令。

③飒然：猛然，突然。

④"君子"二句：《艺文类聚》引《抱朴子》："周穆王南征，一军尽化。君子为猿为鹤，小人为虫为沙。"言君子小人都逃不过阴阳变化。

⑤轻鸿：轻盈迅捷的鸿鸟。

【译文】容颜衰老如同闪电一样快速，光景消逝也同疾风一样迅捷。春草刚刚吐绿转眼经霜而白，落日刚刚西坠明月就已东升。斑白鬓发难以经受秋霜的侵袭，弹指之间就衰败成凌乱的蓬草。古来圣贤谁能逃过天命的束缚而建功立业？如同周穆王的南征大军，只见君子变成猿鹤，而小人化为虫沙，皆物化而不存在。哪如仙人广成子乘云驾鸿，遨游天地间。

其二十九（三季分战国）

【题解】此诗年代不详。这首诗萧士赟认为作于安史乱离之后，也有人认为可能写于安史之乱初期。全诗前四句写夏、商、周三代之后，战国七雄并起，杀伐不断，《王风》中也有诗篇哀叹周室的衰落，世道的纷乱以及道义的沦落。中间四句写只有圣人才能洞悉乱象，做到达则兼济天下，穷则独善其身。顺应天机，进退自如。最后两句写世道衰微之时，圣人都要韬光隐晦，自己面临歧路应该当机立断，何必犹豫不决。

三季分战国①，七雄成乱麻②。《王风》何怨怒③，世道终纷拏④。至人洞玄象⑤，高举凌紫霞⑥。仲尼亦浮海⑦，吾祖之流沙⑧。圣贤共沦没⑨，临歧胡咄嗟⑩？

【注释】①三季：指夏、商、周三代之末。

②七雄：指战国时期的韩、魏、燕、赵、齐、楚、秦七国。

③《王风》：《诗经》中的《国风》之一，是周室东迁后洛邑一代的民歌。周室正音本为《雅》《颂》，周室衰落后降为《风》。《王风》中多为哀叹周室衰微的感伤之辞。怨怒：《毛诗序》："乱世之音怨以怒，其政乖。"孔颖达注曰："乱世之政教与民心乖戾，民怨其政教，所以忿怒，述其怨怒之心而作歌，故乱世之音亦怨以怒也。"

④纷挐（ná）：同纷挐，混乱，牵连。

⑤至人：道家指超凡脱俗，达到无我境界的人。《庄子·逍遥游》："至人无己，神人无功，圣人无名。"玄象：天象。

⑥紫霞：虚空。

⑦"仲尼"句：《论语·公冶长》："子曰：'道不行，乘桴浮海。'"意指孔子于周道衰微之际，有遁世隐居的意愿。

⑧"吾祖"句：唐室自称是老子的后代，李白也自说是兴圣皇帝李暠九世孙，与李唐诸王同宗，因此称老子为吾祖。流沙：古代指西部一带的沙漠。《列仙传》记载，尹喜是函谷关令，老子准备出关西游，尹喜望见云气，知有贵人路过，就洒扫街道等候，果然等到老子。老子收尹喜为徒，并以《道德经》相授。后尹喜与老子俱游流沙，不知其所终。

⑨沦没：沉没，湮没。

⑩咄嗟：叹息声。

【译文】三代之后，周朝分裂为战国，七雄刀兵并起，战乱如麻。《王风》道出乱世百姓的怨怒，世道沦丧人心不古。圣人洞彻末世天象玄机，纷纷遁隐世外或飞升云霄。孔子发出感叹要乘桴漂海而去，吾祖老子也避世出关西走流沙。圣贤都相继隐没抽身而去，我辈当此歧路何必嗟叹犹豫？

其三十（玄风变太古）

【题解】此诗年代不详。这首诗是感伤时世之作。诗人悲哀的看到古风不存，人心浇薄。末世之人，不肯返璞归真，重回古道，要么沉溺名利，鸡鸣即起，奔走经营，而无片刻停息；要么纵情声色，纸醉金迷，却不知大限将至，反而嘲笑修仙访道。虽儒者也不崇尚道义，以经术为名，行盗窃之实。正如《后汉书·百官志》所谓的"悬牛头，卖马脯，盗跖行，孔子语"是也。即使如同三珠宝树一样的大道放在眼前，众人也视而不见。更谈不上循道而行了。明代徐祯卿点评此诗："此篇伤玄风之寂寥也。白言太古尚玄，今其风变矣，风变则道丧矣。何时而能反本乎？何也，盖以小人竞趋于名利之途，君子雕琢乎诗礼之术，纷纷汩乱，安能成清净无为之化哉。"

玄风变太古①，道丧无时还。扰扰季叶人②，鸡鸣趋四关③。但识金马门④，谁知蓬莱山。白首死罗绮⑤，笑歌无休闲。渌酒哂丹液⑥，青娥凋素颜⑦。大儒挥金槌⑧，琢之诗礼间。苍苍三珠树⑨，冥目焉能攀⑩？

【注释】①玄风：道家清静无为的思想和玄谈的风尚。这里指古代淳朴的世风或文风。太古：上古。

②季叶：季世，末代，一个历史时代的末段。

③四关：陆机《洛阳记》记载，洛阳有四关，东成皋，南伊阙，北孟津，西函谷。这里泛指京城四周的关口。

④金马门：汉代未央宫宫门。门旁竖有铜马，故称为金马门。汉武帝曾使学士待诏于此。此处泛指朝廷。

⑤罗绮：罗与绮，皆丝织品，常用来比喻女子。

⑥渌（lù）酒：美酒。渌，同"醁"。哂（shěn）：讥笑。丹液：道教称长生不老之药，这里指修道之术。

⑦青娥：少女。

⑧"大儒"句：《庄子·外物》中有一个两儒以《诗》《礼》盗墓的故事，嘲笑儒生欺世盗名。两个儒生因穷困潦倒去盗墓，大儒在上面望风，催促墓里的小儒："天快亮了，事情进行的怎么样了？"小儒回答说："衣裙还没有解开，死人嘴里有一颗宝珠。"大儒念叨：《诗经》上说：'青青之麦，生于陵陂。生不布施，死何含珠为？'你要揪着他的头发，压着他的胡须，再用铁锥撬开他的嘴，撑开脸颊，宝珠就会出来了。小心点，千万不要弄破了宝珠。"

⑨三珠树：神话传说中的珍木。树形如柏，叶皆为珠。《山海经·海外南经》："三珠树在厌火北，生赤水上，其为树如柏，叶皆为珠。"

⑩冥目：闭眼。

【译文】上古以来的淳朴风气早已消失，大道衰微后伦理败坏无法挽回。末世之人纷纷扰扰地极力钻营，鸡鸣时就奔赴京城拥堵在四关。他们眼中只有朝廷的金马门，谁还在意东海之中的蓬莱山？世人直到白首还贪恋美色，纵情欢笑歌舞至死而不歇。沉溺美酒反而讥笑炼丹求仙,哪知少女的红颜也会转眼衰败。还有那些欺世盗名的大儒,挥动着铁椎,做着以诗礼发冢的勾当。虽然三珠宝树就森然伫立眼前,但世人皆闭目不见,更何谈攀援?

其三十一(郑客西入关)

【题解】这首诗借古喻今,诗人隐晦地道出了唐王朝表面繁荣下隐藏的危机。天宝十一载(752)秋,李白来到幽州,亲眼看到安禄山秣马厉兵,准备举兵反叛。李白看出安禄山反叛的端倪后,只能以隐晦的方式,在诗中表达自己的担忧。诗中引用了《史记·秦始皇本纪》中关于秦始皇驾崩的前一年发生的故事:秦始皇出外巡视渡江时,沉入江中祭祀江神的那块玉璧,被江神转交给了镐池之神,预示着秦始皇将要驾崩。诗人以此典故暗喻唐朝祸乱将起,诗人也将寻找自己的桃花源来遁世避乱。全诗的前六句都在描述秦始皇驾崩前的种种预兆,后四句则描述秦人得知战乱将起,乃率乡里族人避祸桃花源。全诗将多个典故神话巧妙地串联在一起,组成了一个完整的故事,构思十分巧妙。

郑客西入关^①,行行未能已^②。白马华山君^③,相逢平原里^④。璧遗镐池公^⑤,明年祖龙死^⑥。秦人相谓曰:"吾属可去矣^⑦!"一往桃花源^⑧,千春隔流水^⑨。

【注释】①郑客:指郑容,秦始皇的使者。《史记·秦始皇本纪》记载,秦始皇三十六年秋,从关东回咸阳的使者在华阴平舒道,被人拦住，此人把一块玉璧交给使者说："请帮我转交给镐池君，明年祖龙将会死去。"使者正要详细询问，突然那人就不见了，只留下了玉璧。于是，使者带着玉璧回咸阳，交给了秦始皇。秦始皇听完后沉默良久，说："山鬼知道的不过是一年以内的事情。"退朝后，秦始皇说："祖龙，代表人中的天子。"命御府前来检查玉璧，发现是秦始皇二十八年，封禅渡江时沉入水中的那块。

②行行：不停地前行。

③"白马"句：《搜神记》记载，秦始皇三十六年，使者郑容从关东而来，将要进函谷关的时候。郑容在华阴县，远远地望见一辆白车从华山顶上下来。里面的人问郑容："您要到哪里去？"郑容回答说："前往咸阳。"车里的人说："我是华山神的使者。我想请你带一封信，送给镐池君。您到咸阳的途中，会路过镐池，在那里你会看见一棵大梓树，树下有一块石头，你拿它敲击梓树，就会有人出来，你就把信交给他。"郑容按照使者的话，用那石头敲梓树，果然有人来拿信，信中说祖龙明年就会死去。第二年秦始皇驾崩。

④平原里：按《史记·秦始皇本纪》"夜过华阴平舒道"可知，平原里应为平舒道。

⑤镐池公：指镐池的水神。按照五德始终学说，秦朝属于水德，秦始皇将死，所以水神预先通告秦朝。

⑥祖龙：指秦始皇。祖，即祖先，始也。龙，即天子。

⑦吾属：我等，我们。

⑧桃花源：指陶渊明《桃花源记》中所描述的世外桃源。

⑨千春：千秋，千载。

【译文】秦朝使者郑容向西进入函谷关，一路上急急前行不敢停歇。在华阴平舒道遇到驾着白马素车的华山使君。请他转交一块玉璧给镐池君，并告诉他祖龙明年将死。秦人听到此消息，便互相通告说，天下将乱，我们避难去吧。从此他们就去了桃花源，与外界山水相隔，千载不通消息。

其三十二（蓐收肃金气）

【题解】此诗年代不详，是一首悲秋感怀之作。与万物复苏的春天不同，秋天万物凋零，大地肃杀，从来就带给人莫名的伤感、孤独和寂寞，是个令人落泪，寄托愁思的季节。诗人在秋夜中，静静地感受着秋风拂过，此时弦月在天，秋蝉鸣噪。逐渐天凉夜深，群星隐没，诗人仍不愿休息，悲良辰美景不在，叹天命沉沦难兴。天到秋季，如人到暮年，老之将至，而功业无成，不禁恻恻而悲，哀歌达旦。

蓐收肃金气①，西陆弦海月②。秋蝉号阶轩③，感物忧不歇。良辰竟何许？大运有沦忽④。天寒悲风生⑤，夜久众星没。恻恻不忍言⑥，哀歌达明发⑦。

【注释】①蓐（rù）收：古代西方之神，负责掌管秋天。西方于五行中属金，故又为主金之神。《礼记·月令》："孟秋之月，其帝少皞，其神蓐收。"金气：秋气。

②西陆：古代指太阳运行在西方七宿的区域。《隋书·天文志》中记载："（日）行东陆谓之春，行南陆谓之夏，行西陆谓之秋，行北陆谓

之冬。"这里指秋天。

　　③号：形容蝉鸣声大。

　　④大运：天运。

　　⑤悲风：秋风。

　　⑥恻恻：悲痛，凄凉。

　　⑦明发：黎明，平明。

　　【译文】秋神蓐收带着肃杀金气而来，秋季的海面上挂着一轮弯月。秋蝉在台阶窗轩前哀鸣，使人感物伤怀而忧愁不已。良辰美景全都归往何处？天运也有沉沦难兴的时候。天寒秋高悲风陡起，长夜深沉众星隐没。心有戚戚不忍多言，哀歌一曲直到黎明。

其三十三（北溟有巨鱼）

　　【题解】此诗年代不详。这首诗李白运用惯用的夸张、浪漫写法，借《庄子·逍遥游》中的鲲鹏自喻，来抒发自己的远大抱负。李白早在年少之时，就志存高远，遇到道家名师司马承祯的时候，就写下《大鹏遇稀有鸟赋》来表明自己的豪情壮志。在《上李邕》诗中，李白更是写下了"大鹏一日同风起，扶摇直上九万里"的佳句，此外李白还在《临路歌》《天台晓望》《赠宣城赵太守悦》等诗篇中多次出现吟诵鲲鹏的诗句，可见在李白心目中早已把鲲鹏当做了自己的精神化身，这也是李白自由洒脱，无所拘束的豪迈气概和个性的真实写照。

　　北溟有巨鱼①，身长数千里。仰喷三山雪②，横吞百川水。凭凌随海运③，烜赫因风起④。吾观摩天飞，九万方未已。

【注释】①北溟：北海。《庄子·逍遥游》："北冥有鱼，其名为鲲。鲲之大不知其几千里也，化而为鸟，其名为鹏。鹏之背不知其几千里也。怒而飞，其翼若垂天之云。是鸟也，海运转则将徙于南海。南冥者，天池也。……鹏之徙于南冥也，水击三千里，抟扶摇而上者九万里。"

②三山：指海中三座仙山，蓬莱、方丈、瀛洲。

③凭凌：侵凌，凌驾。海运：海面运行。

④烜赫：名声或威望盛大的样子。

【译文】北海里游弋着一种巨鱼，身体有几千里长。它仰首喷出的水花如同雪山就像三山般高大，它张口一吞就能吸干百川的流水。它在海中势不可挡随波起伏，声势烜赫遇风化身大鹏而起。我看见大鹏摩天而飞，扶摇九万里还不停歇。

其三十四（羽檄如流星）

【题解】这首诗大约作于天宝十载（751），背景是当年唐朝征讨南诏不胜，损兵折将，给百姓带来了深重的灾难。南诏国是云南一带的蒙舍部落于唐开元二十六年（738）建立的国家，南诏建国初期依附于唐朝，并接受唐朝的册封。云南太守张虔陀，曾侮辱南诏王阁逻凤的妻子，并且勒索贿赂不成后，向朝廷诬告阁逻凤谋反。天宝九载（750），阁逻凤被逼反叛，起兵攻破姚州城，杀张虔陀。天宝十载，杨国忠的心腹，剑南节度使鲜于仲通，率兵八万攻打南诏，阁逻凤遣使谢罪请和，表示愿意归附于唐朝。鲜于仲通不

肯答应，进攻南诏的都城太和城，结果兵败，唐军阵亡六万余。杨
国忠却为其掩盖败绩，在两京及河南、河北一带大肆征兵以图报
复。因云南地处偏僻，瘴气瘟疫遍布，百姓多不愿从军，杨国忠就
派官吏强行抓捕，致使百姓怨声载道。这首诗即叙述了这场战争给
百姓和国家所造成的深重灾难，并分析如果君明臣贤，修德天下，
是不会出现这种局面的。由此表明征南诏惨败的原因是边将跋扈
在外，朝臣徇私在内所导致的。全诗前四句描写边关军情的紧急，
前线频传告急文书，后方紧急调动援助军队，商议救边的喧哗声
甚至惊扰宿鸟。但是接下来的四句却笔锋一转，描绘出一幅君明臣
贤的太平盛世的景象。但这并不是诗人的本意，紧接着发出疑问，
为什么太平盛世会发生战争呢？下面四句做了回答，原来是要征兵
讨伐南诏。当时唐朝精锐多在西北，新征募的士兵多是一些缺乏战
斗力的平民，也就是怯卒。以未经训练的士卒深入瘴疠之境，去对
付虎狼之师，无异于以肉饲虎。结果自然就是"千去不一回"。最末
两句，以舜帝修文德以召有苗的典故，讽谏当政者好大喜功，无视
百姓疾苦，不能以德服人。全诗在行文布局上没有平铺直叙，而是
夹叙夹议，写实与抒情并举，主题鲜明深刻，尤其结尾两句有振聋
发聩之效。

　　羽檄如流星①，虎符合专城②。喧呼救边急，群鸟皆夜鸣。白
日曜紫微③，三公运权衡④。天地皆得一⑤，淡然四海清。借问此何
为？答言楚征兵。渡泸及五月⑥，将赴云南征。怯卒非战士，炎方
难远行。长号别严亲⑦，日月惨光晶。泣尽继以血，心摧两无声。
困兽当猛虎⑧，穷鱼饵奔鲸⑨。千去不一回，投躯岂全生！如何舞

干戚，一使有苗平^⑩！

【注释】①羽檄：古代军中紧急的文书。古时征兵、征召的文书，上插鸟羽以示紧急，必须迅速传递。也称为羽毛书、羽书。《汉书·高帝纪》："吾以羽檄征天下兵，未有至者。"颜师古注："檄者以木简为书，长尺二寸，用征召也。其有急事，则加以鸟羽插之，示疾速也。"

②虎符：古代军中印信。铜质虎形，左、右两半，朝廷存右半，统帅持左半，作为调动军队时的凭证。《后汉书·杜诗传》："旧制，发兵皆以虎符，其余征调，竹使而已。"唐代避李虎的名讳，改用银兔符，后为银鱼符。《旧唐书·高祖纪》曰："武德元年，停竹使符，颁银兔符于诸郡。"《旧唐书·舆服志》："高祖武德元年九月，改银兔符为银鱼符。"这里以虎符代指调兵。专城：地方州郡长官。专，擅也，专城，即擅一城也。

③紫微：即紫微垣，星座名。三垣之一，位于北斗七星的东北方，东八颗，西七颗，各成列，似城墙护卫着北极星，古代以紫微垣喻指帝王宫殿。

④三公：古代大臣中最高的三个官位。周代以太师、太傅、太保为三公。西汉以大司马、大司徒、大司空为三公。东汉以太尉、司徒、司空为三公。唐朝也有太尉、司徒、司空，但为虚职无实权，这里代指朝廷重臣。权衡：星座名。权星与衡星的合称。这里喻指权力。

⑤"天地"句：《老子》："天得一以清，地得一以宁。"河上公注："一，无为，道之子也。天得一故能垂象清明，地得一故能安静不动摇。"大意是天地和于道，则各得其所，无为而治。

⑥"渡泸"句：泸水，古河流名，相传水面有瘴气。三月四月间过

河,触之必死,只有五月以后,行人才可通过。

⑦长号:大声号哭。

⑧困兽:被围困的野兽,这里指怯卒。猛虎:这里指强敌。

⑨穷鱼:失水之鱼,这里指怯卒。奔鲸:大鱼。这里指强敌。

⑩"如何"二句:干:盾牌。戚:大斧。有苗:即三苗,上古时期的一个部落。《艺文类聚》引《帝王世纪》曰:"有苗氏负固不服,禹请征之。舜曰:'我德不厚而行武,非道也。吾前教由未也。'乃修教三年,执干戚而舞之,有苗请服。"

【译文】前线告急的羽书如流星般传来,朝廷调兵的虎符也下达州郡验合。商讨救援边关的声音喧哗,惊动夜鸟四散飞起而鸣叫。大唐天子贤明如白日照耀天下,三公重臣执掌朝政而权衡利害。天地皆得一而清宁,四海清晏和于大道。现在到底为何这般紧急?回答要在楚地征兵备战。准备五月渡过泸水,赶赴云南讨伐南诏。征募的士卒怯懦而非真正的战士,南方的炎热瘴疠使士卒不愿远行。出征的士卒长哭与家人告别,凄惨之状使日月为之暗淡无光。眼泪流尽而泣之以血水,征人亲眷心伤皆无声哽咽。此去无异于以困兽挡猛虎,以穷鱼饲巨鲸。千人出征无一回还,投身险地岂能保全!哪如像舜一样修文德以召远人,手持干戚而舞,就使有苗归服。

其三十五（丑女来效颦）

【题解】此诗年代不详。这首诗是继《大雅久不作》之后,诗人再一次阐发对文风以及诗歌创作的观点。李白一贯主张文章应该复古,以《雅》《颂》为正音,以汉魏为风骨,舍弃南北朝以来形成的刻意雕琢，矫揉造作的文风。诗作前四句引用"丑女效颦"、"邯郸学步"的典故，来暗喻和讥讽刻意模仿，无所创新，甚至是矫揉造作的文章。紧接着二句，以"雕虫篆刻"的典故来比喻辞藻华丽的文章，这类文章虽然形式光鲜，却失去了天真率直的本质。"棘刺沐猴"的典故则是比喻过度雕饰的文章，内容空洞，无感而发，属于无用之文章，只能为自己博取虚名而已。最后四句诗人感叹以《雅》《颂》为代表的正音已经长久沦落，诗人希望能恢复淳朴自然的文风，可是到哪里去寻找郢人，来实现自己的运斤成风的愿望呢？言语中透露出诗人得不到机会来施展抱负的无奈。诗中虽然引用了大量典故，却毫无堆砌之感，而且选取的典故很恰当，并具有高度概括性，把诗人对文章以及诗歌创作的观点形象地阐述出来，避免了空发议论。

丑女来效颦①，还家惊四邻。寿陵失本步②，笑杀邯郸人。一曲斐然子③，雕虫丧天真④。棘刺造沐猴⑤，三年费精神。功成无所用，楚楚且华身⑥。《大雅》思《文王》，《颂》声久崩沦。安得郢中质，一挥成斧斤⑦？

【注释】 ①"丑女"句：《庄子·天运》记载，西施患心病，疼痛不已而皱起了眉头。同乡里一个丑女，看见西施皱眉的模样很美，回家后也按着胸口，皱着眉头。结果乡里的富人看见她，就赶快关上大门不再出去。穷人看见她，就立刻带着家人远走。此即丑女效颦的典故，也称为东施效颦。效：模仿。颦：同矉，皱眉。

②"寿陵"句：《庄子·秋水》记载，战国时期，燕国寿陵有个人，

听说赵国邯郸人走路姿态很优美，便去邯郸学习走路。结果不仅没有学会，又忘记了自己原来的走路方法，最后只好爬着回到了燕国。此即寿陵学步的典故，也叫邯郸学步。

③"一曲"句：《庄子·天下》记载："犹百家众技也，皆有所长，时有所用。虽然，不该不遍，一曲之士也。"一曲：偏于一隅，比喻一孔之见。斐然：有文采的样子。

④"雕虫"句：扬雄《法言·吾子》："或问：'吾子少而好赋？'曰：'然。童子雕虫篆刻。'俄而曰：'壮夫不为也。'"虫，指虫书。刻，指刻符。虫书、刻符都是古代一种字体，是学童启蒙的学习内容，有雄心壮志的人是不屑于这些小事的。后以"雕虫篆刻"比喻事情轻微细小，不值得一做。

⑤"棘刺"句：《韩非子·外储说》记载，燕王喜欢小巧玲珑的东西。有个卫人欺骗燕王说可以在棘刺的尖端雕刻猕猴，有人进谏燕王说："雕刻那么微小的东西，他的刻刀一定要更小才行，请您验看他的刻刀。"结果卫人拿不出刻刀，骗局败露，卫人逃走。棘刺雕猴在这里指华而不实，徒劳无功的东西。

⑥楚楚：鲜明貌。

⑦"安得"二句：《庄子·徐无鬼》记载，庄子送葬，路过惠子（即惠施，是庄子的好友）的墓地，心生感叹对随行的人讲了一个故事：楚国郢都有一个郢人，在鼻尖涂上像苍蝇翅膀一样薄的白灰，他的朋友匠石可以用斧子把这层白灰削去，而郢人的鼻尖却没有受到丝毫损伤，郢人也面不改色地站在那里。这件事被宋国国君知道了，很想亲眼看一下。就让匠石再表演一次。匠石说："我确实曾做过这件事，但是我的好友已经去世，我也没法表演了。"庄子说："自从惠子去世，我也失去了

知音，再没有可与之谈论的人了。"诗人这里以运斤成风的典故来表达无人赏识自己，因而没有机会一展抱负的遗憾。

【译文】丑女效仿西施抚心皱眉自以为美，归家之后面目狰狞惊骇四邻乡人。寿陵少年邯郸学步忘却本来行路姿态，爬行而归徒使邯郸众人嘲笑不已。一曲斐然子不过一家之见，雕虫篆刻乃是浮躁失本真之举。棘刺沐猴哗众取宠，耗时三年徒劳费力。即使功成仍是无用之物，只为自身博取华丽虚名而已。怀念《大雅》中有《文王》这样的诗篇，像《颂》那样的典雅正声现在已很少见了。要是能够遇到郢人那样赏识自己的知音，我也能如同匠石一样，运斤成风一展抱负。

其三十六（抱玉入楚国）

【题解】此诗大概是李白在天宝年间辞官后所作。"木秀于林，风必摧之；堆出于岸，流必湍之；行高于人，众必非之。"自古以来才能、品行出众的人，容易受到误解、非议，甚至是惹祸上身。诗中以卞和三献玉的典故，来表达诗人对于良材见弃，高士遭逭的叹息。李白自己也曾多次入京，希望能被朝廷赏识，有所作为，可是屡遭逭言，最终只能抽身离去。所以李白深知直木先伐，芳兰自焚的道理。天道亏盈而益谦，物极必反，诗人感叹与其显露才华而忧逭畏讥，惹祸上身，不如像鲁仲连、老子那样入东海，过西关而归隐山林。曾国藩《求阙斋读书录》点评："此首诗戒怀才者不宜自宣，宜以老子、鲁连为法。"

抱玉入楚国①，见疑古所闻。良宝终见弃，徒劳三献君。直木忌先伐②，芳兰哀自焚③。盈满天所损④，沉冥道为群。东海泛碧水⑤，西关乘紫云⑥。鲁连及柱史⑦，可以蹑清芬⑧。

【注释】①"抱玉"句：《韩非子·和氏》记载，楚国人卞和在荆山发现一块璞玉，于是献给楚厉王，楚厉王让玉工鉴别，玉工说是一块普通的石头。楚厉王大怒，下令削去卞和左足。楚武王登基后，卞和再次献宝，楚武王找玉工鉴别，依然认为是石头，楚武王大怒而削去卞和右足。楚武王死后，楚文王继位，卞和抱着璞玉在荆山脚下，哭了三天三夜，眼泪干涸而流出血水。楚文王派人询问原因，卞和说："我不是为自己遭受刑罚而悲伤，我是因宝玉无人能识而悲伤"，于是楚文王让人琢磨玉石，发现里边果然是稀世宝玉，取名为"和氏璧"。

②"直木"句：谓挺直成材的树木，最先被砍伐。《庄子·山木》："直木先伐，甘井先竭。"比喻有才能的人会遭到迫害。

③"芳兰"句：《太平御览》引《金楼子》曰："蚌怀珠而致剖，兰含香而遭焚。"芳兰：兰花。古人常以喻君子。

④"盈满"句：语出《易·谦》："天道亏盈而益谦。"即天道的规律是亏损盈满，增补谦虚。

⑤"东海"句：《战国策·赵策三》记载，鲁仲连评价秦国，是个抛弃礼仪而崇尚战功的国家，以诡诈之术对待士人，把百姓当奴隶一样役使。如果让它称帝统治天下，那么我只有跳进东海去死了，我不愿意作它的臣民。

⑥"西关"句：指老子出函谷关的典故。老子见世道衰败，准备出函谷关隐居，函谷关令尹喜望见东方有紫气升起，知有贵人将来，果然等到老子。《高士传》："老子生于殷时，为周柱下史。后周德衰，乃乘青

牛车，去入大秦，过西关。关令尹喜望气先知焉，乃物色遮候之。已而老子果至，乃强使著书，作《道德经》五千余言，为道家之宗。"

⑦柱史：即柱下史，周秦时的官名，掌理天下图书。因其常侍立殿柱之下，故名柱下史。这里指老子，老子曾为周朝柱下史。

⑧清芬：这里指清美芬芳之德。

【译文】卞和抱璞玉入楚都进献给国君，反而被见疑之事从古传闻到今。璞玉被当做石头遭到遗弃，卞和三次进献都徒劳无功。直木因其良材而先被伐，芳兰因其清香而遭火焚。天道亏损盈满，隐晦与道为群。鲁仲连避暴秦而隐于东海，老子乘紫云而出函谷关。我想以鲁仲连与老子为榜样，追继他们的芬芳德操。

其三十七（燕臣昔恸哭）

【题解】这首诗大概是天宝三载（744），李白被赐金还山时所作。通读全篇，可以感受到诗人对自己无过遭谤，无罪被逐的愤懑。诗中引用了邹衍五月飞霜和齐妇蒙冤告天的故事，来表明自己离开京城，放弃济世救民的抱负，实是被谗言所陷害的无奈之举。诗人平生的理想几乎再无实现的可能，因此不禁悲从中来，因此诗中用词激荡、刚烈。诗中以浮云、群沙、众草来比喻小人佞臣，可见诋毁者不在少数。以白日、紫闼代指唐玄宗或者是朝廷，用"白日难回光"一句表明君主受小人蒙蔽，不明真相。以明珠、孤芳自喻，表明自己虽怀旷世之才，却难以被君主慧眼识珠，进而委以重用。最后两句诗人感叹这种情况自古皆然，非独今世所有。萧士赟点评说："哀而不伤，怨而不怒，太白此诗，盖得之矣。"曾国藩《求阙斋读书录》点评："前六句言积诚可以回天,后六句言众口可以铄金;理有定而事无定,反复感叹。"

燕臣昔恸哭,五月飞秋霜①。庶女号苍天,震风击齐堂②。精诚有所感,造化为悲伤。而我竟何辜? 远身金殿旁③。浮云蔽紫闼④,白日难回光。群沙秽明珠,众草凌孤芳⑤。古来共叹息,流泪空沾裳。

【注释】①"燕臣"二句: 用邹衍典故。燕臣指邹衍。邹衍是战国时期齐国著名学者,燕昭王非常尊敬邹衍,将他请到燕国,为他建了一座碣石宫,并拜他为师。燕昭王死后燕惠王即位,嫉妒邹衍的人在燕惠王面前进谗言,燕惠王听信谗言,结果把邹衍关进狱中。邹衍蒙冤,仰天长叹,当时正值五月夏天,燕国天降严霜,于是燕惠王赶紧把邹衍放出来。《论衡·感虚》:"邹衍无罪,见拘于燕。当夏五月,仰天而叹,天为陨霜。"

②"庶女"二句:《淮南子·览冥训》记载,春秋时期,齐国有一个寡妇,没有孩子,与婆婆相依为命,对婆婆很孝敬。婆婆还有一个女儿,女儿想谋夺母亲的财产,让母亲把寡妇改嫁,寡妇不肯,女儿竟然杀死母亲来诬陷寡妇。寡妇无法自证清白,喊冤叫天,结果天降雷电,把齐景公高台震坏,还伤到齐景公的身体,连海水都溢了出来。

③"而我"二句: 指李白入侍翰林院后,遭人谗毁,被唐玄宗赐金还山的事情。

④浮云: 比喻谗臣。紫闼(tà): 宫廷。下句的白日喻指唐玄宗。

⑤"群沙"二句: 群沙、杂草比喻谗言诋毁者。明珠、孤芳比喻志

行高洁者。

【译文】昔日邹衍在燕国含冤入狱而恸哭，感动上苍在炎炎五月降下白霜。齐国孝妇遭受诬陷向上天悲号，结果雷电风暴击坏了齐王的宫殿。他们的精诚感动天地，造化也悲伤他们的遭遇。而我如今犯下何等罪过？竟然被迫离开朝堂金殿。朝廷内谗臣如浮云一手遮天，君主的圣明之光也难以普照。就像明珠被沙土覆盖，孤芳为杂草欺凌。这种事情自古就令人叹息不已，我有感于此而徒然泪流沾襟。

其三十八（孤兰生幽园）

【题解】此诗年代不详。兰花，独处幽谷，远离尘嚣，不与群芳争妍，不向世俗献媚，其叶清逸，其花秀雅，其香幽远，其质高洁，正如淡泊、高雅的君子。春秋末年，孔子游走于诸侯列国弘扬大道，虽屡遭挫折，依然不改其节，不坠其志。孔子以兰为喻，来说明君子的节操："芝兰生于深林，不以无人而不芳；君子修道立德，不以困穷而改节。"全诗的前两句引用孔子作《猗兰操》的典故，来说明高洁之士如兰花一样，往往被世俗所嫌而不得见用。中间四句抒发自己虽蒙君主优渥，但被小人所谗，身遭毁谤，如同兰草经霜，有难以立足朝堂的担忧。末两句意指如果没有君主的赏识，没有施展的机遇，自己空有一腔热情，也难以实现抱负，就如醉人的兰香，如果没有清风的送拂，也不会被人所体察。全诗以比兴手法，将幽幽自伤之情，娓娓道来，诗人如空谷孤兰一样，忍幽暗，耐寂寞，经风霜，守节操。使人读后感同身受，对诗人的遭遇唏嘘不已。《唐宋诗醇》点评："前有'燕臣昔恸哭'一章，与此俱遭谗被放而作。前

篇哀而不伤，怨而不诽，尚近《离骚》悲痛之音。此则温柔敦厚，上
追《风》《雅》矣。"

孤兰生幽园，众草共芜没[①]。虽照阳春晖，复悲高秋月[②]。飞
霜早淅沥[③]，绿艳恐休歇。若无清风吹，香气为谁发[④]？

【注释】①"孤兰"二句：用孔子咏兰典故。《琴操》记载："《猗
兰操》者，孔子所作也。……孔子自卫反鲁，隐谷之中，见香兰独茂，喟
然叹曰：'兰当为王者香，今乃独茂，与众草为伍。'乃止车援琴鼓之，自
伤不逢时，托辞于香兰云。"芜没：湮灭于荒草间。

②高秋：深秋。

③淅沥：形容风雨、霜雪、落叶等声音。

④"若无"二句：朱谏注曰："霜能杀物，而清风能生物者也。"这
里意指若无上位之人引荐，自己虽有兰之馨香，何以为人所知。

【译文】孤兰静谧地生长在幽园之中，任由一众蓬蒿荆棘肆意湮
没。虽能沐浴阳春煦日的温暖光辉，但很快就秋月高挂又令它伤悲。
等到寒露飞霜忽然来临，绿叶娇花就凋谢败零。若无清风的吹拂催
动，它的香气又如何能生发？

其三十九（登高望四海）

【题解】孔子曾说过"君子登高必赋"，登高能赋也是古代士
大夫所必备的九种才能之一。大概是只有才识高远，目光远大，胸
怀天下的有志之士，登高而望，感物兴怀，吊古伤今，才能作赋言

志。而才识平庸之辈，目光短浅，计较蝇头小利，钻营投机之事，既无凌云之志，又何来豪言壮语。此诗大约作于天宝三载（744），经历了赐金放还之后，诗人济苍生、安社稷的理想再一次遭受挫折。诗人怀着抑郁的心情登高四望，只见天地旷远无极，万物被秋霜覆盖，瑟瑟秋风吹过荒野，一派肃杀萧索的景象，更加深了诗人的悲凉心境。天地万物都有兴衰，是不可逃避的自然规律。诗人常以管仲、谢安自比，一心想要成为辅弼之臣，可惜终被谗言所谤，壮志难酬。在长安的几年，在诗人看来不过是一场风花雪月般的梦幻，所有荣华功名终将随流水逝去。世道艰难，路有险阻。小人当道，鸠占凤巢。君子身处荆榛之地，小人得势，与其埋没，不如弹剑高歌《行路难》归去。全诗格调低沉，诗人借景抒情，抚今追昔，将壮志难酬的压抑，含蓄和缓地表达出来，哀而不伤，真正体现了古风诗歌的特点。

登高望四海，天地何漫漫①！霜被群物秋，风飘大荒寒②。荣华东流水③，万事皆波澜④。白日掩徂晖⑤，浮云无定端⑥。梧桐巢燕雀，枳棘栖鸳鸾⑦。且复归去来⑧，剑歌《行路难》⑨。

【注释】①漫漫：无边无际的样子。

②大荒：边远荒凉的地方。

③荣华：原指开花，引申指显达富贵。

④波澜：比喻世事像波澜一样起伏变化。

⑤徂晖：落日的光辉。

⑥定端：固定的地方。

⑦"梧桐"二句：意指鸳鸯本应栖息于梧桐，燕雀只能在枳棘中筑巢，现在情况正好颠倒。比喻小人占据高位，而君子反处下位。枳棘：枳木与棘木，因其多刺而称恶木。常用以比喻艰难险恶的环境。鸳鸯：指鹓与鸾，皆凤属，一般比喻贤人。鸳，通"鹓"。

⑧"且复"句：东晋诗人陶渊明曾作《归去来兮辞》，来表明自己宁愿辞官归隐，也不愿同流合污的志向。归去来，即归去的意思。

⑨"剑歌"句：《战国策·齐策》记载，战国时孟尝君的门客冯谖，很有才能，但初期没有得到孟尝君的重视，冯谖三次弹剑而歌，诉说自己不被重视的种种不如意之事。《行路难》是乐府曲名，内容多写世路艰难和离情别意。原为民间歌谣，后经文人拟作，采入乐府。李白曾作《行路难》组诗三首，来抒发诗人怀才不遇，屡遭贬谪的愤懑。

【译文】登高临风放眼茫茫四海，天地旷远惟见漫漫无际。万物覆白霜而天候入秋，荒原起寒风而倍感凄凉。荣华如流水终将东逝而去，世事如波澜历来起起伏伏。白日即将西坠，留下淡淡余晖；浮云飘忽不定，遮掩半边天际。如今是燕雀筑巢于梧桐，而鸳鸯却只能栖身在枳棘。不如以陶渊明为榜样，吟咏《归去来兮辞》而去，一路上学冯谖弹剑高歌一曲《行路难》。

其四十（凤饥不啄粟）

【题解】此诗年代不详。大概是诗人与友人告别时所作。诗人志存高远，常以管仲、张良、诸葛亮等人为榜样，一直想在政治上有一番作为，但是当时李林甫，杨国忠等人当政，朝中群小结党营私，乌烟瘴气。以诗人的傲岸不群，狂放不羁的性格，即使面对玄宗，也是"天子呼来不上朝，自称臣是酒中仙"的态度，绝对不会去"摧眉折腰事权贵，使我不得开心颜"。因此诗人以凤鸟自比，着力描写了凤鸟的高洁，以琅玕为食，栖昆仑，饮湍流，表明自己志在天下、苍生，不屑与朝中宵小争权夺利、沆瀣一气。就算被排挤出朝，面对世间艰险，也要像凤鸟那样依旧保持孤傲的性格。后六句以王子晋来比喻自己结识的知己好友。与友相别，诗人心中充满了依依不舍之情，感慨自己不能回报他们对自己的深情厚谊。王夫之《唐诗评选》点评此诗："此作如神龙，非无首尾，而不可以方体测之，直与步兵（阮籍）、弘农（郭璞）并驱天路矣。"

凤饥不啄粟，所食唯琅玕①。焉能与群鸡，蹙促争一餐②？朝鸣昆丘树③，夕饮砥柱湍④。归飞海路远，独宿天霜寒。幸遇王子晋⑤，结交青云端。怀恩未得报，感别空长叹。

【注释】①"凤饥"二句：谓凤鸟即使饥饿也只吃琅玕，绝不会像凡鸟一样啄食粟米。《庄子·秋水》记载，惠施在梁国担任相国，庄子去见他，有人对惠施进谗言说："庄子前来是打算取代你而为相国的。"于是惠施非常恐惧，在国都中搜寻庄子，找了三天三夜。庄子去见他，说到："南方有一种凤鸟。它从南海出发，将要飞到北海去，一路上只在梧桐树上栖息，只吃竹子的果实，只喝甘泉之水。猫头鹰捕获到一只腐臭的老鼠，恰好凤鸟从它头上飞过，猫头鹰以为凤鸟来抢老鼠，就大声呵斥凤鸟。诗人以此故事来比喻君子志存高洁，不屑与小人争权夺利。琅玕：美玉。《艺文类聚》引《庄子》逸文，传说在南方有凤凰，上天为它生长了琼枝树，高百仞，果实为琅玕之类的美玉，作为凤凰的食物。树旁还有三头人名叫离珠，以三个头上的六只眼睛轮流看守琅玕树。

②蹙促：急促。

③昆丘：古代山名。《山海经·大荒经》："西海之南，流沙之滨，赤水之后，黑水之前，有大山，名曰昆仑之丘。"

④砥柱：山名，也叫三门山，传说夏禹治水时，凿通砥柱山两侧的山石成为河道，使河水分流而过，由于山形酷似巨大的石柱，矗立于黄河之中，因此称为砥柱山。

⑤王子晋：传说中的仙人。姬姓，名晋，字子乔，是周灵王的太子。据《列仙传》中记载，王子晋喜欢吹笙，其声酷似凤鸣，仙人浮丘生将他带到嵩山修道。三十多年后，一个名叫桓良的人在山上遇到王子晋，王子晋对他说："请你转告我的家人，七月七日在缑氏山与我相会。"到了那天，王子晋乘白鹤出现在缑氏山顶，几天之后，王子晋挥手与众人告别而去。

【译文】凤鸟即使饥饿也不啄食粟米，只会以琅玕之类的玉石充饥。怎么可能自甘沦落与群鸡为伍，引颈前驱为区区糟糠而争食不休？凤鸟早晨还在昆仑玉树上高声啼鸣，晚间就飞到砥柱边酌饮黄河之水。振翅而归不惧海路遥远，独宿荒野经受天寒风霜。有幸遇到了仙人王子晋，相互结识共飞青云之巅。如今怀恩尚未报答，告别之际感叹不已。

其四十一（朝弄紫泥海）

【题解】此诗年代不详。东方朔是李白最为推崇的古人之一，传说是岁星转世，其人博学多才，诙谐幽默，辩智过人。东方朔滑稽狂放的外表下，却有一颗悲天悯人的心，常能以含蓄诙谐的方式进谏汉武帝，因此在性情品行、为人处事以及才智文采方面来说，东方朔与李白有很多相似之处，李白曾在《玉壶吟》中赞扬东方朔："世人不识东方朔，大隐金门是谪仙。"这首游仙诗就是以东方朔游紫泥海的故事为缘起，描述了畅游仙界所遇到的种种奇妙景象，想象丰富，构思巧妙，体现了诗人的一贯风格。后半部分抒发诗人欲乘风而去，遨游天地八极之内，参谒天帝，拜访仙宫，永享长生的愿望。曾国藩《求阙斋读书录》点评："此首即屈子《远游》之意。"

朝弄紫泥海①，夕披丹霞裳②。挥手折若木，拂此西日光③。云卧游八极④，玉颜已千霜⑤。飘飘入无倪⑥，稽首祈上皇⑦。呼我游太素⑧，玉杯赐琼浆⑨。一餐历万岁，何用还故乡? 永随长风去⑩，天外恣飘扬。

【注释】①紫泥海：传说中海名。《洞冥记》记载，传说东方朔儿时曾离家一年多才回来。邻家阿母问他这一年多去了何处，东方朔回答说："我到了紫泥海，被紫水弄脏了衣服，就去虞渊（传说中太阳栖息的地方）洗涤衣服。我早晨出发，中午返回，哪里有一年之久啊?"

②丹霞裳：仙人的衣服，传说以红霞织就。

③"挥手"二句：《山海经》记载，若木为神话中的大树，生长于西方日落之处。《楚辞·离骚》："折若木以拂日兮，聊逍遥以相羊。"这里借用楚辞的意思，谓以若木拂击太阳，以推迟黄昏的到来。

④云卧：卧于云中。八极：八方极远的地方。

⑤千霜：千年。

⑥无倪：没有边际。

⑦稽首：古时的一种跪拜礼，叩头至地，是九拜中最恭敬的一种。上皇：天帝。

⑧太素：古代谓最原始的物质。《列子·天瑞》："太素者，质之始也。"这里指太素宫，是道教仙宫。《王君内传》曰："紫清太素琼阙，太素三元道君之所治也。"

⑨琼浆：用美玉制成的浆液，传说饮琼浆可以成仙。

⑩长风：远风。

【译文】清晨在紫泥海漫游，傍晚身披丹霞之衣。挥手折下一支若木，拂起将要坠落的太阳。高卧云端畅游八方极远之地，年过千岁依旧是红颜玉貌。恍惚间我飘飘然进入无穷虚空，登临仙界稽首朝拜昊天上帝。仙人呼我随他同游太素仙宫，并赐给我玉杯盛装的琼浆。一旦服下就可寿至万岁，何必恋恋不舍返回故乡？我愿永远乘长风四方云游，在天外尽情舒展飘舞。

其四十二（摇裔双白鸥）

【题解】此诗年代不详。纵观李白的一生兼有儒家的用世思想和道家的出世情怀，二种思想交织在一起，既矛盾，又共存。孔子说过"邦有道，贫且贱，耻也"，儒家也有"修身齐家治国平天下"的入世思想。李白生活在盛唐的"邦有道"时期，自然也想建功立业，成就一番作为。同时李白从年少时就有学道的志向，他曾自述："十五游神仙，仙游未尝歇。"这种情怀表现在李白创作的大量游仙体诗歌和他淡泊功名富贵, 向往洒脱的归隐生活等方面。尤其是经历了仕途的起落之后, 诗人也看到了世道的险恶。安邦定国的豪情壮志虽没有完全消失, 但也慢慢冷静下来, 更加体会到道家思想中的清静无为, 功成身退的含义。此诗借鸥鸟忘机的典故, 重在阐发"洗心"和"忘机"的内心体悟。这也是诗人经历了世事沧桑和宦海沉浮后的人生总结。与其在朝堂和心怀奸诈的小人玩弄心机, 不如退隐江湖, 像鸥鸟一样翱翔在沧江之上, 和淳朴无邪的海人相处, 胜过做被人牵控的云鹤, 宿沙上明月, 戏春洲群芳, 洗涤世俗杂念, 剔除巧诈机心, 回归清静自然, 忘却人生烦恼。

摇裔双白鸥①, 鸣飞沧江流。宜与海人狎②, 岂伊云鹤俦③? 寄影宿沙月, 沿芳戏春洲。吾亦洗心者④, 忘机从尔游⑤。

【注释】①摇裔: 摇荡。

②"宜与"句: 用鸥鸟忘机的典故。《列子·黄帝》记载, 海边有一个喜好海鸥的人, 他每天早晨来到海边时, 就有很多海鸥和他一起忘情嬉戏。但是有一天, 他的父亲说:"我听说有很多海鸥跟你嬉戏, 不如你给我抓一只。"第二天海人来到海边, 海鸥在天空翱翔, 却再也不下来了。后用鸥鸟忘机比喻无所猜忌的真诚相处。狎, 亲近。

③云鹤: 飞于云端之鹤。这里指仙人所乘的仙鹤。俦: 同伴, 伴侣。

④洗心: 洗涤心胸, 摒除恶念或杂念。

⑤忘机: 不存心机, 淡泊无争。

【译文】一对白鸥拍打着翅膀, 鸣叫着飞过了沧江。它们只愿与淳朴的海人相互亲近, 岂能和受人牵掣的云鹤为伴? 它们栖息在明月照耀的江沙之上，嬉戏在布满群芳的春洲之中。我也是一个涤除杂念之人，忘却机心愿与你们同游。

其四十三（周穆八荒意）

【题解】这是一首咏史诗，年代不详。诗人一直心怀"济苍生"、"安社稷"的远大抱负，因此对国家的兴衰和百姓的疾苦抱有一种"以天下为己任"的使命感和责任感。对于帝王不思进取，贪图享乐的行为，诗人是十分反感的，经常借诗讽喻。唐玄宗晚年时期，国家承平日久，以为可以坐享太平，因而疏于朝政，沉溺于声色和求仙之事，失去了以往积极进取的锐志。诗人以敏锐的眼光看到了唐朝盛世繁华下所隐藏的种种危机，心中充满了深重的忧患和焦虑。周穆王和汉武帝在历史上属于比较杰出的帝王，文治武功都蔚为可观，但是他们都犯有盛世帝王的通病，就是功成之后，耽于享乐。诗人引用周穆王瑶池赴会和汉武帝见上元夫人的故事，其实更多是在借古讽今，以史为鉴，婉转含蓄地对唐玄宗进行劝谏。萧士赟曰："此言二君虽过王母、上元夫人，然亦卒不免于死，是亦犹辛垣平玉杯之空言耳。后之求神仙者可不鉴诸。当时明皇亦好神仙之事，此诗盖有所讽云。"

周穆八荒意①，汉皇万乘尊②。淫乐心不极③，雄豪安足论。西海宴王母④，北宫邀上元⑤。瑶水闻遗歌⑥，玉杯竟空言⑦。灵迹成蔓草⑧，徒悲千载魂。

【注释】①周穆：指西周第五任君主周穆王。《穆天子传》记载，周穆王在位期间，乘坐造父驾驭的八骏马车，巡行天下八荒之地。八荒：八方荒远之地。

②汉皇：指汉武帝，好神仙之术。万乘：周朝兵制，天子有兵车万乘，因此称天子为万乘。

③"淫乐"句：这里指周穆王和汉武帝过度沉溺于出游和享乐之事。《尚书·无逸》曰："继自今嗣王，则其无淫于观、于逸、于游、于田，以万民惟正之供。"即告诫君主不要过度沉溺于观赏、安逸、出游和田猎之事，不要让万民的赋税仅供他一人享乐。淫，过度。

④"西海"句：指周穆王西游瑶池之事。《穆天子传》记载，周穆王曾驰驱千里，到瑶池与西王母相会，西王母设宴招待周穆王，临别之时，西王母作歌相送，并询问周穆王何时再来。周穆王亦作歌酬答，表示回去后要好好治理天下，如果太平无事，三年之后，还会再来。

⑤"北宫"句：指西王母及上元夫人降临汉宫与汉武帝相见之事。《汉武内传》记载，汉武帝元封元年七月七日，王母有感于汉武帝诚心求道，降临汉武帝的宫殿，为汉武帝讲授修道之法，并派侍女请上元夫人来见汉武帝。上元夫人是三天真王之母。任上元之官，统领十方玉女。上元夫人遵奉西王母旨意，传授汉武帝《六甲灵飞招真十二事》。

⑥瑶水：即瑶池。遗歌：指周穆王与西王母互相赠答之歌。《穆天子传》记载，周穆王与王母临别之时，西王母作歌曰："白云在天，山陵自出。道里悠远，山川间之。将子无死，尚能复来。"周穆王回答："予归东土，和治诸夏。万民平均，吾顾见汝。比及三年，将复而野。"

⑦玉杯：指汉武帝在建章宫筑神明台，立铜人捧铜盘玉杯来承接甘露。《三辅黄图》："《庙记》曰：'神明台，武帝造，祭仙人处。上有

承露盘，有铜仙人舒掌捧铜盘玉杯，以承云表之露，以露和玉屑服之，以求仙道。'"

⑧灵迹：遗迹。

【译文】周穆王驾八骏之车放纵漫游八荒之意，汉武帝以求仙之心坐享万乘天子之尊。他们过度沉溺于出游和享乐的心思没有止境，岂能称得上是一代雄才英豪之君？周穆王不远千里至西海宴饮西王母，汉武帝恭谨持身于北宫求教上元夫人。瑶池之畔空留当年酬答之歌，玉杯承甘露可成仙竟成空话。他们留下的遗迹都变成了长满荒草的废墟，他们如果在天有灵，千年以来也只能徒然哀叹罢了。

其四十四（绿萝纷葳蕤）

【题解】清人王琦注此诗："古称色衰爱弛，此诗则谓色未衰而爱已弛，有感而发，其寄讽之意深矣。"此诗应该是诗人年少时仕途不顺，有感而发。也有人认为此诗作于天宝初年诗人应诏入长安之时。后因奸佞进谗，使唐玄宗渐渐疏远诗人，诗人只能咏诗感怀，抒发抑郁之情。诗的前四句为比兴，以物喻人。以绿萝与松柏来比喻美人对夫君的忠贞。中四句言说美人正当青春貌美之时，却遭夫君遗弃，恩爱日衰。末二句感叹草木之物一旦相托，尚且不离不弃，而曾经的恩爱夫妻，竟然恩断义绝，美人对此发出无可奈何的哀叹。此诗表面写美人遭遗弃，实则指自己不被君王任用，空耗大好年华而无所作为。全诗意境委婉哀怨，将自己壮志难酬的苦闷尽诉于字里行间。

【原文】绿萝纷葳蕤^①，缭绕松柏枝。草木有所托，岁寒尚不移^②。奈何夭桃色^③，坐叹葑菲诗^④？玉颜艳红彩，云发非素丝^⑤。君子恩已毕^⑥，贱妾将何为^⑦？

【注释】①绿萝：指女萝，也叫松萝。体呈丝状，直立或悬垂，灰白或灰绿色，基部多附着在松树或其它树的树皮上，古诗中常用以比喻女性。葳(wēi)蕤(ruí)：草木茂盛的样子。

②"草木"二句：草木：指绿萝和松柏。有所托：指绿萝缠绕、依托松柏而生长。尚不移：指绿萝一旦依附松柏，就不离不弃。

③夭桃：艳丽的桃花，比喻少女容颜美丽。《诗·周南·桃夭》："桃之夭夭，灼灼其华。"夭：少壮美盛的样子。

④"坐叹"句：坐：无故。葑菲：葑、菲是两种野菜，叶与根皆可食。但其根有时略带苦味，人们因其苦而弃之。凡人、物但有一点可取之处，皆称为"葑菲"。《诗·邶风·谷风》："采葑采菲，无以下体。"朱熹《诗集传》注："妇人为夫所弃，故作此诗。言采葑采菲者，不可以其根之恶，而弃其茎之美。如为夫妇者，不可以其颜色之衰，而弃其德音之善。"

⑤云发：女子浓黑的头发。素丝：未经漂染的白丝，此处指白发。

⑥君子：指对丈夫的尊称。

⑦贱妾：妻子对自己的谦称。

【译文】纤弱的绿萝枝叶青翠茂盛，长藤紧紧缠绕在松柏之上。绿萝一旦与松柏彼此相依，岁寒之际也不能动摇它们的情义。为什么娇艳若桃花的美人，却会发出葑菲被弃的感叹呢？美人佼好的容颜胜过艳丽的鲜花，如云的乌发没有一根白丝。可是夫君对自己的恩爱已经断绝，悲戚之余还有什么办法呢？

其四十五（八荒驰惊飙）

【题解】此诗大约作于唐肃宗至德二载（757），当时诗人因永王李璘之事受牵连入狱，幸有宣慰大使崔涣和御史中丞宋若思为诗人洗脱罪名，诗人才得以出狱，出狱之后无所依托，感怀而作此诗。全诗从安史之乱讲起，前四句描述了叛乱初起之时，叛军声势浩大，如狂飙席卷大地，天下震动，举国上下惊恐万状，不知所措，无力抵挡叛军，只能任由叛军嚣张的情景。"龙凤脱罔罟"是写君子脱难而去，"飘飖将安托"则是感叹乱世之际难以找到安身之所。最后两句则是诗人面对国难，发出有心无力的哀叹，只能像《诗·白驹》中描写的贵客那样，乘白驹，归隐山林。萧士赟曰："予按太白此诗前四句指遭禄山之乱，乘舆播迁，天下惊扰。五句至末句是言太白罹难，脱身羁囚，无所依托也。然太白亦人中之豪，时君卒不能用之，惟有咏《白驹》之诗以自遣耳。"

八荒驰惊飙①，万物尽凋落。浮云蔽颓阳②，洪波振大壑③。龙凤脱罔罟④，飘飖将安托？去去乘白驹，空山咏场藿⑤。

【注释】①"八荒"句：驰：传播，传扬。惊飙：突发的暴风。此句谓边关偏远之地骤起风暴，实指安禄山叛乱。天宝十四载（755）十一月，安禄山以奉密诏讨伐杨国忠为借口在范阳起兵，出兵进犯中原，河东各地相继沦陷。安禄山叛军于当年十二月攻占东都洛阳。次年六月攻破潼关，哥舒翰被擒投降，长安失守，唐玄宗匆忙逃往蜀中避难。

②颓阳：落日。此处喻国运，也有说指日暮之君，即唐玄宗。据《资治通鉴》记载，安禄山反叛之时，海内承平日久，百姓几代人都没有见过战争了，听说安禄山在范阳起兵，远近震惊。河北境内叛军所经过的州县，都望风披靡，当地州县或者开城降敌，或者弃城而逃，或者被叛军擒拿杀害。各地陆续上奏安禄山反叛，而唐玄宗仍然认为是有人故意编造谎话，不肯相信。

③振：摇动。大壑：深谷、深沟。此句指叛军攻势猛烈，如洪流泛滥，天下为之震动。

④"龙凤"句：龙凤：指君子。罭罟（gǔ）：指渔猎的网具。

⑤"去去"二句：《诗·小雅·白驹》："皎皎白驹，食我场藿。"场：菜园。藿：豆叶。诗中写主人为留住客人，用园中的豆叶喂养客人的白驹。全诗描写了一位贵客具备公侯的才干，却不愿入仕为官，宁愿退隐山林，以保其身，虽主人力劝也不改其志。大概是诗人骤逢国难，抒发自己也无所依托，只得归隐江湖的心境。

【译文】八方大地被安史叛军掀起的狂飙席卷，生灵涂炭，百姓流离，世间万物都陷于凋敝。大唐国运日衰如浮云遮蔽的夕阳，叛军声势浩大如洪水激荡着山谷。君子已脱难而去，最终将安歇何处？不如赶快乘白驹而去，在空山中吟咏场藿的诗句。

其四十六（一百四十年）

【题解】此诗年代众说不一，从诗的内容看，王琦认为是天宝初年李白在长安时所作。开元、天宝年间正值唐朝鼎盛时期，四海清平，万国来朝，一派天朝大国的气象，诗人借描写五凤楼的规模宏伟, 气势不凡, 来象征大唐国势的强盛。但是盛世繁华之下, 已经开始显露出国势衰退的景象。诗人着重描绘了权贵充塞朝廷, 宾客趋走奔忙、斗鸡、蹴鞠之辈, 气焰熏天的种种败象。这也从侧面反映出, 君主已耽于享乐, 朝政则由奸佞把持。诗人看到, 钻营之徒堂而皇之的登上公卿之位, 而正直贤良之人却屡遭排挤, 难以被任用。大厦将倾, 覆巢之下焉有完卵, 只有淡泊守道之士才能超然物外, 以文章立德、立身。

一百四十年①, 国容何赫然②! 隐隐五凤楼③, 峨峨横三川④。王侯象星月, 宾客如云烟。斗鸡金宫里, 蹴鞠瑶台边⑤。举动摇白日, 指挥回青天⑥。当涂何翕忽⑦, 失路长弃捐⑧。独有扬执戟⑨, 闭关草《太玄》⑩。

【注释】 ① "一百"句: 指唐代开国到李白写此诗时的时间, 约有一百四十年。从唐开国的武德元年 (618) 下推一百四十年, 是唐肃宗至德二载 (757)。但至德二载正值安史之乱, 但诗中并无动乱迹象, 显然不合。所以, 诗中的一百四十年, 未必是实数。这首诗从讽托内容上看, 当作于天宝初年李白在长安时期或被谗去朝之后。也有人认为此诗约作于开元二十三年 (735) 李白游洛阳时, 正值唐玄宗东临洛阳, 百官从之, 达三年之久。或李白有其它依据。
②国容: 国家的景象。赫然: 显赫, 盛大。
③隐隐: 不清楚、不明显的样子, 这里指宫殿楼宇高大。五凤楼: 古楼名, 隋唐时在洛阳建应天门, 城门楼在中间, 垛楼、阙楼各一组, 布置在城门楼两边, 重楼飞檐如翅, 形似五凤, 故称"五凤楼"。

④ "峨峨" 句: 峨峨: 高耸的样子。三川: 西周以泾水、洛水和渭水为三川。东周指洛阳附近的黄河、洛水、伊水为三川。此处指洛阳。

⑤ "斗鸡" 二句: 见《古风其二十四》(大车扬飞尘) 的注解。蹴鞠: 一种古代踢球游戏, 类似今天的足球。瑶台: 传说中神仙的居处, 这里指宫殿。

⑥ "举动" 二句: 形容斗鸡、蹴鞠之辈得势, 受君王宠幸而气焰熏天。

⑦ 当涂: 执掌大权, 身居要津的掌权者。翕忽: 快速的样子。这里也指趾高气扬的样子。

⑧ 失路: 此处指失意者。弃捐: 弃置不用。

⑨ 扬执戟: 指汉代扬雄。秦汉时的宫廷侍卫官, 因值勤时手持戟, 故名持戟。扬雄曾为宫中侍臣, 所以称为扬执戟。

⑩ 闭关: 即闭门之意。太玄: 即《太玄经》, 扬雄所著的类似《周易》的著作。

【译文】大唐承运开国一百四十年来, 国势如日方升是何等的强盛! 远望飘渺云天外的东都五凤楼, 巍峨如山岳横亘在洛阳三川间。王侯权贵像拱绕太阳的星月一样繁多显耀, 州城里汇聚天下南来北往的宾客多如云烟。堂堂皇宫中也开始盛行斗鸡游戏, 泱泱京城里众人沉醉于蹴鞠之乐。宵小之辈动摇君主视听, 颐指气使可使风云变色。钻营之徒翕忽而当权得势, 失路之人永久弃置而不用。只有像扬雄那样的淡泊守道之士, 才能闭门专心著成《太玄》之作。

其四十七 (桃花开东园)

【题解】这是一首感兴之诗, 年代不详。松为百木之长, 坚韧不屈，不畏风雪，临风傲立。孔子称赞松曰："岁寒，然后知松柏之后凋也。"君子立世以德，以道义为先，苍生社稷为重，志高行远，虽不为世俗所容，仍不改其志，因此历来以青松比喻君子。而桃花娇艳媚人，沐浴春风而发，在诗人看来只是一时的偶遇，一旦秋霜寒露来临就枯萎凋零，因此桃花的美丽难以持久。世人中有借攀附、谄媚而得势者，在诗人心目中这些人就如同暂时荣耀的桃花一样，时过境迁之后，一切功名最终会随流水而去。而君子就像松柏一样，直道而行，虽遭挫折，仍傲然独立。

桃花开东园，含笑夸白日。偶蒙春风荣①，生此艳阳质②。岂无佳人色？但恐花不实。宛转龙火飞③，零落早相失。讵知南山松④，独立自萧飋⑤。

【注释】①荣：开花。

②艳阳质：艳丽的资质。

③宛转：随顺变化。龙火：东方天空的七星宿合称为苍龙，心宿为七宿之一，心宿又名火，故称为龙火，亦称大火星。夏历五月黄昏，可见于正南天空，至夏历七月黄昏，位置逐渐西降，则秋季将至。

④讵知：岂知。

⑤萧飋(sè)：风吹松柏之声。

【译文】娇媚的桃花在东园盈盈盛开，白日下嫣然而笑恣意炫耀。娇花只是偶然得遇春风的吹拂，才能借势拥有艳丽的资质。虽然有绝世佳人般的美艳，但恐怕只能开花而不结果。转眼间大火星西降秋风渐起，它就叶落花败而早早凋零。哪如南山傲然挺拔的青松，巍然独立于萧瑟的秋风之中。

其四十八（秦皇按宝剑）

【题解】此诗年代不详。诗人大概借这首诗对当时的朝政有所讽喻。秦始皇横扫六合，并吞八荒，灭六国而统一天下。本该顺应天意民心，励精图治，以百姓社稷为重，兴仁政，宣教化，成就千古伟业。但是却暴虐天下，不恤民力，大兴土木，使天下黎民百姓苦不堪言，为其日后覆亡埋下祸根。全诗描写了秦始皇逐日东巡，驱石架桥，蓬莱求药等事件，指出了秦始皇为求长生，不惜征发大量百姓服劳役，不仅耗尽人力物力，还直接影响了农时，耽误了耕种，全不顾百姓生计。到头来却落得个空忙一场，千古以来成为鞭挞的对象。全诗引用诸多神话传说，想象丰富，行文流畅，褒贬之意显而易见。

秦皇按宝剑，赫怒振威神①。逐日巡海右②，驱石驾沧津③。征卒空九宇④，作桥伤万人。但求蓬岛药⑤，岂思农扈春⑥！力尽功不赡⑦，千载为悲辛。

【注释】①赫怒：盛怒。威神：尊严的神灵，这里指海神。
②海右：指黄河、东海以西地区。古代方位以西为右，故称。
③"驱石"句：指秦始皇筑跨海石桥以观日出之处的故事。《艺文类聚》引《三齐略记》曰："始皇作石桥，欲过海观日出处。于时有神人能驱石下海，城阳十一山，石尽起立，巍巍东倾，状似相随而去。云石去不

速，神人辄鞭之，尽流血，石莫不悉赤，至今犹尔。"沧津：海上渡口。

④九宇：即九州。

⑤"但求"句：指秦始皇派人去往海外求仙药之事。《史记·淮南衡山列传》记载，秦始皇派徐福入海寻找长生不老药，徐福不久回来谎称遇到海神，海神要童男童女作为礼物来交换长生不老药，秦始皇听完大喜，派徐福携三千童男童女以及五谷种，还有各种工匠，再度出海。出海后，徐福来到平原广泽之处定居下来，没有返回。

⑥农扈（hù）春：据汉蔡邕的《独断》记载，少昊氏的时候，设置九农之官，春扈氏农正，督促百姓耕种；夏扈氏农正，督促百姓耕地除草；秋扈氏农正，督促百姓收获庄稼；冬扈氏农正，督促百姓储存；棘扈氏农正，掌人百果；行扈氏农正，白天为百姓驱赶飞鸟；宵扈氏农正，夜里为百姓驱赶野兽；桑扈氏农正，督促百姓养蚕；老扈氏农正，督促百姓收割麦苗。扈：通"扈"，鸟名，农桑候鸟。

⑦不赡：来不及。

【译文】秦始皇手按宝剑立于东海之滨，爆发雷霆之怒震慑海神。他欲过海观赏日出之处而出巡海边，传说神灵挥鞭驱石架成了桥梁。他征发士卒大兴劳役使九州为之一空，仅造桥一项工程就伤亡过万。他一心想求蓬莱岛不死神药，哪管延误农时耽误耕作？最终枉费心思却劳而无功，只落下千古哀叹的结局。

其四十九（美人出南国）

【题解】这首诗大概作于天宝三载（744）左右，诗人被谗离开长安之时，仿曹植《杂诗》而作。曹植才高八斗，学富五车，是建安文学的代表人物，文学造诣很高，而且怀有强烈政治抱负，希望能

建功立业，垂名青史。但是备受其兄魏文帝曹丕和侄子魏明帝曹
睿的猜忌，屡遭排挤打击，终其一生，郁郁而不得志。李白作为盛
唐诗歌的代表人物，才华横溢，在诗歌上同样有很高的成就，李白
对曹植推崇备至，他的很多诗歌都是化用曹植的诗句，而且二人在
政治上的遭遇也很相仿，都是空有旷世之才，凌云之志，而终不为
世所用，与诗中的美人际遇一样。诗歌塑造了一位风华绝代，却孤
寂落寞，独守空闺的佳人形象。佳人寂寞的原因，则是"紫宫女"
的妒忌，所以只能流落于潇湘之岸。诗人以比兴手法，借写美人的
不幸遭遇，来寄托自己遭小人毁谤，郁闷失意的心情。全诗辞意委
婉，抒情含蓄，不急不迫，有《风》《雅》之韵。

　　美人出南国①，灼灼芙蓉姿②。皓齿终不发③，芳心空自持④。
由来紫宫女⑤，共妒青蛾眉⑥。归去潇湘沚⑦，沉吟何足悲！

【注释】①"美人"句：化自曹植的《杂诗七首·其四》"南国有佳
人，容华若桃李"句意。

　　②灼灼：花茂盛鲜明。

　　③"皓齿"句：曹植《杂诗七首·其四》："时俗薄朱颜，谁为发皓
齿？"此处用其意。不发：不启齿。

　　④自持：自我克制和把持。

　　⑤紫宫：指紫微垣，也指帝王宫禁。紫宫女代指当权者。

　　⑥蛾眉：美人细长而弯曲的眉毛，如蚕蛾的触鬚，故称为蛾眉。常
代指美女。

　　⑦潇湘沚：湘江里的小洲。沚，水中小洲。曹植《杂诗七首·其

四》："朝游江北岸，夕宿潇湘沚。"此用其意。

【译文】风华绝代的美人出自南国，貌若桃花，芙蓉身姿，世所罕有。她不轻易启齿而言，孑然孤立自持芳心。历来宫中的世俗女子，对绝世佳人异常忌妒。既然不被世人所容，不如归去潇湘之滨，何必郁郁寡欢为此悲叹呢？

其五十（宋国梧台东）

【题解】此诗年代不详。诗人游览了梧台遗址，当年梧台周围种植有很多梧桐，因而以梧台为名。诗人在梧台听说燕石藏珍的寓言后，有感而发，写下这首古风诗。寓言的主人公是一个没有辨别能力的愚人，被似是而非的东西所骗，以瓦砾为珍宝。诗人借燕石藏珍的故事，实则在讽喻世人良莠不分，使才俊遭弃，小人反而得志。这首诗前四句叙事，后四句议论，诗人指出庸俗之人哪有慧眼，哪里能分辨得清宝玉与砾石，发出"假作真时真亦假"的感慨。萧士赟曰："此讥世人不识真儒，而假儒之人反得用世，而非笑真儒焉。辞简意明，切中古今时病。"

宋国梧台东，野人得燕石^①。夸作天下珍，却哂赵王璧^②。赵璧无缁磷^③，燕石非贞真^④。流俗多错误，岂知玉与珉^⑤？

【注释】①"宋国"二句：《后汉书·应劭传》引《阙子》：宋国有个愚人在梧台得到一块燕石，以为是块宝玉，就把它珍藏起来。有个客人听说后前去拜访，向主人请求观赏。主人答应了，非常郑重其事地斋戒沐浴，穿上礼服，并且杀牛祭祀，然后打开十重皮革的柜子，拿出十层丝巾包裹的燕石。客人一看，掩口而笑，对主人说："这是一块普通的燕石，与瓦砾没有什么区别。"主人听完大怒，认为客人的话如同奸商的巧言，心思如同庸医的狡诈。愈发将燕石保管得严密了。梧台：战国齐梧宫之台。故址在今山东省淄博市境。燕石：燕山所产的一种类似玉的石头。野人：田野之民，农人。

②赵王璧：指和氏璧。

③无缁磷：即谓玉石既不会被染黑，也不会被磨损。缁，染黑。磷，磨损。

④贞真：真正，确实。

⑤珉：像玉的石头。

【译文】在宋国梧台的东边，农夫捡到了一块燕石。他夸赞说这是天下稀有的宝物，却嘲笑赵王的和氏璧太差。赵王的和氏璧磨而不损，染而不黑，是难得的稀世之宝，而燕石只是一块普通的砾石，并非真正的宝玉。世俗之人多有偏见，他们岂能分辨宝玉和珉石的区别？

其五十一（殷后乱天纪）

【题解】这首诗大约作于天宝六载（747），当时唐玄宗沉迷于享乐，不理国事，将朝政完全交由李林甫处置。李林甫与太子李亨不睦，欲除太子，于是大兴冤狱，将李亨的妻兄御史中丞韦坚，还有曾弹劾李林甫的陇右节度使皇甫惟明赐死。李白的另一位好友崔成甫因受韦坚一案牵连，也被李林甫贬为湘阴县尉。北海太守李邕、淄川太守裴敦复也被波及，都被李林甫构陷所杀，就连李白的好友，饮中八仙之一的左相李适之也服毒自尽。李白悲愤之余，写下："君不见李北海，英风豪气今何在? 君不见裴尚书，土坟三尺蒿棘居。"的诗句。诗人借用比干和屈原忠贞直谏而惨遭不幸的故事，来表达自己对于当时奸臣当道，忠臣遭戮的义愤心情。直言进谏，自古就是很犯险的事情。如果遇到尧、舜这样的明君，直谏则可能被接受。然而，遇到商纣王、楚怀王这样的暴君或者昏君，直谏固然难以被接受，进谏者也可能身遭不幸。君主拒受谏言，文过饰非，自然难以通达民情，长此以往朝纲紊乱，社稷倾覆，自古以来，莫不如此。因此可知，安史之乱并不是偶然爆发，而是从唐玄宗任用李林甫开始，就埋下了日后动乱的祸根。这首诗在写作手法上很有特点，将比干与屈原的事迹交替叙述，行文上两两对仗，彼此既有分别，又有关联，共同围绕忠贞直谏这个主题来进行抒发，从而达到更好的渲染中心思想的效果。

殷后乱天纪①，楚怀亦已昏②。夷羊满中野③，菉葹盈高门④。比干谏而死⑤，屈平窜湘源⑥。虎口何婉娈⑦! 女媭空婵媛⑧。彭咸久沦没⑨，此意与谁论?

【注释】①殷后: 指商纣王。后，上古时期指君王。天纪: 上天之纪纲。借指国家法纪。

②楚怀: 指楚怀王熊槐，内被奸佞所惑，外被秦国所欺，放逐屈原，最后客死秦国。

③夷羊: 神兽，据说在商朝将亡时，出现在商郊牧野之地。后亦以比喻乱世中的贤者。

④菉(lù)葹(shī)：两种恶草的名字。这里比喻小人。

⑤比干：商纣王的叔父，官至少师，因纣王无道，比干出于忠诚而强谏，被纣王所杀。

⑥屈平：指屈原，名平，字原。楚国皇室后裔，早年任楚国左徒，后因排挤被流放，楚国郢都被秦军攻破后，自沉于汨罗江，以身殉国。

⑦婉娈：眷恋。

⑧女嬃：屈原的姐姐。婵媛：牵引、萦绕。

⑨彭咸：据说是殷商的的贤大夫，因劝谏殷王不成，投水而死。

【译文】殷纣王荒淫无道败坏了天道纲纪，楚怀王也听信谗言变得昏聩不明。殷商将亡之时有夷羊出现在商郊牧野，楚王身边围满菉葹一样的小人诋毁贤良。比干因忠贞直谏而被纣王处死，屈原遭小人谗言而被放逐湘水。身处险恶的环境，比干和屈原为何还恋恋不舍，屈原的姐姐女嬃虽然苦口相劝却无济于事。彭咸那样的忠臣早已为国捐躯而死，犯言直谏这样的事情还能与谁来谈论呢？

其五十二（青春流惊湍）

【题解】这首诗为感叹怀才不遇之作，应该是诗人于开元年间，尚未入仕之时所作。全诗前六句写青春急逝，夏日骤转，转眼秋风乍起，蓬草飘零无所依托，兰蕙枯萎，葵藿经霜。最后两句感叹美人不来，草木无人欣赏，只能日渐凋零。全诗意袭《楚辞·离骚》："日月忽其不淹兮，春与秋其代序。惟草木之零落兮，恐美人之迟暮。"诗人以美人比喻君王，以蓬草、兰蕙、葵藿自比。诗人悲叹时光流逝，人生易老，自己却像蓬草一样漂泊无所依托，如兰蕙一样空有才华而为世所弃，只能同葵藿那样任凭风霜吹打，渴望自己能早日得到君主的任用。

　　青春流惊湍①，朱明骤回薄②。不忍看秋蓬③，飘扬竟何托？光风灭兰蕙④，白露洒葵藿⑤。美人不我期，草木日零落⑥。

【注释】①青春：春天。《楚辞》："青春受谢。"王逸注："青，东方春位，其色青也。"惊湍：激流。

　　②朱明：指夏季。《尔雅·释天》："夏为朱明。"郭璞注："气赤而光明也。"回薄：盘旋回绕。

　　③秋蓬：秋季的蓬草。因已干枯，易随风飘飞，故亦以喻飘泊不定。

　　④光风：雨止日出时的和风。

　　⑤葵藿：葵和藿都是野菜。

　　⑥零落：指草木凋落。王逸《楚辞注》："零、落，皆堕也，草曰零，木曰落。"

【译文】明媚的春天像急流一样飞快地消逝，炎炎夏日也骤然转变即将离去。最不忍心看那秋风中飞旋的蓬草，在空中四处飘荡而无所依附。秋季雨后的和风反而使兰蕙枯萎，晶莹的白露也开始凝聚在葵藿之上。我翘首以待的美人却迟迟不肯出现，眼看草木就要日渐零落，大好光阴白白虚度。

其五十三（战国何纷纷）

【题解】此诗大概作于天宝年间，是一首咏史诗。诗人借古喻今，以战国纷争的历史，来暗指唐朝所面临的大厦将倾的危险。战国时期，诸侯国互相攻伐，干戈不休。诗人以此来比喻唐朝天宝年间奸臣当道，忠臣被黜，朝纲败坏的混乱局面。在朝中，杨国忠和安禄山两人互相倾轧，势如水火，最终两虎相斗，导致安史之乱爆发。晋国后期被六卿把持朝政，公室日衰，最终被三家分晋而亡。而在安史之乱爆发前，唐玄宗听信李林甫谗言，大量任用番将，扩充节度使权力，使安禄山得以招兵买马，扩军备战。因此形成了内有权臣，外有悍将的局面。末尾两句引用田氏代齐的典故，表达了诗人对于国家前途的担忧。

战国何纷纷，兵戈乱浮云。赵倚两虎斗①，晋为六卿分②。奸臣欲窃位，树党自相群。果然田成子③，一旦弑齐君。

【注释】①两虎：指廉颇与蔺相如。《史记·廉颇蔺相如列传》记载，赵以蔺相如功大，拜为上卿，位在廉颇之右。廉颇宣言曰："我见相如，必辱之。"相如闻，不肯与会。每朝时，常称病，不欲与廉颇争列。已而相如出，望见廉颇，引车避匿。于是舍人相与谏相如。相如曰："强秦所以不敢加兵于赵者，徒以吾两人在也。今两虎共斗，其势不俱生，吾所以为此者，先国家之急而后私仇也。"

②"晋为"句：春秋时期晋国有范氏、中行氏、智氏、韩氏、魏氏、赵氏等六卿擅权，而晋公室日渐衰弱，最终被亡。

③田成子：也叫陈成子，春秋战国时齐国大臣，其祖先陈完自陈国避难投奔齐国，后代逐渐掌握齐国朝政，田成子担任相国时，杀齐简公，至田成子曾孙田和时，取代齐康公成为齐侯，史称田氏代齐。

【译文】战国时期天下的形势是何等的纷乱，各国征战不休兵戈四起如浮云遮天。赵国所倚仗的将相二人如两虎相斗，晋国公室最终被六卿所蚕食瓜分。奸臣意图篡夺君主之位，暗中勾结互相朋比为党。田成子果然居心叵测暗藏阴谋，最终弑杀齐王而篡夺国君之位。

其五十四（倚剑登高台）

【题解】此诗大约作于天宝后期，是一首哀时之诗。诗人春日登上高台，倚剑而立，极目远望，只见群山高丘布满荆榛杂草，奇花芝草反而隐于深山幽谷，由此联想到君子失意、小人得志的现状，感慨世风日下，大道沉沦，自己只能像阮籍那样徒有穷途之悲了。阮籍是魏晋名士，竹林七贤之一，是建安文学的代表人物。阮籍早年有用世的思想，曾一度有志于济世安民，但是魏晋交替之际政局动乱，很多名士惨遭不幸，面对险恶环境和对现实的失望，阮籍只得韬光隐晦，以避祸保身。但他内心充满了愤懑与忧郁，只能采用纵酒高歌，放浪形骸的方法来排遣郁闷。阮籍的穷途之哭，是身处困境，又无力改变而发出的由衷悲恸。诗人当时面临的环境与阮籍当年相类似，天宝后期，国势日颓，朝中奸佞当道，忠臣被杀被贬，诗人自己也被排挤出朝廷，诗人的深切忧国情怀，无处宣泄，只能慷慨悲歌，效仿阮籍的穷途之哭。全诗语言古朴，沉郁委婉，感情深沉，忧国之情跃然纸上。

倚剑登高台，悠悠送春目。苍榛蔽层丘①，琼草隐深谷②。凤凰鸣西海③，欲集无珍木。鸒斯得所居④，蒿下盈万族⑤。晋风日已颓,穷途方恸哭^⑥。

【注释】①苍榛:青色的丛生杂木。此处比喻小人。

②琼草:珍贵的芝草。此处比喻君子。

③西海:传说中西方之神海。

④鸒(yù)斯:乌鸦的一种。体形较小,腹下白,喜群飞齐鸣。又名鸦乌。常用以比喻贪利小人。

⑤盈万族:指数量极多。

⑥"晋风"二句:用阮籍穷途之哭的典故。《晋书·阮籍传》记载,魏晋时期,天下多变故,名士也很难保全自身。阮籍避世而居,经常独自一人驾车,随意而走,直至无路可走时,才恸哭一场驾车返回。

【译文】佩长剑登高台放眼远望,悠悠如烟的春景映入眼帘。但见层山高丘被荆榛所遮蔽,奇花芝草反而深藏谷壑之间。高贵的凤凰在西海上盘旋鸣叫,想暂歇却找不到可以栖息的梧桐。聒噪的乌鸦反而觅得居所,在蒿草下聚集了众多同类。现在世风日益颓废就如魏晋之时,君子只能像阮籍那样穷途而恸哭了。

其五十五(齐瑟弹东吟)

【题解】此诗年代不详。此诗讥刺世人留恋淫声,贪图美色,好色不好道,时光流逝,一旦沉沦,后悔晚矣。盛唐时期,国家在政治、经济和文化等各方面都达到了空前鼎盛的水平,上至王公大臣,下至文人士子很多都纵情声色,沉迷享乐。诗人对于世人丧失淳朴天真的本性,忘情于颓废享乐的做法深为忧虑。全诗前四句写齐瑟秦弦虽然美妙动听，使人沉醉留恋，却也让人颓废了意志，消磨了雄心。中间四句写轻浮者以美色魅惑于人，邀宠献媚于当政者，使当政者迷失持身之道，不惜一掷千金只为博取美人一笑。最后四句指出这些"珍色不贵道"的人，忘记了家国责任，忘记了社稷安危，忘记了苍生百姓的福祉，然而光阴一过，所有功名富贵终究化为云烟。仙人能够返本归真，超脱名利之外，所以才能够无拘无束，逍遥自在。

齐瑟弹东吟，秦弦弄西音①，慷慨动颜魄②，使人成荒淫。彼女佞邪子，婉娈来相寻③。一笑双白璧，再歌千黄金④。珍色不贵道，讵惜飞光沉？安识紫霞客⑤，瑶台鸣素琴⑥。

【注释】①"齐瑟"二句：意谓齐女擅于弹瑟，因齐国在东，故曰东吟；秦女擅于弹琴，而秦国在西，故曰西音。

②颜魄：容颜和心魄。

③佞邪子：奸邪之人。婉娈：年轻美好。

④"一笑"二句：由《古诗》："一笑双白璧，再顾千黄金。"化用而来。

⑤紫霞客：指神仙。道家谓神仙乘紫霞而行。

⑥素琴：没有装饰的琴。

【译文】齐女弹瑟演奏东方之乐，秦娥拨弦调试西境之音。曲声美妙感人心魄，闻者沉迷乐不知返。那些卖弄姿色的浮华女子，姗姗而来取宠献媚于人。她们回眸一笑便有白璧一双的赏赐，她们轻歌一曲就有黄金千两的回报。世人贪图美色而背离大道，丝毫也不珍惜一去不复返的光阴。他们哪里比得上超凡脱俗的神仙,在瑶台上弹着素琴逍遥自在。

其五十六(越客采明珠)

【题解】此诗年代不详。李白同历代很多文人一样,都怀有功业理想,所谓"申管晏之谈,谋帝王之术,奋其智能,愿为辅弼。使寰区大定,海县清一。"李白二十四岁时辞亲远游,一直在寻求施展抱负的机会,但是屡遭碰壁,直到四十二岁才在玉真公主和贺知章的推荐下,被唐玄宗诏入长安,供奉翰林。因为诗人的傲岸不群,蔑视权贵,不容于朝。天宝三载,被迫离京。纵观诗人的一生真的是明君难遇,旷世才华被掩埋。诗中的越客身怀无价明珠,入皇朝大都,虽然倾动一城,却不被君王所识,只能怀宝空叹,还被鱼目嘲笑。诗人以越客自喻,将自己的怀才不遇以寓言的形式表现出来,使人读后深受感染。

越客采明珠①,提携出南隅②。清辉照海月,美价倾鸿都③。献君君按剑④,怀宝空长吁。鱼目复相哂,寸心增烦纡⑤。

【注释】①越:通"粤",指广东一带。古时候广东临南海,海中盛产明珠。

②南隅:指越地位于南方。

③鸿都:这里指大的都市。

④"献君"句:谓以宝物于暗夜里投路人,路人不知是宝物,反而

会大惊叱咤。《史记·鲁仲连邹阳列传》记载，西汉邹阳被人诬陷下狱，邹阳为自己辩白，向梁孝王上书，陈述了一个道理：明珠、玉璧本是珍宝，可是若在黑夜里将它们抛到路人的身上，人们非但不会高兴，反而会按着剑高声怒目呵斥。而破木头做成的车子，经过装饰后，会受到达官贵人们的喜欢。邹阳以此来说明珠玉那样的贤人，如果没有别人引荐推举，也不会得到君王的重用，而资质平平的庸人，如果得到权贵的举荐，却能平步青云。梁孝王读完，深受感动。随即下令释放邹阳。

⑤烦纡：愁闷郁结。

【译文】越人在海中采到一颗罕见的明珠，携带它离开了南方的越地。明珠的熠熠光辉堪比海上的明月，它的价值倾城更是举世无双。越人把它进献给君王，君王不以为宝却按剑发怒，他只好身怀宝物而空叹自伤。暗淡的鱼目也来嘲笑失意的明珠，怎么不使越客更加心烦意乱。

其五十七（羽族禀万化）

【题解】此诗大概是诗人早年求仕无果后而作。诗人由于出身原因，无资格参加科举考试。为了实现自己的理想抱负，诗人二十四岁出蜀，到处游历，拜谒了不少达官名流，其中不乏像宰相张说、渝州刺史李邕、荆州刺史韩朝宗这样的位高权重之人，向他们献上自己的诗文，以此希望获得对方的赏识和举荐，诗人甚至还直接向唐玄宗献上《明堂赋》《大猎赋》等作品，来表达自己的宏大志向，可惜均无回音。此诗引用了周周鸟的故事，谓各种鸟类大小各有所依托，而周周鸟不幸却无法飞翔，虽有心求助于其它飞鸟，但众鸟皆高飞不顾，周周鸟哀叹将归何处。诗的主旨就如《韩非子·说林下》中所说的那样：人在想喝水但又喝不到的时候，就应该像周周鸟一样，寻找一个给自己衔羽毛的同伴。诗人以周周鸟自比，自伤落难后，朋友远离，寻一知己救自己于苦难之中而不可得，不知该归往何处。朱谏《李诗选注》点评此诗："比也。白有愿仕之心，而无引荐之阶，作此诗以自叹。"

羽族禀万化①，小大各有依。周周亦何辜②？六翮掩不挥③。愿衔众禽翼，一向黄河飞。飞者莫我顾，叹息将安归？

【注释】①羽族：指有羽毛的族类，即鸟类。禀：禀承。万化：各种化育。

②周周：鸟名，也作翢翢。《韩非子·说林下》记载，有一种鸟名叫周周，头重而秃尾，在河边喝水的时候，就会一头栽倒，必须有其它的鸟衔住它的羽毛，周周才能喝到水。

③六翮：鸟类双翅中的正羽。用以指鸟的两翼。掩：收敛。不挥：无法挥动。

【译文】鸟族禀承造化有成千上万的种类，不论大小都各自有所依托。唯独周周这种鸟是何等的不幸，收拢着翅膀却无法挥动飞行。它想衔着众飞鸟的羽翼，一同去向黄河的岸边。可是众鸟四散纷飞不肯相顾，它独自叹息如何才能归家。

其五十八（我行巫山渚）

【题解】此诗大约于乾元二年（759）诗人被放逐夜郎，经过巫山时所作。诗人一生曾经三次到过巫山，第一次是二十四岁出蜀时，顺长江经三峡到达江陵，从此开始了漫长的远游之旅。第二次是受永王李璘的牵连，被流放到夜郎的时候，路过巫山。第三次是在白帝城获赦免后，乘船东去时，路过巫山，诗人归家后不久辞世。可以说诗人的一生"起于三峡，终于三峡。"诗人三过巫山，停留时间虽然不长，但诗人对巫山格外钟情，留下了很多与巫山有关的诗作。这首诗开头写诗人寻古探幽而登上阳台。看到天空中彩云已飞散无存，四下里清冷的山风不断吹过。诗人感叹神女已去久，襄王何处在。楚王的荒淫无道致使国家沉沦衰退，千古之后只剩下樵夫牧人在那里悲痛哀伤。全诗通过吟咏巫山神女与楚襄王的典故，隐指当时社会存在同样的弊病，历史可能重现，悲剧也可能重演，诗人只能空叹却无能为力。

我行巫山渚①，寻古登阳台②。天空彩云灭，地远清风来。神女去已久，襄王安在哉！荒淫竟沦没，樵牧徒悲哀。

【注释】①巫山：山名。在四川、湖北两省边境。北与大巴山相连，形如"巫"字，故名。长江穿流其中，形成三峡。渚：水中小块陆地。
②阳台：传说中巫山的台名，又名阳云台。宋玉《高唐赋》记载，楚王游于云梦之台感到疲倦，就在那里睡着了。梦见一位美人对他说：

"我是巫山之女,在高唐作客,听说您到高唐来游猎,我愿意与您结为百年好合。"她辞别时对楚王说:"我住在巫山的南面,高山的险要之处,清晨为朝云,傍晚为行雨,早晚之间,都在阳台之下。"后以"阳台"指男女幽会之处。

【译文】我乘舟来到巫山下的大江边,寻觅古人遗迹而登上了阳台。碧天空荡彩云飞散消失,楚地旷远清风徐徐吹来。年深日久巫山神女已远去,千载悠悠何处寻找楚襄王?他的荒淫无道终究被岁月湮没而沉沦,只有樵夫牧人面对废墟发出悲叹之声。

其五十九(恻恻泣路歧)

【题解】这首诗大概是诗人遭遇永王之变,流放夜郎时所作。此诗讽喻以势力相交之人,难以有始有终。全诗前四句以杨子泣路歧和墨子悲素丝的典故为例,来说明世事多变化,人心有浮沉。中间八句写世风浇薄,患难之交难遇,列举张耳和陈馀反目为仇,以及萧育和朱博互相背离的例子来说明世间交游多是趋炎附势之徒,纷纷攀附权贵,能够守道的忠贞之士反而固守空池,孤独无助。最后两句写诗人患难之时,只有同为仕途失意人的朋友,来殷勤询问,关心问候。诗人一生交友甚多,然而落难之后,很多势力之人纷纷背离而去,诗人体会到世态炎凉,人情冷暖的苦涩,内心不胜感伤。萧士赟曰:"此诗讥市道交者,必当时有所为而作。太白罹难之余,友朋之交道,其不能始终如一而奔趋权门者,谅亦多矣。徒有一类失欢之客,勤勤问劳,亦何所规益乎!"

恻恻泣路歧①，哀哀悲素丝②。路歧有南北，素丝易变移。《谷风》刺轻薄③，交道方岌嶬④。斗酒强然诺⑤，寸心终自疑。张陈竟火灭⑥，萧朱亦星离⑦。众鸟集荣柯，穷鱼守空池⑧。嗟嗟失欢客⑨，勤问何所规⑩？

【注释】①"恻恻"句：《淮南子·说林训》记载，杨子见歧路而大哭，因为歧路既可以向南，又可以向北，不知该如何选择。后喻指面对世道艰险，担心误入歧途的忧虑。

②"哀哀"句：《吕氏春秋·当染》记载，墨子见到有人染丝而叹息，因为白丝既可以染成黑色，也可以染成黄色，随染缸中颜料的不同，颜色也随之改变，所以染丝需要慎重。后喻指世人易受习俗和环境的影响而改变。

③"《谷风》"句：《谷风》为《诗·小雅》中的篇名。《毛诗序》说："《谷风》，刺幽王也。天下俗薄，朋友道绝焉。"

④岌嶬(xī)：同"险嶬"，艰困险阻。

⑤然诺：许诺。

⑥"张陈"句：张陈，指张耳和陈馀，他们都是秦朝末年人，两人初为刎颈之交，后来产生嫌隙。楚汉相争时期，张耳依附汉王刘邦。陈馀为赵国相国。韩信、张耳帅军伐赵，在井陉大败赵军，杀陈馀于泜水之上。火灭：即火灭烟消，比喻消失殆尽，不留痕迹。

⑦"萧朱"句：萧朱，指萧育和朱博，西汉时人，两人开始为好友，后有嫌隙，终成仇人。所以世人认为交友是件难事。星离：即星离雨散，比喻事物消失迅速。

⑧"众鸟"二句：众鸟：比喻趋炎附势的人。荣柯：繁茂的大树。比

喻权贵。穷鱼：失水之鱼。比喻身处困境的人。空池：比喻困境。

⑨失欢客：失意之人。

⑩规：营求。

【译文】杨子临歧路而痛哭，墨子见素丝而悲叹。歧路可南可北一步不慎则迷失，素丝可黄可黑随染料发生改变。《谷风》讽喻习俗浇薄而朋友相弃，世间交友之道也变得艰难险恶。虽然当众举杯慷慨许诺，但寸心内依旧疑窦丛生。张耳与陈馀的刎颈之交最终火灭烟消。萧育和朱博的至交之谊后也星离雨散。鸟儿都争着飞向繁茂高枝，只有穷鱼才固守枯竭之池。可叹只有失乐之人，才会探问彼此营求。

卷二 乐府一

远别离

【题解】远别离，乐府旧题，《乐府诗集》收入《杂曲歌辞》中。南朝江淹曾作《古别离》，梁简文帝曾作《生别离》，多写离别之情。李白作《远别离》《久别离》，大概源于此。此诗年代不详，最早收录于《河岳英灵集》，应该作于天宝十二载（753）以前。《新唐书·高力士传》记载，天宝年间，唐玄宗耽于声色，欲将朝政全权委托李林甫，曾对高力士说："我不出长安且十年，海内无事，朕将吐纳导引，以天下事付林甫，若何？"高力士对曰："天下柄不可假人，威权既振，孰敢议者！"唐玄宗听后不悦，此后朝中大权一步步旁落到李林甫、杨国忠、安禄山等人之手，可以说安史之乱的爆发，与玄宗放手朝政，使大权旁落有很大关系。此诗大概就是针对此种情况而借古讽今，李白意在提醒人君失权之戒。全诗以娥皇、女英与舜帝生死别离的故事，抒发了对人君失权的感慨，"君失臣兮龙为鱼，权归臣兮鼠变虎"二句为全诗诗眼。诗人以神话传说来暗喻现实事件，情景交融，借古讽今，具有很强的艺术感染力。明代高棅《唐时品汇》点评说："此太白伤时君子失位，小人用事，以致丧乱。身在江湖之上，欲往救而不可，哀忠谏之无从，舒愤疾而作也。"南宋刘辰翁赞曰："参差屈曲，幽人鬼语，而动荡自然，无长吉之苦。"

　　远别离，古有皇英之二女①；乃在洞庭之南，潇湘之浦②。海水直下万里深，谁人不言此离苦③！

　　日惨惨兮云冥冥④，猩猩啼烟兮鬼啸雨⑤。我纵言之将何补？皇穹窃恐不照余之忠诚⑥，雷凭凭兮欲吼怒⑦。

　　尧舜当之亦禅禹⑧。君失臣兮龙为鱼，权归臣兮鼠变虎。或云尧幽囚，舜野死⑨。九疑联绵皆相似⑩，重瞳孤坟竟何是⑪？

　　帝子泣兮绿云间⑫，随风波兮去无还。恸哭兮远望，见苍梧之深山。苍梧山崩湘水绝，竹上之泪乃可灭。

　　【注释】①皇英：即娥皇、女英，传说中尧的女儿，舜的妃子。

　　②"乃在"二句：传说舜巡狩南方，二妃随从，舜病故于途中，二妃悲伤不已自投于湘江，遂为湘水之神。潇湘：即潇水、湘水。湘水从广西流入湖南，至零陵汇于潇水，又向北流入洞庭湖。

　　③"海水"二句：是倒装句法，谓舜与二妃生死之别，永无见期，其苦如海水之深，无有底止。

　　④"日惨惨"句：惨惨：昏暗貌。冥冥：阴晦貌。

　　⑤"猩猩"句：谓烟雨中猩猩啼鸣，夜鬼啸叫。

　　⑥皇穹：皇天。这里喻指皇帝。

⑦凭凭：象声词，形容雷声之大。

⑧"尧舜"句：此句为省略句，意为在这种情况下，即使是尧亦会禅位于舜，舜亦会禅位于禹。之：指下面"君失臣""权归臣"的情况。

⑨"或云"二句：尧幽囚：传说尧晚年德衰，曾被舜所囚，父子不得相见。此谓尧失权。舜野死：传说舜巡视时死在苍梧。此似谓舜野死亦与失权有关。作者借用古代传说，暗示当时权柄下移，藩镇割据，唐王朝有覆灭的危险。

⑩九疑：即苍梧山，在今湖南宁远县南。因山有九峰，连绵皆相似，故又称九疑山。传说舜死后葬于此地。

⑪重瞳：指舜。传说舜的两眼各有两个瞳仁。

⑫帝子：指娥皇、女英。传说舜死后，二妃在竹间恸哭，泪下沾竹，竹上呈现出斑纹，即今洞庭一带有名的湘妃竹。绿云：比喻竹林茂密，远望如绿云。

【译文】远别离啊，古时有娥皇、女英二女，在洞庭湖之南、湘水之滨与舜帝永别。海水直下虽有万里之深，谁人不说此离苦比海深！

她们的哀哭使白日暗淡而云海阴沉，使猿猴悲啼云烟而夜鬼啸叫雨中。纵然我直言进谏又有什么补益呢？恐怕皇天也不能明察我一片忠心，甚至于大发雷霆之怒而轰鸣不已。

当尧舜失权最终也会禅位于禹。君王失去臣下的辅佐，就如神龙变成了凡鱼，奸臣一旦窃取了大权，就像老鼠变成了猛虎。传闻说尧被囚禁才让位于舜，舜在巡狩时意外死在了荒野。九疑山连绵峰皆相似，舜的孤坟究竟在哪里？

于是娥皇女英只能在绿竹间哭泣，最后自投于湘江随风波一去不返。痛哭中远望，遥见苍梧山。恐到苍梧山崩、湘水断流的时候，二妃洒在竹上的泪痕才会消失。

公无渡河

【题解】公无渡河，又称《箜篌引》，乐府旧题，《乐府诗集》收入《相和歌辞》中。晋人崔豹在《古今注》中记载："《箜篌引》者，朝鲜津卒霍里子高妻丽玉所作也。子高晨起刺船，有一白首狂夫，被发提壶，乱流而渡，其妻随呼止之，不及，遂堕河水而死。于是援箜篌而鼓曰：'公无渡河，公无渡河！堕河而死，将奈公何！'声甚凄怆，曲终亦投河而死。子高还，以语丽玉。丽玉伤之，乃引箜篌而写其声，闻者莫不堕泪饮泣。丽玉以其声传邻女丽容，名曰《箜篌引》。"历代对这首诗的解释不一，多认为是李白拟古之作。也有认为是李白在吟咏自身的遭遇，特别是不听其妻宗氏之劝，入幕永王一事，就如狂叟渡河一样，最终酿成悲剧。清代陈沆《诗比兴笺》点评："是诗自昔不言所指，盖悲永王璘起兵不成诛死。而《新唐书》言永王璘辟白为府僚佐，及璘起兵，白逃还彭泽。盖永王初起事时，太白实望其勤王，不图其猖獗江淮，是以见机逃遁。及璘兵败身戮，太白被诬，坐流夜郎，至后遇赦得还，乃追悲之。'黄河咆哮'云云，喻叛贼之匈溃。'波滔天，尧咨嗟'云云，喻明皇之忧危。'大禹理百川，儿啼不窥家'云云，谓肃宗出兵朔方，诸将载力，转战连年，乃克收复也，艰难若此，岂狂痴无知之永王所能立功乎？乃既无戡乱讨贼之才，复无量力守分之智，冯河暴虎，自取覆灭，与渡河之叟何异乎？《豫章篇》云：'本为休明人，斩虏素不闲。岂惜战斗死，为君扫凶顽。精感不没羽，岂云惮险艰？楼船若鲸飞,波荡落星湾。'即此诗所指。"

黄河西来决昆仑^①,咆哮万里触龙门^②。

波滔天,尧咨嗟^③。大禹理百川,儿啼不窥家^④。杀湍堙洪水^⑤,九州始蚕麻^⑥。其害乃去,茫然风沙。

被发之叟狂而痴,清晨径流欲奚为^⑦?旁人不惜妻止之,公无渡河苦渡之。虎可搏,河难凭^⑧。公果溺死流海湄^⑨。有长鲸白齿若雪山^⑩,公乎公乎挂罥于其间^⑪,箜篌所悲竟不还^⑫。

【注释】①昆仑:即昆仑山。中国西部山系的主干,西起帕米尔高原,经新疆西藏之间,通过青海西南到四川西北部。古人认为黄河发源于昆仑山。

②龙门:即龙门山,在今山西河津县西北,陕西韩城东北,黄河至此,两岸峭壁对峙,形如门阙,故名。传说是大禹疏导黄河时的遗迹。

③"波滔天"二句:用尧帝典故。《史记·五帝本纪》:"尧又曰:嗟,四岳,汤汤洪水滔天,浩浩怀山襄陵,下民其忧,有能使治者?"

④窥家:传说大禹治理洪水期间,三过家门而不入。

⑤杀:收束。湍:急流。堙(yīn):堵塞。

⑥九州:古代分中国为九州。说法不一。《书·禹贡》作冀、兖、青、徐、扬、荆、豫、梁、雍。后以"九州"泛指天下。蚕麻:养蚕与绩麻。

⑦径流:径直渡过湍流。奚为:为何。

⑧"虎可搏"二句:语出《诗·小雅·小旻》:"不敢暴虎,不敢冯河。"《毛传》:"徒搏曰暴虎,徒涉曰冯河。"冯:同"凭",凭借,依靠。

⑨海湄:海边。

⑩长鲸：巨鲸。

⑪挂罥（juàn）：缠挂。

⑫箜篌：古代拨弦乐器名。有竖式和卧式两种。据说为汉武帝派乐人侯调所制。

【译文】黄河自西从昆仑山决溢而出，一路奔腾咆哮万里来到龙门。

这里巨浪滔天，尧帝也曾嗟叹。大禹一心治理百川之水，三过家门而不顾幼子啼哭。他约束湍流堙堵洪水从而消除了水患，九州百姓至此可以养蚕种麻安享太平。但是水患虽去，风沙依旧肆虐。

一位披头散发的痴狂老叟，不知为何清晨便要渡黄河。旁人冷眼不怜惜，只有老妻制止他，他没有渡河工具却非要渡河。可以与猛虎相搏，却不能徒渡大河。此公果然溺水而死，尸体随河漂到海边。巨鲸的白齿如雪山，老叟的尸体挂上边。他的妻子悲弹箜篌，可惜老者一去不返。

蜀道难

【题解】蜀道难，乐府旧题，《乐府诗集》收于《相和歌辞·瑟调曲》中。在李白以前，梁简文帝萧纲、刘孝威，唐初的张文琮等人都写过《蜀道难》，但篇幅比较短小。李白在前人的基础上，把《蜀道难》发展为长短句式的长篇，扩展了题材，注入了许多新的元素，突破了旧题材的束缚，提升了思想性和艺术性，极大地提高了古体诗的艺术感染力。关于此诗的寓意历来众说纷纭，目前主要有以下几种说法：第一种认为此诗是提醒房琯、杜甫二人早日离川，以免遭到剑南节度使严武的陷害。第二种则谓此诗是为了隐喻唐玄宗而作，唐玄宗因安史之乱避难蜀地，此诗是劝他重返长安，以免受到四川藩镇的挟制。第三种则说此诗旨在讽喻当时镇守蜀地的剑南节度使章仇兼琼意图割据，不听朝廷节制。第四种认为此诗是单纯歌咏山水景色，并无其他寓意。胡震亨《李诗通》谓："《蜀道难》自是古曲，梁陈作者，止言其险，时不及其他。若第取一时一人事实之，反失之细而不足味矣"。顾炎武《日知录》亦谓此诗"即事成篇，别无寓意"。第五种说此诗是开元年间李白初入长安，本为追求功业，结果却无成而归，送友人而寄意之作。此诗收录于天宝十二载（753）结集的《河岳英灵集》中，严武入蜀为剑南节度使是上元二年（761）的事情，唐玄宗避难蜀地是天宝十五载（756），所以前两种说法不成立。关于第三种说法。宋本李集此诗题下注："讽章仇兼琼也。"但据史料记载，章仇兼琼开元末年担任剑南节度使，并无据险跋扈行迹，李白在《答杜秀才五松山见赠》一诗中曾赞美过他，故此说也不成立。唐代孟棨《本事诗》记载，李白初入长安时，曾以此诗被贺知章赞为"谪仙人"，因而此诗当为开元年间所作，第四、第五种说法可供参考。这首诗集中体现了李白诗歌奔放、豪迈、雄奇的特点，是李白的代表作之一。全诗首句以"噫吁嚱！危乎高哉！蜀道之难，难于上青天"开头，一起句就动人心魄，振聋发聩，奠定了"蜀道之难，难于上青天"的主题基调。第二段笔墨纵横，以夸张的修辞"尔来四万八千岁，不与秦塞通人烟"来描述蜀地的险峻，以神话传说"地崩山摧壮士死"，来描述蜀道开凿的艰难。第三段具体描述蜀道的艰险。"上有六龙回日之高标，下有冲波逆折之回川。""黄鹤之飞尚不得过，猿猱欲度愁攀缘。"等句同样是大开大合，荡气回肠。使人身临其境，感同身受。第四段笔锋一转，借蜀道难开始抒情。"悲鸟号古木""子规啼夜月"等句，形象地渲染了蜀道那种悲凉、空寂的气氛，使人更觉行走蜀道的不易，因而顺势在段末再次强调了"蜀道之难，难于上青天"的感受。第五段写蜀道山势的高绝，枯松倚壁的险奇以及激流飞瀑的湍险。构思巧妙，用词奇险，其中妙处各人自有不同领会。最后一段描写了蜀道剑门的险峻以及野兽出没"磨牙吮血，杀人如麻"的自然环境，这里李白化用了西晋张载《剑阁铭》中的名句"形胜之地，匪亲勿居"来表达自己对国事的担忧，并劝告友人"锦城虽云乐，不如早还家。"最后以"蜀道之难难于上青天"结尾，与首段相呼应，再一次强调了蜀道的艰难。全诗以丰富的想象，磅礴的气势，夸张的修辞，形象地再现了蜀道崎岖、艰险，"难于上青天"的奇景，充分展示了诗人博大的胸怀和浪漫的个性。唐代殷璠《河岳英灵集》点评此诗："（李白）为文章率皆纵逸，至如《蜀道难》等篇，可谓奇之又奇，然自骚人以还，鲜有此体调也。"刘辰翁云："妙在起伏，其才思放肆，语次崛奇，自不在言。"清代钱良择《唐音审体》点评："篇中三言蜀道之难，所谓一唱三叹也。"又曰："突然以嗟叹起，嗟叹结，创格也。"清代沈德潜的《唐诗别裁》点评此诗："笔阵纵横，如虬飞蠖动，起雷霆于指顾之间。任华，卢仝辈仿之，适得其怪耳，太白所以为仙才也。"

噫吁嚱[①]！危乎高哉！蜀道之难，难于上青天！

蚕丛及鱼凫②，开国何茫然③！尔来四万八千岁④，不与秦塞通人烟⑤。西当太白有鸟道⑥，可以横绝峨眉巅⑦。地崩山摧壮士死⑧，然后天梯石栈相钩连⑨。

上有六龙回日之高标⑩，下有冲波逆折之回川⑪。黄鹤之飞尚不得过，猿猱欲度愁攀缘⑫。青泥何盘盘⑬，百步九折萦岩峦⑭。扪参历井仰胁息⑮，以手抚膺坐长叹⑯。

问君西游何时还？畏途巉岩不可攀⑰。但见悲鸟号古木⑱，雄飞雌从绕林间。又闻子规啼夜月⑲，愁空山。蜀道之难，难于上青天，使人听此凋朱颜⑳！

连峰去天不盈尺，枯松倒挂倚绝壁。飞湍瀑流争喧豗㉑，砯崖转石万壑雷㉒。其险也若此，嗟尔远道之人胡为乎来哉？

剑阁峥嵘而崔嵬㉓，一夫当关，万夫莫开。所守或匪亲㉔，化为狼与豺。朝避猛虎，夕避长蛇㉕，磨牙吮血，杀人如麻。锦城虽云乐㉖，不如早还家。蜀道之难难于上青天，侧身西望长咨嗟！

【注释】①噫吁嚱(xī)：惊叹词。《宋景文公笔记》："蜀人见物异，辄曰'噫吁嚱'。李白作《蜀道难》，因用之。"

②蚕丛、鱼凫：传说中古蜀国的两位君王名。扬雄《蜀王本纪》曰："蜀王之先，名蚕丛、柏濩、鱼凫、蒲泽、开明。从开明上至蚕丛，积三万四千岁。"

③茫然：模糊，不清楚。

④四万八千岁：夸张的说法，极言时间之漫长。

⑤秦塞：指秦地，即今陕西省和甘肃省一带，为古代秦国的疆域。

⑥太白：指太白山，在今陕西眉县南。因其山顶积雪终年不化，望之白皑皑，故名太白。鸟道：指仅有鸟能飞过的山道，极言山峰的高险。

⑦横绝：横越。峨眉：指峨眉山，在今四川峨眉山市西南，因山势逶迤，有山峰相对如蛾眉，故名。

⑧"地崩"句：《华阳国志·蜀志》记载，秦惠王知道蜀王好色，就送给他五位美女。蜀王派五壮士前去迎接。返回到梓潼（今四川剑阁之南）的时候，看到一条大蛇钻入洞穴，五壮士抓住蛇用力往外拽。结果山崩地裂，五壮士和美女都被埋压而死。山分为五岭，入蜀之路遂通。

⑨天梯：形容高耸陡峭的山路。石栈：即栈道，在悬崖绝壁上凿孔架木而成的通道。

⑩六龙：传说太阳神的车子由羲和驾驭六条龙所拉，每天在空中从东向西行驶。高标：指蜀道上可作为标识的高峰。极言蜀山之高。

⑪冲波：激浪，大波。这里指激流。逆折：水流回旋的样子。回川：曲折的河流。

⑫猿猱：泛指猿猴。

⑬青泥：指青泥岭，在今甘肃、陕西两省界上，是入蜀的要道，其岭悬崖万仞，山上多云雨，行人常踏泥而行，故得名。盘盘：曲折回环的样子。

⑭岩峦：高峻的山峦。

⑮参、井：两星宿名，其分野分别是蜀、秦二地。胁息：屏气、敛息。形容恐惧之至。

⑯抚膺：抚胸，表示悲恨。

⑰畏途：险恶的道路。巉岩：险峻的山石。

⑱号古木：在古树上哀啼。

⑲子规：杜鹃鸟的别名。传说为蜀帝杜宇的魂魄所化。常夜鸣，声音凄切，故借以抒悲苦哀怨之情。

⑳凋朱颜：美好的容颜为之变老。

㉑喧豗(huī)：发出轰响，也指轰响声。

㉒砯(pīng)：水击岩石的声音，这里作动词，撞击。

㉓剑阁：又名剑门关，在今四川省剑阁县以北，是大、小剑山之间一条三十里长的栈道。峥嵘：高峻突兀的样子。崔嵬：高峻、高大的样子。

㉔匪亲：不是亲信。

㉕猛虎、长蛇：比喻据险叛乱者。

㉖锦城：即锦官城，成都的别称。故址在今四川成都南。成都旧有大城、少城。少城古为掌织锦官员之官署，故称为"锦官城"。

【译文】呜呼哉！多么高竣啊！蜀道艰难，简直难于上青天！

传说蚕丛和鱼凫创建了古蜀国，开国之年实在遥远而无法追述。从那时以来大约四万八千年，蜀中不与秦地相互往来。西边的太白山上仅有一条鸟道，可以一直通到峨眉山巅。山崩地裂蜀国五壮士殒命后，才建起天梯和栈道相互连通。

上有阻挡太阳神六龙车的高峰，下有激荡汹涌回旋曲折的大川。高飞的黄鹤尚且无法越过，就连猿猴翻山也愁于攀援。青泥岭的山路是多么的曲折，百步之内就环绕山峦转折九次。抬手可触天上参宿，举足迈过井宿分野，一路仰视屏住呼吸，用手抚胸长叹不已。

询问您此次西游何时能返回？险途上的峭壁实在无法攀越！只见鸟儿于古树悲啼，雄飞雌随在林间盘旋。又听到杜鹃鸟在月夜哀鸣,更添空山愁思。蜀道艰难,难于上青天,让人一听不禁脸色大变!

连绵的高峰似乎离天还不足一尺,枯朽的古松倒挂紧倚在峭壁之上。飞流瀑布喧豗不已,击崖催石万壑雷鸣。蜀道是如此艰险,唉,你这位远客为什么非要来到这里?

剑门关险峻巍峨,一人守关,万人难以攻占。驻守的将领若不是可信之人,恐怕就要像豺狼一样踞此为患。清晨要躲避猛虎的袭击,傍晚要防范长蛇的伤害,野兽磨牙吮血,杀人如麻。锦官城虽说快乐无边,但还是及早还家为好。蜀道艰难,难于上青天,侧身西望,令人不免长叹!

梁甫吟

【题解】此时年代不详,可能为开元年间所作。梁甫吟,又作"梁父吟",乐府旧题。《乐府诗集》收于《相和歌辞·楚调曲》中。梁甫,即梁父,山名,在泰山下。《梁甫吟》,盖言人死葬此山,亦为葬歌,语调悲苦。后传诸葛亮所作《梁甫吟》辞,内容是关于春秋齐相晏婴二桃杀三士的故事。李白此诗,主要是抒发不能实现抱负的抑郁之情。这首诗二、三段引用姜子牙、郦食其的故事,来说明大贤之人虽经受挫折坎坷,但最终仍能成就功业。第四段借神话意境,来抒发自己报国无门的感慨。引用二桃杀三士的典故,来说明有才之士易遭人妒忌。而剧孟的例子则说明有识之士不被任用,则大事难成。表达诗人怀才不遇的愤懑。最后一段写诗人相信终会有风云际会之时，在时机未到之前还要安心等待。全诗构思新奇，用典颇多，行文长短句间杂，节奏多变，使读者强烈感受到诗人那种怀才不遇的感慨。明王夫之《唐诗评选》点评此诗："长篇不失古意，此极难。将诸葛旧词'二桃三士'撺入夹点，局阵奇绝。"曾国藩《求阙斋读书录》点评："太白此诗则抱才而专俟际会之时。"

　　长啸《梁甫吟》①，何时见阳春②？

　　君不见朝歌屠叟辞棘津③，八十西来钓渭滨④。宁羞白发照渌水，逢时壮气思经纶⑤。广张三千六百钓⑥，风期暗与文王亲⑦。大贤虎变愚不测⑧，当年颇似寻常人。

　　君不见高阳酒徒起草中⑨，长揖山东隆准公⑩。入门开说骋雄辩，两女辍洗来趋风⑪。东下齐城七十二，指麾楚汉如旋蓬⑫。狂客落拓尚如此，何况壮士当群雄！

　　我欲攀龙见明主⑬，雷公砰訇震天鼓⑭。帝旁投壶多玉女，三时大笑开电光，倏烁晦冥起风雨⑮。阊阖九门不可通⑯，以额扣关阍者怒⑰。

　　白日不照吾精诚⑱，杞国无事忧天倾。猰㺄磨牙竞人肉⑲，驺虞不折生草茎⑳。手接飞猱搏雕虎㉑，侧足焦原未言苦㉒。智者可卷愚者豪，世人见我轻鸿毛㉓。力排南山三壮士，齐相杀之费二桃㉔。吴楚弄兵无剧孟，亚夫咍尔为徒劳㉕。

　　《梁甫吟》，声正悲。张公两龙剑，神物合有时㉖。风云感会起屠钓，大人峣屼当安之㉗。

【注释】①长啸：原指撮口发出悠长清越的声音。古人常以此述志。这里指吟咏。

②阳春：温暖的春天，这里喻指施展抱负的机会或得遇明主。

③"君不见"句：用姜子牙故事。朝歌：地名。殷纣的都城，在今河南淇县东北。屠叟：屠夫，此处指姜太公，姜姓，吕氏，名尚。姜太公曾在朝歌屠牛为业。棘津：古代黄河津渡名。在今河南省延津县东北。相传姜太公未遇周文王时曾卖食于此。

④渭滨：渭水边。姜太公在渭水边垂钓时，得遇周文王。《韩诗外传》："太公望少为人婿，老而见去。屠牛朝歌，赁于棘津，钓于磻溪，文王举而用之，封于齐。"

⑤经纶：整理丝缕、理出丝绪和编丝成绳，统称经纶。引申为筹划治理国家大事。

⑥三千六百钓：指姜太公在渭河边垂钓十年得遇文王，共三千六百日。

⑦风期：风度品格。

⑧"大贤"句：大贤：指吕尚。虎变：谓虎皮的花纹斑斓多彩。比喻因时制宜，革新创制，斐然可观。《易·革》："大人虎变，未占有孚。象曰：大人虎变，其文炳也。"孔颖达疏："损益前王，创制立法，有文章之美，焕然可观，有似虎变，其文彪炳。"此句谓杰出人物的人生际遇变幻莫测，不是愚人所能预料的。

⑨"君不见"句：用郦食其故事。《史记·郦生陆贾列传》记载，西汉人郦食其，秦末陈留高阳人，自号高阳酒徒。郦食其喜好读书，胸有大志，刘邦为沛公时，郦食其前往拜见。沛公正坐在床边让两名侍女洗脚，以为郦食其是儒生，拒绝接见。郦食其说："我是高阳酒徒，并非儒

生。"于是郦食其进入，对刘邦长揖不拜，说："如果您下决心聚集正义之师，诛杀无道之秦，那就不应该用这种无礼的态度来接见长者。"于是沛公停止洗脚，请郦食其坐在上位。郦食其趁机谈了六国合纵连横所用的谋略，沛公喜出望外，赐给郦食其广野君的称号。

⑩山东：战国、秦、汉时称崤山以东地区为山东，又称关东。刘邦故籍在沛县，属于崤山以东地区。隆准公：指汉高祖刘邦。隆准，高鼻梁。隆准公指汉高祖刘邦，《史记·高祖本纪》："高祖为人，隆准而龙颜。"

⑪趋风：疾行至下风，以示恭敬。

⑫"东下"二句：用郦食其游说齐王降汉的故事。《史记·郦生陆贾列传》记载，楚、汉在荥阳、成皋一带对峙时，郦食其向刘邦献计联齐来孤立项羽。于是郦食其受命去往齐国游说，最终说服齐王田广归汉。旋蓬：随风飞转的蓬草。

⑬攀龙：比喻依附帝王以成就功业或扬威。亦比喻依附有声望的人以立名。语出汉扬雄《法言·渊骞》："攀龙鳞，附凤翼，巽以扬之，勃勃乎其不可及也。"

⑭雷公：传说中的雷神。砰訇（hōng）：象声词。形容声音巨大。

⑮"帝旁"三句：《神异经·东荒经》记载，东荒山中有大石室，东王公居住在那里。东王公常与玉女玩投壶的游戏，每次投一千二百支，如果投不中或者弹出，则天为之笑。天空不下雨而闪电，即为天笑。投壶：古代宴会礼制。亦为娱乐活动。宾主依次用矢投向盛酒的壶口，以投中多少决胜负，负者饮酒。玉女：仙女，此处比喻皇帝身边的幸臣。三时：指早、午、晚，也指春、夏、秋三季。倏烁：闪烁不定貌。晦冥：昏暗，此三句比喻当时朝政昏暗。

⑯阊阖：传说中的天门。

⑰阍者：看守天门的人。

⑱白日：比喻帝王。

⑲猰（yà）貐（yǔ）：古代传说中的一种吃人凶兽。这里比喻阴险小人。

⑳驺虞：古代传说中一种仁兽，白质黑纹，不吃活物，不践踏生草。这里以驺虞比喻贤良。

㉑接：搏斗。猱：猿猴一类的动物。雕虎：即虎。虎身毛纹如雕画，故名。飞猱雕虎比喻凶暴之人。

㉒侧足：形容有所畏惧，不敢正立。焦原：巨石名。传说春秋时莒国（今山东莒县一带）有一块巨石，名叫焦原，长宽五十步，下临深渊，只有勇士才敢登上去。

㉓"智者"二句：智者卷：语出《论语·卫灵公》："邦有道，则仕；邦无道，则卷而怀之。"此二句谓智者可伸可曲，而愚者一味豪横。而世人不知我，视我如鸿毛。

㉔"力排"二句：用两桃杀三士的典故。《晏子春秋·内篇·谏下二》记载，齐景公手下有公孙接、田开疆、古冶子三勇士，皆勇力非凡，却目无礼法。齐相晏婴便建议齐景公除掉他们。于是将两只桃子赏给三人，论功而食。于是三人争功，先后羞愧自杀。后以此典比喻借刀杀人。

㉕"吴楚"二句：《史记·游侠列传》记载，汉景帝时，吴楚等七国叛乱。汉景帝派周亚夫率兵平叛。周亚夫到达河南时，见到当时天下著名侠士剧孟，高兴地说："吴楚举大事，却放着剧孟不用，由此可知其眼光狭小，注定要失败。"此二句即指此事。咍（hāi）：讥笑。

㉖"张公"二句：用西晋张华观天象得宝剑的故事。《晋书·张华传》记载，西晋时张华与雷焕夜观天象，发现豫章丰城（今江西丰城）

有紫气直冲斗牛，张华任命雷焕为丰城县令，雷焕掘地得双剑。雷焕将其中一把送给张华，自己留下另一把。后张华写信告诉雷焕，说当有雌雄双剑，此神物虽然暂时分开，终究仍会合在一起。后来张华被杀，宝剑失落。雷焕死后，其子雷华有一天佩剑经过延平律时，剑从腰间跃入水中，与另一把宝剑一起，化作两条蛟龙而去。此处比喻贤才终会遇到明主。

⑳ "风云"二句：风云感会：形容君臣遇合，成就大业。屠钓：宰牲和钓鱼。旧指操贱业者，这里指姜子牙。大人：这里指胸怀大志的人。峍（niè）屼（wù）：不安貌。这里指遭遇坎坷。

【译文】长声吟啸《梁甫吟》，何时逢春遇明主？

君不见朝歌屠叟姜太公贩食棘津，八十岁时又垂钓渭水之滨。他不以一头白发照绿水而感到羞耻，只希望能够倾吐豪气施展治国之才。他在此一钓就是三千六百日，风度超然只为与周文王相遇。大贤际遇如虎变而愚人难测，当年潦倒时与常人颇为相似。

君不见高阳酒徒郦食其出身草莽，六十岁时长揖不拜汉高祖。一入公门就以雄辩折服了汉天子，使刘邦停止两侍女洗脚而趋前行礼。郦食其东去说降齐国获得七十二城，操控楚汉两军如旋转蓬草一样容易。他这样的落拓狂客尚能如此，更何况能够独当群雄的壮士？

我打算攀龙去寻明主，但雷公砰然震响天鼓。天帝身旁有许多玉女在投壶，天帝从早到晚大笑而闪电光，忽然间天地变色而风雨如晦。天宫的九门紧闭不开，我以额叩门却激怒守门人。

君王如日却照不到我的忠诚，反而认为我是杞人无事忧天。奸佞残暴如同磨牙吮血的猰貐，忠良仁爱就像不践踏草木的驺虞。我可以徒手与飞猿、雕虎相搏，置身险峻的焦原而不会言苦。智者可伸可卷愚者一味豪横，世人不知我而轻视我如鸿毛。春秋时齐国有三位勇士力可排山，齐相晏婴用两桃就让他们羞愧自杀。汉景帝时吴楚叛乱却弃剧孟不用，周亚夫因此嘲笑他们徒劳一场。

吟诵《梁甫吟》啊，声音沉痛而悲怆。当年张华得到的两把龙剑，是神物终究都会合在一起。像姜子牙这样的屠钓之人也有风云际会之时，成大事者处于困顿窘迫时应当安心以待时机。

乌夜啼

【题解】乌夜啼，原为乐府《西曲歌》旧题，《乐府诗集》收入《清商曲辞》中。据《旧唐书·音乐志二》记载：《乌夜啼》，据传为南朝宋临川王刘义庆所作。刘义庆因触怒宋文帝，被遣还家，心中很是恐惧。其妾夜闻乌啼声，认为是吉兆，后来刘义庆果然遇赦，出任南兖州刺史，因而作此曲。现存《乌夜啼》八首，内容多为描述男女离别相思。李白这首诗的主题也与乐府旧题相似，描写了闺中之妇对远方夫君的思念，情真意切，意味隽永。此诗一二句描绘了乌鸦傍晚归巢的情景。鸟儿尚知归巢，而自己的夫君却不见回来。一开篇便渲染了那种凄清、寂寞的气氛。三四句写秦女一边织锦，一边喃喃自语念叨夫君。这里借用了南北朝时苏蕙的典故，将秦女对夫君的思念描写的别具一格。最后两句描写秦女心中悲伤不已，独守空房而暗自落泪。将整个诗的意境又提升一层，留下无穷余味。明代高棅《唐诗品汇》引刘辰翁评语："语有深于此者，然情之所至皆不如此。则亦不必深也。凡言乐府者，未足以知此。"《唐宋诗醇》点评此诗："语浅意深，乐府本色。"

黄云城边乌欲栖，归飞哑哑枝上啼①。机中织锦秦川女②，碧纱如烟隔窗语。停梭怅然忆远人③，独宿孤房泪如雨。

【注释】①哑哑：象声词，形容乌鸦的叫声。

②秦川女：指苻坚时秦州刺史窦滔的妻子苏蕙。《晋书·列女传》记载，苻坚时秦州刺史窦滔被流放，其妻苏蕙思念不已，就写成回文诗，织在锦缎上，辞意凄婉。

③远人：指远方的丈夫。

【译文】黄云城边的乌鸦正欲回巢，归来落在树枝上哑哑啼叫。织机前正在织锦的秦川女子，隔着如烟的绿纱窗喃喃低语。她停下织梭思念远方的丈夫，一人独守空房不禁泪如雨下。

乌栖曲

【题解】乌栖曲，原为乐府《西曲歌》旧题，《乐府诗集》收入《清商曲辞》中。南朝梁简文帝、徐陵等人均作过《乌栖曲》，内容大多比较靡艳。而李白这首诗是旧题新作，不但从形式上由原来的四句扩展至七句，而且在内容上以讽谏为主，拓展了此类诗歌的范畴。据唐孟棨《本事诗》记载，李白开元年间初到长安时，贺知章读《乌栖曲》，赞道："此诗可以泣鬼神矣。"这首诗大约是李白在吴越一带游姑苏台时所作。此诗描写了吴王与西施在姑苏台极尽欢乐的情景。姑苏台耗费大量人力物力建成，却只沦为吴王享乐的工具，一方面说明了吴王的荒淫好色。另一方面也道出了吴王夫差最后国破家亡的根源。全诗以细腻的笔法，通过对乌栖姑苏、落日半掩、银箭金壶、秋月坠江以及东方渐高等意象的描写将诗人对吴王纵情声色的批判态度，含蓄而深刻的表达了出来，使人读后别有韵味。《唐宋诗醇》点评此诗："乐极生悲之意，写得微婉。荒宴未几，而麋鹿游于姑苏矣。全不说破，可谓兴寄深微者。"萧士赟云："盛言其乐，而乐不可长之意自见，深得《国风》刺诗之体。"

姑苏台上乌栖时[①]，吴王宫里醉西施[②]。吴歌楚舞欢未毕，青山犹衔半边日。银箭金壶漏水多[③]，起看秋月坠江波，东方渐高奈乐何[④]！

【注释】①姑苏台：台名。在今江苏苏州姑苏山上，相传为吴王夫差所筑。《述异记》："吴王夫差筑姑苏之台，三年乃成。周旋诘曲，横亘五里，崇饰土木，殚耗人力。官妓数千人。上别立春宵宫，为长夜之饮。造千石酒钟，夫差作天池，池中造青龙舟，舟中盛陈妓乐，日与西施为水嬉。"

②吴王：这里指吴王夫差。

③银箭金壶：指铜壶滴漏，我国古代的一种计时器具。以铜壶盛水，水从上一级壶中慢慢滴落下一级。下一级水中有一支带浮子的箭，随水面上升而指示不同时间。

④高：读皜(hào)，白，明，晓色。

【译文】姑苏台上乌鸟回巢栖息的时候，吴王正在宫中和西施纵酒酣醉。殿中的吴歌楚舞尚未结束，西边的青山已经半掩红日。铜壶滴漏中的水越来越多，起身看秋月慢慢坠入江中，东方渐白而吴王寻欢不止又该如何是好？

战城南

【题解】战城南，是乐府旧题，《乐府诗集》收入《鼓吹曲辞》中，内容为哀悼战死沙场的将士。原诗为："战城南，死郭北，野死不葬乌可食。为我谓乌：'且为客豪！野死谅不葬，腐肉安能去子逃？'水声激激，蒲苇冥冥。枭骑战斗死，驽马徘徊鸣。梁筑室，何以南？何以北？禾黍不获君何食？愿为忠臣安可得？思子良臣，良臣诚可思，朝行出攻，暮不夜归！"李白此诗在继承古辞的传统上，进行了扩展，使整个作品的叙事和抒情的层次更加丰富，所蕴含的感情更加真挚和饱满。此诗大概针对唐玄宗后期的穷兵黩武而进行讽谏，确切年代难于确定。首段写由于战争频繁发生，致使将士们常年东征西讨，疲惫不堪。长此下去必将造成民生凋敝，国力衰弱。这正是诗人所担忧的事情。次一段诗人纵览历史，发现战争自古就有，从秦朝到汉朝，再到诗人所在的唐朝，战争一直在伴随着历史的发展。因此引出第三段对战争残酷性的描述。在诗人看来一方面战争会造成巨大的灾难，所以不希望战争发生，但另一方面诗人也知道战争不可避免，所以诗人只能告诫掌权者战争为凶器，不到万不得已，不能轻启战事。《唐宋诗醇》点评说："古词云：'战城南，死郭北，野死不葬乌可食。'又云：'愿为忠臣安可得！'白诗亦本其意，而语尤惨痛，意更切至，所以刺黩武而戒穷兵者深矣。"

去年战，桑干源①；今年战，葱河道②。洗兵条支海上波③，放马天山雪中草④。万里长征战，三军尽衰老。

匈奴以杀戮为耕作，古来唯见白骨黄沙田⑤。秦家筑城备胡处⑥，汉家还有烽火燃。

烽火燃不息，征战无已时。野战格斗死，败马号鸣向天悲。乌鸢啄人肠，衔飞上挂枯树枝。士卒涂草莽⑦，将军空尔为。

乃知兵者是凶器，圣人不得已而用之。

【注释】①桑干源：即桑干河，古称浴水、治水。俗传每年桑椹成熟时河水干涸，故名。是永定河的上游，发源于山西北部向东流经河北北部，最后汇入官厅水库。唐时这一带经常有战事发生。

②葱河：即葱岭河，古水名，在今新疆维吾尔族自治区境内，为塔里木河上源。今有南北两河，南河为叶尔羌河，北河为喀什噶尔河。唐时此地多有战争。

③洗兵：即洗净兵器，准备作战。条支：唐代西域地名，唐安西都护府所辖有条支都督府，治所在诃达罗支国伏宝瑟颠城（今阿富汗加兹尼）。

④天山：又名白山，折罗漫山，是亚洲中部的大山系。横贯中国新疆维吾尔自治区中部，西端伸入中亚。古代匈奴视之为神山，故称"天

山"，路过天山时都下马而拜。

⑤"匈奴"二句：王褒《四子讲德论》："匈奴，百蛮之最强者也，其未耕则弓矢鞍马，播种则扞弦掌拊，收秋则奔狐弛兔，获刈则颠倒殪仆。"这二句诗即指此。匈奴：古代北方少数民族，此泛指唐朝边境的少数民族。

⑥"秦家"句：指秦始皇派大将蒙恬筑长城防御胡人一事。贾谊《过秦论》："乃使蒙恬北筑长城而守藩篱，却匈奴七百余里，胡人不敢南下而牧马。"

⑦涂草莽：指战死后血涂草莽。

【译文】去年征战，在桑干河源；今年转战，于葱岭河畔。曾经在条支海清波中磨清兵器，也曾在天山雪原草场放牧战马。连年远征万里与胡人作战，三军将士都已疲敝和衰老。

匈奴人以杀戮当做耕种，自古田里只见白骨与黄沙。秦朝修筑长城抵御胡人的地方，到汉朝时仍然有熊熊烽火燃起。

边疆的烽火燃烧不息，征战也没有结束之时。士卒们在野战中拼杀而死，失主的败马仰天悲愤嘶鸣。乌鸦秃鹫啄食死者肚肠，衔着飞起挂在枯枝上。士卒的鲜血染红了草莽，将军到头来也是一场空。

战争从来都是凶事，圣人不得已才使用。

将进酒

【题解】将（qiāng）进酒，乐府旧题，《乐府诗集》收入《鼓吹曲辞·汉铙歌》中，内容为饮酒放歌，多为短篇，也就是劝酒歌。李白一生与酒结缘，酒是李白生命中不可或缺的东西，也是李白诗歌灵感的重要来源。这篇《将进酒》，就是李白酒兴与诗意一次完美结合与发挥，成为李白的代表作之一。关于此诗的年代，说法不一。郁贤皓、安旗、管士光等人认为此诗约作于开元二十三年（736）前后。黄锡珪认为此诗作于天宝十一载（752），王运熙、杨明等人则认为是在天宝初年。这首诗应该是李白与友人岑勋、元丹丘一起相会畅饮时所作。李白对这一旧题进行了创新和拓展，将自己长久以来那种怀才不遇的愤懑痛快淋漓地抒发出来，以前无古人的磅礴气势，慷慨激昂的陈词，跌宕洒脱的行文，浪漫夸张的比喻，成就了这首旷世之作。这首诗开篇就是气势恢弘的两组排比句，极尽豪迈洒脱。既然明镜白发不可避免，人生苦短，不如放下忧愁，以酒开怀，莫使金樽空对月，这也体现了诗人一贯的潇洒不羁性格。次一段"天生我材必有用，千金散尽还复来"二句，体现了诗人一种充满自信，积极向上的人生态度。在诗人看来，与好友欢聚一起，烹羊宰牛，开怀畅饮，是人生最大的乐趣。钟鸣鼎食，富贵荣华都不值得留恋。自古圣贤皆寂寞，不如以饮者身份留名青史而更加潇洒。第三段诗人引用曹植在平乐饮宴的故事，来进一步抒发自己的豪情。五花马，千金裘，在诗人眼里都不算什么，惟有一醉"销万古愁"才是所愿。全诗气势如长江大河，一泻千里；又如红日东升，喷薄而出。节奏多变，其间曲折回转，令人读后荡气回肠。严羽评点《李太白诗集》云："一往豪情，使人不能句字赏摘，盖他人作诗用笔想，太白但用胸口一喷即是。此其所长。"周珽《唐诗选脉会通评林》云："首以'黄河'起兴，见人之年貌倏改，有如河流莫返。一篇主意全在'人生得意须尽欢, 莫使金樽空对月'两句。"徐增《而庵说唐诗》: "'君不见'是点醒人语。太白此歌, 最为豪放, 才气千古无双。"

君不见黄河之水天上来①, 奔流到海不复回②! 君不见高堂明镜悲白发③, 朝如青丝暮成雪④! 人生得意须尽欢, 莫使金樽空对月⑤。

天生我材必有用, 千金散尽还复来。烹羊宰牛且为乐, 会须一饮三百杯⑥。岑夫子、丹丘生⑦, 进酒君莫停。与君歌一曲, 请君为我倾耳听⑧。钟鼓馔玉不足贵⑨, 但愿长醉不用醒。古来圣贤皆寂寞, 惟有饮者留其名。

陈王昔时宴平乐⑩, 斗酒十千恣欢谑⑪。主人何为言少钱, 径须沽取对君酌⑫。五花马⑬, 千金裘, 呼儿将出换美酒⑭, 与尔同销万古愁!

【注释】①"君不见"句: 古代认为黄河发源于昆仑墟, 那里地势极高, 所以称为"黄河之水天上来"。

②"奔流"句: 此句化用《乐府歌辞·长歌行》: "百川东到海, 何日复西归。"

③高堂: 高大的厅堂。

④青丝: 比喻柔软的黑发。

⑤金樽: 金杯。

⑥会须: 应当, 一定。一饮三百杯: 用郑玄典故。《郑玄别传》记载: "袁绍辟玄, 及去, 饯之城东, 欲玄必醉, 会者三百余人, 皆离席奉

筋,自旦及暮,度玄饮三百余杯,而温克之容,终日无怠。"陈暄《与兄子秀书》:"郑康成一饮三百杯,吾不以为多。"

⑦岑夫子:即岑勋。丹丘生:即元丹丘。二人都是李白的好友。

⑧倾耳:谓侧着耳朵静听。

⑨钟鼓馔玉:指鸣钟鼓,食美味,形容富贵豪华的生活。钟鼓:古代贵族吃饭时击钟奏乐。馔玉:珍美如玉的食品。馔,饮食。

⑩陈王:指三国时魏国的曹植,被封为陈王,死后谥号为"思",故称为陈王或陈思王。平乐:观名,汉明帝所建,在洛阳西门外。曹植《名都篇》曰:"归来宴平乐,美酒斗十千。"

⑪斗酒十千:形容美酒的价格昂贵。欢谑:欢乐戏谑。

⑫径须:只管。

⑬五花马:唐人喜将骏马鬃毛修剪成瓣以为饰,分成五瓣者,称"五花马",亦称"五花"。

⑭将出:拿出。

【译文】君不见黄河之水滔滔从天上而来,一路奔流到海不复回。君不见高堂明镜里白发让人生悲,朝为黑发暮晚成霜雪。人生得意时就应纵情欢乐,不要让金杯空对一轮明月。

天生我材必有可用之处,千金散尽还会重新得来。烹羊宰牛且为欢乐,一次痛饮三百杯酒。岑夫子,丹丘生,请进酒,杯莫停。我来为君歌一曲,请君为我侧耳听。钟鸣鼎食不足珍贵,只愿长醉不用清醒。自古圣贤都沦于沉寂,只有豪饮者才能留名。

昔日陈王曹植在平乐观宴乐,宾客畅饮十千美酒恣意欢谑。主人为何还说酒钱不够,只管取酒好让我们痛饮。我有五花马,千金裘,叫小儿取出换美酒,与你们一同洗消万古愁!

行行且游猎篇

【题解】行行且游猎篇，乐府旧题，《乐府诗集》收入《杂曲歌辞》中。《行行且游猎篇》始创于南朝梁刘孝威，内容为出游射猎之事。此诗可能是天宝十一载（752）李白北上幽燕时，看到边城少年骑马射猎有感而作。全诗以边城儿不好诗书好游猎开篇，描写了边城儿矫健的身姿以及娴熟的骑射功夫。结尾引用董仲舒的典故，主要感叹边城儿虽然一字不识，但凭武艺，却可以胜过饱读诗书的儒生。诗人之所以这样说，是因为唐玄宗晚年，沉溺于开疆拓土，战事频发，武将得用，而文臣遭斥，李白因此深为忧虑，此诗正是表达了这种思想。

边城儿，生年不读一字书①，但知游猎夸轻趫②。胡马秋肥宜白草③，骑来蹑影何矜骄④。金鞭拂雪挥鸣鞘⑤，半酣呼鹰出远郊。弓弯满月不虚发，双鸧迸落连飞髇⑥。

海边观者皆辟易⑦，猛气英风振沙碛⑧。儒生不及游侠人⑨，白首垂帷复何益⑩。

【注释】①生年：平生。

②轻趫（qiáo）：轻捷矫健。

③白草：牧草。干熟时呈白色，故名。

④蹑影：亦作"蹑景"，追蹑日影，比喻极其迅速。

⑤鸣鞘：挥动鞭梢使发声。鞘，鞭梢。

⑥鸧（cāng）：鸟名。麋鸧。似鹤，体苍青色。又名"鸧鸹"。髇（xiāo）：响箭。

⑦海：即海泡子，一种积水湖。辟易：退避，多指受惊吓后控制不住而离开原地。

⑧沙碛：沙漠。

⑨儒生：指遵从儒家学说的读书人。后来泛指读书人。

⑩垂帷：放下室内悬挂的帷幕，指教书。后引申指闭门苦读。这里用董仲舒故事。《汉书·董仲舒传》："董仲舒，广川人也。少治《春秋》，孝景时为博士，下帷讲诵，弟子传以久次相授业，或莫见其面。"

【译文】边城健儿，生来就没读过一字一书，只知骑马射猎夸耀矫健。秋天草白胡马肥壮之时，纵马追影是何等的潇洒。马鞭拂雪发出清脆鸣响，酒至半酣架鹰出猎远郊。雕弓弯如满月箭不虚发，响箭飞起双鸧应声落地。

海泡旁围观的人群纷纷避让，健儿们的勇猛英气震撼沙漠。儒生怎能与矫健的游侠相比，帷帐下苦读到白头又有何用。

飞龙引二首

【题解】飞龙引，乐府旧题，《乐府诗集》收入《琴曲歌辞》，为乐府鱼龙六曲之一，内容为黄帝炼丹飞升之事。李白这两首诗也承接古题，描写黄帝飞升之事，都属于游仙诗。从诗意来看，表达的基本都是向往仙境的思想。胡震亨《李诗通》注曰："古词无考，白拟言黄帝上升事，曹植有《飞龙篇》，言求仙者乘飞龙升天，岂白祖此欤？"

其一

【题解】此诗年代不详。诗中引用黄帝在荆山炼丹成仙的故事，主要表达了诗人向往仙游的思想。

黄帝铸鼎于荆山[1]，炼丹砂[2]。丹砂成黄金[3]，骑龙飞去太上家[4]，云愁海思令人嗟[5]。宫中彩女颜如花[6]，飘然挥手凌紫霞，从风纵体登銮车[7]。登銮车，侍轩辕[8]；遨游青天中，其乐不可言。

【注释】①"黄帝"句：用黄帝在荆山铸鼎的故事。《史记·封禅书》："黄帝采首山铜，铸鼎于荆山下，鼎既成，有龙垂胡髯下迎黄帝。黄帝上骑，群臣后宫从上者七十余人，龙乃上去。余小臣不得上，乃悉持龙髯。龙髯拔，堕，堕黄帝之弓。百姓仰望黄帝既上天，乃抱其弓与胡髯号，故后世因名其处曰鼎湖，其弓曰乌号。"荆山：在今河南省灵宝市附近，亦名覆釜山。

②丹砂：即朱砂，矿物名，深红色，古代道教徒用以化汞炼丹，中医作药用，也可制作颜料。

③丹砂成黄金：指丹砂可以炼成黄金。用西汉李少君故事。《史记·封禅书》："李少君言上曰："祠灶则致物，致物而丹沙可化为黄金，黄金成以为饮食器则益寿，益寿而海中蓬莱仙者乃可见，见之以封禅则

不死,黄帝是也。"

④太上家:即太清,道教徒谓道德天尊所居之地,泛指仙境。

⑤云愁海思:如云似海的愁思。

⑥彩女:宫女。

⑦鸾车:神仙所乘之车。

⑧轩辕:黄帝的名字。传说姓公孙,居于轩辕之丘,故名曰轩辕。

【译文】黄帝在荆山铸造宝鼎,炼制丹砂。丹砂变成黄金后,黄帝乘龙飞仙境,世人只能望而叹息愁思似云海。黄帝宫中彩女貌美如花,她们飘然挥手直上云霄。她们乘风纵身登上鸾车。登上鸾车,随侍黄帝;一起遨游青天上,其乐不可言表。

其二

【题解】此诗继上一首,接着叙述黄帝成仙后,得到紫皇所赐月中白兔的仙药,能够后天而老,超越三光。即使王母衰去,黄帝却依旧不老。

鼎湖流水清且闲①,轩辕去时有弓剑②,古人传道留其间。后宫婵娟多花颜,乘鸾飞烟亦不还③,骑龙攀天造天关④。造天关,闻天语,屯云河车载玉女⑤。载玉女,过紫皇⑥,紫皇乃赐白兔所捣之药方⑦。后天而老凋三光⑧,下视瑶池见王母,蛾眉萧飒如秋霜⑨。

【注释】①鼎湖:湖名,传说黄帝在鼎湖乘龙升天。

②"轩辕"句:《史记·封禅书》记载,相传黄帝在荆山乘龙飞天,一些小臣上不去,拽住龙髯不放,结果龙髯都被拔掉,黄帝用的弓也掉了下来。这句诗即指此事。

③"乘鸾"句:谓乘坐鸾车像飞烟一样远去不回。

④天关:即天门。

⑤屯云:积聚的云气。

⑥紫皇:道教传说中最高的神仙。

⑦白兔:指神话中月亮里的白兔。

⑧后天而老:后于天老,在天老之后才老,形容长生不老。三光:指日、月、星。

⑨蛾眉:蚕蛾触须细长而弯曲,因以比喻女子美丽的眉毛。

【译文】鼎湖的流水清澈又闲静,相传黄帝在此飞升时留下弓剑,古人传道的故事至今流传其间。后宫中的美女面如娇花,她们乘鸾像飞烟一去不返,随黄帝骑龙飞升直登天门。登天门,听天语,乘上云车,载着仙女。载着仙女,去拜访紫皇,紫皇赐给黄帝月宫中玉兔所捣制的灵药。于是就可以寿比天长超越日、月、星辰,下视瑶池的王母,她已经蛾眉萧疏白发如霜。

天马歌

【题解】天马歌,乐府旧题,《乐府诗集》收入《郊庙歌辞》中。汉武帝时曾作《天马之歌》和《西极天马之歌》。《汉书·武帝纪》："元鼎四年秋,马生渥洼水中,作《天马之歌》。""太初四年春,贰师将军广利斩大宛王首,获汗血马来。作《西极天马之歌》。"这两首《天马》之歌,基调都是歌咏祥瑞的。李白此诗以天马自比,首段先写天马的种种出众奇异之处,以此喻指自己当年意气风发时的情景。次段写天马驰骋奔走的神俊之貌。由"曾陪时龙跃天衢,羁金络月照皇都"二句可知,此段是喻指诗人当年供奉翰林时的盛况,那也是诗人一生中最为得意的时候,诗人准备要大展身手,实现自己的抱负。第三段写天马奔腾万里,想要继续为君王效力,但是却得不到任用,只能踯躅徘徊,远远地遥望宫门。因为没有寒风子这样的识马人,所以天马得不到赏识。喻指诗人虽然遭受怀才不遇的境遇,但心中依然怀有为君王效力的愿望,只是苦于得不到引荐之人。第四段写天马遭到遗弃,沦落为拉车运盐的驾车之马。以此比喻诗人当年"赐金还山"后,四处颠簸,报国无门的情形。"严霜五月凋桂枝,伏枥衔冤摧两眉"大概是指诗人当年受永王事件牵连而蒙冤入狱的事情。最后诗人依然表达了希望能得到为朝廷效力的机会,使自己这匹老马能"弄影舞瑶池"。通览全诗,可以看出诗人以天马自喻,抒发了自己怀才不遇,壮志难酬的抑郁之情。此诗当为李白晚期作品。萧士赟注云:"此篇盖为逸群绝伦之士不遇知己者叹,亦白自伤其不用于世,而求知于人也欤?"胡震亨云:"汉郊祝《天马》二歌,皆以歌瑞应。太白所拟,则以马之老而见弃自况,思蒙收赎,似去翰林后所作。"

天马来出月支窟①,背为虎文龙翼骨②。嘶青云③,振绿发④,兰筋权奇走灭没⑤。腾昆仑,历西极⑥,四足无一蹶⑦。鸡鸣刷燕晡秣越,神行电迈蹑恍惚⑧。

天马呼,飞龙趋⑨,目明长庚臆双凫⑩,尾如流星首渴乌⑪,口喷红光汗沟朱⑫。曾陪时龙跃天衢⑬,羁金络月照皇都⑭。逸气棱棱凌九区⑮,白璧如山谁敢沽⑯?回头笑紫燕⑰,但觉尔辈愚。

天马奔,恋君轩,駷跃惊矫浮云翻⑱。万里足踯躅⑲,遥瞻阊阖门。不逢寒风子⑳,谁采逸景孙㉑?

白云在青天,丘陵远崔嵬㉒。盐车上峻坂㉓,倒行逆施畏日晚㉔。伯乐剪拂中道遗㉕,少尽其力老弃之。愿逢田子方㉖,恻然为我悲。虽有玉山禾㉗,不能疗苦饥。严霜五月凋桂枝㉘,伏枥衔冤摧两眉㉙。请君赎献穆天子㉚,犹堪弄影舞瑶池㉛。

【注释】①天马:即西域大宛国所产良马。《史记·大宛列传》:"初天子发书《易》,云'神马当从西北来'。得乌孙马好,名曰'天马'。及得大宛汗血马,益壮,更名乌孙马曰'西极',名大宛马曰'天马'云。"月支:即月氏(zhī),古西域国名。

②"背为"句:谓天马背脊的毛色如虎纹而骨架如龙翼。

③嘶青云:马的嘶鸣声冲上云霄。

④绿发:指马鬃。

⑤兰筋:马额上的筋。古代相马者谓马筋坚者为千里马。权奇:奇谲非凡。多形容良马善行。走灭没:形容迅跑如飞,若灭若没。

⑥西极:极西之地。此处指马原产地西域一带。

⑦蹶:跌倒。

⑧"鸡鸣"二句:形容天马行走极快。清晨尚在燕地刷毛,黄昏已在越地进食。鸡鸣,指天明之前。晡,傍晚。秣,喂马。

⑨飞龙：指骏马。马八尺以上称龙。

⑩"目明"句：古代相马者谓马目如明星、马胸挺直望之如双凫者为良马。长庚：太白星。臆：胸脯。凫：野鸭。

⑪"尾如"句：形容天马尾流转如奔星，马首矫昂状如渴乌。渴乌：古代刻漏计中的部件，铜为之，状如曲颈之乌。

⑫口喷红光：古相马者谓马口中颜色红白如火者为良马。汗沟朱：形容马流汗如血。汗沟：汗流之处，在马前腋。《汉书·西域传》："大宛国多善马，马汗血，言其先天马子也。"

⑬"曾陪"句：以天马自喻其天宝初入翰林院事。时龙：指天子。天衢：京师大道，代指京城。

⑭羁金络月：以黄金及圆月状饰物羁络马头。

⑮棱棱：威严貌。九区：九州。

⑯"白璧"句：形容天马身价之高。

⑰紫燕：骏马名。

⑱"騀跃"句：形容天马行空，迅疾异常。騀（sǒng），摇动马衔令马快跑。

⑲踯躅（zhí zhú）：徘徊不进的样子。

⑳寒风子：古代善相马者。

㉑逸景：良马名。

㉒"白云"二句：用《穆天子传》故事。《穆天子传》："西王母为天子谣：'白云在天，山陵自出。道里悠远，山川间之。'"

㉓"盐车"句：用骥伏盐车的典故。即用骏马拉运盐的车子。喻人才埋没受屈。语出《战国策·楚策》："夫骥之齿至矣，服盐车而上太行，蹄申膝折，尾湛胕溃，漉汁洒地，白汗交流，外坂迁延，负辕而不能

上。伯乐遭之，下车攀而哭之，解绋衣以幂之，骥于是俯而喷，仰而鸣，～声达于天，若出金石者，何也？彼见伯乐之知已也。"峻坂：陡坡。

㉔倒行逆施：形容天马遭受爬坡逆行的生活。畏日晚：恐怕年老。

㉕伯乐：春秋秦穆公时人，姓孙，名阳，以善相马著称。剪拂：修剪马鬣，拂拭尘垢。

㉖田子方：名无择，战国时魏人，魏文侯曾师事之。

㉗玉山：即昆仑山。传说昆仑山上有大禾，长五寻，大五围。

㉘"严霜"句：暗用邹衍典故。《论衡·感虚》载，邹衍本无罪，却被燕国拘禁，当时正是夏天的五月，邹衍仰天大哭，上天为其降霜。

㉙伏枥：马伏在槽上。指受人驯养。

㉚穆天子：即周穆王。

㉛瑶池：传说神仙居住之处。传说周穆王曾驾八骏，与西王母觞于瑶池之上。

【译文】天马来自西域的月支国，背部有虎纹骨架如龙翼。它的嘶鸣响彻云霄，它的鬣毛随风飘扬，额筋奇谲而疾走倏忽。它能腾走昆仑，它能游历西极，四足稳健而从不失蹄。清晨时它还在燕地刷洗鬣毛，傍晚时已在越地食草休息了。可谓神速如电闪，恍惚之间已无影无踪。

天马呼啸而过，就像飞龙疾驰，双目明亮如太白，胸膺高耸如双凫。马尾游荡如流星，马首矫昂如渴乌，口喷红光，汗出如血。此马曾陪天子驰骋京城大道上，马首的黄金圆月羁络光照京都。天马的俊逸之气飞跃九州，即使有如山的白璧谁能买到？回头笑看紫燕名马，觉得它们真是愚笨。

奔驰的天马，眷恋着君主的车驾，掣衔腾跃奔跑如浮云翻滚。驰骋万里而徘徊不进，只是远远望着天门。如果不遇到寒风子那样的相马者，谁能识别出逸景的后代呢？

想当年在青天白云之下，它曾载着周穆王越过崔嵬的丘山。如今牵着盐车在陡坡上艰行，只能倒行逆施忧虑日暮年老。对天马不幸的遭遇，只有伯乐才会让它中途停下，并为它修剪马鬣，擦拭尘垢，天马年少时耗尽力气而年老时被遗弃。多么希望能遇到田子方，只有他才会动恻隐之心。虽然有昆仑玉山上的仙禾，也难以疗治天马的苦饥。五月的严霜凋敝了桂枝，天马伏枥含冤而低下两眉。请诸君把它赎出献给穆天子，仍然可以直奔瑶池起舞弄影。

行路难三首

【题解】行路难，乐府旧题，《乐府诗集》收入《杂曲歌辞》中。内容多写世路艰难和离情别意。南朝宋诗人鲍照曾仿照古题作《拟行路难》十八首。李白三首《行路难》明显受鲍照的影响，但又对原题进行了挖掘和拓展，不再是单纯的悲苦呻吟，失落中仍有寄托，悲吟中透出慷慨，始终能看到诗人那种豪迈豁达的气度。尤其第一首慷慨激昂，意气飞扬，堪称佳作。这三首诗以"行路难"为核心，描述了诗人在仕途上的坎坷历程，也表达了诗人在出世与遁隐之间进行选择的纠结心态。这三首诗并非同时之作，各诗年代说法不一。

其一

【题解】第一首诗主要针对世道艰难而发出感慨。开篇先以夸张的比喻描写宴会的盛大。紧接着急转而下，通过"停杯""投筯""拔剑""四顾"等动作的描写，来表现诗人心中的苦闷和惆怅，面对美食珍馐却无法下咽。诗人心中充满壮志豪情，想要渡黄河，登太行，成就壮举。但现实却是"欲渡黄河冰塞川，将登太行雪暗天"，让诗人壮志难酬。虽然遭遇种种挫折，诗人仍抱有强烈的济世思想。诗人以姜太公和伊尹的经历为例，来表明自己始终坚信会有机会"长风破浪""济沧海"。全诗情感变化从失望到愤懑，再从愤懑到激昂，起伏跌宕，层层递进，结尾二句直抒胸臆，高亢有力，有振聋发聩之作用。展示了诗人博大的胸襟和气度，不落俗套，提振全篇。《唐宋诗醇》："冰寒雪满，道路之难甚矣。而日边有梦，破浪济海，尚未决志于去也。后有二篇，则畏其难而决去矣。此盖被放之初述怀如此，真写得'难'字意出。"

金樽清酒斗十千①，玉盘珍羞直万钱②。停杯投筯不能食，拔剑四顾心茫然③。欲渡黄河冰塞川，将登太行雪暗天④。闲来垂钓坐溪上，忽复乘舟梦日边⑤。行路难，行路难！多歧路，今安在？长风破浪会有时⑥，直挂云帆济沧海⑦。

【注释】①金樽：酒尊的美称。即金质的酒杯。斗：盛酒器。斗十千：一斗酒值十千钱，极言酒美价贵。

②珍羞：亦作"珍馐"，珍美的肴馔。直：通"值"，价值。

③"停杯"二句：化用鲍照《拟行路难十八首》之六中的"对案不能食，拔剑击柱长叹息"句。筯：同"箸"，筷子。

④"欲渡"二句：化用鲍照《舞鹤赋》中的"冰塞长河，雪满群山"句。太行：即太行山，在今山西、河南、河北省境内。

⑤"闲来"二句：相传姜太公吕尚未遇周文王之时，曾在渭水的磻溪（在今陕西宝鸡市东南）垂钓；伊尹未受商汤聘请之时，曾梦见自己乘船从日月之旁经过。

⑥"长风"句：用宗悫故事。《宋书·宗悫传》载，南朝刘宋时的宗悫，年少即有大志，叔父宗炳问其志向，他说："愿乘长风，破万里浪"。会：当。

⑦直：就，当即。济：渡。

【译文】金樽中的清酒一斗价十千，玉盘里的珍馐可以值万钱。但是我却放下酒杯扔掉筷子无心饮食，拔出宝剑举目四顾心中依旧一片茫然。想渡黄河却有坚冰封川，欲登太行偏逢大雪漫天。遥想当年姜太公闲坐溪边垂钓而得遇文王，伊尹梦中乘舟到日边受聘于商汤。行路难，行路难！道多歧路，今往何处？但我相信乘风破浪的时机一定会到来，那时候再扬帆远航横渡沧海。

其二

【题解】这首诗大约作于开元年间李白第一次入长安时期，当时他渴望能得到引荐，进而入仕做出一番事业，岂料处处碰壁，于是写下此诗来抒发自己的愤慨之情。开篇两句"大道如青天，我独不得出"，如狂飙陡起，直接道出了诗人的满腹抑郁，同时也是全诗的主题。李白在开元年间刚入长安时，心怀济世救民的热切期望，想要成为像管仲、诸葛亮那样的辅弼之臣。但是当时整个朝廷都沉溺于享乐安逸之中，上到唐玄宗，下到文武大臣都失去了那种积极进取的精神，转而沉迷于斗鸡走狗之类的娱乐。李白胸怀大志，因而羞于和斗鸡走狗之徒为伍。李白曳裾出入王公府邸，希望能得到权贵们的举荐，但是达官贵人们并不重视诗人，因而诗人只能像冯谖那样弹剑而歌，抒发内心的不如意。淮阴侯韩信少年时受市井之徒的嘲笑和侮辱，贾谊也曾因为才华出众而受到公卿的忌恨和陷害。李白借用这两个典故，来渲染自己的失意与郁闷，抒发自己对于英雄不得志的感慨。燕昭王曾筑黄金台来招纳贤才，李白内心非常渴望能遇到像燕昭王那样的贤君，好让自己实现理想和抱负，但是唐玄宗并不是燕昭王，诗人只能感叹黄金台废弃而贤君难得，行路难，不如归去。全诗表达了诗人渴望被举荐而有所作为的热切愿望，以及不获知遇的那种极度失望之情，借古言志，反映出诗人的苦闷与彷徨。

大道如青天，我独不得出。羞逐长安社中儿①，赤鸡白狗赌梨栗。弹剑作歌奏苦声②，曳裾王门不称情③。淮阴市井笑韩信④，汉朝公卿忌贾生⑤。君不见昔时燕家重郭隗，拥篲折节无嫌猜。剧辛乐毅感恩分，输肝剖胆效英才⑥。昭王白骨萦蔓草，谁人更扫黄金台⑦? 行路难，归去来!

【注释】①社：汉朝时基层社会组织，民间二十五家为一社，这里泛指里巷。

②"弹剑"句：用战国时冯谖故事。《史记·孟尝君列传》载，战国时齐国孟尝君门下食客冯谖初期不受重视，因而屡次弹剑作歌，感慨生活艰辛。后以弹剑作歌来比喻身处困窘，怀才不遇。

③曳裾王门：《汉书·邹阳传》记载，西汉时邹阳劝吴王刘濞不要造反，曾说道："我如果隐藏自己的真实想法，那么任何一个王公府门，我都可以曳裾而入，成为宾客。"曳裾：拖着衣襟。后以"曳裾"比喻在王公权贵门下作食客。不称情：犹言不顺心。

④"淮阴"句：用淮阴侯韩信故事。《史记·淮阴侯列传》记载，韩信少时有大志，曾被淮阴无赖少年所嘲笑，甘受胯下之辱。淮阴：今江苏淮安市。

⑤"汉朝"句：用西汉贾谊故事。《史记·屈原贾生列传》记载，汉文帝准备让贾谊担任公卿之职，遭到朝中权贵忌恨，被诋毁诽谤，最终贬为长沙王太傅。

⑥"君不见"四句：用燕昭王故事。《史记·燕召公世家》记载，燕昭王即位后，为报被齐国打败之耻，他四处招纳贤才，对郭隗说："齐国因我国动乱，乘人之危，攻破燕国，我深知燕国国小力薄，无力报仇。然而若能得到贤士与我共商国是，以雪先王之耻，这是我的心愿。请您推荐这样的人，我将厚礼相待。"郭隗说："大王要想招纳贤才，就从厚待我开始吧。那些比我有才能的人，岂会不来呢？"于是燕昭王就为郭隗改建宫室，以师礼待之。后来，乐毅从魏国，邹衍从齐国，剧辛从赵国来投奔，各方贤士都争相来到燕国。这四句诗就是指这件事。拥篲（huì）：拿着扫帚。古人迎候宾客，常拿着扫帚扫除道路，以示敬意。折节：屈己礼贤。嫌猜：猜疑，嫌忌。剧辛：战国时赵国人，入燕后任国

政，策划联合秦、楚、三晋以攻齐。乐毅：战国时中山国人，入燕后任亚卿，拜上将军，率五国兵攻齐，下齐七十余城，以功封昌国君。输肝剖胆：献出肝，剖开胆，比喻对人极为忠诚。

⑦黄金台：又称金台、燕台。故址在今河北省易县东南北易水南，相传为燕昭王筑，因置千金于台上延请天下贤士，故名。

【译文】大道虽像青天一样宽广，可唯独我却找不到出路。我羞于效仿长安的里巷小儿，去斗鸡走狗来赢取梨栗之物。我像冯谖一样弹剑作歌感慨世事艰辛，在王公门下曳裾出入并不能称我心意。韩信曾被淮阴市井之徒所嘲笑，贾谊也遭受汉朝公卿的妒忌。君不见昔日燕昭王重用郭隗，执帚虚礼而毫无猜忌。剧辛、乐毅感激燕昭王的厚恩，披肝沥胆竭尽才干来报效。如今燕昭王的白骨早已隐于荒草之中，还有谁会去洒扫黄金台呢？行路难啊，还是归去吧！

其三

【题解】此诗年代不详。这首诗与前两首的不同之处在于，诗人的用世之心已经不那么强烈，同时借古人之事表达了自己看淡功名，想要引退遁世的想法。全诗先以许由和伯夷叔齐的事迹来说明为人应该韬光隐晦，不必追求高洁之名。接着又以伍子胥、屈原、陆机和李斯的事例来说明功成不退的危害。最后诗人认为张翰能够舍弃官位，以秋风思乡为由隐退，才是真正的通达之人。全诗引经据典，层层递进，来表达诗人遁世避祸的思想，最后两句可谓画龙点睛之笔。

有耳莫洗颍川水①，有口莫食首阳蕨②。含光混世贵无名③，何用孤高比云月。吾观自古贤达人，功成不退皆殒身。子胥既弃吴江上④，屈原终投湘水滨。陆机雄才岂自保⑤？李斯税驾苦不早⑥。华亭鹤唳讵可闻⑦？上蔡苍鹰何足道⑧？君不见吴中张翰称达生，秋风忽忆江东行。且乐生前一杯酒，何须身后千载名⑨！

【注释】① "有耳"句：此句反用许由洗耳一事。晋皇甫谧《高士传》记载，相传尧想把天下让给许由，许由不肯接受，遁居于颍水。尧又想让许由担任九州长，许由认为这些话污浊了自己的耳朵，于是洗耳于颍水之滨。

② "有口"句：此句反用伯夷、叔齐一事。《史记·伯夷叔齐列传》记载，周朝建立后，伯夷、叔齐耻食周粟，隐居首阳山采薇而食，最后饿死于首阳山。蕨：即薇，俗称蕨菜。

③ 含光混世：犹和光同尘，即收敛锋芒，而与尘俗相融合。

④ "子胥"句：子胥：即伍子胥。《史记·伍子胥列传》记载，吴王听信太宰谗言，赐剑令伍子胥自尽。伍子胥既死，又将伍子胥尸体以鸱夷皮囊之，浮于江中。

⑤ "陆机"句：陆机：三国时吴国人，吴灭后归晋。成都王司马颖任陆机为后将军、河北大都督，后战败被谗，为司马颖所杀。

⑥ "李斯"句：李斯：上蔡（今河南上蔡）人，秦统一六国后，任丞相，秦始皇死后，为赵高所忌而被杀。税驾：即息驾，犹言退身。《史记·李斯传》记载，李斯有一次评价自己说："夫斯乃上蔡布衣，当今人臣之位，无居臣上者，可谓富贵极矣。物极则衰，吾未知所税驾也。"

⑦ "华亭"句：《晋书·陆机传》记载，陆机临刑前，叹曰："华亭鹤

唉，岂可复闻乎？"华亭：在今上海松江区，陆机兄弟在入洛阳前，经常游于华亭。

⑧"上蔡"句：《史记·李斯列传》："二世二年七月，具斯五刑，论腰斩咸阳市。斯出狱，与其中子俱执，顾谓其中子曰：'吾欲与若复牵黄犬，俱出上蔡东门逐狡兔，岂可得乎？'"

⑨"君不见"四句：引用晋朝张翰之事。《晋书·张翰传》记载，张翰是西晋吴郡人，担任齐王司马冏的大司马东曹椽，因见秋风起，思念家乡吴中的菰菜、莼羹、鲈鱼脍等美食，遂弃官归家。张翰性格任心自适，不求闻名当世，有人问他："您纵然可以闲适一时，难道不为身后名声考虑吗？"张翰回答："使我有身后名，不如即时一杯酒。"不久齐王司马冏失势，而张翰因及早离开，所以未被牵连。

【译文】不要学许由遁迹颍川去洗耳，不要学伯夷叔齐隐居首阳山来采薇。人生在世就应该和光同尘不求闻名，何必要孤傲贞洁比高云月呢？我观览自古以来的贤达之士，发现功成不退的人都免不了毁身亡命。伍子胥被吴王弃尸吴江之上，屈原最终自投汨罗江中。陆机一代雄才难道就能自保？李斯也后悔自己没有及早归隐。陆机感叹"华亭鹤唳"之声何时再闻？李斯悲叹"上蔡苍鹰"之事岂可得乎？您不见吴中张翰这位旷达之人，看到秋风起就想返回江东故乡。暂且享乐生前一杯酒，何须顾及身后千年名！

长相思

【题解】长相思，乐府旧题，《乐府诗集》收入《杂曲歌辞》中。长相思，本是汉时诗中语。如《古诗十九首》："客从远方来，遗我一书札，上言长相思。下言久别离。"六朝时开始以此为篇名，如萧统、吴迈远、徐陵、张率、陈后主、萧淳、江总等人都写过此题，并以"长相思"为开篇句，内容多写男女相思之情。李白此诗拟乐府旧题的形式，借景抒情，表现了那种铭心刻骨的相思之苦。诗中描写的场景是在深秋的夜晚，秋虫鸣叫，月色如霜，凄清的氛围中，一人独坐孤灯下，思念远方佳人。佳人远在云端不可见，只能去梦中追寻，但是关山重重，无法飞越，徒然肝肠寸断。全诗开篇即点明了长相思的对象是在长安，因此使人联想到诗人是在借男女相思来表达自己对君王知遇的期待之情，这也是古诗中常用的一种比兴手法。《唐诗训解》点评此诗："千里不忘君，可为孤臣泣血。此太白被放之后，心不忘君而作。不敢明指天子，故以京都言之。"所以此诗大概作于"赐金还山"之后。

长相思，在长安。络纬秋啼金井栏[①]，微霜凄凄簟色寒[②]。孤灯不明思欲绝，卷帷望月空长叹。美人如花隔云端[③]。上有青冥之高天[④]，下有渌水之波澜[⑤]。天长路远魂飞苦，梦魂不到关山难[⑥]。长相思，摧心肝[⑦]！

【注释】①络纬：虫名，即莎鸡，俗称络丝娘、纺织娘。夏秋夜间振羽作声，声如纺线，故名。

②簟：竹席。

③"美人"句：化用古诗《兰若生春阳》："美人在云端，天路隔无期"。

④青冥：青天。

⑤渌水：清澈的水。

⑥关山：关隘和山川，比喻重重阻隔。

⑦摧：伤痛。

【译文】长相思啊，人在长安。络纬小虫秋夜啼鸣金井栏上，凄冷月色映照竹席更觉清寒。昏暗的孤灯下相思难抑悲痛欲绝，只能卷起帷幔遥望明月而空自长叹。美人娇艳如花却远隔云端。上有青天渺茫高远，下有绿水卷起波澜。天长路远游魂虽苦飞追寻，梦里魂魄也难以越过关山。长相思啊，肝肠寸断。

上留田

【题解】上留田，又作"上留田行"，乐府旧题，《乐府诗集》收入《相和歌辞·瑟调曲》中。晋崔豹《古今注》云："上留田，地名也。其地人有父母死，兄不字其孤弟者，邻人为其弟作悲歌，以讽其兄，故曰《上留田》。"李白此诗借古讽今，暗喻唐肃宗不能容其弟永王李璘之事。永王李璘，是唐玄宗第十六子，唐肃宗异母弟。

安史之乱爆发后，唐玄宗封李璘为四道节度使，领江陵大都督，镇守江陵。至德元载（756），李璘擅自率军出巡，唐肃宗以平叛之名派兵围剿。至德二载永王李璘兵败，欲南走岭外，被江西采访使皇甫侁所擒杀。诗人有感于肃宗兄弟同室操戈，借古题抒发感慨。此诗应作于至德二载以后。全诗首段由荒坟孤冢引出弟死兄不葬的故事，来为下文做铺垫。第二段写鸟兽尚且重情重义，而作为万物之灵的人却骨肉相残。末段列举多个故事来说明兄弟间应该互相礼让和包容。全诗所引典故和故事，均与兄弟间恩怨有关，表现了诗人对唐肃宗兄弟阋于墙的深深哀叹。全诗格调悲怆沉痛，夹叙夹议，意味悠长。萧士赟注《分类补注李太白诗》云："此篇主意全在'孤竹延陵，让国扬名'、'尺布之谣，塞耳不能听'数句，非泛然之作，盖当时有所讽刺。以唐史至德间事考之，其为啖廷瑶、李成式、皇甫侁辈受肃宗风旨，以谋激永王璘之反而执杀之。太白目击其时事，故作是诗欤？"明胡震亨《李杜诗通》注："汉时上留田，有父母死，不字其孤弟者，人为作悲歌风其兄。白诗有'寻天兵'、'尺布瑶'等语，似又指肃宗之不容永王璘而作。"

行至上留田，孤坟何峥嵘！积此万古恨，春草不复生。悲风四边来，肠断白杨声①。借问谁家地，埋没蒿里茔②。古老向余言③，言是上留田。蓬科马鬣今已平④，昔之弟死兄不葬，他人于此举铭旌⑤。

一鸟死，百鸟鸣；一兽走，百兽惊。桓山之禽别离苦⑥，欲去回翔不能征⑦。

田氏仓卒骨肉分，青天白日摧紫荆⑧。交让之木本同形，东枝憔悴西枝荣^⑨。无心之物尚如此，参商胡乃寻天兵^⑩？孤竹、延陵^⑪，让国扬名，高风缅邈，颓波激清。尺布之谣^⑫，塞耳不能听。

【注释】①"行至"六句：化用《古诗十九首·去者日已疏》："出郭门直视，但见丘与坟。……白杨多悲风，萧萧愁杀人。"白杨：又名毛白杨，俗名大叶杨。古人多植于墓地。唐陈藏器《本草十遗》："白杨，北土极多，人种墟墓间，树大皮白。"

②蒿里：地名。位于泰山南面，相传为死者葬身之所。后为墓地的通称。茔（yíng）：坟墓。

③古老：老年人。

④蓬科：犹蓬颗，即长有蓬草的土块。一般指坟上长草的土块，亦借指坟头。马鬣（liè）：坟墓封土的一种形状，类似马鬣，故名。亦指坟墓。

⑤铭旌：竖在灵柩前标志死者官职和姓名的旗幡。大敛后，以竹杠悬之依灵右。葬时取下加于柩上。

⑥"桓山"二句：用《孔子家语》中"桓山之泣"的典故，比喻家人分离的悲痛。《孔子家语·颜回》："孔子在卫，昧旦晨兴，颜回侍侧，闻哭者之声甚哀。子曰：'回，汝知此何所哭乎？'对曰：'回以此哭声，非但为死者而已，又将有生离别者也。'子曰：'何以知之？'对曰：'回闻桓山之鸟生四子焉，羽翼既成，将分于四海，其母悲鸣而送之。哀声有似于此，谓其往而不返也，回窃以音类知之。'孔子使人问哭者，果曰：'父死家贫，卖子以葬。与之长决。'子曰：'回也，善于识音矣。'"

⑦征：行，远行。

⑧"田氏"二句：用"田家荆合"的典故。南朝梁吴均《续齐谐

记》："京兆田真兄弟三人，共议分财，生资皆平均，唯堂前一株紫荆树，共议欲破三片。明日就截之，其树即枯死，状如火燃。真往见之，大惊，谓诸弟曰："树本同株，闻将分斫，所以憔悴，是人不如木也。"因悲不自胜，不复解树，树应声荣茂。兄弟相感，更合财宝，遂为孝门。"后因以"田家荆合"为兄弟和好之典。仓卒：通"仓猝"。

⑨"交让"二句：交让木：楠木的别称。传说楠木之间，枝叶互相避让，所以又称交让木。《述异记》："黄金山有楠树，一年东边荣西边枯，后年西边荣东边枯，年年如此。张华云：交让树也。"

⑩参商：参星和商星。参西商东，此出彼没，永不同见。《左传·昭公元年》记载，子产曾讲过一个传说：上古时帝喾有两个儿子，长子叫阏伯，次子叫实沈，居住在旷林这个地方。兄弟二人互不和睦，经常打仗，帝喾发怒，于是将阏伯迁到商丘、主管商星；将实沈迁到大夏，主管参星。参星在西，商星在东，彼出此没，永不相见。"后以"参商"比喻兄弟不和睦。

⑪孤竹：殷商时诸侯国名。《史记·伯夷列传》记载，孤竹君有二子，长为伯夷，次为叔齐。孤竹君欲立叔齐。而叔齐、伯夷互相谦让。后来伯夷逃去，叔齐不肯继位亦逃去。延陵：古地名，在今江苏常州。春秋时吴公子季札的封地在延陵，故号延陵季子。《史记·吴太伯世家》记载，吴王有四子，季札最幼。吴王欲立季札，季札谦让不肯继位，后几位兄长屡次让位，季札都予以拒绝。

⑫尺布之谣：《史记·淮南衡山列传》记载，汉文帝弟淮南王刘长谋反，事败被废，徙居蜀郡严道县，途中不食而死。民间为此作歌谓："一尺布，尚可缝；一斗粟，尚可舂。兄弟二人，不能相容。"后用以"尺布"比喻兄弟不睦。

【译文】我来到上留田这个地方，看到一座孤坟何其高大！墓中之人仿佛积累了万年的怨恨，以至于此地到了春天都寸草不生。悲风从四面席卷而来，白杨萧瑟声令人断肠。询问这是谁家的坟地，埋没在蒿里成为荒冢。当地老人告诉我，说这就是上留田。坟上如马鬣般的封土如今早已抹平，从前有位弟弟去世哥哥却不肯安葬，最后由他人掩埋并在此插上了铭旌。

一鸟死去，百鸟哀鸣；一兽奔走，百兽惊骇。桓山之鸟也难忍别离苦，临行时盘旋徘徊不远去。

田氏兄弟仓猝间准备骨肉分家的时候，青天白日里家中的紫荆树就突然枯死。传说交让之木同树的枝条还会交替茂盛，东边的枝条憔悴那么西边的枝条就繁荣。无心之物尚且懂得互相礼让，兄弟间为何如参商争斗不休？孤竹国的伯夷和叔齐，还有吴国的延陵季子，都以礼让国家而扬名，他们的高风亮节流传久远，使衰颓的世风得到激浊扬清。市井中流传着兄弟不睦的尺布歌谣，但是人们都塞住耳朵而不愿听闻了。

春日行

【题解】春日行，乐府旧题，《乐府诗集》收入《杂曲歌辞》中，是乐府时景二十五曲之一，本为吟咏春游，李白拟为君王游乐之辞。这首诗应是天宝二年（743）李白入长安后待诏翰林时所作。全诗描述了唐玄宗春日泛舟御苑池沼的情景。由"小臣拜献南山寿，陛下万古垂鸿名。"二句来看，此诗是应制之作，全诗通过描述唐玄宗出游的盛大场面，来展示当时大唐的繁荣昌盛，以及歌颂唐玄宗的丰功伟绩，没有特别的含义。王闿运《唐诗选》点评此诗："只是善设色，无所感而为诗，故如此随笔成调。"

深宫高楼入紫清①，金作蛟龙盘绣楹。佳人当窗弄白日②，弦将手语弹鸣筝③。春风吹落君王耳，此曲乃是《升天行》④。因出天池泛蓬瀛⑤，楼船蹙沓波浪惊⑥。三千双蛾献歌笑⑦，挝钟考鼓宫殿倾⑧。万姓聚舞歌太平。我无为，人自宁。

三十六帝欲相迎⑨，仙人飘翩下云軿⑩。帝不去，留镐京⑪。安能为轩辕，独往入窅冥⑫。小臣拜献南山寿⑬，陛下万古垂鸿名。

【注释】①紫清：指天上。谓神仙居所。

②"佳人"句：此句化用南朝梁何子朗《和虞记室骞古意》："美人弄白日，灼灼当窗牖。"

③弦将手语：意思是弦与手摩擦而成声。

④《升天行》：古乐府名，《乐府诗集》列入《杂曲歌辞》中，内容多为遁世求仙。

⑤天池：天上仙界之池，这里指御苑池沼。蓬瀛：原指传说中的蓬莱、瀛洲仙山，这里指御苑池沼中的假山。《史记·孝武本纪》："名曰泰液池，中有蓬莱、方丈、瀛州、壶梁，象海中神山龟鱼之属。"

⑥蹙沓：聚集交会貌。

⑦双蛾：指美女的两眉。这里代指宫女。

⑧挝（zhuā）：击打。考：击、敲的意思。

⑨三十六帝：道教传说有三十六天帝。

⑩云軿（píng）：神仙所乘之车。以云为之，故云。軿：有帷盖的车子。

⑪镐京：西周国都。位于今陕西省长安县西南。这里代指唐代都城长安。

⑫窅（yǎo）冥：深邃的样子。

⑬小臣：李白自称。

【译文】深宫中的高楼耸立云霄，华丽的堂柱盘旋金龙。白日里佳人在窗前拨弄乐器，纤纤玉手轻抚丝弦弹响古筝。筝声随春风落入君王耳，这首乐曲就是《升天行》。天子出游御苑池沼泛舟蓬瀛假山四周，随行的楼船簇拥一起而翻起阵阵波浪。三千宫娥欢笑中为君王献上歌舞，击钟敲鼓的声音快要将宫殿震倒。万姓子民也都欢聚起舞歌颂太平。只要我皇无为而治，百姓自然太平安宁。

三十六位天帝要来迎接陛下，仙人们也乘着云车翩然降临。但是陛下不愿离去，宁愿长留京城长安。他岂能像轩辕氏那样，独自飞升渺远的天界。小臣拜祝陛下寿比南山，愿陛下名垂万古。

前有樽酒行二首

【题解】前有樽酒行，又称"前有一樽酒行"，乐府旧题，《乐府诗集》收入《杂曲歌辞》中。原题主要为置酒祝寿之意，李白则将其改变为感慨时光易逝，应及时行乐之辞。

其一

【题解】第一首诗以落花、美人为喻来抒发时光易逝，人生易老的感慨，同时"君起舞，日西夕。当年意气不肯倾，白发如丝叹何益"四句又展现了一种积极向上和不服老的精神。

春风东来忽相过，金樽渌酒生微波①。落花纷纷稍觉多，美人欲醉朱颜酡②。青轩桃李能几何③？流光欺人忽蹉跎④。君起舞，日西夕⑤。当年意气不肯倾⑥，白发如丝叹何益？

【注释】①渌酒：清酒。渌，清澈。
②酡：饮酒后脸色变红。
③青轩桃李：化用王适《古别离》："青轩桃李落纷纷，紫庭兰蕙日气氲。"
④流光：时光。蹉跎：虚度光阴。
⑤西夕：谓太阳西下而昏暮。
⑥倾：倒。这里是丢弃的意思。
【译文】春风从东忽然掩面吹过，金樽中清酒也起了微波。只是落花稍多令人惋惜，席间美人将醉面带嫣红。青轩桃李还能花开几日？时光弄人转眼岁月蹉跎。君再舞一回，白日将西下。当年没有尽情倾倒一腔意气，白发如丝时再去感叹又何益？

其二

【题解】第二首诗的意境着重在于抒发不要辜负大好春光,应该及时行乐的思想,可能是在长安时所作。

琴奏龙门之绿桐①,玉壶美酒清若空。催弦拂柱与君饮②,看朱成碧颜始红③。胡姬貌如花,当垆笑春风④。笑春风,舞罗衣,君今不醉欲安归?

【注释】①龙门:在今山西河津市、陕西韩城市之间。此地产桐,可作琴。《周礼·春官·大司乐》:"阴竹之管,龙门之琴瑟。"枚乘《七发》:"龙门之桐,高百尺而无枝。……使琴挚斫斩以为琴。"

②催弦拂柱:指拨弄琴弦,弹奏乐曲。

③看朱成碧:形容醉眼迷离,把红的看成绿的。

④当垆:意为卖酒。垆,放酒坛的土墩,形似锻炉,故名。

【译文】弹奏起龙门绿桐所制的古琴,清澈若无的美酒盛满玉壶。拨弦弄曲与君开怀畅饮,醉颜泛红看朱色成碧绿。胡姬貌美如花,当垆春风中而笑。春风中而笑,挥罗衣而舞,此情此景,您今天不醉还欲往何处?

夜坐吟

【题解】此诗年代不详。夜坐吟,乐府旧题,《乐府诗集》收入《杂曲歌辞》中。王琦注《李太白全集》:"《夜坐吟》始自鲍照。其辞曰:'夜沉沉夜坐吟,含情未发已知心。霜入幕,风度林;朱灯灭。朱颜寻。体君歌,逐君音;不贵声,贵意深。'盖言声歌逐音,因音托意也。"李白此诗,反用其意,以女子口吻,叙述两情之义:两情之间如不能彼此契合,纵然吟唱万曲也不能表明真心。《唐宋诗醇》:"空谷幽泉,琴声断续。恩怨尔汝,昵昵如闻,景细情真。结语从鲍照诗翻案而出。"

冬夜夜寒觉夜长①,沉吟久坐坐北堂②。冰合井泉月入闺③,金釭青凝照悲啼④。金釭灭,啼转多;掩妾泪,听君歌。歌有声,妾有情;情声合⑤,两无违。一语不入意,从君万曲梁尘飞⑥。

【注释】①"冬夜"句:《古诗十九首·孟冬寒气至》中有:"愁多知夜长,仰观众星列。"的句子,此句暗喻愁多。

②北堂:指古代居室东房的后部,为女子盥洗处,后代指妇人的居室。

③冰合井泉:指井水结冰。闺:指女子居住的内室。

④釭(gāng):油灯。青凝:青色的火焰仿佛凝结。

⑤情声合:指歌声与感情相契合。

⑥从：通"纵"。梁尘飞：指歌声激越，清韵绕梁，惊动梁上的灰尘。刘向《别录》："汉兴以来，善雅歌者鲁人虞公，发声清哀，盖动梁尘。"陆机《拟东城高且长》："一唱万夫叹，再唱梁尘飞。"

【译文】冬夜寒冷更觉长夜漫漫，女子独坐北堂久久沉吟。井泉之水成冰冷月照入闺房，铜灯青焰凝结映照女子泪容。铜灯熄灭，悲声转多；暂掩泪痕，听君高歌。歌有心声，妾有真情；情声相合，两心无违。如有一言不合妾之意，纵然夫君吟唱万首扰动梁尘之曲也无用。

野田黄雀行

【题解】此诗年代不详。野田黄雀行，乐府旧题，《乐府诗集》收入《相和歌辞·瑟调曲》中。此题有曹植旧作，言黄雀为了躲避鹞鹰，只得自投罗网，最后被少年同情所救。李白此诗的题意，言黄雀不追随他鸟而得以避祸，借物言志，表达了诗人不愿像他人那样追逐名利，陷自己于危难之境，而宁愿学黄雀那样处蓬蒿以自全，淡泊避世的思想。诗中的炎洲翠鸟、吴宫飞燕象征权贵之人。位高权重之人虽然风光一时，可是一旦失势，轻则丢官，重则亡家。所以诗人对此深以为戒，认为还不如像黄雀那样栖息于蓬蒿之间，即使天上有鹰鹯出没，也可以自保无虞。全诗以赋题手法，发挥古意，托物言志，表现出李白对传统乐府诗歌的拓展和创新。

游莫逐炎洲翠①，栖莫近吴宫燕②。吴宫火起焚尔窠，炎洲逐翠遭网罗。萧条两翅蓬蒿下③，纵有鹰鹯奈若何④！

【注释】①炎洲：神话中的南海炎热岛屿。《海内十洲记·炎洲》："炎洲在南海中，地方二千里，去北岸九万里。"这里泛指南方炎热地区。翠：即翠鸟，也称翡翠。陈子昂《感遇》诗："翡翠巢南海，雌雄珠树林。何知美人意，骄爱比黄金。杀身炎洲里，委羽玉堂阴。"这句话是告诫人们莫追随位高者而带来危害。

②吴宫燕：巢于吴宫之燕。春秋吴都有东西宫。据《越绝书·外传记吴地传》载："西宫在长秋，周一里二十六步，秦始皇帝十一年，守宫者照燕，失火烧之。"后以"吴宫燕"比喻无辜受害者。

③萧条：寂寥冷落。蓬蒿：蓬草和蒿草。亦泛指草丛，草莽。

④鹯（zhān）：鹞类猛禽，亦称晨风。

【译文】游弋的时候不要去追随炎洲的翠鸟，栖息的时候不要去接近吴宫的飞燕。吴宫一旦燃起大火会烧毁巢穴，追随炎洲翠鸟可能会陷入罗网。哪如拍打着双翅在蓬蒿中栖身，天上纵有鹰鹯出没又能奈我何！

箜篌谣

【题解】箜篌谣，乐府旧题，《乐府诗集》收入《杂歌谣辞》中。最早的佚名《箜篌谣》云："结交在相得，骨肉何必亲。甘言无忠实，世薄多苏秦。从风暂靡草，富贵上升天。不见山巅树，摧抧下为薪。"主要是叙述朋友之交的不易。这首诗李白化用古义，言说结交朋友不可高攀，因为人心难测，就连周公、汉文帝这样的圣人贤君，也有兄弟不能相容的时候，更何况他人。可能是诗人有感于至德二载（757）永王李璘兵败之事而作，全诗比兴迭起，引用典故，表达了诗人对交友难交心一事的感慨。

攀天莫登龙，走山莫骑虎。贵贱结交心不移，唯有严陵及光武①。

周公称大圣，管蔡宁相容②？汉谣一斗栗，不与淮南春③。兄弟尚路人④，吾心安所从？他人方寸间⑤，山海几千重。

轻言托朋友，对面九疑峰⑥。多花必早落，桃李不如松。管鲍久已死⑦，何人继其踪？

【注释】①严陵：即严光，字子陵，会稽余姚（今浙江余姚）人，东汉著名隐士，少与光武帝刘秀同游学，亦为好友。光武帝即位后，严光改姓换名，隐身不见。刘秀派人寻访，征召到京，授谏议大夫，严光坚辞不受，退隐于富春山。后人称他所居之地为严陵山、严陵濑、严陵钓台等。光武：即东汉光武帝刘秀。事见《后汉书·严光传》。

②"周公"二句：周公：即姬旦，周文王第四子，周武王之弟，周成王之叔，管叔、蔡叔也是周武王之弟，周成王之叔。西周初期，周公辅佐周武王灭商。武王驾崩后，成王年幼，周公摄政。当时管叔、蔡叔与武庚联合发动叛乱，被周公平定。周公继而厘定典章、制度，天下臻于大治。事见《史记·周本纪》。

③"汉谣"二句：淮南：指汉高祖刘邦之子、汉文帝刘恒之弟淮南王刘长。详见本卷《上留田》"尺布之谣"注。

④路人：路遇的陌生人，比喻不相干的人。

⑤方寸：指心。

⑥"对面"句：谓人虽对面而见，心却相隔甚远。九疑峰：即九疑山，也作九嶷山、苍梧山。在今湖南宁远县，因其山九峰相似，故名九疑。《方舆胜览》："九疑山，在道州宁远县南六十里，亦名苍梧山。九峰相似，望而疑之，谓之九疑。"

⑦"管鲍"句：管鲍：指春秋时期齐国的管仲和鲍叔牙，两人交情深厚，可为知己。《说苑》记载："鲍叔死，管仲举上衽而哭之，泣下如雨。从者曰：'非君父子也，此亦有说乎？'管仲曰：'非夫子所知也。吾尝与鲍子负贩于南阳，吾三辱于市，鲍子不以我为怯，知我之欲有所明也。鲍子尝与我有所说王者，而三不见听，鲍子不以我为不肖，知我之不遇明君也。鲍子尝与我临财分货，吾自取多者三，鲍子不以我为贪，知我之不足于财也。生我者父母，知我者鲍子也。士为知己者死，而况为之哀乎！'"后人常以"管鲍之交"来形容朋友间深厚的友情。

【译文】攀天莫要乘龙，游山不能骑虎。自古不论贵贱而能真心结交的人，只有东汉的严子陵和光武帝刘秀。

周公被称为一代大圣人，为何却容不下管叔、蔡叔？汉代广为传唱的一斗粟歌谣，就是讽喻汉文帝与淮南王不相容的事情。亲兄弟间尚且形同路人，我又能与谁真心相交呢？世人内心之间，隔着千重山海。

轻易对朋友托付真心的时候，就像面对相似难分的九疑山。繁花盛开必定会早早凋谢，桃李虽美却不如松柏常青。管仲和鲍叔牙那样的知己早已逝去，不知何人可以继承他们的遗风？

雉朝飞

【题解】此诗年代不详。雉朝飞，乐府旧题，《乐府诗集》收入《琴曲歌辞》中。崔豹《古今注》云："《雉朝飞》者，犊牧子所作也。齐宣王时，处士泯宣。年五十无妻，出薪于野，见雉雌雄相随而飞，意动心悲，乃仰天叹大圣在上，恩及草木鸟兽，而我独不获。因援琴而歌，以明自伤。其声中绝。"犊牧子原辞曰："雉朝飞兮鸣相和，雌雄群飞于山阿。我独何命兮未有家，时将暮兮可奈何，嗟嗟莫兮可奈何。"李白此诗拟古辞而成，以寄寓诗人岁月迟暮，无所作为的感慨。陆时雍点评此诗："弹琴写意，寄怀无穷，宛是犊牧子语。"

麦陇青青三月时，白雉朝飞挟两雌①。锦衣绮翼何离褷②，犊牧采薪感之悲③。

春天和，白日暖，啄食饮泉勇气满，争雄斗死绣颈断④。《雉子班》奏急管弦⑤，心倾美酒尽玉碗。

枯杨枯杨尔生稊⑥，我独七十而孤栖⑦。弹弦写恨意不尽，瞑目归黄泥⑧。

【注释】①白雉：白色羽毛的野鸡，古时以为瑞鸟。

②离襹(shī)：亦作"离褷"，毛羽始生貌。

③犊牧采薪：犊牧，即牧犊子，战国时齐国人，年五十无妻，一日，出薪于野，见雉雄雌相随而飞，意动心悲，乃作《雉朝飞》曲。后用"牧犊"来比喻老而无妻的人。

④"争雄"句：意为雉生性好斗，两雄相斗，必至一死而后已。

⑤《雉子班》：乐府曲名，列于《鼓吹曲辞》。

⑥"枯杨"句：用枯杨生稊的典故。意谓枯老的杨树复生嫩芽。比喻老夫娶少妻。稊：草木初生的嫩芽。《易·大过》："九二，枯杨生稊，老夫得其女妻。"孔颖达疏："枯杨生稊者，枯谓枯槁，稊谓杨之秀者，……枯槁之杨更生少壮之稊。枯老之夫得其少女为妻也。"

⑦"我独"句：化用"我独伤兮未有家，时将暮兮可奈何"。

⑧黄泥：犹黄泉。

【译文】阳春三月陇上麦田一片青青的时候，一只白雉清晨挟带着两只雌雉飞过。白雉新羽如锦翅有华纹异常美丽，牧犊子砍柴看到此景感慨而伤悲。

春天天气和煦，白日光耀温暖。雄雉饱食饮泉之后勇气倍增，为了称雄争斗直到折断秀颈。管弦急促演奏《雉子班》曲，心醉美酒玉碗一饮而尽。

就连枯死的杨树也能生出嫩芽，为什么我年近七十还独自生活。弹琴赋诗都不能道尽心中的恨意，恐怕只有死后归于黄泉才能停息。

上云乐 老胡文康辞，或云范云及周舍所作，今拟之。

【题解】上云乐，乐府旧题，《乐府诗集》收入《清商曲辞》中。老胡，即年老的胡人。文康，是传说中生于上古时期的胡人神仙。《上云乐》原是梁武帝所制，内容是托文康之名描写胡人"慕梁朝来游，伏拜祝千岁寿。"的事情。由梁武帝大臣周捨作辞，《乐府诗集》载周捨原辞曰："西方老胡，厥名文康。遨游六合，傲诞三皇。西观蒙汜，东戏扶桑，南泛大蒙之海，北至无通之乡。昔与若士为友，共弄彭祖扶床。往年暂到昆仑，复值瑶池举觞。周帝迎以上席，王母赠以玉浆。故乃寿如南山，志若金刚。青眼智智，白发长长。蛾眉临髭，高鼻垂口。非直能俳，又善饮酒。箫歌鸣前，门徒从后。济济翼翼，各有分部。凤凰是老胡家鸡，狮子是老胡家狗。陛下拨乱反正，再朗三光，泽与雨施，化与风翔。觇云候吕，志游大梁。重驱修路，始届帝乡。伏拜金阙，瞻仰玉堂。从者小子，罗列成行。悉知廉节，皆识义方。歌管愔愔，铿鼓锵锵，响震钧天，声若鹓凰。前却中规矩，进退得宫商。举伎无不佳，胡舞最所长。老胡寄箧中，复有奇乐章。赍持数万里，愿以奉圣皇。乃欲次第说，老耄多所忘。是愿明陛下，寿千万岁，欢乐未渠央。"李白此诗对原诗多有引用。这首诗当作于唐肃宗上元年间。李白这首诗是拟周捨而作，描写了西域老胡携狮子、凤凰来觐见大唐天子的盛况。

金天之西①，白日所没。康老胡雏②，生彼月窟③。巉岩容仪，戉削风骨④。碧玉炅炅双目瞳⑤，黄金拳拳两鬓红⑥。华盖垂下睫⑦，嵩岳临上唇⑧。不睹谲诡貌⑨，岂知造化神！

大道是文康之严父，元气乃文康之老亲。抚顶弄盘古，推车转天轮⑩。云见日月初生时，铸冶火精与水银⑪。阳乌未出谷⑫，顾兔半藏身⑬。女娲戏黄土，团作愚下人⑭；散在六合间⑮，蒙蒙若沙尘。生死了不尽，谁明此胡是仙真？西海栽若木⑯，东溟植扶桑⑰，别来几多时，枝叶万里长。

中国有七圣⑱，半路颓鸿荒⑲。陛下应运起，龙飞入咸阳⑳。赤眉立盆子㉑，白水兴汉光㉒。叱咤四海动，洪涛为簸扬。举足蹋紫微㉓，天关自开张㉔。

老胡感至德，东来进仙倡㉕。五色师子㉖，九苞凤皇㉗，是老胡鸡犬㉘，鸣舞飞帝乡㉙。淋漓飒沓㉚，进退成行。能胡歌，献汉酒，跪双膝，并两肘，散花指天举素手。拜龙颜，献圣寿，北斗戾，南山摧㉛，天子九九八十一万岁㉜，长倾万岁杯。

【注释】①金天：西方之天。西方在五行中属金。

②康老胡雏：意为老人文康，是胡人后代。即周捨辞中提到的"西方老胡，厥名文康。"

③月窟：传说月的归宿处。泛指西方边远之地。

④戉削：清瘦貌。

⑤"碧玉"句：意为双目像碧玉一样为绿色，炯炯有神。炅炅：明亮貌。

⑥黄金拳拳：形容头发金色而卷曲。拳拳：弯曲的样子。

⑦华盖：指眉毛。

⑧嵩岳：这里指鼻子。

⑨谲诡貌：奇特的容貌。

⑩天轮：指天地如转轮。木华《海赋》："状如天轮，胶戾而激转。"李善注："《吕氏春秋》曰：天地如车轮，终则复始。"

⑪火精与水银：指日与月。《淮南子·天文训》："积阳之热气生火，火气之精者为日；积阴之寒气为水，水汽之精者为月。"

⑫"阳乌"句：阳乌：神话传说中太阳里的三足乌，借指太阳。谷：指旸谷。《淮南子·天文训》："日出于旸谷。"

⑬顾兔：古代神话传说月中阴精积成兔形，后因以为月的别名。

⑭"女娲"二句：《风俗通》记载：古代开天辟地之时，无有生灵，女祸氏便抟黄土造人，因为需要造的人很多，忙不过来，便用绳索蘸了泥水甩出泥点，变成为人。手抟黄土造出来的人，便成了富贵者，甩泥点而成的就是平庸人。此二句用其意。

⑮六合：指上、下和东、南、西、北四方。

⑯西海：西方日落之处。若木：古代传说中长在日落地方的树木。

⑰东溟：东海。扶桑：古代相传东海外有神木叫扶桑，在日出的地方。

⑱七圣：指唐高祖、太宗、高宗、武后、中宗、睿宗、玄宗七位皇帝。

⑲"半路"句：意谓安禄山叛乱，两京覆没，天下就像上古时期的洪荒之世。

⑳"陛下"二句：意谓肃宗在灵武即位，再收复长安和洛阳两京。陛下，指肃宗。咸阳，指长安。

㉑"赤眉"句：东汉光武帝建武元年，赤眉军立刘盆子为帝，号建世元年。刘盆子是汉高祖孙朱虚侯刘章之后。

㉒白水：即南阳白水县，东汉光武帝刘秀兴起之处。

㉓"举足"句：意谓登天子之位。紫微：星座名，代指帝位。

㉔天关：星名，即北辰。

㉕仙倡：古代乐舞中扮神仙的艺人。倡，古称歌舞艺人。

㉖五色师子：表演五色狮子舞。师，通"狮"。

㉗九苞凤凰：表演九苞凤凰歌舞。九苞，凤的九种特征。后为凤的代称。《初学记》引《论语摘衰圣》："凤有六像九苞……九苞者，一曰口包命；二曰心合度；三曰耳听达；四曰舌诎伸；五曰彩色光；六曰冠矩州；七曰距锐钩；八曰音激扬；九曰腹文户。"

㉘老胡鸡犬：周捨《上云乐》辞中："凤凰是老胡家鸡，狮子是老胡家狗。"

㉙帝乡：指唐朝都城长安。

㉚淋漓：形容酣畅。飒沓：盘旋的样子。

㉛"北斗"二句：谓帝祚可以延续到北斗变形，南山崩塌的时候，以此来反衬帝祚之长久。戾：通"捩"，扭曲。摧：倒塌，崩裂。

㉜八十一万岁：《云笈七笺》卷二《太上老君开天经》云："混元一治，万劫至于百成，百成亦八十一万年而有太初，太初之时，老君从虚空而下，为太初之师。"

【译文】在西方极远之处，太阳落下的地方。老人文康是胡人后代，就出生在那月窟之地。老胡五官突出，面容矍铄清瘦。碧绿的双目炯炯有神，金黄的卷发两鬓红色。眉毛垂落到睫毛，鼻子高耸唇吻上。不见老胡奇特的容貌，岂能知道造化的神奇！

大道是文康的严父，元气是文康的慈母。传说老胡抚摸过盘古的头顶，像推车一样转动过天地之轮。他说曾见过日月初生时的样子，当时用火精和水银刚刚将日月铸造成型。三足乌还未从旸谷飞出，月中顾兔还是身影半藏。女娲戏洒泥浆落在地上，团成了世间的平庸之人；再将他们散落天地之间，就像沙尘一样覆盖四方。文康超脱生死没有尽头，谁能知道他不是真仙呢？他在西海栽种若木，在东海种下扶桑，一别之后不知过了多少时间，神树的枝叶已经长到万里长。

大唐先后出了七位圣君，中途动荡如入洪荒时代。陛下应运而起，龙飞进入京城。贼人渠首僭越就如赤眉军拥立刘盆子，陛下中兴唐室就像光武帝兴起于白水。威仪叱咤四海，声势激扬洪波。陛下举足登帝位，天关也顺时开放。

老胡有感于陛下的至德，东来长安进献神仙歌舞。表演了五色狮子和九苞凤凰舞，凤凰、狮子是老胡的鸡犬，飞来帝都啼鸣起舞。舞姿酣畅回旋，进退有序成行。老胡唱着胡歌，献上美酒，双膝跪下，双肘并举，抬起双手向天散花。礼拜陛下，献上祝辞：即使北斗扭转，南山崩裂，而天子也能寿到九九八十一万岁，长倾万岁杯。

夷则格上白鸠拂舞词

【题解】夷则格上白鸠拂舞词，乐府旧题，《乐府诗集》收入《舞曲歌辞》中。夷则，原为十二律名称，为阳律的第五律，十二律的第九律。十二个律又与十二月相配，夷则配七月。此时万物开始被阴气侵犯。《史记·律书》："夷则，言阴气之贼万物也。"夷则格，原是南朝梁舞蹈名。《乐府诗集》引《古今乐录》曰："鞞、铎、巾、拂四舞,梁并夷则格,钟磬鸠拂和,故白拟之为《夷则格上白鸠拂舞辞》云。"白鸠,指拂舞中的《白鸠》曲。拂舞,起源于江南的一种执拂而舞的歌舞,魏晋时传入宫廷。《晋书·乐志下》:"拂舞,出自江左。旧云吴舞,检其歌,非吴辞也。亦陈于殿庭。"有《白鸠篇》《济济篇》《独禄篇》《碣石篇》和《淮南王篇》等歌诗,歌辞大多为不满吴末帝孙皓的暴政。隋唐时列入清商乐,舞者不再执拂。李白这首诗明为赞美白鸠,实则以白鸠比喻贤臣,歌颂贤臣的高尚品质。借猛禽比喻奸佞,批判奸佞之臣贪婪残忍。末句则以凤凰比喻君主,劝谏君主不要任用奸佞当政。陈沆《诗比兴笺》点评此诗:"刺臣不仁也,鸥鸠洁白平均,如姚、宋、曲江贤相,则为苍生之福。鹰鹭贪而好杀,如林甫专位媚嫉,则为善类之殃,以若人为相臣,所谓子孙黎民亦曰殆哉者也。凤君百鸟,奈何用此败类之臣哉!"

铿鸣钟①,考朗鼓②。歌白鸠③,引拂舞。白鸠之白谁与邻?霜衣雪襟诚可珍,含哺七子能平均④。食不咽⑤,性安驯。首农政,鸣阳春⑥。天子刻玉杖,镂形赐耆人⑦。

白鹭亦白非纯真⑧,外洁其色心匪仁。阙五德,无司晨⑨,胡为啄我葭下之紫鳞⑩?鹰鹯雕鹗⑪,贪而好杀。凤凰虽大圣,不愿以为臣⑫。

【注释】①铿:撞击。
②考:击,敲。
③白鸠:鸟名。古以为瑞物。王琦注:"鸠类甚多,毛色各异,白者

不常有，有则以为异。故《瑞应图》曰：'白鸠，成汤时至。王者养耆老，尊道德，不以新失旧则至。'"

④"含哺"句：指鸤鸠，即布谷鸟，传说它哺育群雏能平均如一。《诗·曹风·鸤鸠》："鸤鸠在桑，其子七兮。"陆玑疏："鸤鸠有均一之德，饲其子，旦从上而下，暮从下而上，平均如一。"含哺：口衔食物喂养。

⑤"食不咽"句：咽：通"噎"。指鸠鸟为不噎之鸟，传说鸠鸟喂食不会噎住。《后汉书·礼仪志》："仲秋之月，县道皆按户比民，年始七十者，授之以玉杖，餔之糜粥。八十九十，礼有加，赐玉杖，长九尺，端以鸠鸟为饰。鸠者，不噎之鸟也，欲老人不噎。"

⑥"首农政"二句：指鸠鸟能感应农时而啼鸣。张华《禽经注》："鸤鸠，此鸟鸣时，耕事方作，农人以为候。"

⑦镂形：指玉杖上镂以鸠鸟之形。耆人：本指六十岁的老人，后为对老人的通称。

⑧白鹭：水鸟名，这里比喻奸臣。

⑨"阙五德"二句：意为鸡有五德，还能报晓，而白鹭既无五德，也不报晓，故不如鸡。五德：《韩诗外传》："君独不见夫鸡乎？首戴冠者，文也；足抟距者，武也；敌在前敢斗者，勇也；得食相告，仁也；守夜不失时，信也。鸡有此五德。"司晨：谓雄鸡报晓。

⑩胡为：为何。葭：初生的芦苇。紫鳞：指鱼。

⑪鹰鹯雕鹗：四种类似鹰的猛禽。王琦注："四鸟皆禽中之鸷者，形状亦相似，曲喙，金睛，剑翮，利爪，盘旋空中，俟物而击之。鹯形最小，所搏者惟鸽雀小鸟之类；鹰稍大，能搏雉兔；雕则大于鹰，能擒鸿鹄大鸟；鹗则又大于雕，能搏狐鹿羊豕。鹰多生北地，则是处有之，雕鹗惟产边境。"

⑫"凤凰"二句：这里以凤凰比喻圣君。意为即使是圣君也不愿任用像鹰隼一样好杀的人为臣子。

【译文】撞击鸣钟，敲打响鼓。唱白鸠歌，跳起拂舞。白鸠之洁白有谁可比拟？霜雪般的羽毛诚然珍贵，喂养七子能平均更难得。不使食噎，性情温驯。首催农政，鸣于阳春。天子命人雕于玉杖，以白鸠杖赐与老人。

白鹭羽毛虽白并不纯真，外表洁净但其内心不仁。它既缺少鸡的五德，也不能司晨报晓，为何还啄食我芦下鱼儿？鹰鹯雕鹗这些猛禽，生性贪婪而好杀。凤凰虽然有圣德，也不愿以之为臣。

日出入行

【题解】此诗年代不详。日出入行，乐府旧题，《乐府诗集》收入《相和歌辞》中。汉代《郊庙歌辞》有《日出入》，吟咏的是"日出入无穷，人命独短，愿乘六龙，仙而升天。"李白此诗反用其意，认为太阳的出没，草木的荣枯，四时的变化都是自然规律，并非人力所为，一些传说实属荒诞，强调自己将随从自然，与道同化。全诗借用神话传说展开述事，夹叙夹议，自问自答，反映出诗人的自然观和人生观。《唐宋诗醇》云："诗意似为求仙者发，故前云'人出元气，安得与之久徘徊'，后云'鲁阳挥戈，矫诬实多'，而结以'与溟涬同科'。言不如委顺造化也。若谓写时行物生之妙，作理学语。亦索然无味矣。观此盖知白之学仙，盖有所托而然也。"

日出东方隈^①，似从地底来。历天又复入西海，六龙所舍安在哉^②？其始与终古不息^③，人非元气，安得与之久徘徊？

草不谢荣于春风，木不怨落于秋天^④。谁挥鞭策驱四运^⑤，万物兴歇皆自然^⑥。

羲和^⑦，羲和，汝奚汩没于荒淫之波^⑧？鲁阳何德，驻景挥戈^⑨？逆道违天，矫诬实多^⑩。吾将囊括大块^⑪，浩然与溟涬同科^⑫。

【注释】①隈（wēi）：角落。

②六龙：传说太阳神乘坐六龙所驾的车子。

③终古：久远。

④"草不"二句：意为草木随四季变化而荣落，既不感谢，也不怨恨。语出《庄子·大宗师》："凄然似秋，暖然似春，喜怒通四时。"郭象《庄子注》："暖焉若阳春之自和，故蒙泽者不谢；凄乎若秋霜之自降，故凋落者不怨。"

⑤四运：春、夏、秋、冬四时。

⑥"万物"句：意为世间万物的兴亡都是自然规律决定的。

⑦羲和：古代神话传说中驾御日车的神。

⑧"汝奚"句：意谓白日为何会埋没于浩瀚的波涛之中。汩没：埋没。荒淫：浩瀚广阔。

⑨"鲁阳"二句：鲁阳：指鲁阳公。战国时楚鲁阳邑公，传说他挥戈使太阳返回。《淮南子·览冥训》："鲁阳公与韩构难，战酣，日暮，援戈而拽之，日为之反三舍。"驻景：使太阳停留。景，太阳。

⑩"逆道"二句：意谓以前关于太阳的传说都违背天道，多为欺诈之说。

⑪囊括：包罗。大块：大自然，大地。

⑫溟涬（xìng）：天地未形成前，自然之气混混沌沌的样子。同科：同等。

【译文】太阳从东方升起，好似从地底而来。历天一周后又没入西海。可是驾驭太阳车的六龙又停留在哪里呢？太阳神车从古到今运行不息，人并非元气，怎能与太阳长久共存。

绿草不会因春风使之繁荣而感谢，树木也不会因秋风使之凋敝而怨恨。谁能挥鞭驱动四时运转，万物兴亡都由自然决定。

羲和啊羲和，你为何会埋没于洪波巨浪之中？鲁阳公有何德行，竟能挥戈使太阳驻返？这些传说都违逆天道，多为矫妄欺诈之说。我将包罗大道自然，浑然与天地元气合一。

胡无人

【题解】此诗年代不详。胡无人，乐府旧题，《乐府诗集》收入《相和歌辞·瑟调曲》中。南朝梁王僧虔《技录》中有《胡无人行》，辞意为将士在胡地苦战。李白这首诗效仿乐府古题，描写了汉军与胡兵交战的场景。诗人身为唐朝子民，自然希望消除北方游牧民族对中原的侵扰，使百姓能安居乐业。同时，诗人一直怀有强烈的建功立业的豪情，非常希望有朝一日能像汉朝的霍去病一样，扬名异域，名垂青史。因此诗人也是在借古言志。全诗首段描写胡兵与汉军的盛大军威以及双方作战时的激烈场面。次段写胡兵败北,汉道昌盛。全诗气势饱满,慷慨激昂。表达了诗人希望荡平胡寇,廓清宇内的愿望。

严风吹霜海草凋①,筋干精坚胡马骄②。汉家战士三十万,将军兼领霍嫖姚③。流星白羽腰间插,剑花秋莲光出匣④。天兵照雪下玉关⑤,虏箭如沙射金甲⑥。云龙风虎昼交回⑦,太白入月敌可摧⑧。

敌可摧,旄头灭⑨,履胡之肠涉胡血。悬胡青天上,埋胡紫塞旁⑩。胡无人,汉道昌。陛下之寿三千霜,但歌大风云飞扬,安用猛士兮守四方⑪。

【注释】①严风:寒风。

②筋干:同"筋竿",筋,弓弦。干,即竿,箭杆。泛指弓箭。鲍照《出自蓟北门行》:"严秋筋竿劲。"刘良注:"筋为弓,竿谓箭也。"

③霍嫖姚:指霍去病,曾为嫖姚校尉,这里泛指猛将。

④"流星"二句:流星:宝剑名。白羽:即箭翎。秋莲:宝剑上莲花状的花纹。

⑤玉关:即玉门关,在今甘肃敦煌西北。

⑥金甲:金色的甲胄。

⑦云龙、风虎:都是兵阵名。传说黄帝时有八种作战阵法,分别为以天、地、风、云、龙、虎、鸟、蛇来命名。

⑧太白:星名,即金星,又称长庚、启明。太白星主杀伐,太白入月,按星象是大将被杀戮的征兆。

⑨旄头灭:胡人被灭之意。旄头:即昴星,星名,二十八宿之一,为

胡人之星。象征胡人。

⑩紫塞:北方边塞。晋崔豹《古今注·都邑》:"秦筑长城,土色皆紫,汉塞亦然,故称紫塞焉。"

⑪"但歌"二句:化用汉高祖刘邦《大风歌》:"大风起兮云飞扬,威加海内兮归故乡,安得猛士兮守四方。"

【译文】寒风呼啸霜雪凋敝草原之际,胡人带着坚弓利箭纵马入侵。朝廷派出三十万战士出征迎敌,统军的将领像霍去病一样勇猛。将士们身佩流星宝剑腰挂白羽,雕饰秋莲的宝剑闪着寒光出匣。朝廷大军在白雪的映照下远征玉门关,胡寇的箭镞像沙石一样落在将士的金甲上。排演云龙风虎阵法与敌尽力交战,此时太白入月预兆胡虏必定覆灭。

敌寇必败,旄头星灭,踏着胡人肚肠,趟过胡人鲜血。将胡虏的首级悬挂青天上,将胡虏的尸体埋在边塞旁。胡族无人,汉道可昌。陛下寿数达三千,只管高唱《大风歌》:"大风起兮云飞扬,安得猛士兮守四方。"

北风行

【题解】北风行,乐府旧题,《乐府诗集》收入《杂曲歌辞》中,各收鲍照、李白诗一首。其题解云:"《北风》,本卫诗也。《北风》诗曰:'北风其凉,雨雪其雱。'传云:'北风寒凉,病害万物,以喻君政暴虐,百亲不亲也。'若鲍照'北风凉',李白'烛龙栖寒门'，皆伤北风雨雪，而行人不归，与卫诗异矣。"王琦注："鲍照有《北风行》，伤北风雨雪，行人不归，太白拟之而作。"这首诗大约作于天宝十一载（752），当时李白正在幽州一带游历，目睹边境战事对百姓造成的巨大灾难，因而写下此诗，以幽州妇人思念戍边战死的夫君为题材，深刻揭示了战争给百姓造成的深重痛苦，抒发了诗人对不义战争的反对和对百姓的深切同情。首段运用神话传说以及夸张的修辞手法来渲染气氛，烘托主题。次段通过描述幽州妇人思念亡夫，来达到讽谏时事，抒发感怀的目的。李白这首《北风行》承袭乐府旧题的同时，又进行了拓展和创新，扩大了乐府旧题的表现手法和思想内涵。全诗描述生动形象，语言极富感染力，结尾突兀而起，动人心魄。

烛龙栖寒门①，光耀犹旦开。日月照之何不及此？唯有北风号怒天上来②。燕山雪花大如席③，片片吹落轩辕台④。

幽州思妇十二月⑤，停歌罢笑双蛾摧⑥。倚门望行人，念君长城苦寒良可哀。别时提剑救边去，遗此虎文金鞞靫⑦。中有一双白羽箭，蜘蛛结网生尘埃。箭空在，人今战死不复回。不忍见此物，焚之已成灰。黄河捧土尚可塞，北风雨雪恨难裁！

【注释】①烛龙：古代神话中的神龙。《淮南子·地形训》："烛龙在雁门北，蔽于委羽之山，不见日。其神人面龙身而无足。"高诱注："龙衔烛以照太阴，盖长千里，视为昼，瞑为夜，吹为冬，呼为夏。"寒门：语出《淮南子·地形训》："北方北极之山，曰寒门。"高诱注："积寒所在，故曰寒门。"

②号怒：即怒号。

③燕山：中国北部山脉。西起八达岭，东到山海关。

④轩辕台：传说中古代轩辕黄帝所建台名，在今河北省怀来县乔山上。

⑤幽州：古代九州之一，即今河北北部及辽宁一带。

⑥双蛾：双眉。蛾，蛾眉。

⑦韛（bǐ）靫（chái）：当作韛（bù）靫，盛箭器。

【译文】传说烛龙栖息在极北寒门之地，只有它睁眼放出光芒才如白昼。为何日月之光不照耀那里？终日只有北风在天上怒号。燕山雪花大如席片，片片飘落轩辕台上。

幽州思妇在十二月里，紧锁蛾眉不歌也不笑。她斜倚门户遥望行人，想起夫君在长城苦寒之地戍守实在哀伤。当初夫君手提宝剑离家赴边杀敌，将这个虎纹金色箭袋留在家中。里面的一双白羽箭，已经结满蛛网尘埃。羽箭虽在，人已战死不能回。不忍见此遗物，将其焚烧成灰。黄河滔滔也可捧土填塞，心中离恨如北风雨雪绵绵不绝无法消减。

侠客行

【题解】侠客行，乐府旧题，《乐府诗集》收入《杂曲歌辞》中。内容多是描写任侠行为。侠客文化，是中国文化中一个特有的现象。从先秦时期开始，历经汉唐、明清各朝，关于侠客这类的题材就一直见诸各种典籍中。唐朝时任侠风气也很盛行，而李白少年时就喜欢剑术，曾在《与韩荆州书》自述"十五好剑术"，所以侠气也是李白性格中重要的一面。这首诗内容上继承古乐府，风格上却独树一帜。诗人通过对信陵君窃符救赵这一事件的描写，重点在于勾勒朱亥、侯嬴的侠义形象，赞颂他们侠肝义胆的的品行，抒发诗人对他们的倾慕之情。全诗气势豪迈，侠气凛然，读后荡气回肠。

　　赵客缦胡缨①，吴钩霜雪明②。银鞍照白马，飒沓如流星③。十步杀一人，千里不留行④。事了拂衣去，深藏身与名。

　　闲过信陵饮⑤，脱剑膝前横。将炙啖朱亥，持觞劝侯嬴⑥。三杯吐然诺，五岳倒为轻。眼花耳热后，意气素霓生。救赵挥金槌，邯郸先震惊⑦。千秋二壮士，烜赫大梁城⑧。纵死侠骨香，不惭世上英。谁能书阁下，白首《太玄经》⑨？

　　【注释】①赵客：谓燕赵之地的侠客。缦胡缨：一种无文理的武士冠缨，亦指武服。缨，古代系帽冠的带子。《庄子·说剑》："吾王所见剑士，皆蓬头突鬓，垂冠缦胡之缨，短后之衣。"司马彪曰："曼胡之缨，谓粗缨无文理也。"

　　②吴钩：钩是一种形似剑而曲的兵器，春秋吴人善铸钩，故称。后泛指利剑。

　　③飒沓：迅疾貌。

　　④"十步"二句：语出《庄子·说剑》："臣之剑十步一人，千里不留行。"

　　⑤信陵：即信陵君，战国魏公子无忌的封号，是魏王异母弟，以礼

贤下士而著称, 门下有三千食客。

⑥"将炙"二句: 朱亥、侯嬴: 魏国的两位侠士。朱亥是一屠夫, 侯嬴是魏都大梁东门的门官, 两人都是信陵君的门客。啖: 吃。

⑦"救赵"二句: 用信陵君窃符救赵一事。战国时候秦军围攻赵国邯郸。赵国平原君向信陵君求援, 信陵君按照侯嬴计策, 窃得兵符, 魏将晋鄙见到兵符心生怀疑, 结果被朱亥锤杀, 信陵君统帅魏军击退秦军, 遂解邯郸之围。事见《史记·魏公子列传》。

⑧"千秋"二句: 二壮士; 指朱亥与侯嬴。烜赫: 昭著; 显赫。大梁城: 魏国都城, 在今河南开封。

⑨《太玄经》: 西汉扬雄仿照《易经》而写的著作。扬雄曾在天禄阁担任校书工作。

【译文】 燕赵侠客常系缦胡缨, 身佩吴钩明亮如霜雪。胯下银鞍白马相辉映, 挥鞭急驰而过如流星。举剑十步杀一人, 纵横千里不停留。事成之后拂衣而去, 从此深藏行迹与姓名。

闲时来到信陵君府上饮宴, 侠客们解下宝剑横在膝头。信陵君招待朱亥享用炙肉, 举杯与侯嬴一起痛饮美酒。三杯下肚就慷慨承诺, 他们的一诺重于五岳。酒酣耳热之后, 意气勃发如白虹。为了救赵朱亥挥金槌击杀晋鄙, 他们的壮举震动了邯郸上下。两位壮士的事迹千秋传颂, 他们的声名烜赫于大梁城。为大义纵死去也侠骨留香, 侠肝义胆不愧对世上英豪。谁能像扬雄稳坐藏书阁中, 直到白首还在撰写《太玄经》?

关山月

【题解】关山月，乐府旧题，《乐府诗集》收入《横吹曲辞》中，多写征人远戍，离别相思之苦。李白这首诗与乐府旧题意旨相同。全诗首四句以精练的语句描绘出一幅万里边塞图，格调高雅，气势雄浑，是千古名句。中间四句怀古咏今，揭示自古以来战争所造成的巨大伤亡。最后四句诗人从戍客、思妇的角度，来描写战争带给将士及其家人的痛苦，感人肺腑。全诗虽是描写征夫思妇之情，但是笔调开阔，意境悠远，非一般诗作可及。宋代吕居仁《童蒙诗训》："李太白诗如'晓月出天山，苍茫云海间，长风一万里，吹度玉门关'，及'沙墩至梁苑，二十五长亭，大舶夹双橹，中流鹅鹳鸣'之类，皆气盖一世，学者能熟味之，自然不褊浅矣。"明代胡应麟《诗薮》："青莲'明月出天山，苍茫云海间。长风几万里，吹度玉门关'，浑雄之中，多少闲雅！"

明月出天山^①，苍茫云海间。长风几万里，吹度玉门关。
汉下白登道^②，胡窥青海湾^③。由来征战地，不见有人还。
戍客望边色^④，思归多苦颜。高楼当此夜，叹息未应闲^⑤。

【注释】①天山：这里指祁连山，位于甘肃、青海之间。《汉书·武帝纪》："天汉二年五月，贰师将军三万骑出酒泉，与右贤王战于天山。"颜师古注："天山，即祁连山也。匈奴谓天为祁连。今鲜卑语尚然。"

②白登：即白登山，在今山西省大同市东。《汉书·匈奴传》记载，西汉高祖七年（前200），汉高祖刘邦亲率大军抗击南侵匈奴，匈奴冒顿单于围高祖于白登七日。

③青海：即青海湖，在今青海省东北部。王琦注："青海，隋时属吐谷浑，唐高宗时为吐蕃所据。仪凤中李敬元，开元中王君㚟、张景顺、崔希逸、皇甫惟明、王忠嗣，先后与吐蕃攻战，皆近其地，相去不远。"

④戍客：离乡守边的人。

⑤"高楼"二句：曹植《七哀诗》："明月照高楼，流光正徘徊。思妇高楼上，悲叹有余哀。"南朝徐陵《关山月》："思妇高楼上，当窗应未眠"此二句用其意。

【译文】一轮明月从天山升起，照耀云海间一片苍茫。长风猎猎吹拂几万里，远渡关山吹到玉门关。

当年汉祖兵下白登道，如今吐蕃窥测青海湾。自古以来的征战之地，很少有将士能够生还。

戍守的将士凝望边塞，思念故乡而面带愁容。此夜闺中高楼的妻子，哀叹之声也难以停止。

卷三　乐府二

独漉篇

【题解】此诗年代不详。独漉篇，乐府旧题，《乐府诗集》收于《舞曲歌辞》中。漉，也作"鹿"或"禄"。独漉，似为地名，今河北涿鹿县西有独鹿山。《汉书·武帝纪》："（元封）四年冬十月，遂北出萧关，历独鹿、鸣泽，自代而还。" 服虔曰：'独鹿，山名也。鸣泽，泽名。皆在涿郡。'古乐府原诗为四言体，内容写为父报仇，李白此诗借用古题，改四言为杂言，表达了为国雪耻之愿。萧士赟曰："《独漉篇》即《拂舞歌》五曲中之《独禄篇》也，特《太白集》中'禄'字作'漉'字，其间命意造辞亦模仿规拟，但古词为父报仇，太白言为国雪耻耳。"晋《独漉篇》古词曰："独禄独禄，水深泥浊；泥浊尚可，水深杀我。雍雍双雁，游戏田畔。我欲射雁，念子孤散。翩翩浮萍，得风遥轻。我心何合，与之同并。空床低帏，谁知无人；夜衣锦绣，谁别伪真。刀鸣削中，倚床无施。父冤不报，欲活何为! 猛虎斑斑,游戏山间。虎欲杀人,不避豪贤。"王琦按:"乐府诸书亦有引古词作'独鹿'者,亦有作'独漉'者,是禄、鹿、漉,古者通用,非始于太白也。"李白这首诗共分六章,各章意旨也不尽相同,很难作统一解。王琦《李太白全集》曰:"此诗依约古辞,当分六解。解各一意,峰断云连,似离似合,其体固如是也。若强作一意释去,更无是处。"沈德潜《唐诗别裁》:"晋人古词本或断或续,太白亦以此体仿之。中三解未易窥测,恐强解之,转成穿凿耳。"又曰:"原词为父报仇,太白为国雪耻。中作六解,似岭断云连,若离若合,不能强作一意。""独漉水中泥"四句写独漉水中浊泥滚滚,既不见月影,又水深吞没行人。这里的独漉水应是象征某种黑暗且肆意吞噬的邪恶之物或势力。"越鸟从南来"四句应是表达了诗人怀才不遇的苦闷。越鸟和胡雁,都有家可归,而诗人欲举弓报国却无门。"落叶别树"四句,似为抒发远客羁旅之思。"罗帷舒卷"四句,意境较为朦胧,不易揣测,似在表明心迹。此四句颇有古乐府之风。胡应麟《诗薮内篇》:"太白《独漉篇》'罗帏舒卷,似有人开。明月直入,无心可猜'四语独近(汉魏乐府)。""雄剑挂壁"六句,则以宝剑埋没,龙吟匣中,来比喻不得施展抱负,不能为国雪耻,以立大功而成名。"神鹰梦泽"四句,萧士赟注曰:"此比兴之意,谓士之用世,当为国雪耻,立大功以成名,如神鹰之不顾凡鸟而但击九天之鹏也。"胡震亨《李诗通》点评:"本辞前五解……白词义多与之同,堪称并美。后一解,本辞'猛虎斑斑,游戏山间。虎欲啮人,不避豪贤',白作'神鹰击鹏'语易之,气即用壮,讽刺稍逊。"全诗意蕴悠长,辞意别致,虽是仿照晋《独漉篇》而作,但意旨不拘泥于原题,而是有所拓展,这也是李白对乐府诗歌的一大贡献。《唐宋诗醇》点评此诗："全从古词夺换而出，其妙过之。'世人但学兰亭面，欲换凡骨无金丹'，如白之乐府，真乃神移意授，变化从心，故便青出于蓝，冰寒于水。"

独漉水中泥，水浊不见月。不见月尚可，水深行人没。

越鸟从南来，胡雁亦北度。我欲弯弓向天射，惜其中道失归路。

落叶别树，飘零随风。客无所托，悲与此同。

罗帷舒卷，似有人开。明月直入，无心可猜。

雄剑挂壁，时时龙鸣[①]。不断犀象，羞涩苔生[②]。国耻未雪，何由成名。

神鹰梦泽，不顾鸱鸢。为君一击，鹏搏九天[③]。

【注释】①"雄剑"二句：王琦引《拾遗记》："帝颛顼有曳影之剑，腾空而舒。若四方有兵，此剑则飞起，指其方则克伐。未用之时，常于匣里如龙虎之吟。"此二句以宝剑龙鸣来比喻怀才不遇。

②"不断"二句：曹植《七启》："步光之剑，华藻繁缛，陆断犀象，未足称俊。"李周翰注："言剑之利也。犀象之兽，其皮坚。"此处反用其意。羞涩：疑为"锈涩"。

③"神鹰"四句：《太平广记》引《幽明录》："楚文王好猎，有人献一鹰，王见其殊常，故为猎于云梦之泽。毛群羽族，争噬共搏。此鹰瞠目，远瞻云际，俄有一物，鲜白不辨其形，鹰竦翮而升，矗若飞电。须臾，羽堕如雪，血下如雨。良久，有大鸟坠地。度其羽翅，广数十余里。时有博物君子曰：'此大鹏雏也。'萧士赟曰："此比兴之意，谓士之用世，当为国雪耻，立大功以成名，如神鹰之不顾凡鸟而但击九天之

鹏也。"

【译文】独漉水中多浊泥，水浑不见明月影。不见月影还尚可，水深淹没夜行人。

越鸟从南而来，胡雁也向北归。我欲弯弓向天而射诸鸟，又不忍其中途失去归路。

落叶离开树枝，随风飘零而去。远客无所依托，心悲如同此景。

罗帷时舒时卷，仿佛有人开合。明月直照其中，心思无由可猜。

雄剑高挂壁上，时时发出龙吟。不去斩断犀象，空生锈迹苔痕。国耻一日未雪，何谈功成名就。

神鹰出猎云梦，不屑一顾鸥、鸢。只愿为君一击，力搏九天大鹏。

登高丘而望远海

【题解】此诗年代不详。登高丘而望远海，乐府旧题，《乐府诗集》收于《相和歌辞》中魏文帝"登山而望远"一篇之后，李白之作似为拟作。此诗由登山望海之所见，联想到秦皇汉武的寻仙经历。诗人认为秦始皇、汉武帝皆穷兵黩武，怎可能像黄帝那样得道乘龙飞升，所以他们费尽心机寻仙而缥缈不可求。此诗实则借古讽今，暗喻唐玄宗不顾民生，热衷于开疆拓土，造成生灵涂炭，却又想寻仙问道，自然也是渺茫而不可靠。胡震亨《唐音癸签》点评此诗："《古风》六十篇中，言仙者十有二……虽言游仙，未尝不与讥求仙者合也。时玄宗方用兵吐蕃、南诏，而受箓、投龙、崇尚玄学不废，大类秦皇、汉武之为。故白之讥求仙者，亦多借秦汉为喻。白他诗又云：'穷兵黩武今如此，鼎湖飞龙安可乘？'其本指也欤！"

登高丘，望远海。六鳌骨已霜，三山流安在①？扶桑半摧折②，白日沉光彩。银台金阙如梦中③，秦皇汉武空相待④。

精卫费木石⑤，鼋鼍无所凭⑥。君不见骊山茂陵尽灰灭⑦，牧羊之子来攀登⑧。盗贼劫宝玉，精灵竟何能？穷兵黩武今如此，鼎湖飞龙安可乘⑨？

【注释】①"六鳌"二句：《列子·汤问》记载，渤海之东极远处的大海中有岱舆、员峤、方壶、瀛洲、蓬莱五座仙山。因五山无根，常随波飘荡。天帝担心五山漂流到西极，就命海神用十五只巨鳌驮负五座仙山。后龙伯国的巨人钓走了六鳌，灼烧其骨用来占卜。于是岱舆、员峤二山无所依凭，漂到北极，沉于海中。

②扶桑：神话中的树木名。《山海经·海外东经》："汤谷上有扶桑，十日所浴。在黑齿北，居水中，有大木，九日居下枝，一日居上枝。"郭璞注："扶桑，木也。"后以"扶桑"代指日出之处。

③银台金阙：传说中神仙的居所。

④"秦皇"句：《史记·秦始皇本纪》记载，秦始皇曾数次派人入海寻仙，不果。《史记·封禅书》记载，汉武帝也曾派遣方士入海求蓬莱仙山和安期生，也未果。

⑤"精卫"句：此句谓大海深广，非木石可填。精卫：古代神话中的鸟名。《山海经·北山经》记载：炎帝幼女溺死海中，化为精卫鸟，白喙赤足，首有花纹。因不甘被海水淹死，常衔木石填海。

⑥"鼋鼍"句：此句谓以鼋鼍为梁之说亦虚诞不可凭信。《竹书纪年》记载，周穆王率师在九江以鼋鼍为桥梁，渡过长江。鼋(yuán)：大鳖。鼍(tuó)：类似鳄鱼的爬行动物。

⑦骊山：在今陕西临潼县，秦始皇陵在此。茂陵：即汉武帝陵，在今陕西兴平县。

⑧"牧羊"句：《汉书·刘向传》记载，秦末天下大乱，秦始皇在骊山的陵墓也被发掘，有一个牧羊人执火入内寻羊，结果失火，将秦始皇棺椁烧毁。

⑨"鼎湖"句：用黄帝鼎湖飞升的故事。《抱朴子·微旨》："黄帝于荆山之下，鼎湖之中，飞九丹成，乃乘龙登天也。"

【译文】悠然登上高丘，举目眺望远海。龙伯所钓六鳌早已白骨如霜，余下三座仙山又将漂往何方？海中扶桑木大半摧折，白日也沉隐失去光彩。仙境的银台金阙缥缈如在梦中，秦皇、汉武祈求长生只能是空等。

精卫填海不过是枉费木石，鼋鼍架海更是言无所凭。君不见骊山茂陵中的秦皇汉武早已化灰，昔日宏伟的陵墓任凭牧羊之子攀登栖息。随葬的珠玉也被盗贼洗劫一空，墓中的魂灵对此又有什么办法？穷兵黩武的帝王落得如此下场，岂能如同黄帝在鼎湖乘龙飞升？

阳春歌

【题解】此诗可能天宝年间，李白供奉翰林时所作。阳春歌，乐府旧题，《乐府诗集》收入《清商曲辞》中。本为楚曲，宋吴迈远作《阳春歌》，梁沈约作《阳春曲》，此诗似拟作。诗人以长安春色起笔，接着描写了宫中歌舞的美妙情景，最后两句似有微讽之意。

长安白日照春空，绿杨结烟桑袅风①。披香殿前花始红②，流芳发色绣户中③。

绣户中，相经过。飞燕皇后轻身舞④，紫宫夫人绝世歌⑤。圣君三万六千日，岁岁年年奈乐何！

【注释】①袅：摇曳。

②披香殿：汉宫殿名，故址在今陕西西安西北的长安故城。

③流芳：香气弥漫。发色：呈现色彩。绣户：雕绘华美的门户，多指妇女居室。

④飞燕皇后：指汉成帝的皇后赵飞燕。《汉书·孝成赵皇后传》记载，赵飞燕，成阳侯赵临之女。原为阳阿公主家歌女，以体轻善舞，故称"飞燕"。汉成帝微行过公主家，悦而召入宫，为婕妤。大受宠幸，永始元年立为皇后。与其妹赵合德专宠十余年。无子，后宫嫔妃有产子者辄为所害。汉哀帝立，尊为皇太后。汉平帝即位，赵飞燕被废为庶人，后自杀。

⑤紫宫：汉宫殿名。夫人：指汉武帝李夫人。绝世歌：《汉书·外戚传》记载，汉武帝的李夫人本为乐人。李夫人的兄长李延年熟知音律，善歌舞，汉武帝十分喜欢他。李延年每作新曲，闻者莫不感动。李延年曾歌曰："北方有佳人，绝世而独立，一顾倾人城，再顾倾人国。宁不知倾城与倾国，佳人难再得。"汉武帝叹息曰："世上有这样的人吗？"平

阳主进言说李延年有个妹妹，姿容绝世，汉武帝于是召见，美丽动人而且歌舞动人，从此被汉武帝所宠信。

【译文】春日里长安城内艳阳高照，和风中绿杨如烟桑枝摇曳。披香殿前的花儿开始变红，绣户中香气弥漫光色显耀。

绣户中，佳人过。宫中展袖犹如飞燕皇后掌上舞，廷上吟唱就像紫宫夫人绝世歌。圣君百年三万六千日，岁岁年年都如此快乐！

杨叛儿

【题解】此诗年代不详，应该是李白游金陵时所作。杨叛儿，又名《杨伴儿》，乐府旧题，《乐府诗集》收于《清商曲辞》中。本为童谣。《旧唐书·音乐志二》记载，南朝齐隆昌年间，女巫之子杨旻随母入内宫，长大后，为何后所宠。当时童谣云："杨婆儿，共戏来。"讹传为"杨伴儿"、"杨叛儿"，后来演变为《西曲歌》的乐曲之一。《西曲歌》古辞其二云："暂出白门前，杨柳可藏乌。欢作沉水香，侬作博山炉。"李白此诗即为拟作。全诗描写了一对两情相悦的男女，日暮乌啼时，在白门边的柳树下约会畅饮的情景。古辞仅二十字，李白此诗扩充到四十四字。古辞以"杨柳藏乌"作为男女相会的隐语，李白则以"君醉留妾家"直接道破；古辞以炉、香隐寓男女契合，李白则比喻为"双烟一气凌紫霞"。古辞含蓄委婉，李白此诗则声调高昂，意境截然不同。

君歌《杨叛儿》，妾劝新丰酒①。何许最关人②？乌啼白门柳③。乌啼隐杨花，君醉留妾家。博山炉中沉香火，双烟一气凌紫霞④。

【注释】①新丰：镇名，在今江苏镇江市丹徒区，产名酒。诗文中用以泛指美酒产地。

②何许：何处。关人：动人，感人。

③白门：南京的别称。建康（今南京市）为六朝都城，其正南门为宣阳门，俗称白门，故名。

④"博山炉"二句：博山炉：古香炉名，因炉盖上的造型似传闻中的海中名山博山而得名，后作为名贵香炉的代称。沉香：即沉水香，可作薰香料，其木入水能沉，故名。此二句用古歌意，女子以博山炉自比，以沉香比拟对方，喻指男女感情融洽。

【译文】君高歌一曲《杨叛儿》，妾劝饮一杯新丰酒。什么地方最能打动人心？就在那乌啼时的白门柳下。乌鸟隐于杨花间啼鸣，君酒醉留宿在妾家中。博山炉中燃起沉香烟火，双烟化成一气直入紫霞。

双燕离

【题解】此诗年代不详。双燕离，乐府旧题，《乐府诗集》收于《琴曲歌辞》中。古辞逸失不可考，李白因题而拟作。全诗以寓言的形式，描写了双燕的不幸遭遇，本来栖息于柏梁台的玉楼珠阁，结果遭火只好离去，来到吴宫筑巢，吴宫不幸又被火焚，雏鸟雄燕身亡,雌燕憔悴一身,追忆雄燕,伤心而肠断。诗人明为写双燕,实则以双燕自喻。萧士赟曰:"此篇其太白自叹之作乎!首四句是喻其待诏金銮得幸时也。'柏梁失火去',喻遭谗放还时也。中三句喻从永王璘,璘败以累遭责时也。末四句是白嗟叹之语,谓放逐之余,思君而不得再见,安得不为之伤心乎?吁,亦可衰也已。"

双燕复双燕,双飞令人羡①。玉楼珠阁不独栖②,金窗绣户长相见。柏梁失火去③,因入吴王宫。吴宫又焚荡④,雏尽巢亦空。憔悴一身在,孀雌忆故雄。双飞难再得,伤我寸心中。

【注释】①"双燕"二句:沈君攸《双燕离》:"双燕双飞,双情相思。"

②玉楼珠阁:华丽的楼阁高台。

③柏梁:西汉长安宫中有柏梁。《三辅黄图》:"柏梁台,武帝元鼎二年春起此台,在长安城中北阙内。《三辅旧事》云:以香柏为梁也。帝尝置酒其上,诏群臣和诗,能七言者乃得上,太初中,台灾。"《汉武故事》:"太初元年十一月已酉,天火烧柏梁台。"

④"吴宫"句:《越绝书·外传记吴地传》:"春秋吴都有东西宫。东宫,周一里二百七十步路。西宫在长秋,周一里二十六步。秦始皇帝十一年,守宫者照燕,失火烧之。"

【译文】双燕比翼双飞,实在令人羡慕。共同栖息在华楼高阁,经常出入于金窗绣户。柏梁台遇火只好离去,来到吴王宫筑巢栖身。吴宫不幸又被焚毁,雏鸟尽死鸟巢一空。只剩雌燕憔悴一身,孤单雌燕追忆雄燕。比翼双飞再不能得,伤我寸心肝肠欲断。

山人劝酒

【题解】此诗是天宝三载(744)，李白被赐金还山路过商山之时所作。山人劝酒，乐府旧题，《乐府诗集》收于《琴曲歌辞》中。诗中描述了商山四皓为保全刘盈的太子之位而出山的经历，盛赞了商山四皓的淡泊名利，称赞其操守可比巢父、许由。开元年间唐玄宗曾废太子李瑛，而当时却无商山四皓那样的智者出来阻止。萧士赟曰："太白盖为明皇欲废太子瑛，有感而作是诗也。时卢鸿、王希夷隐居嵩山，李元恺、吴筠之徒，皆以隐逸称。或召至阙庭，或遣问政事，徒尔高谈，然未有能如四皓之一言而太子得不易也。"王琦曰："此诗大意美四皓，当暴秦之际，能避世隐居，及汉有天下，虽一出而辅佐太子，乃功成身退，曾不系情爵位，真可以希风巢、许者矣。箕山、颍水是二子洗耳盘桓之地，俱在嵩山，故望之而慨焉生慕，巢、由如在，意气可以相倾，此正尚友古人之意。初无讥评独清之说，明皇一证，其见左矣。"

苍苍云松①，落落绮皓②。春风尔来为阿谁③？胡蝶忽然满芳草④。秀眉霜雪桃花貌，青髓绿发长美好⑤。称是秦时避世人，劝酒相欢不知老。

各守麋鹿志⑥，耻随龙虎争⑦。欻起佐太子，汉皇乃复惊。顾谓戚夫人，彼翁羽翼成⑧。

归来商山下，泛若云无情⑨。举觞酹巢由⑩，洗耳何独清⑪。

浩歌望嵩岳,意气还相倾⑫。

【注释】①云松:高耸入云的青松。

②落落:形容举止潇洒自然;豁达开朗。绮皓:即四皓,指秦末隐居商山的东园公、甪里先生、绮里季、夏黄公。四人须眉皆白,故称商山四皓。

③阿谁:犹言谁,何人。

④胡蝶:即蝴蝶。

⑤绿发:乌黑而有光泽的头发。

⑥麋鹿志:即隐逸之志。谓立志隐居山林,与麋鹿为伍。

⑦龙虎争:这里指刘邦和项羽之争。

⑧"欻起"四句:欻:忽然。佐太子:《史记·留侯世家》记载,汉高祖欲废太子刘盈,而立戚夫人之子刘如意为太子。吕后用张良计,厚礼迎请商山四皓辅佐太子,汉高祖以太子羽翼已成,乃消除改立太子之意。并对戚夫人说:"我欲易之,彼四人辅之。羽翼已成,难动矣。"

⑨泛:漂浮。

⑩觞:古代酒器。酹:把酒洒在地上表示祭奠或起誓。巢由:巢父和许由的并称。相传皆为尧时隐士,尧让位于二人,皆不受。因用以指隐居不仕者。

⑪洗耳:用许由洗耳的典故。相传许由听到尧让天下给他,他不愿听,洗耳于颍水之滨。

⑫相倾:此处指志趣相投。

【译文】苍翠挺拔的松柏直入云端,犹如豁达洒脱的商山四皓。温暖的春风为谁徐徐而来?四皓墓前蝴蝶飞满花草间。四皓眉如霜雪颜如桃花，青髓绿发身心长美好。他们自称是秦时避乱之人，在此饮酒谈笑不知老将至。

他们隐居山野愿与麋鹿为伴，耻于涉足项羽刘邦的龙虎斗。忽然出山辅佐太子刘盈，汉皇刘邦感到十分惊奇。因而告之戚夫人，太子羽翼已生成。

功成后回到商山，飘忽如无情之云。我举杯祭奠巢父和许由，洗耳不闻尘事何其清高。高歌仰望巍巍嵩岳，四皓志趣与其相投。

于阗采花

【题解】此诗年代不详。于阗采花，乐府旧题，《乐府诗集》收于《杂曲歌辞》中。胡震亨《李诗通》曰："《于阗采花》，陈、隋时曲名。本辞云：'山川虽异所，草木尚同春。亦如溱、洧地，自有采花人。'太白则借明妃陷虏，伤君子不逢明时，为谗妒所蔽，贤不肖易置无可辨，盖亦以自寓意焉。"于阗，古西域国名，在今新疆和田一带。这里泛指塞外胡地。全诗叙述了王昭君虽貌美却远嫁胡地，无盐虽丑陋却成为后妃的故事。诗人感慨世间历来美丑颠倒，同时也以此暗喻朝中贤才遭贬，而小人得势的情形。

于阗采花人①，自言花相似。明妃一朝西入胡②，胡中美女多羞死。乃知汉地多名姝③，胡中无花可方比。

丹青能令丑者妍④，无盐翻在深宫里⑤。自古妒蛾眉，胡沙埋皓齿⑥。

【注释】①采花人：指为君王选美女的人。

②明妃：指王昭君。西汉南郡秭归人，名嫱，字昭君。晋时避司马昭讳，改称明君，后人又称明妃。

③名姝：知名的美女。

④丹青：丹和青是我国古代绘画常用的两种颜色，借指绘画。妍：美丽。

⑤无盐：亦称"无盐女"，即战国时齐宣王后钟离春，貌丑而有德。因是无盐人，故名。后常用为丑女的代称。翻：反而。

⑥皓齿：借指美人。

【译文】于阗之地的采花人，自说花儿美丽相似。等到明妃王昭君西入胡地时，胡人美女都自愧不如欲羞死。这才知道汉地多佳人，胡地无女可与之相比。

丹青能令丑女变美，无盐因此选入宫中。自古红颜容易遭人妒忌，所以王昭君才会终老胡地。

鞠歌行

【题解】此诗年代不详。鞠歌行，乐府旧题。《乐府诗集》收于《相和歌辞·平调曲》中。晋陆机《鞠歌行序》："按汉宫阁有含章鞠室、灵芝鞠室，后汉马防第宅卜临道，连阁通池，鞠城弥于街路。

《鞠歌》将谓此也。又东阿王诗'连骑击壤'，或谓蹙鞠乎？三言七言，虽奇宝名器，不遇知己，终不见重，愿逢知己，以托意焉。"李白此诗先借宝玉遭弃来比喻贤士遭谗见疏，接着叙述昔日贤者还有得遇明主的机会，而今人都像卫灵公那样，只识飞鸿而不辨贤人。

玉不自言如桃李①，鱼目笑之卞和耻②。楚国青蝇何太多③？连城白璧遭谗毁④。荆山长号泣血人⑤，忠臣死为刖足鬼⑥。

听曲知宁戚，夷吾因小妻⑦。秦穆五羊皮，买死百里奚⑧。洗拂青云上⑨，当时贱如泥。朝歌鼓刀叟，虎变磻溪中⑩。一举钓六合⑪，遂荒营丘东⑫。平生渭水曲，谁识此老翁？奈何今之人，双目送飞鸿⑬。

【注释】①桃李：化用古谚"桃李不言，下自成蹊"，原指桃树李树不会讲话，但以其花枝娇美艳丽，果实甘美，故众人争赴之，久而久之，树下自会走出路来。后比喻为人真诚，自能得到他人的敬重与倾慕。亦谓注重实事，不尚虚名。《史记·李将军列传》："余睹李将军悛悛如鄙人，口不能道辞。及死之日，天下知与不知，皆为尽哀。彼其忠实心诚信于士大夫也？谚曰：'桃李不言，下自成蹊'。此言虽小，可以谕大也。"

②"鱼目"句：此处指鱼目混珠，语出魏伯阳《参同契》卷上："鱼目岂为珠？蓬蒿不成槚。"比喻以假乱真。卞和：春秋楚人。相传他得玉璞，先后献给楚厉王和楚武王，均被认为石头，双足先后被截。及楚文王即位，卞和又抱璞哭于荆山下，楚文王使玉人理其璞，果得宝玉，称为"和氏之璧"。

③青蝇：喻指谗佞。《诗·小雅·青蝇》："营营青蝇，止于樊，岂

弟君子,无信谗言。"郑玄笺:"蝇之为虫,污白使黑,污黑使白。喻佞人变乱善恶也。"

④连城白璧:指和氏璧。《史记·廉颇蔺相如列传》记载,赵惠王得到和氏璧,秦昭王听说后,愿用十五座城池来交换和氏璧。后以价值连城来比喻珍贵之物。

⑤荆山:山名。在今湖北省南漳县西部。漳水发源于此。山有抱玉岩,传为楚人卞和得璞处。泣血人:指卞和。

⑥"忠臣"句:指卞和双足被截之事。

⑦"听曲"二句:用宁戚故事。刘向《列女传》卷六《辩通传·齐管妾婧》记载,春秋时,齐相管仲奉桓公之命接见宁戚。宁戚对管仲吟诵"浩浩乎白水"的诗句,管仲不解其意而问其小妾婧,小妾告诉管仲古有《白水》诗云:"浩浩白水,儵儵之鱼。君来召我,我将安居?国家未定,从我焉如?",因此判定宁戚是想出仕为官。后以"听曲知宁戚"用为得知遇而为官之典。宁戚:春秋卫国人,齐大夫。夷吾:即管仲,名夷吾,字仲。小妻:妾。

⑧"秦穆"二句:用秦国大夫百里奚的故事。《史记·秦本纪》记载,春秋时秦国的大夫百里奚,原为虞国大夫,后沦为奴隶,秦穆公用五张黑羊皮把他赎出,任用为大夫,辅佐秦穆公成为春秋五霸。

⑨洗拂:洗涤拂拭,这里指得到君王器重而洗脱低微出身。

⑩"朝歌"二句:指姜太公吕尚曾经在朝歌作屠夫,在磻溪垂钓之事。鼓刀:谓摆弄刀子发出响声。宰杀牲畜时敲击其刀,使之发声,故曰鼓刀。虎变:谓虎皮的花纹斑斓多彩。比喻因时制宜,革新创制,斐然可观。《易·革》:"九五。大人虎变,未占有孚。象曰:大人虎变,其文炳也。"孔颖达疏:"损益前王,创制立法,有文章之美,焕然可观,有

似虎变，其文彪炳。"

⑪六合：指天地四方，泛指天下。

⑫荒：拥有。营丘：《史记·齐世家》：武王已平商而王天下，封师尚父于齐营丘。张守节正义："《括地志》云：'营丘，在青州临淄北百步外城中。'"

⑬"双目"句：用孔子故事。《史记·孔子世家》记载，卫灵公与孔子说话时，见到天上大雁飞过，就抬头仰望，不再与孔子交谈，于是孔子知卫灵公无礼贤下士之心，便离开了。

【译文】美玉不言却如桃李般受人喜爱，鱼目嘲笑美玉使卞和深以为耻。楚国的谗佞小人为何如此多？价值连城的玉璧也屡遭诋毁。卞和在荆山下抱璧泣血痛哭，忠信之臣却惨遭断足的酷刑。

听闻《白水》之曲而知道宁戚的心意，管仲因小妾的提醒才领悟其中的含义。秦穆公用五张黑羊皮，赎回百里奚以效死命。他们洗去尘垢而直上青云，当时却身处逆境低贱如泥。吕尚在朝歌时只是个操刀的屠夫，但在磻溪遇到周文王就建功立业。协助周武王钓取天下之后，就拥有营丘之地作为封国。当年在渭水边垂钓时，谁能知道此老翁不凡？奈何如今世人仍旧不识贤才，就像卫灵公那样目送飞鸿而忽略孔子。

幽涧泉

【题解】此诗年代不详。幽涧泉，李白所自创的琴曲。《乐府诗集》收于《琴曲歌辞》中。此诗描写了一位雅士在深山幽涧弹琴的情景。李白在诗中对于弹琴过程的描写,可谓尽得琴理。古人弹琴时要焚香,静心,达到心平气和,神不外驰,灵与道合的状态,才能开始弹奏。诗中之人来到幽涧流泉边,端坐水边白石,抬手弹奏素琴。"心寂历似千古"则指弹琴者所应达到的心境,非如此,不足以发天籁之声,非如此,不足以动听者之心。琴音如流水,以"潺湲成音"来形容,贴切而形象,描绘出那种浑然天成,空灵心寂的境界。"吾但写声发情于妙指"一句,则道出琴为心声的意旨。《唐诗归》钟惺云:"似文,似词,似赋,妙甚。"谭元春云:"长短句吞吐中有妙理别情,惟太白为之最易最宜。"朱谏《李诗选注》点评:"按白作诗用字最精。如《幽涧泉》,便用'潺湲'字面以体贴之,浑然行迹之不露,不求巧而意自到也。"

　　拂彼白石,弹吾素琴①。幽涧愀兮流泉深②,善手明徽高张清③。心寂历似千古④,松飕飗兮万寻⑤。中见愁猿吊影而危处兮,叫秋木而长吟。客有哀时失志而听者⑥,泪淋浪以沾襟⑦。乃缉商缀羽⑧,潺湲成音。吾但写声发情于妙指⑨,殊不知此曲之古今。幽涧泉,鸣深林。

　　【注释】①素琴:不加装饰的琴。

　　②愀:忧戚的样子。

　　③善手:能手,高手。明徽:原指明快的节拍。这里代指琴。王琦注:"琴之为乐,弦合声以作主,徽分律以配臣。古徽十有三,象十二月,其一象闰。"徽,系琴弦的绳,后用做抚琴标记的名称,古琴全弦共十三

徽。高张清：琴弦高张，琴声清扬。

　　④寂历：犹寂静，冷清。

　　⑤飕飗：象声词，风雨声。寻：古代的长度单位，一寻等于八尺。

　　⑥失志：失意，不得志。

　　⑦淋浪：流滴不止貌。

　　⑧缉商缀羽：指弹琴。缉、缀，指演奏。商、羽各为五音之一。此处指音调以商、羽二音组成，琴声凄清。

　　⑨写：倾吐，倾诉，抒发。

　　【译文】拂拭净白山石，弹奏我之素琴。幽涧声悲而流泉深远。妙手抚琴而高张清音。心寂就像经历千古，松响回荡万丈高崖。又见愁猿独处危峰，悲啼秋木长鸣凄厉。哀伤失意的远客听到琴声，不禁泪沾衣襟感慨万千。于是拨弄商羽之弦，琴音缓缓如同流水。我只是以琴宣声抒发情怀，却不知此曲的古今之变。幽涧流泉之旁，鸣响深林之中。

王昭君二首

　　【题解】此组诗年代不详。王昭君，乐府旧题，《乐府诗集》收于《相和歌辞·吟叹曲》中。《旧唐书·音乐志二》："《明君》，汉元帝时，匈奴单于入朝，诏王嫱配之，即昭君也。及将去，入辞。光彩照人，耸动左右，天子悔焉。汉人怜其远嫁，为作此歌。晋石崇妓绿珠善舞，以此曲教之，而自制新歌曰：'我本汉家子，将适单于庭，昔为匣中玉，今为粪土英。'晋文王讳昭，故晋人谓之《明君》。"昭君出塞的故事在民间流传很广，因其情节曲折，感人至深，而成为历代文人墨客的吟咏对象。李白此组诗对王昭君的曲折经历表达了深切的哀惋之情。

其一

【题解】此篇写王昭君远嫁匈奴而一去不归。诗人感叹明月还可以从东海再次升起，而王昭君出塞就无归来之时。塞外常年苦寒，以雪为花，可惜一代佳人就此湮没胡沙之中。此中的原因就在于，当年王昭君不肯贿赂画师，无缘得见皇帝，最终只能埋身荒漠青冢使人嗟叹。全诗意境凄苦，令人恻然。

汉家秦地月，流影照明妃。一上玉关道①，天涯去不归。汉月还从东海出，明妃西嫁无来日。

燕支长寒雪作花②，蛾眉憔悴没胡沙③。生乏黄金枉图画④，死留青冢使人嗟⑤。

【注释】①玉关：即玉门关，故址在今甘肃敦煌西北小方盘城。汉武帝置，因西域输入玉石时取道于此而得名。汉时为通往西域各地的门户。

②燕支：指燕支山，亦谓焉支山，删丹山。今甘肃山丹县东南大黄山。《太平寰宇记》引《西河旧事》："焉支山东西百余里，南北二十里。亦有松柏五木，其水草茂美，宜畜牧，与祁连同。匈奴失祁连、焉支二

山,乃歌曰:'亡我祁连山,使我六畜不蕃息;失我燕支山,使我妇女无颜色。'"

③胡沙:西方和北方的沙漠或风沙。

④枉图画:指王昭君不肯贿赂画师而不被皇帝召见一事。

⑤青冢:青色的墓冢。指王昭君墓。在今内蒙古自治区呼和浩特市南。《太平寰宇记》:"青冢,在振武军金河县西北,汉王昭君葬于此。其上草色常青,故曰青冢。"

【译文】汉家秦地的明月,移影照耀着明妃。一旦踏上玉关道,天涯远去不复归。汉月还从东海再次升起,明妃西嫁却无归来之日。

燕支山常年天寒以雪为花,佳人身心憔悴湮没胡沙中。生前缺乏黄金以贿画工,死后埋葬青冢使人悲叹。

其二

【题解】第二首诗描写王昭君离朝时的情景。王昭君出塞之际,拂拭马鞍,流泪上马而去。今日还是汉宫人,明天就成为胡人妇。言语间充满无尽的悲凉。《唐宋诗醇》评"今日汉宫人,明朝胡地妾"二句:"题多名篇。此只以十字尽之,较'今朝犹汉地,明且入胡关'之句,词意倍为激烈。"黄周星《唐诗快》点评:"古今吊明妃者多矣,此十字可当千百首。"

昭君拂玉鞍,上马啼红颊。今日汉宫人,明朝胡地妾。

【译文】昭君拂拭玉鞍,上马红颜啼泪。今日还是汉宫人,明朝就为胡人妇。

中山孺子妾歌　汉赐中山靖王唅孺子妾及未央才人已下歌四篇

【题解】此诗年代不详。中山孺子妾歌，乐府旧题，《乐府诗集》收于《杂曲歌辞》中。南朝齐陆厥曾作《中山孺子妾歌》，《乐府诗集》云："《汉书》曰：'《诏赐中山靖王唅及孺子妾冰未央才人歌诗》四篇。'如淳曰：'孺子，幼少称孺子。妾，宫人也。'颜师古曰：'孺子，王妾之有品号者。妾，王之众妾也。冰，其名。才人，天子内官。'按此谓以歌诗赐中山王及孺子妾、未央才人等耳，累言之，故云'及'也。而陆厥作歌，乃谓之《中山孺子妾》，失之远矣。"李白这首诗，大概是拟陆厥之诗而作。此诗描述了历代宫中妃嫔的宠辱兴衰，言辞间表达出失宠之人的凄苦与悲哀。最后得出"一贵复一贱，关天岂由身？"的结论。

　　中山孺子妾，特以色见珍。虽不如延年妹[1]，亦是当时绝世人。桃李出深井[2]，花艳惊上春[3]。一贵复一贱，关天岂由身？
　　芙蓉老秋霜，团扇羞网尘。戚姬髡翦入春市[4]，万古共悲辛。

【注释】①延年妹：李延年之妹，即汉武帝李夫人。
　　②深井：即庭中天井。
　　③上春：指孟春，春季的第一个月。

④"戚姬"句：用汉高祖宠妃戚夫人的故事。《汉书·外戚传》："汉王得定陶戚姬，爱幸，生赵王如意。高祖崩，惠帝立，吕后为皇太后，乃令永巷囚戚夫人，髡钳，衣赭衣，令春。戚夫人春且歌曰："子为王，母为虏，终日春薄暮，常与死为伍。相离三千里，当谁使告汝。"髡（kūn）：古代剃去头发的一种刑罚。

【译文】中山王的孺子妾，只是以美貌得宠。虽然比不上李延年的妹妹，但仍然是当时的绝色佳人。就像庭院中的桃李，花开美丽惊艳早春。她们的地位一贵一贱，全在天意岂是自己决定。

芙蓉在秋霜中渐渐凋零，团扇久不用落满了灰尘。得宠的戚夫人一朝落难而髡发入春，其凄惨结局令万古后人为之共悲叹。

荆州歌

【题解】此诗年代不详。荆州歌，乐府旧题，又名"荆州乐"、"江陵乐"。《乐府诗集》收于《杂曲歌辞》中。《乐府诗集》云："《荆州乐》盖出于清商曲《江陵乐》，荆州即江陵也。有纪南城，在江陵县东。梁建文帝《荆州歌》云'纪城南里望朝云，雉飞麦熟妾思君'是也。又有《纪南歌》，亦出于此。"荆州，唐时属山南东道，天宝元年改为江陵郡，治所在今湖北江陵。此诗描写荆州妇人在麦熟茧成的时节，思念远在白帝城的丈夫。白帝城边此时风高浪险，五月的瞿塘峡更是无人敢过。荆州已经麦熟茧成，思妇缫丝而思夫君，听着布谷鸟的声声啼叫，心中充满无奈。全诗语言质朴，不饰辞藻，颇有古风。杨慎《李杜诗选》点评此诗："此歌有汉谣之风。唐人诗可入汉魏乐府者，惟太白此首，及张文昌《白鼍谣》、李长吉《邺城谣》三首而止。"《唐宋诗醇》评价此诗："古质入汉，得风人之遗韵，乐府妙处，如是如是。桂临川曰：'李诗短章，若《荆州歌》等作，俱出《风》《雅》，可以被之管弦者也。'"

　　白帝城边足风波①，瞿塘五月谁敢过②？荆州麦熟茧成蛾。缫丝忆君头绪多③，拨谷飞鸣奈妾何④！

　　【注释】①白帝城：在今重庆奉节东。王莽时期，公孙述占据蜀地，有白龙出自殿前井中，因而自称白帝，改鱼复城为白帝城。足：犹言多。

　　②瞿塘：即瞿塘峡，在白帝城东。

　　③缫丝：同"缲丝"，抽茧取丝。

　　④拨谷：即布谷鸟。奈妾何：即妾奈何。

　　【译文】白帝城边多有狂风骇浪，有谁敢过五月的瞿塘峡？荆州麦熟之时蚕茧已出蛾。缫丝而思君头绪乱又多，布谷飞鸣时妾思又如何？

设辟邪伎鼓吹雉子班曲辞

　　【题解】此诗年代不详。设辟邪伎鼓吹雉子班曲辞，乐府旧

题,《乐府诗集》收于《鼓吹曲辞》中。《乐府解题》曰:"古词云:
'雉子高飞止,黄鹄飞之以千里,雄来飞,从雌视。'盖取首二字以
命名也。若梁简文帝'妒场时向陇',但咏雉而已。"又曰:"宋何承
天有《雉子游原泽篇》,则言避世之士,抗志清霄,视卿相功名,犹
冰炭之不相入也。"设,扮演。辟邪,古代传说中的神兽。似鹿而长
尾,有两角。伎,指歌舞伎。设辟邪伎,即扮演成辟邪兽样子的舞
伎。王琦注:"辟邪,兽名。孟康《汉书注》:'桃拔,一名符拔,似
鹿,长尾,一角者或为天鹿,两角者或为辟邪。辟邪伎者,盖假为辟
邪兽之形而舞者也。'鼓吹,即鼓吹乐。古代的一种器乐合奏曲。
用鼓、钲、箫、笳等乐器合奏。源于我国古代民族北狄。汉初边军用
之,以壮声威,后渐用于朝廷。雉子班,曲名。胡震亨曰:"《雉子
斑》,本汉鼓吹曲,梁三朝乐设辟邪伎奏之。汉曲讹误不可解。"这
种舞蹈的表演形式是伎人扮成辟邪而起舞,以鼓吹为伴奏,以《雉
子斑》曲为歌辞内容。朱谏注:"此为辟邪之伎而奏稚子班之曲。"
李白此诗大概拟何承天而作。全诗先描写伎人的歌舞表演,由雉
子班之曲,联想到雉鸟"乍向草中耿介死,不求黄金笼下生"的性
格,进而发出"天地至广大,何惜遂物情?"的感慨。最后李白引用
善卷、务光的事例来说明,自己追求一种自由旷达的人生。

辟邪伎作鼓吹惊,雉子班之奏曲成[1],喔咿振迅欲飞鸣[2]。扇
锦翼,雄风生。双雌同饮啄,趫悍谁能争[3]?乍向草中耿介死[4],
不求黄金笼下生。天地至广大,何惜遂物情?善卷让天子,务光
亦逃名[5]。所贵旷士怀,朗然合太清[6]。

【注释】①"辟邪"二句：谓辟邪伎人起舞，鼓吹响声惊人，演奏雉子班曲。

②喔咿：鸟鸣叫声。振迅：抖翅疾飞貌。

③趫（qiáo）悍：勇捷。

④乍：宁可。耿介：正直不妥协，这里指雉鸟性格倔强。李善注引薛君《韩诗章句》曰："雉，耿介之鸟也。"《礼记正义》："或谓雉鸟耿介，被人所获，必自屈折其头而死。"

⑤善卷：传说舜帝时的高士。《庄子·让王》记载，传说舜以天下让善卷，善卷曰："余立于宇宙之中，冬日衣皮毛，夏日衣葛，春耕种，秋收敛，日出而作，日入而息，逍遥于天地之间而心意自得，吾何以天下为哉？"而后入深山，莫知其处。务光：相传夏朝时的隐士。《庄子·让王》记载，传说商汤灭夏桀后，要把天下让于务光，务光辞曰："废上，非义也；杀民，非仁也；人犯其难，我享其利，非廉也。吾闻之曰：'非其义者，不受其禄；无道之世，不践其土。'况尊我乎，吾不忍久见也。"负石自沉于庐水。

⑥太清：天道、自然。

【译文】辟邪伎起舞鼓吹声惊人，雉子班之辞曲响彻云霄。舞伎发出喔咿之声做出振翅飞鸣之状。扇动锦翼，雄风立生。一双雌雉共同饮水啄食，雄雉矫悍谁能与之争锋？雉鸟宁愿在草中耿介而死，也不愿黄金笼里忍辱而生。天地无比广大，何不顺遂世情？善卷谦让天子之位，务光逃避世俗高名。他们看重旷士的情怀，已经朗然与太清融合。

相逢行

【题解】此诗年代不详。相逢行，乐府旧题，《乐府诗集》收于《相和歌辞·清调曲》中。《乐府诗集》："《相逢行》，一曰《相逢狭路间行》，亦曰《长安有狭邪行》。"《乐府解题》曰："古词文意与《鸡鸣曲》同。"《相逢行》原辞比较长，内容主要为渲染和表现富贵者的种种奢华和享乐，写得热烈生动，气势宏大，表现了汉代盛世的景象。李白此诗拟古辞而作，虽然比较简短，但是寥寥数语也把那种富庶繁华的盛世气象勾勒了出来。

相逢红尘内①，高揖黄金鞭。万户垂杨里，君家阿那边②？

【注释】①红尘内：指繁华之地。《相逢行》古辞："相逢狭路间，道隘不容车。"此句用其意。

②阿那边：犹言在哪里？唐时口语。

【译文】与君相遇在繁华闹市，手执黄金鞭彼此作揖。掩映在垂杨下的万户人家，哪一处是您的府邸宅院？

古有所思

【题解】此诗年代不详。古有所思，乐府旧题，《乐府诗集》收于《鼓吹曲辞》中。《乐府解题》："古词言：'有所思，乃在大海南。何用问遗君，双珠玳瑁簪。闻君有他心，烧之当风扬其灰。从今已往，勿复相思而与君绝也。'"李白这首是游仙诗，描写了仙境的玄幻缥缈而不可轻易求得，表现了诗人对仙道的渴望和追求。

　　我思仙人乃在碧海之东隅①，海寒多天风。白波连山倒蓬壶②，长鲸喷涌不可涉③，抚心茫茫泪如珠④。西来青鸟东飞去⑤，愿寄一书谢麻姑⑥。

　　【注释】①碧海：《海内十洲记》："扶桑在东海之东岸。岸直陆行，登岸一万里，东复有碧海。海广狭浩汗，与东海等。水既不咸苦，正作碧色，甘香味美。"东隅：东角；东方。

　　②蓬壶：即蓬莱，古代传说中的海中仙山。晋王嘉《拾遗记·高辛》："三壶则海中三山也。一曰方壶，则方丈也；二曰蓬壶，则蓬莱也；三曰瀛壶，则瀛洲也。形如壶器。"

　　③长鲸：巨大的鲸鱼。

　　④抚心：抚摸胸口，表示感叹。

　　⑤青鸟：神话传说为西王母使者。《汉武故事》："七月七日，上于承华殿斋。日正中，忽见有青鸟从西来集殿前，上问东方朔，朔曰：'此西王母欲来也。'有顷，王母至，有二青鸟如乌，夹侍王母旁。"

　　⑥麻姑：传说中的女神仙。晋葛洪《神仙传》："王远遣人召麻姑，麻姑至，是好女子，年可十八九许，于顶上作髻，余发散垂至腰，衣有文采而非锦绮，光彩耀目。"

　　【译文】我思慕的仙人就在碧海的东面，那里海水冰寒又多大风。白浪如连山似要倾倒蓬莱，长鲸喷涛舟船不可涉，抚胸心茫然泪下如珠。西来的王母青鸟又东去，想托它寄一封书信给麻姑。

久别离

【题解】此诗年代不详。久别离，乐府旧题，《乐府诗集》收于《杂曲歌辞》中。古诗有"行行复行行，与君生别离。"之句，后有《长别离》《生别离》《古别离》等曲，都是描写离别相思之苦。胡震亨曰："江淹《拟古》始有《古别离》，后乃有《长别离》《生别离》等名。按此及《久别离》《远别离》皆自为之名，其源则出于《古别离》也。"全诗描写了妻子对久别未归的夫君的相思之情。首二句叙述夫妻分别已久，窗前已五见花开，则已过了五年，夫君却迟迟不归。好不容易盼到夫君的书信寄来，开信一看却更加嗟叹不已。夫君归家之心已绝，妻子只能肝肠寸断。从此无心梳妆打扮，愁绪纷乱如风卷飞雪。去年寄信望夫早归，今年寄信重又相催。可惜春来秋去，不见人归。妻子不禁想托付东风，将如行云一样的夫君吹归还家。等了一年又一年，始终不见夫君，只能默默看着落花飘散青苔之上。全诗辞句忧怨，情思缠绵，言虽浅显，意蕴悠长。

别来几春未还家，玉窗五见樱桃花①。况有锦字书②，开缄使人嗟③。至此肠断彼心绝，云鬟绿鬓罢揽结，愁如回飙乱白雪④。

去年寄书报阳台⑤，今年寄书重相摧。胡为乎东风，为我吹行云使西来⑥。待来竟不来，落花寂寂委青苔。

【注释】①五见：即指五年。

②锦字书：用苏蕙织锦字回文书事。见《晋书·窦涛妻苏氏传》。

③缄：信封。

④回飙：旋风。

⑤阳台：宋玉《高唐赋》序中所提到的巫山神女的居住地，在今四川巫山县北。后比喻男女相会之地。

⑥行云：喻游子，这里代指久出不归的夫君。

【译文】分别之后夫君已有几年未曾回，我在窗内已经五见樱桃花开放。这时远方寄来了书信，启开读后让人嗟叹不已。至此我肝肠寸断而知夫心已绝，浓密如云的秀发也无心梳理，愁绪纷纷如同回风卷起乱雪。

去年寄书约定阳台之会，今年寄书重新为之相摧。为什么东风啊，不能把如那行云的夫君吹使西归。等他归来而竟不来，落花寂寂飘落青苔。

采莲曲

【题解】此诗应是李白游会稽时所作。采莲曲，乐府旧题，《乐府诗集》收于《清商曲辞·江南曲》中。王琦注："《采莲曲》，起梁武帝父子，后人多拟之。"《乐府诗集》引《古今乐录》："梁天监十一年冬，武帝改西曲，制《江南弄》七曲，三曰《采莲曲》。"诗中描绘了晴日里采莲女的美丽、活泼，以及游冶少年们对采莲女的爱慕。全诗清新脱俗，语浅尽情，绮而不艳。陆时雍《唐诗镜》点评此诗："语致闲闲，生情布景。余尝论大家法门，能闲而整，能宽而密，能淡而旨，能简而奥，能无心而举会，能不言而自至，能详而不烦，能严而不迫，是故华而不靡，质而不俚。"

　　若耶溪傍采莲女①，笑隔荷花共人语。日照新妆水底明，风飘香袖空中举。岸上谁家游冶郎②，三三五五映垂杨。紫骝嘶入落花去③，见此踟蹰空断肠④。

【注释】①若耶溪：在今浙江绍兴市南。源出若耶山。

②游冶郎：出游的少年。

③紫骝：骏马名。

④踟蹰：徘徊。

【译文】若耶溪傍的采莲女，隔着荷花彼此笑语。日照少女新妆水清可见溪底，衣袖轻举随风飘散阵阵清香。岸上是谁家少年在游冶？三三五五掩映垂杨绿荫里。身边紫骝马嘶鸣着驰入落花中，他们见此佳人踟蹰不舍空断肠。

白头吟二首

【题解】此组诗年代不详。白头吟, 乐府旧题,《乐府诗集》收于《相和歌辞·楚调曲》中。相传司马相如欲娶茂陵女为妾, 卓文君作《白头吟》一诗以自伤, 终于感动司马相如回心转意, 遂止纳妾。《西京杂记》:"司马相如将聘茂陵人女为妾, 卓文君作《白头吟》以自绝, 相如乃止。词曰:'皑如山上雪, 皎若云间月。闻君有两意, 故来相诀绝。今日斗酒会, 明日沟水头。躞蹀御沟上, 沟水东西流, 凄凄重凄凄, 嫁娶不须啼。愿得一心人, 白头不相离。竹竿何袅袅, 鱼尾何簁簁。男儿重意气, 何用钱刀为!'"李白此组诗拟乐府旧题而作, 以司马相如和卓文君的故事为主要吟咏内容, 以女子的口吻表达了被夫君遗弃的悲哀和对夫妻坚贞感情的渴望。

其一

【题解】此诗的开头部分以水中鸳鸯的生死不离起兴, 然后引入汉武帝陈皇后的故事。汉武帝曾非常宠幸陈皇后, 但是陈皇后恃宠而娇, 后被打入冷宫。陈皇后以重金请司马相如写下《长门赋》, 使得汉武帝回心转意。司马相如刚刚劝说汉武帝不要喜新厌旧, 自己转身就拿着黄金想要迎娶茂陵女为妾, 卓文君只能写下《白头吟》以哀怨。夫妻一旦分离, 就如东流之水不会西归, 落花离枝难返旧林一样, 再难有复合机会。然后又以女萝和菟丝草为喻，来说明草木尚且能结同心。而人心却不如草。最后诗人感叹古今不相辜负的人，恐怕只有殉情于青陵台的韩凭夫妇了。全诗托物起兴，以物拟人，表达了诗人痛惜世人多喜新厌旧，有情人难白头的感慨。

锦水东北流①，波荡双鸳鸯②。雄巢汉宫树，雌弄秦草芳③。宁同万死碎绮翼④，不忍云间两分张⑤。

此时阿娇正娇妒⑥，独坐长门愁日暮⑦。但愿君恩顾妾深，岂惜黄金买词赋⑧？相如作赋得黄金⑨，丈夫好新多异心⑩。一朝将聘茂陵女⑪，文君因赠《白头吟》⑫。东流不作西归水⑬，落花辞条羞故林⑭。

兔丝故无情，随风任倾倒。谁使女萝枝，而来强萦抱？两草犹一心，人心不如草⑮。莫卷龙须席⑯，从他生网丝。且留琥珀枕⑰，或有梦来时。覆水再收岂满杯⑱？弃妾已去难重回⑲。古时得意不相负，只今唯见青陵台⑳。

【注释】①锦水：即锦江，有名汶江，流江。岷江分支之一，在今四川成都平原。蜀人以此水濯锦鲜明，故谓锦江。

②鸳鸯：《古今注》："鸳鸯，水鸟，凫类也。雌雄未尝相离，人得其一，则一思而至死。故曰匹鸟。"

③"雄巢"二句：汉宫树、秦草，均指长安风物。此咏长安之事也。

④绮翼：有绮丽的翅膀。

⑤分张：分飞，分离。

⑥阿娇：汉武帝陈皇后名。司马相如《长门赋序》："孝武皇帝陈皇后时得幸，颇妒，别在长门宫，愁闷悲思。闻蜀郡成都司马相如，天下工为文，奉黄金百斤为相如、文君取酒，因于解悲愁之词。而相如为文以悟主上，皇后复得亲幸。"

⑦长门：长门宫，汉宫名。陈皇后失宠后居于此。

⑧买词赋：陈皇后失宠，被打入长门宫。后以重金聘请司马相如作《长门赋》而重新得宠。

⑨相如：指司马相如。

⑩丈夫：男子。指成年男子。《谷梁传·文公十二年》："男子二十而冠，冠而列丈夫。"异心：二心。

⑪茂陵：古县名。治所在今陕西省兴平县东北。汉初为茂乡，属槐里县。汉武帝在此建茂陵，并置茂陵县。

⑫文君：指卓文君。汉临邛富翁卓王孙之女，善鼓琴，通音律。司马相如曾到卓王孙家饮宴，当时卓文君新寡，司马相如以琴声打动她，遂与司马相如私奔至成都，因家贫又返临邛，当垆卖酒。卓王孙深以为耻，不得已分财物与卓文君，司马相如与卓文君遂富而归成都。见《史记·司马相如列传》。

⑬东流：东去的流水。亦比喻事物消逝，不可复返。西归：向西归还；归向西方。南朝民歌《子夜歌》："不见东流水，何时复归西。"

⑭辞条：离开树枝。《南齐书·王俭传》："秋叶辞条，不假风飙之力。"故林：从前栖息的树林。

⑮"兔丝"六句：兔丝：植物名。即菟丝子。女萝：亦作"女罗"。植物名，即松萝。多附生在松树上，成丝状下垂。古人常常把菟丝和女萝当做同一植物，《诗·小雅·頍弁》："茑与女萝，施于松柏。"毛传："女

萝，菟丝也。"《尔雅·释草》："唐蒙，女萝；女萝，菟丝。"郭璞注："别四名则是谓一物矣。"但也有观点认为是两种植物。《尔雅翼》："女萝、菟丝，其实二物也。然皆附木上。"陆玑《毛诗草木鸟兽虫鱼疏》："今菟丝蔓连草上生，黄赤如金，今合药菟丝子是也。非松萝，松萝自蔓松上生，枝正青，与菟丝殊异。"女萝与菟丝常常纠缠而生，所以古诗中常用来比喻夫妻缠绵不分离。古乐府："南山幂幂菟丝花，北陵青青女萝树。由来花叶同一根，今日枝条分两处。"萦抱：环抱。

⑯龙须席：用龙须草编织成的席子。

⑰琥珀枕：一种用琥珀做成的枕头。《西京杂记》："赵飞燕女弟遗飞燕琥珀枕。"《太平御览》引《广雅》："琥珀，珠也。生地中，其上及旁不生草。浅者四五尺，深者八九尺。大如斛，削去皮成琥珀。初时如桃胶，凝坚乃成，其方人以为枕。"

⑱覆水：已倒出的水。喻事已成定局。

⑲弃妾：被弃之妾。

⑳青陵台：本是战国时宋康王所筑的土台，故址在今河南商丘。因有韩凭夫妻死后灵魂在此化为相思树的传说，后遂用作咏爱情忠贞之典。《独异志》引《搜神记》："宋康王以韩朋妻美而夺之，使筑青陵台，然后杀之。其妻请临丧，遂投身而死。王令分埋台左右。期年各生一梓树，及大，树枝相交，有二鸟哀鸣其上。因号之曰相思树。"

【译文】锦水缓缓向东北而流，一对鸳鸯荡漾水波中。雄鸟筑巢汉宫树下，雌鸟啄弄秦地芳草。它们宁可万死折断锦翅，也不忍各自分飞在云间。

当时阿娇因娇妒而被废黜，独坐长门宫里愁对日西落。只要君王重新垂顾妾身，岂会吝惜黄金来买辞赋？司马相如作《长门赋》而得黄金,但大丈夫喜新厌旧动辄变心。司马相如欲迎娶茂陵女为妾,卓文君因而作《白头吟》以自伤。东流之水一去而不会再西归,落花飘落枝头也羞于返旧林。

兔丝无情本属草木,枝叶柔弱随风而倒。袅袅女萝伸展枝条,与其紧紧缠抱一起。两草犹能一心相恋,人心浇薄尚不如草。不必卷起床上的龙须席,任它落满灰尘挂满蛛丝。琥珀枕可以暂且留下来,枕着它或许能重温旧梦。覆水再收岂能满杯?弃妇已去再难重回。古时得意而不彼此辜负的事例,到如今只见青陵台旁的相思树。

其二

【题解】此诗与前篇极为相近。不仅意旨、立意与前一首类似,语句、措词也多相似之处,或以为一诗二传,或以为其二为草创。第二首诗对卓文君进行了更多的描写,使卓文君的人物形象也更丰满。葛立方《韵语阳秋》点评:"《乐府诗集》谓,《白头吟》者,疾人以新间旧,不能至白首,故以为名。李白《白头吟》云:'妾有秦楼镜,照心胜照井。愿持照新人,双对可怜影。'其语感人至深矣。"

锦水东流碧,波荡双鸳鸯。雄巢汉宫树,雌弄秦草芳。相如去蜀谒武帝,赤车驷马生辉光①。一朝再览《大人》作②,万乘忽欲凌云翔。闻道阿娇失恩宠,千金买赋要君王③。相如不忆贫贱日,官高金多聘私室④。茂陵姝子皆见求⑤,文君欢爱从此毕。

泪如双泉水,行堕紫罗襟。五起鸡三唱⑥,清晨《白头吟》。

长吁不整绿云鬟，仰诉青天哀怨深。城崩杞梁妻⑦，谁道土无心? 东流不作西归水，落花辞枝羞故林。

头上玉燕钗⑧，是妾嫁时物。赠君表相思，罗袖幸时拂。莫卷龙须席，从他生网丝。且留琥珀枕，还有梦来时。鸂鶒裘在锦屏上⑨，自君一挂无由披。妾有秦楼镜⑩，照心胜照井⑪。愿持照新人，双对可怜影⑫。

覆水却收不满杯⑬，相如还谢文君回。古来得意不相负，只今唯有青陵台。

【注释】①赤车驷马: 古代显贵者所乘的四马红车。《华阳国志·蜀志》: "城北十里有升仙桥，有送客观。司马相如初入长安，题市门曰: '不乘赤车驷马，不过汝下也。'"

②《大人》: 指司马相如的《大人赋》。《史记·司马相如列传》记载，司马相如见汉武帝喜好仙道，就作《大人赋》，武帝读后大悦，"飘飘有凌云之气，似游天地之间意。"

③要: 通"邀"，邀宠。

④私室: 偏房。指妾。

⑤姝子: 美女。姝，佳丽也。

⑥"五起"句: 谓文君终夜未眠。五起: 一说为五更而起。萧士赟注: "五起者，五更而起也。"也有说为一夜起五次。王琦注: "《太平御览》: 尸子曰: '孝子一夕五起，视亲衣之厚薄、枕之高下。'此用其字，以言寝不安席之意。旧注解作五更而起者，恐非是。"

⑦杞梁妻: 春秋齐大夫杞梁之妻。杞梁，名殖(一作"植")。齐庄公四年，齐袭莒，杞梁战死，其妻迎丧于郊，哭甚哀，遇者挥涕，城为之

崩。据《古今注》载："《杞梁妻》，杞植妻妹明月所作也。杞植战死，妻叹曰：'上则无父，中则无夫，下则无子，生人之苦至矣。'乃抗声长哭，杞都城感之而颓，遂投水而死。其妹悲其姊之贞操，乃为作歌，名曰《杞梁妻》焉。梁，植字也。"

⑧玉燕钗：钗名。《述异记》："汉武帝元鼎元年，起招灵阁，有神女留一玉钗与帝，帝以赐赵婕妤。至昭帝元凤中，宫人见此钗光莹甚异，共谋欲碎之。明视钗匣，惟见白燕直升天去，后宫人作玉钗，因名玉燕钗。"

⑨鹔(sù)鹴(shuāng)裘：相传为汉司马相如所著的裘衣。由鹔鹴鸟的羽毛制成。《西京杂记》："司马相如初与卓文君还成都，居贫愁懑，以所著鹔鹴裘就市人杨昌贳酒，与文君为欢。"

⑩秦楼镜：《西京杂记》："高祖初入咸阳宫，有方镜，广四尺，高五尺九寸，表里有明。人直来照之，影则倒见。以手扪心而来，则见肠胃五脏，历然无碍。人有疾病在内，则掩心而照之，则知病之所在。又女子有邪心，则胆张心动。秦始皇常以照宫人，胆张心动者则杀之。"

⑪照井：古代穷人无镜，则以井照影也。

⑫可怜：犹可爱也。

⑬却收：再收。

【译文】锦水碧绿如玉向东流去，水中一对鸳鸯随波荡漾。雄鸟筑巢汉宫树下，雌鸟啄弄秦地芳草。司马相如离蜀拜谒武帝，乘坐赤车驷马顿生光辉。一朝见到司马相如的《大人赋》，汉武帝便飘飘然有凌云之志。听说陈皇后失去了昔日的恩宠，千金求取司马相如的辞赋以邀宠君王。相如忘记了从前夫妻贫贱的日子，现在官高金多便想迎娶娇媚小妾。茂陵的佳丽都争相求见，与文君的恩爱从此完结。

文君泪涌如双泉流水，行行落在紫罗衣襟上。一夜辗转反侧直到鸡鸣，清晨便作出《白头吟》之诗。她长吁短叹无心整理云鬓，仰首青天倾诉无尽的悲怨。当年杞梁之妻哭倒城垣，谁说土石会是无心之物？东流之水不能西归，落花羞于再返故枝。

头上的玉燕钗，是妾嫁时之物。赠给夫君以表相思，希望您不忘常拂拭。不必去卷床上的龙须席，任它落满尘土挂满蛛网。琥珀之枕暂且留下，枕它入睡或圆旧梦。妾就像夫君的鹔鹴裘，自君一挂就不会再穿。妾有一面秦楼明镜，用它照心胜过照井。愿用它来映照新人，倩影成双多么可爱。

覆水再收也难以满杯，相如致歉文君而回心。古来得意不相负的事例，恐怕只有青陵台的韩凭夫妇。

临江王节士歌

【题解】此诗年代不详。临江王节士歌，乐府旧题，《乐府诗集》收于《杂歌谣辞》中。节士，有节操之士。王琦注："《汉书·艺文志》有《临江王及愁思节士歌诗》四篇，宋陆厥作《临江王节士歌》，盖误合而为一也。太白此题，殆仍其失者欤？"陆厥作《临江王节士歌》曰："木叶下，江波连，秋月照浦云歇山。秋思不可裁，复带秋风来。秋风来已寒，白露惊罗纨。节士慷慨发冲冠，弯弓挂若木，长剑竦云端。"李白此诗似拟陆厥而作。全诗首段描写秋景萧索和节士悲秋，次一段抒发思君报国之志，实际上也是李白自己的志向。胡震亨《李诗通》："太白此词正是自赋，未尝赋节士本事也。"《唐宋诗醇》点评:"'白日当天心'二语,深于写照。"

　　洞庭白波木叶稀①,燕鸿始入吴云飞。吴云寒,燕鸿苦。风号沙宿潇湘浦。节士感秋泪如雨。

　　白日当天心,照之可以事明主。壮士愤,雄风生。安得倚天剑②,跨海斩长鲸③?

　　【注释】①"洞庭"句:《楚辞·九歌·湘夫人》:"洞庭波兮木叶下。"此句用其意。

　　②倚天剑:极言剑之长。宋玉《大言赋》:"方地为车,圆天为盖,长剑耿耿倚天外。"后以"倚天剑"为咏剑之典。

　　③长鲸:大鲸。比喻巨寇。唐刘知几《史通·叙事》:"论逆臣则呼为问鼎,称巨寇则目以长鲸。"

　　【译文】洞庭湖白浪涌起树叶稀疏,燕地鸿雁开始向吴云而飞。吴云寒冷,鸿雁凄苦。栖宿在寒风呼啸的潇湘沙浦。节士感秋而悲不禁泪如雨下。

　　白日正在中天,普照之下正是侍奉明主的时候。壮士激愤,雄风顿生。如何能得倚天剑,跨越碧海斩长鲸?

司马将军歌　代陇上健儿陈安

　　【题解】此诗约作于乾元二年(759)。司马将军歌,《乐府收集》收于《杂歌谣辞》中。司马将军，指东晋十六国时期的名将陈安。陈安原为南阳王司马模手下将官。后自立为王，割据上邽（今甘肃天水），晋元帝建武二年被前赵所杀。陈安骁勇善战，能够体恤部下，他死后，陇上人怀念他，作《壮士之歌》曰："陇上健士有陈安，躯干虽小腹中宽，爱养将士同心肝。骢骢父马铁锻鞍，七尺大刀奋如湍。丈八蛇矛左右盘，十荡十决无当前。战始三交失蛇矛，十骑俱荡九骑留。弃我骢骢窜岩幽，为我外援而悬头。西流之水东流河，东流河，一去不返奈子何！"这首诗收于《乐府诗集》，名为《陇上歌》，李白此诗为拟作。乾元二年康楚元、张嘉延叛军攻陷荆州，所以此诗也是反映了当时的时局。王琦注："《通鉴》：乾元二年九月，襄州乱将张延嘉袭破荆州据之。此诗当是是时所作，故有'狂风吹古月，窃弄章华台'之句。延嘉疑亦蕃将，否则故安史部下之降兵也。其时邻郡多发兵为备，故太白又有《九日巴陵置酒望洞庭水军》诗。此诗所谓'江中楼船'，其即洞庭之水军欤？"全诗赞颂了朝廷南征将军的威武气概和严整军纪，表达了诗人对平定叛乱，早日恢复太平的期望。

狂风吹古月[①]，窃弄章华台[②]。北落明星动光彩[③]，南征猛将如云雷。手中电曳倚天剑[④]，直斩长鲸海水开。我见楼船壮心目，颇似龙骧下三蜀[⑤]。扬兵习战张虎旗[⑥]，江中白浪如银屋。

身居玉帐临河魁[⑦]，紫髯若戟冠崔嵬。细柳开营揖天子，始知灞上为婴孩[⑧]。羌笛横吹《阿亸回》[⑨]，向月楼中吹《落梅》[⑩]。将军自起舞长剑，壮士呼声动九垓[⑪]。功成献凯见明主，丹青画像麒麟台[⑫]。

【注释】①古月：古、月和起来是个"胡"字，这里代指胡人。

②章华台：古台名，为春秋楚灵王所造，故址在今湖北潜江市西。

③北落：星名。即北落师门。色橙黄，为南天之大星。《晋书·天文志》："北落师门一星，在羽林西南。北者，宿在北方也；落，天之藩落也；师，众也；师门，犹军门也。"

④电曳：闪电般挥动。

⑤"我见"二句：龙骧将军：指晋朝益州刺史王濬。此二句谓唐军的气势就像当年王濬统领楼船出蜀攻灭东吴一样。《晋书·王濬传》："武帝谋伐吴，诏（王）濬修舟舰。濬乃作大船连舫，方百二十步，受二千余人。以木为城，起楼橹，开四出门，其上皆得驰马来往。又画鹢首怪兽于船首，以惧江神。舟楫之盛，自古未有。寻以谣言（歌谣谚语）拜濬为龙骧将军，监益州诸军事。太康元年，濬自发蜀，兵不血刃，攻无坚城，夏口、武昌，无相支抗。于是顺流鼓棹，径造三山。"三蜀：汉代三蜀指蜀郡、广汉郡和犍（qián）为郡。

⑥虎旗：绘有虎形的旗帜。

⑦玉帐：主帅所居的帐幕，取如玉之坚的意思。河魁：主将设置军帐的地方。《云谷杂记》："戌为河魁，谓主将之帐宜在戌也。"

⑧"细柳"二句：谓军容威严。《史记·绛侯周勃世家》："文帝之后六年，匈奴大入边。乃以宗正刘礼为将军，军霸上；祝兹侯徐厉为将军，军棘门；以河内守周亚夫为将军，军细柳，以备胡。上自劳军。至霸上及棘门，将以下骑送迎。已而之细柳军，军士吏被甲，锐兵刃，彀弓弩，持满。天子先驱至，不得入。先驱曰：'天子且至！'军门都尉曰：'将军令曰：军中闻将军令，不闻天子之诏。'居无何，上至，又不得入。于是上乃使使持节诏将军：'吾欲入劳军。'亚夫乃传言开壁门。壁门吏

士谓从属车骑曰:'将军曰:军中不得驱驰。'于是天子乃按辔徐行。至营,将军亚夫持兵揖曰:'介胄之士不拜,请以军礼见。'天子为动,改容式车。使人诚谢:'皇帝敬劳将军。'成礼而去。既出军门,群臣皆惊。文帝曰:'嗟乎,此真将军矣!囊者霸上、棘门军,若儿戏耳,其将固可袭而虏也。至于亚夫,可得而犯耶!'"

⑨羌笛:古代的管乐器。因出于羌中,故名。阿鞸(duǒ)回:传说为番曲名。

⑩落梅:即《落梅花》,又名《梅花落》,笛子曲名。

⑪九垓(gāi):天空极高远处,犹言九重天。垓:层、级。

⑫丹青:绘画用的颜料,后代指图画。麒麟台:即麒麟阁,汉代阁名。在未央宫中。汉宣帝时曾图霍光等十一功臣像于阁上,以表扬其功绩。后多以画像于"麒麟阁"表示卓越功勋和最高的荣誉。

【译文】胡人如同狂风吹袭,起兵作乱章华之台。北落星明亮光彩闪耀,南征猛将如云雷聚集。手中的倚天剑挥动如闪电,一举斩杀长鲸而劈开海水。我看到王师的楼船雄伟壮阔,就像王濬当年率军从三蜀东下。船上兵士习战张扬虎旗,江中白浪翻滚大如银屋。

将军身居玉帐之内河魁方位,头戴崔嵬高冠紫髯竖立若戟。就像细柳周亚夫军队那样开营只揖而不拜天子,由此就知道灞上其余的队伍如同小孩在做游戏。军中羌笛吹奏《阿鞸回》曲,向月楼中响起《落梅》笛声。将军起身舞动长剑,三军壮士呼声震天。大功告成奏响得胜曲回朝拜见天子时,功臣的画像将被悬挂在麒麟阁上。

君道曲　　梁之雅歌有五篇，今作一章。

【题解】此诗年代不详。君道曲，《乐府诗集》收于《清商曲辞·梁雅歌》中。按《乐府诗集》，《梁雅歌》有五曲分别为：一曰《应王受图曲》，二曰《臣道曲》，三曰《积恶篇》，四曰《积善篇》，五曰《宴酒篇》，而无《君道曲》。李白此诗重在叙述君王治政，并列举了黄帝与常先、太山稽，齐桓公与管仲，刘备与诸葛亮等君臣相得的事例，所以此篇当为李白自拟之作。

大君若天覆①，广运无不至②。轩后爪牙常先太山稽③，如心之使臂④。小白鸿翼于夷吾⑤，刘葛鱼水本无二⑥。土扶可成墙⑦，积德为厚地⑧。

【注释】①大君：天子。《易·师》：“大君有命，开国承家。”孔颖达疏：“大君，谓天子也。”天覆：上天覆被万物。后用以美称帝王仁德广被。《汉书·匈奴传下》：“今圣德广被，天覆匈奴。”

②广运：犹广远。《书·大禹谟》：“帝德广运。”孔传：“广谓所覆者大，运谓所及者远。”《国语·越语上》：“勾践之地，广运百里。”韦昭注：“东西为广，南北为运。”

③轩后：指黄帝。爪牙：本为鸟兽的爪和牙，引申为国之辅臣。常先、太山稽：黄帝大臣。《史记·五帝本纪》：“（黄帝）举风后、力牧、常先、大鸿以治民。”《淮南子·览冥训》：“昔者黄帝治天下，而力牧、泰山稽辅之。”

④"如心"句：谓指挥自如，如同使用自己的胳膊一样。

⑤小白：指齐桓公，名小白。夷吾：指管仲，字夷吾。《管子·霸形》："桓公在位，管仲、隰朋见，立有间，有二鸿飞而过之，桓公叹曰：'仲父，今彼鸿鹄有时而南，有时而北，有时而往，有时而来，四方无远，所欲至而至焉。非唯有羽翼之故，是以能通其意于天下乎？'管仲、隰朋不对。桓公曰：'二子何故不对？'管子曰：'君有霸王之心，而夷吾非霸王之臣也，是以不敢对。'桓公曰：'寡人之有仲父也，犹飞鸿之有羽翼也。仲父不以一言教寡人，寡人之有耳，将安闻道而得度哉？'"

⑥刘葛：指刘备与诸葛亮。《三国志·蜀志·诸葛亮传》："（先主）于是与亮情好日密。关羽、张飞等不悦，先主解之曰：'孤之有孔明，犹鱼之有水也。愿诸君勿复言。'"

⑦"土扶"句：谓扶土可以成墙，比喻人应该互相扶助。《北齐书·尉景传》："土相扶为墙，人相扶为王。"

⑧"积德"句：《淮南子·地形训》："山为积德。"高诱注："山仁万物生焉，故为积德。"此句谓就像大地一样积累厚德。

【译文】君道如天覆盖万物，四方之地无所不至。黄帝有辅臣常先和泰山稽，任用他们治政如心使手臂。齐桓公把管仲当作自己的羽翼，刘备与诸葛亮如同鱼水一样融洽。扶土可成高墙，积德才为厚地。

结袜子

【题解】此诗年代不详。结袜子，乐府旧题，《乐府诗集》收于《杂曲歌辞》中。结袜子,其原辞已不可考,《乐府诗集》引用二则古人结袜的典故,一曰:周文王征伐崇国到凤凰虚,忽然袜带松开,便自己系好。姜太公问他为什么不请臣下来做,周文王说自己身边的人非师即友,觉得不便请他们帮做此类事情。后用为仁主尊贤之典。二引用《汉书·张释之传》曰:西汉年间一位王生老人让廷尉张释之在朝堂之上当众为自己结袜,表面上似为无礼,实则王生老人是为了提高张释之的威信。北魏温子升有《结袜子》诗。李白此诗与温子升之作不相类似,是赞咏古代侠士高渐离筑击秦始皇,专诸刺杀吴王僚之事。李白有任侠之风,所以对古代的侠士颇为崇尚,全诗言简意赅,质朴古拙,最后一句"太山一掷轻鸿毛"为全诗诗眼。

　　燕南壮士吴门豪①,筑中置铅鱼隐刀②。感君恩重许君命,太山一掷轻鸿毛③。

　　【注释】①燕南壮士:指战国时燕国人高渐离。吴门豪:指春秋时吴国侠士专诸。

　　②筑中置铅:指高渐离以筑击秦始皇之事。筑,为古代一种打击乐器。《史记·刺客列传》:"秦逐太子丹、荆轲之客,皆亡。高渐离变姓名为人佣保,匿作于宋子。使击筑而歌,客无不流涕而去者。闻于秦始皇,秦始皇召见,人有识者乃曰:'高渐离也。'秦皇帝惜其善击筑,重赦之,乃矐其目,使击筑,未尝不称善。稍益近之,高渐离乃以铅置筑中。复进得近,举筑扑秦皇帝,不中。于是遂诛高渐离。"鱼隐刀:指专诸鱼腹藏匕首刺杀王僚之事。《史记·刺客列传》:"伍子胥知公子光之

欲杀吴王僚，乃进专诸于公子光。光伏甲士于窟室中，而具酒请王僚。王僚使兵陈自宫至光之家，门户阶陛左右，皆王僚之亲戚也。夹立侍，皆持长铍。酒既酣，公子光佯为足疾，入窟室中，使专诸置匕首鱼炙之腹中而进之。既至王前，专诸擘鱼，因以匕首刺王僚，王僚立死。左右亦杀专诸。"

③太山：即泰山。司马迁《报任安书》："人固有一死，死或重于泰山，或轻于鸿毛，用之所趋异也。"此处用其意。

【译文】燕南壮士高渐离和吴国豪侠专诸，一个筑中置铅伏击秦始皇，一个鱼腹藏刀刺杀吴王僚。他们感念君恩以命相许，他们将重如泰山的生死看得轻如鸿毛可掷。

结客少年场行

【题解】此诗年代不详。结客少年场行，乐府旧题，《乐府诗集》收于《杂曲歌辞》中，内容多为描写少年任侠好游。《乐府解题》曰："《结客少年场行》，言轻身重义，慷慨以立功名也。"萧士赟曰："《结客少年场》，取曹植诗'结客少客场，报怨洛北邙'为题，始自鲍照。"鲍照《结客少年场行》云："骢马金络头，锦带佩吴钩。失意杯酒间，白刃起相雠……"李白此诗亦描写了一位少年侠士。他骑乘紫燕骏马，喜欢结交豪杰。其剑术高强，可比白猿公。珠袍锦带，腰悬吴钩。谈笑一杯酒，杀人闹市中。他嘲笑当年刺杀秦王的荆轲，认为其虽能感召白虹贯日，却未能完成燕太子丹托付的大事，更不用说秦舞阳，一见秦王，就吓得面如死灰。全诗充满那种激扬雄健的任侠风气，也是诗人的豪侠性格使然。

紫燕黄金瞳^①，啾啾摇绿鬃^②。平明相驰逐^③，结客洛门东。少年学剑术，凌轹白猿公^④。珠袍曳锦带^⑤，匕首插吴鸿^⑥。由来万夫勇，挟此英雄风。

托交从剧孟^⑦，买醉入新丰^⑧。笑尽一杯酒，杀人都市中^⑨。羞道易水寒，从令日贯虹。燕丹事不立，虚没秦帝宫。武阳死灰人，安可与成功^⑩？

【注释】①紫燕：骏马的名称。

②啾啾：马鸣声。

③平明：犹黎明。天刚亮的时候。

④凌轹(lì)：欺凌，辱蔑。白猿公：《吴越春秋·勾践阴谋外传》记载，越国一名女子善于剑术，要去见越王，在路上遇见一名自称袁公的老翁，与女子比试剑术，比试完毕飞身上树，变成一只白猿而去。

⑤珠袍：缀珠之袍。

⑥吴鸿：吴钩的代称，钩，形似剑而曲。《吴越春秋·阖闾内传》记载，吴王阖闾以重赏求作金钩，有一人贪百金而杀其二子，以血衅二钩献给吴王。其二子名为吴鸿、扈稽，当呼唤其名字时，二钩就可飞向主人。吴王看到大惊，乃赏百金，遂佩戴而不离身。后因以"吴鸿"为吴钩、吴刀的代称。

⑦剧孟：人名，汉代洛阳人，著名侠士。

⑧新丰：县名。汉高祖置。原是秦朝的骊邑。汉高祖定都关中，其

父太上皇居长安宫中，思乡心切，郁郁不乐。汉高祖就按照故乡丰邑的街里房舍格局改筑骊邑，并迁来丰邑之民，改称新丰。

⑨"杀人"句：用左延年《秦女休行》："杀人都市中，邀我都巷西。"中成句。

⑩"羞道"六句：用战国秦舞阳故事。武阳：即秦武阳，曾作为荆轲副手去刺杀秦王，但是见到秦王后惊恐失措，面如死灰。荆轲刺杀秦王前，精诚所感，天空出现白虹贯日的天象。燕太子丹等人在易水为荆轲送行，高渐离击筑，荆轲悲歌"风萧萧兮易水寒"。此六句即写此事。

【译文】紫燕骏马双目黄金瞳，啾啾嘶鸣摇动绿鬃发。天亮一起纵马相驰骋，侠士相约于洛门之东。年少之时就学习剑术，技艺之高胜过白猿公。身穿珠袍系着锦带，腰间佩戴吴鸿宝剑。生来就有万夫难当之勇，佩上宝剑更添英雄气概。

结交剧孟那样的人物，一同在新丰把酒酣醉。笑完饮下一杯酒，从容杀人闹市中。他们羞于谈论易水之寒，认为荆轲徒令长虹贯日。却辜负燕太子丹的大事，自己也丧身在秦王宫中。秦舞阳因恐惧而面如死灰，这样的胆怯人如何能成功？

长干行二首

【题解】此诗大概为开元十三、四年，李白初到金陵时所作。长干行，乐府旧题，原为江南一带的民歌，《乐府诗集·杂曲歌辞》有《长干曲》，其古辞曰："逆浪故相邀，菱舟不怕摇。妾家扬子住，便弄广陵潮。"内容为采菱女操船弄潮。长干,古建康里巷名,在今江苏南京,有大、小长干里。左思《吴都赋》:"长干延属,飞甍舛互。"刘逵《吴都赋注》:"建业南五里有山故,其间平地,吏民杂居,故号为干。中有大长干、小长干,皆相属。疑是居称干也。《韩诗》曰:'考盘在干。'地下而广曰干。"李白此诗承乐府旧题而作,但在篇幅上予以扩展,使整个叙事更加完整,极尽铺陈渲染。全诗以女子口吻,采取倒序的手法,从幼年两小无猜时写起,叙述了对远行夫君的思念。笔触细腻,萦回曲折,委婉动人,形象地刻画出闺中少妇的思怨之情。全诗开篇"妾发初覆额"六句回忆了女子幼时与夫君嬉戏,玩耍的情景。"青梅竹马"、"两小无猜"两个成语就出自于此,成为后世描写儿女情长的经典之语。"十四为君妇"四句描写了少女初为人妇时的羞涩。"低头向暗壁,千唤不一回"二句极为生动形象,人因生疏而羞涩,此处却是相熟而羞涩,贴切地描画出少女的娇憨之态,实为妙笔。"十五始展眉"四句则是描写两人婚后感情日笃,彼此难舍难离的情景。这里引用了尾生抱柱信的典故,以此来说明两人誓死不渝的忠贞信念。"十六君远行"四句写夫君远行瞿塘峡而女子深为担心。瞿塘峡山高流急,滟滪堆险恶无比,两岸猿声仿佛自天而来。此处通过描写瞿塘峡的险恶,表达了女子对夫君的深切忧虑和挂怀。"门前迟行迹"八句借物抒情,表达了女子对夫君的思念之情。借"落叶"、"秋风"、"青苔"、"蝴蝶"等物象,细致描画了女子饱受相思之苦的情形。最后四句写女子盼望夫君早日回家,不怕路遥,宁愿从金陵出行七百里到长风沙相迎。此四句言浅意深,意味隽永。谭元春《唐诗归》点评:"'早晚下三巴,预将书报家。相迎不道远,直至长风沙。'太白绝句妙口，此四语亦可截作一首矣。"这是一首优美的叙事诗。李白此诗别出心裁，描写闺中相思，从儿时嬉戏写起，娓娓道来，更显一往情深，在此类诗中可谓另辟蹊径，融叙事、抒情为一体，对后世叙事诗的写作，都有着深远的影响。《唐宋诗醇》点评此诗："儿女子情事，直从胸臆间流出，萦迂回折，一往情深。尝爱司空图所云：'道不自器，与之圆方。'为深得委曲之妙，此篇庶几近之。"清代李锳、李兆元《诗法易简录》："此诗音节，深得汉人乐府之遗，当熟玩之。"范大士《历代诗发》："青莲才气，一瞬千里；此篇层析，独有节制。"

妾发初覆额，折花门前剧①。郎骑竹马来②，绕床弄青梅。同居长干里，两小无嫌猜③。

十四为君妇，羞颜未尝开。低头向暗壁，千唤不一回。十五始展眉，愿同尘与灰。常存抱柱信④，岂上望夫台⑤？

十六君远行，瞿塘滟滪堆⑥。五月不可触，猿声天上哀。门前迟行迹⑦，一一生绿苔。苔深不能扫，落叶秋风早。八月蝴蝶来，双飞西园草。感此伤妾心，坐愁红颜老⑧。

早晚下三巴⑨，预将书报家。相迎不道远⑩，直至长风沙⑪。

【注释】①剧：游戏。

②竹马：儿童玩具，典型的式样是一根杆子，一端有马头模型，有时另一端装轮子，孩子跨立上面，假作骑马。

③嫌猜：嫌疑、顾忌。

④抱柱信：用尾生抱柱的故事。《庄子·盗跖》："尾生与女子期于

梁下,女子不来,水至不去,抱梁柱而死。"后以"抱柱"比喻信守誓言或约定。

⑤望夫台:古代传说,夫君外出久不回,妇人伫立山顶望夫,日久化而为石,称为望夫台。各地多有,均属民间传说。

⑥瞿塘:指瞿塘峡,又称夔峡。长江三峡之一。西起重庆市奉节县白帝城,东至巫山县大宁河口。为三峡中最短、最窄而又最雄伟的峡谷。滟预堆:亦作滟滪堆、犹豫堆。是瞿塘峡口的一处险滩,周回二十丈,正当江心。冬季水浅,露出水面,夏季水涨,仅露其顶,过往船只多触没。谚云:"滟滪大如襆,瞿塘不可触。滟滪大如马,瞿塘不可下。滟滪大如鳖,瞿塘行舟绝。滟滪大如龟,瞿塘不可窥。"

⑦迟:等待。

⑧坐:由于。

⑨三巴:即巴郡、巴东、巴西三郡,在今四川东部地区。

⑩不道:犹言不管或不顾。

⑪长风沙:地名,在今安徽安庆市东长江边。

【译文】妾发刚刚覆额的时候,正在门前折花做游戏。郎君骑着竹马而来,绕着井栏掷弄青梅。我们同在长干里居住,两人从小就没有猜忌。

十四岁时嫁给郎君为妻,满面娇羞始终不敢对人。低头对着墙壁暗处,千呼万唤也不回转。十五岁才舒眉展颜不再害羞,愿与郎君生死不离同归尘土。常抱至死不渝的信念,怎会想到走上望夫台?

十六岁郎君离家远行,行船去往瞿塘滟滪堆。五月水涨瞿塘不可触,两岸猿啼直传天际上。门前久等而留下行迹,渐渐长满了苍绿青苔。苔痕深深不能扫除,落叶飘零秋天早来。八月之时蝴碟飞来,双双起舞西园草中。看到此景妾身感伤，因而忧愁容颜衰老。

何时能从三巴乘船而下，请郎君预先寄书信回家。妾身相迎不怕远，一直走到长风沙。

其二

【题解】此诗年代不详。内容也是写闺中少妇思夫，虽稍逊于第一首，同样把闺怨写得婉转淋漓，荡气回肠。其作者是否为李白，历代一直存在争议。一种观点认为是唐代张潮所作。《文苑英华》收录此诗题为《小长干行》，为张潮所作。《唐诗纪事》也收录为张潮作，但自"昨夜狂风度"下分为两诗。另一种观点认为是唐代李益所作。宋代黄庭坚认为："太白集中《长干行》二篇：'妾发初覆额'，真太白作也。'忆妾深闺里'，李益尚书作也。辞意亦清丽可喜，乱之太白诗中，亦不甚远。"还有观点认为是李白所作。清代章燮《唐诗三百首注疏》："选《三百首》者，只录前章，不录后章，不知何意。况二章词意，前后层次，一线贯通，不可折断，直作一首读可也。前首自幼说起，说到望其夫还归而止。后首自望其夫不归说起，一层一层，直到自怜自恨而止。安可删也？此五言长篇换韵格。"

忆妾深闺里，烟尘不曾识。嫁与长干人，沙头候风色①。五月南风兴，思君下巴陵②。八月西风起，想君发扬子③。去来悲如何，见少离别多。

湘潭几日到④，妾梦越风波。昨夜狂风度，吹折江头树。淼淼暗无边⑤，行人在何处。好乘浮云骢，佳期兰渚东。鸳鸯绿蒲上，翡翠锦屏中⑥。自怜十五余，颜色桃花红。那作商人妇，愁水复愁风。

【注释】①沙头：沙滩边，沙洲边。

②巴陵：郡名，唐时巴陵郡本巴州也，武德六年，更名岳州，属江南西道。

③扬子：指扬子江。长江在今仪征、扬州一带，古称"扬子江"，也写作"杨子江"。因扬子津而得名。《江南志》："扬子江发源岷山，合湘、汉、豫章诸水，绕江宁府城之西南，经西北至镇江，始名为扬子江，东流入海。"

④湘潭：县名，唐天宝八年（749）改衡山县置，属衡阳郡。治所在洛口（今湖南湘潭县）。后属潭州。

⑤淼淼：水势浩大貌。

⑥"好乘"四句：一作"北客至王公，朱衣满汀中。日暮来投宿，数朝不肯东。"浮云骢：骏马名，《西京杂记》："文帝有良马九匹，皆天下之骏马也，一名浮云。"

【译文】忆起妾身还在深闺时，根本不知烟尘为何物。自从嫁给长干人后，整日在沙岸观望风向。五月南风骤兴的时候，想到夫君正从巴陵而下。八月西风乍起的时候，想到夫君会出发去扬子江。来去都让人伤悲，总是见少别离多。

行船几日可到湘潭？梦里随君渡水越江。昨天夜里狂风骤起，江边大树都被吹倒。望着烟波浩渺的大江，夫君现在究竟在何方？多想乘坐浮云骏马而去，与夫君相会在兰渚之东。鸳鸯栖息在绿蒲池中，锦屏当中绣着翡翠鸟。自怜妾身才十五，面容娇红如桃花。哪想嫁为商人妇，既要愁水又愁风。

古朗月行

【题解】此诗年代不详。朗月行，乐府旧题，《乐府诗集》收于《杂曲歌辞》中。六朝鲍照有《朗月行》，为吟咏明月佳人。李白此诗同样为咏月之作，但主旨有所不同。李白此诗前半部分咏月，谓儿时将明月误称为白玉盘，又觉得像瑶台仙镜。接着引用白兔捣药等神话传说，进一步增加了咏月的神秘色彩。后半部分描写月亮被蟾蜍所蚀，诗人感叹上古有后羿射日，现在却无英雄除去此蟾蜍，使月亮变得沉沦不清，不再值得观赏，诗人面对此景也是悲怆不已。李白此诗应该是针对时局有所寄寓。历代对于此诗的看法也多有分歧。萧士赟曰："按此诗借月以引兴。日，君象；月，后象；盖为安禄山之叛兆于贵妃而作也。"明代胡震亨注："曲始鲍照，叙闺阁玩赏。白则借自刺阴之太盛，思去之。或似指太真妃言。便觉可疑、可问。"清代沈德潜《唐诗别裁》点评"蟾蜍"二句："暗指贵妃能惑主听。"又曰："与《古风》中'蟾蜍薄太清'篇同意，但《古风》指武惠妃，此指杨贵妃，各有主意也。"

小时不识月，呼作白玉盘。又疑瑶台镜①，飞在青云端。仙人垂两足，桂树何团团②？白兔捣药成③，问言与谁餐？

蟾蜍蚀圆影^④，大明夜已残^⑤。羿昔落九乌^⑥，天人清且安。阴精此沦惑^⑦，去去不足观^⑧。忧来其如何？恻怆摧心肝^⑨。

【注释】 ①瑶台：传说中神仙居住的地方。

②"仙人"二句：古代传说，月亮里有仙人和桂树，月初生时，只见仙人两足，月亮变圆后，就看见仙人全形和桂树。《初学记》："虞喜《安天论》曰：'俗传月中仙人桂树，今视其初生，见仙人之足渐已成形，桂树后生。'"团团：圆圆的样子。

③"白兔"句：传说月中有白兔捣药。晋傅玄《拟天问》："月中何有？白兔捣药。"

④"蟾蜍"句：传说月中有蟾蜍会蚀月。《淮南子·说林训》："月照天下，蚀于詹诸。"高诱注："詹诸，月中虾蟆，食月，故曰'蚀于詹诸'。"

⑤大明：指月亮。

⑥"羿昔"句：指后羿射落九个太阳之事。

⑦阴精：月亮。张衡《灵宪》："月者，阴精之宗。"

⑧去去：远去，越去越远。为决绝之辞。

⑨恻怆：伤心之意。

【译文】 儿时不识天上月，误称明月为玉盘。又疑月是瑶台仙镜，飞在夜空青云之端。月中仙人垂下双足，桂树显现月亮圆圆。月中白兔捣成仙药，仙药送与谁人来食？

蟾蜍蚀月残缺月影，皎洁明月因此晦暗。昔日后羿射下九日，天上人间清宁平安。如今月亮沉沦模糊，已经不再值得观赏。我对此景心怀忧虑，悲怆之情催断肝肠。

上之回

【题解】此诗年代不详。上之回，乐府旧题，《乐府诗集》收于《鼓吹曲辞·汉铙歌》中。回，指回中宫，原为秦宫名。故址在今陕西陇县西北。秦始皇二十七年（前220）出巡陇西、北地（今宁夏和甘肃东部），东归时经过此地。汉文帝十四年（前166）匈奴从萧关（今宁夏固原东南）深入，烧毁此宫。西汉元封四年（前107），汉武帝自雍县（陕西凤翔南）北出萧关，复通回中道，原诗为赞扬此事而作。上之回，意谓皇上（指汉武帝）到达回中宫。《上之回》古辞为："上之回，所中益，夏将至，行将北，以承甘泉宫。寒暑德，游石关，望诸国，月氏臣，匈奴服。令从百官疾驰驱，千秋万岁乐无极。"即为赞扬汉武帝使西域各国，月支、匈奴等国臣服于汉。诗题因首句"上之回"三字而得名。李白这首诗借汉武帝出游甘泉宫之事，来讽喻唐玄宗有效仿周穆王沉溺于游宴饮乐之意，而无周文王和黄帝访贤求才之心。

三十六离宫①，楼台与天通②。阁道步行月③，美人愁烟空④。恩疏宠不及，桃李伤春风⑤。

淫乐意何极，金舆向回中⑥。万乘出黄道⑦，千旗扬彩虹。前军细柳北⑧，后骑甘泉东⑨。

岂问渭川老⑩，宁邀襄野童⑪？但慕瑶池宴⑫，归来乐未穷。

【注释】①三十六离宫：汉代在长安附近有三十六离宫。《后汉书·班固传》："离宫别馆，三十六所。"李贤注："《三辅黄图》曰：'上林有建章、承光等一十一宫，平乐、茧观等二十五，凡三十六所。'"离宫：正官之外供帝王出巡时居住的宫室。

②"楼台"句：王琦注："与天通，极言其高，与天相近也。"

③阁道：连结楼阁的通道。步行月：谓阁道高也。

④烟空：高空，缥缈的云天。

⑤桃李：桃花与李花。这里以"桃李"比喻美人。

⑥金舆（yú）：帝王乘坐的车轿。

⑦黄道：本指从地球上所看太阳的运行轨道。也指帝王出行所走的道路。萧士赟注："日，君象，故天子所行之道亦曰黄道。"

⑧细柳：地名，即长安细柳仓，在今陕西咸阳市西南，渭水北岸。西汉周亚夫驻军处。

⑨甘泉：汉宫名。故址在今陕西淳化西北甘泉山。本秦宫。汉武帝增筑扩建，北距长安三百里，可以望见长安城。

⑩渭川老：指姜太公吕尚。

⑪襄野童：古之得道者。《庄子·徐无鬼》记载，黄帝出访，行至襄城之野，迷失路途，向一牧马童子问路，又谈及治理国家之理。小童以除害马为喻，对为政之道作了阐述，黄帝再拜稽首，称天师而退。

⑫瑶池宴：用周穆王与西王母在瑶池饮宴相会的故事。事见《列子·周穆王》。后以"瑶池宴"比喻盛会。

【译文】长安城外有三十六离宫，楼台高耸入云与天相连。阁道凌空似可步入明月，美人怅然若失愁对烟空。天子的恩遇渐疏宠幸不再，桃李般的美人感伤春风中。

君王享乐之意没有穷尽，车驾出游去往回中离宫。万乘车驾奔驰黄道之上，千面旌旗飘扬白日之下。前军已到细柳营之北，后队还在甘泉宫之东。

天子此行是像周文王那样拜师于渭水老人姜子牙，还是像黄帝那样向襄野牧童咨询治国之道。原来只是羡慕周穆王的瑶池之宴，恣意游玩之后归来感觉其乐无穷。

独不见

【题解】此诗年代不详。独不见，乐府旧题，《乐府诗集》收于《杂曲歌辞》中，多描写闺中女子对丈夫的思念之情。李白此诗描写了闺妇对戍边丈夫的思念。前四句写丈夫在边塞，冒着风雪戍守。中间四句写春去秋来，闺妇独自伤悲。最后六句写门前桃树已从齐眉长到百尺高，可是还不见丈夫回来，只能徒然流泪，凄苦自知。此诗与卷四《塞下曲六首》其四，意旨略同，可能为一诗两传。

白马谁家子①，黄龙边塞儿②。天山三丈雪，岂是远行时？春蕙忽秋草③，莎鸡鸣曲池④。风催寒梭响⑤，月入霜闺悲⑥。忆与君别年，种桃齐蛾眉。桃今百余尺，花落成枯枝。终然独不见，流泪空自知。

【注释】①"白马"句：曹植《白马篇》："白马饰金羁，连翩西北驰。借问谁家子？幽并游侠儿。"此句用其意。

②黄龙：古代城池名。又名龙城。在今辽宁朝阳一带。这里泛指边塞地区。

③蕙：蕙兰，兰花的一种，春日开花。

④莎鸡：虫名。又名络纬。俗称纺织娘、络丝娘。

⑤寒梭：谓织布梭，谓家境贫寒，或冷天纺织，故称。

⑥霜闺：即秋闺。这里指秋天深居闺中的女子。

【译文】白马上是谁家的儿郎，正是黄龙边塞戍守人。天山如今雪有三丈厚，此时岂是远行的时候？春蕙倏忽间变成了秋草，曲池边纺织娘不停鸣叫。秋风中寒梭声更响，月光下秋闺女独悲。记与夫君分别的那年，门前的桃树与眉齐高。如今桃树高有百余尺，已经满树花落剩枯枝。始终不见丈夫归来，徒然流泪自知伤悲。

白纻辞三首

【题解】白纻辞，乐府旧题，《乐府诗集》收于《舞曲歌辞》中。白纻，指纻麻所织的布。晋、南朝时期江南民间有白纻舞。舞者穿轻纱般的白色长袖舞衣，故称。《宋书·乐志下》："《白纻舞》，案舞词有巾袍之言，纻本吴地所出，宜是吴舞也。"《白纻歌》，《乐府古题要解》："《白纻歌》古辞盛称舞者之美，宜及芳时行乐。其誉白纻曰：'质如轻云色如银，制以为袍余作巾，袍以光躯巾拂尘。'"李白此三首诗大约是在漫游江南时所作。

其一

【题解】此诗描写吴地女子曼妙歌舞的情景。基本拟照鲍照的《白纻辞》。王琦注："鲍照《白纻辞》：'朱唇动，素袖举，洛阳少年邯郸女。古称《绿水》今《白纻》，催弦急管为君舞。穷秋九月荷叶黄，北风驱雁天雨霜，夜长酒多乐未央。'太白此篇句法，盖全拟之。"

扬清歌，发皓齿。北方佳人东邻子①。且吟《白纻》停《绿水》②，长袖拂面为君起③。塞云夜卷霜海空，胡风吹天飘塞鸿。玉颜满堂乐未终。

【注释】①北方佳人：指李延年诗中的美人。《汉书·孝武李夫人传》："（李）延年侍上起舞，歌曰：'北方有佳人，绝世而独立。'"东邻子：指貌美的女子。宋玉《登徒子好色赋》："天下之佳人莫若楚国，楚国之丽者莫若臣里，臣里之美者莫若臣东家之子。"

②《绿水》：曲名。

③"长袖"句：化用沈约《冬白纻歌》："长袖拂面为君施。"

【译文】扬发清音，轻启皓齿。北方佳人和东邻子那样的美女。轻唱《白纻》《绿水》之曲，长袖拂面为君起舞。边塞夜空云卷霜海，胡天秋风飘摇飞鸿。满堂红颜曲乐未终。

其二

【题解】此诗描写了吴王馆娃宫中美女，翩翩起舞，歌声动人，希望得到君王的赏识，能够共结同心，像鸳鸯那样成双成对，同游天宇。全篇情景交融，别具韵味。

馆娃日落歌吹深①，月寒江清夜沉沉。美人一笑千黄金②，垂罗舞縠扬哀音③。郢中《白雪》且莫吟④，《子夜吴歌》动君心⑤。动君心，冀君赏。愿作天池双鸳鸯，一朝飞去青云上。

【注释】①馆娃：宫名。春秋时期吴王夫差为西施所造，故址在今苏州西南灵岩山上。

②一笑千黄金：指女子笑容娇美，一笑就价值千金。崔骃《七依》："回眸百万，一笑千金。"

③縠：轻纱。

④郢中：地名，曾为楚国都城。《白雪》：古歌曲名。郢中白雪：即曲高和寡的意思。语出宋玉《答楚王问》："客有歌于郢中者，其始曰《下里》《巴人》，国中属而和者数千人。其为《阳河》《薤露》，国中属而和者数百人。其为《阳春》《白雪》，国中属而和者不过数十人……是其曲弥高，其和弥寡。"后指美妙的音乐。

⑤《子夜吴歌》：晋曲名。相传为晋女子名子夜者所作，故名。

【译文】日落时馆娃宫中传来阵阵歌乐声，沉沉夜色中寒月照耀着清清江水。美人展颜一笑值千金，垂衣舞袖轻唱哀婉曲。切莫吟唱郢中《白雪》调,《子夜吴歌》最能动人心,倾动君心,望君恩赐。与君愿作天池双鸳鸯,有朝一日飞到青云上。

其三

【题解】这首诗写美女身穿吴地裁制的彩衣,光彩照人,边歌边舞,使听者沉醉忘归,共度良宵。

吴刀剪彩缝舞衣①,明妆丽服夺春辉。扬眉转袖若雪飞,倾城独立世所稀②。《激楚》《结风》醉忘归③,高堂月落烛已微,玉钗挂缨君莫违④。

【注释】①吴刀:吴地所产剪刀。彩:指彩色的织物。

②倾城独立:语出李延年诗,形容女子貌美。

③《激楚》《结风》:都是歌曲名。《上林赋》:"鄢郢缤纷,《激楚》《结风》。"《史记索隐》:"激,冲激,急风也。结风,回风,亦急风也。楚地风既自漂疾,然歌乐者犹复依激结之急风以为节,其乐促迅哀切也。"

④玉钗挂缨:司马相如《美人赋》:"玉钗挂臣冠,罗袖拂臣衣。"此处指男女欢情。

【译文】吴刀剪彩绸缝制缤纷舞衣,明妆配丽服光彩胜过春辉。她扬眉起舞转袖若雪飞,她容貌倾国倾城世少见。《激楚》《结风》之曲令人沉醉忘归,明月落下高堂内烛光已暗淡,玉钗挂冠缨望君莫负一片心。

鸣雁行

【题解】此诗年代不详。鸣雁行,乐府旧题,《乐府诗集》收于《杂曲歌辞》中。又曰:"卫《匏有苦叶》诗曰:'雝雝鸣雁,旭日始旦。'郑康成云:'雁者随阳而处,似妇人从夫,故昏礼用焉。雝雝,声和也。'《鸣雁行》盖出于此。"鲍照有《鸣雁行》,内容为鸣雁失群,遭遇霜雪。李白此诗描写胡雁冒着被射杀的风险,从南向北进行迁徙,实则借物抒情,感叹谗言毁谤如暗箭一般,令人不胜防范。

胡雁鸣,辞燕山①,昨发委羽朝度关②。——衔芦枝③,南飞散落天地间。连行接翼往复还。

客居烟波寄湘吴④,凌霜触雪毛体枯。畏逢矰缴惊相呼⑤。闻弦虚坠良可吁⑥,君更弹射何为乎?

【注释】①燕山:在今河北省北部,西起八达岭,东到山海关。

②委羽:传说中的北方山名。这里代指北方。《淮南子·地形训》:"北方曰积冰,曰委羽。"高诱注:"委羽,山名也,在北极之阴,不见日也。"

③衔芦:口含芦草,大雁用以自卫的一种本能。古人认为雁衔芦而飞以防被矰弋所杀。《淮南子·修务训》:"夫雁顺风以爱气力,衔芦而翔以备矰弋。"高诱注:"未秀曰芦,已秀曰苇。矰,矢。弋,缴。衔芦所

以令缴不得截其翼也。"

④湘吴:湘指湖南,吴指江苏南部。这里泛指南方。

⑤矰(zēng)缴(zhuó):系有丝绳的射鸟短箭。矰,系着丝绳的短箭。缴,箭上的丝绳。

⑥闻弦虚坠:指曾受箭伤,闻弓弦声而惊堕的鸟。比喻受过惊吓而遇事惶惶的人。典出《战国策·楚策四》:"更羸与魏王处京台之下,仰见飞鸟。更羸谓魏王曰:'臣为王引弓虚发而下鸟。'魏王曰:'然则射可至此乎?'更羸曰:'可。'有间,雁从东方来,更羸以虚发而下之。魏王曰:'然则射可至此乎!'更羸曰:'此孽也。'王曰:'先生何以知之?'对曰:'其飞徐而鸣悲。飞徐者,故疮痛也;鸣悲者,久失群也。故疮未息而惊心未去也,闻弦音,引而高飞,故疮陨也。'"

【译文】胡雁长鸣,辞别燕山,昨天刚从委羽山出发,今早便飞过了雁门关。它们个个口衔芦枝,向南飞去,散落天地之间。它们成行比翼翱翔不断往返于此间。

胡雁寄居湘、吴烟波浩渺之地,身体被霜雪侵袭而羽毛干枯。担心被弓箭射落而惧怕鸣叫。就是弓弦虚响也能惊落下来,诸君怎忍心还要射杀它们?

妾薄命

【题解】此诗年代不详。妾薄命,乐府旧题,《乐府诗集》收于《杂曲歌辞》中。内容多为悲叹红颜薄命。《乐府解题》:"《妾薄命》，曹植'日月既逝西藏'，盖恨宴私之欢不久。如梁简文云：'名都多丽质。'伤良人不返，王嫱远聘，卢姬嫁迟也。"李白这首诗描述了汉武帝时陈皇后失宠之事，抒发了诗人对陈皇后不幸命运的感慨。最后"以色事他人，能得几时好？"二句为画龙点睛之笔。

　　汉帝重阿娇，贮之黄金屋①。咳唾落九天，随风生珠玉②。宠极爱还歇，妒深情却疏③。长门一步地，不肯暂回车④。

　　雨落不上天，水覆难再收。君情与妾意，各自东西流⑤。昔日芙蓉花，今成断根草⑥。以色事他人，能得几时好？

　　【注释】①"汉帝"二句：用金屋藏娇的故事。汉帝，即汉武帝。阿娇，汉武帝陈皇后小名。《汉武故事》："武帝数岁，长公主抱置膝上，问曰：'儿欲得妇否？'指左右长御百余人，皆云不用。指其女阿娇好否，笑对曰：'好。若得阿娇作妇，当作金屋贮之。'"

　　②"咳唾"二句：形容阿娇得宠时之高贵，咳唾飞沫似从九天落下，随风化为珠玉。语本《庄子·秋水》："子不见夫唾者乎？喷则大者为珠，小者为雾，杂而下者不可胜数也。"

　　③"宠极"二句：《汉武故事》："（武帝）年十四即位，长公主求欲无厌，皇后（阿娇）宠遂衰，骄妒滋甚。女巫楚服自言有术，能令上意回，昼夜祭祀。上闻，废皇后，处长门宫。"

　　④"长门"二句：指虽离长门宫只有一步之遥，但汉武帝却不肯回车去看望阿娇。

　　⑤东西流：指水东西分流，比喻夫妻分离。

　　⑥断根草：比喻失宠。

【译文】汉武帝宠爱阿娇的时候，要为她建造金屋来居住。阿娇咳唾飞沫似从九天落下，随风可以化为珠玉。恩宠到极点就会衰退，骄妒太甚则日渐疏远。即使只相距长门宫一步之遥，武帝也不肯回车去看望阿娇。

雨落地面难再回天，覆水倾倒不能重收。武帝与阿娇的情意，就像流水各奔东西。昔日娇艳的芙蓉花，今朝却成了断根草。以姿色侍奉君王，又能得宠多久呢？

幽州胡马客歌

【题解】此诗年代不详。幽州胡马客歌，乐府旧题，《乐府诗集》收于《横吹曲辞·梁鼓角横吹曲》中。胡震亨注："梁鼓角横吹本词言剿儿苦贫，又言男女燕游。太白则依题立义，叙边塞逐虏之事。"幽州，唐时州名。治所在今北京市。李白此诗承乐府旧题而作，首段描写了一个勇猛善战的胡人，不顾死难而报国。次段描写匈奴人的生活，以及好杀凶残的性格。最后诗人感慨古之良将今已不存，士卒疲敝良为可叹。希望能早日结束战争，父子团聚，安居乐业。

幽州胡马客，绿眼虎皮冠①。笑拂两只箭，万人不可干②。弯弓若转月，白雁落云端。双双掉鞭行③，游猎向楼兰④。出门不顾后，报国死何难？

天骄五单于⑤，狼戾好凶残⑥。牛马散北海⑦，割鲜若虎餐。虽居燕支山⑧，不道朔雪寒⑨。妇女马上笑，颜如赪玉盘⑩。翻飞射鸟兽，花月醉雕鞍。旄头四光芒⑪，争战若蜂攒。白刃洒赤血，流沙为之丹⑫。

名将古谁是？疲兵良可叹。何时天狼灭⑬，父子得闲安？

【注释】①绿眼：指胡人眼睛为绿色。

②干：冒犯。

③掉鞭：挥鞭。

④楼兰：古国名，故址在今新疆省若羌县境。《汉书·西域传》："鄯善国，本名楼兰，王治扜泥城，去阳关千六百里，去长安六千一百里。然楼兰国最在东垂，近汉，当白龙堆，乏水草，常主发导，负水儋粮，迎接汉使。"

⑤天骄：汉时匈奴自称为天之骄子。五单于：《汉书·匈奴传》载，汉宣帝时匈奴曾分为五单于，即呼韩邪单于、屠耆单于、呼揭单于、车犁单于、乌藉单于。

⑥狼戾：凶狼，暴戾。

⑦北海：匈奴地名，即今俄罗斯贝加尔湖。

⑧燕支山：又名焉支山。在甘肃省永昌县西，山丹县东南。山势险要，历代驻兵防守。汉将霍去病曾越此山大破匈奴。匈奴失去祁连、焉支二山，乃歌曰："亡我祁连山，使我六畜不蕃息；失我焉支山，使我妇女无颜色。"

⑨不道：不觉，不知。

⑩赪（chēng）：红色。

⑪旄头：即昴星，星名。二十八星宿之一。传说旄头星，主大水或胡兵大起。

⑫流沙：《汉书·地理志》张掖郡居延县："居延泽在东北，故以为流沙。"泛指我国西北的沙漠地区。

⑬天狼：星名，大犬星座的主星，主侵掠。

【译文】幽州胡人骑乘马上，碧绿眼睛戴虎皮冠。谈笑之间拔出两只箭，纵有万人也不敢冒犯。他弯弓如满月，射落云中白雁。他和同伴双双挥鞭，纵马前往楼兰游猎。义无返顾走出家门，报国而死又有何难？

自称天骄的匈奴五单于，他们暴戾凶残生性好杀。他们牛马遍及北海，生食如同虎豹吞咽。他们虽然住在燕支山，却不惧怕北方风雪寒。族中妇女马上嬉笑，脸色犹如红润玉盘。她们马上翻飞射杀禽兽，花月之下醉酒横卧雕鞍。旄头星光芒四射，四方争战如蜂聚。刀剑白刃沾满血迹，北方流沙染成鲜红。

古时名将今又有谁？疲兵不振实在可叹。何时射灭天狼星，天下父子得安闲？

门有车马客行

【题解】此诗大约为乾元二年（759）所作。门有车马客行，乐府旧题，《乐府诗集》收于《相和歌辞·瑟调曲》中。乐府古辞内容大多为问询客人。《乐府解题》："曹植等《门有车马客行》皆言问讯其客，或得故旧乡里，或驾自京师，备述市朝迁谢、亲戚凋丧之意也。"李白此诗除了问询故老外，还表现出对人生艰难和时世无常的感叹。

门有车马宾，金鞍曜朱轮①。谓从丹霄落②，乃是故乡亲。呼儿扫中堂，坐客论悲辛。对酒两不饮，停觞泪盈巾③。

叹我万里游，飘飖三十春④。空谈霸王略，紫绶不挂身⑤。雄剑藏玉匣，阴符生素尘⑥。廓落无所合⑦，流离湘水滨。

借问宗党间⑧，多为泉下人⑨。生苦百战役，死托万鬼邻。北风扬胡沙，埋翳周与秦⑩。大运且如此⑪，苍穹宁匪仁⑫? 恻怆竟何道⑬? 存亡任大钧⑭。

【注释】①朱轮：古代王侯显贵所乘的车子。因用朱红漆轮，故称。

②丹霄：天空。这里代指京城。

③觞：酒杯。

④飘飖（yáo）：流落，飘泊。

⑤霸王略：指辅佐君主，能称王称霸的谋略。紫绶：古代高官系印的紫色丝带。

⑥"雄剑"二句：比喻自己怀才不遇。雄剑，指春秋时吴国干将所铸二剑之一。《搜神记》记载：春秋时，干将、莫邪夫妇铸成一雄一雌二剑，皆为天下名器。阴符：古兵书名。《战国策·秦策》："（苏秦）乃夜发书，陈箧数十，得太公《阴符》之谋。"

⑦廓落：空寂的样子。宋玉《九辩》："廓落兮羁旅而无友生。"吕延济注："廓落，空寂也。"

⑧宗党：宗族，乡党。

⑨泉下人：死去之人。

⑩ "北风"二句：指安史之乱，洛阳与长安陷落。北风：指安禄山之乱。埋翳（yì）：掩埋，掩盖。周与秦：借指长安和洛阳。

⑪大运：天运。

⑫苍穹：苍天。匪，通"非"。

⑬恻怆：悲忧、哀伤。

⑭大钧：大自然，造化。

【译文】门前有宾客乘车马而来，车驾朱轮金鞍光彩夺目。他自称从京城而来，原来是我故乡之人。招唤小儿打扫中堂待客，坐与来客谈论人生悲辛。两人对坐酒难饮下，放下酒杯以巾拭泪。

哀叹自己漂泊万里，转眼过去三十春秋。空有满腹王霸之略，始终不得紫绶加身。就如宝剑藏在匣中，任由兵书积满灰尘。一生寂寥无所投合，独自流落湘水之滨。

探问乡里宗族亲友，多半已是黄泉之人。活着饱受战乱之苦，死去就与万鬼为邻。北风扬起胡沙，掩埋周、秦之地。天运尚且如此，难道苍天不仁？心中满是伤感凄怆，就让存亡随从天意。

君子有所思行

【题解】此诗年代不详。君子有所思行，乐府旧题，《乐府诗集》收于《杂曲歌辞》中。此乐府古辞原叙述宫室华丽而不足为久欢。《乐府解题》:"《君子有所思行》,晋陆机云:'命驾登北山',宋鲍照云:'西上登雀台',梁沈约云:'晨策终南首',其旨言雕室丽色不足为久欢,宴安鸩毒,满盈所宜敬忌,与《君子行》异也。"李白此诗首段描写长安的恢宏。接着写唐朝的人文、典章、制度和国势的鼎盛。文有伊尹和皋陶那样的贤臣,武有卫青、霍去病那样的良将。末段点明主旨。即月有圆缺,日有中昃。应该学习疏广早日散金,不作齐景公牛山之涕。

紫阁连终南①,青冥天倪色②。凭崖望咸阳③,宫阙罗北极④。万井惊画出⑤,九衢如弦直⑥。渭水清银河⑦,横天流不息⑧。

朝野盛文物,衣冠何翕赩⑨!厩马散连山,军容威绝域⑩。伊皋运元化⑪,卫霍输筋力⑫。

歌钟乐未休⑬,荣去老还逼。圆光过满缺⑭,太阳移中昃⑮。不散东海金⑯,何争西辉匿⑰?无作牛山悲⑱,恻怆泪沾臆⑲。

【注释】①紫阁:终南山山峰名,在今陕西户县东南三十里,《陕西通志》:"紫阁峰,在西安府县东南三十里,旭日射之,烂然而紫。其形上耸,若楼阁然。"终南:即终南山,今西安市南的秦岭山脉。

②青冥:青天、苍天。天倪:天边。

③咸阳:今陕西咸阳市。

④北极:《尔雅·释天》:"北极,谓之北辰。"《晋书·天文志》:"北极五星,勾陈六星,皆在紫宫中。北极,北辰最尊者也。"王琦注:"此以喻天子之居,而言宫阙罗列于其中也。"

⑤万井:指街巷纵横如井字。王琦注:"郑玄《周礼注》:'方百里

为一同, 积万井九万夫。'此借用其字, 作里巷解。"

⑥九衢: 四通八达的道路。

⑦渭水: 在今陕西西安市城北。

⑧横天: 横越天空, 横陈天空。

⑨翕(xī)赩(xì): 光色盛貌。

⑩绝域: 极其遥远的地方。

⑪伊皋: 指商汤的宰相伊尹和舜时的贤臣皋陶。元化: 造化。

⑫卫霍: 汉武帝时的名将卫青和霍去病。筋力: 气力。

⑬歌钟: 伴唱的编钟。

⑭圆光: 即满月, 指农历十五或十六的月亮。

⑮中昃(zè): 日过午而渐西斜。

⑯"不散"句: 用汉东海人疏广散金的典故。《汉书·疏广传》记载: "疏广, 东海兰陵人也。为太傅五岁, 上疏乞骸骨, 上以其年笃老, 皆许之, 加赐黄金二十斤, 皇太子赠以五十斤。广既归乡里, 日令家共具设酒食, 请族人故旧宾客, 与相娱乐。数问其家, 金余尚有几所, 趣卖以共具。曰: '此金者, 圣主所以惠养老臣也, 故乐与乡党宗族共飨其赐, 以尽吾余日, 不亦可乎? '"

⑰西辉匿: 夕阳之光落没。

⑱牛山悲: 指春秋时齐景公登牛山而感叹年华不再之事。事见《晏子春秋》《韩诗外传》《列子》等。

⑲泪沾臆: 泪水浸湿胸前。

【译文】紫阁峰高耸与终南山相连, 山色苍莽一直绵延到天边。凭崖远眺咸阳城, 城中宫阙拱绕北极。万巷纵横如笔画出, 四通八达似弦笔直。渭水清清好像银河, 横越天际奔流不息。

朝野文化典章兴盛，衣冠礼教何其繁荣。厩马散布连山遍野，军容浩荡威震远方。文有伊尹和皋陶那样的良臣调和阴阳，武有卫青、霍去病那样的武将为国效力。

歌钟之乐尚未休止，荣华已逝岁月相逼。月亮圆满之后就会缺损，太阳过了中午就会西斜。不如学东海疏广那样散尽家财，何必争那夕阳西下时的光辉呢？不要学齐景公作牛山之悲，因人生短暂而恻怆泪沾襟。

东海有勇妇　代关中有贞女

【题解】此诗大约是天宝四载（745）所作，讲述了东海郡一位勇妇舍身为夫报仇的故事。此诗《乐府诗集》收于《舞曲歌辞·鼙舞歌》中。王琦注："按《晋书》：《关东有贤女》乃《鼙舞》旧曲五篇之一，其辞已亡。'关中有贞女'当是'关东有贤女'之讹。"诗中提到的"北海李使君"应是李邕，世称李北海。全诗歌颂了勇妇为夫报仇的大义行为。全诗开篇引用杞梁妻哭倒梁山的故事，来说明精诚所至金石为开的道理，由此引出东海勇妇一心为夫报仇的大义凛然。然后细致地描写了勇妇与仇人搏杀的情景，以及手刃仇人，悬首城门的过程。北海郡太守李邕，将此事上奏朝廷，赦免了勇妇的罪过，以褒奖大义，警示风俗。诗人以缇萦和津妾的例子，来说明女子也同样可以深明大义，不逊于男儿。最后以春秋时著名刺客豫让和要离的事迹做比较，认为东海勇妇的大义要远高于他们。《唐宋诗醇》点评此诗："辞气甚古，写出义烈之情，凛凛有生气。"

梁山感杞妻，恸哭为之倾①。金石忽暂开，都由激深情②。

东海有勇妇，何惭苏子卿③。学剑越处子④，超腾若流星⑤。捐躯报夫仇，万死不顾生。白刃曜素雪，苍天感精诚。十步两躩跃⑥，三呼一交兵⑦。斩首掉国门⑧，蹴踏五藏行⑨。豁此伉俪愤⑩，粲然大义明⑪。

北海李使君⑫，飞章奏天庭⑬。舍罪警风俗⑭，流芳播沧瀛⑮。志在列女籍⑯，竹帛已光荣⑰。

淳于免诏狱，汉主为缇萦⑱。津妾一棹歌，脱父于严刑⑲。十子若不肖⑳，不如一女英。

豫让斩空衣，有心竟无成㉑。要离杀庆忌，壮夫素所轻。妻子亦何辜？焚之买虚声㉒。岂如东海妇，事立独扬名！

【注释】①"梁山"二句：《列女传》记载，战国时齐国大夫杞梁殖战死，其妻枕尸痛哭，城垣为之倒塌。曹植《精微篇》："杞妻哭死夫，梁山为之倾。"与《列女传》记载有异。此处引用曹植诗。

②"金石"二句：汉刘向《新序·杂事》："昔者，楚熊渠子夜行，见寝石，以为伏虎，关弓而射之，灭矢饮羽。下视，知石也。却复射之，矢摧无迹。熊渠子见其诚心而金石为之开，况人心乎？"此处用其意。

③苏子卿：汉苏武的字，应为"苏来卿"。王琦注："苏子卿无报仇杀人事。以此相拟，殊非伦类。按曹植《精微篇》：'关东有贤女，自字

苏来卿。壮年报父仇,身没垂功名。'是知'苏子卿'乃'苏来卿'之误也。"

④越处子:春秋时越国的一个女剑侠。详见本卷《结客少年场行》注。

⑤超腾:跳跃。

⑥躩(jué):跳跃。

⑦交兵:交战。

⑧掉:同"吊",悬挂。国门:城门。

⑨蹴:踢。五藏:即五脏。

⑩豁:排遣、发泄。伉俪:夫妻。

⑪粲然:鲜亮发光的样子。

⑫北海:即青州。天宝元年(742)改为北海郡,治所在今山东青州市。李使君:即李邕,天宝四载(745)任北海太守,世称李北海。使君,对州郡刺史、太守的尊称。

⑬飞章:报告急变或急事的奏章。天庭:代指朝廷。

⑭舍:通"赦"。免罪或免罚。

⑮沧瀛:东方海隅之地。又指沧州(今河北沧州市一带)、瀛州(今河北河间市一带),都与青州北海郡邻近。此句谓其声名远播于旁郡。

⑯列女籍:指专记贞烈女子事迹的书籍。

⑰竹帛:指史籍典策。

⑱"淳于"二句:用缇萦救父的故事。《史记·扁鹊仓公列传》记载,汉文帝四年(前176),齐太仓令淳于意因罪,将要受肉刑而被押送到长安,他的小女儿缇萦上书天子,愿意舍身为父赎罪。天子怜悯其意,于是下令废除肉刑。诏狱:奉旨关押犯人的监狱。

⑲ "津妾"二句：津妾：春秋时赵国河津吏之女。《列女传·辩通》记载，春秋时晋将赵简子南击楚国，预先与津吏约好渡河的日子，到了当天，津吏醉酒而不能摆渡，赵简子要杀他。津吏之女告诉赵简子其父是因为祈祷河神，而被巫祝灌醉的，自己情愿代父而死。赵简子不许。后她又请求待其父醒后，宣明罪行再杀。赵简子同意了。渡河时，缺少摆渡人，津吏之女自请摇橹，行至江中而唱《河激》之歌。为其父陈情并对赵简子祝福，赵简子大悦，赦免其父罪，并娶她为妻。

⑳ 不肖：品行不好，没有出息。

㉑ "豫让"二句：豫让：战国时的刺客。《战国策·赵策》记载，豫让曾受知伯的宠幸，后知伯被赵襄子所杀，豫让为给知伯报仇，两次刺杀赵襄子不成，被赵襄子所擒。豫让请以赵襄子的衣服，并拔剑击之，以示报仇之意。赵襄子深感其义，就把衣服交给豫让。豫让拔剑三跃，呼天而击之。曰："而可以报知伯矣。"遂伏剑而死。

㉒ "要离"四句：要离：春秋时吴国刺客。《吴越春秋·阖闾内传》记载，吴王阖闾欲刺杀吴王僚之子庆忌。庆忌当时在卫国。要离自请去刺杀庆忌，为了取得庆忌的信任，让吴王焚杀其妻、子，并砍断自己的右手，假装负罪出逃，取得庆忌的信任。庆忌与要离一起坐船时，被要离刺死，要离也自杀而死。

【译文】梁山被杞梁妻至诚所感，因为她的恸哭为之倾倒。金石之所以能开，都由于至情所激。

东海郡有位勇妇，毫不逊于苏子卿。她拜越处子那样的高人学剑，能够奔腾跳跃疾若流星。她舍身替夫报仇，纵万死也不后悔。她手中的锋刃如霜雪耀眼，苍天都被她的至诚所感动。她十步两跳跃奋勇来搏斗，连连大喝与仇人兵器相交。最终将仇人首级斩下悬于城门，她脚踏着仇人的尸体慷慨激昂。她为夫报仇尽到夫妻情，她的大义粲然被人称颂。

北海郡太守李邕，将此事上报朝廷。赦免其罪来垂诫风俗，使她的美名远播四海。她的事迹记载烈女传中，收藏于史册流传于后世。

淳于意能够免于牢狱之灾，是因其女缇萦上书汉文帝。津吏之女对赵简子一曲棹歌，使其父免于死罪的严刑处罚。如果十个儿子都不成器，还不如有个英气的女儿。

豫让只能空斩赵襄子的衣服以示报仇，虽有心想报知伯之恩却最终没有成事。春秋时刺杀庆忌的要离，素来被历代壮士所轻视。他的妻子孩子又有什么罪过？他让吴王焚杀妻儿只求虚名。何能与东海勇妇相比，事迹昭彰而留下美名！

黄葛篇

【题解】此诗年代不详。黄葛篇，李白自创的乐府新题。《乐府诗集》收于《新乐府辞·乐府杂题》中，这首小诗清新婉转，描述了闺中女子采葛为夫制衣的过程，表达了妻子对丈夫的殷殷思念之情。胡震亨曰："清商吴曲《前溪歌》：'黄葛结蒙笼，生在洛溪边。'白取'黄葛'命篇以此。本曲以葛花逐流不还，喻欢情不终。此言织葛寄远，欲其无轻掷，似另出一意而实合。"

黄葛生洛溪①，黄花自绵幂②。青烟蔓长条③，缭绕几百尺。

闺人费素手，采缉作絺绤④。

缝为绝国衣⑤，远寄日南客⑥。苍梧大火落⑦，暑服莫轻掷。此物虽过时，是妾手中迹。

【注释】①黄葛：葛之一种。茎皮纤维可织葛布或作造纸原料者。

②绵幂：稠密地覆盖着。

③青烟：形容黄葛枝叶繁茂。

④絺（chī）绤（xì）：葛布的统称。葛之细者曰絺，粗者曰绤。引申为葛服。

⑤绝国：极遥远之邦国。

⑥日南：郡名。即驩州。汉时设置，唐时属岭南道。在今越南义安省荣市。

⑦苍梧：郡名，即梧州。唐属岭南道。今广西梧州市。大火：星宿名，即心宿，十二星次之一。大火落指心宿西落，时令进入秋季。

【译文】洛溪边生满了黄葛，黄色的葛花密密麻麻。长长的蔓条如青烟笼罩，蜿蜒缭绕有几百尺长。闺中少妇伸出纤纤素手，采摘葛藤捻丝织成葛布。

她缝制偏远之地所用的葛衣，做好后寄给日南守边的丈夫。那时恐怕苍梧大火星已经西落，但千万不要轻易就把葛衣扔掉。虽然已过穿葛衣的时节，但它可是妾身亲手所制。

卷四　乐府三

白马篇

【题解】白马篇,乐府旧题,《乐府诗集》收于《杂曲歌辞》中。古辞内容多为报效国家,建功立业。《乐府解题》:"鲍照云:'白马骍角弓',沈约云:'白马紫金鞍',皆言边塞征战之事。"胡震亨《李诗通》:"曹植《齐瑟行》:'白马饰金羁。'言人当李公边塞,白拟为《白马篇》。诗义同。"李白此诗约作于开元年间,当时李白初入长安,与五陵子弟相识,写下此诗一方面抒发自己渴望建功立业的豪情,另一方面也表达了对五陵子弟嚣张跋扈,不可一世的嘲讽。萧士赟《分类补注李太白诗》:"此诗寓贬于褒,寄扬于抑,深得《国风》之旨,读者宜细味之。"

龙马花雪毛①,金鞍五陵豪②。秋霜切玉剑③,落日明珠袍④。斗鸡事万乘⑤,轩盖一何高⑥!弓摧南山虎⑦,手接太行猱⑧。酒后竞风彩，三杯弄宝刀。杀人如剪草，剧孟同游遨。发愤去函谷^⑨，从军向临洮^⑩。叱咤经百战，匈奴尽奔逃。归来使酒气^⑪，未肯拜萧曹^⑫。羞入原宪室^⑬，荒径隐蓬蒿。

【注释】①龙马：《周礼·夏官·廋人》："马八尺以上为龙。"因以"龙马"指骏马。

②五陵：汉代五个皇帝的陵墓，即高祖长陵、惠帝安陵、景帝阳陵、武帝茂陵、昭帝平陵，都位于长安附近。当时富家豪族和外戚都居住在五陵附近，因此后世诗文常以五陵为富豪人家聚居之地的代称。

③秋霜：形容剑光的肃杀。切玉：形容剑刃的锋利。

④明珠袍：镶珠的衣袍。

⑤斗鸡：唐玄宗酷爱斗鸡，有市井之人以擅长斗鸡而身价直比公卿。见卷一《古风》其二十四"大车扬飞尘"注。万乘：指天子。周制，天子地方千里，出兵车万乘，诸侯地方百里，出兵车千乘，故称天子为"万乘"。

⑥轩盖：带篷盖的车。显贵者所乘。

⑦"弓摧"句：用晋代周处的故事。《晋书·周处传》："南山白额猛兽为患，周处入山，射杀猛兽。"唐人编《晋书》避先祖李虎的讳，称"虎"为"兽"。

⑧猱：古书上说的一种猿猴。

⑨函谷：即函谷关，古关为战国秦置，在今河南灵宝县境。因其路在谷中，深险如函，故名。

⑩临洮：古县名。在今甘肃岷县一带，因临洮水而命名。

⑪使酒气：因酒使气。《汉书·灌夫传》："夫为人刚直使酒。"颜师古注："使酒，因酒而使气。"

⑫萧曹：西汉名相萧何和曹参。

⑬原宪：字子思，春秋时鲁国人，孔子的弟子，能安贫乐道。《史记·仲尼弟子列传》记载，孔子去世后，原宪就隐居草泽。子贡在卫国为相，来拜访原宪。原宪着破衣冠来见子贡。子贡耻之，问他是否有病。原宪说："无财者谓之贫，学道而不能行者谓之病。若宪，贫也，非病也。"子贡羞惭而去。

【译文】神俊的龙马毛色如雪花，金鞍上是五陵豪门子弟。佩戴的宝剑锋刃如秋霜切玉如削泥，衣袍镶缀着如落日般耀眼的明珠。他凭借斗鸡之技侍奉皇上，乘坐的车驾轩盖多么高昂！他们张弓射杀南山猛虎，伸手能搏太行飞猱。他们酒后竞逞风采，三杯下肚挥舞宝刀。他们杀人如同剪草，与剧孟般侠士同游。他们发愤去往函谷关，跟随大军去到临洮前线。他们叱咤风云身经百战，打败匈奴使其四处奔逃。杀敌归来依仗酒气，不肯俯首下拜宰相。他们羞于居住在原宪之居，那里荒径隐没在蓬蒿之中。

凤笙篇

【题解】此诗年代不详。凤笙篇，乐府旧题，《乐府诗集》收于《清商曲辞》中。这首诗可能是李白送友人去求道的送别诗。这首诗既道出了他对友人的惜别之情，也表达了自己对修仙访道的渴慕。全诗对仗工整，意蕴高邈，别情动人。

仙人十五爱吹笙，学得昆丘彩凤鸣①。始闻炼气餐金液②，复道朝天赴玉京③。玉京迢迢几千里，凤笙去去无穷已。欲叹离声发绛唇，更嗟别调流纤指。此时惜别讵堪闻？此地相看未忍分。重吟真曲和清吹，却奏仙歌响绿云。绿云紫气向函关④，访道应寻缑氏山⑤。莫学吹笙王子晋，一遇浮丘断不还。

【注释】①"仙人"二句：用王子乔故事。《列仙传》记载，王子乔，是周灵王太子晋。喜好吹笙，能发出凤鸣。游历于伊水和洛水之间。被浮丘公引上嵩山学道，后乘白鹤飞仙而去。昆丘：即昆仑山。

②炼气：道家指通过吐纳导引等练习，以求长生的一种方法。

③玉京：道家称天帝所居之处。

④"绿云"句：用老子出关的典故。《史记·老子韩非列传》："于是老子乃著书上下篇，言道德之意五千余言而去，莫知其所终。"司马贞索隐引汉刘向《列仙传》："老子西游，关令尹喜望见有紫气浮关，而老子果乘青牛而过也。"后遂以"紫气东来"表示祥瑞。函关：即函谷关。

⑤缑氏山：山名，传说为王子乔成仙之处。《元和郡县志》："缑氏山，在河南府缑氏县东南二十九里，王子晋得仙处。"

【译文】您这位仙人十五岁时就喜爱吹笙，学会好似昆仑山彩凤鸣叫的笙音。初始听说你正在炼气服金液，后又听说你志在玉京朝天帝。玉京遥遥不知有几千里，您吹凤笙离去越来越远。红唇轻启吹出分离之叹息，纤指拨动发出相别之嗟叹。此时惜别怎堪听闻此音？此地相看不忍就此而分。不如再来一曲全真清吹，让这神仙真曲响彻云霄。像老子那样绿云紫气飘向函谷关，寻仙访道应该去往缑氏山。但不要像吹笙的王子晋，一遇到浮丘公就一去不还。

怨歌行　长安见内人出嫁,令予代为《怨歌行》

【题解】此诗年代不详。怨歌行,乐府旧题,《乐府诗集》收于《相和歌辞·楚调曲》中。此乐府旧题内容多为描写宫怨。李白此诗沿袭此意,描写宫妇宠爱被夺,君恩疏远。首段写宫妇受君王所爱,恩宠无比。次段写君王移情别恋,宫妇遗恨无穷。末段抒发宫怨。全诗紧扣一个"怨"字,写得沉郁哀婉,恨意悠悠。

十五入汉宫①,花颜笑春红②。君王选玉色③,侍寝金屏中④。荐枕娇夕月⑤,卷衣恋春风⑥。

宁知赵飞燕,夺宠恨无穷⑦。沉忧能伤人,绿鬓成霜蓬⑧。一朝不得意,世事徒为空。

鹔鹴换美酒⑨,舞衣罢雕龙。寒苦不忍言,为君奏丝桐⑩。肠断弦亦绝,悲心夜忡忡⑪。

【注释】①"十五"句:傅玄《怨歌行》:"十五入君门,一别终华发。"

②花颜:如花的容颜。春红:春日的红花。

③玉色:姿色如玉。这里喻指美女。

④金屏:锦帐。

⑤荐枕:侍寝。夕月:指夜间。

⑥卷衣:谓君王赠衣与所爱女子。语出乐府古题《秦王卷衣曲》。

《乐府古解题》："《秦王卷衣》，言咸阳春景及宫阙之美，秦王卷衣，以赠所欢也。"春风：比喻君王的恩泽。

⑦"宁知"二句：这里以赵飞燕喻指持宠专擅之人。

⑧绿鬓：乌黑而有光泽的鬓发。霜蓬：比喻散乱的白发。

⑨"鹔鹴"句：用司马相如故事。《西京杂记》："司马相如初与卓文君还成都，居贫愁懑，以所著鹔鹴裘就市人杨昌贳酒，与文君为欢。"鹔（sù）鹴（shuāng）裘：以鹔鹴鸟羽制成的裘衣，非常名贵。

⑩丝桐：指琴。古人削桐为琴，练丝为弦，故称。

⑪忡忡：忧愁烦闷的样子。

【译文】佳人十五就进入宫中，容颜真比春花还红艳。君王挑选诸美女，选她侍寝金屏中。月夜娇嗔君王枕席边，君王卷衣相赠恩宠多。

哪知一朝出现赵飞燕，夺走恩宠让她恨无穷。沉沉忧郁最能伤人心，乌黑青丝终成为白发。只要一朝失宠，万事都会成空。

以鹔鹴之裘换酒买醉，将舞衣收入雕花箱中。内心寒苦无法诉说，只能为君弹奏素琴。曲终肠断弦亦绝，寒夜伤悲心也愁。

塞下曲六首

【题解】塞下曲，《乐府诗集》收于《新乐府辞》中。《乐府诗集》云："《晋书·乐志》曰：'《出塞》《入塞》曲，李延年造。'唐又有《塞上》《塞下曲》，盖出于此。"其题旨主要是破敌戍边。

其一

【题解】这首诗为组诗中的第一首。诗中描写了边塞的艰苦环境，将士们奋勇作战的情景以及愿意为国守边的雄心壮志。全诗格调豪迈，气势雄壮。屈复《唐诗成法》点评："雪入春则无花，前言塞下寒若如此。五、六言其苦更甚。两层逼出'直为斩楼兰'，言外见庶不再来塞下受此苦也。意甚含蓄。"沈德潜《说诗晬语》："太白'五月天山雪，无花只有寒。笛中闻折柳，春色未曾看。'一气直下，不就羁缚。天然入妙，未易追摹。"

五月天山雪①，无花只有寒。笛中闻《折柳》②，春色未曾看。晓战随金鼓③，宵眠抱玉鞍。愿将腰下剑，直为斩楼兰④。

【注释】①天山：亚洲中部大山系，东段在中国新疆中部，西段在中亚。唐时称伊州、西州以北一带山脉为天山。也称白山、折罗漫山。伊州，今新疆哈密县；西州，今吐鲁番一带。

②《折柳》：即《折杨柳》，汉乐府曲名，属《横吹曲辞》，多用以惜别怀远。

③金鼓：古代作战指挥工具。鸣金为退兵号令，击鼓为进攻号令。

④楼兰：古西域国名，遗址在今新疆维吾尔自治区若羌县境，罗布泊西，处汉代通西域南道上。因居汉与匈奴之间，常持两端，或杀汉使，阻通道。元凤四年，汉遣傅介子斩其王安归，另立尉屠耆为王，更名为鄯善。傅介子以立功封侯。事见《汉书·西域传上》及《汉书·傅介子

传》。

【译文】五月的天山覆盖着厚厚的积雪，没有开放的花朵只有刺骨的严寒。只能在笛声中听到《折杨柳》，却从没有见过真正的春色。拂晓时将士听随金鼓声作战，夜晚时就拥抱马鞍酣然入眠。愿用腰间悬挂的宝剑，直斩楼兰而平定边疆。

其二

【题解】这首诗为组诗中的第二首，描写唐朝将士为了抵御胡人南侵，出兵北上，横戈百战以报皇恩。握雪为餐，露宿陇头，只为能够早日打败敌寇，然后才能高枕无忧。全诗表达了诗人渴望边疆早日安宁的愿望。

天兵下北荒①，胡马欲南饮②。横戈从百战，直为衔恩甚。握雪海上餐，拂沙陇头寝③。何当破月氏④，然后方高枕。

【注释】①天兵：指唐军。

②南饮：南下饮马，比喻南侵。

③"握雪"二句：这里形容士兵生活艰苦，餐雪为食，露宿陇沙。陇头：即陇山，这里泛指西北边塞地区。

④月氏：汉朝时西域国名。《汉书·西域传》："大月氏国，本居敦煌、祁连间，至冒顿单于攻破月氏，月氏乃远去，过大宛，西击大夏而臣之。都妫北为王庭，其余小众不能去者，保南山羌，号小月氏。"

【译文】唐军进兵北方边塞，胡人准备南下侵扰。将士横戈身经百战，只因身受皇恩太深。在沙海中握雪为餐，在陇头上露宿而眠。何时才能打败敌寇，然后就能高枕无忧。

其三

【题解】这首诗为组诗中的第三首。全诗先写唐朝将士出征之景，再写战胜匈奴的过程，最后写功成后独归将领一人，却不能遍及众将士。全诗大气磅礴，笔势壮丽，末句隐含对战士赏赐不均的委婉讽刺。

骏马如风飙^①，鸣鞭出渭桥^②。弯弓辞汉月，插羽破天骄^③。阵解星芒尽^④，营空海雾销。功成画麟阁^⑤，独有霍嫖姚^⑥！

【注释】①风飙：暴风。

②渭桥：即中渭桥，本名横桥，在今西安市北渭水上。秦都咸阳，渭水南有兴乐宫，渭水北有咸阳宫，以渭桥沟通二宫。

③插羽：腰间插着箭。天骄：上天的宠儿。汉时，匈奴人自称为"天之骄子"，意为匈奴为天所骄宠，故极强盛。后泛指边疆地区强盛的少数民族或其首领。

④阵解：解散战阵，指战争结束。星芒：客星的光芒。《后汉书·天文志》："客星芒气白为兵。"星芒尽，则指兵事消除。

⑤"功成"二句：麟阁：即麒麟阁，汉高祖时萧何所建，汉宣帝时将霍光等十一功臣的画像陈列其中，以示褒奖，后以"麒麟阁"泛指褒奖功臣之处。

⑥霍嫖姚：指汉武帝时名将霍去病，因曾任嫖姚校尉，故名。汉宣帝时画像于麒麟阁的是霍光，而不是霍去病。此处系作者之误。这句话是感叹功劳只归于将领一人，不能遍及所有战士。

【译文】骏马像疾风般奔驰，将士鸣鞭兵出渭桥。身背弯弓辞别汉地明月，腰插羽箭击破天骄胡人。战争结束星芒也随之尽失，军营空无一人海雾也已消散。功成之后画像麒麟阁中，却只有霍嫖姚一人而已。

其四

【题解】这首诗为组诗中的第四首，描写了在萧瑟的秋风中，思妇对戍边丈夫的深深思念。此诗与卷三《独不见》类似，疑为后人误编入《塞下曲》。

白马黄金塞①，云砂绕梦思②。那堪愁苦节③，远忆边城儿。萤飞秋窗满，月度霜闺迟。摧残梧桐叶，萧飒沙棠枝④。无时独不见⑤，泪流空自知。

【注释】①黄金塞：可能是边境地名。

②云砂：白云和黄沙。

③愁苦节：令人愁苦的季节，指秋天。

④萧飒：萧条冷落。沙棠：木名。木材可造船，果实可食。

⑤无时：时时。

【译文】白马奔驰在黄金塞，云沙萦绕在梦思中。怎能忍受这愁苦的秋日，心中想念边城戍守之人。秋窗外到处是萤火虫，闺房前冷月徘徊不去。梧桐叶被秋霜所摧残，沙棠枝在秋风中摇曳。唯独见不到思念之人，徒然流泪而伤心自知。

其五

【题解】 这首诗为组诗中的第五首。诗中描写了匈奴乘秋南下，汉家将士出征御敌。将军持掌虎竹，战士效命沙场。弓上弦而月影随之，剑出鞘而秋霜结花。强敌未退，焉能入玉门关，闺中少妇不必挂怀而不安。沈德潜《唐诗别裁》点评："只'弓如月'、'剑如霜'耳，笔端点染，遂成奇彩。结意亦复深婉。"

塞虏乘秋下，天兵出汉家。将军分虎竹^①，战士卧龙沙^②。边月随弓影，胡霜拂剑花。玉关殊未入^③，少妇莫长嗟！

【注释】 ①虎竹：铜虎符与竹使符的并称。虎符用以发兵；竹使符用以征调等。

②龙沙：本指白龙堆的沙漠，后泛指塞外沙漠之地。《后汉书·班超传》："坦步葱雪，咫尺龙沙。"李贤注："葱岭，雪山。白龙堆，沙漠也。"

③玉关：即玉门关，在今甘肃敦煌西北小方盘城，是当时通往西域的关隘。殊：副词，还，尚。

【译文】 胡人趁秋季草长马肥而南下，朝廷调遣汉家天兵前去迎战。将军带着虎符受命出兵，战士夜宿龙沙安营扎寨。边月弯如弓影，胡霜拂剑凝花。大军尚未进入玉门关，闺中少妇不要急于长叹！

其六

【题解】这首诗为组诗中的第六首，描写了边境沙漠的烽火燃起，匈奴入侵，烽火一直连到甘泉宫，照亮了天边浮云。天子大怒按剑而起，召来如飞将军李广那样的大将，率军出征，杀伐之气上冲云霄，战鼓之声陇底可闻。将士奋勇厮杀，一战而平定敌寇。全诗表现出将士们勇武无畏，奋勇杀敌的英雄气概。

烽火动沙漠，连照甘泉云①。汉皇按剑起②，还召李将军③。兵气天上合，鼓声陇底闻④。横行负勇气⑤，一战静妖氛⑥。

【注释】①甘泉：即甘泉宫，又名云阳宫，秦所建，位于陕西省淳化县甘泉山上，汉武帝时曾有扩建。

②汉皇：以汉喻唐，这里指唐朝天子。

③李将军：屡败匈奴的西汉名将李广，号"飞将军"。

④陇底：山坡之下。

⑤横行：纵横驰骋。负：仗恃，依靠。

⑥静妖氛：平定战乱。

【译文】烽火从大漠边境燃起，连绵映红了甘泉宫之云。大唐天子按剑而起，召来如李广的猛将。兵阵的杀气弥漫天空，震天的鼓声坡下可闻。凭借豪勇之气纵横战场，一战就将敌寇彻底平定。

来日大难

【题解】此诗年代不详。来日大难,乐府旧题,《乐府诗集》收于《相和歌辞·瑟调曲》中。《乐府古题要解》:"《善哉行》古词:'来日大难,口噪唇干。'言人命不可保,当乐见亲友,且求长生术,与王乔八公游焉。"王琦注:"《来日大难》,即古《善哉行》也,盖摘首句以命题耳。"李白此诗拟古辞而作,全诗抒发了诗人对世事艰辛,人生苦短的哀婉,以及对修仙出世的渴望。全诗飘逸狂放,寄兴深远。《唐宋诗醇》点评:"此篇本属寓言,白诗亦是拟古,辞旨恍惚,奇谲可喜,故存之以备一体。"

来日一身①,携粮负薪②。道长食尽③,苦口焦唇。今日醉饱,乐过千春④。

仙人相存⑤,诱我远学。海陵三山⑥,陆憩五岳⑦。乘龙上三天,飞目瞻两角⑧。授以神药,金丹满握。螮蛄蒙恩,深愧短促⑨。思填东海,强衔一木⑩。

道重天地,轩师广成⑪。蝉翼九五⑫,以求长生。下士大笑⑬,如苍蝇声。

【注释】①来日:即往日,昔日。此句意思是人生艰苦。
②负薪:背柴。
③道长:道路长远。

④千春：千年。形容岁月长久。

⑤存：恤问。

⑥三山：传说海上的蓬莱、方丈、瀛洲三座神山。

⑦五岳：即东岳泰山、西岳华山、南岳衡山、北岳恒山、中岳嵩山。

⑧"乘龙"二句：用黄帝鼎湖乘龙升仙之事。三天：《云笈七签》："三天者，清微天、禹馀天、大赤天是也。"

⑨"蟪蛄"二句：蟪（huì）蛄（gū）即寒蝉，生命短暂。《庄子·逍遥游》："蟪蛄不知春秋。"

⑩"思填"二句：用精卫衔木填海的故事。

⑪轩：即黄帝轩辕氏。广成：即广成子，古仙人，传说黄帝曾向他问道。

⑫"蝉翼"句：九五：九五之尊，指皇帝之位。王琦注："蝉翼九五，视九五天子之位如蝉翼之轻也。"

⑬下士：下愚的人。《老子》："上士闻道，勤而行之；中士闻道，若存若亡；下士闻道，大笑之。"

⑭苍蝇：《诗·齐风·鸡鸣》："匪鸡则鸣，苍蝇之声。"比喻进谗言的小人。

【译文】昔日一人出游，携粮背负柴薪。只因道远食尽，落得口干唇焦。今日酒醉饭饱，快乐度过千年。

仙人对我恤问，劝我远游学仙。渡海直飞三山，陆上休憩五岳。乘龙飞上三天，抬眼可见两角。亲授我以神药，金丹满握手中。人生蒙受天地之恩，却如蟪蛄生命短促。虽然一心想要报答，就如精卫衔木填海。

大道重于天地，轩辕问道广成。视帝位如蝉翼，舍天下求长生。下士闻此大笑，就如苍蝇之声。

塞上曲

【题解】此诗年代不详，疑为李白供奉翰林时所作。塞上曲，《乐府诗集》收于《新乐府辞·乐府杂题》中。《乐府诗集》引《晋书·乐志》曰："《出塞》《入塞》曲，李延年造。唐又有《塞上》《塞下曲》，盖出于此。"历代认为这首诗是赞颂唐太宗时期的武功之盛，以及描述了李靖击破突厥颉利可汗的史实。王琦注："此篇盖追美太宗武功之盛而作也。"李白此诗分为三段，首段写唐初突厥入侵渭桥，炫耀武力于五原。次一段写击败突厥，拓土阴山。最后一段写休战罢兵，四海廓清。陆时雍《唐诗镜》点评："一起韵度高雅，从容驰骤。大家作，当观其幅阔情深。"

大汉无中策①，匈奴犯渭桥②。五原秋草绿，胡马一何骄③。
命将征西极，横行阴山侧④。燕支落汉家，妇女无花色⑤。
转战渡黄河，休兵乐事多。萧条清万里⑥，瀚海寂无波⑦。

【注释】①中策：中等的计策。《汉书·匈奴传》："匈奴为害，所从来久矣。周、秦、汉征之，未有得上策者也。周得中策，汉得下策，秦无策焉。"

②匈奴：这里借指突厥。渭桥：指西渭桥，在今陕西咸阳西南渭水

之上，汉武帝造，因与长安城便门相对，叫便桥或便门桥。两《唐书·突厥传》记载，唐武德九年（626）七月，突厥颉利可汗率十万骑进袭武功（陕西武功县），长安戒严。癸未，颉利可汗侵至长安渭桥之北。李世民与侍中高士廉、中书令房玄龄等人骑马亲临渭水，与颉利可汗隔渭水而语，责其背约之举，颉利可汗请和，双方定下渭水之盟。此句即指这件事。

③"五原"二句：五原：指五原县，在今陕西定边县一带。两《唐书·突厥传》记载，突厥颉利建牙直五原之北，继承父兄之资，兵马强盛，有凭陵中原之志。

④"命将"二句：指唐太宗时李靖平定颉利可汗之事。

⑤燕支：山名，在今甘肃省山丹县境。因燕支山产染料，匈奴妇女拿来化妆。所以失此山，妇女即无颜色装饰，所以古歌有："失我燕支山，使我妇女无颜色。"

⑥萧条：寂寥冷清的样子。

⑦瀚海：唐诗中泛指蒙古高原大沙漠及其迤西今准噶尔盆地一带。

【译文】大汉没有应对匈奴的中策，使得匈奴的军队进逼渭桥。五原之地秋草碧绿，那里胡马骄悍无比。

朝廷派大军西征，纵横于阴山之侧。攻下胡地的燕支山，使胡人妇女无颜色。

大军转战渡过黄河，获胜休兵天下喜乐。从此天下万里廓清，茫茫瀚海归于平静。

玉阶怨

【题解】 此诗年代不详。玉阶怨，乐府旧题，《乐府诗集》收于《相和歌辞·楚调曲》中。内容多写"宫怨"，南齐诗人谢朓有《玉阶怨》："夕殿下珠帘，流萤飞复息。长夜缝罗衣，思君此何极。"李白此诗，拟谢朓而作。全诗抒写宫怨，却没有直接写"怨"，而是借景抒情，描写宫妇久立玉阶，企盼君王却不来，不觉已经夜深，罗袜也被露水打湿，无奈回到室内，放下水晶帘，却仍不愿就寝，回首遥望明月寄情。诗中虽无"怨"字，却处处能让人感受到无言之"怨"。全诗寄托深重，有一种含蓄之美。怨而不诽，颇有《风》《雅》气度，是一首风格特异，意味隽永的佳作。萧士赟《分类补注李太白诗》："太白此篇，无一字言怨，而隐然幽怨之意见于言外，晦庵所谓'圣于诗者'，此欤！"严羽评点《李太白诗集》云："上二句，行不得，住不得；下二句，坐不得，卧不得。赋怨之深，只二十字可当二千言。"桂天祥《批点唐诗正声》："怨而不怨，可入风雅，后之作者多少，无此浑雅。"

玉阶生白露，夜久侵罗袜[①]。却下水精帘[②]，胧胧望秋月[③]。

【注释】 ①罗袜：丝织的袜子。

②却：还。水精帘：以水晶制成的帘子。

③胧胧：同"玲珑"。月光明亮澄澈的样子。王琦注："《韵会》：

'玲珑,明貌。'毛氏《增韵》云:'胧胧,月光也。'然用'胧胧',不如'玲珑'为胜。"

【译文】玉阶上凝结着洁白的露水,深夜久立其上罗袜被浸湿。转身回屋放下水晶帘,却隔帘遥望那轮秋月。

襄阳曲四首

【题解】这组诗大约是李白游襄阳时所作。襄阳曲,乐府旧题,《乐府诗集》收于《清商曲辞·西曲歌》中,与《襄阳乐》同列。王琦注:"《襄阳曲》,即《襄阳乐》也。"《旧唐书·音乐志二》:"《襄阳乐》,宋随王诞所作也。诞始为襄阳郡,元嘉二十六年仍为雍州,夜闻诸女歌谣,因作之。其歌曰:'朝发襄阳来,暮至大堤宿。大堤诸女儿,花艳惊郎目。'"而李白此诗则列于《杂歌谣辞》中。胡震亨《李诗通》:"西曲《襄阳乐》咏大堤女郎。此咏襄阳土风,兼及羊祜、山简事,四解相承,意总归于行乐,如贯珠然。"

其一

【题解】这首诗描绘了襄阳大堤的优美风光,以及人们在大堤上歌舞欢乐的生动情景,同时咏及梁武帝《白铜鞮》曲的典故,行文流畅,清新自然,有民歌韵味,让人回味不已。

襄阳行乐处^①，歌舞《白铜鞮》^②。江城回渌水，花月使人迷。

【注释】 ①襄阳：今湖北襄阳市南部。《襄阳乐》古辞："人言襄阳乐。"

②《白铜鞮》：即《白铜蹄》，乐府曲名。相传为梁武帝所制。王琦注："《隋书》：梁武帝之在雍镇，有童谣曰：'襄阳白铜蹄，反缚扬州儿。'识者言铜蹄谓马也，白，金色也。及义师之兴，实以铁骑，扬州之士皆面缚，如谣言。故即位之后，更造新声。帝自为之词三曲，又令沈约为三曲，以被弦管。后人改'蹄'为'鞮'，未详其义。"

【译文】 襄阳是个行乐的好去处，至今人们还歌舞《白铜鞮》。清澈的流水围绕着江城，繁花月色实在令人着迷。

其二

【题解】 这首诗为怀古之作，吟咏了晋朝时曾镇守襄阳的山简，酒醉后醉态可掬的样子，生动地再现了山简豁达超逸的形象，让人仿佛亲眼所见。

山公醉酒时^①，酩酊高阳下。头上白接䍠^②，倒著还骑马。

【注释】 ①山公：即山简。字季伦，晋朝"竹林七贤"之一山涛之子。山简镇守襄阳时，整日饮酒游乐，当时人为他编了首歌谣："山公时一醉，径造高阳池。日暮倒载归，酩酊无所知。复能乘骏马，倒著白接离。举手问葛强，何如并州儿?"

②白接篱 (lí)：古代一种白色头巾。

【译文】当初山简酒醉之后，乘着酒意来到高阳池。他头上反戴着白头巾，骑在马上东倒西歪。

其三

【题解】这首诗吟咏羊祜在襄阳的轶事。全诗抒发怀古之意，语言质朴，回味深长，读来令人有苍茫古意。

岘山临汉江^①，水渌沙如雪。上有堕泪碑^②，青苔久磨灭。

【注释】①岘 (xiàn) 山：山名，又名岘首山。在湖北省襄樊市襄阳区南，东临汉水，是襄阳南面的要塞。

②堕泪碑：在岘山上。这里用羊祜的典故。《水经注·沔水》记载，羊祜镇守襄阳时，常与邹润甫登岘山。羊祜死后，后人在他平时游憩之处建碑纪念，望其碑者多悲感流涕，杜预因名为堕泪碑。

【译文】岘山东临汉江矗立，流水清澈沙白似雪。山上有缅怀羊祜的堕泪碑，因为年久字迹被青苔遮掩。

其四

【题解】诗人来到习家池酣醉，宁愿像山简那样乘醉上马而归，也不去看羊祜的堕泪碑。大概是前者潇洒放任，后者只能怅然而悲吧。

且醉习家池①，莫看堕泪碑。山公欲上马，笑杀襄阳儿。

【注释】①习家池：即高阳池。《世说新语·任诞》："山季伦为荆州。"刘孝标注注引《襄阳记》："汉侍中习郁，于岘山南，依范蠡养鱼之法，作鱼池，池边有高堤，种竹及长楸，芙蓉、菱、芡覆水面，是游宴名处也。山简每临此池，未尝不大醉而还，曰：'此我高阳池也。'襄阳小儿歌之。"

【译文】且在习家池酣然一醉，莫去看岘山的堕泪碑。我欲学山公醉酒上马之举，也好让襄阳小儿大笑一场。

大堤曲

【题解】此诗大约作于开元二十二年（734）前后，李白在襄阳游历时所作。大堤曲，南朝乐府旧题，《乐府诗集》收于《清商曲辞》中，与《雍州曲》皆出于《襄阳乐》。大堤，即襄阳城外的汉江大堤。《湖广志》："大堤东临汉江，西自万山，经澶溪、土门、白龙池、东津渡，绕城北老龙堤，复至万山之麓，周围四十余里。"李白此诗沿用旧题，诗人在春暖花开的大堤上，想起与佳人相会的情景，不由得感叹昔日美好易逝而潸然泪下。桂天祥《批点唐诗正声》点评："太白《大堤曲》，入古乐府中不可辨。"杨慎《升庵诗话》点评："古乐府云：'春风复多情，吹我罗裳开。'李反其意，云：
'春风复无情，吹我梦魂散。'古人谓李诗出自乐府古选，信矣。"

　　汉水临襄阳，花开大堤暖。佳期大堤下^①，泪向南云满^②。春
风复无情，吹我梦魂散。不见眼中人，天长音信断。

　　【注释】①佳期：情人约会的日期。
　　②南云：南飞之云。陆机《思亲赋》："指南云以寄款。"江总《于
长安还扬州九月九日行微山亭赋韵》："心逐南云逝，形随北雁来。"因
而常以"南云"寄托思亲、怀乡之情。
　　【译文】汉水临绕襄阳城，花开大堤春意暖。想起曾经的大堤佳
期相会，不禁望着南云而潸然泪下。春风如今又变得无情，将我的好
梦悉数吹散。看不见梦中的思念之人，天长地远和她音信断绝。

宫中行乐词八首 　奉诏作五言

　　【题解】此组诗当是李白供奉翰林时所作。宫中行乐词，乐府
新题，《乐府诗集》收于《近代曲辞》中。据《本事诗》记载："玄宗
尝因宫中行乐，谓高力士曰：'对此良辰美景，岂可独以声伎为娱？
倘时得逸才词人咏出之，可以夸耀于后。'遂命召白。时宁王邀白饮
酒，已醉。既至，拜舞颓然。上知其薄声律，谓非所长，命为《宫中
行乐》五言律诗十首。白顿首曰：'宁王赐臣酒，今已醉。倘陛下赐

臣无畏，始可尽臣薄技。'上曰：'可。'即遣二内臣掖扶之，命研墨濡笔以授之，又令二人张朱丝栏于其前。白取笔抒思，暑不停缀，十篇立就，更无加点。笔迹遒利，凤跱龙拏。律度对偶，无不精绝。"由此可知，当时本作十篇，今存八首，可能逸其二篇。李白的这组诗是应制之作，格律对仗工整，虽多为称颂之辞，仍显示出极高的诗歌艺术造诣。

其一

　　【题解】这首诗描写了一位年青的宫女。她身居皇宫，仪态盈盈，发髻插山花，罗衣绣石竹。经常伴随帝驾，出入深宫。末两句描写她舞姿曼妙，担心歌舞一散，她会化作彩云飞走。全诗清新飘逸，以彩云比喻舞姿轻盈，语出新奇，《瀛奎律髓汇评》引纪昀曰："丽语难于超妙，太白故是仙才。"

　　小小生金屋①，盈盈在紫微②。山花插宝髻，石竹绣罗衣③。每出深宫里，常随步辇归④。只愁歌舞散，化作彩云飞。

　　【注释】①小小：年纪小。金屋：用汉武帝、陈皇后金屋藏娇故事。

　　②盈盈：形容举止、仪态美好。紫微：星名，这里比喻皇帝的居处。

　　③石竹：植物名，叶似竹，细长而尖，开红白小花如钱，常植于庭院供观赏。唐人多以石竹图案为衣服之饰。

④步辇：皇帝和皇后所乘的代步工具，为人所抬，类似轿子。

【译文】小小幼女生于宫中金屋内，仪态盈盈侍奉帝王紫禁中。山花高插发鬓上，罗衣绣着石竹花。每次出入深宫时，都会伴随帝辇旁。只担心一朝歌舞散，就会化作彩云随风去。

其二

【题解】这首诗描写如赵飞燕般的美女，柔弱如柳枝，肤白似梨花。居玉楼，处珠殿。能歌善舞，随王伴驾，堪称宫中第一人。

柳色黄金嫩，梨花白雪香。玉楼巢翡翠①，珠殿锁鸳鸯。选妓随雕辇②，征歌出洞房③。宫中谁第一？飞燕在昭阳④。

【注释】①玉楼：华美的高楼。翡翠：鸟名，羽毛有蓝、绿、赤、棕等色，可做装饰品。《楚辞·招魂》："翡翠珠被，烂齐光些。"王逸注："雄曰翡，雌曰翠。"洪兴祖补注："翡，赤羽雀；翠，青羽雀。《异物志》云：翠鸟形如燕，赤而雄曰翡，青而雌曰翠。"

②雕辇：有雕饰彩画的辇车。

③征歌：召歌者唱歌。洞房：深邃的内室。

④飞燕：指汉成帝皇后赵飞燕。昭阳：汉殿名。《汉书·外戚传》记载，赵飞燕之妹赵合德居于昭阳殿。然《三辅黄图》记载，汉成帝赵皇后居昭阳殿。沈佺期《凤箫曲》："飞燕特宠昭阳殿，班姬饮恨长信宫。"唐朝诗人多用这种说法。

【译文】杨柳嫩芽如同黄金颜色，梨花洁白似雪散发幽香。玉楼之上翡翠鸟在结巢，珠殿池中栖息着双鸳鸯。选舞伎随帝王雕辇出游，征能歌者吟唱于深宫中。谁为宫中能歌善舞第一人？当然是昭阳殿中像赵飞燕的美人。

其三

【题解】这首诗写唐玄宗赏乐的情景。桌上摆着卢橘、蒲桃，烟花春风中，丝竹曲悠扬。笛音如龙吟，箫声似凤鸣。末句点明主题，希望君王能与民同乐，而不是在回中宫独享。

卢橘为秦树，蒲桃出汉宫[①]。烟花宜落日[②]，丝管醉春风[③]。笛奏龙鸣水，箫吟凤下空。君王多乐事，何必向回中[④]？

【注释】①蒲桃：即葡萄，原产西域，西汉时引入中原。《史记·大宛列传》："（大）宛左右以蒲陶为酒，富人藏酒至万余石，久者数十岁不败。俗嗜酒，马嗜苜蓿。汉使取其实来，于是天子始种苜蓿、蒲陶肥饶地。及天马多，外国使来众，则离宫别观旁，尽种蒲萄、苜蓿极望。"

②烟花：春天繁花盛开，远望氤氲如烟雾。

③丝管：弦乐器与管乐器的合称。泛指乐器。亦借指乐声。

④回中：秦宫名。故址在今陕西陇县西北。汉文帝十四年（前166）匈奴从萧关（今宁夏固原东南）深入，烧毁此宫。

【译文】移来卢橘成为秦地树，引入葡萄栽种汉宫中。如烟的繁花与落日美景相宜，丝竹的乐声随春风令人陶醉。笛声宛如水中龙吟，箫音犹如半空凤鸣。君王乐事何其多，何必要去回中宫？

其四

【题解】这首诗描写宫中夜间欢乐的情景。君王朝起忙于政务，夜间乘闲轻辇出访。众妃子在花间笑语，在烛下娇歌，想把明月留住，好让欢乐永驻。

玉树春归日，金宫乐事多[①]。后庭朝未入[②]，轻辇夜相过。笑出花间语，娇来烛下歌。莫教明月去，留著醉姮娥[③]。

【注释】①金宫：华美的宫室。

②后庭：后宫。

③姮娥：即嫦娥，嫦娥本为姮娥，汉代为避文帝刘恒讳，改称嫦娥。

【译文】玉树逢春更显多姿，金殿之中乐事还多。君王朝起未入后宫，趁晚倚坐轻辇过来。花间传来阵阵笑语，烛下娇声吟唱清歌。莫让明月就此归去，留下邀约嫦娥共醉。

其五

【题解】这首诗描写的是宫中春天晨景。绣户中香风温暖，纱窗外曙光毕现。宫花对日摇曳，池草春风暗生。绿树间鸟儿欢歌，青楼中舞影若见，明月斜挂桃李枝头，美女与君王相亲未尽。

绣户香风暖①，纱窗曙色新②。宫花争笑日，池草暗生春。绿树闻歌鸟，青楼见舞人③。昭阳桃李月，罗绮自相亲④。

【注释】①绣户：雕绘华美的门户。多指妇女居室。

②曙色：破晓时的天色。

③青楼：指显贵人家的精致楼房。

④罗绮：罗与绮，皆丝织品，多借指丝绸衣服。此处指衣着华丽的宫女。

【译文】绣户之中香风温暖，纱窗之外曙光已现。宫花迎着朝阳竞相开放，池草在春风中悄然生出。绿树间鸟儿歌唱，宫楼中隐见舞女。明月斜挂昭阳殿前的桃李间，宫中的美人与君王仍旧相亲。

其六

【题解】这首诗描写宫女随侍天子游明光宫的情景。宫女们献上美妙的舞蹈和动人的歌声，来愉悦天子。整个游乐一直持续到深夜，宫女们还在玩着藏钩的游戏。

今日明光里①，还须结伴游。春风开紫殿②，天乐下珠楼③。艳舞全知巧④，娇歌半欲羞。更怜花月夜，宫女笑藏钩⑤。

【注释】①明光：汉代宫殿名。《三辅黄图》："武帝求仙，起明光宫，发燕、赵美女二千人充之。"这里代指唐朝宫殿。

②紫殿：帝王宫殿。《三辅黄图》："武帝又起紫殿，雕文刻镂黼

斀，以玉饰之。"

③天乐：来自天上的音乐。比喻美妙的音乐。

④知巧：智慧技巧。

⑤藏钩：古代的一种游戏。相传汉昭帝母钩弋夫人少时手拳，入宫，汉武帝展其手，得一钩，后人乃作藏钩之戏。

【译文】今日来游明光宫，还要结伴共出行。春风吹开紫殿大门，珠楼传来缥缈天乐。明艳的舞蹈技巧娴熟，娇柔的歌声含羞带怯。更喜欢花香月明的夜晚，宫女们笑玩藏钩的游戏。

其七

【题解】这首诗写的是宫中行乐。全诗前四句写景来烘托行乐气氛，五六句写宫中行乐的情景。最后两句写天子直到傍晚才归去，而落日的余晖似乎还在恋恋不舍。

寒雪梅中尽，春风柳上归。宫莺娇欲醉，檐燕语还飞。迟日明歌席①，新花艳舞衣。晚来移彩仗②，行乐好光辉③。

【注释】①迟日：指春日。《诗·豳风·七月》："春日迟迟。"《毛传》曰："迟迟，舒缓也。"孔颖达疏："迟迟者，日长而暄之意，故为舒缓。计春秋漏刻多少正等，而秋言凄凄，春言迟迟者，阴阳之气，感人不同。张衡《西京赋》云：'人在阳则舒，在阴则惨。'然则人遇春暄则四体舒泰。春觉昼景之稍长，谓日行迟缓，故以迟迟言之。及遇秋景，四体褊燥，不见日行急促，惟见寒气袭人，故以凄凄言之。凄凄是凉，迟迟是暄,二者观文似同,本意实异也。"明歌席:照亮歌唱之地。

　　②移彩仗:古代称天子出行为"移杖"。彩仗:彩饰的仪仗。

　　③光辉:光阴,时光。

　　【译文】梅花盛开时寒雪尽消,春风归来染绿了柳梢。宫树上黄莺娇啼令人沉醉,屋檐下燕子欢叫盘旋不已。春日迟迟照亮歌舞之席,新花映照更显舞衣艳丽。傍晚天子才移动彩仗归来,落日的余晖似乎还在留恋行乐。

其八

　　【题解】这首诗描写了宫殿的华美和景色的怡人,天子也乘闲与宫人进行蹴毬游戏。此诗最后两句,则点明在行乐之后,应重归于治理朝政,隐含劝诫之意。

　　水绿南薰殿①,花红北阙楼②。莺歌闻太液③,凤吹绕瀛洲④。素女鸣珠佩⑤,天人弄彩毬⑥。今朝风日好,宜入未央游⑦。

　　【注释】①水:指龙池之水。南薰殿:唐兴庆宫的宫殿名。《长安志》:"兴庆殿前有瀛洲门,内有南熏殿,北有龙池。"

　　②北阙:古代宫殿北面的门楼。是臣子等候朝见或上书奏事之处。

　　③莺歌:如莺啼般婉转的歌声。太液:古池名,又称蓬莱池。汉代太液池,是汉武帝时期所开凿,在建章宫北。周回十顷,水源引自城北渭水。池中起三山,以象瀛洲、蓬莱、方丈,刻金石为鱼龙奇禽异兽之

属。唐代太液池在今陕西省西安市北偏东，大明宫北。有东、西两池，西部较大，中间有渠相连。

④凤吹：指笙声。

⑤素女：传说中的神女。这里喻指妃嫔。

⑥弄彩毬：即蹴毬，唐代以来的一种类似足球的运动。是战国时代以来流行的"蹴鞠"演变而来，已使用充气球，并有了类似现代足球的球门。

⑦未央：西汉宫殿名。这里当指唐大明宫，内有含元殿和宣政殿，是朝会和听政的地方。

【译文】南薰殿前龙池碧绿，北阙楼旁鲜花映红。太液池上传来莺啼歌声，瀛洲缭绕凤鸣般的笙音。远远传来玉佩鸣响之声，原来是天子进行蹴毬游戏。今日正好风和日丽，正当去大明宫一游。

清平调词三首

【题解】清平调，唐大曲名。《乐府诗集》收于《近代曲辞》中。此组诗应是李白在长安供奉翰林时所作。当时唐玄宗与贵妃在沉香亭前赏牡丹，下诏让李白作《清平调》新曲，李白虽宿醉未解，然才思敏捷，提笔立就。据李濬《松窗杂录》记载："开元中，禁中初重木芍药，即今牡丹也，得四本：红、紫、浅红、通白者，上因移植于兴庆池东沉香亭前。会花方繁开，上乘照夜白，太真妃以步辇从。诏特选梨园弟子中尤者，得乐一十六部。李龟年以歌擅一时之名，手捧檀板，押众乐前，欲歌之。上曰：'赏名花，对妃子，焉用旧乐词为？'遂命龟年持金花笺，宣赐翰林学士李白，进《清平调》三章。白欣承诏旨，犹苦宿醒未解，因援笔赋之。龟年遽以词进，上命梨园弟子约略调，抚丝竹，遂促龟年以歌之。太真妃持颇梨七宝杯，酌西凉州蒲萄酒，笑领，意甚厚。上因调玉笛以倚曲。每曲遍将换，则迟其声以媚之，太真饮罢，饰绣巾重拜上意。上自是顾李翰林尤异于诸学士。"三首诗将牡丹与杨贵妃联系在一起，各有侧重，写花写人都妙笔传神，语落惊人，虽为应制之作，仍堪称少有的佳作。吴烶《唐诗选胜直解》："《清平调》三首章法最妙。第一首赋妃子之色，二首赋名花之丽，三首合名花、妃子夹写之，情境已尽于此，使人再续不得，所以为妙。"黄生《唐诗摘钞》："三首皆咏妃子，而以'花'旁映之，其命意自有宾主。或谓衬首咏人，次首咏花，三首合咏，非知诗者也。太白七绝以自然为宗，语趣俱若天意为诗，偶然而已。后人极力用意，愈不可到，固当推为天才。"

其一

【题解】此诗首句"想"字，用得极为精妙。"想"字可当好似之意理解，以云似衣裳，花似容颜，来比喻贵妃容貌之美。"想"字也可理解为贵妃容貌极美，所以云想成为她的衣裳，花想成为她的容颜，同样可以说明贵妃之美。还有其他观点，王尧衢《唐诗合解》点评："'云想衣裳花想容'，此首言唐皇之宠爱妃子，若无处得离妃者，故见云而想妃子之衣裳艳丽，见花而想妃子之容色娇好也。""春风拂槛露华浓"句写牡丹花在春风雨露的滋润下更加娇艳。实则比喻贵妃在君王的恩泽下，更加明艳动人。最后两句则是更进一步将贵妃容貌之美，提升到非人间所有，只能在瑶台仙境才能遇到的境界。全诗想象奇妙，构思精巧，体现了诗仙的不同凡响之处。李调元《雨村词话》："太白词有'云想衣裳花想容'，已成绝唱。韦庄效之'金似衣裳玉似身'，尚堪入目，而向子湮'花想容仪柳想腰'之句，毫无生色，徒生厌憎。"李锳《诗法易简录》："三首人皆知合花与人言之，而不知意实重在人，不在花也，故以'花想容'三字领起。'春风拂槛露华浓'，乃花最鲜艳、最风韵之时，则其容之美为何如？说花处即是说人，故下二句极赞其人。"黄叔灿《唐诗笺注》："此首咏太真，着二'想'字妙。次句人接不出，却映花说，是'想'之魂。'春风拂槛'想其绰约，'露华浓'想其芳艳，脱胎烘染，化工笔也。"

　　云想衣裳花想容①，春风拂槛露华浓②。若非群玉山头见③，会向瑶台月下逢④。

【注释】①想：如、若，比喻之词。

②槛：亭子周围的栏杆。

③群玉山：传说为西王母所居处，山多玉石，因以为名。

④会：当。瑶台：传说中的神仙居处。

【译文】云为她的衣裳花似她的容颜，美丽如春风露水滋润的牡丹花。这样的佳人如果不能在群玉仙山见到，那么只有在月下的瑶台仙境才会相逢。

其二

【题解】这首诗承接上一首,继续以花喻人,来表现贵妃的美貌娇艳。引用巫山云雨的典故,则是说明楚王与神女相会虚无缥缈,不如唐玄宗之有贵妃真实而可羡。末两句谓赵飞燕依仗新妆才能勉强与贵妃相比,来突出贵妃的花容月貌。

一枝红艳露凝香,云雨巫山枉断肠①。借问汉宫谁得似?可怜飞燕倚新妆②。

【注释】①云雨巫山:用宋玉《高唐赋》楚王梦遇神女之事。谓楚王与巫山神女幽会,毕竟在梦中,是虚无缥缈之事,言外之意唐玄宗有真实美人相陪。枉:徒然,空。
②飞燕:即赵飞燕。
【译文】贵妃红艳如带露凝香的牡丹,楚王巫山之会却是徒然断肠。请问汉宫谁能与她相比?只有依仗新妆的赵飞燕。

其三

【题解】这首诗总承前两首,将牡丹与贵妃并列,花艳人美,都能使君王"带笑看",故而也就能使君王"解释春风无限恨"。末两句意味悠长,耐人寻味。

名花倾国两相欢①，长得君王带笑看。解释春风无限恨②，沉香亭北倚阑干③。

【注释】①名花：指牡丹。倾国：指美女。

②解释：消除。

③沉香亭：以沉香木建造的亭子，在长安兴庆宫中。

【译文】佳人名花相得益彰，常使君王带笑而看。君王心中的无限恨意都在春风中消失无踪，只因看到斜倚沉香亭北栏杆的绝世佳人。

鼓吹入朝曲

【题解】此诗年代不详。入朝曲，乐府旧题，《乐府诗集》收于《鼓吹曲辞》中。谢朓曾作鼓吹曲十篇，其四为《入朝曲》。此诗是李白游金陵时拟谢朓之作。全诗描写了帝王公卿上朝及遨游的盛况。

金陵控海浦①，渌水带吴京②。铙歌列骑吹③，飒沓引公卿④。槌钟速严妆⑤，伐鼓启重城⑥。

天子凭玉案⑦，剑履若云行⑧。日出照万户，簪裾烂明星⑨。朝罢沐浴闲⑩，遨游阆风亭⑪。济济双阙下⑫，欢娱乐恩荣。

【注释】①金陵：古邑名。战国时楚威王灭越后，在今南京清凉山设金陵邑，埋金以镇王气，故名。海浦：海湾，海滨。

②带：这里用作动词，如衣带环绕。吴京：指金陵。因三国吴建都于此。

③铙歌：乐曲名。汉乐府中属鼓吹曲。于马上奏之，用以激励士气。也用于大驾出行和宴享功臣以及奏凯班师。骑吹：铙歌别称。

④飒沓：众多而盛大的样子。

⑤椎：同"捶"，敲打。严妆：犹严装，即穿戴整齐。

⑥伐鼓：击鼓。重城：重重城门。

⑦凭：倚靠。

⑧剑履：即剑履上殿。古代皇帝特许重臣上殿时不解佩剑，不脱履，以表示殊荣。

⑨簪裾：显贵者的服饰，这里借指显贵者。

⑩沐浴：犹休沐，即休假。

⑪阆风亭：《太平御览》引《郡国志》："润州覆舟山有阆风亭。"覆舟山在今南京市。阆风：传说中的山名，神仙所居，在昆仑之巅。

⑫济济：众多的样子。双阙：古代宫殿门两边高台上的楼观。这里泛指宫殿。

【译文】金陵地控大江的通海口，碧水如带环绕昔日吴京。骑兵列队鼓吹铙歌，在前引导公卿行进。敲响大钟急速整装上朝，阵阵击鼓打开重重城门。

天子凭依玉案端身而坐，重臣剑履上殿状如行云。日出照耀千家万户，公卿衣冠灿若明星。上朝之后归家休闲，遨游于阆风亭边。聚集于双阙观下，尽情欢愉乐享恩宠。

秦女休行 古词魏朝协律都尉左延年所作，今拟之

【题解】此诗年代不详。秦女休行，乐府旧题，《乐府诗集》收于《杂曲歌辞》中。此乐府旧题是三国时曹魏协律都尉左延年所作，描写秦氏女为宗报仇，手刃仇家，被囚入狱，而后遇赦的故事。左延年原辞曰："始出上西门，遥望秦氏楼。秦氏有好女，自名为女休。休年十四五，为宗行报仇。左执白杨刀，右据鲁宛矛。仇家便东南，仆僵秦女休。女休西上山，上山四五里，关吏呵女休，女休前置词：平生为燕王妇，于今为诏狱囚。平生衣参差，当今无领襦。明知杀人当死，兄言快快，弟言无道忧，女休坚词，为宗报仇死不疑，杀人都市中，徼我都巷西。丞卿罗列东向坐，女休凄凄曳梏前，两徒夹我持刀，刀五尺余。刀未下，朣胧击鼓赦书下。"李白承袭旧题，基本保持了原故事情节，但是语言更加精炼，人物形象更加鲜明、突出。

西门秦氏女①，秀色如琼花②。手挥白杨刀③，清昼杀仇家④。罗袖洒赤血，英声凌紫霞⑤。直上西山去，关吏相邀遮⑥。婿为燕国王，身被诏狱加⑦。犯刑若履虎⑧，不畏落爪牙。素颈未及断，摧眉伏泥沙⑨。金鸡忽放赦⑩，大辟得宽赊。何惭聂政姊⑪，万古共惊嗟。

【注释】①"西门"句：左延年《秦女休行》："始出上西门，遥望

秦氏庐。秦氏有好女,自名为女休。"此处用其意。

②琼花,一种珍贵的花。叶柔而莹泽,花色微黄而有香。这里用来形容秦女之美。

③白杨刀:宝刀名。

④清昼:白天。

⑤英声:英勇的名声。紫霞:指天空。

⑥邀遮:拦截。

⑦诏狱:奉皇帝的诏命拘禁罪犯的监狱。

⑧履虎:踩在虎身上。比喻处境危险。

⑨摧眉:低头。

⑩金鸡放赦:指大赦,古代大赦时竖立的设有金鸡的高杆。《封氏闻见记》记载,北齐武成帝即位,大赦天下。其日于殿门外建金鸡。宋孝王不识其义,问于光禄大夫司马膺之曰:"赦建金鸡,其义何也?"司马膺之曰:"《海中星占》曰:'天鸡星动,必当有赦。由是王以鸡为候'"后因以"金鸡放赦"表示朝廷宣布赦令。大辟:死刑。宽赊:宽大赦免。

⑪聂政姊:这里用春秋时刺客聂政的典故。聂政刺杀韩国宰相,然后毁容自杀。韩国把其尸首曝街,悬赏千金,求问其姓名。聂政之姐听说后,哭着说:"聂政今死而无名,是因为我的缘故。爱惜自己而不扬吾弟之名,吾不忍也。"于是抱尸而哭,自杀于尸下。天下始知聂政之名。

【译文】西门有位秦氏女,容貌美丽如琼花。她手中挥动白杨刀,白日入门杀仇家。罗袖染满赤红血迹,英名张扬直冲天际。事后径直到西山,守关之吏捕获她。她的夫婿曾是燕国王,如今她却被关诏狱中。她知道触犯刑律如履虎尾，依然不畏惧被猛虎爪牙所伤。秦氏女的头颈还未被斩断，正低眉伏身泥沙准备受刑。突然遇到大赦，死罪得到赦免。她的事迹不逊于聂政之姐，万古以来都被世人所赞叹！

秦女卷衣

【题解】此诗年代不详。秦女卷衣，乐府旧题，《乐府诗集》收于《杂曲歌辞》中。《乐府解题》："《秦王卷衣》，言咸阳春景及宫阙之美，秦王卷衣以赠所欢也。"李白所作《秦女卷衣》，改秦王为秦女，辞旨各殊。此诗描写了宫中妇人地位卑微，却对君王一片忠诚，可与楚昭王的夫人，以及汉元帝的冯婕妤相比。愿以萤火之光为日月增辉。希望君王对待自己，不要像对待蒴菲那样，因为恶其根，而连其叶子也一同丢掉。

天子居未央①，妾来卷衣裳。顾无紫宫宠②，敢拂黄金床。
水至亦不去③，熊来尚可当④。微身捧日月，飘若萤火光⑤。
愿君采蒴菲，无以下体妨⑥。

【注释】①未央：汉宫名。此处代指唐宫。
②紫宫：即紫微宫。星官名，常代指帝王宫禁。
③"水至"句：用楚昭王夫人典故。《列女传·贞顺传》："楚昭王出游，留夫人渐台之上而去。王闻江水大至，使使者迎夫人，忘持其

符。使者至，请夫人出。夫人曰：'王与宫人约，令召宫人必以符，今使者不持符，妾不敢从使者行。'于是使者返取符，还则水大至，台崩，夫人流而死。"这里用此典故。

④"熊来"句：用汉元帝冯婕妤故事。《汉书·外戚传》："建昭（汉元帝年号）中，上幸虎圈斗兽，后宫皆坐。熊佚出圈，攀槛欲上殿。左右贵人傅昭仪等皆惊走，冯婕妤直前当熊而立，左右格杀熊。上问：'人情惊惧，何故前当熊？'婕妤对曰：'猛兽得人而止，妾恐熊至御座，故以身当之。'元帝嗟叹，以此倍敬重焉。"

⑤"微身"二句：谓自身虽微小为萤火之光，但愿为君王的日月之光增辉。日月：象征君王。《魏书·安原传》："是以萤火之光，犹增日月之曜。"此处用其意。

⑥"愿君"二句：谓君王勿以自己身份低下，而忽视自己的一片忠心。《诗经·邶风·谷风》："采葑采菲，无以下体。"郑玄笺："蔓菁与葍之类也，皆上下可食。然而其根有美时有恶时，采之者不可以其根恶时并弃其叶。喻夫妇以礼义合，颜色相亲；不可以颜色衰，弃其相与之礼。"

【译文】天子闲居在未央宫，妾来为君王卷衣裳。知道自己没有得到恩宠，不敢接近帝王的黄金床。

即使大水而至我也会像楚昭王夫人那样绝不离去，即使面对猛熊我也愿像汉元帝的冯婕妤那样以身阻挡。自己以微身侍奉日月一般的君王，即使飘摇如萤火之光也能增辉。希望君王采撷葑菲之菜的时候，不要因为根茎之恶而丢弃其叶。

东武吟 一作还山留别金门知己

【题解】此诗应是天宝三载（744），李白被赐金还山，离开翰林院时所作。东武吟，乐府旧题，《乐府诗集》收于《相和歌辞·楚调曲上》。鲍照、沈约曾作《东武吟》，内容为伤感世事变迁，荣华凋谢。左思《齐都赋》注云："《东武》《泰山》，皆齐之土风，弦歌讴吟之曲名也。"《元和郡县志》："密州诸城县，即汉东武县也，属琅邪郡。乐府章所谓《东武吟》者也。"《海录碎事》："《东武吟》，乐府诗，人有少壮从征伐，年老被弃，游于东武者，不敢论功，但恋君耳。"全诗叙述了李白从征召入京到离京这段时期的经历。首段先写诗人自己的志向在于辅佐明主，功成后退隐山林。次段写诗人被征召入京，担任清贵之职，出入禁宫。得到君王的赏识，声名鹊起直上烟虹。然后写诗人侍奉君王左右，随驾来到温泉宫，诗人像扬雄献上《甘泉赋》那样，呈上自己的诗赋，受到君王下诏赞扬，从此名声传遍天下。归来京城，谈笑往来之人多是王公贵戚。末段写诗人一朝辞官而去，就飘摇如飞蓬。门前宾客也日渐稀少，杯中美酒也不再常有。虽然诗人有旷世之才，不输于当世之雄，却没有机会得以施展，一直引以为憾事。闲来作《东武曲》抒怀，曲终而寄情未尽。只能写诗赠别知己，从此像商山四皓那样隐居山林。

好古笑流俗①，素闻贤达风②。方希佐明主，长揖辞成功。
白日在高天，回光烛微躬③。恭承凤凰诏④，欻起云萝中⑤。

清切紫霄迥⑥，优游丹禁通⑦。君王赐颜色⑧，声价凌烟虹⑨。

乘舆拥翠盖⑩，扈从金城东⑪。宝马丽绝景⑫，锦衣入新丰⑬。倚岩望松雪，对酒鸣丝桐⑭。因学扬子云，献赋甘泉宫⑮。天书美片善⑯，清芬播无穷⑰。归来入咸阳⑱，谈笑皆王公。

一朝去金马⑲，飘落成飞蓬。宾友日疏散，玉樽亦已空。才力犹可倚，不惭世上雄。闲作《东武吟》，曲尽情未终。书此谢知己，吾寻黄绮翁⑳。

【注释】①流俗：指世间流行的风俗习惯。多含贬义。

②贤达风：贤能通达之风气。

③烛：照耀。微躬：谦词。卑贱的身子。

④凤凰诏：指诏书。魏晋时天子诏书自中书省发，中书省在禁苑中，禁苑有凤凰池，故云凤凰诏。

⑤欻：忽然。云萝中：指草野间。

⑥清切：清贵而切近。指清贵而接近皇帝的官职。紫霄：帝王之居。

⑦优游：生活得十分闲适。丹禁：天子所居之禁城。

⑧赐颜色：谓天子给以和颜悦色，即赏识。

⑨凌烟虹：犹凌云。

⑩乘舆：天子所乘之车。翠盖：以翠鸟羽毛装饰的车盖，指帝王车驾。

⑪扈从：皇帝出巡时的护卫侍从人员。金城：如金属铸成的坚固城墙。

⑫丽：附着。引申为系、拴住。绝景：绝美的风景。

⑬新丰：汉县名。汉高祖七年置，唐时废。治所在今陕西省临潼县

西北。本秦骊邑。汉高祖定都关中，其父太上皇居长安宫中，思乡心切，郁郁不乐。汉高祖乃依故乡丰邑街里房舍格局改筑骊邑，并迁来百姓，改称新丰。

⑭丝桐：代指琴。因琴多以桐木所制，以丝为弦，故称。

⑮"因学"二句：扬子云：指扬雄，字子云。献赋：指扬雄向汉成帝献《甘泉赋》。《汉书·扬雄传》："正月从上甘泉还，奏赋以风。"甘泉宫：汉宫名。故址在今陕西淳化西北甘泉山。

⑯天书：指天子诏书。片善：即小善。此处为谦词。

⑰清芬：清香。比喻高洁的德行。此处指高洁声誉。

⑱咸阳：代指长安。

⑲金马：即金马门。汉代宫门名。为学士待诏处。《史记·滑稽列传》："金马门者，宦者署门也。门傍有铜马，故谓之曰'金马门'。"此处代指朝廷。

⑳黄绮翁：指商山四皓的夏黄公、绮里季等人。

【译文】我好古道而嗤笑流俗，一向仰慕贤达之风。希望能够辅佐明主，功成之后长揖辞去。

天子就像高悬空中的白日，光辉照耀着我的卑微之身。我恭承皇上的凤凰诏，从山野云萝中来到长安。从此在天子身边担任清贵之职，在皇宫禁城内通行出入。君王对我假以颜色，使我声名直凌烟虹。

乘车簇拥着天子车舆，伴驾来到长安城之东。我将宝马系在风景绝佳之地，身穿灿烂锦衣进入新丰镇。有时游山倚岩凝望松雪，有时畅饮筵席对酒弹琴。也曾效仿汉代扬子云，在甘泉宫向天子献赋。天子下诏褒奖我的小善，美名从此传扬天下四方。伴随圣驾回到长安，往来谈笑之人皆为王公。

一朝我辞别金马门离京还山，就如同蓬草一样随风飘落。往来的宾客日渐稀疏，案上的酒杯也已成空。我自觉有不世之才，不输于当世之豪雄。闲来作《东武吟》曲，曲尽而情犹未终。写下此诗辞别诸知己，吾将入商山追随黄绮翁。

邯郸才人嫁为厮养卒妇

【题解】此诗当是天宝三载（744），李白辞官离开长安后所作。邯郸才人嫁为厮养卒妇，乐府旧题，《乐府诗集》收于《杂曲歌辞》中。古辞已不可考。才人，宫中女官名，多为妃嫔的称号。胡震亨曰："谢朓有此诗。薪仆曰厮，炊仆曰养。朓盖设言其事，寓臣妾沦掷之感。杨升庵以为此卒即御赵王武臣归者，恐未必然。"全诗前四句写才人入宫，自恃貌美当受君王眷顾，哪知直到红颜凋零也未得恩宠。后六句写才人一朝离宫而去，就如朝云隐没。从此想起邯郸宫中事，只有一轮明月可以寄情，而君王不可再见，只能惆怅直到天明。此诗李白以才人自喻。当年诗人入京，期望能得到重用而一展才华，谁知最后被赐金还山，从此辞别庙堂，就如云散，不能得见君王，只能空怀惆怅。萧士赟注《分类补注李太白诗》："此诗太白既黜之作也。特借此发兴，叙其睽遇之始末耳。然其辞意眷顾宗国，系心君王。亦得《骚》之遗意欤？"

妾本丛台女^①，扬蛾入丹阙^②。自倚颜如花，宁知有凋歇^③。

一辞玉阶下，去若朝云没^④。每忆邯郸城，深宫梦秋月。君王不可见，惆怅至明发^⑤。

【注释】①丛台：台名。战国赵筑，在河北邯郸城内，数台相连，故名。《元和郡县图志》"丛台，在磁州邯郸县城内东北隅。"

②扬蛾：犹扬眉。丹阙：指赵王王宫。

③凋歇：凋谢；衰败。

④朝云：用巫山神女事。宋玉《高唐赋》："妾在巫山之阳，高丘之阻，旦为朝云，暮为行雨。"

⑤明发：天明。

【译文】妾身本是丛台之女，被选为才人扬眉入宫。自恃容颜如花能被君王眷顾，岂知红颜凋谢也未获得恩宠。

自从辞别皇宫之后，便像朝云一样隐没。每忆起邯郸王宫的日子，就会梦到深宫中的明月。从此再也见不到君王，只能惆怅满怀坐等天明。

出自蓟北门行

【题解】此诗疑为天宝十一载（752），李白游幽燕时所作。出自蓟北门行，乐府旧题，《乐府诗集》收于《杂曲歌辞》中。内容多写燕蓟一带风俗以及行军征战之事。《乐府解题》云："《出自蓟北门行》，其致与《从军行》同，而兼言燕、蓟风物及突骑悍勇之状。"
鲍照曾作《出自蓟北门行》诗，言燕蓟征战之事，李白此诗拟鲍照
而作。全诗开篇描述胡寇入侵，告急文书纷来，烽火连绵报警。接
着写朝廷调兵遣将出征迎敌，天子亲自以推毂之礼为大军隆重送
行。然后写王师列阵塞外，经受严寒侵袭。号角悲壮，征衣凝霜。将
士齐心，斩楼兰，射贤王，灭单于，最后荡平敌军凯旋而归。

虏阵横北荒，胡星曜精芒①。羽书速惊电②，烽火昼连光。

虎竹救边急③，戎车森已行。明主不安席，按剑心飞扬。推毂
出猛将④，连旗登战场。兵威冲绝漠⑤，杀气凌穹苍。

列卒赤山下⑥，开营紫塞傍⑦。孟冬风沙紧⑧，旌旗飒凋伤⑨。
画角悲海月⑩，征衣卷天霜。

挥刃斩楼兰⑪，弯弓射贤王⑫。单于一平荡⑬，种落自奔亡⑭。
收功报天子，行歌归咸阳。

【注释】①胡星：指昴星。古代以天象附会人事，认为昴星象征胡
人，当其特别明亮时，就会有战事发生。《史记·天官书》："昴曰髦头，
胡星也。"张守节正义："昴七星为髦头，胡星摇动若跳跃者，胡兵大
起。"后常以"胡星"喻指胡兵及其势焰。

②羽书：同羽檄。古代文书上插羽毛，以示紧急。

③虎竹：铜虎符与竹使符的并称。虎符用以发兵；竹使符用以征调
等。这里泛指兵符。

④推毂：推车前进。古代帝王任命将帅时的隆重礼遇。《汉书·冯
唐传》："臣闻上古王者之遣将也，跪而推毂曰：'阃（古代门中央所竖

的短木)以内者,寡人制之;阃以外者,将军制之。'"后因以称任命将帅之礼。

⑤绝漠:极远的荒漠。

⑥赤山:山名。《后汉书·乌桓传》:"赤山在辽东西北数千里。"

⑦紫塞:北方边塞泥土紫色,故称。《古今注·都邑》:"紫塞,秦筑长城,土色皆紫,汉塞亦然,故称紫塞焉。"

⑧孟冬:冬季的第一个月,即农历十月。

⑨飒:风中飞舞。

⑩画角:古管乐器。传自西羌。形如竹筒,本细末大,以竹木或皮革等制成,因表面有彩绘,故称。发声哀厉高亢,古时军中多用以警昏晓,振士气,肃军容。帝王出巡,亦用以报警戒严。

⑪楼兰:古西域国名。遗址在今新疆维吾尔自治区若羌县境。西汉时,傅介子斩楼兰王安归,另立尉屠耆为王,更名为鄯善,傅介子则以此立功封侯。事见《汉书·西域传上》及《汉书·傅介子传》。唐时以楼兰代指西域之国。

⑫贤王:匈奴贵族的高级封号。《汉书·匈奴传》:"单于者,广大之貌也。言其象天单于然也。置左右贤王,自左右贤王以下,至当户,大者万余骑,小者数千,凡二十四长,立号曰万骑。"

⑬单于:汉时匈奴君长的称号。

⑭种落:王琦注:"种落,谓其种类及部落也。"

【译文】敌虏横阵于北方,胡星闪耀着光芒。告急的羽书急如闪电,报警的烽火日夜燃烧。

朝廷急忙发下调兵的虎符,出征的战车已经森严前行。明主心忧坐不安席,按剑而怒雄心飞扬。以推车之礼为将帅送行,旌旗连绵不绝直达战场。王师兵威直逼大漠，杀气浩荡直冲苍穹。

　　开列战阵于赤山之下，驻扎军营于紫塞之傍。初冬的塞外风沙异常猛烈，万物凋零中旌旗飒飒作响。瀚海冷月下传来悲咽的画角声，战士的征衣上凝满了层层寒霜。

　　挥利刃直斩楼兰王，弯雕弓射左右贤王。挥军荡平匈奴单于，胡人部落各自逃亡。将军功成上报天子，高奏凯歌回归咸阳。

洛阳陌

　　【题解】此诗可能是李白在开元年间游洛阳时所作。洛阳陌，乐府旧题，《乐府诗集》收于《横吹曲辞》中。内容多写洛阳士女出游。此诗描写一位白玉般的少年，在洛阳城中乘车出行，来到东陌赏花时惊动满城人来围观，诗中引用潘安的典故来称赞少年的貌美。

　　白玉谁家郎①，回车渡天津②。看花东陌上，惊动洛阳人③。

　　【注释】①白玉：比喻容貌洁白如玉。

　　②天津：即天津桥，在洛水上。隋炀帝大业元年迁都，以洛水贯都，有天汉津梁的气象，因建此桥，名曰天津桥。

　　③"惊动"句：用潘岳故事。《世说新语·容止》："潘岳妙有姿容，好神情。少时挟弹出洛阳道，妇人遇者，莫不连手共萦之。"

　　【译文】那个白玉少年是谁家儿郎？已经坐车翩然而过天津桥。

来到城东大道上赏看繁花，惊动洛阳满城人来围观他。

北上行

【题解】此诗当是天宝十四载（755）冬，安史之乱爆发后，李白欲北上而未能成行时所作。北上行，《乐府诗集》收于《相和歌辞·清调曲》中。《乐府古题要解》："《苦寒行》，晋乐，奏魏武帝'北上太行山'，备言冰雪溪谷之苦。或谓《北上行》，盖因魏武帝作此词，今人效之。"李白此诗拟曹操《苦寒行》而作。此诗描绘了北上太行山的艰辛。当时正遇到安史之乱的动荡，百姓颠沛流离，辗转冰雪之中，凄苦悲惨，令人睹之，肝肠寸断。结尾表达了对早日结束战乱，恢复太平的渴望。全诗格调沉郁，展现了战乱中生灵涂炭的惨状，极富感染力。

北上何所苦？北上缘太行①。磴道盘且峻②，巉岩凌穹苍③。马足蹶侧石④，车轮摧高岗⑤。沙尘接幽州⑥，烽火连朔方⑦。杀气毒剑戟，严风裂衣裳⑧。奔鲸夹黄河⑨，凿齿屯洛阳⑩。

前行无归日，返顾思旧乡。惨戚冰雪里，悲号绝中肠。尺布不掩体，皮肤剧枯桑⑪。汲水涧谷阻，采薪垄坂长⑫。

猛虎又掉尾⑬，磨牙皓秋霜。草木不可餐，饥饮零露浆⑭。叹此北上苦，停骖为之伤⑮。何日王道平⑯，开颜睹天光？

【注释】①太行：山名，在今山西与河北之间。北起拒马河谷，南至黄河北岸。山势陡峭，独有八处，粗通微径，名之曰陉。

②磴道：登山的石径。

③巉岩：险峻的山岩。

④蹶：仆倒。

⑤"车轮"句：曹操《苦寒行》："北上太行山，艰哉何巍巍。羊肠坂诘屈，车轮为之摧"句。此句用其意。

⑥"沙尘"句：谓安禄山叛军肆虐中原，如沙尘一样，从幽州一直延伸到黄河。幽州：地名，在今北京市一带，为安禄山三镇节度使府所在地。

⑦朔方：唐方镇名。又称灵盐、灵武、灵州。唐开元九年（721）置，为玄宗时边防十节度使之一。治所在灵州（今宁夏吴忠市北）。

⑧严风：严冬的寒风。

⑨奔鲸：比喻不义之人，此处喻指安禄山叛军。

⑩凿齿：传说中的猛兽，此处比喻安禄山叛军。《淮南子·本经训》："逮至尧之时，凿齿为民害，尧乃使羿诛凿齿于畴华之野。"高诱注："凿齿，兽名。齿长三尺，其状如凿，下彻颔下而持戈盾。羿善射，尧使羿射杀之。"

⑪剧：甚。

⑫垅坂：山岗坡坂。

⑬掉尾：摇尾。

⑭零露浆：露水。

⑮骖：古代四马驾车，两侧的马称为"骖"。泛指驾车之马。

⑯王道平：谓天下太平。

【译文】北上有何之艰苦，北上有太行险阻。山上的石道盘曲险峻，陡峭的山岩上凌苍天。马足因侧石阻碍而蹶倒，车轮为高冈颠簸所摧坏。胡寇如沙尘从幽州而崛起，一路峰火连天蔓延到朔方。严冬肃杀之气胜过剑戟，凛冽的寒风吹裂了衣裳。叛军如奔鲸肆虐黄河两岸，像凿齿一样屯居洛阳一带。

前行遥遥归日无期，不禁回首思恋故乡。冰天雪地中凄惨悲伤，痛哭失声而肝肠寸断。身上尺布难掩体，皮肤粗糙如枯桑。想去汲水却被涧谷所阻，欲要采薪苦于山高坡长。

山中老虎摇尾徘徊，口中尖牙白如秋霜。虽有草木不能果腹，唯有露水可以餐饮。哀叹北上实在辛苦，停车路旁为之悲伤。何时才能天下太平，使人开颜重见天光？

短歌行

【题解】此诗年代不详。短歌行，乐府旧题，《乐府诗集》收于《相和歌辞·平调曲》中。此题多为慨叹人生苦短，需及时行乐。《乐府解题》曰："《短歌行》，魏武帝'对酒当歌，人生几何'，晋陆机'置酒高堂，悲歌临觞'，皆言当及时为乐也。"王琦注："又按《古今注》谓：长歌短歌，言人生寿命长短有定分，不可妄求也。考之魏武帝、陆士衡及唐人诸篇，皆言人运短促，当及时自勉。然二曲一致，初无寿夭之分。李善曰古诗云'长歌正激烈'，魏文帝《燕歌行》曰'短歌微吟不能长'，傅玄《艳歌行》曰'咄来长歌续短歌'，皆指歌声之长短耳，非言寿命也。斯盖命题之意欤？"李白此诗，也是在感叹生命短暂，只有茫茫苍穹，才能度过万劫。全诗末尾表达了诗人不愿求取富贵，只愿青春常驻的愿望。

白日何短短，百年苦易满①。苍穹浩茫茫②，万劫太极长③。麻姑垂两鬓④，一半已成霜。天公见玉女，大笑亿千场⑤。吾欲揽六龙，回车挂扶桑⑥。北斗酌美酒⑦，劝龙各一觞。富贵非所愿⑧，为人驻颓光⑨。

【注释】①"白日"二句：曹操《短歌行》："对酒当歌。人生几何，譬如朝露，去日苦多。"此处用其意。

②苍穹：苍天。

③万劫：犹万世，形容时间极长。佛经称世界从生成到毁灭的过程为一劫。太极：古代哲学家称最原始的混沌之气。谓太极运动而分化出阴阳，由阴阳而产生万物，是宇宙之源。《易·系辞上》："易有太极，是生两仪，两仪生四象，四象生八卦。"孔颖达疏："太极谓天地未分之前，元气混而为一，即是太初、太一也。"

④麻姑：神话中仙女名。

⑤"天公"二句：传说天公与玉女在一起做投壶之戏，投不中者则天公大笑。玉女：仙女。《神异经·东荒经》："东荒山中有大石室，东王公居焉，恒与一玉女投壶，每投千二百矫。设有入不出者，天为之噫嘘；矫出而脱误不接者，天为之笑。"

⑥"吾欲"二句：化用《楚辞·九叹·远游》"维六龙于扶桑"句意。六龙：指太阳。神话传说日神乘车，驾以六龙，羲和为御者。扶桑：

神话中的树，在东海中，日出于其上。

⑦ "北斗"句：《楚辞·九歌·东君》："援北斗兮酌桂浆"此处用其意。

⑧ "富贵"句：陶潜《归去来辞》："富贵非吾愿，帝乡不可期。"此处用其意。

⑨ 驻：留住。颓光：犹余晖。比喻暮年。

【译文】白日匆匆何其短暂，百年光阴苦于太快。苍穹浩渺茫茫无际，万劫之后太极悠长。就连仙女麻姑的两鬓，也已经一半变成霜白。天公玉女的投壶游戏，也已经大笑了千亿次。我想收揽六龙，驾车东回扶桑。以北斗来斟美酒，劝六龙各尽一觞。富贵荣华非我所愿，只求世人永留容颜。

空城雀

【题解】此诗年代不详。空城雀，乐府旧题，《乐府诗集》收于《杂曲歌辞》中。《乐府解题》曰："鲍照《空城雀》云：'雀乳四鷇，空城之阿。'言轻飞近集，茹腹辛伤，免网罗而已。"李白此诗拟鲍照古辞，以雀喻人，颂扬孤介之士安于天命大义，不贪图权势，不依附贵戚，守本分以自养的美德。

嗷嗷空城雀①，身计何戚促②！本与鹪鹩群③，不随凤凰族。提携四黄口④，饮乳未尝足。食君糠秕余⑤，常恐乌鸢逐⑥。

耻涉太行险⑦,羞营覆车粟⑧。天命有定端⑨,守分绝所欲。

【注释】①嗷嗷:哀号声。

②戚促:迫促,窘迫。

③鹪鹩:鸟名。形小。羽毛赤褐色,略有黑褐色斑点。尾羽短,略向上翘。以昆虫为主要食物。又称巧妇鸟、黄脰鸟、桃雀、桑飞等。

④黄口:雏鸟的黄嘴。借指雏鸟。

⑤糠秕(bǐ):从谷粒上脱下的皮壳(糠)和中空或不饱满的谷粒(秕)。比喻琐碎的事或没有价值的东西。

⑥乌鸢:乌鸦和老鹰,均为贪食之乌。鸢,俗称老鹰。

⑦太行:即太行山。以山势崎岖险峻著称。险:险阻。

⑧覆车粟:《艺文类聚》引《益部耆旧传》曰:"杨宣为河内太守,行县,有群雀鸣桑树上,宣谓吏曰:'前有覆车粟,此雀相随,欲往食之。'行数里,果如其言。"此处反用其事,谓雀鸟并无非分的营求。

⑨定端:定数。

【译文】嗷嗷待哺的空城雀鸟,生计是多么的迫促啊!它一向与鹪鹩为群,从不随凤凰族而飞。

它哺育四只雏鸟,饮食常常不足。啄食君家剩余的秕糠时,也常常畏惧乌鸢来抢逐。

它以涉险太行为耻,羞于营谋覆车之粟。明白天命自有定数的道理,所以安守本分而断绝欲求。

发白马

【题解】此诗年代不详。发白马，乐府旧题，《乐府诗集》收于《杂曲歌辞》中。《乐府诗集》引《通典》曰："白马，春秋时卫国曹邑有黎阳津，一曰白马津。郦生云'守白马之津'是也。发白马，言征戍而发兵于此也。"王琦注："题始于梁费昶，其辞曰'白马今虽发，黄河未结澌'云云，太白盖拟之。"白马，古津渡名。在今河南滑县东北古黄河南岸，与北岸黎阳津相望。李白此诗写将军持节出征，渡河作战，声势浩大。然后描写转战塞外，廓清寰宇，刻石勒功。最后肃清万里敌寇，百姓安居耕作，从此天下太平，干戈收藏。

将军发白马，旌节渡黄河①。箫鼓聒川岳②，沧溟涌涛波③。
武安有震瓦④，易水无寒歌⑤。铁骑若雪山⑥，饮流涸滹沱⑦。
扬兵猎月窟⑧，转战略朝那⑨。倚剑登燕然⑩，边烽列嵯峨⑪。
萧条万里外⑫，耕作五原多⑬。一扫清大漠，包虎戢金戈⑭。

【注释】①旌节：即旌和节，两种信符。唐制，节度使赐双旌双节。旌以专赏，节以专杀。

②箫鼓：箫与鼓。泛指乐奏。聒：嘈杂。

③沧溟：即大海。

④"武安"句：用武安振瓦的典故。《史记·廉颇蔺相如列传》：

"秦军军武安西,鼓噪勒兵,武安屋瓦尽振。"后以"武安振瓦"形容军势盛大。

⑤"易水"句:用荆轲易水辞别的典故。见《史记·刺客列传》。

⑥"铁骑"句:萧士赟注:"铁骑,马之带甲者。其多如山,其白如雪。"

⑦滹沱:河流名,源出山西五台山东北泰戏山,西南流至忻州市北折向东流,至盂县北穿割太行山进入河北平原。在献县与滏阳河汇合为子牙河。

⑧月窟:指极西之地,传说为月生之地。此处泛指边疆。

⑨朝那:古县名,汉置,故址在今宁夏固原县东南。属安定郡。

⑩燕然:山名,窦宪曾在此刻石勒功。《后汉书·窦宪传》:"(窦)宪、(耿)秉遂登燕然山,去塞外三千余里,刻石勒功,纪汉威德,令班固作铭。"

⑪嵯峨:山势高峻貌。

⑫"萧条"句:班固《封燕然山铭》:"萧条万里,野无遗寇。"

⑬五原:唐郡名,唐天宝元年(742)改盐州置,治五原县(今陕西定边县)。辖境相当今陕西省定边县和宁夏回族自治区盐池县一带。乾元元年(758)复改盐州。

⑭"包虎"句:谓天下太平,收藏兵器。包虎:以虎皮包裹兵器。《礼记·乐记》:"武王克殷反商,倒载干戈,包以虎皮。"郑玄注:"包干戈以虎皮,明能以武服兵也。"戢:收藏。

【译文】将军从白马津发兵,秉持旌节渡过黄河。箫鼓之声震动河山,气势激荡海波涌起。兵势浩大如同武安震瓦,气势昂扬却无易水悲歌。铁骑如山甲亮若雪,饮水能让滹沱河绝。

出兵征战月窟，继而转战朝那。倚剑登上燕然山勒功，边塞峰火台连绵嵯峨。

万里之外敌寇萧条，五原之内耕作事多。希望王师扫清大漠，天下太平收藏干戈。

陌上桑

【题解】此诗年代不详。陌上桑，乐府旧题，《乐府诗集》收于《相和歌辞·相和曲下》中。《乐府解题》曰："古辞言罗敷采桑，为使君所邀，盛夸其夫为侍中郎以拒之。"李白此诗拟《陌上桑》而作，诗中采桑女是如同罗敷那样的贞洁女，同样义正词严地拒绝了高官的无礼调戏，又引入了秋胡之事，来进一步表明采桑女的坚贞之心，开拓了古辞内容，是李白对古乐府的创新。

美女渭桥东①，春还事蚕作②。五马飞如花③，青丝结金络④。不知谁家子⑤？调笑来相谑⑥。

妾本秦罗敷，玉颜艳名都。绿条映素手，采桑向城隅⑦。使君且不顾⑧，况复论秋胡⑨？

寒螀爱碧草⑩，鸣凤栖青梧。托心自有处，但怪旁人愚。徒令白日暮，高驾空踟蹰⑪。

【注释】①渭桥：泛指唐代长安附近渭水上的桥梁。

②"春还"句：化用鲍照《采桑》："季春梅始落，工女事蚕作。"

③五马：《陌上桑》古辞："使君从南来，五马立踟蹰。"汉代太守出行时乘坐五马之车，因此以"五马"为太守的代称。

④"青丝"句：化用《陌上桑》古辞："青丝系马尾，黄金络马头。"

⑤"不知"句：化用江淹《咏美人春游》："不知谁家子，看花桃李津。"

⑥相谑：互开玩笑。多指男女间相互戏谑狎玩。

⑦"妾本"四句：化用《陌上桑》古辞："秦氏有好女，自名为罗敷，罗敷喜采桑，采桑城南隅。"

⑧使君：对太守的尊称。

⑨秋胡：秋胡为春秋时鲁国人，婚后五日，游宦于陈，五年乃归，见路旁美妇采桑，赠金以戏之，妇不纳。及还家，母呼其妇出，即采桑者。妇斥其悦路旁妇人，忘母不孝，好色淫佚，愤而投河死。事见《西京杂记》。后以"秋胡"泛指用情不专之人。

⑩寒螀（jiāng）：虫名，似蝉而小，青色。

⑪踟蹰：徘徊貌。

【译文】美女家在渭桥之东，春来田间躬做蚕事。突然五马之车疾驰而过，骏马金络上缠绕着青丝。不知这是谁家子，前来调笑采桑女。

采桑女本同秦罗敷，她的美貌名满京都。嫩绿的枝条映衬着素手，她正在城邑的一隅采桑。她对使君尚且不顾，何况是秋胡那种人。

寒蝉喜爱碧草，鸣凤栖息梧桐。她心中已有托付，只怪旁人太愚钝。他们徒劳等到日暮，空让车驾独自徘徊。

枯鱼过河泣

【题解】此诗年代不详。枯鱼过河泣,乐府旧题,《乐府诗集》收于《杂曲歌辞》中。古辞云:"枯鱼过河泣,何时悔复及。作书与鲂鱮,相教慎出入。"叙述枯鱼离河后,后悔不已,告诫出入应慎重。李白此诗拟其意,以《说苑》中白龙化鱼的故事为吟咏内容,并点明万乘之君应谨慎出行的主题。王琦注:"太白拟作与古意同,而以万乘微行为戒,更为深切。"

白龙改常服,偶被豫且制。谁使尔为鱼?徒为诉天帝①。作书报鲸鲵②,勿恃风涛势。涛落归泥沙,翻遭蝼蚁噬③。万乘慎出入,柏人以为诫④。

【注释】①"白龙"四句:用伍子胥劝说吴王故事。《说苑》:"吴王欲从民饮酒,伍子胥谏曰:'不可。昔白龙下清泠之渊,化为鱼,渔者豫且射中其目。白龙上诉天帝。天帝曰:'当是之时,若安置而形?'白龙对曰:'我下清泠之渊,化为鱼。'天帝曰:'鱼固人之所射也,若是,豫且何罪?'夫白龙,天帝贵畜也,豫且,宋国贱臣也。白龙不化,豫且不射,今弃万乘之位而从布衣之士饮酒,臣恐其有豫且之患矣。'王乃止。"豫且:春秋时宋国渔人。

②鲸鲵:即鲸。雄曰鲸,雌曰鲵。古时比喻不义之人。

③"涛落"二句:《淮南子·主术训》:"吞舟之鱼,荡而失水,则

制于蝼蚁,离其居也。"

④"柏人"句:用汉高祖典故。柏人:汉县名,汉高祖曾过此处而险遭遇难。《史记·张耳陈馀列传》:"汉八年,上从东垣还,过赵,贯高等乃壁人柏人(于柏人县馆舍壁中藏人欲行刺),要之置厕。上过欲宿,心动,问曰:'县名为何?'曰:'柏人。''柏人者,迫于人也!'不宿而去。"

【译文】白龙改换常服化为鱼,被渔夫豫且以箭制服。谁让白龙执意变化为鱼?即使向天帝申诉也徒劳。我因而作书告诉鲸鲵,勿恃风涛之势而肆虐。一旦涛落归泥沙,反遭蝼蚁之咬噬。万乘之君出入宜谨慎,应以柏人之典为警示。

丁都护歌

【题解】此诗大约是天宝六载(747),李白游丹阳时所作。丁都护歌,又作"丁督护歌",乐府旧题,《乐府诗集》收于《清商曲辞·吴声歌曲》中。《宋书·乐志》曰:"《督护歌》者,彭城内史徐逵之为鲁轨所杀,宋高祖使府督护丁旿收敛殡埋之。逵之妻,高祖长女也,呼旿至阁下,自问敛送之事,每问辄叹息曰:'丁督护!'其声哀切,后人因其声广其曲焉。"李白此诗只是拟其歌调而意旨不同,主要描写炎热夏日纤夫拖船之苦,抒发了对百姓生计艰难的深切关怀。

云阳上征去^①，两岸饶商贾^②。吴牛喘月时^③，拖船一何苦！水浊不可饮，壶浆半成土。一唱《都护歌》，心摧泪如雨！万人系盘石^④，无由达江浒^⑤。君看石芒砀^⑥，掩泪悲千古。

【注释】①云阳：今江苏丹阳。《元和郡县志》："江南道润州丹阳县，本旧云阳县。秦时，望气者云'有王气'，故凿之以败其势，截其直道使之阿曲，故曰曲阿。天宝元年，改为丹阳县。"上征：谓溯流而上。

②饶：多。

③吴牛喘月：典出自刘义庆《世说新语·言语》："满奋畏风，在晋武帝坐。北窗作琉璃屏，实密似疏，奋有难色。帝笑之，奋答曰：'臣犹吴牛，见月而喘。'"刘孝标注："今之水牛，唯生江淮间，故谓之吴牛也。南土多暑，而此牛畏热，见月疑是日，所以见月则喘。"此处代指盛夏炎热之时。

④盘石：极为坚硬而致密的石头。同"磐石"。

⑤江浒：江边。

⑨芒砀（dàng）：大而多貌。

【译文】自云阳县溯流而上，两岸云集诸多商贾。吴牛望月而喘的时候，逆水拖船是多么辛苦。河水浑浊不可饮用！一壶河水半是泥沙！纤夫们唱着《都护歌》，心中悲伤泪下如雨。万人拖曳着巨石，也无法到达江边。君看巨石如此庞大，不禁掩泪感伤千古！

相逢行

【题解】此诗年代不详。相逢行，乐府旧题，《乐府诗集》收于《相和歌辞·清调曲》中。又名《相逢狭路间行》或《长安有狭邪行》。陆机有《长安有狭邪行》，叙述世道多歧路，令人无所是从。《相逢行》古辞写少年相逢路上，盛夸其家之豪侈。李白此诗写相逢佳人，不得相亲，与古辞本义不同，乃李白借古题写新作。首段写朝出银台门，路遇佳人。秀色无双，疑为天人。彼此相邀，当歌对酒。次一段写彼此相见却不得相亲，未曾多语已可知心。空闺相思，只能寄托青鸟。末段写时光易逝，人生易老。担心佳期一过，老大徒伤悲。此诗明为写男女倾慕而不得，实则托喻不能得君王之知遇，不能一展抱负之抑郁。

朝骑五花马①，谒帝出银台②。秀色谁家子？云车珠箔开③。金鞭遥指点，玉勒近迟回④。夹毂相借问⑤，疑从天上来。邀入青绮门⑥，当歌共衔杯。衔杯映歌扇，似月云中见。

相见不得亲，不如不相见。相见情已深，未语可知心。胡为守空闺，孤眠愁锦衾。锦衾与罗帷，缠绵会有时。春风正淡荡⑦，暮雨来何迟⑧？愿因三青鸟⑨，更报长相思。

光景不待人，须臾发成丝。当年失行乐⑩，老去徒伤悲。持此道密意，无令旷佳期⑪。

【注释】①五花马：唐人喜将骏马鬃毛修剪成瓣以为饰，分成五瓣者，称"五花马"，亦称"五花"。

②银台：宫门名。唐时翰林院、学士院都在银台门附近，后因以银台门指代翰林院。

③云车：以云纹为装饰的车子。亦泛指华贵之车。珠箔：珠帘。

④玉勒：玉制的马嚼子，此代指马。迟回：徘徊。

⑤夹毂（gǔ）：夹于车乘两侧，形容紧靠车辆。毂：本指车轮中央轴所贯处，此处代指车。

⑥青绮门：即长安东门。汉代长安十二门。东门第三门本名霸城门，因其门色青，又名青城门、青门、青绮门。见《水经注·渭水》。

⑦淡荡：和缓。

⑧"暮雨"句：用巫山神女的故事。

⑨三青鸟：相传为西王母的传信使者。《山海经·西山经》："三危之山，三青鸟居之。"郭璞注："三青鸟，主为西王母取食者，别自栖息于此山也。"又《大荒西经》："是处谓之沃土之野，有三青鸟，赤首黑目，一名曰大鵹，一名曰少鵹，一名曰青鸟。"郭璞注："皆西王母所使也。"

⑩当年：壮年。

⑪旷：荒废，耽误。

【译文】清晨骑着五花马上朝，谒见皇帝后出银台郊游。路上遇到是谁家女子，坐在云车正掀开珠帘。我以金鞭遥相指点，上前勒马徘徊前后。抵近车驾出语相问，疑是仙女从天而来。于是邀她来到青绮门，与我一起高歌饮美酒。佳人举杯扇掩面，如同明月云中见。

相见不得相亲，还不如不相见。与她一见已经情深，虽未言语互相知心。她为何会独守空闺？长夜孤眠愁拥锦被。就算锦被罗帷中相见，彼此缠绵的时候终会来。可是正当春风和煦之际，巫山云雨为何要待来日？愿托王母的三青鸟，为我捎去相思之信。

光阴荏苒时不我待，转眼间黑发成白丝。少年时不及早行乐，老去就会徒然伤悲。请将此中情意转告佳人，无令良辰美景白白虚度。

千里思

【题解】此诗年代不详。千里思，乐府旧题，《乐府诗集》收于《杂曲歌辞》中。王琦注曰："北魏祖叔辨作《千里思》，其辞曰：'细君辞汉宇，王嫱即虏衢。无因上林雁，但见边城芜。'盖为女子之远适异国者而言。太白拟之，另以苏、李别后相思为辞。"李白此诗吟咏李陵和苏武之间，在国家大义下的朋友情谊。李陵兵败降匈奴，本非其愿，犹怀故国，而武帝诛其全族，令李陵家国两失，悲愤之情难以言表。苏武滞留匈奴十九年，一朝得回汉庭，名垂青史。李陵对此心中五味杂陈，抑郁难平。全诗描写了李陵思归而又不得归的复杂心情，李白对李陵的遭遇既贬又悲。

李陵没胡沙^①，苏武还汉家^②。迢迢五原关^③，朔雪乱边花。
一去隔绝国^④，思归但长嗟。鸿雁向西北，因书报天涯^⑤。

【注释】①李陵：西汉陇西成纪人，字少卿。李广孙。善骑射。武帝时为建章监。拜骑都尉，率锐卒五千，教射于酒泉以备胡。天汉二年

（前99），贰师将军李广利将三万骑出酒泉击匈奴，使陵为之将辎重。陵请自当一队。遂率步卒五千人出居延，数败匈奴。然匈奴骑多，陵矢尽力竭而降。单于以为右校王，以女妻之。传陵教匈奴用兵，武帝信之，族灭其家。昭帝立，霍光遣使招之，不还。居匈奴二十余年，病死。事见《史记·李将军列传》。

②"苏武"句：苏武，字子卿，西汉武帝时出使匈奴被扣留，不屈服于匈奴，在北海牧羊十九年。后才得以重返汉朝。事见《史记·苏武传》。

③五原关：关塞名，即汉五原郡之榆柳塞。在今内蒙古自治区五原县。

④绝国：绝远之国。

⑤"鸿雁"二句：王琦注："《文选》有李少卿《答苏武书》，李周翰注：'《汉书》曰：李陵字少卿，以天汉二年率步卒五千人出塞与单于战，力屈乃降。在匈奴中与苏武相见，武得归，为书与陵，令归汉，陵作书答之。'此诗末联正用其事。"

【译文】李陵兵败而降陷没胡沙，苏武不辱使命终返汉廷。五原关迢迢万里外，朔雪纷飞如花乱舞。

李陵一去相隔绝国，思家难归只能长叹。鸿雁年年飞向西北，苏武寄书托付天涯。

树中草

【题解】此诗年代不详。树中草，乐府旧题，《乐府诗集》收于

《杂曲歌辞》中。王琦注引胡震亨曰："梁简文帝本辞:'幸有青袍色,聊因翠幄涧。虽间珊瑚蒂,非是合欢条。'此诗虽拟旧题,而借讽同根,辞意尤微,非复宫体物色初裁矣。"全诗借物咏兄弟之情,草木虽然无情,却能相依而生,同根兄弟却各自荣枯,不禁让人叹息。此诗可能作于永王李璘兵败身死之后。

鸟衔野田草,误入枯桑里①。客土植危根②,逢春犹不死。草木虽无情,因依尚可生。如何同枝叶,各自有枯荣?

【注释】①"鸟衔"二句:萧士赟注:"此谓桑寄生也。《本草图经》曰:'桑寄生出弘农山谷桑上,今处处有之。云是乌鸟食物,子落枝节间,感气而生。叶似橘而厚软,茎似槐枝而肥脆,三四月生,花黄白色,六月七月结实,黄色如小豆大。'"

②客土:从别处运来的泥土。危根:不牢固的根。

【译文】飞鸟衔起野田之草,却误入到枯桑枝中。虚根附着在异土之上,适逢春来而犹能不死。草木虽是无情物,也可以相依而生。为何同枝上的树叶,却各自枯荣有不同?

君马黄

【题解】此诗年代不详。君马黄,乐府旧题,《乐府诗集》收于《鼓吹曲辞·汉铙歌》中。胡震亨曰:"《汉铙歌·君马黄》曲辞,旧无其解。后之拟者,但咏马而已。惟太白'相知''急难'语,似独得其解者。按本辞云：'君马黄，臣马苍，二马同逐臣马良。'借言我马之良，喻我所效于友者较胜。古者君臣之称，通乎上下故也。其曰'美人归以南，驾车驰马，美人伤我心；佳人归以北，驾车驰马，佳人安终极'者，美人、佳人，亦称其友。驾车驰马南北，就上马之同逐，言其分驰而去，以喻交之不终。而一则曰'伤我心'，一则曰'安终极'，虽怨之，不忍明言之，则尤有不出恶声之意焉。盖古交友相责望之词，采诗者以其言之含蓄近厚，故入之于乐，非太白几无能发明之矣。"这首诗的主旨在于抒发，与交友，贵相知，不急难，有何益的情怀。

君马黄，我马白。马色虽不同，人心本无隔。

共作游冶盘①，双行洛阳陌②。长剑既照曜③，高冠何赩赫④。各有千金裘⑤，俱为五侯客⑥。

猛虎落陷阱，壮士时屈厄⑦。相知在急难⑧，独好亦何益？

【注释】①游冶：游荡娱乐。盘：游乐。游冶盘：盘游娱乐。《尚书·五子之歌》："（太康）乃盘游无度。"

②洛阳陌：洛阳大道。陌：道路，南北为阡，东西为陌。

③曜：照耀。

④赩（xì）赫：赤色光耀貌。潘岳《射雉赋》："摛朱冠之赩赫。"徐爰注："赩赫，赤色貌。"

⑤千金裘：价值千金的皮裘。《史记·孟尝君列传》："此时孟尝君有一狐白裘，直千金，天下无双。"此处形容极为珍贵之皮裘。

⑥五侯：指同时封侯的五人。汉成帝封其舅王谭平阿侯、王商成

都侯、王立红阳侯、王根曲阳侯、王逢时高平侯。见《汉书·元后传》。
李善注:"《汉书》曰:成帝悉封舅王谭、王立、王根、王逢时、王商为列
侯,五人同日封,故世谓之'五侯'。"后泛指公侯权贵。

⑦屈厄:困窘。

⑧急难:急人之难。《诗经·小雅·棠棣》:"脊令在原,兄弟急
难。"毛传:"急难,兄弟之相救于急难。"

【译文】您的马是黄色,我的马是白色。马的颜色虽不相同,人心
本就没有间隔。

我们一起出游共嬉戏,双行在洛阳街头巷陌。腰间宝剑明闪闪,
头上高冠多鲜丽。各自拥有千金裘,都是五侯座上客。

猛虎也有落入陷阱的时候,壮士有时也会陷于危难中。相知贵在
急难中能相救,只是一人独善又有何益?

拟古

【题解】此诗年代不详,为拟古诗,并未收入《乐府诗集》。全
诗前四句以美人自喻,表达了诗人空有期许,还未得知遇已衰老的
感叹。后四句写盼望与帝子相逢,却流水荡漾,无法约期。只能期
盼黄鹤来托付音讯。表达了诗人欲报效人君,却缺乏引荐,无法申
明志向。

融融白玉辉①,映我青蛾眉。宝镜似空水,落花如风吹。

出门望帝子, 荡漾不可期②。安得黄鹤羽, 一报佳人知③?

【注释】①融融: 明亮貌。

②"出门"二句: 江淹《王徵君微养疾》诗:"北渚有帝子, 荡漾不可期。"吕延济注:"帝子, 娥皇、女英。荡漾, 言随波上下, 不可与之结期。"

③"安得"二句: 江淹《去故乡赋》:"愿使黄鹤兮报佳人"。此处用其意。

【译文】白玉闪耀着和暖的光辉, 映照着我青色的蛾眉。宝镜好似空净的湖水, 落花缤纷如同风吹过。

出门远望娥皇女英, 湘水荡漾不可约期。何时才能盼到黄鹤来, 把思念报给佳人知晓。

折杨柳

【题解】此诗年代不详。折杨柳, 乐府旧题,《乐府诗集》收于《横吹曲辞》中。西汉时李延年作横吹曲二十八解, 魏晋时辞亡失。晋太康末, 京洛有《折杨柳》歌, 辞多言兵事劳苦。南朝梁、陈和唐人多为伤春惜别之辞, 而怀念征人之作尤多。胡震亨曰:"本古横吹曲, 辞亡, 梁、陈后拟者, 皆作闺人思远戍之辞, 太白诗亦同此意。"李白此诗亦承古意, 描述了闺妇在明媚春光里, 思念征夫, 折柳寄情。此诗先写杨柳初春萌发之态, 再叙闺妇对柳怀夫之情,终述攀条折柳寄春之意，层层递进，感人至深。

垂杨拂渌水，摇艳东风年①。花明玉关雪，叶暖金窗烟。
美人结长想②，对此心凄然。攀条折春色，远寄龙庭前③。

【注释】 ①摇艳：荡漾，摇曳。

②长想：长相思。

③龙庭：又叫龙城。是匈奴祭天、大会诸部之地。故址在今蒙古人民共和国鄂尔浑河一带。《后汉书·窦宪传》："蹀冒顿之区落，焚老上之龙庭。"李贤注："匈奴五月大会龙庭，祭其先、天地、鬼神。"

【译文】 垂杨枝条拂过碧水，轻轻摇曳在春风中。花儿鲜明犹如玉关白雪，叶色和暖似为金窗之烟。

美人惆怅泛起长相思，面对此景不禁心凄然。只能攀柳折下春色，远寄龙城守边夫君。

凤凰曲

【题解】 此诗年代不详。凤凰曲，乐府旧题，《乐府诗集》收于《清商曲辞·江南弄下》中。此诗吟咏秦穆公女儿弄玉与萧史吹箫引凤，最后随凤凰飞去的故事。

嬴女吹玉箫，吟弄天上春①。青鸾不独去②，更有携手人。影灭彩云断,遗声落西秦③。

【注释】①"嬴女"二句:《列仙传》:"箫史者,秦穆公时人也,善吹箫,能致孔雀、白鹤于庭。穆公有女字弄玉,好之,公遂以女妻焉。日教弄玉作凤鸣。居数年,吹似凤声,凤凰来止其屋。公为作凤台,夫妇止其上,不下数年,一旦,皆随凤凰飞去。故秦人为作凤女祠于雍,宫中时有箫声而已。"秦国,以嬴为姓,故称秦女为嬴女。

②青鸾:传说中凤类神鸟,多为神仙所乘。《艺文类聚》引《决录注》曰:"凡象凤者有五:多赤色者凤,多青色者鸾,多黄色者鹓雏,多紫色者鸑鷟,多白色者鹄。"此处指弄玉和箫史所乘之凤凰。

③"影灭"二句:谓弄玉、箫史二人飞仙,人去台空,只有其故事流传于秦地。西秦:泛指今陕西一带。

【译文】嬴女弄玉吹玉箫,吟弄天上之春曲。青鸾不肯单独去,还有箫史携手飞。他们的身影消失在彩云中,他们的故事流传于西秦。

少年子

【题解】此诗年代不详。少年子,乐府旧题,《乐府诗集》收于《杂曲歌辞》中。乐府旧题多言少年行乐不羁之事。李白此诗承旧题,描写贵公子放荡不羁的生活,未直接言明褒贬,故后人看法不一。

青云少年子^①,挟弹章台左^②。鞍马四边开,突如流星过。金丸落飞鸟,夜入琼楼卧^③。夷齐是何人?独守西山饿^④。

【注释】①青云少年子:即贵公子。青云,喻显贵。

②章台:秦宫殿名。以宫内有章台而得名。

③琼楼:华丽精美的楼阁。

④"夷齐"二句:夷齐:指伯夷、叔齐。武王伐纣,伯夷叔齐叩马而谏。武王灭纣后,二人耻食周粟,逃至首阳山,采薇而食,饿死在首阳山。西山:这里指首阳山。

【译文】富贵家的少年儿,挟弹来到章台下。策马纵横奔腾,宛如流星掠过。金丸射落飞鸟,夜入琼楼酣卧。伯夷、叔齐又是谁?何必独守西山而饿死。

紫骝马

【题解】此诗年代不详。紫骝马,乐府旧题,《乐府诗集》收于《横吹曲辞》中。《古今乐录》:"《紫骝马》古辞曰:'十五从军征,八十始得归。道逢乡里人,家中有阿谁?'又梁曲曰:'独柯不成树,独树不成林。念郎锦襦裆,恒长不忘心。'"内容多为表达从军久戍,怀归思乡之意。后世拟作多以咏马为主,李白此诗咏马的同时,兼及从军远戍,不恋家室之乐,既承古题,又出新意。紫骝,赤色骏马。此诗前四句描写紫骝马的神俊,后四句抒发卫国戍边,不愿眷恋家室之意。

紫骝行且嘶，双翻碧玉蹄。临流不肯渡，似惜锦障泥^①。
白雪关山远，黄云海戍迷^②。挥鞭万里去，安得念春闺？

【注释】①锦障泥：华美的障泥。障泥，垂于马腹两侧，用于遮
挡尘土的东西。此二句用晋朝王济故事。《世说新语·术解》："王武子
（王济）善解马性，尝乘一马，著连钱障泥，前有水，终日不肯渡。王
云：'此必是惜障泥。'使人解去，便径渡。"

②"白雪"二句：王琦注："白雪、黄云，皆唐时戍名。白雪戍在蜀
地，与吐蕃接壤。杜诗屡用之。黄云戍，未详所在。戎昱诗：'擒生黑山
北，杀敌黄云西。'薛逢诗：'岂知万里黄云戍，血迸金疮卧铁衣。'"

【译文】紫骝宝马奔驰嘶鸣，碧玉马蹄上下翻飞。来到河边不肯
渡水，好像怜惜锦缎障泥。

远度白雪皑皑的关山，进入迷蒙的黄云海戍。挥鞭奔赴万里之
外，怎能贪恋家室温馨。

少年行二首

【题解】少年行，乐府旧题，《乐府诗集》收于《杂曲歌辞》
中。源出《结客少年场行》。《乐府解题》曰："《结客少年场行》，
言轻生重义，慷慨以功名也。"内容多是少年任侠行乐之事。

其一

【题解】这首诗引用荆轲的典故，来表现少年的豪爽和任侠。这也是诗人自己侠义情怀的体现。全诗格调激昂，慷慨豪壮，充满男儿血脉贲张的豪气。

击筑饮美酒①，剑歌易水湄②。经过燕太子③，结托并州儿④。少年负壮气⑤，奋烈自有时。因击鲁勾践，争博勿相欺⑥。

【注释】①"击筑"句：用荆轲高渐离故事。典出《史记·刺客列传》。筑：一种古代的弦乐器。其状似琴而大，有十三弦。演奏时，左手按弦的一端，右手执竹尺击弦发音，故曰筑。《史记·刺客列传》："（荆轲）至燕，爱燕之狗屠及善击筑者高渐离，日与狗屠及高渐离饮于燕市。酒酣以往，高渐离击筑，荆轲和而歌于市中，相乐也，已而相泣，旁若无人。"

②"剑歌"句：用荆轲故事。典出《史记·刺客列传》，荆轲赴秦，"太子及宾客知其事者，皆白衣冠以送之。至易水之上，高渐离击筑，荆轲和而歌，士皆垂泪涕泣。又前而为歌曰：'风萧萧兮易水寒，壮士一去兮不复还。'士皆瞋目，发尽上指冠。于是荆轲就车而去，终已不顾。"湄：水边，岸边。

③燕太子：名丹，燕王喜之太子。曾为质于秦，秦王政待之不善，怨而逃归。时秦已并韩、赵，兵临燕境，他遣荆轲以献燕督亢地图为名，往刺秦王，未果。秦怒，发兵攻燕益急，燕退保辽东。次年，被燕王喜

斩首献秦。事见《战国策·燕策》。

④并州儿：用山简故事。《晋书·山简传》："时有童儿歌曰：'……举鞭问葛疆：何如并州儿？'疆家在并州，简爱将也。"并州：唐代并州范围相当于今山西省阳曲县以南、文水县以北的汾水中游及其以东地区，治所在今山西太原市。

⑤"少年"句：用徐悱《白马篇》中："少年负壮气，耿介立冲冠。"的成句。

⑥"因击"二句：鲁勾践：战国时赵国侠客。《史记·刺客列传》："荆轲游于邯郸，鲁句践与荆轲博，争道，鲁句践怒而叱之，荆轲默而逃去，遂不复会。鲁句践已闻荆轲之刺秦王，私曰：'嗟乎，惜哉其不讲于刺剑之术也！甚矣，吾不知人也。曩者吾叱之，彼乃以我为非人也。'"争博：因赌博而相争。博，古代一种棋戏。

【译文】像高渐离那样击筑饮美酒，像荆轲那样易水弹剑悲歌。往来于燕太子丹那样的王公贵戚，结交像并州儿那样的豪侠之人。少年身负壮志，自有奋发之时。世人不要像鲁勾践那样，若有争博千万不要相欺。

其二

【题解】这首诗描写五陵少年游春的情景。五陵少年乘着银鞍白马，踏尽落花游春而回，笑入胡姬酒肆畅饮为乐，少年不羁之态，尽显笔端。朱之荆《增订唐诗摘钞》："极写豪华之盛，曲尽少年之态。"严羽评点《李太白诗集》："写豪情在'笑入'二字，有味。"

五陵年少金市东①，银鞍白马度春风。落花踏尽游何处？笑入胡姬酒肆中②。

【注释】①五陵：见本卷《白马篇》注。金市：一指魏晋时洛阳故城内的街市名。晋陆机《洛阳记》："洛阳有三市：一曰金市，在宫西大城内；二曰马市，在城东；三曰羊市，在城南。"二指长安西市。

②胡姬：西域女子。唐朝时长安多胡人酒肆，内有胡人女子以歌舞侍酒。

【译文】五陵公子来到金市之东，骑着银鞍白马沐浴春风。踏花游春之后将到哪里？两两结伴笑入胡姬酒肆中。

白鼻騧

【题解】白鼻騧（guā），乐府旧题，《乐府诗集》收于《横吹曲辞》中。《乐府诗集·高阳乐人歌》："《古今乐录》曰：'魏高阳王乐人所作也。又有《白鼻騧》，盖出于此。'"其辞曰："可怜白鼻騧，相将入酒家。无钱但共饮，画地作交赊。"白鼻騧，白鼻黑嘴的黄马。此诗写酒客乘白鼻騧，在春风细雨中，来到胡姬酒肆畅饮。唐朝时期，长安城中有很多胡人酒肆，这首诗也反映了当时的社会景况。

银鞍白鼻騧，绿地障泥锦。细雨春风花落时，挥鞭且就胡姬饮。

【译文】白鼻黑嘴的黄马配着银鞍，上面披挂绿色的锦缎障泥。在这细雨春风落花之时，挥鞭去往胡姬酒肆痛饮。

豫章行

【题解】豫章行，乐府旧题，《乐府诗集》收于《相和歌辞·清调曲》中。《乐府诗集》引《古今乐录》曰："《豫章行》。王僧虔云《荀录》所载《古白杨》一篇，今不传。"此诗应是上元元年（760）秋，李白在豫章（今江西南昌市）时所作。此诗以乐府旧题写时事，当时安史之乱尚未完全平息，叛军残部仍肆虐中原，因而吴地还有征调之苦，李白在豫章亲见百姓离别的凄惨场面，于是感怀而作。体现了诗人对广大百姓不幸遭遇的深切同情，以及能早日平定叛乱，恢复太平的愿望。

胡风吹代马[①]，北拥鲁阳关[②]。吴兵照海雪[③]，西讨何时还？
半渡上辽津[④]，黄云惨无颜。老母与子别，呼天野草间。白马绕旌旗，悲鸣相追攀。白杨秋月苦，早落豫章山[⑤]。
本为休明人，斩虏素不闲[⑥]。岂惜战斗死，为君扫凶顽。精感石没羽[⑦]，岂云惮险艰？
楼船若鲸飞，波荡落星湾[⑧]。此曲不可奏[⑨]，三军鬓成斑。

【注释】①胡风：指北风。代马：古有代国（今山西东北部及河北西北部一带），多产名马，称代马。

②鲁阳关：关名，战国时称鲁关，汉时称鲁阳，故址在今河南鲁山县西南。《元和郡县志》："鲁阳关在邓州向城县北八十里，令邓、汝二州于此分境。"

③吴兵：此指朝廷在吴地征调之兵。

④上辽津：水名，大约在今江西永修县。

⑤"白杨"二句：反用乐府古辞《豫章行》中的"白杨初生时，乃在豫章山"诗句。

⑥"本为"二句：谓原本是太平之民，并不熟习作战之事。休明：政治清明，社会安定。闲：同"娴"，熟习。

⑦"精感"句：用汉李广故事。《史记·李将军列传》记载，李广出猎，看见草中大石，以为卧虎，射之，入石没羽。他日更射之，再难射入，先前之箭，可谓精诚所至。

⑧落星湾：即鄱阳湖西北之彭蠡湾，传说有星坠此，因以名之。

⑨此曲：即《豫章行》古曲。

【译文】北风吹送代地胡马，北来拥兵鲁阳关下。吴兵甲胄雪亮映照湖光，将要西去讨虏何时能回。

吴兵簇拥正要渡过上辽津，天上黄云惨淡父老面无颜色。老母悲戚与子告别，呼天喊地于野草间。白马围绕旌旗，不停悲鸣追逐。白杨边秋月惨淡，早早落入豫章山。

都是太平盛世之人，素不习惯上阵杀敌。不惜战斗捐躯而死，只为君主扫灭顽寇。精诚所至入石没羽，岂能言说惧怕艰险？

楼船疾进若长鲸飞驰，波涛汹涌激荡落星湾。《豫章行》之曲不可以再奏，否则三军都要愁白鬓发。

沐浴子

【题解】这首诗年代不详，可能作于李白离朝前后。沐浴子，乐府旧题，《乐府诗集》收于《杂曲歌辞》中。王琦注引胡震亨曰："《沐浴子》，梁陈间曲也。古辞：'澡身经兰氾，濯发傃芳洲。'太白拟作，专用《楚辞·渔父》事。"全诗以《楚辞·渔父》内容为吟咏主题，表达了人生处世应该韬光隐晦，和光同尘的思想。萧士赟曰："此诗全隐括《渔父》词之意。"沈德潜《唐诗别裁》："立身忌太洁，不如老氏之和光同尘也。暗用《楚骚》意。"黄周星《唐诗快》："豪放人忽作此澹寂语。"

沐芳莫弹冠，浴兰莫振衣①。处世忌太洁，至人贵藏晖②。沧浪有钓叟③，吾与尔同归。

【注释】①"沐芳"二句：《楚辞·渔父》："新沐者必弹冠，新浴者必振衣。"《楚辞·九歌·云中君》："浴兰汤兮沐芳。"此处用其意。

②至人：道家常指思想道德等方面达到至高境界的人。藏晖：韬光隐晦之意。

③钓叟：指《楚辞·渔父》中提到的渔父。

【译文】沐芳切莫弹冠除灰，浴兰切莫振衣去尘。处世切忌太过高洁，高人善于韬光晦迹。沧浪之水有钓鱼翁，我愿与他同归隐去。

卷五　乐府四

高句骊

【题解】此诗应是天宝元年（742），李白在长安供奉翰林时所作。高句骊，骊又作"丽"，乐府旧题，《乐府诗集》收于《杂曲歌辞》中。高句丽，即高丽，今朝鲜。《旧唐书·东夷传》："高丽者，出自扶余别种也。其国都于平壤城，即汉乐浪郡之故地，在京师东五千一百里。"诗中提到的金花帽、广袖、白马等俱为高丽民族之服饰，此诗似为李白目睹高句丽之舞蹈而咏之。全诗以简洁、生动的笔墨描写了高句丽人的舞蹈场景。

金花折风帽①，白马小迟回②。翩翩舞广袖③，似鸟海东来④。

【注释】①金花：舞者的帽饰。折风帽：冠名。《北史·高丽传》："人皆头著折风，形如弁，士人加插二鸟羽。贵者其冠曰苏骨，多用紫罗为之,饰以金银。服大袖衫,大口袴,素皮带,黄草履。"

②白马:乐舞的饰物,并非真马。迟回:徘徊。

③广袖:萧士赟注:"金花帽、白马、广袖者,当时乐舞之饰,即所见而咏之。"

④海东:一指高丽在渤海之东,故称。一指海东青,一种凶猛的鸟。

【译文】头戴金花折风帽,手牵白马小徘徊。翩翩起舞舒广袖,迅捷好似海东青。

静夜思

【题解】此诗年代不详。静夜思,李白自制的乐府诗题,《乐府诗集》收入《新乐府辞》中。这是一首脍炙人口的五绝,全诗语言清新,近似白话,篇幅虽短,但感情真挚,言浅意深,深得乐府古意,堪称经典。朱之荆《增订唐诗摘钞》点评:"思乡诗最多,终不如此四语真率而有味。此信口语,后人复不能摹拟,摹拟便丑。"又曰:"语似极率易,然细读之,乃知,回环尽致,终不得以率易目之。"

床前看月光,疑是地上霜①。举头望山月,低头思故乡。

【注释】①"疑似"句:化用梁简文帝《玄圃纳凉》诗:"夜月似秋

霜。"

【译文】看着床前明亮的月光，让人疑是满地的秋霜。抬头望向山边的皓月，低头想起远方的故乡。

渌水曲

【题解】此诗年代不详。渌水曲，乐府旧题，《乐府诗集》收于《琴曲歌辞》中。王琦注："《渌水》，本琴曲名，太白袭用其题，以写所见，其实则《采菱》《采莲》之遗意也。"此诗描写女子秋日采白苹，荡舟水中，看见荷花无比娇艳，女子睹其美丽，心有所思而生愁。全诗语调明快，描写生动，表现出诗人细腻的笔触。刘文蔚《唐诗合选详解》："采苹而忽见荷花之娇艳，因转而为愁，盖妒其艳也。"朱宝莹《诗式》点评："首句先叙时景，见水月入秋，愈臻清澈，盖为泛舟点染。二句设为采苹，以寄秋意，起下荡舟之人。三句本为采苹而见荷花、系从旁面烘托；荷花又娇如欲语，系从生情。四句'愁杀'二字，所谓如顺流之舟矣。'荡舟人'对上'荷花'、'愁杀'对上'娇欲语'。此盖心有所属，情不能已，而有所托也。"

渌水明秋日[①]，南湖采白苹[②]。荷花娇欲语，愁杀荡舟人[③]。

【注释】①渌水：清澈的水。明：用作动词，照亮。

②白苹：一种水生植物，又称四叶菜、田字草，是多年生浅水草

本，根茎在泥中，叶子浮在水面之上，五月开花，白色，故称白苹。

③愁杀：即"愁煞"，杀，用在动词后，表示极度。

【译文】清澈的水流在秋日下明亮发光，美丽的女子在南湖中采摘白苹。荷花娇媚似对人欲语，却使荡舟女惆怅不已。

凤台曲

【题解】此诗年代不详。凤台曲，乐府旧题，《乐府诗集》收于《清商曲辞》中。王琦注："按《乐府诗集》，梁武帝制《上云乐》七曲，其一曰《凤台曲》。"凤台，又名凤女台，在今陕西岐山县，据说是秦穆公为其女弄玉和萧史所建。此诗与《凤凰曲》取意类似。诗中描述了秦穆公之女弄玉随萧史学吹箫，两情相悦，彼此相伴成仙而去的故事。

尝闻秦帝女①，传得凤凰声。是日逢仙子②，当时别有情。人吹彩箫去，天借绿云迎。曲在身不返，空余弄玉名。

【注释】①秦帝女：即秦穆公之女弄玉。

②仙子：指萧史。

【译文】曾听说秦穆公之女弄玉，学会吹奏凤凰鸣叫之声。那天她遇到仙人萧史，他们彼此都怀有深情。弄玉吹彩箫随萧史而去，天上飘来绿云迎接他们。箫曲虽在人却不返，世间空留弄玉之名。

猛虎行

【题解】此诗应是天宝十五载（756），李白由宣城到溧阳后所作。猛虎行，乐府旧题，《乐府诗集》收于《相和歌辞·平调曲》中。《猛虎行》古辞云："饥不从猛虎食，暮不从野雀栖。野雀安无巢，游子为谁骄。"盖取首句二字以命题。此诗的真伪，历代有很大争议。严羽、杨齐贤、萧士赟等皆认为是伪作，而王琦认为是真作。严羽评点《李太白诗集》："太滥漫，疑非白诗，然声情却似。"杨齐贤曰："此诗似非太白之作。"萧士赟《分类补注李太白诗》云："此诗似非太白之作，用事既无伦理，徒尔肆为狂诞之辞，首尾不相照应，脉络不相贯串，语意斐率，悲欢失据，必是他人之诗窜入集中，岁久难别。前辈识者苏东坡、黄山谷，于《怀素草书》《悲来乎》《笑矣乎》等作，尝致辩矣。愚于此篇，亦有疑焉。因笔于此，以俟知者。"王琦注《李太白全集》云："是诗当是天宝十五载之春，太白与张旭相遇于溧阳，而太白又将遨游东越，与旭宴别而作也。于时，禄山叛逆，河北、河南州郡相继陷没，故有'旌旗缤纷两河道，战鼓惊山欲倾倒'之句。高仙芝所率之兵，多关中子弟，今既败走，半为贼所擒虏，故有'秦人半作燕地囚'之句。又《唐书·李泌传》言：'贼掠子女、玉帛，悉送范阳。'是又'燕地囚'之一证也。东京既陷，则胡骑充斥，遍于郊圻，故有'胡马翻衔洛阳草'之句。明皇听宦者之谗，不责仙芝以孟明之效，而即加以子玉之诛，是贼再胜而官军再败也，故有'一输一失关下兵'之句。常山太守颜杲卿起兵讨贼，河北十七郡皆归朝廷，及常山破败，河北诸郡复为贼守，故有'朝降夕叛幽蓟城'之句。禄山方炽，未能授首，天下将帅疲于奔命，故有'巨鳌未斩海水动，鱼龙奔走安得宁'之句。以下泛引张、韩未遇之事，以起己之怀长策而见弃当时，窜身南国，流寓宣城，书剑萧条，仅寄壮心于六博，宜其有肠断泪下之悲矣。'张旭'以下六句，皆是美旭之词。旭尝为常熟尉，故以沛中豪吏比之，而赏其胸藏风云，知其必有遇合之时也。'溧阳酒楼'，指其相会之地，'三月'、'杨花'记其相遇之时。'丈夫相见且为乐，槌牛挝鼓会众宾'，想见一时在会诸人，多有四海雄侠，非龌龊俦伍，倾心倒意，其乐宜矣。而太白于此，又将有东越之游，故曰'我从此去钓东海，得鱼笑寄情相亲'，以示眷恋不忘之意。诗之大旨最为明晰。或曰：张旭生卒，诸书皆无考，何以知是时尚在而与白相遇耶？琦按：长史有乾元二年帖，见《山谷集》中，据此推之，则其时尚在可知矣。至萧氏訾此诗非太白之作，以为用事无伦理，徒尔肆为狂诞之词，首尾不相照，脉络不相贯，语意斐率，悲欢失据，必是他人诗窜入集中者。苏东坡、黄山谷于《怀素草书》、'悲来乎'、'笑矣乎'等作，尝致辩矣。愚于此篇亦有疑焉。今细阅之，其所谓无伦理、肆狂诞者，必是'楚汉翻覆'、'刘项存亡'等字，疑其有高视禄山之意，而不知正是伤时之不能收揽英雄，遂使逆竖得以苍狂耳，何为以数字之辞而害一章之意耶？至其悲也，以时遇之艰；其欢也，以得朋之庆。两意本不相碍，首尾一贯，脉络分明，浩气神行，浑然无迹，有识之士自能别之。"而瞿蜕园、朱金成《李白集校注》曰："其实诗中只一处涉及张旭，并未确言与张旭本人相酬答，所谓丈夫相见且为乐者，亦非必谓与张旭相见也。详玩诗意，盖友人盛称张旭,聊借此发端以自抒怀抱耳。古人非制题后作诗,亦非必一诗专写一事,不必执一二字为辨。前人疑此诗者大抵以'颇似楚汉时'一语似非唐之臣子所宜言,而不知唐人于此等文字不似后人之计较,以本集崔宗之赠诗中'分明楚汉事'一语证之,已可知其不足怪矣。"全诗首段叙述安禄山叛军肆虐中原,占据东都洛阳,而唐军损兵折将,天下臣民惊恐不安。次段借张良、韩信未遇的故事,抒发诗人虽胸怀济世之策也无处施展,只能窜身南国的遗憾。末段称赞张旭为一代奇人,心藏风云。再写与张旭在溧阳酒楼和众宾客饮宴的情景,最后诗人表达意欲垂钓东海的愿望。

　　朝作《猛虎行》,暮作《猛虎吟》。肠断非关陇头水①,泪下不为雍门琴②。旌旗缤纷两河道③,战鼓惊山欲倾倒。秦人半作燕地囚,胡马翻衔洛阳草④。一输一失关下兵⑤,朝降夕叛幽蓟城⑥。巨鳌未斩海水动⑦,鱼龙奔走安得宁⑧?

　　颇似楚汉时,翻覆无定止。朝过博浪沙,暮入淮阴市。张良未遇韩信贫,刘项存亡在两臣。暂到下邳受兵略,来投漂母作主人⑨。贤哲栖栖古如此⑩,今时亦弃青云士⑪。有策不敢犯龙鳞⑫,窜身南国避胡尘⑬。宝书玉剑挂高阁,金鞍骏马散故人。昨日方为宣城客,掣铃交通二千石⑭。有时六博快壮心⑮,绕床三匝呼一掷⑯。

　　楚人每道张旭奇⑰,心藏风云世莫知。三吴邦伯皆顾眄⑱,四海雄侠两追随。萧曹会作沛中吏⑲,攀龙附凤当有时⑳。溧阳酒楼三月春㉑,杨花茫茫愁杀人。胡雏绿眼吹玉笛㉒,吴歌白纻飞梁尘㉓。丈夫相见且为乐，槌牛挝鼓会众宾㉔。我从此去钓东海，得鱼笑寄情相亲㉕。

【注释】①陇头水：《初学记》引《辛氏三秦记》记载，（陇山）其坂九回，不知高几里，欲上者七日乃越，上有清水，四注流下，所谓陇头水也。又有《陇头歌辞》云："陇头流水，鸣声幽咽。遥望秦川，肝肠断绝。"此句谓断肠与离别无关。

②雍门琴：《说苑·善说》记载，雍门子周是一位高妙的琴师，有一次他来见孟尝君。孟尝君问他，您的琴声能否使我生悲呢？雍门子周举例说明只有自身有不幸遭遇的人，才能触景生情，被哀婉的琴声所感染。像您这样高贵得志之人，怎么能有不幸，又怎么能被琴声所感动呢？然后，雍门子周为孟尝君分析了当前的大势，指出了孟尝君潜伏的危机，使孟尝君心绪凄然，进而以琴曲感染，终使他泫然泪下。

③两河道：谓唐时的河北道和河南道。此二道在安史之乱中先后被叛军所攻陷。

④"秦人"二句：秦人：指秦地（今陕西一带）的官军和百姓。此二句谓关中唐兵半数成了安禄山叛军的俘虏，胡寇占据了洛阳。

⑤"一输"句：指高仙芝、封常清因兵败被杀一事。高仙芝、封常清兵败为"一输"，唐玄宗误听宦官谗言临阵斩大将为"一失"。王琦注："《通鉴》：天宝十四载十一月，安禄山发所部兵同罗、奚、契丹、室韦凡十五万众，反于范阳。引兵而南，步骑精锐，烟尘千里，鼓噪震地。时海内久承平，百姓累世不识兵革，猝闻范阳兵起，远近震骇，所过州县望风瓦解。十二月，陷东京。丙戌，高仙芝将五万人发长安。上遣宦者边令诚监其军，屯于陕。会封常清战败，帅余众至陕，谓仙芝曰：'潼

关无兵，若贼豕突入关，则长安危矣。陕不可守，不如引兵先据潼关以拒之。'仙芝乃帅见兵西趣潼关。贼寻至，官军狼狈走，无复部伍，士马相腾践，死者甚众。至潼关，修完守备，贼至不得入而去。临汝、弘农、济阴、濮阳、云中诸郡，皆降于禄山。边令城入奏事，具言仙芝、常清挠败之状，且云：'常清以贼摇众，而仙芝弃陕地数百里。'上大怒，遣令城赍敕即军中斩仙芝、常清。太白意以仙芝不战而走，损伤士马，既一输矣；明皇不责以桑榆之效，而按以失律之诛，非又一失著乎？盖高将本非屏帅，弃灵宝而守潼关，旧史谓贼骑至，关已有备，不能攻而去，仙芝之力也。是其策亦非谬。计自出军至被戮仅仅十八日，驱乌合之兵，当鸱张之虏，为日无多，徒以宦者一言而遽弃干城之将，太白盖深以为非矣。"

⑥"朝降"句：指常山太守颜杲卿起兵收复河北诸地，后兵败各地复为叛军占据。王琦注："又按《通鉴》：天宝十四载十二月，常山太守颜杲卿起兵，命崔安石等徇诸郡云：'大军已下井陉，朝夕当至，先平河北诸郡。先下者赏，后至者诛。'于是河北诸郡响应，凡十七郡皆归朝廷。其附禄山者，唯范阳、卢龙、密云、渔阳、汲、邺六郡而已。杲卿起兵裁八日，守备未完，史思明、蔡希德引兵皆至。壬戌，城陷。史思明、蔡希德引兵击诸郡之不从者，所过残灭。于是广平、钜鹿、赵、上谷、博陵、文安、魏、信都等郡，复为贼守。'朝降夕叛幽蓟城'，当指此事。"幽蓟：幽州和蓟州。在今北京和河北一带。

⑦巨鳌：喻指安禄山。

⑧鱼龙：喻指唐朝官民。

⑨"朝过"六句：用韩信和张良故事。《史记·留侯世家》："留侯张良者，其先韩人也。秦灭韩，悉以家财求客刺秦王，为韩报仇。东见

仓海君。得力士，为铁椎重百二十斤。秦皇帝东游，良与客狙击秦皇帝博浪沙中，误中副车。秦皇帝大怒，大索天下。良乃更名姓，亡匿下邳。有一老父，出一编书，曰：'读此则为王者师矣。'旦日视其书，乃太公兵法也。"博浪沙：地名，在今河南原阳东南。下邳：县名，秦置。治所在今江苏睢宁县西北。《史记·淮阴侯列传》："淮阴侯韩信者，淮阴人也。信钓于城下，有一母见信饥，饭信，竟漂数十日。信喜，谓漂母曰：'吾必有以重报母。'母怒曰：'大丈夫不能自食，吾哀王孙而进食，岂望报乎！'汉五年正月，徙齐王信为楚王，都下邳。信至国，召所从食漂母，赐千金。"淮阴：县名，秦置，属东海郡。治所在今江苏淮阴县西。漂母：漂洗衣絮的老妇人。

⑩恓恓：惶惶不安貌。

⑪青云士：志存高远的贤士。

⑫龙鳞：《韩非子·说难》："夫龙之为虫也，柔可狎而骑也，然其喉下有逆鳞径尺，若人有婴之者，则必杀人。人主亦有逆鳞，说者能无婴人主之逆鳞，则几矣。"后因以"龙鳞"指人主。

⑬窜：逃亡。胡尘：指安史之乱。

⑭掣铃：王琦注："唐时官署多悬铃于外，有事报闻，则引铃以代传呼。掣，曳也。掣铃，即引铃也。"交通：交往。二千石：汉代郡守俸禄为二千石，故以二千石代称郡守。

⑮六博：古代的一种博戏。共有十二棋，六黑六白，故名。

⑯"绕床"句：用东晋刘毅故事。《晋书·刘毅传》记载，东晋人刘毅在东府赌博，掷得雉采（四黑一白），大喜，绕床大呼，谓同座曰："非不能卢（五子皆黑为卢，可胜雉），不事此耳！"结果刘裕掷出卢，胜了刘毅。

⑰张旭：字伯高。吴郡（今江苏苏州）人。善草书，好酒，每醉后号呼狂走，索笔挥洒，变化无穷，若有神助，时人号之"张颠"。

⑱三吴：有多种说法。一说指吴兴、吴郡、会稽。一说为吴兴、吴郡、丹阳，也泛指长江下游一带。邦伯：州牧。古代用以称一方诸侯之长。后因称刺史等一州的长官。顾眄：看重；赏识。

⑲萧曹：指萧何和曹参。两人都曾为沛县小吏。

⑳攀龙附凤：比喻依附帝王以成就功业或扬威。

㉑溧阳：县名，唐时属宣州，治所在今江苏溧阳西北。

㉒胡雏绿眼：绿眼的少年胡人。

㉓白纻：吴地舞曲名。

㉔槌牛：宰牛。挝鼓：击鼓。

㉕"我从此"二句：《庄子·外物》："公子投竿东海，旦旦而钓。"此处用其意。

【译文】清晨写下《猛虎行》，日暮又作《猛虎吟》。肠断却与陇头水悲鸣无关，泪下也非雍门琴凄楚所致。河南河北旌旗纷扰，战鼓震天高山欲倒。秦地唐军半数沦为燕地叛军俘虏，胡人攻陷洛阳战马肆意而食宫草。关下兵败先为一输错斩大将又为一失，幽州蓟州的守军朝降夕叛而变幻不定。不斩安禄山这条巨鳌就四海波动，天下臣民如鱼龙奔走哪能得安宁。

就像楚汉相争之时，天下局势翻覆不定。清晨路过博浪沙，日暮已入淮阴市。张良未得际遇而韩信饥贫交迫之时，谁会想到刘项存亡在于这两个臣子。张良曾暂避下邳接受黄石公的兵略，韩信也曾依靠漂母这位主人施舍度日。自古贤士都有惶惶之时，今日世人也弃青云之士。我虽有谋略却不敢犯龙鳞上谏，只能窜身南国而躲避胡尘战乱。宝书玉剑挂高阁闲置不用，金鞍骏马赠故人无心再骑。昨日刚刚在宣城做客回来，掣铃而拜访二千石太守。时掷六博以寄壮心，绕床三圈大呼一掷。

楚人都说张旭是位奇人，心藏风云变化而世人不知。三吴的长官都很欣赏他，四海的英豪紧紧追随他。萧何曹参都曾为沛县小吏，攀龙附凤跟随刘邦而建功。阳春三月的溧阳酒楼上，放眼望去杨花茫茫愁杀人。绿眼胡人少年吹奏玉笛，吴歌白纻之曲振飞梁尘。大丈夫相见应该作乐，杀牛击鼓大宴众宾客。我从此将去东海钓大鱼，钓得大鱼笑寄诸位至亲。

从军行

【题解】此诗年代不详。从军行，乐府旧题，《乐府诗集》收于《相和歌辞·平调曲》中。《乐府解题》："《从军行》，皆军旅辛苦之词也。"李白此诗主旨与古辞相同，描述了边塞艰苦征战的场景，表达了将士守边杀敌的思想。

从军玉门道①，逐虏金微山②。笛奏《梅花曲》，刀开明月环③。鼓声鸣海上④，兵气拥云间。愿斩单于首，长驱静铁关⑤。

【注释】①玉门：即玉门关。

②金微山：又名金山。即我国新疆北部与蒙古国间之阿尔泰山脉。

东汉永元三年（91）窦宪遣左校尉耿夔、司马尚任出居延塞，围北匈奴于金微山，大破之，即此。

③明月环：古代大刀柄头为圆环，形似明月。

④海：指大漠。

⑤铁关：即铁门关。《旧唐书·地理志》："自焉耆西五十里过铁门关。"故址在今新疆焉耆县附近。

【译文】从军来到边地玉门关，驱逐匈奴又往金微山。塞外吹奏《梅花落》曲，手中刀环圆如明月。战鼓声响彻大漠荒海，凛冽的杀气直冲云霄。只愿斩下单于之首级，长驱直入平定铁门关。

秋思

【题解】此诗年代不详。秋思，乐府旧题，《乐府诗集》收于《琴曲歌辞》中。《琴历》曰："琴曲有《蔡氏五弄》。"《琴集》曰："五弄：《游春》《渌水》《幽居》《坐愁》《秋思》，并宫调，蔡邕所作也。"自古高士逢秋而悲，李白此诗也着眼一个"愁"字，抒发时光流逝，青春不在的感慨。

春阳如昨日，碧树鸣黄鹂。芜然蕙草暮①，飒尔凉风吹。天秋木叶下，月冷莎鸡悲②。坐愁群芳歇，白露凋华滋③。

【注释】①蕙草：香草名，俗名佩兰。

②莎鸡：虫名，又名络纬，俗称纺织娘、络丝娘。

③华滋：形容枝叶繁茂。

【译文】昨日和暖如同春阳，黄鹂鸣叫于碧树上。倏忽之间蕙草就枯萎，萧飒的凉风阵阵吹来。天已入秋树叶纷纷飘落，月光清冷纺织娘在悲鸣。因群芳骤歇而忧愁不已，晶莹的白露将花草凋落。

春思

【题解】此诗年代不详。春思，《乐府诗集》未有此题。应是李白拟《秋思》而自制的乐府新题。春思，既指春日之思，亦指男女之间的相思。此诗描写了思妇春日思念夫君的情景，结尾将春风拟人化，询问春风为何无故吹入罗幛，所思念之人却不归，春风来吹又有何意义。是一首很有感染力的小诗。严羽评点《李太白诗集》："'春风'两句：'识'字说得春风有心有眼，却又不落尖巧。"陆时雍《唐诗镜》："尝谓大雅之道有三：淡、简、温。每读太白诗，觉深得此致。"萧士赟《分类补注李太白诗》："燕草者，燕地之草。秦桑者，秦地之桑也。燕北地寒，草生迟，当秦桑低绿之时，燕草方生，如丝之碧也。秦桑低枝者，兴思妇之断肠也。言其夫方萌怀归之心，犹燕草之方生。妾则思君之久，先已肠断矣，犹秦桑之已低枝也。末句则兴此心贞洁，非外物所能动也。此诗可谓得《国风》不淫不诽之体矣。"

燕草如碧丝，秦桑低绿枝。当君怀归日，是妾断肠时。春风不相识，何事入罗帏①？

【注释】①罗帏：丝制帷幔。帏，一作"帏"。

【译文】燕地之草如同碧丝，秦地桑树低垂绿枝。当君思归故里之日，是妾思念断肠之时。春风与我素昧平生，为何擅自吹进罗帐？

秋思

【题解】此诗年代不详。秋思，乐府旧题，《乐府诗集》收于《琴曲歌辞》中。此诗与《春思》诗意类似，都是描写思妇对征夫的思念。春去秋来，草长马肥，正是胡人南下之时，战事一起，征夫又无从得归矣，只能空悲兰蕙之摧。萧士赟云："按《春思》《秋思》二诗，戍妇词尔，征夫不归，春而秋矣。登台而望，木叶黄落矣。秋高马肥，戎事兴矣，汉使之出关者，亦既回矣。今而不归，是无归之日矣，兰蕙乃女人所佩以宜男者，亦复就摧，是一年之光景又虚度矣，思妇之心，当如何其悲也。《东山》'其新孔嘉，其旧如之何'之气象，安得复见于后世哉。"

燕支黄叶落①，妾望白登台②。海上碧云断，单于秋色来③。胡兵沙塞合，汉使玉关回。征客无归日④，空悲蕙草摧。

【注释】①燕支：又作"焉支"，山名，在今甘肃山丹县东南。

②白登台：在今山西大同东白登山上。汉高祖刘邦曾被匈奴围于此山。

③单于：指唐代单于都护府，在今内蒙古和林格尔西北。这里泛指边塞。

④征客：征夫。

【译文】燕支山上黄叶已经落下，妾独自来到白登台眺望。沙海上碧云断续相接，单于都护府一片秋色。胡兵在大漠边聚合，汉使也折回玉门关。出征之人遥无归期，徒然悲伤蕙草摧折。

子夜吴歌　春夏秋冬

【题解】子夜吴歌，《乐府诗集》收于《清商曲辞》中。六朝乐府《吴声歌曲》有《子夜歌》。《旧唐书·音乐志》曰："《子夜》，晋曲也。晋有女子名子夜，造此声，声过哀苦，日常有鬼歌之。"《宋书·乐志》曰："《子夜歌》者，有女子名子夜造此声。晋孝武太元中，琅琊王轲之家有鬼歌《子夜》，殷允为豫章时，豫章侨人庾僧虔家亦有鬼歌《子夜》。殷允为豫章亦是太元中，则子夜是此时以前人也。"《子夜歌》古辞多写闺怨，《乐府诗集》中题为《子夜四时歌》，分别为《春歌》《夏歌》《秋歌》《冬歌》。李白承袭乐府旧题，分咏春、夏、秋、冬四季，将原歌的四句改为六句。

春

【题解】此诗拟汉乐府《陌上桑》之意。描写了秦女罗敷在春日采桑时,遇到太守留恋其美貌,罗敷不为富贵动心,严词拒绝太守。相比于《陌上桑》,李白这首诗更加简洁、含蓄,意蕴悠长。

秦地罗敷女[①],采桑绿水边。素手青条上,红妆白日鲜。蚕饥妾欲去[②],五马莫留连。

【注释】①罗敷女:汉乐府《陌上桑》诗中人物。《陌上桑》古辞:"日出东南隅,照我秦氏楼。秦氏有好女,自名为罗敷。罗敷善蚕桑,采桑城南隅。青丝为笼系,桂枝为笼钩。头上倭堕髻,耳中明月珠。缃绮为下裙,紫绮为上襦。……使君从南来,五马立踟蹰。使君遣吏往,问是谁家姝?秦氏有好女,自名为罗敷。罗敷年几何?二十尚不足,十五颇有余。使君谢罗敷,宁可共载不?罗敷前致辞,使君一何愚!使君自有妇,罗敷自有夫。……"此诗用其意。

②"蚕饥"二句:梁武帝《子夜四时歌·夏歌四首》其四:"君住马已疲,妾去蚕欲饥。"

【译文】秦地有位女子叫罗敷,来到绿水边采摘桑叶。素手纤纤飞舞青枝上,红妆明艳映照白日下。家中蚕饿妾欲归去,使君莫要流连误时。

夏

【题解】此诗吟咏古代美女西施。全诗前两句写镜湖的广袤和湖中荷花含苞待放，三四句写西施采莲，人们目睹其美，争相观看而拥塞溪流。最后两句写西施乘舟归去，被越王选入宫中，留下无尽余味。全诗风格含蓄，极富南朝民歌的特色。

镜湖三百里①，菡萏发荷花②。五月西施采，人看隘若耶③。回舟不待月，归去越王家。

【注释】①镜湖：也称鉴湖，在今浙江绍兴县南。《通典》记载，汉顺帝永和五年（140），马臻为会稽太守，在会稽、山阴两县界筑塘蓄水，水高田丈余，田又高海丈余，若水少则泄湖灌田，如水多则闭湖泄田中水入海，所以无凶年。其堤塘周围三百一十里，溉田九千余顷。

②菡（hàn）萏（dàn）：古人称未开的荷花为"菡萏"，即花苞。

③若耶：若耶溪，在今浙江绍兴境内。溪旁旧有浣纱石古迹，相传西施浣纱于此，故又名浣纱溪。

【译文】镜湖方圆三百多里，湖中满是含苞荷花。西施五月下湖来采莲，人们争看拥堵若耶溪。明月未升西施就回舟，归去则被越王选入宫。

秋

【题解】这首诗不同于历代的闺怨诗，没有直抒胸臆，前两句借万户捣衣声引出思妇对戍边丈夫的思念，含蓄委婉。三四两句更进一步升华思念之情，就算是瑟瑟秋风也吹不尽对远方丈夫的思念，情深炽烈。末两句抒发感怀，盼望早罢战事，良人得归。全诗一气贯下，浑然一体，言简意深，犹如神来之笔，故而成为历代传唱的佳作。钟惺《唐诗归》："毕竟是唐绝句妙境，一毫不像晋宋。然求像，则非太白矣。"陆时雍《唐诗镜》点评此诗："有味外味。"又曰："每结二语，馀情馀韵无穷。'秋风吹不尽，总是玉关情'，此入感叹语意，非为万户砧声赋也。"王夫之《唐诗评选》："前四句是天壤间生成好句，被太白拾得。"《唐宋诗醇》："一气浑成，有删末二句作绝句者，不见此女贞心亮节，何以风世历俗。"

长安一片月，万户捣衣声①。秋风吹不尽，总是玉关情②。何日平胡虏，良人罢远征③？

【注释】①捣衣：将衣料放在石砧上用棒槌捶击，使衣料绵软以便裁缝。

②玉关：玉门关。玉关情，即思念远在玉门关的丈夫之情。

③良人：古时夫妻互称为良人，后多用于妻子称丈夫。

【译文】长安城笼罩在一片月光中，千家万户传来捣衣的声音。瑟瑟秋风也不能吹尽，对玉门戍边人的思念。何日才能平定胡虏，夫君就此结束远征？

冬

【题解】这首诗语言质朴，清新自然，通过描写思妇连夜为征夫缝制冬衣，表现了思妇对丈夫的悠悠相思之情。全诗首二句写驿使即将明朝出发，思妇急忙连夜缝制冬衣。天寒手冷，缝衣针也分外冰凉，更不用说持握剪刀了。全诗将思妇那种凄楚动人，紧张思虑的样子，描画得栩栩如生。

明朝驿使发①，一夜絮征袍②。素手抽针冷，那堪把剪刀？裁缝寄远道，几日到临洮③？

【注释】①驿使：古代驿站传送朝廷文书者。

②絮征袍：给征袍铺絮。指制作冬衣。

③临洮：即临洮郡，又称洮州，唐时属陇右道，治所在今甘肃临潭县。

【译文】驿使明天早上就要出发了，思妇连夜为征夫赶制棉衣。素手拿针都觉得寒冷，哪能握住冰冷的剪刀？裁制好的冬衣寄向远方，不知何时才能送达临洮？

对酒行

【题解】此诗年代不详。对酒行，乐府旧题，《乐府诗集》收于《相和歌辞·相和曲》中。《乐府解题》："魏乐奏武帝所赋'对酒歌太平'，其旨言王者德泽广被，政理人和，万物咸遂。若梁范云'对酒心自足'，则言但当为乐，勿徇名自欺也。"胡震亨云："魏武帝本辞叙王者太平事。白辞言人命不常，对酒宜早为乐，又似用《短歌行》'对酒当歌'为题者。"此诗前四句写赤松子、安期生等仙人如今在何处，即对成仙提出疑问。中间四句感叹时光易逝，人生易老。结尾两句提出主旨，即应当对酒畅饮，不要含情期待。

　　松子栖金华①，安期入蓬海②。此人古之仙，羽化竟何在③？浮生速流电④，倏忽变光彩。天地无凋换⑤，容颜有迁改。对酒不肯饮，含情欲谁待⑥？

　　【注释】①松子：即赤松子，古代传说中的仙人。金华：即金华山，《元和郡县志》："金华山，在婺州金华县北二十里，赤松子得道处。"

　　②安期：即安期生，神仙名。《抱朴子·极言》："安期先生者，卖药于海边，琅玡人传世见之，计已千年。秦始皇请与语三日三夜，其言高，其旨远，博而有证。始皇异之，乃赐之金璧，可直数千万。安期受而置之于阜乡亭，以赤玉舄一量为报，留书曰：'复数千岁，求我于蓬莱山。'"

　　③羽化：道教指得道成仙。

　　④浮生：人生。语本《庄子·刻意》："其生若浮，其死若休。"以人生在世，虚浮不定，因称人生为"浮生"。流电：闪电，形容人生短促。

　　⑤凋换：衰败变化。

⑥"含情"句：王粲《公宴诗》："今日不极欢，含情欲待谁？"李善注："含情，谓含其欢情而不畅也。"

【译文】赤松子在金华山栖居修道，安期生去往东海蓬莱仙山。此二人都是古代的仙人，不知得道后究竟在何处？人生短暂逝如闪电，倏忽之间失去光彩。天地从来不会凋零，只有容颜才会改变。举杯对酒却不尽饮，欢情不畅含情待谁？

估客乐

【题解】此诗年代不详。估客乐，乐府旧题，《乐府诗集》收于《清商曲辞·西曲歌》中。估客，即行商。齐武帝《估客乐》古辞云："有信数寄书，无信长相忆。莫作瓶落井，一去无消息。"李白此诗拟古辞，写海客出海旅行常年不归的情形。整首诗平淡质朴，比喻形象。《唐宋诗醇》点评："朴直得乐府体。"

海客乘天风①，将船远行役②。譬如云中鸟，一去无踪迹。

【注释】①海客：经常出海航行之人。
②行役：泛称行旅，出行。
【译文】海客乘着天风出行，将要驾船去往远方。就像一只云中的鸟儿，一去再也没有踪迹了。

少年行

【题解】此诗年代不详。少年行,乐府旧题,《乐府诗集》收于《杂曲歌辞》中。此诗历代多认为非李白之作,宋代严羽在《沧浪诗话·考证》中提到:"太白集中《少年行》只有数句类太白,其他皆浅近浮俗,决非太白所作,必误人也。"《文苑英华》收录此诗为《少年行》其一,说明宋初的李白集中已有此诗,目前并无确凿证据说明此诗非李白之作,只能存疑。此诗描写淮南少年游侠之风气,体现了李白崇尚侠气的性情。

君不见,淮南少年游侠客①,白日毬猎夜拥掷②。呼卢百万终不惜③,报仇千里如咫尺。

少年游侠好经过④,浑身装束皆绮罗。兰蕙相随喧妓女,风光去处满笙歌。骄矜自言不可有,侠士堂中养来久。好鞍好马乞与人⑤,十千五千旋沽酒。赤心用尽为知己,黄金不惜栽桃李⑥。桃李栽来几度春,一回花落一回新。

府县尽为门下客,王侯皆是平交人。男儿百年且乐命,何须读书受贫病?男儿百年且荣身,何须徇节甘风尘⑦?衣冠半是征战士,穷儒浪作林泉民。遮莫枝根长百丈⑧,不如当代多还往。遮莫亲姻连帝城,不如当身自簪缨⑨。看取富贵眼前者,何用悠悠身后名?

【注释】①淮南：即淮南道，治所在扬州（今江苏扬州）。

②毬猎：蹴鞠和狩猎。拥掷：群聚以掷骰赌博。

③呼卢：即樗蒲，一种古代博戏。木制骰子，一面涂黑，画犊，一面涂白，画雉，共五子，五子全黑称为"卢"，是头彩。投掷时，高声喊叫，希望得"卢"，称"呼卢"。

④经过：交往。

⑤乞与：给予。

⑥栽桃李：喻指栽培门生或荐举人才。这里指扶持他人。

⑦徇节：为保全节操而牺牲。徇，通"殉"。

⑧遮莫：尽管、即使。《鹤林玉露》："诗家用'遮莫'字，盖今俗语所谓'尽教'是也。"

⑨簪缨：古代达官贵人的冠饰。这里指入仕为官。

【译文】君不见，淮南那些少年游侠客，白日蹴鞠游猎而夜晚群聚掷骰。他们高呼大喝一掷百万也毫不在乎，他们有仇必报远行千里如近在咫尺。

这些少年游侠喜好交游，浑身衣着都是绫罗绮绣。他们佩戴兰蕙歌妓相随，无限风光到处笙歌飞扬。他们自说不可有骄纵心，相结交的都是侠士之人。好鞍好马他人求之则赠予，十千五千手中有钱则沽酒。他们一片赤诚与知己相交，他们不惜重金来扶持别人。春来春去扶持几多人，花落花开旧人换新人。

府县英豪尽是他们门下客，王侯与他们都是平等相交。大丈夫百年应乐天知命，何必要一心读书饱受贫病？大丈夫百年当荣华加身，何必为保全节操甘落风尘。衣冠显贵多是征战之人，穷腐书生只为林泉之民。莫说家族枝根几百丈，也不如当代多来往。莫说高官姻亲在帝都，也不如自己居显位。看那些眼前获取富贵者，有谁会去在乎身后名？

捣衣篇

【题解】此诗年代不详。《捣衣篇》，《乐府诗集·新乐府辞》收有《捣衣曲》，曰："盖言捣素裁衣，缄封寄远。"李白此篇未被收录。捣衣，把衣料放在石砧上用棒槌捶击，使衣料绵软以便裁缝。李白此诗承古意写思妇怀念征夫，将思妇的忧郁之情，怀念之切，刻画传神，描写入微。

闺里佳人年十余，颦蛾对影恨离居①。忽逢江上春归燕，衔得云中尺素书②。玉手开缄长叹息③，狂夫犹戍交河北④。万里交河水北流，愿为双鸟泛中洲⑤。君边云拥青丝骑⑥，妾处苔生红粉楼。楼上春风日将歇，谁能揽镜看愁发！

晓吹筹管随落花⑦，夜捣戎衣向明月⑧。明月高高刻漏长⑨，真珠帘箔掩兰堂⑩。横垂宝幄同心结⑪，半拂琼筵苏合香⑫。琼筵宝幄连枝锦，灯烛荧荧照孤寝⑬。有使凭将金剪刀，为君留下相思枕。摘尽庭兰不见君，红巾拭泪生氤氲⑭。明年若更征边塞，愿作阳台一段云⑮。

【注释】①颦蛾：皱眉。离居：分居。

②尺素: 古代用绢帛书写, 通常一尺长, 因此称书信为尺素。

③开缄: 拆开信件等。

④狂夫: 古时妇人对丈夫的谦称。交河: 亦称雅尔湖古城。高昌都城遗址。在今新疆吐鲁番西约10公里雅尔和屯。城居两河相交之土崖, 故名交河。西汉到后魏, 为车师前王国都城。后被高昌所灭, 设交河郡。贞观十四年 (640), 唐朝灭高昌设交河县。

⑤中洲: 洲中。

⑥青丝骑: 用青丝为饰的马匹。

⑦筼 (yún) 管: 管乐器名。

⑧戎衣: 战衣。

⑨刻漏: 即漏壶, 古代的一种计时器。以铜为壶, 底穿孔, 壶中立一有刻度的箭形浮标, 壶中水滴漏渐少, 箭上度数即渐次显露, 视之可知时刻。

⑩帘箔: 帘子。兰堂: 芳洁的厅堂。厅堂的美称。

⑪宝幄: 精美的帐子。

⑫苏合香: 一种香料。苏合, 金缕梅科乔木, 原产小亚细亚。树脂称 "苏合香", 可提制苏合香油, 用作香精中的定香剂。

⑬荧荧: 光闪烁的样子。

⑭氤氲: 烟气、烟云弥漫的样子, 这里形容因流泪而模糊了视线。

⑮阳台: 台名, 在巫山, 此处用巫山神女故事,

【译文】闺中佳人年纪十有余, 蹙眉对镜哀怨与夫离。忽然看见江上春归之燕, 口中衔着书信穿云而来。玉手开信看后长叹息, 夫君仍在戍边交河北。万里之外交河向北缓缓流去, 妾愿与君化作洲中双栖鸳鸟。君在边塞白云下骑乘青丝战马, 妾的红粉阁楼边生满青苍绿

苔。楼上春风很快将停歇,谁能对镜愁看鬓发白!

　　佳人在落花中悠然吹着箎管,夜里在皎洁明月下捣洗征衣。明月高挂刻漏时长,珠帘遮掩华美堂室。床帐内横垂着同心结,琼莛上飘荡着苏合香。莛席和宝帐都是连理枝的纹饰,明亮的灯烛照着她独寝的身影。想趁使者到来之际用金剪刀,为夫君裁做一个相思枕寄去。摘尽庭中兰花不见夫君归来,泪眼朦胧湿透了手中的红巾。明年夫君若是还要戍守边疆,妾身愿化阳台之云随夫而去。

去妇词

　　【题解】此诗与顾况的《弃妇词》基本相同,仅个别地方有差异,当属一诗两传。《才调集》列为顾况所作。此处仅列出全文。

　　古来有弃妇,弃妇有归处。今日妾辞君,辞君遣何去! 本家零落尽,恸哭来时路。忆昔未嫁君,闻君却周旋。绮罗锦绣段,有赠黄金千。十五许嫁君,二十移所天。自从结发日未几,离君缅山川。家家尽欢喜,孤妾长自怜。幽闺多怨思,盛色无十年。相思若循环,枕席生流泉。

　　流泉咽不扫,独梦关山道。及此见君归,君归妾已老。物华恶衰贱,新宠方妍好。掩泪出故房,伤心剧秋草。自妾为君妻,君东妾在西。罗帏到晓恨,玉儿一生啼。自从离别久,不觉尘埃厚。常嫌玟瑁孤,犹羡鸳鸯偶。岁华逐霜霰,贱妾何能久。寒沼落芙蓉，秋风散杨柳。以此憔悴颜，空持旧物还。余生欲何寄，谁肯相牵攀。

君恩既断绝，相见何年月？悔倾连理杯，虚作同心结。女萝附青松，贵欲相依投。浮萍失绿水，教作若为流。不叹君弃妾，自叹妾缘业。忆昔初嫁君，小姑才倚床。今日妾辞君，小姑如妾长。回头语小姑，莫嫁如兄夫。

长歌行

【题解】此诗年代不详。长歌行，乐府旧题，《乐府诗集》收于《相和歌辞·平调曲》中。《乐府解题》："古辞云：'青青园中葵，朝露待日晞。'言芳华不久，当努力为乐，无至老大乃伤悲也。魏改奏文帝所赋曲'西山一何高'，言仙道茫茫不可识，如王乔、赤松皆空言虚词，迂怪难信，当观圣道而已。若陆机'逝矣经天日，悲哉带地川'，则复言人运短促，当乘闲长歌，与古文合也。"李白此诗写时光易逝，岁月易老，应及早建功立业，留名史籍。不要蹉跎岁月，使富贵求仙，两者皆失。

桃李待日开①，荣华照当年。东风动百物，草木尽欲言。枯枝无丑叶，涸水吐清泉。

大力运天地②，羲和无停鞭③。功名不早著，竹帛将何宣④？

桃李务青春⑤，谁能贳白日⑥？富贵与神仙，蹉跎成两失。金石犹销铄,风霜无久质。

畏落日月后,强欢歌与酒。秋霜不惜人,倏忽侵蒲柳⑦。

【注释】① "桃李"句:《长歌行》古辞:"朝露待日晞。"

②大力:指大自然的力量。

③羲和:古代神话传说中,日车的御者。

④竹帛:竹简和白绢。古代初无纸,用竹帛书写文字。引申为史籍典策。

⑤务:必须,一定。

⑥贳:借。

⑦蒲柳:即水杨。一种入秋就凋零的树木。用来比喻早衰。

【译文】桃李之花待春日而盛开,一树繁荣芳华只在当年。东风吹拂萌动万物,草木复苏似欲畅言。枯枝抽出了新叶,死水流出了清泉。

自然之力运转天地万物,羲和之神从不停鞭休息。不及早建功立业,如何史册上留名?

桃李务必趁春而发,谁能挽留白日永驻?求取富贵与入山修仙,蹉跎下去会二者皆失。坚固的金石也会被销蚀,风霜的侵袭下无物久存。

畏惧被日月遗落在后,因此强要欢歌与美酒。秋霜从不怜惜世人,倏忽之间侵袭蒲柳。

长相思

【题解】此诗年代不详。长相思，乐府旧题，《乐府诗集》收于《杂曲歌辞》中。内容多写男女思念之情。李白此诗拟乐府诗意，写思妇闺中思夫。萧士赟曰："词意悲而不伤，怨而不谤。"严羽评点《李太白诗集》："'日色'二句：只二语，不可画，不可赋，妙绝。'欲素'更妙。"又评"不信"二句："不说憔悴却现出"。

日色欲尽花含烟，月明欲素愁不眠①。赵瑟初停凤凰柱②，蜀琴欲奏鸳鸯弦③。此曲有意无人传，愿随春风寄燕然④，忆君迢迢隔青天。昔时横波目⑤，今为流泪泉。不信妾肠断，归来看取明镜前⑥。

【注释】①素：素练，即白绢。

②赵瑟：指瑟。因这种乐器战国时流行于赵国，故称之。渑池会上秦王曾要赵王鼓瑟（见《史记·廉颇蔺相如列传》）。凤凰柱：指刻有凤凰形的瑟柱。

③蜀琴：司马相如为蜀人，善用琴，故称蜀琴。

④燕然：山名，即今蒙古共和国境内的杭爱山，泛指边塞。

⑤横波：比喻女子眼神流动，如水横流。东汉傅毅《舞赋》："目流睇而横波。"李善注："横波，言目邪视，如水之横流也。"

⑥"不信"二句：此处化用武则天《如意娘》："不信比来长下泪，

开箱验取石榴裙。"之意。

【译文】日色将尽繁花如笼寒烟，月光如练忧愁难以入眠。弹完凤凰柱的赵瑟后，又奏起蜀琴的鸳鸯弦。可惜曲虽动听却无人可传，只愿它能随春风飞往燕然，思念夫君却相隔悠悠远天。昔日横波流转的双眼，如今已成流淌不止的泪泉。倘若不相信妾已相思断肠，就看那明镜里憔悴的容颜。

卷五 歌吟上

襄阳歌

【题解】此诗大概是开元二十二年（734），李白游襄阳时所作。襄阳歌，《乐府诗集》收于《杂曲歌辞》中。襄阳，县名，今湖北襄阳市。这首诗吟古抒怀，以羊祜、山简在襄阳的往事为引，表达了诗人蔑视富贵，追求清风朗月，酣醉人生的想法。《苕溪渔隐丛话前集》引欧阳修曰："'落日欲没岘山西，倒著接䍦花下迷，襄阳小儿齐拍手，大家争唱《白铜鞮》。'此常语也。至于'清风明月不用一钱买，玉山自倒非人推'，然后见太白之横放，所以惊动千古者，顾不在于此乎？"沈德潜《唐诗别裁》点评"遥看汉水"二句："妙于形容。"又曰："羊叔子岘山碑犹然磨灭，无人堕泪，况寻常富贵乎？不如韬精沉饮为乐也。'清风明月'二语，欧阳公谓足以惊动千古，信然！"方东树《昭昧詹言》："《襄阳歌》，兴起。笔如天半游龙，断非学力所能到，然读之使人气王。'笑杀'句，借山公自兴，'遥看'二句，又借兴换笔换气。'此江'句，起棱。'千金骏马'，谓以妾换得马也。'咸阳'二句，言所以饮酒者，正见此耳。'君不见'二句，以上许多都为此故。'玉山'句束题，正意藏脉，如草蛇灰线。此与上所谓笔墨化为烟云，世俗作死诗者千年不悟，只借作指点，供吾驱驾发泄之料耳。"

落日欲没岘山西①，倒著接䍦花下迷②。襄阳小儿齐拍手，拦街争唱《白铜鞮》③。傍人借问笑何事，笑杀山公醉似泥④。

鸬鹚杓⑤，鹦鹉杯⑥。百年三万六千日，一日须倾三百杯⑦。遥看汉水鸭头渌⑧，恰似蒲萄初酦醅⑨。此江若变作春酒⑩，垒麹便筑糟丘台⑪。千金骏马换少妾⑫，醉坐雕鞍歌《落梅》⑬。车傍侧挂一壶酒，凤笙龙管行相催⑭。咸阳市中叹黄犬⑮，何如月下倾金罍⑯？

君不见晋朝羊公一片古碑材⑰，龟头剥落生莓苔⑱。泪亦不能为之堕，心亦不能为之哀。谁能忧彼身后事，金凫银鸭葬死灰。清风朗月不用一钱买，玉山自倒非人推⑲。舒州杓⑳，力士铛㉑，李白与尔同死生。襄王云雨今安在㉒？江水东流猿夜声。

【注释】①岘山：又名岘首山，在今湖北襄阳市。

②倒著接䍦：用山简醉酒故事。接䍦：古代一种头巾。

③《白铜鞮》：即《白铜蹄》。南朝梁歌谣名。《隋书·音乐志上》："初，（梁）武帝之在雍镇，有童谣云：'襄阳白铜蹄，反缚扬州儿。'识者言，白铜蹄谓马也；白，金色也。及义师之兴，实以铁骑，扬州之士，皆面缚，果如谣言。故即位之后更造新声，帝自为之词三曲。"

④山翁：即山简，这里是诗人自喻。

⑤鸬鹚杓（sháo）：鸬鹚形的酒勺。

⑥鹦鹉杯：用鹦鹉螺制成的酒杯。

⑦"一日"句：用郑玄故事。《世说新语·文学》："郑玄在马融门下，业成辞归。"刘孝标注引《郑玄别传》："袁绍辟玄，及去，饯之城东。欲玄必醉，会者三百余人，皆离席奉觞，自旦及莫，度玄饮三百余杯，而温克之容，终日无怠。"后谓痛饮为"一饮三百杯"。

⑧鸭头渌：指像鸭头上绿毛一般的颜色。

⑨蒲萄：即葡萄。酦（pō）醅（pēi）：重酿未滤的酒。这里用来形容汉水的清澈如新酿之葡萄酒。

⑩春酒：《诗·豳风·七月》："为此春酒，以介眉寿。"毛传："春酒，冻醪也。"

⑪垒：堆积。麹（qū）：同"曲"，酒母，即酿酒时所用的发酵糖化剂。糟丘台：酒糟堆积如高台。

⑫"千金"句：用曹彰以妾换马的典故。《独异志》："后魏曹彰性倜傥，偶逢骏马，爱之，其主所惜也。彰曰：'予有美妾可换，惟君所选。'马主因指一妓，彰遂换之。"

⑬《落梅》：即《梅花落》，乐府《横吹曲辞》名。

⑭凤笙：因笙形似凤，所以古人常称为凤笙。龙管：笛的美称，相传笛声如龙鸣，故称笛为龙管。

⑮"咸阳"句：用李斯被杀故事。秦二世二年七月，丞相李斯被赵高陷害，论腰斩于咸阳市。李斯临刑，慨叹不能再牵黄犬出猎。事见《史记·李斯列传》。

⑯金罍（léi）：以黄金为饰的酒樽。

⑰羊公：指羊祜。一片古碑材：指堕泪碑。晋羊祜都督荆州诸军事，驻襄阳。死后，其部属在岘山羊祜生前游息之地建碑立庙，每年祭祀。见碑者莫不流泪。杜预因称此碑为堕泪碑。事见《晋书·羊祜传》。

⑱龟头：指石碑底座雕刻的赑屃，传说中的一种似龟的动物。莓苔：青苔。

⑲玉山自倒：形容人酒醉欲倒的样子。南朝宋刘义庆《世说新语·容止》："嵇叔夜（嵇康）之为人也，岩岩若孤松之独立；其醉也，傀俄若玉山之将崩。"

⑳舒州杓：舒州所出产的酒器。《新唐书·地理志》："舒州（今安徽潜山县一带）同安郡，隶淮南道，土贡酒器、铁器。"

㉑力士铛：《新唐书·韦坚传》："豫章（今江西南昌一带）力士瓷饮器、茗、铛、釜。"铛（chēng）：一种温酒的器具。

㉒襄王云雨：用楚王与巫山神女梦中相会之事。

【译文】落日即将隐没于岘山之西，我倒戴着帽子在花下醉迷。襄阳街头小儿一齐拍手，拦着我争相吟唱《白铜鞮》。路人询问他们为何而发笑，原来笑我像山公烂醉如泥。

提起鸬鹚杓，斟满鹦鹉杯。人生百年不过三万六千日，每日就该尽情痛饮三百杯。遥看汉水颜色好似鸭头绿，就如葡萄新酒酿成未过滤。这一江流水若都变为春酒，那酒糟便能垒成山丘高台。倾慕曹彰以美妾来换千金骏马，我只能醉坐雕鞍吟唱《梅花落》。车旁挂上一壶美酒，凤笙龙管相伴出游。李斯临刑在咸阳市中感叹不能再牵黄犬，何如我在月下倾酒行乐那样逍遥快活？

君不见岘山上晋朝羊公的那块堕泪碑，碑下石龟的头部已经剥落长满了青苔。看到此景我既不为之流泪，也不能让我心中为之哀伤。谁能担忧自己的身后之事，金凫银鸭陪葬也只是死灰。清风朗月怡人而不须一钱，酣醉如玉山倾倒不用人推。拿来舒州杓，行酒力士铛，李白与诸位同死生。襄王倾慕的巫山云雨今何在？惟有滔滔江水东流夜猿哀声。

南都行

【题解】此诗年代不详，应是开元年间李白在南阳时所作。南都，即南阳。东汉时因南阳郡是光武帝故乡，在京都洛阳之南，亦称南阳郡的治所宛（今河南南阳市）为南都。行，即歌行体，古诗的一种体裁。这首诗描写南阳的地理形胜和人文荟萃，末二句诗人以诸葛亮自比，表达了希望得遇明主，建功立业的志向，是全诗的主旨所在。

南都信佳丽①，武阙横西关②。白水真人居③，万商罗廛阛④。高楼对紫陌⑤，甲第连青山⑥。

此地多英豪，邈然不可攀⑦。陶朱与五羖⑧，名播天壤间。丽华秀玉色⑨，汉女娇朱颜⑩。

清歌遏流云⑪，艳舞有余闲。遨游盛宛洛⑫，冠盖随风还。走马红阳城⑬，呼鹰白河弯⑭。谁识卧龙客⑮，长吟愁鬓斑？

【注释】①信：果真，的确。佳丽：美好。

②武阙：指武关山，在今河南南阳市西，是南阳的西关。

③白水真人：指汉光武帝刘秀。《宋书·符瑞志上》："既而光武起于春陵之白水乡，货泉之文为'白水真人'也。"

④廛阛：城市，街市。廛：古代城市平民的房地。《孟子·公孙丑上》："市，廛而不征。"赵岐注："廛，市宅也。"阛：市场的围墙，也借指市场。

⑤紫陌：指京师郊野的道路。

⑥甲第：豪门贵族的宅第。

⑦邈然：高远貌。

⑧陶朱：即范蠡，字少伯。楚国宛（今河南南阳）人。由楚入越，被越王勾践任以国政。吴王夫差破越，勾践被围于会稽，他献计买通吴太宰伯嚭向吴求和。后帮助勾践励精图治，恢复发展国力，乘机攻灭吴国，称为上将军。随后弃官浮海至齐，变姓易名，耕于海边，致产数十万。旋迁于陶，以经商致富，称陶朱公。事见《史记·越世家》。五羖：指百里奚。曾为虞国大夫，晋献公二十二年（前655），晋灭虞时为晋所俘。后为晋献公女媵臣陪嫁至秦，从秦逃楚，又为楚人所执。秦穆公闻其贤，用五张羊皮将其赎回，授以国政，故有"五羖大夫"之称。羖，黑色公羊。后辅佐秦穆公创立霸业。事见《史记·秦本纪》。《水经注》："百里奚，宛人也。于秦为贤大夫，所谓'迷虞智秦'者也。"

⑨丽华：指汉光武帝的皇后阴丽华。《后汉书·皇后纪》："光烈阴皇后讳丽华，南阳新野人。初，光武适新野，闻后美，心悦之。后至长安，见执金吾车骑甚盛，因叹曰：'仕宦当作执金吾，娶妻当得阴丽华。'更始元年六月，遂纳后于宛当成里。"

⑩汉女：汉水旁的女子。张衡《南都赋》："游女弄珠于汉皋之

曲。"李善注:"《韩诗外传》曰:'郑交甫将南适楚,遵彼汉皋台下,乃遇二女,佩两珠大如荆鸡之卵。'"

⑪"清歌"句:用薛谭学歌于秦青的故事。《列子·汤问》:"薛谭学讴于秦青,未穷青之技,自谓尽之。遂辞归,秦青勿止,饯于郊衢,抚节悲歌,声振林木,响遏行云。"

⑫"遨游"句:《古诗十九首》:"驱车策驽马,游戏宛与洛。"李周翰注:"宛,南阳也。洛,洛阳也。"

⑬红阳城:地名,在今河南舞阳县西北。《汉书·地理志》:"南阳郡,有红阳侯国。"

⑭白河:一作白水,发源于今河南嵩县西南,流经南阳市东,至湖北襄阳入汉水。

⑮卧龙:指诸葛亮。《汉晋春秋》:"亮家于南阳之邓县,在襄阳城西二十里,号曰隆中。《出师表》所谓'臣本布衣,躬耕南阳'是也。"

【译文】南都确是一处佳美之地,武阙山横亘西方为雄关。白水真人汉光武帝的故居就在此,这里的市井万商云集百业繁荣。高楼秀阁对着京师大道,豪门宅第连绵到城外青山。

此地历代多出英豪,功业显赫难以企及。陶朱公范蠡和五羖大夫百里奚出身南阳,他们的事迹和声名远播天地之间。还有汉光武帝皇后阴丽华,也有娇艳美丽的汉皋游女。

这里的清歌响遏流云,这里的曼舞优美从容。南阳洛阳多有遨游之士,车马冠盖随风来往不断。走马来到红阳城外,呼鹰逐猎白河之湾。谁能识出我这个卧龙客,至今不遇长吟愁白了头。

江上吟

【题解】此诗大概是乾元二年（759），李白遇赦而回，路过江夏时所作。江上吟，是李白自创的歌行体古诗。全诗表现了诗人对功名富贵的轻视，认为只有辞赋文章可以辉映千古。王琦点评："'仙人'一联，谓笃志求仙，未必即能冲举，而忘机狎物，自可纵适一时。'屈平'一联，谓留心著作，可以传千秋不刊之文，而溺志豪华，不过取一时盘游之乐。有孰得孰失之意。然上联实承上文泛舟行乐而言，下联又照下文兴酣落笔而言也。特以四古人事排列于中，顿觉五色迷目，令人骤然不得其解。似此章法，虽出自逸才，未必不少加惨淡经营，恐非斗酒百篇时所能构耳。"《唐诗直解》："太白气魄磊落，故词调豪放。此篇尤奇拔入神。常人语，自非常人语。"

木兰之枻沙棠舟①，玉箫金管坐两头。美酒樽中置千斛②，载妓随波任去留。仙人有待乘黄鹤③，海客无心随白鸥④。屈平词赋悬日月⑤，楚王台榭空山丘⑥。兴酣落笔摇五岳⑦，诗成啸傲凌沧洲⑧。功名富贵若长在，汉水亦应西北流。

【注释】①木兰：香木名。又名杜兰、林兰。皮似桂而香，状如楠树，可造船。枻（yì）：船桨。沙棠：木名，木材可造船，果实可食。
②斛：古时量器名，一斛为十斗。

③"仙人"句：此句用黄鹤楼的传说。黄鹤楼故址在今湖北武昌西黄鹤矶上，传说仙人王子安曾驾黄鹤过此，因而得名。一说费文祎乘黄鹤登仙，曾在此休息，故名。

④"海客"句：此句谓海客无诡诈之心，因此可以与海鸥同游。语出《列子·黄帝篇》："海上之人有好沤鸟者，每旦之海上，从沤鸟游，沤鸟之至者百住而不止。"

⑤屈平：指屈原。

⑥楚王台榭：楚灵王有章华台，楚庄王有钓台，均以豪奢著名。

⑦五岳：即东岳泰山、西岳华山、北岳恒山、中岳嵩山、南岳衡山。

⑧沧洲：滨水的地方，古时常用以称隐士的居处。

【译文】木兰为桨沙棠木为舟，箫管乐人置于船两头。樽中美酒数以千斛，船上载妓随波而流。仙人要待黄鹤而来才能飞去，海客心无机诈能与白鸥嬉戏。屈原的辞赋如日月高悬辉映千古，楚王的台榭只剩下荒山孤丘。趁兴落笔成章撼动五岳，诗成放声长啸气凌沧洲。功名富贵若能长存，汉水也向西北而流。

侍从宜春苑奉诏赋龙池柳色初青听新莺百啭歌

【题解】此诗应是天宝二年（743），李白在长安供奉翰林时，侍从唐玄宗游宜春苑奉诏而作，是一首应制诗。宜春苑，故址在今陕西西安市长安区南。《雍录》："宜春苑在杜县东，即唐曲江也。汉之曲洲，唐之曲江，皆此下杜之宜春也。其苑若宫，皆秦创而汉唐因之也。"龙池，唐长安兴庆宫内之池名。在今陕西西安兴庆公园内。唐玄宗为藩王时，居于隆庆坊。宅内聚水而成池。唐玄宗即位后，改宅为兴庆宫。相传池有黄龙出现，故命名为"龙池"。全诗开篇先写宫城春色：兴庆宫内的瀛洲上碧草已绿，紫殿红楼在明媚春光中更显壮丽。柳色青青，如烟拂城；垂丝百尺，悬挂雕楹。柳枝上有鸟儿不住啼鸣，似乎早就感受到春风来临。鸣叫声随着春风直上云霄，给千家万户带去春声。最后写天子在春日里居于京城，五色祥云照耀帝都。君王趁春日出游，绕花间而行，观赏鹤舞，聆听新莺。沈德潜《唐诗别裁》点评："应制诗有此，非仙才不能。三唐应制诗，以此篇及摩诘之'云里帝城'、'雨中春树'为最上。"《唐宋诗醇》点评此诗："清圆流丽，可以鼓吹休明。'千门万户'一语，气象颇大。全篇格调，想见初唐余响。"

东风已绿瀛洲草①，紫殿红楼觉春好②。池南柳色半青青③，萦烟嫋娜拂绮城④。垂丝百尺挂雕楹⑤。

上有好鸟相和鸣，间关早得春风情⑥。春风卷入碧云去，千门万户皆春声。

是时君王在镐京⑦，五云垂晖耀紫清⑧。仗出金宫随日转⑨，天回玉辇绕花行⑩。始向蓬莱看舞鹤⑪，还过苤若听新莺⑫。新莺飞绕上林苑⑬，愿入《箫韶》杂凤笙⑭。

【注释】①瀛洲：这里指兴庆宫，因兴庆宫中有瀛洲门。

②紫殿红楼：泛指宫中殿楼。

③池：指龙池。

④嫋（niǎo）娜：袅袅，摇曳。绮城：城墙的美称。指兴庆宫的夹城。

⑤雕楹：彩绘的柱子。

⑥间关：象声词，形容宛转的鸟鸣声。

⑦镐京：西周国都，故址在今陕西西安市西南沣水东岸。这里代指长安。

⑧五云：五色祥云。紫清：紫微清都，天帝的居所。

⑨金宫：帝王宫殿的美称。

⑩玉辇：天子所乘之车，以玉为饰。

⑪蓬莱：指太液池中的蓬莱山，太液池在大明宫含元殿北。

⑫莐若：汉宫殿名，在未央宫中。

⑬上林苑：秦朝旧苑，汉初荒废，汉武帝时重新扩建，故址在今西安市西及周至、户县界。

⑭《箫韶》：传说舜时乐曲名。《书·益稷》："《箫韶》九成，凤凰来仪。"凤笙：笙形如凤凰之身，故曰凤笙。

【译文】东风吹绿了兴庆宫瀛洲上的碧草，紫殿红楼在春光里让人更觉美好。龙池南边柳色才刚刚变为半青，枝条袅袅如缭绕轻烟拂过绮城。垂下百尺细丝高悬在画柱之上。

上面有好鸟相互应和而鸣，发出间关之声似得春风之情。婉转的鸟鸣被春风卷入碧云中，千家万户都能听到阵阵的春声。

此时君王端坐京都宫苑内，五彩祥云辉耀着紫微清都。天子的仪仗伴随日光出入金宫，天子的玉辇盘绕花丛徐徐而行。先去蓬莱欣赏仙鹤起舞，再过莐若殿听黄莺鸣唱。黄莺飞入上林苑盘旋不已，愿其脆鸣能与凤笙合奏《箫韶》。

玉壶吟

【题解】此诗当是天宝二年（743），李白供奉翰林时所作。玉壶吟，《世说新语·豪爽》："王处仲（王敦）每酒后辄咏'老骥伏枥，志在千里；烈士暮年，壮心不已。'以如意击吐壶，壶口尽缺。"李白此诗承旧题，叙述了自己被天子知遇的始末，抒发了自己空怀壮志，却遭小人嫉妒而无法实现的苦闷。全诗雄浑大气，激愤之情贯穿始终。余成教《石园诗话》："太白《梁父》《玉壶》两吟，隐寓当时受知明主、见愠群小之事于其内，读者但赏其神俊，未觉其自为写照也。"

烈士击玉壶①，壮心惜暮年。三杯拂剑舞秋月，忽然高咏涕泗涟。

凤凰初下紫泥诏②，谒帝称觞登御筵③。揄扬九重万乘主④，谑浪赤墀青琐贤⑤。朝天数换飞龙马⑥，敕赐珊瑚白玉鞭⑦。世人不识东方朔，大隐金门是谪仙⑧。

西施宜笑复宜颦，丑女效之徒累身⑨。君王虽爱蛾眉好⑩，无奈宫中妒杀人⑪。

【注释】①烈士：有节气壮志的人。这里是李白自谓。
②"凤凰"句：用凤凰衔诏的典故。《十六国春秋》："石虎在台上有诏书，以五色纸着凤凰口中，凤既衔诏，侍人放数百丈绯绳，辘轳掉

头，状若飞翔，飞下端门。凤以木作之，五色文身，脚皆用金。"后称诏书为"凤凰诏"。紫泥：紫色印泥。古人书函用泥封，并戳印以为凭信，汉天子用紫泥，故紫泥亦指诏书。

③称觞：举杯饮酒，表示祝寿。

④揄扬：赞扬。九重：这里指皇帝居住的地方。

⑤谑浪：戏谑浪荡。赤墀（chí）：皇宫中的台阶，因以赤色丹漆涂饰，故称。青琐：装饰皇宫门窗的青色连环花纹。贤：指朝廷大臣。

⑥朝天：朝见皇帝。飞龙：唐代御厩名。唐制，学士初入院，赐飞龙厩中马一匹。

⑦敕赐：皇帝的赏赐。敕，皇帝的诏令。

⑧"世人"二句：用东方朔故事。《史记·滑稽列传》："（东方朔）时坐席中，酒酣，据地歌曰：'陆沉于俗，避世金马门。宫殿中可以避世全身，何必深山之中，蒿芦之下。'"这里诗人以东方朔自喻。金门：即金马门，汉代官署门，因门旁竖有铜马，故称。谪仙：贬谪人间的仙人。贺知章曾称李白为"谪仙人"。

⑨"西施"二句：用东施效颦的典故。《庄子·天运》："故西施病心而矉其里，其里之丑人见而美之，归亦捧心而矉其里。其里之富人见之，坚闭门而不出。贫人见之，挈妻子而去之走。"

⑩蛾眉：喻指美女。这里诗人自比。

⑪宫中：指宫中妃子，这里比喻进谗言的小人。

【译文】志士击玉壶而慷慨抒怀，感叹壮心不已暮年却至。三杯酒后舞剑秋月下，忽然悲从中来涕泪流淌。

当年朝廷下诏征我入京城，拜见天子在御筵举杯祝酒。高声颂扬万乘天子，戏谑嘲弄权贵大臣。朝见天子换骑飞龙马，天子御赐珊瑚白玉鞭。世人不识我这个当世东方朔，原来是大隐于朝堂的谪仙人。

西施是笑是颦都为美，丑女一味效仿徒增丑。君王虽然欣赏佳人美，无奈宫妃妒忌能杀人。

笑歌行

【题解】此诗年代不详。笑歌行，也名笑矣乎，《乐府诗集》收于《新乐府辞》中。但这首诗从宋代以来，多认为并非李白所作。苏轼《东坡题跋》点评："今《太白集》中有《悲来乎》《笑矣乎》及《赠怀素草书》数诗，决非太白作。盖唐末五代间贯休、齐己辈诗也。余旧在富阳，见国清院太白诗，绝凡近。过彭泽唐兴院，又见太白诗，亦非是。良由太白豪俊，语不甚择，集中往往有临时率然之句，故使妄庸敢尔。若杜子美，世岂复有伪撰者耶！"萧士赟曰："此篇与后《悲歌行》皆非太白之作，乃世俗无知者所托也。"曾国藩《求阙斋读书录》："此首与《悲歌行》二首，皆非太白诗也。郭茂倩《乐府》以《悲歌行》录入杂曲歌辞，以《笑歌行》录入新乐府辞，不知有何区别？殆亦强作解事，不辩其为赝作耳。"全诗四段，每段都以"笑矣乎"开头，即效仿《诗经》、汉乐府等古辞格式。第一段引用汉代童谣，以及张仪、苏秦的例子，来说明世人奔波皆为名利。第二段借用《楚辞·渔父》，表达了诗人隐迹江湖，不问世事的想法，同时感叹屈原不懂谋身之道，丧身殒命，徒作《离骚》遗人诵读。第三段写历史上那些仁人义士，例如豫让、屈原、巢父、许由、伯夷、叔齐等人，都是为了留下身后名，在诗人看来，他们的行为都是无所益，无所成，不如畅饮眼前美酒，及时行乐。因为穷通自有时运，不必大材小用。最后一段以宁戚和朱买臣的故事，来进一步说明"穷通当有时"，应该顺其自然的道理。

笑矣乎，笑矣乎！君不见，曲如钩，古人知尔封公侯。君不见，直如弦，古人知尔死道边①。张仪所以只掉三寸舌②，苏秦所以不垦二顷田③。

笑矣乎，笑矣乎！君不见，沧浪老人歌一曲，还道沧浪濯吾足④。平生不解谋此身，虚作《离骚》遣人读⑤。

笑矣乎，笑矣乎！赵有豫让楚屈平⑥，卖身买得千年名。巢由洗耳有何益⑦？夷齐饿死终无成⑧。君爱身后名，我爱眼前酒。饮酒眼前乐，虚名何处有？男儿穷通当有时，曲腰向君君不知。猛虎不看机上肉⑨，洪炉不铸囊中锥⑩。

笑矣乎，笑矣乎！宁武子，朱买臣，叩角行歌背负薪⑪。今日逢君君不识，岂得不如伴狂人⑫！

【注释】①"君不见"六句：《后汉书·五行志一》："顺帝之末，京师童谣曰：'直如弦，死道边；曲如钩，反封侯。'"

②"张仪"句：《史记·张仪列传》："共执张仪，掠笞数百，不服，释之。其妻曰：'嘻！子毋读书游说，安得此辱乎？'张仪谓其妻曰：'观吾舌尚在不？'其妻笑曰：'舌在也。'仪曰：'足矣。'"《汉书·蒯通传》："郦生一士，伏轼掉三寸舌，下齐七十余城。"颜师古注："掉，摇也。"

③"苏秦"句:《史记·苏秦列传》:"苏秦喟然叹曰:'此一人之身,富贵则亲戚畏惧之,贫贱则轻易之,况众人乎!且使我有洛阳负郭田二顷,吾岂能佩六国相印乎!'"

④"沧浪"二句:《楚辞·渔父》:"渔夫莞尔而笑,鼓枻而去,乃歌曰:'沧浪之水清兮,可以濯吾缨。沧浪之水浊兮,可以濯吾足。'"

⑤"平生"二句:谓屈原不懂谋身之道,徒留《离骚》供人读。

⑥"赵有"句:豫让:春秋时晋国人,受知伯宠幸。赵、魏、韩三家灭知氏后,豫让逃走,为给知伯报仇,屡次行刺赵襄子均不果。豫让请得赵襄子衣服,拔剑击之,大呼可以报知伯矣!遂伏剑而死。事见《史记·刺客列传》。屈平:即屈原。事见《史记·屈原贾生列传》。

⑦巢由洗耳:指巢父、许由颍水洗耳之事。皇甫谧《高士传》:"巢父者,尧时隐人也,山居不营世利,年老以树为巢而寝其上,故时人号曰巢父。"又曰:"尧之让许由也,由以告巢父。巢父曰:'汝何不隐汝形,藏汝光?若非吾友也。'击其膺而下之。由怅然不自得,乃过清泠之水洗其耳,曰:'向闻贪言,负吾友矣。'遂去,终身不相见。"

⑧夷齐饿死:指伯夷、叔齐饿死首阳山之事。《史记·伯夷列传》:"武王已平殷乱,天下宗周,而伯夷、叔齐耻之,义不食周粟。隐于首阳山,采薇而食之。……遂饿死于首阳山。"

⑨机上肉:指砧板上的肉,机同"几"。比喻任人宰割者。

⑩"洪炉"句:洪炉:熔炉。囊中锥:源自"毛遂自荐"的典故。喻指有才华的人。《史记·平原君列传》:"平原君曰:'夫贤士之处世也,譬若锥之处囊中,其末立见。'毛遂曰:'臣乃今日请处囊中耳。使遂蚤得处囊中,乃颖脱而出,非特其末见也。'"

⑪"宁武子"三句:宁武子:即宁戚,春秋时卫国人,后为齐桓公大

夫。《吕氏春秋》：“宁戚欲干齐桓公，穷困无以自进。于是为商旅，将任车以至齐，暮宿于郭门之外。桓公郊迎客，夜开门辟任车，……宁戚饭牛居车下，望桓公而悲，击牛角疾歌。桓公闻之，抚其仆之手曰：‘异哉，之歌者非常人也。’命后车载之。桓公反至，从者以请，桓公赐之衣冠，将见之。宁戚见，说桓公以治境内，明日复见，说桓公以为天下，桓公大悦。”叩角：指叩击牛角。朱买臣：汉武帝时人，官至会稽太守。《汉书·朱买臣传》：“朱买臣，字翁子，吴人也。家贫，好读书，不治产业。常艾薪樵，卖以给食，担束薪行且诵书。其妻亦负载相随，数止买臣毋歌讴道中。买臣愈益疾歌，妻羞之，求去。买臣笑曰：‘我年五十当富贵，今已四十余矣。汝苦日久，待我富贵报汝功。’妻恚怒曰：‘如公等，终饿死沟中耳，何能富贵？’买臣不能留，即听去。其后买臣独行歌道中，负薪墓间。”

⑫佯狂：装疯。

【译文】可笑啊，可笑啊！君不见，卑躬曲如钩，古人知你可封侯。君不见，操守直如弦，古人知你死道边。张仪为此摇动三寸舌，苏秦为此不耕二顷田。

可笑啊，可笑啊！君不见，沧浪老人高歌一曲，“沧浪之水濯吾足！”屈原平生不懂谋身之术，徒然而作《离骚》供人诵读。

可笑啊，可笑啊！赵有豫让楚有屈平，卖身买得千载虚名。巢父许由洗耳有什么用？伯夷叔齐饿死终无所成。君爱惜身后之名，我喜爱眼前之酒。畅饮美酒乐在眼前，身后虚名又在何处？男儿穷通都有时运，曲腰向君君也不知。猛虎不屑去看案上肉，洪炉不会铸造囊中锥。

可笑啊，可笑啊！宁武子，朱买臣，一个叩角而歌，一个背薪诵书。

如若今日与君相遇君却不识贤才, 岂不是不如那些装疯卖傻的狂徒!

悲歌行

【题解】 此诗年代不详。悲歌行, 乐府旧题,《乐府诗集》收于《杂曲歌辞》中。全诗四段, 每段以"悲来乎"开头。第一段写琴酒之乐, 可值千金。次一段写富贵难长久, 人生有死生。最终都是孤坟一座, 不如现在畅饮美酒。再一段引用微子、箕子以及李广、屈原的例子, 来说明功名难求, 贤人难当。最后一段以李斯和范蠡的事迹为例, 说明功成身退的道理。

悲来乎, 悲来乎! 主人有酒且莫斟, 听我一曲悲来吟。悲来不吟还不笑, 天下无人知我心。君有数斗酒, 我有三尺琴①。琴鸣酒乐两相得, 一杯不啻千钧金②。

悲来乎, 悲来乎! 天虽长, 地虽久③, 金玉满堂应不守④。富贵百年能几何? 死生一度人皆有。孤猿坐啼坟上月, 且须一尽杯中酒。

悲来乎, 悲来乎! 凤鸟不至河无图⑤, 微子去之箕子奴⑥。汉帝不忆李将军⑦, 楚王放却屈大夫⑧。

悲来乎, 悲来乎! 秦家李斯早追悔⑨, 虚名拨向身之外。范子何曾爱五湖⑩, 功成名遂身自退。剑是一夫用, 书能知姓名⑪。惠施不肯干万乘⑫, 卜式未必穷一经⑬。还须黑头取方伯⑭, 莫谩白首为儒生⑮。

【注释】①三尺琴：古琴长三尺，故称。《博雅·释琴》："神农氏琴长三尺六寸六分。"

②啻：但；只；仅。钧：古代重量单位，一钧三十斤。

③"天虽长"二句：《老子》："天长地久，天地所以能长且久者，以其不自生。"此处用其意。

④"金玉"句：《老子》："金玉满堂，莫之能守。富贵而骄，自遗其咎。"

⑤"凤鸟"句：《论语·子罕》："凤鸟不至，河不出图，吾已矣夫。"此处用其意。

⑥"微子"句：微子：商纣王庶兄。箕子：商纣王诸父。当时的贤臣。《史记·殷本纪》："纣愈淫乱不止，微子数谏不听，乃与太师、少师谋，遂去。……箕子惧，乃佯狂为奴。"《论语·微子》："微子去之，箕子为奴。"

⑦李将军：指李广。李广出征匈奴四十余年，大小七十余战，其下属多人封侯，而李广却终生不得爵位。事见《史记·李将军列传》。

⑧屈大夫：指屈原。屈原为春秋时楚国人，曾任楚国三闾大夫。后遭谗被逐，投汨罗江而死。事见《史记·屈原列传》。

⑨"秦家"句：李斯：战国时楚人，为秦国丞相。后为赵高所忌，腰斩于咸阳市中。事见《史记·李斯列传》。

⑩范子：指范蠡，春秋时越国大夫，辅佐越王勾践灭吴。功成身退，乘扁舟游三江五湖。事见《吴越春秋》卷六《勾践伐吴外传》。

⑪"剑是"二句：用项羽故事。《史记·项羽本纪》："项籍少时学

书不成，去。学剑又不成。项梁怒之。籍曰：'书，足以记名姓而已。剑，一人敌，不足学。学万人敌。'"

⑫"惠施"句：用战国时名家代表人物惠施的故事。《吕氏春秋·审应览·淫辞》："魏惠王谓惠子曰：'上世之有国，必贤者也。今寡人实不若先生，愿得传国。'惠子辞。王又固请曰：'寡人莫有之国于此者也，而传之贤者，民之贪争之心止矣。欲先生以此听寡人也。'惠子曰：'若王之言，则施不可而听矣。王固万乘之主也，以国与人犹尚可；今施布衣也，可以有万乘之国而辞之，此其止贪争之心愈甚也。'……惠子易衣变冠，乘舆而走。"

⑬"卜式"句：卜式：东汉河阳人，以畜牧致富。汉武帝时与匈奴开战，卜式屡捐家财给朝廷，武帝任为中郎，后为御史大夫，却不熟悉文章。事见《汉书·卜式传》。

⑭方伯：古代称一方诸侯之长。后泛称地方长官。《汉书·何武传》："武曰：刺史，古之方伯，上所委任，一州表率也。"

⑮谩：徒然。

【译文】可悲啊，可悲啊！主人有酒先不要斟，听我歌一曲《悲来吟》。悲来不吟也不笑，天下无人知我心。君有数斗美酒，我有三尺素琴。奏琴饮酒相得益彰，一杯美酒不啻千金。

可悲啊，可悲啊！天虽长，地虽久，满堂金玉却难守住。就算富贵百年将如何？生死之事人皆有。到头来是孤猿坐坟月下啼，不如珍惜眼前满饮杯中酒。

可悲啊，可悲啊！凤鸟不来河图不出，殷臣微子远离朝廷，箕子佯狂为人作奴。汉家皇帝不记李广之功，楚王听信谗言放逐屈原。

可悲啊，可悲啊！秦相李斯如果早早悔悟，就会把虚名都抛向身外。范蠡何曾喜爱泛游五湖，不过是功成的自保之法。学剑只能敌一人，念书只需识姓名。惠施不肯接受万乘国君之位，卜式封侯未必能懂一本经书。还应在年少时就取得高官显位，不要头发花白了还是一介穷儒。

幽歌行上新平长史兄粲

【题解】此诗当是李白在开元年间，初入长安游邠州时所作。幽，古国名，周祖公刘所立。汉于此置新平郡，唐初复为豳州，开元年间改为邠州，天宝年间改为新平郡，乾元年间复改为邠州。其地即今陕西彬县。长史，州郡的佐官，其位在别驾之下，司马之上。李粲，开元中任邠州长史。全诗首段写新平秋色：寒风振树，泾水漰波，哀鸿酸嘶，愁云苍惨。烘托出一种悲凉凄苦的景象。次段写诗人离家来此，中夜出饮，晨揖太守。不知不觉中，胡霜侵衣，冷如死灰，无处得到温暖。最后写李粲衣轻裘，燃兽炭，饮美酒，赵女长歌，燕姬醉舞。于是诗人请求李粲享受之余，何必怜惜一点恩泽给予兄弟。

　　幽谷稍稍振庭柯①，泾水浩浩扬湍波②。哀鸿酸嘶暮声急③，愁云苍惨寒气多。

　　忆昨去家此为客，荷花初红柳条碧。中宵出饮三百杯④，明朝归揖二千石⑤。宁知流寓变光辉⑥，胡霜萧飒绕客衣。寒灰寂寞竟谁暖, 落叶飘扬何处归?

吾兄行乐穷曛旭[7], 满堂有美颜如玉[8]。赵女长歌入彩云, 燕姬醉舞娇红烛。狐裘兽炭酌流霞[9], 壮士悲吟宁见嗟? 前荣后枯相翻覆, 何惜余光及棣华[10]?

【注释】①豳谷: 谷名。在故邠州境内。王琦注引何大复《雍大记》: "豳谷, 在邠州东北三十里故三水县, 公刘立国处。"稍稍: 当作"悄悄", 风声。

②泾水: 即泾河, 渭河最大支流。源出宁夏六盘山东麓, 流经甘肃省, 在陕西高陵县境内入渭河。

③酸嘶: 哀鸣; 悲叹。

④中宵: 半夜。

⑤二千石: 秦汉时, 州郡长官秩二千石, 后以二千石代指郡守。

⑥流寓: 流落他乡居住。

⑦曛旭: 早和晚。《广韵》: "曛, 日入也。又, 黄昏时。旭, 日旦出貌。"

⑧颜如玉: 《古诗十九首》: "燕赵多佳人, 美者颜如玉。"

⑨兽炭: 做成兽形的炭。亦泛指炭或炭火。《晋书·外戚传·羊琇》: "琇性豪侈, 费用无复齐限, 而屑炭和作兽形以温酒, 洛下豪贵咸竞效之。"流霞: 传说仙人所饮之酒。此处代指美酒。

⑩余光: 《史记·樗里子甘茂列传》: "甘茂之亡秦奔齐, 逢苏代。代为齐使于秦。甘茂曰: '臣得罪于秦, 惧而逃遁, 无所容迹。臣闻贫人女与富人女会绩, 贫人女曰: '我无以买烛, 而子之烛光幸有余, 子可分我余光, 无损子明而得一斯便焉。'今臣困, 而君方使秦而当路矣。茂

之妻子在焉，愿君以余光振之。'"棣华：《诗·小雅·常棣》："常棣之华，鄂不韡韡。凡今之人，莫如兄弟。"后因以"棣华"喻兄弟。

【译文】 幽谷秋风瑟瑟摇动庭树，泾水浩浩向东扬起巨波。暮色里哀鸿发出急切的悲声，苍茫惨淡的愁云下寒气逼人。

想起当初离家来此地成为异客，正是荷花刚红柳条碧绿的时节。中夜与好友畅饮三百杯，明晨还要去拜访郡太守。岂知异乡的时光顿失光彩，转眼间胡霜降临秋寒侵衣。我寂寞如寒灰谁能送暖意，身似落叶飘何方是归处？

兄长你从早到晚悠闲行乐，满堂的美人都是如花似玉。赵女歌声高亢直入彩云，燕姬舞姿醉人映照红烛。您身披狐裘燃起兽炭饮美酒，面对壮士的悲吟却无怜惜吗？为何前恭后倨态度如此不一，何必吝惜些许恩泽给予兄弟？

西岳云台歌送丹丘子

【题解】 此诗大约是天宝四载（745），李白在龟蒙山时，送元丹丘西去华山所作。西岳，即华山。丹丘子，即元丹丘，李白的好友，李白与其过往最密，赠诗亦多。元丹丘将赴华山，李白作此诗赠别。诗中以丰富的想象，激昂的文字，磅礴的气势，描绘了华山一带的壮观景色。全诗首段描写华山的壮丽和黄河的激荡。次一段写华山三峰的高峻，以及河神开山的神话。第三段写云台高邈，而元丹丘隐居其中。诗人想象玉女仙子为他洒扫，麻姑为他搔背。最后一段祝愿元丹丘早日登临仙界,希望到时候能赐予故人玉液,共同骑龙遨游天宇。全诗想象奇特,大量引用神话故事,诗风酣畅,颇有仙姿。

西岳峥嵘何壮哉!黄河如丝天际来①。黄河万里触山动,盘涡毂转秦地雷②。荣光休气纷五彩③,千年一清圣人在④。巨灵咆哮擘两山,洪波喷流射东海⑤。

三峰却立如欲摧,翠崖丹谷高掌开⑥。白帝金精运元气⑦,石作莲花云作台⑧。

云台阁道连窈冥⑨,中有不死丹丘生。明星玉女备洒扫,麻姑搔背指爪轻⑩。

我皇手把天地户⑪,丹丘谈天与天语⑫。九重出入生光辉⑬,东求蓬莱复西归。玉浆倘惠故人饮,骑二茅龙上天飞⑭。

【注释】①"西岳"二句:写华山高峻,登山远眺,黄河就如细丝。《癸辛杂识》:"五岳惟华岳极峻,直上四十五里。遇无路处,皆挽铁絙以上。有西岳庙在山顶,望黄河一衣带水耳。"

②盘涡毂转:盘涡:水旋流形成的深涡。毂转:如车轮旋转。郭璞《江赋》:"盘涡毂转,凌涛山颓。"李善注:"涡,水旋流也。"张铣注:"盘涡,言水深风壮,流急相冲,盘旋作深涡,如毂之转。"秦地雷:形容黄河声响如秦地雷鸣。

③荣光:五色云气。古时以为吉祥之兆。休气:祥瑞之气。

④千年一清:古代认为黄河水清是圣人出世之兆。《拾遗记》:"黄河千年一清,圣王之大瑞也。"

⑤"巨灵"二句：谓巨灵河神分开了首阳山和华山，使得黄河能直流喷注东海。张衡《西京赋》："缀以二华，巨灵赑屃，高掌远蹠，以流河曲，厥迹犹存。"薛综注："巨灵，河神也。华山对河东首阳山，黄河流于二山之间。古语云：'此本一山，当河，河水过之而曲行。河之神以手擘开其上，以足踏离其下，中分为二，以通河流。手足之迹，于今尚在。赑屃，作用力貌。'"

⑥"三峰"二句：三峰：指华山的落雁峰、莲花峰、朝阳峰。高掌：即华山东峰的仙人掌。王琦注曰："山之东北则为仙人掌，即所谓巨灵掌也。岩壁黑色，石膏自罅中流出，凝结成痕，黄白相间，远望之见其大者五岐如指，好奇者遂传为巨灵擘山之掌迹。掌长三十丈许，五指参差，中指直冠峰顶，长二十丈。"

⑦白帝：神话中的五天帝之一，是西方之神。华山是西岳，故属白帝。又西方属金，故称白帝为西方之金精。

⑧莲花：王琦注："值蒙《名山诸胜一览记》：李白诗'石作莲花云作台'，今观山形，外罗诸山如莲瓣，中间三峰特出如莲心，其下如云台峰，自远望之，宛如青色莲花，开于云台之上也。"

⑨阁道：即栈道。窈冥：深远渺茫貌。

⑩"明星"二句：明星玉女：《太平广记》引《集仙录》："明星玉女者，居华山，服玉浆，白日升天。"麻姑：传说中的仙人。《神仙传》："王远遣人召麻姑，麻姑至，是好女子，年可十八九许，于顶上作髻，余发散垂至腰，衣有文采而非锦绮，光彩耀目，不可名状。麻姑云：'接待以来，已见东海三为桑田。向到蓬莱，水又浅于往昔，会时略半耳，岂将复为陵陆乎？'王远叹曰：'圣人皆言海中行复扬尘也。'麻姑手爪似鸟，蔡经见之，心中念曰：'背大痒时，得此爪以爬背，当佳也。'王远已

知经心中所言，即使人牵经，鞭之曰：'麻姑，神人也，汝何忽谓其爪可爬背耶？'"

⑪我皇：指唐玄宗。天地户：天地的门户。《汉武帝内传》："王母命侍女法安婴歌《元灵之曲》，曰：'大象虽廓寥，我把天地户。'"

⑫谈天：战国齐人邹衍喜言天事而善辩，时人称之为"谈天衍"。后用作称美健谈善辩的典故。刘向《别录》："驺衍之所言，五德终始，天地广大，尽言天事，故曰'谈天'。"

⑬九重：天的极高处。

⑭"玉浆"二句：用呼子先故事。呼子先是西汉人，汉中关下卜师。老寿百余岁。相传与酒家老姬骑龙上华阴山仙去。《列仙传》："呼子先者，汉中关下卜师也，老寿百余岁。临去，呼酒家老姬曰：'急装，当与姬共应中陵王。'夜有仙人持二茅狗来，至，呼子先，子先持一与酒家姬，得而骑之，乃龙也。上华阴山，常于山上大呼，言'子先、酒家母在此'云。"玉浆：仙人所饮之浆。

【译文】华山是何其高峻而壮丽啊！远望黄河如丝带蜿蜒天际。黄河奔腾万里水势撼动山岳，激流转若飞轮声如秦地起雷。呈现五色祥瑞之气绚丽缤纷，河水千年一清必有圣人出世。巨灵神咆哮着劈开两山，黄河激流喷射奔向东海。

华山的三峰高耸如欲摧倒，翠崖丹谷间留下河神巨掌。白帝金精运化自然元气，以石作莲花放于云台上，

连接云台的栈道幽冥深远，其上有长生不死的丹丘生。明星玉女为他洒扫，麻姑手爪轻柔为他搔背。

我皇把持着天地的门户，丹丘生畅谈天道与天语。他熠熠生辉出入于九重天宇，东到蓬莱求仙而后西归华山。如果惠予我这样的故人

玉液琼浆，我们就可骑乘两只茅龙飞到天上。

元丹丘歌

【题解】此诗应是开元二十二年（734），李白与元丹丘同在嵩山隐居时所写。此诗称赞元丹丘爱好神仙之道，隐居嵩山，朝饮颍川，暮还紫烟，周游于嵩山三十六峰，想象其足踏星虹，身骑飞龙，横跨河海。

元丹丘，爱神仙。朝饮颍川之清流①，暮还嵩岑之紫烟②。三十六峰常周旋③。长周旋，蹑星虹④。身骑飞龙耳生风，横河跨海与天通。我知尔游心无穷。

【注释】①颍川：这里指颍水，即今颍河，源出河南省登封市嵩山南麓，东南流至今安徽颍上县注入淮河。

②嵩岑：嵩山。岑，山小而高，曰岑，此泛指山。紫烟：紫色的云气。

③三十六峰：王琦注引《河南通志》："嵩山，居四岳之中，故谓之中岳。共有三十六峰，曰朝岳，曰望洛，曰太阳，曰少阳，曰石城，曰石筍，曰檀香，曰丹砂，曰钵盂，曰香炉，曰连天，曰紫霄，曰罗汉，曰七佛，曰来仙，曰清凉，曰宝胜，曰瑞应，曰璠璧，曰紫盖，曰翠华，曰药室，曰紫微，曰白道，曰帝宇，曰卓剑，曰白云，曰金牛，曰明月，曰凝璧，曰迎

霞，曰玉华，曰宝柱，曰系马，曰白鹿，曰灵隐。"

④星虹：指流星和虹霓。

【译文】元丹丘，爱神仙。清晨还在颍川边饮水，日暮回还嵩山紫烟中。嵩山三十六峰你常周游。常周游，踏星虹。身骑飞龙耳边生风，横跨河海直通天际。我知道你的遨游之心无穷境。

扶风豪士歌

【题解】此诗大约为天宝十五载（756）三月，李白东奔至溧阳时所作。扶风，即岐州，天宝元年改为扶风郡，治所在今陕西凤翔县。豪士，姓名不详，李白避乱吴地，遇到扶风豪士，彼此把酒言欢。全诗先写洛阳陷落，引人伤感。避乱东奔，道远路塞。再突然转折，写来到吴地，看到一派祥和景象，又来到扶风豪士家。接着赞叹扶风豪士重义气，不依仗权势而豪爽待客。然后诗人引用战国四公子的故事，说明自己有意在此乱世报效国家。最后诗人反用张良追随赤松子修道的典故，表明自己当世而用的志向，此诗虽写于流离途中，但豪气不减，全诗起伏跌宕，章法多变。《唐诗选脉会通评林》引陈继儒："歌咏豪士义侠，并己意气，开合揉错，具大神力。奇标千古，迥出天际，月峡虮松，总是寻常观耳。"

洛阳三月飞胡沙①，洛阳城中人怨嗟。天津流水波赤血②，白骨相撑如乱麻。我亦东奔向吴国，浮云四塞道路赊。

东方日出啼早鸦，城门人开扫落花③。梧桐杨柳拂金井④，来醉扶风豪士家。

扶风豪士天下奇，意气相倾山可移。作人不倚将军势，饮酒岂顾尚书期⑤？雕盘绮食会众客，吴歌赵舞香风吹。

原尝春陵六国时⑥，开心写意君所知⑦。堂中各有三千士，明日报恩知是谁？

抚长剑，一扬眉，清水白石何离离⑧！脱吾帽，向君笑；饮君酒，为君吟。张良未逐赤松去，桥边黄石知我心⑨。

【注释】①飞胡沙：指安禄山胡兵攻陷洛阳。

②天津：洛阳桥名，在洛水上。

③"东方"二句：萧士赟注："此太白避乱东时，言道路艰阻，京国乱离，而东土之太平自若也。"

④金井：井栏上有雕饰的井。

⑤"饮酒"句：用东汉陈遵故事。《汉书·陈遵传》："（陈）遵嗜酒，每大饮，宾客满堂，辄关门，取客车辖投井中，虽有急，终不得去。尝有部刺史奏事，过遵，值其方饮，刺史大穷，候遵沾醉时，突入见遵母，叩头，自当对尚书有期会状，母乃令从后阁出去。"

⑥原尝春陵：指战国四公子：赵国的平原君、齐国的孟尝君、楚国的春申君和魏国的信陵君。他们礼贤下士，有门客数千人。

⑦写意：披露心意，抒写心意。

⑧"清水"句：古乐府《艳歌行》："语卿且勿眄，水清石自见。"此处用其意。离离：清晰貌；分明貌。

⑨"张良"二句：用张良下邳圯上遇黄石公之事。事见《史记·留侯

世家》。逐赤松:《史记·留侯世家》:"汉六年正月,封功臣,封张良为留侯。留侯乃称曰:'家世相韩,及韩灭,不爱万金之资,为韩报仇强秦,天下振动。今以三寸舌为帝者师,封万户,位列侯,此布衣之极,于良足矣。愿弃人间事,欲从赤松子游耳。'"赤松子,传说为黄帝时仙人。

【译文】洛阳三月胡兵肆虐,城中百姓怨号连天。天津桥下流水血红,尸横遍野白骨堆山。我也东奔来到吴地,岂料道路遥远淤塞。

东方日升鸦鸟啼鸣,城门大开扫除落花。梧桐杨柳轻拂着华美井栏,欣然来到扶风豪士家一醉。

扶风豪士天下奇人,意气相倾可移山岳。为人不依仗将军势,豪饮不顾尚书之约。玉盘美食大宴宾客,吴歌赵舞香风袭人。

六国时的平原、孟尝、春申、信陵四公子,他们敞开心胸诚意待士被人所熟知。家中各有食客数千多,明日报恩不知是何人。

手抚长剑,一扬长眉,如清水白石何其光明磊落。脱下我帽,向君而笑;饮君之酒,为君歌吟。我并未像张良那样追随赤松子而去,桥边的黄石可以知道我的壮心未已。

同族弟金城尉叔卿烛照山水壁画歌

【题解】此诗应是李白在长安供奉翰林期间所作。金城,县名,今陕西兴平县,唐时属京畿道京兆府。尉,指县尉,主管一县治安。叔卿,即李叔卿,神龙年间工部侍郎李适之子,天宝初年为金城尉。烛照,以蜡烛照看。此诗主要描写诗人在烛光下观览壁画的过程和感受。前四句写壁画的内容：画上有蓬莱瀛洲，其中的沧洲一片清明。中间六句描写画上一派岚气消失，雪后初晴的美景。溪水寂流无声，让人看后神清气爽，又好像听到群山中秋猿哀鸣。末段写诗人观画后欢乐不已，因而放歌行吟，心中生起出海求仙的想法。全诗格调高邈，语尽曲折，描画逼真。

　　高堂粉壁图蓬瀛①，烛前一见沧洲清②。洪波汹涌山峥嵘，皎若丹丘隔海望赤城③。

　　光中乍喜岚气灭④，谓逢山阴晴后雪⑤。回溪碧流寂无喧⑥，又如秦人月下窥花源⑦。了然不觉清心魂⑧，只将叠嶂鸣秋猿⑨。

　　与君对此欢未歇，放歌行吟达明发⑩。却顾海客扬云帆⑪，便欲因之向溟渤⑫。

【注释】①粉壁：白色墙壁。蓬瀛：指蓬莱、瀛洲。

　　②沧洲：滨水之地，多指隐士所居之地。

　　③皎：清楚。丹丘：传说中神仙所居之地。赤城：山名。在浙江省天台县北。因土色皆赤，望之如雉堞，故名。

　　④岚气：山中雾气。

　　⑤山阴：即山阴县，在今浙江绍兴市。此处用王子猷雪夜访戴安道的故事。

　　⑥回溪：指回旋的溪流。

　　⑦花源：即桃花源。此处用陶渊明《桃花源》的典故。

　　⑧了然：明白、清楚。

　　⑨只将：就像。

　　⑩明发：黎明、天明。

⑪却顾：回顾，回转头看。却，再。云帆：很高的船帆。

⑫溟渤：溟海和渤海，泛指大海。

【译文】高堂白壁上绘着一幅蓬莱瀛洲图，举烛上前观看只见沧洲一片清朗。画中洪波汹涌山势峥嵘，皎洁明亮如丹丘，隔海可望赤城山。

烛光中欣喜地看到山中雾气消失，以为见到了山阴雪后初晴的美景。曲折的碧溪静静流淌没有声音，又像秦人在月下窥看桃花源。让人看后心中了然不知不觉中气静神清，就像在重峦叠嶂之间听到了秋猿哀鸣。

与君共赏此画欢喜不尽，一起放歌高吟直至天明。回首见到画中海客扬起云帆，因此就想随船入海远寻仙山。

白毫子歌

【题解】这首诗年代不详。白毫子，当是一位隐士，姓名事迹不详。这位隐士卧松雪，餐石髓。四周小山连绵，碧峰绿水。诗人与白毫子一起畅饮，拂花弄琴，使人耳目一清。末二句表达了诗人不得与八公等仙人同去的愁绪。

淮南小山白毫子①，乃在淮南小山里。夜卧松下雪，朝餐石中髓②。小山连绵向江开，碧峰巉岩渌水回。余配白毫子，独酌流霞杯③。拂花弄琴坐青苔，绿萝树下春风来。南窗萧飒松声起，凭崖一听清心耳。可得见，未得亲，八公携手五云去④，空余桂树愁杀人⑤。

【注释】①淮南小山：对汉淮南王刘安一些门客的总称。王逸《楚辞序》："《招隐士》者，淮南小山之所作也。昔淮南王安博雅好古，招怀天下俊伟之士。自八公之徒咸慕其德而归其仁，各竭才智，著作篇章，分造辞赋，以类相从，故或称大山，或称小山，其意犹《诗》有《小雅》《大雅》也。"王琦注："上句之'淮南小山'，本《楚辞序》以赞美白毫子之才，下句之'淮南小山'则指白毫子隐居之地而言。白毫子，盖当时逸人。严沧浪以为太白呼八公为白毫子，非矣。"

②石中髓：即石钟乳，传说食之可以使人长生不老。

③流霞：神仙之饮。

④八公：西汉淮南王刘安的八位门客。传说刘安最后与八公乘云登仙而去。《水经注·肥水》：淮南王刘安折节下士，笃好儒学，养方术之徒数十人，皆为俊异焉，多神仙秘法鸿宝之道。忽有八公，皆须眉皓素，诣门希见，门者曰：'吾王好长生，今先生无住衰之术，未敢相闻。'八公咸变成童，王甚敬之。八士并能炼金化丹，出入无间，乃与安登山，埋金于地，白日升天，余药在器，鸡犬舐之者俱得上升。"

⑤桂树：刘安《招隐士》："桂树丛生兮山之幽。"

【译文】白毫子是淮南小山般的人物，隐居在淮南的小山中。夜晚偃卧在松下雪，清晨就以石髓为食。小山连绵向江岸延伸，青峰陡岩下绿水曲折。我来拜访白毫子，品尝仙人的美酒。坐在青苔上拂花弄琴，感受绿萝下吹来的春风。南窗下风扫松林的萧飒之声，我倚崖一听心耳都为之一清。我虽能与他相见，却无法与他亲近。他与八公等人相携早已乘云仙去，只空留下桂树林令人睹之伤感。

卷六 歌吟下

梁园吟

【题解】此诗大约是开元二十一年（733）诗人离开长安，乘船来到宋州游历梁园时所作。梁园，又称梁苑或兔园，始建于西汉，是梁孝王刘武在梁国都城睢阳（今河南省商丘市），营造的一处规模宏大的皇家园林，《汉书·梁孝王传》："王以功亲为大国，筑东苑，方三百里，广睢阳城七十里，大治宫室，为复道，自宫连属于平台三十余里。"梁孝王广招天下文士名流如邹阳、严忌、枚乘、司马相如、公孙诡、羊胜等人于梁园中，宴饮游乐，吟诗作赋，形成了为后世所赞叹的梁园文化，引领一代文风，成为当时读书人的向往之地。梁园一带名胜古迹众多，有始建于春秋时代的平台，古吹台，还有战国时期魏国信陵君的故地，此外城东北的蓬池，是诗人阮籍作《咏怀》的地方。诗人初入长安，求仕无果，游历宋州，来到梁园这样一个人文古迹荟萃的地方，不由得心生感慨，进而怀古吊今，将内心的抑郁之情倾注笔端。全诗的第一部分写诗人离开京城，乘船顺流而下，到达宋州，登上平台，心生感触，欲提笔吟诗，却想起了阮籍的《咏怀》诗。诗人此时的心境正与阮籍写《咏怀》时相类似，俱是感时伤怀，忧心国事的心情。全诗的第二部分写诗人遭遇挫折，但依然豪情不改，因此登高楼，赏美景，吴盐青梅以佐酒，开怀畅饮，将所有烦恼抛于脑后。诗人虽有济世救民的志向，却不愿效仿伯夷叔齐那样的独行好洁之操。接下来诗人描写了当年叱咤风云的信陵君，其陵墓也淹没不见，早已变为耕田。昔日繁华的梁园，如今已经变得破败不堪，诸如枚乘，司马相如等风流人物也消散在历史的长河中。最后诗人沉吟古事，感叹一切是非功过都终将是泡影，不如豁达面对，振作精神，学谢安那样静待时机，以图东山再起，实现自己济苍生、安社稷的抱负。全诗行文自然奔放，挥洒自如，如长江大河倾泻而下。情绪起伏跌宕，意境不断转化，借景抒情，怀古吊今，感慨万千。明桂天祥《批点唐诗正声》点评此诗："太白乐天知命，感今怀古，备载此诗。唐人亦自有解会者，造语突兀，便非此等轶宕。"

　　我浮黄河去京阙①，挂席欲进波连山②。天长水阔厌远涉，访古始及平台间③。平台为客忧思多，对酒遂作《梁园歌》。却忆蓬池阮公咏，因吟渌水扬洪波④。

　　洪波浩荡迷旧国⑤，路远西归安可得？人生达命岂暇愁⑥，且饮美酒登高楼。平头奴子摇大扇⑦，五月不热疑清秋。玉盘杨梅为君设，吴盐如花皎白雪⑧。持盐把酒但饮之，莫学夷齐事高洁⑨。

　　昔人豪贵信陵君⑩，今人耕种信陵坟。荒城虚照碧山月，古木尽入苍梧云⑪。梁王宫阙今安在? 枚马先归不相待⑫。舞影歌声散渌池⑬,空馀汴水东流海⑭。

　　沉吟此事泪满衣,黄金买醉未能归。连呼五白行六博⑮,分曹赌酒酣驰晖⑯。酣驰晖,歌且谣,意方远。东山高卧时起来⑰,欲济苍生未应晚!

【注释】①浮:乘舟。京阙:京城、皇宫。

②挂席:挂帆。波连山:波涛起伏,相连若山。

③平台:春秋时宋皇国父为宋平公所筑,西汉时成为梁国都城梁园中的景致之一,《元和郡县志》:"平台,在宋州虞城县西四十里。"梁孝王刘武与邹阳、枚乘、司马相如等人曾游其上。

④"却忆"二句:蓬池:古湖泽名,即逢泽。在今河南省开封市东南。阮公:指阮籍,字嗣宗,魏晋时诗人。阮籍《咏怀诗》云:"徘徊蓬池上,还顾望大梁。渌水扬洪波,旷野莽茫茫。"

⑤旧国:指长安。

⑥达命:通达知命。语出《庄子·达生》:"达命之情者,不务知之所无奈何。"暇:空闲。

⑦平头奴子:戴平头巾的奴仆。平头,古时仆隶所戴的一种头巾。

⑧"玉盘"二句:吴盐:吴地产的盐。质地洁白。古人食梅,多佐以盐,以去酸味,又以盐梅佐酒。另外盐和梅也是古代的重要调味物。

⑨"持盐"二句:用北魏崔浩典故。《魏书·崔浩传》记载,北魏明元帝与崔浩交谈后,赐给崔浩御用的缥醪酒十觚,晶莹明澈的戎盐一两。并说:"我体味你的话,滋味就像这盐酒一样,所以想与你同享它们的美味。"夷齐:指伯夷、叔齐,《史记·伯夷列传》记载,伯夷、叔齐

是商末孤竹君的儿子。相传孤竹君去世后，他们互相推让，都不肯继承王位。周武王灭商后，他们认为周武王以臣伐君是不义，所以耻于食周粟，采薇而食，饿死于首阳山。

⑩信陵君：战国时期四公子之一，名魏无忌，战国时魏国贵族，魏安釐王之弟。因受封于信陵（今河南宁陵），故称信陵君。他礼贤下士，门下有食客三千人。因魏有信陵君，各诸侯国连续十多年都不敢进兵侵犯魏国。秦军包围邯郸时，信陵君窃符夺魏将晋鄙兵权，进击秦军，迫使秦军解围而去，遂救邯郸。后又率五国之兵，大破秦军于河外，乘胜逐秦军至函谷关，使秦兵不敢出关，威震天下。

⑪苍梧：山名，即九嶷山，在湖南宁远县南。

⑫枚马：指汉代辞赋家枚乘和司马相如。

⑬渌池：清澈的池塘。

⑭汴水：古水名，流经开封、商丘等地，最后注入淮河。

⑮五白：古时博戏的采名，五块木牌，一面涂黑一面涂白。掷下后如果五块木牌皆黑，称为卢，最贵；其次是五块木牌皆白，称为白。六博：一种古代博戏。共有十二棋子，六白六黑，投六箸行六棋。

⑯分曹：分对。两人一对为曹。驰晖：光阴，时光。

⑰"东山"句：用谢安典故。《世说新语·排调》记载，谢安隐居东山，屡次拒绝朝廷的征召，后来应征西大将军桓温之邀担任帐下司马，谢安从新亭出发，百官为他送行，御史中丞高灵对他开玩笑说："足下屡次违背朝廷的旨意，隐居东山，众人常常议论说，谢安不肯出山，将如何面对苍生啊。而如今变成了天下苍生将如何面对出山的谢安呢！"谢安笑而不答。

【译文】我告别京城乘船沿黄河顺流而下，船挂高帆穿行在连山般的波涛中。天高水阔使人饱尝远涉之苦,到达宋州访古探寻平台遗迹。平台怀古徒使异客愁思多,对酒高歌即兴而作《梁园歌》。我又想起阮籍在蓬池的《咏怀》之作,因而念起诗中"渌水扬洪波"的语句。

回首只见烟波浩渺遮掩长安,山高路远再返皇都如何可能。人生豁达岂有闲暇忧愁,不如畅饮美酒登楼远眺。戴着平头巾的仆人用力挥动扇子,身处五月却像清秋那样凉爽宜人。玉盘中的梅子是特意为您准备,配以雪花般的吴盐来去酸增味。持盐佐美酒只管开怀畅饮,莫学伯夷叔齐徒行高洁之操。

昔日有位豪迈的贵公子名叫信陵君,如今他的坟茔成了荒地而被人耕种。碧山上的明月照耀着破败的荒城,环顾四周但见古木参天高耸入云。当年宏伟的梁王宫阙如今何在?枚乘和司马相如也归去不相见。昔日的舞影歌声消散在一池绿水中,只剩下汴水日夜不停地东流入海。

沉吟梁园往事不由得泪沾衣襟,不惜千金买醉也未能梦回长安。五白六博以争胜负,分曹赌酒酣醉终日。酣醉终日,且歌且谣,寄意远日。就像当年谢安东山高卧时待机而起,再实现济世安民的理想犹未为晚也!

鸣皋歌送岑征君 时梁园三尺雪,在清泠池作。

【题解】鸣皋,山名,又名九皋山,在今河南嵩县东北。岑征君，即岑夫子，岑勋，是李白的好友，李白的诗作中曾多次提及。征君，是对应征入朝却没有任职的名士的尊称。此诗当为李白在天宝三载（744）离开长安后漫游梁宋，送朋友岑征君到嵩县鸣皋山归隐时所作。岑征君据说为相门之后，为人贤达高洁，虽有机会入朝为官，却不愿在浊浊世俗中随波逐流，宁愿隐居山林。这是一首骚体诗，亦称楚辞体，是一种类似《离骚》题材的诗歌，起源于战国时期的楚国，由屈原所创。句式上突破古诗四言体形式，出现了五言、六言、七言等相杂的长短句形式，与古体四言诗相比可以更好的抒发情感。诗人以这种诗歌风格来表达自己内心对友人离别的依依不舍之情，更能渲染离愁，增强诗歌的感染力。全诗首段描写岑征君归隐途中的种种艰险：大河冰封不可横渡，高山陡峭难以翻越，连绵群峰被霜披雪，玄猿绿罴出没林间，猿啼兽吼回荡山谷，令人不禁战栗胆寒。这也暗示了岑征君归隐鸣皋山，实在不是一件心甘情愿的事情，而是出于无奈。接下来描写送别时的情景。清泠池畔亭阁之中，诗人置酒设乐为朋友饯别。诗人称赞岑征君才华超绝，可以振兴《大雅》古风。日后隐居山林之中，卧白石，赏明月，于寂静山谷中，以琴音为伴，回归清净自然。继而抒发对友人的思念，在诗人眼里岑征君的归隐生活，虽然幽静洒脱，其实是因为壮志难酬，不得已只好虎隐龙藏，因此身在世外，却心怀纠结。最后诗人抒发了对小人得势而贤人遭斥退的愤慨之情，劝导岑征君不必像申包胥和鲁仲连那样在意虚假的名誉声望，早日超脱世俗之外，像闲云野鹤般逍遥自在。李白这首诗仿《离骚》体而作，但句式、音节、表现手法上又有所创新，意韵独特，余味悠长，对骚体诗是一种全新的开拓和发展。宋曾季狸《艇斋诗话》点评此诗：“古今诗人有《离骚》体者，惟李白一人，虽老杜亦无似《骚》者……《鸣皋歌》云：‘鸡聚族以争食，凤孤飞而无邻。蝘蜓嘲龙，鱼目混珍。嫫母衣锦，西施负薪。’如此等语，与《骚》无异。”明许学夷《诗源辨体》：“太白《鸣皋歌》虽本乎《骚》，而精彩绝出，自是太白手笔。”明周珽《唐诗选脉会通评林》：“通篇仿《楚辞》意，发衰世之慨。观‘鸡聚族’以下数语，其作于天宝杨、李用事之时乎？”

若有人兮思鸣皋①，阻积雪兮心烦劳②。洪河凌兢不可以径度③，冰龙鳞兮难容舠④。邈仙山之峻极兮⑤，闻天籁之嘈嘈⑥。霜崖缟皓以合沓兮⑦，若长风扇海，涌沧溟之波涛⑧。玄猿绿罴，舔舕崟岌危⑨；咆柯振石⑩，骇胆栗魄，群呼而相号。峰峥嵘以路绝，挂星辰于岩嶅⑪。

送君之归兮，动鸣皋之新作。交鼓吹兮弹丝，觞清泠之池阁⑫。君不行兮何待？若返顾之黄鹤。扫梁园之群英⑬，振《大雅》于东洛。巾征轩兮历阻折⑭，寻幽居兮越巘崿⑮。盘白石兮坐素月，琴松风兮寂万壑⑯。

望不见兮心氛氲⑰，萝冥冥兮霰纷纷⑱。水横洞以下渌⑲，波小声而上闻。虎啸谷而生风，龙藏溪而吐云。寡鹤清唳⑳，饥鼯颤呻㉑。块独处此幽默兮㉒，愀空山而愁人㉓。

鸡聚族以争食㉔，凤孤飞而无邻。蝘蜓嘲龙㉕，鱼目混珍。嫫母衣锦㉖，西施负薪。若使巢由桎梏于轩冕兮，亦奚异于夔龙蹩躠于风尘㉗？哭何苦而救楚㉘，笑何夸而却秦㉙。吾诚不能学二子沽名矫节以耀世兮㉚，固将弃天地而遗身。白鸥兮飞来，长与君兮相亲。

【注释】①若有人：指岑征君。若，语气助词。《九歌·山鬼》："若有人兮山之阿。"

②心烦劳：心里烦闷。张衡《四愁诗》："何为怀忧心烦劳。"

③洪河：指黄河。凌兢：亦作"凌竞"。形容寒凉。径度：径直渡过。

④冰龙鳞：冰有锯齿，参差如龙鳞。舠：形如刀形的小船。

⑤邈：高远，渺茫。峻极：极为陡峭。

⑥天籁：自然界的各种声音。嘈嘈：声音交错杂乱。

⑦霜崖：霜雪覆盖的山崖。缟皓：洁白。合沓：重叠，攒聚。

⑧沧溟：大海。

⑨"玄猿"二句：玄猿：黑色的猿猴。绿罴（pí）：毛皮有绿光的大熊。舚舕（tàn）：吐舌貌。岌嵲：山高的样子。

⑩咆柯：在树下咆哮。振石：摇撼岩石。

⑪岩嶅（áo）：有很多小石的山岩。

⑫"交鼓吹"二句：鼓吹：即鼓吹乐。古代的一种器乐合奏。用鼓、钲、箫、笳等乐器合奏。觞：古代酒器。清泠：指梁园中的清泠池。

⑬梁园之群英：指曾在梁园做客的邹阳、严忌、枚乘、司马相如、公孙诡、羊胜等人。

⑭巾征轩：以帷布蒙于征车之上。征轩：远行之车。

⑮巘（yǎn）崿（è）：山崖，峰峦。

⑯琴松风：以琴弹奏《风入松》之曲，相传晋嵇康所作。

⑰氤氲(yūn)：比喻心绪缭乱。

⑱萝：女萝。冥冥：昏暗不明的样子。霰：在高空中的水蒸气遇到冷空气凝结成的小冰粒，多在下雪前或下雪时出现。

⑲横洞：横流洞穿。

⑳寡鹤：孤鹤。唳：鹤鸣。

㉑鼯：鼯鼠，形似松鼠，毛多褐色，尾巴很长，前后肢之间有薄膜，能从树上飞降下来，住在树沿中，昼伏夜出。嚬呻：蹙眉呻吟。

㉒块独：孤独貌。幽默：深暗幽静。

㉓愀(qiǎo)：忧戚的样子。

㉔聚族：聚集。

㉕蝘蜓：灰褐色，类似蜥蜴、壁虎的爬行动物，在房屋墙壁间爬行。

㉖嫫母：上古时期的人物，传说黄帝专门挑选品德贤淑，性情温柔，而面貌丑陋的嫫母作为自己的第四位妻室，以示臣民娶妻要重德而不重貌。后为丑女代称。

㉗"若使"二句：巢、由：即巢父、许由，都是尧时代的贤者。桎梏：脚镣手铐。为古代的刑具，在足曰桎，在手曰梏，主要用来拘系犯人。轩冕：古代卿大夫的车服。古制大夫以上的官员才可以乘轩服冕。后借指官位爵禄或显贵的人。夔、龙：舜时的贤臣。此两句谓巢父、许由以隐居为乐，夔、龙以济世为志，如果让巢父、许由入仕为官，就像把夔、龙遗弃在风尘中一样，都不符合他们的志向。蹩(bié)躠(sà)：跛足而行。

㉘"哭何苦"句：用申包胥借兵复国的故事。《左传·定公四年》记载，春秋时期，楚平王听信谗言杀害了太傅伍奢和其子伍尚，次子伍子

胥出奔吴国并立志为父兄报仇。楚昭王十年（前506），吴王阖闾及伍子胥、孙武等率吴军，五战连胜，攻入楚都郢都。楚昭王及大臣出逃。楚大夫申包胥翻山越岭，不辞艰险，经过七天七夜到达秦国，请求秦国出兵救楚，秦哀公开始没有答应，申包胥倚于庭墙大哭七日七夜，水米不进，最后失去知觉而晕倒，终于感动秦哀公，派出兵车五百乘，发兵救楚，大败吴军，楚国得以复国。楚昭王要封赏申包胥，他坚辞不受。

㉙"笑何夸"句：用鲁仲连退秦兵的故事。《史记·鲁仲连邹阳列传》记载，长平之战后，秦军包围了邯郸，赵国向魏国求援，魏国却建议赵国尊秦为帝，以使秦军退兵，鲁仲连听说后，前往拜见魏国使者辛垣衍，分析利害关系，说服了辛垣衍，秦军听说后，退兵五十里。随后信陵君引军攻秦，秦军败退，邯郸之围遂解。赵国平原君以城邑、重金酬谢鲁仲连，鲁仲连坚辞不受。

㉚二子：指申包胥、鲁仲连。矫节：故作高节。

【译文】有位高士岑征君一心想归隐鸣皋山，却被满山大雪阻塞归途而忧心不已。大河冰封寒凉异常无法径直渡过，河冰参差如龙鳞难容小船穿行。仰望群山高峻缥缈，只听到天风嘈嘈之声。白雪覆盖的山崖连绵重叠，就像长风在海上掀起的重重波涛。黑猿绿熊，在山顶龇牙吐舌，咆哮林间，震撼山石，令行人魂飞魄散，不禁群起而惊呼，相对而号泣。山势峥嵘使道路断绝，危崖高耸与星辰相接。

我送岑君归隐山林，以新作《鸣皋歌》相送。奏鼓吹丝弦为伴乐，在清泠池设酒饯别。岑君还不起身有何期待？如返顾之黄鹤依依不舍。你的才华足以一扫梁园群英，因此想要振兴大雅于东洛。登上征轩经历曲折，翻越群峰寻找幽居。从此盘卧白石而赏清月，万壑寂静中弹松风之曲。

望不见岑君我心烦乱，松萝荫荫而雨霰纷纷。溪水横流可清澈见底，水声细小仍上传耳边。虎啸深谷而山林生风，龙藏深潭而水泽吐云。静听孤鹤长鸣，暗闻鼯鼠窸窣。孑然居此清幽之地，空山使人怅然而愁。

当今之世，小人如群鸡聚集为争食而忙，君子如凤凰孤飞而无邻为伴。蜥蜴敢嘲笑飞龙，鱼目能混同明珠。嫫母受衣锦之宠，西施却负薪劳作。如果让巢父、许由这样的高洁隐士受制于轩车冠冕，就如同让夔、龙这样的济世贤臣沦落于风尘之中。申包胥哭秦庭拯救楚国有何可悲，鲁仲连谈笑间退却秦兵有何可夸。我实在不能效仿这两人沽名钓誉，矜持名节来夸耀于世间，固当弃天地而遗身独处。逍遥江湖待白鸥飞临，与君长相亲近。

鸣皋歌奉饯从翁清归五崖山居

【题解】这首诗大约是天宝四载（745），诗人在梁园送李清归隐鸣皋五崖山时所作。从翁清，指李白的堂祖父李清，生平事迹不详。五崖山，位于鸣皋山中。诗的前半段描写诗人梦中来到鸣皋山，伸手抚弄清潭中的月影。醒来时却发现身在枕席而非碧山之中，流露出怅然若失的感情。诗人回忆起在伊阳隐居时的种种美景：松风吹拂着古道，绿萝飞花落满碧草。此外诗人还借回忆长安和麒麟阁，流露出功业未成的遗憾。诗的后半段写送别李清。首先赞颂了李清的高贵品质，以及卓越的书法才华。其次描写李清归隐鸣皋山洒脱和逍遥。同时表达了诗人对李清的思念之情。全诗表达的思想感情比较复杂,诗人既留恋山水之好,又牵挂于功业未成。既向往于归隐生活,又迟迟难以付诸行动。全诗对情感的描写比较含蓄委婉,多种思绪交织在一起,流露一种淡淡的感伤之情。

忆昨鸣皋梦里还,手弄素月清潭间①。觉时枕席非碧山②,侧身西望阻秦关③。麒麟阁上春还早④,著书却忆伊阳好⑤。青松来风吹古道,绿萝飞花覆烟草。

我家仙公爱清真⑥,才雄草圣凌古人⑦。欲卧鸣皋绝世尘。鸣皋微茫在何处?五崖峡水横樵路⑧。身披翠云裘⑨,袖拂紫烟去⑩。去时应过嵩少间⑪,相思为折三花树⑫。

【注释】①素月:皓月,明月。

②碧山:指鸣皋山。

③秦关:指潼关。

④麒麟阁:汉朝阁名,萧何所造,用于典藏历代史籍秘书以及供奉功臣画像。这里代指唐代翰林院。

⑤伊阳:指伊阳县,在伊水之阳,去伊水一里。在今河南嵩县西南。

⑥清真:纯真朴素。

⑦草圣:草书水平卓越的人。这里指东汉张芝,曾被称为草圣。

⑧樵路:樵夫所走的山路。

⑨翠云裘:以翠鸟羽毛制成、上有云彩纹饰的裘衣。

⑩紫烟:紫色祥云。

⑪嵩少:指嵩山和少室山。

⑫三花树：即贝多树，因一年开花三次，故名三花树。形如棕榈，叶长稠密，其叶可供书写，称贝叶。

【译文】昨夜梦里我依稀来到了鸣皋山，掬一捧清潭水将明月留在手中。醒时才发现仍在枕席上而非碧山中，侧身西望遥远的长安却被潼关所阻。想起那年早春离开翰林院，来到美好的伊阳山中著书，山风掠过青松吹拂着幽幽古道，绿萝飞花轻覆在如烟的碧草上。

我家仙公李翁生性纯真朴素，草书的成就直追古代书圣。他准备远离世俗高卧鸣皋山。但是鸣皋山渺茫深远，该去何处安身呢？就在那绿水环绕，小径曲折的五崖山。李翁身披翠羽衣裳，袖带紫烟飘然而往。请您路过嵩山、少室山的时候，从三花树上折一枝相寄以慰思念之情。

僧伽歌

【题解】僧伽，前人曾认为诗中描写的僧伽，是唐高宗时的一位高僧，是西域何国人，因而俗姓何，曾在中原游历，弘扬佛法，唐中宗时尊为国师。但僧伽大师圆寂时李白才十岁，所以诗中提到的僧伽不可能是这位高僧。以僧伽为名的胡僧有很多，诗人遇到的应该是一位来自南天竺的僧人，也以僧伽为名。据《清凉山志》卷七记载："僧伽神异，唐梵僧僧伽师，南天竺人，持文殊五字咒，多神异，唐天宝间，来游清凉，不入人舍，夜坐林野，携舍利瓶，夜则放光，尝入定于中台之野，天花拥膝，七日乃起。经夏，还天竺，过长安，李太白作歌赠之。歌曰：'高僧法号号僧伽，有时为我论三车，问云诵咒几千遍，口道恒河沙复沙，吾师本住南天竺，为法头陀来此国。戒若长天秋月明，身如世上青莲色。心清净，貌棱棱，变不减，亦不增。瓶裹千年舍利骨，手中万岁胡孙藤，嗟余落魄天涯久，罕遇真僧说空有。一言忏尽波罗夷，再礼浑除犯轻垢。'"李白诗中所指的僧伽应是此人。佛教自汉朝传入中土以来，到唐朝时进入了比较兴盛的时期，上自皇帝公卿，下到黎民百姓，敬礼佛法的风气很盛。李白也不例外，在《赠僧崖公》一诗中曾提到"昔在郎陵东，学禅白眉空。"说明李白很早就开始接触佛教。纵观李白一生，除了儒、道、仙、侠、纵横等各家思想外，佛家思想对他也有一定的影响，并在其作品中有所体现。现存李白与佛教相关的诗文有几十篇，内容包括与僧人间的相互酬答，与高僧谈论佛理以及自己习禅的感受等。此诗应该作于天宝初年，李白在长安翰林院供奉时，相遇南天竺僧人，两人一起讨论佛法，李白作诗相赠。全诗开始两句即交待诗人与僧伽研讨佛法，讨论"三车"之喻。"三车"之典，出自《妙法莲华经》，是佛祖释迦摩尼在给舍利弗解说如何使众生得到解脱所用的譬喻故事。接着诗人询问僧伽持咒次数，僧伽回答说如恒河沙数一样多，说明僧伽修为很深。接下四句写僧伽来自南天竺，为了弘扬佛法来到中土。而且僧伽持戒严谨，如秋月一般明净；道行高深，心如青莲一样不染尘垢。"意清净，貌棱棱。亦不减，亦不增"则是写僧伽因为修行高深，其容貌气质也出尘脱俗，不同凡响。"瓶里千年舍利骨，手中万岁胡孙藤"则是描写僧伽的随身物品，瓶和杖是头陀云游四方所携带的十八种物品中的两种。尤其是瓶中的舍利，为佛教圣物，十分珍贵，说明僧伽不是普通僧人。最后四句写诗人感叹自己漂泊江湖日久，没能早一点听到佛法关于空有的妙义。听僧伽这样的高僧讲说佛法，不论是波罗夷这样的重罪，还是如轻垢的小罪，都可以通过忏悔而消除。全诗引用了较多佛教典故和禅语，也说明诗人对佛教教义有一定的了解，诗人虽然不是虔诚的佛教徒，但通过这首诗也能看出他对佛法的认可和推崇。

　　真僧法号号僧伽①，有时与我论三车②。问言诵咒几千遍，口道恒河沙复沙③。此僧本住南天竺④，为法头陀来此国⑤。戒得长天秋月明⑥，心如世上青莲色⑦。意清净，貌棱棱⑧。亦不减，亦不增⑨。瓶里千年舍利骨⑩，手中万岁胡孙藤⑪。嗟予落泊江淮久，罕遇真僧说空有⑫。一言忏尽波罗夷⑬，再礼浑除犯轻垢⑭。

【注释】①法号：佛教徒受戒时由本师授予的名字。又称法名或戒名。

　　②三车：佛教用语，喻三乘。谓以羊车喻声闻乘（小乘），以鹿车喻缘觉乘（中乘），以牛车喻菩萨乘（大乘）。这里的乘是车乘、运载的意思。佛家的三乘比喻三种解脱的方法，羊车快速但仅能承载一人；鹿车承载力大于羊车，但仍不能承载多人。这里比喻小乘和中乘只能度己，不能度人。而牛车虽慢，却能承载多人，比喻大乘既可以度己，也可以度人。

　　③恒河：发源于喜马拉雅山，经印度、孟加拉国流入印度洋，被印度人视为圣河。沙复沙：比喻数目极大，多到像恒河里的沙子，难以计数。

④天竺：指印度，西汉以来对印度的称呼曾有身毒、信德、天竺等，均是依据梵语的音译。唐朝玄奘法师去印度取经后，正音为印度。古印度分为东、南、西、北、中五部，南天竺，即今印度南部临近大海的地区。

⑤头陀：佛教用语，是梵语的音译，也译为"驮都、杜多、杜荼"，意思为"抖擞"，即就像抖落衣服上的尘垢一样，去掉心中的烦恼、贪著。头陀行是佛教的一种苦行修炼方式，严守十二项规定，断绝对衣、食、住等方面的物质享受。

⑥戒：指佛教戒律。

⑦青莲色：佛教中常以莲花来比喻修行者不受一切尘世执着的污染。

⑧棱棱：威严的样子。

⑨"亦不减"句：《心经》："是诸法空相，不生不灭，不垢不净，不减不增。"本指佛法而言，这里指僧伽道行高深，面容既不老，也不少。

⑩舍利：也译为"设利罗"或"室利罗"，意为骨身或遗骨。相传佛祖释迦摩尼涅槃后火化，得到的遗骨称为佛骨舍利，如佛牙、佛指、佛顶骨等。另一种是火化后得到色彩斑斓的珠状物。舍利可分为骨舍利、发舍利和肉舍利。佛教认为，舍利是修行者功德成就的表征，只有大德高僧圆寂后火化才能得到，因此被视为圣物。

⑪胡孙藤：手杖名。

⑫空有：鸠摩罗什《维摩诘经注》："佛法有二种：一者有，二者空。若常在有，则累于想着；若常在空，则舍于善本。若空、有迭用，则不设二过，犹日月代明，万物以成。"

⑬波罗夷：佛教用语，指违反戒律的重罪。例如杀生、盗窃、行

淫、大妄语等，佛教徒一旦违反将失去僧人的资格，还被驱逐出僧团，死后必堕地狱。

⑭浑：简直。轻垢：指小的罪过。王琦注：“《法苑珠林》云：'波罗夷者，此云极重罪是也。轻垢罪者，比重减轻一等，凡玷污净行之类皆是。'据《梵纲经》记载：'重戒有十，犯者得波罗夷罪；轻戒有四十八，犯者为轻垢罪。'"

【译文】有一位高僧的法号名叫僧伽，曾给我讲解关于三车的教义。我询问他诵经念咒有几千遍，他说就如恒河沙数难以计算。高僧僧伽原本住在南天竺，以头陀苦行来中原传法讲经。他持戒严谨如碧空秋月一样明净，内心高洁如青莲一样纤尘不染。高僧意念清净，外貌威严，既不年老，也不年少。随身宝瓶里有千年舍利子，手中所拄是万年胡孙藤杖。我自叹久在江淮间落魄飘荡，很少遇到高僧解说空有之理。在他面前忏悔一言就能解脱波罗夷般的重罪，再行忏礼则可将所有的轻垢小罪也一并赦免。

白云歌送刘十六归山

【题解】刘十六，李白友人，名字生平不详，在家族兄弟中排行十六，唐时多以排行来称呼他人。这首诗当为天宝初年李白在长安送友人刘十六归隐湖南时所作。此诗从描写白云入手，以刘十六自秦归隐于楚的过程写起，用拟人的手法描写白云随他渡过湘水，进入楚山归隐，在湘水之畔，以女萝为衣，隐居山林，高卧白云，超脱物外。全诗通篇以白云托物言志，象征隐者自由自在、不落俗尘、高洁飘逸的品格，表达了作者对归隐生活的钦羡之情以及对刘十六高尚品格的赞赏之意。全诗清新质朴，语出真挚，句式上又多用反复、顶真的修辞手法，形成特有的歌咏风格，强化了诗意韵味，使整首诗回味无穷。

楚山秦山皆白云①，白云处处长随君。长随君，君入楚山里，云亦随君渡湘水②。湘水上，女萝衣③，白云堪卧君早归④。

【注释】①楚山：这里代指湖南，湖南在古时候属于楚国地域。秦山：这里代指关中地区，关中地区古时候属于秦国地域。

②湘水：湘江。源出广西壮族自治区，经过湖南省，注入洞庭湖。

③女萝衣：以女萝为衣，女萝即松萝。屈原《九歌·山鬼》："若有人兮山之阿，被薜荔兮带女萝。"

④堪：能，可以。

【译文】楚山秦山之巅都缭绕着白云，飘逸的白云处处与您长相随。与您长相随，就算您归隐楚山中，白云也一路伴您渡湘水。湘水之上，女萝为衣，白云深处可以高卧酣眠，您还是尽早寻找归宿吧。

金陵歌送别范宣

【题解】此诗年代不详。金陵为南京的古称，因楚威王于城西石头山建"金陵邑"而得名，其背靠钟山，前临大江，独特的"龙盘虎踞"之地势，尽得地理形胜之美。李白一生曾多次到访金陵，留下了众多的诗作，金陵的名胜古迹，人文风情，都记录在了李白的诗歌中，李白与金陵结下了不解之缘。这首诗是诗人在金陵送别友人范宣时所作。诗的前四句借"钟山龙蟠，石头虎踞"来道出金陵的形胜之处和帝都气势。中间四句为怀古，写金陵作为帝都的悠久历史，重点在于"功名事迹随东流"一句，抒发了诗人对朝代兴亡的感慨。接下来依旧是抒发对过往历史的感怀，尤其是引用陈后主的典故，可以使人明显感觉到一种繁华过后，一切烟消云散的苍凉和悲壮。最后四句诗道出了诗人的离别心迹，祝愿友人一路顺风，他年若有机会再彼此相聚。全诗以咏史为主，纵横开阖，伤古吊今，将诸多情感融汇交织，感人至深。

　　石头巉岩如虎踞①，凌波欲过沧江去②。钟山龙盘走势来③，秀色横分历阳树④。

　　四十余帝三百秋⑤，功名事迹随东流。白马小儿谁家子⑥？泰清之岁来关囚⑦。

　　金陵昔时何壮哉！席卷英豪天下来。冠盖散为烟雾尽⑧，金舆玉座成寒灰⑨。

　　扣剑悲吟空咄嗟，梁陈白骨乱如麻。天子龙沉景阳井⑩，谁歌《玉树后庭花》⑪？

　　此地伤心不能道，目下离离长春草⑫。送尔长江万里心，他年来访南山皓⑬。

【注释】①石头：指石头山，在今南京清凉山。据《一统志》记载："石头山，在应天府西二里，蜀汉诸葛亮云'石头虎踞'，是也。"巉岩：陡峭的山岩。晋张勃《吴录》："刘备曾使诸葛亮至京，因观秣陵山阜，乃叹曰：'钟山龙蟠，石头虎踞，帝王之宅也。'"

②沧江：呈苍色的江水，这里指长江。

③钟山：即今南京紫金山。三国吴孙权避祖讳，以蒋子文曾显神迹于此，故更名蒋山。至宋复名钟山。《丹阳记》云："京师南北并连山岭，而蒋山岩崿巇异，其形象龙，实作扬都之镇。诸葛亮尝至京，观秣陵山阜，云'钟山龙蟠'，盖谓此也。"

④历阳：今安徽和县，位于长江北岸，与金陵隔江而望。

⑤四十余帝三百秋：指自孙权建都金陵以来，到陈朝的三百多年间，有四十位帝王在金陵称帝。四十与三百是大约而指，不是实数。

⑥"白马"一句：指侯景之乱。据《南史·侯景传》记载，梁武帝大同年间有童谣曰："青丝白马寿阳来。"后来果然有侯景造反，乘白马而来，以青丝为羁勒。

⑦"泰清"一句：梁武帝太清二年(548)八月，侯景举兵造反。梁武帝被囚禁于台城，太清三年五月驾崩。关囚：指梁武帝被囚禁于台城。

⑧冠盖：官吏的官帽服饰和车乘的顶盖。后用以代指达官贵人。

⑨金舆：帝王乘坐的车辇。玉座：帝王的御座。

⑩"天子"句：指陈后主陈叔宝投井之事。据《陈书·后主纪》记载，陈后主闻隋兵至，逃到后堂景阳殿，与张贵妃、孔贵嫔等人躲于井中。到了夜里，被隋军发现擒获。

⑪"谁歌"句：据《陈书·后主张贵妃传论》记载，陈后主荒废朝

政，经常与宾客、贵妃游宴，作《玉树后庭花》曲令宫女歌唱，不久陈朝灭亡，《玉树后庭花》曲也被当做亡国之音。

⑫离离：形容草木繁茂。

⑬南山皓：指商山四皓。秦末东园公、绮里季、夏黄公、用里先生，避秦乱，隐商山，年皆八十有余，须眉皓白，时称商山四皓。商山，在今陕西商县东。亦名商岭、商阪、地肺山、楚山。王琦注："南山皓，谓汉之四皓，四皓在秦时始入蓝田山，后又入地肺山，汉时匿终南山。终南山，广八百余里，横亘关中南面，故亦谓之南山。凡蓝田、地肺诸山，亦南山之支脉矣。"

【译文】石头山危岩耸立如同猛虎雄踞，面对汹涌波涛欲趁势凌波渡江而去。钟山的走势好似巨龙蜿蜒而来，秀丽的山色横跨对岸与历阳树相连。

金陵城三百年间先后出了四十位皇帝，曾经辉煌的功名事迹都已随流水东去。那骑乘白马的小儿是谁家子弟？竟然在泰清年间将梁武帝囚禁在台城。

当年的金陵城是无与伦比的雄伟，天下的英豪都聚集在此叱咤风云。到头来往日的豪门望族都散为烟尘，历代帝王的御座金舆都化成了冷灰。

我按剑悲歌而空自嗟叹，梁陈征战不休白骨遍野。一代天子陈后主也避难于景阳井，多年之后谁还在咏唱玉树后庭花？

此处伤心而无法道心声，眼前只见繁茂的长青草。送您远行，我的惜别之意如长江水连绵万里，希望他年有机会能够去终南山拜访您。

劳劳亭歌　在江宁县南十五里，古送别之所，一名临沧观。

【题解】此诗大约天宝八载（749）作于金陵。劳劳亭，又名临沧观，位于今南京西南，始建于东吴时期，是古人送别之地。此时诗人离开长安已经多年，但是心头依然难以割舍自己的抱国之念，诗人借谢灵运和袁宏的故事，感叹自己怀才不遇，知己难寻。诗人在秋日来到劳劳亭送别友人，天高地远，芳草连天，滔滔江水奔流不息，眼前的白杨悲风更加烘托出离别的伤感。诗人触景生情，想起了当年谢灵运的潇洒不羁和袁宏的牛渚夜咏，自己既有同谢灵运一样的山水情怀，又有同袁宏一样的超凡诗才，可惜却无人赏识，不能像他们那样，施展自己的抱负，只能在秋月下聆听秋风摇动苦竹的声音，独宿空船，寄情归梦。全诗借景抒情，以蔓草流水，悲杨苦竹等来渲染诗人壮志难酬，功业难遂的凄苦心境，令人感同身受。萧士赟曰："此诗意乃太白自比于灵运，而又自叹其才不减彦伯，而无谢尚之见知。'独宿空帘'，寄情归梦，亦可哀矣"。

金陵劳劳送客堂①，蔓草离离生道傍。古情不尽东流水，此地悲风愁白杨②。

我乘素舸同康乐③，朗咏清川飞夜霜④。昔闻牛渚吟五章⑤，今来何谢袁家郎⑥。苦竹寒声动秋月⑦，独宿空帘归梦长。

【注释】①劳劳：怅惘若失的样子，《玉台新咏·古诗为焦仲卿妻作》:"举手长劳劳,二情同依依。"因此以劳劳来命名送别之亭。

②"此地"句:语出《古诗十九首·去者日已疏》:"白杨多悲风,萧萧愁杀人。"此句用其意。

③"我乘"句:素舸:不经装饰的船。康乐:即谢灵运,因其袭封康乐公,故世称之曰谢康乐。谢灵运诗曰:"可怜谁家郎,缘流乘素舸。"

④朗咏:大声吟诵。

⑤牛渚:即牛渚矶,在今安徽省马鞍山市西南长江边,为牛渚山北部突出于长江中的部分,又名采石矶,是沟通大江南北的重要津渡。五章:五首诗。

⑥何谢:哪里不如。袁家郎:指袁宏,字虎,东晋文学家。据《世说新语·文学》记载,袁宏年少时就有文采,文章出类拔萃,曾写下《咏史诗》。袁宏少孤家贫,依靠水运为生。东晋名士谢尚镇守牛渚,秋夜乘船在江上赏月,听到袁宏在船上吟咏自己所写的咏史诗,意境高远,辞藻清新,自己未曾听过,派人打听得知是袁宏在吟咏,于是邀袁宏过船,两人深谈到天亮。袁宏得到谢尚的称赞,从此声誉大涨。

⑦苦竹:王琦注"竹有淡竹、苦竹二种,茎叶不异,以其笋味之苦淡而名。"

【译文】金陵城南的劳劳亭是送客之所,茂密的野草蔓延滋生在古道两旁。自古离情绵绵不绝如东流江水,此地白杨在风中悲鸣更添伤感。

我效仿谢灵运乘素舸沿江而下,清霜之夜在江上大声吟咏诗篇。曾听说昔日袁宏在牛渚咏诗而被谢尚赏识,如今我的诗才哪里不如袁家郎却始终不遇。秋月寒声中惟有苦竹相伴,只好独宿空船寄情于梦里。

横江词六首

【题解】此组诗年代尚不确定。长江在九江和南京的这一段，走向由自西向东改为西南东北走向。横江，既指横江浦，也指横江渡，或者指此段长江。横江浦位于今安徽和县东南，在长江西岸，与东岸的牛渚矶隔江相对。这一带江水汹涌湍急，地势险要，为南北要冲，发生过众多的著名历史事件。诗人来到这里欲渡江而行，却被滔天巨浪阻住了去路。

其一

【题解】第一首诗概括介绍横江的凶险，开始两句以吴地口语娓娓道来，充满民歌气息。横江好是因为此处人杰地灵，是风云际会之地；横江恶是因为此处风高浪急，是江流险恶之处。接下来两句形象地描写了横江的凶险，狂风呼啸仿佛要吹倒山岳，巨浪滔天仿佛能高过瓦官阁。全诗体现了诗人一贯的夸张雄奇的诗风。清赵翼《瓯北诗话》点评："诗家好作奇句警语，必千锤百炼而后能成。如李长吉'石破天惊逗秋雨'，虽险而无意义，只觉无理取闹。至少陵之'白摧朽骨龙虎死，黑入太阴雷雨垂'，昌黎之'巨刃磨天扬'、'乾坤摆礌硠'等句，实足惊心动魄，然全力搏兔之状，人皆见之。青莲则不然。如'抚顶弄盘占，推车转天轮。女娲戏黄土，团作愚下人。散在六合间，濛濛如沙尘'、'举手弄清浅，误攀织女机'、'一风三日吹倒山，白浪高于瓦官阁'，皆奇警极矣，而以挥洒出之，全不见其锤炼之迹。"

人言横江好，侬道横江恶①。一风三日吹倒山，白浪高于瓦官阁②。

【注释】①侬：吴人自称曰侬，相当于"我"。

②瓦官阁：《幽怪录》记载："上元县有瓦棺寺，寺上有阁，倚山瞰江，万里在目，亦江湖之极境，游人弭棹，莫不登眺。"《江南通志》："升元阁，在江宁城外，一名瓦官阁，即瓦官寺也。阁乃梁朝所建，高二百四十尺，南唐时犹存，今在城之西南角。杨、吴未城时，正与越台相近，长干之西北也。"

【译文】众人都说横江好，而我却说横江恶。大风三日其势吹倒山，白浪滔天高过瓦官阁。

其二

【题解】第二首诗主要描写江潮激荡，海潮上涌。因为长江在寻阳段变为南北走向，所以潮水是南去而不是西去。牛渚矶突入江中，屹立于江流，地势险要程度要超过马当山。"横江欲渡风波恶，一水牵愁万里长。"两句一方面写诗人因为不能渡江而忧心忡忡，另一方面诗人看到疾风恶浪，联想到了人生的坎坷和仕途的险恶，因而忧心不已。

海潮南去过寻阳①，牛渚由来险马当②。横江欲渡风波恶，一水牵愁万里长。

【注释】①寻阳：即浔阳。唐时江南西道有九江郡，即江州，治所在浔阳县。天宝元年改名浔阳郡，乾元初又改为江州，即今江西九江市。九江段长江为东北、西南走向，故曰"南去"。

②牛渚：据《方舆胜览》记载："牛渚山，在太平州当涂县北三十里。山下有矶，古津渡也，与和州横江渡相对，隋师伐陈，贺若弼从此北渡。六朝以来，为屯戍之地。"马当：山名，《太平御览》引《九江记》曰："马当山，高八十丈，周回四里，在古彭泽县北一百二十里。其山横枕大江，山象马形，回风急击，波浪涌沸，舟船上下多怀忧恐，山际立马当山庙以祀之。"

【译文】海潮涌入长江向南经过寻阳，牛渚山历来都比马当山险要。欲渡横江却担心风波险恶，一水难渡牵动愁绪万里长。

其三

【题解】第三首写诗人遥望长安，却被滔天巨浪所阻隔，以此来暗示诗人难以被朝廷所任用的现状。汉水悠悠从关中一直流到扬子津，诗人虽然身在江湖，依然心系朝廷。"白浪如山那可渡？狂风愁杀峭帆人"两句借风浪阻渡，来表达自己虽然有心报国，却一直报国无门的无奈心情。

横江西望阻西秦^①，汉水东连杨子津^②。白浪如山那可渡？狂风愁杀峭帆人^③。

【注释】①西秦：指陕西关中一带，春秋战国时属于秦国。秦国位于中原西部，故曰西秦。

②汉水：发源于陕西省宁强县北嶓冢山，至湖北省武汉市流入长江。杨子津：即扬子津。古津渡名，在今江苏省扬州市长江北岸，由此南渡京口，为江滨要津。

③峭帆人：张挂船帆的船夫。

【译文】横江上西望长安却被波涛所阻，汉江一路浩荡东去直连扬子津。江上白浪如山怎能安然渡过？狂风大作愁杀准备出行的船夫。

其四

【题解】第四首写诗人面对如此狂风巨浪，联想到可能是海神过境带来的结果。狂风卷起巨浪拍击在山崖峭壁上，声如奔雷，惊天动地，仿佛要将天门山劈开。后两句描写诗人看到此种景象不禁想到闻名天下的浙江钱塘江大潮恐怕也无法与之相比，横江上波涛像山脉一样起伏连绵，水花四溅如同雪浪一样排空而来。

海神来过恶风回，浪打天门石壁开^①。浙江八月何如此^②？涛似连山喷雪来！

【注释】①天门: 即天门山。《方舆胜览》: "天门山, 在太平州当涂县西南三十里, 又名蛾眉山, 夹大江对峙, 东曰博望山, 西曰梁山。"

②浙江: 即钱塘江, 江口呈喇叭状, 潮水倒灌时会形成汹涌的大潮, 尤其每年农历八月的海潮最为壮观, 称为钱塘潮。《水经注·渐水》: "钱塘县东有定、已诸山, 皆西临浙江, 水流于两山之间, 江川急濬, 兼涛水昼夜再来, 来应时刻, 常以月晦及望尤大, 至二月、八月最高, 峨峨二丈有余。"

【译文】海神过境常伴有恶风暴雨, 巨浪击打天门山裂开石壁。钱塘江八月的汹涌潮水如何能与此相比? 横江上波涛起伏似连山浪花飞溅如喷雪。

其五

【题解】第五首诗写诗人急于渡江, 在横江馆遇到了管理渡口的津吏。津吏熟知当地气象, 指出乌云正在天边渐渐生成, 一场暴风雨即将到来, 关切的询问诗人为何这么着急渡江, 这样的天气出行实在太危险了。全诗语言浅显而寓意深远, 深得古风要旨。元范梈《李翰林诗范德机批选》点评此诗: "绝句, 一句一绝, 乃其本体。其次, 句少意多, 极四韵而反复议论。此篇气格合歌行之风, 使人嗟叹之, 有无穷之思, 乃唐人所长也。诸家诗非不佳, 然视李、杜, 气格音调异, 熟读之当见也。"清黄叔灿《唐诗笺注》点评: "质直如话, 此等诗最难, 如《山中答人》及《与幽人对酌》等, 都是太白绝调。"清李锳《诗法易简录》: "全是本色。横江之险, 只从津吏口中叙出。'缘何事'三字, 更有无穷含蓄。绝句中佳境, 亦化境也。"

横江馆前津吏迎^①，向余东指海云生^②。郎今欲渡缘何事？如此风波不可行^③！

【注释】①横江馆：又名采石驿，据《太平府志》记载："采石驿，在采石镇，滨江，即唐时之横江馆也。在明为皇华驿。"津吏：掌管渡口的官吏。按《新唐书·百官志》："上津置尉一人，掌舟梁之事。永徽中，废津尉，上关置津吏八人，永泰元年，中关置津吏六人，下关四人，无津者不置。"

②海云生：海上暴风雨来临之前，会有大片乌云生成。这里指江上有乌云生成。③"郎今"两句：由梁简文帝《乌栖曲》诗："采菱渡头拟黄河，郎今欲渡畏风波。"衍化而来。

【译文】在横江馆前渡口的津吏出来相迎，他指着东边提醒我乌云正在生成。他询问说："您现在急于渡江到底为了何事？如此险恶的风波实在不可出行！"

其六

【题解】第六首诗首句"月晕天风雾不开"，写江面上浓雾密布，而且根据月晕可知，即将有大风来临，想要渡江就更加困难。接着描写巨浪滔天，如同鲸鱼在江里翻滚，汹涌的波涛就连三山也为之撼动，面对如此险恶风浪，诗人无奈只得归去。全诗表面写渡江，实则还是暗指仕途的凶险，不亚于江湖的狂涛巨浪，虽然诗人胸怀抱负，但也只能退身自保。结尾的"公无渡河归去来"一句，就表达了诗人欲渡无济的无奈心情。

月晕天风雾不开①，海鲸东蹙百川回②。惊波一起三山动③，公无渡河归去来④！

【注释】 ①月晕：又称"风圈"，月光被云层折射，在月亮周围形成光圈，可以做为天气变化预兆。日晕主雨，月晕主风。

②蹙：逼迫，局促不安。

③三山：山名，在江苏南京段长江岸边。据《丹阳记》记载："江宁县北十二里，滨江，有三山相接，即名为三山，旧时津济道也。"

④公无渡河：这里借用古乐府诗《公无渡河》中的语句。归去来：借用陶渊明《归去来辞》之语。

【译文】 月晕出现，天渐起风，江雾整日不散；江水汹涌，如海鲸蹙迫，要使百川倒流。惊涛一起，声势骇人，三山也被摇动；水流湍急，请公勿渡，还是暂且返回。

金陵城西楼月下吟

【题解】 城西楼，即金陵城西的孙楚楼，因西晋名士孙楚曾在此登高吟咏而得名。这首诗大约为开元十四年前后（726），李白初到金陵时所作。在李白的一生中，对谢灵运和谢朓两人都比较推崇。谢朓，字玄晖，是南朝萧齐诗人，与谢灵运同族，世称"小谢"。谢朓写了很多山水诗，笔调清新秀丽，感情真挚，很少有六朝时期那种绮丽的文风。李白在《宣州谢朓楼饯别校书叔云》一诗中写道:"蓬莱文章建安骨,中间小谢又清发。俱怀逸兴壮思飞,可上九天揽明月。"这是对谢朓非常高的评价。李白自己所追求的诗风就是像谢朓这种清新自然的风格。李白秋夜登楼,面对白云、空城、白露、秋月,激起诗人内心的感伤,在月下久久徘徊,不愿归房安息,继而感物抒怀,深叹自古以来,才华出众者皆寂寞孤独,知音难觅。此时诗人联想起谢朓的诗句,刹那间仿佛与谢朓跨越千古,心意相通。全诗没有过多雕饰,行文自然流畅,"白云映水摇空城,白露垂珠滴秋月。"两句匠心独具,尤其为佳。

金陵夜寂凉风发,独上高楼望吴越①。白云映水摇空城,白露垂珠滴秋月。

月下沉吟久不归,古来相接眼中稀②。解道澄江净如练③,令人长忆谢玄晖④。

【注释】①吴越:即现在江苏南部、上海、浙江、安徽南部、江西东北部等地区。因春秋时属于吴国、越国而得名。

②相接:指心意相通,互相了解。

③解道:懂得,知道。

④谢玄晖:即谢朓,字玄晖,陈郡阳夏县(今河南省太康县)人,南齐诗人,曾任宣城太守,尚书吏部郎,后遭诬陷下狱而死。此句化用谢朓《晚登三山还望京邑诗》中"余霞散成绮,澄江净如练"句意。

【译文】金陵寂静的秋夜中凉风轻拂,我独自登上高楼而远眺吴越。白云与孤城的倒影在水中轻轻摇荡,晶莹的露珠仿佛从明月中滴落。

我在月下沉吟许久也不愿归去，感叹自古心意相通的人实在太少。当领会到"澄江净如练"的优美意境时，使人不禁想起南朝诗人谢玄晖。

东山吟 去江宁城三十五里，晋谢安携妓之所。

【题解】东山，指东晋谢安在金陵城外所筑小山，谢安在此兴建别墅，构筑楼馆林竹，作为自己与家人和友人的游宴之处。此诗大约作于开元年间，李白以此诗来悼念谢安。谢安出身东晋名门望族，自幼聪慧，但他却无意功名，四十岁之前一直隐居会稽东山，后来不得已入仕为官，凭借他超凡出众的智慧和胆识，为东晋皇室一次次化解危机，也将自己的人品和声望推向了巅峰。谢安的风度气魄令李白倾慕不已，李白在《秋夜独坐怀故山》中曾写道"小隐慕安石，远游学屈平"，表达了对谢安不慕功名，归隐山林的赞赏。谢安拒恒温，抗前秦，功业震铄古今。而李白也一直怀有建功立业的理想，在《赠友人》一诗中写下"蜀主思孔明，晋家望安石"的诗句，来褒扬谢安。谢安喜好游玩，结交名士，经常与朋友饮酒作乐，吟诗作赋。这也与李白的性情相投，所以李白把谢安当做了自己的偶像和知己。三百年后的李白自然无缘得见谢安，只能来到谢安的故地凭吊，以此寄托自己的倾慕之情。全诗前半部分悼念谢安，谢安生前喜欢携妓出游，诗人今朝也携妓来凭吊，诗人的携妓之举完全出于挚诚，丝毫不顾及世俗之见，可谓是真性情。后半部分诗人慷慨而发，将自己与谢安相比，坦言彼此不相上下，可谓是真豪迈。

携妓东土山^①，怅然悲谢安。我妓今朝如花月，他妓古坟荒草寒。白鸡梦后三百岁^②，洒酒浇君同所欢。酣来自作青海舞^③，秋风吹落紫绮冠^④。彼亦一时，此亦一时。浩浩洪流之咏何必奇^⑤？

【注释】①东土山：东晋谢安曾隐居会稽东山，后在金陵城外仿照会稽东山筑小山一座，因无岩石，故名土山，是谢安与朝臣、子侄、亲友游宴聚会的地方。

②"白鸡"句：指谢安之死。据《晋书·谢安传》记载，谢安在淝水之战后，准备归隐东山，走到半道，他对周围人说："桓温掌权时，我很担心被他所杀。现在我梦到自己乘坐桓温的车走了十六里路，看见了一只白色的公鸡，然后车就停了下来。乘坐桓温的车预示着我代替桓温执掌朝政，行十六里，预示自己将代理朝政十六年，而今年正好是第十六年，梦见白鸡，白鸡属酉，今年太岁正好在酉，这是凶兆，我将大病不起而丧命了。"谢安于是上表请求辞官，不久果然病逝。三百岁：指自谢安至李白时为止，大约三百多年。

③青海舞：一种舞蹈。

④紫绮冠：一种紫色丝织的帽子。

⑤"浩浩"句：用谢安见桓温故事。《世说新语·雅量》记载，宁康元年（373），桓温带兵入京想要篡位，怕众人不服，就部署重兵，想在百官赴宴时诛杀谢安、王坦之。当时王坦之十分害怕，汗流浃背，询问谢安应当如何应对，谢安告诉他说："晋室存亡，在此一举。"于是与王坦之一起去赴宴。席间，王坦之惊惧万分，而谢安从容不迫，还在席间

吟咏嵇康《赠秀才入军》诗中的"浩浩洪流"诗句，桓温忌惮于谢安的镇定，始终不敢对二人下手，不久退兵。

【译文】我携妓出游来到金陵城外的东土山，怀着哀伤的心情追忆东晋名士谢安。与我随行的歌妓如鲜花明月般艳丽动人，而当年谢安美妓的古墓湮没在寒风荒草间。谢安梦见白鸡而辞世已经过去三百年，我来到谢安的故地洒酒祭奠与其同乐。酒酣耳热之时我即兴而起青海舞，秋风萧萧吹落了我佩戴的紫绮冠。谢公当年豪迈一时，而我如今也一时豪迈，就算谢公能临危吟咏"浩浩洪流"又何必惊奇？

秋浦歌十七首

【题解】唐代池州有秋浦县，隶属江南西道，即今安徽池州市。境内有秋浦水，因以为县名。县内山峦叠嶂，山清水秀，景色宜人，诗人曾多次畅游秋浦，写下数十首诗篇。这组诗是诗人于天宝十四载（755），游秋浦时所作。当时诗人已辞去官职，离开长安，四处游历。正处于人生低谷时期，情绪低落。独在异乡为异客，美景当前也排遣不掉诗人心中的惆怅。在这十七首诗里，既歌咏了秋浦一带的秀丽风光、民俗风情，也抒发了自己壮志难酬的苦闷。

其一

【题解】第一首诗是组诗中最长的一首，萧条的秋色容易使人产生愁绪,诗人此时虽然身在江湖,但依然挂念朝廷社稷,希望绵绵江水能将自己的忧国之情带给扬州的友人。

秋浦长似秋①,萧条使人愁。客愁不可渡,行上东大楼②。正西望长安,下见江水流。寄言向江水,汝意忆侬不?遥传一掬泪③,为我达扬州。

【注释】①秋浦:指秋浦水,在今安徽贵池县。

②大楼:指大楼山,《江南通志》记载:"大楼山在池州府城南四十里。"

③一掬:一捧。《小尔雅》:"两手谓之掬。"

【译文】秋浦水就像清秋一样悠长,肃杀萧条的景象令我生愁。客居生愁使我无意渡过秋浦水,东行登上大楼山舒缓心中抑郁。我站在山顶向西遥望长安,向下只见滔滔江水奔流不息。我向江水询问,是否还记得我?请将我的一捧清泪,遥寄给扬州的友人。

其二

【题解】这一首诗是抒发诗人的思归之情。诗人心绪不佳,秋夜里猿猴的啼鸣更增添了惆怅,甚至使黄山也一同愁白了头,这里诗人用拟人的手法,将不尽的愁绪形象化,增强了诗歌的感染力。就连潺潺的溪流声,在诗人听来,也变成了陇水那样的呜咽悲鸣声。身在异乡,却出于某种原因而不能返回故乡,以致愁肠百结,无法释怀,这才是最让人忧伤的事情。全诗紧紧围绕一个"愁"字,借物抒情,步步渲染,使人感同身受。

秋浦猿夜愁,黄山堪白头^①。清溪非陇水^②,翻作断肠流。欲去不得去,薄游成久游^③。何年是归日?雨泪下孤舟。

【注释】①黄山:《江南通志》记载:"黄山,在池州府城南九十里,高百余丈。"

②清溪:也作青溪,在池州府城北五里,源出考溪,与上路岭水合流,经郡城至大江。陇水:河流名,发源于陇山。古乐府有《陇头歌》:"陇头流水,鸣声幽咽。遥望秦川,肝肠断绝。"

③薄游:漫游,随意游览。

【译文】秋浦附近的山上有猿猴在夜啼,哀婉的声音使黄山也愁白了头。潺潺青溪虽非陇头流水,但也发出幽咽断肠之声。我欲退隐归去却又无法归去,我本到此暂游却又成了久游。试问何年才是归期?我在孤舟中泪如雨下。

其三

【题解】诗人在秋浦客居时,偶然间看到了秋浦当地的一种锦驼鸟,毛色美丽,甚至超过了艳丽的山鸡。据宋代编纂的《祥符新安图经》记录:"驼鸟,一名楚雀,尤爱其羽,中矰弋则守死不动。"说明这种鸟也非常爱惜羽毛,即使被弓箭射中也不肯移动,怕弄乱了羽毛,很有个性的一种小鸟。不由得使人联想到,君子忠贞不渝,死守善道,不肯阿谀权贵的节操,不正类似锦驼鸟吗?对于锦驼鸟，诗人没有直接描述，而是通过与山鸡对比，间接道出了锦驼鸟的美丽让艳丽的山鸡也羞愧不已，实属"人间天上稀"。这首即兴之作寥寥数语，却能生趣盎然，体现了诗人高超的艺术表现手法，以及田园生活的乐趣。

秋浦锦驼鸟①，人间天上稀。山鸡羞渌水，不敢照毛衣②。

【注释】①锦驼鸟：秋浦当地一种鸟类，类似吐绶鸡，羽毛艳丽也有说是当地一种土鸡。《郡国志》记载："（锦驼鸟）翎下青黄相映若垂绶，其状如蜀鸡，背如朱。"

②"山鸡"二句：《博物志》记载："山鸡有美毛，自爱其色，终日映水，目眩则溺死。"渌水：清澈的水。毛衣：禽鸟的羽毛。

【译文】秋浦当地出产一种锦驼鸟，是人间天上所稀有的品种。即使是美丽的山鸡看见它也羞愧不已，不敢抵近水边映照自己的羽毛。

其四

【题解】诗人不知为何事而难以开解，致使朝夕之间就两鬓变白。诗人对镜自览，感叹不已。这样的心境，又如何听得了哀猿悲啼？全诗将诗人那种极度苦闷而又无可奈何的心情，生动地刻画了出来。

两鬓入秋浦，一朝飒已衰①。猿声催白发，长短尽成丝②。

【注释】①飒：凋零，衰落。

②长短：指头发。

【译文】两鬓在我进入秋浦后，朝夕之间就衰老斑白。那凄婉的猿啼更加催生了白发，满头长发尽数变成凌乱的白丝。

其五

【题解】此诗描写秋浦白猿如飞雪一般，在山地林间穿梭往来，嬉戏打闹，母猿则带着幼猿在枝头游戏，还不时去水边饮水，看到月影，还要逗弄一番。诗人为我们形象地展现了一幅群猿嬉戏图。

秋浦多白猿，超腾若飞雪①。牵引条上儿②，饮弄水中月。

【注释】①超腾：腾挪，跳跃。

②条上儿：指依附在枝条上的幼猿。

【译文】秋浦一带的山中有很多白猿，在林间跳跃腾挪如雪团飞过。它们在枝条上牵引幼猿嬉戏，饮水时逗弄倒映水面的月影。

其六

【题解】这是一首怀愁出游之诗。秋浦一带风光秀丽，在诗人看来，可与剡县山水和长沙景色相媲美。剡县古时候属于会稽郡，以风景秀丽著称。顾恺之曾评价剡县山水是"千岩竞秀，万壑争流，草木葱茏，其上若云兴霞蔚。"诗人也曾游览过剡溪，在《梦游天姥吟留别》里留下了"湖月照我影，送我至剡溪"的诗句。而长沙一带潇湘、洞庭的景色也是格外优美，诗人游览洞庭湖时也写下过"且就洞庭赊月色，将船买酒白云边"的佳句。由此可知秋浦的景色，应该是非常秀美怡人的，但是面对这样的景色，却依然无法消除诗人心头的愁绪，更加衬托出诗人内心的郁闷非同寻常。

愁作秋浦客，强看秋浦花①。山川如剡县②，风日似长沙③。

【注释】①强：勉强。

②剡县：即今浙江嵊州市。《九域志》记载，剡县在越州会稽郡东南一百八十里，以风光秀丽著称。

③风日：风光，风景。长沙：唐时潭州治所在长沙县，亦谓之长沙郡，隶属于江南西道，境内有潇湘、洞庭，皆风光绮丽之地。即今湖南长沙市。

【译文】忧愁中我来秋浦做客，强打精神观赏秋浦花。山川明媚如剡县，风雨迷蒙似长沙。

其七

【题解】诗人以山简、宁戚、苏秦自比，抒发了自己不得施展抱负和理想的郁闷。想当初诗人写下"仰天大笑出门去，我辈岂是蓬蒿人"的诗句，意气风发地来到京城长安城，供奉翰林，一心想实现自己济世安民的理想，可是最终被权贵排挤，辞官离开了长安。

客居秋浦的这段时间里，诗人还是不能忘记自己的抱负理想，忧心自己功业无成。诗人孤傲高直，不愿向权贵低头，不愿阿谀奉承来得到进身的机会，所以推崇山简那种率性而为，无拘无束的行事风格，另一方面又渴望像宁戚那样获得君王的赏识，建功立业有所作为。可惜不得知遇，诗人只能像苏秦那样泪满黑貂裘。

醉上山公马①，寒歌宁戚牛②。空吟白石烂③，泪满黑貂裘④。

【注释】①山公：指西晋山简。山公骑马一事见《世说新语·任诞》，山简在荆州任职时，经常去襄阳当地大户家的高阳池游玩，每次都是大醉而归，骑在马背上，倒戴着头巾，摇摇晃晃，醉态可掬，这也是魏晋时期士大夫崇尚自然率直性格的一种表现。

②宁戚：春秋时卫国人，出身寒微，为人赶车谋生，一次来到齐国，宁戚正在喂牛时，恰好遇到齐桓公出行，宁戚叩牛角而歌，齐桓公听到后，觉得宁戚非普通人，遂拜为大夫，宁戚辅佐齐桓公成就霸业。

③白石烂：指宁戚叩牛角所作的《饭牛歌》，王逸引《三齐记》所载歌辞曰："南山矸、白石烂，生不逢尧与舜禅，短布单衣适至骭。从昏饭牛薄夜半，长夜漫漫何时旦？"

④黑貂裘：这一典故说的是战国时期苏秦游说秦惠王失败后，穷困潦倒的处境，黄金也用尽了，黑貂裘也破旧了。《战国策·秦策一》："苏秦说秦王，书十上而说不行，黑貂之裘敝，黄金百斤尽。"

【译文】我酩酊大醉像山简那样摇摇晃晃乘马而归，我怀才不遇像宁戚一样寒风中叩牛角而歌。我空吟《饭牛歌》却不能遇到知遇之人，只能像苏秦那样徒然泪落黑貂裘。

其八

【题解】秋浦一带山高岭多，其中以水车岭最为雄奇。水车岭，在贵池县西南，下临深渊，水流湍急，喧嚣的水声就像水车在日夜运作，因此称为水车岭。水车岭绝壁高耸，顶上山石摇摇欲坠。岭前的河水，冲刷着攀附在树干上的藤蔓。全诗以夸张的修辞手法，描绘出水车岭的险峻，使人有身临其境的感觉。

秋浦千重岭，水车岭最奇①。天倾欲堕石，水拂寄生枝②。

【注释】①水车岭：秋浦一代的山岭名。《贵池志》记载："县西南七十里有姥山，又五里为水车岭，陡峻临渊，奔流冲激，恒若桔槔之声。"

②寄生枝：寄生在树上的一种植物。《名医别录》记载："寄生，松上、杨上、枫上皆有，形类一般，但根津所因处为异，则各随其树名之。生树枝间，根在肢节之内，叶圆青赤，厚泽易折，旁自生枝节，冬夏生，四月花白，五月实赤，大如小豆，处处皆有。"

【译文】秋浦附近的重重山岭中，唯有水车岭最为雄奇独特。整座山岭对天欲倾好像山石会随时崩塌下来，流水拂弄着一缕缕垂落在河面的寄生枝条。

其九

【题解】秋浦一带有很多奇石，其中就包括江祖石。江祖山临近清溪河，山上有一巨石突入水面，因为"形似古渡江神"，所以称为江祖石。李白来此游览后曾写下"我携一樽酒，独上江祖石。自从天地开，更长几千尺？"的诗句。江祖石伸入清溪之中，使得水流回旋，潭深藏鱼，后将李白垂钓处，称为"太白钓台"。附近山峦起伏，林木茂盛，风景优美。诗人面对美景，诗兴大发，不加雕饰，直抒胸臆，描绘了一幅优美的山水画卷。

江祖一片石①，青天扫画屏。题诗留万古，绿字锦苔生②。

【注释】①江祖：江祖山在今安徽池州市西南清溪河北岸。据《一统志》记载："江祖山，在池州府城西南二十五里，有一石突然出水际，其高数丈，上有仙人迹，名曰江祖石。"

②绿字：指刻在崖壁上的字，因为年久被苔藓等植物覆盖而变成绿色。

【译文】江祖山上有江祖石，就像画屏直插云天。壁上题诗历经万古犹在，绿色刻字上长满了青苔。

其十

【题解】这首诗描写了秋浦众多的植物和鸟兽。漫山遍野是四季常青的石楠树和女贞林；山间溪流栖息着成群的白鹭和猿猴。全诗前四句，诗人通过"千千"、"万万"、"山山"、"涧涧"等叠词的使用，使诗歌文字流畅，朗朗上口，富于音律美和修辞美，同时，将一派生机盎然的自然美景生动的呈现出来。篇尾笔锋一转,诗人以怅然的口吻,告诫人们不要轻易来秋浦游览,因为这里的猿啼能使人心碎。面对美景诗人却心绪不佳,这种反衬的描写手法,可以更加烘托出诗人心中忧思的深重。

千千石楠树①,万万女贞林②。山山白鹭满,涧涧白猿吟。君莫向秋浦,猿声碎客心。

【注释】①石楠:也作"石南",一种常绿植物,春秋两季,叶红如火,很具观赏性,叶可入药,因为生于石头间,长在向阳之处,所以称为"石南"。《唐本草》记载:"石楠,叶似草,凌冬不凋。关中者叶细,江以南者叶长,大如枇杷。"

②女贞:木名。凌冬青翠不凋,其子可入药。颜师古《汉书注》:"女贞树,冬夏常青,未尝凋落,若有节操,故以名焉。"

【译文】秋浦的山间田野,遍布石楠树和女贞林。山峦上落满了白鹭,溪涧里到处是猿鸣。劝君不要到秋浦,那凄切的猿声会让人心碎。

其十一

【题解】全诗描述了逻人石与江祖石夹岸对峙的壮观景色。逻人石在万罗山陡峭的崖壁上凌空飞起,江祖石突入清溪河中直插云霄。两峰对峙,中间急流,山花烂漫,清香阵阵,船行其间,是何等的赏心悦目。诗人行船水上,运用移步换景的手法,将一幅绚丽多彩、丰富生动的优美画面展现出来。

逻人横鸟道①，江祖出鱼梁②。水急客舟疾，山花拂面香。

【注释】①逻人：指逻人石，是秋浦当地的一块奇石，与江祖石隔河相对。清代张士范修撰的《池州府志》记载："万罗山，在城南二十里，与江祖石隔溪对峙，上有逻人石。"鸟道：只有飞鸟才能越过的小路，比喻狭窄陡峻的山间小道。

②鱼梁：筑堰拦水捕鱼的一种设施，用木桩、柴枝或编网等制成篱笆或栅栏，置于河流、潮水河中或出海口处，鱼类游入后，无法出去。

【译文】逻人石横亘在险峻的鸟道之处，江祖石突入鱼梁所在的湍波之中。急流催动客舟迅疾而下，山花拂过人面清香阵阵。

其十二

【题解】秋浦的平天湖水平如镜，波澜不兴，景色秀丽。此外还是一个人文荟萃的地方。南朝昭明太子的封地就在此处，湖畔的齐山上有数以百计的摩崖石刻，因此是一个出游赏玩的好去处。诗人在月夜乘兴出游，看到四周湖光山色，水天相连，明月朗朗悬挂天际，不禁陶醉其间，兴之所至想要乘风驾云飞升明月之中，饱览天地秀色。虽不能实现飞月的梦想，但也可以乘舟夜游，饮酒赏花为乐，酣畅之余，足慰平生。

水如一匹练①，此地即平天②。耐可乘明月③，看花上酒船。

【注释】①练：白绢。此句化用谢朓《晚登三山还望京邑》中的

"澄江静如练"。

②平天：即平天湖，位于今安徽省池州市城区，齐山脚下。《池州府志》："平天湖，在城西南十里。本清溪之水，由江祖潭、上洛岭以下，潴而为湖。"

③耐可：那可、安得。

【译文】 湖水静谧就如白练横展，此地就是如镜的平天湖。既然无法乘风览明月，哪如坐船赏花饮美酒。

其十三

【题解】 自古以来有很多关于采菱，采莲的民谣和诗歌。汉乐府中就有"江南可采莲，莲叶何田田，鱼戏莲叶间。"的诗句。在这首诗中，诗人只用寥寥数语就勾勒出了一幅清新秀丽，充满田园风光的月夜采菱图：秋浦月夜，云清风淡，碧水如镜，明月如轮，多情的少年郎和采菱女，一唱一答，此景与《诗·关雎》中君子淑女相互倾慕的情况是多么的相似，令人神往不已。

渌水净素月①，月明白鹭飞。郎听采菱女，一道夜歌归②。

【注释】 ①素月：皎洁的明月。

②"郎听"二句：《尔雅翼·释草·菱》："吴楚风俗，当菱熟时，士女相与采之，故有采菱之歌以相和，为繁华流荡之音。"

【译文】 清澈的水面上倒映着一轮晶莹的明月，林间的白鹭在皎洁的月光下翩然飞过。多情的少年郎正倾听着采菱女的歌唱，在归家的途中踏着月色一路相互酬答。

其十四

【题解】诗人在晚上即兴出游,沿着河岸一路前行,夜色苍茫,四周幽暗,只有点点繁星相伴,可是突然间看到前面光亮如昼,仿佛是万家灯火,照亮了天边。诗人心中倍感诧异,走近一看,原来是冶炼铜矿的熔炉,喷出的熊熊火焰映红了天空,一排排熔炉火星四溅,一群群工匠挥汗如雨。嘹亮的歌声号子,回荡在寒夜中。冲天的炉火,飞升的紫烟,四溅的火花,伴随着工匠们的阵阵高歌,都给诗人以极大的视觉和心灵上的冲击,澎湃的诗意喷涌而出,遂以生动的描述将这壮观的场景记录下来。

炉火照天地①,红星乱紫烟。赧郎明月夜②,歌曲动寒川。

【注释】①炉火:根据《唐书·地理志》记载,秋浦是产银、产铜之地,所谓炉火,应该是冶炼之火。

②赧郎:指冶炼的工匠。赧:原意是因羞惭而脸红,这里是指工匠的面庞被炉火映红。

【译文】熔炉喷射出的熊熊火焰照亮天地,红亮的火星伴随着紫烟四处飞溅。辛苦劳作的工匠在明月夜放声高歌,高亢的歌声在寒夜里响彻秋浦河。

其十五

【题解】这首诗是秋浦组诗中最为著名的一首。开篇一句"白发三千丈",可谓语出惊人,构思奇妙。《左传·昭公三年》中有"彼其发短而心甚长"的语句,由此引出了"发短心长"说法,意思是心计太多,而导致头发稀少。诗人却反其道而用之,将"白发三千丈"归结为忧愁太多的原因,忧愁绵绵不绝,白发生生不息。自古以来以"愁"为题的诗歌数不胜数,但能将"愁"写得如此独出心裁,气势迫人,也只有诗仙李白了。王琦评价说:"起句奇甚,得下文一解,字字皆成妙义。洵非仙才,那能作此。"《唐诗选脉会通评林》引周敬对这首诗的评语:"奇意奇调,真千古一人。"又引周珽曰:"发因愁而白,愁既长,则发亦长矣,故下句解之。托兴深微,辞实难解,读者当求之意象之外。"

白发三千丈,缘愁似个长。不知明镜里,何处得秋霜?

【译文】不经意间满头白发已经三千丈,只因无尽的忧愁才催生这样长。不知堂前明镜中的青丝,被何处飞来的秋霜染白?

其十六

【题解】此诗描画了一幅充满野趣的渔家风情图:老翁忙于捕鱼,老妇忙于捕鸟,一派快活自在的田园生活场景。"古来贤哲,多隐于渔",在中国古代文化里,渔夫往往象征隐居江湖的高洁之士。对他们来说,垂钓山水之间,体现了一种超脱尘世的洒脱情怀。诗人在经历了种种人生挫折之后,心中也不免产生了归隐山林的想法,这首诗也许就是诗人内心的反映:逍遥江湖之上,寄情山水之间。

秋浦田舍翁^①,采鱼水中宿。妻子张白鹇^②,结罝映深竹^③。

【注释】①田舍翁:耕田的老农。

②张:张网。白鹇:一种水鸟,产于南方,不善飞行,而善走路,羽毛美丽,因上体及两翼皆为白色而得名。《图经本草》记载:"白鹇出江南,雉类也,白色而背有细黑文,可畜。"

③罝:捕捉鸟兽的网。

【译文】秋浦河畔的农家老翁,为了打鱼在船中留宿。老翁的妻子也忙着张网捉白鹇,小心翼翼地在竹林中结下罗网。

其十七

【题解】这首是诗人离开秋浦的道别之作。在秋浦盘桓数日之后,诗人即将离去,自己与山僧所住的桃波很近,甚至可以互相听到对方的说话声。离别之际,诗人为什么不去面见山僧,而情愿在心里默默道别呢?也许是诗人心中还有放不下的牵挂,所以无法以轻松的心情与友人道别,相见不如不见。也许是诗人在与山僧的交往中,受到点悟,放下了心中的羁绊,以一种随缘的态度,看待人生的聚散离别,因而不拘于世俗之礼,悄然而别。无论是出于哪种原因,字里行间,仍旧暗暗萦绕着一种离愁别绪。

桃波一步地^①,了了语声闻^②。暗与山僧别^③,低头礼白云^④。

【注释】①桃波:当为"桃陂"之误,指秋浦境内的桃胡陂。

②了了:清楚。

③暗:默默。

④礼:致敬。

【译文】桃波距离此地只有一步的路程,甚至可以清楚地听到那边的说话声。我在心里暗暗与山僧道别,举手遥遥向白云行礼而去。

当涂赵炎少府粉图山水歌

【题解】当涂,县名,在今安徽省马鞍山市。赵炎,李白的友人。少府,古代对县尉的雅称。粉图,在粉壁上绘制的画图。此诗是一首题画诗,可能作于天宝十四载(755)左右。诗人游当涂时,在好友赵炎府上做客,看到一幅山水壁画,描绘精致,动人心魄,因而有感而发,写下这首诗。全诗第一段首两句就极尽夸张,以峨眉山的高耸,罗浮山的广袤,来形容画图中山峰的高峻和绵延,将一幅山水巨作缓缓在读者面前打开。诗人感叹画工的技艺高超,仿佛将天地间真实的山水,驱赶进了画图中,一切都是那么栩栩如生,充满灵秀。就连赤城山变幻莫测的霞气，苍梧山浩荡弥漫的烟云，洞庭潇湘烟波浩渺的景致和三江七泽的迂回盘旋的形貌，也都尽数表现在画中，实在是蔚为壮观。次一段写水面上波涛汹涌，巨浪滔天，一叶孤舟，张挂风帆，乘风破浪直航天边，一副"直挂云帆济沧海"的态势，诗人不禁联想到这叶孤舟，如此不畏艰险地出海远航，难道是寻找海外的蓬莱仙山？诗人也被画中的意境所吸引，对画中的景象神往不已。第三段写画中山峰上怪石林立，山泉涌出，曲曲折折流淌在山石之间。远近都是郁郁葱葱的林木杂树，遮天蔽日，林中幽静昏暗，仿佛时间都停滞了，就连蝉鸣也听不到。诗人的生动描写令人仿佛置身远古深林之中，忘却尘世的一切喧嚣。末段写画图的主人虽然身在公门，闲暇之余就和宾客欢聚一堂，吟诗作赋，充满高雅情趣。最后诗人感怀而发，说画图虽好不足为贵，还是真仙之道才可以保全自己，不如早早急流勇退，如果非要等到功成名就才想起归隐江湖，那就太过贪心。全诗排比铺陈，气势宏大，借画抒情，以景言志，虚虚实实，表现出了诗人高超的写作手法。朱谏《李诗选注》点评："按白之题画，咏山则以峨眉、罗浮、赤城、苍梧、三山等言之，咏水则以南溟、洞庭、潇湘、三江等言之，终以羽仙、武陵之事归之主者。云烟、草木、舟帆、泉鸟，杂然布置，情思流动，辞气激扬。初看若无统纪，细玩则界限分明，有如韩信点兵，而多多益善也。"

峨眉高出西极天①，罗浮直与南溟连②。名工绎思挥彩笔③，驱山走海置眼前④。满堂空翠如可扫⑤，赤城霞气苍梧烟⑥。洞庭潇湘意渺绵⑦，三江七泽情洄沿⑧。

惊涛汹涌向何处?孤舟一去迷归年。征帆不动亦不旋,飘如随风落天边。心摇目断兴难尽⑨,几时可到三山巅⑩?

西峰峥嵘喷流泉,横石蹙水波潺湲⑪。东崖合沓蔽轻雾⑫,深林杂树空芊绵⑬。此中冥昧失昼夜⑭,隐几寂听无鸣蝉⑮。

长松之下列羽客⑯,对坐不语南昌仙⑰。南昌仙人赵夫子,妙年历落青云士⑱。讼庭无事罗众宾⑲,杳然如在丹青里⑳。五色粉图安足珍,真仙可以全吾身。若待功成拂衣去,武陵桃花笑杀人㉑。

【注释】 ①峨眉:即峨眉山,在四川峨眉县西南,因山峰相对如蛾眉,故名。与浙江普陀山、安徽九华山、山西五台山并称为我国佛教四大名山。西极:西方极远之地。

②罗浮:即罗浮山,在广东省东江北岸。《元和郡县志》记载:"罗浮山,在循州博罗县西北二十八里。罗山之西有浮山,盖蓬莱之一阜,浮海而至,与罗山并体,故曰罗浮。"晋葛洪曾在此山修道,道教称为"第七洞天"。南溟:南海。

③绎思:推究思考。

④驱山走海:指画工技艺高超,仿佛将山海驱赶进了画中。

⑤空翠:指绿色的草木。

⑥赤城:即赤城山,因土石色赤且状如城堞而得名,在浙江天台县北。道教的"第六洞天"。苍梧:又名九疑山,在湖南省蓝山县西南。因其九座山峰异岭而同势,行者见而疑惑,故称为"九疑山"。相传虞舜葬于此。

⑦渺绵:悠远。

⑧三江:古代各地众多水道的总称。《书·禹贡》:"三江既入,震

泽底定。"汉以后有多种解释。《国语·越语上》韦昭注以吴江、钱塘江、浦阳江为三江。《水经注·沔水》引郭璞说以岷江、松江、浙江为三江。《书·禹贡》陆德明释文引《吴地记》以松江、娄江、东江为三江。《汉书·地理志上》颜师古注以北江、中江、南江为三江。七泽：相传古时楚有七处沼泽。后以"七泽"泛称楚地诸湖泊。这里三江七泽为泛指。洄沿：逆流而上曰洄，顺流而下曰沿。

⑨目断：犹望断。一直望到看不见。

⑩三山：传说中的海上三神山。晋王嘉《拾遗记·高辛》："三壶，则海中三山也。一曰方壶，则方丈也；二曰蓬壶，则蓬莱也；三曰瀛壶，则瀛洲也。"

⑪潺湲：水慢慢流动的样子。

⑫合沓：重叠、杂聚。

⑬芊绵：草木繁密茂盛的样子。

⑭冥昧：指天地未形成时的混沌状态，这里指幽暗。

⑮隐几：亦作"隐机"。靠着几案，伏在几案上。

⑯羽客：指道士。修道的目的是为了羽化登仙，所以称道士为羽客。

⑰南昌仙：西汉人梅福曾任南昌尉。后辞官归隐，炼丹修道，据传成仙。这里代指赵炎。

⑱妙年：指少壮之年。历落：仪态俊秀不俗。青云士：指位高名显的人。

⑲讼庭：审理讼案的法庭。

⑳杳然：渺远貌。

㉑"武陵"句：指陶渊明的《桃花源记》所描绘的世外桃源。

【译文】画中的峨眉山凌空飞出直达西极之天，图中的罗浮山广袤无边绵延南海之滨。名家画工在精妙构思之后奋力挥动彩笔,将大千世界的灵秀山海迁移到了眼前。堂前铺满绿叶好像等人去打扫,赤城与苍梧山的烟霞似乎在袅袅飘浮。画中的洞庭潇湘意境悠远,三江七泽蜿蜒曲折。

那汹涌的激流将要奔向何方?一叶孤舟似乎迷途经年不返。船上的征帆不动也不转,好像要随长风飘荡到天边。我看得心旌摇曳,眼酸目涨,意兴未尽,不知此舟何时能到三仙山?

怪石嶙峋的西峰有山泉喷涌而出,溪流被横石所阻蜿蜒曲折地缓缓流淌。东崖山上乱石层叠云雾蔽日,深林之中杂树丛生草木葱郁。在这里寂静幽昧晨昏不分,即使伏案细听也不闻一声蝉鸣。

长松下有几位姿态飘逸的仙人,南昌仙人梅福也在其中静坐不语。旷达洒脱的南昌赵夫子,是位正值韶华的青云之士。公府无事就与众宾客欢聚一堂,宛如画中欢乐饮宴的情景。五色彩图并不值得珍惜,只有真仙之道才能保全我。如果等到功成才拂衣而去,武陵桃花中人也会笑话我。

永王东巡歌十一首

【题解】永王,指唐玄宗第十六子永王李璘。天宝十四载 (755) 安史之乱爆发,唐玄宗听信杨国忠建议,令哥舒翰贸然出击,结果兵败,二十万唐军被歼,潼关失守,唐玄宗仓惶逃亡蜀地。皇太子李亨在灵武擅自称帝,即为唐肃宗,遥尊唐玄宗为太上皇。

唐玄宗为了制衡各方面权力，下诏任命诸皇子分别担任天下各地节度使，任命永王李璘为山南东路、岭南、黔中、江南西路四路节度使，坐镇江陵。天宝十五载九月，李璘到达江陵，招募士兵，任命官吏，想要一举荡平叛军，恢复社稷。唐肃宗登基后，屡次下诏，永王李璘都没有听从。十二月，李璘擅自率领水军东巡，路过庐山时，多次征召隐居的李白，诗人此时虽然年老，但是雄心犹在，因此不顾家人的劝阻，从军担任了李璘的幕僚。因为永王李璘不听诏命擅自出兵，被唐肃宗下旨以叛军论处，至德二载（757），永王李璘兵败被江西采访使皇甫侁所杀，李白也被牵连入狱，按罪当诛，幸亏家人与亲友极力解救，才被从宽发落，流放夜郎。这组诗就是李白在永王军中时所作，诗人当时意气风发，准备跟随永王平定叛乱，建功立业，一展抱负。因此字里行间都充满了慷慨豪迈之气。

其一

【题解】诗人开篇就以"天子遥分龙虎旗"来说明永王是奉诏出征，关于永王李璘与唐肃宗的不睦，诗人可能并不清楚。接下来两句，诗人展望李璘此次出征，就像西汉平定七国之乱那样，荡平安史之乱，恢复社稷，功彪史册。

永王正月东出师①，天子遥分龙虎旗②。楼船一举风波静③，江汉翻为雁鹜池④。

【注释】①正月：指至德二载（757）正月。

②龙虎旗:指唐玄宗任命李璘为四路节度使,镇守江陵一事。

③楼船:高大有楼的战船。

④江汉:长江和汉水的合称。雁鹜池:《太平御览》记载:"梁孝王有雁鹜池,周围四里,梁王所凿。"这里代指游乐之地。

【译文】永王李璘在正月出兵东巡,他遥受天子诏令被赐以龙虎旗。永王的楼船荡平风波勇往直前,使江汉之间恢复平静像雁鹜池那样。

其二

【题解】这首诗首先描述了安史之乱在中原造成的惨烈情景,洛阳三川一带到处是如狼似虎的胡兵,烧杀抢掠,无恶不作,致使官宦百姓纷纷南渡避乱,就像当年晋朝的永嘉之乱一样。接着诗人希望朝廷任用像谢安那样的将领,谈笑间就可以平定叛乱。而这个人选,在诗人心目中无疑是永王李璘。

三川北虏乱如麻①,四海南奔似永嘉②。但用东山谢安石③,为君谈笑静胡沙④。

【注释】①三川:郡名。秦置,治所在荥阳,因其地有河、洛、伊三条河川,故称为"三川"。汉改置河南郡。即今河南省北部黄河两岸之地。

②永嘉:晋怀帝年号。晋怀帝永嘉五年(311),前赵国君刘曜攻陷洛阳,中原名门望族竞相南渡,避乱江东。天宝十四载,安禄山起兵北地,相继攻破长安、洛阳,官吏百姓大多渡江避乱,与永嘉年间的事情极为相似。

③谢安石：指东晋谢安，字安石。谢安曾击退前秦八十万大军，这里诗人将永王李璘比作谢安。

④胡沙：喻入侵中原的胡兵。

【译文】三川一带叛乱的北方胡虏多如麻，四海百姓纷纷南逃就如永嘉之难。如果谢安那样的将领来平叛，一定能在谈笑间为君王荡平胡兵。

其三

【题解】至德二载（757）正月，永王李璘率领水军东巡，沿长江而下，从武昌至九江，再至三吴，一路东进，声势浩大。这首诗就描绘了当时大军出动的壮观场面。战鼓声若雷鸣，旌旗遮天蔽日，舰队浩浩荡荡，首尾相连，航行于大江之上，军容鼎盛，纪律严明，深得百姓拥戴。诗人此时的心情也是无比激动，意气风发，准备一展抱负。

雷鼓嘈嘈喧武昌①，云旗猎猎过寻阳②。秋毫不犯三吴悦③，春日遥看五色光④。

【注释】①雷鼓：大鼓，以声大如雷，故称。武昌：县名，唐时属鄂州江夏郡，在今湖北武汉江夏区。

②云旗：画有熊虎图案的大旗。猎猎：风吹动旗帜的声音。寻阳：县名，唐属江州寻阳郡，即今江西九江市。

③秋毫不犯：一点儿都不侵犯。三吴：泛指江南吴地。有以吴郡及

丹阳、吴兴为三吴,也有以义兴、吴兴及吴郡为三吴。或以吴郡与吴兴、丹阳为三吴。"

④五色光:五色云气,古人以为是祥瑞。这里指永王李璘率王师出征,理应出现祥兆。

【译文】战鼓隆隆声如惊雷大军喧动武昌城,旌旗猎猎迎风飘扬战舰驶过寻阳口。永王全军在三吴之地秋毫无犯,春光里遥看王师笼罩五色祥光。

其四

【题解】这首诗描写永王李璘的大军到达金陵的情景。金陵处于龙盘虎踞的形胜之地,春秋时期就已经建城。自从三国时孙权称帝以来,三百年间出了四十位帝王。在诗人看来,永王李璘率王师抵达金陵,恢复了金陵的王气,使金陵古城焕发生机,然后大军可以金陵为根据地,乘势北上,平定叛乱,匡扶社稷。

龙盘虎踞帝王州①,帝子金陵访古丘②。春风试暖昭阳殿③,明月还过鳷鹊楼④。

【注释】①帝王州:《一统志》:"南京,古金陵之地,自周末时已有王气,秦始皇谓"东南有天子气",诸葛亮谓"龙蟠虎踞,真帝王之都",即此地也。"谢朓诗《鼓吹入朝曲》:"江南佳丽地,金陵帝王州。"

②帝子:指永王李璘。

③昭阳殿:南朝宫苑名,在今江苏南京市古台城。《一统志》:"昭阳殿乃太后所居,在台城内。"

④鸕鹊楼:南朝楼阁名,在金陵。

【译文】龙盘虎踞的金陵实在是成就帝业的地方,现在帝子永王来金陵寻古探幽。和煦的春风吹暖了古台城中的昭阳殿,皎洁的明月划过昔日的鸕鹊楼。

其五

【题解】这首诗言说安禄山占据长安之后,唐玄宗和唐肃宗都避难在外,无法回到京师,长安城外的列祖陵庙也无人祭扫,蒙尘已久,只有松柏孤零零矗立风中,让人心生悲哀。诗人悲叹各地诸侯只求自保,不肯发兵勤王,坐视安禄山叛军肆虐中原,使百姓生灵涂炭。诗人赞扬了永王李璘的勤王义举,寄希望于李璘能够统帅大军消除动乱,廓清寰宇,早日恢复太平盛世,迎接二帝还朝。

二帝巡游俱未回①,五陵松柏使人哀②。诸侯不救河南地③,更喜贤王远道来④。

【注释】①"二帝"句:指唐玄宗和唐肃宗。当时唐玄宗在蜀地,唐肃宗即位在灵武,故云"二帝巡游俱未回"。

②"五陵"句:五陵指唐高祖、唐太宗、唐高宗、唐中宗、唐睿宗的陵墓。此句谓由于战乱,五帝的陵墓无人祭祀。

③河南地:指洛阳,当时安禄山占据洛阳。

④贤王：指永王李璘。

【译文】太上皇和皇上都在外避难无法返回京城长安，列位先帝的陵庙无人祭扫只有松柏伫立风中。各路诸侯都不肯发兵来收复河南故地，令人欢喜的是贤王李璘统军远道而来平定叛乱。

其六

【题解】北固山三面临江，地势险要，与金山、焦山成犄角之势，扼守长江水道，自古以来为兵家必争之地。此地有许多三国时代的历史遗迹，三国时刘备招亲所在的甘露寺就在北固山。诗人登临北固山，面对江山险峻，借景抒情，极力描画了永王李璘的军容盛大：两岸旌旗招展，烽火连天，如此王师足可以扫荡敌寇，安定社稷。

丹阳北固是吴关①，画出楼台云水间。千岩烽火连沧海，两岸旌旗绕碧山。

【注释】①丹阳：唐时江南东道有丹阳郡，即润州也，治所在京口，即今江苏镇江市。北固：山名，又名北顾山。在江苏镇江市东北江滨。有南、中、北三峰，三面临长江，形势险固，故称"北固"。《南徐州记》云："城西北有别岭，斜入江，三面临水，高数十丈，号曰北固。"《建康实录》记载："梁武帝幸京口，登北固楼，改名北顾。"吴关：吴地的关隘。指三国吴之故地。

【译文】丹阳郡的北固山自古以来就是吴地雄关，山上的楼台掩映在云水之间如同一幅绚丽画卷。如今警示胡虏入侵的烽火已经传遍千山沧海，永王大军的旌旗沿两岸绵延飘扬在青山之间。

其七

【题解】这首诗写永王水师兵出三江、五湖，到达扬州，准备渡海北上，进军中原去讨平叛乱。舰船上满载雄壮的武士和一匹匹昂首嘶鸣的战马。诗人对永王出征的前景，抱以积极的期盼。

王出三江按五湖①，楼船跨海次扬都②。战舰森森罗虎士③，征帆一一引龙驹④。

【注释】①按：巡查。五湖：泛指太湖附近的湖泊。

②次：指行军在一处停留三宿以上。《左传》云："凡师一宿为舍，再宿为信，过信为次。"后泛指到达某处。扬都：扬州，泛指金陵镇江一带。

③虎士：勇猛的武士。

④龙驹：骏马。

【译文】永王大军出征三江兵巡五湖，乘坐楼船跨海荡寇直抵扬州。战舰上站满了一队队虎狼之士，征帆下簇拥着一匹匹神骏战马。

其八

【题解】这首诗中诗人盛赞永王水师的雄壮。浩浩荡荡的战船顺江而下，乘长风，破万里浪，准备渡海北上，进军中原，讨伐安禄山叛军。诗人认为永王此举就像当年西晋的龙骧将军王濬出蜀伐吴一样，必定可以马到成功，安定天下，建立盖世奇功，彪炳史册，光耀后世。

长风挂席势难回^①，海动山倾古月摧^②。君看帝子浮江日，何似龙骧出峡来^③！

【注释】①长风：远风，大风。挂席：挂帆。

②古月：即胡字的隐语。

③龙骧出峡：用西晋龙骧将军王濬的故事。《晋书·武帝纪》："咸宁五年十一月，大举伐吴，遣龙骧将军王濬、广武将军唐彬，率巴蜀之卒，浮江而下。"

【译文】永王水师乘风扬帆，其势一往无前；所到之处海动山倾，誓将摧毁胡虏。君看永王挥师浮江渡海之日，多么类似当年龙骧将军出峡伐吴的盛况啊！

其九

【题解】这首诗历来被各家认为是伪作。诗中认为秦始皇浮海造桥和汉武寻阳射蛟的事迹都无法与李璘的功绩相比，还将李璘比作唐太宗李世民，这在当时显然是大逆不道的事情。因此这首诗不应该是出自李白之手，很有可能是他人托李白之名而作。

祖龙浮海不成桥^①，汉武寻阳空射蛟^②。我王楼舰轻秦汉^③，却似文皇欲渡辽^④。

【注释】①"祖龙"句：用秦始皇故事。祖龙：指秦始皇，祖，即祖先，始也。龙，即天子。《三齐略记》记载，秦始皇东巡时，要在海中建一座大桥来观日出。海神帮他在海中树立石柱。秦始皇想要面谢海神，海神说："我长得很丑，如果你答应不把我的像画下来，我就愿与你见面。"秦始皇沿着石桥入海四十里见到了海神。可是秦始皇不遵守约定，让画师暗中把海神的形象画了下来。海神发现后十分生气，斥责始皇违约，让他快速回马。秦始皇刚上岸，石桥便轰然倒塌，画师也淹死在海中。

②"汉武"句：《汉书·武帝纪》，元封五年（前106）冬，汉武帝到南方巡狩，到达南郡盛唐县，汉武帝在九嶷山望祭虞舜，还登上天柱山，从寻阳乘船巡江，亲自射杀江中的蛟龙，并捕获它，特地作《盛唐枞阳之歌》来记录此事。

③楼舰：胡三省《通鉴注》："楼舰即楼船，两面施重板，列战格，故谓之楼舰。"

④"却似"句：用唐太宗故事。文皇帝：即唐太宗。贞观十九年（645）二月，为了应对高句丽对辽东的侵扰，唐太宗亲自统率大军从洛阳出发，准备讨伐高句丽。四月在幽州誓师后进兵辽东。五月唐太宗车驾渡过辽水，之后唐军连下高句丽数城，战至九月，因天气寒冷，草枯水冻，而且粮草耗尽，只能班师回朝，但是歼灭了高句丽大量军队，到唐高宗总章元年（668）终于灭亡了高句丽。

【译文】秦始皇浮海造桥的壮举没有成功，汉武帝寻阳射蛟的豪迈也空忙一场。我家贤王乘楼船战舰扫平乱寇,气势超过秦皇汉武,直追当年太宗皇帝渡辽征讨高句丽的盛举。

其十

【题解】这一首诗写永王受封江陵郡大都督,担任四路节度使,坐镇楚地,必定要扫清江汉之间叛贼,以靖环宇,然后才能凯旋还朝。最后两句写永王最初在江陵开设幕府,然后东进到达金陵,把金陵作为自己建功立业的根据地。

帝宠贤王入楚关①,扫清江汉始应还。初从云梦开朱邸②,更取金陵作小山③。

【注释】①"帝宠"句:意谓永王李璘受唐玄宗的诏命,担任四路节度使,坐镇楚地。

②云梦:即云梦泽,古代楚地湖泊群,先秦时期占地广大,后来逐步缩小,最后成为相互分离的小湖泊。这里代指江陵。朱邸:汉诸侯王第宅,以朱红漆门,故称朱邸。后泛指贵官府第。

③"更取"句:金陵指金陵山,即钟山。小山:即淮南小山,是西汉淮南王刘安的一部分门客在文集上共同署名,类似现在的集体笔名。此处诗人是借用名称,与原意不同。

【译文】太上皇诏命贤王李璘来镇守楚地,只有扫清江汉一带的贼寇才能凯旋回朝。永王最初在云梦之地江陵开府建衙,后来又将钟山当做自家园圃中的小山。

其十一

【题解】诗人加入永王幕府的目的是想早日平定安禄山的叛乱,拯救百姓于水火之中,实现自己"安社稷,济苍生"的抱负。诗人认为永王身为皇子,受诏命率军出征,上顺天意,下和民心,一定会马到成功,因此意气风发,想亲自指挥王师,上阵破敌,就像当年谢安、张良那样,淡定从容地运筹帷幄之中,决胜千里之外。后两句诗人表达了希望早日打败叛军,凯旋班师,迎请二帝还朝的期望。

试借君王玉马鞭[①],指麾戎虏坐琼筵[②]。南风一扫胡尘静[③],西入长安到日边[④]。

【注释】①玉马鞭:晋明帝有七宝鞭,唐玄宗也有珊瑚鞭,都是贵重之物,这里以玉马鞭喻指挥权。

②指麾:即指挥,发号施令,指示别人行动。琼筵:盛宴,美宴。

③南风:比喻南方永王的军队。胡尘:指安禄山叛军。

④日边:日为帝王的象征,所以帝都、京畿之地称为日边,日下。

【译文】我斗胆请借君王的玉马鞭一用,从容坐在琼筵上来指挥大军平叛。南方的王师如风卷残云一般将胡尘扫荡干净,然后西入长安奏拜天子。

上皇西巡南京歌十首

【题解】安史之乱爆发后，唐玄宗避难蜀地，唐肃宗在灵武即位，遥尊唐玄宗为太上皇。至德二载（757）九月，唐军收复长安，十月唐肃宗遣太子太师韦见素迎回唐玄宗。十二月唐玄宗回到长安。唐肃宗随后颁布大赦，“以蜀郡为南京，凤翔郡为西京，西京为中京”，以蜀郡为南京，大概是蜀地在长安之南的缘故。李白当时正被流放夜郎，听闻这一消息，十分喜悦，因为在诗人看来，既然长安已经收复，那么平定安禄山叛军也指日可待，天下很快会恢复安定，自己也不用过着颠沛流离的生活了，所以以振奋的心情写下此组诗，来庆祝唐玄宗返回长安这一幸事。

其一

【题解】诗人在第一首诗中，阐述了唐玄宗西巡蜀地的原因是因为安禄山叛军攻陷了长安。接着描述了蜀道上剑门关的险峻，以此来说明蜀地地势险要，足以抵御叛军，成为临时帝都。

胡尘轻拂建章台①，圣主西巡蜀道来②。剑壁门高五千尺③，石为楼阁九天开④。

【注释】①建章台：汉代长安有建章宫，内有建章台。这里代指长安。

②圣主：指唐玄宗。西巡：是对唐玄宗避难蜀地的委婉说法。

③剑壁：指剑阁，剑门关。张载《剑阁铭》云："惟蜀之门，作镇作固，是曰剑阁，壁立千仞。"吕延济注："剑阁，言其峰如剑，其势如阁。"

④"石为"句：陆游《老学庵笔记》云："剑门关皆石，无寸土。"

【译文】凶残的胡兵攻陷长安，太上皇西巡从蜀道入川。剑门关危岩耸立高达五千尺，以石为楼阁凌驾九天之上。

其二

【题解】这首诗着重描述了成都的繁华富庶和山川秀美。成都四季温暖，植被茂盛，处处花红柳绿，景色宜人。另外，在唐朝时，成都的繁华仅次于扬州，有"扬一益二"的说法。因此成都被誉为"天府之国"。诗人以九天宫阙来形容成都的富丽华美，放眼望去成都城内人烟稠密，千家万户鳞次栉比，"家家临江，户户垂杨"，就像是一幅美丽的画卷。成都的山水草木，分外的耀眼美丽，就像华丽的锦缎铺展在大地上。诗人认为八百里秦川的无限风光也无法与成都相比，更加突出了成都的锦绣之美。

九天开出一成都①，万户千门入画图②。草树云山如锦绣，秦川得及此间无③？

【注释】①成都：即今四川成都市。唐时蜀郡的治所在成都。

②"万户"句：形容成都人口众多，集市繁华。

③秦川：泛指今陕西、甘肃的秦岭以北平原地带。因春秋、战国时属秦地而得名。

【译文】秀美的成都宛如九天宫阙落入人间，城郭内千家万户花团锦簇美如画图。城郭外山青云淡草树葱茏就像一幅华丽的锦绣，八百里秦川能比得上这里的富丽华美吗？

其三

【题解】这首诗写唐玄宗到达成都时的情景。诗人在这里引用了汉高祖刘邦为太上皇建造新丰的旧事，来说明成都的宫阙、景色都与长安类似，唐玄宗在这里可以舒缓心情，安心颐养。

华阳春树似新丰①，行入新都若旧宫。柳色未饶秦地绿，花光不减上林红②。

【注释】①华阳：《禹贡》中的梁州，因地处华山之阳、汉水之南而得名为"华阳"，蜀地在梁州范围内，因而也称蜀地为华阳。王琦注："《华阳国志·蜀志》云：'地称天府，原曰华阳。'是称蜀地为华阳，其来旧矣。"此处指成都。新丰：据《西京杂记》记载，汉高祖刘邦在长安定都后，将父亲刘太公也接到了长安。刘邦尊刘太公为太上皇。但是刘太公居住在深宫整天闷闷不乐。汉高祖刘邦询问太上皇身边的侍从后得知，原来刘太公平生结交的都是市井平民，喜欢和大家一起饮酒聊天，观看斗鸡蹴鞠，现在到了皇宫这些东西都没有了，因此郁闷。刘邦就在长安附近，仿照祖籍丰邑，新建了一个城邑，取名"新丰"，新丰城内的房屋，树木，街巷等完全按照丰邑建造。刘邦还把原先丰邑的故人尽数迁移到新丰来与太上皇作伴。这时唐玄宗已被尊为太上皇，所以用此典故。

②上林：即上林苑，汉代宫殿名。在今西安市。

【译文】成都就像汉高祖所建的新丰，明媚的春树让人似曾相识，太上皇驻跸新都就如同回到了长安的旧宫。柳色青青可媲美于秦地的翠绿，花色灼灼也不逊于上林苑的嫣红。

其四

【题解】这首诗写唐玄宗入蜀避难，一路历经艰险，可是唐玄宗身为大唐天子，自然是天命所归，当然能平安到达蜀地。"六龙西幸万人欢"一句指明天下百姓虽经历战乱，但仍然人心归唐。后两句写天子如今来到蜀郡，天地也为此改变造化，把锦江变成渭水，把玉垒改为长安。

谁道君王行路难？六龙西幸万人欢①。地转锦江成渭水②，天回玉垒作长安③。

【注释】①六龙：马八尺称为"龙"。古代天子的车驾为六匹马，故天子的车驾称为"六龙"。

②锦江：位于四川省成都平原，发源于郫县，为岷江的支流，东流至华阳县，与郫江会合。四川人以此水洗锦则颜色鲜明，而用其它江水洗锦则颜色暗淡，故称为"锦江"。渭水：也称为渭河。发源于甘肃省渭

源县西的鸟鼠山,东南流经陕西省,至高陵县会泾水,又东流至朝邑县会洛水,注入黄河,是关中大河。

③玉垒:山名,在今成都灌县。

【译文】谁说君王的入蜀之路艰难坎坷?太上皇的车驾西巡蜀地引来万众欢呼。为了迎接太上皇的圣驾,大地将锦江变成了渭水,上天也将玉垒山围成了长安。

其五

【题解】这首诗写天下和一,万国同风。成都锦江的秀美景色如同长安的曲江池。而蜀王妃的石镜明亮,映照后宫嫔妃。蜀王妃是男子变化为女身,属于阴阳颠倒的异象,往往预示着国家动荡、社稷遭变,不知诗人是否也有此意。

万国同风共一时①,锦江何谢曲江池②?石镜更明天上月③,后宫亲得照蛾眉④。

【注释】①同风:民俗风气相同。

②曲江池:原在长安城东南隅,因水流曲折得名。秦始皇、汉武帝都曾在此修建宫苑。隋兴建京城时称为"芙蓉池"。唐玄宗时恢复"曲江池"名称。

③石镜:据《华阳国志·蜀志》记载,春秋时,武都有一男子变化为女子,极其美艳,大概是山精变化而成。蜀王把他纳为妃子。由于不服水土,妃子想要回到故乡,蜀王把他强留下来,作《东平之歌》来使

他高兴。不久之后，妃子去世。蜀王为了哀悼他，派人为妃立墓，方圆数亩，高七丈，上有石镜。

④蛾眉：美人细长而弯曲的眉毛，如蚕蛾的触鬓，故称为蛾眉。

【译文】天下合一万国风俗也相同，锦江秀色如何逊于曲江池？蜀王妃的石镜比天上浩月还要明亮，后宫中的嫔妃皆亲自前往映照容颜。

其六

【题解】这首诗仍然写成都的人文名胜和繁华富庶。锦江为岷江的分支，江水悠悠，流淌万里。成都富甲天下，可由此乘船顺江而下，直达江南的扬州。京师长安有气势恢宏的皇家园林上林苑，而成都也有隋朝时蜀王杨秀修建的散花楼。诗人将成都与长安相比，从侧面来说明成都的宫苑之美不次于长安，非常适合作为唐玄宗的驻跸之地。

濯锦清江万里流①，云帆龙舸下扬州②。北地虽夸上林苑③，南京还有散花楼④。

【注释】①清江：即锦江。王琦注："岷江过成都为锦江，至三峡为峡江，至汉口为汉江，至扬州为扬子江，东流入海。"

②云帆：高大的帆。龙舸：即龙舟。王琦注："龙舸，画龙于大舟之首及两旁者也。"

③上林苑：古宫苑名。秦旧苑，汉初荒废，至汉武帝时重新扩建。

故址在今西安市西。

④南京:指成都。散花楼:《一统志》:"散花楼,在成都府城东北隅。"杨齐贤注引《成都志》:"宣华苑城上有散花楼,隋蜀王秀所立。"

【译文】濯洗锦缎的江水流淌万里,龙舸升起云帆顺流直达扬州。北地长安虽有恢宏的上林苑夸耀于世,南京成都也有秀美的散花楼怡情悦目。

其七

【题解】诗人在这首诗中,描绘了成都外有大江环绕,内有七桥散布的格局。七桥上应北斗七星,以此来说明成都因为唐玄宗的驾临,而成为天下的中心,四海臣民汇集过来朝觐圣主,就像天上群星拱绕北辰一样。关于七星桥,另有一段传说,唐代李肇的《唐国史补》和李浚德的《松窗杂录》都曾记载,唐玄宗曾与僧人一行对话,一行曾说:"陛下行幸万里,圣祚无疆"。后唐玄宗至成都,见一大桥,问是何名? 答曰:"万里桥。"唐玄宗方悟一行所言,感叹说道:"一行之言,今果符之。吾无忧矣。"万里桥即属于七星桥之一。诗人甚至还将天下臣民朝见唐玄宗的盛况,比拟为峨眉山群仙位列仙庭,拜谒天帝的景象。由此可见,虽然此时唐玄宗已经退位,但在诗人心目中还是把他当做一代圣主,并予以高度评价。

锦水东流绕锦城①,星桥北挂象天星②。四海此中朝圣主,峨眉山上列仙庭③。

【注释】①锦城：古代成都的别称。从两汉至三国蜀汉期间，成都建有专门织造蜀锦的官营作坊"锦官城"，因而被称为"锦官城"或"锦城"。

②星桥：成都有七桥，传为秦时李冰所造。上应七星，故称。《华阳国志·蜀志》："郡治少城，西南两江有七桥：直西门郫江中曰冲治桥，西南石牛门曰市桥，城南曰江桥，南渡流曰万里桥，西上曰夷里桥，亦曰笮桥，从冲治桥西北折曰长升桥，郫江上西有永平桥。长老传言：李冰造七桥，上应七星。"《方舆胜览》引李膺《益州记》："七星桥者：一长星桥，今名万里；二员星桥，今名安乐；三玑星桥，今名建昌；四夷星桥，今名笮桥；五尾星桥，今名禅尼；六冲星桥，今名永平桥；七曲星桥，今名升仙"。

③仙庭：仙人住所，仙境。

【译文】滚滚东去的锦江水蜿蜒流过锦城成都。江上的七座桥梁恰好对应天上的北斗七星。四海臣民像江河一样汇集此地来朝见圣主，云雾缭绕的峨眉山上隐约有神秘缥缈的仙家洞府。

其八

【题解】古蜀国历史悠久，与中原文明迥然不同，著名的三星堆遗址就在古蜀国境内，在夏商周历代史料中很少有关于古蜀国的记载。直到春秋时，古蜀国还与中原隔绝，很少被外界了解。唐玄宗由金牛道而入蜀，来到了古蜀文化的中心成都。成都，作为古蜀国的都城，在诗人的眼中，就是古蜀文化传承和积淀的地方。而汉水作为中国南部的一条重要河流，也发源于蜀地，最后汇入长江,延绵不绝,直入东海。诗人通过这些描写,还是在强调成都有着悠久的历史,灿烂的文化以及重要的地理位置,完全可以作为天子的帝都。

秦开蜀道置金牛①,汉水元通星汉流②。天子一行遗圣迹,锦城长作帝王州。

【注释】①"秦开"句:《水经注·沔水》,秦惠王想要占领古蜀国,却苦于道路不通,就造了一尊大石牛,诡称能屙金,送给蜀王。蜀王贪图金牛,派人开凿道路,将金牛运回蜀国。随后秦国派张仪、司马错沿着道路进军,攻灭蜀国,这条路被称为石牛道,也被称为金牛道。

②"汉水"句:谓汉水源远流长,如同从天河而来。星汉:天河,银河。

【译文】秦惠王以金牛哄骗蜀王开凿通道,发源蜀地的汉水好像与天河相通。天子入蜀一路留下诸多圣迹,锦城成都从此永为帝王之都。

其九

【题解】蜀地是诗人的故乡,诗人对这里的秀美的山水,宜人的气候,丰富的人文历史自然无比自豪。尤其是唐玄宗避难蜀地,将这里作为南京,在诗人看来是一种幸事。因此在组诗中不断将成都和长安作比较,来说明成都作为南京,是实至名归的。此诗前两句写成都春光秀丽迷人,远胜关中。再写由于唐玄宗的驾临,把天下各地的春色也都引到成都来了,成都成为了天下春色集中之地,言语中充满了自豪。

水渌天青不起尘，风光和暖胜三秦①。万国烟花随玉辇②，西来添作锦江春。

【注释】①三秦：即今陕西关中一带，古时候属于秦国。《三辅黄图》："项籍灭秦，分其地为三：以章邯为雍王，都废丘；司马欣为塞王，都栎阳；董翳为翟王，都高奴。谓之三秦。"

②万国：天下。玉辇：天子所乘之车，以玉为饰。

【译文】蜀地水清天碧纤尘不起，风和日暖胜过三秦之地。天下如烟的繁花随伴天子玉辇，西来入蜀一路增添锦江春色。

其十

【题解】此诗是组诗的最后一首，描写唐玄宗结束了在蜀中的避难，起驾返回长安。此时虽然唐肃宗已经称帝，唐玄宗被尊为太上皇，但是诗人仍将唐玄宗视为与唐肃宗并立的君主，因此写下"双悬日月照乾坤"。严羽曾评价说："是十首皆于萧条奔寄中作壮丽语，是为得体。举秦、蜀形势，不忘故都，是为用意。"可以说是非常贴切的评语了。

剑阁重关蜀北门，上皇归马若云屯①。少帝长安开紫极②，双悬日月照乾坤③。

【注释】①云屯：形容人马众多，像浓云堆积在一起。

②少帝：指唐肃宗李亨。紫极：星名。这里借指帝王的宫殿。潘岳《西征赋》："厌紫极之闲敞。"李善注："紫极，星名，王者为宫以象之。"

③双悬日月：指唐玄宗和唐肃宗二帝并立。

【译文】险要的剑阁是蜀地北境的一座重要关隘，太上皇的车驾密如云集经过此处返回长安。少帝在长安大开宫门迎接太上皇的归来，二帝同朝犹如日月并耀光照乾坤。

峨眉山月歌

【题解】此诗大约作于开元十二年（724）秋天。诗人当时二十四岁，初次离开故乡出游，在游览成都、峨眉山后，又乘舟东下至渝州。全诗先写峨眉秋月：景色秀丽的峨眉山上，高挂半轮皎洁的秋月。再写平羌江水：波光粼粼的平羌江，倒映着金黄的月影，水动月也动，船行影随舟。接着又写诗人夜发清溪，舟行三峡，乘兴下渝州，并在结尾表达了自己的思乡思亲之情。全诗格调明快，语言清新，诗中连用五地名，却毫无堆砌之感，浑然天成，实属难得。王世贞《艺苑卮言》点评："此是太白佳境，然二十八字中，有峨嵋山、平羌江、清溪、三峡、渝州，使后人为之，不胜痕迹矣。益见此老炉锤之妙。"赵翼《瓯北诗话》点评："李太白'峨眉山月半轮秋……'，四句中用五地名，毫不见堆垛之迹，此则浩气喷薄，如神龙行空，不可捉摸，非后人所能模仿也。"

峨眉山月半轮秋^①，影入平羌江水流^②。夜发清溪向三峡^③，思君不见下渝州^④。

【注释】①半轮秋：指秋夜的弯月看起来像半个车轮。

②平羌江：即今青衣江，发源于四川芦山县，至乐山县汇入岷江。《一统志》："平羌江，在雅州城北，旧传羌夷入寇，诸葛亮于此平之，故名。"

③三峡：这里指平羌小三峡，即乐山附近的犁头峡，背峨峡，平羌峡，清溪在黎头峡上游，而非长江三峡。

④渝州：即今重庆。王琦注："周时为巴子国，秦、汉为巴郡之地，至唐为渝州，以渝水得名。"

【译文】峨眉山上高挂着半轮清冷的秋月，月影倒映在平羌江上随水而流。我在夜间乘船顺清溪而下直奔三峡，无法与你当面道别而怅然去往渝州。

峨眉山月歌送蜀僧晏入中京

【题解】蜀僧晏，蜀地僧人名晏，生平事迹不详。中京，指长安。唐肃宗至德二载（757）改长安为中京。此诗大约作于乾元二年（759）左右。唐肃宗至德二载（757），长安改为中京。乾元二年三月，唐肃宗因天旱大赦，李白在发配夜郎途中得赦，在返家路过江夏时，恰遇故友峨眉僧人前往长安，使李白回忆起峨眉的山水风光，再加上遇赦返家，心情大好，就欣然提笔写下了这首《峨眉山月歌送蜀僧晏入中京》。李白年少之时，曾在蜀地四处游历，先后两次登上峨眉山。峨眉山的秀丽风光和丰富的人文景观，给诗人留下了深刻的印象，即使在外漂泊多年依旧念念不忘，萦绕心头。全诗的第一段写诗人回想起了自己游历峨眉山时的情景，借回忆峨眉山月，抒发自己的思乡之情。第二段诗人着重描写在异地他乡遇到故友的欣喜，明月当空下，故人相见，促膝长谈，只可惜一朝相逢，随即就要离别，诗人无法远送，只能请明月代为送行。第三段诗人祝愿峨眉僧一路有明月相伴，定能顺利达到长安，进而在京师开坛讲道，弘扬佛法。最后一段诗人感慨自己与故人的不同际遇，一个落魄江湖，一个将要名动京师，不管人生如何起伏，诗人希望有朝一日，自己与故人还有机会能一起欣赏峨眉山月。全诗紧紧围绕峨眉山月展开描写，山是峨眉山，月是峨眉月，客是峨眉客，句句不离峨眉，念念不忘明月。诗人对峨眉山月反复吟咏，却新意迭出，不见拖沓，这也体现了诗人高超的写作手法。

　　我在巴东三峡时①，西看明月忆峨眉。月出峨眉照沧海②，与人万里长相随。

　　黄鹤楼前月华白③，此中忽见峨眉客④。峨眉山月还送君，风吹西到长安陌。

　　长安大道横九天，峨眉山月照秦川⑤。黄金师子承高座⑥，白玉麈尾谈重玄⑦。

　　我似浮云滞吴越，君逢圣主游丹阙⑧。一振高名满帝都，归时还弄峨眉月。

　　【注释】①巴东：这里指巴东郡。《通典》："唐武德二年，分夔州秭归、巴东二县置归州，后为巴东郡。"

　　②沧海：大海。以其一望无际，水深呈青苍色，故名。

　　③黄鹤楼：始建于三国吴黄武二年（223），位于湖北省武汉市蛇山山顶。相传费祎登仙，尝驾黄鹤憩于此，故称为黄鹤楼。

　　④峨眉客：指蜀僧晏。

　　⑤秦川：泛指今陕西、甘肃的秦岭以北平原地带。因春秋、战国时地属秦国而得名。胡三省《通鉴注》："自大散关以北达于岐、雍，夹渭川南北岸，沃野千里，谓之秦川。"

　　⑥"黄金"句：师子：即狮子。狮子座泛指高僧说法的座席。《大智度论》："佛为人中师子，佛所坐处，若床、若地，皆名师子座。"

　　⑦"白玉"句：麈尾：麈，是一种类似鹿的动物。古人闲谈时，喜欢手执麈尾所制的拂尘。重玄：指很深的哲理。源自《老子》："玄之又玄，众妙之门。"

　　⑧丹阙：赤色的宫阙。

　　【译文】当初我游览巴东三峡的时候，曾经西望明月回想起自己游览峨眉山时的情景。明月从峨眉山巅升起照亮了茫茫沧海，即使远行万里也与人一路相随。

　　此刻黄鹤楼前笼罩着雪白的月光，在这里我忽然遇到了您这位峨眉来的僧客。现在峨眉山的明月也赶来送别您，将随风一路相伴与您一起西入长安。

通往长安的大道横亘远方仿佛直通九天，峨眉山的明月也将随您西行普照八百里秦川。您在京师登上黄金狮子座开坛讲法，手执白玉麈尾侃侃而谈阐明重玄之理。

我像浮云一样四处飘荡暂留在吴越，您却能面见圣主畅游丹阙中。您必定能够名声大振享誉帝都，荣归故地时再慢慢欣赏峨眉明月。

赤壁歌送别

【题解】这首诗大约是开元二十二年（734）诗人游江夏时所作。这首诗乍看是一首送别诗，细品却是一首咏古诗。当年赤壁之战，惊心动魄，群英汇聚，风云际会，因此赤壁也成为后世文人怀古吊今的地方。全诗的前四句描写赤壁之战。双雄曹操与孙权在这里发生龙争虎斗，准备决一雌雄。双方在辽阔的大江上奋勇厮杀，结果曹操"舳舻千里，旌旗蔽空"的水师舰船，被周瑜火攻烧毁，大败而回。此一战影响深远，奠定了三国鼎立的局面。后四句写诗人送别友人时，仍不忘叮嘱友人路过赤壁时，一定要前去凭吊一下当年的古战场，寻找留下来的遗迹，把看到的情况在信中一一告诉自己，以充实自己的雄心壮志。全诗把咏史和送别两事交织在一起，以咏史为主，突出反映了诗人有志于济世救民，建功立业的思想。

二龙争战决雌雄^①，赤壁楼船扫地空^②。烈火张天照云海，周瑜于此破曹公。君去沧江望澄碧，鲸鲵唐突留余迹^③。一一书来报故人，我欲因之壮心魄。

【注释】①二龙：指曹操与孙权。

②"赤壁"句：指三国时期曹操与孙权刘备联军在赤壁鏖战的事情。

③鲸鲵：凶猛吞食小鱼的鲸和鲵。比喻凶暴不义之人。

【译文】曹操与孙权双雄在此争战以决胜负，曹军在赤壁的楼船被东吴一扫而空。熊熊烈火映红了天际照亮了云海，周瑜在此地用火攻出其不意大破曹军。您就要沿长江而下会看到碧水青天的美景，您一定要留意那场大战留下的惨烈遗迹。请您把看到的情况一一写信告诉我，我对那段历史神往不已想借此来增添豪气。

江夏行

【题解】江夏行，是李白所制的乐府新辞。《乐府诗集》收录于《新乐府辞》中。江夏，唐时有江夏郡，属江南西道，治所在江夏县，即今湖北武昌。此诗大概是在开元十六年（728），诗人游江夏时所作。这是一首以商人妻子口吻所写的忧伤感怀诗。闺中忧怨，也是诗歌中常见的一种题材。大多描写闺中女子思念之苦，表达哀怨凄切之情。此诗首段描写女子自幼就思慕能嫁给一个理想夫婿，彼此厮守一起，不必忍受相思之苦。怎奈事与愿违，偏偏嫁给了商人为妻，自从成婚，夫婿就没在家里待过，实在是造化弄人。第二段女子回忆当初送别时的情景，还历历在目，望着孤帆远去，自己的心也随着江水一同离去。本来说好一年就回，哪知三年过去音讯全无。女子心中充满哀怨，肝肠寸断，埋怨夫婿薄情寡义。第三段写左邻右舍的乡人与女子夫婿一同出发，经月而回，女子的夫婿却不知为何至今不还。女子来到江边，想向西江来的船只打听消息，看到了江边买酒的妙龄少妇与夫君一起当垆卖酒。女子心生羡慕，发出感叹，同样身为人妻，别人卿卿我我，自己孤孤单单，当年不如嫁给普通人，还能夫妻长相聚，不用把大好年华付诸流水。全诗五言、七言交叠而用，行文自然灵活，描写细腻，充分表现了商人妇对远行经商，年久不归的夫婿的幽怨之情。

忆昔娇小姿，春心亦自持①。为言嫁夫婿，得免长相思。谁知嫁商贾②，令人却愁苦。自从为夫妻，何曾在乡土？

去年下扬州，相送黄鹤楼。眼看帆去远，心逐江水流。只言期一载③，谁谓历三秋。使妾肠欲断，恨君情悠悠。

东家西舍同时发，北去南来不逾月。未知行李游何方④？作个音书能断绝。适来往南浦⑤，欲问西江船⑥。正见当垆女⑦，红妆二八年。

一种为人妻⑧，独自多悲悽⑨。对镜便垂泪，逢人只欲啼。不如轻薄儿⑩，旦暮长追随。悔作商人妇，青春长别离。如今正好同欢乐，君去容华谁得知⑪？

【注释】①春心：思恋之心，爱慕之心。自持：自我把持。

②商贾：商人。

③期一载：为期一年。

④行李：行人，这里指夫婿。

⑤南浦：地名，在今武汉。《太平寰宇记》："南浦，在鄂州江夏县南三里。其源出京首山，西入大江，秋冬涸竭，春夏泛涨，商旅往来皆于浦停泊。以其在郭之南，故曰南浦。"

⑥西江：唐人多称长江中下游为西江。

⑦当垆女：卖酒女。垆：旧时酒店里安放酒瓮的土台子，亦指酒店。

⑧一种：同样。

⑨恓（qī）：古同"凄"。

⑩轻薄儿：指地位卑微之人。

⑪容华：容貌。

【译文】想起未嫁时我是一个娇小女子，虽心怀春情但也能自我把持。总想早日嫁个体贴夫婿，就可以免除相思之苦。如今嫁为商人妻，夫婿何曾在家中？

去年夫婿去扬州，我送他在黄鹤楼。眼看着船帆渐渐行远，我的心也随江水而去。本来说好一年之后就会回来，哪知过了三年他也没有返回。我心中悲痛难抑肝肠欲断，对夫君哀怨不已恨意悠悠。

与他一起出发的东西邻居，北去南来返家不超一个月。不知我的夫婿如今何处？想写封家书也音讯断绝。刚才我来到南浦码头，向西江商船打听消息。正好看到少妇当垆卖酒，一身红妆正值二八芳龄。

同样身为人妻，我却孑然凄苦。此刻对镜就会垂泪，逢人言语就想啜泣。当初不如嫁给卑微人，也能与他朝夕相伴。现在后悔嫁作商人妇，大好青春却要长别离。如今正好是夫妻同欢的大好时光，可是夫婿远去我的美颜有谁能知道？

怀仙歌

【题解】此诗年代不详。从诗中表现的意境来看，诗人对于世事已经看破，不再醉心于功名事业，一心向往超脱尘俗的生活，游仙意味很浓，因此大概为诗人的晚年作品。全诗的寓意比较模糊，很难断定诗中仙鹤、仙人等所指。萧士赟对这首诗注云："此诗太白眷顾宗国，系心君王，冀复进用之作也。一鹤自喻，仙比人君，玉树比爵位。时肃宗即位于灵武，明皇就逊位，时物议有非之者。太白豪侠旷达之士，亦曰法尧禅舜自古有之，何足惊怪。为是嚣嚣者不知古今，直可轻也。"但也有人认为萧士赟的解释比较牵强。

一鹤东飞过沧海①，放心散漫知何在②？仙人浩歌望我来③，应攀玉树长相待④。尧舜之事不足惊⑤，自余嚣嚣真可轻。巨鳌莫载三山去⑥，吾欲蓬莱顶上行。

【注释】①一鹤：诗人自比。也有说引用丁令威成仙典故。晋陶潜《搜神后记》记载，传说丁令威是汉辽东人，学道于灵虚山，后成仙化鹤归来，落城门华表柱上。时有少年，举弓欲射之，鹤乃飞，徘徊空中而言曰："有鸟有鸟丁令威，去家千年今始归。城郭如故人民非，何不学仙冢累累。"沧海：指沧海岛。《海内十洲记》记载："沧海岛，在北海中，地方三千里，去岸二十一万里，海四面绕岛，各广五千里。水皆苍色，仙人谓之沧海也。"

②放心散漫：放开心怀，自由闲散。

③浩歌：放声高歌，大声歌唱。

④玉树：神话传说中的仙树。

⑤"尧舜"句：李白认为尧舜都是被迫让位，所以不值得赞颂。李白曾作《远别离》云："尧舜当之亦禅禹，君失臣兮龙为鱼，权归臣兮鼠变虎。或云尧幽囚，舜野死。"

⑥"巨鳌"句：《列子·汤问》记载，相传在上古时期，渤海外有大壑，名曰归墟。归墟上漂浮着五座仙山，分别是岱舆、员峤、方壶、瀛洲、蓬莱。而五座仙山没有根基，在海上随波飘荡，不能驻留。仙人们就求助于天帝，天帝担心五座仙山漂到西方极远之处，就让十五只巨鳌驮负仙山，这样五座仙山就能够在海中凝立不动。但是龙伯国的巨人，一连钓走了六只大鳌，这样致使"岱舆""员峤"两座仙山漂到北极，沉于大海，只剩下了方壶、瀛洲、蓬莱三座仙山。

【译文】一只白鹤向东飞过沧海岛，它了无牵绊将要飞往何处？仙人们高声吟唱盼望我的到来，他们飞临玉树之巅翘首以待。尧舜等圣人的事迹也不值得惊奇，自他们以后的喧嚣俗事就更是无足轻重。巨鳌不要把三座仙山都带走！我正想去蓬莱山顶走一遭。

玉真仙人词

【题解】这首诗大约是开元年间，李白在长安游历时见到玉真公主所作。全诗盛赞玉真公主修道神迹。玉真，指玉真公主，字玄玄，是唐高宗李治的孙女，唐睿宗李旦之女，唐玄宗李隆基同母妹。初封昌兴县主，后进封昌兴公主。景云二年（711），改封玉真公主。玉真公主虽贵为公主，但她刚刚出生就失去了母亲。她的生母窦德妃被武则天的宠婢韦团儿恶意诬陷，武后听信韦团儿的谗言，将窦德妃处死。因此玉真公主自幼就体会到宫廷生活的凶险，也厌倦了权利斗争，再加上唐朝时道教十分盛行，玉真公主就与其姐金仙公主入道修行。玉真公主于太极元年（712）出家为道士，拜方士史崇玄为师，尊号"上清玄都大洞三景法师"，唐睿宗和唐玄宗为她们在长安、洛阳以及王屋山、终南山都修建了道观，别馆。玉真公主与唐玄宗是同母兄妹，彼此感情深厚，玉真公主对唐玄宗有较大的影响力，当时很多文人例如王维、李白、张说、高适、储光羲等人都曾拜谒过玉真公主，希望得到玉真公主的举荐。李白离开家乡，一心想跻身朝堂，建功立业，一展抱负，因此也希望能得到达官贵人的推荐。经过好友元丹丘介绍，李白结识了玉真公主，最终经过玉真公主的推荐，在天宝元年（742），唐玄宗征召李白入长安，供奉翰林。这首五言古诗运用夸张的手法，极力夸赞了玉真公主修道时的种种盛景，往来于太华山，精修道家"鸣天鼓"，"腾双龙"的道术，可以双手弄电，来去无踪，闪展腾挪于天地之间，最后诗人希望有朝一日到少室山的时候,能够见到玉真公主。

玉真之仙人①,时往太华峰②。清晨鸣天鼓③,飙欻腾双龙④。弄电不辍手⑤,行云本无踪。几时入少室⑥,王母应相逢⑦。

【注释】①玉真之仙人:指玉真公主。

②太华峰:即西岳华山。

③鸣天鼓:道教养身所用的一种扣齿法。《云笈七签》引《九真高上宝书神明经》曰:"扣齿之法,左相扣名曰打天钟,右相扣名曰槌天磬,中央上下相扣名曰鸣天鼓。若卒遇凶恶不祥,当打天钟三十六遍;若经凶恶辟邪威神大咒,当槌天磬三十六遍;若存思念道致真招灵,当鸣天鼓,以正中四齿相扣,闭口缓颊,使声虚而深响也。"

④飙欻:迅疾貌。

⑤"弄电"句:用东方朔典故。《汉武帝内传》:"(东方朔)昔为太上使,太上令到方丈山助三天司命收录仙家。朔到方丈,但务山水游戏,了不共营和气,擅弄雷电,激波扬风,风雨失时,阴阳错迕。"

⑥少室:即少室山,在今河南登封市西北。

⑦王母:即西王母,中国古代神话中的女神,住在昆仑山的瑶池。《太平广记》记载:"西王母者,九灵太妙龟山金母也,位配西方,母养群品,天上天下三界十方女子之登仙者、得道者,咸所隶焉。"

【译文】玉真公主是修道仙人,时常前往太华峰清修。清晨起来鸣响天鼓,随后双龙倏忽腾起。双手可以发出电光,行踪如云飘忽不定。我何时有缘能去少室山一游?在那里应该可以遇到玉真公主这位西王母一样的仙人。

清溪行

【题解】这首诗大约于天宝十四载（754）秋，诗人游秋浦时所作。清溪，在今安徽池州市。清溪两岸风光旖旎，景色迷人，使诗人流连不已。全诗首两句描写了清溪的清澈明净，诗人运用了一个很形象的比喻"清溪清我心"。说明清溪不仅能够洗涤尘垢，还能够净化心灵，的确是与众不同。三四句诗人以新安江来同清溪比较。水色清澈的新安江固然让人赞叹，但是与清溪一比，诗人觉得还是少了那种透澈和清灵。接着诗人以明快的笔调，将清溪的山水比喻为明镜和屏风，水平如镜，山如画屏，人行其中，仿佛置身画中，景色醉人。渐渐临近黄昏，远山传来阵阵猩猩的哀鸣，使诗人格外感受到身为游子的寂寞和悲凉。全诗情景交融，描画入神，是不可多得的一首好诗。

清溪清我心，水色异诸水①。借问新安江②，见底何如此？人行明镜中，鸟度屏风里。向晚猩猩啼③，空悲远游子。

【注释】①水色：水面呈现的色泽。

②新安江：河名。古称渐水、浙江、制河、湖江，又称徽港、歙港。钱塘江上游支流。源出安徽省休宁县，在歙县浦口入浙江省，东流经淳安县，至建德市称桐江，后汇入钱塘江。

③向晚：临近夜晚。猩猩：左思《蜀都赋》："猩猩夜啼。"李善注：

"猩猩生交趾封溪,似猿,人面,能言语,夜闻其声如小儿啼。"

【译文】澄澈的清溪让我的心境也变得清澈,明净透亮的水色明显不同于其它江水。借问吴越之地的新安江,能够像清溪这样见底吗? 游人仿佛穿行在明镜上,鸟儿好像飞翔在屏风中。日暮传来猩猩婴孩般的啼鸣,更加让远行的游子增添伤悲。

酬殷佐明见赠五云裘歌　谢朓宅在当涂青山下

【题解】殷佐明,李白友人。曾任仓部郎中。五云裘,色彩绚丽的裘衣。此诗为上元二年(761)诗人在当涂所作。当时友人殷佐明以五云裘相赠,诗人为答谢友人而写下此诗。全诗第一段写当年谢朓曾在当涂青山下建宅而居,留下"朔风吹飞雨,萧条江上来"的诗句,现在谢朓虽已逝去,但还有殷佐明来继承谢朓的风范。诗人将殷佐明比作谢朓,也体现了诗人对友人才华的推崇。第二段诗人着重描写了五云裘的绚丽多彩。五云裘就如晴空中的彩虹一样五彩斑斓,华丽无比,诗人认为五云裘的精美世所罕有,只能是天上仙女织就,简直是巧夺天工的神物。第三段诗人高度评价五云裘的图案不但精美,而且意境深远,颇有谢灵运名句"昏旦变气候,山水含清辉。林壑敛暝色,云霞收夕霏。"的诗意。最后一段诗人想象如果仙人们看到这件五云裘也会赞叹不已,千崖万岭都站满了前来观赏的仙人。诗人此时跨上白鹿,手持紫芝,身披五云裘,飘然跃升虚空而去。就算是司马相如的鹔鹴羽衣和王恭的鹤羽大毫也无法和五云裘相比。诗人身着五云裘直飞天宫朝拜三十六位天帝，却徒然发现自己的友人还在地面，已经遥不可及，诗人只能感叹嘘唏，悲伤不已。

我吟谢朓诗上语①，朔风飒飒吹飞雨②。谢朓已没青山空③，后来继之有殷公。

粉图珍裘五云色④，晔如晴天散彩虹⑤。文章彪炳光陆离⑥，应是素娥玉女之所为⑦。轻如松花落金粉⑧，浓似苔锦含碧滋⑨。远山积翠横海岛⑩，残霞飞丹映江草。凝毫采掇花露容，几年功成夺天造。

故人赠我我不违⑪，著令山水含清晖。顿惊谢康乐，诗兴生我衣。襟前林壑敛暝色，袖上烟霞收夕霏⑫。

群仙长叹惊此物，千崖万岭相萦郁⑬。身骑白鹿行飘飖，手翳紫芝笑披拂⑭。相如不足夸鹔鹴⑮，王恭鹤氅安可方⑯？瑶台雪花数千点，片片吹落春风香。为君持此凌苍苍，上朝三十六玉皇⑰。下窥夫子不可及，矫手相思空断肠⑱。

【注释】①谢朓：字玄晖，南朝陈郡阳夏人，少好学，文章清丽。善长五言诗，为永明体代表，世称"小谢"。谢朓曾任宣城太守，在当涂青山下建宅而居。

②"朔风"句：化用谢朓《观朝雨诗》："朔风吹飞雨，萧条江上来。"

③青山：山名，在今安徽当涂县东南。谢朓曾在青山下建宅而居。王琦引《江南通志》曰："青山，在太平府城东南三十里，齐宣城太守谢

眺尝筑室山南,又名谢公山,有谢公井、白云泉。"

④粉图珍裘:指裘衣上绘有各种图案。

⑤晔:光明灿烂,闪光的样子。

⑥文章:斑斓美丽的花纹。彪炳:照耀。陆离:形容色彩绚丽繁杂。

⑦素娥:嫦娥的别称。亦用作月的代称。玉女:仙女。

⑧金粉:指松花的黄色花粉。

⑨碧滋:形容草木翠绿而润泽。江淹《杂体诗·张司空华离情》:"闺草含碧滋。"张铣注:"碧滋,谓草色翠而滋繁。"

⑩积翠:翠色重叠。形容草木繁茂。颜延年《应诏观北湖田收》:"积翠亦葱芊。"张铣注:"松柏重布,故云积翠。"

⑪违:拒绝。

⑫"著令"五句:化用谢灵运《石壁精舍还湖中诗》:"昏旦变气候,山水含清辉。林壑敛暝色,云霞收夕霏。"谢康乐:指谢灵运。霏:李善注:"霏,云飞貌。"

⑬萦郁:萦回郁结。

⑭紫芝:也称木芝。形似灵芝。古人以为瑞草。道教以为仙草。

⑮鹔鹴:鹔鹴羽毛制成的皮裘。张华《禽经注》:"鹔鹴,鸟名,其羽可为裘以辟寒。"

⑯王恭:东晋重臣。鹤氅:鹤羽制成的大氅。《世说新语·企羡》:"孟昶未达时,家在京口,尝见王恭乘高舆,披鹤氅裘。于时微雪,昶于篱间窥之,叹曰:'此真神仙中人。'"

⑰三十六玉皇:萧士赟曰:"三十六玉皇,即道家所谓三十六天帝也"。

⑱娇手：举手。

【译文】我吟咏谢朓诗中的语句，尤其是"朔风吹飞雨"的诗句。可惜谢朓已逝青山也变得空荡，幸好有殷公来继承谢朓的风范。

这件珍贵的裘衣上绣着五色云图，光彩夺目如同雨后天空中的绚丽彩虹。裘衣上的图案华美色彩斑斓，应该是嫦娥和玉女精心织就。轻若松花上振落的金粉，翠如浓绿润泽的青苔。画上的海岛远山积翠，红色的晚霞映照江草。彩笔描绘的花上露珠无比逼真，花费数年才完成这件巧夺天工的作品。

殷公把裘衣赠我我也没有推辞，穿上它使山水也增添了几分清辉。忽然发现谢灵运的诗句，竟在裘衣上体现出来。衣襟前面正是"林壑敛暝色"，而衣袖上绣着"云霞收夕霏"。

神仙们看到这件裘衣也会为之赞叹，千山万岭盘旋萦绕在衣服上面。我骑上白鹿飘然出行，手握着紫芝笑披云裘。司马相如的鹔鹴羽衣不值夸耀，王恭的鹤羽大氅也无法比拟。五云裘上的白纹，犹如瑶池飘落的千点雪花，片片都带着春风的香气。我将为君穿上此衣遨游天宇，上天朝见三十六位天帝。下窥夫子实在遥不可及，只能挥手致意，让我因相思而愁断肠。

临路歌

【题解】这首诗是诗人的临终之作，应作于宝应元年（762）。按照唐代文学家李华为李白所写的墓志铭《故翰林学士李君墓志并序》中所述"年六十有二不偶，赋《临终歌》而卒"，因此"临路歌"应为"临终歌"。诗人半生漂泊，历经人生的大起大落，尤其经历了安史之乱和永王之变后，诗人平生的志向"安社稷，济苍生"已无法实现，而且人到老年，体弱多病，自感大限将至，因此以一种临终绝笔的心情写下这首《临路歌》。诗人一直以大鹏自喻，怀有"扶摇直上九万里"的豪情壮志，认为自己终究会"直挂云帆济沧海"，可惜造化弄人，辗转半生，壮志难酬，就好像大鹏折翅，跌落长空，但是仍然希望自己留下的余风能激荡万世，以慰藉自己的平生愿望。"游扶桑兮挂左袂"也是点明自己不能施展抱负的原因。弥留之际诗人感叹自己生不逢时，世上再无孔子，不会有人为大鹏陨落而哭泣，言语中流露出无尽的孤寂和悲凉。全诗语调哀婉，感情深沉，可以看做是诗人对自己一生的概括和总结，"古来圣贤皆寂寞"，一代诗仙带着怀才不遇的孤独，就这样悄然而走。

大鹏飞兮振八裔①，中天摧兮力不济②。余风激兮万世③，游扶桑兮挂左袂④。后人得之传此，仲尼亡乎谁为出涕⑤？

【注释】①大鹏：诗人一直以大鹏自喻，曾写下《大鹏遇希有鸟赋》来抒发自己的志向，因此诗人在临终之时再次借大鹏来言明自己的心迹。八裔：指八方。裔：边疆地带。

②中天：半空中。摧：挫败，挫折。

③余风：指大鹏掀起的风暴。

④扶桑：神话中的树木名，生长在太阳出来的地方。挂左袂：这里引用了严忌《哀时命》中的诗句："衣摄叶以储与兮，左袂挂于扶桑。"

意思是衣服不够舒展啊，左边衣袖挂在扶桑树上，这里诗人借此诗句来表明自己被牵绊而不得施展抱负。

⑤ "仲尼"句：据《春秋》记载鲁哀公十四年（前481），鲁国西狩猎获一只麒麟，孔子认为麒麟是仁兽，世有王者，才会出现，而现在出非其时，因而为之哭泣。诗人引用这一典故，用来比喻自己生不逢时，无人能了解自己，世上再无孔子，也就无人能像孔子哭麟那样为自己哭泣。

【译文】大鹏高飞啊振翅八方，半空坠落啊力量不济。余风激扬啊持续万世，东游扶桑啊挂牵左袖。后人得此消息而相传，可惜仲尼已亡，还能有谁为我哭泣。

历阳壮士勤将军名思齐歌　并序

【题解】此诗年代不详。诗人游历阳时路经鸡笼山，听说并拜谒了勤将军故宅而写下此诗。历阳，唐时有历阳郡，即和州，隶淮南道，即今安徽和县。勤思齐，武则天时期的名将，但是不见诸史书，《全唐文》收录有张说写的一篇《举陈光乘等表》，里面提到了"夔州归州镇将勤思齐"，由此可知勤思齐确有其人，而且曾任夔州、归州镇将。此诗盛赞了勤将军的武艺超群，勇猛过人，表达了诗人对忠勇之士的倾慕之情。序言中诗人概略介绍了勤将军的生平事迹。勤将军自幼习武，神勇过人，尤其力大无穷，闻名地方。后被武则天召见，勤将军以出众的表现，赢得了武后的赞赏，被封为游击将军,轰动朝野,人皆仰慕。后拜为横南将军,与燕公张说、馆陶公郭元振等人结为"十友",燕公张说、馆陶公郭元振都曾做过宰相,能与他们结交,也说明勤将军确是人中翘楚。全诗前六句都在述说历阳的历史变迁和山川灵秀,最后指出正是因为历阳是一块藏龙卧虎的宝地,所以集天地之灵秀,才诞生了勤将军这样的英雄人物。

历阳壮士勤将军①,神力出于百夫②。则天太后召见,奇之,授游击将军③,赐锦袍玉带,朝野荣之。后拜横南将军。大臣慕义④,结十友,即燕公张说⑤、馆陶公郭元振为首⑥。余壮之,遂作诗。

太古历阳郡⑦,化为洪川在⑧。江山犹郁盘⑨,龙虎秘光彩。蓄泄数千载,风云何霍霩⑩!特生勤将军,神力百夫倍。

【注释】①勤将军:指勤思齐,武则天时期的名将。生于历阳(今安徽和县)鸡笼山麓。自幼随山僧习武学文,气力过人,名闻乡里。天授元年(690),武则天开武举,通令全国各地官员荐举人才应试。勤思齐经举荐进京参加武举殿试,获得武则天赞赏,被封为游击将军,后被封为横南将军,晚年隐居鸡笼山。

②"神力"句:意谓勤思齐力量超过百人。

③游击将军:《通典》记载:"游击将军,为五品以上武散官。"

④慕义:倾慕仁义。

⑤张说:字道济,洛阳(今河南洛阳)人氏。武后朝时应贤良方正

科考试,策论为天下第一,历任太子校书郎、左补阙、右史、内供奉、凤阁舍人,唐朝开元年间宰相,封燕国公,是开元时期一代文宗。卒于开元十八年(730),时年六十四岁,获赠太师,谥号文贞。李白在开元年间曾拜访过张说、张垍父子。

⑥郭元振:本名郭震,字元振,魏州贵乡(今河北大名一带)人,唐朝时期宰相兼名将。郭元振进士出身,历任右武卫铠曹参军、奉宸监丞、主客郎中、凉州都督、陇右诸军大使,唐睿宗时封馆陶县开国男,后封代国公。唐开元元年(713)病故,时年五十八岁,追赠太子少保。

⑦太古:远古,上古。

⑧洪川:《淮南子·俶真训》中提到:"夫历阳之都,一夕反而为湖",《搜神记》也记载:"历阳之郡,一夕沦入地中而为水泽,今麻湖是也。"《述异记》记载,以前历阳一带有一位老妇人,有一次遇到了一位书生,她殷切地款待了书生,书生临别时告诉她,如果县衙门口的石龟眼睛变红,此地就要沦陷为湖泊了,你要赶快逃走。老妇人就经常前去县衙门口查看,被门吏询问原因,老妇人就以实相告,门吏想戏弄老妇人,将石龟眼睛染红,老妇人看到后立刻逃到北山上,在山上一看,县城已经被大水淹没了。

⑨郁盘:曲折幽深貌。

⑩霮(dàn)霴(duì):浓云密集的样子。

【译文】历阳郡有一位壮士,他就是勤思齐将军,他的力气超群,能以一敌百。则天太后召见了他,认为他十分出众,就拜他为游击将军,还赐给他锦袍玉带,朝野众人都以他为荣。后来勤将军被封为横南将军。大臣们仰慕他的高义,有十人和他结为好友,以燕国公张说,馆陶公郭元振为首。我听说勤将军的豪迈事迹后,很受鼓舞,因而写下此诗。

历阳郡在太古时期，曾经一夕之间变为湖泊。这里的山水依旧曲折幽深，不愧是一处藏龙卧虎之地。这里的山川蓄泄了数千年，经历了多少的风云变幻，才孕育出了勤将军这样的英雄人物，天赐神勇，以一当百！

草书歌行

【题解】这首诗年代不详。全诗描写了怀素酣畅淋漓，纵横恣意书写草书时的情景，令人读后犹如身临其境。全诗的开头两句就直接点明怀素的草书独步天下。三四句写怀素经历了和前辈一样的苦练过程，洗墨池，葬笔冢，才获得现在的成就，实属来之不易。接着又描写怀素趁醉挥毫的场景。怀素酒醉之后，乘兴持笔，笔走龙蛇，片刻间就写完千张纸。怀素运笔如疾风骤雨，挥洒如雪花飘飘，字成鬼神惊叹，笔走龙蛇飞舞，笔画如闪电纵横，腾挪如两军交战，诗人对怀素写字观感的描写令人叹为观止。诗人对怀素的草书成就给与了高度评价，这一点也从诗中体现出来。"湖南七郡凡几家，家家屏障书题遍"二句是说怀素的手迹被众多名门大家所收藏，诗人甚至评价怀素的草书成就已经超过了王羲之，张芝和张旭等人，诗人认为怀素的草书最为难得的一点就是他的书法浑然天成，并不一味效法古人。全诗文字排比铺陈，想象丰富，体现了诗人一贯的豪迈夸张风格。

此诗历来有很大争议，历代很多文人都认为是伪作。宋代文豪苏轼认为这首诗是唐末、五代时期的作品，而且认为"笺麻绢素排数厢"一句村气可掬，绝非李白手笔。《墨池编》云："此诗本藏真自作，驾名太白者。"清王琦认为李白不会为了一个少年僧人而故意贬低王羲之、张芝等人来推崇他，这样做有失事实。而张旭与李白同为酒中八仙，彼此是好友，李白称张旭"胸藏风云世莫知"，现在忽然贬低他为"老死不足数"，王琦认为李白绝不会这样评价朋友，因而断定此诗为伪作。而宋刘克庄在《后村诗话》中认为此诗："自有草书以来，未有能形容此妙者。"现代文学家郭沫若在《李白与杜甫》中也认为这首诗是李白所做，据郭沫若考证李白的《草书歌行》"当作于长流夜郎，遇赦放回，于乾元二年 (759) 秋游零陵时所作。"

少年上人号怀素①，草书天下称独步②。墨池飞出北溟鱼③，笔锋杀尽中山兔④。八月九月天气凉，酒徒辞客满高堂。笺麻素绢排数箱⑤，宣州石砚墨色光⑥。吾师醉后倚绳床⑦，须臾扫尽数千张。飘风骤雨惊飒飒，落花飞雪何茫茫！起来向壁不停手，一行数字大如斗。恍恍如闻神鬼惊，时时只见龙蛇走。左盘右蹙如惊电，状同楚汉相攻战。湖南七郡凡几家⑧，家家屏障书题遍。王逸少⑨，张伯英⑩，古来几许浪得名。张颠老死不足数⑪，我师此义不师古。古来万事贵天生，何必要公孙大娘浑脱舞⑫。

【注释】①上人：旧时尊称僧人。怀素：唐代僧人，以草书出名，与张旭并称"张颠素狂"。李白作此诗时怀素还年少，故称他为"少年上人"。《宣和书谱》记载："释怀素,字藏真,俗姓钱,长沙人,徙家京兆。初励律法,晚精意于翰墨,追仿不辍,秃笔成冢。一夕,观夏云随风,顿悟笔意,自谓得草书三昧。斯亦见其用志不分,乃凝于神也。当时名流如李白、戴叔伦、窦众、钱起之徒,举皆有诗美之,状其势以为若惊蛇走虺,骤雨狂风,人不以为过论。又评者谓张长史为颠,怀素为狂。及其晚年益进,则复评其与张芝逐鹿,兹亦有加无已,故其誉之者亦若是耶? 考其平日得酒发兴,要欲字字飞动,圆转之妙,宛若有神。"

②独步:超出群伦,天下第一。

③墨池:洗笔砚的池子。著名书法家张芝、王羲之等,均有"墨池"传说。《法书要录》载:"弘农张芝善草书,改临学书,池水尽墨。"《方舆胜览》:"绍兴府戒珠寺,本王羲之故宅,门外有二池,曰墨池、鹅池。"北溟鱼:出自《庄子·逍遥游》:"北冥有鱼,其名为鲲。鲲之大,不知其几千里也。"后遂以"北溟鱼"比喻有壮志雄心的人。这里指怀素洗笔砚的水多到可以容纳北溟鱼。

④中山兔:中山,在今安徽宣城,出产制笔用的兔毫。《元和郡县志》:"中山在宣州溧水县东南十五里,出兔毫,为笔精妙。"这里指怀素练字勤奋,即使用尽中山的兔毫,也不够给怀素制笔。

⑤笺麻素绢:王琦注:"笺、麻,皆纸也。以五色染成,或砑光,或金银泥。画花式者为笺纸,其以麻为之为麻纸,唐时诏书用黄麻、白麻是也。绢、素,皆缯名。缯中至下者谓之绢,绢之精白者谓之素。"

⑥宣州:唐时属江南西道,治所在今安徽宣城。

⑦绳床:一种可折叠、有靠背、扶手的轻便坐具。唐代自印度传入。

⑧湖南七郡:王琦注:"谓长沙郡、衡阳郡、桂阳郡、零陵郡、连山郡、江华郡、邵阳郡,此七郡皆在洞庭湖之南,故曰湖南。"

⑨王逸少：指王羲之，字逸少，琅玡临沂人（今山东临沂），东晋书法家，被奉为"书圣"。累迁江州刺史、右军将军、会稽内史，世称王右军。

⑩张伯英：指张芝，字伯英，东汉书法家，善草书，被尊为"草圣"。

⑪张颠：指唐代书法家张旭，字伯高，苏州吴县（今江苏苏州）人，唐代书法家，以草书见长，喜欢大醉后挥毫写字，世称"张颠"。曾任左率府长史、金吾长史，因而又被称为"张长史"。

⑫公孙大娘：唐玄宗开元间有名的女舞蹈家，善舞剑器。浑脱舞：唐时舞名。浑脱本指用完整的牛羊皮所制之囊，用以贮水或渡河之物。高宗时，宰相长孙无忌曾以乌羊毛为浑脱毡帽，可能因其状如囊而得名，后演变为舞蹈。浑脱舞流行于蒙古、中亚的舞蹈。舞者身著胡服，头戴浑脱毡帽表演。

【译文】我遇到一位年轻的僧人法号怀素，他的草书造诣堪称天下独步。他洗笔砚用掉的清水多到可以容纳北海的鲲鱼，他练草书耗费的兔毫足以杀尽所有中山的狡兔。八九月的天气已经变凉，酒客诗人齐聚主人高堂。成箱的纸笺素绢堆满屋内等待怀素书写，桌上的宣州石砚中磨好的墨汁黝黑发亮。怀素上师酒醉之后斜靠在绳床上，提笔挥毫须史间就写完了千张绢纸。运笔像疾风骤雨一样飒飒有声动人心魄，又像落花飞雪一样洋洋洒洒茫茫一片。怀素起身对着粉壁不停书写，上面的草书每行数字，字大如斗。恍惚间仿佛听到鬼神的惊叹，再凝神只看见眼前处处笔走龙蛇。笔势左冲右突如同划过夜空的闪电，又如汉楚两军争斗那样交错参差。湖南七郡的名门望族，哪家的屏风没有留下他的字迹？王羲之、张伯英，自古以来不过浪得虚名。那位癫狂的张旭也年老不足称道了。怀素上师的笔法不墨守古人的成规。自古以来凡事以浑然天成为贵。何必要像张旭那样,观看完公孙大娘的剑器浑脱舞才能有所领悟呢?

古意

【题解】此诗年代不详。古代诗歌中常以菟丝和女萝来比喻夫妻关系。本诗大概参照《古诗十九首》"冉冉孤生竹,结根泰山阿。与君为新婚,菟丝附女萝,菟丝生有时,夫妇会有宜。"的诗意而作。女萝一般依附树木而生,呈丝状自树梢垂落。菟丝一般依附于草本植物,生长于平地。两种植物都无根,故需依附其它植物才能长,但菟丝比女萝更为柔弱一些。本诗先指明夫君就像女萝草,妻子就像菟丝花。接着写二者无根皆不能自立,只能在万物复苏的春季,寻找自己可以依托的物体。结果女萝依托青松,与菟丝各在山崖一方。这里以女萝依附松树来比喻夫君移情别恋,抒发了少妇的忧怨之情。女萝因为有了新的依靠而兴高采烈散发馨香,而菟丝则失去依靠凄惨哀怨。女萝与青松纠结缠绵,而菟丝结出果实却失去根基无法自立。翡翠鸟和紫鸳鸯作为禽鸟尚且还有伴侣,而少妇却像菟丝一样无人怜爱。最后少妇发出充满怨恨的哀叹:如果夫君能够回心转意,那么海水也可以斗量了。诗人写这首诗也许是用来暗喻自己怀才不遇,就如同诗中的少妇一样,知音难觅。

君为女萝草①,妾作兔丝花②。轻条不自引,为逐春风斜。百丈托远松，缠绵成一家。谁言会面易？各在青山崖。女萝发馨香，兔丝断人肠。枝枝相纠结，叶叶竞飘扬。生子不知根，因谁共芬芳？中巢双翡翠③，上宿紫鸳鸯。君识二草心，海潮亦可量。

【注释】①女萝：植物名，松萝的别名。长达数尺，全体呈淡黄绿色，为多数分歧的线状体，常攀附于树木生长，自树梢悬垂，可入药。

②兔丝：菟丝的别名，俗称菟丝子。蔓生，茎细长，缠络于菁草上。花淡红色。子可入药。

③翡翠：鸟名，全体羽毛带赤褐色，惟臀部中央与上尾间有白纹一条，又杂以青色斑纹，羽毛可作装饰品。

【译文】夫君如同女萝草，妾身就像菟丝花。女萝菟丝轻柔不能自立，只能追逐春风寻找依托。如果能够依附百丈青松，那么就能互相缠绵成为一家。谁说相见容易，各在青山一边。夫君快活潇洒如女萝依附青松散发馨香，妾身忧心忡忡如菟丝失去依托怨断肝肠。女萝与青松枝枝纠结，叶叶相连。菟丝结出果实却不知根在哪里，能和谁一起散发芬芳？松树上有翡翠鸟的爱巢，树顶上栖息着一对紫鸳鸯。夫君如果能够了解女萝和菟丝的含义，那么海潮也可以斗量了。

山鹧鸪词

【题解】这首诗大约于天宝十四载（754），诗人游秋浦时所作。鹧鸪是古诗词中经常出现的一类意象，它的叫声听起来像"行不得也哥哥"（你不要走啊哥哥），很容易勾起旅居异乡游子的满腔愁绪，因而在古代诗词中经常被用来表达思乡离别之情。在这首诗中，诗人借鹧鸪喜居南方，不愿北迁的习性，来表明诗人不愿随波逐流，甘愿隐居遁世的志向。全诗开始两句先描写鹧鸪生活在苦竹岭的树林之中，并点明鹧鸪喜欢南飞的特性。三四句写鹧鸪嫁给胡雁为妻，打算夫唱妇随到雁门关定居。当地的山鸡翟雉都来相劝，告诉它一旦远嫁异乡可能会被北方的鸟儿欺负。这是诗人暗喻一旦进入朝廷就可能被奸人谗言所诋毁。鹧鸪经过大家的劝说，也幡然醒悟，想到北方塞外，风霜如剑，自己一定不适应那里的生活，因此坚定了在南方筑巢定居的决心。但是如此一来，就只能与夫婿分别，又让鹧鸪痛苦不已，泪水不禁潸然而下。这也是诗人自己心境的体现，诗人有建功立业的志向，却又忧心于朝堂上的谗言诋毁。归隐江湖吧，又无法实现自己的抱负，终归不能两全其美。

苦竹岭头秋月辉①，苦竹南枝鹧鸪飞②。嫁得燕山胡雁婿③，欲衔我向雁门归④。山鸡翟雉来相劝⑤，南禽多被北禽欺。紫塞严霜如剑戟⑥，苍梧欲巢难背违。我心誓死不能去，哀鸣惊叫泪沾衣。

【注释】①苦竹岭：在秋浦县南二十里，今属安徽贵池县。《江南通志》："苦竹岭，在池州原三保，李白尝读书于此。"

②鹧鸪：鸟名。体大如鸠，头顶暗紫赤色，背灰褐色。嘴红，腹部带黄色，脚深红。群栖地上，营巢于土穴中。《南越志》云："鹧鸪虽东西回翔，然开翅之始，必先南翥。"因此鹧鸪有象征"南飞"之意，《太平广记》："鹧鸪，吴、楚之野悉有，岭南偏多。臆前有白圆点，背上间紫赤

毛，其大如野鸡，多对啼。"因此鹧鸪也常用来比喻夫妻相随。

③胡雁：胡地的大雁。

④雁门：即雁门关，位于山西省代县西北，在雁门山上，两山夹峙，形势雄险，自古为军事重地。《山海经》曰："雁门之水，出于雁门之山。雁出其间，在高柳北。"

⑤翟雉：类似山鸡。《博物志》记载："翟雉长尾，雨雪降，惜其尾，栖高树杪，不敢下食，往往饿死。"

⑥紫塞：秦所筑长城之土皆紫色，故称长城为"紫塞"。

【译文】苦竹岭上秋月洒辉，苦竹南枝鹧鸪腾飞。小小鹧鸪嫁与燕山胡雁，胡雁带它向着雁门飞归。山鸡野雉都赶来相劝，南方的鸟儿会被北鸟所欺。北地紫塞的严霜凛冽如刀枪，想在苍梧筑巢而又难违背胡雁的意愿。鹧鸪听从劝告誓死不离故乡，说完哀鸣连连泪水沾满衣襟。

和卢侍御通塘曲

【题解】此诗大概于上元元年（760）秋，在寻阳所作。卢侍御，即卢虚舟，唐肃宗时曾任大理司直、殿中侍御史，有清廉之誉，是李白的好友。诗人流放夜郎途中遇赦归来的第二年，李白与卢侍御结伴从江夏（今湖北武昌）往寻阳（今江西九江）重游庐山，在寻阳时写下这首诗。这首诗为酬和卢侍御的《通塘曲》而作，全诗紧紧围绕通塘之好而写。前四句概括写通塘景色好，并写明通塘在寻阳西。接下来四句写通塘景色：如烟青柳垂满青萝，长堤处处白鹇飞翔。如镜平湖石门耸立，百丈金潭照耀云日。九句到十四句写通塘上的人物活动：有渔夫鼓棹而歌，有吴女赤足浣纱。面对如此美景，诗人乘兴而行，直抵源头，景色更加清幽，诗人不禁怀疑自己来到了武陵的桃花源。桃花源里风景如画，秦人依水而居，鸡犬之声相闻，但是诗人觉得桃花源与通塘相比，还要略逊一筹。使人沉浸在通塘的美景中，流连不已，迟迟不愿归去。最后描写通塘夜色。飞鸟惊天，月出青山，秋风瑟瑟，竹林摇曳，诗人乘船而归，吟唱诗篇，遥望银河，足荡清波。诗人感觉此中的乐趣，远远超过梁鸿隐居吴下会稽时的快乐。

　　君夸通塘好①，通塘胜耶溪②。通塘在何处？宛在寻阳西。青萝袅袅拂烟树，白鹇处处聚沙堤。石门中断平湖出，百丈金潭照云日③。何处沧浪垂钓翁，鼓棹渔歌趣非一④。相逢不相识，出没绕通塘。浦边清水明素足，别有浣纱吴女郎。行尽绿潭潭转幽，疑是武陵春碧流。秦人鸡犬桃花里，将比通塘渠见羞⑤。通塘不忍别，十去九迟回。偶逢佳境心已醉，忽有一鸟从天来。月出青山送行子⑥，四边苦竹秋声起。长吟《白雪》望星河，双垂两足扬素波⑦。梁鸿德耀会稽日⑧，宁知此中乐事多？

【注释】①通塘：应当是寻阳一处风景优美之地。

　　②耶溪：即若耶溪。传说为西施浣纱处。施宿《会稽志》记载："若耶溪，在会稽县南二十五里，北流与镜湖合。"

　　③金潭：位于寻阳附近，潭水澄澈，下有金沙，故曰金潭。

④棹：划船的一种工具，形状和桨差不多。一说短者曰楫，长者曰棹。

⑤渠：它，指桃花源。

⑥行子：出行的人。

⑦素波：白波。

⑧梁鸿：人名。字伯鸾，扶风平陵（今陕西咸阳西北）人。生卒年不详。东汉隐士。家贫，好学，耿介有节操。以世道混乱，不愿事权贵，与妻子孟光隐居霸陵山。后居齐、鲁间，为人佣工舂米，卒于吴。《后汉书·梁鸿传》："梁鸿东出关，与妻子居齐、鲁之间。有顷，又去适吴，依大家皋伯通，居庑下，为人赁舂。每归，妻为具食，不敢于鸿前仰视，举案齐眉。伯通察而异之，曰：'彼庸能使其妻敬之如此，非凡人也。'"

【译文】您夸赞寻阳通塘的景色好，大大超过会稽的若耶溪。通塘究竟在什么地方啊？它就在寻阳城邑的西边。翠绿的青萝在碧树上袅袅垂挂，翩翩的白鹇在沙洲上随处可见。江岸山崖如石门从中断开出平湖，百丈金潭荡漾波光映照白云红日。何处来的钓鱼翁飘荡在青苍的大江上，鼓棹划水，吟唱渔歌，趣味不同而各得其乐。他们虽然相逢却并不熟识，都在通塘出没以打渔为生。江边还有浣纱的吴地少女，素足站立在清澈的江水中。行到绿潭尽头潭水越发清幽，就像来到了武陵源的碧水中。似乎从桃花丛里传来秦人的鸡犬声，若与通塘相比桃花源也要略逊一筹。留恋通塘的醉人风光不忍与它分别，去通塘赏游十次有九次都会很晚归家。遇到如此景色不由让人沉醉万分，忽然一鸟惊起打破了宁静的夜色。明月也从青山升起来为游子送行，四周的苦竹也随秋风发出瑟瑟的声音。遥望星河吟唱《白雪》般的诗篇，把双足探进清波中戏弄白浪。梁鸿在会稽德行彰显的时候，恐怕也不知道此地乐事多吧？

全—本—全—注—全—译

李白 全集

第二册

〔唐〕李白 著

谦德书院 注译

团结出版社

© 团结出版社，2024 年

图书在版编目（ＣＩＰ）数据

李白全集 /（唐）李白著；谦德书院注译 . — 北京：
团结出版社，2024. 10. — ISBN 978-7-5234-1126-1

Ⅰ . I214.222

中国国家版本馆 CIP 数据核字第 2024EV3021 号

责任编辑：王思柠
封面设计：张　信

出　　版：团结出版社
　　　　　（北京市东城区东皇城根南街 84 号　邮编：100006）
电　　话：（010）65228880　65244790
网　　址：http://www.tjpress.com
E-mail：zb65244790@vip.163.com
经　　销：全国新华书店
印　　装：北京天宇万达印刷有限公司

开　　本：145mm×210mm　32 开
印　　张：73　　　　　　　字　　数：1850 千字
版　　次：2024 年 10 月　第 1 版　　印　　次：2024 年 10 月　第 1 次印刷

书　　号：978-7-5234-1126-1
定　　价：256.00 元（全四册）
　　　　　（版权所属，盗版必究）

目　录

卷七　赠一

卷十二　别

卷七　赠一

赠孟浩然

【题解】此诗是开元二十七年（739），李白游襄阳拜访孟浩然时所作。孟浩然，襄州襄阳（今湖北襄阳）人，唐代著名山水田园诗人。早年隐居鹿门山，年四十，乃游京师，终身不仕。李白与孟浩然年纪相差十几岁，两人却一见如故，结为知己，李白对孟浩然的风度、人品和学识非常佩服，写下多首吟咏孟浩然的诗。此诗直抒胸臆，表达了诗人对孟浩然高尚节操的仰慕之情。

吾爱孟夫子①，风流天下闻②。红颜弃轩冕③，白首卧松云④。醉月频中圣⑤，迷花不事君。高山安可仰⑥，徒此揖清芬⑦。

【注释】①夫子：古代对男子的敬称。
②风流：风采特异。

③红颜:红润的脸色。喻指少年。轩冕:借指官位爵禄。轩,有围棚的车子。冕,古代大夫以上官员所戴的帽子。

④卧松云:指隐居山林。

⑤中圣:酒醉的隐语。汉末曹操主政,严禁饮酒。徐邈私饮醉酒,违犯禁令,因而坐罪。当时人忌讳说酒字,便把清酒称为圣人,浊酒叫做贤人。中(zhòng)圣人,即中清酒,也就是饮清酒而醉的意思。后把饮酒而醉叫做"中圣人",省称为"中圣"。事见《三国志·魏书·徐邈传》。

⑥"高山"句:《诗经·小雅·车辖》:"高山仰止,景行行止",比喻诗人自己对孟浩然的敬仰。

⑦清芬:比喻高洁的德行。

【译文】我十分崇敬孟夫子,风采特异天下闻名。年少时就放弃功名,白首后又隐居山林。常常在月夜下畅饮酣醉,迷恋花草不愿侍奉君主。他如高山耸立安能仰望,作揖表达对他高洁的敬仰。

赠从兄襄阳少府皓

【题解】这首诗是开元十五年(727),李白初到安陆隐居,请求从兄李皓救济时所作。从兄,同宗族年长的伯叔之子。少府,唐代为县尉的敬称。整首诗先叙述诗人年轻时喜欢结交豪士,行侠仗义却不求回报,最后千金散尽,归家一无所有,生计没有着落。然后赞扬从兄急公好义,希望从兄可以念兄弟之情,帮助自己。

结发未识事①,所交尽豪雄。却秦不受赏,救赵宁为功②?托身白刃里,杀人红尘中。当朝揖高义,举世钦英风③。小节岂足言?退耕春陵东④。归来无产业,生事如转蓬⑤。一朝乌裘弊,百镒黄金空⑥。弹剑徒激昂,出门悲路穷⑦。

吾兄青云士⑧,然诺闻诸公⑨。所以陈片言,片言贵情通。棣华傥不接⑩,甘与秋草同。

【注释】①结发:束发。古代男子二十岁束发,以示成年。

②"却秦"二句:指战国时鲁仲连却秦救赵的故事。事见《史记·鲁仲连邹阳列传》。

③"托身"四句:除宋本外,其它各本无此四句。

④春陵:地名,隋代春陵郡治所在枣阳县(今湖北枣阳市)。春陵东,指湖北安陆。

⑤生事:生计。转蓬:随风飘转的蓬草。这里比喻四处漂泊。

⑥"一朝"二句:用苏秦故事。《战国策·秦策一》:"(苏秦)说秦王书十上而说不行,黑貂之裘敝,黄金百斤尽。"镒:古代的重量单位,一镒相当于二十两或二十四两。

⑦"弹剑"二句:用冯谖弹铗而歌的典故。事见《战国策·齐策四》。弹剑:即弹铗,弹击剑柄。悲路穷:用阮籍故事。《晋书·阮籍传》记载,三国魏阮籍常独自驾车,随意奔驰,到了大道的尽头,无法前进,就大哭而回。

⑧青云士:位高名显的人。

⑨然诺:应许,许诺。

⑩棣华:《诗·小雅·常棣》:"常棣之华,鄂不韡韡。凡今之人,

莫如兄弟。"后因以"棣华"喻兄弟。

【译文】我年少不谙世事的时候，所结交之人都是些豪士。我像鲁仲连一样扶危济困，退却秦兵也不愿受赏，仗义救赵岂会为了功劳？不惜以身犯险白刃里，也曾斩杀恶人红尘中。当朝之人都认为我高义而作揖，举世上下都钦慕我的英气和风尚。这些小节哪里值得言道？如今我回到春陵东隐居。归来之后家无产业，生计飘零就像蓬草。我像苏秦一样黑裘凋敝，百镒黄金也一朝成空。只好学冯谖弹铗而歌，出门而悲叹日暮途穷。

兄长你是位青云之士，重诺守信而闻达诸公。所以对你陈诉片言求助，片言虽短贵在情意相通。倘若兄长不念兄弟之情，我则甘愿如秋草一样枯萎。

赠张公洲革处士

【题解】这首诗大约是开元二十二年（734），李白游江夏时所作。张公洲，在今武汉市武昌南，晋隐士张公灌园处。处士，古代称呼有才德而隐居不仕的人。诗中引用"列子居郑圃"的典故，来比拟革处士像列子一样韬光隐晦于百姓中。引用"抱瓮灌园"的典故，来比拟革处士像汉阴老人一样不存机心。引用"入兽不乱群"的典故，来比拟革处士像孔子一样能和谐万物。全诗表达了诗人对革处士高洁品格的赞颂之情。

列子居郑圃，不将众庶分①。革侯遁南浦②，常恐楚人闻。抱瓮灌秋蔬③，心闲游天云。每将瓜田叟④，耕种汉水滨。

时登张公洲，入兽不乱群⑤。井无桔槔事⑥，门绝刺绣文⑦。长揖二千石⑧，远辞百里君⑨。斯为真隐者，吾党慕清芬⑩。

【注释】①"列子"二句：《列子·天瑞》："子列子居郑圃（在今河南中牟县西南）四十年，人无识者。国君、卿大夫视之犹众庶也。"将：与。

②革侯：指革处士。侯，古代用作士大夫之间的尊称。南浦：王琦注："即张公洲，以在城之南，故曰南浦。"

③"抱瓮"句：用抱瓮灌园的典故。《庄子·天地》记载，子贡游楚返晋路过汉阴时，看见一老人抱着瓮下井取水灌园，就劝其使用一种名为"桔槔"的机械，一日可以浇灌百畦。老人回答说："听我的老师讲，有机巧之器械，必定有机巧之事，有机巧之事，必定有机巧之心，机心存于胸中，则品性不再纯白，就不能载道。我并非不知用器械，而是羞于使用。"

④将：扶。

⑤"入兽"句：《庄子·山木》："（孔子）辞其交游，逃于大泽，衣裘褐，食杼栗。入兽不乱群，入鸟不乱行。鸟兽不恶，而况人乎！"

⑥桔槔：亦作"桔皋"。井上汲水的工具。在井旁架上设一杠杆，一端系汲器，一端悬石块等重物，用不大的力量即可将灌满水的汲器提起。

⑦刺绣文：刺绣的花纹。

⑧二千石：指太守。汉代郡太守年俸为二千石，所以后世称刺史、太守为二千石。

⑨百里君：县令的别称。古代一县的管辖范围约为百里，故称。

⑩党：朋辈，指意气相投的人。

【译文】列子隐居郑圃四十年，与普通百姓没有区别。革公隐居在南浦，常担心被楚人知。抱瓮汲水浇灌秋蔬，心闲如同天上浮云。经常与瓜田老农，一起耕种汉水边。

革公时登张公洲，遇兽不会乱其群。井上没有汲水工具，门前没有绣衣贵人。对太守仅行长揖礼，见县令更是远避开。这是位真正的隐士，我辈美慕其高风亮节。

淮海对雪赠傅霭

【题解】此诗年代不详。淮海，王琦注："《禹贡》：'淮海惟扬州。'谓扬州之域，北至淮，东南至海也。后人称扬州曰淮海，本此。"傅霭，生平事迹不详，应是李白的友人。诗人面对纷纷扬扬的雪景，有感而发，想到了当年王子猷雪夜访戴安道的典故，因而引起了对友人的思念，全诗情景交融，辞意悠长。

朔雪落吴天，从风渡溟渤①。海树成阳春，江沙皓明月。飘飖四荒外，想像千花发。瑶草生阶墀，玉尘散庭阙②。兴从剡溪起③，思绕梁园发④。寄君郢中歌⑤，曲罢心断绝。

【注释】①朔雪：指北方的大雪。溟渤：溟海和渤海，泛指大海。②"飘飖"四句：除宋本外，各本都没有此四句。飘飖(yáo)：随风飘动。千花发：化用岑参《白雪歌送武判官归京》中"千树万树梨花开"的诗意。玉尘：指雪。

③"兴从"句：用晋王子猷（王徽之）雪夜访戴安道故事。《世说新语·任诞》："王子猷居山阴，夜大雪，忽忆戴安道。时戴在剡，即便夜乘小船就之，经宿方至，造门不前而返。人问其故，王曰：'吾本乘兴而行，兴尽而反，何必见戴。'"剡溪：在浙江省嵊州市。

④"思绕"句：用西汉梁孝王游梁园吟雪的故事。谢惠连《雪赋》："岁将暮，时既昏，寒风积，愁云繁。梁王不悦，游于兔园。乃置旨酒，命宾友，召邹生，延枚叟。相如末至，居客之右。俄而微霰零，密雪下，王乃歌《北风》于卫诗，咏《南山》于周雅。授简于司马大夫，曰：'抽子秘思，骋子妍词，侔色揣称，为寡人赋之。'……邹阳……乃作而赋《积雪之歌》。"

⑤郢中歌：宋玉《对楚王问》："客有歌于郢中者，其始曰《下里》《巴人》，国中属而和者数千人。其为《阳阿》《薤露》，国中属而和者数百人。其为《阳春》《白雪》，国中有属而和者，不过数十人。引商刻羽，杂以流徵，国中属而和者，不过数人而已。是其曲弥高，其和弥寡。"郢中：古代楚国的都城，在今湖北省江陵县附近。

【译文】北方朔雪在吴地天空飘落，随风送远一直渡过了溟海。海树银装素裹好似阳春花开，江沙白雪皎洁胜过明月照耀。雪花飘飘落到四方之外，就像千树花朵同时开放。台阶之上就像生出了瑶草，庭院之中仿佛洒满了玉尘。让人生起王子猷雪夜泛舟剡溪的兴致，心中萦绕梁孝王当年咏雪梁园的思绪。给您寄去郢中之歌，歌罢随之心碎肠断。

赠徐安宜

【题解】此诗年代不详。徐安宜,安宜县姓徐的县令。安宜,今江苏扬州宝应县。《旧唐书·地理志》:"汉平安县,属广陵国。武德四年,置仓州,领安宜一县。七年,州废,县属楚州。肃宗上元三年建巳月,于此县得定国宝十三枚,因改元宝应,仍改安宜为宝应。"全诗首段颂扬徐县令治理有方,名声直达京师。接着描写安宜县歌舞升平,百姓安居乐业的景象。末段写诗人滞留未去的原因是感恩徐县令,并祝愿徐县令现在广树桃李,未来必获厚报。

白田见楚老[1],歌咏徐安宜。制锦不择地,操刀良在兹[2]。清风动百里,惠化闻京师[3]。

浮人若云归[4],耕种满郊岐[5]。川光净麦陇,日色明桑枝。讼息但长啸,宾来或解颐[6]。青槐拂户牖,白水流园池。

游子滞安邑[7],怀恩未忍辞。繄君树桃李[8],岁晚托深期[9]。

【注释】①"白田"句:王琦注:"白田,安宜地名。楚老,楚地父老也。《江南通志》载:白田渡,在宝应县南门外。"

②"制锦"二句:用操刀制锦的典故。《左传·襄公三十一年》:"子皮欲使尹何为邑,子产曰:'少,未知可否?'子皮曰:'愿,吾爱之,不吾叛也。使夫往而学焉,夫亦愈知治矣。'子产曰:'不可,人之爱人,求利之也。今吾子爱人则以政,犹未能操刀而使割也,其伤实多。子

之爱人,伤之而已,其谁敢求爱于子?子有美锦,不使人学制焉。大官大邑,身之所庇也,而使学者制焉。其为美锦,不亦多乎?'"杜预注:"制,裁也。"这里反用其意。形容徐安宜擅长处理政务,不需要择地而治。

③惠化:地方官为人所称道的政绩和教化。

④浮人:在外流浪的人。

⑤郊岐:郊外大路的岔路。岐,同"歧"。

⑥解颐:开颜欢笑。颐,下巴。

⑦安邑:指安宜县。

⑧繄:文言助词,惟。树桃李:比喻培育贤才。《说苑·复恩》记载,春秋时,阳虎向赵简子报怨说自己栽培了许多人,却得不到报答。赵简子认为问题在于对培养的对象要选择。譬如种植植物,春树桃李,则夏得休息,秋得其食;若树蒺藜,则夏不得休息,秋得其刺。只有选育贤才,才能得到报答。

⑨岁晚:指晚年。

【译文】我在白田渡见到楚地父老,他们都在歌颂安宜徐县令。称他为政不用择地,非常擅于治理一方。其清廉之风传遍全县,政绩教化闻达于朝廷。

漂泊之人如云聚一般归来,郊外岔道边都种满了庄稼。山色映衬明净麦田,阳光照耀田间桑树。官衙讼息可以悠然长啸,宾客临门就会开颜大笑。院中的青槐拂过门窗,清澈的河水流入园池。

我这个游子暂居在安邑,感念您的恩德不忍辞别。您如今种下桃李树,晚年必定深蒙福报。

赠任城卢主簿潜

【题解】此诗应是开元年间，李白隐居东鲁时所作。任城，县名，唐时属河南道兖州，今山东济宁。主簿，县令的佐官，主管文书簿籍及印信。卢潜，生平事迹不详。这首诗中诗人以海鸟为喻，说明自己虽然暂时困居鲁东门，但不会以美酒钟鼓为乐，一心想要振翅高飞，遨游烟霜。但是受到卢主簿的礼遇，不忍离去，故流泪作别。

海鸟知天风，窜身鲁门东。临觞不能饮，矫翼思凌空。钟鼓不为乐，烟霜谁与同①？归飞未忍去，流泪谢鸳鸿②。

【注释】①"海鸟"六句：《庄子·至乐》："昔者海鸟止于鲁郊，鲁侯御而觞之于庙，奏《九韶》以为乐，具太牢以为膳，鸟乃眩视忧悲，不敢食一脔，不敢饮一杯，三日而死，此以己养养鸟也，非以鸟养养鸟也。夫以鸟养养鸟者，宜栖之深林，游之坛陆，浮之江湖，食之鳅鲦，随行列而止，委蛇而处。"谓海鸟恋山林而非庙堂。《国语·鲁语上》："海鸟曰爰居，止于鲁东门之外三日，臧文仲使国人祭之。展禽曰：'今兹海其有灾乎？夫广川之鸟兽，恒知而避其灾也。'是岁也，海多大风，冬暖。"谓海鸟能预知天风。

②鸳鸿：比喻贤人。这里指卢潜。

【译文】海鸟预知天风将到来，就飞往鲁门东去躲避。面对美酒却无心饮，只想振翅空中翱翔。钟鼓之音不以为乐，山林烟霜能与谁共？就此归去心中不忍，只能含泪谢君情谊。

早秋赠裴十七仲堪

【题解】这首诗当是开元末年，李白在东鲁时所作。裴十七仲堪，即裴仲堪，排行十七，生平事迹不详。诗中先写秋景，感叹时光一去不可回还。接着以卞和泣美玉，孔子悲匏瓜为喻，抒发功业难成的感怀。然后赞美裴仲堪英迈多才，豪侠仗义。惋惜其留恋声色，虚度时日。最后以"穷溟出宝贝，大泽饶龙蛇"来比喻盛世多贤才，如若明主不弃，就可平步青云，即使时运不济，也可归隐炼丹。

远海动风色，吹愁落天涯。南星变大火①，热气余丹霞②。光景不可回，六龙转天车③。

荆人泣美玉④，鲁叟悲匏瓜⑤。功业若梦里，抚琴发长嗟。

裴生信英迈⑥，崛起多才华。历抵海岱豪⑦，结交鲁朱家⑧。良图竟未展，意欲飞丹砂。破产且救人，遗身不为家。复携两少女，艳色惊荷花。双歌入青云，但惜白日斜。

穷溟出宝贝，大泽饶龙蛇⑨。明主傥见收，烟霄路非赊⑩。时命若不会，归应炼丹砂。

【注释】①"南星"句：此句意谓秋天来到。王琦注："南星，南方之星也。大火，心星也。初昏之时，大火见南方，于时为夏。若转而西流,则为秋矣。"

②丹霞:红霞。

③"光景"二句:光景:时光。天车:日车。

④"荆人"句:用荆人卞和献璞玉一事。

⑤"鲁叟"句:《论语·阳货》:"孔子曰:'吾岂匏瓜也哉?焉能系而不食。'"何晏注:"匏,瓠也。言瓠瓜得系一处者,不食故也。吾自食物,当东西南北,不得如不食之物,系滞一处。"

⑥裴生:指裴仲堪。

⑦海岱:指今山东省渤海至泰山之间的地带。《书·禹贡》:"海岱惟青州。"孔传:"东北据海,西南据岱。"

⑧鲁朱家:指汉初山东朱家,行侠仗义,济人而不思图报,曾救助过很多人。关东之人都愿与其交往。《史记·游侠列传》:"鲁朱家者,与高祖同时。鲁人皆以儒教,而朱家用侠闻,所藏活豪士以百数,其余庸人不可胜言。然终不伐其能,歆其德,诸所尝施,惟恐见之。振人不赡,先从贫贱始。家无余财,衣不完采,食不重味,乘不过軥牛。专趋人之急,甚己之私。既阴脱季布将军之厄,及布尊贵,终身不见也。自关以东,莫不延颈愿交焉。"

⑨"穷溟"二句:穷溟:传说中的大海。木华《海赋》:"翔天沼,戏穷溟。"李善注:"庄子曰:'穷发之北,有冥海者,天池也。'"龙蛇:《左传·襄公二十一年》:"深山大泽,实出龙蛇。"杜预注:"言非常之地多生非常之物。"

⑩烟霄:即云霄,也比喻显赫的地位。赊:远。

【译文】远海之处刮起了大风,将我的愁绪吹落天涯。南方的心宿逐渐偏西,但红霞仍然留有余热。时光一去就无法回还,六龙驾日车运行不停。

卞和因无人能识美玉而哭泣,孔子因如匏瓜不得用而悲叹。我如今功名缥缈如梦,只好抚琴而长叹不已。

裴君确实英雄豪迈,傲然独立富有才华。历来多与海岱之地豪杰来往,结交尽是鲁朱家那样的侠士。可惜还未一展宏图大业,就想遁隐山林炼制丹砂。宁可损失家产也要助人,从来不为自己身家着想。身边携带两位少女佳人,她们的容貌能惊艳荷花。她们双双高歌声入青云,可惜好景短暂转瞬日落。

溟海出产珍贝,大泽多有龙蛇。如果明主收揽,青云之路不远。若是时运不济,就应归去练丹。

赠范金乡二首

【题解】这两首诗约作于开元末年。范金乡,金乡县姓范的县令。金乡县,唐时属河南道兖州,即今山东金乡县。

其一

【题解】这首诗先写诗人受范县令相邀而来,接着写自己长久以来,没有知遇,渴望得到范县令的举荐,以扬眉吐气。最后诗人以辽人献白豕,楚人献山鸡的故事为喻,表达了想要自荐却又怕不被接受的心理。全诗含蓄委婉,引典贴切。

君子枉清眄^①，不知东走迷^②。离家未几月，络纬鸣中闺。桃李君不言，攀花愿成蹊^③。那能吐芳信^④? 惠好相招携^⑤。

我有结绿珍^⑥，久藏浊水泥^⑦。时人弃此物，乃与燕珉齐^⑧。拂拭欲赠之，申眉路无梯^⑨。

辽东惭白豕^⑩，楚客羞山鸡^⑪。徒有献芹心^⑫，终流泣玉啼^⑬。只应自索漠^⑭，留舌示山妻^⑮。

【注释】①君子：指范县令。枉：屈就。清眄：尊称对方的顾盼。眄，看，望。

②东走迷：《韩非子·说林上》："慧子曰：'狂者东走，逐者亦东走，其东走则同，其所以东走之为则异。故曰，同事之人，不可不审察也。'"谓做同一事情，目的却各异。后以"东走迷"谓形似实异的迷惑人的现象。《抱朴子》："此亦东走之迷，忘葵之甘也。"此句兼用其意。

③"桃李"二句：《史记·李将军列传论》："谚曰：'桃李不言，下自成蹊。'此言虽小，可以喻大也。"司马贞索隐引姚氏曰："桃李本不能言，但以华实感物，故人不期而往，其下自成蹊径也。"

④芳信：敬称他人来信。

⑤惠好：恩爱，友好。

⑥结绿：美玉名。《史记·范睢蔡泽列传》："且臣闻周有砥砨，宋有结绿，梁有县黎，楚有和璞。此四宝者，土之所生，良工之所失也，而为天下名器。"

⑦浊水泥：曹植《七哀诗》："君若清路尘，妾若浊水泥。"

⑧燕珉：燕山所产的一种类似玉的石头。

⑨申眉：同"伸眉"，扬眉，形容得意、舒畅。

⑩ "辽东"句：《后汉书·朱浮传》载："往时辽东有豕，生子白头，异而献之，行至河东，见群豕皆白，怀惭而还。"

⑪ "楚客"句：《尹文子·大道》："楚客担山鸡者，路人问：'何鸟也？'担雉者欺之，曰：'凤凰也。'路人曰：'我闻凤凰，今直见之，汝贩之乎？'曰：'然。'则十金，弗与。请加倍，乃与之。将欲献楚王，经宿而鸟死。路人不遑惜金，惟恨不得以献楚王。国人传之，咸以为真凤凰，贵，欲以献之，遂闻楚王。王感其欲献于己，召而厚赐之，过于买鸟之金十倍。"

⑫ 献芹：《列子·杨朱》："昔人有美戎菽、甘枲茎、芹萍子者，对乡豪称之。乡豪取而尝之，蜇于口，惨于腹。众哂而怨之，其人大惭。"戎菽（一种豆类）、枲茎（大麻的雄茎）、萍子，这些东西味涩难吃，昔人却以为其味美，味甘，或类似水芹，因而向乡豪"献芹"，来逢迎巴结，乡豪品尝后却发现难吃至极，于是众人对他讥笑埋怨。后以"献芹"自谦赠品菲薄或见识浅陋。

⑬ 泣玉：指卞和泣玉一事。

⑭ 索漠：寂寞无聊，失意消沉。

⑮ "留舌"句：用战国时张仪的故事。《史记·张仪列传》："张仪尝从楚相饮，已而楚相亡璧。门下意张仪，曰：'仪贫无行，此必盗相君之璧。'共执张仪，掠笞数百，不服，释之。其妻曰：'嘻！子毋读书游说，安得此辱乎？'张仪谓其妻曰：'视吾舌尚在不？'其妻笑曰：'舌在也。'仪曰：'足矣。'"

【译文】枉您对我屈尊顾盼，不知是不是东走迷。我离家不过才几个月，室内就闻纺织娘叫声。您就算像桃李一样不言，树下攀花人多也会自成路。何须劳烦您亲自给我写信？承蒙您的相招我一定前来。

我有结绿那样珍贵的美玉,可惜久藏在污泥浊水之中。时人都遗弃此物,将其与燕珉等同。我把它擦拭干净以赠君,欲要扬眉却没有途径。

辽人把白豕当祥瑞而自惭不已,楚人以山鸡为凤凰而羞愧难当。我徒有进献薄礼之心,最后却像卞和抱玉而哭。我当自甘落寞不问世事,却又如张仪问妻舌在否。

其二

【题解】这首诗主要称颂范县令的政绩,称赞他不为虚名,弦歌而治,地方自化,治政清明。百姓能够安居乐业,百里鸡犬安静,千家织机声响,流民安定,热情待客。诗人亲睹善政,亲闻颂声,因而作诗留赠。

范宰不买名,弦歌对前楹①。为邦默自化②,日觉冰壶清③。百里鸡犬静,千庐机杼鸣④。浮人少荡析⑤,爱客多逢迎⑥。游子睹嘉政⑦,因之听颂声⑧。

【注释】①"范宰"二句:买名:追逐名誉。《淮南子·俶真训》:"弦歌鼓舞,缘饰《诗》《书》,以买名誉于天下。"弦歌:弹琴而歌,此处比喻以礼乐教化群众。用宓子贱故事。《吕氏春秋·察贤》:"宓子贱治单父,弹鸣琴,身不下堂而单父治。"此二句是说范县令用弦歌之声教化百姓,不是为了买名。前楹:堂前的柱子,这里代指厅堂。

②"为邦"句:《老子》:"我无为而民自化。"此处用其意。

③冰壶清：化用鲍照《白头吟》诗"清如玉壶冰"之意。比喻治政清明。

④千庐：犹千家。机杼：指织布机。

⑤荡析：动荡离散。

⑥逢迎：接待。

⑦游子：诗人自称。

⑧颂声：歌颂之声。

【译文】范县令做官不是为了买名，他堂上弦歌是在教化百姓。境内民风潜移默化，治县理政更加清明。百里之内鸡犬安静，千家传出织布之声。流离之人不必再四处飘荡，流连的客人都被殷勤接待。我亲眼所见这里嘉政，亲耳听到百姓对您的称颂。

赠瑕丘王少府

【题解】这首诗应是开元末年，李白在兖州时所作。瑕丘，县名，兖州（鲁郡）治所，即今山东兖州市。少府，对县尉的尊称。王少府，姓王的县尉，名字事迹不详。诗人以梅福来比拟王少府，称赞王少府有飘飘仙姿，佐政则能无为而治，末段诗人则表达了自己怀才不遇，希望王少府能慧眼识别的愿望。

皎皎鸾凤姿，飘飘神仙气。梅生亦何事？来作南昌尉①。清风佐鸣琴②，寂寞道为贵。

一见过所闻，操持难与群③。毫挥鲁邑讼，目送瀛洲云。

我隐屠钓下④，尔当玉石分。无由接高论，空此仰清芬。

【注释】①"梅生"二句：梅生：即梅福，东汉九江郡寿春人，字子真。官南昌尉。及王莽当政，乃弃家隐居。后世关于其成仙的传说甚多，江南各地以至闽粤，多有其所谓修炼成仙的遗迹。

②南昌：今江西南昌市。

③鸣琴：用宓子贱鸣琴治单父的典故。

④屠钓：姜子牙曾屠牛于朝歌，后又隐钓于磻溪。此处比喻地位卑微。

【译文】您的风姿皎皎如鸾凤，飘飘然有脱俗神仙气。您这位梅福因何事？来到此地作南昌尉。您清廉高洁辅佐县令无为而治，您能恪守大道以恬淡寂寞为贵。

一路所见胜过所闻，您的操守卓尔不群。提笔处理瑕丘的诉讼，眼中却望瀛洲的浮云。

我现在隐遁于屠钓之间，您应能分清玉石的区别。无缘与您倾心交谈，徒然仰慕您的高洁。

东鲁见狄博通

【题解】此诗应是开元末年，李白在东鲁所作。东鲁，即鲁郡，治所在今山东兖州市。狄博通，李白的好友，梁国公狄仁杰的曾孙，户部郎中狄光嗣之孙。全诗体现了诗人与友人离别后，见到友人能平安归来的喜悦之情。

去年别我向何处？有人传道游江东^①。谓言挂席度沧海^②，却来应是无长风^③。

【注释】①江东：长江在芜湖到南京之间，呈西南往东北流向，习惯上称以下的长江南岸地区为江东。

②谓言：以为。挂席：挂帆。

③却来：唐朝时口语，返回之意。长风：大风。

【译文】去年您辞别我后去往何处？有人传言您到江东游览。以为您已挂帆东去渡沧海，如今能平安归来应是无大风。

见京兆韦参军量移东阳二首

【题解】此二诗大概是开元二十七年，李白在东阳遇韦参军时作诗以赠。京兆，本为雍州，属关内道，开元元年改为京兆府，治所在长安，即今陕西西安市。参军，官名，"参军事"的省称，为王府、公府、军府、州府的佐吏。隋唐时内府、外府都设录事参军等；刺史僚属多以参军事为名，简称参军；州郡除长史、别驾、司马等为刺史的佐官以外，以录事参军为僚属的长官，总理内部一切事务，其下有录事一人，参军的品级为从七品至从九品不等。韦参军，名字事迹不详。量移, 唐朝制度, 获罪而被贬至远方的官吏, 遇赦而酌量移官至近处, 谓之"量移"。东阳, 县名, 唐时属江南道婺州, 今浙江东阳市。据《旧唐书·玄宗纪》记载, 开元年间只有两次左降官量移, 一次在开元二十年(732), 一次在开元二十七年(739), 开元二十年时李白在洛阳、安陆一带, 并不在东阳。由此可知此诗大概为开元二十七年左右所作。

其一

【题解】此诗表现了诗人对韦参军虽遇赦却不能返回京兆的同情之心。由"泪尽日南珠"一句可知, 似乎韦参军被流放至海南一带遇赦而回。

潮水还归海, 流人却到吴①。相逢问愁苦, 泪尽日南珠②。

【注释】①流人: 被流放的人。吴: 泛指江苏南部和浙江北部一带。

②日南: 郡名。西汉元鼎六年(前111)置, 治所在西卷县(今越南广治省广治河与甘露河合流处)。日南珠: 古代神话传说中的宝珠。相传在日南有吠勒国, 那里的人身高七尺, 发长及踵, 常骑象下海取宝, 宿鲛人宫, 所取鲛人的泪珠, 称"日南珠"。《别国洞冥记》:"吠勒国……去长安九千里, 在日南。人长七尺, 被发至踵。乘犀象之车, 乘象入海底取宝, 宿于鲛人之舍。得泪珠, 则鲛人所泣之珠也。"

【译文】潮水终会回归大海, 您却被流放到吴地。此地与您相逢询问愁苦，不禁泪下如鲛人日南珠。

其二

【题解】此首中诗人安慰韦参军，东阳的五百滩风景远胜若耶溪，可以一路欣赏而不觉行路艰难。诗人最后与韦参军约期将来驾舟共游新安江，寓意终将乘风破浪。

闻说金华渡①，东连五百滩②。全胜若耶好③，莫道此行难。猿啸千溪合，松风五月寒。他年一携手，摇艇入新安④。

【注释】①金华：县名，唐时江南道婺州治所，今浙江金华市。

②五百滩：滩名，在今浙江金华市西五里，古时相传舟行过此，需要五百人挽牵方可渡。

③若耶：即若耶溪，在今浙江绍兴市南。

④新安：即新安江，一名青溪，源出安徽黄山，东流入浙江。艇：轻便的小船。

【译文】听说在金华渡口，东边紧连五百滩。那里的景色远胜若耶溪，所以不要叹息此行艰难。山猿啸声在千溪间回荡，五月松风依然寒冷逼人。他年我们如能携手同游，就一起驾舟前往新安江。

赠丹阳横山周处士惟长

【题解】 这首诗年代不详。丹阳，指丹阳郡丹阳县。《太平御览》引《丹阳记》：“丹阳县东十八里有横山，连亘数十里。或云‘楚子重至于横山’，是也。”横山，又名横望山，在安徽当涂县北六十里。《太平府志》：“横山在当涂县东六十里，高二百丈，周八十里，穹窿嵯峻，苍翠亘天际，四望皆横，故名横山。”周处士惟长，姓周名惟长的处士。处士，有才德而隐居不做官的人。诗人先描写了周处士所隐居环境的优美，接着称赞周处士性情的闲逸自由，如浮云一般随意卷舒，不留恋功名富贵，耻于怀玉而献，嘲笑深渊取珠。情愿隐迹山林，一心修仙慕道。

周子横山隐，开门临城隅。连峰入户牖，胜概凌方壶①。

时枉《白纻词》②，放歌丹阳湖③。水色傲溟渤④，川光秀菰蒲⑤。当其得意时，心与天壤俱⑥。闲云随舒卷，安识身有无？

抱石耻献玉⑦，沉泉笑探珠⑧。羽化如可作⑨，相携上清都⑩。

【注释】 ①胜概：非常好的风景。方壶：神话传说中的仙山名，即方丈山。事见《列子·汤问》。亦泛指仙山。

②《白纻词》：吴地歌曲名，跳白纻舞时所唱。

③丹阳湖：在当涂县东南，周围三百余里。《元和郡县志》：“丹阳湖，在当涂县东南七十九里。周回三百余里，与溧水分湖为界。”

④溟渤：溟海和渤海，泛指大海。

⑤菰蒲：菰和蒲。菰，多年生草本植物，生在浅水里，嫩茎称"茭白""蒋"，可做蔬菜。果实称"菰米"或"雕胡米"，可煮食。蒲，多年生草本植物，生池沼中，高近两米。根茎长在泥里，可食。叶长而尖，可编席、制扇。

⑥"心与"句：张协《咏史》诗："清风激万代，名与天壤俱。"

⑦"抱石"句：用卞和献玉一事。

⑧"沉泉"句：用骊龙颔下取明珠的典故。《庄子·列御寇》："人有见宋王者，锡车十乘，以其十乘骄稚庄子。庄子曰：'河上有家贫恃纬萧而食者，其子没于渊，得千金之珠。其父谓其子曰：'取石来锻之，夫千金之珠，必在九重之渊而骊龙颔下，子能得珠者，必遭其睡也。使骊龙而寤，子尚奚微之有哉！'今宋国之深，非直九重之渊也；宋王之猛，非直骊龙也。子能得车者，必遭其睡也。使宋王而寤，子为齑粉夫。'"

⑨羽化：传说仙人能飞升变化，所以把成仙称为羽化。

⑩清都：传说中天帝居住的宫阙。

【译文】周君在横山遁迹隐居，开门就对着丹阳城隅。窗内映入连绵山峦，美景远胜方壶仙山。

时常将《白纻词》之歌，放声高唱丹阳湖上。水色荡漾媲美苍海，湖光秀丽菰蒲摇曳。当遇到得意之时，心与天地相融合。心闲如白云随意卷舒，哪里还知自身的有无？

身怀美玉而耻于进献，嘲笑世人去深渊取珠。如果您修道有成，就请携我同游仙境。

玉真公主别馆苦雨赠卫尉张卿二首

【题解】此诗应作于开元十八年（730）左右。玉真公主，唐睿宗第十女，唐玄宗的妹妹。太极元年，出家为道士，改称玉真公主。别馆，即别墅，指主宅之外的其它住宅，玉真公主别馆在今陕西周至县终南山麓，今称楼观台。《古楼观紫云衍庆集》记载："今楼观南山之麓，有玉真公主祠堂存焉。俗传其地曰邸宫，以为主家别馆之遗址也。"苦雨，指久雨。《埤雅·释天》："雨久曰苦雨。"卫尉，《旧唐书·职官志》："卫尉寺，卿一人（从三品），卿之职，掌邦国器械文物之事，总武库、武器、守宫三署之官署。"张卿，指宰相张说次子张垍。张九龄《故开府仪同三司行尚书左丞相燕国公赠太师张公（说）墓志铭并序》："开元十有八载，龙集庚午冬十二月戊申，开府仪同三司行尚书左丞相燕国公薨于位，长子均，中书舍人。次曰垍，驸马都尉，卫尉卿。季曰埱，符宝郎，泣血在疚。"由此可知，张垍在开元十八年前后为卫尉卿。开元十八年（730），李白到长安干谒权贵无果，寓居终南山的玉真公主别馆，写下此组诗赠予张垍。

其一

【题解】秋雨绵绵中，诗人独坐别馆之中，前途迷茫，抑郁满怀，只能举杯消愁。诗人自认为有管、乐之才，能够辅弼帝王，因此来到长安，希望能得到举荐，跻身朝堂，一展抱负，但是当世却无人"贵经纶才"，所以诗人自比冯谖，弹剑来聊以自慰。全诗格调低沉，充满抑郁之情，可想李白当时心情极其不佳。

　　秋坐金张馆①，繁阴昼不开②。空烟迷雨色，萧飒望中来③。翳翳昏垫苦④，沉沉忧恨催。清秋何以慰? 白酒盈吾杯。

　　吟咏思管乐⑤，此人已成灰。独酌聊自勉，谁贵经纶才⑥? 弹剑谢公子，无鱼良可哀⑦。

【注释】①金张：汉时金日磾、张安世二人的并称。二氏子孙相继，七世荣显。后因用为显宦的代称。此处以金张馆代指玉真公主的别馆。

　　②繁阴：浓密的阴云。

　　③萧飒：萧条冷落。

　　④翳翳：昏暗的样子。昏垫：陷溺。指困于水灾，灾害等。《书·益稷》："洪水滔天，浩浩怀山襄陵，下民昏垫。"孔颖达疏："言天下之人，遭此大水，精神昏瞀迷惑，无有所知，又若沉溺，皆困此水灾也。郑云：'昏，没也；垫，陷也。禹言洪水之时，人有没陷之害。'"这里指受久雨之苦。

　　⑤管乐：指管仲和乐毅，管仲是春秋时齐国名相，乐毅是战国时燕国名将。此处诗人自比管乐。

　　⑥经纶：整理丝缕、理出丝绪和编丝成绳，统称经纶。引申为筹划治理国家大事。

　　⑦"弹剑"二句：用冯谖弹铗的典故。后因以"弹铗"或"弹剑"比

喻处境窘困而有求于人。

【译文】秋日独坐玉真公主的别馆内，天上阴云密布白昼天光不开。空中烟色迷蒙雨雾一片，天地间都是萧瑟的景象。让人饱受昏暗久雨之苦，思绪沉重心中忧恨交集。清秋时节何以慰藉情怀？酌满白酒可以消解忧愁。

吟诗咏古怀念管仲乐毅，可惜他们早已尸骨成灰。独自饮酒且聊以自勉，有谁会珍惜治国之才？我只能弹剑而歌以谢公子，吟唱"食无鱼"之歌实在可哀。

其二

【题解】这首诗描述了诗人在别馆寓居时，秋雨连绵的景象，引用稷和契的故事，来暗喻当时的掌权者，不能像稷和契南阳调和阴阳。接着诗人描写了自己处境的窘迫，并以刘穆之自比，表达了自己将来也有得志之时。

苦雨思白日，浮云何由卷？稷卨和天人①，阴阳仍骄蹇②。秋霖剧倒井③，昏雾横绝巘④。欲往咫尺涂，遂成山川限。漭漭奔溜泻⑤，浩浩惊波转。泥沙塞中途，牛马不可辨⑥。

饥从漂母食⑦，闲缀羽陵简⑧。园家逢秋蔬，藜藿不满眼⑨。蟏蛸结思幽⑩，蟋蟀伤褊浅⑪。厨灶无青烟，刀机生绿藓⑫。

投箸解鹔鹴⑬，换酒醉北堂。丹徒布衣者，慷慨未可量。何时黄金盘，一斛荐槟榔⑭。功成拂衣去，摇裔沧洲旁⑮。

【注释】①稷卨（xiè）：即稷和契，稷，是周朝的始祖，卨，同"契"，是商朝的始祖，传说都是舜的贤臣。这里用来比喻当时的掌权者。和天人：调和天意和民意。

②骄蹇：傲慢，不顺从。

③秋霖：秋天的大雨。《左传·隐公九年》："凡雨，自三日已往为霖。"剧：猛烈。倒井：雨势大如倒倾水井。傅玄《雨诗》："霖雨如倒井。"

④绝巘（yǎn）：极高的山峰。

⑤潀潀（cōng）：水流声。奔溜：奔流。

⑥"牛马"句：化用《庄子·秋水》中"秋水时至，百川灌河，泾流之大，两涘渚涯之间不辩（辨）牛马"句。陆德明注："辩，别也，言广大，故望不分别也。"

⑦"饥从"句：用韩信受饭于漂母的故事。事见《史记·淮阴侯列传》。

⑧"闲缀"句：缀：缝补。羽陵：古地名。《穆天子传》："仲秋甲戌，天子东游，次于雀梁，曝蠹书于羽陵。"郭璞注："谓暴书中蠹虫，因云蠹书也。"后以"羽陵"为贮藏古代秘籍之处。简：古代用来写字的竹板。

⑨藜藿：藜和藿，两种野菜。泛指粗劣的饭菜。

⑩蟏蛸：蜘蛛的一种，脚很长。通称蟢子。《诗·豳风·东山》："伊威在室，蟏蛸在户。"毛传："蟏蛸，长踦也。"孔颖达疏："长踦，小蜘蛛长脚者，俗呼为喜子。"

⑪"蟋蟀"句：《诗·唐风·蟋蟀》："蟋蟀在堂，岁聿其暮。今我不乐，故结幽思。"褊浅：心地、见识等狭隘短浅。

⑫刀机：即刀和几案。

⑬鹔鹴：这里指以鹔鹴的羽毛制成的裘衣。《西京杂记》记载，司

马相如曾用鹔鹴裘换酒，与卓文君畅饮。

⑭"丹徒"四句：丹徒布衣：指南朝宋刘穆之。《南史·刘穆之传》记载，刘穆之是东莞莒(今山东莒县)人，世居京口(丹徒)，少时家贫，常就岳家乞食。一日食饱求槟榔，其妻兄弟戏之曰："槟榔消食，君乃常饥，何忽须此？"后来刘穆之成为丹阳尹，召妻兄弟饮，至醉饱，令厨人以金盘盛槟榔一斛进之。

⑮摇裔：同"摇曳"。

【译文】秋雨连绵期盼白日，何时才能云卷雨收？上古的稷、契能够调和天意人愿，现在的天时却是阴阳失常不和。秋雨滂沱仿佛是井水倾倒，阴暗的云雾布满高山绝壁。想要前往咫尺之外的路途，现在却像被山川阻隔一样。潺潺细水汇成奔流而泻，滔滔波浪翻滚声势惊人。泥石滚滚而下拥塞道路，水势茫茫难辨对岸牛马。

饥饿时就向漂母乞食，闲暇时可以收拾书简。园里种植的蔬菜，只有稀疏的藜藿。见蜘蛛结网而起幽思，闻蟋蟀噪鸣而感促狭。厨灶许久没有生火，刀案都生满了绿苔。

愤然投箸解下鹔鹴之裘，拿去换酒归来醉卧北堂。知道丹徒布衣刘穆之吗？其人慷慨前途不可限量。何时我也能用黄金盘，盛满一斛槟榔来待客。功成我就拂衣而去，去往沧洲畅游山水。

赠韦秘书子春

【题解】此诗作于至德元载(756)李白隐居庐山时。韦秘书子春，即韦子春，曾任秘书省著作郎，是李白的故友。韦子春曾是永王李璘的主要谋士。《新唐书·李璘传》："璘生宫中，于事不通晓，见富且强，遂有窥江左意，以薛镠、李台卿、韦子春、刘巨鳞、蔡駉为谋主。"从诗中可以看出韦子春当时亲上庐山，邀请李白加入永王幕府。而李白最终被韦子春说服，原因就是诗中提到的"苟无济代心，独善亦何益？"李白在诗中最后还表达了功成身退的愿望。全诗明显表现出诗人"济世安民"的思想，这也是李白一直以来的抱负和愿望。

谷口郑子真，躬耕在岩石。高名动京师①，天下皆藉藉②。其人竟不起，云卧从所适③。苟无济代心④，独善亦何益？

惟君家世者，偃息逢休明⑤。谈天信浩荡⑥，说剑纷纵横⑦。谢公不徒然，起来为苍生⑧。秘书何寂寂？无乃羁豪英⑨！

且复归碧山，安能恋金阙？旧宅樵渔地，蓬蒿已应没。却顾女几峰⑩，胡颜见云月⑪？徒为风尘苦，一官已白发。

气同万里合，访我来琼都⑫。披云睹青天⑬，扪虱话良图⑭。留侯将绮季⑮，出处未云殊。终与安社稷，功成去五湖⑯。

【注释】①谷口：古地名，又名瓠口。在今陕西礼泉县东北，当泾水出山之处，故名。郑子真：名朴，字子真，居谷口，世号谷口子真，西汉时隐士。皇甫谧《高士传》："郑朴，字子真，谷口人也。修道静默，世服其清高。成帝时，大将军王凤以礼聘之，遂不屈。扬雄盛称其德，曰：'谷口郑子真，耕于岩石之下，名振京师。'"

②藉藉：显著盛大貌。

③云卧：高卧于云雾缭绕之中。谓隐居。

④济代：犹济世。

⑤偃息：休养。休明：美好清明。

⑥"谈天"句：用战国邹衍故事。邹衍喜欢谈论天事，被人称其为"谈天衍"。

⑦"说剑"句：用《庄子·说剑》篇故事。赵文王喜剑，剑士日夜相击，死伤甚众。太子悝患之，庄子受太子悝之请，前往说服赵文王。庄子说："臣有三剑：天子剑、诸侯剑、庶人剑。大王有天子位，而好庶人剑，臣窃为大王薄之。"于是赵文王停止斗剑。

⑧"谢公"二句：用东晋谢安故事。东晋时谢安屡违朝旨，高卧东山，诸人每相与言："安石不肯出，将如苍生何？"

⑨秘书：指韦子春。寂寂：孤单；冷落。

⑩女几峰：山名，在今河南宜阳县西南。

⑪胡颜：犹言有何面目。

⑫琼都：此处指庐山。

⑬"披云"句：《世说新语·赏誉》："卫伯玉为尚书，见乐广与中朝名士谈议，奇之。曰：'此人，人之水镜也。见之若披云雾，睹青天。'"

⑭"扪虱"句：用东晋王猛故事。《晋书·王猛传》："桓温入关，猛被褐而诣之，一面谈当世之事，扪虱而言，旁若无人。"

⑮"留侯"句：用张良故事。留侯：即张良。绮里：即绮里季，"商山四皓"之一。《史记·留侯世家》记载，汉高祖欲废太子，而立戚夫人之子赵王刘如意为太子。吕后向张良请教计谋，张良建议太子刘盈请来商山四皓为辅佐。汉高祖见有商山四皓在太子身边，就打消了废太子之念。

⑯"功成"句：用春秋时范蠡功成身退的故事。

【译文】西汉郑子真隐居在谷口，不慕富贵躬耕在山岩下。他的高名震动京师，天下人都为之赞颂。他却坚决不肯出仕，云卧山中悠然自得。如果没有济世之心，独善其身有何意义？

您家世代都崇尚清净，虽逢盛世也偃然安卧。如邹衍般滔滔不绝谈天论道，像庄子般纵横开阖说剑雄辩。谢公不徒然隐居东山，危难时就出来拯救苍生。身为秘书郎是何等寂寞，只能是羁绊了英雄豪士。

不如暂回青山隐居，哪能留恋金銮宫阙。旧宅已成渔樵歇息之地，遍地荒草已经湮没故园。回头看看远处的女几峰，有何面目再见云和月。徒劳在风尘中奔波受苦，一入官场就白了少年头。

意气相投故能万里相会，您专程来庐山与我畅谈。您的良言如同披云见青天使我茅塞顿开，彼此就像王猛扪虱那样毫不拘束共谋良图。你我就像张良请绮里季出山，出仕隐居原本就没有分别。如果最终能够安定天下，功成以后就去五湖泛舟。

赠韦侍御黄裳二首

【题解】韦侍御黄裳，即韦黄裳，曾为监察御史。《因话录》："御史台三院，一曰台院，其僚曰侍御史，众呼为端公。二曰殿院，其僚曰殿中侍御史，众呼为侍御。三曰察院，其僚曰监察御史，众呼亦曰侍御。"《新唐书·百官志》："监察御史十五人，正八品下，掌分察百寮，巡按州县、狱讼、军戎、祭祀、营作、太府、出纳皆莅焉。知朝堂左右厢及百司纲目。"此诗其二有"见君乘骢马，知上太行道"之句，可知韦黄裳应为监察御史，所以会巡按州县。据《旧唐书·王鉷传》记载，韦黄裳天宝九载为万年县尉，因此这组诗当是天宝九载以后所作。韦黄裳为人谄媚逢迎，李白此诗含有劝诫之意。

其一

【题解】此诗首四句吟咏青松的欺霜傲雪，次四句抒发对桃李艳色迷人的贬斥，末四句为规劝之语，希望韦黄裳能以青松为榜样，做一个"受屈不改心"的正人君子。

太华生长松①，亭亭凌霜雪。天与百尺高，岂为微飙折②？桃李卖摇艳③，路人行且迷。春光扫地尽，碧叶成黄泥。愿君学长松，慎勿作桃李。受屈不改心，然后知君子。

【注释】①太华：即华山，在今陕西华阴县南。因其西有少华山，故名太华山。

②微飙：小风，微风。

③摇艳：摇曳。

【译文】华山顶上生有高松，亭亭而立凌霜迎雪。天然生成百尺高，岂被小风所摧折？桃李卖弄艳丽之色，行人路过为之着迷。一旦春光消尽之时，碧叶就会化成黄泥。愿君效仿挺拔的青松，切勿做那艳丽的桃李。受屈辱而不改其志，然后才知是真君子。

其二

【题解】这首诗前四句嘱咐韦黄裳行路太行山，要注意安全。后四句诗人自伤怀才不遇，同时勉励友人为官要以清正廉洁。

见君乘骢马①，知上太行道。此地果摧轮②，全身以为宝③。我如丰年玉④，弃置秋田草。但勖冰壶心⑤，无为叹衰老。

【注释】①"见君"句：用东汉桓典故事。骢马：青白色相杂的马。《后汉书·桓典传》："（桓典）拜侍御史，是时宦官秉权，典执正无所回避。常乘骢马，京师畏惮，为之语曰：'行行且止，避骢马御史。'"后以"乘骢"指侍御史。

②摧轮：折毁车轮，谓路艰险。

③全身：保全性命。

④丰年玉：东晋庾亮有治国之才，被誉为丰年玉。后以"丰年玉"比喻太平盛世的人才。《世说新语·赏誉》："世称庾文康为丰年玉。"刘孝标注："谓亮（即庾文康）有廊庙之器。"

⑤勖（xù）：勉励。冰壶心：比喻人心光明纯洁。

【译文】看见您乘骢马出行，便知您将去太行山。此地艰险摧车毁轮，保全性命最为宝贵。我如庾亮为丰年之玉，却被弃置秋田草丛中。您要自勉常存高洁之心，勿以年老为由徒然哀叹。

赠薛校书

【题解】这首诗当是天宝三载（744），李白被赐金还山时所作。薛校书，名字事迹不详。校书，古代掌校理典籍的官员，王琦注："按《唐书·百官志》，弘文馆有校书郎二人，集贤殿书院有校书四人，秘书省有校书郎十人，著作局有校书郎二人，崇文馆有校书郎二人，司经局有校书四人，皆九品。"此诗应是李白离朝时赠给薛校书。全诗前四句写诗人曾作《吴趋曲》，可惜无人能识。接着诗人感叹姑苏台蔓草丛生，麋鹿游于台上，悲凉的情景也使诗人心情更加郁闷，想到自己还未曾像枚乘那样夸耀观涛之作，就已离开朝堂，沦落江湖，空有钓鳌之心。末二句表明李白对于供奉翰林一事，认为是虚行一场，并没有实现自己济世安民的抱负，失望之情溢于言表。

我有《吴趋曲》①，无人知此音。姑苏成蔓草，麋鹿空悲吟②。未夸观涛作③，空郁钓鳌心④。举手谢东海⑤，虚行归故林。

【注释】①《吴趋曲》：《古今注》："《吴趋曲》，吴人以歌其地也。"陆机《吴趋行》："四坐并清听，听我歌《吴趋》。"刘良注："趋，步也，此曲吴人歌其土风也。"

②"姑苏"二句：《吴越春秋》："子胥受剑……仰天呼怨曰：'今汝（吴王）不用吾言，反赐我剑，吾今日死，吴宫为墟，庭生蔓草，越人

掘汝社稷，安忘我乎？'"《汉书·伍被传》："昔子胥谏吴王，吴王不用，乃曰：'臣今见麋鹿游姑苏之台也。'"此处用其意。

③观涛作：枚乘《七发》："将以八月之望，与诸侯远方交游兄弟，并往观涛乎广陵之曲江。"此处用其意。

④钓鳌：《列子·汤问》："（勃海之东有五山），而五山之根，无所连著，常随潮波上下往还，不得暂峙焉。仙圣毒之，诉之于帝。帝恐流于西极，失群仙圣之居，乃命禺彊使巨鳌十五举首而戴之，迭为三番，六万岁一交焉，五山始峙而不动。而龙伯之国有大人，举足不盈数步而暨五山之所，一钓而连六鳌，合负而趣归其国，灼其骨以数焉。于是岱舆、员峤二山流于北极，沉于大海。"后因以"钓鳌"喻抱负远大或举止豪迈。李白曾自称为"海上钓鳌客"。宋代赵令畤《侯鲭录》记载："李白开元中，谒宰相，封一板，上题曰：'海上钓鳌客李白。'相问曰：'先生临沧海，钓巨鳌，以何物为钩丝？'白曰：'……以虹霓为丝，明月为钩。'又曰：'何物为饵？'曰：'以天下无义气丈夫为饵。'时相悚然。"

⑤谢：辞去官职。东海：比喻朝廷。

【译文】我这里有一首《吴趋曲》，可惜世间无人懂其音。姑苏台已经荒废蔓草丛生，麋鹿游于台上使人空悲吟。我还未曾夸耀观涛之诗，心中徒然怀有钓鳌之心。怅然挥手辞别朝廷，虚行一场返回山林。

赠何七判官昌浩

【题解】此诗年代不详。何七判官昌浩，姓何，名昌浩，排行为七,官职为判官。判官,官名,为长官的佐吏,协理政事,或备差遣。唐朝节度使、观察使、按抚使、度支使、营田使、招讨使、经略使等,均置判官,见《新唐书·百官志》。诗中有"沙漠收奇勋"句,可知何昌浩或在西北边陲任判官。全诗先叙述诗人怀才不遇,壮志难酬的苦闷,以及想要长风破浪的志向。接着诗人赞扬友人为当世之管仲乐毅,希望能与友人同建功,共隐退,而不愿与长沮、桀溺那样不问世事的人为伍。

有时忽惆怅,匡坐至夜分^①。平明空啸咤^②,思欲解世纷。心随长风去,吹散万里云^③。羞作济南生,九十诵古文^④。

不然拂剑起,沙漠收奇勋。老死阡陌间,何因扬清芬? 夫子今管乐^⑤,英才冠三军。终与同出处,岂将沮溺群^⑥。

【注释】①匡坐:正坐。夜分:夜半。

②平明:天刚亮的时候。啸咤:大声呼吼。

③"心随"二句:化用《宋书·宗悫传》中的"愿乘长风破万里浪"之句。

④"羞作"二句:济南生:指伏生。《汉书·儒林传》记载,伏生,汉时济南人,名胜。原秦博士,治《尚书》。秦始皇焚书,伏生以书藏壁中。汉兴后,求其书已散佚,仅得二十九篇,以教于齐鲁间。汉文帝即位,闻其能治《尚书》,欲召之。然伏年已九十余,老不能行,乃诏太常使掌故晁错往受之。

⑤管乐:指管仲和乐毅。

⑥沮溺:春秋时长沮和桀溺两位隐士。《论语·微子》记载,长沮、

桀溺耦而耕,遇到孔子,讽喻孔子在各国间的无用奔走。

【译文】有时忽觉心情惆怅,悱悱然独坐至夜半。天亮起身徒然长啸,欲为世间解除纷乱。我的心随着长风远去,吹散空中的万里浮云。羞于作济南的老儒伏生,九十几岁还在诵读古文。

不如奋然拔剑而起,到大漠去建功立业。老死于阡陌之间,如何能显扬大名?您是今世的管仲、乐毅,英才杰出居于三军之首。我终与您一起同进退,岂能与长沮、桀溺为伍?

读诸葛武侯传书怀赠长安崔少府叔封昆季

【题解】诸葛武侯传,指《三国志·蜀志·诸葛亮传》。诸葛亮,曾封为武乡侯,故称武侯。长安崔少府叔封昆季,长安县尉崔叔封兄弟。少府,唐代对县尉的敬称。昆季,即兄弟。此诗当是诗人于开元初在长安时所作。抒发了读《诸葛亮传》后的感慨。全诗从东汉末年群雄割据写起,叙述了刘备三顾茅庐请出诸葛亮,并且君臣如鱼水相得。诸葛亮辅佐刘备在东汉末年叱咤风云,最后在蜀地立国,志取关中,意在天下。而最早知遇诸葛亮的是博陵的崔州平。最后诗人自嘲也是草野之人,也有志于济世救民。现在遇到崔氏兄弟,希望能像鲍叔牙推荐管仲那样引荐自己。诗人以诸葛亮、管仲自比,以崔州平、崔瑗和鲍叔牙比拟崔叔封兄弟。表现了李白寄望友人举荐,能够一展抱负的思想。

汉道昔云季^①，群雄方战争。霸图各未立，割据资豪英。

赤伏起颓运^②，卧龙得孔明^③。当其南阳时，陇亩躬自耕^④。鱼水三顾合^⑤，风云四海生。武侯立岷蜀^⑥，壮志吞咸京^⑦。何人先见许？但有崔州平^⑧。

余亦草间人^⑨，颇怀拯物情。晚途值子玉^⑩，华发同衰荣。托意在经济^⑪，结交为弟兄。无令管与鲍^⑫，千载独知名。

【注释】①云：语气助词。季：指末年。

②赤伏：指赤伏符，预言刘秀将要当皇帝的符书。《后汉书·光武帝纪》："光武先在长安时，同舍生彊华自关中奉赤伏符曰：'刘秀发兵捕不道，四夷云集龙斗野，四七之际火为主。'"此处指刘备应运而起。

③卧龙：指诸葛亮，字孔明。

④"当其"二句：诸葛亮《出师表》："臣本布衣，躬耕南阳。"此处化用其意。

⑤"鱼水"句：《三国志·蜀志·诸葛亮传》记载，刘备三往乃见诸葛亮，与诸葛亮关系日密，关羽、张飞等不悦，刘备解释说："孤之有孔明，犹鱼之有水也。愿诸君勿复言。"三顾合：指刘备三顾茅庐聘请诸葛亮出山。

⑥武侯：指诸葛亮，被封为武乡侯，谥号为忠武侯。岷蜀：指蜀地，因其有岷山、岷江，故称。

⑦咸京：指咸阳、长安一带，秦汉时为京都。

⑧崔州平：东汉末年人，是诸葛亮好友，认为诸葛亮有管仲、乐毅之才。《三国志·蜀志·诸葛亮传》："诸葛亮，字孔明，琅玡阳都人也。躬耕陇亩，好为《梁父吟》，身长八尺，每自比于管仲、乐毅，时人莫之

许也。惟博陵崔州平、颖川徐元直与亮友善,谓为信然。"

⑨草间人:草野之人。

⑩晚途:晚年。子玉:东汉崔瑗,字子玉,与扶风马融、南阳张衡相友好。这里喻指崔叔封。

⑪托意:寄托全部的心意。经济:经世济民。

⑫管与鲍:指管仲与鲍叔牙。

【译文】东汉国运到了末年,群雄相争战乱纷起。称霸宏图之业未立,各自割据一方称雄。

刘备像汉光武一样重振汉朝颓运,遇到了孔明这位卧龙来辅佐大业。诸葛亮在南阳隐居时,亲自躬耕于陇亩之中。刘备三顾茅庐得到诸葛亮如鱼得水,从此君臣能在三国时期叱咤风云。诸葛亮佐助刘备在岷蜀立国,志在收复关中最后统一天下。何人能先见其贤达,就是博陵的崔州平。

我也是草野失意之人,颇有拯救苍生的意愿。晚年恰遇二位像崔瑗一样的朋友,彼此正可以于华发之时同衰共荣。我们都有意于经世济民,所以情投意合结为兄弟。愿我们像管鲍那样相知,千载以后世间独留美名。

赠郭将军

【题解】这首诗是天宝二年(743),李白供奉翰林时所作。郭将军,名字事迹不详。此诗前四句写郭将军少年从军,戍边武威郡。后又入掌皇宫银台门。平日里清晨佩剑上朝,日暮乘马醉归。接着描写郭将军日常生活:家中爱子临风吹玉笛,堂前美人翩翩舞罗衣。往日的英雄豪气只能在梦中重现,今日与诗人相逢,彼此趁着大好春光酣醉一场。

将军少年出武威①,入掌银台护紫微②。平明拂剑朝天去③,薄暮垂鞭醉酒归④。爱子临风吹玉笛,美人腾月舞罗衣。畴昔雄豪如梦里⑤,相逢且欲醉春辉。

【注释】①武威:指凉州,天宝元年改为武威郡,属陇右道,治所在今甘肃武威市。

②银台:长安城宫门名,宫中紫宸殿有左、右银台门。紫微:即紫微垣。星官名。此处喻指帝王宫殿。

③朝天:朝见天子。

④薄暮:傍晚,太阳快落山的时候。

⑤畴昔:以前,过往。

【译文】将军年少时就在武威戍边,如今又掌管银台护卫皇宫。清晨佩剑去朝见天子,日暮骑马垂鞭而醉归。家中爱子临风吹玉笛,堂前美人月下舞罗衣。昔日的雄豪英姿宛如梦里,与君相逢且共醉春光之中。

驾去温泉宫后赠杨山人

【题解】这首诗应是天宝元年冬，李白在长安时所作。诗写其初入翰林侍驾之荣幸得意，并功成身退的理想。温泉宫，贞观十八年置。原名温汤宫或汤泉宫，咸享二年（671）改为温泉宫，天宝六载又更名为华清宫。在今陕西临潼县骊山脚下。杨山人，名字事迹不详。山人，谓隐居者。全诗首段回忆诗人年轻时流落楚汉一带，落魄潦倒，虽自认有管仲、诸葛亮之才，却无人能识，只能长叹而闭门独居。一朝被征召入京城，受到天子眷顾，诗人也以一片丹心来报效君主。诗人受宠侍从天子车驾来到温泉宫，骑乘飞龙马出入翰林院，王公大臣都给以好颜色，达官显贵都竞相趋访。当时如此众多的结交者中，杨山人虽与诗人只有片言交谈，但却能意气相投，志同道合。最后诗人表示等到自己报答完明主的知遇之恩，就与山人一起隐居山林。

少年落托楚汉间，风尘萧瑟多苦颜。自言管葛竟谁许①？长吁莫错还闭关②。

一朝君王垂拂拭，剖心输丹雪胸臆。忽蒙白日回景光③，直上青云生羽翼。幸陪鸾辇出鸿都④，身骑飞龙天马驹⑤。王公大人借颜色⑥，金章紫绶来相趋⑦。

当时结交何纷纷？片言道合唯有君。待吾尽节报明主，然后相携卧白云⑧。

【注释】①管葛：指管仲和诸葛亮。

②莫错：错莫，纷乱。闭关：关门。

③白日：喻指皇帝。景光：日光，比喻皇帝的恩遇。

④鸾辂：天子之车，因车上有鸾铃，故称。鸿都：汉代宫门名，东汉灵帝时在鸿都门设置学校。专习辞赋等。《后汉书·灵帝纪》："光和元年，始置鸿都门学生。"李贤注："鸿都，门名也，于内置学。时其中诸生，皆敕州、郡、三公举召，能为尺牍、词赋及工书鸟篆者，相课试，至千人焉。"

⑤飞龙：马厩名，唐时宫禁中设有飞龙厩。《翰林志》："唐制，学士初入院，赐中厩马一匹，谓之长借马。"李白当时供奉翰林，故得赐飞龙马。

⑥借颜色：给面子。

⑦金章：铜印。紫绶：紫色的系印绶带。一般为达官显贵者佩戴。

⑧卧白云：谓隐居。

【译文】年轻时我落魄在楚汉之间，感受萧瑟风尘而面有苦色。我自言有管葛之才有谁会称许？怀才不遇只能长叹而闭门赋闲。

一朝天子垂顾加以任用，我则一片丹心以报君主。忽蒙天子恩泽之光的照耀，我如同身生羽翼直上青云。有幸侍从銮驾出入鸿都，身骑飞龙天马志满意得。王公大人也要借我以颜色，金章紫绶之高官也来趋访。

当时相结交的人是何其之多，您与我虽只片言却意同道合。待我尽忠报答明主之后，再与君一起隐居山林。

温泉侍从归逢故人

【题解】此诗应是天宝初年，李白供奉翰林之时所作。温泉，即指温泉宫。故人，姓名不详。李白侍从玄宗去骊山温泉宫，归来时遇到故人写下此诗。此诗前四句引用扬雄侍从汉成帝出游长杨苑的故事，实则是诗人此时正获唐玄宗赏识，志满意得，因此以扬雄自比。末两句则表达了诗人愿意向玄宗推荐友人，他日一起飞腾青云的想法，也是李白当时正值得意之时，因而有此豪言。

汉帝长杨苑①，夸胡羽猎归②。子云叨侍从③，献赋有光辉④。激赏摇天笔⑤，承恩赐御衣⑥。逢君奏明主，他日共翻飞⑦。

【注释】①长杨苑：秦汉宫苑名，战国秦昭王时筑，汉代重加修饰，在今陕西周至县东南，有垂杨数亩，故名。内有射熊馆，秦汉时为帝王游猎之所。汉扬雄写有《长杨赋》。

②"夸胡"句：《汉书·扬雄传》记载，汉成帝为了向胡人夸耀中原多禽兽，命百姓张网捕捉野兽，关在长杨宫射熊馆，供胡人猎取。因而耽误了农时，扬雄写下《长杨赋》劝谏汉成帝。

③子云：指扬雄，字子云。

④献赋：指扬雄献上《长杨赋》。

⑤激赏：非常赞赏。天笔：皇帝使用的笔。亦借指御批。

⑥赐御衣：杨齐贤曰："太白为宫词，明皇赏赐以宫锦袍。"

⑦翻飞：本指上下飞翔，这里指飞黄腾达。

【译文】当年汉成帝出游长杨苑。向胡人夸耀打猎后归来。扬雄受宠得以侍从圣驾出行，为了劝谏天子而献上《长杨赋》。当今天子赏识我而挥动御笔，使我承受皇恩获赐御衣一件。今日逢君我将向皇上推荐您，他日我们一起翻飞青云之上。

赠裴十四

【题解】这首诗大约作于开元年间。裴十四，姓裴，排行十四，名字事迹不详，即将辞别李白西去，诗人作此诗相赠。此诗不同于一般的离别诗那样凄婉，而是写得豪放大气，气势夺人，是李白众多赠别诗中较为出色的一首。此诗谓裴十四既有西晋裴叔则那样的仪态，又胸怀浩荡，可容万里江河，使人欲渡不能，欲得其一顾亦不可。其人傲然特立如此，谁人可相知，惟有飘然而去。"黄河落天走东海，万里写入胸怀间"二句形容裴十四的气概宏大，胸怀宽广，可谓语出新奇，气象不凡。此诗虽是赠别，李白却不肯写寂寥之语，"徘徊六合无相知，飘若浮云且西去"二句，让人有飘飘欲仙去之感。黄周星《唐诗快》："此等诗不得不赏其豪旷，又不得但赏其豪旷，总是气格不同。"吴昌祺《删订唐诗解》："太白七古如生龙活虎，非世人所可驾驭。天实授之，岂人力耶？"乔亿《剑溪说诗》："'黄河落天走东海，万里写入胸怀间'，太白具此襟抱，故下笔有延颈八荒气象。"

朝见裴叔则①，朗如行玉山。黄河落天走东海，万里写入胸怀间②。身骑白鼋不敢度③，金高南山买君顾。徘徊六合无相知④，飘若浮云且西去。

【注释】①裴叔则：即晋朝的裴楷，曾任中书令，人称裴令公，仪容俊美。《世说新语·容止》："裴令公有俊容仪，脱冠冕、粗服乱头皆好，时人以为玉人。见者曰：'见裴叔则如玉山上行，光映照人。'"此处以裴叔则比拟裴十四。

②"黄河"二句：谓黄河仿佛从天而落，奔流东海，浩荡万里，都泻入裴十四的胸怀中。比喻裴十四胸怀广阔。写，通"泻"，倾泻。

③白鼋：屈原《九歌·河伯》："乘白鼋兮逐文鱼，与女游兮河之渚。"鼋，水生动物，亦称"绿团鱼"，俗称"癞头鼋"。

④六合：即天地四方。

【译文】见君如见裴叔则，朗照如行玉山上。黄河从天而落奔东海，倾泻万里纳入君胸怀。即使身骑白鼋也不敢冒然横渡，即使黄金高如南山难买君一顾。您徘徊六合而无相知之人，如今若天上浮云飘然西去。

赠崔侍御

【题解】此诗应是天宝三载（744），李白离京后所作。崔侍御，即崔成甫，曾任摄监察御史，是李白的好友之一。此诗前四句诗人以黄河之鲤自喻，"点额不成龙，归来伴凡鱼"指自己不能在朝中立足而被赐金还山一事。接着赞扬崔成甫如东海钓鳌客一样豪迈不凡，希望能借助其风涛之势，辅助自己飞凌昆仑之墟，即得到朝廷的重用。最后诗人以司马相如自比，希望能早日得到朝廷的赤车征召。

黄河三尺鲤，本在孟津居①。点额不成龙②，归来伴凡鱼。

故人东海客③，一见借吹嘘。风涛傥相因，更欲凌昆墟④。何当赤车使⑤，再往召相如。

【注释】①孟津：古黄河渡口名。在今河南省孟津县东北、孟州市西南。

②点额：谓跳龙门的鲤鱼头额触撞石壁。《水经注·河水四》："《尔雅》云：'鳣，鲔也。出巩穴，三月则上渡龙门，得渡则为龙矣，否则点额而还。"后因以"点额"喻指仕途失意或应试落第。

③东海客：即东海钓鳌客。形容崔成甫气度超凡脱俗。

④昆墟：昆仑之墟。《山海经·海内西经》："昆仑之墟，在西北，帝之下都。昆仑之墟，方八百里，高万仞。"

⑤赤车：古代显贵者所乘红色的车。

【译文】黄河中的三尺鲤鱼，本来在孟津栖息。化龙不成以额触壁，只能归来与凡鱼为伴。

您是豪迈的东海钓鳌客，一与相见就可得到借助。如果有风云际会之时，希望能直上昆仑之墟。何日能遣来赤车使者，征召我这个司马相如。

上李邕

【题解】这首诗应是李白早年之作，大约是开元七年（719）左右。当时李邕为渝州刺史，李白去拜见李邕，可能希冀得到其赏识，当时李白年少气盛，因此以大鹏鸟自比。全诗语气激昂，甚至不很恭敬，因此历代也有认为此诗非李白所作。严羽曰："小儿语，岂可使北海见。"萧士赟曰："此篇似非太白之作，今厘在卷末。"朱谏《李诗辨疑》："按李邕于李白为先辈，邕有文名，时推重，自至京师，必与相见。自必不敢以敌体之礼自居，当从后进之列。今玩诗意，如语平交，且辞义浅薄而夸，又非所以谒大官见长者待师儒之礼也。白虽不羁，其赠崔侍御、韦秘书、张卫尉、孟浩然等作，辞皆谨重而无亵慢之意，次及徐安宜、卢主簿、王瑕丘、韦参军、何判官，虽有尊卑之殊，各尽欢洽之情，无有谩词，矧李邕乎？以此益可疑矣。"

大鹏一日同风起，抟摇直上九万里①。假令风歇时下来，犹能簸却沧溟水②。世人见我恒殊调，见余大言皆冷笑。宣父犹能畏后生③，丈夫未可轻年少。

【注释】①"大鹏"二句：化用《庄子》："鹏之徙于南冥也，水击三千里，抟扶摇而上者九万里。"陆德明注："司马云：'上行风谓之扶摇。'"

②捞却：荡去。捞，应为"簸"，即荡的意思。

③宣父：孔子。《新唐书·礼乐志五》："贞观十一年，诏尊孔子为宣父。"

【译文】大鹏终有一日会随风而起，借助风力扶摇直上九万里。即使有时风会停歇，还能荡起沧海之水。世人见我总是有特殊论调，听到我的豪言壮语都冷笑。孔子还曾说过"后生可畏"，大丈夫不可轻视少年。

述德兼陈情上哥舒大夫

【题解】此诗年代不详，应为天宝八载（747）以后所作。述德陈情，为唐时上书权贵的常用语，意即备述其德及陈己之情。哥舒大夫，即哥舒翰。《旧唐书·哥舒翰传》记载，哥舒翰为唐代突厥族突骑施哥舒部人，以部族名为姓。勇而有谋，能读《左传》《汉书》。世居安西（今新疆库车），四十岁后从军河西，节度使王忠嗣署为牙将。屡破吐蕃，由是知名。天宝六载，代王忠嗣为陇右节度使。八载，率陇右、河西及突厥兵十万余人，攻克吐蕃石堡城（今青海西宁西）。因功拜特进、鸿胪员外卿、加摄御史大夫。后兼河西节度使，封平西郡王。因患风疾还长安。十四载，安禄山反。次年，起为兵马副元帅，统二十万军守潼关。因杨国忠说玄宗促使出战。哥舒翰被迫出关，大败，为部将执送安禄山而降，囚洛阳。后于安庆绪兵败北逃时被杀。全诗称赞哥舒翰是天降英才，富有韬略，深谋远略，处世豪逸，即使是卫青和白起与之相比也逊色。严羽评点《李太白诗集》："'灵台'字最古，然唐人用之则为唐，宋人用之则为宋。"又评"卫青"二句："壮哉！只可如此住，下难为承。"历代多有人认为此诗有述德而无陈情，似有阙文。刘世教曰："按此诗述德有之，而无陈情之词，疑有阙文。"朱谏《李诗辨疑》："今玩诗意，述德则有之，无有陈情之辞，疑当有阙文也。以俟再考。"胡震亨《李诗通》："上大帅只此数言，亦太潦草，读杜老长律，方知其得体也。"但是也有的学者持不同意见。瞿蜕园、朱金成《李白集校注》："杜甫集中亦有《投哥舒开府二十韵》诗，当时皆以哥舒为名将而加以颂扬。述德、陈情为唐人上权要之惯用语。见《李商隐集》。"王琦注曰："刘世教曰：按此诗，述德有之，而无陈情之词，疑有阙文。胡震亨以为上大帅只此数言，亦太潦草，不如杜之长律为得体者，非也。"

天为国家孕英才，森森矛戟拥灵台①。浩荡深谋喷江海，纵横逸气走风雷。丈夫立身有如此，一呼三军皆披靡。卫青漫作大将军②，白起真成一竖子③。

【注释】①森森矛戟：《晋书·裴楷传》："裴楷有知人之鉴，尝目钟会，如观武库森森，但见矛戟在前。"灵台：指内心。《庄子·庚桑楚》："不可纳于灵台。"郭象注："灵台，心也。"

②卫青：西汉大将。字仲卿，河东平阳（今山西临汾西南）人。卫皇后之弟。原是汉武帝姐姐平阳公主的家奴。后被武帝重用，官至大将军，封长平侯。和霍去病一起率汉军大败匈奴，解除了匈奴对西汉的威

胁。漫：徒然。

③白起：战国秦昭王时名将，善用兵，自为将后数十年间，先后为秦攻取韩、魏、赵、楚七十余城，威震诸侯，封武安君。后因与相国范睢意见不合，受谗毁，被秦昭王赐剑自杀而死。竖子：小子。

【译文】您是上天为国家孕育的英才，心中如武库密藏武艺与韬略。谋略深远如同江海而源源不竭，胸中超凡气概纵横如风雷勃发。大丈夫立身处世就该这样，登高一呼而使三军皆披靡。与您相比，卫青枉称作大将军，白起也不过一竖子。

雪谗诗赠友人

【题解】此诗年代不详，约作于开元末或天宝初。此诗的意旨，历代众说纷纭。诗中所斥妇人有二说：其一，认为是杨贵妃，李白斥其淫乱误国。其二，认为是与李白离异的刘氏。从全诗来看，虽然列举很多妇人淫乱误国之事，但据"万乘尚尔，匹夫何伤"二句，所以可能不是针对国事，而是指诗人与他人之间有嫌隙，诗人作此诗以抒发遭遇毁谤后的愤懑之情。由此来看，诗中所斥责之人，应是刘氏的可能性大一些。

嗟余沉迷，猖蹶已久①。五十知非②，古人常有。立言补过③，庶存不朽。苞荒匿瑕④，蓄此烦丑⑤。《月出》致讥⑥，贻愧皓首⑦。感悟遂晚，事往日迁。白璧何辜？青蝇屡前⑧。群轻折轴⑨，下沈黄泉。众毛飞骨⑩，上凌青天。蓁斐暗成，贝锦粲然⑪。泥沙聚埃，珠玉不鲜。洪炎烁山，发自纤烟。沧波荡日，起乎微涓⑫。交乱四国⑬，播于八埏⑭。拾尘掇蜂⑮，疑圣猜贤。哀哉悲夫！谁察余之贞坚⑯。

彼妇人之猖狂，不如鹊之强强。彼妇人之淫昏，不如鹑之奔奔⑰。坦荡君子，无悦簧言⑱。擢发赎罪，罪乃孔多⑲。倾海流恶，恶无以过⑳。人生实难，逢此织罗。积毁销金㉑，沉忧作歌㉒。天未丧文，其如余何㉓！

妲己灭纣㉔，褒女惑周㉕。天维荡覆㉖，职此之由㉗。汉祖吕氏，食其在傍㉘。秦皇太后，毒亦淫荒㉙。蟠蜽作昏㉚，遂掩太阳。万乘尚尔㉛，匹夫何伤！辞殚意穷㉜，心切理直。如或妄谈，昊天是殛㉝。子野善听㉞，离娄至明㉟。神靡遁响㊱，鬼无逃形。不我遐弃㊲，庶昭忠诚。

【注释】①"嗟余"二句：丘迟《与陈伯之书》："直以不能内审诸己，外受流言，沉迷猖蹶，以至于此。"李周翰注："沉溺迷惑，猖狂蹶僵也，言惑乱佞行至于此也。"猖蹶：狂放。

②五十知非：用春秋时卫国大夫蘧伯玉故事。《淮南子·原道训》："蘧伯玉年五十而知四十九年非。"

③立言：指著书立说。《左传·襄公二十四年》："太上有立德，其次有立功，其次有立言，虽久不废，此之谓不朽。"又《左传·召公七年》"仲尼曰：'能补过者，君子也。'"

④苞荒：包含荒秽，谓度量宽大。苞，当作"包"。《易·泰》：

"九二，包荒，用冯河，不遐遗。"王弼注："能包含荒秽，受纳冯河者也。"匿瑕：指美玉也暗有瑕疵。《左传·宣公十五年》："瑾瑜匿瑕。"杜预注："匿，藏也。虽美玉之质，亦或居藏瑕秽。"

⑤烦丑：厌烦之丑人。

⑥《月出》：《诗经》中的篇章。《诗·陈风·月出序》："《月出》，刺好色也。在位不好德而悦美色焉。"即讽刺陈国国君好色。

⑦贻愧：留下羞愧。

⑧"白璧"二句：谓白玉被青蝇玷污，喻君子被谗言诬陷。《诗·小雅·青蝇》："营营青蝇，止于樊。岂弟君子，无信谗言。"郑玄笺："蝇之为虫，污白使黑，污黑使白，喻佞人变乱善恶也。"《埤雅》："青蝇粪，尤能败物，虽玉犹不免，所谓蝇粪点玉是也。盖青蝇善乱色，故诗人以刺谗。"

⑨群轻折轴：谓物虽不重，装载过多亦可压断车轴。比喻小患会酿成大灾。《汉书·刘胜传》："丛轻折轴，羽翮飞肉。"颜师古注："言积载轻物，物多至令车轴毁折；而鸟之所以能飞翔者，以羽翮扇扬之故也。"

⑩众毛飞骨：谓众多羽毛可以托起鸟儿身骨飞翔空中。

⑪"萋斐"二句：喻小人罗织罪状。《诗·小雅·巷伯》："萋兮斐兮，成是贝锦。彼谮人者，亦已太甚。"毛传："萋斐，文章相错也。贝锦，锦文也。"郑玄笺："锦文者，文如余泉、余蚳之贝文也。兴者，喻谗人集作己过，以成于罪，犹女工之集采色，以成锦文。"后因以"萋斐"比喻谗言。萋斐，形容花纹错杂的样子。贝锦，指像贝的文采一样美丽的织锦。

⑫微涓：极小的水流。

⑬交乱四国：《诗·小雅·青蝇》："谗人罔极，交乱四国。"四国，

四方。

⑭八埏（yán）：犹八方。

⑮拾尘：用颜回故事。传说孔子困于陈蔡之间，七日不得食。后得米，由颜回、仲由二人烧饭。颜回见灰尘落到饭里，觉得弃之可惜，就取来吃了。子贡从远处望见，以为他偷食，告诉了孔子。孔子后来问明情况，才知真相。事见《孔子家语·在厄》。掇蜂：用尹伯奇故事。尹伯奇为周大夫尹吉甫之子。《太平御览》引《列女传》："尹吉甫子伯奇至孝事后母。母取蜂去毒，系于衣上，伯奇前欲去之，母便大呼曰：'伯奇扑我。'吉甫见疑，伯奇自死。"后因以"掇蜂"为离间骨肉之典。

⑯贞坚：坚贞不移。

⑰"彼妇人"四句：《诗·鄘风·鹑之奔奔》："鹑之奔奔。鹊之强强。"形容鸟之双宿双飞貌。原诗讽刺卫国宣姜淫乱。郑玄笺："奔奔、强强，言其居有常匹，飞则相随之貌。刺宣姜与公子顽非匹偶。"孔颖达疏："言鹑则鹑自相随奔奔然，鹊则鹊自相随强强然，各有常匹，不乱其类。"

⑱"坦荡"二句：坦荡君子：语出《论语·述而》："君子坦荡荡，小人长戚戚。"簧言：如簧巧言，指动听的谎言。《诗·小雅·巧言》："巧言如簧。"孔颖达疏："巧为言语，结构虚辞，速相待合，如笙中之簧，声相应和。"

⑲"擢发"二句：谓拔下头发来计数罪行，也不够数。赎：当作"续"，数也。孔：甚也。

⑳"倾海"二句：谓倾尽东海之水也洗刷不完其罪恶。

㉑积毁销金：谓众口不断毁谤，连金属也会被销熔。

㉒沉忧：深忧。

㉓ "天未"二句：用孔子故事。《论语·子罕》："子畏于匡，曰：'天之未丧斯文也，匡人其如予何？'"何晏注："其'如予何'者，犹言奈我何也。天之未丧斯文，则我当传之，匡人欲奈我何？言其不能违天以害己也。"

㉔妲己：商纣王的妃子。《史记·殷本纪》："帝纣好酒淫乐，嬖于妇人，爱妲己，妲己之言是从。周武王率诸侯伐纣，纣兵败，走入，登鹿台，衣其宝玉衣，赴火而死。周武王遂斩纣头，悬之白旗，杀妲己。"

㉕褒女：即周幽王的妃子褒姒。《史记·周本纪》载，周幽王为取得褒姒的欢心，烽火戏诸侯，失信于众，诸侯亦不再勤王。后来周幽王果为犬戎所灭。

㉖天维：国家的纲纪。荡覆：毁坏，颠覆。

㉗职：《左传·襄公十四年》："盖言语漏泄，则职汝之由。"杜预注："职，主也。"

㉘ "汉祖"二句：吕氏：即汉高祖皇后吕雉。食其：即审食其。相传吕雉当皇太后时与左相审食其私通。《史记·吕后本纪》："吕太后称制，以辟阳侯审食其为左丞相。左丞相不治事，令监宫中，如郎中令。食其故得幸太后，常用事，公卿皆因而决事。"

㉙ "秦皇"二句：指秦始皇之母与嫪毐私通一事。《史记·吕不韦列传》："吕不韦乃进嫪毐，遂得侍太后。太后私与通，绝爱之。有身，太后恐人知之，诈卜当避时，徙宫居雍。嫪毐常从，赏赐甚厚，事皆决于嫪毐。始皇九年，有告嫪毐实非宦者，常与太后私乱，生子二人，皆匿之。与太后谋曰：'王即薨，以子为后。'于是秦王下吏治，具得情实，事连相国吕不韦。九月，夷嫪毐三族，杀太后所生两子，而遂迁太后于雍。"

㉚螮(dì)蝀(dōng)：又称"蝃蝀"，虹的别称。《诗·鄘风·蝃

蝀》："蝃蝀在东，莫之敢指。"毛传："蝃蝀，虹也。"《晋书·隐逸传·夏统》："昔淫乱之俗兴，卫文公为之悲惋；蝃蝀之气见，君子尚不敢指。"古代认为虹蜺生日旁，为后妃专宠惑主之天象。

㉛万乘：指帝王，帝位。

㉜殚：竭尽。

㉝昊天：即苍天。殛：惩罚。

㉞子野：春秋时晋国乐师师旷的字。

㉟离娄：传说中的视力特强的人。《孟子·离娄上》："离娄之明，公输子之巧。"赵岐注："离娄者，古之明目者，盖以为黄帝之时人也。黄帝亡其玄珠，使离朱索之。离朱，即离娄也，能视于百步之外，见秋毫之末。"

㊱靡：表示否定。遁：逃走。

㊲遐弃：出自《诗·周南·汝坟》："既见君子，不我遐弃。"《毛传》："遐，远也。"

【译文】叹我沉溺迷惑，疏狂不羁已久。五十而知是非，古人常有之事。立言以补昔过，期望永存不朽。包容缺点瑕疵，养此烦恼丑人。《月出》有好色之讥，使陈君终生抱愧。我感悟时太晚，已经事过境迁。白璧有何过错？青蝇屡次点污。积累轻物也可压断车轴而下沉黄泉。毛羽众多也能托起鸟骨而翱翔青天。谗言暗中生成，粲然如同贝锦。谗言聚集多如泥沙，能够遮掩珠玉光辉。熊熊大火烧山，起于一缕细烟。海中狂涛荡日，起于微小涓流。谣言混乱四国，传播八方之地。颜回拾尘而伯奇掇蜂，圣人贤者也疑心他们。真是令人悲哀，谁知我的坚贞。

此妇人之猖狂，不如"鹊之强强"。此妇人的淫昏，不如"鹑之奔奔"。坦荡的君子啊,不喜如簧巧语。就是擢发数罪,其罪也还要多。就是倾海洗恶,其恶也难流尽。人生实在艰难,遭此罗织之灾。积累毁谤可以销金,深怀忧患而作悲歌。天既未丧斯文,其又能奈我何?

妲己毁灭商纣王,褒姒迷惑周幽王。天下之所以倾覆,主要就是此缘故。汉高祖的吕太后,私通其旁审食其。秦始皇的皇太后,也与嫪毒相淫乱。虹霓发出阴昏气,掩遮太阳之光芒。万乘之君尚如此,匹夫何必自感伤! 我已辞尽意穷,但却心切理直。如有不实之辞,愿受苍天惩罚。师旷善以听音,离娄眼光最明。神灵明察善听,鬼魅无所遁形。苍天如不弃我,昭示我之忠诚。

赠参寥子

【题解】这首诗当是天宝三载(744),李白被赐金放还时所作。参寥子,当时襄阳的一位隐士,姓名事迹不详,大概取《庄子》中人名为号。《庄子·大宗师》:"玄冥闻之参寥,参寥闻之疑始。"参,是高的意思。参寥,高邈寥旷之意。诗中讲述天子降下诏书,在襄阳一带征召高士,参寥子从岘山被征召入京。参寥子入京后,天子赏赐玉帛,群臣出言称赞。参寥子落笔洒脱,写出玄妙奇作,探索天人之道,著作藏于麒麟阁流传千载。但是参寥子无意仕途,长揖辞官离去,归隐山林。而诗人也正打算辞别翰林院,遁迹藤萝之下。彼此虽然不相见而相思,却都向往桂树青云的逍遥生活。全诗表现了诗人对参寥子的惜别之情,以及打算辞官归隐的想法。

白鹤飞天书①，南荆访高士②。五云在岘山③，果得参寥子。

肮脏辞故园④，昂藏入君门⑤。天子分玉帛，百官接话言⑥。毫墨时洒落，探玄有奇作。著论穷天人，千春秘麟阁⑦。

长揖不受官，拂衣归林峦。余亦去金马⑧，藤萝同所欢。相思在何处? 桂树青云端⑨。

【注释】①"白鹤"句: 古时用于招贤纳士的诏书，叫"鹤书"，也叫"鹤头书"。孔稚珪《北山移文》:"及其鸣驺入谷，鹤书赴陇。"李善注引萧子良《古今篆隶文体》:"鹤头书与偃波书，俱诏板所用，在汉则谓之尺一简，仿佛鹤头，故有其称。"

②南荆: 指南楚，今湖北襄阳一带，唐代荆州采访使驻此。

③五云: 五色祥云。《太平御览》:"京房《易飞候》曰:'视四方常有大云五色，其下贤人隐也。'"岘山: 山名，在今湖北襄阳市南，上有羊祜堕泪碑。

④肮脏: 同"抗脏"，高亢刚直貌。

⑤昂藏: 仪表雄伟、气宇不凡的样子。

⑥话言: 美善之言，有道理的话。《诗·大雅·抑》:"其维哲人，告之话言。"毛传:"话言，古之善言也。"

⑦麟阁: 即麒麟阁，《三辅黄图》云:"麒麟阁，萧何造，以藏秘书、处贤才也。"

⑧金马: 指汉代金马门，为学士待诏之处，因门有铜马，故名。这里代指唐代翰林院。

⑨"桂树"句:《楚辞·招隐士》:"桂树丛生兮山之幽。"此处指隐居之地。

【译文】白鹤飞过带来天子诏书，将在南荆一带寻访高士。岘山顶上笼罩着五色祥云，果然得到参寥子这位贤人。

高亢耿直辞别故乡，气度昂藏进入君门。天子赏赐玉帛，百官争赞美言。您挥毫落笔时洒脱不羁，写成奇作探讨玄妙之道。著作穷究天人之理，藏于麒麟阁留传千载。

您长揖而不受官职，拂衣归去退隐山林。我也要辞别翰林院，同样归隐藤萝之间。何处是我们相思之地？就在那桂树青云之端。

赠饶阳张司户璲

【题解】这首诗可能是天宝十一载（752），李白北上幽州经过深州时所作。饶阳，即深州，唐时属河北道，天宝元年改称饶阳郡。治所在陆泽县，即今河北深州市。司户，官名，唐制上州之佐官有司户参军事二人，从七品下。张璲，生平事迹不详。首段四句诗人以鸾凤自比，谓自己如鸾凤托身梧桐一样，寄身于张司户。次段写诗人如古人仰慕蔺相如一般仰慕张司户。称赞张司户有张良之才，而自己却愧无黄石公之能。接着诗人感叹自己功业未成却已至暮年，青春容颜也如流水逝去。听闻张司户之言，知其有寻仙之意，因而勉励张司户要尽早努力。在人间蹉跎岁月，不如逍遥壶中洞天。同时诗人赞扬张司户能洞察万物之始，探究变化之先。最后希望有朝一日与张司户一起携手，脱离尘世束缚而去。全诗表达了诗人功业无成后，有出世求仙的愿望。

朝饮苍梧泉, 夕栖碧海烟。宁知鸾凤意, 远托椅桐前^①?

慕蔺岂曩古^②? 攀嵇是当年^③。愧非黄石老, 安识子房贤^④?

功业嗟落日, 容华弃徂川^⑤。一语已道意, 三山期著鞭^⑥。蹉跎人间世, 寥落壶中天^⑦。独见游物祖^⑧, 探玄穷化先^⑨。何当共携手, 相与排冥筌^⑩?

【注释】①椅桐: 梧桐。

②慕蔺: 即倾慕蔺相如。《史记·司马相如列传》: "(司马相如)少时好读书, 学击剑, 故其亲名之曰犬子。相如既学, 慕蔺相如之为人, 更名相如。"

③攀嵇: 攀慕嵇康。

④"愧非"二句: 用张良遇黄石公的典故。子房, 指张良, 字子房。相传张良于博浪沙刺杀秦始皇失败后, 逃亡至下邳, 在圯上遇见一老父。老父授张良以太公兵法, 并言称十三年后, 到济北谷城山下, 见到一块黄石, 那就是他。十三年后, 张良从刘邦过济北, 果在谷城山下得黄石。事见《史记·留侯世家》

⑤徂川: 流水。

⑥著鞭: 挥鞭驱赶。比喻着手进行, 开始去做。

⑦壶中天: 传说东汉费长房见市中有老翁卖药, 悬壶于肆头, 市罢, 跳入壶中。费长房知为非常人。次日去拜见老翁, 与老翁俱入壶中, 见里面富丽堂皇, 美酒佳肴皆备, 两人共饮后而出。事见《后汉书·费长房传》。

⑧物祖: 万物之祖。

⑨化先: 万物生成之先。

⑩排冥筌:江淹诗:"一时排冥筌。"李善注:"筌,捕鱼之器,言鱼之在筌,犹人之处尘俗。今既排而去之,超在尘埃之外。"

【译文】晨饮苍梧山之泉,暮宿碧海烟霞中。岂知鸾凤远飞之意,就是栖息梧桐树上?

追慕蔺相如岂止古时候,攀美嵇康之人当今也有。我惭愧自己不是黄石公,不能赏识您这位张子房。

功业未就空叹年将就暮,青春容颜也如流水而去。您的一语已经道破心中之意,欲去三山仙境就要及早努力。人间蹉跎岁月多年,不如逍遥壶中洞天。您见识独到能神游万物之祖,探求玄冥奥秘穷尽变化之本。何时我们共同携手,一起超脱尘世之外。

赠清漳明府侄聿

【题解】这首诗是天宝十一载(752),李白北上幽州路过清漳县时所作。清漳,县名,唐时属广平郡洺州,隶河北道,治所在今河北广平县东北。明府,唐人对县令的尊称。聿,指李聿,任清漳县令。诗中赞扬了李聿的治理有方,使百姓安居乐业,民风淳朴。也称赞李聿为官高洁,如玉壶冰水。诗人听到路人歌谣,因而作诗颂扬。《唐宋诗醇》:"'天开青云器,日为苍生忧',似范仲淹一流人物。'心和得天真'以下,循良之实,蔼然可睹,为民牧者。直当书之于座右。"

我李百万叶①，柯条布中州②。天开青云器③，日为苍生忧。小邑且割鸡，大刀仞烹牛④。雷声动四境，惠与清漳流⑤。

弦歌咏《唐尧》⑥，脱落隐簪组⑦。心和得天真⑧，风俗由太古。牛羊散阡陌，夜寝不扃户⑨。问此何以然，贤人宰吾土。

举邑树桃李⑩，垂阴亦流芬。河堤绕渌水，桑柘连青云⑪。赵女不冶容⑫，提笼昼成群⑬。缲丝鸣机杼，百里声相闻。

讼息鸟下阶，高卧披道帙⑭。蒲鞭挂檐枝，示耻无扑抶⑮。琴清月当户，人寂风入室。长啸无一言，陶然上皇逸⑯。

白玉壶冰水，壶中见底清⑰。清光洞毫发，皎洁照群情。赵北美佳政，燕南播高名⑱。过客览行谣，因之颂德声。

【注释】①"我李"句：指李氏已经承传了百万代。唐朝以老子为先祖，传说老子出生时指李树为姓，李白与李聿同姓李，因而引用李树故事。叶：世，代。

②柯条：枝条，比喻宗族分支。中州：即中国。

③青云器：指胸怀旷达、志趣高远的人才。

④"小邑"二句：用孔子故事。《论语·阳货》："子之武城，闻弦歌之声，夫子莞尔而笑曰：'割鸡焉用牛刀？'"此处喻指李聿大材小用。

⑤清漳：水名，源出于山西省平定县南大黾谷，最后汇入浊漳。

⑥弦歌：暗用子游在武城弦歌而治的故事。《唐尧》：曲名，嵇康《琴赋》："雅昶《唐尧》，终咏《微子》。"吕向注："《唐尧》《微子》，操名也。"

⑦脱落：洒脱，不受束缚。簪组：冠簪和冠带。古代官服佩饰。此处代指官位。隐簪组：即大隐隐于朝堂之意。

⑧天真：指单纯、朴实的天性。《庄子·渔父》："礼者，世俗之所为也；真者，所以受于天也，自然不可易也。故圣人法天贵真，不拘于俗。"后因以"天真"指不受礼俗拘束的品性。

⑨扃（jiōng）户：闭户。

⑩举邑：全县。

⑪桑柘：桑木与柘木，树叶可以喂蚕。

⑫冶容：修饰容貌。

⑬笼：竹篮。

⑭道帙（zhì）：指道书。帙，书套。

⑮"蒲鞭"二句：用东汉刘宽故事。《后汉书·刘宽传》记载，东汉刘宽为太守时，待下属仁厚，下属有过，用蒲草鞭子抽打，只是为了使他感到羞耻，并不使他皮肉受苦。扑挞（chì）：鞭打。

⑯上皇：即羲皇上人，指伏羲。郑玄《诗谱序》："诗之兴也，谅不于上皇之世。"孔颖达疏："上皇，谓伏羲，三皇之最先者，故谓之上皇。"

⑰"白玉"句：比喻李丰为官冰清玉洁。

⑱"赵北"二句：指清漳河在赵地之北，燕地之南。

【译文】我李氏开枝散叶百万代，宗族支脉遍布中州各处。贤侄为天生青云之才，日日为苍生生计忧心。治县如同牛刀割鸡，将来定会大刀宰牛。官声如雷能惊动四方，善政惠民如清漳长流。

县境弦歌可闻奏响《唐尧》之曲，贤侄处世洒脱大隐仕官之中。内心平和保持天真之心，民风淳朴犹如太古时期。牛羊遍布阡陌之中，百姓夜寝皆不闭户。询问为何能有此景，因为贤人治理此地。

县里到处种植桃李之树，垂下绿荫散发沁人芬芳。两岸河堤曲折环绕绿水，四野桑柘茂密上连青云。赵地之女不醉心打扮，昼间成群去提篮采桑。家家缫丝机杼鸣响，百里之内传声相闻。

诉讼皆无衙前门可罗雀，无事高卧正可诵读道书。檐下高挂蒲鞭警示，让其知耻而不鞭挞。琴声清越明月当户，人声寂然清风入室。兴起长啸而无一言，陶然就如羲皇逸人。

您为官清如玉壶中的冰水，壶中透明能够一眼见底。清光朗朗可以洞察毫发，皎洁明净得以映照民情。赵地之北赞美您的佳政，燕地之南传颂您的高名。我这位过客听到路上的民谣，因此作诗颂扬贤令赫赫之声。

赠临洺县令皓弟　时被讼停官

【题解】此诗作于天宝十一载（752），诗人北上幽州路过临洺县之时。临洺，县名，唐时属河北道洺州，即今河北省永年县。皓，指李皓，李白从弟，任临洺县令。诗题下原注曰："时被讼停官。"说明当时李皓因诉讼而被停职。所以诗人以陶潜事相劝，劝他不如像陶渊明那样辞官隐居，以素琴为乐，或可与诗人携手，直临沧海钓鳌。

陶令去彭泽①，茫然元古心。大音自成曲②，但奏无弦琴③。
钓水路非远，连鳌意何深！终期龙伯国，与余相招寻④。

【注释】①"陶令"句：此处用陶渊明的典故。《晋书·陶潜传》："为彭泽令，素简贵，不私事上官。郡遣督邮至县，吏白应束带见之，潜叹曰:'我岂能为五斗米折腰,拳拳事乡里小人邪。'解印去县,乃赋《归去来》。"彭泽:县名,即今江西彭泽县。

②大音:至大之音。《老子》:"大音希声。"

③"但奏"句:《晋书·陶潜传》:"(陶潜)性不解音,而畜素琴一张,弦徽不具,每朋酒之会,则抚而和之,曰:'但识琴中趣,何劳弦上声。'"

④"钓水"四句:用龙伯国大人钓鳌故事。《列子·汤问》:"龙伯之国有大人,举足不盈数步而暨五山之所,一钓而连六鳌。"

【译文】陶渊明辞去彭泽县令之职,心中的浩荡茫然如远古时。至大之音自然成曲,陶潜只奏无弦之琴。沧海垂钓的路途不远,连钓六鳌是何等快意!终要与您相约龙伯国,于我相携去东海钓鳌。

赠郭季鹰

【题解】这首诗是开元二十三年(735),李白游太原时所作。郭季鹰,生平事迹不详。诗中以郭泰比拟郭季鹰,盛赞郭季鹰品德高尚,诗人愿与凤凰为群,因而相约郭季鹰同游虚空。

河东郭有道①,于世若浮云。盛德无我位②,清光独映君③。耻将鸡并食④,长与凤为群。一击九千仞,相期凌紫氛⑤。

【注释】①河东:唐代道名,首府在今太原。郭有道:指东汉时太原人郭泰,字林宗。博通典籍,善谈论。曾被太常赵典推举为有道(汉代选举科目之一),故后世称"郭有道"。郭泰去世后,万人送葬,蔡邕亲自撰写碑文,并说:"吾为碑铭多矣,皆有惭德,唯郭有道无愧色耳。"

②"盛德"句:《礼记·中庸》:"虽有盛德,苟无其位,不敢作礼乐焉。"

③清光:清美的风采。

④"耻将":"《楚辞·卜居》:'将与鸡鹜争食乎?'"

⑤"一击"二句:宋玉《对楚王问》:"凤凰上击九千里,绝云霓,负苍天,翱翔乎杳冥之上。"紫氛:指天空。

【译文】您如河东隐士郭有道,处世无争悠然若浮云。您德行高尚却没有禄位,清光朗朗独映您的光彩。您耻于与群鸡争食,只想长与凤凰为群。一朝高飞九千仞,相与遨游虚空中。

邺中赠王大劝入高凤石门山幽居

【题解】这首诗是开元二十八年(740)所作。邺中,指邺郡,属河北道。唐时相州,天宝元年改为邺郡,治所在今河南安阳市。王大,指王昌龄,排行第一。高凤石门山,即后汉高凤隐居之石门,在今河南叶县。当时李白与王昌龄在南阳相会,王昌龄劝李白入高凤石门山隐居,李白当时还存济世救民、建功立业之心,便作此诗婉拒王昌龄。全诗语出肺腑,俱是英豪之言,对友人情深义重,肝胆相照。

一身竟无托,远与孤蓬征①。千里失所依,复将落叶并。中途偶良朋②,问我将何行。欲献济时策③,此心谁见明?

君王制六合,海塞无交兵④。壮士伏草间,沉忧乱纵横。飘飘不得意,昨发南都城⑤。紫燕枥上嘶⑥,青萍匣中鸣⑦。

投躯寄天下⑧,长啸寻豪英。耻学琅邪人⑨,龙蟠事躬耕。富贵吾自取,建功及春荣⑩。

我愿执尔手,尔方达我情。相知同一己,岂唯弟与兄。抱子弄白云⑪,琴歌发清声。临别意难尽,各希存令名⑫。

【注释】①孤蓬:随风飘转的蓬草。常比喻飘泊无定的孤客。

②偶:遇到。

③济时策:指救世济民之策。

④海塞:四境,边疆。

⑤南都:指南阳,因东汉光武帝刘秀为南阳人,称帝后,以南阳在洛阳之南,称为南都。唐时为邓州(南阳郡),今河南南阳市。

⑥紫燕:古代骏马名。颜延之《赭白马赋》:"将使紫燕骈衡。"吕向注:"紫燕……皆骏马名也。"

⑦青萍:古代宝剑名。

⑧投躯:舍身,献身。

⑨琅邪人:指诸葛亮。诸葛亮祖籍山东诸城一带,秦汉时为琅琊郡。

⑩春荣:春天开花,喻少年时期。

⑪抱子:携子。子,对他人的尊称。

⑫令名:美好的声誉。

【译文】我此身无所托付,随风远飘如蓬草。离乡千里失去依靠,随同落叶一起飘零。途中遇到良朋好友,问我打算将往何处?我想献上济世救民之策,可是此心有谁能够理解?

圣明君王统一天下,边疆四境没有战争。豪杰栖身于草野之间,心怀深忧而思虑纷乱。我四处飘荡皆不如意,昨天离开南阳而出行。紫燕马在槽头嘶鸣,青萍剑在鞘中龙吟。

我将置身于天下苍生事,长啸一声找寻同道英豪。我耻于效仿诸葛亮,龙蟠山野躬耕林下。富贵应当自己争取,建功立业要趁年少。

我愿与您执手同行,您能通达我的心意。我们相知如同一人,彼此情谊超过兄弟。与您一起赏月弄云,弹琴高歌抒发清声。临别之际心意难尽,希望各自建立美誉。

赠华州王司士

【题解】此诗年代不详。华州,即华阴郡,唐时属关内道,今陕西华县。司士,唐武德初置司士参军事,设于上州,掌津梁、舟车、官舍与百工之事,从七品下。王司士,名字事迹不详。诗中称赞王司士为王导之后,家族盛德不衰,因而诞生王司士这样的杰出人物。王司士身负奇才,堪为庙堂之器,将来的成就如同王祥一样,因此先将宝刀赠送英雄。

淮水不绝波澜高①,盛德未泯生英髦②。知君先负庙堂器③,今日还须赠宝刀④。

【注释】①"淮水"句:用王导故事。《晋书·王导传》:"初,导渡淮,使郭璞筮之。卦成,璞曰:'吉,无不利。淮水绝,王氏灭。'其后子姓繁衍,竟如璞言。"淮水:即淮河。

②英髦:俊秀杰出之人。《尔雅》:"髦,选也,俊也。"郭璞注:"俊,士之选也。士中之俊,如毛中之髦也。"邢昺疏:"毛中之长毫曰髦。"

③庙堂器:庙堂陈设之器,比喻朝堂栋梁之人。

④赠宝刀:《晋书·王览传》:"吕虔有佩刀,工相之,以为必登三公,可服此刀。虔谓祥曰:'苟非其人,刀或为害,卿有公辅之量,故以相与。'祥固辞,强之乃受。祥临薨,以刀受览,曰:'汝后必兴,足称此刀。'览后奕世多贤才,兴于江左矣。"此处用其意。

【译文】淮水奔流不绝波澜高起,王家盛德不衰生此英豪。知您身负奇才必是庙堂器,今天就先将宝刀赠与您。

赠卢征君昆弟

【题解】此诗年代不详。卢征君,姓卢的征君。征君,指不接受朝廷征聘的隐士。昆弟,即兄弟。诗中写明主寻访贤士,已经野无遗贤,但卢征君兄弟却不愿出仕,天子也推崇其高洁。接着诗人称赞卢征君兄弟学问高深如河上公,志在仙道有壶中之趣。诗人因而表达愿与卢征君兄弟一起遨游虚空,飞升星虹的愿望。

明主访贤逸，云泉今已空。二卢竟不起，万乘高其风。

河上喜相得^①，壶中趣每同^②。沧州即此地^③，观化游无穷^④。木落海水清，鳌背睹方蓬^⑤。与君弄倒影^⑥，携手凌星虹。

【注释】①"河上"句：《神仙传》："河上公者，莫知其姓字。汉文帝时，公结草为庵于河之滨。帝读《老子经》，颇好之，有所不解数事，时人莫能道之。闻时皆称河上公解《老子经》义旨，乃使赍所不决之事以问，公曰：'道尊德贵，非可遥问也。'帝即幸其庵，躬问之。帝曰：'普天之下，莫非王土；率土之滨，莫非王臣。子虽有道，犹朕民也。不能自屈，何乃高乎？'公即抚掌坐跃，冉冉在虚空中，去地数丈。俯而答曰：'余上不至天，中不累人，下不居地，何臣民之有？'帝乃下车稽首曰：'朕以不德，忝统先业。才小任大，忧于不堪。虽治世事而心敬道，直以暗昧，多所不了，惟愿道君有以教之。'，公乃授《素书》二卷与帝，曰：'熟研之，此经所疑皆了，不事多言也。余注此经以来，一千二百余年，凡传三人，连子四矣。勿以示非其人。'言毕，失去所在。"

②"壶中"句：用费长房壶中洞天的故事。

③沧洲：滨水的地方。古时常用以称隐士的居处。

④观化：观察变化，观察造化。《庄子·至乐》："且吾与子观化，而化及我，我又何恶焉。"

⑤"鳌背"句：用龙伯国大人钓鳌的故事。

⑥倒影：亦作"倒景"。指天上最高处，日月之光反由下上照，而于其处下视日月，其影皆倒，故称天上最高的地方为"倒影"。

【译文】圣明的君主寻访天下贤人，遁迹隐士的云泉今已成空。你们兄弟二人竟然不肯出仕，万乘天子也推崇你们的高洁。

今日欣喜遇到河上公一样的高人，彼此对壶中之趣有着共同的爱好。这里就是世外仙境之地，可以洞观天地无穷变化。树叶落尽苍海水清之时，可睹鳌背方壶、蓬莱仙山。那时与君赏弄倒影，携手飞升星虹之上。

赠新平少年

【题解】此诗当是开元年间李白初入长安至新平时所作，新平，郡名，即邠州，属关内道，治所在新平县，即今陕西彬县。诗中先叙述韩信少年受辱，而后显达之事，接着抒发自己犹如"槛中虎""鞲上鹰"，只是现在困顿，处于苦寒中。期望有朝一日能叱咤风云，一展抱负。全诗直抒胸臆，气概豪迈，反映了李白当时渴望有所成就的热切愿望。

韩信在淮阴，少年相欺凌①。屈体若无骨，壮心有所凭②。一遭龙颜君③，啸咤从此兴④。千金答漂母⑤，万古共嗟称。

而我竟胡为？寒苦坐相仍⑥。长风入短袂⑦，内手如怀冰⑧。故友不相恤，新交宁见矜⑨？摧残槛中虎⑩，羁绁鞲上鹰⑪。何时腾风云，抟击申所能⑫？

【注释】①"韩信"二句：用韩信受胯下之辱的故事。淮阴，今江苏淮阴市。

②"屈体"二句：谓韩信屈身受辱好似没有骨气，实则是心怀壮志而隐忍不发。

③龙颜君：指汉高祖刘邦。《史记·高祖本纪》："高祖为人隆准而龙颜。"

④啸咤：大声呼叫。形容令人敬畏的声威。

⑤"千金"句：指韩信千金酬谢曾经给予自己饭食的漂母之事。事见《史记·淮阴侯列传》。

⑥相仍：相继，沿续不断。

⑦袂：袖口。

⑧"内手"句：古《善哉行》："自惜袖短，内手知寒。"内手：将手纳入袖中取暖。内，同"纳"。

⑨矜：怜悯。

⑩槛中虎：《汉书·司马迁传》："猛虎处深山，百兽震恐。及其在阱槛之中，摇尾而求食，积威约之渐也。"

⑪羁绁：拴住。鞲（gōu）：臂上架鹰的皮套袖。鲍照《东武吟》："昔如鞲上鹰。"刘良注："鞲，以皮蔽手而臂鹰也。"

⑫抟击：飞翔长空。

【译文】韩信落魄淮阴之时，有少年无赖来欺凌。他屈身受辱好似没有骨气，其实胸怀壮志才隐忍不发。一遇到真龙天子汉高祖，从此一展抱负叱咤风云。以千金报答赠食的漂母，万古以来受到人们称赞。

而我如今有何作为？仍然苦寒困顿相随。寒风吹入短袖之中，纳手怀中却冷如冰。故友不加体恤，新交不予怜悯。就像老虎被摧残于囚笼里，又如雄鹰被羁绊于臂铬上。何时才能驾风腾云，搏击长天伸展所能？

赠崔侍御

【题解】此诗是天宝三载(744)，李白被"赐金还山"时所作。崔侍御，即崔成甫，李白故交，曾"摄监察御史"。诗中回忆与崔成甫在洛阳相识，又在长安重逢的经历。诗人称赞其风姿俊朗，见识高深。诉说自己因木秀于林而被摧折，现在落难已成惊弓之鸟。诗人希望得到崔成甫的援助，扶摇而上青云。崔成甫帮助诗人，也会为自己种下桃李，日后必获回报。最后叙述崔成甫善谈如张仪，而诗人忧愁如庄舄。尤其是明月夜听到万户捣衣声，更是思乡而断肠。

> 长剑一杯酒，男儿方寸心。洛阳因剧孟①，托宿话胸襟。但仰山岳秀，不知江海深②。长安复携手，再顾重千金③。
> 君乃㻧轩佐④，余叨翰墨林。高风摧秀木⑤，虚弹落惊禽⑥。
> 不取回舟兴⑦，而来命驾寻⑧。扶摇应借便⑨，桃李愿成阴⑩。
> 笑吐张仪舌⑪，愁为庄舄吟⑫。谁怜明月夜，肠断听秋砧⑬！

【注释】①剧孟：西汉时洛阳人。以任侠闻名于时，在中原一带名气很大。吴楚七国之乱时，汉太尉周亚夫奉命平叛，及至河南，召见并加笼络。汉将得之如同得一敌国。其母死，自远方来送丧的人乘车多至一千辆。事见《史记·游侠列传》。

②"但仰"二句：称赞崔成甫风姿秀如山岳，见识深如大海。

③"再顾"句：曹植《诗》："一顾千金重，何必珠玉贱。"此处用其意。

④轺轩：古代使臣乘坐的一种轻车，这里代指巡按四方的御史所乘之车。

⑤"高风"句：李康《运命论》："木秀于林，风必摧之。"李善注："秀，出也。"刘良注："木高出于林上者，故风吹而先折也。"

⑥"虚弹"句：用《战国策·楚策四》中更嬴射惊弓之鸟的故事。

⑦回舟兴：用王子猷访戴安道兴尽而回舟的故事。

⑧命驾：命人驾车马。谓立即动身。《世说新语·简傲》："嵇康与吕安善，每一相思，千里命驾。"

⑨扶摇：用《庄子·逍遥游》中大鹏扶摇而上九万里的故事。

⑩桃李：用《说苑》赵简子事。《说苑》："阳虎得罪于鲁，北见简子，曰：'自今以后不复树人矣。'简子曰：'夫树桃李者，夏得休息，秋得其实焉。树蒺藜者，夏不得休息，秋得其刺焉。今子之所树，蒺藜也，自今以来，择人而树之，毋已树而择之。'"

⑪张仪舌：《史记·张仪列传》："张仪尝从楚相饮，已而楚相亡璧。门下意张仪，曰：'仪贫无行，此必盗相君之璧。'共执张仪，掠笞数百，不服，释之。其妻曰：'嘻！子毋读书游说，安得此辱乎？'张仪谓其妻曰：'视吾舌尚在不？'其妻笑曰：'舌在也。'仪曰：'足矣。'"。

⑫庄舄吟：《史记·张仪列传》："越人庄舄仕楚执圭，有顷而病，楚王曰：'舄，故越之鄙细人也，今仕楚执圭，贵富矣，亦思越否？'中谢对曰：'凡人之思故，在其病也。彼思越则越声，不思越则楚声。'使人往听之，犹尚越声也。"后以"越吟"喻思家之切。

⑬砧：捣衣石。

　　【译文】一把长剑一杯酒，男儿豪情在心中。在洛阳因崇尚剧孟而相识，我们彻夜把酒而倾诉胸襟。当时只仰慕您丰神俊朗，现在才知道您见识如海。此次长安重又见面，再顾之情贵比千金。

　　你在御史台任职，我为翰林院待诏。大风摧折出林高木，伤鸟能被弓声惊落。

　　我不会效仿王子猷兴尽回舟，而是会像嵇康那样千里命驾。我欲借您相助而扶摇青云，您种下桃李日后必获蒙荫。

　　您谈笑时有张仪之巧舌，我忧愁时发庄舄之越吟。谁能怜惜这明月之夜，我听着捣衣声而断肠。

走笔赠独孤驸马

　　【题解】此诗是天宝三载(744)，李白离开长安后所作。走笔，谓挥毫疾书。独孤驸马，指独孤明，娶唐玄宗之女信成公主为妻。驸马，即驸马都尉的省称。《初学记》："驸马都尉，汉武置也，掌御马。历两汉，多宗室及外戚与诸公子孙任之。至魏何晏，以主婿拜驸马都尉。其后杜预尚晋宣帝女高隆公主，拜驸马都尉。王济尚晋文帝女常山公主，拜驸马都尉。后代因晋、魏以为恒，每尚公主，则拜驸马都尉。"《通典》："唐驸马都尉从五品，皆尚主者为之。"全诗前四句写独孤驸马朝觐归来跃马长街，顾盼得意的情景。中四句诗人回忆自己待诏翰林时，独孤驸马对自己的垂恩。末四句写诗人辞官离去后，蹉跎朝市间，昔日的达官显贵也都高不可攀。诗人自比侯嬴，希望独孤驸马能像信陵君那样再次垂顾自己。

都尉朝天跃马归①，香风吹人花乱飞。银鞍紫鞚照云日②，左顾右盼生光辉③。

是时仆在金门里，待诏公车谒天子④。长揖蒙垂国士恩⑤，壮心剖出酬知己。

一别蹉跎朝市间，青云之交不可攀⑥。傥其公子重回顾，何必侯嬴长抱关⑦？

【注释】①都尉：指驸马都尉。

②紫鞚：紫色缰绳的马勒。

③左顾右盼：左顾右盼。曹植《与吴质书》："左顾右盼，谓若无人。"此处形容志满意得的样子。

④待诏公车：汉代未有正式官职的征士，均在公车署等待诏命，其特异者待诏金马门，备顾问。《汉书·哀帝纪》："待诏夏贺良等。"应劭注："诸以才技征召，未有正官，故曰待诏。"《汉书·东方朔传》："朔文辞不逊，高自称誉，上伟之，令待诏公车。"颜师古注："公车令属卫尉，上书者所诣也。"此处代指唐朝的翰林院。《旧唐书·职官志二》："翰林院，天子在大明宫，其院在右银台门内。在兴庆宫，院在金明门内。若在西内，院在显福门内；若在东都、华清宫，皆有待诏之所。其待诏有词学、经术、合炼、僧道、卜祝、术艺、书弈，各别院以廪之，日晚而退，其所重者词学。"

⑤国士：国之俊杰。

⑥青云之交：比喻与达官显贵之交。

⑦侯嬴：战国时魏国隐士，家贫，年七十在大梁守门。信陵君迎为上客。秦攻赵，围邯郸，赵求救于魏，魏王命将军晋鄙领兵十万救赵，晋鄙屯兵不进。侯嬴献计信陵君通过魏王宠妃如姬窃得兵符，并荐勇士朱亥击杀晋鄙，夺取兵权，因而救赵。侯嬴却自刎而死。事见《史记·魏公子列传》。抱关：守门。

【译文】驸马都尉朝觐后纵马归来，一路上香风袭人落花飞舞。银鞍紫勒映照云天，左顾右盼顿生光辉。

当时我被征召翰林院，身为待诏而拜见天子。我长揖感谢您垂恩待我以国士之礼，所以我也对您推心置腹以酬答知己。

一旦别去我将在朝市间蹉跎岁月，昔日的青云之交也都高不可攀。如果公子还愿意重新眷顾我，我就不必像侯嬴般长守城门。

卷八　赠二

赠嵩山焦炼师　并序

【题解】这首诗年代不详，大概作于诗人离开长安之后。诗中提到的焦炼师，是当时著名的女道士。据《太平广记》记载："唐开元中有焦炼师修道，聚徒甚众。"《玉真公主受道灵坛祥应记》记述了天宝二年（743）春，唐玄宗的妹妹玉真公主去往老子故里谯郡紫极宫（即今河南鹿邑太清宫）建斋设醮。回程途中，玉真公主在济源王屋山受法的事情，里面有"挹上清羽人焦静真于中锋绝顶"的记述。元朝《历世真仙体道通鉴后集》记载："唐女真焦静真，因精思间，有人导至方丈山，遇二仙女，谓曰：'子欲真官，可谒东华青童道君。受三皇法。'请名氏，则司马承祯也。归而诣承祯求度，未几升天。"说明焦静真是司马承祯的弟子。因此可知焦炼师大概就是焦静真。焦炼师在当时的文人阶层受到很高的推崇，当时很多文人都曾写诗来表达对她的仰慕之情，如王维的《赠东岳焦炼师》、王昌龄的《谒焦炼师》、李颀的《寄焦炼师》和钱起的《题嵩阳焦道士石壁》等。李白一直以来就崇尚道术，其寻仙访道的经历一直延续了终生。这首诗就是他拜访焦炼师未果而写下的一首寄情之诗。在前序中诗人概括介绍了焦炼师的生平，还有她出神入化的一些表现，表达了自己不能亲见其人的遗憾。全诗的第一段描写太室山和少室山的险峻以及"三花含紫烟"的清新脱俗的环境。诗人将焦炼师比作传说中麻姑那样的仙人，一心修道，断绝俗念，餐桂花，读道书。第二段写焦炼师在远离人烟的深山幽谷之中修道，可以往来天地八极之间，遨游宇宙九垓之内。像许由那样高洁，像王子乔那样飘逸。在空山中徘徊，伴秋霞而独眠。明月照青萝，松鸣夜风中。潜居嵩山，炼魄云幄，仙衣飘飘，笙鸣阵阵，诗人展开丰富的想象，将焦炼师的修行，描绘的如仙人一样超凡脱俗。最后诗人希望焦炼师能够垂顾自己，传授修道之术，自己立誓要修行到底。

　　嵩山有神人焦炼师^①者，不知何许妇人也。又云生于齐梁时，其年貌可称五六十。常胎息绝谷^②，居少室庐，游行若飞，倏忽万里。世或传其入东海，登蓬莱，竟不能测其往也。余访道少室，尽登三十六峰，闻风有寄，洒翰遥赠^③。

　　二室凌青天^④，三花含紫烟^⑤。中有蓬海客，宛疑麻姑仙^⑥。道在喧莫染，迹高想已绵。时餐金鹅蕊，屡读青苔篇^⑦。
　　八极恣游憩，九垓长周旋^⑧。下瓢酌颍水^⑨，舞鹤来伊川^⑩。还归空山上，独拂秋霞眠。萝月挂朝镜，松风鸣夜弦。潜光隐嵩岳^⑪，炼魄栖云幄^⑫。霓衣何飘飘^⑬，凤吹转绵邈^⑭。

愿同西王母，下顾东方朔⑮。紫书傥可传⑯，铭骨誓相学。

【注释】①炼师：品德高尚、修行精深的道士。

②胎息：道家修炼之术，不用口鼻呼吸，如在胞胎之中。《抱朴子·内篇》曰："其大要者，胎息而已，得胎息者，能不以鼻口嘘吸，如在胞胎之中，则道成矣。"绝谷：即辟谷。指不吃五谷，道教的一种修炼术。辟谷时，仍食药物，并须兼做导引等。

③洒翰：挥笔书写。

④二室：指太室山和少室山。太室山为嵩山东峰，少室山为西峰。

⑤三花：指贝多树。《述异记》记载："少室山有贝多树，与众木有异。一年三放花，其花白色香美。俗云，汉世野人将子种此。"

⑥麻姑：传说中的仙人。东汉时曾降临蔡经家，年十八九，貌美，能掷米成珠，自谓"已见东海三次变为桑田"。

⑦"时餐"二句：金鹅蕊：桂花。青苔篇：指道书。因其书于苔纸（用水藻类制成之纸）故称。

⑧九垓：中央至八极之地。比喻天下。

⑨"下瓢"句：用许由弃瓢的典故。《太平御览》记载，许由在箕山隐居，在颍水边耕田种粮为食，渴了就喝颍水。许由喝水时不用杯子。常用手捧着喝。别人看到后，就送给他一个瓢，许由用瓢饮水后，就将瓢挂在树上，风吹动水瓢，发出声响，许由嫌声音太吵，就把水瓢扔了。

⑩"舞鹤"句：用王子乔驾鹤成仙的故事。王子乔，姬姓，名晋，字子乔，是周灵王的太子。据《列仙传》记载，王子乔喜欢吹笙，其声酷似凤鸣，他常在伊水、洛水一带游历。仙人浮丘生将他带到嵩山修道。三十多年后，一个名叫柏良的人在山上遇到王子乔，王子乔请他说转告

王子乔的家人，七月七日在缑氏山与王子乔相会。到了那天，王子乔乘白鹤出现在缑氏山顶，几天之后，王子乔挥手与众人作别而去。伊川：即今伊河。

⑪潜光：隐藏光彩，指隐居。

⑫炼魄：指道家修炼七魄的方法。《太微灵书》记载的炼魄方法："每月朔望晦日，七魄流荡，交通鬼神。制检还魄之法，当此夕，仰眠伸足，掌心掩两耳，令指相接于项上。闭息七遍，叩齿七通，心存鼻端白气如小指大，须臾渐大冠身，上下九重。气忽变成两青龙在两目中，两白虎在两鼻孔中，朱雀在心上，苍龟在左足下，灵蛇在右足下。两玉女着锦衣，手把火光，当两耳门。毕，咽液七过，呼七魄名：尸狗、伏矢、雀婴、天贼、非毒、除秽、臭肺。即咒曰：'素气九还，制魄邪奸。天兽守门，娇女执关。炼魄和柔，与我相安。不得妄动，看察形源。若有饥渴，听饮月黄日丹。'"幄：帐。

⑬霓衣：以霓所制的衣裳。指仙人所穿的服装。

⑭凤吹：指笙鸣。

⑮"愿同"句：用东方朔故事。《博物志》记载，传说汉武帝喜欢神仙之道，有一年的七月七日夜里，西王母乘紫云车冉冉而来。西王母拿出七颗仙桃给了汉武帝五颗，自己留下两颗。汉武帝吃完仙桃后，留下桃核打算种植，西王母说这仙桃三千年才结一次果，人间的土地无法生长。此时，东方朔在窗外偷窥。西王母说："从窗户窥探的那个家伙曾三次来偷我的仙桃。"汉武帝非常惊讶，这才知道东方朔原来是位神仙。

⑯紫书：指道家经书。

【译文】嵩山有一位神人焦炼师，不知是哪里人氏。又传说她出生于齐、梁时期，年纪看上去有五六十岁。她经常进行胎息辟谷等道术的修炼，在少室山结庐修行，往来倏忽如飞，顷刻间就可到达万里之外。世人传说她前往东海，登蓬莱仙山，然而最终还是不能知道她去了哪里。我四处访道，游遍了少室山的三十六峰，我听说清风可以送达讯息，因此挥笔写下这首诗遥寄给焦炼师。

太室山与少室山高耸飞凌青天，少室山上的三花树蕴含紫烟。山中有一位蓬莱客，宛如麻姑那样的仙人。她心中存大道喧尘不能染，心迹脱凡尘俗念渐淡泊。偶尔以桂花金鹅蕊为食，经常会奉读青苔修道书。

八极洪荒恣意游憩，九垓内外时常周游。焦炼师像许由那样高洁只肯瓢饮颍河之水，像王子乔那要飘逸骑鹤来舞伊川之滨。她归去空山之中，独拥秋霞而眠。明月团团如朝镜挂在松萝之间，松风萧萧如鸣弦回响夜空之中。她韬光隐晦潜居于嵩山，锻炼精魄栖息在云帐。像霓虹一样的仙衣随风飘飖，如凤鸣一样的笙声绵绵不绝。

愿您像西王母一样，下临凡间让我这个东方朔有机会参见。如果您可以以道书相传，我誓将追随您学习仙道。

口号赠杨征君 　此公时被征

【题解】此诗年代不详。口号，古诗标题用语。表示随口吟成，和"口占"相似。始于梁简文帝《和卫尉新渝侯巡城口号》，到唐朝时仍沿用了这种体裁。征君，指不接受朝廷征聘的隐士。诗人的朋友杨征君不愿接受朝廷的征召,诗人有感于朋友的高义而作诗相赠。全诗开始两句引用陶渊明和梁鸿的故事,来表明杨征君也是一位志向高洁之士。三四句夸赞杨征君的节操可与《高士传》中的隐士相比。接着写朝廷降下诏书,征召他入朝为官。但是,杨征君依然闲卧丹壑白云,不愿出山。最后诗人引用杨震的事迹,可能是诗人认为友人与杨震的际遇比较类似。杨震早年博览群书,名震天下,但是屡次拒绝州郡的征召,直到五十岁时才出仕为官,成为一代名臣。诗人在这里也询问友人何时出仕为官,功成名就,像杨震一样彪炳史册。

　　陶令辞彭泽①,梁鸿入会稽②。我寻《高士传》③,君与古人齐。云卧留丹壑,天书降紫泥④。不知杨伯起⑤,早晚向关西。

　　【注释】①"陶令"句:用陶渊明辞官彭泽令的故事。

　　②"梁鸿"句:用梁鸿在会稽隐居的故事。

　　③《高士传》:魏晋时皇甫谧所著,所记载的都是尧、舜、夏、商、周、秦、汉、魏等朝代高洁之士的事迹。

　　④紫泥:古人以泥封信,泥上盖印。皇帝用紫泥,后指诏书。

　　⑤杨伯起:指杨震,字伯起,弘农华阴(今陕西华阴市)人,东汉时期名臣。他学问精深,有"关西孔子杨伯起"之称。

　　【译文】陶渊明辞去彭泽令归隐田园,梁鸿来到会稽为人舂米谋生。我翻阅《高士传》,发现您的节操与古代的隐士一样高洁。您高卧丹壑白云的时候,朝廷下达诏书征您入朝。不知您这位杨伯起,何时才会入关西。

秋日炼药院镊白发赠元六兄林宗

　　【题解】此诗大概作于天宝九载（750）。炼药院，道士炼丹之处，这里指元丹丘隐居之处。元六兄林宗，元林宗，即元丹丘，排行为六，是李白好友。李白一直醉心于求仙学道，元丹丘是李白志同道合的朋友，二人在蜀中时就已结识，彼此志趣相投，曾一起在颍阳嵩山隐居，元丹丘还将自己的老师唐代仙城山著名的道士胡紫阳介绍给李白认识，元丹丘对李白的修道思想以及诗歌创作均有较大影响。李白非常敬重元丹丘，称他为不死仙人，写下了很多关于元丹丘的诗，例如《题元丹丘颍阳山居》《寻高凤石门山中元丹丘》《与元丹丘方城寺谈玄作》《观元丹丘坐巫山屏风》等，尤其是在代表作《将进酒》中写道，"岑夫子，丹丘生，将进酒，杯莫停。"李白与元丹丘的交游历时一生，元丹丘是李白一生中最重要的朋友。全诗前一部分先描写当时的气候已经进入秋季，树木凋落，瓶水成冰，只有桂树还保持翠绿。接着叙述诗人与元丹丘的相识已经将近三十年了，彼此志同道合，十分投机。但是岁月易逝，诗人揽镜自照发现已经白发入鬓，韶华不在。自己却功业未成，不由长吁短叹。后一部分描写诗人虽然处于困顿之中，仍然壮怀激烈，以管仲、韩信、乐毅、苏秦未发达时的故事激励自己，鼓励自己不要灰心，成败进退当由自己决定，何必自暴自弃。

　　木落识岁秋，瓶水知天寒①。桂枝日已绿②，拂雪凌云端。弱龄接光景③，矫翼攀鸿鸾。投分三十载④，荣枯同所欢⑤。长吁望青云，镊白坐相看⑥。秋颜入晓镜，壮发凋危冠。

穷与鲍生贾⑦，饥从漂母餐⑧。时来极天人⑨，道在岂吟叹？乐毅方适赵⑩，苏秦初说韩⑪。卷舒固在我⑫，何事空摧残？

【注释】①"木落"二句：引自《淮南子·说山训》："见一叶落而知岁之将暮，睹瓶中之冰而知天下之寒。"

②桂枝：即桂林一枝。比喻才能优异、出类拔萃。出自《晋书·郤诜传》："臣举贤良对策，为天下第一，犹桂林之一枝，昆山之片玉。"

③弱龄：弱冠之年。光景：光彩的仪容。敬称他人的容貌。

④投分：情投意合。分：志趣。

⑤荣枯：原指草木茂盛与枯萎，这里比喻人生的盛衰、穷达。

⑥镊白：镊取白发。

⑦鲍生：鲍叔牙。春秋时期齐国大夫。少与管仲友善，知管仲贤而贫，分财多与；后鲍叔牙事齐桓公，管仲事公子纠，公子纠死，管仲囚，鲍叔牙乃荐管仲于桓公，卒佐桓公成霸业。世多称其知人而笃于友谊。

⑧漂母：漂洗衣物的老妇。《史记·淮阴侯列传》记载，韩信少年时，虽有才能却得不到别人的赏识，经常处于困窘之中，连衣食也得不到保证。有一次韩信饥饿的时候来到河边钓鱼，有一位漂母可怜他的遭遇，一连数日把自己的食物分给韩信吃，韩信十分感激。后来韩信功成名就，被刘邦封为楚王，韩信找到漂母，酬以千金来报答赠饭之恩。

⑨极天人：位居显贵。

⑩乐毅：子姓，乐氏，名毅。中山灵寿人。战国时先在赵国为官，后辅佐燕昭王，他率五国联军攻下齐国七十城，差一点灭亡了齐国，燕昭

王死后，乐毅受燕惠王的猜忌，被骑劫所代替，乐毅无奈投奔赵国。骑劫无能，被田单用火牛阵大破燕军，燕军惨败损兵折将，丧失了占领的齐国土地。

⑪苏秦：字季子，洛阳（今河南洛阳市）人，战国时的纵横家，师从鬼谷子。提出"合纵"的主张来联合六国对抗秦国，并最终组建合纵联盟，任"从约长"，同时佩六国相印，使秦国很长一段时间不敢出兵攻打六国。

⑫卷舒：犹进退，隐显。

【译文】一木落叶则可知岁已入秋，瓶水结冰则可知天已寒冷。桂枝依然日日绽绿，披雪的枝条直插云端。我在弱冠时就目睹您光彩的仪容，我展开弱小的翅膀想要追随您这样的鸾凤。我们彼此志趣相投已有三十年，一直都是荣辱与共甘苦同当。岁月易逝，我徒然望青云而长叹，镊白发而对坐。铜镜里容颜渐渐衰老，高冠下浓发已经凋落。

穷困时就与鲍叔牙一起经商，饥饿时就从漂母处讨要饭食。时机一来就穷究天人之际，心中有道何需叹息不已？我就像乐毅刚刚在赵国出仕，苏秦刚刚去韩国游说一样。进退卷舒全由我决定，为什么要摧残自己呢？

书情赠蔡舍人雄

【题解】舍人，唐代中书省有中书舍人负责起草诏书，起居舍人负责记录皇帝所发命令，通事舍人负责呈递奏章、传达诏命，或朝见引纳殿庭等事。此处的蔡雄任舍人一职。这首诗应是诗人辞官离开长安以后所作，根据"一朝去京国，十载客梁园"一句，此诗大概是诗人离开长安后十年，即天宝十二载（753）左右所作。全诗第一段引用谢安隐居东山的典故，表达了诗人对谢安无论隐居还是出仕，皆能做到潇洒自如的崇敬。诗人希望自己也能像谢安那样，能为天下黎民苍生有所作为，能够为朝廷社稷建言献策。第二段诗人写自己被征召入朝后，屡次受到朝中奸佞的诋毁，招惹来无数是非。最后无法在朝中立足，只能黯然离开京师。诗人离京后，长期寓居在梁园，以游山玩水，访客会友聊以自娱。诗人眼见奸臣在朝中大肆残害忠良，却无能为力。诗人寄希望于天子能罢黜谗臣，平反昭雪冤案。重用贤臣，广进人才，做到野无遗贤。诗人惭愧自己无法建功立业，愧对皇恩，表明自己虽然身在江湖，依然心系天子。第三段诗人夸赞友人蔡雄具备辅佐帝王的才能，他日一定会振翅高飞施展抱负。诗人自己则梦想能够逍遥江湖之上，像严子陵那样不慕富贵甘愿垂钓清江。这里引用了严子陵客星犯主的典故，表达了诗人对严子陵高风亮节的仰慕。诗人遗憾自己没有达到严子陵那样超脱世俗功名的境界，还是不能舍弃自己的理想，因此"千里一回首，万里一长歌"心中郁闷不已。第四段写诗人决意寄情山水之间来忘却烦恼，乘舟飘荡于潇湘夜色之下，欣赏洞庭湖的明媚山水。此刻诗人不由得感叹当年屈原何必要投水自尽，不如向庄子学习，领略天地自然和谐之道。因此诗人打算归隐田园，享受悠闲的田园生活，闲来搔搔背，养养鸡鹅。同时告诉友人，再来拜访自己的时候，说不定我已经在桃花源中了。纵观全诗，诗人表达的思想情感是相当丰富和深沉的。表现了诗人在遁世和出仕之间不断徘徊的矛盾心理。尽管诗人内心依然记挂着朝廷社稷,最后还是选择了归隐江湖,诗人引用庄子的故事来表明自己归隐的原因,那就是诗人希望最终能够回归那种自然之趣的天和。

尝高谢太傅,携妓东山门①。楚舞醉碧云,吴歌断清猿。暂因苍生起,谈笑安黎元②。余亦爱此人,丹霄冀飞翻③。遭逢圣明主,敢进兴亡言④。

蛾眉积谗妒,鱼目嗤玙璠。白璧竟何辜?青蝇遂成冤⑤。一朝去京国,十载客梁园⑥。猛犬吠九关,杀人愤精魂⑦。皇穹雪冤枉,白日开氛昏⑧。太阶得夔龙,桃李满中原⑨。倒海索明月,凌山采芳荪⑩。愧无横草功⑪,虚负雨露恩⑫。迹谢云台阁,心随天马辕⑬。

夫子王佐才,而今复谁论。曾飙振六翮⑭,不日思腾骞⑮。我纵五湖棹,烟涛恣崩奔⑯。梦钓子陵湍,英气缅犹存⑰。徒希客星隐,弱植不足援⑱。千里一回首,万里一长歌。黄鹤不复来⑲,清风奈愁何!

舟浮潇湘月⑳,山倒洞庭波。投汨笑古人㉑,临濠得天和㉒。闲时田亩中,搔背牧鸡鹅。别离解相访㉓,应在武陵多㉔。

【注释】①"尝高"二句:高:推崇。谢太傅:指谢安。携妓:指谢安当年隐居东山时,经常带着歌妓出游。《世说新语·识鉴》:"谢安在东山畜妓,简文曰:'安石必出,既与人同乐,不得不与人同忧。'"

②"暂因"二句：黎元：百姓。这两句话指谢安为了苍生百姓而出仕。《晋书·谢安传》云："安石不肯出，将如苍生何？"

③丹霄：布满红霞的天空。飞翻：引自王粲《赠蔡子笃》诗："苟非鸿雕，孰能飞翻。"比喻能一展抱负，有所作为。

④"遭逢"二句：引自范云《古意赠王中书》："遭逢圣明后，来栖桐树枝。"和王僧达《和琅琊王依古》："聊讯兴亡言。"

⑤"白璧"二句：诗人以白璧自喻，以青蝇比喻奸佞。陈子昂《宴胡楚真禁所》诗："青蝇一相点，白璧遂成冤。"

⑥"一朝"二句：京国：指长安。梁园：即西汉梁孝王所建梁园。李白曾多次游历梁园。

⑦猛犬：比喻奸臣。九关：九门，代指朝廷。引自宋玉《楚辞·九辩》"岂不郁陶而思君兮，君之门以九重。猛犬狺狺而迎吠兮，关梁闭而不通"，比喻奸臣掌权当道，贤人被弃。

⑧"皇穹"二句：皇穹：皇天，这里代指朝廷。氛昏：亦作"氛昏"，云雾，烟霭。喻指昏愦惑乱的人。

⑨"太阶"二句：太阶：即泰阶，古星座名。即三台。上台、中台、下台共六星，两两并排而斜上，如阶梯，故名。古时候常以三台比喻三公。夔龙：相传舜的二臣名。夔为乐官，龙为谏官。桃李：比喻贤人。

⑩"倒海"二句：索：寻找。明月：明月珠。凌：飞跃。苏：古书上说的一种香草。此两句比喻四处搜寻人才。

⑪横草功：比喻微薄的功劳。横草，将草踩倒。

⑫雨露恩：滋生万物的雨露的恩情。比喻恩泽、恩情。

⑬"迹谢"二句：迹：行迹。谢：辞别。云台：汉宫中高台名。汉光武帝时，用作召集群臣议事之所，后用以借指朝廷。天马：皇帝乘骑的

马。

⑭曾飙：也作"层飙"，高风。六翮：谓鸟类双翅中的正羽。用以指鸟的两翼。王琦注："盖鸟翅之劲者，左右各六，飞时全藉其力。铩其六翮，则不能飞矣。

⑮腾骞：飞腾，向上升腾。谓仕途得意，职位高升。

⑯"我纵"二句：用范蠡归隐的典故。《国语·越语下》记载："越灭吴，返至五湖，范蠡辞于王曰：'君王勉之，臣不复入越国矣。'遂乘轻舟，以浮于五湖，莫知其所终极。"五湖：古代吴越地区湖泊。其说不一。也有指太湖及其附近的胥、蠡、洮、滆四湖。崩奔：水流冲激堤岸而奔涌。

⑰"梦钓"二句：子陵湍（tuān）：指严陵濑。在浙江桐庐县南，相传为东汉严光隐居垂钓处。英风：高尚的风格和气节。

⑱"徒希"二句：客星：对天空中新出现的星的统称，这里指严子陵。《后汉书·严光传》记载，刘秀与严子陵在宫中畅谈，晚上同床抵足而眠，严子陵把脚放在了刘秀的肚子上，第二天太史上奏，说："客星侵犯帝星甚急。"刘秀笑着说："不用紧张，是我与故人严子陵抵足而眠。弱植：懦弱无能，不能树立。《左传·襄公三十年》："其君弱植。"孔颖达疏："《周礼》谓草木为植物。植谓树立，君志弱，不树立也。"

⑲黄鹤：传说中仙人所乘的一种鹤。这里喻指贤人。

⑳潇湘：指湘江，因湘江水清深故名。潇，水清深。也指湘江与潇水的并称。今多指湖南地区。

㉑"投汨"句：用屈原投汨罗江的典故。汨罗江为汨水、罗水合注而成。汨水源出江西省修水县，西南流入湖南省境。罗水源出湖南省岳阳县。二水在湖南省湘阴县东北会合，乃称汨罗江，西北流入湘水。

㉒"临濠"句：用庄子和惠子游濠梁的典故。《庄子·秋水》云：
"庄子与惠子游于濠梁之上，庄子曰：'儵鱼出游从容，是鱼乐也。'
惠子曰：'子非鱼，安知鱼之乐？'庄子曰：'子非我，安知我不知鱼之
乐？'"

㉓解：明白，知道。

㉔武陵：指武陵郡，用陶渊明《桃花源记》的典故。唐朝时，武陵
郡即朗州，属山南东道。

【译文】我曾经很崇尚东晋太傅谢安，他隐居时经常带着歌妓在
东山畅游。楚女轻盈的舞姿使天上的彩云沉醉，吴地美妙的歌声使山
中的猿啼中断。为了天下苍生的福祉谢安出山入仕，谈笑间就击败了前
秦大军安定了百姓。我也希望成为谢安这样叱咤风云的人物，有朝一
日能振翅高飞云天之上一展抱负。现在我有幸遇到明主盛世，因此敢
向天子进献兴亡之言。

美人总是遭到谗言和妒忌，美玉却能受到鱼目的嘲笑。无瑕的白
璧有什么罪过？却要被青蝇无端玷污。一旦受谗离开京师长安，我在
梁园先后寓居了十年。朝中的奸人如猛犬狂吠，滥杀无辜使多少英魂
含恨。圣明的皇帝昭雪了各种冤案，就像白日驱走了世间的阴霾。三公
之位由夔龙这样的忠臣来担任，如同桃李一样的贤人遍布中原。倾倒
大海来寻找像明月珠一样的贤良，跨越高山来采访像芳草一样的高
士。我很惭愧连横草之功也没有建立，却徒然蒙受皇上雨露一样的恩
典。我虽然已经辞官离开了朝廷，但内心依然跟随在天子左右。

您具备辅弼天子的王佐之才，可如今谁又会谈论这些呢？您迎风
振翅蓄势待发，不久就会腾飞云天外。我则打算驾舟鼓棹五湖中，在
烟波浩渺中嬉戏畅游。夜里我梦到自己在严陵濑垂钓，缅怀严光的高

风仍留存于世间。我徒然仰慕严光成为客星而归隐的高洁之举，但是自己意志薄弱无法树立像他那样的志向。我离京而去千里一回首，万里一歌咏。黄鹤一去不再复返，清风怎能奈何愁绪。

轻舟漂浮在潇湘月色下，青山倒映在洞庭微波上。我笑古人屈原悲愤自投汨罗江，何不像庄子临濠而得天然之乐。我闲时就来到田野中，一边搔背一边放鸡鹅。分别后您如果想来看望我，那时候我已经归隐桃花源。

忆襄阳旧游赠济阴马少府巨

【题解】襄阳，即襄州，后改为襄阳郡，属山南东道，今湖北襄阳市。济阴，即曹州，后改为济阴郡，属河南道。治所在今山东定陶县西。少府，唐代对县尉的敬称。马巨，李白的友人。此诗大概写于天宝四载（745），诗人游东鲁，路过济阴时所作。当时马巨在济阴任县尉。全诗前半段回忆昔日两人在襄阳相遇时的情景。那时候诗人年少狂放，听说荆州长史韩朝宗乐于推荐后进，就挥笔写下大气磅礴的《与韩荆州书》，希望得到韩朝宗的推荐，尤其是"生不用封万户侯，但愿一识韩荆州"两句，成为荟萃人口的佳句。后半部分诗人感叹友人依旧是红颜未老，而自己已经白发苍苍，垂垂老矣。诗人感伤岁月易逝，而自己功名未建。虽然无法实现抱负，但诗人仍难以下定决心归隐，只能在梦中寄托情怀。诗人登上岘山，想起当年羊祜的感慨，不禁身有同感，潸然泪下。

昔为大堤客^①，曾上山公楼^②。开窗碧嶂满^③，拂镜沧江流。高冠佩雄剑，长揖韩荆州^④。此地别夫子，今来思旧游。

朱颜君未老，白发我先秋。壮志恐蹉跎，功名若云浮。归心结远梦，落日悬春愁。空思羊叔子，堕泪岘山头^⑤。

【注释】①大堤：襄阳城外有大堤，有岘山。隋唐时，大堤一带热闹繁华，士庶聚集。梁简文帝作雍州十曲，内有《大堤》《南湖》《北渚》等曲。

②山公楼：王琦注："西晋时，山简曾为襄阳太守，山公楼是其遗迹，今亡所在。"

③碧嶂：青绿色如屏障的山峰。

④韩荆州：指韩朝宗，京兆人，历任左拾遗，荆州长史，吏部侍郎。李白于开元二十二年（734）拜谒韩朝宗，写下《与韩荆州书》。

⑤"空思"二句：羊叔子：指羊祜。羊祜在荆州时常登岘山，《晋书·羊祜传》："祜乐山水，每风景必造岘山，置酒言咏，终日不倦。尝慨然叹息，顾谓从事中郎邹湛等曰：'自有宇宙，便有此山。由来贤达胜士登此远望，如我与卿者多矣！皆湮灭无闻，使人悲伤。如百岁后有知，魂魄犹应登此也。'湛曰：'公德冠四海，道嗣前哲，令闻令望，必与此山俱传。至若湛辈，乃当如公言耳。'"

【译文】昔日曾去往襄阳城外的大堤游览，也曾经登上山公楼极目远眺。开窗看到的是郁郁葱葱的山峰，对镜映入的是绵绵不绝的江流。我戴着高冠佩着长剑，长揖拜见荆州韩朝宗。当初在此处与夫子您分别，今日我因思念您又故地重游。

您依然是黑发朱颜未见苍老，我却已经白发染鬓早早先衰。满腔的壮志豪情在蹉跎岁月中渐渐消散，成就功名的期望却如天边浮云难以触及。我归隐的心愿只能在梦中实现，面对落日余晖只能引发无尽春愁。我想起羊叔子感叹人生无常的话语，让我更加悲伤不禁堕泪岘山之巅。

对雪献从兄虞城宰

【题解】虞城宰，指虞城县令。唐朝时宋州有虞城县，属河南道，即今河南省虞城县。根据李白的《虞城县令李公去思颂碑》可知，李公，名锡，字元勋，陇西成纪人，天宝四载（745），拜虞城令。因此这首诗应是天宝四载冬，诗人游梁园时所作。诗人当时困顿拮据，因而向虞城县令李锡求助。诗人首先道明自己的处境，即天降大雪，寒冷难耐，兄长你却不知道我的艰难处境。接着诗人借连理枝来说明兄弟之间的情谊，以此来委婉的向李锡求助。

昨夜梁园雪，弟寒兄不知。庭前看玉树①，肠断忆连枝②。

【注释】①玉树：雪中树。
②连枝：两树的枝条连生一起。比喻同胞兄弟姐妹。
【译文】昨夜梁园降下大雪，弟受寒冷兄却不知。来到庭院凝望雪中的玉树，思念连枝兄弟而伤心断肠。

访道安陵遇盖寰为予造真箓临别留赠

【题解】安陵，唐时有安陵县属德州平原郡，隶河北道，在今河北吴桥县北。盖寰，一位道士，与李白在德州安陵相遇，为李白书造真箓。造真箓，指书写道教秘文符箓。此诗大概作于天宝四载（745）冬。根据李阳冰《草堂集序》所载，诗人于天宝三载被赐金还山后，出世访道的意愿更加强烈，经过时任陈留采访使的祖叔李彦允的引荐，诗人到山东齐州（济南）紫极宫，由北海高天师传授道箓，正式成为一名道士。之后诗人在安陵遇到盖寰，盖寰为诗人书写真箓，诗人做诗相赠。道箓是一种道教秘文，即符箓。符箓是符和箓的合称，是用朱笔或墨笔所画的一种字、图、线相结合的图画，道教认为符箓能够起到召神驱鬼、治病延年、求福祛灾等作用。符箓术起源于巫觋，始见于东汉。汉唐时代，符箓盛行，不论达官贵人，还是平民百姓均收藏佩戴。而且符箓非一般人能够书写，极为难得。后来符箓发展成为入道凭信和道阶标志，《隋书·经籍志》记载："其受道之法，初受《五千文箓》，次受《三洞箓》，次受《洞玄箓》，次受《上清箓》。箓皆素书，记诸天曹官属佐吏之名有多少，又有诸符，错在其间，文章诡怪，世所不识。受者必先洁斋，然后赍金环一，并诸贽币，以见于师。师受其贽，以箓授之，仍剖金环，各持其半，云以为约。弟子得箓，缄而佩之。"由此可知道教对于传授符箓有着相当严格的程序和要求，非亲信弟子及有一定地位，不得传授。全诗第一段诗人盛赞盖寰自幼就聪慧过人,知晓道家修行道理,连郡守也被他折服,惊叹不已。后来盖寰拜北海高天师高如贵为师,潜心修行道家内丹术,达到了出神入化的境界。后一段写盖寰为诗人书写真箓,简直是巧夺天工,使天人都感到惭愧。真箓可以荡平三灾,可以使人乘蛟龙飞升虚空,诗人认为盖寰为自己书写的真箓价值超过满堂的黄金。诗人因此也嗤笑世上的俗人,庸庸碌碌一生,超脱不了死生的束缚。甚至是万乘君王,千百年后依然要归于尘土。最后诗人表明自己临别赠言的珍贵,即使是华山、嵩山与之相比也无足轻重。

清水见白石①,仙人识青童②。安陵盖夫子,十岁与天通。悬河与微言③,谈论安可穷?能令二千石④,抚背惊神聪。挥毫赠新诗,高价掩山东⑤。至今平原客,感激慕清风。学道北海仙⑥,传书蕊珠宫⑦。丹田了玉阙⑧,白日思云空。

为我草真箓,天人惭妙工⑨。七元洞豁落⑩,八角辉星虹⑪。三灾荡璇玑⑫,蛟龙翼微躬。举手谢天地,虚无齐始终⑬。黄金献高堂,答荷难克充。下笑世上士,沉魂北罗酆⑭。昔日万乘坟,今成一科蓬⑮。赠言若可重,实此轻华嵩⑯。

【注释】①"清水"句:古乐府《艳歌行》:"语卿且勿眄,水清石自见。"

②青童:神话传说中的仙童。这里指修炼有素的道士。

③悬河:比喻善用辞令,说话滔滔不绝。《晋书·郭象传》:"(郭象)能清言,太尉王衍每云:'听象语,如悬河泻水,注而不竭。'"微言:含蓄而精微的言辞。《汉书·艺文志》:"昔仲尼没而微言绝。"颜师

古注："精微要妙之言耳。"

④二千石：这里指郡守。汉代官员俸禄以米谷为准，故以"石"名之。郡守年俸禄为二千石，因此后称郡守为"二千石"。

⑤高价：比喻人身分崇高、声名显赫。

⑥北海仙：指高天师高如贵，北海人（山东青州）。李白于齐州请高天师授道箓，故盖寰为之书造真箓也。

⑦蕊珠宫：道教中所说的仙宫。梁丘子《黄庭内景经注》："蕊珠，上清境宫阙名也。"

⑧丹田：人体穴位，位置在人体脐下。古人视丹田为储藏精气神的地方，因此把丹田视为"性命之根本"。玉阙：道教语。指肾中白气与肺相连的通道。

⑨天人：洞悉宇宙、人生真理的人。《庄子·天下》："不离于宗，谓之天人。"

⑩七元：道家指耳、目、鼻、口七窍的元气。豁落：道教有七元豁落镇星精符。《道藏》有《北帝说豁落七元经》。

⑪八角：指道家经书符箓发射出的一种光芒。《隋书·经籍志》记载："劫运若开，其文自见。凡八字尽道体之奥，谓之《天书》。字方一丈，八角垂芒，光辉照耀，惊心眩目。虽诸天仙，不能省视。"

⑫三灾：《楼炭经》记载："天地有三灾变：一者火灾变，二者水灾变，三者风灾变。"《法苑珠林》记载："二十小劫中间有小三灾，次第轮转。一疾疫灾，二刀兵灾，三饥馑灾。"璇玑：古代称北斗星的第一星至第四星。《晋书·天文志》："魁四星为璇玑，杓三星为玉衡。"

⑬始终：指人的生死。王康琚《反招隐诗》云："与物齐终始。"李善注："孙卿子曰：生，人之始也；死，人之终也。"

⑭北罗酆：即罗酆山。道家谓山上有六天鬼神主断人间的生死祸福。山在北方癸地，故称"北罗酆"。《真诰》云："罗酆山在北方癸地，山高二千六百里，周回三万里，其山下有洞天，在山之中，周回一万五千里，其上其下并有鬼神宫室。山上有六洞，洞中有六宫，辄周围千里，是为六天鬼神之宫也。注云："此即应是北酆，鬼王决断罪人住处。"

⑮科蓬：即蓬科，泛指蓬草，杂草丛。犹蓬颗。

⑯华嵩：华山和嵩山。

【译文】水清自然可见白石，仙人自然赏识青童。安陵的神人盖夫子，十岁时便与天道相通。口若悬河而玄理精妙，谈论起来哪会有穷尽。甚至于能让二千石的郡守，抚着背惊叹你的神异聪慧。郡守挥毫题诗赠送给你，从此你在山东声名鹊起。现在来到平原郡的远客，仍被你的风度感染激发。你跟随北海的高如贵天师学道，得到了蕊珠宫所传授的天书。丹田与玉阙已经相连通，达到了白日飞升的境界。

你为我写下的道家真箓，天人也自愧不如你的高妙。七元豁落符箓洞彻天意，上面八角垂芒辉映星虹。身带真箓得到璇玑的护佑可以荡平三灾，四周还有蛟龙环绕使我腾空飞升。我举手敬谢天地，从此与虚无同生。即使用堆满高堂的黄金，也难以回报您的大恩。我心笑世上的俗人，死后魂归北罗酆山。昔日万乘皇帝的坟茔，如今只是长满蓬草的土丘。如果赠言能以重量来权衡，华山嵩山与之相比也太轻。

杂言用投丹阳知己兼奉宣慰判官

【题解】丹阳,郡名,即润州,唐时属江南道。即今江苏镇江市。判官,唐时辅助地方长官处理公事的人员。宣慰判官即宣慰使的属官。这里提到的丹阳知己和宣慰判官,皆不知其姓名。这首诗大约作于至德二载(757)。至德元载(756)十二月,永王李璘率水师东巡,至德二载,李璘兵败,诗人受牵连,被投入寻阳监狱。幸亏御史中丞宋若思和江南宣慰使崔涣营救才保住性命。王琦注:"肃宗至德元载十一月,以崔涣为江南宣慰使,所谓'宣慰判官'乃涣之僚属也。"李白写有《上崔相涣诗》数首,此诗大概为同时之作。全诗叙述玉璞之珍贵,服食可以延年益寿,甚至飞举虚空。只可惜世人大多不识珍宝,把玉璞当作普通的石头。诗人以此来暗喻自己的怀才不遇。诗人热切希望能有卞和那样的识宝人和蔺相如那样的正直之士,来举荐自己这块璞玉,不使其被埋没、丢弃。

　　客从昆仑来①,遗我双玉璞②。云是古之得道者西王母食之余,食之可以凌太虚③。爱之颇谓绝今昔,求识江淮人犹乎比石。如今虽在卞和手④,□□正憔悴,了了知之亦何益⑤?恭闻士有调相如⑥,始从镐京还⑦,复欲镐京去。能上秦王殿,何时回光一相眄?欲投君,保君年,幸君持取无弃捐。无弃捐,服之与君俱神仙。

【注释】①昆仑:昆仑山。在新疆西藏之间,西接帕米尔高原,东延入青海境内。山势高峻，多雪峰、冰川。古代神话传说昆仑山上有瑶池、阆苑、增城、县圃等仙境。

②玉璞：古人认为玉可食用，服之可以延年益寿。《抱朴子·仙药》曰："玉亦仙药，但难得耳。"《玉经》曰："服金者寿如金，服玉者寿如玉也。"明代李时珍的《本草纲目》中也说："玉屑甘平、无毒"，主治"除胃中热、喘息烦满、止渴"。

③太虚：古代哲学概念。指宇宙万物最原始的状态，这里指天空。

④卞和：春秋楚人。相传他得到玉璞，先后献给楚厉王和楚武王，都被认为欺诈，受刑砍去双脚。楚文王即位，他抱璞玉哭于荆山下，楚文王使人琢璞，得宝玉，名为"和氏璧"。

⑤了了：心里明白，清清楚楚，通达。

⑥相如：指蔺相如。

⑦镐京：西周国都。故址在今陕西西安市西南沣水东岸。这里指秦国都城。

【译文】有远客自昆仑而来，赠给我一双玉璞。告诉我说是上古得道者西王母服食后剩余，食之可以使身体变得轻盈而飞升虚空。我珍视它为古今少有的宝物，可是让江淮人鉴别却都说是一块石头。如今这块宝玉就算在卞和的手里，□□也只能忧心憔悴，我自己清楚它的珍贵又何益？我听说有一位士人风范类似蔺相如，刚刚从长安回来，又要到长安去。他能登上秦王的大殿，何时才能让他请秦王来观览玉璞？我打算把玉璞送给您，可以使您延年益寿，希望您好好保存不要把它丢弃。千万不要丢弃，服食它就可以让您脱胎换骨变为神仙。

赠崔郎中宗之

【题解】此诗大约作于天宝二年（743）或天宝六载（747）。崔郎中宗之，即礼部郎中崔成辅，字宗之，出身博陵崔氏，是吏部尚书、齐国公崔日用之子，是李白的好友，"饮中八仙"之一。杜甫的《饮中八仙歌》这样描画崔宗之："宗之潇洒美少年，举觞白眼望青天，皎如玉树临风前。"崔宗之英俊潇洒，为人豪放，喜欢饮酒，性格与李白相近，两人是莫逆之交。开元二十年秋李白与崔宗之初识，两人同游南阳，李白写下《酬崔五郎中》。全唐诗收录了崔宗之唯一的一首诗，正是写给李白的题为《赠李十二白》，诗中对李白做了生动的描述："双眸光照人，词赋凌《子虚》，酌酒弦素琴，霸气正凝洁。"崔宗之与李白惺惺相惜，相见恨晚，愿意将"平生心中事，今日为君说"。可惜崔宗之英年早逝，李白写下《忆崔郎中宗之游南阳遗吾孔子琴抚之潸然感旧》来悼念故友，诗中写道"一朝摧玉树，生死殊飘忽。留我孔子琴，琴存人已没。惟传《广陵散》，但哭邙山骨"可见李白与崔宗之的友情极为深厚。全诗第一部分描写深秋时分，胡雁振翅南归，而自己作为寄居异乡的游子，也登高远望，寄托思乡之情。第二段写景，借景抒情。表达了岁月易逝，老而无功的感慨。最后一段，引用孔子与鲁仲连的故事，进一步说明建立功业的困难，抒发了时运不济不如归隐山林的思想。

胡雁拂海翼，翱翔鸣素秋①。惊云辞沙朔②，飘荡迷河洲。有如飞蓬人③，去逐万里游。登高望浮云，仿佛如旧丘④。

日从海旁没，水向天边流。长啸倚孤剑，目极心悠悠⑤。岁晏归去来⑥，富贵安可求？

仲尼七十说，历聘莫见收⑦。鲁连逃千金，珪组岂可酬⑧？时哉苟不会，草木为我俦⑨。希君同携手，长往南山幽。

【注释】①素秋：秋季。古代五行之说，秋属金，其色白，故称素秋。

②沙朔：朔方沙漠之地。

③飞蓬人：像蓬草一样居无定所的人。

④旧丘：旧里。

⑤目极：即极目，远望，尽目力所及。

⑥岁晏：一年将尽的时候。也指人暮年。

⑦"仲尼"二句：指孔子欲行王道，周游七十列国，而不得见用。

⑧"鲁连"二句：指鲁仲连为赵国却秦，功成后却不肯接受千金的馈赠。珪组：玉圭与印绶。引申指爵位、官职。

⑨俦：伴侣。

【译文】胡雁拍拂着羽翼，在秋空中翱翔鸣叫。惊起白云辞别大漠而南飞，沿途飘荡栖息在河中沙洲。就像四处漂泊如飞蓬的游子，离开故乡出行万里之外。我登高遥望天边的浮云，仿佛看见家乡的小山丘。

一轮红日在海边徐徐落下，绵绵江水向天边缓缓流去。我身佩长剑放声长啸，极目远眺内心悠悠。英雄迟暮不如归去，富贵哪能轻易得到？

孔子周游七十国而推广王道学说，游遍天下却无一国愿意聘用。鲁仲连为赵国斥退秦军却不肯收取千金的酬劳，又怎么会像势利之徒那样谋取官爵？如果我时运不济无法施展抱负，那么就逍遥山水与草木为伴。希望能与君一起携手，长久隐居在幽幽南山。

赠崔咨议

【题解】此诗年代不详。崔咨议，姓崔的官员，担任咨议之职，生平事迹不详。咨议，官名。《新唐书·百官志》："王府官有谘议参军事一人，正五品上，掌訏谋议事。"诗人以骐骥自喻，说明自己不是等闲之辈，具有"长嘶向清风，倏忽凌九区"的过人才干。现在因为某种原因从西北来到东南。世事难料，前程不明。诗人把崔咨议视为伯乐一样的人物，希望能够得到崔咨议的提携，对自己这匹骏马进行修剪，好使自己可以纵横驰骋在通衢大道上。

骐骥本天马①，素非伏枥驹②。长嘶向清风，倏忽凌九区③。何言西北至，却走东南隅④？世道有翻覆，前期难预图。希君一剪拂⑤，犹可骋中衢⑥。

【注释】①骐骥：骏马名。《穆天子传》："八骏有赤骥、騄耳。"
②伏枥驹：伏在马槽上的普通马。
③九区：九州。

④"何言"二句:《史记·大宛列传》记载,汉武帝曾用《易经》卜卦,得到的卦辞是'神马当从西北来',后果然从西域得到乌孙宝马和大宛汗血马。

⑤剪拂:修剪。

⑥中衢:四通八达的大路。

【译文】骥骧本来是纵横天界的骏马,绝不是伏于槽头的驾车之驹。骥骧迎着清风长嘶一声,倏忽之间就能驰骋九州。为什么从西北而来,却往东南之隅而去?世道无常转眼翻覆,凡事前期很难预料。希望您能对我这匹骏马予以修剪,使我可以驰骋在通衢大道上。

赠升州王使君忠臣

【题解】升州,唐州名,乾元元年(758)改江宁郡置,上元二年(761)废,治所在今江苏南京。王忠臣,事迹不详。使君,汉代称呼太守刺史,汉以后用做对州郡长官的尊称。唐代仍沿此习,称刺史为使君。此诗作于上元二年。诗人受永王李璘之事牵连,被流放夜郎,于乾元二年(759)遇赦得释后,晚年飘泊东南一带,生活颇为困顿,但仍怀有济世之心,渴望得到施展抱负的机会。这首诗就表达了诗人希望得到升州刺史王忠臣举荐任用的意愿。全诗首两句述说升州作为六朝都城,三吴胜地,是一个人杰地灵,藏龙卧虎之地。紧接着诗人赞扬王忠臣能在这样的重要之地担任刺史,一定是具备非凡的才能,所以才会被天子派来安抚一方百姓。诗人通过"巨海一边静,长江万里清"二句道出了平定刘展叛乱后,升州恢复太平的景象,也间接称赞了王忠臣的治理有方。但是当时北方仍处于史思明的叛乱之中,所以诗人借侯嬴的典故,向王忠臣提出自己愿意为国分忧,进献安邦定国之策的想法。此时诗人虽已年老多病,但仍心忧国事,总想着能有机会报效社稷,安定苍生。

六代帝王国①,三吴佳丽城②。贤人当重寄③,天子借高名。巨海一边静,长江万里清④。应须救赵策,未肯弃侯嬴⑤。

【注释】①六代:唐朝升州即今南京,是吴、东晋、宋、齐、梁、陈六个朝代的都城。

②三吴:胡三省《通鉴注》:"汉置吴郡,吴分吴郡置吴兴郡,晋又分吴兴、丹阳置义兴郡,是为三吴。"郦道元曰:"世谓吴郡、吴兴、会稽为三吴。"杜佑曰:"晋、宋之间,以吴郡、吴兴、丹阳为三吴。"唐时指吴兴、吴郡、丹阳。

③重寄:重大的托付。

④"巨海"二句:指平定刘展叛乱后,升州恢复太平。《资治通鉴·唐纪》记载,唐肃宗上元元年(760),淮南东、江南西、浙西节度使刘展叛乱,攻陷润州、升州、宣州、苏州、湖州。上元二年(761),刘展被平卢兵马使田神功击败,叛乱平定。

⑤侯嬴:战国时魏之隐士。家贫,为大梁夷门看守者。年七十,始受魏公子无忌尊为上客。曾助信陵君却秦救赵,为防事机泄露,自刭而死。事见《史记·魏公子列传》。此处诗人以侯嬴自比。

【译文】曾有六朝帝王在升州建都,它是三吴地区的秀丽城邑。只有贤人才能在此被委以重任,天子也要借重您的名声来安抚一方。刘展叛乱被平定四海清静,长江万里都重新水清风平。您也许还需要救赵那样的良策,请不要遗弃我这个侯嬴来安邦定国。

赠别从甥高五

【题解】此诗年代不详。这首诗是李白写给外甥高五的赠别诗。从甥,堂姐妹的儿子。高五,李白的外甥,排行为五。李白另有《醉后赠从甥高镇》诗,高五似指高镇。诗人作为高五的长辈,在临别之时,除了殷切关怀之外,还不忘记给予积极的鼓励和劝勉,同时也表达了诗人期望建功立业,然后再功成身退的愿望。全诗第一段是诗人对高五的褒赞。起首"鱼目高太山,不如一玙璠"二句将高五比作玙璠一样的美玉。玙璠是春秋时期鲁国的宝玉,与晋国的垂棘,宋国的结绿,楚国的和璞同为当时的四大名玉。孔子曾评价玙璠说:"美哉玙璠,远而望之,奂若也;近而视之,瑟若也。"玙璠之美,远望光彩夺目,近看明洁照人。由此可知诗人对高五的评价是相当高了。诗人接着又将高五比作明月珠,来喻指高五是世所罕有的人物,声望满天下,就连天子也有所耳闻。诗人认为高五一定能像魏舒那样,成为自己的贤外甥。第二段诗人夸赞完高五后,不禁惭愧自己功名无成,困顿不堪。诗人把自己比喻为被绳索牵绊的穷猿,时刻想放手一搏冲破束缚。"枥中骏马空"与"黄金久已罄"二句则写出了诗人此时的困顿。第三段抒发离别之情。由

"闻君陇西行"可知，高五要去往陇西，陇西地处边关，一路上定然会历经艰辛，因此使诗人大为担心。诗人感叹自己与高五都是四处漂泊之人，短暂相聚后，又要天各一方，诗人心中就如江水一样时而奔流，时而洄旋，其中的感受一言难尽。诗人对于自己不能很好的招待高五而心有愧疚。第四段诗人直抒胸臆，感慨自己不像个大丈夫，生活上的艰辛和困顿，就让自己愁眉不展。可是心中的郁闷又能向谁诉说呢？诗人想到自己就像浮云一样游荡在天地间，就像纤毫一样微不足道。天地好似广阔无边，但是也被太虚包括其中。这使诗人豁然开朗，放下了心中羁绊，不再为区区小事而斤斤计较。第四段是诗人临别时对高五的谆谆嘱咐。"肝胆不楚越"一句引自《庄子》，诗人借此典故来说明分别后，只要彼此记挂，就如同时时相伴一样，山河也就成为共同的被帐。诗人最后预祝高五此去能够得到圣主的赏识，建功立业，到那时如果来寻访诗人的话，诗人早已隐居在桃花源了。全诗雄浑大气之中，又有浓浓的惜别之情，行文起伏多变，大显名家风范。

　　鱼目高太山，不如一玙璠①。贤甥即明月②，声价动天门③。能成吾宅相，不减魏阳元④。

　　自顾寡筹略⑤，功名安所存？五木思一掷⑥，如绳系穷猿⑦。枥中骏马空，堂上醉人喧。黄金久已罄，为报故交恩。

　　闻君陇西行⑧，使我惊心魂。与尔共飘飖⑨，雪天各飞翻。江水流或卷，此心难具论。贫家着好客，语拙觉辞繁。三朝空错莫⑩，对饭却惭冤。

　　自笑我非夫，生事多契阔⑪。蓄积万古愤，向谁得开豁⑫？天地一浮云，此身乃毫末。忽见无端倪⑬，太虚可苞括⑭。

去去何足道，临岐空复愁。肝胆不楚越⑮，山河亦衾裯⑯。云龙若相从，明主会见收。成功解相访，溪水桃花流⑰。

【注释】①玙璠：美玉。

②明月：指明月珠。

③天门：天子之门。

④"能成"二句：宅相：原指住宅风水之相，后为外甥的代称。魏阳元：即魏舒，字阳元，任城樊县（今山东兖州西南）人。魏晋时期名臣，历任涅池县长、浚仪县令、尚书郎、后将军长史、相国参军，封剧阳子，官至司徒，谥号"康"。《晋书·魏舒传》："魏舒，少孤，为外家宁氏所养。宁氏起宅，相宅者云：'当出贵甥。'外祖母以魏氏小而慧，意谓应之。舒曰：'当为外氏成此宅相。'"

⑤筹略：谋略。

⑥五木：古代博具。以斫木为子，一具五枚。古博戏樗蒲用五木掷采打马，其后则掷以决胜负。后世所用骰子相传即由五木演变而来。

⑦穷猿：比喻处于困窘境况的人。《世说新语·言语》记载，东晋时李弘度经常感叹自己不被赏识，扬州刺史殷浩知道他家贫，就问他是否愿意去小地方任职？李弘度感慨回答："我现在就处于《诗经·北门》中所描写的困顿处境，这一点您早就知道了。我就像走投无路的穷猿，急于奔入山林，哪里还能挑选栖息的树木呢！"殷浩就任命他为剡县县令，李弘度感激不尽。

⑧陇西：郡名，唐朝时陇右道有陇西郡。即渭州，治所在今甘肃陇西县东南。

⑨飘飘：也作飘摇，随风飘动。

⑩"三朝"句：三朝：正月初一为一岁年、月、日之始，故称正月初一为"三朝"。这里指三天。错莫：即错漠，落寞之意。

⑪"自笑"二句：非夫：非大丈夫。生事：指生计，境遇，日常生活的一切事务。契阔：勤苦。

⑫开豁：开通明朗。

⑬端倪：边际。

⑭苞：同"包"。

⑮肝胆：肝胆紧邻，因此比喻关系密切。楚越：比喻关系对立或者疏远。又《庄子·德充符》曰："自其异者视之，肝胆楚、越也；自其同者视之，万物皆一也。"

⑯衾：被子。裯：床帐。

⑰溪水桃花：引陶渊明的《桃花源记》典故，喻指隐居之处。。

【译文】 鱼目堆叠纵然高过泰山，也不及一块美玉的价值。贤甥就是稀有的明月珠，才望之高名动天子之门。一定会应验我家出贵甥的宅相，将来的成就一定不低于魏阳元。

回顾我自己却计穷谋寡，至今时运不济功名未成。我情愿像投掷五木那样奋力一搏，也不愿像穷猿一样被绳索所束缚。槽头早已没有了驰骋的骏马，堂上却依然充斥着酒客的醉言。积蓄的黄金早已散尽，只为了报答故友的恩情。

听说你即将前往陇西，又使我内心惊骇不已。我与你都是四处飘泊的旅人，如今又像雪花一样各自飞舞。江水奔流或者洄旋，我的思绪也难说清。贫困之家无法热情好客，语拙之人总觉酬答繁琐。我招待不周把你冷落了三日，以粗糙饭食相待实在对你有愧。

　　我嘲笑自己不是大丈夫，平生际遇多是艰辛无奈。心里积蓄着万古愁愤，向谁诉说来获得解脱？我就像天地间飘荡的一朵浮云，此身如同纤毫一样微不足道。看起来天地广大没有边际，然而又可以被太虚所包括。

　　互相分别又何足道，面对歧路心生惆怅。你我只要如肝胆般相近而不像楚越一样远离，虽然远隔千里也可以把山河当做我们共同的被帐。如果有一天云龙能相遇，圣主定会对你委以重用。待到功成名就时你来寻访我，我一定在桃花源里逍遥隐居。

赠裴司马

　　【题解】此诗大概是诗人赐金放还之后所作。司马，唐朝时刺史的僚佐。位在别驾、长史之下。裴司马，生平事迹不详。诗人一直都怀有"申管、晏之谈，谋帝王之术。奋其智能，愿为辅弼，使寰区大定，海县清一"的理想，却始终未能如愿，心中不免充满惆怅。因此借美人迟暮，来抒发自己英雄末路的感慨。全诗先描写美人的衣饰华美，以及拥有明月般的绝世容貌。中间部分描写美人因为绝世容颜而被众女所妒忌，对她谗言诋毁，使得夫君抛弃了她，移情别恋，美人在瑟瑟秋风中失宠而归。这是诗人暗指自己被众小人所妒忌，受到百般诋毁，无法在朝中立足，只能辞官归去一事。第三段写美人被弃后的悲惨境遇。整日愁苦，长泣不止，长夜独坐，无心做事。这也是诗人辞官后的心境写照。即使这样，诗人仍对君王抱有期待,希望能有一天获得君王的垂青,使自己重新获得施展抱负的机会。这首诗不同于诗人以往狂放豪迈的风格,体现了委婉细腻的一面。

翡翠黄金缕①,绣成歌舞衣。若无云间月②,谁可比光辉?
秀色一如此,多为众女讥。君恩移昔爱,失宠秋风归。
愁苦不窥邻③,泣上流黄机④。天寒素手冷,夜长烛复微。十日不满匹,鬓蓬乱若丝。
犹是可怜人⑤,容华世中稀。向君发皓齿⑥,顾我莫相违。

【注释】①黄金缕:黄金做成的金缕衣。

②云间月:汉乐府《相和歌辞·白头吟》:"皑如山上雪,皎若云间月。"

③窥邻:引用宋玉所写东家之子窥邻求爱的故事。宋玉《登徒子好色赋》曰:"臣里之美者莫若臣东家之子,东家之子,增之一分则太长,减之一分则太短;著粉则太白,施朱则太赤;眉如翠羽,肌如白雪;腰如束素,齿如含贝;嫣然一笑,惑阳城,迷下蔡。然此女登墙窥臣三年,至今未许也。"

④流黄:褐黄色或者黄色的物品,这里特指黄色的丝绢。

⑤可怜:可爱。

⑥发皓齿:指露齿说话。

【译文】用翡翠鸟的羽毛和黄金缕,绣成华丽无比的歌舞衣。除了高挂云间的皎洁明月,谁能比得上她的熠熠光辉?

秀色如此动人,却被众女讥讽。夫君恩情别移,失宠秋风中归。

整日愁苦不愿窥邻求偶,在流黄织机旁长泣不止。天气已寒洁白的双手感到冰冷，长夜漫漫微弱的烛光摇摇欲灭。历时十日织不完一匹布，鬓发蓬起好像一团乱丝。

如此一位可爱的女子，绝代容颜举世稀有。轻启皓齿对君言笑，请您对我顾念不要违弃。

叙旧赠江阳宰陆调

【题解】江阳，县名。唐贞观十八年（644）分江都县置，属扬州，治所即今江苏扬州市。这首诗大约作于天宝六载（747），诗人赠给好友陆调，当时陆调任江阳县令。诗中着重赞扬了陆调的侠义精神。陆调其人，生平事迹皆不可考，大概知道陆调应是吴人，李白在长安时曾经被一群纨绔子弟所欺，幸好陆调施以援手，才得脱出困境。全诗第一段诗人夸赞陆调的故乡是古代贤人太伯、仲雍所创立的吴国故地。太伯、仲雍为了能让弟弟季历继承王位，宁可出走他乡，这种高风亮节彪炳万古，可与日月星辰比高。陆氏作为吴地的望族，一直都英才辈出。所以陆调也继承了优良的家风，德才兼备，卓尔不群。诗人引用季札挂剑的故事，强调陆调也是一位对朋友重情重义之人。第二段诗人回忆当年在长安被恶人所欺，陷入困境，多亏陆调及时出手相助，才化解了危机，诗人对此一直铭记在心，十分感激陆调。第三段诗人描写陆调治理江阳有方，政绩显著。陆调"剪棘树兰芳"，使小人斥退，君子进用。江阳的地方风气也为之大变，就像五月天降下秋霜那样凛冽。江阳从此"高才列华堂", "丝管俨成行", 说明礼乐教化已经盛行。诗人非常想和好友见面畅谈, 可惜路途相隔不能一起举杯共饮。最后一段诗人描绘了当时所处季节正是荷花盛开, 杨梅成熟的盛夏时节。诗人非常想效仿当年王徽之夜访戴逵的事迹, 满载新丰美酒, 张挂风帆, 一路不停, 直达好友门前, 大笑一场共谋一醉, 不负平生友情。

太伯让天下, 仲雍扬波涛①。清风荡万古, 迹与星辰高。开吴食东溟②, 陆氏世英髦③。多君秉古节④, 岳立冠人曹⑤。风流少年时, 京洛事游遨。腰间延陵剑⑥, 玉带明珠袍。

我昔斗鸡徒⑦, 连延五陵豪⑧。邀遮相组织⑨, 呵吓来煎熬⑩。君开万丛人, 鞍马皆辟易⑪。告急清宪台⑫, 脱余北门厄⑬。

间宰江阳邑⑭, 剪棘树兰芳⑮。城门何肃穆, 五月飞秋霜。好鸟集珍木, 高才列华堂。时从府中归, 丝管俨成行⑯。但苦隔远道, 无由共衔觞⑰。

江北荷花开, 江南杨梅熟。正好饮酒时, 怀贤在心目。挂席候海色, 当风下长川。多酤新丰醑⑱, 满载剡溪船⑲。中途不遇人, 直到尔门前。大笑同一醉, 取乐平生年。

【注释】①"太伯"二句: 指太伯、仲雍让位于弟季历的故事。《史记·吴太伯世家》记载, 周太王长子太伯, 次子仲雍, 三子公季(季历)。公季的儿子姬昌(即周文王)很贤德, 因此周太王想把王位传给公季。太伯、仲雍为了公季能够继承王位, 就借采药为名, 远行到了南方一带, 建立了国家, 国号为勾吴, 就是吴国的前身。公季继位后, 又传位给周文王, 最后取代商朝建立了周朝。孔子称赞太伯、仲雍的让位之举:

"太伯可谓至德也已矣。三以天下让,民无得而称焉。"太伯去世后,仲雍继承了王位,到曾孙周章时,周武王灭掉商朝,寻找太伯和仲雍的后人,分封周章为诸侯。陆机曾有诗云:"太伯导仁风,仲雍扬其波。"扬波涛:指弘扬仁德。

②开吴:指太伯、仲雍建立吴国。

③英髦:亦作"英旄"。俊秀杰出的人。

④多君:贤君。古节:古人高尚之节。

⑤岳立:屹然不动的样子,引申为特出,卓立不群。人曹:人群。

⑥延陵剑:季札是春秋时吴国人,因受封于延陵一带,又称"延陵季子"。《史记·吴太伯世家》记载,季札非常重信义。一次出使途中,经过徐国时,徐国国君非常喜欢他佩带的宝剑,只是不好意思开口索要,季札因自己还要出使列国,不能没有佩剑,所以当时没有相赠。等到出使归来,再经过徐国时,徐国国君已经去世,季札解下佩剑,挂在徐君墓旁的树上。季札的侍从很费解,说:"徐君已经死了,您把宝剑挂在那难道是要留给别人吗?"季札解释说:"我心中早已把宝剑赠送给徐君了,难道因为徐君去世就可以违背我当初的许愿了吗?"

⑦斗鸡徒:唐玄宗喜好斗鸡,一些市井之徒依仗斗鸡技能得宠于唐玄宗。这些人嚣张跋扈,为非作歹。见《古风其二十四·大车扬飞尘》注释。

⑧连延:连续绵延。五陵:汉代五个皇帝的陵墓,即汉高祖的长陵、汉惠帝的安陵、汉景帝的阳陵、汉武帝的茂陵以及汉昭帝的平陵,都在长安附近。当时富家豪族和外戚都居住在五陵附近。

⑨邀遮:中途拦阻。组织:罗织。

⑩呵吓:喧哗,呵斥。煎熬:比喻焦虑、痛苦,受折磨。

⑪辟易：退避。

⑫宪台：汉朝称御史府为宪台，后为此类机构的通称。

⑬北门厄：指诗人在北门遭遇变故。

⑭宰江阳邑：担任江阳县令。

⑮棘：荆棘，喻指小人。树：培植，树立。兰芳：即芳兰，喻指君子。

⑯丝管：弦乐器与管乐器。

⑰衔觞：饮酒。

⑱新丰酝：即新丰酒，新丰，即今西安临潼县，出产好酒，闻名天下。也有说新丰是指江南润州丹阳县新丰镇。

⑲刬溪船：指王徽之夜访戴逵的故事。《晋书·王徽之传》记载，王徽之住在山阴时。有一天夜里下大雪，他睡醒起来，推开房门看到外面白雪皑皑，就叫家人拿来酒，边喝酒边欣赏雪景，极目四望，一片洁白，他诗性大起，起身来回踱步，吟诵左思的《招隐》诗。忽然想起戴逵，当时戴逵居住在刬县，他立即命家人备船连夜赶往戴逵家。小船航行了一夜，快到戴逵家时，王徽之却让家人调转船头，原路返航。家人问他为什么还没见到戴逵就返回，王徽之说："我原本就是趁着一时兴起而去见戴逵，现在兴致消散了，所以就回来了，何必一定要见到戴逵。"

【译文】太伯出于孝道而让天下，仲雍也能弘扬礼让精神。他们的清高风度激荡万古，他们的仁德可与星辰比高。自从太伯在东海边开辟基业，陆氏在吴地世代都英才辈出。贤君你秉承了古人的高节，如山岳卓然屹立冠绝世人。您在风流少年之时，去京洛一带游历。腰间挂着延陵剑，身上穿着玉带明珠袍。

我昔日与斗鸡之徒起了纷争，引来五陵恶少对我的发难。半路拦截并恶意刁难构陷我，不停对我恐吓折磨。您在人群中分开一条通道，拦路的人马都纷纷闪避。您将此事通告御史台，才把我从北门解救出来。

您后来又成为江阳县令，斥退如荆棘一样的小人扶持如芳兰一样的君子。使江阳一带的风气得到整肃，就像五月天降下凛冽的秋霜。良禽选择珍稀之木而栖息，贤才也都聚集到您的堂上。您从府衙回归私邸时，仪仗的丝管乐队排列成行。我苦于与您远道相隔，无法共同举杯痛饮。

现在江北荷花正娇艳盛开，江南杨梅也成熟待摘。眼下正是开怀畅饮的好时节，我日夜都在心中怀念贤君。于是我在天亮时扬起风帆，乘风破浪直下长江。我买了很多新丰美酒，满满装载了一船，就像王徽之去剡溪看望戴逵那样。中途也不去拜访别人，一直来到您的门前。只想与您大笑一场共谋一醉，在有生之年开怀一乐而已。

赠从孙义兴宰铭 亚相李公重之以能政，中丞李公免罢以移官。

【题解】从孙，同族兄弟的孙子。义兴，县名，唐朝时属常州，江南东道。在今江苏宜兴市。铭，指李铭，李白的族孙，事迹不详。此诗大约作于上元二年（761），刘展之乱被平定后。诗人以此诗赠给族孙李铭，李铭当时将要赴义兴就任县令。根据题目下的原注可知，李铭可能因为刘展之乱而失官，经御史大夫和御史中丞的斡旋，得以移官义兴县。全诗第一段写李铭当年因为才干出众而被天子任命为县令，在吴地名望鹊起。李铭执笔能写锦绣文章，治政能行风雷之势,虽然暂时屈就一县之长,将来必定能如大鹏展翅高飞,前途不可限量,甚至可以位列三公之位。第二段写李铭在公事之余的闲暇时间,留恋徘徊在青山、绿水、白云之间,诗人赞颂李铭就像潘安一样风流倜傥,文采出众,又像陶渊明一样淡泊功名,纵情山水之间,诗人很遗憾自己不能与李铭相见,诗人对李铭的倾慕之情犹如仰望日月星辰。第三段写刘展之乱使江南一带民生疲敝,乡野荒芜,水无游鱼,邑无遗老。李铭也因此弃官而走,投奔宛陵。第四段写李铭被二公同情,得以移官义兴。李铭治理义兴,能够政通人和,清理弊政,剔除害马,使流离异乡的百姓重返故乡,因此获得了百姓的拥戴,百姓箪食壶浆,载歌载舞歌颂李铭,农夫蚕女竞相前来拜见。最后一段夸赞李铭是诗人见过最为贤良的县令,能够教化一方百姓,政绩卓著,驰名三江地区。末两句抒发诗人自己的志向,希望能够学习严子陵,遁迹山林。

天子思茂宰①,天枝得英才②。朗然清秋月,独山映吴台③。落笔生绮绣,操刀振风雷④。蠖屈虽百里,鹏骞望三台⑤。

退食无外事⑥,琴堂向山开⑦。绿水寂以闲,白云有时来。河阳富奇藻⑧,彭泽纵名杯⑨。所恨不见之,犹如仰昭回⑩。

元恶昔滔天,疲人散幽草。惊川无活鳞,举邑罕遗老⑪。誓雪会稽耻⑫,将奔宛陵道⑬。

亚相素所重⑭,投刃应《桑林》⑮。独坐伤激扬⑯,神融一开襟⑰。弦歌欣再理⑱,和乐醉人心。蠹政除害马⑲,倾巢有归禽。壶浆候君来,聚舞共讴吟。农夫弃蓑笠,蚕女堕缨簪⑳。欢笑相拜贺,则知惠爱深。

历职吾所闻,称贤尔为最㉑。化洽一邦上,名驰三江外㉒。峻节冠云霄㉓,通方堪远大㉔。能文变风俗,好客留轩盖㉕。他日一来游,因之严光濑㉖。

【注释】①茂宰:旧时对县官的敬称。

②天枝:皇族后裔。

③吴台:指春秋吴王阖闾(一说夫差)所筑之姑苏台(在江苏吴县西南)。

④操刀:比喻做官任事。《左传·襄公三十一年》记载,春秋时,郑国的大夫子皮,想让尹何管理自己的封地,子产认为尹何年少,不一定能胜任,子皮却认为借此可以来锻炼尹何的治理才能。子产说:"这样做不妥。真正喜爱一个人,就应该想方设法有利于他。您现在把治理封地的重任交给他,以这种形式爱他,这就像让一个没有操刀经验的人去裁剪锦缎,弊病一定很多。您用这种方式爱他,只是伤害他罢了,以后谁还敢被您喜爱呢?"

⑤"蠖屈"二句:蠖屈:形容像尺蠖一样的屈曲之形。比喻人不得志时,屈居下位或退隐。百里:古时一县所辖之地。因以为县的代称。鹏骞:大鹏高飞。比喻奋发有为,仕途得意。三台:星名,比喻三公。

⑥退食:语出《诗·召南·羔羊》:"退食自公,委蛇委蛇。"朱熹集传:"退食,退朝而食于家也。自公,从公门而出也。"后指就食于家或公余休息。

⑦琴堂:语出《吕氏春秋·察贤》:"宓子贱治单父,弹鸣琴,身不下堂而单父治。"后遂称州、府、县署为琴堂。

⑧"河阳"句:用潘岳典故。潘岳,又称潘安,字安仁,西晋中牟

（今河南省中牟县东）人。因其曾为河阳令，故称潘河阳。潘岳姿仪美好，出洛阳道，妇人尝萦绕投果。为文词藻绝丽，尤长于哀诔，有悼亡诗，为世传诵。后孙秀诬以谋反，族诛。

⑨"彭泽"句：用陶渊明典故。陶渊明，字元亮，又名潜，浔阳柴桑（今江西省九江市）人。东晋诗人、辞赋家。曾为江州祭酒、镇江参军，曾任彭泽令，后去职，归隐田园。

⑩昭回：谓星辰光耀回转。《诗·大雅·云汉》："倬彼云汉，昭回于天。"《朱熹集传》曰："云汉，天河也。昭，光也。回，转也。言其光随天而转也。"

⑪"元恶"四句：王琦注："'元恶滔天'二联，指上元中宋州刺史刘展举兵为乱，连陷扬、润、升、苏、湖、濠、楚、舒、和、徐、庐诸州，凡三月始平。常州与苏、湖、扬、润四州地界相接，其乱离不遑安处，概可知矣。"元恶：罪魁祸首，大恶。指刘展。疲人：疲困之民。活鳞：指活鱼。遗老：指经历世变的老人。

⑫"誓雪"句：用越王勾践的典故。会稽耻：《史记·越王勾践世家》记载，春秋时吴王夫差发兵围越都会稽，越王勾践称臣请和，夫差乃罢兵而归，勾践受辱于吴。后来，越王勾践乃用文种、范蠡为相，卧薪尝胆，立志复仇。十年生聚，十年教训，卒兴兵灭掉了吴国，继而北进，大会诸侯于徐州（山东滕县南），成为春秋后期的霸主。

⑬宛陵：即宣城县。唐朝时属宣州，江南西道。今安徽宣城市。

⑭"亚相"句：亚相谓御史大夫。王琦注："太白原注：'亚相李公重之以能政，中丞李公免罢以移官。'盖李铭以刘展称兵，避难奔走失官，因二公而复职者也。唐时御史台有大夫一员，正三品；中丞二员，正四品。《海录碎事》：御史大夫谓之亚相，盖御史大夫，汉时位为宰相之

副,故唐人谓之亚相。"

⑮"投刃"句:用庖丁解牛的典故。《庄子·养生主》:"庖丁为文惠君解牛,手之所触,肩之所倚,足之所履,膝之所踦,砉然响然,奏刀騞然,莫不中音,合于《桑林》之舞,乃中《经首》之会。"陆德明注:"《桑林》,司马云:汤乐名。崔云:宋舞乐名。"这里指李铭治理百姓方法得当,如庖丁解牛,游刃有余。

⑯独坐:汉御史中丞、司隶校尉与尚书令,朝会时坐皆专席,故号"三独坐"。唐朝时遂以"独坐"为御史中丞别名。激扬:激浊扬清。

⑰神融:精神融和。开襟:胸襟开阔。

⑱弦歌:用子游治理武城的典故。孔子到鲁国武城听到子游用弦歌之声教化百姓。典出《论语·阳货》。后为出任邑令之典。再理:指李铭失官后,复任县令。

⑲蠹政:暴政,害民之政。害马:指一切无益于马自然生长的行为。语出《庄子·徐无鬼》:"夫为天下者,亦奚以异乎牧马者哉?亦去其害马者而已矣。"后用来比喻为害大众的人。

⑳缨:彩带,古代女子许嫁时所佩,亦用以系香囊。《曲礼》:"女子许嫁,缨。"孔颖达疏:"妇人质弱,不能自固,必有系属,故恒系缨。缨有二时:一是少时常佩香缨,二是许嫁时系缨。"

㉑"历职"二句:历职:先后任职。称贤:推荐贤能。

㉒"化洽"二句:化洽:教化普沾。三江:古代各地众多水道的总称。汉以后有多种解释。最早提出"三江"名称的是《禹贡》:"三江即入,震泽底定。"这里所指的"三江",是太湖附近的松江、钱塘江、浦阳江。

㉓峻节:高尚的节操。

㉔通方:指通晓为政之道。

㉕轩盖:带篷盖的车,也借指达官贵人。

㉖濑:从沙石上流过的急水。严光濑:传说是东汉隐士严光垂钓处。

【译文】天子思慕贤德能干的县宰,在宗族中得到了您这位英才。您就像清朗的秋夜明月,独出天空映照吴王姑苏台。您落笔即可写出锦绣文章,为政肃然就如风雷激荡。您现在虽然像尺蠖一样屈就百里之县,将来一定如大鹏展翅高居三台之位。

没有公务的时候您就退身回家,打开琴堂门户直面翠绿青山。绿水幽静在门前流过,白云不时从远方飘来。您如同河阳潘岳一样文采华丽,您又像彭泽陶潜那样纵情杯酒。我一直遗憾不能与您相见,就如仰望日月星辰的光辉而难以接近。

元恶刘展掀起叛乱罪行滔天,百姓疲敝散没山林草野之间。江河惊扰难见游鱼,举城荒芜罕有乡老。您誓将洗雪会稽之耻,当年因为避难而投奔宣城。

御史大夫李公一向看重您,认为您处理政事游刃有余。御史中丞很同情您的遭遇,将您移官他处而使您激扬精神。您感激两位大人的体恤,不禁精神抖擞,神气开朗。欣然再次赴任以弦歌教导百姓,您兴起的教化之风陶醉人心。您清除弊政并且别除害马,使倾覆的鸟巢中又有了归禽。百姓壶浆箪食等候您的到来,载歌载舞来歌颂您的德政。农夫急冲冲丢掉头上的蓑笠,蚕女匆忙中堕落了头上缨簪。百姓争先恐后赶来向您欢笑拜贺,这是由于您对百姓的恩惠和仁爱实在很深。

在我所见过的历任县令中,您的品德和才能最为出众。您将礼义教化推行于一县之内，您的名声传扬到了三江之外。您高尚的节操直贯云霄，您通晓为政之道的远大深奥。您的文章能改变一地之风俗，您的门前拥满贵客高士的车盖。他日您如果来拜访我，请到严子濑去寻找。

草创大还赠柳官迪

【题解】草创大还丹，初步炼成大还丹。大还丹，道家合九转丹与朱砂再次提炼而成的仙丹，自称服后可以即刻成仙。柳官迪，人物生平事迹不详。此诗大约于天宝三载（744），诗人受道箓后所作。全诗主要描写道家炼丹过程。诗人很早就与道结缘，结交了不少修道之人。天宝三载，李白被玄宗"赐金放还"后，寄情山水、寻仙访道，在齐州紫极宫请北海高如贵天师授道箓正式成为一名道士，并炼丹服药，以寻求超脱。道家炼丹分外丹和内丹，外丹在炉鼎里烧炼药物以炼成丹药。内丹以人体为炉鼎，炼精化气，结成内丹。从此诗来看，诗人大量引用《周易参同契》的内容，应该是以炼内丹为主。全诗论述道家炼丹之法，涉及诸多术语，语意比较晦涩，不易理解。全诗首段总括天地阴阳之道。接下来两段描写炼丹过程。第四段写金丹炼成后，可以飞举白日，永享长生。最后一段写诗人愿与柳官迪一起，放弃人世的功名利禄，去寻仙访道，驾鸾车，乘龙骑，登临仙境。

天地为橐龠^①，周流行太易^②。造化合元符^③，交媾腾精魄^④。自然成妙用，孰知其指的^⑤？

罗络四季间，绵微一无隙。日月更出没，双光岂云只^⑥？姹女乘河车^⑦，黄金充辕轭^⑧。执枢相管辖，摧伏伤羽翮。朱鸟张炎威，白虎守本宅。相煎成苦老，消烁凝津液^⑨。

仿佛明窗尘，死灰同至寂。铸冶入赤色，十二周律历。赫然称大还，与道本无隔^⑩。

白日可抚弄，清都在咫尺^⑪。北酆落死名^⑫，南斗上生籍^⑬。

抑予是何者？身在方士格^⑭。才术信纵横，世途自轻掷。吾求仙弃俗，君晓损胜益^⑮。不向金阙游^⑯，思为玉皇客^⑰。鸾车速风电^⑱，龙骑无鞭策^⑲。一举上九天，相携同所适。

【注释】①"天地"句：橐：古代的一种鼓风吹火器。龠：鼓风器的通风管。《老子》："天地之间，其犹橐龠乎？虚而不屈，动而愈出。"河上公注："天地空虚，和气流行，万物自生。其空虚，犹橐龠也。"

②"周流"句：周流：周遍流行。《周易参同契》曰："易有周流，屈伸反复。"太易：古代指天地未分之前的原始混沌状态。《列子·天瑞》："故曰：有太易，有太初，有太始，有太素。太易者，未见气也。"

③造化：化育万物的大自然。元符：大的祥瑞。

④交媾：即交媾，阴阳二气交合。精魄：精神魂魄。

⑤指的：确切指明。

⑥"罗络"四句：《周易参同契》："坎戊月精，离己日光。日月为易，刚柔相当。土王四季，罗络始终。天地媾其精，日月相撑持。蟾蜍与兔魄，日月气双明。"罗络：遍布。绵微：微弱，细微。

⑦姹女：道家炼丹，称水银为姹女。河车：道家烧炼的药，即铅。《周易参同契》曰："河上姹女，灵而最神，得火则飞，不见埃尘。"彭晓注："河上姹女者，真汞也。见火则飞腾。"

⑧"黄金"句：《抱朴子·黄白》："丹砂可为金，河车可作银，立则可成，成则为真，子得其道，可以仙身。"辕轭：车前驾牲口的直木和套在牲口脖子上的曲木。

⑨"执枢"六句：《周易参同契》："升熬于甑山兮，炎火张设下。白虎倡道前兮，苍龙和于后。朱雀翱翔戏兮，飞扬色五采。遭遇网罗施兮，压止不得举。嗷嗷声悲泣兮，婴儿之慕母。颠倒就汤镬兮，摧折伤毛羽。"萧士赟曰："老者，炼丹火候之老嫩也。"执枢：执掌要领。

⑩"仿佛"六句：《周易参同契》："形体为灰土，状若明窗尘。捣冶并合之，驰入赤色门。固塞其际会，务令致完坚。炎火张于下，昼夜声正勤。始文使可修，终竟武乃陈。候视加谨慎，审察调寒温。周旋十二节，节尽更须亲。气索命将绝，体死亡魄魂。色转更为紫，赫然成还丹。"总说大还丹炼制之法。

⑪清都：神话传说中天帝居住的宫阙。

⑫北酆：亦作"北罗酆"，即罗酆山。道家谓山上有六天鬼神主断人间的生死祸福。山在北方癸地，故称"北罗酆"。简称"北酆"。

⑬南斗：星名。即斗宿，有星六颗。在北斗星以南，形似斗，故称。《搜神记》："南斗注生，北斗注死。凡人受胎，皆从南斗过北斗。"

⑭方士格：指道士籍。

⑮损胜益：《易》中有《损》卦和《益》卦，《老子》曰："故物或损之而益，或益之而损。"又曰："天之道，损有余而补不足。"又曰："为学日益，为道日损。损之又损，以至于无为。无为而无不为。"在道家看

来损胜益，即失去胜过得到。这里指柳官迪入道修炼。

⑯金阙：道家谓天上有黄金阙，为仙人或天帝所居。这里代指天子所居的宫阙。

⑰玉皇：中国道教崇奉的天帝，即昊天金阙至尊玉皇大帝，简称玉皇大帝或玉帝。在天上玉清境三元宫，是总管天上、人间一切祸福的尊神。

⑱鸾车：有鸾铃的车乘，这里指神仙所乘的车。

⑲龙骑：龙拉的车骑，指仙车。

【译文】天地之间犹如一个大风箱，阴阳之气在其中周流不息。在造化的作用下，彼此相互融合产生出天地的精魄。自然之道的奥妙之处，有谁能了解其中的真谛。

自然之道包罗四季，充斥宇宙无有间隙。日月交替出没，并非形单影只。铅汞在炼丹炉中互相作用，黄金像车辕一样引导铅汞融合成丹药。掌握其中的关键之处，丹药像初生的羽翮一样容易受到损伤。朱雀扇动羽翼张起炎威，白虎应该清守本宅。炎凉相煎注意火候苦老，津液消烁渐渐凝聚成丹。

此时丹药升起如同明窗之尘，然后回归死灰不动的至寂境界。将丹药放入炉鼎继续捣冶成赤色，经历十二律历的循环冶炼。最后就生成了大还丹，从此与大道相合而没有间隔。

那时就可以飞升抚弄白日，九天清都近在咫尺。北罗酆山除去死名，在南斗星永注生籍。

欲知我是谁？身在方士籍。我的才术纵横天下，世俗之途抛于身外。我弃俗求仙，你通晓损益。你们都不想游宦宫阙，一心想成为玉皇座上客。我们驾鸾车快如风电，乘龙骑无须鞭策。一举飞上九天，携手同赴仙境。

赠崔司户文昆季

【题解】这首诗大约作于天宝十二载（753），诗人赠送给好友崔司户。唐朝时，各州之属吏有司户参军事。崔司户，名叫崔文，生平事迹不详，应该是诗人的好友。全诗第一段夸赞崔氏兄弟，就像东汉末年的韦康、韦诞兄弟一样才华出众，名满天下。第二段诗人回忆自己当年被征召入京的往事。诗人当年以布衣之身被征召进京，供奉翰林院。本来满怀激情准备大展身手，以报皇恩。怎奈奸臣当道，屡屡谗言陷害，使诗人蒙受不白之冤，只能辞官离去。一去十年，诗人已经白发染鬓。言语中透露出诗人的无奈与感伤。第三段写崔氏兄弟重义轻财，广结宾朋。诗人希望得到进身机会，愿以微薄之身感恩回报。

双珠出海底①，俱是连城珍②。明月两特达③，余辉照傍人④。英声振名都，高价动殊邻⑤。岂伊箕山故⑥? 特以风期亲⑦。

惟昔不自媒⑧，担簦西入秦⑨。攀龙九天上，别忝岁星臣⑩。布衣侍丹墀，密勿草丝纶⑪。才微惠渥重，谗巧生缁磷⑫。一去已十年，今来复盈旬⑬。清霜入晓鬓，白露生衣巾。

侧见绿水亭，开门列华茵⑭。千金散义士，四座无凡宾。欲折月中桂⑮，持为寒者薪。路傍已窃笑，天路将何因⑯? 垂恩倘丘山，报德有微身。

【注释】①双珠：一对珍珠。比喻以风姿或才华见称的兄弟二人。《三国志注》记载，孔融《与韦端书》曰："前日元将（韦端长子韦康）来，渊才亮茂，雅度弘毅，伟世之器也。昨日仲将（韦端次子韦诞）又来，懿性贞实，文敏笃诚，保家之主也。不意双珠近出老蚌，甚珍贵之。"

②连城珍：指和氏璧。战国时，赵惠文王得和氏璧，秦昭王寄书赵王，愿以十五城交换。事见《史记·廉颇蔺相如列传》。后以"连城"指和氏璧或珍贵之物。

③特达：原谓行聘时惟圭、璋能独行通达，不加余币。后亦谓自达、自荐，这里是特出，突出的意思。

④余辉：残留的光辉。

⑤殊邻：远方异域。

⑥伊：通"繄"，是。箕山：山名。位于河南省登封县东南。《高士传》记载，尧打算将天下交给许由来掌管，许由坚决予以推辞，并隐居在颍水、箕山一带，以耕田为生。许由死后就葬在箕山，因此箕山亦名许由山。后以"箕山之节"来喻指隐居不仕的节操。

⑦风期：风度品格。

⑧自媒：女子不待媒妁而自行择配。

⑨担簦：背着伞。谓奔走，跋涉。簦：古代有柄的笠，像现在的雨伞。

⑩"攀龙"二句：攀龙：喻指依靠权势之人，这里指诗人被唐玄宗所征召。岁星臣：用东方朔的典故。汉郭宪《东方朔传》记载："汉东方朔仕汉武帝为大中大夫。武帝暮年好仙术，与朔狎昵，从朔求不老之药及吉云、甘露等。朔尝谓同舍郎曰：'天下知朔者唯大王公耳'。及朔卒，武帝召大王公问之，对以不知。问何能，对以善星历。乃问诸星皆在

否,曰:'诸星具在,独不见岁星十八年,今复见耳。'帝仰天叹曰:'东方朔生在朕傍十八年,而不知是岁星哉。'"

⑪"布衣"二句:丹墀:宫殿前的台阶,因古时多涂成红色,故称为"丹墀"。密勿:勤勉努力。也指机要,机密。丝纶:《礼记·缁衣》:"王言如丝,其出如纶。"孔颖达疏:"王言初出,微细如丝,及其出行于外,言更渐大,如似纶也。"喻指帝王的言语即使很微小,传达出去影响也很大。后因称帝王诏书为"丝纶"。

⑫惠渥:恩泽深厚。谗巧:谗邪巧佞。缁磷:语出《论语·阳货》:"不曰坚乎? 磨而不磷;不曰白乎? 涅而不缁。"何晏集解:"孔曰:磷,薄也;涅,可以染皂。言至坚者,磨之而不薄;至白者,染之于涅而不黑。喻君子虽在浊乱,浊乱不能污。"后亦以"缁磷"喻操守不坚贞。缁:染黑。磷:磨损。

⑬"一去"二句:指诗人离开长安十年,来到此地刚刚十天。

⑭茵:褥。

⑮月中桂:神话传说谓月中有桂树,高五百丈,下有一人,名吴刚,学仙有过,谪令常斫桂树,树创随合。事见《初学记》引《安天论》《酉阳杂俎·天咫》。

⑯天路:通天的道路。比喻及第、出仕等。

【译文】你们兄弟二人如同一双宝珠出自海底,都是价值连城的宝物。又如同两颗举世无双的明月珠,发出的余辉就能照亮旁人。你们的英名响彻名都大邑,声价之高惊动远方异域。岂非是你们具有箕山之志的缘故,也因为你们风度不凡而使人们愿意亲近。

昔日我没有自荐而被征召入朝,肩担伞笈向西跋涉来到长安。攀附真龙天子于九天上,像东方朔那样忝列大臣行列。以布衣出身待诏于丹墀之侧，勤勉于起草朝廷诏书。我才能低微却受到皇上的优渥厚待，可惜我被谗邪诋毁和陷害。离开长安已有十载，来到此地将近十天。我的双鬓已经被清霜染白，衣巾上沾满了深秋的寒露。

屋侧有精致的绿水亭，门内铺着华美的床褥。散尽千金来结交义士，高堂内列坐着超凡脱俗的客人。我希望飞上月宫折取桂枝，赠给天下寒士作为薪柴。路人在一旁暗暗讥笑我，如何可以登上进身之阶？如果有人能对我施以丘山之恩，我将尽微薄之身来回报恩德。

赠溧阳宋少府陟

【题解】溧阳，唐时，宣州有溧阳县，属江南西道。在今江苏溧阳市西北。宋陟，生平事迹不详。少府，对县尉的敬称。这首诗大约作于天宝十五载（756），安史之乱爆发后。诗人南下避难来到溧阳，见到了故人宋陟，作诗留赠。全诗对宋陟的才华表示了赞许。开始的四句诗人引用了李斯和宋玉的典故，以李斯来自喻，以宋玉来喻指宋陟，夸赞宋陟才华出众。接着诗人写遇到宋陟时的喜悦心情，就像拨开云雾，豁然见到青天白日一样。诗人将宋陟比喻为昆仑山上的紫鸾鸟，终将会乘风而起，有所作为。诗人也回忆起自己的仕宦经历，感叹自己虽然怀有经世济民的理想，却无奈受到奸人诋毁，致使君主与自己渐渐疏远。最后诗人描写与宋陟的深厚友谊，并希望能早日平定叛乱，廓清环宇。

李斯未相秦，且逐东门兔①。宋玉事襄王，能为《高唐赋》②。

常闻《绿水曲》③，忽此相逢遇。扫洒青天开，豁然披云雾④。

葳蕤紫鸾鸟⑤，巢在昆山树⑥。惊风西北吹，飞落南溟去⑦。

早怀经济策，特受龙颜顾⑧。白玉栖青蝇⑨，君臣忽行路⑩。

人生感分义，贵欲呈丹素⑪。何日清中原？相期廓天步⑫。

【注释】①"李斯"二句：指李斯没有入秦前，在上蔡为小吏时，到上蔡东门猎兔。

②"宋玉"二句：指宋玉侍奉楚襄王游高唐，写下《高唐赋》。

③绿水曲：古舞曲名。一名"渌水"。

④"扫洒"二句：汉徐幹《中论·审大臣》云："文王之识也，灼然若披云而见日，霍然若开雾而观天。"

⑤葳蕤：原意为草木茂盛，这里指紫鸾鸟羽毛丰满。紫鸾鸟：传说中的神鸟。

⑥昆山：指昆仑山。

⑦南溟：南海。

⑧"早怀"二句：经济：经世济民。龙颜：眉骨突起似龙。比喻帝王的容貌。

⑨白玉：比喻君子，这里是诗人自喻。青蝇：比喻小人。

⑩"君臣"句：指诗人被奸佞所毁谤，与唐玄宗渐渐疏远。

⑪"人生"二句：分义：情分，情义。丹素：赤诚纯洁的心。

⑫"何日"二句：清中原：指平定安史之乱。廓：扩大。天步：天之行步。指时运、国运等。

【译文】李斯没有成为秦国丞相之前，只能在楚国上蔡东门牵黄犬，逐狡兔。宋玉侍奉楚襄王以后，就可以写出文辞华丽的《高唐赋》。

我曾经听过您弹奏《绿水曲》，忽然有幸在此又遇到您。如同见到洒扫一新的青天，豁然间劈开云雾看到白日。

您就像羽毛华丽的紫鸳鸟，在昆山的琼枝上筑巢栖息。忽然被西北而来的大风惊起，随风飞向茫茫的南海。

我早年心怀经世济民之策，曾经受到皇上的殷殷眷顾。可惜白玉被青蝇沾污，我受诋毁与君主渐成陌路。

世人总应有情有义，彼此应该赤诚相待。中原何日能够太平，期待有机会重振国运。

戏赠郑溧阳

【题解】郑溧阳，指溧阳郑县令。此诗大约写于天宝十五载（756）。李白游溧阳时，以此诗赠郑县令。全诗以陶渊明来喻指郑县令，表现了郑县令洒脱不羁，琴酒自娱的高士风度。全诗开始两句写陶渊明嗜酒如痴，经常沉醉酒乡，竟然连自家门前的柳树什么时候发芽的也不知道，完全一副超脱世俗的表现。三四句描写陶渊明设置无弦之琴，酒酣耳热之时乘兴抚弄，仿佛可以弹奏出动听的乐曲，自己也沉浸其间。陶渊明葛巾滤酒之举，充分体现了他嗜酒率真的性格，其豪迈潇洒之状，令后人称羡不已。"清风北窗下，自谓羲皇人"描写陶渊明恬淡闲静的隐居生活，高卧北窗，凉风习习，世间得失恩怨皆抛于脑后，就像太古时代的羲皇人，纯朴自然，逍遥天地间。最后诗人希望以后还有机会同郑县令相见，表达了自己对朋友的深厚情谊。

陶令日日醉①，不如五柳春②。素琴本无弦③，漉酒用葛巾④。清风北窗下，自谓羲皇人⑤。何时到栗里⑥？一见平生亲⑦。

【注释】①陶令：指陶渊明。曾任彭泽县令，故称。

②五柳：陶渊明曾作自传《五柳先生传》："先生不知何许人，不详姓氏，宅边有五柳树，因以为号焉。性嗜酒，而家贫不能恒得，亲旧知其如此，或置酒招之，造饮辄尽，期在必醉。既醉而退，曾不吝情去留。"

③素琴：不加装饰的琴。《宋书·陶潜传》记载，陶渊明不懂音律，就准备了一张没有弦的素琴，每当酒后兴起的时候，就随手抚弄一番，寄托情怀。

④漉酒：滤酒。葛巾：古时用葛布做的头巾。《宋书·陶潜传》记载，陶渊明嗜酒成癖，用自己的头巾来过滤酒，滤完酒依旧把头巾戴在头上。

⑤"清风"二句：羲皇上人：伏羲氏之前的人。指太古时代的人。太古时代的人恬淡无营，心无俗念，生活悠闲，故隐士常用以自喻。陶渊明《与子俨等疏》云："尝言五六月中，北窗下卧，遇凉风暂至，自谓是羲皇上人。"

⑥栗里：在今江西省九江市西南。陶渊明曾居于此。

⑦平生亲：素来交好的朋友。

【译文】昔日的彭泽县令陶潜天天醉酒，完全没有注意到门前的五柳何时回春。他的古琴上一直就没有张设琴弦，过滤酒水就用头上戴着的葛巾。北风徐来安卧北窗之下，自称是恬淡无欲的羲皇人。什么时候能到栗里一游，见一下你这位平生要好的朋友。

赠僧崖公

【题解】此诗大约作于天宝十三载（754）。诗人遇到一位佛门高人僧崖公，就写诗相赠。此诗也记述了诗人的学佛经历。唐代是佛教发展的鼎盛时期，佛教文化深刻地影响了社会生活的方方面面。李白的诗歌中也有很多关于佛理、佛法或者与僧人送别赠答的内容。李白号青莲居士，其诗《答湖州迦叶司马问白是何人》中写道：“青莲居士谪仙人，酒肆藏名三十春。湖州司马何须问，金粟如来是后身。”充分说明了诗人与佛教的渊源。全诗涉及了很多佛教中的词汇和术语，显示出诗人有很深的佛学造诣和修养，说明诗人曾潜心研究过佛学，并非泛泛了解。全诗首部分回忆诗人以前跟随白眉空学禅的经历，述说自己已经达到“大地了镜彻”的境界。次一段写诗人后来拜谒泰山府君，求道学法，学会“金仙道”，从此智慧开启。第三段写僧崖公讲说佛法的场景。僧崖公能以高论撼动海岳，能够随缘点化公卿。飘飘然如世外之人，手持玉麈尾，侃侃而清谈。使诗人心中豁然开朗，更无凝滞，达到了“启开七窗牖，托宿掣雷霆”的境界。最后一段写僧崖公曾经不畏艰险游历天台山的经历，最后诗人希望能有机会与僧崖公一起畅游海外仙山。

昔在朗陵东①，学禅白眉空②。大地了镜彻③，回旋寄轮风④。
揽彼造化力，持为我神通⑤。

晚谒太山君⑥，亲见日没云。中夜卧山月，拂衣逃人群⑦。授
余金仙道⑧，旷劫未始闻⑨。冥机发天光，独朗谢垢氛⑩。虚舟不
系物，观化游江濆⑪。

江濆遇同声⑫，道崖乃僧英⑬。说法动海岳，游方化公卿⑭。
手秉玉麈尾⑮，如登白楼亭⑯。微言注百川⑰，亹亹信可听⑱。一风
鼓群有⑲，万籁各自鸣⑳。启开七窗牖，托宿掣雷霆。

自云历天台㉑，搏壁蹑翠屏㉒。凌兢石桥去㉓，恍惚入青冥㉔。
昔往今来归，绝景无不经㉕。何日更携手，乘杯向蓬瀛㉖？

【注释】①朗陵：《太平寰宇记》记载，朗陵故城，汉为县，治所
在今蔡州朗山县西南三十五里。晋武帝封何曾为朗陵公，即此城。还有
朗陵山。《元和郡县志》："朗陵山，在蔡州朗山县西北三十里。"在今
河南确山县西南。

②白眉空：白眉僧人，名空。

③了：了然。镜彻：清晰透彻。《楞严经》云："观诸世间，大地山
河，如镜鉴明，来无所粘，去无踪迹。"

④轮风：即风轮。轮：持载的意思。佛教中认为大地之下有水轮作
为承载，水轮之下有风轮，风轮之下有空轮。水轮、风轮、空轮承载了
世界。《华严经》云："三千大千世界，以无量因缘乃成，且如大地依水
轮，水依风轮，风依空轮。空无所依，然众生业感，世界安住。故《智度
论》云：三千大千世界，皆依风轮为基。"

⑤神通：佛教指神佛具有的神奇能力。

⑥太山君：指泰山神。俗称东岳大帝。魏晋以来，道教传说人死后，魂皆归泰山，以泰山神为地下之主。旧时各地有东岳庙祀泰山神。《广博物志》记载："东岳太山君，领群神五千九百人，主治死生，百鬼之主帅也。太山君服青袍，戴苍璧七称之冠，佩通阳太平之印，乘青龙。"

⑦拂衣：振衣而去。谓归隐。

⑧金仙：指佛。

⑨旷劫：佛教语。久远之劫；过去的极长时间。劫：佛教名词。"劫波"的略称。意为极久远的时间。古印度传说世界经历若干万年毁灭一次，重新再开始，这样一个周期叫做一"劫"。

⑩"冥机"二句：冥机：犹天机，天意。谢：除掉。垢氛：污浊的气氛。

⑪"虚舟"二句：虚舟：谓任其漂流的舟楫。常比喻人事飘忽，播迁无定。《庄子·列御寇》："泛若不系之舟，虚而遨游者也。"《魏书·李谐传》："独浩然而任己，同虚舟之不系。"观化：观察变化；观察造化。江濆：江边。

⑫同声：声音相同。比喻志趣相同。

⑬道崖：指僧崖公。僧英：僧中佼佼者。

⑭游方：指僧人、道士为修行问道或化缘而云游四方。

⑮玉麈尾：以玉为柄的麈尾。用以驱虫、掸尘的一种工具。古人清谈时必执麈尾，相沿成习，为名流雅器，不谈时，亦常执在手。

⑯白楼亭：亭名，在今浙江绍兴。《水经注》记载："浙江又东北径重山西，大夫文种之所葬也。山上有白楼亭，亭本在山下，县令殷朗移置今处，升陟远望，山湖满目也。"《世说新语·赏誉》记载，孙兴公、许玄度曾在白楼亭品评以往的贤达人士。

⑰微言: 含蓄而精微的言辞。

⑱亹亹(wěi): 连续而不倦怠。谓诗文或谈论动人, 有吸引力, 使人不知疲倦。

⑲群有: 佛教语。犹众生或万物。

⑳万籁: 泛指自然界的各种声音。籁: 孔窍所发出来的声音。

㉑天台: 指天台山, 在浙江省天台县北, 为仙霞岭的东支。因山有八重, 四面如一, 当斗牛之分, 上应台宿而得名, 形势崇伟。多悬崖飞瀑等名胜, 为佛教天台宗的发源地。

㉒"搏壁"句: 孙绰《游天台山赋》:"跨穹隆之悬磴, 临万丈之绝冥。践莓苔之滑石, 搏壁立之翠屏。"李善注:"悬磴, 石桥也。"翠屏: 顾恺之《启蒙记》注曰:"天台山石桥, 路径不盈尺, 长数十步, 步至滑, 下临绝冥之涧。翠屏, 石桥之上石壁之名也。"

㉓凌兢: 恐惧貌。

㉔青冥: 青天。

㉕绝景: 美好无比的风景。

㉖乘杯: 传说南北朝宋朝时期, 有一位僧人能够乘坐木杯渡水。《法苑珠林》记载:"宋京师有释杯度者, 不知族姓名氏。常乘木杯度水, 因而为目。初见在冀州, 不修细行, 神力卓越, 世莫能测其由来。尝于北方寄宿一家, 家有一金像, 度窃去。家主觉而追之, 见度徐行, 走马逐而不及。至孟津河, 浮木杯于水, 凭之而渡, 无假风棹, 轻疾如飞, 俄而渡岸, 达于京师。"后泛指乘船。

【译文】昔日我在朗陵山之东, 向白眉空学习修禅。对大地山河的状况了然透彻, 知道大千世界洄旋于风轮之上。借取自然造化的神力, 来加持我的神通法力。

后来我去拜见泰山府君，亲眼见到白日隐没于云层中。深夜里我仰卧山月之下，拂衣离开尘世归隐山林。泰山君传授我金仙之道，是旷世未闻的至高道法。玄妙的天机激发了我的智慧，心中明朗清洁，不染一尘。从此我就像脱开绳索的小船，无所羁绊，静观天地变化，随波来到江岸。

在江岸我遇到同道中人，就是道崖这位僧中的精英。他设坛说法以高论撼动海岳，他游方海内能随缘点化公卿。他手执玉麈尾，如同孙兴登上了白楼亭。精妙的言辞滔滔如百川奔流，娓娓动听使人沉浸其中。他的讲法宛如一风鼓动万物，万物各自发出自己的心声。他启发世人就像同时打开七扇窗户，令人豁然开朗，又好像霹雳闪电划过夜空，驱除了世人心中的黑暗蒙昧。

僧崖自言曾到过天台山，攀上峭壁到达翠屏崖。凌空走过令人目眩的石桥，恍惚间仿佛要步入广阔浩渺的青天。昔日去天台今日才归来，世上绝好的风景都已经历。我们什么时候一起携手，乘着木杯驶向蓬瀛仙岛？

游溧阳北湖亭望瓦屋山怀古赠同旅

【题解】 溧阳，唐县名，开元年间属宣州，隶江南西道。治所在今江苏溧阳市西北。瓦屋山，据《景定建康志》记载："瓦屋山，在溧阳县西北八十里，周回二十里，高一百六十七丈。山形连亘，两崖稍陡起，宛如屋状。李白尝游溧阳，望瓦屋山，怀古赋诗，即此地。"这首诗大约是开元年间，诗人游溧阳北湖亭时所作。从第一段可知诗人于秋天来到溧阳，登上北湖亭观览，遥望瓦屋山，感到秋风瑟瑟。从诗中可知此地主人对待诗人并不十分热情，就如同当年卫灵公对待孔子一样，顾左右而言他，心不在焉。诗人只能与同伴相互劝勉。第二段诗人联想到瓦屋山有烈女之墓。当年伍子胥落难投奔吴国，路过溧阳，饥饿难耐，幸好遇到浣纱女以壶浆为伍子胥充饥，为了不使伍子胥担心行踪泄露，浣纱女投水自尽，不禁让人感叹其志行之高洁，性格之刚烈。她的芳名也千古流传。最后一段诗人感叹，英雄豪杰总要历尽磨难，才能建功立业，所以建议同伴不如与自己一起抽身引退，逍遥天地间。

　　朝登北湖亭，遥望瓦屋山^①。天清白露下，始觉秋风还。游子托主人，仰观眉睫间。目色送飞鸿^②，邈然不可攀。长吁相劝勉，何事来吴关？

　　闻有贞义女，振穷溧水湾^③。清光了在眼^④，白日如披颜^⑤。高坟五六墩，崒兀栖猛虎^⑥。遗迹翳九泉^⑦，芳名动千古。子胥昔乞食，此女倾壶浆。运开展宿愤，入楚鞭平王^⑧。凛冽天地间，闻名若怀霜^⑨。

　　壮夫或未达，十步九太行。与君拂衣去，万里同翱翔。

　　【注释】①瓦屋山：《景定建康志》记载："瓦屋山，在溧阳县西北八十里，周回二十里，高一百六十七丈。山形连亘，两崖稍陡起，宛如屋状。李白尝游溧阳，望瓦屋山，怀古赋诗，即此地。"

　　②"目色"句：用卫灵公见孔子的典故。《史记·孔子世家》记载，

孔子在卫国时，有一天卫灵公向孔子询问排兵布阵的事情。孔子回答说：对于祭祀礼仪方面的事情我听说过，对于用兵打仗的事情未曾学过。第二天，灵公和孔子交谈时，看到天空有大雁飞过，便抬头仰视，神色之间对孔子并不重视。孔子便离开了卫国。

③"闻有"二句：用浣纱女义助伍子胥的典故。《越绝书》记载，伍子胥逃往吴国，经过溧阳，遇见濑水边有女子在浣纱，就向她讨食。女子把壶里的浆水给伍子胥充饥。伍子胥临走时叮嘱女子不要告诉追兵他到过这里。女子为了让伍子胥放心，投水身亡。后来伍子胥路过濑水时，向水里投百金以回报女子。

④清光：皎洁明亮的光辉。

⑤披颜：展露笑颜。

⑥崒兀：高耸而险峻。

⑦九泉：比喻地下最深处，黄泉。

⑧"入楚"句：用伍子胥鞭尸楚平王的典故。《吴越春秋》记载："吴王入郢，止留，伍胥以不得昭王，乃掘平王之墓，出其尸，鞭之三百，左足践腹，右手抉其目，诮之曰：'谁使汝用谗谀之口，杀我父兄，岂不冤哉！'"

⑨怀霜：喻高洁。出自《后汉书·祢衡传》："忠果正直，志怀霜雪。"

【译文】清晨登上北湖亭，遥望远处的瓦屋山。天清气爽白露降下，开始感到秋风渐起。游子托身在主人家里，就要仰观主人的眉目。主人如同卫灵公一样目送飞鸿，表现出邈然不可攀附的样子。同游之人长叹一声互相劝勉，彼此询问为何事而来到吴关？

听说此地有位忠贞高义的浣纱女，曾在溧水湾赈济过困窘的伍子胥。她的清辉至今留存世人眼前，就连白日也为她展开了笑颜。远望山上有五六处高坟，突兀耸立犹如猛虎栖息。烈女遗迹埋藏九泉之下，芳名昭然世间感动千古。伍子胥昔日曾向她乞食，此女倾倒壶浆以飨伍子胥。伍子胥时来运转大仇得报，攻入楚都开棺鞭尸楚平王。烈女的义举凛然存于天地之间，听到她的大名不禁令人心生敬仰。

世上英雄有时处于困顿尚未发达，十步有九步如同行进在崎岖的太行山。我们不如一起拂衣而去，逍遥自在翱翔万里！

醉后赠从甥高镇

【题解】从甥高镇，指诗人的外甥高镇。诗人另有一首《赠别从甥高五》，高五应该与高镇是同一个人。此诗年代不详。全诗围绕醉后送别而展开抒发。首两句写诗人与高镇在路上相遇，两人同为羁旅之人，不禁同病相怜。于是诗人想要与高镇共同击筑而歌，就像当年荆轲与高渐离那样抒发慷慨，可惜诗人口袋空空，连酒资也拿不出来。现在江东正是风光秀丽的时候，无钱买酒只能空叹落花辜负春色。诗人一向视金钱如粪土，千金家财转手散尽，因此自己常处于穷困潦倒的境遇。诗人劝慰高镇：大丈夫何必空劳牵挂，不如烧掉儒巾，不再为功名所累。诗人与高镇两人，一个功名未就，一个鬓生秋霜，同为天涯沦落人，诗人哀叹太平之世，英雄无用武之地。就像宝剑藏于匣中，不得展示于世人，只能拿去买酒换来一醉，梦中同去拜见吴地豪侠专诸，共叙壮志。

马上相逢揖马鞭，客中相见客中怜。欲邀击筑悲歌饮①，正值倾家无酒钱②。江东风光不借人，枉杀落花空自春③。黄金逐手快意尽，昨日破产今朝贫。丈夫何事空啸傲？不如烧却头上巾。君为进士不得进④，我被秋霜生旅鬓。时清不及英豪人，三尺童儿唾廉蔺⑤。匣中盘剑装鲭鱼⑥，闲在腰间未用渠。且将换酒与君醉，醉归托宿吴专诸⑦。

【注释】①"欲邀"句：用荆轲高渐离击筑而歌的典故。《史记·刺客列传》记载："荆轲嗜酒，日与狗屠及高渐离饮于燕市，酒酣以往，高渐离击筑，荆轲和而歌于市中，相乐也，已而相泣，旁若无人。"筑：古代弦乐器，形似琴，有十三弦。演奏时，左手按弦的一端，右手执竹尺击弦发音。

②倾家：用尽家产。

③枉杀：白费，辜负。杀：极甚之义。

④进士：唐朝科举科目之一。此外还有秀才、明经、俊士、明法、明字、明算等多种科目。唐朝进士及第后，还需经过吏部铨选，通过后才能授官，因此考中进士也不一定能做官。

⑤廉蔺：指廉颇、蔺相如。

⑥鲭鱼：一种鱼的名字，鱼皮可制剑鞘。《南越志》曰："鲭鱼，南越谓之环雷鱼，长二丈，其鳞皮有珠文可以饰刀剑。"王琦按："鲭鱼，古谓之鲛鱼，今谓之沙鱼。以其皮为刀剑鞘者是也。"

⑦专诸：春秋时吴国勇士。伍子胥从楚国逃亡到吴国后，途中遇到专诸，因他相貌奇伟，而一心结交。后吴公子光欲杀吴王僚以自立，伍子胥乃向公子光推荐专诸。公子光假意设酒请王僚赴宴，专诸置匕首

于鱼腹中,乘进献时刺杀王僚。王僚立死,王僚左右亦杀专诸。公子光的甲士尽灭王僚左右,遂自立为王,是为阖闾。事见《左传·昭公二十七年》《史记·刺客列传》。

【译文】我们马上相逢执鞭作揖问候,都是异乡之客相见分外珍惜。我本想邀你一起击筑悲歌畅饮,却正值倾囊也没有酒钱的时候。江东的秀美风光不会等人,只能辜负春光徒叹落花。黄金一过手快意全散尽,昨日才破费今朝就家贫。大丈夫因何事而傲然空啸,不如烧却头上儒巾一身轻。你进士及第尚未获授官职,我秋霜染鬓羁绊旅途之中。世道清平不是英雄豪杰用武之时,三尺孩童都会唾弃廉颇蔺相如。宝剑只能收在鲨鱼皮鞘,闲挂腰间没有机会使用。不如拿它换酒与君共谋一醉,醉后就可托梦于吴国专诸家。

赠秋浦柳少府

【题解】秋浦柳少府,即秋浦县柳县尉。这首诗大约于天宝十四载(755)左右,诗人游秋浦时所作。全诗前两句写秋浦以前萧条冷清,就连县衙内也人员稀少。柳少府到来后就像当年潘岳一样广种桃李来改变县里风貌,通过施行惠民之策,使一县面貌焕然一新。接下来描写柳少府公务之余提笔写诗作赋,欣赏青翠山色。还邀约好友月下饮酒,酣畅淋漓,表现了柳少府的豪爽旷达和高雅志趣。

秋浦旧萧索,公庭人吏稀。因君树桃李^①,此地忽芳菲。摇笔望白云,开帘当翠微^②。时来引山月,纵酒酣清辉^③。而我爱夫子,淹留未忍归。

【注释】①树桃李:用潘岳种桃李的故事。晋朝时,潘岳担任河阳(今河南孟县西)县令,在全县遍种桃李,传为美谈。

②翠微:青翠的山色,也泛指青翠的山。

③纵酒:快意饮酒。

【译文】秋浦县往日十分萧索,县衙里人吏非常稀少。因为您到任后遍植桃李,此地忽然变成芳菲之地。您提笔望白云而成诗文,开帘对翠微而赏山色。您不时邀约山月助兴,纵酒醉酣清晖之中。而我真心仰慕夫子你,一直滞留此地不忍归去。

赠崔秋浦三首

【题解】这组诗大约于天宝十四载(755),诗人游秋浦时赠崔县令所作。这组诗主要是赞美崔县令不仅情趣高雅,好客擅饮,而且重视农业,治理秋浦有方,政绩斐然。

其一

【题解】其一这首诗主要侧重描写崔县令的洒脱风范。诗人以陶渊明来比喻崔县令,将崔县令的几件代表性事情逐一描写:门前五柳,井上梧桐,山鸟入厅,檐花坠酒,表现崔县令高雅的人品和兴趣。最后两句写诗人与崔县令志趣相投,不忍心离去。却又知道天下无不散之筵席,因此惆怅满怀。

吾爱崔秋浦,宛然陶令风①。门前五杨柳②,井上二梧桐③。山鸟下听事④,檐花落酒中⑤。怀君未忍去,惆怅意无穷。

【注释】①陶令:指陶渊明,曾任彭泽令。

②五杨柳:陶渊明门前有五株柳树,自号五柳先生。

③二梧桐:隋元行恭《过故宅》:"惟余一废井,尚夹两梧桐。"

④听事:大厅(多指官署中的厅堂)。也作"厅事"。

⑤檐花:靠近屋檐下边开的花。

【译文】我仰慕秋浦崔县令,宛然有彭泽令陶渊明的风范。他的门前种下五株柳,井边生长二梧桐。山鸟停落厅堂中,檐下飞花飘入酒。我感怀你的热情而不忍离去,心中唯恐别离而惆怅不已。

其二

【题解】其二这首诗描写了崔县令的日常之举,例如卧北窗,弹无弦,都是当年陶渊明的行为,此处用来表明崔县令的高雅之趣。另外也说明崔县令治政有方,百姓安居乐业,没有争执诉讼,因此才能得享闲暇。"见客但倾酒,为官不爱钱"两句点明崔县令为官像陶渊明那样为官不求钱,没有官架,放任自由,只要是客人,不论尊卑，一律以酒坦诚相待。最后诗人劝崔县令也像陶渊明那样退隐田园，躬耕东皋。

　　崔令学陶令，北窗常昼眠。抱琴时弄月，取意任无弦①。见客但倾酒，为官不爱钱。东皋多种黍②，劝尔早耕田。

　　【注释】①"崔令"四句：北窗卧、无弦琴都是陶渊明典故，见本卷《戏赠郑溧阳》诗注。

　　②"东皋"句：化用陶渊明的《归去来辞》："登东皋以舒啸，临清流而赋诗。"

　　【译文】崔县令效仿陶县令，常在北窗下昼间酣睡。时常起兴抱琴月下抚弄，以意弹奏哪管琴上无弦。客人来了就倾酒相迎，做官尽职不贪恋钱财。东皋地肥可以多种黍谷，劝您赶快扶犁耕田。

其三

　　【题解】其三这首诗写崔县令将秋浦治理的政通人和，崔县令自己也得到了很高的赞誉。全诗前两句将崔县令与潘岳相比，潘岳曾使一县桃李遍地，而崔县令品行如玉一样无瑕。"地逐名贤好，风随惠化春"则写秋浦因崔县令的到来而更加美好，时俗因教化的推行而更加和煦，间接道明了崔县令的卓然政绩。"水从天汉落，山逼画屏新。"是写秋浦的山水也因崔县令的善政而焕然一新，是一种隐喻的写法。最后两句引用贾谊悼念屈原的典故，诗人希望崔县令能理解诗人怀才不遇，不得一展抱负的郁闷。

河阳花作县①，秋浦玉为人②。地逐名贤好，风随惠化春③。水从天汉落④，山逼画屏新。应念金门客⑤，投沙吊楚臣⑥。

【注释】①河阳花：指潘岳为河阳县令时，在县里种植桃李的故事。

②玉为人：《晋书·裴楷传》："裴楷风神高迈，容仪俊爽，博涉群书，特精理义，时人谓之玉人。"

③惠化：谓地方官为人所称道的政绩和教化。

④天汉：本指天河，杨齐贤曰："'水从天汉落'，指九华山之瀑布也。"九华山在秋浦附近。

⑤金门：即金马门，汉代官署名称，因大门旁边有铜马，所以叫做"金马门"，金门客代指官宦贵客。

⑥"投沙"句：投沙即弃之于长沙，用贾谊故事。《汉书·贾谊传》记载："贾谊为长沙王太傅，既以谪去，意不自得，及渡湘水，为赋以吊屈原。屈原，楚贤臣也。被谗放逐，作《离骚赋》，遂自投江而死。谊追伤之，因以自谕。"这里诗人以贾谊自比。

【译文】潘岳使河阳全县遍布桃李之花，崔县令在秋浦以玉人出名。秋浦因有崔县令这样的贤人而更加美好，地方的风俗随教化施行而和煦如春。遥望九华山瀑布似银河泻落，近看青山叠翠如画屏新绘。应该顾惜我这个金门客，不惜远到长沙悼念屈原。

望九华山赠韦青阳仲堪

【题解】九华山,《太平寰宇记》记载:"九华山在池州青阳县南二十里,旧名九子山。李白以九峰有如莲花削成,改为九华山。"青阳,县名,《元和郡县志》:"青阳县,西南至池州七十里,本汉泾县地。天宝元年,洪州都督徐辉奏于吴所立临城县南置,属宣州。在青山之阳,故名。永泰二年,隶池州。"韦青阳仲堪:青阳县令韦仲堪。这首诗大约作于天宝十四载(755)。韦仲堪在天宝年间任青阳县令,是李白的好友,李白非常喜欢九华山的秀丽景色,韦仲堪曾盛情相邀李白前来游赏,李白还曾作《改九子山为九华山联句·并序》,在序中说明了将九子山改为九华山的原因。《望九华山赠青阳韦仲堪》则是李白行舟至九江上遥望九华山时,思及好友,写诗遥赠。全诗首两句道出诗人写此诗的原因,即在九江上行舟的时候,望见了远处的九华山,不禁想起了当年与韦仲堪游九华山的往事。"天河挂绿水,秀出九芙蓉"二句点出了九华山瀑布的壮观和九峰的奇秀。诗人想要邀约友人再次同游九华山,不知何人能够相从。最后两句诗人想象韦仲堪作为青阳的东道主,此刻应该高卧云松,尽享自在。

昔在九江上①,遥望九华峰。天河挂绿水,秀出九芙蓉②。我欲一挥手,谁人可相从?君为东道主③,于此卧云松。

【注释】①九江：郭璞《山海经注》："九江在浔阳南。江自浔阳而分为九，皆东会于大江。"《通典》："九江在浔阳郡之西北。"王琦注："此诗所谓九江，则指池州之江也。以其承九江之下流，故亦冒九江之称。"

②九芙蓉：指九华山的九峰形如莲花。

③东道主：原指东路上的主人，后称请客的主人。语出《左传·僖公三十年》，因郑国在秦国的东面，可以为秦使提供往来的休息和物资供给，故称郑国为东道主。

【译文】昔日我乘船于九江之上，遥望过奇秀的九华山。瀑布犹如碧绿的天河倾泻而下，九峰宛如婀娜的芙蓉摇曳生姿。我想挥手招揽志趣相投的同道，不知谁人愿意与我结伴相游？您身为此地的东道主，悠然高卧于云松之间。

赠柳圆

【题解】柳圆，即《赠秋浦柳少府》一诗中提到的柳少府。这首诗大约是天宝十四载（755），诗人游秋浦时所作。前四句写虽然秋浦遍野都是累累竹实，但是凤凰飞来却要忍受饥饿。这里诗人以凤凰自喻。诗人自辞官以来，无所依靠，一直漂泊不定，生活也频频陷入困顿，但是诗人却始终不肯低头附和权贵，诗人就像高贵的凤凰一样，只肯饮清泉，食竹实。三四句写诗人就像月下鹊一样找不到栖息之地，因而不得安歇。四五句诗人称赞柳圆就是琼树，能够抚慰凤凰。诗人以此暗喻曾得到柳圆的帮助，使自己能够像凤凰一样栖息梧桐，得到暂时的安歇。最后诗人抒发了对友人的感激和怀念之情。

竹实满秋浦①，凤来何苦饥②？还同月下鹊，三绕未安枝③。夫子即琼树④，倾柯拂羽仪⑤。怀君恋明德，归去日相思。

【注释】①竹实：竹子所结的子实，形如小麦。也称竹米。

②"凤来"句：《太平御览》引《诗疏》："凤凰，一名鸑鷟，非梧桐不栖，非竹实不食。"

③"还同"二句：魏武帝曹操《短歌行》："月明星稀，乌鹊南飞，绕树三匝，何枝可依？"

④琼树：传说中的玉树。《楚辞·离骚》："溢吾游此春宫兮，折琼枝以继佩。"洪兴祖补注："琼，玉之美者。《传》曰：南方有鸟，其名为凤；天为生树，名曰琼枝。高百二十仞，大三十围，以琳琅为实。"

⑤羽仪：《易·渐》："鸿渐于陆；其羽可用为仪。"孔颖达疏："处高而能不以位自累，则其羽可用为物之仪表，可贵法也。"后因以"羽仪"比喻居高位而有才德，被人尊重或堪为楷模。

【译文】秋浦的竹林结满了累累竹实，凤凰降临这里怎么还会饥饿？凤凰就像月下的乌鹊一样，绕树三周没有枝条可以栖息。夫子你就是可让凤凰栖息的琼树，垂下条条琼枝轻拂凤凰的羽翼。我衷心倾慕你的崇高德行，分别后我会日日思念你。

闻谢杨儿吟猛虎词因有此赠

【题解】这首诗大约是天宝十四载（755），诗人游秋浦时所作。《猛虎词》即《猛虎行》，是汉乐府曲名。原诗存有四句曰："饥不从猛虎食，暮不从野雀栖。野雀安无巢，游子为谁骄。"这首诗只有四句，更像是警语，主旨在于劝诫世人谨慎立身。晋代陆机曾作一首《猛虎行》："渴不饮盗泉水，热不息恶木阴。恶木岂无枝，志士多苦心。整驾肃时命，杖策将远寻。饥食猛虎窟，寒栖野雀林……"后人也以《猛虎行》为题写了很多诗歌，主旨也不限于原题而内容更加广泛。谢杨儿生平事迹不详，夜里诗人在河边听到谢杨儿吟诵《猛虎行》，被诗作所吸引，天亮后去打听，才知道是谢杨儿所作，由此可知谢杨儿的《猛虎行》应该写得很不错，否则也不会引起诗人的注意了。全诗类似随笔，只单纯记录下自己的偶遇，并不多加抒发，反而给人以清新质朴的感觉。

同州隔秋浦①，闻吟《猛虎词》②。晨朝来借问，知是谢杨儿。

【注释】①"同州"句：王琦注："谓同在池州，而所隔者只一秋浦之水也。秋浦水，在池州府城西南八十里。"

②《猛虎词》：即《猛虎行》，是古乐府曲名。

【译文】同在一州中间只隔秋浦河，夜里听到有人吟诵猛虎词。

今晨渡河询问吟诵人，才知诗人名叫谢杨儿。

宿清溪主人

【题解】这首诗大约是诗人于天宝十四载（755）游秋浦时所作。清溪，也作青溪，在池州府城北五里。此诗是诗人访友夜宿清溪时有感而作。全诗首二句点明夜宿的时间地点，"清溪"、"碧岩"四字已经让人体会到了一种超脱尘世的清新感觉。"檐楹挂星斗，枕席响风水"写出了诗人夜宿山间的绝妙感受：诗人站在高岩之上看到天阔星耀，躺在枕席上风声水声不绝于耳，处在如此环境，仿佛心灵也得到净化。诗人此刻灵台一片空明，全无睡意，不知不觉月亮西坠，已经是深夜时分了，忽然间啾啾的猿啼响起，在深山中回荡不已，更加衬托出环境的清幽。诗人此刻也许正考虑是否要放弃世间羁绊而归隐山林，从此闲云野鹤快意人间。

夜到清溪宿，主人碧岩里。檐楹挂星斗，枕席响风水。月落西山时，啾啾夜猿起①。

【注释】①啾啾：《楚辞·九歌·山鬼》："猿啾啾兮狖夜鸣。"吕延济注："啾啾，猿声。"

【译文】夜里来到清溪投宿，主人家安在碧岩之中。屋檐上悬挂着灼灼明星，枕席旁回响着风声水声。皎洁的明月坠入西山之时，啾啾猿鸣在暗夜中响起。

赠王判官时余归隐居庐山屏风叠

【题解】王判官，名字生平不详。判官，唐时辅助地方长官处理公事的人员。庐山，又名匡山、匡庐，位于江西省九江以南，风景秀美，夏季凉爽，为著名的避暑胜地。屏风叠，庐山五老峰下有九峰，形状像九叠屏风，故名屏风叠。此诗应作于天宝十五载（756）。当时安禄山叛军已经攻陷中原各地，诗人为了避难，带着家人来到庐山隐居。在隐居期间，诗人与好友王判官久别重逢，互叙短长，写下此诗相赠。全诗前两句诗人回忆与王判官曾在黄鹤楼分别，后来诗人在扬州一带游历，就像风中的落叶一样无所依托，又像洞庭支流一样四处漂泊。这中间一别多年，彼此不得相见。诗人也经历了待诏翰林以及赐金放还等事情，壮志难酬，只能继续过着漂泊的生活，游历于吴越一带。诗人寄情于山水之间，游览了吴地名山天台山。天台山秀美的风光让诗人留恋其中，心旷神怡，诗人陶醉于山水之间的时候，依然记挂着自己的朋友王判官。诗人身负绝世才华，自认可以媲美屈原宋玉，倾倒邹阳和枚乘。可惜怀才不遇，始终没有遇到赏识自己的知音。面对突如其来的安史之乱，诗人非常痛心山河破碎，社稷将倾，可惜自己却无回天之力，只能眼睁睁看着胡寇肆虐，生灵涂炭。诗人感叹自己"吾非济代人"，只能避难山中，不问世事。在山中闲居的时候，诗人愈发思念自己的朋友。既然报国无门，诗人就打算拂衣离去，彻底遁世隐居，与鸥鸟为伴。全诗一方面抒发了诗人对友人的思念之情，另一方面也表达了诗人在国家危难之际，自己无法有所作为的愤懑和无奈。

昔别黄鹤楼①，蹉跎淮海秋②。俱飘零落叶，各散洞庭流。

中年不相见③，蹭蹬游吴越④。何处我思君？天台绿萝月⑤。会稽风月好⑥，却绕剡溪回⑦。云山海上出，人物镜中来。

一度浙江北⑧，十年醉楚台⑨。荆门倒屈宋⑩，梁苑倾邹枚⑪。苦笑我夸诞⑫，知音安在哉！

大盗割鸿沟⑬，如风扫秋叶。吾非济代人⑭，且隐屏风叠。中夜天中望⑮，忆君思见君。明朝拂衣去，永与海鸥群⑯。

【注释】①黄鹤楼：始建于三国吴黄武二年（223）。故址在今湖北省武汉市蛇山的黄鹤矶头。传说仙人子安从此地乘鹤而去。

②蹉跎：时间白白过去，虚度光阴。淮海：地区名。原指古扬州。《禹贡》有"淮、海维扬州"之说。

③中年：中间相隔的年月。

④蹭蹬：路途险阻难行。比喻困顿不顺利。

⑤天台山：在浙江省东部天台、宁海、奉化等县市间。风景如画，山峦竞秀，被誉为"山岳之神秀"，是佛教天台宗发源地。

⑥"会稽"句：会稽即今浙江绍兴，境内山水秀美。

⑦剡溪：河流名，位于曹娥江的上游。在浙江嵊县南。

⑧浙江：指钱塘江。《梦粱录》记载："浙江，在杭州东南，谓之钱

塘江，内有浙山，正居江中，潮水投山下，曲折而行。"

⑨楚台：泛指楚地之台，如章华台、阳云台之类。

⑩荆门：代指荆州之地，唐时为江陵郡，今湖北宜都西北，当地有荆门山。屈宋：屈原和宋玉，都是古荆州人。

⑪梁苑：指西汉梁孝王所建梁园。邹枚：指邹阳和枚乘，都曾是梁园宾客。

⑫夸诞：浮夸不实，言语荒诞。

⑬大盗：指安禄山。鸿沟：古代运河，在今河南省，楚汉相争时是两军对峙的临时分界。比喻界线分明。

⑭济代：济世。

⑮中夜：半夜。

⑯"永与"句：用鸥鸟忘机的典故。《列子·黄帝》记载，海边有一个喜好海鸥的人，他每天早晨来到海边时，就有很多海鸥来和他一起嬉戏。他的父亲说："我听说有很多海鸥跟你嬉戏，不如你给我抓一只。"第二天此人来到海边，海鸥在天空翱翔，却不下来了。后用鸥鸟忘机比喻淡泊隐居，不以世事为怀。

【译文】昔日与您在黄鹤楼分别以后，我徘徊于淮海一带蹉跎岁月。你我就像落叶一样随风飘零，又好似洞庭支流那样分散各处。

中间相隔多年我们无缘再见，我潦倒窘迫在吴越一带漫游。我在什么地方最思念您呢？就在明月映照绿萝的天台山。会稽的风月是多么美好，我转道剡溪尽兴后返回。层云群山仿佛矗立在海上，行人景物就像从镜中出来。

自从渡过浙江北上以来，十年的时间都留恋在楚台。我的才华胜过荆门的屈原和宋玉，文笔可以倾倒梁园的邹阳和枚乘。世人嘲笑我夸大其词，我的知己到底在何处。

安禄山叛军与王师对峙中原，像秋风扫落叶一样暴虐百姓。而我却不是能够安定社稷的人，只好来到屏风叠避难隐居。半夜里我仰望天空，思念你盼与你相见。我打算明日拂衣离去，从此永远与海鸥为伴。

在水军宴赠幕府诸侍御

【题解】水军，指永王李璘的水军。幕府，古代征战时，将帅在帐幕中办公，因此以幕府指代将帅办公的地方，也泛指衙署。语出《史记·廉颇蔺相如列传》："以便宜置吏，市租皆输入莫（幕）府，为士卒费。"诸侍御，指永王李璘幕僚中带侍御使官衔的人。这首诗应是至德二载（757）正月诗人加入永王李璘幕府后所作。安史之乱爆发后，唐玄宗避难蜀中，为了制衡各方，任命诸皇子分别担任各地节度使。永王李璘被任命为四路节度使，江陵大都督，坐镇江陵。至德元载（756）十二月，李璘率领水军东巡，路过庐山时，征召隐居此地的李白，诗人此时虽已年老，但依然心忧天下，为了安社稷济苍生，就加入了李璘幕府，成为李璘的幕僚。全诗首段描写安史之乱的动荡景象。这里引用了后燕慕容熙的一个典故：后燕慕容熙建始元年（407），太史梁延年梦到月亮变为五条白龙飞升而去。占卜的结果是，月亮代表臣子，龙代表君王。月亮变龙，则代表有臣子要篡位。后来果然高云杀慕容熙而自立为帝。此处指安禄山叛乱称帝。接着诗人以寥寥数语概括了安禄山起兵范阳,攻陷洛阳、长安,唐玄宗仓促逃往蜀地避难的诸多事件。这也为下文永王李璘出师勤王做了铺垫。次一段写永王受诏出镇江南,率军南下的场景。永王李璘率水军东巡,旌旗蔽日,矛戟如林,声势浩大。"聚散百万人,弛张在一贤"二句则是赞美永王,统帅百万雄师,能够指挥调度有法。再一段写永王军中幕僚。诗人赞扬诸侍御能够为国尽忠,在江南参加永王平叛大军。诸侍御登上永王楼船,聚集一起开言献策,就像登上燕昭王的黄金台,又像拜见紫霞仙,众人志气昂扬,踌躇满志。最后一段是诗人自序。诗人自谦本是草野之人,隐居江湖,早已不问世事,但是心中仍怀有仗剑走天涯,济世救民的愿望。因此希望与永王及诸僚一起,扫平胡虏,廓清天下。不惜牺牲残躯,来报答君恩。功成之后,就像鲁仲连那样急流勇退。全诗分为五层,每层有一个侧重点,结构清晰,开合自如,夹叙夹议,抒发了诗人的满腔报国情怀。

月化五白龙[①],翻飞凌九天[②]。胡沙惊北海,电扫洛阳川[③]。虏箭雨宫阙,皇舆成播迁[④]。

英王受庙略,秉钺清南边[⑤]。云旗卷海雪,金戟罗江烟[⑥]。聚散百万人,弛张在一贤[⑦]。

霜台降群彦,水国奉戎旃[⑧]。绣服开宴语,天人借楼船[⑨]。如登黄金台,遥谒紫霞仙[⑩]。

卷身编蓬下,冥机四十年[⑪]。宁知草间人,腰下有龙泉[⑫]?浮云在一决[⑬],誓欲清幽燕。愿与四座公,静谈《金匮》篇[⑭]。齐心戴朝恩,不惜微躯捐。所冀旄头灭[⑮],功成追鲁连[⑯]。

【注释】①"月化"句：用后燕皇帝慕容熙被高云篡位典故。《十六国春秋·后燕录》记载："慕容熙建始元年（407），太史丞梁延年梦月化为五白龙。梦中占之曰：月，臣也。龙，君也。月化为龙，当有臣为君者。"这里指安禄山造反称帝。

②九天：天的最高处，形容极高。传说古代天有九重。也作"九重天""九霄"。

③"胡沙"二句：指安禄山起兵范阳，攻陷洛阳的事情。胡沙：指安禄山叛军。北海：范阳、蓟州一带，靠近大海，因以北海代指安禄山起兵地方。电扫：像闪电划过。比喻迅速扫荡净尽。

④"虏箭"二句：指安禄山叛军攻陷长安，唐玄宗避难蜀中之事。皇舆：国君所乘的高大车子。多借指王朝或国君。播迁：迁徙，流离。

⑤"英王"二句：指唐玄宗下旨封永王李璘为四路节度使和江陵大都督，负责镇守江南的事情。英王：指永王李璘。庙略：朝廷所制定的策略。秉钺：持斧。借指掌握兵权。钺：长柄斧。

⑥"云旗"二句：指永王水师声势浩大，旌旗招展，兵器罗列。云旗：本指以云为图案的旗帜，后泛指军旗。海雪：形容海中雪白的浪花。

⑦弛张：也作张弛，即一松一紧。弛指放松弓弦。张指拉紧弓弦。语出《礼记·杂记下》："张而不弛，文武弗能也；弛而不张，文武弗为也。一张一弛，文武之道也。"比喻事物的盛衰、强弱、兴废等。一贤：《汉书·傅喜传》："百万之众，不如一贤。"这里喻指永王。

⑧"霜台"二句：霜台：御史台的别称。御史职司弹劾，为风霜之任，故称。群彦：众英才，指永王的幕僚。水国：因江南多湖泊河流，故称。戎旃：军旗。

⑨"绣服"二句：绣服：用彩线刺绣的衣服。古代贵者所服。《汉书·百官公卿表上》："侍御史有绣衣直指，出讨奸猾，治大狱，武帝所制，不常置。"后以"绣服"代指侍御史。宴语：闲谈，这里指众幕僚聚集一起商议谋略。天人：仙人，神人，才能或容貌出众的人。这里指永王。

⑩"如登"二句：黄金台：用燕昭王的典故。《上谷郡图经》曰："黄金台，易水东南十八里，燕昭王置千金于台上，以延天下之士。"紫霞：紫色云霞。道家谓神仙乘紫霞而行。

⑪"卷身"二句：卷身：蜷身，屈身。编蓬：古时简陋之屋，编蓬以为门户。亦指结草为庐。冥机：泯灭世俗之念。

⑫"宁知"：草间人：草野之人，指普通百姓。龙泉：宝剑名称。龙泉即龙渊，唐人避高祖李渊讳，改称龙渊曰龙泉。

⑬"浮云"句：用庄子说赵王典故。《庄子·说剑篇》："天子之剑……上决浮云，下绝地纪。此剑一用，匡诸侯，天下服矣。"决：砍断。

⑭《金匮》：兵书名。《隋书·经籍志》记载有《太公金匮》二卷。

⑮旄头：即昴星。星名。二十八宿之一，古人认为昴星是胡星，此处代指安禄山。

⑯鲁连：指鲁仲连。鲁仲连当年为赵国退秦兵，功成身退，不受爵赐而去。

【译文】月亮变为五条白龙，飞舞直上九重云霄。安禄山的胡兵像沙暴一样从北海而起，如闪电一般迅疾横扫洛阳。胡寇的箭矢像急雨一样射向宫阙，皇帝乘銮驾匆匆逃往蜀中避难。

英明的永王受朝廷委派，赋予他职权镇守南境。军旗飘飘就像海中的雪浪一样翻滚不休,矛戟森森如同江上的云烟一样密布罗列。浩浩荡荡的百万大军,张弛有度全靠贤王指挥有方。

从御史台调来了众多英才,在水国之地树起了讨逆大旗。绣衣御史开言共商谋略,英明永王凭借楼船进军。军威隆重好似登上黄金台,仪仗肃穆如同谒见紫霞仙。

我委身寒屋之中,不理世事四十年。世人岂知草野人,腰中悬有龙泉剑。宝剑一挥断浮云,发誓扫清幽燕寇。我愿与在座诸公,静谈金匮兵法。大家都一心想回报朝廷的恩德,不惜奉献自己的区区性命。所有人盼望能够早日平定叛乱,然后功成身退,就像鲁仲连那样。

赠潘侍御论钱少阳

【题解】此诗年代不详,大概为入幕永王时所作。潘侍御、钱少阳生平事迹不详,可能为永王幕僚,因而与诗人相识。全诗前四句赞扬了潘侍御身为御史铁面无私,克自奉公;接下四句赞扬了钱少阳德高望重,有商山四皓的风范,谈笑间就可以安定太子储位。最后诗人请求君主能够礼贤下士,天下人将拭目以待。

绣衣柱史何昂藏①!铁冠白笔横秋霜②。三军论事多引纳,阶前虎士罗干将③。

虽无二十五老者④,且有一翁钱少阳。眉如松雪齐四皓⑤,调笑可以安储皇。君能礼此最下士⑥，九州拭目瞻清光⑦。

【注释】①柱史：柱下史的省称，为御史的代称。汉以后的御史。因其常侍立殿柱之下，故名。昂藏：仪表雄伟、气宇不凡的样子。

②铁冠：古代御史所戴的法冠。以铁为柱卷，故名。白笔：古代侍从官员用以记事或奏事的笔，常插于冠侧。

③干将：古代宝剑名。

④二十五老者：指二十五位智慧的长者。典出汉刘向《说苑·尊贤》："介子推行年十五而相荆。仲尼闻之，使人往视，还曰：'廊下有二十五俊士，堂上有二十五老人。'仲尼曰：'合二十五人之智，智于汤武，并二十五人之力，力于彭祖，以治天下，其固免矣乎？'"

⑤四皓：指秦末隐居商山的东园公、甪里先生、绮里季、夏黄公。四人须眉皆白，故称商山四皓。高祖召，不应。后高祖欲废太子，吕后用张良计，迎四皓，使辅太子，高祖以太子羽翼已成，乃消除改立太子之意。事见《史记·留侯世家》。

⑥下士：屈身交结贤士。

⑦拭目：擦亮眼睛。形容殷切期待或注视。清光：清美的风彩。

【译文】绣衣御史实在是器宇轩昂，戴铁冠插白笔清峻如秋霜。三军论事都要听取您的意见，阶前勇士罗列手执干将宝剑。

虽然没有二十五位智者，但有一翁钱少阳就足矣。他眉白似松雪风范如商山四皓，谈笑间就可以安定太子储位。请君主以礼相待他这样的士人，天下人将拭目以瞻仰您的清辉。

赠武十七谔 并序

【题解】此诗应当是至德元载（756）以后，诗人避难江东时所作。安史之乱爆发后，诗人携妻子宗氏避难江东，儿子伯禽滞留东鲁。当时诗人的门人武谔前来拜访，听说诗人的焦虑后，毅然承诺去东鲁将伯禽带回，诗人感激武谔的高义，作诗相赠。全诗首段写武谔骑马疾驰而来，过吴门前来拜访诗人。武谔是一位类似要离那样的豪侠之士，此行是前来报恩的。通过"笑开燕匕首，拂拭竟无言"的描写揭示出武谔的侠士身份。次一段描写安史之乱爆发后，叛军在洛阳一带肆虐，导致路途断绝，使自己的儿子困于鲁地，诗人十分想念爱子，这里诗人引用了断肠猿的故事来表达自己此刻万分焦急的心情。林回当年弃白璧，携幼子逃难，而诗人因为路途阻隔，连这样的机会也没有。最后四句写武谔得知情况后，决定冒险进入鲁地，接回伯禽，使诗人父子团聚，因此诗人感激不已，认为武谔的高义合于天道，可以慰藉远游之魂。全诗生动地刻画了武谔侠肝义胆的形象，使人读后如见其人。

门人武谔，深于义者也。质木沉悍①，慕要离之风②，潜钓川海，不数数于世间事③。闻中原作难，西来访余。余爱子伯禽在鲁④，许将冒胡兵以致之。酒酣感激，援笔而赠。

马如一匹练，明日过吴门⑤。乃是要离客，西来欲报恩。笑开燕匕首⑥，拂拭竟无言。

狄犬吠清洛⑦，天津成塞垣⑧。爱子隔东鲁，空悲断肠猿⑨。林回弃白璧⑩，千里阻同奔。君为我致之，轻赍涉淮源⑪。精诚合天道，不愧远游魂⑫。

【注释】①质木沉悍：质朴、沉毅、勇猛。

②要离：春秋末吴国人。相传吴王阖闾派专诸刺杀王僚后，又派要离谋刺出奔在卫的王子庆忌。要离请吴王断其右手，杀其妻子，诈称得罪出逃。及至卫国，见庆忌，庆忌喜，与之谋。当同舟渡江时，庆忌被他刺中要害。庆忌释令归吴，他行至江陵，也伏剑自杀。事见《吕氏春秋·忠廉》。后用以称壮烈之士。

③数数：犹汲汲，迫切貌。

④伯禽：李白之子。

⑤"马如"二句：《艺文类聚》引《韩诗外传》曰："颜回望吴门焉，见一匹练。孔子曰：'马也。'然则马之光景一匹长耳，故后人呼马为一匹。"一匹练：形容白马奔跑快速，就像一匹白练闪过。

⑥燕匕首：用燕太子丹典故。《史记·刺客列传》："于是太子预求天下之利匕首，得赵人徐夫人之匕首，取之百金，使工以药淬之。以试人，血濡缕，人无不立死者。乃为装遣荆轲。"

⑦狄：古时候对西部胡人的蔑称。清洛：指洛阳。

⑧天津：指洛阳天津桥。塞垣：本指汉代为抵御外族所设的边塞。后亦指边关城墙。

⑨断肠猿：语出南朝宋刘义庆《世说新语·黜免》："桓公入蜀，至三峡中，部伍中有得猿子者，其母缘岸哀号，行百余里不去，遂跳上

船，至便即绝，破视其腹中，肠皆寸寸断。公闻之怒，令黜其人。"后用作因思念爱子而极度悲伤之典。

⑩"林回"句：用林回弃璧的典故。《庄子·山木》记载，一个叫林回的人逃难，舍弃了价值千金的玉璧，而背着刚出生的婴儿继续前行。旁人看到了就问林回："你舍弃玉璧的做法难道是为了图财吗？但是婴儿也没多大价值；你是怕玉璧累赘吗？但是婴儿更累赘吧。你舍弃了千金玉璧，而背负婴儿前行，到底是为什么呢？"林回答复说："玉璧与我是利益关系，婴儿与我是天性相连。属于利益关系的彼此，遇到灾祸、困顿时就会互相抛弃。天性相连的彼此，遇到灾祸、困顿时就会互相依靠。相弃与相依之间的差别实在太大了。"

⑪轻赍：轻装。淮源：淮水。

⑫远游魂：萧士赟注："太白诗意谓遭乱之时，不能与伯禽同奔。而远在东鲁。今托武谔以致之。轻赍涉淮者，嘱咐之辞也。虽未保其必达，亦尽吾父子之情而已。万一不幸，魂其有知，亦可无愧矣。此诗由衷之语也。"

【译文】我的门人武谔，是一个深重大义的人。他为人质朴沉稳而果敢勇猛，崇尚古代侠士要离的风采。他过着隐居生活，垂钓于江海之上，已经多年不问世事。听说中原发生动乱，特地从西方赶来看望我。当时我的爱子伯禽滞留鲁地，武谔承诺愿意冒着遭遇胡兵的危险，去把伯禽接回。我在酒酣之际，出于感激，提笔写诗相赠。

白马疾驰如同一匹白练闪过，明日就要经过吴门而来。他就是我那位像要离一样的门人，从西方赶来想报答我的恩情。他微笑着拿出燕地匕首，默默无言细心拂拭。

安禄山叛军如狂犬猛吠在洛水一带肆虐无忌，天津桥一带也变成了边地城塞。我的爱子被阻隔在东鲁，我就像断肠猿一样空悲切。林回宁可抛弃白璧也要护佑婴儿，可是现在相隔千里致使父子不能一同避难。您愿意为我前去接回爱子，轻装进发跋涉在淮水之间。你的至诚情义合于天道，使我能够不愧对远游之魂。

卷九 赠三

赠张相镐二首　时逃难病在宿松山作

【题解】此二首诗当是至德二载（757）所作。张相镐，即宰相张镐。两唐书有传。《旧唐书·张镐传》："张镐，博州人也，风仪魁岸，廓落有大志，涉猎经史，好谈王霸大略。天宝末，自褐衣拜左拾遗。玄宗幸蜀，镐自山谷徒步扈从。肃宗即位，玄宗遣镐赴行在所。镐至凤翔，奏议多有弘益，拜谏议大夫，寻迁中书侍郎、同中书门下平章事。时方兴军戎，帝注意将帅，以镐有文武才，寻命兼河南节度使，持节都统淮南等道诸军事。及收复两京，加镐银青光禄大夫，封南阳郡公，诏以本军驻汴州，招讨残孽。"至德二载，张镐刚被任命为中书侍郎、同中书门下平章事，所以李白称他为"张相"。诗题下注："时逃难病在宿松山作。"宿松，县名，唐时属淮南道舒州，今安徽省宿松县。当时李白因永王李璘之事牵连刚刚出狱，不久被朝廷重又追究，致使离开宋若思幕府，逃难到宿松，病卧山中。正逢宰相张镐率军急援睢阳，李白写下此二诗，表明自己愿为国效力之心。

其一

【题解】 全诗首段叙述安禄山叛乱致使天子避难蜀中，天下纷扰。次段写张镐肩负重任，准备出征平叛。接着描写张镐出征的过程，并点明此时正是建功立业之际，区区叛军不足为虑。称赞张镐尽揽天下贤士于幕府中，此去就如当年昆阳之战，能一举平定天下，百姓也可重见朝廷威仪。然后诗人论述与张镐的友谊，诗人自比为管仲，以鲍叔牙比拟张镐。又以周亚夫得剧孟，桓温遇王猛之事，来喻指自己遇到张镐，表示希望能得到张镐的知遇，一展抱负，否则只能归老汉江边。这首诗情真意切，直抒胸臆，表达了诗人热切的报国之心。

神器难窃弄①，天狼窥紫宸②。六龙迁白日③，四海暗胡尘④。

昊穹降元宰⑤，君子方经纶⑥。澹然养浩气，欻起持天钧⑦。秀骨象山岳，英谋合鬼神⑧。佐汉解鸿门，生唐为后身⑨。拥旄秉金钺，伐鼓乘朱轮⑩。虎将如雷霆，总戎向东巡⑪。

诸侯拜马首⑫，猛士骑鲸鳞⑬。泽被鱼鸟悦⑭，令行草木春。圣智不失时，建功及良辰。丑虏安足纪⑮？可贻帼与巾⑯。倒泻溟海珠，尽为入幕珍⑰。冯异献赤伏⑱，邓生欻来臻⑲。庶同昆阳举⑳，再睹汉仪新㉑。

昔为管将鲍㉒，中奔吴隔秦。一生欲报主，百代期荣亲㉓。其事竟不就，哀哉难重陈！卧病古松滋㉔，苍山空四邻。风云激壮志，枯槁惊常伦㉕。

闻君自天来㉖，目张气益振。亚夫得剧孟㉗，敌国空无人。扪虱对桓公㉘，愿得论悲辛。大块方噫气㉙，何辞鼓青苹㉚。斯言傥不合，归老汉江滨。

【注释】①神器：代表国家政权的实物，如玉玺、宝鼎之类。借指帝位、国家权力。张衡《东京赋》："巨猾间衅，窃弄神器。"薛综注："神器，帝位也。"

②天狼：即天狼星，古人认为天狼星主贪残。这里代指安禄山叛军。《楚辞·九歌·东君》："举长矢兮射天狼。"王逸注："天狼，星名，以喻贪残。"紫宸：宫殿名，天子所居。借指帝位。

③"六龙"句：此处指唐玄宗南迁成都。六龙：古代天子的车驾用六马，马八尺称为龙，故名。白日：喻指天子。

④胡尘：喻指安禄山胡兵。

⑤昊穹：苍天。元宰：宰相。

⑥君子：指张镐。经纶：整理丝缕、理出丝绪和编丝成绳，统称经纶。引申为筹划治理国家大事。《易·屯》："云雷屯，君子以经纶。"孔颖达疏："经谓经纬，纶谓纲纶，言君子法此屯象有为之时，以经纶天下，约束于物。"

⑦"欻起"句：指张镐为官不到两年就做了宰相。欻：忽然。大钧：重任，大权。

⑧"秀骨"二句：秀骨：不凡的气质。英谋：英明的韬略。此二句谓张镐风骨卓越像山岳，韬略出众鬼神莫测。

⑨"佐汉"二句：借用"鸿门宴"典故，把张镐比作张良，认为张镐可以像张良解除鸿门危机那样解决眼前的困厄，现生在唐代是张良的后身。

⑩"拥旄"二句：谓张镐受命出征。拥旄：持旄。借指统率军队。旄，古代用牦牛尾装饰的旗子。金钺：古代大将出征时所赐予的金色大斧，象征权力。伐鼓：击鼓。这里指出兵征战。朱轮：红色的车轮。代指显贵者所乘之车。

⑪总戎：统帅。

⑫诸侯：这里指唐代各节度使和州郡长官。

⑬骑鲸鳞：化用扬雄《羽猎赋》中的"乘巨鳞，骑鲸鱼"之句。

⑭被：加，施加。

⑮丑虏：对敌人的蔑称。安足纪：何足道。

⑯"可贻"句：用诸葛亮赠司马懿妇人服饰的典故。《资治通鉴》记载，司马懿与诸葛亮相守百余日，诸葛亮数次挑战，司马懿坚守不出，诸葛亮就送给司马懿巾帼等妇人服饰，以讽刺司马懿胆怯。帼、巾：古代妇女的发饰与头巾。此处表示对安史叛军的蔑视。

⑰"倒泻"二句：将如大海珍珠般宝贵的人才都倾倒入其幕府。形容张镐善于招揽人才。

⑱"冯异"句：指冯异劝光武帝刘秀即位和强华献赤伏符两件事，事见《后汉书·冯异传》。赤伏：即赤伏符，新莽末年谶纬家所造符箓，谓刘秀上应天命，当继汉统为帝。后亦泛指帝王受命的符瑞。此处喻指群臣拥立唐肃宗即位之事。

⑲邓生：即邓禹，东汉初大臣。臻：到，来到。《后汉书·邓禹传》："及汉兵起，更始立，豪桀多荐举禹，禹不肯从。及闻光武安集河北，即

杖策北渡,追及于邺,光武见之甚欢。"

⑳"庶同"句:指东汉光武帝刘秀大败王莽军队的昆阳之战,事见《后汉书·光武帝纪》。昆阳:在今河南叶县。

㉑再睹汉仪:《后汉书·光武帝纪》:"更始将北都洛阳,以光武行司隶校尉。时三辅吏士东迎更始,及见司隶僚属,皆欢喜不自胜,老吏或垂涕曰:'不图今日复见汉官威仪。'"此处指百姓重新见到唐朝威仪。

㉒管、鲍:指管仲与鲍叔牙。此处以管仲与鲍叔牙比喻诗人与张镐的交情。

㉓荣亲:光宗耀祖。曹植《求自试表》:"臣闻士之生世,入则事父,出则事君。事父尚于荣亲,事君贵于兴国。"吕向注:"荣亲,谓爵禄名誉。"

㉔古松滋:地名,汉代皖县,后为松滋侯国。唐时为宿松县,属淮南道舒州。

㉕枯槁(gǎo):憔悴,瘦瘠。常伦:常序,常类。

㉖自天来:谓从朝廷受命而来。

㉗"亚夫"句:用西汉周亚夫遇剧孟的故事。此处以周亚夫比拟张镐,以剧孟自比。

㉘"扪虱"句:用王猛故事。《晋书·王猛传》:"桓温入关,(王)猛被褐诣之,一面谈当世之事,扪虱而言,旁若无人。"

㉙大块:大自然;大地。《庄子·齐物论》:"夫大块噫气,其名为风。"成玄英疏:"大块者,造物之名,亦自然之称也。"噫气:嘘气。

㉚青苹:一种生于浅水中的草本植物。宋玉《风赋》:"夫风生于地,起于青苹之末。"

【译文】帝位威严不容窃取侮弄，狼子安禄山窥视大唐社稷。六龙之车承载天子移驾蜀地，四海之内被胡尘遮蔽而阴暗。

昊天降下贤德宰相，身在乱世治理国家。处世淡然而养浩然之气，骤然而起执掌朝政大权。风骨不凡如山岳特立，谋略出众与鬼神暗合。您就像张良辅佐汉祖化解鸿门危机，如今生在唐朝济世解厄不愧为其后身。您拥大旄执金钺，击鼓出征乘朱车。麾下虎将有雷霆之威，您统帅全军向东出巡。

州郡长官都揖拜在您的马前，各将领皆是骑鲸乘鳞的猛士。您恩泽天下连鱼鸟也为之欢悦，惠政推行使百姓如同草木逢春。您不失时机地发挥智慧，趁着良辰机遇建功立业。叛军那样的丑类不足挂齿，可送其妇人服饰予以羞辱。就像倾泻大海中的珍珠一样，天下贤才都汇入您的幕府。有冯异那样的异人献上赤符，有邓禹那样的勇士闻风而来。您此行就像昆阳之役一举定天下，天下百姓将再次见到唐朝的威仪。

我们昔日交游如同管鲍，中间避难你我远隔秦吴。我一生都想报效明主，希望能百世光宗耀祖。可是事情未能成功，哀伤不已难以重述。如今卧病宿松山中，青山空寂没有四邻。风云变幻激励壮士之志，但我身体枯槁惊悚世人。

听说您从朝廷受命而来，我顿时双眼大睁精神振奋。汉将周亚夫得到剧孟，就说敌国再没有能人。当年王猛扪虱与桓温畅谈大事，我也愿与你述谈这几年的悲辛。天地间也在嘘气而风起，您又何必吝啬微风予青苹。如果我的言语不合您之意，我就只有归去老于汉江边。

其二

【题解】这首诗重在抒发诗人的生平抱负。首二段先叙述家世。接着写自幼遍览诗书，文采可比司马相如。曾经受到天子垂恩，得以供奉翰林。直到晚年仍大志不改，不幸却遭遇谗臣诋毁。如今天下动乱，就如西晋末年一样。诗人有心奋起报效国家，恢复太平盛世。最后诗人表达了愿洒杯水于甘霖之中，以自己微薄之力助朝廷灭尽胡虏之意。之后就飘然海外，寻找蓬莱仙山。

本家陇西人①，先为汉边将②。功略盖天地③，名飞青云上。苦战竟不侯④，当年颇惆怅。

世传崆峒勇⑤，气激金风壮⑥。英烈遗阆孙，百代神犹王⑦。

十五观奇书，作赋凌相如⑧。龙颜惠殊宠⑨，麟阁凭天居⑩。晚途未云已⑪，蹭蹬遭谗毁⑫。

想像晋末时，崩腾胡尘起⑬。衣冠陷锋镝⑭，戎虏盈朝市。石勒窥神州⑮，刘聪劫天子⑯。抚剑夜吟啸，雄心日千里。誓欲斩鲸鲵⑰，澄清洛阳水！

六合洒霖雨⑱，万物无凋枯。我挥一杯水，自笑何区区！因人耻成事⑲，贵欲决良图。灭虏不言功，飘然陟蓬壶⑳。惟有安期舄㉑，留之沧海隅。

【注释】①本家：指祖籍。陇西：郡名。战国秦昭襄王二十八年

（前279）置，治所在狄道县（今甘肃临洮县南）。以在陇山之西而得名。

②"先为"句：汉边将：指西汉名将李广，是陇西成纪人（今甘肃秦安县）人。李白自说为凉武昭王李暠九世孙，李暠为李广之后，故李白以李广为祖先。

③"功略"句：李陵《报苏武书》："陵先将军，功略盖天地，义勇冠三军。"刘良注："先将军，广也。功绩谋略甚大，可盖于天地。"

④"苦战"句：用李广难封侯之事。汉名将李广部下因军功而封侯的人很多，而李广本人抗击匈奴，战功显赫，却始终不被封侯。《史记·李将军列传》："（李）广尝与望气王朔燕语曰：'自汉击匈奴而广未尝不在其中，而诸部校尉以下，才能不及中人，然以击胡军功取侯者数十人。广不为后人，然无尺寸之功以得封邑者，何也？岂吾相不当侯耶？且固命也？'"

⑤崆峒：山名。亦作"空桐""空峒"。在今甘肃省平凉市西，险峻雄伟，山上道观极盛。《尔雅·释地》："太平之人，仁。丹穴之人，智。大蒙之人，信。空桐之人，武。"郭璞注："地气使之然也。"

⑥金风：指秋风。秋属金，故称。

⑦王：同"旺"，旺盛。

⑧凌：凌驾。相如：指西汉文学家司马相如。

⑨龙颜：指天子容颜，这里代指唐玄宗。

⑩麟阁：指麒麟阁，汉代阁名，这里代指唐代翰林院。凭：依，傍。天居：天子居所。

⑪晚途：后期。未云已：并未停止。

⑫蹭蹬：路途险阻难行。比喻困顿不顺利。

⑬"想像"二句：指西晋末年的五胡乱华。崩腾：动荡，纷乱。胡尘

起：指五胡之乱。

⑭衣冠：指达官显贵的服饰，这里代指世族豪门。锋镝：锋，刀锋。镝，箭头。泛指兵器。

⑮石勒：字世龙，上党武乡人，羯族。十六国时后赵建立者。先随汲桑聚众反晋，失败后投靠前赵刘渊为大将。授征东大将军、并州刺史、汲郡公。转战冀、并、幽地区，屡败晋军。永嘉五年（311）石勒在苦县大败晋军主力，俘杀太尉王衍，随军诸大臣、宗室、将士十余万人罹难。事见《晋书·石勒载记》。

⑯刘聪：字玄明，刘渊子。匈奴人，十六国时汉国国君。永嘉四年，杀兄刘和自立。遣刘曜等攻陷洛阳，俘晋怀帝，纵兵焚掠，杀太子及诸大臣，士民死者三万余人。晋愍帝建兴四年（316），攻陷长安，俘愍帝，西晋亡。因此称"劫天子"。事见《晋书·孝怀帝纪》《晋书·刘聪载记》。

⑰鲸鲵：即鲸。雄曰鲸，雌曰鲵。比喻凶恶的敌人，此处指安史叛军。

⑱六合：天地四方。

⑲因人：依靠人。

⑳蓬壶：指传说中的蓬莱仙山。

㉑安期：指仙人安期生。舄：鞋子。《神仙传》记载，秦始皇召见安期生，并赠送贵重之物为礼，安期生则回赠一双赤玉舄为报。

【译文】我家原本是陇西人，先祖为汉边将李广。他功略之大可盖天地，英名传扬直飞青云上。苦战匈奴竟不封侯，当年因此颇为惆怅。

世传崆峒山人勇武，激荡秋风豪气更壮。李广的英烈之气遗留子

孙，虽然历经百代仍兴旺不衰。

我十五岁就阅览天下奇书，作赋能凌驾司马相如之上。昔年天子龙颜喜悦给我特殊恩宠，得以供奉在翰林院依傍天子宫殿。入朝后济世之心也未曾停歇，却时运坎坷遭谗臣诋毁。

想起晋朝末年就如现在，胡人入侵中原纷扰四起。衣冠名士身陷战乱，胡虏充盈朝廷闹市。石勒纵兵中原窥测神州大地，刘聪攻陷洛阳长安劫持天子。我心忧国事夜里抚剑吟啸，雄心万丈想要一日千里奔赴疆场。誓要斩除鲸鲵恶人，使洛阳水为之澄清，

普天之内遍洒霖雨，万物繁茂再无凋枯。我挥手倾下一杯水，自嘲是何等之少。我耻于依靠他人来成事，贵在自己实现良图大业。他日灭虏不谈功劳，飘然去往蓬莱仙岛。就像昔日安期生那样，把玉鞋留在沧海之隅。

赠闾丘宿松

【题解】这首诗是至德二载（757）秋，李白卧病宿松时所作，与《赠张相镐二首》当属同时之作。闾丘宿松，复姓闾丘的宿松县令，名字事迹不详。全诗引用阮籍、宓子贱、陶渊明来比拟闾丘县令，赞美其治理宿松清静无为，政绩卓然，百姓安居乐业。

阮籍为太守，乘驴上东平①。剖竹十日间②，一朝风化清。偶来拂衣去，谁测主人情？夫子理宿松③，浮云知古城。扫地物莽

然^④，秋来百草生。飞鸟还旧巢，迁人返躬耕。何惭宓子贱^⑤？不减陶渊明。吾知千载后，却掩二贤名。

【注释】①"阮籍"二句：东平：西汉甘露二年（前52）以大河郡置东平国，取《禹贡》"东原底平"之义为名。治无盐县（今东平县东）。辖境相当今山东济宁市及汶上、东平等县地。西晋时有东平国，阮籍实际为东平相，相当于郡太守，所以称其东平太守。《世说新语·任诞》："阮籍乃求为步兵校尉。"刘孝标注引《文士传》："阮籍放诞，有傲世情，不乐仕宦。晋文帝亲爱籍，恒与谈戏，任其所欲，不迫以职事。籍常从容言曰：'平生常游东平，乐其土风，愿得为东平太守。'文帝悦，从其意。籍便骑驴径到郡。皆坏府舍诸壁鄣，使内外相望，然后教令清宁。十余日，便复骑驴去。"

②剖竹：同"剖符"。古代授官封爵，以竹符为信。剖分为二，一给本人，一留朝廷，相当于后来的委任状。谢灵运《过始宁墅》："剖竹守沧海。"李善注引《说文》曰："符，信，剖置以竹，分而复合。"吕延济注："凡为太守，皆剖竹使符也。"

③夫子：指间丘县令。

④扫地：比喻除尽。莽然：草木茂盛的样子。

⑤宓子贱：春秋时鲁国人。名不齐，字子贱，孔子弟子。曾为单父宰，弹琴而治，为后世儒家所称道。

【译文】阮籍做太守的时候，骑着驴前往东平国。剖符上任只有十天，就使风俗为之一清。然后拂衣抽身而去，谁能揣测他的情怀？夫子您治理宿松县，就像浮云来到古城。宿松尽毁于战火而杂树茂盛，全境一片萧条秋来百草丛生。现在飞鸟返回旧巢，逃难的人回家耕种。您的治政何惭于宓子贱？您的风尚不差于陶渊明。我知道千年之后，你的名气将远超这二位贤人。

狱中上崔相涣

【题解】这首诗是至德二载（757），李白在浔阳狱中时所作。崔相涣，指宰相崔涣，博陵郡王崔玄暐之孙，礼部侍郎崔璩之子。《旧唐书·崔涣传》："天宝十五载七月，玄宗幸蜀。涣迎谒于路，抗词忠恳，皆究理体，玄宗嘉之，以为得涣晚，宰臣房琯又荐之，即日拜黄门侍郎，同中书门下平章事，扈从成都。肃宗灵武即位，八月，与左相韦见素、同平章事房琯、崔圆，同赍册赴行在。时未复京师，举选路绝，诏涣充江淮宣谕选补使，以收遗逸。惑于听受，为下吏所鬻，滥进者非一，以不称职闻，乃罢知政事，除左散骑常侍兼余杭太守、江东采访防御使。"李白因受永王李璘之事牵连入浔阳狱中。当时崔涣任江南宣慰大使，李白在狱中向崔相上书，希望可以为自己洗刷冤屈。

胡马渡洛水，血流征战场[1]。千门闭秋景，万姓危朝霜。
贤相燮元气[2]，再欣海县康[3]。台庭有夔龙[4]，列宿粲成行[5]。
羽翼三元圣[6]，发辉两太阳[7]。应念覆盆下[8]，雪泣拜天光[9]。

【注释】①"胡马"二句：指安禄山在天宝十四载（755）攻陷洛阳。

②燮：谐和，调和。

③海县：犹神州，指中国。

④台庭：指宰辅重臣之位。夔龙：相传为舜的二臣名，夔是乐官，龙是谏官。

⑤列宿：众星宿，特指二十八宿。粲：鲜明。

⑥三元圣：指唐玄宗、唐肃宗及其子广平王李俶（后来的唐代宗）。

⑦发辉：发扬光辉。两太阳：指唐玄宗和唐肃宗。

⑧覆盆：倒覆之盆。《抱朴子·辨问》："是责三光不照覆盆之内也。"谓阳光照不到覆盆之下。后因以喻无处申诉的沉冤。

⑨雪泣：揩拭眼泪。天光：日光。

【译文】安禄山叛军纵马渡过洛水，攻陷洛阳战场上血流遍野。千家闭门萧瑟如秋景，百姓自危像朝霜不保。

贤相调和天地元气，而让海内重现安宁。您贤如夔龙在朝中为宰辅，百官像列宿一样有序成行。

您辅佐玄宗、肃宗和广平王三位圣人，使玄宗与肃宗就像双日照耀天下。但您应该想到覆盆下还有沉冤之人，正在狱中揩拭眼泪等待着天恩降临。

系寻阳上崔相涣三首

【题解】这三首诗与前一首《狱中上崔相涣》应为同时所作。系寻阳，被囚禁在寻阳狱中。寻阳，郡名，治所在寻阳县，今江西九江市。崔相涣，即崔涣。见前诗注。

其一

【题解】这首诗前两句引用秦将白起坑杀四十万赵国降卒之事，来比喻诗人自己处于朝不保夕的境遇。三四句则希望崔涣能对自己施以援手，使自己能够脱离牢狱而生还。"或冀一人生"化用南朝梁代诗人沈炯《自长安还至方山怆然自伤》中："秦军坑赵卒，遂有一人生。"的诗句。沈炯曾被西魏所虏，后得释还，而当时一同被虏的军民，大多被充作奴婢，老弱者皆被杀死。沈炯侥幸得以南归，所以说"遂有一人生"。李白此时的情况也与沈炯类似，所以感同身受。

邯郸四十万，同日陷长平①。能回造化笔，或冀一人生②。

【注释】①"邯郸"二句：指战国时期秦将白起攻赵国，在长平坑杀四十万降卒之事。《史记·秦本纪》："（秦昭襄王）四十七年，秦攻韩上党。上党降赵，秦因攻赵，赵发兵击秦，相距。秦使武安君白起击，大破赵于长平，四十余万尽杀之。"邯郸：战国赵都城，今河北邯郸市。长平：在今山西高平市西北。

②"或冀"句：沈炯《自长安还至方山怆然自伤》："秦军坑赵卒，遂有一人生。"

【译文】当年赵国邯郸的四十万大军，在一日之内全被坑杀于长平。如果您能施展造化之笔，或许可有一人获得生还。

其二

【题解】这首诗中诗人引用毛遂堕井和曾参杀人两个典故，来说明自己在永王李璘一事上遭诬陷。萧士赟注："太白引此事者，亦自况其遭诬耳。"最后诗人借白璧自喻，表明自己的清白无瑕。

毛遂不堕井①，曾参宁杀人②？虚言误公子③，投杼惑慈亲④。白璧双明月⑤，方知一玉真。

【注释】①"毛遂"句：用毛遂堕井的典故，比喻传闻不可靠。《西京杂记》记载，赵国有两个人都叫毛遂：一个在乡野，被称为野人毛遂。一个是平原君的门客。有一天，野人毛遂坠井而死，门客向平原君报告了此事，平原君悲叹道："唉，这是天要亡我啊！"后来才知道死的是野人毛遂，并非平原君的门客。

②"曾参"句：用曾参杀人的典故，比喻流言可畏。宁：岂，难道。《战国策·秦策二》记载，孔子的弟子曾参在费国时，费国有个与他同名的族人杀了人。有人没弄清情况，就跟曾母说："曾参杀人了。"曾母不相信，照常织布。不一会儿，又有人跟她说："曾参杀人了。"曾母还是照常织布。不久后，第三个人跟她说："曾参杀人了。"曾母听后，心中害怕，丢下手中的梭子，越墙而逃了。

③公子：指平原君。

④投杼：丢掉织梭。

⑤双：匹敌。

【译文】毛遂并没有堕井，曾参岂会去杀人。平原君被传闻误导而空自嗟叹，曾母也受流言迷惑而投梭逃走。白璧光洁可比明月，因而才知这是真玉。

其三

【题解】全诗意旨隐晦，含蓄委婉，因而历代多认为系伪作。其实此诗以宋玉《高唐赋序》神女与楚王梦中相遇的故事起兴，谓神女虽与楚王在梦里相随相伴，却并不想成为楚王的佳人。诗人实则以此来说明自己入永王李璘幕中，并非本意，现在被牵连入狱，实属冤枉。

虚传一片雨，枉作阳台神①。纵为梦里相随去，不是襄王倾国人②。

【注释】①阳台神：指巫山神女。见宋玉《高唐赋序》。

②"不是"句：宋玉《高唐赋序》中与巫山神女相会的并不是楚襄王，李白这里是借用。

【译文】虚传巫山的一片云雨，被误认为是阳台之神。纵使在梦里欢好相随而去，却并非楚襄王的倾国美人。

中丞宋公以吴兵三千赴河南军次寻阳脱余之囚参谋幕府因赠之

【题解】这首诗应是至德二载（757），李白从寻阳出狱后，在宋若思幕府时所作。中丞宋公，指御史中丞宋若思，宋之悌之子。军次，行军驻扎。脱余之囚，把自己从寻阳狱中解救出来。参谋幕府，加入宋若思幕府参谋军事。当时宋若思为江南西道采访使兼宣城郡太守，将李白从狱中营救出来。诗人先是赞美了宋若思政绩杰出，士卒精锐。此去平叛定能剪除胡虏，荡平顽寇。同时也对自己不能辅助宋若思，表达了遗憾。整首诗对仗工整，用典贴切，格调激昂，反映了李白出狱后，重获施展抱负机会的兴奋之情。

独坐清天下①，专征出海隅②。九江皆渡虎③，三郡尽还珠④。组练明秋浦⑤，楼船入郢都⑥。风高初选将，月满欲平胡。杀气横千里，军声动九区⑦。白猿惭剑术⑧，黄石借兵符⑨。戎虏行当剪，鲸鲵立可诛⑩。自怜非剧孟，何以佐良图？

【注释】①独坐：专席而坐，谓御史中丞与司隶校尉、尚书令会同，得专席而坐也。《后汉书·宣秉传》："光武特诏御史中丞与司隶校尉、尚书令会同并专席而坐，故京师号曰'三独坐'。"后唐人遂以"独坐"为御史中丞别名。

②专征：古代帝王授予诸侯、将帅不待帝王之命，可自主征伐的权

力。海隅：海边。

③"九江"句：用东汉宋均故事。《后汉书·宋均传》记载，宋均任九江太守时，郡里多虎患，官府设置捕兽陷阱，仍有百姓被伤害，宋均认为虎患在于官吏残暴，而大肆张捕，并非体恤百姓的做法。应当罢免奸贪之人，任用忠善之人，去掉栅栏，免除赋税。后来当地的老虎都向东过江而去了。

④"三郡"句：用东汉孟尝故事。《后汉书·孟尝传》记载，孟尝迁合浦太守，郡不产谷实，而海出珠宝，与交趾比境，常通商贩，贸籴粮食。先时宰守并多贪秽，珠遂渐徙于交趾郡界。于是行旅不至，人物无资，贫者死饿于道。孟尝革易前弊，求民病利，曾未逾岁，去珠复还，百姓皆反其业，商货流通，称为神明。三郡：指宋若思为江南西道采访使兼宣城郡太守，负责管理三郡的事务。

⑤组练：组甲被练。秋浦：县名，因秋浦水得名。治所今安徽贵池市西，属宣城郡池州。

⑥郢都：春秋战国时楚国都城，在今湖北省江陵市。

⑦九区：九州，泛指天下。

⑧"白猿"句：《吴越春秋》记载，越王准备大举伐吴，大夫范蠡推荐越国一位善使剑的女子帮助操练士兵。该女子在赴任的路上，道逢一老翁，自称曰袁公，要和越女比剑。结果不敌越女，化为白猿跃上树梢而去。

⑨黄石：指秦末传授张良兵书的黄石公。事见《史记·留侯世家》。

⑩鲸鲵：比喻凶恶的敌人。这里指安禄山叛军。

【译文】您是专席独坐的御史中丞将要澄清天下，如今又被授予专征之权而率军出征海隅。您施行惠政使猛虎渡九江而去,又革除弊端使宝珠重回三郡。麾下盔甲鲜明映照秋浦河,巍峨楼船蜿蜒驶入楚郢都。秋风劲吹之时选拔将领,月满天清之际准备平定叛胡。杀气纵横千里,呐喊响彻九州。剑术高强使白猿自愧不如,兵法韬略皆传自黄石公。胡虏即将被剿灭,凶寇就要被诛杀。可惜我并非剧孟,有何良谋辅佐您?

流夜郎赠辛判官

【题解】 这首诗是乾元元年(758),李白被流放夜郎途中所作。流,流放。夜郎,郡名,天宝元年改珍州,治所在今贵州正安县西北。至德二载(757),李白因永王李璘叛乱一事受牵连,被判长流夜郎。辛判官,李白友人,名字事迹不详。诗中先回忆自己往昔在长安时春风得意,与王公权贵交往的情景。当时诗人与辛判官正当年少,意气风发,走马章台,麒麟殿献文章,盛宴上观歌舞。以为可以长久这样快活,谁知风云突变而战乱发生。长安也被叛军占据,宫中的桃李也向胡人而开。诗人则因流放夜郎而忧愁,不知何时才能回还。朱谏《李诗选注》:"此诗辞气粗豪,直而不婉,虽为白之所作,亦是流离患难之余,吐露不平之气,率意狂吟以成章耳。"

昔在长安醉花柳,五侯七贵同杯酒[①]。气岸遥凌豪士前[②],风流肯落他人后[③]!

夫子红颜我少年④，章台走马著金鞭⑤。文章献纳麒麟殿⑥，歌舞淹留玳瑁筵⑦。与君自谓长如此，宁知草动风尘起⑧。

函谷忽惊胡马来⑨，秦宫桃李向胡开⑩。我愁远谪夜郎去，何日金鸡放赦回⑪？

【注释】①五侯：《汉书·孝元王皇后传》记载，西汉时汉成帝封其舅王谭为平阿侯、王商为成都侯、王立为红阳侯、王根为曲阳侯、王逢时为高平侯。五人同日封侯，所以世人称之为五侯。七贵：指西汉时以外戚身份把持朝政的七个家族。潘岳《西征赋》："窥七贵于汉庭。"李善注："七贵谓吕、霍、上官、赵、丁、傅、王也。"后以五侯七贵泛指权贵。

②气岸：气概，意气。

③风流：风度，仪表。肯：相当于岂，表示反问。

④夫子：指辛判官。

⑤章台：指章台街，汉代长安章台下街名。《汉书·张敞传》："（张）敞无威仪，时罢朝会，过走马章台街。"颜师古注："孟康曰：'在长安中。'臣瓒曰：'章台，下街也。'"著金鞭：挥金鞭策马。

⑥麒麟殿：殿名，在汉长安未央宫中，藏秘书、处贤才之所。这里代指唐代翰林院。

⑦玳瑁筵：指豪华珍贵的宴席。

⑧宁知：岂知。风尘动：指安禄山发动叛乱。

⑨函谷：指函谷关。古关为战国秦置，在今河南灵宝县境。因其路在谷中，深险如函，故名。汉元鼎三年移至今河南新安县境，去故关三百里。

⑩秦宫：代指长安。桃李向胡开：杨齐贤注："桃李，谓公卿归禄山也。"

⑪金鸡放赦：指朝廷颁发大赦令。《新唐书·百官志》："赦日，树金鸡于仗南，竿长七丈，有鸡高四尺，黄金饰首，衔绛幡，长七尺，承以彩盘，维以绛绳，将作监供焉。"《旧唐书·职官志二》："凡国有赦宥之事，先集囚徒于阙下，命卫尉树金鸡，待宣制讫，乃释之。"

【译文】昔日我在长安买醉花柳间，与王公权贵一同举杯畅饮。意气风发远超豪士俊杰，风度才华岂肯落于人后！

当时夫子正当青春我少年，我们手执金鞭走马章台街。麒麟殿中献上绝世文章，华美盛宴上留恋美妙歌舞。我们都以为会长久如此，哪知风起云涌发生战乱。

函谷关外忽然惊觉胡马杀来，长安城桃李也沦为向胡人开。如今我忧愁被贬谪夜郎而远去，何日才会金鸡大赦得回还？

赠刘都使

【题解】这首诗应是上元二年（761），李白流放归来时所作。刘都使，名字生平不详。诗中以汉时东平国刘桢比喻刘都使，称赞刘都使治政清明，高雅多才。同时诉说了诗人生活的窘迫，希望能获得刘都使的接济。末尾诗人表示，如果刘都使不肯眷顾自己，就将远去垂钓沧海，言语间依然保持了豪放本色。

东平刘公幹^①，南国秀余芳。一鸣即朱绂^②，五十佩银章^③。饮冰事戎幕，衣锦华水乡^④。铜官几万人^⑤，诤讼清玉堂^⑥。吐言贵珠玉，落笔回风霜。而我谢明主，衔哀投夜郎^⑦。

归家酒债多，门客粲成行^⑧。高谈满四座，一日倾千觞。所求竟无绪，裘马欲摧藏^⑨。主人若不顾，明发钓沧浪^⑩。

【注释】①东平：郡国名，西汉甘露二年改大河郡为东平国。治所在无盐，今山东东平东。刘公幹：即刘桢，字公幹，东平人，东汉末年文学家，"建安七子"之一。这里借指刘都使。

②朱绂(fú)：古代礼服上的红色蔽膝，缝于长衣之前。为祭服的服饰。周制帝王、诸侯及诸国的上卿皆着朱绂。后多借指官服。

③银章：银印。其文曰章。《汉书·百官公卿表》："凡吏秩比二千石以上皆银印青绶。"颜师古注："《汉旧仪》云：'银印，背龟钮，其文曰章，谓刻曰某官之章也。'"

④"饮冰"二句：饮冰：饮冰水，形容十分惶恐焦灼。《庄子·人世间》："今吾朝受命而夕饮冰，我其内热与？"成玄英疏："诸梁晨朝受诏，暮夕饮冰，足明怖惧忧愁，内心熏灼。"戎幕：军府，幕府。衣锦：衣锦还乡之意。水乡：水系发达的地方。陆机诗："余固水乡士。"李善注："水乡，谓吴也。"

⑤铜官：即铜官冶，官署名。古代在产铜多的地方设铜官，置长、丞主之，掌采铜、铸作器用之事。唐代宣州南陵县，出铜，以秦时尝于此置官采铜，故名。在今安徽铜陵市。

⑥玉堂：汉代官署名。这里泛指官署。

⑦衔哀：心怀哀痛。

⑧"归家"二句：孔融诗："归家酒债多，门客粲成行。"粲：众多的意思。

⑨摧藏：摧伤，挫伤。成公绥《啸赋》："悲伤摧藏。"李善注："摧藏，自抑挫之貌。"

⑩明发：明晨。

【译文】汉朝东平国有位刘公幹，您在南国流传他的余芳。初次入仕便身穿朱服，五十岁时已佩戴银章。在幕府之中忧心国事，衣锦还乡而光耀吴地。您治理铜官有几万人众，但衙门清净而没有诉讼。您的良言贵重可比珠玉，您的文字严峻自挟风霜。而我却辞别明主，心怀哀痛去往夜郎。

如今回家欠下很多酒债，门内客人众多聚集成行。四座宾客高谈阔论，一日之间畅饮千杯。我想借贷却无头绪，家中裘马都已售卖。倘若您不能顾惜我，明晨只能钓于沧海。

赠常侍御

【题解】这首诗大约是至德元载（756），李白避难吴地时所作。常侍御，名字事迹不详。诗人借谢安隐居与出山的故事，来说明大贤进退有度，值此天下危亡之际，应当匡扶社稷。"君为知音者"一句是诗人希望常侍御能够把自己当做匡复之人，予以重视。接着诗人描写了唐军声势之大，如同当年秦军武安振瓦，一定能够荡清燕赵之地的叛军，保护周秦之地的宗庙社稷。最后诗人以贾谊自比，希望常侍御回朝能够予以举荐，不要忘了滞留南方的自己。

安石在东山，无心济天下①。一起振横流②，功成复萧洒。大贤有舒卷③，季叶轻风雅④。匡复属何人⑤，君为知音者。

传闻武安将，气振长平瓦⑥。燕赵期洗清，周秦保宗社⑦。登朝若有言，为访南迁贾⑧。

【注释】①"安石"二句：用谢安石隐居东山的故事。

②横流：大水不循道而泛滥。比喻动乱，灾祸。

③舒卷：舒展和卷缩。指人事的进退、出处。

④季叶：犹季世，末代。

⑤匡复：谓挽救危亡的国家。

⑥"传闻"二句：此处把秦赵武安之役（前270）和长平之战（前260）合在一起来比喻唐军大破叛军，声势大振。

⑦"燕赵"二句：王琦注："燕、赵皆为禄山所据，故期其洗清。周地谓洛阳，在唐为东京。秦地谓长安，在唐为西京，宗庙社稷在焉，故欲其保护。"

⑧南迁贾：用贾谊南迁长沙的故事。《史记·屈原贾生列传》记载，贾谊，博学多才，通晓诸子百家之书。汉文帝时，一年之中由博士提升为中大夫。绛侯周勃和灌婴等忌其才能，对他进行中伤陷害，于是天子亦疏远贾谊，不用其议，乃以贾谊为长沙王太傅。

【译文】当年谢安在东山隐居，本没有匡救天下之心。一旦出山就力挽颓势，功成之后又恢复萧洒。大贤之人进退有度，末世之时轻视风雅。如今天下谁能匡世救民，您是我的知音最为清楚。

传闻朝廷有武安之将，气势能振碎长平之瓦。期待荡清燕赵之地的叛军，收复宗庙所在的周秦之地。您入朝之后有机会进言，不要忘记我这个南迁的贾谊。

赠易秀才

【题解】这首诗是乾元元年（758）秋，李白在流放夜郎的途中所作。易秀才，是李白早年好友，名字事迹不详。秀才，原称才之秀异者。最早出现于《管子·小匡》："农之子常为农，朴野不慝，其秀才之能为士者，则足赖也。"汉时与孝廉并为举士的科名，东汉时避光武帝讳改称"茂才"。唐初曾与明经、进士并设为举士科目，旋停废。后唐宋间凡应举者皆称秀才，明清则称入府州县学生员为秀才。全诗先叙早年结交之情，后叙晚年流放之悲。诗人以虞翻、宋玉自比，表示虽处困境却节操不改，悲愤中自有一股傲气。

少年解长剑，投赠即分离①。何不断犀象②？精光暗往时③。蹉跎君自惜，窜逐我因谁④？地远虞翻老⑤，秋深宋玉悲⑥。空摧芳桂色⑦，不屈古松姿⑧。感激平生意，劳歌寄此辞⑨。

【注释】①"少年"二句：用春秋时吴公子季札赠剑徐公墓的典故。

②断犀象：曹植《七启》："步光之剑，华藻繁缛，陆断犀象，未足称俊。"李周翰注："言剑之利也。犀象之兽，其皮坚。"

③精光：指剑光。

④窜逐：流放，放逐。

⑤虞翻：字仲翔，三国时会稽余姚（今浙江余姚市）人。生性疏直，数直谏，为孙权所恶，流放于交州，后又流放苍陵（今广西苍梧西北）。在十余年流放期间，讲学不倦，门徒常有数百人。

⑥"秋深"句：宋玉《九辩》："悲哉，秋之为气也。"

⑦芳桂：比喻人的容颜。

⑧古松：比喻人的节操。

⑨劳歌：忧伤、惜别之歌。

【译文】少年时您解剑相赠，相识后随即长分离。为何不用宝剑斩断犀象？因为剑光暗淡已不如前。日月蹉跎请君珍重，放逐夜郎我又怨谁？虞翻被放逐远地而老死，宋玉因深秋萧瑟而悲伤。时光逝去徒然摧老芳华容颜，我的节操却始终不屈如古松。感激您平生对我的情谊，一曲别歌寄托我的心意。

经乱离后天恩流夜郎忆旧游书怀赠江夏韦太守良宰

【题解】这首诗是乾元二年（759），李白于流放夜郎途中遇赦过江夏时，赠别韦良宰所作。江夏，郡名，属江南西道，治所在今湖北鄂州。韦太守良宰，即江夏郡太守韦良宰，韦行俭之子。至德初年，主事房陵，永王叛乱时誓死不从，肃宗嘉其忠诚，授予江夏太守。这是李白生平所作的最长一首诗。诗中叙述了诗人与韦良宰的交往过程以及诗人自己平生的一些经历。从中能感受到诗人对安史之乱的深切忧虑，和对自身遭遇冤狱的悲愤。诗中国事、家事交织论述，却又层次分明，条理清晰。吊古伤今，遣兴抒怀，情感起伏跌宕，酣畅淋漓。全诗如长江大河滔滔而下，洋洋洒洒，蔚为壮观。历代诗家都给予高度评价，认为可与杜甫的《北征》并驾齐驱。朱谏《李诗选注》："说者谓杜于《北征》，李白《书怀》，皆长篇之作，冠绝占今，可拟风雅，然《北征》论时事而辞严义正，《书怀》敷大义而痛切激扬。比而较之，《书怀》虽不若《北征》之纯，而辞藻清丽，情思忧乐，充然有余。所以明治乱之迹，著君臣之义者，则又未尝不皎然而明白也。此二公俱大手笔，叙事有条，整而不乱，宜芳誉并称，而世为天下之法也。"清代管世铭《读雪山房唐诗序例》："陈、张《感遇》出于阮公《咏怀》，供奉《古风》本于太冲《咏史》。《经乱离后赠江夏韦太守》计八百三十字，太白生平略具，纵横恣肆，激宕淋漓，真少陵《北征》劲敌。后人舍此而举昌黎《南山》，失其伦矣。"《唐宋诗醇》："此篇历叙交游始末，而白生平踪迹亦略见于此。'十月到幽州'一段，盖白被放后，北游燕赵，观听形势，知禄山之必叛；尾大不掉之害，欲言不能，述之犹觉痛切。至于潼关失守，江陵煽乱，与白之为璘所胁，受累远谪，无不明如指掌。结尾一段，虑朝堂之无人，忧将帅之不一，而贼之不得速平，与前遥相呼应。通篇以交情、事势互为经纬，汪洋灏瀚，如百川之灌河，如长江之赴海，卓乎大篇，可与《北征》并峙。"

天上白玉京①，十二楼五城②。仙人抚我顶，结发受长生③。误逐世间乐，颇穷理乱情④。九十六圣君⑤，浮云挂空名。天地赌一掷，未能忘战争⑥。试涉霸王略⑦，将期轩冕荣⑧。时命乃大谬，弃之海上行⑨。学剑翻自哂，为文竟何成？剑非万人敌⑩，文窃四海声。儿戏不足道，《五噫》出西京⑪。临当欲去时，慷慨泪沾缨。叹君倜傥才⑫，标举冠群英⑬。开筵引祖帐⑭，慰此远徂征。鞍马若浮云，送余骠骑亭⑮。歌钟不尽意，白日落昆明⑯。

【注释】①白玉京：传说中天帝所居之处。

②"十二楼"句：指神话传说中的仙人居处。《抱朴子·祛惑》："又见昆仑山上……内有五城十二楼。"《汉书·郊祀志下》："方士有言，黄帝时为五城十二楼，以候神人于执期，命曰迎年。"颜师古注引应劭曰："昆仑玄圃，五城十二楼，仙人之所常居。"

③结发：束发，古代男子自成童开始束发，因以指初成年。受长生：接受道教长生不老之术。

④穷：推究，探究。理乱：即治乱。为避唐高宗李治讳，改"治"为"理"。

⑤九十六圣君：杨齐贤曰："自秦始皇至唐玄宗，中国传绪之君，凡九十有六。"

⑥"天地"二句：指历代帝王豪赌一掷，通过战争来争夺天下。

⑦涉：涉猎书籍。霸王略：称霸称王的策略。

⑧轩冕：古时大夫以上官员的车乘和冕服，借指官位爵禄。

⑨"时命"二句：《庄子·缮性》："古之所谓隐士者，非伏其身而不见也，非闭其言而不出也，非藏其知而不发也，时命大谬也。"此二句

谓自己生不逢时,只能浮船出海。

⑩"剑非"句:用项羽故事。《史记·项羽本纪》:"项籍(项羽)少时,学书不成,去,学剑又不成。项梁怒之。籍曰:'书,足以记名姓而已。剑,一人敌,不足学,学万人敌。'于是项梁又教籍兵法。"自哂:自嘲。窃:谦辞,指自己。

⑪"《五噫》"句:用梁鸿故事。《五噫歌》为东汉梁鸿所作,全诗五句,句末均用噫字作叹惋。梁鸿路经东都洛阳,见宫室壮丽,有感于帝王的奢侈和百姓的辛劳而发出嗟叹。后用为咏感愤离京之典。《后汉书·梁鸿传》:"(梁鸿)因东出关,过京师,作《五噫》之歌曰:'陟彼北芒兮,噫!顾览帝京兮,噫!宫室崔嵬兮,噫!人之劬劳兮,噫!辽辽未央兮,噫!'肃宗闻而非之,求鸿不得。乃易姓运期。名耀,字侯光,与妻子居齐鲁之间。"西京:即长安。

⑫倜傥:卓异,不同寻常。

⑬标举:高超。

⑭祖帐:古代送人远行,在郊外路旁为饯别而设的帷帐。亦指送行的酒筵。

⑮骠骑亭:地点不详。

⑯昆明:池名,故址在今陕西西安市西南丰水和潏水之间。汉武帝元狩三年(前120)于长安西南郊所凿,以习水战。池周围四十里,广三百三十二顷。

【译文】天上帝君的白玉京,其内有五城十二楼。仙人曾经抚过我的头顶,从结发时起就受长生术。后来误入世间逐乐,一心穷究治乱之道。从秦始皇以来的九十六位圣君,都像浮云一般逝去而徒留空名。他们在天地间豪赌一掷,总是不忘以战争来争夺。我曾经涉猎霸王之略,希望获得爵禄的荣耀。可惜时运不济生不逢时,只能放弃抱负乘舟出海。虽曾学剑却只能落得自嘲,能撰文成章又有什么用处?剑术学成不能敌万人,文章倒是四海有薄名。这些都是儿戏不足道,我唱着《五噫》离开长安。正当我将要离开的时候,心生感慨泪水打湿冠缨。感叹您的卓尔不群,才华出众冠绝群英。您在帷帐中设宴为我饯行,以慰籍我此次远行的艰辛。送行的鞍马不绝如浮云,一直送我来到了骠骑亭。歌钟鼓声道不尽您的情意,直到太阳落入昆明池中。

　　十月到幽州①,戈鋋若罗星②。君王弃北海,扫地借长鲸③。呼吸走百川,燕然可摧倾④。心知不得意⑤,却欲栖蓬瀛⑥。弯弧惧天狼,挟矢不敢张⑦。揽涕黄金台,呼天哭昭王⑧。无人贵骏骨,绿耳空腾骧⑨。乐毅傥再生,于今亦奔亡⑩。蹉跎不得意⑪,驱马过贵乡⑫。逢君听弦歌⑬,肃穆坐华堂。百里独太古,陶然卧羲皇⑭。征乐昌乐馆⑮,开筵列壶觞。贤豪间青娥⑯,对烛俨成行⑰。醉舞纷绮席,清歌绕飞梁⑱。欢娱未终朝⑲,秩满归咸阳⑳。祖道拥万人㉑,供帐遥相望㉒。一别隔千里,荣枯异炎凉㉓。

　　【注释】①"十月"句:李白曾于天宝十一载(752)十月抵达幽州(今北京)。幽州:在今北京市及河北北部。天宝元年(742)改为范阳郡,乾元元年复改为幽州。

　　②戈鋋(chán):泛指兵器。鋋,短矛。罗星:罗列如星,形容众多。

　　③"君王"二句:谓唐玄宗将北方交给安禄山管辖。新旧《唐书》记载,天宝元年,唐玄宗以安禄山为平卢节度使。押两番、渤海、黑水四府经略使。天宝三载,安禄山代裴宽为范阳节度使,仍领平卢军,经

略威武、清夷等十一军,及榆关守捉、安东都护府,兵十三余万,皆其所统,幽、蓟等十一州之地,皆其所治。天宝十载,安禄山又兼河东节度使。君王:指唐玄宗。北海:指北方大片土地。长鲸:指安禄山。

④燕然:古山名,即今蒙古人民共和国境内的杭爱山。东汉时窦宪大败匈奴后,曾登燕然山刻石勒功。

⑤得意:犹得志。

⑥蓬瀛:即蓬莱和瀛洲。

⑦"弯弧"二句:弧:木弓。天狼:星名,主侵掠,这里代指安禄山。《楚辞·九歌·东君》:"挟长矢兮射天狼。"王逸注:"天狼,星名,以喻贪残。"

⑧"揽涕"二句:用燕昭王筑黄金台招揽人才的故事。燕昭王本为燕王哙庶子。后来齐国攻破燕国,燕王哙被杀。燕昭王即位后,为报国仇,建黄金台招纳贤士,士人争相趋燕。经过休养生息,国家殷富,士卒效命。燕昭王二十八年(前284),遣乐毅率军联合三晋及秦楚之师攻齐,大破齐军,占领齐城邑七十余座,齐湣王败死,一雪前耻。

⑨"无人"二句:用燕昭王千金买马骨的典故。《战国策·燕策一》记载,燕昭王欲求贤才,郭隗以买千里马为喻,说古代有君王悬赏千金买千里马,三年后得一死马,用五百金买下马骨,于是不到一年,得到三匹千里马。如果燕昭王能重用郭隗,那么天下贤于郭隗的人才必定闻风而至。燕昭王按照此法,果然有名将乐毅自魏国,辩士邹衍自齐国,谋士剧辛自赵国,来到了燕国。骏骨:千里马之骨。绿耳:古骏马名,传说为周穆王八骏之一。腾骧:奔腾。此两句形容如今君王不重视贤士,贤人无处施展才能。

⑩"乐毅"二句:《史记·乐毅列传》记载,乐毅被燕昭王任用为大

将，率军攻下齐国七十余城。但燕昭王死后，齐国用离间计使燕惠王猜忌乐毅，派骑劫取代乐毅为将，乐毅被迫投奔赵国。

⑪蹉跎：时间白白地去；虚度光阴。

⑫贵乡：唐县名，属河北道魏州，在今河北大名县东北。

⑬弦歌：用孔子弟子子游弦歌治武城的典故。

⑭"百里"二句：百里：古时一县所辖之地为百里。因以"百里"为县的代称。这里指县令。太古：远古。陶然：闲适欢乐的样子。羲皇：即伏羲氏。古人认为伏羲氏时代的人都生活安闲，无忧无虑。

⑮昌乐：县名，属河北道魏州，今河南省南乐县。

⑯青娥：指美丽的少女。

⑰俨：整齐的样子。

⑱"清歌"句：用战国时韩娥故事。《列子·汤问》记载，战国时，歌女韩娥向东去齐国，因为缺粮而卖唱乞食。她离开后，歌声仍在梁间环绕，三日不绝。

⑲终朝：早晨。

⑳秩满：任期已满。

㉑祖道：古代为出行者祭祀路神，并饮宴送行。

㉒供帐：指供宴饮之用的帷帐。

㉓荣枯：本指草木荣枯，这里比喻人生际遇的兴衰。

【译文】天宝十一载十月我曾到过幽州，只见安禄山军队矛戟密如群星。当年君主放弃了北地的管辖大权，全交给暴虐如长鲸的安禄山执掌。其呼吸可使百川奔腾，连燕然山也会被摧毁。我心知不能如意进言此事，只想前往蓬莱、瀛洲畅游。我想弯弓却惧怕天狼，抬手引箭却不敢射出。登上黄金台而涕泗横流，呼天喊地而痛哭燕昭王。如今再没有千金买骏马骨之人，就是绿耳宝马也只能徒然奔腾。即使是乐毅再生，如今也只能去逃亡。岁月蹉跎无法得志，只好骑马来到贵乡。恰巧遇到您弦歌治县，庄严肃穆端坐华堂理事。您为县令崇尚太古之风，如羲皇氏一般陶然而卧。您从昌乐馆召来了乐者，大开筵席摆满酒壶酒杯。席间美女贤豪相间而坐，在烛光照耀下俨然成行。乘醉曼舞纷呈筵前，清歌嘹亮绕梁而飞。欢娱的时刻还未长久，转眼您任满就要回京。前来送行有万余人，宴饮帷帐望不到头。从此一别远隔千里，荣枯炎凉各不相同。

炎凉几度改，九土中横溃①。汉甲连胡兵②，沙尘暗云海。草木摇杀气，星辰无光彩。白骨成丘山，苍生竟何罪？函关壮帝居③，国命悬哥舒④。长戟三十万，开门纳凶渠⑤。公卿奴犬羊⑥，忠谠醢与菹⑦。二圣出游豫⑧，两京遂丘墟⑨。

【注释】①"九土"句：此句指安禄山起兵，天下大乱。九土：九州的土地，指天下。横溃：河水决堤横流。比喻溃乱。

②汉甲：指唐朝军队。胡兵：指安禄山叛军。

③函关：即函谷关，这里借指潼关。

④哥舒：指哥舒翰。《旧唐书·哥舒翰传》："及安禄山反，上以封常清、高仙芝丧败，召翰入，拜为皇太子先锋兵马元帅，拒贼于潼关。"

⑤"长戟"二句：指哥舒翰三十万大军兵败投降安禄山之事。《旧唐书·哥舒翰传》载："引师出关，……军既败，翰与数百骑驰而西归，为火拔归仁执降于贼。"长戟：兵器，借指兵卒。凶渠：元凶，指叛军将领。

⑥犬羊：对外敌的蔑称，这里指安史叛军。

⑦忠谠:忠诚之士。醢与葅:即葅醢,古代酷刑,把人剁成肉酱。

⑧二圣:指唐玄宗与唐肃宗。游豫:指帝王出巡,这里是讳称逃亡。

⑨两京:指长安与洛阳。丘墟:变成废墟。

【译文】岁月炎凉几度变化,九州大地战乱四起。唐军列阵连战叛军,沙场飞尘遮暗云海。草木都被杀气所摇落,星辰更是失去了光彩。遍野白骨堆成山丘,苍生涂炭究竟何罪?函谷关雄壮捍卫着帝都,国家存亡悬于哥舒翰手。不料三十万持戟大军,竟然开关投降了贼首。公卿被犬羊般的叛军奴役,忠诚之士遇害被剁成肉酱。玄宗、肃宗仓惶离京逃亡在外,长安、洛阳相继陷落成为废墟。

帝子许专征①,秉旄控强楚②。节制非桓文,军师拥熊虎③。人心失去就,贼势腾风雨。惟君固房陵④,诚节冠终古⑤。仆卧香炉顶⑥,餐霞漱瑶泉⑦。门开九江转⑧,枕下五湖连⑨。半夜水军来,寻阳满旌旃⑩。空名适自误,迫胁上楼船。徒赐五百金,弃之苦浮烟。辞官不受赏,翻谪夜郎天⑪。夜郎万里道,西上令人老。扫荡六合清,仍为负霜草⑫。日月无偏照,何由诉苍昊?良牧称神明⑬,深仁恤交道⑭。

【注释】①帝子:指永王李璘。专征:古代天子授予诸侯不必请诏,可以独断征伐的权力。

②秉旄:掌握兵权。旄,古代用牦牛尾装饰的旗子。

③"节制"二句:节制:指纪律严明,指挥有方的军队。桓文:春秋五霸中的齐桓公和晋文公。熊虎:比喻军队像熊虎般威猛。《荀子·议兵》:"秦之锐士,不可以当桓、文之节制。"诗人反用其意,是说永王

军队并非齐桓公、晋文公节制有方之师。形容军队统帅无方，徒有强壮之兵。

④房陵：即房州，属山南东道，天宝元年改为房陵郡，郡治在今湖北省房县。

⑤诚节：忠诚的节操。

⑥香炉：即香炉峰，江西九江庐山北部的著名山峰，奇峰突起，状似香炉，峰顶水气郁结，云雾弥漫，如香烟缭绕，故名。

⑦瑶泉：瑶池之水。

⑧九江：传说长江流至浔阳分为九道，故浔阳亦名九江，即今江西九江。《书·禹贡》记载："九江孔殷。"孔安国注："江于此州界分为九道。"郭璞《山海经注》："九江在浔阳南。江自浔阳而分为九，皆东会于大江。《书》曰'九江孔殷'是也。"

⑨五湖：大约是指庐山下的湖泊。当时李白隐居在庐山屏风叠。

⑩旆：古代一种赤色曲柄的旗。

⑪翻谪：反而被贬谪流放。

⑫负霜草：受霜雪侵凌的草，比喻受到艰难困苦的摧折。

⑬良牧：贤良的州牧，州牧是古代州郡一级的长官，这里指韦良宰。

⑭交道：好友。

【译文】永王李璘被授予专征之权，秉持大旗掌管楚地的军队。永王节制军队比不上齐桓公与晋文公，军中将帅无约束如同熊、虎般骄横跋扈。天下人心失去了依附，叛军势起如狂风暴雨。只有您坚守房陵郡，忠诚高节冠绝古今。我那时隐居在庐山香炉峰，过着餐云霞饮瑶泉的生活。开门是九江流转，枕下有五湖相连。半夜里永王水军突然来到，寻阳江上遍布招展的旌旗。我被自己的空名所牵累，我在迫胁下登上了楼船。他徒然赐给我五百金，我弃之如同浮云轻烟。我拒绝永王的封官和赏赐，反而受到牵连被远谪夜郎。夜郎远隔万里之遥，西去路途催人衰老。天下的叛乱已经被扫清，我却像负霜草背负冤屈。日月普照天下而没有偏私，我怎么能将冤屈上诉苍天？您是位英明如神的太守，顾念交情对我深有体恤。

　　一忝青云客①，三登黄鹤楼。顾惭祢处士②，虚对鹦鹉洲③。樊山霸气尽④，寥落天地秋。江带峨眉雪，横穿三峡流。万舸此中来，连帆过扬州。送此万里目，旷然散我愁⑤。纱窗倚天开，水树绿如发。窥日畏衔山⑥，促酒喜见月。吴娃与越艳⑦，窈窕夸铅红⑧。呼来上云梯⑨，含笑出帘栊⑩。对客《小垂手》，罗衣舞春风⑪。宾跪请休息⑫，主人情未极。览君荆山作⑬，江鲍堪动色⑭。清水出芙蓉⑮，天然去雕饰。逸兴横素襟⑯，无时不招寻⑰。朱门拥虎士，列戟何森森⑱！剪凿竹石开⑲，萦流涨清深。登楼坐水阁，吐论多英音⑳。片辞贵白璧，一诺轻黄金。谓我不愧君，青鸟明丹心㉑。

　　【注释】①忝：辱，有愧于，常用作谦辞。

　　②祢处士：指东汉末名士祢衡。

　　③鹦鹉洲：在今湖北武汉市西南长江中。东汉末江夏太守黄祖之子黄射在此大会宾客，有人献鹦鹉，祢衡作《鹦鹉赋》，故名。祢衡《鹦鹉赋序》："时黄祖太子射宾客大会，有献鹦鹉者，举酒于衡前，曰：'祢处士今日无用娱宾，窃以此鸟自远而至，明慧聪善，羽族之可贵，愿先生为之赋，使四座咸共荣观，不亦可乎？'衡因为赋，笔不停缀，文不

加点。"

④樊山：山名，在今湖北鄂州市西。三国时孙权曾在樊山附近的武昌建都。

⑤旷然：开阔通达貌。

⑥衔山：日落。

⑦吴娃、越艳：指吴越地区的美女。

⑧铅红：铅粉和胭脂。

⑨云梯：形容黄鹤楼的阶梯高。

⑩帘栊：本指窗帘和窗牖，此处指门窗的帘子。

⑪"对客"二句：《小垂手》：舞蹈名。《乐府诗集》引《乐府解题》曰："《大垂手》《小垂手》，皆言舞而垂其手也。"

⑫宾跪：宾客挺身而起之状。古人席地而坐，稍微挺身即为跪。《礼记·典礼》："客跪抚席而辞。"

⑬荆山：山名，在今湖北武当山东南、汉水西岸，是漳水的发源地。

⑭江鲍：指南朝诗人江淹、鲍照。

⑮"清水"句：化用钟嵘《诗品》中"谢诗如芙蓉出水"之句。

⑯逸兴：超逸豪放的意兴。横：充溢。素襟：平素的襟怀。

⑰招寻：招引宾朋。

⑱列戟：官庙、官府及显贵之府第陈戟于门前，以为仪仗。

⑲"剪凿"二句：描写水阁景色优美，剪竹凿石，清流萦绕。

⑳英音：高妙的论调。

㉑"青鸟"句：化用阮籍《咏怀诗》"谁言不可见，青鸟明我心"之意。

【译文】一朝忝为您的青云客，我就三次登上黄鹤楼。举目四望自愧不如祢衡那样的高士，只能空对鹦鹉洲却写不出壮丽诗赋。樊山昔日的霸气已消尽，天地间只剩寥落的秋色。大江挟带着峨眉雪水，横穿三峡向东方流去。万船千舟在江上来往，船帆连成片去往扬州。目送这些航船远行万里，使我豁然开朗忧愁散尽。楼上纱窗倚天而开，水边高树碧绿如发。遥望白日惟恐将落西山，举杯畅饮欣喜见到明月。吴地佳人和越地美女，身姿窈窕而红妆争艳。呼她们来上青云梯，脸上含笑步出帘幕。为客献上《小垂手》之舞，罗衣飘摇如春风拂过。宾客挺身请稍休息，主人兴致未有尽时。观览您在荆山的大作，江淹、鲍照必为之动色。宛如芙蓉濯清水而出，自然天成而毫无雕饰。逸兴豪气充满襟怀，无时不在招邀宾朋。署衙门前猛士肃立，长戟罗列何其威严。府中遍布修竹山石，溪流萦绕清澈幽深。登上高楼坐于水阁，谈论都是真知灼见。片语之辞贵于白璧，由衷一诺重于黄金。我自谓无愧于您的相知，青鸟传书表明我的丹心。

五色云间鹊，飞鸣天上来。传闻赦书至，却放夜郎回①。暖气变寒谷②，炎烟生死灰③。君登凤池去④，勿弃贾生才⑤。桀犬尚吠尧⑥，匈奴笑千秋⑦。中夜四五叹⑧，常为大国忧。旌旆夹两山⑨，黄河当中流。连鸡不得进⑩，饮马空夷犹⑪。安得羿善射，一箭落旄头⑫。

【注释】①"五色"四句：借用灵鹊报喜的典故，指李白于乾元二年(759)三月在流放夜郎途中遇赦放还的事情。唐张鷟《朝野佥载》："唐贞观末，南康黎景逸居于空青山，常有鹊巢其侧，每饭食以喂之。后邻近失布者诬景逸盗之，系南康狱，月余劾不承。欲讯之，其鹊止以狱楼,向景逸欢喜,似传语之状。其日传有赦,官司诘其来,云路逢玄衣素袊人所说。三日而赦至。景逸还山,乃知玄衣素袊者,鹊之所传也。"

②"暖气"句:用邹衍寒谷变暖的故事。《北堂书钞》引刘向《别录》:"燕有黍谷,地美而寒,不生五谷。邹子居之,吹律而温气至,今名黍谷。"

③"炎烟"句:用韩安国死灰复燃的典故。比喻诗人流放遇赦之事。《史记·韩长孺列传》:"韩安国坐法抵罪,蒙狱吏田甲辱安国。安国曰:'死灰独不复然乎?'田甲曰:'然即溺之。'居无何,梁内史阙,汉使使者拜安国为梁内史,起徒中为二千石。田甲亡走。"

④凤池:指凤凰池,原为禁苑中池沼名。魏晋南北朝时设中书省于禁苑,掌管机要,接近皇帝,故称中书省为"凤凰池"。《通典·职官志三》:"魏晋以来,中书监令掌赞诏命,记会时事,典作文书,以其地在枢近,多成宠任,是以人固其位,谓之凤凰池焉。"

⑤贾生:即贾谊,此处是诗人自喻。

⑥"桀犬"句:谓桀的狗向着尧乱叫。比喻坏人的爪牙攻击好人。《汉书·邹阳传》:"桀之犬可使吠尧。"桀:即夏桀,夏朝末代君主。这里比喻叛军余孽,以尧比喻唐朝天子。当时安禄山虽死,但其余部史思明等人仍在叛乱。

⑦"匈奴"句:用汉武帝时宰相车千秋故事。《汉书·车千秋传》:"千秋无他材能术学,又无伐阅功劳,特以一言寤意,旬月取宰相封侯,世未尝有也。后汉使者至匈奴,单于问曰:'闻汉新拜丞相,何用得之?'使者曰:'以上书言事故。'单于曰:'苟如是,汉置丞相非用贤也,妄用一男子上书即得之矣。'"此处比喻当时的宰相苗晋卿、王缙等人庸碌无能。

⑧中夜：半夜。

⑨两山，指黄河两岸的太华、首阳二山。

⑩连鸡：缚在一起的鸡，比喻互相牵制，行动不能一致。《战国策·秦策一》："诸侯不可一，犹连鸡之不能俱止于栖，亦明矣。"王琦注："连，谓绳系之。连鸡，喻当时诸节度使辈。"

⑪夷犹：犹豫，迟疑。《楚辞》："君不行兮夷犹。"王逸注："夷犹，犹豫也。"

⑫旄头：即昴星，星宿名，二十八宿之一。古人认为昴星是胡星，旄头星特别亮时，预示有胡兵入侵。这里指安史叛军。

【译文】五色灵鹊在云间穿梭，从天上飞鸣而来报喜。传闻大赦的诏书已经到达，可以结束流放夜郎而返回。好似寒谷因暖气而变暖，就像死灰生炎烟而重燃。您将要登凤池入中枢而去，不要忘记我这个贾谊之才。叛军如桀犬还在对尧一样的圣主狂吠，朝中宰相如车千秋而被匈奴所嘲笑。我在半夜醒来唉叹不已，常为国事而忧心如焚。旌旗布满了太华首阳两山，滔滔黄河从山间奔流而过。各路军队牵掣如连鸡不能进军，只能饮马河畔徒然犹豫不决。何时得到后羿那样的善射之人，一箭射落旄头星而使天下太平。

江夏使君叔席上赠史郎中

【题解】这首诗当是乾元二年（759），李白遇赦后在江夏遇到史郎中所作。江夏，郡名，即鄂州，属江南西道，治所在今湖北鄂州。使君叔，江夏郡太守李某，应是李白的前辈，所以称其为叔。使君，对刺史或太守的敬称。史郎中，李白好友，名字生平不详。郎中，唐代尚书省左右司及六部设有郎中之职，位居尚书、侍郎、左右丞下，为尚书省重要官员。诗中先叙述了诗人遇赦后，那种历经万死而还的欣喜之情。接着描写与友人相会的情景。诗人自谓如涸辙之鱼，感谢史郎中不因自己为逐臣而疏远。最后引用《庄子·外物》中鲲鱼化鹏的典故，希冀友人早日飞腾，使自己可以得到依托。

凤凰丹禁里，衔出紫泥书①。昔放三湘去②，今还万死余。仙郎久为别③，客舍问何如④。涸辙思流水⑤，浮云失旧居。多惭华省贵⑥，不以逐臣疏。复如竹林下，而陪芳宴初⑦。希君生羽翼，一化北溟鱼⑧。

【注释】①"凤凰"二句：用凤凰衔诏的典故。《十六国春秋》："石虎在台上有诏书，以五色纸着凤凰口中，凤既衔诏，侍人放数百丈绯绳，辘轳掉头，状若飞翔，飞下端门。凤以木作之，五色文身，脚皆用金。"丹禁：指帝王所住的紫禁城。紫泥：印泥。古人书函用泥封，并戳印以为凭信，汉天子用紫泥，故紫泥亦指诏书。

②三湘：一说湘水发源与漓水合流后称漓湘，中游与潇水合流后称潇湘，下游与蒸水合流后称蒸湘，总称"三湘"。一说湖南湘乡为下湘，湘潭为中湘，湘阴为上湘，合称"三湘"。近代一般用作湘东、湘西、湘南三地区的总称，泛指湖南全省。

③仙郎：唐人对尚书省各部郎中、员外郎的惯称。

④问何如：六朝、唐代见面时的寒暄语。

⑤"涸辙"句：用涸辙之鲋的典故。《庄子·外物》："周昨来，有中道而呼者，周顾视车辙，中有鲋鱼焉。周问之曰：'鲋鱼来，子何为者邪？'曰：'我东海之波臣也，君岂有升斗之水而活我哉！'"

⑥华省：华贵之官署。

⑦"复如"二句：以阮咸与阮籍来比喻自己与使君叔的同游。《晋书·阮咸传》："（阮）咸任达不拘，与叔父籍为竹林之游。"

⑧"希君"二句：《庄子·逍遥游》："北冥有鱼，其名为鲲，鲲之大，不知其几千里也。化而为鸟，其名为鹏。鹏之背，不知其几千里也。"此处用以比喻友人飞黄腾达。

【译文】凤凰从宫禁中飞出，衔来紫泥诏书放赦。往昔流放夜郎时离开三湘远去，如今经历万死才得以侥幸回来。我和郎官你分别已久，彼此在客舍相见问候。我就像涸辙之鱼思念流水，又如飘荡的浮云失去旧居。面对华省贵官我是多么惭愧，您却不因为我是逐臣而疏远。就如当年阮籍叔侄竹林之游，使我有幸陪侍盛宴如往昔。希望您能生出羽翼，就像北冥之鱼化鹏。

流夜郎半道承恩放还兼欣克复之美书怀示息秀才

【题解】这首诗当是乾元二年（759）所作。克复之美，指至德二载（757）官军收复长安洛阳两京之事。息秀才，名字事迹不详。全诗记述了安史之乱后期，官军收复两京，玄宗、肃宗还朝以及玄宗让位于肃宗等事件。表达了诗人对收复两京的欣喜，同时也抒发了自己无力报国，只能归去求道炼丹的遗憾之情。

黄口为人罗①，白龙乃鱼服②。得罪岂怨天，以愚陷网目③。

鲸鲵未剪灭④，豺狼屡翻覆⑤。悲作楚地囚⑥，何由秦庭哭⑦？

遭逢二明主⑧，前后两迁逐⑨。去国愁夜郎，投身窜荒谷。半道雪屯蒙⑩，旷如鸟出笼⑪。遥欣克复美，光武安可同⑫？

天子巡剑阁⑬，储皇守扶风⑭。扬袂正北辰⑮，开襟揽群雄。胡兵出月窟，雷破关之东⑯。左扫因右拂，旋收洛阳宫⑰。回舆入咸京，席卷六合通。叱咤开帝业，手成天地功⑱。

大驾还长安，两日忽再中⑲。一朝让宝位，剑玺传无穷⑳。

愧无秋毫力㉑，谁念矍铄翁㉒？弋者何所慕？高飞仰冥鸿㉓。弃剑学丹砂，临炉双玉童㉔。寄言息夫子，岁晚陟方蓬㉕。

【注释】①黄口：指雏鸟，雏鸟的嘴为黄色，故名。罗：用网捕捉。《孔子家语》："孔子见罗雀者，所得皆黄口小雀。问之曰：'大雀独不得何也？'罗者曰：'大雀善惊而难得，黄口贪食而易得。'"

②"白龙"句：即白龙鱼服的典故。汉刘向《说苑·正谏》记载，传说有白龙变化为鱼在渊中游，结果被渔父豫且射中眼睛。后用以比喻贵人微服而行，易遭危险。

③目：网眼。

④鲸鲵：曹冏《六代论》："扫除凶逆，剪灭鲸鲵。"李周翰注："鲸鲵，大鱼，吞食小鱼者，以喻不义人也。"

⑤"豺狼"句：指史思明在至德二载十二月已降，次年六月又叛。

⑥"悲作"句：楚地囚：原指春秋时被俘虏到晋国的楚国人钟仪，这里喻指诗人自己曾被拘押寻阳狱中。

⑦"何由"句：用春秋时楚国申包胥哭秦庭的故事。《左传·定公四年》记载，春秋时，吴国攻下楚国国都，楚臣申包胥到秦国求援，在秦庭不吃不喝，倚墙而哭七天七夜。最终感动秦王出兵，使楚国复国。

⑧二明主：指唐玄宗、唐肃宗。

⑨两迁逐：指诗人于天宝三载供奉翰林被赐金还山，又于至德二载因永王事件被牵连而流放夜郎。

⑩雪：洗去，除去。屯蒙：《易》中《屯》卦和《蒙》卦的并称。寒滞、困顿之意。这里指流放途中遇赦。

⑪旷：心境开阔、开朗。

⑫光武：指东汉光武帝刘秀。

⑬"天子"句：指安史之乱时唐玄宗西迁入蜀。剑阁：关名，位于蜀地大剑山和小剑山之间，两崖相对，关置于上，为戍守要地。

⑭"储皇"句：指唐肃宗从至德二载（757）二月，驾临凤翔，至十月，两京克复才自凤翔还长安，驻跸凤翔十月。储皇：指唐肃宗。扶风：即扶风郡。至德元载七月改为凤翔郡。

⑮北辰：指北极星，比喻天子之位。

⑯"胡兵"二句：指唐军联合回纥兵在函谷关以东大破叛军。胡兵：指帮助唐军的回纥兵。月窟：泛指边远之地，这里指回纥兵所居之地。雷破：形容声势巨大。

⑰"左扫"二句：指郭子仪率领唐军横扫叛军，收复两京。详见《旧唐书·郭子仪传》。

⑱"回舆"四句：谓唐肃宗于至德二载九月从凤翔回长安，唐军席

卷天下。咸京：指长安。

⑲ "大驾"二句：谓唐玄宗于至德二载十月自成都回长安，玄宗、肃宗重新归位。大驾：指天子的车驾。两日：指唐玄宗和唐肃宗。

⑳ "一朝"二句：指唐玄宗返京后，让位于肃宗。剑玺：指刘邦的斩蛇剑和传国玺，为汉代神器，后用以象征统治权。

㉑秋毫力：形容极细小之力。

㉒矍铄翁：精神健旺的老人，本指东汉名将马援，这里是诗人自喻。《后汉书·马援传》："（马）援因复请行，时年六十二，帝愍其老，未许之。援自请曰：'臣尚能披甲上马。'帝令试之，援据鞍顾盼，以示可用。帝笑曰：'矍铄哉，是翁也！'李贤注："矍铄，勇貌。"

㉓ "弋者"二句：谓大雁高飞，射猎者不能射中而取得，比喻远走高飞，以避危害。扬雄《法言·问明》："治则见，乱则隐。鸿飞冥冥，弋人何篡焉？"李贤注："'篡'字诸本或作'慕'，《法言》作'篡'。宋衷曰：'篡，取也。鸿高飞冥冥薄天，虽有弋人，何所施巧而取焉。喻贤者隐处，不罹暴乱之害也。'然今人谓以计数取物为篡，篡亦取也。"弋：古代以绳系在箭上射猎。鸿：大雁。

㉔玉童：道童。

㉕方蓬：即方丈和蓬莱两座仙山。

【译文】黄口幼鸟易被网捕，白龙化鱼遭箭射目。受到罪罚岂能怨天，自己愚笨陷入罗网。

鲸鲵般的叛军尚未消灭，豺狼般的余孽屡又反复。悲伤自己如楚囚一样的困境，如何能秦庭大哭来为国效力。

幸遇玄宗、肃宗两位明主，可惜两次遭到贬谪放逐。离开故土悲愁流放夜郎，无奈投身荒山僻壤之间。幸而途中遇赦消解了困境，心情旷达就像出笼的飞鸟。遥闻收复失地心中欣喜,光武帝中兴也不能相比。

天子西巡去往剑阁,储君仪仗驻守扶风。振袖居北辰而众星拱护,开襟揽英雄而天下归心。回纥援兵从西方月窟来,雷霆般击破函谷东之敌。朝廷大军左右扫荡,不久收复东都洛阳。肃宗回车返驾京师长安,唐军席卷四方畅通天下。叱咤风云开创帝业,挥手成就天地大功。

玄宗大驾返回长安,如同二日重上中天。一朝将皇位让于肃宗,传国剑玺将永世流传。

惭愧不曾为国贡献秋毫之力,谁还会想起我这个矍铄老翁?射箭人心中所慕是什么?仰看那高飞云中的鸿雁。不如弃剑求道学炼丹药,丹炉旁与两位道童相伴。我有一言送给您息夫子,晚时我将登涉方丈、蓬莱。

巴陵赠贾舍人

【题解】这首诗应是乾元二年(759)所作。巴陵,郡名,即岳州,隶江南西道,今湖南岳阳市。贾舍人,即诗人贾至,字幼邻,天宝末年曾任中书舍人。乾元元年初为汝州刺史,乾元二年贬为岳州司马,按习惯仍称其为“贾舍人”。诗人遇赦返回途中在巴陵,恰逢贾至被贬为岳州司马,二人同病相怜,感触颇深。全诗抒情含蓄,意旨深沉,在李白诗中很少见。杨慎《升庵诗话》:“贾至左迁巴陵有诗云:‘极浦三春草,高楼万里心。楚山晴霭碧,湘水暮流深。忽与朝中旧,同为泽畔吟。感时还北望,不觉泪沾襟。’太白此诗解其怨嗟也，得温柔敦厚之旨矣。"

贾生西望忆京华，湘浦南迁莫怨嗟①。圣主恩深汉文帝②，怜君不遣到长沙。

【注释】①"贾生"二句：贾生，即贾谊，此处以贾谊比拟贾至。《史记·屈原贾生列传》记载，汉文帝时，贾谊被召为博士，一年之中升为中大夫，后被贬为长沙王太傅，渡湘水时作《吊屈原赋》。京华：指长安。湘浦：指长沙，此处暗指岳州。

②圣主：指肃宗。

【译文】贾生西望忆起京城往事，被贬湘水之浦不要怨嗟。当今天子的恩典远超汉文帝，因而没有把您贬到长沙去。

博平郑太守自庐山千里相寻入江夏北市门见访却之武陵立马赠别

【题解】这首诗年代不详。博平，郡名，即博州，隶河北道，治所在今山东聊城市东北。郑太守，名字生平不详。入江夏北市门见访，进入江夏城的北门拜访。却之武陵，回到武陵。武陵，郡名，即朗州。隶江南西道，治所在今湖南常德市。全诗开篇叙述信陵君招揽贤士，救赵存魏的事迹。以信陵君比拟郑太守，以毛公、薛公和侯嬴自比。由此可见诗人对郑太守千里相寻的感激之情。接着诗人称赞郑太守注重信诺，如约来访问诗人。并且忘记身份显贵，能与诗人这个布衣相交。最后抒发离别之情，谓自己将归隐桃花源，对郑太守的思念无穷尽。

大梁贵公子①，气盖苍梧云②。若无三千客，谁道信陵君？救赵复存魏，英威天下闻③。邯郸能屈节，访博从毛薛④。夷门得隐沦，而与侯生亲⑤。仍要鼓刀者，乃是袖锤人⑥。好士不尽心，何能保其身？

多君重然诺⑦，意气遥相托。五马入市门⑧，金鞍照城郭。都忘虎竹贵⑨，且与荷衣乐⑩。

去去桃花源⑪，何时见归轩。相思无终极，肠断朗江猿⑫。

【注释】①大梁：指战国时魏国都城大梁。贵公子：指魏公子信陵君无忌。

②苍梧云：《归藏·启筮》曰："有白云出于苍梧，入于大梁。"苍梧：山名，亦曰九疑山。即今湖南宁远县南九疑山。

③"救赵"二句：指信陵君窃符救赵之事。事见《史记·魏公子列传》。

④"邯郸"二句：谓信陵君窃符解邯郸之围后，就留在了赵国。搜寻拜访了隐士毛公与薛公。《史记·魏公子列传》："公子闻赵有处士毛公藏于博徒，薛公藏于卖浆家。公子欲见两人，两人自匿，不肯见。公子闻所在，乃闲步往，从此两人游，甚欢。公子留赵，十年不归，秦闻公子在赵，日夜出兵东伐魏。魏王患之，使使往请公子。公子恐其怒之，诫门下：'有敢为魏王使通者死。'毛公、薛公往见公子曰：'公子所以

重于赵，名闻诸侯者，徒以有魏也、今秦攻魏，魏急而公子不恤，使秦破大梁而夷先王之宗庙，公子当何面目立天下乎？'语未及卒，公子立变色，告车趣驾归救魏。魏王见公子，相与泣，而以上将军印授公子。公子率五国之兵，破秦军于河外，走蒙骜。遂乘胜逐秦军至函谷关，秦兵不敢出。当是时，公子威震天下。"

⑤"夷门"二句：指信陵君礼遇大梁夷门隐者侯嬴之事。《史记·魏公子列传》："魏有隐士曰侯嬴，年七十，家贫，为大梁夷门监者。公子闻之，往请，欲厚遗之。不肯受，曰：'臣修身洁行数十年，终不以监门困故而受公子财。'公子于是乃置酒大会宾客。坐定，公子从车骑，虚左，自迎夷门侯生。"

⑥"仍要"二句：指信陵君用朱亥锤杀晋鄙，夺兵权，率军救赵之事。事见《史记·魏公子列传》。

⑦多：赞美。然诺：许诺。

⑧五马：古代乘驷马之车，至汉时太守出行则增一马，为五马。因以"五马"借指太守。

⑨虎竹：铜虎符与竹使符的并称。虎符用以发兵；竹使符用以征调等。此处代指高官之位。

⑩荷衣：传说中用荷叶制成的衣裳。亦指高人、隐士之服。

⑪去去：离去的意思。桃花源：用陶渊明《桃花源记》故事。

⑫断肠猿：南朝宋刘义庆《世说新语·黜免》记载，传说桓温入蜀时，于三峡中见有母猿因其幼猿被捉，肠寸断而死。后因用"断肠"表现极度悲痛。朗江：《方舆胜览》："朗水，在常德府武陵县，其水西南自辰、锦州入郡界，经郡城入大江，谓之朗江。"在今湖南常德市附近。

【译文】魏国大梁的贵公子信陵君，豪气之盛如覆盖苍梧的白云。门下若无三千食客，有谁敢称是信陵君？先救赵国又存魏国，他的英武天下闻名。在邯郸城能屈节礼贤，赌徒中寻访毛公薛公。亲往大梁夷门拜访隐士，并与守门侯嬴亲近厚待。他曾邀约的市井鼓刀之人，就是袖藏铁锤的豪杰朱亥。喜好招揽士人而不尽心，怎能得到相助保全自身？

赞美您的为人注重信诺，我们意气相投遥相托付。您乘五马华车进入市门，金鞍闪烁光彩照耀城郭。你忘记持节虎竹的尊贵，与我这个荷衣之人相乐。

我此行将远去桃花源，何时再见您车驾归来。我对您思念无穷尽，肠断就如朗江山猿。

江上赠窦长史

【题解】这首诗是上元二年（761），李白遇赦结束流放，返回途中在长风沙所作。窦长史，名字事迹不详。长史，唐制，州之佐职有长史一人，上州者从五品上，中州者正六品上，下州则不设。其位在别驾之下，司马之上。全诗前四句诗人引用季布、伍子胥的故事，来自比被流放夜郎的困境。后八句则叙述与窦长史欢乐交游的情景，末尾抒发与窦长史的情谊不同于一般的利益之交，而是别有深情。

汉求季布鲁朱家①，楚逐伍胥去章华②。万里南迁夜郎国③，三年归及长风沙④。

闻道青云贵公子，锦帆游弈西江水⑤。人疑天上坐楼船⑥，水净霞明两重绮⑦。相约相期何太深，棹歌摇艇月中寻⑧。不同珠履三千客⑨，别欲论交一片心。

【注释】①"汉求"句：用西汉鲁朱家隐匿季布的故事。《史记·季布栾布列传》："季布者，楚人也，为气任侠，有名于楚。项籍使将兵，数窘汉王。及项羽灭，高祖购求布千金，敢有舍匿，罪及三族。季布匿濮阳周氏。周氏曰：'汉购将军急，迹且至臣家，将军能听臣，臣敢献计，即不能，愿先自到。'季布许之，乃髡钳季布，衣褐衣，置广柳车中，并与其家僮数十人之鲁朱家所，卖之。朱家心知是季布，乃买而置之田，诚其子曰：'田事听此奴，必与同食。'朱家乃乘轺车之洛阳，见汝阴侯滕公，汝阴侯滕公心知朱家大侠，意季布匿其所，乃许曰：'诺。'待间，果言如朱家指，上乃赦季布。"

②"楚逐"句：用伍子胥逃离楚国故事。伍胥：即伍子胥，名员。《史记·伍子胥列传》："楚平王囚伍奢，而召其二子，伍尚遂归，伍胥弯弓属矢，出见使者曰：'父有何罪以召其子为？'将射，使者还走，遂出奔吴。"章华：台名，在楚国。王琦注："台在楚地。伍胥自楚出奔，故曰去章华也。"

③夜郎国：战国至西汉时国名。范围主要在今贵州西部及北部。唐时有夜郎郡，即珍州，治所在夜郎县(今贵州正安县西北)。

④长风沙：地名，在今安徽安庆市长江边。

⑤游弈：亦作"游弋"。犹巡逻。西江：长江在芜湖、南京间作西南、东北流向，唐人习惯称此段长江为西江。

⑥"人疑"句：沈佺期《钓竿篇》："人疑天上坐，鱼似镜中悬。"

⑦"水净"句：谢朓《晚登三山还望京邑》："余霞散成绮，澄江净如练。"

⑧棹歌：亦作"櫂歌"。行船时所唱之歌。

⑨"不同"句：用战国时春申君门客穿珠履的故事。《史记·春申君列传》："春申君客三千余人，其上客皆蹑珠履。"

【译文】汉高祖悬赏缉拿季布使他隐匿鲁朱家，楚平王驱逐忠臣迫使伍子胥去国到吴。我也被贬谪南迁到万里外的夜郎国，经历了三年流放才遇赦回到长风沙。

听说你这位青云贵公子，扬起锦帆来游西江之上。江如明镜人疑楼船天上行，水净霞明两重绮景相映照。我们相约相期心意何其深，击棹高歌摇船到月宫寻幽。不同于春申君的三千珠履门客，我们相交别有一片深情和诚心。

赠王汉阳

【题解】这首诗是乾元二年（759），李白遇赦路过汉阳时所作。王汉阳，姓王的汉阳县令。名字生平不详。汉阳，县名，属江南西道鄂州。今湖北武汉市汉阳。诗中前半部分以东汉王乔比拟王县令，称赞王县令依旧仙姿飘飘，童颜青发。后半部分诗人引用麻姑观沧海变桑田的故事，抒发时光如电逝，不如归去云卧，何必为世事烦心的感慨。

天落白玉棺，王乔辞叶县①。一去未千年，汉阳复相见。犹乘飞凫舄，尚识仙人面。鬓发何青青，童颜皎如练。

吾曾弄海水，清浅嗟三变。果惬麻姑言，时光速流电②。与君数杯酒，可以穷欢宴。白云归去来③，何事坐交战④？

【注释】①"天落"二句：用东汉王乔故事。《后汉书·王乔传》："王乔者，河东人，显宗世为叶令。乔有神术，每月朔望，常自县诣台朝。帝怪其来数而不见车骑，密令太史伺望之。言其临至，辄有双凫从东南飞来。于是候凫至，举罗张之，但得一双舄焉。乃诏尚方诊视，则四年中所赐尚书官属履也。后天下玉棺于堂前，吏人推排，终不动摇。乔曰：'天帝独召我耶？'乃沐浴服饰，寝其中，盖便立覆。宿昔葬于城东，土自成坟。其夕，县中牛皆流汗喘乏，而人无知者，百姓乃为立庙，号叶君祠。"

②"吾曾"四句：用《神仙传》中麻姑故事。《神仙传·王远》："麻姑自说：'接待以来，已见东海三为桑田，向到蓬莱，水又浅于往昔。'"果惬：果然契合。

③归去来：回去。来，助词。

④交战：指思想交锋。

【译文】天上落下白玉棺于王乔堂前，他就辞别叶县入棺升仙而去。从此一去还未千年，今在汉阳重又见您。您还穿着那双飞凫之鞋，能隐约认出你的仙人容。鬓发还是那么乌青，童颜皎白如同素练。

我也曾经戏水沧海，叹嗟海水三次变浅。就如麻姑所说之言，时光逝去就像闪电。与君畅饮数杯酒，可以穷尽欢宴乐。不如随白云归去深山，何必为世事操心不已。

赠汉阳辅录事二首

【题解】此诗应是李白流放夜郎遇赦回还，在汉阳时所作。辅录事，姓辅的录事。录事，官职名，唐时，刺史属官，司马之下，有录事参军事，上州者从七品，中州者正八品，下州者从八品。还有录事，皆从九品。每县亦有录事，在丞尉之下，属于流外官。从诗中可知，当时辅录事已经罢官，这两首诗应为寄赠之作。

其一

【题解】诗人对辅录事罢官一事予以安慰，并引用贾谊贬谪长沙的例子，来鼓励辅录事要保持内心的平静，天高云清，可以忘却机心，与海鸥嬉戏。

闻君罢官意，我抱汉川湄①。借问久疏索②，何如听讼时？天清江月白，心静海鸥知。应念投沙客，空余吊屈悲③。

【注释】①汉川：汉水。湄：岸边。
②疏索：疏淡，冷清。
③"应念"二句：用西汉贾谊被贬长沙作赋吊屈原的故事。《史记·屈原贾生列传》："乃以贾生为长沙王太傅。贾生既辞往行，闻长沙卑湿，自以寿不得长，又以适去，意不自得。及渡湘水，为赋以吊屈

原。"

【译文】听说你罢官而去，我在汉水边感叹。想问您闲静冷清的感受，与公堂听讼有什么不同？天地清明江月皎洁，心静如水鸥鸟可知。不由想起贬谪长沙的贾谊，徒然渡江作赋而吊念屈原。

其二

【题解】这首诗描写诗人登上汉阳南浦楼怀念友人，不知友人罢官后，如今在何处。因而借汉江锦鲤捎去书信，寥寥几字，只为叙述秋来春去的思念。《唐诗归》钟惺评："'水引寒烟没江树'，往往妙于写景。'汉口双鱼白锦鳞，令传尺素报情人。其中字数无多少'，'无多少'三字，儿女口角也，妙！妙！'只是相思秋复春'，非上句，此句俚甚矣。"

鹦鹉洲横汉阳渡^①，水引寒烟没江树。南浦登楼不见君^②，君今罢官在何处？汉口双鱼白锦鳞，令传尺素报情人^③。其中字数无多少，只是相思秋复春。

【注释】①鹦鹉洲：在今湖北武汉市西南长江中。

②南浦：水名，在今湖北武汉市南。

③"汉口"二句：汉口：即汉水入江处。双鱼：即双鲤。古乐府《饮酒长城窟行》："客从远方来，遗我双鲤鱼。呼儿烹鲤鱼，中有尺素书。"后以"双鱼""尺素"代称书信。情人：感情深厚的友人。

【译文】鹦鹉洲横亘在汉阳渡口，水面寒烟弥漫笼罩江树。我在南浦登楼望不见您，您如今罢官将去往何处？汉口的锦鳞双鲤鱼，今传书给情深友人。其实信中字数没有多少，只是述说相思从秋到春。

江夏赠韦南陵冰

【题解】这首诗是乾元二年（759），李白流放夜郎遇赦返回在江夏时所作。韦南陵冰，即南陵县令韦冰。江夏，郡名，唐天宝元年（742）改鄂州为江夏郡，即今湖北省武汉市武昌。南陵，唐时属宣城郡，今安徽南陵县。李白在江夏遇到友人韦冰，正值刚刚遇赦。经历了浔阳狱中的生离死别，又经历了流放夜郎的颠沛流离，李白不禁将满腔的悲愤苍凉，诉诸友人。诗中首段从安史之乱写起，叙述了诗人与韦冰的遭遇，以及战乱渐渐平息，诗人遇赦得回，思念友人却不期而遇的欣喜。经历了太多变故，即使面对盛宴歌舞，诗人也无法解忧，如桃李一样不愿言语。诗人感慨昔日受天子恩宠，如今屈就诸侯门下。幸而有南平太守李之遥的豁达相待，和韦冰的高谈清论，使诗人如拨开云雾见青天一样，豁然开朗。次一段抒发感慨。"人闷还心闷，苦辛长苦辛。"二句道出了李白此时心中的真实感受。虽然结束了流放，可是不知依托何处，心中一片茫然，所以感到寺院有太多僧气，山水也不能称人意。"我且为君槌碎黄鹤楼，君亦为吾倒却鹦鹉洲。"二句言近俚语，看似粗俗，实则是诗人心中郁闷的宣泄。

　　胡骄马惊沙尘起①，胡雏饮马天津水②。君为张掖近酒泉③，我窜三巴九千里④。天地再新法令宽，夜郎迁客带霜寒。西忆故人不可见，东风吹梦到长安。宁期此地忽相遇⑤，惊喜茫如堕烟雾。玉箫金管喧四筵，苦心不得申长句⑥。昨日绣衣倾绿樽⑦，病如桃李竟何言⑧！昔骑天子大宛马⑨，今乘款段诸侯门⑩。赖遇南平豁方寸⑪，复兼夫子持清论。有似山开万里云，四望青天解人闷⑫。

　　人闷还心闷，苦辛长苦辛。愁来饮酒二千石，寒灰重暖生阳春⑬。山公醉后能骑马⑭，别是风流贤主人。头陀云月多僧气⑮，山水何曾称人意？不然鸣笳按鼓戏沧流⑯，呼取江南女儿歌棹讴⑰。我且为君槌碎黄鹤楼，君亦为吾倒却鹦鹉洲。赤壁争雄如梦里，且须歌舞宽离忧。

【注释】①胡骄：胡人。骄，胡人自称"天子骄子"。

②胡雏：胡人小儿，对胡人的蔑称，亦特用为对后赵石勒、唐安禄山的蔑称。《晋书·石勒载记》："(石勒)年十四，随邑人行贩洛阳，倚啸上东门。王衍见而异之，顾谓左右曰：'向者胡雏，吾观其声视有奇志，恐将为天下之患。'驰遣收之，会勒已去。"《新唐书·张九龄传》："安禄山初以范阳偏校入奏，气骄蹇，九龄谓裴光庭曰：'乱幽州者，此胡雏也。'"天津：天津桥，在洛阳。此处代指安禄山叛军占据洛阳。

③张掖：郡名，即甘州。酒泉：郡名，即肃州。都隶陇右道。

④三巴：东汉末益州牧刘璋分巴郡为永宁、固陵、巴三郡。建安六年(201)改固陵为巴东，改巴郡为巴西，改永宁为巴郡，合称三巴。相当

今四川嘉陵江和綦江流域以东大部分地区。

⑤宁期：岂料。

⑥申：表达。

⑦绣衣：指御史。汉武帝天汉年间，派直指使者衣绣衣，持斧仗节，监察地方官。后因称此等特派官员为"绣衣直指"。绣衣直指多由御史充任，故亦称御史为"绣衣御史"。

⑧"病如"句：《史记·李将军列传》："桃李不言，下自成蹊。"此句谓病犹如桃李一般不能说话。

⑨大宛马：古代西域大宛国所产的良马。后泛指骏马。

⑩款段：马行迟缓貌。《后汉书·马援传》："乘下泽车，御款段马。"李贤注："款，犹缓也。言形段迟缓也。"

⑪南平：指李白族弟南平太守李之遥。方寸：指心。

⑫"有似"二句：用卫瓘赞美乐广之语。《晋书·乐广传》："尚书令卫瓘，见广而奇之，曰：'此人之水镜，见之莹然，若披云雾而睹青天也。'"

⑬"寒灰"句：用韩安国死灰复燃的故事。《史记·韩长孺列传》："其后安国坐法抵罪，蒙狱吏田甲辱安国。安国曰：'死灰独不复然乎？'田甲曰：'然即溺之。'居无何，梁内史缺，汉使使者拜安国为梁内史，起徒中为二千石。"

⑭"山公"句：用山简醉酒骑马的故事。《世说新语·任诞》记载，西晋名士山简，性喜嗜酒，镇守襄阳时，常游高阳池，饮辄大醉。醉后骑马倒戴帽冠。

⑮头陀：指头陀寺。南朝宋建。在今湖北武汉市黄鹤山上。杨齐贤曰："头陀寺在鄂州，宋大明五年建。天竺言头陀，此言抖擞。抖擞，烦

恼也。"头陀：原意为抖擞浣洗烦恼。佛教僧侣所修的苦行。后世也用以指行脚乞食的僧人。僧气：佛寺气氛。

⑯笳：古代类似箫的管乐器。按鼓：击鼓。沧流：青色的水流。

⑰棹讴：左思《蜀都赋》："吹洞箫，发棹讴。"刘渊林注："棹讴，鼓棹而歌也。"

【译文】胡人骄兵悍马惊起沙尘，安禄山叛军饮马天津桥。您远赴张掖郡靠近酒泉，我流放三巴路遥九千里。收复两京如同天地再新而大赦诏令彰显法令之宽，我这个流放夜郎的贬谪之人带着一身寒霜归还。追忆老友西去不可相见，东风吹梦长安与您相会。哪想在此忽然不期而遇，惊喜之余茫然如堕雾中。筵席之上玉箫金管喧响四周，心中悲苦七言长句也难抒发。昨日绣衣御史倾满酒樽，我却病如桃李无言可语。昔日天子赐我大宛马出行，如今骑乘劣马奔走于侯门。幸遇南平李之遥胸襟豁达，再加上夫子您的高论清谈。使我如在青山之顶拨开万里云雾，放眼望见明朗青天而一解烦闷。

人感苦闷还因心中郁闷，苦辛之后仍是长久苦辛。愁绪袭来就饮美酒二千石，死灰可复燃期待阳春再生。山简醉后仍能骑马，别有主人风流气度。头陀寺的云月多有僧气，山水萧索哪能称人心意？不如鸣笳击鼓戏水沧流，呼来江南女儿鼓棹讴歌。我将为您槌碎黄鹤楼，您也为我颠倒鹦鹉洲。三国赤壁争雄犹如昨日之梦，还是高歌曼舞宽慰离别之忧。

赠别舍人弟台卿之江南

【题解】这首诗是乾元二年（759），李白在零陵时所作。舍人弟台卿，指李白的族弟李台卿，曾任舍人一职。《旧唐书·李璘传》："以薛缪、李台卿、蔡坰为谋主，因有异志。"由此可知李台卿曾为永王李璘幕僚。李白因永王之事下狱，而李台卿似乎未遭牵连。此次两人在零陵相遇，李台卿正准备去往江南，李白作诗以赠。全诗先写诗人远去异乡为客，秋来对镜，鬓发霜白。接着写诗人的雄心壮志已经湮灭，就如洞庭落叶一样，寥落潇湘之间。诗人称赞李台卿有经世济民之才，自己被贬谪也不必悲伤。虬龙就算暂隐浅水之中，也一样可以著述谈论兴亡。最后诗人表达了意欲寻仙访道的想法，一朝飞升，将告别友人而去。

去国客行远，还山秋梦长。梧桐落金井，一叶飞银床①。觉罢把朝镜，鬓毛飒已霜。

良图委蔓草，古貌成枯桑。欲道心下事，时人疑夜光②。因为洞庭叶③，飘落之潇湘。

令弟经济上④，谪居我何伤？潜虬隐尺水⑤，著论谈兴亡。

客遇王子乔⑥，口传不死方。入洞过天地，登真朝玉皇。吾将抚尔背，挥手遂翱翔。

【注释】①"梧桐"二句：《晋书·乐志下·淮南王篇》："后园凿井银作床，金瓶素绠汲寒浆。"《韵会》："井干，井上木栏也，其形四角或八角。又谓之银床，皆井栏也。"

②"时人"句：夜光：指夜光珠。《史记·鲁仲连邹阳列传》："臣闻明月之珠，夜光之璧，以暗投入于道路，人无不按剑相眄者，何则？无因而至前也。"

③"因为"句：《九歌·湘夫人》："袅袅兮秋风，洞庭波兮木叶下。"

④经济：经世济民。

⑤"潜虬"句：谢灵运《登池上楼》："潜虬媚幽姿。"李善注："虬以深潜而保真。"虬：无角龙。

⑥王子乔：传说中的仙人，春秋时周灵王太子，名晋。又称王子晋。好吹笙作凤凰鸣，被浮丘生接至嵩山，最后成仙而去。

【译文】我离开故乡而客居远方，梦里还山的路途那样长。秋来梧桐叶落金井中，一片飘飘飞到井栏上。早晨醒后对镜细看，发现鬓发已经霜白。

雄心抱负早已丢弃蔓草之中，衰老的面貌也仿佛枯桑一般。虽然我很想道出自己心里事，却又担心明珠暗投让人起疑。我就像洞庭秋叶，飘落在潇湘之滨。

贤弟你是经世济民之人，我如今被贬又何必悲伤。就好像虬龙潜藏在尺水之中，依然可以著书立说谈论兴亡。

客旅途中曾遇王子乔，他口传我不死之仙方。我曾去过洞里神仙天地，也往天宫朝拜玉皇大帝。如今我抚背与您告别，挥手去天地间翱翔。

赠卢司户

【题解】这首诗是乾元二年(759)，李白在永州所作。卢司户，即永州司户参军卢象，字伟卿，先后任左拾遗、膳部员外郎，被胁从授安禄山伪官，贬永州司户参军。司户参军，唐制，在府称户曹参军，在州称司户参军，在县称司户。掌户口帐籍等事。全诗主要抒发秋色萧索中，送别友人的情深之意。严羽评点《李太白诗集》："首两句，清绝，安得如此画手。"又评前四句："只存四句，无题更佳。云想、云知、云相识，而待此一片云。太白看得飞活，可与为友。"《唐诗归》钟惺评"白云遥相识，待我苍梧间"二句："白云曰'遥相识'，春风曰'不相识'，分别得妙，不当以理求之。"

秋色无远近，出门尽寒山。白云遥相识，待我苍梧间。借问卢耽鹤^①，西飞几岁还？

【注释】①卢耽：三国时吴人，传说卢耽好仙术，虽为州吏，往来常飞行。一次朝会，他化成白鹄飞临。后用"卢耽鹤"为咏出行或咏仙术变化之典。《水经注·浪水》引邓德明《南康记》："昔有卢耽仕州为治中，少栖仙术，善解云飞。每夕辄凌虚归家，晓则还州，尝于元会至朝，不及朝列，化为白鹄至阙前，回翔欲下，威仪以石掷之，得一只履。耽惊还就列。内外左右，莫不骇异。"

【译文】无论远近秋色如一，出门所见尽是寒山。遥遥白云似曾相识, 正在苍梧等我归来。请问您这位卢耽鹤, 向西飞去几时能回?

赠从弟南平太守之遥二首 时因饮酒过度, 贬武陵, 后诗故赠

【题解】此二首诗应是乾元二年 (759) 所作。南平太守之遥, 即南平郡太守李之遥。南平, 即渝州, 隶剑南道, 天宝元年改为南平郡, 今重庆市。当时李之遥可能由渝州刺史被贬官武陵。李之遥, 生平事迹不详。当时, 李白流放遇赦后在江夏遇到韦冰和李之遥, 彼此相携而游, 分别作诗以赠。

其一

【题解】此诗首段写诗人少年时怀壮志却不得意。次段写诗人奉诏入京, 供奉翰林而春风得意的经过。最后一段写诗人辞官后, 门前冷落, 故人纷纷疏远, 只有李之遥始终相知不变。

少年不得意, 落拓无安居①。愿随任公子, 欲钓吞舟鱼②。常时饮酒逐风景, 壮心遂与功名疏。兰生谷底人不锄③, 云在高山空卷舒。

汉家天子驰驷马, 赤车蜀道迎相如④。天门九重谒圣人⑤, 龙颜一解四海春。彤庭左右呼万岁, 拜贺明主收沉沦⑥。翰林秉笔回英盼⑦, 麟阁峥嵘谁可见⑧? 承恩初入银台门⑨, 著书独在金

銮殿⑩。龙驹雕镫白玉鞍，象床绮食黄金盘。当时笑我微贱者，却来请谒为交欢。

一朝谢病游江海，畴昔相知几人在⑪？前门长揖后门关，今日结交明日改。爱君山岳心不移，随君云雾迷所为。梦得"池塘生春草"⑫，使我长价登楼诗⑬。别后遥传临海作⑭，可见羊何共和之⑮。

【注释】①落拓：亦作"落托"。贫困失意，景况凄凉。

②"愿随"二句：用《庄子·外物》中故事。《庄子·外物》："任公子为大钩巨缁，五十犗以为饵，蹲乎会稽，投竿东海，旦旦而钓。"

③"兰生"句：《三国志·蜀志·周群传》："芳兰生门，不得不锄。"此处反用其意。

④"汉家"二句：用司马相如赤车驷马入京的故事。《太平御览》引《华阳国志·蜀志》："城北十里有升仙桥，有送客观。司马相如初入长安，题市门曰：'不乘赤车驷马，不过汝下也。'"此处以司马相如之事比喻诗人天宝元年奉诏入京。

⑤圣人：指天子。

⑥沉沦：埋没的贤人。

⑦英眄：天子的注意。

⑧麟阁：即麒麟阁。此处代指唐代翰林院。

⑨银台门：宫门名。唐时翰林院、学士院都在银台门附近，后因以银台门代指翰林院。

⑩金銮殿：唐代官殿名。

⑪畴昔：往昔。

⑫“梦得”句：《南史·谢惠连传》：“谢惠连年十岁，能属文，族兄灵运嘉赏之，云：‘每有篇章，对惠连辄得佳语。’尝于永嘉西堂思诗，竟日不就，忽梦见惠连，即得‘池塘生春草’，大以为工。尝曰：‘此语有神助，非吾语也。’”此处以谢惠连、谢灵运比拟诗人与李之遥。

⑬长价：提高声价。登楼诗：指谢灵运《登临海峤初发疆中作与从弟惠连可见羊何共和之》诗。

⑭临海：东晋时有临海郡，即今浙江临海市。

⑮羊何：指羊睿之，何长瑜。与谢灵运，谢惠连共为山泽之游。

【译文】我少年时不很得意，落魄四方难以安居。本想去追随任公子，大钩垂钓吞舟之鱼。经常痛饮酣醉追逐美景，于是壮心就与功名疏远。兰生谷底人不会锄，云在高山空自卷舒。

一朝天子派来驷马诏我入京，如同赤车蜀道去迎司马相如。我走入九重宫门拜谒圣上，天子龙颜大开如四海皆春。彤庭之下群臣高呼万岁，拜贺圣主收揽沉沦英才。我在翰林院持笔引来皇上垂顾，巍峨的麒麟阁能见到谁人画像？承蒙圣恩初次进入银台门，持笔著书独在金銮殿侍驾。乘龙驹踏雕蹬跨上白玉鞍，象床上黄金盘盛满珍馐食。当年讥笑我微贱的那些人，现在却来拜访我请求交好。

可我一旦称病辞官云游江海，往昔那些相识谁还与我来往？前门作揖后门拒客，今日结交明日改变。欣赏您心如山岳始终不变，随您漫游云雾中不知何去。我想借您梦得“池塘生春草”的佳句，使我的登楼之诗也能声价百倍。别后我将遥寄临海诗给您，应该还有他人相唱和。

其二

【题解】此诗中以阮籍比拟李之遥，叙述二人任职都出于爱酒，而不是为了官位。接着写李之遥此去武陵一定会进入桃花源，秦人会像旧相识一样，来出门笑迎。

东平与南平，今古两步兵①。素心爱美酒，不是顾专城②。谪官桃源去，寻花几处行③？秦人如旧识，出户笑相迎。

【注释】①"东平"二句：用阮籍故事。《晋书·阮籍传》："及文帝辅政，籍尝从容言于帝曰：'籍平生曾游东平，乐其风土。'帝大悦，即拜东平相。籍乘驴到郡，坏府舍屏鄣，使内外相望，法令清简，旬日而还。"步兵：指步兵校尉，阮籍曾任步兵校尉。《晋书·阮籍传》："（阮）籍闻步兵厨人善酿，有贮酒三百斛，乃求为步兵校尉。"

②专城：指太守。谓专主一城政事。

③"谪官"二句：用陶渊明《桃花源记》故事比喻李之遥贬官武陵。

【译文】东平相阮籍与您这位南平太守，是古今两位爱酒的步兵校尉。您和阮籍都是本心爱酒，不是看重官位才去任职。如今您谪官去到桃花源，寻花赏景过了几处地方？那里的秦人如同旧识，定会出门笑迎您到来。

醉后赠王历阳

【题解】此诗年代不详，王历阳，姓王的历阳县令。名字生平不详。历阳，县名，唐时属和州历阳郡，隶淮南道。今安徽和县。诗中称赞王历阳书法出众，写秃千支笔。诗才卓越，卷如两牛腰。诗人与王历阳欢娱饮宴，有胡姬歌舞助兴，一直畅饮到清晨。举杯迎对雪景，豪饮各不相让。

书秃千兔毫①，诗裁两牛腰②。笔踪起龙虎③，舞袖拂云霄。双歌二胡姬，更奏远清朝④。举酒挑朔雪，从君不相饶⑤。

【注释】①"书秃"句：《晋书·王羲之传》："虽秃千兔之翰，聚无一毫之筋。"

②"诗裁"句：王琦注："苏颂曰：'诗裁两牛腰，言其卷大如牛腰也。'"

③"笔踪"句：梁武帝《古今书人优劣评》："王羲之书，字势雄逸，如龙跳天门，虎卧凤阙，故历代宝之，永以为训。"此句用其意。

④清朝：清晨。

⑤不相饶：不相让。

【译文】您练书写秃千支兔毫笔，诗作之卷大如两牛腰。下笔就像龙腾虎跃，又如舞袖高拂云霄。二胡姬双双高歌，奏乐曲直到清晨。迎着朔雪举杯畅饮，与君痛饮不遑多让。

赠历阳褚司马 时此公为稚子舞

【题解】此诗与上一首《醉后赠王历阳》当为同时之作。历阳褚司马，历阳郡姓褚的司马。名字生平不详。司马，官职名，为州郡佐官，位在长史之下。稚子，小儿。诗中描写褚司马如同古代的老莱子，模仿小儿跳舞，又身著彩衣，像小孩一样啼哭，来娱乐母亲。

北堂千万寿^①，侍奉有光辉。先同稚子舞，更著老莱衣^②。因为小儿啼，醉倒月下归。人间无此乐，此乐世中希。

【注释】①北堂：古指士大夫家主妇居室，后以代称母亲。

②老莱：指二十四孝中的老莱子。《艺文类聚》引《列女传》曰："老莱子孝养二亲，行年七十，婴儿自娱，著五色采衣。尝取浆上堂，跌仆，因卧地为小儿啼，或弄乌鸟于亲侧。"

【译文】北堂内祝母亲高寿千万，您尽心侍奉孝道有光辉。先起身演绎稚子舞，再著老莱子的彩衣。效仿小儿啼哭娱亲，我也大醉月下归家。世间无此欢乐，此乐世中稀少。

对雪醉后赠王历阳

【题解】王历阳，姓王的历阳县令，名字生平不详。历阳，即今安徽和县，唐时属淮南道和州。这首诗和《醉后赠王历阳》应属同时之作。全诗前四句感叹为官的凶险，劝告世人不要触犯龙鳞，不要手捋虎须。接着以王徽之故事比拟历阳相会，以及欢娱盛事。最后抒发离别之意。

有身莫犯飞龙鳞①，有手莫捋猛虎须②。君看昔日汝南市，白头仙人隐玉壶③。子猷闻风动窗竹④，相邀共醉杯中渌⑤。历阳何异山阴时，白雪飞花乱人目。君家有酒我何愁？客多乐酣秉烛游⑥。谢尚自能鸲鹆舞⑦，相如免脱鹔鹴裘⑧。清晨兴罢过江去，他日西看却月楼。

【注释】①龙鳞：指君王。《韩非子·说难》："夫龙之为虫也，柔可狎而骑也，然其喉下有逆鳞径尺，若人有婴之者，则必杀人。人主亦有逆鳞，说者能无婴人主之逆鳞，则几矣。"后因以"龙鳞"代指人主。

②虎须：《庄子·盗跖》："疾走料虎头，编虎须，几不免虎口哉！"

③"君看"二句：用东汉费长房故事。《后汉书·费长房传》记载，费长房为市掾时，市中有老翁卖药，悬一壶于肆头，市罢，跳入壶中。费长房于楼上见之，知为非常人。次日复诣翁，翁与俱入壶中，唯见玉堂严

丽，旨酒甘肴盈衍其中，共饮毕而出。

④"子猷"句：用东晋王徽之故事。《晋书·王徽之传》："徽之，字子猷。时吴中一士大夫家有好竹，欲观之，便出坐舆造林下，讽啸良久。主人洒扫请坐，徽之不顾。将出，主人乃闭门，徽之便以此赏之，尽欢而去。尝寄居空宅中，便令种竹。或问其故，徽之但啸咏，指竹曰：'何可一日无此君邪！'尝居山阴，夜雪初霁，月色清朗，四望皓然，独酌酒咏左思《招隐诗》，忽忆戴逵。逵时在剡，便夜乘小船诣之，经宿方至，造门不前而反。人问其故，徽之曰：'本乘兴而行，兴尽而反，何必见安道邪！'"

⑤杯中渌：即杯中醁。醁，美酒。王僧孺《在王晋安酒席数韵诗》："何因送款款，半饮杯中醁。"

⑥秉烛游：比喻及时行乐。《古诗十九首》其十五："生年不满百，常怀千岁忧。昼短苦夜长，何不秉烛游。为乐当及时，何能待来兹。"

⑦"谢尚"句：用东晋谢尚跳鸲鹆舞的故事。《晋书·谢尚传》："谢尚字仁祖，豫章太守鲲之子也。善音乐，博综众艺。司徒王导深器之，辟为掾。始到府，通谒，导以其有胜会，谓曰：'闻君能作鸲鹆舞，一坐倾想，宁有此理否？'尚曰：'佳。'便著衣帻而舞。导令坐者抚掌击节，尚俯仰在中，旁若无人。"鸲鹆：同鸲鹆，俗称八哥。

⑧"相如"句：用西汉司马相如以鹔鹴裘换酒的故事。《西京杂记》："司马相如初与卓文君还成都，居贫愁懑，以所著鹔鹴裘就市人杨昌贳酒，与文君为欢。"

【译文】不要以身犯险逆龙鳞，不要以手去捋猛虎须。你看昔日汝南集市上，白头仙人隐身玉壶中。王子猷听到风摇窗外翠竹，便想邀人共醉杯中美酒。如今历阳与山阴有何区别，同样是白雪飞花乱人眼目。您家有酒我又何来忧愁? 客多酣乐正好秉烛夜游。谢尚自能在宴会上跳起鸜鹆舞, 司马相如也不必脱下鹔鹴裘换酒。清晨兴尽我就过江而去, 他日相思就看那却月楼。

赠宣城宇文太守兼呈崔侍御

【题解】这首诗大概是天宝十二载(753), 诗人在宣城时所作。诗人于天宝三载辞官离开长安后, 四处游历。天宝十二载, 时任宣城长史的李白从弟李昭, 写信邀请李白前来宣城相聚。宣城在唐时繁华富庶, 人文荟萃, 特别是诗人所仰慕的南朝诗人谢朓就曾在此为官, 并写下了诸多山水诗。因此诗人接受了邀请, 兴致勃勃来到了宣城。从天宝十二载至上元三年(762), 李白生命的最后十年时间大多来往于宣城、金陵一带。诗人在宣城期间, 结识诸多友人, 留下大量相互酬答的诗篇。此诗即诗人赠予当时的宣城宇文太守和崔侍御。宇文太守生平不详, 崔侍御名崔成甫, 是诗人好友, 曾任陕县尉、校书郎, 因韦坚案件受牵连, 被贬湘阴。全诗首段是诗人的自叙。诗人以白鹭鲜和清喉蝉来表明操行高洁是自己的本性, 自己绝不会迎合世俗的想法而改变本性。诗人又进一步以许由隐居箕山、伯夷叔齐饿死首阳山、墨子回车、孔子不饮盗泉来表明自己的志向, 并以广成子、鲁仲连来作为自己的榜样。次一段诗人叙述自己供奉翰林后的这段经历。"昔攀六龙飞"是诗人回想当年被召入京, 供奉翰林之事。诗人自以为可以有一番作为, 没想到却处处碰壁，一腔报国热诚也无处倾诉，曾经的壮志豪情也慢慢消散，因此诗人说"今作百炼铅"。接着诗人写自己出京后北上幽燕游历的经过，诗人曾骑骏马，射弯弓，一箭射穿两只猛虎，一箭射下两只雄鹰，让胡人也惊叹不已。可惜诸将遮掩自己的才能，抢先执鞭建功，使自己壮志难酬。诗人蹉跎岁月，来到宣城寓居，内心的忧虑不断的煎熬着自己。诗人反用宗悫的典故，说明自己得不到长风的帮助，因此无法实现抱负，只能于大江边徘徊空叹而无法起航。诗人游敬亭山、宛溪弄月、借游玩山水来消遣解闷。平日里就像陶渊明一样，饮醇酒，读《庄子》为乐。再次一段赞扬宇文太守的善政。先写宇文太守自九卿的显耀之位来到江南水乡担任太守，一到任就给宣城带来了丰年。收获的鱼盐堆满集市，出产的布帛多的就像云烟。最难得的是宇文太守没有官威，清正廉洁，就连乡里的白眉老叟也称赞太守的贤德。宇文太守还亲自深入民间查访民情，下到田间了解农桑。宇文太守深得民心，境内的孩童都争相来迎，出巡的车辆也有白鹿伴行。诗人夸赞宇文太守德行昭著，可以胜过当年的谢朓。接着诗人笔锋一转又写自己有良策可以平定胡寇，可惜没有机会一试。因此与功名富贵日渐疏远，想为社稷进言也无缘达成愿望。诗人觉得登龙门获得功名，应该依靠直道而行，但是无人推荐，也难以达成心愿，因而诗人想借助太守来举荐自己，却又因为某种原因受阻。诗人想大胆献策，像郭泰那样与贤者相伴，却又感到虽然只有浅水相隔，却如同九天之隔，无法得到宇文太守的知遇。最后一段是诗人对崔侍御的评价。诗人评价崔侍御为人傲岸，喜好清谈，虽然是名门大族之后，却怀才不遇，遭遇坎坷。现在身为宇文太守属下，就像凤凰找到了梧桐树栖息，从此以后就可以翩翩起舞了。最后诗人以慕群客自喻，希望得到主人的关照。全诗是一首长篇巨作，洋洋洒洒将自己赐金放还后的经历一一陈述出来，边叙边议，将自己的苦闷与彷徨也一并道来。全诗虽然很长，但是层次分明，条理清晰，重点在于诗人的自叙和对宇文太守的赞扬。全诗依旧体现了诗人一贯的风格，天马行空般的想象，排比夸张的修辞，名人典故的大量运用，使人惊叹于诗人的高超手法。

　　白若白鹭鲜①，清如清唳蝉②。受气有本性，不为外物迁。饮水箕山上③，食雪首阳巅④。回车避朝歌⑤，掩口去盗泉⑥。岧峣广成子⑦，倜傥鲁仲连。卓绝二公外⑧，丹心无间然⑨。

【注释】①白鹭鲜：白鹭的羽毛。《隋书·食货志》："是岁翟雉尾一值十缣，白鹭鲜半之。"

②清唳蝉：清越的蝉鸣。

③"饮水"句：用许由隐居箕山的典故。许由不愿接受尧的禅让，来到箕山隐居，耕田为食，渴饮颍水。箕山：在今河南省登封市东南。

④"食雪"句：用伯夷、叔齐隐居首阳山的典故。伯夷、叔齐是商末孤竹君的两位王子，周武王伐纣，二人拦马劝谏。武王灭商后，他们耻食周粟，采薇而食，饿死于首阳山。首阳山：在今河南偃师西北二十五里。

⑤"回车"句：用墨子回车的典故。墨子路过商都朝歌故地时，因为朝歌是商纣王享乐腐朽之地，所以回转车马离开，不肯进入。

⑥"掩口"句：用孔子不饮盗泉的典故。孔子路过盗泉，因为讨厌盗泉的名字，虽然非常口渴也不喝泉水。《淮南子·说山训》："曾子立

廉，不饮盗泉。"后遂称不义之财为"盗泉"，以不饮盗泉表示清廉自守，不苟取也不苟得。盗泉：泉水名称，在今山东省泗水县。

⑦岩峣：比喻人品高迈。广成子：古代传说中的仙人。晋葛洪《神仙传·广成子》："广成子者，古之仙人也。居崆峒之山石室之中。黄帝闻而造焉。"

⑧卓绝：达到极限，高出一切。

⑨间然：异议。

【译文】洁白如白鹭的羽毛，清越似高蝉的鸣叫。禀受天地之气而生的本性，不会轻易被外物所改变。许由在箕山边饮水独居，伯夷叔齐在首阳山颠食雪采薇。墨子回车避开朝歌故地，孔子掩口不饮盗泉之水。风姿高迈的广成子，潇洒倜傥的鲁仲连。除了这两位卓绝的高士之外，在我的心中再没有他人可与比拟。

昔攀六龙飞①，今作百炼铅②。怀恩欲报主，投佩向北燕③。弯弓绿弦开④，满月不惮坚⑤。闲骑骏马猎，一射两虎穿。回旋若流光，转背落双鸢⑥。胡虏三叹息，兼知五兵权⑦。枪枪突云将⑧，却掩我之妍。多逢剿绝儿，先著祖生鞭⑨。据鞍空矍铄⑩，壮志竟谁宣？蹉跎复来归，忧恨坐相煎⑪。无风难破浪⑫，失计长江边。危苦惜颓光⑬，金波忽三圆⑭。时游敬亭上⑮，闲听松风眠。或弄宛溪月⑯，虚舟信洄沿⑰。颜公二十万，尽付酒家钱⑱。兴发每取之，聊向醉中仙。过此无一事，静谈《秋水篇》⑲。

【注释】①六龙：古代天子的车驾为六马，马八尺称龙，因以为天子车驾的代称。

②百炼铅：王琦注："百炼铅，言其柔。铅性不能刚，经百炼则益柔矣。"比喻人经磨炼后更为柔顺的性格。

③向北燕：指诗人天宝十载（751）的幽、燕之行。

④绿弦：即绿沉弓，漆染为浓绿色的弓。

⑤满月：指弓开如满月。

⑥双鸢：《白孔六帖》记载："后魏托跋翰从太宗游白登东北，有双鸢飞鸣于上，太宗命左右射之，莫能中。鸢旋飞稍高，翰因而自射之，二箭下双鸢，太宗嘉之，赐御弓矢以旌之，号曰射鸢都尉。"

⑦五兵权：郑玄《周礼注》引郑司农云："五兵者，戈、殳、戟、酋矛、夷矛。"又云："车之五兵，郑司农所云者是也。步卒之五兵，则无夷矛，而有弓矢"

⑧枪枪：拟声词，同"锵锵"。

⑨祖生鞭：用刘琨典故。《晋书·刘琨传》记载："刘琨与祖逖为友，闻逖被用，与亲旧书曰：'吾枕戈待旦，志枭逆虏，常恐祖生先吾着鞭。'其意气相期如此。"

⑩"据鞍"句：用马援典故。《后汉书·马援传》："马援披甲上马，据鞍顾盼，以示可用。帝笑曰：'矍铄哉，是翁也！'"矍铄：形容老人目光炯炯、精神健旺。

⑪坐：深，甚。

⑫"无风"句：用宗悫典故。《宋书·宗悫传》记载："宗悫曰：'愿乘长风破万里浪。'"这里是反用其意。

⑬颓光：犹余晖。比喻暮年。

⑭金波：指月光。《汉书·礼乐志》："月穆穆以金波。"颜师古注："言月光穆穆，若金之波流也。"三圆：月圆三次，即三个月。

⑮敬亭：即敬亭山，在今安徽宣城。

⑯宛溪：发源于安徽宣城东南峄阳山。

⑰虚舟：谓任其漂流的舟楫。常比喻人事飘忽，播迁无定。洄：逆水而上。沿：顺水而下。

⑱"颜公"二句：用陶潜典故。《宋书·陶潜传》记载："颜延之在寻阳，与陶潜情款，后为始安郡，经过，日日造潜。每往必酣饮至醉。临去，留二万钱与潜。潜悉送酒家，稍就取酒。"

⑲《秋水篇》：《庄子》中的篇名。内容为河伯与北海神之间的问答。

【译文】昔日我依附君王想有所建树，如今却屡遭挫折变成百炼铅。我心怀报答君恩的愿望，解佩独自探访北燕之地。我奋力拉开绿弦弓，形如满月不惧弓强。闲暇时骑骏马狩猎，一箭射穿两只猛虎。马上回身快如流光，反身一箭射落两只雄鹰。胡人看到也再三惊叹，何况我还通晓五兵的运用之法。铿锵的战鼓声中一员勇将奔突而来，他的武艺出众瞬间掩盖了我的才能。这些勇猛无敌的健儿，竞相于我之前执鞭建功。我坐在马鞍上空有矍铄精神，满腔壮志能对谁言？岁月蹉跎只能归家闲居，心中忧恨难消日夜煎熬。无长风难以破浪前进，失对策长江边踟蹰徘徊。危苦中更珍惜时光的宝贵，不经意间月亮已经圆缺三次。时而登敬亭山一游，闲来听松风安眠。或者去宛溪弄月，任凭小船随波飘流。我也像陶渊明那样，将二十万钱付与酒家。兴致来了就取酒痛饮，于醉梦中寻仙访道。除此之外再无他事，只是静心谈论《秋水篇》。

君从九卿来^①，水国有丰年。鱼盐满市井，布帛如云烟。下马不作威②, 冰壶照清川③。霜眉邑中叟, 皆美太守贤。时时慰风俗, 往往出东田④。竹马数小儿⑤, 拜迎白鹿前⑥。含笑问使君, 日晚可回旋? 遂归池上酌, 掩抑清风弦⑦。曾标横浮云⑧, 下抚谢朓肩。楼高碧海出, 树古青萝悬。光禄紫霞杯, 伊昔忝相传⑨。良图扫沙漠, 别梦绕旌旃。富贵日成疏, 愿言杳无缘。登龙有直道⑩, 倚玉阻芳筵⑪。敢献绕朝策⑫, 思同郭泰船⑬。何言一水浅? 似隔九重天。

【注释】①九卿: 唐以太常、光禄、卫尉、宗正、太仆、大理、鸿胪、司农、太府为九卿。

②下马: 从马上下来, 比喻官员到任。

③冰壶: 盛冰的玉壶。常用以比喻品德清白廉洁。语出鲍照《白头吟》:"直如朱丝绳, 清如玉壶冰。"李周翰注:"玉壶冰, 取其洁净也。"

④东田: 指农田。王琦注:"谢朓为宣城太守, 有《游东田》诗。"

⑤"竹马"句: 用郭伋不失信于童子的典故。《后汉书·郭伋传》记载, 郭伋在担任并州牧时, 曾经出去巡视, 有一次来到西河郡美稷县, 有数百儿童, 各骑竹马, 在道边迎接他。郭伋问:"你们为何远道而来呀?"众儿童回答说:"听说您要来这里巡视, 我们很高兴, 所以前来迎接您。"郭伋向他们表示感谢。办完公事后, 众儿童又将他送出城外, 并问道:"您何时会再来?"郭伋告诉随行人员, 算好日子告诉他们。郭伋结束巡视返回, 比预计的日子提前了一天, 郭伋不想失信于儿童, 于是就在野外留宿一晚, 等到了约定日期才进城。

⑥"拜迎"句: 用郑弘遇白鹿典故。谢承《后汉书》记载, 郑弘任临

淮太守时，有一次春日出巡，遇到两只白鹿挟车而行，他很好奇地询问主簿黄国，白鹿的出现是吉兆还是凶兆。黄国回答说，以前三公大臣车上的旗帜，都画着鹿的图案，由此看来您将要做宰相了！后来郑弘果然官至太尉。

⑦ "遂归"二句：谢朓《郡内高斋闲望答吕法曹》："已有池上酌，复此风中琴。"李周翰注："池上酌，谓酌酒池上也。"

⑧ 曾标：高标。比喻高尚的风姿。曾，通"层"。

⑨ "光禄"二句：指昔日参加光禄盛宴时的情景。光禄：即光禄寺，掌邦国酒醴膳羞之事。

⑩ "登龙"句：用李膺典故。《后汉书·李膺传》记载，东汉桓帝时，司隶校尉李膺刚正不阿，当时朝政混乱，纲纪败坏，而李膺独能坚持操守，清誉满天下，如果有士人能被他接纳，立刻声望倍增，称为登龙门。龙门：在今山西河津县。辛氏《三秦记》曰："河津，一名龙门，水险不通，鱼鳖之属莫能上，江海大鱼，薄集龙门下数千，不得上，上则为龙也。"

⑪ "倚玉"句：用蒹葭倚玉树的典故。《世说新语·容止》记载，三国时期，黄门侍郎夏侯玄一表人才，有玉人之称。皇后的弟弟驸马都尉毛曾相貌丑陋，魏明帝让他们坐在一起，时人称为蒹葭倚玉树。蒹葭：蒹和葭都是低贱的水草，因喻微贱。

⑫ 绕朝策：绕朝的马鞭。绕朝为春秋时秦国大夫。策：马鞭。《左传·文公十三年》记载，春秋时晋国的士会流亡秦国，晋国因为担心秦国任用士会，就让魏寿馀假装叛逃到秦国，诱使士会回到晋国，结果计谋得逞，秦国派士会出使晋国，临行前，秦国大夫绕朝把马鞭赠给士会，并对士会说："你不要以为秦国就没有人能看破你的计谋了，只是

国君没有听从我的劝告罢了。"后以"绕朝策"喻指有先见的谋略。

⑬郭泰船：用郭泰典故。《后汉书·郭太传》："郭太，字林宗，太原介休人也。家世贫贱……乃游于洛阳。始见河南尹李膺，膺大奇之，遂相友善，于是名震京师。后归乡里，衣冠诸儒送至河上，车数千两。林宗唯与李膺同舟而济，众宾望之，以为神仙焉。"按《后汉书》作者范晔以父名泰，避讳改作"郭太"。后因以"郭泰船"为伴同名流泛舟的典故。

【译文】 您从九卿的高位来到这里，江南水乡就迎来了丰收年。收获的鱼盐堆满市场，出产的布帛多如云烟。您下马就任不作威作福，一身清正如冰壶照清川。就连乡里的白眉老翁，也都称赞太守的贤明。您时常出巡四方以探访风俗，您经常出入阡陌来考察农田。几个骑竹马的垂髫孩童，拜迎在白鹿相伴的车前。含笑向您询问，晚上是否还回归？您回来后就去池边小酌几杯，在清风吹送下轻拂琴弦。您的志行高洁直上云霄，向下可与谢朓比肩。高楼伫立于碧海之上，古树垂下长长的青萝。光禄寺宴会上的紫霞杯，昔日我也曾忝为相传。我心怀壮志以图扫清大漠，归来梦中依然旌旗萦绕。富贵与我早已日渐疏远，发下的誓愿看来难以实现。登龙门应由直道而上，倚玉树却被芳筵所阻。我斗胆献上绕朝那样的良策，想和郭泰般的贤人同船而行。谁说水浅易渡就能相见，实际却似相隔九重天。

崔生何傲岸①，纵酒复谈玄②。身为名公子，英才苦迍邅③。鸣凤托高梧④，凌风何翩翩？安知慕群客⑤，弹剑拂秋莲⑥？

【注释】 ①崔生：指崔侍御。傲岸：高傲自负，不屑随俗。

②谈玄：谈论玄理。魏晋南北朝时期谈论玄理的一种风气，主要内容为老庄思想。

③迍邅（zhān）：处境不利，困顿。

④"鸣凤"句：马融《广成颂》："栖凤凰于高梧。"这里以鸣凤喻指崔侍御，以高梧喻指宇文太守。

⑤慕群客：李白自称。鲍照《日落望江赠荀丞》："岂念慕群客，咨嗟恋景沉。"

⑥秋莲：剑光。

【译文】 崔侍御是何等傲岸不群，纵酒谈玄快意人生。出身名门的世家公子，英才超群却命运困顿。鸣凤栖息于高大的梧桐，凌风飞举翩翩起舞。我身为慕群之客，正在弹剑拂拭剑光。

赠宣城赵太守悦

【题解】 这首诗大约写于天宝十四载（755）。赵悦历任监察御史，江陵、安邑二县令。后因坐事被黜而闲居南阳，诗人于天宝三载（744）春被赐金还山时经过南阳，与赵悦结识。天宝七载杨国忠秉政，赵悦被再次提拔，进入御史台，不久又进尚书省任职。但由于遭人妒忌，又出任地方，历任三郡太守。全诗赞扬了赵悦身为太守，能够实行仁政，教化地方，虽然屡次遭受挫折，却依然能保持高风亮节的高贵品质。同时诗人也自述了自己的窘迫处境以及怀才不遇的苦闷，委婉地表达了希望赵悦能够给予举荐，助己建立功业的想法。首段诗人先写赵氏祖先的丰功伟绩。赵襄子得宝符开疆拓土，为赵国创下不世功业。平原君赵胜门客三千，为国分忧解难。接着写赵悦身为赵氏后代，继承和弘扬祖先遗风，在南方任职太守，将地方治理的百业俱兴，其品质犹如千丈松，受人敬仰，治下贤才辈出，宵小远离。次一段诗人回忆自己与赵悦在南阳相识时的情景，那时候赵悦刚刚辞官归田园。然后诗人叙述了赵悦为官的经历。赵悦曾经在幽州担任御史，协助刺史扫清游寇。赵悦还曾在两地担任过县令。后来再次进入御史台担任御史，行事刚正不阿，因此而闻名天下。之后赵悦被"惊飙摧秀木"，遭受挫折，但是却不为所动，依然保持操守，德行愈加敦厚。最后一段写赵悦历任三郡太守，郡内政通人和，连猛兽都远遁他乡。诗人以卫鹤自喻，自惭蒙受赵悦的厚待。诗人自嘲像穿东郭履一样身处困境，羞于面对身披白狐裘的达官贵人。诗人自述现在闲居家中，以吟诗看书为乐，早已消磨壮志，变为庸庸碌碌之人。诗人以"猕猴骑土牛，羸马夹双辕"两句来形容自己所处的困顿迟滞的境遇。因此诗人希望能借助羲和的光芒，来照亮自己覆盆下的黑暗。希望大海能兴起风浪，才能让自己这个鲲鹏展翅高飞。希望赵悦身处朝廷要职之时，能够对自己多加提携，实现自己建功立业的抱负。全诗借赞美赵悦，来抒发诗人渴望建功立业的情怀，笔意纵横，气势澎湃，将诗人的满腔壮志豪情表现的淋漓尽致。

赵得宝符盛，山河功业存①。三千堂上客，出入拥平原②。六国扬清风③，英声何喧喧④。大贤茂远业⑤，虎竹光南藩⑥。错落千丈松⑦，虬龙盘古根。枝下无俗草，所植唯兰荪⑧。

【注释】①"赵得"二句：用赵毋恤常山寻宝的典故。《史记·赵世家》记载，有一天赵简子赵鞅对自己的儿子们说："我将宝符藏在常山上，先找到的人有重赏。"赵简子的儿子们都赶往常山寻找，却无人能找到。赵毋恤是赵简子小妾所生的儿子，地位很低，但是却最贤能，他从常山回来后，告诉赵简子找到宝符了。赵简子让他说说宝符。赵毋恤告诉赵简子说："从常山居高临下进攻代地，可以轻易攻占代地。"赵简子由此知道赵毋恤的贤能，就立他为太子。赵简子死后，赵毋恤继位，这就是赵襄子。后来赵襄子率兵占领了代地。

②"三千"二句：用平原君赵胜典故。平原君赵胜是赵武灵王之子，赵惠文王之弟，名胜，封于平原，故号平原君。相惠文王及孝成王。门下宾客多至数千人，太史公称为"翩翩浊世之佳公子"。事见《史记·平原君虞卿列传》。

③六国：指战国时期的齐、楚、燕、韩、赵、魏等国。清风：清惠的风化。语出《诗·大雅·烝民》："吉甫作诵，穆如清风。"毛传："清微之风，化养万物者也。"薛综注："清惠之风，同于天德。"

④英声：美好的名声。喧喧：赫赫。

⑤远业：远大的事业。

⑥虎竹：铜虎符与竹使符的并称。虎符用以发兵；竹使符用以征调等。汉时朝廷与郡守各持一半，朝廷诏命下达时，派使者到郡中验符，两块符能合上，才能依诏发兵征调。南藩：东方朔《七谏》："闻南藩乐而欲往。"王逸注："南国诸侯，为天子藩蔽，故称藩也。"此用其字，以称宣城，宣城在南方，故曰南藩。

⑦错落：交错排列。千丈松：用和峤典故。《世说新语·赏誉》记载："庾子嵩目和峤，森森如千丈松，虽磊砢有节目，施之大厦，有栋梁

之用。"

　　⑧兰荪：即菖蒲。一种香草。借指君子，贤人。

　　【译文】 赵国得到宝符而昌盛起来，获取山河而奠定基业。平原君门下有三千食客，随他出入四方为国效力。平原君纵横六国高扬清风，他的英名赫赫传遍天下。您是一位大贤定能弘扬祖先的远大事业，受朝廷委派持虎竹符节来南方担任太守。您就像错落的千丈古松，枝干虬扎盘根错节。您这颗古松下无俗草生长，都是兰荪一样的芳草。

　　忆在南阳时①，始承国士恩②。公为柱下史③，脱绣归田园④。伊昔簪白笔⑤，幽都逐游魂⑥。持斧佐三军⑦，霜清天北门⑧。差池宰两邑⑨，鹗立重飞翻⑩。焚香入兰台⑪，起草多芳言⑫。夔龙一顾重⑬，矫翼凌翔鹓⑭。赤县扬雷声⑮，强项闻至尊⑯。惊飙颓秀木⑰，迹屈道弥敦⑱。

　　【注释】 ①南阳：唐时指南阳郡，即邓州，属山南东道。今河南南阳。

　　②国士：一国中才能最优秀的人物。

　　③柱下史：指御史。因其常侍立殿柱之下，故名。

　　④脱绣：脱去绣衣。绣衣是绣衣御史的简称，脱去绣衣即辞去御史的官职。

　　⑤伊昔：昔日。簪白笔：古时史官、谏官入朝，或近臣侍从，插笔于帽，以便随时记录、书写。后插白笔，为官员冠饰之一。

　　⑥幽都：指幽州。游魂：似魂魄游动不定。比喻苟延残喘。这里指残留的敌寇。

⑦持斧：指绣衣御史持斧仗节，督办事务。因此以"持斧"来指代执法的御史等官员。

⑧天北门：指幽州一带。

⑨差池：先后。宰两邑：即先后为两县县令。

⑩鹗立：像鹗之伫立不动。比喻卓然超群。《埤雅》："鹗性好跱，故每立更不移处，所谓鹗立，义取诸此。"

⑪兰台：指御史台。汉代的御史中丞掌管兰台，故称。

⑫芳言：古代尚书郎奏事答对时，口含鸡舌香以去秽，故常用指侍奉君王。《汉官仪》："尚书郎含鸡舌香伏奏事，黄门郎对揖跪受，故称尚书郎怀香握兰，趋走丹墀。"

⑬夔龙：相传是舜的两个臣子。夔为乐官，龙为谏官。《书·舜典》："伯拜稽首，让于夔龙。"后用以喻指辅弼良臣。一顾：一看。《战国策·燕策二》记载，好马经伯乐一顾而价增十倍。后以"一顾"喻受人引举称扬或提携知遇。

⑭鹓：古书上指凤凰一类的鸟。

⑮赤县：京都所治的县。《通典》记载："大唐县有赤、畿、望、紧、上、中、下七等之差，京都所治为赤县，京之旁邑为畿县，其余则以户口多少、资地美恶为差。"这里则指赤县神州，即全天下。

⑯强项：用东汉董宣典故。《后汉书·董宣传》记载，东汉洛阳令董宣格杀湖阳公主的恶奴，光武帝刘秀命董宣向公主低头谢罪，董宣坚决不肯低头。光武帝称之为"强项令"。事见《后汉书·董宣传》。后用"强项"形容刚强不屈。至尊：指皇上。

⑰惊飙：突发的暴风；狂风。惊飙颓秀木：即木秀于林，风必摧之的意思。

⑱迹屈：即屈迹，屈身的意思。

【译文】昔日我与您在南阳相遇的时候，就受到您给予的国士礼遇。当时您担任柱下史，正要脱去绣衣归田园。昔日您帽插白笔为御史，也曾在幽州追逐胡寇。您持斧钺辅助三军，如严霜一样肃清北境。您先后担任两县县令，像鹍鸟傲立而再次腾飞。您焚香进入殿中的兰台，起草的文书尽是芳言华章。您就像夔龙一样是朝廷重臣，像鹓鸟一样展翅高飞。您的大名像雷声一样传遍天下，您如同强项令的风范被皇上闻知。高大挺拔的秀木会被狂飙摧折，虽然处境艰难而您的品德却更加敦厚。

出牧历三郡①，所居猛兽奔②。迁人同卫鹤③，谬上懿公轩。自笑东郭履④，侧惭狐白温⑤。闲吟步竹石，精义忘朝昏。憔悴成丑士⑥，风云何足论？狝猴骑土牛⑦，羸马夹双辕⑧。愿借羲和景⑨，为人照覆盆⑩。溟海不震荡，何由纵鹏鲲。所期要津日⑪，倜傥假腾骞⑫。

【注释】①出牧：出任州府长官。

②猛兽奔：用刘昆典故。《后汉书·刘昆传》记载，刘昆担任弘农太守，当时境内多有虎患，行人断绝。刘昆施行仁政三年后，教化大行，当地的老虎都背着幼虎渡河到别的地方去了。后世用猛兽奔作为称美地方官施仁政的典故。

③迁人：指迁徙到外地的人。卫鹤：《左传·闵公二年》："卫懿公好鹤，鹤有乘轩者。将战，国人受甲者皆曰：'使鹤，鹤实有禄位，余焉能战！'"后因以"卫鹤"为滥叨封爵之典。这里指诗人受到赵太守的厚

待。轩：杜预注："轩，大夫车也。"孔颖达《正义》："服虔曰：车有藩曰轩。"

④东郭履：《史记·滑稽列传》："东郭先生久待诏公车，贫困饥寒，衣敝，履不完。行雪中，履有上无下，足尽践地，道中人笑之。"后因以"东郭履"形容处境窘迫。

⑤狐白温：即狐裘暖和之意。王微《杂诗》："讵忆无衣苦，但知狐白温。"吕向注："狐白，谓狐腋之白毛以为裘也。"

⑥丑士：卑微而丑陋之人。

⑦"猕猴"句：比喻晋升太慢。《三国志·魏书·邓艾传》记载，州泰是三国时曹魏名将邓艾同乡，才干出众，被司马懿所器重。当时州泰的父、母、祖父相继去世，守丧九年。司马懿一直把官位给州泰留着，州泰服丧期满后仅三十六天，即被授新城太守，司马懿还为他举行宴会。席间尚书钟毓和他开玩笑说："你脱下褐衣入驻宰府，三十六天就拥有麾盖，驻守要郡，就像乞儿乘上小车，跑得太快了。"州泰回敬道："你是名门公子，少年时就有文采，却久为吏职，就像猕猴骑着土牛，升职又是多么慢啊！"众人听完大笑。

⑧羸马：瘦弱的马。夹双辕：承担两辆车的车辕，比喻负担过重。

⑨羲和：古代神话传说中的人物。驾御日车的神。

⑩覆盆：覆置的盆。比喻社会黑暗或沉冤难雪。

⑪要津：重要渡口，泛指水陆交通要道。比喻显要的地位。

⑫骞：向上飞的样子。

【译文】您曾担任过三郡的太守，郡内的猛虎都逃往他处。我这个迁客就像卫公之鹤，蒙受错爱登上卫懿公的轩车。我自笑穿着东郭履处境困窘，面对身披温暖白狐裘的人顿生惭愧之心。空闲时我在竹

石间漫步吟诗,精研义理而忘却晨昏的迁移。我身心憔悴成了鄙陋之
人,豪情消散难再谈论风云大事。如猕猴骑老牛般缓慢前行,像瘦马
驾双车一样不堪重负。我愿借助太阳的光亮,照耀覆盆之下的黑暗。
大海不掀起波涛,鲲鹏怎会振翅腾飞?希望您身居朝廷要职的时候,
我也可以借助您的力量一飞冲天。

赠从弟宣州长史昭

【题解】这首诗于天宝十二载(753),诗人从梁园来宣城后所
作。李昭是诗人的族弟,时任宣城长史,诗人曾多次写诗相赠,除
此诗外,还有《书情寄从弟邠州长史昭》《寄从弟宣州长史昭》《宣
州长史弟昭赠余琴溪中双舞鹤诗以见志》等诗,由此可知李昭与诗
人往来较为密切。全诗赞美李昭心胸开阔,推崇仁爱的高尚品质
以及治理有方,广结宾客的优良事迹。全诗分为三部分,开始四句
介绍了诗人前往宣城的旅途情况。诗人是从淮南到江南,遥望对
岸千里碧山,一路旅行诗人早已疲惫,然而绵延的群山依旧伸向青
天之外。第二部分写李昭是宗族中的英才人物,在宣城这样的大郡
担任官职。宣城地处水陆交通要道,地理位置十分重要。长江穿流
而过,一泻千里奔向吴会。诗人赞扬李昭的心胸如江河般宽广,无
所不容。最后一部分写李昭为官严谨,推崇仁爱。治理地方政绩卓
然,使得群贤毕至,贵客云集。接着诗人诉说自己像苍梧云一样,飘
来这里与李昭相会。诗人悲叹自己才不逢时,命运乖舛。多年劳碌

奔波依然一事无成，只能孤身于天地间，空老于盛世时。最后诗人感慨知音难寻，希望李昭能够成为自己的知己，一同立下鹏程万里的志向。

淮南望江南①，千里碧山对。我行倦过之，半落青天外。

宗英佐雄郡②，水陆相控带③。长川豁中流，千里泻吴会④。君心亦如此，包纳无小大。

摇笔起风霜⑤，推诚结仁爱。讼庭垂桃李⑥，宾馆罗轩盖⑦。何意苍梧云⑧，飘然忽相会？才将圣不偶⑨，命与时俱背。独立山海间，空老圣明代。知音不易得，抚剑增感慨。当结九万期⑩，中途莫先退。

【注释】①"淮南"句：王琦注："唐时之淮南道、江南道，皆古扬州之境。中隔一江，江之北为淮南，江之南为江南。"

②宗英：宗族中杰出的人。

③控带：萦带。

④吴会：秦汉时会稽郡治所在吴县，郡县连称为吴会。

⑤摇笔：提笔。

⑥讼庭：即审理诉讼的公堂。桃李：代指贤人。

⑦轩盖：带篷盖的车。显贵者所乘。

⑧何意：岂料，不意。苍梧云：苍梧山之云。《归藏》曰："有白云出自苍梧，入于大梁。"

⑨不偶：不遇，不合。

⑩九万：极言高远。喻飞黄腾达。语本《庄子·逍遥游》："鹏之徙

于南冥也，水击三千里，抟扶摇而上者九万里。"

【译文】站在淮南遥望江南，只见对岸千里碧山。我行经此地早已疲倦，碧山仍旧半落青天外。您身为宗族英杰在大郡佐职，这里地处要道控制水陆交通。长江在郡内横穿而过，一泻千里直奔吴会。你的心胸也是如此宽广，不论大小全都能够包纳。您提笔决断如秋霜般肃穆，您推心置腹以仁爱待人。衙署内桃李垂枝，馆舍外轩盖云集。我如苍梧浮云漂泊不定，孰料在这里与您相遇。我虽负才华却不被圣皇赏识，命数与时运都坎坷乖舛。我孤身独立于山海之间，竟然在圣明朝代空老荒野。人生难得一知音，我只能抚剑长叹。我们应当立下扶摇九万里的鹏程之约，您一定不能中途先行退却啊！

书怀赠南陵常赞府

【题解】南陵，即南陵县，唐时隶江南西道之宣州，今安徽南陵县。赞府，唐人称呼县丞为赞府。常赞府，姓常的县丞，生平事迹不详。这首诗于天宝十三载（754），诗人游南陵时所作。全诗叙述诗人与常赞府友情的同时，表达了诗人渴望被明主知遇的心情以及诗人对于国事艰难的担忧。全诗分为四部分。首段诗人借东方朔自喻，言说自己当年像东方朔那样不拘小节，调笑公卿，因此触怒权贵，无法在朝中立足，只能"中天谢云雨"，辞官离去。诗人辞官以后，从前的故交朋友都很少来拜访，就连门前的台阶上也长满了青草。但是常赞府却依然保持与诗人的友情。第二段写常赞府与诗人把酒言欢的场景。两人在凌歊台设宴欢饮，欢乐的气氛不曾停歇。歌声回荡在白纻山，舞影徘徊于月光下。诗人认为自己怀才不遇的情形与孔子很类似，孔子那样的大贤尚且难以获得明主的知遇，何况是自己这样的小儒呢。如此一想，诗人也就豁然开释了。第三段诗人论述了自己对国事的担忧。当时唐朝正在与南诏开战，唐军损兵折将，伤亡惨重，这些情况引起了诗人深切的忧虑，诗人已经认识到唐朝对于边疆地区的控制力大幅下滑，此外关中地区连年的灾荒，使百姓陷入困境，这些事情的接连发生，就可能会导致动乱的爆发。诗人的担心不无道理，一年之后安史之乱爆发。最后一段诗人感叹自己难以为世所用，只能退居乡野。因为心中的感慨和愤懑而"霜惊壮士发，泪满逐臣衣。"但是诗人依然寄希望于未来，能够一展抱负，来扫清奸佞对自己的诽谤和世人对自己的误解。全诗叙事多变，一波三折，既述往事，又言今情；既论国事，又发壮志。交替抒发，博而不乱。

　　岁星入汉年，方朔见明主①。调笑当时人，中天谢云雨②。一去麒麟阁③，遂将朝市乖④。故交不过门，秋草日上阶。当时何特达⑤，独与我心谐⑥。

　　置酒凌歊台⑦，欢娱未曾歇。歌动白纻山⑧，舞回天门月⑨。问我心中事，为君前致辞。君看我才能，何似鲁仲尼？大圣犹不遇⑩，小儒安足悲⑪！

　　云南五月中，频丧渡泸师⑫。毒草杀汉马，张兵夺秦旗⑬。至今西二河⑭，流血拥僵尸。将无七擒略⑮，鲁女惜园葵⑯。咸阳天下枢⑰，累岁人不足⑱。虽有数斗玉，不如一盘粟。赖得契宰衡⑲，持钓慰风俗⑳。

自顾无所用，辞家方来归。霜惊壮士发，泪满逐臣衣。以此不安席，蹉跎身世违。终当灭卫谤㉑，不受鲁人讥㉒。

【注释】①"岁星"二句：用东方朔典故。岁星即木星。因其岁行一星次，故名岁星。方朔指东方朔。汉武帝时大臣，官至太中大夫。传说他是岁星下凡。《太平广记》记载："东方朔未死时，谓同舍郎曰：'天下人无能知朔，知朔者惟太王公耳。'朔卒后，武帝得此语，召太王公问之曰：'尔知东方朔乎？'公对曰：'不知。''公何所能？'曰：'颇善星历。'帝问：'诸星皆具在否？'曰：'诸星具在，独不见岁星十八年，今复见耳。'帝仰天叹曰：'东方朔生在朕旁十八年，而不知是岁星哉！'"这里诗人以东方朔自喻。

②"调笑"二句：指诗人供奉翰林时因得嘲笑权贵而辞官离朝的经历。云雨：皇恩。

③麒麟阁：汉代阁名。在未央宫中。汉宣帝时曾图霍光等十一功臣像于阁上，以表扬其功绩。古代多以画像于"麒麟阁"表示卓越功勋和最高的荣誉。这里代指唐朝翰林院。

④朝市：朝廷。乖：分离。

⑤特达：谓特出，突出。

⑥谐：相契合。

⑦凌歊台：又作陵歊台，位于安徽省当涂县北黄山上。相传南朝宋武帝刘裕南游，尝登此台，因建离宫焉。

⑧白纻山：即白苎山。《太平寰宇记》："白纻山在今安徽当涂县东五里。本名楚山，桓温领妓游此山，奏乐，好为《白苎歌》，因改为白苎

山。"

⑨天门：即天门山。《元和郡县志》记载："博望山，在宣州当涂县西三十五里，与和州对岸。江西岸山曰梁山，两山相望如门，俗谓之天门山。山上皆有却月城，宋车骑将军王玄谟所筑。"

⑩大圣：指孔子。

⑪小儒：指诗人自己。

⑫"云南"二句：指唐军征讨南诏失利之事。泸：指泸江，在四川、云南交界处。

⑬张兵：强兵。秦旗：唐朝建都关中，关中之地，属于古秦地，故谓关中兵旗曰秦旗。

⑭西二河：即西洱河，又名"叶榆泽""昆弥川"。今称洱海，在云南大理市东，因湖形如耳得名。《新唐书·玄宗纪》记载："天宝十载四月壬午，剑南节度使鲜于仲通及云南蛮战于西洱河，大败绩，大将王天运死之。十三载六月，剑南节度留后李宓及云南蛮战于西洱河，死之。"

⑮"将无"句：谓唐朝将领没有诸葛亮七擒孟获那样的谋略。

⑯"鲁女"句：用鲁漆室女的典故。汉刘向《列女传·漆室女》记载，鲁国有一个城邑叫漆室，城里有一个女子过了适婚的年龄还未出嫁，当时鲁国的国君鲁穆公年老，而太子年幼，漆室女倚柱长叹。邻家妇经常和她来往。便问她为何悲伤，是不是因为婚嫁之事，邻家妇愿帮她找个合适人家。漆室女回答说，并非为嫁不出去而悲伤，而是担忧鲁国国君年老、太子年幼的事情。邻家妇大笑说这是鲁国大夫所应该担忧的事，哪里用得着妇人操心啊。漆室女回答说事情不像你说的那样啊，并举了一个例子：昔日有个晋国客商寄宿漆室女家，把马拴在园中，不

料马挣脱缰绳而逃，踩坏了园里的蔬菜，使自己整年都没有蔬菜食用；漆室女又举例说邻居家女儿和人私奔，邻居家请我的兄长一起去追赶，结果我的兄长溺水而死，使自己终身无兄长。最后漆室女说，现在鲁国国君年老糊涂，太子年少愚鲁，一旦国家有难，不但君臣不保，势必祸及百姓，自己这个妇人又岂能幸免，所以才担忧。三年后鲁国果然大乱，齐国与楚国前来侵犯，鲁国接连发生战事，男子当兵打仗，妇人则负责转运物资，难以休息。

⑰咸阳：这里代指长安。枢：机要。

⑱累岁：历年，连年。

⑲契：古人名，商朝的祖先，传说是舜的臣子，助大禹治水有功而封于商。宰衡：汉平帝时给王莽加的封号，《汉书·平帝纪》："夏，皇后见于高庙，加安汉公号曰'宰衡'。"颜师古注引应劭曰："周公为太宰，伊尹为阿衡，采伊周之尊以加莽。"后以宰衡代指宰相。这句谓幸有贤明的宰相，关心百姓疾苦，为民解忧。《旧唐书·玄宗纪》记载："天宝十二载八月，京城霖雨，米贵，令出太仓米十万五，减价粜与贫人。十三载秋，霖雨积六十余日，京城垣屋颓坏殆尽，物价暴贵，人多乏食，令出太仓米一百万石，开十场贱粜，以济贫民。"诗人应当指此而言。

⑳持钧：执政。

㉑卫谤：朱谏《李诗选注》云："卫谤者，孔子见卫南子也。"朱熹《论语集注》："南子，卫灵公之夫人，有淫行。孔子至卫，南子请见，孔子辞谢不得已而见之。盖古者仕于其国，有见其小君之礼，而子路以夫子见此淫乱之人为辱，故不悦。"诗人在供奉翰林期间也屡遭毁谤。

㉒鲁人讥：朱谏《李诗选注》云："鲁人讥者，叔孙、武叔毁仲也。"《论语·子张》："叔孙、武叔毁仲尼。子贡曰：'无以为也，仲尼不

可毁也。他人之贤者，丘陵也，犹可逾也；仲尼，日月也，无得而逾焉。人虽欲自绝，其何伤于日月乎！多见其不知量也。'"

【译文】岁星下凡来到汉朝的那一年，东方朔觐见明主汉武帝。我供奉翰林时也同东方朔一样调笑权臣，因此如日中天时被迫辞官辜负君主的恩泽。一朝离开了翰林院，从此就与朝堂再无牵连。故友旧交不再来往，秋草日益长满了门前的台阶。当年只有您特立不群，独与我心意相投。

您又置酒于凌歊台来款待我，我们一起欢乐不曾停歇。高亢的歌声回荡在白纻山上，欢快的舞蹈跃动在天门月下。您问我心中有什么烦恼事，让我来向您详细地述说。您看我的才能，与孔子相比又如何？像他那样的大圣人尚且不被君王知遇，那么我这个小儒不为世用又有什么值得悲伤？

当年云南叛乱朝廷五月出兵平叛，王师渡过泸水作战而频频失败。毒草杀死朝廷的战马，强敌夺取唐军的战旗。现在的西洱河中，依然血水流淌，尸体堆积。朝廷大将缺乏当年诸葛亮七擒孟获的谋略，百姓只能像鲁女那样徒劳担心国难。长安作为天下的中枢，多年来百姓一直食不果腹。家里即使有数斗珠玉，也不如有一盘粟米。幸好有契那样的贤明宰相，来操持国事慰藉百姓。

我觉得自己无所作为，离家游历一直未归。对镜感叹自己的鬓发如霜染，泪水常常沾满我这个逐臣的衣裳。因此我坐卧难安，白白蹉跎岁月与世相违。终究要消除对我的毁谤，不再受到世人的讥讽。

于五松山赠南陵常赞府

【题解】这首诗应当与上一首同年而作。五松山在今安徽铜陵市南。《舆地纪胜》记载，山上有松树，一本五枝，苍鳞老干，翠色参天。李白因以命名为五松山。此诗全篇都是在倾诉心怀。诗人首先赞扬兰、松的高洁品行，称赞"兰幽香风远，松寒不改容"，诗人表面描写兰松，实则以兰松暗喻君子。接着诗人又将兰松与萧艾，家鸡与鸾凤，沙砾与明珠做对比，来托物言志，表明自己只愿意做兰松、鸾凤、明珠一般的君子，绝不屑于和鄙陋的小人同流合污。诗人还引用了虞卿弃赵相和田横五百士的典故，进一步阐明自己的傲岸情操。诗人最后以冯谖弹剑的故事，来委婉地表达自己的愿望，希望常赞府能像孟尝君那样给予自己提携与帮助。全诗咏物抒情，寓意深刻，引用典故来形象生动地表达诗人的意向。

为草当作兰，为木当作松。兰幽香风远，松寒不改容①。松兰相因依②，萧艾徒丰茸③。鸡与鸡并食，鸾与鸾同枝。拣珠去沙砾，但有珠相随。远客投名贤，真堪写怀抱④。若惜方寸心，待谁可倾倒？虞卿弃赵相，便与魏齐行⑤。海上五百人，同日死田横⑥。当时不好贤，岂传千古名？愿君同心人，于我少留情。寂寂还寂寂⑦，出门迷所适。长剑归乎来⑧，秋风思归客⑨。

【注释】①改容：改变仪容，动容。

②因依：倚傍，依托。谢灵运《石壁精舍还湖中作》："蒲稗相因依。"

③萧艾：艾蒿，臭草。常用来比喻品质不好的人。丰茸：繁密茂盛。

④写：通"泻"。倾泻。

⑤"虞卿"二句：用虞卿魏齐典故。《史记·范睢蔡泽列传》："秦昭王乃遗赵王书曰：'范君之仇魏齐在平原君之家，王使人疾持其头来，不然，吾举兵而伐赵。'赵孝成王乃发卒围平原君家，急，魏齐夜亡出，见赵相虞卿。虞卿度赵王终不可说，乃解其相印，与魏齐亡。"

⑥"海上"二句：用田横五百士典故。《史记·田儋列传》记载，秦末，原齐贵族田横起事，自立为齐王。汉朝建立，田横率部属五百人逃亡海岛。高祖召之，田横不欲臣服，于途中自杀。其部属闻之，悉于岛上自杀。

⑦寂寂：形容寂静。

⑧"长剑"句：用冯谖弹剑而歌的典故。《战国策·齐策四》记载，齐国人冯谖家境贫寒，无法自谋生计，便托人请求孟尝君，表示愿意当他的门客。孟尝君开始认为冯谖没有什么才能因而不器重他，左右随从也轻视冯谖，给他的待遇很差。过了一段时间，冯谖倚着柱子弹着自己的剑，唱道："长剑归去吧！食无鱼。"孟尝君听到后告诉随从给冯谖鱼吃。过了一段时间，冯谖倚着柱子又弹着剑，唱道："长剑归去吧！出无车。"于是孟尝君让随从给冯谖车乘坐。又过了一段时间，冯谖倚着柱子弹着剑，唱道："长剑归去吧！无法养家。"于是孟尝君就供给冯谖家用。此后冯谖一心为孟尝君筹谋划策，排忧解难。

⑨"秋风"句：用张翰的莼鲈之思典故。《晋书·张翰传》记载，西

晋时，张翰在洛阳担任齐王司马冏的东曹掾，看到秋风起，想起了家乡吴中的特产菰菜、莼羹、鲈鱼脍，感叹道："人生贵适志，何能羁宦数千里，以邀名爵乎？"于是就辞官回乡了。不久发生八王之乱，齐王也败亡。人们都说张翰能预见先机。

【译文】为草就应为兰草，为树就应为松树。兰草幽雅清香随风送远，青松耐寒临冬姿容不改。青松与兰草相互依傍，艾蒿与臭草徒然丰茂。鸡与鸡一道觅食，鸢与鸢同枝栖息。拣起珍珠抛掉沙砾，只留珍珠与己相随。远道访客投奔知名贤人，真值得主人倾怀相迎。假若怜惜情怀不愿敞开心扉，那么可对何人尽情倾诉心声？虞卿不惜抛弃赵国相位，也要顾全大义与魏齐一起出奔。海岛上的五百壮士，同日一起自杀以殉田横。如果他们当时不敬重贤人，哪能千古之后留传美名。希望您也是与他们同样性情的人，对我能够稍加关照与眷顾。我现在除了寂寞还是寂寞，一出门就迷失方向！难道我也要高吟"长铗归来乎"，秋风渐起不禁使我生出归家的念头。

自梁园至敬亭山见会公谈陵阳山水兼期同游因有此赠

【题解】梁园，指西汉梁孝王刘武所建林苑，在今河南商丘。敬亭山，在今安徽宣城。会公，僧人名会。陵阳山，《江南通志》记载："陵阳山，自石埭县西北迤而来，三峰连亘，东接宣州，西二峰下有黄鹤池，昔窦子明跨鹤飞升于此。"这首诗是天宝十二载（753），诗人在宣城时所作。当时诗人游历完燕赵，南下来到梁园，在梁园盘亘数日后，经曹南到达宣城。在敬亭山与僧会相见，僧会向诗人介绍了陵阳山水，并约定一起游览，诗人作诗相赠。全诗第一段写诗人在秋风起时，从梁园来到敬亭山，如茵的芳草已经衰败，一路上没有经过名山大川，因此不能游山玩水，弄云赏月。来到敬亭山后，诗人被敬亭山的风光所吸引，将一路无景可赏的郁闷排遣一空，专门停船欣赏秀美的山色。第二段则描写了宣城的山水之美。寒谷明且秀，群峰绕江城。诗人还赞美宣城人文荟萃，衣冠鼎盛，英杰辈出。对于僧会，则称赞其佛法造诣高深，可以"开堂振白拂，高论横青云"。第三段写僧会为诗人介绍陵阳之美。白龙潭浑然天成，皎洁月倒映秋水。黄山、石柱山突兀相望，还有仙人陵阳子明的遗迹。东南山水无穷尽，只见飞鸟尽处，依然是千山万峰，延伸如云。最后一段写诗人听完僧会的介绍后，打算振策一游，归家后闭关而坐，思慕不已。就像仰望明月一样，可望而不可及。诗人询问僧会何时可以一起去畅游，并请求僧会做出决定后就告知诗人，使诗人不再愁眉紧锁。全诗篇幅较长，但是叙事有序，层次分明，不失为佳作。

　　我随秋风来，瑶草恐衰歇①。中途寡名山，安得弄云月②？渡江如昨日，黄叶向人飞。敬亭惬素尚③，弭棹流清辉④。

　　冰谷明且秀⑤，陵峦抱江城⑥。粲粲吴与史⑦，衣冠耀天京⑧。水国饶英奇⑨，潜光卧幽草⑩。会公真名僧，所在即为宝。开堂振白拂⑪，高论横青云。雪山扫粉壁，墨客多新文。

　　为余话幽栖⑫，且述陵阳美。天开白龙潭⑬，月映清秋水。黄山望石柱^⑭，突兀谁开张？黄鹤久不来，子安在苍茫^⑮。东南焉可穷？山鸟绝飞处。稠叠千万峰，相连入云去。

闻此期振策^⑯，归来空闭关。相思如明月，可望不可攀。何当移白足^⑰，早晚凌苍山？且寄一书札^⑱，令予解愁颜。

【注释】①瑶草：泛指珍美的草。

②弄：玩赏。

③惬素尚：满足素来的愿望。

④弭棹：停船。流：留恋。清辉：清澈明亮的光辉。

⑤冰谷：冰冷的山谷。

⑥陵峦：山峦。

⑦粲粲：鲜明貌。吴与史：指吴姓与史姓的两人。

⑧天京：指京城。

⑨饶英奇：多有英才人物。

⑩潜光：指隐居。

⑪白拂：白色的拂尘，僧人讲法时手持。

⑫幽栖：隐居。

⑬白龙潭：杨齐贤注曰："《九域志》：陵阳山在宣州。世传窦子明弃官学道，钓得白龙，放之于此，因名白龙潭。"

⑭黄山：在今安徽黄山市。《江南通志》记载："黄山，在徽州歙县西北二百八十里，宁国府太平县南三十里。山当二郡之界，高一千三百七十丈，盘亘三百里，旧名黟山。唐天宝间，敕改今名，以图经称为"轩辕栖真之所"故也。上多古木灵药，其泉香美清温，冬夏不变，沐浴饮之，百疾皆愈。有三十六峰，三十六泉。"石柱：指石柱山，在今

安徽宁国市境内。王琦注："石柱山，在宁国府旌德县西六十里，双石挺立，而一巨石承之，名豹子尖。"

⑮"黄鹤"二句：用窦子明成仙的典故，陵阳子明即窦子明。《列仙传》记载，陵阳子明，喜欢钓鱼。他有一次在旋溪钓到一条白龙，感到很害怕就解开鱼钩并向龙下拜，然后把龙放了。后来他钓到一条白鱼，鱼腹中有字条，教给子明服用丹药的方法。子明于是登上黄山，采集五石脂，用沸水冲服。三年后，龙飞来把他接走了，住在陵阳山上一百多年。陵阳山的山顶离地面有一千多丈，有一天他在山上大声呼喊山下的人，让他们上到半山间，与他们对话，子明的弟弟子安，也过来询问子明。又过了二十多年，子安去世，人们把他埋葬在石山下。此时，有一只黄鹤飞来，栖息在他坟边的树上，呼叫着子安的名字。

⑯振策：扬鞭走马。

⑰"何当"句：用白足和尚典故。《法苑珠林》记载，北魏太武帝拓跋焘时期，有一个僧人名叫昙始，有很多神迹显现。他参禅打坐五十多年，不曾躺卧。他不穿鞋袜，赤足而行，可是就算走在泥水中，一双赤足也不会弄脏，足比脸还要白，僧俗都把他看作高人，称他为白足和尚。后以白足和尚泛指有道高僧。

⑱札：王琦注："颜师古《汉书注》：'札，木简之薄小者也。古时未有纸，故书于札。'"

【译文】我随萧瑟秋风而来，如茵芳草恐要衰歇。沿途少有名山，如何弄赏云月。渡江之际恍如昨日，片片黄叶向人飞舞。敬亭山上我惬意于实现了平素快意山水的愿望，于是停船驻桨流连这动人的清辉。

清寒的山谷明媚秀丽，层层的山峦簇拥江城。家世赫赫的吴、史两族，人物辈出而扬名京城。江南水乡多英杰奇人，就像幽兰潜居在深谷。会公您是一位真正的名僧，您所在之处就会变为宝地。您手持白拂尘开堂讲法，精妙的高论使青云也横亘天际。您在粉壁上画出雪山美景，在座的墨客纷纷题写新文。

您向我推荐幽栖的地方，描述了陵阳山的秀美。那里有天然生成的白龙潭，明月倒映在清澈的秋水中。黄山与石柱山彼此相对，险峻突兀的山势是谁造就。黄鹤很久没有飞来，子安也远去苍茫中。远望东南山水哪有穷尽，就连山鸟绝迹的地方。依然是千山万峰，连绵直入云宵。

我听完期待能扬鞭纵马前去一游，归来闭关静修内心思慕不已。相思就像天边明月，可遥望而不可登攀。何时可与您一起移足，同登陵阳这座苍山？您做出决定就寄信给我，好让我一解愁颜。

赠友人三首

其一

【题解】此诗年代不详。全诗诗人以兰自喻，评说自己当年供奉翰林时的事情。首两句"兰生不当户，别是闲庭草"是诗人暗喻如果没有机遇，纵然有不世之才也无机会施展。就像兰花一样，如果不能栽培在庭院之中为人赏识，就只能是默默无闻的野草，任由风吹雨打，严霜侵袭，花未开而先败。接着诗人又以"谬接瑶华枝，结根君王池"来比喻自己供奉翰林的经过。一个"谬"字充分表现了诗人心中的无奈，诗人原本以为可以大展宏图，实现抱负，却因为自己孤傲不逊，不肯低头谄媚权贵，无法施展才华以报答君恩，只能辞官离去。就像兰花一样，注定无法在华池结根，只能处于幽谷之中。全诗首句为点睛之句，以兰为喻，寓意深远。

兰生不当户，别是闲庭草。夙被霜露欺①，红荣已先老②。谬接瑶华枝③，结根君王池④。顾无馨香美⑤，叨沐清风吹⑥。余芳若可佩，卒岁长相随⑦。

【注释】①夙：早。

②红荣：红花。

③瑶华：玉白色的花。有时借指仙花。

④君王池：指君主所在之处。

⑤顾：但。

⑥叨：自谦的话。忝，表非分、过分。

⑦卒岁：全年。

【译文】优雅的兰花如果不能当户而生，就是闲庭中无人理会的野草。早早就被寒霜无情摧折，花朵还未盛开就先衰败。兰花一时错接在瑶枝上，在君王的华池中结根。可惜没有发出幽雅的馨香，白白地接受了清风的吹沐。兰花的余芳如果可以佩带，愿与您常年相伴不离。

其二

【题解】这首诗大概作于天宝十四载（756）。全诗主要引用荆轲刺秦的故事，来表达诗人愿意像荆轲一样，助人急难的志向。同时还表明诗人重义轻利的交友之道。全诗前十二句吟咏荆轲之事。写当年燕太子丹以重金从赵国徐夫人处购得稀世匕首，锋利无比，荆轲带着匕首向西入秦，去刺杀秦王，最终失败。现在诗人将此匕首赠友人，愿与友人共赴急难。自从荆轲离去，再难见到豪勇之士，诗人在易水边高歌悲哭，来悼念荆轲，河水也受到感应而泛起波澜。最后六句写挖井就要挖到水，扬帆就要过大河，高洁君子注重大义，骏马驰骋不需鞭打，来说明交友贵在相知，不必看重金钱。

袖中赵匕首，买自徐夫人①。玉匣闭霜雪②，经燕复历秦。其事竟不捷，沦落归沙尘。持此愿投赠，与君同急难。荆卿一去后，壮士多摧残。长号易水上，为我扬波澜③。凿井当及泉，张帆当济川。廉夫唯重义④，骏马不劳鞭。人生贵相知，何必金与钱？

【注释】①"袖中"二句：用太子丹典故。《史记·刺客列传》记载："太子豫求天下之利匕首，得赵人徐夫人匕首，取之百金，使工以药淬之。以试人，血濡缕，人无不立死者，乃装为遣荆卿。"徐夫人，《索隐》曰："徐姓，夫人，名，谓男子也。"

②霜雪：指寒光闪烁的刀剑。

③"荆卿"四句：指荆轲刺秦王之事。

④廉夫：廉士，品行高洁的人。

【译文】袖中藏有赵国打造的匕首，是从徐夫人那里买来。如霜雪一样的锋刃收藏在玉匣中，荆轲带着它从燕国出发来到秦国。刺秦的事情最终没能成功，徐夫人匕首也沦落沙尘中。现在想把匕首赠送给您，让我与您共同急人之难。自从荆轲离去之后，豪杰壮士大多被摧折。我在易水边长号哭泣，河水为我扬起了波澜。挖井就要挖到泉水，扬帆就要渡过大河。高洁之士只看重大义，骏马不需要鞭打催促。人生贵在相知，何必以金钱论交？

其三

【题解】根据"虎伏避胡尘"一句可知，这首诗应作于安史之乱爆发后。从全诗的意境来看，应是写给友人的一首赠诗。诗人先是叙述了自己傲岸不羁，轻视功名的性格以及戏谑古贤，认为他们的事迹如同儿戏的观点。诗人认为自己有辅弼天下之才，不逊于历代圣贤，这也体现了诗人的自负。接着诗人又进一步论述自己的志向。诗人像疏广一样不去费心经营产业，就是因为心怀辅佐君王的大志，不愿把心思花费到无关紧要的事情上。但是现在陷入困顿的境地，诗人希望能够遇到知己，就像周瑜对待孙策那样，尽心帮助自己。诗人感慨岁月流逝，自己两鬓已经斑白。自古如刘备那样的明君或者如晋室那样的朝廷都渴望能得到像诸葛亮和谢安那样的贤臣来安定天下，而诗人也期盼自己能时来运转，位列朝堂，列鼎而食，一掷千金，到时候挥斥方遒，一展抱负。只可惜遭遇安史之乱，只能远遁江湖避难。诗人现在就像苏秦当年，功业无成，离群索居。所以诗人只能像冯谖那样弹剑来抒发心声。最后诗人希望友人能给予援助，救助自己这条涸辙之鲋，待自己有朝一日平步青云的时候，定会重金相报。全诗用典很多，却无斧凿之痕，行文流畅，实属难得。

慢世薄功业①，非无胸中画。谑浪万古贤②，以为儿童剧③。立产如广费④，匡君怀长策。但苦山北寒，谁知道南宅⑤？岁酒上逐风⑥，霜鬓两边白。蜀主思孔明⑦，晋家望安石⑧。时来列五鼎⑨，谈笑期一掷⑩。虎伏避胡尘⑪，渔歌游海滨。弊裘耻妻嫂⑫，长剑托交亲⑬。夫子秉家义，群公难与邻。莫持西江水，空许东溟臣⑭。他日青云去，黄金报主人。

【注释】①慢世：傲世，玩世不恭。嵇康《司马相如赞》："长卿慢世，越礼自放。"

②谑浪：戏谑放荡。《诗·邶风·终风》："谑浪笑敖。"毛传："言戏谑不敬。"

③儿童剧：犹儿戏。

④广费：疏广之费。用西汉疏广的典故。《汉书·疏广传》记载，疏广是西汉东海兰陵人，汉宣帝时官至太傅，其侄疏受官至少傅，叔侄两人皆位列高官。疏广深知"知足不辱，知止不殆"的道理，后来与疏受一起辞官回乡。皇帝和太子临别时赐予重金养老。疏广回乡后每天让家人准备酒食，邀请乡人故旧前来饮宴。时间一长，疏广的儿孙们就有意见了，他们拜托与疏广关系亲近的族人前去劝说，让疏广为儿孙们着想，趁现在还有钱，多置办些产业。疏广没有答应，解释道："我不为儿孙着想，难道是老糊涂了吗？是因为家中还有田地，子孙只要辛勤劳作，衣食是不成问题的。再多置办产业，子孙们难免会生出怠惰之心。就算子孙贤达也会损害其志向，如果是不肖子孙，更会增加他的过错。而且富者是世人所忌恨的对象。就算我不能教导好子孙，也不忍心增加他们的过失和众人对他们的怨恨。这些钱是皇上赐给我养老的，我拿出

来与乡亲故人分享，来安享晚年，不也是应该的吗？"众人听后都很佩服。

⑤道南宅：道路南边的宅院。用周瑜孙策典故。《三国志·吴志·周瑜传》记载，三国时，周瑜与孙策为同年所生，二人是好朋友，周瑜把自己在路南的一所大宅院送给孙策居住，并将孙策的母亲视同自己的母亲，平时两人也能互通有无。后以"道南宅"比喻友情深厚。

⑥岁酒：当年所酿之新酒。

⑦"蜀主"句：指刘备三顾茅庐聘请诸葛亮出山的事情。蜀主：指刘备。

⑧"晋家"句：指谢安稳定东晋之事。安石：指谢安，字安石。

⑨五鼎：古代行祭礼时，大夫用五个鼎，分别盛羊、豕、肤、鱼、腊五种供品。后用来形容高官贵族的豪奢生活。亦喻高官厚禄。

⑩"谈笑"句：用东晋刘毅典故。《宋书·武帝纪》记载，东晋将领刘毅生性好赌，家里都没有粮食了，他还能一掷百万的豪赌。

⑪避胡尘：指躲避安禄山之乱。

⑫"弊裘"句：用苏秦的典故。《战国策·秦策一》记载，苏秦游说秦王，上书十次而不被采用，最后他穿的黑貂裘也破了，钱也花光了，只好离开秦国归家。回到家妻子也不为他织衣，嫂子也不为他做饭，父母也不与他说话，苏秦就闭门不出，发奋攻读，学成后周游列国，倡导合纵抗秦，佩六国相印。

⑬"长剑"句：用冯谖弹剑的典故。见本卷《于五松山赠南陵常赞府》诗注。

⑭"莫持"二句：用庄周贷粟的典故。《庄子·外物》记载，庄周家贫，因此向监河的官吏借米。监河的官员说："可以。等我把邑内的租税

收上来后，借给你三百金，好吗？"庄周听了气愤地说："我昨天来这里的时候，在道路中有东西呼喊，我低头一看，原来是车辙中有一条鲋鱼在说话。我向它打招呼，并说：'鲋鱼，你来自何方？'鲋鱼回答说：'我原本是东海里的鱼。能麻烦您打来斗升之水使我存活吗？'我说：'可以。我将到南方去游说吴、越的诸侯王，让他们修建渠道，引西江水来救你，你看好吗？'鲋鱼气愤地说：'我离开了以往的环境，失去生存的地方，我只需要斗升之水就能活命。你竟然说出这样的话，还不如干脆去市场的干鱼堆里找我吧。'"

【译文】怠慢世俗而且看轻功业，并非是因为我胸无大略。戏谑调侃古代的贤人，认为他们的事迹不过是儿戏。我就像疏广那样对待产业，胸中长怀辅佐君主的良策。现在我难耐这山北的寒风，故人中谁会想到道南宅的典故？斟上今年的新酒来驱除风寒，两鬓霜染已经全部变白。蜀主刘备思念孔明辅佐，东晋盼望谢安拯救苍生。时运一来列五鼎而食，谈笑间能够一掷百万。如猛虎蛰伏以躲避胡尘，像渔人一样高歌畅游海滨。苏秦裘衣凋敝而功名不就被妻嫂耻笑，我只能像冯谖一样弹剑而歌依托亲友。夫子你秉承家训大义，群贤也难以与你比肩。请您不要用遥远的西江水，来空许我这个快要干涸的东海鱼。他日我如果能够平步青云，一定会以黄金来报答主人。

陈情赠友人

【题解】此诗年代不详。应当是诗人与朋友之间互诉衷情的诗作。诗人与这位友人情谊深厚，但是后遭变故，彼此疏远，诗人依然不忘友情，以诗言志，希望能够与朋友消除误会，重归于好。全诗首部分引用季札赠剑和管鲍之交的典故，来说明交友之道还没有沦落，世人应该遵照道义而行。第二部分则是写自己与朋友之间的交往。诗人赞扬友人的文采高超，可以掩映世人。诗人与友人比邻而居，弹琴赏月，诗酒相娱。可惜自己德薄行浅，与友人中途断绝交往。诗人感慨自古英雄未显达时，都要经历艰辛，自己被他人疏远并不在意，但是希望能与友人保持友谊。最后诗人述说现在自己与友人分离，相互不得见面。诗人意欲与朋友修复关系，但又担心明珠暗投，赠兰无径，希望友人能不吝东壁之辉，照亮自己。

延陵有宝剑，价重千黄金。观风历上国，暗许故人深。归来挂坟松，万古知其心①。懦夫感达节②，壮士激素衿③。鲍生荐夷吾，一举致齐相。斯人无良朋，岂有青云望？临财不苟取，推分固辞让④。后世称其贤，英风邈难尚。论交但若此，有道孰云丧？

多君骋逸藻⑤，掩映当时人。舒文振颓波⑥，秉德冠彝伦⑦。卜居乃此地⑧，共井为比邻⑨。清琴弄云月，美酒娱冬春。薄德中见捐，忽之如遗尘。英豪未豹变⑩，自古多艰辛。他人纵以疏，君意宜独亲。

奈何成离居⑪，相去复几许？飘风吹云霓⑫，蔽目不得语。投珠冀有报，按剑恐相拒⑬。所思采芳兰，欲赠隔荆渚。沉忧心若醉⑭，积恨泪如雨。愿假东壁辉，余光照贫女⑮。

【注释】①"延陵"六句：用延陵季子的典故。季札是春秋时吴国人，因受封于延陵，又称"延陵季子"。《新序》记载，季札非常重信义。季札一次出使晋国，路过徐国时，徐国国君非常喜欢他的佩剑，虽然没有开口索要，但是流露出倾羡的神色，季札因自己还要出使列国，不能没有佩剑，所以没有赠送。等到出使归来，徐国国君已经去世，季札解下佩剑赠给徐国的太子，季札的侍从阻拦他说："这是吴国的国宝，不可以随便赠人。"季札解释说："前些日子我来徐国时，徐国国君看到我的宝剑，虽然没有开口索要，但是流露出想要得到的神色。我因还要出使诸侯国，所以没有赠送，但是心中早已把宝剑赠送给徐君了，现在因为徐君去世就不赠送宝剑，那不是欺骗自己的内心吗？高洁之士不会做这种事情。"季札就把宝剑解下来赠给徐国的太子，徐国的太子以国君没有遗命为由，不敢接受赠剑。季札就把宝剑挂在徐君墓旁的树上。徐国人称赞季札，作歌称颂："延陵季子兮不忘故，脱千金之剑兮挂坟墓。"

②懦夫：软弱无能的人。语出《孟子·万章下》："故闻伯夷之风者，顽夫廉，懦夫有立志。"达节：谓不拘常规而合于节义。或者明达世情，识时务。《左传·成公十五年》："圣达节，次守节，下失节。"

③素衿：犹素襟。本心。亦指平素的襟怀。

④"鲍生"六句：用管仲鲍叔牙典故。《史记·管晏列传》："管仲夷吾者，颍上人也。少时尝与鲍叔牙游，鲍叔知其贤。管仲贫困，常欺鲍叔，鲍叔终善遇之，不以为言。已而鲍叔事齐公子小白，管仲事公子纠。及小白立为桓公，公子纠死，管仲囚焉。鲍叔遂进管仲，管仲既用，任政于齐，齐桓公以霸，九合诸侯，一匡天下。管仲曰：'吾始困时，常与鲍叔贾，分财利多自与，鲍叔不以我为贪，知我贫也，……生我者父母，知我者鲍子也。'"鲍生：鲍叔牙。夷吾：指管仲，名夷吾，字仲。

⑤多：推重。逸藻：华丽的辞藻。

⑥舒文：发文，写文章。颓波：向下流的水势。比喻衰颓的世风或事物衰落的趋势。

⑦秉德：保持美德。彝伦：常理；常道。语出《书·洪范》："我不知其彝伦攸叙。"蔡沉集传："彝，常也；伦，理也。"

⑧卜居：选择居处。

⑨共井：古代实行"八家共井"的井田制耕作方法，九百亩为一井，划分为九块，八户人家各耕种一块，中间的一块为公田，八家一起耕种。后来"井"引申为乡里、人口聚居地的意思。比邻：古代的一种行政区划方式。《周礼·地官·大司徒》云："令五家为比，使之相保。"《遂人》云："五家为邻，五邻为里。"后指邻居，街坊。

⑩豹变：谓如豹纹那样发生显著的变化。幼豹长大退毛，然后疏朗焕散，其毛光泽有纹采。比喻人的行为变好或地位显贵。

⑪离居：离开原先居所。语出《书·盘庚》下："今我民用，荡析离居，罔有定极。"孔颖达疏："播荡分析，离其居宅，无安定之极。"

⑫飘风：无常之风。《楚辞·离骚》："飘风屯其相离兮，帅云霓而来御。"王逸注："回风为飘。飘风，无常之风，以兴邪恶之象也。云霓，恶气也，以喻佞人。"

⑬"投珠"二句：用邹阳典故。《史记·鲁仲连邹阳列传》记载，西汉人邹阳被诬下狱，向梁孝王上书为自己辩解说："明珠、玉璧本是珍宝，可是若在黑夜里将它们抛到路人的身上，人们非但不会高兴，反而会按剑高声怒目呵斥。破木做成的车子，经过装饰后，却会受到达官贵人们的喜欢。"邹阳以此来说明贤人如果不被人了解，也会被当做资质平平的庸人，甚至被误解。而如果能得到权贵的欣赏，普通人也能平步

青云。梁孝王读完,深受感动。随即下令释放邹阳。

⑭沉:深。

⑮"愿假"二句:用齐女徐吾的典故。《列女传》记载,齐女徐吾是齐国东海一个贫穷的妇人。她和邻妇李吾等人在晚上一起合用蜡烛纺织。徐吾最为贫困,没有钱买蜡烛,李吾对其他人说:"徐吾经常买不起蜡烛,就不要让她再参加了。"徐吾听到后说:"何出此言?我因为贫穷买不起蜡烛,所以才经常早来晚走,为大家打扫铺席,等待大家来干活。我常常坐在最破的席子上,离烛光最远的地方,这都是我贫穷买不起蜡烛的缘故啊。再说,在这个屋子里,多一个人,烛光不会因此而变暗,少一个人,烛光也不会因此而变亮。为什么要吝惜一点余光,而不能怜悯我呢?为什么不能让我一直做下去,得到诸位的恩惠呢?"李吾无法回答。于是又和她一起纺织,以后再没有怨言。

【译文】延陵季子有把名贵的宝剑,价值连城可达千两黄金。他观察民风而出使上国,把宝剑暗许给徐国国君。归来后兑现心愿将宝剑挂在徐君坟树上,万古以来人们都知道他有重义守信之心。懦弱的人也会为他的气节而感动,壮烈之士更会被他的襟怀所激励。鲍叔牙把管仲举荐给齐桓公,使管仲一举成为齐国国相。如果管仲没有好友相助,哪里会有平步青云的希望。鲍叔牙面对财物绝不多取,推让自己那份来送给管仲。后人称颂鲍叔牙的贤明,他的节操高远实在难以企及。交友就应该这样,谁说道义已经沦丧?

我很推崇您的优美文词,文采卓然遮掩当世之人。您发文成章能提振颓败的风气,您秉持道德超越于常人之上。我选择居住此地,与您比邻而居。一起弹弄清琴赏云观月,共同畅饮美酒欢娱冬春。我德薄行浅中道被弃,被人忽视如同弃尘。英雄豪杰都有时运不济的时候，自古以来就多遇艰辛之事。虽然他人一再疏远我，唯有您一直对我亲近。

为何如今我们又要离开原来的居所，此时一别不知多久才能相见？倏忽飘风吹动乌云，遮掩双目难以说话。明珠投人期望有所回报，又恐被人误解按剑相拒。我有心采集一束芳兰，想要赠人却隔着荆渚。沉重的忧郁让我心醉麻木，积怨于胸又使我泪如雨下。愿借您东壁的一点微光，让余辉照亮我这个贫女。

赠从弟冽

【题解】这首诗大约于天宝四载（745），诗人在东鲁时所作。从弟冽，指李白的族弟李冽。按《新唐书·宰相世系表二上》李氏姑臧房有李冽，是右卫长史李防之子，李凝同父兄，应当就是此人。全诗反映了诗人在天宝初年被赐金还山后，处于报国无门，彷徨郁闷的心态中。诗人开篇援引楚人求山鸡的典故，来说明自己当年供奉翰林实在是一个错误。因为唐玄宗看中的是诗人的文采，而并不打算委以重任，使诗人的满腔抱负无从实现。次一段写诗人的隐居生活。自从诗人离开朝廷，隐居在漆园北以来，虽然时间并不长，可是诗人自己觉得已经很久了。此时正是初春时节，按理说应该是春意盎然，生机勃勃的景象。但是在诗人这里却是春寒花未开，闭户无人来的情况。这也体现了诗人辞官之后，索然独居的情况。幸而有族弟李冽对自己予以关照，诗人内心十分感激，所以赞扬李冽对自己的情谊是"若与青云齐"。诗人看到村女忙于养蚕，农夫耕于田间，而自己无咫尺之地，无法安身养家，不由得感慨有谁能前来相助？最后一段列举傅说和公输般的例子，来表明自己愿为国出力的愿望。当时边境战事还未平息，正是男儿报效国家，建功立业的大好时机，可惜诗人却沦落于草莽之间，无所作为。

"报国有长策，成功羞执珪"二句则表明了诗人内心的志向，即建功立业之后，功成身退，绝不留恋富贵。现在没有获得君主的知遇之前，只能隐身于乡野。就像当年姜子牙一样，在没遇到周文王之前，只能垂钓于磻溪耐心等候。全诗既体现了诗人不被重用时的失望之情，又充分表达了诗人渴望能遇到知音，有所作为，成就功业之意。

楚人不识凤，重价求山鸡①。献主昔云是，今来方觉迷②。

自居漆园北③，久别咸阳西。风飘落日去，节变流莺啼。桃李寒未开，幽关岂来蹊④？逢君发花萼⑤，若与青云齐。及此桑叶绿，春蚕起中闺⑥。日出拨谷鸣⑦，田家拥锄犁。顾余乏尺土，东作谁相携⑧？

傅说降霖雨⑨，公输造云梯⑩。羌戎事未息⑪，君子悲涂泥⑫。报国有长策，成功羞执珪⑬。无由谒明主，杖策还蓬藜⑭。他年尔相访，知我在磻溪⑮。

【注释】①"楚人"二句：《太平广记》引《笑林》："楚人有担山鸡者，路人问曰：'何鸟也？'担者欺之曰：'凤凰也。'路人曰：'我闻凤凰久矣。今真见之，汝卖之乎？'曰：'然。'乃酬十金，弗与，请加倍，乃与之。方将献楚王，经宿而鸟死，路人不遑恤其金，惟恨不得以献王。国人传之，咸以为真凤而贵，宜欲献之，遂闻于楚王。王感其欲献己也，召而厚赐之，过买凤之价十倍。"

②"献主"二句：谓自己就如同献山鸡的楚人一样糊涂，直到如今才醒悟。

③漆园：庄周曾为漆园吏，在今山东菏泽一带。《太平寰宇记》："漆园城，在曹州冤句县北五十里，庄周为吏之所，城北有庄周钓台。又濠州定远县有漆园，在县东三十里，其地东西南北约方三百步，唐天宝中尚有漆树一二十株，野火燔烧，其树在故县村西一百步，即楚国庄周为吏之处，今为陇亩。"

④"桃李"二句：出自《史记·李将军列传》："桃李不言，下自成蹊。"这里诗人是反用其意。意思是桃李遇到天寒，又门户紧闭，其下如何能成蹊。

⑤花萼：谢瞻诗《于安城答灵运》："花萼相光饰。"吕延济注："花萼，喻兄弟也。"

⑥"春蚕"句：谓春天闺中妇女都开始养蚕。

⑦拨谷：即布谷鸟，又名勃姑、获谷、击谷、结诰、鸤鸠、桑鸠、郭公、戴胜、戴纴。其鸣叫声类似"布谷"，因而得名，布谷鸟鸣叫时，正是农事刚刚开始的时候，所以把布谷鸟视为劝耕之鸟。

⑧东作：春耕。《书·尧典》："平秩东作。"孔安国传："岁起于东而始就耕，谓之东作。"《汉书·成帝纪》："诏曰：'方东作时，其令二千石勉劝农桑。'"应劭注："东作，耕也。"颜师古注："春位在东，耕者始作，故曰东作。"

⑨傅说：殷商高宗武丁时的宰相。传说傅说曾为奴隶，在傅岩筑

城。高宗武丁求贤若渴，曾在梦中梦到圣人，醒来后将梦中圣人的图像画下来，派人按图寻找，最后在傅岩找到傅说，举以为相，天下大治。《书·说命》记载武丁任命傅说时下达诏命说："若岁大旱，用汝作霖雨。"希望他能像甘霖解旱那样辅佐朝政。后因以"傅说霖"用作贤臣济世的典故。

⑩公输：即公输般，春秋时鲁国人，般与班同音，故称鲁班。据传曾创造攻城的云梯等工具。《淮南子·修务训》："公输，天下之巧士，作云梯之械，设以攻宋。"高诱注："云梯，攻城具，高长上与云齐，故曰云梯。"

⑪羌戎：泛指我国古代西北部的少数民族。

⑫涂泥：即湿土，泥土。

⑬执珪：珪为古时候卿大夫上朝或重大典礼时手中所持的一种玉版，珪以区分爵位等级，使执珪而朝，故名。执珪为楚国爵位名。《吕氏春秋·恃君览·知分》："荆王闻之，使之执珪。"高诱注："周礼：侯执信圭。"后泛指封爵。

⑭杖策：扶着拐杖。蓬藜：蓬草和藜草。

⑮磻溪：水名。一名璜河。在今陕西宝鸡市东南。源出南山兹谷，北流入渭水。相传吕尚（姜太公）垂钓于此而遇周文王。

【译文】曾经有楚国人不认识凤凰，误以重金购山鸡献给楚王。当年我供奉翰林准备像楚人一样报效君王，直到今天我才发觉当初实在是痴迷。

我自从隐居在漆园北以来，离开长安已经很长时间。风雨飘摇中看着太阳升升落落，季节变换里听着黄莺声声啼鸣。桃李遇寒花朵无法应时盛开，我们户紧闭岂能人来树下成蹊。此时您对我兄弟般的情谊，真可谓是与青云一样齐高。现在桑叶已经变绿，女子们也开始养蚕。日出时伴随着布谷鸟的阵阵鸣叫，农夫们扶犁耕田开始了辛勤的劳作。但是我连尺寸之地也没有，谁会携同我一起去耕作呢？

傅说如甘霖解早一般辅佐武丁建立功业，公输般心思巧妙制作出云梯为国立功。与羌戎的战事还没有停息，我却无法出力徒悲于草野。我一心谋划长策来报效国家，却从没想过以此来获得封爵。但却无法拜谒君主以表明心迹，无奈只能挂杖遁居于草莽之间。他年您如果来寻访我，就去当年姜尚垂钓的磻溪。

赠闾丘处士

【题解】闾丘处士，闾丘为复姓，生平事迹不详。处士，指有才德而隐居不仕的人，后亦泛指未做过官的士人。此诗大约作于至德二载（757）。诗人在至德二载因永王李璘一事受牵连而下狱，出狱后寓居寻阳，与宿松闾丘处士相友善，互有来往，作诗以赠。全诗前四句写闾丘处士所居住的地方，环境优雅，竹林环绕，秋月高挂，门前古池，布满落荷，一幅令人陶醉的清新风光。后八句描写闾丘处士过着闲来读书，安享田园的隐居生活，赞美了闾丘处士知足无为，修身养性的处世态度。最后诗人希望在此广植桃李，结庐而居，与友人相伴。

贤人有素业①，乃在沙塘陂②。竹影扫秋月，荷衣落古池③。

闲读《山海经》④，散帙卧遥帷⑤。且耽田家乐，遂旷林中期。野酌劝芳酒，园蔬烹露葵⑥。如能树桃李，为我结茅茨⑦。

【注释】①素业：先世所遗之业。旧时多指儒业。也指家业。

②沙塘陂：《江南通志》记载："沙塘陂，在宿松城外。唐间丘处士筑别业于此，李太白有诗赠之云云。"

③荷衣：荷叶。

④《山海经》：我国古代地理名著。作者不详，相传是大禹和臣子伯益，记录治水期间的各种见闻而成。《吴越春秋》记载："禹巡行四渎，与益、夔共谋，行到名山大泽，召其神而问之，山川脉理，金玉所有，鸟兽昆虫之类，及八方之民俗，殊国异域，土地里数，使益疏而记之，名之曰《山海经》。"主要内容为民间传说中的地理知识，包括山川、道里、部族、物产、草木、鸟兽、祭祀、医巫、风俗等，内容多怪异，保存了不少古代神话传说和史地材料。

⑤散帙：打开书帙。亦借指读书。谢灵运《酬从弟惠连》："散帙问所知。"刘良注："散帙，谓开书帙也。"《说文》："帙，书衣也。"帙是指书、画的封套，用布帛制成。古时书卷，必有帙包之。

⑥露葵：即莼菜，多年生水生植物。露葵的叶子呈椭圆形、深绿色，嫩叶可食用。古人采葵必待露解，故曰露葵。《本草》记载："葵，一名露葵，今谓之滑菜，古人以为常馔，四时皆可食。六七月种者为秋葵，八九月种者为冬葵，正二月种者为春葵。有紫茎、白茎二种，大叶小花，花紫黄色，其实大如指头，皮薄而扁。今人不复食，种者亦鲜。"

⑦茅茨：茅草盖的屋顶。亦指茅屋。《汉书·司马迁传》："茅茨不剪。"颜师古注："屋盖曰茨。茅茨，以茅覆屋也。"

【译文】贤人有先世留下来的家业，就在宿松城外的沙塘陂。婆娑的竹影拂扫着明亮的秋月，残败的荷叶落满幽静的古池。

空闲时浏览《山海经》，开书卷高卧帷帐中。姑且享受这悠然的田家之乐，于是忘记了归隐山林的约定。山野小酌劝友更进一杯以尽兴，园中时蔬有美味露葵可烹食。如果能够种植一些桃李树，请为我建一座茅屋隐居于此。

赠钱征君少阳

【题解】此诗年代不详。诗人在另一首诗《赠潘侍御论钱少阳》中说他是"眉如松雪齐四皓"，因而可知钱少阳年事已高。诗人以此诗勉励钱少阳及早谋划功业，切莫空度时光。首两句以劝酒开篇，实则为三四句劝进作铺垫。"春风余几日？两鬓各成丝"来暗喻人生就如春光一样，看似繁华，却转瞬即逝。因此应该早作打算，不要辜负大好时光，现在开始建功立业也不算晚，如果能像姜太公那样遇到周文王，就可以一展抱负，成为帝师，名垂千古。这是一首五言律诗，诗人并没有刻意追求工整，行文洒脱，意旨突出，寥寥数语，就将殷殷劝勉之情尽数道来。

白玉一杯酒，绿杨三月时。春风余几日？两鬓各成丝。秉烛唯须饮①，投竿也未迟②。如逢渭水猎，犹可帝王师③。

【注释】①秉烛：拿着蜡烛在夜间游玩，指及时行乐，也形容珍惜光阴。出自《古诗十九首·生年不满百》："昼短苦夜长，何不秉烛游？"

②投竿：投钓竿于水。谓垂钓。

③"如逢"二句：用姜太公遇周文王的典故。相传姜太公钓于渭水之滨，周文王出官打猎时相遇，与姜太公交谈后周文王大悦，同载而归，拜以为师。事见《史记·齐太公世家》。

【译文】饮尽这白玉杯中的美酒，才不辜负绿杨袅袅的三月。春光转瞬即逝还能剩下几天？何况你我两鬓早已白发丛生。应该珍惜光阴乘兴秉烛畅饮，效仿古人投竿而钓也不为迟。如果能像姜太公那样遇到文王在渭水出猎，那么就能施展抱负成为帝王之师。

赠宣州灵源寺仲濬公

【题解】这首诗大约是天宝十二载（753），诗人在宣城时所作。诗人与僧人仲濬公在敬亭山相遇谈论佛法，因而作诗留赠。前四句描写敬亭山的秀美风光。白云蔼蔼，漂浮天际，仿佛一直连到苍梧。双溪潺潺，湖水如镜，青天好像坠落其中。在如此秀美的风景中，有高僧在此修道参禅，其中以仲濬公尤为佛法高深。诗人称赞仲濬公"风韵逸江左，文章动海隅"。"观心同水月，解领得明珠"两句则是谈到了悟佛法的途径。"观心"是关键，通过观心可以体悟本性，本性一出，自然具足智慧，即可洞彻因果，解脱烦恼。

观心如同水中映月一般，必须万念不起，没有杂念，才能反映出本性，如果杂念丛生，就如同投石水中，掀起波澜，则明月映像支离破碎，不复存在。一旦了解本性，就如同获得明珠，可以证悟大道。诗人很高兴能遇到仲濬公这样的高僧，可以尽情谈论有无的佛法。有无是佛、道典籍中常见的一个名词，佛家讲空，道家讲无，其修行的最终目标都是从有到无，最后舍弃世间一切烦恼，达到解脱和大自在，所以有无问题也是佛道修行的根本问题。这也表明诗人一直怀有修道之心，因此对于佛法的研究也非常深入。这首诗也可以说是一首说禅诗，谈到了修道参禅的一些道理，深入浅出，说理明晰。

　　敬亭白云气，秀色连苍梧。下映双溪水①，如天落镜湖。此中积龙象②，独许濬公殊。风韵逸江左③，文章动海隅④。观心同水月⑤，解领得明珠。今日逢支遁⑥，高谈出有无⑦。

　　【注释】①双溪：宣城有宛溪、句溪，两溪至城东北相合，称为双溪。

　　②龙象：龙与象。水行中龙力最大，陆行中象力最大，故佛教中用以喻诸阿罗汉中修行勇猛有最大能力者。后泛指高僧。

　　③江左：长江在九江至南京一段为西南往东北走向，古时在地理上以西为右，以东为左，所以江东地区称为江左。主要指长江下游南岸地区，也指东晋、宋、齐、梁、陈各朝统治的全部地区。

　　④海隅：海角。

　　⑤"观心"二句：观心：观察心性。佛教以心为万法的主体，无一事在心外，故观心即能究明一切事（现象）理（本体）。水月：王琦注：

"水月,谓水中月影,非有非无,了不可执,慧者观心,亦复如是。解领,解悟也。明珠,喻菩提大道也。"

⑥支遁:东晋名僧,俗姓关,陈留(今河南开封市)人。精通佛理,擅于清谈。

⑦有无:中国古代哲学的一对范畴。有,指具体有形的事物;无,指抽象无形的东西。"无"并不是什么都没有,而是属于更微观的东西,只是人尚不能感知,所以认为是"无"。

【译文】敬亭山的蔼蔼白云,云气秀美直达苍梧。向下倒映于双溪水中,如同青天落在镜湖里。此处有龙象般精进的修行者,其中以潜公你的修为最突出。您的风韵超然而闻名于江左,您的文章典雅能远播到海隅。观心如水中映月寂静无执,方能解悟而证得菩提大道。今日遇到您这位支遁公,可以高谈佛法议论有无。

赠僧朝美

【题解】僧朝美,僧人名叫朝美,生平事迹不详。此诗年代不详。这首诗是诗人与僧人朝美的谈禅论道之作。佛道修行皆以解脱为目的,要想解脱必须认识本性,本性存于自身,其宝贵如同明珠,可惜世人不识,舍弃自身之宝而向外求道,无异于缘木求鱼。历代对这首诗的解析以王琦最为全面。王琦解曰:"诗言水客泛舟大海,舟为长鲸所嘘吸,遂遭溺没。其中乃有不死者,反于海中得明月之珠,卷而藏之,不自眩耀,人亦不识。以喻人在烦恼海中,为一切嗜欲所汩没，醉生梦死，飘流无极。乃其中有不昧本来者，反于烦恼海中悟得如来法宝，其价则倾乎宇宙，其光则照乎江湖，卷而怀之，不自以为有，而若空无者。然人皆不能识此宝，而唯我能识之。夫心既明了，更无言说可以酬对，唯有劝勉珍重此躯而已。盖人身难得，六道之中，以人道为最。是此躯之重，等于黄金，未可轻忽，故曰'各勉黄金躯'也。又按《后汉书》：'方有神，名曰佛，其形长丈六尺，而黄金色。''各勉黄金躯'者，是勉以修道成佛之意。"

水客凌洪波[①]，长鲸涌溟海[②]。百川随龙舟，嘘噏竟安在[③]？中有不死者，探得明月珠[④]。高价倾宇宙，余辉照江湖。苞卷金缕褐[⑤]，萧然若空无。谁人识此宝？窃笑有狂夫。了心何言说[⑥]，各勉黄金躯[⑦]。

【注释】①水客：船夫，渔夫。

②长鲸：即鲸鱼，因身巨长，故称。左思《吴都赋》："长鲸吞航，修鲵吐浪。"刘渊林注："《异物志》曰：鲸鱼，长者数千里，小者数十丈。雄曰鲸，雌曰鲵。或死于沙上，得之者皆无目，俗言其目化为明月珠。"溟海：传说中的海名。《水经注·胶水》："北眺巨海，杳冥无极，天际两分，白黑方别，所谓溟海者也。"

③"百川"二句：木华《海赋》："鱼则横海之鲸，突兀孤游。茹鳞甲，吞龙舟。喷波则洪涟踧踖，吹涝则百川倒流。"龙舟：刻有龙饰的大舟。嘘噏：吐纳；呼吸。这两句的意思为龙舟被巨鲸所吞没。

④明月珠：夜光珠。因珠光晶莹似月光，故名。

⑤金缕褐：金丝织成的衣服。

⑥了心：了然于心。《楞严经》："汝之心灵，一切明了。若汝现成所明了心，实在身内。"

⑦黄金躯：喻指黄金般珍贵的身体。

【译文】 水客驾舟出入大海洪波之中，巨鲸在溟海中掀起滔天大浪。百川随同龙舟，全被巨鲸嘘吸吞没。其中有人竟然大难不死，反而在海中得到明月珠。明珠之珍贵价倾宇宙，发出的余辉照亮江湖。用金缕衣将明珠包裹，光辉就隐没如同空无。谁人能识得此宝的珍贵？暗笑只有我这个狂夫能知。了然于心就不用再多说，各自保重自己的黄金身吧。

赠僧行融

【题解】 僧行融，名叫行融的僧人，生平事迹不详。这首诗的年代不详，大约为开元年间诗人游江夏时所作。诗人以汤惠休和鲍照，史怀一和陈子昂相交为例，来比喻诗人与行融的友情。诗人称赞行融，就像海神献出宝珠，骊龙吐出明月一样，展现出他出众的才华和卓绝的风骨。来去就如轻舟渡海，随波荡漾潇洒飘逸。闲来就赋诗旃檀阁，纵酒鹦鹉洲。诗人期待将来能到会稽一游，与行融一起登上白楼亭。全诗笔调细腻，情感真挚，体现了诗人与行融的深厚友情。

梁有汤惠休，常从鲍照游①。峨眉史怀一，独映陈公出②。卓绝二道人③，结交凤与麟。行融亦俊发④，吾知有英骨。海若不隐珠，骊龙吐明月⑤。大海乘虚舟⑥，随波任安流。赋诗旃檀阁⑦，纵酒鹦鹉洲⑧。待我适东越，相携上白楼⑨。

【注释】①"梁有"二句：汤惠休：南朝宋诗人，早年为僧，称为"惠休上人"。善写诗，文辞优美，被尚书仆射徐湛之所赏识。孝武帝刘骏命其还俗，官至扬州从事史。鲍照是南朝宋著名诗人、文学家，曾写过《秋日示休上人》及《答休上人》诸诗，可知两人交往密切。

②"峨眉"二句：崔颢《赠怀一上人》诗："法师东南秀，世实豪家子，削发十二年，诵经峨嵋里。"由此可知史怀一是峨眉僧人。卢藏用《陈子昂别传》："友人赵贞固、凤阁舍人陆余庆、殿中侍御史毕构、监察御史王无兢、亳州长史房融、右史崔泰之、处士郭袭微、道人史怀一，皆笃岁寒之交。"由此文可知史怀一与陈子昂是好友。陈公即指陈子昂。

③二道人：指汤惠休与史怀一，佛教初期不以僧人称呼佛教出家者。宋代《避暑录话》云："晋宋间佛学初行，其徒未有僧称，通曰道人。"清代《称谓录》云："六朝和尚皆称道人，不称僧，唐始称僧。"即称佛教徒为僧始于唐代。

④俊发：犹英发。谓才识、情性、文采等充分表现出来。

⑤"海若"二句：海若：海神。《西京赋》："海若游乎玄渚。"薛综注："海若，海神也。"《庄子·列御寇》："夫千金之珠，必在九重之渊而骊龙颔下。"陆德明注："骊龙，黑龙也。"

⑥虚舟：谢灵运诗："溟涨无端倪，虚舟有超越。"李周翰注："轻舟而进曰虚舟。"

⑦旃檀：即檀香。是梵文"旃檀那"的音译。意为"与乐"、"给人

愉悦"。《慧琳音义》曰:"旃檀,此云与乐,谓白檀能治热病,赤檀能去风肿,皆是除疾身安之乐,故名与乐也。"檀香在佛教中备受推崇,被用来礼佛,寺庙也被称为檀林或者旃檀之林。

⑧鹦鹉洲:在今湖北武汉西南长江中。相传东汉末年,江夏太守黄祖长子黄射在此大会宾客,有人献鹦鹉,祢衡作《鹦鹉赋》,故名。后祢衡为黄祖所杀,葬此。自汉以后,由于江水冲刷,屡被浸没,今鹦鹉洲已非以前故地。

⑨"待我"二句:王琦注:"东越,即会稽也。施宿《会稽志》:'府城卧龙山南,旧传有白楼亭,今遗址无所考。诗用支道林事。'"《世说新语·赏誉》记载,孙兴公、许玄度、支道林曾在白楼亭品评以往的贤达人士。

【译文】齐梁时的僧人汤惠休,常常与鲍照交游往来。峨眉僧人史怀一,与陈子昂相映而受人瞩目。两位都是卓绝的僧人,结交的都是凤、麟这样的贤才。行融也是一位才华出众的人物,我知道您的风骨卓尔不群。您就像海神不会隐藏宝珠,骊龙吐出明月珠一样,将才华显露出来。您来去就如轻舟渡海,随波荡漾潇洒飘逸。您在旃檀阁中赋诗,在鹦鹉洲上纵酒。待到我去往会稽的时候,我们再同登白楼亭。

赠黄山胡公求白鹇 并序

【题解】此诗一说是天宝十三载(754)所作。王琦注:"《黄山

志》中亦载李白向黄山胡公求白鹇事,以胡公名晖。"因此可知胡
公名叫胡晖。又有《胡氏家谱》序文记载李白应胡晖之请为《胡氏
家谱》撰写序文,是在乾元二年(759),当时诗人被发配夜郎,中途
遇赦得释,路过黄山时,拜访翰林院时的故交胡晖。因此此诗也有
可能是乾元二年所作。黄山在今安徽黄山市,古称黟山,唐朝天宝
六载敕改为黄山。白鹇翎毛华丽、体色洁白,性情耿介,举止优雅
娴静,就如君子一般,被视为祥瑞之鸟,曾是番外各国进贡之物,
深为历代文人墨客所喜爱。诗人也对白鹇十分钟爱,遇到胡公肯以
白鹇相赠,欣喜若狂,作诗以赠。诗人开篇就赞美白鹇的高贵,值
得以白璧相换。接着描写了白鹇的美丽与举止优雅。羽白似素锦,
白雪也难比拟,每日对水映照,于林间梳理羽毛,夜栖寒月下,晨
行落花间,实在是一种美丽优雅的禽鸟。诗人得到白鹇,从此携带
畅游山水,乐此不疲。全诗辞句优美,文笔酣畅,欣喜之情跃然纸上。

     闻黄山胡公有双白鹇①,盖是家鸡所伏②,自小驯狎③,了
无惊猜。以其名呼之,皆就掌取食。然此鸟耿介,尤难畜之。
余平生酷好,竟莫能致。而胡公辄赠于我④,唯求一诗,闻之
欣然,适会宿意⑤。因援笔三叫,文不加点以赠之⑥。

    请以双白璧,买君双白鹇。白鹇白如锦⑦,白雪耻容颜。照影
玉潭里,刷毛琪树间⑧。夜栖寒月静,朝步落花闲。我愿得此鸟,
玩之坐碧山。胡公能辍赠,笼寄野人还⑨。

【注释】①白鹇:鸟名,尾长,雄鸟背为白色,有黑纹,腹部黑蓝

色，雌鸟全身棕绿色，可做观赏鸟。张华《禽经注》："白鹇，似山鸡而色白，行止闲暇。"

②伏：孵化。

③驯狎：谓驯顺可亲近。

④辍赠：谓取物相赠。

⑤宿意：往日的心意。

⑥文不加点：写文章不用涂改就很快写成。形容文思敏捷。郭璞《尔雅注》："以笔灭字为点。"

⑦白如锦：王琦注："孔颖达《礼记正义》：'素锦，白锦也。'白鹇毛羽白质黑边，有似锦文，故曰'白如锦'。"

⑧琪树：仙境中的玉树。

⑨笼寄：寄居笼中。

【译文】我听说黄山的胡公有一对白鹇，可能是家鸡所孵化，所以从幼鸟时起就温顺驯服，愿意与人亲近，完全不会受到惊吓，也不会猜忌多疑。呼唤它的名字，它就会跑过来啄取人手掌中的食物。此鸟性情刚烈，非常难于饲养。我平生酷爱此鸟，但可惜一直未能如愿。现在胡公愿意把它们送给我，只求我赠诗一首，我听后很高兴，正好可以一偿往日的心愿。于是提笔欢呼三声，文不加改，一挥而就赠给胡公。

请让我用一对珍贵的白璧，买下您这对美丽的白鹇。白鹇羽白如素锦，白雪难比其容颜。白鹇在玉潭边映照身影，在琼树间梳刷羽毛。夜里栖息在寒月的清辉下，清晨迈步在缤纷的落花间。我愿得到这种优雅的禽鸟，在青山白云间尽情赏玩。感谢胡公您能以白鹇相赠，我这山野之人就以竹笼携归。

登敬亭山南望怀古赠窦主簿

【题解】这首诗于天宝十二载（753），诗人在宣城时赠予窦主簿所作。窦主簿，名字生平不详。主簿，为官职名，唐代各县均设主簿一人，其职责为主管文书等事务。诗人引用窦子明在陵阳成仙的故事，来隐喻窦主簿有仙人之姿。全诗前半部分叙述了历代的一些仙人包括琴高、麻姑、窦子明等人的故事，来说明宣城的人杰地灵以及诗人对寻仙访道的热切之情。后半部分则写诗人打算放下眼前的一切俗事，寻仙访道而去。诗人一想到岁月易逝，人生易老，前途不可预料，就心中忧虑，食不下咽。因此决定追随窦子明，前去山中烧火炼金丹。这是一首游仙诗，此类题材在李白的作品中屡次出现，尤其是诗人面临人生低谷的时候，总是想要避世遁居，修行仙道，以解脱烦恼，可是又屡屡放不下济世救民的志向，诗人一生都处于这种矛盾之中。

敬亭一回首，目尽天南端。仙者五六人，常闻此游盘[1]。溪流琴高水[2]，石耸麻姑坛[3]。白龙降陵阳，黄鹤呼子安[4]。羽化骑日月[5]，云行翼鸳鸾。下视宇宙间，四溟皆波澜[6]。决绝目下事[7]，从之复何难？百岁落半途，前期浩漫漫。强食不成味，清晨起长叹。愿随子明去，炼火烧金丹[8]。

【注释】①游盘：游逸娱乐。

②琴高：传说周末赵人，善鼓琴，后于涿水乘鲤归仙。《江南通志》："琴高山，在宁国府泾县北二十里。昔琴高于此山修炼得道，故名。有隐雨岩，是其控鲤上升之所。岩下有炼丹洞，洞旁有钓台，台下流水，即琴溪也。每岁上巳前后数日，溪中出小鱼，谓之琴鱼，传为仙人药渣所化。"

③麻姑坛：麻姑是道教神仙人物，又称寿仙娘娘、虚寂冲应真人。《新定九域志》："宣州宣城郡有花姑山，亦谓之麻姑山，昔麻姑修道于此上升，有仙坛在焉。"

④"白龙"二句：用窦子安典故。《水经注·沔水》："水出陵阳山，下径陵阳县，西为旋溪水。昔县人阳子明钓得白龙处。后三年，龙迎子明上陵阳山，山去地千余丈。后百余年，呼山下人，令上山半，与语溪中，子安问子明钓车所在。后二十年，子安死山下，有黄鹤栖其冢树，常鸣呼子安。"

⑤羽化：道教指成仙为羽化。

⑥四溟：四海。

⑦决绝：断绝关系。

⑧金丹：道教炼丹名词。古代方士、道士用黄金炼成"玉液"，或用铅汞等八石烧炼成黄色丹药。认为服之可长生不老。《抱朴子·金丹》："夫金丹之为物，烧之愈久，变化愈妙，黄金入火，百炼不消，埋之毕天不朽。服此二药，炼人身体，故能令人不老不死。"

【译文】在敬亭山上回首远望，可以看到苍天最南端。曾有五六位仙人，据传常在此游乐。琴高溪流水淙淙，麻姑坛危石耸立。白龙降临在陵阳山，黄鹤鸣叫于子安墓。羽化飞升畅游天下，乘云驾雾比翼鸳鸯。空中下视茫茫宇宙，只见四海皆是波澜。彻底断绝眼下事，追随

仙人有何难。人生百岁我已过半，前途漫漫渺茫难知。强行进食不辨
滋味，清晨起身不由长叹。我愿随子明而归，炼火烧制金丹。

赠汪伦

【题解】这首诗作于天宝十三载（754年）左右，当时诗人在安
徽泾县游桃花潭时赠给汪伦。历代认为汪伦是泾县一个普通乡人。
但是近代多位学者考证泾县《汪氏宗谱》《汪渐公谱》《汪氏续修
支谱》等资料，认为汪伦为唐初越国公汪华五世孙，曾为泾县令，辞
官后居住在泾县桃花潭。此诗或为汪伦闲居桃花潭时，李白来访所
作。此诗短小精悍，直抒胸臆，开篇即道明自己将要乘舟远行，在
开船之际，忽然听到岸上有踏歌声，这很出乎诗人的意料。诗人好
友遍天下，经历的送别场景也数不胜数，这种方式送行，还是头一
次遇到，诗人也霎那间感受到了汪伦对自己的深厚情谊，于是"桃
花潭水深千尺，不及汪伦送我情"的诗句从胸中喷薄而出。全诗文
字浅白，不加修饰，却自然率直，分外具有感染力，也成为诗人的代
表作。

李白乘舟将欲行，忽闻岸上踏歌声①。桃花潭水深千尺②，不
及汪伦送我情。

【注释】①踏歌：一种歌舞形式，古代很多民族都有。其特征是，

参加者集体围成圆圈或排列成行，互相牵手或搭肩，上身动作不多，主要是脚下的舞步变化，边歌边舞。《资治通鉴·唐纪》记载："阎知微为虏踏歌。"胡三省注："踏歌者，连手而歌，踏地以为节也。"

②桃花潭：在今安徽泾县西南一百里。《一统志》："桃花潭，在宁国府泾县西南一百里，深不可测。"

【译文】李白乘坐轻舟将要离去，忽然听到岸上有踏歌声。桃花潭水虽然深达千尺，也不如汪伦对我的深情厚谊。

经乱后将避地剡中留赠崔宣城

【题解】剡中，指剡县。今浙江嵊州、新昌县一带。崔宣城，即宣城县令崔钦。这首诗作于天宝十五载（756）。诗人准备去剡中避难暂留宣城时所作。当时安史之乱刚刚爆发，天下承平日久，骤逢战乱，四海扰动，胡寇乘机肆虐，导致生灵涂炭，百姓陷于水火之中。诗人面对惨烈战乱，内心无比煎熬，但是又报国无门，枉自感叹。全诗第一部分描写时势。诗人引用"双鹅""五马渡江"以及"上东门"的典故，来隐喻此时唐王朝的局势，就如同当年西晋五胡乱华时一样危急。西晋由于五胡乱华而最终灭亡，而唐朝面对安史之乱，也有王朝倾覆的危险。中原大地被安禄山的胡兵肆意蹂躏，就连唐室宗庙也毁于战火。太白经天的天象也开始出现，大唐国势如落日一般只留下一点余晖。东西两京相继沦陷，世道也变得愈发艰难。四海百姓遥望长安，也都蹙眉而叹，京都再也不是世人向往的地方。战乱造成百姓流离失所，白骨盈野无人收殓。朝廷聚集的大军，虽然声势浩大，但是能否击败叛军，世人还心存疑惑。第二段写诗人面对战火肆虐的时局，空怀一腔激愤，却不能有所作为，只能效仿南山豹那样，避难保身，南下宣城。在宣城诗人受到了县令崔钦的热情款待，宾主饮宴欢娱，胡床紫笛，登高把酒，相处甚欢。最后一段写诗人在饱经战乱之苦后，心生隐居遁世之念。诗人想到会稽的剡溪，水清石妙。雪映天地，风开湖山。忧国可以发洛生之咏，酒醉可以唱吴越之曲。诗人准备如历代隐者那样，垂钓江上，来排遣郁闷，实现自己南山隐豹的心愿。诗人也劝崔县令，不必为官职所累，不如像陶渊明那样归隐田园，以诗酒为乐。全诗先抑后扬，前悲后喜，风格迥然不同，也是诗人内心激荡，悲喜交加的写照。

　　双鹅飞洛阳，五马渡江徼①。何意上东门，胡雏更长啸②。中原走豺虎，烈火焚宗庙③。太白昼经天，颓阳掩余照④。王城皆荡覆，世路成奔峭⑤。四海望长安，颦眉寡西笑⑥。苍生疑落叶，白骨空相吊。连兵似雪山，破敌谁能料？

　　我垂北溟翼，且学南山豹⑦。崔子贤主人⑧，欢娱每相召。胡床紫玉笛⑨，却坐青云叫。杨花满州城，置酒同临眺⑩。

　　忽思剡溪去⑪，水石远清妙。雪昼天地明，风开湖山貌。闷为洛生咏⑫，醉发吴越调⑬。赤霞动金光，日足森海峤⑭。独散万古意，闲垂一溪钓。猿近天上啼，人移月边棹。无以墨绶苦⑮，来求丹砂要⑯。华发长折腰，将贻陶公诮⑰。

【注释】①"双鹅"二句：双鹅：为兵乱之典。《晋书·五行志》："孝怀帝永嘉元年二月，洛阳东北步广里地陷，有苍白二色鹅出，苍者飞翔冲天，白者止焉。陈留董养曰：'步广，周之狄泉盟会地也。白者，金色，国之行也。苍为胡象，其可尽言乎！'是后刘元海、石勒相继乱华。"五马：指西晋末年渡江南下的五个诸侯王，因以司马为姓故称。《晋书·五行志》："太安中童谣曰：'五马游渡江，一马化为龙。'后中原大乱，宗藩多绝，惟琅琊、汝南、西阳、南顿、彭城同至江东，而元帝嗣统矣。"微：边界。

②"何意"二句：用石勒典故。上东门是洛阳城门名。胡雏：指石勒。《晋书·石勒载记》："石勒年十四，随邑人行贩洛阳，倚啸上东门。王衍见而异之，顾谓左右曰：'向者胡雏，吾观其声视有奇志，恐将为天下之患。'"

③"中原"二句：指安禄山起兵造反，焚毁宗庙。《新唐书·礼乐志三》："安禄山陷两京，宗庙皆焚毁。"

④"太白"二句：太白即太白星，金星。太白经天，就是太白星在白天出现。古时候认为太白经天象征将有兵乱发生。《汉书·天文志》："太白经天，天下革，民更王，是为乱纪，人民流亡。"孟康注："谓出东入西、出西入东也。太白，阴星，出东当伏东，出西当伏西，过午为经天。"晋灼注："日，阳也。日出则星亡，昼见午上为经天。"颓阳：落日。

⑤奔峭：势若奔涌的山峰。

⑥"四海"二句：用长安西笑的典故。语出东汉桓谭的《新论·祛蔽》："人闻长安乐，则出门西向而笑；肉味美，对屠门而嚼。"长安是汉的京城。西望长安而笑，谓渴慕帝都。

⑦南山豹：语出《列女传·贤明传》，古时候陶地的大夫答子，在陶地做官三年，名誉不佳。可是家中财富却增加了三倍。他的妻子多次规谏陶答子要清廉。陶答子不肯听从。过了五年，陶答子带着一百辆车致仕归家。族人杀牛来恭贺陶答子。唯独他的妻子抱着儿子哭泣。婆婆很生气，认为不吉利。陶答子的妻子解释说，丈夫做官，贪求财富，不顾后患。我听说南山有一种黑豹，在雾雨天气会连续七天不吃东西，这是什么缘故呢？黑豹是为了使自己的毛皮受到滋润，更加光亮柔顺，形成美丽的花纹，所以才躲藏起来，以远离它的天敌。猪狗不择食而吃，使自己的身体肥胖，很快就会被杀死了。现在丈夫做官，家富而国贫，君主和百姓都讨厌他，败亡的征兆已经显现了，我情愿和小儿子一同逃走。婆婆听后很生气，就把陶答子的妻子赶走了。过了一年，陶答子果然因为贪污而被杀死。后以"南山豹"比喻爱惜其身，隐居避害的人。

⑧崔子：指宣城县令崔钦。

⑨胡床：古时候一种可以折叠的轻便坐具。胡三省《通鉴注》注："胡床，今谓之交床，其制本自虏来，隋恶胡字，改曰交床，唐犹谓之胡床，今之交椅是也。"

⑩临眺：在高处远望。

⑪剡溪：水名。曹娥江的上游。在浙江嵊县南。

⑫洛生咏：指洛下书生的讽咏声，音色重浊。东晋士大夫多中原旧族，故盛行"洛生咏"。

⑬吴越调：吴越之地的歌曲，其声婉转。

⑭日足：指从云缝中透过的阳光。海峤：海边山岭。

⑮墨绶：结在印钮上的黑色丝带。贾公彦《周礼疏》："汉法：丞相、中二千石，金印紫绶；御史大夫、二千石，银印黄绶；县令、六百石，

铜印墨绶。"后因以"墨绶"作为县官及其职权的象征。

⑯丹砂要：炼制丹砂的要诀。

⑰"华发"二句：用陶渊明典故。《宋史·陶潜传》："执事者闻之，以为彭泽令。郡遣督邮至，县吏白应束带见之，潜叹曰：'我不能为五斗米，折腰向乡里小人。'即日解印绶去职，赋《归去来》。"

【译文】双鹅飞出洛阳预示动乱将起，五马仓惶渡江只因西晋败亡。如何能想到在洛阳上东门，那些胡人又一次放肆长啸。中原腹地到处是豺虎奔走，熊熊烈火烧毁了唐室宗庙。太白星白昼经天是战乱征兆，国运如落日只有余辉照耀。东西两京都被攻破，战乱世道更加艰险。四海之内都在瞻望长安，人人蹙眉不再向西而笑。苍生如落叶四处飘零，白骨露于野无人凭吊。朝廷军队聚积如雪山，能否破敌还是难预料。

我如垂下双翼的大鹏无法施展才能，暂且效仿南山豹远离动乱来避害。崔县令您是位贤达的主人，每次欢娱必定邀约我前来。安坐胡床吹动紫玉笛，笛声悠扬直上青云间。纷纷杨花飘满州城，置酒设宴登高远眺。

忽然想去会稽剡溪一游，那里水石清妙恬静幽远。雪照天地一片通明，风吹湖山颜色尽开。愁闷时就为洛生之咏，酣醉中频发吴越之调。天边赤霞跃动金光，云隙余辉森然海岭。独自排遣万古忧愁，闲时垂钓一溪之中。山高万仞猿猴仿佛啼叫于天，水清如镜游人似乎行舟月边。望君莫被官职所累，不如寻求炼丹要诀！华发之年还折腰，会被陶潜所耻笑！

献从叔当涂宰阳冰

【题解】这首诗作于上元二年（761）。当涂宰阳冰，即当涂县令李阳冰。当涂县，唐时属江南西道宣州，今属安徽马鞍山市。李阳冰，诗人的族叔。据《新唐书》记载，李阳冰字少温，谯郡（治今安徽亳州）人，出自赵郡李氏南祖，曾任当涂县令，官至将作少监。善词章，工书法，尤精小篆，是唐朝著名篆书家。《宣和书谱》称"有唐三百年，以篆称者，唯阳冰独步。"上元二年诗人年已六十一岁，寓居金陵一带，听说史朝义势力复盛，再次请缨入李光弼幕府，但因生病半道而还。这年冬季，迫于生计诗人从金陵投奔当涂县令族叔李阳冰处，借此诗委婉地向李阳冰请求予以援助。全诗首段以秦朝灭亡，汉朝兴起时有贤臣出世辅助为引，来指出李阳冰的才华卓绝，虽然还没有位列三公，但也不会像战国四公子那样博取名声。诗人认为李阳冰能够激扬风云，终会成为龙虎一般的辅臣。还赞扬他年少时就受到贤士的器重和赏识，都愿意与他交往，他的气度和胆识直追鲁仲连和季布。次一段写诗人知道李阳冰不以身份地位来与人交往，但是自己还是担心彼此不能相合。诗人自惭不是青云之士，愧对族叔的盛情招待。诗人将自己与李阳冰的交往，比作当年的竹林七贤。彼此一起"高歌振林木，大笑喧雷霆"，相处甚欢。诗人认为李阳冰的篆书挥洒豪放，有崩云之势，其文辞秀美，如繁星一样灿烂耀眼。再次一段诗人对李阳冰的政绩给予赞颂。当时正值安史之乱，生灵涂炭，哀鸿遍野，百姓流离，十室九空。李阳冰就任当涂县令时，是一幅"浮云空古城，居人若薙草"的萧条景象。李阳冰当政后，大力恢复民生，使得"惠泽及飞走，农夫尽归耕"。最终使当涂恢复了太平，百姓安居乐业，教化大行。最后一段诗人委婉地道出了自己所处的困窘境地，希望族叔能给予救助。诗人道明自己由金陵来到当涂，实在是由于在金陵靠友人的接济，已经维持不了生活，出于无奈才像当年冯谖一样弹剑而歌，前来当涂投靠。李阳冰读诗后明白了李白的处境，对诗人极尽帮助，才使诗人有了栖身之所。一年后，诗人溘然长逝，临终前将全部书稿托付李阳冰。后来李阳冰将诗文编辑成《草堂集》十卷，并为之作《序》，传于后世，仅此一点李阳冰可谓功大矣。

金镜霾六国①，亡新乱天经②。焉知高、光起③，自有羽翼生？萧、曹安峛屼④，耿、贾摧挽抢⑤。吾家有季父⑥，杰出圣代英。虽无三台位⑦，不借四豪名⑧。激昂风云气，终协龙虎精⑨。弱冠燕赵来，贤彦多逢迎。鲁连擅谈笑，季布折公卿⑩。

【注释】①金镜：《北堂书钞》："《尚书考灵曜》云：'秦失金镜，鱼目入珠。'注曰：'金镜，喻明道也。'"这里指秦国。霾：埋葬。

②新：指王莽所建新朝。天经：天之常道。

③高、光：指西汉高祖刘邦和东汉光武帝刘秀。

④萧、曹：指萧何和曹参，辅佐汉高祖平定天下。峛（niè）屼（wù）：不安貌。

⑤耿、贾：指耿弇和贾复，辅佐光武帝安定四海。挽抢：指彗星。古人以挽抢为妖星，主兵祸。

⑥季父：叔父，指李阳冰。

⑦三台：指三台星，也喻指三公。《晋书·天文志上》："三台六星，两两而居，起文昌，列抵太微。一曰天柱，三台之位也。在人曰三公，在天曰三台，主开德宣符也。"

⑧四豪：指战国四公子。《汉书·游侠传》："列国公子，魏有信陵，赵有平原，齐有孟尝，楚有春申，皆藉王公之势，竞为游侠，鸡鸣狗盗，无不宾礼，皆以取重诸侯，显名天下，扼而游谈者，以四豪为称首。"

⑨"激昂"二句：《易·乾》："云从龙，风从虎。"孔颖达疏："龙是水畜，云是水汽，故龙吟则景云出，是云从龙也。虎是威猛之兽，风是震动之气，亦是同类相感，故虎啸则谷风生，是风从虎也。"

⑩"季布"句：《史记·季布栾布列传》记载，季布是秦朝末年楚国人，曾为项羽部将。项羽亡后，经夏侯婴说情，刘邦赦免了他，并拜他为郎中。汉惠帝的时候，匈奴单于曾经写信侮辱吕后，吕后大为恼火，召集众将商议此事。上将军樊哙说："我愿领十万大军，扫平匈奴。"各将领都迎合吕后，齐声赞同。季布却说："樊哙应该被斩首啊！当年高祖率领四十万大军尚且被困平城，如今樊哙怎么可能以十万人马横扫匈奴呢？这是当面欺君！再说秦朝正因为讨伐匈奴，才引起陈胜等人造反。现在楚汉之战造成的疮痍还没治好，而樊哙又当面阿谀逢迎君主，欲使天下动乱。"此时，殿上的将领都感到惊恐，吕后也宣布退朝，从此再不提攻打匈奴的事了。

【译文】强秦灭六国却失正道，王莽建新朝违逆天纲。哪知汉高祖和光武帝的兴起，自然会有辅佐之臣作为羽翼？萧何曹参安定了汉室江山，耿弇贾复扫除了四海动乱。我家有您这位叔父，是圣世的杰出英豪。您虽然没有位列三台之位，却不会像四豪那样谋取名声。您激昂豪迈汇聚风云之气，终会成为龙虎一般的辅臣。您弱冠之年从燕赵而来，此地贤人都愿与您亲近。您能够像鲁仲连一样谈笑间斥退秦兵，也能像季布那样凭雄辩折服公卿。

遥知礼数绝①，常恐不合并②。惕想结宵梦③，素心久已冥④。顾惭青云器⑤，谬奉玉樽倾⑥。山阳五百年，绿竹忽再荣⑦。高歌振林木⑧，大笑喧雷霆。落笔洒篆文，崩云使人惊⑨。吐辞又炳焕⑩，五色罗华星⑪。秀句满江国，高才揽天庭⑫。

【注释】①礼数绝：指与人交往不在意对方的名声地位。南朝梁任昉《出郡传舍哭范仆射》诗："平生礼数绝，式瞻在国桢。"李周翰注："礼数绝，谓交道相得，虽品命有异，不为礼数。"

②不合并：合不来。

③惕想：忧思。

④素心：本心，素愿。冥：默契，暗合。

⑤青云器：指胸怀旷达、志趣高远的人才。南朝宋颜延年《五君咏》诗："仲容青云器。"李善注："青云，言高远也。"

⑥谬奉：错受。玉樽：玉制的酒器。

⑦"山阳"二句：用竹林七贤典故。《三国志·魏志·嵇康传》裴松之注引《魏氏春秋》曰："嵇康寓居河内之山阳县，与陈留阮籍、河内山涛、河南向秀、籍兄子咸、琅邪王戎、沛人刘伶，相与友善，游于竹林，号为七贤。"王琦注："按阮籍叔侄与嵇康为竹林之游，不知是何年，而康之死，在魏景元二年以后，顺数而下，至唐肃宗上元二年，共得五百年。竹林之游，相去亦不过在此时。"山阳：县名，在今河南修武县西北。

⑧ "高歌"句:《列子·汤问》记载,战国时秦国乐师薛潭向秦青学歌,经过数年的学习。薛潭自认为技艺有了很大的长进,已经得到了老师的真传,就向老师辞行。秦青在郊外设宴为薛潭送行,席间秦青以手击节,悲歌一曲,声振林木,响遏行云,薛潭听后才知自己尚未学到老师的真髓,觉得十分惭愧,于是留下继续学习。

⑨ 崩云:谓书法笔势飞洒。鲍照《飞白书势铭》:"轻如游雾,重似崩云。"

⑩ 炳焕:鲜明华丽。

⑪ "五色"句:形容李阳冰文章华美。魏文帝曹丕《芙蓉池作》诗:"丹霞夹明月,华星出云间。上天垂光彩,五色一何鲜。"

⑫ 掞天庭:左思《蜀都赋》:"摛藻掞天庭。"吕向注:"掞,犹盖也。"

【译文】我知道您不以名位与人相交,但还是担心与您不契合。对您思念不已常常梦里相见,其实我早已与您心有默契。我愧对您把我当做青云之士,错蒙您倾玉樽以美酒相待。五百年前竹林七贤相聚山阳,如今你我又让竹林盛典再现。相聚高歌声振林木,笑语喧哗犹如雷霆。您挥毫写下古篆文,笔势惊人如云崩。您的谈吐焕然华丽,就像夜空中的五色繁星。您的锦绣诗句传遍江南,高妙文章直达天庭。

宰邑艰难时,浮云空古城。居人若薙草①,扫地无纤茎②。惠泽及飞走③,农夫尽归耕。广汉水万里,长流玉琴声④。《雅》《颂》播吴越⑤,还如太阶平⑥。

【注释】①薙草:锄草。《礼记·月令》:"烧薙行水。"郑玄注:

"薙，谓迫地芟草也。"

②扫地：比喻如风扫地，空荡无物。

③飞走：飞禽走兽。

④"广汉"二句：王琦注："《诗·国风》：'汉之广矣，不可泳思。'称汉水曰广汉，本此，而非西蜀之广汉郡也。当涂之江，与汉水殊远，然汉水之下流，亦由当涂而过。诗意取子贱弹琴而单父治之意，谓玉琴之声，与长流万里汉水之声相应，盖亦倒装句法也。"

⑤《雅》《颂》：为《诗》内容和乐曲分类的名称。泛指盛世之乐、庙堂之乐。

⑥太阶：古星名。即三台。上台、中台、下台各二星，相比而斜上，如阶级然，故名。《汉书·东方朔传》："愿陈泰阶六符，以观天变，不可不省。"东汉应劭注："《黄帝泰阶六符经》曰：'泰阶者，天之三阶也。上阶为天子，中阶为诸侯公卿大夫，下阶为士庶人。上阶上星为男主，下星为女主。中阶上星为诸侯三公，下星为卿大夫。下阶上星为元士，下星为庶人。三阶平则阴阳和，风雨时，社稷神祇咸获其宜，天下大安，是为太平。'"

【译文】您为当涂县令时正当世道艰难时刻，城邑空荡只有浮云徘徊空中。百姓如杂草一般被芟除，四野横扫一空枝叶无存。您到任后遍施恩惠广及鸟兽，农夫也全部返回耕种田地。汉水浩浩绵延万里，流传着您如子贱般的鸣琴声。您的教化使《雅》《颂》之乐传播于吴越，就像泰阶星一样昭示着天下太平。

小子别金陵，来时白下亭①。群凤怜客鸟，差池相哀鸣②。各拔五色毛，意重太山轻。赠微所费广，斗水浇长鲸。弹剑歌《苦寒》③，严风起前楹。月衔天门晓，霜落牛渚清④。长叹即归路，临川空屏营⑤。

【注释】①白下亭：白下是南京的别称。白下亭在今南京金川门外。

②差池：《诗·邶风·燕燕》："燕燕于飞，差池其羽。"郑玄笺曰："差池其羽，谓张舒其尾翼也。"

③《苦寒》：即《苦寒行》，乐府曲调名，因行役遇寒而作。

④"月衔"二句：天门指天门山。牛渚指牛渚山。《元和郡县志》："博望山，在宣州当涂县西三十五里，与和州对岸。江西岸山曰梁山，两山相望如门，俗谓之天门山。山上皆有却月城，宋车骑将军王玄谟所筑。牛渚山，在宣州当涂县北三十五里，山突出江中，谓之牛渚圻，古津渡处也。"

⑤屏营：彷徨。

【译文】我离开金陵的时候，在白下亭与大家分别。众人像群凤一样怜惜我这个客鸟，争先恐后安慰我表示同情。大家各拔羽毛慷慨资助我，馈赠虽轻而情谊重于泰山。但是所赠太少花费太多，就像以斗水去救助长鲸。我如冯谖一样弹剑而歌《苦寒曲》，萧瑟寒风在堂前楹柱间刮起。天刚破晓月亮高挂天门山巅，深秋寒霜落满清冷的牛渚山。长叹一声踏上归家之路！面临大川我又彷徨不安。

卷十　寄上

安陆白兆山桃花岩寄刘侍御绾

【题解】由"云卧三十年"一句可知，这首诗大约作于开元十八年（730）左右。安陆，唐县名，唐朝时属于淮南道安州，今湖北安陆市。《太平寰宇记》记载："白兆山，在安州安陆县西三十里。"刘侍御绾，即监察御史刘绾。开元十二年（724）诗人二十四岁，开始"仗剑出游，辞亲远游"，一路东行，游历了江陵、扬州、河南等地。诗人后在安陆与故宰相许圉师之孙女结婚，于是便在安陆安家，并在白兆山桃花岩构筑石室，开垦山田，过起了隐居生活。诗人在隐居时，想起了好友刘绾，写下了这首《安陆白兆山桃花岩寄刘侍御绾》。全诗首段描述诗人的隐居生活。悠闲自在，如闲云野鹤一般，而且诗人还喜欢寻仙访道。虽然因为遥远而不能亲临蓬莱山，但诗人的内心却早已超脱世间，乘鸾驾鹤，神游方外。诗人在桃花岩，酣眠云窗之下，过着恬静自在的隐居生活。次一段描写白兆山的秀美风景。白兆山的生活犹如世外桃源一般,乡人隔岭而居,语音相闻,山猿跳跃其中,相接下潭饮水,情趣盎然。远近山峰,入目青翠,犹如身处道家洞天福地的罗浮山一样。极目远望,只见两峰环绕东谷,一道高嶂仁立天际。林木如海,遮蔽白日。危崖高耸,明月难圆。芳草盈野,不断变换景色。女萝飞舞,如春烟弥漫,一幅人间仙境的模样。最后一段描述诗人在桃花岩构筑石室,开田耕种的田园生活。诗人意于效仿陶渊明,从此不问俗事,断绝世缘。因此与刘侍御作别,千年后再相见。全诗生动地描绘了桃花岩秀美的风光,同时也抒发了诗人想要遁迹江湖,寻仙访道的意愿。

　　云卧三十年^①,好闲复爱仙。蓬壶虽冥绝^②,鸾鹤心悠然。归来桃花岩,得憩云窗眠。

　　对岭人共语,饮潭猿相连^③。时升翠微上,邈若罗浮巅^④。两岑抱东壑^⑤,一嶂横西天^⑥。树杂日易隐,崖倾月难圆。芳草换野色,飞萝摇春烟。

　　入远构石室,选幽开山田。独此林下意^⑦,杳无区中缘^⑧。永辞霜台客^⑨,千载方来旋。

【注释】①云卧:高卧于云雾缭绕之中,谓隐居。三十年:指当时李白已三十岁。

　　②蓬壶:即蓬莱。

　　③"饮潭"句:《尔雅翼》:"猿尤好攀援,其饮水辄自高崖或大木上累累相接下饮,饮毕复相收而上。"

　　④罗浮:即罗浮山,在今广东增城县东。被道教尊为天下第七洞

天。《太平寰宇记》："广州增城县东有罗浮山，浮水出焉，是为浮山。与罗山并体，故曰罗浮。非羽化莫有登其极者。险尖之峰，四百四十有二，同归于罗山。上则三峰争竦，各五六千仞。其穴冥然，莫测其极。北通句曲之山。"

⑤岑：《尔雅》："山小而高，岑。"邢昺疏："山形虽小而高崯崟者，名岑也。"

⑥嶂：《韵会》："嶂，山峰如屏障者。"

⑦林下意：归隐之心。《高僧传·义解二·竺僧朗》："竺僧朗，京兆人也。……移卜泰山。与隐士张忠为林下之契，每共游处。"

⑧区中缘：尘世的俗情。谢灵运诗："缅邈区中缘。"张凤翼注："区中，世间也。缘，尘缘也。"

⑨霜台：御史台的别称。御史职司弹劾，为风霜之任，故称。刘绾为监察御史所以称为霜台客。

【译文】我高卧云中三十年，性喜悠闲亦好仙道。虽然与蓬莱仙山远隔大海，我心却像乘鸾驾鹤般悠然。如今归来幽居桃花岩，可倚轩窗云卧而酣眠。

对岭人家隔空共语闲话，饮水山猿彼此相连入潭。不时登上翠绿的峰顶，就像在高邈的罗浮山巅。两座小山环绕东谷，一道碧嶂横亘西天。林木杂生白日易被隐没，危崖倾挡明月难显浑圆。芳草如茵不时变换山野颜色，女萝轻摇如同袅袅春烟升起。

深入远山构筑石室，选取幽境开出山田。此刻只有林下隐居的心愿，从此再无牵涉世事的因缘。我从今与刘侍御您永远辞别，直到千年以后彼此再见吧。

淮南卧病书怀寄蜀中赵征君蕤

【题解】淮南，唐代贞观年间全国分为十道、开元年间分为十五道，淮南道治所在扬州，辖区包括淮河以南，长江以北，东至大海，西至湖北一带。赵征君蕤，指蜀地名士赵蕤。征君，指不接受朝廷征聘的隐士。赵蕤是唐代杰出的纵横家，著有《长短经》，与诗人并称"蜀中二杰"，诗人曾经跟随他学习纵横术，时称"赵蕤术数，李白文章"。《四川志》记载："赵蕤，盐亭人，隐于梓州郪县长平山安昌岩。博考六经诸家同异，着《长短经》十卷，明王霸大略，其文亦《申鉴》《论衡》之流，凡六十三篇。又注《关朗易传》。明皇屡征之，不就。李白尝造其庐访焉。"这首诗作于开元十五年（727）。当时诗人往来于吴会和扬州一带，财帛用尽，而功业无成，又疾病交加，因而作诗寄给蜀地的故人赵蕤，以寄托思念。全诗首段写诗人在吴会一带羁旅，就像浮云一样无所依托。眼看岁月流逝，而功业无成。以往的宏大志向也变为了泡影，自己又疾病缠身，不由得感叹生不逢时，就像古琴藏于匣中，宝剑空挂壁上。次一段诗人以钟仪、庄舄自比，来抒发自己的思乡之情。回想起故乡远在天外，关山阻隔，只能梦回相如台，子云宅，以慰藉乡情。最后一段写秋风渐起之时，更让人增添愁绪。风入松间，露下秋草。此时诗人形单影只，无故人相伴，贫病交加，更觉凄苦，于是就借书信，向友人诉说离别之情。全诗行文流畅，条理分明，将功业、乡情、友情一路抒发，感情虽不激荡，但是真挚自然，足见功力。

吴会一浮云①,飘如远行客②。功业莫从就③,岁光屡奔迫④。良图俄弃捐⑤,衰疾乃绵剧⑥。古琴藏虚匣,长剑挂空壁。

楚怀奏钟仪⑦,越吟比庄舃⑧。国门遥天外⑨,乡路远山隔。朝忆相如台⑩,夜梦子云宅⑪。

旅情初结缉⑫,秋气方寂历⑬。风入松下清,露出草间白。故人不在此,而我谁与适?寄书西飞鸿,赠尔慰离析⑭。

【注释】①吴会:东汉分会稽郡为吴、会稽二郡,并称吴会。后亦泛称此两郡故地为吴会。浮云:浮云飘忽不定,因而借指游子,此处指诗人自己。

②"飘如"句:化用潘岳《哀诗》:"人居天地间,飘若远行客。"

③莫从就:无从成就。

④奔迫:急促,匆忙。

⑤良图:好办法,良策。

⑥绵剧:谓病势缠绵加剧。

⑦"楚怀"句:用南冠楚囚的典故。语出《左传·成公九年》,春秋时晋侯视察军库,见到楚囚钟仪,就问随从官员:"那个戴着南冠的囚犯是谁?"回答说:"是郑人所献的楚国俘虏。"晋侯将他释放,召见并且询问他的家世,他回答说:"世代为乐官。"普侯说:"能演奏音乐吗?"钟仪回答说:"这是先人的职责,岂敢忘记?"晋侯给他一张琴,钟仪就弹奏南方的曲调。范文子评价说:"这个楚囚是一位君子啊,他说话时不忘先人的官职,这是不忘本;演奏音乐是家乡的曲调,这是不忘旧。"

⑧"越吟"句:用庄舃越吟的典故。《史记·张仪列传》记载,越国

人庄舄在楚国为官，有一次生病了。楚王说："庄舄原本是越国地位低下之人，现在担任楚国的大官，身处富贵了，还会想念越国吗？"侍从回答说："人们凡是思乡，在他生病之时表现的特别突出。庄舄要是想念越国，说话就会是越国的口音；如果不想念越国，就会是楚国的口音。"楚王派人去打听，庄舄仍然操有越国口音。此处以钟仪、庄舄之事比喻思念家乡。

⑨国门：原指国都的城门，这里指故乡。

⑩相如台：汉司马相如的琴台。故址在今四川省成都市。《成都志》："相如琴台，在城外浣花溪之海安寺南，今为金花寺。"

⑪子云宅：在四川省成都市。相传为西汉学者扬雄读书处，扬雄字子云，故名。《太平寰宇记》："子云宅，在益州少城西南角，一名草玄堂。"

⑫结缉：郁结。

⑬寂历：凋零疏落。江淹《王征君微》："寂历百草晦。"李善注："寂历，雕疏貌。"

⑭离析：离别，分离。

【译文】我就像吴会之地的一片浮云，漂泊无依是羁居他乡的远客。功业尚未成就，岁月就已流逝。宏大的志向转瞬化为乌有，衰弱的残身仍然绵延病痛。生不生逢时，只好古琴藏于匣中，宝剑空挂白壁。

楚囚钟仪弹琴抒发故国感怀，越人庄舄病中呻吟故乡之声。我的故乡远在遥遥天外，归乡之路被重重远山阻断。清晨我会思念相如台，傍晚又会想起子云宅。

旅人的愁情在逐渐郁积，萧索的秋气正凋敝万物。风入松间顿添清冷，露下秋草更觉晶白。此处无故人相知，我能与谁共欢愉？就让西去的鸿雁捎去书信，送给您来安慰离别之情。

寄弄月溪吴山人

【题解】这首诗大约作于开元年间，诗人游历荆州一带时所作。诗人以此诗赠予隐居在荆州的朋友吴山人。吴山人，名字事迹不详。全诗前四句引用庞德公的典故。庞德公是东汉末年的著名隐士，曾评价诸葛亮为"卧龙"，庞统为"凤雏"，司马徽为"水镜"，有知人之誉。庞德公淡泊名利，即使刘表亲自上门延请，庞德公也不肯出仕。诗人赞扬吴山人的高风亮节就像庞德公。后八句写吴山人隐居清淮一带，以观赏明月为乐。行踪飘忽，可媲美古代隐士。诗人赞美吴山人仪容丰美，令人不禁生出仰慕之心。最后诗人希望自己能早日了结俗事，与吴山人一起归隐，去寻仙访道。

尝闻庞德公①，家住洞湖水。终身栖鹿门②，不入襄阳市。

夫君弄明月，灭景清淮里③。高踪邈难追，可与古人比。清扬杳莫睹④，白云空望美。待我辞人间，携手访松子⑤。

【注释】①庞德公：东汉末年名士、隐士，荆州襄阳人。《后汉书·逸民传·庞公》记载："庞公者，南郡襄阳人也。居岘山之南，未尝入城府。夫妻相敬如宾。荆州刺史刘表数延请，不能屈，乃就候之。后携其妻子登鹿门山，因采药不反。"

②鹿门：指鹿门山。《襄阳记》："鹿门山旧名苏岭山，建武中，襄阳侯习郁立神祠于山，刻二石鹿夹神道口，俗因谓之鹿门庙，遂以庙名山也。"

③灭景：隐蔽形影。谓隐居。景，同"影"。

④清扬：指眉目清秀，也泛指人美好的仪容、丰采。《诗·郑风·野有蔓草》："有美一人，清扬婉兮。"毛传注："清扬，眉目之间婉然美也。"

⑤松子：指赤松子，相传为上古时神仙。

【译文】听说高士庞德公，安家就在洞湖边。终身栖息鹿门山，不肯进入襄阳市。

如今您静心赏明月，韬光隐居清淮一带。您的行踪缥缈难寻，可与古代高士媲美。您的清扬仪容难以目睹，就像空望白云而不可接近。等我辞别世间俗事后，再与您一同拜访仙人赤松子。

秋山寄卫尉张卿及王征君

【题解】此诗大约作于诗人初入长安之时。卫尉张卿即张垍，是唐朝宰相张说的儿子，唐玄宗的女婿。开元年间诗人初次进长安时，寓居在终南山玉真公主别馆，结识了张垍。王征君生平事迹不详。这首诗大概在长安之行后某年秋季所作。全诗起始两句点明自己即将归隐，临行之际以桂枝相赠友人。古人相别一般折柳相赠，因为"柳"与"留"谐音，赠柳表示不忍分别。而诗人以桂枝相赠，则是暗含归隐的意思。月光如昼，照的大地如同白雪覆盖。诗人由此联想到了王徽之雪夜访戴逵的故事。诗人虽有心效仿，可是自己明天就要出发归隐山林了，此刻只能空吟《招隐诗》来思念友人了。这首诗引用多个典故，都贴切自然，不露痕迹。

何以折相赠? 白花青桂枝①。月华若夜雪②，见此令人思。虽然剡溪兴，不异山阴时③。明发怀二子④，空吟《招隐诗》⑤。

【注释】①"何以"二句: 古人离别时有折柳相赠的习俗，这里诗人以桂枝代替，还暗引淮南小山《招隐士》中"桂树丛生兮山之幽"和"攀援桂枝兮聊淹留"的寓意。

②月华: 月光。

③"虽然"二句: 用王徽之访戴逵典故。《晋书·王徽之传》:"王徽之尝居山阴，夜雪初霁，月色清朗，四望浩然。独酌酒，咏左思《招隐》诗。忽忆戴逵，逵时在剡，便夜乘小船诣之，经宿方至，造门不前而反。人问其故，徽之曰:'本乘兴而来，兴尽而返，何必见安道耶?'"

④明发: 黎明，平明。

⑤《招隐诗》: 招隐有征召隐居者出仕的意思。《楚辞》有《招隐士》篇。另外招隐还有招人归隐的意思。晋左思、陆机皆有《招隐》诗。

【译文】何种枝条可以折来赠离别? 那白花青桂的树枝最为好。月光如夜雪覆盖大地，见此景令人更添思念。虽然我此刻也有剡溪访友的意兴，与王徽之在山阴时没有差别。只是我明天就要出发，只能在心中默默想念你们二人，徒然吟颂《招隐诗》。

望终南山寄紫阁隐者

【题解】这首诗应当是诗人在长安供奉翰林时所作。终南山，在长安附近，《括地志》云："终南山，一名中南山，一名太一山，一名南山，一名橘山，一名楚山，一名秦山，一名周南山，一名地肺山。在雍州万年县南五十里。"紫阁，指紫阁峰，按《西安志》："紫阁峰乃终南山之一峰也。""终南自古多神仙"，终南山是天下灵秀之地，历代都有高人于此隐居修行。这里有老子讲经的楼观台，陈抟、吕洞宾、刘海蟾、张无梦等道家名人也曾在这里修道。诗人赞美终南山，也隐含寻道隐居的心意。全诗描写了终南山的秀丽景色，以及悠然高远的意境。语言清新自然，意趣深远，就像是描画了一幅格调高远的终南隐居图。

出门见南山，引领意无限①。秀色难为名，苍翠日在眼。有时白云起，天际自舒卷。心中与之然，托兴每不浅②。何当造幽人③，灭迹栖绝巘④？

【注释】①引领：伸直脖子眺望，形容殷切期待的样子。

②托兴：借物寄托情趣。

③幽人：幽隐之人，隐士。

④绝巘：高峰。张协《七命》："登绝巘，逆长风。"张铣注："绝巘，高峰也。"

【译文】出门就可以看见远处的终南山，举首遥望群山引起无尽的遐想。秀丽的风景无法用言语尽诉，那苍翠的山色每天都映入眼帘。白云不时从天空中飘过，悠闲地在天际舒展卷缩。我的内心也与之融为一体，托物比兴的意趣层出不穷。何时去造访山中的隐士？我也打算遁迹世外到绝顶栖身。

夕霁杜陵登楼寄韦繇

【题解】这首诗应在长安时所作。杜陵，在今陕西西安东南，古为杜伯国，秦置杜县，汉宣帝筑陵于东原上，因名杜陵，并改杜县为杜陵县。韦繇，生平事迹不详。全诗描写了雨后诗人登上杜陵的高楼远望，在阳光的照耀下，雨后景色渐渐消散，天地间显露出一片萧索的秋色。雨后初晴，放眼望去，原野群峰，关山河川尽收眼底。近处则是茂竹映日，苍松青翠。登高怀思，诗人有心出海远游，却又受阻，只能付诸遐想。想要归山隐居，又迟迟不能实现。种种想法萦绕心头，眼见日暮西山，仍然理不出头绪。想起朋友之间的情谊，通宵达旦无法入睡，耳边不时传来长乐宫报时的钟声。全诗借景抒情，一方面抒发自己对遁世隐居的犹豫，另一方面书写对友人的思念。

浮阳灭霁景①，万物生秋容。登楼送远目，伏槛观群峰。原野旷超缅②，关河纷错重③。清辉映竹日，翠色明云松。

蹈海寄遐想，还山迷旧踪。徒然迫晚暮，未果谐心胸。结桂空伫立④，折麻恨莫从⑤。思君达永夜⑥，长乐闻疏钟⑦。

【注释】①浮阳：日光。张协《杂诗十首》其二："浮阳映翠林。"吕向注："浮阳，日光也。"霁景：雨后晴明的景色。

②旷超缅：空旷遥远。

③纷错重：纷乱错杂繁多。

④结桂：《楚辞·九歌·大司命》："结桂枝兮延伫。"王逸注："延，长也。伫，立也。犹结木为誓，长立而望也。"

⑤折麻：《楚辞·九歌·大司命》："折疏麻兮瑶华，将以遗兮离居。"后以"折麻"喻离别思念之情。

⑥永夜：终夜，长夜。

⑦长乐：指长乐宫。西汉高帝时，将秦兴乐宫改建而成。为西汉主要宫殿之一。汉初皇帝在此视朝。惠帝后为太后居地。故址在今陕西省西安市西北郊汉长安故城东南隅。疏钟：稀疏的钟声。

【译文】阳光照耀使雨后的美景渐渐消散，天地万物呈现出萧瑟的秋天景致。登上高楼遥望远方，伏身阑干遍览群峰。原野低旷广远无边，关山重重错杂繁多。竹林落日的余辉熠熠闪耀，云中古松的青翠更加显明。

想要蹈海只是一时遐想，准备还山却又迷失踪迹。徒然等到日薄黄昏，依然未能了然心意。结桂为誓怅然而伫立，折麻抒情恨不能同游。我整夜难寐都在深切思念您，不时听到长乐宫稀疏的钟声。

秋夜宿龙门香山寺奉寄王方城十七丈奉国莹上人从弟幼成令问

【题解】龙门，又名伊阙。在今河南洛阳附近。《河南通志》记载："龙门山，在河南府城西南三十里。两山对峙，东曰香山，西曰龙门，石壁峭立。伊水出其间，故又名伊阙。"龙门山上有石窟，都是魏、唐时期开凿，称为龙门石窟。香山寺也在龙门山上，后魏时建。这首诗写于开元十九年（731），也有说开元二十二年（734）所作。开元年间诗人在长安进身无门，只能离开长安，到洛阳、嵩山一带游历，这首诗就是诗人游洛阳龙门时所作。王方城是一位姓王的方城县令，名字生平不详。方城县在唐时属山南东道唐州，今河南方城县。十七丈，人名，排行十七，姓名不详。莹上人当为出家僧人。幼成、令问两人是诗人的族弟。全诗首段写诗人早上离开汝水之东，晚上来到龙门山歇息。当时正值秋季，水寒浪急，叶落山空。诗人遥望天空无边无际，下临深壑尽显幽深。月光映沙上一片雪白，秋风吹松下心感清净。透过门扉上的木格可以看到北斗高挂天边，香山寺被银河的星光照耀得分外明净。次一段写诗人与友人、高僧、兄弟相处甚为欢愉，只可惜转眼就要分别了。只能将离愁寄予伊水，希望绵绵流水能将愁绪带走。

朝发汝海东^①，暮栖龙门中。水寒夕波急，木落秋山空。望极九霄迥^②，赏幽万壑通。目皓沙上月，心清松下风。玉斗生网户^③，银河耿花宫④。

兴在趣方逸，欢余情未终。凤驾忆王子⑤，虎溪怀远公⑥。桂枝坐萧瑟⑦，棣华不复同⑧。流恨寄伊水⑨，盈盈焉可穷⑩？

【注释】①汝海：指汝水，在今河南境内。枚乘《七发》："南望荆山，北望汝海。"李善注："汝称海，大言之也。"

②九霄：指天之极高处。

③"玉斗"句：王琦注："玉斗即北斗，色明朗如玉，故曰玉斗。网户，门扉上刻为方目，如罗网状，若今之隔亮也。"

④银河：指天河。耿：明净貌。花宫：指佛寺，经书上说佛讲法处，会出现天雨众花，故诗人称佛寺为花宫。

⑤"凤驾"句：王子，指王子乔，用王子乔成仙典故。《列仙传·王子乔》："王子乔者，周灵王太子晋也。好吹笙作凤凰鸣。游伊洛间，……果乘鹤驻山头，望之不可到。举手谢时人，数日而去。"这里以王子乔比喻王方城。

⑥"虎溪"句：用东晋高僧慧远典故。虎溪在庐山东林寺前。相传晋慧远法师居此，送客不过溪，过此，虎辄号鸣，故名虎溪。远公指慧远，慧远是东晋高僧，是净土宗创立人，曾常年在庐山东林寺弘扬佛法。此处以慧远比喻莹上人。

⑦"桂枝"句：用桂林一枝的典故。《晋书·郤诜传》："〔诜〕累迁雍州刺史。武帝于东堂会送，问诜曰：'卿自以为何如？'诜对曰：'臣举贤良对策，为天下第一，犹桂林之一枝，昆山之片玉。'"原为自谦之词，谓己只是群才之一。后用以喻科举考试中出类拔萃的人。

⑧棣华：《诗·小雅·常棣》："常棣之华，鄂不韡韡。凡今之人，

莫如兄弟。"后因以"棣华"喻兄弟。

⑨流恨：遗恨。伊水：即伊河。在河南省西部，源出栾川县伏牛山北麓，东北流向，在偃师县杨村附近入洛河。

⑩盈盈：形容水清澈。

【译文】早晨从汝水之东出发，晚上栖身在龙门山麓。天冷水寒晚来波涛更急，木枯叶落秋山一片空荡。遥望九霄尽处无限高远，观览万壑纵横尽显幽深。沙上明月映照眼前一片雪白，松下秋风吹拂心中顿感清净。雕镂门扉可见北斗高挂，明净佛寺沐浴银河光华。

兴致所在意趣正浓，欢畅之余情愫未尽。王方城潇洒如驾凤王子乔，莹上人道深如虎溪慧远僧。我忝为桂林一枝不胜孤寂，幼成、令问也将与我分离。只能将遗恨寄托给伊水带走，清清河水焉能洗尽我的愁绪。

春日独坐寄郑明府

【题解】此诗年代不详。郑明府，指姓郑的县令，明府是唐代对县令的尊称。全诗写春季燕麦青青之时，诗人寓居河南异乡，感怀身为异客的孤寂，不禁怀念友人，想起友人原本与自己相约见面，却不知何故一直未能履约，诗人心怀惆怅，不知与何人共谋一醉。明朱谏所撰《李诗辨疑》认为此诗应当是郑明府写给李白，而非李白写给郑明府，理由是此诗与李白风格迥异，尤其"情人道来竟不来，何人共醉新丰酒"二句词语粗俗，不似李白所写。

燕麦青青游子悲①，河堤弱柳郁金枝②。长条一拂春风去，尽日飘扬无定时。我在河南别离久，那堪对此当窗牖？情人道来竟不来③，何人共醉新丰酒④？

【注释】①燕麦：一种与小麦类似的植物。《本草纲目》："燕麦，野麦也，燕雀所食，故名。"

②"河堤"句：王琦注："言弱柳之枝似郁金之黄也。"《本草》："郁金生蜀地及西戎，苗似姜黄，花白质红。末秋出茎心而无实，其根黄赤。"

③情人：情谊至深的友人。

④新丰：地名。在今江苏省镇江市东南，产名酒。诗文中用以泛指美酒产地。

【译文】燕麦青青游子却很感伤，河堤新柳嫩黄宛如郁金。柳条长枝在春风的吹拂中，飘来荡去没有安定的时候。我现在寓居河南与您离别已久，怎能忍受空对窗牖不见伊人。您原本说来转而又不能来，谁能与我共醉新丰美酒？

寄淮南友人

【题解】这首诗年代不详，大约为开元年间所作。由"红颜悲旧国，青岁歇芳洲"两句可以看出，当时诗人还正年轻，一心想要报效国家，期望自己也能像东方朔那样待招金马门，被天子任用，一展抱负。但是事与愿违，志向难成，只能仗剑走天涯，云游四海。"海云迷驿道，江月隐乡楼"二句揭示了诗人心中对前途的迷茫。失意而归，来到淮南为客，因遇到好友而滞留。全诗抒发有度，报国无望，倍感凄然，仗剑而游，又见豪迈。

红颜悲旧国①，青岁歇芳洲②。不待金门诏③，空持宝剑游。海云迷驿道，江月隐乡楼。复作淮南客，因逢桂树留④。

【注释】①红颜：指年轻人的红润脸色。

②青岁：青春。

③金门：即金马门，汉代官门名，征召来的贤士在金马门待诏。

④桂树留：用淮南小山《招隐士词》："桂树丛生兮山之幽，攀援桂枝兮聊淹留。"寓意。

【译文】红颜少年悲伤报国无门，青春岁月暂歇芳草之洲。得不到金门待诏的机会，只能空持宝剑四海云游。海上浓云遮掩驿道，江上明月隐没家楼。现在又到淮南为客，因为您这位挚友而停留。

沙丘城下寄杜甫

【题解】此诗作于天宝四载（745）秋，诗人时年四十五岁。天宝三载诗人离开长安，开始游历各地。在洛阳，遇见了小自己十一岁的杜甫，二人一见如故，结为好友。同年秋，李白、杜甫、高适三人同游梁、宋等地。天宝四载,两人又在兖州相会。这年秋季,两人分手,杜甫西去长安。诗人在鲁郡东石门送别杜甫后,寓居沙丘城。因怀念杜甫,写下此诗寄赠。诗人与杜甫的友情深厚,除了这首诗以外,还有《戏赠杜甫》《鲁郡东石门送杜二甫》二首。杜甫也有十余首关于李白的诗,其中有很多名句如"笔落惊风雨,诗成泣鬼神""李白斗酒诗百篇,长安市上酒家眠""天子呼来不上船,自称臣是酒中仙""敏捷诗千首,飘零酒一杯"。这首诗首两句"我来竟何事?高卧沙丘城"即抒发了诗人因思念朋友而感到百无聊赖的情绪。诗人此刻躺卧在沙丘城的家中,听着古树瑟瑟的秋声,更加思绪万千,就连最喜欢的美酒,也感觉淡薄无味。只能寄情汶水,将自己的相思带给友人。全诗感情真挚深沉,意散而神凝。

我来竟何事?高卧沙丘城①。城边有古树,日夕连秋声②。鲁酒不可醉③,齐歌空复情④。思君若汶水⑤,浩荡寄南征。

【注释】①沙丘城:古地名,因历史上并无明确记载山东有沙丘城,所以至今未有统一说法,有人认为"沙丘即瑕丘",即在今山东兖州。根据此诗判断,沙丘城应在山东境内,离汶水不远。

②秋声:指秋天里自然界的声音,如风声、落叶声、虫鸟声等。

③鲁酒:鲁国出产的酒,味淡薄。后作为薄酒、淡酒的代称。《庄子·肤箧》:"鲁酒薄而邯郸围。"许慎注《淮南子》云:"楚会诸侯,鲁赵俱献酒于楚王,鲁酒薄而赵酒厚。楚之主酒吏求酒于赵,赵不与,吏怒,乃以赵厚酒易鲁薄酒,奏之。楚王以赵酒薄,故围邯郸。"

④空复情:徒然多情。

⑤汶水：山东境内河流名，今称大汶河，《一统志》："汶水，其源有三，一发泰山之旁仙台岭，一发莱芜县原山之阳，一发莱芜县寨子村，至泰安州静封镇合焉，名曰堑汶。西南流，与徂徕山之阳小汶河合，又西南流注洸河入济。按《水经》有五汶，北汶、嬴汶、柴汶、浯汶、牟汶，名虽有五，而其流则同。"

【译文】我来这里到底是为了何事？高卧在沙丘城遁世隐居。城边环绕众多苍翠古树，日夜窸窣作响发出秋声。鲁酒淡薄难使人醉，齐女擅歌徒然多情。对您的思念如绵绵汶水，浩浩荡荡向南奔流不息。

闻丹丘子于城北山营石门幽居中有高凤遗迹仆离群远怀亦有栖遁之志因叙旧以寄之

【题解】丹丘子即元丹丘，是诗人的挚友。城北山，即石门山，因高凤曾隐居此处，故称高凤石门。这首诗作于天宝十载（751）。这年秋天诗人从任城来到石门山也就是当年东汉隐士高凤所居住的西塘山，拜访元丹丘。全诗第一段诗人诉说旧情。春季有百花伴随沧江月，秋天有山色映衬碧海云。寒来暑往，诗人与元丹丘分别已有一年。诗人在天宝九载曾受元丹丘相邀，去往嵩山相聚，曾一度想隐居嵩山。直到年末才归家。诗人面对此景，不由得想起了元丹丘，此刻诗人在楚水之南，而元丹丘在淮山之北，彼此只能梦中相见，会面却是不可得。次一段诗人回忆与元丹丘同在嵩山隐居的情景。昔日在嵩山的时候，两人同床而卧，如同羲皇上人一般闲逸。仕宦华服不如绿萝松障，庙宇朝堂不如丹壑深谷。此后分别，各往所适。诗人前往雁门关，元丹丘来到峨眉山。相隔万里彼此心系对方，只苦于两地相隔不能见面。第三段写两人又在洛阳相会。洛阳乃是唐朝东都，各色人等往来嘈杂喧哗，令诗人不胜烦恼。世人忙于追逐名利，迷失人生方向，依托权势，终会倾覆，诗人则不求位列朝班，长啸一声回归故里。第四段写诗人回归故里后，乐享闲逸，阅览典籍以追寻古道。诗人心中一直怀有寻仙访道的志愿，但因为家事在身，儿女未嫁娶，所以迟迟不能付诸实现。诗人感慨人生多变故，不止一事，各种事情牵绊，难以遂愿，每念及此，不禁忧心如焚，怅然若有所失。最后一段写诗人听闻元丹丘隐居石门，甚是契合素日志向。在此地攀桂滞留，可以不必羡慕桃花源，此处曾有东汉隐士高凤居住，他所留下的遗迹至今存留。有古代贤人事迹在前，足可以激励我等后人效仿。松风、瑶瑟可以怡情，溪月、芳樽可以自娱。安居此地以赏佳景，期待再申平生之志。全诗洋洋洒洒，纵横开阖，依序论事，条理分明，起伏跌宕之间，别有飘逸之气。

春华沧江月①，秋色碧海云。离居盈寒暑②，对此长思君。思君楚水南，望君淮山北。梦魂虽飞来，会面不可得。

畴昔在嵩阳③，同衾卧羲皇④。绿萝笑簪绂⑤，丹壑贱岩廊⑥。晚途各分析⑦，乘兴任所适。仆在雁门关，君为峨眉客。心悬万里外，影滞两乡隔。

长剑复归来，相逢洛阳陌。陌上何喧喧⑧！都令心意烦。迷津觉路失⑨，托势随风翻。以兹谢朝列⑩，长啸归故园。

故园恣闲逸,求古散缥帙⑪。久欲入名山,婚娶殊未毕⑫。人生信多故,世事岂惟一?念此忧如焚,怅然若有失。

闻君卧石门,宿昔契弥敦⑬。方从桂树隐⑭,不羡桃花源⑮。高凤起遐旷⑯,幽人迹复存。松风清瑶瑟,溪月湛芳樽⑰。安居偶佳赏,丹心期此论。

【注释】①春华:春天的花。沧江:江流;江水。以江水呈苍色,故称。

②离居:散处,分居。盈寒暑:满寒暑,即满一年。

③畴昔:往昔,以往。《礼记·檀弓上》:"予畴昔之夜。"郑玄注:"畴,发声也。昔,犹前也。"嵩阳:嵩山南麓。嵩山在河南省登封县北,为五岳之中岳。古称外方、太室,又名崇高、嵩高。其峰有三:东为太室山,中为峻极山,西为少室山。

④同衾卧:同盖一床被子而卧。羲皇:即羲皇上人。古人认为羲皇之世其民皆恬静闲适,故隐逸之士自称羲皇上人。

⑤簪绂:冠簪和缨带。古代官员服饰。亦用以喻显贵,仕宦。

⑥岩廊:高峻的廊庑。《汉书·董仲舒传》:"盖闻尧舜之时,游于岩郎之上,垂拱无为,而天下太平。"颜师古注引文颖曰:"岩廊,殿下小屋也。"颜师古注引晋灼曰:"廊,堂边庑。岩廊,谓岩峻之廊也。"借指朝廷。

⑦晚途:晚些时候,晚年。分析:离别。

⑧喧喧:形容声音喧闹。

⑨迷津:找不到渡口,多指使人迷惘的境界。

⑩朝列:犹朝班。泛指朝廷官员。

⑪缥帙：淡青色的书衣。亦指书卷。

⑫ "久欲"二句：用东汉向长典故。《后汉书·向长传》记载，向长，河内朝歌人，西汉末年，东汉初年人氏。性格平和，隐居不出，不愿为官。王莽的大司空王邑征召他，好几年才应召，王邑想把他推荐给王莽，向长坚决辞让。后隐居在家。研读《易经》的《损》《益》两卦时，叹气说道："我已经知道富不如贫，贵不如贱，但不知道死与生相比是怎样的结果。"由此心生出世之念。建武年间，他的子女婚嫁完毕后，便与家事断绝关系，并对家人说："你们就当我已经死了，不用再牵挂了。"于是就随意而行，与好友北海禽庆一起漫游五岳名山，最后不知所终。后用作不以家事自累的典故。此处诗人反用其意。

⑬宿昔：往昔。契：相合。

⑭桂树隐：用淮南小山《招隐士词》："桂树丛生兮山之幽，攀援桂枝兮聊淹留。"寓意。

⑮桃花源：用陶渊明《桃花源记》故事。

⑯高凤：东汉隐士，南阳叶县人，曾隐于西唐山中，在今河南叶县西南。

⑰湛：浸入。

【译文】春花与沧江明月相映照，秋色共碧海白云同悠远。我们离别将近一年，面对此景常想起您。我在楚水南边思念您，思念淮山之北的您。梦里飞魂可往来，彼此会面不可得。

想起昔日我们在嵩山南麓时，同床而卧逍遥如同羲皇上人。徘徊绿萝之下而嘲笑簪绂官宦，身居丹壑之中而鄙视岩廊庙堂。随后我们彼此分离，乘兴各奔适意之所。我游雁门之时，您为峨眉访客。彼此在万里之外心悬对方，却两地相隔身影滞留。

　　我身佩长剑远游归来，洛阳陌上又与您相逢。陌上声音嘈杂，令人心烦意乱。世人迷茫失去方向，只能随同世风翻转。我则不求位列朝班，长啸一声回归故乡。

　　故园生活恣意闲适，追寻古道开卷阅览。早就想过归隐名山，无奈儿女婚娶未完。人生变故太多，世事岂会单一？想到这些就忧心如焚，内心惶惶怅然若有所失。

　　听说您现在高卧石门闲居，非常契合我们昔日的志向。刚来到桂林隐居，不必羡慕桃花源。当年高凤出现在这里的旷野，这位隐士的遗迹至今留存。松风之中瑶瑟清鸣，溪月下照映入芳樽。安居此地同赏佳景，丹心共持期申夙愿。

卷十一 寄下

淮阴书怀寄王宗成一首

【题解】这首诗大约是天宝后期所作。淮阴，县名，唐时属淮南道楚州，今江苏淮安市。王宗成，生平事迹不详。诗中描写了乘船从梁苑到淮阴，一路有二十五长亭。大船双橹摇荡，水中鹅鹳啼鸣。碧空如洗，山川清秀。王宗成从西而来，正好诗人也兴致勃发。更加增添至亲情义。短暂相逢之后，又要乘舟远行。水流飘忽不定，诗人也惆怅不已。日暮到达淮阴，主妇以黄鸡美酒招待，诗人感激不已。自言是韩信一样的楚壮士，定会有恩必报。最后以棹歌寄声，表达对友人的思念。

沙墩至梁苑^①，二十五长亭^②。大舶夹双橹，中流鹅鹳鸣。

云天扫空碧，川岳涵余清。飞凫从西来，适与佳兴并。眷言王乔舄，婉娈故人情^③。复此亲懿会^④，而增交道荣。沿洄且不定^⑤，飘忽怅徂征⑥。

　　暝投淮阴宿，欣得漂母迎⑦。斗酒烹黄鸡，一餐感素诚。予为楚壮士，不是鲁诸生⑧。有德必报之，千金耻为轻。缅书羁孤意⑨，远寄棹歌声⑩。

　　【注释】①沙墩：地名，位置不详。梁苑：西汉梁孝王刘武所建。在今河南商丘。

　　②长亭：古时在城外路旁每隔十里设立的亭子，供行人休息或饯别亲友。

　　③"飞凫"四句：用东汉王乔飞凫入朝故事。《后汉书·王乔传》记载，王乔，东汉河东人。汉明帝时为叶县令。相传有神术，每月朔望，常自县来朝。帝怪其来数，而不见车骑，令太史伺之。其至，辄有双凫从东南飞来，举罗张之，得一舄，乃所赐尚书官属履。眷言：亦作"睠言"，回顾貌。言，词尾。婉娈：依恋貌。

　　④亲懿：犹至亲。

　　⑤沿洄：逆流而上为洄。顺流而下为沿。

　　⑥徂征：谓远行。陆机《于承明作与士龙》："牵世婴时网，驾言远徂征。"吕延济注："驾言，谓驾车马出游也。徂，往；征，行也。"

　　⑦漂母：指曾施舍饭食给韩信的漂衣老母。

　　⑧"予为"二句：楚壮士：指韩信，此处诗人自比为韩信。鲁诸生：即鲁儒生。西汉初年叔孙通征召儒生为朝廷定礼仪，有儒生拘泥不知变通，认为非制礼之时。事见《史记·刘敬叔孙通列传》。

　　⑨缅书：尽情叙写。羁孤：羁旅孤独的人。

　　⑩棹歌：船歌。

【译文】从沙墩到梁苑途中，共有二十五座长亭。乘坐双橹大船而行，河中传来鹅鹳啼鸣。

云天扫尽碧空如洗，山川处处蕴涵清秀。一双野凫从西飞来，正好与我佳兴并至。顾念您像王乔化凫来送，心中留恋着故人的深情。我们再次至亲相会，更加增进交游的情谊。乘舟而行沿洄变化不定，一路飘忽感叹远征艰难。

夜晚来到淮阴投宿，欣然得到漂母相迎。烹好黄鸡还有斗酒，一餐之恩感激终生。我是韩信那样的楚壮士，绝不会是鲁国的迂腐儒。对我的恩德必定报答，千金之礼也耻于太轻。纵笔书写羁旅孤寂之意，让棹歌将情谊远寄给您。

闻王昌龄左迁龙标遥有此寄

【题解】这首诗约为天宝七载（748）所作。王昌龄，唐代著名诗人，擅长七绝，以边塞诗知名。两《唐书》记载，王昌龄，字少伯，江宁人，进士出身，补秘书省校书郎。后中博学宏词科，先迁汜水尉。以故贬岭南，北归，迁江宁丞。晚年又贬龙标尉。故世又称王江宁、王龙标。以世乱还乡里，为刺史闾丘晓所杀。左迁，降职，贬官。龙标，县名，属巫州，治所在今湖南黔阳县西南。全诗借景抒情，首句以杨花、子规鸟起兴，古意盎然。次句叙事，最后两句抒情，借明月寄愁思，更见真挚。胡应麟《诗薮》："太白七言绝，如'杨花落尽子规啼''朝辞白帝彩云间''谁家玉笛暗飞声''天门中断楚江开'等作,读之真有挥斥八极、凌属九霄意。贺监谓为'谪仙',良不虚也。"凌宏宪《唐诗广选》引梅禹金曰:"曹植'愿作东北风,吹我入君怀',齐浣'将心寄明月,流影入君怀',此诗兼裁其意,撰成奇语。"黄叔灿《唐诗笺注》:"'愁心'二句,何等缠绵悱恻!而'我寄愁心',犹觉比'隔千里兮共明月'意更深挚。"

杨花落尽子规啼①,闻道龙标过五溪②。我寄愁心与明月,随君直到夜郎西③。

【注释】①子规:杜鹃鸟的别名。传说为蜀帝杜宇的魂魄所化。常夜鸣,声音凄切,故借以抒发悲苦哀怨之情。

②五溪:地名。在今湖南西部和贵州东部一带。《通典》:"五溪,谓酉、辰、巫、武、陵等五溪也。"

③夜郎:县名,唐贞观中置,属巫州。治所即今湖南芷江侗族自治县西便水市。

【译文】杨花落尽杜鹃鸟啼鸣之时,听说您将经过五溪去龙标。我把心中愁思寄托明月,希望随您直到夜郎之西。

寄王屋山人孟大融

【题解】此诗年代不详,应为赐金还山之后所作。王屋山,在今河南济源市西北九十里与山西阳城县交界处。山有三重,其状如屋，或曰以其山形如王者车盖，故名。其主峰为天坛山，相传为轩辕祈天之所，故名。是道教胜地。孟大融，生平事迹不详。全诗先写诗人早年寻仙访道的经过。往劳山餐食紫霞，见仙人安期生。再写中年奉诏入京，不得志而还家的经历。岁月蹉跎，朱颜凋谢，春晖逝去。最后诗人愿与孟大融一起隐居天坛峰，同扫落花。

我昔东海上，劳山餐紫霞①。亲见安期公，食枣大如瓜②。中年谒汉主③，不惬还归家④。朱颜谢春辉，白发见生涯。所期就金液⑤，飞步登云车⑥。愿随夫子天坛上⑦，闲与仙人扫落花。

【注释】①劳山：即山东青岛的崂山。餐紫霞：餐食紫霞，道家一种养生术。

②"亲见"二句：安期公：即仙人安期生。《史记·孝武本纪》："李少君言于上曰：'臣常游海上，见安期生，食巨枣，大如瓜。'"

③汉主：这里代指唐玄宗。

④惬：快意，满足。

⑤金液：古代方士炼制的一种丹液。谓服之可以成仙。

⑥云车：传说中仙人的车乘。仙人以云为车。故称。

⑦天坛：这里指王屋山主峰天坛山。

【译文】我昔日去东海游玩，曾在劳山餐食紫霞。亲眼见到安期生，所食之枣大如瓜。中年奉诏拜见天子，事不称意辞官归家。朱颜凋谢春晖逝去，白发尽显沧桑生涯。心中期待早服金液，飞步登上云车而去。我愿跟随夫子您直上天坛，闲来与仙人一起打扫落花。

忆旧游寄谯郡元参军

【题解】这首诗是天宝五载(746),李白在鲁地时所作。谯郡,即亳州,属河南道,今安徽亳州市。元参军,即元演。参军,唐时州郡设有录事参军为佐官。全诗首段写李白与元演昔年在洛阳交游的情景以及彼此结下的深情厚谊。次一段写两人在随州拜访胡紫阳时的欢宴情况。再一段写李白游历太原时受到元演的热情款待。最后一段写李白与元演分别后的相思之情。全诗层次分明,条理清楚,一贯而下。《唐宋诗醇》:"白诗天才纵逸。至于七言长古,往往风雨争飞,鱼龙百变。又如大江无风,波浪自涌。白云从空,随风变灭。诚可谓怪作奇绝者矣。此篇最有迹可循。历数旧游,纯用叙事之法。以离合为经纬,以转折为节奏,结构极严,而神气自畅。至于奇情胜致,使览者应接不暇,又其才之独擅者耳。"

忆昔洛阳董糟丘①,为余天津桥南造酒楼②。黄金白璧买歌笑,一醉累月轻王侯③。海内贤豪青云客,就中与君心莫逆④。回山转海不作难,倾情倒意无所惜。

【注释】①董糟丘:姓董的酒商。糟丘:酒糟堆成的小丘。

②天津桥:洛阳桥名。在洛水上。隋炀帝大业元年迁都,以洛水贯都,有天汉津梁的气象,因建此桥,名曰天津。

③"一醉"句:左思《蜀都赋》:"乐饮今夕,一醉累月。"累月:好

几个月。

④心莫逆：心中没有抵触。指情感一致，心意相投。《庄子·大宗师》："子桑户、孟子反、子琴张三人相视而笑，莫逆于心，遂相与友。"

【译文】忆起昔日洛阳董记酒家，为我在天津桥南造酒楼。不惜黄金白璧买歌欢笑，一醉数月连王侯也看轻。天下众多贤人与高士，我只与您是莫逆之交。我们的友情能够回山转海，为此倾尽情意在所不惜。

我向淮南攀桂枝①，君留洛北愁梦思。不忍别，还相随。相随迢迢访仙城②，三十六曲水回萦。一溪初入千花明③，万壑度尽松风声。银鞍金络到平地，汉东太守来相迎④。紫阳之真人⑤，邀我吹玉笙。餐霞楼上动仙乐⑥，嘈然宛似鸾凤鸣。袖长管催欲轻举，汉东太守醉歌舞。手持锦袍覆我身，我醉横眠枕其股。当筵意气凌九霄，星离雨散不终朝⑦，分飞楚关山水遥。余既还山寻故巢，君亦归家度渭桥⑧。

【注释】①淮南：即淮南道，唐贞观十道、开元十五道之一。辖境相当今淮河以南、长江以北，东至海，西至湖北广水、应城、汉川等地。攀桂枝：指隐居。西汉淮南小山《招隐士》："攀援桂枝兮聊淹留。"

②仙城：指仙城山。又名现光山，在今湖北随州市东。

③千花明：群花明艳。江淹《杂体诗·王征君微养疾》："寂历百草晦。"李善注："凡草木，花实荣茂谓之明，枝叶凋伤谓之晦。"

④汉东太守：即随州刺史。唐时汉东郡，即随州，隶山南东道。

⑤紫阳之真人：指道士胡紫阳。

⑥餐霞楼：胡紫阳在随州所建楼名。

⑦星离雨散：如星分离，如雨布散，比喻在一起的人，四处分散。

⑧渭桥：汉、唐时长安渭水上的桥梁。有东、中、西三座渭桥。渭桥，一般指中谓桥。

【译文】我又到淮南去隐居，您独留洛阳愁梦中。您与我不忍分别，还是相随而行。相随不辞路遥而拜访仙城山，那里三十六溪水流回环萦绕。每溪乍入都见千花盛开，万壑皆是风吹松涛之声。骑乘银鞍金络骏马来到平川，汉东太守亲自出来热情相迎。紫阳胡真人，邀我吹玉笙。餐霞楼上仙乐阵阵，声响宛如鸾凤啼鸣。长袖伴随管乐轻飘欲飞，汉东太守酣醉乘兴歌舞。他手持锦袍披在我身上，我酒后酣醉横眠枕其股。华筵上众人意气上凌九霄，欢聚后如星离雨散各分别，你我在楚关分别遥隔山水。我就此还山回到故园，您也归家渡过了渭桥。

　　君家严君勇貔虎①，作尹并州遏戎虏②。五月相呼度太行③，摧轮不道羊肠苦④。行来北京岁月深⑤，感君贵义轻黄金。琼杯绮食青玉案，使我醉饱无归心。时时出向城西曲，晋祠流水如碧玉⑥。浮舟弄水箫鼓鸣，微波龙鳞莎草绿⑦。兴来携妓恣经过，其若杨花似雪何！红妆欲醉宜斜日，百尺清潭写翠娥⑧。翠娥婵娟初月辉⑨，美人更唱舞罗衣⑩。清风吹歌入空去，歌曲自绕行云飞⑪。

【注释】①严君：指元演的父亲。貔：一种猛兽。

②“作尹”句：并州：治所在今山西太原。开元十一年（723），改并州为太原府，太原府置尹及少尹，以尹为留守，少尹为副留守。

③"五月"句：开元二十三年（735）五月。李白曾与元演一起赴太原，中途过太行山。

④摧轮：折毁车轮。谓路有艰险。不道：不管。

⑤北京：指太原。天宝初年，改北都太原为北京。

⑥晋祠：周代晋国开国君主唐叔虞的祠庙。在今山西太原市西南悬瓮山麓。晋水发源于此。

⑦龙鳞：指水波细碎如龙鳞。

⑧写：映照。

⑨婵娟：仪态美好的样子。

⑩更唱：彼此唱和。

⑪行云：流动的浮云。

【译文】您家严父勇武如虎貔，在并州为尹遏制胡虏。你我五月相约翻越太行山，羊肠小道催折车轮也不言苦。来到北都太原年深日久，感激您重信义而轻黄金。琼杯美食盛放青玉盘中，使我醉饱无忧没有归心。时常出游城西之隅，晋祠流水如同碧玉。乘舟戏水箫鼓齐鸣，微波粼粼莎草碧绿。兴起携伎来此恣意欢乐，纷纷杨花飘洒似雪落下。红妆醉态在夕阳余辉下更加动人，百尺清潭映照出美女姣好的容颜。美女光彩如同初月清辉，佳人轮唱新曲轻舞罗衣。徐徐清风将歌声吹入空中，歌声围绕流云而自行飞转。

此时行乐难再遇，西游因献《长杨赋》①。北阙青云不可期②，东山白首还归去。渭桥南头一遇君，酂台之北又离群③。问余别恨今多少？落花春暮争纷纷。言亦不可尽，情亦不可极。呼儿长跪缄此辞④，寄君千里遥相忆。

【注释】①《长杨赋》：扬雄所写，献于汉成帝。内容为讽谏汉成帝要爱惜民生。此处诗人比喻自己天宝初年曾向皇帝进献《大猎赋》。

②北阙：古代宫殿北面的门楼。是臣子等候朝见或上书奏事之处。《汉书·高帝纪》："萧何治未央宫，立东阙、北阙、前殿、武库、太仓。"颜师古注："未央殿虽南向，而上书、奏事、谒见之徒，皆诣北阙。"后以"北阙"代指朝廷。

③酂(cuó)：县名，秦置。在今河南永城县酂城镇。酂台，即酂亭。

④长跪：直身而跪。古时席地而坐，坐时两膝据地，以臀部著足跟。跪则伸直腰股，以示庄敬。

【译文】如此欢乐难再相遇，我去西游为献《长杨赋》。朝堂中青云直上已不可期，于是就白首辞官回归东山。渭南桥头与您相遇之后，又在酂台之北再次分离。问我离恨今有多少，就如暮春纷纷落花。言语不能道尽，情绪难以尽述。呼儿长跪封缄信函，千里寄君遥托相思。

月夜江行寄崔员外宗之

【题解】这首诗是开元二十七年(739)所作。崔员外宗之，礼部员外郎崔宗之，是李白重要好友，交往甚密。全诗写月夜行舟江上思念故人。先写景，后抒情。尤其"月随碧山转，水合青天流。"二句意境高邈，不落俗套。近藤元粹《李太白诗醇》："开阔壮丽，自是太白口吻。"又引谢枋得云："月夜江行之景，分明写出；而寄远之意，又不渗漏。"

飘飘江风起，萧飒海树秋。登舻美清夜①，挂席移轻舟②。月随碧山转，水合青天流。杳如星河上，但觉云林幽。归路方浩浩，徂川去悠悠③。徒悲蕙草歇，复听菱歌愁。岸曲迷后浦，沙明瞰前洲。怀君不可见，望远增离忧④。

【注释】①舻：一说为船头。一说为船前头刺櫂处。这里代指船。

②挂席：扬帆。

③徂川：流水。

④"怀君"二句：《楚辞·九歌·山鬼》："思公子兮徒离忧。"

【译文】江风飘摇而起，江树秋声瑟瑟。登船顿觉清夜美好，小舟扬帆随风轻移。明月伴随碧山回转，绿水青天相融而流。仿佛行船星河之上，只觉云林一片清幽。前望归路波涛浩浩，流水如逝一去悠悠。徒然悲伤蕙草衰歇，复听菱歌心生愁思。江岸曲折迷失渡口，沙滩月明可见小洲。思君却又无法相见，远望只能徒增离忧。

宿白鹭洲寄杨江宁

【题解】这首诗是天宝十三载（754），李白在金陵所作。白鹭洲，在今江苏南京市水西门外。原为长江中的沙洲，因白鹭多聚洲上而得名。杨江宁，姓杨的江宁县令。江宁，县名，属江南东道润州，今江苏南京市。李白有《江宁杨利物画赞》诗，由此可知杨县令名为利物。这首诗前四句写暮宿白鹭洲的江中夜景。后八句抒情。

称赞杨县令人如琼树，俊朗飘逸。诗人思念不已，徒然梦魂相见，江水善解人意，为我而西北流去。诗人借玉琴之声，将相思之愁遥寄友人。

朝别朱雀门[①]，暮栖白鹭洲。波光摇海月，星影入城楼。

望美金陵宰，如思琼树忧[②]。徒令魂作梦，翻觉夜成秋。绿水解人意，为余西北流。因声玉琴里，荡漾寄君愁。

【注释】①朱雀门：六朝都城建康（今江苏南京市）南城门。始建于晋成帝成康二年（336）。门有两铜雀，故名。

②"如思"句：吴均《与柳恽相赠答诗六首》其一："思君甚琼树，不见方离忧。"

【译文】早上离开朱雀门而去，黄昏来到白鹭洲投宿。水波粼粼摇荡海月，群星璀璨辉映城楼。

遥望您这位洒逸的金陵县宰，让人生起思琼树一样的忧愁。徒然思魂入梦见到您，反而感觉秋夜更漫长。只有绿水善解人意，为我而往西北流去。我把对您的思念化作琴声，随着江水将愁思寄去给您。

新林浦阻风寄友人

【题解】这首诗是天宝十三载（754），诗人途径新林浦被风雪所阻而写。新林浦，地名，在今南京市。《景定建康志》："新林浦，在城西南二十里。阔三丈，深一丈，长十二里。源出牛头山，西七里入大江。秋、夏胜五十石舟，春、冬涸。"全诗先写潮水有信，而风雪无期。诗人耽误佳期，相思愈盛。接着写景，江月变缺，菰蒋生成。诗人想象玄武湖中，梅花开满枝，金陵白门附近，柳枝低垂，不知自己几时能到。最后诗人望着纷纷雪花，不禁心生悲愁。明晨从新林浦出发，空吟谢朓新林浦诗。

潮水定可信^①，天风难与期。清晨西北转，薄暮东南吹。以此难挂席，佳期益相思。

海月破圆景^②，菰蒋生绿池^③。昨日北湖梅^④，开花已满枝。今朝白门柳^⑤，夹道垂青丝。岁物忽如此，我来定几时^⑥？

纷纷江上雪，草草客中悲。明发新林浦，空吟谢朓诗^⑦。

【注释】①"潮水"句：王琦注："潮水昼夜再来，其大小早晏，依期而至，不爽时刻，故人谓之潮信。"

②破圆景：指月缺。景，通"影"。

③菰蒋：即茭白。多年生草本植物，生在浅水里，嫩茎可做蔬菜。果实称"菰米"，"雕胡米"，可煮食。

④北湖：即玄武湖。在今江苏南京市。宋文帝时期，湖中有黑龙出现，因而改名玄武湖。

⑤白门：南朝建康城门名。

⑥定：究竟。

⑦"明发"二句：谢朓有《之宣城郡出新林浦向板桥》诗。

【译文】潮水涨落必如期而至，天上风向却难以预料。清晨还转向西北，傍晚就东南而吹。因此难以扬帆出航，延误佳期愈发相思。

海上明月破圆成缺，菰蒋丛生绿池水中。昨日北湖梅树之上，已经满枝开出花朵。今朝白门柳树枝条，夹道垂下碧绿青丝。草木忽然如此变化，我来此处究竟几时？

江上雪花纷纷，客心愁乱如草。明早从新林浦出发，只能空吟谢朓之诗。

寄韦南陵冰余江上乘兴访之遇寻颜尚书笑有此赠

【题解】这首诗是上元元年（760），李白在江上遇到友人韦冰所作。韦南陵冰，即南陵县令韦冰。南陵县，唐时属江南西道宣城郡，今属安徽芜湖市。颜尚书，指颜真卿。当时任浙西节度使，后征为刑部尚书。全诗前四句写乘舟访友，不期而逢。钟惺《唐诗归》评"语笑未了风吹断"一句："'笑'字有景有兴。"接着写韦冰携妓拜访颜尚书却不顾诗人，诗人想象韦冰与颜尚书相会，宾客满堂，美酒百斛。遗憾自己滞留江边，不能共此欢乐。月色醉人，山花如火，春风劲吹。诗人一日相思如过三年。乘兴出行，仍嫌太慢。梦中相访，挂鞭门柳。诗人以陶渊明比拟韦冰，期待早日与之长歌酣饮。

南船正东风，北船来自缓。江上相逢借问君，语笑未了风吹断。闻君携妓访情人①，应为尚书不顾身②。堂上三千珠履客③，瓮中百斛金陵春④。恨我阻此乐，淹留楚江滨。月色醉远客，山花开欲燃⑤。春风狂杀人，一日剧三年⑥。乘兴嫌太迟，焚却子猷船⑦。梦见五柳枝⑧，已堪挂马鞭。何日到彭泽，长歌陶令前？

【注释】①情人：感情深厚的友人。

②身：王琦注："身，犹我也。魏、晋后多自称曰身。"

③"堂上"句：《史记·春申君列传》："春申君客三千余人，其上客皆蹑珠履。"

④金陵春：酒名。唐人酒名多带春字。李肇《国史补》云："酒则有荥阳之土窟春，富平之石冻春，剑南之烧春，裴铏《传奇》有松醪春之类。"

⑤"山花"句：梁元帝《宫殿名》："林间花欲燃。"

⑥"一日"句：《诗·王风·采葛》："一日不见，如三岁兮。"

⑦"乘兴"二句：反用王子猷雪夜访戴逵的故事。

⑧五柳：用陶渊明故事。陶渊明门前有五株柳树。

【译文】南船正乘东风疾行，北船行来却很缓慢。江上相逢对您相问询，谈笑未了却被风吹断。听说您带歌妓拜访友人，应是为了尚书不顾自身。您的堂上有三千珠履宾客，屋里瓮中有百斛金陵美酒。恨我被阻此乐之外，滞留在这楚江之滨。悠然月色陶醉远客，山花红艳如火欲燃。春风劲吹愁杀行人，相思一日如过三年。乘兴而去仍嫌慢，心急但焚子猷船。我梦中见到五柳树，上面已经挂着马鞭。什么时候才能前往彭泽去，在您这位当世陶令前长歌。

题情深树寄象公

【题解】此诗年代不详。情深树，地点不详。象公，名字事迹不详。诗意比较难解，应该有所指。

肠断枝上猿^①，泪添山下樽。白云见我去，亦为我飞翻。

【注释】①"肠断"句：王琦注引《格物论》："猿性急而肠狭，哀鸣则肠俱断而死。"

【译文】哀猿树上哭断肝肠，清泪滴满山下酒樽。白云见我离别而去，为我徘徊不住翻腾。

北山独酌寄韦六

【题解】此诗年代不详。北山，地点不详。韦六，名字事迹不详。全诗叙述山林幽居的情景。前四句叙述自古高士，不会买山而隐。心自高远，也不忌讳离人太近。中间部分写山居环境，地闲无喧，门对群峰，穿井引泉。山高如在云，洞深人不知。山光幽暗，林气清冷。诗人在这里可以摘朱果，养精神，看道经，弄瑶琴，倾壶小酌，顾影独尽。最后写韦六奔走风尘中，而诗人傲然世外，徒令韦六自嘲。

巢父将许由，未闻买山隐[1]。道存迹自高，何惮去人近？纷吾下兹岭[2]，地闲諠亦泯[3]。门横群岫开，水凿众泉引。屏高而在云[4]，窦深莫能准[5]。川光昼昏凝，林气夕凄紧[6]。于焉摘朱果[7]，兼得养玄牝[8]。坐月观宝书，拂霜弄瑶轸。倾壶事幽酌，顾影还独尽[9]。念君风尘游，傲尔令自哂[10]。

【注释】①"巢父"二句：将：与。买山隐：《世说新语·排调》记载，南朝名僧支道林派人向深公买印山，深公答曰："未闻巢由买山而隐。"后以"买山"喻归隐。

②纷：句首助词。

③諠：同"喧"。

④而：通"如"。

⑤窦：山洞。

⑥凄紧：谓寒风疾厉，寒意逼人。

⑦于焉：于此。

⑧玄牝：《老子》："谷神不死，是谓玄牝。"河上公注："玄，天也，于人为鼻；牝，地也，于人为口。"后因以玄牝指人的鼻和口。

⑨"倾壶"二句：陶潜《咏贫士七首》其二："倾壶绝余沥。"《饮酒诗二十首序》："偶有名酒，无夕不欢。顾影独尽，忽焉复醉。"

⑩哂：嘲笑。

【译文】没听过巢父和许由，还需要买山来隐居。心中有道自然行高，何必忌惮与人相近？我来到山中岭下居住，此处闲静而没有喧哗。门前就是群岫纵横，凿山取水引来甘泉。山峰屏立高耸入云，洞穴幽深难以探究。山光凝暗昼间如同黄昏，林气凄冷傍晚更加清寒。在此可以采摘朱果，兼得修养口鼻玄牝。坐在月下观览道经，轻拂薄霜抚弄瑶琴。倾壶斟酒幽然品酌，顾影举杯独自饮尽。想到您辛苦游走风尘中，我就傲然想到您会自嘲。

寄当涂赵少府炎

【题解】这首诗是天宝十四载（755），李白游宣州时所作。当涂，县名，唐时属江南西道宣州，今属安徽马鞍山市。赵少府炎，即县尉赵炎。少府，对县尉的敬称。诗中写景抒情。在萧瑟秋景中，寄托对友人的相思之情。

晚登高楼望，木落双江清①。寒山饶积翠②，秀色连州城。目送楚云尽③，心悲胡雁声。相思不可见，回首故人情。

【注释】①双江：指当涂县有姑熟水，芜湖水。

②积翠：翠色重叠。形容草木繁茂。

③楚云：当涂县古代属于楚地。所以称为"楚云"。

【译文】夜晚登上高楼眺望，树木叶落双江清丽。山色清寒翠色相叠，秀色绵延连往州城。目送楚云直到尽头，胡雁声声让人心悲。相思却是难以相见，回首感念故人情深。

寄东鲁二稚子

【题解】此诗应是天宝年间,李白在金陵时所作。东鲁,指今山东兖州一带。二稚子,指李白二个幼子,女儿平阳,儿子伯禽。这是李白给女儿和儿子写的一封家书。虽然写离愁,但不平铺直叙,而是将蚕桑、田事、旧楼、桃树等家中事物,一一道来,却不琐碎。诗中真情流露,令人读之凄然。严羽评点《李太白诗集》:"是家常寄书语。有情景映带,书愁亦逸。"又评"南风"二句:"太白善用'吹'字,都在意象之外。"沈德潜《唐诗别裁》评"楼东"四句:"家常语琐琐屑屑,弥见其真,得《东山》诗意。"

吴地桑叶绿^①,吴蚕已三眠^②。我家寄东鲁,谁种龟阴田^③?春事已不及^④,江行复茫然。南风吹归心,飞堕酒楼前。

楼东一株桃,枝叶拂青烟^⑤。此树我所种,别来向三年^⑥。桃今与楼齐,我行尚未旋^⑦。

娇女字平阳,折花倚桃边。折花不见我,泪下如流泉。小儿名伯禽,与姊亦齐肩。双行桃树下,抚背复谁怜?

念此失次第^⑧,肝肠日忧煎。裂素写远意^⑨,因之汶阳川^⑩。

【注释】①吴地:李白此时在金陵,古代属于吴国。

②三眠:王琦注:"蚕将蜕,辄卧不食,古人谓之俯。荀卿《蚕赋》'三俯三起,事乃大已'是也。后人谓之眠。《本草》:'蚕三眠三起,

二十七日而老'是也。"

③龟阴田:即龟山北之田。在今山东新泰市西南。《水经注·汶水》:"龟山在博县北十五里,山北即龟阴之田也。"

④春事:春天的农事。

⑤青烟:形容枝叶茂密如烟笼罩。

⑥向:接近。

⑦旋:回还。

⑧次第:犹常态。

⑨裂素:裁剪白绢以绘画作文。

⑩汶阳川:即汶水,今大汶河,源出山东莱芜市北。最后汇入黄河。

【译文】吴地桑叶已经变绿,吴地春蚕已经三眠。我的家人寄居东鲁,龟阴之田谁来耕种?春日农耕已来不及,乘船江行心又茫然。南风吹拂归乡之心,飞堕旧时酒楼之前。

酒楼东有一株桃树,枝叶密如青烟笼罩。此树是我临行所栽,一别至今已有三年。桃树如今高与楼齐,我却出行仍未回还。

我的娇女名平阳,折花身倚桃树边。折花不见我归来,泪下如同泉水流。小儿名字叫伯禽,已经与姐身等高。他们并肩桃树下,谁能抚背又怜爱?

想到这里我心乱失态,肝肠寸断而日夜煎熬。裁下素帛书写远别之意,将此书信送到汉阳之川。

独酌青溪江石上寄权昭夷

【题解】此诗大约是天宝十三载(754)，李白在秋浦时所作。青溪，即清溪。在今安徽池州市。江石，即江祖石。是清溪旁一块巨石。传说上有仙人遗迹。权昭夷，李白好友。曾一起隐居修道。全诗描写了诗人在江祖石独坐感思的情景。起始四句气势宏大，豪放飘逸。接着诗人抒发了愿学严子凌垂钓隐居的志向，并期待能与权昭夷志趣相同。

我携一樽酒①，独上江祖石。自从天地开，更长几千尺？举杯向天笑，天回日西照。永愿坐此石，长垂严陵钓②。寄谢山中人，可与尔同调。

【注释】①苏武《诗四首》："我有一樽酒，欲以赠远人。"

②严陵钓：《后汉书·严光传》记载，东汉时，严光和光武帝刘秀是同窗好友。刘秀即位之后，几次请他去作官，他都拒绝了。他在富春山下耕田自养，又喜在桐庐县南的严陵濑垂竿钓鱼。后因以"严陵钓"为高士垂钓之典。

【译文】我手携一樽美酒，独自来到江祖石。自从开天辟地以来，此石又长了几千尺？我举杯仰天大笑，天光回转日西照。情愿永远坐在此石上，像严子陵那样长久垂钓。寄诗辞别您这位山中人，我与您有相同的志趣格调。

禅房怀友人岑伦南游罗浮兼泛桂海自春徂秋不返仆旅江外书情寄之

【题解】这首诗大约是上元元年（760），李白在浔阳时所作。岑伦，生平事迹不详。罗浮，山名，在今广东东江北岸。风景优美，道教称为"第七洞天"。桂海，泛指南方远地。王琦注："江淹诗：'文轸薄桂海。'李善注：'南海有桂，故曰桂海。'是以南海为桂海。太白所云桂海，虽袭其文，而实则指桂州之桂水也，亦犹枚乘《七发》称汝水为汝海，其义一也。"江外，指江南。从中原人看来，地在长江之外，故称。全诗先描写罗浮山景色，以及想象岑伦"边尘染衣剑，白日凋华发"的形象。接着写诗人对岑伦思念之情。最后抒发盼望友人早日归来的愿望。

婵娟罗浮月，摇艳桂水云^①。美人竟独往^②，而我安能群？一朝语笑隔，万里欢情分。沉吟彩霞没，梦寐琼芳歇。归鸿渡三湘^③，游子在百越^④。边尘染衣剑，白日凋华发。

春气变楚关，秋声落吴山。草木结悲绪，风沙凄苦颜。竭来已永久^⑤，颓思如循环^⑥。飘飘限江裔^⑦，想像空留滞。离忧每醉心，别泪徒盈袂。坐愁青天末^⑧，出望黄云蔽。

目极何悠悠？梅花南岭头^⑨。空长灭征鸟，水阔无还舟。宝剑终难托，金囊非易求^⑩。归来傥有问，桂树山之幽^⑪。

【注释】①"婵娟"二句: 婵娟: 美好姿态。摇艳: 同"摇曳"。

②美人: 品德美好的人。

③三湘: 泛指湘江一带或湖南。

④百越: 古代越族居住在江、浙、闽、粤各地, 各部落各有名称, 而统称百越, 也叫百粤。

⑤"揭来"句: 用何逊《行经孙氏陵》诗:"揭来已永久, 年代暧微微。"中成句。揭: 去。

⑥"颓思"句: 司马相如《长门赋》:"遂颓思而就床。"李善注:"颓, 怀也, 言怀起思虑而就床。"

⑦江裔: 江边。

⑧坐愁: 徒然忧愁。

⑨南岭: 指大庾岭。古名塞上、台岭, 又名东峤山、梅岭、凉热山。在今江西大余、广东南雄二县交界处。相传汉武帝时有庾姓将军筑城于此, 因有大庾之名。

⑩"金囊"句: 用陆贾故事。《史记·郦生陆贾列传》记载, 西汉陆贾, 能言善辩, 跟随刘邦打天下。曾出使南越, 说服南越王赵佗称臣, 赵佗赐陆贾千金, 装于囊中。

⑪"桂树"句: 淮南王刘安《招隐士》:"桂树丛生兮山之幽。"此处用为隐居之喻。

【译文】皎洁美好的罗浮山月, 摇曳高挂在桂水云上。贤人竟然独自前往, 而我又能与谁为群? 一朝离去笑语相隔, 欢乐之情万里而分。沉吟诗句直至晚霞隐没, 梦中醒来只见群芳凋歇。鸿雁归来渡过三湘, 出行游子尚在百粤。边地尘土沾染衣剑, 白日之下华发凋零。

春风吹绿了楚关, 秋声又落满吴山。草木都凝结悲绪, 风沙使容颜凄惨。您离开已经很久，我怀思如日循环。飘然一人到江边，想象您滞留在外。离忧常常使我心醉，别泪徒然沾满衣袂。空自生愁看断青天，出门远望黄云蔽日。

极目远方天地悠悠，南岭山头开满梅花。长空浩荡征鸟灭踪，江水辽阔无有归舟。宝剑难以寄托，金囊不易索求。您归来相访如问询，我就在桂树山幽处。

庐山谣寄卢侍御虚舟

【题解】这首诗是上元元年（760），李白结束流放从江夏返回，重游庐山时所作。谣，一种文体，古代指不用乐器伴奏的歌唱。卢侍御虚舟，即殿中侍御史卢虚舟，字幼真，范阳人，曾与李白有诗文唱和庐山，故李白作此诗寄赠卢虚舟。全诗首段总写诗人性格和生平爱好。接着描写庐山的秀美。先概括庐山的全貌：庐山地接南斗分野，其山势九叠，依傍鄱阳湖。再重点描画庐山瀑布，三叠泉如银河倒挂，飞流直下，与香炉峰瀑布遥相对望。红日初升之时，漫天朝霞与群山翠色相映，景色十分动人。长空中飞鸟翱翔，却难以逾越险峰。登高远眺，只见黄云万里，大江奔涌。山河壮丽，令人心潮澎湃。由此激发了诗人的兴致，而为庐山作谣吟唱。诗人看到昔日谢灵运行迹已湮没苍苔中，感悟到人生的短暂，不由生出炼丹求道之心，期望能早日飞升仙界，遨游太清。全诗雄浑豪放，刻画生动，想像瑰玮，逸兴超然。桂天祥《批点唐诗正声》："方外玄语，不拘流例。全篇开阖轶荡，冠绝古今，即使杜工部为之，未易及此，高、岑辈恐亦胁息。又襟期雄旷，辞旨慨慷，音节浏亮，无一不可。结句非素胎仙骨，必无此诗。"沈德潜《唐诗别裁》："先写庐山形胜，后言寻幽不如学仙，与卢敖同游太清，此素愿也。笔下殊有仙气。"

我本楚狂人，凤歌笑孔丘①。手持绿玉杖，朝别黄鹤楼。五岳寻仙不辞远，一生好入名山游。

庐山秀出南斗傍②，屏风九叠云锦张③，影落明湖青黛光④。金阙前开二峰长⑤，银河倒挂三石梁⑥。香炉瀑布遥相望，回崖沓嶂凌苍苍。翠影红霞映朝日，鸟飞不到吴天长。登高壮观天地间，大江茫茫去不还。黄云万里动风色，白波九道流雪山⑦。

好为庐山谣，兴因庐山发。闲窥石镜清我心⑧，谢公行处苍苔没⑨。早服还丹无世情⑩，琴心三叠道初成⑪。遥见仙人彩云里，手把芙蓉朝玉京⑫。先期汗漫九垓上，愿接卢敖游太清⑬。

【注释】①"我本"二句：《论语·微子》《高士传》等记载，陆通，字接舆，春秋时楚人。好养性，躬耕以为食。楚昭王时，陆通见楚政无常，乃佯狂不仕，时人谓之楚狂。孔子到楚国，接舆过其门，曰："凤兮凤兮！何德之衰？往者不可谏，来者犹可追。已而，已而！今之从政者殆而！"孔子下车欲与之言，接舆趋而避之，不得与之言。此处李白以陆通自比，欲要遍游名山。

②南斗：星宿名，二十八宿中的斗宿。庐山属南斗分野，因而称为"南斗傍"。

③屏风九叠：指庐山五老峰东的九叠屏，因山九叠如屏而得名。

④湖：指鄱阳湖。青黛：青黑色。

⑤金阙：指庐山的石门——庐山西南有铁船峰和天池山，二山对峙，形如石门。《后汉书·地理志》："庐山西南有双阙，壁立千余仞，有瀑布焉。"《水经·庐江水注》云："庐山之北，有石门水，水出岭端，有双石高竦，其状若门，因有石门之目焉。水导双石之中，悬流飞瀑，望之连天，若曳飞练于霄干矣。"

⑥三石梁：具体位置有多种说法。王琦注："《寻阳记》曰：'庐山上有三石梁，长数十丈，广不盈尺，杳然无底。'查悔余曰：'元李洞言，三石梁在开先寺西，黎嶍言五老峰上，或云在简寂观及上霄、紫霄二峰间。'桑乔《庐山纪事》则竟以为无如竹林之幻境。众说纷然，莫知所指。今三叠泉在九叠屏之左，水势三折而下，如银河之挂石梁，与太白诗句正相吻合，非此外别有三石梁也。后人必欲求其地以实之，失之凿矣。"

⑦九道：古谓长江流至浔阳分为九条支流。《书·禹贡》："九江孔殷。"孔安国注："江于此州界分为九道。"雪山：形容江中白浪涌起，簇拥如雪山。

⑧石镜：指庐山东面的"石镜"。《太平寰宇记》："石镜在庐山东悬崖之上，其状团圆，近之则照见形影。"

⑨谢公：指南朝宋谢灵运。谢灵运曾有《登庐山绝顶望诸峤》诗。

⑩还丹：道家炼丹，将丹砂烧成水银，积久又还成丹，故谓"还丹"。

⑪琴心三叠：道家修炼术语。《黄庭内景经》："琴心三叠舞胎仙。"梁丘子注："琴，和也。叠，积也。存三丹田，使和积如一，则胎仙

可致也。"

⑫玉京：传说元始天尊居处。道教称元始天尊在天中心之上，名玉京山。

⑬"先期"二句：《淮南子·道应训》记载，卢敖游北海，遇见一怪人迎风而舞，欲和其结友同游，其人笑道："吾与汗漫期于九垓之外，吾不可以久驻。"遂纵身跳入云中。先期：预先约好。汗漫：无边无际，意谓不可知。九垓：九天之外。卢敖：战国时燕国人，秦始皇征为博士，使求仙，去而不返。太清：三清之一。道教谓元始天尊所化法身道德天尊所居之地，其境在玉清、上清之上，唯成仙方能入此，故亦泛指仙境。也指天空。

【译文】我本是接舆那样的楚狂人，高唱凤歌而嘲笑孔丘迂腐。我手拿着绿玉杖远行，清晨辞别黄鹤楼出发。三山五岳寻仙不畏路远，一生就喜欢入名山游览。

秀美庐山伫立在南斗分野，九叠云屏像锦绣一样铺张，青色山影倒映明净湖水中。双峰矗立如金阙高耸入云，瀑布如银河倒挂在三石梁。香炉峰瀑布与它遥相望，峰回叠嶂耸入苍莽青天。翠色红霞与朝阳相辉映，吴天宽广飞鸟也难越山。登高可见天地间的壮观，大江悠悠东去永不回还。风吹黄云绵延万里，江流九道波如雪山。

我喜欢为庐山作谣吟唱，这兴致全因庐山而生发。闲时窥看石镜来清净我心，昔日谢公行迹隐没青苔中。还应早服仙丹摒弃世情，修炼三丹田的胎息之术。远远望见仙人在彩云里，手捧芙蓉花去玉京朝拜。早已与神仙相约在九天会面，愿和您这位卢敖一同游太清。

下寻阳城泛彭蠡寄黄判官

【题解】此诗为上元元年（760），李白下寻阳泛舟鄱阳湖寄友人黄判官之作。寻阳，即浔阳，郡县名，今江西省九江市。彭蠡，即彭蠡湖，今鄱阳湖。黄判官，名字生平不详。李白的友人，判官为观察使、节度使的僚属。全诗描写了诗人泛舟鄱阳湖时所见的景色，表达了诗人当时的欢欣之情，最后抒发对友人的思念。。

浪动灌婴井①，寻阳江上风。开帆入天镜，直向彭湖东②。落景转疏雨③，晴云散远空。名山发佳兴④，清赏亦何穷？石镜挂遥月，香炉灭彩虹⑤。相思俱对此，举目与君同。

【注释】①灌婴井：在今江西九江。《元和郡县志》："州理城，古之溢口城也。汉高帝六年，灌婴所筑。建安中，孙权经此城，权自标地，令工掘之，正得古井。铭曰：'汉六年，颍阴侯开。三百年当塞，后不满百年，当为应运者所开。'权以为己瑞。井极深，大江中风浪，井水辄自动。"

②彭湖：即彭蠡湖，今鄱阳湖。

③落景：夕阳。景，同"影"。

④名山：指庐山。

⑤香炉：即庐山香炉峰。

【译文】灌婴井中水涌如浪，只因寻阳江上起风。扬帆行入倒映碧天的镜湖，一直向彭蠡之东飘然而去。落日余晖中下起小雨，天色放晴后云散远空。名山胜景引起人们的佳兴，清雅之赏怎能有所穷尽？明月高挂石镜上空，香炉峰上彩虹明灭。相思之时您我共对此景，抬眼望去所见与君相同。

书情寄从弟邠州长史昭

【题解】这首诗应为开元年间，李白初入长安游邠州后所作。邠州，州名，治所在今陕西彬县。原作豳州，开元十三年改作邠州。天宝元年改为新平郡，乾元元年复为邠州。长史昭，即邠州长史李昭，是李白族弟。长史，官名。唐时州刺史下设长史一人，为刺史佐官。位在别驾之下，司马之上。此诗前八句写诗人离家出行已久，不知几时可回，再写春时折杨柳寄相思。后八句以谢灵运和谢惠连比拟自己与李昭，赞美李昭才华出众。再写杜鹃悲鸣、庭树落红来抒发春去不回，相思不已之情。

　　自笑客行久，我行定几时①？绿杨已可折，攀取最长枝。翩翩弄春色，延伫寄相思②。谁言贵此物？意愿重琼蕤③。
　　昨梦见惠连，朝吟谢公诗④。东风引碧草，不觉生华池。临玩忽云夕⑤，杜鹃夜鸣悲。怀君芳岁歇，庭树落红滋⑥。

　　【注释】①定：究竟，到底。

②延伫：久立。

③琼蕤：玉花。陆机《拟古诗十二首·拟东城一何高》："玉颜侔琼蕤。"张铣注："琼蕤，玉花也。"

④"昨梦"二句：惠连：即谢惠连，南朝宋诗人，谢灵运族弟，有诗名。谢公：指谢灵运，封康乐公。钟嵘《诗品》引《谢氏家录》云："康乐每对惠连，辄得佳语。后在永嘉西堂，思诗竟日不就，寤寐间忽见惠连，即成'池塘生春草'。故尝云：'此语有神助，非我语也。'"此处诗人以谢灵运自喻，以惠连比拟李昭。

⑤临玩：临池玩赏。忽云夕：很快到了傍晚。云，语中助词。

⑥"庭树"句：化用江淹《杂体诗》之十《张司空华离情》："庭树发红彩，闺草含碧滋。"句。

【译文】自笑我客行太长久，行期究竟几时结束。绿杨垂枝已可折取，我取拿最长那一枝。翩翩轻舞赏弄春色，久久伫立欲寄相思。谁说我会以此物为珍贵？我更看重玉花般的贤人。

昨夜我梦见谢惠连，晨起就高吟谢公诗。东风吹引碧草萌发，不觉长满华池之中。临池赏玩却忽然日落，夜间杜鹃又悲切哀鸣。对您怀念时芳华已歇，庭院里红花悄然落尽。

寄上吴王三首

【题解】这三首诗大约是天宝七载（748），李白西游霍山时，在庐江拜见吴王李祗后所作。吴王，指嗣吴王李祗。《旧唐书·李祗传》："祗，神龙中封为嗣吴王。景云元年，加银青光禄大夫。天宝十四载，为东平太守。"本诗其三称"英明庐江守"，则其时吴王李祗正在庐江太守任，应当在天宝十四载以前。

其一

【题解】此诗以淮南王刘安与八公为喻，来比拟诗人与吴王。当年诗人被吴王以诗赋见重，甚至与枚乘、司马相如相提并论，所以诗人对吴王的厚爱很是感激，希望将来能到庐江以观风化。

淮王爱八公①，携手绿云中②。小子忝枝叶③，亦攀丹桂丛④。谬以词赋重，而将枚马同⑤。何日背淮水？东之观上风⑥。

【注释】①淮王：指汉代淮南王刘安。八公：淮南王刘安的门客，为苏非、李尚、左吴、田由、雷被、毛被、伍被、晋昌八人，称"八公"，奉刘安之招，和诸儒大山、小山相与论说，著《淮南子》。《神仙传》等记载刘安与八公后升仙而去。

②绿云：绿色的云彩，多形容缭绕仙人的瑞云。鲍照《代陈思王京洛篇》："扬芬紫烟上，垂彩绿云中。"

③小子：李白自称。忝：自谦之辞。忝枝叶，谓与吴王同为唐王朝宗室。李白自谓凉武昭王李暠九世孙，所以与唐王室同宗。

④"亦攀"句：淮南王刘安《招隐士》："桂树丛生兮山之幽……攀援桂枝兮聊淹留。"此句诗人谓意欲攀附吴王。

⑤枚马：汉代辞赋家枚乘、司马相如的并称。

⑥"何日"二句：邹阳《谏吴王书》："然臣所以历数王之朝，背淮千里而自致者，非恶臣国而乐吴民也。窃高下风之行，尤说大王之义。"

【译文】古有淮南王敬慕八公，携手飞升在绿云之中。我愧列在皇族门墙，攀丹桂想依附于您。蒙吴王错爱以辞赋看重我，将我与枚乘、司马相如媲美。何时我能背离淮水，东去而观上国风化。

其二

【题解】这首诗写吴王坐啸而治理政事，使庐江清净太平。离去时则不带一物，连胡床也留下，挂在东墙上。

坐啸庐江静①，闲闻进玉觞。去时无一物，东壁挂胡床②。

【注释】①坐啸：闲坐吟啸。《后汉书·党锢传序》记载，东汉桓帝时，朝廷腐败，全国上下，任人唯亲，朋党之祸泛滥。汝南太守宗资，信任范滂，把郡中一切政事，都委托他去办，自己只管签发文书罢了。南阳太守成瑨，也将全部公事交岑晊负责，自己却吟啸无事。二郡民谣曰："汝南太守范孟博（范滂字孟博），南阳宗资主画诺。南阳太守岑公孝，弘农成瑨但坐啸。"后因以"坐啸"指为官清闲。庐江：郡名，即庐州。天宝元年改为庐江郡，乾元元年复为庐州。治所在合肥县，今安徽合肥市。

②挂胡床：《三国志·魏志·裴潜传》："（裴潜）正始五年薨，追赠太常，谥曰贞侯。"裴松之注引《魏略》："又潜为兖州时，尝作一胡床，及其去也，留以挂柱。"胡床：可折叠的坐具。

【译文】坐啸就使庐江政事清静，您闲来倾酒玉杯而品酌。去职时不遗一物，胡床挂在东壁上。

其三

【题解】此诗赞扬吴王治理庐江郡的政声，可与当年广平郡太守郑袤治广平相媲美。吴王爱惜人才，像燕昭王那样筑黄金台招纳贤士。诗人自谓曾供奉翰林，出入宫禁，随侍天子身旁。希望吴王像楚襄王爱惜宋玉那样，爱惜自己，那么自己也愿像宋玉侍奉楚襄王那样侍奉吴王。

英明庐江守，声誉广平籍①。扫洒黄金台②，招邀青云客。客曾与天通③，出入清禁中④。襄王怜宋玉，愿入兰台宫⑤。

【注释】①广平籍：《晋书·郑袤传》记载，郑袤为广平太守，"以德化为先，善作条教，郡中爱之。征拜侍中，百姓恋慕，涕泣路隅。"此处以郑袤比喻吴王。

②黄金台：用燕昭王建黄金台招揽贤士的典故。

③客：诗人自谓。与天通：指诗人天宝初供奉翰林，侍奉天子之事。

④清禁：指皇宫。皇宫中清静肃禁，故称。傅咸《申怀赋》："穆穆清禁，济济群英。"

⑤"襄王"二句：兰台：宋玉《风赋序》："楚襄王游于兰台之宫，宋玉、景差侍。"李周翰注："兰台，台名。"张九龄《登古阳云台》诗：

"楚国兹故都，兰台有余址。"故址传说在今湖北钟祥市东。

【译文】您以英明出任庐江太守，声誉直追广平太守郑袤。您亲自洒扫黄金台，招揽天下青云之士。我也曾经侍奉天子，出入皇宫清禁之中。您能像楚襄王那样怜惜宋玉，我也愿意进入您的兰台宫。

寄王汉阳

【题解】此诗当是乾元元年（758），李白流放夜郎途经汉阳和江夏时所作。王汉阳，汉阳王县令。汉阳，县名，唐代是沔州治所，今湖北武汉市汉阳。诗中李白回忆了昔日受王汉阳相邀，夜游郎官湖的情景。锦帐中郎官醉卧，罗衣舞女娇媚，笛声响彻两岸，歌曲直上云霄。最后诗人表达了与王汉阳仅隔一水，却相思难见的遗憾。

南湖秋月白①，王宰夜相邀。锦帐郎官醉②，罗衣舞女骄。笛声喧沔鄂③，歌曲上云霄。别后空愁我，相思一水遥④。

【注释】①南湖：唐时湖在沔州城南，在今汉阳城内东南隅。即李白所称郎官湖。李白《泛沔州城南郎官湖序》："乾元岁，秋八月，白迁于夜郎，遇故人尚书郎张谓出使夏口。沔州牧杜公、汉阳宰王公，觞于江城之南湖，乐天下之再平也。……张公殊有胜概，四望超然，乃顾白日：'此湖……夫子可为我标之嘉名，以传不朽。'白因举酒酹水，号之曰郎官湖，亦由郑圃之有仆射陂也。"

②郎官：即指尚书郎张谓。

③沔鄂：沔州和鄂州。沔州，治所在今湖北武汉市汉阳。鄂州，治所在今武汉市武昌。二州隔长江相对。

④一水遥：李白写诗于江夏（鄂州），与汉阳仅一水之隔。

【译文】前日南湖秋月皎洁，县宰王公邀我夜游。湖边锦帐中郎官大醉，罗衣舞女娇媚而动人。笛声喧嚣沔鄂两州，歌曲嘹亮直上云霄。离别后我空怀愁绪，相思一水之隔的您。

春日归山寄孟六浩然

【题解】这首诗是开元二十七年（739），李白与孟浩然在襄阳游山时所作。孟六浩然：即孟浩然，排行第六。唐代著名山水田园诗派诗人。王琦注曰："按孟六浩然恐是孟赞府之讹。"孟浩然已于上年辞去张九龄荆州幕还山。此诗起首阐述弃官归山，拜谒道场，以金绳开觉悟之路，乘宝筏渡迷妄之川。中八句描述山寺之岭树、岩花、宝塔、楼宇、香气、钟声等，充满禅意。秋露满荷，松盖圆密，鸟聚疑为听法，龙参似来护禅，归山之乐如此。诗人与孟浩然结伯牙子期之交，而感愧不已。全诗缜密工整，皆入禅语。方回《瀛奎律髓》："太白负不羁之才，乐府大篇翕忽变化，而此一律诗乃工夫缜密如此，与杜审言、宋之问相伯仲。别有《赠孟浩然》诗曰：'醉月频中圣，迷花不事君。'虽飘逸，不如此诗之端整。"黄克赞《全唐风雅》："太白五言长律，此首最为工致，盖其才高，不用苦思，此则从思索中来也。"

朱绂遗尘境^①，青山谒梵筵^②。金绳开觉路^③，宝筏度迷川^④。

岭树攒飞栱^⑤，岩花覆谷泉。塔形标海日^⑥，楼势出江烟。香气三天下^⑦，钟声万壑连。荷秋珠已满，松密盖初圆。

鸟聚疑闻法^⑧，龙参若护禅^⑨。愧非流水韵，叨入伯牙弦^⑩。

【注释】①朱绂：古代礼服上的红色蔽膝。后多借指官服。《易·困》："困于酒食，朱绂方来。"程颐传："朱绂，王者之服，蔽膝也。"

②梵筵：做佛事的道场。沈约《栖禅精舍铭》："往辞妙幄，今承梵筵。"

③"金绳"句：金绳：佛教语。佛经谓离垢国用以分别界限的金制绳索，喻指引。《妙法莲华经》："国名离垢，琉璃为地，有八交道，黄金为绳，以界其侧。"觉路：佛教语。谓成佛的道路。

④"宝筏"句：宝筏：佛教用语，比喻引导众生渡过苦海到达彼岸的佛法。迷川：犹迷津。佛教语，指迷妄的境界。

⑤攒：簇拥。

⑥标：举，显出。

⑦三天：佛教称欲界、色界、无色界为三天。

⑧"鸟聚"句：《法苑珠林》："〔舍卫国〕祇树精舍有神异验。众集之时，猕猴、飞鸟，群类数千，悉来听法，寂寞无声。事竟即去，各还所止。"

⑨"龙参"句：佛教认为龙王护持佛法。见《孔雀王经》《大云

经》等。

⑩"愧非"二句：用伯牙钟子期故事。《吕氏春秋·孝行览·本味》："伯牙鼓琴，钟子期听之。方鼓琴而志在太山，钟子期曰：'善哉乎鼓琴，巍巍乎若太山。'少选之间，而志在流水，钟子期又曰：'善哉乎鼓琴，汤汤乎若流水。'钟子期死，伯牙破琴绝弦，终身不复鼓琴。"

【译文】把朝服遗弃尘世中，去往青山拜谒佛堂。金绳开示觉悟之路，宝筏渡过迷妄之川。

岭上丛树攒聚如飞栱，岩上繁花遮掩谷中泉。佛塔高耸与白日同立海面，楼宇雄伟直出江烟之上。佛香弥漫天地三界，钟声回响万壑千川。荷叶凝满秋露水珠，松树繁茂浑圆如盖。

林鸟相聚疑是为闻佛法，龙王参禅只为护法而来。惭愧我不通流水之韵，忝为您这位伯牙知音。

流夜郎永华寺寄浔阳群官

【题解】这首诗是乾元元年（758），李白流放夜郎，离开浔阳时所作。夜郎，郡名。即珍州。天宝元年改为夜郎郡。乾元元年复改为珍州。治所夜郎县，在今贵州正安县西北。永华寺，当在浔阳附近。诗人清晨离开浔阳，傍晚来到永华寺投宿。有众多宾客前来送行，等到客散只剩诗人独醉。诗人被流放夜郎，心中惆怅万千，只能将万行清泪，化作滔滔九江水。为何落到如此境地，也只能是天命所归吧。全诗体现了诗人心中的无奈和悲哀。

朝别凌烟楼^①，暝投永华寺。贤豪满行舟，宾散予独醉。愿结九江流，添成万行泪。写意寄庐岳^②，何当来此地^③！天命有所悬，安得苦愁思^④？

【注释】①凌烟楼：在江州浔阳，为南朝宋临川王刘义庆任江州刺史时所造。鲍照《凌烟楼铭》："伏见所制凌烟楼，栖置崇迥，延瞰平寂。即秀神皋，因基地势。东临吴甸，西眺楚关。奔江永写，鳞岭相茸。重树穷天，通原尽目。"其前《序》下注曰："宋临川王起。"

②庐岳：庐山，在今江西九江市南。此处代指浔阳群官。

③何当：犹合当。唐人口语。

④"天命"句：谓自己参加永王李璘幕府而长流夜郎乃天命所系。

【译文】清晨离别寻阳凌烟楼，黄昏来到永华寺投宿，送别的贤豪挤满舟船，宾客散去只剩我独醉。我想把九江的流水，化为万行伤心清泪。写信寄意给庐岳之友，我就应该来到此地。一切都是天命所定，我又何必苦思愁想。

流夜郎至西塞驿寄裴隐

【题解】这首诗是乾元元年（758），李白在流放夜郎途中所作。西塞驿，王琦注："西塞驿，当在西塞山边。"《元和郡县志》："西塞山，在鄂州武昌县东八十五里。"裴隐，事迹不详。王琦注："裴隐，疑亦当时逐臣，故用贾谊投沙事。"李白被贬夜郎，乘风行船太速，本想约期友人，却先于友人到达西塞山，未能相见。西塞山峰回路转，川流汹涌。诗人此时被贬，不由盼望潜龙施雨，好解救自己这个枯木之人。"鸟去天路长，人悲春光短。"二句道出了诗人此时内心的苦楚。只能空作泽畔吟，寄给江南的友人。

扬帆借天风，水驿苦不缓①。平明及西塞，已先投沙伴②。

回峦引群峰，横蹙楚山断。矶冲万壑会③，震沓百川满。龙怪潜溟波④，候时救炎旱。我行望雷雨，安得沾枯散⑤？

鸟去天路长，人悲春光短。空将泽畔吟⑥，寄尔江南管⑦。

【注释】①水驿：水上驿路。

②"平明"二句：平明：亦称"平旦"。即寅时，约凌晨四时左右。投沙：用贾谊被贬长沙事。伴：指裴隐。二句谓天将亮时来到西塞山，已先于同伴到达。

③矶：水击岩石声。郭璞《江赋》："矶岩鼓作。"李善注："矶，水激岩之声也。"

④"龙怪"句：《国语·鲁语下》："水之怪曰龙，罔象。"韦昭注："龙，神兽也，非常所见，故曰怪。"溟波：深波，深海。

⑤枯散：枯散之木，借喻无用之人。李白自喻。

⑥泽畔吟：《楚辞·渔父》："屈原既放，游于江潭，行吟泽畔。颜色憔悴，形容枯槁。"后常以"泽畔吟"代指谪官失意时所写的作品。

⑦江南管：江南，指裴隐所居之处。管，笔，以笔为辞。谢朓《夜听妓》："要取洛阳人，共命江南管。"

【译文】扬帆借助天风出航，水上行船却嫌太快。天刚清晨就到西塞,已比逐臣同伴先达。

两岸山转显出群峰,巨石横出中断楚山。万壑水流会聚冲击,声震如雷百川汹涌。龙怪潜伏于溟波之中,等待时机来解救炎旱。我行途中久盼雷雨,好滋润这干枯之木。

飞鸟高去但觉天路悠长,流放之人更悲春光短暂。我徒然而作泽畔吟,寄给远在江南的您。

自汉阳病酒归寄王明府

【题解】这首诗当是乾元二年(759),李白遇赦回至江夏时所作。王明府,汉阳王县令,名字不详。汉阳,今湖北武汉市汉阳。明府,对县令的敬称。全诗前四句写诗人去岁被流放夜郎,无心作辞赋,因而砚水干枯。今年遇赦放还,心情舒畅,所以笔翰生辉。接着诗人认为天子还会征召他,那时就可以继续作诗论文。最后抒发愿与王县令醉酒啸歌,千金买春的意愿。

去岁左迁夜郎道①,琉璃砚水长枯槁②。今年敕放巫山阳,蛟龙笔翰生辉光。圣主还听《子虚赋》,相如却欲论文章③。愿扫鹦鹉洲④,与君醉百场。啸起白云飞七泽⑤,歌吟绿水动三湘⑥。莫惜连船沽美酒,千金一掷买春芳。

【注释】①左迁:贬谪。古人凡得罪而下迁官职皆曰左迁,李白无官而称左迁，王琦谓"盖借作窜逐字用"。

②"琉璃"句：谓停笔不写文章。徐陵《玉台新咏序》："琉璃砚匣，终日随身。"此处反用其意。

③"圣主"二句：《史记·司马相如列传》："蜀人杨得意为狗监，侍上。上读《子虚赋》而善之，曰：'朕独不得与此人同时哉！'得意曰：'臣邑人司马相如自言为此赋。'上惊。乃召问相如。相如曰：'有是，然此乃诸侯之事，未足观也，请为天子游猎赋。'赋成，奏之，上许令尚书给笔札。相如以子虚，虚言也，为楚称。乌有先生者，乌有此事也，为齐难。无是公者，无是人也，明天子之义。故空借此三人为辞，以推天子诸侯之苑囿，其卒章归之于节俭，因以讽谏。奏之天子，天子大说。"

④鹦鹉洲：在今湖北武汉市武昌城区黄鹄矶西长江中。东汉末年黄祖为江夏太守时，黄祖长子黄射大会宾客，有宾客献鹦鹉，祢衡即席写就《鹦鹉赋》，故名。

⑤七泽：在今湖北省境内，司马相如《子虚赋》："臣闻楚有七泽，尝见其一，未睹其余也。臣之所见，盖特其小小者耳，名曰云梦。"

⑥三湘：湖南省湘潭、湘乡、湘阴合称，也有说为漓湘、潇湘、蒸湘的合称。一般泛指湖南。

【译文】去年被贬奔波夜郎道，琉璃砚台水涸长干枯。今年降诏我在巫山之南获赦归还，手中妙笔宛如蛟龙恢复昔日光辉。圣主还想听阅《子虚赋》，我似相如却想论文章。我愿洒扫鹦鹉洲，与君大醉一百场。白云随啸声飘飞七泽，歌吟声传遍三湘渌水。不要吝惜沽来整船美酒，千金一掷只为买来春芳。

望汉阳柳色寄王宰

【题解】这首诗应是上元元年（760）春，李白在江夏时所作。王宰，即上一首提到的汉阳王县令。诗人在江夏西望汉阳，想象柳枝望客而东发。柳絮洁白如雪花，枝条纷纷如细丝。春风传达了诗人的心意，草木已预先知会友人。最后诗人希望王汉阳由西而来江夏不要太迟。

汉阳江上柳，望客引东枝①。树树花如雪，纷纷乱若丝。春风传我意，草木度前知。寄谢弦歌宰②，西来定未迟。

【注释】①"汉阳"二句：用拟人手法，将江上柳比为有情之物，眺望客来而引枝向东开。

②弦歌宰：指县令。《论语·阳货》记载，孔子的学生子游为武城县令，以礼乐教化百姓。孔子到武城，闻弦歌之声。后因称县令为"弦歌宰"。

【译文】汉阳江边的杨柳树，望客而来向东发枝。树树飞絮洁白如雪，纷纷枝条垂如乱丝。春风传去我的心意，草木也能预先得知。寄诗以谢弦歌县宰，西来拜访不要太迟。

江夏寄汉阳辅录事

【题解】这首诗是乾元二年（759）秋，李白在江夏所作。辅录事，录事参军辅翼。录事，官名。唐制，诸州设录事参军事和录事，各县亦设录事。李白《泛沔州城南郎官湖序》曰："席上文士辅翼、岑静以为知言。"由此可知辅录事当为辅翼。此诗前段写诗人与汉阳辅录事一水之隔却不能相见。赞美辅录事文才超凡，并抒发自己空有鲁仲连之才却无法报国的遗憾。后段描写江夏、汉阳备战情况，对自己不能参与其中而心忧难平。末尾李白希望能早日去往汉阳观军容，与辅录事欢宴投壶为乐。

谁道此水广？狭如一匹练①。江夏黄鹤楼，青山汉阳县。大语犹可闻②，故人难可见。君草陈琳檄③，我书鲁连箭④。报国有壮心，龙颜不回眷。西飞精卫鸟，东海何由填？

鼓角徒悲鸣⑤，楼船习征战。抽剑步霜月，夜行空庭遍。长呼结浮云，埋没顾荣扇⑥。他日观军容，投壶接高宴⑦。

【注释】①"谁道"二句：此水：指长江。二句谓长江狭小如一匹丝练。

②大语：大声说话。

③陈琳檄：《三国志·魏志·陈琳传》："琳避难冀州，袁绍使典文章，袁氏败，琳归太祖。……太祖并以琳、（阮）瑀为司空军谋祭酒，管

纪室，军国书檄，多琳、瑀所作也。"此句以陈琳比拟辅翼。

④鲁连箭：《史记·鲁仲连列传》："燕将攻下聊城，聊城人或谗之燕，燕将惧诛，因保守聊城，不敢归。齐田单攻聊城岁余，士卒多死而聊城不下。鲁连乃为书，约之矢以射城中，遗燕将。……燕将见鲁连书，泣三日……喟然叹曰：'与人刃我，宁自刃。'乃自杀。聊城乱，田单遂屠聊城。归而言鲁连，欲爵之。鲁连逃隐于海上。"此句诗人自比鲁仲连。

⑤鼓角：战鼓和号角，古代军中用以报时、警众或发号施令。《通典》："夫军城及野营行军在外，日出日没时挝鼓千槌，三百三十三槌为一通。鼓音止，角音动，吹十二声为一叠。角音止，鼓行动。如此三角三鼓而昏明毕之。"

⑥顾荣扇：《晋书·顾荣传》："属广陵相陈敏反，南渡江，逐扬州刺史刘机、丹杨内史王旷……有孙氏鼎峙之计。……明年，周玘与荣及甘卓、纪瞻潜谋起兵攻敏。荣废桥敛舟于南岸，敏率万余人出，不获济，荣麾以羽扇，其众溃散。"此句诗人自谓有顾荣之才，却不被用。

⑦投壶：古代宴会时的礼制。亦为一种游戏。宾主依次用矢投向盛酒的壶口，以投中多少决胜负，负者饮酒。《礼记·投壶》："壶颈修七寸，腹修五寸，口径二寸半，容斗五升。壶中实小豆焉。为其矢之跃而出也，壶去席二矢半。矢，以柘若棘，毋去其皮。"郑玄注："壶，器名。以矢投其中。射之类。"《后汉书·祭遵传》："遵为将军，取士皆用儒术。对酒设乐，必雅歌投壶。"

【译文】谁说长江流水宽广？其实狭如一匹白练。江夏之畔的黄鹤楼，与汉阳青山相对看。两岸大声皆可听闻，故人相思却难相见。你有陈琳草拟檄文之才，我能撰写鲁连退敌箭书。虽然怀有报国壮心,可惜龙颜并不眷顾。西飞的精卫鸟,如何去填东海?

鼓角徒然悲鸣,楼船习练水战。抽剑迈步在霜月下,夜不能寐绕遍空庭。长啸一声能使浮云相聚,可惜埋没我的顾荣之才。他日营中观阅军容,酒宴之上投壶为乐。

早春寄王汉阳

【题解】这首诗是上元元年(760)早春,李白在江夏所作。王汉阳,指汉阳王县令。李白流放遇赦放还经过汉阳时与他交往甚多,曾有多首诗相寄赠。全诗前四句写诗人听说春天归来,欢欣不已,却不曾相识,于是四处去寻访。而春色悄然而来,一夜之间使武昌城内柳枝冒出金黄嫩芽。诗人对早春景色的描写文笔清新,生动活泼,别具一格。后四句写对王汉阳的思念,诗人已拂扫青山之石,设下酒宴,邀约王汉阳前来共谋一醉。《唐宋诗醇》点评此诗:"秀骨天成,偶然涉笔,无不入妙。"

闻道春还未相识,走傍寒梅访消息。昨夜东风入武昌①,陌头杨柳黄金色。碧水浩浩云茫茫,美人不来空断肠②。预拂青山一片石,与君连日醉壶觞。

【注释】①武昌:按唐代武昌即今湖北鄂州市,在今武汉市东南百余公里。此处代指江夏,今武汉市武昌。

②美人：指王汉阳。

【译文】听说春回我却还未识，来到寒梅傍探访消息。昨夜东风悄然吹入江夏，陌上杨柳冒出金黄嫩芽。碧水浩浩浮云茫茫，贤人不来我空断肠。预先拂拭青山一片石，与您连日酣醉壶觞中。

江上寄巴东故人

【题解】这首诗大约是开元十四年（726），李白出蜀后在江夏时所作。巴东，唐县名，属归州，今湖北巴东县。又郡名，天宝元年改归州为巴东郡，乾元元年，复为归州。治所在秭归，今湖北秭归县。而此诗中提到的巴东有巫山、白帝、瞿塘等地，应指东汉所置巴东郡，治所在鱼复，今重庆奉节东白帝城。全诗先点明诗人在汉水，友人在巫山。诗人思友只能梦中相见，醒来后才知与友分别。末二句写瞿塘一带商客繁多，可以托付书信，诗人希望友人不要音信稀少。

汉水波浪远①，巫山云雨飞②。东风吹客梦，西落此中时。觉后思白帝③，佳人与我违。瞿塘饶贾客④，音信莫令希。

【注释】①汉水：又称汉江，长江最长支流。源出今陕西宁强县之嶓冢山。亦曰东汉水。初名漾水。东南流经陕西省南部、湖北省西北部和中部，在武汉市汉阳入长江。

②巫山：在今四川东部，毗邻湖北。因山形似巫字而得名。

③白帝：古城名。东汉初公孙述筑，传说殿前井中有白龙出，公孙述因而自称白帝，故名。在今四川奉节县东十里白帝山上。唐时属山南东道夔州。

④瞿塘：指瞿塘关。古关名，亦称江关，春秋时楚筑。以位于瞿塘峡而得名。

【译文】汉水波涌一路远去，巫山云雨纷飞不停。东风吹动客梦，西来落到此地。梦后思念白帝城，您已与我久相违。瞿塘一带商客众多，勤通音信切莫太少。

江上寄元六林宗

【题解】这首诗是天宝九载（750），李白前往拜访元丹丘，在江行途中所作。元六林宗，元林宗，排行第六，即李白最亲密的挚友元丹丘。全诗首段写诗人秋来出行江上，苦于路途遥远。次段描写江景。江河浩渺，日隐云天。林峦之下，惊猿啼鸣。夜半时分银河回转，起身看到江水广阔。凉风萧萧，流水呜咽。江浦沙净，月光可拾。末段抒发思念友人之情。同时诗人勉励友人保持高洁的隐逸之志。诗人行船幽赏颇为自得，只是与友人远离，又有谁可倾诉？

霜落江始寒，枫叶绿未脱，客行悲清秋，永路苦不达①。
沧波眇川汜②，白日隐天末③。停棹依林峦，惊猿相叫聒。夜分河汉转④,起视溟涨阔⑤。凉风何萧萧,流水鸣活活⑥。浦沙净如洗,海月明可掇⑦。

兰交空怀思⑧,琼树讵解渴⑨。勖哉沧洲心⑩,岁晚庶不夺。幽赏颇自得,兴远与谁豁⑪。

【注释】①永路:长途,远路。

②眇:眇,通"渺",水远貌。汜:水决后又汇入主流的河水。《尔雅·释水》:"决复入为汜。"郭璞注:"水出去复还。"

③天末:天的尽头。指极远的地方。

④夜分:夜半。曹植《上责躬应诏诗表》:"昼分而食,夜分而寝。"张铣注:"夜分,夜半时也。"

⑤溟涨:溟海与涨海,泛指大海。谢灵运《游赤石进帆海》:"溟涨无端倪。"李周翰注:"溟涨,皆海也。"

⑥活活:水流声,活音括。《诗·卫风·硕人》:"河水洋洋,北流活活。"毛传:"活活,流也。"

⑦掇:拾。魏武帝《短歌行》:"明明如月,何时可掇。"李善注引《说文》曰:"掇,拾取也。"

⑧兰交:《易·系辞上》:"二人同心,其利断金;同心之言,其臭如兰。"后因以"兰交"比喻意气相投的友人。李峤《被》诗:"兰交聚北堂。"

⑨"琼树"句:《艺文类聚》引李陵《赠苏武别诗》:"思得琼树枝,以解长渴饥。"

⑩"勖哉"句:《书·泰誓中》:"勖哉夫子。"孔传:"勖,勉也。"沧洲:滨水之地。代指隐士居所。阮籍《为郑冲劝晋王笺》:"临沧洲而

谢支伯，登箕山以揖许由。"沧洲心：隐逸之心。

⑪豁：排遣。

【译文】秋霜降落江水变寒，枫叶仍然绿色未凋。客行在外悲戚清秋，苦于路途遥远难到。

大小江河烟波浩渺，白日隐没长天尽处。依傍山林泊船休息，山猿受惊啼声不绝。中夜时天上银河旋转，起身看江面宽阔如海。凉风萧萧，流水呜咽。江浦沙净如濯洗，海月明亮可拾取。

我徒然怀念知心朋友，琼枝岂能解相思之渴。让我们互勉沧洲之心，就算年老也此志不变。幽行独赏颇为自得，兴致高远与谁倾诉。

寄从弟宣州长史昭

【题解】这首诗大约是乾元二年（759），李白流放遇赦回到岳州游洞庭时所作。宣州长史昭，即李白的族弟，宣州长史李昭。宣州，唐属江南道。天宝元年改为宣城郡，乾元元年复为宣州。今安徽宣城市。长史，州长官刺史的佐官。位在别驾之下，司马之上。诗中谓李昭为官清廉闲逸，常常夸赞宣城风景美好，并邀请诗人游览敬亭山。诗人感叹自己滞留在洞庭湖、三江口一带已经五年，未能回到宣州。相思友人却不可见，叹息太多反而凋落红颜。

尔佐宣州郡，守官清且闲。常夸云月好，邀我敬亭山①。五落洞庭叶②，三江游未还③。相思不可见，叹息损朱颜。

【注释】①敬亭山：《元和郡县志》："敬亭山，在宣州宣城县北十二里。即谢朓赋诗之所。"在今安徽宣城市北。

②洞庭叶：《楚辞·九歌·湘夫人》："袅袅兮秋风，洞庭波兮木叶下。"洞庭：湖名。在今湖南省北部，长江南岸，为我国第二大淡水湖。

③三江：指岳州巴陵三江口。《元和郡县志》："巴陵城，对三江口。岷江为西江，澧江为中江，湘江为南江。"

【译文】您在宣城郡任佐官，为官清正也很闲逸。对我常夸宣州云月美好，邀我一起去敬亭山游览。我在洞庭湖一带踟蹰五年，留恋三江之游至今未还家。我对您相思而不可见，叹息太多凋谢了红颜。

泾溪东亭寄郑少府谔

【题解】这首诗是天宝十四载（755）暮春，李白游泾县时所作。泾溪，水名。又名赏溪，在今安徽泾县西南。郑少府谔，泾县县尉郑谔。少府，对县尉的敬称。诗中描述泾溪上白鹭成群，闲飞空中如雪花点缀白云。龙门山下水波涟涟，如虎眼转动，精光四射。暮春时节杜鹃花盛开，漫山遍野。而诗人则欲学陵阳子明钓鱼求仙。

我游东亭不见君，沙上行将白鹭群。白鹭闲时散飞去，又如雪点青山云。欲往泾溪不辞远，龙门蹙波虎眼转①。杜鹃花开春已阑②，归向陵阳钓鱼晚③。

【注释】①龙门：山名，在今安徽黄山市黄山区北四十里太平湖南岸。《江南通志》："龙门山，在宁国府太平县西北四十里，林麓幽深，岩壁峭拔，中有石窦若门。"蹙波：水波起皱。虎眼转：王琦注："虎眼转，谓水波旋转，有光相映，若虎眼之光。刘禹锡诗'汴水东流虎眼文'是也。"

②杜鹃花：王琦注："一名红踯躅，一名山石榴，一名映山红，处处山谷有之。高二三尺，春时蕊叶齐出，一枝数萼，花色红丽。二、三月中，遍满山谷，烂然若火，入夏方歇。"

③陵阳：山名，在今安徽宣州市。相传为陵阳子明得仙之地。《元和郡县志》："陵阳山，在宣州泾县西南一百三十里。陵阳子明得仙处。"

【译文】我来东亭游览不见您，沙滩上有白鹭在行走。白鹭突然飞散而去，又像雪花点缀白云。我想去泾溪游览不怕路远，龙门水波映照如虎眼转动。杜鹃花正盛开春天将尽，我归去陵阳垂钓可算晚。

宣城九日闻崔四侍御与宇文太守游敬亭余时登响山不同此赏醉后寄崔侍御二首

【题解】这两首诗应是天宝十二载（753），李白游宣城时所作。宣城，即宣州，今安徽宣城市。九日，指夏历九月初九重阳节。古代有重阳登高的习俗。响山，在今安徽宣城市城南，下俯宛溪，有响潭。权德舆《宣州响山新亭新营记》："郡城之南……直南一里所，得响山焉。两崖耸峙，苍翠对起。其南得响潭焉，清泚可鉴，萦回淡淡。"崔四侍御，即崔成甫，排行第四，曾为摄监察御史。宇文太守，宣城郡的宇文太守，名不详。

其一

【题解】此诗首段写诗人九月九插茱萸，对镜感伤鬓发早白，登高望远，心悲怀古。故交如今全无，只余崔侍御一人。次段写重阳节时诗人与崔侍御彼此不相闻知。崔侍御手持菊花与宇文太守游船宴乐。日暮归来，呼喊声响于阡陌之间，红帷轩车白鹿夹行，宾客随从光耀显赫。崔侍御也伴随其中，而诗人却与崔侍御相隔云霄。末段写如此良辰美景，因不能与友人共赏而虚度，诗人从响山南峰归来时，藤萝间明月映照水壁。诗人登楼远望，只见松色凝重，因寒而更碧。想到咫尺之间不能与友人相亲，感到自己像旧履一样被遗弃。

九日茱萸熟①，插鬓伤早白。登高望山海②，满目悲古昔。远访投沙人③，因为逃名客④。故交竟谁在？独有崔亭伯⑤。

重阳不相知，载酒任所适。手持一枝菊，调笑二千石⑥。日暮岸帻归⑦，传呼隘阡陌。彤襜双白鹿⑧，宾从何辉赫⑨！夫子在其间⑩，遂成云霄隔。

良辰与美景，两地方虚掷。晚从南峰归，萝月下水壁⑪。却登郡楼望，松色寒转碧。咫尺不可亲，弃我如遗舄⑫。

【注释】①茱萸：植物名。古俗农历九月九日重阳节，佩茱萸能去邪辟恶。《艺文类聚》引《风土记》："九月九日律中无射，而数九，俗尚此日，折茱萸房以插头，言辟除恶气而御初寒。"

②登高：吴均《续齐谐记》："汝南桓景随费长房游学累年，长房谓曰：'九月九日汝家中当有灾。宜急去，令家人各作绛囊盛茱萸以系臂，登高饮菊花酒，此祸可除。'景如言，齐家登山。夕还，见鸡犬牛羊一时暴死。长房闻之，曰：'此可代也。'今世人九日登高饮酒，妇人带茱萸囊，盖始于此。"

③投沙人：用贾谊被贬长沙之事，见《史记·屈原贾生列传》，此处比喻崔成甫被弃长沙。

④逃名客：用东汉关西大儒法真故事。《后汉书·法真传》："（法真）性恬静寡欲，不交人间事。……辟公府，举贤良，皆不就。……遂深自隐绝，终不降屈。友人郭正称之曰：'法真名可得闻，身难得而见，逃名而名我随，避名而名我追，可谓百世之师者矣！'"

⑤崔亭伯：指东汉崔骃，字亭伯。《后汉书·崔骃传》："字亭伯，涿郡安平人也。……年十三能通《诗》《易》《春秋》，博学有伟才，尽通古今训诂百家之言，善属文。少游太学，与班固、傅毅同时齐名。常以典籍为业，未遑仕进之事。……及（窦）宪为车骑将军，辟骃为掾。……骃为主簿，前后奏记数十，指切长短。宪不能容，稍疏之，因察骃高第，出为长岑长。骃自以远去，不得意，遂不之官而归。"此处以崔骃喻指崔成甫。

⑥二千石: 太守代称。汉制, 郡守俸禄为二千石, 后世因称郡太守为"二千石"。

⑦岸帻: 推起头巾, 露出前额。形容举止洒脱, 或衣着简率不拘。帻, 头巾。

⑧彤襜: 赤色车帷。襜, 亦作"幨"。《后汉书·刘盆子传》:"乘轩车大马, 赤屏泥, 绛襜络。"李贤注:"襜, 帷也。车上施帷, 以屏蔽者。"此处指宇文太守的车。双白鹿:《后汉书·郑弘传》:"迁淮阳太守。"李贤注引谢承《后汉书》曰:"(郑)弘消息繇赋, 政不烦苛。行春天旱, 随车致雨。白鹿方道, 侠毂而行。弘怪问主簿黄国曰:'鹿为吉为凶?'国拜贺曰:'闻三公车辐画作鹿, 明府必为宰相。'"

⑨宾从: 宾客和仆从的合称。辉赫: 犹显赫。

⑩夫子: 指崔成甫。

⑪萝月: 藤萝间的明月。卢照邻《悲昔游》:"萝月寡色, 风泉罢声。"水壁: 水边石壁。

⑫舃: 犹履, 鞋子。《古今注·舆服》:"舃, 以木置履下, 干腊不畏泥湿也。"

【译文】九月九日茱萸已经成熟, 插鬓上感伤早早就发白。登高远望高山大海, 满目萧瑟心悲古今。远访被弃长沙的友人, 我也是逃名遁隐之客。故交中谁还与我同在? 独有崔亭伯般的您了。

重阳节我们也不能相互闻知, 您与太守乘船载酒任水漂流。您手持一枝菊花, 和太守惬意说笑。日暮时披散头巾而归, 呼喊声充满山野阡陌。红色轩车夹行一双白鹿, 随行宾客仆从光耀显赫。夫子您也伴随其中, 于是你我云霄相隔。

难得的良辰与美景, 白白在两地都错过。晚上我从南峰归来时,松萝间明月下映水壁。悠然登上郡楼瞭望,古松颜色因寒更绿。你我咫尺却难以亲近,遗弃我如同一只旧履。

其二

【题解】此诗描写宇文太守从九卿之位,乘五马出任宣城太守。门列棨戟,掀帷见山。招揽英贤,相聚欢洽。青山如画,溪流如镜。末二句赞美崔成甫的重阳之作,超过昔日谢灵运等人的戏马台之诗。

九卿天上落①,五马道傍来②。列戟朱门晓③,褰帷碧嶂开④。登高望远海,召客得英才。紫绶欢情洽⑤,黄花逸兴催。山从图上见,溪即镜中回。遥羡重阳作,应过戏马台⑥。

【注释】①九卿:唐代官制,朝廷设有太常、光禄、卫尉、宗正、太仆、大理、鸿胪、司农、太府九寺,各寺的长官称卿,副长官称少卿。此处"九卿"盖指宇文太守从九卿之位出为太守。

②五马:汉时太守乘五马之车,后因以"五马"指太守的车驾,亦作太守的代称。

③"列戟"句:唐代官制,三品以上官员,府前皆列棨戟,以为仪仗。

④"褰帷"句:褰帷,撩起车帷。《后汉书·贾琮传》:"乃以琮为冀州刺史。旧典,传车骖驾,垂赤帷裳,迎于州界。及琮之部,升车言曰:'刺史当远视广听,纠察美恶,何有反垂帷裳以自掩塞乎?'乃命御者

襄之。百城闻风，自然竦震。"

⑤紫绶：系官印的紫色丝带。唐制，三品以上服紫。《旧唐书·舆服志》："二品、三品紫绶。"

⑥戏马台：古迹名，在今江苏徐州南。传说为项羽所造。《元和郡县志》："戏马台，在彭城县东南二里。项羽所造，戏马于此。宋公九日登戏马台即此。"晋义熙中，刘裕大会宾客，并在此赋诗。谢灵运写有《九日从宋公戏马台集送孔令》诗。王琦注："太白诗意，盖谓崔侍御重阳之作，过于谢公戏马台之诗也。"

【译文】九卿高官从朝廷转任地方，乘着五马之车由驿道而来。拂晓时朱门列戟为仪仗，掀开车帏就能看见碧山。登高遥望远海，招揽众多英才。紫绶太守欢情愉洽，菊花盛开更添逸兴。青山好像画图中来，溪流仿佛镜中回旋。遥羡您的重阳佳作，应超戏马台之诗篇。

寄崔侍御

【题解】这首诗是天宝十二载（753）秋，李白从宣城去往金陵与崔成甫告别时所作。崔侍御，即崔成甫。全诗写诗人霜天听到猿啼而生愁，离开京城如不系之舟长久飘泊，哀怜自己如孤雁南飞，还不如双溪知道要结伴北流。自己与崔成甫同蒙宇文太守解榻招待，但难有机会同登谢朓楼。此处离别如同落叶飘散，明早即在敬亭山各奔东西。全诗表达了诗人对友人的依依不舍之情。

宛溪霜夜听猿愁①，去国长为不系舟②。独怜一雁飞南海，却羡双溪解北流③。高人屡解陈蕃榻④，过客难登谢朓楼⑤。此处别离同落叶，朝朝分散敬亭秋。

【注释】①宛溪：水名，在今安徽宣城市东。《江南通志》："宛溪，在宁国府城东。源出峄山之阳。上下两桥，上曰凤凰，下曰济川，并跨溪上。"

②去国：离开京都长安。不系舟：《庄子·列御寇》："饱食而遨游，泛若不系之舟。"

③双溪：指环绕宣城的宛溪和句溪。解：懂得，知道。

④陈蕃榻：《后汉书·徐穉传》："时陈蕃为（豫章）太守，以礼请署功曹，穉不免之，既谒而退。蕃在郡不接宾客，唯穉来特设一榻，去则县（悬）之。"后因以"陈蕃榻"为礼贤下士之典。此处以陈蕃喻宇文太守，以徐穉喻崔成甫。

⑤谢朓楼：又称谢公楼、北楼，在今安徽宣城市，为南齐宣城太守谢朓所建。

【译文】秋夜霜天静听宛溪猿鸣令人生愁，离京长久四处漂泊如同不系之舟。哀怜自己如孤雁飞向南海，却羡慕双溪懂得相伴北流。宇文太守如陈蕃解榻相待，你我为过客难同登谢朓楼。此处别离你我如同落叶飘散，明天在敬亭秋色中各奔东西。

泾溪南蓝山下有落星潭可以卜筑余泊舟石上寄何判官昌浩

【题解】这首诗是上元二年（761）秋，李白游泾县蓝山落星潭时，以此诗寄赠何昌浩。泾溪，即赏溪，在今安徽泾县西南。蓝山，在今安徽泾县西五十里，又名大蓝山、五指山。落星潭，在蓝山下，曾有星落入潭中，故名。《江南通志》："泾溪，在宁国府泾县西南一里，一名赏溪。其源有三，一出石埭县舒姑泉，一出太平黄山，一出绩溪，下有赏溪桥、沙堤。其西为新河。蓝山，在泾县西五十里，高千仞。李白诗"蓝岑竦天壁，突兀如鲸额"，即此。落星潭，在泾县西五十里蓝山下。晋有陈霸兄弟捕鱼于此，见一星落潭中，故名。"卜筑，择地筑屋。何判官昌浩，即判官何昌浩。唐时判官多为节度使幕僚。何昌浩曾入宋若思幕府为判官，李白亦曾入宋若思幕，当与何昌浩为同僚。全诗先描写蓝山高耸如天壁，突兀而起似鲸额。势如奔腾横于清潭之上，下临碧水仿佛要吞没落星石。秋月明照沙洲，水荡寒山翠碧。如此佳景，当停舟细赏，诗人遗憾友人不能同游，心忧不已。期望能与友人在此结茅而居，炼制仙家金丹。

蓝岑竦天壁①，突兀如鲸额。奔蹙横澄潭②，势吞落星石。沙带秋月明，水摇寒山碧。

佳境宜缓棹③，清辉能留客。恨君阻欢游，使我自惊惕。所期俱卜筑，结茅炼金液。

【注释】①蓝岑：蓝山。小而高的山谓岑。

②奔蹙：形容山势收放如奔跑。

③缓棹：缓缓行船。

【译文】蓝山耸立如同倚天绝壁，突兀而起就像鲸鱼巨额。纵横奔蹙横于清潭之前，其势仿佛要吞没落星石。秋月光辉映照沙洲，潭水摇荡寒山翠碧。

面对佳境应该缓棹，如此清辉当能留客。遗憾您被阻不能来游，使我心中充满了恨意。我期望与您同在此卜居，结茅筑屋炼制长生金液。

早过漆林渡寄万巨

【题解】这首诗与前一首当为先后之作。漆林渡，泾溪的渡口，距蓝山不远，因岸边漆树环绕，故名。万巨，事迹不详。大历诗人韩翃、卢纶皆有《送万巨》诗，由诗中内容可知万巨或出身江南望族。《宁国府志》记载其远祖为东汉万修，封爵槐里侯。从首二句可知，诗人游蓝山后又来到漆林渡。诗中描写了漆林渡的美景和古迹，抒发了对友人的思念，表达了与其同咏佳句的愿望。

西经大蓝山①，南来漆林渡。水色倒空青，林烟横积素②。漏流昔吞翕③，沓浪竞奔注④。潭落天上星，龙开水中雾。巉岩注公栅⑤，突兀陈焦墓⑥。岭峭纷上干⑦，川明屡回顾。因思万夫子，解渴同琼树。何日睹清光⑧，相欢咏佳句。

【注释】①大蓝山：即上首诗提到的"蓝山"。

②积素：积雪。谢惠连《西陵遇风献康乐》："积素惑原畴。"吕向注："积素，谓雪也。"此处喻林烟。

③翕：聚，合。

④沓浪：重叠的波浪。

⑤巉岩：险峻的山崖。注公栅：胡震亨注："注公，疑是左公。隋末，左难当筑城栅拒辅公祐于泾，与大蓝山近。"

⑥陈焦墓：《三国志·吴志·孙休传》："是岁（永安四年），安吴民陈焦死。埋之，六日更生，穿土中出。"王琦按："安吴，县名。旧属宣城郡，隋时并入泾县。"

⑦上干：向上矗立。司马相如《子虚赋》："其山……交错纠纷，上干青云。"

⑧清光：美好的风采。多喻帝王或才士的容颜。《汉书·晁错传》："今执事之臣皆天下之选已，然莫能望陛下清光。"

【译文】由西经过大蓝山，来到南边漆林渡。水清明净倒映青天，林烟缭绕如积白雪。漏水渗流不断囤聚成潭，小溪叠浪竞相奔涌注入。清潭落满天上星光，水雾仿佛潜龙破开。危岩上曾有左公栅，陈焦之墓突兀而起。峰岭陡峭纷纷上干云霄，川光明媚使人频频回顾。思念万夫子您啊，解渴还要有琼树。何时同睹这清丽的光景，一起吟咏欢乐的佳句。

游敬亭寄崔侍御

【题解】这首诗是天宝十二载(753)秋，李白在宣城所作。崔侍御，即崔成甫。全诗先写谢朓曾游敬亭山留下诗作，今日诗人安家此处，辄要秉其遗风，继为佳作。谢朓虽然远去数百年，而其风雅格调尚存宛如昨日之事。诗人秋日登上此山，俯视青山城郭。看到鸿雁白鹭成群，悠闲地饮水啄食。禽鸟天性自在，让劳碌之人心生羡慕。接着诗人赞扬友人虽然一时仕途失意，但依然高洁如雪中鹤，傲然独立，寄意浮云，心怀碧空。意欲待时一飞冲天。诗人接着建议友人，在此世风浇薄之时，当不忘心中期许，早日建功立业，画像云台中。

我家敬亭下，辄继谢公作①。相去数百年，风期宛如昨②。
登高素秋月③，下望青山郭。府中鸿鹭群，饮啄自鸣跃。
夫子虽蹭蹬④，瑶台雪中鹤。独立窥浮云，其心在寥廓⑤。时来一顾我，笑饭葵与藿⑥。
世路如秋风，相逢尽萧索。腰间玉巨剑，意许无遗诺⑦。壮士不可轻，相期在云阁⑧。

【注释】①谢公：指谢朓。谢朓《游敬亭山》诗："兹山亘百里，合沓与云齐。隐沦既已托，灵异居然栖。上干蔽白日，下属带回溪。交藤荒且蔓，樛枝耸复低。……"

②风期：风度，风光。

③素秋：秋天。古代五行之说，秋属金，其色白，故曰素秋。

④蹭蹬：困顿，失意。指崔成甫被贬事。李白《泽畔吟序》："《泽畔吟》者，逐臣崔公之所作也。公代业文宗，早茂才秀，起家校书蓬山，再尉关辅。中佐于宪车，因贬湘阴。"

⑤寥廓：高远空旷。

⑥葵与藿：都为蔬菜名。

⑦"意许"句：谓心中期许的事情就不会违背。暗用延陵季子挂剑于徐君墓之事。

⑧云阁：犹云台。东汉时将二十八开国贤臣图画于云台。

【译文】我安家在敬亭山下，继谢朓之后吟诗此山。虽然我与他相隔数百年，他的风范尚存宛如昨天。

登高远观素秋明月，向下遥望青山城郭。俯看鸿雁白鹭成群，饮水啄食自在飞鸣。

您现在虽然失意潦倒，却是瑶台雪中的仙鹤。傲然独立寄意浮云，依然心在寥廓天空。您也不时来顾看我，一笑尽欢葵藿为饭。

现在世道凋落如秋风，相逢面对尽是萧索。腰悬玉饰巨剑可平乱，心有期许就绝不违诺。壮士不可被人相看轻，应该早日画像云台中。

三山望金陵寄殷淑

【题解】这首诗应为李白晚年所作。三山，在今南京市西南，长江东岸板桥浦西。《舆地志》云："其山积石，滨于大江。有三峰南北接，故曰三山。旧为吴津所。"殷淑，为唐时著名道士李含光的弟子，道号"中林子"。李白另有《五松山送殷淑》与《送殷淑三首》。全诗首四句化用谢朓《晚登三山还望京邑》的诗意，表达对京城长安的怀念，接着描写了金陵附近卢龙山和鸤鹊楼的夜景，最后抒发了对友人的思念之情。

三山怀谢朓，水澹望长安。芜没河阳县，秋江正北看^①。卢龙霜气冷^②，鸤鹊月光寒^③。耿耿忆琼树，天涯寄一欢。

【注释】①"三山"四句：化用谢朓《晚登三山还望京邑》诗："灞涘望长安，河阳视京县。白日丽飞甍，参差皆可见。余霞散成绮，澄江净如练。"王粲《七哀》诗："南登灞陵岸，回首望长安"。河阳县：为洛阳之京邑，西晋末废。治所在今河南孟县西北。潘岳《河阳县作》："引领望京室，南路在伐柯"。正北看：向北望金陵。长江在南京市三山处改为从南向北流。此处以王粲望长安、潘岳望河阳比喻诗人望金陵的情景。

②卢龙：古山名，即今南京市内狮子山，西临大江。《太平寰宇记》："卢龙山，在升州上元县西北二十里，周回五里，西临大江。按旧《图经》，晋元帝初渡江，此地尽为虏寇所有。以其山连石头，开凿为固，故以卢龙名焉。"《六朝事迹编类》引《图经》："晋元帝初渡江到此，见岭山连绵接石头城，真江上之关塞，以比北地卢龙，因以为名。"

③鸤鹊：原为汉武帝所建观名。《三辅黄图》："筑甘泉苑。建元

中,作石阙、封峦、鵁鶄观于苑垣内。"而南朝官中楼阁亦有名鵁鶄者。吴均《与柳恽相赠答》其一:"日映昆明水,春生鵁鶄楼。"指金陵之鵁鶄楼,在今南京市。

【译文】登上三山怀想谢朓,水波澹澹眺望金陵。如同潘岳在荒芜的河阳远望,我站在秋江边向北遥看金陵。卢龙山霜气冰冷,鵁鶄楼月光清寒。一直思念玉树般的友人,相隔天涯寄上此诗同欢。

自金陵泝流过白壁山玩月达天门寄句容王主簿

【题解】这首诗约是天宝六载(747)秋,李白在金陵所作。泝流过白壁山:泝流,逆流而上。泝,同"溯"。白壁山,在今安徽马鞍山市。《舆地纪胜》:"白壁山,在当涂县北三十里东北。又名石壁山,其山三峰,中峰最高,向西山面峭峻如壁。"天门,山名。在今安徽当涂县西南长江两岸,两山对峙如门,故名。《方舆胜览》:"天门山,在太平州当涂县西南三十里,又名蛾眉山,夹大江对峙,东曰博望,西曰梁山。"句容王主簿:句容县姓王的主簿。名不详。句容,县名,县有茅山,以山形似'己'字,故名句曲;有所容,故号句容。今江苏省句容市。按唐制,每县设主簿一人,在县丞之下,县尉之上,九品官。全诗首段写诗人沿江溯流而上,来到白壁山,看到秋月映照山上,皎洁如雪。诗人不禁联想到王子猷雪夜访戴安道的故事。景色如此宜人,使幽人贾客都驻留赏玩。诗人又扬帆来到天门山,回首牛渚山已隐没不见。江上信风如期而来,清晨日出夜雾消散。与友人近在咫尺不能相见,想共赏美景却如隔胡越那般遥远。为友人寄去青兰花,希望永结同心。

　　沧江泝流归^①,白璧见秋月。秋月照白璧,皓如山阴雪^②。幽人停宵征^③,贾客忘早发。

　　进帆天门山,回首牛渚没^④。川长信风来^⑤,日出宿雾歇。

　　故人在咫尺^⑥,新赏成胡越^⑦。寄君青兰花,惠好庶不绝^⑧。

【注释】①沧江:因江水呈青苍色,故称。任昉《赠郭桐庐》诗:"沧江路穷此。"泝:同"溯",逆水而上。

②山阴雪:用王子猷雪夜访戴安道故事。《世说新语·任诞》:"王子猷居山阴,夜大雪。眠觉,开室命酌酒,四望皎然。因起彷徨,咏左思《招隐诗》。忽忆戴安道。时戴在剡,即便夜乘小船就之。"

③宵征:夜行。《诗·召南·小星》:"肃肃宵征,夙夜在公。"毛传:"宵,夜。征,行。"

④牛渚:地名,在今安徽马鞍山市采石矶。《元和郡县志》:"牛渚山,在当涂县北三十五里。山突出江中,谓之牛渚圻,津渡处也。始皇二十七年,东巡会稽,道由丹阳至钱塘,即从此渡也。晋左卫将军谢尚镇于此。温峤至牛渚,燃犀照诸灵怪,亦在于此。"

⑤信风:随时令变化,定期定向而至的风。

⑥故人:指句容王主簿。

⑦胡越:胡地在北,越地在南,形容相距遥远。《淮南子·俶真训》:"是故自其异者视之,肝胆胡越也。"高诱注:"肝胆喻近,胡越喻远。"

⑧惠好：恩爱，友好。《诗·邶风·北风》："惠而好我，携手同行。"毛传："惠，爱也。"

【译文】沿着沧江逆流而上，至白璧山欣赏秋月。秋月照耀白璧山上，皓洁如同山阴白雪。幽居之士停止了夜行，商贾之人忘记晨发。

扬帆来到天门山，回望牛渚已不见。川流悠悠江风如期而至，太阳升起夜雾渐渐消散。

故友近在咫尺却难见面，想要共赏奇景如隔胡越。寄您一枝青兰花，愿我们友情长存。

卷十二　别

秋日鲁郡尧祠亭上宴别杜补阙范侍御

【题解】这首诗于天宝四载（746）秋作于鲁郡。唐时鲁郡，即兖州，隶河南道。《元和郡县志》记载："尧祠，在兖州瑕丘县南七里，洙水之西。"补阙，官职名，唐武后垂拱元年始置，有左右之分，从七品。左补阙属门下省，右补阙属中书省，掌供奉讽谏。杜补阙与范侍御两人生平不详。诗人在秋日送别友人，秋天本来就容易引起人的愁绪，尤其是送别的时候，更会感秋而伤怀，但是诗人一反常规，写出"我觉秋兴逸，谁云秋兴悲？"的诗句，很出人意料。这也体现了诗人的豪迈气概。三四句写送别时的景色，日暮时分，夕阳缓缓落山，水天一色。此刻在流水旁的尧祠中，已经摆上了盛满美酒的白玉壶，主人与客人下马进亭，举杯畅饮。歌鼓声铿锵有力，直上云霄。转眼到了分别的时候，白云飘向大海，大雁隐没天际，从此天各一方，难再相见，心中顿感茫然。全诗将离别写得热闹欢快,仿佛是重逢而不是离别,别有新意。《唐宋诗醇》点评:"飘然而来,戛然而止。格调高逸,有如鹏翔未息,翩翩而自逝。"

　　我觉秋兴逸,谁云秋兴悲①?山将落日去,水与晴空宜。鲁酒白玉壶,送行驻金羁②。歇鞍憩古木,解带挂横枝。歌鼓川上亭,曲度神飙吹③。云归碧海夕,雁没青天时。相失各万里,茫然空尔思④。

　　【注释】①"我觉"二句:宋玉《九辩》:"悲哉秋之为气也,萧瑟兮,草木摇落而变衰。"这里诗人反用其意。

　　②金羁:金饰的马络头。

　　③曲度:歌曲的节拍、音调。《后汉书·马防传》:"多聚声乐,曲度比诸郊庙。"李贤注:"曲度,谓曲之节度也。"神飙吹:吹奏有力。

　　④空尔思:徒然思念你。

　　【译文】我觉得秋兴分外闲逸,谁说秋兴会让人悲伤?落日依群山缓缓而下,碧水与晴空浑然一色。玉壶盛上鲁酒,送行请君暂驻。歇马停于古树之旁,解带垂挂横枝之上。水上尧祠亭中歌鼓不断,曲调铿锵有力直上云霄。日暮时云霭飘向碧海,青天中大雁远飞隐没。我们一别相隔万里,只能彼此茫然空思。

留别鲁颂

　　【题解】此诗大约于天宝初年年,诗人游泰山,送别友人鲁颂时所作。诗人以鲁仲连来比喻鲁颂,赞扬鲁颂风流倜傥,能够继承前贤功业,品行如同扎根磐石的青松一样,傲然独立,不侵风霜。诗人愿将赠言镌刻宝刀上,历经千年也不磨灭。

谁道太山高①?下却鲁连节②。谁云秦军众?摧却鲁连舌。独立天地间,清风洒兰雪。夫子还倜傥,攻文继前烈③。错落石上松,无为秋霜折。赠言镂宝刀④,千岁庶不灭。

【注释】①太山:泰山。

②鲁连:鲁仲连。

③前烈:前人的功业。

④"赠言"句:江淹《古意报袁功曹》:"故人赠宝剑,镂以瑶华文。"

【译文】谁说泰山巍峨,却比不过鲁仲连的气节。谁说秦军众多,却都摧折于鲁仲连的口舌。鲁仲连傲立天地之间,气度就如清风洒兰雪。夫子你风流倜傥,精研文学继承古贤遗风。就如错结盘根于石上的青松,不会被秋霜所折服。我将赠言镂刻在宝刀上,希望经历千年也不磨灭。

别中都明府兄

【题解】中都,县名。唐时河南道有中都县,隶兖州鲁郡。贞元十四年改隶郓州东平郡，治所在今山东汶上县。明府，对县令的敬称。此诗是天宝五载（746），诗人准备离开东鲁南下吴越时所作。这一年诗人屡有南游之意，遂与元丹丘相约，准备共游越地。最终在这年秋季启程，临行前作诗留赠在中都县作县令的族兄。全诗前两句称赞族兄有陶渊明的风范，喜好诗酒，并将中都治理的政通人和，天下闻名。三四句写两人在中都东楼相会，把酒畅谈，一则高兴相聚，一则忧愁将别。五六句抒发离情。城隅蜿蜒的绿水在秋日映照更显明媚，远处海上的苍茫群山被暮云阻隔。寓意此去关山重重，难以见面。最后两句写兄弟惜别之时，彻夜畅饮，有明月相伴。明日离别就如离群孤雁，独自南飞。全诗格调自然率真，结尾两句尤其精妙。清张世炜《唐七律隽》点评："青莲七律，前六句似不经意，而结句甚有力。尝读陆放翁《剑南》《渭南》集，中联对仗，靡不工妙，而落句无足取者。前人谓好联易得，好结难得，正谓此也，然自元和、长庆以下，结句得力者鲜，何况宋人？'取醉不须留夜月，雁行中断惜离群''借问欲栖珠树鹤，何年去向帝城飞''总为浮云能蔽日，长安不见使人愁'，三结俱有言有尽而意无穷之妙，真可与杜陵抗衡也。"

吾兄诗酒继陶君①，试宰中都天下闻。东楼喜奉连枝会②，南陌愁为落叶分③。城隅渌水明秋日，海上青山隔暮云。取醉不辞留夜月，雁行中断惜离群④。

【注释】①陶君：指陶渊明。

②连枝：两树的枝条连生一起，比喻同胞兄弟。苏武《诗四首》：

"况我连枝树，与子同一身。"吕向注："兄弟如木，连枝而同本。"

③落叶：比喻兄弟离散。

④雁行：《礼记·王制》："父之齿随行，兄之齿雁行，朋友不相逾。"即出行时，子辈要走在父辈后面，与兄长可并行，但仍稍后一步。后因以"雁行"比喻兄弟。

【译文】我的兄长继承了陶渊明的诗酒之风，身为中都之宰政绩天下闻名。在东楼你我兄弟喜相会，却又因在南陌分离而忧愁。城角明媚的渌水被秋日映照，海上苍茫的群山被暮云遮蔽。今夜大醉不归留连皎洁月色，明天兄弟分别就如雁行中断。

梦游天姥吟留别

【题解】天姥，指天姥山，在今浙江绍兴。《太平寰宇记》记载："天姥山，在越州剡县南八十里。"《后吴录》云："剡县有天姥山，传云：登者闻天姥歌谣之响。"《一统志》："天姥峰，在台州天台县西北，与天台山相对。其峰孤峭，下临嵊县，仰望如在天表。"此诗是天宝五载（746），诗人离开东鲁准备前往吴越时所作。这是一首记梦诗，想象奇特，雄伟夸张，是诗人的代表作之一。诗人在辞官离开长安之后，心情苦闷抑郁，诗人安社稷，济苍生的理想，被现实中权贵把持朝政，君主沉迷享乐的事实所击破。只能黯然离开朝廷，寄情山水之间，慰藉惆怅的内心。全诗结尾"安能摧眉折腰事权贵，使我不得开心颜"二句，也道出了诗人此刻的心境。全诗首段叙述梦游天姥的起因。海外仙山,诸如瀛洲、蓬莱、方丈等历来是缥缈不可见,秦始皇、汉武帝都曾费尽心机寻访,也没有结果。天姥山,在唐代以前就闻名天下。谢灵运曾登上天姥山,留下"攒念攻别心,且发清溪阴。暝投剡中宿,明登天姥岑。"的诗句。诗人也对天姥山向往已久,在诗人看来能够一睹天姥山的云霞明灭,也足慰平生了。接下来诗人极尽夸张地描述了天姥山的高峻,"天姥连天向天横,势拔五岳掩赤城。天台四万八千丈,对此欲倒东南倾。"此四句写得酣畅淋漓,一气呵成,令人读后大呼痛快。第二段写梦游天姥的经过。诗人久怀成梦,夜寐中忽然来到吴越,飞渡明月照耀的镜湖。明月一路相送,诗人又来到剡溪,看到了谢灵运留下的遗迹,周围水波荡漾,猿猴啼鸣。剡溪曲折纡回,风景如画,历代许多名士、诗人吟咏过剡溪,留下了很多名篇佳作,《全唐诗》中关于剡溪的诗篇多达百首。刘阮遇仙,王徽之雪夜访戴逵等典故,也都发生在剡溪,书圣王羲之晚年也隐居在剡溪,这些都使剡溪具有了浓厚的人文底蕴。诗人也对剡溪倾慕已久,所以梦中也不忘亲临。诗人脚穿谢公屐,登上直入青云的高山。上到半山的时候,看到一轮红日升出大海,听到天鸡在空中报晓。诗人在崇山峻岭中穿梭,流连在繁花如海的美景中,不知不觉天色黄昏。刚才的美景一下子全都泯灭不见,耳边传来熊咆龙吟的声音,惊天动地,震撼山林。转瞬间云聚欲雨,河水升烟,云中电闪雷鸣,山峦崩催。山中的仙人洞府,此时訇然而开。诗人追寻已久的仙境突然出现在眼前。云雾缭绕的天空无边无际,日月高悬照耀着仙宫楼台。仙人穿着霓虹衣裳,骑龙乘凤,纷纷降临。虎鼓琴瑟,鸾鸟驾车。仙人分列而出,林立如麻。这一段诗句生动地描绘了一幅奇幻之景,动人心魄，也只有"诗仙"才能写出如此磅礴瑰丽，充满奇思妙想的诗句。梦境描写到此，突然戛然而止，诗人从梦中惊醒，恍惚间梦中的情景还历历在目，梦醒后身边只剩下枕席，诗人不由长叹一声。最后一段是结束语，就如乐章的结尾，高亢过后，逐渐平缓。诗人把梦境得来的体悟，总结为"世间行乐亦如此，古来万事东流水。"梦境中仙境的美妙，也让诗人萌生了出世隐居，寻仙访道的念头。可谓顺势成文，抒发胸意。全诗构思独特，笔调多变，乐府、楚辞信手拈来，五言、七句不拘一格，体现了诗人极高的驾驭能力，古今往来，独树一帜。严羽《沧浪诗话》点评："子美不能为太白之飘逸，太白不能为子美之沉郁。太白《梦游天姥吟》《远别离》等，子美不能道。"明桂天祥《批点唐诗正声》："《梦游天姥吟》胸次皆烟霞云石，无分毫尘浊，别是一副言语，故特为难到。"明胡应麟《诗薮》："太白《蜀道难》《远别离》《天姥吟》《尧祠歌》等，无首无尾，变幻错综，窈冥昏默，非其才力学之，立见颠踣。"《唐宋诗醇》："七古歌行，本出楚骚、乐府。至于太白，然后穷极笔力，优入圣域。昔人谓其'以气为主，以自然为宗，以俊逸高畅为贵，咏之使人飘飘欲仙'，而尤推其《天姥吟》《远别离》等篇，以为虽子美不能道。盖其才横绝一世，故兴会标举，非学可及，正不必执此谓子美不能及也。此篇夭矫离奇，不可方物，然因语而梦，因梦而悟，因悟而别，节次相生，丝毫不乱；若中间梦境迷离，不过词意伟怪耳。胡应麟以为'无首无尾，窈冥昏默'，是真不可以说梦也。特谓非其才力学之，立见颠踣，则诚然耳。"

海客谈瀛洲[①]，烟涛微茫信难求。越人语天姥，云霓明灭或可睹。天姥连天向天横, 势拔五岳掩赤城②。天台四万八千丈③, 对此欲倒东南倾。

【注释】①海客: 经常出海航行之人。瀛洲: 传说中的海外仙山。《十洲记》:"瀛洲, 在东海中, 地方四千里。大抵是对会稽, 去西岸七十万里。上生神芝仙草。又有玉石, 高且千丈。出泉如酒, 味甘, 名之为玉醴。饮之数升辄醉, 令人长生。洲上多仙家, 风俗似吴人, 山川如中国也。"

②赤城: 即赤城山, 在今浙江省天台县北, 为天台山南门, 因土石色赤而状如城堞的山而得名。《太平广记》:"章安县西有赤城山, 周三十里。一峰特高, 可三百余丈。"《海录碎事》:"顾野王《舆地志》云:'赤城山有赤石罗列, 长里余, 遥望似赤城。'"

③天台: 即天台山, 在今浙江省天台县东北。景色秀美, 被誉为"山岳之神秀", 是佛教天台宗发源地。《云笈七签》:"天台山, 高一万八千丈。洞周围五百里, 名上玉清平之天, 即桐柏王真人所理, 葛仙翁炼丹得道处。上应台宿, 故曰天台。"

【译文】海客们谈起瀛洲岛, 湮没于烟波浩渺的大海中, 实在难以寻求。越人们说起天姥山, 隐藏在若明若暗的云雾间, 或许可以看见。天姥山高耸连天横亘天际, 山势胜过五岳掩压赤城山。天台山高达四万八千丈, 与它相比也要向东南倾倒。

我欲因之梦吴越, 一夜飞度镜湖月①。湖月照我影, 送我至剡溪②。谢公宿处今尚在③, 渌水荡漾清猿啼。脚著谢公屐④, 身登青云梯⑤。半壁见海日, 空中闻天鸡⑥。千岩万转路不定, 迷花

倚石忽已暝。熊咆龙吟殷岩泉，栗深林兮惊层巅。云青青兮欲
雨，水澹澹兮生烟。列缺霹雳⑦，丘峦崩摧。洞天石扇⑧，訇然中
开⑨。青冥浩荡不见底，日月照耀金银台。霓为衣兮风为马，云之
君兮纷纷而来下。虎鼓瑟兮鸾回车，仙之人兮列如麻。忽魂悸以
魄动⑩，恍惊起而长嗟。惟觉时之枕席，失向来之烟霞。

【注释】①镜湖：又名鉴湖，在今浙江绍兴会稽山北麓，在会稽、
山阴二县界处，原为水利设施，东汉时会稽太守马臻主持修建。以水
平如镜故名。薛方山《浙江志》："鉴湖，又曰镜湖，在会稽县西南三十
里，故南湖也。"

②剡溪：在浙江嵊县南。《元和郡县志》："剡溪，出越州剡县西
南，北流入上虞县界，为上虞江。"

③谢公：指南朝宋诗人谢灵运。

④谢公屐：一种前后齿可装卸的木屐。原为南朝宋诗人谢灵运游
山时所穿，故称。《宋书·谢灵运传》："（谢灵运）寻山陟岭，必造幽
峻，岩嶂十重，莫不备尽登蹑，常着木屐，上山则去其前齿，下山去其后
齿。"

⑤青云梯：上天的阶梯。多指高峻入云的山路。

⑥天鸡：神话中天上的鸡。《述异记》："东南有桃都山，上有大
树，曰桃都，枝相去三千里，上有天鸡，日初出照此木，天鸡则鸣，天下
之鸡皆随之鸣。"

⑦列缺：指闪电。列，通"裂"，分裂。缺，指云的缝隙。电气从云
中决裂而出，故称"列缺"。扬雄《校猎赋》："霹雳列缺，吐火施鞭。"
应劭曰："霹雳，雷也。列缺，天隙电光也。"

⑧洞天: 道教指神仙居住的地方, 意思是洞中别有天地, 现在借指引人入胜的境地。

⑨訇然: 形容大声。

⑩悸: 心动。

【译文】我因心系天姥而梦游吴越, 夜寐中飞渡明月下的镜湖。湖上明月照我身影, 一路相送来到剡溪。谢灵运的遗迹至今留存, 那里绿水荡漾猿猴清啼。我脚穿谢公所创的登山木屐, 纵身攀登直上云霄的山路。来到半山就看见了海上的白日, 听到空中传来天鸡报晓的声音。千山万转道路迂回不定, 倚石观花不觉天色已晚。熊吼龙鸣震动山岩寒泉, 使幽林战栗, 使层峦惊撼。云色青青润泽欲雨, 水波澹澹升腾烟雾。电闪雷鸣, 山峦欲崩。仙府石门, 訇然打开。碧空浩荡不见尽头, 日月照耀金银台阁。霓虹为衣飘风为马, 云中神仙纷纷降临。虎鼓琴瑟, 鸾鸟驾车, 仙人分列林立如麻。忽然魂惊而魄动, 恍然惊醒而长叹。醒来身边只剩枕席, 梦中所见烟霞尽失。

世间行乐亦如此, 古来万事东流水。别君去兮何时还? 且放白鹿青崖间①, 须行即骑访名山。安能摧眉折腰事权贵②, 使我不得开心颜!

【注释】①白鹿: 传说仙人, 隐士多骑白鹿。

②摧眉: 低眉。折腰: 用陶渊明不为五斗米折腰的典故。

【译文】世间欢乐也多如此, 自古万事像水东流。同您一别不知何时才能回来? 暂且把白鹿放在青崖山间, 打算出行时就骑上它拜访名山。岂能低眉屈膝侍奉权贵, 使我不能欢心舒畅一展笑颜!

留别曹南群官之江南

【题解】此诗于天宝十二载（753），诗人由曹南去往江南时所作。曹南指曹州之南，曹州治所在今山东曹县西北。当时诗人辞官离开长安正好十年，所以诗中说"十年罢西笑"。全诗首段写诗人一直怀有寻仙访道的志向，本来想一心修道，但是造化弄人，诗人奉诏进京，供奉翰林，陪君伴驾。诗人虽多次进献谏言，却不被采用，因此辞官而去。次一段承接上文，写长安一别十年，自己也青春逝去，变得白发苍苍。诗人往日仗剑走天涯的豪情也逐渐消磨，宝剑封存在匣中，难得一用，专心从事炼丹修道。身佩豁落图，腰悬虎盘囊，随同仙人骑乘彩凤，遨游四极八荒。但是又对诸位友人念念不舍，一直犹豫徘徊，难下决心去隐居。诗人对于求仙和入仕两件事情，一直处于矛盾的状态，因此心中一直纠结不已。下一段诗人引用范蠡功成身退和屈原遭谗被逐的故事，来说明自己有飘然出世之心，如今将去往江南。与友人们此地一别，从此相隔万里，因此在临别之际，满饮杯中美酒，互道珍重。接着描写金陵景色，金陵有秦淮河穿流其间，有钟山环绕四周，楼台歌榭光照海天，衣冠车马光鲜耀眼。自己虽然心忧圣主，也只能北望而兴叹。诗人又想起宋玉朝云暮雨的故事，以及娥皇、女英寻舜帝而被阻洞庭湖的典故，心中更加悲伤。最后一段写诗人想到南归之路漫漫，寻古揽胜时心中倍感凄然。登高眺望百川，不由得惆怅绵绵，又想回到峨眉山去修道，与仙人葛由一起骑羊成仙归去。

我昔钓白龙，放龙溪水傍①。道成本欲去，挥手凌苍苍。时来不关人②，谈笑游轩皇③。献纳少成事④，归休辞建章⑤。

十年罢西笑⑥，览镜如秋霜。闭剑琉璃匣，炼丹紫翠房⑦。身佩豁落图⑧，腰垂虎盘囊⑨。仙人驾彩凤，志在穷遐荒⑩。恋子四五人，徘徊未翱翔。东流送白日，骤歌兰蕙芳。仙宫两无从，人间久摧藏⑪。

范蠡脱勾践，屈平去怀王。飘飖紫霞心，流浪忆江乡。愁为万里别，复此一衔觞。淮水帝王州⑫，金陵绕丹阳⑬。楼台照海色，衣马摇川光。及此北望君，相思泪成行。朝云落梦渚，瑶草空高唐⑭。帝子隔洞庭，青枫满潇湘⑮。

怀归路绵邈，览古情凄凉。登岳眺百川，杳然万恨长。却恋峨眉去，弄景偶骑羊⑯。

【注释】①"我昔"二句：用陵阳子明在旋溪钓白龙而放的典故。

②不关人：不由人。

③轩皇：黄帝轩辕氏。

④献纳：委婉的提出意见以供接受、采纳。

⑤建章：汉代长安宫殿名。

⑥罢西笑：指离开长安。语出桓谭《新论》："人闻长安乐，则出门西向而笑。"

⑦紫翠房：炼丹房。《海内十洲记》："又有墉城，金台玉楼相映，如流精之阙，光碧玉之堂，琼华之室，紫翠丹房。锦云烛日，朱霞九光。西王母之所治也。"

⑧豁落图：道教的一种符箓。道教有"七元豁落镇星精符"和"一

元豁落日精之符"等。

⑨盘囊：系在腰间的皮制囊袋，用以盛物。虎盘囊就是绣有虎头的盘囊。

⑩遐荒：边远荒僻之地。

⑪摧藏：奏乐时的抑按的动作，引申指人抑挫之貌。

⑫淮水：指秦淮河。在南京附近，注入长江。帝王州：指金陵，因金陵为六朝之都。

⑬金陵：指金陵山，即钟山，在今江苏省南京市。丹阳：指润州，其地古时为丹阳郡，唐天宝初亦改称丹阳郡。

⑭"朝云"二句：用宋玉《高唐赋》朝云暮雨的典故。朝云：早上的云霞。梦渚：云梦之渚。瑶草：传说中的香草。

⑮"帝子"二句：帝子：指娥皇、女英，是帝尧的女儿。《山海经》："洞庭之山，帝之二女居之，是常游于江渊，澧、沅之风，交潇、湘之渊。是在九江之间，出入必以飘风暴雨。"《楚辞·九歌·湘夫人》云："帝子降兮北渚，目眇眇兮愁予。袅袅兮秋风，洞庭波兮木叶下。"《招魂》："湛湛江水兮上有枫，目极千里兮伤春心。"

⑯骑羊：用葛由成仙典故。《搜神记》："葛由，蜀羌人也。周成王时，好刻木作羊卖之。一旦乘木羊入蜀中，蜀中王侯贵人追之上绥山。绥山多桃，在峨眉山西南，高无极也。随之者不得还，皆得仙道。"

【译文】昔日我曾钓到一条白龙，却又把它放回溪水中。修道已成本想飞升而去，振袖挥手之间凌驾苍宇。但是时运的安排却不由人，我入仕朝堂伴随天子身边。我进献谏言却很少被采用，于是辞官归去离开翰林院。

长安一别已经十年，对镜自览白发如霜。将宝剑封闭在琉璃匣中，专心在紫翠房炼制丹药。身上带着豁落图，腰中悬挂虎盘囊。仙人骑乘五彩凤，志在四极游八荒。只因思念四五人，一直徘徊未翱游。大河东流送别白日，不时歌咏兰蕙芬芳。修仙入仕两者都难以遂心，徒然在人间久久悲痛不已。

范蠡功成身退脱离勾践，屈平忧国受谗远去怀王。我心怀飘然世外的紫霞心，四处漂泊而想念江南水乡。忧愁我们将要相隔万里，因此举杯敬酒互道离别。淮水流淌在帝王之州，金陵山环绕着丹阳郡。楼台错落辉映海色，衣马亮丽光照江水。在此北望圣主，相思之泪成行。朝云飘落云梦之州，瑶草空长高唐之巅。娥皇、女英被阻洞庭湖中，瑟瑟青枫布满潇湘之滨。

心忧南归旅途遥远，观古揽胜情绪凄然。登上山岳眺望百川，恨意悠悠似水绵长。我又思慕去往峨眉修道，赏景之余骑羊成仙而去。

留别于十一兄逊裴十三游塞垣

【题解】于十一兄逊，即于逊，排行十一，唐朝汴州（今河南开封）人士。穷老山野，终身未仕，擅写诗歌，是诗人好友。裴十三，是一位姓裴的友人，名字不详，排行十三。这首诗是天宝十载（751），诗人自开封北上幽州时所作。这一年安禄山升任平卢、范阳、河东三镇节度使，招兵买马，拥兵自重，反迹日显，但是唐玄宗始终认定安禄山不会谋反。大乱将至，诗人怀着忧国忧民之心，于这年秋季决定北上幽州，探听安禄山的虚实。诗人此举无异于深入虎穴，因此诗中说"且探虎穴向沙漠"。全诗开始引用姜子牙渭水垂钓和李斯上蔡门逐兔的故事,来说明成大事者,在未显达之时往往隐迹江湖,一旦遇到风云际会的时机,就会大展抱负。因此诗人安慰友人不要因为一时的困境就灰心失望,焦躁不安。接着诗人着重叙述于逖。于逖至老都隐居于大梁,诗人感叹于逖不被世所用,以战国时期魏国隐者侯嬴来比喻于逖,勉励他应该像侯嬴那样建立功业。诗人又称赞裴十三博古通今,文采不凡,而且还像曾子一样笃敬孝道,悲吟动林木,放书思高堂。最后写诗人与众友人道别,互相歌舞酬答。诗人自知此去犹如入虎穴,可是诗人并不想像当年太子丹在易水边送别荆轲时那样气氛悲壮,诗人豪情万丈,打算"鸣鞭走马凌黄河"。全诗慷慨激昂,彰显诗人深沉的忧国忧民之心。

太公渭川水①,李斯上蔡门②。钓周猎秦安黎元③,小鱼兔兔何足言④!天张云卷有时节,吾徒莫叹羝触藩⑤。于公白首大梁野,使人怅望何可论?既知朱亥为壮士⑥,且愿束心秋毫里⑦。秦赵虎争血中原,当去抱关救公子⑧。裴生览千古,龙鸾炳天章⑨。悲吟雨雪动林木,放书辍剑思高堂⑩。劝尔一杯酒,拂尔裘上霜。尔为我楚舞,吾为尔楚歌⑪。且探虎穴向沙漠⑫,鸣鞭走马凌黄河⑬。耻作易水别,临岐泪滂沱⑭。

【注释】①"太公"句:用姜子牙垂钓渭水的典故。

②"李斯"句:用李斯牵黄犬出上蔡东门逐狡兔的典故。

③"钓周"句:谓姜子牙曾在渭水垂钓后助周灭商,李斯曾在上蔡门打猎后助秦统一天下。黎元:百姓。

④麇（jùn）：《说文》："麇，狡兔也。"

⑤羝（dī）触藩：语出《易·大壮》："羝羊触藩，羸其角。"孔颖达疏："藩，藩篱也。羸，拘累缠绕也。"意谓公羊的角缠在篱笆上，进退不得。比喻进退两难。

⑥朱亥：《史记·魏公子列传》记载，朱亥是战国时魏国大梁人，有勇力，隐于屠肆之中，因侯嬴的推荐而被信陵君赏识。长平之战后，秦兵围困赵国都城邯郸，赵国求救于魏国，魏王惧怕秦国不肯出兵，信陵君窃取兵符，准备率领魏军救赵，但魏将晋鄙不肯交出兵权，遂使朱亥以铁椎击杀晋鄙，夺晋鄙军击退秦军，以解赵围。

⑦秋毫：指毛笔。

⑧"秦赵"二句：用侯嬴向信陵君献计退秦救赵的典故。《史记·魏公子列传》记载，侯嬴是魏国守门小吏，家贫，年纪七十多。信陵君亲自拜访，礼遇甚重，迎为信陵君的上宾。长平之战后，秦兵乘势围困赵国都城邯郸，魏王虽派军队救援，却害怕秦军不敢进兵。信陵君采用侯嬴的计策窃取兵符救下赵国。抱关：守关。

⑨龙鸾：指文采。吴质《答魏太子笺》："摛藻下笔，鸾龙之文奋矣。"李善注："鸾龙，鳞羽之有五彩，设以喻焉。"

⑩"悲吟"二句：用曾子辍耕典故。《艺文类聚》引《琴操》曰："曾子耕太山之下，天雨雪，冻，旬日不得归。思其父母，作《梁山歌》。"

⑪"尔为"二句：用刘邦楚舞楚歌典故。《史记·留侯世家》记载，汉高祖刘邦准备废去吕后所生太子，打算立戚夫人所生赵王刘如意为储君，见到太子有商山四皓辅佐，羽翼已成，难以撼动。无奈只能对戚夫人说："为我楚舞，吾为若楚歌。"作歌以抒发心中的烦恼。

⑫"且探"句：用吕蒙"不入虎穴焉得虎子"典故。《三国志》记载，吕蒙十五六岁，偷偷跟随姐夫邓当从军作战。后来被邓当发现，邓当大吃一惊。归来后，邓当将此事告诉吕母。吕母很生气并打算处罚他，吕蒙说："贫贱的日子实在难以忍受。从军打仗，一旦建立功劳，则富贵可得。况且，不入虎穴，焉得虎子？"

⑬凌：渡过。

⑭"耻作"二句：用太子丹易水送别荆轲的故事。此处反用其意。

【译文】姜子牙垂钓于渭水边，李斯牵犬猎兔上蔡门。他们以钓猎助周秦安黎民平天下，区区小鱼和狡兔又何足道哉？天张云卷万事自有兴衰的时机，我辈不必空叹眼前的进退两难。于公白发仍隐迹于大梁之野，不禁使人怅然又能作何评论。既然知道有朱亥这样的壮士，为什么还愿约束在笔墨之间。秦国与赵国正在龙争虎斗血战中原，于公应像侯嬴那样守关报公子建立功劳。裴生纵览古今典籍，文采如龙鸾光照天际。悲吟雨雪声动林木，放书怀剑心思父母。劝您更进一杯酒，为您拂去衣裳霜。您为我起楚舞，我为您唱楚歌。我即将探视虎穴深入沙漠，鸣响长鞭而纵马越过黄河。我耻于荆轲在易水那种分别，众人面对歧路泪水滂沱而下！

留别王司马嵩

【题解】这首诗大约是开元间年诗人游历长安时所作。诗人还写过一首《酬坊州王司马与阁正字对雪见赠》，"坊州王司马"与本诗的"王司马嵩"应为同一人。坊州在长安以西,在今陕西黄陵县一带。这首诗体现了诗人热切渴望实现政治抱负的心境。全诗篇幅不长,但用典很多,这也是诗人的一贯风格。首段诗人引用鲁仲连退秦兵,却谢绝赵国千金酬劳和范蠡功成身退,泛舟五湖以及诸葛亮躬耕南阳,吟咏《梁甫吟》的典故,来表明自己也有建功立业,然后隐迹江湖的志向。但是目前困居深山,不得施展抱负,只能徒叹光阴流逝。次一段写诗人一心期待能辅佐明君,成就一番事业,再功成身退。此次西来长安就是为了寻找知遇之人,能够托付心愿。最后一段写诗人最终的志向仍是归隐山林,就像飞鸟眷恋青天,鱼儿遨游大海一样。当年李斯和王猛未显达之时,一个架鹰逐兔,一个贩卖箕畚,所以还需耐心等待,友人如来拜访,诗人则奏素琴相迎。

鲁连卖谈笑,岂是顾千金^①?陶朱虽相越,本有五湖心^②。余亦南阳子,时为《梁甫吟》^③。苍山容偃蹇^④,白日惜颓侵^⑤。

愿一佐明主,功成还旧林。西来何所为?孤剑托知音。

鸟爱碧山远,鱼游沧海深。呼鹰过上蔡^⑥,卖畚向嵩岑^⑦。他日闲相访,丘中有素琴^⑧。

【注释】①"鲁连"二句:用鲁仲连助赵退秦后,谢绝千金重酬的故事。

②"陶朱"二句:陶朱即范蠡的别称,范蠡助越王勾践复国后,功成身退,隐居齐国的陶地,经商而至巨富,号称陶朱公。

③"余亦"二句:南阳子指诸葛亮,因为诸葛亮曾在南阳躬耕隐居,

并且喜欢吟咏《梁甫吟》。梁甫即梁父,山名,在泰山下。《梁甫吟》,乐府楚调曲名,相传为诸葛亮所作,是一首咏史诗,所咏内容为齐国相晏婴以二桃杀三士的故事。此诗感叹无罪而杀士,因而君子哀伤之。

④偃蹇:困顿,窘迫。

⑤颓侵:逐渐衰退,这里指太阳落山。

⑥"呼鹰"句:指李斯当年曾架鹰出上蔡门打猎的事情。

⑦"卖畚"句:用王猛典故。《十六国春秋》记载,前秦大臣王猛出身贫寒,曾经以贩畚为业。有一次,王猛到洛阳卖货,碰到一个出高价买畚箕的人。但是那人身上没带钱,让王猛跟他到家里取钱。王猛因为他出价很高,就答应了。王猛跟着那人走进深山,来到一处地方,被带到一位的老翁面前。老翁须发皆白,坐在胡床上,四周侍者环立。王猛向老翁揖拜,老翁连忙说:"王公,您怎么能揖拜我呀!"老翁给了王猛十倍的价钱,并派人送行。王猛出山后回头一看,才发现原来是中岳嵩山。后用"卖畚"形容人未得志时,困顿寒贱。嵩岑,即嵩山。

⑧"丘中"句:左思《招隐》诗:"岩穴无结构,丘中有鸣琴。"

【译文】鲁仲连谈笑间建立功业,岂是看重赵国千金酬谢?范蠡虽然在越国担任相国,但一直心怀隐迹五湖之念。我也类似南阳诸葛亮,隐居世外常咏《梁甫吟》。苍山宽广能容困顿之人,白日西倾感伤光阴流逝。

期望能够辅佐一位明君,待到功成就归隐旧山林。西来长安是为何事?想以孤剑托付知音。

飞鸟爱恋悠远的青山,鱼儿遨游深邃的沧海。李斯当年架鹰经过上蔡门,王猛曾经卖畚到过嵩山下。他日您如果得闲来访,我在丘山奏素琴相迎。

夜别张五

【题解】这首诗大约是开元年间诗人游历长安时所作。张五为宰相张说之子张垍，排行第五。诗人在开元年间来到长安曾拜谒过宰相张说，并希望张说能举荐自己，可惜未能如愿，诗人就是那时与张垍结识。全诗描写了诗人与张垍把酒道别的情景。在高堂之上设宴酣饮，银烛火光摇曳，将屋内照得通明。主人与客人一起把酒言欢，欣赏歌舞，酒酣耳热之际，诗人解下腰间佩戴的宝剑，与主人开怀畅饮。

吾多张公子^①，别酌酣高堂。听歌舞银烛，把酒轻罗裳。横笛弄秋月，琵琶弹《陌桑》^②。龙泉解锦带^③，为尔倾千觞。

【注释】①多：看重。《汉书·爰盎传》："诸公闻之，皆多盎。"颜师古注："多，犹重也。"

②琵琶：一种四弦乐器，是在西汉"裁筝筑"的基础上逐步发展起来的，原名"枇杷"，是根据演奏这种乐器的手法而命名的。枇是手向前弹，杷是手向后挑。魏晋时，因"枇杷"二字音，改名"琵琶"。《陌桑》是琵琶古曲。

③龙泉：宝剑名，即龙渊。唐朝时因避高祖李渊的讳，而称为龙泉。

【译文】我一向看重张公子，与您在高堂酣醉离别酒。在银烛的照耀下倾听美妙的歌曲，把酒欣赏舞女挥动素白的罗裳。秋月下吟弄横笛，琵琶弹奏《陌桑》曲。解开龙泉剑的锦带，与您共饮千杯美酒。

魏郡别苏少府因

【题解】 唐时魏郡，即魏州，属河北道，治所在贵乡县（在今河北大名县东北）。少府是对县尉的敬称。苏少府因，指贵乡县县尉苏因，生平事迹不详。此诗大约是天宝十一载（752），诗人北上幽州路过魏郡时所作。这一年李林甫病卒，杨国忠继任宰相，与安禄山交恶，安禄山拥兵准备谋反，唐朝进入多事之秋。诗人北上幽州也是为了打探安禄山的虚实。全诗首段写魏郡地处燕赵交界，当地女子貌美如花。有淇水潺潺流过，舟车日夜往来。楼阁夹河林立，万户钟鼓喧嚣。魏郡繁华富庶，所以天下富贵名流皆汇聚于此。次一段诗人称赞苏因就像苏秦一样词锋犀利，虽然没能像苏秦那样佩戴六国相印，但是遍交天下宾客，门前车马川流不息。家中的百镒黄金和名贵白璧全部都被散尽，苏因两手空空也不后悔，就像司马相如那样高歌还乡。这样豪迈不羁的性情，有谁不愿意和他往来呢？最后一段写诗人与苏因道别。从此远隔两河，不知何时才能共聚饮酒。全诗论叙友情，层层递进，不舍之情溢于言表。

魏都接燕赵[①]，美女夸芙蓉[②]。淇水流碧玉[③]，舟车日奔冲。青楼夹两岸，万室喧歌钟。天下称豪贵，游此每相逢。

洛阳苏季子,剑戟森词锋。六印虽未佩,轩车若飞龙。黄金数百镒,白璧有几双④。散尽空掉臂⑤,高歌赋还邛⑥。合从又连横,其意未可封。落拓乃如此⑦,何人不相从?

远别隔两河⑧,云山杳千重。何时更杯酒,再得论心胸?

【注释】①"魏都"句:谓魏郡地处燕地和赵地交界处。

②芙蓉:荷花的别名,这里指美女的娇艳容颜。

③淇水:古为黄河支流,发源淇山,南流至河南卫辉市东北淇门镇南入黄河。

④"洛阳"六句:用苏秦故事。《史记·苏秦列传》记载:"苏秦者,东周洛阳人也。说赵肃侯曰:'莫如一韩、魏、齐、楚、燕、赵以从亲,以畔秦。'赵王乃饰车百乘,黄金千镒,白璧百双,锦绣千纯,以约诸侯。于是六国从合而并力焉。苏秦为从约长,并相六国。苏秦喟然叹曰:'且使我有洛阳负郭田二顷,岂能佩六国相印乎?'于是散千金以赐宗族朋友。"苏季子即苏秦,字季子。镒是古时候重量单位,一镒合二十两。

⑤空掉臂:两手空空。鲁褒《钱神论》:"空手掉臂,无所希望。"掉臂:甩动胳膊。

⑥还邛:王琦注:"《史记》:司马相如家徒四壁立,与文君俱之临邛。还邛,盖用此事也。"

⑦落拓:豪放,不受拘束。

⑧两河:战国秦汉时,黄河自今河南武陟县以下东北流,经山东西北隅北折至河北沧县东北入海,略呈南北流向,与上游今晋陕间的北南流向一段东西相对,当时合称"两河"。

【译文】魏都连接燕地和赵地，此处女子美艳如芙蓉。潺潺的淇水绿如碧玉，舟车往来日夜奔走不息。高耸青云的楼阁沿岸林立，千家万户的钟鼓响彻天际。天下称得上豪贵的人物，常常在此地可以遇到。

您和洛阳的苏秦一样，言词如剑戟般锋利。虽然还未佩带六国相印，但是门前轩车往来如长龙。家有黄金几百镒，白璧也有好几双。虽然散尽家财两手空空，仍像司马相如那样高歌还乡。您有志于像张仪苏秦那样合纵连横，建功立业的心意从来都不肯封存。您是如此的豪迈不羁，谁还不愿意与您交游？

此地一别远隔两河，云山渺茫悠悠千重。何时能重聚共饮杯中酒，那时候再抒发心中情怀。

留别西河刘少府

【题解】这首诗应该是在天宝年间，诗人辞官离开长安之后在鲁地送别友人时所作，具体年代不详。唐时有西河郡，即汾州，属河东道。治所在西河县，在今山西汾阳。刘少府应为西和县县尉，具体生平不详。全诗首段写诗人随着岁月蹉跎，白发不仅苍苍，还日见稀疏和短少，而功业却一无所成。现在闲居在鲁地，无所事事，只能时而挈上一壶酒，与刘少府把酒言欢。刘少府称赞诗人是当代的东方朔，是天上的岁星下凡。并询问诗人当年以布衣之身被征召至皇帝身边供奉翰林，是多么荣耀的一件事情啊，可是后来为什么又辞官离去? 诗人并没有做出回答, 其中的是是非非, 岂是三言两语可以说得清的。次一段写刘少府也一直郁郁不得志, 只能高歌遣怀, 徒羡鸿雁高飞。诗人以梅福来比喻刘少府, 认为世人就像飞虫一样, 不足与论, 哪能知道刘少府的才识。诗人称赞刘少府虽是刀笔之吏, 但志趣高远, 内心倾慕仙道。最后一段诗人表明自己就像四处流荡的浮萍, 随遇而安, 享受隐迹江湖的快乐。并表示要效仿谢安, 也谢绝浮名隐居东山。

　　秋发已种种^①, 所为竟无成。闲倾鲁壶酒, 笑对刘公荣^②。谓我是方朔, 人间落岁星^③。白衣千万乘, 何事去天庭^④?

　　君亦不得意, 高歌羡鸿冥^⑤。世人若醯鸡^⑥, 安可识梅生^⑦? 虽为刀笔吏^⑧, 缅怀在赤城^⑨。

　　余亦如流萍, 随波乐休明^⑩。自有两少妾, 双骑骏马行。东山春酒绿^⑪, 归隐谢浮名。

【注释】①种种: 头发短的样子。《左传·昭公三年》: "余发如此种种, 予奚能为? "杜预注: "种种, 短也。"

②"笑对"句: 用魏晋时刘公荣故事。《世说新语·简傲》记载, 西晋时期, 有一天王戎前来拜访阮籍, 刘公荣正好也在场。阮籍对王戎说: "我有二斗美酒, 可以与你一起共饮。却不能让刘公荣品尝。"于是两人推杯换盏喝的不亦乐乎, 同坐的刘公荣却一点酒都没尝到。刘公荣虽然不得一杯酒, 但是三人依旧言语谈笑, 毫无不适。阮籍对此的解释是: "对于胜过刘公荣的人, 不得不与他喝一杯; 对于不如刘公荣的人, 不可不与他喝一杯; 唯独对于刘公荣, 可不与他喝一杯。"另外《世

说新语·任诞》记载，刘公荣喜欢和人喝酒，各种人都有，而且不太计较对方身份，因此有人讥讽他，他回答说："比我刘公荣强的人，我不能不和他饮酒；不如我刘公荣的人，我也不能不和他饮酒，和我一样的人，我同样不能不和他饮酒。"所以刘公荣一天到晚酩酊大醉。

③"谓我"二句：用东方朔故事。《初学记》引《汉武帝内传》："西王母使者至，东方朔死，上以问使者。对曰：'朔是木帝精，为岁星，下游人中，以观天下，非陛下之臣。'"

④"白衣"二句：指李白供奉翰林，而后又辞官的事情。白衣指无功名的百姓，因多穿白色布衣而得名。万乘指君主，按照周朝典制，天子地方千里，出兵车万乘，诸侯地方百里，出兵车千乘，故称天子为"万乘"。天庭代指朝廷。

⑤鸿冥：即鸿飞冥冥之意，出自扬雄《法言·问明》："鸿飞冥冥，弋人何篡焉。"意谓鸿雁飞向又高又远的空际，射箭的人又何能伤害。比喻隐者远走高飞，全身避害。亦比喻隐者的高远踪迹。

⑥醯鸡：即蠛蠓。古人以为是酒醋上的白霉变成。

⑦梅生：谓汉代梅福。梅福曾为南昌尉，故以比刘少府。

⑧刀笔吏：指掌文案的小吏。《汉书·萧何曹参传》："萧何、曹参皆起秦刀笔吏。"颜师古注："刀所以削书也。古者用简牍，故吏皆以刀笔自随也。"

⑨赤城：山名。因土石色赤而状如城堞，故名。在浙江省天台县北，为天台山南门。是道教传说中的洞天福地，修仙之所。

⑩休明：美好清明。

⑪"东山"句：用谢安隐居东山的故事。

【译文】白发已经变得稀疏短少，所有努力竟然全部落空。闲时斟上一壶鲁酒遣兴，只能与刘少府把酒笑谈。您断言我就是东方朔，身为岁星而贬落人间。我曾以布衣之身干谒万乘君主，您想知道我为何又离开了朝堂。

您也一直都郁郁难以得志，高歌遣怀徒羡鸿雁高飞。世人就像醋坛上的小飞虫，哪能知道您有梅生的风姿。您虽然只是刀笔之吏，内心却仰慕赤城仙山。

我也像四处飘荡的浮萍，随波逐流安享盛世之乐。我有两个年少小妾，双双骑马伴我远行。东山尽绿春酒新酿，即刻归隐谢绝浮名！

颍阳别元丹丘之淮阳

【题解】此诗大约作于开元二十三年（735）前后。诗人在颍阳与元丹丘告别前往淮阳时所作。颍阳，县名，唐时属河南道，故址在今河南登封一带。淮阳，郡名，即陈州，治所在今河南淮阳县。元丹丘是诗人的挚友，当时隐居在颍阳附近的嵩山。全诗首段叙述诗人与元丹丘的情意深重，犹如兄弟一般。诗人的志向也是喜欢亲近山水，而无意于攀附权贵。只是俗事缠身，一直未能实现自己的夙愿。诗人以"松柏虽寒苦，羞逐桃李春"来表明自己的心意，即宁可像松柏那样忍受风霜，也不愿像桃李那样追逐春光。次一段写诗人对于世事变迁，岁月流逝的感叹。强调自己与元丹丘所看重的是修仙访道，而自己在尘世的所得则轻于尘埃。时光易逝，转眼自己的精神和意志都大不如前，身体也愈加衰老。诗人建议元丹丘与自己一起修道服食丹药，成为仙家的座上客。最后一段诗人感悟世上万事都难以尽如人愿，百年犹如旦夕一晃就过。与友人分别后，诗人即将去往东南，悠悠思念之情萦绕心头。尽管前途漫漫，诗人也不愿忘记自己修道的志向，并与友人共勉。

吾将元夫子，异姓为天伦①。本无轩裳契②，素以烟霞亲③。尝恨迫世网④，铭意俱未伸⑤。松柏虽寒苦，羞逐桃李春。

悠悠市朝间⑥，玉颜日缁磷⑦。所共重山岳，所得轻埃尘。精魄渐芜秽⑧，衰老相凭因⑨。我有锦囊诀⑩，可以持君身。当餐黄金药⑪，去为紫阳宾⑫。

万事难并立，百年犹崇晨⑬。别尔东南去，悠悠多悲辛。前志庶不易，远途期所遵。已矣归去来，白云飞天津⑭。

【注释】①天伦：指兄弟。《穀梁传·隐公元年》："兄弟，天伦也。"范宁注："兄先弟后，天之伦次。"

②轩裳：车服，代指显贵。

③烟霞：烟雾和云霞，也泛指"山水胜景"。

④世网：比喻世间的种种束缚，就像罗网一样。

⑤铭意：心中的意愿。

⑥市朝：市场与朝廷。

⑦缁磷：染黑和磨损。此处指容颜日渐衰老。

⑧芜秽：田亩久不加耕耘，致使杂草蔓生，即"荒废"。芜和秽都指野草。

⑨相凭因：连续不断。

⑩锦囊诀：指修仙要诀。《汉武帝内传》："帝见王母巾器中有一卷书，盛以紫锦之囊。帝问：'此书是仙灵方耶？'"

⑪黄金药：指道家丹药。《抱朴子·仙药》："仙药之上者丹砂，次则黄金，次则白银，次则诸芝。"

⑫紫阳：指唐代著名道士随州的胡紫阳。元丹丘后拜胡紫阳为师。

⑬崇晨：犹崇朝，指从天亮到早饭这段时间。有时喻时间短暂，犹言一个早晨，亦指整天。崇，通"终"。

⑭天津：指洛阳天津桥。这里代指洛阳。

【译文】我与你元夫子，是异姓好兄弟。 我原本就无意结交权贵，一向喜欢亲近烟霞胜景。曾苦于世俗人情的逼迫，心中的誓愿没能得以伸展。松柏虽然经历严寒之苦，也羞于像桃李那样追逐春光。

悠悠岁月消磨在市朝之间，曾经的青春容颜衰老不堪。我们共同的志趣重于山岳，我在世间所得却轻于尘埃。精神意志渐渐羸弱，体衰貌老竞相出现。我有一个锦囊仙诀，可以让您身保青春。就是服食黄金药，成为仙家座上客。

万事难以件件如意，百年就如旦夕之间 。此地与您一别我将远去东南，对您的悠悠思念是多么悲伤。遁隐山林的夙愿不会改变，前途虽然漫长亦应该遵循。一切休矣不如归家而去，像白云一样漂回洛阳天津桥。

留别广陵诸公

【题解】这首诗大约是天宝五载（746），诗人从鲁地南下越中经过广陵时所作。唐时广陵郡，即扬州，属淮南道。治所在今江苏扬州。诗人自从被赐金还山之后，一直有南游之念，这首诗就是南下途中所作。全诗第一段写诗人年少时喜欢结交燕赵的豪杰，骑骏马，佩龙泉，意气风发。那时候心无忧虑，行事也尽心尽力。次一段写随着年龄渐长，心态也趋于成熟，觉得自己以前的行为过于轻率，转而开始研究学问，"空名束壮士，薄俗弃高贤"二句是诗人经历了人生风风雨雨之后的感悟。诗人想起自己当年为了功名，催折了自己的志向，世俗中往往小人得志而贤人被弃。"中回圣明顾，挥翰凌云烟。骑虎不敢下，攀龙忽堕天。"四句写诗人当年供奉翰林时的情景。当年诗人在玉真公主以及贺知章等人的大力推荐下，被唐玄宗征召入京，供奉翰林，曾受到唐玄宗的厚遇。诗人得此殊荣，可谓平步青云。可惜唐玄宗只看中诗人的文采，却没有委以重任的打算，诗人不禁心中失落。再加上因为不肯阿谀权贵，屡遭谗言和排挤，最后只能辞官归家。最后一段写诗人归家之后依然保守节操，自勉要像秋蝉那样孤傲高洁。一心炼丹采药，就像管宁那样隐耕世外，不问人事。有时也会乘兴而起，像王徽之那样棹船溪中。有时则会像山简那样率意而行，开怀畅饮。诗人即将南行，狂歌一曲，从此隐迹江湖，垂钓沧海。全诗对诗人的一生作了简短总结，词句精练，情感跌宕，将诗人心中的愤懑与无奈表露无遗。

忆昔作少年，结交赵与燕①。金羁络骏马，锦带横龙泉。寸心无疑事，所向非徒然。

晚节觉此疏②，猎精草《太玄》③。空名束壮士，薄俗弃高贤。

中回圣明顾④，挥翰凌云烟⑤。骑虎不敢下，攀龙忽堕天。

还家守清真，孤洁励秋蝉⑥。炼丹费火石，采药穷山川。卧海不关人⑦，租税辽东田⑧。乘兴忽复起，棹我溪中船⑨。临醉谢葛强，山公欲倒鞭⑩。狂歌自此别，垂钓沧浪前⑪。

【注释】①赵与燕：燕赵之地多豪侠之士。这里指诗人年少时喜欢结交豪杰。

②晚节：晚年。

③"猎精"句：用扬雄著《太玄》的故事。《太玄》也称为《太玄经》是扬雄模仿《易经》而写的一部著作。扬雄将玄作为类似阴阳的本源物质，并在此基础构筑类似《易经》的宇宙时空体系。

④圣明：指皇帝。

⑤挥翰：挥笔。翰本指鸟类羽毛，这里代指笔。

⑥"孤洁"句：意谓如秋蝉一般高洁。王琦注："蝉出自土壤，升于高木之上。吟风饮露，不见其食。故郭璞《蝉赞》：'虫之精洁，可贵惟蝉。潜蜕弃秽，饮露恒鲜。'"

⑦不关人：不关注世事。

⑧辽东田：用管宁故事。三国时，管宁因天下大乱，听说辽东太守公孙度治政有方，就迁至辽东，隐居山谷之中，耕田以自给。后以"辽东田"为隐耕之典。

⑨"乘兴"二句：用王徽之雪夜访戴逵的典故。

⑩ "临醉"二句：用山简故事。《晋书·山简传》记载，山简在荆州任职时，正值四方寇乱，天下分崩离析，朝廷威严不振，朝野之人都感到忧虑恐慌。山简却终年闲适逍遥，沉迷饮宴。荆州有一大族习氏，家中园林秀美，山简每次出游，都到他家池上设宴饮酒，经常酩酊大醉，并称为"高阳池"。山简醉后常倒戴头巾骑马，醉态可掬。当时有儿歌说："山公出何许，往至高阳池。日夕倒载归，酩酊无所知。时时能骑马，倒著白接䍦。举鞭问葛强：'何如并州儿？'"葛强是山简心腹将领，并州人。

⑪沧浪：青苍色的水。

【译文】回忆起我年少之时，喜欢结识燕赵豪杰。骑乘金络骏马，佩带龙泉宝剑。心中不会对人存疑，朋友绝不空谈虚交。

后来才觉此举轻率，转而精研《太玄》义理。浮名约束豪壮之士，世俗轻视高贤之才。

中年曾得天子眷顾，挥笔翰林豪气冲云。时运不济如骑虎难下，攀龙而上却忽然坠天。

不如归家固守清朴，像秋蝉一样高洁自勉。炼金丹不惜耗费火石，采仙药寻遍万水千山。闲卧海隅不问世事，就像管宁隐耕而食。偶尔也会乘兴而起，溪中棹船高歌而行。我像山简一样醉后打趣葛强，摇摇晃晃骑在马上倒拿马鞭。狂歌一曲在此分别，从此垂钓沧浪之中。

广陵赠别

【题解】此诗大概是开元十四年（726），诗人游扬州时所作。

诗中叙述春日送别情景。众人以玉瓶沽酒，来为诗人送别。大家将马匹系在垂杨下，就在大道边设酒践行。远处绿水萦绕天边，青山矗立海上。诗人不希望临别时过分悲伤，让大家兴尽就各自离去，不必酣醉而别。这首诗为寻常酬答之诗，但是辞句清新，率真自然。

玉瓶沽美酒，数里送君还。系马垂杨下，衔杯大道间。天边看绿水，海上见青山。兴罢各分袂①，何须醉别颜？

【注释】①分袂：指离别。袂指衣袖。

【译文】玉瓶盛装买来的美酒，送君数里应该返回了。暂且把马系在垂杨下，大道边我们举杯慢饮。只见天边浮动幽幽绿水，遥望海上横亘隐隐青山。尽兴之后各自分别，不必看到彼此醉颜。

感时留别从兄徐王延年从弟延陵

【题解】这首诗大约是天宝十五载（756），诗人在杭州时所作。当时安史之乱刚刚爆发，诗人南下避乱来到杭州。徐王李延年是皇族宗室，根据《旧唐书·徐王李元礼传》记载，李延年是唐高祖李渊第十子徐王李元礼之后。开元二十六年封嗣徐王，任职员外洗马。从弟延陵，即李延年的族弟李延陵，生平事迹不详。全诗首段先写唐朝李氏先祖老子的典故。称赞老子道法高深，参破天地玄机，最后乘紫气西去。然后写唐朝开国以来，七位帝王先后继承皇统，皇室宗支绵延不息。唐室诸王都是龙凤之姿，恭敬地拱卫守护朝廷。李延年身为皇族后裔被封爵为王，尽显荣耀。以九卿之尊镇守徐州，文思敏捷可比陈思王曹植。次一段写徐王李延年昔日全盛之时，雄才豪气名动京师。峨冠长剑见驾于凤阙，楼船出游随侍在龙池。朱邸中钟鼓声声，丹墀前金玉烁烁。徐王李延年身为藩王十八年，从来不曾迁移官位。一旦触怒李林甫，被贬官流放到南疆。诗人接着引用"长沙不足舞"的典故，来含蓄的说明南方地小不足以施展李延年的才华。然而奸人就像编织贝锦一样，继续罗织罪名。李延年在余杭辅佐郡守，为了避嫌称病在家，很少与人往来。因为家中宾客稀少，台阶上长满了苔藓，飞鸟也频频落到檐帘之上。为了避免麻烦，李延年平时出入也尽量低调，不让人知。一心效仿萧巘而隐居休憩，再也不愿提起往日的辉煌。再次一段介绍李氏兄弟的情况以及诗人与李氏兄弟的友情。徐王李延年兄弟有八九人，各自分散在吴地和秦地，也就是唐时扬州与关中一带。诗人称赞徐王能够洞察先机，处世不会只考虑个人安危。诗人离开翰林院多年，现在以布衣身份与徐王交友，自谦是忝为雁行相随。李延陵是徐王李延年的族弟。诗人夸奖他有先人的风采，样貌清朗飘逸，有神仙风骨。诗人以谢灵运和谢惠连来比喻李氏兄弟，赞美他们兄弟之间性情契合。诗人与李延陵都喜好修仙之道，因此感到志趣相投。诗人感慨自己修道多年，依然是金丹难炼，玉液难成，而且旅居异乡，抱病客舍，幸亏得到李氏兄弟赠药赠食，诗人内心感激不尽，感慨李氏兄弟对自己的恩情比滇海还深。末段写离别。秋蝉和蟋蟀都是秋季应候之物，因此诗人以鸣蝉和促织来寓意归乡。

但是正值秋初燥热之时。骄阳如火，海水欲炽。百川干涸，舟搁中流。由此可知当时遭遇了大旱，兵灾加上大旱，又要与友人离别，如何不让人忧愁。于是乘夜间清凉出城，来到城外歧路。即将分别之时，彼此相对而泣，目光流连，一步三顾，迟迟难行。诗人寄语友人一定要保持德操，辅佐王室安定太平。临别凝噎，提笔赠诗留念。全诗扬扬洒洒，如长江大河一气呵成，叙事详赡，条理分明，辞气典雅，用典贴切，非李白无此大手笔。

　　天籁何参差①，噫然大块吹②。玄元包橐籥③，紫气何逶迤④。七叶运皇化⑤，千龄光本枝⑥。仙风生指树⑦，大雅歌《螽斯》⑧。诸王若鸾虬，肃穆列藩维⑨。哲兄锡茅土⑩，圣代含荣滋⑪。九卿领徐方⑫，七步继陈思⑬。

【注释】①天籁：自然界的声音，如风声、鸟声、流水声等。

②噫然：呼气，吹气。大块：大地。《庄子·齐物论》："子綦曰：'汝闻人籁，而未闻地籁，汝闻地籁，而未闻天籁夫。'子游曰：'敢问其方。'子綦曰：'夫大块噫气，其名为风。是唯无作，作则万窍怒呺。'"

③玄元：唐奉老子为始祖，于乾封元年二月追号为"太上玄元皇帝"，天宝二年正月加尊号"大圣祖"三字，天宝八载六月又加尊号为"圣祖大道玄元皇帝"。橐（tuó）籥（yuè）：古代冶炼时用以鼓风吹火的装置，犹今之风箱。喻指造化，大自然。橐是古代的一种鼓风吹火器。籥是通风器上的管子。《老子》："天地之间，其犹橐籥乎？虚而不屈，动而愈出。"

④紫气：紫色的霞气，古人以为瑞祥的征兆。逶迤：蜿蜒曲折。

⑤七叶：唐朝开国以来，自高祖、太宗、高宗、中宗、睿宗、玄宗至肃宗共七位皇帝。皇化：皇帝的德政和教化。

⑥千龄：千年。本枝：同一家族的嫡系和庶出子孙。《诗·大雅》："文王孙子，本支百世。"毛传："本，本宗也。支，支子也。"

⑦生指树：道家传说，老子生于李树之下，遂指树以为姓，故姓李氏。《神仙传》："老子之母，适至李树下而生老子，生而能言，指李树曰：'以此为我姓。'"

⑧《螽斯》：螽（zhōng）斯，是一种昆虫，身体绿色或褐色，善跳跃，雄虫前翅能发声，繁殖快速，后以螽斯比喻子孙众多。《诗·国风·螽斯》："螽斯羽，诜诜兮，宜尔子孙，振振兮。"《毛诗序》云："《螽斯》，后妃子孙众多也，言若螽斯。"

⑨藩维：指捍卫。《诗·大雅·板》："价人维藩。"毛传："藩，屏也。"

⑩哲兄：对兄长的敬称。后多以称他人之兄，犹言令兄、贤兄。锡：赐予。茅土：指王、侯的封爵。古时候天子分封王、侯时，用代表方位的五色土筑坛，按封地所在方向取一色土，包以白茅而授之，作为受封者得以有国建社的表征。《独断》："天子太社，以五色土为坛。皇子封为王者，受天子之社土，以所封之方色，东方受青，南方受赤，他如其方色。苴以白茅，授之各以其所封方之色。归国以立社，故谓之受茅土。"

⑪圣代：古时候对于当代的尊称。荣滋：茂盛，繁荣。

⑫九卿：古代朝廷的九个高级官职。但历代名称都有所不同。唐代设太常寺、光禄寺、卫尉寺、宗正寺、太仆寺、大理寺、鸿胪寺、司农寺、太府寺等九寺，每寺置卿、少卿、丞各一人，此为唐代九卿。徐方：

徐州。

⑬"七步"句：用曹植七步成诗典故。《世说新语·文学》："文帝（曹丕）尝令东阿王（曹植）七步中作诗，不成者行大法。应声便为诗曰：'煮豆持作羹，漉豉以为汁。其在釜下然，豆在釜中泣。本是同根生，相煎何太急。'帝深有惭色。"东阿王即曹植，太和三年（229）徙封东阿王。六年，封为陈王。谥号为"思"。

【译文】天籁之音何其参差不同，自然之气徐徐吹拂大地。老子认为天地鼓动如橐籥，他一路紫气逶迤出关西去。大唐七位皇帝先后继承皇统，千秋万代宗支绵延不息。老子生而有仙风能指树为姓，大雅《螽斯》赞颂皇室子孙繁多。李氏诸王皆龙凤之姿，恭敬肃穆来拱卫社稷。贤兄受赐茅土而封王，在圣朝盛世彰显荣光。您以九卿之尊治理徐州一方，文采直追七步成诗的陈思王。

伊昔全盛日，雄豪动京师。冠剑朝凤阙①，楼船侍龙池②。鼓钟出朱邸③，金翠照丹墀④。君王一顾眄⑤，选色献蛾眉。列戟十八年⑥，未曾辄迁移。大臣小喑呜⑦，谪宰天南垂⑧。长沙不足舞⑨，贝锦且成诗⑩。佐郡浙江西⑪，病闲绝驱驰。阶轩日苔藓，鸟雀噪檐帷⑫。时乘平肩舆⑬，出入畏人知。北宅聊偃憩⑭，欢愉恤茕嫠⑮。羞言梁苑地，烜赫耀旌旗⑯。

【注释】①凤阙：汉代宫阙名，此处比喻朝廷。《史记·孝武本纪》："于是作建章宫，其东则凤阙，高二十余丈。"《三辅故事》云："北有圆阙，高二十丈，上有铜凤凰，故曰凤阙也。"

②龙池：唐代池沼名。在唐长安隆庆坊，玄宗未即位时所居的旧邸

旁,中宗曾泛舟其中。玄宗即位后于隆庆坊建兴庆宫,龙池被包容于内。在今陕西西安兴庆公园内。

③朱邸:汉代诸侯王第宅,以朱红漆门,故称朱邸。后泛指贵官府第。

④金翠:黄金和翠玉制成的饰物。丹墀:指宫殿前涂成红色的台阶。

⑤顾眄:回头看。

⑥"列戟"句:唐制,嗣王、郡王,皆列棨戟于门。十八年:指李延年获封王爵已有十八年。

⑦"大臣"句:大臣:指李林甫。喑呜:发怒。天宝初年,西域的拔汗那王入朝觐见,李延年想把女儿嫁给他,被右相李林甫所弹劾,结果被贬文安郡别驾、彭城长史。

⑧天南垂:遥远的南部地界。潘岳《西征赋》:"历敝邑之南垂。"刘良注:"南垂,南界也。"《广韵》:"垂,疆也。"

⑨"长沙"句:用西汉长沙定王刘发故事。《汉书·长沙定王发传》记载,汉景帝之子长沙定王刘发,因其母身分低微,所以他的封地是边远潮湿且贫瘠的长沙县。景帝后二年,诸侯王来朝觐,在朝堂上向景帝起舞祝寿,刘发只稍微举举袖子,抬抬手,左右都笑他笨拙。景帝询问原因,他说:"我的封国地方狭小,无法回旋。"景帝于是又加封他武陵、零陵、桂阳三郡。后因以"长沙不足舞"形容地方狭小,不足回旋。

⑩贝锦:原指有贝壳形花纹的织锦。后用来比喻诬陷他人、罗织成罪的谗言。《诗·小雅·巷伯》:"萋兮斐兮,成是贝锦;彼谮人者,亦已大甚!"郑玄笺:"喻谗人集作己过以成于罪,犹女工之集采色以成锦文。"

⑪佐郡:至德初年,李延年为余杭郡司马。司马为郡守之辅佐,故曰佐郡。余杭郡,即杭州也。其地在浙江之西。

⑫檐帷:檐下的帘幕。

⑬平肩舆:古代的一种轿子。

⑭"北宅"句:用萧嶷故事。《南齐书·萧嶷传》:"豫章文献王嶷,自以地位隆重,深怀退素。北宅旧有田园之美,乃盛修理之。"此处以萧嶷之事来比喻李延年深居简出。

⑮茕:无兄弟。嫠:无丈夫。

⑯"羞言"二句:用西汉梁孝王故事。《史记·梁孝王世家》:"孝王,窦太后少子也,爱之,赏赐不可胜道。于是孝王筑东苑,方三百余里。广睢阳城七十里。大治宫室,为复道,自宫连属于平台三十余里。得赐天子旌旗,出从千乘万骑。东西驰猎,拟于天子。出言跸,入言警。"

【译文】往昔徐王全盛之时,雄豪之气名动京城。峨冠长剑朝见陛下于凤阙,楼船出游随侍君王在龙池。钟鼓之声响彻徐王朱邸,金环玉佩照耀王府丹墀。君王举目顾盼,蛾眉环列四周。您府门列戟十八年,从来不曾迁移官位。因触怒宰相李林甫,被贬谪流放到南疆。南方地小难以施展您的才华,奸人罗织罪名就如编织贝锦。您在浙西余杭辅佐郡守,多病赋闲很少与人往来。石阶栏杆上长满苔藓,鸟雀在檐帘上嘈杂不停。时常乘坐平肩舆,出入不愿让人知。效仿萧嶷隐居北宅休憩,欢愉之时不忘体恤孤寡。不愿提起往日梁苑的辉煌,曾经声势赫赫旌旗耀日。

兄弟八九人,吴秦各分离。大贤达机兆①,岂独虑安危?小子谢麟阁②,雁行忝肩随③。令弟字延陵,凤毛出天姿④。清英神仙骨,芬馥苣兰蓀⑤。梦得春草句,将非惠连谁⑥?深心紫河车⑦,与我特相宜。金膏犹罔象⑧,玉液尚磷缁⑨。伏枕寄宾馆,宛同清漳湄⑩。药物多见馈,珍羞亦兼之。谁道溟渤深⑪?犹言浅恩慈。

【**注释**】①达机兆：知晓预兆。

②麟阁：指麒麟阁。《三辅黄图》："麒麟阁，萧何造，以藏秘书，处贤才。"这里代指唐代翰林院。

③雁行：语出《礼记·王制》："兄之齿，雁行。"意谓兄弟出行要像大雁飞行那样前后有序。《礼记·曲礼》有："五年以长，则肩随之。"意谓如果与年长五岁的人并行时，年幼的人要处于年长者肩膀略靠后的位置。

④凤毛：比喻子孙才华似其父辈。《世说新语·容止》，东晋王劭风姿俊朗，似其父王导，有一次以朝廷特使身份，受命给桓温拜受官职。桓温望见他从大门进来就说："大奴（王劭的小名）固自有凤毛。"南朝时称人子似其父者为凤毛。

⑤蒽：一种香草。

⑥"梦得"二句：用谢灵运梦惠连的故事。《南史·谢惠连传》记载，谢惠连是南朝诗人谢灵运的族弟，深得谢灵运的赏识，谢灵运曾说作诗时只要与谢惠连对坐，就能得到佳句。有一次谢灵运在永嘉西堂作诗，没有灵感，一天都未写完，忽然梦见了谢惠连，立即就想出了"池塘生春草"的名句。

⑦紫河车：道家称修炼而成的仙液。色紫，谓服之可长生。

⑧金膏：道教传说中的仙药。《穆天子传》："天子之宝，玉果璇珠，烛银黄金之膏。"郭璞注："金膏亦犹玉膏，皆其精沩也。"罔象：虚无，隐约。

⑨玉液：美玉制成的琼浆，传说饮了它可以成仙。《楚辞·九思·疾世》："吮玉液兮止渴。"王逸注："玉液，琼蕊之精气。"

⑩"伏枕"二句：用东汉刘桢故事。指建安七子之一的刘桢经常

生病。刘桢《赠五官中郎将诗》云:"余婴沉痼疾,窜身清漳滨。"建安二十二年(217)瘟疫流行,刘桢不幸染疫病去世。后以"刘桢病"为卧病难以视事的典故。

⑪溟渤:溟海和渤海。多泛指大海。

【译文】您的兄弟有八九个人,各自分散在吴地秦境。您这位大贤能够通达先机,处世岂能只考虑自身安危?我因才薄德寡离开了翰林院,与您结为好友忝为雁行相随。您的弟弟名字唤作延陵,才华风姿皆有先人神采。清朗英伟有神仙风骨,就像芬芳馥郁的兰草。谢灵运梦得春草佳句,延陵岂不就是谢惠连?他醉心修炼道家丹药,与我的志趣特别相合。金丹虚无难炼,玉液变幻难成。我抱恙伏枕寄居馆舍,就如刘桢病卧清漳之滨。承蒙你们多次赠送药物,珍馐美味也馈送不绝。谁说溟海大洋深不可测?与你们的恩惠相比仍觉太浅。

鸣蝉游子意,促织念归期①。骄阳何火赫②,海水烁龙龟③。百川尽凋枯,舟楫阁中逵④。策马采凉月,通宵出郊歧⑤。泣别目眷眷⑥,伤心步迟迟⑦。愿言保明德,王室伫清夷⑧。掺袂何所道⑨?援毫投此辞。

【注释】①促织:即蟋蟀。因声如急织,故谓之促织。

②火赫:炎赤貌。

③烁:烤灼。

④中逵:谓道路交错之处。

⑤郊歧:郊外大路的岔道。

⑥眷眷:依恋反顾貌。

⑦迟迟：缓缓。

⑧清夷：清平，太平。

⑨掺袂：执袖。犹握别。

【译文】蝉鸣惊起游子的乡情，促织提醒归家的日期。骄阳为何如此炙热，海水也能灼伤龙龟。百川全都干枯，舟楫搁浅中流。乘着凉月策马出行，连夜来到城外歧道。相泣而别目光恋恋不舍，心怀忧伤起步迟迟难行。进言诸位保持贤德，辅佐王室安定太平。临别执手何言可道？提笔挥毫写此赠辞。

别储邕之剡中

【题解】这首诗是开元十四年（726），诗人游历越中，由广陵前往会稽时所作。当时诗人刚刚出蜀，四处游览名山大川，同时拜谒权贵，期望能得到举荐，这个时期的作品大多清新明快，自然洒脱。储邕是诗人的友人，生平事迹不详。全诗首两句点明诗人的目的地是剡中。诗人坐船从广陵出发，由水路进入会稽。两岸竹林茂盛，满眼翠色，水平如镜，荷香阵阵。诗人辞别友人，想去游览天姥，拂去秋霜，安卧山石。全诗体现出一种娴静安逸的意境。

借问剡中道①，东南指越乡。舟从广陵去，水入会稽长。竹色溪下绿，荷花镜里香②。辞君向天姥③，拂石卧秋霜。

【注释】①剡中：唐时江南道有剡县，隶越州会稽郡。在今浙江嵊州、新昌一带，当地有剡溪，山清水秀。

②镜：指水平如镜。

③天姥：即天姥山，在今浙江新昌。

【译文】途中打听去往剡中的道路，乡人举手遥指东南的越地。我乘船从扬州南下，顺水一路来到会稽。竹林翠色倒映溪水之中，飘香荷花盛开明镜之上。与您辞别去向天姥，拂去石尘安卧秋霜。

留别金陵诸公

【题解】这首诗年代不详。诗人在某年五月准备从金陵出发西上庐山，与友人告别时所作。全诗第一段从三国纷争写起。当时孙权占据江南建立东吴，定都金陵。从此后六朝相继以金陵为都城，至今仍留有遗迹。次一段写金陵人文鼎盛，礼乐之风盛行。百姓崇尚儒学，人才辈出，文采超过颜谢。末段写离别。友人在金陵城外的白下亭设酒为诗人饯行，诗人准备去往庐山，游览香炉峰，观看庐山瀑布。并想象如果可以攀星而去，一定会想念众位友人。

海水昔飞动①，三龙纷战争②。钟山危波澜③，倾侧骇奔鲸④。黄旗一扫荡⑤，割壤开吴京。六代更霸王，遗迹见都城⑥。

至今秦淮间，礼乐秀群英。地扇邹鲁学⑦，诗腾颜谢名⑧。

五月金陵西，祖余白下亭⑨。欲寻庐峰顶⑩，先绕汉水行。香炉紫烟灭⑪，瀑布落太清⑫。若攀星辰去，挥手缅含情。

【注释】①"海水"句：扬雄《剧秦美新》："海水群飞。"李善注："海水喻万民，群飞言乱。"

②三龙：指魏、蜀、吴三国。

③钟山：在今江苏南京。古称金陵山，战国时楚国在此建金陵邑，即此得名。汉代因传说此山为王气所"钟"之处，故名钟山。东吴时有蒋子文在此显神迹，孙权便将此山命名为蒋山。

④奔鲸：奔突的鲸鱼。喻指不义凶暴之人。

⑤黄旗：黄色的旗帜。指天子的仪仗之一。

⑥都城：指六朝皆在金陵定都。《景定建康志》："古都城。按《宫苑记》：吴大帝所筑，周回二十里一十九步，在淮水北五里。晋元帝初过江，不改其旧，宋、齐、梁、陈皆都之。"

⑦扇：炽盛。通"煽"。邹鲁学：孔孟之学。邹鲁是邹国、鲁国的并称。邹是孟子故乡，鲁是孔子故乡。后因以"邹鲁"指文化昌盛之地，礼义之邦。也借指孔孟。

⑧颜谢：指颜延之与谢灵运。《宋书·颜延之传》："颜延之与谢灵运俱以词采齐名，自潘岳、陆机之后，文士莫及也，江左称颜、谢焉。所著并传于世。"

⑨祖：古代出行时祭祀路神称为"祖"。白下亭：金陵驿亭。

⑩庐峰：即庐山，在今江西九江。

⑪香炉：指庐山香炉峰。《江西通志》："香炉峰，在开先文殊寺后，其形圆耸如炉。山南山北皆见峰上常出云气，有似香烟，故名。"

⑫瀑布：指庐山瀑布。太清：天空。

【译文】往昔天下百姓陷入战乱，魏蜀吴三国争战不休。狂涛骇浪撼动钟山，崩倒之势如巨鲸倾压。孙权高举黄旗扫平东南，建立吴国定都金陵。六朝更迭相继称霸，都城可见前代遗迹。

如今秦淮一带，礼乐盛于他处。地方风气崇尚邹鲁，诗人才名超越颜谢。

五月之日金陵城西，诸君送我白下亭边。我欲览胜庐山之顶，递江而上巡游汉水。香炉峰紫烟隐灭不见，银河般瀑布激落天空。如果可以攀星而去，我将挥手深情道别。

口 号

【题解】这首诗年代不详。口号，古诗标题用语。表示随口吟成，和"口占"相似。因此可知此诗是一时即兴之作，故省略题目，以口号为题。这是一首送别诗，在郊野设酒具食，送别友人。以东流水来比喻对友人的相思和离愁。"食出野田美，酒临远水倾"二句清新质朴，自然天成。

食出野田美①，酒临远水倾②。东流若未尽，应见别离情。

【注释】①野田：即田野，原野。
②远水：远流而去的河流。
【译文】食于田野更觉味美，酒临长河倾觞而饮。东流之水源源

不绝，犹如离情未有尽时。

金陵酒肆留别

【题解】这首诗是开元十四年（726），诗人准备从金陵去往扬州时所作。全诗描绘了一幅充满春日意趣的美景。明媚的春光中，微风吹拂，柳絮飘扬，空气中弥漫着阵阵清香，这香味不一定是柳花之香，而是混合了草木泥土的春之气息，并且还有美酒飘香，一个"香"字，意味无穷。严羽评点《李太白诗集》："首句既飘然不群，柳花说香更精微。"酒肆中人来人往，酒家女忙着将压出的新酒搬出，并招呼酒客品尝。这个"压"也被历代诗评认为是点睛之笔。南宋胡仔在《苕溪渔隐丛话》评价说："《诗眼》云：好句须要好字。如李太白诗'吴姬压酒唤客尝'，见新酒初熟，江南风物之美，工在'压'字。""金陵子弟来相送，欲行不行各尽觞"二句则是点明诗人出发地点和金陵友人之间的情谊：诗人在金陵的众多友人听到诗人将要出行的消息，纷纷赶来相送。于是大家乘兴而饮，各尽杯中酒，"欲行""不行"两词既贴切又形象。末两句"请君问取东流水，别意与之谁短长？"以流水比喻离别之意，流水不尽，别意不尽。明代谢榛的《四溟诗话》评价："太白《金陵留别》诗'请君试问东流水，别意与之谁短长'，妙在结语。使坐客同赋，谁更擅场？……刘禹锡'欲问江深浅，应如远别情'，不如太白'请君试问东流水，别意与之谁短长'。"

风吹柳花满店香①，吴姬压酒唤客尝②。金陵子弟来相送，欲行不行各尽觞③。请君问取东流水，别意与之谁短长？

【注释】①柳花：柳絮。

②吴姬：吴地女子。姬是对女子的美称。金陵以前属于吴地，故称金陵女子为吴姬。压酒：米酒酿制将熟时，压榨取酒。

③尽觞：喝尽杯中酒。

【译文】春风吹拂柳絮淡淡清香充盈酒肆，吴女奉上新压美酒招唤过客品尝。金陵友人纷纷赶来置酒相送，出行送行之人共尽杯中美酒。请君问询东流水，绵绵离情谁与长？

金陵白下亭留别

【题解】此诗年代不详。这是一首离别诗。前四句写送别时的环境。金陵白门亭前的杨树，正好与城门相对，友人在此为诗人送行。当时烟雨蒙蒙，远近各处的杨柳笼罩在朦胧之中，滔滔江水拍打着江岸，冲刷着岸边古树裸露出来的树根。后四句诗人抒发离情，历来在驿亭送别，就是伤心难忍。诗人告诉友人日后如果看到柳树，就折一枝寄给他，以慰思念。全诗不饰雕琢，直抒胸臆，充满别样意趣。

驿亭三杨树，正当白下门①。吴烟暝长条②，汉水啮古根。向来送行处,回首阻笑言。别后若见之,为余一攀翻③。

【注释】①白下门: 指金陵城门, 白下是金陵的别称。南京北郊有白石山, 山下坡地称为白下陂。东晋年间, 陶侃率军平定苏峻之乱时曾在此修筑的白石垒, 又名白石陂。关于白下城的最早记载见于南朝刘宋时期, 南齐将南琅琊郡移治白下, 此后又称琅琊城。唐朝初年, 因为白下城的缘故, 金陵县更名为白下县。

②长条: 指柳条。

③攀翻: 攀折。

【译文】驿亭外有三棵杨树, 正好对着白下门。吴地烟雨隐没远近杨柳, 浩浩汉水吞啮岸树古根。历来送别友人之地, 都是回首难以笑别。别后你们看到杨柳的时候, 请攀折一枝寄我以慰相思。

别东林寺僧

【题解】此诗大约是开元十四年 (726) 所作。东林寺是佛教净土宗的发源地, 是东晋高僧慧远大师所创建。慧远俗姓贾, 雁门楼烦 (今山西省宁武) 人, 东晋太元年间来到庐山, 在江州刺史桓伊的资助下修建了东林寺。慧远的佛学思想是专修 "净土" 之法, 后世净土宗尊其为初祖。诗人一生除了喜好道教外, 对佛法也颇有研究, 因此在庐山时, 拜访了净土祖庭东林寺。诗人在庐山东林寺盘桓后准备离开, 当时正好是明月东升, 山猿清啼的时候。诗人笑着对前来送行的僧人告别，请他们不必送过虎溪。这首诗看似平淡，但回味隽永，颇具禅意。

东林送客处①，月出白猿啼。笑别庐山远②，何烦过虎溪③。

【注释】①东林：指庐山东林寺。在今江西九江市南庐山西北麓，东晋太元年间名僧慧远创建，因在西林寺之东，故名。《一统志》："东林寺，在庐山，晋僧慧远与同门慧永居西林。学徒日众，别居林之东，谢灵运为凿池种莲。"

②庐山远：指庐山慧远法师，这里代指东林寺僧人。

③虎溪：东林寺前的一条溪流。东晋高僧慧远曾发誓一生脚迹不越庐山虎溪。后送客未尝过，独陶渊明、陆静修至，语道契合，不觉过溪，因相与大笑，世传为三笑图。"

【译文】在东林寺做客之后即将离去，正值明月初升而白猿夜啼。我笑着与寺中僧人告别，不必劳烦诸位越过虎溪。

窜夜郎于乌江留别宗十六璟

【题解】这首诗当于乾元元年（758），诗人流放夜郎经过乌江时所作。诗人因永王李璘事件受牵连而获罪，被捕下狱，幸好江南宣慰使崔涣和御史中丞宋若思积极周旋，诗人才得获释，但仍被流放夜郎。走到乌江的时候，妻弟宗璟护送诗人的妻子宗氏前来为诗人送行，诗人因而作诗留别。唐时淮南道有乌江县，隶和州历阳郡，在今安徽和县。但此处乌江指江西浔阳江。王琦注："《太平寰宇记》引《浔阳记》云：'九江在浔阳，去州五里，名曰乌江，是大禹所疏。知此诗所谓乌江者，指浔阳江耳，非和州之乌江县也。'"宗十六璟，即宗璟，排行十六，是诗人妻弟。首段写宗氏辉煌的家世。宗家先祖宗楚客曾在武后、中宗时期三为宰相，显耀一时。诗人以女娲来比喻武后，称赞宗楚客辅佐朝廷，立下补天一般的巨大功劳。次一段写宗家失势，但家中门客不断，仍然显赫当世。蒙天子对宗家的垂恩，连松木也葆含荣滋。实际上宗楚客被诛后，并无昭雪之事，也无赐赠之荣。这也是因为诗人身为宗家女婿，不得不有所避讳。王琦对此的评价是："在诗人固多溢颂之辞，又为亲者讳，不得不然。若深叙情亲，少序家世，更为得体矣。"再一段写诗人愧为宗家女婿，忝与宗氏结为夫妻。诗人当年辞官之后，在梁园墙上赋诗，被宗氏看到，倾慕不已，遂与诗人结为夫妻，两人可谓琴瑟和谐。宗家曾多次帮助诗人解脱麻烦，包括诗人因永王事件入狱，宗家也多方托人予以营救。宗氏曾多次劝说诗人不要入幕永王，诗人没有听从，最终导致大祸，因此诗人内心颇感愧疚。诗人好不容易出狱，却又被流放夜郎。诗人感激妻子宗氏对自己不离不弃，就像当年干将莫邪宝剑一样，形影相随，一起化龙而去。末段写诗人即将踏上流放之途，很内疚劳烦妻弟护送妻子来为自己送别。诗人遥望前路，似乎已经听到了白帝山的猿啼，看到了黄牛峡的迂回。遥望明月峡，诗人知道此地一别，只能将相思埋于心间。

　　君家全盛日，台鼎何陆离①！斩鳌翼娲皇，炼石补天维②。一回日月顾，三入凤凰池③。

失势青门傍，种瓜复几时④? 犹会旧宾客，三千光路岐。皇恩雪愤懑，松柏含荣滋。

我非东床人⑤，令姊忝齐眉⑥。浪迹未出世，空名动京师。适遭云罗解，翻谪夜郎悲⑦。拙妻莫邪剑⑧，及此二龙随⑨。

惭君湍波苦，千里远从之。白帝晓猿断⑩，黄牛过客迟⑪。遥瞻明月峡⑫，西去益相思。

【注释】①台鼎：古称三公为台鼎，如星之有三台，鼎之有三足。《后汉书·陈球传》："公出自宗室，位登台鼎，天下瞻望。"李白的最后一位妻子宗氏，其先祖是武后、中宗时期的宰相宗楚客，故云台鼎。陆离：美好貌。

②"斩鳌"二句：用女娲补天典故。《淮南子·览冥训》："往古之时，四极废，九州裂，天不兼覆，地不兼载。于是女娲炼五色石以补苍天，断鳌足以立四极。"娲皇，代指武则天。天维，指天柱。这二句指宗楚客曾辅佐武则天。

③"一回"二句：日月指武则天。凤凰池原指禁苑中池沼。魏晋南北朝时设中书省于禁苑，掌管机要，接近皇帝，故称中书省为"凤凰池"。宗楚客曾三次入中书省拜相，故云。

④"失势"二句：用邵平种瓜的典故。邵平是秦末汉初人氏，秦朝时期被封为东陵侯，负责守护秦始皇母亲赵姬的陵寝。秦朝灭亡后，沦为布衣，于长安霸城门外种瓜。霸城门色青，故称青门。《三辅黄图》："广陵人邵平，为秦东陵侯。秦破，为布衣，种瓜青门外。"宗楚客最后获罪被诛，此两句就指这件事情。

⑤"我非"句: 用王羲之东床快婿典故。《世说新语·雅量》记载, 东晋太傅郗鉴听说琅邪王氏的子弟都很优秀, 就派门生送信给王导, 想在王氏子弟中挑选女婿, 王导让门生去东厢房自行挑选。门生回去后对郗鉴说:"王家的子弟都很出色, 听说太傅来选女婿, 都故作矜持状, 只有一人在东床上袒露肚皮而卧, 浑不在意。"郗鉴说:"这人就是我的女婿!"郗鉴派人打听, 原来正是王羲之(字逸少), 就把女儿嫁给了他。这里诗人自谦自己不是宗家的东床快婿。

⑥令姊: 指诗人的妻子正是宗璟的姐姐, 宗璟一路护送姐姐来与诗人相会。齐眉: 用梁鸿举案齐眉的典故。《后汉书·梁鸿传》:"梁鸿每归, 妻为具食, 不敢于鸿前仰视, 举案齐眉。"这里喻指诗人与妻子宗氏非常和睦。

⑦"适遭"二句: 指诗人因永王李璘事件受牵连而获罪, 刚刚出狱, 又被贬夜郎的事情。云罗即罗网, 比喻牢狱。

⑧莫邪剑: 古代传说中的宝剑名, 因铸造者干将的妻子叫莫邪而得名, 后泛指宝剑。

⑨二龙: 用东晋张华得二剑化为龙的故事。《晋书·张华传》记载, 晋国灭蜀之后, 正讨论伐吴的时候, 斗、牛星宿间出现紫气, 众人认为这是吴国兴盛的象征, 因此大多不赞成发兵灭吴。但是张华不以为然, 力主伐吴, 最后灭掉了吴国。吴国被灭之后, 斗牛之间紫气更盛, 张华得知豫章人雷焕精通天象, 就让雷焕登楼看此异象。雷焕说这是宝剑精气上达天庭所致, 并指明宝剑在豫章丰城。于是张华任命雷焕为丰城县令。雷焕就在县城牢房下挖出一个石匣, 里面有两把宝剑, 一剑题为龙泉, 一剑题为太阿, 宝剑出土之后紫气就消失了。雷焕将一把剑送给张华, 自己留了一把。张华给雷焕写信说自己得到的是干将宝剑, 应该

还有一把莫邪剑。还说此两剑是天生宝物，最终必定一起变化而去。后来张华被杀，宝剑不知下落。雷焕死后，雷焕儿子配剑经过延平津时，剑从腰间滑落水中，与先前张华那把失踪的宝剑，一起化作两条龙飞走。这里指诗人的妻子宗氏就如莫邪剑一样，不远千里来和自己相会。

⑩白帝：指白帝城。在今重庆奉节。《一统志》："白帝山，在四川夔州府城东五里峡中，视之孤特甚峭。北缘马岭，接赤甲山。公孙述据蜀，殿前井中常有白龙出，因称白帝，山亦以名。"

⑪黄牛：指黄牛山，在今湖北宜昌县西。远望如牛，故名黄牛山。《水经注》："江水又东迳黄牛山，下有滩，名黄牛滩。南岸重岭叠起，最外高崖间有石，色如人负刀牵牛，人黑牛黄，成就分明。既人迹所绝，莫得究焉。此岩既高，加以江湍纡回，虽途迳信宿，犹望见此物，故行者谣曰：'朝发黄牛，暮宿黄牛。三朝三暮，黄牛如故。'言水路迂深，回望如一矣。"

⑫明月峡：在四川省巴县境。峡首南岸壁高四十丈，其壁有圆孔，形若满月，故名。

【译文】君家兴盛之时，先祖高居三公何其荣耀。立下斩鳌功绩来辅佐武后，以炼石补天之心扶持朝纲。一朝得到君王垂顾，先后三入中书为相。

虽像邵平那样失势青门，但又何曾种瓜落魄度日？依然交接旧时宾客，三千门众光耀大道。天恩洗雪往日愤懑，松柏因此葆含荣光。

我非逸少愧为东床，忝与令姐结为夫妻。我浪迹四方尚未遁世，虚名却已轰动京师。刚刚逃离了牢狱之祸，转眼又遇流放夜郎之悲。拙妻就如莫邪剑，与我如二龙相随。

我很愧疚让你经受风波之苦，不远千里赶来为我送行。此刻白帝山中猿猴啼叫,黄牛峡前过客缓行。遥望远处的明月峡,此去西行更添相思。

留别龚处士

【题解】此诗当于乾元元年(758),诗人流放夜郎途中所作。龚处士,即龚姓的隐士,古代将有才德而隐居不仕的人,称为处士,后亦泛指未做过官的士人。龚处士的生平事迹不详。前四句写龚处士身居幽僻之地,无世俗的喧哗嘈杂。柳深就如同陶渊明的五柳宅,竹美如同顾氏的辟疆园。后四句写诗人即将前往白帝城,遥望白帝城,前路漫漫,心生忧愁。赠给友人卷施草,草心不断,可是诗人却心断无言。

　　龚子栖闲地,都无人世喧。柳深陶令宅①,竹暗辟疆园②。我去黄牛峡,遥愁白帝猿。赠君卷施草③,心断竟何言?

【注释】①"柳深"句:借用陶渊明故事。陶渊明宅边有五柳树,而且曾为彭泽令。

　　②辟疆园:东晋人顾辟疆的名园,唐时尚存。园址在今江苏省吴县。《世说新语·简傲》:"王子猷自会稽经吴门,闻顾辟疆有名园,先不识主人,径往其家。"

　　③卷施草:草名。又名"宿莽",经冬不死的草。《尔雅·释草》:

"卷施草，拔心不死。"邢昺疏："卷施草，一名宿莽，拔其心亦不死也。"《楚辞·离骚》云："夕揽洲之宿莽。"王逸注："草冬生不死者，楚人名之曰宿莽。"

【译文】龚处士的栖息赋闲地，从来没有世俗的喧哗。柳荫深深如同陶渊明的五柳宅，竹林幽幽又好似顾氏的辟疆园。我就要路过黄牛峡，遥望白帝心生忧愁。临别赠您卷施草，草心难断我心断，满腹惆怅竟无言。

赠别郑判官

【题解】此诗应该是乾元元年（758），诗人流放夜郎时所作。郑判官，生平事迹不详。全诗前两句写诗人被流放后心如死灰，很感谢郑判官能予以问候。诗人原本如浮云一样自由自在，却没想到有朝一日会被吹落。遭遇放逐以来，内心悲催。此去三年，容颜憔悴，不知几时能回。全诗体现了诗人被流放后的悲伤心态。

窜逐勿复哀，惭君问寒灰①。浮云本无意，吹落章华台②。远别泪空尽，长愁心已摧。三年吟泽畔，憔悴几时回③？

【注释】①寒灰：犹死灰。比喻对人生已无任何追求的心情。

②章华台：楚离宫名，在今湖北监利。为楚灵王所建。

③"三年"二句：用屈原故事。《楚辞·卜居》云："屈原既放，三年

不得复见。"《渔父》云："屈原既放，游于江潭。行吟泽畔，颜色憔悴，形容枯槁。"

【译文】我获罪被放逐何必悲哀不已，愧对您慰问我这个寒灰之人。我如浮云原本无愿求，却不料被吹落章华台。即将远别徒然流尽泪水，愁绪悠长内心早已悲催。我如屈原一样流放三年，行吟泽畔，容颜憔悴，不知几时可以返回。

黄鹤楼送孟浩然之广陵

【题解】这首诗是开元十六年（728），诗人在黄鹤楼送别孟浩然时所作。黄鹤楼，故址在今湖北省武汉市蛇山的黄鹤矶。广陵，今江苏扬州市。诗人初出蜀地，在湖北安陆游历时，结识了孟浩然。当时诗人二十八岁，初出茅庐，孟浩然比诗人年长十二岁，已经名满天下，可是两人一见如故，结下深厚友谊。孟浩然是襄州襄阳人（今湖北襄阳），性情淡泊，曾隐居鹿门山。孟浩然钟情山水，诗风清逸，作品多写山水田园和隐居之趣。诗人非常欣赏孟浩然淡泊名利，快意山水的性格，称赞孟浩然"高山安可仰，徒此揖清芬。"开元十六年三月，李白得知孟浩然将要去广陵，便约孟浩然在江夏（武昌）会面，一起游览了黄鹤楼，并写下这首诗为他送别。黄鹤楼本身，曾传说有仙人在此乘鹤而去，所以在此地离别，更增添一分超然洒脱的意味。当时正是阳春三月，草长莺飞，繁花似锦，而孟浩然将要前往的扬州也是天下富庶之地，因此"烟花"两字既指春光,又指繁华,一词双关,可谓巧妙。末两句写离情,诗人并没有直接抒发愁绪,而是借景抒情,寓情于景。诗人站在黄鹤楼上,目送孟浩然登舟离去,茫茫大江之上,孤舟扬帆,远逝天边,诗人久久不愿离去,直至帆影消失,心中怅然不已,脚下江水滚滚,却带不走自己的无尽离愁。整个画面清新高邈,犹如一幅颇具禅意的山水画,看似平淡实则意深,将诗人对好友的恋恋不舍,温婉地表达出来,意境高远,回味无穷,手法堪称高妙。刘永济《唐诗绝句精华》:"善写情者不贵质言,但将别时景象有感于心者写出,即可使诵其诗者发生同感也。"

故人西辞黄鹤楼①,烟花三月下扬州②。孤帆远影碧山尽,唯见长江天际流③。

【注释】①故人:指孟浩然。西辞:黄鹤楼在鄂州(今湖北武汉),在扬州西面,故云。

②烟花:指春天繁花锦簇,如烟如雾。下:指从长江上游到下游。

③"孤帆"二句:陆放翁《入蜀记》:"太白登黄鹤楼送孟浩然诗云"征帆远映碧山尽,唯见长江天际流",盖帆樯映远山尤可观,非江行久不能知也。"

【译文】故友西辞黄鹤楼离我东去,在花团锦簇的三月去往扬州。帆影渐远与青山消逝水天尽头,只看见滚滚长江向天际不停奔流。

将游衡岳过汉阳双松亭留别族弟浮屠谈皓

【题解】此诗应当是乾元二年（759），诗人从江夏准备南游洞庭、衡山时所作。衡岳即衡山，在湖南衡山县西三十里。衡山有七十二峰，其中紫盖、天柱、芙蓉、石廪、祝融五峰最为有名。汉阳双松亭，据《大明一统志》记载："双松亭，在湖广汉阳府秋兴亭东。"浮屠，是佛陀的梵文音译，意为"觉悟者"。谈皓，是一位僧人，生平事迹不详。全诗首段以和氏璧的不幸遭遇来比喻诗人所遇到的种种坎坷。和氏璧是无价之宝，秦赵为了和氏璧，曾有激烈争夺。和氏璧光彩照沧海，辉晕贯白虹，但是不幸却被青蝇沾染。而诗人也有类似的遭遇，供奉翰林时，曾被谗言诋毁，难以在朝中立足，只能辞官归山。次一段写谈皓是佛门中的卓绝人物，谈论佛法就像支遁一样妙语莲花。在深山中结庐修行，有凉风轻花相伴，静听虚空天籁杳然。最后一段诗人回忆自己刚来这里，是夏季葡萄枝繁叶茂的时候。现在已经逐渐秋凉，梧桐叶落。诗人多次在梦中见到沅湘的秀美水色，此去长沙路途遥远。友人如果寄书的话，只能托付给南飞的鸿雁了。

秦欺赵氏璧，却入邯郸宫①。本是楚家玉，还来荆山中②。符彩照沧溟③，精辉凌白虹。青蝇一相点④，流落此时同。

卓绝道门秀⑤，谈玄乃支公⑥。延萝结幽居⑦，剪竹绕芳丛。凉花拂户牖，天籁鸣虚空。

忆我初来时，蒲萄开景风⑧。今兹大火落⑨，秋叶黄梧桐。水色梦沅湘⑩，长沙去何穷⑪！寄书访衡峤⑫，但与南飞鸿。

【注释】①"秦欺"二句：用完璧归赵典故。

②"本是"二句：用和氏璧典故。楚人卞和得玉璞于荆山，两献楚王，楚王不识其玉，两刖其足，至楚文王时剖璞得宝玉，名之谓"和氏璧"。

③符彩：亦作"符采"，指美玉的纹理色彩。

④"青蝇"句：陈子昂《宴胡楚真禁所》："青蝇一相点，白璧遂成冤。"《埤雅》："青蝇粪尤能败物，虽玉尤不免，所谓蝇粪点玉是也。"这里比喻小人毁谤君子。

⑤道门：指佛门。早期和尚被称为道士，佛门也称为道门。元代《初学记》："佛法初来，僧人皆名道士，自称贫道，今循古说也。"直到唐代才开始称为僧人。清朝的《称谓录》云："六朝和尚皆称道人，不称僧，唐始称僧。"

⑥支公：指东晋高僧支遁。

⑦延萝：延伸的女萝。

⑧蒲萄：即葡萄。景风：祥和之风，也有指南风。

⑨大火：十二星次之一。与十二辰相配为卯，与二十八宿相配为氐、房、心三宿。心宿每年夏季黄昏出现在南方天空，入秋后则向西落下。

⑩沅湘：指沅水和湘水。沅水发源于贵州，湘水发源于广西，主要流经湖南，最后汇入长江。

⑪长沙：王琦注："古长沙郡，秦始皇置，在古荆州之域。唐时之长沙、巴陵、衡阳、零陵、江华、桂阳、邵阳、连山八郡，皆其地也。衡山及沅、湘二水俱在境中。"

⑫衡峤：指衡山。峤指山尖而高。

【译文】秦国欺凌赵国想得到和氏璧，最终却完璧回到了邯郸宫。和氏璧本是楚国宝玉，卞和在荆山之中得来。玉璧纹彩华美映照沧溟，辉晕流动精光直贯白虹。玉璧不幸被青蝇沾染而玷污，正与我流落此地的情形相同。

您卓尔不群是佛门的杰出人物，擅于论佛谈玄就像支遁公一样。长长的女萝藤下结庐幽居，修剪青翠的绿竹环绕花丛。清风送凉鲜花拂窗，天籁之声回响虚空。

忆我初来此地之时，葡萄叶茂南风吹拂。如今大火星已西落，秋风吹黄了梧桐叶。梦中常见沅湘秀美水色，此去长沙前途不知穷尽。您来衡山时请寄书给我，让南飞的鸿雁把信捎来。

江夏别宋之悌

【题解】这首诗是开元二十二年（734），宋之悌被贬交趾，路过江夏（今武汉武昌），诗人送别时所作。宋之悌，汾州人，曾任右羽林将军、益州长史、剑南节度兼采访使。开元十八年，除太原尹、河东节度使，后被贬交趾郡的朱鸢。宋之悌是唐朝诗人宋之问的弟弟、宋若思之父，与诗人交情深厚。诗人因永王一事被牵连入狱，就是宋若思大力营救才得脱身，大概也与诗人和宋之悌的深交有关。全诗首两句言明送别的地点是在江边，水流悠悠，澄澈见底，"若空"两字形容水流清澈，极为形象贴切。"碧海"则指明宋之悌将要去往的地方是在海隅一角。"人分千里外，兴在一杯中"则是诗人面对即将远赴千里之外的友人，将无限的离情别意寄托在杯酒之中，此二句尤为飘逸脱俗。"谷鸟吟晴日"表明送别时天气晴好，谷鸟欢鸣。而诗人的离情却因"江猿啸晚风"而倍添愁绪。这种对比的写法，比平铺直叙更能增强感染力，使人读后如有同感。最后两句诗人抒发情怀，对于友人被贬千里，流落蛮夷之地的遭遇，内心深感悲悯，不禁潸然泪下。全诗情深意切，感人肺腑。

　　楚水清若空①，遥将碧海通。人分千里外，兴在一杯中。谷鸟吟晴日，江猿啸晚风。平生不下泪，于此泣无穷！

　　【注释】①楚水：指江夏附近的江水。刘桢《上湘度琵琶矶诗》："烟峰晦如昼，寒水清若空。"陆放翁《入蜀记》："自鹦鹉洲以南为汉水，水色澄澈可鉴。太白云'楚水清若空'，盖言此也。"

　　【译文】楚水清澈若空若无，遥遥与碧海相连通。你我即将分隔千里之外，寄兴只在眼前杯酒之中。谷鸟在晴日里欢快地鸣叫，江猿在晚风中不停地哀鸣。我平生从不轻易流泪，现在临别却泣下不止。

留别贾舍人至二首

　　【题解】这两首诗历代都被认为是伪作。主要原因是诗中所

叙事情与史实不符。例如其一云:"徘徊苍梧野,十见罗浮秋",而
李白从未到过罗浮。王琦注云:"贾之谪在岳阳,去罗浮甚远,而太
白行迹亦未尝至广、惠间,何云'徘徊苍梧野,十见罗浮秋'耶?又
太白旅寓岳州,约计只一二年。而贾之谪在至德中,召还故官在宝
应初,约计首尾亦不至十年之久。所云'十见',更指何人耶?恐是
他人之作,而误入集中者,否则笔字之讹欤?"其二云:"君为长沙
客,我独之夜郎。"李白在乾元元年被流放夜郎,而贾至还未被贬
谪岳州。乾元二年贾至被贬岳州时,李白已遇赦得还,所以时间不
相吻合。此二首当为伪作,此处仅录其诗。

其一

大梁白云起,飘摇来南洲。徘徊苍梧野,十见罗浮秋。鳌抃
山海倾,四溟扬洪流。意欲托孤凤,从之摩天游。凤苦道路难,
翱翔还昆丘。不肯衔我去,哀鸣惭不周。远客谢主人,明珠难暗
投。拂拭倚天剑,西登岳阳楼。长啸万里风,扫清胸中忧。谁念刘
越石,化为绕指柔。

其二

秋风吹胡霜,凋此檐下芳。折芳怨岁晚,离别凄以伤。谬攀
青琐贤,延我于北堂。君为长沙客,我独之夜郎。劝此一杯酒,岂
唯道路长。割珠两分赠,寸心贵不忘。何必儿女仁,相看泪成行。

渡荆门送别

【题解】荆门，指荆门山，在今湖北宜昌。《水经注·江水》云："江水又东历荆门虎牙之间。荆门在南，上合下开，暗彻山南，有门像。虎牙在北，石壁色红，间有白文，类牙形，并以物象受名。此二山，楚之西塞也。"此诗作于开元十二年（724）。诗人从蜀中出游到荆门山时所作。当时诗人正值年少，意气风发，意欲游历天下，结交知己，一展抱负。诗人乘船沿长江东去，来到荆门山，看到这一带山势险要，景象壮阔，因而诗兴大发，慷慨赋诗。首两句写诗人乘船出蜀来到荆门山，这里曾是楚国故地。长江从三峡激荡流出，进入湖北后，地势趋于平坦，青山渐渐消失在平野尽头。滔滔江水在辽阔的荒原上奔流不息，一个"入"字，用的极为传神。"山随平野尽，江入大荒流"二句与杜甫的"星垂平野阔，月涌大江流"可谓珠玉交辉，不分轩轻。"月下飞天镜，云生结海楼"二句将倒映在江中的月影比喻为九天飞下的明镜，将翻滚升腾的的云霞描述成变幻莫测的海市蜃楼，也是神来之笔。诗人此时想起了故乡，低头看着绵绵江水，不禁发问难道是从故乡一路跟随来到这里的吗？整首诗语出清奇，辞意高远，是一首五律佳作。

渡远荆门外①，来从楚国游②。山随平野尽③，江入大荒流④。月下飞天镜⑤，云生结海楼⑥。仍怜故乡水⑦，万里送行舟。

【注释】①渡远：渡江远行。

②楚国：湖北古时候属于楚地。

③平野：平坦的原野。

④大荒：广阔的荒野。

⑤飞天镜：比喻水中月影如飞落天际的明镜。

⑥海楼：海市蜃楼。

⑦故乡水：长江源自蜀中，而诗人故乡在蜀中，所以称为故乡水。

【译文】乘船远渡来到荆门外，涉水出游探访楚故地。青山随平野消失于天际，大江涌入荒原奔流不息。圆月映江犹如九天飞落的明镜，霭云变幻就像凌空生成的海市蜃楼。怜爱我的故乡之水，不远万里随舟送行。

闻李太尉大举秦兵百万出征东南懦夫请缨冀申一割之用半道病还留别金陵崔侍御十九韵

【题解】此诗作于上元二年（761），诗人原本打算毛遂自荐加入李光弼幕府，从军报国，中途因病返回，在金陵辞别众友人时所作。上元二年三月史朝义杀史思明，继伪帝位。五月，李光弼被任命为河南副元帅、太尉兼侍中，都统河南、淮南、山南东等道行营节度，出镇临淮，负责讨伐史朝义。一割之用的典故出自班超。《后汉书·班超传》："班超曰：'昔魏绛，列国大夫，尚能和辑诸戎，况臣奉大汉之威，而无铅刀一割之用乎？'"意谓割纸的铅刀虽不锋利，但是也有一割的功用。比喻才能平常的人也有用处，多用作自荐的谦词。诗人引用一割之用的典故，来表达自己热切报国的愿望。崔侍御应为诗中提到的"金陵太守"，排行十九，生平不详。首段写朝廷派李太尉率军，前去剿灭盘踞在燕赵的叛军。大军浩浩荡荡，饮马黄河，使河水枯竭；旌旗连天，能遮云蔽日。以此说明唐军的声势浩大。接着写李太尉执掌旄钺，统军奔赴彭城（徐州），三军号令严整，势如雷霆。从函谷关到武关，连营千里，飞鸟禁绝。将要把叛军一网打尽。次一段写诗人虽然没有李左车那样的谋略和鲁仲连那样的胆识，但是心怀社稷，虽已暮年，壮心不已，因此拂拭宝剑，整理冠带，意欲从军报国。一洗朝廷被叛军攻陷两京的耻辱。可惜诗人身体染恙，力不从心，只能中途返回，抱恨不已。诗人以周亚夫比喻李太尉，把自己比作剧孟，当年周亚夫把得到剧孟，视为得到一国，而自己尚未见到李太尉就中途折返。诗人哀叹这是上天要夺走自己的雄心壮志。最后一段写送别。好友崔侍御听到诗人来访，倒履来迎。诗人在金陵的诸多好友也纷纷赶来送行。诗人在临沧观与友人开怀畅饮后，出发上路，到了征虏亭就酒醉不醒。金陵秋月高挂，长江寒声不断。北斗星转，银河纵横。诗人像孤凤飞向西海，又像鸿雁辞别北溟。全诗笔调较为抑郁，没有了诗人往日的豪迈慷慨，这也是诗人年老力衰后，自知壮志难酬，因而心境悲凉的写照。

秦出天下兵①，蹴踏燕赵倾②。黄河饮马竭，赤羽连天明③。太尉杖旄钺④，云旗绕彭城⑤。三军受号令，千里肃雷霆⑥。函谷绝飞鸟⑦，武关拥连营⑧。意在斩巨鳌，何论鲙长鲸⑨！

恨无左车略⑩，多愧鲁连生。拂剑照严霜，雕戈鬘胡缨⑪。愿雪会稽耻⑫，将期报恩荣。半道谢病还，无因东南征。亚夫未见顾，剧孟阳先行⑬。天夺壮士心，长吁别吴京⑭。

金陵遇太守，倒履相逢迎⑮。群公咸祖饯⑯，四座罗朝英。初发临沧观⑰，醉栖征房亭⑱。旧国见秋月，长江流寒声。帝车信回转⑲，河汉纵复横⑳。孤凤向西海，飞鸿辞北溟。因之出寥廓㉑，挥手谢公卿。

【注释】①秦：长安所在的关中属于秦国故地，这里指朝廷所在地。

②蹴踏：踩踏，比喻蹂躏，摧残。燕赵：指幽州一带安禄山的老巢。

③赤羽：赤色旗帜。

④旄钺：白旄和黄钺。借指军权。

⑤"云旗"句，指李光弼出兵徐州一事。彭城：指徐州。《旧唐书·李光弼传》："史朝义乘邙山之胜，寇申、光等十三州。自领精骑围李岑于宋州。将士皆惧，请南保扬州。光弼径赴徐州以镇之，遣田神功击败之。"

⑥"三军"二句：指李光弼统军严谨，将士慑服。《旧唐书·李光弼传》："光弼御军严肃，天下服其威名。每申号令，诸将不敢仰视。"

⑦函谷：指函谷关，古关为战国时秦国所置，在今河南灵宝县。《元和郡县志》："函谷故城在陕州灵宝县南十里，秦函关城，汉弘农县也。"《西征记》曰："函谷关城，路在谷中，深险如函，故以为名。关去长安四百里，日入则闭，鸡鸣则开，秦法也。东自殽山，西至潼津，通

名函谷,号曰天险。"秦国凭此抵御六国。

⑧武关:地名,在陕西商南县西北。函谷关与武关是关中地区出入中原的两大关隘。

⑨鲙:鱼鲙。把鱼细切作的肴馔。

⑩左车:指李左车。秦末人氏,赵国大将李牧后人。《史记·淮阴侯列传》记载,李左车精通兵法,秦末汉初时辅佐赵王,在与韩信背水一战中,李左车为陈馀献良策,可惜陈馀没有采纳,最终兵败被杀。韩信俘获李左车后,拜其为师,李左车为韩信献计,兵不血刃而平定燕地。

⑪雕戈:镌有花纹的戈,亦泛指戈。鬓胡缨:鬓通"缦",没有彩色花纹的丝织品。《庄子·说剑》篇:"垂冠缦胡之缨。"司马彪曰:"缦胡之缨,谓粗缨无文理也。"

⑫会稽耻:指越王勾践兵败会稽山,只能称臣求和,后卧薪尝胆,提醒自己不忘会稽之耻。

⑬"亚夫"二句:指周亚夫和剧孟之事。《史记·游侠列传》记载,剧孟是洛阳人,以经商为业,喜欢行侠仗义,闻名诸侯。汉景帝时吴楚七国叛乱,周亚夫奉命出征,到洛阳时得到了剧孟,非常高兴,认为七国叛乱而不求助于剧孟,证明他们不足以成事。天下大乱,周亚夫得到剧孟就像占领了一个国家一样。此处以周亚夫比喻李光弼,诗人以剧孟自比。

⑭吴京:指金陵,曾为东吴都城。

⑮"倒履"句:用倒履相迎的典故。倒履相迎,倒穿鞋子出来迎接宾客。比喻热情迎接宾客,也说明对待朋友的热情和一片诚意。语出《三国志·魏书·王粲传》:"(蔡)邕才学显著,贵重朝廷,常车骑填

巷，宾客盈坐。闻粲在门，倒屣迎之。"

⑯祖饯：古代饯行时，先祭祀路神，称为"祖"，然后在路上设宴为人送行。

⑰临沧观：亭名，在今江苏南京市西南，靠近江边。《太平寰宇记》："临沧观，在劳劳山上，有亭七间，名曰新亭。吴所筑，宋改为临沧观。晋周顗与王导等当春日登之会宴，曰：'风景不殊，举目有江山之异。'即此处也。谓之劳劳亭，古送别之所。"

⑱征虏亭：亭名，在今江苏省南京市江宁区东。《世说新语注》引《丹阳记》曰："征虏亭，太安中，征虏将军谢石立此亭，因以为名。"

⑲帝车：指北斗星。《史记·天官书》："斗为帝车，运于中央，临制四乡。"

⑳河汉：指银河。

㉑寥廓：高远空旷。

【译文】朝廷出动天下精兵，马踏燕赵倾覆叛军。饮马黄河使流水枯竭，赤羽连天可映照日月。太尉执掌旌钺出征，旗帜如云环绕彭城。三军接受号令而行事，千里远征整肃若雷霆。函谷关禁绝飞鸟，武关军营连成片。王师意在斩除巨鳌，鲵鲵长鲸更不足道。

恼恨我没有李左车那样的谋略，惭愧自己无鲁仲连那样的才能。拂拭宝剑锋刃映照如寒霜，执戈在手冠帽垂挂缦胡缨。希望一雪会稽之耻，期待建功以报国恩。半途因病辞谢还家，无有机缘出征东南。尚未得到谋略如亚夫的李太尉的器重，我却辜负剧孟之志受病阻无法前行。这是上天夺走壮士雄心，长叹一声只能离别金陵。

在金陵遇到了太守崔侍御，他欣喜之余倒穿鞋履而出迎。诸公都来为我祖饯送行，四座之宾俱是朝中英豪。从临沧观踏上归途，又醉卧征房亭小憩。金陵故都望见秋月高挂，长江水寒听闻流声不断。北斗之柄依时回转，银河迢迢纵横苍穹。我像孤凤飞向西海，又像鸿雁辞别北溟。我欲随风出天宇，挥手相别诸公卿。

别韦少府

【题解】此诗是天宝十二载（753），诗人在宣城时所作。这年秋天诗人应族弟宣城长史李昭相邀，南下宣城，游览了敬亭山等地写下了众多诗作，这是其中一篇。首段写诗人当年离开长安，出苍龙门，登白鹿原，四顾茫然，意欲追寻商山四皓的足迹隐居山中，但是心中不能放下对社稷君恩的挂念。南下来到江南水乡，潜心研究修道。洗去尘念静观句溪月照，清净两耳只闻敬亭猿啼。虽然在尘世居住，只要关闭门户，就不会听到世间喧嚣。次一段写韦少府来拜访诗人，与诗人谈论精妙奥义。诗人有感而发，认为朋友就应该意气相投，修身存道则应该崇尚风雅。如果离别之后思念对方，那就以瑶琴美酒来解忧吧。

西出苍龙门①，南登白鹿原②。欲寻南山皓③，犹恋汉皇恩。水国远行迈，仙经深讨论。洗心句溪月④，清耳敬亭猿。筑室在人境，闭关无世喧⑤。

多君枉高驾⑥，赠我以微言⑦。交乃意气合，道因风雅存。别离有相思，瑶瑟与金樽⑧。

【注释】①苍龙门：汉代宫阙名。《艺文类聚》引《三辅旧事》："未央宫东有苍龙阙，北有玄武阙。"

②白鹿原：《元和郡县志》："白鹿原，在京兆府万年县东二十里，亦谓之霸上。汉文帝葬其上，谓之霸陵。"《三秦记》云："周平王东迁之后，有白鹿游此原，是以得名。"

③南山皓：指商山四皓。

④句溪：《江南通志》："句溪在宁国府城东三里，溪流回曲，形如句字。"

⑤"筑室"二句：陶潜《饮酒》诗："结庐在人境，而无车马喧。"

⑥多：赞美。

⑦微言：精微的言论。

⑧瑶瑟：用玉装饰的琴瑟。

【译文】西出长安苍龙门，向南登上白鹿原。我欲寻找商山四皓，心里依恋汉皇恩典。远行来到江南水乡，深入探究仙经奥义。洗尽俗念静观句溪之月，清净两耳只闻敬亭猿啸。虽然在人世筑屋而居，闭门则隔绝世俗喧闹。

感谢您屈驾来访，赠送我精微之言。朋友相交全因意气相投，修身存道贵在崇尚风雅。离别之后生起相思，解忧唯有瑶琴美酒。

南陵别儿童入京

【题解】这首诗是天宝元年（742），诗人在东鲁奉诏入京时所作。天宝元年唐玄宗下诏征召诗人入京。诗人进京前，在东鲁南陵写下此诗。诗人终于有机会进入朝廷，实现自己的平生抱负，心情极为高兴，因此全诗读来也是欢快酣畅。首两句写诗人从山中归来，正是酒熟鸡肥的时候。诗人接到诏书也是心中欢喜，于是呼唤童儿烹鸡酌酒来庆贺，一双儿女也围绕诗人嬉戏打闹。诗人心情极为舒畅，不禁放声高歌，一吐往日郁闷。并且起身舞剑，与夕阳相映争辉。诗人此时了却多年夙愿，于是跨马扬鞭奔赴长安。诗人曾经被妻妾轻视，因此以朱买臣自比，现在中年得志，终于可以扬眉吐气，也可以像朱买臣那样西入长安，成就功名。末两句"仰天大笑出门去，我辈岂是蓬蒿人"写得极为酣畅豪迈，诗人将胸中积压已久的郁闷，豁然释放，让人仿佛看到诗人仰天大笑，纵马而去的潇洒情景。

　　白酒新熟山中归，黄鸡啄黍秋正肥。呼童烹鸡酌白酒，儿女嬉笑牵人衣。高歌取醉欲自慰，起舞落日争光辉。游说万乘苦不早，著鞭跨马涉远道。会稽愚妇轻买臣①，余亦辞家西入秦。仰天大笑出门去，我辈岂是蓬蒿人②！

　　【注释】①"会稽"句：用西汉朱买臣故事。《汉书·朱买臣传》："朱买臣，吴（今江苏吴县）人，家贫，好读书，不治产业。常艾薪樵，卖以给食，担束薪行且诵书。其妻亦负担相随，数止买臣毋歌讴道中，买臣愈益疾歌，妻羞之求去。买臣笑曰：'我年五十当富贵，今已四十余矣。汝苦日久，待我富贵报汝功。'妻恚怒曰：'如公等，终饿死沟中耳，何能富贵？'买臣不能留，即听去。"后买臣为会稽太守，"入吴界见其故妻。

妻夫治道。买臣驻车,呼令后车载其夫妻到太守舍,置园中,给食之。居一月,妻自经死。"此处诗人自比于朱买臣,暗指妻子轻视自己。

②蓬蒿人:草野之人。

【译文】白酒刚刚酿成我就从山中归来,黄鸡啄食黍米正是秋高肥美之时。喊来童仆烹煮黄鸡斟上白酒,儿女们牵着我的衣襟嬉笑打闹。我高歌大醉来安慰自己,起身舞剑与夕阳相映争辉。我苦于没能及早游说万乘之君,现在赶快扬鞭跨马跋涉远道赴京。会稽愚妇轻视朱买臣,如今我也离家西入长安。仰天大笑推门而去,我怎会是草野之人?

南陵五松山别荀七

【题解】这首诗年代不详。南陵,县名,在唐时属江南道宣州,在今安徽。五松山在今安徽铜陵。《潜确居类书》引《舆地纪胜》:"五松山,在铜陵县南,铜官西南。山旧有松,一本五枝,苍鳞老干,翠色参天。"荀七,名字生平不详。全诗前二句引用荀淑和陈寔的典故,来赞扬荀七。三四句诗人将自己与荀七的相逢,比喻为当年荀淑和陈寔相会。"玉隐且在石,兰枯还见春。"二句则是诗人建议荀七就要像璞玉和兰花一样,外表朴素,内蕴金玉。最后两句则是劝勉友人修德立身贵在保持清真的品行。

六即颍水荀①,何惭许郡宾②?相逢太史奏,应是聚贤人③。

玉隐且在石，兰枯还见春。俄成万里别，立德贵清真④。

【注释】①六即：王琦注："《唐诗类苑》作'轩昂'。琦按：'六'字恐是草书'君'字之讹。"颍水荀，指东汉荀淑。《后汉书·荀淑传》记载，荀淑，字季和，东汉颍川颍阴人，荀卿十一世孙，年少时就有德行，安帝时征召为郎中，后任当途长，黎阳令，又为朗陵侯相。他任职期间，能够莅事明理，仗义直谏。当时名贤如李固、李膺等人都尊他为师。此处以荀淑喻荀七。

②许郡宾：指陈寔。《后汉书·陈寔传》记载，陈寔，字仲弓，东汉颍川许县人。曾为闻喜长，再迁太丘长，后隐居乡里。为人德行出众，闻名于世，年八十四而卒于家，前来悼念者有三万余人。

③"相逢"二句：用陈寔和荀淑故事。陈寔有一次带着自己的子侄去拜访荀淑父子，负责天文的太史上奏皇帝说："天上出现德星聚集的天象，应该是五百里内有贤人聚会。"

④立德：树立德业。《左传·襄公二十四年》："太上有立德，其次有立功，其次有立言，虽久不废，此之谓不朽。"孔颖达疏："立德谓创制垂法，博施济众；立功谓拯厄除难，功济于时；立言谓言得其要，理足可传。"清真：纯真朴素。

【译文】您就是颍川荀淑那样的君子，就算与许地陈寔相比有何惭愧？你我相逢也会有太史上奏，称此地有贤人相聚的天象。璞玉未经琢磨就暂隐于石中，兰花虽会枯谢还能逢春再生。你我即将分别相隔万里，修德立身贵在朴素纯真。

别山僧

【题解】此诗是天宝十四载（755），诗人游泾县时所作。天宝末年，诗人在宣州一带盘桓游历，饱览山水的同时，还遍访寺院，经常与僧人结交往来，参禅论道。水西山位于泾县城西，层峦叠嶂，突入云端，山上有崇庆、宝胜、白云三大古寺，总称水西寺。始建于南朝，唐代名僧黄檗禅师予以扩建整修。全诗首两句写山僧云游来到水西山，乘船游览泾溪夜色。次两句写山僧第二天与诗人告别而去，将要"手携金策踏云梯"。"腾身转觉三天近，举足回看万岭低"二句写山僧攀山的景象。起身就能碰到青天，回望群山尽在脚下。诗人以支遁和慧远来比喻山僧，称赞他言辞出众，风度过人。最后两句抒发离别之情。这是一首七言排律，对仗工整，意境清逸。

何处名僧到水西^①？乘舟弄月宿泾溪^②。平明别我上山去，手携金策踏云梯^③。腾身转觉三天近^④，举足回看万岭低。谑浪肯居支遁下？风流还与远公齐^⑤。此度别离何日见？相思一夜暝猿啼。

【注释】①水西：山名。在今安徽泾县。《江南通志》："水西山，在宁国府泾县西五里，下临赏溪。旧建宝胜、崇庆、白云三寺，浮屠对峙，楼阁参差，碧水浮烟，咫尺万状。晋葛洪、刘遗民，唐李白、杜牧皆常游憩于此。"王琦注："宝胜寺即水西寺，白云寺即水西首寺，崇庆寺即天官水西寺也。"

②泾溪：在泾县西南一里，下流至芜湖入江。

③金策：禅杖。孙绰《游天台山赋》："振金策之铃铃。"李善注："金策，锡杖也。铃铃，策声。"

④三天：佛教认为天地世间由欲界、色界、无色界组成，合称为三界，也叫三天。

⑤远公：指东晋名僧慧远。

【译文】何处名僧来水西山云游？乘舟赏月夜宿于泾溪边。天亮时候辞别我去上山，手持禅杖踏在山中石道。起身顿感青天近在咫尺，抬足回望只见众山低伏。戏谑谈笑哪居支遁之下，风流清逸还与慧远齐名。你我此地一别不知何日能相见，我相思难眠彻夜卧听山猿啼鸣。

赠别王山人归布山

【题解】此诗年代不详。王山人，是一位姓王的隐士，名字生平不详。布山，具体位置不详。此诗首两句称赞王山人精通道家经典，能够洞彻其中的细微深义。接下来写王山人归隐布山，清逸之志高如云天。诗人担心王山人归去太迟，山中的瑶草恐怕就会枯萎。诗人自己也一直有归隐的想法，曾多次梦到山间的松风明月。诗人再描写王山人归隐后，回到自己的居所，长啸一声打开门扉，林间开辟的土地早已荒芜，石板铺就的小道长满蔷薇。诗人想象王山

人就像王子乔那样吹笙乘鹤飘然飞升,自己准备在岁末去与王山
人作伴。

王子析道论①,微言破秋毫②。还归布山隐,兴入天云高。尔
去安可迟? 瑶草恐衰歇。我心亦怀归③,屡梦松上月。傲然遂独
往,长啸开岩扉。林壑久已芜,石道生蔷薇。愿言弄笙鹤④,岁晚
来相依。

【注释】①析道论:分析、注解道家的理论。

②"微言"句:《三国志·魏志·管辂传》裴松之注引《辂别传》曰:
"何尚书神明精微,言皆巧妙,巧妙之至,殆破秋毫。"

③"我心"句:化用《诗·小雅·小明》:"岂不怀归。"

④笙鹤:用王子乔吹笙乘鹤的故事。

【译文】王山人辨析道家经典,微言精妙洞彻秋毫。他马上要归
隐布山,清逸之志高入云天。您归去山林怎可延迟? 否则瑶草恐怕会
衰败。我也怀有归隐心愿,屡屡梦到松风明月。你傲然独往山中,长啸
一声打开门扉。林壑早已荒芜,石道生出蔷薇。期待您能像王子乔一
样吹笙乘鹤,冬天到来时我愿与您相依作伴。

卷十三　送上

南阳送客

【题解】这首诗年代不详，应为李白游南阳送别友人时所作。南阳，郡名，即邓州，唐时属山南东道。又有南阳县，即今河南南阳市。全诗通过描写送别友人时的场景，表达了自己与友人的惜别之情。"斗酒勿与薄，寸心贵不忘"二句于朴实平淡中，流露出真情实意。"坐惜故人去，偏令游子伤"则道出诗人自己也为异客，客中送客，更加让人惆怅。因而心怨芳草，思结杨柳。挥手辞别，肝肠寸断。此诗虽为律诗，却古意盎然。《唐宋诗醇》点评此诗："从《古诗十九首》脱化而出，词意俱古，咏至五、六，可谓蕴藉风流矣。"吴昌祺《删订唐诗解》："平平说去，而有别致。悲芳草用王孙不归意。"

斗酒勿与薄①，寸心贵不忘②。坐惜故人去③，偏令游子伤。离颜怨芳草,春思结垂杨。挥手再三别,临岐空断肠^④。

【注释】①斗:这里指酒器。与:犹谓。薄:少。

②寸心:微小的心意。

③坐:甚,非常。

④临岐:本为面临歧路,后亦用为赠别之辞。

【译文】请不要说斗酒太少,我的微小心意莫忘。非常惋惜故人离去,令我这个游子感伤。离别的愁容似乎让芳草也哀怨,心中长长的思念都结在垂杨上。再三挥手告别,临别仍感断肠。

送张舍人之江东

【题解】此诗年代不详。张舍人,舍人张某,名字事迹不详。舍人,官名,据《旧唐书·职官志》记载,唐时中书省有中书舍人,掌进奏参议。又有通事舍人,掌朝见引纳。又有起居舍人,掌修记言之史。东宫属官有中舍人、舍人,掌文书表启,隶右春坊。诗中提及张舍人正要去往江南,因而借张翰故事来比拟张舍人之行,用典非常贴切。"天清一雁远,海阔孤帆迟。"二句写景,飘逸高邈,气象不凡。接着写此去沧波浩渺,再见难期,但有明月可以千里寄相思。表达了对友人的深切留恋之情。

张翰江东去,正值秋风时^①。天清一雁远,海阔孤帆迟。白日行欲暮,沧波杳难期^②。吴洲好见月^③,千里幸相思。

【注释】①"张翰"二句:用西晋张翰见秋风起而思归的故事。《晋书·张翰传》:"(张)翰因见秋风起,乃思吴中菰菜、莼羹、鲈鱼脍,曰:'人生贵适志,何能羁宦数千里,以邀名爵乎?'遂命驾而归。"此处以张翰比拟张舍人。

②杳难期:再见难以预期。

③吴洲:指江东。

【译文】您如张翰辞官回到江东,正值秋风吹起思乡之时。天高气清独雁渐渐远去,水面辽阔孤帆行船迟缓。白日欲落即将天暮,沧海一隔再见难期。您去往江东见到明月之时,我们远隔千里也能共相思。

送王屋山人魏万还王屋(魏诗附)

【题解】这首诗是天宝十三载(754),李白与魏万从广陵回金陵时所作。王屋山,在山西省运城垣曲县、晋城阳城县和河南省济源市之间,属中条山分支。山有三重,其状如屋,故名。有"天下第一洞天"之称。魏万,后更名魏颢,别号王屋山人,是李白的崇拜者。李白曾言"尔后必着大名于天下",魏颢后果于上元初年登第。魏颢曾受李白嘱托编成《李翰林集》,但已佚失,有《李翰林集序》传世。天宝十三载,魏万为了拜访李白,辗转三千多里,终于在广陵相会，李白对魏万的来访十分感激，认为魏万行迹方外，又爱文好古，因而"述其行而赠是诗"。全诗洋洋洒洒，详细叙述了魏万从嵩山、宋州，一路不辞辛苦，来吴越寻访诗人，并乘兴游览各处山川名胜，最终与诗人在广陵相会的经历。全诗以魏万行程为序，将吴越的山水胜景逐一描画、点评，也是诗人对自己历次吴越之游的回忆和总结，诗中情景交融，寓情于景，语言优美、生动，比喻形象、贴切，展示了一幅超凡脱俗的山水巨作。序文中概括魏万寻访李白的经历，以及李白嘉其"爱文好古，浪迹方外"的品格，"因述其行而赠是诗"。首段以东方朔比拟魏万，谓其能傲然方外游。又称赞其能继承先祖魏侯的大名，行与道合，事齐古贤。精通文史，辩才出众。隐居王屋山，得窥洞天门。次段叙述魏万从嵩山、宋州来吴越相访之事。尤其形象描述了樟亭观潮的情景：涛卷海门巨石，浪如白马素车，雷奔骇人的壮观场景。再一段叙述魏万乘兴游越州、台州的经历。包括若耶溪、镜湖、剡溪、曹娥碑、天台山、四明山、国清寺、五峰山、灵溪、华顶和石梁等诸多胜景。第四段描写魏万从天台泛舟至永嘉，游历缙云、石门瀑布、恶溪七十滩、梅花桥、双溪，以及金华、新安的诸多名胜。第五段写魏万游吴都，登姑苏台远眺太湖，以及到广陵与诗人相会的过程。诗人与魏万相见，欢喜无限，日游山水。并且诗人邀魏万到金陵拜访江宁县令杨利物。最后诗人送魏万返回王屋山，想像魏万离开王屋山多时，此时王屋山中绿树枝发，山中天坛众人当笑其留恋红尘，迟迟不归。抒发了诗人的惜别之情。《唐宋诗醇》点评此诗："就彼所述，铺叙成文。因其曲折，纬以佳句，大有帆随潮转，水到渠成之致。"

　　王屋山人魏万，云自嵩、宋沿吴相访①，数千里不遇。乘兴游台越②，经永嘉③，观谢公石门④。后于广陵相见。美其爱文好古，浪迹方外⑤，因述其行而赠是诗。

【注释】①嵩：嵩山，在今河南登封市北。宋：指宋州，治所在今河南商丘市。

②台：指台州，治所在今浙江临海市。越：指越州，治所在今浙江绍兴市。

③永嘉：郡名，即温州，隶江南道。天宝元年改为永嘉郡，乾元元年复改为温州。今浙江温州市。

④谢公：指南朝宋代谢灵运，曾为永嘉太守。石门：位于永嘉。谢灵运曾游此处。

⑤方外：世俗之外。语出《庄子·大宗师》"彼游方之外者也"。

【译文】王屋山人魏万，自说从嵩山、宋州一路到吴地来拜访我，历经数千里而不遇。他乘兴游览了台州、越州，经过永嘉时，观览了谢公石门。后来我们在广陵相遇，我赞赏他爱好文史，崇尚古道，云游世外之举，于是撰文叙述其行迹，并作诗以赠。

　　仙人东方生，浩荡弄云海。沛然乘天游，独往失所在①。魏侯继大名②，本家聊摄城③。卷舒入元化④，迹与古贤并⑤。十三弄文史，挥笔如振绮⑥。辩折田巴生，心齐鲁连子⑦。西涉清洛源⑧，颇惊人世喧。采秀卧王屋⑨，因窥洞天门⑩。

【注释】①"仙人"四句：用东方朔故事。东方生：指东方朔，汉武帝时为太中大夫，生性恢谐，长于文辞，有不少关于他遨游仙境的传说。沛然：迅疾貌。

②魏侯：指春秋时魏国始祖毕万。《左传·闵公元年》："晋侯赐毕万为魏大夫，卜偃曰：'毕万之后必大。万，盈数也；魏，大名也。以是始赏，天启之矣。'"此句用其典，意为魏万继承了魏侯的大名。

③聊摄城：原指春秋时齐国的聊摄之地，这里指唐代博州，即今山东聊城市。

④卷舒：犹屈伸，比喻为人处世的进退。元化：造化，天地。

⑤迹：行迹。

⑥振绮：展开华美的罗绮。形容文章富有文采。

⑦"辩折"二句：形容魏万善辩，能像鲁连一样折服田巴。《太平御览》引《鲁连子》："齐之辩士田巴，辩于徂丘，议于稷下。毁五帝，罪三王，訾五伯，离坚白，合同异，一日而服千人。有徐劫者，其弟子曰鲁连，谓徐劫曰：'臣愿得当田子，使之不敢复谈。'徐劫言之田巴曰：'走弟子年十二耳，然千里驹也。愿得侍议于前可乎？'田巴曰：'可。'于是鲁连往见曰：'臣闻堂上之粪不除，郊草不芸；白刃交前，不救流矢。何者？急者不救，缓者非务。今楚军南阳，赵伐高唐，燕人十万之众在聊城而不去，国亡在旦幕，先生将奈何？'田巴曰：'无可奈何。'鲁连曰：'危不能为安，亡不能为存，则无贵学士矣。今臣将罢南阳之师，还高唐之兵，却聊城之众，所贵谈说者为若此也。若不能者，为先生之言，有似枭鸣出声，而人皆恶之，愿先生勿复谈也。'田巴曰：'谨受教。'明日，见徐劫曰：'先生之驹，乃飞兔、騕褭也，岂特千里哉。'于是杜口易业，终身不复谈。"

⑧清洛：即洛水，源出陕西洛南县西北，流经河南卢氏县、洛宁、

宜阳等县，在偃师市杨村附近与伊河汇合后称伊洛河，至巩县洛口北入黄河。

⑨采秀：采集芝草。此指隐居。《楚辞·九歌·山鬼》："采三秀兮山间。"王逸注："三秀，谓芝草也。"

⑩洞天门：传说王屋山上有仙宫洞天，广三千步，号小有清虚洞天。

【译文】汉武帝时的仙人东方朔，曾在浩荡的云海中嬉戏。倏忽之间升天仙游，一去之后再无踪迹。您继承魏侯的大名，家本住在聊摄之城。您处世进退自如与道同化，行迹高洁与古代贤人相合。十三岁开始研读文史，挥笔就写成灿烂文章。您辩论能折服田巴，慧心就像鲁连一样。您西涉来到洛水一带，颇为世间喧嚣所惊扰。您在王屋山隐居采药，因而能得窥洞天之门。

　　揭来游嵩峰，羽客何双双①！朝携月光子②，暮宿玉女窗③。鬼谷上窈窕，龙潭下奔潈④。东浮汴河水⑤，访我三千里。逸兴满吴云，飘飖浙江汜⑥。挥手杭越间⑦，樟亭望潮还⑧。涛卷海门石，雪横天际山⑨。白马走素车，雷奔骇心颜⑩。

【注释】①揭来：张相《诗词曲语辞汇释》："揭来，犹云去也。"嵩峰：即嵩山。羽客：指道士。

②月光子：神仙名。《艺文类聚》引《仙经》："嵩高山东南大岩下石孔，方圆一丈，西方，北入五六里，有太室，高三十余丈，周圆三百步，自然明烛，相见如日月无异。中有十六仙人，云月光童子。常在天台，时亦往来此中，人非有道，不得望见。"

③玉女窗：《五色线》引《图经》："（嵩山）有玉女窗，汉武帝于窗

中见玉女。"宋朝谢绛《游嵩山寄梅殿丞书》："进窥玉女窗,捣衣石,石诚异,窗则亡。"可知玉女窗在宋时已不存。

④"鬼谷"二句:鬼谷:相传战国时鬼谷先生居此。《元和郡县志》:"鬼谷,在河南府告成县北五里,即六国时鬼谷先生所居也。"在今河南登封市东南告成镇。龙潭:《明一统志》:"龙潭,在登封县东二十五里,嵩顶之东,九潭相接,其深莫测。"故又称九龙潭。潈:小水汇入大水。

⑤汴水:发源于河南荥阳,隋开通济渠,因中间自今荥阳至开封一段即原来的汴水,故唐宋人遂将自出河至入淮通济渠东段全流统称汴水、汴河或汴渠。

⑥浙江:即今钱塘江。汜:通"涘",水边。

⑦"挥手"句:王琦注:"挥手,以手指画也。杭,谓杭州馀杭郡,古时为越国西境。越,谓越州会稽郡,古时为越国都城。二郡中隔浙江,江之北为杭州,江之南为越州。"即今浙江省杭州市和绍兴市。

⑧樟亭:在杭州市钱塘江边。

⑨海门:《西溪丛语》:"浙江夹岸有山,南曰龛,北曰赭,二山相对,谓之海门。岸狭势逼,涌而为涛。"

⑩"白马"二句:枚乘《七发》:"其始起也,洪淋淋焉若白鹭之下翔。其少进也,浩浩澄澄,如素车白马,帷盖之张。……凌赤岸,篲扶桑,横奔似雷行。"此处用其意,形容钱塘江潮汹涌澎湃。

【译文】您也去游览过嵩山,纷纷羽客何其之多。清晨与月光子携手同游,夜晚就栖宿在玉女窗前。您在鬼谷赏其窈窕,到龙潭看众流奔涌。然后您又东渡汴水,不远三千里来访我。您的逸兴闲适如吴云,一路飘摇来到浙江滨。挥手指点杭、越之间,樟亭观望钱塘海

潮。惊涛怒卷海门巨石,白云横垣天际青山。海潮奔涌如同白马素车,
声震如雷使人心骇颜变。

　　遥闻会稽美,一弄耶溪水①。万壑与千岩,峥嵘镜湖里②。秀
色不可名,清辉满江城。人游月边去,舟在空中行。此中久延伫,
入剡寻王许③。笑读曹娥碑,沉吟黄绢语④。天台连四明⑤,日入向
国清⑥。五峰转月色⑦,百里行松声。灵溪恣沿越⑧,华顶殊超
忽⑨。石梁横青天,侧足履半月⑩。

　　【注释】①"遥闻"二句:会稽:今浙江绍兴市。耶溪:即若耶溪,
源出若耶山,在今浙江绍兴市南。相传为西施浣纱处,故又名浣纱溪。

　　②"万壑"二句:《世说新语·言语》:"顾长康(顾恺之,字长康)
从会稽还,人问山川之美,顾云:'千岩竞秀,万壑争流。草木蒙笼其
上,若云兴霞蔚。'"镜湖:一名鉴湖,古代大型农田水利工程。故址在
今浙江绍兴市附近。东汉时会稽太守马臻创建,因水平如镜而得名。

　　③剡:剡中,唐时为剡县,今浙江嵊州市及新昌县。王许:指王羲
之、许询等曾隐居剡中沃洲山(在今浙江新昌县)的东晋十八名士。

　　④"笑读"二句:曹娥:《后汉书·曹娥传》:"孝女曹娥者,会稽上
虞人也。父盱,能弦歌,为巫祝。汉安二年五月五日,于县江泝涛婆娑迎
神,溺死,不得尸骸。娥年十四,乃沿江号哭,昼夜不绝声,旬有七日,遂
投江而死。至元嘉元年,县长度尚改葬娥于江南道傍,为立碑焉。"李
贤注引《会稽典录》曰:"上虞长度尚弟子邯郸淳,字子礼。时甫弱冠,
而有异才。尚先使魏朗作《曹娥碑》……朗辞不才,因试使子礼为之。
操笔而成,无所点定。……其后蔡邕又题八字曰:'黄绢幼妇。外孙齑

曰。'"《世说新语·捷悟》："魏武尝过曹娥碑下，杨修从。碑背上见题作'黄绢幼妇，外孙齑臼'八字，魏武谓修曰：'解不？'答曰：'解。'魏武曰：'卿未可言，待我思之。'行三十里，魏武乃曰：'吾已得。'令修别记所知。修曰：'黄绢，色丝也，于字为绝；幼妇，少女也，于字为妙；外孙，女子也，于字为好；齑臼，受辛也，于字为辞；所谓绝妙好辞也。'魏武亦记之，与修同。乃叹曰：'我才不及卿，乃觉三十里。'"齑臼，指将大蒜等辛辣腌菜舂之为末的石制舂物器具。

⑤天台：天台山，在浙江天台县北。四明：四明山，在今浙江省宁波市西南，天台山支脉。山有石窗，四面玲珑，中通日月星辰之光，故名。

⑥国清：佛寺名，在今浙江天台县北。旧名天台寺。隋开皇年间僧智顗建。《方舆胜览》："（国清寺）在天台县北十里。隋僧智顗梦定光告曰：'寺若成，国即清。'故名。"

⑦五峰：国清寺旁的五座山峰。正北曰八桂，东北曰灵禽，东南曰祥云，西南曰灵芝，西北曰映霞。

⑧灵溪，在今浙江天台县北。孙绰《游天台山赋》："过灵溪而一濯，疏烦想于心胸。"恣：放纵。沿越：顺流而渡。

⑨华顶：天台山最高峰。天台九峰形如莲花，"此为华心之顶，故名华顶。"超忽：遥远貌。

⑩石梁：石桥。孙绰《游天台山赋》："跨穹隆之悬磴，临万丈之绝冥。"李善注引顾恺之《启蒙记》："天台山石桥，路径不盈尺，长数十步，步至滑，下临绝冥之涧。"侧足：形容石桥险而窄，只能侧足而行。履：踩踏。半月：形容桥形弯如半月形。

【译文】您听闻会稽山水秀美，就来到耶溪赏弄溪水。这里万壑争流千岩竞秀，峥嵘山影倒映在镜湖中。绝美秀色难以形容，亮丽清辉洒满江城。人如在月边游，舟如在空中行。所以您沉醉在那里滞留了很久，再入剡溪寻访王羲之、许询故迹。谈笑间诵读了曹娥碑，沉吟于黄绢幼妇评语。游完天台再去四明山，日落就到国清寺投宿。明月围绕五峰而转，松声阵阵传送百里。您又恣意渡过曲折灵溪，继而登上缥缈华顶之峰。山上石梁横亘青天中，侧足走在半月弯桥上。

眷然思永嘉①，不惮海路赊②。挂席历海峤③，回瞻赤城霞④。赤城渐微没，孤屿前峣兀⑤。水续万古流，亭空千霜月。缙云川谷难，石门最可观⑥。瀑布挂北斗，莫穷此水端。喷壁洒素雪，空蒙生昼寒⑦。却寻恶溪去，宁惧恶溪恶⑧。咆哮七十滩，水石相喷薄。路创李北海（李公邕昔为括州，开此岭路），岩开谢康乐（恶溪有谢康乐题诗处）⑨。松风和猿声，搜索连洞壑。径出梅花桥，双溪纳归潮⑩。落帆金华岸，赤松若可招⑪。沈约八咏楼，城西孤岧峣⑫。岧峣四荒外，旷望群川会。云卷天地开，波连浙西大。乱流新安口⑬，北指严光濑⑭。钓台碧云中，邈与苍岭对⑮。

【注释】 ①眷然：顾念貌，依恋貌。永嘉：郡名，即温州，隶江南东道。天宝元年改为永嘉郡，乾元元年复为温州。今浙江温州市。

②赊：遥远。

③"挂席"句：谢灵运《游赤石进帆海》："挂席拾海月。"海峤：海边山岭。

④赤城：指赤城山，在今浙江天台县北，为天台山南门，土石色赤而状如城堞，故名。孙绰《游天台山赋》："赤城霞起而建标。"李善注

引孔灵符《会稽志》:"赤城,山名。土色皆赤,状似云霞。"

⑤孤屿:山名,在今浙江温州市北,东西两峰相对峙,峰上各有塔。峣兀:高耸貌。

⑥"缙云"二句:缙云:山名,在今浙江缙云县。《郡国志》:"缙云有瀑布,日照如晴虹,风吹如细雨,即此山。"石门:山名,在今浙江青田县。两峰对峙如门,故名。

⑦空濛:细雨迷茫貌。

⑧"却寻"二句:恶溪:即丽水,今名好溪。《元和郡县志》:"处州丽水县有丽水,本名恶溪,以其湍流阻险,九十里间五十六濑,名为大恶。隋开皇中改为丽水,皇朝因之,以为县名。"宁惧:岂怕。

⑨"路创"二句:李北海:即北海太守的李邕,李邕开元二十三年任括州刺史时,曾在此开岭筑路。此句下有李白自注云:"李公邕昔为括州,开此岭路。"谢康乐:即谢灵运。此句下有李白自注:"恶溪有谢康乐题诗处。"

⑩"径出"二句:径出:路出。王琦注:"梅花桥今无考,当在梅花溪之上。薛方山《浙江通志》:'金华县东石碕岩,高十余丈,俯瞰大溪,岩下有洞曰梅花洞,又名梅花溪。双溪在金华县南,一曰东港,一曰南港。东港之源出东阳之大盆山,过义乌合众流西行入县境。又合杭慈溪、白溪、东溪、西溪、坦溪、玉泉溪、赤松溪之水,经马铺岭、石碕岩下与南港会。南港之源出缙云之黄碧山,过永康、武义入县境,又合松溪、梅溪之水,经屏山西北行,与东港会于城下,故曰双溪,又名瀫溪。'"

⑪"落帆"二句:王琦注引薛方山《浙江通志》:"金华县北有赤松山。相传黄初平叱石成羊处,初平号赤松,故山以是名。后人为之立

祠，名赤松宫。"

⑫"沈约"二句：沈约：南朝齐诗人。八咏楼：旧名玄畅楼，在今浙江金华市旧城西。隆昌元年(494)沈约任东阳太守时所建，并题八诗于楼，后人因而改为八咏楼。岩峣：山高峻貌。

⑬新安口：即新安江口。新安江为钱塘江支流，一称"徽港""歙港"。

⑭严光濑：即七里濑，在今浙江桐庐市，有东西两钓台，下临七里濑。因严光在此垂钓，故称。《元和郡县志》："严子陵钓台在桐庐县西三十里，浙江北岸也。"

⑮苍岭：即括苍山，在今浙江省仙居县东南。

【译文】您又热切想念永嘉风貌，欣然前往不怕海路遥远。扬帆行船经过一座座海山，回头看见赤城山霞光笼罩。赤城山逐渐隐没不见，眼前突现高耸的孤屿。水流万古持续不绝，高亭千年空对霜月。缙云河谷水急难渡，石门景色最为可观。瀑布似从北斗倾泻，难以穷尽此水源头。瀑布喷于山壁如洒白雪，空濛一片白昼也感寒意。您寻道去往恶溪，岂惧恶溪的险恶。那有汹涌的七十滩，水石相击浪花喷薄。路是李北海所开创，岩是谢康乐所凿刻。山中松风和猿声，回荡在洞壑之间。山路延伸往梅花桥，双溪相汇终归海潮。您在金华落帆上岸，仿佛是赤松子相招。那里有沈约的八咏楼，就在城西边孤立高耸。孤楼高耸在四荒外，登上眺望群川汇合。浮云卷去天地开阔，波涛连天浙西宽广。新安江口乱流奔涌，北去可到严光濑上。严光钓台耸立碧云，邈然与括苍山相对。

稍稍来吴都①，徘徊上姑苏②。烟绵横九疑③，漭荡见五湖④。

目极心更远，悲歌但长吁。回桡楚江滨⑤，挥策扬子津⑥。身著日本裘（裘则朝卿所赠，日本布为之），昂藏出风尘⑦。五月造我语⑧，知非伧傖人⑨。相逢乐无限，水石日在眼。徒干五诸侯⑩，不致百金产。吾友扬子云，弦歌播清芬⑪。虽为江宁宰，好与山公群⑫。乘兴但一行，且知我爱君⑬。

【注释】①"稍稍"句：稍稍：已而，随即。吴都：指今江苏苏州市，春秋时为吴国都城。

②姑苏：山名。又称姑胥、姑馀。在今江苏苏州市西南。亦指姑苏山上的姑苏台。《国语·越语下》："吴王帅其贤良与其重禄，以上姑苏。"韦昭注："姑苏，宫之台也，在吴阊门外，近湖。"

③"烟绵"句：烟绵：叠韵联绵词，连绵。九疑：山名，即苍梧山。在湖南宁远县南。九疑离苏州数千里，诗言登姑苏而能见九疑，乃夸张之辞。王琦疑指苏州西北之九陇山。

④"潒荡"句：潒荡：叠韵联绵词，广大无际貌。《水经注·淇水》："倾澜潒荡。"五湖：这里指太湖。《国语·越语下》："果兴师而伐吴，战于五湖。"韦昭注："五湖，今太湖也。"郭璞《江赋》："注五湖以漫漭。"李善注引张勃《吴录》："五湖者，太湖之别名也。"

⑤桡：船桨。《楚辞·九歌·湘君》："苏桡兮兰旌。"王逸注："桡，船小楫也。"此处代指船。

⑥"挥策"句：策：马鞭。扬子津：古渡口名，即瓜洲渡，在今江苏扬州南长江边，由此南渡京口（今江苏镇江市）。古时建康有四个津渡，横江为建康之西津，扬子为建康之东津。

⑦"身著"二句：日本裘：李白自注："裘则朝卿所赠，日本布为

之。"朝卿：即朝衡，亦作"晁衡"，原名阿倍仲麻吕，日本遣唐留学生。昂藏：气宇轩昂。

⑧造我语：来找我谈话。造，往，到。

⑨佁儗：犹豫不果决。

⑩五诸侯：即五侯，原指汉成帝同时封其舅王谭等五人为侯。事见《汉书·元后传》。此处泛指权贵达官。

⑪"吾友"二句：扬子云：指西汉辞赋家扬雄，字子云，此处比拟江宁县令杨利物。李白有《江宁宰杨利物画赞》等诗文。弦歌：指孔子弟子子游在武城以弦歌教化百姓之事。

⑫山公：指晋朝名士山简。

⑬且：将。

【译文】随后您又来吴都，悠然登上姑苏台。远望九疑山连绵不绝，脚下太湖广阔而浩荡。极目眺望心更悠远，不见故人悲歌长吁。挥桨回到楚江之滨，扬子渡口扬鞭策马。您身著日本布裘，神态昂然出风尘。您五月份来拜访与我交谈，就知道你不是迟钝之人。你我相逢欢乐无限，每日流连山水之间。我徒然干谒诸侯，没积下百金家产。吾友杨利物就如扬子云，能够弦歌治政播撒清芬。他虽为江宁县宰，却是山公那样的人。我们乘兴去拜访他，您就知道我珍爱您。

君来几何时？仙台应有期①。东窗绿玉树，定长三五枝。至今天坛人②，当笑尔归迟。我苦惜远别，茫然使心悲。黄河若不断，白首长相思③。

【注释】①"仙台"句：仙台：仙山，指王屋山。应有期：应有人期待。

②天坛：山名，为王屋山诸峰之一，在今河南济源市西。《明一统志》："天坛山，在怀庆府济源县西一百二十里，王屋山北。山峰突兀，其东曰日精，西曰月华，绝顶有石坛，名清虚小有洞天。旦夕有五色影，夜有仙灯。即唐司马承祯得道之所。"

③"黄河"二句：王琦注："此是倒装句法，谓白首相思，若黄河之水，终无断绝时耳。"

【译文】您来此地已有多久了？王屋山应有人期待您。您家东窗的绿玉树，一定又长出三五枝。如今天坛山众人，一定会笑您迟归。我愁苦于彼此将远别，内心茫然徒使我悲哀。连绵黄河之水永不断歇，我对您的思念白首不忘。

附：金陵酬翰林谪仙子　王屋山人魏万

君抱碧海珠，我怀蓝田玉。各称希代宝，万里遥相烛。长卿慕蔺久，子猷意已深。平生风云人，暗合江海心。去秋忽乘兴，命驾来东土。谪仙游梁园，爱子在邹鲁。二处一不见，拂衣向江东。五两挂淮月，扁舟随海风。南游吴越遍，高揖二千石。雪上天台山，春逢翰林伯。宣父敬项托，林宗重黄生。一长复一少，相看如弟兄。惕然意不尽，更逐西南去。同舟入秦淮，建业龙盘处。楚歌对吴酒，借问承恩初。宫买《长门赋》，天迎驷马车。才高世难容，道废可推命。安石重携妓，子房空谢病。金陵百万户，六代帝王都。虎口踞西江，钟山临北湖。湖山信为美，王屋人相待。应为歧路多，不知岁寒在。君游早晚还，勿久风尘间。此别未远别，秋期到仙山。

送当涂赵少府赴长芦

【题解】这首诗是天宝十三载（754），李白在扬州所作。当涂赵少府，即当涂县尉赵炎。长芦，王琦注："唐时有二长芦：一是长芦县，隶河北道之沧州；一是长芦镇，在淮南道扬州之六合县南二十五里。陆放翁《入蜀记》曰：发真州，过瓜步山，望长芦寺，楼塔重复，江面渺弥无际，殊可畏。李太白诗云'维舟至长芦，日送烟云高'是也。则谓是六合之长芦也。"今江苏南京六合区长芦镇。这首诗应是李白送别当涂县尉赵炎从扬州前往长芦时所作。全诗叙述诗人来扬州一游，却送客归舟远行。想起枚乘《七发》中楚太子之事，就想去广陵观潮。接着诗人称赞赵县尉可媲美汉代梅福，英风超过战国四公子。此去长芦，诗人将目送烟云中。此刻彼此正摇扇把酒楼中，卷衣持蟹螯尽欢。将来如有相思，可登山长歌抒发。

　　我来扬都市①，送客回轻舠②。因夸楚太子，便睹广陵涛③。仙尉赵家玉④，英风凌四豪⑤。维舟至长芦⑥，目送烟云高。摇扇对酒楼，持袂把蟹螯⑦。前途倘相思，登岳一长谣⑧。

【注释】①扬都：指扬州。今江苏扬州市。

②舠：刀形小船。

③"因夸"二句：枚乘《七发》中谓楚太子有疾，吴客前往慰问。描述广陵观涛之事，客曰："将以八月之望，与诸侯远方交游兄弟，并往观涛乎广陵之曲江。"此处用其意。广陵：今江苏扬州市。

④"仙尉"句：王琦注："汉梅福为南昌尉，人传以为仙去，称尉曰仙尉，本此。"

⑤四豪：《汉书·游侠传》称战国时魏国信陵君、赵国平原君、齐国孟尝君、楚国春申君为"四豪"。

⑥维舟：系舟。

⑦"持袂"句：《世说新语·任诞》："毕茂世云：'一手持蟹螯，一手持酒杯，拍浮酒池中，便足了一生。'"此处用其意。

⑧"前途"二句：指相思时登山长歌。赵至《与嵇茂齐书》："昔李叟入秦，入关而叹；梁生适越，登岳长谣。"李善注："然老子之叹，不为入秦；梁鸿长谣，不由适越。且复以至郊为及关，升邱为登岳，斯盖取意而略文也。"王琦曰："太白引用，取义又异于此，可窥古人用事之法。"

【译文】我来扬州市上一游，送客返回小舟出行。当年楚太子听说广陵潮美而兴起，我也专程来此亲睹波涛之壮观。你如仙尉梅福是赵家宝玉，英风凌驾于战国四豪之上。您此去将停船长芦，极目远送烟云辽阔。此刻正可摇扇闲坐酒楼，卷起衣袖手持蟹螯品尝。当您在途中思念我时，就登高长歌来抒发吧。

送友人寻越中山水

【题解】此诗年代不详。越中，指今浙江绍兴一带。诗中首两句言明越中山水之美非会稽莫属，然而必有谢灵运之才，乃适合前往，方能述其胜景。"千岩泉洒落，万壑树萦回"二句脱胎于鲍照《登庐山》诗的"千岩盛阻积，万壑势萦回。"谢枋得云："太白专学鲍明远，亦有全用其句处，如鲍云'千岩盛阻积，万壑势萦回'是也。"会稽一带，东有沧海，秦望山横于其滨，愈显巍峨。西陵险固，越台矗立其上，更加挺拔。湖水澄清，明净如镜。波涛之白，如雪山奔来。风景若此，不可无诗赋，友人既有枚乘之妙笔，又有张翰三吴之杯，逸兴多矣。早晚之间，必去往天台揽胜。明代凌宏宪《唐诗广选》引蒋仲舒曰："李诗常清旷，而此独刻画。"清代卢燧、王溥《闻鹤轩初盛唐近体读本》引陈德公曰："寻常语入其笔端，便飘飘然有凌云之气。"又评："三、四洒落萦回，字法排纵。'涛白雪山来'，眼前佳境，笔能道出。"

闻道稽山去①，偏宜谢客才②。千岩泉洒落，万壑树萦回③。东海横秦望④。西陵绕越台⑤。湖清霜镜晓，涛白雪山来。八月枚乘笔⑥，三吴张翰杯⑦。此中多逸兴，早晚向天台⑧。

【注释】①稽山：会稽山的省称。
②谢客：指南朝诗人谢灵运。谢灵运小名为客儿，故称。钟嵘《诗

⑨怡傺：犹豫不果决。

品》："初，钱塘杜明师，夜梦东南有人来入其馆。是夕，即灵运生于会稽。旬日而谢玄亡。其家以子孙难得，送灵运于杜治养之，十五方还都，故名客儿。"

③"千岩"二句：《世说新语·言语》："顾长康（恺之）从会稽还，人问山川之美，顾云：'千岩竞秀，万壑争流。'"

④秦望：山名。《水经注·浙江水》："又有秦望山，在州（越州）城正南，为众峰之杰，陟境便见。《史记》云秦始皇登之，以望南海。故名。"按《史记·秦始皇本纪》："上会稽，祭大禹，望于南海。"则秦望山当即会稽山。

⑤"西陵"句：《水经注·浙江水》："浙江又径固陵城北，昔范蠡筑城于浙江之滨，言可以固守，谓之固陵，今之西陵也。"在今浙江杭州市萧山区。越台：即越王台。在今浙江绍州市种山。相传为春秋时越王勾践所建。

⑥"八月"句：用枚乘《七发》中吴客为楚太子说广陵观涛事，见前诗《送当涂赵少府赴长芦》注。

⑦"三吴"句：用西晋张翰故事。《晋书·张翰传》："张翰，字季鹰，吴郡吴人也。……任心自适，不求当世。或谓之曰：'卿乃可纵适一时，独不为身后名耶！'答曰：'使我有身后名，不如即时一杯酒。'时人贵其旷达。"

⑧早晚：疑问词，犹何时。

【译文】听说您要去往会稽山一游，您才如谢灵运很适合那里。会稽山千岩洒落清泉，万壑中绿树葱郁萦回。东海之滨横卧秦望山，西陵山环绕越宫高台。湖水清澈似霜镜，海涛汹涌如雪山。八月浙江等您落枚乘笔去成章，三吴之地等您这位张翰去举杯。身处那里多有逸兴，您何时去往天台山。

送族弟凝之滁求婚崔氏

【题解】这首诗大约是天宝四载（745），李白游宋州、东鲁时所作。族弟凝，李白的族弟李凝。李白有《送族弟凝至晏堌单父三十里》《送族弟单父主簿凝摄宋城主簿至郭南月桥却回栖霞山留饮赠之》二诗，又《单父东楼秋夜送族弟况之秦》一诗下有李白自注："时凝弟在席。"可知李凝为单父县主簿，又曾摄宋城县主簿。单父、宋城二县，唐时皆属宋州（治所在宋城，今河南商丘市）。单父县，今山东单县。之滁，前往滁州。滁州，唐时属淮南道，今安徽滁州市。求婚崔氏，向崔家求婚。全诗运用多个与婚姻相关的典故，来祝愿李凝此去可以婚事圆满。

与尔情不浅，忘筌已得鱼①。玉台挂宝镜，持此意何如②？坦腹东床下③，由来志气疏。遥知向前路，掷果定盈车④。

【注释】①"忘筌"句：筌：捕鱼用的竹器。又作"荃"。《庄子·外物》："荃者所以在鱼，得鱼而忘荃。蹄者所以在兔，得兔而忘蹄。言者所以在意，得意而忘言。吾安得夫忘言之人而与之言哉！"
②"玉台"二句：用温峤娶妇的故事。玉台：玉制的镜台。《世说新语·假谲》："温公丧妇。从姑刘氏家值乱离散，唯有一女，甚有姿慧。

姑以属公觅婚，公密有自婚意，答云：'佳婿难得，但如峤比云何？'姑
云：'丧败之余，乞粗存活，便足慰吾余年，何敢希汝比？'却后少日，公
报姑云：'已觅得婚处，门地粗可，婿身名宦尽不减峤。'因下玉镜台一
枚。姑大喜。既婚，交礼，女以手披纱扇，抚掌大笑曰：'我固疑是老奴，
果如所卜。'玉镜台，是公为刘越石长史北征刘聪所得。"二句谓求婚
如意。

③"坦腹"句：用王羲之典故。《晋书·王羲之传》："时太尉郗鉴
使门生求女婿于导（王导），导令就东厢遍观子弟。门生归，谓鉴曰：'王
氏诸少并佳，然闻信至，咸自矜持。惟一人在东床坦腹食，独若不闻。'
鉴曰：'正此佳婿邪！'访之，乃羲之也。遂以女妻之。"

④"掷果"句：用潘岳故事。《世说新语·容止》："潘岳妙有姿
容，好神情，少时挟弹出洛阳道，妇人遇者，莫不连手共萦之。"刘孝标
注引《语林》曰："安仁（潘岳字）至美，每行，老妪以果掷之满车。"

【译文】我与您的情谊本就不浅，神交忘形如同得鱼忘筌。您已
备下玉台安放宝镜，持此礼物何愁婚事不成。您就如坦腹东床的王羲
之，向来志气疏旷佳婿非您莫属。我想您此去求婚的路上，定会像潘
岳那样掷果盈车。

送友人游梅湖

【题解】此诗年代不详。梅湖，湖名。具体位置不可考，大约在
今南京一带。王琦注："《初学记》：'始兴有梅湖。'《北堂书钞》：

'《地理志》云：梅湖者，昔有梅筏沉于此湖，有时浮出，至春则开花满湖矣。'玩诗内'新林浦''金陵月'之句，此地当与金陵相近。"诗中友人经金陵新林浦而去游梅湖，正当梅花盛开之时。诗人请友人折梅以寄，以免红芳谢尽。接着写友人此去经过新林浦，一定要醉赏金陵月。最后希望友人能常通书信，莫使音信断绝。

送君游梅湖，应见梅花发。有使寄我来，无令红芳歇①。暂行新林浦②，定醉金陵月。莫惜一雁书③，音尘坐胡越④。

【注释】 ①"有使"句：用南北朝时北魏陆凯赠梅南朝宋范晔的故事。《太平御览》引《荆州记》："陆凯与范晔为友，在江南寄梅花一枝，诣长安与晔，并赠诗曰：'折梅逢驿使，寄与陇头人。江南无所有，聊赠一枝春。'"

②新林浦：在今南京市西南。

③雁书：王琦注："诗人用'雁书'，悉本《汉书·苏武传》中诳匈奴事，非实有其事也。"

④"音尘"句：音尘：音信，消息。坐：遂致。胡越：王琦注："胡在北，越在南，以喻间隔而不相闻之意。"

【译文】送您前去游览梅湖，应该能见梅花怒发。如遇信使请寄来几支，不要让红芳白白凋歇。此行您经过新林浦，定要醉赏金陵明月。您不要吝惜给我寄传书信，莫让音讯如隔胡越而不闻。

送崔十二游天竺寺

【题解】这首诗大约是开元十三年（735），李白"东涉溟海"时所作。崔十二，名字事迹不详，排行十二。天竺寺，在今浙江杭州市西天竺峰，灵隐山飞来峰南，今名下天竺寺。《咸淳临安志》："下竺灵山教寺，在钱塘县西一十七里，隋开皇十五年僧真观法师与道安禅师建，号南天竺。"又引胡宿撰寺记曰："天竺寺者，馀杭之胜刹也。飞来峰者，武林之奇巘也。晋有梵僧慧理，指此山乃灵鹫之一小岭耳，不知何年飞来至此。挂锡置院，初曰翻经，隋开皇中法师真观僧广之，改为天竺寺。"全诗先写诗人久闻天竺寺大名，一直想要前去一游。友人崔十二准备前去，但是已经深秋，群芳凋谢。所以诗人打算来年再去游览，到时候可与崔十二一起乘舟渡海。

还闻天竺寺，梦想怀东越[①]。每年海树霜，桂子落秋月[②]。送君游此地，已属流芳歇[③]。待我来岁行，相随浮溟渤[④]。

【注释】①东越：王琦注："杭州，春秋时为越地，而在东方，故曰东越。与《史》《汉》称东瓯为东越者不同。"

②"每年"二句：王琦注引《咸淳临安志》："旧俗所传月坠桂子，惟天竺素有之。唐天宝中，寺前一子成树，今月桂峰在焉。刺史白公居易诗云：'宿因月桂落，醉为海榴开。'注云：'天竺有月中桂子落，灵隐多海榴花。'又《东城桂》诗云：'子堕本从天竺寺，根盘今在阖闾城。'

又刺史卢公辅句云：'远客偏求月桂子，老僧不志石莲华。'"海树：即海榴树。

③流芳歇：谓众芳凋歇。

④溟渤：溟海和渤海，泛指大海。

【译文】久闻天竺寺不同凡响，因而梦想去东越杭州。每年秋天海榴树挂霜之时，月宫的桂子就会落到寺中。现在送别您去往那里，已是群花凋谢的时候。等我明年出行一游，那时一起浮舟渡海。

送杨山人归天台

【题解】此诗年代不详。杨山人，名字事迹不详。李白还有《驾去温泉宫后赠杨山人》《送杨山人归嵩山》等诗，其中的"杨山人"当为同一人。诗中谓杨山人厌倦久居楚地，想要回到天台山，归心之切，昨夜梦中已先还越。临别之际诗人与其秉烛欢娱，希望不要以明晨出发为由而推辞。次一段写诗人之贤侄，在台州任刺史。为官清廉，看重诗人。如果杨山人与之登高度过石桥，可以携手出入云烟。

客有思天台，东行路超忽①。涛落浙江秋②，沙明浦阳月③。今游方厌楚，昨梦先归越。且尽秉烛欢④，无辞凌晨发。

我家小阮贤⑤，剖竹赤城边⑥。诗人多见重，官烛未曾然⑦。兴引登山屐⑧，情催泛海船⑨。石桥如可度⑩，携手弄云烟。

【注释】①超忽：遥远貌。

②浙江：即今钱塘江。

③浦阳：今浙江浦阳江。钱塘江支流，在今浙江省中部。

④秉烛欢：《古诗十九首·人生不满百》："昼短苦夜长，何不秉烛游？"

⑤小阮：原指阮籍之侄阮咸，这里代指诗人族侄，曾在台州任刺史（临海郡太守），名字不详。

⑥"剖竹"句：指担任台州刺史（临海太守）。谢灵运《过始宁墅》诗："剖竹守沧海。"李善注："《汉书》曰：'初与郡守为竹使符。'《说文》曰：'符信，汉制以竹，分而相合。'"

⑦"官烛"句：官烛：朝廷供给、官吏办公用的蜡烛。然：通"燃"。

⑧登山屐：南朝宋诗人谢灵运游山时常穿的一种有齿的木屐。《南史·谢灵运传》："寻山陟岭，必造幽峻，岩嶂数十重，莫不备尽。登蹑常着木屐，上山则去其前齿，下山去其后齿。"

⑨泛海船：用谢安无惧风浪故事。《晋书·谢安传》："尝与孙绰等泛海，风起浪涌，诸人并惧，安吟啸自若。舟人以安为悦，犹去不止。风转急，安徐曰：'如此将何归邪？'舟人承言即回。众咸服其雅量。"

⑩石桥：指浙江天台山的石梁。《法苑珠林》："天台悬崖峻峙，峰岭切天。古老相传云，上有往时精舍，得道者居之。虽有石桥跨涧，而横石断人，且莓苔青滑，自终古以来，无得至者。"

【译文】远客想要回归天台山，东行之路遥远而漫长。浙江秋潮涛起又涛落，秋月明照浦阳之沙洲。您游楚地日久难免生厌，昨夜梦中先回越地家中。我们今夜就秉烛来欢娱，不要以明晨出发而推辞。

我家小侄很是贤能，就在赤城担任太守。他对诗家多有看重，为政清廉官烛不燃。兴起就像谢灵运那样脚穿登山屐出游，雅量如谢安一样可以泛海而临危不惧。如果您能与之同度石桥，可以携手出入云烟之中。

送温处士归黄山白鹅峰旧居

【题解】 这首诗是天宝十三载（754），李白游皖南时所作。温处士，姓温的隐士，名字事迹不详。黄山，在今安徽黄山市。黄山白鹅峰，《元和郡县志》："黄山，在宣州太平县西南四十里。上有泉水，泉侧多黄连。"原名黟山，唐天宝六载改名黄山。王琦注："《黄山图》：白鹅峰在石门峰、乌泥岭之间，志云吟啸桥在白鹅岭下，名最著。钱百川曰：李白有《送温处士归黄山白鹅峰》诗，今白鹅峰不在三十六峰之列，盖三十六峰皆高七百仞以上，其外诸峰高二三百仞者不与焉，白鹅峰亦诸峰之一也。"全诗首段写黄山峰高四千仞，有三十二峰挺拔秀丽。黄山山崖多为丹红色，山体耸立若石柱，诸峰峰顶状若莲花。次一段诗人回忆昔日登顶黄山，可以俯瞰天目山。山上有仙人修炼留下的遗迹。而友人温处士就要回到如此胜景之地去了，诗人以温伯雪子来比拟温处士，赞扬他的独行高洁。接着又写温处士归山后，可以"渴饮丹砂井"，而诗人将会吹凤笙前去拜访，温处士则会备下云车以相迎。最后一段写温处士一路远去，过陵阳，行芳桂，渡过十六溪，来到青山碧嶂。他日诗人过访，将度桥乘彩虹而来。全诗情景交融，想像丰富，意境悠远，道出了黄山的险、奇、秀。

黄山四千仞，三十二莲峰①。丹崖夹石柱，菡萏金芙蓉②。

伊昔升绝顶，下窥天目松③。仙人炼玉处④，羽化留余踪⑤。亦闻温伯雪⑥，独往今相逢。采秀辞五岳⑦，攀岩历万重。归休白鹅岭，渴饮丹砂井⑧。凤吹我时来⑨，云车尔当整⑩。

去去陵阳东⑪，行行芳桂丛⑫。回溪十六度⑬，碧嶂尽晴空。他日还相访，乘桥蹑彩虹⑭。

【注释】①"黄山"二句：王琦注："《黄山志》：'江以南诸山最黄山，其高四千仞。'按黄山诸峰最高者，志称九百仞止矣，四千仞者大抵自山麓平地而准拟之。诸书皆言黄山之峰三十有六，而白诗只言三十有二，盖四峰唐以前未有名也。《山志》云：群峰耸秀，罗列当前。曰青鸾、曰朱砂、曰天都、曰老人、曰钵盂，尽作莲花莲蕊状。"仞：为古代长度单位，周制一仞为八尺，汉制为七尺。

②"丹崖"二句：丹崖：红色的山崖。菡萏、芙蓉：皆指荷花。王琦注："按《山志》，莲花峰在朱砂峰北，高九百仞，石蕊中尊，千叶簇簇如瓣。并峙诸山，皆及肩而止，无敢争高者。汪晋谷云：峰巍然中立，环视万峰，面面皆莲，而此峰为众莲母。石柱峰在棋石峰西北，高七百九十仞。亭亭独上，刺日撑霄，其形俨如天干。芙蓉峰在松林峰西，高七百五十仞，龙怂峭拔，如菡萏一枝，向天而开，青天削出芙蓉，惟此足当之。是莲花、石柱、芙蓉皆黄山峰名。而诗意则谓黄山三十二峰，皆如莲花，丹崖夹峙中，植立若柱。然其顶之圆平者，如菡萏之未舒；其顶之开敷者，如芙蓉之已秀。未尝专指三峰而言也。"

③天目：山名，在今浙江省西北部。在浙江临安县境内。分东西天目山。王琦注："《太平寰宇记》：'杭州于潜县有天目山，上有两湖，若左右目，故名天目也。山极高峻，上多美石、泉水、名茶。'《山志》引《郡国志》云：浙江天目山，高一万八千丈，仅及黄山之麓。盖地势自高而下，有如建瓴。黄山上峙于高原，天目峭拔乎卑壤，以卑拟高，则天目之顶仅及黄山之趾。太白所谓'升绝顶'而'下窥天目松'者，良有以也。"

④"仙人"句：王琦注引《山志》："炼丹峰高八百七十仞，相传浮丘公炼丹峰顶，经八甲子丹始成。黄帝服七粒，不借云霭，升空游戏。石室内丹灶杵臼，俨然尚存。峰前有晒药台，台下深黝不可测。"

⑤羽化：道教谓成仙。

⑥温伯雪：姓温，名伯，字雪子，春秋时楚国人，他对所谓君子评价不高，认为他们"明乎礼义而陋于知人心"，却被孔子尊为体现天道的人。孔子见到温伯雪子后，没有说话，只注意地观察了一下，便了解此人之道德修养很深了。后用为咏高士的典故。《庄子·田子方》："温伯雪子适齐，舍于鲁。鲁人有请见之者，温伯雪子曰：'不可。吾闻中国之君子，明乎礼义而陋于知人心。吾不欲见也。'……仲尼见之而不言，子路曰：'吾子欲见温伯雪子久矣，见之而不言，何耶？'仲尼曰：'若夫人者，目击而道存矣，亦不可以容声矣。'"此处借温伯雪子比拟温处士。

⑦采秀：采摘芝草。《楚辞·九歌·山鬼》："采三秀兮于山间。"王逸注："三秀，芝草也。"

⑧丹砂井：指黄山朱砂泉。王琦注引《图经》："黄山东峰下有朱砂汤泉，热可点茗，春时即色微红。"《江南通志》引汪泽民《游黄山记》："下有灵泉，自朱砂峰来，依岩连二小池上。池莹澈，广可七尺，

深半之，毫发可鉴。泉出石底，累累如贯珠不绝。气馤馦若汤，酌之甘芳，盖非他硫黄泉比也。明日试浴，垢旋流出，纤尘不留，令人心境清廓，气爽体舒。相传沉痼者，澡雪立瘥。"

⑨凤吹：用王子乔吹笙故事。《列仙传》："王子乔者，周灵王太子晋也。好吹笙，作凤凰鸣，游伊、洛之间。"

⑩云车：传说中仙人所乘之车。

⑪去去：越去越远。陵阳：山名。在今安徽泾县西南，相传为陵阳子明得道处。

⑫行行：不停地走。谢惠连《西陵遇风献康乐》诗："行行道转远，去去情弥迟。"芳桂丛：《楚辞·招隐士》："桂树丛生兮山之幽。"多用以比喻隐士居所。

⑬回溪：回转的溪水。枚乘《七发》："依绝区兮临回溪。"李周翰注："回溪，曲涧也。"

⑭"乘桥"句：王琦注："'乘桥蹑彩虹'，盖指天桥如彩虹耳。"又引《山志》曰："天桥在炼丹台，一名仙人桥，一名仙石桥，为黄山最险。两峰绝处，各出峭石，彼此相抵，有若笋接。接而不合，似续若断，登者莫不叹为奇绝。"又引《武夷山记》曰："武夷君于八月十五日大会村人于武夷山上，置幔亭，化虹桥通山下。是以彩虹为桥，可以乘蹑者，又一说也。"

【译文】黄山高有四千仞，三十二峰若莲花。丹崖纵列夹峙石柱险峰，犹如菡萏含苞芙蓉盛开。

昔日我曾登上绝顶，俯瞰天目山的青松。仙人曾经在这里炼玉，羽化升仙后留下遗踪。我早听说有位当今的温伯雪子，一向独来独往直到今天才相逢。您为采撷灵草走遍五岳，攀岩越岭历经千难万险。

您将归隐黄山白鹅岭，口渴就饮丹砂井中水。我会吹着凤笙而来，您当备下云车相迎。

您去往陵阳山之东，行走在芳桂树丛中。渡过曲折的十六溪，青山如嶂耸立晴空。他日我还会去拜访您，走过石桥步入彩虹中。

送方士赵叟之东平

【题解】这首诗是天宝四载（745），李白在鲁郡送赵叟往东平时所作。方士，指通晓炼丹、求仙等方术的人，后泛指医、卜、星、相之人。赵叟，姓赵的老翁。东平，郡名。即郓州，属河南道。天宝元年改为东平郡，乾元元年复改为郓州。治所在今山东郓城县东。诗人称赞赵叟获得上古神医长桑君的秘笈，有透视人体五脏之能。请他此去经过获麟台时，代自己凭吊孔丘。离别又兼怀古，诗人不禁潸然泪下，流露出壮志难酬的落寞之情。

长桑晚洞视①，五藏无全牛②。赵叟得秘诀，还从方士游。西过获麟台③，为我吊孔丘。念别复怀古，潸然空泪流。

【注释】①"长桑"句：长桑：传说中的神医。《史记·扁鹊仓公列传》："扁鹊者，勃海郡郑人也，姓秦氏，名越人。少时为人舍长。舍客长桑君过，扁鹊独奇之，常谨遇之。长桑君亦知扁鹊非常人也。出入十余年，乃呼扁鹊私坐，间与语曰：'我有禁方，年老，欲传与公，公毋泄。'扁鹊曰:'敬诺。'乃出其怀中药予扁鹊:'饮是以上池之水,三十日当知物矣。'乃悉取其禁方书尽与扁鹊。忽然不见,殆非人也。扁鹊以其言饮药三十日,视见垣一方人。以此视病,尽见五藏症结,特以诊脉为名耳。"司马贞索隐:"长桑君,隐者,盖神人也。"张守节正义:"五藏,谓心、肺、脾、肝、肾也。"

②无全牛:《庄子·养生主》:"庖丁曰:'始臣之解牛之时,所见无非牛者。三年之后,未尝见全牛也。方今之时,臣以神遇,而不以目视。'"

③获麟台:又称"获麟堆"。《明一统志》:"获麟台,在巨野县东南五十里,即西狩获麟之所,后人于此筑台。"遗址在今山东巨野县东南。

【译文】长桑君能内视脏腑,五藏尽览目无全牛。赵叟得到他的秘诀,身为方士四处游历。您西过获麟台的时候,请为我吊唁孔老夫子。分别之际心又怀古,我不禁潸然而泪下。

送韩準裴政孔巢父还山

【题解】这首诗是开元二十八年(740)冬,李白送韩準、裴政、孔巢父三人回徂徕山时而作。韩準、裴政、孔巢父,《旧唐书·孔巢父传》:"孔巢父,冀州人,字弱翁。……巢父早勤文史,少时与韩準、裴政、李白、张叔明、陶沔隐于徂徕山,时号'竹溪六逸'。永王璘起兵江淮,闻其贤,以从事辟之。巢父知其必败,侧身潜遁,由是知名。"全诗首段写贤人隐士就应不受束缚而高歌山岩间。诗人称赞韩准、裴政和孔巢父三人都是超凡脱俗之人。而且志趣相投，不畏艰苦，同隐山林。三人闲逸不羁，乘兴吟咏，如云飘荡。不慕名利，轻视权贵。能够高揖太守，长啸达官。最后写友人昨夜梦归山中，今日自己设宴饯行。并提醒友人，雪崖滑马，萝径迷人。此地一别，诗人心乱如烟草，不知冬与春。历来相思之情难以名状，而李白"相思若烟草，历乱无冬春"二句独出心裁，极为形象贴切，遂成奇语。

　　猎客张兔罝，不能挂龙虎。所以青云人，高歌在岩户①。韩生信英彦②，裴子含清真③。孔侯复秀出④，俱与云霞亲⑤。峻节凌远松⑥，同衾卧盘石。斧冰漱寒泉⑦，三子同二屐。

　　时时或乘兴，往往云无心⑧。出山揖牧伯⑨，长啸轻衣簪⑩。

　　昨宵梦里还，云弄竹溪月⑪。今辰鲁东门，帐饮与君别⑫。雪崖滑去马，萝径迷归人⑬。相思若烟草，历乱无冬春⑭。

【注释】①"猎客"四句：萧士赟注："陆机《演连珠》曰，'顿网探渊，不能招龙；振网罗云，不必招凤。是以巢箕之叟，不眄丘园之币；洗耳之民，不发傅岩之梦。'此诗首四句意出于此。"兔罝(jū)：捕兔的网。《诗·周南·兔罝》："肃肃兔罝，施于中林。"毛传："兔罝，兔罟也。"青云人：犹青云之友，指隐士。郭璞《游仙诗》其十二："寻我青云友，永与时人绝。"岩户：山门，山家。

　　②英彦：才智卓绝的人。

　　③清真：纯真朴素。

④秀出：美好特出。

⑤云霞：浮云和彩霞。比喻世外之地。

⑥峻节：高尚的节操。

⑦"斧冰"句：曹操《苦寒行》："担囊行取薪，斧冰持作糜。"

⑧云无心：陶渊明《归去来辞》："云无心以出岫。"

⑨牧伯：王琦注："《尚书正义》：《曲礼》曰：'九州之长曰牧。'《王制》曰：'千里之外设方伯，八州八伯。'然则牧、伯一也。伯者，言一州之长；牧者，言牧养下民。郑玄曰：'殷之州牧曰伯，虞夏及周曰牧。'后人称太守曰牧伯，本此。"

⑩衣簪：衣冠簪缨，古代仕宦的服饰，借指官员与世家大族。

⑪竹溪：在今山东徂徕山上。

⑫帐饮：谓在郊野张设帷帐，宴饮送别。

⑬"雪崖"二句：王融《移席琴室应司徒教》："雪崖似留月，萝径若披云。"

⑭历乱：纷乱。

【译文】猎人埋下捕兔网，怎能抓到龙与虎？所以志在青云的隐士，就要闲居山岩而高歌。韩生不愧一代英才，裴君生性质朴率真。孔侯更是超凡秀出，他们都乐与云霞亲近。高风峻节远超青松之上，彼此情投同衾共栖盘石。以斧破冰洗漱寒泉中，三人共穿二只木屐。

常常乘兴而放声歌咏，往往无心而似云飘荡。出山高揖太守，长啸面对达官。

昨夜你们梦里还山，回到竹溪赏月弄云。今晨就在鲁城东门，我设宴为诸君饯行。雪满山崖提防马滑，萝藤密布使人迷路。别后的相思就如同烟草，连绵不绝纷乱不知冬春。

送杨少府赴选

【题解】此诗年代不详。杨少府，姓杨的县尉，名字事迹不详。少府，对县尉的敬称。赴选，赴京参加吏部铨选。铨选，选才授官。唐代制度，官员任期满后须经吏部考核改任。全诗首段赞扬朝廷能够公正选拔官员。次一段写杨少府有贤才，此去必遇知音。接着诗人希望主考官能慎重选才，就如衣工裁剪锦绣，必须小心，否则损失大矣。最后一段诗人自谓无仕宦之意，只是感慨即将离别。如今世道开明，野无遗贤。友人此去当遇山涛一样的主选官，定不会被埋没贤才。

大国置衡镜①，准平天地心②。群贤无邪人，朗鉴穷清深③。吾君咏《南风》④，衮冕弹鸣琴⑤。时泰多美士⑥，京国会缨簪⑦。山苗落涧底，幽松出高岑⑧。

夫子有盛才，主司得球琳⑨。流水非郑曲⑩，前行遇知音。衣工剪绮绣，一误伤千金。何惜刀尺余，不裁寒女衾⑪？

我非弹冠者⑫，感别但开襟。空谷无白驹，贤人岂悲吟⑬！大道安弃物，时来或招寻。尔见山吏部⑭，当应无陆沉⑮。

【注释】①"大国"句：大国：指朝廷。衡镜：衡器和镜子。比喻选拔官吏公平。

②"准平"句：谓衡和镜能真实测量和反映物体，与天地同心而不

偏私。

③"朗鉴"句：陆机《君子行》："朗鉴岂远假，取之在倾冠。"吕延济注："朗，明也；鉴，镜也。"

④《南风》：古曲名。相传为虞舜所作。《礼记·乐记》："昔者舜作五弦之琴，以歌《南风》。"

⑤衮冕：衮衣和冕。古代帝王与上公的礼服和礼冠。《周礼·春官·司服》："享先王则衮冕。"郑玄注引郑司农曰："衮，卷龙衣也。"《国语·周语中》："弃衮冕而南冠以出，不亦简彝乎？"韦昭注："衮，衮龙之衣也；冕，大冠也。公之盛服也。"

⑥"时泰"句：时泰：世道康泰。美士：才德美好的士人。

⑦缨簪：缨和簪，古代官员的冠饰。此处代指官员。

⑧"山苗"二句：王琦注："左思《咏史》诗：'郁郁涧底松，离离山上苗。'以兴起'世胄蹑高位，英俊沉下僚'之意。太白反而用之，以喻因才器使高下各得其宜也。"高岑：小而高的山曰岑。

⑨球琳：两种美玉。亦泛指美玉。《书·禹贡》："（雍州）厥贡惟球、琳、琅玕。"孔传："球、琳，皆玉名。"此处比喻贤人。

⑩"流水"句：流水：指雅乐。《吕氏春秋·本味》："伯牙鼓琴，钟子期听之。……志在流水，钟子期又曰：'善哉乎鼓琴，汤汤乎若流水。'"此处比喻品德高尚之人。郑曲：指俗乐。《论语·卫灵公》："郑声淫。"此处比喻品德低下之人。

⑪"衣工"四句：以"衣工"比喻主司，以寒女比喻贤人。谓主司选才如衣工剪锦绣，失手则为千金之损失。何必吝惜刀尺之余，不能为寒女裁剪布衾。

⑫弹冠：指准备入仕为官。《汉书·王吉传》："吉与贡禹为友，世称

'王阳在位,贡公弹冠。'言其取舍同也。"颜师古注:"弹冠者,且入仕也。"

⑬"空谷"二句:《诗·小雅·白驹》:"皎皎白驹,在彼空谷。"毛传:"空,大也。"又曰:"宣王之末,不能用贤,贤者有乘白驹而去者。"此处反用其意,谓朝廷善用贤人,谷中无白驹,贤者不用悲吟。

⑭山吏部:指晋代山涛,曾任吏部尚书。《晋书·山涛传》:"前后选举,周遍内外,而并得其才。……涛再居选职十有余年……涛所奏甄拔人物,各为题目,时称《山公启事》。"

⑮陆沉:沉隐于陆地,比喻隐居。《庄子·则阳》:"方且与世违,而心不屑与之俱,是陆沉者也。"郭象注:"人中隐者,譬无水而沉也。"

【译文】大国选才之则如同衡镜,公平客观契合天地道心。朝廷群贤聚集没有邪人,能够明鉴真假辨别贤愚。当今天子如虞舜而咏《南风》,著礼服弹鸣琴无为治天下。现在世道康泰多有贤士,众官聚集京城参加铨选。山草一样的庸者就落于涧底,幽松一样的贤人就出立高峰。

夫子您有不凡的才华,主选官得您如得宝玉。您如高山流水非郑音可比,此去必遇知音之人的赏识。选才犹如衣工裁剪锦绣,一旦失误就有千金损失。何必吝惜刀尺之余,却不为寒女裁布衾。

我并非有意入仕为官之人,只是有感于离别而敞开心扉。如今朝廷开明,空谷没有白驹,贤者不用悲吟。大道公允岂舍弃贤人,时运到来就会被招寻。您见到山涛那样的吏部长官,应该不会再继续隐居沉沦了。

对雪奉饯任城六父秩满归京

【题解】这首诗当是天宝四载（745），李白在鲁郡任城所作。任城，唐县名。属河南道兖州（鲁郡），今山东济宁市。六父，六叔父，名字不详。秩满归京，官员任满后回京候选。诗人开篇以龙虎不用鞭策、鸳鸾不司报晨、海鹤不似笼中鹌鹑为例，来比喻贤人不受官位羁绊。接着写君子应该傲然独立，有包容天地之心，无意功名，就若浮云一样闲逸。虽然一时与权贵往来，内心依然向往山林烟霞。诗人称赞叔父有英风，如白眉马良一样超群绝伦。视为官犹如梦境，辞官如脱靴。最后写饯别情景。众人相送，歌曲美妙。诗人以阮籍叔侄作比，希望日后有机会与叔父做竹林之游。

　　龙虎谢鞭策，鸳鸾不司晨①。君看海上鹤②，何似笼中鹑③？
独用天地心④，浮云乃吾身。虽将簪组狎，若与烟霞亲⑤。
季父有英风⑥，白眉超常伦⑦。一官即梦寐，脱屣归西秦⑧。
窦公敞华筵⑨，墨客尽来臻。燕歌落胡雁，郢曲回阳春⑩。征马百度嘶，游车动行尘⑪。踟蹰未忍去，恋此四座人。饯离驻高驾，惜别空慇勤。何时竹林下，更与步兵邻⑫？

　　【注释】①鸳鸾：皆为凤凰类的鸟。萧士赟注引《三辅决录注》："太史令蔡衡曰：凡象凤者有五：多赤色者凤，多青色者鸾，多黄色者鹓，多紫色者鸑鷟，多白色者鹄。"《抱朴子·逸民》："麟不吠守，凤不司晨。"《金楼子·立言上》："凤无司晨之善，麟乏警夜之功。"此处龙虎、鸳鸾比喻贤人。

②海上鹤：鲍照《游思赋》："乃江南之断山，信海上之飞鹤。"

③鹑：鸟名。古称羽毛无斑者为鹤，有斑者为鹑，后亦泛称鹤鹑。

④独用：单独行世，以见异于众人。

⑤"虽将"二句：簪组：冠簪和冠带，借指高官。烟霞：代指山林。

⑥季父：叔父。英风：美好的声望。

⑦"白眉"句：用三国马良故事。《三国志·蜀志·马良传》："兄弟五人，并有才名，乡里为之谚曰：'马氏五常，白眉最良。'良眉中有白毛，故以称之。"此处以白眉马良比拟六父。

⑧"一官"二句：《三国志·魏志·崔林传》："出为幽州刺史。……林曰：'刺史视去此州如脱屣，宁当相累邪？'"屣：拖着鞋子走路，脱之容易。西秦：指长安。

⑨窦公：名字不详。华筵：盛筵。

⑩"燕歌"二句：王琦注："'落胡雁'，谓其声之精妙，能令飞鸟感之而下集。'回阳春'，谓其音之美善，能令阳气应之而潜动。"燕歌：燕地（北方）之歌。郢曲：楚地（南方）之曲。

⑪"征马"二句：江淹《别赋》："驱征马而不顾，见行尘之时起。"

⑫"何时"二句：《晋书·阮籍传》："籍闻步兵厨营人善酿，有贮酒三百斛，乃求为步兵校尉。"又《阮咸传》："咸任达不拘，与叔父籍为竹林之游。"此二句以阮氏叔侄比拟六父与诗人。

【译文】龙虎不需要鞭策，凤鸾不会去报晨。君看海上翱翔的飞鹤，怎是笼中的鹤鹑可比？

君子傲然独立有天地之心，闲逸的浮云就是我的身形。虽然交游达官贵人，却喜欢与烟霞亲近。

叔父您素来有美好声望，就如白眉马良超常绝伦。您视做官犹如一场梦境，辞官如脱靴淡然回长安。

窦公设下盛宴饯行，文人墨客尽来送别。燕歌能把胡雁招落，楚曲可使阳春回还。路旁的征马不住嘶鸣，出游的车马腾起行尘。您踌躇良久未忍离去，正是留恋四座的朋友。为您饯别可以暂留座驾，与您惜别徒然殷勤敬酒。不知何时再有竹林之游，能与您这位阮步兵为邻。

鲁郡尧祠送吴五之琅琊

【题解】这首诗是天宝五载（746），李白在鲁郡所作。鲁郡尧祠，《太平寰宇记》："尧祠，在兖州瑕丘县东南七里。"瑕丘县，故址在今山东兖州市东北五里。吴五，名字事迹不详。琅郡，唐郡名，即沂州。天宝元年，改为琅那郡。乾元元年，复改为沂州。今山东临沂市。李白在尧祠送别友人，因而从尧祠起咏。言尧帝虽已逝去三千年，而尧祠青松依然尚存，今日此处送别友人，以桂酒祭奠，并拜舞而使自己心灵澄清。日色渐晚催人启程，然而宾主依旧高歌畅饮。醉起而分别，更何须言语感伤。

尧没三千岁[①]，青松古庙存。送行奠桂酒[②]，拜舞清心魂。日色促归人，连歌倒芳樽[③]。马嘶俱醉起，分手更何言。

【注释】①"尧没"句：谓自尧至唐时，相隔三千岁，是大概而言。

②奠桂酒：《楚辞·九歌·东皇太一》："奠桂酒兮椒浆。"王逸注："桂酒，切桂置酒中也。"

③连歌：相续而歌。

【译文】尧帝一去已有三千年，古庙和青松依然尚存。送别之际以桂酒祭奠，再高歌拜舞使心澄清。日色渐晚催促归人起程，我们依然连歌倾尽酒樽。马儿嘶鸣你我皆醉，起而分手何须多言！

鲁郡尧祠送窦明府薄华还西京　时久病初起作

【题解】这首诗当是天宝五载（746）秋天，李白将游东越时所作。鲁郡尧祠，见上卷所注。窦明府薄华，县令窦薄华，事迹不详。明府，对县令的敬称。西京，指长安。当时李白友人县令窦薄华将返长安，李白虽病愈不久，还很虚弱，但还是强撑身体来到尧祠，为友人送行。尧祠一带长杨垂地，石门喷流，山水碧绿，正是景色宜人，诗人也不禁向友人夸赞其美。庙中人流涌动，参拜祭祀。诗人感叹尧本圣君，无心求祭祀，众人又何苦放不下。看到尧祠前深不可测的金沙潭，诗人联想到此潭直通海底，可能有蛟龙盘伏其中。次一段诗人通过列举绿珠红粉沉沦、屈原悲吟洞庭以及魏武帝曹操不忘死后祭祀享乐之事，抒发了不论佳人、骚客还是帝王，终将随历史逝去，只留下遗迹供后人凭吊的感慨。诗人面对秀美山水，倚窗高吟《白云谣》，豪兴起时，举杯劝酒仙人。更是请尧帝让皋陶执帚扫荡浮云，以廓清天宇。就连狂放不羁的山简、竹林七贤，以及书圣王羲之都不足道。寥寥数语把诗人那种狂傲昂扬的气势跃然呈现纸上。最后诗人与友人相期在蓝田、太白再见，将一同归隐山林。李白在抱病之余作诗，依然气势磅礴，滔滔而下，跌宕起伏，变幻莫测，非诗仙不能驾驭。明代胡应麟《诗薮》点评："太白《蜀道难》《远别离》《天姥吟》《尧祠歌》等，无首无尾，变幻错综，窈冥昏然，非其才力学之，立见颠踣。"《唐宋诗醇》："起灭在手，变化从心，初觉尝沾沾于矩矱，而意之所到，无不应节合拍。歌行至此，岂作神品。"

朝策犁眉騧①，举鞭力不堪②。强扶衰疾向何处？角巾微服尧祠南③。长杨扫地不见日，石门喷作金沙潭④。笑夸故人指绝境⑤，山光水色青于蓝。庙中往往来击鼓⑥，尧本无心尔何苦？门前长跪双石人，有女如花日歌舞。银鞍绣毂往复回，簸林蹶石鸣风雷。远烟空翠时明灭⑦，白鸥历乱长飞雪。红泥亭子赤栏干，碧流环转青锦湍⑧。深沉百丈洞海底，那知不有蛟龙盘？

【注释】①犁眉騧（guā）：黑眉黄马。犁，通"骊"，黑色。騧，黑嘴黄马。

②不堪：不能胜任。

③角巾：有棱角的头巾，为古代隐士冠饰。微服：平民服装。

④石门：在鲁郡东门外，隋朝薛胄所修建。《隋书·薛胄传》："（薛胄）寻除兖州刺史。……先是，兖州城东沂、泗二水合而南流，泛滥大泽中，胄遂积石堰之，使决令西注，陂泽尽为良田。又通转运，利尽淮

海,百姓赖之,号为薛公丰兖渠。"

⑤绝境:绝美之佳境。

⑥击鼓:指尧祠中击鼓祭祀神灵。

⑦空翠:指绿色草木。

⑧青锦湍:色如青锦一样的湍流。

【译文】清晨鞭策黑眉马出行,我浑身绵软举鞭无力。强撑着病体和忧愁去向何处?头戴角巾身着便服来到尧祠。只见柳丝垂地遮蔽天日,石门喷水而汇成金沙潭。我笑夸这里风景绝美,山光水色青碧胜于蓝。庙中人来人往击鼓祈福,尧本无心众人何苦祭拜。门前又有双跪石人,如花美女整日歌舞。华车骏马往来不绝,声如林石摇响轰鸣。远处烟色碧树时明时灭,白鸥纷飞仿佛雪花扬起。红泥亭子赤色栏杆,碧水环绕苍流奔涌。潭水深达百丈通海底,哪知不会盘踞有蛟龙。

君不见,绿珠潭水流东海,绿珠红粉沉光彩。绿珠楼下花满园①,今日曾无一枝在。昨夜秋声阊阖来②,洞庭木落骚人哀③。遂将三五少年辈④,登高送远形神开。生前一笑轻九鼎⑤,魏武何悲铜雀台⑥?

【注释】①"君不见"三句:用西晋大臣石崇的美妾绿珠的故事。《晋书·石崇传》记载,西晋大臣石崇有妾名绿珠,美艳非常,赵王司马伦亲信孙秀向石崇讨要绿珠,被石崇拒绝,于是孙秀劝说司马伦除掉石崇,绿珠也被逼跳楼自杀。绿珠潭:指石崇家池,又名翟泉、狄泉。《洛阳伽蓝记》:"昭仪寺有池。……此是晋侍中石崇家池,池南有绿珠楼。"

②阊阖：风名，即西来的秋风。《史记·律书》："阊阖风居西方。"《淮南子·天文训》："凉风至四十五日，阊阖风至。"张衡《东京赋》："俟阊风而西遐。"李善注："阊风，秋风也。"

③骚人：此指屈原。

④将：带领。

⑤九鼎：古代传说夏禹铸九鼎，象征九州，夏、商、周三代奉为传国之宝。后以九鼎比喻江山社稷。

⑥魏武：魏武帝，即曹操。铜雀台：又作"铜爵台"，东汉建安十五年曹操所建。故址在今河北临漳西南古邺城西北隅。据陆机《吊魏武帝文》记载，曹操临终时曾遗令四子曰："吾婕好妓人，皆著铜爵台，于台堂上施八尺床，穗帐，朝晡上脯糒之属。月朝十五，辄向帐作技，汝等时时登铜雀台，望吾西陵墓田。"

【译文】君不见，绿珠潭水潺湲流向东海，绿珠红粉早已失去光彩。绿珠楼下曾经满园花开，可是如今却一枝也不在。昨夜秋风已经自西吹来，洞庭叶落而让诗人悲哀。于是携同三五少年之人，登高远望顿感身心俱畅。如果魏武帝生前能够一笑而看轻天下，怎会让自己的妻妾们空向铜雀台而悲？

我歌白云倚窗牖①，尔闻其声但挥手。长风吹月渡海来，遥劝仙人一杯酒。酒中乐酣宵向分②，举觞酹尧尧可闻③？何不令皋繇拥彗横八极，直上青天挥浮云④？高阳小饮真琐琐，山公酩酊何如我⑤？竹林七子去道赊⑥，兰亭雄笔安足夸⑦？尧祠笑杀五湖水⑧，至今憔悴空荷花。尔向西秦我东越，暂向瀛洲访金阙⑨。蓝田太白若可期⑩，为余扫洒石上月。

【注释】①白云：指《白云谣》。《穆天子传》记载，西王母在瑶池宴饮周穆王，并歌《白云谣》："白云在天，山陵自出。道里悠远，山川间之。子将无死，尚复能来。"

②宵向分：近夜半。宵分：夜半。

③酹：以酒洒地表示祭奠。

④"何不"句：皋繇：亦作"皋陶"舜帝贤臣，掌刑法。《史记·五帝本纪》："皋陶为大理，平，民各伏得其实。"彗：扫帚。古人迎宾，常拥彗以示敬意。《史记·孟子荀卿列传》："（驺衍）如燕，昭王拥彗先驱，请列弟子之座而受业。"司马贞索隐："谓为之扫地，以衣袂拥帚而却行，恐尘埃之及长者，所以为敬也。"横八极：横扫八方极远之地。

⑤"高阳"二句：高阳：指高阳池。山公：指山简。《晋书·山简传》记载，晋代山简镇守襄阳，常到高阳池酣饮。有儿歌曰："山公出何许？往至高阳池。日夕倒载归，酩酊无所知。时时能骑马，倒著白接罗。"

⑥竹林七子：即竹林七贤。三国魏末，陈留阮籍、谯国嵇康、河内山涛、河南向秀、籍兄子咸、琅邪王戎、沛人刘伶相与友善，常宴集于竹林之下，时人号为竹林七贤。赊：远。

⑦兰亭雄笔：东晋永和九年（353）三月三日，王羲之与友人孙统、孙绰、谢安等四十二人，在山阴（今浙江绍兴）的兰亭举行修禊（古时除秽的一种风俗）之礼，兴起赋诗而成《兰亭集》，王羲之挥毫写成《兰亭集序》，笔力"遒媚劲健，绝代特出。"

⑧五湖：此处指太湖。传范蠡辅佐越王勾践灭吴后，功成身退，与西施泛舟五湖。

⑨金阙：道教谓天上有黄金阙、白玉京，为天帝所居。

⑩蓝田：山名，在今陕西蓝田县东。太白：山名，在今陕西省周至、

眉县、太白等县间，为秦岭主峰。

　　【译文】我倚窗高歌一曲《白云谣》，您听闻其声就挥手相应。当此清风拂月渡海而来之时，我举首遥劝仙人更尽一杯酒。酒酣欢愉已近夜半，举杯祭尧尧帝可知？何不让皋陶执帚横扫八方，飞上青天挥去浮云来迎客。山简在高阳池只算琐琐小饮，他的酩酊醉态怎能与我相比？竹林七贤的事迹距现在已太遥远，王羲之雄笔所写《兰亭序》也不足夸。昔日尧祠水清胜过太湖，如今水中只剩憔悴荷花。您归西秦而我将赴东越，暂且去往瀛洲寻访仙人。将来你我若在蓝田、太白相会，请您先为我拂洒山石以待月光。

金乡送韦八之西京

　　【题解】这首诗是天宝四载（745），李白在金乡送别友人时所作。金乡，县名，唐代属兖州，今山东省金乡县。韦八，名字不详，排行第八。西京，指长安。当时李白已辞官离开长安，在东鲁金乡遇到韦八从长安而来，又要回到长安去，李白为他送行，写下此诗。诗中"狂风吹我心，西挂咸阳树"二句形象地描画出了临别之际，诗人内心翻腾，纷乱如麻的感觉。"此情""此别"二句强调离别之情不可言说，不可道明，只求来日早早再遇。最后二句写友人远去，越来越远，最终消失不见，只剩远山烟雾迷蒙。

　　客自长安来，还归长安去。狂风吹我心，西挂咸阳树①。此情不可道，此别何时遇？望望不见君，连山起烟雾②。

【注释】①咸阳：代指长安。

②"连山"句：鲍照《吴兴黄浦亭庾中郎别》："连山眇烟雾，长波迥难依。"

【译文】您这位远客自长安而来，如今又要回到长安去。我的心被狂风吹送，西去挂落长安树上。此时心情难以言语表达，此地一别不知何时相遇？我望了又望不见您的身影，远处群山连绵如烟雾笼罩。

送薛九被谗去鲁

【题解】这首诗是天宝五载（746），李白在东鲁时所作。薛九，排行第九，名字及事迹不详。诗人为了安慰遭受谗言而被贬谪的朋友薛九，列举了宋人不识玉，鲁人轻视孔子，众口铄金，白璧难投等事例，来说明世人历来难辨贤愚以及谗言诋毁的可怕。又以梧桐生荆棘，绿竹不结果实，而使凤凰与鸡为伍的故事，来暗喻薛九不被知遇，只能沦落俗世。接着又论述了田子方以及战国四公子喜好贤士的过失，来说明重视贤人的重要性。最后诗人希望薛九能像桃李一样，不必辩解多言，将来自有真相大白之日。

宋人不辨玉①，鲁贱东家丘②。我笑薛夫子，胡为两地游？黄金消众口③，白璧竟难投④。梧桐生蒺藜，绿竹乏佳实⑤。凤凰宿谁家？遂与群鸡匹。田家养老马，穷士归其门⑥。蛾眉笑躄者，宾客去平原。却斩美人首，三千还骏奔⑦。毛公一挺剑，楚赵两相存⑧。孟尝习狡兔，三窟赖冯谖⑨。信陵夺兵符，为用侯生言⑩。春申一何愚，刎首为李园⑪。贤哉四公子，抚掌黄泉里。借问笑何人？笑人不好士。尔去且勿喧，桃李竟何言⑫。沙丘无漂母，谁肯饭王孙⑬？

【注释】①"宋人"句：用宋人以燕石为玉的故事。《太平御览》引《阙子》记载，宋国有一个人，在梧台之东偶然得到一块"燕石"，他以为是宝玉，便把它放在箱中，重重叠叠包裹珍藏起来。有客人看了，说是石头。主人听了大怒，越发当成宝贝，藏得更为严密了。

②"鲁贱"句：《孔子家语》记载，孔子在世时，其邻居不知孔子贤德，称为"东家丘"。陈琳《为曹洪与魏文帝书》："怪乃轻其家丘，谓为倩人。"张铣注："鲁人不识孔丘圣人，乃云'我东家丘者，吾知之矣。'言轻孔丘也。"沈约《辩圣论》："当仲尼在世之时，世人不言为圣也。伐树削迹，干七十君而不一值。或以为东家丘，或以为丧家犬。"

③"黄金"句：用众口铄金的典故。《国语·周语下》："故谚曰：众心成城，众口铄金。"韦昭注："铄，销也。众口所毁，虽金石犹可销之也。"

④"白璧"句：用明珠暗投的典故。《史记·鲁仲连邹阳列传》："臣闻明月之珠，夜光之璧，以暗投人于道路，人无不按剑相眄者，何则？无因而至前也。"

⑤"梧桐"二句：《庄子·秋水》："夫鹓雏，发于南海而飞于北海，非梧桐不止，非练实不食，非醴泉不饮。"《韩诗外传》："凤乃止帝

东园，集帝梧桐，食帝竹实，没身不去。"蒺藜，亦作"蒺藜"。有刺的草本植物。

⑥"田家"二句：《淮南子·人间训》："田子方见老马于道，喟然有志焉。以问其御曰：'此何马也？'其御曰：'此故公家畜也，老罢而不为用，出而鬻之。'田子方曰：'少而贪其力，老而弃其身，仁者弗为也。'束帛以赎之。罢武闻之，知所归心矣。"

⑦"蛾眉"四句：《史记·平原君虞卿列传》："平原君家楼临民家。民家有躄者，槃散行汲。平原君美人居楼上，临见，大笑之。明日，躄者至平原君门，请曰：'臣闻君之喜士，士不远千里而至者，以君能贵士而贱妾也。臣不幸有罢癃之病，而君之后宫临而笑臣，臣愿得笑臣者头。'平原君笑应曰：'诺。'……终不杀。居岁余，宾客门下舍人稍稍引去者过半。平原君怪之，曰：'胜所以待诸君者未尝敢失礼，而去者何多也？'门下一人前对曰：'以君之不杀笑躄者，以君为爱色而贱士，士即去耳。'于是平原君乃斩笑躄者美人头，自造门进躄者，因谢焉。其后门下乃复稍稍来。"张守义正义："躄，跛也。"

⑧"毛公"二句：用毛遂自荐，并使楚王与赵国订下盟约之事。见《史记·平原君列传》。毛公：指毛遂。

⑨"孟尝"二句：用冯谖为孟尝君打造"三窟"，使其免祸的故事。见《战国策·齐策四》。

⑩"信陵"二句：用信陵君听取侯嬴之计，窃符救赵的故事，事见《史记·魏公子列传》。

⑪"春申"二句：用战国时春申君误用李园，反被其杀害之事。见《史记·春申君列传》。

⑫《史记·李将军列传》："桃李不言，下自成蹊。"

⑬"沙丘"二句：用漂母赠饭韩信的故事。详见《史记·淮阴侯列传》。沙丘：指兖州，即东鲁。

【译文】宋人不能辨别玉石的区别，鲁人轻视孔子称为东家丘。我笑薛夫子您不知变通，为什么先后到两地宦游？众口诋毁可以消熔黄金，白璧虽贵不能暗投于人。梧桐上长满蒺藜，绿竹丛不结果实。凤凰将栖宿谁家？只好与群鸡为伍。古有田子方善待衰弱老马，遂使天下贫士归于其门下。平原君的美妾取笑跛脚人，他手下的门客就纷纷离去。直到平原君斩下美人首级，三千士人才又回归其门下。毛遂挺剑向楚王陈述利害，使楚赵两国结盟相存下来。孟尝君像狡兔设立三窟，全依赖门客冯谖的计谋。信陵君夺下兵符救援赵国，是因为采用门客侯生之言。春申君是何等愚蠢，被李园斩去了头颅。贤能啊战国四公子，他们在黄泉抚掌而笑。请问他们嘲笑何人呢？嘲笑那些不好贤士之人。您此去不必喧哗辩解，桃李无言下自成蹊。现在沙丘没有漂母，谁肯为王孙来赠饭？

单父东楼秋夜送族弟况之秦　时凝弟在席

【题解】这首诗是天宝四载（745），李白在宋州单父所作。单父，县名，唐时属河南道宋州。即今山东单县。况，指李白族弟李况。题下有李白自注"时凝弟在席"，凝弟，指李白族弟李凝。诗人之弟李况从长安而来，又要回长安去。诗人在送别之际，感慨朝中多是沐猴而冠的奸佞，自己无意仕途而滞留东鲁。如今李况欲往京城而李凝留下，李况就如孤雁飞往秦地。此时黄叶纷飞，北斗西挂。琴音断绝，众人惜别。望见明月而逸兴勃发，就如山阴夜雪。明日斗酒相别，怅然清尘之路。遥望长安，不见君人。遥想长安城为帝都所在，自己曾供奉翰林，为天子近臣。虽然离朝，却始终怀报主之念。如今像屈原被逐，憔悴湘水之畔，又如崔骃被流放，贬于辽东之滨。自己就像被折断羽翼的飞鸟飘荡如转蓬，又如惊弓之鸟，一有风吹草动就惊心不已。朝廷久弃高洁之士，将来谁会怜惜我这个像张长公一样的人。全诗叙述别情的同时，抒发了诗人报国无门，壮志难酬的愤懑，以及渴望明主知遇的心情。萧士赟曰："白此篇眷顾宗国之意深。"吴瑞荣《唐诗笺要》："别离与放废并写……不见悲哀，只觉渊茂。"

尔从咸阳来①，问我何劳苦。沐猴而冠不足言②，身骑土牛滞东鲁③。况弟欲行凝弟留，孤飞一雁秦云秋④。坐来黄叶落四五⑤，北斗已挂西城楼⑥。丝桐感人弦亦绝，满堂送客皆惜别⑦。卷帘见月清兴来⑧，疑是山阴夜中雪⑨。明日斗酒别，惆怅清路尘⑩。遥望长安日，不见长安人。长安宫阙九天上，此地曾经为近臣⑪。一朝复一朝，白发心不改。屈平憔悴滞江潭，亭伯流离放辽海⑫。折翮翻飞随转蓬⑬，闻弦虚坠下霜空⑭。圣朝久弃青云士⑮，他日谁怜张长公⑯？

【注释】①咸阳：代指长安。

②沐猴而冠：猕猴戴帽子。比喻外表虽装扮得很像样，但本质

却掩盖不了。常用来讽刺依附权势、窃据名位之人。《汉书·项籍传》："(项)羽见秦宫室皆已烧残，又怀思东归，曰：'富贵不归故乡，如衣锦夜行。'韩生曰：'人谓楚人沐猴而冠，果然。'羽闻之，斩韩生。"颜师古注："言虽著人衣冠，其心不类人也。"沐猴，即猕猴。

③"身骑"句：用猕猴骑土牛的典故，比喻晋升缓慢，仕途不得志。《三国志·魏志·邓艾传》"谥曰壮侯"裴松之注引《魏晋世语》："宣王（司马懿）为（州）泰会，使尚书钟繇调泰：'君释褐登宰府，三十六日拥麾盖，守兵马郡；乞儿乘小车，一何驶乎？'泰曰：'诚有此。君，名公之子，少有文采，故守吏职；猕猴骑土牛，又何迟也！'"东鲁，指今山东兖州一带。

④一雁：指李况。

⑤坐来：正当……之时。

⑥"北斗"句：指时令入秋。《鹖冠子·环流》："斗柄东指，天下皆春；斗柄南指，天下皆夏；斗柄西指，天下皆秋；斗柄北指，天下皆冬。"

⑦丝桐：指琴。古人削桐为琴，练丝为弦，故称。

⑧清兴：闲适清雅的兴致。

⑨"疑是"句：用王子猷故事。《世说新语·任诞》："王子猷居山阴，夜大雪，眠觉，开室，命酌酒，四望皎然。"

⑩清路尘：曹植《七哀诗》："君若清路尘，妾若浊水泥。浮沉各异势，会合何时谐？"此句用其意。

⑪此地：指长安。近臣：帝王亲近之臣，指诗人曾供奉翰林之事。

⑫亭伯：东汉人崔骃，字亭伯。崔骃为车骑将军窦宪主簿，屡次劝谏窦宪，被贬为长岑长。见《后汉书·崔骃传》。长岑汉时属乐浪郡，其

地在辽东。

⑬折翮：喻受到挫折。翮，羽茎，指鸟翼。转蓬：比喻如蓬草一样漂泊不定。

⑭闻弦虚坠：用惊弓之鸟的故事。见《战国策·楚策四》。

⑮青云士：高尚之士。

⑯张长公：名挚，西汉张释之之子。《史记·张释之冯唐列传》："其子曰张挚，字长公，官至大夫，免。以不能取容当世，故终身不仕。"司马贞索隐："谓性公直，不能曲屈见容于当世，故至免官不仕也。"此处借指禀性刚直、怀德不仕之人。

【译文】贤弟您从长安而来，问我有何劳累苦恼。那些沐猴而冠者不值得言说，我难有知遇只好滞留于东鲁。况弟将别凝弟独留下来，就如孤雁飞往秦地秋云。黄叶已经飘落十之四五，此刻北斗高挂西城楼上。琴声感人但已停止下来，满堂送行之人依依惜别。卷帘见到明月不禁逸兴勃发，就如同当年王子猷看到雪景。明日就要与你斗酒饯别，那时只能惆怅望着清尘。遥望长安的白日，却不见思念之人。长安的宫阙高耸入九天，我曾在那里为皇上近臣。时光一日复一日过去，我虽白发却忠诚不改。屈原被贬憔悴滞留于湘水畔，崔骃忠谏却遭流放辽东海边。我就像那折断羽翼的飞鸟飘落如转蓬，又如同受伤的鸿雁听到弓响就会坠落。朝廷久已遗弃高洁之士，他日谁怜张长公般的贤才。

送族弟凝至晏堌　单父三十里

【题解】此诗当是天宝四载(745)冬,李白在单父所作。族弟凝,族弟李凝,即前诗所提到的"凝弟"。晏堌,地名。单父三十里,大约指晏堌距单父有三十里。首段写游猎情景。次段写游猎之后,听齐女歌吟。在鸣鸡时李凝出发前往晏堌,诗人在涑河边送别被别雁惊心。叮嘱李凝西行若有东音,就托付长河相寄。

雪满原野白,戎装出盘游①。挥鞭布猎骑,四顾登高丘。兔起马足间,苍鹰下平畴②。喧呼相驰逐,取乐销人忧。

舍此戒禽荒③,征声列齐讴④。鸣鸡发晏堌,别雁惊涑沟⑤。西行有东音⑥,寄与长河流。

【注释】①盘游:游乐。《书·五子之歌》:"(太康)乃盘游无度。"孔传:"盘,乐;游逸无法度。"

②平畴:平坦的田野。

③禽荒:沉迷于田猎。《书·五子之歌》:"内作色荒,外作禽荒。"孔传:"迷乱曰荒。色,女色;禽,鸟兽。"蔡沈集传:"禽荒,耽游畋也;荒者,迷乱之谓。"

④"征声"句:征声:招歌者唱歌。征,召。齐讴:齐地的歌曲。

⑤涑沟:即涑河。在今山东单县东门外。《山东通志》:"涑河:自曹县……入单县……又东北入金乡县界。"

⑥东音：东方的歌声。《吕氏春秋·季夏纪·音初》："夏后氏孔甲……乃作为《破斧之歌》，实始为东音。"

【译文】大雪满原一片洁白，一身戎装出外游猎。立马挥鞭广布猎骑，登上高丘四下遥望。狐兔跃起于马蹄间，苍鹰急掠过平野上。人马喧呼相互驰逐，以此取乐暂销忧愁。

沉溺游猎应该舍弃，不如欣赏齐歌轻唱。鸡鸣将去晏坰，别雁惊心涞河。西行如有东声，托付长河相寄。

鲁城北郭曲腰桑下送张子还嵩阳

【题解】此诗年代不详。鲁城，唐曲阜县治所。今山东曲阜市。张子，姓张的士子，名字事迹不详。还嵩阳，回嵩山之南。诗人送别张子，从枯桑知天风写起。诗人称赞张子如张仲蔚一样高洁，不慕富贵，隐居蒿、蓬之间。此地一别，不知何时再能把酒畅谈，如李膺那般傲视俗世，为天下楷模。

送别枯桑下，凋叶落半空。我行愧道远①，尔独知天风②。谁念张仲蔚③，还依蒿与蓬？何时一杯酒，更与李膺同④？

【注释】①愧：一时的心乱迷糊。

②知天风：《乐府古辞·饮马长城窟行》："枯桑知天风，海水知天寒。"李善注："枯桑无枝，尚知天风；海水广大，尚知天寒。君子行

役，岂不离风寒之患乎？"李周翰注："知，谓岂知也。枯桑无枝叶，则不知天风；海水不凝冻，则不知天寒；……亦喻朝廷食禄之士，各自保己，以为娱游，不能荐于贤才。"

③张仲蔚：东汉扶风平陵人。隐居不仕。《高士传》："张仲蔚者，平陵人也。与同郡魏景卿俱修道德，隐身不仕。明天官博物，善属文，好诗赋。常居穷素，所处蓬蒿没人。闭门养性，不治荣名。时人莫识，惟刘龚知之。"此处以张仲蔚比拟张子。

④李膺：东汉颍川襄城人，字元礼。初举孝廉，历任青州刺史，渔阳、蜀郡太守，转护乌桓校尉。后为河南尹，与太学生郭泰等交游，反对宦官专权，声名甚高，有"天下楷模李元礼"之誉，士人以与其结交为"登龙门"。桓帝时为司隶校尉。后被宦官诬为结党，下狱死。事见《后汉书·李膺传》。

【译文】送别来到枯桑之下，枯树凋叶半空下落。我行路不知道远近，而您却能独晓天风。张子就如高士张仲蔚，今日还山隐居蒿蓬间。何时再当饮美酒，行迹能与李膺同？

送鲁郡刘长史迁弘农长史

【题解】这首诗是天宝四载（745），李白在鲁郡时所作。鲁郡刘长史，姓刘的鲁郡长史。名字事迹不详。鲁郡，唐郡名，即兖州，天宝元年改为鲁郡，乾元元年复改为兖州。今山东兖州市。长史，州长官的僚佐。据《旧唐书·职官志三》，上州设长史一人，从五品上。迁，调动官职，一般指升职。弘农，唐郡名，即虢州，天宝元年，改为弘农郡，乾元元年复改为虢州。今河南灵宝市。全诗首段写鲁地不重贤人，对孔夫子都不敬，何况普通人。诗人只能闭门而居，不知不觉到了秋天。次段写刘长史迁官弘农郡，是当年黄帝筑鼎飞升的地方。诗人希望刘长史到任后，能留下惠爱，使当地风俗保持淳朴。临别之际，诗人引用晏子典故，来说明赠物不如赠言。诗人告诫刘长史种桃李可以得树荫，萱草可以使人忘忧。实则提醒刘长史要多与贤人为伍，日久自然受益。最后以须贾张禄故事为喻，表明日后不忘刘长史赠物之谊。

鲁国一杯水，难容横海鳞①。仲尼且不敬，况乃寻常人。白玉换斗粟，黄金买尺薪。闭门木叶下②，始觉秋非春。

闻君向西迁，地即鼎湖邻③。宝镜匣苍藓④，丹经理素尘。轩后上天时，攀龙遗小臣⑤。及此留惠爱，庶几风化淳。

鲁缟如白烟⑥，五缣不成束⑦。临行赠贫交，一尺重山岳。相国齐晏子，赠行不及言⑧。托阴当树李⑨，忘忧当树萱⑩。他日见张禄，绨袍怀旧恩⑪。

【注释】①横海鳞：横海之巨鱼。《抱朴子·外篇》："寸鲋游牛迹之水，不贵横海之巨鳞。"

②木叶下：屈原《九歌·湘夫人》："袅袅兮秋风，洞庭波兮木叶下。"

③鼎湖邻：黄帝铸鼎处在唐代属湖城县，与弘农郡治所弘农县相邻，同属弘农郡管辖，故称刘长史赴任之地为"鼎湖邻"。

④"宝镜"句：用黄帝铸镜的传说。《太平广记》引《异闻集》："黄帝铸十五镜。其第一，横径一尺五寸，法满月之数也。以其相差，各校一寸。"《路史》："黄帝范十有二镜，六乳四兽，变异得以占焉。"罗苹注："应十有二次，随有得者，以占蚀，刻分无差。"

⑤"轩后"二句：轩后：即黄帝轩辕氏。《史记·封禅书》："黄帝采首山铜，铸于荆山下。鼎既成，有龙垂胡髯下迎黄帝。黄帝上骑，群臣后宫从上者七十余人，龙乃上去。余小臣不得上，乃悉持龙髯。龙髯拔，堕，堕黄帝之弓。百姓仰望黄帝既上天，乃抱其弓与胡髯号。故后世因名其处曰鼎湖，其弓曰乌号。"

⑥"鲁缟"句：《汉书·韩安国传》："强弩之末，力不能入鲁缟。"颜师古注："缟，素也。曲阜之地，俗善作之，尤为轻细，故以取喻也。"

⑦"五缣"句：王琦注："《说文》：'缣，并丝缯也，'琦按：二句相承而言，上句既用缟字，则下句不当又用缣字。疑缣乃兼字之讹也。《六书故》：二丈为端，二端为匹、为两、为兼，兼、匹，两之义一也。今人犹以匹为兼，是五兼者为五匹欤？郑玄《周礼注》：十个为束。又《仪礼注》：凡物十曰束。胡三省《通鉴注》：唐制，帛以十端为束。今止五匹，故不成束也。"

⑧"相国"二句：《晏子春秋》："曾子将行，晏子送之曰：'君子赠人以轩，不者以言。吾请以言乎？以轩乎？'曾子曰：'请以言。'晏子曰：'……婴闻之，君子居必择邻，游必就士。择居所以求士，求士所以避患也。婴闻汩常移质，习俗移性，不可不慎也。'"

⑨树李：《说苑》："夫树桃李者，夏得休息，秋得其实焉。"

⑩"忘忧"句：《诗·卫风·伯兮》："焉得谖草，言树之背。"毛传：

"谖草,令人忘忧。背,北堂也。"言,语助词。谓树谖草于北堂。谖,同"萱"。嵇康《养生论》:"萱草忘忧,愚智所共知也。"

⑪"他日"二句:张禄:即范雎。《史记·范雎蔡泽列传》:"范雎既相秦,秦号曰张禄,而魏不知,以为范雎已死久矣。魏闻秦且东伐韩、魏,魏使须贾于秦。范雎闻之,为微行,敝衣闲步之邸,见须贾。……须贾意哀之,留与坐饮食,曰:'范叔一寒如此哉!'乃取一绨袍以赐之。……范雎曰:'汝罪有三耳。……然公之所以得无死者,以绨袍恋恋,有故人之意,故释公。'乃谢罢。入言之昭王,罢归须贾。"绨袍:粗绨做的袍。绨,古代丝织物名。

【译文】鲁郡狭小就如杯水,难以容下横海巨鱼。对孔夫子尚且不敬,何况是对寻常之人?白玉只换一斗米,黄金等价一尺木。我闭门而居直到树叶凋落,方才感知秋风吹来已非春天。

听说您将西迁弘农郡,那是邻近鼎湖的地方。黄帝的宝镜已布满苍苔,留下的丹经也覆满尘土。黄帝乘龙上天的时候,留下未能攀龙的小臣。希望您到那里能留下惠爱,使当地风俗一直保持淳厚。

鲁地的缟素细白如云烟,虽然只是五匹不成一束。您临行赠予贫贱之交,一尺之物就重于山岳。齐相国晏子去送行,曾说赠物不如赠言,我赠言您乘荫就要种桃李,种植萱草可以使人忘忧。如果有朝一日我们再次相遇,要像张禄须贾那样不忘绨袍之恩。

送族弟单父主簿凝摄宋城主簿至郭南月桥却回栖霞山留饮赠之

【题解】这首诗是天宝五载（746）春，李白在单父所作。单父主簿凝，即李白族弟李凝任单父主簿。主簿，县令的僚佐。据《旧唐书·职官志》记载，各县设有主簿一人。位在丞之下，尉之上。上县主簿正九品下，中县、下县主簿皆为从九品上。摄，代理。宋城，唐县名，在今河南商丘市南。郭南月桥，城南之桥。形似月，故名。栖霞山，在单县东。诗人称赞李凝如青萍宝剑，是家族杰出人才。治政游刃有余，往来治理单父、宋城两县。此去宋城不知何时回还。在月桥边为李凝送行，众贤士都来饯别。又一路送到栖霞山。此时群芳娇艳，众人斗酒开颜。直至酒酣耳热，相起告别，宾主都沉醉而无法攀上马鞍。

　　吾家青萍剑[①]，操割有余闲[②]。往来纠二邑[③]，此去何时还？鞍马月桥南，光辉歧路间。贤豪相追饯，却到栖霞山。群花散芳园[④]，斗酒开离颜。乐酣相顾起，征马无由攀。

【注释】①青萍剑：宝剑名。陈琳《答东阿王笺》："君侯体高俗之材，秉青萍干将之器。"吕延济注："青萍、干将，皆剑名也。"此处比喻李凝有才华。
　　②操割：《左传·襄公三十一年》："子皮欲使尹何为邑。……子产

曰：'不可。人之爱人，求利之也。今吾子爱人则以政，犹未能操刀而使割也，其伤实多。子之爱人，伤之而已。'"后以"操割"比喻为官治政。

③纠二邑：管理二县。纠：督察，管理。二邑：指单父、宋城二县。

④"斗酒"句：陶潜《诸人共游周家墓柏下诗》："绿酒开芳颜。"此处化用其意。

【译文】凝弟是我家的青萍剑，为官治政游刃有余闲。往来治理单父宋城两县，此去宋城何时才能回来？在月桥南解鞍驻马送别，明月的清辉照耀歧路间。贤才豪杰争相饯别，一路送到栖霞山边。芳园之中散布娇艳群花，离别之际斗酒可开欢颜。酒酣之时起身告别，彼此沉醉难攀马鞍。

鲁郡东石门送杜二甫

【题解】这首诗是天宝五载（746）秋，李白在鲁郡所作。石门，即石门山，在今山东兖州东，有巨石如门，相传为李白送别杜甫处。杜二甫，即杜甫，兄弟中排行第二。诗中先写两人分别不久又相遇，一起遍游各处山水名胜。此时在石门送别，不知何日能再举杯畅饮。泗水微波荡漾，徂徕山映照海色。彼此一别如转蓬飘散，还是满饮杯中酒，忘掉离愁吧。

醉别复几日，登临遍池台。何时石门路①，重有金樽开？秋波落泗水②，海色明徂徕③。飞蓬各自远，且尽手中杯。

【注释】①石门路：指大堤上的行人通路。水涨时成为水门，水下为石床，水落时为路。

②泗水：源出山东泗水县蒙山，因源有四流，故名。

③徂徕：山名，又作尤来山、尤崃山。在今山东泰安市东南四十里。

【译文】我们醉别几日再相聚，登临游遍了各处池台。什么时候在石门路上，我们能重新举杯畅饮？泗水中秋波荡漾，海色映亮徂徕山。我们将如飞蓬各自飘远，暂且饮尽杯中美酒以道别！

鲁郡尧祠送张十四游河北

【题解】此诗当作于天宝五载（746）。鲁郡尧祠，见本卷《鲁郡尧祠送吴五之琅琊》所注。张十四，名字事迹不详，疑为张谓。贾至有《巴陵寄李二户部张十四礼部》诗，李二户部为李季卿，张十四礼部即张谓。可知张谓排行为十四。河北，指唐代河北道。唐贞观元年（627）置，为贞观十道、开元十五道之一。因在黄河以北，故名。开元后治所在魏州（今河北大名县东北大街乡）。辖境相当今北京、天津二市及河北、辽宁大部，河南、山东古黄河以北地区。此诗以猛虎比喻张十四，赞扬其虽在风尘，仍高亢刚直。引用韩信受辱于淮阴少年之事，来说明张十四如韩信一般能忍辱负重，以成大事。最后引用荆轲、高渐离击筑高歌易水的故事，来说明张十四此去河北，为当年燕赵故地，多有慷慨悲壮之士。最后诗人祝愿张十四早日归来，共隐泰山。

猛虎伏尺草，虽藏难蔽身。有如张公子，肮脏在风尘①。岂无横腰剑？屈彼淮阴人②。击筑向北燕，燕歌易水滨③。归来太山上④，当与尔为邻。

【注释】①肮脏：同"抗脏"。高亢刚直貌。《后汉书·赵壹传》："伊优北堂上，抗脏倚门边。"李贤注："抗脏，高亢婞直之貌也。"

②淮阴人：用韩信被淮阴少年所辱之事，事见《史记·淮阴侯列传》。

③"击筑"二句：《史记·刺客列传》：荆轲准备去刺秦王，"太子及宾客知其事者，皆白衣冠以送之。至易水之上，既祖，取道，高渐离击筑，荆轲和而歌，为变徵之声，士皆垂泪涕泣。又前而为歌曰：'风萧萧兮易水寒，壮士一去兮不复还！'复为羽声忼慨，士皆瞋目，发尽上指冠。于是荆轲就车而去，终已不顾。"筑：古代击弦乐器。

④太山：即泰山。

【译文】猛虎伏在尺许长的草丛中，虽想隐藏也难以掩蔽全身。就如丰神俊朗的张公子，忠贞正直在俗世之中。难道韩信腰间没有横系宝剑？当初却受辱于淮阴少年胯下。您现在击筑去向北燕，在易水边高唱燕歌。等您归来隐居泰山上，我当与您为邻共卧松云。

杭州送裴大泽时赴庐州长史

【题解】此诗当是至德元载（756），李白在杭州为友人送行时所作。杭州, 州名。属江南道。天宝元年改为余杭郡, 乾元元年复改为杭州。今浙江杭州市。裴大泽, 姓裴, 名泽, 排行第一, 事迹不详。庐州, 州名。属淮南道。天宝元年改为庐江郡, 乾元元年复改为庐州。今安徽合肥市。全诗首两句点明友人将去庐州, 远在西江天柱山。而自己则将去往浙东海门去观潮。友人此去割舍亲情, 只因怀有报国忧民之心。此时好风频吹, 流水如歌。最后诗人寄望友人为官高洁, 不取不义之金。

西江天柱远①, 东越海门深②。去割辞亲恋, 行忧报国心。好风吹落日, 流水引长吟。五月披裘者, 应知不取金③。

【注释】①天柱: 山名。又称皖山或潜山。在今安徽潜山县西北。西汉元封五年 (前106) 武帝南巡, 登其山, 号为南岳, 即此。《史记·孝武本纪》:"上巡南郡, 至江陵而东, 登礼潜之天柱山, 号曰南岳。"裴骃集解引应劭曰:"潜县属庐江, 南岳, 霍山也。"

②海门: 指钱塘江入海处的两山。《南村辍耕录》:"浙江之口有两山焉, 其南曰龛山, 其北曰赭山, 并峙于江海之会, 谓之海门。"

③"五月"二句:《论衡·书虚》:"延陵季子出游, 见路有遗金。当夏五月, 有披裘而薪者。季子呼薪者曰:'取彼地金来!'薪者投镰于地, 瞋目拂手而言曰:'何子居之高, 视之下; 仪貌之壮, 语言之野也? 吾当夏五月披裘而薪, 岂取金者哉?'季子谢之, 请问姓字。薪者曰:'子皮相之士也, 何足语姓字?'遂去不顾。"

【译文】您去庐州远在西江天柱山, 我将往东越海门来观潮。您离去时割舍对慈亲的眷恋, 此行不忘报国忧民的忠心。好风吹拂落日隐没，流水潺潺为君长吟。您当如五月披裘伐薪人，应知为官不取不义之金。

灞陵行送别

【题解】此诗约天宝三载（744）春天，李白在长安所作。灞陵，又作"霸陵"，汉文帝陵墓所在地，在今陕西西安市东，灞水从此流过。诗人来此地送别友人，浩浩灞水从眼前流过。道边古树无花，春草触目伤心，处处体现出一种令人惆怅的离别气氛。接着诗人怀古吊今，以当年王粲南奔，凄然回望长安之事来比喻今日友人之离去，更增添几分苍远古意。此时回望长安，漫漫浮云遮蔽宫阙白日。离别的骊歌让人生愁，不忍再听。全诗格调高雅，古风盎然，意境悠远。王夫之《唐诗评选》点评："夹乐府入歌行，掩映百代。"《唐宋诗醇》："古之伤心人别有怀抱，是诗之谓矣。"郭濬《增订评注唐诗正声》："连用三'之'字，在太白则可，他人学之，便堕训诂一路。"

送君灞陵亭，灞水流浩浩①。上有无花之古树，下有伤心之春草②。我向秦人问路岐③，云是王粲南登之古道④。古道连绵走西京⑤，紫阙落日浮云生⑥。正当今夕断肠处⑦，骊歌愁绝不忍听⑧。

【注释】①灞水：今灞河，为渭河支流。源出蓝田县东秦岭北麓。

②"下有"句: 江淹《别赋》: "春草碧色, 春水渌波。送君南浦, 伤如之何?"此句用其意。

③路岐: 即歧路, 岔路。岐, 通"歧"。

④王粲: 字仲宣, 东汉末山阳高平(今山东金乡县西北)人, 建安七子之一。东汉末年因长安扰乱, 去往荆州依附刘表, 作《七哀》诗描写离开长安情景, 云: "南登灞陵岸, 回首望长安。"

⑤西京: 指长安。

⑥"紫阙"句: 紫阙: 指帝王所居之宫城。浮云: 借喻朝廷奸佞。

⑦断肠处:《开元天宝遗事》: "长安东灞陵有桥, 来迎去送皆至此桥, 为离别之地, 故人呼之销魂桥。"

⑧骊歌: 指《骊驹》,《诗经》逸篇名, 为告别之歌。《汉书·王式传》: "谓歌吹诸生曰: '歌《骊驹》。'"颜师古注: "服虔曰: '逸《诗》篇名也, 见《大戴礼》。客欲去, 歌之。'"文颖曰: '其辞云: 骊驹在门, 仆夫具存; 骊驹在路, 仆夫整驾"也。'"后因称离别之歌为骊歌。

【译文】送君来到灞陵亭, 灞水浩荡而流淌。上有古树已不开花, 下有春草触目伤心。我向秦人询问歧路通何方, 说是当年王粲南去的古道。古道连绵一直通向长安, 紫阙落日却被浮云遮蔽。今夜送君来到断肠桥边, 离别骊歌让人生愁不忍听。

送贺监归四明应制

【题解】这首诗应是天宝三载(744), 李白供奉翰林时所作。

贺监，指贺知章，曾任秘书监。秘书监，为秘书省主官，从三品，掌邦国经籍图书之事。四明，山名。在今浙江省宁波市西南。道书以为第九洞天，又名丹山赤水洞天。凡二百八十二峰。相传群峰之中，上有方石，四面如窗，中通日月星辰之光，故称四明山。《新唐书·贺知章传》："贺知章，字季真，越州永兴人。性旷夷，善谈说。证圣初，擢进士超拔群类科，累迁太常博士。开元十三年，迁礼部侍郎，兼集贤院学士。迁太子右庶子，充侍读，坐徙工部。肃宗为太子，知章迁宾客、授秘书监。知章晚节尤诞放，遨嬉里巷，自号"四明狂客"。贺知章于天宝三载，告老还乡，唐玄宗御制诗以赠行，并诏令百官送行，并作诗以赠。《旧唐书·玄宗纪》：天宝三载正月，"庚子，遣左右相已下祖别贺知章于长乐坡，上赋诗赠之。"王琦注："诗纪载知章之归越也，诏令供帐东门外，百僚祖饯于长乐坡，自李适以下作诗送之。今诗存者三十七首，太白其一也。"也有说，此诗为晚唐人拟作，误入李白集中。全诗首两句写贺知章很久以来就无官位荣禄之念，一心想辞官为民。并曾求道学长生之术。已得茅氏真传，因而皇恩浩荡也不能阻止其回乡修道的愿望。仙境之缥缈玄幻，诗人询问贺知章这位化鹤仙人，何时才能再飞回帝都。这首诗虽是应制之作，但依然写得辞情俱佳，意味深远。

久辞荣禄遂初衣①，曾向长生说息机②。真诀自从茅氏得③，恩波宁阻洞庭归④。瑶台含雾星辰满⑤，仙峤浮空岛屿微⑥。借问候栖珠树鹤⑦，何年却向帝城飞。

【注释】①初衣：即初服，入仕前的衣着。《楚辞·离骚》："进不入以离尤兮, 退将复修吾初服。"王逸注: "初服, 初始洁清之服也。"

②息机: 息灭机心。《楞严经》: "息机归寂然, 诸幻成无性。"

③真诀: 指修道秘诀。茅氏: 指茅盈, 汉景帝时咸阳人。传说年十八上恒山修道, 旋隐江南句曲山, 与其弟茅固、茅衷修炼采药, 治病活人, 世称"三茅真君", 改句曲山为三茅山, 简名茅山, 在今江苏省句容县境内。旧有"茅山道士"之传, 即本于此。

④洞庭: 此处指太湖。《水经注·沔水》: "太湖中有大雷、小雷三山, 亦谓之三山湖, 又谓之洞庭湖。"《吴地记》引《扬州记》曰: "太湖一名震泽, 一名洞庭。"

⑤瑶台: 传说中的神仙居处。《拾遗记》: "昆仑山者, 西方曰须弥山, 对七星之下, 出碧海之中。傍有瑶台十二, 各广千步, 皆五色玉为台基。"

⑥仙峤: 仙山。《列子·汤问》: "渤海之东不知几亿万里, 有大壑焉, 实惟无底之谷, 其下无底, 名曰归墟。八纮九野之水, 天汉之流, 莫不注之而无增无减焉。其中有五山焉: 一曰岱舆, 二曰员峤, 三曰方壶, 四曰瀛洲, 五曰蓬莱。其山高下周旋三万里, 其顶平处九千里。山之中间相去七万里, 以为邻居焉。所居之人皆仙圣之种。而五山之根无所连著, 常随潮波上下往还, 不得暂峙焉。"仙峤浮空盖用其事。

⑦珠树: 传说中的仙树。《淮南子·墬形训》: "(昆仑山)上有木禾, 其修五寻, 珠树、玉树、璇树、不死树在其西。"

【译文】很久以来您就想辞去官禄重披布衣, 曾经一心追求长生之术而息灭机心。既然从茅山真君那里得到修道真诀, 就算圣恩眷顾也不能阻止您回洞庭。天界瑶台云雾缭绕罗列星辰, 仙山岛屿空浮海上缥缈难寻。借问您这位珠树上的仙人鹤, 何年才会再飞回帝都。

送窦司马贬宜春

【题解】这首诗大约是天宝二年（743），李白供奉翰林时所作。窦司马，名字事迹不详。据《旧唐书·职官志三》，亲王府设司马一人，从四品下，在长史之下，诸州亦设司马一人。宜春，唐郡名，即袁州，天宝元年改为宜春郡，乾元元年复改为袁州。治所在今江西宜春市。全诗先叙述了窦司马受宠时的情景，接着以白璧被污，随珠被弹作比，为窦司马的被贬鸣不平。结尾诗人安慰窦司马，圣朝多恩泽，此去不要太多担心，终有一天会蒙恩而回。

天马白银鞍①，亲承明主欢。斗鸡金宫里②，射雁碧云端。堂上罗巾贵，歌钟清夜阑。何言谪南国，拂剑坐长叹。赵璧为谁点③？随珠枉被弹④。圣朝多雨露，莫厌此行难。

【注释】①天马：骏马的美称。《史记·大宛列传》："初天子发书《易》，云'神马当从西北来'。得乌孙马好，名曰'天马'。及得大宛汗血马，益壮，更名乌孙马曰'西极'，名大宛马曰'天马'云。"陈后主《紫骝马》其二："蹀躞紫骝马，照耀白银鞍。"

②"斗鸡"句：唐玄宗酷爱斗鸡，很多市井之人凭斗鸡之能飞黄腾达。详见卷一《古风》其二十四"大车扬飞尘"诗注。

③赵璧：指和氏璧。《史记·廉颇蔺相如列传》："赵惠文王时，得楚和氏璧。"陈子昂诗："青蝇一相点，白璧遂成冤。"

④"随珠"句:《淮南子·览冥训》:"譬如隋侯之珠,和氏之璧,得之者富,失之者贫。"高诱注:"隋侯,汉东之国,姬姓诸侯也。隋侯见大蛇伤断,以药傅之。后蛇于江中衔大珠以报之,因曰隋侯之珠,盖明月珠也。"隋,同"随"。《庄子·让王》:"今且有人于此,以随侯之珠,弹千仞之雀,世必笑之。是何也?则其所用者重,而所要者轻也。"

【译文】您获赐天马配着白银鞍,亲承明主的知遇之恩。曾经在金宫伴驾斗鸡,随侍出猎射下碧云雁。您的堂上坐满罗巾贵客,欣赏歌舞直到夜阑之时。为何突然被贬谪南国,难怪您孤坐拂剑长叹。您如赵璧被谁所点污?又如随珠被随意弹出。圣朝恩泽多如雨露,不要担心此去艰难。

送羽林陶将军

【题解】此诗当是天宝二年(743),李白供奉翰林时所作。羽林陶将军,姓陶的羽林将军,名字事迹不详。据《旧唐书·职官志三》:"左右羽林军。大将军各一员(正三品下),将军各二员(从三品下)。羽林将军统领北衙禁兵之法令,而督摄左右厢飞骑之仪仗,以统诸曹之职。"全诗旨在称赞陶将军的出征讨贼的豪气,以及诗人欲为献策之心。

将军出使拥楼船,江上旌旗拂紫烟。万里横戈探虎穴①,三杯拔剑舞龙泉②。莫道词人无胆气③,临行将赠绕朝鞭④。

【注释】①探虎穴：《三国志·吴志·吕蒙传》记载，吕蒙年少时偷偷跟随姐夫邓当讨伐山贼，邓当将此事告诉了吕蒙母亲，母亲训斥他莽撞，吕蒙回答说："贫贱难可居，脱误有功，富贵可致。且不探虎穴，安得虎子。"

②龙泉：剑名。即龙渊。为避李渊名讳，改为龙泉。

③词人：李白自谓。

④绕朝鞭：即绕朝策。绕朝，春秋时秦国大夫。《左传·文公十三年》记载，春秋晋大夫士会因事奔秦，为秦所用。晋人患秦之用士会，乃使人伪以叛晋而入秦，诱士会返晋。计得逞，士会欲行，秦大夫绕朝赠之以策，曰："子无谓秦无人，吾谋适不用也。"杜预注："策，马檛。临别授之马檛，并示己所策以展情。"檛，鞭子，比喻谋略。后以"绕朝策"喻指有先见的谋略。

【译文】陶将军统率楼船将要出征，江上旌旗拂动如紫烟缭绕。此去遥遥万里横戈深入虎穴，三杯酒后拔出龙泉起舞助兴。别说我是词人就没有胆气，临行前我将赠您绕朝之策。

送程刘二侍御兼独孤判官赴安西幕府

【题解】这首诗是天宝二年（743），李白供奉翰林时所作。程、刘二侍御，王琦注："按《旧唐书·封常清传》，开元末，安西四镇节度使夫蒙灵詧判官有刘眈、独孤峻，盖其人也。程则无考。"侍御，唐人对殿中侍御史和监察御史的称呼。后期官员入节度使幕多带宪衔。判官，节度使的僚属。安西，即安西都护府，唐代六都护府之一。贞观十四年（640）置，治所在龟兹城（今新疆库车）。幕府，本指将帅在外的营帐。后亦泛指军政大吏的府署。全诗分别赞扬三位友人才能出众，为安西幕府的翘楚。现在众人为三人送行，长安城为之一空。塞外飞霜笼罩葱岭，大军旗帜如火，战马如云。诗人祝愿三位友人能早日平定边关归来。

安西幕府多才雄，喧喧惟道三数公①。绣衣貂裘明积雪②，飞书走檄如飘风③。朝辞明主出紫宫④，银鞍送别金城空。天外飞霜下葱海⑤，火旗云马生光彩⑥。胡塞尘清计日归，汉家草绿遥相待。

【注释】①喧喧：犹赫赫，显赫貌。

②绣衣：御史所服，后代指御史。此处指程、刘二侍御史。

③飞书走檄：指军书如飘风般飞来。此句指独孤判官而言。

④紫宫：指紫微垣，此处代指帝王宫禁。左思《咏史诗》："列宅紫宫里。"李周翰注："紫宫，天子所居处。"

⑤葱海：指葱岭。古山名。古代对今帕米尔高原及昆仑山、喀喇昆仑山西部诸山的统称。相传因山上生葱或山崖葱翠得名。

⑥火旗云马：王琦注："火旗，谓旗之赤似火。云马，谓马之多如云。"

【译文】安西幕府多有才俊豪雄，赫赫有名的惟你们三位。御史的绣衣貂裘明照白雪，边关军书如飘风飞往判官。清晨依依不舍辞别明主出了宫阙，众人银鞍骏马相送金城为之一空。此时天外飞霜笼罩塞外葱岭,旗帜如火战马如云焕发光彩。胡尘清静之时就是返回之日,等待你们在长安草绿时凯旋。

送侄良携二妓赴会稽戏有此赠

【题解】这首诗是开元末年,李白游杭州时所作。侄良,从侄李良,开元末为杭州刺史。会稽,今浙江绍兴市。题曰"戏有此赠",可知此诗为一时戏谑之作。

携妓东山去①,春光半道催。遥看二桃李②,双入镜中开③。

【注释】①"携妓"用东晋谢安携妓东山的典故。《晋书·谢安传》记载,谢安早年隐居会稽之东山,常携妓出游。后出山为官,成为东晋重臣。

②二桃李:喻指二妓。曹植《杂诗》其四:"南国有佳人,容华若桃李。"

③镜中开:谓二妓身影映入镜湖水中。《初学记》引《舆地志》:"山阴南湖,萦带郊郭,白水翠岩,互相映发,若镜若图。故王逸少曰:'山阴路上行,如在镜中游。'"

【译文】携妓去东山游玩,半道上春光催人。遥看前行的两美女,恰如双双从镜中来。

送贺宾客归越

【题解】此诗当是天宝三载（744）正月作。贺宾客，即贺知章，曾任太子宾客，故称"贺宾客"。天宝二年，贺知章上疏请求告老还乡。三载正月庚子，唐玄宗诏令供帐东门外，百官于长乐坡为贺知章饯行，并作诗以送，诗今存《会稽掇英总集》。李白先作有七律《送贺监归四明应制》一首以送，又单独送贺至阴盘驿（今陕西临潼东），作此首赠别。越，指越州，治所在今浙江绍兴市。诗中描写镜湖，一则因为镜湖是贺知章故乡所在，二是因为唐玄宗将镜湖剡川一曲赐予贺知章。贺知章自号"四明狂客"，此次归乡，面对美景佳境，定会逸兴大发，诗酒以对。结尾两句引用王羲之以《黄庭经》换鹅的故事，来比拟贺知章的归隐生活，也符合贺知章的性情，更见洒脱豪情。

镜湖流水漾清波①，狂客归舟逸兴多②。山阴道士如相见，应写《黄庭》换白鹅③。

【注释】①镜湖：在今浙江绍兴市会稽山麓。以水平如镜，故名。贺知章辞官归家时，唐玄宗"有诏赐镜湖剡川一曲。"

②狂客：谓贺知章。《新唐书·贺知章传》："（贺知章）晚节尤诞放，遨嬉里巷，自号'四明狂客'。"四明：山名，在会稽。

③"山阴"二句：用东晋王羲之典故。相传王羲之喜欢鹅，山阴有

一道士以鹅换取王羲之为其书写《黄庭经》。但《晋书·王羲之传》记载，王羲之以《道德经》换鹅。《黄庭经》：道教经书名。为《上清黄庭内景经》和《上清黄庭外景经》之合称，两经均以歌诀讲述养生修炼原理。

【译文】会稽山下镜湖水平荡漾清波，四明狂客乘舟归来逸兴颇多。如果您遇到山阴道士，也可以书写《黄庭经》换鹅。

送张遥之寿阳幕府

【题解】这首诗是天宝二年（743），李白供奉翰林时所作。张遥，事迹不详。寿阳，即寿春县。唐时寿州治所。今安徽寿县。诗中谓寿阳自古以来就是天险，扼守荆楚险要之地。当年苻坚率百万之众，被谢玄在寿阳附近的八公山击败。诗人称赞张遥勇猛且英武，此去投军效力，必定名震边陲。最后诗人祝愿张遥早日功成，能够衣锦还乡。

寿阳信天险，天险横荆关①。苻坚百万众，遥阻八公山②。不假筑长城，大贤在其间③。战夫若熊虎，破敌有余闲④。张子勇且英，少轻卫霍俦⑤。投躯紫髯将⑥，千里望风颜。勖尔效才略，功成衣锦还⑦。

【注释】①"天险"句：《太平寰宇记》："（寿阳）城临淝水，北有

八公山,山北即淮水,自东晋至今,常为要害之地。"《水经注·肥水》:
"又北过寿春县东,北入于淮。"荆关:指寿春城,以战国时为楚地,故
称为荆关。

②"符坚"二句:《晋书·符坚载记下》:"(符)坚发长安,戎卒
六十余万,骑二十七万,前后千里,旗鼓相望。……坚与符融登(寿春)
城而望王师,见部阵齐整,将士精锐,又北望八公山上草木,皆类人
形,顾谓融曰:'此亦劲敌也,何谓少乎!'怃然有惧色。初,朝廷闻坚入
寇,会稽王道子以威仪鼓吹求助于钟山之神,奉以相国之号。及坚之见
草木状人,若有力焉。"八公山:在今安徽淮南市西。相传汉淮南王刘
安曾与八公登此山,故名。

③"不假"二句:用唐太宗故事。《贞观政要·任贤》:"太宗谓侍
臣曰:'隋炀帝不解精选贤良,镇抚边境,惟远筑长城,广屯将士,以备
突厥,而情识之惑,一至于此!朕今委任李勣于并州,遂得突厥畏威远
遁,塞垣安靖,岂不胜数千里长城耶!'"此二句用其意。

④"破敌"句:《晋书·谢安传》:"(符坚百万军)次于淮肥,京
师震恐。加(谢)安征讨大都督。(谢)玄入问计,安夷然无惧色,答曰:
'已别有旨。'既而寂然。玄不敢复言,乃令张玄重请。安遂命驾出山
墅,亲朋毕集,方与玄围棋赌别墅。……玄等既破坚,有驿书至,安方对
客围棋,看书既竟,便摄放床上,了无喜色,棋如故。客问之,徐答云:
'小儿辈遂已破贼。'既罢,还内,过户限,心喜甚,不觉屐齿之折,其
矫情镇物如此。"此处用其意。

⑤卫霍:指汉代名将卫青、霍去病。孱:懦弱。

⑥紫髯将:指孙权。《三国志·吴志·孙权传》:"权与凌统、甘宁
等在津北为魏将张辽所袭,统等以死捍权,权乘骏马越津桥得去。"裴

松之注引《献帝春秋》曰:"张辽问吴降人:'向有紫髯将军,长上短下,便马善射,是谁?'降人答曰:'是孙会稽。'"即孙权。此处借指寿州诸将。

⑦衣锦还:即衣锦还乡。指富贵后回到故乡,含有向亲友乡里夸耀之意。《南史·柳庆远传》:"出为雍州刺史,加都督。帝饯于新亭,谓曰:'卿衣锦还乡,朕无西顾忧矣。'"

【译文】寿阳确实自古就是天险,天险横扼荆楚成为雄关。当年苻坚百万之众,也被遥阻八公山下。护国不靠筑造长城,但有大贤尽忠其间。战士勇猛就如熊虎,上阵破敌尚有余闲。张君生来就勇猛且英武,少时就敢看轻卫、霍之辈。此次毅然投躯于紫髯将军,能令敌军千里外望风披靡。勉励您施展英雄才略,早日功成衣锦还故乡!

全—本—全—注—全—译

李白

全集

第三册

〔唐〕李白　著

谦德书院　注译

团结出版社

© 团结出版社，2024 年

图书在版编目（ＣＩＰ）数据

李白全集 /（唐）李白著；谦德书院注译 . — 北京：

团结出版社，2024.10. — ISBN 978-7-5234-1126-1

Ⅰ . I214.222

中国国家版本馆 CIP 数据核字第 2024EV3021 号

责任编辑：王思柠
封面设计：张　信

出　　版：团结出版社
　　　　　（北京市东城区东皇城根南街 84 号　邮编：100006）
电　　话：（010）65228880　65244790
网　　址：http://www.tjpress.com
E-mail：zb65244790@vip.163.com
经　　销：全国新华书店
印　　装：北京天宇万达印刷有限公司

开　　本：145mm×210mm　32 开
印　　张：73　　　　　　　　　字　数：1850 千字
版　　次：2024 年 10 月 第 1 版　印　次：2024 年 10 月 第 1 次印刷

书　　号：978-7-5234-1126-1
定　　价：256.00 元（全四册）
　　　　　（版权所属，盗版必究）

目　录

卷十四 送中

卷十五　送下

卷十五 酬答上

卷十八 登览

卷十九 行役

卷十九　怀古

卷二十 闲适

卷二十一 写怀

卷二十二 咏物

卷二十二　题咏

卷二十二 杂咏

卷十四　送中

送裴十八图南归嵩山二首

【题解】这两首诗是天宝二年（743），诗人在长安供奉翰林时所作。裴十八图南，即裴图南，排行十八，生平不详，从诗中可知裴图南准备归嵩山隐居。嵩山，五岳之一的中岳，在今河南登封。

其一

【题解】此诗首句"何处可为别"一句，直言没有一处地方合适作为送别之所，无论在哪里送别都会让人感伤。将依依不舍的留恋之情似轻实重地表达出来，可谓高妙。在长安青绮门，诗人为裴图南送行，路旁酒肆里胡姬正在热情的挥手招呼客人。诗人进店设酒为裴图南饯行。临别之时，诗人单独与裴图南谈话，告诫他说：芳兰易被狂风吹折，日暮引来鸟雀喧嚣。这是在含蓄的提醒裴图南，君子易被谗言诋毁，君昏则朝廷内小人喧嚣。天宝初年，唐玄宗已经失去了以往的锐意进取精神，开始沉迷于享乐，朝政也被李林甫把持，贤人忠臣遭到排斥。因此诗人才劝诫裴图南，不如像郭瑀那样遁迹山林，逍遥自在。"同归无早晚，颍水有清源"两句则表明诗人也看清了朝廷形势，萌生了归隐的念头，表示早晚也会追寻友人，一起到颍水隐居。

何处可为别？长安青绮门①。胡姬招素手，延客醉金樽。临当上马时，我独与君言。风吹芳兰折②，日没鸟雀喧③。举手指飞鸿④，此情难具论。同归无早晚，颍水有清源⑤。

【注释】①青绮门：《三辅黄图》："长安城东出南头第一门曰霸城门，民见门色青，名曰青城门。"

②芳兰：比喻君子。此句喻君子被打压不得伸其志。

③日没：比喻君主昏暗。鸟雀：比喻小人。此句喻指君昏而诋毁四起。

④"举手"句：用东晋郭瑀故事。《晋书·郭瑀传》记载，晋人郭瑀隐居山谷中，前凉王张天锡派孟公明持节去征召他，郭瑀指着飞鸿对孟公明说："此鸟怎么可以养在笼中。"此处用其意。

⑤颍水：即颍河，发源于河南省登封县嵩山，为淮河最大的支流。

【译文】何处可作为送别的地方？就在这长安的青绮门。胡姬挥动着纤纤素手，延请客人进酒楼饮醉。在您即将上马出发之时，我有几句话想对您言说。芳兰易被狂风吹折，日暮引来鸟雀喧嚣。晋代郭瑀手指飞鸿以明志，此中情理难以一一说清楚。我们共同归隐没有早晚之分，颍水的清源将是理想的归隐之所。

其二

【题解】这首诗承接上一首，继续进行抒发。首两句写裴图南归隐是因为思念颍水的碧绿清澈，所以就来到嵩山隐居。上古高士许由曾隐居颍水边，躬耕于嵩山下。但是诗人引用许由洗耳的典故，是用来劝勉裴图南不要做沽名钓誉的事情。原因就在于洗耳只是为了获得虚名，而洗心则是为了明了本性，就像禅学中的顿悟本心一样。应该效仿谢安，太平时隐居东山，危难时就出山拯救苍生。这两首诗写送别，前后相继，互为衬托。不以文字取胜，语言质朴无华，贵在格调高雅，立意高远脱俗。

君思颍水绿，忽复归嵩岑①。归时莫洗耳②，为我洗其心。洗心得真情，洗耳徒买名。谢公终一起③，相与济苍生。

【注释】①嵩岑：嵩山。

②洗耳：用许由颍水洗耳的典故。《高士传》："许由，尧召为九州长，由不欲闻之，洗耳于颍滨。"

③谢公：指谢安。《世说新语·排调》："谢公屡违朝旨，高卧东山，诸人每相与言：'安石不肯出，将如苍生何。'"

【译文】您因思念颍水的清绿，就决心回嵩山去归隐。回去后不要沽名学许由去洗耳，您要抛却尘念洗涤自己的内心。洗耳只是徒买空名，洗心才能明了本性。隐迹东山的谢安终究还会再起，因为他担负着拯救苍生的重任。

同王昌龄送族弟襄归桂阳二首

`

【题解】这二首诗大约是天宝二年(743),诗人在长安与王昌龄一起送别族弟李襄时所作。王昌龄是唐代诗人,尤其擅长边塞诗。李襄为诗人族弟,生平事迹不详。桂阳,指桂阳郡,即彬州,隶江南西道。治所在今湖南郴州市。

其一

【题解】此诗首两句道明送别地点和时间。春草刚刚转绿的时候,在长安诗人为族弟李襄送别。饯行宴上,楚谣轻唱,美酒在樽。诗人询问李襄为什么看上去满腹心事,是不是听到鹧鸪的啼鸣,引起了思乡的情绪。诗人告诉李襄自己一直也有归隐罗浮山的想法,只是心中感念君恩,所以迟迟下不了归隐沧海的决心。但是诗人心中始终向往如浮云一样自由自在的生活,早晚会和李襄一起遨游四海。此约定期许深远,就像桂树已经生出芳根。

秦地见碧草①,楚谣对清樽②。把酒尔何思?鹧鸪啼南园③。余欲罗浮隐④,犹怀明主恩。踌躇紫宫恋⑤,孤负沧洲言⑥。终然无心云⑦,海上同飞翻。相期乃不浅⑧,幽桂有芳根⑨。

【注释】①秦地:代指长安。

②楚谣：楚地歌谣，因为桂阳郡古属楚地。

③鹧鸪：一种体形似鸡而比鸡小的鸟类，叫声类似"行不得也哥哥"，会引起游子的离愁别绪，所以，常用鹧鸪来表示思乡。

④罗浮：指罗浮山，在今广东增城县东，跨入博罗县境，是罗山与浮山的合称。

⑤紫宫：指紫微垣。这里代指帝王宫禁。

⑥沧洲：滨水的地方。古时常用以称隐士的居处。

⑦无心云：谓浮云。语出陶潜《归去来辞》："云无心以出岫，鸟倦飞而知还。"

⑧相期：期待，相约。

⑨幽桂：王琦注："吴均诗：'桂树多芳根。'太白虽用其句，然诗意则用淮南《招隐士》'桂树丛生兮山之幽'也。"

【译文】长安遍野都能见到碧草，轻唱楚谣与您把酒饯行。举杯不饮莫非您有什么感触？应是南园鹧鸪啼叫唤起了乡思。我打算归隐罗浮山，可是感念君恩未报。我踌躇再三依然想报效社稷，辜负我归隐沧海之滨的诺言。可是我终究向往浮云般的自在，最终仍要与您一起翱翔四海。我们的约定期许不浅，毕竟幽桂已生出芳根。

其二

【题解】首句诗人询问李襄家住何处，李襄回答就在青莎白石的江边。李襄告诉诗人昨夜梦到家乡江边的红花在红日的映照下，分外绚烂多彩，而且家中东窗前也有几枝春花正在开放。醒来后向往不已，恨不得马上启程归家，心思早就随鸟儿飞回了南方。然而路途遥远, 云水相阻。诗人送别李襄, 不知何时再见, 因此心生惆怅。叮嘱李襄还家之后, 如果春潭草绿, 就折几枝西寄长安, 以慰诗人思念之苦。全诗情思隽永, 意逸辞清。

尔家何在潇湘川①, 青莎白石长江边②。昨梦江花照江日, 几枝正发东窗前。觉来欲往心悠然, 魂随越鸟飞南天。秦云连山海相接, 桂水横烟不可涉③。送君此去令人愁, 风帆茫茫隔河洲。春潭琼草绿可折, 西寄长安明月楼。

【注释】①潇湘川: 王琦注:"潇水出湖广道州之九疑山, 湘水出广西桂林之海阳山, 至永州城西而合流焉。自湖而南, 二水所经之地甚广, 至长沙湘阴县始达青草湖, 注洞庭, 与岷江之流合。故湖之北, 汉、沔是主, 不得谓之潇湘。若湖之南, 皆可以潇湘名之。此诗送人归桂阳, 而言'尔家何在潇湘川', 止是约略所近之地而言之耳。其实潇湘之水, 在桂阳之下, 不能逆流而经桂阳也。"

②青莎: 即莎草。多年生草本植物。地下块根名香附子, 供药用。王琦注:"按莎草有二: 一是雀头香, 其叶似幽兰而绝细, 耐水旱, 乐蔓延, 虽拔心陨叶, 弗之能绝, 今之香附子是也。一是夫须, 可为衣以遇雨, 今谓之蓑衣。"

③桂水:《水经注·钟水》:"桂水出桂阳县北界山, 山壁高耸, 三面特峻, 石泉悬注, 瀑布而下, 北径南平县而东北流, 届钟亭, 右会钟水, 通为桂水也。故应劭曰:'桂水出桂阳, 东北入湘。'"

【译文】君家在潇湘川上何处, 就在青莎白石的长江边。您昨夜梦到江花映照江日分外绚烂多彩, 家里东窗前树上春花也有几枝正在生发。醒来后内心悠然恨不能马上归家，魂魄早已随越鸟翱翔于南方碧空。秦地浮云蔼蔼连山接海，桂水烟气漫漫难以跋涉。此地送君令人生愁，孤帆乘风远隔河洲。请君折几支家乡春潭的碧绿琼草，西寄长安明月楼来安慰我的相思。

送外甥郑灌从军三首

【题解】这三首诗应该是在安史之乱期间所作，具体年代不详。郑灌是诗人的外甥，将要从军，诗人作诗来勉励。

其一

【题解】诗人引用了南朝刘毅一掷百万的典故，来鼓励外甥郑灌，说明好男儿应该舍命报效天子，上阵斩胡首，建功立业，荣耀还乡。

六博争雄好彩来①，金盘一掷万人开②。丈夫赌命报天子，当斩胡头衣锦回。

【注释】①六博：古代一种掷采下棋的博戏。因下棋双方各有六根博箸故名六博。好彩亦作"好采"，指赌博时获胜的形势。

②一掷：即一掷百万，形容赌注极大，一掷而定输赢。语出《宋

书·武帝纪上》：“刘毅家无担石之储，樗蒲一掷百万。”

【译文】六博中争雄全凭拿到好采，金盘上一掷千金万人瞩目。大丈夫应该舍命报效天子，斩落胡头建功衣锦还乡。

其二

【题解】这首诗写郑灌从军出征的情景。诗人描绘郑灌手提丈八蛇矛随军从陇西出征，就像当年陇西名将陈安那样勇猛，称赞郑灌箭术精湛可媲美春秋时楚国神射手养由基。诗人叮嘱郑灌要运用《龙韬》等兵法来破阵杀敌，并预祝郑灌马到成功，击败强敌，俘获的兵甲堆积的如同熊耳山一样高。

丈八蛇矛出陇西①，弯弧拂箭白猿啼②。破胡必用《龙韬》策③，积甲应将熊耳齐④。

【注释】①“丈八”句：用东晋陈安故事。《晋书·刘曜载记》记载，陈安原为西晋南阳王司马模帐下都尉，后辅佐司马模之子司马保，后自立为王，一度占据陇西。陈安作战时左手持七尺大刀，右手拿丈八蛇矛，勇猛异常。陈安平时十分优待部下，能够与他们同甘共苦。陈安后被前赵所杀。陈安死后，陇上人想念他，因此作《壮士之歌》：“陇上壮士有陈安，……七尺大刀奋如湍，丈八蛇矛左右盘，十荡十决无当前。”蛇矛：亦称虵矛，矛头如弯曲的蛇体的长兵器。陇西：指甘肃省东南部，因在陇山以西而得名。

②“弯弧”句：用养由基射白猿典故。《淮南子·说山训》记载，

养由基是春秋时楚国将领，善于射箭。楚王园中有只白猿。楚王用箭射它，接连几支箭都被白猿接住，白猿嘻笑看着楚王。楚王就命令养由基来射。养由基刚开始调校弓箭，白猿就吓得抱着树木号哭起来。弧：木弓。

③《龙韬》：古代兵书。周朝太公吕望著兵法《六韬》，分文韬、武韬、龙韬、虎韬、豹韬、犬韬六卷。后泛指兵书。

④"积甲"句：用刘盆子故事。《后汉书·刘盆子传》记载，刘盆子是汉高祖刘邦之孙城阳景王刘章之后，东汉末年被赤眉军领袖樊崇等拥立为皇帝。后被光武帝刘秀打败，樊崇和刘盆子以及丞相徐宣以下三十多人肉袒请降。光武帝得到了汉室的传国玺绶、更始帝的七尺宝剑及玉璧各一件。缴获的兵器堆积在宜阳城西，与熊耳山一般高。

【译文】君即将手提丈八蛇矛随王师出陇西而征战，您弯弓射箭也会像养由基那样使白猿哀啼。您一定要善用姜太公的《龙韬》策略，打败敌人后缴获的兵甲高如熊耳山。

其三

【题解】这首诗先写太白入月的天象，表明正是诛灭胡寇的大好时机，诗人鼓励郑灌积极报国，一定会建功立业，如期归来。胡寇也必将灭亡，流出的鲜血把黄河都染红了，敌酋的头颅也将被悬挂在白鹊旗上示众。全诗慷慨激昂，充满必胜的豪气。

月蚀西方破敌时①，及瓜归日未应迟②。斩胡血变黄河水，枭首当悬白鹊旗③。

【注释】①月蚀西方：即太白入月，为灭胡之象。古星象家以为太白星主杀伐，故多以喻兵戎。

②"及瓜"句：《左传·庄公八年》："齐侯使连称、管至父戍葵丘，瓜时而往，曰：'及瓜而代'。"言任期一年，今年瓜时往，来年瓜时代之。后因以"及瓜"指任职期满。

③枭首：斩首并悬挂高杆示众。

【译文】太白入月是灭亡胡人的天象，明年您一定会如期得胜还朝。斩杀胡人流出的鲜血把黄河都染成了红色，还将敌酋的头颅高高悬挂在白鹊旗上示众。

送于十八应四子举落第还嵩山

【题解】这首诗是天宝二年（743），诗人在长安供奉翰林时，赠给科举落第的于十八所作。于十八，排行十八，名字生平不详。四子举，又称道举，以道家学说开科取士。道举考试始于唐玄宗开元二十九年。四子指道家代表人物老子、庄子、文子、列子。唐朝以老子为其始祖，历代皇帝都崇尚道学，唐高祖曾下诏规定了道、儒、释三教的地位："老先，次孔，末后释宗。"唐高宗李治曾亲自到亳州祭祀老子，并追封老子为太上玄元皇帝。唐玄宗亲自注释《道德经》，并敕令"士庶家藏《老子》一本，每年贡举人，量减《尚书》《论语》一两条策，加《老子》策。"《通典》记载："玄宗方弘道化，至二十九年，始于京、都置崇玄馆，诸州置道学，生徒有差。京、都各百人，诸州无常员。习《老》《庄》《文》《列》，谓之四子。荫第与国子监同。谓之'道举'。举送、课试与明经同。"于十八所参加的考试就是道举考试。此诗首段写老子是道家的始祖，知晓造化变幻，洞彻天人玄机。道家学说能使万物复归本源，生生不息于当世。又有庄子、文子、列子、庚桑子等四位真人，继承老子的学说，各有著述，言辞激荡如波涛。道家学说流传不息，没有沉寂之时，逐渐成为开科取士的科目，以垂范后世。次一段写于十八诵读经书，才华出众，同时也劝诫于十八做事要顺其自然，不用太过炫耀，否则就像冶中之金好踊跃一样，成了不祥之事，反而会蹉跎岁月，功业无成。诗人勉励于十八要注重道德修养，如果道德可以买卖，到处都是，也就不珍贵了。诗人劝于十八回到嵩山后，学习陶渊明的做法，不必将落第的事情挂怀难忘。诗人也会得闲来访，在三花树下一起徜徉。全诗借道举来抒发诗人对功名的看法，旁征博引，说理深刻，言外之意表露无遗。

吾祖吹橐籥^①，天人信森罗^②。归根复太素^③，群动熙元和^④。炎炎四真人^⑤，摛辩若涛波^⑥。交流无时寂，杨墨日成科^⑦。

夫子闻洛诵^⑧，夸才才固多。为金好踊跃^⑨，久客方蹉跎。道可束卖之，五宝溢山河^⑩。劝君还嵩丘，开酌眄庭柯^⑪。三花如未落^⑫，乘兴一来过。

【注释】①橐籥：古代冶炼时用以鼓风吹火的装置，橐为风箱，籥为风管。《老子》："天地之间，其犹橐籥乎？虚而不屈，动而愈出。"

②天人：《庄子·天下》："不离于宗，谓之天人；不离于精，谓之

神人；不离于真，谓之至人。以天为宗，以德为本，以道为门，兆于变化，谓之圣人；以仁为恩，以义为理，以礼为行，以乐为和，熏然慈仁，谓之君子。"

③归根：回归本源。《老子》："万物芸芸，各复归其根。"太素，谓最原始的物质。《列子·天瑞》："太素者，质之始也。"《白虎通·天地》："始起先有太初，后有太始，形兆既成，名曰太素。"

④群动：泛指众生。元和：即太和，天地间冲和之气。

⑤四真人：指道家的四位圣贤。《旧唐书·玄宗纪下》："天宝元年，庄子号为南华真人，文子号为通元真人，列子号为冲虚真人，庚桑子号为洞虚真人。其四子所著书，改为真经。"

⑥摛：铺陈。班固《答宾戏》："驰辩如涛波，摛藻如春华。"颜师古注："大波曰涛。摛，布也，藻，文辞也。"

⑦日成科：日渐成为科举考试的科目。指开设四子科。

⑧洛诵：反复诵读。洛，通"络"，连络。《庄子·大宗师》："副墨之子，闻诸洛诵之孙。"成玄英疏："临本谓之副墨，背文谓之洛诵。初既依文生解，所以执持披读；次则渐悟其理，是故罗洛诵。"

⑨"为金"句：《庄子·大宗师》："今之大冶铸金，金踊跃曰：'我且必为镆铘！'大冶必以为不祥之金。"原句谓天地就好像一个大熔炉，每个人不过是待冶炼的金属，人生于天地之间，应该各安其分。如果冶炼师铸造器物的时候，有块金属忽然踊跃叫喊："我要成为莫邪那样的宝剑"，那一定会被冶炼师看作不祥之物。此处指于十八踊跃参加应试。

⑩五宝：代指德。《逸周书·文酌》："德有五宝，哀有四忍，乐有三丰，恶有二咎，欲有一极。"

⑪"开酌"句：化用陶渊明《归去来辞》："列壶觞以自酌，眄庭柯以怡颜。"吕向注："柯，树枝也。"

⑫三花：三花树，即贝多树。一年开花三次，故名。古印度常以树叶写经。《初学记》："汉世有道士，从外国将贝多子来，于嵩高西脚下种之，有四树，与众木有异，一年三花，白色香异。"

【译文】吾祖老子言说天地如风箱鼓动，自古得道成仙的天人森然罗列。他的学说能使万物返回最初的纯真状态，能让天下众生欢欣喜悦生长于太和之中。名声昭然的道家四位真人，他们的文辞激荡如波涛。广为流传而不会沉寂，使道学也成为应试科目。

您反复吟颂经书典籍，您的才能确实很多。如果像冶中之金那样踊跃，反而不被赏识必然蹉跎岁月。道不可以捆扎成束售卖，否则德将满溢山河遍地都是。我劝您还是回到嵩山，持酒静待自家花枝早开！如果嵩山贝多树的花儿未落，我或许哪天乘兴前去观看。

送别

【题解】这首诗的年代不详。送别对象亦不详。诗人在寻阳送别友人，友人将沿着五溪水，洄流直入到长江，再经巫山去往蜀中。沿途美景众多，被人们广为传颂。诗人的家乡就在蜀中，所以深知蜀中的秀美，因此告诉友人到了蜀地一定会被那里的山水所吸引，因而赞美不已。送别时正是金秋八月，水边的芦花被秋风吹得飒飒作响，更使人增添了几分忧愁。友人登船远去，诗人一直在岸上目送友人，直到帆影消失在水天相交之处。此时已是日暮时分，只听见脚下的江水滚滚奔流不息。"日暮长江空自流"一句与王勃诗："槛外长江空自流。"有异曲同工之妙。

　　寻阳五溪水①，沿洄直入巫山里②。胜境由来人共传，君到南中自称美③。送君别有八月秋，飒飒芦花复益愁④。云帆望远不相见，日暮长江空自流。

　　【注释】①五溪水：王琦注："诗句五溪，当在寻阳，然无所考据。按《一统志》，五溪水在池州青阳县西二十里，源出九华山。五溪，龙溪、池溪、漂溪、双溪、澜溪，合流北入大江。寻阳或是青阳之误未可知。"寻阳，在今江西九江。

　　②沿洄：顺流而下为沿，逆流而上为洄。巫山：山名。在四川、湖北两省边境。北与大巴山相连，形如"巫"字，故名。长江穿流其中，形成三峡。

　　③南中：指川南和云贵一带。

　　④飒飒：拟声词。风吹动树木枝叶等的声音。

　　【译文】寻阳的五溪水，洄流一直到巫山。那里的胜景一直被人传颂，您去往那里一定会赞美。八月之秋送您离去，芦花飒飒让我更觉忧愁。远望您的船帆直入云际不见，日暮时只有滚滚长江在流淌。

送族弟绾从军安西

【题解】这首诗应该是天宝二年(743),诗人在长安送族弟李绾去安西都护府从军时所作。李绾的生平事迹不详。安西,指安西都护府,是唐朝设于西域的军政机构,《通典》:"安西都护府本龟兹国也,大唐明庆中置。东接焉耆,西连疏勒,南邻吐蕃,北拒突厥。"此诗首四句写族弟李绾从军出征西戎,击鼓而行,声势浩大。这次出征在朝廷大将的率领下,一定会剪除强虏,建立奇功。后四句写君王对此次出征抱有厚望,按剑遥望边关,看到昴星下坠的天象,说明敌人气数已尽。明年一定会大破敌军,将敌寇系首押送长安。全诗洋溢着诗人期望杀敌立功报效国家的热切情怀。

汉家兵马乘北风①,鼓行而西破犬戎②。尔随汉将出门去,剪虏若草收奇功。

君王按剑望边色,旄头已落胡天空③。匈奴系颈数应尽④,明年应入蒲桃宫⑤。

【注释】①汉家:代指唐朝。

②鼓行:《汉书·项籍传》:"我引兵鼓行而西,必举秦矣。"颜师古注:"鼓行,谓击鼓而行,无畏惧也。"犬戎:古时候西部的少数民族。《国语·周语上》:"穆王将征犬戎。"韦昭注:"犬戎,西戎之别名,在荒服。"

③旄头：星名，即昴星。二十八宿之一。《汉书·天文志》："昴曰旄头，胡星也。"旄头落代表胡人将衰落。

④匈奴系颈：语出《汉书·贾谊传》："陛下何不试以臣为属国之官以主匈奴，行臣之计，请必系单于之颈而制其命。"数应尽：命数已尽。

⑤蒲桃宫：汉代宫殿名。《三辅黄图》："蒲桃宫，在上林苑西。"此处代指唐朝宫殿。

【译文】大唐兵马乘北风而出征，击鼓壮行西出大破胡寇。您随朝廷大将出战西戎，灭胡如割草定会立下奇功。

君王手按宝剑遥望边情，昴星已经在胡地上空坠下。匈奴命数已尽即将系颈被擒，明年就会有捷报传入宫中。

送梁公昌从信安王北征

【题解】此诗是开元二十年（732），诗人在长安送友人梁公昌从军时所作。梁公昌，生平事迹不详。信安王，指信安郡王李祎，唐太宗曾孙，吴王李恪之孙，张掖郡王李琨之子。为人孝悌，开元十二年（724），被封为信安郡王。李琨能征善战，战功卓著，曾指挥石堡城之战，大破吐蕃。《旧唐书·玄宗纪上》记载，开元十九年，契丹贵族可突于杀契丹王李邵固，并胁迫奚部众人一起背叛唐朝投降突厥。开元二十年春，唐玄宗任命朔方节度副大使、礼部尚书、信安郡王李祎为河东、河北行军副大总管，以户部侍郎裴耀卿、幽州长史赵含章等人为副将，分道统兵出范阳之北，率兵进击奚、契

丹。大破奚和契丹军队，可突于逃走，其余部众流窜山谷，奚酋李
诗琐高率5000余帐投降，李祎获胜而归。信安王北征即指此事。全
诗前八句写梁公昌才能过人，投笔从戎成为信安郡王李祎的幕僚。
诗人赞美他胸怀百战制胜之术，气盛可为万夫之雄。舞动莲花宝
剑，高歌明月之宫。此次出征主将布下天地阵法，雄兵一出即可打
通关塞。后四句写饯别情景。临道而祖席，旌旗映彩虹。诗人祝愿
友人此去，能够早日得胜凯旋归来，建立功勋画像于麒麟阁中。

入幕推英选①，捐书事远戎②。高谈百战术③，郁作万夫雄④。起
舞莲花剑⑤，行歌明月宫。将飞天地阵⑥，兵出塞垣通⑦。

祖席留丹景⑧，征麾拂彩虹⑨。旋应献凯入⑩，麟阁伫深功⑪。

【注释】①"入幕"句：用入幕之宾的典故。《晋书·郗超传》记
载，东晋时期，大将军桓温居功自傲，图谋篡夺皇位。有一次谢安和王
坦之来拜访桓温，桓温就让自己的谋士郗超躲在幕后偷听。结果风把
帷幕吹开，露出了郗超。谢安风趣地称郗超为入幕之宾。

②捐书：废书不读。这里是弃书从戎的意思。语出《庄子·山木》：
"孔子曰：'敬闻命矣。'徐行翔佯而归，绝学捐书，弟子无挹于前，其
爱益加进。"

③百战术：即百战百胜之术。语出《史记·魏世家》："外黄徐子谓
太子曰：'臣有百战百胜之术。'"

④郁：气势盛。

⑤莲花剑：王琦注："《汉书音义》：'晋灼曰：古长剑首，以玉作井
鹿卢形，上刻木作山形，如莲花初生未敷时。'"

⑥天地阵：古代军事术语。《六韬·虎略》："武王问太公曰：'凡用兵为天阵、地阵、人阵奈何？'太公曰：'日月、星辰、斗柄，一左一右，一向一背，此谓天阵。丘陵、水泉，亦有前后左右之利，此谓地阵。用车用马，用文用武，此谓人阵。'"

⑦塞垣：本指汉代为抵御匈奴所设的边塞。后亦指长城，边关城墙。

⑧祖席：饯行的宴席。古代出行时祭路神称为"祖"。丹景：红日。

⑨征麾：古代出征时指挥军队的旗帜。

⑩献凯：献捷。

⑪麟阁：即麒麟阁，汉代阁名。在未央宫中。汉宣帝时曾将霍光等十一功臣的画像列于阁上，以表扬其功绩。封建时代多以画像于"麒麟阁"表示卓越功勋和最高的荣誉。

【译文】您是信安王幕僚中的英才，毅然投笔弃书从军远征。您高谈克敌百胜之术，气势之盛可为万夫雄。您舞动莲花宝剑，在明月宫前高歌。将军布下天地兵阵以制敌，雄兵出关使边塞从此畅通。

红日下设宴饯行，彩虹边旗帜拂动。相信王师很快就有捷报传来，您将作为功臣画像麒麟阁中。

送白利从金吾董将军西征

【题解】这首诗大约是天宝初年，诗人在长安时所作。白利是诗人的朋友，生平事迹不详。金吾，即金吾卫，是负责宫中及京城警戒、皇帝禁卫、扈从等事的禁军，按《旧唐书·职官志》，左右金吾卫各设大将军一人，将军二人。董将军，名字生平不详。全诗首两句写出征的原因，是为了讨伐吐蕃。白利作为辅佐随同金吾董将军一起出征。"剑决浮云气，弓弯明月辉"二句则是描写白利的威武。挥剑可以斩断浮云，弯弓可以满如圆月。"马行边草绿，旌卷曙霜飞"二句则是描写大军开拔边塞的情景。浩浩荡荡的大军行进在一望无际的草原上，旌旗在寒霜中招展飘扬。最后两句写送别。诗人挥手与友人告别，寒风中铁甲凛然，平添一股肃杀之气。全诗写得极具气势，把将士出征的豪迈与慷慨刻画得十分形象。

西羌延国讨①，白起佐军威②。剑决浮云气③，弓弯明月辉。马行边草绿，旌卷曙霜飞。抗手凛相顾④，寒风生铁衣⑤。

【注释】①西羌：汉朝时对西部羌人的泛称。唐时指吐蕃为西羌。《旧唐书·吐蕃传》："吐蕃，在长安之西八千里，本汉西羌之地也。"延：请，此处为招致的意思。

②白起：战国时秦国将领。《史记·白起王翦列传》："白起者，郿人也。善用兵，料敌合变，出奇无穷，声震天下。"这里借指白利。

③"剑决"句：语出《庄子·说剑》："天子之剑，上决浮云，下绝地纪，此剑一用，匡诸侯，天下服矣。"决：断。

④抗手：举手拜别。

⑤铁衣：用铁甲编成的战衣。

【译文】吐蕃屡次犯边即将受到朝廷的征讨，您这位当代白起也为王师增添军威。您举起长剑就能斩断浮云，拿起强弓就能拉开如满月。战马疾行在碧草无垠的边塞上，旌旗飘扬在霜寒袭人的晨曦中。

临别与您招手相望时，只见铁甲上寒风凛然。

送张秀才从军

【题解】此诗作于至德二载（757）。张秀才，可能为《送张秀才谒高中丞并序》中提到的秀才张孟熊。秀才，是西汉时推荐人才的科目之一。原指才之秀者，始见于《管子·小匡》："农之子常为农，朴野不慝，其秀才之能为士者，则足赖也。"东汉为了避光武帝名讳，改称茂才。唐初设置秀才科，及第者称秀才。后废秀才科，秀才就作为一般读书人的泛称。《送张秀才谒高中丞并序》中提到当时诗人因永王李璘之事获罪下狱，而秀才张孟熊正准备拜谒时任扬州大都督府长史、淮南节度使的高适，高适是诗人的好友，二人曾与杜甫一起游历梁宋，诗人便托张孟熊捎信给高适，希望高适能帮助自己。这首诗就是赠给张孟熊的。全诗首两句夸赞张秀才就如六驳一样勇武过人，非驽马之类的寻常之辈。一朝飞鸣而去，就如龙游太空。"壮士怀远略，志存解世纷"二句写张秀才胸怀大志，有意于荡平世间纷扰。诗人将张秀才比喻为不食周粟的伯牙叔齐和救危扶困的鲁仲连，称赞他有高士风采，不慕功名爵位。张秀才为了报效国家，辞别双亲，毅然抱剑投军。献上良策扫平河洛一带叛军，再回到汝水岸边的家乡侍奉双亲。最后诗人祝张秀才建立不世功勋，画像麒麟阁中。

六驳食猛武^①，耻从驽马群^②。一朝长鸣去，矫若龙行云。壮士怀远略，志存解世纷。周粟犹不顾^③，齐珪安肯分^④？抱剑辞高堂，将投霍冠军^⑤。长策扫河洛^⑥，宁亲归汝坟^⑦。当令千古后，麟阁著奇勋^⑧。

【注释】①六驳：一种传说中的猛兽。《山海经·西山经》曰："又西三百里，曰中曲之山，有兽焉，其状如马而白身黑尾，一角，虎牙爪，音如鼓音，其名曰驳，是食虎豹，可以御兵。"猛武：萧士赟曰："按猛武，当作猛虎。唐国讳虎，故以武易之。"

②驽马：指劣马。

③"周粟"句：用伯牙叔齐不食周粟的典故。

④"齐珪"句：用分珪的故事。分珪，亦作"分圭"，帝王以珪分授于受封者。后以分珪泛指帝王封赐官爵。

⑤霍冠军：指霍去病，因讨伐匈奴有功曾被封为冠军侯。《史记·卫将军骠骑列传》："霍去病为剽姚校尉，斩首虏二千二十八级，及相国、当户，斩单于大父行籍若侯产，生捕季父罗姑比，再冠军，以千六百户封去病为冠军侯。"

⑥长策：长远之策。河洛：黄河与洛水的并称。也指黄河与洛水两水之间的地区。

⑦宁亲：使父母安宁。汝坟：汝水之滨，《诗·周南·汝坟》："遵彼汝坟。"毛传："汝，水名也。坟，大防也。"

⑧麟阁：指麒麟阁。

【译文】奇兽六驳能吞食猛虎，自然耻于与驽马为群。如今您慷慨长啸而去，就像飞龙行云一样矫健。壮士就应胸怀大略，立志解除世间纷扰。您有不食周粟的高士风采，更不会为了功名爵位出征。您怀抱宝剑辞别高堂，将要投奔霍去病那样的将领。您献出良策扫平河洛间的叛军，再回到汝水之滨的家乡探望双亲。您此去必定名传千古，在麒麟阁上画图彰显奇功。

送崔度还吴　　度，故人礼部员外国辅之子。

【题解】此诗当是天宝十一载（752），诗人游幽州时遇到故人之子崔度，送其归吴郡时所作。崔度是礼部员外郎崔国辅之子。全诗首四句描写幽燕秋景。沙雪漫天，万里黄云。一幅秋风萧瑟的边塞景象。阵阵寒风中，秋雁在南归。接下来写群鸟中有一只孤单的凤雏，一边飞翔，一边哀鸣。这里诗人把崔度比喻为落单的凤雏，应该是其在幽燕饱受艰难，所以诗人深表同情。诗人表示自己看重崔度，因为崔度就像五彩的凤雏，才华出众，卓尔不群。诗人安慰崔度：您是神鸟凤雏，怎能和凡鸟混杂一处，那些鸡鸭一样的小人只会轻视君子。这是诗人在勉励崔度，不要因为小人的陷害，一时的挫折，就灰心失望。"举手捧尔足，疾心若火焚"二句表达了诗人对崔度的关爱。诗人看到崔度身陷困境，不由得内心焦急，忧心如焚。最后，诗人送崔度回到吴江，送别崔度之后，诗人仍然踌躇良久，直到日薄西山才离去。全诗感情真挚，表达了诗人对故人之子的怜惜之情。

幽燕沙雪地，万里尽黄云。朝吹归秋雁，南飞日几群。中有孤凤雏，哀鸣九天闻。我乃重此鸟，彩章五色分。胡为杂凡禽，鸡鹜轻贱君①？举手捧尔足，疾心若火焚。拂羽泪满面，送之吴江濆②。去影忽不见，踌躇日将曛③。

【注释】①鹜：鸭子。

②濆：水边，岸边。

③曛：暮，昏暗。

【译文】沙雪覆盖着幽燕大地，漫漫的黄云绵延万里。清晨的寒风吹拂着秋雁，每日都有几群启程南飞。其中有一只孤凤雏，哀鸣之声闻达九天。我很在意这只凤鸟，五色羽毛光彩耀眼。如此神鸟怎么可能和凡禽杂处一起，鸡鸭之类的小人只会轻贱君子。我举手捧起神鸟的双足，内心忧急若同火焚。轻拂您的羽毛泪流满面，把您送回到吴江之滨。倏忽之间失去了您的影踪，我踌躇半晌直到日薄西山。

送祝八之江东赋得浣纱石

【题解】这首诗大约作于天宝二年（743），诗人在长安时所作。祝八，生平事迹不详。赋得，凡摘取古人成句为诗题，题首多冠以"赋得"二字。如南朝梁元帝有《赋得兰泽多芳草》一诗。科举时代的试帖诗，因试题多取成句，故题前均有"赋得"二字。亦应用于应制之作及诗人集会分题。后遂将"赋得"视为一种诗体。即景赋诗者也往往以"赋得"为题。全诗前四句写西施。西施是春秋末年越国苎罗(今浙江诸暨南)人,样貌明艳动人。还未被献给吴王夫差的时候,曾在浣纱石上浣纱。如今西施早已不在,但浣纱石依然留存千古。越溪两边的桃李正在盛开,鲜花锦簇,掩映溪水中的古木。菖蒲刚刚萌发,在沙地上露出嫩芽。昔日西施曾在水边映照红颜,如今浣纱石上却是布满青苔和落花。诗人由此感叹时光流逝,物是人非。诗人叮嘱祝八此去东越,千山万水,路途遥远。将来如果思念故人,就到浣纱石上遥望明月来寄托相思吧。

　　西施越溪女,明艳光云海。未入吴王宫殿时,浣纱古石今犹在。桃李新开映古查①,菖蒲犹短出平沙②。昔时红粉照流水,今日青苔覆落花。君去西秦适东越③,碧山清江几超忽④。若到天涯思故人,浣纱石上窥明月⑤。

　　【注释】①查:查同"楂"。《广韵》:"楂,水中浮木也。"江总《山庭春日》诗:"古查横近涧,危石耸前洲。"

　　②菖蒲:水生植物,多年生草本,有香气,地下有根茎,可作香料,熏蚊虫。平沙:广阔的沙原。

　　③东越:指闽东或浙东地区。

　　④超忽:遥远。

　　⑤浣纱石:石名。相传西施在其上浣纱,故名。

　　【译文】西施是越溪边的浣纱女,长得明艳动人光照云海。西施还未被选入吴王宫殿的时候,越溪的浣纱古石就已存在并留到如今。两岸桃李新开鲜花掩映古木,菖蒲嫩芽尚短刚刚冒出平沙。往日流水曾映照西施的红颜，如今却是落花覆满石上的青苔。您这次离别西秦前往东越，一路上碧水青山前途迢迢。您在天涯思念故人的时候，不妨到浣纱石上遥望明月。

送侯十一

【题解】此诗应该是天宝年间，诗人游梁宋（今河南开封一带）时所作。侯十一，名字生平不详。此诗前四句引用信陵君窃符救赵的故事。主要是为了突出侯嬴的事迹，以侯嬴来比拟侯十一。侯十一可能也是一位山野隐士，怀才不遇，久不得志，所以诗人才会感叹"时无魏公子，岂贵抱关人"。"余亦不火食，游梁同在陈"二句则表明诗人此时也陷入困境，甚至连像样的饭食也不能为继，就像孔子当年在陈、蔡陷入困顿一样。临别之际，诗人解下自己的宝剑赠给友人，以示对友人的珍重。

朱亥已击晋，侯嬴尚隐身。时无魏公子，岂贵抱关人^①？余亦不火食^②，游梁同在陈^③。空余湛卢剑^④，赠尔托交亲^⑤。

【注释】①"朱亥"四句：用信陵君窃符救赵的故事。抱关：守关。侯嬴曾为守关小吏。此处以侯嬴来比喻侯十一。
②火食：举火煮饭。《庄子·山木》："孔子围于陈、蔡之间，七日不火食。"

③"游梁"句：意谓诗人游历梁地，就如同当年孔子在陈地遇困一样。

④湛卢剑：古代宝剑名。传为春秋时欧冶子所铸。《吴越春秋·阖闾内传》："楚昭王卧而寤，得吴王湛卢之剑于床。昭王不知其故，乃召风胡子而问曰：'寡人卧觉而得宝剑，不知其名，是何剑也？'风胡子曰：'此谓湛卢之剑。五金之英，太阳之精，寄气托灵，出之有神，服之有威，可以折冲拒敌。然人君有逆理之谋，其剑即出，故去无道，以就有道。今吴王无道，杀君谋楚，故湛卢入楚。'"后泛指宝剑。

⑤交亲：谓相互亲近，友好交往。

【译文】朱亥已经锥杀晋鄙，侯嬴仍然身为隐士。如果当时没有魏公子信陵君，谁会看重侯嬴那样的守关人。我游梁地就像孔子在陈国遇困一样，颠沛流离中经常连热食都吃不上。我留下这把湛卢剑也没有什么用处，不如送与您转交给至亲中可以托付的人。

鲁中送二从弟赴举之西京

【题解】此诗大概是天宝四载（745），诗人在鲁地送二从弟去京城赴举时所作。二从弟的姓名不详。全诗首四句描述诗人对长安以及君主的思念。这里诗人用了"西笑"的典故，来表明自己一心不忘社稷的情怀。"霜凋逐臣发，日忆明光宫"二句则是描写诗人自从离开长安以来，因为日夜怀念明光宫，致使满头长满了白发。次四句写两位从弟俱是人中龙凤，才华冠绝当世。此去就如骏马奔驰在平坦大道上，飞鸟翱翔于长空中，一定会马到成功。最后写秋月下置歌舞为两人饯行。鲁中距离京城远隔千里，此地一别不知何时才能再有这样的盛会。

　　鲁客向西笑①，君门若梦中。霜凋逐臣发，日忆明光宫②。复羡二龙去③，才华冠世雄。平衢骋高足④，逸翰凌长风⑤。舞袖拂秋月，歌筵闻早鸿。送君日千里，良会何由同⑥？

　　【注释】①向西笑：语出桓谭《新论》："人闻长安乐，则出门向西而笑。"长安是汉朝京城。西望长安而笑，谓渴慕帝都。

　　②明光宫：汉代宫殿名。后亦泛指朝廷宫殿。《三辅黄图·甘泉宫》："武帝求仙起明光宫，发燕赵美女二千人充之。"

　　③二龙：誉称同时著名的二人。一般多指兄弟。《世说新语·赏誉》："谢子微见许子将兄弟，曰：'平舆之渊，有二龙焉。'"这里指赴举的二从弟。

　　④平衢：平坦的四通八达的大路。高足：指上等快马，古代驿站设三等马，有高足、中足、下足之分。

　　⑤逸翰：指疾飞的鸟。

　　⑥良会：美好的聚会。

　　【译文】我为东鲁之客西望长安而笑，君门遥远只能在梦中相见。霜染我这个被逐之臣的鬓发，日夜都在思念朝廷和君王。我羡慕你们像二龙飞天前去应举，你们的才华出众足以冠绝当世。你们就如骏马疾驰在坦途上，又像飞鸟展翅翱翔在长空中。窈窕舞女在秋月下挥动长袖，盛筵歌声中伴随着鸿雁鸣叫。今日送别你们远赴千里之外，不知何时才能再有这样的盛会？

奉饯高尊师如贵道士传道箓毕归北海

【题解】这首诗是天宝三载（744）诗人被赐金还山后所作。这年秋冬之际，在齐州（山东济南一带）紫极宫高如贵天师为诗人亲授道箓，诗人正式成为一名道士，也算了结诗人数十年的心愿。高如贵天师为诗人授道箓后，即将北行，诗人设宴送别，并作诗以赠。道箓，即道教的符箓。凡入道者必受箓。关于受箓程序，《隋书·经籍志》中记载："道经者云其受道之法：初受《五千文箓》，次受《三洞箓》，次受《洞玄箓》，次受《上清箓》。箓皆素书，纪诸天曹、官属、佐吏之名有多少，又有诸符错在其间。文章诡怪，世所不识。受者必先洁斋，然后赍金环一并诸赆币，以见于师。师受其赆，以箓授之，仍剖金环，各持其半，云以为约。弟子得箓，缄而佩之。"北海，即唐时北海郡，今山东青州市。全诗首两句写大道隐而不见，不能被看到或接触到，也就是《道德经》所说的"道可道，非常道。名可名，非常名。"道家真经仙书都珍藏在洞天福地，不轻易传于世人。三四句写诗人得到的高如贵天师所传的道箓，是历经四万劫，历代相承传下来的。所以是极其珍贵的。五六句写高天师授箓已毕，准备回归北海。这里诗人引用了费长房的故事来比喻高天师的离去，"行歌蹑紫烟"则是形容高天师就像神仙一样，乘紫烟飘然而去。最后两句写诗人对高天师的怀念之情，天师虽远去，诗人牵挂之心却无远近之别，一直会心悬玉京怀念尊师。

道隐不可见①,灵书藏洞天②。吾师四万劫③,历世递相传。别杖留青竹④,行歌蹑紫烟。离心无远近,长在玉京悬⑤。

【注释】①"道隐"句:《老子》:"道隐无名。"河上公注:"道潜隐,使人无能指名也。"《庄子·知北游》:"道不可闻,闻而非也。道不可见,见而非也。"

②灵书:修道之书。洞天:道教指神仙居住的地方,意思是洞中别有天地,后借指引人入胜的境地。

③劫:佛教名词。"劫波"的略称,意为极久远的时节。古印度传说世界经历若干万年毁灭一次,重新再开始,这样一个周期叫做一"劫"。

④"别杖"句:用费长房故事。《后汉书·费长房传》:"费长房随从壶公入深山,长房辞归,翁与一竹曰:'骑此任所之,则自至矣。既至,可以杖投葛陂中。'长房乘杖,须臾来归。以杖投陂,顾视则龙也。"

⑤玉京:道家称天帝所居之处。《枕中书》:"玄都玉京七宝山,周回九万里,在大罗天之上,城上七宝宫,宫内七宝台。"

【译文】真道隐秘不可得见,灵书深藏在洞天中。吾师经过四万长劫,历代交递承传下来。仙师别去留下青杖,行吟道歌乘驾紫烟,念师之心不分远近,从此长向玉京高悬。

金陵送张十一再游东吴

【题解】这首诗大约是天宝八载(749)春,诗人在金陵送别友人时所作。张十一,名字生平不详。全诗首两句诗人点评张翰的"黄华如散金"诗句,辞意清新,引领诗坛五百年风流。张翰性情疏放,与阮籍很像,阮籍曾担任步兵校尉一职,所以时人称张翰为"江东步兵",他因思念家乡吴中的菰菜、莼羹、鲈鱼脍,就辞官归乡。从此诞生了一个"莼鲈之思"的典故。诗人引用张翰来比拟张十一,也是形容张十一性情就如张翰一样豪放。"谁人今继作?夫子世称贤"二句则是称赞张十一是当世贤俊,能够继承张翰的风范和文采。五句到八句写友人此次是故地重游,准备从水路去往吴中,诗人询问是否打算乘船浮海而行。春光中友人从金陵白门出发,即将去往霞光映天的赤城山。最后四句写去国分别是令人悲伤的事情,更何况诗人与友人都思归而不能如愿。诗人引用贾谊的典故,旨在说明自己命运多舛,像贾谊一样怀才不遇。诗人心中一直抑郁不已,此刻送别友人,彼此相顾,心情更加凄然。

张翰黄花句①,风流五百年②。谁人今继作?夫子世称贤。再动游吴棹,还浮入海船。春光白门柳③,霞色赤城天④。去国难为别,思归各未旋。空余贾生泪⑤,相顾共凄然。

【注释】①"张翰"句:《晋书·张翰传》记载,张翰,字季鹰,吴郡吴县(今江苏苏州市)人。留侯张良之后,吴国大鸿胪张俨之子。为人放荡不羁,被齐王司马冏辟为大司马东曹掾。张翰见当时纷乱四起,又思念家乡吴中的菰菜、莼羹、鲈鱼脍,因而以思乡为由,辞官离去。张翰《杂诗》:"青条若总翠,黄华如散金。"这里以张翰比喻张十一。

②五百年:指从张翰所处的西晋时期到唐朝大约为五百年。

③白门：江苏省南京市的别名。六朝皆建都建康（今南京市），其正南门为宣阳门，俗称白门，故名。

④赤城：指赤城山，在浙江天台县。

⑤贾生泪：用贾谊故事。《史记·屈原贾生列传》记载，西汉时，贾谊被任命为梁怀王刘胜的太傅，后来梁怀王骑马不慎跌下摔死，贾谊认为自己没有尽到太傅职责而伤感，时常哭泣，结果没过多久也死去。

【译文】张翰的"黄华如散金"诗句辞义清新，成为引领文坛五百年的风流人物。如今谁能在他之后继续写出这样的佳作？大概只有张夫子您这位世所称颂的贤人了。您这次沿水路再游吴地，打算乘船浮海而行吗？春光中您在金陵白门柳下与众人告别，即将前往霞光映红了天空的赤城山。去国分别总是令人悲伤的事情，更何况我们想念亲人而不得归家。我如贾生难被任用空流伤心泪，你我同为沦落人不禁凄然相顾。

送纪秀才游越

【题解】此诗是天宝八载（749），诗人在金陵送别友人游越地时所作。纪秀才，名字生平不详。全诗前四句写大海，诗人认为江涛俱不足观，就连蓬莱山也只是巨鳌背上的一根簪子。以此来衬托友人即将前往的越地才是真正的山水胜地。诗人接着列举越地的人文景观：有巍峨的华顶山，令诗人回忆起往日游览时的情景，不禁发出越吟赞叹。还有仙人曾经居住过的射的山，以及王羲之换鹅的山阴县，都是风光旖旎，景色秀丽的地方。诗人继续描述越地的胜景：会稽山有上古遗迹禹穴，云门山则深幽难测。最后写与友人离别后，可以共奏瑶琴来寄托相思。

海水不满眼，观涛难称心①。即知蓬莱石，却是巨鳌簪②。送尔游华顶③，令余发舄吟④。仙人居射的⑤，道士住山阴⑥。禹穴寻溪入⑦，云门隔岭深⑧。绿萝秋月夜，相忆在鸣琴。

【注释】①不满眼：不能充满视野。

②"即知"二句：《初学记》引《玄中记》曰："东海之大者，有巨鳌焉，以背负蓬莱山，周围千里。巨鳌，巨龟也。"

③华顶：即华顶峰，在今浙江天台县。

④舄吟：用春秋时庄舄越吟的故事。《史记·张仪列传》记载，庄舄是战国时越国人，也称越舄，在楚国做官，病中思念越地故乡而吟越声。后以"舄吟"指怀乡之咏与感伤之情。

⑤射的：山名。《水经注·渐水》："又有射的山，远望山的，状若射侯，故谓射的。"

⑥"道士"句：用王羲之故事。《晋书·王羲之传》："山阴有一道士，养好鹅，羲之往观焉，意甚悦，固求市之。道士云：'为写《道德经》，当举群相赠耳。'羲之欣然写毕，笼鹅而归，甚以为乐。其任率如此。"山阴：县名，今浙江绍兴市。

⑦禹穴：相传为夏禹的葬地。在今浙江省绍兴的会稽山。施宿《会稽志》："会稽山与宛委相接，宛委山即禹穴，号阳明洞天。"

⑧云门：山名，在浙江绍兴南。亦名东山，山有云门寺。施宿《会稽

志》："云门山，在会稽县南三十里。旧经云：'晋义熙二年，中书令王子敬居此，有五色云见，诏建寺，号云门。'"

【译文】海水尚不能充满视野，观看江涛就更难称心。即使是人们知道的蓬莱岛，也不过是巨鳌背上的一支簪。现在送您去往华顶山游历，我不禁想起庄舄而发出越吟。越地有仙人居住过的射的山，也有道士以鹅换字的山阴县。顺溪而入可到禹穴遗迹，隔岭而望但见云门深隐。秋月照耀绿萝的夜里，您就弹琴寄托相思吧。

送长沙陈太守二首

【题解】这两首诗大约是天宝二年（743），诗人供奉翰林时，送陈太守赴任而作。长沙，指唐时的长沙郡，即潭州，隶江南西道。治所在今湖南长沙市。陈太守，生平事迹不详。

其一

【题解】这是一首普通的交游送别诗，首四句称赞陈太守气度不凡，凌越青松之上。并得到君主的器重，被任命为太守，车驾的五马都是天池中的矫龙。五六两句写长沙郡胜景。湘水曲折回环，衡山五峰遥对。最后陈太守乘马徐行而去，诗人不得相从，只能就此告别。

长沙陈太守，逸气凌青松①。英主赐五马②，本是天池龙③。湘水回九曲④，衡山望五峰⑤。荣君按节去⑥，不及远相从。

【注释】①逸气：超脱世俗的气概、气度。

②五马：古时太守出行，以五马驾车，所以"五马"也被称作是太守的别称。《乐府诗集·陌上桑》："使君从南来，五马立踟蹰。"

③天池龙：指马。庾信《春赋》："马是天池之龙种。"

④"湘水"句：指湘水有九曲。《水经注》："衡山东南二面，临映湘川。自长沙至此，江湘七百里中，有九向九背。故渔者歌曰：'帆随湘转，望衡九面。'"

⑤五峰：指衡山五个最著名的山峰：即紫盖、天柱、芙蓉、石廪、祝融。

⑥按节：停挥马鞭。表示徐行或停留。《汉书·五行志下》："至天市而按节徐行。"颜师古引服虔曰："谓行迟。"

【译文】长沙郡的陈太守，气度飘逸超青松。君主赐给五马之驾，都是天池中的矫龙。湘水九曲回折，衡山五峰遥对。荣耀的太守骑马徐行而去，我很是遗憾不能从远相送。

其二

【题解】这首诗承接上首先写长沙国曾有七郡，向南连通湘水。三四句写发生在长沙的典故。西汉定王刘发曾经在景帝前垂袖起舞，动作局促，坦言是因为地方狭小，难以回身，因此增封三郡。五六句写太守的职责重大，担负安抚一方百姓的重任。最后写此去虽然路途遥远，但是能够锦衣还乡，还是让诗人非常羡慕。

　　七郡长沙国^①，南连湘水滨。定王垂舞袖，地窄不回身^②。莫小二千石^③，当安远俗人。洞庭乡路远，遥羡锦衣春^④。

　　【注释】①"七郡"句：唐时的潭州长沙郡、衡州衡阳郡、永州零陵郡、连州连山郡、道州江华郡、郴州桂阳郡、邵州邵阳郡，这七个郡汉时都属于长沙国。

　　②"定王"二句：用西汉长沙定王刘发的典故。《汉书·长沙定王发传》记载，长沙定王刘发母亲原本是一个侍女，出身低贱，因此刘发的封地长沙国地域狭小。有一次，刘发为汉景帝祝寿跳舞，动作十分局促，汉景帝不解，便询问他。刘发回答道："臣国小地狭，不足回旋。"意思就是自己封地太小，无法伸展手脚。汉景帝听后，就将武陵、零陵、桂阳三郡划归长沙国。

　　③二千石：汉朝太守的俸禄都为二千石，后以二千石代指太守。

　　④锦衣：指衣锦还乡。

　　【译文】七郡过去属于长沙国，向南延伸直达湘水滨。定王垂袖曾起舞，坦言地窄不回身。莫要小看太守之职，负责安抚边远众人。洞庭乡路虽然遥远，我羡您有锦衣之荣。

送杨燕之东鲁

【题解】这首诗大约是天宝六载（747）或七载，诗人在江南时所作。杨燕，生平事迹不详。天宝五载冬，诗人从东鲁南下，游览越地，根据诗中"别来已经年"，可知此诗的时间大约为天宝六七载，诗人还在江南一带游历，当时杨燕从霍山归来，准备去往东鲁。诗人为其送行，作诗以赠。杨燕家在华阴，从诗中看可能为杨震后代。所以诗人起始两句先写杨震称贤于汉代，名满天下，被誉为"关西孔子杨伯起"。杨震一家四世相继位列三公，家世显赫，成为天下望族。至于杨燕则安家于华阴，门前正对险峻秀美的华山，身居胜境，心亦超凡。诗人关切地询问友人，因为什么事去往霍山，直到今天才乘船回来？次一段写诗人请友人稍微安坐，有诗篇要为其歌咏。诗人自述曾经也是侯门宾客，蒙天子垂青，供奉翰林。一朝辞官而去，数年困顿江南。诗人的一儿一女现在寓居东鲁，已经将近一年未见。听到友人准备去往东鲁，想起自己的一双儿女，不禁泪如泉涌。

关西杨伯起^①，汉日旧称贤。四代三公族^②，清风播人天。夫子华阴居^③，开门对玉莲^④。何事历衡霍^⑤，云帆今始还？
君坐稍解颜^⑥，为我歌此篇。我固侯门士，谬登圣主筵。一辞金华殿^⑦，蹭蹬长江边^⑧。二子鲁门东^⑨，别来已经年。因君此中去，不觉泪如泉。

【**注释**】①杨伯起：指西汉名儒杨震，字伯起。《后汉书·杨震传》："杨震，字伯起，弘农华阴人。震少好学，明经博览，无不穷究。诸儒为之语曰：'关西孔子杨伯起。'"

②"四代"句：指杨震一家连续四代位列三公。王琦注："（杨震）永宁元年代刘恺为司徒，延光二年代刘恺为太尉。震子秉，延熹五年代刘矩为太尉。秉子赐，嘉平二年代唐珍为司空，五年代袁隗为司徒，光和五年拜太尉。赐子彪，中平六年代董卓为司空，其冬代黄琬为司徒，兴平元年代朱隽为太尉。自震至彪，四世太尉，德业相继，与袁氏俱为东京名族云。"

③华阴：今陕西华阴市。《太平寰宇记》："华州华阴县，以在太华山之阴，故名之。"

④玉莲：指华山玉女、莲花二峰。另有一说玉莲指华山玉井莲。王琦注："或谓《华山记》云：'山顶有池，生千叶莲花，服之羽化。'昌黎诗所谓'太华峰头玉井莲，花开十丈藕如船'，玉莲似指玉井莲也。"

⑤衡霍：天柱山又名霍山，亦名衡山，故称衡霍，在今安徽省霍山县。西汉时，汉武帝南巡，登礼天柱，称天柱山为南岳，此后700多年，天柱山一直被称为南岳。隋朝时，隋文帝下诏改湖南衡山为南岳，天柱山就被称为古南岳。《江南通志》："霍山在庐州府霍山县西北五里。汉武帝南巡，以衡山远阻，移祭此山，又名南岳山。"

⑥解颜：开颜而笑。

⑦金华殿：古殿名，殿在未央宫内。西汉中常侍班伯曾于此受业。《三辅黄图》："未央宫有金华殿。"这里代指唐朝宫殿。

⑧蹭蹬：路途险阻难行。比喻困顿不顺利。

⑨二子：李白有子名伯禽，有女名平阳。鲁门：指鲁郡（兖州）瑕丘

县。当时李白安家于此。

【译文】关西的杨伯起，汉朝时称为贤人。四世相继位列三公，清风播于人间天上。夫子您安居在华阴，开门正对着玉莲峰。因为何事去往霍山，直到今天方才回来？

您暂坐稍微开颜而笑，让我为您歌咏此诗篇。我也曾为侯门之宾士，蒙天子垂青登上华筵。自从我辞别庙堂以来，就一直困顿在长江边。我的两个幼子寄住在鲁门东，分别已经将近一年了。因为您将要去鲁郡，我思念二子不觉泪如泉涌。

送蔡山人

【题解】这首诗是天宝三载（744），诗人辞官离开长安后，游历各地时所作。前两句言说诗人本不想弃世隐居，一直怀有济世安民的愿望。怎奈不被世人所知，壮志难酬。诗人因此乘舟远航，纵游八方。诗人评价蔡山人就像蔡泽一样，未来无可限量。世人如唐举，岂能轻易讥笑蔡山人。诗人同时也告诫友人，伴君如伴虎，仕途风险莫测，就如采撷龙下之珠，一旦触怒龙颜，大祸将至。应该明了大道，懂得激流勇退的道理。功成后及时退隐，可以尽情赏玩故乡的松月。这首诗可以说是诗人经历了官场的世态炎凉，被赐金放还后，内心的真实写照。

我本不弃世，世人自弃我。一乘无倪舟^①，八极纵远柂^②。燕客期跃马，唐生安敢讥③? 采珠勿惊龙，大道可暗归④。故山有松月，迟尔玩清晖⑤。

【注释】①倪：边际。无倪舟：谓舟之大。

②柂：同"舵"。

③"燕客"二句：用战国时蔡泽故事。《史记·范雎蔡泽列传》记载，蔡泽是燕人，曾遍游各地诸侯，希望能被任用，可惜一直未能如愿。唐举是战国时大梁人，善于相面。蔡泽就找唐举相面，说："先生曾为李兑（曾在赵国为相）相面，说他在百天内将掌握国家大权，有这回事吗?"唐举回答："有这回事。"蔡泽说："那么我这样的人前途如何?"唐举看完蔡泽，讥笑说："您长得翻鼻、耸肩、突额、蹙眉、曲膝。我听说圣人不必相面，何况您呢?"蔡泽知到唐举在戏弄他，就说："富贵我本来就有，我只是不知道自己的寿命，愿听您一说。"唐举说："您的寿命，从现在算起还有四十三年。"蔡泽笑着道谢后离去，对他的车夫说："我能够锦衣玉食，出入车马，怀揣黄金之印，腰结紫缓之带，拜让君主之前，享受富贵，四十三年足矣。"后蔡泽成为秦相。此处以蔡泽喻蔡山人，谓其将来当有富贵，他人不可轻讥。

④"采珠"二句：引用《庄子·列御寇》中故事，有个人拜会完宋王，宋王赐给他十乘车驾，他在庄子面前炫耀。庄子说："河上有一户靠编织苇席为生的贫穷人家，他的儿子潜入深渊，得到价值千金的宝珠，父亲对儿子说：'赶快拿石块来砸毁它。这颗千金宝珠，必定出自九渊之下黑龙的下颌上，你能得到宝珠，一定是黑龙正好睡着了。如果黑龙醒着，你能活着回来吗?'如今宋国的险境，远远超过九渊；而宋王的残酷，也远不是黑龙能比拟的。你能从宋王那里获得十乘车驾，也

一定是宋王正好睡着了。倘若宋王一旦醒来，你也就粉身碎骨了。"此处谓侍君如采珠，稍有不慎，就有大祸。

⑤迟：等待。

【译文】我本没有弃世之心，但是世人弃我不用。我乘上舟船远航，肆意纵游八方。您如同蔡泽未来可期，他人如唐举岂敢讥笑？侍君如采珠不可惊醒睡龙，功成应身退大道自然可得。故乡青山有松月相待，等您归隐来赏玩清晖。

送萧三十一之鲁中兼问稚子伯禽

【题解】天宝五载（746）冬，诗人从鲁地南下，经梁宋，前往越地，根据诗中"三年不归空断肠"，可知此诗的时间大约为天宝八载左右，诗人在金陵送友人萧三十一前往鲁中时所作。萧三十一，生平不详。诗人送别萧三十一时，正是六月暑热难耐的时候。炎炎南风吹起白沙，牛群害怕炎热，见到月亮也喘着粗气。江南水乡闷热无比，路上也见不到车辆来往。诗人询问友人将如何跋涉江河，友人则早有准备，打算从水路离开金陵。诗人想象萧三十一的双亲正在倚门盼望他回归，而萧三十一家乡所在的鲁中正是当年孔鲤趋庭受教的地方。诗人引用此典故，意在说明鲁地的儒家文化氛围浓厚，萧三十一归家也是为了尽孝道。最后诗人想起自己在沙丘的居所，已经三年未回了，想起来就肝肠寸断，所以请萧三十一代为探望儿子伯禽，诗人想象儿子也应该像卫玠那样坐着白羊车玩耍。

六月南风吹白沙①，吴牛喘月气成霞②。水国郁蒸不可处③，时炎道远无行车④。夫子如何涉江路？云帆袅袅金陵去。高堂倚门望伯鱼⑤，鲁中正是趋庭处⑥。我家寄在沙丘傍⑦，三年不归空断肠。君行既识伯禽子⑧，应驾小车骑白羊⑨。

【注释】①南风吹白沙：用西晋贾后陷害太子的故事。《晋书·五行志》："元康中，京洛童谣曰：'南风起，吹白沙，遥望鲁国何嵯峨，千岁髑髅生齿牙。'"西晋惠帝的皇后名叫贾南风，贾南风荒淫凶诈，一直想陷害愍怀太子。歌谣中"南风"即指贾南风，愍怀太子小名叫沙门，"吹白沙"暗指太子被贾后陷害。鲁国是贾南风内侄贾谧的封国，此歌谣预言贾后将与贾谧为乱，以危害太子。

②吴牛喘月：吴地的水牛看到月亮以为是太阳，因害怕炎热而不断喘气。《太平御览》引《风俗通》："吴牛望见月则喘，彼之苦于日，见月怖喘矣。"后用为典故，比喻因疑心而害怕。

③郁蒸：闷热。

④"时炎"句：化用程晓《嘲热客》诗："平生三伏时，道路无行车。"

⑤伯鱼：指孔子的儿子孔鲤，字伯鱼。《孔子家语·本姓解》："伯鱼之生也，鲁昭公以鲤鱼赐孔子，荣君之贶，故因名鲤，而字伯鱼。"此处以孔鲤比喻萧三十一。

⑥趋庭：典故名，典出《论语·季氏》："（孔子）尝独立，（孔）鲤趋而过庭。曰：'学诗乎？'对曰：'未也。''不学诗，无以言。'鲤退而学诗。"后因以"趋庭"为承受父教的代称。

⑦沙丘：李白在鲁郡的居住地。

⑧伯禽: 李白儿子的名字。

⑨"应驾"句: 用卫玠故事。《晋书·卫玠传》记载, 卫玠五岁时就风神秀异, 祖父卫瓘说卫玠超凡出众, 只是自己年纪大了, 看不到他长大成人的那一天了。卫玠还是儿童时, 乘坐羊车到街市上, 看到的人都以为他是玉人, 全城的人们都去围观。

【译文】六月南风吹扬白沙, 吴牛望月喘气成霞。水国闷蒸难以久处, 天炎道远路无车行。夫子如何渡江而去? 乘船扬帆离别金陵。您的父母正倚门而望期待您的回归, 鲁中也曾是当年孔鲤趋庭受教的地方。我家就寄住在沙丘那个地方, 我离家三年想起就肝肠寸断。您回鲁中可以替我探视儿子伯禽, 此刻他应该驾着白羊车在玩耍。

送杨山人归嵩山

【题解】这首诗应是天宝初年所作。杨山人可能是诗人早年访道时结识的朋友, 即将赴嵩山归隐, 诗人作诗以赠。嵩山历来为道家修真的洞天福地, 仙迹众多。诗人早年就曾与元丹丘在嵩山隐居, 写下众多诗篇, 那首著名的《将进酒》就是在嵩山时所作, 所以诗人对嵩山还是很熟悉的。送别友人之际, 诗人不禁想起了自己在嵩山寻仙访道的日子, 于是就挥笔写下了此诗。首二句 "我有万古宅, 嵩阳玉女峰" 就很有气势, 把嵩山视为自己万年修身之宅所, 写出了诗人志在仙道, 心存方外的心境, 也更加突出了嵩山的钟灵神秀。三四句描写嵩山清幽的自然环境。那里常有一轮明月, 挂在溪边苍松之上。风轻云淡，万籁寂静，人在其中，自然内心空明，忘却凡尘俗事。如今杨山人就要去嵩山采撷仙草，服食紫花菖蒲，就可以轻身飞举，永葆长生。诗人或许岁晚时前往拜访，那时杨山人已经得道乘白龙翱翔天宇。全诗清新自然，质朴无饰。

　　我有万古宅^①，嵩阳玉女峰^②。长留一片月，挂在东溪松。尔去掇仙草，菖蒲花紫茸^③。岁晚或相访，青天骑白龙^④。

【注释】①万古宅：可以万古留存的宅所。

②玉女峰：山名。《登封县志》："太室二十四峰，有玉女峰，峰北有石如女子，上有大篆七字，人莫能识。"

③"菖蒲"句：菖蒲是多年生草本植物，有香气。相传嵩山有菖蒲，服食可得长生。《神仙传》："闻中岳石上菖蒲，一寸九节，服之长生。"《抱朴子·仙药》："菖蒲须得生石上，一寸九节以上，紫花者尤善。"谢灵运《于南山往北山经湖中瞻眺》诗："新蒲含紫茸。"李善注："《苍颉篇》曰：'茸，草貌。'然此茸谓蒲花也。"

④骑白龙：用东汉瞿武故事。《广博物志》："瞿武，后汉人也。七岁绝粒，服黄精紫芝，入峨眉山，天竺真人授以真诀，乘白龙而去。"

【译文】我有万古长存的宅所，就在嵩阳的玉女峰上。那里常有一轮皎洁的明月，挂在东溪边苍翠的松林间。您就要前去采集仙草，紫花菖蒲可使人长生。岁末时我将去嵩山拜访您，想必您正乘白龙在青天上遨游。

送殷淑三首

【题解】这三首诗是上元二年（761），诗人在金陵时所作。殷淑，是唐时著名道士李含光的弟子，道号中林子。李含光曾师从司马承祯，司马承祯作为一代道教宗师，年高德劭，名望极高，曾评价李白"有仙风道骨，可与神游八极之表"，甚至与李白结为仙宗十友。并且李白好友元丹丘的师父胡紫阳是李含光的弟子。所以殷淑与诗人可谓颇有渊源。除了这首诗以外，诗人还写有《三山望金陵寄殷淑》《五松山送殷淑》等与殷淑有关的诗篇，说明两人关系密切，非泛泛之交。

其一

【题解】这首诗写诗人在船上为殷淑设酒饯行，滔滔海水正在涌起，涌入大江形成海潮。一瞬间大水茫茫，将岛屿间的陆地淹没，水面顿时开阔，酒船与岸边的距离也越来越远。诗人劝友人更尽一杯酒，豪言离别时就应大醉方休。酒酣耳热之际，诗人击舷慷慨高歌，伴随着阵阵潮声，回荡天际。诗人还不忘安慰友人：明天出发之时，一定会有顺风吹起，叫友人不必担心误了行程。

海水不可解，连江夜为潮。俄然浦屿阔^①，岸去酒船遥。惜别耐取醉^②，鸣榔且长谣^③。天明尔当去，应有便风飘。

【注释】①浦屿：水中小岛。

②耐取醉：愿谋一醉。

③鸣桹：桹同"榔"，渔人结在船舷上敲击以驱鱼入网的长木棒。王琦注："潘岳《西征赋》：'鸣榔厉响。'李善注：'《说文》云：榔，高木也，以长木叩船为声，所以惊鱼，令入网也。一说榔，船板也，船行则响，谓之鸣榔。'骆宾王诗'鸣榔下贵洲'，沈佺期诗'鸣榔晓帐前'是也。若太白此篇，送客非观渔，停舟饮酒，非挂帆长行，所谓鸣榔者，当是击船以为歌声之节，犹叩舷而歌之义。"

【译文】海水涌涌不可解离，波涛连江入夜为潮。忽而岛屿间变得开阔，酒船离岸也越来越远。珍惜离别就应共醉，醉后鸣舷放声高歌。天明时您就会远去，那时定有顺风吹起。

其二

【题解】这首诗写金陵秦淮一带的风光。前四句隔句相对，借景抒情，抒发诗人送别友人时的依依不舍心情。白鹭洲的明月仿佛也殷勤为诗人送客，青龙山的红日也早早升起为旅人照行。"流水无情去，征帆逐吹开"二句也很工整，是拟人的写法。流水不顾一切而去，似乎无情。征帆逐一随风张开，好像待发。诗人虽然不忍与友人分别，但是天下无不散之宴席，只能劝友人更进一杯酒。

白鹭洲前月①，天明送客回。青龙山后日②，早出海云来。流水无情去，征帆逐吹开。相看不忍别，更进手中杯。

【注释】①白鹭洲：原位于南京以西的长江中，因当时洲上白鹭聚集而得名。

②青龙山：在今江苏南京。《景定建康志》："青龙山在城东南三十五里，周回二十里，高九十丈。"

【译文】白鹭洲前的一弯明月，天亮时相送远客回家。青龙山后的那轮红日，早早就浮出海面来。流水无情奔流而去，征帆逐一被风吹开。与君相顾不忍离别，举手更进杯中之酒。

其三

【题解】这首诗似乎是诗人回忆与朋友夜里在竹林痛饮时的情景。在高竹密林之中，虽然天气已经转凉，在青灯微弱的光芒下，诗人与朋友依然兴致很高，把酒言欢，开怀畅饮。兴起时，高歌一曲，把林中栖息的白鹭惊醒，在沙滩上纷纷四散飞起。

痛饮龙筇下①，灯青月复寒。醉歌惊白鹭，半夜起沙滩。

【注释】①龙筇：即筇竹。因高节实中，常用来当作手杖，是杖中的珍品。晋戴凯之《竹谱》："筇竹高节实中，状若人刻，为杖之极。《广志》云出南广邛都县。"

【译文】你我在龙筇林下举杯痛饮，灯火青荧月光生寒。醉酒高歌惊飞白鹭，夜半四散飞过沙滩。

送岑征君归鸣皋山

【题解】这首诗应该是天宝三载（744），诗人被赐金还山后游梁宋时所作。诗人还有一首《鸣皋歌送岑征君》，应该是同时而作。岑征君，一说名为岑勋。征君是对被朝廷征召却没有任职的名士的美称。鸣皋山，在河南府嵩县东北五十里，一名九皋山，曾有白鹤鸣于其上，故名。全诗开始八句写岑征君的生平事迹。岑征君出身相门之后，家世雅望可媲美谢安。家中世代为贵胄，曾经三代为相，后来不幸遭遇变故，家道中落。岑征君能够洞察机兆，遨游于公卿伯侯之间。为何天地之广却沦为隐士？次一段接上一段做出回答。岑征君遁隐江湖的原因就是为了守道，保全天性，从而隐居来韬光隐晦。岑征君探求玄妙奥义，静观造化之变。下一段写光武帝刘秀君临天下后，想起了自己的老朋友严子陵，想任用他。但是严子陵几次与刘秀见面，甚至彻夜长谈后，依然效仿巢父和许由，选择归隐山林。诗人称自己也曾拜别明主，辞官还山，宁愿为困顿之臣，也不愿随和世俗。最后一段写诗人登高怀古，欲修道与广成子为邻。愿像鲁仲连那样出海避世，诗人辞官还山并非还对仕途恋恋不忘。这次岑征君来访，正好可以共诉衷肠，共拂尘世之风，不令自己被沾染。

岑公相门子①，雅望归安石②。奕世皆夔龙③，中台竟三拆④。至人达机兆⑤，高揖九州伯⑥。奈何天地间，而作隐沦客⑦？

贵道皆全真⑧，潜辉卧幽邻⑨。探元入窅默⑩，观化游无垠⑪。

光武有天下，严陵为故人。虽登洛阳殿，不屈巢由身⑫。余亦谢明主，今称倜傥臣⑬。

登高览万古，思与广成邻⑭。蹈海宁受赏？还山非问津⑮。西来一摇扇，共拂元规尘⑯。

【注释】①"岑公"句：谓岑征君是相门之后。岑征君似乎与岑参是族兄弟，岑参的曾祖父岑文本、从祖父岑长倩、伯父岑羲曾先后为相。岑参《感旧赋序》云："国家六叶，吾门三相矣。江陵公为中书令，辅太宗；邓国公为文昌右相，辅高宗；汝南公为侍中，辅睿宗。相承宠光，继出辅弼。逮平武后临朝，邓国公由是得罪。先天中，汝南公又得罪。朱轮翠毂如梦中矣。"王琦注："按《唐书·岑文本传》：'岑文本，邓州棘阳人。祖善方，后梁吏部尚书。父之象，隋邯郸令。贞观中，文本历官中书令，封江陵县子。从子长倩，永淳中累官兵部侍郎同中书门下平章事。垂拱中拜文昌右相，封邓国公，为来俊臣所诬陷，斩于市。文本孙羲，累官至同中书门下三品。景云间进侍中，封南阳郡公。羲兄献，为国子司业；弟仲翔，陕州刺史；仲休，商州刺史。兄弟子姓在清要者数十人。羲叹曰：'物极则反，可以惧矣。'然不能抑退，坐豫太平公主谋，诛，籍其家。'"

②雅望：清高的名望，厚望。安石：指谢安，字安石。

③奕世：累世，代代。夔龙：相传舜的二臣名。夔为乐官，龙为谏官。后用以喻指辅弼良臣。

④"中台"句：中台：三台之一，喻指朝廷三公。拆同"坼"，竟三拆：指遭遇三次变故。按前所述岑氏一门三相，两人被杀，而曾祖父岑

文本随太宗征辽时，暴病卒于途中。

⑤至人：指思想或道德修养最高超的人。《荀子·天论》："故明于天人之分，则可谓至人矣。"司马贞引张机曰："体尽于圣，德美之极，谓之至人。"机兆：先兆。

⑥"高揖"句：九州伯：九州之长，掌管天下的人。《高士传》："尧让天下于许由，（许由）不受而逃去。尧又召为九州长，由不欲闻之，洗耳于颍水滨。"《晋书·桓玄传》："太元末，（桓玄）出补义兴太守，郁郁不得志，尝登高望震泽（太湖），叹曰：'父为九州伯，儿为五湖长。'弃官归国。"

⑦隐沦客：神人等级之一，泛指神仙。桓谭《新论》："天下神人五：一曰神仙，二曰隐沦，三曰使鬼物，四曰先知，五曰铸凝。"这里指隐者。

⑧全真：保全天性。

⑨潜辉：谓掩藏才智。

⑩窅（yǎo）默：深奥精微。窅同"窈"。《庄子·在宥》："至道之精，窈窈冥冥；至道之极，昏昏默默。"

⑪观化：观察变化，观察造化。

⑫"光武"四句：用严光故事。《后汉书·严光传》记载，严光，字子陵，会稽余姚人。严光少有高名，与东汉光武帝刘秀为同学，亦为好友。刘秀即位后，多次延聘严光，但他效仿巢父和许由，始终不肯出仕，隐居富春山，后卒于家。

⑬偃蹇：困顿，窘迫。

⑭广成：古代传说中的仙人。晋葛洪《神仙传·广成子》："广成子者，古之仙人也。居崆峒之山石室之中。黄帝闻而造焉。"

⑮"蹈海"句：用鲁仲连蹈东海故事。《史记·鲁仲连邹阳列转》记载，战国时秦军围困赵国邯郸，魏王派将军新垣衍出使赵国，让赵国尊秦为帝，鲁仲连听说后进谏新垣衍："彼即肆然而为帝，过而为政于天下，则连有蹈东海而死耳，吾不忍为之民也。"

⑯元规尘：《晋书·王导传》记载，东晋庾亮，字元规，以国舅身份，历仕三朝，一时权倾朝野，人多趋附。王导忿忿不平，遇西风尘起，辄举扇拂之曰："元规尘污人。"后用以比喻逼人的气焰。

【译文】岑公您是相门之子，家世声望如同谢安。累世都是如虁龙那样的栋梁，不幸中途变故三公相继陨落。您是至人通达先兆，举手长揖天下伯侯。无奈不遇在天地之间，而长期成为隐沦之客。

大道贵在保全天性，所以应该韬光隐居。深探玄妙奥义，静观无穷造化。

光武帝君临天下之后，严子陵作为他的故人。虽然登上宫殿拜访君王，但仍像巢由那样保持高洁。我也曾辞别明主以还山，如今成为困顿潦倒之臣。

于是我登高怀古抒发感怀，思慕修仙与广成子为邻。又想像鲁仲连那样蹈海避世，我辞官还山并非迷途而问津。岑公西来与我一起摇扇，共拂官场世俗之尘气。

送范山人归太山

【题解】这首诗大约是天宝四载（745），诗人在东鲁时所作。

范山人，生平不详。太山，即泰山。此诗写范山人抱白鸡将要去往泰山，抱白鸡，则是暗指范山人有求仙之意。"初行若片雪，杳在青崖间"则是写范山人攀登于崇山峻岭之上，身影飘渺，隐于青崖之间。一直登到南天门，就离日观峰不远了。此去泰山云山茫茫，不知范山人何时能回还。

　　鲁客抱白鸡^①，别余往太山^②。初行若片雪，杳在青崖间^③。高高至天门^④，日观近可攀^⑤。云生望不及，此去何时还？

【注释】①鲁客：指范山人。抱白鸡：典出《抱朴子·仙药》："欲求芝草，入名山，带灵宝符，牵白犬，抱白鸡，以白盐一斗及开山符檄着大石上，执吴唐草一把，以入山。山神喜，必得芝也。"《续博物志》："陶隐居云：学道之士，居山宜养白鸡、白犬，可以辟邪。"

　　②太山：即泰山。

　　③杳：远。

　　④天门：指泰山的南天门。

　　⑤日观：即日观峰。位于泰山山顶东岩，是泰山观日出的地方。

【译文】鲁客范山人抱白鸡求仙，向我告别将要去往泰山。入山初行白衣如同片雪，在青山崖壁间若隐若现。向上行至高高的南天门，日观峰近在眼前可登攀。云山高邈远望不可及，此去何时才能回还？

送韩侍御之广德

【题解】这首诗是上元二年（761），诗人在金陵寓居时送别友人所作。韩侍御，指监察御史韩云卿，是韩愈的叔父。广德，县名，属江南西道宣城郡，原名绥安县，至德二载（757）更名为广德县，今安徽广德县。此诗首句"昔日绣衣何足荣"表明，诗人认为韩侍御往日的荣光都不值得夸耀，今日诗人不惜赊酒为韩侍御痛饮才算豪迈。诗人还要借来东山明月，效仿当年谢安的旧事，高歌一曲，来为韩侍御送行。诗人鼓励韩侍御要像陶渊明那样，正直清明，不为五斗米折腰。

昔日绣衣何足荣①？今宵贳酒与君倾②。暂就东山赊月色③，酣歌一夜送泉明④。

【注释】①绣衣：彩绣的丝绸衣服。古代贵者所服。《汉书·百官公卿表》："侍御史有绣衣直指，出讨奸猾，治大狱。"颜师古注："衣以绣者，尊宠之也。"后泛指御史为"绣衣"。

②贳：赊。

③东山：指谢安隐居东山之事。

④泉明：即渊明，指陶渊明。因避唐高宗李渊讳，将"渊"改"泉"。此处喻指韩侍御。

【译文】昔日您著绣衣算不上荣耀，今天赊酒痛饮才算真豪迈。

暂且靠近东山借来月色，一夜醉歌相送您这位陶渊明。

白云歌送友人

【题解】卷六《白云歌送刘十六归山》："楚山秦山皆白云，白云处处长随君。长随君，君入楚山里，云亦随君渡湘水。湘水上，女萝衣，白云堪卧君早归"与这首诗相似，仅个别字不同。应该属于传抄有差，今仅录其诗，其它从略。

楚山秦山多白云，白云处处长随君。君今还入楚山里，云亦随君渡湘水。水上女萝衣白云，早卧早行君早起。

送通禅师还南陵隐静寺

【题解】这首诗大约是天宝十二载（753），诗人刚到宣城时所作。通禅师，生平事迹不详。南陵县，唐时属江南道宣州，今安徽南陵县。隐静寺，王琦注："《太平府志》：隐静寺，在繁昌县东南二十里。隐静山一名五峰寺山，有碧霄、桂月、鸣磬、紫气、行道五峰，寺当五峰之会，巑岏拱合，林木幽奇，古涧委折，殷雷轰地。相传寺为杯度禅师所建，飞锡定基，江神送木，现诸神异。寺外有十里松径，传云禅师手植，或曰距寺二里许有双松对峙，势若虬龙者，即师手泽。又尝取新罗五叶松种寺西，迄今尚存。旧志又言，寺有朗公橘，杯度所携频伽鸟一双，皆晋、宋遗迹。又有木、米、盐、酱等池，言创寺时，诸物皆从此出云。旧额云'江东第二禅林'。"全诗首二句写诗人听闻隐静寺山水奇秀，而且古迹众多，有朗公禅师所载橘树，有杯渡高僧所种的松树。诗人称赞通禅师佛法精深，可以降服猛虎，今日就要振锡回到隐静寺去了。诗人与通禅师相约，他日到南陵游览的时候，在寺外的谷口相见。

　　我闻隐静寺，山水多奇踪。岩种朗公橘[①]，门深杯渡松[②]。道人制猛虎[③]，振锡还孤峰[④]。他日南陵下，相期谷口逢。

　　【注释】①朗公：指晋代高僧康法朗。

　　②杯渡：一说为"杯度"，南朝宋时期高僧，传说其常乘木杯渡水，故以杯渡为名。

　　③道人：唐代以前称和尚为道人。制猛虎：佛教中有很多高僧降服猛虎的故事，以示其佛法修行高深。《法苑珠林》："晋沙门于法兰，高阳人也。尝夜坐禅，虎入其室，因蹲床前，兰以手摩其头，虎奋耳而伏，数日乃去。"

　　④振锡：谓僧人持锡出行。锡指锡杖。杖头饰环，拄杖行则振动有声。

　　【译文】我听说隐静古寺，山水都很奇秀。山岩上有朗公禅师栽下的橘树，寺门内有杯度高僧种植的青松。禅师您佛法高深可制猛虎，现在振锡回到孤峰古寺。他日游览南陵之时，约期与您谷口相会。

送友人

【题解】此诗年代不详。这是一首五言律诗，短小优美，意味隽永。诗人送别友人来到城外，放眼望去青山远横，绿水绕城，浮云悠悠，落日迟迟，美景当前可惜诗人无心观赏，想起友人此地一别，就如蓬草一样，飘荡万里，心中就充满惆怅，就连身边的马儿也仿佛受到感染，嘶鸣不已。这首诗首联别具一格，对仗工整，用辞靓丽生动。"青山"和"白水"富于色彩之美，"横"和"绕"富于动感之美。颔联反而不对仗，信手拈来，看似随意，却是"天然去雕饰"的好句。意韵自然流动，笔调浑然天成。"浮云游子意，落日故人情"二句也是别具一格，以浮云比喻漂泊不定的游子，以落日比喻对友人的眷恋之情，可谓独出心裁，不落俗套。最后两句借物抒情，诗人没有直叙离情，而是借萧萧马鸣来衬托此刻内心的离愁，马儿尚且眷恋不舍，何况人呢？

青山横北郭①，白水绕东城。此地一为别，孤蓬万里征。浮云游子意，落日故人情②。挥手自兹去，萧萧班马鸣③。

【注释】①郭：外城。古时候城墙有内外两重，内城叫城，外城叫郭。

②"浮云"二句：王琦注："浮云一往而无定迹，故以比游子之意；落日衔山而不遽去，故以比故人之情。"

③"萧萧"句：《诗·小雅·车攻》："萧萧马鸣。"《左传·襄公

十八年》："有班马之声。"杜预注："班,别也。"王琦注："主客之马将分道,而萧萧长鸣,亦若有离群之感,畜犹如此,人何以堪。"

【译文】青山斜横北城之外,白水曲折绕过东城。我们在此地一朝分别,您就像蓬草一样孤行万里。那四处飘荡的浮云正如同游子的不羁心意,而不愿西坠的落日就好似故人的眷恋之情。我们互相挥手就此别去,分离之际马儿也哀鸣不已。

送别

【题解】这首诗也收录在岑参诗集,题为《送杨子》,诗文略有异同,历代大多认为此诗系岑参所作,误收入李白诗集。南宋诗论家严羽在《沧浪诗话》中说:"太白诗'斗酒渭城边,垆头醉不眠',乃岑参之诗,误编入。"北宋李昉等人所编《文苑英华》和《唐百家诗选》也认为此诗为岑参所作。因而此处仅作收录。

斗酒渭城边,垆头醉不眠。梨花千树雪,杨叶万条烟。惜别倾壶醑,临分赠马鞭。看君颍上去,新月到家圆。

江上送女道士褚三清游南岳

【题解】这首诗年代不详。全诗首两句写吴江的女道士褚三清，头戴莲花巾，身着霓虹裳，卓尔不群，不同于巫山阳台女神。脚上穿着远游履，走路就像神仙一样，凌波而行。此去南岳衡山寻仙访道，应该可以见到传说中的魏夫人吧。

吴江女道士，头戴莲花巾①。霓裳不湿雨，特异阳台神②。足下远游履，凌波生素尘③。寻仙向南岳，应见魏夫人④。

【注释】①莲花巾：道士所佩头巾，状如莲花。《太平御览》引《登真隐诀》曰："太玄上丹灵玉女，戴紫华芙蓉巾。"

②阳台神：指宋玉《高唐赋》中的巫山神女，与楚王临别时说："妾在巫山之阳，高丘之阻。旦为朝云，暮为行雨，朝朝暮暮，阳台之下。"阳台旧址在高都山。

③"足下"二句：《洛神赋》："践远游之文履，曳雾绡之轻裾。凌波微步，罗袜生尘。"吕向注："远游，履名。步于水波之上，如生尘也。"

④魏夫人：晋魏舒之女。幼时好道慕仙，后托剑化形而去，被封为南岳夫人。后代又以为花神之首。《南岳魏夫人传》："魏夫人者，晋司徒剧阳文康公舒之女，名华存，字贤安。幼而好道，静默恭谨，志慕神仙，味真耽玄，欲求冲举，吐纳气液，摄生夷静，凡住世八十三年，以

晋成帝咸和九年，岁在甲午，太乙元仙遣飙车来迎，夫人乃托剑化形而去。位为紫虚元君，领上真司命南岳夫人，比秩仙公，使治天台大霍山洞台中，主下训奉道，教授当为仙者，男曰真人，女曰元君。"

【译文】吴江的女道士，头戴着莲花巾。霓虹之衣不沾雨，有别于阳台神女。脚上穿着远游履，凌波而行如生尘。她到南岳去寻仙访道，应该能够见到魏夫人。

送友人入蜀

【题解】此诗年代不详，诗人送友人入蜀时所作。首两句写从古蜀王蚕丛时代起，蜀道就艰难崎岖不易通行。颔联"山从人面起，云傍马头生"将蜀道的险峻写得十分形象生动。人行栈道，崖壁贴面，云生马头，可谓惊险之极。颈联却笔锋一转，写蜀地的秀美。花团锦簇的芳树笼罩着栈道，蜿蜒的二江环绕着蜀都。让友人紧张的心情又得以舒缓。结尾"升沉应已定，不必访君平"二句，意味深长，甚为有力。诗人劝慰友人：人生的进退浮沉早有定数，不必过于在意，就算遇到严君平那样的善卜者，也不用问询。

见说蚕丛路①，崎岖不易行。山从人面起，云傍马头生②。芳树笼秦栈③，春流绕蜀城④。升沉应已定⑤，不必访君平⑥。

【注释】①蚕丛：人名，相传为蜀王的先祖，教人蚕桑。扬雄《蜀王本纪》曰："蜀王之先，名蚕丛、柏灌、鱼凫、蒲泽、开明。是时人民椎髻咙言，不晓文字，未有礼乐。从开明上至蚕丛，积三万四千岁。"《华阳国志》："蜀侯蚕丛，其目纵，始称王。死作石棺、石椁，国人从之，故俗以石棺椁为纵目人冢。"

②"山从"二句：意谓山路陡峭，崖壁紧挨行人，白云缭绕马头。

③秦栈：王琦注："入蜀之道，山路悬险，不容坦行。架木而度，名曰栈道。以其自秦入蜀之道，故曰秦栈。"

④蜀城：指成都。成都周围有郫江和流江环绕。《水经注·江水》："成都县有二江双流郡下，故扬子云《蜀都赋》曰'两江珥其前'者也。"

⑤升沉：升降。谓际遇的幸与不幸。

⑥君平：即严君平。《高士传》："严遵，字君平，蜀人也。隐居不仕，尝卖卜于成都市，日得百钱以自给，卜讫则闭肆下帘，以著书为事。"

【译文】听说通往蜀地的道路，崎岖险峻自古就难行。崖壁在人面前陡然而起，云雾依傍马头蔚然而生。芳树掩映着秦地的栈道，春水环绕着蜀中的成都。人的进退浮沉早已天定，不必再问卜于严君平。

送赵云卿

【题解】此诗与卷十《赠钱征君少阳》相同，当属重复录入。

白玉一杯酒，绿杨三月时。春风余几日，两鬓各成丝。秉烛唯须饮，投竿也未迟。如逢渭川猎，犹可帝王师。

送李青归华阳川

【题解】这首诗年代不详。李青，生平事迹不详。华阳川，地名，在华山之南，今陕西商洛市。此诗前两句以老子来比喻李青，称赞李青是仙家子，服气炼丹，超越造化，故能容颜常保青春。三四句写李青隐居洞天之中，参合日月一心修行，与云霞为伴，远离世人。五六句依然是写李青修行能够化炼心性，颐养精魄，遁迹山林，保养天性。诗人在分手之际叮嘱李青千万不要像丁令威那样，一去千年，那时城郭虽新，但已物是人非。

伯阳仙家子①，容色如青春。日月秘灵洞，云霞辞世人。化心养精魄②，隐几窅天真③。莫作千年别，归来城郭新④。

【注释】①伯阳：原指老子。《列仙传》："老子姓李，名耳，字伯阳，陈人也。生于殷时，为周柱下史，转为守藏史，积八十余年。《史记》云二百余年。时称隐君子。谥曰耼。"这里代指李青。

②化心：谓改变其心性。语出《列子·周穆王》："吾试化其心，变其虑，庶几其瘳乎。"

③隐几：凭着几案。《庄子·齐物论》："南郭子綦隐几而坐。"陆

德明《音义》："隐，恁也。"

④"莫作"二句：用丁令威故事。《搜神后记》："丁令威，本辽东人，学道于灵虚山，后化鹤归辽，集城门华表柱。时有少年，举弓欲射之，鹤乃飞，徘徊空中而言曰：'有鸟有鸟丁令威，去家千年今始归，城郭如故人民非，何不学仙冢累累。'遂高上冲天。"

【译文】您是老耽那样的仙家之子，容貌依然保持青春的样子。参合日月归隐洞天，云霞为伴远离世人。修行心性颐养精魄，伏几静处保养天真。不可一去千年不回转，否则城郭虽新人事已非。

送舍弟

【题解】此诗年代不详。舍弟，似乎是指诗人的亲弟弟，但史籍中未有记载。此诗首句引用白额驹的典故来称赞其弟。三四句又引用谢灵运和谢惠连的故事，来赞美其弟文采过人。全诗语短情长，冀望深厚。

吾家白额驹①，远别临东道。他日相思一梦君，应得"池塘生春草"②。

【注释】①白额驹：犹言千里驹。比喻英俊有为的青年。《三国志·魏志·曹休传》："曹休间行北归见太祖，太祖谓左右曰：'此吾家千里驹也。'"《晋书·凉武昭王李玄盛传》记载，西凉开国皇帝李暠，字玄

盛，是汉前将军李广的十六世孙，也是唐朝的先祖。李暠曾经与后凉太
史令郭黁、以及同母异父弟宋繇住在一起，郭黁对宋繇说：'您将来会
位极人臣，您的哥哥李暠当会拥有国家。您家的黄马生下白额马驹的时
候，就是应验的时候。'后凉君主吕光执政后期，段业自称凉州牧，任命
孟敏为沙州刺史，孟敏让李暠担任效谷令。孟敏死后，护军郭谦等人认
为李暠温和刚毅，治政有方，就推举他为敦煌太守，李暠开始不愿答应，
宋繇当时正侍奉段业，马上赶到敦煌，对李暠说：'你难道忘了郭黁的话
了吗？如今白额马驹已经出生了！'于是李暠就接任了太守一职。"

②"他日"二句：用谢灵运故事。《南史·谢方明传》记载，南朝诗
人谢灵运的族弟谢惠连，自幼聪慧，深得谢灵运赏识，据说作诗时只要
谢惠连坐在对面，谢灵运就可想到佳句。有一次谢灵运写诗，才思枯
竭，一整天都没写出来，忽然梦见了谢惠连，就立刻想到了"池塘生春
草"的名句。

【译文】贤弟你是我们家的白额驹，如今在东道边与我分别。他
日因思念而梦你的时候，也应该像谢灵运那样想到"池塘生春草"的
佳句。

送别

【题解】此诗年代不详。首两句写友人前来拜访诗人，从水路
乘船而来，遥望水天一色，一片混沌，小船仿佛在虚空中航行。诗
人看到友人十分高兴，没想到友人被贬谪后，还有兴致来看望自己。

"日落看归鸟，潭澄怜跃鱼"则是写诗人所居住的环境。日落时可以观看倦鸟归林，清潭旁可以欣赏游鱼跃动。最后诗人安慰友人，就像当年贾谊的际遇一样，天子也早晚会下诏让友人回去。

　　水色南天远，舟行若在虚。迁人发佳兴①，吾子访闲居。日落看归鸟，潭澄怜跃鱼。圣朝思贾谊②，应降紫泥书③。

　　【注释】①迁人：指被贬斥的官吏。
　　②"圣朝"句：用贾谊故事。《汉书·贾谊传》："贾谊为长沙王太傅，后岁余。帝思谊，征之。"
　　③紫泥书：指诏书。汉代用紫泥封诏书，故称。
　　【译文】水色混沌南天旷远，舟行江上若浮虚空。贬谪之人偶发佳兴，亲临舍下来访闲人。日落时看倦鸟归巢，清潭旁观鱼儿跃水。圣君一定会像汉文帝一样思念贾谊，不久就会降下诏书征您入朝。

送麴十少府

　　【题解】此诗年代不详。麴十，生平事迹不详。少府，对县尉的敬称。诗人在吴会送别麴十，恰逢清秋，古人有秋日登高，抒发感慨的习惯，所以诗人就高吟吴地之歌来为友人送行。当时，碧云徘徊于苍茫的大海之上，流水回旋在曲折的江心之中。诗人空有延陵剑却不能赠给友人，友人想资助诗人却没有陆贾之金。两人都是何其的困顿, 此刻又要离别, 更加无比惆怅。

试发清秋兴, 因为吴会吟①。碧云敛海色, 流水折江心。我有延陵剑②, 君无陆贾金③。艰难此为别, 惆怅一何深!

【注释】①吴会: 秦汉会稽郡治在吴县, 郡县连称为吴会。东汉分会稽郡为吴、会稽二郡, 并称吴会。后亦泛称此两郡故地为吴会。

②延陵剑: 用延陵季子赠剑徐君的故事。《新序·节士》记载, 春秋时延陵季子出访晋国, 路过徐国时, 徐国国君观剑不言而欲求之。延陵季子因为要出使晋国, 没有把剑送给徐国国君, 然而心中已默许。等到出使晋国返回后, 而徐国国君已死。于是将剑挂在徐国国君墓旁的树上而去。

③陆贾金: 用西汉陆贾分金的故事。《汉书·陆贾传》:"陆贾有五男, 乃出所使越橐中装, 卖千金, 分其子, 子二百金, 令为生产。"

【译文】恰逢清秋试发感慨, 因而高吟吴会之歌。碧云在苍茫的大海上舒卷, 流水在曲折的江心回旋。我腰间徒有延陵宝剑, 您囊中却无陆贾之金。你我都处于艰难困顿之中, 在此作别, 心情是多么的惆怅啊!

送张秀才谒高中丞　并序

【题解】这首是应该是至德二载 (757), 诗人在寻阳狱中所作。当时诗人因永王事件被牵连入狱，正在狱中读《留侯传》，恰好有书生张孟熊准备去拜谒高适，诗人有感于张孟熊的献策壮举以及对留侯张良的敬佩，写下此诗。张秀才即张孟熊，高中丞指高适，当时担任御史中丞。《旧唐书·高适传》记载，高适，渤海人士，天宝八载（749）进士及第，授封丘县尉。安史之乱爆发后，高适拜左拾遗，转监察御史，辅佐哥舒翰守潼关。潼关失守后，高适随唐玄宗入蜀，升任谏议大夫。至德元载（756）永王李璘不听从唐肃宗诏命，擅自出兵东巡。高适为唐肃宗陈述利弊，指明永王必败，唐肃宗任命高适为御史大夫、扬州大都督府长史、淮南节度使，与来瑱、韦陟等人一起平定江、淮之乱。后永王兵败被杀，诗人因入幕永王而受牵连下狱。高适与诗人曾是好友，二人早年与杜甫一起游历梁宋。诗人身陷囹圄之际，非常希望身居统帅之位的高适，能看在朋友之谊，对自己施以援手，因而诗人写此诗向高适求援。但是高适出于种种原因，并未回应，最后还是江南宣慰使崔涣和御史中丞宋若思大力营救，才使诗人脱困，诗人也为此深为感伤。全诗首段写张良早年事迹。秦朝无道，暴虐天下。英豪蜂拥而起，共同讨伐暴秦。因此天降留侯来开创太平之世。张良曾得到黄石公传授兵书，还在沧海君的帮助下找到壮士，在博浪沙槌击秦始皇，以报灭韩之仇。虽然误中副车，但也因高义而闻名天下。诗人赞美张良智谋冠绝天下，就连汉室开国功臣萧何与陈平也难以企及。次一段写张良在楚汉战争中发挥的重要作用。当年楚汉相争时，天下风起云涌。刘邦开始时处于弱势地位，尤其在鸿门宴上身陷险境，项庄舞剑意在沛公，情势危急到了极点。仓促间全靠张良临危不乱，智谋百出，化解了危机，奠定了汉室崛起的根基。诗人评论说在天下倒悬之际，如果没有张良，那么势必会以鸿沟为界天下分裂。张良以英才奇谋辅佐汉室平定天下，现在张孟熊又将献上平胡之策来继续发扬张良留下的清芬。末一段则是诗人委婉地向高适提出希望施以援手。先写安禄山率众叛乱，扰乱天纲。再写高适坐镇江淮，指挥大军谈笑间扫清动乱。并设想高适采纳了张孟熊的谋略后，戡乱成功，建立殊勋。接着诗人诉说自己身陷牢狱，却不能像邹衍那样感召天降寒霜来为自己鸣冤，落得个玉石俱焚的结果，临别只能挥泪相送。言外之意盼望高适能早日搭救。

　　余时系寻阳狱中①，正读《留侯传》②，秀才张孟熊蕴灭胡之策，将之广陵谒高中丞。余喜子房之风，感激于斯人，因作是诗以送之。

　　秦帝沦玉镜③，留侯降氛氲④。感激黄石老⑤，经过沧海君⑥。壮士挥金槌⑦，报雠六合闻⑧。智勇冠终古⑨，萧陈难与群⑩。

　　两龙争斗时⑪，天地动风云。酒酣舞长剑，仓卒解汉纷⑫。宇宙初倒悬⑬，鸿沟势将分⑭。英谋信奇绝，夫子扬清芬。

　　胡月入紫微⑮，三光乱天文⑯。高公镇淮海⑰，谈笑廓妖氛⑱。采尔幕中画，戡难光殊勋。我无燕霜感，玉石俱烧焚⑲。但洒一行泪，临歧竟何云？

【注释】①"余时"句：指至德二载（757），诗人因参加永王李璘幕府，受牵连下狱。

　　②《留侯传》：指《史记·留侯世家》，留侯，即西汉张良，封爵为

留侯。

③玉镜：比喻清明之道。《尚书帝命期》："桀失玉镜，用其噬兽。"郑康成注："玉镜，谓清明之道。"

④氛氲：指阴阳二气会合之状。《魏书·高祖孝文帝纪上》："天地氛氲，和气充塞。"

⑤黄石老：即黄石公，亦称圯上老人。相传张良于博浪沙刺秦始皇失败后，逃亡至下邳，在圯上遇见一老人。老人授张良以《太公兵法》，并言称十三年后，到济北谷城山下，见到一块黄石，那就是他。十三年后，张良从刘邦过济北，果在谷城山下得黄石。事见《史记·留侯世家》及《汉书·张良传》。

⑥沧海君：秦时一贤者之号。沧，也写作"仓"。《史记·留侯世家》："良尝学礼淮阳。东见仓海君。得力士，为铁椎重百二十斤。"

⑦金槌：王琦注："《史记》《汉书》载博浪沙事，并云铁椎，惟《水经注》云：张良为韩报仇于秦，以金椎击秦始皇不中，中其副车。骆宾王诗'金椎许报韩'，盖出于此。"

⑧六合：指上下和四方，泛指天地或宇宙。

⑨"智勇"句：《汉书·张良传赞》："闻张良之智勇，以为其貌魁梧奇伟，反若妇人女子。故孔子称"以貌取人，失之子羽"。"

⑩萧陈：指萧何、陈平。

⑪两龙：指楚汉两方。

⑫"酒酣"二句：用鸿门宴故事。

⑬倒悬：头朝下倒挂着，比喻处境非常困苦危急。语出《孟子·公孙丑上》："当今之时，万乘之国行仁政，民之悦之，犹解倒悬也。"

⑭鸿沟：古代运河，在今河南省，楚汉相争时是两军对峙的临时

分界。

⑮胡月：指安禄山的叛军。紫微：即紫微垣。这里代指帝王官殿。

⑯三光：古时指日、月、星。天文：天体在宇宙间的分布、运行等现象。

⑰高公：指高适。时任淮南节度使。

⑱廓：廓清。妖氛：指叛乱。

⑲"我无"二句：用邹衍蒙冤故事。《艺文类聚》引《淮南子》："邹衍事燕惠王尽忠，左右谮之，王系之，仰天而哭，夏五月，天为之降霜。"后以"燕霜"为蒙冤之典。

【译文】我当时被拘押在寻阳狱中，正在读《留侯传》，有一位读书人叫张孟熊，有剿灭胡人叛乱的良策，准备前往广陵拜谒高中丞。我欣赏他有张良的风范，感激他能帮我求助于高中丞，因而作诗赠送给他。

秦帝无德沦丧清明之道，天降留侯以开太平之世。感激黄石公传授古兵书，又有沧海君相助得壮士。壮士挥金槌击毁秦皇车，为韩报夙仇高义传六合。张良智勇冠绝古今，萧何陈平望尘莫及。

楚汉两龙相争时，天地风起而云涌。鸿门宴酒酣之时项庄舞剑意在沛公，仓卒间张良施计化解汉主千钧危机。寰宇倒悬之际若无张良，势必鸿沟为界分裂天下。张良的英才谋略实在是天下无双，夫子您贡献灭胡良策而美名远播。

胡人安禄山起兵作乱侵扰皇都，日月星辰运行失常天道紊乱。高公奉旨坐镇淮海，谈笑之间扫尽动乱。高公采用您的谋略策划，戡乱之中建立卓越功勋。我没有邹衍那样让燕地降霜的感召力，只能默默承受玉石俱焚的不幸遭遇。临别洒下一行热泪，面对歧路有何可说。

寻阳送弟昌峿鄱阳司马作

【题解】此诗大约是上元元年（760），诗人从江夏到寻阳时所作。昌峿，即李昌峿，唐朝宗室，其先祖为大郑王李亮，曾任辰锦观察使。鄱阳，指鄱阳郡，即饶州。唐时隶属江南西道，治所在今江西鄱阳县。此诗首段写诗人与李昌峿在寻阳相遇。远望桑落洲与其它江渚隐隐相连，沧江上碧空如洗，万里无云。诗人以王徽之访戴逵的故事来比喻两人的相会。李昌峿乘船飘然而来，姿容丰郎，宛如仙人。江上风景如画，人如乘月，舟似行空。李昌峿一诺千金，来与诗人相会，彼此情谊更胜往昔。诗人夸赞李昌峿贤德，足可媲美谢惠连，只可惜自己生性愚钝，远逊谢灵运。次一段写李昌峿即将朱绂银章，到鄱阳郡上任，辅佐郡守治理地方。此去途中会路过矗立江中的松门山，会看到山上石镜的清光。此时天气依然炎热，一路摇扇顺水来到干越亭。干越亭临水而建，亭上凉风送爽。诗人就与李昌峿约定，就在来年秋月圆满之时，在亭中再会。诗人叮嘱李昌峿一定不能忘记约定，如果不能前来自己会心忧如断。最后诗人以吴楚相连，来比喻自己的离愁，山水有穷而经年之愁无穷。

桑落洲渚连①，沧江无云烟。寻阳非剡水，忽见子猷船②。飘然欲相近，来迟杳若仙③。人乘海上月，帆落湖中天。一睹无二诺④，朝欢更胜昨。尔则吾惠连，吾非尔康乐⑤。

朱绂白银章⑥，上官佐鄱阳⑦。松门拂中道，石镜回清光⑧。

摇扇及干越^⑨，水亭风气凉。与尔期此亭，期在秋月满。时过或未来，两乡心已断。吴山对楚岸，彭蠡当中州^⑩。相思定如此，有穷尽年愁。

【注释】①桑落洲：地名。在今江西九江。《太平寰宇记》："桑落洲，在舒州宿松县西南一百九十四里。江水始自鄂陵，分派为九，于此合流，谓之九江口。此洲与江州寻阳县，分中流为界。"《一统志》："桑落洲，在九江府城东北过江五十里。昔江水泛涨，流一桑于此，因名。"

②"寻阳"二句：用王徽之雪夜访戴逵的故事。

③"飘然"二句：用东汉郭太故事。《后汉书·郭太传》："郭太字林宗，太原介休人也。后归乡里，衣冠诸儒送至河上，车数千两。林宗唯与李膺同舟而济，士宾望之，以为神仙焉。"

④无二诺：楚汉时名将季布恪守信义，不轻易然诺，故楚谚有云："得黄金百斤，不如得季布一诺。"见《史记·季布栾布列传》。后以"无二诺"称赞守诺言者。

⑤"尔则"二句：用南朝谢灵远和谢惠连故事。这里以惠连喻指昌岠。康乐：指谢灵运，字康乐。

⑥朱绂：古代系佩玉或印章的红色丝带。后多借指做官或官服。白银章：银质的印章。《汉书·百官公卿表》："凡吏秩比二千石以上，皆银印青绶。"颜师古注："《汉旧仪》云：银印，背龟钮，其文曰章，谓刻曰某官之章也。"

⑦上官：受命上任。

⑧"松门"二句：松门：即松门山，在鄱阳湖。上有石镜。《江西通志》："松门山，在南昌府城西北二百十五里，枕鄱湖之东，两岸悉生

松，遥望如门，故名。上有石镜，光可照人。"

⑨干越：有干越渡和干越亭，在今江西余干县。《太平寰宇记》："干越渡，在余干县西南一百二十步，置津吏主守，四时不绝。干越亭在余干县东南三十步，屹然孤立，古今游者多留题章句焉。"

⑩彭蠡：即鄱阳湖。

【译文】桑落洲与江渚隐隐相连，沧江上无云烟万里晴空。寻阳并非剡溪所在的会稽郡，您却如王子猷一样乘船而来。君船飘然而至，我欲移船相近；为何姗姗来迟，远望仙姿不凡。人在海上乘月影而行，船行镜湖如落帆碧空。您一诺千金前来相会，你我欢情更胜往昔。以您之贤德是我之惠连，以我之愚钝非您之康乐。

您着官服佩银印，上任辅佐鄱阳郡。此去经过伫立在江中的松门山，还会看到山崖上石镜映射的清光。一路摇扇来到干越亭，亭临湖水而风气清凉。我将与您相约此亭再会，时间就在秋月圆满之时。如果时过而不能相见，我们的思念就会心忧如断。吴山对岸就是楚地，彭蠡处于交界之处。我对您的相思也如吴楚相连，山水有穷而年愁无穷。

饯校书叔云

【题解】此诗年代不详。校书叔云，指担任校书郎的族叔李云。李云，生平事迹不详。全诗前四句诗人叙述自己少年时浪费了大好时光，总以为会一直是青春少年。不懂得时光易逝，人生易老，现在忽然看到族叔归来，心中十分欢喜。一起把酒言欢，流连桃李树下。赏花饮酒，听鸟啼鸣。直到晚来离别，竹林又重归静寂，诗人也闭门独处。

少年费白日①，歌笑矜朱颜②。不知忽已老，喜见春风还。惜别且为欢，徘徊桃李间。看花饮美酒，听鸟临晴山。向晚竹林寂③，无人空闭关④。

【注释】 ①费白日：空费时日。

②矜：自矜。

③"向晚"句：用竹林七贤故事。魏晋之时，阮籍、嵇康、山涛、向秀、阮咸、王戎、刘伶相与友善，常宴集于竹林之下，时人号为"竹林七贤"。

④闭关：闭门不与外界交往。

【译文】 少年时空费大好时光，歌笑间认为朱颜常在。不知不觉忽已变老，今天见您喜如春风。珍惜分别且为欢饮，桃李之下流连徘徊。赏繁花饮美酒，听林鸟鸣晴山。临近晚间竹林静寂，独自一人闭门而处。

送王孝廉觐省

【题解】 此诗大约是上元元年（760），诗人在寻阳时所作。孝廉是汉代选拔官吏的两种科目。孝，指孝子，廉，指廉洁之士。唐代科举无孝廉科，大概以孝廉称贡举或明经。觐省，指省亲。诗人在寻阳江边送别王孝廉，彭蠡湖一望无边，与天际融合，而王孝廉的家乡在东海边靠近日出的姑苏城。水上行船要等待合适的天气，天气晴好时就可以开船出航，归家省亲。站在江边，只见江水悠远，回旋流动，远山参差，连绵不断。而诗人对友人的思念之情，也像着东流之水一样，不分昼夜，川流不息。

彭蠡将天合①，姑苏在日边②。宁亲候海色③，欲动孝廉船④。窈窕晴江转⑤，参差远岫连⑥。相思无昼夜，东注似长川。

【注释】①彭蠡：彭蠡湖，一作彭泽，又名官亭湖。即今江西鄱阳湖。《江西志》："鄱阳湖，在南昌府城东北一百五十里，即《禹贡》之彭蠡也。一名官亭湖，一名扬澜湖，跨南昌、饶州、南康三郡，合上流诸水入焉。周围数百里，阔四十里，长三百里。

②姑苏：今江苏苏州市的别称。杨齐贤曰："姑苏，苏州吴郡。以其近东海日出之地，故云日边。"

③宁亲：省亲。《法言》："孝莫大于宁亲。"

④孝廉船：用东晋张凭故事。《世说新语·文学》记载，张凭，字长宗，吴郡人，少聪慧。被举为孝廉，到京城后准备去拜访丹阳尹刘恢，他的同乡和一同举孝廉的人都笑话他不自量力。张凭最终还是去拜访了刘恢，这时刘恢正在处理一些事务，就把他安排到末座，只是和他简单寒暄一下，没有太在意他。不久，长史王濛等名流来拜访，宾主之间清谈时出现争议，张凭便给他们分析解释，言简而意深，能够把彼此意旨转

达清楚,满座的人都十分惊讶。刘恢就请张凭上座,和他谈了一整天,又留他住了一夜。第二天,张凭告辞。刘恢对他说:"你暂时回去,我将邀你一起去谒见抚军。"抚军就是后来的简文帝司马昱,时任抚军大将军。张凭回到船上,同伴问他在哪里过夜,张凭笑而不答。过了一会儿,刘恢派人来找张孝廉所坐的船,同伴们都很惊愕。刘恢就带着张凭去拜见抚军。到了门口,刘恢先进去对抚军司马昱说:"下官今天为您找到一个太常博士的人选。"张凭拜见后,抚军和他谈话,甚为满意,并说:"张凭确实是精通义理。"于是就任用为太常博士。

⑤窈窕:幽深。

⑥岫:山。

【译文】彭蠡湖浩瀚无边与天相合,姑苏城频临东海与日相近。王孝廉您正在等候合适的海况,天气晴好时就能启航归家省亲。晴日下江水悠远而回转,遥远处青山参差而连绵。我对您的思念不分昼夜,就像东去的流水绵绵不绝。

同吴王送杜秀芝举入京

【题解】此诗当是天宝七载(748),诗人谒见庐江太守吴王李祇,时所作。吴王李祇,是唐太宗第三子吴王恪李之孙,张掖郡王李琨之子,袭封嗣吴王,唐玄宗时为东平太守。安禄山造反后,李祇募兵抵御安禄山叛军,累迁陈留太守,持节河南道节度采访使,历太仆、宗正卿。但是李祇为庐江太守的事情史书却无记载,大概是遗漏了。杜秀芝，应该是杜秀才，王琦注："诗题当是'送杜秀才赴举入京'，'芝'字疑讹。"杜秀才，生平事迹不详。唐初科举曾设秀才科，但后来废除，秀才作为对一般士子的称呼。此诗首二句诗人引用颜回故事，称赞杜秀才贤德出众。三四句写杜秀才现在就要告别吴王，前往京城应举。此时正是秋高气爽，落日西坠青山，秀木出于寒烟。最后两句诗人祝愿杜秀才此去能够折桂登第，到时候众人再来吴王府中相聚庆贺。

秀才何翩翩? 王许回也贤①。暂别庐江守②，将游京兆天③。秋山宜落日，秀木出寒烟。欲折一枝桂④，还来雁沼前⑤。

【注释】①回也贤：回，指颜回，颜回贤德，是孔子对颜回的评价。语出《论语·雍也》："子曰：'贤哉回也，一箪食，一瓢饮，在陋巷，人不堪其忧，回也不改其乐。'"

②庐江：郡名，即庐州。隶淮南道。治所在今安徽合肥。

③京兆：指京师所在地区。这里指长安一带。

④"欲折"一句：用西晋郤诜典故。《晋书·郤诜传》："武帝于东堂会送，问诜曰：'卿自以为何如？'诜对曰：'臣举贤良对策，为天下第一，犹桂林之一枝，昆山之片玉。'"后因以"折桂"谓科举及第。

⑤雁沼：即雁池，在西汉梁孝王的兔园中。《西京杂记》："梁孝王筑兔园，园中有雁池，池间有鹤洲、凫渚，其诸宫观相连，延亘数十里，奇果、异树、瑰禽、怪兽毕备，王与宫人宾客，弋钓其中。"这里比喻吴王府。

【译文】杜秀才风采何其翩翩? 吴王赞您贤德如颜回，现在您要暂别庐江郡守,前往京兆府参加科举。秋山伴落日景色宜人,秀木出寒烟森然而立。等到金殿折桂时,荣耀再回吴王府。

卷十五　送下

洞庭醉后送绛州吕使君杲流澧州

【题解】这首诗应作于乾元二年（759），李白流放遇赦回到江夏（今湖北武汉市武昌）再游洞庭湖时。洞庭，即洞庭湖，中国第二大淡水湖，在今湖南省北部、长江南岸。绛州，唐时属河东道，治所在今山西新绛县。绛州吕使君杲，指绛州刺史吕杲，生平事迹不详。使君是对刺史的尊称。澧州，州名，唐属江南西道，治所在今湖南澧县东南。这首诗前四句描写了诗人与友人相逢后，在洞庭湖上一起泛舟、纵酒的乐事。后四句用剑化蛟龙、回雁峰的典故，表达对友人的深切祝福，希望他可以早日归来，彼此再次相逢。

　　昔别若梦中，天涯忽相逢。洞庭破秋月，纵酒开愁容。赠剑刻玉字，延平两蛟龙①。送君不尽意，书及雁回峰②。

【注释】①"赠剑"二句：《晋书·张华传》记载：西晋时天上斗、牛星宿间常有紫气出现，张华让雷焕观测后，知是宝物所发出的光华，后雷焕根据紫气所出地，在丰城得到二把宝剑，一把送给张华，一把自己佩戴。后来张华被杀，宝剑遗失。雷焕死去后，雷焕的儿子佩戴宝剑，经过延平渡口时，剑跃入水中，与张华那把剑一起化为二蛟龙腾空飞去。

②雁回峰：即回雁峰，在衡阳之南，为衡山七十二峰之一。《方舆胜览》："回雁峰，在衡阳之南，雁至此不过，遇春而回，故名。或曰峰势如雁之回。"

【译文】昔日之别恍若梦中，今在天涯忽又相逢。洞庭行舟破碎秋月倒影，纵酒开怀消除满面愁容。所赠之剑镌刻玉字，应是延平化龙宝物。送君远去不能尽诉情谊，希望及早寄书回雁峰。

与诸公送陈郎将归衡阳　并序

【题解】这首诗是上元元年（760）春，诗人遇赦回到江夏时所作。郎将，王琦注："按《唐书·百官志》，左右十四卫及太子左右六率府，皆有郎将，乃五品官也。"陈郎将，名字事迹不详。衡阳，即衡州，唐郡名。天宝元年改为衡阳郡，乾元元年复改为衡州。今湖南衡阳市。诗人在序中先以孔子、周文王的经历为例，说明时遇不济，即使圣人也要低眉，何况自己。接着赞美陈郎将义风凛然，英思逸发，诸公作诗为陈郎将饯行，诗人自谦忝为作序。诗文部分先描述衡山气势之广大，赞美了衡山的气清山秀，接着盛赞陈郎将出身金紫之家，宾客盈门，为当世之孟尝君。诗人最后表达了对陈郎将的不舍之情。

仲尼旅人①，文王明夷②。苟非其时③，圣贤低眉。况仆之不肖者④，而迁逐枯槁⑤，固非其宜！朝心不开，暮发尽白；而登高送远，使人增愁。陈郎将义风凛然，英思逸发。来下曹城之榻⑥，去邀才子之诗。动清兴于中流，泛素波而径去。诸公仰望不及，连章祖之⑦。序惭起予，辄冠名贤之首；作者嗤我，乃为抚掌之资乎⑧！

【注释】①仲尼：孔子的字。旅人：奔走在外的人。春秋末期，孔子申明王道，六国却无一肯用，使孔子徒劳奔波四方。

②文王：指周文王姬昌。明夷：六十四卦之一，即离下坤上。《易·明夷》："明夷，利艰贞。"孙星衍集解引郑玄曰："夷，伤也，日出地上，其明乃光，至其入地，明则伤矣，故谓之明夷。"后因以比喻昏君在上，贤人遭受艰难或不得志。

③苟：如果。

④不肖：谦辞，不才、不贤。

⑤枯槁：原指干枯，枯萎。这里指形体容貌消瘦不堪。

⑥曹城：疑为"专城"之误，专城指太守。

⑦连章：这里指诸公一起作诗。祖：出行时祭路神，引申为送行。

⑧抚掌之资：拍手谈笑之资。

【译文】孔子不被鲁君知遇而奔走诸侯，周文王被纣王猜忌而蒙受大难。如果未逢时机，圣贤也得低眉。何况我这样的不贤之人，遭遇放逐而形容枯槁，本就是理所当然的事情！朝来心胸不开阔，日暮须发皆尽白；又登高送远，更使人增添愁绪。陈郎将凛然有高义之风，才思超群而勃发。来到这里下榻于太守府中，离去之际邀约众才子吟别。生起清兴于中流，泛舟素波而远去。诸公来不及表达敬仰之情，一起作诗为他设宴钱行。非常惭愧由我作序，而冠名于诸贤之首；如果诸位揶揄我，那就作为谈笑之资吧！

衡山苍苍入紫冥①，下看南极老人星②。回飙吹散五峰雪③，往往飞花落洞庭。气清岳秀有如此，郎将一家拖金紫④。门前食客乱浮云，世人皆比孟尝君⑤。江上送行无白璧⑥，临岐惆怅若为分⑦。

【注释】①衡山：五岳中的南岳，在今湖南衡山县。紫冥：天空。

②南极老人星：即南极星。古人认为它象征长寿，故又名"寿星"。《史记·天官书》："狼比地有大星，曰南极老人。老人见，治安；不见，兵起。"张守节《史记正义》："老人一星，在弧南，一曰南极，为人主占寿命延长之应。"

③回飙：旋转的狂风。五峰：指衡山最高的五个山峰：祝融、天柱、紫盖、石廪、芙蓉。

④金紫：金印紫绶，代指高官显爵。

⑤"门前"二句：用孟尝君食客三千的典故。《史记·孟尝君列传》记载，孟尝君是战国时齐国贵族。承袭其父爵位称薛公，号孟尝君。孟尝君喜养士，门下食客数千人，皆能厚待，所以天下之士无不倾心向往。

⑥白璧：《吕氏春秋·恃君览·观表》记载，郈成子为鲁国大臣，有一次出使晋国，路过卫国，卫国的右宰相谷臣设盛宴款待他，但是乐曲

却不欢快，酒酣之际，谷臣把玉璧送给了郈成子。郈成子以此知卫国将乱，谷臣是将重要之物托付自己。后来卫国果然发生动乱，右宰相谷臣被杀。郈成子将其妻儿接到鲁国，并归还玉璧。

⑦岐：岔路，这里用来形容即将分开。若为：怎堪，怎能。

【译文】衡山苍翠挺拔直入天际，向下俯视着南极老人星。回风吹散了衡山五峰上的积雪，好似飞花一般飘落到洞庭湖中。衡山就是如此的气清山秀，陈郎将一族也是金紫之家。您门下的食客多如浮云，世人都把您比作孟尝君。江上为您送行可惜无白璧相赠，临歧之际惆怅不已又怎堪分离。

江夏送倩公归汉东　并序

【题解】这首诗是乾元二年（759），诗人流放遇赦回到江夏之时所作。汉东，即随州，唐郡名，天宝初改为汉东郡，乾元初复改为随州。治所在今湖北随州市。倩公，随州的一位僧人，《唐汉东紫阳先生碑铭》中提到的贞倩，李白与其交情深厚，对其赞誉甚高，称赞他轻财重诺，好贤擅文，将他比喻为东晋名僧支遁与南朝名僧惠休。这首诗称赞汉东是蕴藏珠玉的宝地，再写历经战乱后，倩公这颗宝珠可以平安归来，表达了诗人的欣喜之情。

　　昔谢安四十，卧白云于东山①；桓公累征②，为苍生而一起。常与支公游赏③，贵而不移。大人君子，神冥契合，正可乃尔。仆与倩公一面[4]，不忝古人[5]，言归汉东[6]，使我心痗[7]。

夫汉东之国，圣人所出[8]。神农之后，季良为大贤[9]。尔来寂寞，无一物可纪。有唐中兴，始生紫阳先生[10]。先生六十而隐化[11]，若继迹而起者，惟倩公焉。蓄壮志而未就，期老成于他日[12]。且能倾产重诺，好贤攻文，即惠休上人与江、鲍往复[13]，各一时也。仆平生述作，罄其草而授之[14]。思亲遂行，流涕惜别。

今圣朝已舍季布[15]，当征贾生[16]。开颜洗目，一见白日[17]。冀相视而笑于新松之山耶[18]！作小诗绝句，以写别意。李白辞：

【注释】 ①东山：据《晋书·谢安传》记载，谢安早年曾辞官隐居会稽东山，经朝廷屡次征聘，方从东山复出，官至司徒要职，成为东晋重臣。又临安、金陵亦有东山，也曾是谢安的游憩之地。后因以"东山"为典。指隐居或游憩之地。

②桓公：即桓温，东晋权臣。曾征谢安为司马。

③支公：指东晋高僧支遁，字道林，本姓关氏，陈留人，亦说为河东林虑人。二十五岁出家，每次讲说佛经，都主要阐明佛经中的内在精神，而不拘泥于个别章句，当时被那些拘泥于章句的人所非议。谢安听闻后，很喜欢他的做法，评论道："这就像古人相马，不应重视其皮毛颜色，而应取其精神之骏逸。"

④一面：犹一见。

⑤不忝：不辱，不愧。

⑥言：句首助词。

⑦痗（mèi）：忧伤成病。

⑧圣人：指炎帝神农氏。汉东的厉山据传说是神农故乡。《元和郡县志》："厉山，亦名烈山，在随州随县北百里。"《礼记》曰："厉山氏，炎帝也。起于厉山，故曰厉山氏。"

⑨季良：即季梁，春秋时随国贤大夫。曾劝随侯勿信神之保佑，当修政和民。楚武王三十五年（前706），楚欲伐随，以有季梁在随而罢。事见《左传·桓公六年》。

⑩紫阳先生：即随州道士胡紫阳。

⑪隐化：去世的别称。

⑫老成：这里是大器晚成的意思。

⑬惠休上人：南朝宋僧人惠休，本姓汤，善属文，辞采绮艳，徐湛之与之交情深厚，世祖命他还俗，位至扬州从事。上人，旧时对僧人的尊称。江、鲍：指江淹、鲍照，惠休与江淹、鲍照多有诗文酬答。往复：诗文往来。

⑭罄：尽，用尽，尽其所有。

⑮季布：楚地人，曾助项羽多次击败刘邦，项羽败亡后，在夏侯婴说情下，刘邦赦免了他，并拜他为郎中。季布为人重义气，讲信用，是楚地有名侠士，因此当时流传着这样的谚语："得黄金百斤，不如得季布一诺。"这里诗人自喻季布，说自己被皇帝赦免从夜郎放还。

⑯贾生：即贾谊。贾谊被贬为长沙王太傅三年后，被汉文帝召见，问其鬼神之事。这里诗人自比贾谊，希望君王会像汉文帝征召贾谊一样把自己召回朝廷。

⑰白日：喻指皇帝。

⑱新松山：在今湖北随县东。

【译文】昔日谢安四十岁时，还隐居在白云缭绕的东山；经过桓温多次征召，谢安终于愿为苍生而出山。他时常与高僧支遁一起游乐，就算显贵以后也情谊不变。大人与君子相交，心神契合，正是如此。我与倩公一见面，就不逊于古人，他将回到汉东，真是让我黯然神伤。

汉东之地有古随国，是炎帝神农氏故乡，神农氏之后，又出现了季梁这位大贤。从此后就一直沉寂，没有出现值得记载的人物。直到唐朝中兴，才有了紫阳先生。先生六十岁辞世，若说能继承其遗志的后来者，就惟有倩公了。倩公心怀壮志却未能实现，期待日后可以大器晚成。他轻财重诺，交贤好文。就像惠休上人与江淹、鲍照诗歌来往一样，各自都是一时的佳话。我把平生的著作，全都交给了他。倩公因思念亲人而打算离开，我只能流着泪与他依依惜别。

如今我就像季布一样获得了朝廷的赦免，不知何时能像贾谊一样得到入京的诏书。使我能开颜而悦目，得见天子。希望到时我们可以在新松山上相视而笑！写下这首绝句小诗，以表送别之情。李白诗文如下：

彼美汉东国，川藏明月辉①。宁知丧乱后②，更有一珠归。

【注释】①明月：指明月珠。
②宁知：岂能想到。丧乱：指安史之乱。

【译文】那美丽富饶的汉东国，江川中蕴藏着明月珠的光辉。岂能想到经过安史之乱以后，竟然还有倩公这颗明珠归来。

送赵判官赴黔府中丞叔幕

【题解】这首诗应是天宝十三载（754）春，诗人在金陵送别赵判官时所作。黔府中丞叔，指黔中节度使赵国珍，当时兼任御史中丞。黔府，即黔州都督府，治所在今重庆市彭水县。赵判官，是赵国珍之侄，名字不详。当时准备去黔中节度使府中任判官。判官，节度使幕府僚佐。全诗首段诗人自叙过往经历，感叹壮志消磨，黄金耗尽，世人富贵便相忘。自己蹉跎岁月，青春不再，而且仕途险恶，不如及早归隐。接着写赵判官拜别双亲赶赴幕府，称赞其叔继承了平原君之风范，持节雄藩，受到天子的器重。最后赞誉赵判官的才高义重，期待春来草绿之时再见。

廓落青云心①，结交黄金尽。富贵翻相忘，令人忽自晒②。蹭蹬鬓毛斑③，盛时难再还。巨源咄石生，何事马蹄间④？绿萝长不厌，却欲还东山⑤。

君为鲁曾子⑥，拜揖高堂里⑦。叔继赵平原⑧，偏承明主恩。风霜推独坐⑨，旌节镇雄藩⑩。虎士秉金钺⑪，蛾眉开玉樽。

才高幕下去，义重林中言⑫。水宿五溪月⑬，霜啼三峡猿。东风春草绿，江上候归轩⑭。

【注释】①廓落：空寂。青云：比喻高尚志向。

②"富贵"二句：反用陈涉之事。陈涉年少时，曾与人当佣工耕地，在田埂上休息时，说道："如果将来富贵了，大家一定不要彼此相忘。"其余人都笑着说："你一个耕地之人，哪里来的富贵啊！"陈涉叹息道："唉，燕雀哪能知道鸿鹄的志向啊！"陈涉被他人嘲笑，此处诗人是"自晒"。

③蹭蹬：险阻难行，比喻困顿不顺利。

④巨源：指山涛，字巨源，河内郡怀县（今河南武陟西）人，西晋时期大臣、名士，"竹林七贤"之一。《晋书·山涛传》记载，三国时，司马懿为了欺瞒曹爽，假装称病。当时山涛与石鉴住在一起，山涛半夜起来推醒石鉴问他司马懿称病是什么意思，石鉴认为并不是什么大事，山涛却说："咄！石先生想在马蹄中安然无事吗？"于是扔下符信就辞官离去了。不到两年，果然发生了司马懿诛杀曹爽之变，于是山涛隐居起来不再过问世事。

⑤还东山：此处用谢安隐居于东山的典故。

⑥君：指赵判官。鲁曾子：指曾参，因曾参为鲁国南武城人，故称。

⑦拜揖高堂：拜别父母去往幕府。

⑧叔：指赵国珍。赵平原：指战国时赵国公子平原君。

⑨独坐：专席而坐，汉朝时御史中丞、司隶校尉与尚书令，朝会时坐皆专席，故号"三独坐"。后遂以"独坐"为御史中丞别名。

⑩旌节：唐制，节度使赐双旌双节，旌以专赏，节以专杀，行则建节符，树六纛，亦借指节度使，军权。雄藩：威武的藩镇。唐代通称节度使为"藩镇"，亦称"方镇"。

⑪虎士：谓勇猛如虎之战士。周代虎贲氏下有虎士。《周礼·夏官·序官》："虎贲氏下大夫二人，中士十有二人，府二人，史八人，胥

八十人，虎士八百人。"郑玄注："不言徒曰虎士，则虎士徒之选勇力者。"后以之称勇士。秉金钺：手执长柄大斧。钺，古代兵器，形似斧，有长柄。

⑫林中：用阮籍、阮咸"竹林之游"典故，以阮氏叔侄比喻赵氏叔侄。

⑬水宿：指在舟中或水边过夜。五溪：地名。《水经注·沅水》："武陵有五溪，谓雄溪、樠（横）溪、无（潕）溪、酉溪、辰溪其一焉。"

⑭轩：中国古代一种供大夫乘坐的车子，这里指赵判官归来的车驾。

【译文】早已消磨了青云之志，交游散尽了囊中黄金。他人一朝富贵就忘记旧交，令我一想起来就自嘲不已。久处困顿让我鬓发斑白，昔日盛况如今难以再现。当年山涛曾呵叱石鉴，为何要投身战乱之中？只有山间绿萝让人百看不厌，我现在想效仿谢安归隐东山。

您如鲁国曾子那样孝顺，拜别父母前往黔中幕府。令叔继承赵国平原君的风范，现在又得到了明主的恩宠。同时兼任风霜御史之职，秉持旌节镇守一方雄藩。勇士执金钺罗列四周，美女捧玉樽劝酒侍宴。

您才识高绝即将去往幕下效力，与叔父情深义重同为竹林之游。您此去夜宿五溪赏玩水月，穿过三峡霜天中聆听猿啼。待到明年东风吹绿春草时，我在江上等候您车驾归来。

送陆判官往琵琶峡

【题解】这是一首送别诗，可能是天宝六载（747）李白在江南时所作。琵琶峡，在巫山，因形同琵琶而得名。全诗前两句叙述水乡秋夜中，有寒风吹过，本就不是适合远别的时刻，偏偏友人即将出发，更使诗人满腹伤感。后两句抒情，一语双关，一方面表达了自己关心友人何时回到长安，另一方面也表达了诗人自己对回到长安的期望。

水国秋风夜①，殊非远别时②。长安如梦里，何日是归期？

【注释】①水国：指江南水乡。

②殊非：绝非。

【译文】水乡寒夜中秋风萧瑟袭来，这并非是适合离别的时候。遥远的长安恍如在梦中，何日才是您的回归之期？

送梁四归东平

【题解】这是一首送别诗，年代不详。梁四，名字生平不详。东平，唐郡名，即郓州，治所在今山东东平县。全诗先写送别的时节正是仲夏之时，天气炎热，行路艰难，偏偏好友即将北归东平，诗人只能置酒而强颜欢送，并借伊尹负鼎、姜太公钓鱼的典故，劝慰友人早日建立功业，不要学谢安那样，空隐东山，蹉跎岁月。全诗既抒发了诗人离别时的伤感，又表达了对友人的激励和关心。

玉壶挈美酒，送别强为欢。大火南星月①，长郊北路难。殷王期负鼎②，汶水起垂竿③。莫学东山卧，参差老谢安④。

【注释】①大火：即心宿，十二星次之一。每年夏历五月黄昏时心宿出现在正南方的天空，以后就逐渐西移。这句话谓心宿此时在正南方，所以时间应为仲夏五月。

②"殷王"句：用伊尹负鼎的典故。《史记·殷本纪》记载，伊尹名阿衡，他想求见商汤，但没有门路，便作为有莘氏陪嫁的奴仆，背着鼎锅，用烹调滋味比喻施政方法来劝喻商汤，于是被商汤重用，后辅佐商汤灭夏。殷王：指商汤，商朝开国之君。负鼎：指伊尹。

③汶水：今大汶河，源出山东莱芜市北，向西南流经古嬴县南，古称嬴汶，又向西南汇合牟汶、北汶、石汶、柴汶，流至今山东东平县。这里代指东平。起垂钓：用姜太公钓鱼的典故。姜太公曾在渭水垂钓，后被周文王聘为帝师。

④"莫学"二句：用谢安当年隐居于东山，多次拒绝朝廷任命的典故。参差：蹉跎，错过。

【译文】玉壶之中盛满美酒，强颜欢笑为您送别。如今正值大火星高悬南天的仲夏五月，天高地远北归之路正是炎热难行之时。当今天子像殷王一样期待负鼎贤臣的出现，会来到汶水边起用您这位垂竿的姜太公。不要效仿高卧东山的谢安，那样只会蹉跎岁月而空叹。

江夏送友人

【题解】这首诗是开元二十二年(734)，诗人游览江夏之时所作。江夏，郡名，即鄂州，唐时属江南道。天宝元年改为江夏郡，乾元元年复改为鄂州。治所在今湖北武汉市武昌。全诗首先点明送别地点是在黄鹤楼，接着指出友人将要前往京都长安。诗人悲叹自己如凤凰落难，而苦于无物相赠。最后二句描写诗人对友人依依不舍而徘徊落泪。

雪点翠云裘①，送君黄鹤楼。黄鹤振玉羽②，西飞帝王州③。凤无琅玕实④，何以赠远游？徘徊相顾影，泪下汉江流。

【注释】①翠云裘：以翠羽制作、上有云彩纹饰的裘衣。

②黄鹤：借喻友人。玉羽：洁白的羽翼。

③帝王州：指唐朝都城长安。

④凤：李白自喻。琅玕：传说中的仙树，果实为似珠玉的美石，凤凰以之为食。

【译文】雪花飘落在翠云裘上，我在黄鹤楼为您送别。您就像黄鹤振动白羽，向西飞往京城长安。虽为凤凰却没有琅玕果实，我能拿什么来赠您远游呢？只能徘徊江边远望帆影，任凭眼泪落入汉江之中。

送郗昂谪巴中

【题解】这首诗作于乾元元年（758）秋，当时郗昂被贬为清化县尉，清化县在唐时属山南西道巴州，所以诗题称"谪巴中"，而李白当时也正在流放途中遇到郗昂，写下此诗。郗昂，即郗纯，字高卿，因避唐文宗李昂讳而改。诗人以瑶草比喻郗昂，虽然被贬谪，就像瑶草移植到沧江之滨，即使经历寒冬亦不会死。同时诗人鼓励郗昂，总会遇到天子开恩的时候，那时就像春回大地一样，重获新生。再写诗人自己也处于流放之中，就如洞庭落叶，随波漂流中相送友人。最后诗人感叹自己思归而不可得，只能以诗相赠友人。

瑶草寒不死①，移植沧江滨。东风洒雨露，会入天地春②。予若洞庭叶，随波送逐臣③。思归未可得，书此谢情人④。

【注释】①瑶草：传说中的香草。这里用来比喻郗昂。

②"东风"二句：形容皇恩如东风一样带来甘霖雨露，使天地回春。暗喻郗昂虽被贬谪，不久后就会得到赦免。

③逐臣：被放逐的官吏。这里指被贬谪的郗昂。

④情人：指友人。

【译文】您如瑶草就算遭遇寒冷也不会凋零，现在贬谪巴中只是暂时移植沧江边。皇恩浩荡如东风遍洒甘露，滋润瑶草与天地一起回春。我就像是洞庭湖的一片落叶，随波涛起伏送您远去巴中。我也思念故乡却无法归去，只能以诗赠友人聊表心意。

江夏送张丞

【题解】这首诗年代不详。张丞，名字生平不详。诗人送张丞远行，不忍别离，月下置酒相送，醉里不知春风几度。坐草临水，折花赠友，目送友人远去，心中更加怅然。表现了两人之间深厚的友情。

欲别心不忍，临行情更亲。酒倾无限月，客醉几重春。藉草依流水^①，攀花赠远人^②。送君从此去，回首泣迷津。

【注释】①藉草：把草垫在地上而坐。

②远人：指张丞。

【译文】想要分别却心中不忍，临行之际更显情谊深。举杯倾酒赏玩无限之月色，客醉他乡不知又过几度春。铺展草席依傍流水而坐，攀折花枝赠给远行之人。送君长亭就此离去，回首低泣迷失津渡。

赋得白鹭鸶送宋少府入三峡

【题解】这首诗作于天宝十五载（756）秋，诗人为避安禄山之乱逃往溧阳之时。赋得，古代应试题多取成句，故题前均有"赋得"二字。亦应用于应制之作及诗人集会分题。后遂将"赋得"作为一种诗体。即景赋诗者也往往以"赋得"为题。白鹭鸶，即白鹭，一种水鸟，羽毛白色，长腿，能涉水捕食鱼虾。宋少府，疑为《赠溧阳宋少府陟》中提到的溧阳县尉宋陟。少府，唐代对县尉的敬称。诗中先描画了一幅白鹭静立秋水图，然后画面一转，由静变动，白鹭突然惊飞而直去蜀地的使君滩，使君滩正是友人所往之地。诗人借白鹭来为友人一路送行,这种描写手法可谓独出心裁。

　　白鹭拳一足^①,月明秋水寒。人惊远飞去,直向使君滩^②。

　　【注释】①拳:通"蜷",屈曲,卷曲。
　　②使君滩:滩名。在今重庆市万州区东。

　　【译文】白鹭鸶拳起一足而立,明月下更觉秋水寒凉。被人惊起向远方飞去,一直飞到三峡使君滩。

送二季之江东

　　【题解】这首诗年代不详。二季,可能是李白的两位从弟。江东,古时指长江下游芜湖、南京以下的南岸地区,也泛指长江下游地区。诗人以谢灵运自喻,以谢惠连比喻两位从弟,说自己只是年长而已,却远不如两位从弟贤良。如今两位从弟即将前往江东,途中经过的西塞山、庐山、禹穴等地都是名胜古迹,值得登临游赏,但又殷切期盼从弟可以早日归来,字里行间都充满诗人的挂念之情。

　　初发强中作,题诗与惠连^①。多惭一日长^②,不及二龙贤^③。西塞当中路^④,南风欲进船。云峰出远海^⑤,帆影挂清川。禹穴藏书地^⑥,匡山种杏田^⑦。此行俱有适,迟尔早归旋^⑧。

【注释】①"初发"二句:谢灵运有《登临海峤初发强中作与从弟惠连见羊何共和之》一诗,诗人此处以谢灵运自喻,以谢惠连比喻二季。强中:地名,在今浙江嵊州市。惠连:谢灵运族弟。

②多:只,仅仅。一日长:语出《论语·先进》:"子曰:'以吾一日长乎尔,毋吾以也。'"意思说不要因为我年长于你们,你们就不敢开口说话了。长:年长。这里指诗人年长于二季。

③二龙:对二季的美誉。

④"西塞"句:指二季从江夏前往江东的路上,西塞山是必经之地。西塞:指西塞山,在今湖北黄石市东北长江南岸。《水经注·江水三》云:"江之右岸有黄石山,水径其北,即黄石矶也。……山连延江侧,东山偏高,谓之西塞。"三国时,西塞山一带是重要的军事关塞。

⑤云峰:形容高山。

⑥禹穴:指会稽宛委山,在今浙江绍兴市东南。相传大禹在此得黄帝之书而复藏之。

⑦"匡山"句:用杏林始祖董奉的故事。匡山,即江西九江的庐山。《太平广记》记载,东汉名医董奉,字君异,隐居在庐山时,每日为人治病,不收取诊费,只让重病痊愈的人种杏五株,轻症的种一株,数年之后,杏树远超十万,蔚然成林。杏子成熟后,董奉又在林中设一草仓,贴出告示:"欲买杏者,不须告诉我,以等量谷物换取等量杏子,自取自拿就可以。"常有人贪便宜少放谷而多取杏,这时林中就有老虎吼叫着追出来,贪便宜的人吓得落荒而逃,杏子丢了一地也顾不得捡,回家一看剩下的杏子,恰好与所放谷子的数量相当。而对于公然偷杏的人,老虎追到其家咬死,家人知其偷杏,于是送还,叩头谢过,就能活过来。

⑧迟:希望。归旋:归来。

【译文】谢灵运当年从强中出发的时候，曾作诗一首赠给从弟谢惠连。我惭愧自己只是年长一些，却远不及二位从弟贤良。西塞山正在你们经过的中途，而现在南风吹起正好行船。远处海上高山入云，眼前帆影投映清川。还有禹穴是黄帝藏书的地方，匡山则是董奉治病种杏之处。你们此行都可以前去一游，但我仍期待你们早日归来。

江西送友人之罗浮

【题解】这首诗疑作于上元元年（760）秋，李白游览豫章之时。江西，指唐代的江南西道。治所在洪州豫章，即今江西南昌市。罗浮，指罗浮山。在今广东东江北岸，增城、博罗、河源等县市之间。全诗前四句写友人去罗浮会经过桂水、五岭、衡山、九疑山，然后感叹自己家乡远在安西，一生流浪不知将去往何方。接着写在秋色萧索中送别友人，就连明净的湖水都好像笼罩愁绪。诗人回想自己曾意欲隐居世外，只可惜现在年纪衰老，只能空叹惆怅。后八句写诗人被君主赐金还山，像巢父、伯夷那样高卧云壑。友人将去罗浮山，而诗人一心想休憩峨眉峰。从此相隔万里，彼此只能遥相思念。最后诗人告诉友人如来寻访自己，就到长着芳枝的琼树之地。表达了诗人意欲遁迹游仙的意愿。

桂水分五岭①，衡山朝九疑②。乡关眇安西③，流浪将何之？
素色愁明湖④，秋渚晦寒姿。畴昔紫芳意⑤，已过黄发期⑥。

君王纵疏散⑦，云壑借巢夷⑧。尔去之罗浮，我还憩峨眉。中阔道万里，霞月遥相思。如寻楚狂子⑨，琼树有芳枝⑩。

【注释】①桂水：指今广西东北部的桂江，是西江的支流。《通典》："桂江以其源多桂，不生杂树，故名。"上游为漓江，向南流经桂林、阳朔、平乐，然后经昭平到梧州汇入西江。五岭：指在湖南、江西南部和广西、广东北部交界处的越城岭、都庞岭、萌渚岭、骑田岭、大庾岭，是长江与珠江流域的分水岭。

②衡山：古称南岳，在今湖南衡山等县境内。九疑：山名，又名苍梧山，在今湖南宁远县南。

③眇：通"渺"，遥远。安西：即唐安西都护府。治所初在西州（今新疆吐鲁番高昌故城），后移至龟兹（今新疆库车）。李白出生于安西都护府辖下的碎叶城（故址在今吉尔吉斯斯坦托克马克城西南），此句指自己和友人的家乡都远在安西。

④素色：这里指秋色。

⑤畴昔：往昔。紫芳意：指隐居或修道之意。紫芳，即紫芝。传说秦末商山四皓曾作《采芝操》曲，其中有"晔晔紫芝，可以疗饥。"的诗句，后因以"采紫芝"或"紫芳"喻指隐居。

⑥黄发期：谓老人高寿，老人发白，白久则黄。

⑦疏散：闲散，放达不羁。

⑧云壑：云气遮覆的山谷。巢夷：指巢父与伯夷。巢父：相传为尧时隐士，筑巢而居。尧闻其贤，欲以天下让之，不受而隐去。尧又以天下让与许由，他复劝许由隐居。伯夷：商末人。孤竹国君之子。相传其父遗命立其弟叔齐为君，叔齐让伯夷，伯夷遁去。叔齐亦不继承而与伯夷往

归周文王。周武王伐纣，两人叩马而谏，以为不仁。及周灭商，伯夷、叔齐耻食周粟而隐于首阳山，采薇而食，遂饿死。后被儒家奉为贤人。

⑨楚狂子：《论语·微子》："楚狂接舆歌而过孔子曰：'凤兮凤兮，何德之衰！'"邢昺疏："接舆，楚人，姓陆，名通。字接舆也。昭王时，政令无常，乃披发佯狂不仕，时人谓之楚狂也。"后喻指狂士，此处李白自喻。

⑩琼树：传说中的仙树名。此处指自己想效仿楚狂隐居避世。

【译文】桂水从五岭流出，衡山朝向九疑山。我的家乡在遥远的安西，四处流浪终将去往何处？

秋色萧索使明净的湖水都笼罩愁色，水中洲渚晦暗不明平添几分寒意。昔日我有隐居世外的想法，如今已年老只能空叹惆怅。

宽容的君王放任我的放荡不羁，使我像巢父、伯夷那样高卧云壑。您将要前往罗浮山，而我想休憩峨眉峰。从此我们之间远隔万里，只能像朝霞夕月遥相思念。那时要寻找我这个楚狂人，就去芳枝伸展的琼树之地。

宣州谢朓楼饯别校书叔云

【题解】宣州，今安徽宣城市。谢朓楼，又名北楼、谢公楼，在宣城市陵阳山上，是南齐诗人谢朓在宣城太守任上所建。校书，即秘书省校书郎，古代掌校理典籍的官员。叔云，即族叔李云。《文苑英华》收录此诗题为《陪侍御叔华登楼歌》，观诗中所登之楼确为谢朓楼无疑，但并无饯别之意，所以诗题当以《陪侍御叔华登楼歌》为准。华，指李华，天宝年间曾任监察御史。《旧唐书·李华传》："李华，字遐叔，赵郡人。开元二十三年进士擢第。天宝中，登朝为监察御史。累转侍御史，礼部、吏部二员外郎。"《新唐书·李华传》："天宝十一载迁监察御史。"因此这首诗应该作于天宝十一载（753）以后。全诗起首"弃我去者昨日之日不可留，乱我心者今日之日多烦忧"二句突兀而起，不假修饰，直抒胸臆。吴闿生《古今诗苑》点评："起两句破空而来，不可端倪。再用破空之句作接，非绝代雄才，那得有此奇横！"诗人临风登高，只见长风万里，秋雁南飞，气象开阔，心中不禁顿生豪情，于是在谢朓楼举杯畅饮，抒发逸兴。在酒宴中，诗人品评了汉代文章和建安风骨，并认为谢朓的诗歌清新自然，可谓脱俗之作。接着写两人都怀有壮志，意欲上天揽月。但是面对现实，心中的烦恼又像流水一般刀斩不断，这一比喻生动而贴切，清宋宗元《网师园唐诗笺》点评此两句："奥思奇句。"末两句表达了诗人在不能获得知遇的情况下，不如"散发弄扁舟"的意愿。全诗气势豪迈奔放，语言自然流畅，行文跌宕多变。

弃我去者昨日之日不可留，乱我心者今日之日多烦忧。长风万里送秋雁①，对此可以酣高楼②。蓬莱文章建安骨③，中间小谢又清发④。俱怀逸兴壮思飞⑤，欲上青天览明月⑥。抽刀断水水更流，举杯销愁愁更愁⑦。人生在世不称意⑧，明朝散发弄扁舟⑨。

【注释】①长风：远风。

②酣：酒喝得很畅快。高楼：指谢朓楼。

③"蓬莱"句：蓬莱：原指海中神山，收藏有各种幽经秘录。因东

汉时的东观是朝廷藏书之处,故以蓬莱称之。此处借指汉代。建安骨:
指汉魏之际曹操父子以及建安七子等人所作诗文刚健遒劲的风格。建
安,是东汉献帝的年号(196—220)。

④"中间"句:形容从汉至唐,中间谢朓的诗最为清丽。小谢,指
谢朓,字玄晖,南朝齐人。后人将他和谢灵运并称为小谢和大谢。清发:
指清丽俊逸的诗风。

⑤逸兴:超逸豪放的意兴。

⑥览:通"揽",摘取。

⑦"抽刀"二句:形容忧愁如流水绵绵不绝,无法斩断。销,通
"消",消除。

⑧称意:合乎心意。

⑨散发:披散着头发,指解冠隐居。扁舟:小船。

【译文】昨日已弃我而去不可挽留,今日却徒乱我心多添烦忧。长
风吹拂万里目送秋雁南飞去,对此美景可以酒酣高楼尽兴归。汉代文
赋瑰丽建安风骨遒劲,中间又有谢朓诗歌清新脱俗。他们都是满怀逸
兴飞扬豪情,欲上青天而去摘取皎洁明月。抽刀断水水更奔流,举杯
消愁愁上加愁。如果人生在世不称心意,不如明朝散发乘舟出游。

宣城送刘副使入秦

【题解】这首诗是上元二年(761)冬,李白在宣城所作。刘副
使,名字生平不详,诗中有"秉钺有季公"句,《旧唐书·肃宗纪》:

"上元二年正月辛卯,温州刺史季广琛为宣州刺史,充浙江西道节度使。"所以季公应为浙江西道节度使季广琛,刘副使当为季广琛副使。全诗先以西晋刘琨比拟刘副使,称赞刘副使像刘琨一样豪迈慷慨,投身军旅来报效朝廷。可惜遭遇多舛,在统军平定刘展之乱后,虽立下大功却未获封赏,眼看时日已过而不见恩命。接着赞颂节度使季广琛凛然肃穆,卓然不凡,被朝廷寄予重任,暂居幕府之位,他日必定位列三公。刘副使能与之相交而无猜疑。第四段描写为刘副使设宴送行的盛况。同时诗人感慨与友人虽然贵贱有别,却能平心而交。最后,诗人期望刘副使可以早日归来,不要让自己因长久思念而空折柳枝。

君即刘越石[1],雄豪冠当时。凄清《横吹曲》[2],慷慨《扶风词》[3]。虎啸俟腾跃[4],鸡鸣遭乱离[5]。千金市骏马,万里逐王师。

结交楼烦将[6],侍从羽林儿[7]。统兵捍吴越,豺虎不敢窥。大勋竟莫叙,已过秋风吹[8]。

秉钺有季公[9],凛然负英姿。寄深且戎幕[10],望重必台司[11]。感激一然诺[12],纵横两无疑。

伏奏归北阙,鸣驺忽西驰[13]。列将咸出祖[14],英寮惜分离[15]。斗酒满四筵,歌笑宛溪湄[16]。君携东山妓[17],我咏《北门》诗[18]。贵贱交不易,恐伤中园葵[19]。

昔赠紫骝驹[20],今倾白玉卮[21]。同欢万斛酒,未足解相思。此别又千里,秦吴眇天涯。月明关山苦,水剧陇头悲[22]。借问几时还?春风入黄池[23]。无令长相思,折断绿杨枝。

【注释】①刘越石：指西晋刘琨，字越石，中山魏昌（今河北省无极县）人，西汉中山靖王刘胜之后。少年时便以雄豪著称，《晋书·刘琨传》记载，刘琨在晋阳时，被胡骑重重围困，城中众人都窘迫无计，刘琨却趁着月色登楼清啸，胡人听后，都凄然长叹。半夜他又吹奏胡笳，胡人听后流泪叹息，开始思念故乡。黎明时再次吹起胡笳时，胡人已弃去。这里以刘琨来比拟刘副使。

②《横吹曲》：王琦注："其（刘琨）《横吹曲》，今逸不存。或指吹胡笳而言，恐未的。"《横吹曲》为乐府歌曲名，传自西域，作为军乐。

③《扶风词》：指刘琨所作《扶风歌》，刘良注："扶风，地名，盖古曲也。琨拟而自喻也。"多写军中行役之事。

④"虎啸"句：比喻英杰遇时而奋起。俟：等待。

⑤"鸡鸣"句：用刘琨、祖逖故事。《世说新语·赏誉》"刘琨称祖车骑为朗诣"刘孝标注引晋孙盛《晋阳秋》："逖（祖逖）与司空刘琨俱以雄豪著名。年二十四，与琨同辟司州主簿，情好绸缪，共被而寝。中夜闻鸡鸣，俱起，曰：'此非恶声也。'每语世事，则中宵起坐，相谓曰：'若四海鼎沸，豪杰共起，吾与足下相避中原耳。'"事又见《晋书·祖逖传》。后以"鸡鸣"为身逢乱世当及时奋起之典。

⑥楼烦：古代北方部族名，精于骑射。因以代指善射的将士。

⑦羽林儿：禁卫军名。汉武帝时选陇西、天水、安定、北地、上郡、西河等六郡良家子宿卫建章宫，称建章营骑。后改名羽林骑，取为国羽翼，如林之盛之意；一说象天文羽林星，主车骑。唐置左右羽林军。

⑧"统兵"四句：王琦注："上元中，宋州刺史刘展举兵反，其党张景超、孙待封攻陷苏、湖，进逼杭州，为温晁、李藏用所败。刘副使于时亦在兵间，而功不得录，故有'统兵捍吴越……已过秋风吹'之句。"

⑨秉钺：指执掌兵权。季公：指季广琛，字廷献，当时为宣州刺史、浙江西道节度使。

⑩寄深：寄托重大的责任。且：姑且，暂且。戎幕：指节度使的幕府。

⑪台司：指三公等宰辅大臣。

⑫然诺：允诺，答应。

⑬"伏奏"二句：北阙：古代官殿北面的门楼，是臣子等候朝见或上书奏事之处，也是朝廷的别称。鸣驺：古代随从显贵出行并传呼喝道的骑卒，也借指显贵。

⑭出祖：古人外出时祭路神称为"祖"，后引申为饯行送别。

⑮英寮：贤能的僚友。

⑯宛溪：水名，在今安徽宣城东。湄：岸边。

⑰东山妓：用谢安典故。《晋书·谢安传》："（谢）安虽放情丘壑，然每游赏，必以妓从。"

⑱《北门》：即《诗经·邶风·北门》，序云："《北门》，刺仕不得志也。言卫之忠臣不得其志尔。"

⑲中园葵：即园中葵。比喻贵者不耻于与贫贱者交友。《古诗》："采葵莫伤根，伤根葵不生。结交莫羞贫，羞贫交不成。"

⑳紫骝：古骏马名。

㉑白玉卮：白玉制作的酒杯。卮，古代盛酒的器皿。

㉒"月明"二句：庾信的《荡子赋》："陇水恒冰合，关山唯月明。"乐府古辞："陇头流水，鸣声幽咽。遥望秦川，心肝断绝。"后因以"陇头水"喻边塞征夫、远方离人的愁苦之情。

㉓黄池：在今安徽当涂县东南黄池镇，与芜湖、宣城相交。此处借指宣州宣城郡。

【译文】您就是今世刘越石，雄伟豪迈冠绝当时。吹奏《横吹曲》凄清感人，吟咏《扶风词》慷慨激昂。如猛虎长啸静待时机而腾跃，以闻鸡起舞之志自强于乱世。不惜千金购置骏马，奔波万里追随王师。

结交的都是像楼烦将那样的勇士，统领的都是像羽林郎那样的精锐。您率领大军捍卫吴越之地，使豺虎般的叛军不敢窥视。立下大功竟未受褒奖，转眼已经是秋风吹过。

季公秉钺执掌大权，凛然肃穆英姿勃发。朝廷对他寄予重托让他暂居幕府之中，他德高望重将来必定成为三公重臣。您感激于季公的肝胆承诺，从此纵横四方两人绝无猜疑。

现在您将要回朝廷复命，鸣金开道准备向西驱驰。军中众将都来为您饯行，帐下英僚不舍与您分别。宴席上众人开怀畅饮，宛溪边充满欢歌笑语。您带着东山歌妓出游，我吟咏《北门》之诗抒怀。贵贱有别相交不易，犹如采葵恐伤其根。

昔日您曾赠送我紫骝马，今天我为您倾满白玉杯。就算同饮万斛美酒，也不能化解相思之情。从此一别飘渺千里，秦吴两地如隔天涯。月光明媚关山难度，陇头水急让人伤悲。请问您何时才会归来？希望是春风吹入黄池之时。不要让我长久思念，徒然折断杨柳绿枝。

泾川送族弟錞　时卢校书草序，常侍御为诗

【题解】这首诗作于天宝十四载（754）深秋。泾川即泾溪，在

今安徽泾县西。泾县唐时属宣州。族弟錞，李白族弟李錞。诗题下
有李白自注："时卢校书草序，常侍御为诗。"卢校书与常侍御，名
字生平不详。全诗首段写泾川的风光秀美，就连若耶溪也自愧不
如。远客留连于泾川的锦石、碧山、白鹭以及琴溪、陵阳祠等众多
风景和名胜，赏景没有停歇之时，而诗人此来是与仙人卢敖有约。
次一段写卢校书草序，常侍御作诗，来为族弟送行，那么诗人自己也
不能不以诗相赠。第三段描写送别的情景。诗人感叹自己与族弟就
像苍梧分栖的双凤，才一见面，就又要分开。最后抒发送别之情，
表达了兄弟间的深厚情谊。

　　泾川三百里，若耶羞见之①。锦石照碧山②，两边白鹭鸶③。
佳境千万曲，客行无歇时。上有琴高水④，下有陵阳祠⑤。仙人不
见我，明月空相知。问我何事来？卢敖结幽期⑥。

　　蓬山振雄笔，绣服挥清词⑦。江湖发秀色，草木含荣滋⑧。置
酒送惠连，吾家称白眉⑨。愧无海峤作⑩，敢阙河梁诗⑪！

　　见尔复几朝，俄然告将离⑫。中流漾彩鹢⑬，列岸丛金羁⑭。
叹息苍梧凤⑮，分栖琼树枝⑯。清晨各飞去，飘落天南垂⑰。

　　望极落日尽，秋深暝猿悲⑱。寄情与流水，但有长相思。

【注释】①若耶：即若耶溪。在今浙江绍兴市南。相传西施曾在此
地浣纱，故又名浣纱溪。
　　②锦石：有美丽花纹的石头。
　　③白鹭鸶：即白鹭。一种水鸟，羽毛白色，腿长，能涉水捕食小鱼。

④琴高水：即琴溪，水名，在今安徽泾县东北，传说是仙人琴高乘鲤之地。琴高，传说周末赵人，擅于鼓琴，后于涿水乘鲤成仙。

⑤陵阳祠：相传陵阳山为汉窦子明成仙之地。陵阳祠为唐天宝年间在山上所建仙坛宫，在今安徽宣城。

⑥卢敖：燕人，曾避难于庐山，秦始皇召为博士，使求神仙，出而不返。

⑦"蓬山"二句：蓬山：代指校书郎，这里指卢校书。绣服：代指侍御使，这里指常侍御。"蓬山振雄笔"，指卢校书草叙。"绣服挥清词"，指常侍御作诗。

⑧荣滋：茂盛生长。

⑨"置酒"二句：惠连：指谢灵运族弟谢惠连。白眉：指三国时蜀国马良。《三国志·蜀志·马良传》载："马良，字季常，襄阳宜城人也，兄弟五人，并有才名。乡里为之谚曰：'马氏五常，白眉最良。'（马）良眉中有白毛，故以称之。"此处以谢惠连和马良比喻族弟李錞。

⑩海峤作：指谢灵运的《登临海峤初发强中作与从弟惠连见羊何共和之》一诗。

⑪河梁诗：李陵的《与苏武诗》中有"携手上河梁，游子暮何之？"的诗句。河梁，指桥梁，后借指送别之地。

⑫俄然：忽然。

⑬漾彩鹢（yì）：泛舟。漾：泛，荡。彩鹢：鹢，一种水鸟。古代常在船头上画鹢，着以彩色，因亦借指船。

⑭丛金羁：汇集群马。金羁：金饰的马络头，借指马。

⑮苍梧凤：苍梧，山名，即九嶷山，在湖南南部永州市宁远县境内。陆机《白云赋》："翼灵凤于苍悟，起滞龙于潢污。"此处诗人以苍梧凤比喻自己与族弟。

⑯琼树枝：传说中玉树之枝。

⑰垂：通"陲"，边疆，边境。

⑱暝：天色昏暗。

【译文】泾川三百里的秀美风光，就连若耶溪也羞于相见。沿岸锦石与碧山相映照，两边白鹭飞翔于云水间。水流千转万折处处都是美景，游客乘船赏景没有停歇之时。上有琴高乘鲤归去的琴溪水，下有窦子明驾鹤成仙的陵阳祠。可惜仙人不来见我，只有明月与我相知。您问我为何事而来此地？只因我与卢敖曾有约期。

卢校书提笔草序，常侍御挥毫作诗。江湖也为之焕发秀色，草木也因之蕴含生机。摆酒设宴送别惠连般的族弟，族弟就是我家的白眉马良。我惭愧没有谢灵运《登临海峤》那样的佳作，哪敢再缺少李陵"携手上河梁"的诗句！

这次见到您也只有几天，忽然间您又要告别离去。彩鹢画船在中流荡漾，金羁骏马在岸边云集。叹息我们本是同在苍梧的灵凤，如今却要栖息在不同的琼树枝。明晨我们就各自飞去，您将要飘落南天之边。

举目远望直到夕阳尽落，深秋之际猿啼让人生悲。我把全部情谊寄与流水，我对您的相思长久不断。

五松山送殷淑

【题解】这是一首离别诗，应是李白晚年在宣州时所作。五松山，在今安徽铜陵南。殷淑，唐代著名道士李含光的弟子，道号中林子。全诗开头先夸赞好友才华出众，再写两人在清幽的五松山，开怀畅饮，高歌抒怀。最后写分手之时，友人远去，只留下郁郁连峰与诗人相伴，将诗人送那种孤寂、落寞的心情，形象地表达了出来。

秀色发江左^①，风流奈若何^②？仲文了不还，独立扬清波^③。载酒五松山，颓然《白云歌》^④。中天度落月，万里遥相过。抚酒惜此月，流光畏蹉跎^⑤。明日别离去，连峰郁嵯峨^⑥。

【注释】①秀色：秀美的容色。这里比喻才俊之士。江左：江东，指长江下游以东地区。古时在地理上以东为左，所以江东也叫"江左"。

②奈若何：谁能和你相比。

③"仲文"二句：以殷仲文比拟殷淑。仲文，即殷仲文，东晋大臣、诗人。《晋书·殷仲文传》记载，殷仲文少有才华，容貌俊美，善属文，为世人所看重。独立：比喻才华突出、超群。

④颓然：萎靡不振貌。《白云歌》：指《白云谣》。《穆天子传》记载，周穆王西游至昆仑山见到西王母，西王母在瑶池设宴款待。临别时，西王母作此歌："白云在天，山陵自出。道里悠远，山川间之。将子无死，尚能复来。"后因以《白云歌》为惜别的典故。

⑤流光：指时光，形容时间过得飞快。

⑥嵯峨：形容山势高峻。

【译文】才俊之士多出于江东之地，您那潇洒的风采有谁能比？殷仲文早已逝去不能再回还，幸好有您卓然而立激扬清波。我们携美酒来到五松山，酣醉后颓然高唱《白云歌》。月亮划过中天向西落去，虽隔万里似乎遥相过访。手抚酒樽怜爱这皎洁明月，唯恐蹉跎了大好的时光。明天您就要与我告别离去，只留下连绵青山与我为伴。

送崔氏昆季之金陵

【题解】这首诗应作于天宝十二载（753），诗人客居宣州之时。崔氏昆季，即崔氏兄弟。首段诗人先点明了送别的地点和时间，因崔氏兄弟将要在清晨出发去往金陵，所以众人来到东楼为他们送行，当时正值秋季，清凉的秋风渡江而来，山月仿佛被轻轻吹落。主人捧出美酒，熄灭烛火，开窗引入晨光，众人为崔氏兄弟送行，尽情畅饮。接着描写送别情景。船夫扬帆操浆，小船停泊于敬亭山下，候风器上的羽毛随风飘扬。江水在峡石间穿流，激起浪花，一江碧水悠悠东去。最后诗人表达了对崔氏兄弟的思念，一旦分别，就只能相隔河梁徒然思慕。

放歌倚东楼①，行子期晓发②。秋风渡江来，吹落山上月。主人出美酒，灭烛延清光③。二崔向金陵④，安得不尽觞？

水客弄归棹⑤，云帆卷轻霜⑥。扁舟敬亭下⑦，五两先飘扬⑧。峡石入水花，碧流日更长。思君无岁月，西笑阻河梁⑨。

【注释】①放歌：放声歌唱。

②行子：出行的人。

③延清光：开窗引进晨光。

④向：去，往。

⑤水客：船夫。棹：船桨。

⑥云帆：形容高耸的船帆。

⑦敬亭：即敬亭山，在今安徽宣城市北。山上有敬亭，相传为南朝齐谢朓赋诗之所，山以此名。

⑧五两：古代的候风器。用鸡毛五两或八两系于高竿顶上，籍以观测风向、风力。

⑨西笑：化用汉代桓谭《新论·祛蔽》中的"人闻长安乐，则出门向西而笑"，长安是汉代的京城。西望长安而笑，谓渴慕帝都。这里喻指诗人希望回到京师长安。

【译文】我身倚东楼高歌以送行，崔氏兄弟约期明早出发。秋风渡江而来，吹落山上明月。主人呈出美酒，灭烛引来晨光。崔氏两兄弟就要前往金陵，我们怎能不尽饮杯中美酒？

船夫悠然地划动桨橹，高帆上卷积一层薄霜。扁舟停靠敬亭山下，候风羽毛随风飘扬。江涛在峡石上激起水花，碧流日复一日浩荡远逝。对你们的思念没有尽头，回望帝都却被河梁所阻。

登黄山陵歊台送族弟溧阳尉济充泛舟赴华阴

【题解】这首诗作于天宝十三载（754）诗人在当涂之时。黄山，在今安徽当涂县北。相传浮丘公曾牧鸡于此，所以又名浮丘山。陵歊台，也作"凌歊台"在黄山上，相传为南朝宋武帝刘裕所建，其上有避暑离宫。凌歊，谓涤除暑气之意。溧阳尉济，指李白的族弟李济，当时任溧阳县（今江苏溧阳市）县尉。充泛舟，充任漕运之役，即押运粮船去往关中。华阴，郡名，即华州，属于京畿道，今陕西华阴市。全诗首段诗人以鸾凤比喻自己与族弟，兄弟分离犹如鸾凤分离，表达了诗人对族弟远赴漕运之役的担忧。第二段先叙述族弟充漕役的原因，是因为关中大旱缺粮和云南战事爆发。接着抒发自己空有壮志而不得施展，只能被人低看的郁闷。最后一段写登山送别的情景。诗人与族弟登上黄山，只见江中小舟若凫雁，大船如鲸鲵，千帆开张，似与云齐，牛渚晦暗，夕烟迷蒙。此地一别，诗人的思念，只能遥寄洛阳之西。

鸾乃凤之族①，翱翔紫云霓。文章辉五色②，双在琼树栖。一朝各飞去，凤与鸾俱啼。炎赫五月中，朱曦烁河堤③。尔从泛舟役④，使我心魂凄。

秦地无草木，南云喧鼓鼙⑤。君王减玉膳，早起思鸣鸡⑥。漕引救关辅，疲人免涂泥⑦。宰相作霖雨⑧，农夫得耕犁。静者伏草间⑨，群才满金闺⑩。空手无壮士，穷居使人低。

送君登黄山，长啸倚天梯。小舟若凫雁，大舟若鲸鲵。开帆散长风，舒卷与云齐。日入牛渚晦⑪，苍然夕烟迷。相思在何所？杳在洛阳西⑫。

【注释】①鸾：传说为凤凰一类的鸟。

②文章：指羽毛的花纹和色彩。辉五色：相传凤凰羽毛为五色。

③"炎赫"二句：炎赫：炽热。朱曦：即朱羲，太阳。古代称夏季为

朱明,而羲和为日御,合而为"朱羲"。烁:烤灼。

④泛舟役:指漕运之役,即水路运粮的劳役。出自《左传·僖公十三年》:"秦于是乎输粟于晋,自雍及绛相继,命之曰'泛舟之役'。"

⑤"秦地"二句:指关中大旱和云南征战之事。鼓鼙:大鼓和小鼓。古代军中常用的乐器,借指征战。

⑥"君王"二句:谓君王因天旱和战事而寝食不安。

⑦"漕引"二句:漕引:漕运,水路运输粮食。关辅:指关中及三辅地区。三辅,西汉时京畿附近的的右扶风,左冯翊,京兆尹三个地区称为三辅。后泛称京城附近地区为三辅。疲人:即疲民,疲困之民。涂泥:泥泞的路途。

⑧霖雨:甘雨,时雨。《尚书·说命上》记载,殷高宗对大臣傅说说:"若岁大旱,用汝作霖雨。"后以"霖雨"比喻济世泽民。

⑨静者:深得清静之道、超然恬静的人。多指隐士、僧侣和道徒。

⑩金闺:指金马门,这里代指朝廷。

⑪牛渚:即牛渚矶,又名采石矶,在今安徽马鞍山市西南长江边,为牛渚山北部突出于长江中的部分,是沟通大江南北的重要津渡。

⑫洛阳西:指华阴郡,在洛阳之西。

【译文】鸾鸟本是凤凰一族,紫云之中自由翱翔。五色羽毛闪闪生辉,双双栖息琼树枝上。一朝分离各自飞去,凤鸾悲伤皆发哀啼。正是五月炎热之时,烈日当空炙烤河堤。您将远赴漕运之役,使我心魂凄然而悲。

秦地大旱草木不生,云南动荡战鼓喧天。君王难安削减膳食,早起不寐静待鸡鸣。漕运救济关中三辅,避免百姓涂泥之苦。贤明宰相降下甘霖,农夫得以犁田耕种。隐士伏身草野之间,英才聚满金马门外。壮士空手难酬壮志，困顿穷居使人低微。

登临黄山送君离去，身倚石梯慷慨长啸。江中小舟浮若水鸟，大船巍巍犹如鲸鱼。船帆开张长风破空，时卷时舒与云齐平。白日落下顿使牛渚晦暗，大地苍茫更显夕烟迷蒙。此地一别相思落于何处？就在那遥远的洛阳之西。

送储邕之武昌

【题解】这首诗是乾元元年（758）春所作，地点不详。储邕，李白友人，事迹不详。武昌，县名，唐时属江南西道鄂州，今湖北鄂城市。诗人送友人前往武昌，想起当年自己曾游黄鹤楼，时间一晃已经过去三十年，诗人对故地只能空怀思念。接着诗人化用谢朓的"洞庭张乐地"诗句，点明友人此去会经过黄帝演奏《咸池》之乐的洞庭湖。友人像季布那样一诺千金，又像谢朓那样诗风清新，到武昌后，一定会名重一时。诗人愿以《沧浪》曲，作为友人的行船之歌，以寄托思念之情。

黄鹤西楼月①，长江万里情。春风三十度，空忆武昌城。送尔难为别，衔杯惜未倾。湖连张乐地②，山逐泛舟行。诺谓楚人重③，诗传谢朓清④。《沧浪》吾有曲⑤，寄入棹歌声⑥。

【注释】①黄鹤：即黄鹤楼，始建于三国吴黄武二年（223），故址在今湖北省武汉市蛇山的黄鹤矶头。传说仙人子安在此乘鹤而去。

②张乐：置乐，奏乐。传说黄帝曾在洞庭之野演奏《咸池》之乐。《庄子·天运》："帝张咸池之乐于洞庭之野。"谢朓《新亭渚别范零陵》诗："洞庭张乐地，潇湘帝子游。"

③"诺谓"句：用季布的典故，《史记·季布栾布列传》载："楚人谚曰：'得黄金百斤，不如得季布一诺。'"

④"诗传"句：称赞储邕继承了谢朓诗词清丽的风格。

⑤《沧浪》：《孟子·离娄上》："有孺子歌曰：'沧浪之水清兮，可以濯我缨；沧浪之水浊兮，可以濯我足。'"后遂以"沧浪"指此歌。

⑥棹歌：行船时所唱之歌。

【译文】 黄鹤楼西高挂一轮明月，长江万里就如情思绵绵。春风来去一晃三十年，只能梦中空忆武昌城。今日送君难于道别，举杯惜别不能尽倾。湖水与黄帝置乐的洞庭相连，群山追逐着旅人的行舟远去。您为楚人最重承诺，诗篇清丽如同谢朓。我有一首《沧浪》之曲，可加入您的行歌中。

卷十五 酬答上

酬谈少府

【题解】这首诗年代不详。谈少府，姓谈的某县尉，名字生平不详。少府，唐代对县尉的敬称。首两句诗人以西汉县尉梅福来比拟谈少府，以表明谈少府也具有仙风道骨。三四句以汉朝车千秋为例，来说明身居高位也可能是羞耻之事。五六句写谈少府胸怀壮志却屈就县尉，只能浪迹天涯寄情江湖。"昨观荆岘作，如从云汉游"二句写诗人看了谈少府有关荆山、岘山的诗作后，犹如遨游云汉，说明谈少府的诗作缥缈高远，超然物外。最后诗人谦称自己已经老朽年迈，就算疾驰也追赶不上谈少府这匹骅骝骏马。

一尉居倏忽，梅生有仙骨①。三事或可羞②，匈奴哂千秋③。壮心屈黄绶④，浪迹寄沧洲⑤。昨观荆岘作⑥，如从云汉游⑦。老夫当暮矣，蹀足惧骅骝⑧。

【注释】①"梅生"句：用梅福的典故，以梅福比拟谈县尉。《汉书·梅福传》记载，梅福，字子真，九江寿春（今安徽寿县）人，西汉南昌县尉，后去官归寿春。汉成帝永始年中，王莽篡政，梅福因上书痛陈政事，险遭杀身之祸，因此挂冠而去，隐居于九江学道修仙。

②三事：指三公。《汉书·韦贤传》："天子我监，登我三事。"颜师古注："三事，三公之位，谓丞相也。"

③"匈奴"句：用西汉车千秋故事。《汉书·车千秋传》记载，车千秋，西汉人，本姓田氏，战国时田齐后裔，其先人于汉初徙居长陵（今陕西咸阳东北）。原为高寝郎。太子刘据因江充陷害而死，他上书为太子鸣冤，武帝才明白事情缘由，于是召见他，擢升为大鸿胪，数月后任丞相，封富民侯。车千秋并没有什么才能，也没有什么功劳，仅因一言合乎武帝心意，几月之间便拜相封侯。后来汉朝派使者出使匈奴，单于问使者车千秋凭什么被任命为丞相，使者回答是因为上书言事，单于说："若是如此，汉朝任命丞相，并不是任用贤人啊，随便一个男人上书就可得到相位了。"

④黄绶：古代系官印的黄色丝带。借指低级官吏或官位。这里指友人屈就为县尉。

⑤沧洲：滨水的地方。古时常指隐士所居之处。

⑥荆岘：荆山和岘山。荆山在今湖北南漳县西北，岘山在今湖北襄阳南。

⑦云汉：银河。

⑧蹀足：踏足而走。颜延年《赭白马赋》："望朔云而蹀足。"张铣注："蹀足，谓疾行也。"騑骝：周穆王八骏之一。泛指骏马。

【译文】您出任一次县尉就辞官离去，就像汉朝梅福那样身有仙姿。就算高居三公也可能是羞耻事，匈奴就曾嘲笑汉朝宰相车千秋。您胸怀壮志却屈就县尉一职，只能浪迹天涯寄情江湖之间。昨天细观您的荆山岘山之作，仿佛随您去往银河遨游一回。老夫垂垂已经步入暮年，就算疾驰也跟不上骅骝马。

酬宇文少府见赠桃竹书筒

【题解】这首诗大约是诗人少年时在蜀中所作。宇文少府，姓宇文的县尉。桃竹书筒，以桃枝竹制成的藏书筒。桃竹，即桃枝竹，竹的一种，质地坚实，可制箭、做手杖、编席。诗中描写了友人赠送的桃枝竹书筒纹理华美，镌刻精妙，是一件不可多得的珍品，诗人将修仙宝诀藏入书筒带往峨眉山，千里携行常常会睹物思人，表达了诗人对友人的感激之情和深厚情谊。

桃竹书筒绮绣文①，良工巧妙称绝群。灵心圆映三江月②，彩质叠成五色云③。中藏宝诀峨眉去④，千里提携长忆君。

【注释】①绮绣文：指书筒上所刻的花纹。

②灵心：指竹筒的空心。三江：指四川的岷江、涪江、沱江。

③彩质：指筒身上的彩色花纹。

④宝诀：道教修炼的秘诀。峨眉：山名，在今四川峨眉山市西南。

【译文】桃枝书筒镌刻着锦绣花纹，良工的技艺精妙冠绝当世。

书筒圆圆如同映照三江的明月，彩纹层叠就像天边的五色云霞。我将宝诀藏入书筒前往峨眉，千里携行让我常常睹物思君。

五月东鲁行答汶上翁

【题解】此诗年代不详，大概是开元年间诗人在东鲁时所作。东鲁，指今山东兖州一带。汶上，指汶水以北，在今山东汶上县一带。诗人在五月梅子变黄时来到东鲁，此时蚕事已毕而织机正忙。诗人此行是为了学剑，打听道路时，却被汶上老翁连连嘲笑。而李白对于老翁的嘲笑并不在意，因为世人很难理解壮士的志向。李白自比于鲁仲连，认为自己可以像鲁仲连那样，一箭传书就能立下奇功。而且功成后会急流勇退，不会留恋于世间富贵。"此去尔勿言，甘心如转蓬"二句则是诗人表明心迹之言，说明自己会坚持志向，不动轻易动摇。

五月梅始黄，蚕凋桑柘空^①。鲁人重织作，机杼鸣帘栊^②。顾余不及仕^③，学剑来山东^④。举鞭访前涂^⑤，获笑汶上翁^⑥。

下愚忽壮士^⑦，未足论穷通^⑧。我以一箭书，能取聊城功。终然不受赏，羞与时人同^⑨。西归去直道^⑩，落日昏阴虹^⑪。此去尔勿言，甘心如转蓬^⑫。

【注释】①蚕凋：指养蚕已结束，蚕开始结茧。桑柘：桑木与柘木,其叶皆可喂蚕。

②机杼:指织布机。帘栊:窗帘和窗牖。泛指门窗的帘子。

③顾:句首助词。

④山东:指崤山和函谷关以东地区。这里指东鲁。

⑤前涂:即"前途",涂同"途"。

⑥获笑:受到讥笑。

⑦下愚:最愚笨的人。忽:轻视。

⑧穷通:困厄与显达。

⑨"我以"四句:用鲁仲连的典故,表示诗人意欲成就功业,却并不想以此求得官位利禄。《史记·鲁仲连邹阳列传》记载,鲁仲连,战国时齐国人。善于出谋划策,常周游各国,排难解纷。战国时,燕国大将攻下齐国的聊城,聊城人设计离间燕王与燕将,燕将害怕被杀不敢归国,据守聊城。齐将田单进攻聊城,死伤很多士卒还是攻不下聊城。鲁仲连知道后,就写了一封信,绑在箭上射入城中。燕将看了鲁仲连的信,哭了三天,犹豫再三不能做出决定。如果回到燕国,害怕被燕王所杀;如果投降齐国,自己又曾杀死许多齐人,担心投降后受辱。燕将无可奈何之下就自杀而亡。田单于是攻取了聊城,之后田单欲封赏鲁仲连,鲁仲连坚辞不受,逃隐于海上。终然:到底,终究。

⑩西归:指从东鲁前往长安。直道:通衢大道。

⑪阴虹:指蜺。相传虹由雄性的虹和雌性的蜺组成。

⑫转蓬:随风飘转的蓬草,比喻漂泊不定。这里是李白自喻。

【译文】五月梅子开始变黄,养蚕事毕桑柘叶空。鲁人注重织作之事,窗牖传出机杼之声。我为布衣还未入仕,为了学剑而来山东。举鞭驻马打听前途,却被汶上老翁嘲笑。

下愚之人历来轻视慷慨壮士，不值得与他们谈论穷通之道。我能像鲁仲连那样一箭传书，顷刻立下夺取聊城的大功。我最终不肯接受封赏，只因羞与势力人为伍。我将西去踏上通衢大道，就算落日被阴虹遮掩变暗。此行请您不要再进劝言，我甘心如蓬草随风飘转。

早秋单父南楼酬窦公衡

【题解】这首诗年代不详。单父，县名，唐时属河南道宋州。今山东单县。窦公衡，诗人友人，曾任越州剡县尉。此诗的前四句感叹时光易逝，与友人匆匆一别，已经春秋几度。接着描写泰山的壮丽景色，同时想像友人也像自己一样深怀思念之情，并称赞友人的诗文可以带给自己启发。全诗文字自然飘逸，结构起伏多变，表现了诗人高超的写诗手法。

白露见日灭，红颜随霜凋。别君若俯仰①，春芳辞秋条。太山嵯峨夏云在②，疑是白波涨东海。散为飞雨川上来，遥帷却卷清浮埃③。知君独坐青轩下④，此时结念同怀者⑤。我闭南楼看道书，幽帷清寂若仙居。曾无好事来相访⑥，赖尔高文一起予⑦。

【注释】①若俯仰：就像低头和抬头一样，形容时间短暂。王羲之《兰亭集序》："俯仰之间，已为陈迹。"

②太山：即泰山。嵯峨：形容山势高峻。

③遥帷：指远山云雾。浮埃：附着在物体表面上的尘土。

④青轩：借指豪华的居室。

⑤结念：念念不忘。

⑥好事：喜欢交游之事。

⑦高文：指优秀诗文。亦用作对对方诗文的敬称。这里是对
窦公衡诗文的敬称。起予：启发自己。

【译文】露水见日就消散，红花遭霜则凋零。与君一别快如俯
仰，转眼春花落下秋条。泰山巍峨夏云徘徊峰巅，好像东海白浪汹涌
澎湃。云朵飞散为雨直飘江面而来，远山迷蒙如同卷起一片清尘。知
道您此时独坐华室之中，像我思念您一样思念着我。我正在南楼闭门
读道书，帘内清寂好似神仙居所。不曾有好事之人前来拜访，幸有您的
高妙文章启发我。

山中答俗人

【题解】这首诗大约是开元十七年（729）左右，李白隐居在
安陆时所作。开元十五年（727），李白在湖北安陆与故宰相许圉师
的孙女结婚。在安陆期间，李白幽居于白兆山的桃花岩，以诗酒自
娱，非常惬意。这首诗以问答的形式，叙述了诗人对隐居山林的喜
爱，表现出诗人悠然闲适的心境。李东阳《麓堂诗话》点评："诗贵
意，意贵远不贵近，贵淡不贵浓；浓而近者易识，淡时远者难知。如
李太白'桃花流水杳然去，别有天地非人间'，王摩诘'返景入深

林,复照青苔上',皆淡而愈浓,近而愈远,可与知者道,难与俗人言。"王尧衢《唐诗合解》:"此诗信手拈来,字字入化,无段落可寻,特可会其意,而不可拘其辞也。"

　　问余何意栖碧山①,笑而不答心自闲。桃花流水窅然去②,别有天地非人间。

　　【注释】①栖:隐居。

　　②"桃花"句:暗用陶渊明的《桃花源记》之事,窅(yǎo)然:幽深遥远的样子。

　　【译文】有人问我出于何意幽居碧山,我笑而不答内心自然而闲适。这里有桃花随流水杳然远去,真是别有天地恍若置身仙境。

答友人赠乌纱帽

　　【题解】这首诗是天宝元年(742)秋,李白受到征召即将入京时所作。当时友人赠送他一顶乌纱帽,李白作诗以赠。乌纱帽,大概起源于南朝宋,后为官服。唐初曾官民皆可用,以后各朝仍多为官服。这首诗生动地描绘了李白戴上友人所赠的乌纱帽,并受到儿子称赞时的喜悦心情。全诗虽然短小,但是生动有趣,充分表现了诗人的生活情趣和自然率真的性格。

领得乌纱帽，全胜白接篱①。山人不照镜②，稚子道相宜③。

【注释】①白接篱：又作白接篱，指白头巾，白帽。

②山人：李白自称。李白奉诏入京之前，正隐居于徂徕山的竹溪，故自称"山人"。

③相宜：合适，相称。

【译文】我头戴友人赠送的乌纱帽，真是远胜先前的白头巾。我没有对镜细细观照，因为幼子言说与我很相称。

酬张司马赠墨

【题解】此诗年代不详。张司马，名字生平不详。司马，唐代各州设司马一人。在长史以下，掌兵事，或安置贬谪及闲散官员。上州司马从五品下，中州司马六品上，下州司马从六品下。这首诗先写上党郡和夷陵郡出产上好的松烟和丹砂，这些都是制墨的原料，然后再加上兰麝等香料便制成上等的好墨。好墨的光泽明亮，犹如实质，似乎可以用手拾取。诗人让幼婢藏在袖中摩掌保养。最后诗人抒发了得到好墨后，将前往兰亭尽兴挥洒的豪情。

上党碧松烟①，夷陵丹砂末②。兰麝凝珍墨③，精光乃堪掇④。黄头奴子双鸦鬟⑤，锦囊养之怀袖间。今日赠余兰亭去⑥，兴来洒笔会稽山⑦。

【注释】①上党：郡名，即潞州，唐时属河东道，治所在今山西长治市，在唐代潞州已成为松烟墨的主要产地。宋晁贯之《墨经》评价松烟产地时说："古用松烟、石墨二种，石墨自晋、魏以后无闻，松烟之制尚矣。汉贵扶风、隃糜、终南山之松，晋贵九江、庐山之松，唐则易州、潞州之松。上党松心，尤先见贵。"松烟：松木燃烧后所凝之黑灰，是制松烟墨的原料。

②夷陵：郡名，即峡州，唐时属山南东道，治所在今湖北宜昌市。丹砂：为合墨用的原料。

③"兰麝"句：指合墨时添加麝香之类的香料。《齐民要术·合墨法》："墨一斤，以好胶五两浸梣皮汁中，可下鸡子白去黄五颗，更以真朱砂一两，麝香一两，别治细筛，都合调，下铁臼中。宁刚不宜泽，捣三万杵，杵多益善。"

④精光：这里指墨的色泽。宋晁贯之《墨经·色》："凡墨色，紫光为上，墨光次之，青光又次之，白光为下。"

⑤黄头奴子：指童仆。鸦鬟：犹鸦髻，色黑如鸦的丫形发髻。

⑥兰亭：亭名，在今浙江绍兴市西南的兰渚山下。因王羲之的《兰亭集序》而著名。

⑦会稽山：山名，在今浙江绍兴市东南。

【译文】上党郡出产上好的松烟，夷陵郡的丹砂天下驰名。混合兰麝香料制成珍贵松墨，松墨精光熠熠仿佛能够攫取。梳着乌黑双发髻的幼婢，用锦囊装好放在袖中养护。您今日将珍墨赠我携往兰亭去，兴致起时就在会稽山挥洒一番。

答湖州迦叶司马问白是何人

【题解】这首诗大约是天宝十五载（756），诗人从宣城南奔经过湖州之时所作。湖州，州名，唐时属江南东道，今浙江湖州市。迦叶司马，复姓迦叶的湖州司马。迦叶，源自天竺的姓氏。这是一首问答诗，一位复姓迦叶的司马问询诗人的来历，诗人则以夸张的口吻说自己是"青莲居士谪仙人"，来到人间藏身酒肆三十年，并且还自称是"金粟如来"，这种回答近于戏谑，显示了诗人豪放不羁的性格，充满妙趣。

青莲居士谪仙人①，酒肆藏名三十春。湖州司马何须问，金粟如来是后身②。

【注释】①"青莲"句：李白自号青莲居士。居士：居家的佛教徒。谪仙人：贬谪凡间的仙人。这是贺知章对李白的誉称。

②金粟如来：佛名，即维摩诘大士。维摩，意为净名。这里是李白自称。

【译文】我自号青莲居士是贬谪凡间的仙人，隐名藏身在酒肆之中已经三十多年。湖州司马又何必多问询，我就是金粟如来的后身。

答长安崔少府叔封游终南翠微寺太宗皇帝金沙泉见寄

【题解】这首诗是开元年间,诗人初入长安隐居于终南山时所作。当时李白好友崔叔封游览终南山翠微寺金沙泉时作诗寄给李白,为酬谢好友李白作赠此诗。长安崔少府叔封,即长安县尉崔叔封。翠微寺,即翠微宫,唐宫名。高祖武德八年,于终南山造太和宫。太宗贞观十年废。贞观二十一年重建,改名翠微宫,后改为翠微寺。太宗皇帝,指唐太宗李世民。金沙泉,湮没无可考。诗人以河伯夸秋水来比喻小人物不识通方之士,称赞崔叔封志向远大,不同凡人。此次将独自前往山中探幽。接着想像了崔叔封游览终南山的途径,以及路途中的美景。全诗如一篇游记,描绘生动逼真,语言真挚朴素。

河伯见海若,傲然夸秋水①。小物昧远图,宁知通方士②!多君紫霄意③,独往苍山里④。地古寒云深,岩高长风起。

初登翠微岭⑤,复憩金沙泉。践苔朝霜滑,弄波夕月圆。饮彼石下流,结萝宿溪烟。鼎湖梦渌水,龙驾空茫然⑥。

早行子午间⑦,却登山路远。拂琴听霜猿,灭烛乃星饭⑧。人烟无明异,鸟道绝往返。攀崖倒青天,下视白日晚⑨。

既过石门隐,还唱石潭歌⑩。涉雪搴紫芳⑪,濯缨想清波。此人不可见⑫，此地君自过⑬。为余谢风泉⑭，其如幽意何⑮！

【注释】①"河伯"二句：河伯：河神。海若：海神。这里暗用《庄子·秋水》中的河伯寓言。《庄子·秋水》："秋水时至，百川灌河，泾流之大，两涘渚涯之间，不辨牛马。于是河伯欣然自喜，以天下之美为尽在己。顺流而东行，至于北海，东面而视，不见水端。于是焉河伯始旋其面目，望洋向若而叹曰：'野语有之曰：闻道百，以为莫己若者，我之谓也。吾非至子之门，则殆矣。吾长见笑于大方之家。'北海若曰：'井蛙不可以语于海者，拘于虚也；夏虫不可以语于冰者，笃于时也；曲士不可以语于道者，束于教也。今尔出于涯涘，观于大海，乃知尔丑，尔将可与语大理矣。'"

②"小物"二句：昧远图：不明白远大图谋。通方士：通晓大道之士。

③多：赞美。紫霄意：比喻高远的志向。紫霄，高空。

④苍山：这里指终南山。

⑤翠微岭：山岭名，在终南山。

⑥"鼎湖"二句：用黄帝铸鼎荆山，乘龙升天的故事，这里喻指唐太宗仙逝。《史记·封禅书》："黄帝采首山铜，铸鼎於荆山下。鼎既成，有龙垂胡髯下迎黄帝。黄帝上骑，群臣后宫从上者七十余人，龙乃上去。余小臣不得上，乃悉持龙髯，龙髯拔，堕，堕黄帝之弓。百姓仰望黄帝既上天，乃抱其弓与胡髯号，故后世因名其处曰鼎湖，其弓曰乌号。"后因以"鼎湖"谓帝王去世。

⑦子午：即子午道、子午关，在今陕西长安县西南，是关中通汉中的一条谷道。《元和郡县志》："子午关，在长安县南一百里。王莽通子午道，因置此关也。"

⑧星饭：天上出现星星后才吃饭，形容吃饭晚。

⑨"攀崖"二句：谓青天、白日好像在山峰之下，形容山峰高峻。

⑩"既过"二句：石门、石潭，都在终南山，是游览时的必经之地。

⑪搴紫芳：采摘紫芝。搴，拔取。

⑫此人：指濯缨者。

⑬此地：指翠微寺。

⑭风泉：指金沙泉。

⑮幽意：幽闲的情趣。

【译文】河伯见到北海神之前，傲然夸耀秋水的浩大。小人物不明白什么是远大宏图，又岂能了解通道之士的胸怀！赞美您怀有高邈的意蕴，独自前往苍翠的钟南山。那个古老之地深藏寒云，危岩险峰之上长风鼓荡。

入山先登上翠微岭，复又休憩在金沙泉。清晨时青苔覆霜足滑难行，傍晚间明月如轮溪中弄波。畅饮石下清冽的泉流，夜宿溪边松萝云烟中。太宗已作鼎湖游，我辈空梦渌水间；天子驾龙升仙去，徒留世人心茫然。

一早您来到子午关，登山才知路途遥远。松下抚琴听到秋猿啼鸣，熄灭烛灯头戴星光餐饭。这里到处都渺无人烟，就连飞鸟也不能往来。攀上山崖青天倒映脚下，下望白日坠落天色已晚。

经过隐于山中的石门，继而在石潭吟唱高歌。踏雪摘下珍贵的紫芝，想在清水中濯洗冠缨。洗缨之人不能再见到，此地您已经亲自来过。请代我辞谢金沙泉，我空有幽隐之意无法实现！

酬崔五郎中

【题解】这首诗大约是开元十九年（731），李白初入长安时所作。崔五郎中，即崔宗之，排行第五，官至右司郎中，是李白的好友。因崔宗之作《赠李十二》诗赠李白，所以李白以此诗作为酬答。崔宗之与李白一见如故，成为好友。崔宗之邀请李白去嵩山隐居，而当时李白正一心想建功立业，所以辞谢了崔宗之的邀请。全诗首段点明两人见面的时间和地点是在秋季的北方。秋色壮丽，令人意气激荡，诗人壮怀激烈，放声长啸。自叹有幸遭遇明主，却无奈功业未成，心中抑郁不已。恰此时与崔宗之相遇，略微交谈，彼此就非常投机，遂结为好友。次一段诗人称赞崔宗之为人中俊杰，诗文参于天地造化，托物寄讽通于神祇，而且一诺千金从不违背。两人兴起游华池，诗人挥剑起舞助兴，让在座的宾客叹为观止。众人极尽欢愉，崔宗之作诗以增。末段写诗人与崔宗之相约将来漫游九垓，休憩于蓬莱仙山，濯足于茫茫沧海。诗人婉拒了崔宗之的隐居嵩山之约，言明"但得长把袂，何必嵩丘山。"

朔云横高天^①，万里起秋色。壮士心飞扬，落日空叹息。长啸出原野^②，凛然寒风生。幸遭圣明时^③，功业犹未成。奈何怀良图^④，郁悒独愁坐^⑤。杖策寻英豪^⑥，立谈乃知我^⑦。

崔公生人秀，缅邈青云姿^⑧。制作参造化^⑨，托讽含神祇^⑩。海岳尚可倾，吐诺终不移^⑪。是时霜飙寒^⑫，逸兴临华池^⑬。起舞拂长剑,四座皆扬眉⑭。因得穷欢情,赠我以新诗。

又结汗漫期⑮,九垓远相待⑯。举身憩蓬壶⑰,濯足弄沧海。从此凌倒景⑱,一去无时还。朝游明光宫⑲,暮入阊阖关⑳。但得长把袂,何必嵩丘山㉑!

【注释】①朔云:北方的云。

②长啸:撮口发出悠长清越的声音。古人常以此述志。

③圣明:英明圣哲,无所不知。古代称颂帝、后之词。

④良图:远大的谋略。

⑤郁悒:忧闷。

⑥杖策:执马鞭,这里指策马而行。

⑦立谈:站着谈话,比喻时间短暂。

⑧"崔公"二句:称赞崔宗之出众俊秀。人:唐人为避唐太宗李世民讳改"民"为"人"。秀:指才能出众的人。颜延年《五君咏》:"仲容青云器,实禀生民秀。"缅邈:遥远。青云姿:比喻远大的抱负和志向。

⑨制作:著述,创作。造化:自然界。

⑩托讽:指诗中的托物寄讽之意。

⑪"海岳"二句:称赞崔宗之重诺守信。海岳:大海和高山。吐诺:开口承诺。

⑫霜飙:凛冽的寒风。

⑬华池:景色美丽的池沼。

⑭扬眉:形容惊讶、得意、忧伤、愤怒时的样子。

⑮汗漫:广大,漫无边际。

⑯九垓:中央至八极之地。

⑰蓬壶：即蓬莱，古代传说中的海中仙山。

⑱倒景：亦作"倒影"。指天上最高处，日月之光反由下上照，而于其处下视日月，其影皆倒，故称天上最高的地方为"倒影"。

⑲明光宫：神话中昼夜长明的之地。

⑳阊阖：传说中的天门。

㉑"但得"二句：是对崔宗之诗中"我家有别业，寄在嵩之阳""子若同斯游，千载不相忘"的回答。把袂：拉住衣袖。表示亲昵。嵩丘山：即嵩山。

【译文】北地朔云高横天际，万里江山尽显秋色。慷慨壮士心绪激扬，遥对落日徒然叹息。长啸一声出于四野，陡然生起凛冽寒风。有幸遇到圣明天子，可惜功业至今未成。为何我心怀雄才大略，却只能抑郁独坐生愁。我策马扬鞭四处找寻英杰，你我片刻言谈就成为知己。

崔公您生来就是人杰，容貌高邈有青云之姿。诗文参透天地造化，托物寄讽通于神祇。沧海山岳或可倾倒，您的一诺始终不变。此刻正是霜重风寒之时，我们依然趁兴来到华池。手执长剑起身而舞，四座宾客扬眉惊叹。欢畅之情尽情抒发，您欣然赠我一首新诗。

您邀约我做云汉游，就在九天遥遥相待。举身休憩蓬莱仙山，濯足弄波沧海之中。从此飞往苍穹之顶，一旦离去永不再还。清早游览明光之宫，夜晚进入阊阖天关。只要我们执手相聚，何必一定归隐嵩山！

附：赠李十二　左司郎中 崔宗之

凉风八九月，白露空园亭。耿耿意不畅，悄悄风叶声。思见雄俊士，共话今古情。

李侯忽来仪，把袂苦不早。清论既抵掌，玄谈又绝倒。分明
楚汉事，历历王霸道。担囊无俗物，访古千里馀。袖有匕首剑，怀
中茂陵书。双眸光照人，词赋凌子虚。

酌酒弦素琴，霜气正凝洁。平生心事中，今日为君说。我家
有别业，寄在嵩之阳。明月出高岑，清溪澄素光。云散窗户静，风
吹松桂香。子若同斯游，千载不相忘。

以诗代书答元丹丘

【题解】此诗年代存疑，一说于开元二十一年（733），一说于
天宝年间。当时李白已在长安寓居三年，元丹丘写信寄赠，于是李
白写此诗以作答。元丹丘，李白的好友，两人交往甚多。全诗开篇以
神话中的青鸟传书为喻，来比拟诗人突然接到故人的来信。故人信
中对诗人殷切勉励，并表达了对诗人的思念和牵挂。诗人阅信后，
也不禁引领眺望，浮云悠悠，可惜不见故人身影。全诗自然飘逸，
清新流畅，抒情委婉，别有韵味。

青鸟海上来①，今朝发何处？口衔云锦字②，与我忽飞去。
鸟去凌紫烟，书留绮窗前③。开缄方一笑④，乃是故人传。
故人深相勖⑤，忆我劳心曲⑥。离居在咸阳⑦，三见秦草绿⑧。

置书双袂间⑨，引领不暂闲⑩。长望杳难见⑪，浮云横远山。

【注释】①青鸟：神话中传信的神鸟。《艺文类聚》引《汉武故事》："七月七日，上（汉武帝）于承华殿斋，日正中，忽有一青鸟从西方来，集殿前。上问东方朔，朔曰：'此西王母欲来也。'有顷，王母至，有两青鸟如乌，侠侍王母旁。"后遂以"青鸟"为信使的代称。海上：泛指远方。

②云锦字：也作"云锦书"，对他人书信的敬称。

③绮窗：雕刻或绘饰得很精美的窗户。

④开缄：开拆（函件等）。

⑤勖：勉励。

⑥劳：愁苦，忧愁。心曲：内心深处。

⑦离居：分居。咸阳：秦都城，故址在今陕西咸阳市东北，这里代指长安。

⑧"三见"句：三次见到草绿，指在长安住了三年。

⑨袂：衣袖，袖口。

⑩引领：伸长脖子，向远处眺望，形容殷切盼望的样子。

⑪长望：远望。

【译文】翩翩青鸟海上而来，今朝又从何处出发？口衔锦书殷勤传递，转交给我忽又飞去。

青鸟一去直冲紫霄，只遗书简留在绮窗。开信浏览不由一笑，原是故人千里传书。

故人信中深切勉励，又说思我忧愁心伤。分别之后我寄居在咸阳，转眼秦草已变绿三次。

我将书信珍藏袖中，举目引领不停远眺。远望不见友人身影，蔼蔼浮云横在远山。

金门答苏秀才

【题解】此诗是天宝二年（743）夏，李白在长安供奉翰林时所作。金门，即金马门，汉代宫门名。此处代指唐代翰林院。苏秀才，名字生平不详。从诗中看，苏秀才即将离开京城回石门隐居，诗人当时正受恩遇，希望能一展抱负，所以还没有归隐之念，只能遥祝苏秀才云卧丹壑，逍遥世外。最后诗人表达了愿在功成之后终老烟水的愿望。

君还石门日①，朱火始改木②。春草如有情，山中尚含绿。折芳愧遥忆，永路当日勖③。远见故人心，平生以此足。

巨海纳百川，麟阁多才贤④。献书入金阙⑤，酌醴奉琼筵⑥。屡忝白云唱⑦，恭闻黄竹篇⑧。恩光照拙薄⑨，云汉希腾迁⑩。铭鼎倘云遂⑪，扁舟方渺然。

我留在金门，君去卧丹壑⑫。未果三山期⑬，遥欣一丘乐⑭。玄珠寄象罔⑮，赤水非寥廓⑯。愿狎东海鸥⑰，共营西山药⑱。栖岩君寂灭⑲，处世余龙蠖⑳。

良辰不同赏，永日应闲居。鸟吟檐间树，花落窗下书。缘溪见绿篠㉑，隔岫窥红蕖㉒。采薇行笑歌，眷我情何已㉓？

月出石镜间，松鸣风琴里。得心自虚妙，外物空颓靡㉔。身世如两忘，从君老烟水㉕。

【注释】①石门：具体所指不明。

②朱火：指夏天。改木：古时钻木取火，随四季更迭而换用不通的木材，所以称"改木"或"改火"。后用以比喻时节迁移。张协《杂诗》："离居几何时，钻燧忽改木。"李善注引《邹子》："春取榆柳之火，夏取枣杏之火，季夏取桑柘之火，秋取柞楢之火，冬取槐檀之火。"

③永路：远路。

④"巨海"二句：王琦注："是正喻对写句法，言麟阁之广集才贤，犹巨海之收纳百川，甚言其多也。"麟阁：麒麟阁的简称，汉代阁名。在未央宫中。汉宣帝时曾将霍光等十一功臣的画像陈列阁上，以表扬其功绩。后多以画像于"麒麟阁"表示卓越功勋和最高的荣誉。这里代指唐代翰林院。

⑤金阙：指天子所居的宫阙。

⑥酌醴：酌酒。琼筵：盛宴，美宴。谢朓《始出尚书省》诗："既通金闺籍，复酌琼筵醴。"张铣注："琼筵，谓天子宴群臣之席。"

⑦忝：辱，有愧于。常用作自谦之辞。白云唱：即白云谣。传说西王母为周穆王所作之歌。《穆天子传》记载，周穆王与西王母在瑶池宴饮，西王母为周穆王吟唱歌谣："白云在天，山陵自出。道里悠远，山川间之。将子无死，尚能复来。"此处喻指自己供奉翰林。

⑧黄竹篇：传说是周穆王所作的四言诗，以首句"我徂黄竹"中的"黄竹"二字为篇名。诗为哀伤风雪中的受冻之民。《穆天子传》记载：

"日中大寒，北风雨雪，有冻人，天子作诗三章以哀民。"后因用作咏雪的典故，也用以比喻帝王的诗作。

⑨恩光：指恩泽。拙薄：笨拙浅薄，自谦之词。

⑩云汉：银河。

⑪铭鼎：在钟鼎等器物上刻铸文辞。引申为建功立业，以传后世。《礼记·祭统》："夫鼎有铭。铭者，自名也。自名以称扬其先祖之美而明著之后世者也。"傥：同"倘"，假使，如果。云：助词，无实在意义。遂：成功。

⑫丹壑：喻指隐居山野。

⑬果：实现。三山：指海中蓬莱、方丈、瀛洲三座神山。

⑭一丘乐：形容隐居之乐。

⑮玄珠：黑色的珠子。道家喻指大道。象罔：《庄子》寓言中的人物。含无心、无形迹之意。《庄子·天地》："黄帝游乎赤水之北，登乎昆仑之丘而南望，还归，遗其玄珠。使知索之而不得，使离朱索之而不得，使喫诟索之而不得也。乃使象罔，象罔得之。"

⑯赤水：古代神话传说中的水名。

⑰"愿狎"句：用鸥鸟忘机典故。指像鸥鸟一样，日与白沙云天相伴，完全忘掉心计。比喻淡泊隐居，不以世事为怀。《列子·黄帝》："海上之人有好鸥鸟者，每旦之海上，从鸥鸟游。鸥鸟之至者百数而不止。"狎：亲近。

⑱西山药：指仙药。三国魏文帝曹丕在《折杨柳行》诗中曾咏唱上西山遇到二仙童相赠五色丸药一枚，服后身生羽翼，能轻举飞升。后用以"西山药"为咏仙药之典。

⑲寂灭：佛家用语，"涅槃"之意译，指超脱生死的理想境界。

⑳处世：待人接物，应付世情。与世人相处交往。龙蠖：指屈伸。蠖，即尺蠖，生长在树上，行动时身体一屈一伸地前进。《易·击辞下》："尺蠖之屈，以求信也；龙蛇之蛰，以存身也。"后因以"龙蠖"指屈伸。

㉑缘：沿，顺着。绿篆：青翠的细竹。

㉒岫：峰峦，山或山脉的峰顶。红蕖：红荷花。

㉓"采薇"二句：化用《诗·召南·草虫》中的："陟彼南山，言采其薇。未见君子，我心伤悲。"诗句。

㉔颓靡：精神不振。

㉕烟水：雾霭迷蒙的水面。

【译文】您回石门隐居之日，正是夏初改木之时。春草如果对您有情，山中应含青绿以待。我折花以赠愧疢只能遥相思念，前路漫漫请您一定要自勉珍重。能与远方故人心意相通，此生我就知足无憾了。

大海可以容纳百川，翰林院也贤才云集。我凭借诗文得以待诏翰林，有幸在琼筵之上酌酒侍奉。我蒙圣恩吟唱白云之曲，恭敬聆听天子黄竹诗篇。君主恩光照耀我这个拙薄之人，希冀日后能飞身青云一遂心愿。如果能够铭鼎流传功业，就学范蠡泛舟五湖之上。

如今我留在金门供奉翰林，您将要高卧云中隐居丹壑。我没能实现蓬莱三山寻仙的愿望，只能遥望远方徒美您的归隐之乐。黄帝玄珠只有象罔才能找到，赤水不广阔并非谁都能去。我愿与东海鸥鸟亲近，共炼西山不老仙药。您隐于山岩之间清静寂寞，我身处朝廷之中龙蛰蠖屈。

良辰在前不能同赏，山中隐居整日悠闲。鸟雀啼鸣于檐间树中，落花飘零在窗边书上。沿溪而行可见青翠细竹，隔山而望窥见满池红荷。您在山中采薇吟唱，对我的眷念可会停止？

圆月从明镜般的山石间升起，松林因风吹作响瑟瑟如琴鸣。心能自得可悟虚空玄妙，身累外物徒然心神萎靡。如能自身俗世两相忘，我将随您终老烟水间。

酬坊州王司马与阎正字对雪见赠

【题解】此诗是开元年间李白初入长安时，在坊州所作。坊州，唐武德二年（619）分鄜州置，治所在今陕西黄陵县东南，为上州。王司马，名字生平未详。唐时各州设司马一人。在长史以下，掌兵事，上州司马为从五品。阎正字，名字生平不详。正字，官名，北齐始置，与校书郎同主雠校典籍，刊正文章。唐时秘书省和太子东宫下属的司经局都设有正字一职，诗中曰"价重铜龙楼"，铜龙楼为太子宫门楼，由此可知阎正字则为太子正字。全诗首段叙述了李白从南阳来到长安，又接着来到坊州，诗人在长安多年没有遇到知音，却在此地遇到阎正字与王司马，一见如故，志趣相投，并受到他们的热情款待，诗人也因得遇新友而一展愁容，众人欢聚叙旧直至宴终。次一段诗人赞美阎正字为朝廷旧勋，而此地的主人王司马，身负苍生重望。诗人希望得到两人的相助，以实现自己辅佐帝王的愿望。

游子东南来①，自宛适京国②。飘然无心云③，倏忽复西北④。访戴昔未偶⑤，寻嵇此相得⑥。愁颜发新欢，终宴叙前识。

阁公汉庭旧⑦，沉郁富才力⑧。价重铜龙楼⑨，声高重门侧⑩。宁期此相遇，华馆陪游息。积雪明远峰，寒城沍春色⑪。主人苍生望，假我青云翼⑫。风水如见资⑬，投竿佐皇极⑭。

【注释】①游子：诗人自谓。

②宛：即唐代南阳县，属邓州。今河南南阳市。适：往，到。京国：指长安。

③无心云：谓浮云。化用陶渊明《归去来辞》："云无心以出岫。"此处诗人形容自己如浮云四处飘荡。

④倏忽：很快地。西北：指坊州。

⑤"访戴"句：用王子猷雪夜访戴安道的故事。《世说新语·任诞》记载，王子猷雪夜从山阴乘小船去剡溪拜访戴安道，一到戴安道家门口就又返回去了，人问其故，王子猷说：'我本乘兴而来，现在兴尽而返，何必一定见戴安道。'"后因称访友为"访戴"。

⑥"寻嵇"句：用嵇康与吕安故事。《世说新语·简傲》记载，魏嵇康与吕安友善，每一想念老友，便不远千里，驾车前去拜访。后用作至交情深的典故。这里诗人形容遇到王司马与阎正字，彼此志趣相投。

⑦阎公：即阎正字。汉庭：借指唐朝。

⑧沉郁：此处是深沉蕴积之意。

⑨铜龙楼：饰有铜龙的门楼。借指太子官室。《汉书·成帝纪》："上尝急召太子出龙楼门。"颜师古引张晏注曰："门楼上有铜龙，若白鹤、飞廉之为名也。"

⑩重门：官门。此处借指帝宫。

⑪寒城：即坊州城。沍（hù）：同"冱"，冻结。

⑫假：借。青云：指入仕为官。

⑬风水：风雨，比喻援助。见资：资助。

⑭投竿：丢掉钓竿，即罢钓，借指出仕。皇极：本指帝王统治的准则。后指皇位或皇室。此句指出仕为官辅佐帝王。

【译文】我是东南而来的游子，经过南阳去往京城。飘然而行就像无心浮云，倏忽间又来到西北坊州。我昔日如王子猷访戴安道那样寻友却未获知音，今日与二公相遇就像吕安和嵇康般志趣相投。得遇新友使我愁容尽扫，故人欢聚叙旧直至宴终。

阁公本为朝廷旧勋，沉稳内敛富有才华。在东宫位高望重，在朝廷声名卓著。不曾想到在此相遇，华馆之中陪侍游息。积雪映照远峰，寒城锁住春色。您为主人身系苍生重望，请借我一副青云之翼。如能得到您及时雨般的帮助，我就能抛下钓竿而辅佐君王。

酬中都小吏携斗酒双鱼于逆旅见赠

【题解】此诗是天宝五载（746），李白在中都时所作。中都一位小吏以斗酒双鱼赠送诗人，于是诗人写下此诗作为酬谢。敦煌残卷载此诗题作《鲁中都有小吏逢七朗以斗酒双鱼赠余于逆旅因鲙鱼饮酒留诗而去》，因此可知这位小吏名叫逢朗，排行第七。中都，唐县名，在今山东汶上县。逆旅，指客栈。全诗前四句写有中都豪吏，携带鲁酒和汶鱼前来拜访。次一段写诗人与小吏一见面就意气相投。然后描写了汶水鱼的鲜活以及杀鱼、切脍的过程。大家饱餐之后，乘醉上马归去。全诗语言亲切自然，饱含对小吏赠酒鱼的感谢之情。

鲁酒若琥珀[①]，汶鱼紫锦鳞[②]。山东豪吏有俊气[③]，手携此物赠远人[④]。

意气相倾两相顾[⑤]，斗酒双鱼表情素[⑥]。酒来我饮之，鲙作别离处[⑦]。双鳃呀呷鳍鬣张[⑧]，跋剌银盘欲飞去[⑨]。

呼儿拂机霜刃挥[⑩]，红肌花落白雪霏[⑪]。为君下筯一餐饱[⑫]，醉著金鞍上马归。

【注释】①琥珀：黄褐色透明体，是古代松柏树脂落入地下所成的化石，可做香料及装饰品，亦可入药。此处用来形容酒的颜色。

②汶鱼：汶水之鱼。汶水即今山东大汶河。

③山东豪吏：诗人对中都小吏的美誉。

④远人：李白自称。

⑤意气相倾：即意气相投。

⑥情素：亦作"情愫"，真情，本心。

⑦鲙：鱼鲙。鱼细切而成的肴馔。

⑧呀呷：开合吞吐貌，形容鱼的腮动。鳍鬣(liè)：王琦注："鳍鬣，鱼之翅也，在背上曰鳍，在鳃下曰鬣。"

⑨跋剌：又作"拨剌""泼剌""拔剌"，象声词。形容鱼跃之声。

⑩机：同"几"，几案，小或矮的桌子。

⑪"红肌"句：张协《七命》："红肌绮散，素肤雪落。"李周翰注："肉之红者如绮，素白者如雪。肌、肤，皆肉。落、散，为刃所破也。"此

处用其意。霏：飘洒，飞扬。

⑫筯：同"箸"，筷子。

【译文】鲁地之酒若琥珀色，汶水之鱼有紫锦鳞。山东豪吏俊逸非凡，手提酒鱼赠送远客。

我们初次一见就意气相投，斗酒双鱼足以表达情谊。酒就拿来畅饮，鱼就切成细鲙。鱼儿双鳃翕动鳍鬣开张，跃起银盘不住噼啪作响。

唤来僮儿擦净几案挥刀斩鱼，肉红就如花落脍白好似雪飞。邀您下箸饱餐佳肴，醉后上鞍酣然归去。

酬张卿夜宿南陵见赠

【题解】这首诗是天宝五载（741）秋，诗人在东鲁时所作。张卿，名字生平不详。南陵，宣州有南陵县，属江南西道，今安徽南陵县。但此处所指南陵应在东鲁。张卿先赠诗李白，李白因以此诗酬答。诗人先描述了鲁城明月高照，鲁女正在纺纱织布。张卿思念诗人的时候正是大火星落秋风渐起之时。诗人与张卿遥对银河，彼此思念，想要渡河会面却又苦于没有轻舟。接着诗人叙述了自己当年供奉翰林，后来又像严光那样告别帝都归隐的经历。诗人盛赞张卿的家世和才能，以"傅说未梦时"，来比喻张卿现在的怀才不遇。诗人认为两人现在虽然埋没草野，就像宝剑藏于匣中一样，而被愚人嘲笑，但终会有一天受到明主的知遇，那时如蛙蚧的愚人又将在何处？全诗表达了诗人与张卿的深情厚谊，同时也抒发了诗人不得志的抑郁。

月出鲁城东①，明如天上雪。鲁女惊莎鸡②，鸣机应秋节③。当君相思夜，火落金风高④。河汉挂户牖⑤，欲济无轻舡⑥。

我昔辞林丘⑦，云龙忽相见⑧。客星动太微⑨，朝去洛阳殿⑩。

尔来得茂彦⑪，七叶仕汉余⑫。身为下邳客，家有圯桥书⑬。傅说未梦时，终当起岩野⑭。万古骑辰星⑮，光耀照天下。

与君各未遇，长策委蒿莱⑯。宝刀隐玉匣，锈涩空莓苔⑰。遂令世上愚，轻我土与灰。一朝攀龙去⑱，蛙黾安在哉⑲？故山定有酒，与尔倾金罍⑳。

【注释】①鲁城：指唐兖州（鲁郡）治所瑕丘县城，即今山东兖州市。

②莎鸡：虫名，又名络纬。俗称纺织娘、络丝娘。

③鸣机：织机鸣响，谓织布。

④火：指大火星，即二十八宿之一的心宿。夏历五月黄昏时出现在正南方，六月以后就逐渐偏西下落。金风：指秋风。

⑤户牖：门窗。

⑥轻舡：轻快的小船。

⑦辞林丘：离开隐居之地。

⑧云龙：比喻君臣相遇。指天宝元年李白被征召入京之事。

⑨"客星"句：用严光客星犯帝座的典故。客星：对天空中新出现的星的统称。明无名氏《观象玩占》："客星，非常之星，其出也无恒时，其居也无定所，忽见忽没，或行或止，不可推算，寓于星辰之间，如

客，故谓之客星。"有时亦指彗星。太微：古代星官名。古把太微作为天庭，后喻指朝廷或帝皇之居。这里指诗人供奉翰林之事。

⑩"朝去"句：此句指诗人辞官离开长安之事。洛阳：东汉都城，此处代指长安。

⑪茂彦：晋李毅，字茂彦，学识出类拔萃，被王戎选拔为吏部郎。后因以"茂彦"指代优异之士。

⑫"七叶"句：此句谓张氏一族在汉朝七世为望族。《汉书·张汤传》："〔张氏〕自宣、元以来，为侍中、中常侍、诸曹散骑、列校尉者十余人。"七叶：七世，七代。此处借喻张卿家世荣耀。

⑬"身为"二句：指汉张良于下邳圯桥遇黄石公传授兵书一事。下邳客：本指张良，此处喻指张卿。

⑭"傅说"二句：用武丁梦傅说一事。《史记·殷本纪》记载，商王武丁即位后，未得辅佐大臣。一天夜里梦见一位圣人。武丁遂按梦中所见之形貌派百官四处寻找，终于在傅险这个地方找到做苦役的傅说。武丁与他谈话，果然是圣人，武丁任命傅说为宰相，殷国大治。

⑮骑辰星：传说傅说死后化为辰尾星。辰星：即辰尾星，星宿名。即尾宿。尾宿九星，形成东方苍龙之尾，故也称龙尾。《淮南子·览冥训》："此傅说之所以骑辰尾也。"高诱注："（傅说）为高宗成八十一符，致中兴也。死托精于辰尾星。"

⑯长策：效用长久的方策。委：抛弃，舍弃。蒿莱：野草。

⑰锈涩：生锈。莓苔：青苔。

⑱攀龙：比喻依附帝王以成就功业或扬威。

⑲蛙黾：蛙。

⑳金罍：饰金的大型酒器。泛指酒杯。

【译文】月亮在鲁城东面升起，明亮一片如天上落雪。鲁女惊觉于纺织娘的鸣叫，发现又到了织机鸣响的秋季。您在远方思念我的夜晚，正是大火星落秋风起时。银河挂在窗外碧空，我欲渡河却无轻舟。

昔日我辞别山林，得到天子的知遇。最后又像严光客星惊帝座，一朝离开京城而归隐江湖。

君家历来多有英杰之士，汉朝张氏七代担任重臣。您就像张良身为下邳客，家中藏有圯桥所得奇书。您就如傅说尚未被武丁所梦，将来一定会崛起于山野之间。那时您也高骑辰星，光辉永远照耀天下。

我们现在都未得到知遇，徒有治国良策却埋没草野。就如宝刀久藏玉匣之中，变得锈迹斑驳绿苔滋生。于是世上的愚人，就轻视我如土灰。一朝攀龙得遇圣主而被起用，那时如蛙蚧的愚人又在何处？故乡山中定有美酒，我将与您举怀畅饮。

酬岑勋见寻就元丹丘对酒相待以诗见招

【题解】此诗大约是开元二十三年左右(735)所作。岑勋，生平不详。元丹丘，是李白好友。当时岑勋去寻访李白，在嵩山遇到元丹丘，两人畅饮欢宴，因思念李白，于是写信邀请李白前来相聚。李白收到岑勋的来信，立刻策马赶赴嵩山，三人一起开颜斟酒，极尽欢乐。诗中将三人间相知相得的情谊，描写得感人至深。

黄鹤东南来①，寄书写心曲②。倚松开其缄③，忆我肠断续。

不以千里遥，命驾来相招④。中逢元丹丘，登岭宴碧霄⑤。对酒忽思我，长啸临清飙⑥。

蹇余未相知⑦，茫茫绿云垂⑧。俄然素书及⑨，解此长渴饥⑩。策马望山月，途穷造阶墀⑪。喜兹一会面⑫，若睹琼树枝⑬。忆君我远来，我欢方速至。开颜酌美酒，乐极忽成醉。我情既不浅，君意方亦深。相知两相得，一顾轻千金⑭。且向山客笑，与君论素心⑮。

【注释】①"黄鹤"句：谓黄鹤送来岑勋的书信。

②心曲：心事。

③缄：书信。

④命驾：命人驾车，也指乘车出发。相招：邀请。

⑤碧霄：蓝天。

⑥清飙：清风。

⑦蹇：句首助词，无实际意义。

⑧绿云垂：比喻绿叶蓊郁如云。

⑨俄然：忽然。素书：古人以白绢写信，故以称书信。

⑩长渴饥：比喻长久的思念。

⑪阶墀：台阶。

⑫兹：这，此。

⑬琼树枝：比喻岑勋仪态不凡。

⑭一顾：一看。《战国策·燕策二》有伯乐一顾而马价十倍之说，后以"一顾"喻受人称扬引举或提携知遇。

⑮素心：本心，素愿。

【译文】黄鹤超超东南而来，遥寄书信抒发心声。我倚青松开缄浏览，知您忆我情深肠断。因此不以千里之遥，命人驾车前来访我。途中偶然遇到元丹丘，一起登山欢宴云天中。对酒欲饮忽又想起我，感怀不已而临风长啸。

可惜我对此情形一无所知，只见林海茫茫如绿云低垂。忽然收到了您的来信，疏解了我长久的思念。立刻策马前来观赏山月，路到尽头再沿台阶登山。我欣喜在此与您见面，就好像见到琼树玉枝。因为想您我从远方赶来，因为心喜我策马而至。我们开颜欢笑斟上美酒，极尽欢乐转眼酩酊大醉。我对您的情谊不浅，您对我的心意亦深。我们贵在相知相得，一顾交心千金难换。暂且与我这个山客开怀大笑，我将与您一起谈论平素心愿。

答从弟幼成过西园见赠

【题解】此诗大约作于开元年间。从弟幼成，即李幼成。李白曾作《秋夜宿龙门香山寺奉寄王方城十七丈奉国莹上人从弟幼成令问》，因此诗中"二季"，当为李幼成和李令问。西园，地址不详，可能在东鲁一带。李白初入长安无功而返，回归西园闲居，从弟李幼成和李令问前来拜访，四邻闻讯也赶来相聚。众人衣剑鲜亮光照屋宇，宾客盈门使石门生辉。山童献果，野老设酒。酒酣之际，闲谈渔樵农圃之事。连日欢聚，有荷花、芳兰相伴。谈笑之间已是夕阳西下。全诗清新自然，乡土气浓，极具田园情趣。

一身自萧洒①，万物何嚣喧②！拙薄谢明时，栖闲归故园。

二季过旧墅③，四邻驰华轩④。衣剑照松宇⑤，宾徒光石门。山童荐珍果⑥，野老开芳樽⑦。上陈樵渔事⑧，下叙农圃言。

昨来荷花满，今见兰苕繁⑨。一笑复一歌，不知夕景昏。醉罢同所乐，此情难具论⑩。

【注释】①萧洒：言人品行超逸而不同流俗。

②嚣喧：喧闹。

③二季：二弟，指李幼成和李令问。过：来访，探望。旧墅：即旧隐，旧时的隐居处。

④华轩：指富贵者所乘的华美的车子。

⑤松宇：松树和屋宇。

⑥荐：进献。

⑦野老：村野的老人。芳樽：精致的酒器。借指美酒。

⑧陈：述说。樵渔：打柴和捕鱼。

⑨兰苕（tiáo）：兰花。

⑩具论：详细说明。

【译文】我一身潇洒放荡不羁，世间万物却何其喧嚣！我因才行浅薄辞别盛世，栖身闲居回乡归隐田园。

二位从弟赴西园看望我，四邻也驾着华车来相聚。衣剑鲜亮映照松林屋宇，宾朋云集凭添石门光辉。山中童子呈上珍果，村野老翁倾满酒樽。先说打柴捕鱼事，再叙农圃桑麻言。

昨日来时荷花满塘，今天又见兰花繁茂。开颜一笑再高歌一曲，不知不觉已黄昏日落。醉后暂罢同所欢乐，此中盛情难以描述。

酬王补阙惠翼庄庙宋丞泚赠别

【题解】此诗应是天宝年间，诗人在长安时所作。王琦注："诗题疑有舛错。按：睿宗子申王捴，开元八年（720）薨，谥惠庄太子。宋泚必为惠庄太子陵庙丞者也。翼，则王补阙之名耳。'惠翼'当作'翼惠'为是。"王补阙，即王翼，曾任补阙，生平事迹不详。补阙，官名。唐武后垂拱元年始置，有左右之分。左补阙属门下省，右补阙属中书省，掌供奉讽谏，从七品上。宋泚为惠庄太子庙丞，负责陵庙的开阖、洒扫、祭奠之事，正九品下。王翼、宋泚先以诗赠给李白，所以李白作诗酬答。李白初到长安时，也曾踌躇满志，意欲一展抱负，但他不能被权贵所容，只能黯然离开朝廷，归隐山林。李白认为当时已经世风日下，人心不古，因而劝王翼、宋泚不要涉足泥潭恶波，应及早归隐江海。最后诗人以屈原离楚、秦人隐迹桃源的事例，来说明自己隐迹山林也是迫不得已，希望王翼、宋泚二人把诗人的话作为警语。

学道三十春，自言羲皇人①。轩盖宛若梦②，云松长相亲。偶将二公合③，复与三山邻④。喜结海上契，自为天外宾。

鸾翮我先铩，龙性君莫驯⑤。朴散不尚古⑥，时讹皆失真⑦。勿踏荒溪波⑧，揭来浩然津⑨。

薜带何辞楚⑩，桃源堪避秦⑪。世迫且离别，心在期隐沦⑫。酬赠非炯诫⑬，永言铭佩绅⑭。

【注释】①羲皇：指伏羲氏。伏羲氏以前的古人无忧无虑自由闲适，故隐士以"羲皇上人"自称。此处借用此意。

②轩盖：带篷盖的车，显贵者所乘。

③将：与。二公：指王翼、宋泚。合：相遇。

④三山：指神话传说中的三神山，即蓬莱、方丈、瀛洲。

⑤"鸾翮"二句：化用颜延年《五君咏·嵇中散》中诗句："鸾翮有时铩，龙性谁能驯。"张铣注："铩，残；驯，扰也。"

⑥朴散：王琦注："朴散，谓淳朴之风散失也。"尚古：好古。

⑦时讹：时俗错谬。

⑧荒溪波：荒水之波。比喻时政荒废。

⑨揭来：何不来。揭，通"盍"。浩然津：广大壮阔的河津。

⑩薜带：用薜荔的藤制作的腰带。多指隐者的装束。薜荔：又称木莲，常绿藤本植物。王琦注："薜带，用屈原语。屈原既为楚所放逐，迁于沅、湘之间，作《九歌》，其《山鬼》一章云：'被薜荔兮带女萝。'盖指山鬼而言。此用其意，指屈原以薜荔为带矣。"

⑪"桃源"句：用陶渊明《桃花源记》故事，指秦末世人到桃花源避难。

⑫隐沦：隐居。

⑬炯诫：同"炯戒"，十分明显的警戒或鉴戒。

⑭铭佩绅：书写在衣带上，谓铭记不忘。绅，古代士大夫束腰的大带。

【译文】我潜心学道已有三十个春秋，自认是恬淡清净的羲皇之人。当初轩盖华车的际遇就如梦幻，我始终怀有与云松相亲的心愿。如今偶然与二公相遇，又有机会与三山为邻。我欢喜与他们共约海上仙山，自认为将飞升变成天外仙客。

我如鸾鸟被剪飞羽而不能翱翔，二公如龙崇尚自在而难以驯服。淳风已失世人不再崇尚古朴，时俗错谬万物都失去了纯真。千万不要踏入荒水恶波，何不逍遥畅游大河浩海。

屈原吟咏薛带之诗辞别楚国，秦人来到桃花源中躲避战乱。我受世事所迫且与你们分别，我内心中早已期望遁隐山林。我的酬答赠诗虽然不是警语，但请永远铭记于衣带之上。

卷十六 酬答下

答王十二寒夜独酌有怀

【题解】诗中提到李邕, 裴敦复之死是天宝六载的事情。而哥舒翰攻取石堡城是天宝八载(749)的事情。所以此诗应该是天宝八载以后所作。王十二, 名字生平不详。王十二作《寒夜独酌有怀》诗相赠, 李白作此诗回赠。全诗篇幅较长, 叙事庞杂, 用典繁多, 感怀频发。首段写王十二雪夜独酌。诗人引用王子猷雪夜访戴逵的典故, 以王子猷比喻王十二。这天夜里吴中恰逢大雪, 王十二怀念李白, 就像王子猷想起戴逵一样。接着写景, 浮云漫卷青山, 孤月划过长空。寒月照银河, 北斗伴长庚。王十二在雪夜中怀念诗人而独自小酌, 屋外的井栏上结了厚厚的寒冰。诗人感慨人生百年, 飘忽而过, 应该开怀畅饮以销万古愁情。次一段写世风日下, 以致小人得志, 君子不遇。唐朝宫内民间盛行斗鸡, 唐玄宗尤其爱好斗鸡, 很多市井之徒因擅长斗鸡而受到宠幸, 气焰熏天, 诗人对此极为反感。河西节度使王忠嗣是一代名将，战功无数，他对于攻取石堡城一事一直极力反对，原因是石堡城易守难攻，如果强攻，必死伤数万才能攻取。王忠嗣认为国家连年征战，人丁减少，国力疲惫，应该从长计议。唐玄宗没有听从王忠嗣建议，还将王忠嗣贬职，任命哥舒翰为陇右节度支度营田副大使，负责攻打石堡城，最后唐军虽然打下石堡城，却果然像王忠嗣预料的那样死伤数万，仅仅歼灭吐蕃几百士卒。王忠嗣被贬后，安禄山也得到重用，为日后安史之乱埋下隐患。所以诗人对石堡城一战也颇多微词，因此诗人劝勉王十二不要效仿斗鸡之徒，一时得志就气焰熏天。也不要像哥舒翰那样，为了邀宠而一将功成万骨枯。世风日下，世人热衷名利，对诗词歌赋已经不感兴趣。文章万言不值一杯水，对于劝世良言犹如东风吹马耳一样，听不进去。再一段写小人君子混杂，如鱼目冒充明珠。君子这样的千里马蜷曲不得志，反而是跛脚驴一样的小人却春风得意。《折杨》《皇华》这样的里巷之曲能被世俗所喜欢，而像《清角》这样的高雅曲调只有贤德之人才能欣赏，就算是晋平公身为国君，如果德行不够的话，贸然聆听也会带来灾祸。志行高洁的人历来就曲高和寡，不为俗世认同。世人听惯《巴人》，就很难欣赏《阳春》，璞玉还没有琢磨成器之前，很难被楚人重视。诗人感叹就算散尽黄金也不能交到知心朋友，如果没有功名在身，就算是皓首儒生也会被人轻视。最后诗人引用营蝇斐锦的成语和曾母逾墙的典故，来说明小人罗织罪名的险恶以及人言可畏的世风。最后一段写荣辱浮沉皆不必在意。诗人例举孔子和董龙的故事，来说明以孔子之贤，仍不免遭受被诸侯弃用的境遇，何况自己。董龙那样的小人妄进谗言，实在鸡狗不如。诗人回顾自己一生傲岸不群，因而不被权贵所容，天子受谗言蒙蔽，渐渐疏远自己，最后被赐金还山，不得施展平生抱负。尽管遭受挫折，诗人依然坚持操守，就像东汉的严子陵一样高风亮节，不慕富贵，甘愿隐居山林。不会为了功名而长剑拄颐侍奉皇帝。诗人表到了"达亦不足贵，穷亦不足悲"的高尚气节。诗人表示自己不会与小人同流合污，就像韩信羞于同周勃、灌婴为伍，而祢衡不愿同屠沽小儿来往。诗人以李邕和裴敦复的事例来说明官场险恶，仕途凶险。李邕作为一代才子名士，最后不幸遇难，当年的英风豪气都不复存在。裴敦复曾官居刑部尚书，一旦获罪，死于非命，如今坟上已经长满蒿草荆棘。诗人在年少时就立下志向，准备效仿范蠡，功成身退泛舟五湖，如今经历了这些事情后，更加坚定了自己远离富贵功名的想法。

全诗跌宕起伏，感触频发，可谓是诗人一生的经历和总结，读来振聋发聩，感人肺腑。

昨夜吴中雪，子猷佳兴发①。万里浮云卷碧山，青天中道流孤月②。孤月沧浪河汉清③，北斗错落长庚明④。怀余对酒夜霜白，玉床金井冰峥嵘⑤。人生飘忽百年内，且须酣畅万古情。

【注释】①"昨夜"二句：用王子猷雪夜乘兴驾舟访戴逵的故事。
②"青天"句：谢庄《月赋》："白露暧空，素月流天。"
③沧浪：即沧凉，寒凉。
④长庚：古代指傍晚出现在西方天空的金星。亦名太白星。《诗·小雅·大东》："东有启明，西有长庚。"金星黎明时出现在东方则被称为启明；黄昏时出现在西方则被称为长庚。

⑤床：井栏。玉床金井是指井栏装饰之美，如玉如金。

【译文】昨夜吴中降下一场大雪，您像王子猷一样逸兴勃发。浮云万里卷积青山，孤月一轮流过青天。孤月寒凉而银河清朗，北斗错落长庚星明亮。白霜满地的夜晚您执酒想念我，屋外的金玉井栏上坚冰晶莹。人生短暂转瞬百年已过，畅饮美酒以解万古愁情。

君不能狸膏金距学斗鸡①，坐令鼻息吹虹霓②。君不能学哥舒横行青海夜带刀③，西屠石堡取紫袍④。吟诗作赋北窗里，万言不直一杯水⑤。世人闻此皆掉头，有如东风射马耳⑥。

【注释】①狸膏：狸的脂膏。狸擅于捕鸡，所以鸡畏惧狸的气味。古时斗鸡时取狸膏涂抹鸡头，使对方畏怯，从而战胜对方。《尔雅翼》："斗鸡，私取狸膏涂其头，辄斗无敌。此非有厌胜，特是狸能捕鸡，异鸡闻狸之气，则畏而走。"金距：装在斗鸡距上的金属刺，用以增加斗鸡的杀伤力。距，指雄鸡的后爪。狸膏、金距皆斗鸡者所采用的方法，唐时盛行斗鸡，唐玄宗尤好斗鸡。

②鼻息吹虹霓：参见卷一《古风其二十四·大车扬飞尘》诗注。指唐玄宗宠幸斗鸡之徒，此句形容斗鸡之徒气焰熏天，鼻子喷出的气息直冲云霄。

③哥舒：指哥舒翰，安西龟兹（今新疆库车）人，西突厥突骑施人。唐代大将。《旧唐书·哥舒翰传》记载，哥舒翰最初在河西节度使王倕帐下从军，天宝五载（746），王忠嗣兼任河西节度使，将他提升为衙将。后哥舒翰在苦拔海屡破吐蕃，天宝六载（747），哥舒翰被提拔为右武卫员外将军，充陇右节度副使、都知关西兵马使、河源军使。王忠

嗣被李林甫弹劾下狱后，唐玄宗下诏任命其代替王忠嗣为陇右节度支度营田副大使。天宝八载（749）六月，哥舒翰攻克了石堡城。唐玄宗奖励其功，授特进、鸿胪员外卿。天宝十二载（753），晋为凉国公，加封河西节度使。同年，封为西平郡王。天宝十三载（754），哥舒翰升为太子太保，实封三百户，兼任御史大夫。安史之乱时，哥舒翰被任命为尚书左仆射、同中书门下平章事，赴潼关拒敌。次年，被逼出兵进攻安禄山，在灵宝之战中大败。哥舒翰被安禄山俘虏。至德二载（757），唐军收复两京，安庆绪逃往邺城前，将哥舒翰杀害。后追赠太尉，谥号"武愍"。青海：《旧唐书·哥舒翰传》："明年，筑神威军于青海上，吐蕃至，攻破之；又筑城于青海中龙驹岛，有白龙见，遂名为应龙城，吐蕃屏迹不敢近青海。"夜带刀：《太平广记》记载："哥舒翰为安西节度，控地数千里，甚着威令，故西鄙人歌之曰：'北斗七星高，哥舒夜带刀。吐蕃总杀尽，更筑两重濠。'"

④石堡：即石堡城，又叫铁仞城，在今青海西宁市西南，地势险要，是唐与吐蕃的交通要冲，双方争夺激烈，多次易手。《旧唐书·哥舒翰传》记载，"吐蕃保石堡城，路远而险，久不拔。八载，以朔方、河东监牧十万众委翰总统攻石堡城，翰使麾下将高秀岩、张守瑜进攻，不旬日而拔之。上录其功，拜特进鸿胪员外卿，与一子五品官，赐物千匹，庄宅各一所，加摄御史大夫。"紫袍：紫色朝服，高官所服。唐制三品以上官服紫，哥舒翰为特进是正二品，故服紫袍。

⑤不直：不值。直同"值"。

⑥东风射马耳：东风吹过马耳边，瞬间即逝。比喻把别人的话当耳边风。

【译文】 您不能效法那些以狸膏金距来斗鸡的小人，一旦得势就鼻孔朝天气焰直冲虹霓。您也不用效仿哥舒翰纵马带刀横行青海，血战石堡才换来了紫袍加身。可叹您在北窗下吟诗作赋，呕心沥血写就万言却不值一杯水。现在世人热衷名利，听到诗赋都转头而走，就好像东风吹过马耳边。

鱼目亦笑我，谓与明月同①。骅骝拳跼不能食②，蹇驴得志鸣春风③。《折杨》《皇华》合流俗④，晋君听琴枉《清角》⑤。巴人谁肯和《阳春》⑥，楚地由来贱奇璞⑦。黄金散尽交不成，白首为儒身被轻。一谈一笑失颜色，苍蝇贝锦喧谤声⑧。曾参岂是杀人者？谗言三及慈母惊⑨。

【注释】①明月：宝珠名称。首二句即鱼目混珠的意思。

②骅骝：周穆王八骏之一。泛指骏马。拳跼：同蜷局。局促不得舒展，屈曲。

③蹇驴：跛蹇驽弱的驴子。

④《折杨》《皇华》：古曲名称，为里巷俗曲。《庄子·天地》："大声不入于里耳，《折杨》《皇华》则嗑然而笑。"

⑤《清角》：曲调名。传说有德之人才能聆听，否则会引起灾祸。《韩非子·十过》："晋平公曰：'音莫悲于清徵乎？'师旷曰：'不如清角。'平公曰：'清角可得而闻乎？'师旷曰：'不可。昔日黄帝合鬼神于太山之上，驾象车而六蛟龙，毕方并辖，蚩尤居前，风伯进扫，雨师洒道，虎狼在前，鬼神在后，腾蛇伏地，凤凰复上，大合鬼神，乃作清角。今主君德薄，不足听之，听之将恐有败。'平公曰：'寡人老矣，所好者音也，愿遂听之。'师旷不得已而鼓之。一奏之，而有玄云从西北方起；

再奏之大风至,大雨随之,裂帷幕,破俎豆,堕廊瓦,坐者散走。平公恐惧,伏于廊室之间。晋国大旱,赤地三年。平公之身遂癃病。"

⑥"巴人"句:即曲高和寡的意思。宋玉《对楚王问》:"客有歌于郢中者,其始曰《下里》《巴人》,国中属而和者数千人;其为《阳阿》《薤露》,国中属而和者数百人;其为《阳春》《白雪》,国中属而和者不过数十人;是其曲弥高,其和弥寡。"

⑦"楚地"句:用卞和献玉的故事。

⑧苍蝇:即青蝇也。《诗·小雅·青蝇》:"营营青蝇,止于樊。岂弟君子,无信谗言。"郑玄笺:"蝇之为虫,污白使黑,污黑使白,喻佞人变乱善恶也。"后以"青蝇营营"形容奸佞诽谤君子。贝锦:指像贝的文采一样美丽的织锦。《诗·小雅·巷伯》:"萋兮斐兮,成是贝锦;彼谮人者,亦已大甚。"郑玄笺:"喻谗人集作己过以成于罪,犹女工之集采色以成锦文。"后以"贝锦"喻诬陷他人、罗织成罪的谗言。

⑨"曾参"二句:用曾参被诬杀人的典故。《战国策·秦策二》:"费人有与曾子同名族者而杀人。人告曾子母曰:'曾参杀人。'曾子之母曰:'吾子不杀人。'织自若。有顷焉,人又曰:'曾参杀人。'其母尚织自若也。顷之,一人又告之曰:'曾参杀人。'其母惧,投杼逾墙而走。夫以曾参之贤与母之信也,而三人疑之,则慈母不能信也。"后以"曾参杀人"比喻流言可畏或诬枉之祸。

【译文】鱼目之人也纷纷嘲笑我鄙陋,自夸他们就是真正的明月珠。千里马骅骝蜷曲身体不得饱食,跛脚驴却志得意满长鸣春风里。《折杨》和《黄华》这样的曲子迎合了流俗的品味,晋平公也不配聆听《清角》这样的高雅之曲。喜欢《巴人》的世众又怎会唱和《阳春》之曲?楚地之人不具慧眼历来轻视珍贵的璞玉。黄金散尽却没有交到知心之人，皓首儒生没有功名还是被人轻视。谈笑之间一言不慎就变了脸色成为仇敌，青蝇小人如同编织贝锦一样开始罗织罪名。曾参怎么可能会是杀人者？可是三次听到谣言还是让他的母亲心惊。

与君论心握君手，荣辱于余亦何有！孔圣犹闻伤凤麟①，董龙更是何鸡狗②！一生傲岸苦不谐，恩疏媒劳志多乖③。严陵高揖汉天子④，何必长剑拄颐事玉阶⑤。达亦不足贵，穷亦不足悲。韩信羞将绛、灌比⑥，祢衡耻逐屠沽儿⑦。君不见李北海⑧，英风豪气今何在？君不见裴尚书⑨，土坟三尺蒿棘居。少年早欲五湖去⑩，见此弥将钟鼎疏⑪。

【注释】①"孔圣"句：孔子感慨大道衰落，尝叹凤鸟之不至，悲西狩之获麟。《论语·子罕》："子曰：'凤鸟不至，河不出图，吾已矣夫！'"《史记·孔子世家》："鲁哀公十四年春，叔孙氏车子鉏商获兽，以为不祥。仲尼视之曰：'麟也。'叹之曰：'河不出图，雒不出书，吾已矣夫！'颜渊死，孔子曰：'天丧予！'及西狩见麟，曰：'吾道穷矣。'"另一说认为是孔子感慨窦鸣犊、舜华之死。结合下文叙述李邕和裴敦复被害之事，此解释或也成立。王琦注："《史记》：孔子将西见赵简子，至于河，而闻窦鸣犊、舜华之死也，曰：'窦鸣犊、舜华，晋国之贤大夫也。赵简子未得志之时，须此两人而后从政。及其已得志，杀之乃从政。丘闻之也，刳胎杀夭，则麒麟不至郊；竭泽涸渔，则蛟龙不合阴阳；覆巢毁卵，则凤凰不翔。何则？君子讳伤其类也。夫鸟兽之于不义也，尚知避之，而况乎丘哉？'乃还息乎陬乡，作为《陬操》以哀之。又孔子尝叹凤鸟之不至，悲西狩之获麟，或指此二事而言，亦可也。"

②"董龙"句：用王堕讥讽董荣故事。《资治通鉴·晋纪》记载，前秦司空王堕为人刚峻，能直言进谏。苻生即位后，重用董荣、强国等奸臣，王堕对他们疾之如仇，每次朝见时，王堕从不跟董荣等人说话。有人劝王堕，因为董荣现在正受到宠幸，应该奉承董荣，王堕很不以为然地说："董龙是什么鸡狗，也配让国士和他说话！"董荣的小名叫龙。董荣听到后很生气，恰逢日食，董荣就进谗言劝苻生杀害了王堕，以应天变。

③媒劳：媒人徒劳。《楚辞·九歌·湘君》："心不同兮媒劳。"王逸注："言婚姻所好，心意不同，则媒人疲劳而无功也。屈原自喻行与君异，终不可合，亦疲劳而已。"这里指举荐之人徒劳无功。

④"严陵"句：用严子陵故事。

⑤长剑拄颐：形容剑很长，顶到下巴。语出《战国策·齐策六》："大冠若箕，修剑拄颐。"

⑥"韩信"句：绛：指绛侯周勃，灌：指颖阴侯灌婴，战功爵位都不及韩信，因此韩信羞于与他们为伍。《史记·淮阴侯列传》记载，韩信本为齐王，汉朝建立后，改封楚王，后被降为淮阴侯。"(韩)信知汉王畏恶其能，常称病不朝从。信由此日夜怨望，居常鞅鞅，羞与绛、灌等列，信尝过樊将军哙，哙跪拜送迎，言称臣，曰：'大王乃肯临臣！'信出门，笑曰：'生乃与哙等为伍！'"

⑦"祢衡"句：《后汉书·祢衡传》记载，祢衡是东汉末名士，恃才傲物。祢衡在许昌时，困顿潦倒，当时，许都刚刚建立，各地贤人名士，都聚集中到这里。有人劝说祢衡："为什么不去投奔陈长文(陈群)和司马伯达(司马朗)呢？"祢衡回答说："我怎么能和屠猪卖酒的人结交呢！"屠沽儿，指以屠牲沽酒为业者。亦用为对出身微贱者的蔑称。

⑧李北海：指李邕，字泰和，扬州江都(今属江苏)人，唐代书法

家。官至北海郡（治所在今山东青州市）太守，世称"李北海"，与李白和杜甫都有交往，天宝六载（747）左骁卫兵曹参军柳勣有罪下狱，李邕曾赠马给柳勣。宰相李林甫一向忌惮李邕，就以此罗织罪名，派人到郡把李邕杖杀。

⑨裴尚书：指淄川（治所在今山东淄博市南）太守裴敦复，裴敦复曾任刑部尚书，与李邕皆因柳勣事，同时被杖杀。

⑩五湖：这里用范蠡功成身退，泛舟五湖的典故。五湖泛指江南湖泊。

⑪钟鼎：古代富贵之家钟鸣鼎食，因而钟鼎喻指富贵荣华。

【译文】我与您彼此交心握住您的手感慨万千，荣辱浮沉对我来说已经无关紧要。孔子也曾感伤凤麟哀叹"吾道穷矣"，王堕也曾公开指责董龙鸡狗不如。我平生傲岸不群因此难与权贵相谐，致使天子疏远引荐徒劳而命运乖舛。严子陵长揖汉天子恪守节操拒绝入朝为官，我又何必手持长剑挂着下颌玉阶旁躬身侍奉。显达了也不值得看重，穷困了也不必愁悲。当年韩信羞于比肩周勃、灌婴，祢衡耻于攀附屠沽之人。您难道没看见李北海，当年多么的英风豪气如今在何处？您难道没看见裴尚书，他的三尺土坟上满是蒿草荆棘！我年少之时就想效仿范蠡漫游五湖，看到这些事情更坚定了远离功名富贵的想法。

酬裴侍御对雨感时见赠

【题解】此诗大约为乾元二年（759）所作。裴侍御，名字生平不详。裴侍御先作《对雨感时》以赠李白，李白以此诗酬答。此诗首段写裴侍御雨中感怀。秋雨寒凉，风高江清。裴侍御身为绣衣御史，为人潇洒志远。平生多有慷慨激昂之举，心存忠义而不靠外物激励。可惜仕途不顺，祸事频频发生。次一段写国家面临的动荡，是由于朝廷奸佞当权，忠臣被陷害所致。就像当年楚平王听信谗言，杀害忠良，导致伍子胥带兵杀入楚都。虽然有申包胥哭诉于秦庭，说服秦国出兵恢复楚国，但是楚平王被鞭尸的耻辱已经发生。唐玄宗时，任用奸相李林甫，杨国忠，排斥忠良，以致安禄山叛乱，毁坏唐室宗庙，就如同遭受鞭尸之辱一样。最后诗人感叹国家多难，愁肠百结。

雨色秋来寒，风严清江爽。孤高绣衣人①，萧洒青霞赏②。平生多感激，忠义非外奖③。祸连积怨生，事及徂川往④。

楚邦有壮士⑤，鄢郢翻扫荡⑥。申包哭秦庭，泣血将安仰？鞭尸辱已及⑦，堂上罗宿莽⑧。颇似今之人，蟊贼陷忠谠⑨。渺然一水隔，何由税归鞅⑩？日夕听猿愁，怀贤盈梦想。

【注释】①绣衣：御史所服，这里代指裴侍御。

②青霞：喻志行高远。江淹《恨赋》："郁青霞之奇意。"李善注："青霞奇意，志意高也。"

③外奖：外物奖劝。谢灵运《拟魏太子邺中集·王粲》："客心非外奖。"李善注："奖，劝也。"

④徂川：流水。亦比喻流逝的岁月。

⑤壮士：指伍子胥。《史记·伍子胥列传》记载，春秋时，楚平王杀

害了伍子胥的父亲和兄长，伍子胥逃到吴国，后率吴军攻打楚国，攻入楚都，楚昭王出逃。楚国大夫申包胥为复国，来到秦国请求援助，秦国国君开始时没有答应，申包胥便在秦官外哭了七天七夜，滴水不进，终于感动了秦国国君，秦国出兵打败吴军，使楚国复国。

⑥鄢（yān）郢（yǐng）：鄢和郢都曾为楚国都城。鄢在今湖北宜城。郢在今湖北江陵西北。

⑦"鞭尸"句：伍子胥攻入楚都后曾挖掘出楚平王尸体，鞭尸以泄恨。这里喻指安禄山叛军毁坏唐宗庙。

⑧宿莽：经冬不死的草。《楚辞·离骚》："夕揽中洲之宿莽。"王逸注："草冬生不死者，楚人名之曰宿莽。"

⑨蟊贼：吃禾苗的两种害虫。《诗·小雅·大田》："去其螟螣，及其蟊贼。"毛传："食根曰蟊，食节曰贼。"后以喻谗恶之人。"忠谠：忠诚正直。

⑩税归鞅：犹解驾，停车。谓休息或归宿。谢朓《京路夜发》："无由税归鞅。"李周翰注："税，息也。鞅，驾也。"

【译文】绵绵细雨更添深秋寒意，萧萧风起倍感江清气爽。孤高特立的绣衣御史，神态潇洒而志存高远。您平生多有感激奋发之举，心怀忠义而非外物所能激励。如今因积怨产生灾祸，殃事如流水接连不断。

楚国曾经有一位壮士伍子胥，为报家仇带兵攻入楚国鄢、郢之地。楚国大夫申包胥在秦庭痛哭七日夜，双眼泣血生命垂危才打动秦君救楚。但是鞭尸之辱已经发生，宗庙堂上也到处是荒草。这就类似今天世人的行为，奸佞贼子陷害忠直良臣。我来到一水相隔的他乡，什么时候才能驾车而返？日夜听到猿猴哀鸣，每每梦里与您相见。

酬崔侍御

【题解】此诗是天宝六载（747），诗人酬答崔侍御《赠李十二》时所作。崔侍御，指崔成甫，进士出身，官至校书郎，陕县县尉。诗人以严子陵自比，说明自己也像严子陵一样以隐居山林为乐，并非是太白星醉卧扬州。

严陵不从万乘游，归卧空山钓碧流。自是客星辞帝坐^①，元非太白醉扬州。

【注释】①客星：我国古代对新星和彗星的称谓，这里用东汉严子陵故事。《后汉书·逸民列传》："复引光入，论道旧故，相对累日。因共偃卧，光以足加帝腹上。明日，太史奏客星犯御坐甚急。帝笑曰：'朕故人严子陵共卧耳。'"

【译文】严子陵不愿随侍汉光武帝入朝为官，宁愿归卧空山在富春江碧流中垂钓。从此严子陵这位客星辞别皇帝，并不是太白金星醉卧扬州。

附: 赠李十二　摄监察御史　崔成甫

我是潇湘放逐臣, 君辞明主汉江滨。天外常求太白老, 金陵捉得酒仙人。

玩月金陵城西孙楚酒楼达曙歌吹日晚乘醉著紫绮裘乌纱巾与酒客数人棹歌秦淮往石头访崔四侍御

【题解】这首诗是天宝六载 (747), 诗人在金陵所作。孙楚酒楼在金陵西, 因西晋太守孙楚常来此登高吟咏而得名。歌吹, 指歌舞和吹奏。紫绮裘, 为紫色花纹的衣裘。乌纱巾, 即乌纱帽。秦淮, 指秦淮河, 流经南京市入长江。相传秦始皇南巡至龙藏浦, 发现有王气, 于是凿方山, 断长垄为渎入于江, 以泄王气, 故名秦淮。石头, 即石头城, 故址在今江苏省南京市清凉山。本楚金陵城, 汉建安十七年 (212) 孙权重筑改名。城负山面江, 南临秦淮河口, 当交通要冲, 六朝时为建康军事重镇。唐以后, 城废。崔四侍御, 指崔成甫, 排行为四。全诗首段描写诗人金陵夜游的场景。前一天夜里诗人和众多友人在金陵西城饮酒赏月, 只见一弯新月好似玉钩悬挂在碧空里。众人欢宴直到天亮, 觉得还不够尽兴, 又去金陵市上沽来美酒, 并且叫来歌舞吹奏助兴, 继续在孙楚酒楼开怀畅饮。

诗人忽然想起友人崔侍御,于是乘兴驾舟赶往石头城拜访。此时诗人早已酒醉,胡乱戴着乌纱帽,身上的紫衣裘也倒披着,晃晃悠悠站在船上"顾瞻笑傲,傍若无人"。引得岸上游人纷纷驻足观望,不少人拍手大笑,疑是王子猷乘兴出游。船上的十几个人也都醉得东倒西歪,还不时地大呼小叫,戏谑高歌。有吴女乘船经过,看到此景也忍不住出来揶揄几句。次一段写诗人与崔侍御相会。两人舍舟登陆,一起步行来到南渡桥,兴之所至,高歌《渌水》之曲。到了天亮的时候,又邀请崔侍御继续饮宴,逸兴勃发。最后崔侍御以诗相赠,诗人将其系于衣带,每当思念友人的时候,就拿过来诵读。全诗表现了诗人与崔侍御的深厚情谊。

昨玩西城月,青天垂玉钩。朝沽金陵酒,歌吹孙楚楼。忽忆绣衣人,乘船往石头。草裹乌纱巾,倒披紫绮裘。两岸拍手笑,疑是王子猷。酒客十数公,崩腾醉中流[1]。谑浪掉海客,喧呼傲阳侯[2]。半道逢吴姬,卷帘出揶歈[3]。我忆君到此,不知狂与羞。

月下一见君,三杯便回桡[4]。舍舟共连袂,行上南渡桥。兴发歌《渌水》[5],秦客为之摇。鸡鸣复相招,清宴逸云霄[6]。赠我数百字,字字凌风飙。系之衣裘上,相忆每长谣。

【注释】①崩腾:杂乱之貌,形容酒醉之态。

②阳侯:古代传说中的波涛之神。《淮南子·览冥训》:"武王伐纣,渡于孟津,阳侯之波逆流而击。"高诱注:"阳侯,陵阳国侯也。其国近水,溺水而死,其神能为大波,有所伤害,国人谓之阳侯之波。"

③揶歈:即揶揄。戏弄,侮辱。

④桡：桨，楫。

⑤《渌水》：古曲名。

⑥清宴：清雅的宴集。

【译文】昨夜徘徊西城赏玩明月，只见一弯玉钩垂挂青天。清晨从金陵市上沽来美酒，歌舞吹奏欢聚在孙楚楼。忽然想起绣衣崔侍御，乘兴驾船赶往石头城。随意戴上乌纱巾，身上倒披紫衣裘。两岸众人见此拍手大笑，心中疑为王子猷乘船出游。船中的十几位豪爽酒客，在秦淮河上醉态可掬。戏谑棹歌仿佛是海客，喧哗大呼傲慢于阳侯。半途遇到吴女乘船路过，卷起船帘出来出语揶揄。我因为思念您所以来到这里，完全不顾自己的狂放和羞惭。

月下与君一相见，三杯之后便回船。弃舟登陆连袂行，一直走上南渡桥。兴发高歌《渌水》曲，秦淮之客也摇曳。待到鸡鸣再相聚，清宴雅气飘云霄。崔君赠我诗百字，百字字字起狂飙。将诗系在我衣带，思念您时拿来吟。

江上答崔宣城

【题解】此诗是至德元载（756），诗人从华山南下避难，在江上遇到崔宣城时所作。崔宣城，即宣城县令崔钦。全诗前四句写诗人从华山寻仙访道下来，在江上遇到崔宣城，告诉他华山有三座山峰形如芙蓉，此外还有明星、玉女峰。次一段写崔宣城与诗人相互问答。崔宣城询问诗人为何历经风浪来到江上。不像苏秦那样身着貂裘游走诸侯之间来求取富贵,却似王恭披着鹤氅仙姿丰郎。
诗人回答自己已经接受朝廷主帅的征召,打算效仿郭隗辅佐建功。
水流入海,云翻从龙。万事应该顺应大势来行事。最后四句先写江
景,再写如果他日崔宣城来访,自己就在天台山松荫下等候。

太华三芙蓉,明星玉女峰①。寻仙下西岳,陶令忽相逢②。

问我将何事,湍波历几重③? 貂裘非季子④,鹤氅似王恭⑤。谬
忝燕台召,而陪郭隗踪⑥。水流知入海,云去或从龙。

树绕芦洲月⑦,山鸣鹊镇钟⑧。还期如可访,台岭荫长松⑨。

【注释】①"太华"二句:太华,山名,即华山。

②陶令:指陶渊明,曾为彭泽令,这里喻指崔宣城。

③湍波:急流的水。

④"貂裘"句:用苏秦故事。《战国策·赵策一》:"李兑送苏秦明
月之珠,和氏之璧,黑貂之裘,黄金百镒。苏秦得以为用,西入于秦。"

⑤"鹤氅"句:用王恭故事。《晋书·王恭传》:"(王恭)尝被鹤氅
裘,涉雪而行,孟昶窥见之,叹曰:'此真神仙中人也。'"

⑥"谬忝"二句:用燕昭王筑黄金台拜郭隗为师的故事。《史记·燕
昭公世家》:"燕昭王即位,卑身厚币以招贤者。谓郭隗曰:'齐因孤之
国乱而袭破燕。孤极知燕小力少,不足以报,诚得贤士以共国,以雪先王
之耻,孤之愿也。先生视可者得身事之。'郭隗曰:'王必欲致士,先从
隗始,况贤于隗者,岂远千里哉!'于是昭王为隗改筑宫而师事之。乐毅
自魏往,邹衍自齐往,剧辛自赵往,士争趋燕。"

⑦芦洲:王琦注:"芦洲,旧注指为樊口之芦洲。琦按:鲍照《还都

道中》诗：'昨夜宿南陵，今旦入芦洲。'是芦洲当在南陵之下。若樊口之芦洲，旧传为伍子胥所渡处，其地乃在武昌，与南陵、宣城殊远，恐未是。"

⑧鹊镇：指鹊头镇，在今安徽铜陵。《元和郡县志》："鹊头镇，在宣州南陵县西一百一十里，即春秋时，楚伐吴，败于鹊岸是也。沿流八十里有鹊尾洲，吴时屯兵处。"

⑨"台岭"句：台岭即天台山。在今浙江天台县境内。

【译文】太华山有芙蓉三峰，还有明星和玉女峰。我到华山寻仙访道，忽然与崔宣城相遇。

崔宣城问我因何事，历尽风险到处奔波。不像苏秦身着貂裘去求取功名，却好似王恭披着鹤氅仙姿俊朗。我忝为接受朝廷的燕台征召，追随郭隗的踪迹去辅佐建功。江水浩荡尚知要汇入大海，风云变幻最终要伴随飞龙。

明月萦绕在芦洲的茂林中，山谷回荡着鹊镇的晚钟声。您归来时若有意来访，就在天台松荫下相逢。

答族侄僧中孚赠玉泉仙人掌茶　并序

【题解】这首诗大约是天宝六载（747），诗人在金陵所作。僧中孚是诗人的族侄，应该姓李。根据诗人的《登梅岗望金陵赠族侄高座寺僧中孚》一诗可知，中孚和尚是金陵高座寺僧人。诗中提到的仙人掌茶是湖北当阳县特有的名茶，据《当阳县志》及《玉泉寺志》记载，仙人掌茶始创于唐代玉泉寺，至今已有1200多年的历史。创制人正是曾在玉泉寺修持的中孚禅师，也就是诗人的族侄。中孚游方到金陵，恰好遇到了族叔李白。中孚禅师取出仙人掌茶请李白品尝，李白尝过后赞不绝口。中孚又写诗一首赠与李白，也请李白回赠一首。李白就写下了此诗，李白也十分高兴自己是这种茶叶的最先发现者，在诗序中也特别提到，以后若有高僧大隐品尝到此茶，应该知道这种茶是从中孚禅师和青莲居士李白这里传播开的。此诗序文部分介绍了玉泉寺一带的自然条件，有钟乳洞，白蝙蝠，还有滋润茶树的泉水。玉泉真公饮此茶，八十高龄而面色红润如桃花，说明此茶功效非凡。最后写中孚僧人将此茶赠送诗人，并互相赠诗留念。诗文的首段描写了仙人掌茶所生长的环境得天独厚。茶叶品质与土壤和水源密切相关，尤其是滋润仙人掌茶的石乳水，更是少有的优质水源，因此才能浇灌出上好的茶叶。次一段描写茶叶的采摘和制作工艺。"曝成仙人掌"则表明仙人掌茶是经过暴晒杀青的，也就是晒青。此诗也成为历史上较早记录茶叶晒青工艺的文献资料。制好的仙人掌茶有着独特的外形特征：茶叶形似仙人的手掌，甚至好像要去拍拍仙人洪崖的肩膀了。最后一段写这种茶从来未曾听说过，不知道该怎样命名和传扬。诗人认为只有中孚和尚，这位宗族中的英才，有道高僧，才能担当此重任。诗人赞美中孚的诗作之美，自己难以企及，就像丑女无盐见到西施一样。诗人清晨闲坐与中孚一起品饮仙人掌茶，兴致高昂。诗人大声吟诵诗作，想让声音直达诸天，将仙人掌茶之名传遍天下。

余闻荆州玉泉寺近清溪诸山①，山洞往往有乳窟②，窟中多玉泉交流。中有白蝙蝠③，大如鸦。按仙经，蝙蝠一名仙鼠，千岁之后,体白如雪,栖则倒悬,盖饮乳水而长生也④。其水边处处有茗草罗生⑤,枝叶如碧玉。唯玉泉真公常采而饮之⑥。年八十余岁,颜色如桃花,而此茗清香滑熟,异于他者,所以能还童振枯,壮人寿也。余游金陵,见宗僧中孚,示余茶数十片,拳然重叠,其状如手,号为仙人掌茶,盖新出乎玉泉之山,旷古未觌。因持之见遗,兼赠诗,要余答之,遂有此作。后之高僧大隐,知仙人掌茶发乎中孚禅子及青莲居士李白也。

常闻玉泉山,山洞多乳窟。仙鼠如白鸦,倒悬清溪月。茗生此中石,玉泉流不歇。根柯洒芳津,采服润肌骨。

丛老卷绿叶⑦,枝枝相接连。曝成仙人掌,似拍洪崖肩⑧。

举世未见之,其名定谁传。宗英乃禅伯⑨,投赠有佳篇。清镜烛无盐⑩,顾惭西子妍⑪。朝坐有余兴,长吟播诸天⑫。

【注释】①玉泉寺:在今湖北当阳县境内。《方舆胜览》:"玉泉寺,在当阳县西南二十里玉泉山。陈光大中,浮屠知顗,自天台飞锡来居此山。寺雄于一方,殿前有金龟池。"《一统志》:"玉泉寺,在荆州当阳县西三十里。隋大业间建。清溪山在南漳县临沮城界内,其山高峻,东有泉。"

②乳窟:石钟乳丛生的洞穴。

③白蝙蝠:王琦注:"《述异记》:'荆州清溪秀壁诸山,山洞往往有乳窟,窟中多玉泉交流。中有白蝙蝠,大如鸦。按《仙经》云:蝙蝠一名仙鼠,千载之后,体白如银,栖即倒悬,盖饮乳水而长生也。'太白此序所谓'余闻'者,盖本之此。"

④乳水：《本草拾遗》："乳穴水，近乳穴处流出之泉也。人多取水作饮、酿酒，大有益。其水浓者，称之，重于他水；煎之，上有盐花，此真乳液也。"

⑤茗草：王琦注："《说文》：'茗，茶芽也。'郭璞《尔雅注》：'茶树小如栀子，冬生叶可煮作羹饮。今呼早采者为茶，晚取者为茗。'"

⑥玉泉真公：王琦注："吕温《南岳弥陀寺承远和尚碑》：'开元二十三年，至荆州玉泉寺谒兰若真和尚。'即玉泉真公也。"

⑦丛老：指茶树年代久远。

⑧洪崖：传说中的仙人名。黄帝臣子伶伦的仙号。郭璞《游仙诗》："左把浮丘袖，右拍洪崖肩。"薛综《西京赋注》："洪崖，三皇时伎人。"《吕氏春秋·古乐》记载，黄帝曾让伶伦制定乐律，根据凤鸣来区别十二律，铸十二钟，以和五音，以施英韶。

⑨宗英：宗族中的杰出之人。禅伯：对有道僧人的尊称。

⑩无盐：亦称"无盐女"。即战国时齐宣王后钟离春。因是无盐人，故名。为人有德而貌丑。后常用为丑女的代称。

⑪西子：西施。

⑫诸天：佛教语。指护法众天神。佛经言欲界有六天，色界之四禅有十八天，无色界之四处有四天，其他尚有日天、月天、韦驮天等诸天神，总称之曰诸天。

【译文】我听说荆州玉泉寺附近的清溪各山，山洞中往往有石钟乳窟，窟里多有泉水。还栖息着白蝙蝠，大小如同乌鸦。据仙书记载，蝙蝠又名仙鼠，活到千年以上就体白如雪。栖息的时候，就倒悬在洞顶，大概是因为饮用石乳水而能长生吧。泉水边到处有茶树丛生，枝叶碧绿。玉泉真公经常采摘茶叶饮用，年纪已经八十多了，还面色红润如桃花。而这种茶的清香和口感，与其它茶叶都不相同，所以才能滋养身体，返老还童，延年益寿。我游历金陵的时候，遇到族侄中孚和尚，给我展示了数十片这种茶叶，卷曲层叠，状如人手，称为仙人掌茶。这种茶大概是新近才问世，自古以来没有出现过，中孚和尚特意拿来送给我，并作诗以赠，我也作诗回赠，所以写下此诗。后世的高僧隐士，能够知道仙人掌茶，就是从中孚和尚和青莲居士李白这里传扬出去的。

常听说玉泉山中，洞里有许多乳窟。内有仙鼠大如白鸦，倒悬在清溪明月下。茗茶生长在此间的乱石中，玉泉就在旁边潺潺地流淌。茶树的根茎被泉水浇洒，采下饮用后可滋润肌骨。

茶树年久绿叶卷缩，枝条蔓延互相连接。曝晒变成仙人掌状，似乎欲拍洪崖肩膀。

举世未见此种茗茶，谁来起名谁来传扬？中孚这位宗族英才是有道高僧，写下佳作与茗茶一起投赠给我。我的诗篇如丑女照明镜，自愧比不上西施的美颜。晨起闲坐尚有余兴，长吟此诗传播诸天。

酬裴侍御留岫师弹琴见寄

【题解】此诗年代不详。裴侍御，生平不详。岫师，名岫的僧人，生平不详。此诗首两句以鲍照和休上人来比喻裴侍御和岫师。三四句写岫师琴技高超，琴声可以使江上秋天变为春天。四五句写趁着瑶草鲜绿还未衰败，折一枝寄给友人寄托相思。最后两句写诗人与友人彼此思念而不能相见,只能空自流泪沾满衣巾。

　　君同鲍明远[①],邀彼休上人[②]。鼓琴乱《白雪》[③],秋变江上春。瑶草绿未衰,攀翻寄情亲[④]。相思两不见,流泪空盈巾。

　　【注释】①鲍明远:即南朝宋诗人鲍照,字明远。

　　②休上人:指南朝宋僧人惠休。《宋书·徐湛之传》:"时有沙门释惠休,善属文,辞采绮艳,湛之与之甚厚,世祖命使还俗,本姓汤,位至扬州从事史。"鲍照曾写《秋日示休上人》及《答休上人》等诗。上人:佛教称德行高尚的人,后用为对僧人的尊称。

　　③乱:乐章的尾声叫做乱,辞赋里用在篇末,总括全篇思想内容的文字也叫乱。这里用作动词,演奏。《白雪》:古曲名。传为春秋晋师旷所作。

　　④攀翻:攀援。

　　【译文】您就如同鲍明远一样,邀来岫师这位休上人。岫师鼓琴弹奏《白雪》曲,江上瞬间由秋变为春。趁着瑶草翠绿未衰败,攀折一枝寄托友人情。心中思念却彼此难见面,只能泪流满面沾湿衣中。

张相公出镇荆州寻除太子詹事余时流夜郎行至江夏与张公相去千里公因太府丞王昔寄罗衣二事及五月五日赠余诗余答以此诗

　　【题解】此诗是乾元元年(758)五月,诗人在流放夜郎途中所作。张相公，指张镐，至德二载（757），授中书侍郎、同中书门下平章事，成为宰相。乾元元年被罢相。《旧唐书·张镐传》记载："肃宗以镐不切事机，遂罢相位，授荆州大都督府长史，寻征为太子宾客。"太府丞，即太府寺丞，唐时太府寺有丞四人，从六品上。王昔，生平事迹不详。乾元元年，张镐派太府寺丞王昔用使车赠送给诗人罗衣及诗作，诗人以此诗回赠。全诗前四句以张衡比喻张镐，来说明张镐心忧时弊。诗人收到张镐的馈赠，心中很是惭愧。后四句写张镐出镇荆州，又转任太子詹事，荣华富贵已经到了极致，应该及早功成身退，否则商山紫芝一老，悔已晚矣。

　　张衡殊不乐，应有《四愁诗》①。惭君锦绣段②，赠我慰相思。
鸿鹄复矫翼③，凤皇忆故池④。荣乐一如此，商山老紫芝⑤。

【注释】①"张衡"二句：张衡《四愁诗序》："张衡不乐久处机密，阳嘉中，出为河间相。时天下渐弊，郁郁不得志，为《四愁诗》。"

　　②锦绣段：张衡《四愁诗·四思》曰："美人赠我锦绣段，何以报之青玉案。"段，通"缎"。

　　③矫翼：展翅高飞。

　　④"凤皇"句：指凤凰池。凤凰池原为禁苑中池沼。魏晋南北朝时设中书省于禁苑，掌管机要，接近皇帝，故称中书省为"凤凰池"。

　　⑤商山：山名。在今陕西商州市东。亦名商岭、商阪、地肺山、楚山。商山四皓曾隐居此处。紫芝：商山四皓曾作《采芝歌》："莫莫高山，深谷逶迤。晔晔紫芝，可以疗饥。"

【译文】张衡心忧时弊郁郁不乐，而写下《四愁诗》来明志。愧受您送的锦绣罗衣, 以及赠诗给我以慰相思。

张公出镇荆州如鸿鹄重振羽翅, 再为太子詹事进入中枢凤凰池。荣华极乐达到如此还不身退, 恐怕商山紫芝将老而无人采。

醉后答丁十八以诗讥予搥碎黄鹤楼

【题解】此诗是上元元年 (674), 诗人在江夏时所作。此诗前人多认为是伪作。王琦注:"杨升庵曰: 李白过武昌, 见崔颢《黄鹤楼》诗, 叹服之, 遂不复作, 去而赋《金陵凤凰台》也。其事本如此。其后禅僧用此事, 作一偈曰:'一拳搥碎黄鹤楼, 一脚踢翻鹦鹉洲。眼前有景道不得, 崔颢题诗在上头。'旁一游僧亦举前二句而缀之曰:'有意气时消意气, 不风流处也风流。'又一僧云:'酒逢知己, 艺压当行。'原是借此一事设辞, 非太白诗也。流传之久, 信以为真。宋初, 有人伪作太白《醉后答丁十八》诗云'黄鹤高楼已搥碎'一首。乐史编太白遗诗, 遂收入之。琦按: 太白《江夏赠韦南陵》诗, 原有'我且为君搥碎黄鹤楼, 君亦为吾倒却鹦鹉洲'之句, 要是设言之辞, 而玩此诗, 则真有搥碎一事矣。要之, 禅僧偈语, 本用《赠韦》诗中语, 非《醉答丁十八》一诗本禅僧之偈而伪撰也。升庵因彼而疑此, 殆亦目睫之见也夫。"丁十八, 排行十八, 名字事迹不详。全诗以戏谑的口吻而写。首段想象黄鹤楼被搥碎, 众仙人无所凭依。黄鹤上天哭诉于玉帝, 玉帝却仍将黄鹤放回江南。直到新任太守再次重修黄鹤楼, 使黄鹤楼焕然一新。次一段写诗人放浪不羁,被丁十八所取笑。诗人则问卜严君平,知道丁十八乃丁令威后人。丁十八作诗调侃诗人,诗人自言有白云环绕的妙笔,写下此诗作为回赠。最后诗人表示等到酒醒后,还要同丁十八一起观赏春晖。

黄鹤高楼已搥碎,黄鹤仙人无所依。黄鹤上天诉玉帝,却放黄鹤江南归。神明太守再雕饰,新图粉壁还芳菲。

一州笑我为狂客,少年往往来相讥。君平帘下谁家子^①?云是辽东丁令威^②。作诗调我惊逸兴^③,白云绕笔窗前飞。待取明朝酒醒罢,与君澜漫寻春晖^④。

【注释】①君平:指西汉严君平。《汉书·严君平传》:"严君平卜筮于成都市,得百钱足自养,则闭肆下帘而授《老子》。"

②丁令威:传说中仙人。《搜神后记》:"丁令威,本辽东人,学道于灵墟山。"此处以丁令威比喻丁十八。

③调:调笑。

④澜漫:形容色彩浓厚鲜明。

【译文】黄鹤高楼已被搥碎,骑鹤仙人无所凭依。黄鹤飞上天庭诉诸玉帝,玉帝却将黄鹤放归江南。神明太守将黄鹤楼再次雕饰,新绘成的粉壁重新散发光辉。

州上行人都嘲笑我是个狂客,就连你这个少年也讥讽我。我向严君询问你是谁家子弟,他说你是辽东丁令威的后代。你竟然作诗调笑惊起我的诗兴,可知我笔端有白云相绕窗前飞。待到明天酒醒后,与君一起寻春晖。

答裴侍御先行至石头驿以书见招期月满泛洞庭

【题解】这首诗应是乾元二年（759），诗人从江夏去往岳州时所作。石头驿，长江沿岸水驿。在今湖北省赤壁市西北石头口。裴侍御先写信给诗人，邀请诗人同游洞庭湖。但是受风浪所阻，诗人没能按时赴约，因此作此诗回赠以表歉意。首段写裴侍御在石头驿寄书到黄鹤楼，邀约诗人同游洞庭湖。而诗人却因风波受阻，滞留而延误了约定。次段诗人回忆明月从缺到圆，如今又变成缺月，自己也恨不得早日赶到洞庭湖，可惜事与愿违，就算自己洒脱如王子猷，也抱憾不已。诗人最后安慰友人，马上就会到达巴陵，不久就可以见面了。

君至石头驿，寄书黄鹤楼。开缄识远意，速此南行舟。风水无定准，湍波或滞溜。

忆昨新月生，西檐若琼钩①。今来何所似? 破镜悬清秋②。恨不三五明③，平湖泛澄流。此欢竟莫遂，狂杀王子猷。巴陵定近远④，持赠解人忧。

【注释】①琼钩：玉钩，比喻弯月。

②破镜：比喻残月。

③三五明：《古诗十九首》："三五明月满。"张铣注："三五，谓十五日也。"

④巴陵：县名，属岳州，古巴丘也。洞庭湖在其地。

【译文】您在石头驿写信，寄书到黄鹤楼。我开缄知道了您的心意，让我速速南行与您相会。然而受风浪所阻，行程被阻滞延误。

昨夜新月刚初升，悬挂西檐似玉钩。今日明月何所似，残月一轮清秋中。恨不能马上就月圆，我们泛舟洞庭清流上。可惜此愿竟不能遂，就算王子猷也愁杀。巴陵距此已不遥远，写下此诗慰藉友人。

答高山人兼呈权顾二侯

【题解】此诗大约天宝十三、四载（755）所作。高山人，名字生平不详。权，指权昭夷。顾侯，名字不详。全诗首段写唐玄宗扫除内乱，安定黎民。忠臣贤良应运而生，辅佐开创开元盛世。天下太平，无为而治。诗人自谦如微尘仰望嵩岳，愧领明主盛明之意。次一段写诗人供奉翰林，负责草拟诏书，并且进献良言希望天子采纳。但是小人谗言迷惑君主，因此君主对自己日渐疏远。自己彷徨不安，空叹岁月流逝，壮志难酬。自己还来不及像王粲那样写下去国怀恋之诗，就已经像贾谊那样留下悲时忧民之泪。再一段写扬帆秋江上，不被阴云所阻。山海绵延向东，百川滔滔不息。世道衰落，英才凋零，我与范蠡虽然相隔千年，但是风范相同，可遥相执袂，共诉衷情。再次一段写诗人登上船头远望，看到沧浪间有人鼓桨而来，正是高山人。诗人询问山人从何而来，将往何处系舟。山人衣貌古朴，文章多是锦绣佳作。还不忘记延引故人，一直保持着高尚的风操。末段写权、顾二侯。顾侯深谙言语和沉默的道理,权子知晓通达与闭塞的奥义。二人都是无心之云,暂时驻留此地。权、顾二侯就如浮萍一样四处流转,而高山人则像孤鹤一样凌空高飞。诗人打算与众人一起,前往潇湘,拜谒舜帝遗迹而怀古抒情。

虹霓掩天光[1],哲后起康济[2]。应运生夔龙[3],开元扫氛翳[4]。太微廓金镜[5],端拱清遐裔[6]。轻尘集嵩岳[7],虚点盛明意。

谬挥紫泥诏[8],献纳青云际[9]。谗惑英主心,恩疏佞臣计。彷徨庭阙下,叹息光阴逝。未作仲宣诗[10],先流贾生涕[11]。

挂帆秋江上,不为云罗制[12]。山海向东倾,百川无尽势。我于鸱夷子[13],相去千余岁。运阔英达稀,同风遥执袂。

登舻望远水[14],忽见沧浪枻[15]。高士何处来?虚舟眇安系[16]。衣貌本淳古,文章多佳丽。延引故乡人,风义未沦替。

顾侯达语默[17],权子识通蔽[18]。曾是无心云[19],俱为此留滞[20]。双萍易飘转[21],独鹤思凌厉[22]。明晨去潇湘,共谒苍梧帝[23]。

【注释】①虹霓:杨齐贤注曰:"虹霓,指太平公主辈。"《晋书·天文志》:"虹霓,日旁气也,斗之乱精。"天光:日光。这句喻指唐朝时韦后、太平公主之乱。

②哲后:贤明的君主。后,君主。指唐玄宗。康济:指安民济世。《书·蔡仲之命》:"康济小民。"这句喻指唐玄宗平定太平公主之乱。

③夔龙:相传为舜的二臣。夔为乐官,龙为谏官。后用以喻指辅弼良臣。

④开元：唐玄宗李隆基年号（713—741）。氛翳：阴霾之气。这里喻指动乱。

⑤太微：《晋书·天文志》："太微，天子庭也，五帝之座也。"金镜：比喻显明的正道。《尚书考灵曜》："秦失金镜。"郑玄注曰："金镜，喻明道也。"

⑥端拱：正身拱手。指帝王庄严临朝，清简为政。遐裔：远方，边远之地。

⑦轻尘集嵩岳：李白自比轻尘，陈集于嵩岳之上。这里嵩岳代指朝廷。

⑧"谬挥"句：指李白奉诏翰林院。紫泥诏：古人用紫泥封诏书。

⑨献纳：委婉地提出意见以供采纳。青云：喻指朝廷或天子。

⑩仲宣诗：东汉王粲，字仲宣，曾作《七哀》诗："南登灞陵岸，回首望长安。"这里比喻心忧国事。

⑪贾生涕：贾生指贾谊。汉文帝时，贾谊曾上《治安策》陈政事，中有"臣窃惟事势，可为痛哭者一，可为流涕者二，可为长太息者三"之句。后世遂以"贾生涕"表达忧国伤时的心情。

⑫云罗：如网罗一样遍布上空的阴云。

⑬鸱夷子：即鸱夷子皮。《史记·越王勾践世家》："范蠡事越王勾践，勾践以霸，而范蠡称上将军，以为大名之下，难以久居，乃浮海出齐，变姓名，自谓鸱夷子皮，耕于海畔。"

⑭舻：船头。鲍照《上浔阳还都道中作诗》："登舻眺淮甸。"李善注："李斐曰：舻，船前头刺棹处也。"

⑮沧浪枻：用《楚辞·渔父》故事。《楚辞·渔父》："渔父莞尔而笑，鼓枻而去，乃歌曰：'沧浪之水清兮，可以濯吾缨；沧浪之水浊兮，

可以濯吾足。'"柂：船浆。

⑯虚舟：谓任其漂流的舟楫。常比喻人事飘忽，播迁无定。

⑰语默：谓说话或沉默。语出《易·系辞上》："君子之道，或出或处，或默或语。"

⑱权子：指诗题中的权侯。通蔽：通达或闭塞。

⑲无心云：谓浮云。语本晋陶潜《归去来辞》："云无心以出岫，鸟倦飞而知还。"

⑳留滞：停留，羁留。

㉑双萍：指诗题中的权、顾二侯。

㉒独鹤：指高山人。凌厉：指凌空高飞。

㉓苍梧帝：指虞舜。舜帝出巡时，在苍梧去世。

【译文】群邪祸乱天下犹如虹霓遮掩天光，明主奋然而起扫除动乱安定黎民。像夔、龙一样的良臣应运而生，共同开创开元盛世一扫阴霾。环宇廓清悬金镜昌明大道，天子端拱坐朝堂远近大治。我位居朝班如微尘集于嵩岳，实在愧领天子的盛明之意。

我忝供翰林而起草诏书，献上谏言希望明主采纳。无奈小人进谗言蛊惑圣主，奸臣诡计得逞而君恩日疏。使我彷徨宫阙之下，空叹光阴倏忽而逝。未作王粲去国怀恋之诗，先流贾谊悲时忧民之泪。

扬帆远去秋江之上，不再被阴云所阻挡。群山河海绵延向东，百川滔滔没有穷尽。我和鸱夷子皮，彼此相距千年。虽然如今世道衰落而英才稀少难遇，但我与他风范相同可遥相执袂论心。

我登上船头遥望远处水面，忽见沧浪中有人鼓桨而来。我问山人从何而来？孤舟漂泊何处可停。高山人衣貌淳朴古雅，文章多是锦绣佳作。一心延引故乡权、顾二人，保持风操高义不曾沦丧。

　　顾侯知晓言语和沉默的道理，权子明白通达与闭塞的大义。两人都是无心之云，不获知遇滞留此处。权、顾二人就像浮萍一样四处流转，高山人就像独鹤一样准备凌空高飞。明日乘船前往潇湘，共同拜谒苍梧舜帝。

答杜秀才五松见赠　五松山，南陵铜坑西五六里

　　【题解】此诗大约是天宝十四载（754），诗人去往秋浦途中，路过南陵时所作。杜秀才，名字生平不详。五松山，山名。在今安徽铜陵市东南。全诗首段叙述诗人当年供奉翰林时，曾像扬雄进谏《长杨赋》一样，立志要做一番济世安民的壮举。当时诗人得到天子的恩宠和众人的赞扬。还被赐乘飞龙天马，金络玉鞍，可谓春风得意。可惜好景不长，小人的谗言诋毁，就如浮云蔽日一样，使诗人蒙受毁谤而辞官归山，就如高洁的兰花被秋风所摧折。诗人东出商山道，像屈原和商山四皓那样，吟咏采秀和采芝之歌。表达了自己向往隐居生活的意愿。次一段写诗人游历金陵、秋浦时，在五松山看到铜炉冶炼的壮观景象。炉火烈焰直上九霄，仿佛是当年黄帝在荆山铸鼎的盛大场面。诗人又以陶安公和火神回禄来比喻炼铜时火花四溅，紫烟飞腾的景象。诗人由炼铜炉联想到了炼丹炉，感叹世俗不是久留之地，应该及早炼制金丹，修成仙道。归隐山林，卧听松风是何等的逍遥惬意。诗人登高远望，心中忧虑谁能与自己志同道合，共唱《阳春》之曲。末段写杜秀才当年在成都的时候，受到

章仇尚书的看重，曾经倒屣相迎。并且向朝廷上书推荐，天子也下诏给予荣恩。可是杜秀才坚守节操，不肯入仕。诗人赞扬杜秀才的文章是旷世之作，新作被世人所推崇。诗人认为自己并非谢尚，所以不能像对待袁宏那样对待杜秀才，但杜秀才与袁宏虽然身处不同时代，风流才情却是相同的。诗人与杜秀才可谓知己相逢，共奏素琴，一曲《三峡流泉》之后，诗人将追寻自己的桃花源而乐在其中。

昔献《长杨赋》①，天开云雨欢。当时待诏承明里②，皆道扬雄才可观。敕赐飞龙二天马③，黄金络头白玉鞍。浮云蔽日去不返，总为秋风摧紫兰④。角巾东出商山道⑤，采秀行歌咏芝草⑥。路逢园绮笑向人⑦，两君解来一何好⑧。

【注释】①《长杨赋》：西汉扬雄所做的一篇赋。《汉书·扬雄传》记载，汉成帝时为了向胡人显耀汉朝的物产丰盛，征调百姓抓捕野兽，关在长杨宫射熊馆，让胡人随意抓取捕猎，汉成帝则观赏取乐。百姓却因此而耽误了农时，扬雄随汉成帝到射熊馆，回来后就写了这篇辞赋来讽谏。

②待诏承明里：《汉书·扬雄传》记载，汉成帝时，经人推荐，以扬雄的辞赋华美，可比拟于司马相如，而征召扬雄待诏承明殿。承明殿，在未央宫。

③"敕赐"句：飞龙：唐禁中马厩名称。飞龙厩中多良马，按照唐制，翰林学士初入院，赐厩中马一匹。李白因供奉翰林，故得骑飞龙厩马。

④"浮云"二句：化用《文子·上德》中诗句："日月欲明，浮云蔽之。丛兰欲秀，秋风败之。"比喻佞奸之徒蒙蔽君主，忠直贤良遭受陷害。

⑤"角巾"二句：用商山四皓典故。秦末东园公、绮里季、夏黄公、用里先生，避秦乱，隐商山，年皆八十有余，须眉皓白，时称商山四皓。角巾：方巾，有棱角的头巾。为古代隐士冠饰。

⑥采秀：《楚辞·九歌·山鬼》："采三秀兮山间。"王逸注："三秀，谓芝草也。"咏芝草：商山四皓曾作《采芝操》："莫莫高山，深谷逶迤。晔晔紫芝，可以疗饥。"

⑦园绮：指商山四皓中的东园公和绮里季。

⑧解来：解脱世俗以来。

【译文】昔年我像扬雄一样进献《长杨赋》，承蒙天子赏识而君臣欢悦。当时我供奉翰林待诏在承明殿，众人都称道我文章似扬雄可观。我还获赐两匹飞龙御马，装饰黄金络头白玉为鞍。可惜浮云蔽日小人当道君恩一去不返，忠臣贤人总像紫兰一样被秋风摧折。我头戴角巾向东踏上商山道，一路采秀一路吟唱《采芝操》。路上我遇到东园公和绮里季。我问候他们归隐以来一向可好。

闻道金陵龙虎盘①，还同谢朓望长安②。千峰夹水向秋浦③，五松名山当夏寒。铜井炎炉歊九天④，赫如铸鼎荆山前⑤。陶公矍铄呵赤电⑥，回禄睢盱扬紫烟⑦。此中岂是久留处？便欲烧丹从列仙。爱听松风且高卧，飕飗吹尽炎氛过⑧。登崖独立望九州，《阳春》欲奏谁相和？

【注释】①金陵龙虎盘：谓金陵地势虎踞龙盘。张勃《吴录》："刘备曾使诸葛亮至京，因观秣陵山阜，乃叹曰：'钟山龙蟠，石头虎踞，帝王之宅也。'"

②谢朓望长安：谢朓有《晚登三山还望京邑》诗："灞涘望长安，河阳视京县。"

③秋浦：水名，在今安徽池州，秋浦县依此水立名。

④铜井：山名，又名铜官山，在今安徽铜陵市。《元和郡县志》："铜井山，在南陵县西南八十五里，出铜。"歊：热气升腾貌。

⑤铸鼎荆山：用黄帝铸鼎乘龙的传说。《史记·封禅书》："黄帝采首山铜，铸鼎于荆山下。鼎既成，有龙垂胡髯下迎黄帝。"《元和郡县志》："荆山在虢州湖城县南，即黄帝铸鼎之处。"在今河南灵宝市。

⑥陶公：指陶安公。传说中的神仙。《列仙传》："陶安公者，六安铸冶师也。数行火，火一旦散上行，紫色冲天，公伏冶下求哀。须臾，赤雀止冶上，曰：'安公，安公，冶与天通，七月七日，迎汝以赤龙。'至期赤龙至，大雨，而安公骑之东南上，一城邑数万人众共送视之，皆与辞诀云。"矍铄：形容老人目光炯炯、精神健旺。语出《后汉书·马援传》："援据鞍顾眄以示可用。帝笑曰：'矍铄哉，是翁也！'"。赤电：指红色的炉火。

⑦回禄：相传为火神之名。《左传·昭公十八年》："禳火于玄冥、回禄。"杜预注："回禄，火神。"睢盱：形容庄矜傲慢、目空一切的样子。《庄子·寓言》："老子曰：'而睢睢盱盱，而谁与居？'"郭象注："睢睢、盱盱，跋扈之貌，人将畏难而疏远。"成玄英疏："睢盱，躁急威权之貌也。"

⑧飕飗：象声词。风雨声。

【译文】听说金陵是个龙盘虎踞的地方，我像谢朓那样登高遥望长安。千山簇拥着秋浦河，五松山夏季也清寒。铜井山炼铜火炉热焰腾九天，好似当年黄帝铸鼎荆山前。仿佛是精神矍铄的陶安公在吹斥火焰,又好像是神态趻扈的火神在飞扬紫烟。这俗世不是久留之地,应该早炼金丹位列仙班。我爱听松风所以高卧林下,清风飕飕吹尽炎炎暑气。独自登上高崖遥望九州,欲奏《阳春》之曲有谁能和?

闻君往年游锦城①,章仇尚书倒屣迎②。飞笺络绎奏明主,天书降问回恩荣③。肮脏不能就珪组④,至今空扬高蹈名⑤。夫子工文绝世奇,五松新作天下推。吾非谢尚邀彦伯,异代风流各一时⑥。一时相逢乐在今,袖拂白云开素琴,弹为《三峡流泉》音⑦。从兹一别武陵去,去后桃花春水深⑧。

【注释】①锦城:即锦官城,指成都。成都旧有大城、少城。少城古为掌织锦官员之官署,因称"锦官城"。后用作成都的别称。

②章仇尚书:指章仇兼琼,曾为户部尚书。《资治通鉴·唐纪三十一》:"天宝五载,乙亥,以剑南节度使章仇兼琼为户部尚书。"倒屣:倒穿鞋子。语出《三国志·魏·王粲传》:"时蔡邕才学显著,贵重朝廷,常车骑填巷,宾客盈坐。闻王粲在门,倒屣迎之。粲至,年既幼弱,容状短小,一坐尽惊。邕曰:'此王公孙也,有异才,吾不如也。'"后形容热情接待宾客。

③天书:指天子诏书。

④肮(kǎng)脏(zǎng):同"抗脏"。高亢刚直貌。赵壹《疾邪诗》:"抗脏倚门边。"李贤注:"抗脏,高亢幸直之貌。"珪组:玉圭与印绶。引申指爵位、官职。

⑤高蹈:过隐居的生活。

⑥"吾非"二句:用谢尚和袁宏典故。《晋书·袁宏传》:"袁宏,字

彦伯,有逸才,文章绝美,曾为《咏史诗》,是其风情所寄。少孤贫,以运租自业。谢尚时镇牛渚,秋夜乘月,率尔与左右微服泛江,会宏在舫中讽咏,声既清会,辞又藻拔,遂驻听久之。遣问焉,答曰:'是袁临汝郎诵诗。'即其《咏史》之作也。尚倾率有胜致,即迎升舟,与之谈论,申旦不寐,自此名誉日茂。尚为安西将军豫州刺史,引宏参其军事。"

⑦《三峡流泉》:古曲名。《乐府诗集》引《琴集》曰:"《三峡流泉》,晋阮咸所作也。"

⑧"从兹"二句:用陶渊明《桃花源记》故事。

【译文】听说您往年游历成都时,章仇尚书对你倒屣相迎。并飞马上书向天子推荐你,天子下诏征聘降下恩荣。可您却刚直守节不愿出山为官,至今蜀中还传扬您的高隐事迹。夫子您的文章是绝世奇文,您在五松山的新作天下共推。我不敢像谢脁邀约袁宏那样对待您,但是您与袁宏身处异代而各逞风流。我与您一时相逢乐在今朝,一起轻拂白云弹奏素琴,一曲《三峡流泉》余音不绝。此地一别我将去往武陵山,那里桃花映红春水幽深。

至陵阳山登天柱石酬韩侍御招隐黄山

【题解】这首诗是上元二年(761),诗人在陵阳天柱峰时所写。陵阳山,在今安徽九华山东南。天柱峰为陵阳山的一峰。韩侍御,指韩云卿。韩云卿曾邀约诗人一同归隐黄山,诗人以此诗回赠。黄山,山名,在今安徽黄山市。全诗首段引用刘根成仙的典故,以韩众来比喻韩云卿，描述韩众等仙人在翩然出行，在华山授予诗人修仙秘诀。然而世事多变，仙道无成，诗人如今来到陵阳，只能遥望飞鸿遨游天际。次一段写昔年韩云卿被天子任命为御史，统帅大军驻扎五陵，抵御胡人侵扰。天下太平后，功成身退，脱身如飞蓬。再一段写其他人如鸾凤困于笼中，只能啄食粟米。而韩云卿却如海鹤一样无拘无束，一心向往回归故土。诗人想象韩云卿隐居在黄山胜地，结庐而居。遇到仙人浮丘公和王子乔，吹笙听松风，逍遥自在。末段写诗人渴望与韩云卿一起吟诵《紫霞篇》，修炼仙道，早日进入蕊珠宫，超脱形骸，进入无穷仙境。

　　韩众骑白鹿，西往华山中。玉女千余人，相随在云空①。见我传秘诀，精诚与天通。何意到陵阳，游目送飞鸿②。

　　天子昔避狄③，与君亦乘骢④。拥兵五陵下⑤，长策遏胡戎⑥。时泰解绣衣⑦，脱身若飞蓬。

　　鸾凤翻翕翼⑧，啄粟坐樊笼⑨。海鹤一笑之，思归向辽东⑩。黄山过石柱，蠁崿上攒丛⑪。因巢翠玉树，忽见浮丘公⑫。又引王子乔，吹笙舞松风。

　　朗咏《紫霞篇》⑬，请开蕊珠宫。步纲绕碧落⑭，倚树招青童⑮。何日可携手？遗形入无穷⑯。

　　【注释】①"韩众"四句：用汉代刘根遇仙典故。《神仙传》："刘根，字君安，后如华阴山中，见一人乘白鹿车，从者十余人，左右玉女四人执采旄之节，皆年十五、六。余载拜稽首，求乞一言，神人乃告曰：'尔闻有韩众否?'答曰:'实闻有之。'神人曰:'我是也。'"

②游目:放眼远眺。

③"天子"句:指唐玄宗避难蜀地。

④乘骢:用东汉桓典故事。《后汉书·桓典传》:"〔典〕辟司徒袁隗府,举高第,拜侍御史。是时宦官秉权,典执政无所回避。常乘骢马,京师畏惮,为之语曰:'行行且止,避骢马御史。'"后因以"乘骢"指侍御史。王琦按:"太白《武昌宰韩君碑》云:'云卿文章冠世,拜监察御史,朝廷呼为子房。'李翱《韩夫人韦氏墓志铭》:'礼部郎中云卿,好立节义,有大功于昭陵。'其事迹史传不载。观此诗所谓'天子昔避狄,与君亦乘骢。拥兵五陵下,长策驭胡戎'之句相合,韩侍御之为云卿,殆无疑矣。但太白未尝作侍御,何以云'与君亦乘骢'耶?岂他人之作误采入集,抑字句少有讹谬欤。"

⑤五陵:指唐高祖到唐睿宗五位皇帝的陵墓:献陵、昭陵、乾陵、定陵、桥陵。

⑥长策:长久的良策。

⑦绣衣:御史之服饰,代指御史。

⑧翻:反而。翕翼:合上翅膀。

⑨樊笼:鸟笼。

⑩"海鹤"二句:用丁令威故事。

⑪巇崿:山崖,峰峦。谢灵运诗:"连嶂叠巇崿。"李善注:"巇崿,崖之别名。"

⑫浮丘公:古代传说中的仙人。《列仙传》:"王子乔者,周灵王太子晋也,好吹笙作凤凰鸣。游伊、洛之间,道士浮丘公,接以上嵩高山。"

⑬《紫霞篇》:萧士赟曰:"《紫霞篇》即《黄庭内景经》也,

经曰:'上清紫霞虚皇前,太上大道玉晨君,闲居蕊珠作七言,散化五形变万神,是为《黄庭》曰内篇。'梁丘子注:'蕊珠,上清境宫阙名也。'"

⑭步纲:同"步罡",道士礼拜星宿、召遣神灵的一种动作。其步行转折,宛如踏在罡星斗宿之上,故称。碧落:道教语,称天空。布满碧霞的天空。

⑮青童:神话传说中的仙童。

⑯遗形:超脱形骸,精神进入忘我境界。

【译文】仙人韩众骑着白鹿,一路向西前往华山。上千仙女侍从,空中相伴随行。见到我后传授修仙秘诀,告诫要心诚才能与天通。没想到来到陵阳山,目送飞鸿遨游八方。

昔日天子躲避胡狄之乱,授予您乘骢御史的要职。统帅大军驻守五陵,谋划长策制驭胡兵。时局安定辞去御史,脱身离去犹如飞蓬。

他人如鸾凤收敛羽翼,甘愿困于樊笼啄食米粒。孤傲的海鹤对此一笑了之,一心想摆脱羁绊归于辽东。去往黄山要经过石柱山,那里山崖陡峻高耸攒立。隐居山中筑巢翠玉般的树上,忽然遇到传说中的仙人浮丘公。他举手招来王子乔,到此吹笙起舞松风下。

隐居黄山吟咏《紫霞篇》,以待成仙打开蕊珠宫。脚踏天罡步法环绕碧空,身倚玉树招引仙童。何日与您一起携手,超脱形骸进入无穷仙境。

酬崔十五见招

【题解】此诗大约是天宝十四载（755），诗人在宣州时所作。崔十五，名字生平不详。首二句"尔有鸟迹书，相招琴溪饮"写崔十五以鸟篆书写书信，相邀诗人来琴溪畅饮。鸟篆，字形类似鸟形，不仅风格独特，更有深刻的象征意义。候鸟按时迁徙，能够守信，所以鸟篆有"守信"的含义，同时飞鸟迅疾，代表讯息传递迅速，所以又有"迅疾"的含义。诗人得到崔十五的书信，看见友人的字迹，欢喜不已，读后就如看到友人的音容笑貌，想起往昔的趣事，不禁仰天而笑。诗人最后引用《古诗十九首》中"置书怀袖中，三岁字不灭"的句意，来表明自己对朋友来信的珍重。

尔有鸟迹书^①，相招琴溪饮^②。手迹尺素中^③，如天落云锦^④。读罢向空笑，疑君在我前。长吟字不灭，怀袖且三年^⑤。

【注释】①鸟迹书：用鸟篆写的书信。鸟篆，字迹形如鸟的爪迹，故称。《水经注·穀水》："仓颉本鸟迹为字，取其孳乳相生，故文字有六义焉。"

②琴溪：水名。在安徽泾县东北，传说琴高于溪中投药淬化为鱼而著名。

③尺素：古代用绢帛书写，通常长一尺，因此称书信为尺素。

④云锦：一种品级很高的提花丝织物，因花纹瑰丽如云得名。

⑤"长吟"二句：化用《古诗十九首·孟冬寒气至》："置书怀袖中，三岁字不灭。"

【译文】 您寄来鸟篆之书信，邀约我到琴溪畅饮。尺素之中是您的手迹，文采粲然如天落云锦。我读罢书信向空而笑，似乎您就在我的面前。我将长吟不让字迹磨灭，一直放在袖中珍藏三年。

卷十六　游宴上

游南阳白水登石激作

【题解】此诗可能为诗人开元年间游南阳时所作。南阳，即今河南南阳市，在唐时为南阳郡，即邓州，隶山南东道。白水，即淯水，流经河南南阳。《一统志》："淯水，在南阳府城东三里，俗名白河。"石激，石砌的堤坝，在南阳府城东三里处。此诗描写了白水两岸的秀美田园风光，以及诗人看到美景后怡然自乐的心情。

朝涉白水源，暂与人俗疏。岛屿佳境色，江天涵清虚^①。目送去海云，心闲游川鱼。长歌尽落日，乘月归田庐。

【注释】①清虚：清净虚无。《文子·自然》："老子曰：'清虚者天之明也，无为者治之常也。'"

【译文】早晨涉水渡过白水河源头，可以暂时远离世人俗务。岛屿星罗景色秀美，水天合一混沌一片。目送白云向海天之际飘去，心中悠闲就像鱼儿在水里浮游。放声高歌直到日落，兴尽乘月而归田舍。

游南阳清泠泉

【题解】此诗也是诗人游南阳时所作。清泠泉，在今河南南阳市，在白河岸边，丰山山下。首两句"惜彼落日暮，爱此寒泉清。"言简意赅，远望落日，夕阳如血；近临寒泉，甘甜清澈。"西辉逐流水，荡漾游子情。"二句则是诗人将感情由观景升华到思乡。落日之时，倦鸟归林，而游子远行，只能遥寄乡思。"空歌望云月，曲尽长松声。"则将乡情转化为了无声而绵长的相思藏在心底。此诗简练清畅，意境悠扬，充满空灵之趣。

惜彼落日暮，爱此寒泉清。西辉逐流水^①，荡漾游子情。空歌望云月，曲尽长松声^②。

【注释】①西辉：指夕阳余辉。

②长松：高大的松树。

【译文】怜惜落日的秀美暮色，喜爱寒泉的清冽甘甜。夕阳的余晖追逐水波闪耀，此景使游子心中荡起乡情。只能对着云月空歌寄托相思，曲终万籁俱静只闻松涛声声。

寻鲁城北范居士失道落苍耳中见范置酒摘苍耳作

【题解】这首诗是天宝四载（745），诗人在鲁地时所作。鲁城，即唐时兖州治所瑕丘县城，今山东兖州市，李白当时定居此处。范居士，生平事迹不详。苍耳，草本植物，春夏开花，果实为圆形，有刺，当人经过时，会挂在衣服上。全诗描写了诗人访友迷途，以及与友人相会后畅饮欢歌的情景。首段写诗人在秋日里意兴阑珊，内心飘荡无所安处。就想起了友人范居士，正在闲居养性。于是就决定前去拜访。次一段写诗人半道迷路，误入苍耳丛中，身上的翠云裘挂满了苍耳。几经辗转，诗人终于来到范居士家中，看到诗人如此狼狈，两人相视，不禁开怀大笑，范居士忍不住询问到底是出了什么事情。于是置酒言欢，秋蔬霜梨以飨酒客。诗人享受美味，忘记了早上的饥饿。末段写诗人与范居士开怀畅饮后，兴起而吟咏《猛虎词》。与范居士约定来日还要继续相聚，诗人自诩风流不羁，就像当年山简醉游高阳池一样。全诗意境悠远，妙趣横生，符合诗人一贯的潇洒豪迈性情。

　　雁度秋色远，日静无云时。客心不自得，浩漫将何之①？忽忆范野人②，闲园养幽姿③。茫然起逸兴，但恐行来迟。
　　城壕失往路，马首迷荒陂④。不惜翠云裘⑤，遂为苍耳欺。入门且一笑，把臂君为谁。酒客爱秋蔬，山盘荐霜梨⑥。他筵不下箸，此席忘朝饥。

酸枣垂北郭，寒瓜蔓东篱⑦。还倾四五酌，自咏《猛虎词》⑧。近作十日欢⑨，远为千载期。风流自簸荡，谑浪偏相宜。酣来上马去，却笑高阳池⑩。

【注释】①浩漫：广阔深远。

②野人：田野之民，农人。

③幽姿：幽雅的姿态。

④陂：《说文》："陂，坂也。"

⑤翠云裘：以翠羽制作，上有云彩纹饰之裘。

⑥霜梨：即梨。梨在霜后收取，故称。

⑦寒瓜：泛指秋瓜。

⑧《猛虎词》：乐府《平调曲》名。内容多与客行、功业以及贪暴苛政有关。

⑨十日欢：《史记·范雎蔡泽列传》："（秦昭王）乃详为好书遗平原君曰：'寡人闻君之高义，愿与君为布衣之友，君幸过寡人，寡人愿与君为十日之饮。'"后因以"十日饮"比喻朋友连日欢聚。

⑩高阳池：池名。在湖北襄阳。原是汉侍中习郁于襄阳岘山养鱼之所。晋山简镇襄阳，名之曰高阳池，盖取郦食其高阳酒徒之意。

【译文】雁过长天秋色悠远，白日静照碧空无云。异乡为客心不安宁，思绪浩荡无所安处。忽然想起城北的范居士，他正闲居田园幽然自得。茫然中升起了兴致，立即动身唯恐行迟。

我在护城河边失去了方向，面对荒坡就连老马也迷途。顾不上珍惜翠云裘，遂使苍耳粘满衣服。入门相对而视不禁开怀大笑，您手执我的臂膀问询何以至此。酒客最爱秋天的菜蔬，还有盘中经霜的秋梨。别处赴筵难以下箸，此地宴席使人忘饥。

酸枣垂满北城，秋瓜蔓延东篱。酒酣之时再饮四五杯，兴之所至高歌一曲《猛虎词》。近来可谋十天之醉，远期可为千年之约。风流之士自然无拘无束，戏谑之语也与我辈适宜。酣醉之后乘马而去，却笑山简颠倒高阳池。

鲁东门泛舟二首

【题解】此诗大约是开元二十九年（741），诗人寓居东鲁时所作。鲁东门，《一统志》："东鲁门，在兖州府城东。"在今山东兖州市。开元后期，诗人举家从安陆（今湖北安陆市）搬迁到东鲁居住，时常与当地名士出游。此诗写诗人游历鲁东门时，看到落日余晖被水中沙州反射，似乎青天倒映，波涛荡漾摇动山石。诗人泛舟河上，随流而转，好像当年王徽之乘舟寻访戴逵一样。第二首诗则描述了水流曲折，好似青龙盘绕，两岸桃花盛开，簇拥河畔。最后诗人依然引用了王徽之乘舟寻访戴逵的典故，来强调月夜出游的特别逸兴。

其一

日落沙明天倒开，波摇石动水萦回。轻舟泛月寻溪转，疑是山阴雪后来①。

【注释】① "轻舟" 二句: 用王徽之雪夜访戴逵的故事。

【译文】落日照亮白沙, 天光倒映水中; 水波摇动山石, 流水回旋萦绕。小舟一叶乘月光随溪而转, 犹如王徽之山阴雪后访戴逵。

其二

水作青龙盘石堤, 桃花夹岸鲁门西。若教月下乘舟去, 何啻风流到剡溪①!

【注释】① "若教" 二句: 用王徽之雪夜访戴逵的故事。

【译文】流水曲折似青龙盘绕石堤, 桃花夹岸盛开簇拥鲁门西。假如此时乘月色泛舟而去, 岂不是和王徽之雪出行剡溪一样的潇洒。

秋猎孟诸夜归置酒单父东楼观妓

【题解】此诗是天宝三载 (744), 诗人与高适、杜甫一起游梁宋时所作。孟诸, 大泽名。《元和郡县志》: "孟诸泽, 在宋州虞城县西北十里, 周回五十里, 俗号盟诸泽。" 在今河南商丘、虞城一带。单父, 县名。唐时属河南道宋州睢阳郡。今山东单县。此诗描绘了在孟诸围猎和在单父东楼欢宴的情景。全诗首段写光阴易逝, 如水东流。诗人欲食仙草, 又不可得, 因而感叹人生如烟。次一段写乘着大好时光, 不如及时行乐。秋天草白鹰飞, 狐兔肥美, 正是纵

马射猎的好时候,于是诗人和众多友人射猎城东田野。末段写打猎
归来,在单父东楼众人欢宴。架起篝火炙烤野味,还有歌舞助兴,
众人欢宴到天亮方才散去归家。

倾晖速短炬①,走海无停川②。冀餐圆丘草③,欲以还颓年④。此
事不可得,微生若浮烟。

骏发跨名驹⑤,雕弓控鸣弦⑥。鹰豪鲁草白,狐兔多肥鲜。邀
遮相驰逐⑦,遂出城东田。

一扫四野空,喧呼鞍马前。归来献所获,炮炙宜霜天⑧。出舞
两美人,飘飖若云仙。留欢不知疲,清晓方来旋⑨。

【注释】①倾晖:指斜阳。

②走海:奔走入海。

③圆丘草:郭璞诗:"圆丘有奇草。"李善注:"《外国图》"曰:圆
丘有不死树,食之乃寿。"吕向注:"圆丘,山名。奇草,芝草也。"

④颓年:衰老之年。

⑤骏发:本指使民疾耕发其私田,后指迅速。《诗·周颂·噫嘻》:
"骏发尔私。"郑玄笺云:"骏,疾也。发,伐也。"

⑥雕弓:雕绘文采的弓。控鸣弦:拉弓射箭而鸣弦。

⑦邀遮:拦阻。

⑧炮炙:烧烤。

⑨旋:回还。

【译文】落日西下迅如残烛将尽,百川奔流到海片刻不停。冀望服
食圆丘仙草,来恢复衰老返回青春。可惜愿望总不能实现,人生如浮

烟转瞬即散。

　　不如跨上骏马疾驰，弯弓鸣弦围捕射猎。猎鹰矫健秋草转白，正是狐兔肥美之时。纵马驰逐拦截走兽，围猎于城东田野。

　　四野猎物扫荡一空，人喧马嘶雀跃欢呼。打猎归来各献猎物，霜天之中炙烤美味。两位美女献上歌舞，舞姿飘飘宛若天仙。一直欢宴不知疲倦，直到天亮方才回还。

游太山六首

　　【题解】此组诗是天宝元年（742），诗人登泰山时所作。太山，即泰山。上古时期，泰山被称为"太山"，"大山"。泰山之称，最早见于《诗·鲁颂·閟宫》："泰山岩岩，鲁邦所瞻。"泰山是五岳之首，号称"天下第一山"。《史记集解》所载："天高不可及，于泰山上立封禅而祭之，冀近神灵也。"所以泰山被古人看做是向神灵祭祷的地方。《史记·封禅书》中引《管子·封禅篇》："古者封泰山禅梁父者七十二家。"尤其是秦始皇称帝后，来泰山大规模封禅，祭祀天地，刻石记功。历代帝王也纷纷到泰山封禅，以表示"受命于天"。开元十三年（725）十月，唐玄宗率百官、贵戚及外邦使节，自洛阳出发，东至泰山封禅。唐玄宗还亲自撰书《纪泰山铭》，刻于岱顶大观峰。天宝元年，李白寄居东鲁，因此就近游览了向往已久的泰山，李白此次游览历时四个月，游览了泰山各处名胜古迹。泰山雄奇瑰丽的景色，激发了李白丰富的创作灵感，写下了此组诗。李白

《游太山六首》的各篇，既独立成章，又统一连贯，从不同角度描绘了泰山的雄浑壮丽。

其一

【题解】此诗描写诗人登泰山的过程。诗人沿着当年唐玄宗的登山御道蜿蜒而上。仿佛看到当年封禅队伍穿谷过壑，曲折萦回的场景。当年留下的马蹄印迹，已覆满青苔。举目望去，瀑布从绝壁上飞洒而下，水流湍急而松风呜咽。北眺险峰，欲往东倾。面前巨石耸立，仿佛一道道石门，将神仙洞府封闭起来。脚下风声激荡，犹如滚雷从地底升起。寥寥数语，诗人就将泰山的险峻、陡峭以及身临虚空的感受，形象地描述了出来。诗人登上顶峰，遥望传说中的蓬莱仙岛，想象天府金银台的飘渺胜景。仿佛看到仙女飘然而来，含笑以流霞杯赠给诗人。诗人稽首再拜，惭愧自己并非仙才，辜负仙人美意。诗人登临顶峰，自觉心旷神怡，天地也为之渺小，顿生弃世出尘之心。

四月上太山①，石平御道开②。六龙过万壑③，涧谷随萦回④。马迹绕碧峰，于今满青苔。飞流洒绝巘⑤，水急松声哀。北眺崿嶂奇⑥，倾崖向东摧。洞门闭石扇，地底兴云雷。登高望蓬瀛⑦，想象金银台⑧。天门一长啸⑨，万里清风来。玉女四五人⑩，飘飖下九垓⑪，含笑引素手，遗我流霞杯⑫。稽首再拜之，自愧非仙才⑬。旷然小宇宙，弃世何悠哉！

【注释】①太山：泰山。

②御道：指开元十三年唐玄宗泰山封禅时所行之道。《旧唐书·玄宗纪上》："开元十三年十月辛酉，东封泰山，发自东都。十一月丙戌，至兖州岱宗顿。己丑日南至，备法驾登山，仗卫罗列山下百余里，诏行从留于谷口，上与宰臣礼官升山。庚寅，祀昊天上帝于上坛，有司祀五帝百神于下坛。礼毕，藏玉册于封祀坛之石礛。然后燔柴。燎发，群臣称万岁，传呼自山顶至岳下，震动山谷。"

③六龙：古代天子的车驾为六马，马八尺称龙，所以"六龙"为天子车驾的代称。

④萦回：回旋环绕。

⑤绝巘：极高的山峰。

⑥崿嶂：犹峰峦。

⑦蓬瀛：蓬莱和瀛洲。神山名，相传为仙人所居之处。亦泛指仙境。

⑧金银台：传说仙人所居的金银筑成的楼台。郭璞《游仙诗》："神仙排云出，但见金银台。"

⑨天门：《山东通志》："上泰山，屈曲盘道百余，经南天门，东西三天门，至绝顶，高四十余里。"

⑩玉女：仙女。

⑪九垓：九天。

⑫流霞杯：传说中天上神仙的酒杯。《抱朴子》："项曼都入山学仙，十年而归家，曰：'仙人以流霞一杯与我饮之，辄不饥渴。'"

⑬非仙才：用汉武帝典故。《汉武内传》："王母曰：'刘彻好道，适来视之，见彻了了，似可成进。然形慢神秽，虽当语之以至道，殆恐非仙才也。'"

【译文】我在四月里登上泰山,走在凿石而开的御道。当年六龙御驾穿过万壑,在深谷中迂回曲折前行。回绕碧峰的马蹄印迹,如今已被青苔所覆盖。飞流从悬崖峭壁上挥洒而下,水声在松风哀鸣中激荡不已。北望陡峰奇险,仿佛向东倾倒。洞门石扇紧闭,地底风雷涌起。登高遥望蓬莱三仙岛,想象仙人所居金银台。站在天门临风长啸,感受清风万里而来。忽然仙女四五位,飘摇而下九天来。举目含笑伸素手,款款赠我流霞杯。我再稽首忙致礼,惭愧自己非仙才。站在顶峰顿觉宇宙渺小,抛弃尘世是何等的悠哉。

其二

【题解】这首诗写诗人登天门山遇仙。仙人眼为方瞳,容颜不老。诗人欲与之语,仙人却飘然离去,只留下一卷鸟篆写就的仙书。文字古朴,诗人不能辨识。感叹再三,想从师学道,可是久等仙人不回。

清晓骑白鹿①,直上天门山。山际逢羽人②,方瞳好容颜③。扪萝欲就语,却掩青云关。遗我鸟迹书④,飘然落岩间。其字乃上古,读之了不闲⑤。感此三叹息,从师方未还。

【注释】①白鹿:仙人多以白鹿为坐骑。

②羽人:指仙人。《楚辞·远游》:"仍羽人于丹丘。"王逸注:"人得道,身生羽毛也。"朱子注:"羽人,飞仙也。"

③方瞳:瞳孔为方形。古人认为长寿之人或者神仙有方瞳。《抱朴子·祛惑》:"仙人目瞳正方。"《仙经》云:"八百岁人瞳子方也。"

④鸟迹书：指鸟篆。字形类似鸟的爪迹。

⑤闲：《尔雅》："闲，习也。"《荀子》："多见曰闲。"

【译文】清晨我骑上白鹿，径直而上天门山。山上遇到一位仙人，眼为方瞳容颜不老。我扶萝藤欲与之语，他却紧闭青云之关。留我一本鸟迹古书，飘然落在山岩之间。书中俱是上古文字，读之难解其中含义。我因而感慨再三叹息，想拜师求学不再还家。

其三

【题解】这首诗写诗人游日观峰偶遇仙童。诗人在黎明时分登上日观峰，置身云海之上。一瞬间整个人精神焕发，神采飞扬，仿佛化身巨神，矗立天地之间。远望黄河逶迤，流入群山。凭崖极目四顾，长空辽阔。如此胜景，恍如仙境。让人自然生起寻仙访道之心。诗人此时忽然遇到一位仙童，绿发云鬟，仿佛看穿了诗人的心思，轻笑诗人岁月蹉跎，容颜衰老，才想起学仙，为时已晚。诗人正踌躇该如何回答，仙童却突然失去影踪，烟波浩渺，诗人不知该往何处寻找。

平明登日观①，举手开云关②。精神四飞扬，如出天地间。黄河从西来，窈窕入远山③。凭崖览八极④，目尽长空闲。偶然值青童⑤，绿发双云鬟⑥。笑我晚学仙，蹉跎凋朱颜。踌躇忽不见，浩荡难追攀。

【注释】①平明：也称为平旦。古人将一天分为十二个时段，分别是：夜半、鸡鸣、平旦、日出、食时、隅中、日中、日昳、晡时、日入、黄昏、人定。平明对应寅时。日观：指泰山日观峰，是看日出的胜地。《水经注·汶水》："应劭《汉官仪》云：泰山东南山顶，名曰日观。日观者，鸡一鸣时，见日始欲出，长三丈许，故以名焉。"

②云关：云雾笼罩如关隘。

③"黄河"二句：《初学记》引《泰山记》云："黄河去泰山二百余里，于祠所瞻黄河如带，若在山趾。"

④八极：八方极远的地方。

⑤值：遇到。

⑥绿发：乌黑而有光泽的头发。云鬟：高耸的环形发髻。

【译文】天亮我登上日观峰，举手拨开重重云关。顿感精神飞扬四方，仿佛逸出天地之外。只见黄河自西而来，窈窕曲折流入远山。我站在崖顶而观览八方，目穷天际但见长空辽阔。忽然遇到仙家小青童，绿发云鬟卓然而伫立。笑我现在学仙已太晚，蹉跎岁月容颜变衰老。踌躇之间仙童忽不见，烟波浩渺不知何处寻。

其四

【题解】这首诗描述了诗人的常年修道经历。诗人自幼好道，二十岁时就接受了道家的长生符。"仙人抚我顶，结发受长生。"因此诗人长年持斋，书写道经。日夜吟诵，心有感悟，遂有众神护卫，不使外邪侵扰。今乘云驾风，肋生羽翼而直飞日观峰，凭栏观望东海。红日未出，而晓色显露。天鸡凌空而鸣。仙宫银台倒影水中，长鲸掀起滔天巨浪。望着眼前的壮丽景色，诗人心生感慨，不知何时才能得到不死灵药，高飞蓬莱仙境。

清斋三千日^①，裂素写道经^②。吟诵有所得，众神卫我形。云行信长风，飒若羽翼生。攀崖上日观，伏槛窥东溟^③。海色动远山^④，天鸡已先鸣^⑤。银台出倒景^⑥，白浪翻长鲸。安得不死药，高飞向蓬瀛？

【注释】①清斋：谓素食，长斋。

②裂素：裁剪白绢以绘画作文。素，颜师古《急就篇注》："素，谓绢之精白者，即所用写书之素也。"

③东溟：东海。

④海色：将晓时的天色。

⑤天鸡：《述异记》："东南有桃都山，上有大树，名曰桃都，枝相去三千里，上有天鸡。日初出，照此木，天鸡则鸣，天下之鸡皆随之鸣。"

⑥银台：传说中王母所居处。

【译文】诚心斋戒三千日，裁绢书写道家经。用心吟颂有所感悟，众神护法拱卫身边。乘云驾长风，宛如生双翼。攀崖上到日观峰，凭栏遥望东溟海。晓色刚刚显露于远山，天鸡就已在云中啼鸣。仙宫银台倒影水中，深海巨鲸翻起白浪。如何能得不死神药？轻身高飞直奔蓬莱！

其五

【题解】此诗写诗人登泰山看到日观峰突出天际，欲向东北倾，两崖高耸，夹持双石。俯瞰东海，宛如眼前。天光通透，上下青碧。千峰林立，万壑萦回。诗人不禁想起了东鲁仙人安期生，羽化登仙，驾鹤而去，了无踪迹。遥望远峰长松，高不盈尺。近观山中异花，雪中莹白。诗人期待能有一日与安期生相会，修行仙道炼制玉液，以求长生。

日观东北倾，两崖夹双石。海水落眼前，天光遥空碧。千峰争攒聚，万壑绝凌历。缅彼鹤上仙^①，去无云中迹。长松入霄汉，远望不盈尺。山花异人间，五月雪中白^②。终当遇安期^③，于此炼玉液。

【注释】①缅：缅怀。

②"五月"句：《岁华纪丽》："泰山冬夏有雪。"

③安期：指仙人安期生。安期生，秦汉年间琅琊人，师从河上公，传说他羽化登仙，驾鹤而去。《史记·封禅书》："李少君曰：'臣尝游海上，见安期生。安期生食臣枣，大如瓜。安期生，仙者，通蓬莱中，合则见人，不合则隐。'"

【译文】日观峰欲向东北倾，两山崖夹持双巨石。东海之水仿佛近在眼前，天光辉映远空一片青碧。千山攒集，万壑雄奇。缅怀骑鹤的仙人，一去云中无踪迹。高耸入云的古松，远望不过才几尺。山花也与世间迥然相异，五月白花盛开在雪地里。期待终有一天遇到安期生，随同他在此处专心炼玉液。

其六

【题解】这首诗描述了夜游泰山的情景，想象奇幻，意境空灵。诗人清晨饮水于王母池，日暮的时候投宿在天门。诗人乘兴怀抱绿绮琴，独自踏月出行。月明露白，山间被清辉笼罩。万籁俱静，松风也暂且停歇。诗人遥望远山，仿佛看到群仙降临峰顶，紧接着有笙歌响起。诗人在寂静中感受沐浴清辉的欢愉，远处的道观隐没在翠微之中。诗人虽不能一睹仙人聚会的场景，但是想象那里一定会有鸾凤起舞，群仙衣袂飘飘。接着诗人又以夸张的手法，描写泰山高耸入天，仿佛伸手就可以摘到星辰，诗人沉浸在这种奇妙的感受中，忘记了归家。诗人情不自禁地伸手去触弄天边的银河，不小心误碰了织女的梭机。可惜天光放亮，这些美景慢慢消失，只剩下五彩祥云在天空飞舞。

朝饮王母池①，暝投天门阙②。独抱绿绮琴③，夜行青山月。山明月露白，夜静松风歇。仙人游碧峰，处处笙歌发。寂听娱清辉，玉真连翠微④。想像鸾凤舞，飘飘龙虎衣⑤。扪天摘匏瓜⑥，恍惚不忆归。举手弄清浅⑦，误攀织女机⑧。明晨坐相失⑨，但见五云飞⑩。

【注释】①王母池：《山东通志》："王母池，在泰山下之东南麓，一名瑶池。"

②天门阙：指泰山上各处天门，如南天门、东天门、西天门等。

③绿绮琴：古琴名。张载《拟四愁诗》："美人遗我绿绮琴。"李周翰注："绿绮，琴名。"傅玄《琴赋序》曰："司马相如有绿绮，蔡邕有焦尾，皆名器也。"

④玉真：特指仙女。这里代指道观。翠微：青翠的山色。《尔雅疏》："山未及顶上，在旁陂陀之处，名翠微。"

⑤龙虎衣：仙人所穿龙虎纹的衣服。

⑥饱瓜：星名，由五星组成，因五星连贯形似饱瓜而得名，主管人间的果食丰歉。司马贞索隐："《荆州占》云：饱瓜，一名天鸡，在河鼓东。饱瓜明，则岁大熟。"

⑦清浅：指银河。《古诗十九首·迢迢牵牛星》："河汉清且浅，相去复几许？"因而以清浅代指银河。

⑧织女：指织女星。位于银河以北、与牵牛星隔银河相对。

⑨坐：就。

⑩五云：即五色云古人以为祥瑞。

【译文】清晨在山麓王母池饮水，夜晚到泰山天门关投宿。独自怀抱着绿绮琴，乘夜行进在青山间。月明露白群山一片清亮，夜静无声松风也不再吟啸。仙人出游碧峰之上，处处可闻笙歌之声。寂听天籁赏弄清晖，远望道观连接翠微。恍惚中看到鸾凤在起舞，隐约间仙人龙虎衣飘摇。身处绝顶举手可摘天上饱瓜，流连仙境心神飘忽不思归家。抬手抚弄银河，误触织女梭机。明晨天亮一切皆会消失，只见五色祥云缭绕飞舞。

秋夜与刘砀山泛宴喜亭池

【题解】此诗大约为天宝四载(745)，诗人游梁宋时所作。刘砀山，即砀山的刘姓县令，名字生平不详。砀山县，唐时隶河南道宋州睢阳郡，今安徽砀山县。宴喜亭池，据《江南通志》记载，宴喜台在徐州砀城县东五十步,台上有石刻三大字,相传为唐李白手笔。全诗首两句点题。三四句写欢宴之盛景,文有梁苑客,歌有郢中儿。最后四句写景抒情。

　　明宰试舟楫①,张灯宴华池②。文招梁苑客③,歌动郢中儿④。月色望不尽,空天交相宜。令人欲泛海,只待长风吹。

　　【注释】①明宰:即明府,对县令的尊称。

　　②华池:景色美丽的池沼。

　　③梁苑客:西汉梁孝王所建的东苑。故址在今河南省开封市东南。园林规模宏大,方三百余里,宫室相连属,供游赏驰猎。梁孝王在其中广纳宾客,当时名士司马相如、枚乘、邹阳等均为座上客。事见《史记·梁孝王世家》。

　　④郢中儿:即郢中客。战国楚宋玉《对楚王问》:"客有歌于郢中者。"后以"郢中客"喻歌手。郢为楚国都城,在今湖北江陵县附近。

　　【译文】县宰欣然乘舟出行,张灯欢宴华池之中。文章精美如出梁苑客之手,歌声动听好似郢中儿吟唱。怡人月色一望无尽,长空云天两相适宜。令人不禁想扬帆出海,只等长风一到就出航。

携妓登梁王栖霞山孟氏桃园中

　　【题解】这首诗是天宝年间,诗人游单父时所作。栖霞山,在兖州单县东四里,传说梁孝王曾到此。春日里碧草满地,柳梅争春,诗人也效仿谢安携妓出游。诗人感叹岁月易逝,日月如梭。不经意间白发满头,虽强作欢颜而心已悲催。昔日梁王游此地时,明月曾照杯中酒,如今梁王已去月还在,惟闻黄鹂哀啼。有一种"今人不见古时月,今月曾经照古人"的意境。眼前物是人非,令诗人心生感慨,人生苦短,当及时行乐,不如此刻就醉卧桃园。

　　碧草已满地,柳与梅争春①。谢公自有东山妓,金屏笑坐如花人②。今日非昨日,明日还复来。白发对绿酒③,强歌心已摧。君不见梁王池上月,昔照梁王樽酒中。梁王已去明月在,黄鹂愁醉啼春风。分明感激眼前事,莫惜醉卧桃园东。

【注释】①"柳与"句:江总《姅子斑》:"三春桃照李,二月柳争梅。"

②"谢公"二句:用谢安典故。《晋书·谢安传》:"谢安虽放情丘壑,然每游赏,必以妓女从。"

③绿酒:美酒。

【译文】碧草吐绿铺满大地,杨柳依依与梅争春。前有东晋谢公携妓游东山,今有如花美人笑坐金屏前。今日已非昨日,明日又会到来。白发之人对绿酒,强作欢歌心已悲。君不见这梁王池上的明月,曾经映照梁王杯中的美酒。如今梁王已去而明月仍在,只有黄鹂还在春风里悲啼。因眼前之事而生出感触,不如今朝醉卧桃园以尽欢。

观鱼潭

【题解】此诗年代不详。诗人以闲逸的笔调描写了碧潭观鱼的乐趣。观鱼之乐，使人不禁想起庄子的"安知鱼之乐"的故事。诗人观鱼与庄子有异曲同工之妙，皆是感受鱼儿的那种自由自在和无拘无束。体现了诗人意欲摆脱尘世羁绊的志趣。最后两句"何必沧浪去，兹焉可濯缨"引用典故，表明自己愿像古人那样保持高尚的节操，进一步升华了主题。

观鱼碧潭上，木落潭水清。日暮紫鳞跃[1]，圆波处处生[2]。凉烟浮竹尽[3]，秋月照沙明。何必沧浪去，兹焉可濯缨[4]。

【注释】[1]紫鳞：指鱼。左思《蜀都赋》："鲜以紫鳞。"李周翰注："紫鳞，鱼也。"

[2]圆波：潘岳《河阳县作》："游鱼动圆波。"刘良注："圆波，谓鱼动波起而圆也。"

[3]凉烟：秋雾。

[4]"何必"二句：《孟子·离娄》："沧浪之水清兮，可以濯吾缨；沧浪之水浊兮，可以濯吾足。"后以"濯缨"比喻超脱世俗，操守高洁。

【译文】在碧潭边观赏游鱼，林木叶落潭水清澈。夕阳余辉下鱼儿跃起，水面上荡起圈圈圆波。竹林中清凉浮雾渐散，秋月照沙洲一片通明。何必千里去往沧浪，此处也可濯洗冠缨。

卷十七　游宴下

与从侄杭州刺史良游天竺寺

【题解】这首诗大约是开元二十八年（740），诗人游杭州时所作。杭州刺史良，李白的族侄，时任杭州刺史的李良。天竺寺，即下天竺寺，在今浙江杭州市灵隐山飞来峰山麓，创建于东晋时期。今杭州共有三座天竺寺，上天竺寺为五代吴越时所建，中天竺寺是宋代所建。全诗描写了李白同族侄李良一起游天竺寺的过程。谓诗人欲扬帆往蓬莱而去，暂在樟亭休憩观海潮。三山之想催动诗人逸兴，五马太守一同出游。天竺寺忽然在望，松门秋风飒飒。浮云变化莫测，弄水穷尽清幽。重峦叠嶂外更有苍海，小轩窗前溪水曲折萦回。诗人挥笔成篇足傲云月，倍感吴地充满山水乐趣。

挂席凌蓬丘①，观涛憩樟楼②。三山动逸兴③，五马同遨游④。天竺森在眼，松门飒惊秋⑤。览云测变化，弄水穷清幽。叠嶂隔遥海，当轩写归流。诗成傲云月，佳趣满吴洲⑥。

【注释】①蓬丘：指蓬莱山。《海内十洲记·聚窟洲》："蓬丘，蓬莱山是也。"

②樟楼：即樟亭。在今浙江省杭州市。《浙江通志》："樟亭，在钱塘县旧治南五里，后改为浙江亭，今浙江驿其故址也。"

③三山：指传说中的三座海上神山：蓬莱、方丈、瀛洲。

④五马：太守的代称。汉代太守乘五马之车。因以"五马"借指太守。此处代指杭州刺史李良。

⑤"天竺"二句：杨齐贤注："钱唐诸寺，天竺最盛。……自西湖入天竺寺路，夹道皆古松，其地名曰九里松。灵隐、天竺同在一处，皆由松门而进。"《图经》："杭州灵山之阴，北涧之阳，即灵隐寺。灵山之南，南涧之阳，即天竺寺。"

⑥吴洲：此处指杭州。古代属吴地。

【译文】乘船扬帆欲往蓬莱岛，观赏江涛休憩樟楼上。遥想三山使人逸兴勃发，五马太守与我一同遨游。天竺寺森然映入眼帘，松门中飒飒秋风吹来。观览浮云之变化莫测，赏弄流水而穷其清幽。重峦叠嶂外遥隔沧海，小轩雕窗前溪水萦回。提笔成诗足以傲视云月，吴国之地充满山水乐趣！

同友人舟行游台越作

【题解】这首诗是天宝六载（747），李白从东鲁南下游吴越时所作。台越，指台州和越州，都属江南东道，台州，天宝元年改为临海郡，乾元元年复为台州，治所在今浙江临海市。越州，天宝元年改为会稽郡，乾元元年复为越州，治所在今浙江绍兴市。全诗首段吟咏屈原和谢灵运的往事，引起诗人怀古探幽之情。次一段写诗人欲飞升虚空弄倒景，修道炼真骨。去往华顶观苍海，遥望蓬莱之缥缈。青春倏忽而过，绿树红芳已歇。诗人感叹自己空有壮志雄心，却只能辞别君王远离朝堂。

　　楚臣伤江枫①，谢客拾海月②。怀沙去潇湘③，挂席泛溟渤④。蹇予访前迹⑤，独往造穷发⑥。古人不可攀，去若浮云没⑦。
　　愿言弄倒景⑧，从此炼真骨。华顶窥绝冥⑨，蓬壶望超忽⑩。不知青春度，但怪绿芳歇。空持钓鳌心⑪，从此谢魏阙⑫。

　　【注释】①"楚臣"句：楚臣：指屈原。《楚辞·招魂》："湛湛江水兮上有枫，目极千里兮伤春心"。王逸注："言湛湛江水，浸润枫木，使之茂盛，伤己不蒙君惠，而身放弃，曾不若树木得其所也。"
　　②"谢客"句：谢客：指谢灵运。钟嵘《诗品序》："谢客为元嘉之雄。"又《诗品上·宋临川太守谢灵运诗》："初，钱塘杜明师夜梦东南有人来入其馆，是夕即灵运生于会稽。旬日而谢玄亡。其家以子孙难

得，送灵运于杜治养之。十五方还都，故名'客儿'。"后代诗人多称之为谢客。其《游赤石进帆海》诗曰："扬帆采石华，挂席拾海月。"吕向注："石华附石生，海月如镜，皆中食，故采拾之。"海月：海生动物名，亦称窗贝。贝壳圆形，薄而透明，多用以嵌装门窗或房顶，以透光线。肉可食。郭璞《江赋》："玉珧海月。"李善注引《临海水土物志》："海月，大如境，白色，正圆，常死海边，其柱如搔头大，中食。"

③怀沙：《史记·屈原贾生列传》："屈原至于江滨……乃作《怀沙》之赋。……于是怀石，遂自沉汨罗以死。"

④溟渤：溟海和渤海，泛指大海。

⑤"蹇予"句：蹇：语首助词。《楚辞·九歌·湘君》："君不行兮夷犹，蹇谁留兮中洲。"王逸注："蹇，词也。"前迹：前人的行迹。

⑥穷发：极北不毛之地。《庄子·逍遥游》："穷发之北，有冥海者，天池也。"成玄英疏："地以草为毛发，北方寒沍之地，草木不生，故名穷发，所谓不毛之地。"

⑦"去若"句：刘琨《重赠卢谌》诗："时哉不我与，去乎若浮云。"李周翰注："叹时节易度如云过也。浮，过也。"

⑧"愿言"句：愿言：思念貌。言：语助词。《尔雅·释诂》："愿，思也。"《诗·邶风·二子乘舟》："愿言思子，中心养养。"郑玄笺："愿，念也。"倒景：也作"倒影"。指天上最高处，日月之光反由下上照，而于其处下视日月，其影皆倒，故称天上最高的地方为"倒景"。《史记·司马相如列传》："贯列缺之倒景兮，涉丰隆之滂沛。"裴骃集解："列缺，天闪也。倒景，日在下。"

⑨"华顶"句：华顶：天台山的主峰。《方舆胜览》："华顶峰，在天台县东北六十里。盖天台第八重最高处，高一万丈。绝顶东望沧海，

俗号望海尖。草木薰郁，殆非人世，孙绰所谓'陟降信宿，迄乎仙都'是也。"绝冥：极远的大海。

⑩蓬壶：古代传说中的海中仙山蓬莱。超忽：遥远貌。

⑪钓鳌心：比喻远大抱负。《列子·汤问》："（勃海之东有五山），而五山之根，无所连著，常随潮波上下往还，不得暂峙焉。仙圣毒之，诉之于帝。帝恐流于西极，失群圣之居，乃命禺彊使巨鳌十五举首而戴之，迭为三番，六万岁一交焉，五山始峙。而龙伯之国有大人，举足不盈数步而暨五山之所，一钓而连六鳌，合负而趣归其国，灼其骨以数焉。于是岱舆、员峤二山流于北极，沉于大海。"

⑫魏阙：宫门上巍然高出的观楼。其下常悬挂法令，后用作朝廷的代称。

【译文】楚屈原见江枫而悲吟，谢灵运泛舟而拾海月。屈原被贬潇湘赋《怀沙》，谢灵运挂帆远渡苍海。我寻访前人的遗迹，独自去往穷荒之地。古人杳远不可再见，如同浮云飘去隐没。

我欲飞升虚空赏弄倒景，从此一心修道炼就真骨。登上华顶窥探苍茫冥海，远处蓬莱仙岛望之缥缈。不知岁月倏忽而去，只觉绿树红花早歇。我空有钓鳌的雄心壮志，从此辞别宫阙远离朝堂。

下终南山过斛斯山人宿置酒

【题解】这首诗可能是开元年间，李白初入长安隐居终南山时所作。终南山，秦岭山峰之一，在今陕西西安市南。又称南山。古名太一山、地肺山、中南山、周南山。过，访问。斛（hú）斯，复姓。山人，指隐士。全诗清新自然，颇有田园气息。诗人先描写暮色、碧山、山月、翠微，勾勒出一幅宜人的山间晚景画卷。再描写山人居所的幽静，以及彼此把酒言欢的畅快。末尾抒情，谓两人酣醉欢娱，陶然忘机。《唐宋诗醇》点评此诗："此篇及《春日独酌》《春日醉起言志》等作，逼真渊明遗韵。"宋宗元《网师园唐诗笺》评首四句："尽是眼前真景，但人苦会不得，写不出。"

　　暮从碧山下，山月随人归。却顾所来径①，苍苍横翠微②。相携及田家，童稚开荆扉。绿竹入幽径，青萝拂行衣。欢言得所憩，美酒聊共挥③。长歌吟松风④，曲尽河星稀。我醉君复乐，陶然共忘机⑤。

【注释】①却顾：回头看。

②翠微：青翠的山色。

③挥：《礼记·曲礼上》："饮玉爵者弗挥。"郑玄注引何云："振去余酒曰挥。"此谓开怀尽饮。

④松风：古乐府琴曲有《风入松》。

⑤忘机：消除机巧之心。常用以指甘于淡泊，与世无争。

【译文】日暮时分我从青山而下，山月皎洁一路伴我回家。回头顾望来时所走山径，已经湮没在青绿山色中。我与山人携手来到田家，小童为我们敞开了柴门。绿竹掩映着幽静的小路，青萝拂弄着行人的衣襟。与山人言欢并得休憩，取出美酒来与我畅饮。伴随松风高歌长吟，一曲唱尽星稀月落。我已酣醉君复取乐，陶然相欢抛却机心。

朝下过卢郎中叙旧游

【题解】此诗是天宝二年(743),李白供奉翰林时所作。朝下,下朝之时。过,访问,探望。卢郎中,姓卢的郎官。名字史记不详。郎中,唐代尚书省官名。此诗是李白供奉翰林时,下朝后遇到卢郎中所作。诗人回忆起往日畅游山海之事,神往不已,因而感叹何日才能脱下官服,把酒田间酣畅一醉。言语中流露出归隐之意。

君登金华省①,我入银台门②。幸遇圣明主,俱承云雨恩。复此休浣时③,闲为畴昔言④。却话山海事,宛然林壑存。明湖思晓月,叠嶂忆清猿⑤。何由返初服⑥,田野醉芳樽⑦?

【注释】①金华省:汉代未央宫有金华殿。《汉书·叙传》:"时上(成帝)方乡学,郑宽中、张禹朝夕入说《尚书》《论语》于金华殿中。"颜师古注:"金华殿在未央宫。"后多代指宫殿。又称门下省为金华省。此处指尚书省,因郎中为尚书省官名。

②银台门:指翰林院。唐代翰林院、学士院都在银台门内。《雍录》:"翰林院在大明宫右,银台门内,稍退北有门,榜曰'翰林之门'。"

③休浣:犹休沐。休息沐浴,指古代官吏按例休假。《初学记》:"休假亦曰休沐。《汉律》:'吏五日得一下沐。'言休息以洗沐也。"唐制,十日一休沐。

④畴昔：往日。畴，助词。

⑤ "叠嶂" 句：任昉《赠郭桐庐出溪口见候余既未至郭仍进村维舟久之郭生方至》诗："叠嶂易成响，重以夜猿悲。"

⑥初服：未做官时的服装。

⑦芳樽：精致的酒器。

【译文】您在尚书省为官，我入翰林院待诏。我们有幸遇到明主，都承蒙皇上的恩泽。今天正好是休沐之日，我们可以闲坐畅谈往事。说起昔日出游山海的情景，林壑云月宛然就在眼前。还曾在明湖赏月，在重峦静听猿鸣。什么时候重回布衣，纵情田间举杯大醉！

侍从游宿温泉宫作

【题解】这首诗是天宝二年（742）冬，李白侍从天子驾临温泉宫时所作。温泉宫，即华清宫，有温泉，故名。《元和郡县志》："华清宫，在骊山上。开元十一年，初置温泉宫，天宝六年改为华清宫。又造长生殿，名为集灵台，以祀神也。"《新唐书·地理志一》："有宫在骊山下，贞观十八年置，咸亨二年始名温泉宫。天宝元年更骊山曰会昌山。三载，以县去宫远，析新丰、万年置会昌县。六载，更温泉（宫）曰华清宫。宫治汤井为池，环山列宫室，又筑罗城，置百司及十宅。"在今陕西西安市东骊山下。全诗描写了诗人侍从天子出幸温泉宫的情景。有盛大的羽林军仪仗开路，在秋月照耀下，如严霜般肃穆，旌旗飘扬席卷夜云。不时传来更鼓之声，宫中清乐响彻天际。日出时祥瑞之气充盈, 缭绕在圣主周围。呈现了一派歌舞升平的景象。

羽林十二将①, 罗列应星文②。霜仗悬秋月, 霓旌卷夜云③。严更千户肃④, 清乐九天闻⑤。日出瞻佳气, 葱葱绕圣君⑥。

【注释】①"羽林"句:《汉书·百官公卿表上》:"羽林掌送从, 次期门, 武帝太初元年初置, 名曰建章营骑, 后更名羽林骑。"又, "郎中令, 秦官……武帝太初元年更名光禄勋。属官有大夫、郎、谒者, 皆秦官。又期门、羽林皆属焉。"颜师古注:"羽林, 亦宿卫之官, 言其如羽之疾, 如林之多也。一说, 羽所以为王者羽翼也。"按唐制,《旧唐书·职官志三》谓"左右羽林军: 大将军各一员, 将军各二员"。仅六将。《新唐书·百官志四上》:"左右羽林军: 大将军各一人, 正三品; 将军各三人, 从三品。"亦仅八将。皆不合"十二将"之数。王琦注云:"开元、天宝之时, 天子禁兵有十六卫, 其左右卫、左右金吾卫, 总谓之四卫。若左右骁卫、左右武卫、左右威卫、左右领军卫、左右监门卫、左右千牛卫, 十二卫谓之杂卫。疑所谓'十二将'者, 指十二杂卫之主将而言, 以其专掌禁卫, 当爪牙御侮之任, 与汉之羽林骑相似, 故曰'羽林十二将'也。"

②应星文: 古代认为天上星宿与地上事物相对应, 此处谓羽林军与天上羽林星相对应。《晋书·天文志上》:"羽林四十五星, 在营室南, 一曰天军, 主军骑, 又主翼王也。"

③霓旌: 古代皇帝出行时仪仗的一种。司马相如《上林赋》:"拖蜺旌。"李善注引张揖曰:"析羽毛, 染以五采, 缀以缕为旗, 有似虹蜺之气也。"

④严更：警夜行的更鼓。张衡《西京赋》："重以虎威、章沟严更之署。"薛综注："严更，督行夜鼓。"

⑤清乐：即清商乐。《旧唐书·音乐志二》："《清乐》者，南朝旧乐也。……后魏孝文、宣武，用师淮、汉，收其所获南音，谓之《清商乐》。隋平陈，因置清商署，总谓之《清乐》。"亦指清雅的音乐。

⑥"日出"二句：《后汉书·光武帝纪论》："后望气者苏伯阿为王莽使至南阳，遥望见春陵郭，唶曰：'气佳哉！郁郁葱葱然。'"二句用其意。

【译文】守卫禁中的羽林军十二将，罗列对应天上的羽林群星。秋月照耀严霜肃穆的仪仗，五色旌旗席卷天边的夜云。夜鼓声声千家万户肃静，清乐阵阵直达九天可闻。日出目睹瑞祥之佳气，郁郁葱葱围绕着圣君。

邯郸南亭观妓

【题解】这首诗是天宝十一载（751）春，李白游广平、邯郸时所作。邯郸，唐县名，属河北道洺州。今河北邯郸市。南亭，应为邯郸的驿亭。全诗描写了诗人在邯郸驿亭观妓的情景：有燕赵美女击鼓而歌，魏地美女调弄丝琴。美人妆容艳绝明月，舞袖轻拂如同花枝。诗人把酒顾看，请为歌唱邯郸词。清筝缭绕，美人奏曲。诗人不禁想起当年叱咤风云的平原君已经逝去，就连他座下的三千门客，也湮没不知。于是感叹人生还应及早行乐，莫让后辈为我空悲哀。言辞中流露出一种怆然悲古的情怀。

歌鼓燕赵儿^①，魏姝弄鸣丝^②。粉色艳月彩，舞袖拂花枝。把酒领美人，请歌邯郸词。清筝何缭绕^③，度曲绿云垂^④。平原君安在？科斗生古池^⑤。座客三千人^⑥，于今知有谁？我辈不作乐，但为后代悲^⑦。

【注释】①歌鼓：击鼓而歌。潘岳《笙赋》："萦缠歌鼓，网罗钟律。"燕赵儿：指燕赵所在地区的美女。《古诗十九首·东城高且长》："燕赵多佳人，美者颜如玉。"

②魏姝：魏地的美女。姝，美女。鸣丝：指琴瑟等弦乐器。

③清筝：筝音清亮，故称"清筝"。

④度曲：歌曲。绿云：比喻女子乌黑的头。

⑤科斗：即蝌蚪。

⑥"座客"句：《史记·平原君虞卿列传》："平原君赵胜者，赵之诸公子也。诸子中胜最贤，喜宾客，宾客盖至者数千人。……得敢死之士三千人 ……秦军为之却三十里。"

⑦"我辈"二句：《古诗十九首·生年不满百》："为乐当及时，何能待来兹。愚者爱惜费，但为后世嗤。"

【译文】赵燕美女击鼓而歌，魏地佳丽调弄丝琴。美人红妆艳比月色，舞袖拂动如同花枝。手把酒杯顾看美人，请为我唱邯郸之词。筝声清亮余音缭绕，美人奏曲低垂云发。英豪平原君如今何在？古池中只有蝌蚪游荡。他座下的三千门客，现在又有几人闻名？我辈如不及早行乐，只会让后辈为之悲哀！

春游罗敷潭

【题解】这首诗是天宝初年, 李白从长安东游华州时所作。罗敷潭, 王琦注:"王阮亭曰: 罗敷谷水在华州。"《陕西通志》:"敷水在华阴县西二十五里, 源出大敷谷。"在今陕西华县一带。诗中描写李白春日到罗敷潭游览, 攀崖弄水, 坐看云起, 徘徊花间。直到日暮也未尽兴。

行歌入谷口①, 路尽无人跻②。攀崖度绝壑, 弄水寻回溪。云从石上起, 客到花间迷。淹留未尽兴, 日落群峰西。

【注释】①行歌: 边行边歌。

②跻: 登。

【译文】一路高歌进入罗敷谷口, 行到尽头发现无路可登。我只好攀崖度过绝壑, 顺水游玩寻到溪流源头。白云就从石上飘起, 我被满山群花迷倒。在此留连也未尽兴, 直到日落群山之西。

春陪商州裴使君游石娥溪　　时欲东归, 遂有此赠。

【题解】这首诗是天宝三载(744)春, 李白赐金还山后来到商州所作。商州裴使君，姓裴的商州刺史，名字事迹不详。使君，即刺史。商州，即上洛郡，属山南道。今陕西商洛市商州区。石娥溪，在商州西十里仙娥峰下面。王琦注："按《雍胜略》《商略》《陕西通志》：仙娥峰，在商州西十里，峰之麓有西岩，洞壑幽邃，下临丹水，古称栖真之地。李白尝游此。有诗曰'暂出东城边，遂游西岩前。横天耸翠壁，喷壑鸣红泉'云云，是石娥溪，即仙娥峰下之溪也。所谓红泉者，其即丹水欤？"诗中称赞裴公有仙人之姿，超凡脱俗。虽身在朝堂，但有心于山林，志存修道。接着写裴公为官商洛之间，政绩斐然。潇洒尘世之外，研究修道之法。诗人此来，受到裴公解榻招待，一起云游山间，笑指松雪。又来到东城，游于西岩山前。这里绝壁苍翠，喷壑流泉。值此春光明媚之际，诗人与裴公流连忘返。直到日暮才归，耳边传来清猿哀声，让人肠断，使诗人这位游子生出思乡之情。明晨诗人将出发东行，此时之欢娱难以忘记。

　　裴公有仙标①，拔俗数千丈②。淡荡沧州云③，飘飘紫霞想④。剖竹商洛间⑤，政成心已闲。萧条出世表⑥，冥寂闭玄关⑦。我来属芳节⑧，解榻时相悦⑨。褰帷对云峰⑩，扬袂指松雪。暂出东城边，遂游西岩前⑪。横天耸翠壁，喷壑鸣红泉⑫。寻幽殊未歇，爱此春光发。溪傍饶名花，石上有好月。

　　命驾归去来⑬，露华生绿苔。淹留惜将晚，复听清猿哀。清猿断人肠，游子思故乡⑭。明发首东路⑮，此欢焉可忘？

【注释】①仙标：神仙般超凡脱俗的风度。
②拔俗：超越凡俗。

③淡荡:悠闲,自在。沧洲:滨水之地。古代常用以指隐士居处。

④紫霞想:成仙乘紫色云霞之想。

⑤剖竹:犹剖符。古代授官封爵,以竹符为信。剖分为二,各执其半,作为凭证。谢灵运《过始宁墅》诗:"剖竹守沧海。"李善注引《说文》:"符,信。汉制以竹,分而相合。"商洛:商州在商山和洛水之间,故称。

⑥萧条:犹逍遥,闲逸貌。《世说新语·品藻》:"明帝问周伯仁:'卿自谓何如庾元规?'对曰:'萧条方外,亮不如臣;从容廊庙,臣不如亮。'"世表:尘世之外。陆机《叹逝赋》:"精浮神沦,忽在世表。"李善注:"表,外也。……世表,在世之表也。"

⑦冥寂:静默。郭璞《游仙诗》其三:"中有冥寂士,静啸抚清弦。"李善注:"冥,玄默也。"玄关:佛教称入道之门。王中《头陀寺碑》:"玄关幽键,感而遂通。"李善注:"玄关幽键,喻法藏也。"张铣注:"玄幽谓道之深邃也。关键皆所以闭拒于门者。"

⑧芳节:繁花盛开的阳春时节。

⑨解榻:《后汉书·徐稺传》记载,东汉陈蕃任豫章太守时,不接待宾客,惟只有高士徐稺来时特设一榻,徐稺走后即悬挂起来。后以"解榻"为热情接待宾客或礼贤敬士之典。

⑩褰帷:撩起车帷。《后汉书·贾琮传》:"乃以琮为冀州刺史。旧典,传车骖驾,垂赤帷裳,迎于州界。及琮之部,升车言曰:'刺史当远视广听,纠察美恶,何有反垂帷裳以自掩塞乎?'乃命御者褰之。百城闻风,自然竦震。"

⑪西岩:毕沅《关中胜迹图志》:"西岩山在商州西十里。《通志》:与仙娥峰对,其麓有西岩洞,古称栖真之地。仙娥峰,一名吸秀峰,乱山中特起一峰,下临丹江,谓之仙娥洞。"

⑫红泉：丹砂之泉。

⑬命驾：命人驾车，即乘车出发。

⑭"清猿"二句：《水经注·江水》："巴东三峡巫峡长，猿鸣三声泪沾裳。"苏武《诗四首》其四："游子恋故乡。"

⑮明发：犹明旦，天亮。首：向。《汉书·韩信传》："北首燕路。"颜师古注："首，谓趣向也。"

【译文】裴太守有逍遥仙人姿，超越俗人不啻数千丈。闲逸如沧洲之云，飘然有紫霞之想。

您现在商州任刺史，政绩斐然无事心闲。您潇洒尘世之外，寂然探讨幽深道学。

我此来正值芳春季节，您解榻相待彼此欢悦。我们掀起车帷观览云峰，欣然抬手指点远山松雪。

我们暂出东城边，来到西岩山前。只见苍翠绝壁横亘天边，一道红泉雷鸣喷射而下。寻幽探奇没有停歇，更爱春光如此明媚。溪畔遍布繁花，石上月光皎洁。

直到尽兴才驾车归去，浓重露水已打湿绿苔。想要滞留可惜天色已晚，清幽山间又闻清猿哀啼。清猿哀声断人肝肠，游子心中思念家乡。明晨我就要向东出行，今天的欢乐怎会忘记。

陪从祖济南太守泛鹊山湖三首

【题解】从祖济南太守，名字事迹不详。济南，郡名，即齐州，隶河南道。《旧唐书·地理志一》："汉济南郡,隋为齐郡。武德元年,改为齐州。……天宝元年,改为临淄郡。五载,为济南郡。乾元元年,复为齐州。"今山东济南市。此诗当是天宝四载(745),李白与杜甫同游齐州时所作。鹊山湖,《大清一统志》:"鹊山湖,在历城县北二十里。湖北岸有鹊山,故名。"原址在今济南市北园一带。这三首诗各有侧重,但都生趣盎然。严羽点评曰:"此三绝说得或远或近,盘洄不穷,可为即事尽变矣。"

其一

【题解】全诗简洁明了,格调欢快。诗人初以为鹊山很近,出游才知路遥。诗人安慰自己此次游览不是当年王子猷雪夜访戴安道那样急急火火,自然可以尽情游赏而放缓归家。

初谓鹊山近①,宁知湖水遥。此行殊访戴②,自可缓归桡③。

【注释】①鹊山:《隋书·地理志中》:"齐郡历城县有舜山、鸡山、卢山、鹊山……"王琦注引《一统志》:"鹊山,在济南府城北二十里。俗云,每岁七八月间,乌鹊翔集于此。"又云:"扁鹊尝于此炼丹。"

②访戴:即用《世说新语·任诞》中王子猷雪夜访戴安道之事。

③桡:船桨。此处代指船。

【译文】初来以为鹊山很近,那知湖水如此遥远。此行又不是王子猷雪后访戴安道,我们自然可以迟一些荡舟归家。

其二

【题解】诗人先描述了鹊山湖的宽阔,以及湖光荡漾山影的景色。接着引用郭太与李膺同舟出行的典故,来比喻自己与李太守同船赏月之事,用典贴切,意味隽永。

湖阔数十里,湖光摇碧山。湖西正有月,独送李膺还①。

【注释】①李膺:《后汉书·郭太传》:"(郭太)乃游于洛阳。始见河南尹李膺,膺大奇之,遂相友善,于是名震京师。后归乡里,衣冠诸儒送之河上,车数十两。林宗(郭太字林宗)唯与李膺同舟而济,众宾望之,以为神仙焉。"此处以李膺比喻李太守。

【译文】湖面宽阔纵横几十里,湖光荡漾摇动青山影。湖西正好有明月高挂,独送您这位李膺回府。

其三

【题解】此诗描写了诗人湖上赏景,看到水入鹊山湖,舟从南浦回。远望鹊山随舟而转,就像在殷勤送客。一个"转"字,就妙趣无穷。

水入北湖去①,舟从南浦回②。遥看鹊山转,却似送人来。

【注释】①北湖：鹊山湖位于历城县北，故又称北湖。

②南浦：南面的水边。后常用称送别之地。

【译文】水向北湖流去，舟从南浦驶回。远看鹊山绕船而转，就像前来送人归家。

春日陪杨江宁及诸官宴北湖感古作

【题解】这首诗是天宝十三载（754）春，李白在金陵时所作。杨江宁，即江宁县令（今江苏南京）杨利物。李白另有《江宁杨利物画赞》《宿白鹭洲寄杨江宁》等诗。北湖，即玄武湖，在今江苏南京市玄武区。南朝宋时传说黑龙见于湖上，因改称玄武湖。全诗先以南朝宋颜延之在北湖饮宴之事而起兴，诗人遗憾自己不能目睹当年盛况，只能独立于钟山兴叹。诗人称赞此次欢宴，可比拟当年颜延之的盛况。同时赞美杨利物治政和睦，名满天下。四座幕僚皆贤能之人，璀璨如同琼林之木。众人乘坐画舟于湖上，曲欢歌娇，直上云汉。闻者皆陶醉其中。最后一段抒情。诗人感叹昔日帝王宫苑，如今变成打柴割草之地。因而劝友人及时行乐，更进一杯酒，莫让后人为我空吁叹。

昔闻颜光禄①，攀龙宴京湖②。楼船入天镜，帐殿开云衢③。君王歌《大风》，如乐丰沛都④。延年献佳作⑤，邈与诗人俱。

我来不及此，独立钟山孤⑥。杨宰穆清风⑦，芳声腾海隅。英寮满四座,粲若琼林敷⑧,鹢首弄倒景⑨,蛾眉缀明珠。新弦采梨园⑩,古舞娇吴歈⑪。曲度绕云汉⑫,听者皆欢娱。

鸡栖何嘈嘈⑬,沿月沸笙竽⑭。古之帝宫苑,今乃人樵苏⑮。感此劝一觞,愿君覆瓢壶⑯。荣盛当作乐⑰,无令后贤吁。

【注释】 ①颜光禄:指南朝宋代文学家颜延之。《南史·颜延之传》:"颜延之,字延年。……孝武登祚,以为金紫光禄大夫。"

②"攀龙"句:攀龙:比喻攀附帝王。《汉书·叙传》:"攀龙附凤,并乘天衢。"京湖:指玄武湖。因六朝以金陵为京城,故玄武湖又称京湖。

③帐殿:王琦注:"天子行幸野次,连帐以为殿也。"沈约《三日侍林光殿曲水宴应制》:"帐殿临春藻,帷宫绕芳荟。"云衢:犹言青云路。左思《白发赋》:"英英终贾,高论云衢。"

④"君王"二句:用汉高祖故事。《史记·高祖本纪》:"高祖,沛丰邑中阳里人,姓刘氏,字季。……高祖还归,过沛,留。置酒沛宫,悉召故人父老子弟纵酒,发沛中儿得百二十人,教之歌。酒酣,高祖击筑,自为歌诗曰:'大风起兮云飞扬,威加海内兮归故乡,安得猛士兮守四方!'令儿皆和习之。"裴骃集解引孟康曰:"后沛为郡,丰为县。"即今江苏沛县、丰县。

⑤"延年"句:王琦注:"按颜延年有《应诏观北湖田收》诗,所谓'献佳作'者,未知是此诗否?抑另有其诗而今逸之欤?"

⑥钟山:即紫金山,又称金陵山、蒋山,在今江苏南京市。《元和郡县志》:"钟山,在润州上元县东北十八里。按《舆地志》,古金陵山也。邑县之名,皆由此而立。吴大帝时,蒋子文发神异于此,封之为蒋侯,改山曰蒋山。宋复名钟山。梁武帝于西麓置爱敬寺,江表上巳常游

于此，为众山之杰。"

⑦"杨宰"句：杨宰：指江宁县令杨利物。穆清风：《诗·大雅·烝民》："吉甫作颂，穆如清风。"毛传："清微之风化养万物者也。"郑玄笺："穆，和也。……如清风之养万物。"

⑧琼林：琼树之林。形容仙境般的瑰丽景象。敷：布。

⑨"鹢首"句：《淮南子·本经训》："龙舟鹢首。"高诱注："鹢，大鸟也，画其象著船头，故曰鹢首。"

⑩梨园：唐玄宗教练宫廷歌舞艺人之地。《新唐书·礼乐志十二》："玄宗既知音律，又酷爱法曲，选坐部伎子弟三百教于梨园，声有误者，帝必觉而正之，号'皇帝梨园弟子'。宫女数百，亦为梨园弟子，居宜春北院。"

⑪吴歈：吴地的歌。《楚辞·招魂》："吴歈蔡讴，奏大吕些。"王逸注："吴、蔡，国名也。歈、讴，皆歌也。"

⑫曲度：歌曲的节拍、音调。张衡《西京赋》："度曲未终，云起雪飞。"张铣注："曲度，谓曲之节度。"

⑬鸡栖：鸡栖息之所。《诗·王风·君子于役》："鸡栖于埘，日之夕矣，牛羊下来。"

⑭笙竽：两种簧管乐器。

⑮樵苏：打柴割草。《汉书·韩信传》："樵苏后爨。"颜师古注："樵，取薪也。苏，取草也。"

⑯覆瓢壶：王琦注："覆瓢壶，犹倾尊倒瓮之意。"

⑰当作乐：陶潜《杂诗十二首》其一："得欢当作乐。"

【译文】听说昔日南朝光禄大夫颜延之，曾在玄武湖中攀龙而宴请天子。楼船驶入天镜一样的湖中，锦幔围成高入云霄的宫殿。天子也唱起了《大风歌》，就像刘邦在丰沛为乐。颜延之献上佳作，邈然与诗人一样。

　　我来这里不见此景，只能孤单独立钟山。杨县令和穆如清风，名声高扬直达海隅。英才幕僚坐满四座，璀璨如同玉树林立。鹢首船在湖中映出倒影，美女发髻上点缀着明珠。奏起梨园所作的新曲，伴随古舞唱起吴地歌。曲声高亢而直上云汉，听者如醉皆欢喜无比。

　　日暮时群鸡栖息声嘈杂，江月下笙竽之音如鼎沸。这里曾是古代帝王的宫苑，如今却是打柴割草的地方。有感于此更劝一杯，愿君倾樽开怀畅饮。荣盛时就应及早行乐，莫让后人长吁感叹。

宴郑参卿山池

　　【题解】此诗年代不详。郑参卿，姓郑的录事参军。名字事迹不详。参卿，对参谋、参军的敬称。全诗的基调为感叹岁月易逝，朱颜易调，应当置酒看花，听歌舞影，举杯尽欢。《唐宋诗醇》点评："止是及时行乐之意，而吐属自饶情致。"

　　尔恐碧草晚，我畏朱颜移①。愁看杨花飞，置酒正相宜。歌声送落日，舞影回清池。今夕不尽杯，留欢更邀谁？

　　【注释】①朱颜移：即朱颜凋零，变衰老。
　　【译文】您惟恐暮春碧草衰败，我担心青春红颜易老。看着纷纷杨花让人生愁，却正是置酒欢娱的时候。缭绕歌声伴随落日，起舞弄影映照清波。今晚不能尽兴喝酒，难道留欢邀约他人？

游谢氏山亭

【题解】这首诗应是宝应元年（762），李白临终之前所作。谢氏山亭，即谢公亭，原在当涂青山谢朓故宅。今已不存。全诗前段谓诗人已年老沉沦，病卧江海之滨，忽闻叛乱平定，天下恢复太平而欣喜不已。久病寂寞，空看草木繁荣。今日暂借西池一游，聊以派遣郁闷。于是诗人扫尽松雪而坐，手抚藤萝而行，一赏佳景。后段写谢公池上，春草已生。花枝拂面，山鸟脆鸣。又遇田家藏有美酒，日暮相逢共谋一醉。醉后乘月而归，笑见稚子来迎。严羽点评《李太白诗集》评首两句："语情甚别。"又评末四句："四句亦堪作绝。"陆时雍《唐诗镜》："'落日与之倾'一语，稍近陶意。"

沧老卧江海①，再欢天地清②。病闲久寂寞，岁物徒芬荣。借君西池游③，聊以散我情。扫雪松下去，扪萝石道行。

谢公池塘上，春草飒已生④。花枝拂人来，山鸟向我鸣。田家有美酒，落日与之倾。醉罢弄归月，遥欣稚子迎。

【注释】①沧老：老而沉沦。
②天地清：指安史之乱平定。
③西池：指谢公池。遗址在今安徽当涂青山谢公宅西北。

④ "谢公"二句：王琦注："因谢氏山亭，故用灵运'池塘生春草'之句作映带。"

【译文】我年老沉沦卧于江海之滨，再次欢喜天地能复为清明。生病闲居久处寂寞，徒然凝望草木繁盛。借您西池暂作一游，聊以派遣我之郁闷。扫尽松下积雪而坐，手抚石道藤萝缓行。

昔日谢公池沼上，春草已勃然生发。花枝拂面而来，山鸟向我鸣叫。田家藏有上好美酒，落日之后倾樽畅饮。醉后赏弄着明月而归，隔远就欣闻稚子来迎。

把酒问月　故人贾淳令余问之

【题解】此诗年代不详。题下原注："故人贾淳令余问之。"贾淳，事迹不详。历代有很多关于明月的诗歌，屈原《天问》："日月安属？列星安陈？出自汤谷，次于蒙汜；自明及晦，所行几里？夜光何德，死则又育？厥利维何，而顾菟在腹？"又张若虚《春江花月夜》："江畔何人初见月？江月何年初照人？"李白此诗对月发问，不同于前人，以丰富的想像，开阔奔放的笔调，独树一帜的构思，对古今变迁，世事无常，人生短促发出了由衷感慨。尤其"今人不见古时月，今月曾经照古人"二句更是感触至深。《唐宋诗醇》点评："奇思忽生，旷怀如见。'共看明月皆如此'，令延之见之，又当失笑。"近藤元粹《李太白诗醇》点评此诗："奇想自天外来。"又评"但见宵从"二句："圆活自在，可谓笔端有舌矣。"王夫之《唐诗评选》点评此诗:"于古今为创调。乃歌行必以此为质。然后得施其裁制。供奉特地显出稿本,遂觉直尔孤行,不知独参汤原为诸补中方药之本也!辛幼安、唐子畏未许得与此旨。"

青天有月来几时?我今停杯一问之。人攀明月不可得,月行却与人相随。皎如飞镜临丹阙①,绿烟灭尽清晖发②。但见宵从海上来,宁知晓向云间没?白兔捣药秋复春,姮娥孤栖与谁邻?今人不见古时月,今月曾经照古人。古人今人若流水,共看明月皆如此。唯愿当歌对酒时,月光长照金樽里。

【注释】①飞镜:飞上青天的明镜。比喻月亮。丹阙: 红色宫门。
②绿烟: 指月光未明前的烟雾。

【译文】青天明月高悬已有几时?我如今停杯姑且一问之。人欲攀月而上实不可得,明月却能与人相随而行。月如明镜飞天照宫阙,绿烟消尽散发清光辉。但见每晚就从海上而来,谁知清晨隐向云间何处?月中白兔捣药从秋到春,嫦娥孤单独居与谁为邻?今人不见古时之月,今月却曾映照古人。古人今人如流水逝去,共看明月都是此模样。只希望对酒放歌时,月光能长照金杯里。

同族侄评事黯游昌禅师山池二首

【题解】此诗年代不详。评事黯,大理评事李黯,事迹不详。

《旧唐书·职官志三》："大理寺评事十二人，从八品下。掌出使推核。"昌禅师，事迹不详。此二首诗描写了诗人在昌禅师处的所见，所感，所体悟，诗中充满禅意。

其一

【题解】此诗首二句写昌禅师热情招待诗人，就像名僧慧远对待谢灵运那样，并且为诗人开讲深奥禅理。山寺四周的环境清幽雅致，在这样的环境里，诗人也身心放松，融入自然，像池水那般闲逸。静坐寂照，瞬间就像如度过一小劫，充分领悟了佛家观空的含义。

远公爱康乐①，为我开禅关②。萧然松石下，何异清凉山③？花将色不染④，水与心俱闲。一坐度小劫⑤，观空天地间⑥。

【注释】①远公：指晋代高僧慧远。《高僧传》："释慧远，本姓贾氏，雁门娄烦人也。弱而好书，珪璋秀发。……陈郡谢灵运，负才傲俗，少所推崇，及一相见，肃然心服。"王琦注引《莲社高贤传》："（谢）灵运为康乐公玄孙，袭封康乐。……至庐山，一见远公，肃然心伏，乃即寺筑台，翻《涅槃经》，凿池植白莲。时远公诸贤同修净土之业，因号白莲社。"

②禅关：佛教语，比喻悟彻佛教教义所必须越过的关口。

③清凉山：山西五台山的别称。因夏无暑热，故名。《法苑珠林》："代州东南五台山，古称神仙之宅也。山方三百里，极巉岩崇峻，有五

台，上不生草木，唯松柏茂林，经中明文殊将五百仙人往清凉之山，即斯地也。地极严寒，多雪，号曰清凉山。所以古来求道之士多游此山。遗迹灵窟，即目极多。"

④"花将"句：谓白莲无色，故称"色不染"。

⑤劫：佛教语。为"劫波"的略称。意为极久远的时节。古印度传说世界经历若干万年就毁灭一次，重新再开始，这样一个周期叫做一"劫"。小劫，谓人的寿命从十岁增至八万，又从八万回至十岁，经二十返为一小劫。具体说法尚有不同。

⑥观空：佛教语。王琦注引《涅槃经》："观一切法，本性皆空。"又引僧肇《维摩诘经注》："二乘观空，惟在无我，大乘观空，无法不在。"

【译文】 就如慧远公与谢灵运交好一样，昌禅师也为我开启修禅之法门。萧然坐在松石上，就像身处清凉山。池中莲花洁白不染，心与水一时俱得闲。池上一坐若度一小劫，澄清心境观空天地间。

其二

【题解】 此诗描写诗人受款待的情景。来到这个佛法花雨之地，秋水落入金池，寒石生满青苔，疏扬垂下绿丝。昌禅师手持拂尘迎客，庙里童子奉上霜梨。诗人爱此佳景，流连不去，直到烟萝朦胧黄昏之时。

客来花雨际①，秋水落金池②。片石寒青锦③，疏杨挂绿丝。高僧拂玉柄④，童子献霜梨⑤。惜去爱佳景，烟萝欲暝时⑥。

【注释】①花雨：佛教语。诸天为赞叹佛说法之功德而散花如雨。《添品妙法莲华经》："是时天雨曼陀罗华（花）、摩诃曼陀罗华（花）、曼殊沙华（花）、摩诃曼殊沙华（花），而散佛上及诸大众。"

②金池：山池的美称。

③青锦：比喻青苔。因色如青色锦缎，故称。

④玉柄：谓麈尾，即拂尘。古代文士谈论时，常执拂尘。

⑤霜梨：经秋霜后采摘的梨。

⑥烟萝：草树茂密，烟聚萝缠，谓之"烟萝"。萝，指松萝，地衣类植物。常悬垂于高枝间，少数生于石上。

【译文】我来花雨之地做客，秋水落入华池之中。寒凉的片石上长满青锦般的苔藓，枝叶稀疏的杨柳上垂下几条绿丝。高僧手挥玉柄拂尘，童子献上秋天霜梨。爱此佳景而不忍心离去，直到烟萝朦胧黄昏时刻。

金陵凤凰台置酒

【题解】这首诗当是天宝六载（747），李白游金陵时所作。与《登金陵凤凰台》应为同时之作。凤凰台，遗址在今南京凤台山。《江南通志》记载，南朝宋元嘉十六年，有三鸟翔集山间，文彩五色，状如孔雀，音声谐和，众鸟群附，时人谓之凤凰，起台于山，谓之凤凰台。山曰凤凰山，里曰凤凰里。《方舆胜览》："凤台山，在建康府城南二里余，保宁寺是也。宋元嘉中，凤凰集于是山，乃筑台山以旌嘉瑞。"全诗首段写诗人来到凤凰台，望着浩荡长江，心胸顿觉开阔。心中疑问，当年凤凰从何而来，今朝也该再次飞回。因为当今天子超越上古圣君，朝中三公也是贤臣主政，所以当有祥瑞出现。末段写当今盛世，朝廷无为而治，所以贤士也无所用。只能弹琴饮酒为乐。现在正是东风吹拂，万物复苏之际，怎可不举杯畅饮。金陵是六朝古都，历代帝王已经湮灭，当年宫苑也长满青苔。令人不胜唏嘘，暂且置酒欢娱，歌舞为乐，不必再道伤心事。严羽点评《李太白全集》评"长波"二句："逸人心胸，无境可束。"陆时雍《唐诗镜》评"长波"二句："豁怀乃得此语。"

置酒延落景①，金陵凤凰台。长波写万古，心与云俱开。借问往昔时，凤凰为谁来？凤凰去已久，正当今日回。明君越羲、轩②，天老坐三台③。

豪士无所用，弹弦醉金罍④。东风吹山花，安可不尽杯？六帝没幽草⑤，深宫冥绿苔。置酒勿复道，歌钟但相催。

【注释】①落景：落日。延落景：推迟落日。

②羲、轩：指上古帝王伏羲氏、轩辕氏。

③"天老"句：天老：传说中黄帝之臣。《列子·黄帝》："黄帝既寤，怡（怡）然自得，召天老、力牧、太山稽。"张湛注："三人，黄帝相也。"此处以"天老"喻指朝廷大臣。三台：星宿名，古代用以比喻三公。《史记·五帝本纪》："（黄帝）举风后、力牧、常先、大鸿以治民。"张守节正义："黄帝仰天地置列侯众官，以风后配上台，天老配中台，五圣配下台，谓之三公也。"

④金罍：饰金的大型酒器。后泛指酒杯。此处指饮酒。

⑤六帝：王琦注："六帝，六代帝王也。"泛指六朝帝王。

【译文】置酒赏景想要延迟日落，在金陵凤凰台怀古抒怀。脚下长江万古奔流，心与浮云俱都开朗。借问往昔之时，凤凰为谁而来？凤凰离去已久，今日正该飞回。当今圣主超越伏羲轩辕，贤良大臣端坐三台高位。

如今贤士无所用，只能弹琴醉酒中。此时东风吹拂山花，怎可不饮尽杯中酒？六朝帝王湮没荒草间，深宫苑池中长满绿苔。置酒设宴不必再多言！歌钟之声响起正催人。

秋浦清溪雪夜对酒客有唱鹧鸪者

【题解】这首诗是天宝十三载（754）冬，李白游秋浦时所作。秋浦，县名，唐时属江南道宣州。永泰二年（766）改属池州。今安徽池州市境。鹧鸪，曲调名。即《鹧鸪词》，又名《山鹧鸪》。《乐府诗集》云："《山鹧鸪》，羽调曲也。"全诗写诗人与友人在雪夜对饮，这时有位桂阳之客，唱起《山鹧鸪》。声音美妙，引来清风吹拂窗竹，使鹧鸪鸟鸣叫相呼应。诗人感叹，有此佳曲足以为乐，何必笙竽烦心。

披君貂襜褕①，对君白玉壶。雪花酒上灭，顿觉夜寒无。客有桂阳至②，能吟《山鹧鸪》。清风动窗竹，越鸟起相呼③。持此足为乐,何烦笙与竽?

【注释】①襜(chān)褕(yú):古代一种较长的单衣。因其宽大而长,作襜襜然状,故名。貂襜褕:貂皮制成的直裾单衣。张衡《四愁诗》:"美人赠我貂襜褕。"颜师古《急就篇注》:"襜褕,直裾襜衣也。谓之襜褕者,取其襜襜而宽裕也。"

②桂阳:唐时郡名,即郴州也。今湖南郴州市。

③越鸟:王琦注:"即鹧鸪也。以越地最多,故谓之越鸟。"

【译文】为君披好貂皮长衣,对君置上白玉酒壶。雪花落在酒上就消失,饮下一杯寒意顿时无。有远客从桂阳而来,能够吟唱《山鹧鸪》词。歌声引来清风吹动窗竹,就连越鸟也鸣叫相呼应。有此佳词足以为乐,何必要笙竽来烦心呢?

与周刚清溪玉镜潭宴别 潭在秋浦桃树陂下,予新名此潭。

【题解】这首诗是天宝十三载(754)冬,李白游秋浦清溪时所作。周刚,事迹不详。清溪玉镜潭,潭名,故址在今安徽池州南桃坡镇,今已不存。在今安徽池州市。《江南通志》:"玉镜潭,在池州府西南七十里,江祖潭下数里许。"此诗以谢灵运为永嘉太守时游石门山说起。引出诗人与周刚同游桃陂之事。接着描写桃陂景色。最后又特写玉镜潭。诗人流连于秀美景色,直到夜暮才归。

康乐上官去,永嘉游石门①。江亭有孤屿②,千载迹犹存。

我来憩秋浦,三入桃陂源③。千峰照积雪,万壑尽啼猿。兴与谢公合,文因周子论。扫崖去落叶,席月开清樽④。

溪当大楼南⑤,溪水正南奔。回作,澄明洗心魂。此中得佳境,可以绝嚣喧。清夜方归来,酣歌出平原。别后经此地,为予谢兰荪⑥。

【注释】①“康乐”二句:康乐:指谢灵运,袭康乐公。上官:上任。永嘉:郡名,今浙江温州市。谢灵运曾为永嘉太守。石门:山名。《一统志》:“石门山,在温州府城北。”

②孤屿:山名。《太平寰宇记》:“孤屿山在温州南四里永嘉江中,渚长三百丈,阔七十步,屿有二峰。”

③桃陂源:即桃胡陂。今称桃坡,在安徽池州市南桃坡镇。

④席月:坐于月光下。陶弘景《解官表》:“席月涧门,横琴云间。”

⑤大楼:即大楼山,在今安徽池州市南。《江南通志》:“大楼山,在池州府城南四十里。”

⑥兰荪:香草名,比喻贤士君子。沈约《和谢宣城》:“昔贤侔时雨,今守馥兰荪。”刘良注:“馥,香也。兰荪,香草也。”此处比喻周刚。

【译文】康乐公谢灵运出朝为官,任永嘉太守而游石门山。江中孤屿山上有小亭,千年后这些古迹犹存。

我来秋浦休憩游乐,三入桃陂溯源探幽。只见千峰积雪照耀,万壑回荡猿啼。此时我与谢公逸兴相合,欣然又与周子共作新文。我们扫清崖上的落叶,坐在月光下举杯欢饮。

溪流正在大楼山的南面,溪水潺潺向南奔流而去。曲折汇聚成玉镜潭,潭水澄清可洗心魂。这里有如此佳美景色,可以隔绝人世的喧嚣。直到深夜才趁兴归来,一路高歌回到了平原。分别后如果再经过此地,一定问候兰荪般的君子。

游秋浦白笴陂二首

【题解】此二诗亦为天宝十三载(754)冬,李白游秋浦时所作。白笴陂,《江南通志》:"白笴堰,在池州府城西南二十五里。"

其一

【题解】此诗描写了月下游览白笴陂的情景。月色下积雪的山顶清辉摇曳,不时有山猿身影在寒枝闪过。诗人沉醉其中,直到日晚才吟诵小曲归去。全诗意境清新,格调雅致。

何处夜行好?月明白笴陂。山光摇积雪,猿影挂寒枝。但恐佳景晚,小令归棹移①。人来有清兴②,及此有相思。

【注释】①小令:小曲。

②清兴:清雅的逸兴。

【译文】夜间出游何处最好?当然是月下白笴陂。山上清辉摇曳积雪中,猿影倏忽出现寒枝上。留恋佳境只是担心夜深,吟唱小曲调转船头归家。人来此处就生清兴,前情未了又起相思。

其二

【题解】这首诗写诗人夜游白苎陂,兴起而长啸,又感溪谷寒气,心情顿时爽然。水中鱼龙也扰动不止,掀起阵阵波澜。诗人望月而生思乡之情,向西遥望故乡而肝肠断。

白苎夜长啸,爽然溪谷寒①。鱼龙动陂水,处处生波澜。天借一明月,飞来碧云端。故乡不可见,肠断正西看②。

【注释】①爽然:开朗舒畅貌。
②西看:李白故乡在蜀地,位于秋浦之西,故曰"西看"。

【译文】我在白苎乘夜长啸,溪谷寒气让人爽然。鱼龙受惊搅动陂水,处处掀起阵阵波澜。天上借来一轮明月,飞来挂在碧云之上。故乡遥遥不可得见,向西而望空断肝肠。

宴陶家亭子

【题解】此诗年代不详。陶家亭子,地点不详。全诗描绘了陶家亭子周围优美的景色。陶家深藏曲巷,高门大院。府里池水清澈如明镜,林中花开如笑颜。绿水映照春日,青轩深藏晚霞。如此风景,如果再有弦管妙音,那么石崇的金谷也不足夸。

　　曲巷幽人宅,高门大士家①。池开照胆镜②,林吐破颜花③。绿水藏春日,青轩秘晚霞④。若闻弦管妙,金谷不能夸⑤。

　　【注释】①大士:古殷商官名。掌管祭神之事。《礼记·曲礼下》:"天子建天官,先六大,曰大宰、大宗、大史、大祝、大士、大卜,典司六典。"郑玄注:"此盖殷时制也。……大士,以神仕者。"此处指高官。

　　②照胆镜:相传秦咸阳宫中有大方镜,能照见人五脏病患。女子有邪心者,以此镜照之,可见胆张心动。《西京杂记》:"高祖初入咸阳宫……有方镜,广四尺,高五尺九寸,表里有明。人直来照之,影则倒见。以手扪心而来,则见肠胃五藏,历然无碍。人有疾病在内,掩心而照之,则知病之所在。又女子有邪心,则胆张心动。秦始皇常以照宫人,胆张心动者则杀之。"此处比喻池水清澈若明镜。

　　③破颜花:形容花开之貌如人破颜而笑。

　　④秘:关闭,隐藏。

　　⑤"金谷"句:用西晋石崇金谷园故事。石崇《金谷诗叙》:"余以元康六年,从太仆卿出为使持节监青、徐诸军事,征虏将军,有别庐在河南县界金谷涧中,或高,或下,有清泉、茂林、众果、竹柏、药草之属……莫不毕备。又有水碓、鱼池、土窟,其为娱目欢心之物备矣。时征西大将军祭酒王诩,当还长安,余与众贤共送往涧中,昼夜游宴,屡迁其座。或登高临下,或列坐水滨,时琴瑟笙筑,合载车中,道路并作。及住,令与鼓吹递奏,遂各赋诗以叙中怀,或不能者,罚酒三斗。感性命之不永,惧凋落之无期,故具列时人官号、姓名、年纪,又写诗著后。后之好事

者，其览之哉！"《水经注·榖水》："榖水又东，左会金谷水。水出太白原，东南流历金谷，谓之金谷水，东南流径晋卫尉卿石崇之故居。"

【译文】曲巷深处有幽人宅院，高门之家是大士居所。院中池水照人如明镜，林中鲜花怒放如开颜。绿水荡漾映出春日倒影，青轩之中秘藏妩媚晚霞。如果还能听闻弦管妙音，那么石崇金谷也不足夸。

在水军宴韦司马楼船观妓

【题解】此诗当是至德二载（757）正月，李白在永王李璘幕中所作。韦司马，疑为《赠韦秘书子春》中的韦子春。《新唐书·永王李璘传》："璘生宫中，于事不通晓，见富且强，遂有窥江左意，以薛谬、李台卿、韦子春、刘巨鳞、蔡驹为谋主。"可知韦子春乃永王李璘的谋士。全诗描写了诗人在永王水师宴饮观妓的场景。虽为欢宴戏乐之作，"诗因鼓吹发，酒为剑歌雄"二句，仍展现了诗人的豪气。

摇曳帆在空，清流顺归风。诗因鼓吹发①，酒为剑歌雄②。对舞青楼妓，双鬟白玉童③。行云且莫去，留醉楚王宫④。

【注释】①鼓吹：即鼓吹乐。用鼓、钲、箫、笳等乐器合奏。这里指演奏乐曲。

②剑歌：弹剑而歌。典出《战国策·齐策四》：冯谖寄食孟尝君门下，不得意，倚柱弹其剑歌曰："长铗归来乎，食无鱼……长铗归来乎，

出无车。"

③双鬟：女孩头上的两个环形发髻。

④"行云"二句：用宋玉《高唐赋》中楚王与神女的故事。

【译文】高帆在空中摇曳，乘风顺江流而下。闻鼓吹声而使诗兴大发，弹剑高歌更添豪饮雄风。青楼歌妓两两起舞，双鬟玉童随侍在傍。空中的行云暂且不要离去，与我在楚王宫里酣醉一场！

流夜郎至江夏陪长史叔及薛明府宴兴德寺南阁

【题解】这首诗是乾元元年(756)夏，李白流放夜郎至江夏时所作。长史叔，姓李的江夏郡长史，名字事迹不详。薛明府，姓薛的江夏县令。名字事迹不详。兴德寺，当在江夏县境内，今无考。诗中描写兴德寺横卧江边，青山倒影落在明镜般水中。江水曲折沙岸无尽，白日映水一片空灵。南阁中佛乐缭绕，水中莲舟飘荡。末尾诗人以阮籍比喻长史叔，以陶渊明比喻薛明府，用典贴切。

绀殿横江上①，青山落镜中。岸回沙不尽，日映水成空。天乐流香阁②，莲舟扬晚风③。恭陪竹林宴④，留醉与陶公⑤。

【注释】①绀殿：指寺庙。因寺庙的墙壁为绀色，故称。绀，红青，微带红的黑色。

②天乐：天国之乐。香阁：对寺阁的美称。

③"莲舟"句：王琦注："莲舟，采莲舟也。扬者，随风摇荡之义。"

④竹林宴：叔侄之宴。《晋书·阮籍传》："（阮）咸任达不拘，与叔父籍为竹林之游。"此处以阮籍喻长史叔，以阮咸自喻。

⑤陶公：指晋代诗人陶渊明，曾为彭泽县令，此处以陶渊明比喻薛明府。

【译文】绀红的大殿横卧江岸，青山倒映在明镜水中。江水曲折沙岸无尽，白日映水澄空一片。香阁中充满天乐，莲舟在风中飘荡。我恭陪叔父欢娱竹林宴，薛明府如陶公与我酣醉。

泛沔州城南郎官湖　并序

【题解】此诗作于乾元元年（758）八月，李白流放夜郎路过沔州时所作。沔州，即汉阳郡，唐时属淮南道。天宝元年改为汉阳郡。乾元元年复改为沔州，今湖北武汉市汉阳。郎官湖，原名南湖，原址在今汉阳东南隅。序文中详述了尚书郎张谓出使夏口，与众人泛舟南湖，并乘兴让诗人命名郎官湖的过程。诗中基本概述序文内容。全诗简洁舒畅，逸兴高邈。游湖饮宴本为常事，但是李白在流放途中，颠沛流离之间，仍能表现出这种旷达和超然，就非常难能可贵了。严羽评点《李太白全集》点评序文："豪情如生，觉此会未散。"钟惺《唐诗归》："若不作诗，此序已是一绝妙题名矣。"

乾元岁，秋八月，白迁于夜郎，遇故人尚书郎张谓出使夏

口①, 沔州牧杜公、汉阳宰王公, 觞于江城之南湖, 乐天下之
再平也。方夜水月如练, 清光可掇②, 张公殊有胜概, 四望超
然, 乃顾白曰: "此湖古来贤豪游者非一, 而枉践佳景, 寂寥
无闻。夫子可为我标之嘉名, 以传不朽。"白因举酒酹水③, 号
之曰"郎官湖", 亦由郑圃之有仆射陂也④。席上文士辅翼、岑
静, 以为知言。乃命赋诗纪事, 刻石湖侧。将与大别山共相磨
灭焉⑤。

张公多逸兴, 共泛沔城隅。当时秋月好⑥, 不减武昌都⑦。
四坐醉清光, 为欢古来无。郎官爱此水, 因号郎官湖。风流若未
减, 名与此山俱⑧。

【注释】①张谓: 字正言, 河南人。《唐诗纪事》: "(张) 谓登天
宝二年进士第, 奉使长沙, 尝作《长沙风土记》。""谓大历间为礼部侍
郎, 典七年、八年、九年贡举。"夏口: 古地名。又称沔口、汉口、鲁口。
指夏水 (汉水) 汇入长江处。即今武汉市汉口。又为古城名, 三国时吴黄
武二年 (223) 筑。在今武汉市黄鹄山上。因与夏口隔江相对, 故名。唐
时为鄂州治所。此处当指古地名。

②可掇: 似可拾取。《诗·周南·芣苢》: "采采芣苢, 薄言掇之。"
毛传: "掇, 拾也。"

③酹水: 以酒洒水表示祭奠。

④郑圃之有仆射陂: 指郑州管城县之李氏圃。《元和郡县志》:
"李氏陂, 郑州管城县东四里。后魏孝文帝以此陂赐仆射李冲, 故俗呼
为仆射陂。周回十八里。"

⑤大别山: 在今湖北武汉市汉阳东北。《元和郡县志》: "鲁山,

一名大别山，在沔州汉阳县东北一百步。其山前枕蜀江，北带汉水，山上有吴将鲁肃神祠。"

⑥秋月好：用《世说新说·容止》中庾亮登武昌南楼谈咏故事，《世说新语·容止》记载，东晋太尉庾亮在武昌时，正值秋夜气佳景清，下属殷浩、王胡之等人登南楼吟咏，正兴起之时，就听楼梯处传来很响的木屐声，大家猜一定是庾亮。不一会儿，庾亮就带着十多个人上来，众人欲起身避让。庾亮说："诸位暂且留步，老夫今日兴致不浅。"于是与众人一起吟咏、谈笑，众人皆欢。

⑦武昌都：今湖北鄂州市。三国时孙权曾建都于此，故曰"武昌都"。唐代为武昌县。

⑧"名与"句：用羊祜故事。《晋书·羊祜传》："公德冠四海，道嗣前哲，令闻令望，必与此山俱传。"

【译文】乾元元年，秋季八月。我被流放夜郎，遇到故人尚书郎张谓出使夏口，沔州刺史杜公、汉阳县令王公，在江城南湖设酒宴饮，众人都欣喜天下又恢复了太平。当时，月光、流水皎洁如白练，明月清光似乎手可掬捧。张公感慨非常，四顾超然，望着我说："此湖自古以来多有贤士豪杰游览，而徒然留恋佳地，此湖却一直寂寞无闻。请您为我想一个有意义的名称，让其流传不朽。"我因而举酒洒湖以祭，命名为"郎官湖"，就像郑州有仆射陂。宴席上，文士辅翼、岑静认为此名很恰当。于是让我赋诗以记述此事，并刻石立于湖畔。希望能与大别山共存不灭。

张公出游多有逸兴，众人泛舟于沔城边。时值秋月美好之际，不比武昌都城逊色。四座众人陶醉清辉中，所遇欢乐自古所没有。郎官喜爱此处湖水，因此命名为郎官湖。诸君风流如若不减，英名将与此山同存。

陪侍郎叔游洞庭醉后三首

【题解】此组诗是乾元二年（759）秋，李白在岳阳遇到被贬官岭南的刑部侍郎李晔，与之同游洞庭时所作。侍郎叔，即刑部侍郎李晔。据《旧唐书·李岘传》记载，乾元二年，凤翔七马坊押官曾为盗，劫掠百姓，被天兴县尉谢夷甫擒杀。其妻进状诉冤，诏令刑部侍郎李晔与御史中丞崔伯阳、大理卿权献三司讯问，认定判决无误。其妻上诉不已，又诏令毛若虚复审，毛若虚受宦官指使，归罪于谢夷甫，又在肃宗面前进谗言陷害崔伯阳、权献。肃宗大怒，贬崔伯阳为端州高要尉，权献为郴州桂阳尉，李晔为岭南县尉。

其一

【题解】全诗短小，言浅近俗，意在"清狂"二字。

今日竹林宴①，我家贤侍郎。三杯容小阮②，醉后发清狂③。

【注释】①竹林宴：用阮籍、阮咸叔侄竹林之游的典故。此处比喻李晔与诗人的游宴。

②小阮：指竹林七贤中的阮咸，阮咸乃阮籍之侄，《晋书·阮籍传》："〔阮〕咸任达不拘，与叔父籍为竹林之游。"

③清狂：放逸不羁。

【译文】今日就如竹林之宴，侍郎叔父就像阮籍。酒过三杯请容许我这个小阮，乘着酣醉抒发狂放不羁之态。

其二

【题解】全诗简言划桨游湖之乐，淡而有味。

船上齐桡乐①，湖心泛月归。白鸥闲不去，争拂酒筵飞。

【注释】①齐桡乐：一同划桨欢乐。桡，船桨。

【译文】众人起桨划船为乐，月映湖心泛舟而归。白鸥悠闲盘旋不去，争相掠过酒筵上方。

其三

【题解】全诗首两句构思奇妙，想象天开。三四句极言心中快意，率真豪放。郝敬《批选唐诗》点评："率尔道出，自觉高妙。"罗大经《鹤林玉露》："李太白云：'铲却君山好，平铺湘水流。'杜子美云：'斫却月中桂，清光应更多。'二公所以为诗人冠冕者，胸襟阔大故也。此皆自然流出，不假安排。"吴烶《唐诗选胜直解》："言铲去君山而令湘水平铺，太白胸中放旷豪迈可见。中流畅饮，洞庭秋意，尽收于醉中矣。"

划却君山好①，平铺湘水流②。巴陵无限酒③，醉杀洞庭秋。

【注释】①划却：铲平，削去。划，同"铲"。君山：在湖南洞庭湖口，又名湘山。《水经注·湘水》："（洞庭）湖中有君山……是山，湘君之所游处，故曰君山矣。"

②湘水：此处指洞庭湖。《北梦琐言》："湘江北流至岳阳，达蜀江。夏潦后，蜀涨势高，遏住湘波，让而退溢为洞庭湖，凡阔数百里。而君山宛在水中，秋水归壑，此山复居于陆。"

③巴陵：郡名。即岳州，天宝元年改为巴陵郡，乾元元年复改为岳州。今湖南岳阳市。

【译文】削去君山该有多好，洞庭湖水平铺无边。巴陵地有着无尽的美酒，可相与酣醉洞庭秋色中。

夜泛洞庭寻裴侍御清酌

【题解】这首诗应是乾元二年（759）秋，李白游洞庭时所作。裴侍御，名不详。李白有《酬裴侍御对雨感时见赠》《酬裴侍御留岫师弹琴见寄》《答裴侍御先行至石头驿以书见招期月满泛洞庭》《至鸭栏驿上白马矶赠裴侍御》等诗，其中的"裴侍御"当为同一人。全诗描写了诗人夜游洞庭，遇到友人，把酒言欢的情景。并抒发了诗人及时行乐，不求官宦的思想。

日晚湘水渌①，孤舟无端倪②。明湖涨秋月，独泛巴陵西。遇憩裴逸人，岩居陵丹梯③。抱琴出深竹，为我弹《鹍鸡》④。曲尽酒亦倾, 北窗醉如泥⑤。人生且行乐⑥, 何必组与珪⑦!

【注释】①湘水: 此处指洞庭湖水。

②无端倪: 无边际。谢灵运《游赤石进帆海》诗: "溟涨无端倪, 虚舟有超越。"李周翰注: "端倪, 犹涯际也。"

③陵丹梯: 攀登高峰。陵, 登, 上升。谢朓《敬亭山》诗: "即此陵丹梯。"李善注: "丹梯, 谓山也。"吕延济注: "丹梯, 谓山高峰入云霞处也。"

④《鹍鸡》: 琴曲名。嵇康《琴赋》: "鹍鸡游弦。"李善注: "古相和歌者, 有《鹍鸡曲》。"

⑤"北窗"句: 陶潜《与子俨等疏》: "常言五六月中, 北窗下卧, 遇凉风暂至, 自谓是羲皇上人。"《后汉书·周泽传》: "时人为之语曰: '生世不谐, 作太常妻。一岁三百六十日, 三百五十九日斋, 一日不斋醉如泥。'"此句用此两典。

⑥"人生"句:《汉书·杨恽传》: "人生行乐耳, 须富贵何时!"

⑦组与珪: 组带及玉制符信。古代贵官的服饰器物。此处喻指做官。任昉《王文宪集序》: "既袭珪组, 对扬王命。"刘良注: "珪, 诸侯所执也; 组, 绶, 所以系印者也。"

【译文】黄昏时湘水更显碧绿, 乘孤舟漫无边际飘荡。秋月下明亮的湖水涨起, 我独自泛舟在巴陵之西。遇到隐憩于此的裴逸人, 他攀山登峰岩居在丹崖。他从竹林抱琴出来, 为我弹奏《鹍鸡》之曲。一曲完毕酒也尽饮, 卧于北窗烂醉如泥。人生在世及早行乐, 何必要以官爵为念!

陪族叔刑部侍郎晔及中书贾舍人至游洞庭五首

【题解】此组诗是乾元二年（759）秋所作。族叔刑部侍郎晔，即刑部侍郎李晔。即当时被贬岭南。中书贾舍人至，即中书舍人贾至，当时由汝州刺史被贬岳州司马。李白与二人在岳州相会而同游洞庭。全诗从不同角度描写了洞庭湖的秀美景色、人文传说以及纵酒豪放和贬逐之士寄意朝堂之情。

其一

【题解】此诗描写了洞庭湖的浩淼广阔，气象非凡，并且吊古怀今，意境悠远。杨慎《升庵诗话》："此诗之妙不待赞。前句云'不见'，后句云'不知'，读之不觉其复。此二'不'字决不可易，大抵盛唐大家正宗作诗，取其流畅，不似后人之拘拘耳。"敖英《唐诗绝句类选》："妙在缀景而略写怀古之意。此诗缀景宏阔，有吞吐湖山之气，落句感慨之情深矣。"

洞庭西望楚江分[①]，水尽南天不见云。日落长沙秋色远[②]，不知何处吊湘君[③]。

【注释】①楚江分：长江在湖北石首县分两道入洞庭湖，因称。②日落长沙：江淹《从冠军建平王登庐山香炉峰》诗："日落长沙渚,曾阴万里生。"

③湘君:湘水之神。《史记·秦始皇本纪》:"上问博士曰:'湘君何神?'博士对曰:'闻之,尧女,舜之妻······'"司马贞索隐:"《列女传》亦以湘君为尧女。按《楚辞·九歌》有《湘君》《湘夫人》。夫人是尧女,则湘君当是舜。今此文以湘君为尧女,是总而言之。"洪兴祖《楚辞补注》卷二《湘君注》:"尧之长女娥皇为舜正妃,故曰君,其二女女英自宜降曰夫人也。故《九歌》词谓娥皇为'君',谓女英'帝子',各以其盛者推言之也。"

【译文】楚江在洞庭湖西而分流,水波远接南天万里无云。日落遥望秋色中的长沙,不知何处可以凭吊湘君。

其二

【题解】这首诗描写诗人泛舟洞庭,买酒一醉的情景。辞意飘逸,洒脱不羁。周珽《唐诗选脉会通评林》点评:"前首下联,景中含情,落句吊古;此首下联,情中见景,落句悲今。真景实情,互相映发,凌厉千古。"

南湖秋水夜无烟①,耐可乘流直上天②。且就洞庭赊月色③,将船买酒白云边。

【注释】①南湖:指洞庭湖。因在岳阳楼西南,故称。

②耐可:唐人俗语,犹安得、怎得。

③赊:借。

【译文】寒夜里南湖秋水澄清无染，如何可以乘流直上青天。姑且到洞庭湖借来月色，去船上买酒一醉白云边。

其三

【题解】这首诗以贾谊和李膺比喻贾至和李晔，感叹他们虽才高名望，却命运多舛，如今被贬，只能遥望长安。唐汝询《唐诗解》点评："贾生比至，惜其谪；元礼指晔，美其名。二子虽流落于此，能不复思长安而西笑乎？但波心迷惑，莫识为'西天'耳。四诗之中，三用'不知'字，心之烦乱可想。"王琦注《李太白全集》："潘岳《西征赋》：'贾生，洛阳之才子'，谓贾谊也。贾至亦河南洛阳人，故以谊比之。后汉李膺，字元礼，与郭林宗同舟而济……用此以拟李晔。二人俱谪官，故用桓谭《新论》中'人闻长安乐，出门向西笑'之语，以致其思望之情。"

洛阳才子谪湘川①，元礼同舟月下仙②。记得长安还欲笑，不知何处是西天③。

【注释】①洛阳才子：指贾谊。潘岳《西征赋》："贾生，洛阳之才子。"此处喻指贾至。贾至亦河南洛阳人。

②元礼：东汉时河南尹李膺，字元礼。曾与郭太同舟出游，岸上众人望之如神仙。事见《后汉书·郭太传》此处以李膺比拟李晔。

③"记得"二句：用怀念长安之典故。桓谭《新论》："人闻长安乐，则出门而西向笑。"此即用其意。西天：即指长安。

【译文】贾公您这位洛阳才子被贬到湘江，李膺般的族叔与我同舟如月下仙。常常思念长安还欲笑，如今不知长安在何处。

其四

【题解】此诗描写夜游洞庭湖的情景，同时借景抒情，表现了诗人的郁郁不乐之情。唐汝询《唐诗解》："秋月未沉，晨雁已起，舟中之客，霜露入衣而不知，岂乐时忘返耶？意必有不堪者在也。"

洞庭湖西秋月辉，潇湘江北早鸿飞[1]。醉客满船歌《白纻》[2]，不知霜露入秋衣。

【注释】[1]早鸿：卢照邻《送郑司仓入蜀》："霜氛落早鸿。"鸿，大雁。

[2]《白纻》：吴地歌曲名。王琦注："《白苎》，清商调曲也。苎，是吴地所产，故旧说以为吴人之歌，始则田野之作，后乃大乐用焉。一云即《子夜歌》也，在吴歌为《白苎》，在雅歌为《子夜》。"苎，通"纻"。

【译文】洞庭湖的西边秋月生辉，潇湘江北面有鸿雁早飞。满船醉客高歌《白纻》曲，秋霜侵入衣服都不知。

其五

【题解】这首诗着重描述洞庭湖的秀美。引用湘君、湘夫人的传说，更加增添了洞庭湖的神秘缥缈。"淡扫明湖开玉镜，丹青画出是君山"二句，形象地描画出波光莹莹的洞庭，犹如一面明镜，君山仿佛是丹青化成的一样。

帝子潇湘去不还①，空余秋草洞庭间。淡扫明湖开玉镜，丹青画出是君山。

【注释】①帝子：指尧之女，舜之妻娥皇和女英。《楚辞·九歌·湘夫人》："帝子降兮北渚。"王逸注："帝子，谓尧女也。降，下也。言尧二女娥皇、女英，随舜不及，没于湘水之渚，因为湘夫人。"

【译文】娥皇女英一去潇湘就不回，徒留无尽秋草在洞庭湖边。洞庭湖晶莹宛如淡扫的明镜，君山仿佛用丹青画成的一样。

楚江黄龙矶南宴杨执戟治楼

【题解】此诗年代不详。楚江，指今湖北以东长江，古为楚地。黄龙矶，具体位置不详。杨执戟，指扬雄，秦汉时的宫廷侍卫官，因值勤时手持戟，故名持戟。扬雄曾为宫中侍臣，所以称为扬执戟。此处借指当时姓杨之人。治楼，指值勤之楼。全诗描写诗人五月来到五洲，与友人一起乘舟赏江景的过程。诗人游玩颇为尽兴，连归隐桂丛的事情，也推迟他日再求。

五月分五洲①，碧山对青楼。故人杨执戟，春赏楚江流。一见醉漂月，三杯歌棹讴②。桂枝攀不尽③，他日更相求。

【注释】①五洲：《水经注·江水三》："江中有五洲相接，故以五洲为名。宋孝武帝举兵江州，建牙洲上，有紫云荫之，即是洲也。东会希水口……希水又南，积而为湖，谓之希湖。湖水又南流迳轪县东而南流注于江，是曰希水口者也。"即在今湖北浠水县西南浠水口与巴河口之间的长江中。

②棹讴：船歌。左思《蜀都赋》："吹洞箫，发櫂讴。"刘渊林注："櫂讴，鼓櫂而歌也。"櫂，同"棹"。

③"桂枝"句：谓隐居。《楚辞·招隐士》："桂树丛生兮山之幽……攀援桂枝兮聊淹留。"此句用其意。

【译文】五月之时来到五洲，只见青山遥对青楼。遇到了故人杨执戟，就一起到楚江出游。我们初见就乘醉赏江月，饮下三杯则高唱鼓桨歌。欲攀桂枝归隐却不能，只好留待他日再相求。

铜官山醉后绝句

【题解】这首诗是天宝十三载（754），李白游宣州南陵时所作。铜官山，又称利国山，在今安徽铜陵市南，南朝齐、梁以来，置铜官场于此，故名。《元和郡县志》："利国山，在宣州南陵县西一百一十里。出铜，供梅根监。"《大清一统志》："铜官山，在铜陵县南十里，即废南陵县之利国也。"诗人抒发对铜官山的喜爱，准备流连千年而不还，并且要乘兴起舞，游遍五松山各处。

我爱铜官乐，千年未拟还。要须回舞袖[①]，拂尽五松山[②]。

【注释】①要须：必须，需要。

②五松山：在今安徽铜陵市南。为李白所命名。

【译文】我爱铜官山之乐无穷，就算千年也不想离开。我必须乘醉舒展舞袖，把五松山全部拂扫遍。

与南陵常赞府游五松山　山在南陵铜井西五里，有古精舍。

【题解】此诗当是天宝十三载（754），李白游南陵时所作。南陵常赞府，南陵县丞常某。李白有《书怀赠南陵常赞府》《于五松山赠南陵常赞府》等诗，其中"常赞府"当为同一人。南陵，县名，唐属宣州，今安徽南陵县。精舍，本指讲学的学舍、书斋，此处指道士或僧人修炼或讲道说法之所。全诗首段写谢安出海遇风暴而淡然面对的故事，说明淡然处世，可与神异相通。次段写诗人来到五松下，畅饮攀山，引证古事，而命名此山为五松山。末段描写五松山的松涛和鸣泉之美，使诗人生出遁迹修行的念头。

安石泛溟渤，独啸长风还。逸韵动海上，高情出人间[①]。灵异可并迹，淡然与世闲。

我来五松下，置酒穷跻攀。征古绝遗老，因名五松山②。

五松何清幽，胜境美沃洲③。萧飒鸣洞壑，终年风雨秋。响入百泉去，听如三峡流④。剪竹扫天花⑤，且从傲吏游⑥。龙堂若可憩⑦，吾欲归精修。

【注释】①"安石"四句：安石：指东晋谢安，字安石。溟渤：泛指大海。逸韵：高逸的风韵。《世说新语·雅量》："谢太傅盘桓东山时，与孙兴公诸人泛海戏，风起浪涌，孙、王诸人色并遽，便唱使还。太傅神情方王，吟啸不言。舟人以公貌闲意说，犹去不止。既风转急，浪猛，诸人皆喧动不坐。公徐云：'如此，将无归！'众人即承响而回。于是审其量，足以镇安朝野。"四句用其意。

②"征古"二句：胡震亨《李诗通》："观此诗，是五松非山本名，乃太白所名，亦如名九华也。"征古：考证古事。遗老：指经历世变的老人。

③沃洲：山名。在今浙江新昌县东南，与天姥山隔沃洲湖相对。东晋时多位名士、高僧曾隐此山。

④"萧飒"四句：王琦注："萧飒、风雨、百泉、三峡，皆状五松涛声之美。"

⑤天花：佛教语，指天界仙花。

⑥傲吏：不为礼法所屈的官吏。

⑦龙堂：本指神话中河神所居的画有蛟龙之堂。《楚辞·九歌·河伯》："鱼鳞屋兮龙堂，紫贝阙兮朱宫。"王逸注："言河伯所居，以鱼鳞盖屋，堂朱画蛟龙之文。"后用以指寺观。此处指精舍名。

【译文】谢安泛舟于沧海，遇长风独啸而还。飘逸的韵致惊动海上诸人，崇高的情怀超出俗世之人。山川灵异可与人相合，心境淡泊以闲适处世。

我来到五松之下，置酒攀到山尽处。征询乡老以求古事，因之命名为五松山。

五松山是何其清幽，绝妙胜境美过沃洲山。松声萧瑟鸣于洞壑间，终年回荡如暮秋风雨。山上百泉潺潺而响，听来恰似三峡奔流。剪下竹枝扫去天花，且与傲世之吏同游。龙堂精舍如可休憩，我欲归入其中修行。

宣城青溪

【题解】这首诗大约于天宝十三载（754）秋，诗人游秋浦时所作。清溪，在今安徽池州市。清溪两岸景色秀丽，风光宜人。王琦注："清溪，在池州秋浦县北五里。而此云'宣城清溪'者，盖代宗永泰元年，始析宣州之秋浦、青阳及饶州之至德为池州，其前固隶宣城郡耳。"诗中描写清溪山水林木都有秀色，彩鸟白猿珍奇不知名。诗人感叹没有同道之人相伴，空留遗憾。

清溪胜桐庐①，水木有佳色②。山貌日高古，石容天倾侧。彩鸟昔未名，白猿初相识。不见同怀人③，对之空叹息。

【注释】①桐庐：唐县名。《太平寰宇记》："睦州桐庐县，汉为富春县地，吴黄武四年，分富春置此县。耆老相传云：桐溪侧有大桐树，垂条偃盖荫数亩，远望似庐，遂谓为桐庐县也。"今浙江杭州市桐庐县。

②"水木"句：吴均《与朱元思书》："自富阳至桐庐，一百许里，奇山异水，天下独绝。"此句形容清溪景色胜过桐庐。

③同怀人：指志趣相合者。谢灵运《登石门最高顶》诗："惜无同怀客，共登青云梯。"刘良注："同怀，谓友人也。"

【译文】青溪的美景胜过桐庐，山水林木都秀丽多彩。群山映照白日更显高古，险峰巨石天然倾侧耸立。彩鸟盘旋未知其名，白猿窜跃初与人见。见不到志趣相投之人，面对美景只能空叹息。

与谢良辅游泾川陵岩寺

【题解】此诗当作于天宝十三载（754），李白游泾县时所作。谢良辅，天宝十载进士及第。曾任司封员外郎、户部郎中。建中四年（783）十月在商州刺史任上被乱兵所杀。泾川，即泾溪、泾水，在今安徽泾县西南。陵岩寺，又名水西寺，在水西山上，泾溪在其下。《江南通志》："陵岩寺，在（泾）县西七十五里，隋建。"诗中称赞泾溪的陵岩寺一带山水秀美，可媲美若耶溪的云门寺。并以谢灵运比拟谢良辅，与诗人一起寻山水之乐。

乘君素舸泛泾西①，宛似云门对若溪②。且从康乐寻山水③，何必东游入会稽④？

【注释】①素舸：不加装饰的船。

②云门：即云门山，在今浙江绍兴市南，山上有云门寺。若溪：即若耶溪。

③"且从"句：康乐：指谢灵运。《宋书·谢灵运传》："袭封康乐公。……出为永嘉太守。郡有名山水，灵运素所爱好，出守既不得志，遂肆意游遨，遍历诸县，动逾旬朔，民间听讼，不复关怀。所至辄为诗咏，以致其意焉。"此处以谢灵运比拟谢良辅。

④会稽：郡名，即越州。天宝元年改为会稽郡，乾元元年复改为越州。

【译文】乘坐您的舟船泛游泾川西，此寺就像若耶旁的云门寺。姑且像谢灵运一样寻山水，何必急于东游去会稽揽胜。

游水西简郑明府

【题解】这首诗当是上元二年（761），李白游宣州泾县时之作。水西，即水西山，在今安徽泾县西五里。简，写信。郑明府，姓郑的县令，名字事迹不详。明府，唐人对县令的敬称。诗中叙述了游水西寺的经过，以及山中五月清冷如深秋的气候。诗人最后表达了未能和郑明府一起出游的遗憾。

天宫水西寺①，云锦照东郭。清湍鸣回溪，绿水绕飞阁②。

凉风日萧洒，幽客时憩泊。五月思貂裘，谓言秋霜落。石萝引古蔓,岸笋开新箨③。

吟玩空复情,相思尔佳作。郑公诗人秀,逸韵宏寥廓。何当一来游,惬我雪山诺④?

【注释】①天宫水西寺:在今安徽泾县城西五里水西山,原名凌岩寺,建于南齐。唐肃宗上元元年改名天宫水西寺。

②飞阁:凌空架设的阁道。张衡《东京赋》:"飞阁神行。"薛综注:"言阁道相通,不在于地,故曰飞。"

③箨:竹笋的皮壳。

④雪山:原指印度北部喜马拉雅诸山,传说释迦牟尼成道前曾在此苦行。后借指佛教圣地或僧侣住地。

【译文】天宫水西寺雄伟壮观,云锦般光彩映照城郭。清澈的湍流曲折声响,飞天的阁道绿水环绕。

凉风日日吹拂令人爽然,幽隐之人时时停下小憩。这里五月竟思貂裘,清冷就像秋霜袭人。石上女萝缠绕古藤,岸边竹笋抽出新壳。

吟咏赏玩空有好兴,思念您想看到佳作。郑公您有诗人才气,格调飘逸气度寥廓。何时与您再来此一游,兑现我在寺前的承诺?

九日登山

【题解】这首诗是天宝十二载(753)九月九日,李白与宣州别驾同登响山而作。九日登山,王琦注:"玩诗义,当是偕一宗室为宣城别驾者,于九日登其所筑之台而作,诗题应有缺文。"九日,夏历九月初九日,即重阳节。李白有《宣城九日闻崔四侍御与宇文太守游敬亭余时登响山不同此赏醉后寄崔侍御》诗,与此诗所叙为同时,可参读。全诗首段引用陶渊明故事,来表明诗人不追逐世俗的志向。次一段写登高望远,曲乐为欢的情景。再一段怀古抒情。谓自古皆有登高,而如今不见昔人。自己隐居沧海的宿诺,如今也已违背,只能等来日实现。末段写欢宴终了,宾客散去。诗人希望日后再登此台,应该怀念今日,永为相思。

渊明《归去来》,不与世相逐[①]。为无杯中物,遂偶本州牧[②]。因招白衣人,笑酌黄花菊[③]。

我来不得意,虚过重阳时。题舆何俊发[④],遂结城南期。筑土接响山[⑤],俯临宛水湄[⑥]。胡人叫玉笛[⑦],越女弹霜丝[⑧]。自作英王胄[⑨],斯乐不可窥。赤鲤涌琴高[⑩],白龟道冰夷[⑪]。灵仙如仿佛,奠酹遥相知[⑫]。

古来登高人,今复几人在?沧洲违宿诺,明日犹可待。连山似惊波[⑬],合沓出溟海[⑭]。

扬袂挥四座,酩酊安所知?齐歌送清觞,起舞乱参差。宾随叶落散[⑮],帽逐秋风吹[⑯]。别后登此台,愿言长相思。

【注释】①"渊明"二句:用陶渊明故事。《晋书·陶潜传》:"(陶潜)为彭泽令。……郡遣督邮至县,吏白应束带见之,潜叹曰:'吾不能为五斗米折腰,拳拳事乡里小人邪!'义熙二年,解印去县,乃赋《归去来》。……刺史王弘以元熙中临州，甚钦迟之，后自造焉。潜称疾不见，既而语人云：'我性不狎世，因疾守闲，幸非洁志慕声，岂敢以王公纡轸为荣邪！……'弘每令人候之，密知当往庐山，乃遣其故人庞通之等赍酒，先于半道要之。潜既遇酒，便引酌野亭，欣然忘进。弘乃出与相见，遂欢宴穷日。……弘后欲见，辄于林泽间候之。至于酒米乏绝，亦时相赡。"二句用其意。

②"为无"二句：杯中物：指酒。陶潜《责子诗》："天运苟如此，且进杯中物。"偶：交往。

③"因招"二句：《艺文类聚》引《续晋阳秋》："陶潜尝九月九日无酒，宅边菊丛中，摘菊盈把，坐其侧久，望见白衣至，乃王弘送酒也，即便就酌，醉而后归。"二句用其意。

④"题舆"句：《北堂书钞》引谢承《后汉书》云："周景为豫州刺史，辟陈蕃为别驾，不就。景题别驾舆曰'陈仲举座也'，不复更辟。蕃惶惧，起视职。"后遂称别驾为"题舆"。此处指同登山的宣州别驾。俊发：犹英发，谓才识、情性、文采等充分表现出来。

⑤响山：在今安徽宣城市南。

⑥宛水：即宛溪，与句溪绕宣州城合流。湄，岸边。

⑦叫玉笛：犹吹玉笛。

⑧霜丝：王琦注："霜丝，乐器上弦也。"

⑨英王胄：皇室的后嗣。胄，指帝王或贵族的后裔。

⑩"赤鲤"句：用琴高典故。《列仙传》："琴高者，赵人也。以鼓琴为宋康王舍人，行涓彭之术，浮游冀州、涿郡之间。二百余年后，辞入涿水中取龙子。与诸弟子期曰：皆洁斋待于水傍，设祠。果乘赤鲤来，出坐祠中。旦有万人观之。留一月余，复入水去。"杨齐贤注此句引《九域

志》：“宣州琴溪，即琴高控鲤之地。”

⑪“白龟”句：《搜神后记》：“晋咸康中，豫州刺史毛宝戍邾城，有一军人于武昌市见人卖一白龟子，长四五寸，洁白可爱，便买取持归，着瓮中养之。七日渐大，近欲尺许。其人怜之，持至江边放江水中，视其去。后邾城遭石季龙攻陷，毛宝弃豫州，赴江者莫不沉溺。于时，所养龟人被铠持刀，亦同自投，既入水中，觉如堕一石上，水裁至腰。须臾游出中流，视之，乃是先所放白龟，甲六七尺。既抵东岸，出头视此人，徐游而去，中江犹回首视此人而没。”道：通“导”，导引。冰夷：冯夷，河神。《山海经·海内北经》：“从极之渊，深三百仞，维冰夷恒都焉。冰夷，人面，乘两龙。”郭璞注：“冰夷，冯夷也。《淮南》云：‘冯夷得道，以潜大川’，即河伯也。《穆天子传》所谓‘河伯无夷’者，《竹书》作‘冯夷’，字或作‘冰’也。”

⑫“灵仙”二句：灵仙：指琴高和冰夷。仿佛：似有若无貌；隐约貌。奠酹：以酒洒地以祭神。

⑬“连山”句：王琦注：“木华《海赋》：‘波如连山。’太白本其语而倒用之，谓‘连山似惊波’，遂成奇语。”

⑭合沓：重叠，聚集。谢朓《敬亭山》：“合沓与云齐。”吕向注：“合沓，高貌。”

⑮“宾随”句：卢照邻《哭明堂裴主簿》诗：“客散同秋叶。”

⑯“帽逐”句：用孟嘉典。《晋书·孟嘉传》：“后为征西桓温参军，温甚重之。九月九日，温燕龙山，僚佐毕集。时佐吏并着戎服，有风至，吹嘉帽堕落，嘉不之觉。温使左右勿言，欲观其举止。嘉良久如厕，温令取还之，命孙盛作文嘲嘉，著嘉坐处。嘉还见，即答之，其文甚美，四坐嗟叹。”

【译文】当年陶渊明辞官写下《归去来》，表明不追逐俗世的高洁志向。因为缺少杯中之物，所以就与州牧交往。于是就召来白衣人送酒，一边赏菊一边含笑小酌。

我此来也是不得志，白白虚度重阳佳节。别驾您是俊才何等的英发，与我结下同游城南的约定。筑土之台靠近响山，从上而下俯瞰宛溪。胡人在此吹弄玉笛，越女素手弹奏瑶琴。如果不是皇亲贵戚，这种快乐难得一窥。琴高乘着红鲤而去，白龟曾为河伯引路。仙人的灵迹仿佛就在眼前，我举酒祭奠和他们遥相知。

自古登高远望的人，如今还有几人仍在？违背自己归隐沧州的宿诺，但是以后还有机会来实现。连山起伏如洪波涌起，层峦叠嶂耸出于苍海。

四座诸人都举杯畅饮，酩酊大醉而无所知觉。一同欢乐高歌，步履参差起舞。席终宾客就如落叶散去，冠帽被秋风吹落而不觉。分别后如果再来登此台，请一定记得留言长相思。

九日

【题解】这首诗似为宝应元年（762）九月九日，李白在当涂所作。九日，即九月九日重阳节。全诗内容为重阳抒怀，从诗中可知，李白独自携酒赏菊，独酌独笑，欢乐中有一种落寞。

今日云景好，水绿秋山明。携壶酌流霞①，搴菊泛寒荣②。地远松石古，风扬弦管清。窥觞照欢颜，独笑还自倾③。落帽醉山月④，空歌怀友生⑤。

　　【注释】①流霞：仙酒。

　　②搴：摘取，拔取。泛：浮。寒荣：犹寒花。

　　③自倾：陶潜《杂诗》："一觞虽独进，杯尽壶自倾。"

　　④落帽：用孟嘉典故。见前诗注释。

　　⑤友生：友人。

　　【译文】今日云间景色独好，流水碧绿秋山明朗。我携一壶小酌流霞酒，采撷泛着寒霜的菊花。这里地远松石苍古，秋风吹扬管弦音清。对杯看酒映出欢颜，独自欢笑独饮美酒。醉望山月任冠帽被风吹落，空歌一场不知友人在哪里。

九日龙山饮

　　【题解】这首诗应与上首诗同时而作。龙山，在安徽马鞍山市当涂县东南。《太平府志》："龙山，在当涂县南十里，蜿蜒如龙，蟠溪而卧，故名。旧志载桓温以重九与僚佐登山，孟嘉落帽事。或云孟嘉落帽之龙山，当在江陵，而《元和志》《寰宇记》皆云是此山，疑必温移镇姑孰时事也。"这首诗与上一首意境相似，都是寂寞中作乐，聊以慰怀。吴烶《唐诗选胜直解》点评："此被放逐，偶等龙山，因借嘉日以舒其愤闷耳。"

　　九日龙山饮，黄花笑逐臣①，醉看风落帽②，舞爱月留人。

【注释】①黄花：指菊花。逐臣：被贬逐之臣，诗人自谓。

②风落帽：用孟嘉登山落帽故事。见《晋书·孟嘉传》。

【译文】九月九日来到龙山畅饮，满山黄菊笑我身为逐臣。醉看风把帽冠吹落，起舞爱明月之留人。

九月十日即事

【题解】此诗当是上一首的后一天所作。九月十日，即重阳节后一日。即事，当前之事物。后称以当前事物为题材的诗为"即事诗"。全诗谓九月九日才登高，十日就又举杯采菊，菊花何其受苦，遭遇两个重阳节的采摘，言辞间充满戏谑。

昨日登高罢，今朝更举觞。菊花何太苦？遭此两重阳①。

【注释】①"菊花"二句：王琦注："《岁时杂记》：都城重九后一日宴赏，号小重阳。菊以两遇宴饮，两遭采掇，故有太苦之言。"

【译文】昨日刚刚重阳登高，今朝又在这里举杯。菊花为何经受此苦，遭到两重阳的采折？

陪族叔当涂宰游化城寺升公清风亭

【题解】这首诗是天宝十四载（755）夏，李白在当涂所作。族叔当涂宰，指当涂县令李明化。李白有《夏日陪司马武公与群贤宴姑熟亭序》，里面提及"今宰陇西李公明化"，应为此诗的"族叔当涂宰"。化城寺升公清风亭，王琦注引《太平府志》："古化城寺，在府城内向化桥西礼贤坊，吴大帝时建，基址最广。宋孝武南巡，驻跸于此，增置二十八院。唐天宝间，寺僧清升能诗文，造舍利塔、大戒坛，建清风亭于寺旁西湖上，铸铜钟一，李白铭之，今尽废。宋知州郭纬，以东城雄武之地，改迁化城寺，撤其西北之地为城守，而存其余为西庵。凡西庵至西北两城隅，皆古化城寺基也。"全诗首段写化城寺如佛法化出，寺门高悬金匾，如天宫大开。就像海云飞来空中结成的楼台。次段描写寺主升公秀出山水之间，仪态粲然，口有辩才。一心济众，世俗无猜。明朗如水中月，不染似出尘莲。诗人来到寺中，受到升公茗茶、雕梅的款待。诗人称赞升公落笔成文，构思万象。末段则是盛赞族叔李明化有善政，德声广布，既游于禅门研习佛法，又如陶潜举杯畅饮。寺中清乐动天，长松哀吟。此中禅乐无穷，劫石成灰也不会消失。

化城若化出①，金榜天宫开②。疑是海上云，飞空结楼台③。

升公湖上秀，粲然有辩才。济人不利己，立俗无嫌猜。了见水中月④，青莲出尘埃⑤。闲居清风亭，左右清风来。当暑阴广殿，太阳为徘徊。茗酌待幽客,珍盘荐雕梅。飞文何洒落⑥,万象为之摧。

季父拥鸣琴⑦,德声布云雷。虽游道林室⑧,亦举陶潜杯⑨。清乐动诸天⑩,长松自吟哀⑪。留欢若可尽,劫石乃成灰⑫。

【注释】①化城:佛法化出之城,指佛寺。王琦注:“《法华经》:导师以方便力,于险道中过三百由旬,化作一城。是时,疲极之众,心大欢喜,我等今者免斯恶道,前入化城,生安稳想。寺之立名,盖取此义。”

②金榜:金色的匾额。指化城寺上悬有金色的匾额,如天宫门开。

③“疑是”二句:指疑是海市蜃楼。王琦注引《三齐略记》:“海上蜃气,时结楼台,名海市。”

④水中月:佛教用语,以水中的月亮,并非实体,比喻一切事物本为空幻。《大智度论·初品·十喻》:“解了诸法,如幻如焰,如水中月,如镜中像。”

⑤青莲:青色莲花,梵文“优钵罗”的意译,佛教以为莲花清净无染。故常用以指称和佛教有关的事物。

⑥飞文:挥笔成文。洒落:潇洒飘逸,不拘谨。

⑦季父:指题中的“族叔当涂宰”。鸣琴:用宓子贱鸣琴治单父的典故,这里指县令处理政务。

⑧道林:指晋代高僧支遁,字道林,陈留人。《高僧传》:“支遁,字道林,本姓关氏,陈留人。或云河东林虑人。幼而神理,聪明秀彻。王羲之睹遁才藻惊绝,王遂披衿解带,留连不能已,乃请住灵嘉寺,意存相近。俄又投迹剡山,于沃洲小岭立寺行道。僧众百余,尝随禀学。”

⑨陶潜杯:用陶潜嗜酒的故事。《晋书·陶潜传》:“陶潜为彭泽令,在县公田,悉令种秫谷,曰:‘令吾尝醉于酒,足矣。’”

⑩清乐：原指清商乐。佛经偈颂和笙笛唱之，谓之佛曲，亦称清乐。诸天：佛教语。指护法众天神。佛经言欲界有六天，色界之四禅有十八天，无色界之四处有四天，其他尚有日天、月天、韦驮天等诸天神，总称之曰诸天。

⑪"长松"句：王绩《答冯子华处士书》："松柏群吟。"

⑫"劫石"句：《大智度论》："佛以譬喻说劫义。四十里石山，有长寿人，每百岁一来，以细软衣拂拭此大石尽，而劫未尽。"后因以"劫石"指时间之久远。劫灰，佛教所谓"劫火"之余灰。《搜神记》："汉武帝凿昆明池，极深，悉是灰墨，无复土。举朝不解，以问东方朔，朔曰：'臣愚，不足以知之，可试问西域人。'帝以朔不知，难以移问。至后汉明帝时，西域道人来洛阳，时有忆方朔言者，乃试以武帝时灰墨问之。道人云：'经云：天地大劫将尽，则劫烧，此劫烧之余也。'乃知朔言有旨。"

【译文】化城寺如同佛法化出，金榜高悬像天宫洞开。我怀疑是海上云气，飞到空中结成楼台。

湖光山色中惟升公独秀，仪容粲然而有善辨之才。一心济众而不利己，立身俗世不受猜忌。明朗如水中之月，不染似出尘青莲。闲居清风亭中，左右清风徐来。暑热时庇荫于大殿中，太阳也只能殿外徘徊。今天设茗小酌以待幽客，珍贵玉盘中盛满了雕梅。您行文如飞何其洒落，自然万象都为之驾驭。

族叔鸣琴而治当涂，德政之声响如云雷。虽然有时游于禅门听颂佛法，但仍会像陶潜一样举杯豪饮。寺中清乐可直达诸天，长松风中如自哀而吟。此中欢乐若可穷尽，磐石也会化成飞灰。

卷十八　登览

登锦城散花楼

【题解】此诗是开元八年（720），诗人在蜀地游成都时所作。锦城，即锦官城，指成都。成都旧有大城、少城。少城古为掌织锦官员之官署，因称"锦官城"。后用作成都的别称。散花楼，在成都摩诃池上，隋末蜀王杨秀所建。开元八年，李白刚刚二十岁，出门游历蜀中各地，以开阔眼界，增长见识。蜀地富庶，人文荟萃，成都是当时数一数二的大都市，尤其是诗人的偶像司马相如的故里也在成都。于是诗人兴致勃勃的游览了成都，登上了城东北隅的散花楼。全诗首二句写散花楼在日光照耀下更显辉煌壮丽。"金窗夹绣户，珠箔悬琼钩"则描写散花楼的装饰精美。诗人登楼远望，仿佛置身云天，顿时心胸开阔，忘却忧愁。远望烟雨蒙蒙直下三峡，近看春水绕城两江环流。诗人内心感叹此行不虚，如上九天而游。

日照锦城头，朝光散花楼。金窗夹绣户①，珠箔悬琼钩②。飞梯绿云中③，极目散我忧。暮雨向三峡，春江绕双流④。今来一登望，如上九天游。

【注释】①金窗：装饰精美的窗户。

②珠箔：即珠帘。

③飞梯：形容楼梯高。

④双流：指郫江、流江。《水经注·江水一》："成都县有二江，双流郡下。"此外还指成都的双流县。《元和郡县志》："成都府双流县，北至府四十里，本汉广都县也。隋仁寿元年，避炀帝讳改为双流，因县在二江之间，仍取《蜀都赋》云'带二江之双流'为名也，皇朝因之。"

【译文】红日照耀锦官城，朝霞渲染散花楼。楼上金窗辉煌绣户绮丽，珠帘垂挂在银钩之上。高梯直上碧云之中，登楼远望忧懑尽消。潇潇暮雨飞洒三峡，春水绕城两江环流。今天来此登楼一望，如在九天之上遨游。

登峨眉山

【题解】此诗是开元八年（720），诗人在蜀地游峨眉山时所作。诗人二十五岁之前在蜀地游学，曾先后两次登峨眉山。峨眉山风景秀丽，素有"峨眉天下秀"之称。诗人对峨眉情有独钟，先后在二十多首诗歌中吟咏过峨眉山。以峨眉山为题的有三首诗《峨眉

山月歌》《峨眉山月歌送蜀僧晏入中京》以及这首《登峨眉山》。首
二句"蜀国多仙山，峨眉邈难匹"即道出了峨眉山在诗人心目中的
地位是独一无二的。峨眉山景色绮丽，山高谷幽，一日之内，变化
万千。使人目不暇给，因而诗人感叹"周流试登览，绝怪安可悉？"
峨眉山高耸险峻，从山脚至山顶风景各不相同，色彩斑斓，犹如画
图。诗人被峨眉山的奇幻美景所打动，沉浸于丹霞漫天的瑰丽之
中，心中油然而生修仙之心。诗人此时心旷神怡，吟琼箫，弄宝瑟，
全身心体会人天合一的美妙境界。"平生有微尚，欢笑自此毕"二
句则表明诗人已下定决心修道，从此断绝世俗欢笑。面对云雾缭
绕，如仙境般的景色，诗人的尘世之牵挂，也豁然而释。最后诗人
想象如果能遇到骑羊仙人葛由，一起携手飞升白日，那将是自己最
美好的期盼。

　　蜀国多仙山，峨眉邈难匹①。周流试登览②，绝怪安可悉？青
冥倚天开③，彩错疑画出④。泠然紫霞赏⑤，果得锦囊术⑥。

　　云间吟琼箫⑦，石上弄宝瑟。平生有微尚⑧，欢笑自此毕。烟
容如在颜⑨，尘累忽相失。倘逢骑羊子⑩，携手凌白日。

【注释】①峨眉：即峨眉山。在四川省乐山市峨眉山市境内。因两
山相对如蛾眉，故名。邈：远。

②周流：周游。

③青冥：青天，这里指青山。

④彩错：谓色彩交错。

⑤泠然：轻妙貌。《庄子·逍遥游》："夫列子御风而行，泠然善

也。"郭象注："泠然,轻妙之貌。"

⑥锦囊术:用汉武帝故事。《汉武帝内传》:"帝以王母所授《五真图》《灵光经》及上元夫人所授《六甲灵飞十二事》,自撰集为一卷,及诸经、图,皆奉以黄金之箱,封以白玉之函,以珊瑚为轴,紫锦为囊,安着柏梁台上。"后以锦囊术代指神仙之术。

⑦琼箫:玉箫。

⑧微尚:微小的志趣、意愿。常用作谦词。

⑨烟容:云雾弥漫的景色。

⑩骑羊子:指仙人葛由。《列仙传》:"葛由者,羌人也。周成王时,好刻木羊卖之。一旦骑羊入西蜀,蜀中王侯贵人追之上绥山。山在峨眉山西南,高无极也。随之者不复还,皆得仙道。"

【译文】蜀国故地多有仙山,峨眉绵邈他山难比。我欲登山周游观赏,风光奇绝哪能尽览。青翠群山倚天而立,色彩交错如出画中。飘然而上赏紫霞,将欲在此修仙术。

身在云间吹奏玉箫,栖于石上弹弄宝瑟。平生怀有修道之愿,自此断绝世俗欢乐。颜容似有烟霞之气,尘世之累忽然消失。如果遇上骑羊仙人,就当与他携手飞升。

大庭库

【题解】此诗应是诗人寓居东鲁时所作。大庭氏,相传为上古帝王。一说为神农之别号,一说为古国名。大庭库,即大庭氏之库。《太平寰宇记》:"大庭氏库,高二丈,在曲阜县城内县东一百五十步。"在今山东曲阜市城东。《左传·昭公十八年》:"宋、卫、陈、郑皆火,梓慎登大庭氏之库以望之"。杜预注:"大庭氏,古国名,在鲁城内。鲁于其处作库。"孔颖达疏:"先儒旧说皆云炎帝号神农氏,一曰大庭氏。"这是一首登高怀古诗,诗人登上曲阜的大庭库,想起当年鲁国大夫梓慎曾在此登高望云气,预言宋、卫、陈、郑四国将有大灾。诗人也欲效仿,但是云雾苍茫,遮掩鲁地,更无从分辨陈、郑之火的预兆。诗人佩服梓慎能够深谙天道变化,洞察先机,自己可惜无缘相见。看到寒风吹袭着古树,松风呜咽如奏琴弦,诗人感慨历代帝王皆湮没不见,只留下遗迹让后人凭吊叹息。

　　朝登大庭库,云物何苍然[①]!莫辨陈郑火[②],空霾邹鲁烟[③]。我来寻梓慎[④],观化入寥天[⑤]。古木朔气多[⑥],松风如五弦[⑦]。帝图终冥没[⑧],叹息满山川。

　　【注释】①云物:日旁云气之色。古人观之以辨吉凶、水旱降丰荒之迹象。物,色也。《左传·僖公五年》:"公既视朔,遂登观台以望,而书,礼也。凡分、至、启、闭;必书云物,为备故也。"杜预注:"云物,气色灾变也。"

　　②陈郑火:《左传·昭公十八年》:"宋、卫、陈、郑皆火,梓慎登大庭氏之库以望之。"杜预注:"大庭氏,古国名,在鲁城内,鲁於其处作库,高显,故登以望气。"孔颖达疏:"而其地高显,故梓慎登之以望气。梓慎往年言'其将火',今更望气,参验近占,以审已前年之言信

也。梓慎所望,望天气耳,非能望见火也。"

③邹鲁:邹国、鲁国的并称。

④梓慎:春秋时鲁国大夫,精通星象、占卜。

⑤观化:观察变化,观察造化。寥天:《庄子·大宗师》:"安排而去化,乃入于寥天一。"郭象注:"安于推移,而与化俱去,故乃入于寂寥而与天为一也。"后遂用"寥天"指道教所谓虚无之境,即太虚。

⑥朔气:寒气。

⑦五弦:古乐器名。《礼记·乐记》:"昔者舜作五弦之琴,以歌《南风》。"孔颖达疏:"谓无文武二弦,惟宫商等五弦也。"

⑧帝图:帝王治国的谋略,引申为帝业。

【译文】清晨登上高耸的大庭库,欲观云气但见苍茫一片。辨别不出陈、郑之火的预兆,云烟却将邹、鲁遮掩不清。我来这里寻访梓慎遗迹,他能洞察造化与天合一。凛凛寒风吹袭着古树,松风鸣咽如奏五弦琴。自古帝业终归破灭,后人叹息充满山川。

登单父陶少府半月台

【题解】这首诗是天宝五载(746),诗人游单父时所作。单父,县名,唐时隶河南道宋州,今山东单县。少府,对县尉的敬称。陶少府指陶沔。李白在徂徕山隐居时,与孔巢父、韩准、裴政、张叔明、陶沔等六人结伴竹溪,纵酒酣歌,时号"竹溪六逸"。半月台,据《山东通志》记载:"半月台,在旧单县城东北隅,唐县尉陶沔所筑。"此诗前四句写陶少府逸兴不凡,因而建半月台以抒情遣怀。诗人登上高台眺望,只见白云悠悠,寒风萧瑟。秋山入海,桑柘罗列。池水清澈透明,诗人不禁想起了镜湖风月,旖旎的风光让诗人怀念不已,憧憬再去一游。全诗自有一种清淡雅致的风韵。

陶公有逸兴①,不与常人俱。筑台像半月,迥向高城隅②。置酒望白云,商飙起寒梧③。秋山入远海,桑柘罗平芜④。水色渌且明⑤,令人思镜湖⑥。终当过江去,爱此暂踟蹰。

【注释】①逸兴:超逸豪放的意兴。

②迥向:高远耸立。

③商飙:秋风。

④柘:树名,树叶可喂蚕。平芜:草木丛生的平旷原野。江淹《去故乡赋》:"穷阴匝海,平芜带天。"王琦注:"平芜,庶草丰茂,遥望平坦若剪者也。"

⑤渌:清澈。

⑥镜湖:即鉴湖。古代长江以南的大型农田水利工程之一。在今浙江绍兴会稽山北麓。东汉永和五年(140)在会稽太守马臻主持下修建。以水平如镜,故名。

【译文】陶公真是逸兴勃发,与普通人大不相同。所筑高台如半月,高高耸立于城隅。置酒台上望白云,秋风萧萧吹梧桐。秋山绵邈伸向远海,平阔田野生长桑、柘。台旁水色清澈透明,让人想起会稽镜湖。终归要往镜湖一游,眷恋此地暂且留驻。

天台晓望

【题解】此诗大约是开元年间，诗人游越地时所作。天台，即天台山。在今浙江天台县东北。唐徐灵府《天台山记》："按《真诰》云，天台山高一万八千丈，周回八百里，山有八重，四面如一，当牛斗之分，以其上应台宿，光辅紫宸，故名天台。"全诗前四句写天台山与四明山相比邻，而华顶峰为越地之绝顶。三四句"门标赤城霞，楼栖沧岛月"则是化用宋之问的"楼观沧海日，门对浙江潮"，虽为化用，但是也很贴切。中间六句写诗人凭高远望，云山沧海，气象万千。浓云低垂，仿佛是大鹏翻腾；波涛涌动，好似有巨鳌出没。风起云涌，神怪倏忽。这段诗句描写出了登临华顶所看到的壮观景象，以及诗人内心的心潮澎湃。最后一段诗人阐明自己的好道之心从未停止，一直期待能够有机缘服食仙果金丹，羽化登仙，逍遥蓬莱。

天台邻四明①，华顶高百越②。门标赤城霞③，楼栖沧岛月④。

凭高登远览，直下见溟渤⑤。云垂大鹏翻⑥，波动巨鳌没⑦。风潮争汹涌，神怪何翕忽⑧！

观奇迹无倪⑨，好道心不歇。攀条摘朱实，服药炼金骨。安得生羽毛⑩，千春卧蓬阙⑪？

【注释】①天台：指天台山。在浙江省东部天台、宁海、奉化等县市间。四明：山名。在浙江省宁波市西南，道书以为第九洞天，又名丹山赤水洞天。《宁波府志》：“四明山，在府西南一百五十里，为郡之镇山，由天台发脉向东北行一百三十里，涌为二百八十峰，周围八百余里，绵亘于宁之奉化、慈溪、鄞县，绍之余姚、上虞、嵊县，台之宁海诸境。上有方石，四面有穴如窗，通日月星辰之光，故曰四明山。”

②华顶：天台主峰。王琦注：“华顶峰，在天台县东北六十里，乃天台山第八重最高处，可观日月之出没，东望大海，弥漫无际。”百越：古代越族居住在江、浙、闽、粤各地，各部落各有名称，而统称百越，也叫百粤。

③赤城：指赤城山，在浙江省天台县北。孔灵符《会稽记》曰：“赤城山，石色皆赤，状似云霞。”

④沧岛：海岛。

⑤溟渤：溟海和渤海。多泛指大海。

⑥大鹏：用庄子《逍遥游》故事。《庄子·逍遥游》：“北冥有鱼，其名为鲲。鲲之大，不知其几千里也；化而为鸟，其名为鹏。鹏之背，不知其几千里也；怒而飞，其翼若垂天之云。”

⑦巨鳌：用《列子·汤问》故事。《列子·汤问》：“渤海之东，其中有五山焉，一曰岱舆，二曰员峤，三曰方壶，四曰瀛洲，五曰蓬莱。五山之根无所连著，常随潮波上下往还，不得暂峙焉。仙圣毒之，诉之于帝，帝恐流于西极，失群圣之居，乃命禺疆使巨鳌十五，举首而戴之。而龙伯之国有大人，一钓而连六鳌。于是岱舆、员峤二山，流于北极，沉于大海。仙圣之播迁者巨亿计。”

⑧翕忽：犹倏忽，急速貌。

⑨无倪：没有边际。

⑩生羽毛：王逸《楚辞注》：“人得道，身生羽毛也。”

⑪蓬阙：蓬莱。

【译文】天台山紧邻四明山，华顶高于百越群山。赤城丹霞萦绕寺门，沧岛明月栖于山楼。

登高凭栏远观，直睹苍茫溟海。浓云翻动如同大鹏展翅，苍海波涌好似巨鳌出没。大风骤起巨潮汹涌，仿佛神怪倏忽往来。

看到这奇景浩瀚无际，修道的心思难以停歇。攀琼枝欲采撷仙果，服金丹以炼就道骨。如何才能羽化飞升，千秋万代在蓬莱逍遥？

早望海霞边

【题解】这首诗应该也是诗人开元年间游越地时所作。此诗描写诗人在四明山看日出以及赤城山霞光映千里的美景。全诗想像丰富，同时借景抒情表达了诗人有志于修仙的愿望。

四明三千里，朝起赤城霞。日出红光散，分辉照雪崖①。一餐咽琼液②，五内发金沙③。举手何所待？青龙白虎车④。

【注释】①雪崖：宋代杨齐贤注云："瀑布山，天台西南峰，水从南岩悬注，望之如曳布，即雪崖也。"

②琼液：道教所谓的玉液。服之长生。

③五内：五脏。金沙：即金砂。指古时道家以金石炼成的丹药。《参同契》卷上："金砂入五内，雾散若风雨。"

④“青龙”句：用仙人沈羲典故。《神仙传》：“沈羲，吴郡人，学道于蜀中，但能消灾除病，救济百姓，而不知服食药物。功德感于天，天神识之。羲与妻贾共载，诣子妇卓孔宁家，道逢白鹿车一乘，青龙车一乘，白虎车一乘，从数十骑，皆是朱衣，仗节方饰带剑，辉赫满道。问羲曰：‘君是沈羲否？’羲愕然，不知何等，答曰：‘是也。何为问之？’骑人曰：‘羲有功于民，心不忘道，自少小以来，履行无过。寿命不长，年寿将尽，黄老愍之，今遣仙官来下迎之。侍郎薄延之，乘白鹿车是也；度世君司马生，青龙车是也；送迎使者徐福，白虎车是也。’须臾，有三仙人羽衣持节，以白玉简、青玉册、丹玉字授羲，遂载羲升天。”

【译文】四明山纵横三千里，赤城山晨起丹霞气。日出红光散去，余辉照耀雪崖。琼液当餐咽，金砂入五脏。举手遥望等待何人而来？等待仙人的青龙白虎车。

焦山杳望松寥山

【题解】这首诗是天宝五载（746），诗人从鲁地南下越地，路过润州时所作。焦山，在江苏省镇江市东北长江中，与金山对峙。相传东汉处士焦先曾隐居于此，故名。松寥山，又名海门山，为焦山东出之余支。鲍天钟《丹徒县志》：“焦山之余支东出，分峙于鲸波弥淼中，曰海门山，唐诗称松寥，称夷山，即此。”这首诗短小精悍，描写了诗人站在焦山上远望松寥山，如浮碧空。诗人想象以彩虹为桥，飞架两端，行于桥上，或可遇仙人相招，就此飞升而去，岂不快哉。

石壁望松寥，宛然在碧霄。安得五彩虹，架天作长桥？仙人如爱我，举手来相招。

【译文】从焦山石壁遥望松寥山，峰峦就像悬浮在碧空中。如果得到五彩虹，就能架起飞天桥。仙人如果爱惜我，招我一起去翱翔。

杜陵绝句

【题解】此诗应是天宝初年，诗人在长安时所作，这是一首吊古怀今诗。杜陵，地名。在今陕西省西安市东南。为古杜伯国故地。秦置杜县，因汉宣帝的陵墓在此，故名杜陵。诗人站在杜陵上，遥望渭北的五陵，曾经叱咤风云的帝王都以作古，千载时光转瞬即逝，只留下秋水落日，依旧相映成辉。

南登杜陵上，北望五陵间①。秋水明落日，流光灭远山②。

【注释】①五陵：指在长安附近汉代五个皇帝的陵墓，即汉高祖的长陵、汉惠帝的安陵、汉景帝的阳陵、汉武帝的茂陵、汉昭帝的平陵，都在杜陵以北。
②流光：闪烁的光线。

【译文】登上城南的杜陵，遥望渭北的五陵。落日将秋水映照的分外明亮，夕阳的余晖在远山间渐渐消失。

登太白峰

【题解】此诗年代不详，似乎为开元年间初入长安时所作。太白峰，即太白山。在今陕西眉县、太白县一带。《一统志》记载："太白山，在陕西武功县南九十里，山极高，上恒积雪，望之皓然。谚云：'武功太白，去天三百。'"这首诗体现了诗人一贯的夸张雄奇的写作手法。前四句写诗人在日落时登上太白峰，太白峰以高耸挺拔著称，诗人这里却没有直接描述太白峰的高峻，而是用拟人手法，写自己站在峰顶，似乎可以听到太白星在与自己对话，并愿为诗人打开天门。接着又想象自己乘风而去，浮于云表。举手可触月，畅游无山阻。想象奇特，意境高远，充分体现了诗人浪漫豪迈的性格。最后两句写离别。诗人初入长安时，一心想获得达官贵戚的举荐，从而有机会进入朝廷，实现自己"安社稷，济苍生"的理想，可惜事不遂人愿，诗人在离开之际，仍对此念念不忘，唯有寄希望于来日。

西上太白峰，夕阳穷登攀。太白与我语①，为我开天关。愿乘泠风去②，直出浮云间。举手可近月，前行若无山。一别武功去③，何时复更还？

【注释】①太白：指太白星。我国古代把金星叫做太白星，早晨出现在东方时叫启明，晚上出现在西方时叫长庚。

②泠风：轻风，和风。

③武功：指武功山。在陕西武功县南。北连太白山。

【译文】向西攀上太白峰，日落终于登山顶。太白星似乎向我言语，愿为我打开通天之关。我愿乘轻风而去，飞升于浮云之间。举手就可触碰明月，前行再无山峰阻拦。离开武功山而去，什么时候才能回还。

登邯郸洪波台置酒观发兵　时将游蓟门

【题解】这首诗应该是天宝十一载（752），诗人游历幽燕路过邯郸时所作。邯郸，县名，唐时属河北道磁州，进河北邯郸市。洪波台，《元和郡县志》记载："洪波台，在磁州邯郸县西北五里。"蓟门，原指古蓟门关，后泛指蓟州（今蓟县）一带。另北京城西德胜门外西北隅的蓟丘也古称蓟门。天宝十一载，安禄山率军进击契丹，遭遇大败，死伤唐军数千人。此诗所写就是此事。燕赵慷慨之地，自古多豪迈之士。诗人来到邯郸洪波台观兵，看到雄兵出征的壮观场景，不由得也豪气冲天，激发起出征塞外，报效国家的豪情。接着诗人抒发胸怀，引用西汉终军的请缨和东汉窦宪刻石燕然山的典故，表达了诗人渴望像古人那样建功立业，封土列侯的志向。再四句写诗人遥望龙虎军旗，追忆往昔歌乐。效仿古人击筑而悲歌，投壶以解忧。最后诗人预祝大军扫灭胡寇,凯旋而归。

我把两赤羽①,来游燕赵间。天狼正可射②,感激无时闲③。观兵洪波台,倚剑望玉关④。请缨不系越⑤,且向燕然山⑥。风引龙虎旗⑦,歌钟昔追攀⑧。击筑落高月⑨,投壶破愁颜⑩。遥知百战胜,定扫鬼方还⑪。

【注释】①赤羽:羽箭名。王琦注:"赤羽,谓箭之羽染以赤者。《国语》所谓'朱羽之赠'是也。又《六韬注》:'飞凫、赤茎、白羽,以铁为首;电景、青茎、赤羽,以铜为首。皆矢名。'"

②天狼:星名。天空中非常明亮的恒星。古以为主侵掠。《楚辞·九歌·东君》:"青云衣兮白霓裳,举长矢兮射天狼。"王逸注:"天狼,星名,以喻贪残。"后以"天狼"比喻残暴的侵略者。

③感激:感动奋发。

④玉关:即玉门关,汉武帝置。因西域输入玉石时取道于此而得名。汉时为通往西域各地的门户。故址在今甘肃敦煌西北小方盘城。

⑤请缨:请求交给杀敌任务。自请从军报国。语出《汉书·终军传》:"(终)军自请:'愿受长缨,必羁南越王而致之阙下。'"

⑥燕然山:即今蒙古人民共和国境内杭爱山。东汉窦宪领兵大破北匈奴刻石勒功之处。亦借指边塞。

⑦龙虎旗:亦作"龙虎旂"。绘有龙虎的旗帜,一种仪仗。

⑧歌钟:伴唱的编钟。《左传·襄公十一年》:"郑人赂晋侯……歌钟二肆。"孔颖达疏:"言歌钟者,歌必先金奏,故钟以歌名之。"

⑨筑:古代弦乐器,形似琴,有十三弦。演奏时,左手按弦的一

端，右手执竹尺击弦发音。

　　⑩投壶：古时宴会时的娱乐活动，大家轮流把筹投入壶中，投中少者须罚酒。

　　⑪鬼方：上古的少数民族。为殷周西北境强敌。《易·既济》："高宗伐鬼方，三年克之。"《汉书·五行志中》："外伐鬼方，以安诸夏。"颜师古注："鬼方，绝远之地。一曰国名。"后泛指边远之地的少数民族。

　　【译文】我拿着两支赤羽箭，来游历燕赵边塞地。正是射落天狼的好时机，可惜事务缠身没有闲暇。登上洪波台观看阅兵，身佩长剑遥望玉门关。我请缨出战却不是像终军那样去往南越，我愿像窦宪一样建功大漠而刻石燕然山。劲风吹引着龙虎军旗，奏响昔日的宏大歌钟。击筑而歌直到高月下落，投壶为乐可去愁烦之颜。此去一定百战全胜，扫灭蛮族凯旋而归。

登广武古战场怀古

　　【题解】这首诗可能是开元年间，诗人游历洛阳、荥阳一带时所作。广武古战场，在河南荥阳市东北广武山上，有东西两城，楚汉相争时，双方分别据守对峙。《元和郡县志》："东广武、西广武二城，各在一山头，相去二百余步，在郑州荥泽县西二十里。汉高与项羽俱临广武而军，今东城有高坛，即是项羽坐太公于上以示汉军处。"这是一首咏古诗。诗人凭吊广武古战场，评点项羽、刘邦的得失，抒发对楚汉之争的感慨。诗人评价项羽英雄盖世，以八千子弟起兵江东而横行天下, 由于上天授命于汉, 即 "五纬与天同", 才最终导致失败。对刘邦的评价则不受儒家思想所束缚, 并没有一味颂扬, 对其缺点进行隐晦。诗人一方面指出刘邦乃是赤帝之精, 斩白蛇而起军, 受命于天而占领关中。最终打败项羽而君临天下, 豪情所致, 高唱大风歌。另一方面也叙述了刘邦当年为天下而不顾家。项羽欲以烹太公而要挟刘邦时, 刘邦不但拒绝要挟, 反而请求分一杯羹。诗人对此的解释是 "拨乱属豪圣。" 认为刘邦平定天下的功绩可与圣人相比, 一些瑕疵不能掩瑜。并认为阮籍对刘邦的评价颇为偏执, 有欠公允。这首诗表达了诗人对史事独到的见解和看法, 这也是诗人豁达豪迈的性情使然。

秦鹿奔野草①, 逐之若飞蓬。项王气盖世, 紫电明双瞳②。呼吸八千人, 横行起江东③。赤精斩白帝④, 叱咤入关中⑤。

两龙不并跃, 五纬与天同⑥。楚灭无英图⑦, 汉兴有成功。按剑清八极⑧, 归酣歌《大风》⑨。

伊昔临广武, 连兵决雌雄。分我一杯羹, 太皇乃汝翁⑩。

战争有古迹, 壁垒颓层穹。猛虎吟洞壑, 饥鹰鸣秋空。翔云列晓阵, 杀气赫长虹。

拨乱属豪圣⑪, 俗儒安可通! 沉湎呼竖子⑫, 狂言非至公。抚掌黄河曲, 嗤嗤阮嗣宗⑬。

【注释】①"秦鹿"句:《史记·淮阴侯列传》:(蒯通曰:)"秦失其鹿, 天下共逐之, 于是高材捷足者先得焉。"张晏曰:"以鹿喻帝位也。"

②紫电:紫色光芒, 形容目光锐利。双瞳:重瞳, 指有两个眸子, 传

说为贵人之相。《史记·项羽本纪》："太史公曰：吾闻之周生曰：'舜目盖重瞳子'，又闻项羽亦重瞳子。羽岂其苗裔邪？"

③"呼吸"二句：《史记·项羽本纪》："项籍与江东子弟八千人渡江而西。"呼吸：呼唤。

④"赤精"句：赤精：指刘邦。《汉书·哀帝纪》："待诏夏贺良等言赤精子之谶。"应劭注："高祖感赤龙而生，自谓赤帝之精。"斩白帝：指刘邦斩白蛇之事。《史记·高祖本纪》："高祖被酒，夜径泽中，令一人行前。行前者还报曰：'前有大蛇当径，愿还。'高祖醉曰：'壮士行，何畏？'乃前，拔剑击斩蛇，蛇遂分为两，径开。行数里，醉，因卧。后人来至蛇所，有一老妪夜哭，人问何哭，妪曰：'人杀吾子，故哭之。'人曰：'妪子何为见杀？'妪曰：'吾子，白帝子也，化为蛇当道，今为赤帝子斩之，故哭。'"

⑤"叱咤"句：指秦朝末年刘邦率军入关中一事。《史记·高祖本纪》："汉元年十月，沛公兵遂先诸侯至霸上。秦王子婴素车白马，系颈以组，封皇帝玺符节，降轵道旁。"

⑥五纬：五星。《史记·张耳陈馀列传》："甘公曰：'汉王之入关，五星聚东井。东井者，秦分也，先至必霸。'"汉张衡《西京赋》："自我高祖之始入也，五纬相汁，以旅于东井。"李善注："五纬，五星也。"

⑦英图：犹雄图。指宏伟的规划或谋略。

⑧按剑：提剑。《史记·高祖本纪》："吾以布衣提三尺剑取天下。"八极：八方极远的地方。

⑨歌《大风》：指汉高祖刘邦作《大风歌》一事。《史记·高祖本纪》："高祖还归过沛，留。置酒沛宫，悉召故人父老子弟纵酒，发沛中儿得百二十人，教之歌。酒酣，高祖击筑，自为歌诗曰：'大风起兮云飞

扬，威加海内兮归故乡，安得猛士兮守四方。'"

⑩"伊昔"四句：用刘邦与项羽在广武对峙的故事。《史记·项羽本纪》："汉王则引兵渡河，复取成皋，军广武，就敖仓食。项王已定东海，来西，与汉俱临广武而军，相守数月。为高俎，置太公其上，告汉王曰：'今不急下，吾烹太公。'汉王曰：'吾与项羽，俱北面受命怀王，曰'约为兄弟'。吾翁即若翁，必欲烹而翁，则幸分我一杯羹。'项王怒，欲杀之，项伯曰：'天下事未可知，且为天下者不顾家，虽杀之无益，只益祸耳。'项王从之。楚、汉久相持未决，丁壮苦军旅，老弱罢转漕。项王谓汉王曰：'天下匈匈数岁，徒以吾两人耳。愿与汉王挑战，决雌雄，毋徒苦天下之民父子为也。'汉王笑谢曰：'吾宁斗智，不能斗力。'于是项王乃即汉王相与临广武间而语。汉王数之，项王怒，欲一战，汉王不听，项王伏弩射中汉王。"

⑪拨乱：平定祸乱。《史记·秦楚之际月表》："拨乱诛暴，平定海内，卒践帝祚，成于汉家。"

⑫沉湎：过度嗜酒。竖子：小子，对人的蔑称。《晋书·阮籍传》："阮籍，字嗣宗，尝登广武，观楚、汉战处，叹曰：'时无英雄，使竖子成名。'"

⑬嗤嗤：嘲笑貌。

【译文】秦朝无道失民心如鹿奔于荒野，天下豪杰如飞蓬并起而逐之。项王豪气盖世间，目如闪电有双瞳。于是召集八千子弟，起兵江东横行天下。高祖为赤精借酒斩白帝，风云叱咤率军进入关中。

双龙不能同时称雄，五星俱出昭示天象。楚国最终未能大展雄图，汉朝兴起成就帝王功业。高祖提剑而取天下，归乡纵酒高歌《大风》。

往昔楚汉对峙于广武,集结兵力欲决一雌雄。楚欲烹太公汉请一杯羹,楚汉结兄弟我父即汝父。

此地仍留有楚汉之争的遗迹,当年的壁垒早已倾倒碧空之下。猛虎在荒野洞壑咆哮,饥鹰啼鸣于萧瑟秋空。翔云也像在布列战阵,杀气如长虹直冲云霄。

平定祸乱乃是明君圣主,迂腐儒生哪能明白此理。阮籍沉湎酒醉称呼刘邦为竖子,这种狂妄之辞并非出于公正。如今我在黄河边古战场抚掌而笑,感叹阮嗣宗的论断实在荒唐可笑。

登新平楼

【题解】这首诗是开元十九年(730),诗人初入长安,游邠州登新平楼而作。新平,唐时有新平郡,即邠州,治所在新平县,今陕西彬县。此时的背景是诗人到长安干谒无果,只得怀着失望的心情离开。诗人登上新平楼,远望暮秋景色。天高日远,水清波寒,云起山林,雁落沙洲。诗人求进无门,意兴阑珊,面对暮秋,诗人思乡之情愈发浓烈,极目遥望,可是云水相隔,苍茫一片,不见故乡更添忧愁。

去国登兹楼①,怀归伤暮秋。天长落日远,水净寒波流。秦云起岭树,胡雁飞沙洲。苍苍几万里,目极令人愁②。

【注释】①去国:离开国都,这里指长安。

②目极：用尽目力远望。《楚辞·招魂》："目极千里兮伤春心。"

【译文】离开长安登上新平楼，暮秋时思乡更添伤愁。长空辽阔落日悠远，河水清澈寒波荡漾。秦地云雾笼罩山林，北雁南飞栖落沙洲。离乡苍茫几万里，极目不见使人愁。

谒老君庙

【题解】据《文苑英华》所载，此诗为唐玄宗御制《过老子庙》诗，非李白所作，此处仅录其文。

先君怀圣德，灵庙肃神心。草合人踪断，尘浓鸟迹深。流沙丹灶灭，关路紫烟沉。独伤千载后，空余松柏林。

秋日登扬州西灵塔

【题解】这首诗是开元十四年（726），诗人游扬州时所作。扬州，郡名，即广陵郡，唐时属淮南道。西灵塔，又名栖灵寺塔，隋文帝仁寿元年（601）于大明寺内建造，塔高九层，高耸特立，塔内供奉佛骨。唐武宗会昌三年（843）天火焚塔，一代胜迹化为焦土。《太平广记》："扬州西灵塔，中国之尤峻特者。唐武宗未拆寺之前一年，天火焚塔俱尽。白雨如泻，旁有草堂，一无所损。"全诗先描写西灵塔的巍峨高耸。再描写登塔所见之景，尤其"水摇金刹影，日动火珠光"二句很有特色，很形象。"目随征路断，心逐去帆扬"是感伤羁旅之句。"露浩梧楸白，风催橘柚黄"则是惜怀暮秋。末两句诗人升华主题，有关念慈爱众生之想。

宝塔凌苍苍，登攀览四荒①。顶高元气合②，标出海云长。万象分空界③，三天接画梁④。水摇金刹影⑤，日动火珠光⑥。鸟拂琼檐度⑦，霞连绣栱张⑧。目随征路断，心逐去帆扬。露浩梧楸白⑨，风催橘柚黄。玉毫如可见⑩，于此照迷方⑪。

【注释】①四荒：四方荒远之地。

②元气：宇宙天地之气。

③万象：一切事物或景象。空界：佛教语。六界谓地、水、火、风、空、识。空界为六界之五。

④三天：佛教称欲界、色界、无色界为三天。

⑤金刹：刹，是梵语"刹多罗"的简称，本指佛塔顶部的相轮。也指佛地悬幡的塔柱。《法华经·授品记》："起七宝塔，长表金刹。"《伽蓝记》："宝塔五重，金刹高耸。"胡三省《资治通鉴注》："刹，柱也。浮图上柱，今谓之相轮。"这里代指佛塔。

⑥火珠：火珠是一种能聚光引火的宝珠，《旧唐书·南蛮西南蛮传·林邑》："（贞观）四年，其王范头黎遣使献火珠，大如鸡卵，圆白皎洁，光照数尺，状如水精，正午向日，以艾承之，即火燃。"在古代宫殿、塔廊建筑上常把它用作装饰。有两焰、四焰、八焰等不同形式。正脊火

珠用于殿阁正脊当中，斗尖火珠位于亭塔的顶部，滴当火珠用于位于华头筒瓦滴当钉之上。

⑦琼檐：琼玉装饰之屋檐。

⑧绣栱：彩绘的斗栱。斗栱是中国建筑特有的一种结构。在立柱和横梁交接处，从柱顶上加的一层层探出成弓形的承重结构叫拱，拱与拱之间垫的方形木块叫斗。合称斗拱。

⑨梧楸：梧桐和楸树，入秋早凋。

⑩玉毫：指佛眉间白毫，佛教谓其有巨大神力。《法华经》："尔时，佛放眉间白毫相光，照东方万八千世界，靡不周遍，下至阿鼻地狱，上至阿迦咤天。"

⑪迷方：佛教语。指令人迷惑的境界，迷津。

【译文】宝塔耸立凌入苍穹，登上宝塔观览四方。塔顶高高与元气相合，端尖长长出海云之上。万物与虚空豁然分明，高塔画梁与三天相连。宝塔倒影于水中摇曳，塔顶火珠上日光闪耀。飞鸟掠过琼玉塔檐，彩拱舒张映衬霞光。目光望断征路尽处，内心追逐船帆远去。寒露将梧桐与楸树染白，秋霜把橘子与柚子催黄。如果可以得见玉毫之光，那定会把迷界普照光亮。

登金陵冶城西北谢安墩　此墩即晋太傅谢安与右军王羲之同登，超然有高世之志，余将营园其上，故作是诗。

【题解】此诗是天宝六载（747），诗人游金陵时所作。金陵冶城，在今南京朝天宫一带。据《太平寰宇记》记载："古冶城，在今上元县西五里，本吴铸冶之地，因以为名。"谢安墩，晋谢安与王羲之登临处。谢安墩具体位置有多种说法，李白所游为冶城之谢安墩。一说在半山寺。《六朝事迹》记载："谢安墩，在半山报宁寺之后，基址尚存。谢安与王羲之尝登此，超然有高世之志。"这首诗第一段写西晋永嘉之乱后，五胡乱华，中原士族百姓纷纷南逃。次一段写谢安忧虑社稷，为了拯救苍生，临危出山受命。整顿朝纲，编练军队，竭力扶持晋室。在前秦百万大军压境之际，临危不乱，从容布置，谈笑间击溃敌寇，拯救社稷苍生。再一段写诗人登游谢安墩，想起当年谢安与王羲之在冶城的对话。谢安未出山之时，隐居东山，好交游，乐清谈。当时王羲之告诫谢安清谈误国，当有所回避。谢安不以为然，认为秦两世而亡，难道也是因为清谈吗？数年之后谢安出山济世，最终谢安确实并没有因清谈而误国。最后一段诗人借景抒情，描写登墩所见景物，以怀古吊今，抒发自己的志向。全诗层次分明，典故引用自然贴切，抒情慷慨激昂。

晋室昔横溃，永嘉遂南奔①。沙尘何茫茫！龙虎斗朝昏。胡马风汉草②，天骄蹙中原③。

哲匠感颓运④，云鹏忽飞翻。组练照楚国⑤，旌旗连海门。西秦百万众，戈甲如云屯⑥。投鞭可填江，一扫不足论⑦。皇运有返正⑧，丑虏无遗魂。谈笑遏横流⑨，苍生望斯存⑩。

冶城访古迹，犹有谢安墩。凭览周地险，高标绝人喧。想像东山姿，缅怀右军言⑪。

梧桐识佳树，蕙草留芳根。白鹭映春洲⑫，青龙见朝暾⑬。地古云物在,台倾禾黍繁⑭。我来酌清波,于此树名园。功成拂衣去,归入武陵源⑮。

【注释】①"晋室"二句:指西晋末年天下大乱,永嘉五年,京都洛阳被胡人刘曜等攻破,士族百姓纷纷逃往江南。永嘉:晋怀帝的年号。《晋书·怀帝纪》:"怀帝永嘉五年,刘曜、王弥入洛阳,帝开华林园门,出河阴藕池,欲幸长安,为曜等所追及。曜等遂焚烧宫庙,逼辱后妃,百官士庶,死者三万余人。衣冠之族,相率南奔,避乱江左。"

②"胡马"句:《书·费誓》:"马牛其风。"孔颖达疏引贾逵:"风,放也。牝牡相诱,谓之'风'"。此处指胡马肆虐中原。

③天骄:指胡人。《汉书·匈奴传》:"胡者天之骄子也。"戚:逼迫。

④哲匠:指明达而富有才能的大臣。这里指谢安。

⑤组练:即组甲、被练,皆指将士的衣甲服装。《左传·襄公三年》:"〔楚子重〕使邓廖帅组甲三百,被练三千以侵吴。"孔颖达疏引贾逵曰:"组甲,以组缀甲,车士服之;被练,帛也,以帛缀甲,步卒服之。"后因以"组练"借指精锐的部队或军士的武装军容。

⑥"西秦"二句:指前秦皇帝苻坚以百万大军讨伐东晋。《晋书·谢安传》:"坚后率众号百万,次于淮、淝,京师震恐。"

⑦"投鞭"二句:用投鞭断流的典故。《晋书·苻坚载记》:"坚锐意荆、扬,将谋入寇,引群臣会议。坚曰:'以吾之众旅,投鞭于江,足断其流。'"

⑧皇运:谓享有皇位的气数。

⑨"谈笑"句:指谢安谈笑间破敌,安定晋室。《晋书·谢安传》:"时苻坚强盛,疆场多虞,诸将败退相继。安遣弟石、兄子玄等应机征

讨，所在克捷。坚后率众号百万，次于淮、淝，京师震恐。玄入问计，安夷然无惧色，答曰：'已别有旨。'玄不敢复言。玄等既破坚，有驿书至。安方对客围棋，看书既竟，即摄放床上，了无喜色，棋如故。客问之，徐答曰：'小儿辈遂以破贼。'"

⑩ "苍生"句：《世说新语·排调》："谢公在东山，朝命屡降而不动，诸人每相与言：'安石不肯出，将如苍生何？'"

⑪ "想像"二句：指谢安与王羲之曾同登冶城。东山指谢安，右军指王羲之。《世说新语·言语》："王右军与太傅共登冶城，谢悠然远想，有高世之志。王谓谢曰：'夏禹勤王，手足胼胝；文王旰食，日不暇给。今四郊多垒，宜人人自效，而虚谈废务，浮文妨要，恐非当今所宜。'谢答曰：'秦任商鞅，二世而亡，岂清言致患耶？'"

⑫白鹭：指白鹭洲。为南京附近长江中沙洲。《太平寰宇记》："白鹭洲，在江宁县西三里大江中，多聚白鹭，因名之。"

⑬青龙：指青龙山。在南京附近。《江南通志》："青龙山，在江宁府上元县东三十里，山产石甚良，土人取为碑础。"朝暾：初升的太阳。亦指早晨的阳光。

⑭禾黍：禾与黍。泛指黍稷稻麦等粮食作物。《诗·王风·黍离序》："《黍离》，闵宗周也。周大夫行役至于宗周，过故宗庙宫室，尽为禾黍。闵宗周之颠覆，彷徨不忍去而作是诗也。"后以"禾黍"为悲悯故国破败或胜地废圮之典。

⑮武陵源：用陶渊明《桃花源记》故事。王琦注："又《述异记》：'武陵源，在吴中，山无他木，尽生桃李，俗呼为桃李源。源上有石洞，洞中有乳水。世传秦末丧乱，吴中人于此避难，食桃李实者皆得仙。则又一武陵源也。'"

【译文】昔日胡人入寇晋室遭难，永嘉之后国祚迁往江南。当时战尘弥漫天下大乱，各方势力龙争虎斗不休。胡人肆意牧马汉地，蛮夷之族侵凌中原。

贤臣谢安忧虑国势衰颓，如云鹏翻然而起出山受命。晋军盔明甲亮雄据楚地，旌旗招展直连海隅。前秦出动百万之众，戈甲之士犹如云聚。号称投鞭足以截断江流，挥军扫平东晋又何足论。然而东晋国运未绝，前秦军队兵败溃散。谢安谈笑间遏制危难，苍生都依赖他而生存。

我到冶城寻访古迹，那里还留有谢安墩。凭栏远望四周险峻，高墩之上喧哗声绝。我想象谢安当年的风姿，缅怀右军王羲之的诤言。

谢安墩有梧桐嘉树，又有蕙兰留下芳根。白鹭洲上春光明媚，青龙山头旭日高升。地虽古远景物依旧，台已倾塌禾黍繁盛。我来此地临波酌酒，高墩之上欲造林园。功成名就则拂衣而退，归隐武陵桃花源。

登瓦官阁

【题解】 这首诗是开元十三年（725），诗人游金陵时所作。瓦官阁，即瓦官寺阁。瓦官寺，又名瓦棺寺、升元寺，始建于东晋。寺中有瓦官阁，又名升元阁，为南朝梁时所建。据《方舆胜览》记载：“升元寺，即瓦棺寺也。在建康府城西隅，前瞰江面，后据重冈，最为古迹。李主时，升元阁犹在，乃梁朝故物，高二百四十尺。李白诗所谓‘日月隐檐楹’是也。今西南隅戒坛，乃是故基。”全诗描写登阁所见之景，笔调明快洒脱，气势雄浑浩荡。首段写诗人在清晨登上瓦官寺阁，眺望金陵城。看到钟山正当阁北，秦淮萦绕阁南。前四句写出了瓦官阁观景的壮观气象和秀丽景色。"漫漫雨花落"四句则是描写寺庙清幽空寂，梵音缭绕，宝象庄严的氛围。"杳出霄汉上，仰攀日月行"二句用夸张的手法描写了瓦官阁巍峨高耸，直上云霄的气势。次一段写登高怀古。诗人感叹六朝王气湮灭，遗址荒芜寒阴。仰望云海苍茫，俯视宫观低平。"门余阊阖字，楼识凤皇名"二句是诗人在感慨往昔盛景一去不返，如今已物是人非。瓦官阁高居危岩虽有风雷轰鸣，但有神灵护持所以至今倾立不倒。最后诗人抒发瓦官阁之珍贵，超乎灵光殿，灵光殿虽能历劫不毁，但瓦官阁却能镇守一方，长久护佑金陵。

晨登瓦官阁，极眺金陵城①。钟山对北户②，淮水入南荣③。漫漫雨花落④，嘈嘈天乐鸣⑤。两廊振法鼓⑥，四角吟风筝⑦。杳出霄汉上，仰攀日月行。

山空霸气灭⑧，地古寒阴生。寥廓云海晚，苍茫宫观平。门余阊阖字⑨，楼识凤皇名⑩。雷作百山动，神扶万栱倾⑪。灵光何足贵⑫？长此镇吴京⑬。

【注释】①极眺：极目眺望。

②钟山：山名。即紫金山，又名蒋山。在今江苏南京市东北。《一统志》："钟山，在应天府东北，山周回六十里。汉秣陵尉蒋子文，逐盗死于此。吴大帝为立庙，因改蒋山。"

③淮水：即秦淮河，流经南京，相传秦始皇南巡至龙藏浦，发现有王气，于是凿方山，断长垄为渎入于江，以泄王气，故名秦淮。南荣：房

屋的南檐。荣，屋檐两头翘起的部分。《上林赋》："曝于南荣。"郭璞曰："荣，南檐也。"应劭曰："荣，屋檐两头如翼也。"

④雨花落：王琦注："雨花者，诸天于空中散花供养。若雨之从天而下，故曰雨花。"南京有雨花台，相传梁武帝时云光法师在此讲经，感动诸天雨花，花坠为石，故称。

⑤天乐鸣：王琦注："《阿弥陀经》：'彼佛国土，常作天乐，黄金为地，昼夜六时，天雨曼陀罗花。天乐者，天人所作音乐，清畅嘹亮，微妙和雅，一切音声所不能及。'"

⑥法鼓：佛教法器之一。举行法事时用以集众唱赞的大鼓。

⑦风筝：悬挂在殿阁塔檐下的金属片，风起作声。又称檐铃、风琴、风马儿、铁马。杨慎《升庵集》云："古人殿阁檐棱间有风琴、风筝，皆因风动成音，自谐宫、商。元微之诗'鸟啄风筝碎珠玉'，高骈有《夜听风筝诗》，僧齐已有《风琴引》，王半山有《风琴诗》，此乃檐下铁马也。今人名纸鸢曰风筝，非也。"

⑧霸气：王霸之气。因金陵为六朝古都，有王者之气，故称。

⑨阊阖：传说中的天门。也指六朝建康宫门名，《景定建康志》引《宫苑记》："晋成帝修新宫，南面开四门，最西曰西掖门，正中曰大司马门，次东曰南掖门，最东曰东掖门。南掖门，宋改阊阖门，陈改端门。"

⑩凤皇：即凤凰楼。《江南通志》引《宫苑记》："凤凰楼，在凤台山上。宋元嘉中建。"

⑪"神扶"句：扬雄《甘泉赋》："抗浮柱之飞榱兮，神莫莫而扶倾。"颜师古注："言举立浮柱而驾飞榱，其形危竦，有神于冥寞之中扶持，故不倾也。"

⑫灵光：即灵光殿。汉景帝子鲁恭王所建的宫殿。故址在今山东

省曲阜市东。汉王延寿《鲁灵光殿赋》序："鲁灵光殿者，盖景帝程姬之子恭王余之所立也，初，恭王始都下国，好治宫室，遂因鲁僖基兆而营焉。……遭汉中微，盗贼奔突，自西京未央、建章之殿，皆见隳坏，而灵光岿然独存。"后因比喻硕果仅存的人或事物。

⑬吴京：指金陵。因三国时吴国建都于此，故名。

【译文】清晨登上瓦官阁，极目眺望金陵城。钟山正对北阁门，淮水绕流南檐下。漫漫细雨如天花散落，嘈嘈切切如天乐奏鸣。寺院两廊振响法鼓，屋下四角吹吟檐铃。高阁杳然耸入云宵，似可仰攀上行日月。

钟山空寂六朝王气已灭，遗迹古远渐生荒凉寒阴。晚来云海辽阔，远望宫观低平。宫门徒留阊阖字样，楼阁只剩凤凰之名。雷霆发作则百山摇动，神明扶持才万栱不倾。灵光殿何足珍贵，瓦官阁长镇吴京。

登梅岗望金陵赠族侄高座寺僧中孚

【题解】这首诗大约是天宝六载（747），诗人游金陵时所作。梅岗，又名聚宝山，在今南京雨花台。《太平寰宇记》："梅岭岗，在升州江宁县南九里，周回六里。"《舆地志》云："在国门之东，晋豫章太守梅赜家于冈下，故民名之。"高座寺，始建于东晋，初名甘露寺。《江南通志》："高座寺，在江宁府雨花台梅岗上，晋永嘉中建，名甘露寺，西竺僧尸黎密据高座说法，世谓高座道人，葬此，故名。或云晋法师竺道生所居。"僧中孚，根据《答族侄僧中孚赠玉泉仙人掌茶并序》一诗可知，是诗人的族侄，在高座寺为僧。全诗首段描写金陵的形胜之处以及时过境迁，王气衰落的现状。次一段写中孚乃佛门高僧，卓尔不群，特立独秀。就如天上明月独照长空，有谢安之风采，白足和尚之道行。末一段写诗人与中孚谈论佛法，如醍醐灌顶，深有感触，当下即明了因果，看空世事。诗人感慨如此佳游难以再有，于是题诗刻于崖壁，留存千年不灭。

钟山抱金陵，霸气昔腾发①。天开帝王居，海色照宫阙。群峰如逐鹿，奔走相驰突。江水九道来②，云端遥明没。时迁大运去③，龙虎势休歇④。

我来属天清，登览穷楚越⑤。吾宗挺禅伯⑥，特秀鸾凤骨。众星罗青天，朗者独有月。冥居顺生理⑦，草木不翦伐。烟窗引蔷薇，石壁老野蕨。吴风谢安屐⑧，白足傲履袜⑨。

几宿一下山，萧然忘干谒⑩。谈经演金偈⑪，降鹤舞海雪。时闻天香来⑫，了与世事绝。佳游不可得，春风惜远别。赋诗留岩屏，千载庶不灭。

【注释】①"霸气"句：谓金陵昔日有王霸之气腾发。《元和郡县图志》载："本金陵地，秦始皇时望气者云：'五百年后，金陵有都邑之气。'故秦始皇东游以厌之，改其地曰秣陵，堑北山以绝其势。"

②"江水"句：王琦注："《书·禹贡》：'荆州，九江孔殷。'孔安国注：'江于此州界，分为九道。'琦按：今之九江，仅有其名，九派之迹，邈不可见。盖川渎之形，不能无变迁故也。但金陵去九江甚远，即使唐时水脉未改，然登梅岗而望九江，亦岂目力之所能及，诗人夸大之

辞,多过其实,往往若此矣。"

③大运:天命。何晏《景福殿赋》:"乃大运之攸戾。"李周翰注:"大运,天运也。"

④龙虎势:指金陵地势龙盘虎踞。《太平御览》引《吴录》:"刘备曾使诸葛亮至京,因睹秣陵山阜,叹曰:'钟山龙盘,石头虎踞,此帝王之宅。'"

⑤楚越:王琦注:"金陵之地,古为吴地,其西为楚,其南为越。"

⑥禅伯:对有道僧人的尊称。

⑦冥居:幽居,隐居。生理:万物生存之理。

⑧吴风:吴地风俗。谢安屐:用谢安断屐典故。《晋书·谢安传》:"玄等既破苻坚,有驿书至,安还内,过户限,心喜甚,不觉其屐齿之折。"

⑨白足:指白足和尚。《神僧传》:"释昙始,关中人,出家以后,多有异迹。足白于面,虽洗涉泥水,未尝沾湿,天下咸称'白足和尚'"。后亦用以代指高僧。

⑩干谒:为某种目的而求见地位高的人。

⑪金偈:佛所说的偈语。偈,指偈语,又称偈颂,梵语"偈佗"的音译。即佛经中的唱颂词。每句三字、四字、五字、六字、七字以至多字不等,通常以四句为一偈,内容多与佛法、修行有关。著名偈语有唐代高僧惠能大师所作《菩提偈》:"菩提本无树,明镜亦非台。本来无一物,何处惹尘埃。"

⑫天香:佛教称天界之香。

【译文】钟山环绕金陵城,昔日王气曾腾发。金陵天设为帝王之都,晓色映照着历代宫阙。群山起伏如鹿奔,相互追逐并驰突。江分九道而来，绵邈云端而去。时世变迁天命已去，龙虎之势不复存在。

我在天清气爽时而来，登高远望欲穷楚越之地。您是宗族的有道高僧，卓越不群有鸾凤之姿。群星璀璨罗列青天，您如明月独照长空。您隐居山林顺应好生之理，周边草木绝不随意剪伐。云烟之窗爬满蔷薇，屋外石壁长满野蕨。您随吴俗脚著谢安屐，您如昙始能白足而行。

我借宿寺中几夜后下山，竟然完全忘了干谒之事。听您讲解佛经谈论偈语，就如白鹤舞雪海一片清明。时时感到天香袭来，心境明了断绝事缘。如此佳游不可再得，转眼春去彼此分别。题诗一首刻留崖壁，历经千年也不磨灭。

登金陵凤凰台

【题解】这首诗是天宝六载（747），诗人游金陵时所作。凤凰台，遗址在今南京凤台山上。《江南通志》记载："凤凰台，在江宁府城内之西南隅，犹有陂陀，尚可登览。宋元嘉十六年，有三鸟翔集山间，文彩五色，状如孔雀，音声谐和，众鸟群附，时人谓之凤凰。起台于山，谓之凤凰台，山曰凤台山，里曰凤凰里。"传说李白登黄鹤楼，欲作诗留念，看到崔颢的留诗后，自叹不能超越，后来游凤凰台时，作《登金陵凤凰台》以媲美崔颢的《黄鹤楼》。此说法最早见《苕溪渔隐丛话》引《该闻录》："唐崔颢《题武昌黄鹤楼》诗，李太白负大名，尚曰：'眼前有景道不得，崔颢题诗在上头。'欲拟之较胜负，乃作《金陵登凤凰台》诗。"宋人刘克庄在《后村诗话》中对崔李二诗的评价为："古人服善，李白登黄鹤楼，有'眼前有景道不得，崔颢题诗在上头’之语，至金陵乃用《凤凰台》诗以拟之。今观二诗，真敌手棋也。若他人必次颢韵，或于诗版之傍别著语矣。"另外还有说法认为，李白的《凤凰台》和《鹦鹉洲》是模仿崔颢的《黄鹤楼》而作，而崔颢的《黄鹤楼》是模仿唐人沈佺期的《龙池篇》。例如，明代文人田艺蘅认为："人知李白《凤凰台》《鹦鹉洲》出于《黄鹤楼》，不知崔颢又出于《龙池篇》。"王琦注《李太白文集》引明朝赵宦光的观点："沈佺期《龙池篇》，崔颢笃好之，先抉其格，作《雁门胡人歌》，自分无以尚之，别作《黄鹤楼》诗，然后直出云卿（沈佺期字云卿）之上，视《龙池》直俚谈耳！李白压到不敢措词，别题《鹦鹉洲》，而自分调不若也，于心终不降，又作《凤凰台》，然后可以雁行无愧矣。"沈佺期的《龙池篇》如下："龙池跃龙龙已飞，龙德先天天不违。池开天汉分黄道，龙向天门入紫微。邸第楼台多气色，君王凫雁有光辉。为报寰中百川水，来朝此地莫东归。"崔颢的《雁门胡人歌》为："高山代郡东接燕，雁门胡人家近边。解放胡鹰逐塞鸟，能将代马猎秋田。山头野火寒多烧，雨里孤烽湿作烟。闻道辽西无斗战，时时醉向酒家眠。"崔颢的《黄鹤楼》为："昔人已乘黄鹤去，此地空余黄鹤楼。黄鹤一去不复返，白云千载空悠悠。晴川历历汉阳树，芳草萋萋鹦鹉洲。日暮乡关何处是？烟波江上使人愁。"李白的《鹦鹉洲》全诗如下："鹦鹉来过吴江水，江上洲传鹦鹉名。鹦鹉西飞陇山去，芳洲之树何青青！烟开兰叶香风暖，岸夹桃花锦浪生。迁客此时徒极目，长洲孤月向谁明？"由此可见，这几首诗之间确有相似之处。王琦注："《黄鹤》诗，调取之《龙池》，格取之《雁门》。李之拟崔，《鹦鹉》取其格，《凤凰》取其调。"这里的格调指诗歌的格律和声调、声韵。日本近藤元粹在《李太白诗醇》中引用南宋诗论家严羽的评价说:"严沧浪曰:《鹤楼》祖《龙池》而脱卸,《凤台》复倚《黄鹤》而翻髹。《龙池》浑然不凿,《鹤楼》宽然有余。《凤台》构造亦新丰凌云妙手,但胸中尚有古人,欲学之,欲似之,终落圈圆。盖翻异者易美,宗同者难超。太白尚尔,况余才乎!"此诗的行文与结构和《黄鹤楼》很相似,全诗一气呵成,意境悠远,而且大量运用叠词,富于音律之美。"凤凰台上凤凰游,凤去台空江自流"二句,引用凤凰台传说,连用三个"凤"字,也是诗人在效仿《黄鹤楼》,却用的贴切自然,不见斧凿之痕,叠词连用,朗朗上口。三四句是登高怀古,感叹吴、晋两朝宫阙和名士俱已消散,只留下遗迹供后人凭吊言说。五六句写景,对仗工整,气势开阔,是难得的佳句。最后两句抒怀,意味隽永,升华了主题。李白这首诗可以说是唐代七律中的精品,与崔颢的《黄鹤楼》不分轩轾,辉映古今。《唐宋诗醇》:"崔颢题诗黄鹤楼,李白见之,去不复作,至金陵登凤凰台乃题此诗,传者以为拟崔而作,理或有之。崔诗直举胸情,气体高浑,白诗寓目山河,别有怀抱,其言皆从心而发,即景而成,意象偶同,胜境各擅,论者不举其高情远意,而沾沾吹索于字句之间,固已蔽矣。至谓白实拟之以较胜负,并谬为"槌碎黄鹤楼"等诗,鄙陋之谈,不值一噱也。"

凤凰台上凤凰游,凤去台空江自流。吴宫花草埋幽径[①],晋代衣冠成古丘[②]。三山半落青天外[③],一水中分白鹭洲[④]。总为浮云能蔽日[⑤],长安不见使人愁。

【注释】①吴宫：指三国吴国建都时所造宫室。

②衣冠：代指世家大族。古丘：指古墓。

③三山：山名，在南京长江边。《景定建康志》："三山，在城西南五十七里，周回四里，高二十九丈。"《舆地志》云："其山积石森郁，滨于大江，三峰排列，南北相连，故号'三山'。"

④一水：指长江。白鹭洲位于江中，把江水分流。

⑤"总为"句：陆贾《新语·慎微》："邪臣之蔽贤，犹浮云之障日月也。"

【译文】凤凰台上曾有凤凰来游，如今凤去台空江流依旧。昔日吴宫荒芜花草埋没幽径，晋代衣冠名士作古葬身荒丘。三山半隐如落青天之外，一江被白鹭洲从中分开。总有佞臣蔽贤如浮云蔽日，不能望见长安使人忧愁。

望庐山瀑布二首

【题解】这两首诗是开元十三年（725），诗人游庐山时所作。庐山，又名匡山、匡庐，位于江西。《元和郡县志》记载："庐山在江州浔阳县东三十二里，本名鄣山。昔有匡俗，字子孝，隐沦潜景，庐于此山，汉武帝拜为大明公，俗号庐君，故山取号。周环五百余里。"这两首诗都是描写庐山瀑布之景，以夸张的手法，突出了庐山瀑布的雄奇壮观。

其一

【题解】这是一首五言古诗。首段写诗人登上香炉峰，远望瀑布如白练挂在崖壁，喷涌而下。疾如飞电，起若白虹。好似银河乍落云天。次一段写近看瀑布气势雄伟，真是天地造化之功。"海风吹不断，江月照还空"二句尤为精妙，宋代胡仔在《苕溪渔隐丛话后集》评价说："然余谓太白前篇古诗云：'海风吹不断，江月照还空。'磊落清壮，语简而意尽，优于绝句多矣。"末段写诗人一向钟情名山大川，到此面对胜景，更加心旷神怡，于是生出在此遁世隐居的念头。全诗语言质朴，不饰雕饰而直抒胸臆。

西登香炉峰^①，南见瀑布水。挂流三百丈，喷壑数十里。欻如飞电来^②，隐若白虹起。初惊河汉落，半洒云天里。

仰观势转雄，壮哉造化功！海风吹不断，江月照还空。空中乱潨射^③，左右洗清壁。飞珠散轻霞，流沫沸穹石^④。

而我游名山，对之心益闲。无论漱琼液，且得洗尘颜。且谐宿所好，永愿辞人间。

【注释】①香炉峰：在江西庐山西北。《太平寰宇记》："香炉峰，在庐山西北，其峰尖圆，烟云聚散，如博山香炉之状。"

②欻如：快速。

③潨：急流。

④穹石：巨石。

【译文】向西登上香炉峰，南望遥见瀑布川。挂于崖壁直流三百丈，喷涌而出绵延数十里。流急好似飞电闪过，又如白虹凌空而起。初见以为银河飞落，飘飘洒洒嵌于半空。

仰望瀑布气势雄伟，造化之功无比壮观！海风劲吹难断流水，江月映照近看似无。水花空中四散激射，冲刷两旁青色石壁。飞起的水珠折散出霞光，流动的浮沫簇拥巨石上。

我天性就喜爱名山大川，对此胜景心中更加闲逸。不必急于服食琼浆，且以此水洗涤俗尘。不如实现我的夙愿，隐居这里永辞人间。

其二

【题解】这是一首七言绝句，也是被历代所称颂的佳作。此诗想象奇特，比喻夸张。在李白之前很多诗人写过瀑布，多以白练比拟，而以银河类比瀑布，首起于李白。晚唐诗人徐凝也写过一首《庐山瀑布》："虚空落泉万仞直，雷奔入江不暂息。今古长如白练飞，一条界破青山色。"但被苏东坡评价为："帝遣银河一派垂，古来惟有谪仙词。飞流溅沫知多少，不为徐凝洗恶诗。"平心而论徐凝的诗也不算太差，在当时也传诵一时，但是与李白之诗相比，显出有些呆板，不够灵动，气势上也差了许多。

日照香炉生紫烟，遥看瀑布挂前川。飞流直下三千尺，疑是银河落九天。

【译文】日光照耀香炉峰升起紫烟，遥遥望去瀑布悬挂在山前。

瀑布奔流而下似有三千尺，让人误以为银河飞落九天。

望庐山五老峰

【**题解**】这首诗应该与《望庐山瀑布二首》同时而作。五老峰，庐山东南部名峰。五峰形如五老人并肩耸立，故称。五老峰陡峭雄奇，云雾缭绕，犹如仙境。李白曾在此结庐而居。《江西通志》："五老峰在南康府城北三十里，为庐山尽处，石山骨立，突兀凌霄，如五人骈肩，然悬岩峭壁，难于登陟，云雾卷舒，倏忽变化，乃郡之发脉山也。李白尝筑居于此。"全诗描绘了庐山五老峰的胜景。远望五老峰，犹如造化用刀斧削刻而成的一朵金芙蓉，耸立青天。站在峰顶可以将九江秀色一览无余，诗人一向有归隐山林之志，见此佳境，于是结庐而居，高卧云松，以遂平生之愿。

庐山东南五老峰，青天削出金芙蓉①。九江秀色可揽结②，吾将此地巢云松③。

【**注释**】①金芙蓉：王琦注："芙蓉，莲花也。山峰秀丽可以比之。其色黄，故曰金芙蓉也。"

②揽结：采摘系结。

③"吾将"句：《方舆胜览》引《图经》："李白性喜名山，飘然有物外志，以庐阜水石佳处，遂往游焉。卜筑五老峰下，有书堂旧址。后

北归，犹不忍去，指庐山曰：'与君再会，不敢寒盟，丹崖绿壑，神其鉴之。'"巢云松：隐居。白云和松树，古时多为隐居者视作伴侣，因而以巢云松为隐居之意。

【译文】庐山东南方有座五老峰，像一朵金芙蓉耸立青天。在那里可以饱览九江秀色，我愿在这里隐居高卧云松。

江上望皖公山

【题解】这首诗大约是至德二载（757）所作。皖公山，山名。又名潜山、天柱山。在今安徽省潜山县西北。汉武帝曾封为南岳。《方舆胜览》："皖山在安庆府淮宁县西十里，皖伯始封之地。"皖公山石奇、洞幽被称为双绝。它与黄山、九华山并列安徽的三大名山。被道家列为第十四洞天，第五十七福地。道教丹鼎派创始人左慈据说就在此修炼得道。皖公山同时也是佛教圣地，禅宗二祖、三祖、四祖都曾在这里驻锡传道。诗人来到皖公山，也被这里的奇山秀木所吸引，此时天高云淡，艳阳千里，皖公山高耸挺拔，突出云表。尤其"巉绝称人意"一句颇受陆游赞赏，认为"巉绝"一词甚为贴切，有"不刊之妙"。诗人爱此山灵秀，心中默然期许来此归隐，只是心愿未遂，待到炼成仙丹，再遁迹于此。

奇峰出奇云，秀木含秀气。清宴皖公山^①，巉绝称人意^②。独游沧江上，终日淡无味^③。但爱兹岭高，何由讨灵异？默然遥相许, 欲往心莫遂。待吾还丹成④, 投迹归此地。

【注释】①清宴: 即清晏, 天清日晏。扬雄《校猎赋》:"于是天清日晏。"颜师古注:"晏, 无云也。"

②巉绝: 险峻陡峭。

③淡无味:《老子》:"道之出口, 淡乎其无味。"河上公注:"言极平常也。"

④还丹: 道家合九转丹与朱砂再次提炼而成的仙丹。称服后可以即刻成仙。晋葛洪《抱朴子·金丹》:"若取九转之丹, 内神鼎中, 夏至之后, 爆之鼎, 热, 内朱儿一斤于盖下, 伏伺之。候日精照之, 须臾, 翕然俱起, 煌煌辉辉, 神光五色, 即化为还丹。取而服之一刀圭, 即白日升天。"

【译文】奇峰特立生出奇幻之云, 秀木葱郁饱含秀灵之气。清朗爽阔的皖公山, 巉岩绝壁很使人称意! 独自游于沧江, 终日索然无味。但是钟爱此山高峻, 如何才能求取仙道? 我默然对此山倾心相许, 想要前往但还有心事未遂。等我炼成金丹, 再来此地归隐。

望黄鹤山

【题解】此诗是上元元年(760), 诗人自零陵归至江夏时所作。黄鹤山, 即黄鹤矶、黄鹄山, 在今湖北武汉蛇山。《一统志》:"黄鹄山, 在武昌府城西南, 一名黄鹤山。世传仙人骑黄鹤过此, 因名。"此诗首段描写黄鹤山的雄奇壮观。四面环绕白云, 中峰直上云霄。白云红日的映衬下，黄鹤山峰峦叠嶂，郁郁葱葱，壮丽之极。诗人对黄鹤山情有独钟，因为此地曾留下仙人乘鹤飞升的传说。直到如今还留有仙人当年居住的石室和炼丹的丹灶。只可惜已经人去室空，草木丛生，一片荒芜。诗人观览天下名山，唯觉此山最为雄奇，遂发心愿，隐居此处，再也不会有客旅他乡的心情了。

东望黄鹤山，雄雄半空出①。四面生白云，中峰倚红日。岩峦行穹跨②，峰嶂亦冥密③。

颇闻列仙人，于此学飞术。一朝向蓬海，千载空石室。金灶生烟埃④，玉潭秘清谧⑤。地古遗草木，庭寒老芝术⑥。

蹇余羡攀跻⑦，因欲保闲逸。观奇遍诸岳，兹岭不可匹。结心寄青松，永悟客情毕。

【注释】 ①雄雄：威势盛大貌，旺盛貌。

②穹跨：跨于空中。

③峰嶂：高峻的山峰。冥密：深幽茂密。

④金灶：即丹灶，道家炼取丹药之灶。

⑤清谧：清静，安宁。

⑥芝术：药草名。

⑦蹇：句首发语词。跻：登。

【译文】 向东远望黄鹤山，山势突兀半空中。四面常有白云生起，中间险峰高倚红日。山峦凌空跨越，高峰深邃幽密。

经常听说有众多仙人，在此处学习飞身之术，一朝得道就飞往蓬莱仙境，千年以来只剩下空荡的石室。丹灶已落满尘埃，清潭也静谧无声。地处古远草木丛生，庭中幽寒芝草已老。

我欲登临此山，借此保有闲逸。遍览名山奇异，无与此山匹敌。我有心寄托于此山青松，永久体悟放弃羁旅之情。

鹦鹉洲

【题解】这首诗大约是上元元年（760），诗人自零陵归至江夏时所作。鹦鹉洲，在今湖北省武汉市西南长江中。相传东汉末江夏太守黄祖长子黄射在此设宴，有人献鹦鹉，黄射请祢衡作《鹦鹉赋》，故名。后祢衡被黄祖所杀，亦葬于此。自汉以后，由于江水冲刷，鹦鹉洲屡被浸没，今鹦鹉洲已非以前故地。这首诗与崔颢的《黄鹤楼》写法格调非常相似，前三句叠用鹦鹉，直到五六句才合律，最后二句则是抒发感慨。方回在《瀛奎律髓》中评说："太白此诗，乃是效崔颢体，皆于五六加工，尾句寓感叹，是时，律诗犹未甚拘偶也。"诗人写鹦鹉洲乃是吊古伤今。鹦鹉洲因祢衡的《鹦鹉赋》而得名，而祢衡最终却遭遇杀身之祸。祢衡作为一代才子，恃才傲物，不畏权贵，曾击鼓骂曹，对刘表也是不屑一顾，最终激怒黄祖而被杀。可以看出祢衡的性格与诗人很相似，诗人对祢衡也很钦慕，曾写过《望鹦鹉洲怀祢衡》一诗来予以悼念。诗人此时刚刚遭遇牢狱之灾，被流放夜郎，中途遇赦返乡，来到鹦鹉洲，不免想起了同病相怜的祢衡，借吊念祢衡，实则感伤自己的不幸遭遇。

鹦鹉来过吴江水①，江上洲传鹦鹉名。鹦鹉西飞陇山去②，芳洲之树何青青③！烟开兰叶香风暖，岸夹桃花锦浪生。迁客此时徒极目④，长洲孤月向谁明？

【注释】①吴江：江夏在三国时属于东吴，所以称江夏一代的长江为吴江。

②"鹦鹉"句：古代陇山盛产鹦鹉，故又称"鹦鹉山"。祢衡《鹦鹉赋》："惟西域之灵鸟兮。"李善注："西域，谓陇坻出此鸟也。"

③芳洲：芳草丛生的小洲。这里指鹦鹉洲。

④迁客：遭贬迁的官员。

【译文】鹦鹉曾来吴江水崖边，江上沙洲也以鹦鹉名。鹦鹉早已西飞回陇山，芳草洲上碧树仍青青。烟笼兰叶随暖风飘散阵阵花香，夹岸桃花落江中陡生层层锦浪。被贬之人此时徒然远望，长洲孤月能够为谁而明？

九日登巴陵置酒望洞庭水军　时贼逼华容县

【题解】这首诗是乾元二年（759）九月九日，诗人在巴陵观朝廷水军演兵时所作。巴陵，指唐时巴陵县，又名巴丘山，巴岳山，在今湖南岳阳市。《一统志》："巴丘山，在岳州府城南，一名巴蛇冢。羿屠巴蛇于洞庭，积骨为丘，故名。是巴陵即巴丘山也。洞庭湖，在岳州府城西南。"题下原注"时贼逼华容县"指乾元二年康楚元、张嘉延叛乱一事。《资治通鉴·唐肃宗乾元二年》记载："八月乙巳，襄州将军康楚元、张嘉延占据本州作乱，刺史王政逃奔到荆州。楚元自称为南楚霸王。"华容县，属岳州。《元和郡县志》："岳州有华容县，去州一百六十里。"全诗前六句写诗人重阳日在巴陵登高，看到万里无云，山川分明，长风鼓起，波澜涌动。接着写阅兵之盛况，就如当年汉武帝出巡汾水时一样，楼船千里，旌旗连天。王师准备出兵讨伐叛逆，因此于重阳日不摘菊花而以战鼓相闻。此去就像当年鲁阳公一样，能够挥戈反转白日，将叛军一举击破。诗人认为此时是好男儿建功立业，报效国家的时候，如果像陶渊明那样隐居世外是气量狭小的表现。这也是诗人一向的抱负和理想。

九日天气清，登高无秋云。造化辟川岳，了然楚汉分。长风鼓横波①，合沓蹙龙文②。忆昔传游豫，楼船壮横汾③。今兹讨鲸鲵④，旌旂何缤纷！白羽落酒樽⑤，洞庭罗三军。黄花不掇手⑥，战鼓遥相闻。剑舞转颓阳，当时日停曛⑦。酣歌激壮士，可以摧妖氛。龌龊东篱下⑧，泉明不足群⑨。

【注释】①长风：远风。横波：横流的水波。

②合沓：重叠，攒聚。蹙：皱，收缩。龙文：龙形纹理的水波。

③"忆昔"二句：用汉武帝游汾水的故事。汉武帝《秋风辞》："泛楼船兮济汾河，横中流兮扬素波，箫鼓鸣兮发棹歌。'"游豫：指帝王出巡。春巡为"游"，秋巡为"豫"。语本《孟子·梁惠王下》："夏谚曰：'吾王不游，吾何以休？吾王不豫，吾何以助？一游一豫，为诸侯度。'"

④鲸鲵：即鲸。雄曰鲸，雌曰鲵。以喻凶恶的敌人。这里指康楚

元、张嘉延叛军。

⑤白羽：古代军中主帅所执的指挥旗，又称白旄，也泛指军旗。

⑥黄花：菊花。

⑦"剑舞"二句：用挥戈回日的典故。《淮南子·览冥训》记载，楚国的鲁阳公和韩国交战，双方战斗正酣，鲁阳公愈战愈勇，眼看就要击败敌人，这时太阳快要落山了。鲁阳公举起长戈，用力挥向太阳，太阳竟为他倒退了三舍（一宿为一舍。三舍指三座星宿的位置）。后多用为力挽危局之典。

⑧龌龊：气量狭窄。

⑨泉明：即渊明，指陶渊明。唐朝避李渊的名讳，称"渊"为"泉"。

【译文】九月九日天清气爽，登高而望秋空无云。造化神工开辟山川，楚汉界限了然分明。长风鼓起横波，簇拥龙纹浪涛。回忆往昔汉武出巡，楼船壮观拥塞汾水。如今讨伐叛军，王师旌旗飘扬。白羽大旗倒映酒樽之中，洞庭湖上三军森然罗列。今日不采黄菊花，只有战鼓遥相闻。挥剑反转烈日，夕阳停步不落。高歌一曲激励将士，可以催灭叛军气势。诸君不能苟且于东篱下，陶渊明气量狭小不足为伍。

秋登巴陵望洞庭

【题解】这首诗应该与上一首是同时而作。乾元二年（759）诗人在流放夜郎途中获赦，返回江南途中接受裴侍御的邀请，游览洞庭、潇湘。此诗就是这一时期所作。这首诗前十二句写秋景。从湖光秋色、青山寒水到云帆倦鸟, 描绘的非常细致。再六句抒发感怀。诗人看到日月如梭、流水不息, 而感叹时光飞逝。听到郢人唱《白雪》, 越女歌《采莲》, 而起思乡之情。

清晨登巴陵, 周览无不极①。明湖映天光, 彻底见秋色。秋色何苍然, 际海俱澄鲜②。山青灭远树, 水渌无寒烟。来帆出江中, 去鸟向日边。风清长沙浦③, 霜空云梦田④。瞻光惜颓发⑤, 阅水悲徂年⑥。北渚既荡漾⑦, 东流自潺湲⑧。郢人唱《白雪》⑨, 越女歌《采莲》⑩。听此更肠断, 凭崖泪如泉。

【注释】 ①无不极: 无所看不到。

②澄鲜: 清新。

③长沙浦: 王琦注: "长沙浦, 谓自长沙而入洞庭之水。"

④云梦田: 王琦注: "古云梦泽, 跨江之南北, 自岳州外, 凡江夏、汉阳、沔阳、安陆、德安、荆州, 皆其兼亘所及。" 这里代指楚地。

⑤瞻光: 王琦注: "瞻光, 日月之光。"

⑥徂年: 流年, 光阴。

⑦北渚: 北面的水涯。

⑧潺湲: 水慢慢流动的样子。

⑨"郢人"句: 用《阳春》《白雪》的典故。

⑩《采莲》: 乐府清商曲名。

【译文】 清晨登上巴陵高山, 环顾四周无不尽览。澄明的湖水映射着天光, 萧索秋色中湖水清可见底。秋色一片苍茫, 水天之际清朗。青山葱郁与远树成一色, 水清透明不起寒烟之气。孤帆自江中而来,倦鸟向日边归去。长沙浦上天高风清,云梦田中秋霜遍野。观日月之光感叹华发早落,看秋水涌起悲悯流年已逝。北泽之水随波荡漾,东流长河潺潺而行。郢人高歌《白雪》,越女低吟《采莲》。听此歌声更加心伤肠断,凭崖而依使我泪如泉涌。

与夏十二登岳阳楼

【题解】这首诗是乾元二年(759)所作。岳阳楼,在今湖南省岳阳市。相传三国时东吴鲁肃所建,唐开元四年(716)中书令张说谪守巴陵时在原有基础上兴建此楼。登楼远眺,洞庭风光尽收眼底,为古今名胜之处。夏十二,名字生平不详。全诗写得极为闲逸。首二句"楼观岳阳尽,川迥洞庭开"气势上也很开阔,与杜甫的"吴楚东南坼,乾坤日夜浮"相类似。三四句写登临岳阳楼,看到天高云淡,湖面开阔,鸿雁翱翔,不禁使人烦恼尽去,一轮明月照耀山头,更加使人感到飘逸。诗人豪情大发而举杯行酒,秋风阵阵而衣袖飘舞。

楼观岳阳尽①,川迥洞庭开。雁引愁心去,山衔好月来。云间逢下榻②,天上接行杯③。醉后凉风起,吹人舞袖回。

【注释】①岳阳:王琦注:"岳阳,谓天岳山之阳,楼依此立名。洞庭一湖,正当楼前,浩浩荡荡,茫无涯畔,所谓巴陵胜状,尽在是矣。"

②下榻：用陈蕃典故。后汉陈蕃为太守，在郡不接宾客，唯徐稚来特设一榻，去则悬之。见《后汉书·徐稚传》。后因以"陈蕃榻"为礼贤下士之典。

③行杯：指传杯饮酒。

【译文】登楼尽观岳阳之风光，大江远去洞庭开阔。遥望鸿雁使人愁心散去，远山隐约衔取一轮明月。楼上欢聚犹如在云间下榻，开怀畅饮仿佛在天上传杯。醉后凉风渐起，吹动衣袖乱舞。

登巴陵开元寺西阁赠衡岳僧方外

【题解】这首诗是上元元年（760）所作。巴陵开元寺，据《唐会要》记载："天授元年十月二十九日，两京及天下诸州，各置大云寺一所，开元二十六年六月一日，并改为开元寺。"衡岳，即南岳衡山。僧方外，僧人名方外，生平不详。全诗前八句诗人赞美僧方外是有道高僧，容貌清奇，心胸广阔如大海。经常能以甘露妙语开导众生。后四句写景，并期待僧方外能够对自己有所点悟和启发。

衡岳有开士①，五峰秀真骨②。见君万里心，海水照秋月。大臣南溟去，问道皆请谒。洒以甘露言，清凉润肌发③。明湖落天镜，香阁凌银阙④。登眺餐惠风⑤，新花期启发。

【注释】①开士：对菩萨的另称。以能自开觉，又可开他人生信心, 故称。后用作对僧人的敬称。《释氏要览》: "开士,《经音疏》云: '开, 达也, 明也, 解也; 士则士夫也。经中多呼菩萨为开士。前秦符坚赐沙门有德解者, 号开士。'"

②"五峰"句: 用禅宗二祖惠可故事。《景德传灯录》记载, 禅宗二祖惠可大师在香山修行时, 终日打坐, 历经八年。有一天在打坐中, 忽然看到一个神人对他说: "你想修得正果, 为何滞留此地呢?"第二天, 惠可感觉头痛异常, 他的师父正准备为他治疗, 听到空中传来声音说: "这是在脱胎换骨, 不是寻常疼痛。"师父查看他的顶骨, 变得如五峰隆起。

③"洒以"二句: 引用《妙法莲华经》: "如以甘露洒, 除热得清凉。"

④香阁: 代指佛寺的台阁。《维摩诘经·香积佛品》: "上方界分, 过四十二恒河沙佛土, 有国名'众香', 佛号'香积', 其界一切皆以香作楼阁。"银阙: 指天宫。

⑤惠风: 柔和的风。

【译文】南岳衡山有您这位高僧, 头顶如慧可五峰隆起。您那广阔万里的心胸, 如同被秋月照耀的无边大海。朝中大臣如去南海, 都会来拜谒请教您。您的教诲之言如同甘露, 开启心智使人顿感清凉。湖面清平如同九天飞落的明镜, 寺中楼阁仿佛要飞凌天上宫阙。我在此登阁眺望餐饮和风, 如新花含苞期待您的启发。

与贾舍人于龙兴寺剪落梧桐枝望滟湖

【题解】这首诗是乾元二年（759），诗人游岳州龙兴寺时所作。贾舍人，指中书舍人贾至，至德年间被贬为岳州司马。龙兴寺，在今湖南岳阳，据《岳阳风土记》记载："龙兴观故基，在太平寺东，上有西阁，为登览之胜。"滟湖，据《元和郡县志》："滟湖，一名瀚湖，在岳州巴陵县南一十里。"全诗明快简洁，首两句写剪落梧桐枝，可以看到滟湖风光。雨后秋山如洗，林木翠绿，风光分外明媚。"水闲明镜转，云绕画屏移"二句写出了湖水缓流如明镜旋转，云雾缭绕如画屏移动的美景，非常形象，非常优美。末两句诗人盛赞能与贾舍人这样的贤人一起出游，实为千古雅事。

剪落青梧枝，滟湖坐可窥。雨洗秋山净，林光澹碧滋①。水闲明镜转，云绕画屏移。千古风流事，名贤共此时。

【注释】①碧滋：形容草木翠绿而润泽。
【译文】剪落梧桐青枝，坐观滟湖风光。雨后秋山分外明净，林木碧绿散发青光。缓缓而流的湖面犹如转动的明镜，缭绕回旋的云雾就像移动的画屏。人们所说的千古风流雅事，就是与您这样的贤人相聚。

挂席江上待月有怀

【题解】此诗年代不详，为诗人游金陵时所作。挂席，即扬帆之意。诗人在夜里乘舟出行，意欲在江上赏月，可是久等也不见月出，只能空望江水奔流。诗人顺水而行，倏忽间来到城西，此时期待已久的明月，如一弯玉钩挂在天边，月光如水，使人不禁想伸手掬揽，诗人此时想起友人，感叹不能一起共赏明月。只能独自一人在明亮的月光中，观瞻鳷鹊楼。全诗意境很优美，描绘了一幅生动的月夜出游图。

待月月未出，望江江自流。倏忽城西郭，青天悬玉钩。素华虽可揽①，清景不同游。耿耿金波里②，空瞻鳷鹊楼③。

【注释】①素华：指白色的月光光华。

②耿耿：明亮，显著，鲜明。金波：谓月光。借指月亮。

③鳷鹊楼：汉代楼观名称。汉司马相如《上林赋》："蹶石阙，历封峦。过鳷鹊，望露寒。"颜师古引三国魏张揖曰："此四观，武帝建元中作，在云阳甘泉宫外。"南朝时金陵也有鳷鹊楼。

【译文】乘船待月月不来，空望江上江自流。小舟倏忽到城西，明月如钩悬青天。月华清照虽可探手掬揽，胜景当前不能与君同游。只能明月光辉中，独自仰望鳷鹊楼。

金陵望汉江

【题解】这首诗是开元十三年（725），诗人游金陵时所作。这里的汉江实指长江。前四句写长江绵延万里，气势横贯中国。接着咏史，感叹六朝风华一过，三吴不再是帝王之地。最后四句赞扬唐朝盛世明君，所以天下太平，无征伐之事。即使是善于垂钓的任公子来了，也会因四海清晏，风平浪静，而无鱼可钓。

汉江回万里，派作九龙盘①。横溃豁中国②，崔嵬飞迅湍③。六帝沦亡后④，三吴不足观⑤。我君混区宇⑥，垂拱众流安⑦。今日任公子⑧，沧浪罢钓竿。

【注释】①"派作"句：此句指长江在浔阳分为九条江流。郭璞《江赋》："流九派乎浔阳。"应劭《汉书注》："江自庐江、浔阳分为九也。"派：指水的支流。

②横溃：河水决堤横流。

③崔嵬：本指山峰高峻，这里指水流湍急浪高。

④六帝：指在金陵建都的吴、东晋、宋、齐、梁和陈六朝。

⑤三吴：《水经注·渐江水》："吴后分为三，世号'三吴'，吴兴、吴郡、会稽也。"

⑥区宇：区域，天地。

⑦垂拱：垂衣拱手，表示无为而治。《书·武成》："垂拱而天下

治。"孔颖达疏："《说文》云：拱，敛手也。垂拱而天下治，谓所任得人，人皆称职，手无所营，下垂其拱，故美其垂拱而天下治也。"

⑧任公子：古代传说中善于捕鱼的人。亦称任公、任父。典出《庄子·外物》。传说任公子以五十头牛为诱饵，坐在会稽山，将钓竿甩到东海，钓起巨鱼，使制河以东，到苍梧以北的人们都饱食这条鱼的鱼肉。这里是反用其意。王琦注："因众派安流，水无巨鱼，故任公子之钓竿可罢，喻言江汉宁静，地无巨寇，则王者之征伐可除也。"

【译文】汉江绵延洄流几万里，派生九流如九龙盘绕。江水横流肆溢中国，波高浪急汹涌澎湃。六朝帝王沉沦之后，三吴之地无可称道。我朝圣君一统天下，垂衣拱手无为而冶。任公子如果今日而来，沧海浪平也只能罢钓竿。

秋登宣城谢朓北楼

【题解】这首诗是天宝十二载（753）秋天，诗人游宣城时所作。宣城，今安徽宣城，唐时为宣州，后为宣城郡。谢朓，南朝齐诗人，曾任宣城太守，在陵阳山上建北楼，被称为谢朓北楼。据《江南通志》记载："陵阳山，在宁国府城南，冈峦盘屈，三峰秀拔，为一郡之镇。上有楼，即谢朓北楼，李白所称江城如画者。"全诗首两句写秋天的宣城，景色如画，诗人在傍晚登上谢公楼，远眺晴空。中间四句写景，都是神来之笔，字字珠玑。"两水"，"双桥"形象地写出了宣城的胜景所在，笔调华丽。"人烟寒橘柚，秋色老梧桐"则是千古佳句，历来备受推崇。橘柚笼罩青烟，所以倍感清寒，梧桐叶黄枝枯，让人更觉苍老。"寒"、"老"都是点睛之笔，用词精炼，贴切地描绘出秋色的凄清。宋代曾季狸在《艇斋诗话》评价说："李白云：'人烟寒橘柚，秋色老梧桐。'老杜云：'荒庭垂橘柚，古屋画龙蛇。'气焰盖相敌。陈无己云：'寒心生蟋蟀，秋色上梧桐。'盖出于李白也。"最后两句则是诗人抒发登高怀古之情，与诗题相呼应。谢朓是诗人所崇敬的偶像，诗人来到谢朓当年所建之楼，不禁感叹斯人远去，知音难寻。体现了诗人对谢朓的深切怀念之情。

江城如画里①，山晚望晴空②。两水夹明镜③，双桥落采虹④。人烟寒橘柚，秋色老梧桐。谁念北楼上，临风怀谢公⑤？

【注释】①江城：临江之城，这里指宣城。

②山：指陵阳山。《江南通志》："陵阳山，在宁国府城南，冈峦盘屈，三峰秀拔，为一郡之镇。"

③两水：指宣城附近的宛溪和句溪。

④双桥：宛溪上有凤凰桥和济川桥，都是隋朝开皇年间所建。《宣州图经》："宛溪、句溪两水，绕郡城合流。有凤凰、济川二桥，开皇时建。"

⑤谢公：指谢朓。

【译文】临江宣城景美如在画中，晚来山间登楼远望晴空。两溪环绕一潭明镜湖水，双桥飞架如同垂落彩虹。炊烟渐起，橘柚之林更添清寒；秋色萧萧，落叶梧桐尽显苍老。如今还有谁会到北楼之上，迎着瑟瑟秋风怀念谢公呢？

望天门山

【题解】这首诗是开元十三年（725），诗人初次出蜀，经过天门山时所作。天门山在今安徽当涂县西。据《一统志》记载："天门山，在太平府城西南三十里。二山夹大江，东曰博望，西曰梁山，对峙如门，亦名蛾眉山，又曰东梁山、西梁山。"整首诗写的大气磅礴，意境悠远。首二句就气势超逸，写出了长江冲破天门山的阻碍，汹涌而出的壮观景象。三句写出了两岸地势平阔，天门山危峰耸立的特点，四句结尾之句意境悠远，独得自然洒脱之妙。明代周珽《唐诗选脉会通评林》："以山相对，照应'中断'；以水流回，承应'江开'，意调出自天然。"清代黄生《唐诗摘钞》："语无深意，写景逼真。"清代黄叔灿《唐诗笺注》："此天然图画境界，正难有此大手笔写成。"

天门中断楚江开[①]，碧水东流至此回。两岸青山相对出，孤帆一片日边来。

【注释】①楚江：当涂一带属于楚国故地，所以称此段长江为楚江。

【译文】天门山中断被汹涌大江劈开，一江碧水东逝至此曲折回旋。两岸青山相对依次映现，只见一片孤帆从日边而来。

望木瓜山

【题解】这首诗是天宝十四载（754），诗人游池州时所作。木瓜山在今安徽青阳县。《江南通志》："木瓜山，在池州府青阳木瓜铺杜牧求雨处，今尚有庙。"整首诗语调凄楚。首两句先写日出与栖鸟，来反衬诗人的漂泊无依。再写羁旅异乡本已心酸，偏偏又面对酸涩的木瓜，更加增添苦楚。

早起见日出，暮看栖鸟还。客心自酸楚，况对木瓜山①。

【注释】①木瓜：水果名称。春末夏初开花，花红色或白色。果实长椭圆形，色黄而香，味酸涩。

【译文】晨起望见红日东升，日暮看到倦鸟归巢。羁旅之客心本酸，何况对此木瓜山。

登敬亭北二小山余时送客逢崔侍御并登此地

【题解】这首诗是天宝十二载（753），诗人到宣城后游敬亭山时所作。敬亭山在今安徽宣城。崔侍御即崔成甫，曾任监察御史。某天诗人在谢公亭刚刚送走客人，崔侍御就乘着酒兴来拜访诗人。

两人一起骑马，沿着崎岖的山路，登上敬亭山北面的两座小山。到达山顶时已是夕阳西下，两人以马鞭指点长安，遥望秦关，只见关山重重，隐于云间。全诗开始部分抒发了诗人与友人一起出游的欢畅心情，结尾却流露出一丝对往日壮志难酬，心存遗憾的伤感。

送客谢亭北^①，逢君纵酒还^②。屈盘戏白马^③，大笑上青山。回鞭指长安，西日落秦关^④。帝乡三千里^⑤，杳在碧云间。

【注释】①谢亭：即谢公亭，在宣城北二里，据说为谢朓所建。

②纵酒：开怀畅饮。

③屈盘：曲折盘绕。

④秦关：秦地关隘。

⑤帝乡：指皇帝居住之处，也就是京城。

【译文】我刚在谢公亭北送客完毕，就于此地遇到您畅饮而还。山路曲折似戏弄白马，我们大笑而登上青山。举起马鞭遥指长安，日落处乃秦关之地。帝都远在三千里之外，长途漫漫直入云天里。

过崔八丈水亭

【题解】这首诗是天宝十二载（753），诗人在宣城时所作。崔八丈，即姓崔的老丈，排行为八，生平不详。崔八丈的水亭高居山岩，集灵秀于一身，环境幽静，主人清雅，所以称"清幽并在君"。

"檐飞宛溪水,窗落敬亭云"二句雄奇开阔,描写出水亭周围的秀美景色。"猿啸风中断,渔歌月里闻"二句则更为水亭平添了几分遁迹世外的气氛。结尾两句抒发了诗人于此地物我两忘,超然世外的感受。

　　高阁横秀气,清幽并在君。檐飞宛溪水①,窗落敬亭云。猿啸风中断,渔歌月里闻。闲随白鸥去,沙上自为群。

　　【注释】①宛溪:在今安徽宣城市附近。

　　【译文】高阁充溢灵秀之气,清幽之境与君共有。檐下飞溅宛溪水,窗前落下敬亭云。山猿悲啸风中时断时续,渔夫高歌月下朗朗可闻。得闲可随白鸥而去,辽阔沙州与鸟为群。

卷十九　行役

安州应城玉女汤作

【题解】这首诗大约是开元年间,李白隐居于安陆时所作。安州应城,即唐代淮南道安州的应城县,今湖北应城市。玉女汤,杨齐贤注:"唐安州应城县西南八十里有玉女池。"关于安州应城玉女汤有多种传说。一说有玉女曾乘车自投此泉。《艺文类聚》引盛弘之《荆州记》:"新阳县惠泽中有温泉,冬月,未至数里,遥望白气浮蒸如烟,上下采映,状若绮疏。又有车轮双辕形,世传:昔有玉女,乘车自投此泉。今人时见女子,姿仪光丽,往来倏忽。"一说此处为玉女炼丹之所。《一统志》:"玉女泉,在湖广德安府应城县西五十五里,其泉热沸,野老相传:玉女炼丹之地。"李白来到此地听说玉女的传说后,顿生雅兴,写下了这首诗。全诗首段描写玉女汤的传说和奇特景色。昔有玉女乘车投殁于此,因而泉以玉女为名。玉女汤温泉涌出,水雾缭绕,地下燃火,沙旁起烟,似乎是阴阳在交结炭火,造化开凿出汤泉。池中水珠跳跃,明净如镜。暗浮兰香,水色桃花，一派人间仙境的模样。次一段写汤泉映照万物，勾连七泽。水有疗病之效，理合盈满之道。可以濯洗冠缨，可以抚弄清波。远能分流楚国地，近能遍浇宋玉田。最后写此汤泉可以供奉天子沐浴，只可惜地处偏僻远离朝堂，只能随众水远赴大海，成为涓涓细流。诗人此处实则暗喻自己身处江湖之地，远离朝廷，虽有不世之才却无处施展之处。

神女殁幽境①，汤池流大川。阴阳结炎炭，造化开灵泉②。地底烁朱火③，沙旁歊素烟④。沸珠跃晴月⑤，皎镜涵空天。气浮兰芳满，色涨桃花然⑥。

精览万殊入⑦，潜行七泽连⑧。愈疾功莫尚⑨，变盈道乃全⑩。濯缨掬清沚⑪，晞发弄潺湲⑫。散下楚王国，分浇宋玉田⑬。

可以奉巡幸⑭，奈何隔穷偏⑮。独随朝宗水⑯，赴海输微涓⑰。

【注释】①"神女"句：神女，指玉女。殁幽境，指玉女乘车自投湖水的传说。

②"阴阳"二句：化用贾谊《鵩鸟赋》："天地为炉兮，造化为工。阴阳为炭兮，万物为铜。"

③朱火：红色火焰。古诗："朱火然其中，青烟扬其间。"

④歊（xiāo）：烟气上升貌。

⑤晴月：晴空之月。

⑥然：同"燃"，谓桃花怒放如火焰燃烧状。

⑦万殊：各种不同的现象、事物。

⑧七泽：相传古时楚有七处沼泽。

⑨愈疾：使疾病痊愈。

⑩变盈：改变盈满。《易·谦》："地道变盈而流谦。"孔颖达疏："丘陵川谷之属，高者渐下，下者益高，是改变盈者，流布谦者也。"

⑪濯缨：语出《楚辞·渔夫》："渔父莞尔而笑，鼓枻而去，乃歌曰：'沧浪之水清兮，可以濯吾缨；沧浪之水浊兮，可以濯吾足。'遂去，不复与言。"掬：用两手捧。清沘(cǐ)：指清澈的泉水。沘，清，鲜明。

⑫晞发：晒发使干。晞，干燥。潺湲：水慢慢流动的样子，此处指流水。

⑬"散下"二句：谓温泉遍流楚地。楚王国，应城县古属楚国之地。宋玉田：战国时楚襄王将云梦之田赐给宋玉。后因以"宋玉田"借指楚云梦之地。

⑭巡幸：帝王巡视各地。

⑮穷偏：荒僻偏远之地。

⑯朝宗：比喻小水流注大水，即百川入海。

⑰微涓：极小的水流。

【译文】昔日玉女殁于此幽境，今时汤池汇流成大川。阴阳之气在此结成炭火，造化之神开凿出此神泉。地下闪烁着红色火焰，沙边飞升起白色烟气。四溅的水珠在明月下跃动，皎洁如镜的水面映照天空。水气浮散暗发芳兰之香，汤色漫涨如同桃花怒放。

细观池中映入万象，暗流潜行通于七泽。池水疗病之功效无可比拟，符合变盈之道理全然无缺。濯洗冠缨捧来清澈山泉，晞发之时拨弄潺潺流水。汤池四散流淌楚地，遍浇宋玉云梦之田。

这里可以侍奉天子的巡视，只可惜远隔朝堂地处荒僻。此泉只能默默随同百川水，远赴到海以尽涓流之微力。

之广陵宿常二南郭幽居

【题解】这首诗可能是天宝五载 (746)，诗人从东鲁南下会稽途经广陵时所作。广陵，郡名，唐属淮南道扬州，即今江苏扬州市。常二，名字生平不详。李白过访好友常二居所，通过描写常二所居之处有如桃花源，门接绿水，园有萱草，环境幽雅来暗示常二有古代隐者的高洁。同时诗人还抒发了与好友的深厚友谊，表现出临别依依不舍之情。

禄水接柴门，有如桃花源。忘忧或假草，满院罗丛萱①。暝色湖上来，微雨飞南轩。故人宿茅宇，夕鸟归杨园②。还惜诗酒别，深为江海言。明朝广陵道，独忆此倾樽。

【注释】①萱：即萱草，又名忘忧草。《述异记》："萱草，一名紫萱，又呼为忘忧草。吴中书生呼为疗愁草，嵇中散《养生论》云：'萱草忘忧。'"

②杨园：借用《诗·小雅·巷伯》诗句："杨园之道，猗于亩丘。"毛传："杨园，园名。"这里借指常二的林苑。

【译文】一湾清澈的溪水流淌柴门外，幽静的景色就如世外桃花源。这里主人或许想借花草来忘忧，所以庭院中种满了丛丛紫萱草。暮色徐徐笼罩湖面上，丝丝细雨飘过南窗前。故友就栖身山间茅屋中，傍晚时归鸟停落园枝上。今夜诗酒之别令人珍惜，你我肺腑之言深如江海。明晨我就要上路去往广陵,将独自回忆今昔畅饮之欢。

夜下征虏亭

【题解】此诗当是开元十四年(726),李白离开金陵前往广陵时所作。征虏亭,在今江苏南京市。相传为东晋征虏将军谢石在石头坞所建,故名。诗人以明快的语调,形象地描绘了金陵征虏亭一带的江夜美景。全诗简洁流畅,刻画逼真,意境优美,体现了诗人超凡的诗歌水平。

船下广陵去,月明征虏亭①。山花如绣颊②,江火似流萤③。

【注释】①明:这里是照亮的意思。

②绣颊:也称绣面,唐代女子面颊涂以丹脂,色如锦绣,故名。这里借喻岸上山花娇艳。

③江火:江船上的灯火。流萤:飞行无定的萤虫。

【译文】小船顺流直往广陵去,明月照耀道边征虏亭。远望山花娇艳如绣面,江上点点渔火似流萤。

下途归石门旧居

【题解】这首诗年代不详。石门，李白诗中提及多处石门，此处地点可能是宣州当涂石门，诗中的友人可能为元丹丘。这首诗首段写诗人将告别友人离去，临行伤心难言，愁绪如烟。诗人回忆当年与友人一起春日共酒，岁中欢宴。次一段写诗人羡慕友人案上常有修道书，丹书白卷相映如锦霞。诗人自己也曾学道想要穷究玄理，梦中也向往畅游海外仙山。但是人生短暂，仙道难寻，诗人只能怅然面对窗外钟山云。再一段写友人所居住的隐居山，正是当年陶景弘修道炼丹之所，诗人也曾登上此山极目四望，但觉心旷神怡如超物外。山中之人年高寿长，不知甲子；冰肌雪肤，貌如神人。诗人离开这里虽然日久，但是一草一物依然可辨。诗人劝慰友人不必介意不能尽欢，料想前途自有好友诗酒相迎。末段写石门之景。石门就像桃花源一样，流水萦绕遍地桃花，鸡豕奔走，桑麻繁盛。诗人感叹世人何必攀附权贵而游，操劳一生徒然积攒万贯家产。此刻诗人与好友一别就如云飞雨散，离别之苦好似杨柳细丝牵牵连连。

吴山高，越水清，握手无言伤别情。将欲辞君挂帆去，离魂不散烟郊树①。此心郁怅谁能论？有愧叨承国士恩②。云物共倾三月酒③，岁时同饯五侯门④。

【注释】①离魂：指游子的思绪。烟郊：月色朦胧或烟雾弥漫的郊野。

②叨承:忝受,自谦之词。国士:一国中才能最优秀的人物。

③云物:景物,景色。

④岁时:每年特定的季节或节日。五侯:指同时封侯的五人。西汉时,汉成帝同日封其舅王谭为平阿侯、王商为成都侯、王立为红阳侯、王根为曲阳侯、王逢时为高平侯,世称"五侯"。见《汉书·元后传》。后"五侯"泛指权贵豪门。

【译文】吴地山高,越国水清,我们执手相对却难言别情。我即将与您告别扬帆而去,离愁难散如烟雾笼罩野树。此时我心中的惆怅向谁诉说?愧受您当年以国士推荐之恩。春时三月我们赏景共饮美酒,岁中年节彼此同聚王公盛宴。

羡君素书常满案,含丹照白霞色烂①。余尝学道穷冥筌②,梦中往往游仙山。何当脱屣谢时去③,壶中别有日月天④。俯仰人间易凋朽⑤,钟峰五云在轩牖⑥。惜别愁窥玉女窗⑦,归来笑把洪崖手⑧。

【注释】①"羡君"二句:王琦注:"古人以绢素写书,故谓书曰'素书'。含丹者,书中之字,以朱写之。白者绢色,丹白相映,烂然如霞矣。"

②冥筌:指道中的微妙之处。王琦注:"冥,幽也。筌,迹也。冥筌,道中幽冥之迹也。"

③何当:犹何日,何时。脱屣:比喻看得很轻,无所顾恋,犹如脱掉鞋子。《汉书·郊祀志上》:"嗟乎!诚得如黄帝,吾视去妻子如脱屣耳!"颜师古注:"屣,小履。脱屣者,言其便易无所顾也。"后以"脱

屣"用作抛弃世事的典故。谢时：犹避世，谓不问世事。

④"壶中"句：《云笈七签》记载，仙人施存有一壶，中有天地日月，自号"壶天"，人称"壶公"。

⑤俯仰：低头和抬头，比喻很短的时间。

⑥钟峰：即钟山，即今江苏南京东北的紫金山。五云：五色祥云。轩牖：窗户。

⑦玉女窗：嵩山古迹之一，传说汉武帝曾于此窗中见到玉女。

⑧洪崖：传说中的仙人名。黄帝臣子伶伦的仙号。这里以仙人洪崖比拟好友元丹丘。

【译文】 羡慕您几案上常摆满修道书，朱字与素帛相映灿烂若锦霞。我曾一心学道想要穷究玄理奥妙，梦中常常神游方外天境仙山。何日才能解脱世事离去？神仙壶中别有日月洞天。人生俯仰之间如花朵凋零，使人怅对窗外钟山五色云。当年一别您去往玉女窗窥访仙道，归来后我笑握您这位洪崖仙人手。

隐居寺，隐居山①，陶公炼液栖其间②。灵神闭气昔登攀③，恬然但觉心绪闲。数人不知几甲子④，昨来犹带冰霜颜⑤。我离虽则岁物改⑥，如今了然识所在。别君莫道不尽欢，悬知乐客遥相待⑦。

【注释】 ①隐居山：山名，在宣州当涂县。赵璘《因话录》："宣州当涂隐居山岩，即陶贞白炼丹所也。炉迹犹在，后为佛舍。"

②陶公：即陶弘景，字通明，南朝丹阳郡秣陵（今江苏南京）人。《梁书·陶弘景传》记载，陶弘景年少时得葛洪《神仙传》，静研不已，长于阴阳五行，医术本草。曾出仕南齐，后隐居茅山，自号华阳隐居，甚为梁武帝

所重,死后谥曰贞白先生。炼液:犹炼精,道家养生法的一种。

③灵神:犹精神。

④"数人"句:用绛老问年的典故。《左传·襄公三十年》记载,春秋时,晋悼公夫人请造杞城的工匠吃饭,有人问一绛县老人的年龄,老人回答说,自己不知纪年,只记得出生于正月甲子朔日,如今已过了四百又四十五个甲子日。问话的官吏解不出年龄。师旷解为七十三岁。大史赵说用"亥"字可代表,因亥是二首六身,合七十三岁。后遂用"绛老"为咏老人之典。

⑤冰霜颜:《庄子·逍遥游》:"藐姑射之山,有神人居焉。肌肤若冰雪,绰约若处子。"诗人化用其意,形容貌如仙人。

⑥岁物:指草木。因其一岁一荣枯,故谓。

⑦悬知:料想,预知。

【译文】您在隐居寺,位于隐居山,陶公当年修道炼丹栖身在此处。我曾凝神闭气奋力登上高山,四望顿觉恬淡悠远心神闲逸。山中数人不知其年几何,他们肌若冰雪貌如神仙。我虽离去日久草木变迁,但是旧物依然清楚可辨。今日与君相别莫道未能尽欢,料想远方自有好友诗酒相迎。

石门流水遍桃花,我亦曾到秦人家。不知何处得鸡豕,就中仍见繁桑麻①。翛然远与世事间②,装鸾驾鹤又复远。何必长从七贵游③,劳生徒聚万金产。捉君去④,长相思,云游雨散从此辞⑤。欲知怅别心易苦,向暮春风杨柳丝。

【注释】①"石门"四句:用陶渊明《桃花源记》之事。借以《桃花源记》所描述的桃花流水、鸡豕桑麻等景物比喻石门的环境。

②翛（xiāo）然：无拘无束貌。

③七贵：指西汉时七个把持朝政的外戚家族。此处泛指权贵。潘岳《西征赋》："窥七贵于汉庭。"李周翰注："汉庭七贵：吕、霍、上官、丁、赵、傅、王，并后族也。"

④抱：古同"揖"，作揖。

⑤云游雨散：形容像云一样飘走，像雨一样散落。比喻分离漂泊。

【译文】石门萦绕小溪流水遍地桃花，我也曾误入桃花源中秦人家。不知何处得来鸡豕待客，乡野处处可见桑麻繁盛。这里悠然闲适与世事远隔，可以乘鸾驾鹤而遨游远方。何必长随权贵宦海游？操劳一生徒攒万贯产。作揖别君去，从此长相思，此地一别我们就如云分雨散。欲知别后我的心中有多惆怅有多苦，就像暮色春风中的依依不断杨柳丝。

客中作

【题解】开元二十八年（740），李白移居东鲁后前往兰陵游览，受到主人的热情款待而写下此诗。这是一首欢畅明快怀乡诗，却不叙乡愁，只论美酒，立意新奇，出人意表。诗人身在异乡为异客，却兴致高昂，把酒言欢，丝毫不见他乡作客之愁，尽显诗人洒脱不羁的性格。

兰陵美酒郁金香①，玉碗盛来琥珀光②。但使主人能醉客③，不知何处是他乡。

【注释】①兰陵：县名，唐属沂州承县，故址在今山东苍山县兰陵镇。郁金香：此处指酒。传说古人用郁金香以浸酒，色黄而香。

②琥珀：一种半透明的树脂化石，其色黄褐，这里形容酒色如琥珀。

③但使：只要。

【译文】兰陵美酒有郁金之香，玉碗盛放泛出琥珀光。只要主人能使客酣醉，远人哪知此处是他乡。

太原早秋

【题解】这首诗作于开元二十三年（735）秋，当时李白好友元演的父亲出任太原尹，这年夏天，李白受元演之邀而赴太原，五月二人经太行山到达太原，盘桓半年，到了秋季诗人萌生归意，写下了这首怀乡之作。太原，即并州，唐府名，今山西太原市。全诗先点明写作的时间地点，是秋季大火星西落的时候。寒霜已经早早出现，秋色也渡河而来。诗人虽然身在边塞，但心已飞回故国。望着悠悠汾水，诗人的乡愁也同样绵延不绝。

岁落众芳歇①，时当大火流②。霜威出塞早③，云色渡河秋。梦绕边城月，心飞故国楼④。思归若汾水⑤，无日不悠悠⑥。

【注释】①岁落：即岁晚。众芳歇：指花草凋零。

②大火流：指夏历七月时大火星西落。大火，即心宿，二十八宿之一。每年夏历五月黄昏时心宿在中天，六月渐渐偏西，七月时则西落，暑热开始减退，称为"七月流火"。流：落下。

③塞：边塞，这里指太原，唐时太原靠近北方边塞，故称。

④故国：这里指李白妻许夫人所在地安陆。

⑤汾水：即汾河，黄河第二大支流，源出山西宁武县管涔山，南流经太原至新绛，在河津附近入黄河。

⑥悠悠：连绵不尽。此句以水流比喻思念之悠长。

【译文】岁晚之时花草渐渐凋落，正值大火星西落的时候。寒霜严威早早现于北方边塞，朔云渡河而来带起一片秋色。我的梦魂还在萦绕着边城明月，但思乡之心早已飞回故园家楼。思归之情就如同汾河水，没有一天不是悠长绵延。

奔亡道中五首

【题解】天宝十四载（755）冬李白返回梁园，遭遇安禄山叛乱，被困于叛军占领区，然后从洛阳经潼关，上华山避难，次年春下山向东逃往江南。这五首诗即奔亡途中所作，记录了诗人在逃亡途中的见闻及感受。

其一

【题解】这首诗引用苏武和田横的典故，来说明诗人被困叛乱之地的窘境。由于战争道路不通，诗人忧愁不知何年才能重回故乡。

苏武天山上①，田横海岛边②。万重关塞断，何日是归年？

【注释】①苏武：字子卿，西汉京兆尹杜陵（今陕西西安东南）人。《汉书·苏武传》记载，汉武帝天汉元年（前100），苏武为中郎将出使匈奴。后被匈奴扣留十九年，于北海啮雪牧羊，但他始终秉持汉节，绝不投降。此处诗人以苏武的遭遇来比喻自己被困叛乱之地。天山：在今新疆维吾尔族自治区境内。被匈奴视为神山，经过时都要下马而拜。实际上并非苏武牧羊之处。

②田横：本为战国齐国贵族，秦末，与其兄田儋起兵，重建齐国。楚汉战争中，自立为王，失败后投奔彭越。汉朝建立后，田横与部下五百人入海，居于岛中。刘邦遣使招降，田横被迫前往，但不愿向刘邦称臣，在途中自杀，其部下五百人闻讯也全部自杀，详见《史记·田儋列传》。此句是诗人形容自己的处境就像田横被困孤岛一样。

【译文】我就像被放逐北海牧羊的苏武，又像是逃亡到荒芜海岛的田横。如今关隘万重都被战火阻断，不知何日才能回到我的家园？

其二

【题解】第二首诗引用崔骃和李陵的故事，也反映出当时复杂的社会形势。面对胡寇肆虐，有人像崔骃那样远遁保身，也有人像李陵那样降敌偷生。面对战乱和错综复杂的局势，诗人忧愁难当，就连晨色也似乎被诗人的愁绪所感染。诗人为了避难只能换穿胡人短衣出奔，仓惶不安之情溢于纸上。

亭伯去安在①？李陵降未归②。愁容变海色③，短服改胡衣④。

【注释】①亭伯：指崔骃，字亭伯，东汉涿郡安平人（今河北安平县）。博学有伟才，少游太学，与班固、傅毅同时齐名。汉章帝时，献上《四巡颂》以称汉德，辞甚典美，章帝雅好其文。窦太后当政时，窦宪出任车骑将军，辟崔骃为掾。窦宪擅权骄恣，崔骃数谏之。窦宪不能容，遣出为长岑长。崔骃自以远去，不得意，遂弃官而归，卒于家。详见《后汉书·崔骃传》。

②李陵：字少卿，西汉陇西成纪（今甘肃秦安）人。李广孙。少为侍中建章监。善骑射，谦让下士。武帝以为有李广之风，使为骑都尉，率五千兵出击匈奴贵族，矢尽粮绝战败投降，武帝杀其母弟妻子。昭帝立，遣人招李陵，终不返，元平元年病死于匈奴。详见《汉书·李陵传》。以上二句谓当时有人如崔骃那样弃官，也有人如李陵那样降敌。

③海色：指将晓的天色。

④短服：即胡服，古代北方少数民族的服装，多为短衣窄袖。

【译文】如同崔亭伯那样弃官而去的人今又何在？那些像李陵一样归顺胡虏的人降敌未归。我的愁容使晨色也为之改变，只能换上胡服短衣仓惶出奔。

其三

【题解】这首诗引用鲁仲连谈笑退秦军和飞箭下聊城的故事，来表明诗人意欲平定叛乱，廓清寰宇之心。但是诗人久与权贵疏远，空有壮志，却无施展之处，只能保留退敌之箭以待来日。

谈笑三军却①，交游七贵疏②。仍留一只箭，未射鲁连书③。

【注释】①"谈笑"句：用鲁仲连退秦兵的故事。《史记·鲁仲连邹阳列传》记载，鲁仲连是战国时齐国人。常周游各国，济危解难。赵孝成王时，秦军围赵都邯郸，他向赵、魏大臣辨析利害，劝其毋尊秦昭王为帝，坚守待援，终退秦军。左思《咏史诗》"吾慕鲁仲连，谈笑却秦军"。

②七贵：原指西汉时七个把持朝政的外戚家族。此处指把持朝政的权贵。

③"仍留"二句：用鲁仲连飞箭下聊城的故事。《史记·鲁仲连邹阳列传》记载，齐将田单久攻聊城不克。鲁仲连以飞箭射书，向燕守将陈说利害，结果不战而下聊城。

【译文】我能像鲁仲连一样谈笑间退却秦军，但往昔相交的权贵都早已与我疏远。现在我仍留有一只退敌箭，未能像鲁仲连那样张弓射出。

其四

【题解】这首诗应该是李白避难入潼关后所作。当时安禄山叛军已占领中原，兵锋直指关中，所以函谷关也变成了边关要塞，而中原的洛川、嵩山都在遭受战火蹂躏，如同边塞的易水和燕山。胡人肆虐，就连中原的风俗语言也受到影响，饱经战乱的百姓面容也像边塞之民一样充满风沙之色。最后诗人欲效仿申包胥，向朝廷哭诉求援，以早日平定叛军。诗人报国之心可鉴，一腔壮志却难酬。

函谷如玉关，几时可生还^①? 洛川为易水^②，嵩岳是燕山^③。俗变羌胡语，人多沙塞颜。申包惟恸哭，七日鬓毛班^④。

【注释】①"函谷"二句：函谷：即函谷关，战国时秦置，古关在今河南省灵宝东北。汉元鼎三年(前114)，迁移到今河南新安县东，离故关三百里，称新函谷关。玉关：即玉门关，汉武帝置，故址在今甘肃敦煌西北小方盘城。《后汉书·班超传》："超久在绝域，年老思土，上疏曰：'臣不敢望到酒泉郡，但愿生入玉门关。'"

②洛川：即洛水，今河南洛阳市洛河。易水：在今河北省西部，源出易县境，入南拒马河。

③嵩岳：即中岳嵩山，在今河南登封市北。燕山：在今河北省北部，西起八达岭，东到山海关。

④"申包"二句：诗人当时正在逃亡，想效仿申包胥痛哭于秦庭以救国难。申包，即申包胥，春秋时楚国大夫。《左传·定公四年》记载，

吴国入侵楚都郢，申包胥到秦国请求援兵复国，秦哀公迟疑不决，申包胥就在秦庭痛哭七日七夜，不吃不喝。秦哀公为之感动，于是出兵援楚。班：通"斑"。

【译文】函谷关如玉门变成了边关，不知何时我才能生还中原。洛水已成为萧瑟悲歌的易水，嵩山也变作大漠胡地的燕山。中原俗语充斥着羌胡语调，世人容颜多带有风沙之色。申包胥当年在秦国恸哭求援，七日不吃不喝两鬓也变斑白。

其五

【题解】这首诗主要抒发了李白在逃亡途中迷茫、不知归处的愁绪，眼前湖水茫茫，芦叶青青，白日即将没入江中，诗人却不知该归往何处。无奈驻马停歇，欲前行却又失途，偏偏此刻又传来了子规鸟的啼叫，一声声"不如归去"的叫声，让人更添愁绪。

　　淼淼望湖水^①，青青芦叶齐。归心落何处？日没大江西。歇马傍春草，欲行远道迷。谁忍子规鸟^②，连声向我啼。

【注释】①淼淼：水势浩大貌。

②子规：即杜鹃鸟。啼鸣声类似"不如归去"，故为思归之典。

【译文】远远望去湖水浩渺无边，青青岸边芦叶整齐如一。我的一片归心落往何处？就在大江以西日落之处。如茵春草旁驻马停歇，将欲前行却迷失路途。谁又能忍受子规鸟的悲鸣，接连向我发出"不如归去"声。

郢门秋怀

【题解】此诗年代不详，可能是开元年间诗人游荆门时所作。郢门，王琦注："郢门，即荆门也。唐时为峡州夷陵郡。其地临江，有山曰荆门，上合下开，有若门象。故当时文士概称其地曰荆门，或又谓之郢门。西通巫、巴，东接云梦，历代常为重镇。"整首诗通过对郢门秋景的描述，抒发了诗人的思乡之情，以及对人生短暂，世事变迁的感慨。最后诗人发出"终当游五湖，濯足沧浪泉。"的无奈自叹。全诗意境比较苍凉，大概也是当时诗人志向不遂后的内心真实写照。

郢门一为客，巴月三成弦①。朔风正摇落②，行子愁归旋③。杳杳山外日④，茫茫江上天。人迷洞庭水，雁度潇湘烟。清旷谐宿好⑤，缁磷及此年⑥。百龄何荡漾⑦，万化相推迁⑧。空谒苍梧帝，徒寻溟海仙⑨。已闻蓬海浅⑩，岂见三桃圆⑪？倚剑增浩叹⑫，扪襟还自怜⑬。终当游五湖，濯足沧浪泉。

【注释】①三成弦：指月亮三次变为弦月，每个月，月亮会变为弦月两次，三次则时间已经过了一个多月。此句化用吴均《与柳恽相赠答诗》中"高月三成弦"句。
②摇落：凋残，零落。
③行子：出行的人。

④杳杳：幽远貌。

⑤清旷：清朗空阔。

⑥缁磷：《论语·阳货》："不曰坚乎？磨而不磷；不曰白乎，涅而不缁。"何晏集解："孔曰：磷，薄也；涅，可以染皂。言至坚者，磨之而不薄；至白者，染之于涅而不黑。喻君子虽在浊乱，浊乱不能污。"此处比喻坚持操守。

⑦荡漾：水波微动。这里比喻人生起伏不定。

⑧万化：各种变化。推迁：推移变迁。

⑨"空谒"二句：苍梧帝：指舜帝。相传舜死于苍梧之野。苍梧，即九嶷山，在今湖南永州市宁远县。溟海：神话传说中的海名。

⑩蓬海浅：用麻姑典故。《太平广记》引《神仙传》："麻姑云：'向到蓬莱，水又浅于往者会时略半也。'"

⑪三桃圆：《汉武故事》："东郡送一短人，长五寸，衣冠具足。上疑其精，召东方朔至。朔呼短人曰：'巨灵，阿母还来否？'短人不对。因指谓上：'王母种桃，三千年一结子。此儿不良，已三过偷之。失王母意，故被谪来此。'上大惊，始知朔非世中人也。"

⑫倚剑：佩剑。

⑬扪襟：抚胸。

【译文】一朝我来荆门作客，巴地变换三次弦月。转眼间树叶在朔风中凋落，羁旅异乡的游子惆怅思归。夕阳遥遥落于山外，碧空茫茫寂寥江上。洞庭浩渺使人迷途，征雁飞度潇湘云烟。此地清幽旷远正合我夙愿，此心历经多年也没有改变。人生百年何其动荡，万事变化经久不断。此行空拜苍梧舜帝，徒然寻找溟海仙踪。早已听说蓬海变浅成为桑田之事，何人又曾见过王母仙桃成熟三回？我倚长剑慨然长叹，手抚胸襟自顾自怜。终究应当遍游五湖，遁迹世外濯足沧浪。

至鸭栏驿上白马矶赠裴侍御

【题解】这首诗应是乾元二年（759），诗人流放途中，路过巴陵遇到裴侍御时所作。鸭栏驿，在今湖南临湘市东北十五里鸭栏矶，唐时在此置驿。白马矶，在今湖南岳阳市东北，白马口旁。裴侍御，名字生平不详。李白有《酬裴侍御对雨感时见赠》《酬裴侍御留岫师弹琴见寄》《答裴侍御先行至石头驿期月满泛洞庭》《夜泛洞庭寻裴侍御清酌》等诗，其中的"裴侍御"可能为同一人。诗人在流放途中经过巴陵时，遇到了友人裴侍御，受到裴侍御的热情接待，"情亲不避马，为我解霜威"二句，则体现出两人之间的深厚情谊。

侧叠万古石，横为白马矶。乱流若电转①，举棹扬珠辉②。临驿卷缇幕③，升堂接绣衣④。情亲不避马⑤，为我解霜威⑥。

【注释】①乱流：紊乱的水流。电转：电光流转。

②棹：船桨。珠辉：明珠的光辉。

③缇（tí）幕：橘红色的帷幕。缇，橘红色。

④绣衣：彩绣的丝织衣服，古代贵者所服。后多代指御史，这里指裴侍御。

⑤避马：回避。用东汉桓典的故事。《后汉书·桓典传》："是时宦

官秉权，(桓)典执政无所回避。常乘骢马，京师畏惮，为之语曰：'行行且止，避骢马御史。'"此处指回避御史台官员。

　　⑥霜威：如严霜之威。御史担负执法之责，如风霜般严厉，故称"霜威"。王琦注："御史为风霜之任，故曰霜威。"

　　【译文】江岸之侧堆叠万年石，横卧水畔成为白马矶。江水湍急洄旋如电光流转，举桨扬起水滴如明珠生辉。亲临鸭栏驿卷起缇红帷幕，来到堂上拜见绣衣裴侍御。我们情谊深厚不用刻意回避，您也展颜为我放下风霜之威。

荆门浮舟望蜀江

　　【题解】这首诗应是乾元二年(759)春月诗人流放遇赦，泛舟荆门时所作。荆门，即荆门山，在今湖北宜昌市东南的长江南岸，与虎牙山隔江相对。蜀江，指蜀地长江。全诗浓墨重彩地渲染了荆门一带的秀丽景色。诗人遇赦东归，心中万分喜悦，又值春月风和日丽之时，因此笔下生花，将沿途美景，依序道来，如同打开一幅精美的山水画卷。全诗先写行舟中所见江景。穿过明月峡而来的春水，正值桃花汛期，却依然清澈如故乡的锦江水，抒发了诗人对故乡的深深思念。紧接着细致地描写了沿途一众美景：江水碧绿，巴山逶迤，楚云摇曳。日照白沙如雪，花谷飞出黄莺。然后舟行水转，碧树迎面而来。此时江浦笼烟，征帆与明月同升。遥遥看见江陵灯火，诗人知是快到渚宫城了。

春水月峡来^①，浮舟望安极^②。正见桃花流^③，依然锦江色^④。江色渌且明^⑤，茫茫与天平。逶迤巴山尽^⑥，摇曳楚云行^⑦。

雪照聚沙雁，花飞出谷莺。芳洲却已转^⑧，碧树森森迎^⑨。流目浦烟夕^⑩，扬帆海月生^⑪。江陵识遥火，应到渚宫城^⑫。

【注释】①月峡：即明月峡，在今四川重庆市东北。峡首南岸壁高四十丈，其壁有圆孔，形若满月，故名。

②望安极：怎能望见尽头，即一望无际之意。

③桃花流：即春天的桃花汛。

④锦江：岷江分支之一，在今四川成都平原。传说蜀人织锦濯其中则锦色鲜艳，濯于他水，则锦色暗淡，故称。

⑤渌：水清。

⑥逶迤：蜿蜒曲折。巴山：即大巴山。广义的大巴山指绵延在四川、甘肃、陕西、湖北四省边境山地的总称，狭义的大巴山在汉江支流河谷以东，四川、陕西、湖北三省边境的山地。诗中所指巴山为湖北宜昌附近山脉。《通典》："峡州夷陵郡巴山县北有山，曲折似巴字，因以为名。"

⑦摇曳：晃荡，摇动此处指浮云飘荡。楚云：荆门古时属楚国，故称。

⑧芳洲：指长满芳草的水中小洲。

⑨森森：形容树木繁密。

⑩流目：放眼随意观看。烟：指暮霭。

⑪海月：这里指江月。

⑫渚宫：春秋楚成王所建离宫。在今湖北荆州市江陵区城南。后世遂以此为江陵别称。

【译文】一江春水穿过明月峡而来，泛舟远望江景安能有穷尽。

只见江上桃花汛急，正如故乡锦江水色。江水浩浩清澈明净，茫茫无际似与天齐。绵延巴山消失天边，楚地白云舒卷而行。

日光下雪亮的沙洲上聚集群雁，山谷间盛开的百花中飞出黄莺。刚刚转过江中芳洲，森然碧树迎面而来。举目四望暮霭笼罩江浦，扬帆之时一轮明月初升。遥望江陵只见灯火点点，应该快到荆门渚宫城矣。

上三峡

【题解】这首诗是乾元元年（758）诗人流放夜郎途经三峡之时所作，三峡，在古时有多种说法。《太平寰宇记》："三峡谓西峡、巫峡、归峡。"《峡程记》曰："三峡者，明月峡、巫山峡、广溪峡。"《太平御览》引庾仲雍《荆州记》曰："巴陵，楚之世有三峡，明月峡、兹不峡、东突峡，即今之巫峡、秭归峡、归乡峡。"胡三省《通鉴注》："江水自巴东至夷陵，其间有广溪峡、巫峡、西陵峡，谓之三峡。"直到近代，才以瞿塘峡、巫峡、西陵峡为长江三峡。诗人流放路上途径三峡险滩，历经艰难，因而言辞间充满了艰辛和忧郁。首两句以夸张的手法极力描写巫山的高耸和险峻。"三朝上黄牛，三暮行太迟。三朝又三暮，不觉鬓成丝"四句则是化用古歌谣"朝发黄牛，暮宿黄牛，三朝三暮，黄牛如故"的句意，更加体现出诗人当时身处逆境，落魄悲哀的心情。

巫山夹青天①，巴水流若兹②。巴水忽可尽，青天无到时。三朝上黄牛③，三暮行太迟。三朝又三暮，不觉鬓成丝④。

【注释】①巫山：在今四川、湖北两省边境，北与大巴山相连，形如"巫"字，故名。长江穿流其中，成为三峡。

②巴水：指三峡一带的长江，因地处古巴国之地，故称。若兹：如此。

③黄牛：即黄牛山，在今湖北宜昌市西北。《水经注·江水二》："江水又东迳黄牛山，下有滩，名曰'黄牛滩'。南岸重岭叠起，最外高崖间有石，色如人负刀牵牛，人黑牛黄，成就分明。既人迹所绝，莫得究焉。此岩既高，加以江湍纡回，虽途逦信宿，犹望见此物。故行者谣曰：'朝发黄牛，暮宿黄牛，三朝三暮，黄牛如故。'言水路纡深，回望如一矣。"

④鬓成丝：形容鬓发变白。

【译文】江中仰望巫山好似夹持青天，巴水浩荡若从此中奔腾穿流。巴水湍流倏忽消失，青天依然无有尽时。船行三朝来到黄牛山，三晚行船迟迟难出山。船行三朝又三晚，不觉两鬓已变白。

自巴东舟行经瞿唐峡登巫山最高峰晚还题壁

【题解】这是一首游记诗，应当为乾元二年（759）初春诗人流放夜郎途中所作。巴东，即巴东郡，武德元年改为信州，后改为夔州，治所在今重庆奉节。武德二年，割夔州的秭归、巴东二县置归州，治所在今湖北秭归县。天宝元年，夔州更名为云安郡，归州更名为巴东郡。从此，"巴东郡"所指就从奉节迁至秭归。李白从巴东至瞿唐峡，然后到巫山，所以巴东应指上游的巴东郡故地，即奉节一带，并非是下游的湖北秭归一带。瞿唐峡，也作"瞿塘峡"，西起重庆奉节县白帝城，东至巫山县，两岸悬崖对峙，中贯一江，望之如门。诗人流放夜郎途中，乘船从巴东到瞿塘峡，然后登上巫山顶峰，饱览巫山秀色后，傍晚时分下山回船。全诗意境较为抑郁，因而可知诗人心绪不佳。《唐宋诗醇》点评此诗："于叙次中见寄托，词意沉郁。盖白当忧患之余，虽豪迈不改，而怀抱可知，故言多楚声，吟皆商调。中间遥情忽往，不胜魏阙之恋。猿啼月上，于邑谁语? 其所感深矣。其词敛而不肆，读者以意逆之，可也。"

江行几千里，海月十五圆①。始经瞿唐峡，遂步巫山巅②。

巫山高不穷③，巴国尽所历④。日边攀垂萝⑤，霞外倚穹石⑥。飞步凌绝顶⑦，极目无纤烟⑧。却顾失丹壑⑨，仰观临青天。青天若可扪⑩，银汉去安在⑪? 望云知苍梧⑫，记水辨瀛海⑬。

周游孤光晚⑭，历览幽意多⑮。积雪照空谷，悲风鸣森柯⑯。归途行欲曛⑰，佳趣尚未歇⑱。江寒早啼猿，松暝已吐月⑲。月色何悠悠! 清猿响啾啾⑳。辞山不忍听，挥策还孤舟㉑。

【注释】①十五圆：即十五个月，指诗人流放夜郎途中已过了一年又三个月。

②巅：山顶。

③不穷：无穷尽，没有尽头。

④巴国：古国名，范围包括今重庆市及四川东部地区。《元和郡县志》："《禹贡》梁州之域，古之巴国也。阆、白二水东南流，曲折如

'巴'字,故谓之巴。然则巴国因水为名。"历:历览,遍览。

⑤垂萝:指松萝。

⑥穹石:大岩石。

⑦飞步:快步,疾步。

⑧纤烟:纤细的烟尘。

⑨却顾:回顾,回转头看。丹壑:红色山谷。

⑩扪:摸。

⑪银汉:指银河。

⑫苍梧:即九疑山,在今湖南宁远县南,相传舜死葬于此。

⑬瀛海:浩瀚的大海。

⑭孤光:孤独的光,单独的光,多指日光或月光。

⑮幽意:幽深的思绪。

⑯森:众多、繁盛。柯:草木的枝茎。

⑰曛:落日的余光。

⑱佳趣:美妙的情趣。歇:竭,尽。

⑲暝:日落。吐月:形容月亮穿云而出。

⑳清猿:因猿啼凄清,故称"清猿"。啾啾:指猿啼声。

㉑策:杖。

【译文】 沿江而行已有几千里,江上月圆也有十五回。刚刚行船进入瞿唐峡,便又迈步登上巫山顶。

巫山高峻耸入无尽碧空,巴国景色眼前尽览无余。手牵垂萝攀援日边层峦,倚歇巨石身外云霞缭绕。飞身登临巫山绝顶,极目远望不见纤尘。回望云雾蒙蒙不见脚下深壑,仰观苍茫一片青天就在眼前。青天仿佛探手就能触碰,不知银河缥缈又在何处?远望云霓便知巫山可比苍梧,江水东去顺流可辨冥海所在。

尽兴周游直到日光变晚,遍览胜景幽然之心渐多。山巅积雪映照空谷,凄厉悲风呼啸林莽。踏上归途已是日落时分,畅游山林意趣盎然未减。江上清寒早早传来猿啼之声,松林日暮缓缓升起一轮明月。月光悠悠何其皎洁!猿啼啾啾何其清厉。我不忍再听就辞别下山,拄杖返回江边孤舟之上。

早发白帝城

【题解】乾元二年(759)三月,李白流放途中走到白帝城时遇赦,惊喜之余,立即从白帝城出发,乘舟东下,经三峡去往江陵写下这首千古名篇。白帝城,故址在今重庆奉节城东白帝山上,临长江瞿塘峡。为东汉初公孙述所筑,因公孙述自号白帝,故名。全诗寥寥数语,把诗人遇赦后东归的欣喜之情,形象地表现出来。笔势奔放,洒脱畅快,妙语不加修饰而天成,正如明杨慎所赞:"惊风雨而泣鬼神矣。"

朝辞白帝彩云间,千里江陵一日还①。两岸猿声啼不尽,轻舟已过万重山。

【注释】①江陵:今属湖北荆州。从白帝城至江陵约一千二百里,所以用"千里"形容。

【译文】清晨辞别彩云萦绕的白帝城，倏忽一日就回到千里之外的江陵。两岸猿声不断在耳边回荡，小舟转瞬就驶过万重青山。

秋下荆门

【题解】这首诗可能是开元十二年（724）秋，李白游荆门时所作。荆门，指荆门山。在今湖北宜昌市东南的长江南岸，与虎牙山隔江相对。诗人初次出蜀远游，来到荆门，正是寒霜降临之时，秋风浩荡，长空挂帆，诗人逸兴大发，赋诗遣怀。首二句引用布帆无恙的典故，不仅意在说明此行一路平安顺畅，也表现出诗人初出蜀地时踌躇满志，意欲乘风破浪的豪迈心态。三四句引用张翰之事，意在说明诗人出蜀的目的，不是像张翰那样为了品鲈鱼，尝菰莼，而是性喜山水，所以直下大江而入剡中，流连其间，寄托逸兴。全诗立意清新，自然高妙，引用贴切，不露痕迹。

霜落荆门江树空①，布帆无恙挂秋风②。此行不为鲈鱼鲙③，自爱名山入剡中④。

【注释】①江树空：指江边的树叶落尽。

②布帆无恙：用东晋顾恺之的故事，喻指一路平安。《晋书·顾恺之传》记载，顾恺之担任殷仲堪的参军期间，有一次从荆州回家，殷仲堪特意借给他布帆，船行至一个叫破冢的地方，遭遇大风无法前行。顾

恺之给殷仲堪写信说:"此地名叫破冢,真如破冢一样难行。幸好行人平安,布帆无恙。"

③鲈鱼鲙:用西晋张翰思鲈鱼鲙一事。鲙,通"脍",切细的鱼肉。《晋书·张翰传》记载:"张翰,字季鹰,吴郡吴人也。因见秋风起,乃思吴中菰菜、莼羹、鲈鱼脍,曰:'人生贵得适志,何能羁宦数千里以要名爵乎!'遂命驾而归。"

④剡中:古地名,在今浙江嵊州市和新昌县一带,境内山川秀丽。

【译文】霜降荆门江树凋零一空,秋风挂帆一路畅行无阻。此行不像张翰只为鲈鱼脍,我因爱名山而远涉入剡中。

江行寄远

【题解】此诗年代不详。诗人乘船而行,水流湍急,疾风劲吹,船行如箭,一日千里。全诗先写行船之速,后发相思之情。因船行之速,而成异乡之客,两者前因后果,巧妙联系在一起。

刳木出吴楚①,危槎百余尺②。疾风吹片帆,日暮千里隔。别时酒犹在③,已为异乡客。思君不可得,愁见江水碧。

【注释】①刳木:指剖木做舟。《易·系辞下》:"刳木为舟。"孔颖达疏:"舟必用大木,刳凿其中,故云刳木也"。此处代指舟船。

②危槎:指桅杆,危,高。槎,同"楂",木筏,泛指船。

③别时酒：化用吴均《杂绝句诗四首》其四："悲衔别时酒"。

【译文】以吴楚之树刽木为舟，船上桅杆高过百余尺。疾风吹动船上片帆，日暮时已远行千里。告别时的微醺酒意仍在，如今却身在异乡为异客。思念您却无法相见，只能愁对一江碧水。

宿五松山下荀媪家

【题解】这首诗年代不详。五松山，在今安徽铜陵县东南。荀媪，姓荀的老妇人。李白游五松山时，借宿在一位姓荀的老媪家中，荀媪以菰米饭款待诗人，诗人有感于主人的热情招待而写下此诗。此诗首写诗人夜宿五松山民宿，感到清冷寂寥，无所欢乐。接着写诗人听到邻女冒着夜寒春米，体会到农家生计的不易。最后四句写荀媪端来菰米招待诗人，诗人感受到主人的热情，心中惭愧无所回报。全诗语言朴实自然，却自有一种动人的情愫蕴含其中，在李白诗歌中别具一格。

我宿五松下，寂寥无所欢①。田家秋作苦②，邻女夜春寒③。跪进凋葫饭④，月光明素盘⑤。令人惭漂母⑥，三谢不能餐⑦。

【注释】①寂寥：寂静，沉寂。
②田家：农家。秋作：指秋季田间劳作。
③春：把东西放在石臼里捣掉皮壳或捣碎。

④跪：古人席地而坐，屈膝坐在脚跟上，上身挺直，叫跪。凋葫：又称"雕胡"，即菰米，可食用。

⑤明：照亮，此处作动词用。素盘：不加修饰的盘子。

⑥漂母：指接济韩信饭食的漂母。此处以喻指荀媪。

⑦三谢：多次致谢。

【译文】我夜宿五松山人家，凄清寂寞无所欢乐。农家秋日劳作辛苦，邻女深夜冒寒捣米。主人跪坐呈上菰米饭，月光照亮桌上白瓷盘。愧受荀媪漂母般的招待，我多次致谢而不愿先餐。

下泾县陵阳溪至涩滩

【题解】此诗大约作于天宝十四载（755）。泾县，今安徽泾县。陵阳溪，即泾溪上游的别名。涩滩，在今安徽泾县西。《一统志》："涩滩在宁国府泾县西九十五里，怪石峻立，如虎伏龙蟠。"全诗描写了陵阳溪至涩滩的沿途景色。涩滩水流嘈嘈，两岸猿猴出没。溪中水流湍急，巨石林立。渔人船夫行船期间，惊险万分，回避险滩而撑折船篙。

涩滩鸣嘈嘈①，两山足猿猱②。白波若卷雪，侧石不容舠③。渔人与舟人，撑折万张篙④。

【注释】①嘈嘈：水声喧杂。

②猿猱（náo）：泛指猿猴。

③舠：小船。

④篙：用竹竿或杉木等制成的撑船工具。

【译文】涩滩之水嘈嘈杂杂而鸣，两岸山上到处猿猴出没。溪中波浪翻涌如同卷起白雪，江边巨石侧立难容小船通过。船夫渔人奋力前行，撑船折断万支竹篙。

下陵阳沿高溪三门六刺滩

【题解】这首诗与上一首应是同时所作。三门，山名。在今安徽泾县与太平县交界处。下临六刺滩。六刺滩，滩名，在涩滩上游。诗中描写了三门山、六刺滩一带的奇险水势：三门山横卧激流险滩上，六刺滩翻滚着滔天波澜，诗人认为此地胜景可比吴地的七里濑，不由使人生出想在此地如严光垂钓的念头。

三门横峻滩，六刺走波澜。石惊虎伏起，水状龙萦盘①。何惭七里濑②，使我欲垂竿。

【注释】①萦盘：犹萦回。

②七里濑：又名七里泷、富春渚。在今浙江桐庐县城南富春江边，是一著名峡谷。从胥口到钓台河段，两山夹峙，东阳江奔泻其间，水流湍急，连亘七里，故名。谚云："有风七里，无风七十里。"北岸富春山相传为严子陵垂钓处。

【译文】三门山横卧在险滩之中，六剌滩翻起了滔天波澜。岸边巨石形同猛虎伏身欲起，溪中激流犹如盘龙曲折萦回。如此景色丝毫也不逊于七里濑，使我不禁生出垂钓溪流的想法。

夜泊黄山闻殷十四吴吟

【题解】此诗可能是天宝十三载（754）诗人游当涂黄山时所作。黄山，在今安徽当涂县。传说浮丘公牧鸡于此，因而又名浮丘山，山上有宋武帝刘裕所建避暑离官及陵歊台遗址。殷十四，名字生平不详，可能为《送殷淑三首》中的殷淑。全诗生动地描绘了殷十四美妙动听的歌吟声。殷十四的歌吟声如疾风鼓荡万壑，如狂风扫荡空林。使蛟龙惊起不敢盘卧，使山猿收声倾听歌音。诗人夜宿黄山碧溪明月下，听闻歌声也罢琴。晨起见到殷十四，果然是位隐逸高士。于是诗人沽酒提菜带着霜栗与殷十四共同畅饮。半酣之时殷十四再度歌吟一曲，美妙的声音如江海潮生，使诗人顿时将客愁尽付美酒中。

昨夜谁为吴会吟①，风生万壑振空林。龙惊不敢水中卧，猿啸时闻岩下音。我宿黄山碧溪月，听之却罢松间琴。朝来果是沧洲逸②，酤酒提盘饭霜栗③。半酣更发江海声，客愁顿向杯中失。

【注释】①吴会吟：吟唱吴歌。吴会，东汉会稽郡分为吴郡、会稽二郡,并称吴会。后亦泛称此两郡故地为吴会。

　　②沧洲逸:指隐居之士。沧洲,滨水的地方,古时常用以称隐士的居处。

　　③酤酒:买酒。酤,通"沽"。饭:这里是动词,作为饭。霜栗:即栗子。栗子九月霜降乃熟,故称。

　　【译文】昨夜谁在高吟吴地歌谣,就像风啸万壑声振空林。蛟龙也被惊扰不敢盘卧水中,山猿停止啸叫倾听岩下歌声。我夜宿黄山碧溪边的明月下,听到歌声使我暂罢松间奏琴。晨起相见果然是您这位沧洲逸士,于是沽酒提菜带来霜栗与您共享。酒至半酣您再次发出江海狂涛般的歌声,使我这个异乡客的忧愁顿时消散在杯酒中。

宿虾湖

　　【题解】这首诗应作于天宝十四载(755),李白游秋浦之时。据《贵池县志》记载,虾湖在城南六十里。古时因盛产白虾而得名。全诗描述了李白在池州黄山漫游,夜宿虾湖时所见雨景,表达了诗人对隐居山林的向往。

　　鸡鸣发黄山①,暝投虾湖宿。白雨映寒山②,森森似银竹③。提携采铅客④,结荷水边沐⑤。半夜四天开⑥,星河烂人目。明晨大楼去⑦,冈陇多屈伏⑧。当与持斧翁,前溪伐云木。

【注释】①黄山：位于池州市城南七十里，虾湖南五里，又名黄山岭。与前诗当涂黄山不同。

②白雨：暴雨。

③森森：张协《杂诗》："森森散雨足。"刘良注："森森，雨散貌。"

④提携：带领。采铅客：因池州清溪产铅，所以有采铅客。

⑤结荷：指连结荷叶来遮雨。

⑥四天：四方的天空。

⑦大楼：即大楼山，在今安徽池州市南。

⑧冈陇：山冈。

【译文】鸡鸣时我从黄山出发，日落时来到虾湖投宿。白雨如注笼罩远处寒山，好似森森银竹漫天落下。我就和采铅客一起，连结荷叶水边沐身。半夜雨过四面云开，碧空银河灿烂夺目。明晨我将前往大楼山，那里山势崎岖多起伏。我可以和持斧老翁，去前溪砍伐参天树木。

卷十九　怀古

西施

【题解】此诗年代不详。西施，春秋时越国苎萝人。越王为复国雪耻，采用相国范蠡之计，以西施进献吴王，使其沉溺酒色，最终得以灭吴复国，西施则不知所终，或说随范蠡畅游五湖。诗人赋诗咏史，在赞赏西施为国牺牲的同时，也感叹一代佳人命运多舛。

西施越溪女，出自苎萝山①。秀色掩今古②，荷花羞玉颜。浣纱弄碧水，自与清波闲。皓齿信难开，沉吟碧云间。勾践征绝艳，扬蛾入吴关③。提携馆娃宫④，杳渺讵可攀⑤？一破夫差国，千秋竟不还。

【注释】①苎（zhù）萝山：在今浙江诸暨市南，相传为春秋时越国美女西施出生地。

②掩：超过，盖过。

③扬蛾：指扬眉。

④馆娃宫：古代吴宫名，春秋时吴王夫差为西施所造，吴人称美女为娃，故曰馆娃。在今江苏苏州市西南灵岩山上。

⑤杳渺：悠远，渺茫貌。讵：岂，怎。

【译文】 西施本是越溪寒门女，出自诸暨苎萝山。她秀色无双冠绝古今，荷花也羞见她的玉颜。她曾在溪边弄水浣纱，神态柔美心与清波闲。她很少启牙一笑，总是沉吟碧云间。勾践施计征选绝色，西施展眉而入吴关。置身馆娃宫中受宠爱，万千宠爱谁又能比攀？一朝攻破吴国灭亡夫差，她竟不知所终千年不还。

王右军

【题解】 此诗年代不详。王右军，指王羲之，字逸少，因曾任右军将军，所以人称"王右军"。《晋书·王羲之传》："（王羲之）性爱鹅……山阴有一道士，养好鹅，羲之往观焉，意甚悦，固求市之。道士云：'为写《道德经》，当举群相赠耳。'羲之欣然写毕，笼鹅而归，甚以为乐。"这首诗即吟咏此事，把王羲之的潇洒不羁和精妙书法，描写得惟妙惟肖，使读者如亲见。

右军本清真①，萧洒在风尘②。山阴遇羽客③，要此好鹅宾。

扫素写道经④，笔精妙入神⑤。书罢笼鹅去⑥，何曾别主人！

【注释】①清真：纯真朴素。

②萧洒：同"潇洒"。风尘：指纷扰的尘世。

③山阴：即山阴县，因在会稽山之北，故名。今浙江绍兴市。羽客：羽士，指道士。

④扫素：形容在白绢上飞快地写字。素，洁白的绢。道经：这里指道德经。

⑤笔精：笔法神妙，这里指王羲之书法精湛。入神：形容达到精妙的境界。

⑥笼鹅：把鹅装进笼里。

【译文】王右军本就纯真质朴，尘世中潇洒率意而行。他在山阴偶遇养鹅道士，邀约他这位好鹅人为客。他扫绢写成道经以换鹅，笔法精湛已达神妙之境。书写完毕装鹅返家去，欣喜之余忘与主人别！

上元夫人

【题解】此诗年代不详。上元夫人，中国古代神话中的仙女。传说她是三天真皇之母，任上元之官，统领十方玉女名录。《太平广记》引《汉武内传》："上元夫人，道君弟子也。亦玄古以来得道，总统真籍，亚于龟台金母。武帝元封元年七月七日，王母至。王母乃遣侍女郭蜜香与上元夫人相问。帝因问王母：'不审上元何真也?'王母曰:'是上元之官,统领十万玉女名录者也。'俄而上元夫人至,夫人年可二十余,天姿精耀,灵眸绝朗,服青霜之袍,云彩乱色,非锦非绣,不可名字。头作三角髻,余发散垂至腰。戴九云夜光之冠,曳六出火玉之珮,垂凤文林华之绶,腰流黄挥精之剑。上殿向王母拜,王母坐而止之,呼同坐。"诗人以此事而咏诗,将上元夫人描述得清新秀丽,出尘脱俗。

上元谁夫人?偏得王母娇。嵯峨三角髻^①,余发散垂腰。裘披青毛锦,身著赤霜袍^②。手提嬴女儿^③,闲与凤吹箫。眉语两自笑^④,忽然随风飘^⑤。

【注释】①嵯峨:形容发型高峻。三角髻:挽有三个发髻的发式。

②赤霜袍:传说中神仙穿的长袍。

③嬴女:指传说中秦穆公女儿弄玉。因秦为嬴姓,故称秦女为嬴女。

④眉语:用眉毛的舒敛来传情示意。

⑤随风飘:化用阮籍《咏怀诗》"但恐须臾间,魂气随风飘"句意。

【译文】这位被称为上元的夫人是谁?偏偏最得西方王母的喜爱。她挽着高高的三角髻,余发散开直垂到腰际。披着青毛锦的裘衣,身上穿着赤霜仙袍。手中拿着嬴女弄玉之箫,悠闲地吹奏起凤鸣之声。眉目间对我欲语而笑,忽然之间却随风飘去。

苏台览古

【题解】这首诗是开元十五年（727）春，诗人从越州回到苏州时所作。苏台，即姑苏台。故址在今江苏苏州市姑苏山上，始建于吴王阖闾，成于夫差。越国攻吴国，吴国战败，姑苏台被焚。诗人咏古吊今，以古今兴衰为对照，感叹盛世难在，一切繁华皆如镜花水月。

旧苑荒台杨柳新^①，菱歌清唱不胜春^②。只今惟有西江月，曾照吴王宫里人。

【注释】①旧苑荒台：指旧时吴王的林苑和荒废的楼台。
②菱歌：采菱时唱的歌曲。清唱：形容歌声婉转响亮。不胜春：不尽的春意。

【译文】昔日宫苑荒台中杨柳萌发新枝，吴女高歌采菱曲唱出无尽春意。如今只剩下西江的一轮明月，曾经照耀过当年吴王宫中人。

越中览古

【题解】这首诗应是开元十四年（726），诗人游会稽时所作。此诗与前一首《苏台览古》为先后之作。越中，指会稽（今浙江绍兴市），春秋时为越国国都。两首诗立意略同，都是怀古之作，这首诗描写越中昔日之繁华，再衬托出今日荒凉。沈德潜《唐诗别裁》："三句说盛，一句说衰，其格独创。"《唐宋诗醇》："前《苏台览古》，通首言其萧索，而末一语兜转其盛；此首从盛时说起，而末句转入荒凉，此立格之异也。"

越王勾践破吴归①，义士还家尽锦衣②。宫女如花满春殿③，只今惟有鹧鸪飞④。

【注释】①"越王"句：春秋时期吴、越两国争霸，越王勾践败于吴王夫差，称臣求和。此后勾践卧薪尝胆，增强国势，并用范蠡之计，进贡美女西施，使吴王沉溺酒色。最终灭亡吴国。详见《史记·越王勾践世家》。

②义士：指越国勇士。锦衣：精美华丽的衣服。指显贵者的服装。

③春殿：指越王的宫殿。

④鹧鸪：鸟名。体形似雷鸟而稍小，头顶紫红色，嘴尖头，红色，脚短，亦呈红色，体灰褐色，腹部黄褐色，捕食昆虫及蚯蚓等。为中国南方留鸟。

【译文】越王勾践大破吴国而归朝，越国勇士还家都锦衣加身。当年宫女如花满殿春色，如今只有鹧鸪飞绕其上。

商山四皓

【题解】商山四皓，指秦末隐居于商山的四位隐士，须眉皓白，故称"商山四皓"，分别为东园公、绮里季、夏黄公、用里先生，他们皆为高洁之士，秦末为避乱，隐居于商山。汉高祖刘邦多次征召他们而不至。汉高祖刘邦宠爱戚夫人，欲改立戚夫人之子赵王刘如意为太子。吕后得知后，向张良问询对策，张良献计，请出商山四皓辅佐太子刘盈。汉高祖刘邦见到太子有商山四皓辅佐，认为羽翼已成，就打消了改立太子的想法。商山，又名商阪、地肺山、楚山。在今陕西商州市东南。这首诗可能是天宝三载（744），诗人离京途经商山之时所作。全诗从气节、大义、胸怀、道行等方面刻画了商山四皓超凡脱俗的高尚品质。他们不随和秦朝暴行而隐居世外，是谓有气节；他们为保太子而出山入仕，是谓有大义；他们功成而身退，是谓不慕富贵，胸怀坦荡；他们言行高邈而超凡脱俗，是谓与道相合。全诗充分表现了诗人对商山四皓的崇敬和钦佩之情。

白发四老人，昂藏南山侧①。偃卧松雪间②，冥翳不可识③。云窗拂青霭④，石壁横翠色。龙虎方战争，于焉自休息⑤。秦人失金镜⑥，汉祖升紫极⑦。阴虹浊太阳⑧，前星遂沦匿⑨。一行佐明两⑩，欻起生羽翼⑪。功成身不居，舒卷在胸臆⑫。窅冥合元化⑬，茫昧信难测⑭。飞声塞天衢⑮，万古仰遗迹。

【注释】①昂藏：仪表雄伟、气宇不凡的样子。南山：指商山。

②偃卧：仰卧，睡卧。形容自由随意。

③冥翳：高远，玄远。

④云窗：云雾缭绕的窗户，借指深山中僧道或隐者的居室。青霭：指云气。因其色紫故称。

⑤"龙虎"二句：指秦末大乱，四皓在此自在隐居。

⑥"秦人"句：指秦朝丧失天下。金镜：铜镜。比喻显明的正道。

⑦"汉祖"句：指汉高祖刘邦得天下登上帝位。紫极：星名，借指帝王的宫殿。

⑧"阴虹"句：指戚夫人受汉高祖的宠爱，而欲使汉高祖立其子为太子。阴虹：古代一般喻指后妃蛊惑君王。杨齐贤注："以喻戚夫人也。"

⑨"前星"句：指太子地位不稳。前星：指太子。《汉书·五行志下》："心，大星，天王也。其前星，太子；后星，庶子也。"后因以前星指太子。

⑩一行：指商山四皓出山辅佐太子之行。明两：本谓《离》卦离下离上，为两明前后相续之象。《易·离》："明两作，离。大人以继明照于四方"。孔颖达疏："离为日，日为明。今有上下二体，故曰'明两作，离也。'"后以"明两"喻指太子。

⑪欻：迅速。生羽翼：指商山四皓辅佐太子，汉高祖认为太子羽翼已成，于是不再废太子。

⑫舒卷：指人事的进退、出处。

⑬窅（yǎo）冥：同"窈冥"，幽暗貌。元化：造化，天地。

⑭茫昧：模糊不清。

⑮飞声：犹扬名。天衢：京都，亦指京都的大路。

【译文】四位满头白发的老翁，志节高昂隐居在南山。他们栖卧松雪之间，缥缈难寻不为人知。居所窗牖外缭绕着青色云霭，户外岩壁上布满了蓊郁翠色。当时天下正值龙争虎斗，四皓隐居于此怡然自得。秦朝无道丧失天下，汉祖登基入主紫极。戚夫人如阴虹遮日蛊惑高祖，使太子的储君之位岌岌可危。此时四皓出山辅佐太子，太子忽然之间羽翼已成。四皓功成身退不居高位，心中就如浮云舒卷自如。他们性情邈远深合造化之道，他们行事高深实在难以探知。四皓的美名远播天际，留下的遗迹万古敬仰。

过四皓墓

【题解】此诗与前一首应为同时之作。四皓墓，即商山四皓之墓，《太平寰宇记》："四皓墓，在商州上洛县西四里。"上洛县，即今陕西商洛市。诗人来到商山凭吊四皓之墓，看到那里一片荒芜。诗人心中不由发问：当年四皓在这里筑鼎炼丹，为何还会归于黄泉之下。诗人举目四望，唯有月照寒陇，古松无烟，风号似木魅遁去，雨啸如山精前来。诗人感慨虽然听不到四皓高咏《紫芝歌》的声音，但他们的美名却流传青史。如今也是当年那样的世道，实在让有识之人哀叹不已。

我行至商洛①，幽独访神仙。园绮复安在②？云萝尚宛然。荒凉千古迹, 芜没四坟连。伊昔炼金鼎③, 何年闭玉泉④? 陇寒惟有月, 松古渐无烟。木魅风号去, 山精雨啸旋⑤。紫芝高咏罢⑥, 青史旧名传⑦。今日并如此, 哀哉信可怜!

【注释】①商洛: 商山、洛水之间。唐时有商洛县, 属上洛郡商州, 在今陕西丹凤县西北。

②园绮: 指东园公、绮里季。代指商山四皓。

③炼金鼎: 谓筑鼎炼金丹。

④闭玉泉: 指死后葬于地下。玉泉, 指九泉。

⑤"木魅"二句: 木魅: 指树木变成的妖魅。山精: 传说中的山间怪兽。

⑥紫芝: 指商山四皓的《紫芝歌》: "莫莫高山, 深谷逶迤。晔晔紫芝, 可以疗饥。唐、虞世远, 吾将安归? 驷马高盖, 其忧甚大。富贵之畏人, 不如贫贱之肆志。"

⑦青史: 古时以竹简记事, 竹皮色青, 所以后人称史书为"青史"。

【译文】我来到商山、洛水一带, 独入幽山去寻访神仙。东园公和绮里季如今何在? 只有山中松萝宛然如往昔。昔日的遗迹已经荒凉千年, 野草连成片淹没四皓之墓。当年他们在这里筑鼎炼丹, 何时却被幽闭于黄泉之下? 凄寒的陇上惟有明月清照, 千年古松也失去烟霞之色。狂风怒号犹如木魅远去, 暴雨呼啸似有山精忽来。现在虽已听不到《紫芝歌》, 四皓的美名却青史流传。今日世事也是如此, 真是可哀让人悲伤!

岘山怀古

【题解】这是一首怀古之作，大约是开元二十二年（734）秋，李白登岘山时所作。岘山，在今湖北襄阳市东南，山川秀美，古迹众多。这首诗描述诗人在秋季登上岘山访古，凭高远望襄阳。只见天高气爽，远山秀出。汉江水落，沙洲空寂。诗人联想到昔日周人郑交甫曾在这里遇到汉水女神，西晋名士山简镇守襄阳时经常游园酣醉。但是岁月易逝，斯人已去，诗人怀古而发秋兴感叹，就连松风也似乎有感而悲鸣。

访古登岘首①，凭高眺襄中②。天清远峰出，水落寒沙空。弄珠见游女③，醉酒怀山公④。感叹发秋兴，长松鸣夜风。

【注释】①岘首：即岘山之巅。

②襄中：指襄阳。

③"弄珠"句：即用西周人郑交甫与汉水女神故事。《列仙传》记载："郑交甫常游汉江，见二女，皆丽服华装，佩两明珠，大如鸡卵。"

④山公：指西晋名士山简，曾为征南将军，镇守襄阳。经常畅游名园，酣醉不醒。事见《晋书·山简传》。

【译文】登上岘山之巅访古，凭高远眺襄阳之景。天高气清远山秀出，汉江水落寒沙空寂。郑交甫在此曾遇游女身佩宝珠，山简公镇守襄阳时常醉酒不醒。登高怀古发秋兴而感叹，松林间夜风也悲鸣不已。

自广平乘醉走马六十里至邯郸登城楼览古书怀

【题解】此诗当是天宝十一载（752），李白北上幽燕经过广平郡至邯郸时所作。广平，郡名，即洺州，治所在今河北永年县东南。天宝元年改为广平郡，乾元元年复名洺州。邯郸，县名，属河北道洺州。今河北邯郸市。全诗首段写诗人在春色浮动之际来到邯郸城，登楼远望看到远山与云齐平，昔日赵国宫城一片荒芜，引发了诗人无尽的感慨。次一段写邯郸怀古。诗人想起了历史上发生在赵国的诸如负荆请罪、赵氏孤儿和毛遂自荐等重大事件，感叹一代豪杰人物都已黄泉作古，不禁伤心泪满衣襟。再一段写诗人看到石子岗上诸贤的坟墓，想到古往今来的兴衰荣辱都是在不断地交替进行，所以自己的一点伤感也就不足挂齿了，心中只剩下对那些贤人的仰慕和感动。最后一段写赵地有尚武爱剑的习俗，文人儒士反而很少。诗人在邯郸闲从赌客游戏，设帐宴饮直到天明，醉酒高歌声动易水，击鼓震天倾倒丛台，尽显诗人的醉酒当歌，豪迈不羁的性格。最后诗人打算前往燕京，献上平胡之策。由此可见诗人北上幽燕，是怀着理想和抱负，希望能够得到大展身手的机会。

醉骑白花骆①，西走邯郸城。扬鞭动柳色，写鞯春风生②。入郭登高楼，山川与云平。深宫翳绿草③，万事伤人情。

相如章华巅，猛气折秦嬴④。两虎不可斗，廉公终负荆⑤。提携袴中儿，杵臼及程婴。空孤献白刃，必死耀丹诚⑥。平原三千客⑦，谈笑尽豪英。毛君能颖脱，二国且同盟⑧。皆为黄泉土，使我涕纵横。

磊磊石子冈⑨，萧萧白杨声⑩。诸贤没此地，碑版有残铭⑪。太古共今时，由来互哀荣。伤哉何足道，感激仰空名。

赵俗爱长剑⑫，文儒少逢迎。闲从博徒游⑬，帐饮雪朝醒⑭。歌酣易水动⑮，鼓震丛台倾⑯。日落把烛归，凌晨向燕京⑰。方陈五饵策⑱，一使胡尘清⑲。

【注释】①白花骆：有花纹而黑鬃的白马。

②写鞚：放松辔头，纵马奔驰。写，通"卸"，解开。鞚（kòng）：带嚼子的马笼头。

③深宫：指邯郸的赵国宫殿遗址。翳：遮蔽。

④"相如"二句：用蔺相如在秦国章台殿上，大义凛然折服秦王，最终完璧归赵一事。章华，应为"章台"。秦嬴，即秦王，因姓嬴故称。

⑤"两虎"二句：用负荆请罪的典故。《史记·廉颇蔺相如列传》记载，蔺相如因功拜为上卿，位在廉颇之上。廉颇心中不服，多次为难蔺相如。蔺相如以大局为重，认为两虎相斗，会被秦国所乘，所以处处避让。廉颇听说后，负荆请罪。廉公：即廉颇，战国末年赵国名将。

⑥"提携"四句：用程婴救赵氏孤儿之事。《史记·赵世年》记载，春秋时，晋国佞臣屠岸贾与赵盾有隙，后擅杀其满门，赵盾之子赵朔的妻子怀有遗腹子赵武，藏匿晋公宫中，屠岸贾派人搜捕之。赵朔友人程婴和赵朔门客公孙杵臼定计以他人婴儿顶替，救出赵武，而公孙杵臼和婴儿被杀。赵氏孤儿遂得以保全，并由程婴抚养成人报仇雪恨，程婴心愿已了后，遂自杀以报公孙杵臼。袴中儿：指赵武。当年赵武被藏于袴

中而幸免遇难。袴，裤子。

⑦平原：指赵国的平原君赵胜，门下有宾客数千。

⑧"毛君"二句：用毛遂自荐的故事。《史记·平原君虞卿列传》记载，毛遂是赵国平原君门下食客。秦兵围攻赵国时，赵王命平原君赵胜赴楚国求援，毛遂自荐随同前往。既至楚国，平原君与楚王自日出谈到日中而不决。毛遂按剑上阶，直陈利害，终使楚王歃血定盟，决定楚赵联合抗秦。

⑨磊磊：众多委积貌。石子岗：在今河北邯郸，赵简子之墓在此。赵简子，原名赵鞅，赵武之孙，春秋时晋国赵氏的领袖，赵国基业的开创者。

⑩萧萧：风声。

⑪碑版：碑碣上所刻的志传文字。

⑫"赵俗"句：指赵地有尚武的习俗。

⑬博徒：赌徒。《史记·信陵君传》："公子闻赵有处士毛公藏于博徒，薛公藏于卖浆家。公子欲见两人，两人自匿不肯见公子。公子闻所在，乃间徒步从此两人游，甚欢。"这里代指赵地隐士。

⑭醒：酒醒。

⑮易水：在今河北省西部。源出易县境，入南拒马河。荆轲入秦行刺秦王，燕太子丹饯别于此。诗人将前往幽燕因而联想到《易水歌》，并非指易水在邯郸。

⑯丛台：战国时赵国筑，在今河北邯郸市，数台相连，故名。

⑰燕京：今北京市，春秋战国时为燕国的国都。

⑱五饵：原指贾谊提出的五种怀柔、软化匈奴的措施，后泛指应对外族的策略。

⑲胡尘：胡人兵马扬起的沙尘。比喻胡兵入侵。

【译文】带醉骑乘在白花马上，一路向西来到邯郸城。扬鞭好像催动枝头柳色，纵马感到春风迎面而来。进入城郭登上高楼，望见远山与云齐平。当年赵国的深宫已被绿草掩没，这万古盛衰之事真是让人伤情。

蔺相如在章台殿中，气势勇猛折服秦王。相如不愿两虎相斗，廉颇最终负荆请罪。为救下藏于裤中的赵氏孤儿，公孙杵臼和程婴挺身而出。公孙杵臼慷慨献身白刃下，程婴功成之后以死表赤诚。平原君门下宾客三千人，谈笑之间尽是英雄豪杰。毛遂自荐能脱颖而出，使赵、楚两国共同结盟。这些昔日豪杰都已化为黄泉土，让我不由得哀叹连连涕泪纵横。

石子岗上层岩堆叠，风过白杨萧萧有声。赵简子等诸贤都埋身于此，碑刻上残留的铭文可以为证。从古到今都是同样道理，盛极而衰世道交互轮替。吊古伤今悲叹古贤之举何足道哉，他们空留美名让人仰慕感慨不已。

赵人习俗尚武爱剑，文人儒士历来少有。闲时就与赌客游戏，设帐宴饮清晨才醒。酒酣高歌声动易水，击鼓震天倾倒丛台。日落秉烛归家去，明晨再向燕京发。那时我将献上五饵之策，一举荡平胡尘廓清天下。

苏武

【题解】此诗年代不详。苏武，字子卿。西汉京兆尹杜陵（今陕西西安东南)人,其父苏建,曾随卫青讨伐匈奴,立下大功。苏武受父亲的庇荫成为郎官,后迁为中厩监。《汉书·苏武传》记载,汉武帝天汉元年(前100),苏武被任命为中郎将出使匈奴。因副使张胜与匈奴缑王图谋劫持单于母阏支归汉事受牵连,被匈奴扣押幽置在大窖中,断绝饮食,苏武以雪和旃毛为食,数日不死,匈奴惊为神人。被远徙北海(今贝加尔湖)一带,以牧羊为生。前后十九年,秉持汉节,誓不言降。汉昭帝即位后,与匈奴和亲,要求遣返苏武。匈奴谎称苏武已死,苏武部下常惠向汉使献计,假说汉天子在上林苑射到大雁,足系帛书,上写苏武被囚禁于大泽中。汉使依计而行,匈奴只能放还苏武。始元六年(前81)苏武得归长安,后出任典属国。次年上官桀父子谋反,苏武之子参与其中,苏武因而被免官。汉昭帝死后,苏武拥立汉宣帝有功,被赐爵关内侯,复为右曹典属国。八十余岁时病卒,画像陈列麒麟阁中。全诗描写了苏武持节出使匈奴,被扣留在北海牧羊,餐风饮雪,在匈奴持节守义十九年,最后苦尽甘来,得以回归汉朝之事。全诗直叙其事,不加褒美,而大义自见,使人读来怆然有感,而结尾处似又表现对李陵的同情。

　苏武在匈奴,十年持汉节①。白雁上林飞,空传一书札②。牧羊边地苦③,落日归心绝。渴饮月窟冰④,饥餐天上雪。东还砂塞远,北怆河梁别⑤。泣把李陵衣,相看泪成血⑥。

【注释】①十年:是大概数字,实际上苏武在匈奴十九年。汉节:汉朝使者所持的符节。颜师古《汉书·高祖本纪注》:"节,以毛为之,上下相重,取象竹节,因以为名,将命者,持之以为信。"

②"白雁"二句：指汉朝与匈奴和亲后，要求匈奴放回苏武等人，匈奴诡称苏武已死，汉使者假言汉天子在上林苑射到白雁，足系帛书，上写苏武被囚禁在大泽中，迫使单于释放苏武之事。上林：即上林苑，故址在今陕西西安市西。

③牧羊边地：指北海，即贝加尔湖，在今俄罗斯。

④月窟：传说月的归宿处。泛指边远之地。

⑤河梁：桥梁，借指送别之地。李陵《与苏武诗》："携手上河梁，游子暮何之。"

⑥泪成血：眼中哭出血来，形容极度悲恸。语出李陵《与苏武书》："此陵所以仰天捶心而泣血者也。"

【译文】苏武出使匈奴而被扣留，十多年来始终紧持汉节。胡地白雁飞到上林苑，凭空传来苏武一书信。言说他在苦远边地牧羊，每天遥望落日归心已绝。他渴饮冰窟水，饥餐天上雪。最终苏武得以东归离开大漠边塞，李陵在北地怆然悲痛而作河梁别。苏武泣不成声手把李陵衣，相顾无言泪水流尽眼出血。

经下邳圯桥怀张子房

【题解】此诗是天宝五载（746），李白从东鲁南下会稽途中，经过下邳时所作。下邳，唐县名。属河南道泗州。在今江苏邳州市。圯桥，在下邳沂水上。张子房，即张良，字子房。张良曾在下邳圯桥上遇到黄石公，得授《太公兵法》一册，后来张良辅佐刘邦建立汉朝,被封为留侯。全诗主要颂扬张良为国报仇的豪勇行为。首段通过回顾张良博浪沙刺杀秦始皇和下邳遇到黄石公传授兵书之事,赞扬张良有勇有谋,智勇双全。末段诗人怀古抒情,感叹张良一去,从此徐泗萧条,再无英雄。

子房未虎啸①,破产不为家②。沧海得壮士,椎秦博浪沙③。报韩虽不成,天地皆振动。潜匿游下邳,岂曰非智勇?

我来圯桥上,怀古钦英风。唯见碧流水,曾无黄石公④。叹息此人去,萧条徐泗空⑤。

【注释】①虎啸:虎吼。比喻英杰得时奋起,四方风从,如风虎相感。

②"破产"句:《史记·留侯世家》记载,张良家世代为韩国贵族,秦灭韩后,张良立志报灭国之仇,于是倾尽家产,礼聘勇士去刺杀秦王。

③"沧海"二句:《史记·留侯世家》记载,张良到东方拜见仓海君,得到一大力士,打造了一百二十斤重的铁锤,然后在博浪沙击杀秦始皇,可惜误中副车。沧海,指"仓海君"。椎(chuí):捶击的工具,后亦为兵器。博浪沙:地名,在今河南阳武县东南。

④曾:乃。黄石公:即张良在下邳圯桥上遇到的长者。亦称圯上老人,曾传授张良《太公兵法》。

⑤徐泗:徐州和泗州。唐时,徐州范围包含今江苏、安徽和山东一部分。治所在彭城(今江苏铜山),下辖彭城、丰、沛、萧、符离、蕲、滕等七县。泗州,包含今江苏、安徽一部分,治所在临淮(今江苏泗洪县东南),下辖临淮、徐城、虹、下邳、宿预、涟水等六县。

【译文】张良还未虎啸就成就功业之时,散尽家产要报韩国灭国之仇。他从仓海君那里得到无双壮士，埋伏在博浪沙椎击秦始皇车驾。虽然没能成功报得大仇，但是轰动四方天地振动。事败张良潜藏于下邳，岂能说他非智勇之人？

如今我来到圯桥上，怀古钦慕张良英气。只见圯桥碧水流淌，却无处寻觅黄石公。我感叹自从张良一去，徐泗之地萧条再无英才。

月夜金陵怀古

【题解】 这首诗是开元十三年（725），李白初游金陵时所作。诗人来到金陵，看到金陵明月依旧，星宿仍在，但是各朝帝业都已随水东流。驰道被绿水遮断，青松催倒在古丘。各朝所建的鸡鹊观、凤凰楼、清暑殿以及乐游苑，也都荒芜。如今再听到陈后主的《玉树后庭花》，使人更感到世事的变迁和金陵故地的萧瑟。

苍苍金陵月①，空悬帝王州②。天文列宿在③，霸业大江流。渌水绝驰道④，青松摧古丘⑤。台倾鸡鹊观⑥，宫没凤凰楼⑦。别殿悲清暑⑧，芳园罢乐游⑨。一闻歌《玉树》⑩，萧瑟后庭秋。

【注释】 ①苍苍：迷蒙貌。

②帝王州：指金陵曾为六朝古都，故称。

③列宿：众星宿。

④绝：断绝。驰道：古代供君王行驶车马的道路。泛指供车马驰行

的大道。

⑤古丘：指历代帝王的陵墓。

⑥鸂鹅观：原为汉宫观名，在长安甘泉宫外。在南北朝时金陵也有鸂鹅观。

⑦凤凰楼：指凤凰台，在凤凰山上，南朝宋元嘉年间所建。

⑧清暑：即清暑殿，在台城内，晋孝武帝所建。《景定建康志》："清暑殿，在台城内，晋孝武帝建。殿前重楼复道，通华林园，爽垲奇丽，天下无比。虽暑月常有清风，故以为名。"

⑨乐游：指金陵城内的乐游苑，在覆舟山南。

⑩《玉树》：指《玉树后庭花》，南朝陈后主陈叔宝所作，主旨是赞美嫔妃们的容态姿色。后世多指为亡国之音。

【译文】隐约朦胧的金陵之月，高悬于曾经的帝都上空。天上星宿依旧罗列闪耀，昔日霸业却已随水东流。绿水遮断了当年的驰道，青松摧倒在荒芜的古墓。鸂鹅观的高台已经倾塌，凤凰楼的宫室也都无存。清暑殿中已没有清风，乐游苑里再不见芳园。一朝奏响《玉树后庭花》，顿感金陵萧瑟如深秋。

金陵三首

【题解】这组诗年代不详。金陵为六朝古都，历代题咏怀古之作很多。李白的这组诗简洁明了，意境超然，以雄浑之笔将金陵的形胜之势、盛世繁华和时代变迁描述出来，有着浓重的历史沧桑感，使人读后心绪怆然。

其一

【题解】这首诗写金陵在晋室南渡后成为都城，此地龙盘虎踞，是帝王之宅。但是时过境迁，现在已经徒有壮观，不再是风云际会之地，就连长江天堑也波澜不兴。英雄都已逝去，只剩下酒客泛舟高歌。表现出诗人对朝代兴衰交替的感慨。

晋家南渡日，此地旧长安①。地即帝王宅，山为龙虎盘②。金陵空壮观，天堑净波澜③。醉客回桡去④，吴歌且自欢。

【注释】①长安：秦、汉都以长安为都城，这里指金陵成为了昔日长安那样的都城。

②"地即"二句：《太平御览》引张勃《吴录》记载，刘备曾派诸葛亮出使东吴，诸葛亮观察秣陵（今江苏南京）一带的山势，赞叹说："钟山龙盘，石头虎踞，帝王之宅也。"此处用其意。

③天堑：天然形成的隔断交通的大壕沟。这里指长江。

④桡：船桨。此处代指船。

【译文】晋室南渡来到金陵之日，此地就如长安成为皇都。地势可为帝王之宅，群山好似虎踞龙盘。现在金陵城徒然壮观，长江天堑也波澜不兴。醉客举桨泛舟归家去，高吟吴歌而自娱自欢。

其二

【题解】全诗首先描述了金陵城依山傍水的地势,以及六朝时人户百万、朱楼林立的繁华景象。接着叙述金陵已成亡国之地,到处遍生春草,昔日离宫也埋没古丘之间。兴衰荣辱,交相轮替;盛世繁华,转瞬即逝。只剩下玄武湖上的那一轮明月,依旧照耀着波上江洲。

地拥金陵势^①,城回江水流。当时百万户^②,夹道起朱楼^③。亡国生春草,离宫没古丘^④。空余后湖月^⑤,波上对瀛洲^⑥。

【注释】①金陵势:这里指钟山的形势。

②当时:指金陵为六朝之都时。

③夹道起朱楼:道路两边高楼林立,形容城市繁华富庶。

④离宫:古代帝王在都城之外的宫殿,也泛指皇帝出巡时的住所。

⑤后湖:即玄武湖,在今江苏南京。

⑥瀛洲:这里指江中洲岛。

【译文】金陵地拥钟山之势,城池环绕碧江之水。当年城内百万人户,朱楼夹道鳞次栉比。亡国之地现在遍生春草,昔日离宫湮没古丘之间。只剩下玄武湖明月,碧空遥对波上江岛。

其三

【题解】这首诗描写诗人在酒后乘兴与友人谈论六朝兴衰往事。"苑方秦地少,山似洛阳多"二句表面上是说金陵城的宫苑比长安少,周围的群山,却和洛阳一样多。实则隐喻六朝相继而亡后,金陵城宫苑残败,不复有帝都之貌,只剩下群山虎踞龙盘,还依稀保有往日的雄风。而当年的吴宫花草,晋时绮罗,都随水东逝,消失在碧波中。

六代兴亡国①,三杯为尔歌。苑方秦地少②,山似洛阳多③。古殿吴花草,深宫晋绮罗。并随人事灭,东逝与沧波④。

【注释】①六代:指三国吴、东晋、宋、齐、梁、陈六个朝代,皆建都金陵。

②方:比。秦地:这里指长安。

③"山似"句:洛阳周围群山环绕,而金陵也是四面拥山。

④沧波:碧波。

【译文】六朝兴亡交替的悲欢往事,三杯之后我为您歌吟解说。金陵城的宫苑虽比长安少,群山环绕却和洛阳同样多。古殿中吴王的奇花异草,深宫里晋时的绮罗珍裘。都随着六朝人事的湮灭,东逝而去消失在碧波中。

秋夜板桥浦泛月独酌怀谢朓

【题解】这首诗是开元十四年（726），诗人初游金陵时所作。板桥浦，在今江苏南京市西南板桥镇附近。《水经注》："江水经三山，又湘浦出焉，水上南北结浮桥渡水，故曰板桥浦。"谢朓，字玄晖，陈郡阳夏县（今河南省太康县）人，南齐诗人，与谢灵运同为陈郡谢氏一族，故称"小谢"。当年谢朓前往宣城出任太守时，经过板桥，写下了《之宣城出新林浦向板桥》。李白来到板桥浦对月独饮，想起了谢朓这位绝代诗人，因而作诗遣怀。遥望碧空，有玉绳星闪烁，建章阙下斜月低挂。大江蜿蜒流淌如白练，月光似水倾泻于江中，寒气弥漫笼罩洲渚，诗人感慨世间再无谢朓这样才华横溢的诗人。

天上何所有^①，迢迢白玉绳^②。斜低建章阙^③，耿耿对金陵^④。汉水旧如练，霜江夜清澄^⑤。长川泻落月，洲渚晓寒凝^⑥。独酌板桥浦，古人谁可征？玄晖难再得，洒酒气填膺。

【注释】①"天上"句：出自古乐府《陇西行》："天上何所有，历历种白榆。"

②迢迢：形容遥远。玉绳：星名。常泛指群星。

③建章阙：宫阙名，在今江苏南京市，南朝宋时所建。

④耿耿：明亮，鲜明。

⑤ "汉水"二句：汉水、霜江：都指长江。练：白绢。

⑥ 洲渚：水中小块陆地。

【译文】缥缈的天上有什么？有玉绳星遥遥闪烁。斜月低挂在建章阙上，如明镜照耀金陵城。汉水依旧像素绢蜿蜒流淌，寒江在秋夜之中更显清澈。月光似流水倾泻江流中，拂晓秋寒笼罩在沙洲上。我在板桥浦对月独酌，古人中谁可邀来共饮？可惜世间再难有谢朓那样的清士，我洒下清酒寄托相思惆怅满胸中！

金陵新亭

【题解】此诗作于开元十四年（726）诗人初游金陵之时。新亭，故址在今江苏南京市雨花区，是一处风景名胜，六朝时名士经常在此聚会。《世说新语·言语》记载，西晋灭亡后，逃亡到江东的士人，每至晴日，就在新亭饮宴聚会。周顗看着周围的景色，悲叹道："风景不殊，举目有江山之异。"周围的人都有感于晋室衰落而悲伤落泪。只有王导奋然起身，慷慨说道："当共戮力王室，克复神州，何至作楚囚相对泣耶！"李白此诗就是针对这段历史而怀古吟咏。篇尾二句则是全诗的主题。

金陵风景好，豪士集新亭。举目山河异，偏伤周顗情①。四坐楚囚悲②，不忧社稷倾。王公何慷慨③，千载仰雄名。

【注释】①周颧：字伯仁，汝南郡安城县（今河南省原武县东南）人，晋朝名士，官至太子少傅、吏部尚书、左仆射。王敦叛乱时，惨遭杀害，谥号为康。

②楚囚：本指春秋时被晋国俘虏的楚国人钟仪，后用来借指被囚禁的人，也比喻处境窘迫、无计可施的人。

③王公：指王导。

【译文】金陵之地风景独好，豪杰名士云集新亭。举目但见山河迥异，周颧对此大为伤情。众人围坐如同楚囚悲伤，无不哭泣担忧社稷将倾。只有王导慷慨陈词，千载之后流传美名。

过彭蠡湖

【题解】这首诗作于上元元年（760）诗人从江夏前往豫章之时。彭蠡湖，即今江西鄱阳湖。整首诗化用谢灵运《入彭蠡湖口作》诗意，却又自然贴切，不露痕迹。全诗先描述诗人效仿谢灵运泛舟入彭蠡，游览松门山，窥览石镜，穷尽江源，并意欲继承谢公之诗情风雅。然后诗人描写所见景观。云海变幻助兴，彭蠡波涛何论。青嶂挂遥月，绿萝鸣山猿，接着又化用谢灵运诗中水碧、金膏之语，来表达诗人向往羽化成仙而去，脱离尘世喧嚣的意愿。

谢公入彭蠡^①，因此游松门^②。余方窥石镜^③，兼得穷江源。前赏迹可见，后来道空存。而欲继风雅，岂唯清心魂！云海方助兴，波涛何足论！青嶂忆遥月，绿萝鸣愁猿。水碧或可采④，金膏秘莫言⑤。余将振衣去⑥，羽化出嚣烦⑦。

【注释】①谢公：指谢灵运，曾作《入彭蠡湖口》诗："攀崖照石镜，牵叶入松门。三江事多往，九派理空存。灵物吝珍怪，异人秘精魂。金膏灭明光，水碧缀流温。"

②松门：指松门山，在今江西南昌。《太平寰宇记》："松门山，在洪州南昌县北，水路二百一十五里，其山多松，遂以为名。北临大江，乃彭蠡湖口，山有石镜，光明照人。"

③石镜：指石镜山，张僧鉴《浔阳记》曰："石镜山，东有一圆石悬崖，明净照人见形。"

④水碧：玉的一种，系水晶一类的矿物，又名碧玉。《山海经·东山经》："耿山无草木，多水碧。"郭璞注："亦水玉类。"

⑤金膏：道教传说中的仙药。

⑥振衣：抖衣去尘，整衣。

⑦羽化：古代谓飞天成仙称为羽化。

【译文】谢公曾经泛舟进入彭蠡湖，因此我也去往松门山一游。我刚刚窥览石镜全貌，接着又穷尽江源探幽。谢公以前游赏的踪迹还清晰可见，我身为后来者怅然见其旧道空存。我想要继承谢公的风流高雅，不仅仅是为了能够清净心魂！云海变幻方能为我助兴，彭蠡湖波涛又何足道哉！青峦叠嶂间那一轮明月让人怀念，绿萝枯藤中传出的猿啼使人生愁。水碧或许可以采到，金膏则是神秘难言。我将就此振衣而去，羽化飞仙远离尘嚣。

入彭蠡经松门观石镜缅怀谢康乐题诗书游览之志

【题解】此诗与上首诗文字略异而诗意全同,应该是一诗两传,应作于同一时间,只是此诗题更加具体详细,诗题及注解可参考上首诗。

谢公之彭蠡,因此游松门。余方窥石镜,兼得穷江源。将欲继风雅,岂徒清心魂!前赏逾所见,后来道空存。况属临泛美①,而无洲渚喧。漾水向东去②,漳流直南奔③。空蒙三川夕④,回合千里昏⑤。青桂隐遥月,绿枫鸣愁猿。水碧或可采,金精秘莫论⑥。吾将学仙去,冀与琴高言⑦。

【注释】①泛美:各种美景。泛,所有,一切。

②漾水:指汉水上源。出自今陕西宁强县西北蟠冢山。《书·禹贡》:"蟠冢导漾,东流为汉,又东为沧浪之水,过三澨至于大别,南入于江,东汇泽为彭蠡。"孔安国《书传》:"泉始出山为漾水,东南流为沔水,至汉中东流为汉水。"

③漳流:指漳水,即今湖北中部之漳河。源出湖北南漳县西南,东南流至当阳县东南与沮水合,注于长江。《一统志》:"漳江,源出临沮县南,至荆州当阳北,与沮水合流,入大江。"

④空蒙:细雨迷茫的样子。三川:王琦注:"三川,三江也。按三江,孔安国、班固、郑玄、韦昭、桑钦、郭璞诸说不一,惟郑云:左合汉为

北江，右合彭蠡为南江，岷江居其中为中江。今考江水发源蜀地，最居上流，下至湖广，汉江之水自北来会之，又下至江西，则彭蠡之水自南来会之，三水合流而东，以入于海，所谓三江既入也。《禹贡》既以岷江为中江，汉水为北江，则彭蠡之水为南江可知矣。"

⑤回合：环绕。

⑥金精：道教传说中的一种仙药。

⑦琴高：战国时赵国人，善鼓琴。传说曾浮游冀州、涿郡之间二百余年，能入水取龙子，乘鲤而出水。后世以其为仙人。

【译文】谢公当年曾到彭蠡湖，因此我也去游松门山。我刚刚窥览山上石镜，接着又泛舟穷尽江源。我欲承袭谢公的风流清雅，不只是为了能够清心净魂！谢公游赏的踪迹难以再见，后来之人徒见其旧路犹存。且可以欣赏各种美景，而无洲岛的喧哗之声。漾水向东逝去，漳江直往南奔。傍晚时三川上细雨迷蒙，江水蜿蜒千里一派昏景。青桂遮掩遥遥明月，猿哀回荡绿枫林中。水碧虽贵或可采到，仙药隐秘难以明言。从此我将归去隐迹学仙，希望能与仙人琴高畅谈。

庐江主人妇

【题解】这首诗疑是天宝年间李白游庐江时所作，庐江，郡名。即庐州。治所在舒（今安徽庐江西南）。又为县名，属庐州。当时李白在庐江投宿，而庐江正是《孔雀东南飞》故事的发生地，所以诗人借用焦仲卿妻的故事，来比拟主妇。引用古乐府《艳歌行》

来称赞主妇的操守清白,以《乌夜啼》诗意比喻主妇孤单独宿。

孔雀东飞何处栖?庐江小吏仲卿妻①。为客裁缝石自见②,城乌独宿夜空啼③。

【注释】①"孔雀"二句:用汉乐府《焦仲卿妻》的典故:汉末建安中,庐江府小吏焦仲卿妻刘氏,不能为焦母所容,被遣归家,刘氏誓不再嫁,家中逼迫,她就投水而死。焦仲卿听说后,也自缢身亡。时人作诗以哀之。

②"为客"句:用汉乐府《艳歌行》的典故:有兄弟三人为了生计,漂泊他乡。女主人为他们缝补衣服,被她的丈夫发现,误以为她不守妇道。兄弟三人开口解释,请她的丈夫不要怀疑,我们与女主人并无瓜葛,就如同"水清石自见。"此句用其意。

③"城乌"句:张华《禽经》:"乌之失雌雄,则夜啼。"此处用其意。

【译文】孔雀东飞将去往何处栖息?您就如庐江小吏焦仲卿妻。不避嫌疑为客人补衣而清白自见,可惜却像乌鸟失偶终日独宿空啼。

陪宋中丞武昌夜饮怀古

【题解】这首诗应是至德二载(757)秋,李白出狱后,入宋若思幕府,随宋若思至武昌(今鄂州市)时所作。宋中丞,指御史中丞宋若思。李白友人宋之悌之子。至德二载出任御史中丞、江南西道采访使兼宣城郡太守。至德二载,李白因永王李璘事件受牵连而下狱,宋若思积极为李白斡旋,使李白得以出狱。武昌,唐县名,今湖北鄂州市。全诗前四句以东晋太尉庾亮与诸贤于武昌南楼吟咏之事,来比拟宋中丞与众人在武昌登楼畅饮。篇末诗人意欲仿效庾亮,怀古遣兴,必一醉方休。

清景南楼夜,风流在武昌。庾公爱秋月,乘兴坐胡床^①。龙笛吟寒水,天河落晓霜。我心还不浅^②,怀古醉余觞。

【注释】①"清景"四句:用庾亮故事。《世说新语·容止》记载,太尉庾亮在武昌时,正值秋夜气佳景清,下属殷浩、王胡之等人登南楼吟咏,正兴起之时,就听楼梯处传来很响的木屐声,大家猜一定是庾亮。不一会儿,庾亮就带着十多个人上来,众人欲起身避让。庾亮说:"诸位暂且留步,老夫今日兴致不浅。"于是与众人一起吟咏、谈笑,众人皆欢。庾公:即庾亮。胡床:一种可以折叠的轻便坐具。此处以庾亮比喻宋若思。

②"我心"句:指自己也像庾亮那样兴致不浅。

【译文】当年南楼夜景清丽,风雅名流会聚武昌。太尉庾亮醉心赏月,乘兴倚坐胡床之上。笛声宛如寒水龙吟,秋霜好似银河泻落。我如庾亮兴致不浅,作诗怀古与宋公同醉。

望鹦鹉洲悲祢衡

【题解】这是一首怀古诗,应作于乾元元年(758)诗人流放夜郎至江夏之时。鹦鹉洲,在今湖北武汉西南,是长江中的一个小洲。东汉末年,江夏太守黄祖长子黄射在此大会宾客,有人献鹦鹉,祢衡作《鹦鹉赋》,故名。祢衡后被黄祖所杀,就葬在此地。汉以后,由于江水的冲刷,如今的鹦鹉洲已非以前故地。祢衡,字正平,东汉末年名士。少有才辩,但气高刚傲,与孔融交好。被孔融推荐给曹操,因击鼓骂曹,被遣至刘表处。祢衡亦辱慢于刘表,刘表又把他送到黄祖处,后因辱骂黄祖而被杀。这首诗前八句先评说曹操与黄祖:一个被祢衡视为蝼蚁,一个因杀祢衡而背负恶名。接着诗人称赞祢衡才华横溢,所作《鹦鹉赋》,出类拔萃,字如金玉,句欲飞鸣。后八句抒怀。诗人一想到祢衡被黄祖枉杀,心中就隐痛难平。痛惜之余,诗人也点出祢衡悲剧的原因,就是过于恃才傲物,才惨遭横祸。祢衡英年冤死,以至天地含悲,鹦鹉洲上至今芳草不生。

魏帝营八极①,蚁观一祢衡②。黄祖斗筲人③,杀之受恶名。吴江赋《鹦鹉》④,落笔超群英。锵锵振金玉⑤,句句欲飞鸣。

鸷鹗啄孤凤⑥,千春伤我情⑦。五岳起方寸,隐然讵可平⑧!才高竟何施,寡识冒天刑⑨。至今芳洲上⑩,兰蕙不忍生。

【注释】①魏帝:指魏武帝曹操。八极:八方极远的地方:天地之间，九州八极。王琦引李榕村曰："二句向皆错解，玩通章诗意，所痛惜于衡者深矣。虽有才高识寡之言，然至目为孤凤，则操与祖皆鸷鹗之群耳。起句盖言魏武经营天下，而视之直作蝼蚁观者，唯一祢衡也。如此'营'字方有照应，'一'字方有着落。且下句鄙薄黄祖，何故起处张大曹操乎？"

②蚁观：视如蝼蚁，比喻轻视。

③斗筲：斗和筲都是很小的容器，比喻气量狭小和才识短浅。筲，一种竹器，仅容一斗二升。

④赋《鹦鹉》：指祢衡的《鹦鹉赋》。

⑤锵锵：象声词。指声音响亮，此处形容声名很大。振金玉：即金声玉振，原指古代奏乐以钟发声，以磬收韵，奏乐从始至终。语出《孟子·万章下》："集大成也者，金声而玉振之也。"后比喻声名昭著远扬。

⑥鸷鹗：凶猛的鱼鹰，比喻凶恶之人。这里以鸷鹗比喻黄祖，以孤凤比喻祢衡。

⑦千春：千年，形容岁月久长。

⑧"五岳"二句：形容心中如五岳突起，胸中隐然难平！方寸：指心。

⑨寡识：见识浅陋。天刑：上天的法则。这里形容祢衡因见识浅而冒犯凶人以死。

⑩芳洲：芳草丛生的小洲。这里指鹦鹉洲。

【译文】魏武帝曹操营治天下，而祢衡却视之如蝼蚁。黄祖是个偏狭的斗筲之人，杀掉祢衡而背负无尽恶名。祢衡曾在吴江作《鹦鹉赋》，落笔成章远超一众英才。读之铿锵如振金玉，辞句嘹亮似欲飞鸣。

黄祖如鹰啄杀祢衡这只孤凤，这一千古悲剧使我黯然伤情。就如五岳突起心中，胸中隐痛怎能平复！祢衡才高却无法施展，见识短浅而中道殒命。如今本该芳草遍地的鹦鹉洲，就连兰、蕙都不忍在此生长。

宿巫山下

【题解】这首诗大约是开元十三年（725），诗人初出三峡时所作。前四句写行船巫山的见闻。山中猿猴哀啼，水中桃花飞落。当时正直阳春三月，诗人乘舟直下瞿塘峡。后四句引用巫山神女的典故，将浓云含雨的景色，比拟为朝云暮雨的巫山神女将去会见楚王。诗人登高怀念宋玉，访古而空见遗迹，不禁泪洒衣襟。

昨夜巫山下，猿声梦里长①。桃花飞渌水，三月下瞿塘②。雨色风吹去，南行拂楚王③。高丘怀宋玉④，访古一沾裳。

【注释】①"猿声"句：指巫山一带常有猿猴长啸。《水经注·江水》记载："自三峡七百里中，两岸连山，常有高猿长啸，属引凄异，空谷传响，哀转久绝。故渔者歌曰：'巴东三峡巫峡长，猿鸣三声泪沾裳。'"

②瞿塘：指瞿塘峡。

③"雨色"二句：化用宋玉《高唐赋》中神女朝云暮雨的故事。

④"高丘"句：指登上高丘而怀念宋玉。一说高丘为楚国山名。《楚辞·离骚》："忽反顾以流涕兮，哀高丘之无女。"王逸注："楚有高丘之山。"

【译文】昨夜宿于巫山之下，梦中听闻猿声不断。桃花纷纷飞落绿水，三月乘船直下瞿塘。云聚欲雨却被山风吹散，应是神女南行去会楚王。我登上高丘怀念宋玉，探访古迹不禁泪洒衣衫。

金陵白杨十字巷

【题解】这首诗的年代，一说是开元十四年（726）李白初游金陵之时，一说是天宝六年（747）李白重游金陵之时。白杨十字巷，在今南京安德门外。诗人游览金陵时，来到白杨路十字巷，看到潮沟的遗迹，已经年久拥塞，长满杂草，不由得感叹朝代兴替，天地变迁，昔日辉煌的宫殿，显赫的帝业，都随着岁月的流逝，消散于历史的长河之中。

白杨十字巷，北夹湖沟道①。不见吴时人，空生唐年草。天地有反复②，宫城尽倾倒。六帝余古丘③，樵苏泣遗老④。

【注释】①湖沟：王琦校当作"潮沟"，是三国吴都城建业城内的人工渠道。在今江苏南京市北。据《建康实录》记载，潮沟东起青溪，北至后湖（即玄武湖），西接运渎（在今南京市西北），向西南行，在西洲之东南入秦淮河。

②反复：变化无常。

③六帝：王琦注："六帝，谓六代开国之帝也。"

④樵苏：打柴割草的人。苏，割草。

【译文】金陵城白杨路的十字巷，北边是东吴开凿的潮沟。此处早已不见吴时旧人，唐代之际只剩草木杂生。世代有兴替天地常变化，昔日宫城殿阁早已倾倒。六朝帝王也化作古丘，空余樵夫悲泣前朝遗老。

谢公亭

【题解】此诗是天宝十二载（753），诗人游览宣城时所作。谢公亭，故址在今安徽宣城北，相传为南齐诗人谢朓送别好友范云之处。李白来到此地缅怀谢朓，看到物是人非，不免生出愁绪，但见青天明月依旧，山林碧流如故。池边花草映照春日，窗边修竹秋夜鸣响。在如此幽境中，诗人好像与谢朓遥隔古今而心意相通，逸兴起而长歌抒怀。

谢亭离别处，风景每生愁。客散青天月，山空碧水流。池花春映日，窗竹夜鸣秋。今古一相接，长歌怀旧游。

【译文】谢公亭是当年谢朓与范云的离别之处，如今每见风景不免睹物思人心生愁绪。客去惟留青天孤月，山林空寂碧水长流。池边锦花映照春日，窗外修竹秋夜作响。我与谢公遥隔古今却心意相接，吟咏长歌缅怀谢公当年之游。

纪南陵题五松山

【题解】此诗可能作于天宝十三载（754），诗人在宣州南陵游玩之时。南陵，唐县名，属宣州。今安徽南陵县。五松山，在今安徽铜陵市东南。因山有青松，一本五枝，苍鳞老干，翠色参天，李白因以名"五松山"。整首诗以傅说、伊尹、孔子三位古贤的事迹为内容，吟咏抒怀，借以明志，流露出对自己怀才不遇的感慨，也表达了诗人遇则达，不遇则隐的穷通观。

圣达有去就①，潜光愚其德②。鱼与龙同池③，龙去鱼不测。
当时板筑辈④，岂知傅说情⑤。一朝和殷人⑥，光气为列星⑦。
伊尹生空桑⑧，捐庖佐皇极⑨。桐宫放太甲，摄政无愧色。三年帝道明，委质终辅翼⑩。旷哉至人心⑪，万古可为则⑫。
时命或大缪⑬，仲尼将奈何⑭？鸾凤忽覆巢，麒麟不来过⑮。
龟山蔽鲁国，有斧且无柯⑯。归去来，归去来！宵济越洪波。

【注释】①"圣达"句：圣达：圣人通达知分。《左传·成公十五年》："圣达节，次守节，下失节。"孔颖达疏："圣人达于天命，识己知分。"去就:离去或留下,担任或不担任职务。

②潜光:隐藏光彩,比喻才华不外露。愚其德:即大智若愚。

③鱼:比喻世俗之人。龙:比喻圣贤。

④板筑辈:夯土筑墙之辈。比喻地位低贱之人。板,板筑用的夹板。筑,捣土的杵。

⑤傅说:殷高宗武丁的贤臣。原为傅岩筑墙之奴隶。武丁梦得圣人,名曰说,求于野。乃于傅岩得之,举以为相,国大治。

⑥和殷人:此句指武丁对傅说拜相时的嘱托之语。《书·说命》:"(王)命之曰:"朝夕纳诲,以辅台德。若岁大旱,用汝作霖雨。若作和羹,尔惟盐梅。"

⑦列星:罗布天空定时出现的恒星。这里指傅说死后,上升成为天上星宿。《庄子·大宗师》:"傅说得之,以相武丁,奄有天下,乘东维,骑箕尾,而比于列星。"陆德明《释文》引崔云:"傅说死,其精神乘东维,托龙尾,乃列宿。今尾上有傅说星。"

⑧伊尹:商汤大臣,名伊,一名挚,尹是官名。相传生于伊水,故名。是汤妻陪嫁的奴隶,后助汤伐夏桀,历事成汤、外丙、仲壬、太甲、沃丁五代君主,被尊为阿衡。《水经注·伊水》:"昔有莘氏女采桑于伊川,得婴儿于空桑中,言其母孕于伊水之滨,梦神告之曰:白水出而东走,母明视而见白水出焉。告其邻居而走,顾望其邑,咸为水矣。其母化为空桑,子在其中矣。莘女取而献之,命养于庖,长而有贤德,殷以为尹,曰伊尹也。"

⑨"捐庖"句:用伊尹负鼎的典故。《史记·殷本纪》:"伊尹乃为有莘媵臣,负鼎俎,以滋味说汤,致于王道,汤举任以国政。"捐:舍弃,抛弃。庖:厨房。皇极:指皇统,也指皇帝、帝位。这里指伊尹离开

庖厨，辅佐商汤。

⑩"桐宫"四句：指伊尹放逐太甲之事。《史记·殷本纪》："汤崩，伊尹迺立太丁之子太甲。帝太甲既立三年，不遵汤法，乱德，于是伊尹放之于桐宫三年，伊尹摄行政当国。帝太甲居桐宫三年，悔过自责，反善，于是伊尹乃迎太甲，而授之政。"桐宫：殷代的宫室，相传为汤葬地。故址在今河北临漳县。委质：臣下向君主献礼，表示献身。辅翼：辅佐，相助。

⑪旷：开朗，心境阔大。至人：指思想或道德修养达到最高境界的人。

⑫则：法则、榜样。

⑬时命：指命运。大谬：大错。

⑭仲尼：指孔子，字仲尼。

⑮"鸾凤"二句：用孔子语。《孔子家语》记载，孔子准备从卫国进入晋国，来到黄河边，听说晋国赵简子杀了窦鸣犊和舜华，于是临河而叹："窦鸣犊和舜华是晋国的贤大夫，而赵简子枉杀了他们。我听说，如果杀兽取胎，那么麒麟就不会出现在郊野；如果竭泽而渔，那么蛟龙就会违背阴阳而危害世间；如果覆巢毁卵，那么凤凰就不会来此翱翔。君子忌讳伤害其同类。鸟兽也不愿意去往不义之地，何况人呢！"于是就折返回来，不再去往晋国。

⑯"龟山"二句：孔子《龟山操》："予欲望鲁，龟山蔽之。手无斧柯，奈龟山何？"《琴操》曰："《龟山操》，孔子所作也。季桓子受齐女乐，孔子欲谏不得，退而望鲁龟山，作此曲，以喻季氏若龟山之蔽鲁也。"龟山，在今山东新泰市南。斧柯：喻指权柄。

【译文】圣贤通达之人处世也有去就之分，际遇不到时则韬光隐晦大智若愚。世间良莠混杂就如鱼龙同池，最终龙飞而去凡鱼却前途难测。

当时和傅说筑墙的众人，岂能知道他心中的情怀。一朝担任宰相就使殷商大治，最后精魄飞升星宿永放光辉。

伊尹出生于空桑之中，起身庖厨而辅佐殷朝。曾把太甲放逐到桐宫思过，问心无愧地担当起摄政之责。三年之后太甲悔过改善，伊尹躬身还政仍为辅翼。伊尹真是心胸开阔如同至圣，节操高洁可为万古楷模。

时运不济的时候，贤如孔子又如何？世事混乱鸾凤也被覆巢逐去，大道难行麒麟不会应运而来。

龟山遮蔽鲁国而季氏蒙蔽君王，有斧无柯孔子也无法重振朝纲。归去吧，归去吧！今夜就渡河越波而归。

夜泊牛渚怀古　　此地即谢尚闻袁宏咏史处

【题解】这首诗年代不详。牛渚，山名，即牛渚矶，又名采石矶，在今安徽马鞍山市北，突入长江之中，古时为渡口。题下李白有自注"此地即谢尚闻袁宏咏史处"。《世说新语·文学》记载，袁宏少时家贫，受人雇佣在河上运载。东晋镇西将军谢尚船行于此，正值清风朗月之夜，忽然听到江船上传来吟诗声，甚有情致。而且从未听过，就派人前去讯问，才知是袁宏所作的《咏史诗》。因此大加赞赏。诗人来到牛渚矶，却无知音来听，不禁生出伤感。

牛渚西江夜①,青天无片云。登舟望秋月,空忆谢将军②。余亦能高咏,斯人不可闻③。明朝挂帆席④,枫叶落纷纷。

【注释】①西江:指长江的九江至南京段,流向为西南、东北走向,古称"西江"。牛渚山就在这段江中。

②谢将军:即谢尚,字仁祖,东晋陈郡阳夏(今河南太康县)人,受王导赏识,以司徒掾属起家,累官至建武将军,安西将军。历任江夏相、江州刺史、豫州刺史、尚书仆射等职,后进号镇西将军。升平元年(357),征拜卫将军,加散骑常侍,未至,卒于历阳,谥号"简"。谢尚为安西将军、豫州刺史时,征袁宏入其幕府。

③斯人:指谢尚。

④帆席:船帆。旧时船帆或以席为之,故称。

【译文】夜晚的西江牛渚山,碧空没有片云飘荡。我登上小船仰望秋月,心中空忆东晋谢尚将军。我也能如袁宏高吟诗篇,可惜没有识贤之人听闻。明晨我将挂帆离去,只剩枫叶纷纷飘落。

姑熟十咏

【题解】这组诗写作时间不详。姑熟,一作姑孰,古地名。故址在今安徽当涂县。因城南临姑熟溪而得名。东晋南朝时筑,是京师建康(今江苏南京)西南藩篱,东晋、南朝为豫州、南豫州治所。这组诗全部为五言八句古体,歌咏了姑熟境内的十个代表性景观:

姑熟溪、丹阳湖、谢公宅、陵歊台、桓公井、慈姥竹、望夫山、牛渚矶、灵墟山和天门山。历代对此组诗的真伪也有争议,《全唐诗》收为李赤诗,题为《姑熟杂咏》。

姑熟溪

【题解】姑熟溪,同姑孰溪,又名姑浦,今安徽当涂姑溪河。全诗描写了姑熟溪的闲逸悠远。诗人也深爱这里的秀丽景色,乘舟而行,兴致无边。担心惊动水边的鸥鸟,就停船垂钓。此时霞光映照在水面,岸边层峦尽显春色。看着娇艳的浣纱女,有一种似曾相识的感觉。

爱此溪水闲,乘流兴无极。漾楫怕鸥惊①,垂竿待鱼食。波翻晓霞影,岸叠春山色。何处浣纱人?红颜未相识。

【注释】①漾楫:摇桨,借指泛舟。

【译文】我深爱姑熟溪的闲逸悠远,乘轻舟随流观览游兴无边。摇桨前行又怕鸥鹭受惊,只好垂竿静待鱼儿上钩。水面波涛翻涌映照霞光,两岸重峦叠嶂尽显春色。何处少女来到溪边浣纱?红颜娇艳可惜未曾相识。

丹阳湖

【题解】丹阳湖,因秦置丹阳县而得名,在今安徽当涂县东南。诗人来到丹阳湖,看到丹阳湖水浩渺无边似与天相连,远处的商船好像自天外而来。水中龟游莲叶之上,岸边鸟宿芦花之中。少女摇动轻舟,歌声逐水而逝。全诗淳朴自然,充满闲逸之趣。

湖与元气连①,风波浩难止。天外贾客归②,云间片帆起。龟游莲叶上③,鸟宿芦花里。少女棹轻舟,歌声逐流水。

【注释】①元气:天地未分前的混沌之气,这里指天空。

②贾客:商人。

③"龟游"句:《史记·龟策列传》:"龟千岁乃游莲叶之上。"

【译文】丹阳湖水与天相接,风吹波起无有休止。商船远来似从天边而归,一片白帆好像穿行云间。千岁之龟游过莲叶,飞鸟栖宿芦花丛中。少女抄浆催动轻舟,悠扬歌声逐水而逝。

谢公宅

【题解】谢公宅,在今安徽当涂县东青山南,为南齐时宣城太守谢朓所建。诗人来到谢公宅,正是日暮黄昏时,谢公宅里寂静无声,庭院杂草丛生,就连池中月影也清冷虚白。只有清风徐来,吹拂石泉,才能让人感到一丝舒畅。

青山日将暝,寂寞谢公宅。竹里无人声,池中虚月白。荒庭衰草徧①,废井苍苔积。唯有清风闲,时时起泉石。

【注释】①徧：同"遍"。

【译文】青山边夕阳将落，谢公宅一片静寂。竹林里人声全无，池塘中月影皎白。荒芜的庭院中杂草遍地，废弃的井栏上布满苍苔。只有悠闲自在的清风，不时从石上清泉吹过。

陵歊台

【题解】陵歊（xiāo）台，又作凌歊台，在今安徽当涂县。相传南朝宋武帝刘裕曾在其上筑离宫。全诗描写诗人登上陵歊台极目远望，看到远处重峦叠嶂，近处花朵杂陈，闲云入窗，山野苍翠。正欲观看石碑上的文字，才发现已被苔藓侵坏，使人怅然生憾。

旷望登古台，台高极人目。叠嶂列远空①，杂花间平陆②。闲云入窗牖，野翠生松竹。欲览碑上文，苔侵岂堪读！

【注释】①叠嶂：重叠的山峰。

②平陆：指平原。

【译文】登上古台眺望四方，台高可见极远之景。重山罗列矗立远方，各色花朵点缀平原。闲云缓缓从窗外飘过，山野葱郁遍地生松竹。正想观看石碑上的文字，可是布满苍苔如何辨认！

桓公井

【题解】桓公井，在今当涂县城东五里的白纻山上，相传为东晋大司马桓温所凿,今已不存。诗中描写了桓公井的现状。桓公虽以作古,而古井未曾枯竭。井壁布满苍苔,水中沉浸孤月。秋来春去,叶落花开,所有这些景色,更加突出了桓公井的年久幽远。诗人感叹路远人稀,一汪清泉有谁能知?

> 桓公名已古,废井曾未竭。石甃冷苍苔①,寒泉湛孤月②。秋来桐暂落,春至桃还发。路远人罕窥,谁能见清澈?

【注释】①石甃(zhòu):石砌的井壁。

②湛:通"沉"。王琦注:"按《广韵》:'湛'与'沉'同音,皆直深切;兼引《汉书》'从俗浮湛'句于'湛'字下,盖'沉'、'湛'古通用也。"

【译文】桓温之名已经作古,所凿之井却未枯竭。清冷井壁生出苍苔,一轮孤月沉浸寒泉。秋来梧桐树叶暂落,待到春至桃花又发。可惜路远少有人来,谁能看到清澈井水?

慈姥竹

【题解】这是一首咏竹诗。慈姥(mǔ)竹,因产于慈姥山而得名,适合做箫笛。《艺文类聚》引《丹阳记》曰:"江宁县南四十里有慈母山,积石临江,生箫管竹。王褒《洞箫赋》所称,即此竹也。其竹圆致,异于众处。自伶伦采竹嶰谷,其后惟此簳见珍。故历代常给乐府,俗呼为鼓吹山。"慈姥山,又称慈母山,在今安徽马鞍山市慈湖镇西北的长江东岸。此诗赞美了慈姥竹,材质可为箫笛,贞洁常能自保的品质。诗人托物言志,自见本心。

野竹攒石生①,含烟映江岛②。翠色落波深,虚声带寒早③。龙吟曾未听④,凤曲吹应好⑤。不学蒲柳凋⑥,贞心常自保。

【注释】①攒:聚集。

②江岛:指慈姥山。原在江中,后水道变动,此山移在长江岸边。

③虚声:空谷间传出的回声。

④龙吟:形容箫笛类管乐器声音响亮。

⑤凤曲:本指萧史故事,后泛指美妙的乐曲。

⑥蒲柳:蒲和柳皆望秋先凋。《世说新语·言语》:"顾悦曰:'蒲柳之姿,望秋而落。'"此处用其意。

【译文】野竹在乱石中攒集而生,含烟带雾笼罩整座江岛。青翠竹色倒映碧水更显绿浓,空谷萧瑟回声自带早秋寒意。未曾听过慈姥竹笛的龙吟声,如果吹奏凤曲应该更加美妙。青竹不学蒲柳早凋,坚贞之心常守不移。

望夫山

【题解】望夫山,在今安徽马鞍山市西,滨江,有石刻"望夫石"三字。《太平寰宇记》记载:"望夫山在县北四十七里,昔人往楚,累岁不还,其妻登此山望夫,乃化为石。其山临江,周回五十里,高一百丈。"诗人看到望夫石,因而想象当年思妇盼望夫君的心境,以江草、岩花的摇曳、缤纷来衬托思妇内心的忧怨和苦楚。末尾两句进一步升华主题,表明思妇对夫君的思念之情,随着春去秋来,岁月流逝,将永无止境。

颙望临碧空①，怨情感离别。江草不知愁，岩花但争发。云山万重隔，音信千里绝。春去秋复来，相思几时歇？

【注释】①颙（yóng）望：凝望，仰望。

【译文】仰望山峰直临碧空，因遇离别顿生怨情。江草摇曳不知愁绪，山花缤纷只为争发。夫君远去相隔万重云山，家妻千里之外不得音信。春去秋来不见夫归，相思之情何时停歇？

牛渚矶

【题解】牛渚矶，又名采石矶，在今安徽马鞍山市西南长江边，为牛渚山北部突出于长江中的部分，又名采石矶，是晋温峤燃犀、袁宏高咏之处。全诗通过对牛渚矶的绝壁临川，山势相连，乱石萦流，回波激浪，群木秀美，精幻潜伏，夜猿哀啼等景物的描写，抒发诗人内心的怀古之情。

绝壁临巨川，连峰势相向。乱石流洑间①，回波自成浪。但惊群木秀，莫测精灵状②。更听猿夜啼，忧心醉江上③。

【注释】①洑：漩涡。

②精灵：指鬼怪，神灵。刘敬叔《异苑》："晋温峤至牛渚矶，闻水底有音乐之声，水深不可测，传言下多怪物，乃燃犀角而照之。须臾，见水族覆火，奇形异状，或乘车马，着赤衣帻。其夜，梦人谓曰：'与君幽明道隔，何意相照耶？'"

③忧心醉：心忧如醉。

【译文】一道绝壁濒临大江矗立，群峰连绵起伏山势相对。江水在乱石间流转回旋，激起水波形成汹涌浪涛。令人惊叹于两岸林木的秀美，却无法探知水下精灵的状貌。更有那山猿在夜间哀啼，我只能在江上忧心如醉。

灵墟山

【题解】灵墟山，在今安徽当涂县东北，相传是汉时辽东人丁令威的修仙之地。全诗以丁令威得道成仙一事为吟咏内容。诗人先叙述丁令威辞别世人，来到灵墟山修道，进而炼成九丹，乘五色祥云飞升而去的事迹。接着访古探幽，描写如今的灵墟山，松萝遮蔽幽洞，桃杏深掩隐秘。诗人感叹物是人非，不知丁令威成仙一去，曾有几次渡海回乡。

丁令辞世人①，拂衣向仙路②。伏炼九丹成③，方随五云去。松萝蔽幽洞，桃杏深隐处。不知曾化鹤，辽海归几度？

【注释】①丁令：指丁令威。晋陶潜《搜神后记》记载，丁令威，本是汉辽东人，学道于灵虚山，后成仙化鹤归来，落在城门华表柱上。有个少年，举弓欲射之，鹤乃飞去，徘徊空中而言曰："有鸟有鸟丁令威，去家千年今始归。城郭如故人民非，何不学仙冢累累。"

②拂衣：振衣而去。此处指学道于灵墟山。

③九丹：道教谓服后可长生或成仙的丹药，分别为：丹华、神符、

神丹、还丹、饵丹、炼丹、柔丹、伏丹、塞丹。详见《抱朴子·金丹》。

【译文】汉朝丁令威辞别世人,拂衣来到灵墟山学仙。潜心炼成九丹神药,驾起五色祥云仙去。如今松萝遮蔽当年幽洞,桃杏林中深藏隐秘之所。不知他曾几次化身黄鹤,飞过辽海回乡看望故人?

天门山

【题解】天门山,在今安徽当涂县西南的长江两岸,二山夹江相对似门,故称天门山。全诗描写了天门山一代的雄险景色。天门山高耸于江上,双峰隔江相对,岸边松烟生寒,水中石分浪碎,远山参差,云霞缥缈。落日照耀小舟,天门沉入青云。全诗构图广阔,意韵缥缈,犹如在读者面展现出一幅精美的天门山画卷。

迥出江上山①,双峰自相对。岸映松色寒,石分浪花碎。参差远天际,缥缈晴霞外。落日舟去遥,回首沉青霭②。

【注释】①迥出:高远耸立貌。

②青霭:指云气。因其色紫,故称。

【译文】天门山高耸于大江之上,双峰突出隔岸遥遥相对。江岸在苍松掩映下更觉清寒,巨浪冲击到礁石上碎成水花。远山参差出于天际,缥缈隐现云霞之外。夕阳照耀下小舟扬帆远去,回首天门山已隐入青云中。

卷二十　闲适

与元丹丘方城寺谈玄作

【题解】这首诗是天宝十载（751），诗人赴石门山访元丹丘时所作。方城寺可能在方城山，在今河南方城县附近，距离元丹丘当时所隐居的石门山不远。谈玄，即谈论玄理，这里指谈论佛教义理。李白一生不仅信奉道教，而且对佛法也颇有研究，曾写过多首关于佛法的诗篇。此诗首段主要写诗人对佛法的了悟和体会。从诗中可以看出，诗人对佛法的理解不是只停留在表面，已经相当深入。不仅明白尘世如梦，只有大智大慧之人方能自觉而醒悟的道理，也明白身躯乃地、水、火、风四大假合而成，暂时聚合，终必离散。只有澄清思虑，静心寂照，才能了悟本性，明白过去未来的种种因缘，成就佛果，解脱诸烦恼。次一段写诗人与元丹丘相处甚为投机。两人都喜爱遁迹世外，物我两忘，畅游云山。诗人喜欢此地佛寺的清幽，愿意长久在此驻留。

茫茫大梦中，唯我独先觉①。腾转风火来，假合作容貌②。灭除昏疑尽，领略入精要。澄虑观此身，因得通寂照③。朗悟前后际④，始知金仙妙⑤。

幸逢禅居人，酌玉坐相召⑥。彼我俱若丧⑦，云山岂殊调。清风生虚空，明月见谈笑⑧。怡然青莲宫⑨，永愿恣游眺。

【注释】①"茫茫"二句：《庄子·齐物论》："且有大觉，而后知此其大梦也。"此二句谓诗人对佛法有所觉悟，在尘世中如梦方醒。

②"腾转"二句：王琦注："释家以此身为地、水、火、风四大假合而成，坚者是地，润者是水，暖者是火，动者是风。"假合：佛教语。谓一切事物均由众缘和合而成，暂时聚合，终必离散。

③"澄虑"二句：王琦注："《楞严经》：'净极光通达，寂照含虚空。却求观世间，犹如梦中事。湛然常定之谓寂，莹然不昧之谓照。'寂，其体也。照，其用也。体用不离，寂照双运，即是定慧交修，止观互用之妙谛。"澄虑：澄清思虑。

④朗悟：亦作"朗寤"。颖悟，敏悟。前后际：佛教语。佛家以前际、中际、后际为三际，犹言三世。《华严经》："虽知诸法无有前际，而广说过去。虽知诸法无有后际，而广说未来。虽知诸法无有中际，而广说现在。"

⑤金仙：指佛。佛身常为金色，故又为金仙。

⑥酌玉：即酌玉筯、酌玉杯。

⑦"彼我"句：谓彼此都达到物我两忘的境界。

⑧"清风"二句：《南史·谢譓传》："次子譓，不妄交接，门无杂宾。有时独醉，曰：'入吾室者，但有清风；对吾饮者，惟当明月。'"意谓只与清风、明月为伴。

⑨青莲宫：又称青莲宇，即佛寺。

【译文】茫茫尘世大梦之中，唯独我能及早先觉。此身不过是风火翻腾，假合而成容貌躯体。扫尽一切痴愚妄想，诚心领略佛法精要。澄清思虑而静观此身，就能通达寂照之真谛。了悟过去未来的因缘，方始知道佛法的高妙。

我有幸遇到您这位修禅高人，相召而来彼此举杯对酌。你我都已达到浑然物忘的境界，对云山的喜爱岂能不会相同。山间虚空清风徐来，明月之下你我欢谈。佛寺内我怡然自得，情愿永远畅游此处。

寻高凤石门山中元丹丘

【题解】这首诗是天宝十载（751），诗人往高凤石门山寻访元丹丘时所写。高凤石门山，也称西唐山，在今河南叶县一带。东汉高凤曾隐居此处，故称。《后汉书·高凤传》："（高）凤，南阳叶人，后教授业于西唐山中。"首段写诗人未与友人相约，一时兴起而去拜访。进山看到苍山青崖，前路渺茫，而且日已近晚，山路却崎岖曲折。深山中寂静无声，偶尔传来猿猴的悲鸣，且走且行，这时云开雾散。一轮明月出现在高松之上，空谷清幽，秋风瑟瑟。积雪经年不化，石上寒泉潺潺。次一段写诗人与元丹丘相见，两人通宵欢乐，直到清晨才分别。

寻幽无前期，乘兴不觉远。苍崖渺难涉，白日忽欲晚。未穷三四山，已历千万转。寂寂闻猿愁，行行见云收。高松上好月，空谷宜清秋。溪深古雪在，石断寒泉流。

峰峦秀中天，登眺不可尽。丹丘遥相呼，顾我忽而哂。遂造穷谷间①，始知静者闲。留欢达永夜②，清晓方言还。

【注释】①穷谷：深谷。

②永夜：终夜。

【译文】没有事前约定我就去寻幽，乘兴而往不觉道路的遥远。苍崖渺茫难以翻越，倏忽之间白日将过。还没有翻过三四座山，已在路上回绕千万转。深山寂静只闻山猿哀啼，一路前行忽见云收雾散。高松上悬着一弯好月，空谷里尽显清秋肃穆。溪谷深邃经年积雪不消，岩石断开寒泉汩汩而流。

峰峦锦绣直上半空，登顶四望不能尽观。远处元丹丘遥相呼唤，看到我忽然开颜大笑。于是造访幽谧深谷，才知道静者之闲逸。留此通宵共同欢乐，直到清晨告别还家。

安州般若寺水阁纳凉喜遇薛员外义

【题解】这首诗是开元十六年（728），诗人在安州时所作。安州，唐时隶淮南道，后为安陆郡，在今湖北安陆市。般若，梵文音译，意思为智慧。佛教用以指如实理解一切事物的智慧，为表示有别于一般所指的智慧，故用音译。大乘佛教称之为"诸佛之母"。

薛员外乂,指员外郎薛乂。薛乂,生平不详。全诗前四句引用金园典
故,来比喻般若寺的环境精致优雅。诗人在寺中遇到薛乂,因为薛
乂官居员外郎,因此称他为"青云士"。诗人与薛乂一起在水阁纳
凉,观赏群芳。不仅暑气顿消,而且心中烦恼也一并消除,欣喜之余
在禅房提写诗句。

　　翛然金园赏①,远近含晴光。楼台成海气②,草木皆天香③。忽
逢青云士④,共解丹霞裳。水退池上热,风生松下凉。吞讨破万
象⑤,褰窥临众芳⑥。而我遗有漏⑦,与君用无方⑧。心垢都已灭⑨,
永言题禅房⑩。

　　【注释】①翛然:无拘无束貌,超脱貌。金园:用祇园精舍的故事。
据《杂阿含经》《中本起经·须达品》《贤愚经·须达起精舍品》等经书
记载,须达是中印度舍卫城的一位长者,波斯匿王之大臣。他性格仁慈,
经常给予贫苦孤独之人以周济,因此又被人们称为给孤独。须达想请佛
陀到舍卫国说法。佛陀同意了,并派弟子舍利弗与须达一同选址建造精
舍。须达与舍利弗两人遍走王城内外,最后选中了舍卫国祇陀太子的花
园,但是祇陀太子不打算出让这个花园,因此故意提出苛刻条件,必须用
足以铺满花园的黄金来购买。须达倾尽所有家财终于用黄金铺满了整个
花园。祇陀太子被须达的诚心所感动,愿赠祇园之树与须达共立精舍供
奉佛陀,称为祇树给孤独园,简称祇园精舍。这里指寺中园圃。
　　②海气:海上蜃气。
　　③天香:佛教用语。指天上之香。
　　④青云士:喻指位高名显的人。语出《史记·伯夷列传》:"闾巷

之人，欲砥行立名者，非附青云之士，恶能施于后世哉？"张守节正义："若不托贵大之士，何得封侯爵赏而名留后代也？"

⑤万象：一切事物或景象。

⑥褰窥：提起衣服，窥视鲜花。

⑦有漏：佛教语。指三界众生的烦恼。漏是梵语的音译，意为烦恼，有漏就是有烦恼，同无漏相对。

⑧无方：顺乎自然，无定法。《庄子·在宥》："行乎无方。"郭象注："随物转化也。"

⑨心垢：佛教语。烦恼。《维摩诘所说经》："心垢，故众生垢。心净，故众生净。妄想是垢，无妄想是净。颠倒是垢，无颠倒是净。取我是垢，不取我是净。"

⑩永言：长言，吟咏。永，通"咏"。《书·舜典》："诗言志，歌永言。"孔传："谓诗言志以导之，歌咏其义以长其言。"

【译文】欣然来到金园赏玩，远近之处一片晴明。楼台就像海市一样壮观，草木都散发出芬芳天香。忽然遇到您这位青云士，一起解开丹霞衣裳纳凉。水边消褪池上的炎热，风起送来松下的清凉。吞吐之间万象破碎，提衣窥临一众芳花。我欲去除一切尘世烦恼，与你体会随物变化之妙。欣喜心垢都已经灭尽，吟咏诗句题写在禅房。

鲁中都东楼醉起作

【题解】这首诗应当是天宝五载（746），诗人在东鲁居住时所写。中都，即中都县，在今山东汶上县西。诗人以山简自比，描写了酒醉后的憨态，语言生动诙谐。

昨日东楼醉，还应倒接篱^①。阿谁扶上马^②？不省下楼时^③。

【注释】①接篱：一种头巾。此句用山简醉酒故事。《晋书·山简传》："山简出镇襄阳，优游卒岁，惟酒是耽。诸习氏，荆土豪族，有佳园池。简每出游嬉，多之池上，置酒辄醉，名之曰高阳池。时有儿童歌曰：'山公出何许，往至高阳池。日夕倒载归，酩酊无所知。时时能骑马，倒着白接篱。举鞭问葛强：何如并州儿？'强家在并州，简爱将也。"

②阿谁：犹言谁，何人。《乐府诗集·横吹曲辞五·紫骝马歌辞》："十五从军征，八十始得归。道逢乡里人，家中有阿谁？"

【译文】昨日在东楼酩酊大醉，归家时我倒戴着头巾。不知是谁将我扶上马？我早已忘记如何下了楼。

对酒醉题屈突明府厅

【题解】这首诗应当是上元元年（760），诗人在豫章时所写。屈突明府，即姓屈突的县令，明府是对县令的尊称。王琦注："按《通志·氏族略》：'屈突氏，乃代北复姓也。本居玄朔，后徙昌黎，孝文改为屈氏，至西魏复为屈突。'"全诗前四句写诗人与屈突县令饮酒观雪景，诗人引用陶渊明的故事，来询问屈突县令何时归隐田园。这体现了诗人已经看淡仕途，将归隐田园视为乐事，故而有此发问。后四句写诗人与屈突县令开怀畅饮，酒酣耳热之际，当庭起舞助兴。

陶令八十日，长歌《归去来》^①。故人建昌宰^②，借问几时回？风落吴江雪，纷纷入酒杯。山翁今已醉^③，舞袖为君开。

【注释】①"陶令"二句：引用陶渊明故事。陶潜《归去来辞序》："余家贫，耕植不足以自给，幼稚盈室，瓶无储粟，亲故多劝余为长吏。家叔以余贫苦，遂见用于小邑。于时风波未静，心惮远役。彭泽去家百里，公田之利，足以为酒，故便求之。及少日，眷然有归与之情，自免去职。仲秋至冬，在官八十余日，因事顺心，命篇曰《归去来辞》。"此处用其意。

②建昌：唐时江南西道有建昌县，隶洪州豫章郡，在今江西永修县西北。

③山翁：指山简。

【译文】陶渊明为县令仅有八十日，就高歌《归去来辞》弃官而去。老友你在建昌为县宰，请问你打算几时回还。寒风吹落吴江雪，纷纷落入酒杯中。我今日大醉如山翁，且舒长袖为您起舞。

月下独酌四首

【题解】这组诗大概是天宝三载（744），诗人在长安时所作。

但是各版本收录情况不尽相同。《文苑英华》只收录了前两首，敦煌写本则将一二首合为一首。

其一

【题解】此组诗中这一首历代流传最为广泛。月下独酌本是一件凄凉的事情，换作他人可能就要抒发悲凉之辞。但是对于"诗仙"兼"酒仙"李白而言，却能展现出超乎寻常的乐观与豁达。"举杯邀明月，对影成三人"二句信手拈来，浑然天成，将原本凄清的独饮，瞬间变成了热闹非凡的三人欢饮。语奇，意奇，实为千古奇句。既已凑足三人，就须把酒言欢。可惜月不能饮，影徒随身。只能暂且与月、影为伴，趁春夜美好，及时行乐。诗人酒酣兴起，高歌起舞，月、影相伴，徘徊翩跹。醒时一同欢乐，醉后各自分离。月、影本为无情之物，但在诗人笔下，就像是结交已久的故友，彼此不离不弃，又极其有情。世间既然无知己，不如与月、影相期邈云汉。结尾两句，深化了独酌的主题，显示了诗人的豪迈不羁。全诗行笔，天马行空，了无踪迹，意味隽永，可仰望而不可及。《唐宋诗醇》："千古奇趣、从眼前得之。尔时情景，虽复潦倒，终不胜其旷达。陶潜云：'挥杯劝孤影'，白意本此。"

花间一壶酒，独酌无相亲。举杯邀明月，对影成三人。月既不解饮，影徒随我身。暂伴月将影，行乐须及春。我歌月徘徊，我舞影凌乱。醒时同交欢，醉后各分散。永结无情游，相期邈云汉①。

【注释】①邈：遥远。云汉：银河。

【译文】花间备下一壶美酒，无人相伴独酌独饮。兴起举杯共邀明月，回身对影堪堪三人。明月本就不晓饮酒，身影徒然随我前后。暂和明月与影相伴，春夜美景及时行乐。我高歌则月徘徊，我起舞则影凌乱。酒醒时我们一同欢乐，酒醉后大家各奔东西。但愿彼此永结无情之游，相约在邈远的天河相见。

其二

【题解】这首诗写得坦荡率真，直抒胸臆。言明天、地、圣、贤无不爱酒，酒可通大道，合自然，所以爱酒无愧于天地，诗人欲独占此中乐趣，不为醒者所知。不是爱酒之人，不能有此情怀；不是豁达之士，不能有此豪迈；不是如椽巨笔，不能有此佳句。

天若不爱酒，酒星不在天①；地若不爱酒，地应无酒泉②。天地既爱酒，爱酒不愧天。已闻清比圣，复道浊如贤③。贤圣既已饮，何必求神仙？三杯通大道，一斗合自然。但得醉中趣④，勿为醒者传。

【注释】①酒星：星名。也称酒旗星。《晋书·天文志》："轩辕右角南三星曰酒旗，酒官之旗也，主宴享酒食。"

②酒泉：汉朝时有酒泉郡。《汉书·地理志》："酒泉郡，武帝太初元年开。"颜师古引应劭注："其水若酒，故曰酒泉也。"孔融《与曹操论酒禁书》："天垂酒星之耀，地列酒泉之郡。"李白当据此而写。

③"已闻"二句:《太平御览》引《魏略》曰:"太祖(曹操)禁酒,而人窃饮之,故难言酒,以浊酒为贤者,清酒为圣人。"

④醉中趣:用东晋孟嘉故事。《晋书·孟嘉传》:"孟嘉好酣饮,愈多不乱。桓温问嘉:'酒有何好? 而卿嗜之。'嘉曰:'公未得酒中趣耳。'"

【译文】上天如果不爱酒,天上不会有酒星;大地如果不爱酒,地上不会有酒泉。天地既然都爱酒,那么爱酒不愧天。先将清酒比圣人,再将浊酒比贤人。圣贤既然都饮酒,何必去求作神仙? 三杯下肚可通大道,一斗入肠合于自然。但求独占酒中之趣,不能告于醒者得知!

其三

【题解】这首诗从"三月咸阳城"一句可知,是在阳春三月写于长安。此时长安城里繁花似锦,面对大好春光,谁又能独坐愁思。诗人兴致勃勃地举杯赏景,将仕途之穷通,人生之夭寿,全都看淡,因为一切早有造化注定。一杯美酒可以了悟死生,万事本来就难以谋定。这也体现了诗人开朗豁达的人生观。醉后就枕而眠,不知身在何处。人生本来苦恼已多,一时酒醉贪欢能忘千古之忧,所以为天下最快乐之事。

三月咸阳城①,千花昼如锦。谁能春独愁? 对此径须饮②。穷通与修短③,造化夙所禀④。一樽齐死生⑤,万事固难审。醉后失天地⑥,兀然就孤枕⑦。不知有吾身⑧,此乐最为甚。

【注释】①咸阳：秦朝的国都。这里代指长安。

②径须：直须，只管。

③修短：长短。指人的寿命。

④夙：往昔。

⑤齐死生：视生死无区别。庄子的《齐物论》认为万物本来都相同，没有是非、善恶、夭寿等区别。此句也是这个意思。

⑥失天地：指酒醉后分不清上下。

⑦兀然：昏然无知的样子。

⑧"不知"句：《老子》："吾所以有大患者，为吾有身，及吾无身，吾有何患。"

【译文】三月的长安城中，白日里千花如锦。谁会在春日独愁，对此景只须欢饮。穷通与夭寿，造化已注定。一樽美酒可以超脱死生，世上万事本就没有定论。醉后不辨天和地，昏然倒向孤枕眠。不知我身是谁身，此为天下最乐事。

其四

【题解】这首诗重点写酒能解愁。愁有千万种，不敌一杯酒。历代酒圣，最能知道此理。诗人评价伯夷、叔齐和孔门颜回，不能了解酒中之乐，虽有千古美名，又有何用。在诗人看来，酒不只可以解忧，还是灵丹妙药。持蟹螯，饮美酒，就如服食仙丹金液，酒成山，糟成丘，就如身在仙山蓬莱。诗人对酒的痴爱也是无与伦比了。

穷愁千万端，美酒三百杯。愁多酒虽少，酒倾愁不来。所以知酒圣，酒酣心自开。辞粟卧首阳①，屡空饥颜回②。当代不乐饮，虚名安用哉③？蟹螯即金液④，糟丘是蓬莱⑤。且须饮美酒，乘月醉高台。

【注释】①"辞粟"句：用伯夷、叔齐故事。《史记·伯夷列传》："武王已平殷乱，天下宗周，而伯夷、叔齐耻之，义不食周粟，隐于首阳山，采薇而食之。遂饿死于首阳山。"

②"屡空"句：用颜回故事。屡空指经常处于穷困。《论语·先进》："子曰：'回也其庶乎。屡空。'"颜回身处困顿，却能安贫乐道。《论语·雍也》："子曰：'贤哉回也，一箪食，一瓢饮，在陋巷，人不堪其忧，回也不改其乐。'"

③"当代"二句：用西晋张翰典故。《晋书·张翰传》："（张）翰任心自适，不求当世。或谓之曰：'卿乃可纵适一时，独不为身后名邪？'答曰：'使我有身后名，不如即时一杯酒。'时人贵其旷达。"

④"蟹螯"句：用东晋毕卓故事。《晋书·毕卓传》："（毕）卓尝谓人曰：'得酒满数百斛船，四时甘味置两头，右手持酒杯，左手持蟹螯，拍浮酒船中，便足了一生矣。'"金液：古代方士炼的一种丹液。谓服之可以成仙。

⑤糟丘：酒糟堆积成丘。

【译文】穷愁纵有千万种，我有美酒三百杯。虽然酒少忧愁多，美酒一倾愁不来。因此知道酒中圣人，酒酣胸自然开张。伯夷叔齐不食周粟而隐居首阳山，屡屡陷入困顿的颜回甘受饥饿之苦。他们当时不乐于欢饮，留下虚名又有什么用？蟹螯美酒就是长生金液，酒糟高丘就是仙山蓬莱。暂且痛饮杯中美酒，乘着月色醉卧高台。

春归终南山松龙旧隐

【题解】此诗年代不详。可能是开元年间李白初入长安时所作。终南山，又名太一山、地肺山、中南山、周南山。在今陕西西安市南。《元和郡县志》："终南山，在雍州万年县南五十里。"《福地记》云："其山东接骊山、太华，西连太白，至于陇山，北去长安城八十里，南入楚塞，连属东西诸山，周回数百里，名曰福地。"终南山一直是历代修道人的隐居地，唐玄宗的妹妹玉真公主就在终南山建有道观。诗人初来长安时也曾在终南山隐居。诗人后来下山出游，回来后看到昔日的山溪、巨石、蔷薇以及女萝等所有景物依旧与原来相同，唯独草木长高了数尺，诗人置酒旧居，欣然通宵欢饮。

我来南山阳①，事事不异昔。却寻溪中水，还望岩下石。蔷薇缘东窗，女萝绕北壁。别来能几日，草木长数尺。且复命酒樽，独酌陶永夕②。

【注释】①南山阳：终南山之南面，山南称为阳。

②陶：乐，喜欢。

【译文】我又回到终南山阳的旧居，这里事事与以前没有不同。信步来到山溪中取水，举目遥望危岩下巨石。蔷薇依附东窗而生，女萝缠绕北墙而上。虽然离开没有几日，但是草木陡长数尺。先把酒樽摆上，独饮陶醉通宵。

冬夜醉宿龙门觉起言志

【题解】这首诗大约是开元二十年 (732) 左右, 诗人在洛阳龙门所作。龙门山, 又名阙塞山、伊阙山, 在今河南洛阳南。《河南通志》:"龙门山, 在河南府城西南三十里。两山对峙, 东曰香山, 西曰龙门, 石壁峭立。伊水出其间, 故又名伊阙。"《归田录》:"西京龙门山夹伊水上, 自端门望之如双阙, 故谓之阙塞。"诗人在冬夜醉卧高堂, 夜里忽然惊醒, 起身来到灯前。推开窗户远望, 只见漫天大雪纷飞, 河上坚冰冻结。诗人心绪不畅, 吟咏《苦寒》来抒发郁闷。接着道出心绪不畅的原因, 乃是因为岁月蹉跎, 而功业无成。诗人想起傅说和李斯也都出身低微, 但是最后却能成为辅政之臣。但是自己无所作为, 只能空在龙门山下叹息。最后诗人振作精神, 认识到功业应该靠自己去争取, 不能寄希望于别人的推举。

醉来脱宝剑, 旅憩高堂眠。中夜忽惊觉, 起立明灯前。开轩聊直望, 晓雪河冰壮。哀哀歌《苦寒》[①], 郁郁独惆怅。傅说板筑臣[②], 李斯鹰犬人[③]。飙起匡社稷[④], 宁复长艰辛! 而我胡为者? 叹息龙门下。富贵未可期, 殷忧向谁写[⑤]? 去去泪满襟, 举声《梁甫吟》[⑥]。青云当自致[⑦], 何必求知音!

【注释】①《苦寒》: 王琦注:"古乐府有《苦寒行》, 因行役遇寒而作。"

②傅说板筑：用傅说故事。傅说是殷商时武丁的宰相，名字为"说"，因曾在傅岩这个地方从事版筑，故以"傅"为姓。《史记·殷本纪》："帝武丁即位，思复兴殷，而未得其佐。三年不言，政事决定於冢宰，以观国风。武丁夜梦得圣人，名曰说。以梦所见视群臣百吏，皆非也。于是乃使百工营求之野，得说于傅险中。是时说为胥靡，筑于傅险。见于武丁，武丁曰是也。得而与之语，果圣人，举以为相，殷国大治。故遂以傅险姓之，号曰傅说。"

③李斯鹰犬：用李斯故事。李斯是秦朝丞相，曾为楚国小吏，在上蔡门架鹰牵犬，追逐狡兔。《史记·李斯列传》："李斯者，楚上蔡人也。二世二年，具李斯五刑，论腰斩咸阳市。斯出狱，与其中子俱执，顾谓其中子曰：'吾欲与若复牵黄犬，俱出上蔡东门逐狡兔，岂可得乎？'遂父子相哭而夷三族。"

④飙起：迅猛兴起。

⑤殷忧：深深的忧虑。

⑥《梁甫吟》：又作"梁父吟"，乐府楚调曲名。梁甫，即梁父，山名，在泰山下，《梁甫吟》，盖言人死葬此山，亦为葬歌。诸葛亮曾作《梁甫吟》，内容是关于春秋时齐相晏婴二桃杀三士的故事。

⑦青云：比喻高官显爵。《史记·范雎蔡泽传》："于是范雎盛帷帐，侍者甚众，见之。须贾顿首言死罪，曰：'贾不意君能自致于青云之上，贾不敢复读天下之书，不敢复与天下之事。'"

【译文】醉后解下随身的宝剑，途中暂歇安卧在高堂。夜半我忽然被惊醒，起身站立在明灯前。推开窗户向外望去，晓雪飘飘河冰壮美。苦寒之中我哀歌悲咏，心情沉郁而独自惆怅。殷相傅说曾为筑版之奴，秦相李斯也曾架鹰逐犬。他们都能骤然兴发而匡扶社稷，难道就没有经历长期的艰辛吗？而我此时能有什么作为呢？只能在龙门山下独自叹息。富贵功名难以预期，满腔忧愁向谁诉说。离开时我泪流满襟，情不自禁高颂《梁甫吟》。平步青云要靠自己获取，何必到处寻求知音举荐！

寻山僧不遇作

【题解】此诗年代地点不详。山僧名字事迹不详。佛寺大多都选择建在深山老林，原因之一就是为了远离世俗的喧嚣，回归心灵的宁静，从而体悟本性，启发智慧。此诗前六句通过描写"石径"、"松门"、"闲阶"、"禅室"以及落满尘埃的拂尘，构筑了一种空灵闲逸的意境，正好契合了佛家修行所倡导的"空""无"，因此颇具禅意。中间四句则是描述在如此清幽的环境中，佛寺又是如此的庄严与殊胜，正是修行佛法的好去处。因而诗人感叹如果要了却尘世烦恼，这里是最佳的地方。

石径入丹壑，松门闭青苔。闲阶有鸟迹，禅室无人开。窥窗见白拂[1]，挂壁生尘埃。使我空叹息，欲去仍徘徊。香云隔山起[2]，花雨从天来[3]。已有空乐好，况闻青猿哀。了然绝世事，此地方悠哉。

【注释】①白拂：白色的拂尘。
②香云：美好的云气，祥云。

③花雨：佛教语。诸天为赞叹佛说法之功德而散花如雨。后用为赞颂高僧颂扬佛法之词。

【译文】石径在丹壑中蜿蜒盘绕，紧闭的松门内青苔苍苍。闲庭石阶留有鸟迹，禅房寂静门无人开。从窗窥见白色拂尘，挂在墙上落满尘埃。使我徒然长叹一声，想要离去却又徘徊。隔山有祥云升起，自天有花雨降下。空中奏响美妙的天乐，山间传来青猿的哀鸣。如要了绝尘事，此地最为悠哉。

过汪氏别业二首

【题解】按王琦注，此诗题目原为《题泾川汪伦别业》，所以汪氏应指汪伦。王琦本《李太白全集·附录四》：“《宁国府志》载胡安定先生《石壁》诗一首，其序曰：‘余尝览李翰林题《泾川汪伦别业》二章，其词俊逸，欲属和之。’按太白本集，诗题只云《过汪氏别业》，而此序乃云《题泾川汪伦别业》，先生非妄言者，又去唐时未远，当必有据。”别业，即别墅。此诗应该和《赠汪伦》同时而写，大约为天宝十四年（755）左右。

其一

【题解】此诗先写游山应当和阳陵子明与浮丘公这样的仙人一起出游。此处诗人以阳陵子明与浮丘公来比喻汪氏别业的主人超凡脱俗。接着描写汪氏别业的环境，群山环绕，上通星宿。门户正对北山，池馆清静幽雅。后六句写主人殷勤待客，使诗人沉醉其中，乐不知秋。

　　游山谁可游？子明与浮丘①。叠岭碍河汉，连峰横斗牛②。汪生面北阜③，池馆清且幽。我来感意气④，搥炰列珍羞⑤。扫石待归月，开池涨寒流。酒酣益爽气⑥，为乐不知秋。

　　【注释】①子明：指陵阳子明，传说汉代时成仙而去。《列仙传》："陵阳子明者，铚乡人也。好钓鱼，于旋溪钓得白龙，子明惧，解钩拜而放之。后得白鱼，腹中有书，教子明服食之法。子明遂上黄山采五石脂，沸水而服之。"浮丘：指浮丘公。传说为黄帝时的仙人。《黄山图经》："黄帝与容成子、浮丘公合丹于此山，故有浮丘、容成诸峰。"

　　②斗牛：指南斗、牵牛二星宿。

　　③阜：山陵。

　　④意气：馈送礼物。汉王符《潜夫论》："百姓废农桑，而趋府庭者，非朝晡不得通，非意气不得见。"汪继培笺注："以馈献为意气，汉晋人习语也。"

　　⑤搥：同"捶"，敲打。炰：古同"炮"，把带毛的肉用泥包好放在火上烧烤。

　　⑥爽气：豪迈的气概。

　　【译文】游山可以与谁同游？只有子明与浮丘公。远望重山耸立直上银河，连绵群峰横亘斗牛分野。汪氏别业面对北陵之山，池阁楼馆清静而幽雅。我来此受到主人殷勤款待，宰杀烹烤陈列出珍馐美味。

拂扫青石静待明月，开凿池塘涨起寒流。酒酣之际更觉意气风发，沉湎快乐忘记寒秋已至。

其二

【题解】 这首诗先写主人好客，喜欢结交贤士。再写别业依山而建，里面凿池筑台，植树种花。诗人在夏季五月时就想来拜访，诗人想象那时正是石榴和荷花开放之际，景致一定非常悦目，正好与主人一起饮酒赏花。可惜未能成行。此时再来，已是树木凋落，月昏猿哀，美景已逝。但是主人的热情款待，弥补了这一缺憾。宾主通宵达旦欢宴，还有吴地歌女吟唱，诗人在酒酣耳热之际，想要起舞助兴，四座宾客也纷纷高歌伴唱。一直到红日高升，诗人还迟迟没有离开，诗人兴致未尽，于是决定再去龙潭一游，高卧松石，以尽逸兴。

畴昔未识君①，知君好贤才。随山起馆宇，凿石营池台。大火五月中②，景风从南来③。数枝石榴发，一丈荷花开。恨不当此时，相过醉金罍④。我行值木落，月苦清猿哀。永夜达五更，吴歈送琼杯⑤。酒酣欲起舞，四座歌相催。日出远海明，轩车且徘徊。更游龙潭去，枕石拂莓苔。

【注释】 ①畴昔：往昔，日前，以前。

②大火：指大火星。属二十八宿中，东方七宿的第五宿心宿的第二颗星，即"心宿二"。夏历三月黄昏时，大火星初出东方；夏历五月黄昏时，大火星位于南天正中；夏历七月黄昏时，大火星向西落下。

③景风：南风。《史记·律书》："景风居南方。景者,言阳气道竟,故曰景风。"

④金罍：饰金的大型酒器。《诗·周南·卷耳》："我姑酌彼金罍,维以不永怀。"朱熹《诗集传》注："罍,酒器。刻为云雷之象,以黄金饰之。"泛指酒盏。

⑤歈：歌谣。

【译文】往昔与您并不相识,曾听说您喜好贤才。依随山势起楼建屋,凿土筑石营造池台。大火星出现在五月黄昏,和煦的景风从南方吹来。数枝石榴萌发花朵,丈许荷花正在盛开。我恨不能在那时候,与您一起举杯畅饮。我再来访已是树木凋落,月色昏暗猿声悲切之际。您的盛情款待直到五更,伴随美酒还有吴歌轻唱。酒酣时我正要起舞助兴,四座唱和之声已经响起。初升的红日照亮远处海面,归家的车马仍在门前徘徊。此刻再去龙潭一游,拂去青苔枕石高卧。

待酒不至

【题解】此诗年代不详。这是一首充满趣味的小诗。买酒的人迟迟不归,主人在家翘首以盼。此时山花盛开,春光烂漫,正是举杯赏景的好时候。可是偏偏缺少美酒,只能让人心存遗憾。如果晚上能够在东窗下小酌,耳边聆听着黄莺的婉转啼鸣。那么春风与醉客,今日就最为相得益彰。

玉壶系青丝①，沽酒来何迟？山花向我笑，正好衔杯时。晚酌东窗下，流莺复在兹②。春风与醉客，今日乃相宜。

【注释】①青丝：系酒壶的丝线。

②流莺：即黄莺。流，谓其鸣声婉转。

【译文】那把系着青丝的精美玉壶，拿去沽酒为何却迟迟不归？漫漫山花对我盈盈而笑，此刻正是举杯畅饮之时。晚来如果能在东窗下小酌，耳边听着黄莺婉转的啼鸣。那时候，春风和煦，醉客微醺，今日两者最为相宜。

独酌

【题解】此诗年代不详。全诗围绕一个"独"字而展开，独坐堂前，只有春草相伴。对孤影，独酌酒。长松萧瑟，为谁而吟？只有明月与我共舞，独奏素琴聊以慰怀。酒能解忧，一壶过后，再无烦恼。可见此时诗人正处于郁闷彷徨之际，心无所托，唯有借酒消愁。

春草如有意，罗生玉堂阴①。东风吹愁来，白发坐相侵②。独酌劝孤影③，闲歌面芳林。长松尔何知，萧瑟为谁吟？手舞石上月，膝横花间琴。过此一壶外，悠悠非我心④。

【注释】①"罗生"句：《楚辞·九歌·少司命》："秋兰兮麋芜，罗生兮堂下。"王逸注:"众香之草又环其堂下,罗列而生。"

②坐:因。

③"独酌"句:化用陶渊明《杂诗》:"挥杯劝孤影。"

④悠悠:形容忧伤貌。

【译文】春草仿佛有意与我亲近,罗列环绕堂下阴翳而生。徐徐东风吹来愁绪,使我头上生出白发。独自饮酒只能与影对酌,闲来高歌空对芳草秀林。你知道风中长松,为谁而萧瑟吟唱?月下起手而舞石上,花间膝横素琴独坐。饮此一壶酒之后,所有忧愁去我心。

友人会宿

【题解】此诗年代不详。皓月当空,诗人与友人把酒清谈,畅饮百壶美酒,以洗销千古忧愁,醉后就在空山之中,幕天席地而卧。全诗语明快而意浅显。

涤荡千古愁①,留连百壶饮。良宵宜清谈②,皓月未能寝。醉来卧空山,天地即衾枕。

【注释】①涤荡:清洗,清除。

②清谈:清雅的谈论。

【译文】要想荡尽千古之愁,唯有痛饮百壶美酒。良宵美景最适宜清谈,皓月皎洁让人难入眠。醉后何妨安卧空山,以天为被以地为枕。

春日独酌二首

其一

【题解】此诗年代不详。全诗写诗人春日感怀，借物抒情，流露出一种淡淡的哀伤。春天本是万物复苏，生机勃勃的季节。但是诗人面对大好春光，却心怀感伤。紧接着诗人道出了原因："彼物皆有托，吾生独无依。"由此可知诗人此时应是独自一人，无亲朋相伴，只能遥望石上明月，高歌芳草丛中。

东风扇淑气①，水木荣春晖。白日照绿草，落花散且飞。孤云还空山，众鸟各已归。彼物皆有托，吾生独无依②。对此石上月，长歌醉芳菲。

【注释】①淑气：温和之气。

②"彼物"二句：陶渊明《咏贫士》："万族各有托，孤云独无依。"

【译文】东风徐徐吹拂和煦之气，水边碧树荣发春辉之中。白日照耀着绿草，落花在枝头四散飞扬。一片孤云回到空山，众多倦鸟各自归巢。世间万物皆有所依托，唯独我生而无所依靠。孤寂中遥望石上的明月，只能在芳丛中高歌沉醉。

其二

【题解】此诗年代不详。全诗意境恬淡，有遁隐出世之感。诗人写自己有修仙志向，想要归隐江湖。闲来置酒一壶，淡然面对万事。倚松横琴，把酒望山。远处飞鸟渐去，天边孤云落日。诗人感慨时光飞逝，转眼就白发染鬓。

我有紫霞想①，缅怀沧洲间。且对一壶酒，澹然万事闲②。横琴倚高松，把酒望远山。长空去鸟没，落日孤云还。但悲光景晚，宿昔成秋颜。

【注释】①紫霞想：修仙成道的想法。

②澹然：恬淡貌。

【译文】我有修道寻仙的想法，憧憬遁迹江湖的逍遥。暂且备上一壶美酒，心中淡然万事皆闲。倚高松横瑶琴，把酒樽望远山。飞鸟远去渐渐消失在长空中，孤云缓缓于落日余晖中飘来。我悲哀时光之易逝，转瞬间容颜已苍老。

金陵江上遇蓬池隐者 时于落星石上，以紫绮裘换酒为欢。

【题解】这首诗应该是天宝年间，诗人在金陵所作。蓬池，古泽薮名，即逢泽。在今河南省开封市东南，战国时属于魏地，原为逢忌之薮。蓬池隐者生平事迹不详。落星石，又叫落星冈、落星墩，在江苏南京市。《景定建康志》："落星冈，一名落星墩，在城西北九里，周回二十六里，高一十二丈。又江宁县西五十里临江，亦有落星冈。李白尝于落星石以紫绮裘换酒为欢，此地也。"诗人在金陵遇到蓬池来的隐士，两人一起畅谈言欢。诗中写这位蓬池隐士，喜好游览名山大川，即将远赴罗浮山登临麻姑台。诗人与他相遇后，一起在石上就餐。可是缺少美酒助兴，所以只能泛泛而谈，强作欢笑。诗人感叹彼此都为异客，辗转徘徊在吴越之间。诗人以紫绮裘换来美酒，与蓬池隐士彻夜畅饮长叙，有美酒助兴，两人就高歌欢笑。但是面对水影月色，依然难解愁绪，一想到友人明早就要扬帆远航，诗人心中充满了离愁。

　　心爱名山游，身随名山远。罗浮麻姑台①，此去或未返。遇君蓬池隐，就我石上饭。空言不成欢，强笑惜日晚。绿水向雁关②，黄云蔽龙山③。叹息两客鸟，徘徊吴越间。一语一执手，留连夜将久。解我紫绮裘，且换金陵酒。酒来笑复歌，兴酣乐事多。水影弄月色，清光奈愁何！明晨挂帆席④，离恨满沧波。

【注释】①罗浮：即罗浮山，在今广东增城县东，跨入博罗县境。《名山志》："罗浮山在广东增城、博罗二县之境，本二山也。在西者为罗山，在东者为浮山。二山合体，故总称罗浮。旧记曰：'山高三千六百丈，周围二百七十七里。旧说浮山从会稽来，博于罗山，故又称博罗。'"麻姑台：台名，在罗浮山。《广东通志》："麻姑峰，在罗浮山之南，其前有麻姑台,下有白莲池,池水注朱明洞。"《罗浮山志》:"冲虚观西南有石峰峭拔,名曰麻姑峰,旁有岩曰麻姑台。树石清幽,其上常有彩云白鹤,仙女集焉。晋、唐以来,人多有见之者。"

②雁关:指雁门山。山名。在今江苏南京附近。《景定建康志》:"雁门山,在城东南六十里,周回二十里,高一百二十五丈。西连彭城山,南连大城山,北连陵山。山势连绵,类北地雁门,故以为名。"

③龙山:在今江苏南京附近。《景定建康志》:"龙山在城西南九十五里,周回二十四里,高一百二十丈,入太平州当涂县,北有水。以其山似龙形,因以为名。"

④挂帆席:即挂帆。

【译文】您衷心喜爱游历名山胜景,此身飘荡远赴各处名山。此去远游罗浮山麻姑台,路途遥远一时难以回还。遇到您这位莲池隐士,和我一起在石上共餐。泛泛而谈难以尽兴,强作欢笑渐已日暮。绿水潺潺流向雁门,黄云霭霭遮蔽龙山。叹息你我像两只客鸟,踟蹰徘徊在吴越之间。我与您执手相谈,一直留连到深夜。解下我的紫绮裘,换来金陵之美酒。有酒可以欢笑高歌,兴起酣饮快乐事多。月影倒映在水中,清辉也难以解忧。明早您挂帆远去,离愁别意充满沧江。

月夜听卢子顺弹琴

【题解】此诗年代不详。卢子顺,生平事迹不详。全诗写月夜听卢子顺弹琴,所奏皆是各种古曲。月夜闻琴,幽雅独得。琴能悦人,亦能清心。诗人听后，感触良多，慨叹钟子期一去，世上再无知音。

闲夜坐明月，幽人弹素琴①。忽闻《悲风》调，宛若《寒松》吟。《白雪》乱纤手，《渌水》清虚心②。钟期久已殁，世上无知音③。

【注释】①素琴：不加装饰的琴。

②"忽闻"四句：《悲风》《寒松》《白雪》《渌水》都是古曲名。

③"钟期"二句：用钟子期、伯牙故事。《吕氏春秋·本味》："伯牙鼓琴，钟子期听之。方鼓琴而志在太山。钟子期曰：'善哉乎鼓琴，巍巍乎若太山。'少选之间，而志在流水。钟子期又曰：'善哉乎鼓琴，汤汤乎若流水。'钟子期死，伯牙破琴绝弦，终身不复鼓琴，以为世无足复为鼓琴者。"

【译文】夜里我闲坐在明月下，听幽隐之人弹奏素琴。忽然听到《悲风》之调，又像是《寒松》之曲。只见纤手纷乱弹奏《白雪》，一曲《绿水》让人灵台清明。可惜钟子期早已湮没，世上再无倾心知音。

清溪半夜闻笛

【题解】此诗是天宝十三载（754），诗人游秋浦时所作。清溪，在今安徽池州市，唐时属秋浦县。诗人听到羌笛吹奏《梅花引》之曲，使自己心生陇水之悲。秋浦月下苍山寒幽，听着羌笛就像身处玉门关一样，声声催人肠断。

羌笛《梅花引》①，吴溪陇水情②。寒山秋浦月，肠断玉关声③。

【注释】①羌笛：古代乐器，因出于羌地，故名。《梅花引》：笛曲名。

②吴溪：吴地溪水，这里指清溪。陇水：河流名。源出陇山，因名。郭仲产《秦川记》曰："陇山东西百八十里，登山岭东望，秦川四五百里，极目泯然。山东人行役升此而顾瞻者，莫不悲思。故歌曰：'陇头流水，分离四下。今我行役，飘然旷野。登高望远，涕零双堕。'"

③玉关：即玉门关，汉武帝时所置。因西域玉石取道于此而得名。汉时为通往西域的门户。旧址在今甘肃敦煌西北。

【译文】羌笛吹起悠扬的《梅花引》之曲，让我身在吴溪却心生陇水情。秋浦寒山明月的光辉照耀下，四野回响令人肠断的边关声。

日夕山中忽然有怀

【题解】此诗年代不详。全诗前四句写诗人一向喜爱留连名山，成为名山常客。这天又来到山中，因为山幽云好，所以一直赏玩到日暮黄昏。中间六句写山中夜景。诗人在万籁俱静之中，体会到了内心宁静的乐趣。由此明白乐由心生，不必向外找寻。于是就生起修道出世之心，却被沧海阻隔不能如愿，不知何时才能成仙驾云车而去，诗人抚几感叹不已。

久卧名山云，遂为名山客。山深云更好，赏弄终日夕。月衔楼间峰，泉漱阶下石。素心自此得①，真趣非外借。鼯啼桂方秋②，风灭籁归寂。缅思洪崖术③，欲往沧海隔。云车来何迟④，抚己空叹息。

【注释】①素心：本心，素愿。

②鼯：鼯鼠，哺乳动物，形似松鼠，能从树上飞降。住在树洞中，昼伏夜出。郭璞《尔雅注》："鼯鼠状如小狐，似蝙蝠，肉翅，翅尾顶胁毛紫赤色，背上苍艾色，腹下黄，喙颔杂白，脚短爪长，尾三尺许，飞且乳，亦谓之飞生。声如人呼，食烟火，能从高赴下，不能从下上高。"

③洪崖：古代仙人名字。

④云车：传说中仙人的车乘。仙人以云为车，故称。

【译文】我久在名山而卧，就成了名山常客。青山幽深白云更好，醉心赏弄直到日夕。明月高挂在楼间山峰上，清泉流淌在台前石阶下。在此内心可得清净，方知真趣不必外借。鼯鼠啼叫桂花在金秋盛开，清风不起万籁归于寂静。我一心向往洪崖的仙术，欲寻仙山却被沧海阻隔。仙界的云车为何不来，我手抚案几空自叹息。

夏日山中

【题解】此诗年代不详。描述了诗人夏季在山间乘凉的情景。由于天气太过炎热，摇扇也不能凉快，于是诗人来到山中袒露身体，脱掉头巾以解暑热。

懒摇白羽扇，裸袒青林中。脱巾挂石壁，露顶洒松风①。

【注释】①露顶：脱去头巾，散发露出头顶。

【译文】天热懒摇白羽扇来纳凉，青林中袒露身体以解暑。脱下头巾悬挂石壁之上，散发露顶尽享松风吹拂。

山中与幽人对酌

【题解】此诗年代不详。幽人，即幽居之人，隐者。诗人在山中观花饮酒，"一杯一杯复一杯"，此处虽然重复三个一杯，却并不觉得冗长。反而有一种淳朴自然的感觉。三四句引用陶渊明的故事，来表达诗人的放荡不羁和洒脱。

两人对酌山花开，一杯一杯复一杯。我醉欲眠卿且去，明朝有意抱琴来①。

【注释】①"我醉"二句：用陶渊明故事。《宋书·陶潜传》："陶潜性嗜酒，贵贱造之者，有酒辄设。潜若先醉，便语客：'我醉欲眠，卿可去。'其真率如此。"

【译文】你我在山花丛中对饮，饮了一杯一杯又一杯。我酒醉欲睡您可自行离去，欲明日再饮就请抱琴而来。

春日醉起言志

【题解】这首诗年代不详。诗人认为人生处世若梦中,辛苦劳碌皆是无用之事,哪如沉醉酒中,寻找安乐梦乡。诗人醒来后,看见庭前有鸟儿在啼鸣,恍惚间不知现在是何季节,于是就询问旁人,才知道是春风吹拂,黄莺啼鸣之时。颇给人一种庄周梦蝶的感觉,这也契合了诗人"处世若大梦"的观点。诗人这才醒悟到,现在又是一年春好时,不由得感叹时光易逝,于是又举杯消愁。高歌一曲以邀约明月,曲终早已酩酊大醉,不复有伤感之情。杨齐贤认为:"太白此诗,拟陶之作也。"即拟陶渊明《饮酒》诗而作,包括南宋诗人刘辰翁也认为这首诗:"流丽酣畅,欲胜渊明者,以其尤易也。诗皆如此,何以沉著为哉?"严羽点评"觉来"二句:"幽极。妙在不判出幽字。始觉后人拙露。"又评"浩歌"二句:"甚适,甚达,似陶,却不得言学陶。"

处世若大梦,胡为劳其生?所以终日醉,颓然卧前楹①。觉来盼庭前②,一鸟花间鸣。借问此何时?春风语流莺。感之欲叹息,对酒还自倾。浩歌待明月③,曲尽已忘情。

【注释】①颓然:颓放不羁貌。《宋书·颜延之传》:"(延之)得酒,必颓然自得。"

②盼:顾,看。

③浩歌：放声高歌，大声歌唱。

【译文】身处世间犹如一场大梦，为什么要辛苦劳碌终生。所以我终日沉醉，颓然倒卧于堂柱前。醒来看见庭院中，一鸟正在花间鸣。恍惚间我询问这是什么季节？回答正处流莺鸣叫春风之中。我想抒发一番感慨，结果又是对酒自倾。高歌邀待明月，曲终已忘悲情。

庐山东林寺夜怀

【题解】此诗年代不详。庐山东林寺，寺名，在江西庐山。据《江西通志》记载："东林寺，在庐山之麓，晋太元九年慧远建。此山仪形九叠，峻竦天绝，而寺之所居，尤尽林壑之美。背负炉峰，旁带瀑布，清流环阶，白云生栋，别营禅室，最居深静。凡在瞻礼，神气为之清爽。"这是一首咏禅诗。诗人一生除了喜好道教外，也对佛法有很深的领悟。这首诗前六句写诗人离开城郭来到东林寺，以及东林寺的自然环境和庄严殊胜的氛围。后四句写诗人对佛法真谛的体悟。诗人在寺中参禅安坐，进入寂然不动的境界，体会到佛经中所说的大千世界纳入毫发的感受，诗人感悟到如果能守住真心，就能历经旷劫而了断生死。

我寻青莲宇①，独往谢城阙。霜清东林钟，水白虎溪月②。天香生虚空③，天乐鸣不歇④。宴坐寂不动⑤，大千入毫发⑥。湛然冥真心⑦，旷劫断出没⑧。

【注释】①青莲宇：指庙宇。

②虎溪：溪名。在江西庐山东林寺前。相传晋慧远法师居此，送客不过溪，过此，虎辄号鸣，故名虎溪。

③天香：佛教中指天国之香。

④天乐：佛教中指天国的音乐。

⑤宴坐：静坐，安坐。《释氏要览》："宴坐，又作燕坐。燕，安也，安息貌也。"

⑥大千：即大千世界。佛教用语。指广大无边的世界。以须弥山为中心，七山八海交绕之，更以铁围山为外郭，是谓一小世界，合一千个小世界为小千世界，合一千个小千世界为中千世界，合一千个中千世界为大千世界，总称为三千大千世界。入毫发：佛教指佛法变幻，可以将大千世界收纳于毫发、毛孔内，即有"纳须弥于芥子"的意思。《法苑珠林》："须菩提答阿难曰：'我念一时入于三昧，此大千世界弘广若斯，置一毛端，往来旋转如陶家轮。'"《华严经》："又见普贤身，毛孔悉有三千大千世界一切地水火风大海四洲。"《佛说大方等大集经菩萨念佛三昧经》："我念往昔唯此三千大千世界广大若是。所谓百亿四天下，百亿日月，百亿大海，百亿须弥山，百亿大铁围山，如是及余黑山之类，一切皆纳一毛孔中。"

⑦湛然：淡泊，安然貌。真心：佛教用语。谓真实无妄之心。《楞严经》："佛言：'善哉，阿难，汝等当知一切众生，从无始来，生死相续，皆由不知常住真心、性净明体，用诸妄想，此想不真，故有轮转。'"

⑧旷：久远。劫：佛教名词。"劫波"或"劫簸"的略称。意为极久远的时节。古印度传说世界经历若干万年毁灭一次，重新再开始，这样一个周期叫做一"劫"。后人借指天灾人祸。

【译文】我为了寻找梵宫庙宇，独自离开城郭外出。霜天中愈觉东林钟声清寒，流水边更显虎溪月色莹白。天香从虚空飘出，天乐也不停鸣响。我参禅安坐寂然不动，大千世界纳入毫发中。淡泊尘事冥想真心，可使旷劫断绝出入。

寻雍尊师隐居

【题解】此诗年代不详。雍尊师，姓雍的道士，名字不详。尊师，对道士的敬称。全诗首联写雍尊师隐居在群峰高耸的地方，在山中逍遥自在，不知岁月。颔联二句意境脱俗，很有逸趣。颈联以青牛、白鹤来隐喻雍尊师的居所，是一处修道的好地方。尾联自然恬淡，意味深远。

群峭碧摩天，逍遥不记年。拨云寻古道，倚树听流泉。花暖青牛卧①，松高白鹤眠②。语来江色暮，独自下寒烟。

【注释】①青牛：杨齐贤曰："青牛，花叶上青虫也。有两角，如蜗牛，故云。"这里隐喻老子乘青牛的典故。

②"松高"句：《玉策记》："千岁之鹤，随时而鸣，能登于木。其未千岁者，终不集于树上也。色纯白，而脑尽成丹。"

【译文】碧峰陡峭耸入青天，逍遥山中不知纪年。拨云寻找荒没古道，倚树倾听流泉鸣咽。日暖花芯中卧着青牛小虫，挺拔青松上白鹤栖息安眠。与您共语江上直到日暮，我才独自寒烟之中下山。

与史郎中钦听黄鹤楼上吹笛

【题解】此诗应是乾元二年（759），诗人在流放夜郎途中遇赦返回，路过江夏时所作。史郎中钦，即郎中史钦，唐时郎中为六部官员，位居尚书、侍郎之下。史钦生平事迹不详。诗人引用贾谊被贬谪一事，来说明自己被流放夜郎时的抑郁。"西望长安不见家"一句则表明诗人依然对朝廷怀有眷恋，期待能有朝一日，回朝受到重用。三四两句巧妙地将《梅花落》改为落梅花，一语双关，顿时意境超然。

一为迁客去长沙①，西望长安不见家。黄鹤楼中吹玉笛，江城五月落梅花②。

【注释】①"一为"句：用西汉贾谊典故。《汉书·贾谊传》："于是天子议以（贾）谊任公卿之位。绛、灌、东阳侯、冯敬之属尽害之。于是天子后亦疏之，不用其议，以（贾）谊为长沙王太傅，既以谪去，意不自得，及渡湘水，为赋以吊屈原。"迁客：遭贬迁的官员。

②江城：指江夏，今湖北武昌。

【译文】我就像贾谊一样被贬官远去长沙，向西回望长安不知何处才是我家。在黄鹤楼中倾听玉笛吹奏，五月的江城仿佛落下缤纷的梅花。

对酒

【题解】此诗年代不详,似为诗人晚年所作。这是一首劝酒诗。诗人劝友人,在这大好的春光里,感受着和煦的春风,欣赏着娇艳的桃李。听着黄莺婉转的啼鸣,怎能不举杯畅饮。人生短暂,昨天还是朱颜少年,今天就变成白发老人。当年后赵石虎和吴王夫差,叱咤一时,可转眼间就灰飞烟灭,昔日的宫殿城阙落满尘埃。如果不及时行乐痛饮美酒,难道不想想那些古人今又安在。

劝君莫拒杯,春风笑人来。桃李如旧识,倾花向我开。流莺啼碧树,明月窥金罍①。昨来朱颜子,今日白发催。棘生石虎殿②,鹿走姑苏台③。自古帝王宅,城阙闭黄埃。君若不饮酒,昔人安在哉④?

【注释】①金罍:饰金的大型酒器,泛指酒盏。

②"棘生"句:用后赵皇帝石虎的故事。《十六国春秋》:"石虎飨群臣于太武前殿,佛图澄殿上褰衣而行,吟曰:'殿乎,殿乎!棘子成林,将坏人衣。'虎令发石下而视之有棘子生焉。"石虎的养孙冉闵,小名棘奴。后来冉闵推翻石氏政权,屠灭其子孙。

③"鹿走"句:用伍子胥故事。《汉书·伍被传》:"子胥谏吴王,吴

王不用，乃曰：'臣今见麋鹿游姑苏之台也。'"后吴国被越国所灭，姑
苏台荒芜，麋鹿出没。

④"昔人"句：鲍照诗《代挽歌》："壮士皆死尽，余人安在哉！"

【译文】劝您莫要停下手中杯，春风笑迎远方客到来。桃李仿佛
也是旧相识，开出锦簇花朵倾向我。婉转的黄莺在碧树啼鸣，皎洁的
明月也窥映酒樽。昨日还是朱颜黑发，今天就变成白发苍苍。棘子曾
生长在石虎的宫殿，麋鹿也曾游弋在姑苏的楼台。自古以来的帝王宅
院，城阙荒芜而落满尘埃。您如果不肯及时行乐饮酒，难道不见昔日
古人今又安在。

醉题王汉阳厅

【题解】这首诗应为乾元二年(759)诗人流放夜郎，遇赦返回
汉阳时所作。王汉阳，即汉阳县令王某，名字生平不详。汉阳，即今
湖北武汉市，唐时沔州汉阳郡有汉阳县，属江南西道。诗人结束流
放之后，来到汉阳，受到王县令的殷勤招待，因而诗人就像鹧鸪一
样，眷恋南方，不肯北归。

我似鹧鸪鸟，南迁懒北飞①。时寻汉阳令，取醉月中归。

【注释】①"我似"二句：鹧鸪鸟：鸟名。形似雌雉，头如鹑，胸
前有白圆点，如珍珠。背毛有紫赤浪纹。足黄褐色。为南方留鸟。古人

谐其鸣声为"行不得也哥哥",诗文中常用来表示思念故乡。张华《禽经注》:"《广志》云:鹧鸪似雌雉,飞但徂南不北也。"《异物记》云:"鹧鸪,白黑成文,其鸣自呼,象小雉,其志怀南不北徂也。"

【译文】我就像一心南飞的鹧鸪鸟,南迁而来就懒于飞归北方。经常来拜访汉阳县令,大醉之后乘着月色而回。

嘲王历阳不肯饮酒

【题解】这首诗是上元元年(760),诗人出游历阳时所作。王历阳,即历阳县令王某。历阳,县名,唐时和州历阳郡有历阳县,在今安徽和县。诗人平生嗜酒如狂,所以遇到不肯喝酒的人,就不免嘲笑一番。这位王县令不知出于何种原因不能饮酒,就被诗人引用陶渊明的典故奚落了一通。大雪纷飞的时候,天气寒冷,如果此时不能饮酒赏雪,必定要被陶渊明所耻笑。诗人笑话王县令既有琴,又有柳,再要辜负头上布巾,就实在无话可说了。全诗诙谐幽默,尽显酒仙本色。

地白风色寒,雪花大如手。笑杀陶泉明①,不饮杯中酒。浪抚一张琴②,虚栽五株柳③。空负头上巾④,吾于尔何有?

【注释】①陶泉明:即陶渊明,唐朝避高祖李渊的讳,改称渊为泉。②"浪抚"句:陶渊明有一张无弦的素琴。《宋书·隐逸传·陶潜传）：“（陶）潜性不解音声，而畜素琴一张，无弦，每有酒适，辄抚弄以寄其意。”

　　③五株柳：陶渊明门前有五株柳树，因而自称为“五柳先生”。《宋书·隐逸传·陶潜传》：“（陶）潜少有高趣，尝著《五柳先生传》以自况。曰：‘先生不知何许人，不详姓氏，宅边有五柳树，因以为号焉。’”

　　④“空负”句：陶渊明爱酒，曾以头巾滤酒。《宋书·隐逸传·陶潜传》：“郡将候潜，值其酒熟，取头上葛巾漉酒，毕，还复着之。”陶渊明《饮酒诗》：“若复不快饮，空负头上巾。”

　　【译文】大地雪白寒风劲吹，雪花片片大如手掌。您一定会被陶渊明嘲笑，因为不肯满饮杯中美酒。您真是徒有一张素琴，白白栽种了五株垂柳。再辜负了顶上的头巾，我对您还能言说什么？

独坐敬亭山

　　【题解】这首诗是天宝十二载（753），诗人在宣城时所作。敬亭山，在安徽宣城。《江南通志》记载：“敬亭山在宁国府城北十里，古名昭亭山，东临宛溪，南俯城闉，烟市风帆，极目如画。”全诗前两句营造了一种寂然离世的孤独之感，与柳宗元的“千山鸟飞绝，万径人踪灭”有异曲同工之妙。三四句描写众鸟和孤云都远离诗人而去的时候，只有敬亭山像一位老友一样，静静在那里陪伴着诗人，无论多久都不会互相生厌。山本无情，诗人以无情为有情，彰显了诗人孤傲独立的性情：就算世人都离我而去，我也绝不在意，有青山相伴足矣。

众鸟高飞尽，孤云独去闲。相看两不厌，只有敬亭山。

【译文】众鸟高飞远逝无踪，孤云独去悠然闲适。彼此之间相看而不厌，只有眼前这座敬亭山。

自遣

【题解】此诗年代不详。诗人借酒排遣郁闷，不知不觉已经黄昏。花下坐饮时间太久，落花洒满了全身。带着浓浓的醉意，诗人摇摇晃晃走过小溪，此时明月已经升上天空，归鸟也纷纷还巢，路上行人也渐渐稀少。全诗表现了一种恬淡自然的意境，淡而有趣，足以自遣。明代桂天祥在《批点唐诗正声》中评价此诗："情景两忘。胸中无此趣，不能为此诗。"清代应时《李诗纬》点评此诗："兴在言中，而感在言外。"

对酒不觉暝①，落花盈我衣。醉起步溪月，鸟还人亦稀。

【注释】①暝：日落，天黑。

【译文】对饮美酒不觉天色已晚，落花缤纷撒满我的衣襟。醉后起身走过月光下的小溪，飞鸟都已还巢行人也渐稀少。

访戴天山道士不遇

【题解】这首诗写于开元七年（719）。诗人年轻时，曾在戴天山的大明寺读书，这首诗就是那时所作。戴天山，又名大康山、大匡山，在今四川江油市。《西溪丛语》引《绵州图经》云："戴天山，在（彰明）县北五十里，有大明寺，开元中，李白读书于此寺。又名大康山，即杜甫所谓'康山读书处'也。"此诗首二句暗用桃花源故事。写诗人来到戴天山拜访一位道长，山中的溪水潺潺而流，远处传来几声犬吠，带着露水的桃花娇艳欲滴，令人仿佛置身桃花源中。两旁的密林中不时有野鹿出没，临近中午道观中却没有钟声传来，"树深时见鹿，溪午不闻钟"二句间接地说明了观中无人，委婉含蓄。"野竹分青霭，飞泉挂碧峰"二句写出了道观环境的幽雅与脱俗。末两句写诗人见不到主人，只能倚在松树上怅然叹息。全诗前六句写景清新自然，不落俗套，后两句抒情，意味幽远。清代应时《李诗纬》点评说："句句言景，句句入情。此非太白不能。"明代贺贻孙《诗筏》点评此诗："无一字说'道士'，无一字说'不遇'、却句句是'不遇'，句句是'访道士不遇'。何物戴天山道士，自太白写来，便觉无烟火气，此皆不必以切题为妙者。"

犬吠水声中，桃花带露浓。树深时见鹿，溪午不闻钟。野竹分青霭①，飞泉挂碧峰。无人知所去，愁倚两三松。

【注释】①青霭: 指云气。因其色紫, 故称。

【译文】潺潺的流水声中夹杂着几声犬吠, 娇艳的桃花上挂着几点晶莹露珠。幽密的树林深处时有野鹿出没, 正午时溪边却听不见道观钟声。高耸的野竹将青霭刺破, 奔流的飞泉悬挂碧峰上。无人知晓道长究竟前往何处, 我只能倚在几株古松旁暗暗生愁。

秋日与张少府楚城韦公藏书高斋作

【题解】此诗年代不详。张少府, 姓张的县尉, 少府是对县尉的雅称。楚城, 泛指楚地城邑。韦公, 名字生平不详。全诗前四句写楚城四周环境, 语调深沉, 气象壮阔。中间四句写与友人相聚之欢与书斋的典雅。最后四句写诗人留连书斋周围的美景, 抒发秋兴。

日下空亭暮, 城荒古迹余。地形连海尽, 天影落江虚。旧赏人虽隔①, 新知乐未疏。彩云思作赋②, 丹壁间藏书。查拥随流叶③, 萍开出水鱼。夕来秋兴满, 回首意何如?

【注释】①旧赏: 旧友, 故人。

②"彩云"句: 谓望彩云而作赋。古人多有以云为题而作赋。

③查: 同"楂", 水中浮木。

【译文】夕阳西下空庭暮暗, 城池荒芜徒留古迹。地势连绵到海不见尽头, 天光辉映江中清虚一片。虽与故人远隔万里, 但有新友欢乐不疏。彩云飞而思作赋，丹壁房藏圣贤书。树叶簇拥浮木随水漂流，鱼儿冲开浮萍跳跃出来。面对夕阳秋兴更浓，回首往事心意如何？

卷二十　怀思

秋夜独坐怀故山

【题解】此诗大约是天宝二载（743），诗人遭谗言诋毁，被天子日渐疏远时所作。此诗首段写诗人在秋夜独坐怀念故山，想到自己的平生志向，就是像谢安那样小隐于世，机遇一到则安社稷，济苍生。功成之后就像向长那样远遁五岳名山，逍遥自在。当年天子招贤于江湖，自己因此而来到京城，陪侍君王左右。并且像扬雄和司马相如那样献上辞赋，劝谏和讽喻天子。这样做的目的只是为了报答君王的眷顾，并非为了沽名钓誉。次一段写诗人遭遇谗言诋毁，空有报国之志，进言屡屡不被见用，就算有庄周和墨子那样的见识和口才，也是无济于事。诗人自叹才薄德疏，被君王日渐疏远，因而辞官归家耕田为娱。诗人岂能没有济苍生的愿望，只是怀才不遇而只能归隐山林。诗人望着寂寥的霞光，心中隐约泛起对故山的怀恋，想到秋山绿萝旁的明月，今夜不知为谁而明。全诗表现了诗人遭谗被疏后，壮志难酬，心生归隐的感受。

　　小隐慕安石①，远游学子平②。天书访江海③，云卧起咸京④。入侍瑶池宴⑤，出陪玉辇行⑥。夸胡新赋作⑦，谏猎短书成⑧。但奉紫霄顾⑨，非邀青史名⑩。

　　庄周空说剑⑪，墨翟耻论兵⑫。拙薄遂疏绝，归闲事耦耕⑬。顾无苍生望⑭，空爱紫芝荣⑮？寥落暝霞色，微茫旧壑情⑯，秋山绿萝月，今夕为谁明？

【注释】①小隐：谓隐居山林。王康琚《反招隐》诗："小隐隐林薮，大隐隐朝市。"安石：指谢安，字安石。谢安曾隐居东山不仕。

　　②子平：指东汉向长，字子平。向长最终遁迹五岳。《后汉书·向长传》："向长，字子平，河内朝歌人也。隐居不仕，性尚中和，好通《老》《易》。建武中，男女娶嫁既毕，敕断家事勿相关，当如我死。于是遂肆意与同好北海禽庆俱游五岳名山，竟不知所终。"

　　③天书：帝王的诏书。

　　④咸京：原指秦代京城咸阳。后人常用以借指长安。

　　⑤瑶池宴：宫廷之宴。

　　⑥玉辇：天子所乘之车，以玉为饰。

　　⑦"夸胡"句：用扬雄写《长杨赋》的故事。西汉时汉成帝为了向胡人夸耀汉朝的富庶，让百姓捕捉野兽，囚禁在长杨宫射熊馆，让胡人捕猎，汉成帝观此为乐，而百姓却因此耽误农时。扬雄作《长杨赋》以讽谏。

　　⑧"谏猎"句：用司马相如故事。《史记·司马相如传》："司马相如常从上至长杨猎，是时天子方好自击熊、彘，驰逐野兽。相如上

书谏之。"

⑨紫霄：指帝王居所。梁简文帝《围城赋》："升紫霄之丹地，排玉殿之金扉。"

⑩青史：古时用竹简记事，所以后人称史籍为青史。

⑪"庄周"句：庄子曾为赵文王说剑。《庄子·说剑篇》："赵文王喜剑，剑士夹门而客三千余人，日夜相击于前，死伤者岁百余人，如是三年，国衰。诸侯谋之。太子悝患之，募左右曰：'孰能说王之意止剑士者，赐之千金。'左右曰：'庄子当能。'太子乃使人以千金奉庄子，庄子弗受。太子乃与见王，王曰：'夫子所御杖，长短何如？'曰：'臣有三剑，唯王所用。有天子剑，有诸侯剑，有庶人剑。今大王有天子之位，而好庶人之剑，臣窃谓大王薄之。'"

⑫"墨翟"句：墨翟，即墨子，墨子主张"兼爱"、"非攻"。《吕氏春秋·爱类》记载，春秋时公输般为楚王打造云梯，准备进攻宋国。墨子听说后，前去劝阻楚王，并在楚王面前与公输般演示攻防之战。公输般设计各种器械攻城，墨子则做出相应的防守。公输般进攻九次，墨子从容应对九次，使公输般无法得胜。最终楚王放弃了攻宋的计划。这里就是指此事。

⑬耦耕：二人并耕。后亦泛指农事或务农。《礼记·月令》："命农计耦耕事，修耒耜，具田器。"陈浩注："耦二人相偶也。"

⑭苍生望：用谢安故事。《资治通鉴·晋纪》："谢安少有重名，前后征辟，皆不就。寓居会稽，以山水、文籍自娱，虽为布衣，时人皆以公辅期之。士大夫至相谓曰：'安石不出，当如苍生何？'"

⑮紫芝荣：用商山四皓《采芝操》之语。秦末有四皓东园公、甪里先生、绮里季、夏黄公见秦政苛虐，乃隐于商雒，曾作歌曰："莫莫高

山，深谷逶迤。晔晔紫芝，可以疗饥。唐虞世远，吾将何归？驷马高盖，其忧甚大，高贵之畏人，不及贫贱之肆志。"后以采紫芝来比喻隐居。

⑯微茫：迷漫而模糊。

【译文】小隐可以像谢安那样安居东山，远游则应该学习向长遁迹五岳。当年天子下诏于江湖之间寻访贤士，我正云卧山林有幸被征召来到京城。入则服侍天子御宴，出则陪驾玉辇随行。我曾像扬雄那样献上讽谏夸胡之赋，也曾像司马相如那样写下劝谏田猎之辞。只为了不辜负天子对我的眷顾，绝不是为了载入史册而邀名炫耀。

我纵然像庄周那样说剑也被当做空谈，即使是墨子生于当世也耻于辩论兵事。我生性拙薄而遭天子疏远，于是归家闲居务农桑之事。我难道没有拯救苍生的愿望吗？但时运不济只能空叹而采紫芝。霞光寂寥，怀恋旧山。不知故乡秋山绿萝边的明月，今夜为谁而明。

忆崔郎中宗之游南阳遗吾孔子琴抚之潸然感旧

【题解】根据崔祐甫的《齐昭公崔府君集序》记载，崔宗之于天宝十载（751）去世，所以此诗年代应该是天宝十载以后。崔郎中宗之，即郎中崔宗之，本名崔成辅，字宗之，博陵安平（今河北安平县）人，曾任右司郎中。宰相崔日用之子，饮中八仙之一，是诗人的挚友。南阳，县名，在唐时属于邓州南阳郡，即今河南南阳市。孔子琴，相传孔子学琴于师襄后，所制作的古琴，后人称为孔子琴或夫子样琴。《文献通考》："自古善琴者八十余家，一十八样，究之雅度,不过伏羲、大舜、夫子、灵开、云和五等而已。"全诗的前八句诗人回忆昔日与崔宗之结伴游南阳的经历。两人曾一同在白水赏月,在菊潭纵酒,泛舟赏菊,酒酣高歌。后八句抒发哀悼之情。崔宗之相貌俊朗,杜甫在《饮中八仙》称赞说:"宗之潇洒美少年,举觞白眼望青天,皎如玉树临风前。"玉树临风一词就出于此。所以诗人称崔宗之去世为"摧玉树"。诗人引用嵇康《广陵散》的典故,意在说明崔宗之一旦离去,对自己来说,这样的知己和挚友就像《广陵散》一样成为绝唱,由此可见诗人与崔宗之的友情十分深厚。诗人慨然长叹:崔宗之从此长埋地下,湮没于幽冥之中,何时才能复归光明,而不是沦为狐兔洞窟。全诗表现了诗人对崔宗之的深切哀悼之情。

　　昔在南阳城,唯餐独山蕨①。忆与崔宗之,白水弄素月②。时过菊潭上③,纵酒无休歇。泛此黄金花④,颓然清歌发。一朝摧玉树⑤,生死殊飘忽。留我孔子琴,琴存人已没。谁传《广陵散》⑥,但哭邙山骨⑦。泉户何时明⑧?长归狐兔窟⑨。

【注释】①独山:山名,在今河南南阳市。《太平寰宇记》:"独山在南阳县西三十里。"《一统志》:"豫山在南阳府城东北十五里,孤峰峭立,俗名独山,下有三十六陂。"

　　②白水:即淯水,在今河南南阳市。《一统志》:"淯水,在南阳府城东三里,俗名白河。"

　　③菊潭:县名。在今河南省西峡县东。境内有菊水,水旁多菊花。《一统志》:"菊潭在南阳府内乡县西北,源出析谷东石涧山,或曰出石马峰。水旁生甘菊,水极甘馨,有数十家,惟饮此水,寿多至百岁之上。

其菊茎短花大，其味甘美异于他菊。人多收其种，传于四方。"

④黄金花：指菊花。

⑤摧玉树：指崔宗之去世。

⑥《广陵散》：古琴曲。相传嵇康善弹此曲。《世说新语·雅量》："嵇中散临刑东市，神气不变，索琴弹之，奏《广陵散》，曲终，曰：'袁孝尼尝请学此散，吾靳固不与，《广陵散》于今绝矣。'"

⑦邙山：即北邙山。一作北芒，也称芒山、郏山、北山。在今河南省洛阳市东北。汉魏以来，为王侯公卿归葬之处。《太平寰宇记》："芒山，一作邙山，在河南县北十里，一名平逢山，亦郏山之别名也，都城所枕。戴延之《西征记》云：'邙山，西岸东垣，亘阜相属，伊尹、苏秦、张仪、扁鹊、田横、刘宽、杨修、孔融、吴后主、蜀后主、张华、嵇康、石崇、何晏、陆陲、阮籍、羊祜，皆有冢在此山。'"

⑧泉户：墓门。

⑨狐兔窟：张载《七哀诗》："狐兔窟其中，芜秽不复扫。"

【译文】昔日我在南阳城时，曾经饱餐独山蕨菜。回忆那时与崔宗之，同到白水赏弄明月。还常去往菊潭游览，纵酒欢乐没有停歇。在那里泛舟赏菊，颓放不羁而高歌。崔宗之一朝如玉树摧折而逝去，我与他就生死相隔渺茫难知。他曾给我留下孔子琴，可惜现在琴存人已殁。崔宗之一去就如《广陵散》绝传，我只能在邙山哭悼他的英灵。不知他的坟墓何时能再明，不要长久成为狐兔洞窟。

忆东山二首

【题解】此二首诗年代不详。东山,指谢安曾经隐居的地方,在今浙江上虞市。施宿《会稽志》记载:"东山,在上虞县西南四十五里,晋太傅谢安所居也。一名谢安山,巍然特出于众峰间,拱揖亏蔽,如鸾鹤飞舞,其巅有谢公调马路,白云、明月二堂遗址,千嶂林立,下视沧海,天水相接,盖绝景也。下山出微径,为国庆寺,乃太傅故宅。旁有蔷薇洞,俗传太傅携妓女游宴之所。"谢安是东晋名士,风流儒雅,气度不凡。曾筑庐于东山,经常携妓游山,与名士俊杰畅饮清谈,直到四十岁才出仕,成为安定东晋的名臣,彪炳史册。李白对谢安一直很仰慕,写过"但用东山谢安石,为君谈笑静胡沙"的诗句,并经常自比为谢安,希望有朝一日能够像谢安那样建功立业。此二首诗就表现了李白对谢安隐居生活的倾羡。

其一

【题解】这首诗写诗人很久没有回东山,不知东山蔷薇几度开放。诗人想象那里的白云依旧是那么悠闲,飘来又散去,不知今夜明亮的月光又会照耀谁家。谢安在东山建有白云、明月二堂,这里诗人巧妙地一语双关来暗喻白云、明月二堂。

不向东山久,蔷薇几度花? 白云还自散,明月落谁家?

【译文】我已很久没有回到东山，不知那里蔷薇花开几度？东山白云依旧是飘来又散去，明月清辉不知又会落入谁家。

其二

【题解】此诗首两句写诗人效仿谢安携妓出游，长啸一声以抒放胸怀，从此隔绝世人，快意江湖。携妓出游，纵酒高歌，这也是诗人与谢安志趣相同之处。三四句写诗人开门扫白云以迎接东山客，则表明诗人意欲长久隐居山林，与高士隐者为伍，不再追求世间功名。

我今携谢妓^①，长啸绝人群^②。欲报东山客^③，开关扫白云^④。

【注释】①谢妓：指当年谢安携妓游东山。

②长啸：撮口发出悠长清越的声音。古人常以此述志。

③东山客：指像谢安一样的隐士。

④"开关"句：开关：开门。南朝梁江淹《恨赋》："至乃敬通见抵，罢归田里，闭关却扫，塞门不仕。"李善注引司马彪《续汉书》曰："赵壹闭关却扫，非德不交。"这里诗人反用闭关却扫的典故，谓开门扫云而迎客。

【译文】我今日也像谢安一样携妓东山，如同隐士一样纵声长啸而远离世人。为了回报东山隐士来访的厚意，我已经打开门户扫白云而待客。

望月有怀

【题解】此诗年代不详。全诗首二句写诗人看到清泉映照着斑驳的古松，不知经历了几千年的寒来暑往，"不知几千古"一句将全诗的时空范围瞬间拓展到千古，不经意间就渲染出一种幽深寂寥的氛围。"寒月摇清波，流光入窗户"二句则将月光如流水的感觉写得生动逼真，同时也暗喻诗人对友人的怀念，因月光而渐渐兴起。明月当空，诗人不见友人，只能空吟遣怀。当年王徽之雪夜访戴安道，兴起则往，兴尽则还，而自己兴尽却更加惆怅。

清泉映疏松，不知几千古。寒月摇清波，流光入窗户①。对此空长吟，思君意何深！无因见安道②，兴尽愁人心。

【注释】①流光：指月光如流水般倾泻。

②安道：指东晋戴逵，字安道。这里指王徽之雪夜访戴安道之事。

【译文】清泉映照着枝叶稀疏的古松，伫立在这里不知已有几千年。寒月倒影荡漾在清波中，月光如流水涌入门窗内。面对此景我徒然长吟，对您的思念何其深切。我因无法见到您这位戴安道，兴致虽尽心中依然充满愁绪。

对酒忆贺监二首 并序

【题解】 贺监,指贺知章,曾任秘书监。秘书监,为秘书省主官,从三品,掌邦国经籍图书之事。贺知章与李白是忘年之交,同为"饮中八仙"和"仙宗十友",可谓志趣相投。贺知章于天宝三载,告老还乡,不久病逝。天宝六载(747)诗人南游会稽时,前往贺知章故宅凭吊,写下此二首诗。

太子宾客贺公①,于长安紫极宫一见余②,呼余为谪仙人,因解金龟换酒为乐③。没后对酒④,怅然有怀,而作是诗。

【注释】 ①太子宾客:官名,唐代始置。开元二十六年(738)贺知章任太子宾客。《新唐书·百官志四上》:"太子宾客四人,正三品。掌侍从规谏,赞相礼仪,宴会则上齿。"

②紫极宫:唐代供奉老子的道观。唐代重视道教,尊奉老子为玄元皇帝。唐玄宗时于两京(长安及洛阳)及诸州置玄元皇帝庙。京师号玄元宫,诸州号紫极宫。

③"呼余"二句:唐代孟棨《本事诗》记载:"李太白初自蜀至京师,舍于逆旅。贺监知章闻其名,首访之,既奇其姿,复请所为文,出《蜀道难》以示之。读未竟,称叹者数四,号为'谪仙'。解金龟换酒,与倾尽醉,期不间日,由是声誉光赫。"谪仙人:被贬谪下凡的仙人,是贺知章对李白的称赞。金龟:唐代官员依据官阶佩戴鱼袋,武则天时

期，改为佩金龟。但是到了唐中宗时期，又改为佩鱼袋。这里的金龟是指随身所配之物，并非官服佩饰。

④没：即殁。

【译文】太子宾客贺公贺知章，在长安紫极宫与我初次相见时，就称呼我为谪仙人，并解下随身佩戴的金龟换酒与我共饮为乐。贺公既殁，我在此凭吊对酒，心中怅然，有所感怀，因而作此诗。

其一

【题解】此诗是诗人回忆与贺知章的交游往事。贺知章性情豪放疏狂，所以自称"四明狂客"，"风流"二字则是陆象先对贺知章的评价，《新唐书·贺知章传》记载："陆象先尝谓人曰：'季真（贺知章，字季真）清谈风流，吾一日不见，则鄙吝生矣。'"当年贺知章在长安市上与李白初次见面，读了李白的《蜀道难》后，让贺知章叹为观止，视李白为神人，因而称呼为"谪仙人"，并拿出随身的金龟换酒，一起畅饮言欢。当时贺知章已官居高位，对于一介布衣的李白却能折节下交，这也显示了贺知章的率真和豁达，后来唐玄宗征召李白，也有贺知章大力推荐的原因。因此李白对贺知章的知遇之恩，也怀有深深的感激和敬意。此时来到贺知章的故居凭吊，想起往事，怎能不令李白唏嘘。

四明有狂客①，风流贺季真②。长安一相见，呼我谪仙人。昔好杯中物③，翻为松下尘④。金龟换酒处，却忆泪沾巾⑤。

【注释】①四明：山名。在浙江省宁波市西南。道书以为第九洞天，又名丹山赤水洞天。凡二百八十二峰。相传群峰之中，上有方石，四面如窗，中通日月星辰之光，故称四明山。

②季真：贺知章，字季真。《新唐书·贺知章传》："贺知章，字季真，越州永兴人。性旷夷，善谈说。证圣初，擢进士超拔群类科，累迁太常博士。开元十三年，迁礼部侍郎，兼集贤院学士。迁太子右庶子，充侍读，坐徙工部。肃宗为太子，知章迁宾客、授秘书监。知章晚节尤诞放，遨嬉里巷，自号"四明狂客"。及秘书外监，每醉辄属词，笔不停书，咸有可观，未始刊饬。善草隶，好事者具笔研从之，意有所惬，不复拒，然纸才十数字，世传以为宝。"

③杯中物：指酒。语出陶潜《责子》诗："天运苟如此，且进杯中物。"

④松下尘：对死者的婉称。墓地多植松，人死化为尘土，故云。

⑤却忆：回忆。

【译文】四明山曾经有一位狂客，他就是风流儒雅的贺季真。我与他在长安一相见，他就称呼我为谪仙人。昔日他那么喜爱杯中酒，如今却离去成了松下尘。每每想起当年金龟换酒的事情，我就禁不住悲伤落泪沾湿衣巾。

其二

【题解】这首诗先回忆贺知章荣归故里的情景。有山阴道士来相迎，此处引用了王羲之隐居山阴时，写《道德经》换鹅的典故，诗人以王羲之比喻贺知章，来表明贺知章的高雅脱俗，不慕富贵。

三四句写天子对贺知章的恩宠和礼遇，将镜湖的一段赐给贺知章，以享有御赐台沼的荣耀。后四句写诗人来到贺知章故居，看到人去物在，睹物思人，恍然如梦，凄然心伤。

狂客归四明①，山阴道士迎②。敕赐镜湖水③，为君台沼荣。人亡余故宅④，空有荷花生。念此杳如梦，凄然伤我情。

【注释】①"狂客"句：指贺知章告老还乡。《旧唐书·贺知章传》："天宝三载，知章因病恍惚，乃上疏请度为道士，求还乡里，仍舍本乡宅为观，上许之。"

②"山阴"句：用王羲之山阴换鹅的故事。《晋书·王羲之传》："又山阴有一道士，养好鹅，羲之往观焉，意甚悦，固求市之。道士云：'为写《道德经》，当举群相赠耳。'羲之欣然写毕，笼鹅而归，甚以为乐。其任率如此。"

③"敕赐"句：指唐玄宗将镜湖一段赐给贺知章之事。《新唐书·贺知章传》："贺知章，天宝初病，梦游帝居，数日寤，乃请为道士，还乡里，诏许之。以宅为千秋观而居。又求周宫湖数顷为放生池，有诏赐镜湖剡川一曲。"

④故宅：指贺知章在会稽的故居。施宿《会稽志》："唐贺秘监宅，在会稽县东北三里八十步，今天长观是也。"

【译文】狂客贺公回到四明，山阴道士出来相迎。天子御赐镜湖之水，使您荣享台沼之游。现在人去仅余故居，湖里空有荷花繁盛。念此往事杳然如梦，不禁令人凄然伤情。

重忆一首

【**题解**】此诗应当是天宝六载（747），诗人南下欲拜访贺知章，共同把酒言欢，得知贺知章去世的消息，只能凭吊后黯然离去。

欲向江东去，定将谁举杯[①]? 稽山无贺老[②]，却棹酒船回[③]。

【**注释**】①将：与。

②稽山，即会稽山。

③棹：摇船。

【**译文**】我本想去江东看望故人，又能与谁一起举杯畅饮? 会稽山从此再无狂客贺老，我只能黯然调转酒船归去!

春滞沅湘有怀山中

【**题解**】此诗是上元元年（760），诗人自零陵回岳州时所作。沅湘，指沅水和湘水，唐张守节《史记正义》引《说文》："沅水出牂牁东北，流入江。湘水出零陵县阳海山，北入江。"则二水皆经岳州而入长江。所以后人以沅、湘为岳州的代称。此诗首两句写沅湘之间春回大地，暖风轻拂，绿草如烟。因为前有娥皇女英曾在此哀哭，后有屈原贾谊曾在此悲咏，所以后人来此凭吊，均感伤不已。而诗人生性豁达，不愿像屈原那样忧愁愤懑，而是在怀才不遇时，退隐江湖，欣赏《采菱曲》，就像谢安一样隐居东山，实现此愿足矣。

沅湘春色还，风暖烟草绿。古之伤心人，于此肠断续。予非《怀沙》客①，但美《采菱曲》②。所愿归东山③，寸心于此足④。

【注释】①《怀沙》客：用屈原故事。《史记·屈原贾生列传》："屈原乃作《怀沙》之赋，于是怀石，遂自投汩罗以死。"

②《采菱曲》：乐府清商曲名。又称《采菱歌》。《尔雅翼》："吴楚之风俗，当菱熟时，士女相与采之，故有《采菱》之歌以相和，为繁华流荡之极。《招魂》云：'涉江采菱发《阳阿》。'《阳阿》者，采菱之曲也。"

③东山：指谢安隐居的东山。

④"寸心"句：沈约《游钟山诗应西阳王教五章》其四诗："所愿从之游，寸心于此足。"

【译文】沅湘之间春色明媚，春风和暖绿草如茵。自古以来的多情人，在此无不伤心断肠。我不愿作屈原那样的《怀沙》客，惟有欣赏楚地《采菱曲》的优美。我平生之愿就是归隐东山，能满足此心就知足无憾了。

落日忆山中

【题解】此诗年代不详。全诗描写了春雨过后，满眼碧绿，东风送暖，花蕾萌发的美景。诗人目睹大好春光，感叹时光易逝，愿远游名山，学道炼丹。全诗辞清意新，尤其"东风随春归，发我枝上花。"二句，为历代咏春佳句。

雨后烟景绿，晴天散余霞。东风随春归，发我枝上花。花落时欲暮，见此令人嗟。愿游名山去，学道飞丹砂①。

【注释】①丹砂：矿物名，道教炼丹的原料。晋葛洪《抱朴子·金丹》："凡草木烧之即烬，而丹砂烧之成水银，积变又还成丹砂。"

【译文】雨后山中一片碧绿，晴空万里残霞如缕。东风随春暖而回归，催发我树上新花蕾。转眼已是花落日暮，见此令人嗟叹不已。我愿游览名山大川，遍访仙师学道炼丹。

忆秋浦桃花旧游时窜夜郎

【题解】此诗应该是乾元元年（758），诗人被流放夜郎后不久而作。秋浦，县名，唐时属江南道宣州，今安徽池州市。秋浦是诗人很喜爱的一个地方,诗人流连秋浦的山水,写下了大量诗歌。但是这次是流放途中经过秋浦,正好是春天桃花汛期的时候,河水上涨,淹没水中白石。两岸女萝垂荡,明月当空,风景依然那么怡人,诗人回忆起昔日山间小路长满蕨菜,不知现在是否已经初生如拳。经历了官场的起伏变幻,尤其是这次的永王事件,更让诗人萌生退隐之念,于是打算三年流放结束后,就来此修道炼丹。

桃花春水生,白石今出没。摇荡女萝枝,半挂青天月。不知旧行径,初拳几枝蕨①。三载夜郎还②,于兹炼金骨③。

【注释】①"初拳"句:拳,通"蜷"。蕨,是多年生草本植物,根茎长,嫩叶可食。《埤雅》:"蕨初生无叶,可食,状如大雀拳足,又如其足之蹶也,故谓之蕨。"《尔雅翼》:"蕨初生如小儿拳,紫色而肥。"

②"三载"句:指李白被判流放夜郎三年。

③炼金骨:指道家服食丹药可以使筋骨强壮。《灵宝经》:"炼骨成金。"

【译文】桃花开时春水汛生,河中白石俱已埋没。女萝垂枝轻轻摇荡,明月半挂青天之外。不知秋浦旧日山间小径,又长出几枝如拳的蕨枝。流放夜郎三年归来,就到此处修炼金骨。

卷二十一　感遇

越中秋怀

【题解】此诗大约为至德二载（756）所作。越中，即越州，又称会稽郡，唐属江南东道，在今浙江绍兴市。全诗先描写了越中的秀美秋色。流水萦洄几千里，水如明镜，景如图画，诗人因而探访冥幽，永怀山水。诗人感叹自己一朝成为江湖客，十年逢秋见荷花。诗人观钱塘江潮之壮丽，望沧海渺茫而生愁。叹前途遥远而日薄西山，悲年老岁晚如东逝之水。诗人认为何必去追慕先贤而探访禹穴，不如修道去往蓬莱仙山，就算修仙不成，也可以泛舟五湖而逍遥自在。

　　越水绕碧山，周回数千里。乃是天镜中^①，分明尽相似。爱此从冥搜^②，永怀临湍游。一为沧波客，十见红蕖秋^③。观涛壮天险^④，望海令人愁。路遐迫西照，岁晚悲东流。何必探禹穴^⑤？誓将归蓬丘⑥。不然五湖上，亦可乘扁舟⑦。

【注释】①天镜：喻指澄静的水面。

②冥搜：尽力寻找，搜集。

③"一为"二句：沧波客：李白自喻。红蕖：红荷花。

④"观涛"句：指观钱塘江大潮。

⑤禹穴：相传为夏禹的葬地。在今浙江绍兴会稽山。

⑥誓：通"逝"，往。蓬丘：即蓬莱山。

⑦"不然"二句：用春秋时范蠡"乘扁舟，出三江，入五湖"的典故。五湖，指太湖或附近的五个小湖。

【译文】越水萦绕着碧山，蜿蜒曲折数千里。水面澄澈好像天镜一般，分明和画中的美景相似。喜爱此景因而去探寻幽冥深处，常常怀有临波畅游激流的想法。一朝成为江湖过客，十次见过红荷遇秋。观赏钱塘江大潮真如天险般壮观，望着邈远的沧海令人暗自生愁。叹前途遥远而日薄西山，悲年老岁晚如流水东逝。何必非要探寻禹穴，不如前往蓬莱仙山。不然可到五湖之上，乘一叶扁舟逍遥而游。

效古二首

【题解】这组诗是天宝二年（743）春，李白供奉翰林时所作，正是诗人春风得意之时。

其一

【题解】此诗首段描写了诗人供奉翰林时的情景。入御苑，拜天子，青山掩御道，空中摇碧树，名题金闺籍，待诏奉明主，得意之情溢于言表。第二段描写下朝后归来的情景。太阳西落，乘马慢行，人马无意，却飞驰逞雄。入门可见紫鸳鸯，金井旁生双梧桐。奏古曲唱清歌，沽新丰之美酒，与群公列坐饮宴，直抒心中快意。最后诗人感慨光阴易逝，人生如转蓬，早早显达胜过晚年知遇，并以姜太公晚年得遇文王为羞。全诗表现了诗人显达须趁早的观点。

朝入天苑中^①，谒帝蓬莱宫^②。青山映辇道^③，碧树摇烟空。谬题金闺籍^④，得与银台通^⑤。待诏奉明主^⑥，抽毫颂清风^⑦。

归时落日晚，骎骎浮云骢^⑧。人马本无意，飞驰自豪雄。入门紫鸳鸯^⑨，金井双梧桐^⑩。清歌弦古曲，美酒沽新丰^⑪。快意且为乐，列筵坐群公^⑫。

光景不可留^⑬，生世如转蓬^⑭。早达胜晚遇^⑮，羞比垂钓翁^⑯。

【注释】①天苑：天子的御苑。

②蓬莱宫：唐宫名。原名大明宫，高宗时改为蓬莱宫。故址在今陕西西安市北。

③辇道：可乘辇往来的宫中道路。

④谬：犹辱、忝，自谦之词。金闺籍：金门所悬名牒，牒上有名者准其进入。后用以代指在朝为官。

⑤银台：宫门名。唐时翰林院、学士院都在银台门附近，后以银台门代指翰林院。

⑥待诏：待命供奉内廷的人。唐代不仅文词经学之士，即医卜技术之流，亦供直于内廷别院，以待诏命。

⑦毫：指毛笔。清风：清惠的风化。

⑧躞蹀（xièdié）：同"蹀躞"，小步走路的样子。云骢：骏马名，因奔驰如腾云，故称。

⑨紫鸳鸯：亦作"鸂鶒"。水鸟名。形大于鸳鸯，而多紫色，好并游。俗称紫鸳鸯。

⑩金井：井栏上有雕饰的井。一般用以指宫庭园林里的井。

⑪新丰：汉县名，在今陕西临潼西北。唐代新丰为美酒产地，故诗文中常提及新丰美酒。

⑫列筵：谓宴席中的四座。

⑬光景：光阴。

⑭转蓬：随风飘转的蓬草。

⑮早达：年少显达。晚遇：晚年显达。

⑯垂钓翁：王琦注："垂钓翁，谓吕尚，年八十钓于渭滨，始遇文王。"

【译文】清晨进入天子的御苑，前往蓬莱宫拜见皇帝。青山掩映着辇车道，碧树摇曳在云烟中。我侥幸题名于金门名牒上，可以有资格进入翰林院中。我在明君身边待诏，挥毫歌颂清惠风化。

归家时已是太阳落山，骑在马背上小步慢行。人和马都无意炫耀，飞驰起来却自有豪气。入门就见紫鸳鸯，金井旁有两梧桐。鸣弦清唱高雅古曲，杯中斟满新丰美酒。心情舒畅暂且为乐，筵席之中尽皆王公。

光阴逝去不可挽留，人生在世就如蓬草。年少显达远胜暮年知遇，羞与姜太公那个垂钓翁相比。

其二

【题解】此诗以西施、东邻子因美色而被妒，来比喻君子因才华而遭忌。君子如西施一般，难以妒忌，也难以效仿。小人见君子，就如尹婕妤见邢夫人一样，自惭形秽。

自古有秀色^①，西施与东邻^②。蛾眉不可妒，况乃效其颦^③。所以尹婕妤，羞见邢夫人^④。低头不出气，塞默少精神^⑤。寄语无盐子^⑥，如君何足珍！

【注释】①秀色：秀美的容色。

②东邻：指东邻子，战国楚宋玉《登徒子好色赋》："楚国之丽者，莫若臣里，臣里之美者，莫若臣东家之子。"后因以"东邻"指美女。

③"蛾眉"二句：用东施效颦的典故。颦：古同"矉"。

④"所以"二句：用尹邢避面的典故。《史记·外戚世家》记载，武帝时，尹夫人与邢夫人同时得宠，为了避免她们争宠，武帝下诏让她们不得见面。尹夫人多次恳求武帝，想见邢夫人一面，武帝再三考虑同意了。相见后，尹夫人低头俯身而泣，自叹自己不如邢夫人。

⑤塞默：沉默，不作声。

⑥无盐子：亦称"无盐女"。战国时齐宣王后钟离春。因是无盐人，故名。为人有德而貌丑。后常用为丑女的代称。

【译文】自古以来的美女，如西施和东邻子。天生秀色不可妒忌，何况效仿她的皱眉。所以汉宫的尹婕妤，也羞与邢夫人相见。她低头不敢出大气，沉默无语难有精神。请转告无盐般的丑女，哪里值得人们去珍惜！

感寓二首

【题解】这组诗年代不详。第一首诗通过描写宝剑幻化飞升之事，诗人感叹自己不能得到君王的赏识，就如宝剑不遇明主一样，只能暂时潜藏等待时机。第二首诗应是有感而发。表达了诗人对董偃持宠而骄和扬雄攀附权贵的行为的鄙视。

其一

【题解】此诗年代不详。此诗吟咏张华、雷焕得宝剑化龙的故事，并化用鲍照诗意。"雌雄终不隔，神物会当逢"应为全诗的点睛之笔。

宝剑双蛟龙①，雪花照芙蓉②。精光射天地，电腾不可冲③。一去别金匣，飞沉失相从④。风胡殁已久⑤，所以潜其锋。吴水深万丈，楚山邈千重。雌雄终不隔，神物会当逢⑥。

【注释】①宝剑：用龙泉、太阿化作蛟龙的故事。《晋书·张华传》记载，西晋时天上斗、牛星宿间常有紫气出现，张华让雷焕观测后，知是宝物所发出的光华，后雷焕根据紫气所出地，在丰城得到两把宝剑，一把名叫龙泉，另一把名叫太阿。雷焕将其中一把剑送给张华，另一把剑自己留下。张华给雷焕写信说宝剑应为两把，还说此两剑是天生宝物，最终必定会合在一起。后来张华被杀，宝剑遗失。雷焕死后，其子佩戴另一把宝剑，经过延平渡口时，跃入水中，与张华那把剑一起化为二蛟龙腾空飞去。

②雪花：形容剑体光亮如雪。芙蓉：指宝剑的光华绽放如芙蓉。《越绝书·外传记宝剑》："客有能相剑者，名薛烛，王召而问之。王取纯钩，薛烛望之，手振拂，扬其华，捽如芙蓉始出。"

③"电腾"句：形容剑光如闪电奔腾不可阻挡。

④"一去"二句：指雷焕得到宝剑后，一把送给张华，一把自佩，后来一剑飞失，一剑沉水，两剑从此分离。

⑤风胡：即风胡子，亦称"风湖子""风壶"，人名，春秋时楚国人，精于识剑、铸剑。

⑥"吴水"四句：化用鲍照《赠故人马子乔诗》："雌沉吴江里，雄飞入楚城。吴江深无底，楚阙有崇扃，一为天地别，岂直限幽明。神物终不隔，千祀傥还并"的诗意。

【译文】这对宝剑就像一双蛟龙，剑身如雪光华如芙蓉。宝剑的精光照射天地，如闪电腾跃不可阻挡。一旦离开金匣而去，一飞一沉先后遗失。善于相剑的风胡子逝去很久，所以宝剑收敛锋芒潜藏起来。就算吴水深达万丈，相隔楚山有几千重。也不能分离雌雄二剑，神物终有相会的一天。

其二

【题解】此诗疑是天宝三载（744）李白供奉翰林时所作。此诗叙事可以分成两部分。前一部分写汉武帝时董偃的持宠而骄之事。将"轻薄儿"董偃得志时的骄横生动地描写出来。第二部分写扬雄自甘淡泊，埋首著书，可惜晚节不保，被轻薄儿们所嗤笑。

咸阳二三月①，宫柳黄金枝。绿帻谁家子？卖珠轻薄儿②。日暮醉酒归，白马骄且驰。意气人所仰③，游冶方及时④。子云不晓事，晚献《长杨》辞⑤。赋达身已老，草《玄》鬓若丝⑥。投阁良可叹，但为此辈嗤⑦。

【注释】①咸阳：这里指唐朝都城长安。

②"绿帻"二句：用汉董偃的故事。《汉书·东方朔传》记载，西汉时董偃和母亲以贩卖珍珠为生，跟着母亲来到馆陶公主家，得到馆陶公主宠幸，出入都跟随公主身旁，被称为董君。有一天，汉武帝来到公主家，也想见见董偃。董偃头戴绿帻，身穿下人衣服，来拜见武帝，被武帝称为"主人翁"，并赐予衣冠，于是董偃名闻天下。绿帻：绿色头巾。古代供膳仆役所服，也是一般地位卑贱者的服饰。

③意气：志向与气概。

④游冶：出游寻乐，后特指留连妓馆，追逐声色。

⑤"子云"二句：指西汉辞赋家扬雄，字子云，为黄门侍郎，曾向汉成帝献《甘泉赋》《羽猎赋》《长杨赋》等辞赋。不晓事：不识时务。

⑥ "草《玄》"句:《汉书·扬雄传》记载,汉哀帝时,丁傅、董贤等佞臣得势,很多朝中官员依附于他们,扬雄秉持节操,不肯趋炎附势,在家潜心著述《太玄经》。草《玄》:即撰写《太玄经》。

⑦ "投阁"二句:《汉书·扬雄传》记载,王莽篡汉后,扬雄曾写《剧秦美新》来迎合王莽。后来扬雄的学生刘棻获罪,牵连到扬雄。差吏来抓捕扬雄时,扬雄从天禄阁上跳下,几乎摔死。当时京城中人用扬雄《解嘲》中的"惟寂惟寞,守德之宅"讥讽他"惟寂寞,自投阁"。此辈:指前面的"轻薄儿"。嗤:讥笑。

【译文】二三月的京城长安,宫中柳枝结满金黄的嫩芽。戴绿头巾的是谁家之子?原来是卖珠的轻薄少年。日暮时他醉酒而归,骑乘白马傲然奔驰。意气干云令人羡慕,行乐自然要当及时。扬子云不通晓世事,晚年还献上《长杨赋》。等到辞赋扬名时他已年老,满头白发还在撰写《太玄经》。他投阁之举实在可叹,被那轻薄儿嘲笑不停。

拟古十二首

【题解】拟古,即仿效古诗之作,盛行于魏晋南北朝时期。这组诗的时间、地点各不相同,内容或为闺怨,或为思情,或感叹光阴易逝,或描述游仙寻道等,反映的思想比较复杂。

其一

【题解】此诗年代不详，主要写闺妇的思夫之情。诗人借牵牛织女不能相见，来比喻夫妻的分离。"以瓶冰知冬寒，霜露欺远客"，来表达闺妇对夫君的担心。闺妇因思念而罗带渐长，衣襟渐宽，人渐消瘦。只能乘月托梦，寄情于琴。全诗情深意长，相思悠远。

青天何历历①，明星白如石。黄姑与织女②，相去不盈尺③。银河无鹊桥，非时将安适？闺人理纨素④，游子悲行役⑤。瓶冰知冬寒，霜露欺远客。客似秋叶飞，飘飖不言归⑥。别后罗带长，愁宽去时衣。乘月托宵梦，因之寄金徽⑦。

【注释】①历历：群星排列成行。

②黄姑：指牵牛星。《玉台新咏·歌辞之一》："东飞伯劳西飞燕，黄姑织女时相见。"吴兆宜注引《岁时记》："河鼓、黄姑，牵牛也。皆语之转。"织女：即织女星。

③相去：相距。

④纨素：洁白的绸子，泛指丝织品。

⑤行役：指因服兵役、劳役或公务而出外跋涉。泛指行旅。

⑥飘飖：风吹摇动，晃动。

⑦金徽：用金属镶制的琴面音位标识。这里指琴。

【译文】青天中群星纵横排列，星光明亮闪耀如白石。牛郎与织女星，相距不到尺余。银河之上还无鹊桥，不到七夕何处可去? 闺妇一心织锦，游子悲叹行役。瓶水结冰则知冬寒已到，天降霜露欺凌远行游子。游子好似秋叶飞舞，飘荡四方不知归处。分别后人瘦罗带长，忧愁时更觉衣裳宽。趁着月色托梦远方，思念之情寄于琴中。

其二

【题解】此诗年代不详。全诗描绘了一位美人独坐高楼对月伤怀，任凭秋霜沾满罗衣的情景。美人含情弹奏琴瑟，一曲《陌上桑》，余音绕梁不绝，行人听后徘徊不去，栖鸟亦飞起盘旋。并非曲调哀伤，只因心中悲苦，盼遇同心之人，共结鸳鸯之好。全诗以美人思遇佳偶，来比喻贤士盼得明君。

高楼入青天，下有白玉堂①。明月看欲堕，当窗悬清光。遥夜一美人②，罗衣沾秋霜。含情弄柔瑟，弹作《陌上桑》③。弦声何激烈④，风卷绕飞梁。行人皆踯躅⑤，栖鸟去回翔。但写妾意苦，莫辞此曲伤。愿逢同心者，飞作紫鸳鸯。

【注释】①白玉堂: 神仙所居，亦喻指富贵人家的宅邸。

②遥夜: 长夜。

③《陌上桑》: 古乐府《相和歌曲》名。晋崔豹《古今注·音乐》:"陌上桑，出秦氏女子。秦氏，邯郸人，有女名罗敷，为邑人千乘王仁妻。王仁后为赵王家令。罗敷出采桑于陌上，赵王登台，见而悦之，因饮酒欲夺焉。罗敷乃弹筝，作陌上歌以自明焉。"

④激烈：声音高亢激昂。

⑤踟蹰：徘徊不前。

【译文】高楼耸入青天，下有白玉厅堂。明月看似欲落，窗上高悬清光。长夜美人难眠，罗衣沾满秋霜。含情拨弄琴瑟，弹奏《陌上桑》曲。乐声何其高亢激昂，风卷余音绕梁不绝。行人有感徘徊不前，栖鸟飞起辗转回翔。只为表达妾身心悲，不敢托辞曲调哀伤。但愿遇到知心人，从此同化紫鸳鸯。

其三

【题解】此诗年代不详。诗人感慨光阴易逝，虽有长绳却不可系留，倘若阳春可买，积金至斗也在所不惜。生命苦短，如石火一闪而逝；世事如梦，将来又托身于谁？不如提壶买酒，聚众共乐，仙人渺茫难期，唯有醉趣为真。

长绳难系日，自古共悲辛。黄金高北斗①，不惜买阳春。石火无留光②，还如世中人。即事已如梦，后来我谁身？提壶莫辞贫，取酒会四邻③。仙人殊恍惚，未若醉中真。

【注释】①高北斗：形容黄金之多。

②"石火"句：击石出火，形容快速而短暂。

③"取酒"句：化用陶渊明《杂诗八首》其一中"得欢当作乐，斗酒聚比邻"的诗意。

【译文】长绳难以系留西落的白日，自古就是人们的共悲之事。黄金堆积高过北斗，不惜以此买到春日。石火之光转瞬即逝，正如世人生命苦短。世事一过如梦流逝，将来我会成为谁人？提壶畅饮莫说身贫，取酒设宴邀请四邻。仙人之事实在渺茫，不如酣醉最为真实。

其四

【题解】这首诗年代不详。诗人借描写仙境来表达对友人的情谊。全诗先描写了天帝居住的清都美景：有碧绿的玉树，有光彩闪耀的瑶台。紫蕊香风暗送，直飘扶桑之津。虽然遍览仙界美景，诗人还是认为世上艳色并不可贵，唯有真心最为贵重。相思时只须传书，以博友人一笑，便可表达思念之情。

清都绿玉树①，灼烁瑶台春②。攀花弄秀色，远赠天仙人。香风送紫蕊，直到扶桑津③。耻掇世上艳，所贵心之珍。相思传一笑，聊欲示情亲。

【注释】①清都：神话传说中天帝居住的宫阙。《列子·周穆王》："王实以为清都、紫微、钧天、广乐，帝之所居。"

②"灼烁"句：灼烁：光彩貌，鲜明貌。瑶台：传说中的神仙居处。

③扶桑：神话中的树木名，传说在日出之地。

【译文】清都生有绿玉之树，瑶台闪耀灼灼春光。攀折花枝欣赏秀色，遥遥赠给天上仙人。随风送去紫蕊花香，一直飘到扶桑之津。耻于采摘世上艳色，惟有真心值得珍重。相思时传书只为博一笑，聊以表达我深切的思念。

其五

【题解】此诗年代不详。全诗表达了及时行乐，不必徒自悲苦之意。前八句写天好就应陶醉春风，不必独自哀愁。可以吹箫引凤，可以酌酒鲙鱼。世事无常，不必挂怀，但为千金买醉，取乐不求其它。诗人认为通达之士，应该超脱世外，就像疏广叔侄那样，不被功名所累。最后诗人发出感慨，徒自悲苦，就如涸辙之鱼。

今日风日好，明日恐不如。春风笑于人，何乃愁自居？吹箫舞彩凤①，酌醴鲙神鱼②。千金买一醉，取乐不求余。达士遗天地③，东门有二疏④。愚夫同瓦石，有才知卷舒⑤。无事坐悲苦⑥，块然涸辙鲋⑦。

【注释】①"吹箫"句：用萧史吹箫引凤的故事。

②酌醴：酌酒。鲙：同"脍"。把鱼、肉切成薄片。嵇康《杂诗》："鸾觞酌醴，神鼎烹鱼。"神鱼：象征吉祥的鱼。曹植《仙人篇》："玉樽盈桂酒，河伯献神鱼。"

③达士：明智达理之士。遗天地：指超脱于万物之外。

④"东门"句：用疏广叔侄辞官的典故。《汉书·疏广传》记载，疏广，西汉人，字仲翁，东海兰陵（今山东枣庄峄城区）人，汉宣帝时先后任太子少傅、太傅。其侄疏受同时为少傅。任职五岁，俱告病辞官还乡。

⑤卷舒：犹进退，隐显。

⑥坐：徒然，枉然。

⑦块然：孤独貌，独处貌。涸辙鲋：用涸辙之鲋的典故。鲋：即鲫鱼。

【译文】今日风光虽好，明日恐不如意。春风对人微笑，为何独自哀愁？吹箫引来彩凤起舞，斟酒品尝神鱼之脍。不惜千金买酒一醉，只为取乐不求其它。明达之士超脱于天地之外，都城东门有二疏辞官而去。愚人迟钝如同瓦石，贤人才懂卷舒进退。无事不必徒然悲苦，独处好似涸辙之鱼。

其六

【题解】此诗疑作于肃宗至德二载（757）十一月，当时李白已离开宋若思幕府，还未判流放夜郎。全诗书写时事。谓天地闭塞，所以国遭厄运，安禄山胡兵叛乱如寒风结霜，百姓惨遭荼毒如百草凋零，就连唐玄宗也仓惶逃亡西蜀避难。而太白星显现于东方，彗星闪耀精光的天象，预示着兵祸四起。诗人谓自己不是南方越鸟，但是为了避难，也只能往南而飞。昔日鹰犬之人，有的乘乱成为王侯，有的得水则成蛟龙，有的入池成为凤凰。而诗人徒有才却不得重用，就如北斗不能盛酒、南箕不能扬谷一样。

运速天地闭^①，胡风结飞霜^②。百草死冬月^③，六龙颓西荒^④。太白出东方^⑤，彗星扬精光^⑥。鸳鸯非越鸟，何为眷南翔^⑦？惟昔鹰将犬^⑧，今为侯与王。得水成蛟龙^⑨，争池夺凤凰^⑩。北斗不酌酒，南箕空簸扬^⑪。

【注释】①"运速"句：王琦注："喻国家否运之至，如四运将终之时，天地之气亦为之闭塞不通。"天地闭：用《易·坤·文言》成句：

"天地闭,贤人隐。"指天地大乱时,有道之人隐居不出。

②"胡风"句:比喻安禄山叛乱。

③"百草"句:形容人民遭遇杀戮。

④"六龙"句:指唐玄宗西行避祸。

⑤"太白"句:太白:即金星。古代以为太白星主杀伐,故多以喻兵戎。《汉书·天文志》:"与太白俱出东方,皆赤而角,夷狄败,中国胜;与俱太白出西方,皆赤而角,中国败,夷狄胜。"

⑥"彗星"句:彗星:俗称"扫帚星",古代称为"妖星",古代谓彗星主除旧布新,其出现又为重大灾难的预兆。《新唐书·天文志二》:"至德二载十一月壬戌,有流星大如斗,东北流,长数丈,蛇行屈曲,有碎光迸出。占曰:'是谓枉矢。'"此句指此。

⑦"鸳鸯"二句:王琦注:"谓己非南人,而向南奔走。疑太白于此时偕妇同行,故用鸳鸯为喻。"

⑧鹰、犬:喻供驱使奔走的人,多指权贵豪门的爪牙。将:与。

⑨"得水"句:王琦注:"谓将帅郭子仪、李光弼一流。"

⑩"争池"句:王琦曰:"谓宰相房琯、张镐一流。"凤凰:即凤凰池,禁苑中池沼。魏晋南北朝时中书省设于禁苑,掌管机要,接近皇帝,故称之为"凤凰池"。

⑪"北斗"二句:化用《诗·小雅·大东》中"维南有箕,不可簸扬。惟北有斗,不可以挹酒浆"之意。王琦注:"伤己无人荐达,如彼天星之中北斗,虽有斗名,而不可用之以酌酒。南箕虽有箕名,而不可用之以簸扬米谷。徒有高才,不为人用,其自悲之意深矣。"

【译文】天地闭塞则贤人隐迹,胡人叛乱如寒风结霜。百姓遭难就如百草枯死冬月,圣驾逃难仓惶奔往西陲边荒。太白星出现于东方,彗星发出耀眼光芒。鸳鸯本不是越地之鸟，为什么要眷恋着南方？只有昔日的鹰犬，如今都变为王侯。遇水就能化作蛟龙，入池夺权而成宰相。北斗称斗却不可盛酒，南箕称箕却不可扬谷。

其七

【题解】此诗年代不详。诗人觉得世路艰险如行太行山上，即使想回车也难以找到依托。万物都会凋枯，世人哪有常乐。枯骨遍野，孤魂沉没。应当及时求取富贵，就如乘春早开花蕾。世人并非昆山玉，不能长久闪光辉。只望身后不朽，题名麒麟阁上。

世路今太行①，回车竟何托？万族皆凋枯②，遂无少可乐。旷野多白骨，幽魂共销铄③。荣贵当及时，春华宜照灼④。人非昆山玉⑤，安得长璀错⑥！身没期不朽，荣名在麟阁⑦。

【注释】①"世路"句：形容如今世道艰险如行太行山。

②万族：万物。

③销铄：熔化。

④春华：喻青春年华，少壮之时。照灼：光芒四射，闪耀。

⑤昆山玉：昆山即昆仑山，产美玉。后以此典喻指优秀人才。

⑥璀错：光泽闪耀貌。

⑦荣名：荣誉，美名。麟阁：即麒麟阁。汉代阁名，在未央宫中。汉宣帝时将韩增、霍光等十一功臣的画像陈列于阁上，以表扬其功绩。后

多以画像于"麒麟阁"表示卓越功勋和最高的荣誉。

【译文】世路艰难如行太行之险，想回转车头又何以为托？万物终会凋敝，无人能得欢乐。旷野之中堆满了白骨，幽冥孤魂也一同沉寂。荣华富贵应当及时求取，如同春花就宜光艳开放。世人不是昆山之玉，怎能长久闪耀光芒？身死期待声名不朽，早日题名麒麟阁中。

其八

【题解】此诗年代不详。诗人以"月色不可扫"来比喻"客愁不可道"，独树一帜，非常有新意。接着诗人论述了万物终会凋敝，虽然服食金丹可以长生，但岂是愚人能懂。既然求仙不得，不如像壶公那样藏身壶中畅饮美酒遣怀。

月色不可扫，客愁不可道。玉露生秋衣①，流萤飞百草②。日月终销毁③，天地同枯槁④。蟪蛄啼青松⑤，安见此树老？金丹宁误俗⑥，昧者难精讨⑦。尔非千岁翁，多恨去世早。饮酒入玉壶⑧，藏身以为宝。

【注释】①玉露：指秋露。

②流萤：飞行不定的萤火虫。

③"日月"句：用宋玉《九辩》中"白日晼晚其将入兮，明月销铄而减毁"之意。

④枯槁：枯萎。

⑤蟪(huì)蛄(gū)：蝉的一种，黄绿色、有黑色条纹，翅有黑斑。

雄蝉腹部有发音器，夏末自早至暮鸣声不息。

⑥金丹：古代方士炼金石为丹药，认为服之可以长生不老。晋葛洪《抱朴子·金丹》："夫金丹之为物，烧之愈久，变化愈妙。黄金入火，百炼不消，埋之，毕天不朽。服此二物，炼人身体，故能令人不老不死。"宁：岂。

⑦精讨：细心研究。

⑧入玉壶：用费长房入壶学道的故事。《后汉书·费长房传》记载，费长房，是汝南人，曾为市中小吏。一次他在市场中见一老翁卖药，座旁悬吊着一把壶，罢市后老翁就跳入壶中，人称壶公。后来费长房又在一家酒楼上见到了壶公，知道他不是普通人，就拜他为师，从他学道。

【译文】就如月色无法扫除，游子哀愁也不可道。玉露打湿了秋衣，流萤飞舞在草丛。日月终会晦灭，天地也会枯萎。夏蝉虽在青松上哀鸣，但怎能看到此树衰老？金丹岂能误人，只是愚人难懂。你不是那千岁老翁，只能抱怨去世太早。不如饮酒进入仙壶，藏身世外来当做宝。

其九

【题解】此诗年代不详。全诗感叹人生如过客，天地如旅店。世人终将归于尘土。玉兔捣药也不能长生，扶桑神木也会变成柴薪。而人世间则是白骨累累，青松无知，更加令人叹息，一时的荣华又何足珍贵。

生者为过客，死者为归人①。天地一逆旅②，同悲万古尘。月兔空捣药③，扶桑已成薪。白骨寂无言，青松岂知春？前后更叹息，浮荣何足珍④？

【注释】①归人：古人称死人为归人，生人为行人。《列子·天瑞》："古者谓死人为归人。夫言死人为归人，则生人为行人矣。"

②逆旅：客舍，旅店。

③"月兔"句：傅玄《拟天问》："月中何有？白兔捣药。"

④浮荣：虚荣。

【译文】生者都是世间过客，死者才是归家之人。天地犹如一所暂歇的旅店，世人同悲将化为万古尘埃。月中的玉兔徒然捣药，扶桑神木也变成薪柴。累累白骨寂寂无言，苍松岂知冬去春来？前思后想更加叹息，虚荣如烟何足珍贵？

其十

【题解】这首诗年代不详。诗人想象有仙人从昆仑山骑凤而来，赠送诗人绿玉杯和紫琼琴，杯可倾美酒，琴可闲素心。于是诗人弹琴演奏《风入松》，举杯劝酒天上月，感慨风月可以长相知，世人生命何其短暂。

仙人骑彩凤，昨下阆风岑①。海水三清浅②，桃源一见寻③。遗我绿玉杯，兼之紫琼琴。杯以倾美酒，琴以闲素心④。二物非世有⑤，何论珠与金？琴弹松里风⑥，杯劝天上月。风月长相知，世人何倏忽⑦！

【注释】①阆风岑：即阆风巅，山名。传说中神仙居住的地方，在昆仑之巅。《海内十洲记·昆仑》："山三角，其一角正北，干辰之辉，名曰阆风巅；其一角正西，名曰玄圃堂；其一角正东，名曰昆仑宫。"

②"海水"句：用麻姑故事。《神仙传·王远》记载，神仙麻姑自说亲见东海三次变为桑田，而且看到蓬莱的海水比以前更浅了。

③"桃源"句：用陶渊明《桃花源记》故事。一见寻：被寻访一次。

④素心：本心。

⑤二物：指绿玉杯与紫琼琴。

⑥松里风：指《风入松》，古琴曲名，晋嵇康所作。

⑦倏忽：忽然。

【译文】仙人骑乘五彩凤凰，昨天从阆风巅下来。他见过海水三次变浅，还有一次到桃源寻我。他送我一只绿玉杯，以及一把紫琼琴。杯可盛美酒，琴可清闲心。这二件不是人世间的物品，宝珠金玉又怎能与之相比？于是弹琴演奏《风入松》，举杯劝酒天上月。风月与我长为知己，世人生命何其倏忽！

其十一

【题解】此诗年代不详。这首诗描写秋高气爽之际，诗人涉江弄水，攀荷弄珠，欲赠佳人，但佳人远在彩云之中，相思悠悠也无法相见，只能伫立凉风怅望而已。整首诗表面上写佳人，实则暗喻诗人难以被君王知遇。

涉江弄秋水①，爱此荷花鲜。攀荷弄其珠，荡漾不成圆。佳人彩云里②，欲赠隔远天。相思无由见，怅望凉风前。

【注释】①涉：泛指渡水。

②佳人：指所思念之人。

【译文】乘舟渡江拨弄秋水，爱这水中荷花艳丽。拉动荷叶牵扯水珠，水珠滚动难以成圆。佳人远在彩云深处，想要赠花却隔天涯。相思悠悠而无法相见，只能秋风里惆怅远望。

其十二

【题解】此诗年代不详。这是一首吟咏思妇之作。诗中描写妇人送夫君远去，从此山水阻隔。人生之事多不如意，就算夫妻也难长久厮守。接着以越燕和燕鸿为比喻，来说明鸟雀尚且思念故地，夫君为何久无音讯。分别日久容颜也逐渐衰老，思念再美好也不能慰怀，就如琅玕再美也不能当做饭食。妇人只能登山望夫，就算化石也痴心不改。全诗将思妇对夫君的想念之情，描写得委婉细腻，令人印象深刻。

去去复去去，辞君还忆君①。汉水既殊流，楚山亦此分。人生难称意②，岂得长为群！越燕喜海日③，燕鸿思朔云④。别久容华晚，琅玕不能饭⑤。日落知天昏，梦长觉道远。望夫登高山，化石竟不返⑥。

【注释】①"去去"二句:《古诗十九首》:"行行重行行,与君生别离。"此处用其意。去去:远去。

②"人生"句:鲍照《拟行路难》:"人生不得恒称意。"此处用其意。

③越燕:越地之燕。

④燕鸿:燕为夏候鸟,鸿为冬候鸟。因多以喻相距之远,相见之难。

⑤琅(láng)玕(gān):似玉的美石。

⑥"望夫"二句:指妇人伫立望夫日久化而为石,此类传说很多。

【译文】送君远去又去远,与君辞别又思君。汉水也会有支流,楚山亦在此分断。人生万事难以如意,朋友岂能长久为伴!越燕喜欢海上红日,燕鸿思念北地之云。分别日久容颜也变老,琅玕虽好却不能为食。日落方知天色已昏,梦长始觉路途遥远。登上高山远望夫君,化身为石千年不返。

感兴八首

【题解】这组诗应该是不同时期的作品,所写内容也不尽相同。其一、其二两首是诗人对宋玉《高唐赋》和曹植《洛神赋》所做的评价。其三吟咏诗人想要寄书远方却无人可托的烦恼之情。其五属于游仙诗,叙述了诗人平生喜好神仙之术的志向。其八以嘉谷为喻,抒发诗人对贤士怀才不遇的感慨。其四与《古风五十九首》其四十七"桃花开东园",其六与《古风五十九首》其二十七"燕赵有秀色",其七与《古风五十九首》其三十六"抱玉入楚国",文字大略相同,应属于一诗二传。

其一

【题解】此诗年代不详。李白认为宋玉《高唐赋》所描述内容皆为乌有之事。李白认为瑶姬本是天帝之女,化为朝云,不可能倾心于楚王。而宋玉却把她描述为托身楚王的献媚之人,实在有伤大雅。

瑶姬天帝女①,精彩化朝云②。宛转入梦宵③,无心向楚君。
锦衾抱秋月④,绮席空兰芬⑤。茫昧竟谁测?虚传宋玉文⑥。

【注释】①瑶姬:即巫山神女,相传为天帝之小女。
②朝云:巫山神女名。战国时楚怀王游高唐,昼梦幸巫山之女。后好事者为立庙,号曰"朝云"。宋玉《高唐赋》:"昔者,先王尝游高唐,怠而昼寝,梦见一妇人,曰:'妾,巫山之女也,为高唐之客,闻君游高唐,愿荐枕席。'王因幸之。去而辞曰:'妾在巫山之阳,高丘之阻,旦为朝云,暮为行雨。朝朝暮暮,阳台之下。'旦朝视之,如言。故为立庙,号曰'朝云'"李善注引《襄阳耆旧传》曰:"赤帝女曰瑶姬,未行而卒,葬于巫山之阳,故曰巫山之女。楚怀王游于高唐,昼寝,梦见与神遇,自称是巫山之女,王因幸之,遂为置观于巫山之南,号为朝云。"
③梦宵:指巫山神女入楚王之梦。
④锦衾:锦缎的被子。
⑤绮席:华丽的席具。古人称坐卧之铺垫用具为席。

⑥宋玉文：指宋玉《高唐赋》。

【译文】瑶姬是天帝的女儿，精魄化为五彩朝云。悄然进入楚王梦中，却无倾心楚王之意。锦衾空抱秋月光辉，绮席徒留兰若芬芳。谁能推究这些缥缈之事？宋玉《高唐赋》不过是虚传。

其二

【题解】此诗年代不详。此诗格调与上一首类似，都是以批评的态度评点古人辞赋。诗人评价曹植写《洛神赋》，是出于留恋美色的目的，因而认为有伤大雅，定会被世人所讥讽。

洛浦有宓妃①，飘飖雪争飞②。轻云拂素月③，了可见清辉④。解珮欲西走⑤，含情讵相违⑥？香尘动罗袜，渌水不沾衣⑦。陈王徒作赋⑧，神女岂同归？好色伤大雅，多为世所讥。

【注释】①洛浦：洛水之滨。宓妃：传说中的洛水女神。曹植《洛神赋》："黄初三年，余朝京师，还济洛川。古人有言，斯水之神，名曰宓妃。感宋玉对楚王说神女之事，遂作斯赋。"李善注引《汉书音义》如淳曰："宓妃，宓羲氏之女，溺死洛水，为神。"

②"飘飖"句：此处用曹植《洛神赋》中"飘飖兮若流风之回雪"句意。

③"轻云"句：用《洛神赋》中"仿佛兮若轻云之蔽月"句意。

④"了可"句：指了然可见其清辉。了，全然。

⑤"解珮"句：用《洛神赋》"愿诚素之先达，解玉珮以要之"句意。

⑥含情：怀着深情。讵：岂，怎。

⑦"香尘"二句：用《洛神赋》中"凌波微步，罗袜生尘"及"灼若芙蕖出渌波"句意。

⑧陈王：指曹植，太和六年（232）封陈王。

【译文】洛水有神女宓妃，体态飘飘若雪飞。好似轻云拂过素月，了然可见清美光辉。她解下玉佩欲向西去，深情款款岂忍相拒？罗袜凌波暗生香尘，白衣摇曳不沾碧水。曹植徒然写下《洛神赋》，神女岂能与他一同归？喜爱美色有伤风雅，定会被世人所讥笑。

其三

【题解】此诗年代不详。诗中之人想要万里寄书，可是苦等不见信使前来。想要托付鸿雁，鸿雁又不肯停留。放在箱中，又被蠹虫毁坏。想效仿古人投书水中，又担心他人拆开，生出是非。全诗语言浅显，情愫委婉，颇具民歌风格。

裂素持作书①，将寄万里怀。眷眷待远信②，竟岁无人来③。征鸿务随阳④，又不为我栖。委之在深箧⑤，蠹鱼坏其题⑥。何如投水中⑦，流落他人开。不惜他人开，但恐生是非。

【注释】①裂素：裁剪白绢以绘画作文。素，洁白的绢。

②眷眷：依恋反顾貌。信：指传送信函的人。宋代黄伯思《东观余论》："古者谓使为信，故逸少帖云：信遂不取答。《真诰》云：公至山下，又遣一信见告。《谢宣城传》云：荆州信去倚待。《陶隐居帖》云：明

旦信还，仍过取反。凡言信者，皆谓使人也。近世犹有此语，故《虞永兴帖》云：事已信人口具。而今之流俗遂以遗书馈物为信，故谓之书信，而谓前人之语亦然，不复知魏、晋以还，所谓信者乃使之别名耳。"

③竟岁：终岁，整年。

④征鸿：即征雁，多指秋天南飞的雁。随阳：跟着太阳运行。指大雁随着太阳的偏向北半球和南半球而北迁南徙，故称。

⑤委：存放。箧：小箱子。

⑥蠹鱼：蛀虫。题：王琦注："古人谓书签为题，传所云'隋唐藏书，皆金题玉躞'是矣。此所云题者，乃书札面上手笔封题之处。"

⑦"何如"句：用殷洪乔故事。《世说新语·任诞》："殷洪乔作豫章郡，临去，都下人因附百许函书。既至石头，悉掷水中，因祝曰：'沉者自沉，浮者自浮，殷洪乔不能作致书邮。'"

【译文】裁剪一幅白绢作书，将要远寄万里诉怀。心中期盼远方信使，一年到头也无人来。大雁跟随太阳迁徙，又不肯为我作停留。把信放在书箱深处，却被蠹虫蛀坏封题。不如学殷洪乔把信投水中，顺水飘到他人手中再拆开。我不在意他人来拆信，只怕会因此生出是非。

其四

【题解】此诗年代不详。与《古风五十九首》其四十七"桃花开东园"略同，当是一诗两传。萧士赟云："必是当时传写之殊。编诗者不能别，姑存于此卷。观者试以首句比并而论，美恶显然，识者自见之矣。"此诗首句写芙蓉，而芙蓉并非春花，与下文意思不合，当以《古风五十九首》其四十七为准。全诗写桃李偶蒙春风而发，虽如佳人有艳色，但恐只开花而不结实，等到大火星落而秋风起，就会花败零落。而青松凌寒独立，千载如一。全诗托物比兴，以桃李比喻借攀附谄媚而得势的小人，以松树比喻坚持操守的君子，显示出诗人的不攀富贵，仰慕道义的高洁志向。

芙蓉娇绿波①，桃李夸白日。偶蒙春风荣②，生此艳阳质③。岂无佳人色？但恐花不实。宛转龙火飞④，零落互相失。讵知凌寒松⑤，千载长守一⑥？

【注释】①芙蓉：荷花的别名。

②荣：开花。

③艳阳质：艳丽的资质。

④宛转：随顺变化。龙火：指心宿，是东方苍龙七宿之一，心宿又名火，故称为龙火，亦称大火星。夏历五月黄昏，可见于正南天空，以后位置逐渐西降。

⑤讵知：岂知。

⑥守一：专守定法。

【译文】绿波中荷花娇艳动人，白日下桃李争相炫耀。它们偶然得遇春风萌发，才能拥有如此艳丽之质。它们岂无佳人的绝色？但恐只开花却不结果。转眼大火星落秋风渐起，它们就会纷纷凋零失色。它们岂知凌寒青松，千年如一坚守本性？

其五

【题解】此诗年代不详。诗人自述年少时就有志于游仙，一直到现在都未曾放弃。诗人憧憬能够像仙人一样吹笙松风中，抚琴海月下，超然于物外，可以随同黄鹤翱翔，飞往蓬莱仙山。

十五游神仙，仙游未曾歇。吹笙吟松风①，泛瑟窥海月②。西山玉童子③，使我炼金骨。欲逐黄鹤飞，相呼向蓬阙④。

【注释】①吹笙：用王子乔吹笙登仙故事。

②泛瑟：即抚瑟。

③"西山"句：曹丕《折杨柳行》："西山一何高，高高殊无极。上有两仙僮，不饮亦不食。"此处用其意。

④蓬阙：蓬莱宫。神仙居住之地。

【译文】十五岁起我就游仙学道，四处仙游从来不曾停歇。松风中吹笙吟咏，海月下弹琴鸣瑟。西山白玉童子，使我炼成金骨。想去追随黄鹤飞翔，彼此呼唤去向蓬莱。

其六

【题解】此诗年代不详。与《古风五十九首》其二十七"燕赵有秀色"文字互有异同，当是一诗两传。诗中描写西国有美女姿色倾城，而且还志行高洁，赤心如凝丹。但是常常担心红颜凋谢，不为人欣赏，渴望与谦谦君子配为佳偶，就像萧史弄玉那样共乘鸾凤高飞。古人常以美人来比喻贤士，此处诗人也是借美人迟暮来比喻君子怀才不遇，以美人求佳偶来比喻君子渴望得到明君知遇。

西国有美女，结楼青云端。蛾眉艳晓月①，一笑倾城欢②。高节不可夺③，炯心如凝丹④。常恐彩色晚⑤，不为人所观。安得配君子，共成双飞鸾⑥。

【注释】①蛾眉：美人的秀眉。也喻指美女；美好的姿色。

②倾城：全城，满城。《汉书·外戚传》："北方有佳人，绝世而独立，一顾倾人城，再顾倾人国。"后以"倾国"或"倾城"来形容女子极为美丽。

③高节：高尚的节操。

④炯心：忠诚的心，光明的心地。

⑤彩色：指美丽的容颜。

⑥双飞鸾：用萧史弄玉的典故。据《列仙传》记载，萧史是秦穆公时人，善吹箫，能致孔雀白鹤于庭。穆公以女弄玉妻之。萧史日教弄玉吹箫作凤鸣，后凤凰来集其屋。穆公筑凤台，使萧史夫妇居其上，数年后，皆随凤凰飞去。

【译文】西方国有绝世美女，所居秀楼直入云端。她眉目姣好如同明月，微微一笑足以倾人城。她节操高尚不可夺志，一片赤心犹如凝丹。常常担心容颜变老，不再有人喜欢欣赏。如何能与君子配为佳偶，像萧史弄玉一样乘鸾高飞。

其七

【题解】此诗年代不详。与《古风五十九首》其三十六"抱玉入楚国"相似，仅数字不同，应属一诗两传。全诗以卞和三献玉的典故，来表达诗人对于宝玉遭弃，贤士不遇的感慨。又以直木先伐，芳兰被焚来说明才高招祸的道理。然后诗人感悟天道亏盈，沉冥得道的道理，决心效仿鲁仲连和伯夷、叔齐，归隐山林，不问世事。

揭来荆山客，谁为珉玉分？良宝绝见弃，虚持三献君^①。直木忌先伐^②，芬兰哀自焚^③。盈满天所损^④，沉冥道所群。东海有碧水^⑤，西山多白云。鲁连及夷齐^⑥，可以蹑清芬^⑦。

【注释】①"揭来"四句：用卞和三献玉的典故。揭来：何来。荆山客：指卞和。珉：像玉的石头。三献君：指卞和三次献玉给三代楚王。

②"直木"句：挺直成材的树木，最先被砍伐。《庄子·山木》："直木先伐，甘井先竭。"比喻有才能的人会遭到迫害。

③"芬兰"句：《太平御览》引《金楼子》曰："蚌怀珠而致剖，兰含香而遭焚。"芳兰：兰花。古人常以喻君子。

④"盈满"句：指天道的规律是亏损盈满，增补谦虚。

⑤"东海"句：《战国策·赵策三》记载，鲁仲连评价秦国是个抛弃礼仪而崇尚战功的国家，以诡诈之术对待士人，把百姓当奴隶一样役使。如果让它称帝统治天下，那么我只有跳进东海去死了，我不愿意作它的臣民。

⑥鲁连:即鲁仲连。夷齐:伯夷和叔齐。

⑦清芬:清香,喻高洁的德行。

【译文】何处荆山客前来献玉,谁又能分清珉玉区别?真正的宝玉被绝然抛弃,三次献给楚王都徒劳无功。直木因其良材而被采伐,芬兰因其清香而被焚烧。盈满者总会被天道减损,深沉不露才能与道为群。东海有一望无际的碧水,西山有自卷自舒的白云。鲁仲连和伯夷、叔齐志行高洁,值得世人追继他们的芬芳德操。

其八

【题解】此诗年代不详。全诗托物比兴,借嘉禾被埋没来比喻贤才不得任用,萧士赟评曰:"此篇比兴之诗,刺时贤不能引类拔萃以为国用者欤?'嘉谷隐丰草,草深苗且稀',喻贤人在野,混于常人之中。'农夫既不异,孤穗将安归',农夫见谷之在草,而不别异之,犹贤者见贤之在野,而不荐引之也。'常恐委畴陇,忽与秋蓬飞',喻在野之贤,惟恐老之将至,埋光铲彩,与草木俱腐也。'乌得荐宗庙,为君生光辉',以喻在野之贤,冀在位之贤引而进之,以羽仪朝廷也。嗟乎!士怀才而不遇,千载读之,犹有感激。"

嘉谷隐丰草①,草深苗且稀②。农夫既不异,孤穗将安归?常恐委畴陇③,忽与秋蓬飞④。乌得荐宗庙⑤,为君生光辉?

【注释】①嘉谷:嘉禾。生长奇异的禾,古人以之为吉兆。亦泛指生长苗壮的禾稻。丰草:茂密的草。

②"草深"句：化用陶潜《归园田居》中"草盛豆苗稀"之句。

③委：丢弃，抛弃。畴陇：田亩。

④秋蓬：秋季的蓬草。因已干枯，易随风飘飞，故亦以喻飘泊不定。

⑤乌：哪，何。荐：进献，祭献。

【译文】嘉禾掩没在荒草中，荒草茂盛禾苗稀疏。农夫既然不加区分，孤苗又将何处安身？常常担心被弃之田陇，倏忽之间与秋蓬飘飞。没有稷黍进献给宗庙，如何为君王增添光辉？

寓言三首

【题解】这组诗年代不详。寓言，是用假托的故事或拟人手法，来寄托某个道理，常常带有讽刺或劝诫的作用。《庄子·寓言》："寓言十九，重言十七。"即指托辞以寓意。这三首诗分别吟咏周公、精卫和海燕之事来寄托寓意。

其一

【题解】此诗写周公忠心辅佐武王、成王却反遇猜忌的经历，来说明以周公之贤，尚且被成王见疑，只得写下《鸱鸮》诗以自明，如果没有金縢藏书，又有谁能明白周公的忠诚呢？诗人以周公自比，忧虑自己一旦遭谗而不被君王知遇。

　　周公负斧扆①，成王何夔夔②！武王昔不豫③，剪爪投河湄。贤圣遇谗慝，不免人君疑④。天风拔大木，禾黍咸伤萎⑤。管蔡扇苍蝇，公赋《鸱鸮诗》⑥。金縢若不启⑦，忠信谁明之？

　　【注释】①斧扆：亦作"斧依"。古代帝王朝堂所用的状如屏风的器具，以绛为质，高八尺，置于户牖之间。天子见诸侯则依而立，背之而南面以对诸侯。因上面绣有斧形图文，故名。

　　②成王：周武王之子周成王。年幼而即位，所以由叔父周公旦摄政。夔夔：戒惧敬慎貌。

　　③不豫：天子有病的讳称。

　　④"剪爪"三句：《史记·蒙恬列传》记载，昔日周成王即位之时，尚在襁褓之中，由周公旦背着成王接受群臣觐见，安定了天下。等到成王病重的时候，周公剪下指甲沉入黄河，祈祷说："周王年幼无知，是我在处理朝政，若有罪过，应该由我承受。"并把祷辞写下来藏在内府。成王亲政后，有人进谗言说周公将要谋反，成王听后大怒，周公出逃到楚国。成王在内府发现了周公的祷辞，看完不禁流下眼泪，明白周公的一片忠心，就杀了造谣生事之人，并将周公请回。谗慝(tè)：进谗陷害。

　　⑤"天风"二句：《史记·鲁周公世家》记载，周公去世后，正值秋季，尚未秋收，狂风大作，雷电交加，未收割的庄稼全部被大风吹倒，大树被连根拔起，周国上下大恐。成王与大夫穿上朝服，打开周公留下的金縢之书，成王看到了周公愿以自己替武王而死的誓词。成王向史官求证，史官回答："确有此事，当时周公命令我们不许说出去。"成王执书哭泣："今后恐怕再也没有这样的占卜了。从前周公为王室操劳，我年幼不知周公的辛劳。如今天降威严来彰显周公的德行，我要亲自去迎接

周公的神位，并以最高的国礼对待。"于是成王出城举行祭祀，天也下起了雨，风向也变了，倒地的庄稼又都立了起来。

⑥"管蔡"二句：《书·金滕》记载，武王去世后，管叔等人在国内散布谣言，说周公将会对成王不利。周公就告诉太公、召公说："我如果不摄政，就无法向先王禀告。"周公留在东方两年，平定了管叔等人的叛乱。后来，周公写了一首《鸱鸮》诗送给成王，诗中描述一只母鸟受到迫害，以及经营巢窠的辛苦和所处境况的艰危。《史记·鲁周公世家》记载，管叔、蔡叔、武庚等人反叛。周公奉成王之命，兴师东伐，作《大诰》。于是诛杀管叔，斩杀武庚，放逐蔡叔。

⑦金滕（téng）：用金属制的带子将收藏书契的柜封存。滕，封闭。

【译文】周公面朝诸侯背靠斧扆，成王是多么戒惧和敬慎！武王重病之际周公祝词愿以身代，成王垂危之时周公剪下指甲投河祈祷。贤圣都会遭到谗言抵毁，仁君不免心生怀疑。周公死后巨风拔起大树，田亩禾苗全部倒地枯萎。管叔蔡叔像苍蝇一样散布流言，周公写下《鸱鸮》诗以讽喻周成王。如果没有看到金滕中的藏书，谁能知道周公的忠信高洁呢？

其二

【题解】这首诗以彩凤、青鸟和精卫鸟来作对比。彩凤、青鸟在瑶台、玉山留连起舞，而精卫则辛苦地衔木填海。诗人以此来比喻谄媚之人得势于朝廷，忠贞之士流落在草野。

遥裔双彩凤①，婉娈三青禽②。往还瑶台里，鸣舞玉山岑③。以欢秦娥意④，复得王母心⑤。区区精卫鸟，衔木空哀吟⑥。

【注释】①遥裔：即摇曳飘荡。

②婉娈：年少美貌。青禽：即青鸟。神话中西王母的信使。

③"往还"二句：王琦注："瑶台、玉山，皆西王母之居。"

④秦娥：指秦穆公之女弄玉。

⑤王母：即西王母。

⑥"区区"二句：用精卫填海的典故。《山海经·北山经》记载，传说炎帝之女在东海玩耍时被淹死，灵魂化为精卫，常衔西山之木石以填东海。后以"精卫填海"比喻不畏艰难，奋斗不懈。

【译文】一对彩凤摇曳多姿，三青神鸟玲珑娇美。在瑶台之中往来游弋，在玉山之上鸣叫飞舞。彩凤已得秦娥的喜欢，青鸟又获王母的欢心。可怜辛劳的精卫小鸟，只能衔木填海空哀吟。

其三

【题解】此诗应作于天宝年间诗人供奉翰林之时。表面上写闺妇思念从军的夫君，但诗中绿杨、海燕显然有所起兴。大概以绿杨遇春风而难自持，来比喻朝中得势者受宠欢欣之状。海燕可以千里迢迢返回宫城，而诗人与君王难以知遇，就像闺妇思念夫君一样，只能梦中相见。整首诗辞清意婉，寄托动人。

长安春色归，先入青门道①。绿杨不自持，从风欲倾倒。海燕还秦宫②，双飞入帘栊③。相思不可见，托梦辽城东④。

【注释】①青门：汉长安城东南门。本名霸城门，因其门色青，故俗呼为"青门"或"青城门"。

②秦宫：这里代指长安。

③帘栊：窗帘和窗牖。也泛指门窗的帘子。栊，窗棂木。

④辽城东：王琦注："秦置辽西、辽东二郡，因在辽水之西、东而名。在唐时，辽西为柳城郡及北平郡之东境，辽东为安东都护府之地，外与奚、契丹、室韦、靺鞨诸夷相接，皆边城也，有兵戍之。"

【译文】长安春色早归，先从青门而入。绿杨也无法自持，随着春风欲倾倒。海燕返还长安宫中，双双飞入窗牖檐下。相思却无法相见，只好梦中去往辽东。

秋夕旅怀

【题解】此诗年代不详。秋天万物凋零，本就容易生愁，而诗人独处异乡，这种萧瑟感觉就更为明显。秋风吹来，带动绵绵乡思。放眼望去，山峦连绵不断。流水悠悠，不知何时归来。芳草凋零，白露催寒。只能梦中留恋故乡，醒来已经银河落而星宿稀。诗人含悲思念故乡，泪流满面也无人挥拭。全诗以吟咏秋色开篇，借景抒情，抒发了诗人的浓重乡情。

凉风度秋海，吹我乡思飞。连山去无际，流水何时归？日夕浮云色①，心断明月晖②。芳草歇柔艳③，白露催寒衣。梦长银汉落④，觉罢天星稀。含叹想旧国⑤，泣下谁能挥？

【注释】①日夕：近黄昏时，傍晚。

②心断：犹心碎。

③歇：凋零。

④银汉：银河，天河。

⑤旧国：指国都长安。此处代指故乡。

【译文】凉风度过秋海而来，吹动我的乡思飞扬。连绵山脉无边无际，东逝流水何时才归？日晚浮云伴随暮色，心碎倍感明月辉冷。芳草失去往日娇柔，白露催人早着寒衣。梦境幽长不觉银河落下，醒后天上繁星已经稀疏。心怀感叹思念故乡，泪流满面谁为挥去？

感遇四首

【题解】此组诗写作年代不详，所表达的内容也各不相同。感遇诗，即对所遇之事物抒发感怀的诗作。

其一

【题解】此诗年代不详。诗中描述了王子晋成仙的传说，羡慕浮丘公与王子晋成仙已去，自己只能徒然梦中殷勤期盼。

吾爱王子晋^①，得道伊洛滨^②。金骨既不毁^③，玉颜长自春^④。可怜浮丘公^⑤，猗靡与情亲^⑥。举手白日间，分明谢时人^⑦。二仙去已远，梦想空殷勤。

【注释】①王子晋：即王子乔，为周灵王太子晋，故称。好吹笙，作凤凰鸣。周游于伊、洛之间，遇道士浮丘公，追随浮丘公上嵩高山修仙。后还家，乘白鹤于山巅，举手与众人告别，数日之后远去无踪。

②伊洛：伊水和洛水。

③金骨：仙骨。

④玉颜：形容不老的容颜。

⑤可怜：可羡。

⑥猗靡：缠绵，相随。

⑦谢：告辞，告别。

【译文】我很仰慕仙人王子晋，在伊洛之滨修成得道。炼就金骨不朽不毁，容颜不老常葆青春。非常美慕浮丘公，与他情亲常相伴。他在白日向众人挥手，昭然与世人告别而去。二位仙人已经远去不回，我只能在梦中殷勤期盼。

其二

【题解】此诗年代不详。前半部分写东篱之菊茎稀叶小，虽然没有兰蕙之香，却也自有芬芳。后半部分诗人感慨花开繁盛之时不去采摘，等到花白衰落之时又将何处可依？全诗托物起兴，意味深远。

可叹东篱菊①，茎疏叶且微。虽言异兰蕙②，亦自有芳菲③。未泛盈樽酒④，徒沾清露辉。当荣君不采，飘落欲何依⑤？

【注释】①东篱菊：陶渊明《饮酒二十首》其五中："采菊东篱下，悠然见南山。"

②兰蕙：兰和蕙，皆香草。

③芳菲：花草香美的样子。

④"未泛"句：指尚未满饮浸泡菊花之酒。泛：浮，浸泡。指把菊花置于酒中浸泡。

⑤"当荣"二句：《古诗十九首·冉冉孤生竹》："伤彼蕙兰花，含英扬光辉。过时而不采，将随秋草萎。"刘良注："言蕙兰过时不采，乃随秋草落矣。喻夫之不来，亦恐如此草之衰也。"此处用其意。

【译文】可叹东篱下的菊花，花茎稀疏细叶又小。虽说有别于兰蕙，但自己也有芬芳。还没饮过满杯的菊花酒，徒然沾上丛中的清露辉。花开正盛不去采摘，等到飘落何处可依？

其三

【题解】此诗年代不详。诗中以嫦娥与宫中美人作对比，意在说明嫦娥并不以容貌为荣而是为了修炼成仙。而宫中美女只会夸赞美色，岂不知转眼就会红颜凋落。诗人表达了人生易逝，红颜易老，应该及早修仙访道的体悟。

昔余闻常娥①，窃药驻云发。不自娇玉颜，方希炼金骨。飞去身莫返，含笑坐明月。紫宫夸蛾眉②，随手会凋歇③。

【注释】①常娥：同"嫦娥"，又作"姮娥"。因"姮"音同"恒"，汉人为避文帝刘恒讳，后改称"嫦娥"或"常娥"。《淮南子·览冥训》："羿请不死之药于西王母，姮娥窃以奔月。"高诱注："姮娥，羿妻。羿请不死之药于西王母，未及服之，姮娥盗食之，得仙，奔入月中，为月精也。"

②紫宫：本指紫微垣，也代指帝王宫禁。

③随手：随即，立刻。

【译文】昔日我听说天上的嫦娥，偷吃不老药后乌发永驻。她不仅以娇媚的容颜为荣，还希望炼成仙体长生不老。她飞升明月就再没回来，含笑坐于月宫俯视下界。宫禁里的美人总是夸耀艳色，她们哪知道容颜转瞬就会凋歇。

其四

【题解】此诗年代不详。诗中借用宋玉之事寄托感怀。宋玉侍奉楚王，立身高洁，曾写下《高唐赋》吟咏巫山神女，又作《对楚王问》描写郢客的曲高和寡，然而一旦被登徒子谗毁，就被楚王从此疏远。诗人大概是借用史事，抒发自己被谗见疏的郁闷。

宋玉事楚王①，立身本高洁。巫山赋彩云②，郢路歌《白雪》。举国莫能和，巴人皆卷舌③。一惑登徒言④，恩情遂中绝⑤。

【注释】①宋玉：战国时楚人，辞赋家。曾为楚顷襄王大夫。楚王：即楚顷襄王。

②"巫山"句：指宋玉《高唐赋》中所提到的巫山云雨故事。

③"郢路"三句：指宋玉的《对楚王问》："客有歌于郢中者，其始曰《下里》《巴人》，国中属而和者数千人。其为《阳阿》《薤露》，国中属而和者数百人。其为《阳春》《白雪》，国中属而和者不过数十人。引商刻羽，杂以流徵，国中属而和者不过数人而已。是其曲弥高，其和弥寡。"郢：楚国的都城，在今湖北省江陵县附近。《白雪》：古琴曲名。传为春秋晋师旷所作。《巴人》：古曲名。卷舌：不开口，闭口不言。

④登徒言：指宋玉的《登徒子好色赋》："大夫登徒子侍于楚襄王，短宋玉曰：'玉为人体貌闲丽，口多微辞，又性好色，愿王勿与出入后宫。'王以登徒子之言问宋玉，玉曰：'体貌闲丽，所受于天也。口多微辞，所学于师也。至于好色，臣无有也。'王曰：'子不好色，亦有说乎？有说则止，无说则退。'玉曰：'天下之佳人，莫若楚国，楚国之丽者，莫若臣里，臣里之美者，莫若臣东家之子……然此女登墙窥臣三年，至今未许也。'"

⑤"恩情"句：化用班婕妤《怨歌行》中"弃捐箧笥中，恩情中道绝"之句。

【译文】宋玉侍奉楚襄王时，立身本就清逸高洁。他在巫山作赋描述神女化作彩云，又写郢客在楚都高唱《白雪》之歌。曲调高雅举国上下无人能和，俗者唱惯《巴人》只能闭口不言。一朝听信了登徒子的谗言，楚王对宋玉的恩宠就此断绝。

卷二十一 写怀

翰林读书言怀呈集贤院内诸学士

【题解】此诗是天宝二年（743）秋，李白供奉翰林时所作。翰林，指翰林院。唐玄宗在开元初年，置翰林院为待诏治所，上至文词经学之士，下至卜、医、伎术之流，皆直于院中，以备宴见。集贤，指集贤殿书院。《新唐书·百官志二》："开元十三年（725），改丽正修书院为集贤殿书院，五品以上为学士，六品以下为直学士，宰相一人为学士知院事，常侍一人为副知院事，又置判院一人，押院中使一人。玄宗常选耆儒，日一人侍读，以质史籍疑义，至是，置集贤院侍讲学士、侍读直学士。"李白供奉翰林后，屡次受到小人谗言毁谤，忧惧不已，因而产生了效仿古人，归隐山林的想法。此诗辞清情逸，立意悠远。

晨趋紫禁中①，夕待金门诏②。观书散遗帙③，探古穷至妙。

片言苟会心④，掩卷忽而笑。青蝇易相点⑤，《白雪》难同调⑥。本是疏散人⑦，屡贻褊促诮⑧。云天属清朗⑨，林壑忆游眺。或时清风来，闲倚栏下啸。严光桐庐溪⑩，谢客临海峤⑪。功成谢人君，从此一投钓⑫。

【注释】①紫禁：古以紫微垣比喻皇帝的居处，因称宫禁为"紫禁"。谢庄《宋孝武宣贵妃诔》："掩綵瑶光，收华紫禁。"李善注："王者之宫，以象紫微，故谓宫中为紫禁。"

②金门：即金马门，此处借指唐代翰林院。

③遗帙：指前代传下的书画。帙，书、画的封套，用布帛制成，这里代指书画。

④片言：简短的文字或语言。会心：领悟于心。

⑤"青蝇"句：《诗·小雅·青蝇》："营营青蝇，止于樊。岂第君子，无信谗言。"郑玄笺："蝇之为虫，污白使黑，污黑使白，喻佞人变乱善恶也。"点：点污。此处比喻毁谤之言于君子，就如青蝇遗粪于白玉。

⑥同调：音调相同。比喻有相同的志趣或主张。

⑦疏散：闲散，放达不羁。

⑧贻：招致。褊促：犹褊急，气度偏窄。诮：讥诮，讥嘲。

⑨"云天"句：此处比喻朝廷清明。

⑩严光：又名遵，字子陵，东汉初会稽余姚（今浙江宁波慈溪）人，年少时与光武帝刘秀一同游学。刘秀即位后，隐而不见。后被征至京，不肯做官。归家后躬耕于富春山。桐庐溪：又称桐庐江。在浙江省中部。钱塘江自建德市梅城至桐庐县段的别称。两岸景色秀丽，有严子陵钓台等古迹。

⑪谢客：指南朝宋谢灵运。谢灵运小名客儿，故称。临海峤：指谢灵运的《登临海峤初发强中作与从弟惠连见羊何共和之》诗。临海：郡名，今浙江临海市。峤：尖而高的山。

⑫投钓：垂钓，比喻隐居。

【译文】清晨来到紫禁之中，傍晚待诏在金马门。可以翻阅前代珍本，能够探究古贤至理。偶尔从片言中得到领悟，忽然掩卷发出会心微笑。青蝇轻易就能玷污白玉，《白雪》曲高难找同调之人。我本是疏懒散漫之人，却屡遭偏狭小人嘲讽。天高云淡正是清朗时节，不禁忆起畅游林壑之时。那里常常有清风吹来，可以闲倚栏杆而长啸。严光隐居于桐庐溪畔，谢灵运踏足海角山尖。一旦功成我就辞别朝廷，从此遁迹世外垂钓江湖。

寻阳紫极宫感秋作

【题解】此诗年代不详。寻阳，郡名，即江州，唐属江南道，今江西九江市。紫极宫，道宫名。唐朝以老子为先祖，封老子为玄元皇帝，天下州郡建紫极宫供奉老子。《旧唐书·玄宗纪》："开元二十九年（741）春正月丁丑，制两京诸州各置玄元皇帝庙。"天宝二年（743）三月，"改西京玄元庙为太清宫，东京为太微宫，天下诸郡为紫极宫"。寻阳紫极宫，即江州紫极宫。诗人在寻阳紫极宫，听到北窗秋竹之声，心有所感，静观奥妙，浩然幽处。因思平生际遇，连用唐举、司马季主、蘧伯玉和陶渊明等人典故，来说明世道变幻，反复无常。最后诗人希望能效仿陶渊明归隐田园。全诗抒发了诗人漂泊半生后,对人生起伏的感慨和对田园生活的向往。

何处闻秋声?翛翛北窗竹①。回薄万古心②,揽之不盈掬③。静坐观众妙④,浩然媚幽独⑤。白云南山来,就我檐下宿⑥。懒从唐生决⑦,羞访季主卜⑧。四十九年非⑨,一往不可复。野情转萧散⑩,世道有翻覆。陶令归去来⑪,田家酒应熟。

【注释】 ①翛翛:象声词,形容风声。

②回薄:循环相迫变化无常。

③盈掬:亦作"盈匊"。满捧,两手合捧曰掬。

④众妙:一切深奥玄妙的道理。

⑤浩然:正大豪迈貌。媚:喜爱。幽独:静寂孤独。

⑥"白云"二句:化用陶渊明《拟古诗九首》其五中"白云宿檐端"之句。

⑦"懒从"句:唐生:指战国时的相士唐举。《史记·范雎蔡泽列传》记载,纵横家蔡泽曾让唐举看相,并询问自己的寿命,唐举说:"先生的寿命,从今往后还有四十三年。"蔡泽笑谢而去。

⑧季主卜:季主:指西汉司马季主。《史记·日者列传》记载,司马季主是西汉楚人。精通《易经》,善黄老之术。曾卖卜于长安东市。当时中大夫宋忠,博士贾谊,游于卜肆中,遇司马季主并向其请教,司马季主为他们讲解易理,都是他们未曾听过的内容。使宋、贾二人瞠目结舌,口不能言。

⑨"四十九"句:《淮南子·原道训》:"故蘧伯玉年五十,而有

四十九年非。"高诱注："伯玉，卫大夫蘧瑗也。今年所行是也，则还顾知去年之所行非也。岁岁悔之，以至于死，故有四十九年非。所谓月悔朔、日悔昨也。"

⑩野情：不受世事人情拘束的闲散心情。

⑪陶令：指陶渊明，曾为彭泽县令。

【译文】耳中听到何处传来秋声？正是北窗竹林萧萧而响。悲秋之心万古同有，欲揽秋声却难捧取。静坐洞察奥妙之道，坦然享受幽处之乐。悠悠白云南山而来，飘入我家停留檐下。懒于拜访唐举询问命运，羞于向司马季主占卜前途。回首四十九年事皆有非，可惜往事一去不可返回。不羁性情转为闲散，世道变幻反复无常。不如像陶渊明那样归隐，如今正是田家酒熟之时。

江上秋怀

【题解】此诗年代不详。这首诗描写了诗人面对江景秋色的感怀。诗人回到旧居，散发偃卧，不再远游。耳边听到寒蝉哀号枯桑之上，才知秋来。此时朔雁已经离开海滨，越燕也该辞别江楼。风卷沙起，云雾绕洲。黄云结成暮色，白水泛起寒流。诗人看到蘅兰萧瑟，因而怆然心悲，泪流难收。

餐霞卧旧壑①，散发谢远游②。山蝉号枯桑，始复知天秋③。朔雁别海裔④，越燕辞江楼⑤。飒飒风卷沙⑥，茫茫雾萦洲⑦。黄云结暮色,白水扬寒流⑧。恻怆心自悲⑨,潺湲泪难收⑩。蘅兰方萧瑟⑪,长叹令人愁。

【注释】①餐霞:王琦注:"餐霞,吞食霞气,仙家修炼之法。"

②散发:披散着头发,常喻指隐居。

③"山蝉"二句:化用乐府古辞《饮马长城窟行》中"枯桑知天风"之句。

④朔雁:指北方之雁。海裔:海边。

⑤越燕:南方越地之燕。

⑥飒飒:形容风吹动树木枝叶等的声音。

⑦萦:缭绕。

⑧白水:指清澈的江水。

⑨恻怆:哀伤。

⑩潺湲:形容流泪的样子。

⑪蘅兰:杜蘅和兰花,香草名。常用以比喻君子。

【译文】偃卧故山餐食朝霞,披发归山谢绝远游。听到山蝉在枯桑上哀号,才知秋天已经悄然到来。此时北雁离开了海滨,南方越燕也辞别江楼。飒飒秋风卷起沙尘,茫茫云雾笼罩江洲。漫天黄云结成暮霭,江中清波泛起寒流。凄怆之情自心而生,泪如涌泉难以收抑。山中香草已经凋零,不禁长叹哀愁不已。

秋夕书怀

【题解】这首诗是乾元二年(759)，李白重游潇湘时所作。诗人看到秋风渐起，北雁南飞，而自己漂泊异乡，不禁凄然生悲，继而想要遁迹沧洲赤城，前往蓬莱修仙访道。接着描写诗人吟咏高秋，闲卧瞻望。萝月在空，松霜染楹。日没而万物寂静，索隐而穷究奥妙。诗人感叹世事无常，只有桃花源中可以保吾生。

北风吹海雁，南度落寒声。感此潇湘客，凄其流浪情①。海怀结沧洲，霞想遥赤城②。始探蓬壶事③，旋觉天地轻④。

淡然吟高秋，闲卧瞻太清⑤。萝月掩空幕⑥，松霜皓前楹。灭见息群动⑦，猎微穷至精。桃花有源水，可以保吾生。

【注释】①凄其：凄凉。

②赤城：山名，因土石色赤而状如城堞，故名。在浙江省天台县北，为天台山南门。

③蓬壶事：指神仙之事。蓬壶，即蓬莱山。

④旋：立即，随即。

⑤太清：天空。

⑥萝月：藤萝间的明月。

⑦灭见：指太阳落下看不见。

【译文】北风吹拂着海雁，寒声中向南飞去。感叹客居潇湘之人，流落异乡分外凄凉。心中挂怀沧洲之海，梦里遥想赤城霞光。刚刚探寻蓬莱之事，随即感到天地为轻。

秋高之际淡然吟咏，悠闲高卧仰望碧空。萝间明月掩映天幕，松上秋霜染白前楹。天光尽灭万物归寂，探索微理穷尽奥妙。桃花源中水流不断，那里可保我生平安。

避地司空原言怀

【题解】此诗是至德二载（757），李白隐居于司空原时所作。司空原，又名司空山。在今安徽岳西县西南，相传战国时有淳于氏，官至司空，曾隐居于此。故名司空原。至德二载李白入永王李璘幕府，李璘兵败后，李白受牵连下狱，幸得崔涣、宋若思相救，出狱后李白先为宋若思幕僚，后避难到司空原隐居。司空原山幽水清，人文荟萃，曾有西汉梅福在此修道炼丹，同时司空原也是禅宗二祖慧可的参禅传法之地。诗人在司空原隐居期间，写下《舒州司空山瀑布》和《避地司空原言怀》等作品，不久后朝廷发下诏书，诗人被判流放夜郎。全诗以晋室衰微为喻，实指安史之乱。晋室衰微之时，有刘琨与祖逖这样的有识之士一心想振兴国家，却被视为贪乱乐祸之人。而诗人处世则与他们不同，未获际遇之时则隐居皖水之滨，与天柱山为邻，等待天下太平之际，就倾家修仙炼丹，以便追随王子乔，常为玉清之宾。此诗是诗人因永王之事获罪有感而作。

南风昔不竞^①，豪圣思经纶^②。刘琨与祖逖，起舞鸡鸣晨^③。虽有匡济心，终为乐祸人^④。

我则异于是^⑤，潜光皖水滨^⑥。卜筑司空原^⑦，北将天柱邻^⑧。雪霁万里月，云开九江春^⑨。

俟乎太阶平^⑩，然后托微身。倾家事金鼎^⑪，年貌可长新^⑫。所愿得此道，终然保清真^⑬。弄景奔日驭^⑭，攀星戏河律^⑮。一随王乔去^⑯，长年玉天宾^⑰。

【注释】①"南风"句：用南风不竞的典故。昔日楚国要攻打晋国，师旷听出南方的曲调不强劲，推测楚军士气不振，没有战斗力，难以有功。《左传·襄公十八年》："晋人闻有楚师，师旷曰：'不害，吾骤歌北风，又歌南风，南风不竞，多死声，楚必无功。'"南风：指南方的曲调。不竞：不强劲。后以"南风不竞"来比喻力量衰弱，士气不振。

②经纶：整理丝缕、理出丝绪和编丝成绳，统称经纶。引申为筹划治理国家大事。

③"刘琨"二句：用闻鸡起舞的典故。《晋书·祖逖传》："祖逖与刘琨俱为司州主簿，情好绸缪，共被同寝，中夜闻荒鸡鸣，蹴琨觉，曰：'此非恶声也。'因起舞。"

④"虽有"二句：据《晋书·祖逖传》："史臣曰：祖逖散谷周贫，闻鸡暗舞，思中原之燎火，幸天步之多艰，原其素怀，抑为贪乱者矣。"王琦注："太白乐祸之论盖本于此。"

⑤"我则"句：用《论语·微子》成句"我则异于是"。是：此处指刘琨、祖逖。

⑥潜光：指隐居。皖水：俗称后河，在今安徽潜山县东，源出潜

山,合于潜水。至皖口(今安徽安庆市)汇入长江。

⑦卜筑:择地建筑住宅,即定居之意。

⑧将:与。天柱:山名,即霍山,在今安徽岳西县西北,霍山县西南。

⑨九江:郡名,即唐代江州,今江西九江市。

⑩太阶:同"泰阶",古星名,即三台。上台、中台、下台各二星,相比而斜上,如阶级然,故名。应劭曰:"《黄帝泰阶六符经》曰:'泰阶者,天之三阶也。上阶为天子,中阶为诸侯公卿大夫,下阶为士庶人。上阶上星为男主,下星为女主;中阶上星为诸侯三公,下星为卿大夫;下阶上星为元士,下星为庶人。三阶平则阴阳和,风雨时,社稷神祇咸获其宜,天下大安,是为太平。'"

⑪金鼎:特指道士炼丹之鼎炉。

⑫年貌:年龄容貌。

⑬清真:纯真朴素。

⑭弄景:谓物动使影子也随着摇晃或移动。景,同"影"。日驭:太阳。日形如轮,周行不息,故称。驭,车驾。

⑮河津:天河的津渡。

⑯王乔:即王子乔,周灵王之太子晋。

⑰玉天:道教所称"三清"之一,即玉清天。

【译文】昔日晋室衰弱南风不竞,豪杰圣贤皆思振兴国家。晋时名将刘琨和祖逖,听到鸡鸣就起身舞剑。他们都有匡正时世之心,最终却被视为乐祸之人。

我的处世方式则和他们不同,我喜欢韬光隐居在皖水之滨。择地筑屋定居在司空原,屋北与天柱山遥遥相邻。雪停时明月照耀万里,云开后春色铺满九江。

等到天下太平的时候，才能找到我的托身之所。我将倾家来修炼仙丹，可永葆容貌长久青春。惟愿能得此仙道，始终保持纯真天性。奔向日边赏弄清影，攀摘星辰戏水银河。一朝跟随王子乔乘鹤而去，那时我将长久成为玉清之宾。

南奔书怀

【题解】至德二载（757），永王李璘的军队在朝廷各方的合击下，在镇江一带溃散，李白从丹阳郡京口（今江苏镇江市）南奔至彭泽被捕，途中写下此诗。丹阳，郡名，即润州，天宝元年（742）改为丹阳郡，乾元元年（758）复改为润州。治所在今江苏镇江市。全诗首段诗人以宁戚、陈平自比，希望有朝一日能被君王见用。并写明当时处于安史之乱时期，正是有志之士报效国家的时候。次一段写永王奉诏镇守江南，诗人被永王礼聘幕中，却见肃宗与永王生出嫌隙，生出思归之念。肃宗派兵讨伐永王，永王手下将领季广琛等人疑心永王将败，致使永王忽遭离叛。从白沙洲到丹阳郡，长江两岸成为战场，鼓声振天。永王兵败后，众多宾客僚佐，都四散逃难。末段诗人描述自己奔亡途中的情形以及入幕永王的原因。诗人自叹壮志不遂，反而身负乱名，更向何人申诉。于是拔剑击柱，慷慨悲歌，自嗟不幸。全诗叙事较多，前后繁杂，因而萧士赟认为："此篇用事偏枯，句意倒杂，决非太白之作。"大概是李白处于生死攸关之际，情绪激荡，心意难平，很难保持平静的心态去作诗，因此会给人以突兀零乱之感。

遥夜何漫漫①! 空歌白石烂②。宁戚未匡齐③，陈平终佐汉④。欃枪扫河洛⑤，直割鸿沟半⑥。历数方未迁，云雷屡多难⑦。

天人秉旄钺⑧，虎竹光藩翰⑨。侍笔黄金台，传觞青玉案⑩。不因秋风起，自有思归叹⑪。主将动谗疑，王师忽离叛⑫。自来白沙上⑬，鼓噪丹阳岸⑭。宾御如浮云⑮，从风各消散。

舟中指可掬，城上骸争爨⑯。草草出近关⑰，行行昧前算⑱。南奔剧星火，北寇无涯畔⑲。顾乏七宝鞭，留连道边玩⑳。太白夜食昴，长虹日中贯㉑。秦赵兴天兵，茫茫九州乱㉒。感遇明主恩，颇高祖逖言。过江誓流水，志在清中原㉓。拔剑击前柱，悲歌难重论。

【注释】①遥夜：长夜。

②白石烂：用宁戚故事。《史记·鲁仲连邹阳列传》："宁戚饭牛车下，而桓公任之以国。"裴骃《集解》引应劭曰："齐桓公夜出迎客，而宁戚疾击其牛角而商歌曰：'南山矸，白石烂，生不遭尧与舜禅。短布单衣适至骭，从昏饭牛薄夜半，长夜曼曼何时旦？'公召与语，说之，以为大夫。'"

③宁戚：春秋卫国人，后被齐桓公任用为齐大夫。匡：辅助。

④陈平：汉初大臣，阳武（今河南原阳东南）人。秦末起兵后，先投魏王咎，复追随项羽，后归附刘邦。《史记·陈丞相世家》："陈平曰：'臣事魏王，魏王不能用臣说，故去事项王。项王不能信人，其所任爱非诸项即妻之昆弟，虽有奇士不能用，平乃去楚。闻汉王之能用人，故归大王。'"

⑤欃枪：彗星的别名。古人认为是凶星，主不吉。

⑥鸿沟：古代运河，在今河南省，楚汉相争时是两军对峙的临时分界。

⑦云雷：用《易·屯》卦义。《屯》之卦象为《坎》上《震》下，《坎》之象为云，《震》之象为雷。因以"云雷"喻险难环境。

⑧天人：才能或容貌出众的人。此处指永王李璘。旄：古代用牦牛尾装饰的旗子。钺：青铜制，像斧，比斧大，圆刃可砍劈，商及西周时盛行。又有玉石制的，供礼仪、殡葬用。

⑨虎竹：铜虎符与竹使符的并称。虎符用以发兵，竹使符用以征调等。藩翰：比喻捍卫王室的重臣。天宝十五载七月，唐玄宗任命永王李璘为山南东道、岭南、黔中、江南西道四道节度使，江陵大都督，出镇江陵。此处指此事。

⑩"侍笔"二句：指诗人在永王幕中受到礼遇。黄金台：故址在今河北易县东南北易水南，相传战国燕昭王筑，置千金于台上，延请天下贤士，故名。

⑪"不因"二句：用西晋张翰见秋风起而辞官归故乡的典故。指诗人自己也曾有离开永王军队的想法。

⑫"主将"二句：指永王李璘部下大将季广琛等率众离逃之事。《资治通鉴·唐纪》记载："至德二载，时李成式与河北招讨判官李铣合兵讨璘，铣兵数千，军于扬子；成式使判官裴茂将兵三千，军于瓜步，广张旗帜，列于江津。璘与其子瑒登城望之，始有惧色。季广琛召诸将谓曰：'吾属从王至此，天命未集，人谋已骤，不如及兵锋未交，早图去就。不然，死于锋镝，永为逆臣矣。'诸将皆然之。于是广琛以麾下奔广陵，浑惟明奔江宁，冯季康奔白沙。"

⑬白沙：即白沙洲，滨长江，地多白沙，故名。在今江苏仪征市南。

⑭鼓噪：鸣鼓喧哗，指古代出战时擂鼓呐喊。丹阳：即丹阳郡，治所在今江苏镇江市。

⑮宾御：宾客和驭手。此处指永王的幕僚。

⑯"舟中"二句：形容永王李璘兵败时的惨状。《左传·宣公十二年》记载，晋、楚交战于邲，晋军为楚所袭，中军和下军争相渡河逃命，乱作一团，军士扒住船舷争渡，船上人惧怕船翻，挥刀砍断扒船的手指，结果舟中之指可掬。《左传·宣公十五年》记载，楚国发兵围困宋国，宋困乏，城中人易子而食，以骸骨烧火。掬：用两手捧。爨（cuàn）：烧火做饭。

⑰草草：慌乱。近关：指附近的城门。

⑱昧前算：不知道未来的打算，形容前途未卜。

⑲"南奔"二句：谓永王李璘兵败后仓皇南奔，而北有追兵的情况。剧星火：比流星还快。北寇：指北边唐军的追兵。无涯畔：没有边际。

⑳"顾乏"二句：用晋明帝的典故。《晋书·明帝纪》记载，王敦将要谋反，明帝微服私探王敦军营垒，被王敦军士发现起疑，王敦也从梦中惊醒，于是派兵追赶，明帝把随身携带的七宝鞭交给路边的老妇，并用冷水冷却马粪。追兵到来时，老妇谎说明帝已走远，并拿出七宝鞭来证明，追兵看到宝鞭，又见马粪已冷，以为明帝已逃远而不追。此处反用其意。

㉑"太白"二句：太白：星名，即金星；昴：即二十八宿中的昴宿。太白食昴是一种天象，即太白星遮掩昴宿。太白星主杀伐，据《汉书·邹阳传》记载，战国时秦将白起被范雎所害，白起当时在赵地，而赵地的分野为昴宿，因此出现太白食昴的天象。长虹贯日指白气贯穿于太阳。古

时认为这种异常的天象是大变将至的征兆。据《汉书·邹阳传》记载，荆轲为燕太子刺杀秦王时，就出现白虹贯日的天象。

㉒ "秦赵"二句：秦赵：指秦国与赵国本为同一祖先。《史记·赵世家》："赵氏之先，与秦共祖。其后世蜚廉有子二人，而命其一子曰恶来，事纣，为周所杀，其后为秦。恶来弟曰季胜，其后为赵。"这里喻指肃宗和永王本为兄弟却发生争战。

㉓ "感遇"四句：谓诗人就像祖逖一样，出山的目的是为了报答明主之恩，平定叛乱，收复中原。祖逖：东晋名将。《晋书·祖逖传》记载，祖逖率军征讨石勒，渡江至中流，击楫而誓曰："祖逖不能清中原而复济者，有如大江！"辞色壮烈，众皆慨叹。

【译文】长夜漫漫何其长！徒然高唱《白石烂》。宁戚早年游商而未匡助齐国，陈平几经波折最终辅佐汉朝。彗星横贯河洛之地，如鸿沟把天下割裂。大唐气数未尽，只是眼下多难。

永王受诏执掌权柄，获赐符节成为重臣。我持笔而登永王黄金台，纵酒传杯于佳筵青玉案。然而不待秋风吹起，我就有了归去之念。军中主将陡生疑心，永王忽遭众人离叛。白沙洲上激烈交战，丹阳岸边战鼓喧哗。门客侍从就如浮云，转眼之间望风消散。

船中断指多到手捧，城上骸骨惨被烧火。忙慌慌逃出城门，急匆匆不知前途。南奔之师急如流星，北边追兵无边无际。可叹我没有七宝鞭，不能迟阻追兵于道边。太白星中夜掩蔽昴宿，白昼里长虹贯日而过。秦赵兄弟之间兴兵，从此茫茫九州大乱。我感激明主的知遇之恩，颇为敬慕祖逖当年豪言。祖逖对着流水发誓，此去志在肃清中原。拔剑击中身前长柱，凄怆悲歌难以再论。

上崔相百忧章　时在寻阳狱

【题解】此诗是至德二载（757），诗人在寻阳狱中写给当朝宰相崔涣的。崔相，即崔涣。至德元载（756）七月，为门下侍郎、同中书门下平章事，至德二载八月，罢为左散骑常侍、余杭郡太守，李白就是崔涣为相期间所救。百忧，种种忧虑。诗中李白借用诸多典故来说明自己入幕永王完全是为了平叛，希望崔相能明察秋毫，为自己洗清冤屈。全诗首段描写安史之乱使中原百姓惨遭荼毒，就像火烧昆仑山，最后玉石俱焚。次一段引用李广、鲁阳、邹衍的故事，来暗喻诗人尽忠报国却蒙受冤狱。狱卒凶悍，荆棘丛生。就算是周公也曾被流言诋毁，因而《王风》中有哀伤周公之诗。此处诗人委婉地表达了自己如同古人一样蒙受不白之冤的意思。诗人后悔自己未能先机行事，如果能及时退出永王幕府，就不会有无妄之灾。第三段写诗人家眷分离的惨况，诗人只能借琴瑟美酒消愁，举酒而饮，杯中全是血泪。最后一段诗人以公冶长自比，以孔子比拟崔相，请求崔相能明察冤情，法外开恩，就如掀起覆盆，使自己得见阳光。全诗用四言句式，叙事简洁，格调沉郁，仿佛杜鹃啼血，令人读来不禁心有同悲。

共工赫怒^①，天维中摧^②。鲲鲸喷荡^③，扬涛起雷。鱼龙陷人，成此祸胎^④。火焚昆山^⑤，玉石相磓^⑥。仰希霖雨^⑦，洒宝炎煨^⑧。

箭发石开^⑨，戈挥日回^⑩。邹衍恸哭，燕霜飒来^⑪。微诚不感，

犹絷夏台⑫。苍鹰搏攫⑬，丹棘崔嵬⑭。豪圣凋枯，王风伤哀⑮。斯文未丧⑯，东岳岂颓⑰！穆逃楚难⑱，邹脱吴灾⑲。见机苦迟，二公所咍⑳。骥不骤进㉑，麟何来哉㉒？

星离一门㉓，草掷二孩㉔。万愤结缉，忧从中催。金瑟玉壶，尽为愁媒。举酒太息，泣血盈杯。

台星再朗㉕，天网重恢㉖。屈法申恩㉗，弃瑕取材㉘。冶长非罪，尼父无猜㉙。覆盆傥举，应照寒灰㉚。

【注释】①共工：古代传说中的天神，与颛顼争为帝，失败后，以头触不周山。《淮南子·天文训》："昔者共工与颛顼争为帝，怒而触不周之山，天柱折，地维绝。"此处以共工比喻安禄山。赫怒：盛怒。

②天维：天的纲维，比喻国家纲纪。

③鲲鲸：即鲲鱼。鲲鱼千尺如鲸，故名。此处喻指安禄山。

④祸胎：致祸的根源。

⑤昆山：古代传说中产玉之山。《书·胤征》："火炎昆冈，玉石俱焚。"此处用此典。

⑥硙：撞击。

⑦霖雨：比喻恩泽。

⑧煨：灰烬。

⑨"箭发"句：用李广"精诚所至，金石为开"的典故。《西京杂记》记载："李广猎于冥山之阳，又见卧虎，射之，没矢饮羽，进而视之，乃石也，其形类虎。退而更射，镞破竿折而石不伤。余尝以问扬子云，子云曰：'至诚则金石为开。'"

⑩ "戈挥"句：即挥戈回日的典故。传说鲁阳公战斗时，激战正酣，时值日暮，鲁阳公越战越勇，举起长戈挥向白日，将白日退回三舍。详见《淮南子·览冥训》。后多用为力挽危局之典。

⑪ "邹衍"二句：用邹衍蒙冤而五月降霜的故事。江淹《诣建平王上书》："昔者贱臣叩心，飞霜击于燕地。"李善注引《淮南子》曰："邹衍尽忠于燕惠王，惠王信谮而系之，邹子仰天而哭，正夏而天为之降霜。"

⑫ 絷：拘捕，拘禁。夏台：夏朝监狱名称，又名均台。在今河南省禹县南。此处代指牢狱。

⑬ 苍鹰：用西汉郅都故事。《史记·酷吏列传·郅都传》记载：郅都，是河东大阳人。汉景帝时为中郎将，敢直谏，面折大臣于朝，后担任中尉，执法严酷，不避权贵，列侯宗室见之畏惧，侧目而视，时号为"苍鹰"。此处代指狱吏。搏攫：搏击攫取。

⑭ 丹棘：即赤棘。古时囚禁犯人的地方，四周用荆棘堵塞，以防犯人逃跑。王琦注："棘，赤心有刺，言治人者原其心不失赤，实事所以刺人，其情令各归实。"崔嵬：高大，高耸。此处指牢狱戒备森严。

⑮ "豪圣"二句：杨齐贤注："豪圣，周公也。周公遭流言之变，王道凋枯，故《豳》以下诸诗哀伤之。"王风：此处指《诗·豳风》中哀伤周公遭遇的诗篇。

⑯ 斯文：指礼乐教化、典章制度。《论语·子罕》："天之将丧斯文也，后死者不得与于斯文也。"后也指儒者或文人。

⑰ "东岳"句：东岳：指泰山。此处反用"泰山其颓"的典故。《礼记·檀弓上》记载，孔子临死时，"负手曳杖，消摇于门，歌曰：'泰山其颓乎？梁木其坏乎？哲人其萎乎？'盖寝疾七日而没。"孔子将死时作此歌，自称"哲人"，把自己的死比作泰山崩塌。此处谓诗人反用其意，自

信自己不会死去。

⑱ "穆逃"句：用"楚筵辞醴"的典故。穆：即穆生，汉代鲁人。《汉书·楚元王传》记载，西汉时楚元王对穆生、白生、申公等人非常敬重，穆生不善饮酒，楚元王特意为他准备甜醴。楚元王死后，其子戊即位，开始时也遵照旧例为穆生设甜醴，后来就忘记了，穆生知道新王对自己已经开始怠慢，再留恐将遭祸。申公、白生认为新王只是偶失小礼，劝其留下。穆生说："君子见机而作，不俟终日。"遂谢病而去。后王戊与吴王密谋作乱，申公、白生进谏，不被王戊接受，结果被罚穿囚衣在集市上舂米。穆生因早走而免难。

⑲ "邹脱"句：《汉书·邹阳传》记载，邹阳，西汉时齐人。早年在吴国为官，吴王刘濞密谋准备造反，邹阳上书劝谏，吴王不听。于是邹阳离开吴王，转而到梁国侍奉梁孝王。后吴王叛乱被诛，邹阳因而得免。

⑳二公：指穆生、邹阳二位。哈（hāi）：讥笑，嗤笑。

㉑骤进：疾速前进。此处以良马不求急用喻己并不急于求功名。

㉒麟何来哉：用"孔子泣麟"的典故。《史记·孔子世家》记载，鲁哀公十四年（前481）春西狩获麟，孔子觉得麒麟出现得不是时候，故而悲歌，从此不再著述。此处诗人以麒麟自比，表示自己进入永王幕府亦不是时候。

㉓星离：如天星布散，形容分散。

㉔草掷：形容仓促遗弃。二孩：指女儿平阳和儿子伯禽；或指两个儿子伯禽和颇黎。

㉕台星：三台星。《晋书·天文志上》："三台六星，两两而居，起文昌，列抵大微。一曰天柱，三公之位也。在人曰三公，在天曰三台，主开德宣符也。"因以喻指宰辅。此处指崔涣。王琦注："台星再朗，谓崔相

之明察，能照见幽微。天网重恢，冀其赦已之罪。"

㉖天网：指国家的法律。恢：广大。

㉗屈法：曲行其法，治法从轻。

㉘弃瑕取材：忽略其缺点而取用其才能。

㉙"冶长"二句：《论语·公冶长》记载，孔子说公冶长虽然坐过牢，但不是他的罪过，于是把自己的女儿许配给他。冶长，即公冶长，齐人，字子长。尼父，对孔子的尊称。孔子字仲尼，故称。此处诗人以公冶长自喻，希望崔相能如孔子一样察明自己的冤情。

㉚"覆盆"二句：覆盆：晋葛洪《抱朴子·辨问》："是责三光不照覆盆之内也。"谓阳光照不到覆盆之下。后因以喻无处申诉的沉冤。寒灰：死灰。

【译文】安禄山怒如共工起兵反叛，扰乱天纲把大唐江山搅乱。叛军如鲲鲸翻腾震荡，掀起如雷霆般的波涛。朝中权贵互相倾轧，日久结成动乱祸根。叛乱肆虐如火烧昆山，玉石相撞尽成齑粉。我希望苍天能降下甘露，遍洒大地浇灭叛乱之火。

李广发箭因精诚而使石开，鲁阳挥戈催白日退避三舍。邹衍含冤痛哭，燕国盛夏飘霜。我的诚意微薄不能感动上苍，所以至今仍被囚禁在狱中。狱吏就像苍鹰般凶狠，周围插满了赤色荆棘。周公那样的圣人也因流言而憔悴，因此《王风》中才有的哀伤周公之诗。然而毕竟斯文未丧，泰山巍然岂会崩坏！穆生逃离楚国免遭后难，邹阳脱身吴王不遭灾祸。而我见机太迟而受牵连，二公定会讥笑我的愚呆。良马不会急于求用，麒麟不应时来有何用？

我和家人分散各处，仓促之间抛却二子。万种悲愤郁结胸中，忧愁不断摧折心肺。琴瑟之声和玉壶美酒，都成了引起怨愁的媒介。举酒扬天叹息，血泪已满酒杯。

崔相您能明察秋毫，恳请能够打开天网。法外开恩，弃瑕取材。当初公冶长无罪坐牢，孔夫子对他信任依旧。倘若掀开覆盆得见阳光，那么就能照亮里面的死灰。

万愤词投魏郎中

【题解】此诗与上一首应为同时之作。魏郎中，名字生平不详。诗人首段描写安史之乱带来的深重灾难，以及诗人遭遇冤狱的不幸。后一段先写诗人一家骨肉分离的惨状，然后笔锋一转，再写历代英雄豪杰的种种不幸遭遇，借古讽今，来说明自己也同样遭遇冤情。诗人悲愤中，呼唤苍天，申诉无辜，并请求魏郎予以解救。

海水渤潏①，人罹鲸鲵②。蓊胡沙而四塞③，始滔天于燕齐④。何六龙之浩荡⑤，迁白日于秦西⑥。九土星分⑦，嗷嗷凄凄⑧。南冠君子⑨，呼天而啼。恋高堂而掩泣⑩，泪血地而成泥。狱户春而不草⑪，独幽怨而沉迷。

兄九江兮弟三峡⑫，悲羽化之难齐⑬。穆陵关北愁爱子⑭，豫章天南隔老妻⑮。一门骨肉散百草，遇难不复相提携。树榛拔桂，囚鸾宠鸡⑯。舜昔授禹，伯成耕犁。德自此衰，吾将安栖⑰？好我者恤我，不好我者何忍临危而相挤！子胥鸱夷⑱，彭越醢醢⑲，自古豪烈，胡为此繄^⑳？苍苍之天，高乎视低。如其听卑，脱我牢狴^㉑。傥辨美玉，君收白珪^㉒。

【注释】①渤潏（jué）：水沸涌貌。此处形容社会动荡。

②罹：遭受苦难或不幸。鲸鲵：即鲸。雄曰鲸，雌曰鲵。比喻凶恶的敌人。此二句喻指安禄山叛乱如海水泛滥，人民遭难。

③蓊（wěng）：草木蓬勃茂盛的样子。胡沙：喻指安禄山叛军。

④滔天：原指洪水，此处比喻大祸。燕齐：今河北、山东一带。此句指安禄山攻占燕地和齐鲁之地。

⑤六龙：古代天子的车驾为六马，马长八尺称龙，因以为天子车驾的代称。

⑥白日：喻指唐玄宗。

⑦九土：指九州。星分：分散，四散。

⑧嗷嗷：哀号声。凄凄：凄凉。

⑨南冠君子：春秋时楚人钟仪被晋国俘虏后仍戴着南方楚地的帽子，后用"南冠"为俘虏的代称。此处为李白自称。因当时李白在浔阳狱中，故称。

⑩高堂：父母。萧士赟注："高唐，喻朝廷也。"王琦注："世之称父母多曰高堂，太白诗中绝无思亲之句，疑其迁化久矣。考《汉书·贾谊传》曰：人主之尊譬如堂，群臣如陛，众庶如地，故陛九级上，廉远地，则堂高。陛亡级，廉近地，则堂卑。高者难攀，卑者易陵，理势然也。萧氏以高堂为喻朝廷，其说近是。"

⑪狱户：监狱。

⑫兄：指李白自己。九江：即浔阳（今江西九江市）。

⑬羽化：这里指像仙人那样羽化飞升。此二句指兄弟天各一方，悲叹不能如仙人生羽翼，飞而相聚。

⑭穆陵关：关隘名，故址在今山东沂水县北大岘山上。此处泛指山东一带。当时李白之子伯禽在山东兖州。

⑮豫章：郡名，即洪州，治所在今江西南昌市。当时李白的妻子宗夫人正寓居于此。

⑯"树榛"二句：谓种植荆榛而拔除桂树，囚禁鸾凤而宠爱群鸡。形容平庸之辈居高位，贤才之人被排挤。树：种植。

⑰"舜昔"四句：伯成：即伯成子高，传说为尧舜时诸侯。《庄子·天地》记载，尧治理天下时，伯成子高被封为诸侯。后来尧传位于舜，舜传位于禹。大禹继位后，伯成子高辞去诸侯之位而躬耕于野，大禹询问原因，子高曰："昔尧治天下，不赏而民劝，不罚而民畏。今子赏罚而民且不仁，德自此衰，刑自此立，后世之乱，自此始矣。"此处用其意。

⑱子胥：即伍子胥，春秋时楚人。《说苑》记载，伍子胥因劝谏吴王夫差，被吴王夫差赐死。死后，吴王夫差命人将伍子胥尸体装在皮袋中，抛入江中。鸱夷：也作"鸱鵳"，即革囊，皮制口袋。

⑲彭越：西汉初大将，追随刘邦击败项羽，封梁王，后被吕后陷害，以谋反罪被杀，死后被剁成肉酱。事见《史记·黥布列传》。醢（hǎi）醯（xī）：即醢醯，古代的一种酷刑，把人杀死后剁成肉酱。

⑳繄（yī）：助词，无实意。

㉑牢狴：牢狱。狴，狴犴，传说中兽名，古代常画其形于狱门。

㉒白珪：亦作"白圭"，即白玉。比喻清白之身。

【译文】安史之乱如海水汹涌扰动天下，百姓如同落入鲸口而惨遭荼毒。茫茫胡兵如沙尘充塞四方，滔天大祸初起于燕齐之地。天子的车驾多么浩荡，离开长安向西避难而行。九州割裂山河破碎，天下百姓凄惨哀号。我不幸成为南冠君子，在狱中呼天而悲啼。思念高堂掩面哭泣，血泪坠地遂化成泥。狱中逢春却绿草不生，独自幽禁而哀怨沉迷。

我在九江而弟在三峡，悲叹难生羽翼去相聚。担忧穆陵关北的爱子安危，又与豫章之南的老妻分离。一家骨肉如草芥散落天涯，遭遇大难却不能互相扶携。栽种荆榛而拔除芳桂，囚禁鸾凤去宠爱凡鸡。当年舜帝将天下授予大禹，伯成子高就回家耕田犁地。世间道德从此衰退，我又能到何处栖身？喜欢我的人自然会体恤我，不喜欢我的人怎忍心趁人之危而逼迫！伍子胥被革囊裹尸，彭越被剁成肉酱。从古至今的豪杰英烈，为什么落入此种境地？苍苍青天，凭高视下。如闻卑微之人申诉，就请把我救出牢狱。倘若您能辨识美玉，请收下我这个白珪。

荆州贼乱临洞庭言怀作

【题解】此诗作于乾元二年（759）秋天。《资治通鉴·唐肃宗乾元二年》记载，乾元二年八月，襄州将领康楚元、张嘉延占据襄州作乱。康楚元自称南楚霸王。九月，张嘉延袭破荆州。十一月商州刺史韦伦发兵讨伐，生擒康楚元，荆、襄等地皆被平定。题中"荆州贼乱"即指此事。当时李白正在巴陵（今湖南岳阳），有感于时局动荡，作下此诗。诗中先引用巴陵的传说，再描写三湘地势狭小,遭遇叛乱后,民生凋敝的状况。次一段写诗人因叛乱所阻,思归不得。昔日郢都成为丘墟,章华高台也已倾倒,面对此景诗人心生悲凉,不禁想要仰天长啸,询问上苍,为何有此劫难,致使生灵涂炭。

　　修蛇横洞庭,吞象临江岛①。积骨成巴陵②,遗言闻楚老③。水穷三苗国④,地窄三湘道⑤。岁晏天峥嵘⑥,时危人枯槁。

　　思归阻丧乱,去国伤怀抱。郢路方丘墟,章华亦倾倒⑦。风悲猿啸苦,木落鸿飞早。日隐西赤沙⑧,月明东城草⑨。

　　关河望已绝⑩,氛雾行当扫⑪。长叫天可闻?吾将问苍昊⑫!

【注释】①"修蛇"二句:《淮南子·本经训》:"尧乃使羿断修蛇于洞庭。"高诱注:"修蛇,大蛇。吞象三年而出其骨之类。"修蛇:长蛇,大蛇。常比喻坏人。

②巴陵:山名。在岳阳县治西南,滨洞庭湖。《元和郡县志》:"昔羿屠巴蛇于洞庭,其骨若陵,故曰巴陵。"此处用来比喻康楚元、张嘉延之乱。

③遗言:传说。

④三苗:古国名,在今湖南岳阳一带。《史记·五帝纪》:"三苗在江淮、荆州数为乱。"张守节正义:"吴起曰:'三苗之国,左洞庭而右彭蠡。'"在今湖南、湖北、江西一带。

⑤窄:狭长。三湘:湖南湘乡、湘潭、湘阴,合称三湘。但古人诗文中的三湘,多泛指湖南地区。

⑥岁晏:一年将尽的时候。峥嵘:幽深阴暗;阴沉。

⑦"郢路"二句:郢路:通往郢都的路途。此处指今湖北江陵一

带。丘墟：废墟，荒地。章华：台名，春秋时楚国离宫名，楚灵王建，在今湖北监利县西北。

⑧赤沙：湖名，又称赤亭湖，在今湖南华容县南。

⑨东城草：王琦疑"城草"或为"青草"之误。青草：湖名，又名巴丘湖，在今湖南洞庭湖东南部。王琦注："'城草'，恐是'青草'之讹，然青草在南，而诗云"东青草"，则又未敢定也。"

⑩关河：泛指山河。

⑪氛雾：雾气。也比喻世道混乱或战乱。

⑫苍昊：苍天。

【译文】大蛇横陈洞庭湖畔，来到江岛吞象而食。死后骸骨堆成巴陵，此说闻于楚地遗老。水流尽头是三苗国，三湘之地狭窄逼仄。岁晚之时天色峥嵘，时势危困百姓枯槁。

想要归乡却被战乱所阻，远离故土内心充满忧伤。郢都方才成为废墟，章华台也已经倾倒。秋风悲吟哀猿苦啼，草木凋落鸿雁早飞。太阳隐没于西边的赤沙湖，明月照耀着东城的青青草。

遥望关山目光被阻，叛乱之氛必被清扫。一声长啸天可闻知，我将仰首以问上苍。

览镜书怀

【题解】此诗年代不详。全诗描写了诗人对镜自览时所发的感怀。诗人感叹得道者不老，而失道者貌衰。对镜自嘲满头白发如霜草，扪心自问身形为何会枯槁。心中如桃李默然不语，自忖终会成为四皓那样的白发人。

得道无古今，失道还衰老①。自笑镜中人，白发如霜草。扪心空叹息②，问影何枯槁！桃李竟何言③，终成南山皓④。

【注释】①"得道"二句：《庄子·大宗师》："南伯子葵问乎女偶曰：'子之年长矣，而色若孺子，何也？'曰：'吾闻道矣。'南伯子葵曰：'道可得学邪？'曰：'恶！恶可！子非其人也。朝彻而后能见独；见独而后能无古今；无古今而后能入于不死不生。'"此二句用其意。

②扪心：抚摸胸口，表示反省。

③"桃李"句：《史记·李将军列传》："桃李不言，下自成蹊。"此处反用其意。

④南山皓：即商山四皓。

【译文】得道者长生再无古今之分，失道者丧身终会容貌衰老。览镜讪笑镜中之人，满头白发犹如霜草。扪心抚胸徒然叹息，自问身形为何枯槁！心中默然就如桃李闭口无言，自忖终成四皓那样的白发人。

田园言怀

【题解】此诗年代不详。诗中描述西汉贾谊被贬谪长沙三年，东汉班超论功万里封侯。两人虽然境遇不同，但终归羁绊于功名，身不由己。哪如巢父牵牛饮清水，自由自在。正如王琦注云："诗意谓仕宦而不得志如贾谊一流，得志如班超一流，皆羁旅异方，不如巢、许隐居独乐，安步田园之为善也。其旨深矣。"

贾谊三年谪^①，班超万里侯^②。何如牵白犊，饮水对清流^③！

【注释】①"贾谊"句：《史记·屈原贾生列传》记载，西汉时，贾谊谪居长沙，为长沙王太傅三年，作《鵩鸟赋》。此句用其意。

②"班超"句：《后汉书·班超传》记载，东汉时，班超率兵出征西域，前后二十二年，论功被封为定远侯，食邑千户。

③"何如"二句：用巢父、许由的典故。相传尧想让许由执掌九州，许由不愿听这些话，就跑到颍水边洗耳，当时他的好友巢父正准备牵牛饮水，看见许由洗耳就问原因，许由告诉巢父是因为自己不愿听闻尧让位的话语，所以才洗耳。巢父听后，认为许由如果身处深山，又有谁能找到他，许由此举不过是为了博得虚名。巢父认为许由洗耳使河水受到了污染，便牵牛到上游去饮水。详见《高士传》。白犊：白色的小牛。

【译文】贾谊被贬长沙三年，班超封侯万里之外。但他们怎比牵着白牛犊，去清流里饮水的巢父呢！

江南春怀

【题解】此诗大概为上元年间,诗人潦倒江南时所作。黄鸟是随春而来的候鸟,在枝上不停地鸣叫,使诗人怅然感到又是一年春来,不知不觉自己已经漂泊异乡多年,华发早生,故乡难回。思乡之情油然而生,诗人感慨不如在暮年之时,辞别仕途,回归田园。

青春几何时? 黄鸟鸣不歇①。天涯失乡路,江外老华发②。心飞秦塞云③,影滞楚关月④。身世殊烂漫⑤,田园久芜没。岁晏何所从⑥? 长歌谢金阙⑦。

【注释】①黄鸟:鸟名。王琦注引《埤雅》:"黄鸟,亦名黎黄,其色黎黑而黄也。鸣则蚕生。韩子曰'以鸟鸣春',若黄鸟之类,其善鸣者也。阴阳运作推移,时至气动,不得不尔,故先王以候节令。"
②华发:白发。
③秦塞:秦地关塞。此处代指长安。
④楚关:楚地关隘。泛指楚境。
⑤烂漫:分散、杂乱貌。
⑥岁晏:岁晚。
⑦金阙:金门。代指皇宫、朝廷。
【译文】绚烂青春能有几何? 枝上黄鸟不停鸣叫。浪迹天涯已失归乡之路,漂泊江湖渐生满头白发。心已随云飞往秦塞,影却伴月滞留

楚关。身世颠沛历经纷乱，家中田园荒芜已久。暮年之际该往何处? 纵声高歌辞别金阙。

卷二十二　咏物

听蜀僧濬弹琴

【题解】这首诗是天宝十二载（753），诗人在宣城时所作。蜀僧濬，即来自蜀地，名字为濬的僧人。全诗描写了诗人听蜀僧弹琴的感受。蜀僧自邈远的峨眉山，携绿绮琴飘然而来。蜀僧挥手弹奏琴曲，声音徐缓，如万壑中松涛低鸣，诗人顿觉自己的心灵也仿佛被琴声洗涤，变得一片空灵，悠扬的琴声，余音久久不绝，与寺院的钟声交融在一起，让人感觉更加庄严肃穆。这里诗人引用伯牙和钟子期的故事，来暗喻自己与蜀僧濬也可称为知己。诗人沉浸在优雅的琴声中，不知不觉已是黄昏，蜀僧濬的琴技如此高超，能令人浑然忘我。

蜀僧抱绿绮^①，西下峨眉峰^②。为我一挥手^③，如听万壑松。客心洗流水^④，余响入霜钟^⑤。不觉碧山暮，秋云暗几重。

【注释】①绿绮：古琴名。相传为司马如相所有。后来"绿绮"为古琴的别称。

②峨眉峰：即峨眉山，

③挥手：这里指弹琴。嵇康《琴赋》："伯牙挥手，钟期听声。"

④流水：用伯牙钟子期故事。《列子·汤问》："伯牙善鼓琴，钟子期善听。伯牙鼓琴，志在高山，钟子期曰：'善哉，峨峨兮若泰山。'志在流水，钟子期曰：'善哉，洋洋兮若江河。'"后以"高山流水"指美妙的乐曲。

⑤霜钟：指钟或钟声。语出《山海经·中山经》："（丰山）有九钟焉，是知霜鸣。"郭璞注："霜降则钟鸣，故言知也。"

【译文】蜀僧怀抱着绿绮古琴，西下峨嵋峰来到此地。他挥手为我弹奏琴曲，仿佛万壑中松涛齐鸣。一曲《流水》洗涤远客心怀，余音绕梁交融寺院钟声。不知不觉已经青山日暮，厚重的秋云布满了天空。

鲁东门观刈蒲

【题解】这首诗可能是开元年间，诗人在鲁地居住时所写。刈蒲，即割蒲草。蒲草是水生植物，嫩蒲可食。夏天开黄色花，亦称"香蒲"。蒲草叶子宽大，有韧性，可编席、制扇等。蒲草席子不仅清凉，还有淡淡的清香，可以驱除蚊虫，有助睡眠，因此蒲草自古就是一种重要的物产。全诗描写了农人收割蒲草的场景。深秋时分，已经是寒气逼人，初霜过后，农家挥镰收割蒲草。镰刀如弯月，上下飞舞；露水如连珠，纷纷洒落。诗人认为蒲草朴实实用，何必看重龙须草。蒲草编制的床席清凉舒适，不怕沾染尘埃，更显出蒲草的纯洁和可贵。

鲁国寒事早^①，初霜刈渚蒲^②。挥镰若转月^③，拂水生连珠。此草最可珍，何必贵龙须^④？织作玉床席，欣承清夜娱。罗衣能再拂，不畏素尘芜^⑤。

【注释】①寒事：谓秋冬的物候，寒冷的天气。

②渚：水中小洲。

③转月：镰刀弯如新月，故挥动镰刀称为转月。

④龙须：草名。多年生草本植物。茎叶可织席，比较名贵。

⑤"罗衣"二句：诗人化用谢朓的《同咏坐上所见一物·席》诗："但愿罗衣拂，无使素尘弥。"芜：杂乱。

【译文】鲁地很早就气候转寒，初霜时开始收割蒲草。挥动镰刀就好象转动弯月，拂落的露水犹如成串连珠。蒲草就最为珍贵，何必看重龙须草？编织成席铺在玉床，夜晚躺卧清爽宜人。罗衣在其上再三拂扫，也不必担心会沾上尘埃。

咏邻女东窗海石榴

【题解】这首诗应该是诗人寓居东鲁时所作。海石榴，即石榴,因最早从海外而来,所以称为"海石榴"。全诗前六句吟咏海石榴世所少有的美丽。接着诗人借物抒情,抒发自己愿意化作石榴树的一枝,能够时时拂扫鲁女的罗衣。但是始终等不到鲁女来攀折,只能引领遥望闺门。历代有诗评认为诗人借描写海石榴,在向鲁女表达爱慕之情。也有诗评认为诗人以鲁女比喻君王,自比为东南枝,借此诗来委婉表达自己希望被君王所任用的心意。

鲁女东窗下,海榴世所稀。珊瑚映渌水^①,未足比光辉。清香随风发^②,落日好鸟归。愿为东南枝,低举拂罗衣。无由一攀折,引领望金扉^③。

【注释】①"珊瑚"句:化用潘岳《河阳庭前安石榴赋》:"似长离之栖邓林,若珊瑚之映绿水。"

②"清香"句:《古诗十九首·西北有高楼》:"清商随风发。"

③"引领"句:潘岳《河阳县作》诗:"引领望京室。"王延寿《鲁灵光殿赋》:"排金扉而北入。"张铣注:"扉,门扉也。"引领:伸直脖子向远处眺望,形容殷切期待的样子。

【译文】鲁女闺房的东窗下,有一株珍稀的海石榴。即使是绿水映衬的美丽珊瑚,也比不过海石榴的光彩夺目。海石榴的清香随风飘散,落日余晖照耀着归鸟还巢。我愿成为树上的东南枝,低垂而下拂扫你的罗衣。苦等不见你来攀折花枝,只能引颈凝望你的闺门。

南轩松

【题解】此诗年代不详。全诗写孤松枝叶茂密，迎风独立，有朝一日会凌云霄，直上数千尺。诗人托物言志，以青松之孤傲挺拔，来比喻君子傲风霜而卓然独立，不随流而行的高贵品质。

南轩有孤松，柯叶自绵幂①。清风无闲时，萧洒终日夕。阴生古苔绿，色染秋烟碧。何当凌云霄，直上数千尺！

【注释】①柯叶：枝叶。绵幂：谓稠密地覆盖着。

【译文】南窗外有棵孤松傲立，枝叶舒展是多么茂密。清风不时摇动遒劲的枝条，终日闲逸是多么的潇洒。树阴下长满苍翠的古苔，连秋雾也被它染成碧绿。不知何日才能飞凌云霄，巍峨挺拔直上虚空几千尺。

咏山樽二首

【题解】这组诗的第一首在《全唐诗》中题为《咏柳少府山瘿木樽》柳少府即为秋浦县尉柳圆，所以这二首诗应当与《赠秋浦柳少府》同为天宝十三载（754）所作。山樽，这里指用盘曲虬结的木头制作的酒樽，外形独特，有一种自然之美，超逸之趣。

其一

【题解】这首诗描写用虬曲错节的蟠木制作的酒杯，不用经过刀斧雕饰，就有一种形似山岳的气势，而它却是用栋梁的边角余料制作而成。将它与精美的酒樽并列席上，用来盛装美酒。最后诗人自比为蟠木之杯，承蒙柳少府的垂青，而忝为盛宴之宾。

蟠木不凋饰①，且将斤斧疏。樽成山岳势，材是栋梁余。外与金罍并②，中涵玉醴虚③。惭君垂拂拭，遂忝玳筵居④。

【注释】①蟠木：指盘曲而难以为器的树木。

②金罍：饰金的大型酒器，泛指酒盏。

③玉醴：这里指美酒。

④玳筵：玳瑁筵，玳瑁装饰坐具的盛宴。谓豪华、隆重的宴席。

【译文】虬曲的蟠木不用雕饰，也不必以刀斧削刻。当作酒樽有山岳之形，材料却用栋梁之剩余。将它与金器放在一起，里面盛满了玉液琼浆。实在愧对您的垂青和拂拭，我就忝为华宴上的一员吧！

其二

【题解】这一首诗写酒樽是用寒山臃肿的树结，挖空而做成。因为没有江海一样的容量，难成大器，所以只好困居在这里。这里是诗人自嘲不能被世人所容,无法施展自己的才能,只好浪迹天涯,四处漂泊。

拥肿寒山木^①,嵌空成酒樽^②。愧无江海量,偃蹇在君门^③。

【注释】①拥肿:同"臃肿"。这里指树结鼓起的样子。

②嵌空:挖空。

③偃蹇:困顿,窘迫。

【译文】寒山臃肿的树结,挖空来当作酒杯。自愧没有江海的容量,只好困居在您的门下。

初出金门寻王侍御不遇咏壁上鹦鹉

【题解】这首诗是天宝三载(744),诗人即将离开长安时所作。王侍御,名字生平不详。诗人托物言志,以鹦鹉自比,来说明自己不被容于朝廷,只能黯然离去,回到自己的故乡。

落羽辞金殿,孤鸣托绣衣^①。能言终见弃,还向陇西飞^②。

【注释】①绣衣:这里指王御史。

②陇西飞:古时候,陇西出产鹦鹉。张华《禽经注》:"鹦鹉,出陇西,能言鸟也。"

【译文】我如落羽的鹦鹉辞别了金殿，孤鸣无依只好托付绣衣御史。虽然能进忠言但最终仍被弃，如今只能向西飞回陇山的旧林。

紫藤树

【题解】此诗年代不详。紫藤，蔓生植物，缠绕他物而长，花为紫色形似蝴蝶，可供观赏。诗人这里以紫藤自喻，希望能够得到有识之士的举荐，使自己一展抱负。

紫藤挂云木，花蔓宜阳春。密叶隐歌鸟，香风留美人。

【译文】紫藤垂挂在入云高树上，花蔓在阳春里生机勃勃。鸟儿在茂密的树叶中欢歌，香风阵阵吸引美人飘然而来。

观放白鹰二首

其一

【题解】此诗年代不详，可能是开元年间诗人游晋地或天宝年间去幽燕时所作。此诗描写诗人在边塞观放鹰的情景。胡鹰羽毛雪白,翱翔天际,犹如一片飞雪飘过,百里之内可以洞察秋毫。全诗短小精悍,节奏明快,富有感染力。

八月边风高,胡鹰白锦毛。孤飞一片雪,百里见秋毫①。

【注释】①秋毫:秋季鸟兽的毫毛。

【译文】八月的边塞疾风呼啸,胡地雄鹰身披洁白的羽毛。在天空独飞就像一片白雪飘过,瞬息可以洞见百里之外的秋毫。

其二

【题解】其二为高适所作,王琦注曰:“此诗《河岳英灵集》以为高适之作,题云《见薛大臂鹰作》。适集亦载此诗。”此处仅录其文。

寒冬十二月,苍鹰八九毛。寄言燕雀莫相啅,自有云霄万里高。

观博平王志安少府山水粉图

【题解】此诗年代不详。博平,即博平县,唐时属河北道博州博平郡有博平县。治所在今山东聊城博平镇。王志安少府,即博平县尉王志安,少府是对县尉的尊称。粉图,即在粉壁上绘制的壁画。诗中前四句写粉图表现出天空辽阔,江海苍远,浮云漂泊和白鸥闲逸的景象，展现出的一种飘逸脱俗的意境，所以才会让王志安生出挂冠而去，逍遥江湖的想法。而诗人则被画中的松溪石磴所表现出的浓重秋意所感染，仿佛感受到了阵阵晓寒，使诗人不禁泛起了悠悠乡愁。

粉壁为空天^①，丹青状江海^②。游云不知归，日见白鸥在。博平真人王志安^③，沉吟至此愿挂冠^④。松溪石磴带秋色^⑤，愁客思归生晓寒。

【注释】①粉壁：指白色墙壁。

②丹青：丹砂和青䐵，是两种矿物，在古代绘画中常用作颜料。后丹青成为绘画的代称。

③真人：道教称修行得道的人，多用做称号。

④挂冠：脱下官帽。比喻辞官。《后汉书·逢萌传》："逢萌，字子康，北海都昌人也。时王莽杀其子宇，萌谓友人曰：'三纲绝矣！不去，祸将及人。'即解冠挂东都城门，归，将家属浮海，客于辽东。"

⑤石磴：石头阶梯。

【译文】雪白的墙壁作为天空，丹青绘出壮阔的江海。浮云游荡不知所归，日日都能见到白鸥。博平真人王志安，对画沉吟欲挂冠。画中的松溪和石阶充满秋色，使我感受晓寒起了异客乡思。

题雍丘崔明府丹灶

【题解】这首诗是天宝四载（745），诗人游梁宋一带时所作。雍丘，唐时河南道汴州陈留郡有雍丘县，今河南省杞县。崔明府，姓崔的县令，名字事迹不详。明府是对县令的尊称。丹灶，指炼丹的炉灶。当时诗人刚刚被赐金还山，对仕途渐渐灰心，更加有志于修道之事。诗人认为圣贤治政秉承仁义，不会使用巧诈，言行自然就与大道相合。因此也不与修道的宗旨相违背。现在丹灶已毕，应早日炼就金丹去往瀛洲，与赤松子相伴。"先师有诀神将助，大圣无心火自飞"二句写修道炼丹的条件：有先师授诀，有神灵相助，有圣心无凡心，能达到这些条件，自然丹火飞扬，炼就金丹。九转金丹一成，就可羽化成仙，那时就像王乔一样化凫而去。全诗表现出诗人志在修道的想法，纵观诗人的一生，修道非一时之念，而是诗人平生愿望。

美人为政本忘机①，服药求仙事不违。叶县已泥丹灶毕②，瀛洲当伴赤松归③。先师有诀神将助④，大圣无心火自飞。九转但能生羽翼⑤，双凫忽去定何依⑥？

【注释】①美人：品德美好的人。《诗·邶风·简兮》："云谁之思，西方美人。"郑玄笺："思周室之贤者。"忘机：指没有巧诈的心思，与世无争。

②"叶县"句：用东汉叶县县令王乔成仙故事。《后汉书·方术传》记载，王乔是东汉河东人，汉明帝时任叶县县令。王乔有仙术，每个月的初一、十五都会去京城朝见皇帝。汉明帝很奇怪他每次来京时，不见有车马随行，就密令太史官秘密观察。太史官向汉明帝报告说："每次王乔快来京城时，就会有一对野鸭飞来。"汉明帝就派人张网捕捉，结果网里是一双鞋子，是汉明帝四年时赏赐给尚书郎的鞋子。后来，从空中降下一具玉棺，落在县衙院子里。县衙的官员们想挪动玉棺，可是玉棺纹丝不动。王乔说，"这难道是天帝要召我前去吗？"于是王乔就沐浴更衣，躺在里面。他进去后，棺盖就自己合上了。然后玉棺被安葬在城东，周围的泥土自动聚集成了坟堆。这天夜里，县里的牛都流汗大喘，人们都不知道原因。百姓为王乔立了庙，叫"叶君祠"。

③瀛洲：传说中的海外仙山。赤松：即赤松子，传说中的仙人。《列仙传》："赤松子者，神农时雨师也。服水玉以教神农，能入火自烧。"

④"先师"句：谓修道必有神仙传以道书，入名山炼丹则有山神护佑。晋葛洪《抱朴子·金丹》："昔左元放于天柱山中精思，而神人授之金丹仙经，江东先无此书，书出于左元放，元放以授余从祖，从祖以授郑君，郑君以授余，故他道士了无知者也。""是以古之道士，合作神药，必入名山，山神必助之为福，药必成。"

⑤九转：九次提炼。道教谓丹的炼制有一至九转之别，而以九转为贵。《抱朴子·金丹》："一转之丹服之，三年得仙。二转之丹服之，二年得仙。三转之丹服之，一年得仙。四转之丹服之，半年得仙。五转之丹服之，百日得仙。六转之丹服之，四十日得仙。七转之丹服之，三十日得仙。八转之丹服之，十日得仙。九转之丹服之，三日得仙。"

⑥双凫：指王乔双舃变为双凫一事。

【译文】贤人治政原本就没有巧诈之心，因此与服药求仙的事情并不抵触。叶县的丹炉已经泥封完毕，当去瀛洲相伴赤松子而归。先师有道诀炼丹神必助，圣人无凡心丹炉火自飞。炼得九转金丹就能羽化成仙，那时您化鸟而去将归往何处？

观元丹丘坐巫山屏风

【题解】这首诗是开元二十二年（734）所作。元丹丘是李白的挚友，对李白一生有重要影响。元丹丘邀请李白到家中做客，李白看到了这幅画着巫山风景的屏风，非常精美逼真，诗人因而作诗留念。李白当时还写过另一首《题元丹丘颍阳山居》，序言中说："丹丘家于颍阳，新卜别业。"因此可知元丹丘家在颍阳。巫山，在四川、湖北两省边境。北与大巴山相连，形如"巫"字，故名。长江穿流其中，形成三峡。全诗描写屏风上的画境。此诗前四句写屏风图画逼真，犹如身临其境，令人怀疑是巫山十二峰飞进了画屏中。画中青松萧飒，阳台隐隐，台上锦衾瑶席空寂，楚王神女徒然情深。小小画屏，咫尺之间，容纳江山千里，碧山丹崖交相生辉。画中有苍翠的荆门，有行舟的巴水。潺潺溪水在石上缓缓而流，烟霞光影与草色混为一体。画中山花笑意盈盈，让人不禁期待它何时盛开，江上游客愁肠百结，似乎被哀猿的啼鸣所感染。面对如此动人的画面，使人不禁心存高远，怀疑自己也像楚王一样，在梦中来到了仙境。全诗刻画生动，语言丰富，使人如临其境。

昔游三峡见巫山，见画巫山宛相似。疑是天边十二峰①，飞入君家彩屏里。寒松萧飒如有声，阳台微茫如有情②。锦衾瑶席何寂寂③，楚王神女徒盈盈④。高咫尺，如千里⑤，翠屏丹崖粲如绮。苍苍远树围荆门，历历行舟泛巴水⑥。水石潺湲万壑分，烟光草色俱氲氛⑦。溪花笑日何年发？江客听猿几岁闻？使人对此心缅邈⑧，疑入高丘梦彩云。

【注释】①十二峰：指巫山十二峰，但说法不一。《四川省志》："巫山在夔州巫山县东三十里，形如'巫'字，有峰十二，曰：'望霞、翠屏、朝云、松峦、集仙、聚鹤、净坛、上升、起云、栖凤、登龙、望圣也。'"王琦注："此十二峰者，不聚一面，乃江绕此山，周遭有十二峰，绘者不得不汇为一图耳。阳台山，在巫山县治西北，高丘山亦在其间。"

②阳台：宋玉《高唐赋》中巫山神女自言："妾在巫山之阳，高丘之阻，旦为朝云，暮为行雨，朝朝暮暮，阳台之下。"《六臣注文选》刘良注："朝行云，暮行雨，皆神女自称，阳台，神自言之，实无有也。"今巫山有阳台山，盖因此而名。

③锦衾：锦缎所制的被子。瑶席：形容华美的席子。一说指用瑶草编成的席子。为席子的美称。

④"楚王"句：用楚王与巫山神女梦遇的故事。盈盈：形容举止、仪态美好。

⑤高咫尺，如千里：指在咫尺画作上能表现出千里江山。《南史·萧贲传》："（萧贲）能书善画，于扇上图山水，咫尺之内，便觉万里为遥。"

⑥"苍苍"二句：王琦注："荆门，在巫山之下流。巴水，在巫山之上

流。诗中所云巴水，似指巴地所经之水而言，不专谓曲折三回之巴江也。"

⑦氤氲：烟云蒙蒙的样子。

⑧缅邈：悠远。

【译文】昔日游三峡时曾见过巫山，现在看到画上巫山何其相似。我怀疑伫立天际的巫山十二峰，齐齐飞进您家的五彩屏风里。萧瑟寒风中青松飒飒有声，阳台山云雾朦胧似有深情。空荡的锦被瑶席是何等孤寂，楚王与神女的深情也只是徒然。屏风咫尺之间，包涵千里江山，碧山丹崖像锦绣一样璀璨。荆门被远近苍翠的树木环绕，巴水上航行的舟船历历可见。石上泉水潺潺万壑开分，烟霞映照草色一片朦胧。溪边山花对日而笑不知何年生发，江中远客不知听过几次山猿哀啼？面对此画不禁让人心意邈远，疑心梦到高丘彩云间的神仙。

求崔山人百丈崖瀑布图

【题解】此诗是天宝年间，诗人在长安时所作。诗人请求崔山人为自己画一幅关于天台山百丈崖瀑布的图画，并作诗以赠。近代画家黄宾虹引明代郭守益跋明代画家郭纯的《苍松图卷》说："崔巩为李白所重，白作《求崔山人瀑布图》以赞之。巩字若思，蜀人。天宝中居长安。"由此可知，崔山人应为崔巩。百丈崖，据《天台山志》记载："百丈岩，在天台县西北二十五里崇道观西北，与琼台相望，峭险束隘，四山墙立。下为龙湫，翠蔓蒙络，水流声然，盘涧绕麓，入为灵溪。由高视下，凄神寒骨。"全诗前六句写诗人对画面构图的要求。图中应该有百丈高崖，峭立丹壁，下有龙潭，瀑布居中，飞流激射，隐约有风雷之声，如银河倾泻而下。后六句写崔山人擅于描画山水，长于色彩搭配，如果能为诗人作此图画，诗人则可以就近观赏，而不用远赴天台山了。充分说明了崔山人画技的高超以及诗人对崔山人的推崇和赞许。

百丈素崖裂，四山丹壁开。龙潭中喷射，昼夜生风雷。但见瀑泉落，如潨云汉来①。闻君写真图，岛屿备萦回②。石黛刷幽草③，曾青泽古苔④。幽缄傥相传⑤，何必向天台！

【注释】①潨：水流会合的地方。

②萦回：回旋环绕。

③石黛：古代妇女用以画眉的青黑色颜料。

④曾青：矿产名。色青，可供绘画用。《正论篇》："加之以丹矸，重之以曾青。"杨倞注："曾青，铜之精，形如珠者，其色极青，故谓之曾青。"

⑤幽缄：密封信函。谢惠连《捣衣》诗："盈箧自余手，幽缄候君开。"吕延济注："幽，密；缄，封。"

【译文】百丈高的素崖仿佛被从中撕裂，四周耸立的丹壁好像被巨斧劈开。龙潭上空瀑布喷射而下，日夜都有风雷之声轰鸣。只见瀑布一落千丈，如同银河汇聚而来。听说您擅于描绘真景，画中岛屿萦回罗列。用石黛之色描画幽草，以曾青之彩润饰古苔。如果您愿意将此画幽缄后送给我，那我也就不必去天台山一游了。

见野草中有名白头翁者

【题解】此诗年代不详。白头翁，植物名，花紫红色，果实有很长的白毛。《名医别录》记载："白头翁，处处有之。近根处有白茸，状似白头老翁，故以为名。"全诗写诗人酒醉后去往田野中散心，一边高歌一边前行。忽然在草丛中发现了白头翁，折取一枝对镜映照，正好与自己的白发相似，白头翁对白头翁。诗人不禁感叹，这小草似乎也在嘲笑自己，笑自己满腹心事，饮恨东风。全诗辞浅意深，志趣高雅。

醉入田家去，行歌荒野中①。如何青草里，亦有白头翁？折取对明镜，宛将衰鬓同。微芳似相诮，留恨向东风。

【注释】①行歌：边行走边歌唱。借以抒发自己的感情，表示自己的意向、意愿等。

【译文】我醉后去往田间，荒野中高歌前行。为何在遍野青草丛中，出现了白头翁这种小花。折取一枝在明镜里映照，与我斑白的鬓发宛然相同。这小花也似乎在嘲讽我，沐浴东风却满腔遗恨。

流夜郎题葵叶

【题解】这首诗是乾元元年（758），诗人流放夜郎途中所写。葵，在古代作为一种蔬菜，被大量种植，在田间地头经常可以见到。诗人因永王一事受到牵连而入狱，经家人和朋友多方营救，才幸免死罪，被判流放夜郎。诗人途中看到葵叶，不由得想起葵叶卫足的典故，葵叶尚能护卫根系，而诗人却不能保全自身。诗人以白日来比喻君主，希望君主能够对自己撒以光辉，赐予恩德，赦免自己还家。全诗颇有《诗经》风格，借物抒情，辞语间充满哀怨之情。

惭君能卫足①，叹我远移根。白日如分照②，还归守故园。

【注释】①卫足：指葵能以叶遮根，犹如护卫其足。《左传·成公十七年》："鲍庄子之智不如葵，葵犹能卫其足。"杜预注："葵倾叶向日，以蔽其根。"后因以"卫足"比喻自全或自卫。

②分照：谓白日能分出一些光芒，照亮自己。此处以白日来比喻君主，诗人希望能得到君主的恩赐而赦免流放之刑。

【译文】很羡慕你能护卫自己的根足，哀叹我却只能四处漂泊远迁。白日如能分出光芒相照，我就可以返家厮守故园。

莹禅师房观山海图

【题解】此诗大约是开元年间所作。诗人曾写《秋夜宿龙门香山寺奉寄王方城十七丈奉国莹上人》，莹上人可能就是莹禅师，因而此诗可能是诗人游洛阳龙门时所写。这首诗描写莹禅师房中屏障上的一幅山海图。图上有高耸入云的群峰，红色的山崖森然林立。蓬莱、瀛洲仙岛仿佛就陈列于窗前。另外，画面上烟云缭绕，碧涛汹涌，远近岛屿，星罗棋布。几叶征帆随风飘荡，一道瀑布飞流而下。山峰峥嵘，令人感叹。看后仿佛登上赤城山，来到沧洲之滨。让人心生欢愉，从此豁达乐观。全诗描写生动逼真，令人感同身受。

真僧闭精宇①，灭迹含达观②。列障图云山③，攒峰入霄汉。丹崖森在目，清昼疑卷幔。蓬壶来轩窗④，瀛海入几案。烟涛争喷薄，岛屿相凌乱。征帆飘空中，瀑水洒天半。峥嵘若可陟，想像徒盈叹。杳与真心冥，遂谐静者玩。如登赤城里⑤，揭涉沧洲畔⑥。即事能娱人⑦，从兹得萧散⑧。

【注释】①真僧：戒律精严的和尚。精宇：僧舍。即僧人居住的地方。
②灭迹：谓脱离世俗。达观：心胸开朗，见解通达。这里指了悟佛法。
③障：步障，布帷或屏风。
④蓬壶：即蓬莱。古代传说中的海中仙山。

⑤赤城：指赤城山。

⑥揭涉：提起衣裳过河。

⑦娱人：使人欢乐。

⑧萧散：犹萧洒。形容举止、神情、风格等自然，不拘束；闲散舒适。

【译文】莹禅师这位真僧闭关在精舍，远离世俗静心了悟佛法。房中屏障上有一幅山海图，上面群峰耸立直入云霄。画中丹崖森然在目，仿佛白日里卷起帘幔看到了窗外的美景。蓬莱神山就陈列在轩窗里，瀛海仙岛跃然来到几案上。烟云波涛争相喷薄而出，水中岛屿四散星罗棋布。几叶征帆飘摇空中，一道飞瀑激洒半天。陡峰峥嵘似乎可以翻越，可惜只能想象让人徒然叹息。画境悠远与真心同归于寂寥，因此可以与沉静者一起赏玩。观览整幅图画让人如登赤城山，仿佛提起衣服就能跋涉到沧洲之畔。这幅美图能使人欢欣愉悦，从此心胸变得开阔潇洒。

白鹭鸶

【题解】此诗年代不详。白鹭鸶，即白鹭，是一种水鸟，羽毛洁白，栖息湖沼边。这是一首咏物诗，诗人看到白鹭悠闲的在水边飞来飞去，如一片秋霜从天而降，独立沙洲，神态举止悠然自得，仿佛隐居世外的贤人高士，诗人心有所感，于是作诗抒怀。

白鹭下秋水，孤飞如坠霜①。心闲且未去，独立沙洲旁。

【注释】①坠霜: 坠落的白霜。

【译文】白鹭落下停于秋水之中, 孤飞天际就像坠落的白霜。内心闲逸暂不离去, 卓然独立于沙洲旁。

咏桂二首

其一

【题解】此诗年代不详。这首名为咏桂, 实为咏槿。槿, 又名木槿, 是一种落叶灌木或小乔木, 花有红、白、紫等颜色。《本草衍义》: "木槿, 花如小葵, 淡红色, 五叶成一花, 朝开暮敛。湖南北人家多种植之, 以为篱障。" 此诗前四句吟咏槿花的艳丽, 超过园花和池草, 可以将春天装扮得更加动人。但是槿花朝开夕落, 使人不禁感伤时光的易逝。诗人感叹槿花不能像玉树琼枝那样, 千岁不凋, 常年盛开。

园花笑芳年①, 池草艳春色。犹不如槿花, 媛娟玉阶侧②。芬荣何天促, 零落在瞬息。岂若琼树枝, 终岁长翕赩③。

【注释】①芳年: 美好的时节。

②媛娟: 美貌。

③翕赩: 茂郁貌。

【译文】园花含笑盛开在美好的时节,池草如茵为春色更添几分明艳。但是都不如木槿花,娇媚的摇曳在玉阶旁。可惜槿花的芬芳繁荣太短促,转眼间就凋零败落。哪像玉树琼枝,终年鲜艳繁茂。

其二

【题解】这首诗吟咏桂树。桂树在金秋傲霜而开,其香清雅悠远,因此常被古人用来比喻君子。桃李只会在春风送暖的时候而开,就像世人只会攀附权贵一样。桃李一旦遇到严寒风霜,就凋零败落;而世人所依托的权贵一旦失势,就会大祸临头,荣华不保。而桂树不与百花争春,默默迎霜而开,散发沁人幽香,如同君子的品格。诗人感叹世人为何不植桂于园中,早晚亲近,如临君子。

世人种桃李,多在金张门①。攀折争捷径,及此春风暄②。一朝天霜下,荣耀难久存。安知南山桂,绿叶垂芳根!清阴亦可托,何惜树君园。

【注释】①金张:指汉代金日磾和张世安二人的并称。二氏子孙相继,七世荣显。后因用为显宦的代称。

②暄:温暖,太阳的温暖。

【译文】世人栽种桃李树,大多选择在名门。争相攀附来走捷径,此刻春暖恰逢时机。一旦天寒严霜降下,就像桃李难保荣华。他们岂知南山桂树,不畏风霜常年绿叶低垂。桂树的清阴下也可依托,何不把它种在您的庭院中?

白胡桃

【题解】此诗年代不详。胡桃，即核桃，落叶乔木，木材坚韧，可以做器物，果仁可吃，亦可榨油及入药。诗人以戏谑的笔调，描写了白胡桃的洁白，如果放在红罗袖里，则红白相间，格外分明，而置于白玉盘中，则晶莹剔透，与玉盘混为一体，全然不见。首两句将白胡桃写得宛如有灵性一样，生动有趣。三四句诗人把洁白的胡桃比作老僧手中晶莹的水精珠，使本来普通的白胡桃瞬间变成了佛家的法器，将意境进一步提升。小小的胡桃在诗人的笔下，被赋予了全新的意象，可谓独出心裁，也体现了诗人丰富的想象和巧妙的构思。

红罗袖里分明见，白玉盘中看却无。疑是老僧休念诵，腕前推下水精珠①。

【注释】①水精珠：《初学记》引沈怀远《南越志》云："海中有火珠、明月珠、水精珠。"水精：水晶。

【译文】白胡桃在红罗袖中格外分明，放到白玉盘里却似空无一物。我怀疑此物是老僧念完经，从手腕上褪下来的水晶珠。

巫山枕障

【题解】此诗年代不详。枕障，犹枕屏，置于枕前挡风的屏风。诗中描写了枕屏上所画的巫山群峰，以及白帝城秋景。画上的朝云并没有像《高唐赋》中所描写的那样，在夜晚来与楚王相会，巴水浩荡横亘天际却不见流动。全诗描写细致，联想丰富，体现了诗人的独特视角。

巫山枕障画高丘，白帝城边树色秋①。朝云夜入无行处②，巴水横天更不流③。

【注释】①白帝城：在今重庆奉节县白帝山上。汉代称为鱼复县，西汉末年公孙述割据蜀地，有白龙出于井中，公孙述认为是祥瑞，于是自称白帝，改鱼复县为白帝城。

②"朝云"句：用宋玉《高唐赋》中神女朝云暮雨的故事。

③巴水：指巫山下的江水。

【译文】枕前屏障上画着巫山群峰，白帝城边的树木一片秋色。神女化作朝云夜来却没有踪影，巴水横荡天际却看不到在流动。

庭前晚开花

【题解】此诗年代不详。诗人看到庭前花，因开花晚而被人所笑，联想到自己的怀才不遇，于是借物抒怀，有感而发。诗人将庭前花比作西王母的仙桃，需要三千年才一开花。世人不知仙桃的珍贵，认为其结果时间太迟而对其嘲笑，诗人最后采摘仙桃时，不禁连连感叹世人的目光短浅。这里诗人以仙桃结果晚，来比喻自己迟迟不能受到知遇而施展才华，反被宵小耻笑嘲弄的状况。全诗抒发了诗人郁郁不得志的心情。

西王母桃种我家①，三千阳春始一花。结实苦迟为人笑，攀折唧唧长咨嗟②。

【注释】① "西王母"句：用汉武帝故事。《汉武帝内传》："七月七日王母至，侍女以玉盘盛仙桃七颗，大如鸭卵，形圆青色，以呈王母。母以四颗与帝，三颗自食，桃味甘美，口有盈味。帝食辄收其核，王母问帝，帝曰：'欲种之。'王母曰：'此桃三千年一开花，三千年一结实，中夏地薄，种之不生。'帝乃止。"

② 唧唧：形容虫叫声、叹息声等。

【译文】西王母的仙桃种在了我家院落中，历经三千年春来暑往才开一次花。桃树迟迟不能结果被世人所讪笑，当我攀摘仙桃时不禁连连感叹世人的浅薄！

宣城长史弟昭赠余琴溪中双舞鹤诗以见志

【题解】宣城长史弟昭，即李白的从弟李昭，时任宣城长史。琴溪，在今安徽泾县东北，传说琴高将药渣投入溪中化为鱼而得名。此诗应该与另一首《赠从弟宣州长史昭》为同时而作。李白性情豁达，豪迈奔放，因此十分喜爱自由翱翔的鸟类。李白诗歌中涉及的鸟类众多，常见的有大鹏、凤凰、鹧鸪、鹤、白鹇、鸿燕、白鹭、鸳鸯等等，尤其是关于鹤，黄鹤、白鹤、乘鹤、驾鹤等都是李白笔下常见的描写题材。鹤在古代被认为是祥鸟，是有灵性的禽类，在神话传说仙人往往骑乘仙鹤，所以鹤类被赋予了超凡脱俗的意义。李白一生崇尚仙道，因此得到这对白鹤后喜出望外，并作诗以抒发自己的喜悦。诗中对白鹤进行了细致的描写，首两句写从弟李昭赠送给自己一对琴溪白鹤，而琴溪是因仙人琴高而得名，所以这琴溪白鹤自然就多了几分仙气。接下来四句以白雪和白玉来比喻双鹤的羽毛洁白，以此来说明白鹤的珍贵，即使千金也不换。"当风振六翮，对舞临山阁"二句描写白鹤飞舞的翩翩姿态。最后四句写双鹤颇通人性，顾盼有情，似乎想将自己托付诗人。诗人得此灵物，不禁畅想有朝一日能驾鹤飞升，与李昭一起遨游虚空。全诗洋溢着一种欢欣喜悦之情。

令弟佐宣城①，赠余琴溪鹤。谓言天涯雪，忽向窗前落。白玉为毛衣，黄金不肯博②。当风振六翮③，对舞临山阁。顾我如有情，长鸣似相托。何当驾此物，与尔腾寥廓④！

【注释】①令弟：古代以称自己的弟辈，犹言贤弟。

②博：换取。

③六翮：谓鸟类双翅中的正羽。用以指鸟的两翼。翮：鸟翎的茎，翎管。

④寥廓：空旷深远。

【译文】贤弟你在宣城任佐官，赠送给我一对琴溪白鹤。就像从天边飞来的白雪，忽然翩翩落在我的窗前。鹤羽素洁犹如披上白玉，即使千金之价我也不会交换。白鹤迎风展翅翱翔，在山阁间双双起舞。白鹤对我频频回顾似有深情，不住地长鸣好像要托付自己。什么时候我才能驾鹤飞升，与君一起腾身无边旷宇之中。

卷二十二　题咏

题随州紫阳先生壁

【题解】这首诗是开元二十三年（734）左右，李白与元演同游随州，拜会胡紫阳时所作。随州，唐时又谓汉东郡，属山南东道，治所在今湖北随州市。紫阳先生，即胡紫阳，紫阳为道号，唐代著名道士，随州人，曾在随州修筑了一座餐霞楼。餐霞，意谓服食丹霞之气，是道教的一种修炼术。本诗中"楼疑出蓬海"一句所提到的"楼"就指餐霞楼。李白的挚友元丹丘是胡紫阳的弟子，这次拜会胡紫阳就是经元丹丘推荐的。全诗首二句从随州是神农的故居写起，来说明随州自古就有修仙慕道的风气。三四句称赞胡紫阳道行高深，如同西汉的紫阳真人周义山一样，早已名列仙册之中。次四句描写胡紫阳修行的情景：餐天地灵气，吟道家真经。法与古仙契合，心同造化相融。接着描写胡紫阳的居所：有媲美蓬莱的餐霞楼，有欲飞玉京的仙鹤，窗外松雪映照，阶下池水明净。诗人在《忆旧游寄谯郡元参军》中回忆了当时聚会的情景："紫阳之真人，邀我吹玉笙。餐霞楼上动仙乐，嘈然宛似鸾凤鸣。"诗人听着美妙动听的道乐笙歌，感觉自己的功名富贵之心也瞬间烟消云散。希望胡真人能够赐予自己金丹仙液，提携自己一起飞升太清仙宫。

神农好长生^①，风俗久已成。复闻紫阳客，早署丹台名^②。喘息餐妙气^③，步虚吟真声^④。道与古仙合，心将元化并^⑤。楼疑出蓬海，鹤似飞玉京^⑥。松雪窗外晓，池水阶下明。忽耽笙歌乐^⑦，顿失轩冕情^⑧。终愿惠金液^⑨，提携凌太清^⑩。

【注释】①神农：姜姓，神农氏，三皇之一，一说神农氏即炎帝，是上古传说中农业与医药的始祖，曾亲尝百草。《白虎通义》："神农因天之时，分地之利，制耒耜，教民农作，神而化之，使民宜之，故谓之神农也。"《淮南子·修务训》载："神农尝百草之滋味，水泉之甘苦，令民知所避就，一日而遇七十毒。"相传神农生于随州厉乡。唐代张守节《史记正义》引《括地志》："厉山，在随州随县北百里，山东有石穴。昔神农生于厉乡，所谓列山氏也。春秋时为厉国。"

②"复闻"二句：用西汉紫阳真人周义山典故。这里代指胡紫阳。《艺文类聚》引《真人周君传》曰："紫阳真人周义山，字委通，汝阴人也。入蒙山，遇羡门子乘白鹿，执羽盖，仗青毛之节，侍从十余玉女，乃再拜叩头，乞长生要诀。羡门子曰：'子名在丹台玉室，何忧不仙？'"

③"喘息"句：谓道家呼吸吐纳之养生术。道家通过控制呼吸，达到将体内浊气排出，引入清鲜之气的目的。

④步虚：指道士唱经礼赞的一种仪式。步虚原指神仙的凌空而行。

南朝宋刘敬叔《异苑》记载,曹植有一次游山,忽然听到空中有诵经声音,清亮悠远,就记录下来,称为神仙声。后来道士效仿这种音调诵经,称为步虚声。《乐府诗集》引《乐府解题》:"《步虚词》,道家曲也,备言众仙缥缈轻举之美。"真声:谓仙音。

⑤元化:造化,天地。

⑥玉京:道家称天帝所居之处。晋葛洪《枕中书》引《真记》:"玄都玉京七宝山,周回九万里,在大罗天之上。元始天王在天中心之上,名曰玉京山。山中宫殿,并金玉饰之。"

⑦耽:沉溺。

⑧轩冕:古时大夫以上官员的车乘和冕服,借指官位爵禄。

⑨金液:古代方士炼的一种丹液,谓服之可以成仙。

⑩太清:道家三清之一。道教谓元始天尊所化法身道德天尊所居之地,其境在玉清、上清之上,唯成仙方能入此,故亦泛指仙境,也指天空。

【译文】神农时代人们就好求长生,这种习俗在此地由来已久。如今听说紫阳胡真人,早就在丹台之中署名。一心修炼吐纳餐气之术,真声吟颂仙家步虚之词。所修道法与古仙契合,内心空无与造化相融。所居楼阁疑是出自蓬莱,身边白鹤似将高飞天宫。拂晓时窗外松雪映照,堂阶下池水碧绿明净。我沉湎于仙乐的笙歌之中,顿时忘却了追求富贵的情怀。希望您最终能赐予金丹仙药,提携我一起飞升太清仙界。

题元丹丘山居

【题解】这首诗是开元二十二年(734),诗人在元丹丘颍阳居所而作。元丹丘是诗人的好友,他在嵩山下建屋隐居,并邀请诗人前来相聚,诗人看到这里山川环绕,环境清幽,也非常喜爱,就欣然题写了多首诗作,赠给元丹丘。此诗为其中一首。首二句交代元丹丘选择隐居这里,是因为喜欢嵩山的丘壑之美。三四句写元丹丘性情飘逸洒脱,不慕富贵,终日高卧空林。五六句写元丹丘山居的环境。四周松林环绕,石潭水清,正是适合隐居的好地方。最后二句写诗人羡慕元丹丘的隐居生活,清幽静谧,没有世俗的喧哗。

故人栖东山^①,自爱丘壑美。青春卧空林^②,白日犹不起。松风清襟袖^③,石潭洗心耳^④。羡君无纷喧,高枕碧霞里。

【注释】①东山:用谢安隐居东山的故事。这里借指元丹丘隐居的嵩山。

②青春:春天草木茂盛呈青葱色,所以称春天为青春。

③松风:松林之风。《南史·陶弘景传》:"特爱松风,庭院皆植松,每闻其响,欣然为乐。"

④洗心:洗涤心胸。比喻除去恶念或杂念。《易·系辞上》:"圣人以此洗心,退藏于密,吉凶与民同患。"洗耳:用许由临河洗耳的典故。

【译文】我的故友栖身嵩山,只因喜爱丘壑之美。青青春色中高卧空林，直到白日里也不起身。松风清爽吹拂襟袖，石潭水清可洗心耳。羡慕您无世俗喧扰，高枕安卧碧霞之中。

题元丹丘颍阳山居　并序

【题解】这首诗是开元二十二年（734），李白来到元丹丘在颍阳新建的别墅做客而作。颍阳，唐时河南道河南府有颍阳县，今河南登封颍阳镇。这首诗与上一首应为同时之作。首段写诗人游览各处名山时，渡过颍水来到元丹丘的新居拜访。元丹丘不慕世间富贵，就像谢安一样放弃济世安民的抱负，隐居山林，独自修道。元丹丘之所以选择此处，就是为了远离世嚣。新居被群山环抱，可以远望汝水之月，近观嵩山浮云，环境幽静，正好静心修行。次一段诗人称赞元丹丘志趣高逸，自己也深为佩服他的品行。元丹丘在这里可以流连松石之上，谈笑朝夕之间。诗人自己则向往与青鸟相伴，浪迹江湖。这也是诗人一直以来的心愿。

丹丘家于颍阳，新卜别业①，其地北倚马岭②，连峰嵩丘③，南瞻鹿台④，极目汝海⑤，云岩映郁⑥，有佳致焉。白从之游，故有此作。

仙游渡颍水⑦，访隐同元君。忽遗苍生望⑧，独与洪崖群⑨。卜地初晦迹⑩，兴言且成文。却顾北山断，前瞻南岭分。遥通汝海月，不隔嵩丘云。

之子合逸趣⑪，而我钦清芬⑫。举迹倚松石⑬，谈笑迷朝曛⑭。终愿狎青鸟⑮，拂衣栖江濆⑯。

【注释】①卜：卜居，择地居住。别业：别墅。

②马岭：指马岭山。在今河南新密市南。《元和郡县志》："马岭山，在河南府密县南十五里，洧水所出。"

③"连峰"句：谓山峰连绵与嵩山相接。

④鹿台：指鹿台山，在河南汝州市北。《一统志》："鹿台山，在南阳府汝州北二十里，有台状若蹲鹿。"

⑤汝海：汝水的别称。枚乘《七发》："客曰：'既登景夷之台，南望荆山，北望汝海。'"李善注："郭璞《山海经》注曰：'汝水出鲁阳山东，北入淮海。汝称海，大言之也。'"

⑥云岩：高耸入云的山。

⑦颍水：即颍河，发源于河南登封市嵩山西南，最后汇入淮河。

⑧苍生望：苍生的期望。用谢安典故。《资治通鉴·晋纪二十三》："谢安少有重名，前后征辟，皆不就，寓居会稽，以山水、文籍自娱。虽为布衣，时人皆以公辅期之，士大夫至相谓曰：'安石不出，当如苍生何！'"

⑨洪崖：传说中的仙人名。黄帝臣子伶伦的仙号，传说伶伦为黄帝的乐官，是乐律的创始者。《吕氏春秋·古乐》："昔黄帝令伶伦作为律。"

⑩晦迹：谓隐居匿迹。

⑪逸趣：超逸不俗的情趣。

⑫清芬：清香，比喻高洁的德行。

⑬举迹：谓举步。

⑭曛：日暮。

⑮狎青鸟：江淹《杂体诗·阮步兵籍〈咏怀〉》："青鸟海上游。"李善注："《吕氏春秋》曰：海上有人好青者，朝至海上而从青游，青至者前后数百。其父曰：'闻汝从青游，盍取来？我欲观之。'其子明旦至海上，群青翔而不下。"刘良注：'青鸟，海鸟也。"狎：亲近。

⑯濆：水边，岸边。

【译文】元丹丘安家于颍阳，择地建造了别墅。所处之地，北面依傍马岭山，群峰连绵与嵩山相接，南面正对鹿台山，极目可见汝水。周围高峰耸立，林木葱郁，景致极佳。李白来此与之同游，故作此诗。

我四处游仙渡过颍水，来拜访隐居的元丹丘。元君你辜负苍生的期望，独自来此与洪崖仙人为伴。安居此地就是为了隐迹避世，言谈清议都可成为传世文章。回望北山却被马岭峰阻断视线，前观南岭又有鹿台山分割天际。汝河明月遥照山居，嵩山白云往来无阻。

元君真是深谙闲情逸趣，我却钦慕他的清芬之德。您举步山林闲倚松石，畅言笑谈间忘却朝晚。我却希望最终能与青鸟为伴，临风拂衣忘情江湖之畔。

题瓜洲新河饯族叔舍人贲

【题解】此诗是天宝五载（746），诗人从东鲁出发南游，路过瓜洲时所作。瓜洲，即今江苏扬州市邗江区，地处大运河分支入长江处。与镇江市隔江斜对，向为长江南北水运交通要冲。又称瓜埠洲。新河，指唐代润州刺史齐澣开凿的瓜洲运河。《旧唐书·玄宗纪》："开元二十六年，润州刺史齐澣开伊娄河于扬州南瓜洲浦。"瓜洲原为长江中的沙洲，因形状如瓜，故称瓜洲。但随着泥沙淤积，渐渐与陆地相连。隋代修建的大运河，出江口在扬子津，也因此被堵塞，就使江南的漕运粮船抵达瓜洲后，再陆运至扬子津，或从瓜洲沙尾（今仪征东）绕行至扬子津，才能进入大运河，需要迂回六十里路程，还要冒着被风浪倾覆的风险。开元二十六年（738），润州刺史齐澣上奏朝廷，建议从瓜洲修建一条运河，直通扬子镇。唐玄宗下旨批准了这一建议。在齐澣主持下，开凿出了这条瓜洲至扬子镇之间的瓜洲运河，因河侧是伊娄山，也称伊娄运河。并在河上设置斗门船闸，用以调节通航和控制江潮和内河之水的进出。从此江南的漕船可以直接从瓜洲进入扬州，然后转运至洛阳、长安等地。运河的开通，省去水陆转运的麻烦，而且节省大量费用，功泽世人。诗人也对此工程赞赏不已，称赞其"丰功利生人，天地同朽灭"，江南的百姓也会铭记齐公恩惠，对待河边的"芳树"，就像对待召公的甘棠树一样，细心呵护，没有人会去攀折。次一段诗人叙述与族叔李贲分别的情景。李贲的生平事迹不详，其官职为舍人，唐朝有太子舍人、中书舍人、通事舍人、中舍人、起居舍人等官职。从"弭棹徒流悦"一句可知，诗人送族叔李贲时，是在船上送行。当时应该为春季，漫天飘舞着杨花，纷纷扬扬如同下雪。"惜此林下兴，怆为山阳别"二句表明诗人意欲效仿竹林七贤，隐居山林，闲逸逍遥。最后两句寄托思念，谓此地与族叔李贲一别，自己又将归于寂寞孤独。

齐公凿新河，万古流不绝。丰功利生人，天地同朽灭[①]。两桥对双阁，芳树有行列，爱此如甘棠，谁云敢攀折[②]？吴关倚此固[③]，天险自兹设。海水落斗门[④]，潮平见沙汭[⑤]。

我行送季父[⑥]，弭棹徒流悦[⑦]。杨花满江来，疑是龙山雪[⑧]。惜此林下兴[⑨]，怆为山阳别[⑩]。瞻望清路尘[⑪]，归来空寂蔑[⑫]。

【注释】①"齐公"四句：指唐代润州刺史齐澣开凿瓜洲伊娄运河一事。《旧唐书·齐澣传》："二十五年，迁润州刺史，充江南东道采访处置使。润州北界隔吴江，至瓜步沙尾，纡汇六十里，船绕瓜步，多为风涛之所漂损。澣乃移其漕路，于京口塘下直渡江二十里，又开伊娄河二十五里，即达扬子县。自是免漂损之灾，岁减脚钱数十万。又立伊娄埭，官收其课，迄今利济焉。"

②"爱此"二句：用西周召公故事。《史记·燕召公世家》："召公之治西方，甚得兆民和。召公巡行乡邑，有棠树（即甘棠），决狱政事其下，自侯伯至庶人各得其所，无失职者。召公卒，而民人思召公之政，怀棠树不敢伐，歌咏之，作《甘棠》之诗。"《诗·召南·甘棠》："蔽芾甘棠，勿剪勿伐，召伯所茇。蔽芾甘棠，勿剪勿败，召伯所憩。蔽芾甘棠，勿剪勿拜。召伯所说。"

③吴关：润州为三国时吴地，因此称瓜州渡口为吴关。

④斗门：堤堰中用以蓄泄渠水的闸门。

⑤沙汭：水边的沙洞。

⑥季父：叔父。

⑦弭棹：停船。弭，停。流悦：耽乐，流畅欢快。

⑧"杨花"二句：杨花：杨柳之花，指柳絮。龙山：逴龙山。传说中

北方的寒山。《淮南子·地形训》：“烛龙在雁门北，蔽于委羽之山，不见日。”逴龙山：《楚辞·大招》：“北有寒山，逴龙赩只。”汉王逸注：“逴龙，山名。”宋洪兴祖补注：“疑此逴龙即烛龙也。”鲍照《学刘公干体五首·其三》：“胡风吹朔雪，千里度龙山。”

⑨林下：树林之下，幽僻之境，引伸指退隐山林或具有闲雅、超逸的风度。林下兴：指逍遥山林的逸兴。

⑩山阳别：用竹林七贤的故事。《三国志·魏志·嵇康传》记载，魏晋时期，嵇康、阮籍、山涛、向秀、刘伶、阮咸、王戎等人寓居河内山阳，共为竹林之游。山阳：县名，西汉置，属河内郡。治所在今河南焦作市东。

⑪清路尘：路上的清尘。语出曹植《七哀》：“君若清路尘，妾若浊水泥。”

⑫寂蔑：冷清孤单。

【译文】当年齐公新凿瓜州运河，万古之后也会长流不绝。这项丰功利益当世百姓，将与天地同在永不朽灭。河上有双桥正对两楼阁，道边植芳树苍郁成行列。百姓爱树视若召公的甘棠，试问谁会贸然损毁和攀折？吴地关隘凭此牢固，天险之地自此而设。海水涨落斗门内外，湖水平阔岸见沙穴。

我外出送叔父远行，停船在此流连忘返。轻轻杨花飘满江面，如同龙山纷纷雪花。本应珍惜这林下逸兴，却怆然而为山阳之别。远望您一路清尘飞马而去，归家之后我是多么清冷寂寞。

洗脚亭

【题解】此诗年代不详。洗脚亭，在今江苏南京，从诗文中看这里有古井，很多人在这里洗足，可能因此而得名。全诗主要写与友人分别。诗人在洗脚亭送别友人，洗脚亭靠近大道边。这里有一口吴时的古井，行人在这里歇息，采樵女在这里洗足。站在这里可以看到白鹭洲，洲上芦花漫天飞舞。诗人与友人在分别之际，依依不舍，泪流成行。

白道向姑熟①，洪亭临道旁②。前有吴时井，下有五丈床③。樵女洗素足，行人歇金装④。西望白鹭洲⑤，芦花似朝霜。送君此时去，回首泪成行。

【注释】①白道：王琦注：“白道，大路也。人行迹多，草不能生，遥望白色，故曰白道。唐诗多用之，郑谷‘白道晓霜迷’，韦庄‘白道向村斜’，是也。”姑熟：唐代指宣州当涂县，今安徽当涂县。因县境有姑熟溪而得名。

②洪亭：大亭。指洗脚亭。

③床：井栏。

④金装：谓美装、盛装。

⑤白鹭洲：在今江苏南京市西南，与新林浦相对。《景定建康志》引《丹阳记》曰：“白鹭洲在县西三里，洲在大江中，多聚白鹭，因以名之。”

【译文】一条白道直通当涂县,道旁一座洪大的高亭。亭前是一口吴时古井,下有五丈的石头井栏。采樵女倚井栏洗濯素足,行路人放背囊暂歇亭内。西望可见白鹭洲,芦花纷纷如白霜。此时送君远离而去,回首再看泪流成行。

劳劳亭

【题解】此诗年代不详。劳劳亭,在今江苏南京。《景定建康志》记载:"劳劳亭,在城南十五里,古送别之所。吴置亭在劳劳山上,今顾家寨大路东即其所。"全诗虽然短小,却构思精妙,意味隽永。劳劳,本身就有忧愁伤感的意思。《玉台新咏·古诗为焦仲卿妻作》就有:"举手长劳劳,二情同依依。"的诗句。诗人巧妙地一语双关,既点明在劳劳亭送客,又含蓄地说明了此时的忧愁心情。人愁,亭也愁,所以此地当为天下最伤心处。古人在春天送行时,有折柳相赠的习俗,因为"柳"与"留"谐音,以此寄托惜别之情。别人都是赠柳,而在诗人笔下,春风也似乎感受到了人们的离愁,所以迟迟不将柳条催青。诗人没有按照通常送别诗的写法去抒发离愁,而是借春风"不遣柳条青"来委婉地表达自己不愿和友人分别的心情,构思巧妙。以无情道有情,三四句可谓得诗之真谛。严羽评点《李太白诗集》:"'春风'二句,情思深巧,却不费些子力,又非浅口所能学。"朱之荆《增订唐诗摘钞》点评此诗:"深极巧极,自然之极,太白独步。"

天下伤心处，劳劳送客亭。春风知别苦，不遣柳条青。

【译文】天下最伤心处之一，当属金陵的劳劳亭。春风也知离别之苦，迟迟不让柳条发青。

题金陵王处士水亭　此亭盖齐朝南苑，又是陆机故宅

【题解】此诗大约是天宝六、七载（748），诗人在金陵时所作。王处士，姓王的隐士。处士是古代对有才德而隐居不仕之人的称呼。齐朝南苑，据《江南通志》记载："南苑，在江宁府城外瓦棺寺东北。"陆机，是魏晋时期文学家、书法家，三国东吴陆逊之孙，与其弟陆云合称"二陆"。《方舆胜览》："陆机宅，图经云在上元县南五里，秦淮之侧，有二陆读书堂在焉。"王处士水亭就建在齐朝南苑旧址，内有陆机故宅。首段写王处士出身王氏名门，贤士豪杰咸集于家门。诗人引用王羲之和王子猷的故事，来比喻王处士风度高雅和潇洒率真。并暗用陆机诗句，来点明王处士水亭所在之处曾是齐朝南苑，陆机故宅。次一段写诗人受到王处士的热情款待。王处士为诗人拂拭竹席，设酒畅饮。诗人酒醉尽兴晃晃悠悠准备离去，不料惊动了树上栖息的宿鸟，引起一阵喧哗。诗人感谢主人的殷勤招待，期待有朝一日能再来这里洗涤心中烦恼。

王子耽玄言①，贤豪多在门②。好鹅寻道士③，爱竹啸名园④。树

色老荒苑⑤，池光荡华轩⑥。北堂见明月，更忆陆平原⑦。

扫拭青玉簟⑧，为余置金樽。醉罢欲归去，花枝宿鸟喧。何时复来此，再得洗嚣烦⑨？

【注释】①"王子"句：这里以西晋清谈名士王衍比喻王处士。《晋书·王衍传》："（王）衍既有盛才美貌，明悟若神，常自比子贡。妙善玄言，唯谈《老》《庄》为事。累居显职，后进之士，莫不景慕放效。选举登朝，皆以为称首。"

②"贤豪"句：指王氏历代多贤才。王衍出身琅琊王氏，在魏晋时期，琅琊王氏多身居朝廷显官贵爵，宋邓名世《古今姓氏书辩证》曰："琅琊王氏自汉谏议大夫王吉以下，更魏晋南北朝，一家正传六十二人，三公令仆五十余人，侍中八十人，吏部尚书二十五人。"这里比喻王处士结交众多贤士。

③"好鹅"句：用王羲之以书换鹅的故事。《晋书·王羲之传》："又山阴有一道士，养好鹅，羲之往观焉，意甚悦，固求市之。道士云：'为写《道德经》，当举群相赠耳。'羲之欣然写毕，笼鹅而归，甚以为乐。"

④"爱竹"句：用王子猷故事。《世说新语·简傲》："王子猷尝行过吴中，见一士大夫家极有好竹。主已知子猷当往，乃洒扫施设，在厅事坐相待。王肩舆径造竹下，讽啸良久。"

⑤荒苑：指齐朝南苑。

⑥华轩：饰有文采的曲栏。借指华美的殿堂。

⑦"北堂"二句：用陆机《拟明月何皎皎》诗："安寝北堂上，明月入我牖。照之有余辉，揽之不盈手。"陆平原：陆机曾任平原内史。

⑧簟：竹席。

⑨嚣烦：喧闹烦杂。

【译文】王君你素来喜欢谈玄论道，贤士豪杰多出入您的门下。您如王羲之一样爱鹅而四处寻找山阴道士，又像王子猷喜欢赏竹而流连名园长啸助兴。树色苍茫尽显南苑荒老，波光闪动摇荡华阁倒影。

您为我拂扫青玉般的竹席，为我摆上金樽斟上美酒。我酒醉尽兴后正欲乘晚归家，惊起花枝上的宿鸟一片喧哗。什么时候才能再来此地！重新让我洗去心中的喧嚣烦恼。

题嵩山逸人元丹丘山居　并序

【题解】此诗是开元二十二年（734），李白接到元丹丘邀请他来嵩山隐居的书信后，准备举家前往时而作。诗序中李白自述与元丹丘的交情深厚，彼此志趣相投，都喜好仙道。元丹丘隐居嵩山后，也邀请李白前来，于是李白举家搬往嵩山，因而作此诗。前四句写诗人原本家在紫云山，当地就有浓厚的崇道风气。诗人在那种环境的熏陶下，常怀修道之志，静心体悟空寂。次一段写诗人出蜀后的经历。诗人游历过闽越，穷尽过禹穴。曾泛舟沧海，跋涉庐霍。探寻岩洞，驻足霞楼。喜欢登高远望，惬意隐居之诺。在诗人看来，寻找三山仙境的希望实在缥缈，不如暂游四岳来寄托情怀。再一段写元丹丘喜欢嵩山颍水的环境，他那种高洁的品性如丹膆般鲜明。元丹丘喜爱林水之幽，不羡慕闹市朝堂之乐。一旦体悟到真意之境，对世俗之情就越来越淡薄。诗人自述与元丹丘都有兰桂之心，保持高洁操守。最后四句写诗人全家都喜好仙道,于是决定一起前往嵩山修道炼丹。

　　　　白久在庐霍^①，元公近游嵩山，故交深情，出处无间^②。岩信频及^③，许为主人。欣然适会本意，当冀长往不返。欲便举家就之，兼书共游，因有此赠。

家本紫云山^④，道风未沦落。况怀丹丘志^⑤，冲赏归寂寞^⑥。

　　竭来游闽荒^⑦，扪涉穷禹凿^⑧。夤缘泛潮海^⑨，偃蹇陟庐霍^⑩。凭雷蹑天窗^⑪，弄景憩霞阁^⑫。且欣登眺美，颇惬隐沦诺。三山旷幽期^⑬，四岳聊所托^⑭。

　　故人契嵩颍^⑮，高义炳丹膜^⑯。灭迹遗纷嚣^⑰，终言本峰壑。自矜林湍好^⑱，不羡市朝乐。偶与真意并^⑲，顿觉世情薄。尔能折芳桂，吾亦采兰若^⑳。

　　拙妻好乘鸾^㉑，娇女爱飞鹤^㉒。提携访神仙，从此炼金药。

【注释】①庐霍：庐山和霍山的并称。庐山在今江西九江市南。霍山在今安徽霍山县西南，又名天柱山。

　　②出处：出仕及退隐。

　　③岩信：山间所来之信。

　　④紫云山：在今四川江油。王琦注："紫云山，在绵州彰明县西南四十里，峰峦环秀，古木樛翠，地理书谓常有紫云结其上，故名。此山地志不载，宋魏鹤山作记，载集中。太白生于绵州，所谓'家本紫云山者'，盖谓是山欤？"

⑤丹丘:传说中神仙所居之地,昼夜常明。《楚辞·远游》:"仍羽人于丹丘兮,留不死之旧乡。"王逸注:"丹丘,昼夜常明也。"

⑥冲赏:冲虚静赏。冲虚:恬淡虚静。

⑦揭来:去来。揭,去。闽荒:指福建及浙江南部沿海地区。泛指我国南方开发较晚的地区。王琦注:"闽,今福建地,在唐时为建州、福州、泉州、漳州、汀州五郡之地。东瓯与闽地相连接,在唐时为温州、台州、处州三郡之地。秦时立闽中都,合东瓯在内。至汉始分东瓯,以立东海王。太白生平未尝入闽,而温、台、处三州则游历多见于诗歌,疑此诗所谓'闽荒'者,指东瓯之地而言也。"

⑧扪涉:谓攀山涉水。扪,攀,挽。禹凿:禹穴。相传为夏禹的葬地。在今浙江省绍兴之会稽山。也指会稽宛委山。相传禹于此得黄帝之书而复藏之。

⑨夤缘:本指攀附上升,这里指循依而行。

⑩偃蹇:高耸貌。

⑪天窗:指山崖、洞窟顶部透光的缝隙。

⑫弄景:赏景。

⑬三山:指海中三仙山。蓬莱、方丈、瀛洲。幽期:隐逸之期约。

⑭四岳:指泰山、华山、衡山、恒山的总称。《左传·昭公四年》:"四岳三涂。"杜预注:"四岳,东岳岱,西岳华,南岳衡,北岳恒。盖古称四岳,不兼中岳在内,后世兼中岳而言,故称五岳也。"

⑮故人:指元丹丘。嵩颍:嵩山和颍水。

⑯丹雘:可供涂饰的红色颜料。雘,一种陶土,古代用来做颜料。《书·梓材》:"惟其涂丹雘。"孔颖达疏:"雘是彩色之名,有青色者,有朱色者。"

⑰灭迹：从世俗社会中消失行迹。谓退隐。纷嚣：世间的纷乱喧嚣。

⑱林湍：山林溪涧。

⑲真意：自然的意趣。

⑳兰若：兰草与杜若。皆香草。颜延之《和谢监灵运》："芬馥歇兰若，清越夺琳珪。"李周翰注："兰若，香草，幽兰、杜若也。"

㉑拙妻：指李白的夫人许氏。开元十五年（727），李白在安州安陆，娶故宰相许圉师孙女为妻。

㉒娇女：指李白的女儿平阳。

【译文】我长久以来在庐山、霍山一带游历，元公近些年一直隐居嵩山，我与他是多年故交，彼此感情深厚，无论出仕还是遁隐，我们都亲密无间。他频频从嵩山给我写信，许诺要尽地主之谊招待我。我很高兴这一邀请正好符合我一直以来的心意，我希望能在那里长期遁隐避世，不再返回故居。于是想要举家搬往那里，并写信告诉他，愿与他同游山林，因此写诗为赠。

我家原本住在蜀地紫云山，那里崇道风气一直未沦落。况且我也常怀修道之念，冲虚恬淡归于空寂之境。

我曾去往闽越一带游历，跋山涉水探访禹穴遗迹。随波泛舟沧海，翻越高耸庐霍。雷声电光中窥探天窗，观赏云影小憩于霞阁。并且喜欢登高远眺美景，惬意于隐居之诺的实现。远赴三山仙境的愿望邈远难期，不如暂游四岳胜景来寄托情怀。

故人一心向往嵩颍山水，高义昭然如丹臒般鲜明。从此隔绝尘世断绝喧嚣，自言本是峰谷林壑之人。矜爱山林流水之美，不美闹市朝堂之乐。偶然间体悟本心真意，便顿感世故情怀转薄。你能够折取芬芳的桂枝，我也将采撷清馨的兰若。

拙荆喜好乘鸾之仙, 我女颇爱飞鹤之道。我们正好可以一起寻访神仙, 从此隐居深山炼制金丹仙药。

题江夏修静寺　　此寺是李北海旧宅

【题解】这首诗是乾元元年(758), 诗人流放夜郎时, 途径江夏所作。江夏, 即今湖北武汉江夏区。修静寺,《湖广武昌府志古迹》记载:"钟台山, 旧有修静寺, 李北海读书其中。"说明修静寺在钟台山, 钟台山在今湖北咸宁市东南, 在唐代属鄂州江夏县。《太平御览》引《武昌记》曰:"钟台山, 在县东南一百里, 上有桃花洞, 洞侧有李邕读书之所, 荒基遗址, 石室花木犹在。上有一石台, 台上有一钟, 或时鸣响, 远近皆闻, 故名钟台山。"李北海, 即唐代北海郡太守李邕, 字泰和, 鄂州江夏人, 起家校书郎, 曾任左拾遗, 户部郎中, 殿中侍御史, 后任括州刺史, 北海太守。李邕也是唐朝著名书法家, 尤其擅长行草, 其父为唐朝著名文士李善。李邕为官治政, 颇有声望, 而且爱惜贤才, 喜欢提携后辈, 有礼贤下士的美名。宰相李林甫一向妒忌李邕的声望, 天宝六载(747), 李林甫借机罗织罪名陷害, 将李邕杖杀于北海狱中, 终年70岁。唐代宗即位后, 追赠李邕为秘书监。李白也曾拜谒过李邕, 写下"大鹏一日同风起, 扶摇直上九万里"的名句, 虽然没有得到李邕的推荐, 但是李白一直很崇敬李邕, 得知李邕遇难的消息后, 李白写下"君不见李北海, 英风豪气今何在?"的诗句来表达自己的悲愤。李白在乾元元年流放夜郎途中，路过江夏，拜访了李邕故宅，全诗首句"我家"二字，表明诗人将李邕当做了同族长辈，来此缅怀故人，就如同回到自己的家乡，这也充分表明了李白对李邕的崇敬之意。李白看到李邕故居庭院荒芜，只有僧人在此参禅静坐。昔日的繁华，都烟消云散。阶下惟有青草，堂上落满尘埃。诗人感叹李邕生前提携诸多后辈，可谓桃李满天下，可惜一旦离去，故居萧索，就似春风不度一样。全诗表达了对李邕的深切哀惋与悼念之情。

　　我家北海宅，作寺南江滨。空庭无玉树①，高殿坐幽人②。书带留青草③，琴堂幂素尘④。平生种桃李，寂灭不成春。

【注释】①玉树：碧玉之树。比喻丰神俊朗的人物。

　　②幽人：幽隐之人，隐士。这里指僧人。

　　③"书带"句：用东汉郑玄故事。书带：束书的带子。《三齐记》记载，郑玄，字康成。曾在不其山教授诗书。山下长有一种草，叶长一尺多，非常坚韧，郑玄门下的学生就取来束书，因此当地人称这种草为"康成书带"。后用为咏草或咏藏书的典故。

　　④"琴堂"句：用宓子贱鸣琴化治的故事。《吕氏春秋·察贤》："宓子贱治单父，弹鸣琴，身不下堂，而单父治。"后因用琴堂作为官衙的美称。幂：覆盖。

【译文】我的族人北海太守李邕的旧宅，现在已变成寺院位于南江之滨。庭院空空再无玉树般的贤主，高堂上只有参禅打坐的僧人。青青书带草在滋生，琴堂里落满了白尘。您一生遍种桃李满天下，一旦离去此地空寂难再逢春。

改九子山为九华山联句　并序

【题解】此诗是天宝十四载（755）所作。九华山原名九子山，又名陵阳山，是佛家四大名山之一，位于安徽省池州市青阳县境内。因山有九峰，形似莲花，"华"在古代通"花"，李白就为其改名为九华山。九华山最早为道教胜地，在道教"七十二洞天福地"中被列为第三十九位，传说曾有葛洪、陵阳子明及子安等人在此修行成仙。唐开元年间，新罗王族金乔觉于此建寺修行，被认为是地藏菩萨化身，后世将九华山视为地藏菩萨的道场，佛教因而在九华山逐渐兴盛。联句，做诗的一种方式，每人或多人各做一句或数句，相联成篇。多用于宴席及朋友间酬应。李白与好友高霁、韦权舆联句写下此诗。此序中交代了将九子山改名为九华山的原因。首联为李白所写，开篇就极有气势，谓开天辟地，产生阴阳二气，使灵秀的九华山生出形如莲花的九峰。颔联为高霁所写，谓九华山高耸如云，上遏白日，明亮的朝霞也只能照亮在半山峭壁。颈联为韦权舆所写，谓九华山雪后景色秀丽，积雪映照山壑，飞瀑喷射前崖。尾联为李白所写，谓积雪覆盖的树木，发散出青荧之光，远处云雾笼罩，仿佛是仙人之家。

　　青阳县南有九子山①，山高数千丈，上有九峰如莲华②。按图征名，无所依据。太史公南游，略而不书③。事绝古老之口④，复阙名贤之纪⑤，虽灵仙往复，而赋咏罕闻。予乃削其旧

号,加以九华之目。时访道江汉,憩于夏侯回之堂⑥,开檐岸帻⑦,
坐眺松雪,因与二三子联句,传之将来。

妙有分二气⑧,灵山开九华。李白
层标遏迟日⑨,半壁明朝霞。高霁
积雪曜阴壑,飞流喷阳崖。韦权舆
青荧玉树色⑩,缥缈羽人家⑪。李白

【注释】①青阳县:唐县名,《太平寰宇记》:"青阳县,天宝元年
割秋浦、南陵、泾三县置,在青山之阳,故号曰青阳。属宣州,永泰元年
隶池州。"

②莲华:即莲花。

③"太史公"二句:太史公,指司马迁。司马迁《史记·太史公自
序》:"二十而南游江、淮,上会稽,探禹穴,窥九疑,浮于沅、湘。"此
二句谓当年司马迁南游时,忽略此地未曾记载。

④古老:年老,苍老。

⑤阙:同"缺"

⑥夏侯回:人名,生平事迹不详。

⑦岸帻:推起头巾,露出前额。形容行为洒脱,或衣着简率不拘。
《说文解字》:"发有巾曰帻。岸帻,谓脱其巾而露额也。"

⑧妙有:道家指超乎"有"和"无"以上的原始存在。孙绰《游天台
山赋》:"运自然之妙有。"李善注:"妙有,谓一也。言大道运彼自然之
妙,一而生万物也。《老子》曰:'道生一。'王弼曰:'一,数之始,而物
之极也。'谓之为'妙有'者,欲言有,不见其形,则非有,故谓之妙;欲

言其无，物由之以生，则非无，故谓之有。斯乃无中之有，谓之妙有也。"
二气：指阴阳二气。

⑨层标：重迭的山峰。迟日：《诗·豳风·七月》："春日迟迟。"后以"迟日"指春日。

⑩青荧：青光闪映貌。扬雄《羽猎赋》："玉石嶜崟，眩耀青荧。"颜师古注："青荧，言其色青而有光荧也。"李善注："青荧，光明貌。"

⑪羽人：指仙人。

【译文】 青阳县南有九子山，山高数千丈，上面有九峰形如莲花。按舆图考证名称，没有找到依据。太史公司马迁南游时，没有记载九子。关于九子山的事迹就是老人们也不知道来历，历代名人文士也无记述。虽有仙迹隐现，但关于九子山的题咏诗赋很少。我于是去掉它原来的名称，加之以九华山的称呼。当时我正好路过江汉，在夏侯回之堂小憩，摘巾敞额，坐观松雪，与几位好友一起联句作诗，以传后世。

先天大道分化阴阳二气，钟灵仙山开出九簇莲花。（李白）
层峦叠嶂上遇迟迟春日，陡峰半壁明照五彩朝霞。（高霁）
皑皑积雪辉映北谷丘壑，一道飞瀑喷射南山前崖。（韦权舆）
雪后玉树闪耀青荧之色，缥缈之处就是仙人之家。（李白）

题宛溪馆

【题解】 此诗是天宝十二载（753），诗人游宣州时所作。宛溪，水名，在今安徽宣城。《江南通志》：“宛溪，在宁国府东，水至清澈。”宛溪馆，即宛陵驿馆。《宣城县志》记载：“旧有宛陵驿，今废。李白《题宛溪馆》诗即此。”全诗围绕了一个“清”字来写。水清可照人心，水清可比新安，水清可笑严湍。

吾怜宛溪好，百尺照心明。何谢新安水[①]，千寻见底清[②]。白沙留月色，绿竹助秋声。却笑严湍上[③]，于今独擅名。

【注释】①新安水：指新安江，古称浙江、浙江，发源于安徽徽州（今黄山市）休宁县境内，东入浙江省，与兰江汇合后流入钱塘江，是钱塘江正源，以水清而著称。

②寻：古代长度单位，一寻为八尺。

③严湍：指浙江七里滩，又称严陵濑。在浙江桐庐县南，相传为东汉严光隐居垂钓处。《后汉书·严光传》：“除为谏议大夫，不屈，乃耕于富春山，后人名其钓处为严陵濑焉。”

【译文】我喜爱宛溪的风光美好，水清百尺亦将心台照明。它绝不逊于新安江水，深及千寻仍清澈见底。水边白沙笼罩着皎洁月光，两岸绿竹摇曳更增添秋声。可笑世人看重严陵濑，至今还独擅水清的美名。

题东溪公幽居

【题解】此诗是天宝十二载（753），诗人在当涂所作。东溪公，生平事迹不详。这首诗描写了东溪公的隐居之乐。诗人称东溪公为杜陵贤人，所以东溪公应该为杜陵人氏。东溪公为官清廉，致仕后来到东溪隐居已有多年。诗人以谢朓和陶潜来比喻东溪公，称赞东溪公的高洁品行和高雅风范。东溪公的宅院内鸟语花香，充满田园之趣，客来虽只能以盐佐酒，但是有东溪公这样的高士相伴，又何曾会乏味。

杜陵贤人清且廉①，东溪卜筑岁将淹②。宅近青山同谢朓③，门垂碧柳似陶潜④。好鸟迎春歌后院，飞花送酒舞前檐。客到但知留一醉，盘中只有水精盐⑤。

【注释】①杜陵：地名。在今陕西省西安市东南。原为古杜伯国。秦时置杜县，汉宣帝筑陵于东原上，因名杜陵。并改杜县为杜陵县。

②淹：久留，久滞。

③青山：《方舆胜览》："青山，在当涂县东南三十里。齐宣城太守谢朓室于山南，遗址犹存。绝顶有谢公池。唐天宝间改为谢公山。山下有青草市，一名谢家市。"

④"门垂"句：用陶潜门前有五柳的故事。

⑤水精盐：一种晶莹明澈如水晶的盐。古代人们常以盐佐酒。《魏书·崔浩传》："太宗大悦，语至中夜，赐（崔）浩御缥醪酒十觚，水精戎盐一两。曰：'朕味卿言，若此盐酒，故与卿同其旨也。'"

【译文】杜陵的贤人清雅廉明，在东溪建屋淹滞多年。院同谢朓宅一样临近青山，门前像陶潜故居垂下碧柳。美丽的小鸟迎着春风欢歌后院，缤纷的落花来助酒兴飞舞前檐。有客来访就与他共谋一醉，何必在乎盘中只有水精盐。

卷二十二　杂咏

嘲鲁儒

【题解】这首诗是开元二十八载（740），诗人在东鲁时所作。鲁儒指鲁地的儒生。鲁地是儒家的发源地，儒风盛行，而李白寓居东鲁期间，见到鲁儒埋首故纸堆中，不问世事，迂腐不化，心有所鄙，故写诗以讽。庄子也曾评论过鲁地少儒。《庄子·田子方》中记载过一个故事，庄子前去拜见鲁哀公，鲁哀公对庄子说："鲁国的儒士很多，但很少有人崇尚您的学说。"庄子则说："鲁国儒士很少。"鲁哀公反驳说："鲁国人都穿着儒服，怎么能说儒士少呢？"庄子说："我听说，戴圆冠的儒士，通晓天时；穿句履的儒士，明白地理；佩美玉的儒士，处事果断。真正有这种本事的人，不一定穿这种服装。穿这种服装的人，未必有这种本事。如果您认为我说得不对，可以下令全国：'不具有相应本事而穿儒服的人，处以死罪。'就知道我说的对不对了。"于是，鲁哀公按照庄子的意思颁布了命令。五天后，全国没人敢穿儒服了。只有一人，身穿儒装，站在宫门口。鲁哀公召见他，并询问国事，这人应对自如。庄子说："鲁国只有一名真正的儒士，难道算多吗？"李白这首诗的寓意与这一则故事相似，都是说一些儒生拘泥不灵，食古不化，只会夸夸其谈，而不懂济世救民之道。其实李白是很推崇儒家积极入世的思想的，所以一直怀有忠君报国，建功立业的想法。但是李白生性旷达，喜欢无拘无束，对于腐儒的装腔作势，拘谨扭捏，自然是看不上眼的。"足著远游履，首戴方头巾。缓步从直道，未行先起尘"四句将腐儒宽衣博带的衣着，以及未走几步，宽大的衣服就带起了阵阵尘土的形态，刻画得惟妙惟肖。接着诗人引用了李斯对儒生的看法，李斯认为儒家学说荒谬，妄议时事，因此建议秦始皇焚书。又引用叔孙通的故事，来说明腐儒不知时变。最后诗人以调侃的语气说，腐儒不懂变通，不如回家种地去吧。这也表明诗人做学问的目的是为了"安社稷，济苍生"，怀有远大抱负，远不是那些死守章句的儒生可比的。全诗语言诙谐幽默，比喻形象，用典贴切。

鲁叟谈《五经》①，白发死章句②。问以经济策③，茫如坠烟雾。足著远游履④，首戴方头巾⑤。缓步从直道，未行先起尘。秦家丞相府，不重褒衣人⑥。君非叔孙通⑦，与我本殊伦⑧。时事且未达，归耕汶水滨⑨。

【注释】①《五经》：指儒家的《诗》《书》《礼》《易》《春秋》五部经典。

②章句：古文的分章和句读。

③经济：经世济民。

④远游履：古代履名，适合远游步行穿着。

⑤方头巾：即方山冠，汉代祭宗庙时乐舞人所戴之冠。《资治通鉴·汉昭帝元平元年》："王尝见大白犬，颈以下似人，冠方山冠而无尾，以问龚遂。"胡三省注："方山冠以五采縠为之，前高七寸，后高三寸，长八寸，乐舞人服之。"

⑥"秦家"二句：指秦相李斯不喜欢褒衣博带的儒生，建议秦始皇废除诸子百家学说。《史记·李斯传》："丞相谬其说，绌其辞，乃上书：'臣请诸有文学《诗》《书》百家语者，蠲除去之。令到满三十日弗去，黥为城旦。'始皇可其议，收去《诗》《书》百家之语，以愚百姓，使天下无以古非今。"褒衣：宽大的衣服，也是儒生的通常装束。

⑦叔孙通：秦汉之际薛（今山东滕县东南）人。秦时担任博士。秦末，初投项梁，后降刘邦，任博士，号稷嗣君。汉朝建立后，他依照古礼和秦礼，征召鲁地儒生及弟子设定了新的朝仪。《史记·刘敬叔叔孙通列传》："叔孙通说上曰：'臣愿征鲁诸生，与臣弟子共起朝仪。'于是叔孙通使征鲁诸生三十余人，鲁有两生不肯行，曰：'今天下初定，死者未葬，伤者未起，又欲起礼乐。礼乐所由起，积德百年而后可兴也。吾不忍为公所为，公所为不合古，吾不行，公往矣，无污我。'叔孙通笑曰：'若真鄙儒也，不知时变。'遂与所征三十人西。"

⑧殊伦：不是同类人。

⑨汶水：即今大汶河。源出山东莱芜市北，至梁山东南入济水。

【译文】鲁地儒叟好谈《五经》，皓首穷经死守章句。询问经世济民的策略，他就茫然如坠云雾中。足穿远游履，头戴方山巾。缓步沿着大道而走，还未行远衣已起尘。秦朝的丞相李斯，向来不看重儒生。您也不是通达的叔孙通，与我本来就不是同路人。对于天下时事形势都未知晓，还是归乡躬耕于汶水之滨吧。

惧谗

【题解】这首诗应当是天宝三载（744），诗人在长安供奉翰林时，忧虑谗言诋毁而作。诗中引用了二桃杀三士、魏姝掩鼻以及班姬咏扇的典故，来说明谗言陷害的可怕。而诗人当时在朝中也面临同样的境遇，由于诗人不肯"摧眉折腰事权贵"，一直受到朝中权贵的排挤和谗言诋毁，诗人对自己的境遇也深为担心，借此诗来抒发忧虑。

二桃杀三士①，讵假剑如霜②？众女妒蛾眉，双花竞春芳③。魏姝信郑袖，掩袂对怀王。一惑巧言子，朱颜成死伤④。行将泣团扇⑤，戚戚愁人肠⑥。

【注释】①二桃杀三士：春秋时，公孙接、田开疆、古冶子三人侍奉齐景公，均以勇力闻名。三人恃功傲慢，齐相晏婴担心他们危害国家，就谋划除去他们，让齐景公以二桃赐予三人，使三人为食桃争功，结果三人弃桃而自杀。事见《晏子春秋·谏下二》。后比喻施用计谋杀人。

②讵：难道。假：借用。

③"众女"二句：屈原《离骚》："众女嫉予之蛾眉兮，谣诼谓予以善淫。"谓众女妒忌蛾眉的美貌，就谣言中伤。这里以众女比喻谗臣，蛾眉比喻忠臣。

④"魏姝"四句：魏姝：战国时魏王送给楚王的美女。郑袖：楚怀

王的妃子。巧言子：指郑袖。朱颜：指魏姝。《战国策·楚策四》："魏王遗楚王美人，楚王悦之。夫人郑袖知王之悦新人也，甚爱新人，衣服玩好择其所喜而为之，宫室卧具择其所善而为之，爱之甚于王。王曰：'郑袖知寡人之悦新人也，其爱之甚于寡人。此孝子之所以事亲，忠臣之所以事君也。'郑袖知王以己为不妒也，因谓新人曰：'王爱子美矣，然恶子之鼻，子见王则必掩鼻。'新人见王，因掩其鼻。王谓郑袖曰：'新人见寡人则掩其鼻，何也？'郑袖曰：'妾不知也。'王曰：'虽恶，必言之。'郑袖曰：'其似恶闻王之臭也。'王曰：'悍哉！'令劓之，无使逆命。"

⑤"行将"句：用西汉班婕妤故事。班婕妤，是汉成帝妃子，擅长辞赋，后被赵飞燕所谗言，作赋借秋扇自伤。班婕妤《怨歌行》："新裂齐纨素，皎洁如霜雪。裁为合欢扇，团团似明月。出入君怀袖，动摇微风发。常恐秋节至，凉风夺炎热。弃捐箧笥中，恩情中道绝。"后以比喻女子色衰失宠的哀怨情怀。

⑥戚戚：忧惧，忧伤的样子。

【译文】齐相晏婴以两桃杀三士，哪用得着借用如霜利剑？众女嫉妒蛾眉美貌，如同双花彼此争艳。魏姝轻信郑袖的诡话，以袂掩鼻面对楚怀王。楚王一旦被郑袖巧言迷惑，魏姝顿时红颜失宠而死伤。我只能如班婕妤发出团扇之泣，终日忧虑愁思断肠。

观猎

【题解】此诗年代不详。全诗描写了黄昏时诗人随太守出城打猎的情景。狩猎的人马在江边纵横驰骋，为驱逐野兽而燃起的山火缭绕四方。受惊的飞禽野兽四处奔散，此时众人也瞄准云中鸿雁开弓射箭，放出猎鹰追逐狡兔。众人兴致勃勃，一直欢娱到深夜，才尽兴而归。

太守耀清威，乘闲弄晚辉。江沙横猎骑，山火绕行围①。箭逐云鸿落②，鹰随月兔飞。不知白日暮，欢赏夜方归。

【注释】①山火：王琦注："山火，猎者烧草以驱逼禽兽之火也。"行围：打猎的围场。

②云鸿：云中飞鸿。

【译文】太守威仪赫赫，乘闲黄昏打猎。江边沙上人骑纵横，山火熊熊缭绕行营。羽箭射落云中鸿雁，猎鹰飞逐月下狡兔。不知不觉白日西落，欢娱深夜尽兴方回。

观胡人吹笛

【题解】此诗年代不详，应该是诗人在宣州时所作。诗中描写了诗人听胡人吹奏笛曲的感受。胡人所吹奏的笛曲，大多是秦地之乐。一曲《梅花落》，仿佛在十月，有梅花落在敬亭山头。而听到《出塞曲》，仿佛让人感受到边塞的荒凉，不禁心生悲伤，泪水沾湿了帽缨。诗人被笛曲深深感染，触动了自己的心事，那就是空怀忠君报国之心, 却无报国之门, 只能遥望长安而无可奈何。全诗语意清奇, 格调凄清, 尽显诗人忧国之情。

胡人吹玉笛, 一半是秦声①。十月吴山晓, 《梅花》落敬亭②。愁闻《出塞曲》③, 泪满逐臣缨④。却望长安道, 空怀恋主情。

【注释】①秦声: 秦地的乐曲。

②《梅花》: 指《梅花落》, 汉乐府横吹曲名。敬亭: 指敬亭山。

③《出塞曲》: 汉乐府横吹曲名。传说为汉代李延年所作。

④逐臣: 被逐之臣。诗人自称。

【译文】胡人所吹玉笛之曲, 大半是秦地的音声。十月吴山拂晓之时, 一曲《梅花》飘落敬亭。听闻《出塞曲》更添愁苦, 泪水沾满了我的帽缨。回望通向长安的大道, 我只能空怀报主的忠心。

军 行

【题解】此诗当为王昌龄所作。《全唐诗》收入王昌龄《出塞》其二, 《文苑英华》亦收录此诗, 为王昌龄《塞上曲》其二。此处仅录其文。

骝马新跨白玉鞍, 战罢沙场月色寒。城头铁鼓声犹震, 匣里金刀血未干。

从军行

【题解】此诗年代不详。从军行，乐府《相和歌辞·平调曲》名。内容多写边塞风情和战士的生活。全诗塑造了一位身经百战，率军奋力拼杀，突出敌人重围的将军形象。

百战沙场碎铁衣[①]，城南已合数重围。突营射杀呼延将[②]，独领残兵千骑归。

【注释】①沙场：指战场。胡三省《资治通鉴注》："唐人谓沙漠之地为沙场。"

②呼延将：复姓呼延的胡将。《晋书·匈奴传》："其四姓有呼延氏、卜氏、兰氏、乔氏，而呼延氏最贵。"

【译文】将军在沙场经历百战，身上的铁甲都已破碎，在城南被敌人重重包围。突入敌营射杀呼延敌将，率领残部千骑突围而归。

平虏将军妻

【题解】此诗年代不详。平虏将军妻，指东汉末年，庐江太守刘勋之妻王宋。庐江太守刘勋被孙策打败，投奔曹操，被封为平虏将军。刘勋娶王宋为妻，但王宋一直无子。后来刘勋喜欢上了司马氏的女儿，准备迎娶，就以王宋无后为理由休妻，王宋只好离开，路上作诗二首。曰："翩翩床前帐，张以蔽光辉。昔将尔同去，今将尔同归。缄藏箧笥里，当复何时披？"又曰："谁言去妇薄，去妇情更重。千里不唾井，况乃昔所奉。远望未为遥，踟蹰不得并。"李白根据此事及二首诗意而作这首《平虏将军妻》，意在以王宋被弃来暗喻自己不被君王见用，壮志难酬的经历。

平虏将军妇，入门二十年。君心自不悦，妾宠岂能专？出解床前帐，行吟道上篇。古人不唾井①，莫忘昔缠绵。

【注释】①不唾井：曹植《代刘勋妻王氏为诗》："人言去妇薄，去妇情更重。千里不唾井，况乃昔所奉。"丁晏注："乃为常饮此井，虽舍而去之千里，知不复饮矣，然犹以尝饮乎此而不忍唾也。"后因以比喻念旧不忘。

【译文】平虏将军刘勋之妻，嫁入将军家门二十年。因无后而使将军不悦，妻子又如何能得宠爱。只好解下床帐归去，路上悲吟哀伤之篇。古人不唾井而念旧，请将军莫忘往日缠绵！

春夜洛城闻笛

【题解】此诗应该是开元二十二年或二十三年（735），诗人在洛阳时所作。诗人在春夜听到隐隐约约的笛声传来，不禁猜想是谁在吹奏？一个"暗"字形象地表现了那种只闻其声，不见其人的感觉，首句"谁家玉笛暗飞声"写的清新脱俗，不同凡响。诗人想象这美妙的笛声，随着春风将会飘荡洛阳全城。这个"散"字，也用得极为传神，表现出笛声那种飘渺隐约的感觉，与春风正好相融合。在夜阑人静的时候，一声声幽咽的《折杨柳》之曲，让羁旅的游子升起浓浓的思乡之情。结尾"何人不起故园情"，可谓是点睛之笔，闻笛声而思归，更加体现了笛声的感染力，升华了整首诗的意境。明代桂天祥《批点唐诗正声》："唐人作闻笛诗每有韵致，如太白散逸潇洒者不复见。"清代朱之荆《增订唐诗摘钞》："'满'从'散'来，'散'从'飞'来，用字细甚。妙在'何人不起'四字，写得万方同感，百倍自伤。"

谁家玉笛暗飞声？散入春风满洛城。此夜曲中闻《折柳》^①，何人不起故园情？

【注释】①《折柳》：即《折杨柳》，古横吹曲名。传说汉代李延年改编自西域乐曲。辞多言惜别和怀念征人。

【译文】谁家玉笛暗送悠扬的乐声？随着春风飘散整个洛阳城。今夜的笛曲声中听到《折杨柳》，何人不会因此而起思乡之情？

嵩山采菖蒲者

【题解】此诗是开元二十二年（734），诗人隐居嵩山时所作。菖蒲，水生植物，多年生草本，有香气，地下有根茎，可作香料，民间在端午节常用来和艾叶扎束，挂在门前用来驱邪。《神仙传》："闻中岳石上菖蒲，一寸九节，服之长生。"《抱朴子·仙药》："菖蒲须得生石上，一寸九节以上，紫花者尤善。"这首诗取材于《神仙传》中的传说。《神仙传》："汉武上嵩山，登大愚石室，起道宫，使董仲舒、东方朔等斋洁思神。至夜，忽见有仙人，长二丈，耳出头巅，垂下至肩。武帝礼而问之，仙人曰：'吾九疑之人也。闻中岳石上菖蒲一寸九节，可以服之长生，故来采耳。'忽然失人所在。帝顾侍臣曰：'彼非复学道服食者，必中岳之神以喻朕耳。'为之采菖蒲服之，经三年，帝觉闷不快，遂止。时从官多服，然莫能持久，唯王兴闻仙人教武帝服菖蒲，乃采服之不息，遂得长生。邻里老少皆云世世见之，竟不知所之。"诗人感慨汉武帝不能依照神仙的指示去服食菖蒲，因而没能得到长生，终归陵墓之中。

神人多古貌，双耳下垂肩。嵩岳逢汉武，疑是九疑仙①。我来采菖蒲，服食可延年。言终忽不见，灭影入云烟②。喻帝竟莫悟，终归茂陵田③。

【注释】①九疑：又作"九嶷"，山名，在今湖南宁远县南。《山海经·海内经》："南方苍梧之丘，苍梧之渊，其中有九嶷山，舜之所葬，在长沙零陵界中。"郭璞注："其山九豀皆相似，故云'九疑'。"

②灭影：隐蔽形影。谓隐居。

③茂陵：即汉武帝陵寝。《汉书·武帝纪》："后元二年二月丁卯，帝崩于五柞宫，三月甲申，葬茂陵。"臣瓒曰："茂陵，在长安西北八十里。"田：墓田，即坟地。

【译文】神人大多相貌古朴，双耳下垂直到肩头。在嵩山遇到汉武帝，他自称是九疑仙人。言说来此地采菖蒲，服食后可以延年。说完就忽然消失，化为云烟飘散而去。可惜汉武帝没有领悟神人的晓喻，最后还是身灭归葬茂陵墓中去了。

金陵听韩侍御吹笛

【题解】此诗是上元二年（761），诗人在金陵时所作。韩侍御，指韩云卿，唐散文家。字文渊，号子房，河南河阳人，是唐朝文学家韩愈的叔父，历任监察御史、礼部郎中、鸿胪卿兼御史中丞，终于礼部侍郎，与李白是好友。全诗描写了韩侍御笛声的美妙。袅袅笛音绕钟山，声声龙吟响万壑。就连擅于吹笙的王子乔和擅于抚琴的师襄听到后，也纷纷停止演奏，自叹不如。悠扬的笛声飘过大江，直往天涯而去，叫人无处可寻。

韩公吹玉笛，倜傥流英音①。风吹绕钟山②，万壑皆龙吟。王子停凤管③，师襄掩瑶琴④。余响渡江去，天涯安可寻？

【注释】①英音：美妙的乐音。

②钟山：在今江苏南京市。

③王子：指仙人王子乔。《列仙传》："王子乔者，周灵王太子晋也，好吹笙，作凤凰鸣。"凤管：笙箫或笙箫之乐的美称。

④师襄：春秋时鲁国人。一作师襄子。善弹琴、击磬。传孔子曾从其学琴。

【译文】韩公悠悠吹起玉笛，身姿潇洒音声美妙。风吹笛音回绕钟山，万壑激荡龙吟之声。王子乔听到也会停下笙管，师襄耳闻也会掩琴不弹。笛声余音渡江而去，飘往天涯何处可寻？

流夜郎闻酺不预

【题解】这首诗是至德二载（757），诗人被判流放夜郎时所作。夜郎，唐时有珍州，治所在夜郎县，在今贵州正安县一带。后设夜郎郡，属黔中道。李白因参加永王李璘幕府，受牵连下狱，至德二载冬，被判流放夜郎。酺，指朝廷赐予百姓欢宴。汉朝时律令规定百姓三人以上不得无故聚众饮酒，否则罚金四两。只有在特定节日或者皇帝下旨，百姓才可聚众欢宴。唐朝时无此法令，赐酺是为了体现朝廷与民同乐之意。《旧唐书·肃宗纪》记载："至德二载十二月戊午朔，上御丹凤门，大赦天下，赐酺五日。"不预，不得参与，即诗人因戴罪在身而没能参与赐酺。首两句写天子在朝廷吟咏盛世之歌，而诗人却以戴罪之身流放蛮荒。现在诗人突然听到了天子赐酺的消息，诗人希望朝廷的恩典之风也能吹到夜郎。全诗表现了诗人渴望得到朝廷的赦免，解除流放夜郎判罚的愿望。

北阙圣人歌太康①，南冠君子窜遐荒②。汉酺闻奏钧天乐③，愿得风吹到夜郎。

【注释】①北阙：古代宫殿北面的门楼。是臣子等候朝见或上书奏事之处。后用为宫禁或朝廷的别称。太康：太平安宁。

②南冠：春秋时楚人所戴的帽冠，楚囚钟仪曾戴南冠，后以南冠代指囚徒。

③汉酺：用汉文帝故事。《汉书·文帝纪》："朕初即位，其赦天下，赐酺五日。"钧天乐：即钧天广乐。指天上的音乐。钧天：指天的中央。古代神话传说中天帝所居的地方。《吕氏春秋·有始》："中央曰钧天。"高诱注："钧，平也。为四方主，故曰钧天。"广乐：广大之乐。

【译文】天子在朝廷吟咏太平之歌，我这个罪人被放逐蛮荒之地。听闻朝廷赐酺百姓奏响天乐，我期待天子的恩典能随风吹到夜郎。

放后遇恩不沾

【题解】此诗是乾元元年（758）所作。唐肃宗时，在乾元元

年二月、四月、十月都有大赦。《旧唐书·肃宗纪》：至德三载二月，
"丁未，御明凤门，大赦天下，改至德三载为乾元元年。""夏四
月，甲寅，上亲享九庙，遂有事于圜丘，即日还宫。翌日，御明凤门，
大赦天下。"《新唐书·肃宗纪》：乾元元年，"十月甲辰，立成王俶
为皇太子。大赦。"遇恩，即指这几次大赦。不沾，指诗人没有获得
赦免。首二句诗人暗用《易经》解卦的象辞。《解卦》上震下坎。雷
发于外，雨施于下，为即将脱险走出困境之兆，表达了诗人渴望早
日脱困的愿望。三四句写大唐盛世之风恩泽四海，就是日本和越裳
这样的远国也被惠及。后四句诗人引用贾谊的典故，说明自己就像
贾谊一样受谗言诋毁而被贬谪，一去三年，不知何时才能重获天子
恩典，回到朝廷，一展自己的抱负。

天作云与雷，霈然德泽开^①。东风日本至^②，白雉越裳来^③。
独弃长沙国，三年未许回^④。何时入宣室，更问洛阳才^⑤？

【注释】①"天作"二句：霈然：雨盛的样子。首二句暗用
《易·解》卦辞："雷雨作，解，君子以赦过宥罪"意。

②日本：指今天的日本。唐张守节《史记正义》："倭国，西南大海
中岛居，凡百余小国，在京师南万三千五百里，武后改倭国为日本国。"

③白雉：白色雉鸡。越裳：古南海国名，在今越南一带。《尚书大
传》记载："交趾之南有越裳国，周公居摄六年，制礼作乐，天下和平，
越裳以三象重译而献白雉。"王琦注："'东风''白雉'二句，言远人皆
蒙恩泽之意。"

④"独弃"二句：用西汉贾谊典故。《史记·屈原贾生列传》："贾

生，名谊，洛阳人也。颇通诸子百家之书，文帝召以为博士。孝文帝说之，超迁，一岁中至太中大夫。天子议以为贾生任公卿之位。绛、灌、东阳侯、冯敬之属尽害之，于是天子后亦疏之，乃以贾生为长沙王太傅三年。贾生既以谪居长沙，长沙卑湿，自以为寿不得长，伤悼之，乃为赋以自广。"

⑤ "何时" 二句：用西汉贾谊典故，贾谊回朝拜见文帝时，文帝正在宣室祭祀。他听贾谊谈论鬼神之事，深为叹服贾谊的博学多才。《史记·屈原贾生列传》："后岁余，贾生征见。孝文帝方受厘，坐宣室，因感鬼神事，而问鬼神之本。贾生具道所以然之状。至夜半，文帝前席。既罢，曰："吾久不见贾生，自以为过之，今不及也。"《三辅黄图》："宣室，未央前殿正室也。"洛阳才：指贾谊，贾谊为洛阳人。

【译文】天上云涌而雷鸣，皇恩如甘霖普降。大唐恩泽之风东至日本，越裳受感化而朝贡白雉。我却像贾谊被贬长沙一样流放在南国，羁旅异乡已经三年还迟迟不能返回。何时才能获得宣室之召回到朝廷，让我有机会来施展自己的才华？

宣城见杜鹃花

【题解】此诗年代不详，是诗人在宣城时所作。诗人在阳春三月，看到盛开的杜鹃花，而想起了家乡的杜鹃鸟，杜鹃鸟也叫子规鸟，叫声凄切，仿佛在呼喊："不如归去！不如归去！"，因而使诗人心中泛起了浓浓的思乡之情，肝肠寸断。诗人早年"仗剑去国"，游历天下，此后再没有回过故乡，但是对故乡的怀念，却随着岁月的流逝与日俱增。尤其是漂泊半生,经历了宦海沉浮后,诗人更加思念家乡闲逸逍遥的田园生活。

蜀国曾闻子规鸟①,宣城还见杜鹃花②。一叫一回肠一断,三春三月忆三巴③。

【注释】①子规:杜鹃鸟的别名。传说为蜀帝杜宇的魂魄所化。常夜鸣,声音凄切,故借以抒发悲苦哀怨之情。

②杜鹃花:也叫映山红,常绿或落叶灌木。春季开花,花冠阔漏斗形,红色,因在二三月杜鹃鸣时盛开,故名。

③三巴:东汉末益州牧刘璋分巴郡为永宁郡、固陵郡和巴郡。建安六年将固陵郡改为巴东郡,改巴郡为巴西郡,改永宁郡为巴郡,合称三巴。相当今四川嘉陵江和綦江流域以东大部分地区。王琦注:"太白本蜀地绵州人,绵州在唐时亦谓之巴西郡,因在异乡,见杜鹃花开,想蜀地此时杜鹃应已鸣矣,不觉有感而动故国之思。"

【译文】我在蜀地故乡时曾听过子规鸟的啼鸣,今在宣城异乡又看到了杜鹃花的盛开。子规悲啼一鸣一叫使人肠断一回,游子羁旅三春三月思念故乡三巴。

白田马上闻莺

【题解】此诗年代不详。白田,地名,唐时属安宜县,即今江苏宝应县。这首诗写的是江南初夏时的景色。紫色的桑葚挂在枝头,灵巧的黄鹂跳跃啄食。而诗人正骑马匆匆赶路，忽然听到黄鹂的脆鸣，才发现阳春已过，现在是初夏五月了。春蚕已经成熟，开始结茧吐丝，不知不觉，又过一年，而诗人依然滞留异乡，未能归家，想到这里诗人不禁心中悲切。全诗借物抒情，委婉而真切。

黄鹂啄紫椹，五月鸣桑枝①。我行不记日，误作阳春时。蚕老客未归②，白田已缫丝③。驱马又前去，扪心空自悲。

【注释】①"黄鹂"二句：黄鹂，又叫黄鹂留、黄栗留、黄鸟、黄莺，羽毛黄色，自眼部至头后部为黑色，嘴淡红色。叫声婉转。民间有谚语"黄栗留，看我麦黄椹熟不？"意思是黄鹂飞来桑林时，就表明麦子、桑葚已成熟。椹：同"葚"，桑树的果实。

②蚕老：指蚕已成熟，开始结茧。《埤雅》："蚕足于叶，三俯三起，二十七日而老。"

③缫丝：煮茧抽丝。

【译文】黄鹂鸟飞来啄食紫桑葚，夏季五月鸣叫于桑枝间。我行走他乡忘记时日，误以为是阳春时节。蚕已老而游子未归，白田妇正煮茧抽丝。看罢继续驱马前行，不禁抚胸空自悲嗟。

暖酒

【题解】此诗年代不详。全诗描写暖酒过程，以及饮酒后飘飘欲仙的感觉。王琦按:"《庭前晚开花》及此首,语尤凡俗,不类太白。"

　　热暖将来宾铁文^①,暂时不动聚白云。拨却白云见青天,掇头里许便成仙^②。

　　【注释】①宾铁:镔铁。精炼之铁。宾,同"镔"。
　　②掇头:举头。
　　【译文】把有镔铁纹理的暖热酒盏拿过来,暂时不动放在那里,酒盏上慢慢聚起一层白云一样的热气。拨却白雾见到碧绿如青天的美酒,仰头一饮而尽飘然若神仙。

三五七言

　　【题解】此诗年代不详。三五七言,诗体的一种。一首中杂用三、五、七言为句。始创于李白。杨齐贤曰:"古无此体,自太白始。"除了这种诗外,还有一种诗的形式与此诗类似,叫一七体诗,即各句分别为一字到七字。例如白居易写过一首《诗》:"诗。绮美,瑰奇。明月夜,落花时。能助欢笑,亦伤别离。调清金石怨,吟苦鬼神悲。天下只应我爱,世间唯有君知。自从都尉别苏句,便到司空送白辞。"李白这首诗很像一首短词,叙述的主题是秋夜思人。自李白之后,这种诗便流行开来。例如北宋寇准就写过一首《江南春》:"波渺渺,柳依依。孤林芳草远,斜日杳花飞。江南春尽离肠断,蘋满汀洲人未归。"

秋风清,秋月明。落叶聚还散,寒鸦栖复惊①。相思相见知何日,此时此夜难为情。

【注释】①寒鸦:乌鸦的一种。也称慈鸦、慈乌、孝乌、小山老鸹。形体比普通乌鸦小,叫声较尖。颈、腹、胸呈灰白色,其余部分黑色。旧传能反哺其母。明李时珍《本草纲目·禽三·慈乌》:"此鸟初生,母哺六十日;长则反哺六十日,可谓慈孝矣。北人谓之寒鸦,冬月尤甚也。"

【译文】秋风清扬,秋月清明。落叶聚而再散,寒鸦栖而又惊。相思相见不知何日,此时此夜情何以堪。

杂诗

【题解】此诗年代不详。杂诗,一种诗歌体裁。凡内容不属献诗、公宴、游览、行旅、赠答、哀伤、乐府等体裁的诗,一律归为杂诗。这首诗前四句写日月如梭,时光易逝,世人不能常留世间。后八句写海外有蓬莱仙山,山上有玉树结果,果实可使人黑发永驻,红颜常留,因而诗人准备出海寻觅,从此不再回还。表达了诗人渴望寻仙访道的思想。

白日与明月,昼夜尚不闲。况尔悠悠人①,安得久世间。传闻海水上，乃有蓬莱山②。玉树生绿叶，灵仙每登攀。一食驻玄发③，再食留红颜。吾欲从此去，去之无时还。

【注释】①悠悠：众多貌。

②"传闻"二句：《列子·汤问》："渤海之东不知几亿万里，其中有五山焉，一曰岱舆，二曰员峤，三曰方壶，四曰瀛洲，五曰蓬莱。其山高下周旋三万里，其顶平处九千里。其上台观皆金玉，其上禽兽皆纯缟。珠玗之树皆丛生，华实皆有滋味，食之皆不老不死。所居之人皆仙圣之种。"

③玄发：黑发。

【译文】白日与明月，昼夜转不停。何况悠悠众人，怎能常留世间？传说大海之上，有座蓬莱仙山。山上玉树绿叶繁茂，神仙经常攀树摘果。服食一颗黑发永驻，再食一个红颜常留。我想就此寻仙而去，去后从此不再回还。

全—本—全—注—全—译

李白 全集

第四册

〔唐〕李白 著

谦德书院 注译

团结出版社

© 团结出版社，2024 年

图书在版编目（ＣＩＰ）数据

李白全集 / （唐）李白著；谦德书院注译 . — 北京：

团结出版社，2024. 10. — ISBN 978-7-5234-1126-1

Ⅰ . I214.222

中国国家版本馆 CIP 数据核字第 2024EV3021 号

责任编辑：王思柠
封面设计：张　信

出　版：团结出版社
　　　　（北京市东城区东皇城根南街 84 号　邮编：100006）
电　话：（010）65228880　65244790
网　址：http://www.tjpress.com
E-mail：zb65244790@vip.163.com
经　销：全国新华书店
印　装：北京天宇万达印刷有限公司

开　本：145mm×210mm　　32 开
印　张：73　　　　　　　　　字　数：1850 千字
版　次：2024 年 10 月　第 1 版　　印　次：2024 年 10 月　第 1 次印刷

书　号：978-7-5234-1126-1
定　价：256.00 元（全四册）
　　　　（版权所属，盗版必究）

目　录

卷二十七 赞

附 录

卷二十三　闺情

寄远十二首

【题解】此组诗并非是同一时期作品，以寄内和自代内赠为主，内容多为李白表达对妻子的思念，应是后人结集时将此类诗作汇集而成。

其一

【题解】此诗当是开元十九年（731），李白身处长安时，思念远在安陆的妻子而写。全诗前四句写诗人接到妻子来信，见信思人，愁肠寸断如剪丝弦，相思悠悠无可奈何。接着诗人想象家中妻子正倚窗弹琴，琴曲如诉饱含深情。最后诗人以同源之水比喻两人同心之情，虽然分居两地，彼此相思同样。全诗表现出诗人夫妻之间的款款深情。

三鸟别王母，衔书来见过^①。肠断若剪弦，其如愁思何！遥知玉窗里，纤手弄云和^②。奏曲有深意，青松交女萝^③。写水落井中^④，同泉岂殊波！秦心与楚恨^⑤，皎皎为谁多？

【注释】①"三鸟"二句：指诗人收到了妻子的家书。三鸟：即三青鸟。传说中西王母的使者。后借指信使。

②云和：琴瑟等弦乐器的统称。语出《周礼·春官·大司乐》："云和之琴瑟。"

③女萝：即松萝。此处以女萝绕青松以喻男女依附相恋。

④写：通"泻"。

⑤秦心：指诗人在长安秦地怀有眷恋之心。楚恨：指妻子许氏在安陆楚地生出相思之恨。

【译文】三青鸟辞别西王母，为我带来妻子书信。思妻肠断如剪丝弦，相思若此又该如何？遥想家中玉窗之内，妻子纤手弹琴弄瑟。琴曲一奏饱含深意，就像女萝缠绵青松。彼此感情就如流水入井，融为一泉岂能波澜不同？我怀秦心妻生楚恨，谁多谁少怎能分清？

其二

【题解】此诗年代不详。诗中李白以妻子角度落笔，想像妻子独坐于华楼之中，妆镜亮如秋水，罗衣轻比春风，穿戴一新直到日暮时分，怅望锦屏却不见良人。诗人念及此状，写下短信，希望托付双鸿带给妻子。

青楼何所在^①? 乃在碧云中。宝镜挂秋水^②, 罗衣轻春风。新妆坐落日, 怅望金屏空。念此送短书^③, 愿因双飞鸿。

【注释】①青楼: 青漆涂饰的豪华精致的楼房。

②秋水: 此处指镜子明亮如秋水。

③短书: 此处指短信。

【译文】青色华楼在何处? 远在天边碧云中。宝镜明亮如挂秋水, 罗衣轻盈堪比春风。新妆初成坐等落日, 徒望锦屏不见良人。念及此处写下短信, 只愿双鸿带去相思。

其三

【题解】此诗年代不详。诗人本想给妻子写一短信, 结果不知不觉写满整张纸。诗人托付黄鹤寄送妻子, 想到离家三年还未能返回, 因相思而朱颜凋落, 转眼间白发又新生。最后询问妻子家中桃李如何, 希望妻子能保有容颜, 等待自己归去。

本作一行书^①, 殷勤道相忆。一行复一行, 满纸情何极^②! 瑶台有黄鹤^③, 为报青楼人^④。朱颜凋落尽^⑤, 白发一何新! 自知未应还, 离居经三春^⑥。桃李今若为^⑦? 当窗发光彩。莫使香风飘, 留与红芳待^⑧。

【注释】①一行书: 指很短的书信。

②何极：没有穷尽、终极。

③瑶台：泛指华丽的楼台。

④青楼人：青色华楼之人，这里指李白的妻子。

⑤朱颜：红润美好的容颜。

⑥三春：三年。

⑦若为：怎样。

⑧红芳：指红花。比喻青春年华。

【译文】本想只写一行短信，表达深切相思之情。不知不觉一行又一行，满纸写不尽悠悠深情！华台之上有黄鹤飞来，为青楼之人送书报信。因相思而朱颜凋落，转眼间白发又新生！自知归期未到，离居已经三秋。故园桃李今又如何？应该当窗绽放光彩。莫让花香随风飘散，留住红花等我归去。

其四

【题解】此诗年代不详。诗人以女子的口吻，表达了对出门远行丈夫的思念之情。诗中描写女子坐于湖阳水畔，因思念丈夫而忧愁不已，丈夫就在阴丽华的故乡新野，那里与此地相邻。接着女子感叹青春易逝，唯恐自己容颜变老，只希望可以于梦中与丈夫在阳台相会。全诗辞意委婉，情意绵长，充满了妻子对丈夫的魂牵梦萦之情。

玉箸落春镜①，坐愁湖阳水②。闻与阴丽华③，风烟接邻里④。青春已复过，白日忽相催。但恐荷花晚，令人意已摧。相思不惜梦，日夜向阳台⑤。

【注释】①玉箸：玉制的筷子，这里形容泪流如玉箸。《锦绣万花谷后集》引《六帖》："魏甄后面白，泪双垂如玉箸也。"

②湖阳：县名，唐代属唐州，故址在今河南唐河县南湖阳镇。

③阴丽华：东汉光武帝刘秀的皇后，南阳新野人，以美貌著称。刘秀曾感叹说："仕宦当作执金吾，娶妻当得阴丽华。"

④"风烟"句：唐代湖阳县属唐州，新野县属邓州，两县边界相接为邻。

⑤阳台：地名，指宋玉《高唐赋》中神女居住之地。

【译文】泪如玉箸滴落明镜春水上，独自忧愁倚坐湖阳流水旁。听说与阴丽华的新野县，风烟相望彼此互为邻里。青春时光匆匆而过，白日易逝催人年老。唯恐菏花调敝，令人心悲不已。愿这相思可以进入梦中，日夜不停奔向阳台相会。

其五

【题解】此诗与《大堤曲》语句多数相同，只有前三句、以及个别字词不同，应该是一诗两传。此诗前四句怀念远方妻子，诗人想象妻子那里正是百花盛开，江水回暖，而自己却不能前往，不禁泪流满面。本想在梦中相见，却被无情的春风吹散。无法见到心中人，只恨天长地远音信少。全诗借景抒情，将相思之情写得诚挚感人。

远忆巫山阳①，花明渌江暖。踌躇未得往②，泪向南云满③。春风复无情，吹我梦魂断。不见眼中人，天长音信短④。

【注释】①巫山阳：语出宋玉《高唐赋》。此处借指诗人妻子所处之地。

②踌躇：停留，徘徊不前。

③南云：南飞之云。常用以寄托思亲、怀乡之情。

④短：少。

【译文】想起那遥远的巫山之阳，应是百花明媚江水回暖。我一直踌躇所以未能前往，满眼泪水望向南飞的白云。春风却也无情，将我归梦吹散。眼中不见意中人，天长地远音信少。

其六

【题解】此诗年代不详。诗人先写妻子在阳台远隔楚水，自己的相思如黄河边的春草，蔓延无涯。日夜相思中，浩荡如流水。流水向海一去不返，欲见心中人终不可得，于是想将自己的相思泪，遥寄给远方的妻子。

阳台隔楚水，春草生黄河。相思无日夜，浩荡若流波。流波向海去，欲见终无因①。遥将一点泪，远寄如花人。

【注释】①无因：无故，无端。

【译文】佳人滞留在阳台远隔楚水，我的思念如春草滋生河畔。

相思绵绵不分日夜,浩荡东逝就像流水。流水向海奔腾而去,思念之人终难相见。遥将一点相思之泪,寄与远方如花佳人。

其七

【题解】此诗年代不详,此诗也是自代内赠。诗人以妻子的口吻,诉说对远行夫君的思念。接着抒发分别后,时光流逝,日夜相思的痛苦,为了能与夫君相见,只能灭烛解衣,梦中相遇。全诗清新质朴,回味悠长。

妾在舂陵东①,君居汉江岛②。百里望花光,往来成白道③。一为云雨别④,此地生秋草。秋草秋蛾飞,相思愁落辉。何由一相见,灭烛解罗衣?

【注释】①舂陵:古县名,故址在今湖北枣阳市南。此处以"舂陵东"指代诗人妻子许氏居住地安陆。

②汉江岛:泛指汉水一带。

③白道:大路。

④云雨别:如雨从云落,自此分别。

【译文】妾住舂陵东,君住汉江岛。相隔百里遥望春花,行人往来遂成大道。自从如云雨般分别,此地渐渐生出秋草。秋草之中秋蛾飞舞,目睹落日相思更愁。怎样才能再次相见,灭烛解衣梦里相遇。

其八

【题解】此诗年代不详。此诗也是自代内赠。诗中先写当初夫妻分别时的情景，再写别后夫君音信全无如金瓶落井。中间部分写因为分隔两地，妻子看到落花而担忧红颜早衰。最后四句写妻子写成书信却无法寄出，只能空留身边。全诗情义婉转，感人至深。

忆昨东园桃李红碧枝，与君此时初别离。金瓶落井无消息^①，令人行叹复坐思。坐思行叹成楚越^②，春风玉颜畏销歇^③。碧窗纷纷下落花，青楼寂寂空明月^④。两不见，但相思。空留锦字表心素^⑤，至今缄愁不忍窥。

【注释】①金瓶落井：化用乐府《估客乐》："莫作瓶落井，一去无消息。"犹言石沉大海，比喻杳无消息。

②楚越：楚国和越国。比喻相距遥远。

③销歇：衰败零落。

④寂寂：形容寂静。

⑤锦字：指锦字书，前秦时，苏蕙寄给丈夫的织锦回文诗。典出《晋书·列女传·窦滔妻苏氏》："窦滔妻苏氏，始平人也，名蕙，字若兰。善属文。滔，苻坚时为秦州刺史，被徙流沙，苏氏思之，织锦为回文旋图诗对赠滔。宛转循环以读之，词甚凄惋。"心素：心意，心愿。

【译文】想起昔日东园桃李之花染红绿枝，正是与君依依惜别之时。夫君一去如金瓶落井再无音讯，让我心忧行也叹息坐也复相思。相思叹息中感慨我们如楚越天各一方，徐徐春风吹来心中却唯恐玉颜衰残。碧纱窗前红花纷纷飘落，青楼之上明月寂寞高悬。两不相见，唯有相思。徒留锦字回书表达心意，信中别愁让人不忍窥视。

其九

【题解】此诗年代不详。全诗以自代内赠的口吻表达相思之情。全诗从春草引出卷葹草，卷葹草抽心不死，因此来比喻妻子对夫君的坚贞之心。最后妻子希望夫君能将卷葹草种在后庭，闲时采掇，莫忘深情。

长短春草绿，缘阶如有情。卷葹心独苦，抽却死还生①。睹物知妾意，希君种后庭。闲时当采掇②，念此莫相轻。

【注释】①卷葹：即卷施，草名，又名"宿莽"。其草坚苦，拔心不死。
②采掇：采摘，采集。

【译文】长短不齐的青青春草，沿台阶而来似有深情。卷葹草心独能坚苦，即使抽心依然可生。看到此草就知我的心意，希望您能把它种到后院。闲暇时采摘几株，常想它莫负我情。

其十

【题解】此诗年代不详。全诗前四句写诗人在鲁地寄信给西域亲人，书信以西域月支文写成，信中字句虽然不多，但是字字婉转深沉。远方的亲人收信开封浏览，读后不禁泪水涟涟。虽然远隔千里，亲人音容仿佛就在眼前。思念情更深，一书值千金。全诗婉转缠绵，思念不尽。

　　鲁缟如玉霜^①，笔题月支书^②。寄书白鹦鹉，西海慰离居^③。行数虽不多，字字有委曲^④。天末如见之^⑤，开缄泪相续。千里若在眼，万里若在心。相思千万里，一书直千金^⑥。

　　【注释】①鲁缟：古代鲁地出产的一种白色生绢，以薄细著称，可用作信笺。

　　②月支书：指用月支文字写的信。因李白出生于西域，所以能写西域民族的文字。月支，亦作"月氏"，古族名，曾于西域建月氏国。

　　③西海：指西域。

　　④委曲：委婉。

　　⑤天末：天的尽头。指极远的地方。

　　⑥直：通"值"，抵得上。

　　【译文】鲁绢洁白如霜可以作为信笺，提笔在其上写下月支文书信。千里迢迢把信托付白鹦鹉，带到西海慰藉离别的亲人。信中行数虽然不多，字字蕴含委婉情意。天边亲人如见信，开封细读泪涟涟。千里之远宛若眼前，万里之遥如在心中。相思情隔千万里，一封书信抵千金。

其十一

【题解】此诗年代不详。诗人以花、床寄托相思。美人在时就如春花满堂，锦绣灿烂；美人去后独剩空床，心绪怅然。通过对比美人"在时"和"去后"的心境，充分表现了诗人的绵绵眷恋之情。最后写相思悠悠转眼就黄叶落尽，白露湿苔。秋风萧瑟，诗人心亦萧瑟。

美人在时花满堂，美人去后余空床。床中绣被卷不寝，至今三载闻余香。香亦竟不灭，人亦竟不来。相思黄叶尽，白露湿青苔。

【译文】美人在时鲜花满堂，美人去后只剩空床。床上绣被卷起不用，至今三年仍闻余香。香气竟然不消，美人竟也不回。相思悠悠转眼黄叶落尽，石上青苔也被露水打湿。

其十二

【题解】此诗年代不详。全诗用楚辞句式，极力描写对心爱之人的缠绵眷恋。先写美人有芙蓉般绝世容貌，有冰玉般贞洁内心，彼此同食金玉之餐，共眠鸳鸯之被。再写别后相思之苦：愁绪满心，泪如飘雪，灯下梦魂绝，相思生白发。最后诗人深情呼唤心爱之人归来，不要像巫山神女那样，化作朝云暮雨飞向阳台。

爱君芙蓉婵娟之艳色^①，若可餐兮难再得。怜君冰玉清迥之明心^②，情不极兮意已深。朝共琅玕之绮食^③，夜同鸳鸯之锦衾^④。恩情婉娈忽为别^⑤，使人莫错乱愁心^⑥。乱愁心，涕如雪，寒灯厌梦魂欲绝，觉来相思生白发。盈盈汉水若可越^⑦，可惜凌波步罗袜^⑧。美人美人兮归去来，莫作朝云暮雨兮飞阳台^⑨。

【注释】①芙蓉：荷花，这里形容女子美如荷花。婵娟：姿态美好的样子。

②怜：爱。清迥：清明旷远。

③琅玕：似玉的美石。此处比喻精美的食物。

④鸳鸯之锦衾：指绣着鸳鸯的锦被。

⑤婉娈：眷恋。

⑥莫错：同"错莫"，纷乱。

⑦盈盈：形容水清澈。

⑧凌波步罗袜：化用曹植《洛神赋》中"凌波微步，罗袜生尘"之句。

⑨"莫作"句：用宋玉《高唐赋》中巫山神女故事。

【译文】喜爱你如芙蓉般的绝世美貌，堪称是秀色可餐世间少有。怜惜你如冰玉般的贞洁内心，真可谓情虽不尽意已深远。清晨与你共进金玉美食，夜晚与你同盖鸳鸯绣被。恩情缠绵时忽然离别，使人凌乱而愁绪满心。愁绪满心，泪如飘雪，寒灯惊梦游魂断绝，梦醒相思更添白发。清清汉水若可跨越，可惜凌波罗袜生尘。美人美人啊请你归来，不要化作朝云暮雨飞向阳台。

长信宫

【题解】此诗大概是天宝二年（743），当时李白供奉翰林时所作。长信宫，汉宫殿名，通常为太后所居。《汉书·外戚传·孝成班婕妤》记载，班婕妤，少有才学，善于辞赋，精通史书。汉成帝即位之初，被选入宫。后立为婕妤。班婕妤常依古礼，进见上疏。后汉成帝宠幸赵飞燕姊妹，班婕妤恐为其所害，自请供养太后于长信宫，曾作《怨歌行》等自伤。此诗就是吟咏此事，全诗描写班婕妤失宠遇冷之事，实则诗人自伤被谗言诋毁，而不能被君王知遇。

月皎昭阳殿①，霜清长信宫。天行乘玉辇②，飞燕与君同③。更有欢娱处，承恩乐未穷。谁怜团扇妾，独坐怨秋风④？

【注释】①昭阳殿：是汉代后宫中的宫殿之一。汉成帝时，皇后赵飞燕恃宠而骄，曾居昭阳殿。昭阳殿装修极为奢华，其规格标准远超任何一个后宫。后世以此为典，泛指得宠后妃所居之所。

②天行：指皇帝出行。

③飞燕：指赵飞燕。

④"谁怜"二句：用班婕妤《怨歌行》："新裂齐纨素，鲜洁如霜雪。裁为合欢扇，团团似明月。出入君怀袖，动摇微风发。常恐秋节至，凉飙夺炎热。弃捐箧笥中，恩情中道绝。"诗意。团扇妾：指班婕妤。

【译文】皎洁的月光照耀着昭阳殿，清冷的秋霜铺满长信宫。天子乘坐玉辇出行，飞燕同在天子身侧。赵氏姐妹受宠更加欢愉，承受天子青睐其乐无穷。谁会怜惜如弃扇的班婕妤，独自坐在秋风中哀怨幽叹？

长门怨二首

【题解】此组诗可能是天宝二年（743），诗人被逸见疏之时所作。长门怨，乐府旧题，收于《相和歌辞·楚调曲》中。《乐府解题》曰："长门怨者，为陈皇后作也。后退居长门宫，愁闷悲思，闻司马相如工文章，奉黄金百斤，令为解愁之辞，相如为作《长门赋》，帝见而伤之，复得亲幸。后人因其赋而为长门怨也。"李白沿用乐府旧题，借此组诗抒发被逸见疏之事。这两首诗脱胎于古题，但辞意清新，气韵超拔。前篇借景抒情，后篇由情即景，各擅其妙。

其一

【题解】诗人开篇点明时间是秋夜，地点是长门殿。天边北斗西斜，金屋无人流萤。寥寥数语，就使人顿感凄凉。"月光欲到长门殿，别作深宫一段愁"二句，以拟人手法，想象只有月光愿意来照耀冷宫中的陈皇后，如此一来更体现出陈皇后的孤寂和哀怨。全诗语言质朴，但意味隽永，令人回味不尽。

天回北斗挂西楼^①，金屋无人萤火流^②。月光欲到长门殿，别作深宫一段愁。

【注释】①"天回"句：指北斗七星在天空的位置，会随不同季节而变化。当位于西方的时候，对应秋季。一夜之中斗柄指向西方时，则是深夜。天回：天旋，天转。

②"金屋"句：用汉武帝陈皇后的故事。金屋：此处指长门宫。萤火流：众多的荧火虫在飞动，形容宫院荒凉。

【译文】北斗七星高挂在西楼之上，金屋无人萤火虫四处飞舞。月光皎皎欲照长门殿，只恐深宫又生许多愁。

其二

【题解】这首诗首句直言桂殿之中忧愁长，以至于不觉春来而秋至。次句言黄金屋中虽华贵，但是满目萧索而秋尘起。明月也似乎被这凄清所感染，不禁洒下清辉，独照冷宫之人。全诗由情即景，用意高妙，通篇不言愁，而愁更不堪。

桂殿长愁不记春^①，黄金四屋起秋尘^②。夜悬明镜青天上，独照长门宫里人^③。

【注释】①桂殿：汉宫名，为后妃所住的深宫。此处用作长门宫的美称，特指殿中之人。

②黄金四屋：即金屋四周。起秋尘：指殿内秋风萧索，尘埃飞扬。

比喻恩宠衰落。

③"夜悬"二句：化用司马相如《长门赋》中"悬明月以自照兮，徂清夜于洞房"之句。明镜：指月亮。

【译文】桂殿之中忧愁不已以至忘记春天的到来，金屋四壁空落转眼间秋风起尘埃四处飞扬。夜晚明月如镜高挂青天中，独照长门宫中寂寞清苦人。

春怨

【题解】此诗年代不详。诗人以思妇的口吻抒发了春日独居的忧怨。夫君远征辽东，思妇独卧绣被无法安眠，此时明月已西落，月光从轩窗洒入，照着将要燃尽的蜡烛，似乎在窥视思妇为何不眠；落花从屋外飞进，落在空荡荡的床上，也像在取笑思妇独守空房。

白马金羁辽海东①，罗帷绣被卧春风②。落月低轩窥烛尽，飞花入户笑床空③。

【注释】①金羁：金饰的马络头。辽海：古代指辽东一带，这些地方常有战事，后泛指征人从军远行之地。王琦注："辽海，即古辽东郡地，方千有余里，南临大海，故文人多称辽海。"

②罗帷：丝制帷幔。

③"飞花"句：南朝萧子范《春望古意诗》："落花徒入户，何解妾

床空。"此处用其意。

【译文】征人骑乘金羁白马去往辽东边地。春风醉人妾身却独卧罗幔绣被中。落月低悬窗外窥见烛火将尽,飞花飘入屋内笑我独守空床。

代赠远

【题解】此诗年代不详。诗人以思妇的角度寄情夫君,先写夫君有荆轲遗风,从军北地。夫君在北地见到燕支美女,便忘记自己的妻子,从此恩情断绝。妻子独守空闺,哀伤不已,泪流而尽。想要效仿苏蕙织锦写信,心中又愁肠百结。欲将书信寄给夫君,却担心夫君不能体会自己的苦心,思前想后,只能狠心将书信焚毁,从此与负心人断绝音信。全诗将思妇对夫君的思念之情与怨恨之心表现的淋漓尽致。

妾本洛阳人,狂夫幽燕客①。渴饮易水波②,犹来多感激③。胡马西北驰,香鬃摇绿丝④。鸣鞭从此去,逐虏荡边陲。昔去有好言,不言久离别。燕支多美女⑤,走马轻风雪。见此不记人⑥,恩情云雨绝。啼流玉箸尽⑦,坐恨金闺切⑧。织锦作短书,肠随回文结⑨。相思欲有寄,恐君不见察。焚之扬其灰⑩,手迹自此灭。

【注释】①狂夫:古代妇人自称其夫的谦词。幽燕客:指在幽燕的夫君。

②易水：战国时，燕太子丹曾于易水送荆轲刺杀秦王。此处指夫君有荆轲遗风。

③犹来：历来。

④香鬃：指骏马的颈上长毛。

⑤燕支：山名，又名焉支山。在今甘肃山丹县东南，因产胭脂草得名。

⑥此：指燕支美女。人：指思妇。

⑦玉箸：比喻眼泪。

⑧金闺：闺阁的美称。切：深切。

⑨"织锦"二句：用苏蕙织锦作回文书之事。

⑩"焚之"句：汉乐府有《有所思》曲："闻君有他心，拉杂摧烧之。摧烧之，当风扬其灰。"

【译文】妾身本是洛阳人，夫君幽燕为征夫。口渴则饮易水清波，历来就是激昂之人。骑着胡马驰骋西北边塞，骏马绿鬃摇荡飞舞风中。扬鞭绝尘从此而去，纵马边陲驱逐胡虏。昔日去时好言相慰，言说不会长久离别。燕支之地多有美女，骑马奔驰轻如风雪。夫君见此而忘旧人，往日恩情如云雨散。妾身哀啼泪流尽，独坐金闺恨不已。效仿苏蕙织锦写短书，愁肠随同回文成郁结。想把一腔相思遥相寄，怕君不能体会我心意。烧掉书信扬散其灰，我的手迹从此消失。

陌上赠美人

【题解】此诗年代不详。全诗描写男女路途偶遇而生爱慕之事。诗中之人乘马踏花而行，路遇佳人，以鞭拂车驾。而使佳人掀帘而看，见是翩翩公子，于是浅浅一笑，纤手遥指前方红楼，邀请至家而谈。此诗虽属侧艳之作，但格调不俗，仍为上乘。

骏马骄行踏落花，垂鞭直拂五云车①。美人一笑褰珠箔②，遥指红楼是妾家③。

【注释】①五云车：仙人所乘的云车。泛指华丽的车乘。

②褰：撩起。珠箔：即珠帘。

③红楼：红色的楼。泛指华美的楼房。

【译文】少年公子骑着骏马踏花而行，随手垂下马鞭拂过华丽车驾。车中美人撩起珠帘而笑，遥指前方红楼就是其家。

闺　情

【题解】这首诗疑作于天宝十一载（752）诗人在幽州时。诗中描绘了一位思妇对夫君的思念之情。全诗开篇以流水、浮云作比，称无情之物尚且怀旧，而夫君一去流沙却不还，将自己丢在渔阳之间，日夜垂泪，黄鸟为之悲啼，柳枝无人相赠。挑灯织就回文书信，心忧夫君泪水涟涟。对镜发现容颜已老，夫君回来，恐怕也不敢相认。全诗充满了思妇幽怨之情。

流水去绝国^①，浮云辞故关^②。水或恋前浦，云犹归旧山。恨君流沙去^③，弃妾渔阳间^④。玉箸夜垂流，双双落朱颜。黄鸟坐相悲，绿杨谁更攀^⑤？织锦心草草^⑥，挑灯泪斑斑。窥镜不自识，况乃狂夫还。

【注释】①绝国：极其遥远之国。

②故关：旧时关隘。

③流沙：指居延海，在今甘肃张掖市。《元和郡县志》："居延海，在甘州张掖县东北一百六十里。即居延泽，古文以为流沙者，风吹流行，故曰流沙。"

④渔阳：地名。唐玄宗天宝元年改蓟州为渔阳郡，治所在渔阳（今天津市蓟县）。

⑤绿杨：指杨柳。

⑥织锦：即苏蕙织锦回文一事。草草：忧心。

【译文】流水浩浩逝去远方，浮云悠悠辞别旧关。流水或许依恋昔日江浦，浮云也想回到旧时山岭。恨夫君一去流沙断绝音讯，弃妾身在渔阳间孤苦无依。夜晚独自垂泪到天明，滴滴洒落娇美红颜上。枝头黄鸟深切悲鸣，谁能为我折柳相赠？心忧织就回文书，挑灯通宵泪涟涟。对镜憔悴不能分辨自己，何况久别夫君如何能识？

代别情人

【题解】此诗年代不详。诗人以桃花、流水为喻，诉说两人相互爱慕之情。再写分离之后，两人相思的凄苦。诗中以覆水难收，行云难寻，来渲染那种美好一旦逝去，就难以恢复的悲怆之情。最后诗人希望就算远隔天涯，也要常通音讯。全诗情深意浓，凄苦委婉，令人读后慨然长叹。

清水本不动，桃花发岸傍①。桃花弄水色，波荡摇春光。我悦子容艳，子倾我文章。风吹绿琴去②，曲度紫鸳鸯③。昔作一水鱼，今成两枝鸟。哀哀长鸡鸣，夜夜达五晓④。起折相思树⑤，归赠知寸心⑥。覆水不可收，行云难重寻。天涯有度鸟⑦，莫绝瑶华音⑧。

【注释】①岸傍：岸边。傍，同"旁"，旁边。

②绿琴：指绿绮琴。传说汉司马相如曾得绿绮琴。后泛指琴。

③"曲度"句：王琦注："曲度，犹度曲，谓隐度作新曲。《紫鸳鸯》，疑即所度之曲名。"度曲，作词曲。

④五晓：五更破晓时。汉乐府《焦仲卿妻》："中有双飞鸟，自名为鸳鸯。仰头相向鸣，夜夜达五更。"此处用其意。

⑤相思树：相传为战国宋康王的舍人韩凭和他的妻子何氏所化生。据晋干宝《搜神记》记载，宋康王舍人韩凭妻何氏貌美，宋康王强行夺之，并囚禁韩凭。韩凭自杀，何氏投台而死，留下遗书愿与韩凭合葬。宋康王大怒，不肯依从，让乡人埋葬何氏，与韩凭坟相望。不久，二坟各长出大梓木，相互靠近，根枝相交。又有雌雄鸳鸯各一，常栖树上，交颈悲鸣。宋人哀之，遂称其木为"相思树"。

⑥寸心：微小的心意。

⑦度鸟：指飞鸟。此处指传书的鸿雁。

⑧瑶华音：对他人书翰的美称。

【译文】清水本不会波动，江岸上桃花盛开。桃花摇曳拨弄水色，水影荡漾摇动春光。我欣悦你的容颜，你倾心我的文章。春风吹送绿绮琴声，隐度新作《紫鸳鸯》曲。以往我们是一水之鱼，如今却成了两树之鸟。哀哀而伤耳边恐怕鸡长鸣，夜夜难寐直到五更破晓时。起身折下庭中相思枝，归赠佳人以表我寸心。覆水难再收，浮云难再遇。相隔天涯有度鸟，望你莫忘送音信。

代秋情

【题解】此诗年代不详。诗人以思妇的口吻抒发秋思之情。夫君离别只有几日，门前就已长出野草，由此可知思妇盼望夫归的急迫心情真的是度日如年。接着描绘了秋日的凄清、萧索，烘托出思妇内心的凄凉孤寂。最后写思妇紫罗掩面，长啼不已，更加令人增添同情。

几日相别离，门前生稆葵①。寒蝉聒梧桐②，日夕长鸣悲③。白露湿萤火④，清霜零兔丝⑤。空掩紫罗袂⑥，长啼无尽时。

【注释】①稆：同"稆"，野生稻。葵：这里指野生葵菜。
②寒蝉：蝉的一种。又称寒蜩。较一般蝉为小，青赤色。蔡邕《月

令章句》曰："寒蝉应阴而鸣,鸣则天凉,故谓之寒蝉也。"聒:声音吵闹,使人厌烦。

③日夕:日夜。

④萤火:萤火虫发出的光。

⑤零兔丝:使兔丝草凋零。兔丝,即菟丝子,多比喻妻室。

⑥罗袂:罗衣之袖。亦指华丽的衣着。

【译文】不过才离别几天,门前就长出稻葵。寒蝉在梧桐树上聒噪,从早到晚不停悲鸣。露水打湿萤火不再发光,寒霜凛凛使兔丝草凋零。徒以紫罗衣掩面而泣,悲伤的哭声没有尽头。

对 酒

【题解】此诗疑为李白漫游江南之时所作。诗人拟乐府《相和歌辞·对酒歌》所作。诗中描写了诗人游乐江南酒馆、歌楼的情景,饮葡萄酒,举金酒杯,开玳瑁筵,睡芙蓉帐,还有吴姬娇声歌唱。

蒲萄酒①,金叵罗②,吴姬十五细马驮③。青黛画眉红锦靴④,道字不正娇唱歌⑤。玳瑁筵中怀里醉⑥,芙蓉帐底奈君何⑦!

【注释】①蒲萄酒:即葡萄酒。原产西域,后传入中原。

②金叵(pǒ)罗:金制酒器。叵罗,古代饮酒用的一种敞口的浅杯。

③细马：指小马。唐人常用语。王琦按："所谓细马，乃骏马之小者耳。"

④红锦靴：唐代女子穿的靴子。《图画见闻志》记载，唐代宗时令宫人左右者穿红锦靿靴。

⑤道字不正：说话发音不准确。因吴姬是南方人，不善说北方话，所以吐字不准确。道字，吐字，咬字。

⑥玳瑁筵：指豪华、珍贵的宴席。

⑦芙蓉帐：用芙蓉花染制而成的帐子。泛指华丽的帐子。

【译文】葡萄美酒，黄金酒杯，吴女十五骑乘小马。青黛画眉脚穿红锦靴，吐字不正吴语娇唱歌。华宴之上醉倒入怀，芙蓉帐里又能奈何？

怨　情

【题解】此诗年代不详。全诗主题为吟咏旧人不如新人。诗人通过对花性与玉心的比较，来阐述旧人曾为新人，新人终为旧人的道理。全诗以宫怨为题，讽喻帝王之喜新厌旧，事引典故，意有新裁。

新人如花虽可宠，故人似玉犹来重。花性飘扬不自持，玉心皎洁终不移。故人昔新今尚故，还见新人有故时①。请看陈后黄金屋②，寂寂珠帘生网丝。

【注释】①"故人"二句：化用南朝江总《闺怨篇》其二中"故人虽故昔经新，新人虽新复应故"之句。

④黄金屋：用汉武帝陈皇后金屋藏娇的故事。班固《汉武故事》记载，汉武帝年少时曾说，若得阿娇（陈皇后小名）为妇，就用金屋把她藏起来。

【译文】新人娇媚如花虽可宠爱，故人高洁似玉更应敬重。花性飘荡不能自持操守，玉心坚贞始终纯洁不变。故人曾为新人只是如今已老，由此可知新人也有老去之时。请看当年陈皇后也被金屋藏娇，后来却独居冷宫珠帘结满蛛丝。

湖边采莲妇

【题解】此诗年代不详，《乐府诗集》收入《清商曲辞》中，应是李白自制的乐府新题。诗中描写了家中纺织的小姑与湖边采莲的大嫂之间的对话，刻画了一个坚守贞节的女子形象。整首诗清新自然，语言质朴，于生活小事之中蕴含着深刻道理，颇有民歌的风采。

小姑织白纻①，未解将人语②。大嫂采芙蓉③，溪湖千万重。长兄行不在，莫使外人逢。愿学秋胡妇④，贞心比古松。

【注释】①白纻：白色的苎麻。

②将人语：与人说话。将，与。

③芙蓉：荷花。

④秋胡妇：秋胡之妻。刘向《列女传·鲁秋洁妇》记载，春秋时，鲁人秋胡娶妻五日后，就在外出为官，五年后归乡，路遇一采桑女，没有认出是自己的妻子，出言调戏，遭到拒绝。回家后，妻子责以大义，而后投河自尽。

【译文】小姑纺织白苎麻布，还不懂得与人言语。大嫂湖中采摘荷花，溪湖相连有千万重。长兄远行不在家中，大嫂莫与外人相见。要学古人秋胡之妇，忠贞之心可比古松。

怨　情

【题解】此诗年代不详。全诗虽短，但意蕴悠长。诗中描绘了一位深闺女子卷起珠帘，颦眉独坐，泪痕湿面，而不知怨谁的情景。全诗以简练的笔法，形象地描绘出美人充满幽怨的神态，含蓄而婉转地表达了美人内心的深刻怨苦。给人留下无限的遐想，使整首诗回味无穷。严羽评点《李太白诗集》："写怨情，已满口说出，却有许多说不出，使人无处下口通问，直如此幽深！"吴瑞容《唐诗笺要》："'不可明白说尽'六字，乃作诗秘钥，凡诗皆宜尔，不独五言短古为然。"李攀龙《唐诗训解》："'不知恨谁'，最妙。"

美人卷珠帘，深坐颦蛾眉①。但见泪痕湿，不知心恨谁？

【注释】①嚬：古同"颦"，皱眉。

【译文】美人慵懒地卷起珠帘，独坐深闺中微皱蛾眉。只见她面容布满泪痕，不知心里怨恨的是谁？

代寄情人楚词体

【题解】此诗年代不详。全诗采用楚辞体写成。楚辞体，起于战国时楚国，以屈原的《离骚》为代表。这类作品，长于抒情和寄托情思，篇幅字句较长，形式也较自由，并多用"兮"字以助语势。后世称此种文体为"楚辞体"，又名"骚体"。诗中拟代情人描写别后的相思之情。全诗从"君不来"起兴，着力描写了蓄怨积思而独吟，远隔巫山而情断。留香锦被而夜寝独愁，驰马青楼而恍惚徘徊等种种相思情怀。从浮云幽深到青鸟衔书，从彼此雨绝到梦中相见，从涕泪横流到折花相赠，从极目送飞鸟到怨夕阳西斜。感情层层递进，相思步步升华。最后表达了愿为连根同死之秋草，也不愿作飞空之落花的想法，更是将相思之情推到无以复加的境界。

君不来兮，徒蓄怨积思而孤吟①。云阳一去，以远隔巫山渌水之沉沉②。留余香兮染绣被，夜欲寝兮愁人心③。朝驰余马于青楼④，恍若空而夷犹⑤。浮云深兮不得语，却惆怅而怀忧。使青鸟兮衔书⑥，恨独宿兮伤离居⑦。何无情而雨绝⑧，梦虽往而交疏。横流涕而长嗟⑨，折芳洲之瑶花⑩。送飞鸟以极目⑪，怨夕阳之西斜。愿为连根同死之秋草，不作飞空之落花。

【注释】①蓄怨积思：《楚辞·九辩》："蓄怨兮积思。"王逸注："结恨在心，虑愤郁也。"

②"云阳"二句：用宋玉《高唐赋》中巫山神女之事。渌水：清澈的水。沉沉：低而沉。

③愁人心：曹摅《赠石崇诗》："薄暮愁人心。"

④"朝驰"句：《楚辞·九歌·湘夫人》："朝驰余马兮江皋，夕济兮西澨。"

⑤夷犹：也作"夷由"，犹豫迟疑不前。《楚辞·九歌·湘夫人》："君不行兮夷犹。"王逸注："夷犹，犹豫也。"

⑥青鸟：即神话传说中为西王母传信的神鸟。

⑦离居：分居。

⑧雨绝：谓如雨水落地，不可能再回到云层。比喻事情之不可挽回。傅玄《昔思君》诗："昔君与我兮形影潜结，今君与我兮云飞雨绝。"

⑨横流涕：即涕泗横流，形容极度悲伤。《楚辞·九歌·湘君》："横流涕兮潺湲。"王逸注："内自悲伤，涕泣横流也。"长嗟：犹长叹。

⑩芳洲：香草丛生的小洲。《楚辞·九歌·湘君》："采芳洲兮杜若。"王逸注："芳洲，香草丛生水中之处。"瑶花：即瑶华。谢灵运《南楼中望所迟客》："瑶华未堪折。"李周翰注："瑶华，麻花也，其色白，故比于瑶。此花香，服食可致长寿，故以为美。"

⑪极目：远望，尽目力所及。

【译文】君不归来啊，我徒然积蓄怨思而独吟。云阳一别，远隔巫山绿水音讯全无。君留余香啊沾染绣被，我夜欲眠啊愁绪满心。清晨骑马来到青楼，恍然若失徘徊难去。浮云幽深啊不能互语，惆怅满怀啊心中忧郁。想让青鸟啊替我送去书信，恨己独宿啊伤感与君分居。为何如此无情而与我分离，梦中虽可见君而交流渐疏。思念君而泪流满面长长叹息，独自一人去往芳洲采摘瑶花。望着飞鸟远去直到目光尽头，心中怨恨天边夕阳不断西斜。我宁愿作连根同死的秋草，也不愿作空中飘忽的落花。

学古思边

【题解】此诗年代不详。诗中拟代思妇，表达了对远征在外夫君的思念之情。全诗开始部分描述思妇含悲登上陇山，遥望夫君而不见，只闻流水呜咽，但见边色苍茫。惆怅中夕阳渐落，群山青天相连，忽然有白雁足系书信而来，信中写满离别之苦。思妇感伤分别之久，已经十见春花变冬雪。而胡地没有春晖，征夫无法归来。最后只能寄情于缥缈之梦，任由泪珠沾满衣裳。

衔悲上陇首①，肠断不见君。流水若有情，幽哀从此分。苍茫愁边色，惆怅落日曛②。山外接远天，天际复有云。白雁从中来，飞鸣苦难闻。足系一书札，寄言叹离群③。离群心断绝，十见花成雪④。胡地无春晖，征人行不归。相思杳如梦⑤，珠泪湿罗衣。

【注释】①衔悲：心怀悲戚。陇首：即陇山，古时又称陇坻、陇阪，在陕西省陇县西南，延伸至陕、甘边境。古乐府横吹曲有《陇头歌辞》云："陇头流水，鸣声幽咽。遥望秦川，心肝断绝。"此处用其意。

②曛：落日的余光。

③"白雁"四句：指白雁为人传书。《汉书·苏武传》记载，汉昭帝时派使者要求匈奴放还苏武，匈奴诡称苏武已死，苏武部下偷见汉使者，告诉苏武仍在的消息，并设计让汉使者告诉单于，说汉天子在上林苑射雁，雁足上系有帛书，称苏武在某大泽中。迫使单于放苏武回朝。

④"十见"句：已经十次见到春花变成雪，即时间已经过去十年。

⑤杳：渺茫，深远。

【译文】我心怀悲戚登上陇山，看不到你而肝肠寸断。流水悠悠好似有情，从此变得幽怨哀伤。边塞苍茫使人生愁，落日余晖更添惆怅。群山之外远连青天，青天边际又有浮云。浮云之中白雁飞来，一路哀鸣不忍听闻。白雁足上系着一封书信，信中写满离别后的哀叹。离别之后心伤肠断，春花冬雪已见十次。胡地没有春晖，征人远行难归。相思深远渺茫如梦，泪如连珠沾湿罗衣。

思　边

【题解】此诗是天宝二年（743），诗人在长安时所作。诗中拟代秦女口吻，表达了对远征夫君的思念。全诗开头采用问答形式，描述了两人分别以来的情景。分别时正值春天，绿草如茵，蝴蝶飞舞。相思时正值冬季，西山白雪，秦云暗淡。通过时空对比，体现了彼此的分别之久和相思之深。最后以秦地与玉门关遥距千里，欲寄音书而不得作结，更加深刻地表现出思妇的相思之苦。

　　去年何时君别妾？南园绿草飞蝴蝶①。今岁何时妾忆君？西山白雪暗秦云②。玉关去此三千里③，欲寄音书那可闻？

　　【注释】①南园：泛指园圃。张协《杂诗》："蝴蝶飞南园。"

　　②西山：王琦注云："西山即雪山，又名雪岭，上有积雪，经夏不消，在成都之西，正控吐蕃，唐时有兵戍之。"秦云：秦地之云。秦，泛指唐时关中地区。

　　③玉关：即玉门关。

　　【译文】去年何时君与我分别？正是南园草绿蝴蝶飞舞之时。今年何时我想起了您？就是西山白雪暗掩秦云之时。玉门关距此三千里之遥，我想寄信给君又如何可得？

口号吴王美人半醉

　　【题解】此诗大约是天宝七载（748）秋，诗人游庐江时拜见

庐江太守吴王李祗，于其席上随口而作。口号，即随口吟成，与"口
占"相似。吴王，即嗣吴王李祗。美人，指宴会上的舞女。诗中以吴
王在姑苏台之宴比拟吴王李祗之宴，以西施来比喻李祗宴上美人。
此诗属于席上即兴应酬之作，出于戏谑之意。

风动荷花水殿香①，姑苏台上宴吴王②。西施醉舞娇无力，笑
倚东窗白玉床。

【注释】①水殿：临水的殿堂。

②姑苏台：在姑苏山上，相传为吴王阖闾所建，故址在今江苏苏州
市西南姑苏山上。

【译文】清风吹拂荷花使水殿飘满花香，姑苏台上吴王大摆盛宴
以欢娱。西施趁醉起舞娇若无力，含笑斜倚东窗下的白玉床。

折荷有赠

【题解】此诗与二十一卷《拟古》其十一"涉江弄秋水"仅个别
字不同，应属一诗二传，今存其诗，注释译文略。

涉江玩秋水，爱此红蕖鲜。攀荷弄其珠，荡漾不成圆。佳人
彩云里，欲赠隔远天。相思无因见，惆怅凉风前。

代美人愁镜二首

【题解】此组诗年代不详。镜子有映照物体的功用,在古诗中被赋予了丰富的内涵,对镜自览,人们往往会产生无尽的遐想,因此镜子也成了诗人表达内心思绪和寄托情感的重要意象。这两首诗都是以代美人的口吻,以对镜自照抒发感怀为内容,表达了美人的愁思。第一首诗重在表达红颜易老、青春易逝之感慨;第二首诗则描述思妇孤独寂寞、哀伤离别之怨情。

其一

【题解】诗中描写了女子对镜自照时的情景,表达了时光易逝,红颜易老的感伤。全诗前四句赞叹金鹊镜的明亮和清晰,实则为后面对镜自览埋下伏笔:铜镜愈加明亮,愈加映照出红颜易老的凄凉之形。

明明金鹊镜①,了了玉台前②。拂拭皎冰月③,光辉何清圆④!红颜老昨日,白发多去年。铅粉坐相误⑤,照来空凄然。

【注释】①金鹊镜:指背面雕刻鹊形的铜镜。《太平御览》引《神异经》:“昔有夫妇将别,破镜,人执半以为信。其妻与人通,其镜化鹊,飞至夫前,夫乃知之。后人因铸镜为鹊安背上,自此始也。”

②了了：清清楚楚。玉台：指玉镜台。

③拂拭：掸去或擦去尘土。

④"光辉"句：因古镜皆为圆形，故言。

⑤铅粉：也称铅白。古代妇女用来搽脸。

【译文】明亮亮的金鹊铜镜，光闪闪映照玉台前。拂拭冰月般皎洁的镜面，发出的光辉是多么清亮！可惜镜中容颜老于昨日，头上白发也比去年多。涂抹铅粉适得其反，对镜自照徒然忧愁。

其二

【题解】诗中以女子口吻写对夫君的思念。全诗以夫君赠镜起兴，明镜映照女子金缕罗衣，女子时时拂拭镜面，只为使其光辉亮可鉴人。接着引用飞鹊镜与青鸾对镜的故事，进一步升华女子的相思之苦。丈夫一去如离弦之箭，自己心伤肝肠寸断，只能独坐镜前泪流不止。

美人赠此盘龙之宝镜①，烛我金缕之罗衣②。时将红袖拂明月③，为惜普照之余辉。影中金鹊飞不灭④，台下青鸾思独绝⑤。薰砧一别若箭弦⑥，去有日，来无年。狂风吹却妾心断，玉箸并堕菱花前⑦。

【注释】①美人：美好之人。此处指女子的夫君。盘龙：指铜镜背面的盘龙图案。

②烛：照。金缕之罗衣：即金缕衣，以金丝编织的衣服。

③明月：比喻镜子。

④"影中"句：用飞鹊镜的典故。因传说飞鹊镜可以照见妻子之心，此处用其意。

⑤青鸾：古代传说中凤凰一类的神鸟。赤色多者为凤，青色多者为鸾。《艺文类聚》引南朝范泰《鸾鸟诗序》记载，相传罽宾王于峻卯之山，获一鸾鸟，饰以金笼，食以珍羞，但三年不鸣。其夫人建议悬一面镜子映照鸾鸟。罽宾王从其意，鸾鸟看到镜中影子，以为是同类，因而悲鸣。后因以"青鸾"借指镜子。

⑥藁（gǎo）砧：古代处以死刑时，犯人席藁伏于砧上，用鈇斩之。鈇：与"夫"谐音，后因以"藁砧"为丈夫的隐语。

⑦玉箸：玉制的筷子，形容泪流如玉箸。菱花：古代铜镜名。镜多为六角形或背面刻有菱花者名菱花镜。亦泛指镜。

【译文】夫君送我一面盘龙宝镜，映照我的金缕绣衣。时时用红袖擦拭明镜，只为珍惜它光辉闪耀。镜中的飞鹊无法去到夫君身边，妆台下的我如孤独绝望的青鸾。夫君远去犹如离弦之箭，有离去之日，无归来之年？狂风无情吹我肝肠寸断，泪如玉箸落在菱花镜前。

赠段七娘

【题解】此诗年代不详。段七娘，当为诗人游宴时的歌伎或舞女。诗中把段七娘形容成"凌波微步，罗袜生尘"的洛神，因此诗人想方设法要与她心意相投。三四句描述两人开怀畅饮千杯美酒,酒逢知己哪会推辞共谋一醉,只见她一面,就被那美丽的容颜所吸引,从而带给诗人无限的情思和无尽的烦恼。

　　罗袜凌波生网尘①,那能得计访情亲②?千杯绿酒何辞醉?一面红妆恼杀人③。

　　【注释】①"罗袜"句:曹植《洛神赋》:"凌波微步,罗袜生尘。"此处把段七娘比作洛神。

　　②那能:方言,怎么样。得计:计谋获得成功。情亲:感情亲近之人。

　　③一面:一见面。恼杀:亦作"恼煞"。犹言恼甚。杀,语助词,表示程度深。

　　【译文】你就像洛神一样凌波微步罗袜生尘,怎么样才能与你的感情更加亲密呢?何辞畅饮千杯美酒而共谋一醉?见过一面你的妆容我就陷入烦恼之中。

别内赴征三首

　　【题解】此组诗应作于至德元载(756)冬。《旧唐书·李璘传》记载,天宝十五载六月,唐玄宗到达蜀地,下诏任命永王李璘为山南东路及岭南、黔中、江南西路四道节度采访等使、江陵郡大都督。李璘七月至襄阳,九月至江陵,十二月擅自率领舟师东下。期间三次派使者请李白入幕,李白当时正隐居在庐山屏风叠,仍怀有济世救民的愿望, 于是加入永王幕府, 临别之际赋诗三首, 向夫人宗氏告别。

其一

【题解】这首诗先叙述永王三次征召李白之事, 接着写第二天就要辞别家人离开。然后抒发宗夫人想念李白却难以望见, 只能登上望夫山的感慨。全诗表达了诗人辞别妻子前去应征, 准备为国出力的慷慨和豪壮, 以及对妻子的不舍之情。

王命三征去未还①, 明朝离别出吴关②。白玉高楼看不见, 相思须上望夫山③。

【注释】①王命三征: 李白《与贾少公书》记载, 永王李璘三次派使者征聘李白入幕。此处即指此事。

②吴关: 吴地的关隘。此处指庐山一带。因春秋时江西九江为吴国与楚国的交界处, 俗称"吴头楚尾"。

③望夫山: 各地多有, 均属民间传说。此处是虚指。

【译文】永王三次征辟一去归期未知, 明晨我就要辞别你离开吴关。白玉高楼如不能望见我, 你要思念就登上望夫山。

其二

【题解】这首诗描述了李白离家时, 妻子牵衣不舍, 殷切询问归期的情景。李白的妻子宗氏不赞成丈夫入幕永王，担心李白会卷入朝廷纷争，而这一担心最终也成为事实。

出门妻子强牵衣①，问我西行几日归②？归时傥佩黄金印③，莫见苏秦不下机④。

【注释】①牵衣：即牵拉着衣襟，表达依依不舍之情。

②西行：当时永王从江陵东下，李白从庐山前往就得向西而行。

③傥：同"倘"，假使，如果。黄金印：古时公侯将相所佩。

④苏秦：战国时纵横家。《战国策·秦策一》记载，苏秦游说秦王失败后，回到家中，妻子不下织机，嫂子不去做饭，父母不与他说话。后来苏秦佩六国相印而归，妻嫂都不敢仰视。此处反用其意，李白对妻子说如果自己佩带黄金印归来时，不要因为自己追求功名而不理我。

【译文】出门之时妻子强牵我衣，问我西去几时才会归来。归家的时候如果我身佩黄金印章，请不要像漠视苏秦那样不离织机。

其三

【题解】这首诗李白想象宗夫人在翡翠楼，倚门而啼，寒灯独坐，相思泪尽的情景。诗人对于宗夫人的伤悲是理解的，但是又放不下心中济苍生、安社稷的志向，其实诗人与妻子分别，也是忍受了巨大的悲痛。

翡翠为楼金作梯，谁人独宿倚门啼？夜坐寒灯连晓月，行行泪尽楚关西^①。

【注释】①楚关西：此处指江陵一带。

【译文】翡翠之楼黄金为梯，是谁独居倚门而哭？夜里寒灯下你独坐到拂晓，行行泪水一直流到楚关西。

秋浦寄内

【题解】此诗是天宝十四载（755），李白在秋浦寄给妻子宗氏时所作。秋浦，县名，属江南道宣州，治所在今安徽省池州市。当时宗夫人在梁苑寄信给李白，这首诗即为回信。整首诗一开始先说自己来到寻阳后，离家遥远，所以书信来往稀少。接着叙说忽然接到家书，询问自己何时归家。见书如见人，不禁勾起了诗人对妻子的思念之情，诗人回复妻子，表示虽然山水阻隔，也不会因此而忘情。

我今寻阳去^①，辞家千里余^②。结荷见水宿^③，却寄大雷书^④。虽不同辛苦，怆离各自居。我自入秋浦，三年北信疏。红颜愁落尽，白发不能除。有客自梁苑^⑤，手携五色鱼^⑥。开鱼得锦字^⑦，归问我何如。江山虽道阻，意合不为殊^⑧。

【注释】①寻阳：郡名，唐属江南西道江州。治所在今江西九江市。②"辞家"句：李白在天宝十二载离开梁园去往宣州，当时夫人宗氏留在梁园。

③水宿：谓栖身于水上。

④大雷：地名，在今安徽省望江县。晋置大雷戌，刘裕讨卢循，自雷池进军大雷，即此地。南朝梁鲍照有《登大雷岸与妹书》："吾自发寒雨，全行日少。加秋潦浩汗，山溪猥至，渡溯无边，险径游历，栈石星饭，结荷水宿，旅客辛贫，波路壮阔。始以今日食时仅及大雷。"此处用其意。

⑤梁苑：即东苑，又名兔园、梁园。在今河南商丘县东南。当时李白夫人宗氏的居住地。

⑥五色鱼：书信的代称。古人尺素结为鲤鱼形，故称。此处指宗夫人从梁苑送来的书信。

⑦锦字：即锦字书，此处指宗夫人给李白的书信。

⑧殊：不同。

【译文】如今我将去往寻阳，已经离家千里之遥。结荷为居水上宿夜，写成家书寄送给你。虽然我们的辛苦各不同，分居两地的悲怆却一样。我自从来到秋浦盘桓，三年中北方家信稀疏。你的容颜因忧愁而衰老，我的白发始终不能除尽。有来自梁苑的客人，给我带来了书信。开信看到你的字迹，询问我能何时归来。虽然山水相隔，路途遥远，但我们心意相合，永不改变。

自代内赠

【题解】此诗与前首应为同时之作，是李白代其夫人写给自己的一首诗，描述了两人聚少离多的情形。诗的开头以宝刀截水不断来比喻宗夫人的缠绵情意，接着以门前野草的秋黄春绿，除尽更生来作比，说明野草尚且有情，而夫君却一去不回。从商人处得知丈夫在秋浦，而妻子独自一人在梁苑，只能寄托梦中相见。表现出二人相会之难。然后简述宗夫人的家世，并以井底桃花比喻自己无人欣赏，以天上明月不肯一照来比喻丈夫的绝情。最后希望能得到一只秦吉了，让它替自己去向丈夫诉说衷肠。全诗文辞缠绵悱恻，感人至深。

宝刀截流水，无有断绝时。妾意逐君行，缠绵亦如之。别来门前草，秋黄春转碧。扫尽还更生，萋萋满行迹①。鸣凤始相得，雄惊雌各飞。游云落何山？一往不见归。估客发大楼②，知君在秋浦。梁苑空锦衾，阳台梦行雨③。妾家三作相④，失势去西秦⑤。犹有旧歌管，凄清闻四邻。曲度入紫云⑥，啼无眼中人⑦。女弟争笑弄⑧，悲羞泪盈巾。妾似井底桃⑨，开花向谁笑？君如天上月，不肯一回照！窥镜不自识，别多憔悴深。安得秦吉了⑩，为人道寸心！

【注释】①"别来"四句：形容愁绪如草，除去又生。萋萋：草茂盛的样子。

②估客：即行商。大楼：山名。唐时在秋浦县，在今安徽池州市。

③"阳台"句：王琦注："阳台行雨，盖言惟梦中得相见耳。"

④三作相：指宗氏先祖宗楚客曾经三为宰相。《新唐书·宰相表上》记载，宗楚客第一次拜相在武后神功元年。第二次在长安四年四月己亥。第三次在中宗景龙元年九月。

⑤"失势"句：指宗楚客兄弟坐罪被诛后，宗家离开长安。去：离开。西秦：指长安。

⑥曲度：歌曲的节拍、音调。

⑦眼中人：指旧相识或想念的人。此处指丈夫。

⑧女弟：妹妹。笑弄：讥笑，嘲弄。

⑨井底桃：即桃李处于深院天井之中，比喻无人赏识。

⑩秦吉了：鸟名。也称了哥、吉了。因产于秦中，故名。王琦注引《桂海虞衡志》："秦吉了，如鹦鹉，绀黑色。丹味黄距，目下连项有深黄文，项毛有缝，如人分发。能人言，比于鹦鹉尤慧。大抵鹦鹉声如儿女，吉了声则如丈夫，出邕州溪洞中。"

【译文】挥起宝刀去截流水，流水难有断绝之时。妾意随君共漂荡，情意缠绵亦如此。分别后门前的野草，已从秋黄变到春绿。就算扫尽又重新长出，茂密草丛铺满了道路。我们如凤凰和鸣刚彼此相得，转眼间就雌雄惊飞天各一方。你像游云将飘落何山？从此一去便不再归来。大楼山商人经过此地，才知夫君原来在秋浦。我身在梁苑独拥锦被而眠，只能梦中在阳台与你相会。我家祖父曾三次为相，失势后离开长安到此。但还保留原来的管乐，乐声凄怨惊动了四邻。高亢的曲调响彻云霄，悲声啼哭不见心中人。妹妹们争相来取笑我，我又悲又羞泪湿衣巾。我就像深院天井中的桃树，就算开出花朵又能向谁而笑？君如天上的明月，不肯照我一次。对镜映照我无法认出自己，因为分别日多而相思憔悴。哪如得到秦吉了，让它为我道衷心！

秋浦感主人归燕寄内

【题解】此诗与前两首诗作于同一时间,当时李白在秋浦,见到北燕南归,有感于自己离家日久,所以寄诗给宗夫人。全诗先描写寒霜肃杀,天空寥廓,花叶落尽的萧瑟景象,接着写胡燕辞别主人南归,虽然眷恋华屋,最终辞别珠帘而去,表现出胡燕的眷恋故土。而诗人自己却滞留异乡,忘记家人,因而自愧不如。于是诗人想要寄书妻子,却涕泪纵横不能封缄。

霜凋楚关木^①,始知杀气严^②。寥寥金天廓^③,婉婉绿红潜^④。胡燕别主人^⑤,双双语前檐。三飞四回顾,欲去复相瞻^⑥。岂不恋华屋?终然谢珠帘^⑦。我不及此鸟,远行岁已淹^⑧。寄书道中叹,泪下不能缄^⑨。

【注释】①楚关:指秋浦,因战国时秋浦属楚地,故云。

②杀气:阴气,寒气。

③金天:指秋天。

④婉婉:柔美,美好。

⑤胡燕:燕的一种。

⑥"三飞"二句:形容胡燕恋恋不舍辞别主人。瞻:观望。

⑦谢:辞别。

⑧淹:滞,久留。

⑨缄：封，闭。此处指将书信封口。

【译文】秋霜凋零了楚关的树木，这才知道寒气凛冽逼人。秋空寥廓旷远，红花绿草凋零。胡燕将要辞别主人南归，双双在屋檐下叽喳寄语。盘旋三匝又回顾四次，意欲离去却又瞻望。他们怎能不留恋华屋？但最终辞别珠帘南归。我却不及这些胡燕，离家远行时间已久。寄书妻子道中感叹，泪下如雨不能封缄。

送内寻庐山女道士李腾空二首

【题解】此组诗作于肃宗上元二年（761）初夏。李腾空，唐代女道士，是宰相李林甫之女，幼年便超常，生在相门却不贪恋荣华，一心想要学道求仙，所以从长安来庐山隐居。而宗夫人也慕道好仙，因此想上庐山寻找李腾空学仙求道。李白自幼就喜好道教，因此对宗夫人此举很赞成，所以陪同宗夫人前往庐山寻找女道士李腾空，写下此组诗。

其一

【题解】此诗描写了李白送宗夫人去庐山寻找女道士李腾空的过程。李腾空隐居之处，有水碓舂捣云母，还有和风吹扫石楠花。这美丽的幽居之景，让宗夫人深为留恋，于是希望留在这里与李腾空共修仙而游云霞。

君寻腾空子①，应到碧山家。水舂云母碓②，风扫石楠花③。若恋幽居好，相邀弄紫霞④。

【注释】①腾空子：即李腾空。

②水舂：即水碓（duì），靠水力来舂米的器具。云母：矿石名。俗称千层纸。白云母可供药用。云母碓：王琦注："白居易诗有'何处水边碓，夜舂云母声'及'云碓无人水自舂'之句。自注云：'庐山中云母多，故以水碓捣炼，俗呼为云碓。'"

③石楠：植物名。花供观赏，叶可入药。

④弄紫霞：指求仙升天。

【译文】你如要寻找李腾空，应到碧山她的家中。那里水碓槌捣着云母，清风吹拂着石楠花。你如果也喜爱幽居的美好，不妨与她一道修仙弄紫霞。

其二

【题解】此诗赞美了宗夫人虽为相门之女，却不贪恋世俗荣华，一心慕道求仙，此去屏风叠隐居，将乘鸾成仙而去。全诗表现出诗人对宗夫人修仙访道行为的认同，从侧面说明唐代崇尚修道风气之浓。

多君相门女①，学道爱神仙。素手掬青霭②，罗衣曳紫烟。一往屏风叠③，乘鸾着玉鞭④。

【注释】①多：赞许，推崇。相门女：指宗夫人为宰相宗楚客的孙女。

②掬青霭：双手捧取青色云气。

③屏风叠：庐山岭名，在庐山五老峰下，九叠如屏，故名。

④乘鸾：传说神仙常乘鸾驾凤，后因以"乘鸾"比喻成仙。

【译文】赞美你这位相门女，喜欢学道向往神仙。芊芊素手捧起青色云霭，绫罗锦衣带起紫色云烟。此去庐山屏风叠隐居，将手执玉鞭乘鸾飞升。

赠　内

【题解】此诗大约是开元十五年（727），李白与安陆许氏夫人成婚不久后所作戏谑之言。诗人以调侃的口吻，言说自己一年三百六十天烂醉如泥，而许夫人就如同东汉周泽的妻子一样，难得和夫君相聚。全诗语言质朴，表现出诗人对妻子的愧疚之情。

三百六十日，日日醉如泥。虽为李白妇，何异太常妻①？

【注释】①太常妻：《后汉书·周泽传》记载："周泽为太常，清洁循行，尽敬宗庙，常卧疾斋宫，其妻哀泽老病，窥问疾苦。泽大怒，以妻干犯斋禁，遂收送诏狱谢罪。当世疑其诡激。时人为之语曰：'生世不谐，作太常妻，一岁三百六十日，三百五十九日斋，一日不斋醉如泥。'"讥讽周泽不近人情。此处李白以"太常妻"戏谑其妻许夫人。

【译文】一年三百六十天，我日日酣醉如泥。你虽为李白之妇，又与太常妻何异？

在寻阳非所寄内

【题解】此诗应是至德二载（757），李白在寻阳狱中所作。至德二载，永王李璘因擅自东巡，兵败被杀，李白因参加永王幕府而受牵连，被囚于寻阳（今江西九江）狱中。当宗夫人听说丈夫入狱，就四处奔走营救。诗中引用蔡琰救夫的典故，来比拟宗夫人四处奔走为夫申诉的情形。诗人想到宗夫人翻山越岭，艰难跋涉的情形，心中就怜惜不已。全诗语出肺腑，真挚感人，表现了李白夫妻患难与共，不离不弃的真情。

闻难知恸哭，行啼入府中。多君同蔡琰，流泪请曹公^①。知登吴章岭^②，昔与死无分^③。崎岖行石道，外折入青云。相见若悲叹，哀声那可闻？

【注释】①"多君"二句：用蔡琰向曹操为夫求情的典故。《后汉书·列女传·董祀妻传》记载，东汉蔡邕之女蔡琰的丈夫董祀犯法当死，蔡琰蓬首徒行，亲自登门向曹操求情，语言哀婉凄切，曹操为之所动，遂免董祀之死罪。此处李白以蔡琰比拟宗夫人，感激她为解救自己而奔走求情。蔡琰：蔡邕之女，字文姬。

②吴章岭：王琦注引《江西通志》："吴章山，在九江、南康二府之界，西去九江府城三十里，南去南康府城四十五里，与庐山相接，岭路峻隘。宋孔武仲《吴章岭诗》云：'庐山北转是吴章，岩草纷纷静有香。'或云：'昔有吴章者居此，故名。或谓吴障山，以其为吴之障也。'周必大《泛舟游山录》：'上吴章岭，乱石謷牙，颇亦险峻。岭脊分江东、西两路界，过界便见五老峰，是为山南。'"

③昔：疑为"惜"，哀伤，怜惜。

【译文】你闻知我蒙难而放声痛哭，一路悲啼到府衙为我伸冤。感激你就像蔡文姬一样重情义，流着泪恳求曹公赦免董祀死罪。知道你不顾艰险翻越吴章岭，怜惜你几乎与死亡擦肩而过。你走在崎岖的山道中，那山道曲折直入青云。相见时你若哀声悲叹，那哀声我哪忍心听闻？

南流夜郎寄内

【题解】此诗应是乾元元年（758）春末，李白流放夜郎途中写给豫章的妻子宗氏的。诗人在流放途中极度悲愤和忧郁，急切盼望家书到来以慰藉孤寂。可是北雁已经春归，家书却迟迟不来。全诗用典贴切，情景交融，将盼望家书的急迫哀婉之情表现得淋漓尽致。

夜郎天外怨离居①，明月楼中音信疏②。北雁春归看欲尽，南来不得豫章书③。

【注释】①天外：极远的地方。

②明月楼：代指宗氏所居之处。曹植《七哀诗》："明月照高楼，流光正徘徊。上有愁思妇，悲叹有余哀。"此处用其意。

③豫章：即豫章郡，治所在今江西南昌市，当时李白妻宗氏正寓居于此。

【译文】我在天边夜郎忧怨与你分离，明月楼中很少传来你的音信。北地大雁已经春归将尽，却无南方豫章来的书信。

越女词五首

【题解】此组诗年代不详，可能为开元年间诗人游越中时所作。这五首诗虽然题名越女词，但并非专写越女。应该是诗人游吴越时，在不同的时间所写。五首诗风格相近，所以统编为组诗。整组诗以清新质朴的语言描写了江南女子的美丽动人。

其一

【题解】此诗应是诗人游金陵时所作。诗中描写了金陵长干里女子的秀美。眉目可比星月，赤足穿着木屐，寥寥数语写出了江南女子娇媚可爱的形象。

长干吴儿女①，眉目艳星月。屐上足如霜②，不着鸦头袜③。

【注释】①长干: 即长干里, 金陵里巷名。吴: 指今南京市一带。儿女: 指女子。

②屐: 木屐, 自晋时吴越男女便多穿木屐。《晋书·五行志》: "初作屐者, 妇人头圆, 男子头方。圆者顺之义, 所以别男女也。至太康初, 妇人屐乃头方, 与男无别。" 则知古妇人亦着屐也。如霜: 形容皮肤洁白。

③鸦头袜: 一种拇趾与其他四趾分开的袜子。

【译文】金陵长干里的吴女, 眉目清秀艳比星月。木屐上双足如霜, 都不穿着鸦头袜。

其二

【题解】此诗描写吴地女子肌肤白皙, 喜欢弄水荡舟, 眉目顾盼传情, 折花戏逗行客。全诗将吴地女子肤白多情和天真烂漫的样子, 描绘得惟妙惟肖。

吴儿多白皙, 好为荡舟剧①。卖眼掷春心②, 折花调行客③。

【注释】①荡舟剧: 摇荡舟船的游戏。剧, 游戏。

②卖眼: 谓以眼波媚人。化用梁武帝《子夜四时歌·冬歌四首》: "卖眼拂长袖, 含笑留上客。"

③调: 戏弄, 挑逗。

【译文】吴地女儿肌肤多白皙, 喜欢荡舟摇船为游戏。她们眼波传情抛掷春心, 折来娇艳鲜花戏弄行客。

其三

【题解】此诗应是诗人游会稽时所作。诗中描写了若耶溪采莲女的动人神态。若耶溪上的采莲少女，看到远客就娇羞回避，唱着渔歌将船划入荷花深处，虽然心中喜欢，却还是羞涩不已。全诗描写极尽情态，如见图画。

耶溪采莲女①，见客棹歌回②。笑入荷花去，佯羞不出来③。

【注释】①耶溪：即若耶溪。源出浙江省绍兴市若耶山，北流入运河。相传为西施浣纱之所。

②棹歌：摇船时所唱之歌。

③佯：假装。

【译文】若耶溪中的亭亭采莲女，见到远客就棹歌掉头回。娇笑着划入荷花丛中，娇羞万分而不再出来。

其四

【题解】此诗描写了东阳女和会稽郎互相思念的故事。两人不能相见，只能遥望明月寄托相思，相思浓时不禁愁断肝肠。全诗由谢灵运《东阳溪中赠答二首》衍化而出，却无拼凑之痕，更见情趣。

东阳素足女①，会稽素舸郎②。相看月未堕，白地断肝肠③。

【注释】①东阳：县名，唐时属江南道婺州，今浙江东阳市。素足女：即双足洁白的女子。

②会稽：县名，唐时属江南道越州，是越州治所所在地，今浙江绍兴市。素舸：不加装饰的船。

③"相看"二句：谢灵运《东阳溪中赠答二首》其一曰："可怜谁家妇，缘流洗素足。明月在云间，迢迢不可得"与其二曰："可怜谁家郎，缘流乘素舸。但问情若为，月就云中堕"。此二句化用这两首诗。白地：当时俚语，即平白地、无缘无故的意思。

【译文】东阳女子素足洁白，会稽儿郎划动素船。两地同看月悬未落，无缘无故相思断肠。

其五

【题解】此诗描写了镜湖之水明如月光，耶溪少女似雪洁白，新妆少女戏弄春波，水色倩影相得益彰。全诗以独特的视角，精炼的语言和细腻的笔触，将少女和春水融合成一幅美丽的图画。

镜湖水如月①，耶溪女如雪。新妆荡新波②，光景两奇绝。

【注释】①镜湖：在今浙江绍兴会稽山北麓。以水平如镜，故名。
②新妆：新的打扮。新波：指春水。

【译文】镜湖水如明月般光亮，若耶溪少女肌肤似雪。少女新妆荡漾春波之中，水光映照倒影两相奇美。

浣纱石上女

【题解】此诗大概是开元十四年（726），李白游越中时所作。浣纱石，若耶溪旁有浣纱石，相传西施在其上浣纱，故名。诗人在若耶溪边，遇到一位浣纱少女，少女面如白玉，青蛾红妆，洁白的双足穿着金齿屐。全诗描写形象生动，令人读后如见其人。

玉面耶溪女，青蛾红粉妆①。一双金齿屐，两足白如霜。

【注释】①青蛾：青黛画的眉毛。

【译文】若耶溪少女面如白玉，青黛描眉画成红粉妆。脚下一双金齿屐，两足洁白如霜雪。

示金陵子

【题解】此诗大概是开元十四年（726），李白游金陵时所作。金陵子，即金陵歌妓。诗中先描写了金陵子听琴碧窗里，吴语唱楚歌的情景。接着诗人以谢安自比，以东山妓比拟金陵子，意欲一起携手遨游林泉。全诗描写了诗人初出蜀地畅游金陵时，意气风发，笑傲欢场的豪迈。

金陵城东谁家子,窃听琴声碧窗里。落花一片天上来,随人直渡西江水^①。楚歌吴语娇不成,似能未能最有情。谢公正要东山妓,携手林泉处处行^②。

【注释】①西江水:指从今安徽芜湖到江苏南京这一段长江,因大致为南北流向,所以江东人称之为西江。

②"谢公"二句:诗人以谢安自比,携妓出游。要:同"邀"。东山妓:指谢安在东山时畜养的歌女。南朝宋刘义庆《世说新语·识鉴》:"谢公在东山畜妓。简文曰:'安石必出。既与人同乐,亦不得不与人同忧。'"

【译文】金陵城东是谁家女子,忽听她在碧窗里弹琴。琴声好似落花一片天上来,飘然伴随行人渡过西江水。吴语唱楚歌娇声调不成,似能非能之时最为有情。我如谢安邀约东山妓,一起携手畅游林泉间。

出妓金陵子呈卢六四首

【题解】此组诗是开元十四年(726),诗人初游金陵之时所作。卢六,排行第六,名字生平不详。这组诗描写诗人携歌妓金陵子与卢六相聚,彼此畅饮美酒,歌吟助兴的场景。

其一

【题解】李白一直非常推崇东晋的谢安,认为其退隐山林则潇洒不羁,出仕为官则以苍生为念,功成名就,彪炳史册。诗人来到金陵,也效仿谢安,携妓游乐。

安石东山三十春,傲然携妓出风尘①。楼中见我金陵子,何似阳台云雨人②?

【注释】①"安石"二句:用谢安东山携妓的典故。安石:指谢安,字安石。

②阳台云雨人:指宋玉《高唐赋》中的巫山神女。

【译文】谢安隐居东山三十年,傲然携妓出游山林间。如今你在华楼见到了金陵子,比那阳台的巫山神女又如何?

其二

【题解】诗中描写李白与卢六相聚,两人共饮新丰酒,还有金陵子陪侍。可是卢六却无心赏花赏月,依然愁绪满怀。

南国新丰酒①,东山小妓歌②。对君君不乐,花月奈愁何③?

【注释】①新丰:镇名,出美酒,在今江苏镇江市丹徒区东南。

②东山小妓: 指金陵子。

③君: 指卢六。

④花月: 花前月下, 指狎妓行乐。

【译文】这里有南方新丰的美酒, 还有东山小妓金陵子。可是你却对此依然闷闷不乐, 为何连花月也不能为你消愁?

其三

【题解】此诗先称赞作为东道主的卢六是位隐逸烟霞的高士。他在西江边摆下诗酒之筵, 与诗人开怀畅饮, 直至日落。全诗表达了两人之间的深情厚谊。

东道烟霞主①, 西江诗酒筵。相逢不觉醉, 日堕历阳川②。

【注释】①烟霞主: 即东道主卢六, 指隐居山林烟霞的高士。

②历阳川: 即西江。历阳, 县名, 唐时属淮南道和州, 即今安徽和县。在长江西岸, 与金陵隔江相望。

【译文】你这位东道主是山林烟霞之士, 今天在西江边摆下诗酒之筵。我们相逢畅饮千杯不醉, 直到白日落入历阳川下。

其四

【题解】此诗描写在酒宴上, 金陵子吟唱楚歌, 家仆丹砂吹笙, 诗人则畅饮清酒, 卢六却满腹心事, 也不肯向人倾诉。

小妓金陵歌楚声，家僮丹砂学凤鸣^①。我亦为君饮清酒，君心不肯向人倾。

【注释】①家僮：家仆。丹砂：李白家仆的名字。见魏颢《李翰林集序》。学凤鸣：指吹笙。

【译文】小妓金陵子以楚声吟唱歌曲，家仆丹砂则吹笙模仿凤鸣。我也为你饮下清冽美酒，可你不愿向人倾诉心事。

巴女词

【题解】此诗应是开元十二年（724），诗人出蜀途经巴地时所作。巴，古国名，主要分布在今重庆、四川、湖北一带。巴女，即巴地的女子。诗人以巴女的口吻，望着迅疾的巴水和飞逝的巴船，想到夫君已经离家十月，早已在千里之外，不知何时才能回归。全诗抒发了巴女对夫君的深切思念。全诗简朴自然，极具民歌风格。

巴水急如箭^①，巴船去若飞。十月三千里，郎行几岁归？

【注释】①巴水：王琦注："唐之渝州、涪州、忠州、万州等处，皆古时巴郡地。其水流经三峡下至夷陵，当盛涨时，箭飞之速，不是过矣。"此处指今重庆至湖北宜昌这一段长江。

【译文】巴水奔流而去迅急如箭，巴船一去千里快速若飞。十月之内倏忽三千里，郎君远行何时才能归？

卷二十三　哀伤

哭晁卿衡

【题解】此诗大约是天宝十三载（754），李白在广陵（今江苏扬州）时所作。晁卿衡，即晁衡，原名阿倍仲麻吕，日本奈良时代入唐，汉名晁衡或朝衡。卿，对友人的爱称。《旧唐书·东夷·日本国传》记载，开元五年（717）阿倍仲麻吕随日本遣唐使赴华，因倾慕中国之风，不肯离去，改名为晁衡。后进入长安太学学习。学成后考中进士，历任左春坊司经局校书、左补阙、秘书监兼卫尉卿，肃宗时擢为左散骑常侍兼安南都护。他与王维、储光羲、李白等人交善。天宝十二载（753），晁衡随遣唐使藤原清河等人自长安经扬州东归，途中遇暴风，漂流至安南驩州。天宝十三载李白在扬州听说晁衡归国时遇暴风失踪的消息，误以为其身亡，故作此诗哀悼。全诗首句写晁衡辞别长安准备回国。次句描写晁衡扬帆渡海的情景。后两句运用比兴手法，以明月珠来比拟晁衡，将晁衡的遇难比喻为明月珠沉入大海。全诗抒发了诗人对晁衡的深切哀悼之情。

日本晁卿辞帝都①，征帆一片绕蓬壶②。明月不归沉碧海③，白云愁色满苍梧④。

【注释】①帝都：指长安。

②征帆：指远行的船。蓬壶：即蓬莱、方壶。古代传说中的海中仙山。此处指晁衡渡海回日本一事。

③明月：此处比喻晁衡如明月珠一般出众。

④苍梧：山名，原指九疑山，这里指东海中的郁洲，也被称为苍梧山，传说是从苍梧飞来。在今江苏连云港市云台山。《水经注·淮水》："东北海中有大洲，谓之郁洲，《山海经》所谓'郁山在海中'者也。言是山自苍梧徙此，云山上犹有南方草木。"《一统志》："淮安府海州胸山东北海中有大洲，谓之郁洲，一名郁州，一名郁洲山，一名苍梧山，或云昔从苍梧飞来。"

【译文】日本士人晁衡离开长安回国，一片征帆直绕蓬莱仙岛而去。可叹晁衡如明月珠沉入碧海，就连苍梧山也笼罩白色愁云。

自溧水道哭王炎三首

【题解】此组诗作可能是天宝十三载（754），诗人经过溧水道时所作。溧水，县名。唐时属江南道宣州，今江苏南京市溧水区。溧水，又为河流名，又名菱水、濑水、永阳江。发源于江苏溧阳市一带，东流入太湖。王炎，宣城人，李白友人。整组诗为诗人哀悼王炎去世之作，哀惋其抱负未展而英年早逝。

其一

【题解】此诗以白杨、白马起兴，寄寓悲哀之意，接着化用谢灵运诗意和王乔典故，来抒发对王炎早逝的悲伤。并称赞王炎名飞日月，义扬风云，痛惜其逸气莫展，而英年夭伤。最后用楚老凭吊龚胜的典故，来表达诗人心中的哀悼之情。

白杨双行行，白马悲路傍。晨兴见晓月，更似发云阳①。溧水通吴关②，逝川去未央③。故人万化尽④，闭骨茅山冈⑤。天上坠玉棺⑥，泉中掩龙章⑦。名飞日月上，义与风云翔。逸气竟莫展，英图俄夭伤。楚国一老人，来嗟龚胜亡⑧。有言不可道，雪泣惜兰芳⑨。

【注释】①"晨兴"二句：化用谢灵运《庐陵王墓下作》中诗句"晓月发云阳，落日次朱方"。云阳：古县名，今江苏丹阳市。

②吴关：指溧水县，原为吴地，故称。杨齐贤注："溧水县，秦淮所出，至金陵，贯吴关，直通于江。"

③逝川：指一去不返的江河之水。此处比喻人死不能复生，时间不能倒流。未央：未尽。

④万化尽：万事万物已尽。此处指人之死。

⑤闭骨：埋葬尸体。茅山：山名。在江苏省句容市东南。原名句曲山。相传西汉时茅氏三兄弟来此炼丹、采药，得道成仙，故尊称为"三茅山"，简称茅山。道教称为"第八洞天"，是道教茅山派发祥地。

⑥坠玉棺：用东汉王乔故事。《后汉书·王乔传》记载，东汉王乔为叶县令时，天堕玉棺于堂前，众人费尽力气也不能推动。王乔说道："难道是上天召我离去吗？"于是沐浴更衣卧于棺中，棺盖立刻合上。县人将其葬于城东，地里的土自动堆聚成坟。后用作成仙的典故。

⑦泉中：指黄泉。龙章：指衮龙之服和章甫之冠。西晋赵至《与嵇茂齐书》："表龙章于裸壤。"李善注："龙，衮龙之服也；章，章甫之冠也。"

⑧"楚国"二句：用西汉龚胜故事。《汉书·龚胜传》记载，王莽篡位后，强征龚胜为官，龚胜拒不接受，绝食而亡。有楚地老人前来吊唁，痛哭甚哀，不知何人。此处诗人以龚胜比喻王炎，以楚老自比。

⑨雪泣：揩拭眼泪。雪，拂拭。兰芳：兰花的芳香。常用以比喻贤人。此处指王炎。

【译文】白杨行行成双而立，白马萧萧悲鸣路旁。清晨时看见晓月当空，好似从云阳匆匆而来。溧水悠悠通向吴关，逝水远去未有断绝。故人物化万事皆空，一朝埋骨茅山之上。上天为你降下白玉神棺，黄泉之中留有龙章冠服。君虽离去，高名飞越日月之上，大义可与风云飞扬。可惜高逸志气尚未施展，就不幸摧折而英年早逝。我就如楚国那位无名老人，来吊唁你这位龚胜的去世。纵有千言却无法诉说，挥手拭泪而痛惜贤人。

其二

【题解】此诗首二句称赞王炎是世所少有的人才，并痛惜其英年早逝。诗人非常遗憾自己没能及时去吊唁，如今他的坟上早已满是秋草。诗人也想效仿延陵季子，挂剑在故人的墓旁，却茫然不知挂在何枝。诗人只能遥向茅山痛哭，将一生的眼泪都洒在丹阳道上。全诗哀婉感人，极尽悲痛，形象地描绘出诗人听闻友人噩耗时，极度悲伤的样子。

王公希代宝①，弃世一何早②！吊死不及哀，殡宫已秋草③。悲来欲脱剑，挂向何枝好④？哭向茅山虽未摧，一生泪尽丹阳道⑤。

【注释】①希代：希世。

②弃世：离开人世，指人死亡。

③"吊死"二句：王琦注："言吊死而不及其新哀之时，殡宫之上已生秋草，盖言久也。与《左传》'赠死不及尸，吊生不及哀'句同意异。"殡宫：指坟墓。

④"悲来"二句：用季札挂剑于徐君墓的典故。《史记·吴太伯世家》记载，季札是春秋时吴国贵族。因封于延陵（今江苏常州），又称延陵季子。他曾出使列国，途中拜见徐君。徐君喜爱季札之宝剑，但没有说出来。季札明白其意，因为要出使诸侯国，按礼仪不能没有佩剑，所以没有将宝剑赠送徐君。返回时徐君已经去世，季札于是解下宝剑，挂在徐君墓旁树上。随从问："徐君已死，您为何还将宝剑送给他呢？"

季札说:"因为我当初在心里已经将宝剑送给徐君了,难道因为徐君死了,就可以违背自己的本心吗?"

⑤丹阳道:王琦注:"溧水,在两汉时乃丹阳郡之地,故曰丹阳道。"

【译文】王公是世所罕有的奇才,可惜却早早离开了人世。我没有来得及前去吊唁他,现在他的坟上已长满秋草。我心悲想效仿季札解剑相赠,却又不知挂在墓边哪个树枝上好?我向茅山遥哭虽未身摧绝倒,但将一生泪水尽洒丹阳道上。

其三

【题解】这首诗先借用西晋王戎之语评价王炎丰神俊朗却不幸早逝,接着引用陶侃"双鹤"的典故来哀悼王炎,然后以《尚书》中语来称赞王炎有济世救民之才,最后以嵇康演奏《广陵散》之事作比,来比喻王炎为绝世之才,他的死犹如《广陵散》一样,从此成为绝响。全诗用典贴切,哀意深刻,表达了诗人对友人的深情厚谊。

王家碧瑶树①,一树忽先摧。海内故人泣,天涯吊鹤来②。未成霖雨用,先天济川材③。一罢《广陵散》,鸣琴更不开④。

【注释】①碧瑶树:即玉树,比喻丰神俊朗之人。《世说新语·赏誉》:"王戎云:'太尉神姿高彻,如瑶林琼树,自然是风尘表物。'"

②吊鹤:喻指吊客。典出《世说新语·贤媛》"陶公少时作鱼梁吏"。刘孝标注引《陶侃别传》:"及侃丁母忧,在墓下,忽有二客来吊,

不哭而退，仪服鲜异，知非常人，遣随视之，但见双鹤冲天而去。"后称吊客为"吊鹤"，为颂扬死者之典。

③ "未成"二句：用《尚书·说命》中"若济巨川，用汝作舟楫。若岁大旱，用汝作霖雨"之意。霖雨、济川：比喻王炎有济世救民之才，却未得施展而先夭。

④ "一罢"二句：以嵇康之死比喻王炎之死，从此再无如此人物，就像《广陵散》一样成为绝响。《广陵散》：琴曲名。三国魏嵇康善弹此曲，秘不授人。后遭谗被害，临刑索琴弹之，曰："《广陵散》于今绝矣！"见《晋书·嵇康传》。后亦称事无后继、已成绝响者为"广陵散"。

【译文】王家众多碧玉树中，忽有一树先行摧倒。海内故人闻噩耗都泣不成声，远在天涯的双鹤也前来吊唁。你还没有施展霖雨解旱之用，世上却先失去济河舟渡之材。就像嵇康弹罢一曲《广陵散》，从此世上无人再能开琴而鸣。

哭宣城善酿纪叟

【题解】此诗年代不详。宣城有一位纪姓老翁，善于酿酒，李白时常沽酒畅饮。如今纪叟离世，李白深感悲痛，所以写下此诗凭吊。诗人想像纪叟在黄泉下，应该还在继续酿造老春酒，但是阴间没有白日，纪叟之酒又能卖给谁呢？"夜台无晓日"一句，也有作"夜台无李白"。杨慎《李诗选》点评说："《哭宣城善酿纪叟》，予家古本作'夜台无李白'，此句绝妙，不但齐一死生，又且雄视幽明矣。昧者改为'夜台无晓日',又与下句'何人'不相干,甚矣土俗不可医也。"杨慎之言为是。

纪叟黄泉里,还应酿老春①。夜台无晓日②,沽酒与何人③?

【注释】①老春:醇酒、好酒。这里是纪叟所酿酒名。唐代名酒多带春字。

②夜台:坟墓。亦借指阴间。

③沽酒:卖酒。

【译文】纪老埋身在黄泉里,还会酿造老春美酒。只不过阴间没有白日,您老又卖酒给何人呢?

宣城哭蒋征君华

【题解】此诗年代不详。蒋征君华,即蒋华,李白友人,事迹不详。征君,指不接受朝廷征聘的隐士。首句"埋玉树"三字表现出诗人对蒋华之死的惋惜之情。接着以司马相如比喻蒋华,称赞其文才出众。最后用延陵季子挂剑的典故,表达自己对他的深切哀悼。

敬亭埋玉树①,知是蒋征君。果得相如草,仍余封禅文②。池台空有月,词赋旧凌云③。独挂延陵剑,千秋在古坟④。

【注释】①埋玉树：即"埋玉"，常用以比喻埋葬有才华的人。语出南朝宋刘义庆《世说新语·伤逝》："庾文康亡，何扬州临葬云：'埋玉树箸土中，使人情何能已已？'"

②"果得"二句：用司马相如故事。《史记·司马相如列传》记载，司马相如因病免官，住在茂陵。天子说："司马相如病得很严重，去把他的书稿都拿过来；否则以后就散失了。"于是派所忠前往茂陵，但司马相如已经死了，家中无书。问其妻，回答道："长卿本就没有什么书。他时时著书，大家就时时取走。因而家里一直没有多余的书。长卿未死时，写过一卷书，说如有使者来求书，就献上此书。除此之外再也没有其他书了。"司马相如留下的书是关于封禅之事，所忠把它献给天子，天子对此书很惊异。相如草：指司马相如的文章手稿。

③"凌云"句：《史记·司马相如列传》："相如既奏《大人之颂》，天子大说，飘飘有凌云之志。"

④"独挂"二句：用季札挂剑的典故。

【译文】敬亭山埋葬玉树般的高士，我知道这是蒋征君的墓地。你果然如司马相如留下书稿，还有类似封禅那样的文章。池台上徒留一轮皎洁的明月，你的词赋文章依旧意气凌云。我默默把宝剑挂在树枝上，让它千秋万年陪在古墓边。

卷二十四　古赋

明堂赋　并序

【题解】此赋可能为开元二十三年（735），诗人游洛阳时所作。明堂，是古代帝王宣明政教的地方，是举行朝会、祭祀以及颁布政令的地方。《孟子·梁惠王下》："夫明堂者，王者之堂也。"明堂的起源很早，《大戴礼记》："明堂者，古有之也。"《淮南子·主术训》："（神农）祀于明堂，明堂之制，有盖而无四方。"但各个时期的称呼不同。《三辅黄图》："周明堂，明堂所以正四时，出教化，天子布政之宫也。黄帝曰合宫，尧曰衢室，舜曰总章，夏后曰世室，殷人曰阳馆（也叫重屋），周人曰明堂。"汉朝以后各代都设明堂，唐朝建国之初一直没建造明堂，唐高祖、太宗时，相关祭祀一直在圆丘举行。高宗在永徽二年（651），下诏筹建明堂，但对于明堂的规制，众说纷纭，直至高宗驾崩也未能开建，武后临朝，没有听取儒生的意见，而独与北门学士议其规制，确定了明堂的方案。

垂拱四年(688)春,拆毁洛阳的乾元殿,在其原址建明堂。十二月明堂建成。号万象神宫。证圣元年(695)正月,为火所焚,武后又令重建,天册万岁二年(696)新明堂建成,号为通天宫。并铸九鼎,移于通天宫。开元五年(717)唐玄宗来到洛阳,将行大享之礼,认为武则天所造明堂有违典制,于是拆明堂,改建为乾元殿。开元十年(722)复改乾元殿为明堂,而不行享祀之礼。开元二十七年(739)拆毁明堂上层,改建下层,名称改回乾元殿。宝应元年(762),回纥劫掠洛阳,明堂毁于战火。开元二十三年(735)左右,李白游洛阳亲见明堂后作此《明堂赋》进献玄宗,以颂扬大唐盛世气象。李白在序中简明扼要叙述了明堂的建造过程:起于高宗,成于武后。赋的正文先追述了高祖、太宗改朝换代,建立唐朝的功业。以及高宗应天顺人,准备筹建明堂,可惜事业未竟而先逝,武后继承高宗遗愿,完成明堂建造的过程。接下来叙述了明堂的建造过程,包括对明堂图纸、吉日择选、华丽程度、佣工资金、取材用料等方面进行了详细描述。并描写了明堂的壮丽和恢弘。用到的诸如"突兀""巃嵸""岝崿""岳立""穹崇"等词都是着力描写明堂的高大。再叙述明堂上参天文,下依地理的形势,显示出明堂处于形胜之地。又二段进一步描写了明堂的壮观"势拔五岳,形张四维"以及明堂的规制"采殷制,酌夏步。""近则万木森下,千宫对出"这段描画了明堂的整体气象:光华灿烂,富丽堂皇。接着花费大量篇幅细致叙述了明堂布局和结构,还有各部分的功能,以及明堂门窗、壁画等装饰。然后描述了天子在明堂执行政教的情况。先描写了庄重的祭祀过程,再描写太平盛世下君臣在此欢宴的场景。接着颂扬天子勤政爱民,使百姓安居,天下人如"群云从龙,众水奔海"一般拥戴皇朝，这就是天子登明堂而施教化的结果。这也是全赋的主题，借明堂之赋而歌大唐盛世。诗人还将明堂与历史上有名的建筑：阿房宫、丛台、姑苏台以及章华台进行了对比，言明这些楼台均为奢华享乐而建，并不是为了祭祀天地列祖，宣扬教化，所以都不足与明堂相提并论。最后，诗人以离骚体诗作为结尾，概括了明堂的壮观和作用。

　　昔在天皇①，告成岱宗，改元乾封②，经始明堂，年纪总章③。时缔构之未辑，痛威灵之遐迈④。天后继作，中宗成之。因兆人之子来⑤，崇万祀之丕业⑥。盖天皇先天，中宗奉天⑦。累圣纂就⑧，鸿勋克宣⑨。臣白美颂，恭惟述焉⑩。

【注释】①天皇：指唐高宗李治。《旧唐书·高宗纪下》："咸亨五年秋八月，皇帝称天皇，皇后称天后。改咸亨五年为上元元年。"

　　②"告成"二句：指唐高宗至泰山封禅，改年号为乾封一事。《旧唐书·高宗纪上》："麟德三年春正月戊辰朔，（高宗）车驾至泰山顿。是日，亲祀昊天上帝于封祀坛，以高祖、太宗配享。己巳，帝升山行封禅之礼。庚午，禅于社首，祭皇地祇，以太穆太皇太后、文德皇太后配享。壬申，御朝觐坛受朝贺，改麟德三年为乾封元年。"告成：上报所完成的功业。《诗·大雅·江汉》："经营四方，告成于王。"孔颖达疏："告其成功于宣王也。"岱宗：指泰山。泰山旧谓居五岳之首，为诸山所宗，故称。《五经通义》云："一曰岱宗。言王者受命易姓，报功告成，必于岱宗也。岱者，代也，东方万物始交代之处。宗，长也，言为群岳之长。"

　　③"经始"二句：指唐高宗准备建明堂，改年号为总章一事。《旧唐

书·高宗纪下》："乾封三年二月丙寅，以明堂制度，历代不同，汉、魏以还，弥更讹舛，遂增损古今，新制其图。下诏大赦，改元为总章元年。"经始：开始营建，泛指开创事业。年纪：改纪年为。

④"时缔构"二句：谓建造明堂之事未成，而高宗驾崩之事。缔构：犹缔造。建造开创。辑：整合，完成。威灵：神灵，这里代指唐高宗。遐迈：远行，对帝王去世的讳称。

⑤兆人：兆民，唐朝避太宗李世民的讳，称"民"为"人"。古称天子之民为兆民，诸侯之民为万民。后泛指百姓。子来：谓民心归附，如子女趋事父母，不召自来，竭诚效忠。《诗·大雅·灵台》："经始勿亟，庶民子来。"朱熹注："文王心恐烦民，戒令勿亟，而民心乐之，如子趣父事，不召自来也。"

⑥万祀：犹指万年。丕业：大业。司马相如《封禅文》："天下之壮观，王者之丕业。"颜师古注："丕，大也。"

⑦"盖天皇"二句：天皇：指唐高宗。先天：谓先于天时而行事，有先见之明。中宗：指唐中宗李显。奉天：奉行天命。《易·乾》："先天而天弗违，后天而奉天时。"孔颖达疏："先天而天勿违者，若在天时之先行事，天乃在后不违，是天合大人也。后天而奉天时者，若在天时之后行事，能奉顺上天，是大人合天也。"

⑧累圣：指高宗、武后至中宗。纂就：谓继承前人之事业而成就之。

⑨鸿勋：伟大的功勋；宏大的事业。克：能够。宣：宣扬。

⑩恭惟：也作"恭维"，即恭敬。对上的谦词。一般用于行文之始。惟，文言助词，无实际意思。

【译文】昔日高宗，封禅泰山，改元乾封，而后筹建明堂，年号改为总章。营造之事未竟，痛惜高宗先逝。武后为继，中宗达成。率不招而来之百姓，成万世不朽之伟业。概略言之，高宗先天时而行，中宗奉天时而成。累代圣君，相以为继；成就宏业，宣扬四方。臣李白作美颂，恭敬记述此事。

其辞曰：

伊皇唐之革天创元也[1]，我高祖乃仗大顺[2]，赫然雷发以首之[3]。于是横八荒，漂九阳[4]，扫叛换[5]，开混茫[6]。景星耀而太阶平[7]，虹蜺灭而日月张[8]。

【注释】①伊：句首助词。皇：对先代的敬称。革天创元：王琦注："革天，谓改革天命。创元，谓创造基业之始。"

②大顺：谓顺乎伦常天道。

③赫然：奋发貌。雷发：如雷电般迅猛。

④九阳：古代传说的日出处，这里指天地边沿，极远之处。《楚辞·远游》："夕晞余身兮九阳。"王逸注："九阳，谓天地之涯也。"

⑤叛换：亦作"叛涣""畔换"，指凶暴跋扈。《汉书·叙传下》："项氏畔换，黜我巴汉。"颜师古注："畔换，强恣之貌，犹言跋扈也。"

⑥混茫：混沌蒙昧。指隋朝末年混乱状态。

⑦景星：大星；德星；瑞星。古谓现于有道之国。《史记·天官书》："天精而见景星。景星者，德星也。其状无常，常出于有道之国。"孟康注："精，明也，有赤方气与青方气相连，赤方中有两黄星，青方中有一黄星，凡三星合为景星。"《宋书·符瑞志下》："景星，大星也，状如半月，生于晦朔，助月为明。"《太平御览》引孙氏《瑞应

图》曰："景星者，星之精也，先后月出于西方。王者不私人以官，使贤者在位，则见，佐月为明。"太阶：即泰阶，古星座名。即三台。上台、中台、下台共六星，两两并排而斜上，如阶梯，故名。《汉书·东方朔传》："愿陈泰阶六符，以观天变。"孟康注："泰阶，三台也。每台二星，凡六星。"应劭注："《黄帝泰阶六符经》曰：'泰阶者，天之三阶也。上阶为天子，中阶为诸侯、公卿、大夫，下阶为士、庶人。上阶上星为男主，下星为女主。中阶上星为诸侯、三公，下星为卿、大夫。下阶上星为元士，下星为庶人。三阶平则阴阳和，风雨时，社稷神祇咸获其宜，天下大安，是为太平。'"

⑧虹蜺：古时以虹蜺为二气不正之交，象征淫奔、作乱。《晋书·天文志》："虹霓，日旁气也，斗之乱精，主惑心，主内淫，主臣谋君，天子诎，后妃专，妻不一。"

【译文】其辞曰：

圣唐改天立命创立新朝，我高祖皇帝顺应天意，奋然勃发首开基业。于是纵横八荒，远漂九阳，扫除逆贼，开裂混沌。景星闪耀而圣主当世，泰阶星平而天下安康；虹蜺泯灭而寇乱消除，日月显耀而盛世降临。

钦若太宗①，继明重光②。廓区宇以立极③，缀苍昊之颓纲④。淳风沕穆⑤，鸿恩滂洋⑥。武义烜赫于有截⑦，仁声驭駞乎无疆⑧。

【注释】①钦：敬。若：顺。

②继明：持续不断的光明。借指皇帝即位。重光：比喻累世盛德，辉光相承。《书·顾命》："昔君文王、武王，宣重光。"孔传："言昔先

君文武，布其重光累圣之德。"蔡沈注："武犹文，谓之重光，犹舜如尧，谓之重华也。"

③区宇：境域，天下。立极：树立最高准则。

④苍昊：苍天。颓纲：颓坏的纲纪。

⑤沕（wù）穆：深微貌。

⑥滂洋：众多而广大。

⑦武义：亦作"武谊"。武事。炟赫：昭著，显赫。有截：齐一貌；整齐貌。《诗·商颂》："海外有截。"郑笺曰："截，整齐也。"后人割取《诗》句"有截"二字代称九州，天下。

⑧馺（sà）騠（tà）：马疾走。泛指疾行。比喻迅速传播。无疆：没有穷尽。

【译文】恭顺太宗，继登帝位，承传圣德。廓清寰宇立千秋法则，缀补苍天之颓坏纲纪。百姓淳风深厚，天子鸿恩广大。太宗武功显赫于天下，仁义之声远播于四海。

若乃高宗绍兴①，祐统锡羡②。神休旁臻③，瑞物咸荐④。元符剖兮地珍见⑤，既应天以顺人⑥，遂登封而降禅⑦。将欲考有洛⑧，崇明堂，惟厥功之未辑兮⑨，乘白云于帝乡⑩。天后勤劳辅政兮，中宗以钦明克昌⑪。遵先轨以继作兮⑫，扬列圣之耿光⑬。

【注释】①若乃：至于。用于句子开头，表示另起一事。绍兴：承继而振兴。

②锡羡：谓神明多多赐福。《甘泉赋》："恤胤锡羡。"应劭注："锡，与也。羡，饶也。言神明饶与福祥也。"

③神休：神明赐予的福祥。《甘泉赋》："拥神休，尊明号。"晋灼注："休，美也。言见护以休美之祥也。"旁：广博，普遍。臻：到达。

④瑞物：象征吉祥之物，如凤凰、麒麟、嘉禾、甘露等。荐：进献。

⑤元符：大的祥瑞，重大的符应，符应指上天显示的与人事相应的征兆。扬雄《长杨赋》："方将俟元符。"李善注："元符，大瑞也。"

⑥应天以顺人：顺应天命，合乎人心。《易·革》："汤武革命，顺乎天而应乎人，革之时大矣哉。"后王朝或帝王更迭，常自称应天命、顺人心而习用此语。

⑦登封而降禅：张衡《东京赋》："登封降禅，则齐德乎黄轩。"薛综注："登，谓上太山封土；降，谓下禅梁父也。"

⑧有洛：指洛阳。有，助词，无实意。

⑨辑：聚集，完成。

⑩帝乡：天宫，仙乡。此句谓高宗仙逝。此处用《庄子·天地》"千岁厌世，去而上仙，乘彼白云，至于帝乡"之意。

⑪钦明：敬肃明察。《书·尧典》："钦明文思。"孔安国传："钦，敬也。"郑玄云："敬事节用谓之钦，照临四方谓之明。"后遂以"钦明"为对君主的颂词。克昌：子孙昌盛。《诗·周颂·雝》："克昌厥后。"郑玄笺："能昌大其子孙。"后因称子孙昌大为"克昌"。

⑫先轨：先王的法度。

⑬耿光：光明；光辉；光荣。

【译文】随后高宗继兴，神佑赐福。吉祥纷来，瑞物广进。天降吉兆而地现珍瑞，乃顺应天命而合乎民心，遂登封泰山而下禅梁父。将要稽考洛都，造明堂，惜功业之未竟，乘白云游仙乡。武后勤于国事而辅佐朝政，中宗恭敬明察而社稷昌盛。武后遵先帝遗愿继造明堂，中宗扬列祖光辉守护圣迹。

　　则使轩辕草图①，羲和练日②。经之营之，不彩不质。因子来于四方，岂殚税于万室③。乃准水臬④，攒云梁⑤，罄玉石于陇坂⑥，空瑰材于潇湘⑦。巧夺神鬼，高穷昊苍⑧。听天语之察察⑨，拟帝居之锵锵⑩。虽暂劳而永固兮，始圣谟于我皇⑪。

【注释】①轩辕草图：指黄帝时期的明堂图。《汉书·郊祀下》："上欲治明堂奉高旁，未晓其制。济南人公玉带上黄帝时《明堂图》。"

　　②羲和：羲氏与和氏的并称。传说尧曾命羲仲、羲叔、和仲、和叔两对兄弟分驻四方，以观天象，并制历法。后以羲和代指掌管历法天文的官员。《书·尧典》："乃命羲和，钦若昊天，历象日月星辰，敬授人时。"孔传："重黎之后，羲氏、和氏世掌天地四时之官。"练日：拣选日子。《汉书·礼乐志·郊祀歌》："练时日，候有望。"颜师古注："练，选也。"

　　③"经之"四句：语出《诗·大雅·灵台》："经始灵台，经之营之。庶民攻之，不日成之。经始勿亟，庶民子来。"朱熹注："文王之台，方其经度营表之际，而庶民已来作之，所以不终日而成也。虽文王心恐烦民，戒令勿亟，而民心乐之，如子趣父事，不召自来也。"殚税：竭尽赋税。

　　④水臬：古代测定水平面的器具。臬，古代测日影的标杆。《周礼·冬官·考工记》："匠人建国，水地以县，置槷以县（悬），眡其景（影），为规识日出之景与日入之景。"郑玄注："于四角立植而县（悬）以水，望其高下。高下既定，乃为位而平地。槷，古文臬假借字。于所平之地中央，树八尺之臬，以悬正之。视之以其景，将以正四方也。"

　　⑤攒：攒集。云梁：入云的柱梁。

⑥罄：尽。陇坂：陇山。在今陕西西部。颜师古《汉书注》："陇坻谓陇坂，即今之陇山也。"

⑦瑰材：珍奇的栋梁材。瑰，美好。潇湘：潇水和湘水的合称，多借指今湖南地区。

⑧昊苍：苍天。

⑨察察：明辨；清楚。《老子》："众人察察，我独闷闷。"

⑩帝居：天帝所居之处。锵锵：也作"将将"，高大整饬貌。《诗·大雅·绵》："乃立应门，应门将将。"毛传："将将，严正也。"枚乘《七发》："莘莘将将。"李善注："将将，高貌。"

⑪圣谟：语出《书·伊训》："圣谟洋洋，嘉言孔彰。"本谓圣人治天下的宏图大略。后亦为称颂帝王谋略之词。也指圣训，圣旨。谟，计谋，策略。

【译文】遂依据轩辕明堂草图，由羲和之官拣选吉日。筹划之，营造之，不过奢，不过简。百姓自愿从四方而来，岂会竭尽赋税于万家。于是平水准，立柱梁，倾尽陇山玉石，伐空潇湘良材。明堂之成，巧夺天工，高耸青天。可听天人之窃窃私语，可比天帝之巍巍仙宫。虽暂受辛劳而明堂永固，传圣主明训自我皇而始。

观夫明堂之宏壮也，则突兀曈昽①，乍明乍蒙，大古元气之结空②。巃嵸颓沓③，若嵬若巀④，似天阃地门之开阖⑤。尔乃划峤巘以岳立⑥，郁穹崇而鸿纷⑦。冠百王而垂勋，烛万象而腾文⑧。窣惚恍以洞启⑨，呼嵌岩而傍分⑩。又比乎昆山之天柱⑪，矗九霄而垂云⑫。

【注释】①突兀：高耸。瞳昽：原指太阳初出由暗而明的光景。《说文·日部》："瞳昽，日欲明也。"这里指蒙胧，不明貌。

②元气：指天地未分前的混沌之气。《汉书·律历志上》："太极元气，函三为一。"颜师古注引孟康曰："元气始起于子，未分之时，天地人混合为一。"结空：结成于空中。

③龍（lóng）嵸（zǒng）：山势高峻貌。司马相如《上林赋》："于是乎崇山矗矗，龍嵸崔巍。"郭璞注："龍嵸、崔巍，皆高峻貌。"頹沓：堆叠复沓。頹，通"堆"。

④嵬：崔嵬，高大貌。嶪（yè）：岌嶪，高峻。

⑤天阃（kǔn）：犹言天门。阃，门槛，门限。

⑥岞（zuò）嶻：山石高峻的样子。岳立：耸立，屹立，高貌。

⑦穹崇：高貌。司马相如《长门赋》："正殿块以造天兮，郁并起而穹崇。"李善注："郁，壮大也。穹崇，高貌。"鸿纷：宏伟多彩。王延寿《鲁灵光殿赋》："羌瑰谲而鸿纷。"刘良注："鸿，大也。纷，多也。言奇异之状大而多也。"

⑧烛：洞悉。万象：宇宙间一切事物或景象。腾文：呈现文采。

⑨窙（xiāo）：气上蒸。开阔的样子。洞启：敞开。垂勋：垂留功勋。

⑩嵌岩：山崖险峻貌。《甘泉赋》："嵌岩岩其龙鳞。"《韵会》："嵌岩，山险貌。"

⑪昆山：昆仑山。《神异经·中荒经》："昆仑之山，有铜柱焉，其高入天，所谓天柱也。围三千里，圆如削。"

⑫九霄：谓天之极高处，道家谓仙人居处。王琦注："按道书，九霄之名，谓赤霄、碧霄、青霄、绛霄、黅霄、紫霄、练霄、玄霄、缙霄也。一说，以神霄、青霄、碧霄、丹霄、景霄、玉霄、琅霄、紫霄、大霄为九

霄。"垂云：低垂的云霭。比喻明堂高耸，超出云霭。

【译文】观明堂之宏大壮丽，则突兀而朦胧，乍明乍暗，似太古元气当空凝结而成。危楼入云而飞檐堆叠，崔嵬而高耸，好似天门地户之开启。如险峰之峭立，似穹宇之磅礴。超越百王而垂留功勋，洞察万象而铸造鼎纹。宽阔深邃而豁然洞开，就如险崖旁分两侧。又好似昆仑山之天柱，直上九霄而云霭环绕。

于是结构乎黄道①，岧峣乎紫微②。络勾陈以缭垣③，辟阊阖而启扉④。峥嵘嶒嶷，粲宇宙兮光辉；崔嵬赫奕，张天地之神威⑤。夫其背泓黄河⑥，垠濑清洛⑦。太行却立⑧，通谷前廓⑨。远则标熊耳以作揭⑩，豁龙门以开关⑪。点翠彩于洪荒⑫，洞清阴乎群山。及乎烟云卷舒，忽出乍没⑬。岌嵩喷伊⑭，倚日薄月。雷霆之所鼓荡，星斗之所伾扢⑮。挈金龙之蟠蜿⑯，挂天珠之硨砆⑰。

【注释】①结构：连结构架，以成屋舍。谢朓《郡内高斋闲望答吕法曹》："结构何迢递。"李善注："结构，谓结连构架以成屋宇也。"黄道：地球一年绕太阳转一周，我们从地球上看太阳一年内在天空中移动一圈，太阳的移动路线就叫做黄道。它是天球上假设的一个大圆圈，即地球轨道在天球上的投影。黄道和天球赤道相交于北半球的春分点和秋分点。《晋书·天文志上》："黄道，日之所行也，半在赤道外，半在赤道内。"

②岧（tiáo）峣（yáo）：山高峻貌。紫微：即紫微垣。星官名，三垣之一。《晋书·天文志上》："紫宫垣十五星，其西蕃七，东蕃八，在北斗

北。一曰紫微,大帝之座也,天子之常居也,主命主度也。"后多指帝王宫殿。李善《昭明文选注》:"《七略》曰:王者师天体地而行,是以明堂之制,内有太室,象紫微宫,南出明堂,象太微。"

③络:联络。勾陈:即钩陈,班固《西都赋》:"周以钩陈之位。"李周翰注:"钩陈,星名,卫紫微宫。今离宫别卫以取象焉。"缭垣:围墙。张衡《西京赋》:"缭垣绵联,四百余里。"薛综注:"缭垣,犹绕了也。"张铣注:"缭,犹长也,垣,墙也。"

④阊阖:传说中的天门。后泛指宫门或京都城门。王延寿《鲁灵光殿赋》:"高门拟于阊阖。"张载注:"阊阖,天门也,王者因以为名。"启扉:开门。

⑤"峥嵘"四句:王琦注:"岋峷、峥嵘、增嶷、崔嵬,并言山之高峻,借以喻室之高峻也。"赫奕:光辉炫耀貌。

⑥泓:水深。

⑦垠:岸,边际。濑:激流。清洛:指洛水。《元和郡县志》:"洛水在洛阳县西南三里,河南县北四里。"

⑧太行:即太行山,在山西高原与河北平原交界处。由东北向西南延伸。北起拒马河谷,南至晋、豫边境黄河沿岸。却立:后退站立。

⑨通谷:谷名。在洛阳城南五十里。曹植《洛神赋》:"经通谷,陵景山。"李善注引华延之《洛阳记》曰:"城南五十里有大谷,旧名通谷。"廓:开阔。

⑩熊耳:指熊耳山。山名。在河南省宜阳县。秦岭东段支脉。郦道元《水经注》:"洛水之北有熊耳,双峦竞举,状同熊耳。在宜阳也。"揭:标志。张衡《东京赋》:"太室作镇,揭以熊耳。"薛综注:"揭,犹表也。"

⑪龙门: 山名, 又名伊阙、阙塞。在今河南洛阳市南。《归田录》: "西京龙门山夹伊水上, 自端门望之如双阙, 故谓之阙塞。"《一统志》: "阙塞山, 在河南府城西南三十里, 一名伊阙, 亦名阙口。大禹疏龙门, 伊水出其间。汉服虔谓南山伊阙是也, 俗名龙门山。"

⑫洪荒: 大荒。荒漠的旷野。

⑬乍没: 忽然消失。

⑭岌嵩: 高耸的嵩山, 岌, 高耸。喷伊: 飞溅的伊水。伊水:《元和郡县志》: "伊水在河南县东南十八里。"郭璞《山海经注》: "伊水出上洛卢氏县熊耳山东北, 至河南洛阳县入洛。"

⑮伾(pī)抇(gǔ): 摩拭。

⑯挐(rú)金龙:《隋唐嘉话》: "今明堂始微于西南倾, 工人以木于中荐之。武后不欲人见, 因加为九龙盘纠之状。其圆盖上本施一金凤, 至是改凤为珠, 群龙捧之。"挐: 牵引。蟠蜿: 龙蛇盘曲貌。

⑰硉(lù)矹(wù): 突出转动貌。

【译文】于是构建明堂参照黄道之象, 正堂高耸效仿紫微三垣。以长廊连络宫室, 开门户畅通四方。高耸挺拔, 映照宇宙之光辉; 巍峨显赫, 尽显天地之神威。明堂背靠深泓黄河, 依傍洛水之滨。太行屹立其后, 通谷开阔在前。远则有熊耳山为高标, 开龙门山为城关。点缀洛川大荒, 刺破群山清影。等到烟云舒卷, 明堂乍隐乍现。嵩山耸立而伊水飞溅, 上倚白日而远薄明月。雷霆鼓荡四周, 星斗摩拭于顶。雕蜿蜒之金龙, 挂突兀之天珠。

势拔五岳, 形张四维①。轧地轴以盘根②, 摩天倪而创规③。楼台崛岉以奔附④, 城阙嶜岑而蔽亏⑤。珍树翠草, 含华扬蕤⑥。目瑶井之荧荧⑦，拖玉绳之离离⑧。掇华盖以傥㳽⑨，仰太微之参差⑩。

【注释】①四维：指东南、东北、西南和西北四角。《淮南子·天文训》："东北为报德之维，西南为背阳之维，东南为常羊之维，西北为蹄通之维。"高诱注："四角为维也。"《初学记》引《纂要》曰："东西南北曰四方，四方之隅曰四维。"

②轧：碾压。地轴：古代传说中大地的轴。《初学记》引《河图括地象》曰："昆仑者，地之中也。地下有八柱，柱广十万里，有三千六百轴，互相牵制，名山大川，孔穴相通。"

③天倪：天际，自然之道。语出《庄子·齐物论》："何谓和之以天倪？"郭象注："天倪者，自然之分也。"

④崛岉（wù）：高耸貌。王延寿《鲁灵光殿赋》："隆崛岉乎青云。"张载注："崛岉乎青云，言此物上逮青云。"

⑤崟（yín）岑：高耸。蔽亏：谓因遮蔽而半隐半现。这里指楼高遮蔽日月。

⑥含华：含苞未放。华同"花"。扬蕤：开花。蕤，繁花盛开下垂的样子。

⑦瑶井：星座名，即玉井，由四星组成，在参宿西左足下。《晋书·天文志上》："玉井四星，在参左足下，主水浆以给厨。"荧荧：光闪烁的样子。

⑧玉绳：星名，《太平御览》引《春秋元命苞》曰："玉衡北两星为玉绳。"玉衡为北斗七星的第五星。离离：明亮貌，光鲜貌。

⑨掇（zhì）：到，直达。华盖：古星名，属紫微垣，共十六星，在五帝座上，今属仙后座。《晋书·天文志上》："大帝上九星曰华盖，所以覆

蔽大帝之坐也。盖下九星曰杠,盖之柄也。华盖下五星曰五帝内坐,设叙顺帝所居也。"甘氏《星经》:"华盖十六星,在五帝座上。正,吉,帝道昌。星邪、倾,大凶。"傥漭:广大貌。

⑩太微:古代星官名。三垣之一。位于北斗之南,轸、翼之北,大角之西,轩辕之东。诸星以五帝座为中心,作屏藩状。《晋书·天文志上》:"太微,天子庭也,五帝之座,十二诸侯之府也。"

【译文】气势超越五岳,形体扩张四隅。压地轴以盘结根基,接天际而规模空前,楼台耸立似群山奔来,城阙巍巍可遮蔽日月。琼树碧草,蓓蕾垂花。目见荧荧瑶井,遥拖闪闪玉绳。上擎广袤之华盖,仰观参差之太微。

拥以禁扃①,横以武库②。献房心以开凿③,瞻少阳而举措④。采殷制,酌夏步。杂以代室重屋之名⑤,括以辰次火木之数⑥。壮不及奢,丽不及素。层檐屹其霞矫⑦,广厦郁以云布⑧。掩日道⑨,遏风路。阳乌转影而翻飞⑩,大鹏横霄而侧度。

【注释】①禁扃:宫廷门户。扃,从外面关门的闩、钩等。《周礼·考工记·匠人》:"(明堂)庙门容大扃七个,闱门容小扃三个。"

②武库:军械库,贮存武器和军事装备的地方,后泛指藏器物的仓库。张衡《西京赋》:"武库禁兵。"薛综注:"武库,天子主兵器之宫也。"

③房心:指房宿和心宿,象征明堂。《史记索隐》引《春秋说题辞》云:"房、心为明堂,天王布政之宫。"《晋书·天文志》:"房四星为明堂,天子布政之宫也。心三星,天王正位也。中星曰明堂,天子位。"

④少阳：《易经》有少阳、老阳、少阴、老阴四种爻象，代表春夏秋冬，如春为少阳，夏为老阳，秋为少阴，冬为老阴。少阳代表东方，老阳代表南方，少阴代表西方，老阴代表北方。王延寿《鲁灵光殿赋》："承明堂于少阳。"李善注："言承汉明堂，而在少阳之位。"这里指明堂建于洛阳，位于长安东方。

⑤代室：即世室，夏朝对明堂的称呼。唐朝避太宗李世民讳。重屋：殷商对明堂的称呼。蔡邕《明堂论》："明堂者，天子太庙，所以宗祀其祖，以配上帝者也。夏氏曰世室，殷人曰重屋，周人曰明堂。"《周礼·考工记·匠人》："夏后氏世室，堂修二七，广四修一，五室，三四步，四三尺，九阶。四旁两夹窗，白盛。门堂三之二，室三之一。"郑玄注："世室者，宗庙也。夏度以步，令堂修十四步，其广益以四分修之一，则堂广十七步半。堂上为五室，象五行也。三四步，室方也。四三尺，以益广也。木室于东北，火室于东南，金室于西南，水室于西北，其方皆三步，其广益之以三尺。土室于中央，方四步，其广益之以四尺。此五室居堂，南北六丈，东西七丈。九阶（南面三，三面各二）。窗助户为明，每室四户，八窗。白盛（蜃灰也。盛之言成也。以蜃灰垩墙，所以饰成宫室）。门堂，门侧之堂，取数于正堂。今堂如上制，则门堂南北九步二尺，东西十一步四尺。室三之一（两室与门，各居一分）。《周礼·考工记·匠人》："殷人重屋，堂修七寻，堂崇三尺，四阿重屋。"郑玄注："重屋者，王宫正堂，若大寝也。其修七寻，五丈六尺，放夏、周则其广九寻，七丈二尺也。五室各二寻。崇，高也。四阿，若今四注屋；重屋，复笮也。"《周礼·考工记·匠人》："周人明堂，度九尺之筵，东西九筵，南北七筵，堂崇一筵，五室，凡室二筵。"郑玄注："明堂者，明政教之堂。周度以筵，亦王者相改，周堂高九尺，殷三尺，则夏一尺矣。相参之数，禹卑宫室，

谓此一尺之堂,与此三者,或举宗庙,或举王寝,或举明堂,互言之以明其同制。"这句谓综合考察代室重屋的名称由来和样式。

⑥辰次火木之数:谓明堂建造符合距离城邑三里之外,七里之内的制度。《春秋合诚图》:"明堂在辰巳者,言在木火之际。辰,木也。巳,火也。木生数三,火成数七,故在三里之外,七里之内。"

⑦矫:昂起。

⑧广厦:大屋。郁:繁多。

⑨日道:古人谓太阳运行之路。王充《论衡·说日》:"夏时日在东井,冬时日在牵牛。牵牛去极远,故日道短;东井近极,故日道长。"《汉书·天文志》:"日有中道,中道者,黄道,一曰光道。北至东井,去北极近。南至牵牛,去北极远。东至角,西至娄,去极中。"

⑩阳乌:神话传说中在太阳里的三足乌。张协《七命》:"阳乌为之顿羽。"李善注引《春秋元命苞》曰:"阳成于三,故日中有三足乌。乌者,阳精。"张铣注:"阳乌,日中乌也。"

【译文】外设禁门,内拥武库。取象房心二宿以开凿明堂,观瞻少阳之位来确定方向。考察殷制,斟酌夏礼。杂糅代室重屋之名实,总括辰巳火木之定数。壮观而不奢华,富丽而不素淡。楼檐飞甍迎朝霞而矫首,广厦林立如浓云之密布。掩蔽日道,遏转风路。三足乌无奈转身回飞,大鹏乌只得横空侧过。

近则万木森下,千宫对出。熠乎光碧之堂,炅乎琼华之室①。锦烂霞驳,星错波沏②。飒萧寥以飕飗③,窅阴郁以栉密④。含佳气之青葱⑤,吐祥烟之郁律⑥。

【注释】①"熠乎"二句：形容明堂光亮。《海内十洲记》："有墉城，金台玉楼相鲜，如流精之阙，光碧之堂，琼华之室。"二句用此意。熠：光耀，鲜明。炅：光亮。

②"锦烂"二句：王琦注："锦烂霞驳者，言其鲜丽如锦彩之焕烂，云霞之斑驳也。星错波沩者，言其布列如天星之错落，水波之叠起也。"霞驳：王延寿《鲁灵光殿赋》："霞驳云蔚。"吕延济注："言有光明如霞之斑驳。"波沩：木华《海赋》："激势相沩。"刘良注："沩，浪相拂也。"

③萧寥：寂静清冷。飕飗：风声。

④窅（yǎo）：深远。阴郁：犹阴暗。栉密：形容密集排列犹如梳齿。栉：梳子和篦子的总称。

⑤"含佳气"句：用汉光武帝刘秀故事。《后汉书·光武帝纪》记载，东汉光武帝刘秀，南阳人，起兵舂陵，王莽曾派一位懂得望气的人苏伯阿到南阳郡，他远远望见舂陵有异样的气象，感叹说："气佳哉！郁郁葱葱然。"言舂陵有王者之气。

⑥祥烟：祥瑞的烟气。郁律：烟雾蒸腾貌。

【译文】近处万木森森，千宫矗立。光耀之堂熠熠生辉，琼楼之室炅炅夺目。宫殿华丽如锦绣之灿烂，云霞之斑驳；楼台罗列似星辰之错落，水波之拥叠。寂寥的宫中清风飒飒，幽深的殿堂鳞次栉比。包含郁郁之佳气，喷吐缭绕之祥烟。

九室窈窕①，五闱联绵②。飞楹磊砢③，走栱夤缘④。云楣立岌以横绮⑤，彩桷攒栾而仰天⑥。皓壁昼朗⑦，朱甍晴鲜⑧。赩栏各落⑨，偃蹇霄汉⑩。翠楣回合，蝉联汗漫⑪。杳苍穹之绝垠⑫，跨皇居之太半^⑬。远而望之，赫煌煌以辉辉，忽天旋而云昏；迫而察之，粲炳焕以照烂，倏山訛而崣换^⑭。蔑蓬壶之海楼^⑮，吞岱宗之日观^⑯。

【注释】①九室：《大戴礼记·明堂》："明堂者，古有之也。凡九室，一室而有四户八牖。"《考工记》云："明堂五室。称九室者，取象阳数也。五室者，象五行也。"窈窕：深远。

②闱：宫中小门。联绵：同"连绵"。

③楹：柱子。磊砢：众多委积貌。王延寿《鲁灵光殿赋》："万楹丛倚，磊砢相扶。"李善注："磊砢，壮大貌。"李周翰注："磊砢，参差不齐貌。"

④栱：立柱和横梁之间成弓形的承重结构。其与方形木块纵横交错层叠构成科栱，逐层向外挑出形成上大下小的托座，兼有装饰效果，为中国传统建筑造型的主要特征之一。夤（yín）缘：连络，绵延。

⑤云楣：画有云纹的横梁。立岌：山耸立的样子。

⑥彩桷（jué）：彩绘的方形椽子。栾：柱上的曲木，两端以承斗拱。

⑦皓壁：白色墙壁。

⑧朱甍（méng）：红色屋脊。

⑨赪（chēng）：赤色。各落：高耸。

⑩偃蹇：高耸。

⑪蝉联：连绵不绝。左思《吴都赋》："蝉联丘陵。"刘逵注："蝉联，不绝貌。"汗漫：广大，漫无边际。

⑫绝垠：极远的地方。张华《鹪鹩赋》："或托绝垠之外。"李善注："绝垠，天边之地也。"

⑬皇居：皇宫。太半：大半。

⑭"远而"六句：仿效何晏《景福殿赋》："远而望之，若摘朱霞而曜天文；迫而察之，若仰崇山而戴垂云。"赫：明显，显著，盛大。煌煌：明亮辉耀貌。辉辉：明亮貌。炳焕：鲜明华丽。山讹：山陵迁移。晷换：日影转换。

⑮蓬壶：指海外仙山蓬莱、方壶。

⑯岱宗：指泰山。日观：指泰山日观峰，是观日出的地方。

【译文】九室幽深，五门连绵。楹柱层叠，斗拱飞翘。画梁巍巍而纵横，彩椽攒集而上扬。昼间白壁分外醒目，晴空朱顶格外光鲜。赤色栏杆高耸，直入云霄。翠绿廊柱蜿蜒，连绵无边。远伸苍穹之边际，跨越皇宫之大半。从远而望，辉煌耀眼，忽感天旋云暗；迫近而看，灿烂华丽，就如山移日转。势压蓬莱方壶之琼楼，气吞泰山日观之险峰。

　　猛虎失道①，潜虬蟠梯②。经通天而直上③，俯长河而下低。玉女攀星于网户④，金娥纳月于璇题⑤。藻井彩错以舒莲⑥，天窗弸翼而衔霓⑦。扶标川而囷足，拟跟絓而罢跻⑧。要离欻曜而外丧⑨，精视冰背而中迷。

【注释】①"猛虎"句：王琦注："'失'字当是'夹'字之讹。猛虎夹道，谓刻为猛虎以夹立道上。"

②潜虬蟠梯：王琦注："谓镂作虬龙以蟠绕梯侧也。"

③"经通天"二句：经，应为"径"。蔡邕《明堂月令论》："通天屋径九丈，阴阳九六之变也。高八十一尺，黄钟九九之实也。二十八柱列于四方，亦七宿之象也。"

④玉女：指仙女。《太平广记》引《集仙录》："明星玉女者，居

华山,服玉浆,白日升天。"网户:雕刻有网状花纹的门窗。《楚辞·招魂》:"网户朱缀。"王逸注:"网户,绮文镂也。"

⑤金娥:指神话传说月中女神嫦娥。璇题:玉饰的椽头。鲍照《代君子有所思》:"璇题纳行月。"吕向注:"璇,玉也。题,椽头也。"

⑥藻井:中国古建筑中的一种装饰性木结构顶棚。多建造在宫殿宝座或寺庙佛坛上方。自天花平顶向上凹进,似穹隆状。图形有方形、圆形、八角形,或将这几种图形叠加成更复杂的空间构图,上有各种花纹、雕刻和彩画。《海录碎事》:"藻井,屋栋之间为井形而加水藻之饰,所以厌火灾也。"彩错:谓色彩交错。

⑦天窗:高窗。赩:红。

⑧跟絓:即跟挂。倒挂身体的杂技表演。跟,脚跟。跻:登,升。

⑨要离:春秋末吴国刺客。相传吴王阖闾派专诸刺杀王僚后,又派要离谋刺出奔在卫的王子庆忌。要离请吴王断其右手,杀其妻子,诈称得罪出逃。及至卫国,见庆忌,庆忌喜,与之谋。当同舟渡江时,庆忌被他刺中要害。庆忌释令归吴,他行至江陵,也伏剑自杀。事见《吕氏春秋·忠廉》。欻:忽然。矐:失明。

【译文】刻猛虎夹立道边,镂虬龙盘绕扶梯。通天屋径直而上,俯视地上的长河。玉女星遥挂绮文之窗,嫦娥月低悬玉椽之端。彩色的藻井绘以莲花,红色的高窗上干虹霓。扶着危楼而上险些失足,身体几乎倒挂只得放弃。要离之勇也会目眩而胆怯,眼明之人也会背冷而眩晕。

亘以复道①,接乎宫掖②。坌入西楼③,实为昆仑④。前疑后丞⑤,正仪蹑以出入⑥;九夷五狄⑦,顺方面而来奔。

其左右也，则丹陛崿崿^⑧，彤庭煌煌^⑨。列宝鼎，歊金光^⑩。流辟雍之滔滔，像环海之汤汤^⑪。辟青阳，启总章，廓明台而布玄堂。俨以太庙，处乎中央^⑫。发号施令，采时顺方^⑬。

【注释】①亘：横亘。复道：高楼间或山岩险要处架空的上下两重通道。

②宫掖：宫廷。掖：宫中旁舍，妃嫔居住的地方。

③坌（bèn）：并。

④实为昆仑：《汉书·郊祀志下》："济南人公玉带上黄帝时《明堂图》，明堂中有一殿，四面无壁，以茅盖。通水，水圜宫垣。为复道，上有楼，从西南入，名曰昆仑。天子从之入，以拜祀上帝焉。"此句指此事。

⑤前疑后丞：《尚书大传》："古者天子必有四邻，前曰疑，后曰丞，左曰辅，右曰弼。天子有问无以对，责之疑。可志而不志，责之丞。可正而不正，责之辅。可扬而不扬，责之弼。其爵视卿，其禄视次国之君。"

⑥仪躅（zhú）：轨迹，法度。《礼记·明堂位》："昔者周公朝诸侯于明堂之位，天子负斧依，南乡而立。三公，中阶之前，北面东上。诸侯之位。阼阶之东，西面北上。诸伯之国，西阶之西，东面北上。诸子之国，门东，北面东上。诸男之国，门西，北面东上。九夷之国，东门之外，西面北上。八蛮之国，南门之外，北面东上。六戎之国，西门之外，东面南上。五狄之国，北门之外，南面东上。九采之国，应门之外，北面东上。四塞，世告至。此周公明堂之位也。"正仪躅，即正此法度。

⑦九夷：《后汉书·东夷传》："夷有九种，曰畎夷、于夷、方夷、黄夷、白夷、赤夷、玄夷、风夷、阳夷。"《风俗通》云："东方人好生，万物觝触地而生，夷者，觝也。其类有九，依《东夷传》，九种，一曰玄菟，二曰乐浪，三曰高骊，四曰满饰，五曰凫臾，六曰索家，七曰东屠，八曰倭人，九曰天鄙。"五狄：《风俗通》云："父子嫂叔同穴无别，狄者，辟也，其行邪辟。"其类有五，李巡注《尔雅》云："一曰月支，二曰秽貊，三曰匈奴，四曰单于，五曰白屋。"

⑧丹墀：宫殿中红色的台阶。嶻嶭：高耸。

⑨彤庭：红色的庭院。

⑩"列宝鼎"二句：指武则天在明堂安放宝鼎一事。《旧唐书·礼仪志二》："万岁通天元年，铸铜为九州鼎，既成，置于明堂之庭，各依方位列焉。神都鼎高一丈八尺，受一千八百石。冀州鼎名武兴，雍州鼎名长安，兖州鼎名日观，青州鼎名少阳，徐州鼎名东原，扬州鼎名江都，荆州鼎名江陵，梁州鼎名成都，其八州鼎高一丈四尺，各受一千二百石。司农卿宗晋卿为九鼎使，都用铜五十六万七百一十二斤，鼎上图写本州山川物产之象，仍令工书人著作郎贾膺福等分题之，左尚方署令曹元廓图画之。鼎成，自玄武门外曳入，令宰相、诸王率南北牙宿卫兵十余万人并仗内大牛、白象共曳之。则天自为《曳鼎歌》，令相倡和。九鼎初成，欲以黄金千两涂之，纳言姚璹曰：'鼎者神器，贵于质朴，无假别为浮饰。臣观其状，先有五采辉焕错杂其间，岂待金色为之炫耀。'乃止。"歊：发出。

⑪"流辟雍"二句：《大戴礼记·明堂》："明堂外水曰辟雍。"《艺文类聚》引桓谭《新论》曰："王者作圆池如璧形，实水其中，以圜雍之，名曰辟雍。言其上承天地，以班教令，流转王道，周而复始。"《独

断》："天子曰辟雍，谓流水四面如璧，以节观者。"李善《文选注》引
《三辅黄图》曰："明堂辟雍，水四周于外，象四海也。"汤汤：水流盛
大貌。

⑫"辟青阳"五句：青阳、明堂、总章、玄堂、太庙都指明堂中的屋
室。蔡邕《明堂月令论》："明堂者，天子太庙，所以崇祀其祖，以配上
帝者也。东曰青阳，南曰明堂，西曰总章，北曰玄堂，中曰太室。圣人南
面而听天下，向明而治，故虽有五名，而主以明堂也。其正中皆曰太庙。
取其宗祀之貌则曰清庙，取其正室之貌则曰太庙，取其尊崇则曰太室，
取其向明则曰明堂，取其四门之学则曰太学，取其四面周水环如璧则曰
辟雍，异名而同事，其实一也。"

⑬"发号"二句：蔡邕《明堂月令论》："天子发号施令，祀神受职，
每月异礼，故谓之月令。所以顺阴阳，奉四时，效气物，行王政也。成法
具备，各从时月，藏之明堂，所以示承祖考神明，明不敢亵渎之义。"顺
方：《汉书·律历志上》："四方四时之体，五常五行之象。厥法有品，各
顺其方而应其行。"后因以"顺方"谓顺应规律。

【译文】横亘复道，连接宫室。并列西楼，称为昆仑。前曰疑后曰
丞，按礼制以出入；九夷国五狄人，顺四门来觐见。

其左右，则丹阶屹立，红庭耀目。列宝鼎，散金光。开凿滔滔辟
雍，取象汤汤四海。东辟青阳，西设总章，南曰明堂而北布玄堂，庄严
太庙，位于中央。天子在此发号施令，奉四时，顺天道。

其阛阓也①，三十六户，七十二牖②，度筵列位，南七西
九③。白虎列序而躨跜④，青龙承隅而蚴蟉⑤。

其深沉奥密也⑥，则赤熛掌火，招拒司金，灵威制阳，汁光摧

阴,坤斗主土,据乎其心⑦。

若乃熠爚五色⑧,张皇万殊⑨,人物禽兽,奇形异模。势若飞动,瞠眄睢盱⑩。明君暗主,忠臣烈夫。威政兴灭,表贤示愚。

【注释】①阃阈:门限;门户。

②"三十六"二句:《大戴礼记·明堂》:"明堂凡九室,一室而有四户八牖,三十六户,七十二牖。"

③"度筵"二句:筵:周朝长度单位,一筵九尺。《周礼·考工记·匠人》:"周人明堂,度九尺之筵,东西九筵,南北七筵,堂崇一筵。五室,凡室二筵。"

④"白虎"句:序:《尔雅》:"东西墙谓之序。"邢昺疏云:"此谓室前、堂上、东厢、西厢之墙也,所以序次分别内外亲疏,故谓之序也。"躨(kuí)跜(ní):盘曲蠕动貌。

⑤"青龙"句:承隅:承接于屋角。蚴(yòu)蟉(liú):蛟龙屈折行动貌。

⑥奥密:幽深。奥:室内的西南角,泛指房屋及其他深处隐蔽的地方。

⑦"则赤熛"六句:赤熛:赤熛怒的省称,古代谶纬家所谓五帝之一,南方之神,属火,司夏天。亦称"赤帝"。招拒:亦作"白招矩"。古代谶纬家所谓五帝之一,西方之神,属金,司秋天。亦称"白帝"。灵威:灵威仰的省称,古代谶纬家所谓五帝之一,东方之神,属木,司春天。亦称"青帝"。汁光:汁光纪的省称,古代谶纬家所谓五帝之一,北方之神,属水,司冬天。亦称"黑帝"。《周礼·天官·大宰》"祀五帝"唐贾公彦疏:"五帝者,东方青帝灵威仰,南方赤帝赤熛怒,中央黄帝含枢纽,西方白帝白招拒,北方黑帝汁光纪。"坤斗:当为神斗。《尚书帝命验》:

"帝者承天立五府,以尊天重象。苍曰灵府,赤曰文祖,黄曰神斗,白曰显纪,黑曰玄矩。"郑玄注:"其黄帝,含枢纽之府,名曰神斗。"

⑧熠燿:光彩,鲜明。

⑨张皇:张大;壮大。《书·康王之诰》:"张皇六师,无坏我高祖寡命。"孔传:"言当张大六师之众。"万殊:各不相同。亦指各种不同的现象、事物。

⑩瞠:直视。眄:斜视。睢盱:仰视。

【译文】门限之内,有三十六户,七十二窗,以筵度量,南北七筵,东西九筵。壁上白虎跃跃欲起,屋角青龙曲折蜿蜒。

其幽深杳远,有赤熛之神掌火位居南室,招拒之神司金位居西室,灵威占据阳位处于东室,汁光占据阴位处于北室,神斗司土,居于中心。

室中壁画五彩鲜明,包纳万象,人物禽兽,千姿百态。身姿灵动,眉目传神。明主昏君,忠臣烈士,无不具备。告诫王朝之兴灭,展示世人之贤愚。

于是王正孟月①,朝阳登曦②。天子乃施苍玉,辔苍螭,临乎青阳左个,方御瑶瑟而弹鸣丝③。展乎国容,辉乎皇仪④。傍瞻神台,顺观云之轨⑤;俯对清庙,崇配天之规⑥。钦若肸蚃⑦,维清缉熙⑧。崇牙树羽⑨,荧煌葳蕤⑩。纳六服之贡⑪,受万邦之籍。张龙旗与虹旌⑫,攒金戟与玉戚⑬。延五更⑭,进百辟⑮,奉珪瓒⑯,献琛帛⑰。颙昂俯偻⑱,俨容叠迹⑲。乃洁菹醢⑳,修粢盛㉑,奠三牺,荐五牷,享于神灵㉒。太祝正辞㉓,庶官精诚㉔。鼓《大武》之隐磷㉕,张《钧天》之铿䳈㉖。孤竹合奏,空桑和鸣㉗。尽六变㉘，齐九成㉙，群神来兮降明庭㉚，盖圣主之所以孝治天下而享祀窅冥也㉛。

【注释】①王正：王朝钦定历法的正月。特指元月元日。《春秋·隐公元年》"春，王正月"。晋杜预注："隐公之始年，周王之正月也。凡人君即位，欲其体元以居正，故不言一年一月也。"孔颖达疏："正，是时王所建，故以王字冠之，言是今王之正月也。"孟月：四季的第一个月，即农历正月、四月、七月、十月。

②登曦：太阳升起。

③"天子"四句：《淮南子·时则训》："孟春之月，天子衣青衣，乘苍龙，服苍玉，建青旗。东宫御女青色，衣青采，鼓琴瑟，朝于青阳左个，以出春令。"高诱注："马七尺以上曰龙。"王琦注："明堂中方外圜，通达四出，各有左右房，谓之个，犹隔也。东出谓之青阳，南出谓之明堂，西出谓之总章，北出谓之玄堂。是月天子朝日，告朔行令于左个之房，东向堂北头室也。"苍螭：苍龙，这里指马。青阳左个：青阳之室左边的小屋。个，通"隔"。

④"展乎"二句：国容：国家的礼制仪节。皇仪：皇室的仪容。班固《东都赋》："究皇仪而展帝容。"吕延济注："言尽帝王之容仪也。"

⑤"傍瞻"二句：神台：殷商所筑观察天文星象、妖祥灾异的建筑。夏朝称为清台，周朝称为灵台。《太平御览》引《礼统》曰："所以置灵台者何？以尊天重民，备灾御害，豫防未然也。夫王者，当承顺天地，御节阴阳也。夏所以为清台何？明明相承，太平相续，故为清台。殷为神台，周为灵台何？质者具天而王，天者称神，文者具地而王，地者称灵，是其易也。"观云：观望云气，以了解灾异。

⑥"俯对"二句：清庙：即太庙。古代帝王的宗庙。《左传·桓公二年》："是以清庙茅屋。"杜预注："清庙，肃然清静之称也。"孔颖达疏："清庙者，宗庙之大称。"配天：古帝王祭天时以先祖配祭。

⑦钦若：敬顺。肸（xī）蚃（xiǎng）：亦作"肸蠁"。比喻灵感通微。

⑧维清缉熙：《诗·周颂·维清》："维清缉熙，文王之典。"郑玄笺："缉熙，光明也。"

⑨崇牙树羽：《诗·周颂·有瞽》："设业设虡，崇牙树羽。"崇牙：悬挂编钟编磬之类乐器的木架上端所刻的锯齿。亦代指钟磬架。树羽：插置五彩羽毛作为装饰。

⑩荧煌：辉煌。葳蕤：何晏《景福殿赋》："流羽毛之葳蕤。"张铣注："葳蕤，羽毛美貌。"

⑪六服：周王畿以外的诸侯邦国曰服，其等次有六：侯服、甸服、男服、采服、卫服、蛮服。《周礼·秋官·大行人》："邦畿方千里，其外方五百里谓之侯服，岁一见，其贡祀物；又其外方五百里谓之甸服，二岁一见，其贡嫔物；又其外方五百里谓之男服，三岁一见，其贡器物；又其外方五百里谓之采服，四岁一见，其贡服物；又其外方五百里谓之卫服，五岁一见，其贡材物；又其外方五百里谓之要服，六岁一见，其贡货物。"要服即蛮服，孔颖达疏："要服，蛮服也者，《职方》云'蛮服'，要、蛮义一也。"

⑫龙旗：画有两龙蟠结的旗帜。天子仪仗之一。《诗·周颂》："龙旗阳阳。"孔颖达疏："龙旗者，旗上画为交龙。"虹旌：画有虹霓的旌旗。左思《魏都赋》："虹旌摄麾以就卷。"李周翰注："虹旌，画为虹者。"

⑬金戟：金饰的戟。玉戚：玉柄或玉饰的斧。

⑭延：延请。五更：古代乡官名。用以安置年老致仕的官员。《礼记·文王世子》："遂设三老五更，群老之席位焉。"郑玄注："三老五更，各一人也，皆年老更事致仕者也。天子以父兄养之，示天下之孝弟也。名以三五者，取象三辰五星，天所因以昭明天下者。"《通典》："大唐制，仲秋吉辰，皇帝亲养三老五更于太学，所司先奏定三师三公致仕者，用其德行及年高者一人为三老，次一人为五更。"

⑮百辟：百官诸侯。辟，指君主招来，授予官职。

⑯珪瓒：玉柄的酒器。《礼记·明堂位》："灌用玉瓒大圭。"郑玄注："瓒形如盘，容五升，以大圭为柄，是谓圭瓒。"

⑰琛帛：玉帛。《诗·鲁颂》："来献其琛。"毛传曰："琛，宝也。"

⑱颙昂：亦作"颙卬"。《诗·大雅·卷阿》："颙颙卬卬，如圭如璋。"《毛传》："颙颙，温貌。卬卬，盛貌。"郑玄笺："体貌则颙颙然敬顺，志气则卬卬然高朗。"俯偻：低头曲背。《史记·孔子世家》："一命而偻，再命而伛，三命而俯。"服虔注："偻、伛、俯，皆恭敬之貌也。"

⑲叠迹：形容众多。左思《吴都赋》："跃马叠迹，朱轮累辙。"李周翰注："叠迹累辙，言其众多也。"

⑳菹（zū）醢（hǎi）：切碎的菜肉。《礼记·祭统》："水草之菹，陆产之醢。"郑玄注："水草之菹，芹茅之属。陆产之醢，蚳蝝之虫。"

㉑粢（zī）盛：古代盛在祭器内以供祭祀的谷物。《穀梁传·桓公十四年》："天子亲耕以供粢盛。"范宁注："黍稷曰粢，在器曰盛。"

㉒"莫三牲"三句：《左传·昭公二十五年》："为六畜、五牲、三牺以奉五味。"杜预注："五牲，麋、鹿、麕、狼、兔。三牺，祭天、地、宗

庙三者谓之牺。"

㉓太祝:官名。《周礼》春官宗伯之属有太祝,掌祭祀祈祷之事。秦汉有太祝令丞,属太常卿。历代多因之。正辞:正直、严正的言辞。《左传·桓公六年》:"祝史正辞,信也。"杜预注:"正辞,不虚称君美也。"孔颖达疏:"祝官、史官正其言辞,不欺诳鬼神,是其信也。"

㉔庶官:百官。精诚:真诚。

㉕《大武》:周代的乐舞之一。《周礼·春官·大司乐》:"以乐舞教国子,舞《云门》……《大濩》《大武》。"郑玄注:"《大武》,武王乐也。武王伐纣,以除其害,言其德能成武功也。"隐辚:象声词。车马杂沓声。

㉖《钧天》:"钧天广乐"的省称。指天上的音乐。《史记·赵世家》:"赵简子疾,五日不知人,七日寤,语大夫曰:'我之帝所甚乐,与百神游于钧天,广乐九奏万舞,不类三代之乐,其声动人心。'"铿鍧:也作"铿鎗",形容声音洪亮。班固《东都赋》:"钟鼓铿鍧。"《广韵》:"铿鎗,钟鼓声相杂也。"

㉗"孤竹"二句:孤竹:古代的一种管乐器。因用孤竹制成,故名。空桑:传说中的山名。产琴瑟之材。《周礼·春官·大司乐》:"孤竹之管,空桑之琴瑟。"郑玄注:"孤竹,竹特生者,空桑,山名。"《述异记》:"东海畔有孤竹焉,斩而复生,中为管。周武王时,孤竹之国献瑞笋一株。空桑生大野山中,为琴瑟之最者,空桑也。"

㉘六变:谓乐章改变六次。古代祭百神,乐章变六次祭典始成。《周礼·春官·大司乐》:"凡六乐者,一变而致羽物及川泽之示,再变而致臝物及山林之示,三变而致鳞物及丘陵之示,四变而致毛物及坟衍之示,五变而致介物及土示,六变而致象物及天神。凡乐,圜钟为宫,

黄钟为角，大蔟为徵，姑洗为羽。雷鼓雷鼗，孤竹之管，云和之琴瑟，云门之舞，冬日至，于地上之圜丘奏之。若乐六变，则天神皆降，可得而礼矣。"郑玄注："变，犹更也，乐成则更奏也。"

㉙九成：犹九阕。乐曲终止叫成。《书·益稷》："箫韶九成，凤凰来仪。"孔颖达疏："成，谓乐曲成也。郑云，成，犹终也，每曲一终，必变更奏。故经言九成，传言九奏，《周礼》谓之九变，其实一也。"

㉚"群神"句：《子华子》："黄帝之治天下也，百神出而受职于明堂之庭。"《史记·封禅书》云："黄帝接万灵于明庭。"明庭，即明堂。

㉛"盖圣主"句：《孝经·孝治》："昔者明王之以孝治天下也。"此句用其意。窅冥：幽远。

【译文】于是在王正正月，朝阳初升。天子佩苍玉，驾龙马，来到青阳左室，鼓瑟弹琴。展示国礼，宣扬帝仪。登上神台，观瞻云气之吉凶；俯拜太庙，以先祖配祭天地。敬遵天道福瑞纷来，大唐政教既清且明。钟磬之架饰以彩羽，辉煌大气光彩华丽。接纳六服之进贡，领受万国之图籍。飘扬龙旗虹旌，攒立金戟玉斧。延请五更，进见诸侯，举珪瓒酒器，献玉帛之礼。恭敬祭拜，雍容盛大。于是陈列洁净之菜肴，奉上谷稷之祭器，祭奠天、地、宗庙，进献五牲祭品，以供神灵享用。太祝庄严祷告，百官真诚助祭。奏响辚辚《大武》之曲，演绎铿锵《钧天》之乐。孤竹之管合奏，空桑之琴共鸣。乐章六变，曲成九阕，群神降临来到明堂，这是圣主以孝治天下而神灵接受祭祀于幽冥之中降福的结果。

　　然后临辟雍①，宴群后②。阴阳为庖③，造化为宰④。餐元气⑤，洒太和⑥，千里鼓舞，百寮赓歌⑦。于斯之时，云油雨霈⑧，恩鸿溶兮泽汪濊[9]，四海归兮八荒会。哤聒乎区宇[10]，骈阗乎阙外[11]。群臣醉德[12]，揖让而退。

【注释】①辟雍：辟，通“璧”。本为西周天子所设大学，校址圆形，围以水池，前门外有便桥。东汉以后，历代皆有辟雍，为行乡饮、大射或祭祀之礼的地方。汉班固《白虎通·辟雍》：“天子立辟雍何？所以行礼乐宣德化也。辟者，璧也，象璧圆，又以法天，于雍水侧，象教化流行也。”

②群后：对诸侯的泛称，犹言“诸君”“各位诸侯”。后，君、诸侯。

③庖：厨师。

④宰：屠宰者，厨工。

⑤元气：指天地未分前的混沌之气。

⑥太和：天地间冲和之气。《易·乾》：“保合大和，乃利贞。”朱熹注：“太和，阴阳会合冲和之气也。”

⑦百寮：百官。赓歌：续接而歌。《书·益稷》：“皋陶拜手稽首扬言，乃赓为歌曰：‘元首明哉，股肱良哉，庶事康哉！’”孔传：“帝歌归美股肱，义未足，故续歌‘先君后臣，众事乃安’，以成其义。”

⑧云油雨霈：《孟子·梁惠王上》：“天油然作云，沛然下雨。”赵岐注：“油然，兴云之貌。”朱熹注：“油然，云盛貌；沛然，雨盛貌。”霈：通“沛”。

⑨鸿溶：广大。汪濊（huì）：深广。《汉书·司马相如传下》：“威武纷云，湛恩汪濊。”颜师古注：“汪濊，深广也。”

⑩哤（máng）聒：声音嘈杂。马融《长笛赋》：“哤聒其前后。”李善注：“哤聒，杂声也。”区宇：区域，天地。

⑪骈阗：聚集一起。也作"骈填""骈田"。阙：城门或宫门两旁的瞭望楼观。《古今注》："阙，观也。古每门树两观于其前，所以标表宫门也。其上可居，登之则可远观，故谓之观。人臣将朝，至此则思其所阙，故谓之阙。其上皆丹垩，其下皆画云气仙灵奇禽怪兽，以昭示四方焉。"

⑫醉德：醉酒饱德之意。《诗·大雅·既醉》："既醉以酒，既饱以德。"毛诗小序："既醉，太平也。醉酒饱德，人有士君子之行焉。"后用为酬谢主人宴饮之辞。

【译文】然后天子来到辟雍，宴请诸侯，阴阳为厨，造化为宰，餐元气，饮太和。千里起舞，百官续歌。于此时也，云起雨降，皇恩浩大而广泽天下，四海归心而八荒和谐。声势振动天地，人潮延伸宫外。群臣醉酒饱德，施礼揖让而退。

而圣主犹夕惕若厉①，惧人未安，乃目极于天，耳下于泉②。飞聪驰明，无远不察，考鬼神之奥，推阴阳之荒。下明诏，班旧章③，振穷乏④，散敖仓⑤。毁玉沉珠⑥，卑宫颓墙⑦。使山泽无间，往来相望。帝躬乎天田，后亲于郊桑⑧。弃末反本⑨，人和时康。建翠华兮葳蕤⑩，鸣玉銮之铁铁⑪。游乎升平之圃，憩乎穆清之堂⑫。天欣欣兮瑞穰穰⑬，巡陵于鹑首之野⑭，讲武于骊山之旁⑮。封岱宗兮祀后土⑯，掩栗陆而包陶唐⑰。遨游乎崆峒之上⑱，汾水之阳⑲，吸沆瀣之精英⑳，黜滋味之馨香㉑。贵理国其若梦，几华胥之故乡㉒。于是元元淡然㉓，不知所在，若群云从龙㉔，众水奔海，此真所谓我大君登明堂之政化也。

【注释】①夕惕若厉：到了夜晚还谨慎戒惧，如临危境，不敢稍懈。语出《易·乾》："君子终日乾乾，夕惕若厉，无咎。"若，如同。厉，危险。

②"乃目极"二句：语出扬雄《太玄经》："目上于天，耳下于渊。"

③"下明诏"二句：意出班固《东都赋》："申旧章，下明诏。"

④振穷乏：《礼记·月令》："天子布得行惠，命有司发仓廪，赐贫穷，振乏绝。"郑玄注："振，犹救也。"

⑤敖仓：亦称"敖庾"。秦代所建粮仓名。在今河南荥阳市西敖山上。张守节《史记正义》引《括地志》："敖仓在郑州荥阳县西十五里，县门之东，北临汴水，南带三皇山。秦时置仓于敖山上，故名敖仓。"

⑥毁玉沉珠：毁弃宝玉，沉埋宝珠，为了杜绝贪爱财物的欲望。班固《东都赋》："捐金于山，沉珠于渊。"

⑦卑宫颓墙：削低宫室，拆除宫墙，为了方便百姓通行山川而无间隔。司马相如《上林赋》："颓墙填堑，使山泽之民得至焉。"刘良注："颓，崩也，言崩去苑墙，以通山泽之利。"

⑧"帝躬"二句：皇帝亲自耕种籍田，皇后亲自采桑养蚕。何休《公羊传注》："礼，天子亲耕东田千亩，诸侯百亩，后、夫人亲西郊采桑，以供粢盛、祭服，躬行孝道以先天下。"天田：也称籍田，古代天子、诸侯所示范耕种的田。古代每逢春耕前，由天子、诸侯执耒耜在籍田上三推或一拨，称为"籍礼"，以示对农业的重视。

⑨弃末反本：古指弃工商而务农桑。末指工商，本指农桑。班固《东都赋》："抑工商之淫业，兴农桑之盛务，遂令海内弃末而反本，背伪而归真。"

⑩翠华：天子仪仗中以翠羽为饰的旗帜或车盖。司马相如《上林赋》："建翠华之旗。"颜师古注："翠华之旗，以翠羽为旗上葆也。"
萋萋：王琦注："言旗上之翠羽，萋萋然如草色之鲜缛也。"

⑪銮：銮铃，古代帝王的车驾上有銮铃。鉠鉠：象声词。形容铃声。

⑫穆清：指太平祥和。

⑬欣欣：高兴。穰穰：众多。

⑭巡陵：谓天子参谒祖陵。亦指公卿受诏巡拜皇陵。《唐会要·公卿巡陵》："按开元礼，春秋二仲月，司徒司空巡陵，春则扫除枯杇，秋则艾薙繁芜。"《新唐书·礼乐志四》："开元十七年，玄宗谒桥陵，遂谒定陵、献陵、昭陵、乾陵乃还。"鹑首：星次名。指朱鸟七宿中的井宿和鬼宿。古以为秦之分野，指秦地。《汉书·地理志下》："自井十度至柳三度，谓之鹑首之次，秦之分也。"

⑮讲武：讲习武事。《国语·周语上》："三时务农，而一时讲武。"韦昭注："讲，习也。"骊山：在陕西省临潼县东南。《一统志》："骊山在陕西临潼县东南二里，因骊戎所居，故名。山之麓，温泉所出。"《新唐书·玄宗纪》："开元元年十月癸卯，讲武于骊山。"骊山应是唐时讲武之地。

⑯"封岱宗"句：岱宗：泰山。唐玄宗于开元十三年冬曾到泰山封禅。

⑰"掩栗陆"句：栗陆氏、陶唐氏都是上古帝王。《易·系辞下》："包牺氏没，神农氏作。"孔颖达疏："包牺氏没，女娲氏代立为女皇，亦风姓也。女娲氏没，次有大庭氏、柏黄氏、中央氏、栗陆氏、骊连氏、赫胥氏、尊卢氏、混沌氏、暭英氏、有巢氏、朱襄氏、葛天氏、阴康氏、无怀氏，凡十五世，皆袭包牺氏之号也。"陶唐，即唐尧，帝喾之子，姓伊

祁，名放勋。初封于陶，后徙于唐。

⑱ "遂邀"句：相传黄帝曾于崆峒山问道广成子。《庄子·在宥》："黄帝立为天子，十九年令行天下，闻广成子在于崆峒之上，故往见之。"崆峒：即崆峒山，在今甘肃平凉市西。

⑲汾水之阳：《庄子·在宥》："尧治天下之民，平海内之政，往见四子藐姑射之山，汾水之阳，窅然丧其天下焉。"汾水：古水名。即今山西省汾河。源出宁武县管涔山，经太原市南流到新绛县折向西，在河津市西入黄河。

⑳沆瀣：夜间的水气，露水。旧谓仙人所饮。《楚辞·远游》："餐六气而饮沆瀣兮，漱正阳而含朝霞。"王逸注："《凌阳子明经》言：春食朝霞……冬饮沆瀣。沆瀣者，北方夜半气也。"嵇康《琴赋》："餐沆瀣兮带朝霞。"张铣注："沆瀣，清露也。"

㉑ "黜滋味"句：即放弃世俗滋味。

㉒ "贵理国"二句：用黄帝梦游华胥国的故事。《列子·黄帝》："（黄帝）昼寝，而梦游于华胥氏之国。华胥氏之国在弇州之西，台州之北，不知斯齐国几千万里，盖非舟车足力之所及，神游而已。其国无师长，其民无嗜欲，自然而已。不知乐生，不知恶死，故无夭殇。不知亲己，不知疏物，故无爱憎。不知背逆，不知向顺，故无利害。都无所爱憎，都无所畏忌。入水不溺，入火不热，斫挞无伤痛，指摘无痟痒。乘空如履实，寝虚若处床。云雾不硋其视，雷霆不乱其听，美恶不滑其心，山谷不踬其步，神行而已。黄帝既寤，怡然自得，召天老、力牧、太山稽，告之曰：'朕闲居三月，斋心服形，思有以养身治物之道，弗获其术，疲而睡，所梦若此。今知至道不可以情求矣，朕知之矣，朕得之矣，而不能以告若矣。'又二十有八年，天下大治，几若华胥氏之国。"

㉓元元淡然：百姓安然。《后汉书·光武帝纪上》："上当天地之心,下为元元所归。"李贤注："元元,谓黎庶也。"

㉔云从龙：语出《易·乾》："同声相应,同气相求。水流湿,火就燥。云从龙,风从虎。"后因以"风从虎,云从龙"比喻事物之间的相互感应。

【译文】而圣主依然保持谨慎戒惧之心,忧虑百姓未安,于是目穷九天,耳听九渊。飞驰耳目,虽远必察,穷究鬼神之奥义,探讨阴阳之广大。降诏书,引旧典,救穷苦之人,开敖仓放粮。毁玉璧,沉宝珠,削宫室,拆苑墙,使山泽无间隔,往来可相望。皇帝亲耕于籍田,皇后亲事于蚕桑。弃工商之末事,返农桑之根本,民和顺而时太平。建飘飘翠羽之旗,鸣悦耳玉銮之铃。天子游于盛世之苑囿,小憩于祥和之高堂。天地欣欣然而祥瑞纷纷来,圣君巡皇陵于秦地之野,习武事于骊山之旁。上封泰山而下祀后土,功掩粟陆而德包陶唐。效仿黄帝游于崆峒山,追随尧帝于汾水之阳,饮仙露之精华,弃滋味之浓淡。治国贵在无为,就如梦中华胥。于是百姓安然,不知所在,若群云从龙,众水奔海以追随圣朝,此谓我帝君登明堂而施教化之结果。

岂比夫秦、赵、吴、楚,争高竞奢,结阿房与丛台①,建姑苏及章华②。非享祀与严配③,徒掩月而凌霞。由此观之,不足称也。况瑶台之巨丽④,复安可以语哉!

【注释】①阿房：指秦始皇所建的阿房宫。丛台：指战国赵武灵王所建丛台。《史记·秦始皇本纪》："秦始皇以为咸阳人多,先王之宫庭小,乃营作朝宫渭南上林苑中。先作前殿阿房,东西五百步,南北五十丈,上可以坐万人,下可以建五丈旗。周驰为阁道,自殿下直抵南山,表南山之巅以为阙。为复道,自阿房渡渭,属之咸阳,以象天极阁道,绝汉抵营室也。阿房宫未成,成,更欲择令名名之。作宫阿房,故天下谓之阿房宫。"《一统志》:"丛台在广平府邯郸县北,赵灵王所筑,因其丛杂而名。"

②姑苏:台名,在姑苏山上,春秋时吴王阖闾所筑。章华:台名,在今湖北省监利县西北,春秋时楚灵王所筑。《吴越春秋》:"吴王起姑苏之台,三年聚材,九年乃成,高见三百里。"《吴地记》:"姑苏台在吴县西南三十五里,阖闾造,经营九年始成。其台高三百丈,望见三百里外,作九曲路以登之。"《左传·昭公七年》:"楚子成章华之台。"杜预注:"台今在华容城内。"

③严配:谓祭天时以先祖配享。语本《孝经·圣治》:"孝莫大于严父,严父莫大于配天。"

④瑶台:指桀纣所筑瑶台。《淮南子·本经训》:"晚世之时,帝有桀纣,为旋室、瑶台、象廊、玉床。"

【译文】岂会像秦、赵、吴、楚那样,争相奢华,筑阿房与丛台,建姑苏及章华。并非为了祭天与配享,徒有掩月凌霞之气势。由此来看,皆不足称道。更何况瑶台极奢为亡国之君所建,更不能和明堂相提并论了。

敢扬国美,遂作辞曰:

穹崇明堂倚天开兮①,巃嵸鸿濛构瑰材兮②,偃蹇块莽邈崔嵬兮③,周流辟雍炎灵台兮。赫奕日④,喷风雷。宗祀肸蚃,王化弘恢。镇八荒,通九垓⑤。四门启兮万国来,考休征兮进贤才⑥。俨若皇居而作固⑦,穷千祀兮悠哉⑧!

【注释】①穹崇:高貌。

②鸿濛:迷漫广大貌。《汉书·扬雄传》:"鸿濛沆茫,碣以崇山。"颜师古注:"鸿濛沆茫,广大貌。"

③块(yǎng)莽:犹苍莽。广阔无边的样子。

④赫奕:光辉炫耀貌。

⑤九垓:九天。

⑥休征:吉祥的征兆。班固《东都赋》:"登灵台,考休征。"刘良注:"休,美也。征,应也。"

⑦作固:稳固。

⑧千祀:千年。

【译文】赞扬国器之美,遂作辞曰:

巍峨明堂倚天而立,高耸广大良材而建,陡直挺拔犹如高山,辟雍环绕旁筑灵台。艳阳日,动风雷。列祖得祭,王化得行。镇八荒,通九天。四门开而万国来,考吉兆而征贤才。俨然皇室之固城,历经千年而悠然。

大猎赋 并序

【题解】这首赋描写的是开元年间天子狩猎的情景。《礼记·王制》曰:"天子诸侯,无事则岁三田。"说明早在周朝时期,田猎就已成为一项重要的国事活动。田猎一年四季可进行, 分别称为春蒐、夏苗、秋狝、冬狩。《新唐书·礼乐志》: "五礼, 其三曰军礼。皇帝狩田之礼, 亦以仲冬。"说明唐朝时冬季狩猎为礼制之一。《旧唐书·玄宗纪上》记载: 唐玄宗分别于先天二年 (713) 十一月 "甲辰, 畋猎于渭川。"开元八年 (720) 冬十月 "壬午, 畋于下邽。"开元十年 (722) 冬十月 "甲寅, 幸寿安之故兴泰宫。畋猎于土宜川。"开元十七年 (729) 冬十二月 "乙丑, 校猎渭滨。"《大猎赋》从形式上多模仿《子虚赋》《上林赋》《羽猎赋》, 李白写此赋目的在于歌颂大唐盛世和天子圣明, 以期望得到玄宗的赏识。在序言部分讲述了辞赋的作用, 评价了司马相如和扬雄等人文章的不足之处, 点明作者写此赋的目的在于赞颂盛世, 表明天子遵守田猎礼制, 好生不滥杀之义。赋的开始部分赞美玄宗继承祖业, 开辟盛世, 按照礼制, 顺应四时而进行田猎。中间主体部分则极力描绘田猎的盛大景象。然后又写天子居安思危, 并不放纵田猎, 而且有网开三面的仁义之举。最后写天子以田猎之法治理国家, 达到无为而治的境界, 使天下百姓安乐, 草木繁茂。教化大成, 封禅泰山, 与古今明君圣帝一起彪炳史册。

　　白以为: 赋者, 古诗之流①。辞欲壮丽, 义归博远②。不然, 何以光赞盛美, 感天动神③? 而相如、子云竞夸辞赋④, 历代以为文雄, 莫敢诋讦⑤。臣谓语其略, 窃或褊其用心⑥。《子虚》所言, 楚国不过千里, 梦泽居其太半, 而齐徒吞若八九, 三农及禽兽无息肩之地, 非诸侯禁淫述职之义也⑦。

【注释】①"赋者"二句：班固《两都赋序》："赋者，古诗之流也。"李善注："《毛诗序》曰：诗有六义，二曰赋，故赋为古诗之流也。"

②"辞欲"二句：谓赋的辞句要华丽，大义要深远。

③"何以"二句：《毛诗序》："故正得失，动天地，感鬼神，莫近于诗。"光赞：犹光辅。赞，佐也。

④相如：指司马相如。子云：指扬雄，字子云。

⑤诋讦：诋毁攻击。

⑥褊：原指衣服狭小，后比喻狭小，狭窄。

⑦"《子虚》"六句：《子虚》指司马相如的《子虚赋》。赋中内容为楚国子虚先生出使齐国，与齐国乌有先生互相夸耀本国的地大物博。《子虚赋》："（子虚）曰：'臣闻楚有七泽，尝见其一，未睹其余也，臣之所见，盖特其小小者耳，名曰云梦。云梦者，方九百里。'乌有先生曰：'齐东渚巨海，南有琅琊，观乎成山，射乎之罘，浮渤澥，游孟诸，邪与肃慎为邻，右以旸谷为界。秋田乎青丘，彷徨乎海外，吞若云梦者八九，其于胸中曾不蒂芥。'"另外，《上林赋》："亡是公听然而笑曰：夫使诸侯纳贡者，非为财币，所以述职也。封疆画界者，非为守御，所以禁淫也。从此观之，齐、楚之事，岂不哀哉！地方不过千里，而围居九百，是草木不得垦辟，而民无所食也。"六句所言即指此。三农：古谓居住在平地、山区、水泽三类地区的农民。后泛称农民。《周礼·天官·大宰》："一曰三农，生九谷。"郑玄注引郑司农："三农，平地、山、泽也。"息肩：让肩头得到休息。比喻卸除责任或免除劳役。《左传·襄公二年》："子驷请息肩于晋。"杜预注："以负担喻也。"禁淫：禁止邪恶之事。述职：古时诸侯向天子陈述职守。《孟子·梁惠王下》："诸侯朝于天子

曰述职。述职者,述所职也。"

【译文】臣李白认为:赋,是古诗的一种。文辞应该壮丽,含义应该深远。不然的话,如何用来称赞盛大之事,而有感天动神的效果?而司马相如和扬雄等人竞相以辞赋夸耀于世,历代都把他们当作一代文豪,不敢有一点指摘。臣可以概述其大略,我私下认为他们的用心有偏颇。司马相如在《子虚赋》中说,楚国疆域不过千里,而云梦泽占据了大半,齐国徒然可以吞纳下八九个云梦泽,而农夫和禽兽却无栖息之地,文章的主旨都不符合诸侯禁绝邪恶,履行职守的大义。

　　《上林》云:左苍梧,右西极①,考其实,地周袤才经数百②。《长杨》夸胡,设网为周阹,放麋鹿其中,以搏攫充乐③。《羽猎》于灵台之圃,围经百里而开殿门④。当时以为穷壮极丽,迨今观之,何龌龊之甚也⑤!

【注释】①《上林》:指司马相如的《上林赋》。《上林赋》:"独不闻天子之上林乎?左苍梧,右西极。"文颖注:"苍梧郡属交州。在长安东南,故言左。《尔雅》云:'西至于豳国,为西极。'在长安西,故言右。"上林,原指上林苑,古宫苑名。秦旧苑,汉初荒废,至汉武帝时重新扩建。故址在今西安市西及周至、户县界。

　　②周袤:周长。

　　③"《长杨》"四句:扬雄写过《长杨赋》,其序曰:"上将大夸胡人以多禽兽,秋命右扶风发民入南山,西自褒斜,东至弘农,南驱汉中,张罗网罝罘,捕熊、罴、豪猪、虎、豹、狖、玃、兔、麋、鹿,载以槛车,输长杨射熊馆,以网为周阹,纵禽兽其中,令胡人手搏之,自取其获,上

亲临观焉。是时农民不得收敛。雄从至射熊馆，还，上《长杨赋》。"周
陟：围猎禽兽的栏圈。李善注引李奇曰："陟，遮禽兽围阵也。"

④"《羽猎》"二句：扬雄《羽猎赋》："帝将惟田于灵之囿。虎落
三嵕，以为司马。围经百里，而为殿门。"灵台：相传为周文王所建台名，
观天象所用。殿门：指宫廷内门。擅入者弃市论处。

⑤龌龊：狭小。左思《吴都赋》："龌龊而算。"张铣注："龌龊，
局小貌。"

【译文】《上林赋》云："左苍梧，右西极。"考究实情，整个上
林苑地广也不过几百里。《长杨赋》写汉成帝为了向胡人夸耀，设罗
网，作为围栏，将麋鹿等野兽放养其中，供胡人捕捉为乐。《羽猎赋》
写汉成帝在灵台之囿行猎，把整座山都围了起来，纵横百里，来作为
内殿。这些范围在当时都被认为是极其壮观，如今来看，何其狭
小啊！

　　但王者以四海为家，万姓为子①，则天下之山林禽兽，岂
与众庶异之？而臣以为不能以大道匡君，示物周博②，平文论
苑之小，窃为微臣之不取也。

【注释】①"但王者"二句：《史记·高祖本纪》："天子以四海为
家，非壮丽无以重威，且无令后世有以加也。"《汉书·宣帝纪》："奉承
祖宗，子万姓。"

②周博：宽大；弘大。

【译文】但是王者应以四海为家，视百姓若子，那么天下的山林禽
兽，怎么会不与百姓同享呢？臣认为居官不能以大道匡辅君主，处事周

密,单单以辞赋夸赞苑囿大小,臣私下认为这种做法不可取。

      今圣朝园池遐荒^①,殚穷六合^②,以孟冬十月大猎于秦^③,亦将曜威讲武^④,扫天荡野。岂淫荒侈靡^⑤,非三驱之意耶^⑥? 臣白作颂,折中厥美^⑦。

【注释】①遐荒:边远荒僻之地。

②殚穷:犹穷尽。六合:指上下和四方,泛指天地或宇宙。

③孟冬:指冬季第一个月,即夏历十月。

④曜威:谓整饬军旅,炫耀武力。张衡《东京赋》:"三农之隙,曜威中原。"薛综注:"曜威,谓治兵也。"

⑤侈靡:奢侈靡烂。

⑥三驱:古王者田猎之制。谓田猎时须让开一面,三面驱赶,以示好生之德。《易·比》:"九五,显比,王用三驱。"孔颖达疏:"褚氏诸儒皆以为三面著人驱禽。必知三面者,禽唯有背己、向己、趣己,故左右及于后,皆有驱之。"一说,田猎一年以三次为度。

⑦折中:取正,用为判断事物的准则。《楚辞·九章·惜诵》:"令五帝以折中兮,戒六神与向服。"朱熹注:"折中,谓事理有不同者,执其两端而折其中。"

【译文】如今我圣朝园池广大,穷尽四方,孟冬十月将在秦地举行盛大的田猎,并同时显耀军威,演习军事,横扫四野。岂会是荒淫奢靡的做法,又岂会不符合古人三驱的宗旨? 臣李白因而作赋称颂,评论此盛事。

其辞曰：

粤若皇唐之契天地而袭气母兮[①]，粲五叶之葳蕤[②]。惟开元廓海宇而运斗极兮[③]，总六圣之光熙[④]。诞金德之淳精兮，漱玉露之华滋[⑤]。文章森乎七曜兮[⑥]，制作参乎两仪[⑦]。括众妙而为师[⑧]。明无幽而不烛兮，泽无远而不施。慕往昔之三驱兮，顺生杀于四时[⑨]。

【注释】①"粤若"句：语出《庄子·大宗师》："夫道，狶韦氏得之以挈天地，伏羲氏得之以袭气母。"粤若：发语词。用于句首以起下文。契：通"挈"，提挈，驾驭。袭：调和。气母：元气的本原。即万物初始的本源物质。

②"粲五叶"句：五叶：五世。唐朝自高祖至玄宗凡五世。葳蕤：茂盛。

③斗极：北斗星与北极星。《尔雅》："北戴斗极为空桐。"邢昺疏："斗，北斗也。极者，中宫天极星。其一明者，太乙之常居也，以其居天之中，故谓之极。极，中也。北斗拱极，故曰斗极。"《长杨赋》："高祖奉命顺斗极，运天关。"李善注引服虔曰："随天斗极星运转也。"《洛书》曰："圣人受命，必顺斗极。"

④六圣：指唐朝开国以来的六位皇帝：高祖、太宗、高宗、武后、中宗、睿宗。光熙：光辉。

⑤"诞金德"二句：唐玄宗诞生于八月，故以"金德""玉露"来称颂。

⑥七曜：指日、月和金、木、水、火、土五星。

⑦两仪：指阴阳，天地。《易·系辞上》："是故易有太极，是生两

仪。"孔颖达疏："不言天地而言两仪者,指其物体;下与四象(金、木、水、火)相对,故曰两仪,谓两体容仪也。"

⑧众妙:一切深奥玄妙的道理。《老子》:"玄之又玄,众妙之门。"

⑨"顺生"句:谓按照礼制来进行四时的田猎活动,不滥杀。唐朝时仲冬季节的田猎活动被纳入五礼之一的军礼之中。《新唐书·礼乐志》:"五礼,其三曰军礼。皇帝狩田之礼,亦以仲冬。"狩猎时不能滥杀,"群兽相从不尽杀,已被射者不重射。不射其面,不翦其毛。凡出表者不逐之。"所捕获的猎物,"其上者供宗庙,次者供宾客,下者充疱厨。乃命有司馌兽于四郊,以兽告至于庙社。"

【译文】我大唐皇朝契合天地而融汇本元,故能历经五世而欣欣向荣。尤其开元年间以来,四海太平,顺天为政,秉承六位先君的光辉。金德闪耀,玉露润泽。文章典籍光耀日月五星,礼乐制度参照天地之道。奉众妙为师。光明遍照所有幽暗之处,恩惠泽被所有偏远之地。仰慕古代田猎三驱的制度,顺应四时而猎取。

若乃严冬惨切,寒气凛冽,不周来风①,玄冥掌雪②。木脱叶,草解节,土囊烟阴③,火井冰闭④。是月也,天子处乎玄堂之中⑤,沧八水兮休百工⑥,考《王制》兮遵《国风》⑦。乐农人之闲隙兮⑧,因校猎而讲戎⑨。

【注释】①不周:指不周风,风名。西北风。《史记·律书》:"不周风居西北,主杀生。"《易纬·通卦验》:"立冬,不周风至。"

②玄冥:神名。冬神。《礼记·月令》:"孟冬之月,其神玄冥。"

③土囊：洞穴。宋玉《风赋》："盛怒于土囊之口。"李善注："土囊，大穴也。盛弘之《荆州记》曰：'宜都很山县有山，山有穴，口大数尺为风井。'土囊当此之类也。"

④火井：产生可燃天然气的井。古代多用以煮盐。《华阳国志》："临邛县有火井，夜时光映上照。民欲其火，先以家火投之，顷许如雷声，火焰出，通耀数十里，以竹筒盛其光藏之，可拽行终日不灭。"冰闭：井口被冰封闭。

⑤玄堂：北向的堂。古天子冬月所居。《礼记·月令》："孟冬之月，天子居玄堂左个。"郑玄注："玄堂左个，北堂西偏也。"

⑥沧：寒冷。八水：关中八水，《初学记》引《西征记》："关内八水，一泾，二渭，三灞，四浐，五涝，六潏，七沣，八滈。"休百工：《吕氏春秋·季秋纪》："霜始降则百工休。"高诱注："霜降天寒，朱漆不坚，故百工休，不复作器。"

⑦"考《王制》"句：《王制》：指《礼记·王制》，《国风》指《诗》的十五国风。此句谓天子狩猎应遵照《王制》的规定，并考察《国风》中的有关讽谏。班固《东都赋》："若乃顺时节而蒐狩，简车徒以讲武，则必临之以《王制》，考之以《风》《雅》。"李善注："《礼记·王制》曰：'天子诸侯，无事则岁三田，田不以礼，曰暴天物。'"

⑧"乐农人"句：指天子狩猎应在农闲之时。《左传·隐公五年》："春蒐、夏苗、秋狝、冬狩，皆于农隙以讲事也。"

⑨校猎：遮拦禽兽以猎取之。亦泛指打猎。《汉书·成帝纪》："行幸长杨宫，从胡客大校猎。"颜师古曰："此校谓以木自相贯穿为阑校耳。校猎者，大为栏校以遮禽兽而猎取也。"

【译文】严冬萧条，寒气凛冽，北风劲吹，冬神降雪。树木落叶，百草枯萎。风洞起烟,火井冰封。于此月,天子居于北堂,八水寒而罢百工,遵《王制》而察《国风》。乐于在农耕之闲,行狩猎与演武之事。

乃使神兵出于九阙①,天仗罗于四野②。征水衡与林虞③,辨土物之众寡④。千骑飙扫,万乘雷奔。梢扶桑而拂火云兮⑤,刮月窟而搜寒门⑥。赫壮观于今古,業摇荡于乾坤。此其大略也。而内以中华为天心,外以穷发为海口⑦。豁咽喉以洞开,吞荒裔以尽取⑧。大章按步以来往⑨,夸父振策而奔走⑩。足迹乎日月之所通,囊括乎阴阳之未有⑪。

【注释】①九阙:九门,古宫室制度,天子设九门。《礼记·月令》:"(季春之月)田猎、罝罘、罗罔、毕翳、喂兽之药,毋出九门。"郑玄注:"天子九门者,路门也、应门也、雉门也、库门也、皋门也、城门也、近郊门也、远郊门也、关门也。"后用以称宫门。

②天仗:天子狩猎用的兵仗器械。

③水衡:古官名。水衡都尉、水衡丞的简称。汉武帝元鼎二年所置,掌上林苑,兼管税收、铸钱。《汉书·百官公卿表上》"水衡都尉"颜师古注引应劭曰:"古山林之官曰衡,掌诸池苑,故称水衡。"林虞:掌管山林的官。王琦注引张晏曰:"《周礼》有山虞、泽虞,皆掌山泽之官,今称林虞者,变文言之也。"

④土物:土地所产的物品。

⑤扶桑:神话中的树名。传说日出于扶桑之下,拂其树杪而升,因谓为日出处。

⑥月窟：传说月的出生处。《长杨赋》："西压月窟。"服虔注："月窟，月所生也。"寒门：古代传说中北方极寒冷的地方。司马相如《大人赋》："轶先驱于寒门。"应劭注："寒门，北极之门也。"

⑦穷发：极北不毛之地。《庄子·逍遥游》："穷发之北有冥海者，天池也。"成玄英疏："地以草为毛发，北方寒沍之地，草木不生，故名穷发，所谓不毛之地。"

⑧荒裔：指边远地区。

⑨大章：即太章。相传为禹臣，善走。《淮南子·地形训》："禹乃使大章步自东极，至于西极，二亿三万三千五百里七十五步。使竖亥步，自北极至于南极，二亿三万三千五百里七十五步。"高诱注："大章、竖亥，善行人，皆禹臣也。"

⑩夸父：神话人物。《列子·汤问》："夸父不量力，欲追日影，逐之于隅谷之际，渴欲得饮，赴饮河、渭，河、渭不足，将走北饮大泽，未至，道渴而死。弃其杖，尸膏肉所浸，生邓林，邓林弥广数千里焉。"振策：手扶拐杖。

⑪囊括：包罗，包含。贾谊《过秦论》："囊括四海之意。"张晏注："括，结囊也，言其能包含天下也。"刘良注："括，盛也，犹囊盛而结之。"

【译文】于是派遣禁军出九门，罗列兵仗于四野而设猎场。下诏水衡与林虞之官，辨别各处禽兽多寡。千骑席卷，万乘驰骋。至扶桑抚弄火云，下月窟搜寻寒门。古今未有之壮观，乾坤也为之震撼。此大略而已。内以华夏为中心，外以极北为出海口。开通险要之处，包揽荒远之地。使大章驱驰往来，让夸父挥杖奔走。足迹遍及日月所过之处，囊括天地间所有猎物。

君王于是撞鸿钟①，发銮音②，出凤阙③，开宸襟④。驾玉辂之飞龙⑤，历神州之层岑⑥。游五柞兮瞰三危⑦，挟细柳兮过上林⑧。攒高牙以总总兮⑨，驻华盖之森森⑩。于是擢倚天之剑⑪，弯落月之弓⑫。昆仑叱兮可倒，宇宙噫兮增雄。河汉为之却流，川岳为之生风。羽旄扬兮九天绛⑬，猎火燃兮千山红⑭。

【注释】①鸿钟：巨钟。李善注引《尚书大传》曰："天子将出，则撞黄钟之钟，右五钟皆应。入则撞蕤宾之钟，左五钟皆应。"

②銮音：銮铃声。銮铃是安置于车衡之上的一种响铃。

③凤阙：汉代宫阙名。《关中记》曰："建章宫圆阙临北道，有金凤在阙上，高丈余，故号凤阙也。"

④宸襟：帝王的思虑、判断。这里借指宫禁。宸：北极星所在，后借指帝王所居，又引申为王位、帝王的代称。

⑤玉辂：玉车。《释名》："天子所乘曰玉辂，以玉饰车也。"

⑥层岑：高峰。

⑦五柞：五柞宫的省称。故址在今陕西省周至县东南。《三辅黄图》："五柞宫，汉之离宫也。宫中有五柞树，因以为名。"三危：山名。在甘肃省敦煌县东南，属祁连山脉。三峰耸峙，其势欲坠，故名。

⑧细柳：观名。在今陕西省西安市西南。《上林赋》："登龙台，掩细柳。"郭璞注："细柳，观名也，在昆明池南。"

⑨高牙：高耸的牙旗。牙旗，旗竿上饰有象牙的大旗。多为主将主帅所建，亦用作仪仗。薛综《东京赋注》："兵书曰：牙旗者，将军之旗。古者天子出，建大牙旗，竿上以象牙饰之，故云牙旗。"总总：众多。

⑩华盖：帝王或贵官车上的伞盖。崔豹《古今注·舆服》："华盖，

黄帝所作也，与蚩尤战于涿鹿之野，常有五色云气，金枝玉叶，止于帝上，有花葩之象，故因而作华盖也。"森森：严谨有序貌。

⑪倚天之剑：形容剑长。

⑫落月之弓：形容弓如满月。

⑬羽旄：古时常用鸟羽和旄牛尾为旗饰，故亦为旌旗的代称。九天：《吕氏春秋·有始览》："天有九野，中央曰钧天，东方曰苍天，东北方曰变天，北方曰玄天，西北方曰幽天，西方曰颢天，西南方曰朱天，南方曰炎天，东南方曰阳天。"

⑭猎火：打猎时焚山驱兽之火。

【译文】君王于是撞响洪钟，发动车銮。出凤楼，开宫禁。乘坐龙马之玉车，历经九州之高山。游五柞宫而瞻三危山，经细柳观而至上林苑。牙旗林立，华盖肃穆。于是取倚天之剑，弯落日之弓。叱咤之声可使昆仑崩倒，噫吁之叹可使宇宙增辉。星河为之倒流，山川为之生风。旌旗飘飘染红九天，猎火熊熊映红千山。

乃召蚩尤之徒，聚长戟，罗广泽①。呵雨师，走风伯②。棱威曜乎雷霆③，烜爀震于蛮貊④。陋梁都之体制⑤，鄙灵囿之规格⑥。而南以衡霍作襟⑦，北以岱恒作袪⑧。夹东海而为堑兮⑨，拖西溟而流渠⑩。麾九州之珍禽兮，回千群以坌入⑪；联八荒之奇兽兮，屯万族而来居。

【注释】①"乃召"三句：蚩尤：传说中的古代九黎族首领。《艺文类聚》引《龙鱼河图》曰："黄帝摄政时，有蚩尤兄弟八十一人，并兽身人语，铜头铁额，食沙石子，造立兵仗刀戟大弩，威震天下，诛杀无道，不慈仁。万民欲令黄帝行天子事，黄帝以仁义不能禁止蚩尤，乃仰天而叹。天遣玄女下授黄帝兵信神符，制伏蚩尤。帝因使之主兵，以制八方。蚩尤殁后，天下复扰乱，黄帝遂画蚩尤形像以威天下。天下咸谓蚩尤不死，八方万邦皆为弭伏。”

②“呵雨师”二句：雨师：古代传说中司雨的神。风伯：神话中的风神。蚩尤、雨师、风伯曾为黄帝属下。《韩非子·十过》：“昔者黄帝合鬼神于泰山之上，蚩尤居前，风伯进扫，雨师洒道。”这里以蚩尤、雨师、风伯代指随行的大臣。

③棱威：威势，威风。《汉书·李广苏建传》：“威棱憺乎邻国。”李奇注曰：“神灵之威曰棱。”

④烜爀：昭著；显赫。蛮貊：古代称南方和北方落后部族。亦泛指四方落后部族。

⑤梁都：当是“梁邹”之讹。梁邹：古代天子狩猎之地。《东都赋》：“制同乎梁邹，义合乎灵囿。”李善注《鲁诗传》曰：“古有梁邹者，天子之田也。”

⑥灵囿：周文王苑囿名。《三辅黄图》：“灵囿，文王囿也。灵者，言文王之有灵德也。在长安县西四十二里。”

⑦衡霍：衡山和霍山。衡山，南岳也，又谓之岣嵝山，唐时属江南道衡州衡阳县，在今湖南南部。霍山，又谓之天柱山，唐时属淮南道舒州怀宁县。在今安徽西部，在隋朝以前南岳指天柱山。襟：衣服的胸前部分。

⑧岱恒：岱宗和恒山。岱宗，即泰山，唐时属河南道兖州干封县，在今山东省中部。恒山，北岳也，汉时避文帝讳改称常山，唐时属河北道定州恒阳县。五岳之中古北岳恒山，从春秋战国到明代中期一直在河

北境内，即今天河北省保定市的大茂山。明末清初时才被定为山西浑源天峰岭。祛：袖口。

⑨堑：护城河。

⑩西溟：西海。流渠：水渠。

⑪坌入：并入。

【译文】于是召来蚩尤那样的猛士，竖起长戟，列阵大泽。雨师洒道，风伯开路。声势如同雷霆，威仪震动蛮荒。梁邹与此相比也显得场所简陋，灵囿与此相比也显得规模狭小。整个猎场，以衡山霍山为襟，以泰山恒山为袖。以东海为护城河，以西海为流水渠。驱赶九州的珍禽，成群进入罗网；汇聚八荒的奇兽，聚集万类前来栖息。

云罗高张①，天网密布。置罘绵原②，峭格掩路③。蟣蠓过而犹碍④，蟭螟飞而不度⑤。彼层霄与殊榛⑥，罕翔鸟与伏兔。从营合技⑦，弥峦被岗⑧。金戈森行，洗晴野之寒霜。虹旗电掣，卷长空之飞雪。吴骏走练⑨，宛马蹀血⑩。萦众山之联绵，隔远水之明灭。

【注释】①云罗：高入云天的网罗。

②置罘：泛指捕兽网。郑玄《礼记注》："兽罟曰置罘，鸟罟曰网罗。"绵原：绵延原野之上。

③峭格：《吴都赋》："峭格周施。"吕向注："峭，高也。格，张网之木也。"

④蟣蠓：虫名。体微细，将雨，群飞塞路。扬雄《甘泉赋》："历倒景而绝飞梁兮，浮蟣蠓而撇天。"李善注引孙炎《尔雅》注："蟣蠓，虫

小于蚁。"

⑤蟭螟：传说中一种微虫名。《列子·汤问》："江浦之间生么虫，其名曰蟭螟，群飞而集于蚊睫，勿相触也，栖宿去来，蚊弗觉也。"

⑥层霄：重霄。殊榛：特异之树。《上林赋》："腾殊榛。"张揖注："殊榛，异栉也。"颜师古注："殊榛，特立株栉也。"

⑦从营：从容。

⑧弥：覆盖。

⑨吴骖走练：吴骖：吴地之马。走练：指马快跑如白练闪过。《论衡·言虚》："颜渊与孔子俱上鲁太山，孔子东南望，吴阊门外有系白马，引颜渊指以示之曰：'若见吴阊门乎？'颜渊曰：'见之。'孔子曰：'门外何有？'曰：'有如系练之状。'"

⑩宛马蹀血：《汉书·武帝纪》："贰师将军广利，斩大宛王首，获汗血马来。"应劭注："大宛旧有天马种，蹋石汗血，汗从前肩膊出，如血，号一日千里。"蹀：顿足，踏。

【译文】云罗高举，天网密布。兽网遍野，栅栏掩路。蚊蚁难通过，飞虫不能度。上至九霄下至丛林，罕有飞鸟与走兔。从容布置，遍布山岗。金戈森然，好似碧野中的寒霜。旌旗招展，就像长空中的飞雪。吴马如飞练，大宛血如汗。围绕连绵群山而狩猎，相隔远水景色忽明忽暗。

使五丁摧峰①，一夫拔木②。下整高颓，深平险谷。摆椿栝③，开林丛。喤喤呷呷④，尽奔突于场中。而田疆、古冶之俦⑤，乌获、中黄之党⑥。越峥嵘，猎莽苍⑦。喑呼哮阚⑧，风旋电往。脱文豹之皮⑨，抵玄熊之掌⑩。批狻手猱⑪，挟三掣两。既徒搏以角力，又挥锋而争先。行魑号以鹗眄兮^⑫，气赫火而歠烟^⑬。拳封猱^⑭，肘巨狿^⑮。枭羊应呧以毙踣^⑯，猰貐亡精而坠巅^⑰。或碎脑以折脊，或喷髓以飞涎。穷遐荒，荡林薮^⑱，扼土狗^⑲，殪天狗^⑳。脱角犀顶，探牙象口。扫封狐于千里^㉑，揿雄虺之九首^㉒。咋腾蛇而仰吞^㉓，拖奔兕以却走^㉔。

【注释】①五丁：传说中的五个力士。《华阳国志·蜀志》："时蜀有五丁力士，能移山举万钧。"

②一夫拔木：《楚辞·招魂》："一夫九首，拔木九千些。"王逸注："言丈夫一身九头，强梁多力，从朝至暮，拔大木九千枝也。"

③摆：拔开。

④喤呷：形容声音洪亮。

⑤"而田疆"句：田疆、古冶指田开疆、古冶子。春秋时齐景公的大力士。《晏子春秋》："田开疆、古冶子事景公，以勇力搏虎闻。"俦：辈、类。

⑥乌获：战国时秦之力士。后为力士的泛称。中黄：亦称"中黄伯"。古勇士名。张衡《西京赋》："乃使中黄之士。"李周翰注："中黄，国名，其俗多勇力。"

⑦莽苍：形容景色迷茫。《庄子·逍遥游》："适莽苍者。"成玄英疏："莽苍，郊野之色，遥望之不甚分明也。"

⑧喑呼：大喝声。哮嘲（hàn）：虎咆哮声。

⑨文豹：豹子。因其皮有斑文，故称。

⑩玄熊：黑熊。

⑪批：以手搏击。狻：狻猊，传说中的一种猛兽。猱：类似猿猴的

动物。

⑫麙:白虎。鹗:鸟,性凶猛,背暗褐色,腹白色,常在水面上飞翔,捕食鱼类。通称"鱼鹰"。睨:斜视。

⑬歆:升腾。

⑭豨:古同"豨",野猪。

⑮猚:古书上说的一种似狸而身体较长的野兽。

⑯枭羊:亦作"枭阳",亦作"枭杨"。兽名。即狒狒。郭璞《尔雅注》:"狒狒,枭羊也。"毙踣:毙命倒地。

⑰猰貐:又称窫窳,我国古代神话传说中的一种吃人怪兽。《尔雅·释兽》:"猰貐,类貙,虎爪,食人,迅走。"

⑱薮:生长着很多草的湖泽。

⑲狛:古书上说的一种似狼而有角的野兽。《说文》:"狛,如狼,善驱羊。"

⑳天狗:传说中兽名。《山海经·西山经》曰:"阴山有兽焉,其状如狸而白首,名曰天狗,其音如榴榴,可以御凶。"

㉑封狐:大狐。《楚辞·离骚》:"羿淫游以佚畋兮,又好射夫封狐。"王逸注:"封狐,大狐也。"

㉒揿:扭住。雄虺:古代传说中的大毒蛇。《楚辞·招魂》:"雄虺九首,往来倏忽,吞人以益其心些。"王逸注:"言复有雄虺,一身九头,往来奄忽,常喜吞人魂魄,以益其贼害之心也。"

㉓咋:咬住。腾蛇:传说中一种能飞的蛇。郭璞《尔雅注》:"腾蛇,龙类也,能兴云雾而游其中。"

㉔兕:古书上所说的雌犀牛。

【译文】以大力士武丁等人开山,以九首之人拔树。削低高山,填平深谷。拔开树木，开出林道。鸟兽喧哗，来回奔突。而田开疆、古冶子之类的勇者，乌获、中黄伯那样的猛士，越过山岗，逐猎旷野。叱咤若猛虎大吼，行动如风驰电掣。剥下文豹之皮，取下黑熊之掌。徒手博狻而空拳降猱，臂挟三只而手擒二头。既能空手与动物角力，也借刀锋而斩杀野兽。声若虎吼而眼如鹑睍，气势威赫如烟火升腾。拳打猰，肘击猰。枭羊随着叱咤而倒地毙命，猰㺄失魂落魄而坠落山峰。野兽有的头破而脊断，有的喷髓而流涎。穷尽荒原，荡尽林泽，扼杀野狦，杀死天狗。取下犀牛顶上的坚角，获取大象口中的长牙。扫灭千里之内的大狐，扭住大蛇的狰狞九头。仰头吞下飞蛇，倒拽奔牛而回。

君王于是峨通天①，靡星旃②，奔雷车，挥电鞭③，观壮士之效获④，顾三军而欣然⑤。曰：夫何神扶鬼摽之骇人也⑥！又命建夔鼓⑦，励武卒。虽躏跞之已多⑧，犹拗怒而未歇⑨。集赤羽兮照日⑩，张乌号兮满月⑪。戎车轇轕以陆离⑫，縠骑煌煌而奋发⑬。鹰犬之所腾捷⑭，飞走之所蹉跎⑮。攫麈麚之咆哮⑯，蹂豺貉以挂格⑰。膏锋染锷⑱，填岩掩窟。观殊材举逸群⑲，尚挥霍以出没⑳。

【注释】①峨：戴上。通天：指通天冠。蔡邕《独断》："天子冠通天冠。"《新唐书·车服志》："通天冠者，冬至受朝贺、祭还燕群臣、养老之服也，二十四梁，附蝉十二，首施珠翠、金博山、黑介帻、组缨、翠緌、玉犀簪导。"

②靡：倒下。旃：赤色旗帜。星旃：形容旗高而接触星辰。王琦注："靡，偃也。方猎而偃其旗者，即《王制》'天子杀则下大绥'之义。"

③"奔雷车"二句：扬雄《河东赋》："奋电鞭，骖雷辒。"颜师古

注:"《淮南子》云:'电以为鞭策,雷以为车轮。'雄用此言也。"

④效获:指打猎的收获。

⑤欣然:非常愉快。

⑥抶:用鞭、杖或竹板之类的东西打。摽:打,击。扬雄《羽猎赋》:"神抶电击。"颜师古注:"言所抶击如鬼神雷电也。"

⑦夔:古代传说中的一种龙形异兽。夔鼓:即以夔的皮所制作的大鼓。《山海经·大荒东经》:"东海中有流波山,其上有兽,状如牛,苍身而无角,一足出入水则必风雨。其光如日月,其声如雷。其名曰夔。黄帝得之,以其皮为鼓,橛以雷兽之骨,声闻五百里,以威天下。"后因以"夔鼓"作为战鼓的美称。

⑧蹂跞:也作"蹂轹",践踏。司马相如《上林赋》:"徒车之所蹂轹。"郭璞曰:"蹂,践也。轹,躐也。"

⑨拗怒:抑制怒气。班固《西都赋》:"蹂躏其十二三,乃拗怒而少息。"李善注:"拗,犹抑也。"

⑩赤羽:赤色羽毛的箭。

⑪乌号:弓名。《淮南子·原道训》:"射者扞乌号之弓,弯棋卫之箭。"高诱注:"乌号,桑柘,其材坚劲,乌峙其上,及其将飞,枝必桡下,劲能复巢,乌随之,乌不敢飞,号呼其上。伐其枝以为弓,因曰乌号之弓也。一说黄帝铸鼎于荆山鼎湖,得道而仙,乘龙而上,其臣援弓射龙,欲下黄帝,不能也。于是抱弓而号。因名其弓为乌号之弓也。"后以"乌号"指良弓。满月:指弓张如满月。

⑫戎车:兵车。轋轋:车声。陆离:参差错综貌。司马相如《上林赋》:"先后陆离。"颜师古注:"陆离,分散也。"

⑬彀骑:持弓弩的骑兵。《史记·张释之冯唐列传》:"彀骑

万三千。"司马贞索隐引如淳："彀骑，张弓之骑也。"彀：张满弓。煌煌：明亮辉耀貌。

⑭腾捷：行动迅捷。

⑮蹉：失足摔倒。蹶：跌倒。

⑯麚：同"麇"。獐子。麚：公鹿。

⑰豻：形似犬而残猛如狼，俗名豺狗。貉：外形像狐，穴居河谷、山边和田野间。杂食，皮很珍贵。挂格：困在网中。格，指张网的木棍。

⑱膏锋染锷：指刀剑锋锷上沾满动物的膏脂。

⑲"观殊材"句：殊材、逸群指野兽之敏捷者而言。

⑳挥霍：乱飞乱跑。

【译文】君主于是戴上通天冠，放倒大旗。驱雷车，挥电鞭。查看众人的猎获，看着三军欣然而说："这是何等惊动神鬼的壮绩啊！"又命擂响大鼓，激励士卒。虽然狩猎践踏多时，而兴致犹未减少。赤羽之箭映照白日，乌号之弓圆如满月。兵车隆隆四散奔驰，弓骑赫赫奋然勃发。猎鹰猛犬敏捷扑击，飞禽走兽纷纷跌落。抓住嘶叫的獐鹿，放倒落网的豻貉。刀剑锋锷上沾满膏脂，岩谷洞窟填满猎物。那些敏捷强健的野兽，四处乱窜出没林间。

别有白猵飞骏，穷奇貙獌①。牙若错剑，鬣如丛竿。口吞殳铤②，目极枪橹③。碎琅弧④，攧玉弩，射猛虓⑤，透奔虎⑥。金镞一发⑦，旁叠四五⑧。虽凿齿磨牙而致伉⑨，谁谓南山白额之足睹⑩？

【注释】①"别有"二句：白猵、飞骏：兽名。穷奇：传说中的兽名。

《山海经·西山经》："邽山,其上有兽焉,其状如牛,猬毛,名曰穷奇,音如獋狗,是食人。"郭璞注:"或云似虎,猬毛,有翼,一名号神狗。"貙獌:古书上说的一种似狸而大的猛兽。

②殳:一种用竹或木制成的,起撞击或前导作用的古代兵器。鋋:小矛。

③橹:盾牌。

④琅弧:玉弓。

⑤猛豴:凶猛的野猪。

⑥奔虎:奔走的猛虎。

⑦金镞:金色箭头。

⑧旁叠四五:指野兽倒下四五具。

⑨凿齿:古代传说中的野人。《山海经·海外南经》:"羿与凿齿战于寿华之野。羿射杀之,在昆仑虚东。羿持弓矢,凿齿持盾。"郭璞注:"凿齿亦人也,齿如凿,长五六尺,因以名云。"一说谓兽名。《淮南子·本经训》:"尧乃使羿诛凿齿于畴华之野。"高诱注:"凿齿,兽名,齿长三尺,其状如凿。"致伉:抵抗,伉通"抗"。

⑩白额:白额虎。

【译文】此外还有白猏飞骏,穷奇貙獌等猛兽,牙若交错的长剑,毛如丛生的竹竿。口吞殳鋋,目瞪枪橹。拉碎玉弓,拿起玉弩,射死野猪,洞穿猛虎。金箭一发,倒毙四五。就算是凿齿磨牙的怪兽也敢抗衡,何况是南山白额猛虎又怎会放在眼中?

总八校①,搜四隅②,驰专诸③,走都卢④。趫乔林⑤,撇绝壁⑥,抄獬猊⑦,揽貊貈⑧。囚鼪鼯于峻崖⑨,顿毂玃于穹石⑩。养由发箭⑪，奇肱飞车⑫，巧眡更嬴⑬，妙兼蒲且⑭。坠鹗鹠于青云⑮，落鸿雁于紫虚。捎鹁鸪⑯，漂鸤鹩⑰，弹地庐⑱，空神居⑲。斩飞鹏于日域⑳，摧大风于天墟㉑。龙伯钓其灵鳌㉒，任公获其巨鱼㉓。穷造化之谲诡，何神怪之有余？

【注释】①八校：汉所置八种校尉的合称。《通典》："汉武帝初，置中垒、屯骑、步兵、越骑、长水、胡骑、射声、虎贲等校尉，为八校。"

②四隅：四方。

③专诸：春秋时吴国刺客。帮助吴公子光刺杀吴王僚，公子光遂自立为王，是为阖闾。事见《左传·昭公二十七年》《史记·吴太伯世家》。

④都卢：古国名。在南海一带。国中之人善爬竿之技。张衡《西京赋》："非都卢之轻趫，孰能超而究升。"李善注："《汉书》曰：'自合浦南有都卢国。'《太康地志》曰：'都卢国，其人善缘高。'"

⑤趫：行动轻捷，善于缘木升高。

⑥撇：掠过。

⑦抄：同"钞"，叉取。猵狚：古书上说的腰以上黑而似猿的一种动物。

⑧揽：撮持。貃：一种体大如驴，外形像熊的动物。狟：音义均无考。

⑨鼬：哺乳动物，身体细长，毛黄褐色，遇到侵害能由肛门分泌臭液自卫，常捕食家禽，毛可制狼毫笔。俗称"黄鼠狼"。鼯：哺乳动物，形似松鼠，能从树上飞降下来。住在树洞中，昼伏夜出。郭璞《尔雅注》："鼯鼠状如小狐，似蝙蝠，肉翅，翅尾顶胁毛紫赤色，背上苍艾色，腹下

黄，喙颔杂白，脚短爪长，尾三尺许，飞且乳，亦谓之飞生。声如人呼，食烟火，能从高赴下，不能从下上高。"

⑩顿：跌倒。豰：古书上说的一种像狗的野兽，腰以上是黄色，腰以下是黑色，食狝猴。貜：大猿。俗称"马猴"。穷石：大石。

⑪养由：指养由基，春秋时楚国人。善射，百步外射柳叶，百发百中。

⑫奇肱：神话传说中的国名。《山海经·海外西经》："奇肱之国在其北，其人一臂三目，有阴有阳，乘文马。"郭璞注："其人善为机巧，以取百禽；能作飞车，从风远行。"

⑬聒：声音吵闹。更赢：亦为"更羸"。古代的善射者。这里用惊弓之鸟的典故。《战国策·楚策四》："更羸与魏王处京台之下，谓魏王曰：'臣为王引弓虚发而下鸟。'魏王曰：'射可至此乎？'更羸曰：'可。'有间，雁从东方来，更羸以虚发而下之。王曰：'然则射可至此乎？'更羸曰：'此孽也，其飞徐而鸣悲。飞徐者，故疮痛也。鸣悲者，久失群也。故疮未息，惊心未忘，闻弦音烈而高飞，故疮陨也。'"

⑭蒲且：相传其人善于射鸟。《淮南子·览冥训》："蒲且子之连鸟于百仞之上。"高诱注："蒲且子，楚人，善弋射者。"蒲，蒲通用。

⑮鸀（zhú）鳿（yù）：鸟名。张守节《史记正义》："鸀鳿，郭云：似鸭而大，长颈赤目，紫绀色，辟水毒。"

⑯鸧（cāng）鸹（guā）：水鸟名。似鹤，苍青色。亦称麋鸹。司马相如《子虚赋》："双鸧下，玄鹤加。"颜师古注："鸧，鸧鸹也，今关西呼为鸹鹿，山东通谓之鸧，鄙俗名为错落。错落者，言鸧声之急耳。又谓之鸹捋。鸹鹿、鸹捋，皆象其鸣声也。"

⑰漂：王琦注："当作摽，击也。"鸬：鸬鹚，一种水鸟。鸅：指鹱

鸜，也叫庸渠。司马相如《上林赋》："烦鹜庸渠。"李善注引郭璞曰："庸渠似凫，灰色而鸡脚，一名章渠。"

⑱地庐：大地。

⑲神居：指天空。

⑳日域：日出之处。古代以喻极东之地。

㉑天墟：北面的天空。

㉒龙伯：指古代神话的巨人国。《列子·汤问》："龙伯之国有大人，举足不盈数步，而暨五山之所，一钓而连六鳌。"灵鳌：这里指背负仙山的灵鳌，被龙伯国大人钓走。因而岱舆、员峤两座仙山沉没。

㉓任公：指任公子。古代传说中善于捕鱼的人。《庄子·外物》："任公子为大钩巨缁，五十犗以为饵，蹲乎会稽，投竿东海，旦旦而钓，期年不得鱼。已而大鱼食之，牵巨钩錎没而下，鹜扬而奋鬐，白波若山，海水震荡，声侔鬼神，惮赫千里。任公子得若鱼，离而腊之，自制河以东，苍梧以北，莫不厌若鱼者。"成玄英疏："任，国名。任国之公子。"

【译文】集八校尉，搜寻四方。专诸、都卢那样的勇士奔走左右。攀高林，越绝壁，抓狮猕，捕貊貙。在险崖捕获鼬鼯，在巨石擒获彀貜。养由基发箭，奇肱驾车，更羸振弓，蒲且飞箭。射落翱翔青云的鹍䴠，射下徘徊碧空的鸿雁。掠取鸧鸹，击落鵃鸠，竭尽大地，穷尽天空。在日出之处斩杀大鹏，在北面天空摧折大凤。龙伯钓起灵鳌，任公子捕获巨鱼。穷尽自然的所有奇异之物，任何神怪都不会遗漏。

所以喷血流川，飞毛洒雪，状若乎高天雨兽①，上坠于大荒；又似乎积禽为山，下崩于林穴。阳乌沮色于朝日②，阴兔丧精于明月③。思腾装上猎于太清，所恨穹昊于路绝。而忽也莫不海晏天空，万方来同。虽秦皇与汉武兮，复何足以争雄！

【注释】①高天雨兽：走兽如同下雨一样从空中坠落。

②阳乌：神话传说中在太阳里的三足乌。

③阴兔：月亮的别名。月为阴精，又相传月中有玉兔，故称。

【译文】飞禽走兽流血如河，落羽如雪，就像走兽从天纷纷坠落，散落在四野大荒；又像飞禽堆叠如山，崩倒于林穴之中。阳乌为之沮色于白日，阴兔为之丧气于明月。又想腾身去天上狩猎，只恨无路攀上苍天。忽然间海晏天清，万方来朝。就算秦皇汉武，又怎能争雄。

俄而君王茫然改容，愀然有失①，于居安思危②，防险戒逸，斯驰骋以狂发③，非至理之弘术。且夫人君以端拱为尊④，玄妙为宝⑤。暴殄天物⑥，是谓不道。乃命去三面之网⑦，示六合之仁。已杀者皆其犯命，未伤者全其天真。虽剪毛而不献⑧，岂割鲜以淬轮⑨。解凤皇与鸑鷟兮⑩，旋驺虞与麒麟⑪。获天宝于陈仓⑫，载非熊于渭滨⑬。

【注释】①愀然：脸色改变，多指悲伤、严肃。

②居安思危：谓处于安宁的环境中，要想到可能出现的危难。语出《左传·襄公十一年》："《书》曰：'居安思危。'思则有备，有备无患。"

③驰骋以狂发：《老子》："驰骋田猎，令人心发狂。"

④端拱：正身拱手。指帝王无为而治。

⑤玄妙：谓道家所称的"道"深奥难识，万物皆出于此。后因以"玄妙"指"道"。语出《老子》："玄之又玄，众妙之门。"

⑥暴殄天物：残害灭绝万物。《书·武成》："暴殄天物，害虐烝民。"孔传："暴绝天物，言逆天也，逆天害民，所以无道。"《礼记·王制》："无事而不田曰不敬，田不以礼曰暴天物。"孔颖达疏："田猎不以其礼，杀伤过多，是暴害天之所生之物也。"

⑦"乃命"句：去掉三面之网，比喻爱惜众生。《史记·殷本纪》："汤出，见野张网四面，祝曰：'自天下四方，皆入吾网。'汤曰：'嘻，尽之矣。'乃去其三面，祝曰：'欲左，左；欲右，右；不用命，乃入吾网。'诸侯闻之曰：'汤德至矣，及禽兽。'"

⑧"虽剪毛"句：毛苌《诗传》："面伤不献，剪毛不献。"孔颖达正义："面伤不献者，谓当面射之。剪毛不献者，谓在旁而逆射之。二者皆为逆射。不献者，嫌诛降之意。"

⑨"岂割鲜"句：司马相如《子虚赋》："割鲜染轮。"吕向注："鲜，牲也，谓割牲之血，染于车轮也。"此句谓岂能杀生以鲜血沾满车轮。

⑩鸑（yuè）鷟（zhuó）：凤凰。《国语·周语上》："周之兴也，鸑鷟鸣于岐山。"韦昭注："三君云：鸑鷟，凤之别名也。"

⑪驺虞：传说中的义兽名。《诗·召南·驺虞》："于嗟乎驺虞。"毛传："驺虞，义兽也。白虎黑文，不食生物，有至信之德则应之。"麒麟：古代传说中的一种动物。雄曰麒，雌曰麟。形状像鹿，头上有角，全身有鳞甲，尾像牛尾。古人以为仁兽、瑞兽。

⑫天宝：神鸡名。即秦穆公所获之陈宝。扬雄《羽猎赋》："追天宝，出一方。"应劭注："天宝，陈宝也。"晋灼注："天宝，鸡头而人

身。"《晋太康地志》云:"秦文公时,陈仓人猎得兽,若彘,不知名,牵以献之。逢二童子,童子曰:'此名为媚,常在地中,食死人脑。'即欲杀之,拍捶其首。媚亦语曰:'二童子名陈宝,得雄者王,得雌者霸。'陈仓人乃逐二童子,化为雉,雌上陈仓北阪,为石,秦祠之。"陈仓:地名,即今陕西省宝鸡市。

⑬"载非熊"句:用姜子牙遇文王的故事。《六韬·文师》记载,文王将往渭水边打猎,行前占卜,卜辞曰:"田于渭阳,将大得焉,非龙非彲,非虎非罴,兆得公侯。天遣汝师以之佐昌。"后果见太公坐渭水边垂钓,与之语而大悦,遂同车而归,拜为师。古熊罴连称,后遂以"非熊"为姜太公代称。

【译文】忽然君王茫然而变色,若有所失,居安思危,防止放纵,如此驰骋田猎会使人发狂,不是治国的至正之方。况且天子应该以垂拱无为而治为尊,以大道为宝。暴虐万物,不是有道的行为。于是下令去掉三面罗网,以体现天地间的仁慈。已被杀的禽兽皆命该如此,没被杀的禽兽则保全其性命。古代有剪毛不献的礼制,现在怎么能让生灵的鲜血染红车轮。解开凤凰与鹭鸶的羁绊,放走捕获的驺虞与麒麟。就像秦穆公一样在陈仓获得天宝,如同周文王一样在渭水之滨遇到非熊姜太公。

于是享猎徒①,封劳苦②。轩行庖③,骑酌酤④。韬兵戈⑤,火网罦⑥。然后登九霄之台,宴八纮之囿⑦。开日月之扇⑧,辟生灵之户⑨。圣人作而万物睹⑩,览蒐岐与狩敖,何宣成之足数⑪?哂穆王之荒诞,歌白云之西母⑫。

【注释】①享：同"飨"。猎徒：打猎的人。

②封：封赏。

③轩：车。行庖：进餐。

④酌酤：饮酒。

⑤韬：收藏。

⑥火：焚烧。罟：罗网。

⑦八纮：八方极远之地。《淮南子·地形训》："九州之外，乃有八殥，方千里。八殥之外，乃有八纮，亦方千里。高诱注：纮，维也，维落天地而为之表，故曰纮也。"

⑧扃：从外面关门的闩、钩等。

⑨生灵：指百姓。

⑩"圣人"句：语出《易·乾·文言》："圣人作而万物睹。"

⑪"览蒐岐"二句：用周成王、周宣王在岐山和敖地打猎的故事。《左传·昭公四年》："成有岐阳之蒐。"杜预注："周成王归自奄，大蒐于岐山之阳。"岐山在今陕西省岐山县境。蒐：春天打猎。《东京赋》："搏兽于敖。"薛综注："敖，郑地，今之河南荥阳也，谓宣王所狩之地。"

⑫"哂穆王"二句：用周穆王与西王母故事。《穆天子传》："吉日甲子，天子宾于西王母，乃执白圭元璧以见西王母，好献锦组百纯，组三百纯，西王母再拜受之。乙丑，天子觞西王母于瑶池之上，西王母为天子谣曰：'白云在天，山陵自出。道里悠远，山川间之。将子无死，尚能复来。'天子答之曰：'予归东土，和洽诸夏。万民平均，吾顾见汝。比及三年，将复而野。'"

【译文】于是宴飨众人，封赏功劳。犒赏车驾，赐酒骑士。收兵戈，焚罗网。然后登上九霄高台，设宴八方园圈。修日月之圣明，开万民之敬仰。圣人有所作为而万物看到就会效仿，蒐狩于岐山与敖地，周成王与周宣王的事迹又何足道？嘲笑周穆王之事荒诞，曾经在瑶池听西王母唱白云之歌。

曷若饱人以淡泊之味①，醉时以淳和之觞②，鼓之以雷霆，舞之以阴阳。虞乎神明③，狃于道德④。张无外以为罝⑤，琢大朴以为杙⑥。顿天网以掩之⑦，猎贤俊以御极⑧。若此之狩，罔有不克。使天人宴安⑨，草木蕃植⑩。六宫斥其珠玉⑪，百姓乐于耕织。寝郑卫之声⑫，却靡曼之色⑬。天老掌图⑭，风后侍侧⑮。是三阶砥平⑯，而皇猷允塞⑰。岂比夫《子虚》《上林》《长杨》《羽猎》，计麋鹿之多少，夸苑囿之大小哉！

【注释】①曷若：何如。

②觞：酒杯。

③虞：古同"娱"，安乐。

④狃：因袭，拘泥。

⑤无外：谓古代帝王以天下为一家。《公羊传·隐公元年》："王者无外。"盖谓普天之下，莫非王者之土，无有内外之分也。罝：泛指捕鸟兽的网。

⑥大朴：原指未经雕饰的木头，这里代指原始质朴之道。杙：围捕野兽的木桩。

⑦顿；整顿。掩：囊括。

⑧御极：指皇帝登基。

⑨宴安：安逸享受。

⑩蕃植：繁殖。

⑪六宫：古代皇后的寝宫，正寝一，燕寝五，合为六宫。

⑫寝：停止。郑卫之声：春秋时郑、卫两国的音乐，因不同于雅乐，曾被儒家斥为"乱世之音"，后泛指淫靡的音乐。

⑬却：丢弃。靡曼：华美，华丽。

⑭天老：相传为黄帝辅臣。《河图挺佐辅》记载，黄帝修德立义，天下大治。乃召天老而问焉："余梦见雨龙挺日图即帝，以授余于河之都，觉昧素喜，不知其理，敢问于子。"天老曰："河出龙图，洛出龟书，纪帝录列圣人所纪，姓号兴，谋治平，然后凤凰处之。今凤凰已下三百六十日矣，合之图纪，天其授帝图乎？"黄帝乃被斋七日，衣黄衣，冠黄冕，驾黄龙之乘，戴蛟龙之旗。天老五圣皆从以游河洛之间，求所梦见者之处，弗得。至于翠妫之渊，大卢鱼溯流而至。乃问天老曰："子见夫中河流者乎？"曰："见之。"顾问五圣，皆曰莫见，乃辞左右，独与天老跪而迎之。五色毕具，天老以授黄帝。黄帝舒视之，名曰《录图》。此句即指此事。

⑮风后：相传为黄帝臣子之一。《史记·五帝本纪》："黄帝举风后、力牧、常先、大鸿以治民。"裴骃集解引郑玄曰："风后，黄帝三公也。"张守节《史记正义》引《帝王世纪》："黄帝梦大风吹天下之尘垢皆去，帝寤而叹曰：'风为号令，执政者也。垢去土，后在也。天下岂有姓风名后者哉？'于是依占而求之，得风后于海隅，登以为相。"

⑯三阶：即三台星。《汉书·东方朔传》："愿陈《泰阶六符》以观天变。"颜师古注引应劭曰："《黄帝泰阶六符经》曰：'泰阶者，天之三阶也。上阶为天子，中阶为诸侯、公卿、大夫，下阶为士庶人……三阶

平,则阴阳和,风雨时,社稷神祇,咸获其宜,天下大安,是为太平。'"

⑰皇猷:皇道。允:信也。塞:满也。皇猷允塞,言皇道能塞满于天下也。

【译文】何如以淡泊之味饱食百姓,以醇和之酒酣醉万民,以雷霆为鼓,以阴阳为舞。欢愉神明,熟习道德。张无内外分别之网,竖原始质朴之桩,整顿天网以搜罗人才,猎取贤才而君临天下。若以这种方法狩猎,无不成功。可以使百姓安居,草木繁盛。后宫摒弃珠玉,百姓乐于耕织。停止郑卫靡靡之音,杜绝美妙华丽之色。天老献图,风后辅政。由此三台星平,而皇道充塞于天下。岂是《子虚》《上林》《长杨》《羽猎》各辞赋所夸耀麋鹿多少,范围大小所能比拟的。

方将延荣光于后昆①,轶玄风于邃古②,拥嘉瑞③,臻元符④,登封于太山,篆德于社首⑤。岂不与乎七十二帝同条而共贯哉⑥?君王于是回蜺旌⑦,反銮舆⑧。访广成于至道⑨,问大隗之幽居⑩。使罔象掇玄珠于赤水⑪,天下不知其所如也⑫。

【注释】①延:施及。荣光:荣名光耀。后昆:后代。

②轶:超过。玄风:天子清静无为的教化。庾亮《让中书令表》:"沐浴玄风。"吕延济注:"沐浴天子道教。"邃古:远古。

③嘉瑞:祥瑞。

④元符:大的祥瑞。

⑤"登封"二句:太山:即泰山。篆德:谓篆刻于石,以颂功德也。社首:山名。在今山东省泰安市西南,上有社首坛。因周成王封禅得名。

⑥"岂不"句:《史记·封禅书》:"管仲曰:'古者封泰山、禅梁父者七十二家。'"同条共贯:事理相通,脉络连贯。这里指行事相仿,可以相提并论。

⑦蜺旌:彩饰之旗。司马相如《上林赋》:"拖蜺旌。"张揖注:"析羽毛,染以五采,缀以缕为旌,有似虹蜺之气也。"蜺,同"霓"。

⑧反:同"返",返回。銮舆:即銮驾,天子车驾。

⑨"访广成"句:广成:即广成子。传说中的仙人。《庄子·在宥》:"黄帝立为天子十九年,令行天下,闻广成子在于空同之上,故往见之曰:'我闻吾子达于至道,敢问至道之精。吾欲取天地之精,以佐五谷,以养民人。吾又欲官阴阳以遂群生,为之奈何?'"至道:最高的原则、准则。

⑩大隗:神名。《庄子·徐无鬼》:"黄帝将见大隗乎具茨之山,方明为御,昌㝢骖乘,张若、謵朋前马,昆阍、滑稽后车,至于襄城之野,七圣皆迷,无所问途。适遇牧马童子,问途焉,曰:'若知具茨之山乎?'曰:'然。''若知大隗之所存乎?'曰:'然。'黄帝曰:'异哉!小童非徒知具茨之山,又知大隗之所存。请问为天下。'小童曰:'夫为天下者,亦奚以异乎牧马者哉!亦去其害马者而已矣!'黄帝再拜稽首,称天师而退。"

⑪罔象:同"象罔"。《庄子》寓言中的人物。含无心、无形迹之意。《庄子·天地》:"黄帝游乎赤水之北,登乎昆仑之丘,而南望还归,遗其玄珠,使知索之而不得,使离朱索之而不得,使喫诟索之而不得,乃使象罔,象罔得之。黄帝曰:"异哉!象罔乃可以得之乎!"这个故事以"玄珠"比喻"道",以"知""离朱""喫诟""象罔"四个虚拟形象喻四种求"道"方式。"知",同"智",是智者的意思。"离朱",是

能明察秋毫的人。"喫诟",是善于言辩的人。"象罔",成玄英疏:"罔象,无心之谓。"智者、明察秋毫的人、能言善辩的人都不能得"道",而"象罔"这样的无心之人却得"道"了。赤水:古代神话传说中的水名。在昆仑山下。

⑫所如:所往。

【译文】天子正要将荣耀留给后世,超越古人之教化,拥有祥瑞,达到大化。登泰山而封,于社首而刻石。岂不是与在泰山封禅的七十二帝共同彪炳史册?于是君王挥旗回师,车驾返宫。拜访广成子咨询至道之理,询问大隗居所而请教治国之道。派罔象去赤水寻找玄珠,天下人不知其所往。

大鹏赋　并序

【题解】此赋初成于开元十三年(725)左右,当时李白刚出蜀,在江陵所作,后又改写。李白以《庄子·逍遥游》中的大鹏形象为基础,极力描绘了大鹏的气势不凡。李白以大鹏自比,借大鹏的形象来抒发自己的抱负和理想。充分体现了李白向往自由,率真豁达的性格。李白在序中陈述了此赋的由来:一是因为遇到司马承祯而作《大鹏遇希有鸟赋》以自广;二是悔少年之作"未穷宏达之旨",又中年读阮修的《大鹏赞》,心中鄙陋之,因而重修旧作。正文先以庄子《逍遥游》为基础,描绘了大鹏的诞生与浩大声势。接着描绘了大鹏"蹶厚地,揭太清。亘层霄,突重溟",水激三千,远征九万，"斗转而天动，山摇而海倾"的雄伟气象。再以夸张的手法描述了大鹏足带虹蜺，眼如日月，吁气成云，撒羽为雪，视三山为土块，观五湖为杯水。气势可使任公子罢钓，使有穷氏不敢弯弓。又描述大鹏使盘古、羲和也叹为观止。使水伯海神也为之战栗恐惧。再以黄鹄、玄凤、精卫、鸂鶒、天鸡、三足乌等神鸟作为对比，来说明这些神鸟皆不能旷达闲逸，都拘谨守常。表明了大鹏的无拘无束，自由自在。最后写大鹏鸟与稀有鸟结伴远游天际，只留下燕雀小鸟困于藩篱之间徒劳嘲笑。可以说大鹏是李白的精神寄托与化身，此赋体现了李白诗文自由奔放，雄奇浪漫的风格。

　　余昔于江陵见天台司马子微^①，谓余有仙风道骨^②，可与神游八极之表^③。因著《大鹏遇希有鸟赋》以自广^④。此赋已传于世，往往人间见之。悔其少作，未穷宏达之旨，中年弃之。及读《晋书》，睹阮宣子《大鹏赞》^⑤，鄙心陋之。遂更记忆，多将旧本不同。今腹存手集，岂敢传诸作者^⑥，庶可示之子弟而已^⑦。其辞曰：

【注释】①司马子微：即司马承祯，字子微，河内郡温县（今河南温县）人，道教上清派第十二代宗师。少好学，无意仕宦，遂为道士，师从潘师正，后隐居天台山。武则天、睿宗时曾召入宫中讲道，玄宗时又两次召至京都，并令于王屋山置坛室以居。开元二十二年（735），司马承祯卒于王屋山，时年八十九。追赠为银青光禄大夫，谥称"真一先生"。

　　②仙风道骨：道教语。谓有仙人及得道者的气质神采。

　　③八极：八方极远之地。《淮南子·原道训》："廓四方，拆八极。"高诱注："八极，八方之极也。"

④希有鸟：古代传说中的大鸟。《神异经》："昆仑山有大鸟，名曰希有，南向张左翼覆东王公，右翼覆西王母，背上小处无羽，一万九千里，西王母岁登翼上会东王公也。"这里作者以大鹏鸟自比，以稀有鸟比喻司马承祯。自广：犹自宽。自我安慰。

⑤阮宣子：指西晋阮修，字宣子，西晋名士阮咸从子。曾作《大鹏赞》："苍苍大鹏，诞自北溟。假精灵鳞，神化以生。如云之翼，如山之形。海运水击，扶摇上征。翕然层举，背负太清。志存天地，不屑雷霆。鷃鸠仰笑，尺鷃所轻。超然高逝，莫知其情。"

⑥作者：称在艺业上有卓越成就的人。

⑦庶可：也许可以。子弟：子与弟，亦泛指子侄辈。

【译文】昔日我在江陵拜访过曾隐居天台山的司马承祯，他说我有仙风道骨，可以和他一起神游八方极远之地。我就写下了《大鹏遇希有鸟赋》来自慰情怀。这篇赋已流传于世，世间或能看到此赋。但我对这篇年少时的未成熟之作并不满意，感觉没有把宏大深刻的主旨表现出来，中年后就把它弃之一旁。等到读《晋书》，看到阮宣子写的《大鹏赞》，我内心认为他的言辞很鄙陋。于是又回忆并修改以前写过的《大鹏遇希有鸟赋》，新作与旧作多有不同之处。现在留存下手稿，哪里敢传给名家观览，只是想让子弟们看看罢了。赋辞写道：

南华老仙发天机于漆园①，吐峥嵘之高论，开浩荡之奇言。征志怪于齐谐②，谈北溟之有鱼，吾不知其几千里，其名曰鲲③。化成大鹏，质凝胚浑④。脱鬐鬣于海岛⑤，张羽毛于天门。刷渤澥之春流⑥，晞扶桑之朝暾⑦。煇赫乎宇宙⑧，凭陵乎昆仑⑨。一鼓一舞,烟朦沙昏。五岳为之震荡,百川为之崩奔⑩。

【注释】①南华老仙:指庄子,《旧唐书·玄宗纪》:"天宝元年,诏封庄子为南华真人。"天机:犹灵性。谓天赋灵机。漆园:古地名。战国时庄周曾在此为吏。在今河南省商丘北。《史记·老子韩非列传》:"庄子者,蒙人也,名周,尝为蒙漆园吏。其学无所不窥,然其要本归于老子之言。故其著书十余万言,大抵率寓言也。"

②志怪:记述怪异之事。古典小说的一类。盛于魏晋、南北朝。齐谐:人名。一说古书名。《庄子·逍遥游》:"齐谐者,志怪者也。"成玄英疏:"姓齐名谐,人姓名也。亦言书名也,齐国有此俳谐之书也。"后志怪之书以及敷演此类故事的戏剧,多以"齐谐"为名。

③"谈北溟"三句:引自《庄子·逍遥游》:"北冥有鱼,其名为鲲。鲲之大,不知其几千里也。化而为鸟,其名为鹏。鹏之背,不知其几千里也。怒而飞,其翼若垂天之云。是鸟也,海运则将徙于南冥。南冥者,天池也。齐谐者,志怪者也。谐之言曰:"鹏之徙于南冥也,水击三千里,抟扶摇而上者九万里,去以六月息者也。""

④质凝胚浑:混沌。我国传说中指宇宙形成以前的景象。郭璞《江赋》:"类胚浑之未凝,象太极之构天。"李善注:"言云气杳冥,似胚胎浑混,尚未凝结。又象太极之气,欲构天也。"

⑤鬐(qí)鬣(liè):鱼、龙的脊鳍。木华《海赋》:"巨鳞插云,鬐鬣刺天。"李善注:"鬐,鱼背上鬣也。"

⑥渤澥:即渤海。司马相如《子虚赋》:"浮渤澥。"颜师古曰:"渤澥,海别枝也。"司马贞索隐:"案《齐都赋》:海旁曰渤,断水曰澥也。"

⑦"晞扶桑"句：扶桑：神话传说中的神木，传说日出于扶桑之下。朝暾：初升的太阳。亦指早晨的阳光。《楚辞·东君》："暾将出兮东方，照吾槛兮扶桑。"王逸注："谓日始出东方，其容暾暾而盛貌。东方有扶桑之木，其高万仞，日下浴于汤谷，上拂其扶桑，爰始而登，照耀四方。"

⑧焯赫：显赫。

⑨凭陵：亦作"凭凌"。逾越，登临其上。昆仑：即昆仑山。在新疆西藏之间，西接帕米尔高原，东延入青海境内。势极高峻，多雪峰、冰川。古代神话传说，昆仑山上有瑶池、阆苑、增城、县圃等仙境。

⑩崩奔：水流冲激堤岸而奔涌。谢灵运诗《入彭蠡湖口》："圻岸屡崩奔。"吕向注："水激其岸，崩颓而奔波也。"

【译文】南华真人庄子在漆园阐发天机，口吐卓绝不凡之高论，叙述广阔宏大之奇言。从齐谐那里收集奇闻异事，谈到北海有无比巨大之鱼，我不知道它到底有几千里长，它的名字叫作鲲。鲲化身成为大鹏，逐渐凝结形成胚胎。在海岛褪去背鳍，在天门张扬飞羽。在渤海春水里洗刷羽毛，在扶桑之树上照晒朝阳。显赫宇宙之间，超越昆仑之上。翅膀一鼓一舞，就使烟波迷茫，沙石昏暗。五岳因而震荡，百川为之汹涌。

乃蹶厚地，揭太清①，亘层霄②，突重溟③。激三千以崛起，向九万而迅征④。背崟太山之崔嵬⑤，翼举长云之纵横。左回右旋，倏阴忽明。历汗漫以夭矫⑥，狂阊阖之峥嵘⑦。簸鸿濛⑧，扇雷霆。斗转而天动，山摇而海倾。怒无所搏，雄无所争，固可想像其势，仿佛其形⑨。

【注释】①太清：指极高之处。葛洪《抱朴子·杂应》："上升四十里，名为太清，太清之中，其气甚刚，能胜人也。"

②层霄：高空。古人认为天有九重，故曰层霄。

③重溟：指海。

④迅征：疾行。

⑤嶪：岌嶪，高峻。崔嵬：《尔雅》："石戴土谓之崔嵬。"

⑥汗漫：广大，漫无边际。夭矫：形容姿态的伸展屈曲而有气势。郭璞《江赋》："吸翠霞而夭矫。"吕向注："夭矫，飞腾貌。"

⑦玒（gòng）：至。阊阖：传说中的天门。

⑧鸿濛：也作"鸿蒙"，宇宙形成前的混沌状态。《庄子·在宥》："云将东游，过扶摇之野，而适遭鸿蒙。"陆德明《音义》："鸿蒙，自然元气也。一云海上气也。"

⑨仿佛：谓有近似或大概的印象。

【译文】于是猛踩大地，飞举虚空，横亘云霄，搏击大海。激水三千里腾空而起，直上九万里疾飞而去。背负陡峭崔嵬的泰山，翅拍纵横长空的浮云。左旋右转，忽隐忽现。翱翔在无边的碧空，飞临于巍峨的天门。摇动旷宇，翅发雷霆，使斗转星移而苍天震动，使山摇地动而冥海倾覆。无物可与之相搏，无物可与之争雄。只能想象它的气势，大概勾画它的外形。

若乃足萦虹蜺①，目耀日月，连轩沓拖②，挥霍翕忽③。喷气则六合生云，洒毛则千里飞雪。遨彼北荒，将穷南图④。运逸翰以傍击⑤，鼓奔飙而长驱⑥。烛龙衔光以照物⑦，列缺施鞭而启途⑧。块视三山⑨，杯观五湖⑩。其动也神应，其行也道俱。任公见之而罢钓,有穷不敢以弯弧⑪。莫不投竿失镞,仰之长吁。

【注释】①虹蜺:为雨后或日出、日没之际天空中所现的七色圆弧。虹蜺常有内外二环,内环称虹,也称正虹、雄虹;外环称蜺,也称副虹、雌虹或雌蜺。

②连轩:飞舞貌。杳拖:相重貌。

③挥霍:迅疾貌。翕忽:犹倏忽。急速貌。张协《七命》:"翕忽挥霍,云回风列。"刘良注:"并飞走乱急也。"

④南图:谓南飞,南征。比喻抱负远大。

⑤逸翰:指强健善飞的鸟翅。翰:鸟羽。

⑥奔飙:疾风。长驱:向前奔驰不止;长途向前驱驰。

⑦烛龙:古代神话中的神名。传说其张目(亦有谓其驾日、衔烛或珠)能照耀天下。《山海经·大荒北经》:"西北海之外,赤水之北,有章尾山。有神,人面蛇身而赤,直目正乘,其瞑乃晦,其视乃明。不食,不寝,不息,风雨是谒,是烛九阴,是为烛龙。"《楚辞·天问》:"日安不到,烛龙何照?"王逸注:"言天之西北有幽冥无日之国,有龙衔烛而照之也。"

⑧列缺:闪电。

⑨块视:视为土块。三山:指传说中海外三仙山,蓬莱、方丈、瀛洲。

⑩杯观:看做酒杯。五湖:泛指古代吴越地区湖泊。其说不一。

⑪有穷:夏代国名。相传为夏代有穷氏之君后羿,以善射著称。

【译文】它的足部环绕着五彩的虹霓,眼睛闪耀着日月般的光芒,上下回旋,往来倏忽。吁出白气则天地四方生出蔼蔼层云,抖落羽毛则千里之内飞起漫天大雪。大鹏从北方邈远之处,将要穷尽南方极远之地。以强健羽翼拍击两侧,鼓起狂风而长驱直飞。烛龙口衔宝物以照亮万物,电神挥舞长鞭来引导开路。视三山好似土块,观五湖就如杯水。一举一动有神灵相应,一出一行与大道相合。任公子见到它则停下钓杆,有穷氏也不敢弯弓射大鹏。他们丢下鱼竿、扔掉弓箭,仰天发出长叹。

　　尔其雄姿壮观,块轧河汉①,上摩苍苍②,下覆漫漫③。盘古开天而直视④,羲和倚日而傍叹⑤。缤纷乎八荒之间,掩映乎四海之半。当胸臆之掩昼,若混茫之未判。忽腾覆以回转,则霞廓而雾散。

　　【注释】①块轧:漫无边际貌。

　　②苍苍:深青色。指苍天。

　　③漫漫:广远无际貌。指大地。

　　④盘古:我国神话中开天辟地创世的人。《艺文类聚》引徐整《三五历纪》:"天地混沌如鸡子,盘古生其中,万八千岁。天地开辟,阳清为天,阴浊为地,盘古在其中,一日九变,神于天,圣于地。天日高一丈,地日厚一丈,盘古日长一丈,如此万八千岁,天数极高,地数极深,盘古极长,后乃有三皇。"

　　⑤羲和:古代神话传说中的人物。驾御日车的神。

　　【译文】至于它的雄伟姿态、壮观之形,则漫无边际可与银河相辉映。上接苍天,下覆大地。盘古开天而直视不知为何物,羲和倚日而感叹大鹏之巨大。大鹏缤纷多姿翱翔于八方极远之地,巨大的羽翼遮掩了四海之半。它的胸襟遮挡住了太阳，天地间就如同陷入混沌未判之际。忽然间大鹏又翻转过来，立刻霞光万道，云开雾散。

然后六月一息，至于海湄①。欻翳景以横翥②，逆高天而下垂。憩乎泱漭之野③，入乎汪湟之池④。猛势所射，余风所吹，溟涨沸渭⑤，岩峦纷披⑥。天吴为之怵栗⑦，海若为之躨跜⑧。巨鳌冠山而却走⑨，长鲸腾海而下驰⑩。缩壳挫鬣，莫之敢窥。吾亦不测其神怪之若此，盖乃造化之所为。

【注释】①海湄：海边。嵇康《琴赋》："俯阚海湄。"吕向注："海湄，海畔也。"

②欻：忽然。翳景：谓遮蔽日月的光辉。景，日光。翥(zhù)：鸟向上飞。

③泱漭：广大貌。司马相如《上林赋》："过乎泱漭之野。"张揖曰："《山海经》所谓大荒之野也。"

④汪湟：深广。

⑤溟涨：溟海与涨海。泛指大海。沸渭：水翻腾奔涌貌。

⑥纷披：散乱。

⑦天吴：水神名。《山海经·海外东经》："朝阳之谷，神曰天吴，是为水伯。"《山海经·大荒东经》："有神人，八首人面，虎身十尾，名曰天吴。"怵栗：恐惧。

⑧海若：传说中的海神。躨跜：盘曲蠕动貌。

⑨"巨鳌"句：左思《吴都赋》："巨鳌赑屃，首冠灵山。"吕向注："巨鳌，大龟也。灵山，海中蓬莱山，而大鳌以首戴之。冠，犹戴也。"

⑩长鲸：巨鲸。

【译文】然后，大鹏每六个月一歇息，来到海边。忽然间横翅遮蔽了日月光辉，巨大的身形逆天而立。栖息在广袤的原野上，进入到深阔的湖水间。大鹏猛然俯冲，气浪所及，海水翻腾，山峦纷乱。水伯天吴为之战栗，海神海若为之恐惧。背负神山的巨鳌也赶忙退避，翻腾苍海的长鲸也下潜逃遁。巨鳌缩进壳中，长鲸收起背鳍，都不敢窥视大鹏。我也没有想到它神异到这种地步，这大约就是造化的创造吧。

岂比夫蓬莱之黄鹄，夸金衣与菊裳①？耻苍梧之玄凤，耀彩质与锦章②。既服御于灵仙③，久驯扰于池隍④。精卫勤苦于衔木⑤，鹡鸰悲愁乎荐觞⑥。天鸡警曙于蟠桃⑦，踆乌昕耀于太阳⑧。不旷荡而纵适⑨，何拘挛而守常⑩？未若兹鹏之逍遥，无厥类乎比方，不矜大而暴猛，每顺时而行藏⑪。参玄根以比寿⑫，饮元气以充肠⑬。戏旸谷而徘徊⑭，冯炎洲而抑扬⑮。

【注释】①"岂比"二句：《西京杂记》："（汉昭帝）始元元年，黄鹄下太液池。上为歌曰：'黄鹄飞兮下建章，羽肃肃兮行蹡蹡。金为衣兮菊为裳。'"王琦按：太液池中起三山，以象瀛洲、蓬莱、方丈，故曰"蓬莱黄鹄"也。

②"耻苍梧"二句：苍梧：九疑山。即今湖南宁远县南九疑山。玄凤：凤凰。彩质：彩色的羽毛。锦章：美丽的花纹。此句谓有着五彩羽毛的玄凤也羞与大鹏相比。

③服御：驾驭。灵仙：神仙。

④驯扰：驯服。池隍：古代掘土筑城，城下之地，有水称池，无水

称隍。

⑤精卫：古代神话中鸟名。《山海经·北山经》：“发鸠之山，有鸟焉，其状如乌，文首、白喙、赤足，名曰精卫。其鸣自詨。是炎帝之少女，名曰女娃，游于东海，溺而不反，化为精卫。常衔西山之木石，以湮于东海。”后多用以比喻有仇恨而志在必报，或不畏艰难、奋斗不懈的人。

⑥鶢鶋：海鸟名，又名爰居。《国语·鲁语上》：“海鸟曰爰居，止于鲁东门之外三日。臧文仲使国人祭之，展禽曰：‘越哉，臧孙之为政也！夫祀，国之大节也；而节，政之所成也。故慎制礼以为国典。今无故而加典，非政之宜也。’”《庄子·至乐》：“昔者海鸟止于鲁郊，鲁侯御而觞之于庙，奏九韶以为乐，具太牢以为膳，鸟乃眩视忧悲，不敢食一脔，不敢饮一杯，三日而死。”荐觞：举杯献祭。

⑦天鸡：神话中天上的鸡。南朝梁任昉《述异记》：“东南有桃都山，上有大树，名曰‘桃都’，枝相去三千里。上有天鸡，日初出，照此木，天鸡则鸣，天下鸡皆随之鸣。”警曙：报晓。

⑧踆乌：古代传说有三足乌居于太阳中。《淮南子·精神训》：“日中有踆乌而月中有蟾蜍。”高诱注：“踆，犹蹲也。谓三足乌。”后因以“踆乌”借指太阳。晰耀：闪耀。

⑨旷荡：旷达。纵适：恣意安适。

⑩拘挛：拘束；蜷曲。守常：墨守常规。

⑪行藏：指出处或行止。语出《论语·述而》：“用之则行，舍之则藏。”

⑫玄根：指道家所称的道的根本。语出《老子》：“玄牝之门，是谓天地根。”

⑬元气：指天地未分前的混沌之气。充肠：充饥。

⑭旸谷：古称日出之处。《书·尧典》："分命羲仲，宅嵎夷，曰旸谷。"孔传："旸，明也。日出于谷而天下明，故称旸谷。"

⑮炎洲：神话中的南海炎热岛屿。《十洲记》："炎洲在南海中，地方二千里，去北岸九万里，亦多仙家。"

【译文】大鹏岂是蓬莱岛上的黄鹄所能相比，黄鹄只会夸耀金衣和菊裳？大鹏令苍梧山上的凤凰也感到羞愧，凤凰仅能炫耀彩羽和华纹。他们要么被神仙役使，要么驯服于小水池中。精卫勤劳辛苦地衔木填海，鶢鶋悲鸣哀愁于祭祀献酒。天鸡报晓蟠桃树上，三足乌闪光太阳中。它们不能旷达而闲逸，多么拘束而固守？它们都不如大鹏逍遥，无法与大鹏相比。大鹏不骄矜也不凶暴，顺应时宜而出处行止。参大道而寿长，饮元气以充饥。徘徊游戏于旸谷，盘旋俯仰于炎洲。

俄而希有鸟见谓之曰："伟哉鹏乎，此之乐也！吾右翼掩乎西极①，左翼蔽乎东荒②，跨蹑地络③，周旋天纲④。以恍惚为巢⑤，以虚无为场⑥。我呼尔游，尔同我翔。"于是乎大鹏许之，欣然相随。此二禽已登于寥廓⑦，而尺鷃之辈空见笑于藩篱⑧。

【注释】①西极：谓西方极远之处。

②东荒：东方极远之处。

③地络：犹地脉。土地的脉络。

④天纲：天的纲维。王琦注："天纲者，天之纲维，谓南北二极不动之处。"

⑤恍惚：迷离，难以捉摸。《老子》："道之为物，惟恍惟惚。"

⑥虚无：道家用以指"道"的本体。谓道体虚无，故能包容万物；

性合于道,故有而若无,实而若虚。《庄子·刻意》:"夫恬惔寂寞,虚无无为,此天地之平而道德之质也。"

⑦寥廓:辽阔的天空。《汉书·司马相如传下》:"犹焦朋已翔乎寥廓!"颜师古注:"寥廓,天上宽广之处。"

⑧尺鷃:即斥鷃。小雀。《庄子·逍遥游》:"斥鷃笑之曰:'彼且奚适也?我腾跃而上,不过数仞而下,翱翔蓬蒿之间,此亦飞之至也。而彼且奚适也?'"陆德明《庄子音义》:"斥,小泽也,本亦作尺。鷃,鷃雀也。今野泽中鹌鹑是也。"

【译文】不久,希有鸟看到大鹏,对它说:"雄伟啊大鹏,有如此之乐。我的右翅能覆盖西极,我的左翼能遮挡东荒。跨越山川,盘桓天际。以恍惚为巢,以虚无为场。我呼你同游,你与我共飞。"于是大鹏答应了它的要求,欣然随它而去。两鸟飞上了辽阔的天空,而尺鷃之类的小鸟,还困在藩篱旁徒劳发出嘲笑。

剑阁赋 送友人王炎入蜀

【题解】此赋时间可能为开元十九年(731)左右,诗人初入长安时所作。根据题下所注的"送友人王炎入蜀"可知,此赋是李白送别友人王炎入蜀所作。王炎,为李白好友,生平事迹不详,王炎去世后,李白曾作《自溧水道哭王炎三首》。全赋虽然较短,但写景抒情,形神兼备,意象饱满。首段以精炼的笔法描述了蜀道的艰险雄奇,酣畅淋漓,别开生面。次一段抒情,借用鲍照与曹植的诗意,抒发对友人的思念之情。并以明月为寄托，情景交融，在表达对友人怀念的同时，也表现了诗人的豁达与乐观。

咸阳之南^①，直望五千里，见云峰之崔嵬。前有剑阁横断^②，倚青天而中开。上则松风萧飒瑟飔^③，有巴猿兮相哀。旁则飞湍走壑，洒石喷阁，汹涌而惊雷。

【注释】①咸阳：在今陕西咸阳市东北。《三秦记》："咸阳在九嵕山南渭水北，山水俱阳，故名。"这里代指长安。

②剑阁：在今四川剑阁县东北剑门镇剑门关，位于大剑山和小剑山之间。左思《蜀都赋》："缘以剑阁，阻以石门。"刘逵注："剑阁，谷名，自蜀通汉中，道一由此。背有阁道，在梓潼郡东北。"《水经·漾水注》："（清水）又东南径小剑戍北，西至大剑三十里，连山绝险，飞阁通衢，故谓之剑阁。"剑门关在大剑山口，两崖相对，关置于上，为戍守要地。

③瑟飔（yù）：即飔（sè）飔，疾风。

【译文】从咸阳向南，直望五千里，只见高耸入云的巍峨山峰。前有剑门关横断当中，背靠青天而群山中开。上有松风瑟瑟疾吹，还有巴山猿猴不停哀鸣。旁边则是激流穿行在山壑之中，飞溅的浪花洒在石壁之上，喷向剑阁，汹涌澎湃，声如雷鸣。

送佳人兮此去^①，复何时兮归来。望夫君兮安极^②，我沉吟兮叹息。视沧波之东注，悲白日之西匿^③。鸿别燕兮秋声，云愁秦而暝色。若明月出于剑阁兮，与君两乡对酒而相忆。

【注释】①佳人：美好的人。指君子贤人。

②夫君：称友人。安极：没有尽头。

③"视沧波"二句：鲍照《观漏赋》："波沉沉而东注，日滔滔而西属。"曹植诗《赠白马王彪》："白日忽西匿。"此二句用其意。西匿：指太阳西落。

【译文】送别贤友啊离开这里，什么时候啊才会归来？目送你直到身影消失，我沉吟良久不住叹息。看着碧水缓缓东去，悲叹白日转眼西落。鸿雁在秋声中离开幽燕，浮云在暮色里愁生秦地。如果明月从剑阁升起啊，我愿与君两地举杯对月而相思。

拟恨赋

【题解】此赋可能是李白模仿江淹《恨赋》所作。江淹是南朝时的辞赋名家，尤其擅长别离和悲情题材，曾作《恨赋》和《别赋》，江淹的作品于悲婉中有慷慨之气，于古意中有清新之风。江淹的《恨赋》通过对秦始皇、赵王迁、李陵、王昭君、冯衍、嵇康等六位历史人物各自不同遗恨的描写，以及"孤臣""孽子""迁客"等失意之人的悲苦遭遇，来说明不论帝王将相，才子佳人均各有遗憾，只是各不相同罢了，道出了人生无常的感慨。李白此赋从段落到句法都是模仿江淹的《恨赋》。例如首段，《恨赋》为："试望平原，蔓草萦骨，拱木敛魂。人生到此，天道宁论。于是仆本恨人，心惊不已，直念古者，伏恨而死。"可见两者非常相似。李白全赋描述了汉高祖、项羽、荆轲、武帝陈皇后、屈原、李斯等六位历史人物的失意之处，以及征夫、迁客和追逐富贵者的愁苦哀怨，其宗旨也是感叹世道无常，人生自古多遗恨。

晨登太山^①，一望蒿里^②。松楸骨寒^③，草宿坟毁^④。浮生可嗟^⑤，大运同此^⑥。于是仆本壮夫^⑦，慷慨不歇，仰思前贤，饮恨而殁。

【注释】①太山：即泰山。

②蒿里：本为山名，相传在泰山之南，为死者葬所。因以泛指墓地。

③松楸：松树与楸树。墓地多植，因以代称坟墓。

④草宿：也作"宿草"，指隔年的草。《礼记·檀弓上》："朋友之墓，有宿草而不哭焉。"孔颖达疏："宿草，陈根也，草经一年则根陈也，朋友相为哭一期，草根陈乃不哭也。"后多用为悼亡之辞。

⑤浮生：语出《庄子·刻意》："其生若浮，其死若休。"以人生在世，虚浮不定，因称人生为"浮生"。

⑥大运：天运。何晏《景福殿赋》："乃大运之攸戾。"李周翰注："大运，天运也。"

⑦壮夫：豪壮之士，豪杰。

【译文】清晨登上泰山，眺望蒿里。松楸树下的白骨已寒，宿草漫生的坟茔湮没。虚浮的人生实在可叹，天道的安排一概相同。而我本是豪壮之士，心中感慨难平，想起前代那些圣贤，往往抱恨而终。

昔如汉祖龙跃^①，群雄竞奔，提剑叱咤^②，指麾中原。东驰渤

澥③，西漂昆仑。断蛇奋旅④，扫清国步⑤，握瑶图而倏升⑥，登紫
坛而雄顾⑦。一朝长辞，天下缟素。

【注释】①龙跃：喻王者兴起。语出《易·乾》："见龙在田，或跃
在渊。"刘孝标《辩命论》："睹汤武之龙跃。"张铣注："龙跃，谓欲升
天子位也。"

②提剑：用汉高祖故事。《史记·高祖本纪》："吾以布衣提三尺剑
取天下，此非天命乎？"后以"提剑"谓起兵或从军。

③渤澥：渤海。

④断蛇：用汉高祖斩白蛇故事。奋旅：起兵，举兵。

⑤国步：国家的命运。步，时运。《诗·大雅·桑柔》："于乎有哀，
国步斯频。"高亨注："国步，犹国运。"

⑥瑶图：指上天的符命。

⑦紫坛：紫色祭坛。帝王祭祀大典用。

【译文】昔日汉高祖龙跃登基，与群雄角逐，手提三尺剑，纵横
中原。东到渤海，西至昆仑。斩蛇起兵，扫清国土，受天命而升上帝位，
登紫坛而雄顾四方。一朝长辞人世，天下缟素而已。

若乃项王虎斗，白日争辉。拔山力尽，盖世心微。闻楚歌之
四合，知汉卒之重围。帐中剑舞，泣挫雄威。雅兮不逝，喑呜何归①？

【注释】①"若乃"十句：用项羽故事。《史记·项羽本纪》："项王
军壁垓下，兵少食尽，汉军及诸侯兵围之数重。夜闻汉军四面皆楚歌，
项王乃大惊曰：'汉皆已得楚乎，是何楚人之多也？'饮帐中，有美人名

虞，常幸从，骏马名骓，常骑之。于是项王乃悲歌慷慨，自为诗曰：'力拔山兮气盖世，时不利兮骓不逝。骓不逝兮可奈何，虞兮虞兮奈若何！'歌数阕，美人和之，项王泣数行下，左右皆泣，莫能仰视。于是项王乃上马骑，直夜溃围南出，驰走。平明，汉军乃觉之，令骑将灌婴以五千骑追之。项王至东城，自度不得脱，乃自刎而死。"

【译文】至于项羽与刘邦龙争虎斗，气势可与白日争辉。但最终拔山之力耗尽，盖世之心衰微。听到四面楚歌声起，就知陷入汉军重围。帐中舞剑而悲歌，雄风不在而泪下。乌骓不去，喑呜嘶鸣，欲归何处？

至如荆卿入秦，直度易水。长虹贯日，寒风飒起。远雠始皇，拟报太子。奇谋不成，愤惋而死①。

【注释】①"至如"八句：用荆轲刺秦王故事。《战国策·燕策》："燕太子丹质于秦，亡归。见秦且灭六国，兵已临易水，恐其祸至。荆轲见太子，太子曰：'丹之私计，以为诚得天下之勇士使于秦，劫秦王使悉反诸侯之侵地。不可，因而刺杀之。此丹之上愿，唯荆卿留意焉。'荆轲许诺。燕国有勇士秦武阳，年十三，杀人，人不敢忤视。乃令秦武阳为副。太子宾客知其事者，皆白衣冠以送之。至易水上，既祖取道，高渐离击筑，荆轲和而歌，为变徵之声，士皆垂泪涕泣。又前而为歌曰：'风萧萧兮易水寒，壮士一去兮不复还。'复为羽声慷慨，士皆瞋目，发尽上冲冠。于是荆轲遂就车而去，终已不顾。至秦，秦王见燕使者咸阳宫。荆轲奉樊於期之头函，秦武阳奉地图匣，以次进。至陛，秦武阳色变振恐，群臣怪之。荆轲顾笑武阳，前为谢曰：'北蛮夷之鄙人，未尝见天子，故振慑，愿大王少假借之。'起取武阳所持图奉之。秦王发图，图穷而匕首见。因左手把秦王之袖，而右手持匕首揕之。未至身，秦王惊，自引而起。袖绝，拔剑，剑坚不可立拔，环柱而走，卒惶急不知所为。左右乃曰：'王负剑。'王负剑，遂拔以击荆轲，断其左股。荆轲乃引匕首以提秦王，不中，中柱。秦王复击轲，轲被八创，自知事不就，倚柱而笑，箕踞以骂曰：'事所以不成者，乃欲生劫之，必得约契以报太子也。'左右前斩荆轲。如淳《史记注》引《列士传》曰："荆轲发后，太子自相气，见虹贯日不彻，曰：'吾事不成矣。'后闻轲死，事不立，曰：'吾知其然也。'"

【译文】再如荆轲入秦，度过易水。天上长虹贯日，地上寒风四起。远去秦地刺杀秦始皇，想要以此回报太子丹。可惜奇谋不成，愤懑惋惜中死去。

　　若夫陈后失宠，长门掩扉①。日冷金殿，霜凄锦衣。春草罢绿，秋萤乱飞。恨桃李之委绝②，思君王之有违。

【注释】①"若夫"二句：用汉武帝陈皇后失宠故事。《汉书·外戚传》："孝武陈皇后，擅宠骄贵，十余年而无子，闻卫子夫得幸，几死者数焉。上愈怒。后又挟妇人媚道，颇觉。元光五年，上遂穷治之，女子楚服等坐为皇后巫蛊祠祭祝诅，大逆无道，相连及诛者三百余人，楚服枭首于市。使有司赐皇后策曰：'皇后失序，惑于巫祝，不可以承天命。其上玺绶，罢退居长门宫。'"

②委绝：衰亡，衰败。委，通"萎"。

【译文】又如汉武帝的陈皇后失宠，幽居长门宫。从此金殿日益冷清,锦衣在身也挡不住寒霜侵袭。转眼春草褪去绿色,秋萤到处纷飞。空恨桃李衰败,哀怨君王恩断。

昔者屈原既放,迁于湘流[①]。心死旧楚,魂飞长楸[②]。听江枫之袅袅[③],闻岭狖之啾啾[④]。永埋骨于渌水,怨怀王之不收。

【注释】①"昔者"二句:用屈原受谗被逐故事。屈原,名平,字原,又自名正则,字灵均。战国时楚人。初辅佐楚怀王,任左徒,后为三闾大夫。主张修明法令,选贤任能,东联齐国,西抗强秦。遭到上官大夫、子兰、靳尚等人的忌恨,遂受谗去职。曾谏楚怀王不可入秦,怀王不听,信子兰,入秦被拘,死于秦。顷襄王时被放逐,长期流浪于沅、湘流域。前278年,秦军攻破楚都郢,屈原既痛国之危亡,又感理想之无法实现,乃投汨罗江而死。著作有《离骚》《九章》等传世。王琦注:"《楚辞·渔父》云:'屈原既放,游于江潭。'盖原所迁之地,在江之南,湘水经流之处也。"

②长楸:高大的楸树。古代常种于道旁。《楚辞·九章·哀郢》:"望长楸而太息兮,涕淫淫其若霰。"王逸注:"长楸,大梓。言己顾望楚都,见其大道长树,悲而太息。涕下淫淫,如雨霰也。"

③袅袅:吹拂貌。《楚辞·九歌·湘夫人》:"袅袅兮秋风。"王逸注:"袅袅,秋风摇木貌。"

④狖:古书上说的一种猴,黄黑色,尾巴很长。啾啾:鸟兽虫的鸣叫声。

【译文】昔日屈原被流放,来到湘水流域。他对楚王已不抱有期望,惟有梦中魂飞旧都长楸。他在江边观览枫树摇曳,来到山上静听猿猴哀鸣。屈原忠骨永埋渌水之中，哀怨怀王客死他乡。

及夫李斯受戮，神气黯然。左右垂泣，精魂动天。执爱子以长别，叹黄犬之无缘①。

【注释】①"及夫"六句：用李斯被杀之事。《史记·李斯列传》："（秦）二世二年，具（李）斯五刑，论腰斩咸阳市。斯出狱，与其中子俱执，顾谓其中子曰：'吾欲与若复牵黄犬，出上蔡东门逐狡兔，岂可得乎？'遂父子相哭而夷三族。"

【译文】等到秦相李斯受戮于闹市时，神情黯然。左右家人无不落泪，哀声动天。李斯执手爱子作永别，哀叹无缘再牵黄犬逐狡兔。

或有从军永决①，去国长违②，天涯迁客，海外思归。此人忽见愁云蔽日，目断心飞，莫不攒眉痛骨③，扶血沾衣④。

【注释】①永决：永别。决同"诀"。
②长违：永别。死的委婉说法。
③攒眉：皱眉。
④扶血：擦拭血泪。

【译文】或有从军一去难见之人，离家永别不返之人，沦为天涯异客之人，流落海外思归之人。当事之人，忽然看到愁云蔽日，遥望故乡，目光阻断，心绪空飞，无不皱眉肠断，泪血沾衣。

若乃错绣毂①，填金门②，烟尘晓沓③，歌钟昼喧④。亦复星沉电灭⑤，闭影潜魂。

【注释】①错绣毂：《楚辞·九歌·国殇》："车错毂兮短兵接。"王逸注："错，交也。"《韵会》："毂者，居轮之正中，而为辐之所凑也。"

②金门：指金马门，汉代宫门名。学士待诏之处。这里代指宫殿。

③沓：合。

④歌钟：伴唱的编钟。《左传·襄公十一年》："郑人赂晋侯，歌钟二肆。"孔颖达疏："言歌钟者，歌必先金奏，故钟以歌名之。"

⑤星沉电灭：比喻快速消失。

【译文】像那众多的华丽车辇，往来于豪门宫殿，烟尘连天，歌舞终日。最终仍如星沉电灭一般陨落，身形消散，魂归黄泉。

已矣哉！桂华满兮明月辉①，扶桑晓兮白日飞。玉颜灭兮蝼蚁聚②，碧台空兮歌舞稀。与天道兮共尽，莫不委骨而同归③。

【注释】①"桂华"句：此句谓月中有桂树。

②玉颜灭：对死亡的委婉称呼。

③委骨：鲍照《芜城赋》："委骨穷尘。"李善注："委，犹积也。"

【译文】俱已往矣！桂花繁盛啊明月放出光辉，扶桑晨晓啊白日飞升苍穹。玉颜终会消亡啊尸骨聚集蝼蚁，楼台早晚空寂啊歌舞总要收场。世人尽在天道之中，无不最终化为白骨。

惜余春赋

【题解】此赋年代不详，为暮春时送别友人而作。全赋首段写春回大地，碧水荡漾，春色宜人。登高而望，但见云海苍茫。心中感慨油然而生。心随之缥缈，意随之飘扬。接下来写惜春。芳草萋萋，绿茵如剪。可惜春将过去，遗憾不已。再写相思。这里引用了诸如游女、湘夫人、卫女思乡、巫山神女等典故，来抒发相思之苦。又一段写迟暮。由春暮而联想到时光易逝，再联想到老将至矣，恨不能在青天挂长绳，系住西驰的落日。最后一段写离别。写与友人离别，远行他乡。送行之际，愁绪满怀。寄相思于明月，遥送友人于千里之外。

天之何为令北斗而知春兮，回指于东方①。水荡漾兮碧色，兰葳蕤兮红芳②。试登高而望远，极云海之微茫。魂一去兮欲断，泪流颊兮成行。吟清枫而咏沧浪③，怀洞庭兮悲潇湘④。何余心之缥缈兮，与春风而飘扬。

【注释】①"天之"二句：北斗星在不同的季节，斗柄指向不同方位，古人根据初昏时斗柄所指的方向来判断季节。《鹖冠子·环流》："斗柄东指，天下皆春；斗柄南指，天下皆夏；斗柄西指，天下皆秋；斗柄北指，天下皆冬。"
②葳蕤：草木茂盛，枝叶下垂的样子。

③沧浪：《楚辞·渔父》："（渔父）乃歌曰：'沧浪之水清兮，可以濯吾缨。沧浪之水浊兮，可以濯吾足。'"后遂以"沧浪"指此歌。

④洞庭：湖名。在今湖南岳阳市一带。潇湘：湘江与潇水的并称。多借指今湖南地区。

【译文】上天以北斗来预告春时，使斗柄指向东方。春水荡漾而碧波起，兰草茂盛而红芳现。临风登高远望江山，目尽云海苍茫之处。魂去邈远而肠断，泪下双颊而成行。吟清风之曲而唱沧浪之歌，心怀洞庭而悲念潇湘。为何我心飘渺无依，伴随春风四处飘荡。

飘扬兮思无垠，念佳期兮莫展。平原萋兮绮色①，爱芳草兮如剪。惜余春之将阑②，每为恨兮不浅。

【注释】①萋：草木茂盛的样子。
②阑：残，尽，晚。

【译文】纷纷扬扬啊思绪无尽，挂念佳期啊一愁莫展。平原草青啊绮色无边，喜

爱芳草啊齐整如剪。可惜晚春即将过去，每每想到就遗恨不已。

汉之曲兮江之潭①，把瑶草兮思何堪②。想游女于岘北③，愁帝子于湘南④。恨无极兮心氲氲⑤，目眇眇兮忧纷纷⑥。披卫情于淇水⑦，结楚梦于阳云⑧。

【注释】①汉之曲：汉皋之曲，谓汉水弯曲处。汉皋，山名。在湖北襄阳西北。相传周朝时，郑交甫于汉皋台下遇二女，二女解佩相赠。

江之潭:《楚辞·渔父》:"屈原既放,游于江潭。"王琦注:"江潭,谓湘江深汇处。"

②瑶草:泛指珍美的草。江淹《从冠军建平王登庐山香炉峰》诗:"瑶草正翕赩,玉树信葱青。"吕向注:"瑶草、玉树,皆美言之。"

③游女:出游的女子。《诗·周南·汉广》:"汉有游女,不可求思。"郑玄笺:"贤女虽出游流水之上,人无欲求犯礼者。"岘北:岘山之北。岘山,在湖北襄阳县南。又名岘首山。东临汉水,为襄阳南面要塞。

④帝子:《楚辞·九歌·湘夫人》:"帝子降兮北渚,目眇眇兮愁余。"王逸注:"帝子谓尧女也。尧二女娥皇、女英随舜不反,没于湘水之渚,因为湘夫人。"

⑤氤氲:王琦注:"氤氲,聚而不散之意。"

⑥眇眇:眯眼远望貌。《楚辞·九歌·湘夫人》:"帝子降兮北渚,目眇眇兮愁予。"王逸注:"眇眇,远视貌。"

⑦"披卫情"句:《诗·卫风·竹竿》:"淇水在右,泉源在左,巧笑之瑳,佩玉之傩。"描写卫国女子远嫁他乡而思念家乡。

⑧"结楚梦"句:用楚王与巫山神女故事。典出宋玉《高唐赋》。后遂以"阳云"指男女幽会之所。

【译文】在汉水之曲与湘水深处,手执瑶草而相思难忍。遥想汉女曾游岘北,悲哀舜妃陨落湘南。遗恨无穷而心抑郁,举目远视而忧纷乱。卫女抒乡情于淇水,楚王结幽梦在阳台。

春每归兮花开,花已阑兮春改。叹长河之流春,送驰波于东海①。春不留兮时已失,老衰飒兮逾疾。恨不得挂长绳于青天,系此西飞之白日②。

【注释】①驰波:谓水波奔腾。

②"恨不得"二句:傅玄《九曲歌》:"岁暮景迈群光绝,安得长绳系白日。"此句用其意。

【译文】每当春归则百花盛开。花败凋谢则春去不返。感叹长河之水送春归,一路奔流汹涌入东海。春色难留而时光易逝,年逾老迈而痼疾缠身。恨不能在青天挂上长绳,系住这一路西驰的白日。

若有人兮情相亲①,去南国兮往西秦。见游丝之横路②,网春辉以留人。沉吟兮哀歌,踯躅兮伤别③。送行子之将远④,看征鸿之稍灭⑤。醉愁心于垂杨,随柔条以纠结。望夫君兮咨嗟⑥,横涕泪兮怨春华⑦。遥寄影于明月,送夫君于天涯。

【注释】①"若有人"句:《楚辞·九歌·山鬼》:"若有人兮山之阿。"

②游丝:漂浮在空中的蛛丝。

③踯躅:徘徊不前。

④行子:出行的人。

⑤征鸿:即征雁,迁徙的雁,多指秋天南飞的雁。

⑥夫君:称友人。咨嗟:叹息。

⑦春华:春天的花。比喻青春年华,少壮之时。苏武诗:"努力爱春华,莫忘欢乐时。"李善注:"春华,喻少时也。"

【译文】如果有人彼此情义深重,一旦去往南国或西秦。看见漂浮的蛛丝横在路上,似乎要网住春光来挽留行人。行人不禁低吟而歌悲曲,逡巡徘徊而伤离别。又或者送行人将去远方,看飞雁消失天边。以酒解愁醉看垂杨,心随柔柳纠缠一团。望友人背影而叹息,涕泪流满面而怨春。遥望明月以寄情,送友人远赴天涯。

愁阳春赋

【题解】此赋年代不详,为感春伤时之作。首段写春来之景。风光旖旎,天清和煦,海色碧绿。原野缤纷,浮云飘飘。诗人面对大好春光,却春愁满怀。次一段写陇水呜咽如秦地之声,江猿悲啼如巴人哀吟,诗人想起昭君出塞,屈原招魂,感叹人世无常。各种情感涌上心头,在这阳春时节慷慨而发。最后一段写与友人离别,隔云水而难相见,只能挥泪相思于流水之畔,诗人盼望能将春光揽于怀中,赠给远方佳人,寄托相思之情。

东风归来,见碧草而知春①。荡漾惚恍,何垂杨旖旎之愁人②。天光清而妍和③,海气绿而芳新④。野彩翠兮芊绵⑤,云飘飖而相鲜。演漾兮夤缘⑥,窥青苔之生泉。缥缈兮翩绵⑦,见游丝之萦烟。魂与此兮俱断,醉风光兮凄然。

【注释】①“东风”二句:江淹《别赋》:“春草碧色。”此二句用其意。

②旖旎：柔美的样子。司马相如《上林赋》："纷容萧参，旖旎从风。"张揖曰："旖旎，犹阿那也。"

③妍和：美好和煦。

④海气：海面上或江面上的雾气。

⑤芊绵：草木茂盛貌。

⑥演漾：飘摇貌。夤缘：连络，攀附。

⑦翩绵：飘忽连绵貌。

【译文】东风吹拂，碧草连天而知春来。枝条飘荡，杨柳婀娜却生愁绪。天清气朗而日光和煦，海色碧绿而芳菲清新。原野缤纷而花木茂盛，浮云飘飘与天光相映。枝条飘摇而攀援向上，青苔苍苍而泉生于旁。飘忽而绵密，蛛丝如细烟。魂飞如丝断，大醉心凄然。

若乃陇水秦声①，江猿巴吟②。明妃玉塞③，楚客枫林④。试登高而望远，痛切骨而伤心。春心荡兮如波⑤，春愁乱兮如雪⑥。兼万情之悲欢⑦，兹一感于芳节⑧。

【注释】①陇水：指陇山上的流水。古代陇头歌有："陇头流水，鸣声幽咽；遥望秦川，肝肠断绝。"之句，借咏流水表现望乡悲叹的情怀。后用为咏思乡伤别的典故。秦声：秦地的曲调。

②"江猿"句：江上猿啼，犹如巴人吟诵。《艺文类聚》引《宜都山川记》曰："峡中猿鸣至清，山谷传其响，泠泠不绝。行者歌之曰：'巴东三峡猿鸣悲，猿鸣三声泪沾衣。'"

③明妃：指王昭君。晋朝为了避晋文帝司马昭讳，改称明君，后又改为明妃。《后汉书·南匈奴传》："昭君字嫱，南郡人也。初，元帝时，

以良家子选入掖庭。时呼韩邪来朝，帝来以宫女五人赐之。昭君入宫数岁，不得见御，积悲怨，乃请掖庭令求行。呼韩邪临辞大会，帝召五女以示之。昭君丰容靓饰，光明汉宫，顾景裴回，竦动左右。帝见大惊，意欲留之，而难于失信，遂与匈奴。"玉塞：王琦注："谢庄《舞马赋》：'乘玉塞而归宝。'玉塞谓玉门关，乃入西域之路。昭君入胡之路，未必由此，盖借作边塞字用耳。"

④"楚客"句：楚客指屈原。《楚辞·招魂》：'湛湛江水兮上有枫，目极千里兮伤春心。'"王逸注："言湛湛江水浸润枫木，使之茂盛，伤己不蒙君惠而身放弃，曾不若树木得其所也。"

⑤"春心"句：枚乘《七发》："陶阳气，荡春心。"此句用其意。

⑥"春愁"句：刘绘《有所思》："中心乱如雪，宁知有所思。"此句用其意。

⑦万情：万物之情。

⑧芳节：阳春时节。亦泛指佳节、良时。刘铄《代收泪就长路诗》："徘徊去芳节。"梁元帝《纂要》："春节曰芳节。"

【译文】至于陇水呜咽如秦地之声，江猿悲鸣如巴人哀吟。昭君含悲出塞，屈原招魂枫林。登高而望远，痛骨而伤心。春心动荡如波涌，春愁纷乱如雪飞。兼有万物之悲欢，发一感慨于春时。

若有一人兮湘水滨，隔云霓而见无因。洒别泪于尺波①，寄东流于情亲②。若使春光可揽而不灭兮，吾欲赠天涯之佳人③。

【注释】①尺波：微波，尺水。亦以喻人世的短暂。陆机《长歌行》："寸阴无停晷，尺波岂徒旋。"李善注："言日无停景，川不旋波，以喻年命流行, 曾无止息也。"

②情亲: 亲人。

③佳人: 既可指美女, 也可指君子、夫君、友人等。

【译文】如果有人在湘水之滨, 隔云雾而无法相见。挥泪洒别在流水之畔, 寄托思念于东去之川。如果春光可揽怀中而永不消失, 我想把它赠予远在天涯的佳人。

悲清秋赋

【题解】此赋年代不详。从 "登九疑兮望清川, 见三湘之潺湲。" 二句可知, 应该是李白游潇湘时所写。首段写诗人登上九疑山远望, 只见三湘流水潺潺。遥望故乡, 不知几千里。次一段紧接首段意境, 描写登高四望, 此时夕阳西下, 湖水澄清, 明月高挂, 诗人怀幽燕而望南越。最后一段抒发感怀。诗人认为人间不是久留之地, 应该及早出海寻找蓬莱仙山, 求取仙药。

登九疑兮望清川①, 见三湘之潺湲②。水流寒以归海, 云横秋而蔽天。余以鸟道计于故乡兮③, 不知去荆吴之几千。

【注释】①九疑: 山名, 又名 "九嶷山"。在今湖南宁远南。《太平御览》引《湘中记》曰: "九疑山在营道县, 九山相似, 行者疑惑, 因名九疑。"

②三湘：指沅湘、潇湘、资湘或者沅湘、潇湘、蒸湘。

③鸟道：只有鸟才能飞越的路，比喻狭窄陡峻的山间小道。谢朓《暂使下都夜发新林至京邑赠西府同僚》："风云有鸟路，江汉限无梁。"李善注引《南中八志》："交趾郡治龙编县。自兴古，鸟道四百里。"王琦注："以其险绝，兽犹无蹊，惟上有飞鸟之道耳。后人称高峻之径曰鸟道，本此。"

【译文】登上九疑山远望清河，看见三湘之水潺潺而流。寒水奔向大海，秋云遮蔽天空。我打算借鸟道而谋划回故乡，不知离荆吴之地有几千里。

于时西阳半规①，映岛欲没。澄湖练明②，遥海上月。念佳期之浩荡，渺怀燕而望越③。

【注释】①"于时"句：王琦注："西阳谓西落之日，其半为峰所蔽，仅见其半，如半规然。"

②练明：如白练般洁白明净。

③"渺怀燕"句：王琦注："太白故乡在西蜀，而荆、吴则其东也。燕地居北，越地居南，盖登高而遍览四方之意，翻作两层抒写，便觉变幻不可测。"

【译文】此时白日西落，仅余半圆，映岛余晖，渐渐消失。遥远的海上升起皎洁的明月，澄清的湖水就像明净的白练。想到归乡之日邈远，只能思幽燕而望南越。

荷花落兮江色秋，风袅袅兮夜悠悠①。临穷溟以有羡②，思钓鳌于沧洲③。无修竿以一举，抚洪波而增忧。归去来兮④，人间不可以托些⑤，吾将采药于蓬丘⑥。

【注释】①风袅袅：《楚辞·九歌·湘夫人》："袅袅兮秋风。"王逸注："袅袅，秋风摇木貌。"夜悠悠：宋玉《九辩》："袭长夜之悠悠。"张铣注："悠悠，无穷也。"

②穷溟：传说中的大海。木华《海赋》："翔天沼，戏穷溟。"

③"思钓鳌"句：《列子·汤问》："龙伯之国有大人，举足不盈数步，而暨五山之所，一钓而连六鳌。"阮籍《为郑冲劝晋王笺》："临沧洲而谢支伯，登箕山以揖许由。"沧洲：谓沧海中之洲渚也。

④归去来兮：用陶渊明《归去来辞》成句。

⑤"人间"句：《楚辞·招魂》："魂兮归来，东方不可以托些。"王逸注："托，寄也。"些：楚地方言中语气助词，无实意。

⑥蓬丘：指蓬莱。《十洲记》："蓬丘，蓬莱山也。"

【译文】荷花凋零啊江色入秋，秋风徐徐啊夜色悠悠。临苍海以羡鱼，欲往沧州钓大鳌。却没有长竿可一举，空望洪波徒增忧愁。回来吧，人间不是可以长久寄托的地方，我将去蓬莱采撷仙药。

卷二十五　表

为吴王谢责赴行在迟滞表

【题解】此表应作于天宝十五载（756）。谢……表，是古代臣下感谢君王的奏章。行在，指天子巡行所到之地。吴王，即嗣吴王李祗，《旧唐书·太宗诸子传》载："祗，太宗第三子吴王李恪之孙。神龙中封为嗣吴王。景云元年（710），加银青光禄大夫。天宝十四载（755），为东平太守。安禄山反，率众渡河，凶威甚盛，河南陈留、荥阳、灵昌等郡皆陷于贼，祗起兵勤王，玄宗壮之。十五载（756）二月，授祗灵昌太守，又左金吾大将军、河南都知兵马使。其月，又加兼御史中丞、陈留太守，持节充河南道节度采访使。五月，诏以为太仆卿，遣御史大夫虢王巨代之。"天宝十五载七月，肃宗于灵武即位，改元至德。吴王赶赴天子行在见驾，因"所在邮驿，征发交驰"陆上难行，所以只能由水路南下，溯长江至荆、襄，转趋商、洛，以至灵武，途中"以疾淹留"，无法按时到达而向肃宗上陈此《表》。正巧李白当时为"避胡尘",南下来到金陵至九江一带,遇见吴王,于是代他写了此表。表中首段以"胡马""越禽""流波""落叶"为喻,言明吴王对天子的眷怀之情。接着吴王陈述自己才能驽钝,不堪重任,感谢天子让他免去统帅之职。吴王祝愿天子重振朝纲,能够早日平定天下。然后吴王解释自己无法按期见驾是因为疾病。最后陈述了沿途交通不便,所以只能走水路,请求肃宗予以体谅。

臣某言:伏蒙圣恩,追赴行在,臣诚惶诚恐,顿首顿首①。臣闻胡马矫首,嘶北风以局顾;越禽归飞,恋南枝而刷羽②。所以流波思其旧浦③,落叶坠于本根④。在物尚然,矧于臣子⑤。

【注释】①"臣某言"五句:是古代臣子上表的一种格式。通常以"臣某言"为开头。然后略叙数语,便作"诚惶诚恐,顿首顿首"等套语,以示谦恭,然后再进入正文详述。《后汉书·胡广传》:"诸生试章句,文吏试笺奏。"李贤注引《汉杂事》曰:"凡群臣之书,通于天子者四品:一曰章,二曰奏,三曰表,四曰驳议。章者需头,称'稽首以闻',谢恩陈事,诣阙通者也。奏者亦需头,其京师官但言'稽首言',下言'稽首以闻',其中有所请,若罪法劾案,公府送御史台,卿校送谒者台也。表者不需头,上言'臣某言',下言'诚惶诚恐、顿首顿首、死罪死罪',左方下附曰:'某官臣某甲乙上。'"《齐东野语·中谢中贺》:"今臣僚上表所称'诚惶诚恐'及'诚欢诚喜,顿首稽首'者,谓之'中谢''中贺',自唐以来,其体如此。盖臣某以下,略叙数语,便入此句,然后敷陈其详。"伏:敬词,指俯伏下拜。表现臣下对皇帝的一种崇敬。多用于奏疏表章中。

②"臣闻"四句：《古诗十九首·行行重行行》："胡马依北风，越鸟巢南枝。"谓胡马依恋北风，越鸟筑巢南枝。比喻眷恋故土，也表示物性难移。胡马：指北方所产的马。矫首：昂首，抬头。局顾：观望不前。刷羽：禽类以喙整刷羽毛，以便奋飞。

③"所以"句：晋张协《杂诗十八首》其八："流波恋旧浦，行云思故山。"此句用其意。

④"落叶"句：晋张骏《东门行》："休否有终极，落叶思本茎。"此句用其意。

⑤矧（shěn）：况且。

【译文】臣进言：承蒙陛下圣恩，下诏让臣赴行在觐见，臣诚惶诚恐，顿首顿首。臣听说胡马昂首，嘶鸣北风，回望故土而徘徊不前；越鸟归来，依恋南枝，刷羽其上而筑巢栖息。所以流水思念旧时之河浦，落叶坠于树干之根底。物性尚且如此，何况微臣。

臣位叨盘石①，辜负明时②；才阙总戎③，谬当强寇。驽拙有素④，天实知之。伏惟陛下重纽乾纲⑤，再清国步⑥，愍臣不逮⑦，赐臣生全⑧。归见白日⑨，死无遗恨。

【注释】①叨：承受。古汉语中用于对受人恩惠及礼物表示感谢的谦辞。盘石：即磐石，大石。此处为犬牙盘石的意思。《史记·孝文本纪》："高帝封王子弟，地犬牙相制，此所谓盘石之宗也。"后因称王朝分封宗室子弟以巩固统治为"犬牙盘石"。

②辜负：亏负，对不住。明时：指政治清明的时代。古时常用以称颂

本朝。

　　③总戎：统帅。亦用作某种武职的别称。如唐人称节度使为总戎。

　　④驽拙：驽钝笨拙。有素：本来具有，原有。

　　⑤伏惟：下对上的敬词。表示希望，愿望。重纽乾纲：重振朝纲。范宁《春秋谷梁传序》："昔周道衰陵，乾纲绝纽。"杨士勋疏曰："乾纲者，乾为阳，喻天子；坤为阴，喻诸侯。天子总统万物，若纲纪众纽，故曰乾纲。云绝纽者，纽是连系之辞。诸侯背叛，四海分崩，若纽之绝，故曰绝纽。"

　　⑥国步：国运。

　　⑦愍：同"悯"，哀怜。不逮：不及。

　　⑧生全：保全生命，全身。

　　⑨白日：喻指天子。

　　【译文】臣愧袭王位为盘石之宗，实在有负我大唐圣朝；臣才干不足以为统帅之职，忝为重任而御强寇于河南。臣本就驽钝笨拙，上天也知如此。臣恭请陛下重振朝纲，再使国运归于清明，陛下怜悯臣才能不及，改任太仆卿以保全身家。臣能归朝觐见陛下，虽死无憾。

　　然臣年过耳顺①，风瘵日加②。锋镝残骸③，劣有余喘④。虽决力上道⑤，而心与愿违。贵贪尺寸之程，转增犬马之恋⑥。非有他故，以疾淹留⑦。

　　【注释】①耳顺：指人到六十，听到别人的话，就能知道其中微妙的意思。后来用"耳顺"指人六十岁。《论语·为政》："六十而耳顺。"何晏集解引郑玄曰："耳顺闻其言而知其微旨。"

②风瘵（zhài）：指由邪风引起的疾病。日加：日益加重。

③锋镝：泛指兵器。此句谓被刀箭伤害的残躯。

④劣：仅，只。

⑤决力：竭力，尽力。上道：大路。此处指赶路。

⑥犬马之恋：犹犬马恋主。比喻臣下眷怀君王。曹植《上责躬应诏诗表》："不胜犬马恋主之情。"

⑦淹留：羁留，逗留。

【译文】然而臣已年过六十，风疾之症日益加重。刀箭所伤之残躯，仅剩喘息之余力。虽然竭力以赶路，奈何心与愿相违。臣日夜不停以争尺寸之路程，心中陡增犬马恋主之情怀。臣并无其它缘故，只是因病而滞留不前。

今大举天兵①，扫除戎羯②。所在邮驿③，征发交驰④。臣逐便水行⑤，难于陆进，瞻望丹阙⑥，心魂若飞。惭坠履之还收⑦，喜遗簪之再御⑧。不胜涕恋屏营之至⑨。谨奉表以闻。

【注释】①天兵：指唐军。

②戎羯：古族名，泛指西北少数民族，此处指安禄山叛军。

③邮驿：驿站，传舍。传送文书，步递曰邮，马递曰驿。

④交驰：互相奔走，纷至沓来。

⑤逐便：乘便，顺便。

⑥丹阙：赤色的宫阙。借指皇帝所居的宫廷。

⑦坠履：用楚昭王故事。汉贾谊《新书·谕诚》："昔楚昭王与吴人战，楚军败，昭王走，履决，背而行，失之。行三十步，复旋取履。及至于

隋，左右问曰：'王何曾惜一跻履乎？'昭王曰：'楚国虽贫，岂爱一跻履（单只鞋子）哉！思与偕反也。'自是之后，楚国之俗无相弃者。"后因以"坠履"为不轻易遗弃旧物或故物失而复得之典。

⑧遗簪：《韩诗外传》记载，孔子出游，遇一妇人失落簪子而哀哭。孔子弟子劝慰她。妇人曰："非伤亡簪也，吾所以悲者，盖不忘故也。"后以"遗簪"比喻不忘旧物或故情。此句与上句意同，都是称赞天子不忘故旧。

⑨屏营：作谦词用于信札中，意为惶恐。

【译文】如今王师大举出动，扫除安禄山叛军。臣所在的驿站，征调频繁。臣只能乘船而行，无法陆行，遥望陛下行宫所在，臣仰慕不止而心魂俱飞。臣如坠落之履被陛下不弃而心生惭愧，又如遗失之簪被陛下再用而欣喜不已。臣不胜感激而惶恐不已。恭敬地呈上此表来使陛下闻知。

为宋中丞请都金陵表

【题解】此表作于至德二载（757）。宋中丞，即御史中丞宋若思，当时为江南西道采访使兼宣城郡太守，李白友人宋之悌之子。肃宗至德二载二月，李白因参加永王幕府，被羁押寻阳狱中，经宣慰大使崔涣、御史中丞宋若思营救而出狱。出狱后李白加入宋若思幕府，此表即李白代宋若思向朝廷所写表章，即提议朝廷迁都金陵。李白在表中开篇就说明社稷、君臣均变化无常，只有功高德厚之人才能保有。李白以周太王发迹于岐山,光武中兴为例,极力进言肃宗光复中原。李白又分析了当前局势:前有杨国忠兄妹扰乱朝纲,后有安禄山兴兵作乱。因此建议肃宗当谋划万全之策,以扫除动乱,安定社稷。接着陈述目前中原为胡寇所占,而金陵为龙盘虎踞之地,适合迁都到此。李白列举殷商五迁都城,卫文公迁都楚丘的例子,来说明迁都的益处。最后详述金陵一带的物产、交通等情况,表明迁都金陵有种种好处。全文旁征博引,纵横捭阖,就如战国时纵横家之辞,分析利弊,陈说利害,语言夸张,动人心魄。但是李白对当时的天下形势还不完全清楚,不理解两京对于唐朝的重要意义,所以这项迁都的提议并没有被朝廷采纳。

　　臣某言:臣诚惶诚恐,顿首顿首。臣闻社稷无常奉,明者守之;君臣无定位,暗者失之①。所以父作子述②,重光叠辉③。天未绝晋④,人惟戴唐⑤。以功德有厚薄,运数有修短⑥。功高而福祚长永,德薄而政教陵迟⑦。三后之姓,于今为庶⑧,非一朝也。

【注释】①"臣闻"四句:《左传·昭公三十二年》:"社稷无常奉,君臣无常位,自古以然。"杜预注:"奉之无常人,言唯德也。"此处用其意。明者:指明君。暗者:指昏君。

　　②父作子述:即父辈创业而子孙继承发扬。《礼记·中庸》:"以王季为父,以武王为子,父作之,子述之。"述,传述,传承,继续别人的事业或阐述他人的学说。

　　③"重光"句:重光:再放光明,比喻累世盛德,辉光相承。《尚书·顾命》:"昔君文王、武王,宣重光,奠丽陈教则肆。"孔传:"言昔

先君文武，布其重光，累圣之德，定天命施陈教则勤劳。"陆德明音义：
"重光，马云：日月星也。……日月如叠璧，五星如连珠，故曰重光。"

④"天未"句：用《左传·僖公二十四年》介子推语："献公之子
九人，唯君在矣。惠、怀无亲，外内弃之。天未绝晋，必将有主。主晋祀
者，非君而谁？"此处用其意。

⑤"人惟"句：谓当今天下百姓拥戴唐朝。

⑥运数：命运，气数。修短：长短。

⑦陵迟：渐趋衰败。

⑧"三后"二句：《左传·昭公三十二年》："三后之姓，于今为庶，
主所知也。"杜预注："三后，虞、夏、商。"庶：平民，百姓。

【译文】臣进言：臣诚惶诚恐，顿首顿首。臣听说社稷之祭不能常
有，而英明之君可以守之；君臣之位不会固定不变，但昏庸之主会失
其位。所以父辈创立基业而子孙传承下去，就像日月相继放射光芒。
当年上天没有遗弃晋国，如今百姓也依然拥护大唐。而功德有薄厚，
气数有长短。功高则福祚绵长，德薄则政教衰颓。就算是虞、夏、商三
代君主的后裔，如今也变成了平民，并非一个王朝会出现这样的事情。

伏惟陛下钦六圣之光训①，拥千载之鸿休②。有国之本③，
群生属望④。粤自明两⑤，光岐之阳⑥。昔有周太王之兴⑦，发迹于
此，天启有类，岂人事欤？皇朝百五十年⑧，金革不作⑨。逆胡窃
号⑩，剥乱中原⑪。虽平嵩丘⑫、填伊洛⑬，不足以掩宫城之骸骨；
决洪河⑭、洒秦雍⑮，不足以荡犬羊之羶腺⑯。毒浸区宇⑰，愤盈穹
旻⑱。此乃猛士奋剑之秋，谋臣运筹之日。夫不拯横流⑲，何以彰
圣德？不斩巨猾⑳，无以兴神功㉑。十乱佐周而克昌㉒，四凶及虞而

乃去㉓。去元凶者㉔，非陛下而谁？且道有兴废，代有中季㉕。汉当三七㉖，莽亦为灾；赤伏再起㉗，丕业终光㉘。非陛下至神至圣，安能勃然中兴乎？

【注释】①六圣：指唐高祖、太宗、高宗、中宗、睿宗、玄宗六位皇帝。光训：犹大教。《书·顾命》："燮和天下，用答扬文武之光训。"孔传："言用和道和天下，用对扬圣祖文武之大教。"

②鸿休：鸿业，大统。

③"有国"句：古代特指确定皇位继承人，建立太子为国本。此处的太子即唐肃宗。

④属望：期望，期待。

⑤粤：古同"聿""越""曰"，文言助词，用于句首或句中，审慎之词也。明两：借指帝王或太子。谢灵运《拟魏太子邺中集·王粲》："不谓息肩愿，一旦值明两。"吕延济注："武帝既明，而太子又明，故谓太子为明两也。"

⑥"光岐"句：此处指肃宗驻跸岐州，使之发光。唐时岐州属关内道，距京师三百十七里。天宝元年改称扶风郡。天宝十五载七月肃宗于灵武即位，次年驾临扶风郡，即岐州，改名为凤翔郡。

⑦周太王：指周文王祖父古公亶父，传说是轩辕黄帝第十七世孙，周祖后稷的第十二世孙。《史记·周本纪》记载，殷商后期，古公亶父因戎狄逼迫，率领部族由豳迁到岐山，使部族逐渐兴盛强大，奠定了周朝发展的基础。周武王时追尊为太王。

⑧"皇朝"句：皇朝：即唐朝。从唐高祖武德元年（618）至唐玄宗天宝十五载（756）共一百三十九年，此处一百五十年是概略之数。

⑨金革：兵器甲胄，借指战争。

⑩"逆胡"句：指安禄山叛乱，在洛阳僭号称帝一事。

⑪剥乱：扰乱。

⑫嵩丘：即嵩山。

⑬伊洛：伊水和洛水。

⑭洪河：大河。古时多指黄河。

⑮秦雍：古秦地，在唐为雍州。指关中一带。

⑯羶腥：指动物身上发出的臊臭气味。此处指胡人身上的膻腥气味。

⑰区宇：区域，天地。

⑱穹旻（mín）：犹穹苍。《尔雅·释天》曰："穹苍，苍天也，春为苍天，夏为昊天，秋为旻天，冬为上天。"

⑲横流：江河泛滥。比喻动乱，灾祸。

⑳巨猾：大奸，极奸猾的人。

㉑神功：神迹一般的功绩。古时多用以颂扬帝王。

㉒十乱：泛指辅佐皇帝的十个有才能的人。《书·泰誓》："予（周武王）有乱臣十人，同心同德。"孔颖达疏："《释诂》云：乱，治也。故谓我治理之臣有十人也。……《论语》引此云'予有乱臣十人'，而孔子论之，有一妇人焉。则十人之内，其一是妇人。故先儒郑玄等皆以十人为文母、周公、太公、召公、毕公、荣公、太颠、闳夭、散宜生、南宫适也。"

㉓四凶：相传为尧舜时四个恶人或恶名昭彰的部族首领。《左传·文公十八年》："舜臣尧，宾于四门，流四凶族浑敦、穷奇、梼杌、饕餮，投诸四裔，以御魑魅。是以尧崩而天下如一，同心戴舜以为天子，以其举十六相，去四凶也。"后多用以比喻凶狠贪婪之人。

㉔元凶：罪魁。此处指叛军首领安禄山和史思明。

㉕中季：犹言兴废盛衰。中，指盛世。季，指末世。

㉖三七：二百一十年。《汉书·路温舒传》："温舒从祖父受历数天文，以为汉厄三七之间。"颜师古注引张晏曰："三七，二百一十岁也。自汉初至哀帝元年，二百一年也，至平帝崩二百十一年。"

㉗赤伏："赤伏符"的简称，新莽末年谶纬家所造符箓，谓刘秀上应天命，当继汉统为帝。后亦泛指帝王受命的符瑞。

㉘丕业：大业。

【译文】臣恭请陛下谨遵六位先皇的圣训，以传承大唐千载国运。册立太子为国之根本，肩负百姓和朝臣的期望。陛下以太子身份继位后，驻跸岐州光照岐山。昔日周先祖太王之兴起，就是发迹于此，这是上天的启示，岂是人力所能办到？大唐立国一百五十年，中原地区战事不起。如今安禄山僭号称帝，扰乱中原。就算削平嵩山，填满伊水和洛水，也不足以掩埋宫城中遇难的骸骨；即使决开黄河，洗洒秦雍之地，也不足以清除胡人留下的膻臭之味。胡兵之荼毒浸满天下，百姓之愤怒盈满苍穹。这正是猛士拔剑奋起之时，谋臣运筹帷幄之日。不拯救天下于动乱之中，怎能彰显陛下的圣德？不斩尽大奸大恶之徒，就无法建立起神功教化。昔日治乱十臣辅佐周朝而使其昌盛，上古的四凶在舜执政时就被除去。能够除去巨恶元凶的人，除了陛下还能有谁呢？况且世道有兴废，朝代有盛衰。汉朝注定有三七之厄，王莽篡政成为灾异；汉光武帝受赤伏符而起兵，最终光复汉朝大业。若不是陛下英明神武，又怎能中兴我大唐呢？

以臣料人事得失，敢献疑于陛下①。臣犹望愚夫千虑，或冀一得②。何者，贼臣杨国忠蔽塞天聪③，屠割黎庶；女弟席宠④，倾国弄权⑤。九土泉货⑥，尽归其室。怨气上激，水旱荐臻⑦；重惟暴乱，百姓力屈⑧。即欲平殄蟊贼⑨，恐难应期。且图万全之计，以成一举之策。

【注释】①献疑：质疑，提出疑问。

②"臣犹"二句：《史记·淮阴侯列传》："广武君曰：'臣闻智者千虑，必有一失；愚者千虑，必有一得。'"此处用其意。

③杨国忠：本名杨钊，杨贵妃堂兄，天宝初年，因贵妃得宠，赐今名。李林甫病故后，代为宰相，权倾内外，结党营私，贿赂公行，选任官吏均于私第暗定。天宝十四载，安禄山以诛杨国忠为名叛乱，杨国忠随唐玄宗奔蜀，至马嵬驿，兵变被杀。天聪：对天子听闻的美称。

④女弟：妹妹，这里指杨国忠堂妹杨贵妃。席宠：凭借恩宠，居宠。

⑤倾国：此处一语双关。既指美人，又指倾覆国家。

⑥九土：九州的土地。泛指全国。泉：钱币。

⑦"水旱"句：《旧唐书·玄宗纪》："天宝十二载八月，京城霖雨，米贵。""天宝十三载，是秋，霖雨积六十余日，京城垣屋颓坏殆尽，物价暴贵，人多乏食。"《资治通鉴》："天宝十三载，自去岁水旱相继，关中大饥。"此处指此事。荐臻：接连来到。

⑧力屈：力竭。

⑨平殄：平定殄灭。蟊贼：食禾稼的两种害虫。多比喻危害人民和国家的坏人或灾异。此处指安史叛军。

【译文】以臣对人事得失之看法，冒昧地向陛下提出疑问。臣犹期望愚者千虑，总会有所一得。臣为何这样说，是因为奸臣杨国忠蒙蔽圣听，残害百姓；凭借其妹杨玉环被先皇宠爱，就倾覆国家，滥用权力。全国的钱货，尽入其家。致使民怨上冲，水旱之灾接连不断；国家遭受动乱，民力凋敝。即使想平定安史叛军，恐怕也难如期完成。应该谋划万全之计，以便将叛军一举消灭。

今自河以北，为胡所凌①；自河之南，孤城四垒②。大盗蚕食③，割为洪沟④；宇宙岷屼⑤，昭然可睹。臣伏见金陵旧都，地称天险。龙盘虎踞⑥，开扃自然⑦。六代皇居⑧，五福斯在⑨。雄图霸迹，隐轸由存⑩。咽喉控带⑪，萦错如绣。天下衣冠士庶，避地东吴，永嘉南迁⑫，未盛于此。

【注释】①凌：通"陵"，侵犯。

②垒：古代军中作防守用的墙壁。

③大盗：指安禄山。

④洪沟：即鸿沟。古代运河，在今河南省。楚汉相争时是两军对峙的临时分界。

⑤岷屼：不安貌。

⑥龙盘虎踞：此处指金陵地势雄壮险要，宜作帝王之都。《太平御览》引《吴录》："刘备曾使诸葛亮至京，因睹秣陵山阜，叹曰：'钟山龙盘，石头虎踞，此帝王之宅。'"

⑦扃（jiōng）：关门。

⑧六代：指三国吴、东晋、宋、齐、梁、陈六朝，皆建都金陵。

⑨五福：《书·洪范》："五福：一曰寿、二曰富，三曰康宁，四曰攸好德，五曰考终命。"

⑩隐轸：犹隐赈，富饶之意。隐，通"殷"。由存：即犹存。

⑪咽喉：形容金陵地势险要。控带：萦带。形容城池被水环抱。

⑫永嘉南迁：指西晋永嘉年间，北方汉人大批南迁之事。永嘉五年（311），刘曜攻陷洛阳，纵兵屠杀抢掠。中原百姓士族，纷纷南逃，避乱江东。永嘉，是晋怀帝司马炽的年号。

【译文】如今黄河以北，都被叛军占据；黄河以南，只剩孤城壁垒。敌酋蚕食九州，割裂天下；四海惶惶不安，昭然可见。臣看到金陵旧都，地形堪称天险。周围山势龙盘虎踞，控制一方门户。六代帝王之都，五福聚集之地。历代雄图霸迹，至今繁盛尚存。地处咽喉大江环抱，群峰萦绕宛如图画。天下望族士庶，都来到东吴避难，就算当年的永嘉南迁，也没有如今之盛况。

臣又闻汤及盘庚，五迁其邑①，典谟训诰②，不以为非；卫文徙居楚丘，风人流咏③。伏惟陛下因万人之荡析④，乘六合之诪张⑤，去扶风万有一危之近邦，就金陵太山必安之成策。苟利于物⑥，断在宸衷⑦。

【注释】①"臣又闻"二句：商朝建立后，最初建都于亳（今河南商丘），此后从汤至盘庚一共迁都五次，直到盘庚迁都殷（今安阳小屯村）后，才不再迁徙。《书·盘庚·序》："盘庚五迁，将治亳，殷民咨胥怨，作《盘庚》三篇。"孔传："自汤至盘庚，凡五迁都。"《史记·殷本纪》："帝盘庚之时，殷已都河北，盘庚渡河南，复居成汤之故居，乃五迁，无定处，殷民咨胥皆怨，不欲徙。盘庚乃告谕诸侯大臣。"张守节正义："汤自南亳迁西亳，仲丁迁敖，河亶甲居相，祖乙居耿，盘庚渡河南居西亳，是五迁也。"

②典谟训诰：《尚书》中《尧典》《大禹谟》《汤诰》《伊训》等篇的并称。此处指《尚书》。

③"卫文"二句：指春秋时卫文公迁都楚丘一事。卫文：即卫文公，春秋时卫国国君，名辟疆，改名燬。楚丘：在今河南省滑县东北。《诗经·鄘风·定之方中·序》："《定之方中》，美卫文公也。卫为狄所灭，东徙渡河，野处漕邑，齐桓公攘夷狄而封之。文公徙居楚丘，始建城市而营宫室，得其时制，百姓悦之，国家殷富焉。"

④荡析：动荡离散。

⑤诪（zhōu）张：惊惧貌。

⑥苟：如果，假使。

⑦宸衷：帝王的心意。

【译文】臣又听说商朝从汤到盘庚，曾五次迁都，《尚书》中的相关篇章，不认为这种做法不对；卫文公将国都迁到楚丘，有诗人作诗予以赞美。恭请陛下考虑万民还处于动荡离散之中，而天下也处于惊惧不定之中，应该离开扶风这个万中有一的危险之地，采纳迁往金陵万安之处的策略。如果有利于国家，请陛下早下决断。

况齿革羽毛之所生，梗楠豫章之所出①。元龟大贝②，充牣其中③；银坑铁冶，连绵相属④。铲铜陵为金穴，煮海水为盐山⑤。以征则兵强，以守则国富。横制八极，克复两京，俗畜来苏之欢⑥，人多徯后之望⑦。陛下西以峨嵋为壁垒，东以沧海为沟池⑧，守海陵之仓⑨，猎长洲之苑⑩。虽上林、五柞⑪，复何加焉？上皇居天帝运昌之都⑫，储精真一之境⑬。有虞则北闭剑阁⑭，南扃瞿塘⑮。虽尤、共工⑯，五兵莫向⑰，二圣高枕⑱，人何忧哉！飞章问安⑲，往复巴峡，朝发白帝⑳，暮宿江陵，首尾相应，率然之举㉑。不胜屏营瞻云望日之至㉒，谨先奉表陈情以闻。

【注释】①"况齿革"二句：引用《书·禹贡》中对扬州物产的描述。《书·禹贡》："淮海惟扬州，厥贡，齿、革、羽、毛、惟木。"孔传："齿，象牙；革，犀皮；羽，鸟羽；毛，旄牛尾；木，楩、梓、豫章。"孔颖达疏："楩、梓、豫章，此三者，是扬州美木，故传举以言之。所贡之木，不止于此。"楩楠：黄楩木与楠木，皆大木。豫章：古书上记载的一种树名。有记载说即今之樟树。

②元龟：大龟，古代用于占卜。大贝：贝的一种，上古以为宝器。

③充牣：充满。

④"银坑"二句：谓金陵一带有很多银铁等矿藏。

⑤"铲铜陵"二句：王琦注："铲，削也。铜陵，出铜之山。金穴，藏金之窟。"

⑥俗：世俗百姓。畜：怀有。来苏：获得复苏。

⑦俟：待也。后：君也。

⑧沟池：护城河。

⑨海陵之仓：即西汉吴王刘濞所建的大仓。海陵：县名，今江苏泰州市。

⑩长洲之苑：指吴王刘濞所建的苑囿。长洲：县名，在今江苏苏州市。

⑪上林、五柞：即上林苑、五柞宫。皆为西汉时期的宫、苑。

⑫上皇：指唐玄宗。当时肃宗已称帝，尊玄宗为太上皇。天帝运昌之都：指蜀郡成都。左思《蜀都赋》："远则岷山之精，上为井络，天帝

运期而会昌。"刘逖注:《河图括地象》曰:'岷山之地,上为井络,帝以会昌,神以建福。'昌,庆也。言天帝于此会庆建福也。"

⑬储精:储蓄天地精气。真一:道教名词。本指保持本性,自然无为。后多指养生的方法。扬雄《甘泉赋》:"储精垂恩。"李善注:"言储畜精诚,冀神垂恩也。"

⑭虞:忧患。剑阁:在今四川剑阁县东北剑门镇剑门关。

⑮瞿塘:即瞿塘峡。

⑯蚩尤:传说中的古代九黎族首领。以金作兵器,与黄帝战于涿鹿,失败被杀。共工:古代传说中的天神,与颛顼争为帝,怒触不周山,而使天地倾覆。此处以蚩尤、共工代指安禄山、史思明。

⑰五兵:五种兵器。所指不一。《周礼·夏官·司兵》:"掌五兵五盾。"郑玄注引郑司农云:"五兵者,戈、殳、戟、酋矛、夷矛也。"此指车之五兵。步卒之五兵,则无夷矛而有弓矢。

⑱二圣:指唐玄宗和唐肃宗。

⑲飞章:报告急变或急事的奏章。

⑳白帝:即白帝城,东汉初公孙述筑,在今四川奉节县东十里白帝山上。

㉑"首尾"二句:《孙子·九地》:"故善用兵者,譬如率然;率然者,常山之蛇也。击其首则尾至,击其尾则首至,击其中则首尾俱至。"后以"首尾相应"指互相呼应。

㉒屏营:惶恐貌。瞻云望日:犹瞻云就日。《史记·五帝本纪》:"帝尧者,放勋。其仁如天,其知如神。就之如日,望之如云。"后以"瞻云望日"形容臣下对君主的崇仰追随。

【译文】况且金陵一带盛产象牙、犀皮、鸟羽、旄牛尾,也出产楩树、楠树、豫章等名贵树木。巨龟大贝，充满其间。银山铁矿，连绵不绝。铲掘铜山作为铸钱金穴，熬煮海水堆积雪盐成山。借此出征则兵强将勇，据此固守则国家富足。这样就能掌控天下，收复长安、洛阳。世人怀有获得复苏的欢念，百姓大多期待明君的到来。陛下您西以峨眉山为壁垒，东以大海为护城河，掌管海陵仓，游猎长洲苑。即使上林苑和五柞宫，又如何能相比呢？太上皇居住在蜀郡成都，蓄养精气以达真一之境。如遇忧患则北边紧闭剑门阁，南边封锁瞿塘峡。即使蚩尤、共工，手持五兵也无法攻克，二圣从此高枕安卧，还会有何忧愁？奏事的表章和问安的信息，来往于巴峡之间，早上从白帝城出发，傍晚就到达江陵，两地首尾呼应，如常山之蛇。臣不胜惶恐怀着瞻云就日那样崇敬的心情，恭敬地呈上此表来使陛下知道此事。

为宋中丞自荐表

【题解】此表是至德二载（757），李白出狱后以宋若思名义所写的自荐表。宋中丞，指御史中丞宋若思。宋若思向朝廷推荐李白，却由李白自己撰写推荐书，可见宋若思对李白的推重。此表中，李白以"天地闭而贤人隐，云雷屯而君子用"二句开篇，表明任用贤才的重要性。然后以宋若思的口吻，陈叙被举荐人的年纪和生平。尤其是天宝初年供奉翰林的经历，写得文采激昂。并对李白入永王幕府的经历，予以解释，强调此事已经两位朝臣的审核复查而予以昭雪。文中强调李白有经济之才和巢由之节，如果不能委任以官职，天下人都会为其叫屈。因此恳请肃宗能招揽李白为朝廷所用，可以使天下豪杰归心。并且引用商山四皓比拟李白，以此来强调任用李白的重要性。全文说理有力，行文流畅，用典贴切，可惜此表上奏之后，使李白遭受流放夜郎之灾，着实可悲。

臣某闻，天地闭而贤人隐①，云雷屯而君子用②。

臣伏见前翰林供奉李白，年五十有七。天宝初，五府交辟③，不求闻达，亦由子真谷口④，名动京师。上皇闻而悦之⑤，召入禁掖⑥。既润色于鸿业⑦，或间草于王言。雍容揄扬⑧，特见褒赏⑨。为贱臣诈诡，遂放归山。闲居制作，言盈数万。属逆胡暴乱，避地庐山，遇永王东巡胁行，中道奔走⑩，却至彭泽⑪。具已陈首⑫。前后经宣慰大使崔涣及臣推覆清雪，寻经奏闻⑬。

【注释】①"天地"句：谓天地闭塞则贤人隐迹。语出《易·坤·文言》："天地闭，贤人隐。"孔颖达疏："谓二气不相交通，天地否闭，贤人潜隐。"

②"云雷"句：谓万事待兴则君子出世而用。出自《易·屯》："云雷屯，君子以经纶。"王弼注："君子经纶之时。"

③五府：古代五官署的合称。《后汉书·张楷传》："五府连辟，举贤良方正，不就。"李贤注："五府，太傅、太尉、司徒、司空、大将军也。"

④子真谷口：郑朴，字子真，西汉汉中褒中人，修身自保，不屈其志。耕于岩石之下，名闻京师。成帝时，大将军王凤礼聘之，不应，家居谷口，世号谷口子真。

⑤上皇：指唐玄宗。

⑥禁掖：宫中旁舍，此处代指宫廷。

⑦润色：修饰文字，使有文采。鸿业：大业，多指王业。

⑧雍容：舒缓，从容不迫。揄扬：宣扬。

⑨特：独。见：被。

⑩中道奔走：指永王兵败后逃跑。

⑪彭泽：县名。唐时属江南西道江洲，今江西彭泽县。

⑫陈首：自己供认所犯罪行。

⑬"前后"二句：据《新唐书·宰相表》："至德元载八月庚子，蜀郡太守崔涣为门下侍郎、同中书门下平章事。十一月戊午，涣为江南宣慰使。"推覆：覆勘，重新审问。奏闻：臣下将情事向帝王报告。

【译文】臣听闻，天地闭塞则贤人隐迹不出，天下清明则贤人出世而用。

臣见前翰林供奉李白，年纪五十有七。天宝初年，虽有五府交相征聘，但他不求名望显达，就像西汉的郑子真一样，名动京师。太上皇听说之后十分欢喜，下旨召他入宫。李白或以文笔弘扬大唐的丰功伟业，或按天子之言起草诏书。辞章雍容而宏大，屡受嘉奖和赏赐。可惜被奸臣谗谤，最终放归山林。他闲居时创作诗文，有数万言之多。正遇安禄山叛乱，就隐居庐山避难，恰逢永王东巡被迫入幕，中途永王兵败逃走，而李白流落到彭泽县。这些情况他都已陈述清楚。前后经过宣慰大使崔涣以及微臣的反复询问审核，已经清洗他的冤情，臣随即将此事上奏。

臣闻古之诸侯进贤受上赏，蔽贤受明戮①。若三适称美，必九锡光荣②，垂之典谟③，永以为训。臣所荐李白，实审无辜④。怀经济之才⑤，抗巢、由之节⑥。文可以变风俗，学可以究天人⑦，一命不沾⑧，四海称屈。

【注释】①"臣闻"二句：《汉书·武帝纪》元朔元年诏："进贤受上赏，蔽贤蒙显戮，古之道也。"蔽贤：埋没贤能的人。明戮：即"显戮"，泛指处死。此处为避中宗李显讳改。

②"若三适"二句：《汉书·武帝纪》："有司奏议曰：古者诸侯贡士，壹适谓之好德，再适谓之贤贤，三适谓之有功。乃加九锡。"颜师古注引服虔曰："适，得其人。"三适：谓好德、贤贤、有功。此处指三次举贤得人。九锡：古代天子赐给诸侯、大臣的九种器物，是一种最高礼遇。颜师古注引应劭曰："一曰车马，二曰衣服，三曰乐器，四曰朱户，五曰纳陛，六曰虎贲百人，七曰铁钺，八曰弓矢，九曰秬鬯。此皆天子制度，尊之，故事事锡予，但数少耳。"

③垂：流传后世。典谟：《尚书》中《尧典》《舜典》和《大禹谟》《皋陶谟》等篇的并称。此处泛指典籍，典范。

④实：语助词，用以加强语气。审：仔细推究。

⑤经济之才：治国安民的才能。

⑥巢由：巢父和许由的并称。相传皆为尧时隐士，尧让位于二人，皆不受。因用以指隐居不仕者。

⑦究天人：穷究天道和人事。

⑧一命：周时官阶从一命到九命，一命为最低的官阶。后世以受初品官为一命。《周礼·春官·大宗伯》："一命受职，再命受服，三命受位，四命受器，五命赐则，六命赐官，七命赐国，八命作牧，九命作

伯。"不沾: 得不到。

【译文】臣听闻古代诸侯向朝廷荐举贤人会受到优厚的奖赏, 埋没贤人会公开受到刑戮的惩罚。如果能够三次荐举贤人就会被世人赞美, 朝廷必会赐予他九锡以示荣耀, 并记载于典籍而传留后人, 为永世训诫。臣之所以举荐李白, 因为他确实是无辜。他身怀经世济民之才, 具有巢父、许由那样的高节。他的文章可以移风易俗, 学问可以穷究天人之际, 如果连最低的官阶都未授予他, 四海之内都会为他叫屈。

伏惟陛下大明广运, 至道无偏, 收其希世之英, 以为清朝之宝。昔四皓遭高皇而不起, 翼惠帝而方来①。君臣离合, 亦各有数。岂使此人名扬宇宙, 而枯槁当年②! 传曰: 举逸人而天下归心③。伏惟陛下, 回太阳之高辉, 流覆盆之下照④。特请拜一京官, 献可替否⑤, 以光朝列, 则四海豪俊, 引领知归⑥。不胜偻偻之至⑦, 敢陈荐以闻。

【注释】①"昔四皓"二句: 指汉高祖时, 商山四皓不肯接受汉高祖的征召。吕后按照张良之计, 请四皓出山辅佐太子刘盈, 使高祖放弃废太子的想法。此处引用此事以汉高祖比喻玄宗, 以汉惠帝比喻肃宗, 以商山四皓自比。

②枯槁: 原指草木枯萎, 这里比喻穷困潦倒。当年: 那年, 那时。

③"举逸人"句:《论语·尧曰》:"兴灭国, 继绝世, 举逸民, 天下之民归心焉。"逸人: 即逸民, 古代称节行超逸、避世隐居的人。此处为避太宗讳改。

④覆盆: 覆置的盆, 阳光照不到里面, 比喻沉冤难雪。

⑤献可替否:进献可行者,废去不可行者。谓对君主进谏,劝善规过。亦泛指议论国事兴革。语出《左传·昭公二十年》:"君所谓可而有否焉,臣献其否以成其可。君所谓否而有可焉,臣献其可以去其否。"

⑥引领:伸直脖子,形容殷切期待的样子。

⑦偻偻(lóu):勤恳貌,恭谨貌。

【译文】陛下的圣明贤德广布天下,上合天道而公正无偏,应该能收揽这位世间少有的贤才,作为清明之朝的珍宝。昔日商山四皓受汉高祖征召却避而不出,冀望于惠帝方才来朝。君臣离合,也各有定数。岂能让名扬天下之人,郁郁不得志而枯槁于盛年!传曰:能够任用隐逸高士则天下百姓归心。恭请陛下,将太阳般的圣辉,普照于覆盆之下,使李白蒙受恩泽。臣特请授予李白京官之职,使其能进言献策,得以在朝廷百官中显耀光彩,那么四海豪杰俊士,都会翘首以盼而归附朝廷。臣不胜恭敬之情,冒昧地呈上此表来使陛下知道。

卷二十五　书

代寿山答孟少府移文书

【题解】此文当作于开元十五年（727）。寿山，在今湖北安陆市西北。《一统志》："寿山，在湖广德安府城西北六十里，与应山接境。山下居民有寿至百余岁者，故名。"孟少府，姓名及事迹不详。少府，唐代为县尉的敬称。移文，古代文体之一。指行于不相统属的官署间的一种平行文书，多用于晓谕和责备。从文中可知，当时李白初到安陆，隐居于寿山。扬州的孟少府听说后，先给李白写了一篇移文，对李白隐居山林之举提出了异议，认为是藏宝埋贤。此文是李白收到孟少府的移文后，以寿山的名义而写的回信。信中李白以寿山的口吻委婉地反驳了孟少府的指摘。并表示自己本就怀有远大的抱负，即"申管晏之谈，谋帝王之术。奋其智能，愿为辅弼。使寰区大定，海县清一。"然后功成身退，泛舟五湖，戏水沧洲。全文洋洋洒洒，铺陈论述，引经据典，层次清晰，文采飞扬，全面地阐述了李白的抱负和志向。

　　淮南小寿山谨使东峰金衣双鹤衔飞云锦书于维扬孟公足下[①]，曰：仆包大块之气[②]，生洪荒之间[③]，连翼轸之分野[④]，控荆衡之远势[⑤]。盘薄万古[⑥]，邈然星河。凭天霓以结峰，倚斗极而横嶂[⑦]。颇能攒吸霞雨，隐居灵仙。产隋侯之明珠[⑧]，蓄卞氏之光宝[⑨]。罄宇宙之美，殚造化之奇。方与昆仑抗行，阆风接境[⑩]。何人间巫、庐、台、霍之足陈耶[⑪]！

【注释】①淮南：唐时安州安陆郡属淮南道。金衣双鹤：一对黄鹤。一说指北寿山的支脉大鹤山和小鹤山。维扬：扬州的别称。足下：对同辈、朋友的敬称。

　　②大块：大自然，大地。

　　③洪荒：混沌蒙昧的状态，指远古时代。

　　④"连翼轸"句：古人将星宿与地域联系起来，称为分野，荆楚是翼宿和轸宿的分野，此处指安陆古属楚国。

　　⑤控：控制。荆衡：荆州和衡州，古亦属楚国。远势：谓远物的气势、姿态。

　　⑥盘薄：亦作"盘礴"，犹磅礴，广大貌。

　　⑦"凭天霓"二句：天霓：天边虹蜺之气。斗极：北斗星与北极星。《尔雅·释地》："北戴斗极为空桐。"邢昺疏："斗，北斗也。极者，中宫天极星。"

　　⑧隋侯之明珠：《淮南子·览冥训》："譬如隋侯之珠，和氏之璧，得之者富，失之者贫。"高诱注："隋侯见大蛇伤断，以药傅之，后蛇于

江中衔大珠以报之，因曰隋侯之珠，盖明月珠也。"

⑨卞氏之光宝：指和氏璧。以上二句形容寿山所产都是珍宝。

⑩"方与"二句：《水经注·河水一》："昆仑之山三级：下曰樊桐，一名板桐；二曰玄圃，一名阆风；上曰层城，一名天庭，是为太帝之居。"

⑪巫：巫山，在今重庆与湖北的交界处。庐：庐山，在今江西九江市南。台：天台山，在今浙江天台县东北。霍：霍山，在今安徽西部，主峰在霍山县南。

【译文】淮南小寿山恭谨地派遣东峰上的一对黄鹤口衔书信飞往扬州孟公之处，信中说：我蕴含自然之气，生于洪荒之时，连接翼宿、轸宿之分野，掌控荆州、衡州之远势。盘亘一方历经万古，遥远而望邈若星河。山高可接天际虹蜺，连峰横倚北斗天极。颇能积烟霞而聚云雨，隐高士而居仙人。出产隋侯之明珠，蕴藏卞氏之玉璧。尽拥宇宙之瑰美，竭尽造化之神奇。所以能与昆仑相比拟，与阆风互媲美。更何况人间的巫山、庐山、天台山、霍山何足道也！

一昨于山人李白处奉见吾子移文①，责仆以多奇②，叱仆以特秀③，而盛谈三山五岳之美④，谓仆小山，无名无德而称焉⑤。观乎斯言，何太谬之甚也！吾子岂不闻乎：无名为天地之始，有名为万物之母⑥。假令登封禋祀⑦，曷足以大道讥耶⑧？然能损人费物，庖杀致祭，暴殄草木，镌刻金石⑨，使载图典⑩，亦未足为贵乎？且达人庄生⑪，常有余论⑫，以为尺鷃不羡于鹏鸟⑬，秋毫可并于太山⑭，由斯而谈，何小大之殊也？

【注释】①吾子：古时对人的尊称，可译为"您"。

②仆：旧谦称"我"。

③叱：大声呵斥。

④三山：即海中的蓬莱、方丈、瀛洲三座神山。五岳：即指泰山、衡山、华山、恒山、嵩山。

⑤称焉：与之相称。

⑥"无名"二句：出自老子《道德经》："无名天地之始，有名万物之母。"河上公注："无名者，谓道。道无形，故不可名也。始者，道之本也。吐气布化，出于虚无，为天地本始也。有名，谓天地。天地有形位，阴阳有柔刚，是其有名也。万物母者，天地含气生万物，长大成熟，如母之养子。"

⑦登封：古代帝王登泰山封禅，向上天报告自己的功业。此处指登寿山封禅。禋(yīn)祀：古代祭天的一种礼仪。先燔柴升烟，再加牲体或玉帛于柴上焚烧。泛指祭祀。

⑧曷足：何足，哪里值得。

⑨镌刻金石：指在金属或石头上雕凿文字。

⑩图典：图书和经典。

⑪庄生：即战国时的道家思想家庄周。

⑫余论：前人传留下的言论。

⑬尺鷃：一作斥鷃，小雀。鹏鸟：指大鹏鸟。用《庄子·逍遥游》中大鹏与斥鷃的故事。

⑭"秋毫"句：出自《庄子·齐物论》："天下莫大于秋毫之末，而太山为小。"郭象注："夫以形相对，则太山大于秋毫也。若各据其性分，物冥其极，则形大未为有余，形小不为不足。苟各安于其性，则秋毫

不独小其小，而太山不独大其大矣。若以性足为大，则天下之足未有过于秋毫也。若性足者非大，则虽太山亦可称小矣。故曰：天下莫大于秋毫之末，而太山为小。太山为小，则天下无大矣；秋毫为大，则天下无小矣。"秋毫：指秋季鸟兽新长出的毫毛。太山：即泰山。

【译文】昨日在山人李白处有幸得见您的书信，信中责备我夸耀奇险，呵斥我炫耀秀丽，并极力称颂三山五岳之美，认为我不过是区区小山，没有名声和德行可以来夸赞。看到这些言语，觉得实在是大谬！您难道没有听过：大道无名是天地初始的状态，天地有名是万物产生的根源。假如有帝王在寿山登封祭祀，则我可比肩于三山五岳，又何必用大道来讥笑呢？然而在三山五岳封禅祭祀，只是损耗人力物力，宰杀牺牲祭奠，任意践踏草木，镌刻金器碑石，使记载于图籍之中，如此也不足称道吧？况且通达知理的庄子，曾有名言流传，认为燕雀不必美慕于大鹏，秋毫亦可与泰山并重，由此可见，小与大又有什么不同呢？

又怪于诸山藏国宝、隐国贤，使吾君榜道烧山^①，披访不获，非通谈也^②。夫皇王登极，瑞物昭至，蒲萄翡翠以纳贡^③，河图洛书以应符^④。设天网而掩贤，穷月窥以率职^⑤。天不秘宝，地不藏珍，风威百蛮^⑥，春养万物。王道无外，何英贤珍玉而能伏匿于岩穴耶？所谓榜道烧山，此则王者之德未广矣。昔太公大贤，傅说明德，栖渭川之水，藏虞、虢之岩，卒能形诸兆朕，感乎梦想^⑦。此则天道暗合，岂劳乎搜访哉！果投竿诣麾^⑧，舍筑作相，佐周文，赞武丁^⑨。总而论之，山亦何罪？乃知岩穴为养贤之域，林泉非秘宝之区。则仆之诸山，亦何负于国家矣？

【注释】①榜道：张榜于路旁。用孙惠故事。《晋书·孙惠传》记载，孙惠，字德施，吴国富阳人。西晋时，东海王司马越进兵下邳，孙惠假称自己是南岳逸士秦秘之，上书给司马越。司马越看完后，张榜寻找上书之人，于是孙惠出来进见司马越。司马越任用孙惠为记室参军，专掌文疏，并参与机要。烧山：用阮瑀故事。《三国志·魏志·阮瑀传》记载，阮瑀，字元瑜，陈留尉氏（今河南尉氏县人）。邺中七子之一。年轻时曾拜蔡邕为师，以文才闻名于当时。曹操听闻阮瑀之名后，征召他为官，阮瑀不应。后曹操多次派人征召，阮瑀就逃进深山，曹操命人放火烧山，这才逼出阮瑀，勉强应召。此处用其意。

②通谈：通达的言论。

③"蒲萄"句：王琦注："蒲萄西域所产，翡翠南越所产，略举二物，以见远方纳贡之意。"

④河图洛书：古代儒家关于《周易》卦形来源及《尚书·洪范》"九畴"创作过程的传说。《易·系辞上》："河出图，洛出书，圣人则之。"据汉儒孔安国、刘歆等解说：伏羲时有龙马出于黄河，马背有旋毛如星点，称作龙图。伏羲取法以画八卦生著法。夏禹治水时有神龟出于洛水，背上有裂纹，纹如文字，禹取法而作《尚书·洪范》"九畴"。古代认为出现"河图洛书"是帝王圣者受命之祥瑞。

⑤月窥（cuì）：月窟。指极西之地。率职：奉行职责，尽职。

⑥百蛮：古代南方少数民族的总称。后也泛称其他少数民族。

⑦"昔太公"六句：姜太公垂钓于渭水，周文王梦见太公，后出游而遇姜太公，拜其为师。傅说本是虞、虢交界处的傅岩筑墙的奴隶，商王武丁夜梦圣人，画其图像寻找，因得傅说，任为宰相，国家大治。以上六句即指此二事。兆眹：即"兆朕"，机微，征兆。

⑧麾：指挥。

⑨赞：帮助，辅佐。

【译文】您又责怪寿山蕴藏宝物、隐匿贤士，使君王只能张榜道旁以求贤，焚烧山林以招士，四处遍访而无果，这并非通达的言论。倘若圣明天子在位，吉祥之兆自然昭显，葡萄翡翠自远方进贡而来，河图洛书等祥瑞应符而出。于是遍撒天网以搜罗贤士，穷尽远人而任用职事。上天不会隐秘宝物，大地不会藏匿奇珍，国威强盛震慑四夷，皇恩如春滋养万物。王道浩荡遍及内外，哪个英雄贤士、何种珍宝珠玉会被埋没藏匿于岩穴之中呢？所谓张榜求贤和烧山招士，不过是君王的德行还不够广大而已。昔日姜太公大贤，傅说德行昭彰，可惜一个栖居于渭水之滨垂钓，一个藏身在虞、虢之界筑墙，但最终文王的卦象中出现得到姜太公的征兆，武丁在梦中感应到傅说的形象。这些都是人事与天意相感的结果，岂是白费人力就能搜访到的！后来姜太公抛下钓竿，辅佐武王灭商而建立周朝；傅说舍弃筑墙，成为武丁宰相而实现中兴。总而言之，山有何罪？由此可知岩穴是贤士修身养性的地方，林泉并非是秘藏宝物的地方。而我为诸山之一，又怎会有负于国家呢？

　　近者逸人李白自峨眉而来，尔其天为容，道为貌①，不屈己，不干人，巢、由以来②，一人而已。乃虬蟠龟息③，遁乎此山④。仆尝弄之以绿绮⑤，卧之以碧云，漱之以琼液⑥，饵之以金砂⑦。既而童颜益春，真气愈茂。将欲倚剑天外，挂弓扶桑⑧。浮四海，横八荒，出宇宙之寥廓，登云天之眇茫。俄而李公仰天长吁，谓其友人曰：吾未可去也。吾与尔达则兼济天下，穷则独善一身⑨。安能餐君紫霞，荫君青松，乘君鸾鹤，驾君虬龙，一朝飞腾，为方丈、蓬莱之人耳，此则未可也。乃相与卷其丹书[10]，匣其瑶瑟[11]。申管、晏之谈[12]，谋帝王之术。奋其智能，愿为辅弼[13]。使寰区大定[14]，海县清一[15]。事君之道成，荣亲之义毕[16]，然后与陶朱、留侯[17]，浮五湖，戏沧洲，不足为难矣。即仆林下之所隐容，岂不大哉！必能资其聪明，辅以正气，借之以物色，发之以文章，虽烟花中贫[18]，没齿无恨[19]。其有山精木魅，雄虺猛兽[20]，以驱之四荒，磔裂原野[21]，使影迹绝灭，不干户庭。亦遣清风扫门，明月侍坐。此乃养贤之心，实亦勤矣。

【注释】①"尔其"二句：形容李白有仙风道骨之貌。尔其：连词，表承接。辞赋中常用作更端之词。犹言至于，至如。

②巢、由：即巢父、许由。

③虬蟠龟息：形容李白如龙龟蛰伏，表明李白好神仙之术。虬蟠，谓盘屈如虬龙。龟息，道教语。谓呼吸调息如龟。

④遁：隐居。

⑤绿绮：琴名，此处代指琴。

⑥嗽：通"漱"。琼液：道教所谓的玉液，服之长生。

⑦饵：服食。金砂：指古时道家以金石炼成的丹药。

⑧"将欲"二句：化用阮籍《咏怀》其三十八中的诗句"弯弓挂扶桑，长剑倚天外"，表达自己想飞升仙游的愿望。扶桑：神话中日出之处的树木。

⑨"吾与尔"二句：语出《孟子·尽心上》："古之人，得志泽加于民；不得志，修身见于世。穷则独善其身，达则兼济天下。"

⑩丹书:指炼丹修道之书。

⑪瑶瑟:用玉装饰的琴瑟。

⑫管、晏:指春秋时齐国名相管仲、晏婴。

⑬辅弼:辅佐。

⑭寰区:天下。

⑮海县:犹神州,指中国。清一:统一。

⑯荣亲:使父母荣耀。

⑰陶朱:指范蠡。范蠡助越王勾践灭亡吴国后泛游五湖,居于陶,自称陶朱公。留侯:指张良。张良辅佐刘邦建立汉朝,被封为留侯,后辞官学道。

⑱烟花:指春景。

⑲没齿:一辈子,终身。

⑳"其有"二句:山精:传说中的山间怪兽。木魅:传说老树变成的妖魅。虺:古书上说的一种毒蛇。猛兽:指猛虎,唐人讳虎,故改称兽。

㉑磔裂:分割,割裂。

【译文】近日有高士李白从峨眉远道而来,他有天姿之容,道骨之貌,从不屈己媚人,也不干谒权贵,自巢父、许由以来,仅此一人而已。他盘屈如虬龙,吐纳似龟息,遁迹此山中。我曾赠以绿绮琴供其弹奏,以碧云供其休憩,以琼液供其漱饮,以金丹供其服用。使他容貌越发年轻,真气越发深厚。他欲倚长剑于天外,挂弯弓于扶桑。浮舟四海,纵横八荒,出游辽阔之宇宙,登览浩渺之云天。忽然李公又仰天长叹,对其友人说:我还不能就此遁去。我与您都怀有达则兼济天下,穷则独善一身的志向。我怎能餐君之紫霞,受君之青松荫庇,乘君之鸾鹤,驾君之虬龙,却弃君不顾,一朝飞升,而成为方丈、蓬莱中人,这样做是不合适的。于是一起卷起丹道之书,把琴瑟放进匣中。阐发管仲、晏婴的言论,谋划帝王治政的要术。奋发自己的才智,愿为帝王的辅臣。使宇内安定,四海清平。等到辅佐君王之功已成,荣耀父母之义已毕,然后就像陶朱公与留侯那样,泛游五湖,戏水沧洲,也不是什么难事。如此来看我寿山林下所容纳包藏的东西,岂不是太广大了!寿山的灵气必能助长他的聪明,辅助他的正气,赋予他形貌,启发他的文章,即使青春逝去,终生无恨。将山精、木魅、毒蛇、猛虎,都驱逐到四方荒远之地,裂杀于旷野之中,使其影迹灭绝,不能干扰门庭。并以清风洒扫门户,以明月陪侍左右。这就是奉养贤士之心,实在尽心尽力啊。

孟子孟子①,无见深责耶②!明年青春,求我于此岩也。

【注释】①孟子:对孟少府的敬称。

②无:通"毋",不要。

③青春:即春天,因春天草木茂盛呈青葱色,故称。

【译文】孟君啊孟君,不要过于责备我!明年的春天,来此岩中求我让李白出山吧。

上安州李长史书

【题解】此文当是开元十五年(727)所作。当时李白刚到安陆还未被许家招亲，生活潦倒。有一次误撞了李长史的车马，所以写了这封信向他谢罪。安州，唐州名，治所在今湖北安陆市。长史，官名。唐代州郡长史地位仅次刺史，而安州设有都督府，都督府长史职位甚重，仅次于都督。李长史，即李京之，开元十五年前后任安州长史。文中诗人向李长史解释了误撞的原因：一是把李长史错认为魏洽，二是喝醉了酒，以至于莽撞行事。期望李长史可以宽宏大量而原谅自己，最后献诗三首。全文层次分明，行文流畅，用典繁多，但多为阿谀不实之辞，反映出李白潦倒之际的世俗一面，就如洪迈在《容斋四笔·李太白怖州佐》中所说："大贤不偶，神龙困于蝼蚁，可胜叹哉！"

白，嵚崎历落可笑人也①。虽然，颇尝览千载，观百家。至于圣贤，相似厥众②。则有若似于仲尼③，纪信似于高祖④，牢之似于无忌⑤，宋玉似于屈原⑥。而遥观君侯⑦，窃疑魏洽⑧，便欲趋就。临然举鞭，迟疑之间，未及回避。且理有疑误而成过，事有形似而类真，惟大雅含弘⑨，方能恕之也。

【注释】①嵚崎历落：形容品格卓异出群。嵚崎：山高峻的样子，形容品格特异，不同于众。历落：磊落，洒脱不拘。《晋书·桓彝传》："桓彝，字茂伦，谯国龙亢人，汉五更桓荣之九世孙也。少与庾亮深交，雅为周顗所重。顗尝叹曰：'茂伦嵚崎历落，固可笑人也。'"

②厥：语助词，无义。

③有若：孔子的弟子，字子有，亦称有子，春秋末鲁国人，孔子卒后，弟子思慕孔子，因有若貌似孔子，一度将他视为孔子。

④纪信：西汉人。是汉王刘邦的大将。项羽围困荥阳时，纪信伪装成汉王出降楚军，让汉王逃走。王琦注："《史记》《汉书》载纪信诳楚事，不言其貌似高祖。惟《白帖》云纪信貌似汉王，乘黄屋车，左纛，诈称汉王出降项羽。不详出于何书，要必有所本。"

⑤"牢之"句：指何无忌酷似刘牢之的典故。《晋书·何无忌传》记载，东晋人何无忌，少有大志。他是镇北将军刘牢之的外甥。桓玄对何无忌很忌惮，曾说，"何无忌，刘牢之之甥，酷似其舅。共举大事，何谓无成！"

⑥"宋玉"句：《艺文类聚》引《襄阳耆旧传》："宋玉识音而善文，襄王好乐而爱赋，既美其才，而憎其似屈原也，乃谓之曰：'子盍从楚之俗，使楚人贵子之德乎？'"

⑦君侯：秦汉时称列侯而为丞相者。汉以后，用为对达官贵人的敬称。此处指李长史。

⑧魏洽：李白友人。事迹不详。

⑨大雅：即大雅君子，指才德高尚的人。含弘：包容博厚。

【译文】在下李白，是一个卓异不群的可笑之人。虽然如此，我也曾饱览千载典籍，遍观诸子百家。至于圣贤，与他们相似的人太多。例如有若相似于孔子，纪信相似于高祖，刘牢之与何无忌相似，宋玉与屈原相似。我远远看到您，误以为是好友魏洽，便想上前。举鞭驱马靠近，迟疑之间，就没有来得及回避。况且辨别不清就会造成错误，外形相似就容易以假乱真，只有大雅君子、心胸宽广之人才能原谅这种事。

白少颇周慎①，忝闻义方②，入暗室而无欺③，属昏行而不变④。今小人履疑误形似之迹⑤，君侯流恺悌矜恤之恩⑥。戢秋霜之威⑦，布冬日之爱⑧。晬容有穆⑨，怒颜不彰⑩。虽将军息恨于长孺之前⑪，此无惭德；司空受揖于元淑之际⑫，彼未为贤。一言见冤⑬，九死非谢⑭。

【注释】①周慎：周密谨慎。

②忝：辱，有愧于，常用作谦辞。义方：行事应该遵守的规范和道理。《左传·隐公三年》："石碏谏曰：'臣闻爱子教之以义方，弗纳于邪。'"后因多指教子的正道或家教。

③"入暗室"句：出自骆宾王《萤火赋》："类君子之有道，入暗室而不欺。"此处形容做事光明磊落，不暗中做坏事。

④"属昏行"句：《列女传·卫灵夫人》记载，蘧伯玉夜晚经过卫灵公宫门时，虽无人看到，但仍按照礼数，下车走过宫门后，才上车继续前行。卫灵公夫人南子称赞他："蘧伯玉，卫之贤大夫也。仁而有智，敬于事上，此其人必不以暗昧废礼。"

⑤履：执行，实行。

⑥流：传布，扩散。恺悌：同"恺弟"，和乐平易。矜恤：怜悯抚恤。

⑦戢：收敛。

⑧布：布施，施行。冬日之爱：即冬爱，《左传·文公七年》："酆舒问于贾季曰：'赵衰、赵盾孰贤？'对曰：'赵衰，冬日之日也；赵盾，夏日之日也。'"杜预注："冬日可爱，夏日可畏。"后以"冬爱"比喻仁爱慈惠。

⑨晬：润泽。穆：温和。

⑩彰：明显，显著。

⑪将军：指卫青。长孺：即汲黯，字长孺。《汉书·汲黯传》记载，

汲黯为人性倨少礼，大将军卫青地位尊贵，卫青姐姐卫子夫是武帝的皇后，汲黯仍与卫青行平等之礼。大家都劝说汲黯，让他对卫青行跪拜之礼。汲黯说："难道因为有对大将军行拱手礼的客人，就反倒使大将军不受敬重了吗？"卫青听说后，更加认为汲黯贤良，数次向他请教朝中疑难之事，对待汲黯也远胜他人。此处用其意。

⑫"司空"句：用东汉赵壹故事。《后汉书·赵壹传》记载，赵壹，字元叔，东汉汉阳西县人。灵帝光和元年（178），赵壹被郡中推举为上计吏，送文书到京城审核。当时司徒袁逢主持此事，计吏数百人都拜伏于庭中，不敢抬头仰视。只有赵壹长揖不拜。司徒袁逢让人前去询问缘由，赵壹回答说："当年郦食其见汉王长揖不拜，我今天向三公作揖，有什么值得奇怪的？"司徒袁逢下堂执其手，请他上坐，对周围的人说："此人就是汉阳赵元叔，朝臣中无人能及，请大家为他让个座位。"在座之人无不对他刮目相看。王琦注曰："或用其事。司空受揖事未详。司空当是司徒、元淑当是元叔之误，未可知也。"

⑬冤：王琦注曰："当作免。"

⑭九死：犹言万死。

【译文】我少年时做事颇为谨慎周密，知道行事的规范和道理，即使身处暗室也不做欺心之事，就算行走昏黑中也不忘记礼节。如今小人专行捕风捉影之事，而君侯您却广布和乐怜悯之恩。收敛寒霜般肃杀的严威，施行冬日般温暖的仁爱。和颜悦色，恼怒不显。即使当年大将军卫青消除对汲黯无礼的怨恨，也不值得夸耀；司空袁逢接受赵壹长揖不拜之礼，也未必贤德。如果一言申诉而君侯能见谅，我虽九死也不足以报恩。

白孤剑谁托^①，悲歌自怜。迫于恓惶^②，席不暇暖^③。寄绝国而何仰^④？若浮云而无依。南徙莫从，北游失路。远客汝海^⑤，近还邔城^⑥。昨遇故人，饮以狂药^⑦。一酌一笑，陶然乐酣^⑧。困河朔之清觞^⑨，饫中山之醇酎^⑩。属早日初眩，晨霾未收^⑪。乏离朱之明^⑫，昧王戎之视^⑬。青白其眼^⑭，懵而前行^⑮，亦何异抗庄公之轮，怒螳螂之臂^⑯？御者趋召，明其是非。入门鞠躬，精魄飞散。昔徐邈缘醉而赏，魏王却以为贤^⑰；无盐因丑而获，齐君待之逾厚^⑱。白，妄人也^⑲，安能比之？上挂《国风》相鼠之讥^⑳，下怀《周易》履虎之惧^㉑。憨以固陋^㉒，礼而遣之。幸容宁越之辜，深荷王公之德^㉓。铭刻心骨，退思狂愆^㉔，五情冰炭^㉕，罔知所措^㉖。昼愧于影，夜惭于魄。启处不遑^㉗，战局无地^㉘。

【注释】①孤剑：一把剑。比喻孤独之人。陈子昂《东征答朝臣相送》："孤剑将何托，长谣塞上风。"

②恓惶：同"栖遑"，忙碌不安，奔忙不定。

③席不暇暖：谓席子未及坐暖即离去。形容忙于奔走，无时间久留。

④绝国：遥远之国。

⑤汝海：汝水的别称。在今河南省南部。

⑥邔城：邔，同"郧"，古国名，郧城，即安陆，今湖北安陆市。张守节《史记正义》引《括地志》云："安州安陆县城，本春秋时郧国城。"

⑦狂药：酒的别称。

⑧陶然：闲适欢乐的样子。

⑨河朔：即河朔饮，《初学记》引曹丕《典论》："大驾都许，使光

禄大夫刘松北镇袁绍军，与绍子弟日共宴饮，常以三伏之际，昼夜酣饮，极醉，至于无知。云以避一时之暑，故河朔有避暑饮。"后因以"河朔饮"指夏日避暑之饮或酣饮的典故。

⑩"饫中山"句：出自左思《魏都赋》："醇酎中山，流湎千日。"刘逵注："中山出好酎酒，其俗传云：昔有人曰玄石者，从中山酒家酤酒，酒家与之千日之酒，语其节度，比归数百里，可至于醉。如其言饮之，至家而醉。其家不知其醉，以为死也，棺敛而葬之。中山酒家计向千日，忆曰：'玄石前来酤酒，其醉向解也。'遂往问。其邻人曰：'玄石死来三年，服已阕矣。'于是与其家至玄石冢上，掘而开其棺，玄石于是醉始解，起于棺中。其俗语曰：'玄石饮酒，一醉千日。'"此处用其意，形容极醉。饫（yù）：饱食。醇酎：味厚的美酒。

⑪晨霾：早晨昏雾之气。

⑫离朱：传说中黄帝时目力非常强的人。

⑬王戎之视：《晋书·王戎传》记载，王戎，西晋琅邪人，竹林七贤之一，幼时聪颖，神彩照人，眼睛光亮有神，可以直视太阳而不目眩，裴楷说他的眼睛闪闪发光如电。此处用其意。

⑭青白其眼：用阮籍故事。《晋书·阮籍传》记载，阮籍为人性格怪异，不拘礼法。遇到不喜欢的人，就以白眼相看；遇到志同道合之人，就以青眼相看。他的母亲去世时，嵇喜来吊唁，阮籍以白眼相待，嵇喜非常不高兴地走了。嵇喜的弟弟嵇康听说后，便带着酒，拿着琴来吊唁，阮籍非常高兴，以青眼视之。

⑮懵：目不明的样子。

⑯"亦何异"二句：此处用"螳臂当车"之典。蟷蠰：同"螳螂"。《韩诗外传》："齐庄公出猎，有螳螂举足将搏其轮。问其御曰：'此何

虫也？’对曰：‘此螳螂也。其为虫，知进而不知退，不量力而轻就敌。’庄公曰：‘以为人，必为天下勇士矣。’于是掉头避之，而勇士归焉。”

⑰"昔徐邈"二句：《三国志·魏志·徐邈传》记载，汉末曹操主政时，严禁饮酒。徐邈私饮醉酒，违犯禁令，赵达询问他政事，徐邈说自己"中（zhòng）圣人"，即中清酒，也就是饮清酒而醉的意思。赵达将此事转告了曹操，曹操大怒。度辽将军鲜于辅进言："平常醉客称清酒为圣人，浊酒为贤人，徐邈平时处世谨慎，这是他的偶然醉话罢了。"于是曹操赦免了他。后来曹丕即位，来到许昌，询问徐邈还会不会醉酒，徐邈说还是经常喝醉，曹丕对身边人说："名不虚传。"于是提拔他为抚军大将军军师。此处用其意。

⑱"无盐"二句：《列女传》记载，齐国有一女子叫钟离春，号无盐女，因是齐国无盐邑人而得名。她相貌丑陋，但关心国事。曾觐见齐宣王，当面责备其骄奢淫逸，齐宣王很受感动，采纳了她的建言，并立她为王后。后齐国大治，都是无盐女的功劳。此处指丑女也能治理国家。

⑲妄人：无知妄为的人。

⑳相鼠之讥：《诗·鄘风·相鼠》："相鼠有皮，人而无仪。人而无仪，不死何为？"此处指人应有廉耻之心。

㉑履虎之惧：《易·履》："履虎尾，咥人，凶。"王弼注："履虎尾者，言其危也。"此处比喻身处险境。

㉒愍：通"悯"，哀怜，怜恤。固陋：见识浅薄，见闻不广。

㉓"幸容"二句：《世说新语·政事》记载，东晋王承任东海郡太守时，有个人因在老师家读书到深夜，回家时犯了宵禁，王承说："鞭打像宁越一样的人来树立威名，恐怕并非治理之本。"于是派人送他回家。宁越：战国时赵国中牟人，原在家务农，饱受耕种之苦。于是求学以

求闻达,十五年后,成为周威王之师。此处诗人以宁越自比。辜:罪。荷:用于书信中表示感谢。王公:即王承。此处暗喻李长史。

㉔狂愆:大过。愆,过失。

㉕五情:喜、怒、哀、乐、怨五种情感。

㉖罔知所措:面临窘危,茫然无所适从。

㉗启处不遑:此处是坐卧不安之意。《诗·小雅·四牡》:"王事靡盬,不遑启处。"毛传:"遑,暇。启,跪。处,居也。"

㉘战局:战栗,局促。

【译文】在下李白孤独一人不知托身于谁,只能悲歌自怜。被迫四处忙碌奔波,以至于席不及暖。我寄身遥远异地能有何仰仗?好似悠悠浮云而无所凭依。欲南迁而无依从之人,想北游却又迷失前途。远去汝海为客,近返邳城暂居。昨日遇到故人,举杯畅饮美酒。小酌一杯,谈笑一声,闲适欢乐不已。沉湎于河朔暑饮那样的酣醉中,痛饮中山酎酒般的绝世佳酿。等到清早白日初升,晨霾未散之时。我已经醉眼朦胧,没有了离朱那样的眼力,遮掩了王戎般的目光。如阮籍般青白其眼,视线模糊而行,我误撞车驾,又与挥舞着前足阻挡齐庄公车轮的螳螂有何不同呢?驾车御者前来询问,明白了其中的缘由。我登门鞠躬道歉,害怕得魂魄飞散。昔日徐邈因醉酒而得赏,魏王认为他是贤士;无盐女以貌丑而入宫,齐宣公对她愈发厚待。我李白,不过是个妄为之人,怎能与他们相比?但我上念《国风》中相鼠诗篇的警语,下怀《周易》中履虎卦辞的戒惧。希望您怜悯我的鄙陋,能够以礼相待。期待您能包容像宁越那样的读书人,具备王承那样的宽宥之德,我将您的大恩铭记于心,退而反思自己的大过,心中五情翻涌如冰炭相交,茫然无所适从。我日夜都惭愧于心。坐卧不安,战栗局促。

伏惟君侯,明夺秋月,和均韶风①。扫尘辞场②,振发文雅。陆机作太康之杰士③,未可比肩;曹植为建安之雄才④,惟堪捧驾。天下豪俊,翕然趋风⑤。白之不敏⑥,窃慕余论。

【注释】①和均:协调,谐和。韶风:和风,比喻美德。

②辞场:文坛。

③"陆机"句:此句谓陆机是晋朝太康年间的杰出之士。陆机,字士衡,是西晋时著名文学家,太康末年,与其弟陆云同至洛阳,以文采而名噪京师。太康:晋武帝司马炎的年号。

④"曹植"句:此句谓曹植是建安年间的雄文大才。建安:东汉献帝年号。

⑤翕然:形容一致。趋风:闻风而来。引申指追随仿效。

⑥不敏:不聪敏,自谦之词。

【译文】谨祝君侯,贤明可比秋月,和煦就如韶风。一扫文坛积弊,振兴雅颂之风。太康时代的杰出之士陆机,也不能与您比肩;建安时代的雄文大才曹植,也只能给您捧驾。天下豪俊之士,全都闻风而来追随您。李白不才,只能暗中倾慕您的高论。

何图叔夜潦倒,不切于事情①;正平猖狂,自贻于耻辱②。一忤容色,终身厚颜。敢沐芳负荆③,请罪门下,傥免以训责,恤其愚蒙,如能伏剑结缨④,谢君侯之德。敢一夜力撰《春游救苦寺》⑤诗一首十韵、《石岩寺》诗一首八韵⑥、《上杨都尉》诗一首三十韵⑦。辞旨狂野，贵露下情，轻干视听，幸乞详览。

【注释】①"何图"二句：叔夜：即嵇康，字叔夜。其《与山巨源绝交书》中："足下旧知吾潦倒粗疏，不切事情。"此处用其意。潦倒：举止散漫，不自检束。

②"正平"二句：正平：即祢衡，字正平。《后汉书·祢衡传》记载，祢衡性格傲慢。先后羞辱曹操、刘表等人。最后因触怒江夏太守黄祖被杀。

③沐芳：用香草沐浴。常用以表示虔诚或高洁。负荆：表示负荆请罪的意思。

④如：应当。伏剑：以剑自刎。结缨：系好帽带。后用以表示从容就死。《左传·哀公十五年》："子路曰：'君子死，冠不免。'结缨而死。"

⑤《春游救苦寺》：李白所写，今已不存。救苦寺：《方舆胜览》："救苦寺，在德安府西四里，今名胜业院。李白有《春游救苦寺》诗。"

⑥《石岩寺》：李白所写，今已不存。石岩寺：《方舆胜览》德安府载："石岩山，在德安府南十里。"石岩寺应在此山上。

⑦《上杨都尉》：李白所写，今已不存。杨都尉：名字生平不详。

【译文】哪料我粗疏如嵇康，行事不合事理人情；又像祢衡那样狂放，自己凭白招来羞辱。一次对您忤逆，终身羞惭不已。特沐浴更衣而负荆，亲到您门下请罪，倘若您能免除对我的训责，怜悯我的愚昧，就算伏剑结缨而死，也将报答您的恩德。斗胆奉上我一夜之间所作一首十韵诗《春游救苦寺》、一首八韵诗《石岩寺》和一首三十韵诗《上杨都尉》。诗意粗野，贵在真情，虽劳烦您的耳目，但仍希望您能详览。

与贾少公书

【题解】此书是至德二载（757），李白在永王幕府中所作。贾少公，名字生平不详。少公，县尉的敬称。诗人先是叙述了自己因永王三次征召，迫于无奈才勉强入幕。接着以晋代名士殷浩和谢安作比，自谦德行微薄，而碌碌无为，因此愿荐贤以代替自己。李白一向怀有济世安民的志向，加入永王幕府也是为了平定安史之乱，拯救黎民于水火，同时自己也能实现平生的抱负。现在李白萌生退意，很可能是因为在永王幕府不得志，所以此文可能是李白打算退隐的托辞。全文语气抑郁沉闷，与李白一贯的文风迥然不同。

宿昔惟清胜①。白绵疾疲薾②，去期恬退③，才微识浅，无足济时。虽中原横溃④，将何以救之？王命崇重⑤，大总元戎⑥，辟书三至⑦，人轻礼重。严期迫切，难以固辞。扶力一行⑧，前观进退。

【注释】①"宿昔"句：王琦云：此句"上似有缺文。"宿昔，从前。清胜：清雅优美。

②绵疾：久治不愈的疾病。疲薾（ěr）：困惫。

③恬退：淡于名利，安于退让。

④横溃：河水决堤横流。比喻乱世。此处指安史叛军肆虐中原。

⑤崇重：犹尊贵，高贵。

⑥总：统领。元戎：大军。

⑦辟书三至：指永王李璘三次征召李白。辟书：征召的文书。

⑧扶力：犹勉力。

【译文】从前只想清静雅致度日。李白我久病疲惫，一直淡于名利，安于退让，才识浅陋，不足以济世救民。虽然中原兵荒马乱，将如何救民于水火之中？永王身负重命，统领大军，三次下书征召我，对我这个微不足道之人以重礼相待。限定期限迫切催促我应召，实在难以推辞。只能勉力一行，前往永王幕中。

且殷深源庐岳十载①，时人观其起与不起，以卜江左兴亡。谢安高卧东山，苍生属望②。白不树矫抗之迹③，耻振玄邈之风④，混游渔商，隐不绝俗。岂徒贩卖云壑⑤，要射虚名⑥？方之二子⑦，实有惭德⑧。徒尘忝幕府⑨，终无能为。唯当报国荐贤，持以自免⑩，斯言若谬⑪，天实殛之⑫。以足下深知，具申中款⑬。惠子知我⑭，夫何间然⑮？勾当小事⑯，但增悚惕⑰。

【注释】①殷深源：即殷浩，字渊源（因避唐高祖李渊讳改），陈郡长平（今河南西华）人。东晋时期大臣、将领。《世说新语·赏誉下》记载，殷渊源在墓地住了几十年，当时朝野内外都把他比作管仲、诸葛亮那样的人才，看他到底会不会起身出山，以此来预测江左朝廷的兴衰存亡。此处用其事。

②"谢安"二句：用谢安典故。《晋书·谢安传》："征西大将军桓温请为司马，将发新亭，朝士咸送，中丞高崧戏之曰：'卿累违朝旨，高卧东山，诸人每相与言，安石不肯出，将如苍生何！苍生今亦将如卿何。'"

属望：期望，期待。

③矫抗：亦作"矫亢"，与众违异，以示高尚。

④玄邈：清高超逸。

⑤云壑：云气遮覆的山谷。此处指隐居。

⑥要射：追逐，逐取。

⑦方：比，相比。二子：指殷浩和谢安。

⑧惭德：因言行有缺失而内愧于心。

⑨尘忝：谦词。犹言忝列。多谓自己的才能有辱于所任的职位。

⑩自免：自请免职。

⑪斯言：此话指"唯当报国荐贤，持以自免"二句。

⑫实：句中助词。殛：杀死。

⑬中款：出于内心的真诚情意。亦指出于内心的恳挚之言。

⑭惠子知我：惠子，即惠施，战国时著名的思想家，与庄子交好，被庄子视为知己。惠子死后，庄子感慨说，惠子一死，从此没有可谈论的对象了。后因以"惠子知我"喻朋友相知之深。此处诗人以惠子比贾少公，以庄子自比。

⑮间：隔阂，嫌隙。

⑯勾当：办理，处理。

⑰悚惕：恐惧。

【译文】当年殷浩在墓地隐居了十多年，人们观察他到底会不会为朝廷所用，以此来预测江左朝廷的兴衰存亡。谢安高卧东山，天下百姓都对他寄予厚望。李白我不会故意标新立异以抬高自己，耻于重振清谈玄妙之风，混迹于渔人商贩之间，隐居而不断绝世俗。岂能以隐居山林来收买人望，邀取虚名？与殷浩和谢安相比，我德行不及，深感惭愧。我就像一粒微尘,忝为幕府之任,却始终无所作为。只好以荐贤来报国,代替自己的职位,此话如果违心,当受天谴。以您对我的了解,应能明白这些都是我的由衷之言。您与我就像惠子与庄子那样相知,彼此之间能有什么嫌隙呢?计较于小事,只能徒增忧惧而已。

为赵宣城与杨右相书

【题解】天宝十四载(755)四月,赵悦由淮阴郡太守调任宣城郡太守,当时李白正在宣城游历,与赵悦交往密切,此文就是李白代赵悦写给当时的宰相杨国忠的一封信。赵宣城,即赵悦,天宝中为淮阴太守、宣城太守。宣城,唐郡名,治所在宛陵县(今安徽宣州市)。杨右相,指杨国忠,天宝十一载,李林甫病故,杨国忠代李林甫为右相。全文首段赵悦表达了对杨国忠提拔自己的感谢,接着称颂杨国忠具有美德,得到天下人的仰望。然后诉说自己年老应懂止足之意,但仍会竭尽全力报答君主和相公,最后希望相公能记得身为下属的自己,自己将结草衔环以报右相大恩。从文中可以看出,赵悦曾因犯过而被免官,是杨国忠上台后将其复官,并予以提拔,这其实是赵悦向杨国忠的表忠心之书,格调低下,充满了对杨国忠的歌功颂德之辞。而从李白愿意代赵悦写这封书信来看,说明李白当时对杨国忠的祸国殃民之举还认识不清。

某启①。辞违积年②,伏恋轩屏③。首冬初寒,伏惟相公尊体起居万福④。某蒙恩才朽齿迈⑤，徒延圣日⑥。少忝末吏，本乏远图；中年废缺，分归园壑⑦。昔相公秉国宪之日⑧，一拔九宵，拂刷前耻，升腾晚官。恩贷稠叠⑨，实戴丘山。落羽再振，枯鳞旋跃，运以大风之举，假以磨天之翔⑩。衣绣霜台⑪，含香华省⑫。宰剧惭强项之名⑬，酌贪砺清心之节⑭。三典列郡⑮，寂无成功⑯，但宣布王泽，式酬天奖⑰。

【注释】①某：自称之词。指代"我"或本名。旧时谦虚的用法。启：陈说。

②辞违：辞别。积年：多年。

③轩屏：堂阶旁的墙壁。

④相公：旧时对宰相的敬称。尊体：犹贵体。

⑤齿迈：年老。此处是自谦之词。

⑥圣日：犹圣时。

⑦"少忝"四句：郁贤皓注："谓年轻时辱列于末等官吏，本来缺乏远大的抱负；中年被弃，自应回归田园。据《金石萃编》卷八七《赵思廉墓志》，赵悦曾为监察御史，江陵、安邑二县令。约在天宝二年（743）被废归南阳家园。"分：甘愿。

⑧"昔相公"句：指杨国忠执掌御史台一事。《新唐书·杨国忠传》："天宝七载，擢给事中、兼御史中丞。"蔡邕《文烈侯杨公碑》："逮作御史，允执国宪。"国宪：国家的法制或礼仪。此处指杨国忠执掌御史台。

⑨恩贷：施恩宽宥。稠叠：稠密重迭，密密层层。

⑩磨天：按王琦说应作"摩天"，迫近高天之意。

⑪衣绣：锦绣衣服，古代御史所穿服饰。霜台：御史台的别称。御

史职司弹劾，为风霜之任，故称。

⑫含香：古代尚书郎奏事答对时，口含鸡舌香以去秽，故以"含香"代指在朝廷任职。华省：指清贵者的官署。此处指尚书省。

⑬宰：主管，主持。剧：剧县，指繁杂难治之县。强项：东汉洛阳令董宣格杀湖阳公主的恶奴，光武帝刘秀命董宣向公主低头谢罪，董宣坚决不肯，即使被人按住脖子，也不肯低头。光武帝深为感动，称之为"强项令"。见《后汉书·董宣传》。后用"强项"形容刚强不屈。

⑭酌贪：即酌贪泉，用东晋吴隐之故事。《晋书·良吏传·吴隐之》，吴隐之，字处默，濮阳鄄城人。他身居高位，却生活清贫俭朴，将俸禄赏赐都分给了族人。当时广州依山靠海，出产奇珍异宝，历任刺史大多贪腐。朝廷为了革除积弊，任命吴隐之为广州刺史。吴隐之上任途中路过一处泉水，名为贪泉，据说饮了贪泉的水，廉洁之士也会变得贪得无厌。吴隐之认为这都是无稽之谈，如果内心无贪欲，怎会因为泉水而变得贪婪。于是饮下泉水，并赋诗曰：'古人云此水，一歃怀千金。试使夷齐饮，终当不易心。'后来吴隐之在广州，依然保持清廉之风，大力整顿官场，使广州吏治变好，吴隐之也受到朝廷嘉奖。后以"酌贪泉"谓磨砺节操。

⑮三典列郡：指赵悦历任三郡太守。

⑯寂无成功：寂寞无功，此处是自谦之辞。

⑰式：用。酬：酬答，报答。天：指天子。奖：恩奖。任昉《奉答敕示七夕诗启》："牵率庸陋，式酬天奖。"刘良注："式，用也。酬，答也。奖，犹恩也。"

【译文】下官赵悦禀告。阔别多年，我徘徊堂前，时常会想念您。现在刚刚入冬天气变寒，我恭祝相公贵体康健，起居多福。我承蒙皇恩不弃，以才低年老之身，而愧然在圣朝任职。我早年忝列于末等官吏，本就没有什么远大的抱负；中年又遭罢黜，理应回归田园。当相公您执掌御史台时，将我提拔，使我一雪前耻，晚年又升任高官。您对我的恩泽厚重，如同丘山。就像使跌落的鸟儿再次振翅高飞，枯肆之鱼重回水中跳跃，运起大风将我高举，借我双翅翱翔天极。我得以身穿绣衣在御史台任职，口含鸡舌之香，在尚书省为官。主政繁剧之县惭有强项之名，敢饮贪泉之水磨砺清操之节。我三任郡守，寂寞无功，只是宣扬天子恩泽，报答皇上恩典。

伏惟相公，开张徽猷①，寅亮天地②。入夔龙之室③，持造化之权。安石高枕，苍生是仰④。

【注释】①徽猷：美善之道。猷，道。《诗·小雅·角弓》："君子有徽猷。"毛传："徽，美也。"郑玄笺："猷，道也。君子有美道以得声誉也。"

②寅(yín)亮：恭敬信奉。寅，同"寅"。

③夔龙：尧、舜时的臣子。夔是乐官，龙是谏官。

④"安石"二句：用谢安高卧东山的典故。

【译文】谨祝相公，开张美善之道，恭奉天地之教。成为像夔、龙那样的辅臣，执掌造化天下的大权。如高枕东山的谢安，得到天下苍生的仰望。

某鸣跃无已①，剪拂因人②。银章朱绶③，坐荣宦达。身荷宸眷④，目识龙颜。既齐飞于鸳鹭，复寄迹于门馆⑤。皆相公大造之力也⑥。而钟鸣漏尽，夜行不息⑦，止足之分⑧，实愧古人。犬马恋主，迫于西汜⑨。所冀枯松晚岁，无改节于风霜；老骥余年，期尽力于蹄足。上答明主，下报相公，偻偻之诚，屏息于此⑩。

【注释】①鸣跃：鸣唱腾跃。形容喜悦。

②剪拂：修剪擦拭。此处指照顾提携。

③银章：银印。汉制，凡吏秩比二千石以上官员皆银印。隋唐以后官不佩印，只有随身鱼袋，谓之章服。朱绶：古代系佩玉或印章的红色丝带。唐代五品散官或刺史多佩戴银章朱绶。

④宸：北极星所在，后指帝王所居，又引申为王位、帝王的代称。

⑤寄迹：在外乡停留或暂住。

⑥大造：大恩德。

⑦"而钟鸣"二句：用三国时田豫典故。《三国志·田豫传》记载，田豫屡次因年老请求致仕，太傅司马懿认为他正值壮年而不同意，田豫上书说："年过七十而以居位，譬犹钟鸣漏尽，而夜行不休，是罪人也。"钟鸣漏尽：晨钟已鸣，更漏将尽。比喻年老力衰，已到迟暮之年。

⑧止足之分：知道适可而止，知道满足的本分。《晋书·陶侃传》："季年（陶侃）怀止足之分，不与朝权，未亡一年，欲逊位归国，朝野以为美谈。"

⑨西汜：日入处，比喻暮年。

⑩屏息：此处表示敬畏之意。

【译文】下官心中喜悦不已，多谢您的照顾提携。使我佩银印戴朱绶，享荣华居显位。蒙受天子垂顾，得见天子龙颜。如鹓鹭齐飞而位列朝班，又出任地方要职。这都是相公您的大力相助。我虽已处于钟鸣漏尽之时，本应像田豫那样辞官归乡，但仍夜行不息，与陶侃适可而止的做法相比，我实在是惭愧。下官对皇上眷恋不已，虽然已近暮年，仍然希望能够像古松一样，虽然年久而不改晚节；就像骏马那样，虽然年老而竭尽足力。上能报答明主，下能报答相公，下官诚惶诚恐之至，屏息于此。

伏惟相公，收遗簪于少昊①，念亡弓于楚泽②。衰当益壮，结草知归③。瞻望恩光④，无忘景刻⑤。

【注释】①"收遗簪"句：用孔子故事。《独异志》："孔子行过少陵原，闻妇人哭甚哀，使子贡问焉：'何哭之悲也？'妇人曰：'向者刈薪而遗簪。'孔子复问曰：'刈薪遗簪，乃常也，而哭悲者何也？'答曰：'非惜一簪，所以悲不忘故也。'少昊：指少昊陵园。因为少昊陵园在曲阜，所以当初孔子路过少昊陵园是可能的。

②"念亡弓"句：《孔子家语·好生》记载，楚王出游，丢了乌嗥之弓，身边人请求去寻找。楚王说："不用找了。楚王失弓，楚人得弓，又何求之？"

③"结草"句：《左传·宣公十五年》记载，晋国大夫魏武子有一个宠妾，但是一直无子。武子病重时，命其子魏颗在他死后让宠妾嫁人，但是武子病危时却又改口让宠妾殉葬。武子死后，魏颗将宠妾改嫁。魏颗认为自己父亲病危时神智昏乱，应该以他神智清醒时说的话为准。宣公十五年（前594）魏颗带领晋兵与秦军在辅氏作战时，见一老人把草打成结，绊倒了秦军将领杜回，使他被俘，晋军也大获全胜。夜里，魏颗梦见那个老人说："我是那个宠妾的父亲，您听从了魏武子神智清醒

时的吩咐，没有让她殉葬，所以我结草报答您的恩情。"后因以"结草"为受人大恩，死后也要报答之意。

④瞻望：敬仰并寄以希望。

⑤景刻：时刻。

【译文】我恭敬地希望您，能够像古人不忘少昊之遗簪，挂念楚泽之失弓那样，不要遗忘了下官。下官虽老但仍健壮，就算死后也要结草相报。瞻望您的恩泽，无论何时都不敢忘记。

与韩荆州书

【题解】这是一封自荐书，应作于开元二十二年（734）左右。韩荆州，即韩朝宗，开元二十二年为荆州大都督府长史兼襄州刺史。当时李白路过襄阳拜谒韩朝宗，希望可以得到韩朝宗的赏识和荐举。诗人以"生不用万户侯，但愿一识韩荆州。"之句开篇，可谓先声夺人。首先称赞了韩朝宗有提携后进的美誉，接着诗人以毛遂自比，表明自己有出众的才华，但是缺乏脱颖而出的机会。然后诗人介绍了自己的出身以及才干，并称赞韩朝宗的文采和威望都是一时之泰斗翘楚，希望韩朝宗能礼贤下士向朝廷推荐自己，使自己可以"扬眉吐气，激昂青云"。接着诗人列举前代名流显达举荐贤人的事例，并提及韩朝宗过去所举荐的贤才，并表示自己也仰慕韩朝宗，因而愿归于他的门下。最后诗人表示自己并非圣贤，不能尽善尽美，愿请韩朝宗赐以纸笔，一展文采。诗人以"青萍、结绿"这样的宝剑、美玉自比，来说明只有在韩朝宗这样的"薛、卞之门"自己才能得到赏识。全文行笔酣畅，豪迈洒脱，虽为求荐信，却写得不卑不亢，尽显李白超逸绝伦的气度和个性。

白闻天下谈士相聚而言曰[①]："生不用万户侯[②]，但愿一识韩荆州[③]。"何令人之景慕[④]，一至于此耶！岂不以有周公之风，躬吐握之事[⑤]，使海内豪俊[⑥]，奔走而归之，一登龙门，则声誉十倍[⑦]。所以龙盘凤逸之士[⑧]，皆欲收名定价于君侯[⑨]。愿君侯不以富贵而骄之，寒贱而忽之，则三千宾中有毛遂，使白得颖脱而出[⑩]，即其人焉。

【注释】①谈士：游说之士，辩士。

②万户侯：食邑万户之侯。后来泛指高官贵爵。

③"但愿"句：此句谓天下人都想认识韩朝宗。《新唐书·韩朝宗传》记载：韩朝宗喜欢提拔年轻人，曾向朝廷推荐了崔宗之、严武等人，当时天下士人都希望能得到韩朝宗的举荐。

④景慕：仰慕。

⑤吐握：即吐哺握发，指吃饭时有宾客来访，就吐出口中的食物急忙去迎客。沐浴时正好有客来访，就手握头发匆匆去见客，多用以形容礼贤下士，求才若渴。《史记·鲁周公世家》记载，周公为招揽天下贤士，有时甚至"一沐三握发，一饭三吐哺"。哺，口中所含食物。

⑥豪俊：指才智杰出的人。《淮南子·修务训》："智过万人者，谓之英；千人者，谓之俊；百人者，谓之豪；十人者，谓之杰。"

⑦"一登"二句：用东汉李膺故事。《后汉书·李膺传》记载，李膺

声名很高，士人能被他品评接纳，就称为登龙门。此处用其意。

⑧龙盘凤逸：如龙盘曲，如凤闲逸。比喻怀才不遇，隐迹市井山野。

⑨收名定价：收取名声，获得一定的评价。君侯：秦汉时称列侯而为丞相者。后用为对达官贵人的敬称。唐时常用做对州郡长官的称呼。

⑩"则三千"句：用毛遂自荐的故事。毛遂是战国时赵国平原君门下的食客。赵孝成王九年，秦军围赵都邯郸，赵王使平原君去楚国求救。平原君挑选门客作为侍从一同前往。毛遂乃自荐同往，平原君认为毛遂如果真是贤才，应该像布袋中的锥子一样早就脱颖而出了，而毛遂一直默默无闻，所以认为毛遂非贤才。毛遂则回答说之所以没有脱颖而出，是因为没有机会进入袋中，今日请为尝试。

【译文】在下李白听说天下士人相聚而谈论道："平生不封万户侯，只愿能识韩荆州。"韩荆州您令人仰慕，竟到了这种程度！难道不是因为您有周公遗风，亲自礼贤下士，所以海内的豪杰，都来归附，得到您的赏识就像登入龙门，很快便声名大噪。所以那些怀才不遇的贤士，都希望能得到您的美评而收取声望。希望您不因其人富贵而重视他，也不因其人贫寒而轻视他，那么就像平原君三千门客中必有毛遂一样，倘若我李白能得到机会脱颖而出，那我就是毛遂那样的人啊。

白陇西布衣①，流落楚汉②。十五好剑术③，遍干诸侯④；三十成文章⑤，历抵卿相⑥。虽长不满七尺，而心雄万夫。王公大臣，许与气义。此畴曩心迹⑦，安敢不尽于君侯哉！君侯制作侔神明⑧，德行动天地，笔参于造化，学究于天人。幸愿开张心颜，不以长揖见拒⑨。必若接之以高宴⑩，纵之以清谈，请日试万言，倚马可待⑪。今天下以君侯为文章之司命⑫，人物之权衡⑬，一经品题⑭，便作佳士⑮。而君侯何惜阶前盈尺之地，不使白扬眉吐气、激昂青云耶⑯?

【注释】①陇西: 古代郡名, 秦置, 治所在狄道县 (今甘肃临洮南)。

②流落楚汉: 指当时李白正在安陆、襄阳和汉水一带游历。

③十五: 指十五岁左右。泛指少年时期。

④干: 干谒, 追求。

⑤三十: 泛指三十岁左右。

⑥历抵: 一一登门拜访。

⑦畴曩(nǎng): 往日, 旧时。

⑧制作: 指写作。此处指著作。侔: 相等, 齐。

⑨长揖: 古代平民见到官员、下官见到上官都要行磕头叩拜之礼, 长揖是平辈之间见面的礼节, 李白是个平民, 见到长官长揖不拜是失礼的行为。

⑩高宴: 盛大的宴会。

⑪倚马可待: 形容才思敏捷, 为文顷刻而成。出自《世说新语·文学》:“桓宣武北征, 袁虎时从, 被责免官, 会须露布文, 唤袁倚马前令作, 手不辍笔, 俄得七纸, 殊可观。”

⑫司命: 掌握命运之人。此处指文章优劣的评判者。

⑬权衡: 评量, 衡量。

⑭品题: 评论人物, 定其高下。

⑮佳士: 品行或才学优良的人。

⑯青云: 此处指进入仕途。

【译文】在下李白本是陇西布衣，来到楚汉一带游历。我十五岁就好剑术，四处拜见达官以求举荐；三十岁文章有所成就，入京干谒卿相。虽然身高不足七尺，但是雄心远胜他人。王公大臣们，都称赞我的气节道义。我往日的这些心迹，怎敢不向您表露呢？您的著述犹如神作，您的德行感动天地，您的文笔参透造化，您的学问穷究天人。希望您能张开心胸，和颜悦色，请不要因为我长揖不拜而拒绝我。倘若您能以盛宴接待我，让我纵情高谈，请您再以日写万言之文来测试我，我将倚马成章，片刻而就。如今天下人都尊您为评判文章的泰斗、品鉴人物的宗师，士人一经您的品评，便被认为是佳士，您何必吝惜阶前的区区一尺之地，而使我不能扬眉吐气、激昂奋发直上青云呢？

昔王子师为豫州①，未下车即辟荀慈明②，既下车又辟孔文举③。山涛作冀州④，甄拔三十余人，或为侍中、尚书，先代所美⑤。而君侯亦荐一严协律⑥，入为秘书郎⑦。中间崔宗之、房习祖、黎昕、许莹之徒⑧，或以才名见知⑨，或以清白见赏⑩。白每观其衔恩抚躬⑪，忠义奋发，白以此感激，知君侯推赤心于诸贤腹中，所以不归他人，而愿委身国士⑫。傥急难有用⑬，敢效微躯。

【注释】①王子师：即东汉名臣王允，字子师，太原祁人。出身官宦世家。初为郡吏，桓帝时任豫州刺史，征用荀爽、孔融为从事。豫州：州名。汉武帝置，十三刺史部之一。辖境约为今豫东、皖北一带。东汉时治所在谯县（今安徽亳州市）。

②下车：指官吏到任。辟：征召。荀慈明：即荀爽，字慈明，桓帝时

官至郎中。

　　③孔文举：即孔融，字文举，孔子二十世孙。东汉末年曾为北海相、少府、大中大夫等职。

　　④山涛：字巨源，西晋河内怀县（今河南武陟西南）人，早孤贫，性好老庄，与嵇康、吕安、阮籍交游，为"竹林七贤"之一。冀州：州名。晋时治所在房子县（今河北高邑县西南）。

　　⑤"甄拔"三句：《晋书·山涛传》记载，山涛为冀州刺史时，甄拔贤才三十多人，皆显名当时。甄拔：考察并提拔。侍中：官名。秦始置，因侍从皇帝左右，逐渐变为亲信贵重之职，晋时曾相当于宰相。尚书：官名。始置于战国时，或称掌书，尚即执掌之义。因尚书在皇帝左右办事，掌管文书奏章，地位逐渐重要。汉成帝时设尚书五人，开始分曹办事。东汉时尚书正式成为协助皇帝处理政务的官员。

　　⑥严协律：协律郎严某。协律郎，官名。掌校正乐律的乐官。

　　⑦秘书郎：官名。掌管图书经籍。

　　⑧崔宗之：李白故交，曾任起居郎、右司郎中等职。黎昕：王维集有《黎拾遗昕见过》诗，即此人。房习祖、许莹事迹不详。

　　⑨见知：为人所知。

　　⑩见赏：被赏识。

　　⑪衔恩：受恩，感恩。抚躬：反躬，反躬自问。

　　⑫国士：一国中才能最优秀的人物。这里指韩朝宗。

　　⑬傥：同"倘"，假使，如果。

　　【译文】昔日王允为豫州刺史，还未到任就征召荀爽，到任后又征召孔融。山涛为冀州刺史时，考察并提拔了三十余人，他们中有些人成为了侍中、尚书，这些事迹都被前代人所称颂。而您也荐举过一位严协律,后入朝为秘书郎。期间还举荐过崔宗之、房习祖、黎昕、许莹等人,他们或因才干名声被您知遇,或因操行清白被您赏识。我每当看到他们心怀感恩,忠义奋发的样子,都会因此而感动,知道您对诸位贤士能赤诚相见,推心置腹,所以我不归于他人门下,而愿托身于您。倘若有紧急艰难之事可以用到我,我愿为您效力。

且人非尧、舜,谁能尽善?白谟猷筹画①,安敢自矜②?至于制作,积成卷轴③,则欲尘秽视听④,恐雕虫小技⑤,不合大人。若赐观刍荛⑥,请给以纸墨,兼人书之⑦。然后退归闲轩,缮写呈上⑧。庶青萍、结绿⑨,长价于薛、卞之门⑩。幸惟下流⑪,大开奖饰⑫,惟君侯图之。

【注释】①谟猷:谋略。

②自矜:自夸。

③卷轴:古代图书都以贯轴舒卷。所以卷轴成为书籍、著作或裱好装轴的书画的泛称。

④尘秽:玷污。此处用作谦词。

⑤雕虫小技:雕琢虫书的技能。比喻微不足道的技能。也用来谦称自己写的诗作或文章。

⑥刍(chú)荛(ráo):割草打柴。此处指文章草率,是自谦之词。

⑦兼人书之:应为"兼之书人",意谓加上抄写之人。

⑧缮写:誊写,抄写。

⑨青萍:古宝剑名。结绿:美玉名。此处比喻有才华之人。

⑩长价:提高身价。薛:指薛烛,春秋越人,善相剑。卞:指卞和,

和氏璧璞玉的发现者。此处比喻自己能被韩朝宗赏识而发挥才智。

⑪下流：居于下位之人。

⑫奖饰：奖誉，称誉。

【译文】况且人非尧、舜，谁能尽善尽美？我的谋略筹划，岂能自夸完美？至于我的诗词文章，已积累成卷，正要请您观看，又怕这些雕虫小技，无法得到您的赏识。如您愿意观览，请赐我纸墨，还有负责誊写的人员。然后我将回到静室，书写呈上。青萍之剑与结绿之玉，只有在薛烛和卞和门下才能体现价值。希望您能顾念卑微之人，大开奖誉之门，请您多加考虑。

上安州裴长史书

【题解】根据诗人自述"迄于今三十春矣"，所以此文应作于诗人三十岁时，即开元十八年（730）。当时李白受人诽谤，因而写信给安州裴长史以申诉。裴长史，名字及生平不详。李白在文中先叙述了自己的家世。自己本是西凉武昭王李暠的后嗣，因被沮渠蒙逊灭国，李暠的后嗣流落四方，自己则成长于江汉一带。成人后游历天下，在安陆被前宰相许圉师家招为孙女婿，定居安陆已有三年。接着李白讲述了自己的人生经历。通过"散金三十余万"一事彰显了自己的轻财乐施。通过安葬友人吴指南一事来突出自己的交友重义。通过叙述与友人隐居大匡山并且拒绝地方举荐一事来说明自己的淡泊名利。通过引用益州长史苏颋和安州都督马正会对自己的赞赏和好评，来说明自己文采出众，是难得的贤才，恳请裴长史多加考虑关照。李白赞扬裴长史重诺好贤，享誉翰林，众望所归于朝野内。而自己因才高而遭人妒忌，被流言所毁谤。因此期待裴长史能为自己洗刷不白之冤。最后诗人直言，如果裴长史赫然发怒，使自己难于在安陆立足，那么将远行长安，求助于其他王公大臣。通过此文也可以看出李白在安陆期间，处境艰难，怀才不遇而不得不委曲求全。文中详述了李白的生平事迹，是研究李白经历的重要资料。

　　白闻天不言而四时行，地不语而百物生①。白人焉，非天地也，安得不言而知乎？敢剖心析肝②，论举身之事，便当谈笑，以明其心，而粗陈其大纲，一快愤懑③，惟君侯察焉！

　　【注释】①“白闻”二句：出自《论语·阳货》：“天何言哉，四时行焉，百物生焉。”

　　②剖心析肝：亦作“剖心坼肝”。形容掬诚相示。

　　③一快愤懑：一舒心中抑郁。

　　【译文】在下李白听说天不必言语而四季运行，地不必言语而百物生长。我李白身为世人，并非天地，怎能不说话而被别人了解呢？我冒昧地向您剖陈心迹，讲述自己生平之事，权当谈笑，以明我心，粗略地说一下大概，以舒发心中的郁闷，希望君侯您能明察。

　　白本家金陵①，世为右姓②。遭沮渠蒙逊难③，奔流咸秦④，因官寓家。少长江汉⑤，五岁诵六甲⑥，十岁观百家。轩辕以来⑦，颇得闻矣。常横经籍书，制作不倦，迄于今三十春矣。

【注释】①金陵：王琦注按："自'本家金陵'至'少长江汉'二十余字，必有缺文讹字，否则'金陵'或是'金城'之谬，亦未可知。"金城：郡名，西汉置，十六国前凉迁治所金城县，在今甘肃兰州市以西，李白自称陇西人，那么"金陵"可能为"金城"之讹。史书记载李暠在西凉设有建康郡，所以也可能在郡内设有金陵城，可备一说。

②右姓：同"豪右"，豪族大姓。

③沮渠蒙逊：十六国时北凉建立者。卢水胡沮渠部人。后凉吕光杀其伯父沮渠罗仇。沮渠蒙逊遂聚族起兵反后凉，推段业为凉州牧，建立政权。按《晋书·凉武昭王李玄盛传》记载，西凉武昭王李暠，字玄盛，陇西成纪人，汉前将军广之十六世孙。世代为陇西大姓。后凉末年，李暠受众人拥戴，割据一方，地广千里。自封为大都督、大将军、凉公、领秦凉二州牧。占据河右，迁都酒泉。死后其子李歆继位，被沮渠蒙逊所灭。诸弟酒泉太守李翻、新城太守李预、领羽林右监李密、左将军李眺、右将军李亮等西奔敦煌，蒙逊遂入酒泉。李翻及弟敦煌太守李恂与诸子等放弃敦煌，奔到北山。郡人宋承、张弘因李恂在郡时有善政，推举李恂为冠军将军、凉州刺史。蒙逊复进兵屠其城。李歆之子李重耳，脱身投奔于江左，仕官于宋。后归北魏，任恒农太守。蒙逊俘获李翻子李宝等人，并将他们囚禁在姑臧，一年后，李宝等人逃到伊吾，后归附北魏。"遭沮渠逊难"即指此事。

④咸秦：指长安咸阳一带。

⑤江汉：长江和汉水。此处指巴蜀之地。

⑥六甲：用天干地支相配计算时日，其中有甲子、甲戌、甲申、甲

午、甲辰、甲寅,故称。《汉书·食货志上》:"八岁入小学,学六甲五方书计之事,始知室家长幼之节。"王先谦补注引顾炎武曰:"六甲者,四时六十甲子之类。"又引周寿昌曰:"犹言学数干支也。"《汉书·律历志上》:"故日有六甲,辰有五子,十一而天地之道毕,言终而复始。"

⑦轩辕:即黄帝。因《史记》第一篇《五帝本纪》是从黄帝开始的,所以此处指有史以来。

【译文】我家本在金陵,世代为豪族大姓。因遭沮渠蒙逊的发难,流落于秦地,先辈曾为官一方所以就在当地安了家。我少年时在蜀中,五岁诵读六甲,十岁观览百家。轩辕黄帝以来的经史,颇多涉猎。常常横放典籍,著述诗文不倦,至今已有三十多年了。

以为士生则桑弧蓬矢①,射乎四方,故知大丈夫必有四方之志②。乃杖剑去国③,辞亲远游。南穷苍梧④,东涉溟海⑤。见乡人相如大夸云梦之事⑥,云楚有七泽⑦,遂来观焉。而许相公家见招⑧,妻以孙女⑨,便憩迹于此,至移三霜焉⑩。

【注释】①桑弧蓬矢:桑木作弓,蓬梗为箭。古时男子出生,以桑木作弓,蓬茎为矢,射天地四方,象征男儿应有志于四方。后用作勉励人应有大志之辞。《礼记·射义》:"男子生,桑弧蓬矢六,以射天地四方。天地四方者,男子之所有事也,故必先有志于其所有事。"此处取其意。

②四方之志:亦作"志在四方",指远大的志向。

③杖剑:持剑。去国:离开家乡。

④苍梧:即九嶷山。

⑤涉：至，到。溟海：大海。

⑥"见乡人"句：因司马相如是蜀人，李白亦在蜀地生活，所以称司马相如为乡人。

⑦"云楚"句：司马相如的《子虚赋》中提到楚有七泽。

⑧许相公：指许围师，高宗时曾为左相。见招：被招为婿。

⑨妻：以女嫁人。此处指许相国之孙女嫁给李白为妻。

⑩三霜：此处指三年。

【译文】我认为好男儿生来就要像桑弓蓬箭那样，射于天地四方。因此明白大丈夫应该志在四方的道理。于是杖剑离乡，辞亲远游。向南穷尽苍梧山，向东一直到大海。见到同乡司马相如在《子虚赋》中夸耀云梦之事，说楚国有七泽，所以来到楚地游历。被前宰相许相公家所抬爱，将他家的孙女嫁给我，于是便在此安家，至今已有三年。

曩昔东游维扬①，不逾一年，散金三十余万②，有落魄公子，悉皆济之。此则是白之轻财好施也。又昔与蜀中友人吴指南同游于楚③，指南死于洞庭之上，白禫服恸哭④，若丧天伦⑤。炎月伏尸⑥，泣尽而继之以血⑦。行路闻者⑧，悉皆伤心。猛虎前临，坚守不动。遂权殡于湖侧⑨，便之金陵。数年来观，筋骨尚在。白雪泣持刃⑩，躬申洗削。裹骨，徒步，负之而趋。寝兴携持⑪，无辍身手，遂丐贷营葬于鄂城之东⑫。故乡路遥，魂魄无主，礼以迁窆⑬，式昭朋情⑭。此则是白存交重义也。

【注释】①曩（nǎng）昔：从前。维扬：扬州的别称。

②三十余万：非实指，泛指很多金银。

③吴指南：李白好友，事迹不详。

④禫（dàn）服：服丧。禫，古代除去孝服时举行的祭祀。恸哭：放声痛哭，号哭。

⑤天伦：此处指兄弟。

⑥炎月：暑月。伏尸：指死亡。

⑦"泣尽"句：用《韩非子·和氏第十三》成句："泣尽而继之以血。"

⑧行路：路人。

⑨权殡：暂时埋葬，古代墓葬形制习俗之一。权，暂且。

⑩雪泣：揩拭眼泪。

⑪寝兴：睡下和起床。泛指日夜。

⑫丐贷：乞贷，请求借贷。营葬：操办丧事。鄂城：指鄂州，治所在江夏县，今湖北武昌。

⑬迁窆：犹迁葬。

⑭式昭：用以光大。

【译文】昔日我东游扬州，不到一年，就散尽三十多万钱财，遇到穷困潦倒之人，都会给予接济。这就是我的轻财好施之举。昔日我与蜀中好友吴指南一起游历楚地，吴指南不幸亡故于洞庭湖上，我身着丧服放声痛哭，如同失去至亲兄弟。他去世时是暑月，我哭到泪干而流血。路人听到，都被感动。就算猛虎前来，我也坚守不动。于是将吴指南暂且埋葬于湖边，我便去往金陵游历。数年后来看，吴指南尸骨仍在，我一边擦泪一边持刀，亲自洗削尸骨。再把尸骨裹好，徒步背着前行。日夜携带，从不离身，最后向人借钱将他埋葬于鄂城之东。故乡路远，吴指南又没有亲人，我只好依礼将他安葬异乡，以显示我们之间深厚的友情。这就是我的交友重义之举。

又昔与逸人东严子隐于岷山之阳①，白巢居数年②，不迹城市。养奇禽千计，呼皆就掌取食，了无惊猜③。广汉太守闻而异之④，诣庐亲睹⑤，因举二人以有道⑥，并不起。此则白养高忘机⑦，不屈之迹也。

【注释】①东严子：可能为梓州盐亭（今四川绵阳盐亭县）人赵蕤，李白曾隐居大匡山，师从赵蕤，学习纵横术。岷山：位于四川松潘县北，绵延于四川、甘肃两省边境，为长江、黄河两大水系的分水岭。阳：山的南面。

②巢居：上古或边远之民于树上筑巢而居，犹隐居。

③了无：全无，毫无。惊猜：惊恐猜疑。

④广汉：汉郡名，初治所在乘乡（亦作绳乡，在今四川金堂县东），东汉移治雒县（今四川广汉市）。这里指代李白所在的绵州。

⑤诣：到，特指到尊长那里去。

⑥有道：唐代制举的一种。一般先由地方官推举，然后由皇帝亲自考试。

⑦养高：闲居不仕，退隐。高，指高尚的志向、节操、名望。忘机：指没有巧诈的心思，与世无争。

【译文】另外，昔日我与东严子隐居于岷山之南，蜗居草庐数年，足不进城市。我们蓄养了千只珍禽，都能召唤到主人身边啄取掌上的食物，毫不惧人。广汉太守听说后感到很神奇，亲自来拜访我们，并推举我们应试有道科，但我们都辞谢不去。这就是我存养高义、忘却机心，不屈操守的表现。

又前礼部尚书苏公出为益州长史①，白于路中投刺②，待以布衣之礼。因谓群寮曰③："此子天才英丽，下笔不休，虽风力未成④，且见专车之骨⑤。若广之以学，可以相如比肩也。"四海明识⑥，具知此谈。前此郡督马公⑦，朝野豪彦⑧；一见尽礼，许为奇才。因谓长史李京之曰⑨："诸人之文，犹山无烟霞，春无草树。李白之文，清雄奔放，名章俊语，络绎间起，光明洞澈⑩，句句动人。"此则故交元丹⑪，亲接斯议。若苏、马二公愚人也⑫，复何足尽陈！傥贤贤也⑬，白有可尚。

【注释】①苏公：指苏颋，字廷硕。《旧唐书·苏颋传》记载，开元八年苏颋任益州大都督长史。益州，即蜀郡，唐武德元年（618）复为益州。天宝元年（742）改为蜀郡，至德二载（757）升为成都府。治所在今成都。唐时益州大都督由亲王遥领，不赴任，所以大都督府长史是益州的实际行政长官。

②投刺：投递名帖。

③群寮：即群僚，此处指苏颋的属官。

④风力：指文辞的风骨笔力。

⑤专车之骨：指骨头大到一节就可以装满一辆车。语出《国语·鲁语下》："昔禹致群臣于会稽之山，防风氏后至，禹杀而戮之，其骨节专车。"此处形容李白文章气象宏大。

⑥明识：指卓识远见之士。

⑦郡督马公：指安州都督府都督马正会。

⑧豪彦：指才智过人之士。

⑨李京之：即《上安州李长史》中提到的李长史，是裴长史的前任，生平事迹不详。

⑩洞澈：即"洞彻"。

⑪元丹：即元丹丘。

⑫苏、马：即苏颋、马正会。愚人：愚弄人，说谎捉弄人。

⑬傥：同"倘"。贤贤：推敬贤人。第一个"贤"为动词，第二个"贤"为名词。

【译文】前礼部尚书苏公出任益州长史，我曾在途中投递名帖拜见，我虽为布衣而苏公待我以礼。并对属僚说："此子才华出众，下笔思如泉涌，虽然风骨未成，但气象宏大。若能增长学识，可与司马相如比肩。"天下卓识之士，都知此评价。郡中前任都督马公，是朝野公认的卓越之士；初次见我，就以礼相待，称赞我是奇才。并对长史李京之说："其他人的文章就像山无烟霞，春无草树。而李白的文章，清峻雄浑，气势奔放，佳句妙语，层出不穷。光耀通达，句句动人。"这是我的故友元丹丘，亲耳听到的评论。如果苏、马二公是愚人，那么也就不必向您陈述他们的评论！如果二公是推敬贤人的话，那说明我还是有可取之处的。

夫唐虞之际，于斯为盛，有妇人焉，九人而已①。是知才难不可多得。白，野人也②，颇工于文，惟君侯顾之③，无按剑也④。伏惟君侯，贵而且贤，鹰扬虎视⑤，齿若编贝⑥，肤如凝脂，昭昭乎若玉山上行,朗然映人也⑦。而高义重诺,名飞天京⑧,四方诸侯⑨,闻风暗许。倚剑慷慨,气干虹蜺⑩。月费千金,日宴群客,出跃骏马,入罗红颜⑪,所在之处,宾朋成市。故时人歌曰:"宾朋何喧喧!日夜裴公门。愿得裴公之一言,不须驱马将华轩⑫。"白不知君侯何以得此声于天壤之间,岂不由重诺好贤,谦以得也?而晚节改操⑬,栖情翰林⑭,天才超然,度越作者⑮。屈佐邠国⑯,时惟清哉。棱威雄雄⑰,下慴群物⑱。

【注释】①"夫唐虞"四句:《论语·泰伯》:"孔子曰:'才难,不其然乎?唐虞之际,于斯为盛,有妇人焉,九人而已。'"意谓贤才难得,周武王时期,除去一个妇人,也只有贤臣九人而已。

②野人:指平民。

③顾:眷念,顾及。

④按剑:以手抚剑。此处表示呵叱之意。

⑤鹰扬虎视:如鹰飞扬,似虎雄视。形容威武奋勇。

⑥齿若编贝:同"齿如齐贝",形容牙齿整齐洁白如排列的贝壳。

⑦"昭昭"二句:《世说新语·容止》:"见裴叔则如玉山上行,光映照人。"此处用其意。昭昭:明亮,光明貌。朗然:清澈明亮的样子。此处形容裴长史的仪表不凡。

⑧天京:指京都长安。

⑨四方诸侯:指各地方长官。

⑩干:冲犯。

⑪罗:排列。红颜:指侍女。

⑫华轩:华美的车子。

⑬晚节：晚年。改操：改变节操或操行。

⑭栖情：寄托情志。翰林：谓文翰荟萃之所，犹词坛文苑。

⑮度越：超越，胜过。

⑯屈佐：屈就副职。邙国：古国名。在今湖北安陆。此处代指安州。

⑰棱威：威势，威风。

⑱慴：同"慑"，威胁，使恐惧。

【译文】唐尧、虞舜以及周武王时期，贤才最盛，然而贤臣中尚有一位妇人，实际只有九位贤人而已。由此可知人才难得。在下李白，虽是山野草民，但善长诗文，希望您能予以眷顾，不要按剑呵叱。君侯您地位尊贵而且贤德，威武英勇，齿如编贝，肤如凝脂，丰神俊朗好似行走在玉山之上，光彩照人。而且，您高义重诺，名扬京城，各方达官显贵，听闻无不赞许。您慷慨倚剑，气冲霄汉。月耗千金，天天宴客。出门骑乘骏马，入家美女环绕。所在之处，宾朋众多。所以当时人们作歌道："宾客何喧喧！日夜装公门。愿得裴公之一言，不须驱马将华轩。"我不知道您如何在天地之间得到如此名声，难道不是您重诺好贤，谦虚待人得来的吗？您到晚年改变操持，寄情于文翰，天才超然，远胜文宗。您屈就安州长史的辅佐之职，政事清明。威严赫赫，震慴众人。

　　白窃慕高义，已经十年。云山间之，造谒无路①。今也运会②，得趋末尘③，承颜接辞④，八九度矣⑤。常欲一雪心迹，崎岖未便⑥。何图谤言忽生⑦，众口攒毁，将恐投杼下客⑧，震于严威。然自明无辜，何忧悔吝⑨。孔子曰："畏天命，畏大人，畏圣人之言⑩。"过此三者，鬼神不害。若使事得其实，罪当其身，则将浴兰沐芳，自屏于烹鲜之地^⑪,惟君侯死生^⑫。不然,投山窜海^⑬,转死沟壑^⑭。岂能明目张胆,托书自陈耶! 昔王东海问犯夜者曰:"何所从来?"答曰:"从师受学,不觉日晚。"王曰:"吾岂可鞭挞宁越以立威名!"^⑮想君侯通人^⑯,必不尔也^⑰。

【注释】①造谒:拜访进见。

②运会:时运际会,时势。

③末尘:犹后尘,比喻别人之后。拜会的谦辞。

④承颜:顺承尊长的颜色,侍奉尊长,此处指见面。

⑤度:次。

⑥崎岖:此处指曲折不便。

⑦何图:哪里想到。

⑧投杼:用曾参典故。《战国策·秦策二》记载,昔日曾参在费地,费地有个与曾参同名的人杀人,有人告诉曾子母亲,说曾参杀人了,前两次曾母都不信,等到第三次,曾母相信了,扔下梭子就翻墙逃走了。后以"投杼"比喻流言可畏。杼,织布机的梭子。

⑨悔吝:灾祸。

⑩"畏天命"三句:出自《论语·季氏》:"孔子曰:'君子有三畏,畏天命,畏大人,畏圣人之言。'"

⑪屏:退居。烹鲜:语本《老子》:"治大国若烹小鲜。"后以"烹鲜"比喻治国之道。此处犹指鼎镬之刑。

⑫惟君侯死生:生死由您处置。

⑬投山窜海:谓放逐到荒凉边远地区。

⑭转死沟壑:谓弃尸于山沟。

⑮ "昔王东海" 七句：《世说新语·政事》记载，东晋王承任东海郡太守时，有个人因在老师家读书到深夜，回家时犯了宵禁，王承说："鞭打像宁越一样的人来树立威名，恐怕并非治理之本。"于是派人送他回家。王东海：东晋东海郡太守王承，字安期。宁越：战国时赵国中牟人，原在家务农，饱受耕种之苦。于是求学以求闻达，十五年后，成为周威王之师。此处诗人以宁越自比，以王东海喻裴长史。

⑯ 通人：学识渊博，贯通古今的人。

⑰ 不尔：不如此。

【译文】我私下倾慕您的高义，已经十年了。只因山水相隔，无法登门拜会。如今恰遇良机，可以随同众人，与您当面交谈，已有八九次了。我常常想向您表明心迹，但又因种种阻碍未能如愿。哪料忽生诽谤之言，一众人等都来诋毁我，我担心您会相信这些诬陷之词，因而心中十分震恐。既然知道自己是无辜的，何必去忧虑未知的灾祸。孔子说过："敬畏上天，敬畏大人，敬畏圣人之言。"除了这三者，就算鬼神也没有什么可怕的。假如流言属实，我确是罪有应得，那么芳草兰汤沐浴之后，甘愿受鼎镬之刑，生死由您处置。否则，如真有其事，我早就逃往荒山边地，弃尸沟壑之中。岂敢明目张胆地上书自辩呢! 昔日东海太守王承审问违反宵禁之人："从何而来？"那人回答道："在老师处专心学习，没有觉查到时间已晚。"王承说："我岂能以鞭挞像宁越那样的人来树立威名!"想来您学识渊博、贯通古今，必然不会如此草率行事。

愿君侯惠以大遇①，洞开心颜，终乎前恩②，再辱英眄③。白必能使精诚动天，长虹贯日④，直度易水，不以为寒⑤。若赫然作威⑥，加以大怒，不许门下，逐之长途，白即膝行于前，再拜而去，西入秦海⑦，一观国风⑧，永辞君侯，黄鹄举矣⑨。何王公大人之门，不可以弹长剑乎⑩？

【注释】①大遇：犹殊遇，特别的恩遇。

②前恩：指前文中的"承颜接辞，八九度矣"。

③辱：谦辞，表示承蒙。英盼：此处是"青睐"之意。

④长虹贯日：白色长虹穿日而过。古人认为这是一种预示异象的天象。

⑤"直度"二句：化用荆轲刺秦的典故，表示自己的精诚就像荆轲渡过易水时的样子。此处反用"风萧萧兮易水寒"之意。

⑥赫然：发怒的样子。

⑦秦海：指秦地，今陕西一带。古时以秦地为陆海，故名。此处指长安一带。

⑧国风：国家的风貌。

⑨黄鹄：鸟名。比喻高才贤士。韩婴《韩诗外传》记载，田饶是战国时齐人，后到鲁国为官，但是却不被鲁哀公赏识，故以鸡和黄鹄作比，鸡有五德却被杀了煲汤，因为它离人近而不被重视。黄鹄没有五德，却被人所看重，是因为它来自远方而被重视。田饶以此讽谕鲁哀公贵远贱近，用人不当。因而田饶也像黄鹄那样远飞，去往了燕国，被委任为燕相。此处用"黄鹄举"来比喻贤人远去。

⑩弹长剑：用冯驩弹铗的典故。《史记·孟尝君列传》记载，战国时齐国孟尝君的门客冯驩经常弹剑而歌，慨叹生活的窘迫。后以"弹剑"作为贤士自伤窘困，希求知遇的典故。

【译文】愿您能待我以殊遇，敞开您的心胸，维系对我的旧恩不变，再次对我施以关照。我的精诚必能感动苍天，使长虹穿日，就算直渡易水，也不以为寒冷。假若您赫然发威，勃然大怒，不能容纳我在您的门下，把我驱逐到边远之地，我将膝行于您的门前，再拜而去，西入长安，一览国风，与您永别，就像黄鹤高飞而去。哪个王公大人的门下，不能留我弹剑而歌呢？

卷二十六 序

暮春江夏送张祖监丞之东都序

【题解】此序是开元二十二年（734），李白游江夏时所作。张祖，《唐文萃》作"张承祖"。监丞，官名，唐代国子、将作、少府、长秋、都水五监均设置监丞，掌判监事，此处张监丞负责漕运之事，应为都水监丞。东都，指洛阳。李白曾写《江夏送张丞》诗，应为同一人。全序前半部分写诗人曾想去修仙访道，但未能如愿；想施展才华，却又报国无门。诗人感叹自己"有才无命"，抒发了诗人怀才不遇的愤懑。后半部分写与张监丞欢宴饯行的情景。表现了诗人乐观豪迈的性格，既然不能施展抱负，那就畅游诗酒之间，快意人生，也可以不负古人。

吁咄哉①！仆书室坐愁，亦已久矣。每思欲遐登蓬莱，极目四海，手弄白日，顶摩青穹②，挥斥幽愤③，不可得也。而金骨未变④，玉颜已缁⑤，何尝不扪松伤心，抚鹤叹息？误学书剑，薄游人间⑥。紫微九重⑦，碧山万里。有才无命，甘于后时⑧。刘表不用于祢衡，暂来江夏⑨；贺循喜逢于张翰，且乐船中⑩。

【注释】①吁咄：叹词。表示忧伤或有所感。

②青穹：苍穹，碧空。

③挥斥：奔放，纵放。《庄子·田子方》："挥斥八极，神气不变。"郭象注："挥斥，犹放纵也。"幽愤：郁结的怨愤。

④金骨：佛骨，仙骨。

⑤缁：黑色。

⑥薄游：为薄禄而宦游于外。有时用为谦辞。谢朓《休沐重还道中》："薄游第从告，思闲愿罢归。"李周翰注："薄游，薄宦也。"

⑦紫微：即紫微垣。星官名，三垣之一。紫微垣有星十五颗，分两列，以北极为中枢，成屏藩状，古人认为紫微垣代表天子居所。这里代指帝王宫殿。九重：古制，天子之居有门九重，故称。《楚辞·九辩》："君之门以九重。"

⑧后时：失时，不及时。贾谊《惜誓》："黄鹄后时而寄处兮。"王逸注："言贤者失时，后辈亦为谗佞所排逐。"

⑨"刘表"二句：用刘表与祢衡故事。《后汉书·祢衡传》："刘表及荆州士大夫，先服其才名，甚宾礼之。后复侮慢于表，表耻不能容，以江夏太守黄祖性急，故送衡与之。后黄祖在蒙冲船上，大会宾客，而衡言不逊顺，祖惭，乃呵之。衡方大骂，祖恚，遂令杀之。"这里诗人以祢衡自比。

⑩"贺循"句：用张翰与贺循相遇故事。《晋书·张翰传》："会稽

贺循，赴命入洛，经吴阊门，于船中弹琴。（张）翰初不相识，乃就循言谈，便大相钦悦。问循，知其入洛。翰曰：'吾亦有事北京。'便同载即去，而不告家人。"这里诗人以贺循自比，以张翰来比喻张监丞。

【译文】可叹啊！我独坐书房而满腹惆怅，已经很久了。时常想远登蓬莱仙山，极目四望，手抚白日，头顶苍穹，抒发感慨，却屡屡不能实现。仙道未成，而容颜先衰，怎能不令人扶松而伤心，抚鹤而叹息。我平生误与书剑为伍，漫游人间。皇宫深深九重门，中隔碧山几万里。我虽身负才学，却无命效力朝廷，只能自甘错过时机。我现在就像祢衡不被刘表重用，而暂时来到江夏。又像贺循喜逢张翰一样，与张侯欢聚船中。

　　达人张侯①，大雅君子②。统泛舟之役③，在清川之湄④。谈玄赋诗，连兴数月，醉尽花柳，赏穷江山。王命有程⑤，告以行迈⑥，烟景晚色，惨为愁容。系飞帆于半天，泛渌水于遥海。欲去不忍，更开芳樽⑦。乐虽寰中⑧，趣逸天半。平生酣畅，未若此筵。至于清谈浩歌⑨，雄笔丽藻，笑饮醹酒⑩，醉挥素琴⑪，余实不愧于古人也。

【注释】①达人：通达事理的人。《左传·昭公七年》："圣人有明德者，若不当世，其后必有达人。"孔颖达疏："达人，谓知能通达之人。"张侯：对张监丞的敬称。

　　②大雅：称德高而有大才的人。班固《西都赋》："大雅宏达，于兹为群。"李善注："大雅，谓有大雅之才者。"

　　③泛舟之役：《左传·僖公十三年》记载，鲁僖公十三年，晋国发

生饥荒,向秦国请求输入粮食。秦穆公和大臣百里奚等商量,决定输给晋国粮食。运送粟米的船队从秦都雍(今陕西凤翔南)到晋都绛(今山西翼城东)沿水路接连不断,被称为"泛舟之役"。

④湄:河岸,水与草交接的地方。

⑤有程:有期限。

⑥行迈:行走不止;远行。

⑦芳樽:亦作"芳尊"。精致的酒器。亦借指美酒。

⑧寰中:宇内,天下。

⑨清谈:亦作"清谭"。清雅的谈论。浩歌:放声高歌,大声歌唱。

⑩醁酒:美酒。

⑪素琴:未加装饰的琴。

【译文】通达的张侯,是位高雅的君子。统管漕运事务,来到清流之畔。我们畅谈赋诗,一连数月,醉看花柳,遍观江山。可惜王命难违,漕运有期,只得互相告别。彼时烟云惨淡,更添愁容。升起云帆直入半空,即将泛舟远赴碧海。彼此不忍离去,举杯设宴饯行。欢乐充满天地间,兴致飘逸云天外。平生酣畅之事,只有今日之筵。于是众人高谈阔论吟咏高歌,挥笔写就华美雄文,大笑痛饮醇厚美酒,酒酣挥手弹奏素琴。今日之举我实不逊于古人也。

扬袂远别①,何时归来? 想洛阳之秋风,将脍鱼以相待②。诗可赠远,无乃阙乎③?

【注释】①扬袂:挥袖。

②"想洛阳"二句:用张翰思莼菜羹、鲈鱼脍的故事。《晋书·张

翰传》:"张翰,字季鹰,吴郡吴人也。翰有清才,善属文,而纵任不拘。齐王冏辟为大司马东曹掾。冏时执权,翰谓同郡顾荣曰:'天下纷纷,祸难未已。夫有四海之名者,求退良难。吾本山林间人,无望于时。子善以明防前,以智虑后。'翰因见秋风起,乃思吴中菰菜、莼羹、鲈鱼脍,曰:'人生贵得适志,何能羁宦数千里以要名爵乎!'遂命驾而归。"

③无乃:相当于"莫非""恐怕是",表示委婉测度的语气。

【译文】此地挥袖而别,不知何时归来?在洛阳秋风渐起时,我会准备莼菜羹、鲈鱼脍来等待您的到来。诗歌可赠远行之人,怎么能或缺呢?

奉饯十七翁二十四翁寻桃花源序

【题解】这篇序大概为开元二十三年(735)左右所作。当时李十七和李二十四两位老翁将要去探寻桃花源。桃花源,即陶渊明《桃花源记》中所写的世外桃源,据《桃花源记》记载,桃花源所在地在晋朝属武陵郡,唐时属朗州武陵县,即今湖南桃源县。《名山洞天福地记》:"桃源山,周围七十里,名'白马玄光之天',在朗州武陵县。"王琦注:"桃花源自陶渊明作记之后,无人复至其地,后人多云是仙境,或云乃托言耳,非实境也。好奇之士,慕想不可得,而指近地之山以当之,遂有桃源山,其实非昔之桃花源矣。"首段写秦朝施行苛政,使民不聊生,而秦始皇却一心想传国万世,寻求长生,有识之士如商山四皓和鲁仲连要么隐居避世,要么蹈于东海。能避居桃源的人，应该是有先见之明了。次一段诗人想象二翁可以顺利找到桃花源，安闲地隐居其中，悠然自得。

　　昔祖龙灭古道①，严威刑，煎熬生人②，若坠大火。三坟五典③，散为寒灰④。筑长城⑤，建阿房⑥，并诸侯，杀豪俊。自谓功高羲皇，国可万世⑦。思欲凌云气，求仙人⑧，登封太山，风雨暴作。虽五松受职，草木有知⑨；而万象乖度⑩，礼刑将弛。则绮皓不得不遁于南山⑪，鲁连不得不蹈于东海⑫。则桃源之避世者，可谓超升先觉⑬。夫指鹿之俦⑭，连颈而同死，非吾党之谓乎？

　　【注释】①祖龙：指秦始皇。《史记·秦始皇本纪》："（三十六年）秋，使者从关东夜过华阴平舒道，有人持璧遮使者曰：'为吾遗滈池君。'因言曰：'今年祖龙死。'"裴骃集解引苏林曰："祖，始也；龙，人君象。谓始皇也。"古道：古代之道。泛指古代的制度、学术、思想、风尚等。

　　②生人：生民，即百姓。唐朝避李世民的讳，改称"民"为"人"。

　　③三坟五典：传说中的古书名。孔安国《尚书序》："伏羲、神农、黄帝之书，谓之三坟，言大道也。少昊、颛顼、高辛、唐、虞之书，谓之五典，言常道也。"

　　④散为寒灰：指秦朝焚书一事。《史记·秦始皇本纪》："秦始皇三十四年，丞相李斯奏：'臣请史官非秦纪皆烧之，非博士官所职，天下敢有藏《诗》《书》百家语者，悉诣守尉杂烧之。有敢偶语《诗》《书》者弃市。以古非今者，族。吏见知不举者，与同罪。令下三十日，不烧，黥为城旦。所不去者，医药卜筮种树之书。若欲有学法令，以吏为师。'制曰：

'可。'"

⑤筑长城：贾谊《过秦论》："乃使蒙恬北筑长城，而守藩篱，却匈奴七百余里。胡人不敢南下而牧马，士不敢弯弓而报怨。"

⑥建阿房：指秦始皇修建阿房宫。《史记·秦始皇本纪》："三十五年。于是始皇以为咸阳人多，先王之宫廷小，乃营作朝宫渭南上林苑中。先作前殿阿房，东西五百步，南北五十丈，上可以坐万人，下可以建五丈旗。周驰为阁道，自殿下直抵南山。表南山之颠以为阙。为复道，自阿房渡渭，属之咸阳，以象天极，阁道绝汉，抵营室也。"

⑦"自谓"二句：此二句谓秦始皇自认功高超过上古伏羲氏，国家可传承万代。羲皇：即伏羲氏。《史记·秦始皇本纪》："秦始皇二十六年，制曰：'朕闻太古有号无谥，中古有号，死而以行为谥。如此，则子议父，臣议君也。甚无谓，朕勿取焉。自今以来，除谥法，朕为始皇帝，后世以计数，二世、三世，至于万世，传之无穷。'"

⑧"思欲"二句：指秦始皇求仙一事。《史记·秦始皇本纪》："二十八年，齐人徐市等上书，言海中有三神山，名曰蓬莱、方丈、瀛洲仙人居之。请得斋戒，与童男女求之。于是遣徐市发童男女数千人，入海求仙人。三十二年，因使韩终、侯公、石生求仙人不死之药。"

⑨"登封"四句：指秦始皇封禅泰山。《史记·秦始皇本纪》："二十八年，始皇上太山，立石封祠祀。下，风雨暴至，休于树下，因封其树为五大夫。"《独异志》："始皇二十八年，登封太山，至半，忽大风雨雷电。路旁有五松树，荫翳数亩，乃封为五大夫。忽闻松上有人言曰：'无道德，无仁无礼，而王天下，妄命受命，何以封！'左右咸闻，始皇不乐。归，崩于沙丘。"

⑩乖度：失当；违度。

⑪"则绮皓"句：用商山四皓的故事。绮皓：指秦末绮里季、东园公、夏黄公、用里先生，避秦乱，隐商山，年皆八十有余，须眉皓白，时称商山四皓。南山：指商山，在今陕西商洛市东南。

⑫"鲁连"句：用鲁仲连故事。战国时齐国人鲁仲连不满秦王称帝的计划，曾说，秦如称帝，则蹈东海而死。后以"鲁连蹈海"表示宁死而不受强敌屈辱的气节、情操。《史记·鲁仲连邹阳列传》："鲁仲连曰：'彼秦者，弃礼义而上首功之国也。权使其士，虏使其民。彼即肆然而为帝，过而为政于天下，则连有蹈东海而死耳，吾不忍为之民也。'"

⑬超升：谓从困境中解脱。先觉：事先认识觉察的人，觉悟早于常人的人。

⑭"夫指鹿"句：用赵高指鹿为马故事。《史记·秦始皇本纪》："赵高欲为乱，恐群臣不听，乃先设验。持鹿献于二世，曰：'马也。'二世笑曰：'丞相误耶，谓鹿为马。'问左右，左右或默，或言马以阿顺赵高。或言鹿者，高因阴中诸言鹿者以法。后群臣皆畏高。"俦：同类，辈。

【译文】昔日秦始皇毁坏古制礼法，采用严刑厉法，煎熬百姓，如坠火中。古书典籍，焚烧一空。兴建长城，造阿房宫，吞并诸侯，杀戮豪杰。自认为功高超过上古伏羲氏，可传国万世。并且想凌空飞举，求取仙道，登封泰山，遭遇风雨。虽然有五松遮蔽，草木呵护；但是秦朝万事失当，礼刑混乱。所以商山四皓不得不隐居南山，鲁仲连不得不蹈于东海。至于逃往桃源避世的人们，可谓有先见之明了。而那些不肯接受赵高指鹿为马之说的正直之士，先后引颈受戮，岂不就是我辈这样的人吗？

二翁耽老氏之言①，继少卿之作②，文以述大雅，道以通至精③。

卷舒天地之心，脱落神仙之境。武陵遗迹，可得而窥焉。问津利往，水引渔者，苑藏仙溪④。春风不知从来，落英何许流出⑤！石洞来入，晨光尽开。有良田名池，竹果森列⑥，三十六洞⑦，别为一天耶？今扁舟而行，然笑谢人世，阡陌未改，古人依然⑧。白云何时而归来，青山一去而谁往？诸公赋桃源以美之。

【注释】①老氏之言：指老子《道德经》而言。这里指十七翁二十四翁崇尚老子隐居避世之说。

②少卿：指李陵，字少卿。《文选》载有李陵《与苏武》诗三首，被认为是李陵与苏武之间互相赠答的诗，内容多为送别。这里借用来与十七翁二十四翁送别。

③至精：我国古代哲学家指一种极其精微神妙而不见形迹的存在。

④"问津"三句：陶渊明《桃花源记》："南阳刘子骥，高尚士也，闻之，欣然规往。未果，寻病终，后遂无问津者。"此用其意。

⑤何许：何处。

⑥"石洞"四句：用《桃花源记》中语："林尽水源，便得一山，山有小口，仿佛若有光。便舍船，从口入。初极狭，才通人。复行数十步，豁然开朗。土地平旷，屋舍俨然，有良田美池桑竹之属。"

⑦三十六洞：道家称神仙居住人间的三十六处名山洞府。南朝梁任昉《述异记》："人间三十六洞天，知名者十耳，余二十六天，出《九微志》，不行于世也。"《云笈七签》："三十六小洞天，在诸名山之中，亦上仙所统治之处也。"

⑧"然笑"三句：用《桃花源记》中语："阡陌交通，鸡犬相闻。其中往来种作，男女衣着，悉如外人。"

【译文】两位家翁久习老子之言，继行李陵离别之作。二翁的文章高深雅正，道德达到至高境界。心意在天地间卷舒，意境在神仙界出入。武陵桃花源遗迹，他们应该可以窥探到。他们将一路寻访渡口，沿渔人所走之路，发现溪流尽头的仙苑。感受到有春风不知从何处吹来，看到有落英不知从何处流出。穿过一处石洞，眼前豁然开朗。有良田池沼，竹林果树，实在是三十六洞天之外，另增一洞天啊。如今二翁乘扁舟远行，笑辞俗世，来到桃花源中，只见阡陌纵横，乡民古风依然。从此悠然而居。闲看白云归来，高卧青山之中。诸人赋桃花源诗以赞美这件盛事。

夏日奉陪司马武公与群贤宴姑熟亭序

【题解】此序是天宝十四载（755），李白在宣州当涂县姑熟亭参加群贤宴会时所作。司马武公，指宣城郡司马武幼成。李白在《赵公西侯新亭颂》中曾写到："司马武公幼成，衣冠之髦彦。"姑熟亭，宣州当涂县姑熟水上所建之亭。序文首段介绍了姑熟亭的地理位置与周围环境，以及建造过程。次一段写司马武公博古通今，潇洒不羁，并为姑熟亭命名的过程。最后一段写大贤与小才之人的不同之处，称赞司马武公与群贤文思敏捷，各展才华。

通驿公馆南有水亭焉。四甍翠飞①，巀嶭浦屿②。盖有前摄令河东薛公栋而宇之③，今宰陇西李公明化开物成务④，又横其梁而阁之。昼鸣闲琴,夕酌清月。盖为接辎轩、祖远客之佳境也⑤。

【注释】①甍:屋脊。翚飞:翚,古书上指有五彩羽毛的雉。翚飞指屋翼檐角向上的建筑形式,俗称"飞檐",近代建筑学称"翚飞式",为我国古代所特创。

②巉绝:险峻陡峭。浦屿:水中小岛。

③前摄令:前任代理县令。河东薛公:籍贯为河东的薛姓县令。栋:屋的正梁,即屋顶最高处的水平木梁,支承着椽子。宇:屋檐,泛指房屋。

④今宰:现任县令。陇西李公明化:姓李名明化,祖籍陇西。开物成务:指通晓万物的道理并按这道理行事而得到成功。《易·系辞上》:"夫《易》,开物成务,冒天下之道,如斯而已者也。"孔颖达疏:"言《易》能开通万物之志,成就天下之务。"

⑤辎轩:古代使臣乘坐的一种轻车,也用做使臣的代称。祖:出行时祭路神,引申为送行。

【译文】驿站公馆的南面有一座水亭。四面的飞檐高高翘起,耸立在水中小洲之上。先有前任县令河东人薛公构筑栋宇框架,后有陇西李公继续营造,横梁架槫而建成水亭。四方之人聚集此处,白日闲来弹琴,黄昏对月浅酌。这里正是远接使臣,近送宾客的好地方。

制置既久①,莫知何名。司马武公,长材博古②,独映方外③。因据胡床④,岸帻啸咏⑤,而谓前长史李公及诸公曰:"此亭跨姑熟之水⑥,可称为'姑熟亭'焉。嘉名胜概⑦,自我作也。"

【注释】①制置：规划；处理。这里指水亭建成。

②长材：高大的优质材木。比喻才能高学问大的人。博古：通晓古今的事情。形容学识渊博。

③方外：世外。

④胡床：一种可以折迭的轻便坐具。又称交床。

⑤岸帻：推起头巾，露出前额。形容态度洒脱，或衣着简率不拘。

⑥前长史李公：宣州前任长史李公。姑熟之水：即姑熟溪。《方舆胜览》："姑熟溪，在太平州当涂县南二里，西入大江。"

⑦胜概：非常好的风景或环境。

【译文】水亭建成已久，仍没有命名。宣城司马武公，才高博学，知古通今，独步宇内。他斜倚胡床，解下头巾，纵情吟咏，对前任宣城长史李公及诸人说："此亭横跨姑熟溪上，可以称为'姑熟亭'，好名配美景，就让我等来完成这件美事吧。"

且夫曹官绂冕者①，大贤处之，若游青山、卧白云，逍遥偃傲②，何适不可。小才居之，窘而自拘，悄若桎梏，则清风朗月、河英岳秀③，皆为弃物，安得称焉！所以司马南邻④，当文章之旗鼓；翰林客卿⑤，挥辞锋以战胜。名教乐地⑥，无非得俊之场也⑦。千载一时⑧，言诗纪志。

【注释】①曹官：属官，这里泛指官员。绂冕：古时系官印的丝带及礼冠。引申为官员。

②偃傲：偃仰啸傲。

③河英岳秀：河川美好，山岳秀丽。

④司马：指宣城司马武幼成。南邻：南边的近邻。这里泛指宣城当地人士。

⑤翰林客卿：引用扬雄《长杨赋序》中之语。《长杨赋序》："聊因笔墨之成文章，故借翰林以为主人，子墨为客卿以讽。"翰林：翰原指长而坚硬的羽毛。后借指毛笔或文章。这里代指文士辞人。

⑥名教：因其名分而设之礼教，谓之名教。原指正名分、定尊卑的儒家礼教。乐地：快乐的境地。名教乐地指在名教范围里，自然有一片安乐之地。古时勉人恪守名教之语。语出《世说新语·德行》："王平子、胡毋彦国诸人皆以任放为达，或有裸体者。乐广笑曰：'名教中自有乐地，何为乃尔也？'"

⑦得俊：用陆机典故。《晋书·陆机传》："太康末，（陆机）与弟云俱入洛，造太常张华。华素重其名，如旧相识。曰：'伐吴之役，利获二俊。'"

⑧千载一时：一千年才有一次的时机。形容机会难得。王羲之《与会稽王笺》："遇千载一时之运，顾智力屈于当年。"

【译文】而且为官任职者，如果是大贤之人担当，就如游青山，卧白云一样，逍遥自在，偃仰啸傲，无不适意。如果是小才之人担任，就会困窘而拘束，就像悄然套上枷锁一样，则对于清风明月，大好山河，都视为可抛弃之物，哪里值得称道。于是司马武公与众贤士以文为旗鼓，各不相让。在座的文士诗人挥笔为辞锋，一决胜负。此次聚会可以说是名教中的乐地，是可以得到贤才的场所。逢此千载一时的盛事，特作诗以留念。

江夏送林公上人游衡岳序

【题解】此序是开元二十二年，李白在江夏时所作。林公上人，姓林的僧人，上人原指佛教中德智、品行在众人之上的僧人，后泛指僧众。衡岳，指衡山。林上人原为江夏当地望族之后，出家为僧，此次准备去往衡山，众人来到江边送行，作诗以赠，李白写下此序文。序文首段写江夏人杰地灵，林公为此地杰出之辈，既擅长文章，又精通佛理。次一段写林公准备振策渡江，远赴三湘，辞别俗世，于衡山结庐修行。再一段写林公品行出众，与普通僧人不同，可媲美于昔日智者禅师和高僧慧远。最后写众人依依不舍送别，写诗以赠。

江南之仙山，黄鹤之爽气①，偶得英粹②，后生俊人③。林公世为豪家，此土之秀。落发归道，专精律仪④。白月在天⑤，朗然独出⑥。既洒落于彩翰⑦，亦讽诵于金口⑧。

【注释】①黄鹤：山名，一名黄鹄山。即今湖北武汉市武昌城区蛇山。《江夏图经》云："旧传云，昔有仙人控黄鹤于此山。故以为名。"爽气：明朗开豁的自然景象。

②英粹：精粹，精华。

③俊人：俊杰。

④律仪：僧侣遵守的戒律和立身的仪则。《大乘义章》："言律仪者，制恶之法，说名为律。行依律戒，故号律仪。"

⑤白月：明月。

⑥朗然：光明貌。

⑦彩翰：彩笔。

⑧金口：佛教语。谓佛之口舌如金刚坚固不坏。

【译文】黄鹤山这座江南仙山，气象开阔，风清气爽，汇集天地灵气，孕育杰出之辈。林公家世代为豪门，是此地的俊杰人物。他落发出家为僧，专心持戒，精研佛法。风采如明月悬天，光耀显明。既擅长彩笔撰写文章，又擅于金口吟咏佛经。

闲云无心，与化偕往①。欲将振五楼之金策②，浮三湘之碧波③。乘杯泝流④，考室名岳⑤；瞰憩冥壑⑥，凌临诸天⑦。登祝融之峰峦⑧，望长沙之烟火。遥谢旧国⑨，誓遗归踪。百千开士⑩，稀有此者。

【注释】①化：造化。

②金策：僧人所用锡杖。

③三湘：泛指湘江流域及洞庭湖地区。

④乘杯：用高僧杯度的故事。晋宋时僧人，不知姓名。传说其常乘木杯渡水，故以杯度为名。后因以称僧人出行为"杯度"或"杯渡"。泝流：亦作"溯流"，逆流而上。

⑤考室：本谓宫寝落成之礼，后泛指考察地势以筑屋。

⑥冥壑：深谷。

⑦诸天：佛教语。指护法众天神。佛经言欲界有六天，色界之四禅有十八天，无色界之四处有四天，其他尚有日天、月天、韦驮天等诸天

神,总称之曰诸天。

⑧祝融:祝融峰,衡山七十二峰中的最高峰。

⑨旧国:故乡。

⑩开士:菩萨的别称。后用作对僧人的敬称。

【译文】林公似闲云无心,与造化同在。准备振策出行,远游三湘。乘船逆流而上,到南岳筑庐而居。栖息深谷,登临诸天。攀上祝融高峰,远望长沙人烟。遥辞故乡,誓不回还。百千高僧之中,鲜有如此人物。

余所以叹其峻节①,扬其清波②。龙象先辈③,回眸拭视。比夫汩泥沙者④,相去如牛之一毛。昔智者安禅于台山⑤,远公托志于庐岳⑥,高标胜概⑦,斯亦向慕哉!

【注释】①峻节:高尚的节操。

②清波:指林公品行如清波一样明净。

③龙象:龙与象。水行中龙力大,陆行中象力大,故佛氏用以喻诸阿罗汉中修行勇猛有最大能力者。

④汩泥沙:谓搅浑泥沙,语出《楚辞·渔父》:“世人皆浊,何不淈其泥而扬其波。”淈,通“汩”。

⑤智者:指南北朝时期的智禅师,即智顗禅师,是我国陈、隋之际的著名僧人,天台宗的真正创始人。《传灯录》:“智禅师,荆州华容人。十五礼佛像,誓志出家,年十八,依僧法绪出家。陈太建七年,隐天台山佛陇峰。及隋炀帝请师受菩萨戒,师为帝立法名号总持,帝号师为智者。师自始受禅教,终乎灭度,常披一坏衲,冬夏不释。来往居天台山二十二年,建造大道场一十二所,国清最居其后。”台山:即天台山。

⑥远公：指东晋名僧慧远。《神僧传》："释慧远欲往罗浮，及届浔阳，见庐峰清净，足以息心，始住龙泉精舍。此处去水本远，远乃以杖扣地，曰：'若此中可得栖立，当使枯壤抽泉。'言毕，清流引出，浚以成溪。于是率众行道，昏晓不绝。释迦余化，于斯复兴。自远卜居庐阜，三十余年，影不出山，迹不入俗。每送客游履，常以虎溪为界。"庐岳：庐山。

⑦高标：泛指高耸特立之物。比喻出类拔萃的人。胜概：胜景。

【译文】我因此感叹他的高尚节操，赞扬他的高洁品性。那些所谓龙象高僧，现在回视一看，与混混浊世之人相比，差距不过牛毛那样微小。昔日高僧智者禅师在天台山修行，慧远和尚在庐山弘扬佛法，高人遁迹胜地，令人向往不已。

　　紫霞摇心①，青枫夹岸，目断川上②，送君此行，群公临流，赋诗以赠。

【注释】①摇心：心神不定。
②目断：望断。一直望到看不见。

【译文】紫霞灿烂，临别心绪不宁，两岸枫树青青，遥望江上，送林公远行，众人于江边赋诗为赠。

金陵与诸贤送权十一序

【题解】此序文大约是天宝十三载（754），李白在金陵送别友人权昭夷南游时所作。权十一，指权昭夷，排行十一，是李白的好友，两人曾一起炼丹修道。序文首段列举三个例子来说明，贤达之人能否获得知遇，在于时运。次一段写唐朝处于清平盛世，天子无为而治，所以贤士豪杰都闲散在民间。第三段李白自述修道炼丹过程，以及与权昭夷的交往。最后一段称赞权昭夷性情淡泊，才思出众。抒发对权昭夷离去的不舍之情。

斯高柄秦，嬴世不二[①]，三杰伏草，与汉并出[②]。莽夷朱晖，耿邓乃起[③]。自古英达[④]，未必尽用于当年。去就之理[⑤]，在大运尔[⑥]。

【注释】①"斯高"二句：此句谓李斯与赵高执掌秦朝权柄，使秦朝嬴氏天下历二世而亡。斯高：指李斯与赵高，柄：执掌权柄。嬴世不二：指秦朝历二世而亡。

②"三杰"二句：此句谓汉初三杰出身草莽之中，辅佐汉高祖刘邦平定天下。三杰：指汉初辅佐刘邦的张良、萧何、韩信三人。伏草：埋身于草莽之中。

③"莽夷"二句：此句谓王莽取代汉室，耿弇、邓禹等人乃起兵追随光武帝刘秀中兴汉室。莽：指王莽。夷：夷灭。朱晖：光辉，汉朝为火德，因称王莽代汉为"夷朱辉"。耿邓：指东汉名将耿弇、邓禹。

④英达：英明通达的人；贤达。

⑤去就：担任官职或不担任官职。

⑥大运：时运。

【译文】李斯与赵高执掌秦朝权柄，致使秦朝嬴氏天下历二世而亡。汉初三杰出身草莽之中，辅佐汉高祖刘邦平定天下。王莽取代汉室，耿弇、邓禹等人乃起兵追随光武帝刘秀中兴汉室。自古以来，贤达之人未必能在当时得到任用。是否得到任用，完全取决于时运。

我君六叶继圣[1]，熙乎玄风[2]；三清垂拱[3]，穆然紫极[4]。天人其一哉[5]！所以青云豪士，散在商钓[6]，四坐明哲[7]，皆清朝旅人[8]。

【注释】①六叶继圣：指唐朝从高祖、太宗、高宗、中宗、睿宗到玄宗共六位皇帝。

②熙：兴起。玄风：天子清静无为的教化。庾亮《让中书令表》："弱冠濯缨，沐浴玄风。"吕延济注："沐浴天子道教。"

③三清：道教所指玉清、上清、太清三清境。即玉清境洞真教主元始天尊，上清境洞玄教主灵宝天尊，太清境洞神教主道德天尊的合称。王琦认为指唐朝大明宫的三清殿。并引《玉海》："唐大明宫内有三清殿。"和《雍录》："阁本《大明宫图》，有三清殿。"垂拱：垂衣拱手，表示不做什么事。多比喻帝王无为而治。

④穆然：静思貌。紫极：星名。借指帝王的宫殿。潘岳《西征赋》："厌紫极之闲敞，甘微行以游盘。"李善注："紫极，星名，王者为宫以象之。"

⑤"天人"句：古人认为天象和人事有对应关系，即"天人合一"的观点。

⑥商钓：商贩和渔钓。

⑦四坐明哲：在座的贤人。明哲：明智、通达事理之人。

⑧清朝：清明的朝代。旅人：行旅之人，奔走之人，这里指庶民百姓。

【译文】我朝相继有六位圣主登基，弘扬清静无为的教化；秉承道家三清思想，垂拱而治天下，庄严肃穆地端居帝王至尊。岂不是正符合了"天人合一"的境界。因此青云之士，都散落在商贩渔钓之中，在座各位贤人，都是清明朝代的闲散之人。

　　吾希风广成①，荡漾浮世②，素受宝诀③，为三十六帝之外臣④。即四明逸老贺知章呼余为谪仙人，盖实录耳⑤。而尝采姹女于江华⑥，收河车于清溪⑦，与天水权昭夷服勤炉火之业久矣⑧。

【注释】①希风：指企慕，效法。广成：指仙人广成子。

②浮世：人间，人世。古时认为人世间是浮沉聚散不定的，故称。

③宝诀：指道家修炼之诀。

④三十六帝：道教称神仙居住的天界有欲界六天、色界十八天、无色界四天、四梵天、三清天、大罗天等，共三十六重，每一重皆有天帝。《魏书·释老志》："二仪之间有三十六天，中有三十六宫，宫有一主。"外臣：方外之臣。指隐居不仕者。

⑤"即四明"二句：指贺知章称李白为谪仙人一事。贺知章，晚年自号"四明狂客"。在长安初次与李白相遇时，就称呼李白为谪仙人，并摘下身上佩戴的金龟换钱，与李白把酒畅谈。

⑥姹女：道家炼丹，称水银为姹女。江华：指江华郡，即道州，治所在弘道县（今湖南道县）。乾元元年（758）复为道州。

⑦河车：指铅。道士炼丹的原料。清溪：水名，唐代属池州秋浦县。

⑧权昭夷：李白友人，祖籍天水。

【译文】我很仰慕广成子，我飘荡在人世间，很早就接受了道家的修炼之诀，是天界三十六帝的外臣。四明狂客贺知章称呼我为谪仙人，实在是实至名归。我曾在江华郡采汞炼丹，也曾在清溪筑炉熔铅，与天水人权昭夷一直勤于丹药炉火之事。

之子也^①，冲恬渊静^②，翰才峻发^③。白每一篇一札，皆昭夷之所操^④。吁！舍我而南，若折羽翼。时岁律寒苦^⑤，天风枯声^⑥。云帆涉汉^⑦，罔若绝电^⑧。举目四顾，霜天峥嵘^⑨。衔杯叙离^⑩，群子赋诗以出饯。酒仙翁李白辞。

【注释】①之子：此人。

②冲恬：平和淡泊。渊静：沉静恬淡。

③翰才：文学才华。峻发：通"骏发"，敏捷迅速。

④操：控制，掌握。

⑤岁律：岁时；节令。古代以十二律吕来与十二个月份对应，因此称为岁律。

⑥枯声：谓风吹枯叶之声。

⑦云帆：高大的帆。这里代指船。汉：河汉。

⑧罔：倏忽而逝。

⑨峥嵘：高爽空旷。

⑩衔杯：口含酒杯。多指饮酒。

【译文】权昭夷这个人，性情平和恬淡，才思敏捷。我的每一篇每一札诗文，皆有他的出力。唉，可惜他就要离我南去，我如同鸟儿折断了羽翼。眼下正值苦寒季节，秋风瑟瑟。江上舟船远上河汉，倏忽而逝急若闪电。举目四望，秋空高爽。举杯道别，众人赋诗以饯行。酒仙翁李白作序文。

春于姑熟送赵四流炎方序

【题解】此序文是至德元载（756），李白在当涂县送别赵炎时所作。姑熟，即当涂县，因紧邻姑熟溪而得名，唐朝时改为当涂县。赵四，指赵炎，排行第四。任职当涂县尉，因“疾恶抵法”而被流放南方。流炎方，流放南方炎热之地，多指岭南。此序首段写赵炎性情刚烈豪爽，屈居县尉一职，就如凤凰栖身鸡窝鹤笼一般，绝不会长久困顿于此，定会有大展宏图之时。次段述说赵炎被流放的原因，是因为疾恶如仇而触犯了律法，并描写赵炎离别家人时的悲伤情景。第三段写诗人希望天子能够平定叛乱，大赦天下，查明赵炎的冤情并得到昭雪。最后诗人赞扬赵炎通晓大道，能够顺其自然，可以适应各种环境，安慰赵炎面临歧路不必过于忧伤。

白以邹鲁多鸿儒①，燕赵饶壮士②，盖风土之然乎！赵少翁才貌瑰雅③，志气豪烈。以黄绶作尉④，泥蟠当涂⑤。亦鸡栖鹤笼⑥，不足以窘束鸾凤耳。

【注释】①邹鲁：邹国、鲁国的并称，孟子生于邹国；孔子生于鲁国。后以“邹鲁”代指文化昌盛之地。鸿儒：大儒。

②饶：多，富余。

③赵少翁: 指赵炎。瑰雅: 高雅不凡。

④黄绶: 古代低级官员系官印的黄色丝带。

⑤泥蟠: 蟠屈在泥污中。亦比喻处在困厄之中。

⑥鸡栖: 鸡栖息之处。

【译文】我认为邹鲁之地多大儒, 燕赵之地多豪杰, 大概是风俗所至。赵炎才高貌雅, 性情豪爽。担任黄绶县尉之职, 困窘于当涂县中。但是鸡窝鹤笼, 不足以约束凤凰。

以疾恶抵法①, 迁于炎方②。辞高堂而坠心③, 指绝国以摇恨④。天与水远, 云连山长。借光景于顷刻, 开壶觞于洲渚。黄鹤晓别, 愁闻命子之声⑤; 青枫暝色, 尽是伤心之树。

【注释】①疾恶: 憎恨坏人坏事。

②炎方: 泛指南方炎热地区。

③坠心: 担扰恐惧; 痛心。

④绝国: 遥远之地。摇恨: 心旌摇动而生恨。

⑤命子: 呼子。左思《蜀都赋》:“白鼋命。”李善注:“命, 呼也。”命子之声指黄鹤的叫声。

【译文】赵四因疾恶如仇而触犯律法, 被流放于南方炎热之地。离别之日辞别高堂双亲而痛心不已, 发配遥远之地心神不安而暗自生恨。此去天高水远, 云山绵长。暂借片刻光景, 在洲渚设宴践行。清晨离别, 哀愁中听到黄鹤呼子之声, 暮色中的青枫, 也都变成了伤心之树。

然自吴瞻秦①, 日见喜气②。上当擭玉弩③, 摧狼狐④, 洗清天地⑤，雷雨必作⑥。冀白日回照⑦，丹心可明。巴陵半道⑧，坐见还吴之棹。令雪解而松柏振色，气和而兰蕙开芳。仆西登天门⑨，望子于西江之上。

【注释】①秦：指长安所在的关中之地，古为秦地。

②日见喜气：王琦注："日见喜气，谓其有振兴之象。"

③上：指玄宗。攫玉弩：王琦注："攫玉弩，谓亲秉征伐之柄。"

④摧狼狐：指剿灭安禄山叛军。

⑤洗清天地：廓清天下。

⑥雷雨必作：指大赦天下。《易·解卦》："雷雨作，解，君子以赦过宥罪。"

⑦白日：比喻皇帝。

⑧巴陵：指巴陵郡，即岳州，治所在今湖南岳阳。

⑨天门：即天门山，在当涂县西南。《元和郡县志》："博望山，在宣州当涂县西三十五里，与和州对岸。江西岸山曰梁山，两山相望如门，俗谓之天门山。"

【译文】自吴地遥望长安帝都，日见振兴之象。圣上应当亲操征发之柄，剿灭安禄山叛军，廓清寰宇，大赦天下。冀望天子圣光普照，使赵四一片丹心可以昭明。行至巴陵途中，就可乘船返回吴地。希望赵四冤情昭雪，就如冰雪融化而松柏更加青翠，那时候心情大好，就如气候回暖而兰蕙竞相吐芳。我将西登天门山，盼望您早日从西江归来。

吾贤可流水其道①，浮云其身②，通方大适③，何往不可？何戚戚于路歧哉④！

【注释】①流水其道：行其道如流水。

②浮云其身：视其身如浮云。

③通方：指通晓道理。

④戚戚：悲伤貌。路歧：即歧路。《淮南子·说林训》："杨子见逵路而哭之，为其可以南，可以北。"逵路：歧路。后以歧路借指坎坷多歧的人生道路。

【译文】我辈赵四这样的贤人行其道如流水，视其身如浮云，通晓道理，何处不能安身？何必在歧路悲悲切切。

秋于敬亭送从侄耑游庐山序

【题解】此序大约是天宝十二载（753），李白在宣州敬亭山送侄子李耑前往庐山时所写。敬亭山在今安徽省宣州市北。一名昭亭山，又名查山。山上有敬亭，相传为南朝齐谢朓赋诗之所，山以此名。从侄耑，李白堂兄弟之子李耑，生平事迹不详。序文首段李白回忆自己定居安陆时，叔父被贬官西行，李白拜见叔父时，见到了当时还是幼童的李耑。次段描写庐山瀑布之壮观，表明李白对李耑此行的赞同。末段写自己很遗憾不能实现归隐名山的夙愿，期待将来有机会与李耑一起畅游五岳。序文短小精悍，感情真挚。叙事抒情，层次分明。

余小时，大人令诵《子虚赋》[1]，私心慕之。及长，南游云梦[2]，览七泽之壮观[3]。酒隐安陆，蹉跎十年[4]。初，嘉兴季父谪长沙西还[5]，时余拜见，预饮林下[6]。峕乃稚子，嬉游在傍。今来有成，郁负秀气[7]。吾衰久矣，见尔慰心，申悲道旧[8]，破涕为笑[9]。

【注释】[1]大人：对父母叔伯等长辈的敬称。《子虚赋》：是西汉司马相如所写的一篇赋。此赋写楚国子虚先生出使齐国，与齐国的乌有先生之间的对话，双方都极力夸张本国的国土辽阔，物产丰富，其中涉及到云梦泽。

[2]云梦：即云梦泽。古泽薮名。在今湖北江陵以东，江汉之间。

[3]七泽：司马相如《子虚赋》："臣闻楚有七泽，臣之所见，盖特其小小者耳，名曰云梦。云梦者，方九百里。"但赋中只提到云梦泽，而其余六泽不知。

[4]"酒隐"二句：指李白从开元十五年（727）到二十四年在安陆居住大约十年。安陆：即安州，天宝元年改为安陆郡，治所在今湖北安陆市，乾元元年复改为安州。

[5]"嘉兴"句：嘉兴季父：指李白的族叔，曾任嘉兴县令。谪长沙西还：被贬官长沙县而西返。

[6]预饮林下：这里用阮籍、阮咸叔侄竹林之游的故事。《晋书·阮咸传》："咸任达不拘，与叔父籍为竹林之游，当世礼法者讥其所为。"晋代参加竹林游乐的"七贤"之中，有阮籍、阮咸叔侄二人，故以"竹林"常用为咏叔侄关系之典。

[7]郁负：旺盛貌。

[8]申悲：抒发相思之悲情。道旧：互道尘封之旧事。

⑨破涕为笑：此处引用刘琨《答卢谌书》："举觞对膝，破涕为笑。"之成句。

【译文】我幼年时，家中长辈让我诵读《子虚赋》，我心里很向往其中所提及的胜景。等到成年后，我向南游览了云梦泽，观赏了七泽的壮观。后来隐居安陆畅饮美酒，蹉跎岁月十年。当初，我的叔父担任嘉兴县令时被贬往长沙县西行途中，我拜见过他，我们在林中饮酒畅谈。当时你还是幼童，在一旁嬉戏。如今已经成年，才貌出众。而我却早已衰老了！看到你我很欣慰，不禁悲喜交加，追忆往事，相谈甚欢又破涕为笑。

方告我远涉，西登香炉①。长山横蹙②，九江却转③。瀑布天落，半与银河争流；腾虹奔电，潈射万壑④，此宇宙之奇诡也。其上有方湖石井⑤，不可得而窥焉。

【注释】①香炉：指庐山的香炉峰。

②横蹙：纵横拥簇。

③却转：回转。

④潈射：水奔流而激射。

⑤方湖石井：传说香炉峰顶有方湖石井。慧远法师《庐山记》："自托此山，二十三载。再践石门，四游南岭。东望香炉峰，北眺九江。传闻有石井方湖，中有赤鳞涌出。野人不能叙，直叹其奇而已。"

【译文】你告诉我将要远游，向西去登庐山香炉峰。高山纵横，九江回转。瀑布仿佛从天而落，与银河争流；又像飞架半空的彩虹，划破长空的闪电，在群山万壑中奔流激射，这真是天地宇宙间的奇观。传说山上有方湖石井，可惜无法看到。

羡君此行，抚鹤长啸。恨丹液未就^①，白龙来迟^②，使秦人著鞭，先往桃花之水^③。孤负凤愿^④，惭未归于名山，终期后来^⑤，携手五岳。情以送远，诗宁阙乎？

【注释】①丹液：道教称长生不老之药。

②白龙：用陵阳子明故事。汉刘向《列仙传·陵阳子明》记载："陵阳子明好钓鱼，于旋溪钓得白龙，拜而放之。后得白鱼，腹中有书，教以服食之法。子明食之而成仙。"

③"使秦人"二句：用陶渊明《桃花源记》故事。

④孤负：辜负。

⑤终期：始终期待。

【译文】我很羡慕你此行，能抚鹤长啸，飘逸世外。我遗憾的是丹药未成，迟迟无法乘白龙飞升，结果让秦人挥鞭，抢先去到桃花源。没能实现自己的凤愿，很惭愧没有回到名山归隐，期待以后，我们能携手共游五岳。抒发送别之离情，怎能缺少诗歌呢？

送黄钟之鄱阳谒张使君序

【题解】此序大约是开元二十二年（734）在江夏所作。当时李白友人黄钟要到鄱阳陪张使君访古探幽，众人在江夏钓台送行，写诗以赠，李白为诗集作序。黄钟，生平事迹不详。鄱阳，指鄱阳郡，即饶州，隶江南西道，今江西鄱阳。张使君，姓张的官员，生平事迹不详。使君，对州郡长官的尊称。此序首段赞美黄钟是东南之地的翘楚俊杰，节操、品行、气概、才华都十分出众。次一段写鄱阳张公十分器重黄钟的才华，对黄钟施以悬榻之礼，黄钟此去将陪伴张公访古探幽。末段写送别时的景物天气，以及众人饯别时依依不舍的心情。最后李白叮嘱黄钟能够经常通以音讯。

　　东南之美者，有江夏黄公焉。白窃饮风流，尝接谈笑。亦有抗节玉立①，光辉冏然②，气高时英③，辩折天口④。道可济物⑤，志栖无垠。

【注释】①抗节：坚守节操。玉立：犹言挺拔、矗立，比喻坚贞不屈。

②冏然：明亮貌。

③时英：当代的英才。

④辩折：分辨事理。天口：形容人能言善辩。任昉《宣德皇后令》："辩析天口，而似不能言。"李善注引《七略》曰："齐田骈好谈论，故齐人为语曰'天口骈'。天口者，言田骈子不可穷其口若事天。"

⑤济物：犹济人。

【译文】东南之地的才俊，当有江夏的黄公。我曾与高雅的黄公一起宴饮，互相谈笑。黄公节操高尚而贞洁，品行光辉而耀眼，气概雄健而出众，深谙事理而善言。其道可济世救人，其志广阔无边。

　　鄱阳张公，朝野荣望①，爱客接士，即原、尝、春、陵之亚焉②。每钦其辞华③，悬榻见往④。而黄公因访古迹，便从贵游⑤，乃侨装撰行⑥，去国遐陟⑦。

【注释】①荣望：谓声望很高。

②原、尝、春、陵：指战国四公子，即赵国的平原君赵胜、齐国的孟尝君田文、楚国的春申君黄歇和魏国的信陵君魏无忌。之亚：仅次于。

③辞华：华美的辞采。

④悬榻见往：用陈蕃悬榻的故事。《后汉书·徐稺传》："蕃（陈蕃）在郡不接宾客，唯稺来特设一榻，去则县之。"后以"悬榻"喻礼待贤士。

⑤贵游：泛指显贵者。

⑥侨装撰行：王琦注："鲍照诗：'侨装多阙绝。'《广韵》：'侨，客也。''撰，定也。'侨装，谓客行之装。撰行，谓定行日。"

⑦去国：离开故乡。遐陟：远行。

【译文】鄱阳的张公，在朝野都很有声望，而且喜欢交接士人，仅次于战国的平原君、孟尝君、春申君和信陵君等人。他很欣赏黄公的才华，就像陈蕃礼遇徐稺一样，每每悬榻以待。黄公打算寻访古迹，因此准备干谒显贵，于是收拾行装，选定吉日，出门远行。

诸子衔酒惜别，沾巾分赠①。沉醉烟夕，惆怅凉月。天南回以变夏②，火西飞而献秋③。汀葭飒然④，海草微落⑤。夫子行迈⑥，我心若何！毋金玉尔音，而有遐心⑦。湖水悠沔⑧，勖哉是行⑨。共赋《武昌钓台篇》⑩，以慰别情耳。

【注释】①沾巾：指分别之际众人以泪沾巾。分赠：分别作诗以赠。

②"天南"句：指太阳直射点在夏至后将逐渐南移，表明夏天即将过去。

③"火西"句：指十二星次中的大火星次的心宿逐渐西落，表明秋天即将到来。

④汀：水边平地，小洲。葭：初生的芦苇。飒然：形容风雨声。

⑤海草：这里指水草。

⑥行迈：行走不止，远行。

⑦"毋金玉"二句：引用《诗·小雅·白驹》成句："毋金玉尔音，而有遐心。"孔颖达疏："言汝虽不来，当传书信，毋得金玉汝音声于我，谓自爱音声，贵如金玉，不以遗问我，而有疏远我之心。恐遂疏己，故以恩责之，冀音信不绝。"

⑧悠沔：即悠缅。遥远。

⑨勖：勉励。

⑩钓台：《太平寰宇记》："钓台，在武昌城下，有石圻临江悬峙，四眺极目。"

【译文】大家举杯践行，泪沾衣巾，作诗赠别。夕阳里，烟霞灿烂，众人畅饮酣醉；明月下，凉风习习，临别惆怅不已。天道南回夏季即将过去，心宿西落秋天就要到来。洲上芦苇作响，湖中水草微落。黄夫子即将远行，我心何以堪。希望您切勿珍爱金玉音声，对我有疏远之心。湖水悠悠，此行壮哉！好友共赋《武昌钓台篇》，以慰离别之情。

早春于江夏送蔡十还家云梦序

【题解】根据序中"海草三绿，不归国门"一句可知，李白已离家四年，所以此序应当是开元十六年（728）所作。蔡十，排行第十，生平事迹不详，准备要返回安州云梦县的家乡，李白与安州廖公及诸才子送别，并作诗以赠。序文首段写蔡十是一代奇人，才高气远，志存四方。李白与蔡十志趣相投，早晚欢宴，共赏云霞。可惜相聚短暂，即将分别。次一段写蔡十归乡过程以及沿途景色，并抒发蔡十归程路短，不必过于叹息惆怅的情感。末段叮嘱蔡十不要忘记七月一起游镜湖和若耶溪的约定。

吾观蔡侯①，奇人也。尔其才高气远，有四方之志②。不然，何周流宇宙太多耶③？白遐穷冥搜④，亦以早矣。海草三绿⑤，不归国门⑥。又更逢春，再结乡思。一见夫子，冥心道存⑦。穷朝晚以作宴，驱烟霞以辅赏。朗笑明月，时眠落花。斯游无何，寻告睽索⑧。来暂观我，去还愁人。

【注释】①蔡侯：指蔡十。侯，是唐代士大夫之间的尊称。

②四方之志：志在四方，志向远大。

③周流宇宙：周游天下。

④遐穷：长久以来一直在探寻。冥搜：搜寻幽远之地。

⑤海草：水草。三绿：绿了三次，即过了三年。

⑥国门：这里指家门。

⑦冥心：泯灭俗念，使心境宁静。

⑧暌索：离散。

【译文】在我来看蔡十，可谓奇人也。其才华高绝，志在四方。否则，周游繁多又为了什么呢？我到处探访名胜，搜寻幽远之地，也是很早以前的事情了。水草已经绿了三次，我也没能回乡探望。现在又逢春天，再起乡思。如今一见到您，就使我心境平和，心与道存，因此与您早晚欢宴，共赏烟霞。一起畅笑明月之下，时常偃卧落花之中。与您交游未久，您就要告别离去。相聚短暂，离别愁人。

乃浮汉阳，入云梦①，乡枻云叩②，归魂亦飞。且青山绿枫，累道相接，遇胜因赏，利君前行。既非远离，曷足多叹③？

【注释】①云梦：《方舆胜览》："云梦泽，在安陆县南五十里。"

②枻：船舷。

③曷：何。

【译文】此去水路至汉阳，再入云梦泽，回乡之船已叩响，归魂也一同飞远。而且青山绿枫，一路绵延不绝，还有胜景可赏，伴君前行。既然路途不遥，又何必叹息不止？

秋七月，结游镜湖①。无愆我期②，先子而往。敬慎好去，终当早来，无使耶川白云③，不得复弄尔。乡中廖公及诸才子为诗略谢之。

【注释】①镜湖：在今浙江绍兴会稽山北麓。以水平如镜，故名。

②无愆我期：不要耽误我们的约期。《诗·卫风·氓》："匪我愆期。"《毛传》曰："愆，过也。"

③耶川：即若耶溪，与镜湖俱在会稽。

【译文】今年秋天七月，我们要一起游览镜湖。请您不要忘记了我们的约期，我会先行而往。此去一路保重，一定要及早赴会，不要错过了时间，而不能一起赏玩若耶溪白云。当地廖公及诸位才子一起作诗以赠。

秋日于太原南栅饯阳曲王赞公贾少公石艾尹少公应举赴上都序

【题解】《旧唐书·玄宗纪上》："（开元）二十三年春正月己亥，亲耕籍田，上加至九推而止，卿已下终其亩。大赦天下。京文武官及朝集采访使三品已下加一爵，四品已下加一阶，外官赐勋一转。其才有霸王之略、学究天人之际、及堪将帅牧宰者，令五品已上清官及刺史各举一人。"由此可知，此序应是开元二十三年（735）所作。当时唐玄宗下诏，要求各地推荐人才，王赞公、贾少公、尹少公三人被推荐赴京应举，李白在太原南栅为他们送行，作此序。太原，即今山西太原市，唐朝时为并州太原府。南栅，太原地名。阳曲，县名，在今山西阳曲县西南。王赞公，姓王的县丞。唐朝时称县丞为赞府。贾少公，姓贾的县尉。唐朝时称县尉为少府。石艾，县

名,天宝元年,更石艾县为广阳县,即今山西平定县。尹少公,姓尹
的石艾县尉。上都,指京师长安。序文首段介绍太原为三京之一,
所处地理位置极其重要。次一段称赞王赞公、贾少公、尹少公三人
的才学出众,道贯人伦,名扬京师,虽未腾达,却光芒耀眼。再一段
写王赞公、贾少公、尹少公三人应诏赴京,必定能像大鹏鸟一样,一
飞冲天。第四段写太原主簿李舒设宴为三人饯行的情景。最后叙
述李白自谦作序,众人赋诗为王公等人送行。

　　天王三京①,北都居一②。其风俗远,盖陶唐氏之人欤③? 襟
四塞之要冲④,控五原之都邑⑤。雄藩剧镇⑥,非贤莫居。

【注释】①天王:指天子。三京:指唐代设立三座京城,分别为西
京、东京、北京。唐初以雍州为京兆府,长安为京师,以洛州为河南府,
洛阳为东都,以并州为太原府,太原为北都。天宝元年,改长安为西京,
改洛阳为东京,改太原为北京。

　　②北都:指太原。《太平寰宇记》:"并州大都督府,天授元年置
北都,兼都督府。开元十一年,玄宗行幸至此,以此州王业所兴,又建
北都,仍改并州为太原府,立《起义堂碑》以纪其事。"

　　③陶唐氏:即帝尧。《通典》:"今之并州,为太原府,古唐国也。昔
帝尧为唐侯,所封之国。"

　　④"襟四塞"句:谓太原地处四面险要之地。卢谌《理刘司空表》:
"咸以并州之地,四塞为固,东阻井陉,西限蓝谷,前有太行之岭,后有
句注之关。"

　　⑤"控五原"句:五原:指五原郡,汉武帝元朔二年(前127)置,

地有原五所,故号五原。五原谓龙游原、乞地千原、青岭原、岢岚贞原、横槽原。唐天宝元年(742)改盐州置五原郡,治所在五原县(今陕西定边县)。辖境相当今陕西省定边县和宁夏回族自治区盐池县一带。乾元元年(758)复改盐州。

⑥雄藩:地位重要、实力雄厚的藩镇。剧镇:政务繁剧的藩镇。

【译文】天子设立三京,北都太原是其中之一。其风俗传承悠远,难道是陶唐氏后人的缘故吗?太原处于四面险要之地,控制五原郡等各处都邑。这样的重要藩镇,只有贤者才能治理。

则阳曲丞王公,神仙之胄也①。尔其学镜千古②,知周万殊③。又若少府贾公,以述作之雄也④。鳌弄笔海,虎攫辞场⑤。又若石艾尹少公,廊庙之器⑥,口折黄马⑦,手挥青萍⑧。咸道贯于人伦⑨,名飞于日下⑩。实难沉屈⑪,永怀青霄⑫。剑有隐而气冲七星⑬,珠虽潜而光照万壑⑭。

【注释】①神仙之胄:神仙的后裔。胄:后裔,后代。王琦注:"王氏一支,相传出自周灵王太子晋,即与浮丘公仙去者,故曰神仙之胄。"

②镜千古:照耀千古。镜:照耀。

③知周:知道,通晓。语出《易·系辞上传》:"知周乎万物,而道济天下"。万殊:各种不同的现象、事物。

④述作:指撰写著作。述,传承。作,创新。

⑤"鳌弄"二句:谓贾县尉为笔海中的巨鳌,辞赋场中的猛虎。形容其文才高超。

⑥廊庙之器:称能肩负朝廷重任者。廊庙:指殿下屋和太庙。《后

汉书·申屠刚传》:"廊庙之计,既不豫定,动军发众,又不深料。"李贤注:"廊,殿下屋也;庙,太庙也。国事必先谋于廊庙之所也。"后以代指朝廷。器:原指祭器,后代指人才。

⑦口折黄马:指能言善辩。《庄子·天下》增列举惠施提出的一些诡辩,其中就有"黄马骊牛三"的观点,即黄马骊牛为三个事物,黄马为一个事物,骊牛为一个事物,黄马骊牛合起来为第三个事物。

⑧青萍:古代宝剑名。

⑨人伦:礼教规定的尊卑长幼之间的关系。

⑩日下:指京都。古代以日比帝王,因以皇帝所在地为"日下"。

⑪沉屈:埋没。

⑫青霄:青天;高空。

⑬"剑有隐":暗用丰城剑气冲牛斗故事。《晋书·张华传》记载,东晋灭吴后,牛宿和斗宿间常有紫气出现。雷焕告诉尚书张华,说是宝剑之气上冲于天,在豫东丰城。张华派雷焕为丰城县令,雷焕到任后找到两把宝剑,一名龙泉,一名太阿,两人各持一把。张华被诛后,失其剑。后雷焕子持剑过延平津,剑入水中,与前一把剑化作两龙,各长数丈,腾空而去。

⑭"珠虽潜"句:谓宝珠虽潜藏不出,但发出光芒却能照耀山谷。

【译文】阳曲县丞王公,是仙人之后。其学问可照耀千古,并通晓万物事理。而贾县尉则擅长著述。可谓是笔海中的巨鳌,辞场中的猛虎。又如石艾县的尹县尉,则是朝廷栋梁,能言善辩,武艺超群。这几位贤人皆能通达伦常,名闻京师。他们不愿长期埋没,常怀凌云之志。就像宝剑虽隐于地下,但剑气可上冲北斗七星;宝珠虽潜于水中,但光芒可以照亮山谷。

今年春，皇帝有事千亩①，湛恩八埏，大搜群才②，以缉邦政③。而王公以令宰见举④，贾公以王霸升闻⑤。海激仁乎三千，天飞期于六月⑥。必有以也⑦，岂徒然哉！

【注释】①"今年"二句：今年春：指开元二十三年春。《旧唐书·玄宗纪上》："二十三年春正月己亥，亲耕籍田，上加至九推而止，卿已下终其亩。"有事千亩：指皇帝亲自耕种籍田来作为劝农的表率。相传天子籍田千亩，诸侯百亩。每逢春耕前，由天子、诸侯执耒耜在籍田上三推或一拨，称为"籍礼"，以示对农业的重视。《史记·孝文本纪》："上曰：'农，天下之本，其开籍田，朕亲率耕，以给宗庙粢盛。'"裴骃集解："应劭曰：'古者天子耕籍田千亩，为天下先。籍者，帝王典籍之常。'韦昭曰：'籍，借也。借民力以治之，以奉宗庙，且以劝率天下，使务农也。'"

②"湛恩"二句：《旧唐书·玄宗纪上》："二十三年春正月己亥，大赦天下。京文武官及朝集采访使三品已下加一爵，四品已下加一阶，外官赐勋一转。其才有霸王之略、学究天人之际、及堪将帅牧宰者，令五品已上清官及刺史各举一人。致仕官量与改职，依前致仕。赐酺三日。"此二句正指此事。"《汉书·司马相如传》："湛恩汪濊。"颜师古注："湛，读曰沉。沉，深也。八埏，八方也。"

③缉：协调，调和。

④以令宰见举：以县令优秀者而被举荐。即属于开元二十三年诏书中"堪将帅牧宰者"。

⑤以王霸升闻：以具有王霸之谋虑而被举荐。即属于开元二十三年诏书中"其才有霸王之略"。

⑥"海激"二句：用《庄子·逍遥游》："鹏之徙于南冥也，水击三千里，抟扶摇而上者九万里，去以六月息者也。"句。

⑦以：依靠，依持。

【译文】今年春天，天子亲自耕种籍田，恩泽八方，招纳贤才，以补益朝政。而王公以县令之优秀者而被推荐，贾公以才堪王霸之略而被推荐。他们必定会像大鹏鸟一样，水击三千里，等到六月天风一到就翱翔九天。他们一定有才学为凭依，岂会平白无故被推荐。

有从兄太原主簿舒①，才华动时，规谋匠物②。乃黪翠幕③，筵虹梁④，琼羞霞开⑤，羽觞电举⑥。然后抗目远览⑦，凭轩高吟。汾河镜开⑧，涨蓝都之气色⑨；晋山屏列⑩，横朔塞之郊原⑪。屏俗事于烦襟⑫，结浮欢于落景⑬。俄而皓月生海，来窥醉容；黄云出关，半起秋色。数君乃辍酌慷慨⑭，摇心促装⑮。望丹阙而非远⑯，挥玉鞭而且去⑰。

【注释】①从兄：族兄。太原：指太原县，隶河东道之太原府。主簿：官名，正九品上，为县令佐官之一。舒：李舒，是李白的族兄。

②规谋：规划计谋。匠物：治理事物。

③黪：黑色。翠幕：翠色的帷幕。

④虹梁：房梁弯曲如虹。班固《西都赋》："抗应龙之虹梁。"李善注："梁形似龙，而曲如虹也。"

⑤琼羞：珍馐。即精美的菜肴。

⑥羽觞：古代一种酒器。作鸟雀状，左右形如两翼。一说插鸟羽于觞，促人速饮。《汉书·外戚传》："酌羽觞兮销忧。"孟康曰："羽，觞爵

也。作生爵形，有头、尾羽翼。"张衡《西京赋》："羽觞行而无数。"刘
良注："羽觞，杯上缀羽以速饮也。电举：如闪电般频频举杯饮酒。

⑦抗目：举目。

⑧汾河：古称汾水。黄河第二大支流。在山西省中部。源出宁武县
管涔山，经太原市南流到新绛县折向西，在河津市西入黄河。

⑨蓝都：指太原。太原附近有蓝谷，在今太原市西北古山西南。

⑩晋山：指山西境内的山脉。屏列：如屏风般树立。

⑪朔塞：朔北边塞。

⑫烦襟：烦闷的心怀。

⑬浮欢：浮生之欢乐。落景：落日。

⑭辍酌：停止饮酒。

⑮摇心：心神摇动。促装：谓急忙整理行装。

⑯丹阙：赤色的宫阙。借指皇帝所居的宫廷。

⑰且去：将要离去。

【译文】我的族兄太原主簿李舒，才华冠绝当代，规划谋略，处
理事物都十分擅长。他陈设翠黑色帷幕，在曲梁华堂中设宴为王公等
人饯行。珍馐罗列，如云霞般华美；举杯行酒，像电闪般迅疾。汾河
水清，如妆镜新开，更添北都不凡之气象；晋地群山，如屏风罗列，横
亘朔北边塞之荒原。观此盛景，使人顿时摒弃心中俗事，行欢乐于落
日余晖中。顷刻间，明月生于海上，仿佛来窥探这些醉客；黄云飘出关
山，似乎带起半片秋色。王公等人放下酒杯，慷慨告别，心念路程，收
拾行装。遥望京城路途遥远，挥鞭纵马疾驰而去。

白也不敏，先鸣翰林①。幸叨玟瑁之筵②，敢竭麒麟之笔③。

请各探韵④，赋诗宠行⑤。

【注释】①先鸣：首先鸣叫，比喻首先战胜或占先。《左传·襄公二十一年》记载：春秋时，晋国曾联合鲁国伐齐，在平阴之役，晋国将领州绰曾俘获齐国将领殖绰、郭最。后来晋国内乱，州绰怕受牵连，就来到齐国。齐庄公上朝时，指着殖绰、郭最说："他们是寡人的勇士。"州绰说："国君您把他们当做勇士，那么谁不是勇士呢？臣虽不才，然而在平阴之役，我已经先于他们而鸣了。"这里州绰自比为鸡，因斗胜而先鸣。

②幸叨：有幸叨扰。玳瑁之筵：谓豪华、珍贵的宴席。

③麒麟之笔：笔名。即麟角笔，比喻珍贵的笔。晋王嘉《拾遗记·晋时事》："赐麟角笔，以麟角为笔管，此辽西国所献。"

④探韵：古代文人集会时抽取某一韵作诗。

⑤宠行：赠诗文送别，以壮行色。

【译文】李白不才，愿先在文翰之林献丑。有幸参加此次盛会，斗胆呈上拙作。请诸位各自拈韵，赋诗送行，以壮行色。

钱李副使藏用移军广陵序

【题解】此序是上元二年（761），李白在金陵送别浙西节度副使李藏用时所作。李副使藏用，即浙西节度副使李藏用。当时李藏用刚刚平定了刘展之乱，正准备移军广陵（扬州）。李藏用出身宗室，唐肃宗时官至少府少监。后为江淮都统副使，上元元年冬，刘展起兵叛乱，江淮都统李峘逃跑，李藏用收集残兵，招募壮士，抵御刘展，于次年击溃刘展余部，在平定刘展之乱中立下大功。但未获封赏，直到上元二年七月才被任命为浙西节度副使。诏命未到之时，李藏用便移军扬州，被淮南节度使崔圆任命为楚州刺史。李藏用的牙将高干因旧怨，向崔圆诬告李藏用谋反，并先率兵袭击李藏用并杀害了他。崔圆逼迫李藏用部下。部下畏惧，都承认李藏用谋反，唯独降将孙待封坚持李藏用未曾谋反，其他人劝孙待封屈从，孙待封说："我当初追随刘展奉诏赴镇，有人说我们谋反，李藏用遂起兵剿灭刘展；而现在又有人说李藏用谋反。这样一来，谁不会是谋反者？我宁肯被杀，也不能诬陷别人！"遂被崔圆斩杀。

刘展叛乱经过见《资治通鉴·唐纪三十七》："上元元年，御史中丞李铣、宋州刺史刘展皆领淮西节度副使。铣贪暴不法，展刚强自用，故为其上者多恶之。节度使王仲升先奏铣罪而诛之。时有谣言曰：'手执金刀起东方。'仲升使监军使、内左常侍邢延恩入奏：'展倔强不受命，姓名应谣谶，请除之。'延恩因说上曰：'展与李铣一体之人，今铣诛，展不自安，苟不去之，恐其为乱。然展方握强兵，宜以计去之。请除展江淮都统，代李峘，俟其释兵赴镇，中道执之，此一夫力耳。'上从之，以展为都统淮南东、江南西、浙西三道节度使；密敕旧都统李峘及淮南东道节度使邓景山图之。延恩以制书授展，展疑之，曰：'展自陈留参军，数年至刺史，可谓暴贵矣。江、淮租赋所出，今之重任，展无勋劳，又非亲贤，一旦恩命宠擢如此，得非有谗人间之乎？'因泣下。延恩惧，曰：'公素有才望，主上以江、淮为忧，故不次用公。公反以为疑，何哉？'展曰：'事苟不欺，印节可先得乎？'延恩曰：'可。'乃驰诣广陵，与峘谋，解峘印节以授展。展得印节，乃上表谢恩，牒追江、淮亲旧，置之心膂，三军官属遣使迎贺，申图籍，相望于道，展悉举宋州兵七千趣广陵。延恩知展已得其情，还奔广陵，与李峘、邓景山发兵拒之，移檄州县，言展反。展亦移檄言峘反，州县莫知所从。峘引兵渡江，与副使润州刺史韦儇、浙西节度使侯令仪屯京口，邓景山将万人屯徐城。展素有威名，御军严整，江、淮人望风畏之。展倍道先期至，使人问景山曰：'吾奉诏书赴镇，此何兵也？'景山不应。展使人呼于陈前曰：'汝曹皆吾民也，勿干吾旗鼓。'使其将孙待封、张法雷击之，景山众溃，与延恩奔寿州。展引兵入广陵，遣其将屈突孝标将兵三千徇濠、楚，王暅将兵四千略淮西。李峘辟北固为兵场，插木以塞江口。展军于白沙，设疑兵于瓜洲，多张火、鼓，若将趣北固者，如是累日。峘悉锐兵守京口以待之。展乃自上流济，袭下蜀。峘军闻之，自溃，峘奔宣城。甲午，展陷润州。升州军士万五千人谋应展，攻金陵城，不克而遁。侯令仪惧，以后事授兵马使姜昌群，弃城走。昌群遣其将宗犀诣展降。丙申，展陷升州，以宗犀为润州司马、丹杨军使；使昌群领升州，以从子伯瑛佐之。峘之去润州也，副使李藏用谓峘曰：'处人尊位，食人重禄，临难而逃之，非忠也；以数十州之兵食，三江、五湖之险固，不发一矢而弃之，非勇也。失忠与勇，何以事君！藏用请收余兵，竭力以拒之。'峘乃悉以后事授藏用。藏用收散卒，得七百人，东至苏州募壮士，得二千人，立栅以拒刘展。展遣其将傅子昂、宗犀攻宣州，宣歙节度使郑炅之弃城走，李峘奔洪州。李藏用与展将张景超、孙待封战于郁墅，兵败，奔杭州。景超遂据苏州,待封进陷湖州。景超进逼杭州,藏用使其将温晃屯余杭。傅子昂屯南陵,将下江州,徇江西。于是屈突孝标陷濠、楚州,王晅陷舒、和、滁、庐等州,所向无不摧靡,聚兵万人,骑三千,横行江、淮间。上命平卢都知兵马使田神功将所部精兵三千屯任城;邓景山既败,与刑延恩奏乞敕神功救淮南,未报。景山遣人趣之,且许以淮南金帛子女为赂,神功及所部皆喜,悉众南下,及彭城,敕神功讨展。展闻之,始有惧色,自广陵将兵八千拒之,选精兵二千度淮,击神功于都梁山,展败,走至天长,以五百骑据桥拒战,又败,展独与一骑亡渡江。神功入广陵及楚州,大掠,杀商胡以千数,城中地穿掘略遍。上元二年,春正月,张景超引兵攻杭州,败李藏用将李强于石夷门。孙待封自武康南出,将会景超攻杭州,温晃据险击败之;待封脱身奔乌程,李可封以常州降。丁未,田神功使特进杨惠元等将千五百人西击王晅。辛亥夜,神功先遣特进范知新等将四千人自白沙济,西趣下蜀;邓景山等将千人自海陵济,东趣常州;神功与邢延恩将三千人军于瓜洲,壬子,济江。展将步骑万余陈于蒜山;神功以舟载兵趣金山,会大风,五舟飘抵金山下,展屠其二舟,沈其三舟,神功不得度,还军瓜洲。而范知新等兵已至下蜀,展击之,不胜。弟殷劝展引兵逃入海,可延岁月,展曰:'若事不济,何用多杀人父子乎!死,早晚等耳!'遂更帅众力战。将军贾隐林射展,中目而仆,遂斩之。刘殷、许峄等皆死。隐林,滑州人也。杨惠元等击破王晅于淮南,晅引兵东走,至常熟,乃降。孙待封诣李藏用降。张景超聚兵至七千余人,闻展死,悉以兵授张法雷,使攻杭州,景超逃入海。法雷至杭州,李藏用击破之,余党皆平。平卢军大掠十余日。安史之乱,乱兵不及江、淮,至是,其民始罹荼毒矣。"

  序文首段列举彭越与韩信的事例来说明功高震主的危害,并指明刘展之乱始于唐肃宗等人对刘展的猜忌,诱杀刘展未果,引发刘展举兵叛乱,遂使江淮陷入动乱。次段写李藏用危急关头,力挽狂澜,率领军队平定刘展之乱,避免了更大的动荡。第三段写李藏用功高却未获封赏,不禁使人感叹。并叙述李藏用即将率军赶赴广陵。最后写润州刺史设宴为李藏用饯行,众人作诗以赠,李白撰写此序文。

  李白自己早年也怀才不遇,后虽供奉翰林,但因权贵排挤,而辞官归山,所以很能理解,并同情李藏用的遭遇。通观全序,李白对李藏用的功高不封,表达了一种强烈的愤慨之情。

  夫功未足以盖世,威不可以震主。必挟此者,持之安归①?所以彭越醢于前,韩信诛于后②。况权位不及于此者,虚生危疑,而潜包祸心,小拒王命③。是以谋臣将唉以节钺,诱而烹之④,亦由借鸿涛于奔鲸⑤,鲐生人于哮虎⑥。呼吸江海,横流百川。左萦右拂,十有余郡⑦。国计未及⑧,谁当其锋?

【注释】①"夫功"四句:《史记·淮阴侯列传》:"蒯通说韩信曰:'臣闻勇略震主者身危,而功盖天下者不赏。今足下戴震主之威,挟不赏之功,归楚,楚人不信;归汉,汉人震恐:足下欲持是安归乎?夫势在人臣之位而有震主之威,名高天下,窃为足下危之。'"此四句用其意。

  ②"所以"二句:王琦注:"《汉书·高帝纪》:'十一年春正月,淮阴侯韩信谋反长安,夷三族。三月,梁王彭越谋反,夷三族。'此云越醢

于前，信诛于后，恐误。"彭越：秦末汉初昌邑（今山东金乡西北）人，秦末聚众起兵。楚汉战争时，率兵归汉，助刘邦击败项羽，因功封梁王。后梁太仆因罪怕受彭越处罚，密告彭越谋反，彭越被废为庶人。吕后恐遗后患，遂说刘邦诛之，夷三族。《汉书·黥布传》："汉诛梁王彭越，盛其醢以遍赐诸侯。"醢：古代的一种酷刑，把人杀死后剁成肉酱。韩信：秦末汉初淮阴（今属江苏淮安市）人，秦末先投奔项羽，因不受重用，改投刘邦，被拜为大将军。楚汉战争中，刘邦采纳他的建议，攻占关中。刘邦、项羽在荥阳相持时，他率军袭击项羽侧翼，占据黄河下游地区。后被刘邦封为齐王。齐国人蒯通曾劝说韩信自立为王，与刘邦、项羽形成三足鼎立之势，但韩信以汉王有知遇之恩，不忍背汉，未予采纳。后韩信会和刘邦于垓下击败项羽。楚汉战争结束后，被解除兵权。后被吕后、萧何设计诱杀。

③"况权位"四句：此四句指刘展功高不及彭越、韩信，而被唐肃宗怀疑，于是心生不安，包藏祸心，渐渐开始抗拒王命。小：通"稍"，渐渐。

④"是以"二句：此二句指朝廷下诏以任命刘展为都统三道节度使为诱饵，准备在刘展赴任半途将其诛杀的谋划。啖：拿利益引诱人。节钺：符节和斧钺。古代授予将帅，作为授予权力的标志。

⑤奔鲸：疾驰的鲸鱼。喻指不义凶暴之人。

⑥鲙：同"脍"，把肉切成薄片。哮虎：咆哮的猛虎。

⑦"呼吸"四句：形容刘展起兵初期，势如破竹，攻陷十余个州郡。左萦右拂：左收卷，右拂拭。喻轻而易举。语出《史记·楚世家》："若夫泗上十二诸侯，左萦而右拂之，可一旦而尽也。"

⑧国计：本指治国的方针大计。这里指唐肃宗谋划除掉刘展之事。

【译文】功劳达不到盖世的程度,臣子的威势就绝不能让君主感到畏忌。非要挟此威势者,最后的结果会是什么呢?因此前有彭越被剁成肉酱,后有韩信被夷灭三族。何况权力地位不如他们的人,凭空被怀疑而陷入危境,当然会私下里产生贰心,渐渐抗拒王命。朝廷派谋臣想以都统三道节度使的任命,来引诱刘展上当,从而在赴任半途诛杀他。这等于把波涛赋予海中的巨鲸,把活人投喂给咆哮的猛虎。致使刘展军队,气吞江海,倒流百川。左冲右突,攻陷十余州郡。朝廷的谋划未成,谁来阻挡刘展的兵锋。

我副使李公,勇冠三军①,众无一旅②。横倚天之剑③,挥驻日之戈④。吟啸四顾,熊罴雨集。蒙轮扛鼎之士⑤,杖干将而星罗。上可以决天云,下可以绝地维⑥。翕振虎旅⑦,赫张王师⑧。退如山立,进若电逝。转战百胜,僵尸盈川。水膏于沧溟,陆血于原野。一扫瓦解,洗清全吴⑨。可谓万里长城,横断楚塞。不然,五岭之北⑩,尽饵于脩蛇⑪,势盘地蹙⑫,不可图也。

【注释】①勇冠三军:勇猛为全军之首。形容勇猛过人。三军:周制,诸侯大国设三军。分别为中军,上军,下军。《周礼·夏官·序官》:"凡制军,万有二千五百人为军,王六军,大国三军,次国二军,小国一军。"

②众无一旅:部众数量不足一旅。一旅:一旅为五百人。《左传·哀公元年》:"有田一成,有众一旅。"杜预注:"方十里为成,五百人为旅。"

③倚天之剑:语出宋玉《大言赋》:"方地为车,圆天为盖,长剑耿耿倚天外。"后以"倚天剑"为咏剑之典。

④驻日之戈:即鲁戈回日的典故,典出《淮南子·览冥训》。传说楚

国鲁阳公激战时,快到黄昏,鲁阳公为挽颓势,挥戈令太阳返回。

⑤蒙轮:以甲覆盖在车轮上作为盾牌。语出《左传·襄公十年》:"狄虒弥建大车之轮,而蒙之以甲,以为橹,左执之,右拔戟,以成一队。"后因以"蒙轮"指冲锋陷阵。

⑥"上可以"二句:暗用《庄子·说剑篇》:"天子之剑,上决浮云,下绝地纪。"地维:维系大地的绳子。古人以为天圆地方,天有九柱支撑,地有四维系缀,因以指地的四角。

⑦翕振:犹振奋。虎旅:勇猛的军队。

⑧赫张:声势盛大貌。

⑨全吴:全部吴地,刘展作乱主要在江淮地区,古时属于吴地。

⑩五岭:指在湖南、江西南部和广西、广东北部四省交界处的越城岭、都庞岭、萌渚岭、骑田岭、大庾岭,是长江与珠江流域的分水岭。

⑪脩蛇:大蛇,巨蛇。这里指刘展叛军。

⑫势盘地蹙:敌军势力盘踞,朝廷地域缩小。

【译文】江淮都统副使李藏用李公,勇猛冠绝三军,率不足一旅之部众。手横倚天剑,挥舞驻日戈。吟咏长啸而环顾四周,只见熊罴猛士,云集雨聚。冲锋陷阵的扛鼎力士,手持干将宝剑而星罗棋布。上可断天际之云,下可绝大地四维。虎狼之旅奋然出击,正义王师声势浩大。退如山岳屹立,进如闪电急速。转战各地,百战百胜;故军尸体,堆满河川。水上尸飘冥海,陆地血流遍野。李公一举扫灭刘展,瓦解叛军,平定吴地全境。李公可谓是大唐的万里长城,横亘在楚地要塞之间。不然的话,五岭以北,尽皆被巨蛇荼毒,到那时,故军势力盘踞,朝廷疆域缩小,就更难图谋了。

而功大用小，天高路遐。社稷虽定于刘章①，封侯未施于李广②。使慷慨之士，长吁青云③。且移军广陵，恭揖后命④。组练照雪⑤，楼船乘风⑥。箫鼓沸而三山动⑦，旌旗扬而九天转。

【注释】①刘章：西汉宗室。齐悼惠王刘肥之子。高后二年（前186），入京城长安宿卫，封朱虚侯，娶吕禄女为妻。高后死，诸吕欲为乱，他知其谋，乃与大臣周勃等共诛之，迎立代王为文帝。文帝二年（前178），封城阳王。卒谥景王。

②李广：西汉陇西成纪（今甘肃秦安）人，李广抗击匈奴的功劳很大，部下很多人都被封侯，然而李广却始终不被封侯。李广曾经和望气家王朔闲谈，说："从汉朝出击匈奴以来，我没有一次不参与其中，可是军中校尉以下，才能不够中等，然而因为出击匈奴有功而被封侯的有几十人，我每次出战都不落在人后，可是却没能获得些许功劳去赢得封地，是什么原因呢？难道是我的面相不该封侯吗？还是命里注定的呢？"王朔问："将军曾做过什么憾事吗？"李广回答说："我当陇西太守时，羌人谋反，我诱降了八百羌人，设计将他们骗来，同一天全部杀掉。对于这件事，我至今遗恨不已。"王朔说："祸大莫过于杀降，这就是将军不得封侯的原因。"

③长吁青云：望青云而长叹。

④恭揖后命：恭敬谦逊地接受天子后续发出的诏命。

⑤组练：即组甲、被练的合称，是古代将士的两种衣甲服装。《左传·襄公三年》："（楚子重）使邓廖帅组甲三百，被练三千以侵吴。"孔颖达疏引贾逵曰："组甲，以组缀甲，车士服之；被练，帛也，以帛缀甲，步卒服之。"后因以"组练"借指精锐的部队或军士的武装军容。

⑥楼船：高大有楼的战船。

⑦箫鼓：箫与鼓。泛指乐奏。三山：山名，在今江苏南京西南。《江南通志》："三山，在江宁府江宁县西南五十七里，下临大江，三峰排列，故名。晋王浚伐吴，顺流鼓棹，径造三山，即此地。"

【译文】然而李公功劳虽大，却不得重用，天高路远，朝廷难知。李公虽然立下像刘章那样的功绩，却像李广一样不能得到封侯的赏赐。使慷慨豪勇之人，常常望青云而长叹。随后，李公移师广陵，等候朝廷的后续诏命。全军甲胄鲜明，楼船乘风破浪。箫鼓齐鸣而震动三山，旌旗飘扬而漫卷九天。

良牧出祖①，烈将登筵②。歌酣易水之风③，气振武安之瓦④。海日夜色，云河中流。席阑赋诗⑤，以壮三军之事。白也笔已老矣，序何能为？

【注释】①良牧：贤能的州牧。汉成帝时改刺史为州牧。后废置不常。东汉灵帝时，再设州牧，掌一州军政大权。魏晋后废。后世借用为对州最高长官的尊称。这里指润州刺史。祖：出行时祭路神，引申为送行。

②烈将：忠烈之将。登筵：赴筵。

③易水之风：用荆轲故事。《战国策·燕策三》记载，荆轲将为燕太子丹前往刺杀秦王，太子丹在易水边为他饯行。高渐离击筑，荆轲和而歌曰："风萧萧兮易水寒，壮士一去兮不复还！"

④武安之瓦：用战国时秦赵武安之战故事。《史记·廉颇蔺相如列传》记载，战国时，秦军进攻阏与（今山西和顺），赵惠文王派赵奢领兵去援救。当时，秦军驻扎在武安县（今河北武安县西）以西，擂鼓呐喊，

大张声势，武安城内的屋瓦都被震动。后以"武安振瓦"来比喻军队声威正盛；或形容气势雄大。

⑤席阑：筵席终了。阑：终止，结束。

【译文】贤能的刺史前来送行，忠烈的将士登堂赴筵。席上酒酣高歌，风范如同荆轲易水之别；王师军容盛大，气势就像秦军武安振瓦。落日西下，夜色降临。天河当空，横流云中。筵席终了，众人赋诗送行，以壮三军之威。我已年老笔弱，怎能撰写序文？

泽畔吟序

【题解】泽畔吟，是李白友人崔成甫的诗集名。语出《楚辞·渔父》："屈原既放，游于江潭，行吟泽畔。"后常把谪官失意时所写的作品称为"泽畔吟"。《泽畔吟》是崔成甫受韦坚案牵连，被贬官湘阴时所作。此序是李白为《泽畔吟》所写，应该作于乾元元年（759）左右。全序首段写崔成甫家世、出身、仕官及被贬过程。次段写崔成甫被韦坚案牵连，贬官湘阴。崔成甫将一腔义愤，抒发于二十章诗歌中，定名为《泽畔吟》。为避免横生枝节，将诗集隐藏于名山之中。末段写崔成甫的诗作卓尔不凡，深得《风》《雅》《离骚》的风韵。李白读后深为感动，慷慨作序。

《泽畔吟》者，逐臣崔公之所作也。公代业文宗①，早茂才秀②。起家校书蓬山③，再尉关辅④，中佐于宪车⑤，因贬湘阴⑥。从宦二十有八载，而官未登于郎署⑦，何遇时而不偶耶⑧？所谓大名难居⑨，硕果不食⑩。流离乎沅、湘⑪，摧颓于草莽⑫。

【注释】①代业文宗：世代为研究辞章的文坛宗师。业：从事。崔成甫的父亲崔沔、祖父崔暟都是文章名士。

②早茂才秀：早年就显露才华。茂：美，有才德。

③起家：出身。校书：指校书郎。东汉时，征召学士至兰台或东观宫中藏书处校勘典籍，其职为郎中者，称校书郎中（亦省称校书郎）；其职为郎者，则称校书郎。三国魏始置校书郎官职，司校勘宫中所藏典籍诸事。唐以后历代因之。明以后不置。蓬山：官署名。秘书省的别称。《后汉书·窦章传》："是时学者称东观为老氏藏室，道家蓬莱山。"崔成甫曾任秘书省校书郎，故有此语。

④关辅：指关中及三辅地区。鲍照《升天行》："家世宅关辅。"李善注："关，关中也。《汉书》曰：'右扶风、左冯翊、京兆尹，是为三辅。'"崔成甫曾任冯翊尉和陕县尉，所以称"再尉关辅"。

⑤宪车：犹宪台。古代称御史府为宪台。后亦以代称御史。崔成甫曾摄监察御史。

⑥湘阴：县名，隶岳州巴陵郡，今湖南境内。以"居湘水之阴"得名。崔成甫曾被贬官湘阴。

⑦郎署：原指皇帝宿卫、侍从官的公署。颜师古《匡谬正俗》卷五："郎者，当时宿卫之官，非谓趣衣小吏；署者，部署之所……郎署，并是郎官之曹局耳。"后泛指郎官的官署。

⑧不偶：不遇；不合。引申为命运不好。

⑨大名难居：语出《史记·越王勾践世家》："句践以霸，而范蠡

称上将军。还反国，范蠡以为大名之下，难以久居……乃装其轻宝珠玉，自与其私徒属乘舟浮海以行。"后称盛名之下不易自处为"大名难居"。

⑩硕果不食：语出《易·剥》："上九，硕果不食。"孔颖达疏曰："处卦之终，独得完全不被剥落，犹如硕大之果，不为人食也。"

⑪沅、湘：指沅水、湘水。二水都流经湖南境内汇入洞庭湖。

⑫摧颓：困顿，失意。草莽：草野；民间。

【译文】《泽畔吟》这本文集，是放逐之臣崔成甫所作。崔公世代为文章宗师之家，早年就显露出不凡的才华。崔公出身秘书省校书郎一职，后来又担任关辅地区县尉，中道还曾摄监察御史，因事被贬官湘阴。宦海沉浮二十八载，始终没能得到重用，为何遇盛世却命运乖舛。正所谓大名难居，硕果不食。流离于沅、湘之上，困顿于山野之间。

同时得罪者数十人①，或才长命夭②，覆巢荡室③。崔公忠愤义烈，形于清辞④。恸哭泽畔，哀形翰墨⑤。犹风雅之什⑥，闻之者无罪⑦，睹之者作镜。书所感遇，总二十章，名之曰《泽畔吟》。惧奸臣之猜，常韬之于竹简⑧；酷吏将至，则藏之于名山⑨。前后数四，蠹伤卷轴⑩。

【注释】①"同时"句：指韦坚案牵连数十人，其中就有崔成甫。《旧唐书·韦坚传》记载，韦坚，京兆万年（今陕西省西安市）人，其父为兖州刺史韦元珪，其姊为唐肃宗第一任太子妃，其妻为楚国公姜皎之女，家族荣盛。天宝元年（742），韦坚擢陕郡太守、水陆转运使，开凿广运潭，便利漕运，后擢升为左散骑常侍，并兼任江南和淮南租庸转运处置等使。天宝三载，加授御史中丞，守刑部尚书，封韦城县开国男。李林甫因韦坚是楚国公姜皎的女婿，出身望族，又与前宰相李适之关系密切，所以对韦坚十分忌惮，生怕韦坚得到重用，暗中准备构陷韦坚。天宝五载，河西节度使鸿胪卿、皇甫惟明入朝，见李林甫专权，劝谏玄宗罢免李林甫。此事为李林甫所知。正月十五日夜，太子出游，与韦坚相见，韦坚又与皇甫惟明相会于景龙观。被李林甫知道，于是李林甫趁机弹劾韦坚身为国戚，不应与边将往来，诬陷韦坚与皇甫惟明结谋，欲共立太子。唐玄宗受李林甫蛊惑，贬皇甫惟明为播川太守，后被赐死。贬韦坚为缙云太守，后再贬江夏员外别驾，免官长流岭南，坐罪赐死。前后牵连数十人。崔成甫为陕县尉时，韦坚正好为陕郡太守，两人关系要好。因此受到牵连，被贬湘阴。

②才长：才华出众。命夭：短命夭折。

③覆巢：倾覆鸟巢。即覆巢之下无完卵的意思。比喻灭门之祸，无一幸免。刘义庆《世说新语·言语》："孔融被收，中外惶怖。时融儿大者九岁，小者八岁。二儿故琢钉戏，了无遽容。融谓使者曰：'冀罪止于身，二儿可得全不？'儿徐进曰：'大人岂见覆巢之下，复有完卵乎？'寻亦收至。"荡室：家破屋空。

④清辞：清雅的文辞。

⑤翰墨：原指笔、墨，借指文章。

⑥风雅：指《诗经》，《诗经》由风、雅、颂三部分组成。《诗·大序》认为风是用于教化、讽刺的作品；雅是反映王室政治成败得失的作品；颂是赞美君主、祭祀神灵的作品。什：《雅》《颂》部分多以十篇编为一组，名之为什。后泛指诗篇章文。

⑦闻之者无罪：暗用《诗·大序》："上以风化下，下以风刺上，主

文而谲谏,言之者无罪,闻之者足以戒,故曰风。"

⑧韬之于竹简:用隐晦的文字记录在竹简上。韬:隐晦。

⑨藏之于名山:古人担心著作因战乱等原因散失,就藏于名山,以传后人。语出《汉书·司马迁传》:"仆诚以著此书,藏之名山,传之其人,通邑大都。"后谓著作极有价值,能传之后世。

⑩蠹伤卷轴:被蠹虫侵蚀书卷。

【译文】韦坚一案牵连者数十人,有的人才华出众,却不幸被株连夭折,有的人举家倾覆,被害得家破人亡。崔公义愤填膺,溢于言辞。像屈原一样恸哭于泽畔,寄托哀伤于笔墨之间。崔公诗集如风雅之篇,闻者无罪,得见者可以为鉴。诗集内容为崔公对所遭遇事情抒发的感慨,总共有二十篇,命名为《泽畔吟》。因担心被奸臣猜忌,所以诗句意思都非常隐晦;因担心酷吏来查,所以将诗集隐藏于名山。前后隐藏四次,最后可惜被蠹虫侵蚀。

观其逸气顿挫①,英风激扬②,横波遗流③,腾薄万古④。至于微而彰⑤,婉而丽,悲不自我⑥,兴成他人⑦,岂不云怨者之流乎⑧?余览之怆然⑨,掩卷挥涕,为之序云。

【注释】①逸气:超脱世俗的气概、气度。顿挫:指气势跌宕起伏、回旋转折。

②英风:奇伟杰出的气概;英武的气概。激扬:振奋昂扬。精神振奋。

③遗流:逶迤曲折地流动。

④腾薄:上下起伏。

⑤微而彰：诗句隐晦而意思明白。

⑥悲不自我：心中虽悲哀，却不过分毁伤自己。

⑦兴成他人：指诗作所感兴的意趣由读者自己去体会和品味。

⑧怨者之流：指像屈原那样遭遇忧患的人。《史记·屈原贾生列传》："屈平之作《离骚》，盖自怨生也。"

⑨怆然：伤感的样子。

【译文】崔公的诗作飘逸脱俗，起伏跌宕，英武之风，激扬奋发，气势横流，逶迤悠远，可奔流万古。至于诗篇的辞隐而意显，温婉而清丽，悲哀而不自伤，意兴由人体会等方面来说，可谓深得《离骚》哀怨之义。我观后不禁怆然，而掩卷涕下，为此诗集作序。

夏日诸从弟登沔州龙兴阁序

【题解】此序是开元二十二年（734）仲夏，李白与诸从弟登沔州龙兴阁时所作。沔州，属于淮南道，今湖北汉阳一带。序文首段写登阁的季节和月份。次段写登阁远望的景色。看到晴山翠远，暮江碧流。诗人泛起乡思，凭栏眺望。最后一段抒发感怀，诗人感叹屈原、宋玉虽逝，但有二位从弟可以一起撰文共饮，也可不辜负古人。

夫槿荣芳园，蝉啸珍木①，盖纪乎南火之月也②。可以处台榭，居高明③。

【注释】①"夫槿"句：槿：指木槿，落叶灌木或小乔木。夏秋开花，花有白、红、紫等色，朝开暮落。《礼记·月令》："仲夏之月，鹿角解，蝉始鸣，半夏生，木堇荣。"

②南火：谓大火星次的心宿，于仲夏昏时，出现在南方天空。

③"可以"二句：《礼记·月令》："（仲夏之月）是月也，无用火南方。可以居高明，可以远眺望，可以登山陵，可以处台榭。"高明：指楼观。

【译文】木槿在百芳园中盛开，夏蝉在珍稀树上鸣叫，这时大火星次出现于正南天空的月份。这个月，适合登台榭，上高楼。

吾之友于①，顺此意也，遂卜精胜②，得乎龙兴。留宝马于门外，步金梯于阁上，渐出轩户，遐瞻云天。晴山翠远而四合③，暮江碧流而一色。屈指乡路④，还疑梦中。开襟危栏⑤，宛若空外。

【注释】①友于：《书·君陈》："惟孝友于兄弟。"后即以"友于"为兄弟友爱之义。

②卜：选择。精胜：精美的胜地。

③四合：四面聚拢。

④屈指：屈指计算。

⑤开襟：敞开衣襟。危栏：高栏。

【译文】我的兄弟们，也顺应天时，选择风景优美的胜地，来抒发逸兴。将车马停留门外，踏着楼梯登上高阁，步出门户，远望云天。晴空下群山青翠苍远而环列四周，暮色里大江碧水东流与长天一色。屈指计算归乡之日，遥遥无期只能梦里相见。敞开衣襟，凭靠栏杆，仿佛凌空而立。

　　呜呼！屈、宋长逝^①，无堪与言。起予者谁^②？得我二季^③。当挥尔凤藻^④，挹予霞觞^⑤。与白云老兄^⑥，俱莫负古人也。

　　【注释】①屈、宋：指战国时楚国的屈原和宋玉。

　　②起予：启发我。《论语·八佾》：“子曰：‘起予者，商也，始可与言《诗》已矣。’”何晏集解引包咸曰：“孔子言子夏能发明我意，可与共言《诗》。”后因用为启发自己之意。

　　③二季：两位弟弟。古时，称弟兄的排行为伯、仲、叔、季。年龄最小的弟弟称季弟。

　　④凤藻：华美的文辞。

　　⑤挹：舀取。霞觞：犹霞杯，常借指美酒。

　　⑥老兄：用为兄的自称。

　　【译文】可惜啊，屈原宋玉已经远逝，无法与他们言语。谁还能启发我呢？我的两位兄弟，当提笔撰写文章，挹取彩霞共饮。与高卧白云的愚兄，都不要辜负古人登临之意。

秋夜于安府送孟赞府兄还都序

　　【题解】此序是开元十七年（729）秋天，李白在安州送孟赞府回京时所作。安府，指安州，治所在今湖北安陆市。《旧唐书·地理志三》："安州中都督府,隋安路郡。武德四年,改为安州,天宝元年,改安路郡。"孟赞府,姓孟的县丞,生平事迹不详。唐人称县丞为赞府。序文首段写当今很多所谓豪侠之士徒有其表,而实际上并不能急人所难。但是孟赞府却是真正的豪侠之人。次段赞美孟赞府如鸿雁、凤凰,特立独行,不随俗流,才思过人,心雄万夫。嗜好美酒,笑谈风云,集嵩山灵气于一身。第三段叙述李白与孟赞府的友情深厚,不啻兄弟。最后一段写送别时的情景。

　　夫士有饰危冠,佩长剑①,扬眉吐诺②,激昂青云者,咸夸炫意气③,托交王侯④。若告之急难,乃十失八九。我义兄孟子⑤,则不然耶!

　　【注释】①"夫士"二句:危冠:高冠。戴高冠,佩长剑,是古代勇者之服饰。《庄子·盗跖》:"使子路去其危冠,解其长剑,而受教于子。"成玄英疏:"高危之冠、长大之剑,勇者之服也。"

　　②扬眉:眉毛扬起,形容得意、忧愁、愤怒等貌。诺:答应的声音,一般用于上对下、尊对卑或平辈之间,卑对尊用"谨诺"。《战国策·赵策四》:"太后曰:'诺。恣君之所使之。'"

　　③夸炫:夸耀,炫耀。

　　④托交:谓托身于友;结交。

　　⑤孟子:指孟赞府。

　　【译文】士人中有戴高冠,佩长剑,志满意得,口吐豪言,慷慨激昂的一类人,只会自夸炫耀,交往巴结王侯。如果遇到危难之事,这些人十之八九指望不上。而我的义兄孟赞府,可不是这样的人。

道合而襟期暗亲①，志乖而肝胆楚、越②。鸿骞凤立③，不循常流。孔明披《书》，每观于大略④；少君读《易》，时作于小文⑤。四方贤豪，眩然景慕⑥。虽长不过七尺，而心雄万夫⑦。至于酒情中酣，天机俊发⑧，则谈笑满席，风云动天。非嵩丘腾精⑨，何以及此！

【注释】①襟期：襟怀、志趣。暗亲：暗和而相亲。

②肝胆楚、越：比喻虽近犹远，虽亲犹疏。肝胆同体，喻亲近；楚越敌国，喻对立或疏远。《庄子·德充符》："自其异者视之，肝胆楚越也；自其同者视之，万物皆一也。"

③鸿骞：鸿鸟飞腾貌。骞：鸟向上飞的样子。

④"孔明"二句：孔明：指诸葛亮，字孔明。披《书》：浏览《尚书》。用诸葛亮读书观其大略的故事。裴松之《三国志注》引《魏略》曰："诸葛亮在荆州，以建安初，与颍川石广元、徐元直，汝南孟公威等，俱游学。三人务于精熟，而亮独观其大略。"

⑤"少君"二句：王琦注："《汉武帝外传》：蓟辽，字子训，齐国临淄人。李少君之邑人也。见少君有不死之道，遂以弟子之礼事少君，而师事焉。性好清净，尝闲居读《易》，时作小小文疏，皆有意义。此文以为少君事，疑误。"小文：短文。

⑥景慕：景仰，仰慕。

⑦心雄万夫：雄心超过万人。形容极有抱负，气概不凡。

⑧天机：天赋的灵机，即灵性。俊发：犹英发。谓才识、情性、文采等充分表现出来。

⑨嵩丘腾精：王琦注"谓嵩山精灵之气降生孟赞府。"

【译文】道同之人襟怀也暗合因而彼此相互亲近，志异之人貌似肝胆相近而实如楚越远隔。孟赞府如鸿雁飞举，凤凰特立，不拘泥于常世俗流之定规。诸葛亮阅览《尚书》，往往只在意书中的大要；李少君通读《易经》，常常撰写短文作为注疏。四方豪杰，都很仰慕孟赞府。虽然他身高不足七尺，然而雄心可敌万人。至于他酒酣后真情显露，天赋英发，在酒座中谈笑风生，变幻风云的豪举。不是嵩山灵气汇聚一身，何能如此？

白以弱植^①，早饮香名^②。况亲承光辉，恩甚华萼^③。他乡此别，谁无恨耶？

【注释】①弱植：懦弱无能，不能有所建树。这是李白自谦。

②香名：犹美名。

③华萼：亦作"华鄂"，语出《诗·小雅·常棣》："常棣之华，鄂不韡韡。凡今之人，莫如兄弟。"后因以"华萼"喻兄弟友爱。王琦注："太白与孟虽异姓，而情不啻昆弟，故曰恩甚花萼，而称之曰义兄也。"

【译文】我平庸碌碌，无所建树。而承蒙您对我的厚爱，彼此感情甚于兄弟。如今在他乡离别，谁能心中无恨呢？

时林风吹霜，散下秋草；海雁嘶月，孤飞朔云。惊魂动骨，戞瑟落涕^①。抗手缅迈^②，伤如之何！且各赋诗，以宠行路^③。

【注释】①戞瑟：鼓瑟。戞：敲打。这里引申为弹奏。

②抗手：举手。施礼。扬雄《羽猎赋》："抗手称臣。"李善注：

"抗手,举手而拜也。"缅迈:远行。

③宠:光耀,荣耀。

【译文】此时,林中风高霜冷,秋草瑟瑟;海鸟月下啼鸣,孤飞北地云中。离别时刻,伤心刻骨,鼓瑟落泪。挥手远行,哀伤又如何!暂且各自赋诗,以壮行色。

春夜宴从弟桃花园序

【题解】此序是开元二十二年(734)前后所作,地点不详。序文首段写时光易逝,人生若梦,欢乐难久。不如学古人秉烛夜游,及时行乐。次段写诗人与诸从弟一起宴游桃花园,以尽兄弟天伦之义。第三段描写众人欢宴赋诗情景。

夫天地者,万物之逆旅也①;光阴者,百代之过客也②。而浮生若梦③,为欢几何? 古人秉烛夜游④,良有以也⑤。

【注释】①逆旅:客舍;旅馆。《左传·僖公二年》:"今虢为不道,保于逆旅。"杜预注:"逆旅,客舍也。"孔颖达疏:"逆,迎也;旅,客也。迎止宾客之处也。"

②过客:过路的客人;旅客。这里指时光流逝,人生如过客匆匆。

③浮生:语出《庄子·刻意》:"其生若浮,其死若休。"以人生在世,虚浮不定,因称人生为"浮生"。

④秉烛夜游:拿着蜡烛在夜间游玩,指及时行乐。《古诗十九首·生年不满百》:"昼短夜苦长,何不秉烛游。"曹丕《与吴质书》:"古人思秉烛夜游,良有以也。"

⑤良有以也:指某种事情的产生是很有些原因的。有以:有道理。

【译文】天地,是万物暂留的客舍,光阴,是纵观百代的过客。而人生如梦,欢乐几何?古人秉烛夜游,实在是有道理啊。

况阳春召我以烟景①,大块假我以文章②。会桃花之芳园,序天伦之乐事③。群季俊秀④,皆为惠连⑤;吾人咏歌,独惭康乐⑥。

【注释】①烟景:烟云笼罩的春天美景。

②大块:大自然;大地。《庄子·齐物论》:"夫大块噫气,其名为风。"成玄英疏:"大块者,造物之名,亦自然之称也。"大块文章:本指大地景物给人提供写作材料。后多指长篇大论的文章。这里指大自然锦绣般美好的景色。

③天伦:天然伦次。指兄弟。《穀梁传·隐公元年》:"兄弟,天伦也。"范宁注:"兄先弟后,天之伦次。"

④群季:指各位从兄弟。季:古人以伯仲叔季来作为兄弟的排行,因此以季来代指兄弟。

⑤惠连:指南朝宋谢惠连。谢惠连自幼聪慧,族兄谢灵运深加爱赏。后诗文中常用为从弟或弟的美称。

⑥康乐:指谢灵运,字康乐。这里是李白自比。

【译文】况且阳春以烟云之景召唤我,大地将锦绣之色赐予我,众人相聚在桃花园中,畅叙兄弟间的乐事。各位贤弟俊杰优秀,都有谢惠连的风范,而我在作诗方面,却自愧难及谢灵运。

幽赏未已①,高谈转清②。开琼筵以坐花③,飞羽觞而醉月④。不有佳咏,何伸雅怀⑤? 如诗不成,罚依金谷酒斗数⑥。

【注释】①幽赏:闲静幽雅的品赏。

②高谈:广博高妙的议论。转清:转为清雅之谈。

③琼筵:盛宴,美宴。坐花:坐在花间。

④羽觞:古代一种酒器。作鸟雀状,左右形如两翼。一说,插鸟羽于觞,促人速饮。左思《吴都赋》:"飞觞举白。"刘良注:"飞觞,行觞疾如飞也。"

⑤雅怀:高雅的情怀。

⑥"罚依"句:用石崇金谷园故事。晋石崇于洛阳附近的金谷涧中筑金谷园,经常在那里宴饮赋诗。石崇《金谷诗序》:"遂各赋诗,以叙中怀。或不能者,罚酒三斗。"

【译文】闲幽的品赏还未结束,高妙的谈论又转向清雅。大开筵席安坐花间,飞杯行酒醉卧月下,此情此景缺少好诗,怎能抒发高雅情怀? 如果作诗不成,则应依照当年金谷园之例,罚酒三斗。

冬夜于随州紫阳先生餐霞楼送烟子元演隐仙城山序

【题解】此序大约是开元二十三年(735)左右,李白与元丹丘、元演一同前往随州拜访胡紫阳时所写。随州，一作隋州。属山南东道。天宝元年（742）改为汉东郡。乾元元年（758）改为随州。今湖北随州市。紫阳先生，指唐朝著名道士胡紫阳，随州人，俗姓胡，道名紫阳，九岁出家，在仙城山修道，是司马承祯的再传弟子，胡紫阳声名远播，弟子有三千人，元丹丘也是其中之一。天宝初年，胡紫阳被征召入宫，担任西京太微宫使，后以有病辞归。餐霞楼，胡紫阳学道有成后回随州苦竹院居住，修筑了一座餐霞楼。所谓"餐霞"，意思是服食朝霞之气，是道教的一种修炼术。烟子，元演的号。元演，是李白的好友，与元丹丘是从兄弟。仙城山，又名现光山，在今湖北随州市东。序文首段写李白与元丹丘、元演志同道合，一起结为修道之友，遍游天下寻仙访道。此次来到随州，拜访胡紫阳，求访道术。次段写胡紫阳道术高深，能够餐霞饮景，向李白等人传授了金书玉诀。第三段写元演听说仙城山的胜景后，准备乘兴前往，众人为他设宴饯行。最后一段写李白自己还有出仕之念，因此不能陪同元演一起隐居山林，希望友人抱琴花间，等待自己前去拜访。

吾与霞子元丹①、烟子元演②，气激道合③，结神仙交④。殊身同心⑤，誓老云海，不可夺也。历行天下，周求名山⑥，入神农之故乡⑦，得胡公之精术⑧。

【注释】①霞子：元丹丘的号。元丹：指元丹丘。

③气激：意气昂扬。

④结神仙交：结为一起修仙的道友。

⑤殊身同心：身虽不同而心意相同。

⑥周求：遍求。

⑦"入神农"二句：神农之故乡：指随州，随州有厉山，传说为神农出生地。

⑧胡公：指胡紫阳。精术：精妙的道术。

【译文】我与霞子元丹丘、烟子元演，意气风发而志同道合，结为修仙的道友。身虽不同而心意相同，发誓终老于云海之间，此志绝不可夺。我们周游天下，遍访名山，来到神农氏故乡，得到胡公传授的精妙道术。

胡公身揭日月①，心飞蓬莱。起餐霞之孤楼②，炼吸景之精气③。延我数子，高谈混元。金书玉诀④，尽在此矣。

【注释】①揭日月：举日月而行。语出《庄子·山木》："昭昭乎，若揭日月而行。"

②餐霞：餐食日霞。道家修炼术之一。语出司马相如《大人赋》："呼吸沆瀣兮餐朝霞。"颜师古注引应劭曰："《列仙传》陵阳子言春（食）朝霞，朝霞者，日始欲出赤黄气也。夏食沆瀣，沆瀣，北方夜半气也。并天地玄黄之气为六气。"胡紫阳在随州建有餐霞楼。

③吸景之精气：吸取太阳之精气。景：太阳。③混元：指天地元气。亦指天地。《后汉书·班固传》："外运混元，内侵毫芒。"李贤注："混元，天地之总名也。"

④金书：指道教或佛教之经典。玉诀：道家对咒语、秘诀等的美称。

【译文】胡公身举日月而光明昭昭，心向蓬莱而道术高深。他在随州建起餐霞之高楼，修炼吸取太阳精气之道术。延引我等数人，高谈混元道法。修仙的秘诀精要，尽在其中了。

　　白乃语及形胜^①，紫阳因大夸仙城。元侯闻之^②，乘兴将往。别酒寒酌，醉青田而少留^③；梦魂晓飞，度渌水以先去。

　　【注释】①形胜：指山川壮美之地。

　　②元侯：指元演。

　　③青田：指青田酒。崔豹《古今注·草木》："乌孙国有青田核，莫测其树实之形，至中国者，但得其核耳。得清水则有酒味出，如醇美好酒。核大如六升瓠，空之以盛水，俄而成酒。刘章得两核，集宾客设之，尝供二十人之饮。一核尽，一核所盛以复饮。饮尽随更注水，随尽随盛，不可久置，久置则苦不可饮，名曰青田酒。"

　　【译文】我问及随州的风景优美之地，胡紫阳对仙城山的景色大加夸赞。元演听到后，乘兴想去那里隐居。诸人设酒小酌为他送别，青田美酒醉人而暂且稍留；元演梦魂飞绕，已经渡过绿水先行而去。

　　吾不滞于物，与时推移^①。出则以平交王侯，遁则以俯视巢、许^②。朱绂狎我^③，绿萝未归^④。恨不得同栖烟林，对坐松月。有所款然^⑤，铭契潭石。乘春当来，且抱琴卧花，高枕相待。诗以宠别^⑥，赋而赠之。

　　【注释】①"吾不"二句：用楚辞典故。《楚辞·渔父》："圣人不凝滞于物，而能与世推移。"意谓圣人不会拘泥不变，而是随世道的变化而变化。

②俯视: 轻视。巢、许: 指巢父、许由。此句谓不高看仰慕巢父、许由。

③朱绂: 古代系佩玉或印章的红色丝带或指古代礼服上的红色蔽膝。这里借指官服。

④绿萝: 代指隐居山林。

⑤款然: 指诚挚之情。

⑥宠别: 以言词赠别。

【译文】我不会拘泥不化, 而随着世事变迁而变化。出仕则与王侯平等结交, 遁迹山林也不会仰慕巢父、许由。我还怀有仕宦的想法, 所以暂时不能隐居山林与绿萝为伴。我恨不能与元演一起共栖烟霞山林, 对坐松月之下。您有所感悟, 则铭刻潭石上。我会乘春而来拜访, 您暂且抱琴花中, 高卧以待我的到来。作诗以送, 赋而赠别。

送戴十五归衡岳序

【题解】此序是开元十六年 (728) 左右, 李白在安陆与廖公、独孤有邻、薛公等人送戴十五回衡阳所作。戴十五, 名字事迹不详, 排行十五。衡岳, 指衡山, 为五岳之一, 故曰衡岳。序文首段写世人多名不符实, 只有戴公名实相符。次段写戴公秉承湖岳灵秀, 具备五材、四美的品行和才干。第三段写戴公的诸位兄长, 才华文章出众, 早已名满天下。而独有戴公韬光隐晦, 以待将来大展宏图。戴公不远千里来向李白问道, 安陆廖公擅于品鉴人物, 认为戴公是学识渊博之人。最后一段写戴公未获际遇, 暂时隐居衡山, 众人设酒饯行,并定下约期再见。

白上探玄古^①,中观人世,下察交道^②。海内豪俊,相识如浮云。自谓德参夷、颜^③,才亚孔、墨^④,莫不名由口进,实从事退^⑤,而风义可合者^⑥,厥惟戴侯。

【注释】①玄古: 远古。《庄子·天地》:"玄古之君天下,无为也,天德而已矣。"成玄英疏:"玄,远也。"

②交道: 交友之道。

③夷、颜: 指伯夷、颜回。

④孔、墨: 指孔子、墨子。

⑤名由口进,实从事退: 名声来源于众人口头吹捧,而实干才能在处理事务中却暴露不足。即名不符实的意思。语出刘邵《人物志·效难》"夫名非实,用之不效,故曰:名由口进,而实从事退。"

⑥风义可合: 风操和义行相合,即名实相符。

【译文】我上探远古大道,中观人世变迁,下察交友之道。我所认识的四海豪杰,多如浮云。很多人自称德行可比伯夷、颜回,才能不亚于孔子、墨子,但是大多名不符实,而风操义行相符的人,只有戴公了。

戴侯寓居长沙^①,禀湖岳之气^②;少长咸、洛^③,窥霸王之图^④。精微可以入神^⑤,懿重可以崇德^⑥,谟猷可以尊主^⑦,文藻可以成化^⑧。兼以五材^⑨,统以四美^⑩,何往而不济也?

【注释】①长沙：唐朝时有长沙郡，隶江南西道，唐武德四年（621）复名潭州。天宝元年（742）又改名长沙郡，乾元元年（758）复名潭州。治所在长沙县，在今湖南长沙市。

②湖岳：指洞庭湖和南岳衡山。

③少长：稍微长久。咸、洛：咸阳、洛阳。这里咸阳代指长安。

④霸王之图：霸道与王道的谋略。王道指君主凭借仁义来治理天下的方法。霸道指君主凭借武力、刑法、权势等进行统治。与"王道"相对。

⑤精微：精深微妙。入神：进入神妙的境界。

⑥懿重：品行美好。崇德：尊崇德行。

⑦谟猷：谋略。尊主：尊奉君主。

⑧文藻：指文章，文笔。成化：完成教化。

⑨五材：五种德行。《六韬·龙韬》："所谓五材者，勇、智、仁、信、忠也。勇则不可犯，智则不可乱，仁则爱人，信则不欺，忠则无二心。"

⑩四美：指前面提到的"精微""懿重""谟猷""文藻"。

【译文】戴公寓居长沙，秉承湖岳之气；游历于长安、洛阳一带，身负王霸谋略。他的学问精微已经达到了神妙的境界，他的品行美好可以作为道德楷模，他的谋略出众可以辅佐君主，他的文采不凡可以辅助教化。他身兼"勇、智、仁、信、忠"五种美德，具备"精微""懿重""谟猷""文藻"四种美行，做什么事情会不成功呢？

其二三诸昆①，皆以才秀擢用，辞翰炳发②，升闻天朝。而此君独潜光后世③，以期大用。鲲海未跃，鹏霄悠然④。不远千里，访余以道。邠国之秀⑤，有廖侯焉⑥。人伦精鉴⑦，天下独立⑧。每延以宴谑⑨，许为通人⑩。独孤有邻及薛诸公⑪，咸亦以为信然矣⑫。

【注释】①诸昆：诸位兄长。昆：兄长。

②辞翰：文章，著述。炳发：犹焕发。

③潜光：隐藏光彩。比喻才华不外露。

④"鲲海"二句：用《庄子·逍遥游》："北冥有鱼，其名为鲲。鲲之大，不知其几千里也；化而为鸟，其名为鹏。鹏之背，不知其几千里也；怒而飞，其翼若垂天之云。是鸟也，海运则将徙于南冥。"

⑤邔国：邔同"郧"。郧国：古国名。东周时封置。即今湖北省安陆市。《左传·桓公十一年》："郧人军于蒲骚，将与随、绞、州、蓼伐楚师。"后灭于楚，为楚邑。

⑥廖侯：人名，事迹不详。

⑦人伦：谓品评或选拔人才。精鉴：明于鉴别。亦指高明的识别力。

⑧独立：特立，独步。

⑨宴谑：宴会上戏谑。

⑩通人：学识渊博，贯通古今的人。

⑪"独孤"句：独孤有邻：人名事迹不详。薛诸公：薛公等人。

⑫信然：确实如此。

【译文】戴公的二三位兄长，都因才学出众而被选拔任用，他的兄长们文章华美，声名直达朝廷。而戴公却韬光隐晦，以待后用，期望将来能大展宏图。戴公如同大海中的鲲鱼尚未跃起，如同云霄中的大鹏悠然逍遥。他不远千里，来我这里访道。安陆是古代邔国故地，此处的俊杰廖公，擅长品鉴人物，这方面能力可以说是独步天下。每次饮宴戏谑时，廖公都称赞戴公是学识通达之人。独孤有邻及薛公等人也纷纷表示赞同。

　　属明主未梦①，且归衡阳。憩祝融之云峰②，弄茉萸之湍水③。轩骑纠合④，祖于魏公之林亭⑤。笙歌鸣秋，剑舞增气。况江叶坠绿，沙鸿冥飞，登高送远，使人心醉。见周、张二子⑥，为论平生。鸡黍之期⑦，当速赴也。

【注释】①明主未梦：用武丁梦傅说故事。《史记·殷本纪》："帝武丁即位，思复兴殷，而未得其佐。三年不言，政事决定于冢宰，以观国风。武丁夜梦得圣人，名曰说。以梦所见视群臣百吏，皆非也。于是乃使百工营求之野，得说于傅险中。是时说为胥靡，筑于傅险。见于武丁，武丁曰是也。得而与之语，果圣人，举以为相，殷国大治。故遂以傅险姓之，号曰傅说。"

　　②祝融：为南岳衡山最高峰，在今湖南衡阳市。传说上古祝融曾游息于此，故名。云峰：高耸入云的山峰。

　　③茉萸：水名，即资水。在今湖南省中部。

　　④轩骑：车马。纠合：集合。

　　⑤祖：出行时祭路神，引申为送行。

　　⑥周、张二子：姓周、姓张的两人，名字不详。

　　⑦鸡黍之期：东汉范式与其至友张劭约定，两年后当赴张劭家相会。张劭归告其母，请届时设酒食候之。其母曰："二年之别，千里结言，尔何相信之审邪？"张劭谓范式为信守诺言之士，必不违期。到了约定那天，范式果然如约而至。二人对饮，尽欢而别。事见谢承《后汉书·独行传·范式》。后以"鸡黍约"为友谊深长、聚会守信之典。

【译文】戴公尚未入明主梦中而不能得到重用，只好暂时回归衡阳。小憩于祝融山之高峰，赏玩茱萸水之清流。前来送行的车马众多，大家在魏公林亭设宴饯行。在清秋中高奏笙歌，舞宝剑以壮豪气。江树绿叶已落，沙洲上鸿鸟高飞，登高望远，使人心神陶醉。戴公回到衡阳见到周、张二人，可以一起谈论平生之志。我与戴公您定下鸡黍之期，必当尽早赴约。

早夏于江将军叔宅与诸昆季送傅八之江南序

【题解】此序大约是天宝二年（743），李白于京城送傅八前往江南时所作。江将军叔，疑为官至千牛将军的嗣江王李钦。诸昆季，诸兄弟，指李钦的诸子。傅八，名字生平不详，排行第八。全序首段写傅八擅长诗文，田园之作可比拟于陶渊明，山水诗歌可媲美于谢灵运。次段写前徐州司马宋公是傅八的岳丈，傅八夫妻和谐，结为潘、杨之好。第三段写设宴送别时的情景，并赞扬将军八子风采卓著，器宇不凡。最后一段写傅八此去江南，一路美景不断，人坐画中，舟行镜里。众人依依惜别，写诗以赠。

《易》曰：“观乎人文，以化成天下。”穷此道者^①，其惟傅侯耶？侯篇章惊新，海内称善，五言之作，妙绝当时。陶公愧田园之能，谢客惭山水之美^②。佳句籍籍^③，人为美谈。

【注释】①"观乎"二句：语出《易·贲》："观乎人文，以化成天下。"孔颖达疏："言圣人观察人文，则诗书礼乐之谓，当法此教而化成天下也。"

②"陶公"二句：王琦注："陶渊明诗，多言田园之适。谢灵运诗，多言山水之趣。灵运小字客儿。"

③籍籍：众多。

【译文】《易》中说："观乎人文，以化成天下。"精通此中道理的人，岂非是傅公吗？傅公文章语出惊人，文笔清新，天下称道，他的五言诗作，精妙绝伦。傅公诗作，使擅于田园诗的陶渊明也自愧不如，使擅长山水诗的谢灵运也自惭不已。佳句众多，被人们传为美谈。

前许州司马宋公①，蕴冰清之姿，重傅侯玉润之德，妻以其子②。凤凰于飞③，潘、杨之好④，斯为睦矣。

【注释】①许州：唐时许州，治所在今河南许昌市，隶河南道。天宝元年改为颍川郡，乾元元年又改为许州。司马：州刺史的佐官。宋公：名字生平不详，是傅公的岳父。

②"蕴冰清"三句：用西晋乐广和卫玠翁婿的典故。《晋书·卫玠传》记载，西晋时河东人卫玠容貌秀丽，被称作"玉人"，而且才华出众，好谈玄理，每逢与人交谈，总能使对方折服。王澄在当时很有声名，他很少佩服别人，但听到卫玠谈论，就为之叹服倾倒。当时王澄、王济、王玄三人都有名气，但谁也比不上卫玠。卫玠的岳丈乐广也很出众。卫瓘曾称赞说："乐广就像一面明镜，晶莹夺目，宛如拨开云雾见到青天一样。"所以人们评论他们翁婿时说："岳丈如冰一样清亮，女婿象玉一般润泽。"

后以冰清玉润作为"岳丈女婿"的代称，形容翁婿相得。

③凤凰于飞：凤和凰。比喻夫妻相亲相爱。亦常用以祝人婚姻美满之辞。《左传·庄公二十二年》："初，懿氏卜妻敬仲，其妻占之，曰：'吉，是谓凤凰于飞，和鸣锵锵。'"杜预注："雄曰凤，雌曰凰，雄雌俱飞，相和而鸣，锵锵然，犹敬仲夫妻相随适齐，有声誉。"

④潘、杨之好：西晋潘岳与妻杨氏属于世亲联姻。后因此指姻亲关系为"潘杨之睦"。语出晋潘岳《杨仲武诔》："潘杨之睦，有自来矣。"

【译文】前许州司马宋公，具有冰清之姿，看重傅公玉润一样的品质，把自己的女儿嫁给他。夫妻二人就像凤和凰一样相偕而飞，结为潘、杨之好。

仆不佞也①，忝于芳尘②，宴同一筵，心契千古。清酌连晓③，玄谈入微④。欢携无何，旋告睽坼⑤。将军叔英略盖古，英明洞神。天王贵宗，诞育贤子。八龙增秀以列次⑥，五色相辉而有文⑦。会言高乐，晓饯金门⑧。洗德弦，觞怡颜⑨。

【注释】①不佞：不才，自谦之话。

②忝于：有愧于，一般用作谦辞。芳尘：指美好的风气、声誉。

③连晓：通宵；整夜。

④入微：深入精微。

⑤睽坼：分离。

⑥八龙：东汉荀淑八个儿子都很优秀，被称为"八龙"。《后汉书·荀淑传》："荀淑有子八人：俭、绲、靖、焘、汪、爽、肃、专，并有名

称,时人谓之八龙。"后以"八龙"称扬他人子弟或弟兄。列次:谓依次排列。

⑦五色:青、赤、白、黑、黄五种颜色。古代以此五者为正色。《书·益稷》:"以五采彰施于五色,作服,汝明。"孙星衍疏:"五色,东方谓之青,南方谓之赤,西方谓之白,北方谓之黑,天谓之玄,地谓之黄,玄出于黑,故六者有黄无玄为五也。"

⑧金门:汉代宫门名,是学士待诏之处。这里借指翰林院。

⑨"洗德弦"二句:王琦注"上下似有阙文"。

【译文】我李白不才,愧有虚名,今天赴宴,与各位同坐一筵,心意契合。畅饮通宵,深谈玄理。欢乐无几,却马上就要分离。将军叔英武超过古人,洞察可通神明。身为皇家宗室,抚育贤德之子。八子如八龙依次列席而坐增添光彩,如五色相互辉映而文彩华美。一夜聚会欢乐,清晨朝门告别。清弹雅弦,举杯欢笑。

朱明草木已盛①,且江嶂若画②,赏盈前途③,自然屏间坐游④,镜里行到⑤,霞月千里,足供文章之用哉!征帆空悬,落日相逼⑥,二季挥翰⑦,诗其赠焉。

【注释】①朱明:夏季。尸子《卷上》:"春为青阳,夏为朱明,秋为白藏,冬为玄英。"

②江嶂:江边如同屏障的山峰。

③赏盈前途:可欣赏的景色充盈前途。

④屏间:王琦注:"谓列嶂如屏。"

⑤镜里:王琦注:"谓江明若镜。"

⑥相逼：迫近。

⑦二季：两位季弟。

【译文】夏季草木茂盛，江边山嶂如画，可赏之景充盈前途，坐游于天然屏风之间，船行在明镜江水之中。烟霞明月，辉映千里，足可供挥洒文章之用。船帆空悬，落日迫近，二弟挥笔，写诗以赠。

冬日于龙门送从弟京兆参军令问之淮南觐省序

【题解】此序是开元二十二年（734）冬，李白在洛阳龙门送从弟李令问赴淮南省亲时所作。龙门，指洛阳龙门山。京兆参军，京兆府参军事，正八品下，掌随长官出巡，赞导礼仪及考核属吏的勤惰。令问，指李令问，是李白从弟，李白诗文多有提及。淮南，指淮南道，治所在今扬州。觐省，省亲，探望父母。序文首段描写李令问的才学风貌，以及宗室出身。次段写李白与李令问互赞对方才学过人。第三段写李令问孝心可嘉，就如《白华》诗歌所描述的一样。英杰云集，都来送行，由此可见李令问声名出众。最后一段写临别叙述兄弟之情，众人作诗以赠。

紫云仙季①，有英风焉②。吾家见之，若众星之有月。贵则天王之令弟③，宝则海岳之奇精④。游者所谓风生玉林，清明萧洒，真不虚也。

【注释】①紫云仙季：王琦注："紫云仙，似其从弟之号。季，谓季弟也。"

②英风：英武的气概。

③令弟：贤弟。

④奇精：奇珍之宝。

【译文】我的从弟令问，号紫云仙，有英武气概。我一见到，就觉得他像众星拱绕的明月一样，光彩出众。他贵为天子的宗室兄弟，就像蕴藏在海山的奇珍异宝。同游之人称赞他的风度，犹如从玉林吹出的清风，清明萧洒，此言不虚啊。

常醉目吾曰："兄心肝五藏，皆锦绣耶！不然，何开口成文，挥翰雾散①？"吾因抚掌大笑，扬眉当之②。使王澄再闻，亦复绝倒③。观夫笔走群象④，思通神明，龙章炳然⑤，可得而见。

【注释】①挥翰雾散：挥笔可使云雾散开。

②扬眉当之：扬眉自得，表示认可。

③"使王澄"二句：用西晋王澄与卫玠典故。《晋书·卫玠传》："琅邪王澄，有高名，少所推服。每闻卫玠言，辄叹息绝倒。故时人为之语曰：'卫玠谈道，平子绝倒。'"王澄：字平子，琅琊临沂（今山东省临沂市）人，西晋名士，封南乡侯，任荆州都督，领南蛮校尉。绝倒：扑地而倒，谓折服。

④笔走群象：笔下描绘世间万象。群象：一切事物或景象。

⑤龙章：龙纹，指画或绣龙之服，一般为天子之服。王琦注："龙章，言其文采炳焕，若龙章之服也。"炳然：光明貌。

【译文】他常常醉眼看着我说："兄长你的心肝五脏，都是锦绣做成的吧，要不怎么能出口成章，挥笔雾散呢？"我因而抚掌大笑，扬眉自得，认可他的说法。即使王澄听到他的谈论，也会为之倾倒。看他笔下包含万物之象，才思深远通达神明，文章不凡光彩焕然，这些优点全都具备。

岁十二月，拜省于淮南。思《白华》之长吟①，眺黄云之晚色。目断心尽②，情悬高堂。倾兰醑而送行③，金鞍而照地④，错毂蹲野⑤，朝英满筵⑥。非才名动时，何以及此？

【注释】①《白华》：西晋束皙《补亡诗》："白华朱萼，被于幽薄。"吕延济注："喻孝子事父母之洁白，如朱萼承白华于幽薄之中，而鲜洁也。"

②目断：望断。心尽：思念到极深。

③兰醑：美酒。

④"金鞍"句：谓金饰的马鞍光亮可照地。鲍照《咏史诗》："宾御纷飒沓，鞍马光照地。"

⑤错毂：车轮交错。《楚辞·九歌·国殇》："车错毂兮短兵接。"王逸注："错，交也，轮毂交错也。"蹲：聚集。

⑥朝英：朝廷的英才。

【译文】这年十二月，从弟令问将去淮南省亲，他思亲心切，发《白华》之吟咏，眺望天边暮色中的黄云。目断神伤，心忧双亲。众人倾倒美酒以饯行，金鞍闪闪而照耀大地，车轮交错，英才聚集。如果不是令问的才名轰动一时，怎么会有这样的盛事？

日落酒罢，前山阴烟^①。殷勤惠言^②，吾道东坐^③。想洛桥春色，先到淮城^④。见千条之绿杨，折一枝以相赠，则华萼情在^⑤，吾无恨焉。群公赋诗，以光荣饯。

【注释】①阴烟：山中雾气。

②殷勤：情意深厚。惠言：美好的言语。

③吾道东坐：用郑玄典故。《后汉书·郑玄传》："（郑玄）乃西入关，因涿郡卢植，事扶风马融。融门徒四百余人，升堂进者五十余生。融素骄贵，玄在门下，三年不得见，乃使高业弟子传授于玄。玄日夜寻诵，未尝怠倦。会融集诸生考论图纬，闻玄善算，乃召见于楼上，玄因从质诸疑义，问毕辞归。融喟然谓门人曰：'郑生今去，吾道东矣。'"后因用"吾道东"为感叹己之学术东流或同道东去的典故。

④淮城：指淮南道的治所扬州。

⑤华萼：语出《诗·小雅·常棣》："常棣之华，鄂不韡韡。凡今之人，莫如兄弟。"后因以"华萼"喻兄弟友爱。

【译文】夕阳西下，酒宴结束，前山雾起。临别叮咛，吾道东去。希望洛阳桥的春色，能够先期一步到达淮南。见到那里的千条绿杨，请折一枝相赠给我，以寄托我们兄弟之情，我也就没有遗憾了。众人临别赋诗，以增饯行之荣耀。

卷二十七　赞

当涂李宰君画赞

【题解】此文年代不详，疑作于上元二年（761）或宝应元年（762）。当时李白从金陵投奔在当涂做县令的族叔李阳冰，此文就是李白在当涂看到李阳冰的画像而作。赞，是一种文体，用于颂扬人物。当涂，县名，唐属宣州，今在安徽省马鞍山市。李宰君，即李阳冰，字少温，赵郡人（治所在今河北赵县），唐代书法家，其篆书尤为精妙，曾任当涂县令，官终将作少监。李白病重时将自己的诗文交给李阳冰，并请他编辑作序。文中称赞李阳冰是应天命而降世的大贤，胸怀奇谋而扬名朝廷。治理地方，使缙云和当涂两县"江山再荣"，因而百姓为李阳冰描绘画像作为纪念。李阳冰的画像神态逼真，丰神俊朗。最后称赞李阳冰可作万世楷模。全文字里行间洋溢着对李阳冰的溢美之词。

天垂元精①，岳降粹灵②。应期命世③，大贤乃生。吐奇献策，敷闻王庭④。帝用休之⑤，扬光泰清⑥。滥觞百里⑦，涵量八溟⑧。缙云飞声⑨，当涂政成。雅颂一变⑩，江山再荣。举邑抃舞⑪，式图丹青⑫。眉秀华盖⑬，目朗明星。鹤矫阆风⑭，麟腾玉京⑮。若揭日月⑯，昭然运行。穷神阐化⑰，永世作程⑱。

【注释】①元精：天地的精气。

②粹灵：精纯之灵气。

③应期：顺应期运。命世：顺应天命而降世。

④敷闻：布闻，使名声远扬。王庭：朝廷。

⑤休：此处是赞美的意思。

⑥扬光：发扬光辉。泰清：即太清，指天空。

⑦滥觞：指江河发源处水很小，仅可浮起酒杯。比喻事情的开始。百里：古时一县所辖之地方圆百里。因以为县的代称。也代指县令。

⑧涵量：容量。八溟：亦作"八冥"，即八海，泛指天下所有湖海，也泛指天下。

⑨"缙云"句：缙云：县名，唐时属括州，今属浙江省。飞声：犹扬名。

⑩雅颂：原为《诗经》中诗歌类别的名称。这里代指礼乐教化。

⑪抃：双手相拍。

⑫式：句首语气词，无实义。丹青：指绘画。

⑬华盖：指眉毛。道教中称眉毛为华盖。

⑭矫：高举。阆风：即阆风巅，山名。传说中神仙居住的地方，在昆仑之巅。

⑮玉京：道家称天帝所居之处。

⑯揭：高举。

⑰穷神：穷究事物之神妙。阐化：阐扬教化。

⑱作程：作楷模、典范。

【译文】上天垂下元精，山岳降下纯灵。顺应天命而来，世间诞生大贤。您贡献奇谋良策，名声远播庙堂之上。陛下也褒赞您，使您光耀天下。您入仕从县令做起，胸怀可以容纳天下。在缙云县誉满天下，在当涂县政通人和。以《雅》《颂》诗乐教化百姓，使两县兴旺再次繁荣。所有百姓欢欣鼓舞，诚心为您描绘画像。画像眉秀如华盖，眼睛明亮似星辰。就如仙鹤昂立于阆风之巅，又像麒麟腾跃于玉京之城。日月高举，光明而行。穷究神妙阐扬教化，可以永世作为典范。

金陵名僧頵公粉图慈亲赞

【题解】此文年代不详。是李白为金陵名僧頵公之母的画像所作的一篇赞文。頵公，事迹不详。粉图，画图。慈亲，母亲。文中称赞頵公之母贤良淑德，画像神态高古，内心纯净无染，可与古代文伯之母相比。

神妙不死①，惜生此身②。托体明淑③，而称厥亲④。粉为造化⑤，笔写天真⑥。貌古松雪，心空世尘。文伯之母，可以为邻⑦。

【注释】①神妙不死：佛教讲人的生死是六道轮回，所以此处说灵魂是神妙不灭的。

　　②惜生此身：借母体生下頍公。惜：王琦注当作"借"。

　　③托体：所托之体，此处指母亲。明淑：贤明和淑。

　　④而称厥亲：称她为母亲。

　　⑤造化：创造。此处指作画。

　　⑥天真：此处指容颜。

　　⑦"文伯"二句：形容頍公之母的贤惠，可与文伯之母相媲美。文伯：即公父季歜，春秋时鲁国大夫。其母敬姜。文伯退朝回家，见其母正在绩麻，文伯劝阻其母。其母则说古时候上至王侯，下至民妇，都要从事纺织，这是圣王留下的制度。勤劳操持，犹恐不能守住先人之业，倘若怠惰，如何避免。为邻：并比，相似。

　　【译文】灵魂神妙而不灭，借母体诞生頍公。所托之身贤淑，因而称为母亲。頍公以粉图为母画像，以笔墨描绘母亲真容。画像面貌高古可比覆雪之松，心灵澄空不染世俗尘埃。只有文伯之母，可以与之相比。

李居士赞

　　【题解】此文年代不详。李白为好友李居士的遗像写下此赞文。居士，佛教中指在家修行的人。原指古印度吠舍种姓工商业中的富人，因信佛教者颇多，故佛教用以称呼在家佛教徒之受过"三皈"、"五戒"者。居士在古时候也指有德才而隐居不仕或未仕的人。另外，文人雅士也常以居士自称。李居士，名字生平不详。生前应该与李白交情很深，视为知己，所以李白在文中将他们的关系比作"斤"和"质"、"匠石"和"郢人"的关系。如今李居士已经"与天为邻"，辞世而去，只留下他的画像"默然不灭"。全文充满了对友人的深切怀念之情。

至人之心①，如镜中影。挥斤万变②，动不离静。彼质我斤③，挥风是骋④。了物无二，皆为匠郢⑤。吾族贤老，名喧写真⑥。貌图粉绘，生为垢尘⑦。从白得衰⑧，与天为邻⑨。默然不灭⑩，长存此身。

【注释】①至人：指思想或道德修养最高之人。

②挥斤：《庄子·徐无鬼》记载，郢人在其鼻端涂上白泥，薄若蝇翼，使匠石用斧头削之。匠石运斤成风，削掉白泥而鼻不伤。挥斤：挥动斧头。后以"挥斤"比喻技艺高超。

③彼质我斤：将李居士比喻为质（如郢人那样的对象），将自己比喻为斤。

④挥风是骋：即"骋挥风"。"是"是动词与宾语倒装的标志。

⑤"了物"二句：指郢人是质，匠石是斤，质死了，斤就没有用了。李白以匠石离不开郢人比喻自己与李居士不能分离。

⑥喧：显赫。写真：画人的肖像。

⑦垢尘：比喻尘世。

⑧从白得衰：出自嵇康《养生论》："积损成衰，从衰得白，从白得老，从老得终。"

⑨与天为邻：指去世。

⑩默然：沉默不语貌。

【译文】圣人之心，如镜中之影。挥斧万变，动不离静。您就像质，我就如斧，彼此配合才能运斤成风。我们毫无二致彼此难分，就像匠石与郢人的关系。我们族中有贤德老人，擅长写真而名噪一时。他以粉图绘出李居士容貌，栩栩如生宛若还生在尘世。李居士从白发到老朽，最后与世长辞。他的画像却默然不灭，将长存世间。

安吉崔少府翰画赞

【题解】此文年代不详。安吉，县名，唐时属江南东道湖州，今浙江省安吉县。崔少府翰，即安吉县尉崔翰。少府，是对县尉的敬称。此文是李白为安吉县尉崔翰的画像所作的赞。文中叙述崔翰是山东望族，为姜太公之后。接着称赞崔翰是一代奇才，骨秀神聪。然后描写崔翰的画像巧夺天工，形象逼真。清晨观赏此画，可令人神清气爽。

齐表巨海，吴嗟大风①。崔为令族，出自太公②。克生奇才③，骨秀神聪④。炳若秋月⑤，骞然云鸿⑥。爰图伊人⑦，夺妙真宰⑧。卓立欲语，谓行而在⑨。清晨一观，爽气十倍。张之座隅⑩，仰止光彩⑪。

【注释】①"齐表"二句：《左传·襄公二十九年》记载，吴国公子季札出使鲁国，观赏周乐，鲁国乐工为他演唱齐地诗歌，他感叹道：

"美哉，泱泱乎，大风也哉！表东海者，其太公乎？国未可量也。"杜预注："太公封齐，为东海之表式。"吴嗟大风，指公子季札说的"大风也哉"的慨叹。

②"崔为"二句：《新唐书·宰相世系》："崔氏出自姜姓。齐丁公伋嫡子季子让国叔乙，食采于崔，遂为崔氏。济南东朝阳县西北有崔氏城是也。"令族：指名门世族。

③克：能够。

④骨秀：形态秀美。神聪：神志聪慧。

⑤炳：光明，显著。

⑥骞：当作"骞"，鸟飞举貌。

⑦爰：于是。图：绘画。伊人：此人，指崔翰。

⑧真宰：宇宙的主宰。

⑨"卓立"二句：谓图中人物卓然而立，欲开口讲话，好像要举步而行，却又在画中。形容画像的逼真。

⑩张：张挂。隅：边，旁。

⑪仰止：仰慕。止，语助词。语出《诗·小雅·车辖》："高山仰止，景行行止。"

【译文】齐国是东海诸国的表率，吴国季札叹其有大国之风。崔氏世代为望族，本是姜太公后裔。诞生崔翰这样的奇才，仪态秀美而天资聪颖。若秋月般光彩夺目，如云雁般翩然高举。于是绘出他的画像，精妙好似造物所成。画中人物卓然而立开口欲语，似乎翩然而来却仍立画中。晨起展画一览，令人气爽十倍。将画像悬挂座旁，以便仰望他的光彩。

宣城吴录事画赞

【题解】此文是天宝十四载(755)，李白游宣城时为宣城郡录事参军吴镇的画像所作的赞。宣城，即宣州，今属安徽省。宣城吴录事，即宣城郡录事参军吴镇。李白《赵公西候新亭颂》中提到的"录事参军吴镇"即此人。唐代各州设录事参军一人，从七品上。文中先叙述了吴镇出身于"大名之家"，称赞他有"风霜秀骨"。然后详述了吴镇的画像。借《老子》中的"大辩若讷，大音希声"之句，来称赞他"默然不语，终为国桢"。

大名之家①，昭彰日月，生此髦士②，风霜秀骨③。图真像贤，传容写发④。束带岳立⑤，如朝天阙⑥。岩岩兮⑦，谓四方之削成⑧；澹澹兮⑨，申五湖之澄明⑩。武库肃穆⑪，辞峰峥嵘⑫。大辩若讷，大音希声⑬。默然不语⑭，终为国桢⑮。

【注释】①大名之家：吴氏是周朝太伯之后，故称"大名之家"。

②髦士：俊杰之士。

③风霜秀骨：面容端庄而俊秀。

④传容写发：面容传神，绘出发丝。

⑤岳立：卓立不群。

⑥天阙：天子的宫阙，亦指朝廷或京都。

⑦岩岩：高大威严。

⑧四方之削成：出自《山海经·西山经》："太华之山，削成而四方，其高五千仞，其广十里。"

⑨澹澹：此处指恬静安然的样子。

⑩五湖：泛指古代吴越地区的湖泊。

⑪武库：原指储藏兵器的仓库，也泛指藏器物的仓库。后用来比喻才学丰富广博。肃穆：庄严肃穆。

⑫辞峰：此处指文章。峥嵘：卓异，不平凡。

⑬"大辩"二句：语出《老子》。此处形容画像中的人物虽然不说话、没有声音，其实是大智大音的状态。

⑭默然不语：沉默不语。

⑮国桢：国家的支柱。

【译文】吴氏为大姓之家，出身显赫可昭日月。诞生吴镇这样的俊才，仪态肃穆而俊秀不凡。他的画像栩栩如生，容貌传神头发可辨。他束带而立，好似朝拜天子。其高大威严啊，如四方削成的太华山；其恬静清纯啊，如澄澈明洁的五湖。学识渊博而庄严肃穆，文如陡峰而出云直上。善辩者不善言辞，至大之音而无声。画中之人虽沉默不语，却终将成为国之栋梁。

壁画苍鹰赞　讥主人

【题解】此文年代不详，李白为一幅苍鹰壁画所写的赞。题中的"讥主人"三字可能是后人所加。文中生动形象地描写了画中苍鹰的形态。它傲然独立于枯树之上，双目深邃如胡人蹙眉之眼，鹰喙锋利如剑戟，足爪尖锐似刀锥。众宾客初见画像，误以为真，皆惊愕不已，纷纷离席而走。通过众宾客的反应，更加烘托出画中苍鹰的栩栩如生。

突兀枯树①，傍无寸枝。上有苍鹰独立，若愁胡之攒眉②。凝金天之杀气③，凛粉壁之雄姿。觜铦剑戟④，爪握刀锥。群宾失席以瞗眙⑤，未悟丹青之所为⑥。吾尝恐出户牖以飞去⑦，何意终年而在斯！

【注释】①突兀：高耸的。

②愁胡：胡人深目，状似悲愁。多用以形容鹰眼。晋孙楚《鹰赋》："深目蛾眉，状如愁胡。"攒眉：皱眉，表示不愉快。

③金天：指秋天。

④觜（zǐ）：嘴，此处指鹰喙。铦（xiān）：锋利。

⑤瞗眙（chì）：亦作"愕怡"，惊视。瞗，同"愕"。

⑥丹青：我国古代绘画常用的两种颜色，借指绘画。

⑦户牖：门窗。

【译文】图中一株高耸的枯树，两旁没有多余的枝叶。上有苍鹰独自傲然而立，深目就如胡人蹙眉之眼。身聚秋天肃然之杀气，粉壁描绘凛然之雄姿。鹰喙锋利如剑戟，足爪尖锐像刀锥。众宾看到惊愕离席，竟没发觉此乃图画。我曾担心它会从门窗飞走，岂料苍鹰终年停留在此！

方城张少公厅画师猛赞

【题解】此文多认为是天宝十载（751），李白游方城时所作。当时方城县尉张公请李白到家中做客，看到厅堂壁上的狮子图，因而写下了此赞。方城，县名，唐时属山南东道唐州，今河南方城县。张少公，名字及事迹不详。少公，又称少府，是县尉的尊称。师猛：凶猛的狮子。全文语言精练，描写传神。

张公之堂，华壁照雪。师猛在图，雄姿奋发①。森竦眉目②，飒洒毛骨③。锯牙衔霜④，钩爪抱月。挈蹲胡以震怒⑤，谓大厦之峣杌⑥。永观厥容⑦，神骇不歇。

【注释】①奋发：形容狮子气势猛迅而不可遏阻。

②森竦：耸立，挺立。

③飒洒：舞动貌。毛骨：指狮子的鬃毛。

④锯牙：像锯齿一般的锐牙。衔霜：犹含霜。此处指狮子白牙如霜。

⑤"挈蹲胡"二句：王琦注："《广韵》：'挈，挽也。'《说文》：'蹲，踞也。'蹲胡，谓调狮之胡，蹲踞而牵挽者。狮方震怒，曳狮之胡，方若为狮所曳也。"挈，牵引，拉。

⑥峣杌：即"峣屼"，形容高而险。

⑦厥：它的。

【译文】张公厅堂之上，白壁光亮如雪。墙有猛狮之图，猛狮雄姿英发。气势凛然竦动眉目，身上鬃毛飒然飘扬。锐牙如锯白似霜雪，脚爪如钩环抱似月。雄师震怒拖曳蹲踞牵绳的胡人，似乎要把巍峨的大厦彻底倾覆。久观画中之狮，心中惊骇不已。

羽林范将军画赞

【题解】此文可能是天宝二年(743)诗人供奉翰林时所作。羽林范将军，名字及事迹不详。唐代设有左、右羽林军，置大将军一人，正三品，将军各二人，从三品。此文是诗人为范将军的画像作的赞。文中先叙述羽林军之职上应星象，就如天上羽林四十五星，纷列壁垒之南，守卫帝座四周。再写范将军蒙受君恩，拜为将军，荣为虎将，镇守雁门。然后颂扬范将军"心豪祖逖，气爽刘琨"，必将可以画像"麟阁之阶"，得以"功业长存"。

羽林列卫，壁垒南垣。四十五星，光辉至尊①。范公拜将，遥承主恩。位宠虎臣②，封传雁门③。瞻天蹈舞，踊跃精魂④。逐逐鹗视⑤，昂昂鸿骞⑥。心豪祖逖，气爽刘琨⑦。名震大国⑧，威扬列藩。麟阁之阶⑨，粉图华轩。胡兵百万，横行纵吞。爪牙帝室⑩，功业长存。

【注释】①"羽林"四句：羽林：指皇宫禁卫。也为星名，指室宿的羽林群星。《史记·天官书》："北宫玄武，虚、危。其南有众星，曰羽林天军。"张守节正义:"羽林四十五星,三三而聚,散在垒壁南,天军也。亦天宿卫之兵革。垒壁陈十二星,横列在营室南,天军之垣垒。"壁垒:即垒壁阵十二星,在羽林天军之北。至尊:为皇帝的代称。

②虎臣:比喻勇武之臣。

③雁门:即代州,郡名,唐时属河东道,天宝元年改为雁门郡,乾元元年复为代州,治所在今山西代县。

④"瞻天"二句:谓望天而起舞,振奋而欢跃。形容范将军受封时的激动心情。

⑤逐逐:奔忙貌。鹗视:形容勇士的目光锐利。借指勇士。鹗,一种凶猛的鸟类。

⑥昂昂:气势高昂。骞(xiān):鸟飞腾貌。

⑦"心豪"二句:祖逖、刘琨:二人是西晋时期的名将,都胸有豪气,志在天下。《晋书·祖逖传》:"(祖)逖、(刘)琨,并有英气,每语世事,或中宵起坐,相谓曰:'若四海鼎沸,豪杰并起,吾与足下当相避于中原耳。'"

⑧大国:指诸侯国,在唐代即指藩镇。

⑨麟阁:麒麟阁的省称。汉代阁名,在未央宫中。汉宣帝时曾图霍光等十一功臣像于阁上,以表扬其功绩。后多以画像于"麒麟阁"表示卓越功勋和最高的荣誉。

⑩爪牙:犹言护卫,藩卫。此处指武臣。

【译文】羽林军列阵守卫着皇宫,就像羽林星散在壁垒之南,四十五星闪耀天空,拱卫着光辉的帝座。范公卓绝拜为将军,遥受圣主浩荡之恩。得恩荣位列虎将,受诏封镇守雁门。望天起舞拜谢君恩,欢欣鼓舞精神振奋。四处巡视而目光锐利,气宇轩昂如鸿雁高飞。心胸豪迈可比祖逖，气概爽朗远超刘琨。名震天下诸国，威扬各方藩镇。将军画像可入麒麟阁，挂在华美的廊轩上。将军面对百万胡兵，纵横驰骋消灭敌军。誓死捍卫帝业社稷，功绩彪炳永世长存。

金银泥画西方净土变相赞 并序

【题解】此文年代不详，李白游湖州时，冯翊郡秦夫人为其亡夫绘制了一幅净土变相画，请李白为之作赞。金银泥画，指用金银粉末制成的颜料所作的画。西方净土，佛教语，指佛所居住的无尘世污染的清净世界。一般指西方极乐世界。变相，佛教画术语。敷演佛经的内容而绘成的具体图相。一般绘制在石窟、寺院的墙壁上或纸帛上，多用几幅连续的画面表现佛经故事的情节，是广泛传播教义的佛教通俗艺术。此文由序和赞组成。序文部分描述了西方极乐世界的种种殊胜之景和这幅变相图绘制的起因。赞辞则用五言韵文，对前述内容进行了概括。全文大量引用佛经中的典故，也体现了李白对佛教教义的了解和认同。

我闻金天之西，日没之所，去中华十万亿刹①，有极乐世界焉②。彼国之佛，身长六十万亿恒沙由旬，眉间白毫，向右宛转，如五须弥山，目光清白，若四海水③。端坐说法，湛然常存。沼明金沙，岸列珍树，栏楯弥覆，罗网周张。车渠瑠璃，为楼殿之饰；颇黎码碯，耀阶砌之荣④。皆诸佛所证，无虚言者。

【注释】①刹: 梵语 "刹多罗" 的简称, 王琦注: "刹, 谓诸佛所住国土。"

②极乐世界: 佛经中指阿弥陀佛所居住的国土, 俗称西天。佛教徒认为居住在那里, 就可获得一切欢乐, 摆脱人间一切苦恼。《佛说阿弥陀经》: "佛告长老舍利弗, 从是西方过十万亿佛土, 有世界名曰极乐。其土有佛, 号阿弥陀, 今现在说法。彼土何故名为极乐? 其国众生无有众苦, 但受诸乐, 故名极乐。"

③ "彼国" 七句: 语出《观无量寿经》: "无量寿佛, 身如百千万亿夜摩天阎浮檀金色, 身高六十万亿那由陀恒河沙由旬, 眉间白毫, 右旋宛转, 如五须弥山。佛眼如四大海水, 青白分明。" 恒沙: 即恒河沙数, 本为佛经用语。比喻数量多到像恒河里的沙子那样无法计算。由旬: 古印度计程单位。一由旬的长度, 我国古有八十里、六十里、四十里等诸说。须弥山: 也译为须弥楼、修迷卢、苏迷卢等。原为古印度神话中的山名, 后为佛教所采用, 指一个小世界的中心。山顶为帝释天所居, 山腰为四天王所居。四周有七山八海、四大部洲。

④ "沼明" 八句: 描述极乐世界的殊胜环境。王琦注引《佛说阿弥陀经》: "极乐国土, 七重栏楯, 七重罗网, 七重行树, 皆是四宝周匝围绕。有七宝池, 八功德水充满其中, 池底纯以金沙布地, 四边阶道, 金银、琉璃、玻璨合成。上有楼阁, 亦以金银、琉璃、玻璨、砗磲、赤珠、玛瑙而严饰之。" 沼明金沙: 指池底铺以金沙而池水澄澈。栏楯: 即栏杆。车渠: 即砗磲。瑠璃: 即琉璃。颇黎: 即玻璃。码碯: 即玛瑙。

【译文】我听说在西天极远之处, 太阳落下的地方, 距离中国十万亿佛土, 有佛国名曰极乐世界。佛国里的阿弥陀佛, 身高六十万亿恒河沙由旬, 眉间白毫, 右旋放光, 如同五倍须弥山, 目光清澈, 眼如

四海。端坐说法，安然常存。极乐世界里，池水清明铺以金沙，岸边排列奇珍之树，七重宝栏延伸四处，众宝罗网张设虚空。砗磲、琉璃装饰楼阁殿堂；玻璃、玛瑙闪耀台阶之上。这些情形都被诸佛所证实，并无虚言之处。

　　金银泥画西方净土变相，盖冯翊郡秦夫人奉为亡夫湖州刺史韦公之所建也①。夫人蕴冰玉之清，敷圣善之训②。以伉俪大义③，希拯拔于幽涂④；父子恩深，用薰修于景福⑤。誓舍珍物，购求名工⑥，图金创端，绘银设像⑦。

【注释】①冯翊郡：即同州，唐时属京畿道。治所在今陕西省大荔县。湖州刺史韦公：名字及事迹不详。湖州，即吴兴郡，唐时属江南东道，治所在今浙江湖州市。

　　②敷：通"布"，宣告，陈述。圣善：睿智善德。语出《诗·邶风·凯风》："母氏圣善。"郑玄笺："母有睿智之善德。"

　　③伉俪：夫妻。

　　④拯拔：拯救或解脱。幽涂：同幽途。佛教语，幽冥之途。指六道轮回中的地狱、饿鬼、畜生等三恶道。

　　⑤薰修：佛教语，谓焚香礼佛，修养身心。景福：洪福，大福。

　　⑥购求：出资搜求。

　　⑦"图金"二句：王琦注："图金创端者，泥金为质地，而以为创始。绘银设像者，以银代彩色而绘成形像。"

【译文】金银泥画西方净土变相图，是冯翊郡秦夫人为超度其亡夫湖州刺史韦公所绘。秦夫人身蕴冰玉之清洁，广布善德之良训。出于夫妻之大义，希望拯救韦公魂魄于幽冥；父子恩深，其子礼佛修身为父求大福。决心舍弃珍奇宝物，来重金搜求名匠，以泥金作画，绘成银色佛像。

　　八法功德^①，波动青莲之池；七宝香花^②，光映黄金之地。清风所拂，如生五音，百千妙乐，咸疑动作^③。若已发愿，未及发愿；若已当生，未及当生。精念七日，必生其国^④。功德罔极^⑤，酌而难名。

【注释】①八法功德：即八功德水，佛教语。谓西方极乐世界有八功德水。八种功德为：一甘，二冷，三软，四轻，五清净，六不臭，七饮时不损喉，八饮已不伤腹。王琦注引《观无量寿经》："极乐国土，有八池水，一一池水，七宝所成。其宝香软，从如意珠王生。分为十四支，一一支作七宝色。黄金为渠，渠下皆以杂色金刚以为底砂。一一水中有六十亿七宝莲花。一一莲花团圆，正等十二由旬。其摩尼水流注花间，寻树上下，其声微妙，是为八功德水。"

　　②七宝：佛教语。七种珍宝。佛经中说法不一，如：《法华经》以金、银、琉璃、砗磲、码碯、真珠、玫瑰为七宝；《无量寿经》以金、银、琉璃、珊瑚、琥珀、砗磲、玛瑙为七宝；《大阿弥陀经》以黄金、白银、水晶、瑠璃、珊瑚、琥珀、砗磲为七宝；《恒水经》以白银、黄金、珊瑚、白珠、砗磲、明月珠、摩尼珠为七宝。

　　③"百千"二句：谓百千种妙音一齐发声。《阿弥陀经》："彼佛国土，微风吹动诸宝行树及宝罗网，出微妙音，譬如百千种乐，同时俱作。"

　　④"若已"六句：《阿弥陀经》："若有善男子、善女人，闻说阿弥

陀佛，执持名号，若一日，若二日，若三日，若四日，若五日，若六日，若七日，一心不乱，其人临命终时，阿弥陀佛与诸圣众，现在其前。是人终时，心不颠倒，即得往生阿弥陀佛极乐国土。……若有人已发愿，今发愿，当发愿，欲生阿弥陀国者，是诸人等皆得不退转于阿耨多罗三藐三菩提。于彼国土，若已生，若今生，若当生，是故舍利弗，诸善男子、善女人，若有信者，应当发愿生彼国土。或有不信其事，良由业障深重故耳。"此处即用此意。精念：王琦注："精念，即所谓一心不乱也。今人念念迁流，不能终日。若能注心净土，无二无杂，至于七日，终不散乱，则心中佛境，自然全现矣。"

⑤罔极：无穷尽。

【译文】八功德水，在青莲池中波动；七宝香花，在黄金之地光耀。清风拂过，如奏乐曲，百千种妙音，同时发声。若有人已发愿，或还未发愿；若已生之人，或未转生之人。七日之内心无杂念，来世必能出生于此国。真是功德无量，再三斟酌也难以称述。

赞曰：

向西日没处，遥瞻大悲颜①。目净四海水，身光紫金山②。勤念必往生③，是故称极乐。珠网珍宝树，天花散香阁。图画了在眼④，愿托彼道场⑤。以此功德海⑥，冥祐为舟梁⑦。八十亿劫罪⑧，如风扫轻霜。庶观无量寿，长放玉毫光⑨。

【注释】①大悲：佛教语。救人苦难之心，谓之悲；佛菩萨悲心广大，故曰大悲。

②身光：佛教语。指佛身所发出的光明。亦泛指身上的光华。王琦

注引《佛报恩经》："我见佛身相,喻如紫金山。"

③往生:佛教净土宗认为:具足信、愿、行,一心念佛,与阿弥陀佛的愿力感应,死后能往西方净土,化生于莲花中。

④了:清楚,明晰。

⑤道场:成道修道之所。也指佛教诵经礼拜的场所。道士或和尚做法事的场所,也称为道场。

⑥功德海:佛教语。谓功德宏大如海。

⑦冥祐:冥界之中得到保佑。舟梁:船和桥。佛教比喻可以让人渡过苦海的佛法。

⑧八十亿劫罪:即八十亿劫生死重罪。王琦注引《观无量佛经》:"若观是地者,除八十亿劫生死之罪。舍身,他世必生净国。"劫:佛教名词,"劫波"的略称,意为极久远的时节。古印度传说世界经历若干万年毁灭一次,重新再开始,这样一个周期叫做一"劫"。

⑨"庶观"二句:庶:但愿,希冀。无量寿:指无量寿佛。阿弥陀佛的意译。王琦注引《观无量寿佛经》:"观无量寿佛者,从一相好入。但观眉间白毫,极令明了。见眉间白毫者,八万四千相好,自然当现。"玉毫:指佛眉间白毫,佛教谓其有巨大神力。玉毫光,即佛光。

【译文】赞辞曰:

面向西方日落之处,遥望佛陀大悲容颜。目光清净如四海水,身放光华似紫金山。勤念佛号必生净土,彼处称为"极乐世界"。珠网宝树四处罗列,天花散落香楼之上。图画胜景清晰在眼,心愿寄托道场之中。欲借此如海之功德,成为幽亲解脱之舟桥。就算八十亿劫罪过,都如风扫轻霜般消除。惟愿看到无量寿佛,眉间可以长放佛光。

江宁杨利物画赞

【题解】 此文大概是天宝十三载 (754)，李白游历金陵时，看到江宁县令杨利物的画像而作此赞。江宁，县名，唐时属江南东道润州，今江苏南京市。杨利物，事迹不详。此文先讲述杨利物出生在人杰地灵的西岳华山，此地还诞生过许多贤人；接着叙述杨利物的家世和他的外表品行。然后描述杨利物的画像"笔鼓元化，形分自然"，极为传神。最后称赞杨利物身为县令堪称楷模，声名远播，终将画图麒麟阁中。

太华高岳①，三峰倚天②。洪波经海③，百代生贤。为夔为龙④，廓土济川⑤。赵城开国⑥，玉树凌烟⑦。笔鼓元化，形分自然⑧。明珠独转，秋月孤悬。作宰作程⑨，摧刚挫坚。德合窈冥⑩，声播兰荃⑪。鸿渐麟阁⑫，英图可传。

【注释】 ①太华：即西岳华山，在陕西省华阴县南，因其西有少华山，故称。

②三峰：三山峰。指华山的莲花、毛女、松桧三山峰。

③洪波经海：指黄河在华山和首阳山之间流过而东入大海。洪波，指黄河。

④夔、龙：相传舜的两位大臣名。夔为乐官，龙为谏官。后用以喻指辅弼良臣。

⑤廓土：开拓疆域。济川：犹渡河，比喻辅佐帝王。

⑥赵城：县名，唐时属河东道晋州，治所在今山西临汾洪洞县北部赵城。开国：爵位名。《新唐书·百官志一》："凡爵九等：一曰王，食邑万户，正一品；二曰嗣王、郡王，食邑五千户，从一品；三曰国公，食邑三千户，从一品；四曰开国郡公，食邑二千户，正二品；五曰开国县公，食邑千五百户，从二品；六曰开国县侯，食邑千户，从三品；七曰开国县伯，食邑七百户，正四品上；八曰开国县子，食邑五百户，正五品上；九曰开国县男，食邑三百户，从五品上。"

⑦凌烟：犹凌云，形容志向崇高。

⑧"笔鼓"二句：鼓动造化之笔，分形自然之中。形容图像极为传神。

⑨作宰：指作为县令。作程：作楷模、典范。

⑩窈冥：此处指老子所说的"道"。《老子》第二十一章："窈兮冥兮，其中有精。"河上公注："道惟窈冥无形，其中有精实、神明相薄，阴阳交会也。"

⑪荃：香草名，古用以比喻君主。

⑫鸿渐：谓鸿鹄飞翔从低到高，循序渐进。比喻仕宦的升迁。麟阁：即麒麟阁，汉宣帝时挂十一功臣画像于其中。

【译文】高大的西岳华山，三峰倚天而绝立。汹涌的黄河经此入海，这里世代诞生有贤者。诸如夔、龙那样的良臣，开拓疆土安定社稷。杨氏先祖曾封赵城县开国县公，杨公外表玉树临风而胸怀大志。画笔鼓动造化之力，画中人物脱形自然。孤洁如明珠独转，光耀如秋月高悬。作为县宰堪为楷模，摧折豪强挫败大恶。德合于道，声如兰蕙。仕宦升迁而入麒麟阁，画像也会永传后世。

金乡薛少府厅画鹤赞

【题解】此文年代不详，李白游金乡时所作。金乡，县名，唐时属河南道兖州，今山东金乡县。薛少府，名字及事迹不详，当时为金乡县县尉。文中生动地描述了薛县尉厅堂壁上所画仙鹤的形态及神韵，语言精炼传神，将仙鹤那种高贵典雅，雍容闲逸的神态细致地刻画出来。

高堂闲轩兮[1]，虽听讼而不扰[2]。图蓬山之奇禽[3]，想瀛海之瞟眇[4]。紫顶烟彪，丹眸星皎[5]。昂昂伫眙[6]，霍若惊矫[7]。形留座隅[8]，势出天表[9]。谓长唳于风霄[10]，终寂立于露晓[11]。凝玩益古[12]，俯察逾妍[13]。舞疑倾市[14]，听似闻弦[15]。傥感至精以神变，可弄影而浮烟[16]。

【注释】①高堂闲轩：指薛县尉的厅堂。闲，清静。

②听讼：审案。

③蓬山：指蓬莱仙山。奇禽：指画中的仙鹤。

④瀛海：浩瀚的大海。瞟眇：通"缥缈"，隐隐约约、看不清楚的样子。

⑤"紫顶"二句：化用鲍照《舞鹤赋》："精含丹而星曜，顶凝紫而烟华。"彪(xī)：大红色。

⑥昂昂：器宇轩昂貌。伫眙(yí)：站立凝望。

⑦霍若惊矫：王琦注："霍若，犹忽若。惊矫，惊飞也。"

⑧座隅：座位的一角。

⑨天表：天外。

⑩唳：鹤、雁等鸟高亢的鸣叫。

⑪露晓：有露的早晨。

⑫凝玩：专心观赏把玩。

⑬逾：通"愈"，更加。

⑭舞疑倾市：化用"鹤辞吴市"的典故。《吴越春秋·阖闾内传》记载，吴王阖闾把自己吃剩的半条鱼分给自己的女儿滕玉公主，滕玉公主觉得受到侮辱，于是自杀，吴王阖闾悲痛万分，为她修建豪华的陵墓，陪葬了很多宝物，还让白鹤在吴市中起舞，吸引百姓追随围观，然后把百姓都引入墓地后，就把墓门关闭，让他们为滕玉公主陪葬。此处用来形容鹤的舞姿优美动人。

⑮听似闻弦：《韩非子·十过》："（师旷）援琴而鼓，一奏之，有玄鹤二八，从南方来，集于廊门之垝。再奏之而成列。三奏之，延颈而鸣，舒翼而舞。"此处用其意。

⑯"傥感"二句：谓倘若图画精妙所感而能通神变化，画中仙鹤就能起舞弄影于云烟中。

【译文】高大的厅堂，闲静的廊轩，即使在此审案也不会觉得心扰。厅壁上画了一只蓬莱仙鹤，让人想起烟波浩渺的大海。紫色鹤冠如赤烟升腾，红色眼眸似星辰闪耀。昂首独立凝望，忽若受惊而飞。鹤之形虽留座边，但其势已飞天外。似在夜风中高鸣，却终静立于晨露。凝视赏玩益觉古雅，俯视近察更感华美。舞姿翩跹疑为可以倾市，引颈长鸣似闻师旷之琴。倘若精妙所感而能通神变化，画中仙鹤就能起舞弄影在云烟。

志公画赞

【题解】此文年代不详，或为李白晚年游金陵时所作。志公，即南朝高僧宝志。《景德传灯录》："宝志禅师，金城人，姓朱氏。少出家，止道林寺，修习禅定。宋太始初，忽居止无定，饮食无时，发长数寸，徒跣执锡杖，杖头挂剪刀、尺、铜鉴，或挂一两尺帛。数日不食，无饥容。时或歌吟，词如谶记，士庶皆共事之。齐永明七年，武帝谓师惑众，收付建康狱。明旦人见其入市，及检狱如故。建康令以事闻，帝延之于宫中之后堂。师在华林园，忽一日，重着三布帽，亦不知于何所得之。俄而豫章王、文惠太子相继薨，武帝寻厌世，由是禁师出入。梁高祖即位，下诏曰：'志公迹拘尘垢，神游冥寂，水火不能焦濡，蛇虎不能侵惧。语其佛理，则声闻以上；谈其隐沦，则遁仙高者。岂以俗士常情，空相拘制，何其鄙陋，一至于此！自今勿得复禁。'天监十二年冬，将卒，忽告众僧，令移金刚神像出置于外，乃密谓人曰：'菩萨将去。'未及旬日，无疾而终，举体香暖。"今南京灵谷寺内的石碑《志公像赞》，据称是吴道子所画，李白作赞，颜真卿书写，世称三绝。实际并非原碑，是后人所刻。此文就是李白见到志公画像所作的赞文，言简意赅，事尽备述。

水中之月，了不可取①。虚空其心，寥廓无主。锦幪鸟爪，独行绝侣②。刀齐尺梁,扇迷陈语③。丹青圣容,何住何所。

【注释】①"水中"二句: 王琦注:"水中之月,只一影耳,初非真实,幻躯亦尔。虽贤圣降生,化身灵变,显迹甚奇,要亦无殊于此,故曰'了不可取'。"水中之月:泛指一切虚幻的景象。了:全然。

②"锦幪"二句:《南史·隐逸下·释宝志传》:"时有沙门释宝志者,不知何许人,有于宋泰始中见之,出入钟山,往来都邑,年已五六十矣。齐、宋之交,稍显灵迹,被发徒跣,语默不伦。或被锦袍,饮啖同于凡俗,恒以镜铜剪刀镊属挂杖负之而趋。"《神僧传》:"志公面方而莹彻如镜,手足皆鸟爪。"锦幪:此处指锦袍。

③"刀齐"二句: 王琦注引《神僧传》:"(宝志)每行游市中,其锡杖上尝悬剪刀一事尺一枝、麈尾扇一柄。剪刀者,齐也。尺者,量(梁)也。麈尾扇者,尘(陈)也。盖隐语历齐、梁、陈三朝耳。"

【译文】诸幻如水中月,完全不可取用。其心已达虚空,旷远无所主宰。画中志公身披锦袍,手足好似鸟爪,独自无伴而行。锡杖上悬刀以喻齐朝,悬尺以喻梁朝,以麈尾扇而喻陈朝。丹青描绘圣容,不知安放何处。

琴赞

【题解】此文年代不详。对文人雅士来说,琴不仅是一种乐器,也有着清心抒怀,陶冶情操的作用,自古以来有很多咏琴之诗。

李白此文盛赞峄阳孤桐,特立石中,被冰泉所浸润,为霜月所侵苦,质地美好,因此琴声清越,有万古奇韵。

　　峄阳孤桐①,石耸天骨。根老冰泉,叶苦霜月。斫为绿绮②,徽声粲发③。秋风入松④,万古奇绝。

　　【注释】①峄阳孤桐:峄山南坡所生的特异梧桐,古代以为是制琴的上好材料。语出《书·禹贡》:"羽畎夏翟,峄阳孤桐。"孔传:"峄山之阳,特生桐,中琴瑟。"峄山,即邹山又名邹峄山或绎山,唐时属河南道兖州,在今山东邹城市东南。

　　②斫(zhuó):用刀、斧等砍劈。绿绮:古琴名。

　　③徽:琴徽,系琴弦的绳。粲发:形容琴声清亮雅妙。

　　④"秋风"句:既指琴声优美如秋风入松之清韵,又暗喻嵇康所作的《风入松》之曲。

　　【译文】峄山之阳有梧桐,天生奇骨石中出。根为冰泉润泽而老韧,叶受月夜寒霜之侵苦。斫削梧桐成绿绮琴,琴声清越妙音俱发。琴声之美如秋风入松,真是万古难得的奇韵。

朱虚侯赞

　　【题解】此文年代不详。朱虚侯,即汉高祖刘邦庶长子齐悼惠王刘肥之子刘章,爵封朱虚侯。《史记·齐悼惠王世家》记载,汉惠帝死后，吕后称制，内外大小事悉由吕后决断。并大举任用吕氏族人，擅权专事。刘章宿卫皇宫，吕太后封他为朱虚侯，并把吕禄之女许配给他。但刘章忠于汉室，对刘氏大权旁落，一直耿耿于怀。曾在吕后举行的宴会上担任监酒，诸吕有醉酒逃亡者，被刘章依军法斩杀。吕后及左右大臣皆惊。吕后死后，吕禄、吕产欲作乱，刘章与周勃、陈平等人共诛之，恢复汉室江山。此文即李白依据上述史实所作的赞文。

　　嬴氏秽德①，金精摧伤②。秦鹿克获③，汉风飞扬④。赤龙登天，白日升光⑤。阴虹贼虐，诸吕扰攘⑥。朱虚来归，会酌高堂⑦。雄剑奋击，太后震惶⑧。爰锄产、禄⑨，大运乃昌⑩。功冠帝室，于今不亡。

　　【注释】①嬴氏：指秦始皇。秽德：秽恶之行，淫乱的行为。

　　②金精：指秦朝。王琦注："秦在西方，西为金行，故曰金精。"摧伤：损伤，挫伤。

　　③秦鹿：比喻秦朝的统治。克获：战胜并有所掳获。

　　④汉风飞扬：指刘邦建立汉朝。风飞扬：指刘邦的《大风歌》："大风起兮云飞扬，威加海内兮归故乡。"

　　⑤"赤龙"二句：指汉高祖刘邦和汉惠帝刘盈相继去世。赤龙：借指汉高祖刘邦。白日升光：形容汉惠帝刘盈英年早逝。登天、升光，都是帝王去世的讳辞。

　　⑥"阴虹"二句：指吕后干政，让诸吕掌权。阴虹：喻指佞臣。此处指吕太后。扰攘：纷乱。

⑦"朱虚"二句：指朱虚侯刘章参加吕后盛宴。

⑧"雄剑"二句：指刘章在酒宴上监酒，以军法斩逃酒者，使吕后震惊。

⑨爰：于是。

⑩大运：指汉朝的国运。

【译文】秦朝嬴氏失德，所以国运摧折。群雄并起共逐秦朝之鹿，刘邦高歌"大风"建立汉朝。继而高祖登天，惠帝英年早逝。吕后干政残害宗室，诸吕掌权祸乱朝纲。朱虚侯刘章忿然归来，参加吕后高堂宴会。席间奋起拔剑斩将，吕后震惊惶恐不已。后又斩杀吕产、吕禄，汉朝国运从此昌盛。功绩冠绝汉室，流传至今不灭。

观佽飞斩蛟龙图赞

【题解】此文年代不详。佽飞，即佽非。春秋时楚国勇士。《淮南子·道应训》记载，楚国勇士佽飞得宝剑于干遂，坐船过江时风波骤起，两条蛟龙绕船而游，即将倾覆舟船。佽飞于是慨然入水斩蛟，全船人得活。此文即李白看到佽飞斩蛟图后所作的赞文。文中生动地描绘了画中佽飞入江斩蛟时的惊心动魄场面，盛赞了佽飞的英雄壮举。

佽飞斩长蛟，遗图画中见。登舟既虎啸①，激水方龙战②。惊波动连山，拔剑曳雷电③。鳞摧白刃下④，血染沧江变⑤。感此壮古人,千秋若对面。

【注释】①虎啸:形容伙飞的说话声音宏大。

②龙战:指伙飞与蛟龙的搏斗。

③曳雷电:形容拔剑敏捷。

④白刃:指锋利的剑刃。

⑤沧江:指江水,因江水呈苍色故称。

【译文】当年伙飞斩杀蛟龙之事,今在遗留的图画中可见。伙飞登船放声如虎啸,下水与蛟龙激战不休。惊起波浪如连山,拔剑敏捷似雷电。锋利的剑刃刺穿了龙鳞,鲜血染红了碧绿的江水。感动于伙飞斩杀蛟龙的壮举,千年之后观画犹如亲眼所见。

地藏菩萨赞 并序

【题解】此文年代不详。地藏菩萨,佛教大乘菩萨名。佛经说他曾受释迦嘱托,在释迦既灭,弥勒出生前,自誓渡尽六道众生,始愿成佛。常现身于地狱之中以救苦难。《地藏十轮经》中称其"安忍不动如大地,静虑深密如秘藏",故名。中国佛教尊其为四大菩萨(观音、文殊、普贤、地藏)之一。相传安徽九华山是地藏菩萨的道场。此文的前二段为序,先叙述在释迦入灭后,地藏菩萨承担起普度众生的重任。接着写窦滔因病而画地藏菩萨画像供奉,以求祛病祈福,并请李白为画像写赞。最后一段为赞语总结修佛之理以及功用,只要本心虚空,就能荡尽淫怒痴三毒,圆寂而见佛。

> 大雄掩照[①],日月崩落。惟佛智慧大而光生死雪[②]。赖
> 假普慈力[③],能救无边苦。独出旷劫,导开横流[④],则地藏菩
> 萨为当仁矣[⑤]。

【注释】①大雄掩照:王琦注:"谓释迦入般涅槃也。"大雄,梵
文摩诃毗罗的意译。原为古印度耆那教对其教主的尊称。佛教亦用为
释迦牟尼的尊号,意谓像大勇士一样一切无畏。

②"惟佛"句:《无量寿经》:"慧日照世间,消除生死云。"此处的
"雪"疑为"云"字之讹。

③普慈:即普度慈航,佛教语。佛教认为世人如在苦海中,佛、菩
萨以慈悲之心,施展宏大法力,如航船之济众,使之脱离苦海,渡至彼
岸。

④"独出"二句:王琦注:"旷劫,谓久远之劫也。横流,谓苦海
也。"

⑤"则地藏"句:当仁:即当仁不让。《地藏菩萨本愿经》:"尔时
世尊,舒金色臂,摩百千万亿,不可思、不可议、不可量、不可说,无量阿
僧祇世界诸分身地藏菩萨顶而作是言:'汝观吾累劫勤苦,度脱如是等
难化刚强中罪苦众生。其有未调伏者,随业报应。若堕恶趣受大苦时,
汝当忆念吾在忉利天宫,殷勤付嘱,令婆娑世界至弥勒出世已来众生,
悉使解脱,永离诸苦,遇佛授记。'尔时,诸世界分身地藏菩萨各复一
形,涕泪哀恋白佛言:'我从久远劫来,蒙佛接引,使获不可思议神力,
具大智慧,我所分身,遍满百千万亿恒河沙世界,每一世界化百千万亿

身，每一身度百千万亿人，令归敬三宝，永离生死，至涅盘乐。但于佛法中所为善事，一毛、一谛、一沙、一尘或毫发，许我渐度脱，使获大利，惟愿世尊不以后世恶业众生为虑。'"此处即赞其事。

【译文】释迦牟尼入灭，犹如日月崩落。只有佛的大智慧和光辉可以消除生死迷云。凭借普渡慈航的力量，可以救众生出无边苦海而登彼岸。能独自在这无边劫难中，开导苦海中的众生，因此地藏菩萨当仁不让。

  弟子扶风窦滔①，少以英气爽迈，结交王侯。清风豪侠，极乐生疾②。乃得惠剑于真宰③，湛本心于虚空④。愿图圣容，以祈景福⑤。庶冥力凭助⑥，而厥苦有瘳⑦。爰命小才⑧，式赞其事⑨。

【注释】①扶风：郡名。唐初改为岐州，天宝元年改为扶风郡，至德二载又改为凤翔府。治所在今陕西省扶风县。窦滔：事迹不详。

②极乐生疾：即乐极生病。

③惠剑：即慧剑。佛教谓智慧如剑，能断烦恼。语本《维摩诘经·菩萨行品》："以智慧剑，破烦恼贼。"惠，通"慧"。真宰：宇宙的主宰。

④湛：清澈。

⑤"愿图"二句：《地藏菩萨本愿经》："未来世中若有善男子、善女子闻是地藏菩萨摩诃萨者，或合掌赞叹、作礼者、恋慕者，是人超越三十劫罪。普广，若有善男子、善女子或彩画形象，或土石胶漆金银铜铁作此菩萨一瞻一礼者，是人百返生于三十三天，永不堕于恶道。……何况善男子、善女人自书此经，或教人书，或自塑、画菩萨

形象，乃至教人塑、画，所受果报，必获大利。"圣容：指地藏菩萨的法像。

⑥庶：希冀。

⑦瘳（chōu）：病愈。

⑧爰：于是。小才：诗人自谦之词。

⑨式：句首语气词，无实义。

【译文】弟子扶风郡窦滔，少年时英气豪迈，喜好结交王侯。本是清风豪侠，不料乐极而生疾症。有幸从我佛那里得到了斩除烦恼的慧剑，使本心变得澄澈而归于虚空。因此发愿描摹一幅地藏菩萨的法像，用来祈求大福。希望在冥冥中可以得到菩萨相助，使早日病痛痊愈。于是命我这个小才之人，写下赞文记叙此事。

赞曰：

本心若虚空，清净无一物。焚荡淫怒痴，圆寂了见佛①。五彩图圣像，悟真非妄传②。扫雪万病尽，爽然清凉天。赞此功德海，永为旷代宣③。

【注释】①"本心"四句：王琦注："人心虚净，本无一物。耽著于色，则起而为淫；触于忿戾，则发而为怒；蔽于邪见，昧于大道，则流而为痴。三者谓之三毒，皆心之累也。苟能一切捐弃，若火之焚、若水之荡而尽去之，不使一毫少累其心，则心之本体见矣。心，即佛也。见心不即见真佛哉！"圆寂：佛教语。谓诸德圆满、诸恶寂灭，以此为佛教修行理想的最终目的。所以后世称僧人去世为圆寂。

②悟真：彻悟佛理真谛。

③旷代：指久远年代。

【译文】赞文曰：

众生本心都如虚空一般，心境洁净没有一丝尘埃。只有焚尽荡涤淫、怒、痴三毒，就能在圆寂时见到我佛。以五彩绘成地藏菩萨的圣像，从而彻悟佛理而非虚妄幻想。愿如扫雪般除尽一切疾病，使心境爽然如入清凉境地。我深深地赞叹地藏菩萨如大海般深广的功德，并发誓世世代代都会为其宣扬。

鲁郡叶和尚赞

【题解】此文年代不详，李白为鲁郡一位姓叶的僧人所作。鲁郡，即兖州，唐时属河南道，即今山东兖州。叶和尚，名字及事迹不详。文中称赞叶和尚汇聚海岳英灵之气，了悟生死，江海悠闲。然后引用佛家与道家观点，表达了形体乃是灵魂的客舍，人生就如漂荡的虚舟的思想。全文综述修佛之理，间杂道家思想，行文洒脱，颇有道气。

海英岳灵，诞彼开士①。了身皆空，观月在水②。如薪传火，朗彻生死③。如云开天，廓然万里④。寂灭为乐⑤，江海而闲。逆旅形内⑥，虚舟世间⑦。邈彼昆阆，谁云可攀⑧！

【注释】①"海英"二句：王琦注："东岳，在鲁郡境内。东海虽不在其境内,以其相去不远,故广言及之。"开士:原是佛教中菩萨的异名,后来用作对僧人的敬称。此处指叶和尚。

②"了身"二句:王琦注:"四大幻身,本来空无,故智者观之,如水中月影,初非真实。"了身:全身。

③"如薪"二句:如薪传火:佛教以薪喻人的形体,以火喻人之魂灵精神。慧远《沙门不敬王者论·形尽神不灭》:"火之传于薪,犹神之传于形;火之传异薪,犹神之传异形。前薪非后薪,则知指穷之术妙;前形非后形,则悟情数之感深。惑者见形朽于一生,便以为神情俱丧,犹睹火穷于一木,谓终期都尽耳。"朗彻:明白透彻。

④廓然:形容空旷寂静的样子。

⑤寂灭:佛教用语,"涅槃"的意译,指超脱生死的理想境界。

⑥"逆旅"句:佛教认为人的形体只是灵魂的客舍,灵魂只是暂时容纳在形体之中。

⑦"虚舟"句:谓人生如虚舟,随波漂荡。虚舟:无人驾御的船只。

⑧"邈彼"二句:指道教主张的求仙问道,不如佛教主张的涅槃容易。昆阆:指昆仑山上的阆苑,传说中神仙所居之地。

【译文】 汇聚海岳的精气,诞生了叶和尚这位开士。他举身皆入空寂,如观水中月影。形神如薪木传火,彻悟生死之道。心胸如开云见天,万里辽阔无垠。以进入寂灭之境为乐,如江海之士那样悠闲。形体乃是灵魂的客舍,人生就如漂荡的虚舟。那遥远的昆阆仙境,谁说可以轻易攀登!

卷二十八　颂

赵公西候新亭颂 并序

【题解】此颂是天宝十四载（755），李白在宣城所作。赵公，指宣州刺史赵悦。西候新亭，赵悦在宣城西所建亭名。颂的序文首段叙述赵悦奉天子诏命，由淮阴郡调到宣城郡为刺史。次段先写赵悦的仕宦经历。再写赵悦来宣州后，地方大治，民无怨言。第三段写宣城的重要地理位置以及营造西候新亭的原因。第四段写建造过程以及建成后的美景。第五段介绍宣州各级官员，以及他们在营造西候新亭过程中的作用。第六段是颂的正文。对赵悦建西候新亭一事予以大力赞扬。

惟十有四载①，皇帝以岁之骄阳②，秋五不稔③，乃慎择明牧④，恤南方凋枯⑤。伊四月孟夏，自淮阴迁我天水赵公作藩于宛陵⑥，祗明命也⑦。

【注释】①十有四载:指天宝十四载(755)。

②岁之骄阳:指这一年遭遇旱灾。

③秋五不稔:秋季五谷不丰收。稔:秋谷成熟。

④明牧:贤明的地方长官。

⑤凋枯:凋谢枯萎。这里指民生凋敝。

⑥淮阴:指淮阴郡,属淮南道。唐天宝元年(742)改楚州置,治所在山阳县(今江苏淮安市)。乾元元年(758)复改楚州。至德时复改楚州为淮阴郡。天水赵公:指赵悦,籍贯为天水(今甘肃天水市)。作藩:出任地方长官。宛陵:指宣州宣城郡,属江南西道,治所在宣城县(今安徽宣州市),宣城县本是汉朝丹阳郡的宛陵县。

⑦祇明命:尊奉诏命。祇:恭敬。

【译文】天宝十四载,天子因为这一年发生旱灾,秋季五谷没有丰收,于是慎重选择贤明官员为地方长官,以体恤南方的凋敝民生。这年四月孟夏,将天水赵公自淮阴郡调任到宣城郡为太守,赵公接受诏命上任。

惟公代秉天宪①,作程南台②。洪柯大本③,聿生懿德④。宜乎哉!横风霜之秀气⑤,郁王霸之奇略。初以铁冠白笔,佐我燕京⑥,威雄振肃,虏不敢视。而后鸣琴二邦⑦,天下取则⑧。起草三省⑨,朝端有声⑩。天子识面,宰衡动听⑪。殷南山之雷⑫,剖赤县之剧⑬。强项不屈⑭,三州所居大化⑮,咸列碑颂。至于是邦也,酌古以训俗⑯,宣风以布和⑰。平心理人⑱,兵镇唯静⑲。画一千里⑳,时无莠言㉑。

【注释】①天宪:谓朝廷法令。犹王法。《后汉书·朱穆传》:"手握王爵，口含天宪。"李周翰注："天宪，谓帝王法令也。"

②作程：立法度，做准则。南台：指御史台，以在宫阙西南，故称。《通典》："御史所居之署，汉谓之御史府，亦谓之御史大夫寺，亦谓之宪台。后汉以来，谓之御史台，亦谓之兰台寺。梁及后魏、北齐或谓之南台。后魏之制，有公事，百官朝会，名簿自尚书令仆以下，悉送南台。"

③洪柯：大树。大本：深根。

④聿：文言助词，无义，用于句首或句中。懿德：美德。

⑤铁冠：古代御史所戴的法冠。以铁为柱卷，故名。后借指御史。白笔：古代侍从官员用以记事或奏事的笔，常插于冠侧。后特指御史用的笔。亦借指御史。《太平御览》引三国魏鱼豢《魏略》："明帝时，尝大会，殿中御史簪白笔，侧阶而坐。上问左右：'此何官？'侍中辛毗对曰：'此谓御史，旧簪笔以奏不法，今但备官耳。'"

⑥燕京：指幽州。赵悦曾在幽州任职。

⑦鸣琴二邦：指赵悦曾担任江陵、安邑二县的县令。鸣琴：用宓子贱典故。《吕氏春秋·察贤》："宓子贱治单父，弹鸣琴，身不下堂而单父治。"后因用"鸣琴"代指县令或治理地方。

⑧取则：取作准则、规范或榜样。

⑨三省：指唐朝中央的尚书省、中书省、门下省。历史上隋唐时代三省同为最高政务机构，一般为中书决策，门下审议，尚书执行，实际上为三省长官共同负责中枢政务。这一制度对后代的官制影响很大。

⑩朝端：朝廷。

⑪宰衡：指宰相。《汉书·平帝纪》："夏，皇后见于高庙，加安汉公（王莽）号曰'宰衡'。"颜师古注引应劭曰："周公为太宰，伊尹为阿衡，采伊周之尊以加莽。"动听：这里指听说，听闻。

⑫殷南山之雷：《诗·召南·殷其雷》："殷其雷，在南山之阳。"毛传曰："殷，雷声也。"郑玄笺曰："雷以喻号令，于南山之阳，又喻其在外也。召南大夫以王命施号令于四方，犹雷隐然发声于山之阳。"

⑬赤县：指中国。《史记·孟子荀卿列传》："中国名曰赤县神州。"另外，唐代京都所治的县，也称为赤县。《通典》："大唐县有赤、畿、望、紧、上、中、下七等之差。京都所治为赤县，京之旁邑为畿县，其余则以户口多少、资地美恶为差。"剧：繁重。

⑭强项：用东汉洛阳令董宣典故。《后汉书·董宣传》记载，东汉洛阳令董宣格杀湖阳公主的恶奴，光武帝命董宣向公主低头谢罪，董宣坚决不肯低头。光武帝称之为"强项令"。后用"强项"形容刚强不屈。项：脖子。

⑮大化：大行教化。

⑯酌古：斟酌古代之事作为借鉴。训俗：教化民众。

⑰宣风：宣扬风教德化。布和：散播和睦之风。

⑱理：治理，唐朝避高宗李治的讳，改治为理。人：民。唐朝避太宗李世民的讳，改民为人。

⑲兵镇：设置军府。唯静：维持安宁。

⑳画一：一致，一律。《史记·萧相国世家》："萧何为法，讲若画一。"颜师古云："画一，言整齐也。"

㉑莠言：丑恶之言；坏话。《诗·小雅·正月》："莠言自口。"毛传："莠，丑也。"孔颖达疏："丑恶之言。"

【译文】赵公家世代为天子执掌法令，任职御史台而树立法则。家族根深叶茂，赵公德行美好，真是彼此相宜啊！赵公身负严霜肃杀之气，蕴藏王霸谋略之道。最初以监察御史身份，在幽州任职。雄威赫赫，使敌寇不敢进犯。而后又出任二县县令，成为天下郡县的榜样。在朝廷三省任职时，享有很高声望。天子也曾召见他，宰相也曾听说他。以王命而施号令于四方，担负天下繁剧之重任。如强项令董宣一样刚正不阿，历任三州刺史而教化大行，百姓都立碑予以歌颂。来到宣州后，斟酌古事作为借鉴来训导百姓，宣扬教化来传播和睦之风。以公平之心来治理百姓，设置军府来安定地方。州境之内政令统一，民无怨言。

　　退公之暇①，清眺原隰②。以此郡东堑巨海③，西襟长江④，咽三吴⑤，扼五岭⑥，辚轩错出⑦，无旬时而息焉。出自西郭，苍然古道。道寡列树，行无清阴。至有疾雷破山，狂飙震壑，炎景烁野⑧，秋霖灌途⑨。马逼侧于谷口⑩，人周章于山顶⑪，亭候靡设⑫，逢迎阙如⑬。

【注释】①退公之暇：处理完公务后的闲暇之时。

②清眺：悠闲地远望。原隰（xí）：平原和低湿之地。《诗·小雅·皇皇者华》："皇皇者华，于彼原隰。"毛传曰："高平曰原，下湿曰隰。"

③东堑巨海：以东海为堑壕。

④襟：以长江为襟带。

⑤咽三吴：为三吴咽喉要道。三吴：唐代指吴兴郡、吴郡、丹阳郡。大致在今江苏、浙江一带。

⑥扼五岭：扼守五岭。五岭：指在湖南、江西南部和广西、广东北部交界处的越城岭、都庞岭、萌渚岭、骑田岭、大庾岭。是长江与珠江

流域的分水岭。

⑦辎轩：古代使臣乘坐的一种轻车。错出：交错而出。

⑧炎景：炎热的日光。景：太阳。烁：熔化。

⑨秋霖：秋雨。灌途：浸漫道路。

⑩逼侧：狭窄而拥挤。

⑪周章：仓惶惊恐。

⑫亭候：亦作"亭堠"。古代边境上用以瞭望和监视敌情的岗亭、土堡。靡设：不设。

⑬逢迎：迎来送往。阙如：缺少。

【译文】处理完公务的闲暇之余，赵公出行原野远眺四方。宣城郡东有大海为堑壕，西以长江为襟带，地处三吴咽喉要道，扼守五岭险要之地。来往车辆络绎不绝，无片刻停息之时。自西郭出城，有古道苍然。道旁没有树列，行路缺少绿荫。一旦遇到疾雷炸响山峰，狂风呼啸沟壑，烈日炙烤荒原，秋雨侵袭大道的时候，车马簇拥于谷口，行人仓惶于山顶，没有亭候避风雨，也缺少送迎之场所。

自唐有天下，作牧百数①，因循齷齪②，罔恢永图③。及公来思④，大革前弊。实相此土⑤，陟降观之⑥。壮其回岗龙盘，沓岭波起⑦，胜势交至⑧，可以有作⑨。方农之隙，廓如是营⑩。遂铲崖堙卑⑪，驱石剪棘，削污壤⑫，阶高隔⑬，以门以墉⑭，乃栋乃宇。俭则不陋，丽而不奢。森沉闲闶⑮，燥湿有庇。若鳌之涌，如鹏斯骞⑯。萦流镜转⑰，涵映池底⑱。纳远海之余清，泻连峰之积翠。信一方雄胜之郊，五马踟蹰之地也⑲。

【注释】①作牧：泛指担任州郡地方长官。

②因循：沿袭按老办法做事。龌龊：器量局促；狭小。

③罔：没有。恢：弘大，发扬。永图：长久之计。

④思：助词，无实义。

⑤相：查看。

⑥陟降：升降，上下。

⑦杳岭：山岭众多，重叠。

⑧胜势：形胜之势。交至：交会。

⑨可以有作：可以作为建造之地。

⑩廓如：广阔貌。

⑪铲崖堙卑：铲平山崖，填平低地。堙：填塞。卑：低地。

⑫污壤：污泥。

⑬阶；砌台阶。隅：角落。

⑭以门以墉：建门砌墙。墉，墙。

⑮闬（hàn）闳（hóng）：里巷的大门。闬：里巷的门，又泛指门。闳：巷门。

⑯"若鳌"二句：指建筑亭台屋角外观像大鳌从海中涌出，像大鹏展翅高飞。斯：助词。无实意。骞：鸟高飞貌。

⑰萦流：曲折回还的流水。镜转：像转动的明镜。

⑱涵映：映照。

⑲五马：太守的代称。语出乐府诗集《陌上桑》："使君从南来，五马立踟蹰。"踟蹰：徘徊。

【译文】自从唐朝拥有天下以来，来宣州任职的太守有数百位，但都因循守旧，格局狭小，没有长远之计。等到赵公就任，大力革除积弊。实地考察这里的地形，上上下下地观测。看到此地山岗如巨龙盘曲，群山叠嶂如波涛起伏，乃是形胜交会之处，正好可以建造亭台。于是在农闲空隙，开始营建。铲平高崖，填塞低地，清除乱石，剪除荆棘，挖除污泥，砌起高阶，做门砌墙，建屋造宇。新造之亭俭朴而不简陋，精美而不奢华。门户森森，可以避燥避湿。亭台屋檐，如大鳌涌出，如大鹏展翅。流水环绕，如明镜转动，池水清澈，山色映照池底。接纳远赴苍海所余之清流，流淌连绵山脉所积之翠色。确实是城外郊野一方雄奇之胜景，五马太守徘徊流连之佳地。

长史齐公光乂①，人伦之师表②；司马武公幼成③，衣冠之髦彦④；录事参军吴镇⑤、宣城令崔钦，令德之后⑥，良材间生⑦。纵风教之乐地⑧，出人伦之高格⑨，卓绝映古，清明在躬⑩。佥谋僝功⑪，不日而就。总是役也，伊二公之力欤？过客沉吟以称叹，邦人聚舞以相贺。佥曰："我赵公之亭也！"群寮献议，请因谣颂以名之，则必与谢公北亭同不朽矣⑫。白以为谢公德不及后世，亭不留要冲，无勿拜之言⑬，鲜登高之赋，方之今日，我则过矣。

【注释】①长史：官名。州衙佐官，与州司马同掌统州衙僚属，纲纪众务。

②师表：表率，在道德或学问上的学习榜样。

③司马：州司马。唐代州刺史佐官，协助刺史治理州事，位次长史。

④髦彦：杰出的人才。

⑤录事参军：官名。又称录事参军事，州刺史佐官。掌管各曹文书，及纠察等事。在州称录事参军，在京府则称司录参军。

⑥令德：指有高尚道德的人。

⑦间生：间世而生，即隔代而生。

⑧风教：风俗教化。乐地：快乐的境地。

⑨高格：高超的格调。

⑩清明在躬：自有清明之德。《礼记·孔子闲居》："清明在躬，气志如神。"孔颖达疏："言圣人清静光明之德，在于躬身。"

⑪佥谋：众人筹画。僝功：显现功业。

⑫谢公北亭：亭名。在安徽省宣州市北郭外。相传为南朝谢朓所建。

⑬"无勿拜"句：用《诗·召南·甘棠》："蔽芾甘棠，勿剪勿拜。"郑玄笺："拜之言拔也。"

【译文】宣州长史齐光义，在人伦道德方面，可以为人师表；宣州司马武幼成，是士人中的俊杰；录事参军吴镇、宣城令崔钦，都是贤士之后，资质出众，世所少有。他们不仅努力改善风俗教化，而且品行道德也十分高尚，卓绝古今，自怀清明之德。他们一起筹划营造事项，而且卓有成效，不几日就建成竣工。全面负责此项工程的，不正是他们二位吗？过往行人欢喜不已而吟咏称颂，当地百姓载歌载舞庆祝新亭落成。都互相传颂："是我们的赵公建成此亭。"众幕僚建议，就以民谣歌颂内容来为新亭起名，日后必定能与谢公北亭一样流芳不朽。但我认为谢公的恩德没有泽被后世，谢公亭既没有地处要冲，也没有"勿剪勿拜"之言，也没有留下什么登高之赋，就今日盛况来看，赵公所建新亭的名气一定会超过谢公亭。

敢询耆老①，而作颂曰：

眈眈高亭②，赵公所营。如鳌背突兀于太清③，如鹏翼开张而欲行。赵公之宇，千载有睹。必恭必敬，爰游爰处④。瞻而思之，冈敢大语。赵公来翔⑤，有礼有章。煌煌锵锵⑥，如文翁之堂⑦。清风洋洋⑧，永世不忘。

【注释】①耆老：指年老而有地位的士绅。

②眈眈：宫室深邃貌。左思《魏都赋》："翼翼京室，眈眈帝宇。"薛综注："眈眈，深邃之貌也。"

③太清：天空。

④爰：助词，无实意。

⑤翔：趋行到此。

⑥煌煌：明亮。锵锵：高大的样子。张衡《思玄赋》："逾高阁之锵锵。"李贤注："锵锵，高貌也。"

⑦文翁之堂：用东汉蜀地太守文翁建学官的故事。《汉书·循吏列传·文翁传》："文翁，庐江舒人也。少好学，通《春秋》，以郡县吏察举。景帝末，为蜀郡守，仁爱好教化。见蜀地辟陋有蛮夷风，文翁欲诱进之，乃选郡县小吏开敏有材者张叔等十余人，亲自饬厉，遣诣京师，受业博士，或学律令。数岁，蜀生皆成就还归，文翁以为右职，用次察举，官有至郡守刺史者。又修起学官于成都市中，招下县子弟以为学官弟子，为除更徭，高者以补郡县吏，次为孝弟力田。县邑吏民见而荣之，数年，争欲为学官弟子。由是大化，蜀地学于京师者比齐鲁焉。至武帝时，乃令天下郡国皆立学校官，自文翁为之始云。文翁终于蜀，吏民为立祠堂，岁时祭祀不绝。至今巴蜀好文雅，文翁之化也。"

⑧洋洋：舒缓貌；迟缓貌。

【译文】我冒昧咨询德高望重的乡老后，作赞辞曰：深邃的高亭，是赵公所营建。外形如巨鳌之背突出天际，又如大鹏展翅欲飞。赵公留下的这座建筑，千年之后也会被世人所钦慕。来此地一定会毕恭毕敬，或游玩或歇息。瞻仰怀思，不敢喧哗。赵公来到此处，有礼有章。新亭明亮高大，犹如文翁之堂。清风徐吹，赵公遗风，永世不忘。

崇明寺佛顶尊胜陀罗尼幢颂 并序

【题解】此文大约是天宝八载（749）左右所写。崇明寺，兖州境内佛寺名。佛顶尊胜陀罗尼，佛经名称。帝释天为帮助忉利天的善住天子免堕恶道，而请佛祖救济，佛为说此陀罗尼经，令其诵念，可免堕入恶道之苦。王琦注："梵语陀罗尼者，华言总持，谓总统摄持，无有遗失，即咒之别名也。《法苑珠林》：陀罗尼者，西天梵音，东华人译则云持也。持善不失，持恶不生。幢者，释家幡盖之类，此则以石为幢形而刻咒字于其上，即谓之幢也。"当时鲁郡都督李辅，奉诏将陀罗尼幢移入崇明寺内。鲁郡人，被朝廷征召为都水使者的道士孙太冲，邀请李白作此颂。此颂序文的首段写女娲、大禹、孔子的功绩弘大，但与佛陀相比，仍不足称道。次一段写《佛顶尊胜陀罗尼》的来历，传入中原的经过，以及石幢的雕刻过程。第三段写皇帝下诏，将石幢移入寺中，但是石幢久经风雨，已经破败，使僧众无法敬拜。第四段写鲁郡都督李辅，治政有方，能够弘扬佛法。郡里幕僚也能恪尽职守，尽心辅佐。第五段叙述寺中的道宗禅师，精通佛理，治寺有方，他圆寂后，僧俗缅怀不已。第六段叙述石幢重修过程，并赞美其壮观、神圣，有种种佛法功德。第七段写孙太冲道法高深，精通丹道。他请求李白为石幢写颂。最后是颂的正文，对整个事情做了概括。

  共工不触山，娲皇不补天①，其洪波汩汩流。伯禹不治水，万人其鱼乎②！礼乐大坏，仲尼不作，王道其昏乎！而有功包阴阳，力掩造化，首出众圣③，卓称大雄④，彼三者之不足徵矣！粤有我西方金仙之垂范⑤，觉旷劫之大梦⑥，碎群愚之重昏⑦，寂然不动⑧，湛而常存⑨。使苦海静滔天之波⑩，疑山灭炎昆之火⑪，囊括天地，置之清凉⑫。日月或坠，神通自在，不其伟欤！

【注释】①"共工"二句：用共工撞不周山和女娲补天的故事。共工：古代传说中的天神，与颛顼争帝，不胜，以头触不周山。《淮南子·天文训》："昔者共工与颛顼争为帝，怒而触不周之山，天柱折，地维绝。天倾西北，故日月星辰移焉；地不满东南，故水潦尘埃归焉。"娲皇：指女娲，中国神话传说中人类的始祖。又传说她曾用黄土造人，炼五色石补天，断鳌足支撑四极，平治洪水，驱杀猛兽，使人民得以安居。并继伏羲而为帝。《淮南子·览冥训》："往古之时，四极废，九州裂；天不兼覆，地不周载。于是女娲炼五色石以补苍天，断鳌足以立四极，杀黑龙以济冀州，积芦灰以止淫水。苍天补，四极正。淫水涸，冀州平。狡虫死，颛民生。"

  ②"伯禹"二句：伯禹：指大禹。《书·舜典》："伯禹作司空。"孔颖达疏引贾逵曰："伯，爵也。禹代鲧为崇伯，入为天子司空，以其伯爵，故称伯禹。"万人其鱼乎：语出《左传·昭公元年》："美哉禹功！明德远

矣。微禹，吾其鱼乎！"为歌颂大禹治水的称赞之辞，谓如无禹治水，则百姓皆将成鱼。

③首出：杰出。

④大雄：梵文摩诃毗罗的意译，意即伟大的英雄，简称大雄。原为古印度耆那教对其教主的尊称。佛教亦用为释迦牟尼的尊号。

⑤粤：句首助词。金仙：指佛。垂范：垂示范例。

⑥旷劫：佛教语。久远之劫；过去的极长时间。

⑦重昏：十分昏暗；愚昧。

⑧寂然不动：心中寂静，没有任何波动。语出《易·系辞上》："易，无思也，无为也，寂然不动，感而遂通天下之故。非天下之至神，其孰能与于此？"

⑨湛：淡泊，亦指清静。

⑩苦海：佛教语。意谓尘世如同苦海，充满无尽的烦恼和苦难。

⑪疑山：疑虑之山，与苦海相对。炎昆之火：巨大的火灾。佛教把人世间比作火宅，充满危险。《法华经·譬喻品》："三界无安，犹如火宅……众苦所烧，我皆拔济。"

⑫清凉：佛教语，佛教认为人有种种烦恼，使人燥热难安，因此以清凉来比喻没有烦恼热障的清净境界。

【译文】上古时候，共工撞到不周山，造成天塌地陷。女娲炼五色石补天，当时大地洪水滔天。大禹如果不出来治水，万民将淹没水中，成为鱼虾。周朝时礼乐崩坏，孔子如果不注述典籍，那王道就会更加昏昧不传了。但是与功可包阴阳，力能胜造化，超过众圣人，卓然称大雄的佛祖释迦牟尼比起来，女娲、大禹和孔子的功绩就不算什么了。有我西方佛祖亲自垂范佛法，使世人从长久的大梦中觉醒过来，粉碎了愚昧众生的昏聩无知，而佛祖寂灭不动，清静而长存。使苦海中的滔天巨浪得以平静，使疑虑之山的烦恼烈火熄灭，将整个天地囊括其中，变成清凉世界。日月或有坠落，而佛法神通常在，这是多么伟大啊！

　　鲁郡崇明寺南门佛顶尊胜陀罗尼石幢者，盖此都之壮观。昔善住天子及千大天游于园观，又与天女游戏，受诸快乐。即于夜分中闻有声曰："善住天子七日灭后当生，七反畜生之身。"于是如来授之吉祥真经，遂脱诸苦①，盖之天徵为大法印②，不可得而闻也。我唐高宗时，有罽宾桑门持入中土③。犹日藏大宝④，清园虚空，檀金净彩⑤，人皆悦见。所以山东开士⑥，举国而崇之。时有万商投珍，士女云会，众布蓄沓如陵⑦。琢文石于他山⑧，耸高标于列肆⑨。镂珉错彩⑩，为鲸为螭；天人海怪，若叱若语。贝叶金言刊其上⑪，荷花水物形其隅⑫。良工草莱⑬，献技而去。

【注释】①"昔善住"八句：用佛经《佛顶尊胜陀罗尼经》中的故事。善住天子为忉利诸天天子之一，他与诸大天人、天女于园观中游乐。当天夜里，善住天子忽然听到空中有声音说："善住天子！七日之后，寿命将尽，死后将转生阎浮提，并且连续七世都是畜生之身。然后还要堕入地狱受苦，才能够转生人道，但是也要生于贫贱之家，在母亲胎中时就没有双眼。"善住天子听后，非常惊恐，吓得身上毫毛竖起，愁忧不乐。他急忙赶到天帝释那里，请求帮助。天帝释入定后看到善住天子将陆续转生猪、狗、野干（一种似狐、狗的野兽）、猕猴、蟒蛇、乌鸦、鹫鸟等飞禽走兽，吃各种污秽的食物，天帝释看到后非常难过，但却无计可施。天帝释只能前往祇园精舍求助于佛祖释迦牟尼，佛祖乃为其说《佛顶尊胜陀罗尼经》，而且并让天帝释转授给善住天子，并告诉此经能净化一切恶道，净除一切生死苦恼，又能净除诸地狱、阎罗王界、畜生之苦。又破一切地狱。使其重回善道。世人若能书写此经，安放在高幢上，或高山上，或高楼上，或高塔上，就能得到种种福报和诸神庇护，不堕恶道。此八句用其意。

②法印：佛教语，所谓法印是用来印证某种道理是否符合佛法的方法。主要有"三法印"："诸行无常"、"诸法无我"和"涅槃寂静"。凡符合此三原则的，便是佛法，有如世间印信，可以用来证明，故名法印。《大智度论》："通达无碍者，得佛法印，故通达无碍，如得王印则无所留难。"

③罽(jì)宾：汉魏时西域国名，在今克什米尔及喀布尔河下游一带。都城在循鲜城(今克什米尔潘德勒坦)。《汉书·西域传》："罽宾国，王治循鲜城，去长安万二千二百里。不属都护。户口胜兵多，大国也。"《旧唐书·西戎传》："罽宾国，在葱岭南，去京师万二千二百里。常役属于大月氏。其地暑湿，人皆乘象，土宜秔稻，草木凌寒不死。其俗尤信佛法。"桑门：梵语"沙门"的异译，指僧侣和尚，《魏书·释老志》："诸服其道者，则剃落须发，释累辞家，结师资，遵律度，相与和居，诒心修净，行乞以自给，谓之沙门，或曰桑门，亦声相近，总谓之僧，皆胡言也。"罽宾桑门：这里指唐朝时罽宾国僧人波利，他将《佛顶尊胜陀罗尼经》传入中原。《翻译名义》："佛陀波利，宾国人，忘身徇道，遍观灵迹。闻文殊师利在清凉山，远涉流沙，躬来礼谒。高宗仪凤元年，杖锡五台，虔礼圣容。忽见一翁从山出来，作婆罗门语，谓波利曰：'师何所求？'波利曰：'闻文殊隐此，欲求瞻礼。'翁曰：'师将《佛顶

尊胜陀罗尼经》来不? 此土众生, 多造诸罪, 佛顶咒乃除罪秘方, 若不将经, 徒来无益, 纵见文殊, 未必能识, 可还西国取经, 传此弟子, 当示文殊所在。'波利作礼, 举头不见老人。遂反本国, 取得经来, 状奏高宗。遂令杜行及日照三藏于内共译, 经留在内。波利泣奏'志在利人', 请布流行。帝愍专志, 遂留所译之经, 还其梵本。波利将向西明与僧顺贞共译《佛顶尊胜陀罗尼经》。所愿已毕, 持经梵本, 入于五台不出。"

④日藏: 佛经名, 大乘大方等日藏经的省称, 隋代那连提耶舍译。首次将黄道十二宫, 即西方星座内容介绍到中国。

⑤檀金: 指阎浮檀金。意谓流经阎浮树间之河流所产之沙金。此金的色泽为赤黄中带有紫焰气, 为金中最高贵者。在印度神话中, 阎浮河为恒河七支流之一, 有关阎浮檀金之记载, 屡见于佛教诸经典。檀: 是梵语檀那的简称, 意为河流。《大智度论》:"此洲上有此树林, 林中有河, 底有金沙, 名为阎浮檀金。"

⑥山东: 唐代和北宋时代, 太行山以东的黄河流域广大地区被称作山东。开士: 菩萨的异名。以能自开觉, 又可开他人生信心, 故称。后用作对僧人的敬称。《释氏要览》卷上:"经中多呼菩萨为开士。前秦符坚赐沙门有德解者号开士。"

⑦蓄沓如陵: 堆积如山。

⑧"琢文石"句: 引用《诗·小雅·鹤鸣》:"他山之石, 可以攻玉。"的诗句。文石: 有文理的石头。

⑨高标: 泛指高耸特立之物。这里指刻有《佛顶尊胜陀罗尼经》的石幢。列肆: 街市商铺。

⑩镌: 雕刻。珉: 美石。错彩: 色彩错杂。

⑪贝叶: 指佛经。佛经原本多用梵文写于贝多罗树叶上, 故称。金

言：信佛的人称佛的教言。

⑫水物：水生植物。隅：角落。

⑬草莱：草创。

【译文】鲁郡崇明寺南门刻有《佛顶尊胜陀罗尼经》的石幢，是此城中的壮观之物。从前，善住天子与诸大天人在园观中游玩，又和诸天女共同游戏，尽享种种快乐。在这天夜里他听到有声音说："善住天子七日后去世，死后七次转生为畜生。"后来如来佛祖传授他这部吉祥真经，诵念此经后，就脱离了诸多苦难。这部真经被天上当作法印，世间很难听闻到。我大唐高宗时候，有位来自罽宾国的僧人将此经传入中土。此经就像日藏佛经一样宝贵，又像清园虚空一样明净，又如阎浮檀金一样光彩夺目，人们都由衷喜欢见到此经。所以山东一带的僧人，全都对此经尊崇有加。当时万千商人都捐献贵重物品，众多士人信女都云集而来，纷纷布施，财物堆积如山。雕琢他山文理之石，耸立经幢于城肆之中。上面雕刻彩绘，有鲸鱼、螭龙的图案，还有天神、海怪的形象，似乎在呼喊叱咤。经幢上刻着贝叶上所载的佛经，四周边角刻着荷花、水藻的图纹。能工巧匠先草拟图案，再献技精雕，完成此杰作而去。

圣君垂拱南面①，穆清而居②，大明广运③，无幽不烛④。以天下所立兹幢，多临诸旗亭⑤，喧嚣湫隘⑥，本非经行网绕之所⑦。乃颁下明诏，令移于宝坊⑧。吁！百尺中标⑨，矗若云断，委翳苔藓⑩，周流星霜⑪。俾龙象兴嗟⑫，仰瞻无地，良可叹也。

【注释】①垂拱：垂衣拱手。谓不亲理事务。《书·武成》："垂拱而天下治。"孔颖达疏："谓所任得人，人皆称职，手无所营，下垂其拱。"后多用以称颂帝王无为而治。

②穆清：谓调和万民，如清风化育万物。也指太平祥和。

③大明：指日。《易·乾》："云行雨施，品物流行，大明终始，六位时成。"李鼎祚集解引侯果曰："大明，日也。"广运：犹广远。《书·大禹谟》："帝德广运。"孔传："广谓所覆者大，运谓所及者远。"

④烛：照亮。

⑤旗亭：市楼。古代观察、指挥集市的处所，上立有旗，故称。张衡《西京赋》："旗亭五重，俯察百隧。"薛综注："旗亭，市楼也。"

⑥湫隘：低下狭小。《左传·昭公三年》："子之宅近市，湫隘嚣尘，不可以居。"杜预注："湫，下；隘，小。"

⑦经行网绕：王琦注："经行，谓僧众周幢循行，所以致其敬礼之心。网绕，谓以网围绕其幢，所以使鸟雀不得栖止、污秽。"

⑧宝坊：对寺院的美称。梁简文帝《答湘东王书》："鸣银鼓于宝坊。"王琦注："西方供佛宫殿，以七宝增饰，故谓僧坊曰宝坊。"

⑨中标：正直而立的高标。

⑩委翳：丢弃湮没。

⑪周流：周遍，经历。

⑫龙象：龙与象。水行中龙力大，陆行中象力大，故佛氏用以喻诸阿罗汉中修行勇猛有最大能力者。兴嗟：引起感叹。

【译文】大唐圣君南面垂拱而治，承太平盛世，光照四海，无所不至。认为各地所立经幢，多临近市楼，地处喧嚣狭窄之所，不方便僧众绕行礼拜经幢，更无法张网来避免鸟雀栖息。于是颁下诏书，令移入佛寺之中。吁！百尺高幢，矗立云霄，却被苔藓地衣所覆盖，被岁月风霜所侵蚀，众僧看到只能长叹，也无法瞻仰礼拜，实在令人哀叹。

　　我太官广武伯陇西李公①，先名琬，奉诏书改为辅。其从政也，肃而宽，仁而惠，五镇方牧②，声闻于天③。帝乃加剖竹于鲁④，鲁道粲然可观⑤。方将和阴阳于太阶⑥，致君于尧、舜。岂徒闭阁坐啸⑦，鸿盘二千哉⑧！乃再崇厥功，发挥象教⑨。于是与长史卢公、司马李公等⑩，咸明明在公⑪，绰绰有裕⑫。韬大国之宝⑬，钟元精之和⑭。荣兼半刺⑮，道光列岳⑯。才或大而用小，识无微而不通。政其有经，谈岂更仆⑰！

【注释】①太官：官名。唐朝太官署有令二人，丞四人，属官有府史、监膳、主膳、供膳、掌固等，掌供膳食事。广武伯：爵位名，属于第七等爵位。唐朝爵位分九等：一曰王；二曰嗣王、郡王；三曰国公；四曰开国郡公；五曰开国县公；六曰开国县侯；七曰开国县伯；八曰开国县子；九曰开国县男。广武：唐时县名，隶陇右道之兰州，即今甘肃省永登县。陇西：古代指甘肃陇山以西地区。

　　②五镇方牧：五次出任刺史。据《虞城令李公去思碑》，李辅曾先后担任郓、海、淄、唐、陈五州刺史。方牧：古时统治一方的军政长官方伯与州牧的并称。后泛指地方长官。三国魏曹植《文帝诔》："方牧妙举，钦于恤民。"赵幼文注："方牧，即《舜典》之四岳、十二牧，谓魏代之刺史、太守统治百姓之官。"

　　③声闻于天：声名被天子所知。

　　④剖竹：犹剖符。古代帝王分封诸侯、功臣时，以竹符为信证，剖分为二，君臣各执其一，后因以"剖符"、"剖竹"为分封、授官之称。

⑤鲁道：鲁地之道。这里指治政、教化、风气等方面。粲然可观：指成绩卓著，达到很高的水平。

⑥太阶：古星名，又名泰阶。即三台。上台、中台、下台各二星，相比而斜上，如阶级然，故名。扬雄《长杨赋》："是以玉衡正而太阶平也。"李善注："泰阶者，天之三阶也。上阶上星为天子，下星为女主；中阶上星为诸侯三公，下星为卿大夫；下阶上星为元士，下星为庶人。三阶平则阴阳和，风雨时，岁大登，民人息，天下平，是谓太平。"

⑦闲阁：闭门休闲。坐啸：闲坐吟啸。闭阁坐啸，这里比喻指为官清闲或不理政事。

⑧鸿盘：谓稍有升迁即安于其位。盘，同"磐"。语出《易·渐》："鸿渐于磐，饮食衎衎，吉。"王弼注："磐，山石之安者，少进而得位，居中而应，本无禄养，进而得之，其为欢乐，愿莫先焉。"王琦注："鸿磐二千，谓以二千石之职，为宴安之地也。"

⑨象教：释迦牟尼离世，诸大弟子想慕不已，刻木为佛以形象教人，故称佛教为象教。

⑩"于是"二句：长史、司马俱为刺史佐官，唐时，鲁郡为上都督府，设长史一人，从三品；司马二人，从四品下。

⑪明明在公：勤勉于公事。《诗·鲁颂·有駜》："夙夜在公，在公明明。"马瑞辰通释："在公明明，犹言在公勉勉也。"

⑫绰绰有裕：能力宽裕，从容有余。《诗·小雅·角弓》："此令兄弟，绰绰有裕。"毛传："绰绰，宽也。裕，饶也。"

⑬韬：包容，持有。

⑭钟：集中，聚集。元精：天地的精气。

⑮半刺：指州郡长官下属的官吏，如长史、别驾等。因其责任重

大，相当于刺史之半。故称为"半刺"。庾亮《答郭预书》："别驾旧与刺史别乘，同流宣王化于万里者，其任居刺史之半。"

⑯道光：高尚的道德、正确的主张得到发扬和传颂。列岳：高大的山岳。喻位高名重者。

⑰更仆：即更仆难数的意思。更，更换。仆，傧相，侍从。语出《礼记·儒行》："遽数之不能终其物，悉数之乃留，更仆未可终也。"原是孔子回答鲁哀公关于儒行的提问，孔子回答说儒行很多，一下子也说不完，一一列举的话需要很长的时间，即使中间更换侍从，也说不完。后泛指事物繁多，需要他人代替。

【译文】我的族叔鲁郡都督广武伯陇西李公，曾在太官署任职，原名李琬，后奉诏改名为李辅。他治理政事，能够宽严相济，仁惠并举。曾五任州刺史，声名为天子所闻知。后被天子任命为鲁郡都督，使鲁地风俗教化焕然一新。他正致力于调和阴阳而使天下太平，使皇帝成为如同尧舜那样的盛世之君。哪里会闭门闲吟，位居二千石高位，而尸位素餐呢！都督再次建立崇高的功德，弘扬佛教。于是与郡长史卢公、郡司马李公等人皆勤勉于国事，才识能力都绰绰有余。卢、李二公蕴藏大国韬略，集天地元精之气。他们的职责为刺史之半，他们的道德可使刺史声名增辉。他们是大材小用，其见识细致入微。他们治政有方，又岂会因事务繁忙而需要他人来代替。

有律师道宗①，心总群妙②，量苞大千③。日何莹而常明，天不言而自运④。识岸浪注⑤，玄机清发⑥。每口演金偈⑦，舌摇电光⑧。开关延敌⑨，罕有当者。由万窍同号于一风⑩，众流俱纳于溟海⑪。若乃严饰佛事⑫，规矩梵天⑬，法堂郁以雾开^⑭，香楼岌乎岛峙^⑮，皆我公之缔构也^⑯。以天宝八载五月一日示灭大寺^⑰。百城号天^⑱，四众泣血^⑲，焚香散花，扶榇卧辙^⑳。仙鹤数十，飞鸣中绝。非至德动天，深仁感物者，其孰能与于此乎？三纲等皆论穷弥天^㉑，惠湛清月。传千灯于智种^㉒，了万法于真空^㉓。不谋同心，克树圣迹。

【注释】①律师：佛教称善解戒律的人。《涅槃经·金刚身品》："如是能知佛法所作，善能解说，是名律师。"道宗：僧人名，生平事迹不详。

②心总：心中容纳。群妙：一切玄妙道理。

③大千：佛教用语。大千世界的省称，后亦以指广阔无边的世界。世界的千倍叫小千世界，小千世界的千倍叫中千世界，中千世界的千倍叫大千世界，总称三千大千世界。

④"天不言"句：《论语·阳货》："天何言哉？四时行焉，百物生焉，天何言哉？"谓天不言而万物自己就按照规律运行。

⑤识岸浪注：谓道宗和尚的真识，如波浪翻涌。

⑥玄机：佛家、道家称奥妙的道理。清发：清明焕发。

⑦金偈：佛所说的偈语。偈语，亦称偈颂，是梵语"偈陀"的简称，意为颂。佛教徒所唱的诗句。

⑧舌摇电光：谓道宗讲法语言流畅，如电闪一样。扬雄《解嘲》："上说人主，下谈公卿，目如耀星，舌如电光。"李周翰注："电光，谓辞辩速如电光之闪也。"

⑨开关延敌：打开关门，迎击敌人。用战国时秦人开函谷关，迎战九国之师的故事。贾谊《过秦论》："秦人开关延敌，九国之师，逡巡遁

逃而不敢进。"

⑩万窍：指大地上大大小小的孔穴。《庄子·齐物论》："夫大块噫气，其名为风。是唯无作，作则万窍怒号。"

⑪溟海：大海。

⑫佛事：佛士。指佛像，菩萨像。事，通"士"。

⑬规矩：设立规则。梵天：佛经中称三界中的色界初三重天为"梵天"。其中有"梵众天"、"梵辅天"、"大梵天"。多特指"大梵天"，亦泛指色界诸天。《法苑珠林》："色界有十八天，初禅三天，一名梵众天，二名梵辅天，三者大梵天。"

⑭法堂：佛教语。寺中演说佛法的讲堂。郁：香气浓厚。

⑮香楼：指寺庙中的楼阁。岌：高耸。

⑯缔构：犹缔造，开创。

⑰示灭：佛教语。指僧人坐化身死。

⑱号天：对天号泣。言极其悲痛。

⑲四众：佛教语。指比丘（和尚）、比丘尼（尼姑）、优婆塞（在家中奉佛的男子）、优婆夷（在家中奉佛的女子）。泣血：无声痛哭，泪如血涌。一说，泪尽血出。形容极度悲伤。

⑳扶梓：扶棺。梓：棺木。卧辙：用东汉侯霸故事。东汉时侯霸为淮阳太守，深得民心，后被征召入都，百姓号哭遮使车，卧于辙中，乞留侯霸一年。见《后汉书·侯霸传》。后常用为挽留去职官吏的典故。这里指众人挽留道宗灵车，以示留恋。

㉑三纲：佛寺有上座、维那、典座，皆为主要职务，称三纲。论穷弥天：议论可使释道安词穷。弥天：用释道安故事。《晋书·习凿齿》记载，释道安是两晋时前秦高僧，精通佛理，有辩才，释道安为躲避战乱

来到襄阳，襄阳名士习凿齿，口舌锋利，见到释道安后自称："四海习凿齿。"道安马上回道："弥天释道安。"当时的人们都认为这是很绝妙的对答。

㉒传千灯：佛家指传法。佛法犹如明灯，能破除迷暗，故称。《维摩诘经·菩萨品》："譬如一灯，燃百千灯，冥者皆明，明终不尽。菩萨开导众生，令发阿耨多罗三藐三菩提心，于其道意亦不灭尽，随所说法而自增益一切善法，是名无尽灯也。"智种：即一切种智。佛教关于智慧的名词之一。指佛所具备的无所不知的佛智。《法华经》："成一切种智。一切种智，即佛智也。又谓之般若。"

㉓真空：佛教语。一般谓超出一切色相意识界限的境界。王琦注："释典以一切万有终归于无，谓之为空。人法皆空，则谓之真空，即般若智也。"

【译文】有位善解戒律的高僧名叫道宗，他心中囊括玄妙之理，胸中包藏大千世界。佛法如白日晶莹而永世常明，如上天不言而自然运转。道宗佛法真识如大海浪涌，玄妙佛理能逐一阐发。每次讲经说偈时，滔滔不绝快如闪电。气势如秦人开关延敌，很少有人能旗鼓相当。道宗讲法千变万化，而又不离其宗，如万窍都因一风吹动而发声；众流都奔腾不息而归入大海。至于寺内佛像的金饰、修佛规则的制定，烟火缭绕的法堂，高如岛屿的楼阁，都是道宗所缔造、营建。天宝八载五月初一道宗坐化而去，百城民众哀哭动天，僧俗之人悲痛泣血，下葬之日，沿途百姓或焚香散花，或扶棺卧辙。空中飞来数十仙鹤，哀鸣盘旋。如果不是大德能感动上苍，仁心能感动万物的人，怎能有如此的哀荣呢？崇明寺的三位主持，皆是辩才可使释道安词穷，仁惠之心如同清亮明月的高僧，他们依靠佛智，如传灯一般传播佛法，明白万法皆归于空无的道理。他们的思想不谋而合,都能树立弘扬佛法的圣迹。

太官李公,乃命门于南垣庙通衢①,曾盘旧规②,累构余石③。壮士加勇,力侔拔山④。才击鼓以雷作,拖鸿縻而电掣⑤。千人壮,万夫势,转鹿卢于横梁⑥,泯环合而无际⑦。常六合之振动,崛九霄之峥嵘。非鬼神功,曷以臻此!况其清景烛物⑧,香风动尘,群形所沾⑨,积苦都雪⑩。粲星辰而增辉,挂文字而不灭。虽汉家金茎⑪,伏波铜柱⑫,拟兹陋矣!或日月圆满⑬,方檀散华⑭。清心讽持⑮,诸佛称赞。夫如是,亦可以从一天至一天⑯,开天官之门,见群圣之颜,巍巍功德,不可量也。其录事参军、六曹英寮及十一县官属⑰,有宏才硕德、含香绣衣者⑱,皆列名碑阴⑲,此不具载。

【注释】①“乃命”句:谓命人在寺庙的南墙开门通往大街。垣:墙。衢:四通八达的大路。

②曾盘:高盘。曾通“层”。旧规:原来的规制。

③累构:层累构建。余石:先前留下的石头。

④侔:相等。

⑤鸿縻:巨大的绳索。

⑥鹿卢:亦作“辘轳”,古时引以下棺或置井上以汲水的滑车或绞盘。

⑦环合:如环之相联。形容部件组合精密契合。这里指石幢部件紧密契合。

⑧清景:清亮,这里指石幢光亮如新。烛物:照见东西。

⑨群形:众生。

⑩积苦：长久积累的劳苦。雪：除去。

⑪汉家金茎：指汉武帝时所设托举承露盘的铜柱。汉武帝喜好神仙之道，于建章宫筑神明台，立铜仙人舒掌捧铜盘承接甘露，冀饮以延年。《三辅故事》："建章宫承露盘高二十丈，大七围，以铜为之，上有仙人掌承露，和玉屑饮之。"金茎，即指铜柱。

⑫伏波铜柱：东汉马援曾平定交阯，封伏波将军。他在交阯立二铜柱，作为汉朝南部国界的标志。事见《后汉书·马援传》。

⑬日月圆满：比喻功德圆满。

⑭方檀：同"方坛"，佛教仪式所用。散华：即"散花"。

⑮讽持：讽诵修持。

⑯"亦可以"句：谓可以从一层天修炼到另一层天。王琦注："按释典，欲界有六天：一，四天王天；二，忉利天；三，夜摩天；四，兜率天；五，化乐天；六，他化自在天。色界有十八天：一，梵众天；二，梵辅天；三，大梵天；四，少光天；五，无量光天；六，光音天；七，少净天；八，无量净天；九，遍净天；十，无云天；十一，福生天；十二，广果天；十三，无想天；十四，无烦天；十五，无热天；十六，善见天；十七，善现天；十八，色究竟天。无色界有四天：一，空处天；二，识处天；三，无所处天；四，非有想、非无想天。凡三界共二十八天。天者，言其清净光洁，最胜最尊，故名为天，乃神境世界之位，与苍苍在上之天不同一解，能修至胜之因，方能生其处。功有优劣，故所生之处有不同。"

⑰"其录事"句：王琦注："按《唐书》，兖州，鲁郡，为上都督府。上都督府之属官，有录事参军事一人，正七品上；有功曹、仓曹、户曹、田曹、兵曹、法曹、士曹参军事，各一人，正七品下。其曰六曹者，田曹后置，故仍其旧称，不称七而称六也。所管瑕丘、曲阜、乾封、泗水、邹

县、任城、龚丘、平陆、金乡、鱼台、莱芜，凡十一县。"英寮：亦作"英僚"，贤能的僚友。

⑱宏才：大才。硕德：大德。含香：指尚书郎。古代尚书郎奏事答对时，口含鸡舌香以去秽，故常用指尚书郎。汉应劭《汉官仪》卷上："尚书郎含鸡舌香伏其下奏事。"绣衣：指御史。西汉武帝年间，派使者监督地方官吏，因为身着绣衣，称为绣衣使者，大多有御史充任，所为称为绣衣御史，后作为御史代称。

⑲碑阴：石碑背面。

【译文】太官李公命人在寺庙南墙开设大门，直通大道，按照先前的规制高筑石幢，以旧石层层砌垒构建。众壮汉一起奋勇，力可拔山，这边刚刚击响雷鸣之鼓以增声威，那边石幢已被粗大的绳索闪电般拉起。千人万人汇聚一起，声势浩大，转动架设在横梁上的辘轳，将石幢严丝合缝地安放在基座上，并且用泥灰抹平石缝。石幢常驻不朽而威振天地四方，气势峥嵘而崛起九霄之上，非鬼斧神功，何以成就如此奇观！而且石幢明亮如新，光可鉴物。幢前香火缭绕，烟尘扰动。参拜僧众皆能沾染佛恩，所积苦难全都洗雪消除。石幢在星辰的照耀下更增光辉，上面镌刻的经文历经千古而不灭。即使是汉武帝的承露铜柱，伏波将军马援的交趾铜柱，与石幢相比也显得粗陋。修持此经日久年长，自然功德圆满，就会在方坛出现天女散花的胜景。清心吟诵此经，必受诸佛的称赞加持。如此一来，就可以从这一层天到那一层天不断地修炼上去，最后就可以开天宫之门，见到群神的真容，由此可知石幢的功德浩大，不可估量。凡是参与捐修石幢的州郡录事参军、六曹僚属及鲁郡十一县的官员，以及贤才高德、官宦乡绅等人都刻名于碑后，在此就不一一列举了。

郡人都水使者宣道先生孙太冲①，得真人紫蕊玉笈之书②，能令太一神自成还丹以献于帝③。帝服享万寿④，与天同休⑤。功成身退，谢病而去，不谓古之玄通微妙之士欤？乃谓白曰："昔王文考观艺于鲁⑥，骋雄辞于灵光⑦；陆佐公知名在吴⑧，铭双阙于盘石⑨。吾子盍可美盛德，扬中和⑩？"恭承话言，敢不惟命。

【注释】①都水使者：官名。汉朝始设此官，掌管池沼灌溉，修缮河渠。《新唐书·百官志》："都水监使者二人，正五品上，掌川泽、津梁、渠堰、坡池之政。"孙太冲被授予都水使者一职，是朝廷恩宠方士而加以虚衔。宣道先生：是孙太冲的号。孙太冲：是一位在嵩山修行的道士，曾炼制丹药，为唐玄宗治好了疾病。唐玄宗特地在嵩阳观立碑纪念此事，称为"大唐嵩阳观纪圣德盛应以颂碑"。《册府元龟》："孙太冲隐于嵩山。玄宗天宝三载，河南尹裴敦复上言：'太冲于嵩山合炼金丹，自成于灶中，精华特异，变化非常，请宣付史官，颁示天下以彰灵瑞仙圣之应。'从之。"孙逖的《为宰相贺中岳合炼药自成表》记载："臣等伏见道士孙太冲奏事奉进止，令中使薛履信监臣，于中岳嵩阳观合炼，其灶中着水，置炭于灶侧，封固却回，已经数月，泥拭既密，缄封并全。即与县官等对开门，其炭并尽，灰又别聚，不动人力，其药已成。初乃五色发端，终则太阳辉于炉际。又河南尹裴敦复所奏，并奉敕令右补阙李成式往验并同者。"

②真人：道家称存养本性或修真得道的人。亦泛称"成仙"之人。《庄子·大宗师》："古之真人，其寝不梦，其觉无忧，其食不甘，其息深深……古之真人，不知说生，不知恶死，其出不诉，其入不距；翛然

而往,倏然而来而已矣。"紫蕊玉笈之书:指道家修行炼丹的秘笈。

③太一:亦作"太乙"。即道家所称的"道",古指宇宙万物的本原、本体。《庄子·天下》:"建之以常无有,主之以太一。"成玄英疏:"太者广大之名,一以不二为称。言大道旷荡,无不制围,括囊万有,通而为一,故谓之太一也。"太一,也为天神名。《史记·封禅书》:"天神贵者太一。"司马贞索隐引宋均云:"天一、太一,北极神之别名。"还丹:道家合九转丹与朱砂再次提炼而成的仙丹。晋葛洪《抱朴子·金丹》:"若取九转之丹,内神鼎中,夏至之后,爆之鼎热,内朱儿一斤于盖下,伏伺之。候日精照之,须臾,翕然俱起,煌煌辉辉,神光五色,即化为还丹。取而服之一刀圭,即白日升天。"

④帝服享万寿:谓皇帝服用后,可享万年之寿。

⑤同休:同享福寿。

⑥王文考:指王延寿,曾周游鲁地,作《鲁灵光殿赋》。《后汉书·文苑传·王逸》:"子延寿,字文考,有俊才,少游鲁国,作《灵光殿赋》。后蔡邕亦造此赋,未成。及见延寿所为,甚奇之,遂辍翰而已。"王延寿《鲁灵光殿赋序》:"予客自南鄙,观艺于鲁。"李周翰注:"言鲁有周、孔遗风,思礼乐之美,故云观艺。"

⑦灵光:指《鲁灵光殿赋序》。

⑧陆佐公:指陆倕,南朝梁吴郡吴县(今江苏苏州)人,字佐公。梁时官至太常卿。武帝使作《新漏刻铭》《石阙铭记》,冠绝当时。《梁书·陆倕列传》:"陆倕,字佐公,吴郡吴人也。高祖雅爱倕才,乃敕撰《新漏刻铭》,其文甚美。迁太子中舍人,管东宫书记。又诏为《石阙铭记》。敕曰:'太子中舍人陆倕所制《石阙铭》,辞义典雅,足为佳作。昔虞丘辨物,邯郸献赋,赏以金帛,前史美谈,可赐绢三十匹。'"

⑨双阙: 指《新漏刻铭》《石阙铭记》。

⑩中和: 中庸之道的主要内涵。儒家认为能"致中和",则天地万物均能各得其所,达于和谐境界。《礼记·中庸》: "喜怒哀乐之未发谓之中, 发而皆中节谓之和; 中也者, 天下之大本也, 和也者, 天下之达道也。致中和, 天地位焉, 万物育焉。"

【译文】曾任都水使者的鲁郡人孙太冲,号宣道先生,得到了道家秘籍,能让太一神自动炼成还丹来进献给皇上。皇上服后可以延岁万年,与天地同寿。孙太冲功成身退,称病辞谢而去。岂不是可称为参悟玄妙天机的有道之士吗?他曾经对我说: "东汉王延寿曾观艺于鲁,写下雄辞《鲁灵光殿赋》。南朝陆倕在吴地享有声望,曾作《漏刻》《石阙》二铭于盘石,都成为一时美谈。先生何不赞美这件盛德之事!以弘扬中和之道?"我恭敬地接受了他的建言,岂敢不遵从。

遂作颂曰:

揭高幢兮表天宫①,嶷独出兮凌星虹②。神揔揔兮来空③,仡扶倾兮苍穹④。西方大圣称大雄⑤,横绝苦海舟群蒙⑥。陀罗尼藏万法宗,善住天子获厥功。明明李君牧东鲁⑦,再新颓规扶众苦。如大云王注法雨⑧,邦人清凉喜聚舞。扬鸿名兮振海浦⑨,铭丰碑兮昭万古⑩。

【注释】①揭: 举起,树立。

②嶷: 如山岳般嶷然。凌星虹: 高可凌越星辰、虹霓。

③揔揔: 王琦注: "揔揔"应当为"总总",《楚辞·离骚》: "纷总

总其离合兮。"王逸注:"总总,聚貌。"

④仡:勇猛雄壮的样子。扶倾:扶持倾危的建筑物。

⑤西方大圣:指释迦牟尼。

⑥群蒙:蒙昧众生。

⑦明明:勤勉。牧:治理。

⑧大云王:指掌管下雨的神灵,也有指龙王。法雨:佛教语。比喻佛法。佛法普度众生,如雨之润泽万物,故称。《法华经·普门品》:"悲体成雷震,慈意妙大云。澍甘露法雨,灭除烦恼焰。"《华严经》:"如大龙王,能雨一切妙法雨故。"

⑨鸿名:大名;盛名。海浦:海湾,海滨。

⑩丰碑:纪功颂德的高大石碑。这里指石幢。

【译文】 于是作颂曰:

竖此高幢啊作为天宫标志,巍然独出啊凌越星辰虹霓。众神聚集啊空中而来,勇力扶倾啊仡立苍穹。西方圣人称作大雄,苦海之中普渡众生。陀罗尼藏是万法之宗,善住天子诵经获功效。勤勉李公治理东鲁,革新旧规解救众苦。就像大云王倾注法雨,使郡人清凉欢喜而聚集欢舞。扬李公大名啊声振海角,镌铭文丰碑啊昭明万古。

卷二十八　铭

化城寺大钟铭 并序

【题解】此铭所作时间不详，应当是李白在天宝年间辞官还山后，往来宣城时所作。化城寺，在宣城当涂县（今安徽当涂县）。铭，刻写在金石等物上的文辞。具有称颂、警戒等性质，多用韵语。后逐步形成的一种文体。化城寺原来的寺钟比较小，当涂县令李有则建议重铸一口大钟，并动员全县百姓予以捐助。铸成之后，在僧众和官民的请求下，李白为此大钟作铭并序，记录事情始末，赞扬县令李有则铸钟之功德。序文第一段言明佛寺大钟的重要作用。次一段叙述县令李有则的出身、仕官经历以及治理地方的政绩。第三段写铸造大钟的起因和过程。第四段描写新钟的形态，以及在弘扬佛法，造福众生方面的作用。第五段写县里官吏、乡绅和僧人、道士，一起来到寺里，请求李白为大钟作铭。最后是铭文正文，概括并评价整个事情。

噫！天以震雷鼓群动①，佛以鸿钟惊大梦②。而能发挥沉潜③，开觉茫蠢④，则钟之取象⑤，其义博哉！夫扬音大千，所以清真心⑥，警俗虑⑦，协响广乐⑧，所以达元气⑨，彰天声；铭勋皇宫⑩，所以旌丰功⑪，昭茂德⑫。莫不配美金鼎，增辉宝坊⑬，仍事作制⑭，岂徒然也。

【注释】①群动：各种动物。

②大梦：古人用以喻人生。《庄子·齐物论》："方其梦也，不知其梦也。梦之中又占其梦焉，觉而后知其梦也。且有大觉而后知此其大梦也。"

③发挥沉潜：启发被蒙蔽的真性。

④茫蠢：迷茫愚蠢。

⑤取象：取某事物之征象。

⑥真心：佛教用语。谓真实无妄之心。

⑦俗虑：世俗的思想情感。

⑧广乐：盛大之乐。多指仙乐。《穆天子传》："天子乃奏广乐。"

⑨元气：指天地未分前的混沌之气。

⑩铭勋：铭记功勋。张衡《东京赋》："铭勋彝器，历世弥光。"薛综注："铭，勒也。勋，功也。勒铭于宗庙之器，钟鼎万世，弥益光明。"

⑪旌：旌表。

⑫茂德：盛德。

⑬宝坊：指佛寺。

⑭作制：创制。

【译文】噫！上天以震雷鼓动万物萌发，佛陀以大钟惊醒世人大梦。而至于发挥心中的智慧，打开迷茫众生的觉悟，那么以大钟来作为警醒的象征，可谓是意义深远啊！大钟之声能够弘扬千里，因此可以清净本心，警诫俗念；能够协和广乐，因此可以通达元气，彰扬天声；能够铭功皇室，因此可以旌表丰功，昭示盛德。更可以配合铜鼎，增辉佛寺，于是铸钟之事，岂能是徒劳无益。

　　粤有唐宣城郡当涂县化城寺大钟者，量函千钧①，声盈万壑，盖邑宰李公之所创也。公名有则，系玄元之英蕤②，茂列圣之天枝③。生于公族，贵而秀出。少蕴才略，壮而有成。西逾流沙④，立功绝域⑤。帝畴平厥庸⑥，始学古从政⑦。历宰洁白⑧，声闻于天。天书褒荣⑨，辉之简牍⑩。稽首三复⑪，子孙其传。天宝之初，鸣琴此邦⑫，不言而治。日计之无近功，岁计之有大利⑬。物不知化，潜臻小康⑭；神明其道⑮，越不可尚⑯。

【注释】①量函千钧：指大钟重量可达千钧。

②玄元：指老子。唐朝尊奉老子为始祖，于乾封元年二月追号为"太上玄元皇帝"。见《旧唐书·高宗纪下》。英蕤：艳丽的花。嵇康《琴赋》："飞英蕤于昊苍。"李善注："蕤，草木花貌。"吕延济注："英蕤，花也。"

③列圣：指唐朝诸皇帝。天枝：皇族后裔。

④流沙：地名，在西域一带。《汉书·地理志》："张掖郡居延县，居延泽在东北，古文以为流沙。"颜师古曰："流沙，在敦煌西。"《韵会》："流沙，地名，在居延海南甘州张掖县。"

⑤绝域：极其遥远的地方。

⑥畴：使相等。庸：功劳。畴庸：酬报功劳。畴，通"酬"。任昉《为

范尚书让吏部封侯第一表》："既义异畴庸,实荣乖儒者。"李周翰注:
"畴,酬;庸,功也。"

⑦学古从政:谓学习研究古代典籍,然后从政。语出《书·周官》:
"学古入官。"孔传:"言当先学古训,然后入官治政。"

⑧历宰洁白:历次作为县宰,都能保持清白。

⑨天书:指诏书。

⑩简牍:古代书写用的竹木片,写在竹片上的叫简,写在木片上的
叫牍。泛指书写用品或书籍。杜预《春秋经传集解序》:"诸侯亦各有
国史,大事书之于策,小事简牍而已。"

⑪稽首:古时的一种跪拜礼。行礼人屈膝下跪,拱手于地,同时用
左手按在右手上,头缓慢地下点到手前的地面上,并停留一段时间,是
九拜中最恭敬的。《周礼·春官·大祝》:"一曰稽首,二曰顿首,三曰空
首,四曰振动。"贾公彦疏:"一曰稽首,其稽,稽留之字;头至地多时,
则为稽首也。此三者(空首、顿首、稽首)正拜也。稽首,拜中最重,臣
拜君之拜。"三复:重复三次。

⑫鸣琴:用宓子贱治理单父故事。《吕氏春秋·察贤》:"宓子贱治
单父,弹鸣琴,身不下堂而单父治。"后因用"鸣琴"比喻治理地方。

⑬"日计"二句:按日来计算觉得近前没有什么功业,按年来计算
就会觉得有大利益。意谓要从长远着眼,不能只图旦夕近利。语出《庄
子·庚桑楚》:"今吾日计之而不足,岁计之而有余。庶几其圣人乎!"成
玄英疏:"今我日计利益不足称,以岁计至功其有余。盖贤圣之人,与四
时合度。无近功,故日计不足;有远德,故岁计有余。"

⑭小康:儒家理想中的所谓政教清明、人民富裕安乐的社会局面,
指禹、汤、文、武、成王、周公之治。低于"大同"理想。《礼记·礼运》:

"禹、汤、文、武、成王、周公，由此其选也。此六君子者，未有不谨于礼者也。以著其义，以考其信，著有过，刑仁讲让，示民有常。如有不由此者，在执者去，众以为殃。是谓小康。"孔颖达疏："康，安也，比大道为劣，故曰小安也。"

⑮神明：神圣；高超。《易·系辞上》："圣人以此斋戒，以神明其德夫。"朱熹本义："使其心神明不测，如鬼神之能知来也。"

⑯不可尚：难以再加上什么东西，即不可超越的意思。

【译文】大唐宣城郡当涂县华城寺的大钟，重逾千钧，声传万谷，乃是县令李公所捐造。李公，名有则，是玄元皇帝老子的后裔，当朝皇室的支脉。出身公族，高贵而出众。年少时就富有才略，等到成年更加成就不凡。曾远赴西疆流沙之地，在荒远之地建功立业。皇帝封赏他的功勋，李公因而开始研习古籍，然后从政。历任各地县令，治政都清白明洁，声名达于天子。天子下诏褒扬，事迹记载在典册之中。李公稽首三次接受诏书，子孙世代相传。天宝初年，李公任职当涂县令，就像宓子贱那样，不必多言，境内就无为而治。当下虽然还看不出什么成绩，但年久自然会显示出巨利。事物不知不觉中而被教化，潜移默化中逐步达到小康境界。李公治政有神明之道，别人难以超越。

方入于禅关①，睹天宫峥嵘②，闻钟声琐屑③，乃谓诸龙象曰："盍不建大法鼓④，树之层台⑤，使群聋六时有所归仰⑥，不亦美乎？"于是发一言以先觉，举百里而感应。秋毫不挫⑦，人多子来⑧。铜崇朝而山积⑨，工不日而云合⑩。乃采兒氏⑪，撰鸣钟⑫，火天地之炉，扇阴阳之炭⑬。回禄奋怒⑭，飞廉震惊⑮。金精转溻以融熠⑯，铜液星荧而耀灿⑰。光喷日道⑱，气歇天维⑲。红云点于太清，紫烟矗于遥海。烜赫宇宙⑳，功侔鬼神㉑。莹而察之,吁骇人也。

【注释】①禅关:禅门,这里指寺门。

②天宫:指佛殿。

③琐屑:细小,细微。这里指钟声不够洪亮。

④法鼓:原指举行法事时用以集众唱赞的大鼓。这里指大钟。

⑤层台:高台。

⑥群聋:指耳聋之人。六时:佛教分一昼夜为六时:晨朝、日中、日没、初夜、中夜、后夜。王琦注:"西域记时,极短者谓刹那也。百二十刹那为一呾刹那,六十呾刹那为一腊缚,三十腊缚为一牟呼栗多,五牟呼栗多为一时,六时合成一日一夜。是中国以一昼夜分作十二时者,西国只分为六时也。"归仰:归附仰仗。

⑦秋毫不挫:一丝一毫也不会损害。《庄子·山木》:"北宫奢为卫灵公赋敛以为钟,为坛乎国门之外,三月而成上下之悬。王子庆忌见而问焉,曰:'子何术之设?'奢曰:'一之闲无敢设也。奢闻之,既雕既琢,复归于朴。侗乎其无识,傥乎其怠疑。萃乎芒乎,其送往而迎来,来者勿禁,往者勿止。从其强梁,随其曲傅,因其自穷,故朝夕赋敛,而毫毛不挫,而况有大途者乎?'"

⑧子来:谓民心归附,如子女趋事父母,不召自来,竭诚效忠。《诗·大雅·灵台》。"经始勿亟,庶民子来。"赵岐曰:"众民自来趣之,若子来为父使之也。"

⑨崇朝:终朝。从天亮到早饭时。犹言一个早晨。亦指整天。崇,通"终"。《诗·鄘风·蝃蝀》:"崇朝而雨。"毛传:"崇,终也。从旦至食时为终朝。"

⑩不日：不到一日。

⑪凫氏：《周礼》官名。职掌作钟之事。《周礼·考工记·凫氏》："凫氏为声。"贾公彦疏："按凫氏为钟。此言声者，钟类非一，故言声以包之。"

⑫撰：制造。

⑬"火天地"二句：化用贾谊《鵩鸟赋》："天地为炉兮，造化为工，阴阳为炭兮，万物为铜。"

⑭回禄：传说中的火神。《左传·昭公十八年》："郊人助祝史除于国北，禳火于玄冥、回禄。"杜预注："回禄，火神。"

⑮飞廉：风神。一说能致风的神禽名。《楚辞·离骚》："前望舒使先驱兮，后飞廉使奔属。"王逸注："飞廉，风伯也。"

⑯金精：指铜液。转潙：流转沸腾。融熠：形容光芒闪烁。

⑰星荧：如星辰闪烁荧光。

⑱日道：太阳视运动的轨道。古人谓太阳运行之路。

⑲歊：喷，冲。天维：天的纲维。

⑳烜赫：光耀。

㉑侔：相等。

【译文】李公来到寺中，刚刚进入寺门，看到佛殿巍峨，听到钟声微弱，就对寺僧说："为何不造一座大钟，置于高台之上，使耳背之人也能朝夕有所依附仰仗，岂不是一件美事吗？"于是李公以先知先觉而发出倡导之言，百里之内的百姓全都响应。整个铸造过程没有丝毫影响百姓生计，百姓都像子女服侍父母一样自发而来。铸钟的铜材一个早晨就堆积如山，工匠不到一天就在此处云集。采取凫氏之法，铸造大钟，在天地之炉燃起火焰，扇风以烧旺阴阳之炭。炉焰飞腾如火神发怒，鼓风强烈如风伯惊扰。炉中金汁流转，沸腾而光亮；铜液如星辰闪烁，荧光而耀眼。光焰直喷白日，烟气上冲青天。炉火照红云点缀虚空，烈焰升紫烟绵延远海。盛绩煊赫宇宙之中，丰功犹如鬼神之作。铜钟晶莹明亮，令人惊叹。

　　尔其龙质炳发①，虎形躨跜②。縻金索以上絙③，悬宝楼而迭击④。傍振万壑，高闻九天。声动山以隐隐，响奔雷而阗阗⑤。赦汤镬于幽途⑥，息剑轮于苦海⑦。景福肸蚃⑧，被于人天。非李公好谋而成，弘济群有⑨，孰能兴于此乎！

【注释】①龙质：龙形的雕像。质：形象。炳发：犹焕发。

②躨跜：踞伏貌。

③縻：系。金索：铁索。絙：粗大的绳子。

④宝楼：对佛寺楼阁的美称。迭击：不断地击打。

⑤阗阗：形容声音洪大。

⑥汤镬：煮着滚水的大锅。古代一种酷刑，把犯人投入滚水中煮死。"镬汤地狱"是佛经中所说十八地狱之一，用以烹罪人，以惩其生前罪行之地狱。幽途：佛教语。幽冥之途。指六道轮回中的地狱、饿鬼、畜生等三恶道。

⑦剑轮：佛教语。阿鼻地狱之一。其间罪人，不断受利剑的斩截之苦。《翻译名义集》："若打钟时，一切恶道诸苦并得停止。"

⑧景福：洪福，大福。肸（xī）蚃（xiǎng）：左思《蜀都赋》："景福肸蚃而兴作。"吕向注："肸蚃，湿生虫，蚊类是也。其群望之，如气之布写也。言大福之兴，有如此虫群飞而多也。"

⑨群有：众生。

【译文】铜钟上的盘龙雕饰神态焕发，猛虎造型则蹲踞潜伏。铜钟系好粗大的铁索，悬挂在钟楼日夜敲击。铜钟音振四旁万壑，高传九霄之上。洪声使群山隐隐而动，巨响如奔雷阗阗轰鸣。能够赦免众生在幽冥中遭受汤镬地狱之罚，止息罪人在苦海中承受剑轮地狱之苦。洪福多多，泽被人天。如果不是李公善于谋划，促成此事，济助众生，谁能兴起而做成此事。

丞尉等并衣冠之龟龙①，人物之标准②。大雅君子③，同僚尽心，闻善贾勇④，赞成厥美。寺主升朝⑤，闲心古容⑥，英骨秀气，洒落毫素⑦，谦柔笑言。海受水而皆纳，镜无形而不烛。直道妙用，乃如是然。常虚怀忘情⑧，洁己利物⑨，是人行空寂⑩，不动见如来⑪。有若上座灵隐⑫，都维那则舒⑬，名僧日晖、蕴虚、常因、调护，贤哉六开士⑭，普闻八万法⑮。深入禅惠⑯，精修律仪⑰。将博我以文章，求我以述作。功德大海⑱，酌而难名。遂与六曹豪吏⑲，姑熟贤老⑳，乃缁乃黄㉑，凫趋梵庭㉒，请扬宰君之鸿美㉓。白昔忝侍从，备于辞臣㉔，恭承德音㉕，敢阙清风之颂㉖？

【注释】①丞尉：县丞、县尉。衣冠：衣和冠。古代士以上戴冠，因用以指士以上的服装。龟龙：龟和龙。古人以为均是灵物，《礼记·礼运》："何谓四灵？麟、凤、龟、龙，谓之四灵。"因而用来比喻杰出人物。

②标准：表率，榜样。

③大雅：称德高而有大才的人。

④贾勇：即余勇可贾的典故，谓有剩余的勇气和力量，可以用来出售。语出《左传·成公二年》："齐高固入晋师，桀石以投人，禽之而乘

其车，系桑本焉，以徇齐垒，曰：'欲勇者贾余余勇。'"

⑤寺主：主管佛寺事务的僧人。东汉时立白马寺，有知事之名，东晋以后始称寺主。《翻译名义集》引《僧史略》："详其寺主，起乎东汉白马寺也。寺既爱处，人必主之，于时虽无寺主之名，而有知事之者。东晋以来，此职方盛，故梁武造光宅寺，召法云为寺主，创立僧制。"升朝：寺主之名。

⑥闲心：闲适的心情。古容：古雅的容貌。

⑦洒落毫素：指写文章。毫素：毛笔和写字作画用的白色细绢。后泛称纸笔。

⑧忘情：无喜怒哀乐之情。刘义庆《世说新语·伤逝》："圣人忘情，最下不及情，情之所钟，正在我辈。"

⑨利物：益于万物。《易·乾》："利物足以和义。"孔颖达疏："言君子利益万物，使物各得其宜。"

⑩空寂：佛教语。谓事物了无自性，本无生灭。《楞严经》："我旷劫来，心得无碍；自忆受生如恒河沙，初在母胎，即知空寂。"

⑪不动见如来：佛教语。即指不为生死、烦恼所动，而得见佛祖。

⑫上座：佛教语。一寺之长，"三纲"之首。多由朝廷任命年高德劭者担任。《唐六典》："每寺上座一人，寺主一人，都维那一人，共纲纪众事。"

⑬都维那：僧官名。佛教寺院中管理僧务的知事僧，各寺皆置。也译为维那，是梵语、汉语混译的名称。维，指纲维，统理之义，是汉语译法。那是，梵语"羯磨陀那"的省略译法，意为授事，即负责管理日常诸杂事。《僧史略》云："梵语'羯磨陀那'译为事知，亦云悦众，谓知其事，悦其众也。"

⑭开士：菩萨的别称。后用作对僧人的敬称。

⑮八万法：佛教表示佛法众多的数字。王琦注引《报恩经》："八万法者，如树根、茎、枝、叶，名为一树。佛为众生始终说法，名为一藏，如是八万。又云：佛一坐说法，名为一藏，如是八万。又云：十六字如半偈，三十二字为一偈，如是八万。又云：长短偈，四十二字为一偈，如是八万。又云：如半月说戒为一藏，如是八万。又云：佛自说六万六千偈为一藏，如是八万。又云：佛说尘劳有八万，法藏亦八万，名八万法藏。"

⑯禅惠：即禅慧，佛教谓禅定和智慧。王中《头陀寺碑文》："惟此名区，禅慧攸托。"李善注："禅慧，禅定、智慧也。即六度之二度也。"

⑰律仪：僧侣遵守的戒律和立身的仪则。《大乘义章》："言律仪者，制恶之法，说名为律。行依律戒，故号律仪。"

⑱功德：功业与德行。佛教语，《大乘义章·十功德义三门分别》："功谓功能，能破生死，能得涅槃，能度众生，名之为功。此功是其善行家德，故云功德。"也泛指念佛、诵经、布施等事。

⑲六曹：唐时州府佐治之官分"六曹"，即功曹、仓曹、户曹、兵曹、法曹、士曹来负责各种事务。故以六曹为地方胥吏之通称。

⑳姑熟：即今安徽当涂县。因临姑熟溪得名。

㉑乃缁乃黄：王琦注："缁，谓僧人缁服者。黄，谓道士黄冠者。"

㉒凫趋：凫，水鸟，俗称"野鸭"，凫趋，指众人聚集趋行如凫鸟一样。梵庭：佛寺。

㉓宰君：对知县的敬称。鸿美：大美。

㉔辞臣：文学侍从之臣。指李白在天宝初年曾为翰林。

㉕德音：善言。后亦用以对别人言辞的敬称。

㉖清风：清惠的风化。

【译文】县丞、县尉都是士绅中的翘楚，世人的楷模，都是高雅君子。其他同僚也都尽心尽力，听闻这件善事后，振奋勇气，促成这件美事。寺主名叫升朝，他心态闲适，面容古雅，相貌清奇，落笔成文，言谈谦逊。像大海那样能容纳所有细流，像镜子一样能洞察明照一切。直道而行的状态，就是升朝这种样子。他能够虚怀若谷而抛却俗情，品行高洁而利益万物，其修为早已进入空寂境界，不为生死、烦恼所动，而得见如来佛祖。寺中上座名叫灵隐，都维那名叫则舒，名僧有日晖、蕴虚、常因、调护等人，这六位僧人都是贤明的开士，熟知八万佛法。能够深入修行禅定、智慧，严格遵守戒律。他们想邀我撰写文章，请求我作铭文记叙。功德如大海一样，酌一勺而难以名状。于是他们与县里官吏，姑熟当地的贤达乡老，僧人道士，一起趋之若鹜一般，来到寺中，请我来弘扬县令的大美之举。我曾忝为天子的侍从，愧居翰林之位，如今恭敬地聆听到诸位这些美好的建言，怎敢推辞撰文而使这件盛事缺少清雅的颂词。

其辞曰：

雄雄鸿钟砰隐天①，雷鼓霆击警大千。含号烜㸌声无边②，摧慑魑魅招灵仙③。傍极六道极九泉④，剑轮辍苦期息肩⑤，汤镬猛火停炽燃⑥。恺悌贤宰人父母⑦，兴功利物信可久，德方金钟永不朽。

【注释】①雄雄：威势盛大貌。《楚辞·大招》："雄雄赫赫，天德明只。"朱熹集注："雄雄，威势盛也。"砰隐：形容声音宏大。《汉书·礼乐志》："休嘉砰隐溢四方。"颜师古注："砰隐，盛意。"王先谦补注："砰，大声也。隐与殷同，亦声之大也。"

②烜赫：气势宏大。

③摧慑：摧灭震慑。魑魅：古谓能害人的山泽之神怪。亦泛指鬼怪。《汉书·王莽传中》："投诸四裔，以御魑魅。"颜师古注："魑，山神也。魅，老物精也。"灵仙：神仙。

④六道：佛教语。谓众生轮回的六去处：天道、人道、阿修罗道、畜生道、饿鬼道和地狱道。九泉：犹黄泉。指人死后的葬处，即阴间。

⑤剑轮：指剑轮地狱。息肩：让肩头得到休息。比喻卸除责任或负担。

⑥汤镬：指汤镬地狱。

⑦恺悌：亦作"恺弟"。和乐平易。

【译文】硕大洪钟砰然作响声振天宇，犹如雷霆鼓荡警谕大千世界。大钟声音煊赫气势无边，可以摧慑魑魅而召来神仙。大钟之声能播及六道而深入九泉，能使剑轮地狱不再运转而停息下来，使汤镬地狱的猛火不再燃烧。和乐平易的贤能县令，为一县百姓之父母官，兴此大功可以长久造福万物，功德与大钟一起永不朽灭。

天门山铭

【题解】此铭文年代不详。天门山，在安徽省当涂县与和县之间，耸立于长江两岸。东为博望山，位于当涂县，西为梁山，位于和县。东、西两山相对如门，故名天门山。李白在文中极力描述了天门山地理位置的重要和山势江流的凶险。表达了"天险之地，无安匪亲"的观点，以及对大唐国势的担忧。

梁山博望，关扃楚滨[①]。夹据洪流，实为吴津[②]。两坐错落，如鲸张鳞。惟海有若[③]，唯川有神。牛渚怪物[④]，目围车轮[⑤]。光射岛屿，气凌星辰。卷沙扬涛，溺马杀人。国泰呈瑞，时讹返珍。开则九江纳锡[⑥]，闭则五岳飞尘[⑦]。天险之地，无安匪亲。

【注释】①关扃：封锁。扃：门锁。楚滨：楚水之滨。天门山西岸的梁山古代属于楚地，所以称为楚滨。

②吴津：吴地的渡口。天门山东岸的博望山古代属于吴地，所以称为吴津。

③海有若：即海若，传说中的海神。《楚辞·远游》："令海若舞冯夷。"王逸注："海若，海神名也。"

④牛渚：山名，在今安徽省马鞍山市西南长江边，牛渚山北部突出于长江中的部分，称为牛渚矶，又名采石矶，是沟通大江南北的重要津渡。牛渚怪物：用晋朝温峤燃犀照怪物的典故。《晋书·温峤》："（温峤）至牛渚矶，水深不可测，世云其下多怪物，峤遂毁犀角而照之。须臾，见水族覆火，奇形异状，或乘马车着赤衣者。峤其夜梦人谓己曰：'与君幽明道别，何意相照也？'意甚恶之。峤先有齿疾，至是拔之，因中风，至镇未旬而卒，时年四十二。"

⑤目围车轮：眼睛有车轮那么大。围：周长。

⑥九江纳锡：九江纳贡。语出《书·禹贡》："九江纳锡大龟。"孔传："尺二寸曰大龟，出九江水中。龟不常用，锡命而纳之。"

⑦五岳飞尘：王琦注："陆机《汉高帝功臣颂》：'波振四海，尘飞五岳。'波振、尘飞，以喻乱也。"

【译文】长江两岸的梁山和博望山，是楚水之滨的关锁。两山夹持长江，也是吴地的重要渡口。两山错落分布在长江两岸，如同巨鲸张开的鳞片。海有海神，江有江神。牛渚矶下，怪物出没，眼睛有车轮大小。放出的光芒直射岛屿，滔天的气势凌驾星辰。怪物卷起泥沙，扬起波涛，溺毙牛马，淹杀行人。国家安泰时祥瑞就会出现，时世错乱时奇珍就会消失。世道开明则九江纳贡，世道闭锁则五岳飞尘。天险之地，如果用人不当，就难以安定。

卷二十八　记

任城县厅壁记

【题解】此记大约是天宝八载(749)左右，李白游东鲁时在任城所作。任城县，唐时属河南道兖州，治所在今山东济宁市。厅壁记，是古代刻写在官衙门厅大堂墙壁上的记述性文字，内容主要记述机构的由来、人员设置以及历任官员的姓名和政绩，也记载当地的地理特点、郡县变迁与风土人情等。唐代时比较流行，初始于朝廷，后盛行于郡县。根据《庆湖遗老诗集》记载，贺知章的从弟贺知止当时为任城县令，文中提到的贺公就是贺知止。李白游东鲁时，与贺知止诗酒相会，为了褒扬贺知止的施政有方，写下了这篇《任城县厅壁记》。首段写任城县的历史和变革。次段写任城县区划和地理、风俗特点。第三段写任城县山川秀丽，历代是王侯封地，人才辈出，城邑繁华，商贸兴盛。因此需要贤人来治理。第四段写任城县所辖乡、人口，以及贺知止治理有方，地方兴盛，古道畅行。最后记叙写此文的来由。

　　风姓之后，国为任城①，盖古之秦县也。在《禹贡》则南徐之分②，当周成乃东鲁之邦③。自伯禽到于顺公，三十二代，遭楚荡灭，因属楚焉④。炎汉之后⑤，更为郡县。隋开皇三年，废高平郡，移任城于旧居。邑乃屡迁，井则不改⑥。

　　【注释】①"风姓"二句：《元和郡县志》："任城县，本汉县也，属东平国。古任国，太昊之后，风姓也。僖公二十一年《左传》曰：'任、宿、须句，皆风姓也，实司太皥与有济之祀。'注曰：'任，今任城县也。'《魏志》曰文帝封鄢陵侯彰为任城王。齐天保七年，移高平郡于此，任城县属焉。隋开皇三年，罢高平郡，县属兖州。"

　　②"在《禹贡》"句：《元和郡县志》："兖州，鲁郡。《禹贡》兖州之域，兼得徐州之地，春秋时，为鲁国。"《禹贡》：古代地理著作，是《尚书》中的一篇。全书详细介绍了古代九州情况，包括对每州的疆域、山脉、河流、植被、土壤、物产、贡赋、少数民族、交通等自然、人文现象作了描述。是我国地理学中的经典著作，对中国地理学的发展有深远影响。

　　③周成：指周成王。

　　④"自伯禽"四句：伯禽：姬姓，字伯禽。周公旦长子。西周鲁国第一代国君。王琦注："按《史记》：封周公旦于曲阜，是为鲁公。周公不就封，留佐武王，使其子伯禽代就封于鲁。其后有考公、炀公、幽公、魏公、厉公、献公、真公、武公、懿公、孝公、惠公、隐公、桓公、庄公、闵公、僖公、文公、宣公、成公、襄公、昭公、定公、哀公、悼公、元公、

穆公、共公、康公、景公、平公、文公、顷公。顷公二十四年，楚考烈王伐灭鲁。鲁起周公至顷公，凡三十四世，谓三十四君也。自伯禽起至顷公，当云三十三世，此云顺公，又云三十二代，皆误。"

⑤炎汉：指汉朝。汉自称以火德王，故称炎汉。

⑥"邑乃"二句：谓任城的城邑虽然多有变迁，然而乡土风俗未变。语出《易·井卦》："改邑不改井。"谓城邑可以改变，但水井不会迁移。井即水井，也指古代社会的组织单位，古代施行井田制，八家为一井。

【译文】风姓的后人，所建立的任国，其旧址就在任城，到了秦朝，就设立了任城县。任城属于《禹贡》所记载的徐州的一部分，到了周成王时，任城乃是鲁国的属地。自鲁国始祖伯禽到鲁顺公，传国三十二代，鲁国最后被楚国灭亡，成为了楚国的属地。汉朝建立之后，任城又恢复为郡县。隋朝开皇三年，废除高平郡，将任城县仍划归兖州。虽然，城邑屡次变迁，但是这里的乡土风俗未变。

鲁境七百里，郡有十一县，任城其冲要①。东盘琅邪②，西控钜野③，北走厥国④，南驰互乡⑤。青帝太昊之遗墟⑥，白衣尚书之旧里⑦。土俗古远，风流清高，贤良间生，掩映天下⑧。

【注释】①"鲁境"三句：《元和郡县志》记载："鲁郡州境，东西三百三十一里，南北三百五十三里，管县十一：瑕丘、金乡、鱼台、邹县、龚丘、乾封、莱芜、曲阜、泗水、任城、中都。"冲要：军事上或交通上重要的地方。同"要冲"。

②琅邪：郡名，即唐时沂州，属河南道，治所在今临沂，地处鲁郡之东。

③钜野：古湖泽名，又名大野泽。在今山东省巨野县北五里。《水经注·济水》："何承天曰：'钜野，湖泽广大，南通洙、泗，北连清、济，旧县故城，正在泽中，故欲置戍于此城，城之所在，则钜野泽也，衍东北为大野矣，昔西狩获麟于是处也。'"

④厥国：古国名，唐时属中都县，今山东汶上县。《太平寰宇记》："郓州中都县，古中都之地，汉为东平陆县，属东平国，亦古之厥国地，今邑界有厥亭存。"

⑤互乡：地名，一名合乡。在今山东滕州市东二十三里。《太平寰宇记》："徐州沛县合乡故城，古互乡之地。"

⑥太昊：亦作太皞、太皓。风姓。传说中古代东夷族首领。《三皇本纪》："太皞庖牺氏，风姓。代燧人氏，继天而王，都于陈。其后裔，当春秋时，有任、宿、须句、颛臾，皆风姓之胤也。"青帝：按《礼记·月令》："孟春之月，日在营室，昏参中，旦尾中。其日甲乙。其帝太皞，其神句芒。"太昊是春季之神，五行中春属东方，色青，故称太昊青帝。遗墟：遗址。

⑦白衣尚书：指东汉郑钧。《后汉书·郑均传》："郑均，字仲虞，东平任城人。帝东巡过任城，乃幸均舍，敕赐尚书禄以终其身。时人号为白衣尚书。"

⑧掩映：盖过，压倒。

【译文】鲁郡境内方圆七百余里，下辖十一个县，任城县地处要冲。东面盘绕着琅琊郡，西面总控着钜野泽，向北走是古厥国，向南行是互乡故地。这里是青帝太昊的旧地遗址，也是东汉白衣尚书郑均的故里。风土习俗依然保持了淳朴的远古之风，这里的士人才德出众，不断涌现贤良人物，远超天下其他地方。

地博厚，川疏明。汉则名王分茅①，魏则天人列土②。所以代变豪侈，家传文章③。君子以才雄自高，小人则鄙朴难治。况其城池爽垲④，邑屋丰润。香阁倚日⑤，凌丹霄而欲飞；石桥横波，惊彩虹而不去。其雄丽块圠⑥，有如此焉。故万商往来，四海绵历⑦，实泉货之橐籥⑧，为英髦之咽喉⑨。故资大贤，以主东道⑩，制我美锦⑪，不易其人。

【注释】①"汉则"句：指东汉刘尚封任城孝王。《后汉书·刘尚传》："任城孝王尚，元和六年封，食任城、亢父、樊三县。"分茅：分封王侯。古代分封诸侯，用白茅裹着泥土授予被封者，象征授予土地和权力，谓之"分茅"。

②"魏则"句：指魏时曹彰被封为任城王。《三国志·魏志·曹彰传》："任城威王彰，黄初三年立为任城王。"天人：天子宗室。这里指曹彰。列土：分封土地。列，同"裂"。

③文章：礼乐制度。《礼记·大传》："考文章，改正朔。"郑玄注："文章，礼法也。"《论语·泰伯》："巍巍乎其有成功也，焕乎其有文章。"朱熹集注："文章，礼乐法度也。"

④爽垲：高爽干燥。《左传·昭公三年》："子之宅近市，湫隘嚣尘，不可以居，请更诸爽垲者。"杜预注："爽，明；垲，燥。"

⑤香阁：宫廷或佛寺的台阁。

⑥块圠：也作"块轧"，漫无边际貌。贾谊《鵩鸟赋》："大钧播物兮，块圠无垠。"刘良注："块圠，无涯际也。"

⑦绵历：犹绵延。

⑧泉货：钱货。橐籥：风箱。橐是古代的一种鼓风吹火器，籥是鼓

火器上的管子。这里比喻钱货往来频繁，犹如风出入风箱一般。

⑨英髦：亦作"英旄"。俊秀杰出的人。

⑩东道：即东道主。原指东路上的主人，后称请客的人。春秋时，郑国在秦国东面，经常接待秦国出使东方的使节，故称"东道主"。后因以泛指接待或宴客的主人。

⑪制我美锦：用制锦典故。《左传·襄公三十一年》记载，春秋时，郑国大夫子皮想让自己的小臣尹何，担任邑大夫。子产表示反对。子产认为尹何太年轻还不能胜任，应该"学而后政"，就好比制锦，一块上好的锦缎，不可能交给学徒去裁剪。同样，应该是先学习然后主政，没听说过先主政而后再学习。后因以"制锦"为贤者出任县令之典。

【译文】任城一带地广土厚，河川畅通。汉朝时刘尚曾被分封为任城孝王，曹魏时期，则是宗室曹彰的封国。所以这里历代是豪门望族的封地，各家都倡导诗书礼教。此地君子才高而自矜，小人鄙陋而难治。而且这里城池高广，屋宇宽大。香阁高倚白日，凌驾云霄似乎要冲天而起；石桥横越水上，形如彩虹虽受惊却不会消失。任城的雄壮无边，就是这样的情形。因此万商往来，绵延四海，实在是财货往来之通道，英才聚集之要地。所以，必须任用大贤之人，来治理此处。就如同裁剪美锦，不能随便找人操刀。

今乡二十六，户一万三千三百七十一。帝择明德①，以贺公宰之。公温恭克修，俨硕有立②。季野备四时之气③，士元非百里之才④。拨烦弥闲⑤，剖剧无滞⑥。镝百发克破于杨叶⑦，刀一鼓必合于桑林⑧。宽猛相济⑨，弦韦适中⑩。一之岁肃而教之，二之岁惠而安之，三之岁富而乐之。然后青衿向训⑪，黄发履礼⑫。耒耜就役⑬，农无游手之夫；杼轴和鸣⑭，机罕嚬蛾之女⑮。物不知化，陶然自春。权豪锄纵暴之心，黠吏返淳和之性⑯。行者让于道路⑰，任者并于轻重⑱。扶老携幼，尊尊亲亲⑲，千载百年，再复鲁道。非神明博远⑳，孰能契于此乎？

【注释】①明德：光明之德；美德。指才德兼备的人。

②俨硕：神态庄严而身材修长。

③季野：指东晋名士褚裒，字季野。四时之气：本指一年四季的气象，后以"备四时之气"喻指人的气度弘远。《晋书·褚裒传》："谢安亦雅重之，恒云：'裒虽不言，而四时之气亦备矣。'"意谓褚裒虽然不说话，但气度弘远。

④士元：指三国时庞统，字士元。百里之才：指能治理方圆百里地区的人才。后称才能平常的人。《三国志·蜀志·庞统传》："庞统，字士元，襄阳人也。先主领荆州，统以从事守耒阳令，在县不治，免官。吴将鲁肃遗先主书曰：'庞士元，非百里才也，使处治中别驾之任，始当展其骥足耳。'"

⑤拨烦：谓处理繁忙的政务。弥闲：有很多空闲。

⑥剖剧：剖析繁剧。无滞：没有阻滞。

⑦"镝百发"句：用战国时养由基故事。《汉书·贾邹枚路传》："养由基，楚之善射者也。去杨叶百步，百发百中，杨叶之大，加百中焉，可谓善射矣。"镝：箭头。克：能够。

⑧"刀一鼓"句：用庖丁解牛故事。《庄子·养生主》："庖丁为文惠君解牛，手之所触，肩之所倚，足之所履，膝之所踦，砉然响然，奏刀騞然，莫不中音。合于桑林之舞，乃中经首之会。"鼓：鼓刀，挥刀。桑

林：古乐曲名。相传为殷天子之乐。

⑨宽猛相济：宽大和严厉互为补充。语出《左传·昭公二十年》："仲尼曰：'善哉，政宽则民慢，慢则纠之以猛；猛则民残，残则施之以宽。宽以济猛，猛以济宽，政是以和。'"

⑩弦韦：比喻缓急。语出《韩非子·观行》："西门豹之性急，故佩韦以自缓；董安于之心缓，故佩弦以自急。""弦"指弓弦，"韦"是兽皮，弦紧皮软，比喻性子急缓不同。古人佩弦来警戒自己的性缓，佩韦以警戒自己的性急。

⑪青衿：青色交领的长衫。古代学子的常服。《诗·郑风·子衿》"青青子衿，悠悠我心。"毛传："青衿，青领也。学子之所服。"向训：接受训诫。

⑫黄发：指老人。老人发白，白久则黄。履礼：履行礼仪。

⑬耒耜：古代耕地翻土的农具。耒是耒耜的柄，耜是耒耜下端的起土部分。就役：从事劳作。

⑭杼轴：织布机上的两个部件，即用来持纬（横线）的梭子和用来承经（直线）的筘。亦代指织机。

⑮嚬蛾：皱眉。

⑯黠吏：狡黠的胥吏。

⑰行者让于道路：行走的人相互让路。谓大家都谦逊有礼。语出《孔子家语·好生》："虞芮二国，争田而讼，连年不决。乃相谓曰：'西伯，仁人也，盍往质之？'入其境，则耕者让畔，行者让路。"

⑱任者并于轻重：老少承担不同轻重负担。语出《礼记·王制》："轻任并，重任分。"孔颖达疏："任，谓有担负者俱应担负。老少并轻，则并与少者担之。老少并重，不可并与少者一人，则分为轻重，重与

少者，轻与老者。"

⑲尊尊亲亲：尊敬先辈，亲近亲族。

⑳博远：广大而深远。

【译文】如今任城统辖二十六个乡，一万三千三百七十一户。皇帝选择品德高尚之人，任命贺公前来治理任城。贺公为人，温和谦恭而修养自己，庄重持身而坚守原则。既像褚季野一样气度恢弘，又如庞士元一样才能出众。他处理烦杂公务仍有闲暇，剖析繁剧事情毫无阻滞。驾轻就熟如同养由基抬手射箭一样能够百发而射中杨叶，得心应手如同庖丁鼓刀解牛一样必定合于《桑林》节奏。贺公治政能够宽严相结合，缓急相适中。到任第一年对百姓严谨地教化；第二年使百姓受惠而安居；第三年使百姓富足而快乐。然后，鲁地的青领学子们都能接受训导，黄发老人们都能遵守礼制。耒耜都在使用之中，农夫里没有游手好闲之人；杼轴都在发出鸣声，织机旁没有皱眉厌烦之女。民物在不知不觉中得到教化，陶然自乐犹如沐浴春风。权贵豪门去除了暴虐之心，奸诈胥吏重返淳和品性。路上的行人相互让路，挑担的老少轻重有别，扶助老人，牵挽幼童，尊重长辈，亲近亲眷，千百年后，再一次恢复了鲁国古道。如果不是智如神明而目光远大之人，谁又能如此契合周公治理之道呢？

白探奇东蒙①，窃听舆论②，辄记之于壁，垂之将来。俾后贤之操刀③，知贺公之绝迹者也④。

【注释】①探奇：寻找奇景。东蒙：山名。又称蒙山。在今山东蒙阴县西南。因在鲁东，故名。《论语·季氏》："夫颛臾，昔者先王以为东蒙主。"杨伯峻注："东蒙，即蒙山。"

②舆论：舆人之论。舆人指众人，舆论表示众人的议论。《晋书·王沉传》："自古贤圣，乐闻诽谤之言，听舆人之论。"

③俾：使。操刀；持刀。语出《左传·襄公三十一年》，春秋时，郑国大夫子皮想让自己的小臣尹何，去担任邑大夫。子产不同意，说："不可。人之爱人，求利之也。今吾子爱人则以政，犹未能操刀而使割也（犹如让不会操刀的人去裁剪锦缎），其伤实多。"后以"操刀"比喻做官任事。

④绝迹：指卓越的功业事迹。

【译文】我在东蒙山一带寻奇访幽，私下听到了百姓对贺公的评议，于是就题写记载在县衙堂壁之上，使之流传后世。让后来执政的贤者，能了解贺公卓越的政绩。

卷二十九　碑

比干碑

【题解】此篇为唐人李瀚之作，误收入李白诗集中。《唐文粹》《全唐文》皆收有此文，题为《殷太师比干碑》，文字与此篇略有差别。此处仅录其文。

太宗文皇帝既一海内，明君臣之义。贞观十九年征岛夷，师次殷墟，乃诏赠少师比干为太师，谥曰忠烈公。遣大臣持节吊祭，申命郡县封墓、葺祠、置守冢，以少牢时享，著于甲令，刻于金石。故比干之忠益彰，臣子得述其志。

昔商王受毒痛于四海，悖于三正，肆厥淫虐，下罔敢诤。于是微子去之，箕子囚之，而公独死之。非夫捐生之难，处死之难。故不可死而死，是轻其生，非孝也。可死而不死，是重其死，非忠也。王曰叔父，亲其至焉；国之元臣，位莫崇焉。亲不可以观其危，昵不可以忘其祖。则我臣之业，将坠于泉；商王之命，将绝于天。整扶其颠，遂谏而死。剖心非痛，止殷为痛。公之忠烈，其若是焉。故能独立危邦，横抗兴运。周武以三分之业，有诸侯之师。实其十乱之谋，总其一心之众。当公之存也，乃戡彼西土；及公之丧也，乃观乎孟津。公存而殷存，公丧而殷丧。兴亡两系，岂不重欤！且圣人立教，惩恶劝善而已矣。

人伦大统，父子君臣而已矣。少师存则垂其统，殁则垂其教。奋乎千古之上，行乎百王之末。俾夫淫者惧，佞者惭，义者思，忠者劝。其为戒也，不亦大哉！而夫子称殷有三仁，是岂无微旨。尝敢颐之曰：存其身，存其宗，亦仁矣；存其名，存其祀，亦仁矣；亡其身，图其国，亦仁矣。若进死者，退生者，狂狷之士将奔走之；褒生者，贬死者，宴安之人将置力焉。故同归诸仁，各顺其志，殊途而一揆，异行而齐致，俾后人优柔而自得焉。盖《春秋》微婉之义。必将建皇极，立彝伦，辟再三之门，垂不二之训，以明知于世。则夫人臣者，既移孝于亲而致之于君。焉有闻亲失而不诤，亲危而不救，从容安地而自得，甚哉不然矣！

夫孝于其亲，人之亲皆欲其子。忠于其主，人之主皆欲其臣。故历代帝王，皆欲精显。周武下车而封其墓，魏武南迁而创其祠。我太宗有天下，禋百神，盛其礼。追赠大师，谥曰忠烈。申命郡县，封坟葺祠，置守冢五家，以少牢时享。著于甲令，刻于金石。於戏！哀伤列辟，主君封德。正与神明，秩视郡王。身灭而荣益大，世绝而祀愈长。然后知忠烈之道，激天感人深矣。

天宝十祀，余尉于卫，拜首祠堂，魄感精动，而庙在邻邑，官非式间。斫石铭表，以志丕烈。铭曰：

縻躯非仁，蹈难非智。死于其死，然后为义。忠无二躯，烈有余气。正直聪明，至今猛视。咨尔来代，为臣不易。

天长节使鄂州刺史韦公德政碑 并序

【题解】此文应是乾元二年（759），李白遇赦回到江夏时所作。天长节使，即天长节庆典仪式的主持者。天长节，为庆祝唐玄宗的生日而设立的官方节日。《旧唐书·玄宗纪》记载，唐玄宗"垂拱元年秋八月戊寅（初五），生于东都。""开元十七年，八月癸亥，上以降诞日，宴百僚于花萼楼下。百僚表请以每年八月五日为千秋节。""开元十八年，六月辛卯，礼部奏请千秋节休假三日，及村闾社会，并就千秋节先赛白帝，报田祖，然后坐饮散之。""天宝七载，秋八月己亥朔，改千秋节为天长节。"鄂州，唐州名，即江夏郡，唐时属江南西道，治所在今湖北武昌。韦公，即韦良宰，当时正在鄂州刺史任上，即将任满返京。李白《经乱离后天恩流夜郎忆旧游书怀赠江夏太守良宰》诗中的江夏太守良宰即此人。德政碑，旧时为颂扬官吏政绩而立的碑石。文中先叙述了天长节的起源，盛赞唐玄宗攘除内乱，开创开元盛世的壮举，以及肃宗平定安史之乱，克复两京的丰功，并颂扬玄宗能效仿圣人传位于肃宗，使社稷安定，吊民伐罪，再展雄图。然后叙述了韦良宰的出身、品行、任职、才能和见识等。最后描写了韦良宰在鄂州与百姓同庆天长节的热闹场面,以及百姓刻碑来颂扬韦良宰德政的经过。全文用典贴切,辞意优雅,表现了诗人对韦良宰的颂扬之情。

太虚既张①,惟天之长。所以白帝真人②,当高秋八月五日,降西方之金精③,采天长为名,将传之无穷,纪圣诞之节也④。我高祖创业,太宗成之,三后继统⑤,王猷如一⑥。大盗间起⑦,开元中兴⑧,力倍造化,功包天地。不然,何能遏牺、农之颓波⑨,返淳朴于太古?虽轩后至道⑩,由闻蚩尤之师⑪;今网漏吞舟⑫,而胡夷起于毂下⑬。光天文武孝感皇帝⑭,越在明两⑮,总戎扶风⑯。正帝车于北斗⑰,拯横流于鲸口⑱;回日辔于西山⑲,拂蒙尘于帝颜⑳。呼吸而收两京㉑,炬爀而安六合㉒。历列辟而罕匹㉓,顾将来而无俦㉔。太阳重轮,合耀并出。宇宙翕变㉕,草木增荣。一麾而静妖氛㉖,成功不处㉗;五让而传剑玺㉘,德冠乐推㉘。

【注释】①太虚:天。

②白帝:古代神话中五天帝之一,主西方之神。《周礼·天官·大宰》"祀五帝"贾公彦疏:"五帝者,东方青帝灵威仰、南方赤帝赤熛怒、中央黄帝含枢纽、西方白帝白招拒、北方黑帝汁先纪。"真人:道教称有养本性或修行得道的人,多用做称号。

③金精:此处指西方之神灵。

④圣诞之节:指唐玄宗的生日。即天长节。

⑤三后:指高宗李治、中宗李显、睿宗李旦。继统:继承帝统。

⑥王猷:王道。如一:相同。

⑦大盗:指窃国篡位者。王琦注:"大盗,指韦、武诸贼臣,以其谋

危宗社,故曰大盗。"

⑧开元中兴:指李隆基平定韦后之乱,使睿宗李旦即位,先天元年(712)八月,李旦传位于太子李隆基,也就是后来的唐玄宗。第二年十二月,李隆基改年号为开元,任用贤能,开创"开元盛世",大唐中兴。

⑨牺:指伏羲氏。农:指神农氏。《庄子·缮性》:"古之人,在混芒之中,与一世而得淡漠焉。当是时也,阴阳和静,鬼神不扰,四时得节,万物不伤,群生不夭,人虽有知,无所用之,此之谓至一。当是时也,莫之为而常自然。逮德下衰,及燧人、伏羲始为天下,是故顺而不一。德又下衰,及神农、黄帝始为天下,是故安而不顺。德又下衰,及唐、虞始为天下,兴治化之流,浇淳散朴,离道以善,险德以行,然后去性而从于心。心与心识,知而不足以定天下,然后附之以文,益之以博。文灭质,博溺心,然后民始惑乱,无以反其性情而复其初。由是观之,世丧道矣,道丧世矣,世与道交相丧也。"

⑩轩后:即黄帝轩辕氏。至道:指最高的道德。

⑪由:通"犹",尚且。蚩尤:传说中的古代九黎族首领。以金作兵器,与黄帝战于涿鹿,失败被杀。

⑫网漏吞舟:网里漏掉吞舟的大鱼,比喻法令太宽,使坏人漏网。语出《史记·酷吏列传序》"网漏于吞舟之鱼"。

⑬胡夷起于毂下:指安禄山叛乱。毂下,辇毂之下,旧指京城。

⑭光天文武孝感皇帝:唐肃宗的尊号。

⑮越:发语词,无义。明两:本谓《离》卦离下离上,为两明前后相续之象。这里指唐肃宗继唐玄宗之后光耀四方。

⑯总戎:统率军队。扶风:郡名,即岐州,治所在今陕西凤翔县。

⑰帝车:即北斗星。《史记·天官书》:"斗为帝车,运于中央,临制

四乡。"

⑱横流：大水不循道而泛滥。比喻动乱，灾祸。

⑲日辔：犹日御，亦指帝王的车驾。

⑳蒙尘：指帝后流亡在外，蒙受灰尘。

㉑呼吸：形容时间极短。两京：指长安和洛阳。

㉒烜赫：即煊赫，形容名声大、声势盛。

㉓列辟：指古代君主。班固《典引》："德臣列辟，功君百王。"李贤注："列辟，谓古之帝王也。"匹：相当，比得上。

㉔俦：同辈。

㉕翕变：变动。

㉖静妖氛：指收复两京，将叛军击败。

㉗成功不处：出自《老子》："是以圣人为而不恃，功成而不处。"

㉘五让：用汉文帝五次辞让天子之位一事。《汉书·袁盎传》："袁盎曰：'陛下至代邸，西向让天子者三，南向让天子者再。夫许由一让，陛下五以天下让，过许由四矣。'"剑玺：指刘邦的斩蛇剑和传国玺，为汉代神器。后用以象征统治权。此处指唐肃宗接受传国玺。《旧唐书·肃宗纪》："至德二载十月癸亥，上自凤翔还京，遣太子太师韦见素入蜀迎上皇。十二月丙午，上皇至自蜀，上至望贤宫奉迎。十二月甲子，上皇御宣政殿，授上传国玺，上于殿下涕泣而受之。"

㉙乐推：乐意拥戴。

【译文】太虚开张，惟天长久。所以西方白帝真人，在秋高八月之五日，降生西方金精之灵，以天长节为名，将永世相传，用来纪念玄宗皇帝的诞生之日。我朝由高祖创立基业，太宗成就并发展，高宗、中宗、睿宗相继帝业，王道始终如一。期间虽有大盗骤起，幸得玄宗开元中兴，其神力倍于造化，其功绩囊括天地。不然，如何能遏止伏羲、神农以来的颓流，返回太古时的淳风呢？即使轩辕黄帝那样的道德高尚时代，尚且听说有蚩尤起兵作乱之事；如今法网宽疏使奸人得逞，所以胡寇安禄山起兵作乱于天子脚下。光天文武孝感皇帝，与太上皇相继明照四方，在扶风统率天下军队平乱。把帝车扶回北斗正位，在鲸口遏止滔天洪水。将日车从西山挽回，拂去帝王蒙尘之辱。呼吸之间就收复了两京，声势浩大安定天地四方。历代帝王少有能与陛下相比之人，就是将来也无人能与之匹敌。太上皇和皇上如同两轮太阳，合照天下。天下迥然大变，草木也增光彩。圣上大旗一挥而剿灭叛贼，功成却不自居；恭敬辞让五次才登上皇位，德高而受拥戴。

於戏^①！昔尧及舜、禹，皆无圣子^②，审历数去已^③，终大宝假人^④，饰让以成千载之美^⑤。未若以文明鸿业^⑥，授之元良^⑦，与天同休^⑧，相统亿祀^⑨。则我唐至公而无私，越三圣而殊轨^⑩。腾万人之喜气，烂八极之祥云^⑪。上皇思汾阳而高蹈^⑫，解负重于吾君^⑬。能事斯毕^⑭，与人更始^⑮。乃展祀郊庙^⑯，望秩山川^⑰。方掩骼于河、洛，吊人于幽、燕^⑱。但诛元凶，不问小罪。噫大块之气^⑲，歌炎汉之风^⑳。云滂洋^㉑，雨汪濊^㉒。澡渥泽^㉓，除瑕颣^㉔。削平国步^㉕，改号乾元。至矣哉！其雄图景命^㉖，有如此者。

【注释】①於戏：通"呜呼"，感叹词。

②"昔尧"二句：王琦注："尧、舜无圣子，文乃兼禹言之，误也。"《史记·五帝纪》记载，尧知其子丹朱不贤，不足以承担治理天下的重任，于是让位于舜。而舜知其子商均不贤，于是让位于禹。而并没有记载

大禹之子不贤。所以这里是李白之误。圣子：这里指贤德的儿子。

③历数：《论语·尧曰》："咨，尔舜，天之历数在尔躬。"邢昺疏："孔注《尚书》云：历数谓天道。谓天历运之数。帝王易姓而兴，故言历数谓天道。"朱熹注："历数，帝王相继之次第，犹岁时节气之先后也。"

④大宝：皇帝之位。《易·系辞下》："圣人之大宝曰位。"假人：授予人。

⑤饰让：伪让，故为推让。

⑥未若：不如，比不上。文明：文采光明。《易·乾》："见龙在田，天下文明。"孔颖达疏："天下文明者，阳气在田，始生万物，故天下有文章而光明也。"鸿业：大业。多指王业。

⑦元良：太子的代称。《礼记·文王世子》："一有元良，万国以贞，世子之谓也。"

⑧同休：同享福禄。

⑨亿祀：亿年。祀，年。

⑩三圣：指尧、舜、禹。殊轨：比喻不同的法度。

⑪"腾万人"二句：暗用古《卿云歌》中"卿云烂兮，糺缦缦兮"诗意。

⑫上皇：指唐玄宗。思汾阳：《庄子·逍遥游》记载，尧治理天下之民，平定海内之政，而后前往藐姑射山、汾水之北，拜见四位得道之人，窅然而忘天下。此处用其意。

⑬解负重：《淮南子·精神训》记载，尧以布衣遮体，以鹿裘御寒，生活条件不比一般人更好，却比一般人更多责任的忧虑。所以将帝位禅让于舜，就好像卸下了重负。此处用其意。

⑭能事：指能做到的事。斯：尽，都。

⑮更始：重新开始。

⑯展：施行。

⑰望秩：按等级望祭山川。

⑱吊人：即吊民，抚慰百姓。为避唐太宗李世民讳而改。

⑲噫气：呼气。大块：大自然。《庄子·齐物论》："大块噫气，其名为风。"

⑳炎汉：汉朝自称以火德王，故称炎汉。炎汉之风，指汉高祖刘邦的《大风歌》。

㉑滂洋：众多而广大。

㉒汪濊（huì）：深广。

㉓渥泽：恩惠。

㉔瑕纇（lèi）：瑕，玉上的斑点；纇，丝上的疙瘩。比喻事物的缺点、毛病。此处比喻灾难。

㉕国步：国运。

㉖雄图：宏大的谋略。景命：大命。指授予帝王之位的天命。

【译文】呜呼！昔日唐尧、虞舜及大禹，都没有贤明的子嗣，审度天命不在自己，终将帝位传于他人，矫饰推让而成就千古美谈。不如将光辉帝业，传给太子，与天同福，国祚亿年。但我大唐至公无私，远超三位圣君而施行不同的制度。所以天下人都欢喜腾跃，八方极远之地都被祥云笼罩。于是太上皇效仿尧帝在平定天下后而去往汾水之阳远游，解下身上的重担，传于当今圣上。诸事都已完毕，万事与人更新。于是祭祀郊庙，依次望祭名山大川。在黄河、洛水一带收葬暴野的尸骨，在幽、燕之地抚慰受害的百姓。只诛首恶，不计小罪。自然之气和畅而行，高唱汉高大风之歌。圣恩如云般广阔，如雨般浩大，沐民以恩惠，消除尽灾难。扭转国运，改年号为"乾元"。真是至美啊，怀雄图大略而天命所归,谁能与此相媲美啊。

> 我邦伯韦公①,大彭之洪胤,扶阳之贵族②。雄略迈古③,高文变风④。运当一贤,才堪三事⑤。历职剖剧⑥,能声旁流⑦。衣绣而白笔横冠⑧,分符而彤襜入境⑨。曩者永王以天人授钺⑩,东巡无名⑪。利剑承喉以胁从⑫,壮心坚守而不动。房陵之俗⑬,安于太山⑭;休奕列郡⑮,去若始至。帝召岐下⑯,深嘉直诚。移镇夏口⑰,救时艰也。慎厥职,康乃人。减兵归农,除害息暴。大水灭郭⑱,洪霖注川⑲。人见忧于鱼鳖,岸不辨于牛马。公乃抗辞正色⑳,言于城隍曰:"若一日雨不歇,吾当伐乔木,焚清祠。"精心感动。其应如响。无何㉑,中使衔命,遍祈名山,广征牲牢,骤欲致祭㉒。公又盱衡而称曰㉓:"今主上明圣,怀于百灵㉔,此淫昏之鬼㉕,不载祀典,若烦国礼,是荒巫风㉖。"其秉心达识㉗,皆此类也。物不知化,如登春台㉘。

【注释】①邦伯:古代用以称一方诸侯之长。《书·召诰》:"命庶殷侯甸男邦伯。"孔传:"邦伯,方伯,即州牧也。"后因称刺史等州郡长官。

②"大彭"二句:《新唐书·宰相世系表四上》韦氏:"韦氏出自风姓。颛顼孙大彭为夏诸侯,少康之世,封其别孙元哲于豕韦,其地滑州韦城是也。豕韦、大彭迭为商伯,周赧王时,始失国,徙居彭城,以国为氏。韦伯遐二十四世孙孟,为汉楚王傅,去位,徙居鲁国邹县。孟四世孙贤,汉丞相、扶阳节侯,又徙京兆杜陵。"又东眷韦氏:绵州刺史、彭城敬公韦澄之子韦庆祚,韦庆祚之孙尚书右丞韦行诠,即韦良宰之父。洪胤:王侯贵族的后代。

③迈古:超越古代。

④高文：指优秀诗文。亦用作对对方诗文的敬称。

⑤"运当"二句：《颜氏家训·慕贤》："古人云：'千载一圣，犹旦暮也。五百年一贤，犹比膊也。'"三事：指三公。

⑥历职：先后任职。剖剧：分析治理繁杂难办的事务。

⑦能声：能干的声誉。旁流：广泛流布。

⑧"衣绣"句：指御史台官员身着绣衣，头戴铁冠，帽插白笔。这里指韦良宰曾任御史。

⑨分符：犹剖符。谓帝王封官授爵，分与符节的一半作为信物。彤襜（chān）：即彤幰，赤色车帷。刺史所乘车多用彤襜。

⑩曩：以往，从前。天人：指唐玄宗。授钺：古代大将出征，君主授以斧钺，表示授以兵权。

⑪东巡无名：新旧《唐书》记载，天宝十五载，唐玄宗逃往成都途中，曾下诏任命永王李璘为四道节度采访等使、江陵大都督。但永王擅自率水师东巡，到达金陵等地，故称"东巡无名"。

⑫胁从：胁迫别人相从。

⑬房陵：郡名，即房州，唐时属山南东道，今湖北房县。

⑭太山：即泰山。

⑮列郡：诸郡。

⑯岐下：王琦注："岐下，岐山之下，唐时为岐州扶风郡，肃宗时改为凤翔郡，未复京师以前，驻跸其地者凡八月。"

⑰夏口：古城名，位于汉水下游入长江处，由于汉水自沔阳以下古称夏水，故名。此处指鄂州治所江夏，今武汉市武昌。

⑱郭：泛指城市。

⑲洪霖：暴雨。

⑳抗辞：犹严辞。

㉑无何：不久。

㉒"中使"四句：王琦注："《唐书》：肃宗尝不豫，太卜建言，崇在山川。王玙遣女巫乘传，分祷天下名山大川，巫皆盛服，中人护领。此文所云'中使衔命，遍祈名山'，即其事也。"中使：宫中派出的使者，多指宦官。衔命：遵奉命令。牲牢：犹祭祀之牲畜。《诗·小雅·瓠叶序》："上弃礼而不能行，虽有牲牢饔饩，不肯用也。"郑玄笺："牛羊豕为牲，系养者曰牢。"

㉓盱衡：扬眉举目。

㉔怀于百灵：即怀柔百神。

㉕淫昏之鬼：指淫邪昏乱的鬼怪。

㉖巫风：巫觋降神的风俗。

㉗秉心：持心。达识：富于才干、识见。

㉘如登春台：形容百姓生活安乐，就像春日登上览胜之台。出自《老子》："众人熙熙，如享太牢，如登春台。"

【译文】鄂州刺史韦公，是夏朝大彭氏的后裔，出身西汉扶阳节侯之大族。其雄才大略远超古人，文章高雅可变风俗。时运正当五百年出一贤士，所以韦公才能位居三公。历任政务繁剧之地，能干之声流传四方。他曾身穿绣衣白笔插冠而为御史；也曾剖符持节乘赤帷之车出任刺史。昔日永王李璘被天子授予兵权，却违命擅自东巡。韦公虽被利剑抵喉胁迫顺从，但韦公意志坚定毫不动摇。他坚守房陵，安稳如泰山；他所治理的州郡都政通人和百业兴盛，离去时与刚到任的时候一样安乐祥和。当今圣上在凤翔召见他，深为嘉许他的正直忠诚。韦公来到夏口转任鄂州刺史，以挽救当时危难的局面。韦公谨慎履责，繁荣百姓。裁减士兵以归家务农，清除祸害来平息暴乱。某日洪水淹没城池，暴雨注入百川。人们担心会沦为鱼鳖的食物，水势浩大看不清对岸的牛马。韦公乃正言厉色地对城隍说："如果一天之内雨还不停，我将伐倒大树，焚烧祠庙。"上天被他的诚心感动。大雨应声而止。不久，宫使奉命，祈祷于名山，广征牲畜，欲大行祭祀。韦公扬眉正色说道："当今圣上贤明圣哲，亲善百神，而这些都是淫邪乱鬼，不被记载于祭典之中，如果以国礼祭祀，那是沉迷于巫祝之风。"韦公能够持心正直而见识通达，这些都是例证。他善于使百姓在不知不觉中接受教化，心神愉悦如登上春日之台。

　　有若江夏县令薛公①，揖四豪之风②，当百里之寄③。干蛊有立④，含章可贞⑤。遵之典礼，恤疲于和乐。政其成也，臻于小康⑥。中京重睹于汉仪⑦，列郡还闻于舜乐⑧。选鄂之胜，帐于东门。乃登齿歌⑨，击土鼓⑩，祀蓐收⑪，迎田祖⑫。招摇回而大火乃落⑬，阊阖启而凉风始归⑭。笙竽和箫之音⑮，象星辰而迭奏；吴、楚、巴、渝之曲⑯，各土风而备陈。礼容有穆⑰，簪笏列序⑱。罗衣蛾眉，立乎玟筵之上⑲；班剑虎士⑳，森乎翠幕之前㉑。千变百戏，分曹贾勇㉒。蔺子跳剑㉓，迭跃流星之辉；都卢寻橦㉔，倒挂浮云之影。百川绕郡，落天镜于江城；四山入牖，照霜空之海色。献觞醉于晚景，舞袖纷于广庭。

【注释】①有若：此处作连词，犹"至于"。江夏：县名，唐时属江南西道鄂州，在今湖北武昌。薛公：名字及事迹不详。

②揖：通"辑"，聚合。四豪：指战国四公子：孟尝君田文、信陵君魏无忌、平原君赵胜、春申君黄歇。

③百里之寄：以百里之地的重任相委托。古时一县所辖之地为百里。因以"百里之寄"代指县令之任。

④干蛊：干练有才能。另外也指"干父之蛊"，谓儿子能继承父志，完成父亲未竟之业。《易·蛊》："干父之蛊，有子，考无咎。"王弼注："以柔巽之质，干父之事，能承先轨，堪其任者也。"

⑤含章可贞：包含美质而正直。语出《易·坤》："六三，含章可贞。"孔颖达疏："六三，处下卦之极，既居阴极，能自降退，不为事始。惟内含章美之道，待命乃行，可以得正。故曰'含章可贞。'"

⑥"遵之"四句：瞿蜕园、朱金城《李白集校注》："全文皆偶句，'小康'以上十七字必有脱误。"恤疲：救济危难之人。小康：古时候谓政教清明、百姓富裕安乐的社会局面。

⑦中京：指京城长安。汉仪：此处代指唐朝的仪礼。

⑧舜乐：指传说虞舜所制之乐，是太平盛世之音。

⑨豳（bīn）歌：指《诗·豳风·七月》。其中有关于农桑耕种之事的内容。豳风，指豳地之歌。豳，古地名，在今陕西旬邑县一带。《周礼·春官·籥章》："掌土鼓豳龠，凡国祈年于田祖，吹《豳雅》，击土鼓，以乐田竣。"郑玄注："杜子春云：'土鼓，以瓦为匡，以革为两面，可击也。田祖，始耕田者，谓神农也。《豳雅》，《七月》也。《七月》有'于耜'、'举趾'、'馌彼南亩'之事，是以亦歌其类。谓之'雅'者，以其言男女之正。

⑩土鼓：古乐器名。鼓的一种。以瓦为匡，以革为两面，可击。

⑪蓐收：古代传说中的西方神名，司秋。

⑫田祖：传说中始耕田者。指神农氏。

⑬招摇：星名，北斗第七星摇光。北斗的斗柄会随季节而变换所

指方向。大火：即心宿，二十八宿之一。大火落，即大火星西落，代表夏天结束，秋天开始。

⑭阊阖：王琦注："西极之门。"阊阖风，即西风，秋风。

⑮和：即"和笙"，小笙。篪：古管乐器，形状像笛。《荀子·乐论》："鼓似天，钟似地，磬似水，竽笙箫和筦篪似星辰日月，鞉柷拊鞷椌楬似万物。"

⑯巴、渝之曲：指巴、渝舞曲。巴、渝，指今四川、重庆一带。《晋书·乐志上》："汉高祖自蜀汉将定三秦，阆中范因率賨人以从帝，为前锋。及定秦中，封因为阆中侯，复賨人七姓。其俗喜舞，高祖乐其猛锐，数观其舞，后使乐人习之。阆中有渝水，因其所居，故名曰《巴渝舞》。舞曲有《矛渝本歌曲》《安弩渝本歌曲》《安台本歌曲》《行辞本歌曲》，总四篇。"

⑰礼容：汉乐名。《汉书·礼乐志》："高祖六年，又作《昭容乐》《礼容乐》……《礼容》者，主出《文始》《五行舞》。"

⑱簪笏：冠簪和手版。古代仕宦所用。此处代指官员。

⑲玳筵：玳瑁筵。比喻豪华、珍贵的宴席。

⑳班剑：有纹饰之剑。或以虎皮饰之。班，通"斑"。汉制，朝服带剑。晋易以木，谓之班剑，取装饰灿烂之义。后用作仪仗，由武士佩持，天子以赐功臣。

㉑森乎：森严的样子。翠幕：翠色的帷幕。

㉒分曹贾勇：王琦注："分曹，分为二曹以较优劣。贾勇，争先炫耀其技，与《左传》贾勇之义微异。"

㉓蔄子：为"兰子"之误。指会杂耍技艺的人。《列子·说符》记载，宋国有个卖艺人叫兰子，凭其绝技求见于宋元君。宋元君召见并让

他表演。兰子用两根超过身长一倍的棍子绑在小腿上，边走边跑，还同时耍弄七把剑，七把剑被交替抛起，五剑常在空中。宋元君十分吃惊，立刻赐予他金帛。

㉔都卢寻橦：古代爬竿杂戏名。都卢，古国名，在南海一带。国中之人善爬竿之技。寻橦，古代百戏之一。橦，竿。据现存汉画，系一人手持或头顶长竿，另有数人缘竿而上，进行表演。

【译文】至于江夏县令薛公，有战国四公子的遗风，担当治理百里之境的责任。继承先祖，操守有立，内含美德，正直忠贞。能遵循典章治理地方，救助疲乏困顿的百姓，使之安乐祥和。薛公政绩有成，日趋小康之治。百姓在长安重睹我大唐威仪，各州郡又听到太平盛世之音。薛公挑选鄂州胜地，在城东门设置帷帐。演奏《豳风》之曲，击响土鼓，祭祀秋神，迎接田祖。北斗招遥星回转而大火星落下，西天之门大开而凉风初来。笙、竽、和、簫等乐器之声，就像日月星辰的更替而轮番奏响；吴、楚、巴、渝等地的乐曲，各具当地风情而一齐呈现。《礼容》之乐庄严肃穆，所有官员按品阶序列。罗衣美女，侍立华筵之上；佩剑武士，罗列翠帐之前。百千种杂耍表演，各自炫耀其技。有类似兰子跳跃接剑的表演，飞舞的宝剑如流星闪耀光辉；还有都卢寻橦的表演，缘竿而上之人好像倒挂在浮云之中。百川环绕郡城，就像天镜落于江夏城；四周青山入窗，映照秋日霜空之海色。举杯献酒醉倒在晚景之中，舞袖翩翩纷飞于广庭之上。

鹤发之叟，雁序而进曰①："恭闻天子无戏言②，恐转公以大用。老父不畏死，愿留公以上闻。悦坐棠而餐风③，庶刻石以置美④。白观乐入楚，闻韶在齐⑤，采诸行谣⑥，遂作颂曰：

【注释】①雁序：雁行，像大雁飞行那样前后有序而不紊乱。

②天子无戏言：语出《史记·晋世家》："史佚曰：'天子无戏言。言则史书之，礼成之，乐歌之。'"

③坐棠：传说周武王时，召伯巡行南国，曾憩甘棠树下，听讼决狱，百姓各得其所，赋诗以怀其德。见《诗·召南·甘棠》。后以"坐棠"为称颂官员德政之典。餐风：以风为食。此处指不辞辛劳。

④庶：平民，百姓。刻石：此处指刻石立碑。置美：用来赞美。

⑤"白观乐"二句：观乐：用季札故事。《左传·襄公二十九年》："吴公子札来聘，请观于周乐。"闻韶：用孔子故事。《论语·述而》："子在齐闻韶，三月不知肉味。"王琦曰："鄂州，本楚国之地，故曰'入楚'。因入楚而观乐，亲见其美，犹之在齐而'闻韶'。二句乃流水对法。或疑'入楚'为误者，非也。"

⑥诸："之于"的合音。

【译文】有白发老翁，循循上前进言道："听说天子无戏言，我们担心韦公被调走而委以重用。老朽不畏死，想让圣上知道我们挽留韦公的心意。韦公像召伯一样坐甘棠施政而风餐露宿，所以百姓刻石立碑以赞美他的德政。"我来到楚地观乐而知其美，就像孔子在齐国听到韶乐而三月不知肉味，于是采集流传的歌谣，作此碑颂为：

爽朗太白①，雄光下射。峥嵘金天②，华岳旁连③。降精腾气，赫矣昭然④。诞圣五日⑤，垂休万年⑥。孽胡挺灾⑦，大人有作⑧。雷霆发扬，搀抢乃落⑨。九服交泰⑩，五云萦薄⑪。扫雪屯蒙⑫，洗清寥廓。轩后访道，来登峨嵋。上皇西去，异代同时⑬。六龙转驾⑭，两曜回规⑮。重遭唐主，更睹汉仪。肃肃韦公⑯，大邦之翰⑰。秀骨岳立⑱，英谋电断⑲。宣风树声，远威逆乱。不长不极⑳，乐奏争观。丸剑挥霍㉑，鱼龙屈盘㉒。东回舞袖，西笑长安㉓。颂声载路㉔，丰碑是刊㉕。

【注释】①太白：星名，即金星，又称"长庚""启明"。《史记·天官书》："察日行以处位太白，曰西方，秋。"

②峥嵘：高爽空旷。金天：秋天。

③华岳：指西岳华山。《旧唐书·玄宗纪上》记载："先天二年（713）九月，癸丑，封华岳神为金天王。"

④赫：盛大。昭然：显耀。

⑤诞圣五日：指唐玄宗生于八月五日。

⑥休：美好。

⑦孽胡：指安禄山的叛军。挻（shān）灾：招引祸殃。

⑧大人：指唐肃宗。有作：能充分发挥才干，做出重大成绩。

⑨挽抢：亦作"挽枪"，彗星名。即天挽，天抢。古人以挽抢为妖星，主兵祸。故引申指邪恶。

⑩九服：王畿以外的九等地区。《周礼·夏官·职方氏》："乃辨九服之邦国：方千里曰王畿，其外方五百里曰侯服，又其外方五百里曰甸服，又其外方五百里曰男服，又其外方五百里曰采服，又其外方五百里曰卫服，又其外方五百里曰蛮服，又其外方五百里曰夷服，又其外方五百里曰镇服，又其外方五百里曰藩服。"后泛指全国各地区。交泰：指

天地和祥，万物通泰。

⑪五云：五彩瑞云，多作吉祥的征兆。萦薄：萦绕密接。

⑫屯蒙：《屯》卦和《蒙》卦的并称。万物初生稚弱貌。后用以指塞滞、困顿。

⑬"轩后"四句：谓昔日轩辕黄帝曾到峨眉山访道，今有唐玄宗西去蜀地，真是异代而同事。此四句是对唐玄宗避难蜀中的隐晦说法。轩后：即黄帝轩辕氏。《抱朴子·地真》："昔日黄帝到峨眉山，见天真皇人于玉堂，请问真一之道。"上皇：指唐玄宗。

⑭六龙：天子车驾的代称，因用六马，故名。转驾：指回归长安。

⑮两曜：两个太阳，此处比喻玄宗和肃宗。回规：回到正轨。

⑯肃肃：严正貌。

⑰翰：通"幹（gàn）"，草木的茎干，引申为骨干，栋梁。

⑱秀骨：不平凡的气质。岳立：引申为特出，卓立不群。

⑲电断：闪电般决断。

⑳不长不极：《礼记·曲礼》："敖不可长，欲不可从，志不可满，乐不可极。"此处用其意。

㉑丸剑：古代杂技名，表演时使用铃和剑。挥霍：铃、剑上下跃动貌。

㉒鱼龙屈盘：一种鱼变龙的杂技。《汉书·西域传赞》："武帝设酒池肉林以飨四夷之客，作《巴渝》都卢、海中《砀极》、漫衍鱼龙、角抵之戏以观视之。"颜师古注："鱼龙者，为舍利之兽，先戏于庭极，毕，乃入殿前激水。化成比目鱼，跳跃漱水，作雾障日，毕，化成黄龙八丈，出水敖戏于庭，炫耀日光。《西京赋》云'海鳞变而成龙'，即为此色也。……视，读曰'示'。观示者，视（示）之令观也。"

㉓"东回"二句：谓韦公在东方舞袖完毕后，将西笑入长安。西笑：语出桓谭《新论·祛蔽》："人闻长安乐，则出门西向而笑。"长安是汉朝的京城，西望长安而笑，即有仰慕帝都之意。

㉔载路：满路。

㉕是：助词，帮助宾语提前。刊：刻。

【译文】明朗清爽的太白星，光芒耀眼照射大地。金秋天空高旷寥廓，西岳华山连绵不绝。金精降临腾气而生太上皇，盛大煊赫而昭然光明天下。太上皇诞生于八月五日，这美好的节日将留传万年。安禄山起兵作乱，当今圣上奋起施为。发雷霆万钧之力，将全部叛军击垮。天下太平九州祥和，五色祥云萦绕聚集。一扫往昔蒙难之耻，天地之间寥廓清明。昔日轩辕黄帝访道，曾登上峨眉山。如今太上皇也入蜀西巡，年代虽异而事迹相同。天子车驾返回长安，太上皇和圣上如双日临空。天下重回大唐皇统，万民又见盛朝威仪。严肃正直的韦公，是朝廷的栋梁之材。他神姿卓立，多谋善断。宣扬风教，树立声望，威名远震叛军。圣诞之庆有节有度，曲乐齐奏民众争观。抛九耍剑，起落纷然；大鱼化龙，起伏蜿蜒。韦公在东方舞袖完毕后，将要西笑回归长安。对韦公的颂词充塞道路，百姓刊刻丰碑记载此事。

溧阳濑水贞义女碑铭 并序

【题解】此文是天宝十五载（756），李白躲避战乱南逃溧阳时，应溧阳县令郑晏所请，为溧阳贞义女庙所作的碑铭。溧阳，县名，唐时属江南道宣州，今江苏溧阳市西北。濑水，一名溧水，东流为永阳江，在溧阳县西北四十里。贞义女，据《吴越春秋》记载，伍子胥奔吴时，"乞食溧阳，适会女子击绵于濑水之上，莒中有饭，子胥谓曰：'夫人，可得一餐乎？'女子曰：'妾独与母居，三十未嫁，饭不可得。'子胥曰：'夫人赈穷途少饭，亦何嫌哉？'女子知非恒人，遂许之。发其箪莒，饭其盎浆，长跪而与之。子胥再餐而止。女子曰：'君有远逝之行，何不饱而餐之？'子胥已餐而去，又谓女子曰：'掩夫人之壶浆，无令其露。'女子叹曰：'嗟乎！妾独与母居三十年，自守贞明，不愿从适，何宜馈饭而与丈夫，越亏礼仪，妾不忍也。子行矣。'子胥行，反顾女子，已自投于濑水矣。呜乎！贞明执操，其丈夫女哉。"文中先叙述了为烈士贞女建庙祭祀自古有之，但如今贞义女之坟却一片荒芜，事迹埋没，碑石无立，所以作此碑铭。接着叙述了贞义女的家世、品行，以及为救助伍子胥并保全自己的贞洁而投水身亡的事迹。然后以四位义女的事迹与贞义女相比，认为贞义女节操更加高尚，更值得立碑纪念，最后叙述了溧阳县令及主簿、县尉等人一起为贞义女刻石立碑。

　　皇唐叶有六圣，再造八极①，镜照万方，幽明咸熙②，天秩有礼③。自太古及今，君君臣臣，烈士贞女，采其名节尤彰、可激清颓俗者，皆扫地而祠之④。兰蒸椒浆⑤，岁祀阙缺。而兹邑贞义女⑥，光灵翳然⑦，埋冥古远⑧，琬琰不刻⑨，岂前修博达者为邦之意乎⑩？

【注释】①"皇唐"二句：王琦注："六圣，高祖、太宗、高宗、中宗、睿宗、玄宗也。再造八极，谓玄宗平韦氏之难而天下复定也。"叶：世代，时期。

②咸：全，都。熙：兴起，兴盛。《书·尧典》："庶绩咸熙。"孔传："咸，皆也，熙，广也。"

③天秩有礼：上天规定的品秩等级，使有礼法制度。语出《书·皋陶谟》："天秩有礼。"孔颖达疏："天又次叙爵命，使有礼法。"

④"自太古"六句：《旧唐书·玄宗纪下》："天宝七载五月壬午，上御兴庆宫，受册徽号，大赦天下，百姓免来载租庸。三皇以前帝王，京城置庙，以时致祭。其历代帝王肇迹之处未有祠守者，所在各置一庙。忠臣、义士、孝妇、烈女德行弥高者，亦置祠宇致祭。赐酺三日。"此六句即指此事。激清：即激浊扬清，比喻斥恶奖善。扫地而祠：古人认为，最重要的祭祀反而最质朴，并不需要封土设坛，只需扫出一块平地即可祭祀。《礼记·礼器》："至敬不坛，扫地而祭。"

⑤兰蒸：指蕙肴，以蕙草蒸肉。泛指香洁的菜肴。椒浆：以椒浸制的酒浆。古代多用以祭神。《楚辞·九歌·东皇太一》："蕙肴蒸兮兰藉，奠桂酒兮椒浆。"王逸注："蕙肴，以蕙草蒸肉也。椒浆，以椒置浆中也。"

⑥兹邑：此县，即溧阳县。

⑦光灵：敬称先灵、神灵。翳然：形容荒芜。

⑧埋冥:当作"埋名"之误。古远:久远。

⑨琬琰不刻:王琦注:"琬琰不刻,谓未刊立碑石。"琬琰:本指美玉,这里是碑石的美称。

⑩前修:前贤。博达:博学通达。为邦:治理国家。

【译文】大唐一枝六叶而有六位圣君,玄宗平定韦氏之乱再定乾坤,天子洞察万物如明镜览照四方,幽明之地皆能普照,奉行天命遵照礼法。下诏凡是从太古到今,历代的帝王忠臣、烈士贞女,选取那些名节尤其出众、可以斥恶奖善、移风易俗的人,都要扫地而祭。准备兰肴和椒浆等香洁祭品,每年都要依时祭祀不能中断。而今溧阳县的贞义女,埋灵之地荒芜,名声湮没已久,却从未刻石立碑,这难道是前代博学通达之人的意旨吗?

贞义女者,溧阳黄山里史氏之女也,以家溧阳,史阙书之。岁三十,弗移天于人①,清英洁白②,事母纯孝。手柔荑而不龟③,身击漂以自业④。当楚平王时,平王虐忠助谗,苛虐厥政。芟于尚,斩于奢,血流于朝,赤族伍氏⑤。怨毒于人,何其深哉!子胥始东奔勾吴⑥,月涉星遁⑦。或七日不火⑧,伤弓于飞⑨。逼迫于昭关⑩,匍匐于濑渚。舍车而徒,告穷此女。目色以臆⑪,授之壶浆。全人自沉,形与口灭。卓绝千古,声凌浮云。激节必报之雠⑫,雪诚无疑之地。难乎哉!

【注释】①移天:犹出嫁。封建礼法以为女子在家尊父为天,出嫁则尊夫为天,所以称出嫁为"移天"。

②清英:清正英睿。

③柔荑(tí):植物初生的叶芽。旧时多用来比喻女子柔嫩洁白的

手。龟（jūn）：同"皲"，皮肤因寒冷或干燥而裂开。

④自业：作为自谋生计的事业。

⑤"当楚平王"七句：《史记·伍子胥列传》记载，春秋时楚平王听信费无忌的谗言，杀害了伍子胥的父亲伍奢和兄长伍尚，伍子胥逃往吴国。此七句即叙述此事。苛虐：严厉残暴。芟（shān）：割草，引申为除去。赤族：诛灭全族。

⑥勾吴：句吴，即指春秋时的吴国。

⑦月涉：戴月跋涉。星遁：星夜逃遁。

⑧七日不火：七日不能生火煮饭。《庄子·让食》："孔子穷于陈、蔡之间，七日不火食。"

⑨伤弓：受过箭伤的鸟，听到拉弓开弦的声音也害怕。比喻经过祸患，心有余悸。

⑩昭关：地名。在今安徽含山县北，小岘山西。山势险峻，春秋时为吴楚之界，往来要冲。伍子胥奔吴，经过此地。

⑪目色：指眼色。臆：即胸臆。

⑫雠：同"仇"。

【译文】这位贞义女，是溧阳县黄山里史氏之女，家住溧阳，史书中缺少对她的记载。贞义女年过三十，也没有嫁人，她清正聪慧、品行纯正，侍奉母亲极尽孝道。她的手如柔荑不龟不裂，在水边击絮漂棉来养家。当年楚平王当政之时，平王听信谗言残害忠良，为政严厉残暴。杀害了伍尚，斩杀了伍奢，鲜血流在朝堂之上，伍氏全族尽数被诛。这怨恨对于人来说是多么深啊！于是伍子胥开始向东逃往吴国，披星戴月不停逃遁。多日不能生火煮饭，仓惶如惊弓之鸟。经过昭关时受困差点被擒，只好在濑水边隐藏潜行。无奈舍弃车马徒步而走，遇到贞义女告知自己的困境。贞义女虽未开口却以眼神表达心意，将所携带的壶浆饭肴送给伍子胥。为了保全伍子胥而投水自尽，身与口一起俱灭。她的义举卓绝千古，她的名声飞越云天。激励天下人有仇必报的气节，表明自己无可怀疑的真诚。岂不很难啊！

借如曹娥潜波，理贯于孝道①；聂姊殒肆，概动于天伦②。鲁姑弃子，以却三军之众③；漂母进饭，没受千金之恩④。方之于此⑤，彼或易尔⑥。卒使伍君开张阖闾⑦，倾荡鄢、郢⑧。吴师鞭尸于楚国⑨，申胥泣血于秦庭⑩。我亡尔存，亦各壮志。张英风于古今⑪，雪大愤于天地。微此女之力⑫，虽云为忠孝之士，焉能咆哮烜爀⑬，施于后世也⑭！望其溺所，怆然低回而不能去。每风号吴天，月苦荆水⑮，响像如在⑯，精魂可悲⑰。惜其投金有泉⑱，而刻石无主，哀哉！

【注释】①"借如"二句：用曹娥投江的故事。《后汉书·列女传》记载，曹娥为东汉时会稽郡上虞县人，其父溺死江中，不得尸骸。当时曹娥十四岁，沿江哭号十七天，昼夜不停，最后投江而亡。世传为孝女。此二句即指此事。借如：例如。潜波：沉入水中。

②"聂姊"二句：用聂政之姊哭尸的故事。《史记·刺客列传》记载，聂政刺杀韩国宰相侠累，担心被认出而连累其姊，就毁容残体而自杀，韩国将其尸暴于市，悬赏千金以求刺客之名。聂政之姊听说后，来到韩国市肆，认出正是其弟，为扬其弟之名，她抱尸哭认，死于聂政尸体之旁，使聂政之名被天下所知。后用"聂政姊"为咏赞烈女之典。此二句即指此事。天伦：此处指姐弟亲情。

③"鲁姑"二句：刘向《列女传·节义·鲁义姑姊》记载，春秋时

期,齐军进攻鲁国城邑,看见前面有一个鲁姑怀里抱着一个孩子,手里拉着一个孩子,在仓皇逃亡。在齐军的追赶下,无法顾全两个孩子,鲁姑为义而放弃了自己的亲子,带着兄长之子逃走,此举感动了齐国将领,于是罢兵还齐。后以"鲁姑弃子"用作为义而牺牲自己的典故。此处指其事。

④"漂母"二句:指韩信贫贱时,漂母曾分食给他的故事。详见《史记·淮阴侯列传》。

⑤方:比。此:指贞义女事迹。

⑥彼:指曹娥投江、聂政姊、鲁姑弃子、漂母进食四事。

⑦卒:终于。阖闾:即春秋时吴国国君阖闾,名光。

⑧鄢:春秋楚国别都,唐时属山南东道襄州,在今湖北宜城县。郢:春秋楚国都城,唐时山南东道荆州江陵县,在今湖北江陵县。

⑨"吴师"句:指吴军攻入楚都,伍子胥为报父兄之仇,挖开楚平王坟墓,鞭尸三百。详见《史记·伍子胥列传》。

⑩申胥:指申包胥,春秋楚国人,与伍子胥交好。伍子胥逃往吴国时对申包胥说将来必倾覆楚国,申包胥则回答说必存楚国。吴兵攻占郢都后,申包胥去秦国求援,在秦庭痛哭了七日七夜,秦哀公被感动,于是派兵救楚,吴军退走,楚国得存。此处即指此事。

⑪英风:英武的气概。

⑫微:无,非。

⑬咆哮:这里比喻声势浩大。

⑭施:及,延及。

⑮荆水:即荆溪。《溧阳县志》:"溧水在县西北,一名濑水,上承丹阳湖,东流为宜兴县之荆溪,下注于太湖,旧名永阳江,又曰中江。"

⑯响像：声音容貌。常指死者。陆机《叹逝赋》："寻平生于响像，览前物而怀之。"李善注："夫响以应声，像以写形，今形声既亡，故寻其响像。"

⑰精魂：精神魂魄。

⑱投金有泉：《吴越春秋》："（伍）子胥既破楚，过溧阳濑水之上，乃长叹息曰：'吾尝饥于此，乞食于一女子，女子饲我，遂投水而亡。将欲报以百金，而不知其家。'乃投金水中而去。"此处即指此事。

【译文】例如曹娥投江而死，是出于子女孝道的本性；聂政之姐悲死闹市，是慨然出于姐弟的天伦之情；鲁姑放弃亲子，以大义退却齐国三军；漂母分饭给韩信，却不接受韩信报恩的千金。与贞义女的事迹相比，这些事情还是很容易做到的。最终使伍子胥辅佐吴王阖闾开创鸿图霸业，打败楚国，攻入鄢都、郢都。吴军挖开楚平王坟墓而鞭尸；申包胥则为救楚国在秦庭痛哭泣血。伍子胥灭亡楚国，申包胥存续楚国，也是实现了各自的志向。伍子胥的英名流传古今，洗雪大仇于天地间。如果没有贞义女的帮助，就算伍子胥是位忠孝之士，又岂能煊赫显耀一时，而留名于后世！我望着贞义女的溺亡之所，怆然徘徊却不忍离去。每有大风吹过吴天而为她哭号，月光静照荆溪而为她悲苦，其音容宛在眼前，其气魄令人悲叹。可惜伍子胥只投金于水中，却没有为她刻石立碑，真是可哀啊！

邑宰荥阳郑公名晏①，家康成之学②，世子产之才③。琴清心闲，百里大化④。有若主簿扶风窦嘉宾、县尉广平宋陟、丹阳李济、南郡陈然、清河张昭⑤，皆有卿才霸略，同事相协。缅纪英淑，勒铭道周⑥。虽陵颓海竭，文或不死。

【注释】①邑宰：即县令。荥（xíng）阳：郡名，唐时即郑州，属河南道。郑晏：与卷八《戏赠郑溧阳》中"郑溧阳"应为同一人。

②康成：即郑玄，字康成，北海郡高密县（今山东高密市）人，集汉代经学之大成者。

③子产：即公孙侨，字子产，春秋时郑国贤大夫。执政郑国多年，在晋楚争霸的局面下，维持了国家的稳定和发展，使郑国政通人和。

④"琴清"二句：用宓子贱鸣琴治单父的故事。百里：古代一县约方圆百里，故以"百里"代指县。

⑤"有若"句：主簿：官名。唐时官制，诸州上县设主簿一人，正九品下。扶风窦嘉宾：事迹不详。县尉：官名。唐代官制，上县设县尉二人，从九品上。此处有四位县尉，王琦疑"岂一时之制稍有增与益"，又或为员外置同正员之尉。广平宋陟：字齐坵，与卷八《赠溧阳宋少府陟》中"宋陟"为同一人。广平，宋陟的郡望，治所在今河北永年县东南。丹阳李济：与卷十五《登黄山陵歊台送族弟溧阳尉济充泛舟赴华阴》中"族弟溧阳尉济"为同一人。丹阳，李济的郡望，治所在今江苏镇江市。南郡陈然：事迹不详。南郡，陈然的郡望，治所在今湖北江陵。清河张昭：事迹不详。清河，张昭的郡望，治所在今河北清河县。

⑥勒铭：镌刻铭文。道周：路旁。

【译文】溧阳县令荥阳郑公名晏，家传郑玄那样的渊源之学，世代有子产那样的治国之才。他像宓子贱那样鸣琴闲心而治政，使溧阳县教化大行。还有主簿扶风窦嘉宾、县尉广平宋陟、丹阳李济、南郡陈然、清河张昭，他们都有卿相之才，心怀雄图霸略，能够一起相协共事。为了缅怀贞义女的英烈贤淑，在路旁立碑镌刻铭文。即使山陵崩颓大海枯竭,这铭文也能一直流传后世。

其辞曰:

粲粲贞女^①,孤生寒门^②。上无所天^③,下报母恩。春风三十,花落无言。乃如之人,激漂清源。碧流素手,萦彼潺湲^④。求思不可^⑤,秉节而存。伍胥东奔,乞食于此。女分壶浆,灭口而死。声动列国,义形壮士。入郢鞭尸,还吴雪耻。投金濑沚^⑥,报德称美^⑦。明明千秋,如月在水。

【注释】①粲粲:鲜明貌。

②孤:幼年丧父。

③上无所天:王琦注:"言无父无夫也。"

④潺湲:水慢慢流动的样子。

⑤求思不可:出自《诗·周南·汉广》:"汉有游女,不可求思。"郑玄笺:"喻贤女虽出游流水之上,人无欲求犯礼者,亦由贞洁使之然。"此处用其意。求,追求。思,助词,相当于"啊"。

⑥濑沚:此处指濑水之中。沚,本指水中的小块陆地,此处指水中。

⑦称美:称赞,赞美。

【译文】碑文曰:

德行昭彰的贞义女,孤单一人出身寒门。上无父婿为天,下报母恩为念。年纪已过三十春,任凭花落未出嫁。就是这样一位女子,在清流中击絮漂棉。碧水流过她的素手,萦绕洄旋缓缓流淌。她不可被人所求得,秉持节操而存身。伍子胥向东逃亡,困境中向她乞食。她分给伍子胥壶浆,为保秘密投水而死。她的声名因此传遍诸侯各国,她的义行助伍子胥完成壮士之举。伍子胥攻入郢都鞭打楚平王尸体，然后返还吴国一雪前耻。他来到濑水投金其中，报还前恩而被人称赞。贞义女的高节彪炳千秋，就像明月高照水上。

武昌宰韩君去思颂碑 并序

【题解】 此文是至德二载（757），李白从寻阳出狱后，在宋若思幕府时所作。武昌宰，武昌县令。武昌，唐时属江南西道鄂州江夏郡，治所在今湖北鄂州市。韩君，即韩仲卿，是唐代文学家韩愈之父。根据碑文可知，韩仲卿在武昌县令任内，颇有政声，因此当地百姓为他立碑颂扬。去思颂碑，即德政碑，谓地方士民为颂扬离职官员的德政而立的石碑。文中先叙述了韩仲卿的家族渊源，以及其父母及诸弟的事迹。接着叙述了韩仲卿在武昌县令任上的善政，使奸吏束手，豪宗侧目，清除巨横，使教化大行，因此得到朝廷的赞赏。最后叙说新任王县令有感于韩仲卿的德政，因而与县中诸人为其立碑颂扬。最后是颂文部分，以四言韵语写成，概括了韩仲卿的事迹功绩。

　　仲尼①，大圣也，宰中都而四方取则②；子贱③，大贤也，宰单父④，人到于今而思之。乃知德之休明⑤，不在位之高下，其或继之者，得非韩君乎⑥？
　　君名仲卿，南阳人也⑦。昔延陵知晋国之政，必分于韩⑧。

献子虽不能遏屠岸之诛，存孤嗣赵，太史公称天下阴德也。其贤才罗生，列侯十世，不亦宜哉[9]！

七代祖茂，后魏尚书令、安定王。五代祖钧，金部尚书[10]。曾祖晙，银青光禄大夫、雅州刺史[11]。祖泰，曹州司马[12]。考睿素，朝散大夫、桂州都督府长史[13]。分茅纳言[14]，剖符佐郡[15]，奕叶明德[16]，休有烈光[17]。君乃长史之元子也[18]。妣有吴钱氏[19]。及长史即世[20]，夫人早孀，弘圣善之规，成名四子，文伯、孟轲二母之俦欤[21]？

少卿当涂县丞[22]，感概重诺，死节于义。云卿文章冠世[23]，拜监察御史，朝廷呼为子房[24]。绅卿尉高邮[25]，才名振耀，幼负美誉。

【注释】①仲尼：即孔子。

②中都：春秋鲁邑，在今山东汶上县西。《史记·孔子世家》："其后定公以孔子为中都宰，一年，四方皆则之。"取则：取作准则、规范或榜样。

③子贱：即宓子贱。

④宰单父：《吕氏春秋·开春论·察贤》："宓子贱治单父，弹鸣琴，身不下堂而单父治。"此处用其意。

⑤休明：美好清明。

⑥得非：犹得无，莫非是。

⑦南阳：郡名，即邓州，唐时属山南东道，今河南南阳。

⑧"昔延陵"二句：指延陵季子断言韩、赵、魏"三家分晋"之事。延陵：指季札，春秋时吴国公子，世称延陵季子。《史记·晋世家》记载，平公十四年，吴延陵季子出使晋国，对赵文子、韩宣子、魏献子说：

"晋国之政,最终会归于你们三家。"

⑨"献子"六句:指晋景公时屠岸贾诛杀赵氏,韩厥虽未能阻止杀戮,但未泄露程婴、公孙杵臼藏起赵氏孤儿一事。后来韩厥趁晋景公大病之机,力谏恢复赵氏爵位,使赵氏之祀得以延续,事见《史记·韩世家》。太史公评价说:"韩厥之感晋景公,绍赵孤之子武,以成程婴、公孙杵臼之义,此天下之阴德也。韩氏之功,于晋未睹其大者也。然与赵、魏终为诸侯十余世,宜乎哉!"此六句用其意。献子:即韩厥,因其谥号献,故称韩献子。屠岸:指屠岸贾。

⑩"七代"四句:按《北史·韩茂传》记载,韩茂,字符兴,安定安武人。官拜尚书令,加侍中征南大将军,卒赠安定王。韩茂的长子是韩备,韩备之弟为韩均。根据《新唐书·宰相世系表三上》记载,韩茂有二子:备、均。由此可知"五代祖钧"的"钧"为"均"字之误,且韩均是韩茂之子,并非韩茂之孙,本文的"七代""五代"应是诗人错记。

⑪银青光禄大夫:唐朝时为从三品文散阶。雅州:唐时属剑南道,治所在今四川雅安。

⑫曹州:唐时属河南道,治所在济阴县,今山东定陶西。

⑬朝散大夫:唐朝时为从五品文散阶。桂州:唐时属岭南道,治所在始安县,今广西桂林。

⑭分茅:古代天子分封诸侯时,用白茅裹着社坛上的泥土授予被封者,象征土地和权力。纳言:古官名。主出纳王命。唐初设纳言,后改为侍中。此处指韩茂曾封王,任宰相。

⑮剖符:分封、授官之称。此处指韩睃曾任州刺史,韩睿素曾为都督府长史。佐郡:协理州郡政务。此处指韩泰曾为州司马,是辅佐州刺史之官。王琦注曰:"分茅,谓加王爵。纳言,谓为尚书。剖符,谓为刺史、

长史。佐郡, 谓为司马。"

⑯奕叶: 犹奕世, 累世, 世世代代。明德: 美德。

⑰休: 美好。烈光: 光耀, 荣耀。

⑱元子: 嫡长子。

⑲妣: 原指母亲, 后称已经死去的母亲。《礼记·曲礼下》: "生曰父, 曰母, 曰妻; 死曰考, 曰妣, 曰嫔。"有吴钱氏: 指韩仲卿母亲钱氏是苏州人。

⑳即世: 去世。

㉑"文伯"句: 称赞韩仲卿母亲钱氏像文伯、孟轲之母那样明义知礼, 教子有方。

㉒少卿: 指韩仲卿二弟韩少卿, 官至当涂县丞。当涂: 县名, 唐时属宣州, 今属安徽马鞍山。县丞: 官名。县令的佐属。

㉓云卿: 指韩仲卿三弟韩云卿。韩愈《科斗书后记》: "愈叔父(云卿)当大历世, 文辞独行中朝, 天下之欲铭述其先人功行、取信来世者, 咸归韩氏。"皇甫混《韩愈神道碑》: "先叔父云卿, 当肃宗, 代宗朝, 独为文章官。"可知韩云卿确实"文章冠世"。

㉔子房: 即张良。李翱《故朔方节度掌书记韩君(弇)夫人韦氏墓志铭》: "自后魏尚书令安定桓王六世生礼部郎中云卿, 礼部实生府君。……初, 礼部君好立节义, 有大功于昭陵。其文章出于时, 而官不甚高。"由此知韩云卿建有军功, 所以朝廷称他为子房。

㉕绅卿: 韩仲卿四弟韩绅卿。韩愈《虢州司户韩府君(岌)墓志》: "安定桓王五世孙叡素, 为桂州长史, 化行南方, 有子四人。最季曰绅卿, 文而能官, 尝为扬州录事参军, 事故宰相崔圆。圆狃爱州民丁某, 至顾省其家。后大衙会日, 司录君趋以前, 大言曰: '请举公过。公与小

民狎至，至其家，害于政。'圆惊谢曰：'录事言是。圆实过。'乃自署罚五十万钱。由是迁泾阳令。破豪家水碾，利民田顷凡百万。"尉高邮：为高邮县尉。高邮，县名，唐时属淮南道扬州，今江苏高邮市。

【译文】孔子，是大圣人，他治理中都而为四方作则；宓子贱，是大贤人，他治理单父，到现在还让人怀念不已。于是世人才知道德行的美好清明，不在于官位的高低，能够继承他们德政的人，莫非是韩君吗？

韩君，名仲卿，南阳人。昔日延陵季子预言晋国的政事，必定被韩、赵、魏三家所分。韩献子虽然不能阻止屠岸贾诛杀赵氏，却存续了赵氏遗孤，延续了赵氏祭祀，太史公称这是天下少有的阴德。韩氏贤才相继，传位诸侯十几代，不也是应该的啊！

韩君七世先祖韩茂，官至北魏尚书令、卒赠安定王。五世先祖韩均，官至金部尚书。曾祖韩晙，官至银青光禄大夫、雅州刺史。祖父韩泰，官至曹州司马。父亲韩睿素，官至朝散大夫、桂州都督府长史。历代先祖既有分茅为王、官至纳言尚书之人，也有剖符为刺史、长史或者为司马等佐郡之职的人，累世盛德，休美光耀。韩君是长史韩睿素的嫡长子。先母乃苏州钱氏。韩长史去世后，韩夫人早年守寡，弘扬善德之家规，使四子成名，韩夫人岂不是文伯、孟轲之母那样的人吗？

韩仲卿二弟韩少卿担任当涂县丞，为人慷慨重诺，以义死难。三弟韩云卿文章冠绝当世，官拜监察御史，朝廷以他为当代张良。四弟韩绅卿任高邮县尉，才名远播，自幼就有美誉。

君自潞州铜鞮尉调补武昌令①，未下车②，人惧之；既下车,人悦之。惠如春风,三月大化,奸吏束手③,豪宗侧目④。有爨玉者,三江之巨横⑤。白额且去⑥,清琴高张⑦。兼操刀永兴⑧,二邑同化。

时凿齿磨牙而两京⑨,宋城易子而炊骨⑩。吴、楚转输⑪,苍生熬然⑫。而此邦晏如⑬,襁负云集⑭。居未二载,户口三倍其初。铜铁曾青⑮,未择地而出。大冶鼓铸⑯,如天降神。既烹且烁⑰,数盈万亿,公私其赖之。官绝请托之求,吏无丝毫之犯。

本道采访大使皇甫公侁⑱,闻而贤之,擢佐辖轩⑲,多所弘益。尚书右丞崔公禹⑳,称之于朝。相国崔公涣㉑,特奏授鄱阳令㉒,兼摄数县㉓。所谓投刃而皆虚㉔,为其政而则理成,去若始至,人多怀恩。

【注释】 ①潞州:州名,唐时属河东道,治所上党,今山西长治市。铜鞮:县名,唐时属潞州,治所在今山西沁县南。武昌县:唐时隶鄂州江夏郡,属江南西道。

②下车:官吏到任。

③束手:收手,此处指不敢胡作非为。

④侧目:不敢从正面看,形容畏惧。

⑤"有爨(cuàn)玉"二句:王琦注:"爨玉,盖当时盗贼之名,为横于江上者。"巨横:此处指大奸大恶之人。王琦注:"此下似有缺文。"

⑥白额:猛虎。此处指爨玉。

⑦清琴高张:用宓贱鸣琴治单父的故事。

⑧操刀:原指操刀而割,后比喻做官任事。永兴县:隶鄂州江夏郡。

⑨凿齿：传说中的野人，也有说是兽名。性残暴，其齿如凿，故名。后用来比喻残暴作乱之徒。此处比喻安禄山攻陷两京后残暴虐民。

⑩"宋城"句：用易子而食，析骨而炊的典故。即交换儿女而食，分解骸骨而烧火。形容大灾之年或久受围困时人们在死亡线上挣扎的惨象。《左传·哀公八年》载："楚人围宋，易子而食，析骸而爨，犹无城下之盟。"此句用其典。春秋时宋国的都城即唐代宋州，天宝元年到至德二载改为睢阳郡。据《旧唐书·张巡传》记载，至德二载，"时许远为睢阳守，贼将尹子奇攻围经年，城中粮尽，易子而食，析骸而爨，人心危恐，虑将有变。巡乃出其妾，对三军杀之，以飨军士。"此句也是描写了当时睢阳城之惨事。

⑪转输：此处指运输粮食草料。

⑫嗸然：受苦貌。

⑬此邦：指鄂州武昌县、永兴县一带。晏如：安定，安宁。

⑭襁负：用襁褓背负其子女。

⑮曾青：矿产名。色青，可供绘画及用来化炼金属。

⑯大冶：规模宏大的冶炼之所。

⑰烹、烁：都指冶炼。

⑱本道：指江南西道。采访大使：官名。唐开元二十一年分全国为十五道，每道置采访处置使，简称采访使，掌管检查刑狱和监察州县官吏。天宝后改为但考课官吏，不得干预他政。乾元以后，各地兵起，废采访使而置防御使。皇甫侁：唐沧州人，至德二载（757），为洪州刺史、江西采访使。永王李璘兵败后，被皇甫侁所杀。

⑲擢佐：选拔辅佐人才。辖轩：原指古代使臣乘坐的一种轻车。后为使臣的代称。此处只是指在武昌县令、永兴县令任上所加的虚职。

⑳"尚书"句：唐代官制，尚书右丞正四品下，掌管兵部、刑部、工部三部十二司事务。崔禹：即崔寓，"禹"为"寓"字之误。《旧唐书·肃宗纪》记载，乾元二年，以御史中丞崔寓都统浙江、淮南节度处置使。三年二月癸巳朔，以右丞崔寓为蒲州刺史，充蒲、同、绛等州节度使。因此可知，李白此文作于乾元二年，当时崔寓正在尚书右丞任上。

㉑崔公涣：即崔涣，唐博陵安平人。天宝十五载（756）七月，玄宗幸蜀，崔涣作为蜀郡太守迎谒于路，房琯荐之，即日拜门下侍郎、同中书门下平章事。至德二载（757）八月罢为左散骑常侍、馀杭太守。由此可知崔涣为相仅一年多时间。

㉒鄱阳：即鄱阳县，唐时属江南西道饶州鄱阳郡，在今江西波阳县。

㉓兼摄：本职外同时代理其他职务。

㉔投刃而皆虚：用"庖丁解牛"的典故。比喻处理事务得心应手。

【译文】韩仲卿从潞州铜鞮县尉调补武昌县令，未到任时，人皆对其敬畏；到任之后，人皆对其欢悦。他实施惠民之政，百姓如沐春风，三月之内教化大行，奸吏收敛不敢胡作非为，豪强生畏不敢正视于他。有大盗名叫爨玉，横行于三江之上。韩仲卿到任后除掉了这个祸害，接着就像宓子贱一样鸣琴而治。后来他还担任永兴县令，使两县都教化大成。

当时安禄山叛军肆虐两京，宋州百姓易子而食，析骸而爨。吴、楚之地忙于转运粮草，苍生处于水深火热之中。但是此地却安定祥和，百姓扶老携幼云集而来。韩公任职不到二年，户口就比当初增长了三倍。当地到处都是铜铁矿、曾青矿，不需探察就可随处掘地开采。冶炼之所鼓火熔炼矿石，火焰升腾犹如天神降临。一边熔炼一边铸造，冶炼所得的收益,可达到万亿之巨,朝廷、地方都依赖于此。当地官员拒绝请托收受之举,就连小吏也不贪占丝毫小利。

本道采访大使皇甫侁,听说后认为韩仲卿为官贤明,于是提拔他为辅佐之属,多有弘扬褒举。尚书右丞崔寓,在朝廷上称赞他。宰相崔涣,特意上奏朝廷授予他鄱阳县令一职,同时兼管数县。庖丁解牛顺空隙而投刃,韩公治政则依理而成,离职与到职都同样兢兢业业,当地百姓都怀念感恩他。

> 新宰王公名庭璘①,岩然太华,浣然洪河②。含章可贞,干蛊有立。接武比德③,弦歌连声④。服美前政,闻诸耆老。与邑中贤者胡思泰一十五人,及诸寮吏⑤,式歌且舞⑥,愿扬韩公之遗美⑦。

【注释】①王庭璘:人名,事迹不详。

②"岩然"二句:王琦注:"岩然太华,喻其高峻如华岳;浣然洪河,喻其广大如黄河。"岩然:高峻貌。太华:指华山。浣然:水流平貌。洪河:大河,指黄河。

③接武:前后相接,继承。比德:德行可与之比配。

④弦歌连声:用孔子弟子子游在武城弦歌而治之典。

⑤寮吏:属吏。

⑥式:句首语气词。无实义。

⑦遗美:遗留下来的美好风尚、德行等。

【译文】新任县令王公,名庭璘,品行高峻如华岳,胸怀坦荡如大河。内含美德,正直忠贞,精明干练,操守有立。接任韩公而德行可比,能像子游那样弦歌而治。王县令敬服韩公的善政,从许多老人那里听到韩公的事迹。于是与县中的贤者胡思泰等十五人,以及诸位属吏,以歌舞表达感谢,希望宣扬韩公各种美好。

白采谣刻石,而作颂曰:

峨峨楚山①,浩浩汉水②。黄金之车,大吴天子③。武昌鼎据,实为帝里④。时囏世讹⑤,薄俗如毁⑥。韩君作宰,抚兹遗人⑦。滂注王泽⑧,犹鸿得春。和风潜畅⑨,惠化如神⑩。刻石万古,永思清尘⑪。

【注释】①峨峨:山体高大陡峭。楚山:指武昌县一带的山,鄂州春秋时属楚地,故称。

②浩浩:水势很大。汉水:汉江。

③"黄金"二句:用孙权登基的典故。《三国志·吴志·孙权传》:"黄龙元年春,公卿百司皆劝孙权正尊号。夏四月,夏口、武昌并言黄龙、凤凰见。丙申,(孙权)南郊即皇帝位。初,兴平中,吴中童谣曰:'黄金车,班兰耳,闿昌门,出天子。'"

④"武昌"二句:孙权即位时帝都在武昌,黄龙元年秋九月,迁都建业(今江苏南京市)。

⑤囏(jiān):古同"艰"。讹:变化。

⑥薄俗:轻薄的习俗,坏风气。毁:火焚。

⑦遗人:即遗民,泛指大动乱后遗留下来的人民。此处为避太宗李世民讳而改。

⑧滂汪:叠韵联绵词。此处形容皇恩浩荡。

⑨潜畅：暗自通畅。

⑩惠化：地方官为人所称道的政绩和教化。

⑪清尘：清高的风范。

【译文】在下李白选取歌谣刻石立碑，而作颂辞曰：

楚山高大巍峨，汉水浩浩荡荡。此地曾有黄金之车，承载大吴天子登基。武昌在三国鼎立时期，曾经作为吴国的帝都。时势艰难世事动荡，习俗如火焚而贫薄。韩君身为县令，抚慰一方百姓。宣扬浩大之皇恩，百姓如鸿雁遇春。韩公治政如和风般舒畅，施惠百姓有如神助。刻碑垂范万古，永怀他的清风。

虞城县令李公去思颂碑 并序

【题解】此文是天宝八载（749），虞城县令李锡离任之时李白为其所作。虞城，县名，唐时属河南道宋州，今河南虞城县。李公，名锡，字元勋，历任寿光县尉、右武卫仓曹参军、昭庆县令、虞城县令等。李白《对雪献从兄虞城宰》诗中的"从兄虞城宰"即为此人。文中首先称赞虞城县令李公善于治县，使百姓如鱼得水般自在。然后简述了李公的家世。接着叙述了李公的为官经历和政绩。李公修建建初、启运二陵时，精勤动天地，降下祥瑞，被编入国史。李公担任虞城县令时，能够教化百姓，移风易俗，而使邻境取则，四封归仁。所以李公离职后，虞城官吏和民众思慕他的德政，因而树碑颂德。

　　王者立国君人①，聚散六合②，咸土以百里③，雷其威声④。革其俗而风之⑤，渔其人而涵之⑥。其犹众鲜洋洋⑦，乐化在水。波而动之则忧，赪尾之刺作焉⑧；徐而清之则安，颁首之颂兴焉⑨。苟非大贤，孰可育物？而能光昭弦歌⑩，卓立振古⑪，则有虞城宰公焉。

【注释】①君：主宰，统治。

②聚散：复词偏义，此处指划分。六合：天下。

③咸：全，都。

④威声：威名。

⑤风：感化、教化。

⑥渔：猎取，寻觅。此处指收罗。

⑦众鲜：指群鱼。洋洋：自得貌。

⑧赪（chēng）尾：赤色的鱼尾。《诗·周南·汝坟》："鲂鱼赪尾，王室如毁。"毛传："赪，赤也，鱼劳则尾赤。"后以"赪尾"指忧劳，劳苦。孔颖达疏："言鲂鱼劳则尾赤，以兴君子苦则容悴。"

⑨颁（fén）首：《诗·小雅·鱼藻》："鱼在在藻，有颁其首。"毛传："颁，大首貌。"郑玄笺："鱼之依水草，犹人之依明王也。"后因以"颁首"称颂长官清明。

⑩光昭：彰明，显扬。弦歌：即弦歌而治。指县令治政有方。

⑪振古：远古，往昔。

【译文】王者建国御民，划分天下，都以百里为封邑，扬其雷震之威名。变其风俗以教化之，聚集百姓而养育之。百姓如群鱼悠然自得，乐于在水中嬉戏。若水中波动则群鱼忧虑，因此《诗·周南》中有"赪尾"之诗的刺讽；若流缓澄清则群鱼安逸，故而《诗·小雅》中有"颂首"之诗的颂赞。若非大贤之人，谁能化育万物？而能光耀弦歌而治的县令，且特立于古人之上者，应该是虞城李公吧。

　　公名锡，字元勋，陇西成纪人也①。高祖楷②，隋上大将军③，绵、益、原三州刺史④，封汝阳公。曾祖腾云，皇朝广、茂二州都督，广武伯⑤。祖立节⑥，起家韩王府记室参军⑦，袭广武伯。父浦，郢、海、淄、唐、陈五州刺史，鲁郡都督，广平太守，袭广武伯⑧。皆纳忠王庭⑨，名镂钟鼎⑩，侯伯继迹⑪，故可略而言焉。

【注释】①陇西：郡名，即渭州，治所在今甘肃陇西县南。成纪：县名，唐时属秦州天水郡。王琦注："唐时，成纪县属秦州天水郡，不属渭州陇西郡，此云陇西成纪，盖叙族望，本古郡县而言也。"

②高祖楷：《隋书·独孤楷传》："独孤楷，字修则，不知何许人，本姓李氏。父屯，从齐神武帝与周师战于沙苑，齐师败绩，因为柱国独孤信所擒，配为士伍，因赐姓独孤氏。隋高祖受禅，进封汝阳郡公。仁寿初，出为原州总管、益州总管。隋炀帝即位，转并州总管。有子凌云、平云、彦云。"并没有提及上大将军及绵州刺史的经历。

③上大将军：官名，在隋朝为从二品散实官。

④绵州：治所在今四川绵阳东。益州：治所在今四川成都市。原州：治所在今宁夏固原县。

⑤"曾祖"三句：《古今姓氏书辩证》京兆独孤氏："（楷）生凌云、平云、滕云、卿云、彦云。……滕云，荆府长史，广武公。生奉节。"并未

提及曾任广、茂二州都督。广州：治所在今广东广州市。茂州：治所在今四川茂汶县。都督：总管一州或数州军务。王琦注："唐时广州南海郡隶岭南道，设中都督府，有都督一人，正三品。茂州通化郡隶剑南道，设下都督府，有都督一人，从三品。"

⑥立节：按照《古今姓氏书辩证》京兆独孤氏作"奉节"。

⑦起家：指初出仕所任官职。韩王：指唐高祖李渊第十一子元嘉，封韩王。记室参军：官名，唐代王府设记室参军，掌表启书疏。

⑧"父浦"五句：《古今姓氏书辩证》载："（奉节）生琬、炎。琬，太仆卿，开元中，上表请改姓李氏，名备。"李白《崇明寺佛顶尊胜陀罗尼幢颂》："我太官广武伯陇西李公，先名琬，奉诏书改为辅。其从政也……五镇方牧，声闻于天，帝乃加剖竹于鲁，鲁道粲然可观。""李备""李辅"与"李浦"应为同一人。"五镇方牧"即文中提到的"郓、海、淄、唐、陈五州刺史"。

⑨纳忠：效忠。

⑩镂：雕刻。

⑪继迹：继续前人踪迹。

【译文】李公，名锡，字元勋，陇西成纪人。高祖李楷，是隋朝的上大将军，历任绵州、益州、原州三州刺史，封汝阳公。曾祖独孤腾云，曾任大唐广州、茂州都督，封广武伯。祖父独孤立节，最初任韩王府记室参军，承袭广武伯爵位。父亲李浦，先后任郓州、海州、淄州、唐州、陈州五州刺史，鲁郡都督，广平太守，承袭广武伯爵位。历代贤人都效忠于皇室，名字都镂刻于钟鼎之上，世代都能继承爵位和功绩，所以可以简略而述。

公即广武伯之元子也。年十九，拜北海寿光尉①。心不挂细务②，口不言人非。群吏罕测，望风敬惮③。秩满④，转右武卫仓曹参军⑤，次任赵郡昭庆县令⑥。奉诏修建初、启运二陵⑦，总徒五郡，支用三万贯。举筑雷野⑧，不鞭一人，功成，余八千贯。其干能之声大振乎齐、赵矣⑨。时名卿巡按⑩，陵有黄赤气上冲太微⑪，散为庆云数千处⑫，盖精勤动天地也如此⑬。因粉图奏名⑭，编入国史。

【注释】①北海：郡名，即青州，唐时属河南道，治所在今山东青州市。寿光：县名，今山东寿光市。尉：县尉。

②细务：琐碎小事。

③"群吏"二句：罕测：无法推测其用心。敬惮：犹敬畏。

④秩满：谓官吏任期届满。

⑤转：迁官转任。右武卫：禁卫军指挥机构。仓曹参军：官名，唐右武卫有仓曹参军二人，正八品下。

⑥赵郡：即河北道赵州，治所在今河北赵县。昭庆县：即象城县，天宝元年改为昭庆县，治所在今河北隆尧县东。

⑦建初、启运二陵：唐高祖李渊高祖父李熙和曾祖父李天赐之墓。《唐会要》记载，献祖宣皇帝(李熙)葬赵州昭庆县界，仪凤二年(677)五月一日追封建昌陵，开元二十八年(740)七月十八日，诏改为建初陵。懿祖光皇帝(李天赐)葬赵州昭庆县，仪凤二年五月一日追封延光陵，开元二十八年七月十八日，诏改为启运陵。

⑧筑：捣土的杵。雷野：如雷之声震动原野。

⑨齐：指今山东北部。赵：指今河北南部。

⑩名卿：有声望的公卿。巡按：巡行按察。

⑪太微：古代星官名。三垣之一。位于北斗之南，轸、翼之北，大角之西，轩辕之东。诸星以五帝座为中心，作屏藩状。

⑫庆云：五色云，古人以为祥瑞之气。

⑬精勤：专心勤勉。

⑭粉图：画图。奏名：指把李锡事迹上报朝廷。

【译文】李公是广武伯李浦的嫡长子。十九岁时，被任命为北海郡寿光县尉。心中不牵挂无关琐事，口中不说人是非。群吏不能测知其高深，望其人而心怀敬畏。任期届满时，转任右武卫仓曹参军，接着出任赵郡昭庆县令。奉诏修建建初陵和启运陵，统率五郡的役民，支用三万贯经费。筑捣之声响如雷鸣震动原野，不用鞭笞一人。陵墓修好后，还剩下八千贯。因此他的能干之名大振于齐、赵之地。当时朝廷派下重臣前来巡察，看到陵寝之上有黄赤之气直冲太微，继而散为数千处庆云，大概是李公的专心勤勉感动了天地所以才会出现如此异象。于是把当时的情形绘成图画，和李公的事迹一起上报朝廷，并将此事编入了国史。

天宝四载①，拜虞城令，而天章宠荣②，俾金玉王度③，罔若七曜④，昭回堂隅⑤。於戏⑥！敬之哉！宸威临顾⑦，作训以理⑧。其俗鲁而木⑨，舒而徐⑩。急则狼戾⑪，缓则鸟散⑫。公酌以钓道⑬，和之琴心⑭，于是安四人⑮，敷五教⑯。处必粝食，行惟单车⑰。观其约而吏俭，仰其敬而俗让。激直士之素节⑱，扬廉夫之清波⑲。三月政成，邻境取则⑳。因行春㉑，见枯骸于路隅㉒，恻然疚怀㉓，出俸而葬㉔。由是百里掩骸，四封归仁㉕。有居丧行号城市者，习以成俗。公勖之亲邻㉖，厄以凶事㉗，而鳏寡惸独㉘，众所赖焉。可谓变其颓风㉙，永锡尔类㉚。

【注释】①天宝四载：即公元745年。

②天章：指帝王的诗文。宠荣：犹尊荣。

③俾：使。金玉王度：王者的德行器度如金玉般坚重。《左传·昭公十二年》："思我王度，式如玉，式如金。"杜预注："金玉，取其坚重。"孔颖达疏："思使我王之德度，用如玉然，用如金然，使之坚而且重，可宝爱也。"

④冏（jiǒng）：古同"炯"，明亮。七曜：指日、月及金、木、水、火、土五星。

⑤昭回：谓星辰光耀回转。隅：角落。

⑥於戏：感叹词，同"呜呼""吁戏"。

⑦宸威：帝王的威严。临顾：敬辞，犹言光临见访。

⑧作训：成为典式、法则。理：应为"治"，为避高宗讳而改。

⑨鲁而木：愚鲁而木讷。

⑩舒而徐：松散而缓慢。

⑪狼戾：凶狠，暴戾。

⑫鸟散：如鸟飞散。喻人群纷纷散去。

⑬酌：斟酌。钓道：钓鱼之道。用以比喻治理之道。《说苑·政理》记载，宓子贱治理单父，向阳昼请教治理政事之法。阳昼以钓阳桥鱼和钓鲂鱼的道理来予以说明，使宓子贱受到很大启发。阳桥鱼容易上钩吃饵，其肉薄味差。鲂鱼不轻易上钩吃饵，但其肉厚味美。因此喜欢接近当权者的人，就类似阳桥鱼，往往是阿谀奉承之人。而不愿接近当权者的人，就类似鲂鱼，往往是隐士贤者。

⑭琴心：琴声中蕴含的心境。王琦注："王俭《褚渊碑文》：'参以

酒德,间以琴心。'此文借用其字。垂钓、鼓琴皆能令人心静,承上文缓急之事而言,其当静以治之也。"

⑮四人:即四民,指士、农、工、商。

⑯敷:传布。五教:五常之教,指父义、母慈、兄友、弟恭、子孝五种伦理道德的教育。

⑰"处必"二句:形容李锡节俭廉约,以身作则。处:指在家。粝食:粗劣的饭食。行:指外出。单车:独车,此处指没有随从。

⑱直士:正直、耿直之士。素节:清白的操守。

⑲廉夫:廉士。

⑳"三月"二句:暗用孔子宰中都之事。《史记·孔子世家》:"孔子为中都宰,一年,四方皆则之。"

㉑行春:谓官吏春日出巡。汉代制度,太守于春季巡视所管县,督促耕作,谓之行春。此处指李锡效法古制行春。

㉒枯骸:枯骨,尸骸。路隅:路边。

㉓恻然:悲伤貌。疚怀:伤心,忧虑。

㉔俸:指俸禄。

㉕四封:指一县的四境之内。

㉖勖(xù):勉励。

㉗厄:灾难。

㉘鳏(guān):无妻或丧妻的男人。寡:寡妇。惸(qióng):没有兄弟的人。独:老而无子。

㉙颓风:颓败的风气。

㉚永锡尔类:《诗·大雅·既醉》:"孝子不匮,永锡尔类。"郑玄笺:"永,长也。孝子之行,非有竭极之时。长以与汝之族类,谓广之以教

导天下也。”

【译文】天宝四载，李公被任命为虞城县令，天子赐予他诗章以彰显爱宠和荣光，天子的诗章如金玉般珍贵，像日月群星般光耀明亮，就连屋隅角落都被照亮。呜呼！真是令人敬仰啊！天子眷顾李公，曾训示治理之道。虞城百姓既愚鲁而朴拙，松散而缓慢。如果政令急迫，则民众暴躁凶狠，如果政令和缓，则民众一盘散沙。李公斟酌以钧道，辅佐以琴心，于是安抚四民，宣扬五常之教。居家必粗糙饭食，外出则单车而行。看到李公简约而僚属都厉行俭朴，仰慕他的礼敬而民风都崇尚谦让。他的言行激励了秉直之士的气节操守，宣扬了廉洁之士的清高品德。三月之后政通人和，邻县都以李公作则。李公春日出巡，看到路边枯骨无人安葬，悲伤不已，用自己的俸禄予以安葬。因而全县的枯骨都得到了掩埋，境内的百姓都心存仁爱。城邑中也出现了守孝、哭丧之人，时间久了就变成了风俗。李公还劝勉亲邻，要把别人的凶事看作自己的灾难，这样鳏、寡、惸、独之人，就都有所依靠了。可谓改变了当地的颓败风气，上天会永远降福于此。

先时邑中有聚党横猾者①，实惟二耿之族②，几百家焉③。公训为纯人④，易其里曰"大忠正之里⑤"。北境黎丘之古鬼焉，或醉父以刃其子⑥，自公到职，蔑闻为灾⑦。官宅旧井，水清而味苦，公下车尝之，莞尔而笑曰："既苦且清，足以符吾志也。"遂汲用不改，变为甘泉。蠡丘馆东有三柳焉，公往来憩之，饮水则去。行路勿剪，比于甘棠⑧。乡人因树而书颂四十有六篇。

【注释】①先时：以前。聚党：聚集党众。横猾：强横刁猾。

②实惟：确是。

③几：将近。

④训：教导，教诲。纯人：指安分守己的善良百姓。

⑤易：改变。大忠正：王琦谓"忠"当作"中"。大中正，魏晋南北朝至隋唐时期负责评定人才的官员。

⑥"北境"二句：黎丘：地名。在今河南省虞城县北。《太平寰宇记》："黎丘，在虞城县北二十里，高二丈。"《吕氏春秋·疑似》记载，黎丘有奇鬼，喜模仿他人的子侄昆弟以兴妖作祟。一老翁醉酒而归，被奇鬼变化成其子所骗。后老翁又醉酒而归，其子出于担心来迎接老翁，老翁以为又是奇鬼所变，遂杀其子。王琦注："此事在战国时，引此以颂德政，近乎戏言，岂唐时此鬼复作欤？"

⑦蔑：没有。

⑧"行路"二句：化用《诗·召南·甘棠》中的"勿剪勿伐"之句。《史记·燕召公世家》："召公之治西方，甚得兆民和。召公巡行乡邑，有棠树，决狱政事其下，自侯伯至庶人，各得其所，无失职者。召公卒，而民人思召公之政，怀棠树不敢伐，歌咏之，作《甘棠》之诗。"此处以召公之事比拟李公的受民爱戴。

【译文】 以前县中有聚众横行之人，为二耿一族，全族将近百户人家。李公将他们都教导成了安分守己的善良百姓，于是他们把所在闾里的名字改为"大忠正之里"。虞城县北境黎丘有古鬼作怪，曾经诓骗醉酒的父亲误杀其子，但自从李公到任后，就再也没有听说过鬼怪为害的事情发生。县衙官宅有口旧井，井水清洌却味苦，李公到任品尝后，莞尔一笑，说道："此水既苦且清，正与我的志向相符啊。"于是仍然取用井水而不改，后来井水竟然变得甘甜了。蠡丘馆之东有三棵柳树,李公往来都在树下休息,喝水之后即离去。路人对柳树都不加剪伐,把它们比作召公的甘棠树。乡人歌咏柳树的诗文多达四十六篇。

　　惟公志气塞乎天地①,德音发乎声容②,缟乎若寒崖之霜③,湛乎若清川之月④。弹恶雪善⑤,速若箭飞。尤能笔工新文,口吐雅论⑥。天下美士⑦,多从之游。非汝阳三公三伯之积德⑧,则何以生此?邑之贤老刘楚璟等乃相谓曰:"我李公以神明之化⑨,大赖于虞人⑩。虞人陶然歌咏其德⑪,官则敬,去则思。山川鬼神犹怀之,况于人乎!"乃咨群寮,兴去思之颂⑫。县丞王彦暹⑬,员外丞魏陟⑭,主簿李诜,县尉李向、赵济、卢荣等,同德比义⑮,好谋而成⑯,相与采其瑰踪茂行⑰,俾刻石篆美,庶清风令名⑱,奋乎百世之上。

【注释】①塞:充满。

②德音:善言。声容:声音容貌。

③缟:白色。

④湛:清澈。

⑤弹:批评,揭发。雪:洗刷,昭雪。

⑥雅论:犹高论,雅正之论。亦用为敬词。

⑦美士:才德美好的士人。

⑧汝阳三公三伯:指李锡高祖李楷封汝阳公,曾祖腾云封广武伯,祖立节、父浦均袭广武伯。积德:指祖先积累的德行。

⑨神明:英明,圣明。

⑩大赖:大利。虞人:指虞城县人。

⑪陶然:闲适欢乐的样子。

⑫去思之颂：指撰写去思颂碑文。

⑬县丞：职位仅次于县令。

⑭员外丞：正额以外的县丞。

⑮比：并。

⑯好谋而成：通过深思熟虑办好事情。语出《论语·述而》："必也临事而惧，好谋而成者也。"

⑰相与：相互。茂行：盛德之行。

⑱令名：好名声。

【译文】李公志气磅礴可充塞天地，仁德之言发自声而形于容，品行白洁如寒崖之霜，节操湛然如清水之月。他惩恶扬善，急如飞箭。尤其擅长执笔作文，口谈雅论。天下才子佳士，很多与他交往。若非汝阳公等祖先世代所积累的德行，怎能生出李公这样的贤人呢？县中贤达老人刘楚瓌等人相继建言道："李公施行英明的教化，虞城人获益巨大。虞城百姓都欣然歌咏他的德政，李公居官则令人敬仰不已，去职则使人心生思念。就连山川鬼神都怀念着他，更何况是我们这些世人呢！"于是询问群僚，欲作去思之颂。县丞王彦暹，员外丞魏陟，主簿李诜，县尉李向、赵济、卢荣等人，都有高德义行，遇事都共商而行，他们选取李公的善行美事，刻石立碑撰文称颂，希望他的清操美名，可以永世流传。

其词曰：

激扬之水兮，白石有凿①。李公之来兮，雪虞人之恶。厥德孔昭②，折狱既清③。五教大行，殷云雷之声。既父其父，又子其子④。春之以风，化成草靡⑤。乃影我岗，乃雨我田。阳无骄愆⑥，四载有年⑦。人戴公之贤，犹百里之天。弃余往矣，茫如坠川。哀丧惠博，掩骼仁深。苦井变甘，凶人易心。三柳勿剪，永思清音⑧。

【注释】①"激扬"二句：出自《诗·唐风·扬之水》："扬之水，白石凿凿。"毛传："凿凿，鲜明貌。"郑玄笺："激扬之水，波流湍疾，洗去垢浊，使白石凿凿然。"

②厥：其，代词。孔昭：十分显著彰明。

③折狱：裁断案件。清：公正清明。

④"既父"二句：谓尊敬父亲，抚慰子女。每句的前一个"父"、"子"都为动词。

⑤草靡：草顺风倒伏。比喻教化风行。《说苑·君道》："夫上之化下，犹风靡草。东风则草靡而西，西风则草靡而东。在风所由，而草为之靡。"

⑥骄愆：过于猛烈。愆，超过正常限度。

⑦有年：丰收，丰年。

⑧清音：形容美好的声誉。

【译文】碑文曰：

激扬的流水啊，使白石更显光洁。李公的到来啊，洗雪了虞人的诸恶。李公美德昭彰，断案决狱清明。使五常之教大行，浩荡如云雷之声。使其父有父德，使其子有子行。李公施行教化如春风，百姓随风而化如偃草。李公荫庇虞城的山岗，李公雨润虞城的土地。夏阳不猛烈，四年有丰收。人皆感戴李公的贤德，把他当作虞城的青天。李公一朝弃民而去，百姓茫然如坠山川。他劝勉百姓哀悼丧事而惠民广博，他使百里之境掩埋遗骨而仁义至深。他使苦涩的井水变得甘甜，他让恶人从此行善。他驻足的三柳无人剪伐，虞城百姓永远铭记他的美德。

卷二十九　祭文

为窦氏小师祭璿和尚文

【题解】此文大概是上元年间，李白在金陵时所作。此文是李白代窦氏小师为祭奠其师父璿和尚而写的祭文。窦氏小师，名字及事迹不详。小师，指受戒未满十夏之僧侣。璿和尚，是金陵瓦官寺的僧人。《宋高僧传·唐金陵钟山元崇传》："元崇以开元末年，因从瓦官寺璿禅师咨受心要。"王维有《谒璿上人》诗，李颀也有《题璿公山池》诗。与此"璿和尚"应为同一人。和尚，梵语在古西域语中的不确切的音译，为对佛教师长的通称。后则常指出家修行的佛教徒。文中先叙述了璿和尚的特立独出，生性聪慧。落发为僧后，能勇猛精修佛法，深受吴、楚之地人们的敬仰。最后哀悼璿和尚之离世，并表达了窦氏小师对璿和尚的缅怀之情。

年月日，某谨以斋蔬之奠①，敢昭告于和尚之灵②。伏惟和

尚,降灵自天,依化游世,角立独出③,嶷然生知④。凤凰开九苞
之翼⑤,豫章横万顷之陂⑥。始传灯而纳照⑦,因落发以从师⑧。迈
龙象以蹴踏,为天人之羽仪⑨。绍释风于西域⑩,回佛日于东维⑪。
若大块之噫气⑫,鼓和风而一吹⑬。热恼清洒⑭,道芽荣滋⑮。走
吴、楚以宗仰⑯,将扫地而归之⑰。

【注释】①某: 窦氏小师的自称。斋蔬之奠: 以素食、蔬果等祭品
祀亡灵。

②敢: 谦辞,"不敢"的简称,冒昧的意思。

③角立: 卓然特立。《后汉书·徐稺传》:"爰自江南卑薄之域,而
角立杰出。"李贤注:"角立,如角之特立也。"独出: 突出,特出。

④嶷(nì)然: 形容年幼聪慧。生知: 不待学而知之。

⑤九苞: 凤的九种特征。后为凤的代称。《初学记》引《论语摘衰
圣》:"凤有六像九苞。六像者: 一曰头像天,二曰目像日,三曰背像月,
四曰翼像风,五曰足像地,六曰尾像纬。九苞者: 一曰口包命;二曰心合
度;三曰耳听达;四曰舌诎伸;五曰彩色光;六曰冠矩州;七曰距锐钩;
八曰音激扬;九曰腹文户。"

⑥豫章: 郡名,即洪州,治所在今江西南昌市。万顷之陂: 此处指
鄱阳湖。陂: 湖泊。

⑦传灯: 佛家指传法。佛法犹如明灯,能破除迷暗,故称。王琦注:
"释家师弟子以佛法递相传受,继续不绝,如以灯递相燃点,光明常
在,终不熄灭,故谓之'传灯'。"

⑧落发: 剃发为僧或为尼。

⑨"迈龙象"二句: 王琦注:"迈者,勇往力行之意。"龙象: 龙与

象。水行中龙之力最大，陆行中象之力最大，故佛氏用以比喻诸阿罗汉中修行勇猛有最大能力者。后指高僧。蹞踏：行走，奔跑。天人：仙人。此处指有道的高僧。羽仪：《易·渐》："鸿渐于陆；其羽可用为仪。"孔颖达疏："处高而能不以位自累，则其羽可用为物之仪表，可贵可法也。"后因以"羽仪"比喻居高位而有才德，被人尊重或堪为楷模。

⑩"绍释风"句：王琦注："释者，梵语具云释迦，此云能仁，佛之姓也。凡出家者皆以释为姓。《阿含经》云'四河入海，同一盐味。四姓出家，皆名为释'是也。"绍：继承。释风：指佛教的习俗。

⑪佛日：对佛的敬称。佛教认为佛之法力广大，普济众生，如日之普照大地，故以日为喻。东维：泛指东方。

⑫"若大块"句：化用《庄子·齐物论》："夫大块噫气，其名为风。"大块：大地。噫气：吐气。

⑬和风：温和的风，此处指春风。

⑭热恼：焦灼苦恼。清洒：清除，涤荡，洒扫。

⑮道芽：佛教指法理之萌芽。《心地观经》："道芽增长如春苗。"荣滋：茂盛生长。

⑯宗仰：推崇景仰。

⑰扫地：比喻全部，尽数。

【译文】某年某月某日，我恭谨地准备素食、蔬果等祭品，用来祭告璿禅师之灵。这位璿禅师，是天降之灵，依托此身游历人间，特立杰出，生而知之。璀璨如凤凰张开九色翅膀，寥廓如豫章横荡万顷之陂。璿禅师始学佛法就受佛光洗礼，于是追随师父落发为僧。他修行如龙象般勇往前进，成为有道高僧的榜样。他依照西域佛规改姓释氏，弘扬如日佛法于东方之国。佛理如大地噫气，吹起和煦的春风。消除烦恼使人清爽,佛法萌芽蓬勃生长。吴、楚之地都对他推崇景仰,百姓都想要归依他门下。

　　呜呼!来无所从,去复何适①。水还火归②,萧散本宅③。宝舟辍棹④,禅月掩魄⑤。痛一往而无踪,怆双林之变白⑥。

　　【注释】①"来无"二句:谢灵运《逸民赋》:"来无所从,去无所至。"此处用其意。适:往。

　　②水还火归:《圆觉经》:"我今此身,四大和合,所谓毛发齿皮肉筋骨脑垢色皆归于地,吐涕浓血津液涎沫痰泪精气大小便利皆归于水,暖气归火,动转归风。四大各离,今者妄身在何处?"因以"水还火归"喻死亡。

　　③萧散:消散,消释。此处指骨灰。本宅:自己的墓穴。

　　④宝舟辍棹:婉言僧人之死。宝舟,佛教语。比喻普渡众生到达彼岸的佛法。辍,中止,停止。

　　⑤禅月掩魄:即魄死,比喻僧人之死。禅月,此处指佛月。佛教认为佛法如黑夜中之月亮,照明天下,故以月喻佛。

　　⑥"怆双林"句:以佛祖释迦牟尼临终时的景象比喻璿和尚之死。王琦注引《涅槃经》:"佛在拘尸那城,力士生地阿利罗跋提河边娑罗双树间,二月十五日临涅槃时。尔时拘尸那城娑罗树林,其林变白,犹如白鹤。后分曰娑罗树林四双八只:西方一双,在如来前;东方一双,在如来后;北方一双,在佛之首;南方一双,在佛之足。尔时世尊娑罗林下寝卧宝床,于其中夜入第四禅,寂然无声,于是时顷,便槃涅槃。其娑罗林东西二双合为一树,南北二双合为一树,垂覆宝床,盖于如来,其树

即时惨然变白,犹如白鹤。枝叶华果皮干,悉皆爆裂堕落,渐渐枯悴,摧折无余。"怆:悲伤。

【译文】唉!璿禅师不知从何而来,也不知去往何处。形体水还火化散去,遗骸葬入永归之所。他的离世犹如宝舟停桨,禅月掩魄。痛挽禅师一去再无踪迹,悲伤感召娑罗双林变白。

某早承训诲①,偏荷恩慈②。忝餐风于法侣③,旋落荫于禅枝④。号无辍响⑤,泣有余悲。手撰茗药⑥,精诚严思⑦。冀神道之昭格⑧,庶明灵而飨之⑨。

【注释】①训诲:教导。

②荷:承受,承蒙。恩慈:宠爱慈惠。

③餐风:形容超脱的出世生活。法侣:犹僧友。

④禅枝:寺庙禅堂周围的树木。

⑤号:大声哭。

⑥撰:持,拿着。茗药:茶与药。古代以茶代酒来祭奠僧人。

⑦严:郑重,庄重。思:助词,用于句末,相当于"啊"。

⑧冀:希望。神道:指神灵。格:至,来。

⑨庶:但愿,希冀。飨:通"享",此处指享用祭品。

【译文】我很早就承受璿禅师的教诲,一直蒙受禅师的恩慈。愧在璿禅师身边修行,受到璿禅师的庇护。此刻哭号无法停止,眼中都是悲伤。手持茗药,庄严祭奠。希望神明召来禅师,愿其英灵享用祭品。

为宋中丞祭九江文

【题解】此文应是至德二载（757），李白在宋若思幕府所作。宋中丞，即宋若思。九江，指寻阳（今江西九江市）附近的长江。从文中可知。当时宋若思准备率军渡江，可是风高浪急无法起航。于是就祭奠江神，希望能够停息风浪，从而实现北上幽燕，剿灭叛军的重任。全文气度雍容，用词恭谨，显示出王师出征的磅礴气象，可谓精悍之作。

谨以三牲之奠①，敬祭于长源公之灵②。惟神包括乾坤，平准天地③。划三峡以中断④，疏九道以争奔⑤。纲纪南维⑥，朝宗东海⑦。牲玉有礼⑧，祀典无亏。

【注释】①三牲：古时祭祀用的猪、牛、羊。

②长源公：《旧唐书·玄宗纪下》记载，天宝六年，"封河渎为灵源公，济渎为清源公，江渎为广源公，淮渎为长源公"。此文祭长江，应为广源公，即长江的封号。

③平准：平衡。

④划：分开。三峡：现在指瞿塘峡、巫峡、西陵峡，在长江上游，重庆奉节与湖北宜昌之间。古时候的三峡说法众多，例如一说以西陵峡、明月峡、黄牛峡为三峡，或以巴峡、明月峡、巫峡为三峡等。

⑤九道：指寻阳附近汇入长江的九条支流。

⑥纲纪南维：王琦注："纲纪南维，为南方众流之纲纪也。"维，系，连结。

⑦朝宗：本指诸侯朝见天子。比喻小流汇入大水。《汉书·地理志上》："江汉朝宗于海。"颜师古注："江汉二水归入于海，有似诸侯朝于天子，故曰朝宗。宗，尊也。"

⑧牲玉：供祭祀用的牺牲和玉器。王琦注："玉，告神时荐于座之玉器。与牲币俱陈者。"

【译文】谨以三牲作为祭品，恭敬祭祀长江之灵。只有神灵能包举宇宙，协调万物。长江冲开三峡使山势中断，分流九河而江水争奔。成为南方众河之纲纪，东归入大海如朝宗。宋中丞依礼准备牺牲和玉器，按时祭祀毫无差错。

今万乘蒙尘①，五陵惨黩②。苍生悉为白骨，赤血流于紫宫③。宇宙倒悬，搀抢未灭④。含识结愤⑤，思剪元凶⑥。

【注释】①万乘：指天子。蒙尘：蒙受灰尘，指帝后蒙难。

②五陵：指唐代五个皇帝的陵墓。王琦注："五陵，谓高祖、太宗、高宗、中宗、睿宗五帝陵寝。"惨黩：王琦谓当作"墋黩"，混沌不清貌。陆机《汉高祖功臣颂》："茫茫宇宙，上墋下黩。"李善注："天以清为常，地以静为本。今上墋下黩，言乱常也。墋，不清澄之貌也。黩，媟也。"李周翰注："墋，垢也。黩，浊也。"当时安史之乱爆发，唐玄宗避难蜀中，唐肃宗在灵武即位，两京沦陷，尚未收复，故称。

③紫宫：指帝王宫禁。

④搀抢：也作"欃枪"，即彗星。此处借指安禄山叛军。

⑤含识：佛教语，谓有意识、有感情的生物，即众生。

⑥剪：除掉。

【译文】如今天子蒙难，五帝之陵遭毁。苍生都化为白骨，鲜血流淌于宫禁。社稷处于危难之中，叛军肆虐还未消灭。天下百姓忧愤不已，一心想要剪除元凶。

若思参列雄藩①，各当重寄②。遵奉王命，大举天兵③。照海色于旌旗④，肃军威于原野。而洪涛渤潏⑤，狂飙振惊⑥。惟神使阳侯卷波⑦，羲和奉命⑧。楼船先济，士马无虞⑨。扫妖孽于幽燕⑩，斩鲸鲵于河洛⑪。惟神祐我，降休于民⑫。敬陈精诚，庶垂歆飨⑬。

【注释】①若思：即宋若思。参列：排列，列入。雄藩：地位重要、实力雄厚的藩镇。

②重寄：重大的托付。

③天兵：指朝廷军队。

④海色：将晓时的天色。

⑤渤潏：水沸涌貌。

⑥狂飙：暴风。

⑦阳侯：古代传说中的波涛之神。

⑧羲和：古代神话传说中驾御日车之神。

⑨无虞：没有忧患，太平无事。

⑩妖孽：指安禄山叛军。

⑪鲸鲵：比喻凶恶的敌人，此处指安禄山。河洛：指洛阳，安禄山

在此称帝。

⑫休：吉庆。

⑬歆飨：同"歆享"，神灵享受祭品、香火。

【译文】宋中丞坐镇雄州大郡，身受朝廷重托。尊奉皇命，大兴王师。晓色照耀着旌旗，军威肃杀于原野。可是汹涌的波涛翻腾不已，狂烈的暴风震慑人心。希望江神能使阳侯息波，让义和听命。使楼船先渡，让人马无恙。这样就可以前往幽燕扫清叛军，在洛阳斩杀巨盗。祈求江神保佑，降福于万民。恭敬地呈上我们的真心诚意，希望神明降临享用祭品。

卷三十　集外诗文

菩萨蛮

【题解】菩萨蛮，教坊曲名，唐代崔令钦《教坊记》收有此曲。《杜阳杂编》云："大中（唐宣宗年号）初，女蛮国贡双龙犀、明霞锦，其国人危髻金冠，缨络被体，故谓之《菩萨蛮》。当时倡优遂制《菩萨蛮》曲，文士亦往往声其词。"这首词最早见于宋僧文莹的《湘山野录》，其云："此词不知何人写在鼎州沧水驿楼，复不知何人所撰。魏道辅（泰）见而爱之。后之长沙，得古集于（曾）子宣内翰家，乃知李白所作。"后世以此为唐宣宗时曲，认为非李白之作。而敦煌卷子中有唐人所作《菩萨蛮》，时间为"壬午年"，即天宝初年即有此词。《全唐诗》，咸淳本《李翰林集》等均收录为李白之作。此词真伪历代仍颇有争议。宋代黄玉林《花庵词选》将这首词和下一首《忆秦娥》，认为是"百代词曲之祖"。此词分为上下两阕，上阕写景，下阕抒情，情景相融，表现手法已非常成熟。黄苏《蓼园词选》点评："按入首二句,意兴苍凉壮阔。第三第四句,说到'楼'、到'人',又自静细孤寂,真化工之笔!第二阕,'栏干'字跟上'楼'字来,'伫立'字跟上'愁'字来。末联始点出'归'字来,是题目归宿。所以'愁'者,此也,所以'寒山'、'伤心'者,亦此也,更觉前阕凌空结撰,意兴高远。至结句,仍含蓄不说尽,雄浑无匹。"

平林漠漠烟如织,寒山一带伤心碧①。暝色入高楼,有人楼上愁。

玉阶空伫立,宿鸟归飞急。何处是归程?长亭更短亭②。

【注释】①伤心:极其,非常。杜甫《滕王亭子》:"清江锦石伤心丽。"

②长亭:驿亭。古时于道路每隔十里设长亭,五里设短亭,供行旅停息。近城的十里长亭常为送别之处。北周庾信《哀江南赋》:"十里五里,长亭短亭。"倪璠注:"《白孔六帖》云:'十里一长亭,五里一短亭。'"

忆秦娥

【题解】忆秦娥,词牌名。又名"秦楼月""碧云深"。因词中有"秦娥梦断秦楼月"句,故名"忆秦娥"。此词最早见于两宋时期邵博《邵氏闻见后录》,云:"李太白词也。予尝秋日饯客咸阳宝钗楼上，汉诸陵在晚照中。有歌此词者，一坐凄然而罢。"胡震亨《唐音癸签》云："文宗宫人阿翘善歌，出宫嫁金吾卫长史秦诚，诚出使新罗，翘思念，撰小词名《忆秦郎》。诚亦于是夜梦传其曲拍，归日，合之无异。后有《忆秦娥》，或即出此。"此词是否是李白所作，后世也有争议，有认为是晚唐五代人所作，误归于李白名下。此词气象开阔，意旨深远，格调雍容典雅。历代的评价很高。顾起纶《花庵词选·跋》："唐人作长短句，乃古乐府之滥觞也。李太白首倡《忆秦娥》，凄婉流丽，颇臻其妙，为千载词家之祖。"王国维《人间词话》："太白纯以气象胜。'西风残照，汉家陵阙'，寥寥八字，遂关千古登临之口。后世唯范文正之《渔家傲》，夏英公之《喜迁莺》，差足继武，然气象已不逮矣。"

萧声咽，秦娥梦断秦楼月。秦楼月，年年柳色，灞陵伤别①。乐游原上清秋节②，咸阳古道音尘绝。音尘绝，西风残照，汉家陵阙。

【注释】①灞陵：故址在今陕西省西安市东。汉文帝葬于此，故称。《开元天宝遗事》："长安东灞陵有桥，来迎去送皆至此桥，为离别之地，故人呼之为'销魂桥'。"《雍录》："汉世凡东出函、潼，必自灞陵始，故赠行者于此折柳为别也。"

②乐游原：又作"乐游苑"，古苑名。故址在今陕西西安市南。本为秦时的宜春苑，汉宣帝时改建乐游苑。唐时，为长安士女游赏的胜地。《雍录》："唐曲江，本秦隑州，至汉为宣帝乐游庙，亦名乐游苑，

亦名乐游原。正月晦日、三月三日、九月九日，京城士女，咸即此祓禊，帟幕云布，车马填塞，词人乐饮赋诗。"

戏赠杜甫

【题解】此诗最早在段成式的《酉阳杂俎》中曾提及，曰："众言李白唯戏杜考功'饭颗山头'之句，成式偶见李白《祠亭上宴别杜考功》诗。"全诗则见于孟棨《本事诗》。历代对此诗的真伪也多有争议。全诗行文浅白，语言诙谐，生动地描画出杜甫苦心吟咏的形象。

饭颗山头逢杜甫①，头戴笠子日卓午②。借问别来太瘦生③，总为从前作诗苦。

【注释】①饭颗山：地名，已无法考证。一作"长乐坡"，在今陕西西安东北。《元和郡县志》："长乐坡，在京兆府万年县东北十三里，即浐川之西岸，旧名浐坂。隋文帝恶其坂名，改曰长乐坡。"

②卓午：正午。

③太瘦生：唐人口语，太瘦，很瘦。生，语助词。欧阳修《六一诗话》："太瘦生，唐人语也，至今犹以'生'为语助，如'作么生'、'何似生'之类。"

寒女吟

【题解】此诗见于唐代韦縠《才调集》。此诗历代多认为是后人依托或拟作。全诗描写了一位与夫君共辛苦的女子,在夫君为官之后却被嫌弃,于是女子毅然辞夫离去。

昔君布衣时,与妾同辛苦。一拜五官郎①,便索邯郸女。妾欲辞君去,君心便相许。妾读蘼芜书②,悲歌泪如雨。忆昔嫁君时,曾无一夜乐。不是妾无堪,君家妇难作。起来强歌舞,纵好君嫌恶。下堂辞君去,去后悔遮莫③。

【注释】①五官郎:汉时五官中郎将署下的属官有五官中郎、五官侍郎、五官郎中等,泛称"五官郎"。负责宫中更直、宿卫。

②蘼芜:《古诗·上山采蘼芜》:"上山采蘼芜,下山逢故夫。长跪问故夫,新人复何如?新人虽言好,未若故人姝。颜色类相似,手爪不相如。新人从门入,故人从阁去。新人工织缣,故人工织素。织缣日一匹,织素五丈余。将缣来比素,新人不如故。"此处用其诗意。

③遮莫:犹云什么。悔遮莫,后悔什么。

会别离

【题解】此诗见于唐代韦縠所编《才调集》，署为李白所作。唐代元结的《箧中集》则收录为孟云卿诗，题为《今别离》。元结的《箧中集》完成于乾元三年，当时李白、孟云卿皆在世。元结与孟云卿又为好友，所以其说较为可信。《文苑英华》、郭茂倩《乐府诗集》俱作孟云卿诗。《文苑英华》题作《离别曲》，《乐府诗集》作《生别离》，也都署为孟云卿诗。

结发生别离，相思复相保。如何日已远，五变庭中草。渺渺天海途，悠悠汉江岛。但恐不出门，出门无远道。道远行既难，家贫衣复单。严风吹雨雪①，晨起鼻何酸。人生各有志，岂不怀所安。分明天上日，生死誓同欢。

【注释】①严风：寒风。梁元帝《纂要》："冬风曰严风。"

初月

【题解】此首收录于《文苑英华》，署为李白所作。全诗前半部分描写月色，后半部分吟咏征戍之苦。

玉蟾离海上[1]，白露湿花时。云畔风生爪，沙头水浸眉。乐哉弦管客，愁杀战征儿。因绝西园赏[2]，临风一咏诗。

【注释】①玉蟾：月亮的别称。

②西园：园林名，指曹操所建铜雀园。遗址在今河南邺县北。曹植《公宴诗》："清夜游西园，飞盖相追随。"

雨后望月

【题解】此首最早见于《文苑英华》，署名为李白。严羽《沧浪诗话》认为《雨后望月》《对雨》《望夫石》《冬日归旧山》等诗，皆为晚唐之语，属于伪作。全诗描写了雨后月景。

四郊阴霭散，开户半蟾生[1]。万里舒霜合，一条江练横。出时山眼白[2]，高后海心明[3]。为惜如团扇[4]，长吟到五更。

【注释】①半蟾：半月。神话传说月中有蟾蜍，故以蟾代称月。

②山眼：山中泉眼。

③海心：大海中心。

④团扇：用班婕妤《怨歌行》诗意，云："裁成合欢扇，团团似明月。"

对雨

【题解】此首最早见于《文苑英华》,署名为李白。诗中描写了雨中景象。

卷帘聊举目,露湿草绵绵。古岫披云毳①,空庭织碎烟。水红愁不起,风线重难牵。尽日扶犁叟,往来江树前。

【注释】①毳:鸟兽的细毛。这里比喻雨雾如碎云。

晓晴

【题解】此首收录于《文苑英华》,署为李白所作。全诗描写了春天雨后清新的景色。

野凉疏雨歇,春色遍萋萋。鱼跃青池满,莺吟绿树低。野花妆面湿,山草纽斜齐①。零落残云片,风吹挂竹溪。

【注释】①纽斜齐:形容山草被风吹扭动,一齐倾斜。

望夫石

【题解】此首收录于《文苑英华》，署为李白所作。全诗描写了望夫石的形貌。

仿佛古容仪，含愁带曙辉。露如今日泪，苔似昔年衣。有恨同湘女^①，无言类楚妃^②。寂然芳霭内，犹若待夫归。

【注释】①湘女：指尧之二女娥皇、女英，嫁给舜为妻。

②楚妃：指息妫。《左传·庄公十四年》："楚子如息，以食入享，遂灭息。以息妫归，生堵敖及成王焉。未言，楚子问之，对曰：'吾一妇人，而事二夫，纵勿能死，其又奚言。'"

冬日归旧山

【题解】此首收录于《文苑英华》，署为李白所作。全诗描绘了旧山的荒芜景象，末尾流露出避世修道的想法。

未洗染尘缨^①，归来芳草平。一条藤径绿，万点雪峰晴。地冷叶先尽，谷寒云不行。嫩篁侵舍密^②，古树倒江横。白犬离村吠，苍苔壁上生。穿厨孤雉过,临屋旧猿鸣。木落禽巢在,篱疏兽路成。拂床苍鼠走,倒箧素鱼惊③。洗砚修良策,敲松拟素贞。此时重一去,去合到三清④。

【注释】①"未洗"句:《楚辞·渔父》:"沧浪之水清兮,可以濯吾缨。"此处反用其意。

②嫩篁:嫩竹。

③素鱼:即蠹虫。

④三清:道教所指玉清、上清、太清三清境。

邹衍谷

【题解】此首最早见于《文苑英华》,署名为李白。邹衍谷,又名燕谷山,在今北京密云。刘向《别录》:"邹衍在燕,燕有谷,地美而寒,不生五谷。邹衍居之,吹律而温气至,而黍生。今名黍谷。"

燕谷无暖气,穷岩闭严阴。邹子一吹律①,能回天地心。

【注释】①吹律:吹奏律管。

入清溪行山中

【题解】《文苑英华》收录李白《入清溪行山中》二首，其一为卷六的《清溪行》，此为另一首。《文苑英华》将此首亦收于崔颢集中，题为《入若耶溪》。《全唐诗》《会稽掇英总集》都署为崔颢。当为崔颢所作。

　　轻舟去何疾！已到云林境。起坐鱼鸟间，动摇山水影。岩中响自合，溪里言弥静。无事令人幽，停桡向余景[①]。

【注释】①桡：船桨。

日出东南隅行

【题解】郭茂倩《乐府诗集》收录此诗为陈代殷谋所作。《文苑英华》收录此诗，署为李白所作。但注云："集无此诗，《乐府》作殷谋。"此诗当为殷谋所作。王琦注："《日出东南隅行》，即乐府之《陌上桑》也，一曰《艳歌罗敷行》。古辞曰：'日出东南隅，照我秦氏楼。秦氏有好女，自名为罗敷'云云。后人拟之，或即以首句名篇。"

秦楼出佳丽，正值朝日光。陌头能驻马①，花处复添香。

【注释】①陌头：路上，路旁。

代佳人寄翁参枢先辈

【题解】《文苑英华》收录此诗，署为李白所作。唐代举子对已及第者称先辈，或者是进士出身者互相推敬的称呼。《演繁露》："唐世举人呼已第者为先辈。"《唐国史补》："得第谓之前进士，互相推敬，谓之先辈。"李白从未应试，所以不该用此称呼。此诗历代认为是晚唐人所作，误入李白诗中。

等闲经夏复经寒，梦里惊嗟岂暂安。南家风光当世少，西陵江浪过江难。周旋小字挑灯读，重叠遥山隔雾看。直是为君餐不得，书来莫说更加餐。

送客归吴

【题解】此诗见《文苑英华》，署名为李白。严羽《沧浪诗话》："《文苑英华》，又有五言律三首。其一《送客归吴》，其二《送友生游峡中》,其三《送袁明府任长江》,集本皆无之,其家数在大历、贞元间,亦非太白之作。"

江村秋雨歇,酒尽一帆飞。路历波涛去,家惟坐卧归。岛花开灼灼^①,汀柳细依依^②。别后无余事,还应扫钓矶。

【注释】①灼灼:鲜明貌。《诗·周南·桃夭》:"桃之夭夭,灼灼其华。"毛传:"灼灼,花之盛也。"

②汀:水边平地。

送友生游峡中

【题解】《文苑英华》收录此诗,署为李白所作。王琦注:"此诗亦载张籍集中。"《全唐诗》张籍集中也收有此诗。此诗当为张籍所作。

风静杨柳垂,看花又别离。几年同在此,今日各驱驰。峡里闻猿叫,山头见月时。殷勤一杯酒,珍重岁寒姿。

送袁明府任长江

【题解】此诗见《文苑英华》，署名为李白。袁明府，姓袁的县令。明府，唐人对县令的敬称。长江，县名，剑南道遂州遂宁郡有长江县。今四川遂宁市北。

别离杨柳青，樽酒表丹诚。古道携琴去，深山见峡迎。暖风花绕树，秋雨草沿城。自此长江内，无因夜犬惊①。

【注释】①"无因"句：用东汉刘宠故事。《后汉书·刘宠传》："（刘宠）又三迁拜会稽太守。……宠简除烦苛，禁察非法，郡中大化。征为将作大匠。山阴县有五六老叟，龙眉皓发，自若邪山谷间出，人赍百钱以送宠。宠劳之曰：'父老何自苦？'对曰：'山谷鄙生，未尝识郡朝。它守时，吏发求民间，至夜不绝，或狗吠竟夕，民不得安。自明府下车以来，狗不夜吠，民不见吏。年老遭值圣明，今闻当见弃去，故自扶奉送。'"

送史司马赴崔相公幕

【题解】此诗收于《文苑英华》中，署为李白所作。王琦注："末二联或是太白在寻阳狱中之作，所谓崔相公者即是崔涣，似亦近之。而岑参集中亦载此诗,一云无名氏诗。"史司马,姓史的司马。司马,为州郡长官的僚佐。崔相,姓崔的宰相。当为崔涣。李白有《狱中上崔相涣》《系寻阳狱中上崔相涣三首》等诗。

　　峥嵘丞相府,清切凤凰池①。羡尔瑶台鹤,高栖琼树枝。归飞晴日暖,吟弄惠风吹。正有乘轩乐②,初当学舞时③。珍禽在罗网,微命若游丝④。愿托周周羽⑤,相衔汉水湄。

　　【注释】①凤凰池:原为禁苑中池沼。魏晋南北朝时设中书省于禁苑,掌管机要,接近皇帝,故称中书省为"凤凰池"。

　　②乘轩乐:用卫懿公好鹤的故事。《左传·闵公二年》:"卫懿公好鹤,鹤有乘轩者。"

　　③学舞时:《初学记》引《相鹤经》:"鹤二年落子毛,易黑点,三年产伏,复七年羽翮具,复七年飞薄云汉,复七年舞应节。"

　　④"珍禽"二句:比喻诗人身陷狱中如鸟在罗网,命殆如游丝。

　　⑤周周:鸟名。《韩非子·说林下》曰:"鸟有周周者,首重而尾曲,将欲饮于河,则必颠,乃衔其羽而饮之。"此句谓希望崔相能像衔羽救援周周鸟那样救援自己。

战城南

　　【题解】此诗收录于《文苑英华》,列在李白《战城南》之后,未著作者。后人误收入李白诗。全诗描写了战场的凄惨景象。

    战地何昏昏,战士如群蚁。气重日轮红,血染蓬蒿紫。乌鸟衔人肉,食闷飞不起。昨日城上人,今日城下鬼。旗色如罗星,鼙声殊未已[①]。妾家夫与儿,俱在鼙声里。

【注释】①鼙:古代军中的一种小鼓。

胡无人行

    【题解】此诗收录于《文苑英华》,列在李白《胡无人行》之后,未著作者。后人误以为李白诗。王琦注:"《文苑英华》一百九十六卷太白'严风吹霜海草凋'之后载此一首,不录作者姓名,后人采入太白遗诗。然考陈陶集中亦载此作,当是陶诗。"

    十万羽林儿,临洮破郅支[①]。杀添胡地骨,降足汉营旗。寒阔牛羊散,兵休帐幕移。空余陇头水[②],呜咽向人悲。

    【注释】①临洮:唐时陇右道有临洮郡,即洮州也。其地东北二面并枕洮水,故名。治所在今甘肃临潭县。郅支:匈奴单于名号。呼韩邪单于之兄,名呼屠吾斯。汉宣帝五凤元年,独立为郅支骨都单于。元帝初,叛汉。建昭三年,为西域副校尉陈汤攻杀,斩郅支首及名王以下千余。事见《汉书·陈汤传》与《匈奴传》。后世因以"郅支"代称外寇。

②陇头水：陇山顶之流水。郭茂倩《乐府诗集》引《三秦记》："其坂（指陇山）九回，上者七日乃越，上有清水四注下，所谓陇头水也。"古代俗歌谣有"陇头流水，鸣声幽咽"之句，借咏陇水表现望乡悲叹的情怀。后用为咏思乡伤别的典故。

鞠歌行

【题解】此诗宋本《文苑英华》，收录其作者为罗隐。而明本《文苑英华》，将此诗列在李白《鞠歌行》之后，未著作者。后人误以为李白诗。王琦注曰："《文苑英华》二百三卷太白'玉不自言如桃李'之后载此一首，失录作者姓名，后人遂编入太白遗诗。"

丽莫似汉宫妃①，谦莫似黄家女②。黄女持谦齿发高，汉妃恃丽天庭去。人生容德不自保，圣人安用推天道。君不见，蔡泽嵌枯诡怪之形状③，大言直取秦丞相。又不见，田千秋才智不出人④，一朝富贵如有神。二侯行事在方册，泣麟老人终困厄⑤。夜光抱恨良叹悲，日月逝矣吾何之？

【注释】①汉宫妃：指王昭君。《世说新语·贤媛》记载，王昭君入宫，因不肯贿赂画师，不得见天子。后匈奴求亲，天子以王昭君出嫁，见王昭君，乃知其美，虽后悔不及。
②黄家女：《尹文子》："齐有黄公者，好谦卑。有二女皆国色，以

其美也，常谦辞毁之，以为丑恶，丑恶之名远布，年过而一国无聘者。卫有鳏夫，时冒娶之，果国色。然后曰：'黄公好谦，故毁其子不姝美。'于是争礼之，亦国色也。国色，宝也；丑恶，名也。此违名而得实矣。"

③蔡泽：战国时燕人，容貌丑陋，但为人机智善辩，劝说秦相范雎退隐，后自代为秦国国相。事见《史记·范雎蔡泽列传》。

④田千秋：汉武帝时丞相，既无才学，也无功劳，只因上书为太子鸣冤，得汉武帝赏识而成为丞相。事见《汉书·田千秋传》。

⑤泣麟老人：指孔子。《史记·孔子世家》记载："鲁哀公十四年春，西狩时捕获麒麟，孔子曰：'吾道穷矣！'"麒麟为祥瑞之物，应该盛世出现，现在出现在乱世，所以孔子泣叹世道沦落。

题许宣平庵壁

【题解】许宣平，唐时新安人，传说在唐睿宗时成仙得道。此诗最早见于《太平广记》引《续仙传》，谓李白过新安时题此诗。《太平广记》："许宣平，新安歙人也。唐睿宗景云中，隐于城阳山南坞，结庵以居，不知其服饵，但见不食，颜色若四十许人。行如奔马。时或负薪以卖，担常挂一花瓢及曲竹杖，每醉腾腾挂之以归，独吟曰：'负薪朝出卖，沽酒日西归。路人莫问归何处，穿入白云行翠微。'迩来三十余年，或拯人悬危，或救人疾苦，城市人多访之，不见，但览庵壁题诗曰：'隐居三十载，石室南山颠。静夜玩明月，闲朝饮碧泉。樵人歌陇上，谷鸟戏岩前，乐矣不知老，都忘甲子年。'好事者多咏其诗。有时行长安，于驿路洛阳、同、华传舍，是处题之。天宝中，李白自翰林出，东游，经传舍，览诗，吟之，嗟叹曰：'此仙诗也。'乃诘之于人，得宣平之实。白于是游及新安，涉溪登山，屡访之，不得，乃题其庵壁曰：'我吟传舍诗……。'是冬野火燎其庵，莫知宣平踪迹。百余年后，咸通七年，郡人许明奴家有妪，尝逐伴入山采樵，独于南山中见一人坐石上，方食桃，甚大，问妪曰：'汝许明奴家人也，我明奴之祖宣平。'妪言：'尝闻已得仙矣。'曰：'汝归，为我语明奴，言我在此山中。与汝一桃食之，不可将出。山虎狼甚多，山神惜此桃。'妪乃食桃，甚美。顷之而尽。宣平遣妪随樵人归家，言之，明奴之族甚异之，传闻于郡人。"

我吟传舍诗[①]，来访真人居。烟岭迷高迹，云林隔太虚。窥庭但萧索，倚杖空踌躇。应化辽天鹤[②]，归当千岁余。

【注释】①传舍：古时供行人休息住宿的处所。传舍诗，指许宣平在驿站所题诗。

②辽天鹤：用丁令威故事。丁令威，传说是汉辽东人，学道于灵虚山，后成仙化鹤归来，落城门华表柱上。时有少年，举弓欲射之，鹤乃飞，徘徊空中而言曰："有鸟有鸟丁令威，去家千年今始归。城郭如故人民非，何不学仙冢累累。"见晋陶潜《搜神后记》。

题峰顶寺

【题解】此诗见于宋赵德麟《侯鲭录》，胡仔《苕溪渔隐丛话前集》、邵博《邵氏闻见后录》等著作。作者或谓李白，或谓王元之、杨大年。峰顶寺，在蕲州黄梅县，今属湖北。《侯鲭录》："曾阜为蕲州黄梅令，有峰顶寺，去城百余里，在乱山群峰间，人迹所不到。阜按田偶至其上，梁间小榜，流尘昏晦，乃李白所题诗也，其字亦豪放可爱，诗云：'夜宿峰顶寺，举手扪星辰。不敢高声语，恐惊天上人。'或曰王元之少年《登楼诗》：'危楼高百尺，手可摘星辰。不敢高声语，恐惊天上人。'"《苕溪渔隐丛话前集》："《西清诗话》云："蕲州黄梅县峰顶寺，在水中央，环伏万山，人迹所罕到。曾阜为令时，因事登其上，见梁间一粉板，尘暗粉落，拂涤视之，乃谪仙诗，云：'夜宿峰顶寺，举手扪星辰。不敢高声语，恐惊天上人。'世传杨大年幼时诗，非也。"周紫芝《竹坡诗话》："世传杨文公方离襁褓，犹未能言，一日，其家人携以登楼，忽自语如成人，因戏问之：'今日上楼，汝能作诗乎？'即应声曰：'危楼高百尺，手可摘星辰。不敢高声语，怕惊天上人。'"

夜宿峰顶寺，举手扪星辰。不敢高声语，恐惊天上人。

瀑布

【题解】 此诗见于胡仔《苕溪渔隐丛话前集》，周必大《二老堂诗话》和《唐诗纪事》等书。瀑布，据《二老堂诗话》记载，在舒州太湖县的司空山，今属安徽。

断岩如削瓜，岚光破崖绿。天河从中来，白云涨川谷。玉案赤文字，落落不可读。摄衣凌青霄，松风吹我足。

断句（举袖露条脱）

【题解】 此二句见于胡仔《苕溪渔隐丛话前集》。

举袖露条脱①，招我饭胡麻②。

【注释】 ①条脱：手镯、腕钏、臂饰之类的东西。亦作"条达"、"跳脱"。《唐诗纪事》："文宗问宰臣：'古诗云"轻衫衬跳脱"，"跳脱"是何物？'宰臣未对，上曰：'即今之腕钏也。'"
②胡麻：即芝麻。王琦注："按：胡麻，即今之芝麻也。相传张骞自大宛得其种以归，以其出自胡中，故曰胡麻。"

断句(野禽啼杜宇)

【题解】此二句见于胡仔《苕溪渔隐丛话前集》。

野禽啼杜宇①,山蝶舞庄周②。

【注释】①杜宇:指杜鹃鸟。传说为蜀帝杜宇的魂魄所化,故名。
②"山蝶"句:用庄周梦蝶的故事。

阳春曲

【题解】此诗收于《万首唐人绝句》,署名为李白。《乐府诗集》收此诗,署作无名氏。

茉苡生前径①,含桃落小园②。春心自摇荡,百舌更多言。

【注释】①茉苡:一作"茉苣",即车前草。
②含桃:樱桃的别称。
③百舌:鸟名。善鸣,其声多变化。

舍利佛

【题解】此诗收于《万首唐人绝句》，署名为李白。《乐府诗集》收此诗，署作无名氏。舍利佛，又作舍利弗。佛陀十大弟子之一，以智慧第一著称。其母为摩伽陀国王舍城婆罗门论师之女，出生时以其眼似舍利鸟，乃命名为舍利，梵语"弗"，意谓子嗣。故舍利弗之名，即谓"舍利之子"。

金绳界宝地[①]，珍木荫瑶池。云间妙音奏，天际法蠡吹。

【注释】①金绳：佛经谓离垢国用以分别界限的金制绳索。《妙法莲华经》："国名离垢，其土平正，清净严饰。琉璃为地，有八交道，黄金为绳，以界其侧。"

②法蠡：即法螺。磨去尖顶的螺壳吹起来很响，古代做佛事时用来做乐器，故名法螺。

摩多楼子

【题解】此诗收于《万首唐人绝句》，署名为李白。《乐府诗集》收此诗，署作无名氏。摩多楼子，即目犍连。佛陀十大弟子之一, 以神通第一著称。

从戎向边北, 远行辞密亲。借问阴山侯, 还知塞上人?

春感

【题解】此诗见《唐诗纪事》引杨天惠《彰明逸事》:"太白从学岁余, 去游成都, 赋《春感》诗云:'茫茫南与北, 道直事难谐。榆荚钱生树, 杨花玉糁街。尘萦游子面, 蝶弄美人钗。却忆青山上, 云门掩竹斋。'益州刺史苏颋见而奇之。"

茫茫南与北, 道直事难谐。榆荚钱生树①, 杨花玉糁街②。尘萦游子面, 蝶弄美人钗。却忆青山上, 云门掩竹斋。

【注释】①榆荚: 榆树的果实。
②玉糁: 玉屑。糁, 颗粒物。

殷十一赠栗冈砚

【题解】宋代高似孙《砚笺》收录此诗, 署为李白作。殷十一,名字事迹不详。

殷侯三玄士①，赠我栗冈砚。洒染中山毫②，光映吴门练③。天寒水不冻，日用心不倦。携此临墨池④，还如对君面。

【注释】①三玄：魏晋玄学家对《老子》《庄子》和《周易》三书的合称。

②中山毫：用中山兔毛所制的笔。常用为名笔的代称。中山，古国名，在今河北定州一带。

③吴门练：《韩诗外传》记载，孔子与颜回登泰山，望见吴国昌门，有白马疾驰而过，如一道白练。王琦注："此用其字，而意则指吴中所出之绢素，与原事无涉。"

④墨池：古代多有书家洗墨池故事，此处泛指洗砚池。

普照寺

【题解】此诗是王琦据宋代潜说友《咸淳临安志》所录。《咸淳临安志》："净明寺，在富阳县北五里，旧普照寺。天福五年重建，治平二年改今额。寺枕高山，名曰舒壁，山坳有龙潭，涧水横流，上有桥亭。李翰林白诗'天台国清寺，天下为四绝'云云。"富阳县，今属浙江省。此诗是否为李白所作，历代也有争议。

天台国清寺[①]，天下为四绝[②]。今到普照游，到来复何别？柟木白云飞[③]，高僧顶残雪。门外一条溪，几回流岁月。

【注释】①国清寺：《嘉庆重修一统志》："国清寺，在浙江台州府天台县北十里，隋开皇十八年，僧智顗建。"

②四绝：王琦注："晏殊《类要》云：'齐州灵岩、荆州玉泉、润州栖霞、台州国清，世称四绝。'"

③柟木：即楠木。

钓台

【题解】此诗王琦引自《方舆胜览》，曰："钓台在徽州黟县南十八里，亦名寻阳台。相传李白常钓于此，有诗云'磨尽石岭墨'云云。"黟县，今属安徽黄山市。此诗是否为李白之作，历代争议颇大。

磨尽石岭墨[①]，寻阳钓赤鱼。霭峰尖似笔[②]，堪画不堪书。

【注释】①石岭：《太平寰宇记》："墨岭山，在黟县南十八里，岭上有石如墨色，岭有穴，中有墨石软腻，土人取为墨，色碧甚鲜明，可以记文字。"

②霭峰：罗愿《新安志》："霭峰，在黟县南十五里，孤峭如削。"

小桃源

【题解】王琦据《方舆胜览》收录此诗,曰:"樵贵谷,在徽州黟县北,昔土人入山,行七日,至谷穴,豁然,周三十里,中有十余家,云是秦人入此避地。按:邑图有潜村,至今有数十家,自为一村,或谓之小桃源,李白诗:'黟县小桃源,烟霞百里间。地多灵草木,人尚古衣冠。'"此诗历代多认为是伪作。王琦注:"此诗乃南唐许坚诗,其后尚有二韵,非太白作也。"

黟县小桃源,烟霞百里间。地多灵草木,人尚古衣冠。

题窦圌山

【题解】此诗王琦收自《方舆胜览》。《方舆胜览》:"窦圌山,在绵州彰明县,李白《题窦圌山》诗:'樵夫与耕者,出入画屏中。'又《送窦主簿》诗:'愿随子明去,炼火烧金丹。'窦子明,名圌,隐此山,故名。"后二句见卷十一《登敬亭山南望怀古赠窦主簿》,所谓子明者,指陵阳子明。并非窦圌之字。窦主簿,指溧阳县窦主簿,与窦圌无关。所以《方舆胜览》此论述有误。窦圌山,在今四川江油县东北。可能为李白少年时时所作残句。

樵夫与耕者,出入画屏中。

赠江油尉

【题解】此诗王琦据杨升庵《全蜀艺文志》收录。江油,即今四川江油市。明代周复俊编《全蜀艺文志》也收录此诗,题作《龙州》。龙州,州名,即江油郡,唐时江油县属龙州。江油尉,姓名事迹不详。

岚光深院里①,傍砌水泠泠②。野燕巢官舍,溪云入古厅。日斜孤吏过,帘卷乱峰青。五色神仙尉③,焚香读道经。

【注释】①岚光:山间雾气经日光照射而发出的光彩。
②泠泠:指流水声。
③五色:《北梦琐言》记载张祎之子闻说壁鱼入道经函,因蠹食神仙字身有五色,吞之可成仙。神仙尉:指汉代梅福,曾为南昌尉,后成仙而去。事见《汉书·梅福传》。这里借喻江油尉。

清平乐令二首 翰林应制

【题解】此两首诗王琦录自《绝妙词选》。清平乐,唐代教坊曲名,后用为词牌。此两首历代也疑非李白所作。

其一(禁庭春昼)

禁庭春昼,莺羽披新绣。百草巧求花下斗,只赌珠玑满斗。日晚却理残妆,御前闲舞霓裳[1]。谁道腰肢窈窕,折旋消得君王[2]。

【注释】①霓裳:指《霓裳羽衣曲》。唐代宫廷乐舞套曲。传为唐开元中西凉节度使杨敬述所献,初名《婆罗门曲》,后经玄宗润色并填词,改用此名。乐曲描绘虚无缥缈的仙境和仙女形象。白居易有《霓裳羽衣舞歌和微之》诗,对此曲和舞姿作了细致的描写。

②折旋:曲行。古代行礼时的动作,表示行进的一种步法。

其二(禁帏秋夜)

禁帏秋夜,月探金窗罅。玉帐鸳鸯喷沉麝[1],时落银灯香灺[2]。女伴莫话孤眠,六宫罗绮三千。一笑皆生百媚[3],宸游教在谁边?

【注释】①鸳鸯:燃香的香器。

②灺:烛灰。《说文》:"灺,烛烬也。"

③"一笑"句:似从白居易《长恨歌》"回眸一笑百媚生,六宫粉黛无颜色"化出,故疑为晚唐或五代人所作。

清平乐三首

【题解】此三首词最早见于《尊前集》，署名为李白。王琦录自《全唐诗》。全诗以女子口吻，抒发思念夫君之情，风格语言不类李白，历代多疑为伪作。

其一（烟深水阔）

烟深水阔，音信无由达。惟有碧天云外月，偏照悬悬离别。尽日感事伤怀，愁眉似锁难开。夜夜长留半被，待君魂梦归来。

其二（鸾衾凤褥）

鸾衾凤褥，夜夜常孤宿。更被银台红蜡烛，学妾泪珠相续。花貌些子时光，抛人远泛潇湘。欹枕悔听寒漏，声声滴断愁肠。

其三（画堂晨起）

画堂晨起，来报雪花坠。高卷帘栊看佳瑞，皓色远迷庭砌。盛气光引炉烟，素草寒生玉佩。应是天仙狂醉，乱把白云揉碎。

桂殿秋

【题解】此诗最早见于宋代吴会的《能改斋漫录》，以为李白词。清代朱彝尊收入《词综》，并补调名为桂殿秋。许顗《彦周诗话》，邵博《邵氏闻见后录》都认为是李德裕所作。王琦收自《全唐诗》。

仙女下，董双成①，汉殿夜凉吹玉笙。曲终却从仙官去，万户千门惟月明。河汉女，玉炼颜，云軿往往在人间②。九霄有路去无迹，袅袅香风生佩环。

【注释】①董双成：神话中西王母侍女名。《汉武内传》："（王母）又命侍女董双成吹云和之笙。"

②云軿：即云车，神仙所乘之车。以云为之，故云。

连理枝二首

【题解】此二首词最早见于《尊前集》，署名为李白。王琦收自《全唐诗》。《词谱》《三李词》等将此两首合为一首双调词。此词靡艳，不类李白风格。

其一（雪盖宫楼闭）

雪盖宫楼闭，罗幕昏金翠。斗压栏干，香心淡薄，梅梢轻倚。喷宝猊香烬麝烟浓①，馥红绡翠被。

【注释】①宝猊：猊形熏香炉。

其二（浅画云垂帔）

浅画云垂帔，点滴昭阳泪①。咫尺宸居，君恩断绝，似遥千里。望水晶帘外竹枝寒，守羊车未至②。

【注释】①昭阳：汉朝后宫宫殿名。后泛指后妃所居宫殿。
②羊车：用晋武帝乘羊车典故。《晋书·后妃传上》："（晋武帝）常乘羊车，恣其所之，至便宴寝。宫人乃取竹叶插户，以盐汁洒地而引帝车。"

汉东紫阳先生碑铭

【题解】此文王琦从《道藏》刘大彬《茅山志》中录入。宋敏求《李太白文集后序》曾谓吕缙叔出《汉东紫阳先生碑》，但残缺不能辨认，故没有收录。王琦注："虽有缺文，然与集中所称紫阳先生、元丹丘、僧倩公、仙城山、餐霞楼等句多所取证，且其文系太白真作，铭词玄奥可喜。宋氏弃之不收，固矣。"汉东，郡名，即随州，治所在隋县，今湖北随州市。紫阳先生，指唐朝著名道士胡紫阳。李白写有《冬夜于随州紫阳先生餐霞楼送烟子元演隐仙城山序》。

呜呼！紫阳竟夭其志以默化①，不昭然白日而升九天乎？或将潜宾皇王②，非世所测。□□□□□□□□□□挺列仙明拔之英姿，明堂平白③，长耳广颡④，挥手振骨，百关有声⑤，殊毛秀采，居然逸异。□□□□□□□□而直达。何龟鹤早世⑥，蟪蛄延秋⑦？元命乎⑧？遭命乎⑨？予长息三日⑩，惽于变化之理。

【注释】①默化：默然迁化，即死亡。

②潜宾皇王：悄然成为上皇之宾，亦死亡之意。

③明堂：道教称两眉之间为天门，入内一寸为明堂。

④广颡：宽额。

⑤百关：人体各处关节，关窍。

⑥龟鹤：古人以龟鹤为长寿之物，因用以比喻长寿。

⑦蟪蛄：蝉的一种。生命短暂。《庄子·逍遥游》："朝菌不知晦朔，蟪蛄不知春秋。"陆德明《释文》引司马云："惠蛄，寒蝉也，一名蜻蟟，春生夏死，夏生秋死。"

⑧元命：长寿。

⑨遭命：指行善而遭凶的坏命运。王充《论衡·命义》："遭命者，

行善得恶，非所冀望，逢遭于外而得凶祸，故曰遭命。"

⑩长息：长叹。

先生姓胡氏，□□□□□□族也。代业黄老①，门清儒素②，皆龙脱世网，鸿冥高云。但贵天爵③，何征阀阅④。

【注释】①黄老：黄帝和老子。道家始祖。

②儒素：儒者的素质，谓符合儒家思想的品格德行。

③天爵：天然的爵位。指高尚的道德修养。因德高则受人尊敬，胜于有爵位，故称。《孟子·告子上》："仁义忠信，乐善不倦，此天爵也；公卿大夫，此人爵也。"

④阀阅：功绩和经历。泛指门第、家世。王琦注："人臣有功于国，方得世禄。阀阅之家，犹言'世禄之家'耳。"

始八岁经仙城山①，□□□□□□□□□□□有清都紫微之遐想②。九岁出家，十二休粮③。二十游衡山，云寻洞府，水涉溟壑。神王□□□□□□□□召为威仪④，及天下采经使。因遇诸真人，受《赤丹阳精石景水母》⑤。故常吸飞根，吞日魂⑥，密而修之。□□□□□所居苦竹院⑦，置餐霞之楼⑧，手植双桂，栖迟其下⑨。

【注释】①仙城山：又名现光山，在今湖北随州市东。

②清都紫微：传说中天帝居所。

③休粮：谓停食谷物。

④威仪：道教官职名。王琦注："威仪，道家职名。如释家'维那'之类。白玉蟾《玉隆万寿宫道院记》：唐有左右街威仪，五代末周太祖因避讳改为道录。是威仪即今之道录司也。"

⑤《赤丹阳精石景水母》：道教经书名。

⑥吸飞根，吞日魂：王琦注："梁丘子《黄庭内景经注》：《上清紫文灵书》有采飞根之法，常以日初出东向叩齿九通，毕，阴咒日魂，名曰中五帝字曰：'日魂珠景，昭韬绿映，回霞赤童，玄炎飙象。'咒呼此十六字毕，瞑目握固，存想日中五色流霞来绕一身，于是日光流霞俱入口中，名曰日华飞根，玉胞水母也。"

⑦苦竹院：胡紫阳在随州的居所。

⑧餐霞之楼：即餐霞楼，胡紫阳所建。

⑨栖迟：游息。《诗·陈风·衡门》："衡门之下，可以栖迟。"毛传："栖迟，游息也。"

闻金陵之墟①，道始盛于三茅②，波乎四许③。华阳□□□□□□□陶隐居传昇玄子④，昇玄子传体玄⑤，体玄传贞一先生⑥，贞一先生传天师李含光⑦，李含光合契乎紫阳⑧。

【注释】①金陵之墟：指今江苏句容市茅山。《真诰》引《稽神枢》："句曲山，期间有金陵之地。地方三十七八顷，是金陵之地肺也。按山形曲折，后人合为句曲之山。汉有三茅君来治其上，时父老又转名茅君之山。三君往会各乘一白鹤，各集山之三处，时人互有见者，是以发于歌谣。乃复因鹤集之处，分句曲山为大茅君、中茅君、小茅君三山焉。总而言之，尽是句曲之一山耳。山生黄金，汉灵帝时诏敕郡县采句曲之金以充武库。逮孙权时，又遣宿卫人采金，常输官，兵帅百家遂屯居伏龙之地，因改为金陵之墟名也。"

②三茅：王琦注："三茅者，汉景帝中元间人，长兄名盈、次弟名固、又次弟名衷，俱得仙道。老君拜盈为司命真君，固为定录真君，衷为保生真君，故号为三茅君。"

③四许：指晋朝许穆家三代四人得道。据《茅山志》中《上清经箓圣师七传真系之谱》记载，许穆，字思玄，汝南平舆人，官至散骑常侍。晋太和中入茅山修道，功成仙去，为上清真人。第三子翙，小字玉斧，先于太和五年在茅山尸解，为上清仙官。翙长子揆、次子虎牙，并亦得道。

④陶隐居：即陶弘景。《南史·陶弘景传》："陶弘景，丹阳秣陵人，齐高帝作相，引为诸王侍读，除奉朝请。永明十年，脱朝服挂神武门，上表辞禄。诏许之。于是止于句容之句曲山。恒曰：'此山下是第八洞宫，名金坛华阳之天，周回一百五十里。昔汉有咸阳三茅君，得道来掌此山，故谓之茅山。'乃中山立馆，自号华阳陶隐居。人间书疏，即以'隐居'代名。"昇玄子：指唐朝道士王远知。《旧唐书·王远知传》："王远知，琅琊人，少聪敏，博综群书，初入茅山，师事陶弘景，传其道法。太宗登极，将加重位，固请归山。贞观九年，谓弟子潘师正曰：'吾见仙格，以吾少时误损一童子吻，不得白日升天，见署少室伯。将行在即。'翌日，沐浴加冠衣，焚香而寝，卒，年一百二十六岁。调露二年，追赠远知太中大夫，谥曰昇真先生。天授二年，改谥曰昇玄先生。"

⑤体玄：指唐朝道士潘师正。《旧唐书·潘师正传》："潘师正，赵州赞皇人，师事王远知，尽以道门隐诀及符授之。高宗幸东都，因召见焉。永淳元年卒，时年九十八。高宗及天后追思不已，赠太中大夫，赐谥

日体玄先生。"

⑥贞一先生：指唐朝著名道士司马承祯。《旧唐书·司马承祯传》："道士司马承祯，字子微，河内温人。少好学，薄于为吏，遂为道士，事潘师正，传其符及辟谷导引服饵之术。师正特赏异之。卒于王屋山，时年八十九。其弟子表称：'死之日，有双鹤绕坛，及白云从坛中涌出，上连于天，而师容色如生。'玄宗深叹异之，乃下制曰：'宜赠徽章，用光丹篆，可银青光禄大夫，号真一先生。'"

⑦李含光：唐朝道士。颜真卿《有唐茅山元静先生李君碑铭并序》："先生姓李，讳含光，广陵江都人，本姓弘，以孝敬皇帝庙讳改焉。先生提孩则有殊异。开元十七年，从司马炼师于王屋山，传授大法《灵文金记》，一览无遗，综核古今，该明奥旨。玄宗知先生遍得子微之道，乃诏先生居王屋山阳台观以继之。岁余，请归茅山，纂修经法。频征，皆谢病不出。天宝四载冬，乃命中官赍玺书征之，既至，延入禁中，每欲咨禀，必先斋沐。他日请传道法，先生辞以足疾不任科仪者数焉。玄宗知不可强而止。初，隐居先生以《三洞真经》传昇玄先生，昇玄付体玄先生，体玄付正一先生，正一付先生。自先生距于隐居，凡五叶矣，皆总袭妙门大正真法。所以茅山为天下道学所宗矣。先生以大历己酉冬十一月十有四日遁化于茅山紫阳之别院，春秋八十有七。"

⑧合契：融洽，意气相投。

　　□□□□□于神农之里①，南抵朱陵②，北越白水③，禀训门下者三千余人。邻境牧守，移风问道，忽遇先生之宴坐④，□□□□□隐机雁行而前⑤，为时见重，多此类也。

【注释】①神农之里：指随州（今湖北随州市），随州有厉山，传说为神农出生地。

②朱陵：即朱陵洞天，指南岳衡山。《名山洞天福地记》："南岳衡山，周回七百里，名朱陵之天，在衡州衡山县。"

③白水：即今河南白河。

④宴坐：闲坐。

⑤雁行：王琦注："《埤雅》：'雁行，斜步侧身。'故《庄子》谓'士成绮雁行避影'而问老子。"

天宝初，威仪元丹丘①，道门龙凤，厚礼致屈，传箓于嵩山。东京大唐□□宫三请固辞。偃卧未几，而诏书下责，不得已而行。入宫一革轨仪②，大变都邑。然海鸟愁臧文之享③，猿狙裂周公之衣④，志往迹留，称疾辞帝。克期离阙，临别自祭，其文曰："神将厌予，予非厌世。"乃顾命侄道士胡齐物具平肩舆⑤，归骨旧土。王公卿士送及龙门⑥，入叶县，次王乔之祠⑦。目若有睹，泊然而化，天香引道，尸轻空衣⑧。及本郡，太守裴公以幡花郊迎，举郭雷动。□□□开颜如生。观者日万，群议骇俗。至其年十月二十三日，葬于郭东之新松山，春秋六十有二。

【注释】①威仪元丹丘：据《玉真公主受道灵坛祥应记》记载，天宝二年元丹丘在西京大昭观为威仪。

②轨仪：法则，仪制。《国语·周语下》："帅象禹之功，度之于轨仪。"韦昭注："轨，道也；仪，法也。"

③“然海鸟”句：用春秋时鲁国臧文仲祭祀海鸟的故事。《庄子·至乐》：“昔者海鸟止于鲁郊，鲁侯御而觞之于庙，奏九韶以为乐，具太牢以为膳。鸟乃眩视忧悲，不敢食一脔，不敢饮一杯，三日而死。此以己养养鸟也，非以鸟养养鸟也。”以己养养鸟，即以养自己的方式来养鸟，以主观代替客观。海鸟害怕《九韶》之乐，太牢之膳，三日而死。后因以“海鸟悲钟鼓”比喻身不由己，受到拘束，不堪于官宦生活。

④“猿狙”句：用《庄子》中猿猴穿衣的寓言。《庄子·天运》：“今取猿狙而衣以周公之服，彼必龁啮挽裂，尽去而后慊。观古今之异，犹猿狙之异乎周公也。”此处用其意。

⑤顾命：《书·顾命》：“成王将崩，命召公、毕公率诸侯相康王，作《顾命》。”孔传：“临终之命曰顾命。”孔颖达疏：“顾是将去之意，此言临终之命曰顾命，言临将死去，回顾而为语也。”后因以“顾命”谓临终遗命。平肩舆：一种轿子。

⑥龙门：山名，又名伊阙。在河南洛阳市南。

⑦王乔：东汉河东人。汉明帝时为叶县令。史称有神术，常乘凫朝京师，门下鼓不击自鸣等，百姓曾为他立庙，称叶君祠。事见《后汉书·方术传·王乔》。

⑧尸轻空衣：尸体轻如空衣，指道家尸解的状态。《晋书·葛洪传》：“葛洪卒时年八十一，视其颜色如生，体亦柔软，举尸入棺，甚轻如空衣。世以为尸解得仙云。”

先生含弘光大①，不修小节。书不尽妙，郁有崩云之势；文非凤工，时动雕龙之作。存也，宇宙而无光；殁也，浪化而蝉蜕②。

岂□□□□□□□□乎?

【注释】①含弘光大:《易·坤》:"含弘光大,品物咸亨。"孔颖达疏:"包含弘厚,光著盛大,故品类之物皆得亨通。"

②蝉蜕:道教指如蝉蜕壳一样,脱去肉身,羽化成仙。

有乡僧贞倩,雅仗才气,请予为铭。予与紫阳神交,饱餐素论,十得其九。弟子元丹丘等,咸思鸾凤之羽仪,想珠玉之云气。洒扫松月,载扬仙风,篆石颂德,与兹山不朽。其词曰:

贤哉仙士! 六十而化,光光紫阳,善与时而为龙蛇①。固亦以生死为昼夜②,有力者挈之而趋。劫运颓落,终归于无。惟元神不灭③,湛然清都。延陵既没④,仲尼呜呼。青青松柏,离离山隅。篆石颂德,名扬八区⑤。

【注释】①龙蛇:指善于与时变化。《庄子·山木》:"一龙一蛇,与时俱化,而无肯专为。"

②生死为昼夜:《淮南子·俶真训》:"以利害为尘垢,以死生为昼夜。"

③元神:道家称人的灵魂为元神。

④延陵:指春秋时吴国公子季札,因封于延陵,故称"延陵季子"。《方舆胜览》:"延陵季子墓,在常州晋陵县北七十里申浦之西。孔子尝题其墓曰:'呜呼! 有吴延陵季子之墓。'旧石湮灭,唐玄宗命殷仲容摹以传。"

⑤八区：八方。

杂题四则

【题解】此四首王琦收自《龙江梦馀录》，注曰："唐锦《龙江梦馀录》：胡文穆记李白三帖，其一云'乘兴踏月'，其二云'月下卧醒'，其三云'楼虚月白'。余亦见其一帖云'吾头懵懵。'虽其字迹真赝有不可必者，然词语豪爽，趣韵自别，信非太白不能道也。"

其一

乘兴踏月，西入酒家。不觉人物两忘，身在世外。

其二

夜来月下卧醒，花影零乱，满人衿袖，疑如濯魄于冰壶也。

其三

楼虚月白，秋宇物化①。于斯凭阑，身势飞动。非把酒自忘，此兴何极。

【注释】①物化：事物的变化。《庄子·齐物论》："不知周之梦为胡蝶与，胡蝶之梦为周与？周与胡蝶，则必有分矣。此之谓物化。"

其四

吾头懵懵，试书此不能自辨，贺生为我读之。

白微时募县小吏入令卧内尝驱牛经堂下令妻怒将加诘责太白亟以诗谢云

【题解】《唐诗纪事》引杨天惠《彰明逸事》收录此诗。云："元符二年春正月，天惠补令于此，窃从学士大夫求问逸事。闻唐李白，本邑人。微时，募县小吏，入令卧内，尝驱牛经堂下，令妻怒，将加诘责，太白亟以诗谢云：'素面倚栏钩，娇声出外头，若非是织女，何必问牵牛？'令惊异不问。稍亲，招引侍砚席。令一日赋山水诗，思轧不属，太白从旁缀其下句。令诗云：'野火烧山去，人归火不归。'太白继云：'焰随红日去，烟逐暮云飞。'令惭止。顷之，从令观涨，有女子溺死江上，令复苦吟，太白辄应声继之。令诗云：'二八谁家女，飘来倚岸芦。鸟窥眉上翠，鱼弄口旁朱。'太白继云：'绿鬓随波散，红颜逐浪无。何因逢伍相，应是怨秋胡。'令滋不悦。太白恐，弃去。"此诗格调不高，多认为是伪作。

素面倚栏钩，娇声出外头，若非是织女，何得问牵牛？

断句二则

【题解】此两条断句也出自《彰明逸事》，见上首题解。

其一（焰随红日远）

焰随红日远，烟逐暮云飞。

其二（绿鬓随波散）

绿鬓随波散，红颜逐浪无。何因逢伍相，应是怨秋胡。

断句（玉阶一夜留明月）

【题解】此诗收录于《全唐诗逸》，原题为《瑞雪》。

玉阶一夜留明月，金殿三春满落花。

上清宝鼎诗二首

【题解】《津逮秘书本东坡题跋》《王直方诗话》《侯鲭录》《唐宋诗醇》等收录此二诗。"我昔飞骨时，惨见当涂坟。"与"既死明月魄，无复玻璃魂。"（明月、玻璃皆李白子之名）二句，写李白与其子之死，明显不是李白所作。

其一（朝披梦泽云）

朝披梦泽云，笠钓青茫茫。寻丝得双鲤①，中有三元章②。篆字若丹蛇，逸势如飞翔。归来问天老③，妙义不可量。金刀割青素，灵文烂煌煌。燕服十二环，奄见仙人房。暮跨紫鳞去，海气侵肌凉。龙子善变化，化作梅花妆。赠我累累珠，靡靡明月光。劝我穿绛缕，系作裙间珰。抱子以携去，谈笑闻遗香。

【注释】①双鲤：古乐府《饮马长城窟行》："客从远方来，遗我双鲤鱼。呼儿烹鲤鱼，中有尺素书。"后因用"双鲤"指书信。

②三元：道教谓玉清天有三元宫，为元始天尊居处。

③天老：相传为黄帝辅臣。

其二（人生烛上花）

人生烛上花，光灭巧妍尽。春风绕树头，日与化工进。只知雨露贪，不闻零落近。我昔飞骨时，惨见当涂坟①。青松霭朝霞，缥缈山下村。既死明月魄，无复玻璃魂②。念此一脱洒，长啸祭昆仑。醉著鸾皇衣，星斗俯可扪。

【注释】①当涂坟：李白去世后葬在当涂。李华《故翰林学士李君墓志并序》："姑熟东南，青山北址，有唐高士李白之墓。"姑熟，即当涂县之旧名。青山，王琦注："在太平府城东南三十里。太白初葬龙山，后乃迁葬青山。此云青山北址，谓龙山在青山之北耳。"

②明月、玻璃：皆为李白子之名。魏颢《李翰林集序》："白始娶于许，生一女，一男曰明月奴。女既嫁而卒。又合于刘，刘诀。次合于鲁一妇人，生子曰颇黎。终娶于宋。"

上清宝典诗

【题解】此诗收于《东观余论》《全唐诗》。

我居清空表，君处红埃中。仙人持玉尺，度君多少才。玉尺不可尽，君才无时休。

鹤鸣九皋

【题解】此诗收于《文苑英华》列在陈季《鹤警露》之后，未署名。《全唐诗》收录此诗，署为无名氏。中华书局影印本《文苑英华》署作李白，不知何据。九皋，曲折深远的沼泽。鹤鸣于湖泽的深处，它的声音很远都能听见。比喻贤士身隐名著。《诗·小雅·鹤鸣》："鹤鸣于九皋，声闻于野。"毛传："皋，泽也。言身隐而名著也。"郑玄笺："皋，泽中水溢出所为坎，自外数至九，喻深远也。鹤在中鸣焉，而野闻其鸣声。喻贤者虽隐居，人咸知之。"

胎化呈仙质，长鸣在九皋。排空散清唳，映日委霜毛。万里思寥廓，千山望郁陶。香凝光不见，风积韵弥高。凤侣攀何及，鸡群思忽劳。升天如有应，飞舞出蓬蒿。

桃源二首

【题解】此二首诗收录于《舆地纪胜》。后世也多认为非李白之作。

其一

昔日狂秦事可嗟， 直驱鸡犬入桃花。至今不出烟溪口，万古潺湲二水斜。

其二

露暗烟浓草色新，一番流水满溪春。可怜渔父重来访，只见桃花不见人。

题上阳台

【题解】 此篇为李白所书字帖手迹，收录于《文物精华》。这幅字帖曾被历代宫廷或民间收藏，现收藏于故宫博物院。

山高水长，物象千万，非有老笔，清壮何穷？十八日上阳台书。太白。

栖贤寺

【题解】此诗收录于《正德南康府志》《全唐诗续补遗》。

知见一何高，拭眼避天位。同观洗耳人，千古应无愧。

题楼山石笋

【题解】此诗见于《遵义府志》。

石笋如卓笔，县之山之巅①。谁为不平者，与之书青天。

【注释】①县：同"悬"。

阙题（庭中繁树乍含芳）

【题解】此诗收于王琦辑注《李太白全集》。

庭中繁树乍含芳，红锦重重翦作囊。还合炎蒸留烁景，题来消得好篇章。

菩萨蛮（举头忽见衡阳雁）

【题解】此词见于《尊前集》，载于"平林漠漠烟如织"之后。误以为李白诗。《草堂诗余》《全宋词》作陈达叟词。《历代诗余》则载为陈以庄词。

举头忽见衡阳雁，千声万字情何限。叵耐薄情夫①，一行书也无。泣归香阁恨，和泪淹红粉。待雁却回时，也无书寄伊。

【注释】①叵耐：不可忍耐，可恨。

别匡山

【题解】北宋熙宁元年《敕赐中和大明寺住持记碑》录有此诗全文，无题。《彰明县志》《光绪重修江油县志》亦载有此诗，题为《别匡山》。匡山，在今四川江油，李白少年时曾在山中读书。

晓峰如画参差碧,藤影摇风拂槛垂。野径来多将犬伴,人间归晚带樵随。看云客倚啼猿树,洗钵僧临失鹤池。莫怪无心恋清境,已将书剑许明时。

太华观

【题解】此诗见于《光绪重修江油县志》。

厄磴层层上太华①,白云深处有人家。道童对月闲吹笛,仙子乘云远驾车。怪石堆山如坐虎,老藤缠树似腾蛇。曾闻玉井金河在,会见蓬莱十丈花。

【注释】①厄:险峻。磴:石阶。

独坐敬亭山

【题解】此诗见于《宛陵郡志备要》《嘉靖宁国府志》《万历宁国府志》。

合沓牵数峰,奔来镇平楚。中间最高顶,仿佛接天语。

秀华庭

【题解】此诗见《青阳县志·艺文志》。

遥望九华峰，诚然是九华。苍颜耐风雪，奇态灿云霞。曜日凝成锦，凌霄增壁崖。何当余荫照，天造洞仙家。

炼丹井

【题解】此诗见于《宛陵郡志备要》。

闻说神仙晋葛洪，炼丹曾此占云峰。庭前废井今犹在，不见长松见短松。

宿无相寺

【题解】此诗刻于道光十年《重建无相寺碑记》。无相寺在九华山头陀岭下，原本是晚唐王季文书堂，王季文临终捐为寺，宋治平元年赐额。所以此诗很可能是后人伪作。

头陀悬万仞,远眺望华峰。聊借金沙水,洗开九芙蓉。烟岚随遍览,踏屐走双龙。明日登高去,山僧孰与从?禅床今暂歇,枕月卧青松。更尽闻呼鸟,恍来报晓钟。

咏方广诗

【题解】此诗见于《南岳总胜集》中。方广寺,高僧惠海于梁武帝天监二年(503)所建,位于衡山莲花峰下。

圣寺闲栖睡眼醒,此时何处最幽清?满窗明月天风静,玉磬时闻一两声。

北斗延生经注解序

【题解】此诗录于《道藏》洞神部玉诀类。《全唐文》收入李白文中。《北斗延生经注解》全称为《太上玄灵北斗本命延生真经注解》,为崆峒山玄元真人注解。卷前后,分别有李白和苏轼所作序、后序。历代对于序文真伪颇存争议。

原夫太素未分，无光无象，混黄成化，有始有终。则升清而滞秽，辅善而贬凶。置百二十曹局，列于冥府；造三十六部经，秘于琼宫。度天人之有道，启含识之不蒙。余叹曰：莫非三界十方，天地人伦，斯为以而道之纪也？今窃见圣世，幸逢丰年，得遇皇朝，将道德而安家邦，效勋华而育黎庶。而况天下晏然，太元彰耀。今即启有道之心者，扶风氏等，志奉日新，慕真岁久。祷天祐而制凶魔，求师训而传道要。遂得遇崆峒山玄元真人，明龙汉之玄文，演赤文之妙奥。教符十洞，三乘化列，万机一义。注解《北斗延生经》一卷，上则有飞神金阙，中则有保国宁家，次则有延龄益寿。普度有情之品，同登无碍之门。于是谨作斯文，用题经首。李白谨序。

江上呈裴宣州

【题解】此诗录自《宛陵郡志备要》，应为张九龄《江上使风呈裴宣府》诗。

江上与天连，风帆何淼然。遥林浪出没，孤舫鸟联翩。常爱千钧重，深思万事捐。报恩非徇禄，还逐贾人船。

送宛句赵少府卿

【题解】此诗录自《宛陵郡志备要》，应为张九龄《送宛句赵少府》诗。

解巾行作吏，尊酒谢离居。修竹含清景，华池淡碧虚。地将幽兴惬，情与旧游疏。林下纷相送，多逢长者车。

南山寺

【题解】此诗收于《秦州直隶州新志》。

自此风尘远，山高月夜寒。东泉澄彻底，西塔顶连天。佛座灯常灿，禅房花欲然。老僧三五众，古柏几千年。

附　录

草堂集序

李白，字太白，陇西成纪人，凉武昭王暠九世孙。蝉联圭组，世为显著。中叶非罪，谪居条支，易姓与名。然自穷蝉至舜，五世为庶，累世不大曜，亦可叹焉。神龙之始，逃归于蜀，复指李树而生伯阳。惊姜之夕，长庚入梦，故生而名白，以太白字之。世称太白之精，得之矣。不读非圣之书，耻为郑、卫之作，故其言多似天仙之辞。凡所著述，言多讽兴，自三代已来，《风》《骚》之后，驰驱屈、宋，鞭挞杨、马，千载独步，唯公一人。故王公趋风，列岳结轨，群贤翕习，如鸟归凤。卢黄门云："陈拾遗横制颓波，天下质文翕然一变。"至今朝诗体，尚有梁、陈宫掖之风，至公大变，扫地并尽。今古文集，遏而不行，唯公文章，横被六合，可谓力敌造化欤！

天宝中，皇祖下诏，征就金马，降辇步迎，如见绮、皓。以七宝床赐食，御手调羹以饭之，谓曰："卿是布衣，名为朕知，非素蓄道义，何以及此。"置于金銮殿，出入翰林中，问以国政，潜草诏诰，人无知者。丑正同列，害能成谤，格言不入，帝用疏之。公乃浪迹纵酒，以自昏秽。咏歌之际，屡称东山。又与贺知章、崔宗之等自为八仙之游，谓公谪仙人，朝列赋谪仙之歌，凡数百首，多言公之不得意。天子知其不可留，乃赐金归之。遂就从祖陈留采访大使彦允，请北海高天师授道箓于齐州紫极宫。将东归蓬莱，仍羽人驾丹丘耳。

阳冰试弦歌于当涂，心非所好，公遐不弃我，乘扁舟而相顾。临当挂冠，公又疾亟。草稿万卷，手集未修，枕上授简，俾予为序。论《关雎》之义，始愧卜商；明《春秋》之辞，终惭杜预。自中原有事，公避地八年，当时著述，十丧其九，今所存者，皆得之他人焉。时宝应元年十一月乙酉也。

李翰林集序

前进士 魏 颢

自盘古划天地，天地之气，艮于西南。剑门上断，横江下绝，岷、峨之曲，别为锦川。蜀之人无闻则已，闻则杰出，是生相如、君平、王褒、扬雄，降有陈子昂、李白，皆五百年矣。白本陇西，乃放形，因家于绵。身既生蜀，则江山英秀。伏羲造书契后，文章滥觞者《六经》。《六经》糟粕《离骚》，《离骚》糠秕建安七子。七子至白，中有兰芳，情理宛约，词句妍丽，白与古人争长，三字九言，鬼出神入，瞠若乎后耳。白久居峨眉，与丹丘因持盈法师达。白亦因之入翰林，名动京师。《大鹏赋》时家藏一本。故宾客贺公奇白风骨，呼为谪仙子，由是朝廷作歌数百篇。上皇豫游，召白，白时为贵门邀饮。比至，半醉，令制《出师诏》，不草而成。许中书舍人，以张垍谗逐，游海岱间。年五十余，尚无禄位。禄位拘常人，横海鲲，负天鹏，岂池笼荣之！

颢始名万，次名炎。万之日，不远命驾江东访白。游天台，还广陵，见之。眸子炯然，哆如饿虎，或时束带，风流蕴籍。曾受道箓于齐，有青绮冠帔一副。少任侠，手刃数人。与友自荆徂扬，路亡权窆，回棹方暑，亡友糜溃，白收其骨，江路而舟。又长揖韩荆州，荆州延饮，白误拜，韩让之，白曰："酒以成礼。"荆州大悦。

白始娶于许，生一女一男，曰明月奴。女既嫁而卒。又合于刘，刘诀。次合于鲁一妇人，生子曰颇黎。终娶于宋。间携昭阳、金陵之妓，迹类谢康乐，世号为李东山，骏马美妾，所适二千石郊迎，饮数斗，醉则奴丹砂抚《青海波》。满堂不乐，白宰酒则乐。

颢平生自负，人或为狂，白相见泯合，有赠之作，谓余："尔后必著大名于天下，无忘老夫与明月奴。"因尽出其文，命颢为集。颢今登第，岂符言耶？解携明年，四海大盗，宗室有潭者，白陷焉，谪居夜郎。罪不至此，屡经昭洗，朝廷忍白久为长沙汨罗之傀？路远不存，否极则泰，白宜自宽。吾观白之文义，有济代命，然千均之弩，魏王大瓠，用之有时。议者奈何以白有叔夜之短，傥黄祖过祢，晋帝罪阮，古无其贤，所谓仲尼不假盖于子夏。经乱离，白章句荡尽。上元末，颢于绛偶然得之，沉吟累年，一字不下。今日怀旧，援笔成序，首以赠颢作、颢酬白诗，不忘故人也；次以《大鹏赋》、古乐府诸篇，积薪而录；文有差互者，两举之。白未绝笔，吾其再刊。付男平津子掌。其他事迹，存于后序。

李翰林别集序
散朝大夫行尚书职方员外郎直史馆上柱国 乐史

李翰林歌诗，李阳冰纂为《草堂集》十卷。史又别收歌诗十卷，与《草堂集》互有得失，因校勘排为二十卷，号曰《李翰林集》。今于三馆中得李白赋序表赞书颂等，亦排为十卷，号曰《李翰林别集》。翰林在唐天宝中，贺秘监闻于明皇帝，召见金銮殿，降步辇迎，如见绮皓。草和蕃书，思若悬河。帝嘉之，七宝方丈，赐食于前，御手调羹。于是置之金銮殿，出入翰林中。其诸事迹，《草堂集序》、范传正撰《新墓碑》亦略而详矣。史又撰《李白传》一卷，事又稍周。然有三事，近方得之。

开元中，禁中初重木芍药，即今牡丹也。得四本红、紫、浅红、通白者，上因移植于兴庆池东沉香亭前。会花方繁开，上乘照夜车，太真妃以步辇从，诏选梨园弟子中尤者，得乐一十六色。李龟年以歌擅一时之名，手捧檀板，押众乐前，将欲歌之。上曰："赏名花，对妃子，焉用旧乐辞焉！"遽命龟年持金花笺宣赐翰林供奉李白，立进《清平调》词三章。白欣然承诏旨，由若宿醒未解，因援笔赋之。其一曰："云想衣裳花想容，春风拂槛露华浓。若非群玉山头见，会向瑶台月下逢。"其二曰："一枝红艳露凝香，云雨巫山枉断肠。借问汉宫谁得似？可怜飞燕倚新妆。"其三曰："名花倾国两相欢，长得君王带笑看。解释春风无限恨，沉香亭北倚阑干。"龟年以歌辞进，上命梨园弟子略约调抚丝竹，遂促龟年以歌。太真妃持颇梨七宝杯，酌西凉州蒲萄酒，笑领歌辞，意甚厚。上因调玉笛以倚曲，每曲遍将换，则迟其声以媚之。太真妃饮罢，敛绣巾重拜。上自是顾李翰林尤异于诸学士。会高力士终以脱靴为深耻，异日太真妃重吟前辞，力士曰："始以妃子怨李白深入骨髓，何翻拳拳如是耶？"太真妃因惊曰："何翰林学士能辱人如斯？"力士曰："以飞燕指妃子，贱之甚矣。"太真妃颇深然之。上尝三欲命李白官，卒为宫中所捍而止。

白尝有知鉴，客并州，识汾阳王郭子仪于行伍间，为脱其刑责而奖重之。及翰林坐永王之事，汾阳功成，请以官爵赎翰林，上许之，因而免诛。翰林之知人如此，汾阳之报德如彼。

白之从弟令问，尝目白曰："兄心肝五脏皆锦绣耶？不然，何开口成文，挥翰雾散耳尔！"传中漏此三事，今书于序中。白有歌云："吟诗作赋北窗里，万言不及一杯水。"盖叹乎有其时而无其位。呜呼！以翰林之才名，遇玄宗之知见，而乃飘零如是！宋中丞荐于圣真云："一命不沾，四海称屈。"得非命与？白居易赠刘禹锡诗云："诗称国手徒为尔，命压人头不奈何。"斯言不虚矣。凡百有位，无自轻焉。撰集之次，聊存梗概而已。时在绕溜州中，咸平元年三月三日序。

故翰林学士李君墓志并序

李 华

呜呼！姑熟东南，青山北址，有唐高士李白之墓。呜呼哀哉！夫仁以安物，公其懋焉；义以济难，公其志焉；识以辩理，公其博焉；文以宣志，公其懿焉。宜其上为王师，下为伯友。年六十有二，不偶，赋《临终歌》而卒。悲夫！圣以立德，贤以立言，道以恒世，言以经俗，虽曰死矣，吾不谓其亡矣也。有子曰伯禽、天然，长能持，幼能辩，数梯公之德，必将大其名也已矣。铭曰：

立德谓圣，立言谓贤。嗟君之道，奇于人而侔于天，哀哉！

唐故翰林学士李君碣记

尚书膳部员外郎刘全白撰

朝议郎行当涂县令顾游秦建

君名白，广汉人。性倜傥，好纵横术。善赋诗，才调逸迈，往往兴会属词，恐古之善诗者亦不逮，尤工古歌。少任侠，不事产业，名闻京师。天宝初，玄宗辟翰林待诏，因为和蕃书，并上《宣唐鸿猷》一篇。上重之，欲以纶诰之任委之。同列者所谤，诏令归山。遂浪迹天下，以诗酒自适。又志尚道术，谓神仙可致，不求小官，以当世之务自负，流离辗轲，竟无所成名。有子名伯禽。偶游至此，遂以疾终，因葬于此。文集亦无定卷，家家有之。代宗登极，广拔淹瘁，时君亦拜拾遗，闻命之后，君亦逝矣。呜呼！与其才不与其命，悲夫！全白幼则以诗为君所知，及此投吊，荒坟将毁，追想音容，悲不能止。邑有贤宰顾公游秦，志好为诗，亦常慕效李君气调，因嗟盛才冥寞，遂表墓式坟，乃题贞石，冀传于往来也。贞元六年四月七日记，沙门履文书。坟去墓记一百二十步。

唐左拾遗翰林学士李公新墓碑并序

骐骥筋力成，意在万里外，历块一蹶，毙于空谷，惟余骏骨，价重千金。大鹏羽翼张，势欲摩穹昊。天风不来，海波不起。塌翅别岛，空留大名。人亦有之，故左拾遗翰林学士李公之谓矣。

公名白，字太白，其先陇西成纪人。绝嗣之家，难求谱牒。公之孙女搜于箱箧中，得公之亡子伯禽手疏十数行，纸坏字缺，不能详备，约而计之，凉武昭王九代孙也。隋末多难，一房被窜于碎叶，流离散落，隐易姓名。故自国朝已来，漏于属籍。神龙初，潜还广汉，因侨为郡人。父客，以逋其邑，遂以客为名，高卧云林，不求禄仕。

公之生也，先府君指天枝以复姓，先夫人梦长庚而告祥，名之与字，咸所取象。受五行之刚气，叔夜心高；挺三蜀之雄才，相如文逸。瑰奇宏廓，拔俗无类。少以侠自任，而门多长者车。常欲一鸣惊人，一飞冲天，彼渐陆迁乔，皆不能也。由是慷慨自负，不拘常调，器度弘大，声闻于天。

天宝初，召见于金銮殿，玄宗明皇帝降辇步迎，如见园、绮。论当世务，草答蕃书，辩如悬河，笔不停缀。玄宗嘉之，以宝床方丈赐食于前，御手和羹，德音褒美，褐衣恩遇，前无比俦。遂直翰林，专掌密命，将处司言之任，多陪侍从之游。他日，泛白莲池，公不在宴，皇欢既洽，召公作序。时公已被酒于翰苑中，仍命高将军扶以登舟，优宠如是。既而上疏请还旧山，玄宗甚爱其才，或虑乘醉出入省中，不能不言温室树，恐掇后患，惜而遂之。

公以为千均之弩，一发不中，则当摧橦折牙，而永息机用，安能效碌碌者苏而复上哉！脱屣轩冕，释羁缰锁，因肆情性，大放宇宙间。饮酒非嗜其酣乐，取其昏以自富；作诗非事于文律，取其吟以自适；好神仙非慕其轻举，将不可求之事求之，欲耗壮心、遣余年也。

在长安时，秘书监贺知章号公为谪仙人，吟公《乌栖曲》云："此诗可以哭鬼神矣！"时人又以公及贺监、汝阳王、崔宗之、裴周南等八人为酒中八仙，朝列赋谪仙歌百余首。俄属戎马生郊，远身海上，往来于斗、牛之分，优游没身。偶乘扁舟，一日千里，或遇胜境，终年不移。时长江远山，一泉一石，无往而不自得也。晚岁，渡牛渚矶，至姑熟，悦谢家青山，有终焉之志。盘桓利居，竟卒于此。其生也，圣朝之高士；其往也，当涂之旅人。代宗之初，搜罗俊逸，拜公左拾遗，制下于彤庭，礼降于玄壤，生不及禄，殁而称官，呜呼命与！

传正共生唐代，甲子相悬，常于先大夫文字中见与公有浔阳夜宴诗，则知与公有通家之旧。早于人间得公遗篇逸句，吟咏在口。无何叨蒙恩奖，廉问宣、池。按图得公之坟墓，在当涂邑，因令禁樵采，备洒扫。访公之子孙，欲申慰荐。凡三四年，乃获孙女二人，一为陈云之室，一乃刘劝之妻，皆编户甿也。因召至郡庭，相见与语。衣服村落，形容朴野，而进退闲雅，应对详谛，且祖德如在，儒风宛然。问其所以，则曰："父伯禽，以贞元八年不禄而卒。有兄一人，出游一十二年，不知所在。父存无官，父殁为民，有兄不相保，为天下之穷人。无桑以自蚕，非不知机杼；无田以自力，非不知稼穑。况妇人不任，布裙粝食，何所仰给？俪于农夫，救死而已。久不敢闻于县官，惧辱祖考。乡闾逼迫，忍耻来告。"言讫泪下，余亦对之泫然。因云："先祖志在青山，遗言宅兆，顷属多故，殡于龙山东麓，地近而非本意。坟高三尺，日益摧圮，力且不及，知如之何。"闻之悯然，将遂其请。因当涂令诸葛纵会计在州，得谕其事。纵亦好事者，学为歌诗，乐闻其语，便道还县，躬相地形，卜新宅于青山之阳。以元和十二年正月二十三日，迁神于此，遂公之志也。西去旧坟六里，南抵驿路三百步，北倚谢公山，即青山也，天宝十二载敕改名焉。因告二女，将改适于士族，皆曰："夫妻之道，命也，亦分也。在孤穷既失身于下俚，仗威力乃求援于他门，生纵偷安，死何面目见大父于地下？欲败其类，所不忍闻。"余亦嘉之，不夺其志，复井税、免徭役而已。

今士大夫之葬，必志于墓，有勋庸道德之家，兼树碑于道。余才术贫虚，不能两致，今作新墓铭，辄刊二石，一置于泉扃，一表于道路，亦岘首、汉川之义也，庶芳声之不泯焉。文集二十卷，或得之于时之文士，或得之于宗族，编辑断简，以行于代。铭曰：

嵩岳降神，是生辅臣；蓬莱谴真，斯为逸人。晋有七贤，唐称八仙，应彼星象，唯公一焉。晦以曲蘖，畅于文篇，万象奔走乎笔端，万虑泯灭乎罇前。卧必酒瓮，行惟酒船，吟风咏月，席地幕天，但贵乎适其所适，不知夫所以然而然。至今尚疑其醉在千日，宁审乎寿终百年。谢家山兮李公墓，异代诗流同此路。旧坟卑庳风雨侵，新宅爽垲松柏林。故乡万里且无嗣，二女从民永于此。猗欤琢石为二碑，一藏幽隧一临歧。岸深谷高变化时，一存一毁名不亏。

翰林学士李公墓碑

前守秘书省校书郎　裴敬

李翰林名白，字太白，以诗著名。召入翰林，世称才名。占得翰林，他人不复争先。其后以胁从得罪，既免，遂放浪江南，死宣城，葬当涂青山下。李阳冰序诗集，粗具行止。敬尝游江表，过其墓下，爱其才，壮其气，味其嗜酒，知其取适，作碑于墓。且曰：先生得天地秀气耶？不然，何异于常之人耶？或曰：太白之精下降，故字太白，故贺监号为谪仙，不其然乎？故为诗格高旨远，若在天上物外，神仙会集，云行鹤驾，想见飘然之状。视尘中屑屑米粒，虫睫纷扰，菌蠢羁绊蹂躏之比。

又尝有知鉴，客并州，识郭汾阳于行伍间，为免脱其刑责而奖重之。后汾阳以功成官爵请赎翰林，上许之，因免诛，其报也。又常心许剑舞裴将军，予曾叔祖也，尝投书曰："如白愿出将军门下。"其文高，其气雄。世稀其本，惧失其传，故序传之。太和初，文宗皇帝命翰林学士为三绝赞，公之诗歌与将军剑舞泊张旭长史草书为三绝。夫天付上才，必同灵气。贤杰相投，龙虎两合，可为知者言，非常人所知也。

夫古以名德称占其官谥者甚希。前以诗称者，若谢吏部、何水部、陶彭泽、鲍参军之类；唐朝以诗称，若王江宁、宋考功、韦苏州、王右丞、杜员外之类；以文称者，若陈拾遗、苏司业、元容州、萧功曹、韩吏部之类；以德行称者，元鲁山、阳道州；以直称者，魏文贞、狄梁公；以忠烈称者，颜鲁公、段太尉；以武称者，李卫公、英公；以学行、文翰俱称者，虞秘监。唐之得人，于斯为盛。翰林其以诗称之一也。

予尝过当涂，访翰林旧宅。又于浮屠寺化城之僧，得翰林自写《访贺监不遇》诗云："东山无贺老，却棹酒舡回。"味之不足，重之为宝，用献知者。又于历阳郡得翰林《与刘尊师书》一纸，思高笔逸。又尝游上元蒋山寺，见翰林赞志公云："水中之月，了不可取，刀齐尺量，扇迷陈语。"文简事备，诚为作者，附于此云。

　　会昌三年二月中，敬自浿水草堂南游江左，过公墓下。四过青山，两发涂口，徘徊不忍去。与前濮州鄄城县尉李劭，同以公服拜其墓，问其墓左人毕元宥，实被洒扫，留绵帛具酒馔祭公。知公无孙，有孙女二人，一娶刘劝，一娶陈云，皆农夫也。且曰二孙女不拜墓已五六年矣。因告邑宰李君都杰，请免毕元宥力役，俾专洒扫事。嘻！享名甚高，后事何薄。谢公旧井，新墓角落。青山白云，共为萧索。巨竹拱墓，如公卓荦。天长地久，其名不朽。此为祭文，写授元宥。又为碑曰："贵尽皆然，名存则难，故予重名不重官。"作李翰林碑十五字而已。